MACHADO
Obra

DE ASSIS *completa*

VOLUME 1
Fortuna crítica
Romance

Organização editorial
Aluizio Leite
Ana Lima Cecilio
Heloisa Jahn
Rodrigo Lacerda

Editora
Nova
Aguilar

Sumário

x Nota editorial

Fortuna crítica
16 Organização de Samuel Titan Jr.

18 Sobre as *Memórias póstumas de Brás Cubas*
 Capistrano de Abreu

20 História da literatura brasileira [Fragmentos]
 Sílvio Romero

25 Machado de Assis
 Araripe Junior

29 Um irmão de *Brás Cubas*
 José Veríssimo

33 O homem do subterrâneo
 Augusto Meyer

37 Machado de Assis, romancista do Segundo Reinado [Fragmentos]
 Astrojildo Pereira

39 Machado de Assis, paisagista
 Roger Bastide

50 O romancista
 Barreto Filho

66 Prosa de ficção (de 1870 a 1930) [Fragmentos]
 Lúcia Miguel-Pereira

76 De Machadinho a Brás Cubas
 Augusto Meyer

85 O testamento estético de Machado de Assis
 Eugênio Gomes

106 O Otelo brasileiro de Machado de Assis [Fragmentos]
 Helen Caldwell

113 A estrutura narrativa de *Quincas Borba*
 Alexandre Eulalio

117 Esquema de Machado de Assis
 Antonio Candido

129 Retórica da verossimilhança
SILVIANO SANTIAGO

142 Gênero e estilo das *Memórias póstumas de Brás Cubas*
JOSÉ GUILHERME MERQUIOR

149 Machado de Assis: a pirâmide e o trapézio [Fragmentos]
RAYMUNDO FAORO

163 Um aprendiz de morto
JOSÉ PAULO PAES

180 Uma figura machadiana
ALFREDO BOSI

189 Complexo, moderno, nacional, negativo
ROBERTO SCHWARZ

196 Casa velha
JOHN GLEDSON

217 Vidas póstumas: o caso de Machado de Assis
SUSAN SONTAG

225 BREVE CRONOLOGIA DA VIDA E DA OBRA

ROMANCE

230 *Ressurreição*
308 *A mão e a luva*
378 *Helena*
488 *Iaiá Garcia*
596 *Memórias póstumas de Brás Cubas*
734 *Quincas Borba*
904 *Dom Casmurro*
1044 *Esaú e Jacó*
1194 *Memorial de Aires*

1297 ROMANCE Índice livro a livro

Nota editorial

I

Antes de apresentar os critérios usados no tratamento editorial dos textos aqui reunidos, é fundamental deixar claro que esta edição da Obra Completa de Machado de Assis é destinada ao grande público e, portanto, nunca pretendeu ter o caráter de edição crítica. Ela foi ampliada com grande quantidade de material em todas as seções e modernizada sem nenhuma distorção do escrito machadiano.

No que se refere à composição do *corpus* machadiano, foram aqui incluídos todos os romances, contos, crônicas, poemas e peças de teatro conhecidos e de sua autoria incontestável. Quando havia, entre os especialistas, dúvidas em relação à autoria deste ou daquele texto, optou-se por não correr o risco de consagrar como sendo de Machado algo que podia muito bem não sê-lo. O leitor verificará que, desde 1959, quando foi publicada, também pela Nova Aguilar, a primeira edição da Obra Completa de Machado de Assis, o conjunto de textos reconhecidos como de sua autoria transformou-se e aumentou bastante.

De um lado, alguns textos antes tidos como escritos por ele, sabe-se agora, são apenas traduções, como é o caso de "Queda que as mulheres têm para os tolos", enquanto outros simplesmente lhe foram atribuídos por equívoco. Em contrapartida, cresceu, e muito, a lista de contos, crônicas, peças de teatro e poesias comprovadamente de sua autoria. A edição de 1959 tinha 3.600 páginas. Esta, com um volume a mais, vem com 5.648 páginas.

Na seção *Poesia*, por exemplo, 75 novos poemas foram incorporados; a seção *Teatro*, antes limitada a 3 peças, agora reunirá 11; a seção *Conto*, antes composta por 123 narrativas, agora reunirá 190; a de *Crônica* trará, na íntegra, a produção machadiana nesse gênero a partir de 1861, e não de 1876, e até 1897, passando de 210 para 610 textos. Por tudo isso, em apenas duas seções o elenco de textos não foi modificado: *Romance* e *Correspondência*.

A seção intitulada *Miscelânea* teve sua organização revista, incluindo-se perfis, textos de estética, textos autobiográficos e parte da crítica literária e teatral. É ainda importante dizer que as seções *Miscelânea* e *Correspondência* não têm a intenção de trazer a íntegra daquilo que o autor produziu nessas áreas, mas tão somente uma amostra, ainda que criteriosamente selecionada e, portanto, significativa.

Foi preservada a total integridade no elenco de textos que compõem cada livro publicado pelo autor. Suas obras estão aqui reproduzidas exatamente como foram publicadas originalmente, de acordo com as opções do próprio Machado, ainda que às vezes incluam contos, poemas ou crônicas em seções dedicadas a outro gênero.

Não obstante, as linhas gerais da organização dada aos quatro volumes que compõem esta edição permanecem: Volume I: Fortuna Crítica, Breve Cronologia de Vida e Obra, *Romance*; Volume II: *Conto* (primeira parte); Volume III: *Conto* (segunda parte), *Poesia, Teatro, Miscelânea, Correspondência*; Volume IV: *Crônica*, Bibliografia.

Quando o elenco original dos textos de determinado livro contraria essa divisão, notas editoriais alertam o leitor para essas eventuais "subversões" e o remetem ao conto, crônica, peça de teatro ou poema porventura reunido — pelo próprio Machado — a textos de outra natureza.

Esta edição teve como consultores formais ou informais grandes nomes da crítica machadiana. Contamos com eles sempre que os "dilemas" editoriais inerentes ao projeto se apresentaram. Agradecemos especialmente ao professor John Gledson, professor emérito do Departamento de Estudos Hispânicos e do Instituto de Estudos Latino-Americanos da Universidade de Liverpool, o fato de ter cedido à nova edição os textos machadianos por ele fixados e por orientar-nos na composição do elenco de contos a ser incluído.

A Fortuna Crítica foi cuidadosamente refeita e selecionada por Samuel Titan Jr., professor do departamento de Teoria Literária e Literatura Comparada da Universidade de São Paulo. As linhas mestras para sua confecção foram: 1) textos de importância histórica indiscutível na evolução da bibliografia sobre Machado de Assis; 2) atualização do elenco de autores, passando a incorporar os grandes nomes da crítica machadiana pós-década de 1960.

II

No que se refere ao tratamento dos textos, a base desta edição é a fixação realizada por José Galante de Souza, mestre indisputável, em sua *Bibliografia de Machado de Assis* (1955). Partindo de seu trabalho, toda a obra de Machado foi confrontada às demais edições relevantes. É claro, no entanto, que, decorridos tantos anos desde a última edição, alguns aspectos da fixação dos textos precisaram ser atualizados ou revistos, devido a certas alterações da norma ocorridas entre o século XIX e o presente, bem como a eventuais deficiências do trabalho editorial da época. Os critérios essenciais no tratamento dos textos desta edição foram:

1) atualização ortográfica; 2) aplicação das regras vigentes para a colocação de crases; 3) correção das vírgulas flagrantemente incorretas; 4) uniformização do uso de travessões, que em autores do século XIX alternam-se com vírgulas; 5) correção dos erros de concordância verbal; 6) substituição das palavras estrangeiras por seus equivalentes em português, mas preservando os casos em que a palavra em português, embora dicionarizada, soe estranha ao leitor comum, e ainda quando o uso do estrangeirismo for uma característica do personagem, e portanto um índice de sua personalidade ou posição social; 7) correção das flexões verbais de "haver" quando contrariam a regra vigente; 8) o uso de "Senhor" e "sr." foi uniformizado: procurou-se grafar com minúscula e por extenso quando a palavra aparece em diálogo; e com minúscula e abreviada quando aparece em discurso indireto. O mesmo vale para "doutor", "professor", "padre" etc.

III

O primeiro volume — *Romance* — contém os nove romances escritos por Machado de Assis entre 1872 e 1907: *Ressurreição* (1872), *A mão e a luva* (1874), *Helena* (1876), *Iaiá Garcia* (1878), *Memórias póstumas de Brás Cubas* (1880), *Quincas Borba* (1891), *Dom Casmurro* (1899), *Esaú e Jacó* (1904) e *Memorial de Aires* (1908). Esta nova edição não apresenta alterações relativamente à anterior, de 1959.

Os 190 contos presentes nesta edição encontram-se divididos em dois grandes blocos: o primeiro reúne os 76 contos publicados nos sete livros de contos que o autor publicou durante sua vida e que aqui foram mantidos como o autor os organizou, ainda que para isso tenhamos feito — como ele próprio — uma permuta de gêneros e incluído crônicas, textos comemorativos e peças teatrais na seção dos contos; o segundo bloco é o de "contos avulsos", aqueles que foram publicados esparsamente pelo autor em periódicos e não recolhidos em livros por ele, e que vão organizados em ordem cronológica. São 114 contos, recolhidos nas edições da Editora W. M. Jackson e de coletâneas que Raimundo Magalhães Júnior organizou na década de 1950 para a editora Civilização Brasileira, sob os títulos *Contos esparsos*, *Contos esquecidos*, *Contos recolhidos*, *Contos sem data*, *Contos e crônicas* e *Contos avulsos*. Nesta edição, os "contos avulsos" estão dispostos em duas partes: Contos avulsos I (no volume II) e Contos avulsos II (no volume III).

A consultoria do prof. John Gledson foi fundamental para minimizar os problemas de atribuição de autoria, já que há uma área cinzenta de contos que podem não ser de Machado, e, como também argumenta Gledson, a decisão menos precária é aquela que tem como base os pseudônimos comprovadamente utilizados pelo autor, sem entrar nas argumentações perigosas acerca do texto em si, aduzindo toda sorte de evidência duvidosa para provar que Machado escreveu tal ou qual conto. Assim, ao final de cada conto, incluímos o periódico, a data em que ele apareceu pela primeira vez e o pseudônimo com o qual Machado o assinou, o que foi de extrema importância para que a autoria fosse estabelecida. Ainda é preciso agradecer a ajuda inestimável de José Almino de Alencar, presidente da Casa de Rui Barbosa, que muito gentilmente nos amparou na pesquisa e localização de "Um

para o outro", conto inédito em livro e recuperado no arquivo de José Galante de Souza, presente naquela casa. É graças a ele que podemos juntar ao elenco dos contos machadianos essa peça tida como perdida desde o levantamento de Jean-Michel Massa, em seu *Dispersos de Machado de Assis*.

A seção de *Poesia*, no terceiro volume desta edição, reproduz as *Poesias completas* de 1901, organizadas e publicadas por Machado de Assis, e lhes acrescenta os poemas de *Crisálidas* (1864), *Falenas* (1869) e *Americanas* (1875) que o autor decidira excluir do livro de 1901. Os poemas foram revistos por Rutzkaya Queiroz dos Reis, professora de literatura brasileira do Centro Universitário Padre Anchieta, que consultou as publicações originais para fazer as emendas necessárias. Finalmente, essa seção inclui 75 poemas dispersos em periódicos, jamais recolhidos por Machado de Assis e redescobertos por diversos pesquisadores nos mais de cinquenta anos decorridos desde a edição de 1959. Em particular, devemos muito à coleta realizada pelo poeta e prof. Cláudio Murilo Leal ao longo de anos de pesquisa paciente.

O *Teatro* talvez tenha sido a seção mais aumentada nesta nova edição. Antes trazia apenas as três peças mais conhecidas de Machado — *Não consultes médico*, *Lição de botânica* e *Tu, só tu, puro amor*. Graças à pesquisa de João Roberto de Faria, professor de literatura brasileira da USP, presente no livro *O teatro de Machado de Assis*, da série Dramaturgos do Brasil, publicada pela editora Martins Fontes, foi possível aumentar o número das peças aqui presentes, reunindo agora todas as peças de Machado de autoria incontestável e cujo texto não foi perdido — o que aconteceu em vários casos dessa produção.

A *Miscelânea*, pautada pela *Bibliografia de Machado de Assis*, de José Galante de Souza, e pelas categorias ali estabelecidas, reúne as obras dispersas de Machado que não ficariam adequadamente enquadradas nas outras categorias. Assim, além de algumas crônicas avulsas, reunimos textos identificados como *polêmica, fantasia, discurso, dissertação, comentário, prefácio, homenagem, apreciação, diálogo* e *crítica*. A necessária seleção feita aqui privilegiou os textos de crítica (principalmente de crítica literária), ainda que inclua textos de ficção e todos os textos que já apareciam nas edições anteriores.

A seção de *Correspondência* é uma reprodução da que foi preparada para a edição de 1959. Como lá, conservaram-se algumas notas de rodapé da edição W.

M. Jackson, por seu valor informativo. A fim de facilitar a identificação das pessoas citadas, completaram-se entre colchetes os nomes referidos nas cartas. Todo esse trabalho foi preservado da edição de Afrânio Coutinho, e também à memória dele agradecemos.

A organização das crônicas teve como orientação a bibliografia organizada por José Galante de Souza, reunindo todas as crônicas ali citadas e que pertenceram às seções publicadas entre 1861 e 1897 (os poucos textos de jornal que Galante considerou crônica e que não pertenciam a nenhuma série sistemática foram incluídos na Miscelânea). A seção *Badaladas*, publicada entre 1869 e 1876 na *Semana Ilustrada*, não foi incluída, mais uma vez respeitando os critérios de Galante, uma vez que sob o pseudônimo coletivo "Dr. Semana" escondiam-se vários autores.

Portanto, reuniu-se a totalidade das seções *Comentários da Semana*, *Crônicas*, *Ao Acaso*, *Histórias de Quinze Dias*, *Histórias de Trinta Dias*, *Notas Semanais*, *Balas de Estalo*, *A + B*, *Gazeta de Holanda*, *Bons Dias!* e *A Semana*. Essa reunião, inédita em uma mesma publicação, deve muito a trabalhos previamente realizados: das obras completas das editoras W. M. Jackson e Nova Aguilar, passando pelos livros organizados por Jean-Michel Massa (*Dispersos de Machado de Assis*) e Raimundo Magalhães Júnior (*Crônicas de Lélio* e *Diálogos e reflexões de um relojoeiro*), até as publicações mais recentes de Heloisa Helena Paiva de Luca (*Balas de Estalo: de Machado de Assis*) e John Gledson (*Bons Dias!* e *A Semana*). Além disso, cabe um agradecimento especial aos professores Gledson e Lúcia Granja, professora de literatura brasileira da Universidade Estadual Paulista Júlio de Mesquita, pela generosidade na colaboração.

Agradecemos ainda a generosidade dos autores e herdeiros dos direitos autorais dos textos da Fortuna Crítica, que nos permitiram reunir uma amostra das diversas fases da crítica machadiana, valorizando muito o interesse dessa seção. Finalmente, gostaríamos de agradecer a todos os que nos apoiaram na tarefa de preparar esta edição da obra completa de Machado de Assis. Graças ao seu generoso incentivo, um enorme contingente de jovens leitores conhecerá o gênio da literatura brasileira à luz da contemporaneidade. Entre eles, gostaríamos de destacar o prof. Eduardo Portella, que sempre transmitiu à editora o entusiasmo necessário à execução deste trabalho.

Fortuna

Organização de Samuel Titan Jr.

Capistrano de Abreu

Sílvio Romero

Araripe Junior

José Veríssimo

Augusto Meyer

Astrojildo Pereira

Roger Bastide

CRÍTICA

Barreto Filho

Lúcia Miguel-Pereira

Augusto Meyer

Eugênio Gomes

Helen Caldwell

Alexandre Eulalio

Antonio Candido

Silviano Santiago

José Guilherme Merquior

Raymundo Faoro

José Paulo Paes

Alfredo Bosi

Roberto Schwarz

John Gledson

Susan Sontag

Sobre as *Memórias póstumas de Brás Cubas*[1]
Capistrano de Abreu

As *Memórias póstumas de Brás Cubas* serão um romance? Em todo o caso são mais alguma coisa. O romance aqui é simples acidente. O que é fundamental e orgânico é a descrição dos costumes, a filosofia social que está implícita.

Esta filosofia define-se facilmente evocando-se os dois nomes de La Rochefoucauld e Sancho Pança. Com efeito vemos de um lado o ceticismo, perguntando se, atrás de um ato que desperta o entusiasmo e desafia a crítica e a malevolência, não há motivos recônditos que o reduzem a proporções de um fato qualquer banal. De outro, há a satisfação, há o contentamento, que acha que tudo vai muito bem, no melhor dos mundos imagináveis.

Segundo esta filosofia, nada existe de absoluto. O bem não existe; o mal não existe; a virtude é uma burla; o vício é um palavrão. Tudo se reduz a uma evolução; a passagem do importuno para o oportuno, ou do oportuno para o importuno.

Os homens bem o sabem. Por que não reagem?

Primeiro, por causa das formalidades, a mais consistente de quantas argamassas conservam preso o edifício da sociedade. Segundo, pelo interesse, que, se não encobre o caminho direito, leva a embicar para a direção oposta. Depois a vaidade, a covardia, a covardia principalmente... Filosofia triste, não é? O autor é o primeiro a reconhecê-lo, e por isso põe-nas nas elocubrações de um defunto, que nada tendo a perder, nada tendo a ganhar, pode despejar até as fezes tudo quanto se contém nas suas recordações.

A sua vida levou-o, aliás, a tais conclusões. Nasceu de pais ricos e complacentes, que o amavam com ardor, mas de um amor antes específico e animal do que esclarecido e elevador. As suas inconveniências e travessuras passavam como rasgos de espírito. As suas exigências, por mais esdrúxulas, eram sempre satisfeitas. Daí a primeira tendência — para a satisfação, para o otimismo, tendência auxiliada pela fatuidade, que herdara do pai.

Veio a amar — mas sensualmente, "durante quinze meses e onze contos de réis". Foi a este propósito que lhe sobrevieram as primeiras dúvidas, e desgostos. Mas quem sabe? — pensou consigo. Se o meu amor fosse puro, seria outro o desenlace.

Viu, porém, que não seria. Encontrou no navio em que embarcara um par que se amava legitimamente. A mulher morre e é pretexto para versos, e no aplauso por estes suscitado afoga-se a dor da perda que considerava irreparável.

Na universidade em que estudou, a face dos objetos poderia modificar-se. Se o estudo o arrastasse; se a ciência com sua beleza máscula o atraísse ou uma ideia qualquer o prendesse; poderia ter sido diferente o resto de sua carreira.

Não sucedeu assim. O que queria era a carta de bacharel; esta, obteve-a sem grandes dificuldades. E, como o problema do bem nunca se desenhara em sua consciência, o problema da verdade nunca palpitou em seu espírito.

Volta para a pátria e perde a mãe. Uma dor grande o possui. Aguilhoado por

[1] Publicado na coluna "Livros e Letras", na *Gazeta de Notícias*, Rio de Janeiro, 30 de janeiro de 1881.

ela, vai procurar lenitivo na solidão. O pai visita-o, e em vez de encontrar nele a angústia e o desconsolo, Brás Cubas só enxerga a vaidade por ter recebido uma carta do regente, ao mesmo tempo que o desejo de o introduzir na política.

Mostra-se agora um ensejo que poderia dar outra direção à vida de Brás Cubas. Encontra uma mulher nobre, digna, de uma virtude que não permitia dúvidas, de um caráter que não admitia transações.

Amou-a, se é que podia amar; porém, era pobre, filha natural e os cálculos do pai apontavam-lhe outra, que era uma apresentação para a deputação. Fez a corte a esta; foi bem recebido; tudo parecia encarrilhado da melhor maneira... Quando um rival, que não lhe era superior, seduziu a sua noiva acenando-lhe com a coroa de marquesa.

Se não fosse Brás Cubas, teria sofrido um choque terrível; mas o nosso herói não era homem de abalos. Sua vaidade foi amarrotada, e muito mais a do pai, que não pôde resistir ao golpe. Mas não passou disto; nem protestos, nem maldições contra as mulheres, nem coisa nenhuma. Já chegara à teoria das *edições humanas*, e vira que isto, de amor, por maior que seja a impressão causada no momento, dificilmente escapa ao ridículo, quando passado o êxtase.

Viu mais tarde que a amizade de família é um logro, pois sua irmã e seu cunhado por causa da herança não hesitavam em quebrar os laços.

Então atirou-se à vida fácil, às polêmicas de jornais. Se tivesse de ganhar a vida, se a necessidade o obrigasse ao labor, é provável que diverso fosse o seu futuro; mas nem no exterior, nem no íntimo encontrava incentivos para a atividade.

Não tardou muito que voltasse para o Rio Virgília, a mulher que por ambição lhe preferira outro. Encontraram-se os dois e, não se sabe bem por quê — provavelmente porque de importunos tinham passado a oportunos —, começaram a se amar.

Amor cego, que chegou às cumeadas do sentimento, para depois ir baixando, baixando até ficar rente com o solo. Brás Cubas a princípio nada viu, enlevado no primeiro ímpeto. Depois, porém, notou que a alma que ele julgava pertencer-lhe inteira era dominada por muitas outras considerações: a vaidade, o gosto de ser admirada, o medo, uma certa ingenuidade impudente...

O marido desconfiou; mas, embora caráter de rija têmpera, apenas gretado por certos preconceitos, não teve coragem de desafrontar-se, porque viu que isso seria tornar pública a mancha doméstica.

Daí a tempos, Virgília teve de acompanhar o marido a uma província de que fora nomeado presidente, após incidentes bastantes curiosos.

Nada prendia Brás Cubas a Virgília; o amor fora substituído pela saciedade em ambos; o filho, que Virgília a princípio anunciara, morrera antes de nascer. Por isso, acabou cedendo às propostas de casamento que sua irmã lhe fazia. Mas estava escrito que ele nunca havia de formar família; a noiva morre poucos dias antes do ato realizar-se.

Foi depois do falecimento da noiva que Brás Cubas entrou na política. Foi deputado; escapou de ser ministro e não foi reeleito. Imagine-se a sua decepção!

Mas um amigo o consolou, um amigo de viver bastante agitado, que da ociosidade fora levado ao vício, e do vício ao crime. Este amigo a quem uma fortuna, herdada inesperadamente, afastara do caminho da correção imaginou um sistema de filosofia: o humanismo.

Tudo é bom; tudo é grande; tudo é santo. A humanidade reside no todo, mas reside igualmente no indivíduo. Como, por conseguinte, pode lesar-se a si própria!

História da literatura brasileira
[Fragmentos]
SÍLVIO ROMERO

Um estudo, mais ou menos completo, do escritor fluminense — na poesia, no conto, no romance, determinando-lhe o valor nesses domínios da produção literária, e nomeadamente notando-lhe as qualidades predominantes do espírito, no intuito de defini-lo em traços nítidos, já não é hoje coisa que se possa fazer sem arredar previamente do caminho certos tropeços nele postos pela crítica indígena.

Um desses é a apregoada antinomia entre a primeira e a segunda fase da carreira do ilustre autor, entre a sua antiga *maneira e* a que depois adotou.

Julgam geralmente que existe um valor quase invadeável entre os dois períodos.

A nova maneira de Machado de Assis não estava em completa antinomia com o seu passado, sendo apenas o desenvolvimento normal de bons germes que ele nativamente possuía, naquilo que a nova tendência teve de bom, e o desdobramento, também normal, de certos defeitos inatos, naquilo que teve ela de mau.

O psicologismo, mais ou menos irônico e pessimista, do autor de *Memórias póstumas,* prende-se, por mais de uma raiz, ao romantismo comedido e sóbrio, cheio de certas sombras clássicas, que o escritor jamais abandonou.

Por outros termos, seu romantismo foi sempre, no meio da barulhada imaginativa e turbulenta dos seus velhos companheiros, pacato e ponderado, com uma porta aberta para o lado da observação e da realidade; seu posterior sistema, que poderemos chamar um naturalismo de meias-tintas, um psicologismo ladeado de ironias veladas e de pessimismo sossegado, tem, por sua vez, uma janela escancarada para a banda das fantasias românticas, não raro das mais exageradas e aéreas.

Toda a obra do escritor é um produto *sui generis,* dando-nos o exemplo duma espécie de ecletismo maneiroso, ponderado, discreto, em que se refletem as forças de um espírito valoroso, é certo, porém fundamentalmente plácido e tranquilo.

Outro preconceito que é mister arredar é o de não poder o autor de *Iaiá Garcia* ser apreciado pelo critério nacionalista.

Machado de Assis pode e deve ser também julgado pelo critério nacionalista, que aliás não reputamos o único critério nestes assuntos; por mais de uma face o poeta das *Falenas, o* romancista de *Ressurreição,* presta-se à operação e não sai amesquinhado.

A inspiração nacionalista não é, ao que se repete vulgarmente, a *que é mais*

2 Publicado em *História da literatura brasileira*. Rio de Janeiro: José Olympio, 1960 [1888, 1902-1903].

pegada à vida nacional. Se assim fora, não teríamos dado importância a Álvares de Azevedo, Laurindo Rabelo, Aureliano Lessa, Varela, Castro Alves, Tobias Barreto, que, entre os românticos, estão na primeira fila dos poetas, já não falando no velho Cláudio da Costa, que ocupa o primeiro posto entre os clássicos.

O espírito nacional não está estritamente na escolha do tema, na eleição do assunto, como se costuma supor.

Não é mais possível hoje laborar em tal *malentendu*. O caráter nacional, esse *quid* quase indefinível, acha-se, ao inverso, na índole, na intuição, na visualidade interna, na psicologia do escritor. Tomasse um eslavo, um russo, como Tolstoi, por exemplo, um tema brasileiro, uma história qualquer das nossas tradições e costumes, havia de tratá-la sempre como russo. Isto é fatal. Tomasse Machado de Assis um motivo, um assunto entre as lendas eslavas, havia de tratá-lo sempre como brasileiro, queremos dizer, com aquela maneira de sentir e pensar, aquela visão interna das coisas, aquele *tique*, aquele *sestro* especial, se assim nos podemos expressar, que são o modo de representação espiritual da inteligência brasileira.

Não há livro menos alemão pelo assunto do que o *Fausto*; não existe outro mais alemão pelo espírito. O tema é universal, é humano, a execução é germânica.

Machado de Assis não sai fora da lei comum, não pode sair, e ai dele se saísse. Não teria valor. Ele é um dos nossos, um genuíno representante da sub-raça brasileira cruzada.

Seus romances, seus contos, suas comédias encerram vários tipos brasileiros, genuinamente brasileiros, e ele não ficou, ao jeito de muitos dos nossos, na decoração exterior do quadro; mais penetrante do que muitos desses, foi além, e chegou até a criação de verdadeiros tipos sociais e psicológicos, que são *nossos* em carne e osso, e essas são as criações fundamentais de uma literatura. Que tal é aquele *Luís Garcia*, aquele *Antunes*, aquela *Valéria*, aquele *Procópio Dias*, aquela *Estela*, todos estes só no pequeno livro de *Iaiá Garcia*?

Que vêm a ser aquele *Carlos Maria*, aquele *Freitas*, aquele *Palha*, aquela *Fernanda*, aquele *Teófilo*, aquela *Tonica*, aquele *Camacho*, e esse impagável *major Siqueira*, todos dessa extensa galeria de *silhouettes* que se chama *Quincas Borba*? Nos contos então a messe é ainda maior... Será preciso lembrar o "O diplomático", esse curioso *Rangel*, que é um modelo do gênero, ou certos tipos de "O alienista", e da "Galeria póstuma", tão brasileiros em tudo?

Falemos agora do humorismo e pessimismo do nosso romancista.

Depois da mutação por que, de 1870 em diante, foi passando o espírito dos intelectuais brasileiros, sob a influência partida da escola do Recife, houve certo grupo de românticos que não tiveram a coragem de atirar fora a velha bagagem e tomar outra nova, entrando nesse renovamento do pensar nacional pela crítica, e começaram a se mostrar amuados, displicentes, irônicos, desgostosos, rebuscados, misteriosos e pessimistas.

Impotentes já, pela idade, de tomar um partido definido entre as grandes correntes filosóficas que dividiam o século, materialismo, positivismo, evolucionismo, monismo transformístico, hartmannismo, ficaram a burilar frases com o ar enigmático de faquires, falando em nome de não sabemos que coisas ocultas que fingiam saber.

Neste singular grupo Machado de Assis foi chefe de fila.

Ele sentiu também, numa certa hora, o desgosto que, em momento psicológico, se apoderou d'alma brasileira. Mas sentiu-o de leve.

Papéis avulsos, Várias histórias, Memórias póstumas, Quincas Borba... são amostras desse humorismo pacato, desse pessimismo vistoso e intencional, que atacou o espírito público, antes que ele tomasse gosto e jeito para passar adiante.

O *humour*, nestas condições, não é natural e espontâneo; é um capricho, uma coisa feita segundo certas receitas e manipulações.

Ora, o *humour* não é artefato que se possa imitar com vantagem; porque ele só tem real merecimento quando se confunde com a índole mesma do escritor.

O humorista é porque é e porque não pode deixar de ser. Dickens, Carlyle, Swift, Sterne, Heine foram humoristas fatalmente, necessariamente; não podia ser por outra forma. A índole, a psicologia, a raça, o meio tinha de fazê-los como foram.

Tomás Hood, Fielding, Richter, ou qualquer dos citados acima, ninguém de bom senso pode acreditar que escrevessem as *Americanas, Helena, Iaiá Garcia, A mão e a luva, Ressurreição, Crisálidas,* isto é, seis livros onde tudo poderá existir, menos o genuíno *humour*, seis livros que representam um *grande mortalis œvi spatium* do nosso autor, sem que este desse, de longe ou de perto, o menor sinal de ocultar em si o espírito mefistofélico dos humoristas de raça.

O Machado de Assis dos últimos anos era fundamentalmente o mesmo eclético de trinta ou quarenta anos atrás: meio clássico, meio romântico, meio realista, uma espécie de *juste milieu* literário, um homem de meias-tintas, de meias palavras, de meias ideias, de meios sistemas, agravado apenas pelo vezo humorístico, que não lhe ia bem, porque não ficava a caráter num ânimo tão calmo, tão sereno, tão sensato, tão equilibrado, como era o autor de *Tu só, tu, puro amor*.

A manifestação mais aproveitável de seu talento foi certa aptidão de observação comedida e a capacidade de a revestir, em suas obras, de uma forma correta e pura.

A princípio o poeta e romancista diluía por tudo aquilo certo lirismo, doce, suave, *tranquilo;* depois teve veleidades de pensador, de filósofo, e entendeu que devia polvilhar os seus artefatos de *humour*, e, às vezes, de cenas com pretensão ao *horrível.*

O temperamento, a psicologia do notável brasileiro não eram os mais próprios para produzir o *humour*, essa particularíssima feição da índole de certos povos. Nossa raça em geral é incapaz de o produzir espontaneamente.

Nossa raça produz facilmente o cômico, que se não deve confundir com o *humour.*

O cômico ri pelo gosto de rir, porque em tudo sabe farejar o grotesco. O humorista ri com melancolia, quando devia chorar; ou chora com chiste, quando devia apenas rir. A situação é diversa e mais complicada do que a do espírito simplesmente cômico.

Como quer que seja, não se encontram em Machado de Assis os característicos do humorista descritos pelos mestres da crítica.

Não tinha aquela visualidade subjetiva da contradição entre o ideal e a realidade no mundo e no homem, que o forçasse constantemente à nota artística do *humour.*

Não tinha aquela efusão contínua da sensibilidade, que tal estado d'alma determina. Não possuía aquela particular superioridade de julgamento dos homens e das coisas, e descambava quase sempre, em seus últimos livros, para o pessimismo, que não é o humorismo, e algumas vezes talvez para uma espécie de misantropia, coisa por outro lado também diversa do pessimismo.

Se se pode tomar Laurence Sterne como o tipo de escritor humorista e os seus livros como modelo do gênero, não há no mundo das letras dois homens mais dessemelhantes do que o autor de *Ressurreição* e o de *Tristram Shandy*, e não existem obras mais diferentes do que as do autor inglês e as do brasileiro.

Sterne era um misto singular de volubilidade e paixão, de sentimentalismo e leviandade. Pastor protestante e crente na sua religião, era um perpétuo namorado, metido em aventuras apaixonadas que o levaram quase ao delírio. Filho de militar inglês, conheceu a vida da caserna e das guarnições de cidade em cidade; de família burguesa, e mais tarde pastor d'aldeia, tendo passado pela universidade, pôs-se em contacto com a média da sociedade, onde são mais tenazes as recordações e mais variados os tipos.

Daí a grande fonte em que se abeberava a sua imaginação travessa, o seu caráter inconstante, a sua índole versátil.

Por isso é que encheu *Tristram Shandy* e a *Viagem sentimental* de tantas cenas que são verdadeiros prodígios d'arte humorística e conseguiu criar dois tipos dos mais originais da literatura universal. Algumas destas cenas, como a história de Le Fever, a morte de Yorick, os dois asnos, o asno morto de Namport e o de caçapão, a mosca do irmão de Tristram, são, no dizer dos mestres, verdadeiras obras-primas. Quanto aos tipos, isto é, os dois manos Shandys, são dois caracteres animados, duas criações cheias de realidade, de movimentação, de força, de vida, em suma, que parecem dois entes tomados ao natural, tipos representativos de duas classes de seres humanos, sem abstração, e na mais completa espontaneidade da existência.

Nem o nosso sensato, manso, criterioso e tímido Machado se pareceu com Laurence Sterne, nem ele jamais ideou nada, que lembre os dois irmãos Shandys.

Existem os grandes felizes otimistas, o que é natural; os grandes felizes que se dão ao luxo de ser pessimistas, o que não deixa de ser muitas vezes bem singular; há os grandes sofredores pessimistas, o que é explicável; os grandes desgraçados, que têm a generosidade de se mostrar otimistas, o que merece peculiar atenção. Mas a lista ainda está bem longe de ser completa: há os sofredores, que, por circunstâncias várias da sensibilidade e da inteligência, chegam a certo pessimismo apenas teorético, espécie de protesto para uma mais perfeita organização das coisas.

Neste grupo é que se há de colocar o nosso Machado de Assis.

Não se pode contestar nele o pessimismo, mais acentuado ainda do que o seu humorismo; mas assim como este se agravou inutilmente em suas últimas obras com certas fórmulas meramente convencionais, também o seu pessimismo da última fase tem alguma coisa de exterior.

Há uma nota nas *Memórias póstumas de Brás Cubas* e noutros dos mais recentes livros de Machado de Assis, que deve ser assinalada para completa apreciação de sua personalidade: a coloração de horrível que imprime em alguns de seus quadros.

Falta neste ponto a Machado um não-sabemos-quê que é uma espécie de im-

pavidez na loucura, qualidade possuída pelo grande Edgar Allan Poe e de que é um medonho exemplo o seu "Gato preto", ou um certo tomo grandioso e épico que estruge nalgumas páginas da *Casa dos mortos* de Dostoiévski, capazes de emparelhar com algumas cenas de Dante.

Mas em língua portuguesa ninguém, no gênero, se elevou tão alto quanto Machado, nem no Brasil, nem em Portugal, convém afirmá-lo.

Era um filão que ele devia aprofundar esse do caráter brasileiro com suas virtudes e defeitos. Sua obra seria mais variada e mais profunda. Com três ou quatro paletadas o emérito estilista sabia, quando queria, pôr de pé um sujeito e fazê-lo mover-se à nossa vista.

E com estas notas voltamos a um dos pontos donde partíramos. O autor de *Dom Casmurro* pode e deve ser também apreciado pelo critério nacionalista.

O *nisus* central e ativo de Machado de Assis era de brasileiro, e como tal se revelava no caráter essencial de sua obra de mestiço e até em várias roupagens exteriores, quando assestava a observação mais diretamente para as coisas pátrias.

Cremos poder defini-lo em poucas palavras:

Machado de Assis não era um satírico; a mais superficial leitura de qualquer de suas obras mostra-o logo às primeiras páginas. Não era um cômico, nem como dizedor de pilhérias, nem como criador de tipos e situações engraçadas e equívocas. Não era também plenamente um misantropo, um *détraqué*. Não lembra, pois, nem Juvenal, nem Martins Pena, nem Molière, nem de todo Baudelaire, ou Poe, ou Dostoiévski. Não era, finalmente, da raça dos humanitários propagandistas e evangelizadores de povos ao gosto de Tolstói. Era, antes, uma espécie de moralista complacente e doce, eivado de certa dose de contida ironia, como qualidade nativa, que de quando em quando costumava enroupar nas vestes de um peculiar humorismo, aprendido nos livros, e a que dava também por vezes uns ares de pessimismo intencional.

O que era seu, o que existia no seu espírito, como qualidades naturais, como bases de seu temperamento, vinham a ser o talento da análise psicológica, uma espontânea simpatia pela dignidade humana, a facilidade de generalizar os fatos e as ideias, o que tudo dá ao complexo de sua obra certo sainete moralizante, que o *humour* e o pessimismo não têm força de apagar. Possuía, por certo, uma dose ingênita de ironia; mas esta não podia nunca extravasar-se tumultuária e envenenadora, por ser sofreada pela timidez fundamental do temperamento do escritor.

Tal a razão pela qual se deve afirmar a unidade da obra do poeta e do romancista através de seus trinta volumes de produção, de seus cinquenta anos de trabalho. Mostra certamente em si vivos sinais de evolução e progresso; mas esses não se fizeram como síntese de suas primeiras revelações na arena das lides espirituais, e sim como normal continuação e desdobramento delas.

Machado de Assis[3]
Araripe Junior

Tipo acabado do homem de letras, beneditino da arte, Machado de Assis constitui, no Brasil, um dos raros exemplos de poeta e romancista que, resistindo ao meio e vencendo as hostilidades do próprio temperamento, fiel à vocação, conseguiu completar a sua carreira. Filho das próprias obras, ele não deve o que é, nem o nome que tem, senão ao trabalho e a uma contínua preocupação de cultura literária.

Nascido aos 21 de junho de 1839, nesta capital, do consórcio de Francisco José de Assis e Maria Leopoldina Machado de Assis, o autor do *Quincas Borba*, filho de operário, foi destinado, em princípio, ao comércio, onde apenas permaneceu três dias, como caixeiro de uma loja de papel. Dedicando-se logo depois à arte tipográfica, parece que aí as suas aptidões naturais se desenvolveram rapidamente, já pelo contato com a imprensa, esse poderoso instrumento de irradiação literária, já pela aproximação dos jornalistas que naquela época brilhavam no mundo político ou se ensaiavam na prosa e na poesia. Afirma-se que, nesta situação, animado por um grupo de rapazes, pela maior parte mortos, entre eles Casimiro de Abreu, Macedo Júnior, Caetano Filgueiras e Gonçalves Braga, começou a versejar e, em 1860, entrou para o *Diário do Rio de Janeiro*, a convite de Quintino Bocaiúva, o qual fazia parte da respectiva redação, ao lado de Henrique César Muzzio, um prosador de muito talento, e de Manuel Antônio de Almeida, autor das *Memórias de um sargento de milícias*, o romancista de costumes, talvez de mais talento, que tem nascido entre nós. Em 1867, transferiram-no para o *Diário Oficial*, na qualidade de ajudante do diretor, e aí o encontramos ainda em 31 de dezembro de 1873, época em que foi nomeado 1º oficial da Secretaria da Agricultura, Comércio e Obras Públicas, por ocasião de reformar-se essa repartição, na qual, conservando-se até hoje, foram os seus serviços galardoados com a promoção, em 7 de dezembro de 1876, a chefe de seção, e, em 30 de março de 1889, a diretor da Diretoria do Comércio.

Eis, em traços rápidos, a vida oficial do poeta, que, ao primeiro lance de olhos, se nos afigura destituída de acidentes, sem lutas, e semelhante, na tranquilidade, à daquelas matronas romanas, em cujas sepulturas os coevos epigrafavam o célebre dístico: *foi honesta e fiou lã*. O segredo, porém, desta tranquilidade, observada na carreira burocrática de Machado de Assis, encontra-se na correção do funcionário e no mais decidido horror à vida política ativa, cortesã desbragada que às letras brasileiras tem arrebatado os seus mais belos talentos. Não tendo a política conseguido seduzi-lo, volveu-se o seu espírito inteiro para a arte e para o belo. Nas suas produções, nos seus livros, pois, é que se poderá encontrar a sua verdadeira história, a história das suas lutas pelo ideal, que não devem ter sido pequenas, atenta a circunstância de que o poeta tem assistido ao advento de três revoluções ou escolas literárias.

[3] Publicado na *Revista Brasileira*, Rio de Janeiro, ano I, tomo I, janeiro-março de 1895.

I

Como todos os escritores do seu tempo, Machado de Assis formou-se, educou-se e recebeu as suas melhores armas de combate das mãos dos poetas e prosadores românticos.

Pertencente ao grupo de literatos que surgiu imediatamente depois do movimento imprimido às letras pátrias, em várias direções, por Gonçalves Dias, Joaquim Manuel de Macedo, José de Alencar, Álvares de Azevedo, por muito tempo o autor das *Memórias póstumas de Brás Cubas* vagou entre o classismo [sic] de Antônio de Castilho e o arrojo da forma romântica, representada, em Portugal, principalmente por Alexandre Herculano. O tempo, porém, encarregou-se de convencê-lo de que, ao seu temperamento, não convinha nem a aridez do primeiro, nem as violências de imaginação do segundo.

Dados os primeiros passos, adquirida a forma clara e nítida que o namorava desde a publicação das *Crisálidas* e que logo depois se estereotipou nas *Falenas,* ele ensaiou-se no conto, e é nesse terreno que gradualmente vê-se despontar o broto, de onde rebentaram mais tarde as concepções que hão de afirmar, no futuro, a sua passagem pelas letras brasileiras.

Aos amigos, já de há muito revelara-se Machado de Assis um *causeur* arguto e original. Espírito excêntrico, apaixonado dos livros, filósofo sem sistema, mas sempre pronto a estacar, com um ponto de admiração nos lábios, diante de todas as singularidades que a vida nos apresenta, e com o espanto nos olhos, diante de todos os tipos originais que a História nos transmitiu, esse *causeur* inesgotável precisava, antes de tudo, aparelhar-se no gênero literário mais apropriado a resumir o gênio da divagação e as excentricidades de um autor independente e sem pretensões a diretor de um movimento.

Machado de Assis não chegou, entretanto, de um salto, à sua obra verdadeira. Embora *Memórias póstumas de Brás Cubas* e *Quincas Borba* não sejam senão o desenvolvimento do humor dos contos denominados "Luís Soares" e "Miss Dólar", que se encontram no seu primeiro livro de histórias, ele, por espaço de muitos anos, confundiu essa aptidão com a do psicólogo analista objetivo; e por essa razão o vemos dando sucessivamente à estampa os romances *Ressurreição, Iaiá Garcia* e *Helena,* livros em que a influência de Octave Feuillet é tão visível, como o é nas formas do seu humorismo a de Laurence Sterne, o grande criador do *Tristram Shandy.* A ascendência deste, contudo, sobrepujou a daquele, não só porque achava terreno apropriado para frutificar, mas também porque só os espíritos superiores e originais conseguem abrir sulcos e semear na imaginação dos que se ocupam com as suas obras; e o autor do *Romance de um moço pobre* é escritor para se copiar, mas nunca para se estudar como elemento de fecundação. Machado de Assis, portanto, entregando-se definitivamente a Sterne, entregou-se a si mesmo e fortaleceu o seu verdadeiro talento. Cultivando a própria neurose, desenvolvendo *secundum artem* as excentricidades nativas de seu espírito, objetivando-as com franqueza nos personagens dos seus romances, em vez de procurar traduzir observações feitas sobre personagens da vida real, que no relato teriam forçosamente de transfigurar-se nos fantasmas doentios criados pela imaginação do romancista, ele abriu ao próprio talento um campo vasto e original de atividade, no qual, sem ofensa a direitos adquiridos, pode se dizer que, na literatura brasileira, não encontra rival, nem escritor

que ao menos procure acompanhá-lo. De fato, as *Memórias póstumas de Brás Cubas* e o *Quincas Borba* são livros únicos na língua portuguesa.

II

O português não tem o temperamento humorista. O gênio da raça não conseguiu, até hoje, pôr nos versos dos seus poetas e nas divagações dos seus prosadores senão a alacridade tosca do jogral ou a ironia rebuscada do voltaireano. Dizem que o padre Antônio Vieira, em muitos dos seus sermões e na *Arte de furtar,* distinguiu-se por essa rara qualidade; mas, a ser isso exato, é certo também que o célebre jesuíta está tão longe dos verdadeiros humoristas, como as sátiras de Nicolau Tolentino estão das de Juvenal. A crítica jamais poderá descobrir na alma portuguesa o *quid* constitutivo dos caracteres que tornam salientes os gênios de Shakespeare, de Swift, de Sterne, de Lamb e mesmo de Thackeray.

Produto exclusivo da raça anglo-saxônica, o humor, que não é outra coisa mais do que a galhofa da tristeza, a ironia da loucura, o motejo da morte, o riso tirado da caveira de Yorik, o sentimento da inanidade da vida humana expressado pelo gênio do *clown*-escriba, a sabedoria e os segredos da natureza revelados pelo espírito dos Falstaff e dos Uncle Toby: o humor nada tem de comum com a alegria grotesca de Panúrgio, nem mesmo com a satisfação ridícula de Sancho Pança; porque o pantagruelismo, segundo Rabelais, é simplesmente *une gayeté d'esprit confite en mespris des choses fortuites,* e o sanchismo, segundo Miguel Cervantes, uma tranquilidade de ânimo resultante da renúncia decidida e firme de tudo quanto constitui o ideal, em proveito da exploração da vida tal como ela se manifesta neste mundo sublunar. É óbvio, portanto, que as literaturas neolatinas não comportam o humor com a intensidade de desenvolvimento que lhe deram os povos que o inventaram; e se os escribas dessas literaturas chegam a experimentá-lo, caminham rapidamente para a loucura, sendo raros os que têm desvirtuado impunemente esse poderoso *órgão de revelação do lado noturno das coisas humanas.* Não obstante tudo isto, a imaginação dos ramos neolatinos não deve ser condenada como incapaz do paradoxo literário — a forma exterior do humorismo. E se é verdade que, em Portugal, são dignos de lástima os dislates de um Guerra Junqueiro (*A velhice do padre eterno*), não acontece assim no Brasil, onde a vivacidade oriunda de novas condições mesológicas e étnicas naturalmente inclinou o espírito dos seus escritores para o arguto, para o brilhante e para o imprevisto.

Machado de Assis acha-se no número dos escritores dessa espécie. O seu estilo paradoxal, a disposição grotesca das suas últimas composições, a atitude truncada dos personagens que aí figuram, os discursos e as reflexões antitéticas que se encontram em muitos dos seus capítulos de filosofia excêntrica, enfim, a originalidade e os tiques ou manias dos seus heróis dão-lhe um lugar especial na história da literatura brasileira, e o que é mais, o direito de considerar-se criador de um gênero até certo ponto desconhecido no meio em que nos desenvolvemos.

III

O autor do *Quincas Borba* foi sucessivamente crítico, poeta arcaico, poeta romântico, romancista de salão e contista; e, por último, afirmou-se escritor humorista de primeira ordem. Exercendo toda a sua atividade literária na composição de obras

pertencentes a vários gêneros literários, de 1851 até esta data, ele tem atravessado fases diversas, em que, ora por influências das correntes literárias produzidas na Europa, ora por efeito de reação indígena sobre essas mesmas influências, o gosto assumiu-lhe formas antagônicas. Foi assim que Machado de Assis assistiu aos adventos do indianismo de José de Alencar, do neo-romantismo e das tentativas dramáticas de Quintino Bocaiúva e Pinheiro Guimarães, da escola condoreira de Tobias e Castro Alves, do naturalismo personificado na geração que despontou em 1878, com José do Patrocínio, Tomás Filho, A. Celso Júnior, Assis Brasil, Lúcio de Mendonça, V. de Magalhães, e do parnasianismo representado por Olavo Bilac, Raimundo Correia e outros. Estas oscilações da estética nacional, se não influíram profundamente na marcha do espírito de Machado de Assis, todavia deram-lhe forças para retemperar o seu caráter de artista e enriqueceram-lhe o estilo, porque ele não só não hostilizou os novos, mas até buscou compreendê-lo e estudou-os com simpatia. Semelhante fato, evitando o desapreço do mestre, teve uma grande vantagem para o romancista: saturou-o dos progressos deste fim de século e, ao mesmo tempo, manteve a sua individualidade ao abrigo da decomposição, que sempre acompanha os autores fáceis em aceitar e imitar a primeira novidade que aparece no mercado literário.

Em síntese, Machado de Assis significa um poeta clássico-romântico que, em caminho, matizando a sua imaginação com a variedade das cores e dos aspectos das opostas paisagens que foi atravessando, descobriu a existência, em sua alma, de uma região excêntrica e nela firmou as tendas do seu estilo. Tal segurança de estética poderia ser ainda perturbada pelos exageros do realismo, pelo zolismo, ou, antes, pelo *Medanismo*, se, como afirmam Paul Adam e outros ocultistas, essa escola não estivesse em vésperas de descer ao túmulo da história. Felizmente, porém, para os excêntricos, aí vêm o simbolismo, o magismo, o egotismo, o ipseísmo, o neocatolicismo, o tolstoísmo, o ibsenismo, todas as nuanças, enfim, do misticismo moderno, com os seus respectivos credos de destruição da *carne* e purificação da *ideia*; e se bem que as tendências dos reacionários, ultimamente postos em evidência, apenas se relacionem entre si por um vago anseio religioso, uma necessidade de volver às formas arcaicas de todos os tempos e a um hieratismo literário quase atingindo o faquirismo, é bem provável que, dessa luta por novos ideais, comecem a surgir produtos capazes de rivalizar com os primores dos mestres de todas as épocas, logo que os novos revolucionários consigam explicar os seus desacordos com os progressos científicos do século XIX.

Acredito que esse movimento, como os anteriores, não será hostil à musa de Machado de Assis, antes, pelo contrário, o autor das *Memórias póstumas de Brás Cubas*, que ainda tem diante de si largo espaço para trabalhar, poderá, das novas concepções estéticas, extrair elementos de inspiração imensamente favoráveis à produção dos seus livros paradoxais.

A introdução da quiromancia, do hipnotismo, da cabala, da grafologia, das influências hiperfísicas na literatura não deve trazer senão vantagens ao autor de certos capítulos da filosofia de Brás Cubas e da psicologia lunática de Rubião-*Humanitas*.

Um irmão de *Brás Cubas*[4]
José Veríssimo

Dom Casmurro é irmão gêmeo, posto que com grandes diferenças de feições, se não de índole, de *Brás Cubas*. Eu preferia, e comigo estarão porventura os devotos do escritor, que a este raro e distinto livro, e a *Quincas Borba*, que o seguiu, diferenciando-se por uma humanidade maior, uma realidade mais viva, sucedesse uma obra que mostrasse um novo aspecto da imaginação e do pensamento do autor. Relativamente a *Brás Cubas*, *Quincas Borba*, derivado embora, da mesma inspiração, era novo; filho do mesmo sangue, tinha, entretanto, outra fisionomia e outro caráter. Sem ser uma reprodução de *Brás Cubas*, *Dom Casmurro* tem com ele mais que o ar de família dos filhos do mesmo pai, semelhanças de irmão gêmeo. São semelhanças, entretanto, que não deixam lugar à confusão. Parecem-se, mas não são o mesmo, nem se podem confundir. Se Brás Cubas e Dom Casmurro, contam ambos a sua história, cada um tem o seu estilo, a sua língua, a sua maneira de contar. No que mais se assemelham é no fundo da sua filosofia e no modo de considerar as coisas. Mas ainda assim há no homem do Primeiro Reinado e da Regência, que era Brás Cubas, e no homem do Segundo Império, que foi Dom Casmurro, sensíveis diferenças de épocas, de civilização, de costumes.

Basta comparar-lhes a linguagem. Certo, o estilo é o mesmo, pois é o estilo de um escritor feito, e se não muda de estilo como de pena. Só o trocam os que de fato não o tem, e menos poderia reformá-lo um escritor completo, como o sr. Machado de Assis, e que o possui com uma individualidade como nenhum outro dos nossos. Mas se não é possível mudar de estilo sem mudar de personalidade, não é impossível variá-lo, conforme as condições, os gêneros, os personagens, a índole, a natureza da ação ou da composição da obra literária. E esta variação, feita com inteligência, do *Brás Cubas* para o *Dom Casmurro*, bastou para diferençá-los. Não faltaria quem inquinasse aquele de uma linguagem, conquanto de raro sabor artístico e inexcedível pureza e elegância, quase antiquada, com os seus boleios clássicos, o uso, embora discreto, de expressões arcaicas, a construção intencionalmente invertida. Não viam esses que era um homem, para nós do tempo antigo, espirituoso e douto em letras, que nos recontava a sua história com a língua do seu tempo e da sua classe, acrescentada de preocupações literárias. Quem fala em *Dom Casmurro* é outro homem, já do nosso tempo e das nossas ideias, que se formou em São Paulo e não em Coimbra, e, conquanto pelo espírito, pelo temperamento, apesar da sua casmurrice ulterior, e pela concepção da vida, parecido com o outro, muito diferente dele pelas formas e modos com que sentia e se exprimia. Porque na vida, como na arte, que a representa, define ou idealiza, são as formas e modos de sentir e exprimir o que sentimos, mais que o mesmo sentir, que produzem as variedades e diferenças da existência em todos os seus múltiplos aspectos. E Dom Casmurro, sentindo talvez como

[4] Publicado originalmente com o título "Novo livro do sr. Machado de Assis", no *Jornal do Commercio*, Rio de Janeiro, 19 de março de 1900; recolhido em *Estudos de literatura brasileira*, 3ª série. São Paulo/Belo Horizonte: Edusp/Itatiaia, 1977 [1903].

Brás Cubas, exprime o seu sentimento de outra maneira, que basta para renová-lo e distingui-lo. Brás Cubas, em suma, não dispensa Dom Casmurro, antes de alguma sorte é completado por ele. Mas, e aqui venho ao fim do meu reparo, se a crítica tem o direito de formular um desejo, eu quisera que, mesmo sem inteirar a trilogia que alguns esperam de *Brás Cubas* e *Quincas Borba*, o escritor consumasse a evolução, que porventura neste último se prenunciava, para um modo mais piedoso, se não mais humano, de conceber a vida, e nos desse, como com aqueles dois admiráveis livros, uma obra inteiramente nova. Sabe o sr. Machado de Assis que tais pedidos se não fazem senão aos opulentos.

A obra literária, a obra d'arte, se define pela emoção que deve provocar ou despertar em nós. Essa emoção pode ser sentimental ou intelectual. Mesmo de uma emoção puramente sentimental não é possível excluir, ou sequer abstrair, a inteligência, que tem nela a sua função própria; mas há emoções que, sem necessidade dos conceitos da psicologia, cada um de nós sente que nelas predominam já a inteligência, já o sentimento. E esta predominância a distingue para nós. Teóricos da estética quiseram que o sentimento predominasse sempre nas emoções artísticas e literárias. A concepção é, talvez, estreita e acanhadamente compreensiva, pois uma emoção intelectual de ordem estética tende necessariamente a transformar-se em emoção sentimental, e satisfazer assim aos fins que à arte assinam os seus teoristas.

Na obra do sr. Machado de Assis, a emoção é por via de regra, não sei se não poderia dizer sempre, de ordem intelectual. Falece-lhe, ou esconde-a ciosamente, e, talvez, seja esta a hipótese verdadeira, a emoção sentimental. Advirto que não quero fazer a psicologia do sr. Machado de Assis; e os meus conceitos, certos ou falsos, do escritor, deriva os apenas do estudo da sua obra. É notável que, vindo do romantismo, nada lhe haja ficado do sentimentalismo romântico, e que, ao contrário, toda a sentimentalidade, talvez com horror da pieguice em que ela descambou finalmente naquela escola, lhe repugne profundamente. Mas, quando em um escritor como ele, de uma tão alta honestidade literária, sentimos esta espécie de repugnância orgânica de um tão humano e legítimo sentimento, esta falta desnatural do amor, ao qual devem a arte e a literatura mais que as suas mais belas obras, a sua mesma existência, desperta-se-nos também a curiosidade de indagar da sua mesma obra até que ponto será qual se nos figura. Dessa obra ressumbra uma filosofia amarga, cética, pessimista, uma concepção desencantada da vida, uma desilusão completa dos móveis humanos. E com isto, em vez das imprecações e raivas dos pessimistas profissionais, como os profetas bíblicos, ou seus imitadores hodiernos, a quem uma fé, uma esperança desesperada, uma forte convicção alça a cólera ou exaspera a paixão, uma ironia fina, brincalhona, cortesã, de homem bom, mas seguro, como o *Eclesiastes*, de que tudo é vão neste mundo e resolvido por isso a se não iludir com alguma aparência. Neste último rasgo, sente-se no escritor, senão o esforço, o propósito, como que o timbre, de se não deixar tomar por néscio e ludibriar por coisas que ele assenta falaciosas. Tudo é vaidade, vão é quanto há sob o sol. Mas não será também vã a ironia, vão o ceticismo, vã a nossa tensão de escaparmos a todas as ilusões? Como quer que seja, não escapamos ao encanto amargo desta filosofia desenganada. Se Cohelet buscou palavras deliciosas com que ensina magistralmente as máximas da sua verdade!

Não me é possível resumir a autobiografia de Dom Casmurro. Se ele não nas-

ceu homem calado e metido consigo, a vida acabou por fazê-lo tal. Somente aquela filosofia desabusada, que estava nele, não consentiu que com ele entrasse a maldade, permitindo-lhe apenas a malícia. Quem foi que disse que a bondade do cético é a mais sólida?

Não sei se acerto, atribuindo malícia ao pobre Bento Santiago, antes que se fizesse Dom Casmurro. Não, ele era antes ingênuo, simples, cândido, confiante, canhestro. O seu mestre — formoso e irresistível mestre! — de desilusões e de enganos, o seu professor, não de melancolia, como outro que inventou o autor de um certo Apólogo, mas de alegria e viveza, foi Capitu, a deliciosa Capitu. Foi ela, como diziam as nossas avós, quem o desasnou, e, encantadora Eva, quem ensinou a malícia a esse novo Adão. Somente haveria nele adequadas disposições para receber a agradável doutrina. Também eu duvido que dele sejam as reflexões, as considerações, a luz a que vê as coisas do seu passado. Dom Casmurro traiu e caluniou o Bentinho, o bom menino, o filho amante, o rapaz inocente e respeitoso, o estudante aplicado, o jovem piedoso, o namorado ingênuo, o amigo devotado e confiante, o marido amoroso e crédulo. A moral, os comentários de que acompanham os fatos e gestos de Bentinho, são dele, mas depois que o espírito se lhe desabusou daqueles olhos de Capitu "que traziam não sei que fluido misterioso e enérgico, uma força que arrastava para dentro, como a vaga que se retira da praia, nos dias de ressaca", daqueles "olhos de cigana oblíqua e dissimulada", como lhes chamava, com demasiado estilo, José Dias, e também dos "olhos dulcíssimos" de Escobar, como lhos achava o mesmo José Dias, e da sua polidez, das suas boas maneiras, que a todos captavam. Sim, é de Dom Casmurro e não de Bentinho ou sequer do Bento Santiago, a parte que não é propriamente narrativa da autobiografia, as reflexões morais, as explicações dos atos e sentimentos. A única verdadeira e certa das qualidades que se atribuem à mocidade é a ilusão com a emoção correspondente. Decididamente Dom Casmurro, de boa ou má-fé, caluniou a Bentinho, isto é, a si próprio. Somente, ditosa culpa, se o não houvesse feito, talvez a sua obra, promessa auspiciosa da *História dos subúrbios*, que tanta falta está fazendo à nossa historiografia, não tivesse este picante sabor de malícia, nem a novidade com que renovou um velho tema, dificuldade só dada a vencer aos grandes artistas.

Mas também, apesar das prevenções de José Dias, quem houvera com quinze anos e a inocência de Bentinho, e mesmo sem isso, resistido à curiosa e solerte Capitu, acoroçoada pela ingênua e velhaca cumplicidade dos pais? Lede-me aquele delicioso capítulo do "penteado", ó vós que já tivestes quinze anos, e dizei-me quem houvera capaz de resistir à Capitu? Bentinho acabara, por um jogo de crianças íntimas, de pentear-lhe os cabelos, e exclama, a obra concluída:

— Pronto!
— Estará bom?
— Veja no espelho.

Em vez de ir ao espelho, que pensais que fez Capitu? Não vos esqueçais que estava sentada, de costas para mim. Capitu derreou a cabeça a tal ponto, que me foi preciso acudir com as mãos e ampará-la, o espaldar da cadeira era baixo. Inclinei-me depois sobre ela, rosto a rosto, mas trocados, os olhos de um na linha da boca do outro. Pedi-lhe que levantasse a cabeça, podia ficar tonta, machucar o pescoço.

Cheguei a dizer-lhe que estava feia; mas nem esta razão a moveu.
— Levanta, Capitu!
Não quis, não levantou a cabeça, e ficamos assim a olhar um para o outro, até que ela abrochou os lábios, eu desci os meus, e...

Que excelente, e penetrante, e fino estudo de mulher nos deu, como a brincar, recobrindo-o de riso e de ironia, o sr. Machado de Assis, nesta sua Capitu! E ao demais, novo, original, bem nosso, como aliás são, sem embargo da sua real generalidade humana, as criações do sr. Machado de Assis. Porque, e é seguramente um raro e alto mérito, sendo o autor de *Dom Casmurro* o único talvez dos escritores brasileiros que na ficção se eleva até o geral, o simplesmente humano, sem preocupação de representações etnográficas e locais, nenhum, entanto, é mais verdadeiro e exato do que ele quando as faz. A extrema flexibilidade do seu talento permite-lhe casar perfeitamente a verdade geral e superior da natureza humana, com a verdade particular do temperamento nacional. E esta é, se não me engano, uma das condições da grande arte do realismo na sua forma mais elevada e mais pura. A sua literatura não é, de intenção, descritiva; no mundo só lhe interessa de fato o homem com os seus sentimentos, as suas paixões, os seus móveis de ação; na sua terra, o puro drama, humano, talvez ele preferisse dizer comédia, sem lhe dar da decoração, da paisagem, dos costumes, de que apenas se servirá para criar aos seus personagens e aos seus feitos o ambiente indispensável, porque sendo entes vivos não podem viver sem ele.

Entretanto, raros terão, com toda a sua intenção de cenografia, de pintura de costumes, de representação da vida material nos seus aspectos familiares, dado da nossa vida quadros tão acabados, tão vivos. Ainda *Dom Casmurro* é um testemunho de que não erro ou exagero.

É, talvez, que na obra do sr. Machado de Assis a representação dos aspectos materiais da vida não provêm da descrição ou da enumeração das partes que os compõem, senão, como nos pintores das novas escolas — e não me refiro às chamadas decadentes — da impressão geral, e por assim dizer animada, e quase espiritual das coisas. Neste sentido ele é, talvez, e muito a seu modo, um ruskiniano: a paisagem, que ele, aliás, não ama, e da qual, que me lembre, jamais se ocupou — não será para ele um conjunto de árvores, montes, águas, pedras, como este ou aquele aspecto particular, senão a impressão moral e estética que ela produz no artista.

Se esta é, como creio, a característica da sua representação literária, tanto nos romances como nos contos, a da sua psicologia é idêntica a esta, mostrando assim que os seus processos literários, como próprios e pessoais que são, derivam do seu mesmo temperamento de escritor e procedem de um fundo comum de ideias e sentimentos. Ele não faz a psicologia, nem à moda de Balzac, nem à moda de Bourget; sobretudo não a faz à moda deste e de seus imitadores, essa psicologia meticulosa, minuciosa, rebuscada, preciosa como a língua das sabichonas, e, no fundo, falsa. Não a faz, como eles, procurando decompor uma alma, como se decompõe um corpo em seus elementos constituintes, ou analisar os seus sentimentos como se analisa uma substância química, e explicar os seus móveis como um fisiologista explicaria o jogo das funções do nosso organismo. Sobretudo, ele não a faz com qualquer preocupação estranha à pura literatura, ou com os retraços das pretensas psicologias científicas apanhadas de atropelo em leituras desordenadas e mal feitas. A sua, certa ou errada, vem evidentemen-

te de uma observação longa, acurada e aguda. Não é no geral simpática, o que pode bem ser lhe vicie a visão, mas sente-se que é sua. Não a expõe em capítulos didáticos, explica-a quanto baste para completar a representação que da sua dão os mesmos personagens nas suas falas, nos seus gestos, nas suas ações. E ao cabo os seus livros são galerias de gente viva, como este *Dom Casmurro*, com Capitu, José Dias, Escobar, e as figuras, secundárias, os pais de Capitu, D. Glória, Justina, o tio Cosme. Capitu, a dissimulada, a pérfida, é deliciosa de afetuosidade felina, de reflexão e de inconsciência ou desplante, de animalidade inteligente e perspicácia feminil, de jeito, feitiçaria e graça, e, com isto tudo, viva, real, exata. Dom Casmurro a descreve, aliás, com amor e com ódio, o que pode torná-lo suspeito. Ele procura cuidadosamente esconder estes sentimentos, sem talvez consegui-lo de todo. Ao cabo das suas memórias sente-se-lhe uma emoção, que ele se empenha em refugar. E só. A sua conclusão, que não é talvez aquela que ele confessa, seria acaso que não há escapar à malícia das mulheres e à má-fé dos homens. Mas vejo que é, no fundo, a mesma que ele nos dá. Perco-me decididamente em explicações. Lede a fábula, e tirai-lhe vós mesmos a moralidade.

O homem do subterrâneo[5]
Augusto Meyer

Quase toda a obra de Machado de Assis é um pretexto para o improviso de borboleteios maliciosos, digressões e parênteses felizes. Fez do seu capricho uma regra de composição. E neste ponto se aproxima realmente da "forma livre de um Sterne ou de um Xavier de Maistre". Mas a analogia é formal, não passa da superfície sensível para o fundo permanente. A vivacidade de Sterne é uma espontaneidade orgânica, necessária, a do homem volúvel que atravessa os minutos num fregolismo vivo de atitudes, gozando o prazer de sentir-se disponível. Sterne é um *"molto vivace"* da dissolução psicológica.[6]

Em Machado, a aparência de movimento, a pirueta e o malabarismo são disfarces que mal conseguem dissimular uma profunda gravidade — deveria dizer: uma terrível estabilidade. Toda a sua trepidação acaba marcando passo.

E se o movimento é vida e a inércia, morte, podemos dizer que há nele uma letargia indefinível, a sonolência do homem trancado em si mesmo, espectador de si mesmo, incapaz de reagir contra o espetáculo da sua vontade paralisada, gozando até com lucidez a própria agonia.

"Grande lascivo, espera-te a voluptuosidade do nada." Estas palavras de Pandora, no famoso "Delírio", têm um valor confidencial. Um crítico inteligente,

5 Publicado em *Machado de Assis*. Porto Alegre: Globo, 1935.
6 *"But if it were possible for Sterne to correct his manners, it was impossible for him to correct his style. That had become as much a part of himself as his large nose or his briliant eyes."* Virgínia Woolf, *The Common Reader*, second series. Londres: Hogarth Press, 1932.

Múcio Leão, observou que Machado de Assis se delicia em ser incompreendido.[7] Mas na obra dele os momentos reveladores se repetem como um *leitmotiv* pessoal e mostram a fisionomia íntima sob transparência das caretas. Por mais que ponha nas palavras uma graça incomparável, cheia de perfídias finas e de pulos imprevistos, não sabe disfarçar o pirronismo niilista que forma a raiz do seu pensamento. Com as diversas máscaras superpostas desse voluptuoso da acrobacia humorística, podemos compor uma cara sombria — a cara de um homem perdido em si mesmo e que não sabe rir. Perdido em si mesmo, isto é, engaiolado na autodestruição do seu niilismo.

"O voluptuoso e esquisito é insular-se o homem no meio de um mar de gestos e de palavras, de nervos e paixões, decretar-se alheado, inacessível, ausente."[8] Aí está o "homem subterrâneo" de Dostoiévski. Insular-se, para ele, não significa acreditar na vida interior e nas suas virtudes contemplativas, meditação, oração, intuição do mistério individual, poesia da consciência que procura reconhecer-se. É um movimento reflexo, provocado pelo tédio de tudo, principalmente pelo ódio. Há em Machado de Assis um ódio entranhado da vida, uma incapacidade radical de aceitação ou até mesmo de compreensão, pois, para compreender é indispensável postular antes um motivo de compreensão, e o que ele faz é resolver todas as questões suprimindo-as.[9] O "homem subterrâneo", aliás, quer suprimir o mundo inteiro. Naturalmente, desintegrado desse mundo, fora dele, atribui-se exclusivos direitos de vida.[10] A "... afirmação desdenhosa da nossa liberdade espiritual", disse Brás Cubas. Com honestidade mais cínica, Ordinov, o herói do *Espírito subterrâneo*,[11] declara: "A melhor coisa deste mundo é uma inércia consciente".

E: "Há no desespero um prazer ardente, sobretudo quando se tem consciência desse desespero".

"Uma inércia consciente" — como as palavras de Ordinov se aproximam de uma definição oportuna e vêm ao encontro das observações que eu mais acima fizera. O "homem do subterrâneo" fala, fala, fala, mas não sai do lugar, não troca o seu lugarzinho de espectador por nada deste mundo. É incômodo, mas é dele. É detestável, mas "se todos os gostos fossem iguais, que seria do amarelo?". Ou, como argumenta Ordinov, atacando a pretensa lógica do interesse:

> *L'intérêt! mais qu'est-ce donc que l'intérêt... Que direz-vous si je vous prouve que "parfois" l'intérêt réel consiste en un certain mal, un mal nuisible, un mal assuré, qu'on préfère à un bien?... Mon propre vouloir, mon caprice, ma fantaisie la plus folle, voilà le plus intéressant des intérêts...*

7 Múcio Leão, *Ensaios Contemporâneos*.
8 *Memórias póstumas*, cap. XCIX.
9 "... um ódio do gênero humano que lhe é uma homenagem". Graça Aranha, *Machado de Assis e Joaquim Nabuco*. São Paulo: Monteiro Lobato & Cia., 1923, p. 54.
10 "... aquele reclamar tácito, mas odioso, da liberdade só para si..." Luís Murat, *Revista da Academia*, n° 55.
11 A edição que Meyer utilizou (ver nota 6) era uma fusão das novelas *Memórias do subsolo* e *Khoziáika* [A senhoria], ambas de Dostoiévski, porém absolutamente independentes. Apenas essa adaptação francesa — uma fusão das duas obras que, além disso, excluía trechos e incluía passagens de inteira responsabilidade dos tradutores — trazia o personagem Ordinov (que originalmente aparece somente em *Khoziáika*) como narrador. [Nota dos editores]

Esse mal que pode tornar-se tão interessante, proporcionando ao interessado prazeres de masoquista, absurdos, dolorosos, deliciosos, é o mal da consciência, "a consciência, essa doença..." explicou Ordinov. E Dostoiévski assim comenta: *"Car cet homme se vit et se connut et son destin est une triste réponse à l'antique maxime: Connais-toi. — Non, il n'est pas bon à l'homme de se connaître lui-même"*.[12]

O mal começa com a consciência demasiadamente aguda, pois o excesso de lucidez mata as ilusões indispensáveis à subsistência da vida, que só pode desenvolver-se num clima de inconsciência, a inconsciência da ação. Animal de combate, o homem normal, *homo faber*, faz da inteligência um instrumento de ação, a sua atividade consciente ou inconsciente está voltada para o mundo exterior. E sob o ponto de vista pragmático, é um absurdo esse "bicho de unhas e dentes" chegar a inverter a ordem do seu interesse vital, introvertendo-se.[13] Porém, sendo o homem um monstro singular que inventa a cultura e o ócio, ainda se pode supor que a introspecção não passa de uma simples modalidade compensativa da ação. De tal modo necessita da luta, que não lhe basta o *struggle for life*, ainda quer devorar-se a si mesmo. A não ser assim, como explicar em certos casos a evidente morbidez introspectiva?

Mas o verdadeiro drama da "consciência doentia" não se resume apenas nisso, começa com o fato da consciência por amor à consciência, da análise por amor à análise, — então sim, nasce o "homem do subterrâneo". A vida chama, a vida passa, mas "o voluptuoso, o esquisito, é insular-se o homem no meio de um mar de gestos e palavras, de nervos e paixões, decretar-se alheado, inacessível, ausente".

A impotência sentimental do sarcasta, por uma fatalidade da compensação afetiva, produz uma violenta paixão de análise. Quando o monstro cerebral descobre o "mundo da lua" que há na própria cabeça, se estabelece por lá e não quer outra vida. A sua paixão tem a monotonia mas também a sedução acre de um vício, pois o espírito então se masturba com uma espécie de volúpia incestuosa.

Havia em Machado de Assis esse amor vicioso que caracteriza o monstro cerebral, a volúpia da análise pela análise, mas havia também — e nisto vejo o seu drama — a consciência da miséria moral a que estava condenado por isso mesmo, a esterilidade quase desumana com que o puro analista paga o privilégio de tudo criticar e destruir.[14] O capítulo LXI das *Memórias póstumas* é um documento precioso, para quem deseja surpreender o autor sob a personagem. Nessa meia página de uma densidade, riquíssima em confidências indiretas, de uma complexidade profundamente característica, não é apenas Brás Cubas, o "defunto autor" quem explica o "senão do livro": o próprio Machado de Assis pede a palavra para dizer-se a si mesmo algumas verdades amargas, cara a cara, embora desalinhe o solilóquio com as palmadinhas habituais no ombro do leitor. Temos aí uma confissão, um desabafo, uma admirável autocrítica literária e um suspiro de resignação, tudo amalgamado com aquela arte sinuosa e sutil que sempre surpreende. Acredito que, para ele, o "senão do livro" também fosse o "senão de si mesmo" e

12 Dostoiévski, *L'esprit souterrain*, trad. et adapt. E. Halperine et C. Morice. Paris: Plon, 1886.

13 *"Nous ne vivons pas pour penser, mais nous pensons pour vivre"*, diz E. Claparède.

14 Estamos familiarizados com um Machado de Assis mais sereno, amigo do equilíbrio e da moderação, cético atento e amável, quase anatoliano. Imagem, aliás, que coincide com a atitude do escritor. Mas talvez essa atitude seja uma simples aparência.

de toda a sua obra da última fase. Penso que por vezes certamente se arrependia dos seus livros, sentindo neles "certa contração cadavérica". E também me parece que devia pensar: a contração cadavérica está em mim e não no meu falecido Brás Cubas, um pretexto...

Mas vamos reler o capítulo com atenção:

"Começo a arrepender-me deste livro. Não que ele me canse; eu não tenho que fazer; e, realmente, expedir magros capítulos para esse mundo sempre é tarefa que distrai um pouco da eternidade..." Fala Brás Cubas? Fala um homem que morreu para a vida e só conservou a paixão de analisar ou a mania de escrever, como o Trigorin de Tchekhov, sujeito dúbio que é ao mesmo tempo Brás Cubas e Machado de Assis. E esse homem escrevia livros como só um morto poderia escrever, porque vivia fora do mundo, no seu subterrâneo eterno.

"Mas o livro é enfadonho, cheira a sepulcro, traz certa contração cadavérica..." Sempre me pareceu uma confissão esta frase. Pode ser que, ao escrevê-la, apenas pensasse em falar pela boca de Brás Cubas, desenvolvendo a lógica moral da personagem. Mas assim mesmo, seria uma confissão indireta ou inconsciente. Caso normativo dos escritores de ficção; eles se confessam através das encarnações imaginárias, indiretamente, com uma sinceridade mais honesta do que na correspondência ou nos cadernos íntimos. O verdadeiro Dostoiévski, por exemplo, se revela muito mais na obra literária do que no *Journal d'un écrivain*. Deixo de argumentar aqui com a correspondência de Machado de Assis porque é um modelo de discreta insignificância.[15]

Pois bem, admitida a confissão que esta frase encobre ou revela, a seguinte, separada por ponto e vírgula, já representa o retorno à malícia e às acrobacias do humor: "... vício grave, e aliás ínfimo, porque o maior defeito deste livro és tu, leitor".

Dá então a explicação da reviravolta e nela está contida a autocrítica de que falei:

> Tu tens pressa de envelhecer, e o livro anda devagar; tu amas a narração direta e nutrida, o estilo regular e fluente, e este livro e o meu estilo são como os ébrios, guinam à direita e à esquerda, andam e param, resmungam, urram, gargalham, ameaçam o céu, escorregam e caem...

Chegando ao fim da imagem, escorrega, perde o *humour*, cai num *omnia vanitas* inesperado.

Mas de repente se levanta, dá as costas ao leitor e volta para o subterrâneo, resmungando com vivo prazer: "Esta é a grande vantagem da morte, que, se não deixa boca para rir, também não deixa olhos para chorar...".

15 Ver *Correspondência de Machado de Assis*, colig. e anot. por Fernando Nery. Rio de Janeiro: Américo Bedeschi, 1932.

Machado de Assis, romancista do Segundo Reinado
[Fragmentos][16]
ASTROJILDO PEREIRA

Já se tem dito e repetido bastante — e com razão evidente — que Machado de Assis é o mais universal dos nossos escritores; restou que falta acentuar com igual insistência que ele é também o mais nacional, o mais brasileiro de todos.[17] Eu acrescentaria, sem querer fazer jogo de palavras, que uma qualidade resulta precisamente da outra: que ele é tanto mais nacional quanto mais universal e tanto mais universal quanto mais nacional. Outros escritores terão mostrado mais paisagem brasileira; nenhum mostrou mais profundamente o homem brasileiro. Na sua obra, melhor do que em qualquer outra, encontramos uma imagem de conjunto mais expressiva do fenômeno brasileiro normal, isto é, da gente e da terra em suas manifestações normais, quotidianas, correntes. O seu regionalismo carioca não o limita, pelo contrário: porque a capital do país sempre foi o ponto de convergência, a súmula, o índice de todo o país.

Existe uma consonância íntima e profunda entre o labor literário de Machado de Assis e o sentido da evolução política e social do Brasil.[18] A sua atividade de escritor começou pouco antes de 1860 e só terminou às vésperas da sua morte, em 1908. Mas o tempo durante o qual se formou e se desenvolveu a sua personalidade coincide quase todo ele com o período histórico do Segundo Reinado. Ao proclamar-se a República, já o escritor havia atingido a plenitude da sua maturidade. Esta coincidência de tempo possui naturalmente muita importância para a caracterização e compreensão da obra de Machado de Assis.

Bem feitas todas as contas, o longo reinado de Pedro II marcou em bloco um período de transição no desenvolvimento da nacionalidade brasileira. A sua aparente estabilidade de superfície não infirma esta característica fundamental. A própria existência da monarquia, como regime político, resíduo que era da efêmera monarquia joanina imprevista e apressadamente transplantada de Portugal para o Brasil, trazia em si mesma o signo da transitoriedade histórica inevitável. Não seria talvez difícil encontrar nesse mútuo ajustamento de transitoriedades a melhor explicação da sua relativa durabilidade em terras americanas...

A massa de trabalhadores escravos movimentando a monocultura dos latifúndios, na base; a multidão heterogênea de agregados e artesãos, de comerciantes e de intermediários, no meio; por fim, no alto, a reduzida camada de proprietários

16 Texto extraído de artigo publicado na *Revista do Brasil*, n. 12, Rio de Janeiro, 1939.

17 Referindo-se a José de Alencar, disse Machado de Assis, em 1897: "Nenhum escritor teve em mais alto grau a alma brasileira. E não é só porque houvesse tratado assuntos nossos. Há um medo de ver e de sentir, que dá a nota íntima da nacionalidade, independente da face externa das coisas". ("A estátua de José de Alencar", em *Páginas escolhidas*, v. II, p. 579). Na verdade, estas palavras se ajustam mais ao próprio Machado de Assis do que a José de Alencar. Ainda quando procurava analisar os outros ele acabava sempre analisando-se a si mesmo.

18 Com acerto observou Labieno (*Vindiciae*. Rio de Janeiro: Livraria Cruz Coutinho, 1899) que Machado de Assis "luta, pensa e escreve como um homem do seu tempo".

de terras que integrava a chamada "aristocracia rural" dirigente — tal a configuração da pirâmide que refletia a estrutura social do país nos primeiros anos do Segundo Reinado. A maioridade de Pedro II data de 1840, e assinala de certo modo o fastígio daquela "aristocracia rural". Mas já no ano de 1843, que trouxe no seu bojo a tarifa Alves Branco, assinala por sua vez o aparecimento da burguesia querendo, senão ainda disputar, pelo menos partilhar do poder; significava principalmente a ascensão histórica de uma nova classe dirigente, que subia do meio para o ápice da pirâmide, impulsionada pela força de novos interesses acumulados em consequência do deslocamento subterrâneo que se operava na estruturação econômica do país.[19] Ora, este fenômeno de deslocamento — portanto de transição —, lastreou toda a evolução social do Brasil a partir de então.

Machado de Assis, que vinha da fase já em começo de decadência do romantismo, impregnado ainda, forçosamente, da sua influência, trazia também dentro de si mesmo, o germe do antirromantismo, que se desenvolvia e não podia deixar de se desenvolver ao calor das condições de vida antipatriarcais em elaboração. Assim é que podemos acompanhar, através de sua obra de ficcionista (a qual, sendo obra de criação, melhor exprime as reações mais íntimas suscitadas pelo meio ambiente na sensibilidade do escritor), as modificações operadas na mentalidade reinante em seu tempo, paralelamente ao desenvolvimento econômico, político e social do país.

 Enorme, nos assuntos de amor e de família, foi o caminho percorrido entre "Frei Simão" e o *Memorial de Aires*. Aqui, a união conjugal é determinada exclusivamente pelo amor e pela livre escolha. Fidélia casou a primeira vez com o dr. Noronha contra a vontade expressa do pai; viúva e órfã, o seu segundo casamento se fez igualmente por amor e por livre escolha. O fazendeiro Santa-Pia, pai de Fidélia, homem ainda do passado, opôs-se intransigentemente ao casamento com dr. Noronha, e chegou a romper com a filha; já o seu irmão desembargador Campos, homem de profissão liberal, tio e tutor moral de Fidélia, em cuja casa de Botafogo ela vivia, nenhuma interferência teve no segundo noivado, nem lhe cabia intervir, pois "nada tinha que opor a dois corações que se amam".[20]

 Mas entre "Frei Simão" e o *Memorial* mais de quarenta anos se passaram, no decorrer dos quais o ficcionista compôs muitas outras histórias, debulhando as complicações amorosas e conjugais de centenas de outros personagens que viveram durante o período do Segundo Reinado. Dentre eles, para citar os mais importantes, apontaremos os casos capitais de Brás Cubas-Virgília-Lobo Neves, Rubião-Sofia-Palha, Bentinho-Capitu-Escobar. Do ângulo em que estamos tentando compreender o sentido social da obra de Machado de Assis, estes três casos marcam momentos culminantes. Eles revelam a mais completa decomposição moral — a decomposição que minava e deteriorava a própria base sobre a qual assentava a concepção patriarcal da família. E é na sua "execução" — notemos de

[19] "Iniciava-se uma grande época da história nacional, a partir do meado da era dos quarenta." João Pandiá Calógeras, *Formação histórica do Brasil*. Rio de Janeiro: Pimenta de Melo & Cia., s/d, p. 281.
[20] *Memorial de Aires*.

passagem — que o espírito de "vingança"[21] atingiu no escritor o máximo de virtuosismo, de vigor e de crueldade.

Até *Iaiá Garcia*, as complicações, se bem que produzindo quase sempre os resultados mais desastrosos, desenrolam-se geralmente numa certa atmosfera de pureza mais ou menos convencional. E mesmo aí já aparece o tipo de Procópio Dias, a mostra do moralismo que viria depois. Com o trio Brás Cubas-Virgília-Lobo Neves acabaram-se as concessões convencionais. O analista inexorável molhou a pena nos mais irreverentes corrosivos, e a devastação começou. Divertida, deliciosa, sutil devastação — mas devastação. Virgília é um símbolo da imponente ruína a que ficou reduzida a moral patriarcal. Em *Quincas Borba* continua a devastação, personificada pela maliciosa Sofia, cuja fidelidade mal-e-mal consegue escapar aos botes do desejo pecaminoso, que já é uma traição potencial, porque o romance acaba: mas a sua alma, senão o seu corpo, não é mais monopólio do marido. *Dom Casmurro,* finalmente, nos apresenta Capitu, tipo de extraordinária vitalidade, soma e fusão de múltiplas personalidades, espécie de supermulher toda ela só instinto metida na pele de uma pervertida requintada e imprevisível. A sua dissimulação arrasa tudo, e o desfecho do seu caso vem a ser uma consolação bem melancólica de um mundo arrasado.

Com *Esaú e Jacó* entramos em um limiar de um mundo diferente, de configuração ainda indecisa, onde a contradição entre o velho e o novo domina a situação; mas trata-se realmente de um mundo diverso, que se vai levantando em meio aos destroços do mundo antigo arrasado. Não é por acaso que a ação do *Esaú e Jacó* começa na Monarquia e só termina nos primeiros anos da República. Com este romance o escritor faz a liquidação dos saldos do Segundo Reinado e estabelece o divisor das águas entre o tipo patriarcal e o tipo burguês de civilização, representados no terreno da organização política respectivamente pela Monarquia e pela República.

Machado de Assis, paisagista[22]
Roger Bastide

Machado de Assis, pintor da natureza e paisagista, não serão palavras que se repelem? Não é a regra, mesmo entre os mais intransigentes admiradores de Machado, reconhecer-lhe na obra essa lacuna, a falta de descrições, a ausência do Brasil tropical? Não confessou ele mesmo essa limitação da sua arte quando fez um herói de um de seus romances, porta-voz de seus próprios sentimentos, dizer: "nem marinha nem paisagem, não soube de nada...", ou ainda: "eu não sei descrever nem pintar"?[23]

21 Não sei se me faço compreender. Emprego este vocábulo "vingança" num sentido meramente conjectural de interpretação psicológica. Machado, vindo de uma camada social que a sociedade lembra em colocar num plano inferior, "vinga-se" da sociedade, submetendo-a às experiências do seu laboratório de analista, com uma espécie de sadismo muito semelhante ao sadismo patético de Fortunato em "A causa secreta".

22 Publicado originalmente na *Revista do Brasil*, n. 29, Rio de Janeiro, 1940.

23 *Memorial de Aires,* "28 de outubro de 1888" e "22 de outubro de 1888".

E entretanto?... Entretanto, reputo Machado de Assis um dos maiores paisagistas brasileiros, um dos que deram à arte da paisagem na literatura um impulso semelhante ao que se efetuou paralelamente na pintura, e que qualificarei, se me for permitido usar uma expressão "mallarmeana", de presença, mas presença quase alucinante, de uma ausência. É, pelo menos, o que desejaria demonstrar nestas breves páginas, procurando primeiro saber por que a paisagem parece ausente, e, em seguida, por que ela é, todavia, terrivelmente presente.

I. O gênero cultivado por Machado de Assis e seus processos técnicos, eis sem dúvida a principal razão que lhe impedia consagrar na sua obra longos trechos à descrição da natureza. É, com efeito, a lei de todos os gêneros curtos, como o conto, a novela, resumir o drama ao essencial, concentrar o interesse em vez de deixá-lo dispersar-se em pontos secundários, e é evidente que a paisagem só poderia desviar a atenção. As descrições podem, naturalmente, existir, mas desde que se reduzam a uma extensão proporcional à extensão da narrativa em que se enquadram. É o que fazia La Fontaine em suas fábulas: dois, três versos lhe bastavam para sugerir um quadro, evocar um recanto de água, verdura e sombra. É exatamente o que faz Machado de Assis: algumas linhas lhe chegam para pôr diante de nós uma doce paisagem marítima: "Divertia-se em olhar para as gaivotas, que faziam grandes giros no ar, ou pairavam em cima d'água, ou avoaçavam somente. O dia estava lindíssimo. Não era só um domingo cristão; era um imenso domingo universal".[24] Dir-me-ão talvez que essas estampas ligeiras, em três pinceladas, só sugerem paisagens banais, nada fixam do que é estrita e autenticamente brasileiro. A objeção é capciosa: peço um pouco de paciência, responderei ao estudar a reivindicação nativista em Machado de Assis. Por ora, fiquemos no exame de seus processos de escritor.

Quase todos os seus processos condenam as longas descrições: a conversa, que permite quando muito uma pausa de algumas linhas para evocar o jardim, a floresta, a praia luminosa; algumas linhas apenas, para não interromper o curso da conversa, para não perder-se o fio do diálogo; a narrativa: muitos contos são construídos sobre esse tema, uma personagem que conta uma história; ora, se observarmos alguém falando, não o veremos nunca entrecortar o monólogo de descrições; a descrição é uma invenção do estilo escrito, não pertence ao estilo verbal: Machado de Assis, querendo ser natural, respeita com toda a razão essa lei.

Assim a eliminação da paisagem foi imposta ao escritor pelas normas estéticas do gênero que pratica e pelos métodos que utiliza. A dificuldade, todavia, não está resolvida, mas apenas adiada; resta saber por que Machado de Assis escolheu esse gênero. Teria marcada predileção pelos seus processos? Não os adotou justamente por não possuir o sentimento da natureza? por não saber pintar? para evitar, com esse desvio, que ficasse patente a sua inferioridade em determinado domínio? Na realidade, tudo se prende a causas de ordem sociológica, no momento histórico em que compôs sua obra.

Gilberto Freyre assinalou claramente, em *Sobrados e mocambos*, as transformações que se operaram durante o Império na estrutura social do Brasil e as repercussões dessas modificações na alma e na consciência dos homens dessa época:

24 "Uns braços" (v. II, p. 458).

depois do isolamento nas casas-grandes, na solidão dos canaviais, cortado apenas pelas visitas de parentes, pela passagem de um hóspede – a experiência da cidade, da comunhão, a descoberta de um novo prazer: a conversa. É evidente que a arte de Machado de Assis corresponde ao desabrochar dessa sociedade urbana, a esse instante de embriaguez após três séculos de patriarcalismo, de encerramento no círculo da família, a essa nova alegria de viver. Não é impunemente que a rua representa nos romances do nosso escritor um papel considerável: é que ela constitui o ponto de ligação das casas, une entre si as salas de visitas, significa o fim do isolamento colonial. Ora, a sociedade urbana cria forçosamente uma arte de diálogo e de análise psicológica; diálogo, por causa da importância preponderante que assumem os salões e as conversas, galantes ou de negócios; análise psicológica, porque esta é uma conversa que continua depois da outra, uma conversa que cada um tem de si para si, em que o eu se divide em várias personagens que porfiam, se criticam mutuamente, dialogam umas com as outras. A técnica de Machado de Assis não é uma burla para dissimular fraqueza na arte da descrição, mas um efeito, uma resultante quase fatal da vida carioca.[25]

É verdade que o primeiro momento da urbanização foi marcado pela eclosão da literatura romântica, isto é, uma literatura de glorificação da natureza brasileira. Mas é que a urbanização ainda não pudera fazer sentir todos os seus efeitos – o sobrado não era mais que o prolongamento do engenho, que a casa-grande transportada para a cidade, isolada no seu jardim, e o contato só conseguia fazer sentir, não o que se ganhara, mas o que se perdera, intensificando assim a nostalgia da vida rural, da floresta selvagem ressoante de vozes de pássaros, da paz das palmeiras juncando a terra de suas sombras recortadas. Machado de Assis não pertence a esse primeiro período da urbanização, a esse instante romântico, em que o amor, em vez de ser diálogo, se torna logo, para corações que trazem ainda em si a herança da solidão, poesia pessoal, canto lírico. Pertence à fase naturalista, à nova geração que conseguiu adaptar-se ao novo *habitat*; e sabe-se que o que distingue a passagem de uma escola literária para outra é a crítica severa da primeira pela segunda. Ora, dando a primeira um lugar importante ao sentimento da natureza, não será a segunda levada a reagir contra essa proeminência?

Dois fatos parecem corroborar essa hipótese: a existência, em certos contos, de descrições irônicas, onde a paisagem é pretexto para troças, pelo encontro voluntário de epítetos banais: aurora de dedos de rosa etc. e de "clichês" românticos que são destarte relegados aos mesmos museus de antiguidades, aos mesmos depósitos dos acessórios fora de uso. Há nisso ainda o desejo de mostrar que a descrição romântica é um processo fácil, de um sentimentalismo banal, ao alcance de qualquer um. Poesia de cozinheira! Não surpreendeu ele um dia a sua, que tinha "seus laivos de poesia entre a carne e a batata", a extasiar-se, diante da janela aberta, com as noites do Rio: "As ondas estão tão quietas! tão pequenas! Parecem passarinhas. Que artista seria capaz de fazer assim... uma peça de chita?".[26]

25 Cf. a seguinte carta a José de Alencar: "Não tive, como vossa excelência, a fortuna de os ouvir [os versos] diante de um magnífico panorama. Não se rasgavam horizontes diante de mim [...]. Em torno de nós agitava-se a vida tumultuosa da cidade". Machado de Assis, *Correspondência*, coligida e anotada por Fernando Nery. São Paulo: Jackson, 1951, p. 25.

26 *Crônicas*. "29 de dezembro de 1872".

Mas sua crítica das descrições da natureza nem sempre assume esse aspecto amável e esse tom de *humour*. Faz-se áspera por vezes, deixando perceber um tremor de cólera. É que ela se prende também ao "nativismo" de Machado de Assis. Já se disse que ele não foi um escritor brasileiro: "Faltava-lhe... um sentimento... de amor à terra, à sua paisagem, à sua gente", diz Aurélio Buarque de Hollanda, e Cassiano Ricardo acrescenta este qualificativo: "grande escritor brasileiro de espírito antibrasileiro".[27] Confesso que essas opiniões mexem um pouco comigo. O patriotismo de Machado de Assis foi ardente e ele celebrou em seus versos tanto a índia como a humilde mucama seduzida pelo senhor-moço, introduziu em suas *Americanas* termos tupis, procurou escrever à brasileira e não à portuguesa... Mas seu patriotismo soube, com razão, ver um perigo no gosto de seus predecessores pelas paisagens exóticas.

Quando, convidada a dar uma impressão sobre o Brasil, Sarah Bernhardt respondeu aos jornalistas: "*Ce pays féerique*", Machado de Assis se sentiu revoltado:

> O meu sentimento nativista [...] sempre se doeu desta adoração da natureza. Raro falam de nós mesmos; alguns mal, poucos bem. No que todos estão de acordo, é no pays féerique. Pareceu-me sempre um modo de pisar o homem e as suas obras. Quando me louvam a casaca, louvam-me antes a mim que ao alfaiate. Ao menos, é o sentimento com que fico; a casaca é minha; se não a fiz, mandei fazê-la. Mas eu não fiz, nem mandei fazer o céu e as montanhas, as matas e os rios. Já os achei prontos, e não nego que são admiráveis; mas há outras coisas que ver.[28]

Um dia mostrara a um estrangeiro de passagem a igreja do Castelo, e aquele, depois de haver relanceado os olhos pela velha capela, logo saiu sem uma palavra, para contemplar o mar, o céu e a montanha: "Que natureza que vocês têm!". E certamente, acrescenta Machado de Assis, nossa baía é um magnífico espetáculo. Mas essa beleza já existia antes do aparecimento dos homens. O visitante queria excluir do Brasil a ação do homem, a vontade brasileira; só retinha a criação de Deus, suprimindo tudo o que lhe acrescentara o povo da terra: ora, é nessa adição que melhor se manifesta a mistura das raças, a estrutura peculiar do país, o desejo de fazer alguma coisa de novo, em suma, a originalidade brasileira.[29]

É preciso lembrar que pintar a natureza brasileira no que ela tem de mais tropical, de mais antieuropeu, é de um nativismo ilógico. Porque, quer queira quer não, o artista se coloca, para isso, exatamente no mesmo pé que o estrangeiro recém-chegado: quer dar uma sensação de exotismo. Para poder elogiar o que a paisagem carioca tem de original, é preciso compará-la mentalmente com outras, e, logo, adotar, provisoriamente pelo menos, uma alma europeia.

A história literária o confirma. O romantismo, que tanto contribuiria para a descrição lírica, foi dominado pela influência do romantismo francês, de Lamartine e Hugo particularmente. E o exotismo de suas paisagens reflete largamente o gosto do exotismo desses poetas de além-Atlântico. Mas o que se compreende num eu-

27 Aurélio Buarque de Hollanda, *Revista do Brasil*, ano II, n. 13, p. 55; e Cassiano Ricardo, *Marcha para oeste*, t. II, p. 274-5.
28 Crônica da série *A Semana*, publicada na *Gazeta de Notícias* em 20 de agosto de 1893.
29 Ibidem. Alfredo Pujol observou bem esse nativismo machadiano e cita outro trecho eloquente, aquele em que reclama uma literatura brasileira contra as influências europeias. Cf. Alfredo Pujol, *Machado de Assis*. São Paulo: Tipografia Levy, 1917, p. 270.

ropeu ávido de sensações novas não corresponde ao que deve ser a visão de um autóctone, habituado desde cedo a um certo tipo de natureza. Outro fato ainda mais significativo é que a literatura modernista, porque começou em São Paulo, grande centro de imigrantes, encerra uma espécie de secreto desespero a manifestar-se na busca do "tipicamente brasileiro", como se pretendesse o nativo libertar-se da alma do imigrante que, por contágio, se vai infiltrando na sua; mas justamente só quem traz em si um pouco de imigrante é que consegue descobrir esse "tipicamente brasileiro", no curso do diálogo que se abre no espírito dividido contra si mesmo, entre o brasileiro e o recém-desembarcado da Europa.

Machado de Assis, vivendo numa época em que apenas começava a colonização estrangeira, sob a forma de colônias agrícolas relativamente afastadas do conjunto da vida brasileira, não precisou imprimir ao seu nativismo o feitio duro e patético de batalha interior. Podia dar-lhe um aspecto mais natural, mais espontâneo. Quando, por conseguinte, se lhe censura a banalidade das descrições rápidas que insinuava por vezes, em traços ligeiros, entre as linhas da narrativa, esquece-se a reivindicação nativista que elas porventura encerram: o desejo de não cair no exotismo, porque o exotismo é ver o próprio país com olhos de estrangeiro – a vontade de exprimir o que vê o olho *habituado* à paisagem, o olho de um escritor que nunca saiu de sua terra, que não tem que fazer comparações, que grava o conjunto, e não o pitoresco de certos pormenores tropicais. E sempre a nota do dinamismo do brasileiro civilizador, de que faz questão fechada: "Morro verde e crestado, palmeiras que recortais o céu azul, e tu, locomotiva do Corcovado que trazeis o sibilo da indústria humana ao concerto da natureza, bom dia!".[30]

Tais são, creio eu, as razões que levaram Machado a dissimular a paisagem na sua obra, a dissimulá-la por detrás dos homens. Não se deve, pois, falar de falta de sentimento da natureza ou de ausência de sensibilidade brasileira. Machado de Assis poderia, se quisesse, ter recheado sua obra de descrições. Sua poesia no-lo prova. Com efeito, para bem conhecer um grande prosador, deve-se, quando possível, recorrer a seus versos. Porque a poesia de um prosador é como que o avesso de sua obra: revela o que ele teve de recalcar para atingir a perfeição que se propôs conseguir. Charles Maurras di-lo excelentemente: queria escrever sob o signo da Razão, queria alhear completamente a sua política do sentimento; mas nem por isso deixava de possuir uma sensibilidade cujas ondas turvas precisavam escoar-se fosse como fosse; e, como ele mesmo confessou, a poesia foi a libertação desse outro lado da sua personalidade. Há, portanto, oportunidades de descobrirmos nos volumes de poesias do nosso escritor o sentido da natureza e o gosto da descrição.

Deixemos de lado as *Americanas*, onde entretanto a descrição é tão desenvolvida que se torna fatigante, porque, embora cantem os moradores das "[...] florestas / Aonde habita o jaguar, / Nas margens dos grandes rios / Que levam troncos ao mar", trata-se sobretudo, nesses versos, de descrições históricas. Mas os outros livros estão cheios de paisagens, que provam como o poeta amava sua terra e lhe entendia a beleza saborosa e triunfal; assim, para só citar um exemplo, esta "Manhã de inverno", que tenta exprimir o que há de estranho numa manhã fria em pleno trópico:

30 *A Semana*, "7 de janeiro de 1894".

> Vento frio, mas brando, agita as folhas
> Das laranjeiras úmidas da chuva;
> Erma de flores, curva a planta o colo,
> E o chão recebe o pranto da viúva.
>
> Galhardo moço, o inverno deste clima
> Na verde palma a sua história escreve.

Sabe-se que, na mocidade, consagrara ao Pão de Açúcar um extenso poema. Mas não gostava que lhe encomendassem paisagens. A anedota citada por Alfredo Pujol sobre o pedido de Ramos Paz para que o autor de *A mão e a luva* ornasse seu romance com um parque, e a resposta de Machado de Assis, aquela descrição geométrica, seca, voluntariamente geométrica (só fala em separações, em caminhos que se cortam...), não tem, a meu ver, outra significação. Quando é seu coração que fala, então os termos lhe ocorrem facilmente; quando a prefeitura carioca, com pruridos urbanísticos, demoliu a velha rua Direita, o artista, comovido de ver desaparecer o pitoresco colonial escondido nesse bairro, tira de suas lembranças uma tocante evocação.[31]

Mas não são apenas os versos que permitem conhecer um talento, mas também a crítica. Que qualidades exigia o escritor de seus contemporâneos? Qual o seu ideal de estilo? Fala frequentemente de meias-tintas, de arte esfumaçada, da necessidade de ser sóbrio em literatura. E poderia por isso ser acusado de se haver forjado um ideal em contradição com a natureza tropical, violenta, rica, colorida, exuberante, com um país que ainda se acha, na expressão de Keyserling, no sétimo dia da criação. Certo, não nego a beleza do estilo tropical. Mas logo me detém esta frase de Machado: "É preciso não confundir o sentimento com o vocabulário". Assim como se podem exprimir sobriamente as tempestades do coração humano, como o fez Mérimée, não se poderia exprimir sem exuberância um clima tão vivo e ardente? E não será justamente isso que vamos descobrir na paisagem interiorizada do nosso autor?

Falando das *Cenas da vida amazônica*, de José Veríssimo, Machado de Assis elogia este último por ter sabido dar a sensação quase física da realidade vegetal e aquática do país. Mas acrescenta: "Não são descrições trazidas de acarreto".[32] E foi isto, com efeito, o que procurou realizar em seus romances: não permitir descrições para divertimento, verdadeiros enfeites postiços no livro; é preciso que a natureza seja uma personagem que represente o seu papel, que a paisagem tenha significação e finalidade próprias, que sirva para facilitar a compreensão dos homens ou auxiliar o desenrolar da ação, e não seja um mero quadro rígido. Problema difícil, ao qual, como veremos, deu, depois de um primeiro período de hesitações, a melhor solução possível.

Referindo-se, aliás, a Coelho Neto, Machado de Assis notou que ele possuía o sentido da paisagem, que empregava sempre as cores próprias, as palavras adequadas. Mas, ainda aqui, esse não é o seu maior elogio. O que lhe agrada nesse escritor é que a natureza está em toda parte. Em toda parte, isto é, mesmo onde não aparece à primeira vista, nos conflitos dos homens e no íntimo das almas. Texto particu-

31 Alfredo Pujol, op. cit, p. 67 e 290.
32 Cf. "Um livro [*Cenas da vida amazônica*]", v. II, p. 690.

larmente revelador, pois que nos trai o segredo de Machado de Assis e nos indica a direção a tomar para descobrir a paisagem machadiana.[33]

II. Quando se estuda a evolução da pintura, vê-se que a paisagem foi de início apenas um fundo de quadro sobre o qual se destacava um retrato, uma cena mitológica ou religiosa. Há então dois casos a considerar: ou a natureza é uníssona com a cena, a doçura da atmosfera, o brilho torrencial da luz, o patético do crepúsculo correspondendo à doçura da parábola evangélica, à expressão apaixonada ou dramática dos personagens; ou, ao contrário, a paisagem contrasta com o assunto, ao qual, por essa oposição mesma, faz ressaltar.

Mais tarde, devia a natureza destacar-se da pintura anedótica ou de retratos para viver vida independente. Essa ruptura corresponde, no final das contas, à grande arrancada descritiva do romantismo literário. Apenas os maiores pintores guardaram a nostalgia de uma união cada vez mais estreita entre o homem e as coisas, de uma espécie de participação mística do humano com o telúrico. Mas, para realizar esse sonho, lançaram mão de múltiplos processos, de técnicas variadas.

O primeiro desses processos é o que Élie Faure chama a transposição dos elementos. Consiste em revestir os indivíduos das cores e nuanças da natureza que os cerca, em pôr o colorido das geleiras, as cintilações do mar, o castanho ou o ocre da terra natal sobre a pele e as roupas das personagens: "Para o pintor espanhol, a laranja do cesto do vendedor se reproduz no alaranjado dos crepúsculos de Castella, a neve da *sierra* nos vestidos das infantas. Para o pintor holandês, o irisado do arenque no balcão da peixaria de Amsterdã se encontra nos andrajos dos mendigos ou nas fontes de um rabino dos bairros pobres".[34] A natureza pode, pois, parecer ausente de uma tela, estando na realidade estranhamente presente, no homem vestido de água, de céu e de terra.

Mas essa tentativa de unificação só atinge a perfeição plena quando o pintor se recusa a representar unicamente

> a estrutura carnal superficial e seus estigmas sociais, deixando de inscrever nela o peso de sua relação total com o mundo exterior. Porque não é o caso de uma presença da paisagem conservando ainda uma aparência de exterioridade pelo fato mesmo da separação do modelo e do meio onde vive, como se vê em certos retratos de grandes mestres italianos ou flamengos que reservam, ao lado da figura, um canto da tela para uma vista campestre de sua terra. Mas se quisermos ver nessa representação, não o desejo de colocar ao lado do ser vivo o quadro material em que evolve, mas, ao contrário, uma expressão simbólica da "paisagem interior" do modelo, teremos que ao espectador cabe estabelecer a fusão entre os dois termos, e que um intervalo existirá sempre entre a personagem e a paisagem. Para que a fusão seja perfeita e a presença realmente absoluta é necessário que no retrato a paisagem se faça sentir como que virtualmente presente na própria arquitetura da face, na qualidade da luz – a grande unificadora, o meio universal –, na escolha das cores, na sua transparência, na espessura da tinta.[35]

Foi exatamente esse o progresso que Cézanne imprimiu à pintura, como muito bem viu Eugênio d'Ors. Seus modelos, dizia este, trocam com a natureza am-

33 *A Semana,* 11 de agosto de 1895.
34 *Encyclopédie Française.*
35 Roger Clément, "L'humanisation du paysage", in *Cahiers du Sud,* fevereiro de 1938.

biente "tantos sinais, tantas mensagens, tantas influências, realizam com ela tantos mútuos compromissos", que, "como as naturezas-mortas, esses retratos são, no fundo, paisagens". Pois bem, eu quereria demonstrar que foi um progresso do mesmo gênero que Machado de Assis imprimiu à literatura: a natureza, nele, não é ausente, mas ele soube suprimir o intervalo que a separava das personagens, misturando-a com estas, fazendo-a colar-se-lhes à carne e à sensibilidade, integrando-a na massa com que constrói os heróis de seus romances.

Certo, não chegou de golpe a essa maestria. No começo de sua carreira, deixa claros de paisagem, não enche a separação entre o homem e o mundo exterior; mas, como nas velhas escolas de pintura, esses rápidos panoramas, bosquejados com poucos traços de pena, têm por fim mostrar a analogia de sentimentos de seus heróis com a natureza, ou, ao contrário, seus contrastes. Esses dois temas são muito nítidos em *Ressurreição*, por exemplo, onde vemos no início o fervor de Félix, uníssono com o fervor das coisas, seu ardor participando do esplendor da luz, do jogo das nuvens e da magnificência do céu; enquanto o processo oposto foi utilizado no capítulo xix ("A porta do céu"), em cujo curso a mudança de tempo segue a marcha inversa da evolução psicológica do herói: "Que lhe importava a ele a melancolia da natureza, se tinha dentro d'alma uma fonte de inefáveis alegrias?".

Abandonará, porém, felizmente, esses métodos sumários, e, como os pintores espanhóis e flamengos, operará a transposição dos elementos; vestirá suas personagens – sobretudo as femininas, mais permeáveis às influências telúricas ou climáticas, menos separadas do ambiente pelos artifícios sociais – das cores, das coisas, da luz do mundo exterior. A mulher não se isola da paisagem, mas aproveita-a, apropria-a, une-se-lhe, trá-la em si. Este trecho de *Iaiá Garcia* é sintomático do processo que Machado vai utilizar largamente: "A alma cobiçava um imenso banho de azul e ouro, e a tarde esperava-a trajada de suas púrpuras mais belas".[36] O que caracteriza a natureza carioca são a vegetação sensual, as voluptuosas noites quentes de verão, e sobretudo a presença do mar. Ora, esses três elementos são transpostos para se tornarem carne, sangue e vida, para integrar a arquitetura da face, para correr nas veias e bater docemente no pulso, sob a delicadeza de uma pele feminina. As laranjeiras perfumadas das chácaras, os recantos de sombra úmida sob as árvores, a vida vegetal dos trópicos, que talvez não descreva, inscrevem-se no andar dessas mulheres-vegetais, dessas mulheres-paisagens. As noites do Rio se tornam cabeleiras, cabelos soltos, perfumados, mornos, voluptuosos, "cortados da capa da última noite". E se, na Europa, o poeta pôde dizer que *"Les yeux des femmes sont des Méditerranées"*, os olhos das heroínas de Machado de Assis, olhos verdes, olhos de ressaca, olhos de escuma com reflexos irisados, são feitos da própria cor do oceano que banha as praias do Brasil, guardando em suas vagas o encanto de Iemanjá, o apelo dos abismos, a carícia e a traição. Não se deve buscar alhures a descrição da natureza brasileira; temo-la pintada por transposição, transparente através dessas mulheres vegetais e marítimas, que deixam no leitor um gosto de sal, de jardim adormecido ou de noite tépida.

Mas essas trocas constantes, essas mensagens sutis entre as coisas e os homens transcendem a natureza feminina para se alçarem por vezes a uma verdadei-

36 *Iaiá Garcia*, capítulo xiv.

ra lei cósmica: "As estrelas pareciam-lhe outras tantas notas musicais fixadas no céu à espera de alguém que as fosse descolar; tempo viria em que o céu tinha de ficar vazio, mas então a terra seria uma constelação de partituras".[37] Sim, é bem isso, Machado descola as estrelas, as palmas, a cor das águas e da terra, para pô-las nas faces, no desenho das mãos e no fundo dum sorriso.

Mais ainda, porém, do que para a transposição dos elementos, é para a paisagem interior que o nosso escritor apela para unir o homem e a natureza. O que nos obriga, para descobri-lo, a nos voltarmos "para dentro",[38] na sua expressão. À força de vivermos num certo meio, vão-se-nos impregnando dele os poros da pele, a carne, a própria personalidade, de que passa a constituir parte integrante; por isso, tornada interior, a paisagem transparece-nos nos gestos, cobre-nos o rosto, canta-nos na voz ou brilha-nos nos olhos. Machado tinha disso experiência profunda; tornara-se o Rio; podia dizer, como um de seus heróis, que "as ruas faziam parte da minha pessoa".[39] E foi certamente dessa experiência que partiu para renovar a arte da paisagem, para descobrir um meio de fazer a beleza carioca servir mais intimamente à beleza de seus romances, de amplificar a música de suas frases com a música do oceano próximo. Seria muito longo citar todos os trechos que corroboram a minha ideia. Para me ater a *Quincas Borba*, Rubião não diz que traz sua terra natal "em si mesmo",[40] e Sofia, para ver melhor o mar, não fecha os olhos, porque ele batia-lhe no pulso e as vagas lhe arrebentavam no coração? Sem dúvida, está na janela, mas se erguesse as pálpebras, a praia que veria não seria a verdadeira; a verdadeira praia, a sua, aquela na qual o barulho das ondas se confunde com o surdo ruído do coração, está dentro dela, e as águas a levam, sem vela nem remo.[41]

Assim, sem a menor descrição, sem molduras, sem fundos de quadro, abolidas todas as distâncias, Machado de Assis realiza o milagre de tornar a natureza mais presente do que se a pintasse em longas páginas. Um de seus contos é absolutamente característico a esse respeito: "O enfermeiro". Sem nenhum pitoresco, sem digressões nem alusões ao meio, toda a oposição entre o litoral e o sertão mineiro se descobre na simples mudança dos gestos, na loucura sombria que sobe, numa espécie de surda angústia que terminará em crime. Este é, aliás, um tema caro ao autor: suas personagens vão encontrar a loucura, o desespero ou a destruição na solidão de Minas Gerais, cujo clima assim se exprime sem necessidade de fazer apelo à descrição do mundo exterior. Porque a natureza se confunde com o herói. Poderia citar também "Só!", ritmado pela chuva interminável, a chuva dos trópicos, empapando o jardim da chácara, mas que também se infiltra pelas janelas, pelas paredes úmidas, pelos forros, pela carne, gotejando no coração, caindo sem trégua no cérebro, até transformar a alma do herói numa interminável chuva tropical.[42]

Não é, porém, nos contos, mas nos romances, que esse processo é utilizado com maior êxito. A natureza surge neles como uma realidade afetiva que se

37 "Um homem célebre", v. II, p. 464.
38 "Um homem superior", v. II, p. 1198.
39 "Eterno", v. II, p. 555.
40 *Quincas Borba*, capítulo LIX.
41 *Quincas Borba*, capítulo LXXI.
42 "O enfermeiro", v. II, p. 492; "Só!", v. III, p. 185.

precisa descobrir nas entrelinhas, presente sob a forma da atmosfera que banha as pessoas, aureola-lhes os gestos, transparece-lhes nas palavras. Não é, com efeito, impunemente que as casas dão para os jardins, não é impunemente que há em todos os seus romances uma janela aberta de par em par para a noite e para o mar. A noite e o mar entram nas salas, nos quartos, nas personagens que não se livram mais desse sortilégio. Já Machado tentara esse processo em *A mão e a luva,* onde o apaixonado se coloca entre a janela aberta e o mar, para que este some a sua beleza aos seus próprios sentimentos, de tal forma que o amor se torna uma atração da água.[43] A mesma cena foi retomada, com muito maior mestria, em *Quincas Borba.* Sofia busca através das trevas a pálida luminosidade do mar de franja de espuma, procura nessa sombria ausência os sinais da voz do amado: "A noite estava clara. Fiquei quase uma hora entre o mar e sua casa. Quase ouvia a sua respiração. O mar batia com força, é verdade, mas meu coração não batia com menos intensidade". Romance urbano, romance psicológico, como quiserem, mas conheço poucos livros em que o ritmo do mar, a música das noites cariocas, a natureza brasileira, enfim, vivam de modo tão intenso, imponham a sua presença alucinatória, façam de tal modo corpo com a narrativa que esta se torne um drama noturno e marinho.

E o mar banha *Dom Casmurro* nas suas ondas salgadas, verdes e turvas; ondas que vêm morrer em cada linha, deixando sobre cada palavra flocos de espuma, canções noturnas. Não está somente nos olhos de Capitu, esses olhos de cigana oblíqua e dissimulada:

> Traziam não sei que fluido misterioso e enérgico, uma força que arrastava para dentro, como a vaga que se retira da praia, nos dias de ressaca. Para não ser arrastado, agarrei-me às outras partes vizinhas, às orelhas, aos braços, aos cabelos espalhados pelos ombros; mas tão depressa buscava as pupilas, a onda que saía delas vinha crescendo cava e escura, ameaçando envolver-me, puxar-me e tragar-me.[44]

Mas liga ainda, com sua branca orla, suas linhas sinuosas, todas as partes do romance. Como o caminho das eglantinas do *Côté de chez Swan* de Marcel Proust, o pedaço de praia entre a Glória e o Flamengo une com sua areia úmida, sua geografia oceânica e sentimental, a casa de Casmurro e a de Escobar; todos os acontecimentos do drama se situam em dois planos estreitamente misturados, doçura da luz na água e nos espíritos, tempestades nos corações e nas águas; constantemente é o olhar do leitor dirigido para as ondas furiosas ou acariciantes. A ligação é tão completa que o ciúme do herói só se precisa pouco a pouco, depois de se desviar, de hesitar entre o mar e o amigo;[45] é o mar que se encarregará da vingança, vingança ainda ignorada, palpitando ainda nas profundezas aquáticas do inconsciente; "o mar perverso", "o mar desencadeado", o que só restitui os cadáveres; são os olhos oceânicos que virão buscar o afogado, arrastá-lo, levá-lo para o palácio das lembranças como se fora ao mágico palácio das sereias: "Momento houve em que os olhos de Capitu fitaram o defunto, quais os da viúva, sem o pranto nem palavras desta,

43 *A mão e a luva,* capítulo XVI.
44 *Dom Casmurro,* capítulo XXXII.
45 Ibidem, capítulos CVI e CVII.

mas grandes e abertos, como a vaga do mar lá fora, como se quisesse tragar também o nadador da manhã";[46] todo o estilo de Machado de Assis torna-se marítimo:

> [...] os nossos temporais eram agora contínuos e terríveis. Antes de descoberta aquela má terra da verdade, tivemos outros de pouca dura; não tardava que o céu se fizesse azul, o sol claro e o mar chão, por onde abríamos novamente as velas que nos levavam às ilhas e costas mais belas do universo, até que outro pé de vento desbaratava tudo, e nós, postos à capa, esperávamos outra bonança, que não era tardia nem dúbia, antes total, próxima e firme.
> Releva-me estas metáforas; cheiram ao mar e à maré que deram morte ao meu amigo e comborço Escobar. Cheiram também aos olhos de ressaca de Capitu. Assim, posto sempre fosse homem de terra, conto aquela parte de minha vida, como um marujo contaria o seu naufrágio.[47]

Em criança, Machado, interrogando o seu destino pela sorte da clara de ovo no copo d'água, via nos filamentos esbranquiçados a imagem de um navio partindo. E, embora homem de terra, sem aventuras, citadino agarrado às ruas cariocas, a predição se realizou. Como nas Naus Catarinetas do sertão, carregadas pelos homens sobre a terra dura e seca, como nas longínquas capelas do interior onde se balança, entre os ex-votos, uma caravela branca, o complexo brasileiro do mar, de que tão bem falou Mário de Andrade, habitava no coração desse homem imóvel, mas cercado pelas águas em pleno Rio, e seus livros, como o copo da infância, encerram em filamentos dispersos a imagem alucinatória do Atlântico.

Mas há em *Dom Casmurro* ainda outra presença, ou, melhor, a água, no livro, brinca com as plantas, canta nas chácaras, bate com suas vagas de sonho, como nos filmes em sobreimpressão, os jardins sombrios do centro da cidade. E não conheço nada mais tropical, mais brasileiro do que essa confusão de líquido e plantas, essas árvores que saem do mar, esses Amazonas correndo através de florestas, sem que se possa saber onde começa o rio e onde termina a floresta, esse sétimo dia da criação, em que ainda não terminou a separação entre águas e terras, em que não existe ainda linha divisória entre os elementos confundidos. Essa visão formidável, o autor no-la impõe sem uma só descrição, e todavia mais fortemente do que o conseguiria a mais rica das descrições; simplesmente, como depois fariam os filmes, misturou as duas realidades, líquido e vegetal, a aroeira e a pitangueira aos rochedos batidos pelas ondas, o poço, a velha caçamba e o tanque a uma água mais amarga e salgada, as flores do velho jardim e a casa sobre o mar, e fez, enfim, da Capitu dos olhos de ressaca não somente uma mulher-marinha, mas também uma mulher-planta, porque a Capitu da Glória já existia na de Matacavalos: "se te lembras bem da Capitu menina, hás de reconhecer que uma estava dentro de outra, como a fruta dentro da casca";[48] e, assim, como o indicam os próprios termos de Machado, o crescimento da moça, essa sereia fugida das glaucas águas, torna-se um crescimento vegetal.

Seria possível mostrar no *Memorial de Aires* processos análogos; também aqui, sem recorrer às descrições, a principal personagem do romance é um jardim

46 Ibidem, capítulo CXXIII.
47 Ibidem, capítulo CXXXII.
48 Ibidem, capítulo CXLVIII.

que não conhecemos, mas que não podemos esquecer, tanto o autor tornou real a sua presença em nós.

Coelho Neto contou esta impressão de uma leitora de Machado de Assis: "Sente-se neste livro uma grande falta de ar...". Foi a impressão contrária que tive ao ler pela primeira vez Machado de Assis, a impressão de uma baforada de ar iodado e salgado em pleno rosto, da carícia de uma noite perfumada num jardim do Rio, da mais perfeita transcrição da essência da paisagem brasileira; e prefere-se sempre ao aroma que se dilui à força de descrições, cuja extensão e acumulação acabam esgotando o poder evocador, a rara essência da qual basta uma gota para perfumar todo o romance e fazer com que todas as palavras, ainda e sobretudo aquelas que nada dizem da natureza, trescalem a aroeira e a pitangueira, a algas balançando-se nas praias, a brisa evolando-se do mar. E porque a impressão profunda que me deixou esse escritor foi a de ser um dos maiores paisagistas do Brasil, é que escrevi estas páginas de protesto contra os críticos literários que lhe negam essa qualidade: humilde homenagem de um estrangeiro a um mestre da literatura universal.

O romancista[49]
BARRETO FILHO

O seu primeiro romance, *Ressurreição*, aparece em 1872. Está naquela fase calma em que a vida corre sem incidentes, consolidando-se sob o ponto de vista material, depois de seu ingresso na carreira burocrática, em 1873, como oficial da Secretaria da Agricultura. Está com o futuro garantido, liberto da preocupação da subsistência. Carolina e a casa do Cosme Velho completam o sóbrio e digno ambiente para esse escritor vitoriano. Vida calma e regular, o mesmo trajeto diário, para a repartição, as mesmas horas de trabalho intelectual, os jogos familiares à noite, o gamão ou o xadrez, um pouco de vida social, alguns amigos seletos, eis a existência de quem, "podendo, com o seu valor, ter aspirado a tudo, contentou-se com uma austera simplicidade".[50]

Ressurreição, embora fraco, tecido de situações vulgares, tiradas ao ambiente do romantismo europeu, é uma curiosa tentativa de romance psicológico. Deslocando o interesse do acontecimento objetivo para o estudo dos caracteres, essa novela aparecia numa linha diferente, e conserva para nós um indiscutível ar de modernidade. Ainda mergulhado na influência do ambiente, muitos traços do romance machadiano já se definem. O livro é feito sob invocação de uns versos de Shakespeare, a propósito da indecisão e da dúvida, que nos fazem perder o bem que poderíamos obter, pelo medo de alcançá-lo. O enredo é a história de um indeciso na conquista da viúva Lívia, que já é uma dessas figurinhas tão numerosas em sua

49 Condensado de *Introdução a Machado de Assis*, RJ, Agir, 1947.
50 Lúcia Miguel Pereira. *Machado de Assis*. SP, 1936, p. 162.

obra, "que ele esculpia meticulosamente, servindo-se da matéria-prima admirável e duradoura que foi tomar à oficina dos grandes clássicos".[51]

Esta ainda não estará tão perfeitamente esculpida, mas já se veem indicações do vigor e do relevo que outras virão a possuir.

Mas ele utiliza o dito de Shakespeare para justificar a sua iniciativa, que lhe parecia ousada. Depois de acalentar, longamente, a ideia de romance, possivelmente durante anos, é essa uma espécie de travessia do Rubicon. A sua ambição era criar o mundo que se agitava dentro dele. O conto, que já vinha explorando, não lhe dava a medida exata da criação, e o tipo de romance existente não correspondia ao seu desejo de expressão. Entrando em contacto com as novelas de Stendhal e Xavier de Maistre, e impregnado dos processos do teatro, germina nele uma forma diferente, que o leva a essa primeira tentativa, ousando um livro sem a dinâmica própria do romance corrente: "Não quis fazer romance de costumes; tentei o esboço de uma situação e o contraste de dois caracteres; com esses simples elementos busquei o interesse do livro".

Já está aí em germe o processo que se desenvolverá, ampliando-se, a partir de *Brás Cubas*.

Por enquanto, é a descoberta de um filão, que ainda por muito tempo não será devidamente aproveitado. Os outros romances que se seguem, *A Mão e a Luva*, *Helena* e *Iaiá Garcia*, representam uma regressão aos moldes existentes. Triunfa neles a tendência *vitoriana*, volta a predominar a influência do ambiente, o esforço para julgar o impulso de penetração psicológica, e substituí-lo pelo jogo das situações romanescas, desenrolando-se no belo quadro social do Segundo reinado.

Em *Ressurreição* fora descoberto um desvio promissor nessa estrada real, mas é provisoriamente abandonado, talvez pelo pressentimento de que ia dar em regiões estranhas do espírito, ainda não percorridas ou exploradas. Por enquanto, Machado deseja caminhar na estrada batida, e se recusa a ouvir o seu demônio interior, que o convida a uma outra aventura. Por isso é que o primeiro romance de Machado, embora inferior àqueles que se seguiram nessa fase de transição, quanto à estrutura e à organização, tem um gosto diferente, porque nele palpita o espírito de análise que animará a sua obra definitiva, mas que sofre um eclipse nos outros livros dessa série.

A hesitação na escolha de rumos vem principalmente do fato de que a audácia de espírito é contrabalanceada pelo temperamento moderado e conservador. Por isso, põe na advertência inicial que acompanha *Ressurreição* uma declaração de modéstia e de cautela, como se pedisse desculpas pela ousadia da iniciativa.

Procedendo por sucessivos ajustamentos ao fim que tinha em vista, Machado reflete intensamente sobre o problema estético. Essa reflexão não é puramente teórica. Não lhe interessa propriamente a natureza da arte, que já está mais ou menos definida como uma vitória sobre o temporal e o sofrimento do homem entregue à corrente da existência, mas exigindo, pela sua aspiração mais secreta, uma felicidade inalterável. Essa condição do homem e a função liberadora da arte são conclusões adquiridas para ele. O que lhe incumbe ainda meditar nesse momento são as

51 Constâncio Alves, *Figuras*, RJ, 1921, p. 44.

condições da sua obra, a sua equação pessoal como escritor. Nessa linha de considerações encontra-se o ensaio, denominado "Instinto de Nacionalidade", escrito em 1873 para uma revista de Nova Iorque. A precisão com que abordou o problema da possibilidade de uma arte nacional, a dosagem que deve haver entre a influência local e a universalidade do espírito na obra literária ou entre a influência do povo e o trabalho do estilo, nos revela um admirável ensaísta dessa espécie de temas. Para a nossa literatura em formação esse tema era particularmente importante, e estava lançado na cena, com o esforço dos nossos poetas e romancistas de fazer uma literatura de conteúdo nacional. Romantismo e Naturalismo, neste como em muitos outros pontos confundidos, procuravam a cor local, idealizada naqueles e nestes acentuada. Somente Machado de Assis conservava o segredo clássico e meditava a obra universal que iria ser depois a mais brasileira de todas.

Os poetas que inserem na sua poesia, como era frequente, os nomes das flores e dos pássaros, podem ter *uma nacionalidade de vocabulário* e nada mais. Mostra em seguida como deve ser admitida a contribuição do povo na elaboração da língua literária, contra a errônea tendência de reproduzir no diálogo a linguagem vulgar, pretendendo com isso aumentar a verossimilhança e a naturalidade das cenas.

Essa posição justa era o resultado de muitas iniciativas tateantes, logo abandonadas, como é o caso de uma novela regionalista do volume *Histórias da Meia-Noite*, publicado em 1873. Os demais contos reunidos nesse volume não têm, aliás, maior importância.

Aparecem depois sucessivamente *A Mão e a Luva*, em 1874, *Helena*, em 1876, e *Iaiá Garcia*, em 1878. Nesses romances há um progresso continuado de sua técnica, mas é como se fossem altos exercícios de composição. O jogo dos caracteres se reduz ao típico e nunca chega ao pessoal nesses romances. Os caracteres se definem pelos sentimentos genéricos, pela ambição, pelo amor, pela gratidão.

Entretanto, já em *Helena* adquire o escritor desenvoltura e fluência e vão repontando aqui e ali as soluções estilísticas, o modo próprio de dizer que o distingue de todos. Certas frases já adotaram o torneado de sabor clássico tão característico da sua língua: "Deixemos a cada idade a sua atmosfera própria, concluiu ele, e não antecipemos a da reflexão, que é tornar infelizes os que ainda não passaram do puro sentimento".

Esses retoques estilísticos vão atenuando o romantismo, e emprestando um interesse lateral, que vem do comércio à ação e aos tipos, e que supera a atração difusa e enfadonha das cenas, dos diálogos e das situações. *Iaiá Garcia* é o mais bem escrito e organizado da série. Respira o ambiente da grande família do Segundo Reinado, a sua vida calma e composta, a cordialidade das relações sociais e a doçura dos costumes. Nesse livro já existem figuras bem lançadas, particularmente a de Estela, em quem se encontra aquela coerência moral que ele exigia nos personagens de romance.

O que há nesses livros é ausência de tensão. O espírito está repousado e funcionando num ritmo frouxo. A face exterior do Império e a sua vida social brilhante têm a sua expressão na obra desse período. Mas é uma voz sonolenta que a exprime, numa espécie de automatismo ou hábito de escrever. Todo o esforço está concentrado nos recursos técnicos, a sua preocupação é, por equívoco, produzir livros dentro das regras da arte, isto é, acompanhando os padrões do romance, e desistindo do caminho

divergente que fora indicado em *Ressurreição*. Era, como diz muito bem Lúcia Miguel Pereira, uma defesa da vida, do repouso, da alegria conjugal, contra a vocação, que se anunciava absorvente e trágica, pela acuidade imposta à sua visão da vida. Machado procurou ser um intérprete das linhas regulares e harmoniosas da vida exterior do Império, mas foi obrigado a ser, posteriormente, o profeta de sua morbidez interna.

O trabalho, nessas condições, era, como dissemos, um equívoco no desenvolvimento de seu espírito, e não podia saturar a sua profunda necessidade de verdadeira criação. O senso crítico porém estava sempre vigilante, e lhe dava logo a medida de suas deficiências. O seu ouvido sensível registrava os próprios desafinamentos: "Dê um pouco de poesia à vida, mas não caia no romanesco; o romanesco é pérfido".[52]

Um de seus personagens reconhece, depois de escrever algumas páginas, "que a execução não correspondia ao pensamento, e que não saía das efusões líricas e das proporções da anedota".[53]

Nunca aceitou, porém, as falsas soluções que procuravam se substituir aos processos românticos. É de 1878 o ensaio sobre *O Primo Basílio*, de Eça de Queirós. Nunca se vira nas nossas letras um trabalho de crítica daquele teor. O tecido mesmo da obra é analisado, e a conclusão é a negação completa não só do valor da obra, como do Naturalismo como processo estético. Em alguns períodos lapidares o crítico desenvolve os postulados de toda obra de arte, e particularmente dos romances, onde precisa haver uma lógica interna, uma coerência moral dos personagens, que o Naturalismo procurava substituir pelo inventário de fatos e "a reprodução fotográfica e servil das cousas mínimas e ignóbeis".[54]

Enquanto combate a nova estética do Naturalismo, e se acomoda como pode aos modelos românticos, como cronista da cidade vai desenvolvendo uma outra linha literária, cuja graça principal está no comentário, no modo de dizer, na reflexão oportuna. De 1871 a 1873 na *Semana Ilustrada*, e de 1876 a 1878 na *Ilustração Brasileira*, e em *O Cruzeiro* temos a sua contribuição assídua ao comentário dos fatos correntes.

A variedade de assuntos revela a virtuosidade adquirida no trato desse gênero, que seria uma das matrizes da sua grande criação, principalmente dos contos. Surgirá do cronista o contador de histórias da cidade, pilhérico, irônico, amargo ou evocativo. A sua crítica aos homens e às coisas, que é a princípio enérgica e ferina, vai aos poucos diminuindo de intensidade, à medida que se anunciam, por volta de 1877, os primeiros sinais de cepticismo e de melancolia. É como uma atmosfera precursora da crise espiritual que vai se desencadear.

Os intuitos educativos e moralizadores, que são indiscutíveis, em toda a sua atuação anterior, começam a ser contestados, pelo menos aparentemente, em benefício da atitude isenta e distante, de simples espectador, que acabou assumindo ou fingindo assumir. E é aí pela primeira vez que encontramos o apelo ao sarcasmo como um remédio para a vida, em substituição à antiga pilhéria, sem intenção e sem malícia.

"Tratemos de rir", dizia um moralista, "para que a morte nos não apanhe sem havermos rido alguma vez. De acordo; mas não há meio de rir diante da morte".[55]

52 *Iaiá Garcia*.
53 *Iaiá Garcia*.
54 *Crítica Literária*.
55 *Crônicas*, 4.º vol., 14 jul. 1878.

Ao aproximar-se dos quarenta anos, manifestam-se sinais de erosão na sua geologia moral. O moralista inato perde o gosto pela moralização direta; não vai entretanto abandoná-la, mas substituí-la pela análise fria e implacável dos erros humanos. Adota uma posição prevenida e desconfiada em face do homem. Esses anos de calma e de repouso deixaram amadurecer o seu demônio interior. Ele vai finalmente demolir todo o social no homem, para buscar sua essência, o especificamente humano, e a sua obra posterior será a narração das suas descobertas nessa direção. Quando o impulso secreto que se desenvolve conseguir fazer-se consciente, veremos o ar de triunfo sarcástico com que se lança no *Brás Cubas* à revelação da alma humana.

* * *

O que nos fascina na personalidade de Machado de Assis é o encontro com um representante genuíno do espírito trágico. Reconhecemos nele um exemplar dessa raça superior que penetrou a essência dolorosa da vida, destruindo impavidamente as aparências. E que isso tenha ocorrido em nossa literatura, é coisa que nos desvanece. A presença do trágico é, com efeito, sintoma de grande maturidade, porque está sempre ligada à época clássica de uma nação, ao apogeu e equilíbrio de suas forças. O artista trágico cria então os modelos que hão de sobreviver e inspirar a alma popular, retificando a consciência e o caráter da coletividade.

Nietzsche denomina a tragédia "a arte da consolação metafísica". Nessa perspectiva, é sempre a mesma a origem psicológica do trágico. Tanto o homem dionisíaco como Hamlet "mergulharam na essência das cousas um olhar decidido, viram e aborreceram a ação, porque a sua atividade não pode mudar em nada a eterna essência das cousas".

A contemplação da verdade faz com que não percebam mais em tudo senão o absurdo e o mal da existência. É então que a arte salva, porque o sublime subjuga o horrível e o cômico liberta do absurdo: "a tragédia, por meio do seu conforto metafísico, mostra a existência eterna dessa essência da vida, malgrado a perpétua destruição das aparências".[56]

Semelhante arte, porém, é necessariamente clássica. Trata-se de dominar, com ela, o desespero, disciplinar a visão do inexorável, e eis por que é antes uma arte da forma. A luta pela forma libera o espírito atormentado, e a contemplação da forma provoca em nós um sentimento novo, um júbilo especial que o fluxo do mundo, a sua matéria, não podem fazer nascer.

A visão trágica, por isso, não se detém na superfície das coisas nem nas aparências. Não são as manifestações sociais ou psicológicas do sofrimento e do mal o que semelhante artista procura fixar. A arte naturalista ou romântica apenas aflora as camadas externas do mal, mas conserva uma possibilidade otimista, como se a harmonia fosse inerente à vida. O artista trágico avança para o fundo da existência. É o desbravador audacioso e desvenda o mal absoluto, irremediável e fatal. Somente a arte e a magia da forma são capazes de trazer então essa misteriosa consolação a que Nietzsche alude.

Consolo metafísico para um mal metafísico, tal era a função que Machado de

56 *L'origine de la Tragédie*, Paris, ed. *Mercure de France*, p. 77.

Assis atribuía expressamente à arte. A crítica tem insistido com acerto nessa concepção, que resulta das afirmações frequentes do escritor, sempre que se refere ao problema. A arte é sempre definida nesses termos, e a fusão do trágico e do cômico que se encontra na sua obra mostra que ele conhecia e procurava usar das duas possibilidades complementares que a arte oferece para acalmar o espírito.

Nos anos de preparação, que antecedem a publicação de *Brás Cubas*, ele procurou evitar a eclosão desse espírito trágico, que acabou por se manifestar. Os anos anteriores, que pareciam de calma e fluente produção, mascaravam apenas essa tendência que progrediu em silêncio, como orientação inevitável de sua vocação, e também como reflexo da instabilidade social que ia corroendo internamente a estrutura do império, nos últimos tempos de sua existência. As transformações sociais a que ia assistindo, e aquelas que pressentia, articulavam-se aos temas eternos, constitutivos da visão trágica da vida: a irreversibilidade do tempo, a lei do perecível, a dura contingência da morte, e a existência do mal sob todas as suas formas.

Sabemos que a sabedoria triste das coisas começou na sua infância, mas foi recalcada durante muito tempo, pelo impulso vital da mocidade. Viveu dentro dele em estado de pressão, pronta a irromper a qualquer momento. O seu grande recurso foi sempre o trabalho artístico, que lhe dava oportunidade de transcender e dominar o lado sombrio da realidade, pela superioridade do espírito. A arte, porém, para desempenhar essa função, tem que ser de uma autenticidade sem jaça. O espírito trágico exige a perfeição da obra, penhor único de perenidade. Quando se dá o ajustamento da experiência interna e de expressão, aí se encontra o seu ideal, que foi também o de Machado de Assis. A obra de sua fase vitoriana não podia satisfazê-lo porque não realizava essa junção. Os conflitos sentimentais eram alimentos tenros para esse gosto áspero e viril. O espírito ficava inerte diante da realidade, porque não estava trabalhando em face de seus verdadeiros estímulos. Estes atuaram secretamente, até a doença de 1879, momento de sua crise de espírito, a qual inaugura a grande produção da maturidade.

Descrevendo esse acontecimento moral, que se inicia pela destruição de todos os produtos da rotina e da inércia mental, conta-nos ele, em uma de suas crônicas, na linguagem desenvolta que tinha adquirido: "Aos vinte anos, começando a minha jornada por esta vida pública que Deus me deu, recebi uma porção de ideias feitas para o caminho"; e acrescenta: "e vivi assim, até o dia em que por irreverência do espírito, ou por não ter mais nada que fazer, peguei de um quebra-nozes e comecei a ver o que havia dentro delas".

Uma espécie de cinismo amargo, e desenvolto caracteriza as produções da época de *Brás Cubas*, inclusive as suas crônicas. O moralista adota uma atitude sarcástica, cheia de uma virulência especial. Há nele pela primeira vez um frenesi interno, que o estilo comedido mal consegue disfarçar, e que poreja revolta e desapontamento, como se a vida houvesse abusado de sua inocência e boa-fé. A sua reação, em face da crise dos quarenta anos, reproduz a surpresa melindrada da infância, já agora sem o corretivo da alegria matinal de viver. De modo que o seu espírito é sombrio, irônico, ferino e inquieto, disfarçando a agitação da sensibilidade no derivativo do humorismo.

A função do humorismo estava assim descoberta: destinava-se a fornecer-lhe um ângulo de visão apropriado à contemplação da essência da vida, despindo-a de

todas as aparências. Era uma exigência da liberdade de espírito, um modo de adquirir a isenção que alcança o domínio da emotividade, e superando o desespero chega à serenidade. A obra de arte foi para ele uma via de liberação no sentido estrito do termo, de uma liberação amarga e árida, porque nela não houve lugar para a esperança, ficando apenas o orgulho do espírito solitário e inatingível, afrontando o mal da existência.

As *Memórias Póstumas de Brás Cubas* são as primícias dessa nova situação anímica. Compreende-se o escândalo que semelhante tentativa teria causado na época. Destoando da forma corrente em nosso romance, este é um livro esquisito, arbitrário, carregado de ditos, reflexões, narrado antes do que vivido, em que a ação perde muito de sua importância, em favor do comentário marginal. Quer parecer um livro de intenções puramente humorísticas, mas é de uma amargura indisfarçável; pode ser comparado a modelos e influências, mas, na verdade, já é algo de próprio, de inconfundível, de machadiano.

Na erosão de seu espírito vêm então à flor as correntes que trabalharam a ruína daquela estrutura tão vacilante, que pretendeu assentar sobre uma vida regular e tranquila, que o casamento tornava repleta. A angústia do tempo e da morte, a compreensão do mal moral, enervam as páginas das *Memórias Póstumas* de maneira frenética e contagiosa.

O livro começa com um delírio de Brás Cubas no momento da morte. Surge aí desde logo o motivo do tempo, numa alegoria confusa, em que o moribundo vê desfilarem os séculos em vertiginosa corrida, esperando encontrar no último "a decifração da eternidade". A página é bizarra, tecida ao gosto do humorismo excêntrico, mas é uma confissão de impotência, uma afirmação dolorida do absurdo da vida. É esse o sentido da apóstrofe patética de Brás Cubas à figura alegórica da Natureza, com a qual se depara: "Viver somente, não te peço mais nada. Quem me pôs no coração este amor da vida, senão tu? e, se eu amo a vida, por que te hás de golpear a ti mesma, matando-me?" Eis a contradição que ele descobre no fundo de si mesmo: uma aspiração de eternidade, diríamos melhor de perenidade, a que nada corresponde, e o absurdo de ter sido posta no homem essa aspiração, a fim de que não fosse satisfeita.

Em face dessa contradição fundamental, Machado de Assis se obstina e desespera de dar qualquer explicação. Nada poderá mais iludir essa sua ciência amarga, porque nada poderá conciliar a condição absurda do homem. O animal não sabe que morre, e o homem é o único que tem esse privilégio triste. A condição do homem parece-lhe assim o resultado de uma maquinação cruel, como se ele fosse o joguete de forças superiores e incompreensíveis. Em relação a essas forças, o homem fica na mesma relação de dependência e ignorância que a borboleta preta de um dos capítulos do livro, debatendo-se nas mãos do homem que a aprisiona, sem conhecer as suas intenções. Somos impotentes para alcançar a explicação de tudo isso e mais, parece que a razão não é só insuficiente, mas é incompatível com a realidade, na qual só existe absurdo e contradição. Definido como um racionalista, Machado entretanto prova os limites e a inanidade da razão em face dos problemas últimos.

Entre essas sátiras encontramos a do Humanitismo, sistema de um filósofo louco – Quincas Borba – companheiro de infância de Brás Cubas. É uma sátira ao Naturalismo evolucionista e mais particularmente ao Positivismo que se infiltrava

no Brasil. Para o pensador bizarro e vagabundo só há uma substância – *Humanitas* – que se manifesta num movimento rítmico de expansão e contração, a quatro tempos: 1.º a fase *estática*, antes da criação; 2.º) a *expansiva*, começo das cousas; 3.º) a *dispersiva*, aparecimento do homem; 4.º) a *contrativa*, absorção do homem na substância original. A única grande desgraça é não nascer, explica-nos o otimismo do filósofo; o homem é ao mesmo tempo veículo, cocheiro e passageiro de *Humanitas*, é ela própria uma proporção reduzida. Tudo são modificações de *Humanitas*, inclusive o mal. Como se vê, o sarcasmo machadiano se aplicava sobre o pensamento naturalista naquilo que todas as suas variantes têm de comum – o panteísmo ou o monismo – numa formulação bastante refinada para o alcance da crítica de ideias que era possível entre nós naquele momento. "A dor, Segundo o Humanitismo, é uma pura ilusão", acrescenta ele, apontando o verdadeiro caráter dessas construções com que o otimismo procurava escamotear ou afastar do foco da consciência o problema fundamental do sofrimento e da desarmonia do universo. O seu pensamento lúcido e forte jamais se contentaria de semelhante artifício.

Não aceita, igualmente, a tentativa de transferir o problema da felicidade absoluta para o domínio da utopia social. Já pensava a esse propósito segundo uma crônica que mais tarde publicou, em 6 de janeiro de 1895, sobre o futuro século XX. Será o século das maravilhas, ao que prometem, dizia ele então, em que o Estado dirigirá tudo.

Os personagens machadianos não apresentam mais uma estrutura moral unificada. São antes seres divididos consigo mesmos, embora sem lutas violentas, já naquele estado em que a cisão interna entra no declive dos compromissos e da instabilidade de caráter. O homem não é mais aquele ser responsável dos romances anteriores; é um joguete de forças desconhecidas. O seu livre-arbítrio está limitado não só pelos obstáculos que a natureza indiferente oferece, mas pelas contradições e perplexidades internas. A duplicidade da consciência moral é revelada a cada passo, e encontra uma esplêndida expressão no episódio de Brás Cubas com Virgília, antigo amor da adolescência, que ele vem encontrar casada, numa noite de baile.

O mesmo homem, porém, que se apressara em restituir uma moeda perdida, encontra depois um pacote de cinco contos, e adota um procedimento diferente. Entra num estado de ruminação mental em torno da obrigação de devolvê-los, e acaba entregando-se à lógica do adiamento e se habituando à ideia de guardá-los para uma boa aplicação. Veremos mais tarde o destino que tiveram.

Um de seus motivos mais insistentes na crítica moral é uma lei que poderíamos chamar de restituição ou da compensação em série. Os seres estão de tal modo encadeados no universo que uns utilizam segundo as suas necessidades ou seu capricho àqueles que estão colocados no elo imediatamente inferior, enquanto que estes últimos, sem que possam alcançar ou compreender sequer os móveis da ação que padecem, exercem a mesma pressão arbitrária sobre os outros, ainda menos classificados, que se acham sob o seu domínio. O capítulo intitulado "A borboleta preta", das *Memórias Póstumas de Brás Cubas*, é uma ilustração da teoria. Apoderando-se do animal que vem pousar descuidado no quarto, o homem o trata de acordo com o mesmo capricho superior e arbitrário com que ele próprio é manejado pelas forças que o excedem e que ele não conhece. Em face da ação compensatória do pequeno déspota, ele tem uma reflexão sarcástica: "Vejam como é bom ser superior às borboletas!"

As mesmas ações humanas obedecem a essa lógica. Dominados e oprimidos pelos que estão em cima, os homens se compensam oprimindo e dominando os que estão em situação inferior. A ação opressora, uma das manifestações do mal no universo, se propaga regularmente em sentido vertical, sem outro motivo que o da compensação do mal sofrido. É muito eloquente, nesse particular, a cena em que o negro Prudêncio, que fora libertado recentemente pelo senhor, é encontrado a vergastar um outro negro que adquirira para ser seu escravo. Prudêncio não se cansa de usar de seu capricho sobre o infeliz que lhe pede clemência, chamando-o de senhor. Brás Cubas intervém, conseguindo terminar o castigo, e conclui o episódio pensando: "Era um modo que Prudêncio tinha de se desfazer das pancadas recebidas – transmitindo-as a outro. Vejam as sutilezas do maroto".

Investigando "essas camadas de caráter, que a vida altera, conserva ou dissolve conforme a resistência delas", o seu humanismo moralista vai apontando a fragilidade dos propósitos, as veleidades, as acomodações e a estranha complacência da consciência humana em face do mal. O caso de D. Plácida, no mesmo romance, é um modelo de alteração insensível da consciência no sentido da aceitação de um mal a princípio recusado. Brás Cubas precisa de alguém para conservar e manter em bom estado a casinha que instala na Gamboa para abrigar os seus encontros furtivos com Virgília. D. Plácida é uma viúva pobre e honesta, que lhe deve favores, porque o nosso herói é daqueles caracteres fluidos, nos quais se misturam o bem e o mal e o egoísmo não se pode distinguir da intenção desinteressada. A viúva é ideal para o ofício, mas a sua repugnância em exercê-lo é a princípio forte. Machado faz o leitor acompanhar a corrupção lenta dessa virtude, que se vai arruinando, em gradação contínua, num mitridatismo moral que a necessidade e o interesse estimulam, até chegar à habituação e mesmo ao gosto do ofício. Brás Cubas em troca prové a segurança de seu futuro, e faz-lhe um pecúlio de cinco contos, aqueles mesmos que ele guardou para uma boa aplicação, e encerra o incidente de D. Plácida comunicando singelamente ao leitor: "Foi assim que lhe acabou o nojo".

Brás Cubas, nas suas memórias, revê e recompõe a vida como um insólito pesadelo, o trânsito entre dois mistérios, durante o qual o homem se agita, se debate à procura do prazer dos sentidos e da ventura do coração, mas só encontra no fundo das cousas a miséria moral, o mal físico e a morte, pois aquilo que parece um momento a poesia e a verdade da vida, as emoções da infância ou a beleza de Marcela que o levara à inconsequência e ao desatino, passam ou se convertem nos contrários. A solidariedade fraternal com a sua irmã Sabina não é tão sólida e sincera que resista a uma questão material de herança: "Jogos pueris, fúrias de criança, risos e tristezas da idade adulta, dividimos muita vez esse pão da alegria e da miséria, irmãmente, como bons irmãos que éramos. Tal qual a beleza de Marcela, que se esvaiu com as bexigas".

A atmosfera do livro, apesar do sarcasmo, é lúgubre e macabra, e ele mesmo o classifica como um livro enfadonho, que "cheira a sepulcro, e traz certa contração cadavérica". Pode-se censurar nele o abuso de artifícios, a desordem da construção e a excentricidade de alguns temas, que o fazem por momentos antipático e de mau gosto. Mas não se pode deixar de reconhecer que é uma obra nova na nossa literatura, trabalhada num plano superior do espírito, uma verdadeira estreia de um escritor que estava incubando em trabalhos de diversão, para aparecer agora em toda a pujança do talento, equipado com os recursos adquiridos pelo esforço de anos!

A mulher é sempre na sua obra, com raras exceções, um elemento perturbante e incerto, um ser estranho e fascinante que acentua o trágico da vida, porque é contraditória e surpreendente como a fatalidade. Quase todas suas figuras femininas têm um fluido inquietante, e algumas são nitidamente condicionadas por um fator arbitrário e irracional que escapa à definição, como a Capitu de *Dom Casmurro* ou a Marocas, do conto "Singular Ocorrência". Virgília pertence a essa galeria de criaturas fantásticas, inconsequentes, que perderam a distinção do bem e do mal, e se entregam à dissipação das forças do caráter e até de grandes qualidades, em ações mesquinhas e inglórias. O resultado é um livro disforme, produto de uma alma em pânico perante a visão real da existência, apagados os contrastes entre o bem e o mal e abafados no compromisso moral a cisão da consciência e o arbitrário interior. Ao cabo deste terrível libelo, que no fundo é uma queixa, o escritor encerra o livro com uma declaração de absoluto pessimismo: "Não tive filhos, não transmiti a nenhuma criatura o legado da nossa miséria".

As *Memórias Póstumas*, publicadas por partes na *Revista Brasileira* em 1880, aparecem em volume no ano seguinte, e foram ditadas a Carolina, devido a uma doença de olhos que dificultava o trabalho direto do escritor. Poucos anos antes, segundo informa Pujol, é que a epilepsia se manifesta francamente, instalando-se na sua vida. Outros biógrafos assinalam a presença de "umas cousas esquisitas" durante a infância, que talvez se possam identificar com "os equivalents epilépticos", longo tempo conservados em estado discreto, numa forma benigna, até alcançar o tipo manifesto das crises.

Depois de *Brás Cubas*, decorreram dez anos até que esse laborioso e lento incubador publicasse o seu segundo grande romance. No intervalo começam a aparecer os livros de contos e novelas.

* * *

Quincas Borba, que surge em 1891, é muito mais rico de vida e substância humana que o romance anterior. É o mais arejado dos seus livros, e o que apresenta a melhor dramatização. A atitude sarcástica e falsa do *Brás Cubas* cede o lugar a uma severa dramaticidade, que suporta a medida do trágico. O herói do livro, um bom e plácido mineiro, que recebe por testamento a herança do filósofo louco do *Humanitismo*, vem para o Rio, e se apaixona por Sofia, acabando por perder a fortuna, o amor e a razão. É uma sentença inexplicável, essa que atinge sem motivo a alma ingênua de Rubião, o que lhe empresta a grandeza do herói trágico no sentido antigo, vencido pela fatalidade.

A motivação psicológica da ação dos personagens é muito mais fina e sutil. Sofia, por exemplo, tem uma complexidade maior que Virgília, as suas ações emergem de um fundo irracional que ilustra melhor a precariedade e a incerteza do ser humano, do que o jogo simplista das causas evidentes que move os personagens do primeiro romance.

Já estamos longe das janelas da consciência, que se abrem para ventilá-la. Aquela passagem do *Brás Cubas* é uma pilhéria que nos faz rir. Esse estudo moral é a meditação austera de um diretor espiritual, que sabe medir toda a extensão da fragilidade humana.

Os homens, aqui, já não são sistemáticamente maus como nas *Memórias Póstumas*. Já se pode ter uma piedade isenta de acrimônia em face de Rubião tomado de uma paixão insensata pela magnífica figura de Sofia.

As figuras torpes são claramente delineadas, como a de Palha, marido de Sofia, cúpido, astuto, desleal, revelado com uma segurança magistral nas cenas equívocas com a mulher, particularmente numa obscura conversa, lasciva, de um absoluto acerto como obra psicológica, em que ele mostra uma curiosidade mórbida de saber se o corpo da mulher teria sido entrevisto e admirado por Rubião. Há, porém, a boa figura de D. Fernanda, que se diz ter sido oriunda de um modelo real, de grata recordação para o escritor, modelo de compreensão e de fidalguia.

Rubião enlouquece por fim, depois de dilapidar a fortuna e de resistir ao seu amor impossível. A indiferença da bela senhora em face de sua desgraça, a cena pasmosa da loucura que se declara, o pobre louco apupado nas ruas pelas crianças, entre as quais uma havia que ele salvara, tempo atrás, de um atropelamento, compõe o ambiente da única tragédia genuína que o trágico Machado de Assis pôde compor. A sua conclusão proclama a indiferença universal diante da dor humana, e o abandono do homem de qualquer auxílio sobrenatural: "O Cruzeiro, que a linda Sofia não quis fitar, como lhe pedia Rubião, está assaz alto para não discernir os risos e as lágrimas dos homens".

* * *

A filosofia da história que se pode colher em Machado de Assis é também um testemunho da insuficiência da ação humana. O homem não determina a história. Vai fazendo o seu tecido, "enquanto outro tecelão maior, mais alto ou mais fundo e totalmente invisível compõem os fios de outra maneira, e com tal força que não podemos desfazer nada".[57]

Comentando e criticando os tempos presentes, o cronista evoca a todo instante os tempos idos. Relembra certa vez os antigos concertos, o Clube Beethoven, os saraus íntimos de cordas, para concluir que a restauração do tempo só é possível pelo poder evocativo da música: "Só a música é capaz de dar a sensação destas ruínas".[58] Registra também com especial predileção os encontros com velhas personalidades do Império, semelhantes a aparições egressas das páginas que dedicou ao velho Senado: "Há dias vi Sinimbu, erecto como nos fortes dias da maturidade. Vi também o mais estupendo de todos, Barbacena jovem nonagenário".[59]

É então que Machado tenta a experiência proustiana, e começa a realizar um esforço interior de restauração da infância e do passado remoto. Talvez que as águas lustrais da meninice possam ainda regenerar a alma que envelhece, e realizar aquela renovação dos versos de Dante que servem de pórtico ao *Dom Casmurro*: *Rifatto si, come piante novelle, rinovellate di novella fronda*. O seu maior romance é uma interpretação da vida e uma procura do tempo perdido.

Munido de uma apurada técnica literária, ele vai iniciar a exploração da vida,

[57] *A Semana*, 3.º vol., pp. 68.
[58] *A Semana*, 3.º vol., pp. 68.
[59] *A Semana*, 3.º vol., pp. 68.

olhada em resumo, do cimo desse planalto em que a velhice começa. O herói do romance nos relata de início como mandou reproduzir, peça por peça, em um outro bairro, a antiga casa de Mata-cavalos, quieta, acolhedora, cheia de coisas velhas e consagradas pelo uso. "O meu fim evidente, explica ele, era atar as duas pontas da vida e restaurar na velhice a adolescência". Os bustos pintados nas paredes, no gosto dos tempos idos, não conseguiam, porém, a renovação da planta em novas frondes.

Contentando-se já com a ilusão e sem aquela convicção metafísica que dá à técnica de Proust um ar de eficácia, o solitário Dom Casmurro consegue invocar as imagens do passado, não a sua sensação, e por isso a tentativa fica tocada de uma melancolia incurável e pungente. Em raros momentos ele chega a descobrir a magia daquela memória afetiva que repete a sensação antiga. É o caso, por exemplo, do pregão das cocadas, que ressuscita a cena de uma conversa com Capitu, a companheira e namorada de infância.

Nunca nas letras brasileiras foi possível igualar as cenas idílicas entre Bentinho e Capitu, quando eles escrevem os nomes no muro do quintal, ou quando ele lhe penteia os cabelos por brincadeira, chegando sem querer à surpresa do primeiro beijo. Os dois caracteres se definem e contrastam desde o início com absoluta precisão. A Capitu dos "olhos de cigana oblíqua e dissimulada" se substitui ao companheiro mais tímido, e insciente dos assuntos do coração, sempre que é necessário deliberar e remover algum obstáculo no destino de ambos. Capitu é o caráter mais forte. Pensa e decide por ele. É o seu gênio da maquinação que salva o frágil amor, ameaçado pela promessa de D. Glória, mãe de Bentinho, de mandá-lo para um seminário. Capitu contorna a dificuldade, e Bentinho irá para o seminário, mas não chegará a ordenar-se, porque a vocação era ela.

O livro é feito de pequenas cenas e incidentes, numa urdidura cerrada, obedecendo muito à estrutura de uma peça teatral, na entrada e saída dos personagens, nos diálogos curtos e breves. Mas seria uma peça à qual se incorporou o trabalho dos bastidores, e as indicações da movimentação cênica. Isso lhe dá um aspecto único. É um gênero novo, estritamente machadiano.

Ele consegue com isso uma extraordinária condensação e economia de meios. Os personagens são numerosos, todos muito bem articulados entre si, e trazendo cada um deles a marca inconfundível de uma pessoa humana, na sua trivial originalidade.

No seminário, Bentinho trava relações com Ezequiel de Souza Escobar, que será companheiro durante longos anos de vida. Esse Escobar se parece de longe a certos personagens equívocos de Dickens. A caracterização dessa como das outras figuras do livro é feita por via indireta, acumulando pequenos fatos, gestos que parecem insignificantes, mas que são denunciadores. De um modo geral, Machado não os apresenta, mas os denuncia, como se estivesse reunindo uma prova indiciária.

O domínio dos processos artísticos chegou, nesse livro, a uma alta classe, de modo que eles não perturbam a pureza da narração, como acontece em *Brás Cubas*. A verdadeira história é um veio oculto, que vai correndo fora da nossa percepção imediata, mas em contato estreito com os nossos pressentimentos. O essencial é apenas induzido e se passa discretamente como nos seus grandes contos, em "Missa de Galo", por exemplo. A utilização de um sistema de infiltrações na consciência do leitor, o ambiente de insinuação constante e discreta, mantêm o interesse suspenso

até às últimas páginas, quando se produz subitamente a revelação de um segredo que podíamos ter descoberto antes.

O primeiro contacto de Escobar com a família de Bentinho e com Capitu cria uma atmosfera diferente. É como se houvesse ocorrido a conjunção de astros maléficos. O escritor prefere compará-la ao trabalho de um contrarregra, dirigindo a entrada dos personagens, e nos adverte de que "o destino, como todos os dramaturgos, não anuncia as peripécias nem o desfecho". A força inapelável que maneja as criaturas já se chama aqui o destino, e é a mesma das tragédias antigas. É ela que os combina segundo leis que não nos é dado conhecer, e a sua presença é suficientemente forte nesse livro, para lhe dar o caráter de uma pequena tragédia, que não chega à grandeza porque foge ao plano do sublime e da exemplaridade moral. Foi a cota de sacrifício ao Naturalismo que Machado de Assis teve de pagar, essa diminuição da natureza humana, que não lhe permitia concebê-la em momentos e atitudes de grandeza, a não ser em algumas situações do *Quincas Borba*.

Para resumir, diremos que os artifícios de Capitu e Bentinho deram pleno resultado, e que ambos vieram a casar, para gáudio não somente deles, mas de todos, inclusive de D. Glória, que outra coisa não queria no fundo senão se desembaraçar de sua promessa. Escobar, por sua vez, casa-se com uma amiga de Capitu, e os dois casais atravessam a vida numa intimidade crescente, têm filhos e prosperam.

Nascendo-lhes o primeiro e único filho que vem a chamar-se Ezequiel, em honra do amigo, Capitu e Bentinho se entregam à alegria de sua criação. De tudo participa Escobar, e a vida continua, até que subitamente se produz a tragédia que já se passava no romance, mas que não víamos, porque existia aninhada no segredo dos corações, de forma irrevelada e discreta. A morte súbita de Ezequiel Escobar, o amigo e compadre, no banho de mar, desfaz subitamente o engano daquelas vidas. É um desnudamento das consciências, dando lugar à aparição das coisas ocultas. A atitude patética de Capitu em face do cadáver do amigo esgota e confirma as dúvidas recentes de Bentinho, ao notar a semelhança crescente do pequeno Ezequiel com o morto. Vê-se afinal a substância mesma do livro que é a infidelidade de Capitu.

Essa infidelidade excede o conflito moral que os romances exploram no adultério. O livro não tem semelhante vulgaridade. É uma falha mais radical, uma traição à infância, uma negação da poesia da vida, tanto mais dura, quanto se tem a impressão de que tinha de ser assim. É essa a conclusão do escritor, a moralidade da história, se assim podemos dizer, pois, tudo bem considerado, a Capitu de agora já estava toda inteira na doce companheira da meninice, que riscava a carvão, para entrelaçá-los eternamente, os nomes de ambos, no muro do quintal.

Muito se tem discutido sobre essa crueldade machadiana. Tem-se indagado por que teria ele resolvido transformar o idílio na infância numa infidelidade revoltante. A resposta está um pouco naquele programa traçado anteriormente no conto "Lágrimas de Xerxes". A realidade da vida lhe parecia tão absurda e decepcionante, que o homem não tem o direito de colocar em coisa alguma a sua felicidade. Desse ponto de vista, "toda epifania receberá essa nota de sarcasmo", a fim de que o homem não ponha a sua complacência em nenhuma realidade, pois no fundo das coisas se encontra uma infidelidade radical: a incapacidade delas em saturar a aspiração de absoluto do coração humano. Infiel é a vida. Capitu é a imagem da vida.

Não podendo superar a antinomia, o sarcasmo e a revolta que há no *Brás Cubas* se transformam nesse ressentimento, "nesse egoísmo quieto e calado" a que se referiu uma vez. Tudo isso é mágoa e contração estoica do ser para conservar a dignidade, diríamos antes, a impassibilidade em frente às ruínas de uma antiga visão da vida que se fragmenta. Não reencontrando a infância, o seu espírito reage pela sua negação, envenenando nas fontes a felicidade e a despreocupação dos primeiros anos. Capitu é falsa, de uma maneira intrínseca e inevitável, como a vida.

O seu trabalho de escritor continua a ser a única forma de consolação para o espírito, de que dispõe. Ele foi o mais completo e talvez o primeiro verdadeiro homem de letras no Brasil, porque a atividade literária fazia parte de suas necessidades cotidianas: era o seu cordial, a misteriosa conciliação na sua própria natureza. Há um período na atividade de um escritor, em que escrever significa exprimir ideias mais ou menos correntes, numa forma que tomamos de empréstimo. Só com o tempo vai se interiorizando cada vez mais esse ato, que deixa de ser aos poucos um reflexo exterior, para constituir o momento mais intenso de nossa interioridade. Aí se dá uma intimidade absoluta e inefável com o nosso ser, parece que o sentimos, pousado na existência. Realiza-se a perfeita adequação do nosso substrato com o impulso de comunicação. E o homem encontra aí um núcleo sólido e inabalável que resiste à erosão que destruiu as camadas psicológicas superficiais.

A partir de 1899, o escritor atinge o apogeu. Ainda hoje *Dom Casmurro* é o mais lido e o mais célebre de seus livros. É de fato aquele em que a sua medida chegou a um ajustamento perfeito. É pena que o livro sofra aquela flexão que o desloca do ambiente de tragédia, chamando-o constantemente para o plano diminuído a que se refere Nestor Vítor.

A segurança e o apuro a que chegaram a linguagem e a construção machadianas vão agora resplender num livro de 1904, *Esaú e Jacó*. É como se fosse um largo e grande exercício, esse romance de linhas severas, repousado, em que a superior mestria dispensa o tema da paixão, do excepcional, para jogar com os sentimentos regulares. Os personagens perdem aqui a excentricidade que tinha auxiliado a muitos deles anteriormente a viver e a interessar; são humanos e modestos, e apesar de tudo, anda no livro uma atmosfera velada, uma fuga para fora do tempo, uma perspectiva sobranceira sobre as contingências da vida, produzindo-lhe uma ressonância antiga, um gosto da obra lapidar, do objeto perfeitamente modelado. Tem-se a impressão de que há uma influência manual na sua confecção e acabamento. Ele chega finalmente ao objetivo, e se reúne à grande família dos espíritos que podem fazer alguma coisa independente do material pobre que manipulam, trabalhando pelo júbilo de inventar a forma e de acabá-la perfeitamente; daqueles a quem é dado chegar ao *divertimento* e estarem ainda aí construindo cousas sólidas. Essa narração é um exercício, mas como os cânones, ou as lições do *Cravo Bem Temperado*.

A perspectiva intemporal em que o livro se desenvolve é assegurada por intermédio do Conselheiro Aires, velho diplomata aposentado, que encarna um certo aspecto do espírito machadiano, aquele que o fez merecer a denominação de um Sócrates sem doutrina. É o espírito machadiano depois de suprimir a inquietação

metafísica. Subsistem a ternura humana, a condescendência, a compreensão, e ao mesmo tempo a maledicência, a pilhéria, o apurado bom gosto e uma sutil sentimentalidade.

O "divertimento", que é o núcleo do livro, é montado sobre a oposição de caracteres dos dois gêmeos Pedro e Paulo, filhos de Natividade, uma antiga influência sentimental do Conselheiro. A tessitura do livro consiste em contrastar os dois caracteres e as suas reações respectivas, perante situações variadas e acontecimentos históricos diversos, como a emancipação dos escravos e a proclamação da República. Apesar de gêmeos ou talvez por isso mesmo, sentem e interpretam os fatos sempre em contradição, e se colocam necessariamente em campos adversários. Tudo acompanhado de perto pelas reflexões do velho Aires e pelas suas intervenções, como uma espécie de grande preceptor dos filhos de Natividade. Há na aceitação do encargo uma fraqueza sentimental, para atender ao pedido de Natividade: "a alma do velho entrou a ramalhar não sei que desejos retrospectivos".

Os gêmeos, quando não se chocam nas opiniões políticas, entram em competição na corte que fazem a Flora. Esta morre inesperadamente, numa cena comovente, em que há um trecho dessa beleza simples:

> Flora acabou como uma dessas tardes rápidas, não tanto que não façam ir doendo as saudades do dia; acabou tão serenamente que a expressão do rosto quando lhe fecharam os olhos, era menos de defunta que de escultura. As janelas, escancaradas, deixavam entrar o sol e o céu.

A indagação metafísica da morte ainda reponta, embora a alma esteja apaziguada e se prepare para a grande quietude. Por que morre Flora, indaga ele mais uma vez, por que a mocidade passa e o ser humano perece? Mas essas perguntas já não são propostas no antigo tom de ressentimento; vêm agora resignadas e cheias de conformação: "Perdoai estas perguntas obscuras, que se não ajustam, antes se contrariam". São acompanhadas da desistência prévia de qualquer resposta e qualquer consolação racional, a não ser a familiaridade recôndita que o ser adquiriu com essa fatalidade.

Nesse mesmo ano de 1904 cai sobre o velho Machado de Assis a sanção misteriosa do destino. Os últimos quatro anos de sua vida vão ser bem diferentes dos longos dias repletos e regulares que lhe couberam. Subitamente, a sua tranquilidade é liquidada, o seu orgulho abatido, a sua segurança destruída. Vemo-lo como um animal ferido, esmagado pela fatalidade, errar sobre a terra desavorado, sem norte e sem pouso, incapaz de refazer o equilíbrio. Nesse estado lamentável, o equânime e isento se torna um emotivo e inquieto, o orgulhoso solitário mendiga um pouco de calor humano, pedindo aos amigos que não o esqueçam, e sente necessidade deles, como um cego que precisa tocar as pessoas próximas.

É nesse estado de espírito que o *Memorial de Aires*, seu último livro, é concebido e realizado. O livro já não tem mais enredo, é uma pura música interior fluindo velada de sua saudade e de seu espírito e deixando que a bondade e a simpatia

humana se desenvolvam francamente. A história propriamente que se conta é a de dois idílios: o do casal Aguiar e o da viúva Fidélia com Tristão.

Além dessas quatro figuras há outras, todas debuxadas com uma sobriedade e estilização de vinhetas. Todas têm um ar antigo e nobre como o das miniaturas de outras eras. O Conselheiro Aires e a sua mana Rita são como os bastidores da fraca ação que se desenrola, e que não vai além de encontros, conversas, jantares e visitas, produzindo atmosferas e estados psicológicos. É mais um comentário da vida, e um poema à alegria simples e natural, ao sentimento comum. Ele que outrora procurou no excepcional ou no excêntrico o interesse para as suas histórias, acaba descobrindo a poesia do cotidiano.

O velho Aires é o autor desse memorial, em que os fatos e os seus comentários vão sendo registrados. Aquele lirismo retrospectivo que o caracteriza desde *Esaú e Jacó*, como se ele procurasse reviver nos outros as sensações extintas, brota com vivacidade na sua afetuosa contemplação da jovem viúva Fidélia. O tema do Fausto está bolindo no coração do velho, mas de um Fausto que não chega a ceder à tentação, e em que a nostalgia da mocidade fica no estado frustro e não chega a admitir compromissos com as forças demoníacas. Sente-se porém a tentação, que se converte, desvitalizada pelo cepticismo e por uma natureza mais contemplativa do que ativa, em pura veleidade, num sentimento misto que se reconhece impotente e que empresta uma graça tocante ao seu interesse por Fidélia.

A história do casal Aguiar é uma apologia da vida privada, com ser ao mesmo tempo a evocação de sua própria vida com Carolina, que é o modelo confessado de D. Carmo. O pudor das coisas íntimas fá-lo, porém, escrever a Mário de Alencar que aludira ao fato, pedindo que o não divulgue: "Aproveito a ocasião para lhe recomendar muito que, a respeito do modelo de Dona Carmo, nada confie a ninguém; fica entre nós dois".

Os traços com que ele consegue o fino esboço dessa vida a dois, sem nada de espetacular, são intencionalmente simples e destituídos de toda acentuação impertinente. O escritor está trabalhando com uma mão leve, que não conhece mais a ênfase nem a inflação sentimental. Quando o marido declara que os dois possuíam o único e grande ressentimento de não terem filhos, o Conselheiro censura no seu diário semelhante ênfase, e o melhor elogio que tem para D. Carmo é declarar: "é das poucas pessoas a quem nunca ouvi dizer que são "doidas por morangos", nem que "morrem por ouvir Mozart". Nela a intensidade parece estar mais no sentimento que na expressão. Isso nos dá uma amostra das exigências de sobriedade a que ele tinha chegado, e que ele próprio praticava, exemplarmente, não somente como homem mas nos seus livros e nem particular no *Memorial*, onde não se encontra nenhuma situação, nenhum sentimento, nenhuma reflexão sublinhada além de sua medida.

O seu espírito chegou aqui a um estado de apuro em que imita ou se confunde com a sabedoria popular. A sua palavra sobre cada coisa vem repassada daquela simplicidade e concisão de que é feito o ditado, a expressão ao mesmo tempo única e geral. O *Memorial* está cheio dessas delícias, e as próprias construções castiças respiram essa linguagem arcaica que o povo muitas vezes conserva, e esse modo meio jocoso e sério de apreciar as coisas que é o patrimônio do senso comum. Nada resta das suas antigas complicações após a depuração final de seu espírito e de seu

estilo. Ele perde afinal o que tinha de pessoal, para se confundir na alma coletiva do povo. A sua expressão exemplar não tem mais o caráter puramente literário; tanto pode ser dita por um embaixador aposentado, como por uma pessoa do povo. O seu sistema de ideias constitui um patrimônio comum, que se comunica a todos, produzindo-se a surpresa de um encontro entre o grande trabalho de erudição e de cultura e o insondável sentimento da comunidade. Eis por que a sua influência é cada vez mais ampla e profunda.

O *Memorial* é melancólico, mas é um depoimento em favor da vida. A presença ausente de Carolina continua a criar nele, no fundo dele, uma expectativa que transparece na sua correspondência e que o Conselheiro Aires reproduz, referindo-se à esposa morta: "Quando eu morrer irei para onde ela estiver, no outro mundo, e ela virá ao meu encontro".

Enviando o *Memorial* a Nabuco, em carta de 1 de agosto de 1908, Machado sente que vai morrer: "Não há vaga, mas quem sabe se não a darei eu?" O pensamento da morte não o abandona mais, e o envolve na sua expectativa dolorida. O cansaço de viver e ao mesmo tempo a saudade da vida vão se alternando e se compondo no seu corpo e no seu espírito. Torna-se sensível e fácil de comover, e se refugia no carinho dos amigos para se animar nos seus últimos dias.

É a transfiguração. Machado de Assis começa a morrer. E na longa e triste agonia, a dor o transformara. A petulância do espírito foi convertida em mansidão, a ironia em piedade, a desconfiança em abandono, a dúvida em esperança de outra vida.[60]

Prosa de ficção (de 1870 a 1930)
[Fragmentos][61]
LÚCIA MIGUEL-PEREIRA

Tem-se acusado Machado de Assis de ser pouco brasileiro. Acusação gratuita e superficial, já que a sua obra, quer pela língua, quer pelo ambiente, quer pela índole das personagens, reflete — sem copiar servilmente — o meio social do Império e dos primeiros anos da República. Mas acusação que, a ser feita de boa-fé, se origina talvez num engano explicável: se se enquadra perfeitamente em sua terra, o romancista destoa da paisagem literária. Dentro do desenvolvimento da ficção é que é difícil situá-lo. Não teve predecessores que o explicassem, como não teve, rigorosamente, continuadores que se mantivessem no alto plano em que tão à vontade se instalou; notam-se aqui e ali traços seus, porém mesmo em Lima Barreto, que sob certos aspectos dele se aproximou, não há senão resquícios do espírito que o animava, daquela liberdade com que mirava homens e coisas, daquela capacidade de

60 Graça Aranha. *Machado de Assis e Joaquim Nabuco*, p. 75.
61 Texto extraído de *Prosa de ficção (de 1870 a 1930)*. São Paulo/Belo Horizonte: Edusp/Itatiaia, 1988 [1950].

se elevar do particular ao universal, daquele dom sutil de conferir profundo alcance a pormenores aparentemente banais, de extrair deles a sua essência, sem nunca recorrer à ênfase.

 Machado de Assis foi uma exceção no Brasil do século XIX e ainda o seria no Brasil do século XX. O que não significa que seja uma exceção no mundo. Grandes e decisivas foram as influências que recebeu, e que nunca pensou ocultar, citando com frequência os autores prediletos. Shakespeare, Swift, Sterne, Thackeray, Dickens entre os ingleses, Montaigne, Pascal e Xavier de Maistre e Victor Hugo entre os franceses, Garrett entre os portugueses parecem ter sido os que mais o impressionaram, e de quem mais se valeu, já na sua visão do mundo, já na sua forma de expressão. De Sterne apanhou até os tiques de composição literária e disposição tipográfica. Mas o fato de se haver servido de exemplos alheios em nada o diminui. Será quase um truísmo lembrar que as influências, por mais ilustres que sejam, só fecundam aqueles que uma disposição anterior prepara para as receber; como disse o próprio Machado, somos sempre mais ou menos da família das personagens que preferimos. Em vez de amesquinhá-lo, as leituras de que se embebeu o exaltam, pois essa escolha o alçava muito acima do seu meio. Os livros que amava não eram os que nutriam os seus contemporâneos; e onde iria esse autodidata buscar tão estranhas simpatias, senão numa sensibilidade e num gosto literário que já de si o distinguiam? Chateaubriand, Fenimore Cooper e Victor Hugo foram os modelos dos românticos, Zola e Eça de Queirós os dos naturalistas, e se houve quem lesse o seu Balzac e o seu Flaubert, outros, mais numerosos, se deliciavam com Georges Ohnet; Machado de Assis, contemporâneo de José de Alencar e de Aluísio Azevedo, soube, sem desdenhar dos inspiradores de sua mocidade romantizante, procurar influências diferentes, e mais concordantes com o seu feitio, porque o guiava uma autêntica e superior vocação literária.

 Como adivinhou esse moço sem mestres, esse tipógrafo que se improvisou jornalista, esse jornalista que se alçou a artista criador, que literatura não era bem aquilo que via fazer em torno de si — é um mistério que não permitem devassar os poucos dados que possuímos sobre a sua vida interior. Só nos resta admitir que houve algo de genial em tão segura intuição, e desistir de filiar Machado de Assis aos rumos gerais da nossa ficção — o Machado de Assis da segunda fase, é claro.

 Quais eram até a publicação das *Memórias póstumas de Brás Cubas*, os pontos culminantes do romance no Brasil? *A Moreninha*, o *Guarani*, a *Iracema*, as *Memórias de um sargento de Milícias*, a *Escrava Isaura*, a *Inocência*, em que, se se revelavam tendências e ângulos de apreciação diversos, havia um fim comum: o de buscar o homem brasileiro, nas suas origens selvagens, como fez José de Alencar, ou nos aspectos que foi posteriormente assumindo, como fizeram os demais. Não seriam os escritores que assim entenderam o romance mais brasileiros do que Machado de Assis pela formação intelectual, que aqui, mais rasteira ou mais alta, sempre veio da Europa; o que deles o distanciou, entretanto, não foi apenas o maior ou menor valor, mas a direção, o alvo a atingir; o adjetivo *brasileiro*, limitador, caiu ou passou a segundo plano, permitindo que o substantivo *homem* se revestisse afinal, pela primeira vez em nossa literatura, de toda a sua significação. Não que os pormenores locais fossem inteiramente desprezados; estão ao contrário admiravelmente anotados em sua obra, pela qual se pode em boa parte reconstituir a sociedade

oitocentista em alguns dos seus aspectos mais característicos; mas porque já não representavam o objeto principal, surgindo tão-somente como complemento das personagens — e talvez por isso, por estarem no devido lugar, mais verdadeiros e sugestivos. As criaturas, consideradas em sua essência humana, absorviam agora todo o interesse. Será impossível, por exemplo, conceber a Moreninha sem Paquetá, mas Capitu não está em absoluto presa a Matacavalos, nem mesmo ao Rio, embora através dela se sinta a terra carioca.

A imensa distância que vai, no romance, entre fazer ver as pessoas através do ambiente, ou deixar perceber o ambiente através das pessoas, Machado de Assis a transpôs serenamente, sem auxílios nem hesitações. Mesmo em seus primeiros livros, quando ainda o cerceavam os cânones românticos e possivelmente o inibia a timidez, o receio de ser diferente dos outros, de enveredar por caminhos até então indevassáveis, já as suas figuras se distinguem pela independência em relação ao meio físico e ao moralismo convencional. Não obedeceu nem ao preconceito, então de rigor, de filiar à natureza tropical o feitio das criaturas, nem ao de fazer personagens exclusivamente boas ou más, tão caro ao romantismo. Os temas não continham nenhuma novidade, eram em sua maioria as cediças variações sobre o amor, mas os tipos já demonstravam uma diferenciação psicológica a bem dizer inexistente em nossa ficção. "Não quis fazer romance de costumes; tentei o esboço de uma situação e o contraste de dois caracteres", diz ele no prólogo de seu primeiro romance, sem talvez se dar conta de que repelia assim o ideal de seus contemporâneos e inaugurava um gênero até então inexplorado entre nós. E, ao apresentar o herói, logo adverte que "não se trata aqui de um caráter inteiriço, nem de um espírito lógico e igual a si mesmo; trata-se de um homem complexo, incoerente e caprichoso, em quem se reuniam opostos elementos, qualidades exclusivas e defeitos inconciliáveis".[62] As demais personagens, com exceção do parasita Viana, não possuirão maior originalidade e consistência do que as que se encontravam habitualmente nos livros da época; mas o feitio do incontentável Félix, que é afinal o arcabouço de *Ressurreição*, já se revela machadiano. Também a respeito de *A mão e a luva* avisa que teve como objeto principal, senão único, o desenho dos caracteres, servindo a ação apenas de tela em que lançava os contornos dos perfis, e estes, embora fossem o de uma donzela e de um jovem que se amaram e se casaram, não eram os de dois ingênuos, cegamente atraídos um pelo outro — como os teria delineado qualquer outro romancista do momento — mas os de dois ambiciosos, calculistas e frios, entretanto sinceros: "Guiomar amava deveras. Mas até que ponto era involuntário aquele sentimento? Era-o até o ponto de não lhe desbotar à nossa heroína a castidade do coração, de lhe não diminuirmos a força de suas faculdades afetivas. Até aí só; daí por diante entrava a fria eleição do espírito". Quanto a seu parceiro, se se mostra capaz de afeições, "sabia regê-las, moderá-las e guiá-las ao seu próprio interesse. Não era nem corrupto nem perverso; também não se pode dizer que fosse dedicado, nem cavalheiresco; era, ao cabo de tudo, um homem friamente ambicioso".[63]

Ocultos sob temas cediços, especialmente o do amor contrariado pelas precedências sociais, já havia no Machado de Assis principiante muitas passagens do

62 *Ressurreição*.
63 *A mão e a luva*.

mesmo teor, em que se patenteava o intuito de descobrir, não o habitante de determinada região, mas os segredos da alma humana. Intuito velado e não raro desfigurado, talvez em parte voluntariamente. O autor das *Memórias póstumas de Brás Cubas* existia no de *Ressurreição* como a Capitu da Glória estava na de Matacavalos — em germe; de vez em quando, por uma frase, por uma indicação, por uma ideia apenas esboçada e que mais tarde seria desenvolvida, parece aflorar, querer surgir das profundezas em que mergulhava; mal se deixa surpreender, porém, e logo some, abafado pelo narrador amante das conveniências, respeitador das etiquetas sociais e literárias. Começando a escrever antes dos vinte anos, só depois dos quarenta daria Machado a sua medida; entre as suas contradições está a de ser precoce e retardado. Se houvesse morrido cedo, mal figuraria hoje nas histórias literárias, embora ainda adolescente começasse a escrever. As convenções românticas, ainda tão fortes em sua mocidade, aliadas às do meio burguês a que aspirava, a sua difícil situação de homem sem raça nem classe definidas, a insegurança do escritor ainda incerto de seus meios de expressão, a timidez do temperamento, tudo há de ter contribuído para lhe atrasar a eclosão da personalidade. Mas, mesmo nestas longas hesitações, já deixa perceber algumas das suas linhas mestras, que todavia nem seriam notadas se não se tivessem posteriormente afirmado.

E, destas, a mais importante, a que lhe confere uma altura ainda não igualada, é sem dúvida alguma a universalidade, que se manifesta inicialmente pela rejeição do romance de costumes, do "romance brasileiro", o único admitido por seus predecessores e contemporâneos. Sem nem por sombra desdenhar do Brasil, Machado não se sentiu adstrito às peculiaridades locais, porque a sua visão ia mais longe e mais fundo, buscava a natureza do homem, as molas secretas das suas reações. Ainda durante a comprida incubação, essa liberdade já se vinha evidenciando, e porventura só não se expandiu porque circunstâncias de ordem íntima o conduziram a indagações fáceis de serem confundidas com os temas sentimentais então em moda, e tão avessos à sua índole.

Romantismo e contensão são termos que se repelem, e Machado de Assis foi, antes de tudo, um homem contido, medido e comedido. Mesmo dentro de enredos romanescos, de situações comovedoras, as suas personagens se portam com tanta reserva que parecem postiços os ardores a que a ação as obriga. E isso lhes confere frequentemente uma fisionomia contrafeita. Ao lado de criaturas reais e complexas, como a Guiomar, o Luís Alves e a *Mrs.* Oswald de *A mão e a luva*, a d. Antônia e o narrador de "Casa velha", com reservas a Helena, Iaiá Garcia e seu pai, há nestes livros personagens estereotipadas, encarnando tipos definidos e inexistentes, mais de acordo entretanto com os enredos. Talvez sem claramente o discernir, o escritor se viu então diante de um dilema: ou fabricar seres convencionais, mas bem adaptados às intrigas, ou estabelecer uma chocante diversidade entre os indivíduos apanhados em toda a sua verdade e os conflitos artificiais em que se envolviam. Ajustar os casos aos caracteres, sair inteiramente das trilhas comuns, é que não ousava.

E não ousava porque sem dúvida nem para si mesmo formulava claramente o que vislumbrava — as íntimas proporções da vida e das criaturas — peado, não só pelo receio de denunciar misérias tacitamente negadas pelos outros escritores, como também por uns restos de dúvida. Seriam assim tão mesquinhos os homens,

tão sem grandeza a vida? O perscrutador de almas respondia que sim, mas não concordaria o mulato que afinal lograra emburguesar-se e viver pacatamente, o marido feliz de uma mulher modelar, o funcionário que progredia na carreira burocrática.

Venceria, ao cabo, a sinceridade do artista. Subitamente, Machado de Assis desabrochou, ganhou confiança em si, mostrou-se tal qual era. Em 1878 escrevera *Iaiá Garcia*, ainda enleado no convencionalismo; em 1880 começou a publicar, na *Revista Brasileira*, as *Memórias póstumas de Brás Cubas*. É tão grande a diferença entre os dois livros que pareceria inexplicável se um ou outro indício, uma indicação aqui ou acolá, na obra anterior, não deixassem pressentir, no escritor timorato, poder de observação e ângulos de visão denunciadores de um grande romancista. E o mais significativo desses sintomas é certamente a capacidade de se colocar num ponto de vista universal, de reduzir o localismo, de que tanto se abusara, aos seus verdadeiros termos.

Nessa posição assumida por Machado de Assis se reflete mais nitidamente a situação do Brasil de então do que no brasileirismo dos outros escritores. Afirmação só na aparência paradoxal porque, precisamente por possuir o que chamou de instinto de nacionalidade, é que não se sentia obrigado a estar a todo momento procurando os traços específicos de seus patrícios, e sobretudo procurando-os em exteriorizações. A frase que lembra, de um crítico francês, a propósito do escocês David Masson, de que se pode ser bretão sem falar em tojo e escocês sem falar em cardo, se lhe aplica inteiramente. Também o seu brasileirismo era "interior, diverso e melhor do que se fora apenas superficial".[64] É possível que na penetrante sensibilidade de Machado de Assis esteja a única razão de se haver assim impregnado mais íntima e substancialmente de sua terra; mas não é por outro lado impossível que para tanto contribuíssem as circunstâncias do seu nascimento e da sua vida. Não por ser mestiço, mas por haver saído do povo, por ter pertencido a diferentes camadas sociais. Conheceu por dentro em toda a sua variedade a população do Rio, cenário habitual de suas histórias, que percorreu em boa parte a pé, num contato estreito e diário. Se muito aprendeu nos livros, muito há de ter aprendido também nas ruas, e os seus estudos irregulares nunca lhe vedaram as experiências diretas. Escapou assim à mentalidade de turista, risco sempre corrido pelos nossos homens de letras. Acresce ainda que, nascido no fim da era regencial, o período da sua formação coincidiu com o de maior prestígio do Império, com a estabilidade que o Segundo Reinado, a despeito do artificialismo de alguns dos seus aspectos, soube imprimir às instituições e à sociedade. O "adolescente espantado e curioso", que contemplava os senadores, neles achando "uma feição particular, metade militante, metade triunfante, um pouco de homens, outro pouco de instituições",[65] haveria de experimentar muito intensamente a sensação de que ser brasileiro era ser filho de uma nação já organizada, cujas deficiências se deveriam levar menos à conta da juventude do que da precariedade das realizações humanas.

O desajustamento entre Machado de Assis e os escritores do seu tempo provém, afinal, tanto da sua intrínseca superioridade como do fato de haver ele seguido o ritmo da vida política e social das classes dominantes, enquanto os outros se atra-

64 *Crítica literária*.
65 *Páginas recolhidas*.

savam, perdidos na busca do elemento típico. O seu comedimento, o seu urbanismo, a sua urbanidade, o seu gosto pelos meios-tons, o seu estilo e as suas atitudes sempre compostos — no bom e no mau sentido, de compostura e de composição — as suas reservas, a sua falta de frescura, o seu ceticismo (aparente, ou de superfície, porque essencialmente era sobretudo pessimista), e até o seu anglicismo eram qualidades que teve ou quis ter a gente mais representativa do Brasil de Pedro II. O romancista forrado de burocrata foi, em muitos pontos, o súdito perfeito do imperador que "só se sentia bem dentro do seu *croisé* e de sua cartola preta; e mal, ridículo, desajeitado, sob o papo de tucano, o manto de rei, a coroa de imperador. Só se sentia bem — vestido à europeia; e de acordo com a civilização nova da Europa: a industrial, a inglesa, a francesa, a cinzenta, a que acabaria pedindo pela boca de Verlaine — uma das suas vítimas, aliás — "*pas de couleur; rien que la nuance*". Com a civilização gótica e militar, com a católica e eclesiástica, as afinidades de Dom Pedro II eram "vagas" — tão vagas como as de Machado de Assis. Nem o louro Bragança, descendente dos Habsburgos, nem o tisnado neto de humildes lusos e africanos tinham coisa alguma da exuberância tropical, representavam o Brasil das selvas ou dos carnavais; mas não só estes existem, e também o que surgiu dos contatos com a civilização europeia, o Brasil citadino que já então se definia. Dele foi Machado uma legítima expressão, e talvez a sua superioridade se explique, descontada a parte dos dons pessoais, por ter sido um caso, único em seu tempo na ficção, e ainda hoje raro, de total aproveitamento da cultura importada sem despersonalização, sem prejuízo dos traços essenciais da índole nativa.

Para entender a vida, começou por estudar o homem. Mergulhado nos abismos da alma, à espreita dos menores movimentos, de lá raramente emergia. Não lhe bastava saber como agiam, pensavam ou sentiam as suas personagens; o que visava era saber por que o faziam. E ao leitor só comunicava algumas das suas observações, sem se dar ao trabalho de explicar as relações entre elas. Quem não fosse capaz de concluir por si mesmo, que fechasse o livro. Dez leitores, talvez cinco, bastavam a quem escrevia "com a pena da galhofa e a tinta da melancolia".[66]

Contrastando com esse feitio, há também em Machado de Assis um escritor profundamente preso ao meio. Suas criaturas, largamente humanas, evidenciando em suas reações a irremediável solidão dos seres perdidos num mundo incognoscível, são ao mesmo tempo tipicamente brasileiras, cariocas, traindo em todos os seus gestos o ambiente em que viviam. Apreciar o indivíduo, concomitantemente, em face do universo e da pequena sociedade a que pertencia — foi dos seus maiores dons. Do mesmo passo que sonda as paixões comuns aos homens de todas as latitudes, fixa os hábitos peculiares de uma região. Assim é que foi o romancista do Segundo Reinado, evocando costumes familiares, e o romancista que desceu nas análises psicológicas até as zonas profundas em que se irmanam todas as criaturas. Representou, sob certos aspectos e em menor escala, para o Brasil de sua época, algo de semelhante ao papel de Balzac para a França da primeira metade do século passado: mostrou como as condições especiais da sociedade que aqui se formou no Império repercutiram sobre os elementos constitutivos da personalidade. Nas

[66] *Memórias póstumas.*

suas matronas e damas elegantes, nos seus homens ambiciosos, libertinos de corpo ou de espírito, nos seus agregados e parasitas de casas ricas, há um traço comum: a preocupação do decoro, da respeitabilidade, que foi de fato uma das características imprimidas à nossa gente pelo reinado de d. Pedro II. Na organização e no modo de viver das famílias sente-se a influência da escravidão, permitindo lazeres e requintes, facilitando a formação de castas, e por outro lado corrompendo, associando a ideia de trabalho à de servidão, aguçando instintos sádicos. Suas personagens nunca são meros frutos do meio, porque ele não se esquecia de que há nos homens um núcleo irredutível, o qual, quer o chamemos alma, quer temperamento, representa o que possuímos de mais sólido e mais pessoal; mas refletiam, nas suas camadas exteriores, os contatos que sofriam.

Por isso é que a Machado de Assis se pode chamar de realista. Sem preocupação de escola literária desde que se libertou do romantismo, ele observou, como ninguém entre nós, as criaturas em toda a sua realidade, dando a cada aspecto o justo valor, isto é, apreciando a todos com um critério relativo. Foi assim que esse tímido realizou uma audaciosa revolução na nossa literatura ficcionista, até ele subordinada a valores absolutos, que reduziam a simples figurantes as personagens dominadas pela natureza e pela ética convencional. No mais famoso dos romancistas que o precederam, José de Alencar, o caráter simbólico emprestado aos heróis — aos dos livros indianistas, os mais importantes — como que os desumaniza; em Joaquim Manuel de Macedo tudo se passa como se o amor fosse o centro de todas as coisas; o mesmo Manuel Antônio de Almeida foi antes um cronista com imaginação e estupenda capacidade de reproduzir cenas e traçar retratos do que um romancista completo, um criador de pessoas tiradas do plano da vida, mas que só no da arte adquirem toda a sua significação. Estas, quem as fixou foi Machado de Assis.

A quem condenou severamente os processos literários de Zola na França, Eça de Queirós em Portugal e Aluísio Azevedo no Brasil, repugnaria ser tratado de realista. Tomado, porém, não na aplicação que lhe foi dada em determinado momento, senão na sua ampla e verdadeira significação, de captar toda a realidade, a visível e a invisível, a ninguém melhor do que a ele se aplica o termo. Não alardeou assomos de imaginação, não se lançou a aventuras extraordinárias, raramente apelou para o fantástico, atendo-se de preferência às situações possíveis no âmbito da cidade onde nasceu e morreu. Se nos contos — as suas obras mais perfeitas — deu muitas vezes largas à fantasia, nos romances a intriga é quase sempre banal; formam-na os sucessos que ocorrem todos os dias: casos sentimentais, rivalidades, ambições, conflitos de interesses. Só a loucura, que a miúdo aparece, põe aqui e ali uma sombra inquietante. Dentro, porém, do mundo burguês que descreveu, e que foi, afinal, o seu, não se contentou com as aparências; fixadas estas, inconfundivelmente, em poucos traços, ia além, muito além, abismava-se na contemplação das perspectivas inumeráveis da alma humana. Tudo o que o homem da época e da condição de suas criaturas pode pensar, sentir e sonhar, ele o perscrutou. A realidade que via se prolongava na que pressentia, nas reações interiores que acima de tudo o atraíam.

Resumidos, os seus romances parecem cediços: as *Memórias póstumas de Brás Cubas* narram a vida de um homem que tudo tentou e nada realizou; em *Quincas Borba*, só a loucura salva Rubião do destino vulgar do vaidoso rico explorado pelos que o cercam; *Dom Casmurro* pode ser interpretado como um episódio vul-

gar de adultério; em *Esaú e Jacó* há de interessante apenas o estudo da rivalidade dos gêmeos; o *Memorial de Aires* tem a monotonia da felicidade e do cotidianismo. Em derredor das figuras principais, movem-se os parentes, os serviçais, as relações, gente comum, gente de destino medíocre. Tudo é simples, natural, extraído da vida tal como decorria nos casarões do Rio imperial, cercados de chácaras, abrigando, além dos donos, numerosos aderentes e escravos, e por isso a um tempo retirados e barulhentos. O perfume dos jasmins, a florirem nos muros eriçados de cacos de garrafa, confunde-se com o cheiro do mofo das salas que só se abrem para as visitas, as vozes dos negros alternam com as dos brancos, os pregões das ruas ressoam amortecidos; não faltam retratos de família, jantares de aniversário com a prataria a brilhar, compoteiras pejadas de doces e brindes de cansada retórica.

Por detrás dessa superfície unida e lisa, os dramas se contorcem. Cada criatura é um mundo fechado, impenetrável aos outros, que abalroa se os encontra em seu caminho. O egoísmo, ora cínico, ora hipócrita, ora ingênuo, é um dos móveis mais frequentes das ações. O universo de Machado de Assis é, em grande parte, uma expressão do egoísmo. Egoísmo da natureza, que sacrifica o indivíduo à espécie; egoísmo da sociedade que, para manter os seus estatutos, não hesita em acorrentar as criaturas a situações desgraçadas; egoísmo da família, tudo subordinado às suas conveniências; egoísmo de cada ser, exigindo sempre dos outros muito mais do que lhes dá.

A grande contribuição do humorismo na obra de Machado de Assis foi permitir-lhe revelar as tacanhas proporções da sua gente sem resvalar nem para a declamação nem para a caricatura. A atitude humorista, que já tem sido definida de tantos modos diferentes, talvez se possa distinguir também pelo equilíbrio que confere; determina como que um desdobramento do observador que, se colocando simultaneamente próximo e distante do observado, vê-o como ele se vê e como o veem os outros, concebe-o com o calor da criação e com a frieza da análise. Humorista é, afinal, quem corrige uns pelos outros os excessos da simpatia e da crítica, quem distingue no drama os elementos de comédia e na comédia os aspectos dramáticos, quem compreende os contrastes da vida e das criaturas; correção, distinção e compreensão que geram forçosamente o equilíbrio entre as faculdades emocionais e as intelectuais. E esta foi uma das virtudes básicas de Machado de Assis.

Sem ela, sem o dom de criar sem se empolgar, e verificar sem julgar, que pelo menos lhe aumentou o humorismo, teria possivelmente caído na inumanidade da caricatura, já que os homens lhe mostraram de preferência feições ridículas ou desagradáveis. O seu pessimismo intrínseco foi ao contrário abrandado pela isenção do julgamento, isto é, apreciando sempre o indivíduo em si mesmo e na sua posição em face da vida, percebia a inanidade dos pequenos cálculos cujo mecanismo tanto o interessava. Justamente porque sabia quão pouco valeriam ao avaro o seu dinheiro ou ao ambicioso os seus cargos e honrarias é que, ao esquadrinhar as baixezas cometidas para obter essas "almas exteriores", temperava a malícia pela comiseração. A desproporção entre a ideia que de si e do seu poder têm as criaturas, e o seu efetivo desvalimento, Machado não a exagerou, e se tão vivamente a marcou foi antes

para concluir pela irresponsabilidade da "errata pensante". Traindo o marido, não seria Capitu vítima de tendências ingovernáveis? O egoísmo e o cinismo de Brás Cubas não proviriam em grande parte da educação que recebera? Poderia lá a pobre d. Plácida ser culpada de acabar alcoviteira, depois de uma existência tão honesta como desgraçada? Descontando no seu escravo os maus tratos que sofrera, não patentearia Prudêncio as deformações impostas pelo cativeiro?... Tais perguntas e muitas outras do mesmo sentido se formulam nas entrelinhas dos livros cheios de anotações corrosivas. A gente de Machado de Assis não tinha nobreza, mas, ainda que a tentasse ter, não lha consentiria o implacável destino. Só na velhice, com o recolhimento e as renúncias que acarreta, logra a criatura, então em posse de si mesma, liberar o que porventura traz de bom. Ao menos é esta a lição do *Memorial de Aires*.

No fundo, a mestra de ironia desse perscrutador de vilanias foi a vida, cujas lições em parte adoçou por lhe parecer que a grande culpada era ela. Por isso, se nos pormenores as suas personagens são muita vez repulsivas, contempladas em conjunto mostram-se sobretudo lastimáveis. É preciso não esquecer que Machado de Assis foi, no melhor sentido, um realista, e que tirou as suas figuras quase sempre da sociedade escravocrata e burguesa, da qual, precisamente por não lhe pertencer pelo nascimento e por tê-la mirado como um ideal, desvendaria com mais nitidez as fraquezas. Mesmo quando essencialmente criador, e portanto livre, o artista se deixa sulcar pelas experiências que vive, pelos encontros que o impressionam. Não sabemos com exatidão quais terão sido os que influíram em Machado de Assis, mas, a julgar pela sua concepção do homem, devem ter sido em regra penosos. Ascendendo, ainda jovem mas já inteiramente lúcido, à mais alta classe de seu país, que viu nela? Uma burguesia que se dava ares aristocráticos, que defendia ciosamente os seus privilégios, que se apregoava cristã e repousava sobre a escravidão, cujo prestígio provinha sobretudo do dinheiro, cujos ócios engendravam a futilidade, onde o adultério era frequentemente uma espécie de válvula de segurança do casamento. Por isso as suas criaturas são acima de tudo ciosas da opinião alheia, possuem muito nítido o sentimento da hierarquia social, prezam mais a prática do que o espírito da religião, são muito comumente avaras, demonstram um grande vazio interior, amam quase sempre fora do casamento. Sem dúvida, nem tudo era assim mesquinho, houve aspectos lisonjeiros na sociedade de então, os quais, todavia, justamente por corresponderem mais ou menos ao conceito em que se tinha, não feriam a atenção. O que sobretudo parece ter atraído Machado de Assis foi o contraste entre a substância e a aparência, entre os móveis e as ações.

A arte com que desentranhava tais desconexões o teria facilmente conduzido às durezas da caricatura se a disposição humorista não lhe segredasse que essa gente não devia ser tomada a sério, e antes estudada como para saber "o que diriam de nós os gaviões, se Buffon tivesse nascido gavião",[67] um gavião que penetrasse nas

[67] Charles Du Bos, em *Approximations*, estabelece uma distinção entre as obras obtidas e as obras dadas, tomando a de Flaubert como modelo da primeira categoria, e a de Tolstoi da segunda. Naquelas o autor se aplica, põe todas as suas faculdades, estas brotam espontaneamente, sem esforço. Umas serão mais intelectuais, outras mais emocionais. Parece fora de dúvida que Machado de Assis pertenceu à família espiritual (no sentido em que a entendeu Du Bos) de Flaubert, a quem certa vez se comparou, achando nele "a mesma solidão e tristeza" em que se envolvia, "e até o mesmo mal" — a epilepsia (*Correspondência*).

consciências, assistisse à transformação dos impulsos em palavras ou atos, tudo anotasse com o maior cuidado, e deixasse o leitor concluir por si. Assim sendo, o acento tônico da obra de Machado de Assis está mais nos pormenores do que nas linhas gerais. Estas, em regra tendentes a demonstrar a pouca ou nenhuma imputabilidade dos seres humanos, são apenas sugeridas; aqueles, em que se denunciam as suas fraquezas, são, ao contrário, frequentemente repisados.

Será certamente esta a razão da supremacia do contista sobre o romancista. Foi como contista que o escritor deu toda a sua medida, e algumas das melhores páginas de seus romances são contos que neles se intercalam. Lembremo-nos dos episódios do irmão das almas e da tabuleta do Custódio de *Esaú e Jacó*, do leproso e da interinidade do Pádua em *Dom Casmurro*, do almocreve, de Marcela, do capitão de navio, de d. Plácida em *Memórias póstumas de Brás Cubas*, do noivado de d. Tonica e do ministério gorado de Teófilo no *Quincas Borba*.

Se se pode definir o conto como o flagrante de um indivíduo em determinada circunstância, ou sob determinado aspecto, e o romance como o processo da sua evolução através de circunstâncias várias em que apresenta aspectos vários, será lícito dizer que num se exerce a visão parcial e no outro a global. E não é em nada diminuir Machado de Assis afirmar que, sem nunca perder a perspectiva, preferiu ver de perto, assestar sobre um caso, uma face, a sua lente de analista. Até a única fraqueza que com razão lhe apontam — a composição, a falta de abandono — ressalta mais no romance do que no conto que, sendo um episódio, requer, para ganhar realce, o olhar concentrado, indiferente a tudo mais, e que, não pretendendo apanhar o homem em todas as suas manifestações, sofre melhor as limitações por vezes impostas pelo trabalho literário.

Por outro lado, porque era sobretudo contista e compunha seus romances como uma série de quadros, Machado empregava, para uni-los, capítulos intermediários, de reflexões e explicações, que comunicam à narrativa uma certa caprichosa indecisão, ora sugestiva e bem-vinda, ora o seu tanto maçante. Unas por natureza, não necessitando portanto de tais recursos, as histórias curtas são mais precisas e desembaraçadas, a sua trama tem mais coesão e resistência. Para quem achava "que isto de método, sendo, como é, uma coisa indispensável, todavia é melhor tê-lo sem gravata nem suspensórios, mas um pouco à fresca e à solta, como quem não se lhe dá da vizinha fronteira nem do inspetor de quarteirão",[68] era mais favorável não topar com atalhos por onde a todo momento enveredasse.

Embora qualquer de seus melhores romances — *Memórias póstumas de Brás Cubas, Quincas Borba, Dom Casmurro* — seja superior a tudo o que em seu tempo se escreveu e à imensa maioria dos livros que depois se publicaram, possa e deva perdurar em nossa literatura como modelo em seu gênero, foi incontestavelmente como contista que Machado de Assis fez as suas obras-primas. Obras-primas não pelos critérios relativistas que em geral aplicamos à produção nacional, mas pelo julgamento em confronto com as grandes realizações literárias estrangeiras. Ainda aqui há, porém, muito que joeirar em seus escritos. *Histórias da meia-noite, Contos fluminenses* e a coletânea póstuma intitulada *Histórias românticas* só têm valor para o estudo do autor. Mas em *Papéis avulsos, Histórias sem data, Páginas reco-*

68 *Memórias póstumas*.

lhidas, *Várias histórias* e *Relíquias de casa velha*, incluindo o segundo volume que a estas foi acrescentado na publicação das *Obras completas*, quase tudo é de primeira ordem, e a maior parte é de páginas perfeitas. "O alienista", "O empréstimo", "O espelho", "Verba testamentária", "A igreja do Diabo", "Último capítulo", "Cantiga de esponsais", "Singular ocorrência", "Fulano", "Galeria póstuma", "Anedota pecuniária", "Noite de almirante", "O caso da vara", "Eterno!", "Missa do galo", "Um erradio", "Ideias de canário", "Papéis velhos", "A cartomante", "Uns braços", "Um homem célebre", "A causa secreta", "O enfermeiro", "O diplomático", "Conto de escola", "Marcha fúnebre", "Um capitão de voluntários", "Suje-se gordo!", "Umas férias", "Evolução", "Anedota do cabriolé", "Só!", "O escrivão Coimbra", "Um quarto de século", "Valério", "A mágoa do infeliz Cosme", "Sem olhos", "Um almoço", "O programa" — e talvez alguns tenham sido esquecidos — representam, não só a culminância da obra de Machado de Assis, como um conjunto cuja harmonia foi raramente atingida.

De Machadinho a Brás Cubas[69]
Augusto Meyer

Só quando desceu ao fundo de si mesmo, para desenganar-se, Machado conseguiu criar obra digna do seu gênio, ou se preferem, do seu demônio, o *daimon* que se agitava dentro dele, sem que o soubesse, ainda em estado fetal ou dormitivo, mas a contar de certo momento, já bicando a casca do ovo para sair cá fora, à luz do dia, que o sol nasce para todos...

Tudo isto é velho e sabido. Há um momento em que o eu essencial dá de cara consigo mesmo, acorda e ouve, em qualquer dialeto de Babel: Torna-te quem és, ou faze-te quem és, voz imperiosa que repete o conselho de Zaratustra: *Werde wer du bist...* Bem explicado: ainda não chegaste a ser quem és de fato, ou quem devias ser; por enquanto, meu filho, não passas de um Machadinho, simpático, sem dúvida alguma, com bastante lábia e leitura, mas enfim, um simples Machadinho, uma crisálida, um Gil, um Jota, para não dizer um Max. Pelos cornos da lua, quem és tu afinal, senão o pobre Joaquim Maria, que baixou do Morro do Livramento para as letras e jamais será, como esperava, o mimoso das damas, o festejado autor de *Helena* e *Iaiá Garcia*, obras-primas do estilo não-me-toques? Trata de cavoucar no duro chão da caverna, que o som cavo das pancadas é prometedor e decerto ainda vens a desenterrar um tesouro, do fundo de ti mesmo. Chega-te bem para o espelho e verás o Outro, o da nua máscara, vertiginoso e malicioso, ora sim e ora não, sorrindo com os olhos e fisgando num relance coisas finas e agudas, ágeis e indiscretas... Estão bicando a casca do ovo estas coisas, já começaram a ensaiar dentro da casca o primeiro voo, e antes do primeiro pio, já começaram a piar...

Entre ontem e hoje, entre Machadinho e Machadão, cabem todas as fantasias do devir que está sendo e ainda não é. Mas que microscopia imaginativa poderia

[69] Publicado na *Revista do Livro*, n. 11, Rio de Janeiro, 1958.

acompanhar os estádios sucessivos, as mutações sutis de uma gestação psicológica, manifestada de súbito sob a forma de conversão? Se pudéssemos aplicar ao caso aqueles processos de filmagem que, aos olhos iludidos do espectador, conseguem recompor num tempo ideal a germinação e o desenvolvimento paulatino das plantas, veríamos decerto o autor da *Queda*, o esforçado não-me-toques da primeira fase criar aos poucos não sei que raízes e tentáculos, como estranha planta humana, e num retrato mágico, firmar-se a expressão do lábio, endurecer o brilho dos olhos, vincar-se o desenho inseguro de uma ruga, a "ruga sardônica" de Luís Garcia. Insensivelmente, passaríamos assim do primeiro ao segundo Machado de Assis.

Devemos levar em conta estes dois aspectos essenciais da questão: se de um lado não se concebem as *Memórias póstumas* senão como produto de uma longa gestação, nem por isso é menos imprevista, de outro lado, a impressão que provoca em nós o seu desabrochamento brusco.

Na história literária, não faltam exemplos de conversão, ou aparente conversão psicológica, traduzida em mudança imprevista do estilo, das motivações da fantasia criadora, do próprio conteúdo humano da obra de um mesmo autor. No caso de Melville, por exemplo, quem poderia prever, depois das primeiras obras, o aparecimento de *Moby Dick*? É verdade que em Melville ainda será possível apontar uma filiação pelo menos exterior de temas e descobrir em *Mardi* e *White Jacket* aquela *family resemblance* a que se refere William Ellery Segdwick.[70] Difícil, todavia, no caso de Machado de Assis, traçar uma linha de continuidade evolutiva. Em *Ressurreição* via Lúcia Miguel-Pereira despontar "a principal característica de Machado como romancista, característica que o irá aos poucos separando inteiramente da concepção romântica da ficção: a predominância dos problemas psicológicos". Mais adiante observa: "Já em *Iaiá Garcia* começa a aparecer o verdadeiro Machado de Assis. O tipo de Luís Garcia, sobretudo, é traçado com admirável nitidez de linhas [...] Se *Iaiá Garcia* ainda não é um grande romance, se lhe falta sobretudo coesão, já é de uma qualidade muito superior aos outros, porque nele Machado se libertara do romantismo. Mas não é ainda aquela libertação interior que o levará a analisar homens e fatos com a curiosidade e frieza de quem não se espanta de coisa alguma, porque não descobre nenhum sentido na vida humana".[71]

A transmutação de Luís Garcia em Brás Cubas, ou de Machadinho em Machadão, serve de grave advertência a todos nós, ingênuos críticos, que adoecemos da febre cartesiana e tentamos, bem ou mal, acomodar a um engenhoso esquema lógico o espírito contraditório e espontâneo do Autor, engarrafado como o Homúnculo de Wagner. Mefistófeles é quem sabe explicar, melhor que eu, estas operações analíticas do entendimento.

Por mais que se queira descobrir na produção medíocre da primeira fase uma prefiguração qualquer do Machado posterior, o mais prudente será dizer, como a cabocla do Castelo: coisas futuras... coisas futuras...

Do ponto de vista qualitativo, admita-se a mudança radical, da noite para o dia. Creio que foi essa mudança, como problema psicológico, um dos grandes atra-

70 Ver *Herman Melville, The Tragedy of Mind*. Cambridge: Harvard University Press, 1945, p. 83.
71 Lúcia Miguel-Pereira, *Machado de Assis (Estudo Crítico e Biográfico)*. Rio de Janeiro: José Olímpio, 1955, p. 141 e 163.

tivos para a crítica machadiana. A crítica genética não pode admitir saltos bruscos na formação do escritor, e ainda não apareceu o Hugo de Vries da literatura, empenhado em mostrar que as manifestações importantes, na conquista da originalidade literária, são justamente as variedades que surgem de súbito, completamente formadas, prontas para a luta como Brás Cubas, pai de si mesmo, ou "autor de si mesmo", na expressão do próprio Machado de Assis.[72] Em reforço do paralelo, direi que Brás Cubas, de acordo com a teoria de Hugo de Vries, era uma verdadeira "mutação transmissível", pois transmitiu sua pinta a várias personagens posteriores de romance e conto, e a todo momento percebemos a inflexão da sua voz, ou do seu estilo, interferindo no diálogo do autor com seu leitor. Como dizia Lúcia Miguel-Pereira, não é só o *Quincas Borba* que vai sair de *Memórias póstumas*, muitos contos lá estão em estado embrionário.[73]

Se o crítico pudesse espiar para dentro de Machado, naquele momento da grande transfiguração, de outubro de 1878 a março de 1879, quando além do mais convalesce de grave doença, veria decerto "uma coisa estranha, uma figura má"; era o parto de um novo Machado, uma conversão às avessas. Há conversões de vária natureza; do ponto de vista canônico, a de Machado só pode ser interpretada como o avesso de uma conversão edificante, uma crise de sentido eversivo. Ele mesmo, para explicar a mudança que se operou de *Helena* a *Memórias póstumas*, declarou certa vez a Mário de Alencar que se modificara porque perdera todas as ilusões sobre os homens.[74]

Mas, pensando bem, há muitos modos de crer e descrer, e um jogo sutil de compensações condiciona o impulso de negar com a necessidade de afirmar, ainda negando. O próprio Mefistófeles é obrigado a criar toda uma eloquência subversiva, para negar com alma e não cair numa frouxa atonia, indigna de um diabo que se preza. A conversão de Machado à descrença envolve a afirmação de outra forma de crença: a da força criadora do seu gênio, que então esfrega os olhos, acorda, sacode as ruminações de uma longa apatia, o torpor do medíocre Machadinho, tão comedido e bem comportado até então, verdadeiro prêmio de virtude. Naqueles seis meses, precipitou-se uma conversão à ironia livre; Machado de Assis, de si para si, chegou decerto à convicção de que, para criar em verdade e vida, devia obedecer sem restrições ao imperativo de expansão plena que dentro dele reclamava os mais desafogados direitos de ousadia. Logo sentimos, nas admiráveis páginas iniciais de *Brás Cubas*, o movimento de um desabafo, a confidência inteira e desatada, o sarcasmo, a agilidade humorística, o cinismo temperado de graça. Para despistar, prega no alto da página, quando da primeira versão, a da *Revista Brasileira*, as melancólicas palavras de Orlando em *As you like it*: "*I will chide no breather in the world but myself; against whom I know most faults*". E traduz: "Não é meu intento criticar nenhum fôlego vivo, mas a mim somente, em quem descubro muitos senões".[75]

72 Ver Augusto Meyer, *Machado de Assis*. Rio de Janeiro: Organização Simões, 1952, p. 103. Referência a uma crônica de Machado de Assis intitulada: "O autor de si mesmo".

73 Ver Lúcia Miguel-Pereira, op cit., p. 200: "Não é só o *Quincas Borba* que vai sair de *Memórias póstumas*. Muitos dos seus contos, dos seus melhores contos, estão, em embrião, nesse livro que é a chave da sua obra."

74 Ver Lúcia Miguel-Pereira, op. cit. p. 192, nota: "Frase que me foi repetida pela viúva Mário de Alencar".

75 Sobre a primeira versão de *Memórias póstumas*, na *Revista Brasileira*, em cotejo com a primeira versão em volume, ver Eugênio Gomes, *Espelho contra espelho*. São Paulo: Ipê, 1948.

Nada mais comovente que esse despertar de forças adormecidas, manifestado de súbito, em verso e prosa, naqueles primeiros meses de 1880. Em 15 de janeiro, publica na *Revista Brasileira* os poemas: "Uma criatura", "A mosca azul", "O desfecho", "Spinoza", "Suave mari magno..." e "No alto". Todo o espírito das *Memórias póstumas* já se configura nesse punhado de poemas. "Uma criatura" parece uma versão metrificada e sem dúvida muito menos poética, do tema de Natureza ou Pandora, no capítulo "O delírio"; em "O desfecho", revela-se a mesma visão trágica e o mesmo desfilar dos séculos que aparecerão no mesmo "O delírio", dois meses depois; em "Suave, mari magno...", que faz pensar no Baudelaire de *Une charogne*, sentimos o vertiginoso e amargo Machado, atraído tantas vezes pelo espetáculo da crueldade e a dois passos do sadismo; e muito mais que na importuna "Mosca azul", com seu zumbido parnasiano, é no misterioso e fascinante "No alto" que podemos entrever a velada confissão da crise. Prefiro transcrevê-lo em sua impureza original, sem as correções posteriores, quando saiu em volume, pois nada me parece mais expressivo, como verdade áspera, que aquela "... cara estranha, / Dura, terrena e má", da primeira quadra, abrandada mais tarde:

> O poeta chegara ao alto da montanha,
> E quando ia a descer a vertente do oeste,
> Viu uma cara estranha,
> Dura, terrena e má.
>
> Então, volvendo o olhar ao sutil, ao celeste,
> Ao gracioso Ariel, que de baixo o acompanha,
> Num tom medroso e agreste
> Pergunta o que será.
>
> Como se perde no ar um som festivo e doce,
> Ou bem como se fosse
> Um pensamento vão,
>
> Ariel se desfez sem lhe dar mais resposta.
> Para descer a encosta,
> O outro estendeu-lhe a mão.[76]

Momento único, espécie de maturação precipitada por um conjunto de circunstâncias que não se repetem. A produção que aparece na *Revista Brasileira*, de 15 de janeiro a 15 de dezembro de 1880, bastaria para consagrá-lo, ficasse então por qualquer motivo encerrada a sua carreira literária.

No caso de Machado de Assis não podemos apontar um momento de crise definida e dramática, aquele "grande terremoto", por exemplo, a que se refere Kierkegaard, ao completar os vinte e dois anos; tudo nele é indireto e nos vem coado pela transmutação literária, em que as coisas todas, embora nascidas da ironia viva, passam logo à inflexão da ironia estética e perdem qualquer consistência humana imediata. Quem poderia imaginar, sem quebra de certa congruência, um diário machadiano, um Machado capaz de se confiar todo ao papel, sem as máscaras do seu ofício?

[76] O soneto saiu emendado em volume. "Viu uma coisa estranha / Uma figura má/".

Mas o documento em que fixou a transposição literária de um provável estado de crise também comporta, além da interpretação estética, uma leitura em profundidade, a soletração das entrelinhas humanas do texto, pauta de silêncio onde o que não se diz também fala por omissão. Dizia Lichtenberg que em muitas obras ele teria preferido conhecer, não o que o autor deixou escrito, mas o que riscou, ou suprimiu. Na obra de Machado gostaria eu de conhecer, não propriamente o que sacrificou à exigência do estilo, mas o que encobriu ou alterou intencionalmente. Em meu segundo ensaio sobre este velho tema, observava eu: "Bem sei que a pergunta é ociosa, mas muita vez perguntei aos meus demônios que obra teria sido a de um Machado menos desconfiado de si mesmo e que se entregasse com algum despejo às qualidades virtuais que lhe aprofundam o texto em sugestões surpreendentes...".[77]

É verdade que agora, afivelando ao rosto a máscara de Brás Cubas, vai despejar muita coisa que andava guardada e mais ou menos dissimulada. A psicologia da máscara — todos nós o sabemos muito bem por experiência, neste país do carnaval — é justamente a de um desafogo compensador, que admite a irrupção das verdades recalcadas. Trocada a identidade, alteradas as condições de ser e parecer, o Eu autêntico se entrega à desforra sincera, e o que seria escândalo dentro da norma cotidiana, cai na conta de graça goliardesca.

Mas o mascarado, além de trocar de cara, também põe na voz a máscara do falsete: você me conhece? E um dos maiores divertimentos do carnaval sempre foi esse desafio do falsete, a pular das frinchas da máscara, e acompanhado pelo brilho malicioso de uns olhos que o confirmam e desmentem ao mesmo tempo, nos seus falsos buracos de órbita...

* * *

De onde vem a voz de Brás Cubas?

Sendo ele um defunto autor, ou um autor defunto, vem do outro mundo. Em *Memórias póstumas* tudo parte de um ponto de vista arbitrário e super-realista, aquele ponto de vista de Sirius, ou de Aldebaran, dos montes da lua ou das profundas do inferno, que é a visão do diabo virador de telhados, do olho supremo que tudo enxerga e não respeita paredes nem tapumes.

O tom de Brás Cubas, em sua gratuidade, logo postula um ambiente de aceitação irresponsável e ironia solta, um és não és de farsa metafísica. O leitor não pode levar a sério o tom do suposto autor e logo de saída vê-se na contingência de engatilhar um sorriso divertido ou meio forçado, conforme entram a reagir os seus nervos. O defunto espia por uma fresta invisível e, em vez de trepar na altiloquência solene das mensagens de além-túmulo, fala num tom faceto, às vezes gaiato, sempre repassado de ironia e dubiedade. "Evito contar o processo extraordinário que empreguei na composição destas *Memórias*, trabalhadas cá no outro mundo. Seria curioso mas nimiamente extenso, e aliás desnecessário ao entendimento da obra. A obra em si mesma é tudo: se te agradar, fino leitor, pago-me da tarefa; se te não agradar, pago-te com um piparote, e adeus."

[77] Ver Augusto Meyer, *À sombra da estante*. Rio de Janeiro: José Olímpio, 1947, p. 79.

Mas não seria possível manter a mesma tonalidade, com a mesma sugestão de um absurdo humorístico, no decorrer de toda a obra, sem matar o imprevisto, garantia melhor da sua graça. E por isso mesmo, logo a princípio, o finado autor, mandando às favas o macabro estilo que mais convém à sua tarefa, reentra em sua pele, recupera a vida que viveu no tempo e no espaço, para poder descrevê-la em plena continuidade evolutiva e normal, como transformação e duração; volve à condição de simples mortal ainda ameaçado de morte, como todos nós, e esquecido da experiência dos outros lados da vida.

Dá-se, pois, uma troca de atitudes e mudança de inflexão; o tom metafísico e gratuito de Brás Cubas humaniza-se, submete-se à humilde pauta dos memorialistas, sem maiores pretensões. É aquela transição do capítulo nono, passado o grande *morceau de bravoure*, o delírio: "E vejam agora com que destreza, com que arte faço eu a maior transição deste livro...". Com o seu delírio, colocado no começo da obra, o suposto autor defunto pagou o tributo a Caronte e tornou à sua vidinha, para poder contá-la na linguagem normal das autobiografias.

Não quero dizer que de vez em quando ele não se lembre da "contração cadavérica", da sua condição de falecido e das obrigações de verissimilitude para com o leitor, tentando reatar o tom do exórdio com algumas incursões no domínio do absurdo humorístico, mas, serão momentos de parênteses na continuidade da obra. Vejam-se os capítulos XXIV, XXVII e LXXI, principalmente este, que é o senão do livro: "Começo a arrepender-me deste livro. Não que ele me canse; eu não tenho que fazer; e, realmente, expedir alguns magros capítulos para esse mundo sempre é tarefa que distrai um pouco da eternidade. Mas o livro é enfadonho, cheira sepulcro, traz certa contração cadavérica...".

Notam-se, daí, duas inflexões dominantes no tom de *Memórias póstumas*: a de Brás Cubas como autor defunto, ou defunto autor, e a de Brás Cubas como simples memorialista, brasileiro, solteiro, morador em Catumbi, que não sabe como encher o tempo. Envolvendo tudo isto, insuflando vida ao conjunto, como o próprio alento vivificador da expressão literária, poderíamos dizer que há só um tom verdadeiro, que é o tom do verdadeiro autor — o seu estilo. E este, dentro do mesmo período, o da maturidade de Machado de Assis, permanece o mesmo, seja na imitação de uma experiência narrada em primeira pessoa, a modo de memórias, *Memórias póstumas, Dom Casmurro, Memorial de Aires*, ou em *Quincas Borba* e *Esaú e Jacó*, onde há narração objetiva, ou de intenção objetiva na composição.

Sem dúvida, a situação criada em *Memórias póstumas* já é de si mesma absurda, sugerindo uma espécie de mascarada confessa, em que o verdadeiro autor ajusta ou retira a máscara nas barbas do leitor, como quem não leva a sério os compromissos de artífice, isto é, fabricar uma ilusão romanesca, criar um ambiente que dê aos leitores certo simulacro de vida a evolver no tempo. As duas encarnações de Brás Cubas, o espectro que atravessou a barreira do grande mistério e o simples solteirão de Catumbi, em vez de servirem de máscara ao legítimo autor, estão revelando a todo instante a sua presença absorvente, sentimos o punho soberano que arma o cenário e dá puxões nos cordéis, sem mais nem menos interrompe a cena, apaga as luzes e engrola com voz de ventríloquo as suas digressões filosóficas.

Por mais que se torne, então, alado e gracioso, não consegue apagar certo ranço de literatice; Brás Cubas é homem muito lido e comprova-o, citando, alu-

dindo, glosando. Dê-se o leitor ao trabalho de verificar nas poucas páginas iniciais, até o capítulo da "transição", referências, nomes, alusões históricas e literárias.[78] Agrava-se ainda a mesma impressão diante da semelhança formal com alguns modelos conhecidos — o Garrett das *Viagens,* Sterne, Xavier de Maistre — que o estudo das fontes e influências, sobretudo a contar das pesquisas de Eugênio Gomes viria completar.

Tudo isto, ao primeiro relance — e bem sabemos que assim reagiu Sílvio Romero — parecia premeditado, fabricado meticulosamente, arranjado de acordo com um desígnio de originalidade a todo custo, aquela falsa originalidade que é rebusca de efeitos mais sensacionais que profundos; e caberia então aplicar ao caso o reparo de E. M. Foster, em *Aspects of the Novel,* quando se entrega a uma crítica penetrante de certas demasias teóricas de Henry James: *All that is prearranged is false.*[79]

Brás Cubas, não obstante, era criatura de sete fôlegos. De resto, se a casca parecia "manjada", o miolo era novo e deixava na boca um acre sabor. O próprio Machado, no prólogo da terceira edição, acentuava a diferença: "O que faz do meu Brás Cubas um autor particular é o que ele chama, *rabugens de pessimismo.* Há na alma deste livro, por mais risonho que pareça, um sentimento amargo e áspero, que está longe de vir dos seus modelos. É taça que pode ter lavores de igual escola, mas leva outro vinho". E volvendo ao genuíno tom de Brás Cubas, acrescentava: "Não digo mais para não entrar na crítica de um defunto, que se pintou a si e aos outros, conforme lhe pareceu melhor e mais certo".

Que "outro vinho" era aquele? Dizia Quincas Borba que não há vinho que embriague como a verdade. E de qualquer modo sentimos, sob a aparência gratuita e mesmo leviana do tom de Brás Cubas, uma paixão ardente, sombria, demoníaca de verdade a todo transe, o amor da sinceridade para consigo mesmo levado ao extremo das mais dolorosas consequências, não recuando diante dos riscos do cinismo. Que é esta nota amarga, dissimulada em variações humorísticas oscilantes entre a gaiatice e o sarcasmo, senão a manifestação indireta de um imperativo íntimo, de uma espécie de *fiat veritas, pereat vita*?

O tom de Brás Cubas insinua-se de tal modo na grande obra da maturidade, que acaba por confundir-se, em nossa impressão imediata, com o próprio estilo do autor. O homem que escreve *Quincas Borba, Dom Casmurro, Esaú e Jacó* e alguns dos mais belos contos da literatura universal, não consegue libertar-se do sósia amargo e desabusado; ele se debruça às vezes sobre o ombro do escritor para soprar-lhe ao ouvido uma frase aguda, trechos ou capítulos inteiros, em que logo reconhecemos a inflexão dos capítulos iniciais de *Memórias póstumas de Brás Cubas.*

Em vão os críticos inclinados a uma interpretação conciliadora, quando não edulcorada, se apegam teimosamente à ideia de um Machado de Assis que aos pou-

78 Cf. Stendhal, Sterne, Xavier de Maistre, Moisés e o *Pentateuco*, Hamlet e o seu solilóquio, alusão a Chateaubriand, alusão ao enigma de Édipo, o Brás Cubas histórico, Cavour e Bismarck, Suetônio e os Doze Césares, Cláudio, Sêneca, Tito, Lucrécia e os Borgias, Messalina, Gregorovius, a dieta germânica, a batalha de Salamina, a confissão de Augsburgo, Cromwell e uma sugestão de Pascal, Corneille, Ezequias, Buffon, a *Suma Teológica*, o cavalo de Aquiles e a asna de Balaão, a tenda de Abraão, Natureza ou Pandora, Jó, os Hebreus do cativeiro, os devassos de Cômodo, Tebas de cem portas, Tertuliano etc.
79 Ver op. cit. Nova York: Harcourt Brace and Company, 1927.

cos vai caminhando para a serenidade interior, até conquistar aquela trégua e paz crepuscular que eles supõem representada no *Memorial de Aires*. Do seu diário, dizia o conselheiro Aires não ser uma obra de imaginação e, sim, um "livro de verdade exata, com todas as simetrias da vida". Sabemos muito bem, com a ajuda de Alcides Maia, quais são as suas simetrias, pois a vida resume-se para ele na ambição, no erro inconsciente, e o verdadeiro entrecho do *Memorial* gira em torno de uma herança de duzentos contos. Comenta o ensaísta gaúcho: "A comédia chega a parecer cruel pela perfeição com que, no caso, os protagonistas simulam os sentimentos, às vezes sem que o saibam".[80]

O caso de Brás Cubas, como personagem-máscara, parece-me exemplo ideal para levantar a questão das relações que existem entre a autobiografia e o romance, entre o autor e o veículo confidencial das suas criaturas, entre a experiência vivida e a experiência romanceada. Ramon Fernandez, em *Messages*, retomando a famosa metáfora de T. S. Eliot — o espírito do artista é um catalisador; *the mind of the poet is the shred of platinum* — mostrava que a experiência do criador de arte é só tangencial à sua experiência de homem, pois a vida interior apenas lhe serve de meio ou instrumento para a criação da obra.[81]

Por mais oportuna que seja esta reação da neocrítica contra o exagero das interpretações biográficas, não devemos concluir daí pelo divórcio completo entre as duas formas de vivência. Sem uma correlação de fundo, que sentido atribuir a tantos vestígios inegáveis de uma conexão íntima, da qual só restam, aliás, em nossa visão crítica, os destroços mais vagos — paralelismos, convergências, semelhanças oblíquas, deformações de imagens pelo meio refletor... A propósito de Stendhal, chega Ramon Fernandez a negar que a obra literária, mesmo a de sentido autobiográfico, possa valer ao autor como um meio de acesso ao conhecimento de si mesmo.

Eu diria, apoiado em alguns exemplos, que certos romancistas só através da obra feita e por influência da mesma logram conquistar mais plena consciência de si mesmos. O homem, não conseguindo libertar-se da obra, muito menos renunciar ao artista, sofre o seu influxo em mais de um sentido. Casos haverá em que a personagem-máscara, feita de muitas virtualidades humanas do seu criador, passa a impor-se no diálogo da vida interior do homem como interlocutor ideal, como a imagem de outro eu menos tolhido pela coerção social, mais concorde aos propósitos de sinceridade, crítica livre e desassombro que é obrigado a sopitar em sua vida cotidiana.

Assim pelo menos imagino de vez em quando um Machado de Assis que, a contar do parto genial do seu autor defunto, passou a receber a visita do parceiro cada vez mais vivo, ágil sempre e armado de argúcia irônica. Fechou-lhe decerto muitas vezes a porta na cara, desconversou e tapou os ouvidos, para poder entregar-se às obrigações de homem sério, acadêmico e funcionário zeloso. Mas no momento mais imprevisto, quando menos esperava, lá ressurgia o importuno Brás Cubas, e só vendo que petulância nas suas insinuações de mascarado cínico...

80 Ver *Machado de Assis, Algumas notas sobre o humour*, 2ª ed. Rio de Janeiro: Publicações da Academia Brasileira de Letras, 1942, p. 87.

81 Ver *Messages*, 1.ª série. Paris: Gallimard, 1926; e T. S. Eliot, *Selected Essays*, 1917-1932. Nova York: Harcourt Brace and Company, 1932.

A criatura dava-se ares de criador, sugeria páginas inteiras, ditava novos entrechos de conto, novela, romance, improvisava brincando uma crônica...

Seria o caso de repetir, com Mefistófeles:

> Am Ende hängen wir doch ab
> Von Kreaturen, die wir machten.[82]

* * *

Todas estas qualidades tão afinadas: agilidade, lucidez, ironia aguda, senso psicológico, profunda intuição do lado sombrio ou negativo das coisas, não se conquistam sem pagar caro a sua posse; obrigam a deitar fora muito lastro, sacrificando outras tantas virtudes, ou virtualidades. A cada uma, corresponde a sua limitação necessária e portanto um defeito relativo.

A lucidez extrema, a ironia aguda, apuradas a tal grau, sufocam a espontaneidade viva de que se alimenta a verdadeira poesia das coisas e acabam muitas vezes empecendo a própria alegria de criar. E quem aprende a ver de preferência a face negativa das coisas, a si mesmo se impõe limitações negativas de ação e compreensão.

Quanto à agilidade, penso que em Machado de Assis ela assumiu sobretudo uma feição exterior e formal, de aparência; ele parece não pousar em coisa alguma, no seu borboleteio humorístico, e não obstante, está voejando sempre em derredor do mesmo ponto, como falena atraída pelo foco luminoso. Não houve no seu caso uma disponibilidade no sentido gideano, ou aquela cura de ar livre e movimento preconizada pelo Nietzsche da fase heróica; a agilidade então participa de uma forma de aceitação e adesão imediata às experiências mais desencontradas, como incitamento e superação do obstáculo.

Por mais ágil que pareça, Machado não consegue alçar voo além dos seus horizontes familiares. Falta portanto extensão e acrescentamento humano ao âmbito da sua obra, tão monocórdia em seu conjunto, e tão incapaz de abarcar, como a obra mais arejada dos grandes criadores de ficção, a riqueza complexa e trágica do bicho da terra chamado Homem, nas suas manifestações imprevisíveis.

A melhor prova disto é que ele ganha muito em ser lido aos trechos, ou a largos intervalos de leitura, para que o esquecimento relativo ajude a sentir, não a inércia da repetição e os lados fracos, mas a graça original dos melhores momentos. Pelas mesmas razões, o *conteur* em Machado de Assis leva quase sempre vantagem garantida sobre o romancista, a vantagem que decorre de uma proporção exata e de um equilíbrio mais perfeito entre o impulso criador e a sua limitação intensiva. No conto igualmente fica ele impedido de entregar-se ao vezo borboleteante do humorismo gratuito, contraído na escola da crônica literária. Certo é que o Machado cronista não aprende a dobrar a língua e mete a colher torta onde menos é esperado. Uma boa parte da obra em conjunto e capítulos inteiros dos romances foram escritos por esse rabiscador hebdomadário de tiras de almaço, que, em vez de sofreá-lo obedece gostosamente ao puxão do improviso; obedece também a um instinto finíssimo de sinuosidade e despistamento...

82 *Fausto*, v. 7003-7004: "Afinal, acabamos dependendo das criaturas que fizemos".

Mas todas estas observações críticas giram e regiram inutilmente em torno do "caso Machado", sem via de acesso. E a maior ilusão será sempre em tais casos a tentativa biográfica. Há um momento, nessa vida póstuma dos grandes escritores, em que não basta, para matar a fome da curiosidade, o simples conhecimento da obra, onde as formas alusivas sugerem uma realidade original. A obra de arte não consegue esgotar toda a nossa atenção, por debaixo dela está o autor, ou, por outras palavras, estamos nós, com o nosso instinto de criadores insatisfeitos. Começa então a fase da pesquisa biográfica, desejo de reconstituir passo a passo a vida do homem que os livros entremostram, retrilhando em imaginação os caminhos confusos da sua experiência. Em vez de partir do texto para nós mesmos, satisfeitos com a profundidade emotiva que lhe emprestamos, preferimos desmanchar as palavras, desmontar a obra feita, desandar o caminho andado, para surpreender o autor no momento impuro da criação. Já não importa a forma definitiva, importa agora o fundo de potencialidade que ela encobre. De qualquer modo, é a própria aventura humana do biografado que agora importa conhecer nas minúcias mais humildes...

Mas tudo nele me parece oblíquo, vertiginoso, retrátil. E para acabar com tudo isto, diga-se que Machado cultivou como poucos a arte da dubiedade e a falsa transparência da máscara. Numa tese de Victor Brombert sobre Stendhal, encontro a seguinte observação, talvez oportuna: *Et ce qui est décourageant chez lui — et si provocateur aussi — c'est que souvent il porte le masque du masque et, qu'en ironiste accompli, il pousse l'art de ne pas ressembler à soi jusqu'au point de mentir non seulement à sa pensée, mais encore à son arrière-pensée.*[83]

O testamento estético de Machado de Assis[84]
Eugênio Gomes

Há um pensamento metafísico que, gradativamente, passou a envolver numa atmosfera inconfundível as obras de Machado de Assis, abrangendo, com maior ou menor penetração, as poesias, as crônicas, os contos e os romances. Nestes, porém, desde as *Memórias póstumas de Brás Cubas*, é que reside o núcleo daquele pensamento, formando finalmente a alegoria de um ponto de vista intelectual sobre a vida e o destino, que importa numa desenganada teoria do homem. Torna-se isso perfeitamente claro e compreensível depois que se identifica um certo e peculiar esquema metafórico, revelador da unidade filosófica estabelecida através de seus quatro principais romances. Para esse efeito, ter-se-á que admitir, teoricamente embora, que *Esaú e Jacó* foi o seu último romance, aliás, em consonância com a ideia do próprio romancista, mencionada, preliminarmente, na "advertência" ao leitor. Explica-se, nesse prólogo, que, quando o conselheiro Aires desapareceu, acharam-se-lhe na secretária sete cadernos manuscritos, seis trazendo o seu número de or-

83 Ver Victor Brombert, *Stendhal et la Voie Oblique*. Paris: Presses Universitaires de France, 1954.
84 Publicado em *Machado de Assis*. Rio de Janeiro: Livraria São José, 1958.

dem em algarismos romanos e o sétimo este título: *Último*. *Último* por quê? indaga o romancista. "A hipótese de que o desejo do finado fosse imprimir este caderno em seguida aos outros não é natural — pondera — salvo se queria obrigar à leitura dos seis, em que tratava de si, antes que lhe conhecessem esta outra história, escrita com um pensamento interior e único, através das páginas diversas."

Esse pormenor de que a narrativa contém "um pensamento interior e único", enquanto os demais cadernos não passavam de um diário de lembranças, não deixa dúvida sobre a excepcionalidade do romance, a respeito de cujo título foram lembrados vários nomes. Por fim, "Ab ovo", que parecia talhado para resumir o assunto, cedeu a outro, "Último", o qual por sua vez foi substituído pelo definitivo, "Esaú e Jacó", mas algum tempo após a devolução das primeiras provas.[85] Aquele título, porém, foi conservado no manuscrito do romance, pertencente à Academia Brasileira de Letras. Não obstante a mudança, para o autor ficara sendo esse o seu derradeiro romance, o que adquire inteira lógica em virtude de suas relações com as obras anteriores do mesmo ciclo: *Memórias póstumas de Brás Cubas*, *Quincas Borba* e *Dom Casmurro*. Chega-se inevitavelmente a essa conclusão comparando-se algumas imagens das *Memórias póstumas*, em torno do Destino, com o abstrato metafórico de Schopenhauer neste concernente.[86] Não tem outro sentido o desdobramento da metáfora das batatas em *Quincas Borba*.[87] Com a criação de Capitu, em que o mito do mar foi explorado em larguíssima escala, introduziu Machado de Assis um novo processo estético, sem apartar-se daquela ideia, que teve em *Esaú e Jacó* um desenvolvimento excepcional. Em consequência, os seus quatro romances capitais formam uma espécie de tetralogia, condicionada a um simbolismo de caráter metafísico.

Sabe-se quão temerário é o emprego da alegoria em ficção, principalmente quando nesta deva prevalecer o realismo psicológico, mas o tema de *Dom Casmurro* era de natureza a sobrepor os impulsos da carne e dos sentidos a quaisquer artifícios, e, em resultado, apesar de suas precauções contra a escabrosidade do assunto, o romancista conseguiu fazer desse romance o mais orgânico e vital de todos os que escreveu.

Em *Esaú e Jacó*, entretanto, a experiência alegórica encontrou campo absolutamente adequado, porque a alma — e não mais o corpo ou o sexo — foi convertida em centro de interesse primordial, sugerindo e inspirando correspondências nítidas, que conferem à narrativa uma como segunda dimensão, sem cujo conhecimento será impossível penetrar a mais íntima e significativa realidade do romance. Não se deve atribuir senão a isso o fato de serem tão várias as opiniões em torno dessa ambígua narrativa. Em regra, a crítica se tem bastado apenas do sentido literal do enredo, o que leva inevitavelmente a um julgamento incompleto e discutível.

Em estudo sobre *Esaú e Jacó*, quando este surgiu, Mário de Alencar atribui o estilo e mesmo algo da feitura do romance à influência dos escritores gregos, em

[85] *"Avec cette lettre pour vous, je remets à M. Lansac les épreuves de mon livre 'Último'. Je les ai lues et corrigées avec beaucoup de soin. J'attends qu'elles soient mises en page, et renvoyées ici pour les relire encore une fois et définitivement".* Carta de Machado de Assis ao editor Garnier, datada de 9 de novembro de 1903, na "Exposição Machado de Assis", Ministério da Educação e Saúde, Rio de Janeiro, 1939.

[86] Ver "Schopenhauer e Machado de Assis" deste autor.

[87] Ver "*Quincas Borba*", deste autor; in *Espelho contra espelho*. São Paulo: IPE, 1949.

que era versado, concluindo por afirmar: "Nada há de estranho nele, como mortes e crimes; nem há nada banal, como o adultério". E, em correspondência com esse ponto de vista: "Quase todos os personagens são boa gente, alguns ótimos etc.".[88]

A maior temeridade de querer vê-lo somente pelo sentido literal consiste em que esse sentido não só o não esgota de maneira alguma, como pode favorecer tendências aleatórias e mesmo extraliterárias, emprestando-se maior ênfase a um determinado aspecto parcial ou acidental da narrativa. Encontra-se neste caso outro ilustre escritor que, resumindo as suas impressões, concluiu: "Deve dizer-se, em verdade, que *Esaú e Jacó* é uma crônica de costumes, como também o relato de acontecimentos que prendem com a queda da Monarquia no Brasil".[89]

Está visto que a vida social e a política se refletem nessa narrativa, mas não de modo a permitir semelhante conclusão. Assim, pode-se concordar com Astrojildo Pereira quando ele sustenta que, com *Esaú e Jacó*, entramos no limiar de um mundo diferente,[90] querendo com isso assinalar a formidável transformação social operada no período abrangido pelo romance, mas este transcende consideravelmente o ângulo histórico por efeito da filosofia de vida implícita em sua esmerada qualificação estética.

Nota-se, até, sem maior esforço, que o realismo psicológico foi mitigado nessa narrativa, com a poetização da realidade, mediante associações sincréticas de caráter mítico, que poderiam sugerir a presença de um pensamento religioso ou mesmo místico.

A ironia de Machado de Assis desaconselha, porém, qualquer afirmativa antecipada e concludente em torno de suas intenções, sobretudo quando a religião esteja em causa, dada a atitude agnóstica que manteve até o fim, na linha de Renan.

As citações e alusões eruditas que afluem no desenrolar da narrativa deixam claramente entrever os contatos que o escritor estabelecerá, quando absorvido na sua ideação romanesca, distinguindo-se, entre as principais fontes, assim reveladas, a Bíblia, os gregos, com Homero, Ésquilo e Xenofonte, Dante, Shakespeare e Goethe. Há, porém, em qualquer escritor de grande categoria intelectual, fontes subterrâneas que se não deixam descobrir senão a custo de prolongada investigação, e neste caso está o nosso Machado de Assis.

Como quer que seja, pode-se perceber que, em maior ou menor grau, aquelas constelações de primeira grandeza influíram sobre o "pensamento interior e único", que presidiu à elaboração de *Esaú e Jacó*. Nesse processo, refletiu-se de modo particularmente expressivo a *Ilíada*, cujo interesse, como é sabido, assenta no espetáculo da violenta disputa entre dois homens, sendo característica da atmosfera dessa famosa epopeia a pintura do ódio em suas formas mais enérgicas e desapoderadas.

Quanto à Bíblia, já não pode subsistir nenhuma dúvida de que Machado de Assis só se utilizava de seus textos com finalidade simplesmente literária, o que justifica alguns de seus lapsos já observados neste particular. Não é outra a opinião de uma grande autoridade eclesiástica brasileira, o bispo d. Hugo Bressane de Araújo, em pequeno mas notável estudo: "Machado de Assis buscou nas Escrituras,

88 Mário de Alencar. *Alguns escritos,* Rio de Janeiro: Livraria Garnier, 1910.
89 Mário Matos, "Machado de Assis: o homem e a obra." in *Brasiliana*, São Paulo: Companhia Editora Nacional, 1939.
90 "Machado de Assis, romancista do Segundo Reinado", in *Interpretações*, Rio de Janeiro: Ed. da CEB, 1944.

como em Dante ou Shakespeare, tão somente belezas literárias e usava com frequência de reminiscências, episódios ou versetos do livro santo como roupagem elegante dos humorismos que aos milhares marchetam seus livros".[91]

Nessa altura do tempo, o helenismo já tinha se apoderado inteiramente de nossa literatura. Coelho Neto, Olavo Bilac e Alberto de Oliveira ocupavam a primeira linha entre os mais decididos partidários da nova e sedutora voga, e, Euclides da Cunha, que os seguia, com igual ardor estético, querendo dar uma ideia da sua complexidade psicológica, dizia-se um "misto de celta, de tapuia e grego"... Por sua vez, Mário de Alencar, discípulo fiel do criador de *Memórias póstumas*, andava às voltas com o projeto de escrever um poema sobre Prometeu.[92]

Recordando que, já em 1868, Machado de Assis fez representar a peça em verso *Os deuses de casaca*, que é uma sátira à mitologia grega, diz Brito Broca que aquele escritor foi um "dos poucos que souberam subtrair-se a essa influência; envolvendo personagens gregos em alguns contos, emprestou-lhes quase sempre um caráter satírico que os tornou semelhantes aos comparsas de *Os deuses de casaca*".[93] É um reparo inteiramente plausível, não obstante a exceção do soneto "Prometeu", escrito em 1879, que é de uma seriedade trágica, prolongando as repercussões do tema, já muito explorado por aquele tempo.

Não é coisa rara encontrar-se em Machado de Assis o emprego de uma influência às avessas, por forma que os reflexos do pensamento grego em *Esaú e Jacó* adquirem, às vezes, um sentido entre irônico e humorístico, mas com tão extraordinária finura que nem sempre podem ser notados facilmente.

Em consequência, será lícito afirmar que o romance envolve uma sátira sutil, mas sátira, à preamar de ideias, imagens e comparações gregas com que a nossa literatura foi inundada no começo deste século?

Que *Esaú e Jacó*, apesar da gravidade do tema e da estrutura formal, dá a impressão de um "divertimento", não há dúvida. Em que consistiu? "O *divertimento*, núcleo do livro, conforme Barreto Filho, é montado sobre a oposição de caracteres dos dois gêmeos Pedro e Paulo, que já vimos definidos por Homero, filhos de Natividade, uma antiga influência sentimental do conselheiro. A tessitura do livro consiste em contrastar os dois caracteres e as suas reações respectivas, perante situações variadas e acontecimentos históricos diversos, como a emancipação dos escravos e a proclamação da República".[94] Realmente, a frenética oposição desses caracteres criando a perturbadora situação de Flora, indecisa entre os dois gêmeos, vista por um lado parece apenas um divertimento retórico, derivando às vezes para a tautologia e refletindo-se até no título de certos capítulos: "Há contradições explicáveis"

91 *O aspecto religioso da obra de Machado de Assis*. Rio de Janeiro: Cruzada da Boa Imprensa, 1939.
92 Numa carta do começo do ano de 1908, em que faleceu, Machado de Assis, demonstrando ainda seu vivo interesse pela literatura grega, procura incentivar o amigo, cujo plano de fazer um poema sobre Prometeu estava em andamento, dizendo-lhe: "Agora, ao levantar-me, apesar do cansaço de ontem, meti-me a reler algumas páginas do *Prometeu* de Ésquilo, através de Leconte de Lisle; ontem entretive-me com o *Fédon* de Platão, também de manhã; veja como ando grego, meu amigo". *Correspondência*.
93 *A vida literária no Brasil — 1900*. Ministério da Educação e Cultura. Serviço de Documentação. 1956.
94 "Machado de Assis", in *A Literatura no Brasil*. Direção de Afrânio Coutinho. Vol. II. Rio de Janeiro: Editorial Sul Americana S.A., 1966.

(v); "Desacordo no acordo" (xxxvii); "Fusão, difusão, confusão" (lxxix); "Transfusão, enfim" (lxxx); "Não ata nem desata" (xciii) e "Gestos opostos" (xciv).

Há, em suma, um sentido puramente lúdico nesse entrechoque de contrastes, tão utilizado pelos românticos, e que o virtuosismo verbal pode entreter interminavelmente. Foi nisso porventura que o romancista procurou centralizar o interesse da narrativa? Tenha-se em mente que, em *Ressurreição*, sua estreia neste gênero, Machado de Assis advertiu expressivamente que "não quis fazer romance de costumes", aduzindo: "tentei o esboço de uma situação e o contraste de dois caracteres; com esses simples elementos busquei o interesse do livro".

Se, naquele tempo, já evitava fazer romance de costumes, pode-se compreender que viesse a cogitar disto justamente quando atingiu o ponto mais alto de sua carreira artística? Está visto que *Esaú e Jacó* não é absolutamente romance de costumes, embora os costumes da época hajam contribuído para dar um pitoresco extremamente gravativo e interessante à narrativa. Algumas de suas cenas podiam ser até desentranhadas da ficção como episódios autônomos, estando neste caso o da tabuleta, que por isso mesmo granjeou considerável popularidade.

O interesse do romance, por conseguinte, estaria apenas no atrito de caracteres sob que parece estar montado? Tudo leva a crer que sim, principalmente quando se tenha em vista a substituição do título do romance, para o qual havia sido lembrada anteriormente a expressão latina: "*Ab ovo*", como também capaz de resumir o assunto.

Entretanto, por trás desse conflito psicológico, trabalha o pensamento do autor, o "pensamento interior e único", que ele atribuiu ao conselheiro Aires. Não é crível que esse pensamento esteja limitado apenas à luta entre os dois gêmeos, mas nenhuma tentativa de apreender-lhe o sentido analógico poderá abstrair da advertência desencorajadora de que o romancista estaria inclinado a ironizar o assunto mítico... O que não significa dizer que não estivesse seduzido pelo divertimento de desmontar peça por peça a caixa mágica, que ainda encerra um mundo de mistérios para a alma humana... Até porque — di-lo E. Cassirer, em sua obra *As ciências da cultura* — "toda a explicação teórica do universo se atém, em suas primeiras manifestações, a outro poder espiritual: o poder do mito". Nessa operação é que talvez consista o aspecto mais atraente da narrativa, constituído pelo simbolismo profundo de suas intenções, as quais não se deixam apanhar senão a poder de um mergulho demorado e sistemático.

II

Existem — ensina Gilbert Highet — três principais formas pelas quais os mitos podem ser interpretados: "*One is to say that they describe single historical facts. The second is to take them as symbols of permanent philosophical truths. The third is to hold that they are reflections of natural process, eternally recurring*".[95]

Junte-se a esse quadro, já de si complexo, a psicanálise, para a qual os mitos valem como expressões de permanentes mas ignoradas atitudes e formas psíquicas, e ter-se-á uma impressão cabal da temeridade de um mergulho nessas águas obscuras, onde, contudo, haverá sempre pescado para todas as redes...

95 *The Classical Tradition*, cap. 23. Oxford, 1949.

Um grande poeta e crítico moderno, W. H. Auden, adverte precisamente disto, fazendo notar que, nessa matéria, a correspondência é uma única, mas sempre múltipla, de modo que diferentes indivíduos podem encontrar as mais diferentes significações.

Se o elemento mítico é, por consequência, tremendamente complicado, ainda mais embaraçoso tornou-se através de *Esaú e Jacó*, onde, por vezes, o romancista mistura os arquétipos, como naquele ponto do capítulo LVI, em que convocou "as cinco estrelas do Cruzeiro, as nove musas, anjos e arcanjos, virgens e mártires" para intercederem em favor de um desejo de Flora...

A metáfora sempre teve um papel extremamente interessante nesse processo, em que a mitização dos personagens e de certas cenas reclamava linguagem figurada, através de uma atmosfera de transfigurações, ampliando-se, com isso, consideravelmente, as perspectivas do romance. Já o capítulo de abertura — "Coisas futuras!" — revela que o mito oracular prevaleceu sobre a ideação da cena, em que Natividade, acompanhada de sua irmã, escuta nervosamente a uma pitonisa cabocla, no morro do Castelo, a profecia vaga, mas impressionante, segundo a qual seus filhos seriam grandes homens... É um flagrante movimentado e vivo do que havia de grosseiro e risível nessa mistificação, no qual, porém, o romancista introduziu uma passagem de Ésquilo sobre a consulta às sacerdotisas gregas, que, imprevistamente, liga o histórico a um tempo imemorial. A montanha — no caso, o morro do Castelo — vincula-se deste modo ritualmente ao destino humano, fato, aliás, já observável nas *Memórias póstumas de Brás Cubas*, sobretudo em dois capítulos: "O cimo da montanha" (LXXXV) e "Morro abaixo" (CXXI).

O mito da maternidade contribui, por sua vez, para emprestar a Natividade uma proporção excepcional, sem que ela seja menos convincente como personagem. Observa-se, aliás, que, em *Esaú e Jacó*, conquanto em condições diversas do *Dom Casmurro*, neste particular, o que predomina mais sensivelmente é a mulher, em suma, o matriarcado, em torno de cujo poder se desenrola quase todo o enredo. D. Cláudia e Natividade, as mães, e Flora, a inacessível, mantêm assim o interesse do romance geralmente. Em Natividade, porém, é que se insinua o arquétipo maternal, desde o momento em que o romancista, usando de evidente terminologia mitológica, assinala: "Natividade andava já na alta roda do tempo; acabou de entrar por ela, com tal arte que parecia haver ali nascido". Outra observação característica, por esse aspecto: "A maternidade, chegando ao meio-dia, era como uma aurora nova e fresca". Nessa comparação já se insere a ideia de renascimento (*rebirth*), que dá a esse arquétipo um prestígio eterno. Natividade — nome bastante significativo, em si mesmo — na idealização mítica da narrativa representa Cibele ou outra divindade campestre, símbolo de fecundidade, superior à ação demolidora do tempo, o que sugeriu outra imagem típica ao romancista: "Há dessas regiões em que o verão se confunde com o outono, como se dá na nossa terra, onde as duas estações só diferem pela temperatura. Nela, nem pela temperatura. Maio tinha o calor de janeiro. Ela, aos quarenta anos, era a mesma senhora verde, com a mesmíssima alma azul...". E, como acentua N. Frye: "*As an archetype, green may symbolize hope or vegetable nature*".[96] Finalmente, Natividade chega a essa magnífica maturidade, como um pedaço privilegiado da natureza: "Eis aqui a terra encoberta: os dois filhos natos, criados e amados da fortuna".

96 Northrop Frye, *Anatomy of Criticism*, Princeton University Press. 1957.

Ter-se-á melhor impressão dessa imagem conhecendo-se que, antigamente, os gregos não distinguiam entre a Natureza e a natureza humana. O descompassado anelo dessa mãe pela futura grandeza dos filhos era o assomo natural de uma terra forte, palpitante de vitalidade. E, no entanto, desse ventre saudável não nasceram deuses ou heróis, nasceram duas fúrias inconciliáveis como do bojo de Éolo, com a força por assim dizer eterna de suas "paixões embrionárias", constituindo-se em arquétipos de um instinto irrefreável. Embora o Gênese é que tenha dado a sugestão decisiva para os nomes que finalmente receberam os gêmeos, Aires recorre também a duas citações de Homero, para definir o caráter violento de ambos, ligando-os a dois heróis coléricos, um, da *Ilíada*, e, outro, da *Odisseia*, concluindo por dizer: "Em grego, menino, e em verso, que é melhor que a nossa língua e a prosa do nosso tempo...". O mito dos gêmeos pode, aliás, induzir a diversas interpretações.

Flora, centro de um paraíso, para o qual convergem essas duas forças desatinadas, também traz em seu nome (Flora — *Flos*) o traço sugestivo de uma relação mítica evidente com a natureza, mas, essa, seria "a flor de uma só manhã", frágil demais para resistir a um vendaval de competições ferozes. Pudor? Esperança? Piedade? Ela recorda cada uma dessas amáveis abstrações do tempo tradicional. Aires chama-lhe "Inexplicável", explicando: "Note que gosto muito dela; acho-lhe um sabor particular naquele contraste de uma pessoa assim, tão humana e tão fora do mundo, tão etérea e tão ambiciosa, ao mesmo tempo, de uma ambição recôndita...". Flora foi assim um ente mítico, uma ninfa assustadiça e esquiva, que passeou pela terra a sua alma remota sem se deixar prender às suas solicitações.

Outra imagem do ritual inconsciente que se depara em *Esaú e Jacó*, prolongando o do primeiro capítulo, é a do médium Plácido, paradigma igualmente do oráculo tradicional, quando Santos apela para seus poderes a fim de esclarecer-lhe uma dúvida: "não seriam os dois meninos os próprios espíritos de são Pedro e de são Paulo, que renasciam agora, e ele, pai dos dois apóstolos?". Segue-se um transporte de pura alucinação, que a ironia do romancista explora de maneira inigualável: "A fé transfigura; Santos tinha um ar quase divino, trepou em si mesmo, e os olhos, ordinariamente sem expressão, pareciam entornar a chama da vida. Pai dos apóstolos! e que apóstolos! Plácido esteve quase, quase a crer também, achava-se dentro de um mar turvo, soturno, onde as vozes do infinito se perdiam, mas logo lhe acudia que os espíritos de são Pedro e são Paulo tinham chegado à perfeição; não tornariam cá. Não importa; seriam outros, grandes e nobres. Os seus destinos podiam ser brilhantes; tinha razão a cabocla, sem saber o que dizia. — Deixe às senhoras as suas crenças da meninice, concluiu; se elas têm fé na tal mulher do Castelo, e acham que é um veículo de verdade, não as desminta por ora. Diga-lhes que eu estou de acordo com o seu oráculo. *Teste David cum Sibylla*".

Poder-se-ia dar uma ideia mais persuasiva da eternidade de um mito, não obstante as diferentes formas por que possa passar?

Ainda na ordem do ritual tem peculiaríssimo efeito o capítulo expressivamente denominado "Terpsícore" sobre o célebre baile da Ilha Fiscal, em que a corte monárquica desferiu o seu canto de cisne. Há um eflúvio mágico nesse cenário noturno que empolga a todos os presentes. Santos, a quem já não bastavam os rendosos negócios particulares, sonha tornar-se um outro barão de Mauá; Natividade, embevecida no mito de grandeza, quedara-se, em certo momento, extasiada, com

"os olhos pelo tempo adiante, descontando no presente a felicidade futura, caso viesse a morrer antes das profecias". E aqui o romancista interfere com uma imagem admirável: "Tinha a mesma sensação que ora lhe dava aquela cesta de luzes no meio da escuridão tranquila do mar".

Por sua vez, Batista deixava-se arrebatar pelo som da música, entre cujos acordes "ouvia umas feiticeiras cariocas, que se pareciam com as escocesas: pelo menos, as palavras eram análogas às que saudaram Macbeth: — 'Salve, Batista, ex--presidente de província!' — 'Salve, Batista, tu serás ministro um dia!' A linguagem dessas profecias era liberal, sem sombra de solecismo. Verdade é que ele se arrependia de as escutar, e forcejava por traduzi-las no velho idioma conservador, mas já lhe iam faltando dicionários. A primeira palavra ainda trazia o sotaque antigo: 'Salve, Batista, ex-presidente de província!' mas a segunda e a última eram ambas daquela outra língua liberal, que sempre lhe pareceu língua de preto. Enfim, a mulher, como lady Macbeth, dizia nos olhos o que esta dizia pela boca, isto é, que já sentia em si aquelas futurações". Batista repele, finalmente, com o pensamento ainda excitado daquele tresvario, as feiticeiras imaginárias, enxotando-as: "Não, não, filhas do Diabo"... Também pelo espírito de Flora esvoaça uma ideia tentadora, espavorida à súbita aproximação de Aires, restituindo-se-lhe a serenidade angelical. O capítulo está enfim penetrado de amáveis filtros, que criam ali uma atmosfera mítica, sob a proteção de Terpsícore.

O capítulo "Manhã de 15" não está fora dessa atmosfera de imprevisíveis transformações, deixando perceber que alguma coisa de grave estava sucedendo na cidade, nem mais nem menos que a derrubada do trono e a consequente proclamação da República. Aires saíra cedo de casa e estava a espairecer, quando, olhando o mar, do alto de um terraço, observou: "O mar estava crespo. Aires começou a passear ao longo do terraço, ouvindo as ondas, e chegando-se à borda, de quando em quando, para vê-las bater e recuar. Gostava delas assim; achava-lhes uma espécie de alma forte, que se movia para meter medo à terra. A água, enroscando-se em si mesma, dava-lhe uma sensação, mais que de vida, de pessoa também, a que não faltavam nervos nem músculos, nem a voz que bradava as suas cóleras".

O mar aí figura principalmente como um símbolo do Mal, semelhante à serpente, que também contribuiu de maneira indireta para outra imagem, no capítulo XLVIII, quando, a propósito da impossibilidade de Flora encontrar consolação às suas aflições perante o mar, envolto na escuridão, comenta o narrador: "Que multidão de dependências na vida, leitor! Umas coisas nascem de outras, enroscam-se, desatam--se, confundem-se, perdem-se, e o tempo vai andando sem se perder a si". A vida como um nó de víboras, eis o sentido da metáfora, inspirada pelo mesmo mar de que surgiu o símbolo de Laocoonte. O mar será também uma imagem da alma ou da consciência humana, com o interminável vaivém de suas impulsões, frequentemente chocando-se entre si, por efeito de um dualismo eterno. O capítulo "Ai, duas almas..." (LXXXI) revela esse fenômeno psicológico relativamente a Flora e Natividade: "Anda, Flora, ajuda-me, citando alguma coisa, verso ou prosa, que exprima a tua situação. Cita Goethe, amiga minha, cita um verso do *Fausto*, adequado: *Ai, duas almas no meu seio moram!* A mãe dos gêmeos, a bela Natividade, podia havê-lo citado também, antes deles nascerem, quando ela os sentia lutando dentro em si mesma: *Ai, duas almas no meu seio moram!* Nisto as duas se parecem — uma os concebeu,

outra os recolheu. Agora, como é que se dá ou se dará a escolha de Flora, nem o próprio Mefistófeles no-lo explicaria de modo claro e certo".

O espetáculo da luta, cujas raízes estão naquele inextinguível dualismo, revelador de que as discórdias já existem em nós mesmos, leva Aires a considerar na mudança do regime, relendo um trecho de Xenofonte, do qual se conclui que o Estado reflete o homem, de onde o mar da política sofrer contínuas variações: "Considerava eu um dia quantas repúblicas têm sido derribadas por cidadãos que desejam outra espécie de governo, e quantas monarquias e oligarquias são destruídas pela sublevação dos povos; e de quantos sobem ao poder, uns são depressa derribados, outros, se duram, são admirados por hábeis e felizes" ("Lendo Xenofonte", capítulo LXI).

Aires resumiu, enfim, a transformação política de 15 de novembro numa metáfora mítica, de que o mar é o arquétipo. O episódio da tabuleta, uma substituindo outra, por causa da mudança do regime, é igualmente simbólico, encontrando-se-lhe o arquétipo em um remoto ritual inconsciente, invocado pelo crítico contemporâneo Jacques Barzun, para explicar o sentido mitológico dos cartazes e dos letreiros descomunais, no mundo moderno.[97] Esse aspecto do episódio é revelado ainda melhor pela observação a seguir: "Agora que ia trocar de tabuleta sentia perder algo do corpo — coisa que outros do mesmo ou diverso ramo de negócio não compreenderiam, tal gosto acham em renovar caras e fazer crescer com elas a nomeada" (capítulo XLIX).

O mito do Paraíso, que os gêmeos inconscientemente buscam, disputando-se a posse de Flora, esta o encontra, quando, fugindo também à agitação dos pais, procura um derivativo a esse estado de coisas, metendo-se com o piano e as suas músicas. As notas que os seus dedos arrancam às teclas do instrumento são portadoras de uma paz inebriante para os corações mal feridos pelo atrito de interesses e paixões subalternas, inclusive em torno do governo ainda instável, de onde os comentários de Aires: "Também se pode achar na sonata de Flora uma espécie de acordo com a hora presente. Não havia governo definitivo. A alma da moça ia com esse primeiro albor do dia, ou com esse derradeiro crepúsculo da tarde — como queiras — em que nada é tão claro ou tão escuro que convide a deixar a cama ou acender velas. Quando muito, ia haver um governo provisório. Flora não entendia de formas nem de nomes. A sonata trazia a sensação da falta absoluta de governo, a anarquia da inocência primitiva naquele recanto do Paraíso que o homem perdeu por desobediente, e um dia ganhará, quando a perfeição trouxer a ordem eterna e única. Não haverá então progresso nem regresso, mas estabilidade. O seio de Abraão agasalhará todas as coisas e pessoas, e a vida será um céu aberto. Era o que as teclas lhe diziam sem palavras, *ré, ré, lá, sol, lá, lá, lá, dó...*".

O arquétipo mítico adquire nessa passagem um contorno sensível pela inserção da "ordem eterna", significando o predomínio do Grande Tempo, que mantém intactas as ideias e os sentimentos primitivos.

Não era aquele, porém, o paraíso em torno do qual outros personagens se movimentavam, agitadamente, no romance, mas o da fortuna, sedutora representação do inferno, assinalado expressivamente pelo capítulo "Um eldorado" (LXXIII), em que a maré montante do Encilhamento transformou a cidade em um novo Pátolo: "Quem

[97] "Myths for Materialists", in *Chimera*, N. Y. Spring, 1946, vol. IV, n. 3.

não viu aquilo não viu nada. Cascatas de ideias, de invenções, de concessões rolavam todos os dias, sonoras e vistosas para se fazerem contos de réis, centenas de contos, milhares, milhares de milhares, milhares de milhares de milhares de contos de réis. [...] Letras grandes enchiam as folhas públicas, os títulos sucediam-se, sem que se repetissem, raro morria, e só morria o que era frouxo, mas a princípio não era frouxo. Cada ação trazia a vida intensa e liberal, alguma vez imortal, que se multiplicava daquela outra vida com que a alma acolhe as religiões novas. Nasciam as ações a preço alto, mais numerosas que as antigas crias da escravidão, e com dividendos infinitos".

Nessa atmosfera de consecutivas e perturbadoras transfigurações notar-se-á a presença da imagem mítica relacionada com o fenômeno de renascimento ou de fertilidade, como a do dinheiro a brotar por assim dizer do chão... "Pessoas do tempo, querendo exagerar a riqueza, dizem que o dinheiro brotava do chão, mas não é verdade. Quando muito, caía do céu." E mais adiante: "O que parece ser verdade é que as nossas carruagens brotavam do chão. Às tardes, quando uma centena delas se ia enfileirar no largo de São Francisco de Paula, à espera das pessoas, era um gosto subir a rua do Ouvidor, parar e contemplá-las. As parelhas arrancavam os olhos à gente; todas pareciam descer das rapsódias de Homero, posto que fossem corcéis de paz. As carruagens também. Juno certamente as aparelhara com suas correias de ouro, freios de ouro, rédeas de ouro, tudo de ouro incorruptível. Mas nem ela nem Minerva entravam nos veículos de ouro para os fins da guerra contra Ílion. Tudo ali respirava a paz". Paz eventual ou antes paz aparente, apenas mencionada no correr de uma narrativa, onde, como na *Ilíada*, as sugestões de ódio, cólera e guerra produzem os efeitos mais significativos. Assim, no capítulo "A grande noite" (LXXIII), em que o tempo psicológico, compassado por um ritmo de eternidade, envolve a imaginação de Flora numa teia de fantasias alucinadoras, quando a pobre moça tenta, entre si mesma, decidir-se por um dos gêmeos, até que o delírio culmina numa visão indefinível:

> Tudo se mistura, à meia claridade; tal seria a causa da fusão dos vultos, que de dois que eram, ficaram sendo um só. Flora, não tendo visto sair nenhum dos gêmeos, mal podia crer que formassem agora uma só pessoa, mas acabou crendo, mormente depois que esta única pessoa solitária parecia completá-la interiormente, melhor que nenhuma das outras em separado. Era muito fazer e desfazer, mudar e transmudar. Pensou enganar-se, mas não; era uma só pessoa, feita das duas e de si mesma, que sentia bater nela o coração. Estava tão cansada de emoções que tentou erguer-se e ir fora, mas não pôde; as pernas pareciam de chumbo e coladas ao solo. Assim esteve até que a lamparina, ao canto, morreu de todo. Flora teve um sobressalto na poltrona, e ergueu-se:
> — Que é isto?
> A lamparina apagou-se. Foi acendê-la. Viu então que estava sem um nem outro, sem dois nem um só fundido de ambos. Toda a fantasmagoria se desfizera. A lamparina (agora nova) alumiava o seu quarto de dormir, e a imaginação criara tudo. Foi o que ela supôs, e o leitor sabe.

Alucinações desta natureza (até onde as auras do "mal sagrado" por que passava às vezes o escritor poderiam ter influído sobre a sua exploração artística?) geram certos arquétipos míticos, que se reproduzem sob diferentes formas, como ainda naquele capítulo "Manhã de 15", quando Aires tomou um tílburi e o cocheiro, sem que nada lhe fosse perguntado, deu logo com a língua nos dentes, passando a narrar os acontecimentos do dia, os quais pelo visto entram de maneira indireta no

romance, seguindo-se esta expressiva notação: "Aires olhava para o cocheiro cuja palavra saía deliciosa de novidade. Não lhe era desconhecida esta criatura. Já a vira, sem o tílburi, na rua ou na sala, à missa ou a bordo, nem sempre homem, alguma vez mulher, vestida de seda ou de chita. Quis saber mais, mostrou-se interessado e curioso, e acabou perguntando se realmente houvera o que dizia".

O momento histórico não tinha afinal maior importância para esse discreto passageiro do tílburi da vida, que se apraz em mergulhar nas águas do mistério, quase alheio à hora presente, o que justifica a maneira como subordina os fatos às gradações gerais ou eternas: "noite de 14"; "manhã de 15", "a grande noite"; "o velho segredo" ou "velhas cerimônias". Este último capítulo sobre o enterro de Flora, e, já pelo título, com o poder sugestivo de tornar lembrado um ritual de tempos imemoriais... O desaparecimento de Flora vincula-se, por sua vez, a outro arquétipo, esse, fertilizador de misticismo religioso, baseado no ciclo de purificação, apoteose e ressurreição. O fim da moça prende-se claramente a um ritual mítico, revelado em suas relações com a natureza: "A morte não tardou. Veio mais depressa do que se receava agora. Todas e o pai acudiram a rodear o leito, onde os sinais da agonia se precipitavam. Flora acabou como uma dessas tardes rápidas, não tanto que não façam ir doendo as saudades do dia; acabou tão serenamente que a expressão do rosto, quando lhe fecharam os olhos, era menos de defunta que de escultura. As janelas, escancaradas, deixavam entrar o sol e o céu". Eis um flagrante do que Shakespeare chama "*the solemn sympathy*" da natureza, tão a calhar para a imagem mítica ali empregada pelo romancista. O efeito dessa imagem prolonga-se de modo indefinível pela narrativa afora, porque, morta, a moça tornou-se "uma Beatriz para dois", como insinua o capítulo assim intitulado (CXIII), o que significa dizer que ela passara a viver uma outra vida...

Nesta altura, já é possível compreender que o mito do Tempo em *Esaú e Jacó* se incorporou de um modo ou de outro a todas as suas transfigurações, criando o clímax essencial à mitização dos personagens e do quadro histórico de suas volições. O romancista revela, em suma, a rara fidelidade da percepção estética, desenvolvendo ideias e impressões, à margem do tempo de pêndula, com o que conseguiu preservar a essência extratemporal da realidade do mundo sensível.

As reações do romancista contra o tempo presente já se faziam sentir, aliás, em sua narrativa das *Memórias póstumas de Brás Cubas*, onde, entre outras rabugens a propósito, figura a desta observação: "O maior defeito és tu, leitor. Tu tens a pressa de envelhecer, e o livro anda devagar". Em *Esaú e Jacó*, a libertação do imperativo cronológico tornou-se ainda mais evidente, mas nem por isso a presença do tempo deixou de inquietar constantemente o romancista, não obstante esta passagem do capítulo "Agora um salto" (XXII), em que o leitor é convidado a transportar-se a outro tempo: "O salto é grande, mas o tempo é um tecido invisível em que se pode bordar tudo, uma flor, um pássaro, uma dama, um castelo, um túmulo. Também se pode bordar nada. Nada em cima de invisível é a mais sutil obra deste mundo, e acaso do outro".

Depois disto, explica-se que a metáfora, esse maleável instrumento do mito, submeta o tempo a diferentes representações ou símbolos. Assim, no capítulo "Um ponto escuro" (XXI), "o tempo é um rato roedor das coisas, que as diminui ou altera no sentido de lhes dar outro aspecto"; ao passo que, no capítulo LXXXIX, é graduado

em dragão. Vemo-lo também figurado em mais de um lugar pelo símbolo da roda, cuja representação primitiva era a roda de Íxion, sendo característico do espírito irônico do narrador as mutações com que essa roda do destino favoreceu o patife do Nóbrega: "Quem já sabia do andador das almas? A antiga roda perdera-se na obscuridade e na morte. Ele era outro; as feições não eram as mesmas, senão as que o tempo lhe veio compondo e melhorando".

A tortura da irreversibilidade do tempo parece abrandar-se também, no romance, com aquela magnífica Natividade que teimava em emendar a natureza, confundindo em si mesma o verão e o outono... O próprio Aires, que conservava "na botoeira, uma flor eterna" (símbolo de sua indefectível cortesia social), antigo e discretíssimo enfeitiçado de Natividade, com o seu belo tipo de homem, tinha como divisa uma frase do padre Bernardes que lhe dava de certo a sensação de permanecer superiormente a cavaleiro do tempo ou pelo menos de suas solicitações mais vulgares: "Alonguei-me fugindo e morei na soledade". Aires chegara a uma altura da vida em que podia tranquilamente realizar a máxima de Ângelus Silesius, citada por Schopenhauer, em seus aforismos sobre a conduta do homem social: "A soledade é difícil; porém, não sejais vulgar, e podereis, em qualquer parte, estar num deserto". No "deserto" do romance, havia apenas duas flores para as quais o conselheiro não deixava de volver os olhos: Natividade, rosa estival, que era um soberbo desafio às estações, e Flora, que, por sua fragilidade, era a flor de uma só manhã... Enfim, a marcha do tempo o não assustava nem o levava a tornar-se impaciente, até porque trazia na botoeira "uma flor eterna"... Entender-se-á sua posição por esta frase: "Sabe que eu já não sou deste mundo, e politicamente nunca figurei em nada...". Aires, porém, desarma com a ironia até mesmo suas próprias ideias ou filosofias, o que explica esta outra passagem, no começo do capítulo "A lição do discípulo" (XIV): "Fique, fique, conselheiro — disse Santos, apertando a mão ao diplomata. — Aprenda as verdades eternas. / — Verdades eternas pedem horas eternas — ponderou este, consultando o relógio".

As verdades eternas que o pai dos gêmeos desejava inculcar-lhe eram um abstrato das coisas futuras que a cabocla do morro do Castelo tinha vaticinado para seus filhos, e cujo eco o acompanhava pela vida a fora: "Coisas futuras! — respondeu a Pítia do norte, com tal voz que nunca lhe esqueceu. Agora mesmo parece-lhe que a ouve, mas é ilusão. Quando muito, são as rodas do carro que vão rolando e as patas dos cavalos que batem: 'Coisas futuras! Coisas futuras!'". É um perfeito abstrato da experiência subjetiva ou mítica do tempo, ainda aqui resumido no símbolo da roda, a roda de Íxion... Símbolo que adquire um aspecto igualmente terrível com a figura do dragão, no capítulo LXXXIX, como a representação de um inimigo, não só implacável, mas também invencível. Compreender-se-á melhor o sentido dessa metáfora tendo-se em mente um conceito de George Gusdorf: "*Le temps est l'ennemi du bonheur, car le temps est le véhicule du malheur*".[98]

Por sua vez, comenta Aires: "Conheceis este dragão; toda a gente lhe tem dado os mais fundos golpes que pode, ele esperneia, expira e renasce". Uma definição do arquétipo em termos próprios. E, logo adiante, corrigindo-se, Aires, "tendo

98 *Traité de l'existence morale*. Paris: Lib. Colin, 1949.

adquirido do tempo a noção idealista que ora possuía, compreendeu que tal dragão era juntamente vivo e defunto, e tanto valia matá-lo como nutri-lo". Essa noção permitiu-lhe bordar à vontade no "tecido invisível" do tempo as contraditórias e caprichosas imagens de sua visão particular do mundo.

III

A citação de um verso do canto v do *Inferno*, que precede o capítulo inicial de *Esaú e Jacó*, ressurge no capítulo XII, encerrando a nota que Aires tomara em seu diário, após uma reunião em casa de Santos, a propósito da gente desinteressante e insípida que encontrara lá: *"Dico, che quando l'anima mal nata..."*.

Sem a repetição do verso nesse local, poder-se-ia supor que isso de *"l'anima mal nata"* diz apenas com os gêmeos que, ainda embriões, já brigavam entre si, no ventre materno.

Aliás, o romancista, abrindo o capítulo seguinte, com o título "A epígrafe", advertiu: "Ora, aí está justamente a epígrafe do livro, se eu lhe quisesse pôr alguma, e não me ocorresse outra. Não é somente um meio de completar as pessoas da narração com as ideias que deixarem, mas ainda um par de lunetas para que o leitor do livro penetre o que for menos claro ou totalmente escuro".

É possível que, com esse par de lunetas, cada leitor veja coisas diferentes no romance, mas a ilação direta do capítulo anterior é que o romancista, com a expressão tomada a Dante, *"l'anima mal nata"*, quis aludir às almas vulgares, grosseiras, e, por consequência, insípidas ou intoleráveis. O canto v refere-se ao segundo círculo do Inferno com o terribilíssimo Minos postado à entrada para examinar as sombras que lá chegavam, indicando, com o bater da cauda, os sinistros lugares em que iriam expiar as suas culpas. Nesse e nos três círculos seguintes submergiam as almas que se tornaram pecadoras, não por serem propriamente más, senão por terem deixado de fazer, na terra, a escolha deliberada e resoluta do Bem. Suas culpas eram os "pecados do Leopardo", que se caracterizam pela incontinência do apetite e do desejo, em qualquer de suas manifestações.

Entre as personagens de *Esaú e Jacó*, quem havia de escapar à condenação daquele Cérbero? Batista, o político intolerante e desonesto? D. Cláudia, uma ambiciosa vulgar, saudosa do poder, insensível às catilinárias da oposição, desde que o marido não perdesse o cargo? Santos, homem cordato, mas perdidamente escravizado às seduções do dinheiro? Natividade, a mulher, com a ideia fixa da grandeza futura dos filhos incrustada na imaginação? Os gêmeos Pedro e Paulo, que traziam do berço o estigma do ódio e da discórdia, cada qual mais atiçado pela ambição de subir e ter o mundo debaixo de seus pés? Nóbrega, o antigo irmão das almas, que a fortuna converteu em "grande homem", sem ter deixado jamais de ser um refinado patife? Esse o panorama interior da humanidade do romance, em meio do qual sobressaem apenas duas criaturas de exceção: a adolescente Flora e o velho Aires.

Flora, filha única do casal Batista, mas em tudo o contrário deles, sublinha o narrador, que a compara a um vaso quebradiço ou à flor de uma só manhã, para exprimir de qualquer modo a sua congênita delicadeza. Flora não dava para namorados, e, no entanto, sucedeu-lhe tornar-se a preferida dos gêmeos, que só nisto estavam de acordo, correndo ambos a disputar-lhe a predileção. E Flora, que não

encontrava como desvencilhar-se desse dúplice enleio, tinha, contudo, o poder de aplacar a ira habitual entre os dois irmãos com a graça de sua presença. Até em sonho a moça operava tal milagre sobre os gêmeos inconciliáveis, como é relatado no capítulo "De manhã" (LXVIII): "Flora abriu os olhos de ambos, e esvaiu-se tão depressa que eles mal puderam ver a barra do vestido e ouvir uma palavrinha meiga e remota. Olharam um para o outro, sem rancor aparente. O receio de um e a esperança de outro deram tréguas. Correram aos jornais. Paulo, meio tonto, temia alguma traição sobre a madrugada. Pedro tinha uma ideia vaga de restauração, e contava ler nas folhas um decreto imperial da anistia. Nem traição nem decreto. A esperança e o receio fugiram deste mundo". Flora, que os via confundidos em um só, através de seus delírios, no momento final, ouvindo dizer que os rapazes queriam entrar ambos, perguntou, já quase desfalecida: "Ambos quais?". E, nesse afã, morreu, de onde posteriormente a notação do capítulo "Uma Beatriz para dois" (CXIII): "Flora, se visse os gestos de ambos, é provável que descesse do céu, e buscasse maneira de os ouvir perpetuamente, uma Beatriz para dois. Mas não viu ou não lhe pareceu bem descer. Talvez não achasse necessidade de tornar cá, para servir de madrinha a um duelo que deixara em meio".

Vê-se, portanto, que não se pode deixar de associar Flora a Beatriz, doce paradigma da Esperança, da Piedade e da Perfeição, em forma de mulher, que, encarnando efemeramente na terra o Eterno Feminino, corresponde a diferentes e mesmo ambíguas expressões de idealidade: noiva encantada, *"la princesse lointaine"* e tantas outras, cuja sedução Goethe resumiu nos versos finais do *Segundo Fausto*: "Tudo o que é perecível não é senão um símbolo. O inacessível, o indescritível, aqui se torna real. E o Eterno Feminino nos atrai para o céu...".

Não há dúvida de que a sugestão mais fascinante para esse raro protótipo, no romance brasileiro, estava em Beatriz: *"La femme* — diz Rémy de Gourmont — *qui peu à peu acquiert quelque chose de l'ange: un être vague, abstrait, impalpable, qui se concréte en tout beau visage de belle fille, pour s'évanouir et s'évaporer finalement en une forme étherée."*[99]

A verdade é que, no pensamento de Machado de Assis, Flora representa a quintessência de suas criações desse caráter e, como Beatriz, simboliza um ideal indefinível, adaptando-se por isso mesmo às mais várias interpretações.

Não há nem pode haver limite à imaginação do crítico ante um fenômeno artístico desta natureza. O que justifica a liberdade a que André Gide deu incremento, em suas reflexões sobre o teatro de Goethe, perguntando: *"N'est-ce pas le propre d'une œuvre d'art parfaite, de permettre d'y voir plus encore que l'artiste n'avait dessein d'y mettre?"*.

Nessa criatura inviolável encontrou Augusto Meyer uma representação do pensamento do próprio autor, "cioso de perfeição", oscilando entre duas forças iguais e contrárias, o que procura sublinhar com o verso de Goethe citado pelo romancista, a propósito de Flora: "Ai, duas almas no meu seio moram!".[100]

Natividade, aliás, precedeu-a nessa contradição, que é enfim da alma humana

[99] *Dante, Béatrice et la pensée amoureuse*. Paris: Mercure de de France, 1908.
[100] *Machado de Assis*, 2.ª edição. Rio de Janeiro: Ed. da Organização Simões, 1952.

em geral, embora seja particularmente intensiva em um artista. Em sua obra sobre Goethe, F. Gundolf interpreta o sentido do famoso verso de *Fausto* através de um esclarecimento definitivo: "À luta entre o que é corporal, limitado no espaço, e o todo ilimitado, responde, no senso da dimensão do tempo, a luta entre o momento e a eternidade. E o lado moral desse mesmo conflito é o que sobressai nos versos ulteriores de *Fausto*: Ai, duas almas no meu seio moram! Mas qualquer que possa ser a forma terrestre desse conflito metafísico, qualquer que seja a luta entre o corporal e o universal, entre o momento e a eternidade, entre a felicidade dos sentidos e o repouso da alma, entre o ideal e a realidade, o que resulta de semelhante luta é a dor de viver [...]. A dor que provém da contradição dos dois instintos transcendentes os mais vastos, entre a tendência do homem a ser ele próprio e a tendência a ser o Todo".[101]

Está visto que a contradição íntima a que aludia o romancista brasileiro, relativamente às duas personagens, longe de traduzir apenas a tortura intelectual do artista, representa o mais angustioso testemunho daquela "dor de viver" que Schopenhauer diagnosticou tão bem através de sua doutrina filosófica.

Outra interpretação do sentido alegórico do *Esaú e Jacó* será aquela pela qual Flora figura como a República ou a Nação e os dois gêmeos como dois partidos que se digladiam implacavelmente disputando-lhe a posse. De fato, a política insinua-se constantemente nesse romance, mas prevalecendo sobretudo como um teste de moral psicológica. Por isso mesmo, em diálogo com Natividade, Aires jeitosamente contradiz a mãe dos gêmeos, dizendo-lhe: "A senhora cuida que a política os desune; francamente, não. A política é um incidente como a moça Flora foi outro...". Nada mais expressivo de que o romance visa a algo mais do que as reações puramente incidentais. Visa, principalmente, a explorar a psicologia da vontade, com a fixação do obstáculo à unidade pessoal, ante a multiplicidade de tentações ou simples solicitações da vida, dispersando-se, por isso, o homem, ao sabor das circunstâncias em geral contraditórias. É isso que dá um clímax excepcional a *Esaú e Jacó*, principiando pela discórdia entre os dois gêmeos. Criou-os Machado de Assis apenas por uma necessidade estética dos contrastes? A concepção artística que colocava a antítese nas coisas e nos seres era uma herança do romantismo, compreensivelmente sedutora para quem não deixava de recorrer uma vez ou outra à "teta gótica"... Poder-se-á conjecturar ainda que não estava longe do pensamento do escritor o aspecto mítico do tema representado pela alma dúplice. Conforme ensina Otto Rank, "a ideia primitiva da alma se apresentava na forma de um Duplo, tão semelhante quanto possível à Personalidade: a sombra ou o reflexo".[102]

Como quer que seja, a psicanálise será o instrumento de prospecção indicado para o exame do romance por esse aspecto. Em sua contribuição a respeito, com o ensaio "A insatisfação de Machado de Assis", Constantino Paleólogo submeteu esse problema psicológico a um esquema, segundo o qual: "Flora (Machado) quisera que os dois gêmeos fossem uma só pessoa, porque Paulo representa a sensualidade, a matéria (Maria Inês) e Paulo é o espírito, o requinte (Carolina). O conselheiro Aires (a

[101] *Goethe*, trad. de Jean Chuzeville. Paris: Crasset, 1932.
[102] *O duplo*. Rio de Janeiro: Coeditora Brasileira Coop., 1939.

consciência), o amigo dos três, o confidente — consola-os e aconselha-os".[103]

Estamos, por conseguinte, diante de duas interpretações que, embora com pontos de vista diferentes, coincidem em atribuir a posição espiritual de Flora à personalidade de seu próprio criador.

Quaisquer que sejam as tendências ou as ilações da crítica, não há como deixar de reconhecer em Aires um *alter ego* de Machado de Assis, identificado com Flora pela circunstância de planarem ambos superiormente no mundo do romance. Aires, por isso mesmo que é um duplo do romancista, comporta-se geralmente como um esteta. Essa posição torna-se perfeitamente compreensível quando se tenha em vista o horror à vulgaridade, que já o levara a referir-se à *"l'anima mal nata"*, no começo da narrativa. Há, neste sentido, uma observação de Francisco de Sanctis que merece ser salientada: *"Esteticamente, il mondo di fraudolenti è la prosa della vita, precipitata dal suo piedistallo ideale e divenuta volgarità. È la passione che si muta in vizio, il carattere che diviene abitudine, la forza che diviene malizia. La passione è poética, perchè ha virtù di concitare tutte le forze dell'anima, sì ch'elle prorompano di fuori liberamente: il vizio è la passione fatta abitudine, ripetizione degli atessi atti, un fare perchè si è fatto: è l'artista divenuto artefice, l'arte divenuta mestiere. L'uomo appassionato spiritualiza la sua azione, ci mette dentro se stesso; ma nel vizioso l'anima è sonnolenta, la sua azione è stupida materia, atto meccanico a cui lo spirito rimane estraneo"*.[104]

Isto posto, se, na visão de Dante, o espírito do homem é representado por Virgílio, que Beatriz conduz à suprema região da luz ("Claritas"), na de Machado de Assis o personagem Aires é que tem esse papel, através de um esquema alegórico que se esboça assim: Flora, a alma (Ágape); Aires, o intelecto (A Razão); a cidade (O Mundo) com as suas paixões, o purgatório, e inferno... De um modo ou de outro, chame-se Amor ou Piedade, Esperança ou Glória, Flora centraliza o transcedentalismo platônico que leva a uma visão de beatitude, tal qual Beatriz. Em memorável soneto consagrado a Camões, Machado de Assis deu a esse símbolo, tão efemeramente encarnado por Flora, uma expressão imortal que também projeta esplêndida luz sobre a alegoria de *Esaú e Jacó*:

>Quando, transposta a lúgubre morada
>Dos castigos, ascende o florentino
>A região onde o clarão divino
>Enche de intensa luz a alma nublada,
>
>A saudosa Beatriz, a antiga amada,
>A mão lhe estende e guia o peregrino,
>E aquele olhar etéreo e cristalino
>Rompe agora da pálpebra sagrada.
>
>Tu, que também, o Purgatório andaste
>Tu, que rompeste os círculos do Inferno,
>Camões, se o teu amor fugir deixaste.

103 *Machado, Poe e Dostoievski: Ensaios,* Rio de Janeiro: Revista Branca, 1960.
104 *Storia della letteratura italiana.* vol. I. Milão: Casa Edetrice Sonzogno, s/d.

> Ora o tens, como um guia, alto e supremo
> Que a Natércia da vida que chorastes
> Chama-se Glória e tem o amor eterno.

IV

Após a revelação da estrutura mítica de *Esaú e Jacó* poder-se-ia afirmar que nesse rumo é que foi dirigido o "pensamento interior e único", de que trata o prólogo do romance? Ou esse pensamento se relaciona antes com o simbolismo de Flora, em suas conexões transfiguradoras com a Beatriz de Dante?

Não há como dissociar qualquer dessas duas direções do núcleo interior do pensamento do romancista, notando-se que ambas contribuíram para assegurar à ação do romance um cunho universal, fazendo-o, por outro lado, transcender as naturais e inevitáveis limitações do tempo histórico.

O que se poderia chamar tetralogia machadiana adquire, finalmente, um sentido geral, compreensível e mesmo definitivo, quando se passa a identificar as suas relações simbólicas com o esquema imagístico de Schopenhauer, já entremostrado de maneira inconfundível no delírio de Brás Cubas, simultaneamente com reminiscências de leitura de Victor Hugo e outros.

Os dois *alter ego* do romancista — Brás Cubas e o conselheiro Aires — embora sob um ângulo diferente, aquele, no horror de um delírio, e este, com a serenidade meditativa de um filósofo, têm a mesma concepção fatalista do Destino (*Fatum*).

Por esse lado, há, no *Esaú e Jacó*, uma passagem muito expressiva: "Aires suspirou em segredo, e curvou a cabeça ao Destino. Não se luta contra ele, dirás tu; o melhor é deixar que pegue pelos cabelos e nos arraste até onde queira alçar-nos ou despenhar-nos" (capítulo LIII, "De confidências").

Embora expressado ironicamente, a propósito do convite de Batista para ir ao seu gabinete, onde queria mostrar-lhe um documento, esse pensamento corresponde a uma concepção de vida, que já havia sido revelada através do delírio de Cubas, e até com idêntica imagem, traindo fresca impregnação do poema "*Ce qui dit la bouche d'ombre*", de *Les Contemplations*, de Victor Hugo.[105]

Acresce que, desde as *Memórias póstumas de Brás Cubas*, o romancista entrara confessadamente a pensar por metáfora e imagens, de modo que nessa direção é que se deve perquirir o "pensamento interior e único", existente, não já em *Esaú e Jacó*, senão em toda a sua "*major phase*", iniciada com aquele livro.

Schopenhauer condicionou a percepção do mundo a duas etapas da vida do homem; na primeira, o indivíduo se comporta como um autômato, com sua inteligência inteiramente a serviço do "querer", da vontade; na segunda, após amargas lutas contra sua própria natureza, triunfa definitivamente, quando o consegue, dele não restando mais que "pura inteligência, um espelho sempre límpido do mundo". Neste ponto, passa a prevalecer um ascetismo peculiar que, na linguagem do filósofo, tem o designativo de "estado estético". E, então, adquire o homem o raro beneplácito de escapar às puas mais cruéis da "dor de viver". "Nada mais pode agitá-lo; nada pode comovê-lo, porque quebrou os mil laços pelos quais o 'querer' nos retém presos à terra e que, sob a forma de ambição, do medo, da inveja, da cólera, puxam-nos do-

[105] "Uma fonte francesa (Victor Hugo)". in *Espelho contra espelho*, pelo autor. São Paulo: IPE, 1949.

lorosamente em todos os sentidos. Calmo e sorridente, contempla agora essas miragens mundanas que há pouco o comoviam, a ele também, e o agitavam, e que hoje se desenrolam a seus olhos, tão incapazes de perturbá-lo como as peças de xadrez depois de jogada a partida, ou como as roupas carnavalescas lançadas pela manhã no vestiário após uma noite de folia, durante a qual seus personagens nos intrigaram e atormentaram. A vida e suas figuras flutuam a seus olhos quais sombras fugitivas, como, aos olhos duma pessoa que dorme meio acordada, flutua um leve sonho do dia, através do qual penetra já a realidade e que não mais pode enganá-lo..."[106].

Em sua introdução à obra de Schopenhauer, comenta Thomas Mann o esquema metafórico implícito nesse trecho, observando: "Miséria, aflição, preocupação de conservar a vida, primeiro; depois, quando estas foram penosamente banidas, instinto sexual, dor de amar, ciúme, inveja, ódio, angústia, ambição, avareza, cupidez, doença e assim, inesgotavelmente, todos os males oriundos da contradição interna da vontade surgem da boceta de Pandora. E que resta no fundo? A esperança? Oh! não: o tédio! Porque todas as existências humanas se balançam entre a dor e o tédio".[107]

O panorama metafísico descortinado por esse abstrato é justamente o que caracteriza o ciclo desenvolvido através da "tetralogia machadiana" que, iniciando-se com as *Memórias póstumas*, finaliza em *Esaú e Jacó*. Naquele romance o delírio de Brás Cubas é que o projeta aos nossos olhos, com a terrível aparição de uma figura de mulher representando a Natureza ou Pandora. E por que Pandora? pergunta-lhe o tresvariado. "Porque levo na minha bolsa os bens e os males, e o maior de todos, a esperança, consolação dos homens". "Não estás farto do espetáculo e da luta?" indaga, por sua vez, a titânica visão, seguindo-se a história do homem e da terra, através de uma frenética e aterradora desfilada: "Aí vinham a cobiça que devora, a cólera que inflama, a inveja que baba, e a enxada e a pena, úmidas de suor, e a ambição, a fome, a vaidade, a melancolia, a riqueza, o amor, e todos agitavam o homem, como um chocalho, até destruí-lo como um farrapo. Eram as formas várias de um mal, que ora mordia a víscera, ora mordia o pensamento, e passeava eternamente as suas vestes de arlequim em derredor da espécie humana. [...] Então o homem, flagelado e rebelde, corria diante da fatalidade das coisas, atrás de uma figura nebulosa e esquiva, feita de retalhos, um retalho de impalpável, outro de improvável, outro de invisível, cosidos todos a ponto precário, com a agulha da imaginação; e essa figura — nada menos que a quimera da felicidade — ou lhe fugia perpetuamente, ou deixava-se apanhar pela fralda, e o homem a cingia ao peito, e então ela ria, como um escárnio, e sumia-se, como uma ilusão".

O delírio é, pelo visto, uma representação patética do Destino que configura a realidade da vida à luz do pensamento metafísico de Schopenhauer, cuja impregnação também explica até certo ponto a estrutura psicológica do romance, conforme diligenciei salientar em estudo já mencionado.

Embora houvesse procurado retrair-se a subordinar suas criações a determinada tese, a verdade é que Machado de Assis, em seus quatro principais romances, mantém-se fiel àquele pensamento, e outro não havia de ser o "pensamento interior e único", que presidiu à elaboração de *Esaú e Jacó*.

106 *O mundo como vontade e representação*. Segunda consideração. Livro quarto.
107 *Schopenhauer*. Biblioteca do Pensamento vivo. São Paulo: Livraria Martins, 1944.

A chave dessa unidade filosófica está numa circunstância extremamente significativa: a de que os personagens *alter ego* do romancista — Brás Cubas e Aires — têm o mesmo ponto de vista sobre a vida, como já evidenciado, embora fossem incompatíveis entre si relativamente à conduta moral. A diferença de ordem psicológica que separa os dois personagens ilustra de modo bastante expressivo outro esquema metafísico de Schopenhauer, esse, ligado às três forças fisiológicas fundamentais. "Em seu jogo sem objeto — diz o filósofo — apresentam-se elas como a fonte de três classes de gozos possíveis, entre os quais cada homem escolherá os que lhe sejam mais adequados, segundo a força que nele prevalecer: os gozos da *força reprodutiva*, com a comida, a bebida, o repouso e o sono; os gozos de *irritabilidade*, com as viagens, a luta, a dança e toda a sorte de exercícios atléticos, como também a caça e até os combates e a guerra; e os gozos da *sensibilidade*, com o contemplar, o pensar, o cultivo da poesia, das artes plásticas, da música, o estudo, a leitura, a meditação, a filosofia etc.".

Que o romancista não estava alheio a esse esquema, mostra-o, no livro das *Memórias póstumas*, o capítulo CXIII, "A terceira força", cujo texto, porque resumido, convém transcrito integralmente: "A terceira força que me chamava ao bulício era o gosto de luzir, e, sobretudo, a incapacidade de viver só. A multidão atraía-me, o aplauso namorava-me. Se a ideia do emplastro me tem aparecido nesse tempo, quem sabe? não teria morrido logo e estaria célebre. Mas o emplastro não veio. Veio o desejo de agitar-me em alguma coisa, com alguma coisa e por alguma coisa".

A verdade é que o comportamento de Cubas cingiu-se principalmente à primeira força e, porque sobretudo um gozador, embora cauteloso, cultivando a sensualidade com a arte de um fino epicurista, é que lhe ecoou às ouças a condenação de Pandora: "Grande lascivo, espera-te a voluptuosidade do nada".

Se chegasse ao Inferno, Minos não vacilaria em remetê-lo imediatamente para o quarto círculo, onde os amantes eternos Paulo e Francesca se cingem num abraço interminável...

Em suma, quem apresentava condições para a terceira força era o conselheiro Aires e dela não saiu no decorrer da narrativa, onde sua presença é assinalada exatamente como o paradigma ideal que Schopenhauer tinha em vista, quando conferiu ao predomínio da sensibilidade, em função do intelecto, o mais alto nível moral, em perfeita consonância com a aristocracia do pensamento. "Esse Aires que aí aparece — conta o romancista — conserva ainda agora algumas das virtudes daquele tempo e quase nenhum vício." O diplomata chegara, enfim, a uma altitude, em que, já aposentado e naturalmente pacato e desambicioso, passara a ser um simples e amável espectador do teatro do mundo. "Não me demoro em descrevê-lo — diz o narrador. — Imagina só que trazia o calo do ofício, o sorriso aprovador, a fala branda e cautelosa, o ar da ocasião, a expressão adequada, tudo tão bem distribuído que era um gosto ouvi-lo e vê-lo." Essa distinção pessoal de Aires estava enfim representada por um símbolo que ele trazia na botoeira: uma flor eterna... Quer dizer, a cortesia, a gentileza habitual, em que a ironia roçava às vezes sua lépida asa...

A vontade ou mais propriamente o querer graduado em ideia fixa — "direi que é ela a que faz os varões fortes e os doidos" — frisa o narrador póstumo, em suas memórias, eis o elemento revelador da ficção principal de Machado de Assis, e de

maneira ainda mais peculiar em *Esaú e Jacó*. Neste, cada personagem quer obstinadamente algo que supera a rotina ordinária da existência: Natividade, arrebatada de um desejo megalomaníaco, delira com a vaga expectativa da grandeza futura dos filhos; os gêmeos querem por viva força, simultaneamente, a mesma moça, Flora, batendo-se com igual frenesi pelo poder político, em torno do qual Batista e a mulher anseiam, também, inconformados com o ostracismo, resvalando para o delírio em suas cogitações nesse sentido; Santos, enriquecido de bambúrrio pelo encilhamento, planeja alardear os seus foros de novo rico instalando-se em um dos mais vistosos palacetes da cidade; Nóbrega, guindado também às alturas pela fortuna ganha de maneira suspeita, não para de querer algo mais...

Esses personagens, embora quase todos com modos e aparências de pessoas perfeitamente normais e estimáveis, são impulsionados em suas volições e sentimentos pelas forças fisiológicas que comumente atiçam a ambição, a cólera, a vaidade, a cobiça e a inveja.

Não se dirá que esse conjunto de personagens seja diverso do que constitui uma "boa sociedade", mas nenhum deles escapa à classificação de vulgares que Schopenhauer atribui a seus paradigmas em qualquer comunidade humana: "A 'vulgaridade' — diz o filósofo, numa nota, ao segundo capítulo dos *Aforismos* — no fundo, consiste em que o 'querer' se sobrepõe totalmente na consciência ao 'entendimento', chegando isso a tal ponto que o entendimento não aparece senão ao serviço da vontade; quando esse serviço não requer inteligência, quando não existem motivos, nem grandes nem pequenos, o entendimento cessa completamente de atuar e sobrevém uma vacuidade absoluta de pensamentos". Em suma, pela lição do filósofo, o homem vive em estado de "vulgaridade" (em oposição ao "estado estético"), quando só deixa atuar os órgãos dos sentidos, com o mínimo de atividade intelectual necessária para a apreensão de seus dados, disto resultando que a vontade se apodera tiranicamente da consciência, por fim a serviço exclusivamente do egoísmo e do mal. De acordo com essa reflexão, como assinala A. W. Benn, comentando a doutrina de Schopenhauer, a mais importante parte de nós mesmos *não* é a razão, mas aquela irracional chamada *vontade* — sem alvo, sem esperança, infinita, invariável, estimulando a fonte de todas as nossas atividades e também de nossas misérias.[108] Assim, quando Brás Cubas conclui as suas memórias póstumas, dizendo que, por não ter tido filho, não transmitiu a nenhuma criatura o legado da nossa miséria, é que estava cabalmente imbuído dessa dolorosa verdade.

Se, pelo visto, o "querer" ou a vontade não exclui e antes acarreta inevitavelmente o sofrimento, atrelando o homem à implacável roda de Íxion, que nunca se detém, onde encontrar derivativo a esse castigo eterno? Mostra-o o próprio filósofo, advertindo: "O homem dotado de forças intelectuais predominantes é capaz [...] de interessar-se pelas coisas vivamente por via da *inteligência* pura, sem intromissão alguma do *querer*...".

Por esse modo, introduz as suas ideias sobre o estado estético, no qual o intelecto se converte em "um puro olho universal". E, conforme o prof. R. Lehmann, esse estado em que o gênio do artista intui a Natureza e a Humanidade é uma fonte da

[108] *History of Modern Philosophy*. Londres: Watts, 1937.

mais pura felicidade, porque o artista desfruta um beato olvido de si mesmo, indiferente à celeuma da loucura universal.

Em consequência, a arte representa para o filósofo o suprassumo da idealidade e do conhecimento humano, de onde haver considerado sua própria metafísica como uma criação artística.

Quem procura estudar os quatro principais romances de Machado de Assis, à luz desse pensamento, verá que, não obstante a enganosa aparência em sentido contrário de alguns deles, são raros os seus personagens que alcançam atravessar a linha de "vulgaridade", tal como caracterizada pelo filósofo alemão.

A rigor, somente dois personagens conseguiram escapar às torturas da roda de Íxion, com o "beato olvido" de si mesmos: Flora e o conselheiro Aires. Este fora mesmo precoce em sua abstenção da luta, pelo que confessa no *Memorial*, recordando: "Na escola não briguei com ninguém, ouvia o mestre, ouvia os companheiros, e se alguma vez estes eram extremados e discutiam, eu fazia da minha alma um compasso, que abria as pontas aos dois extremos. Eles acabavam esmurrando-se e amando-me". Enfim, nem Aires nem Flora quiseram fazer predominar sua vontade sobre os demais. Flora não sabe mesmo querer, resignando-se em ser desejada. Querem-na ardentemente os irmãos gêmeos; também Nóbrega procura conquistá-la e o próprio Aires parece, em dado momento, estar perturbado pela moça, mas sem traduzir seu vago "querer" nem por um gesto. Flora hesita, e morre sem se decidir por seus dois voluntariosos pretendentes. É um paradigma vivo da Esperança, a prevalecer até depois do desaparecimento corporal, como se viu pelo capítulo "Uma Beatriz para dois". Em torno dessa criatura, que Aires chama "inexplicável", há uma aura de idealidade que faz convergir para ela os demais personagens. Entre os bens e os males que Pandora deixou entornar da sua bolsa, pela mão do romancista, a moça Flora veio a ser a única criatura que se converteu em "consolação dos homens". Foi, enfim, a Esperança, o que permitiu, por outro lado, uma visão de verdadeira beatitude àqueles que lhe contemplaram a serena beleza, em contraste com a humanidade vulgar revelada em suas "misérias" pela narrativa.

Esse simbolismo enquadra-se, às claras, no esquema metafórico de Schopenhaeur, concernente à terceira força fisiológica, que Flora integrava plenamente por sua sensibilidade artística. Pode-se compreender até onde ia o seu desprendimento do mundo, quando, embora sensível à piedade, à esperança, abstraindo da agitação utilitária dos pais, sentava ao piano e, como já vimos, enquanto os seus dedos corriam sobre as teclas, transformava a sala em um recanto do Paraíso, abrindo perspectiva para um céu aberto...

Flora, que, por sua beleza, já constituía a mais perfeita objetivação da vontade no mais elevado grau de sua aparição, possuía, para a tornar ainda mais rara, uma grande sensibilidade musical. É por esse inefável aspecto que o "olho universal" de Aires intui a Natureza e a Humanidade em suas essências, dominado por um autêntico idealismo platônico. A música dava-lhe por assim dizer a chave do mistério, que a presença de Flora parecia haver encarnado na terra, momentaneamente, tendo em consequência conhecido o estado de peculiar misticismo, que Schopenhauer definiu nestes termos: "O encanto indescritível de intimidade, que faz com que a música ressoe a nossos ouvidos como o eco de um paraíso familiar, não obstante sempre inabordável por nós, e que faz com que a compreendamos tão intimamen-

te, embora permaneça tão inexplicável, reside em que ela nos descreve todos os mais recônditos movimentos do nosso ser, mas despidos de qualquer realidade e de todas as suas torturas".

A propósito do "estado estético", em cuja função o maior predomínio é exercido pela música, diz Thomas Mann que a ideia de Schopenhauer consistiu em conceber o conhecimento como "a paz da alma", a arte como o apaziguamento, como o estado de contemplação "pura", que salva o homem, salvando-o do aniquilamento da vontade, e o artista como o esboço do santo, que definitivamente "se alforria da vontade".

Conservando-se nessa linha, em seus derradeiros romances, Machado de Assis seguiu um rumo pelo qual já havia também tomado Gustave Flaubert, o que permitiu Jules de Gaultier afirmar que "*à l'interprétation morale et finaliste du monde, il a substitué une interprétation esthétique*". [109]

Aires, em *Esaú e Jacó*, representa, por isso mesmo, aquele "puro olho universal", cuja visada já não tinha a seduzi-la nenhum atrativo vulgar da vida. E como tudo indica que esse personagem é o *alter ego* mais evoluído do escritor, vale por um legítimo testamento estético no último romance do ciclo metafísico de suas criações nesse terreno.

O Otelo brasileiro de Machado de Assis
[Fragmentos][110]
HELEN CALDWELL

A desconfiança de Santiago em relação a Capitu é a urdidura de sua narrativa. É Santiago quem atribui a Capitu a qualidade "ultrassutil" que Iago atribui a Desdêmona. Ela é "reflexiva"; seus modos são "minuciosos" e "atentos" (capítulos XVIII, XXXI e XLII). Com cálculo frio, ela teria traçado um plano detalhado. A reordenação da fórmula da jura de fidelidade é atribuída por Santiago a sua sutileza de raciocínio e maquinação — não a seu enorme amor. Em sua lua de mel, sua avidez em retornar à cidade e mostrar seu novo estatuto é interpretada por ele como um indício de um casamento por riqueza e posição social. No capítulo "Dúvidas sobre dúvidas", ele se refere à "arte fina" de Capitu duas vezes, em três parágrafos, utilizando a mesma expressão novamente alguns capítulos adiante (capítulo CXXXII). É Santiago quem insinua — como Iago repetindo o aviso de Brabantio: "Se o pai ela enganou, pode enganar-te" —, mas sua insinuação é mais abrangente: ela enganou a mãe e o pai, e todo mundo, e, portanto, pode enganá-lo. Poderíamos enumerar infinitos exemplos. Suas habilidades superiores em matéria de logro são constantemente relatadas — e invejadas — por Santiago (capítulo XXXVIII). Ele resume seu ponto de vista no capítulo final:

109 *Génie de Flaubert*. Paris: Mercure de France, 1913.
110 Texto extraído de *O Otelo brasileiro de Machado de Assis*. São Paulo: Ateliê, 2002 [1960]. p. 38-39 e 193-205.

ela era enganadora por natureza, dissimulada de nascença. No mesmo capítulo, ele resume também a ação para nós: a mulher e o amigo adorados — duas naturezas enganadoras — uniram as forças para enganar uma natureza aberta, franca, generosa, cegamente crédula e apaixonada — um Otelo que tão facilmente "pelo nariz poderá ser levado, tal qual os asnos".

Nos capítulos desenvolvidos até aqui, procurei sugerir uma resposta à questão colocada no início deste estudo: Capitu é culpada de infidelidade? Mas, como afirmei inicialmente, uma resposta completa depende da resposta a uma questão subsidiária: por que Machado de Assis deixa a decisão para o leitor? Se Santiago, como Otelo, se autoilude, por que Machado de Assis não demonstra julgamento a seu respeito — como faz tão conclusivamente com Félix, de *Ressurreição*? Por que ele permite ao protagonista "dramatizar a si mesmo" ao leitor e deixar que o leitor o julgue? A resposta à segunda questão, creio eu, assim como a da primeira, deve ser procurada no método artístico de Machado.

Praticamente, todos os personagens de *Dom Casmurro* são nomeados — e, como procurei demonstrar, cuidadosamente nomeados. Mesmo personagens que se reduzem a referências transitórias — como os amigos de Bentinho (Borges, Bastos, os Albuquerques), Paula, a amiga de Capitu, e os escravos pertencentes à casa de Santiago — recebem nomes. Mas há um personagem, de alguma proeminência, cujo nome Santiago retém deliberadamente, e faz tanto alvoroço em torno da retenção do nome que nossa curiosidade é atiçada. Estou me referindo ao autor anônimo do *Panegírico de santa Mônica*. Por que esta *lacuna*? E por que esse homem de nome desconhecido é introduzido no enredo com seu panegírico, no fim das contas? Será esse episódio uma digressão? Por que Machado de Assis, um dos mais parcimoniosos escritores, permitiria tal digressão nesta que é sua obra-prima, e uma obra-prima da parcimônia? Porque, ao que parece, ele não se permite interferir, devido ao método adotado na construção do romance.

No romance que seguiu a *Dom Casmurro*, *Esaú e Jacó*, o narrador (que, como observamos anteriormente, tem mais semelhanças com Machado do que o nosso Bento Santiago) explica seu método de criação. Ele diz que o verso de Dante, *"Dico che quando l'anima mal nata"* ["Digo, que quando a alma malfadada"], que um dos personagens escreve em seu diário, poderia servir de mote para o livro, pois, além de um meio de completar os personagens, funciona ainda como "um par de lunetas para que o leitor do livro penetre o que for menos claro ou totalmente obscuro". E ele continua:

> Por outro lado, há proveito em irem as pessoas da minha história colaborando nela, ajudando o autor, por uma lei de solidariedade, espécie de troca de serviços, entre o enxadrista e os seus trebelhos.
>
> Se aceitas a comparação, distinguirás o rei e a dama, o bispo e o cavalo, sem que o cavalo possa fazer de torre, nem a torre de peão. Há ainda a diferença de cor, branca e preta, mas esta não tira o poder da marcha de cada peça, e afinal umas e outras podem ganhar a partida, e assim vai o mundo. Talvez conviesse pôr aqui, de quando em quando, como nas publicações do jogo, um diagrama das posições belas ou difíceis. Não havendo tabuleiro, é um grande auxílio este processo para acompanhar os lances, mas também pode ser que tenhas visão bastante para reproduzir tudo na memória as situações diversas. Creio que

sim. Fora com diagramas! Tudo irá como se realmente viesses jogar a partida entre pessoa e pessoa, ou mais claramente, entre Deus e o Diabo.[111]

De nossa análise da "ópera" e dos "pares casados" em *Dom Casmurro*, sabemos que "o jogo entre Deus e o Diabo" significa o bem e o mal em cada personagem fazendo-os agir de um certo modo.[112] Em outras palavras, os personagens são totalmente autônomos: o bem e o mal contidos em suas naturezas geram a ação; os personagens "escrevem" a narrativa.

Este estratagema literário, tão minuciosamente explicado em *Esaú e Jacó*, já havia sido posto em prática por Machado de Assis em *Dom Casmurro*. Mas *Dom Casmurro* é uma narrativa dentro de outra narrativa: Santiago é o autor fictício da narrativa propriamente dita, de modo que não há razões para se acreditar que ele utilize o estratagema artístico de Machado. Ao contrário, existem razões para acreditar que ele o distorce, consciente e inconscientemente, pois possui uma motivação pessoal para escrever — limpar sua imagem diante da opinião pública e de sua própria consciência. Entretanto, permanece o fato de que foi Machado de Assis quem criou os diversos personagens do romance (inclusive Santiago); e suas ações advêm das naturezas que *ele* lhes delegou. Não obstante as inconsistências e hiatos ("lacunas") do relato de Santiago, os personagens são como Machado os criou, e, assim sendo, se deslindarmos as irregularidades devidas a Santiago e lermos entre suas linhas, poderemos chegar à verdade.

Machado de Assis não só criou os personagens como também os nomeou. Aparentemente, Santiago relata seus nomes com fidelidade — quando os conhece ou deles se recorda, ou quando os considera válidos a seu favor — com exceção do autor do panegírico. Essa "lacuna", como as demais, digo-lhes, é "um par de lunetas" que o autor real coloca diante de nossos narizes para clarear a visão. E também é, como a observação sobre o verso de Dante, um ato espontâneo da parte de um personagem criado — no qual Machado de Assis, tendo se comprometido com uma política de divino alheamento, não podia interferir.

Com a insultante omissão do nome, a subsequente descrição sarcástica de seu detentor e de sua obra deplorável, Santiago versa sobre seu criador: o autor anônimo, a meu ver, não é ninguém senão o próprio Machado de Assis. À primeira vista, a ideia parece artificial, para não dizer sem propósito. Mas permitam-nos considerar três ingredientes do episódio: a condescendência pomposa de Santiago, as semelhanças superficiais entre Machado e o panegirista e o tema do panegírico — santa Mônica.

Que Santiago pudesse voltar suas destilações sarcásticas contra o autor de sua existência não é de causar surpresa; muito pelo contrário, é quase previsível. Ele faz o mesmo em relação a todos os seus amigos e parentes, incluindo sua mãe, Deus e, às vezes, ele mesmo. Não poupa sequer o imperador d. Pedro II, o que o leva à beira do ridículo — seu gosto pela pompa e preocupações filantrópicas, ou seja, sua função de "Pedro Bananas" (capítulo XXIX). Por que ele se meteria a invectivar Macha-

111 *Esaú e Jacó*, capítulo XIII; cf. capítulo V.
112 Cf. *Memorial de Aires*, "1889 — 26 de Março", onde o narrador, comentando as maneiras e o falar refinados de d. Cesárea, escreve: "Deus vencia aqui o diabo com um sorriso tão manso e terno que faria esquecer a existência do imundo sócio".

do de Assis? Isso é trabalho para um ciumento profissional. Logo em seu primeiro capítulo, Santiago faz uma observação que pode espantar os mais desavisados: "Há livros que apenas terão isso [o título] de seus autores; alguns nem tanto". Estaria Santiago riscando sarcasticamente o nome do autor que aparece na capa? Por mais que possa parecer o contrário, Santiago não faz mistério de suas pretensões literárias. No capítulo II, ele relaciona os assuntos sobre os quais se sente qualificado para escrever — jurisprudência, filosofia, política — e insinua poder escrever a história do Rio de Janeiro melhor do que o clássico *Memórias*, do padre Luiz Gonçalves dos Santos. Mais adiante, ele indica suas realizações no campo literário: dois versos de um soneto, "algumas páginas em prosa" e "agora [...] esta narração" (capítulo LV). "Esta narração", como o leitor bem sabe, contém um certo elemento de ficção — o que coloca Santiago em competição direta com Machado de Assis. Santiago reduz essa competição a nada, enterrando seu mestre e criador no anonimato, da mesma forma como no anonimato enterrou sua mãe com o epitáfio "Santa". O epitáfio de Machado é menos lisonjeiro. Ele é representado (através de sua contraparte anônima) como um pequeno atendente ridículo de repartição pública, que se toma por escritor por causa de um livrinho sem valor — um panegírico de santa Mônica, dedicado a santo Agostinho — uma composição ultrapassada repleta de citações obtusas dos clássicos. Ele vai distribuindo suas cópias vida afora. Há somente uma coisa que se pode dizer dele: é um funcionário público eficiente.

Existe uma pequena semelhança aparente entre a descrição de Santiago e o Machado de Assis real. Mas antes de a examinarmos em detalhe, permitam-nos observar um personagem fictício que Machado reconhece como um seu autorretrato — o Aguiar, de *Memorial de Aires*[113] — pois ele também possui semelhanças próximas com Machado de Assis, nos menores detalhes biográficos. Aguiar casa-se com Carmo (Carolina) quando ainda trabalha como guarda-livros, antes de se tornar um banqueiro. Sua esposa, antes do casamento, vivia com sua mãe (que era de Nova Friburgo) e seu pai (um relojoeiro suíço da mesma cidade). O casamento é "a grado de todos". Logo em seguida ao casamento, Aguiar perde o emprego, Carmo enfrenta os tempos difíceis com prestimosidade, apoia seu marido, fabrica mobiliário para a casa com as próprias mãos. Aguiar tem um veio poético que o evidencia em suas conversações, embora nunca tenha escrito nada. "É claro que", comenta Aires, "se o marido escrevesse também, achá-lo-ia melhor que ninguém, porque ela o ama deveras, tanto ou mais que no primeiro dia." Aguiar gosta de ler literatura, mas tem pouco tempo para se dedicar; então, a mulher lê e escreve resumos e comentários em um caderninho para o marido ocupado (*Memorial de Aires*, "18 de setembro de 1888").

Obviamente, Machado de Assis nunca foi guarda-livros ou banqueiro. Sua esposa, Carolina, era portuguesa; seu pai *tinha* feito comércio de joias em Portugal, mas não no Brasil. Quando Machado a conheceu, os pais dela já haviam morrido, ela tinha vindo para o Rio de Janeiro para ficar com o irmão, o poeta Faustino Xavier

113 Cf. *Correspondência*, volume III. Cartas de Mário de Alencar a Machado de Assis, datadas de 16 de dezembro de 1907 e 20 de fevereiro de 1908; e de Assis a Alencar, de 22 de dezembro de 1907 e 8 de fevereiro de 1908; também em carta de José Veríssimo, datada de 18 de julho de 1908, e na resposta de Machado, de 19 de julho de 1908. Cf. Lúcia Miguel-Pereira, *Machado de Assis: Estudo Crítico e Biográfico*, Rio de Janeiro: José Olympio, 1955; e Barreto Filho, "Machado de Assis", *O romance brasileiro de 1752 a 1930*, org. Aurélio Buarque de Hollanda. Rio de Janeiro: Cruzeiro, 1952.

de Novaes; logo em seguida, um outro irmão e uma outra irmã se juntaram a eles. Pairam algumas dúvidas quanto se o casamento foi "a grado de todos" os irmãos.[114] As dificuldades realmente existiram.[115] A dedicação de Carmo, em todos os detalhes, pode ser presumida como de Carolina. De acordo com Lúcia Miguel-Pereira, Carolina possuía um caderninho como o descrito por Aires, para uso de Machado em seu trabalho.[116] O companheirismo do velho casal em sua vida reclusa e talvez solitária se refere certamente a Carolina e Machado. E há algo no modo simples e sem afetação de fazer amigos de Aguiar, em sua clara admiração pela jovial esposa, seu ar terno de entusiasmo e esperança, que os amigos de Machado reconheceram como dele.[117] Mas há realmente aqui muito pouco que identifique Aguiar com o público leitor de Machado de Assis.

Retomando o panegirista de Santiago. Ele, como Machado, é um funcionário público e, como Santiago admite, eficiente. "Em 1882" trabalhava como "chefe de seção administrativa da marinha". Em 1882, Machado de Assis era chefe de seção da Secretaria do Estado do Ministério da Agricultura.[118] E o próprio Machado tinha orgulho de ser um funcionário público eficiente.[119] O panegirista é um ex-seminarista, e acredita-se que Machado tenha recebido parte de sua primeira educação de um padre e que trabalhava perto de uma igreja.[120] A mesma benevolência e o mesmo contentamento modestos com coisas simples demonstrados por Aguiar encontram-se no panegirista, feliz com seu único e modesto esforço literário, feliz com a fria demonstração de interesse de Santiago. Como Machado, ele, afinal, considera-se um literato. Certamente, mas o autor de um livrinho tão obscuro e insignificante! — sendo que a obra de Machado em 1882 já contava milhares de páginas, já era conhecida do público e já contava com alguma popularidade! O tema do panegírico converte este ponto de divergência aparente em evidência conclusiva para a identificação do panegirista.

Em 1850, estabeleceu-se em Paris uma associação cristã de mães sob o padroado de santa Mônica: seu objeto, a oração mútua em favor de seus maridos e filhos turrões. Obviamente, isso porque foi através do amor e dos santos esforços de Mônica que seu marido cruel e obstinado se converteu ao cristianismo, e que seu filho turrão e cortejador foi trazido de volta ao rebanho. Santo Agostinho é frequentemente citado e referido por Machado de Assis. De fato, ele se compara com frequência a ele. Quincas Borba, que certamente representa o Brasil, ou um de seus

114 Lúcia Miguel-Pereira, op. cit. p. 110-12.

115 *Idem, ibidem*, p. 121; cf. a carta de Machado de Assis a Ramos Paz, de 19 de novembro de 1869, *Exposição Machado de Assis: Centenário do Nascimento de Machado de Assis 1839-1939*. Rio de Janeiro, Instituto Nacional do Livro, 1939.

116 Lúcia Miguel-Pereira, op. cit. p. 254.

117 Lúcia Miguel-Pereira, *op. cit.*, p. 102; e Barreto Filho, *Introdução a Machado de Assis*. Rio de Janeiro: AGIR, 1947; R. Magalhães Júnior, *Machado de Assis Desconhecido*. Rio de Janeiro: Editora Civilização, 1955.

118 Cf. *Correspondência*. Carta a Joaquim Nabuco, datada de 14 de janeiro de 1881. Note-se ainda que Machado de Assis e Santiago eram contemporâneos: Santiago nasceu em 1842, Machado, em 1839. E, se podemos mesmo acreditar na palavra de Santiago (pois as datas que fornece são, por vezes, contraditórias), o *Panegírico* foi impresso em 1856 (capítulo LIV), isto é, dois anos antes de Santiago entrar para o seminário. Portanto, ao que parece, o autor anônimo bem pode ser um pouco mais velho que Santiago.

119 Consultar, por exemplo, "Secretaria de Agricultura", *Gazeta de Notícias*, Rio de Janeiro, 12 de setembro de 1890.

120 Lúcia Miguel-Pereira, op. cit.; Alfredo Pujol, *Machado de Assis*. São Paulo: Levi, 1917.

aspectos, diz, em seu devaneio: "Eu sou santo Agostinho" (*Quincas Borba*, capítulo x). O narrador-protagonista do romance curto "Casa velha" (volume III, p. 190) também se compara a santo Agostinho: "*Amor non improbatur*, escreveu o meu grande santo Agostinho. A questão para ele, como para mim, é que as criaturas sejam amadas e amem em Deus". O pai dos gêmeos de *Esaú e Jacó* recebe seu nome de santo Agostinho, assim como sua irmã recebe o nome da irmã do santo. Esse pai (juntamente com sua esposa e cunhada) dedica-se a tentar fazer com que seus filhos gêmeos amem um ao outro.

Que Machado de Assis identifique os homens brasileiros (e a si próprio, como um deles) com Agostinho, e as mulheres brasileiras com santa Mônica, é superficialmente apropriado por duas razões. Os homens brasileiros (e portugueses) do século XIX eram notoriamente filhos turrões e maridos infiéis. Mônica e Agostinho eram africanos, de origem negra, conforme algumas cogitações; e há um grande elemento africano na população brasileira, sendo que o próprio Machado tinha sangue negro.

Os homens retratados por Machado de Assis em sua ficção são, em sua maioria, filhos de mulheres, não de homens — muitas vezes ausentes. Em *Dom Casmurro*, não só Santiago é criado pela mãe, como também dona Glória é criada pela mãe, e *sua* mãe criada por sua avó.[121] Tem sido notado que as mulheres de Machado de Assis são, com frequência, melhor retratadas e constituem personagens maiores que os homens em sua obra.[122]

Em outras palavras, a obra de Machado de Assis, como um todo, forma um "panegírico de santa Mônica" das mulheres brasileiras, e de todas as mulheres. Mas santa Mônica é também um símbolo sob encomenda para o amor, assim como santo Agostinho é um símbolo da alma humana como campo de batalha entre o amor e o amor-próprio. Portanto, o panegírico de santa Mônica torna-se uma descrição, num sentido mais amplo, da proposta artística de Machado — retratar a boa mãe cristã, a bondade da natureza humana, persuadindo seu filho turrão, algumas vezes salvo, outras perdido. Daí a submissão inconteste de Machado de Assis à imagem feita por Santiago, que, em suas próprias palavras, deve funcionar da seguinte maneira: minha obra é um panegírico de santa Mônica (o amor), dedicado a santo Agostinho (meus compatriotas brasileiros e toda a humanidade). Santiago chama-o ultrapassado: bem, não se trata de algo da escola moderna, naturalista — baseia-se nos escritores clássicos. Distribuo as cópias por toda a vida (meus diversos trabalhos, todos com o mesmo tema). Meu panegírico é importante para mim, mas talvez não tenha nenhuma importância. De qualquer modo, sou um funcionário público honesto e eficiente.

E exatamente neste romance, *Dom Casmurro*, Machado de Assis está "distri-

121 *Dom Casmurro*, capítulo VII. ("Era filha de uma senhora mineira, descendente de outra paulista, a família Fernandes".)

122 Por exemplo, Barreto Filho, *Introdução a Machado de Assis* e "Machado de Assis", *O romance brasileiro de 1752 a 1930*, org. Aurélio Buarque de Hollanda. Rio de Janeiro: Cruzeiro, 1952; Graça Aranha, *Machado de Assis e Joaquim Nabuco*. São Paulo: Monteiro Lobato, 1923. Note-se que Brás Cubas (*Memórias Póstumas de Brás Cubas*, cap. CXXXI) faz uma distinção entre o amor do homem e o da mulher. Uma mulher, diz ele, "a mulher [...] entrega-se por amor" — e uma grande parte do amor do homem é feito de vaidade. Em "A Paixão de Jesus" (*Diálogos e reflexões de um relojoeiro*), o próprio Machado faz uma distinção similar entre homens e mulheres. Após descrever a tortura e o escárnio infligidos a Jesus pelos homens, ele acrescenta: "mas ainda nos falta alguma coisa para completar a pane humana daquela cena última". "As mulheres vieram [...]. Com outro ânimo que faltou alguma vez aos homens, elas trouxeram a consolação e a paciência ao pé do crucificado. Nenhum egoísmo as conservou longe, nenhum tremor".

buindo seu panegírico", confiando-o ao autor fictício, Santiago, da mesma forma como o panegirista anônimo da história lhe impinge uma cópia. Santiago admite parcialmente essa analogia. Ele diz que o soneto é o seu panegírico (capítulo LV), e o "soneto" significa "a vida", de modo que *Dom Casmurro* é o resumo de sua vida. Ele nos diz ainda que melhorou o *Panegírico de santa Mônica*: "pus-lhe não só o que faltava da santa, mas ainda coisas que não eram dela" (capítulo LX). Mais adiante, insinua que isso apenas "torna a santa mais adorável" (capítulo LXXIX).[123] Ao mesmo tempo, identifica a santa com sua mãe. Como de hábito, sua interpretação é confusa: dona Glória é um aspecto da "santa" de Machado de Assis; mas a encarnação mais perfeita de santa Mônica é Capitu. Capitu brilha na narrativa de Santiago, apesar do narrador, pois é impelida sobre ele pelo panegirista-mor, Machado de Assis.

O episódio do panegírico, portanto, é um "um par de lunetas" que Machado de Assis põe diante do nariz do leitor, para que perceba que Santiago não é o verdadeiro autor do livro — e veja quem é. Uma vez que sua narração é um ato espontâneo da parte de Santiago, o episódio também "revela seu caráter" ao fornecer o melhor exemplo de sua habilidade em distorcer fatos. Em *Esaú e Jacó*, é dito ao leitor que ele (leitor), bem como os personagens, devem colaborar com o autor[124] — que a melhor apreciação de uma obra literária, onde ela melhor instrui, só é alcançada quando o leitor faz uso de todos os seus poderes de observação, raciocínio, imaginação e compreensão, tornando-se um intérprete. Desse modo, Machado de Assis deixa o leitor de *Dom Casmurro* fazer o julgamento da inocente Capitu, da justiça da vingança de Santiago, além de deixar Santiago livre para contar sua história como deseja.

Mas Machado de Assis nunca demonstrou muita fé em processos e julgamentos.[125] No caso de Santiago, ele antecipa indubitavelmente que o julgamento, na melhor das hipóteses, resultará num júri hesitante. Em seu pequeno discurso sobre Caim e Abel (parte do qual citamos anteriormente), ele escreve:

> A planta humana precisa de sangue, como a outra precisa de orvalho. Toda a gente lastima a morte de Abel, por um hábito de escola e de educação; mas a verdade é que Caim deu um forte exemplo às gerações futuras. Tendo apresentado os primeiros frutos de sua lavoura ao Senhor, como Abel apresentara as primícias de seu rebanho, não podia tolerar que o Senhor só tivesse olhos benévolos para o irmão, e, não podendo matar o Senhor, matou o irmão. Daqui nasceu a iniquidade, que é o *grano salis* deste mundo.

A observação de Santiago a propósito do aplauso frenético do público pela morte da inocente Desdêmona (o que o público faria se o mouro impusesse uma punição pior a uma Desdêmona tão culpada quanto Capitu?) ecoa o *grano salis* de Machado e prenuncia a decisão do júri. A planta humana precisa de sangue! Como diz G. W. Knight a respeito de Desdêmona, todos nós "matamos Desdêmona meia

[123] Nesse capítulo, Santiago parece estar falando de sua mãe. Mas ele afirma anteriormente (capítulos LVI a LXI) que essa seção inteira de sua narrativa faz parte do panegírico; mesmo nesse capítulo (LXXIX) e nos dois seguintes, a ênfase a respeito da (sua) autoria torna claro que ele tem em mente seu próprio panegírico.
[124] *Esaú e Jacó*, capítulos V e VI. Cf. *Quincas Borba*, capítulo CVI.
[125] Por exemplo, *A Semana*, *Gazeta de Notícias*, 26 de fevereiro de 1893 e 9 de agosto de 1896; e o conto "Suje-se gordo!" (volume II, p. 665).

dúzia de vezes todos os dias de nossas vidas".[126] Todos temos uma ponta de *casmurro* em nossa constituição — um amor-próprio que nos faz propensos a desconfiar e odiar tudo o que nos é superior, simpatizar com o que é inferior, ou do que não nos é superior.

O episódio do panegírico expõe o temor de Machado de que o júri tome o partido de Santiago e o deixe impune. Porém, se desempenharmos nosso papel como leitores, o papel que nos é atribuído por Machado, perceberemos que Santiago não é o autor do livro. E, então, perceberemos uma certa ironia na declaração de Santiago de que fez alterações no panegírico para unicamente tornar a santa mais adorável; pois este é apenas um outro modo de dizer "Deus escreve certo por linhas tortas" — onde Deus, neste caso, é obviamente Machado de Assis. Perceberemos que o amor simbolizado por Capitu não é derrotado: ele triunfa, como o bem simbolizado por Cordélia triunfa sobre o mal, e *Dom Casmurro* não é mais obra de pessimismo do que o *Rei Lear*.[127] Ao elogiar um certo homem bom, Machado escreveu:

> O grande assombra, o glorioso ilumina, o intrépido arrebata; o bom não produz nenhum desses efeitos. Contudo, há uma grandeza, há uma glória, há uma intrepidez em ser simplesmente bom, sem aparato, nem interesse, nem cálculo; e sobretudo sem arrependimento.[128]

Ao que Santiago poderia retorquir, "Sim, a virtude é sua única recompensa". Porque o objetivo do autor fictício de *Dom Casmurro* e o do autor real são diametralmente opostos: Machado quer nos persuadir da beleza do amor; Santiago, converter-nos ao amor-próprio.

A estrutura narrativa de *Quincas Borba*[129]
Alexandre Eulalio

Entre os grandes romances de Machado de Assis, *Quincas Borba* é aquele que apresenta trama mais complexa do ponto de vista narrativo. Na sua aparente simplicidade, a obra tende de modo irresistível para um ambicioso painel, em que se fazem presentes todas as situações psicológicas e tensões morais exploradas na prosa do escritor brasileiro. Ganham elas aqui, contudo, condicionadas por alguns expedien-

126 G. Wilson Knight, *Principies of Shakespearean Production*. Harmsworth, Middlesex: Penguin Books, 1949, p. 34.
127 Cf. Kenneth Muir, "Introduction", edição Arden de *King Lear*. Londres: Merthuen, 1952; onde afirma que o *Rei Lear* "is not, as some of our grandfathers believed, pessimistic and pagan" ("não é, como acreditavam alguns de nossos avós, pessimista e pagão"), mas, antes, uma tentativa de demonstrar que o que o homem necessita para conquistar a felicidade é "patience, stoical fortitude, and love" ("paciência, perseverança estóica e amor") e, acima de tudo, perdão e caridade mútuos.
128 "Notas Semanais IV", *O Cruzeiro*, 2 de junho de 1878.
129 O texto é a reprodução de uma conferência de 1967, recolhida em *Livro involuntário*. Rio de Janeiro: Editora UFRJ, 1993.

tes técnicos caros ao ficcionista, função exemplar bastante diversa da assumida nos seus outros romances — se excetua *Esaú e Jacó* (1904), obra no entanto distante do *Quincas Borba* (1886/1891) tanto no tempo como pelo seu esquema simbólico demasiado coerente. De modo outro que o narrador caprichoso ou sistemático de *Memórias póstumas de Brás Cubas* (1880), de *Dom Casmurro* (1899), de *Memorial de Aires* (1908), cada um destes fiel à sua abordagem particular, no *Quincas Borba* Machado de Assis não se sente obrigado a concentrar a narrativa num núcleo expositivo único. Deixando-se levar pela onipotência e onisciência do criador, ele agora varia o foco da ação conforme as necessidades específicas desta, ampliando, ao mesmo tempo, o grupo das personagens em torno de que faz girar a obra. O mesmo vínculo narrativo central do livro — fastos e desventuras do ignaro Rubião — há de passar em vários momentos para um segundo plano; o autor se encontra empolgado pelas possibilidades que a comparsaria lhe oferece, no sentido de expor um corte vertical dos vários extratos da sociedade urbana que analisava. Isto sem abandonar o seu processo peculiar de construção ficcional, entremeado de digressões estilísticas, de diversões episódicas, de intervenções de um narrador sardônico, que sempre valorizaram a tessitura da composição machadiana, extremamente rica de tonalidade e matiz.

Se a tradição pontilhista de Laurence Sterne é aqui ainda uma vez facilmente identificável, esse comedido *shandysmo* ressurge dialeticamente elaborado dentro da economia do romance de análise, que se deseja narração continuada; já não é apenas pretexto para um escrever fantasioso, sequência de episódios bizarramente pitorescos, valendo como desvendamento parodístico de certo processo de composição. Sem esquecer esses jogos, a verdadeira temática de Machado de Assis consistia, sob a brilhante urbanidade da forma, no esforço de expressar as sutilezas que acompanham o mecanismo psicológico, na análise dos momentos de transição e passagem que integram a personalidade, ainda no irônico perseguir do processo de racionalização que transforma os movimentos da consciência em princípios ou justificações do comportamento. Temática que interessava ao romancista brasileiro também de um prisma polêmico: aquele de superar a simplificação mecanicista praticada pelos epígonos do naturalismo como a mesma verdade revelada. Adiante de toda a literatura mais ou menos panfletária sua contemporânea, Machado propunha uma muito mais radical e duradoura denúncia contra imposturas e mistificações do tempo. Através do seu miniaturismo exacerbado, pouco relevante na aparência, todo voltado para pormenores reconstruídos com minúcia e ironia, vinha a ser posto em xeque um sistema de valores minado por crise decisiva. Semelhante ao angustiado perspectivismo da obra maneirista, esta tentativa de expressar as faces antitéticas da realidade reencontraria de modo natural no paradoxo humorístico o meio próprio de expressão. A afinidade profunda com modelos ideais que impregnam de forte carga alusiva a obra de Machado de Assis, aliás sem prejuízo das suas características muito definidas, faz dela uma das mais expressivas e incitantes reinterpretações modernas da ilustre tradição maneirista. Reformulados de modo personalíssimo sob o signo de Fielding e Sterne, entre outros, todos os principais elementos constitutivos daquela corrente reafloram no modo conflitante de Machado de Assis ver e representar o mundo.

Conforme o *tonus* específico da família literária à qual se aliara, semelhante atomização da narrativa, verdadeiro pulverizar do enredo em inúmeros pequenos episódios e comentários laterais, permitia a Machado de Assis ganhar surpreendente perspectiva intelectual sobre a matéria-prima por ele utilizada. A narrativa preenchia o vazio criado pelo triturar do entrecho com a presença do narrador, que no *Quincas Borba* se reveza com a descrição impessoal na terceira pessoa; um narrador cuja sardônica impostação pseudo-ensaística de tanto em tanto representa o romancista no lugar da ação. Comentando caprichosamente os acontecimentos, invectivando o público e as mesmas personagens, o delegado do escritor assim reafirmava o substancial destaque irônico do ficcionista diante da fábula. Destaque que permitia a este incidir criticamente, num imediato movimento de refração, sobre o próprio meio expressivo de que ele se estava servindo.

Assim, os primeiros toques no sentido de se chegar a uma anatomia irônica do romance, proposta paralelamente no desenrolar da obra, já estão inseridos na própria estrutura do *Quincas Borba*; aqui aparecem sob a forma de discreta paródia de certos expedientes do romance-folhetim, considerado protótipo do gênero por ser a sua forma mais difundida e conter a suma das empolgantes convenções do mesmo. O insistente remeter de um capítulo a outro da obra, a presença do narrador a criar falsas pistas para o público a fim de as desfazer em seguida, as repetidas alusões a personagens, palavras e obras exemplares da literatura universal, têm a função explícita de reafirmar o fato de que estamos diante de um fingimento, de uma novela, de um *livro*; portanto de uma restituição artificiosa, intelectualizada e interpretativa, da realidade, não da simples reprodução, mágica e vertiginosamente verossímil, da existência. Confrontando, numa tensão contínua, aparência subjetiva e realidade exterior, a Machado de Assis interessa destruir ironicamente a ilusão narrativa integral que o leitor ingênuo procura na ficção. Chamando a atenção para o processo artístico (que então se torna tema) como um dos modos mais eficazes de representar a realidade, o artista propõe uma tomada de consciência crítica da mesma realidade, enquanto constatação da fluidez, ambiguidade e contradição contínua dos estados psíquicos.

É bem verdade que o "processo" do romance é ainda levado avante no *Esaú e Jacó*, quando o tema das faces conflitantes e antitéticas da realidade torna-se também o motivo simbólico do livro, encarnado na fundamental oposição dos gêmeos que dá título ao volume; ali chega ele a autêntico processo de saturação, na contenda imaginária entre narrador e leitor, quando este é acusado por aquele de pretender interferir na ação, na ânsia de saber o desfecho da intriga sentimental. Não é necessário insistir quanto ao valor diverso que estas invectivas adquirem na estrutura da sua ficção em que uma personagem definida assume a primeira pessoa, como é o caso do Brás Cubas nas *Memórias póstumas*, de Bentinho Santiago em *Dom Casmurro*, do conselheiro Aires no *Memorial*. Ao ocorrerem ali, elas são estilisticamente o fruto de um "movimento" espontâneo da confidência escrita em tom coloquial; ainda que com uma forma preciosa e elaborada, acompanham o desenho flexível da conversa escrita que é a correspondência consigo mesmo ou com o próximo — memórias e diário. No *Quincas Borba* entretanto — assim como acontece no *Esaú e Jacó* — tal invocação é inesperada; o mesmo achado, proposto pelo narrador meteórico, que desta vez é onisciente, tem a bem definida função do artifício, excep-

cional e surpreendente; é um gesto estilístico inusitado. As várias confidências do narrador ao público, a glosa continuada de obras e autores — que constituem a "grande tradição" do seu sistema de referências — são expedientes que mantêm em efervescência o ritmo entrecortado do romance, ao mesmo tempo que servem para recompor e preservar, sem demasiado esforço, a sua múltipla unidade seriamente comprometida pelas copiosas digressões que integram o texto. Porque, propondo no *Quincas Borba* diversos centros de interesse, afinal divergentes, Machado tratará de os reconciliar em torno da figura do protagonista, fazendo-os reconvergir e reconcentrar num uníssono final. Um uníssono conduzido na mais sutil das surdinas, todo *smorzandos* sardônicos e patéticos, definitivos seja como verdade moral seja como acabamento artesanal e artístico.

É preciso notar, contudo, que a versão definitiva do *Quincas Borba* — estampada em volume pelo editor B. L. Garnier em 1891 — sofreu diversas modificações decisivas no que diz respeito à estrutura narrativa. Entre a data do aparecimento da versão em livro, e a sua primeira publicação no quinzenário *A Estação* — esta se deu entre junho de 1886 e setembro de 1891 — a obra passou por uma severa revisão do autor. Decerto aproveitando da perspectiva que ganhava sobre o próprio texto impresso na revista, Machado de Assis alterou sensivelmente o andamento do romance, em especial naquilo que diz respeito ao primeiro terço da obra. As alterações e os cortes impostos à versão estampada no periódico (os cortes especialmente subiram a um número apreciável) denunciam tanto o amadurecimento da maneira pela qual o autor decide organizar o desenvolvimento da trama, como as novas soluções técnicas inventadas para o texto. Da primeira versão pública ele modifica a maneira de apresentar as personagens e o ritmo narrativo; o ficcionista prefere, agora, à sequência linear cronológica adotada em *A Estação*, um diagrama mais nervoso. Suprime, varia e transforma trechos inteiros, assim como compõe vários capítulos novos os quais, estabelecendo diferentes pontos de referência para a ação, tornam mais vivo o desenvolvimento do romance. O entrecho volta atrás e se adianta muitas vezes e em vários sentidos; nestes avanços e recuos organiza-se diverso ritmo narrativo, que permitirá ao autor uma adequação por assim dizer mimética às singularidades de enredo e personagem, determinantes na ação.

Romance complexo e ambicioso, *Quincas Borba* pretende descrever o itinerário de Rubião, ingênuo, da meteórica circunstância de herdeiro de excêntrico milionário, até o seu projetar-se na loucura e na morte. Tema trágico, Machado vai contudo abordá-lo com a lente de amargo humorismo, assim conscientizando a tensão latente que existe nele. Sem diluir o patético, sublinha a ambiguidade equívoca da existência e a feia lei do mundo; a personagem é abordada de modo contrastante, tanto nos seus aspectos superficiais e mesquinhos como no seu lado dramático. Abandonado a si mesmo, entregue às limitadas possibilidades de que dispõe, iludido por ingênua vontade de poder, Rubião, jogado daqui para ali, usado e abusado por todos que dele se aproximam, vai sucumbir à paixão irrealizada por Sofia debaixo do céu que brilha indiferente. Mas não se anula no delírio em que submerge: identifica-se antes a um chefe de Estado triunfante, símbolo mesmo do êxito e do saber querer — o segundo Napoleão. O processo compensatório é transparente e convence. A ousadia triunfante de Luís Bonaparte, *self-made man*, cuja força de vontade o fez alcançar, mais que o simples poder, uma coroa que ele mesmo refun-

diu e colocou na cabeça, transforma-se no modelo ideal do cândido Rubião. Mesmo reduzido à miséria mais completa, acompanhado apenas pelo cachorro — com a loucura, a autêntica herança de Quincas Borba — o antigo mestre de meninos recusa-se de vez a aceitar a realidade. Morre vencedor na sua derrota, mandando apagar os lustres do seu grande palácio de céu aberto, e levantando a ilusória insígnia imperial à cabeça:

> Antes de principiar a agonia, que foi curta, pôs a coroa na cabeça — uma coroa que não era, ao menos, um chapéu velho ou uma bacia, onde os espectadores palpassem a ilusão. Não, senhor; ele pegou em nada, levantou nada e cingiu nada; só ele via a insígnia imperial, pesada de ouro, rútila de brilhantes e outras pedras preciosas. O esforço que fizera para erguer meio corpo não durou muito; o corpo caiu outra vez; o rosto conservou porventura uma expressão gloriosa.
> — Guardem a minha coroa — murmurou. — Ao vencedor...
> A cara ficou séria, porque a morte é séria; dois minutos de agonia, um trejeito horrível, e estava assinada a abdicação.

O estudo do desagregar-se psicológico do protagonista, a sua persistência na loucura entrelaçada à existência do cão, é de extraordinária e contrastada agudeza humorística. As intenções propriamente simbólicas do texto, iniciadas com as dissertações paradoxais do Quincas Borba I — o Quincas Borba humanitista, que, ausente, rege o destino do livro e determina com a própria loucura, numa sutil causalidade, a atmosfera de alienação do mesmo — são levadas avante num andamento seguro que, pela progressão rigorosa e ágil, confirma a excepcional categoria do Machado de Assis narrador.

Esquema de Machado de Assis[130]
ANTONIO CANDIDO

1

Como o nosso modo de ser ainda é bastante romântico, temos uma tendência quase invencível para atribuir aos grandes escritores uma quota pesada e ostensiva de sofrimento e de drama, pois a vida normal parece incompatível com o gênio. Dickens desgovernado por uma paixão de maturidade, após ter sofrido em menino as humilhações com a prisão do pai; Dostoiévski quase fuzilado, atirado na sordidez do presídio siberiano, sacudido pela moléstia nervosa, jogando na roleta o dinheiro das despesas de casa; Proust enjaulado no seu quarto e no seu remorso, sufocado de asma, atolado nas paixões proibidas – são assim as imagens que prendem a nossa imaginação.

Por isso, os críticos que estudaram Machado de Assis nunca deixaram de in-

[130] O texto é a reprodução de uma conferência proferida em 1968, recolhida em *Vários escritos*. Rio de Janeiro: Ouro sobre azul, 2004 [1970].

ventariar e realçar as causas eventuais de tormento, social e individual: cor escura, origem humilde, carreira difícil, humilhações, doença nervosa. Mas depois dos estudos renovadores de Jean-Michel Massa é difícil manter este ponto de vista.

Com efeito, os seus sofrimentos não parecem ter excedido aos de toda gente, nem a sua vida foi particularmente árdua. Mestiços de origem humilde foram alguns homens representativos no nosso Império liberal. Homens que, sendo da sua cor e tendo começado pobres, acabaram recebendo títulos de nobreza e carregando pastas ministeriais. Não exageremos, portanto, o tema do gênio *versus* destino. Antes, pelo contrário, conviria assinalar a normalidade exterior e a relativa facilidade da sua vida pública. Tipógrafo, repórter, funcionário modesto, finalmente alto funcionário, a sua carreira foi plácida. A cor parece não ter sido motivo de desprestígio, e talvez só tenha servido de contratempo num momento brevemente superado, quando casou com uma senhora portuguesa. E a sua condição social nunca impediu que fosse íntimo desde moço dos filhos do conselheiro Nabuco, Sizenando e Joaquim, rapazes *finos* e cheios de talento.

Se analisarmos a sua carreira intelectual, verificaremos que foi admirado e apoiado desde cedo, e que aos cinquenta anos era considerado o maior escritor do país, objeto de uma reverência e admiração gerais, que nenhum outro romancista ou poeta brasileiro conheceu em vida, antes e depois dele. Apenas Sílvio Romero emitiu uma nota dissonante, não compreendendo nem querendo compreender a sua obra, que escapava à orientação esquemática e maciçamente naturalista do seu espírito. Quando se cogitou de fundar a Academia Brasileira de Letras, Machado de Assis foi escolhido para seu mentor e presidente, posto que ocupou até morrer. Já então era uma espécie de patriarca das letras, antes dos sessenta anos.

Patriarca (sejamos francos) no bom e no mau sentido. Muito convencional, muito apegado aos formalismos, era capaz, sob este aspecto, de ser tão ridículo e mesmo tão mesquinho quanto qualquer presidente de Academia. Talvez devido a certa timidez, foi desde moço inclinado ao espírito de grupo e, sem descuidar as boas relações com o grande número, parece que se encontrava melhor no círculo fechado dos *happy few*. A Academia surgiu, na última parte da sua vida, como um desses grupos fechados onde a sua personalidade encontrava apoio; e como dependia dele em grande parte o beneplácito para os membros novos, ele atuou com uma singular mistura de conformismo social e sentimento de *clique*, admitindo entre os fundadores um moço ainda sem expressão, como Carlos Magalhães de Azeredo, só porque lhe era dedicado e ele o estimava, motivos que o levaram a dar ingresso alguns anos depois a Mário de Alencar, ainda mais medíocre. No entanto, barrava outros de nível igual ou superior, como Emílio de Meneses, não por motivos de ordem intelectual, mas porque não se comportavam segundo os padrões convencionais, que ele respeitava na vida de relação.

Sendo assim, parece não haver dúvida que a sua vida foi não apenas sem aventuras, mas relativamente plácida, embora marcada pelo raro privilégio de ser reconhecido e glorificado como escritor, com um carinho e um preito que foram crescendo até fazer dele um símbolo do que se considera mais alto na inteligência criadora.

Doutro lado, se encararmos a sua obra, não dentro do panorama estreito da literatura brasileira do tempo, mas na corrente geral da literatura dos povos oci-

dentais, veremos a contrapartida irônica e por vezes melancólica do seu êxito sem quebra. Pois sendo um escritor de estatura internacional, permaneceu quase totalmente desconhecido fora do Brasil; e como a glória literária depende bastante da irradiação política do país, só agora começa a ter um *succès d'estime* nos Estados Unidos, na Inglaterra, nalgum país latino-americano. À glória nacional quase hipertrofiada, correspondeu uma desalentadora obscuridade internacional.

Esta circunstância parece chocante porque, nos seus contos e romances, sobretudo entre 1880 e 1900, nós encontramos, disfarçados por curiosos traços arcaizantes, alguns dos temas que seriam característicos da ficção do século XX. O fato de sua obra encontrar atualmente certo êxito no exterior parece mostrar a capacidade de sobreviver, isto é, de se adaptar ao espírito do tempo, significando alguma coisa para as gerações que leram Proust e Kafka, Faulkner e Camus, Joyce e Borges. Entrando pela conjetura, podemos imaginar o que teria acontecido se ela tivesse sido conhecida fora do Brasil num momento em que os mais famosos praticantes do romance, no universo das literaturas latinas, eram homens como Anatole France e Paul Bourget, Antonio Fogazzaro e Émile Zola, que, salvo o último, envelheceram irremediavelmente e nada mais significam para o nosso tempo.

Das línguas do Ocidente, a nossa é a menos conhecida, e se os países onde é falada pouco representam hoje, em 1900 representavam muito menos no jogo político. Por isso ficaram marginais dois romancistas que nela escreveram e que são iguais aos maiores que então escreviam: Eça de Queirós, bem ajustado ao espírito do Naturalismo; Machado de Assis, enigmático e bifronte, olhando para o passado e para o futuro, escondendo um mundo estranho e original sob a neutralidade aparente das suas histórias *que todos podiam ler*.

Podemos então dizer, com Moisés Vellinho, que a sua vida é sem relevo comparada à grandeza da obra, e que interessa pouco, enquanto esta interessa muito. Sob o rapaz alegre e mais tarde o burguês comedido que procurava ajustar-se às manifestações exteriores, que passou convencionalmente pela vida, respeitando para ser respeitado, funcionava um escritor poderoso e atormentado, que recobria os seus livros com a cutícula do respeito humano e das boas maneiras para poder, debaixo dela, desmascarar, investigar, experimentar, descobrir o mundo da alma, rir da sociedade, expor algumas das componentes mais esquisitas da personalidade. Na razão inversa da sua prosa elegante e discreta, do seu tom humorístico e ao mesmo tempo acadêmico, avultam para o leitor atento as mais desmedidas surpresas. A sua atualidade vem do encanto quase intemporal do seu estilo e desse universo oculto que sugere os abismos prezados pela literatura do século XX. E a este propósito é interessante dar um repasso nas diferentes etapas da sua glória no Brasil, para avaliar as suas muitas faces e o ritmo com que foram descobertas.

2

Nas obras dos grandes escritores é mais visível a polivalência do verbo literário. Elas são grandes porque são extremamente ricas de significado, permitindo que cada grupo e cada época encontrem as suas obsessões e as suas necessidades de expressão. Por isso, as sucessivas gerações de leitores e críticos brasileiros foram encontrando níveis diferentes em Machado de Assis, estimando-o por motivos diver-

sos e vendo nele um grande escritor devido a qualidades por vezes contraditórias. O mais curioso é que provavelmente todas essas interpretações são justas, porque ao apanhar um ângulo não podem deixar de ao menos pressentir os outros. É o que pode mostrar uma revista na sua fortuna crítica, à maneira de Jean-Michel Massa.

Logo que ele chegou à maturidade, pela altura dos quarenta anos, talvez o que primeiro tenha chamado a atenção foram a sua ironia e o seu estilo, concebido como *boa linguagem*. Um dependia do outro, está claro, e a palavra que melhor os reúne para a crítica do tempo talvez seja *finura*. Ironia *fina*, estilo *refinado*, evocando as noções de ponta aguda e penetrante, de delicadeza e força juntamente. A isto se associava uma ideia geral de urbanidade amena, de discrição e reserva. Num momento em que os naturalistas atiravam ao público assustado a descrição minuciosa da vida fisiológica, ele timbrava nos subentendidos, nas alusões, nos eufemismos, escrevendo contos e romances que não chocavam as exigências da moral familiar. A seu respeito, evocava-se Almeida Garrett, cuja influência foi dissecada por Cândido Jucá Filho e é com efeito um dos mestres da sua escrita – cujo leve ranço arcaico paga o tributo ao casticismo dos povos coloniais. No fim de sua vida, os leitores sublinhavam também o pessimismo, o grande desencanto que emana das suas histórias. O de que não há dúvida é que essas primeiras gerações encontraram nele uma *filosofia* bastante ácida para dar impressão de ousadia, mas expressa de um modo elegante e comedido, que tranquilizava e fazia da sua leitura uma experiência agradável e sem maiores consequências. Poder-se-ia dizer que ele lisonjeava o público mediano, inclusive os críticos, dando-lhes o sentimento de que eram inteligentes a preço módico. O seu gosto pelas sentenças morais, herdado dos franceses dos séculos clássicos e da leitura da Bíblia, levava-o a compor fórmulas lapidares, que se destacavam do contexto e corriam o seu destino próprio, difundindo uma ideia algo fácil de *sabedoria*. Para a opinião culta ou semiculta do começo do século, ele aparecia como uma espécie de Anatole France local, tendo a mesma elegância felina e menos devassidão de espírito. As antologias não deixavam de escolher na sua obra coisas como o conto UM APÓLOGO engenhoso e no fundo banal sobre a agulha e a linha, ou o episódio do almocreve nas *Memórias póstumas de Brás Cubas*, que, extraído do conjunto, mostra de maneira apenas aparentemente profunda a força do interesse.

Este primeiro Machado de Assis, *filosofante* e castiço, aparece, por exemplo, em dois bons estudos publicados logo depois da sua morte: a conferência de Oliveira Lima na Sorbonne e o pequeno livro de Alcides Maya, que salientava, para além da ironia de corte voltairiano, as componentes mais complicadas do *humor*, de tipo inglês. O livro importante de Alfredo Pujol, publicado no fim da Primeira Grande Guerra, cristalizou a visão convencional da sua vida e a visão *filosofante* da sua obra, fixando com traços acentuados de mitologia a singular história do menino pobre que atingiu, como compensação, os pináculos da expressão literária. Pouco depois Graça Aranha propôs uma teoria engenhosa do movimento cruzado de Nabuco, descendo da aristocracia ao povo, e de Machado de Assis, subindo do povo às atitudes aristocráticas.

Uma nova maneira de interpretar só apareceria no decênio de 1930, com a biografia de Lúcia Miguel Pereira, as análises de Augusto Meyer, as hábeis filiações biográficas de Mário Matos. É a etapa que poderíamos chamar de propriamente psicológica, quando os críticos procuravam estabelecer uma corrente recíproca

de compreensão entre a vida e a obra, focalizando-as de acordo com as disciplinas em moda, sobretudo a psicanálise, a somatologia, a neurologia. Abro um parêntese para dizer que não levarei em conta os aspectos extremos dessa tendência, representados pelos médicos que se apossaram de Machado de Assis como de um indefeso cliente póstumo, multiplicando diagnósticos e querendo tirar da sua obra e dos poucos elementos conhecidos de sua vida interpretações cujo valor científico deve ser pequeno. Antes e depois, mas sobretudo nesses anos de 1930, a sombra obsoleta de Lombroso e Max Nordau pairou com roupa nova sobre o grande escritor.

Disso tudo resulta algo positivo para a crítica: a noção de que era preciso ler Machado, não com olhos convencionais, não com argúcia acadêmica, mas com o senso do desproporcionado e mesmo o anormal; daquilo que parece raro em nós à luz da psicologia de superfície, e no entanto compõe as camadas profundas de que brota o comportamento de cada um. Nessa nova maneira de ler avulta sem dúvida Augusto Meyer, que, inspirado na obra de Dostoiévski e na de Pirandello, foi além da visão humorística e *filosofante*, mostrando que na sua obra havia muito do *homem subterrâneo*, do primeiro, e do ser múltiplo, impalpável, do segundo. Ele e Lúcia Miguel Pereira chamaram a atenção para os fenômenos de ambiguidade que pululam na sua ficção, obrigando a uma leitura mais exigente, graças à qual a normalidade e o senso das conveniências constituem apenas o disfarce de um universo mais complicado e por vezes turvo. O que se pode reparar de negativo, neles e em Mário Matos, é a aludida reversibilidade de interpretação, a preocupação excessiva de buscar na vida do autor apoio para o que aparece na obra ou, vice-versa, utilizar a obra para esclarecer a vida e a personalidade. Mas não há dúvida de que foi desses estudos e alguns outros, geralmente precedendo ou sucedendo de pouco as comemorações do centenário do nascimento em 1939, que começou a compor-se a nossa visão moderna. Já não era mais o *ironista ameno*, o elegante burilador de sentenças, da convenção acadêmica; era o criador de um mundo paradoxal, o experimentador, o desolado cronista do absurdo.

No decênio de 1940 notamos uma inflexão para o lado da filosofia (sobretudo cristã) e da sociologia. A primeira quis focalizar em Machado de Assis, sem impurezas biográficas, mormente o que se poderia chamar de angústia existencial. É o caso de um dos seus melhores críticos, Barreto Filho, cujo livro é uma das interpretações mais maduras que possuímos de sua obra. Estes críticos resistiram ao psicologismo e ao biografismo, ao mesmo tempo em que procuravam esclarecer de um ângulo metafísico. Numa situação nem psicológica nem biográfica situou-se também Astrojildo Pereira, preocupado com os aspectos sociais da obra, mas pecando na medida em que fazia deste lado o que faziam os biografistas de outro, isto é, considerando a obra na medida em que descrevia a sociedade e, portanto, dissolvendo-a no documento eventual. Mas a essa altura já se percebia uma mudança que levou a pensar na obra, não no homem. É o caso precoce de Afrânio Coutinho, autor de um livro sobre as influências filosóficas, e é o caso de Lúcia Miguel Pereira em seu novo enfoque da ficção machadiana, na qual a natureza do tempo seria, em seguida, objeto de um estudo de Dirce Cortes Riedel. É o caso ainda de Roger Bastide, que, contrariando uma velha afirmação, segundo a qual Machado não sentiu a natureza do seu país, mostrou que, ao contrário, ele a percebe com penetração e constância; mas em lugar de representá-la pelos métodos do descritivismo romântico, incorpora-a à

filigrana da narrativa, como elemento funcional da composição literária. Era com o mesmo espírito que costumava dizer aos seus alunos na Universidade de São Paulo que o "mais brasileiro" não era Euclides da Cunha – ornamental, para inglês ver; mas Machado de Assis, que dava universalidade ao seu país pela exploração, em nosso contexto, dos temas essenciais.

3
 O que primeiro chama a atenção do crítico na ficção de Machado de Assis é a despreocupação com as modas dominantes e o aparente arcaísmo da técnica. Num momento em que Flaubert sistematizara a teoria do "romance que narra a si próprio", apagando o narrador atrás da objetividade da narrativa; num momento em que Zola preconizava o inventário maciço da realidade, observada nos menores detalhes, ele cultivou livremente o elíptico, o incompleto, o fragmentário, intervindo na narrativa com bisbilhotice saborosa, lembrando ao leitor que atrás dela estava a sua voz convencional. Era uma forma de manter, na segunda metade do século XIX, o tom caprichoso do Sterne, que ele prezava; de efetuar os seus saltos temporais e de brincar com o leitor. Era também um eco do *conte philosophique*, à maneira de Voltaire, e era sobretudo o seu modo próprio de deixar as coisas meio no ar, inclusive criando certas perplexidades não resolvidas.

 Curiosamente, este arcaísmo parece bruscamente moderno, depois das tendências de vanguarda do nosso século, que também procuram sugerir o todo pelo fragmento, a estrutura pela elipse, a emoção pela ironia e a grandeza pela banalidade. Muitos dos seus contos e alguns dos seus romances parecem abertos, sem conclusão necessária, ou permitindo uma dupla leitura, como ocorre entre os nossos contemporâneos. E o mais picante é o estilo guindado e algo precioso com que trabalha e que se de um lado pode parecer academismo, de outro sem dúvida parece uma forma sutil de negaceio, como se o narrador estivesse rindo um pouco do leitor. Estilo que mantém uma espécie de imparcialidade, que é a marca pessoal de Machado, fazendo parecer duplamente intensos os casos estranhos que apresenta com moderação despreocupada. Não é nos apaixonados naturalistas do seu tempo, teóricos da objetividade, que encontramos o distanciamento estético que reforça a vibração da realidade, mas sim na sua técnica de espectador.

 A partir dessa matriz formal, que se poderia chamar o *tom machadiano*, é que podemos compreender a profundeza e a complexidade duma obra lúcida e desencantada, que esconde as suas riquezas mais profundas. Como Kafka e como Gide, ao contrário de Dostoiévski, Proust ou Faulkner, os tormentos do homem e as iniquidades do mundo aparecem nele sob um aspecto nu e sem retórica, agravados pela imparcialidade estilística referida acima.

 A sua técnica consiste essencialmente em sugerir as coisas mais tremendas da maneira mais cândida (como os ironistas do século XVIII); ou em estabelecer um contraste entre a normalidade social dos fatos e a sua anormalidade essencial; ou em sugerir, sob aparência do contrário, que o ato excepcional é normal, e anormal seria o ato corriqueiro. Aí está o motivo da sua modernidade, apesar do seu arcaísmo de superfície.

 Não é possível enfeixar numa palestra a análise adequada de suas diversas manifestações. Mas posso tentar a apresentação de alguns casos, para dar uma ideia

da originalidade que hoje nos parece existir na obra de Machado de Assis, e que foi sendo desvendada lentamente pelas gerações de críticos acima referidas.

1. Talvez possamos dizer que um dos problemas fundamentais da sua obra é o da identidade. Quem sou eu? O que sou eu? Em que medida eu só existo por meio dos outros? Eu sou mais autêntico quando penso ou quando existo? Haverá mais de um ser em mim? Eis algumas perguntas que parecem formar o substrato de muitos dos seus contos e romances. Sob a forma branda, é o problema da divisão do ser ou do desdobramento da personalidade, estudados por Augusto Meyer. Sob a forma extrema é o problema dos limites da razão e da loucura, que desde cedo chamou a atenção dos críticos, como um dos temas principais de sua obra.

O primeiro caso é objeto, por exemplo, do conto O ESPELHO, onde surge a velha alegoria da sombra perdida, corrente na demonologia e tornada famosa no Romantismo pelo *Peter Schlemihl*, de Adelbert von Chamisso. Um moço, nomeado Alferes da Guarda Nacional (a tropa de reserva que no Brasil imperial se tornou bem cedo um simples pretexto para dar postos e fardas vistosas a pessoas de certa posição), vai passar uns tempos na fazenda de sua tia. Esta, orgulhosa com o fato, cria uma atmosfera de extrema valorização do posto, chamando-o e fazendo com que os escravos o chamem a cada instante "Senhor Alferes". De tal modo que este traço social acaba sendo uma *segunda alma*, indispensável para a integridade psicológica do personagem.

Dali a dias a tia precisa viajar com urgência e deixa a fazenda a seu cargo. Os escravos aproveitam para fugir, ele fica na solidão mais completa e chega às bordas da dissolução espiritual, desde que não tinha mais o coro laudatório que evocava o seu posto a cada instante. A tal ponto que, olhando certo dia no espelho, vê que a sua imagem aparece quase dissolvida, borrada e irreconhecível. Ocorre-lhe então a ideia de vestir a farda e passar algum tempo todos os dias diante do espelho, o que o tranquiliza e lhe restabelece o equilíbrio, pois a sua figura se projeta de novo claramente, devidamente revestida pelo símbolo social do uniforme. Quer dizer que a integridade pessoal estava sobretudo na opinião e manifestações dos outros; na sociedade que o uniforme representa e naquela parte do ser que é projeção na e da sociedade. A farda do Alferes era também a alma do Alferes, uma das duas que todo homem possui, segundo o narrador, porque manifesta o seu *ser através dos outros*, sem o que nada somos. É claro que a força do conto não vem desta conclusão banal, aliás enunciada expressamente pelo autor, conforme é seu hábito em tais casos. Vem da utilização admirável da farda simbólica e do espelho monumental no deserto da fazenda abandonada, construindo uma espécie de alegoria moderna das divisões da personalidade e da relatividade do ser.

Quanto ao problema da loucura, podemos citar o conto O ALIENISTA, elaborado segundo uma estrutura que Forster chamaria "de ampulheta". Um médico funda um hospício para os loucos da cidade e vai diagnosticando todas as manifestações de anormalidade mental que observa. Aos poucos o hospício se enche; dali a tempos já tem a metade da população; depois quase toda ela, até que o alienista sente que a verdade, em consequência, está no contrário da sua teoria. Manda então soltar os internados e recolher a pequena minoria de pessoas equilibradas, porque, sendo exceção, esta é que é realmente anormal. A minoria é submetida a um tratamento de *segunda alma*, para usar os termos do conto precedente: cada um é tentado por

uma fraqueza, acaba cedendo e se equipara deste modo à maioria, sendo libertado, até que o hospício se esvazia de novo. O alienista percebe então que os germes de desequilíbrio prosperaram tão facilmente porque já estavam latentes em todos; portanto, o mérito não é da sua terapia. Não haveria um só homem normal, imune às solicitações das manias, das vaidades, da falta de ponderação? Analisando-se bem, vê que é o seu caso; e resolve internar-se, só no casarão vazio do hospício, onde morre meses depois. E nós perguntamos: quem era louco? Ou seriam todos loucos, caso em que ninguém o é? Notemos que este conto e o anterior manifestam, no fim do século XIX, o que faria a voga de Pirandello a partir do decênio de 1920.

2. Outro problema que surge com frequência na obra de Machado de Assis é o da relação entre o fato real e o fato imaginário, que será um dos eixos do grande romance de Marcel Proust, e que ambos analisam principalmente com relação ao ciúme. A mesma reversibilidade entre a razão e a loucura, que torna impossível demarcar as fronteiras e, portanto, defini-las de modo satisfatório, existe entre o que aconteceu e o que pensamos que aconteceu. Um dos seus romances, *Dom Casmurro*, conta a história de Bento Santiago, que, depois da morte de seu maior e mais fiel amigo Escobar, se convence de que ele fora amante de sua mulher, Capitu, o personagem feminino mais famoso do romancista. A mulher nega, mas Bento junta uma porção de indícios para elaborar a sua convicção, o mais importante dos quais é a própria semelhança de seu filho com o amigo morto. Uma estudiosa norte-americana, Helen Caldwell, no livro *The Brazilian Othello of Machado de Assis*, levantou a hipótese viável, porque bem machadiana, de que na verdade Capitu não traiu o marido. Como o livro é narrado por este, na primeira pessoa, é preciso convir que só conhecemos a sua visão das coisas, e que, para a furiosa *cristalização* negativa de um ciumento, é possível até encontrar semelhanças inexistentes, ou que são produtos do acaso (como a de Capitu com a mãe de Sancha, mulher de Escobar, assinalada por Lúcia Miguel Pereira). Mas o fato é que, dentro do universo machadiano, não importa muito que a convicção de Bento seja falsa ou verdadeira, porque a consequência é exatamente a mesma nos dois casos: imaginária ou real, ela destrói a sua casa e a sua vida. E concluímos que neste romance, como noutras situações da sua obra, o real pode ser o que parece real. E como a amizade e o amor parecem mas podem não ser amizade nem amor, a ambiguidade gnosiológica se junta à ambiguidade psicológica para dissolver os conceitos morais e suscitar um mundo escorregadio, onde os contrários se tocam e se dissolvem.

3. Neste caso, que sentido tem o ato? Eis outro problema fundamental em Machado de Assis, que o aproxima das preocupações de escritores como o Conrad de *Lord Jim* ou de *The Secret Sharer*, e que foi um dos temas centrais do existencialismo literário contemporâneo, em Sartre e Camus, por exemplo. Serei eu alguma coisa mais do que o ato que me exprime? Será a vida mais do que uma cadeia de opções? Num dos seus melhores romances, *Esaú e Jacó*, ele retoma, já no fim da carreira, este problema que pontilha a sua obra inteira. Retoma-o sob a forma simbólica da rivalidade permanente de dois irmãos gêmeos, Pedro e Paulo, que representam invariavelmente a alternativa de qualquer ato. Um só faz o contrário do outro, e evidentemente as duas possibilidades são legítimas. O grande problema suscitado é o da validade do ato e de sua relação com o intuito que o sustém. Através da crônica aparentemente corriquei-

ra de uma família da burguesia carioca no fim do Império e começo da República, surge a cada instante este debate, que se completa pelo terceiro personagem-chave, a moça Flora, que ambos os irmãos amam, está claro, mas que, situada entre eles, não sabe como escolher. É a ela, como a outras mulheres na obra de Machado de Assis, que cabe encarnar a decisão ética, o compromisso do ser no ato que não volta atrás, porque uma vez praticado define e obriga o ser de quem o praticou. Os irmãos agem e optam sem parar, porque são as alternativas opostas; mas ela, que deve identificar-se com uma ou com outra, se sentiria reduzida à metade se o fizesse, e só a posse das duas metades a realizaria; isto é impossível, porque seria suprimir a própria lei do ato, que é a opção. Simbolicamente, Flora morre sem escolher. E nós sentimos nela o mesmo sopro de ataraxia que foi a ilusão de Heyst, em *Victory*, de Joseph Conrad.

4. Parece evidente que o tema da opção se completa por uma das obsessões fundamentais de Machado de Assis, muito bem analisada por Lúcia Miguel Pereira – o tema da perfeição, a aspiração ao ato completo, à obra total, que encontramos em diversos contos e sobretudo num dos mais belos e pungentes que escreveu: UM HOMEM CÉLEBRE.

Trata-se de um compositor de polcas, Pestana, o mais famoso do momento, reconhecido e louvado por onde vá, procurado pelos editores, abastado materialmente. No entanto, Pestana odeia as suas polcas que toda gente canta e executa, porque o seu desejo é compor uma peça erudita de alta qualidade, uma sonata, uma missa, como as que admira em Beethoven e Mozart. À noite, postado no piano, leva horas solicitando a inspiração que resiste. Depois de muitos dias, começa a sentir algo que prenuncia a visita da deusa e a sua emoção aumenta, sente quase as notas desejadas brotando nos dedos, atira-se ao teclado e... compõe mais uma polca! Polcas e sempre polcas, cada vez mais brilhantes e populares é o que faz até morrer. A alternativa é negada também a ele; só lhe resta fazer como é possível, não como lhe agradaria. Neste conto terrível sob a leveza aparente do humor, a impotência espiritual do homem clama como do fundo de um ergástulo.

5. Surge então a pergunta: se a fantasia funciona como realidade; se não conseguimos agir senão mutilando o nosso eu; se o que há de mais profundo em nós é no fim de contas a opinião dos outros; se estamos condenados a não atingir o que nos parece realmente valioso, qual a diferença entre o bem e o mal, o justo e o injusto, o certo e o errado? Machado de Assis passou a vida ilustrando esta pergunta, que é modulada de maneira exemplar no primeiro e mais conhecido dos seus grandes romances de maturidade: *Memórias póstumas de Brás Cubas*. Nele, mesmo a vida é conceituada relativamente, pois é um morto que conta a sua própria história.

Este sentimento profundo da relatividade total dos atos, da impossibilidade de os conceituar adequadamente, dá lugar ao sentimento do absurdo, do ato sem origem e do juízo sem fundamento, que é a mola da obra de Kafka e, antes dela, do ato gratuito de Gide. Que já ocorria na obra de Dostoiévski e percorre discretamente a de Machado de Assis. É o caso do conto SINGULAR OCORRÊNCIA, onde aliás podemos encontrar um bom exemplo do vitorianismo de Machado, que, não ousando pôr em cena uma mulher casada, descreve a situação de tipo conjugal de uma antiga e discreta "moça de costumes fáceis", que vive com um advogado e se comporta como esposa respeitável e fiel. No entanto, certo dia ela se entrega sem razão aparente a

um vagabundo de rua, depois de o haver provocado. O fato é descoberto casualmente pelo advogado, segue-se uma ruptura violenta que suscita na moça um desespero tão sincero e profundo, que as relações se reatam, com a mesma dignidade de sentimentos e atitudes de antes. O advogado morre e ela se conserva fiel à sua memória, como viúva saudosa de um grande e único amor.

Por que então aquele ato inexplicável? Impossível saber. E qual o comportamento que a exprime melhor: a fidelidade ou a transgressão? Impossível determinar. Os atos e os sentimentos estão cercados por um halo de absurdo, de gratuidade, que torna difíceis não apenas as avaliações morais, mas as interpretações psicológicas. Alguns decênios mais tarde, Freud mostraria a importância fundamental do lapso e dos comportamentos considerados ocasionais. Eles ocorrem com frequência na obra de Machado de Assis, revelando ao leitor atento o senso profundo das contradições da alma.

6. Pessoalmente, o que mais me atrai nos seus livros é um outro tema, diferente destes: a transformação do homem em objeto do homem, que é uma das maldições ligadas à falta de liberdade verdadeira, econômica e espiritual. Este tema é um dos demônios familiares da sua obra, desde as formas atenuadas do simples egoísmo até os extremos do sadismo e da pilhagem monetária. A ele se liga a famosa teoria do Humanitismo, elaborada por um dos seus personagens, o filósofo Joaquim Borba dos Santos, doido e por isso mesmo machadianamente lúcido, figurante secundário em dois romances, um dos quais traz o seu apelido: *Memórias póstumas de Brás Cubas* e *Quincas Borba*.

Os críticos, sobretudo Barreto Filho, que melhor estudou o caso, interpretam o Humanitismo como sátira ao Positivismo e em geral ao Naturalismo filosófico do século XIX, principalmente sob o aspecto da teoria darwiniana da luta pela vida com sobrevivência do mais apto. Mas, além disso, é notória uma conotação mais ampla, que transcende a sátira e vê o homem como um ser devorador em cuja dinâmica a sobrevivência do mais forte é um episódio e um caso particular. Essa devoração geral e surda tende a transformar o homem em instrumento do homem, e sob este aspecto a obra de Machado se articula, muito mais do que poderia parecer à primeira vista, com os conceitos de alienação e decorrente reificação da personalidade, dominantes no pensamento e na crítica marxista de nossos dias e já ilustrados pela obra dos grandes realistas, homens tão diferentes dele quanto Balzac e Zola.

No romance *Quincas Borba*, um modesto professor primário, Rubião, herda do filósofo Quincas Borba uma fortuna, com a condição de cuidar de seu cachorro, ao qual dera o próprio nome. Mas com o dinheiro, que é uma espécie de ouro maldito, como na lenda dos Nibelungos, Rubião herda igualmente a loucura do amigo. A sua fortuna se dissolve em ostentação e no sustento de parasitas; mas serve sobretudo como capital para as especulações comerciais de um arrivista hábil, Cristiano Palha, por cuja mulher, "a bela Sofia", Rubião se apaixona. O amor e a loucura surgem aqui, romanticamente, de mãos dadas; mas o *tertius gaudens* é a ambição econômica, baixo-contínuo do romance, de que Rubião se torna um instrumento. No fim, pobre e louco, ele morre abandonado; mas em compensação, como queria a filosofia do Humanitismo, Palha e Sofia estão ricos e considerados, dentro da mais perfeita normalidade social. Os fracos e os puros foram sutilmente manipulados como coisas e em seguida são postos de lado pelo próprio mecanismo da narrativa, que os cospe de certo modo e se concentra nos triunfadores, acabando por deixar no leitor uma dúvida

sarcástica e cheia de subentendidos: o nome do livro designa o filósofo ou o cachorro, o homem ou o animal, que condicionaram ambos o destino de Rubião? Este começa como simples homem, chega na sua loucura a julgar-se imperador e acaba como um pobre bicho, fustigado pela fome e a chuva, no mesmo nível que o seu cachorro.

Há um conto, A causa secreta, onde a relação devoradora de homem a homem assume um caráter de paradigma. Fortunato é um senhor frio e rico, que demonstra interesse pelo sofrimento, socorrendo feridos, velando doentes com uma dedicação excepcional. Casado, já de meia-idade, é bom para a mulher, mas ela manifesta diante dele um constrangimento que parece medo.

O casal é amigo de um jovem médico, a quem Fortunato convence a fundar, de sociedade com ele, uma casa de saúde, cujos capitais fornece. Nela, presta assistência constante aos doentes, com um interesse absorvente que o leva a estudar anatomia pela vivissecção de gatos e cachorros. O barulho de dor que estes fazem abala os nervos delicados da mulher, que pede ao médico para obter do marido a cessação das experiências. Já então o convívio tinha despertado no rapaz uma paixão calada, pura, certamente correspondida, pela esposa do amigo. O momento cruciante do conto é a cena onde o médico encontra a senhora de Fortunato apavorada e, numa outra sala, vê este torturando um rato de maneira espantosa e abjeta. Com uma das mãos, segura um cordão atado ao rabo do animal, baixando-o a um prato cheio de álcool inflamado, erguendo-o repetidamente para não matá-lo depressa; com a outra, vai cortando as patas a tesoura. A descrição é longa e terrível, fora dos hábitos discretos e sintéticos de Machado de Assis. O médico percebe então o tipo de homem que tem por amigo: alguém que encontra o maior prazer na dor alheia.

Pouco depois a esposa piora e afinal morre. O marido demonstra uma dedicação extrema, como sempre, mas na fase final da agonia o que predomina é o seu prazer com o espetáculo. Na vigília fúnebre, surpreende o médico beijando a testa do cadáver e compreende tudo num relâmpago de cólera; mas o amigo rompe num pranto desesperado e Fortunato, observando sem ser visto, "saboreou tranquilo essa explosão de dor moral que foi longa, muito longa, deliciosamente longa".

Não é difícil ver que, além de tudo o que vem no plano ostensivo, este sádico transformou virtualmente a mulher e o amigo num par amoroso inibido pelo escrúpulo, e com isto sofrendo constantemente; e que ambos se tornam o instrumento supremo do seu prazer monstruoso, da sua atitude de manipulação de que o rato é o símbolo. *Of mice and men*, poderíamos dizer com um pouco de humor negro, para indicar que o homem, transformado em instrumento do homem, cai praticamente no nível do animal violentado.

Neste nível é que encontramos o Machado de Assis mais terrível e mais lúcido, estendendo para a organização das relações a sua mirada desmistificadora. Se tivesse ficado no plano dos aforismos desencantados que fascinavam as primeiras gerações de críticos; ou mesmo no das situações psicológicas ambíguas, que depois se tornaram o seu atrativo principal, talvez não tivesse sido mais do que um dos "heróis da decadência", de que fala Viana Moog. Mas, além disso, há na sua obra um interesse mais largo, proveniente do fato de haver incluído discretamente um estranho fio social na tela do seu relativismo. Pela sua obra toda há um senso profundo, nada documentário, do *status*, do duelo dos salões, do movimento das camadas, da potência do dinheiro. O ganho, o lucro, o prestígio, a soberania do interesse são molas dos

seus personagens, aparecendo em *Memórias póstumas de Brás Cubas*, avultando em *Esaú e Jacó*, predominando em *Quincas Borba*, sempre transformado em modos de ser e de fazer. E os mais desagradáveis, os mais terríveis dos seus personagens, são homens de corte burguês impecável, perfeitamente entrosados nos *mores* da sua classe. Sob este aspecto, é interessante comparar a anormalidade essencial de Fortunato d'A causa secreta com a sua perfeita normalidade social de proprietário abastado e sóbrio, que vive de rendas e do respeito coletivo. O senso machadiano dos sigilos da alma se articula em muitos casos com uma compreensão igualmente profunda das estruturas sociais, que funcionam em sua obra com a mesma imanência poderosa que Roger Bastide demonstrou haver no caso da paisagem. E aos seus alienados no sentido psiquiátrico correspondem certas alienações no sentido social e moral.

Este escrito deveria chamar-se Esquema de um certo Machado de Assis, porque descreve sobretudo o escritor subterrâneo (que Augusto Meyer localizou melhor do que ninguém), visto em diversos planos e referido a tendências posteriores da literatura. Há outros, inclusive um Machado de Assis bastante anedótico e mesmo trivial, autor de numerosos contos circunstanciais que não ultrapassam o nível da crônica nem o caráter de passatempo. É ele que às vezes chega bem perto de um certo ar pelintra e uma certa afetação constrangedora. Mas este, graças a Deus, é menos frequente do que um outro aparentado com ele, engraçado e engenhoso, movido por uma espécie de prazer narrativo que o leva a engendrar ocorrências e tecer complicações facilmente solúveis. Este Machado de Assis despretensioso e de bom humor constitui porventura o ponto de referência dos demais, porque dele vem o tom, ocasional e reticente, digressivo e coloquial, da maioria dos seus contos e romances. Nele se manifesta o amor da ficção pela ficção, a perícia em tecer histórias, que se aproxima da gratuidade determinativa do jogo. Deste autor habilidoso e divertido brota o Machado de Assis focalizado aqui – numa passagem insensível que vai levando da quase melancolia da Noite de almirante à dubiedade de Dona Paula, daí à indecisão perturbadora de Dona Benedita, que sobe à surpresa contundente d'A senhora do Galvão, já no portal de um mundo estranho, mostrando as transições quase imperceptíveis que unificam a diversidade do escritor.

Isso é dito para justificar um conselho final: não procuremos na sua obra uma coleção de apólogos nem uma galeria de tipos singulares. Procuremos sobretudo as *situações ficcionais* que ele inventou. Tanto aquelas onde os destinos e os acontecimentos se organizam segundo uma espécie de encantamento gratuito, quanto as outras, ricas de significado em sua aparente simplicidade, manifestando, com uma enganadora neutralidade de tom, os conflitos essenciais do homem consigo mesmo, com os outros homens, com as classes e os grupos. A visão resultante é poderosa, como esta palestra não seria capaz sequer de sugerir. O melhor que posso fazer é aconselhar a cada um que esqueça o que eu disse, compendiando os críticos, e abra diretamente os livros de Machado de Assis.

Retórica da verossimilhança[131]
SILVIANO SANTIAGO

Admiro como alguém pode mentir pondo a razão do seu próprio lado.
JEAN-PAUL SARTRE

[...] toda retórica visa a superar a dificuldade do discurso sincero.
ROLAND BARTHES

1

Já é tempo de se começar a compreender a obra de Machado de Assis como um todo coerentemente organizado, percebendo que à medida que seus textos se sucedem cronologicamente certas estruturas primárias e primeiras se desarticulam e se rearticulam sob forma de estruturas diferentes, mais complexas e mais sofisticadas. Certa crítica que se fazia à monotonia da obra de Machado, à repetição em seus romances e contos de certos temas e episódios, ocasionando desgaste emocional por parte do leitor (ou do crítico impressionista), tem de ser também urgentemente revista. Afirmações como esta de Augusto Meyer:

> [Machado] ganha muito em ser lido aos trechos, ou a largos intervalos de leitura, para que o esquecimento relativo ajude a sentir, não a inércia da repetição e os lados fracos, mas a graça original dos melhores momentos.[132]

— afirmações como essa não podem continuar a ter trânsito livre na crítica machadiana.

A busca — seja da originalidade a cada passo, seja da excitação intelectual em base puramente emocional, a leitura dirigida para os "melhores momentos" do romancista – dificultou a descoberta daquela que talvez seja a qualidade essencial de Machado de Assis: a busca, lenta e medida do esforço criador em favor de uma profundidade que não é criada pelo talento inato, mas pelo exercício consciente e duplo, da imaginação e dos meios de expressão de que dispõe todo e qualquer romancista.

Já na "Advertência ao leitor", colocada no início do romance *Ressurreição*, depois de se apresentar à crítica como "operário", recusa a presunção adolescente do que é considerado comumente como valor pessoal, classificando-a de "confiança pérfida e cega", para conceder todo o poder criador à "reflexão" e ao "estudo". Finalmente, recusa para si a condição e a lei dos gênios, para se contentar com a "lei das aptidões médias, a regra geral das inteligências mínimas". Termina declarando:

131 Parte deste trabalho foi lida na conferência anual da "Modern Language Association", em dezembro de 1968. Prolonga ele ideias desenvolvidas em dois artigos anteriores, "Ode, conto, romance" e "Machado de Assis, 1872", publicados no *Suplemento Literário de O Estado de S. Paulo* (4/1, 18/1 e 31/5 de 1969). Recolhida em *Uma literatura nos trópicos*, Rio de Janeiro: Rocco, 2000 [1978].
132 Prefácio a *Memórias póstumas de Brás Cubas*. São Paulo: Melhoramentos, s/d, p. 17.

> Cada dia que passa me faz conhecer melhor o agro destas tarefas literárias — nobres e consoladoras, é certo —, mas difíceis quando as perfaz a consciência (*Ressurreição*).

Mesmo a divisão abrupta da sua obra em duas fases distintas — felizmente já contestada pelos críticos — também tem de ser refutada. Já no dia 15 de dezembro de 1898, Machado em carta a José Veríssimo expunha com clarividência o problema:

> O que você chama a minha segunda maneira naturalmente me é mais aceita e cabal que a anterior, mas é doce achar quem se lembre desta, que a penetre e desculpe, e até que chegue a catar nela algumas raízes dos meus arbustos de hoje (*Correspondência*).

Não seria pois fantasia de crítico encontrar em *Ressurreição*, por exemplo, as raízes do arbusto que é *Dom Casmurro*, para retomar a metáfora empregada por Machado. Foi, se não nos enganamos, Helen Caldwell, em seu *The Brazilian Othello of Machado de Assis*, quem primeiro assinalou esta correspondência. Analisada e catalogada, ficou ela infelizmente atirada para um canto, pois a crítica norte-americana analisa *em separado* os dois romances. Faltou-lhe dar o salto indispensável: estudar *Dom Casmurro* dentro da economia interna da obra de Machado de Assis.

Mais importante ainda é não cair em outro equívoco da crítica machadiana que insiste em analisar *Dom Casmurro* como um *pendant*, ou mesmo excrescência, de certa corrente do romance burguês mas de intenção antiburguesa do século XIX, a do estudo psicológico do adultério feminino, cujos exemplos mais conhecidos para nós brasileiros são *Madame Bovary* e *O primo Basílio*. Segundo essa crítica — que não percebe que o romance de Machado, se estudo for, é antes estudo do ciúme, e apenas deste — dois partidos tomaram bandeira e começaram a se digladiar em jornais, revistas e até em livros: se condenava ou se absolvia Capitu. Esta disputa chegou a tal ponto, que um machadiano incansável, Eugênio Gomes, decidiu entrar em campo e apaziguar os ânimos e os grupos rivais, escrevendo duzentas páginas que levam o título infeliz de *O enigma de Capitu*.

Para alegria ou tristeza geral da nação, vamos reabrir o problema, mas entraremos por outra porta, já que se nos afigura como indispensável mudar de chave. A ferrugem intelectual é ainda o mais poderoso e corrosivo ácido contra a boa crítica.

Qualquer das duas atitudes tomadas na leitura de *Dom Casmurro* (condenação ou absolvição de Capitu) trai, por parte do leitor, grande ingenuidade crítica, na medida em que ele se identifica *emocionalmente* (ou se simpatiza) com um dos personagens, Capitu ou Bentinho, e comodamente já se sente disposto a esquecer a grande e grave proposição do livro: a consciência pensante do narrador dom Casmurro, esse homem já sexagenário, advogado de profissão, ex-seminarista de formação, consciência pensante e vacilante, que tem necessidade de reconstruir na velhice a casa de Matacavalos onde viveu sua adolescência.[133] O leitor, esquecendo a

[133] Poder-se-ia, sem dúvida, estudar em *Dom Casmurro* a relação isomórfica entre casa e *romance*, na medida em que uma reconstrução se sucede à outra. Proporíamos, como início de raciocínio, no primeiro caso um retorno-à-origem (mãe), e no segundo, a negação do retorno-à-origem (casamento). Por outro lado, não se deve esquecer que existe uma simetria dentro do romance, visto que a casa de Matacavalos e a do Engenho de Dentro são semelhantes (mas não iguais), sendo apenas diferente a da Glória, onde reinou Capitu como dona-de-casa. Mas coincidência feliz é o fato de que a segunda casa, apesar de ser a de Capitu, é sempre referida no texto como a da Glória (nome da mãe de Bentinho).

consciência pensante do sexagenário, tomava a posição de juiz e sentia-se na obrigação de dar seu veredicto sobre os *fantasmas* do narrador, quando na realidade o único interesse que Machado de Assis deseja despertar é para a pessoa moral de dom Casmurro.

Em resumo: os críticos estavam interessados em buscar a verdade sobre Capitu, ou a impossibilidade de se ter a verdade sobre Capitu, quando a única verdade a ser buscada é a de dom Casmurro.

Por outro lado, semelhante compreensão do romance deixava escapar o essencial da forma estética escolhida por Machado para seus romances. O romance de Machado é antes de tudo um romance ético,[134] onde se pede, se exige a reflexão do leitor sobre o todo. No caso específico de *Dom Casmurro,* identificar-se com Bentinho ou com Capitu é não compreender que a reflexão moral exigida pelo autor requer certa distância dos personagens e/ou do narrador, aliás, a mesma distância que Machado, como autor, guarda deles.

A problemática de *Dom Casmurro* ultrapassa por assim dizer o esquema rígido das relações propostas apenas por este romance, pois não é só ele que reflete o problema do amor/casamento/ciúme na sociedade patriarcal brasileira do Segundo Reinado, como não é só ele que ilustra a busca de definição, cada vez mais precisa e mais ambígua, mais rica de detalhes também, da posição complexa e asfixiante do adolescente ao querer seu lugar ao sol dentro da rigidez da comunidade burguesa e aristocratizante do fim do século. Sua condição de adulto e semelhante. Sua impersonalidade e personalidade.

Em análise longa e minuciosa que fizemos de *Ressurreição*, já publicada no *Suplemento Literário de O Estado de S. Paulo*, procuramos mostrar como o problema do ciúme surgiu no universo machadiano. Advém ele — propúnhamos no início de nosso raciocínio — da concepção que têm os personagens machadianos do que sejam o amor e o casamento e, por outro lado, do que sejam eles diante dos delicados jogos de *marivaudage* que homem e mulher têm de representar para se poder chegar à união.

Assinalávamos de início como o conceito de casamento restringe a expansão livre do sentimento, pois o amor é um sentimento enjaulado pela cerimônia cristã (o casamento), e é este que possibilita a constituição da família. É pois o universo do amor machadiano asséptico, formal, são, rígido. É ainda masculina e burguesa a sua concepção de casamento. Amar é casar, é comprar título de propriedade. Qualquer invasão estranha nesta propriedade — amante — acarreta um curto-circuito emocional que invalida os dois primeiros termos.

Por outro lado, para se passar do amor ao casamento, o homem e a mulher se entregam a diversos jogos sociais. As várias formas de jogo são baseadas em posições opostas e complementares, que definem sua posição dentro da sociedade: a liberdade e a prisão, o sentimento e a razão. À multiplicidade de experiências que o homem pode ter, por ser livre, corresponderá na jovem solteira ao uso, caso queira a liberdade, de múltiplas máscaras. A aceitação de qualquer experiência por parte

134 Cf. "Compte-rendu: *Estruturas,* de Rui Mourão", *Suplemento Literário do Minas Gerais,* 2 de agosto de 1969.

da mulher, aliás, requer obrigatoriamente a *dissimulação*: esconder é a sua atitude habitual, mesmo porque o próprio *recato* que namorado/noivo/marido exige dela já é um véu que cobre seus mais legítimos sentimentos.

Em termos gerais, dizíamos que o homem recorre à razão (casamento) para restringir sua liberdade, aceitando as correntes da virtude. Já a mulher se liberta de sua condição de escrava agarrando-se ao sentimento (amor) que lhe parece ser superior à razão (casamento), arriscando-se com isso ao deslize. Se o homem se sente bem escolhendo a razão, que controla o sentimento, já a mulher se sente mulher quando se entrega ao sentimento que simboliza sua busca de liberdade.

Assim é que o personagem feminino mais carregado de dramaticidade para Machado de Assis é a viúva. Lívia, no caso específico de *Ressurreição*. A viúva, tendo experimentado a razão e o sentimento, só ela é que pode, diante de um novo pretendente, viver o dilema em toda sua extensão. Tem a possibilidade de escolha:

ou a fidelidade ao defunto (a crença no casamento, razão, é superior ao sentimento, amor),

ou a aceitação de novo marido (a crença no amor, sentimento, é superior ao casamento, razão). Se aceita novo marido é porque é capaz de sentir sucessivos amores. Poderia ser infiel — pensa o novo pretendente. O casamento não será eterno, porque o amor não o é. Só a fidelidade total ao primeiro marido é que justificaria a aceitação de novo marido. Como conciliar tantas contradições?

Eis o drama que o solteirão e ciumento Félix tem de enfrentar ao tomar a decisão de levar a viúva Lívia ao altar. Porém, nas vésperas do casamento recebe carta lacônica e anônima, acusando a futura esposa. Espírito já predisposto à dúvida, Félix não pensa duas vezes: dá total crédito à carta anônima e abandona o projeto de casamento.

Estamos salientando este episódio do romance porque é ele que nos pode conduzir ao problema ético da conduta do homem ciumento no universo romanesco de Machado. A carta — pressente acertadamente Félix — deve ter sido escrita por Luís Batista, também pretendente aos favores de Lívia e preterido, e portanto não merecia crédito ou confiança, escrita que foi pela pena da inveja ou do orgulho ferido. Mas isso não tinha importância para Félix, porque para ele contava mais a *verossimilhança* da situação criada pela carta do que a *verdade* proporcionada pelo exame detido dos fatos. Leiamos o texto:

> O que ele [Félix] interiormente pensava era que, suprimida a vilania de Luís Batista, não estava excluída a verossimilhança do fato, e basta ela para lhe dar razão (*Ressurreição*).

Machado de Assis, ainda inseguro de seu instrumento de trabalho e mais inseguro ainda da capacidade de apreensão do drama moral de Félix pelo leitor, deixa que o narrador se intrometa na narração e esclareça para o leitor não só os dizeres falsos da carta como o equívoco moral de Félix:

> Entendamo-nos, leitor, eu, que te estou contando esta história, posso afirmar-te que a carta era efetivamente de Luís Batista.

Aclara ele portanto (de maneira um tanto *gauche,* nunca é demais assinalar) a verdadeira procedência da carta e o erro da atitude do médico com relação à conduta da viúva, e deixa finalmente para o leitor a terrível responsabilidade de julgar Félix, de julgar a calúnia que levanta contra Lívia, de julgar enfim sua decisão que se baseia, não no conhecimento da verdade, mas na mera verossimilhança dos fatos.

2

O drama de Félix é agravado quando Machado de Assis idealiza o romance *Dom Casmurro*. Deseja que se torne mais ambíguo, mais sutil, e para isso suprime o narrador onisciente, que explicava os fatos de uma plataforma divina, e dá toda a responsabilidade da narração ao personagem ciumento. Veremos mais tarde como Dom Casmurro se sai desta empresa. Por outro lado, não só muda a profissão do personagem, passa ele a ser advogado, portanto homem mais ligado à arte de escrever, de persuadir e de julgar os outros, como também o faz ex-seminarista, homem que, pelo menos em teoria, deve ter as antenas mais preparadas para sentir os problemas morais. Casa-o, fá-lo ciumento da esposa, pai de um filho. Deixa que acuse a esposa de infidelidade, que a renegue e que a envie para a Europa com o filho. Mente para os amigos. Na Europa, a esposa morre sozinha. Recebe a visita do filho já moço, deseja-lhe morte de lepra – seu pedido é atendido, o filho morre de peste no norte da África. Todas as decisões não se justificam, como no caso de Félix, pelo pleno conhecimento da verdade, mas por acreditar que os acontecimentos se encaixam e podem ser explicados pelo verossímil.

Juge-pénitent, assim se propõe ao leitor o herói-advogado e narrador de Albert Camus, em *La chute,* destruindo assim a defasagem entre a consciência e a pena, entre o julgamento e a expiação. Réu e advogado de defesa são, respectivamente, Bento e Dom Casmurro. Dom Casmurro, como bom advogado que devia ser, toma para si a defesa de Bentinho, arquitetando uma peça oratória onde se nos afigura de primeira importância seu aspecto propriamente forense (era escrita por um advogado) e seu aspecto moral-religioso (escrita por um ex-seminarista).

De início percebemos que o traço mais saliente da retórica do advogado-narrador é o *apriorismo.* Ele sabe de antemão o que quer provar e sua peça oratória nada mais é do que o desenvolvimento verossímil de certo raciocínio que nos conduzirá implacavelmente à conclusão por ele ambicionada. Sua estruturação dos fatos, sua apresentação do comportamento humano dos personagens (inclusive de Bentinho) é informada pelo rigor da demonstração a ser estabelecida. Assim, para dom Casmurro o essencial era provar (e sair vencedor) que o conhecimento que tinha dos atos de Capitu quando menina lhe possibilitava um julgamento seguro sobre a Capitu adulta e misteriosa. Ou, usando suas próprias palavras, dirigidas é claro ao leitor:

> Mas eu creio que não, e tu concordarás comigo; se te lembras bem da Capitu menina hás de reconhecer que uma estava dentro da outra, como a fruta dentro da casca (*Dom Casmurro*).

A única *lembrança* que pode ter o leitor da jovem Capitu é a que lhe foi dada pela escrita do narrador. Não é de estranhar, também, como já assinalou Helen Caldwell, que o narrador gaste dois terços do livro descrevendo suas impressões da Ca-

pitu menina e um terço da Capitu adulta. Ora, o que nos provaria que a tese de dom Casmurro é válida a não ser certa noção preconcebida, certo preconceito, de que o adulto já está no menino, assim como a fruta dentro da casca? A comparação é uma comprovação, baseada que está na verdade da natureza. Como diz outro advogado, este agora nosso contemporâneo e personagem de *Les Faux-Monnayeurs*, de André Gide, o juiz Profitendieu:

> Afinal, isso é apenas um preconceito; mas os preconceitos são os pilares da civilização.

Depois de ter comprovado a primeira parte de sua teoria, dom Casmurro pode se dar ao luxo de passar por alto sobre a segunda, assim como Félix aceita a verdade da carta anônima sem ter a curiosidade de aquilatar sua veracidade. Por outro lado, visto sob o ângulo de Bentinho, percebe-se que nesta aritmética estrutural os dois terços descrevem-no em situação favorável, ao passo que o terço restante o surpreenderia quando comete os atos que realmente procura justificar pelos atos de Capitu menina e que deseja subtrair da vista do leitor. Enfim, aplicada a Bentinho, a mesma *tese* de dom Casmurro (isto é, a comprovação de uma verdade humana vindo de uma comparação com a verdade "natural") não é válida, pois o dócil e angelical filho de Glória nada tem do suburbano e casmurro (qualquer sentido que se queira dar a este adjetivo) advogado.

Este desequilíbrio estrutural se encontra justificado, para usar de uma expressão familiar, por uma desculpa esfarrapada. Escreve o narrador:

> Aqui devia ser o meio do livro, mas a inexperiência fez-me ir atrás da pena, e chego ao fim do papel, com o melhor da narração por dizer.

Como podia saber, naquele momento preciso, que tinha chegado ao meio do livro? O que é o *meio* de um livro? Onde fica o meio de um livro que está sendo escrito? Um livro pode ter tantas páginas quantas queira o autor. Seu tamanho depende sempre das *intenções* de quem escreve, e é sem dúvida a sua elasticidade que destrói a bela tese de Borges na Biblioteca de Babel. Portanto, apressar a narrativa, o melhor dela, como ele próprio nos diz, só porque tinha ultrapassado um marco que na realidade não deveria existir, é porque há motivo. É ainda incorrer em raciocínio apriorístico e cacoete retórico.

Outro traço preciso e importante para definir a retórica da verossimilhança é o predomínio da *imaginação* sobre a *memória* na investigação do passado. Machado de Assis, em pelo menos dois capítulos, deixa claro que quis dar ao narrador a ocasião de levantar o contraste entre as duas faculdades e estabelecer nítida vitória da fantasia. Trata-se do capítulo XL, "Uma égua", e do que leva o número LIX, "Convivas de boa memória". E em ambos, como para frisar ainda mais a vitória da imaginação, elabora um pequeno detalhe que reforça por comparação e por oposição a falta de memória. Desconhece, ou bem não tem certeza do nome do autor das diferentes citações com que abre cada um dos citados capítulos. Confessa no primeiro: "Creio haver lido em Tácito [...], se não foi nele, foi noutro autor antigo..."; e no outro: "[...] a prova de ter a memória fraca seja exatamente não me acudir agora o nome de tal

[autor] antigo...". Basta justapor os dois trechos seguintes para que se possa apreender em toda sua riqueza o problema de que estamos falando:

> A imaginação foi a companheira de toda a minha existência, viva, rápida, inquieta, alguma vez tímida e amiga de empacar, as mais delas capaz de engolir campanhas e campanhas correndo (capítulo XL).

> Não, não, a minha memória não é boa... Como eu invejo os que não esqueceram a cor das primeiras calças que vestiram! Eu não atino com a das que enfiei ontem. Juro só que não eram amarelas porque execro essa cor; mas isso mesmo pode ser olvido e confusão (capítulo LIX).

Daqui advém sem dúvida a grande diferença — não muito respeitada pela crítica brasileira — entre o narrador de *Dom Casmurro* e o de *À la Recherche du Temps Perdu*, na medida em que, no caso de Machado, a reconstrução obedece a desígnios aprioristicos, óbvios ou camuflados, mas sempre sob o devido controle daquele que lembra, que escreve e que sabe onde está o meio do livro, ao passo que no caso de Proust o passado lhe surge como um presente, gratuito e inesperado, que lhe é oferecido pelo exercício apurado de seus sentidos. No caso de Machado, a reconstituição do passado obedece a um plano predeterminado (cujo exemplo concreto dentro do tecido narrativo seria a reconstrução *real* da casa de Matacavalos, que mostra em si toda a artificialidade do processo machadiano) e sobretudo a um arranjo convincente e intelectual de sua vida. Frisemos os dois últimos adjetivos: convincente, porque pretende persuadir alguém, o leitor, de alguma coisa; intelectual, porque depende da reflexão constante do narrador, e não trai um desejo de se deixar invadir passivamente pelo passado, por impressões fugidias e passageiras, delicadas. O narrador machadiano, ao contrário do narrador proustiano, é um ressentido, medroso do passado: "Aí vindes de novo, inquietas sombras", citando Goethe logo no início.

No prefácio de *Contre Sainte-Beuve*, Proust deixa clara sua posição:

> Cada dia atribuo menos valor à inteligência. Cada dia percebo melhor que é só fora dela que o escritor pode novamente reassumir alguma coisa de nossas impressões, isto é, alcançar algo de si mesmo e a matéria única da arte.

Machado, racionalista infatigável, dificilmente poderia ser colocado ao lado do bergsonismo proustiano. Colocar um ao lado do outro é subestimar a formação filosófica de um e do outro.

Outro aspecto ainda, não menos desprezível, da retórica de *Dom Casmurro* é o fato de recusar sistematicamente a procura da identidade perfeita entre dois elementos, procurando antes impingir ao leitor proposições que traduzem a *igualdade* pela *semelhança*. Mesmo deixando de lado a regra de três (*menina/ adulta: fruto/casca*), vemos por exemplo que Bentinho, segundo o dizer de José Dias e de sua mãe, "é a cara do pai", como ainda nos propõe Dom Casmurro como argumento maior para o adultério da esposa o fato de seu filho não se parecer a ele, sendo mais semelhante ao amigo Escobar. Essa visão da vida em família trai, é claro, certo preconceito, ou neste caso específico, se baseia em provérbios que de certa forma

traduzem apenas o bom senso, provérbios como: "Tal pai, tal filho", ou "Filho de peixe, peixinho é". A persuasão, no presente caso, surge portanto da entrega ao leitor daquilo mesmo que sua mente já está preparada para receber ("*la sagesse des nations*", como se diz em francês); não exige dele nenhum esforço de adaptação, nenhum melhoramento. O convencimento não é feito com a esperança de que o leitor evolua seu modo de pensar, ou de encarar os problemas, mas pelo fato de lhe propor como base para seu julgamento aquilo mesmo que já possui: o bom senso.[135] Surpreender, portanto, a falácia do narrador-advogado é recusar a situação de equilíbrio (falsa) proposta pelo conservadorismo, é desmascarar sua linguagem e deitar certa intranquilidade no *status quo*.

Se, de certa maneira, são esses os mecanismos predominantes no modo de raciocinar do narrador, e por conseguinte de convencer, não se deve esquecer de que a retórica do verossímil se espraia, ocasionando certa compreensão particular do comportamento dos *outros*. Duas atitudes, entre outras, são típicas de Dom Casmurro, quando analisa os que o rodeiam: a) joga a culpa de toda calúnia nos outros, isentando-se aparentemente de qualquer responsabilidade, colocando-se ainda na qualidade de vítima; b) empresta aos outros contradições entre o que chamaremos por enquanto de interior e exterior.

No primeiro caso, bastaria lembrar que a primeira acusação contra Capitu foi feita por José Dias — "olhos de cigana oblíqua e dissimulada" —, e é o mesmo José Dias, à semelhança de Luís Batista em *Ressurreição*, que inspira a primeira crise de ciúme, afirmando que Capitu não ficará quieta "enquanto não pegar um peralta da vizinhança, que case com ela". Mais tarde, José Dias tem necessidade de confessar seu engano de julgamento, e por uma dessas costumeiras felicidades do romance, destruirá por completo a tese proposta no final por dom Casmurro. A passagem da menina a adulta é vista por José Dias como a transformação da flor em fruto, e se a flor é caprichosa, o fruto é sadio e doce:

> Cuidei o contrário, outrora; confundi os modos de criança com expressões de caráter, e não vi que essa menina travessa e já de olhos pensativos era flor caprichosa de um fruto sadio e doce...[136]

O descontrole de julgamento de José Dias (critica primeiro, elogia depois) mostra bem o caráter de calúnia que revestiu o primeiro julgamento que fez da jovem Capitu. ("Modos de criança" não são "expressões de caráter" — boa lição para Dom Casmurro.) Bentinho aceitou as calúnias e as elaborou pela imaginação, como ficou patente na passagem em que descreve seus primeiros ciúmes, quando constrói o quadro em que Capitu é cortejada por um jovem da vizinhança, tendo inclusive correspondido aos avanços do apaixonado. Tão seguro já está de que haviam

[135] Em recente artigo sobre a poesia de Affonso Ávila, "Ahs! e silêncio", procuramos ilustrar como seu poema se constrói por sucessivas transgressões/traições a uma frase feita, ou chavão, desajuste este que vem a ser o responsável pelo salto semântico e participante, anticódigo e revolucionário.

[136] Sem dúvida a metáfora flor/fruto entra em evidente choque com a proposta por Dom Casmurro: fruta/casca. Uma análise microscópica das duas metáforas indicaria por certo a coerência que existe tanto em José Dias quanto em Dom Casmurro, na medida em que na primeira há um processo de transformação, ao passo que na segunda o que sucede é apenas um amadurecimento *interno*. É claro que o problema da coerência é totalmente estranho ao teor de nosso trabalho.

trocado beijos, que apenas quer saber a quantidade. Mas, se foi capaz de elaborar mentalmente a calúnia, não o foi de aceitar a correção do julgamento.

Emprestando sobretudo a Capitu e a José Dias a contradição entre o *exterior* e o *interior*, entre os gestos/palavras e as verdadeiras aspirações e desejos, acusando-os portanto de conduta interessada, de falta de sinceridade e de dissimulação, protege de certa forma Bentinho e ao mesmo tempo chama a atenção do leitor, por contraste, para sua sinceridade de vítima. Ora, como vimos no caso de *Ressurreição*, onde o esqueleto do mecanismo de pensamento do homem ciumento se mostra mais à vista, por imperícia do romancista estreante (repitamos), a dissimulação feminina é um dado que existe e existirá na sociedade que Machado descreve, e que pode ser observado em toda jovem que se enamora e deseja casar-se. É consequência de sua própria posição frente ao homem, dentro da sociedade, e de modo algum pode ser tomada como exemplo de futura traição. A não ser, é claro, que se dê mais importância ao verossímil do que à verdade.

Acreditamos que já se encontra esboçada em termos gerais e em seus traços predominantes o que estamos chamando de retórica da verossimilhança. Podemos desde já concluir, então, que o romance que estamos analisando dramatiza a "situação moral" — para usar a expressão de Machado ao criticar *O primo Basílio* — de Dom Casmurro. Seu problema ético-moral é óbvio, sua reconstituição do passado é egoísta e interesseira, medrosa, complacente para consigo mesmo, pois visa a liberá-lo dessas "inquietas sombras" e das graves decisões de que é responsável. O *remorso* (outro vocábulo constante na pena de Machado crítico) deve rondar suas últimas horas. Como no poema baudelairiano intitulado "O irreparável", devia ele clamar:

> Em que filtro, em que vinho, em que tisana
> Afogar esse velho inimigo?

Dom Casmurro dá prioridade a este "velho inimigo" em suas preocupações de suburbano pacato, e o afoga com sua *escrita*.

Por meio de seu discurso ordenado e lógico, procura resolver sua angústia existencial. Depois de persuadir a si, quer persuadir os outros de sua verdade. Percebe-se, porém, que o ex-seminarista advogado incorre em duas falácias ao estabelecer sua verdade. Do ponto de vista estritamente jurídico, peca por basear a persuasão no *verossímil*, e, do ponto de vista moral-religioso, por sustentar suas justificativas pelo *provável*.

Assim sendo, dom Casmurro, que não teve forças para escrever um tratado sobre "Jurisprudência, filosofia e política", tinha no entanto estes conhecimentos quando escrevia a obra que com constância está oferecendo a seu leitor. Seria, pois, uma lástima que o crítico não tomasse em consideração o *background* cultural daquele que narra sua vida, um pouco impelido pelo olhar dos quatro bustos pintados na parede.

Parece-me enfim que a intenção de Machado de Assis ao idealizar *Dom Casmurro* era de "pôr em ação" dois equívocos da cultura brasileira, que sempre viveu sobre a proteção dos bacharéis e sob o beneplácito moral dos jesuítas.

3

Nesse sentido, de grande importância para se compreender não só a extensão da problemática colocada pelo romancista e pelo romance, como também a riqueza do drama ético-moral de *Dom Casmurro*, caso se o considere como uma "pessoa moral", ou representativo de uma coletividade de *chefs/salauds* (Sartre), seria a leitura de *Fedro*, diálogo de Platão em que Sócrates discute o problema da retórica que se vale do verossímil como recurso de persuasão, e as 18 cartas escritas por Louis de Montalte a um provincial, conhecidas como *Les Provinciales* (a partir da quinta carta), onde Pascal critica sem nenhuma clemência a casuística jesuíta, por meio do que se chama o "probabilismo", ou seja, "a doutrina das opiniões prováveis". A palavra *provável*, como nos ensinam os teólogos, guarda seu sentido etimológico, que é o equivalente perfeito do verossímil em retórica. Eis a definição fornecida por um dicionário de religião e ética:

> *An opinion is probable which commends itself to the mind by weighty reasons as being very possibly true.*[137]

Em carta dirigida em 1906 a Joaquim Nabuco, e amplamente divulgada, o próprio Machado de Assis confessa seu culto por Pascal: "Desde cedo, li muito Pascal..., e afirmo-lhe que não foi por distração". Quanto a Platão, embora os críticos não tenham assinalado a importância de seu pensamento na obra de Machado,[138] é interessante constatar, com a ajuda de Luís Vianna Filho, último biógrafo de Machado, que diversos contemporâneos do nosso autor, durante os anos de elaboração de *Dom Casmurro*, o assimilavam à figura do filósofo grego:

> Para eles [seus amigos] Machado é uma espécie de Platão, cuja companhia ilustre e amável disputam enternecidos. "Só vi nele o grego" dirá Nabuco. É expressivo que, em diversas ocasiões, Veríssimo e Mário de Alencar, ao evocarem Machado, se lembrem do filósofo grego.

E mais abaixo, na mesma página, Vianna Filho cita Mário de Alencar:

> Mostrei-lhe uma vez um diálogo de Platão, um trecho da palavra de Sócrates...[139]

A familiaridade com estes dois filósofos e, sem dúvida, a leitura de *Fedro*, diálogo indispensável na formação dos advogados, juntamente com o *Górgias*, bem como das *Provinciales*, onde Pascal critica acirradamente os responsáveis por nossa educação moral e religiosa, podem sem dúvida explicar a distância indispensável que se deve estabelecer entre crítico e narrador/personagem para se apreciar o drama ético-moral de dom Casmurro, ou do brasileiro que tem o poder nas mãos, por-

[137] *Enciclopaedia of Religion and Ethics*. Org. James Hastings. Edinburgh: T&T Clark, 1918, vol. X, p. 349. [Uma opinião provável é a que se recomenda ao espírito por razões ponderáveis como sendo muito possivelmente verdadeira.]

[138] Cf. "O Astrólogo e a Velha", capítulo de nosso estudo sobre *Ressurreição*, publicado no *Suplemento Literário de O Estado de S. Paulo*.

[139] *A vida de Machado de Assis*. São Paulo: Martins, 1965, p. 189.

que decidiu Machado que seu narrador/personagem incorresse sistematicamente naquilo mesmo que idealizava como objeto de sua crítica.

O principal interesse do *Fedro* como tem salientado seus modernos exegetas é o de opor o ponto de vista da filosofia, representado pela palavra de Sócrates, ao ponto de vista dos sofistas e retóricos, representado por Fedro, na medida em que este é discípulo e admirador de Lísias, reprodutor de suas palavras. Como base para essa discussão, toda a primeira metade do diálogo é dedicada a três discursos sobre o amor, um do próprio Lísias, tal como é repetido por Fedro, e os outros dois da responsabilidade de Sócrates. Para nosso trabalho, a que interessa salientar é que Sócrates sublinha na indiferença da retórica — tal como era praticada naquele momento na Grécia — a sua indiferença com relação à busca da verdade, exatamente porque o texto sofista se baseia no verossímil.

Para Sócrates, como para nós, a palavra *retórica* está tomada em seu sentido lato. Assim define ele o termo:

> [...] a retórica não seria, em suma, uma psicagogia, uma maneira de conduzir as almas por meio do discurso, não apenas nos tribunais e em qualquer outro lugar público de reunião, mas também nas reuniões privadas [...][140]

Retórica é, pois, basicamente um método de persuasão, de cujo uso o homem se vale para convencer um grupo de pessoas da sua opinião. E não é este um dos principais interesses da prosa de dom Casmurro como vimos mostrando? E de que outra maneira se poderia justificar sua constante necessidade de trazer para a arena de discussão o leitor? Como ainda se poderia justificar a chave de ouro do livro, frase final que pede a aprovação do leitor para contradizer a *Escritura* e impor a palavra verdadeira como a metáfora do narrador?

Segundo Sócrates, o grande erro do ensino e da prática da retórica na Grécia é que, como diz Fedro:

> [...] para aquele que se destina a ser orador é absolutamente desnecessário ter aprendido o que constitui a realidade da justiça, mas antes o que dela pode pensar a multidão, que precisamente deve decidir; não tanto o que realmente é bom ou belo, mas o que ela pensará a respeito disso. Eis aí, de fato, qual é o princípio da persuasão, mas não da verdade.

Este defeito educacional na formação do orador redunda num duplo cacoete profissional: o desligamento por completo da realidade e por consequência a crença no valor supremo das regras da retórica, e por outro lado, a centralização do motivo do discurso, não no próprio discernimento do orador, mas no de quem escuta. Daí que o ponto de referência para suas ideias não é a realidade (a constatação, o flagrante — como se diz em termos policiais), mas o provável, o verossímil, que como vimos é a base da retórica de dom Casmurro. Sócrates continua mais adiante:

> Vejam que, nos tribunais, ninguém tem o menor interesse pela verdade, mas apenas por aquilo que é convincente. Ora, isso constitui o verossímil, a que deve aplicar-se quem se proponha a falar com arte. Há mesmo casos em que não se deve enunciar o pró-

140 As citações de Platão foram extraídas de *Phèdre,* Paris, Les Belles Lettres, 1966.

prio ato, se não se realizou de modo verossímil, deve-se, sim, enunciar as verossimilhanças, tanto na acusação como na defesa. De qualquer maneira, é preciso procurar o verossímil, dando-se repetidas vezes adeus ao verdadeiro!

Dom Casmurro aplica em sua prosa as regras e leis que aprendeu no (mau) ofício de sua profissão.

> É, na verdade, a verossimilhança que, percorrendo o discurso de uma extremidade a outra, constitui a totalidade da arte oratória.

Dentro do esquema proposto, em que advogado de defesa e réu são a mesma figura, é importante notar que a persuasão se situa em dois níveis. Dom Casmurro que se persuade a si de sua inocência e que, ao mesmo tempo, persuade os outros. Mas o método que usa já é nosso conhecido. E dentro da sociedade brasileira é muitas vezes persuadindo o outro que se chega a persuadir a si mesmo de alguma coisa.

Ao verossímil, Sócrates vai propor, como se sabe, o método filosófico por excelência que é o dialético. E o veículo ideal para a expressão do orador não é a palavra escrita, mas a falada — como acentua no final do diálogo. Ora, se atentarmos bem para a prosa de dom Casmurro notaremos que diversas vezes insiste no fato de que *escreve,* escreve um livro, ao contrário de outros narradores de primeira pessoa que criam a ilusão de que estão falando. É certo que Sócrates, defendendo a palavra escrita, impedia ao mesmo tempo o filósofo de incorrer no dogmatismo, pois podia aquele que fala encontrar-se aberto às sugestões e correções daqueles que ouvem. E finalmente poderíamos perguntar: a palavra escrita não é a base de um dos grandes dilemas de nossa civilização? Acreditar que se aprendeu a substância de um livro pela sua leitura.

A complacência que existe no nível forense, complacência com relação ao pensamento do ouvinte, a entrega total e consciente do imaginário retórico na reconstrução do passado encontram seu correspondente no plano pessoal e moral, como adiantávamos, na benevolência que os jansenistas combatiam na casuística dos jesuítas, o "abrandamento da confissão" (*l'adoucissement de la confession*), baseada que estava a casuística, não nos ensinamentos dos Evangelhos e da Patrística, mas nas *summae confessorum* que desde o Concílio de Latran (1215) ajudavam os padres nos difíceis e delicados mistérios da confissão.

Esta oposição entre a palavra do Evangelho e a casuística encontra-se magnificamente expressa e concretizada nas últimas páginas do romance, quando o narrador — num último esforço de autoperdão e de convencimento do leitor — opõe a palavra de Jesus, filho de Sirach e autor do *Eclesiástico*, a um argumento metafórico, típico do verossímil, do provável:

> Jesus, filho de Sirach, se soubesse dos meus primeiros ciúmes, dir-me-ia, como no seu cap. IX, vers. I: "Não tenhas ciúmes de tua mulher para que ela não se meta a enganar-te a ti com a malícia que aprender de ti." Mas eu creio que não, tu concordarás comigo; se te lembras bem da Capitu menina, hás de reconhecer que uma estava dentro da outra, como a fruta dentro da casca.

Como assinala Pascal,[141] no mundo barroco dos casuístas, graças à instituição do probabilismo como teoria, chegava-se a equívocos extraordinários e sobretudo à organização de uma religião que não conduzia à fé, ou à caridade, mas que queria, pela benevolência, receber em seu seio os grandes e os nobres, agradá-los para receber em troca seu agradecimento. Tão intricado ficou o sistema, que o padre Bauny, como nos diz Pascal, pôde afirmar que:

> Quando o penitente segue uma opinião provável, o confessor deve absolvê-lo, ainda que sua opinião seja contrária à do penitente (p. 81).

Este tipo de raciocínio, que raia o absurdo e parece retirado da lógica de Ionesco, é que o jansenismo criticava. Portanto, o ex-seminarista, encaminhando sua reconstituição do passado dentro do provável, conseguiria sem dúvida (mesmo que não compartíssemos de sua opinião) não só a tranquilidade dada pelo confessor, como — quer-nos parecer — a que exigia para sua própria consciência.

> [...] o desígnio capital que nossa sociedade tornou como o bem da religião é o de não repelir quem quer que seja, para não desesperar o mundo (p. 88).

— afirma outro padre nas cartas de Pascal.

Outro ponto em que incorre dom Casmurro, criticado também pelos jansenistas, é o chamado processo de "dirigir a intenção" (p. 97). Consiste este a se propor como o fim de suas ações um objeto permitido. Assim, a maioria dos casos de *vingança* pode ser desculpada pelo fato de que o criminoso não está realmente se vingando, mas defendendo sua honra. O exemplo escolhido por Pascal é claro e dispensa comentários:

> Aquele que recebeu uma afronta não pode ter a intenção de se vingar mas pode, isso sim, evitar a infâmia e, por conseguinte, rechaçar imediatamente a injúria, até mesmo com golpes de espada (p. 98-99).

No caso de dom Casmurro, muitos de seus atos são justificados por ter "dirigido a intenção": era sempre a sua honra que estava em jogo. Justifica-se:

> Embarquei um ano depois, mas não a procurei, e repeti a viagem com o mesmo resultado. Na volta, os que se lembravam dela, queriam notícias, e eu dava-lhas, como se acabasse de viver com ela; naturalmente as viagens eram feitas com o intuito de simular isto mesmo, e enganar a opinião.

Não se vingou de Capitu, apenas defendeu sua honra. Não mentiu a seus amigos, apenas lhes escondia o deslize da esposa. Talvez se sentisse até generoso.

Machado de Assis — podemos concluir — quis com *Dom Casmurro* desmascarar certos hábitos de raciocínio, certos mecanismos de pensamento, certa benevolência retórica — hábitos, mecanismos e benevolência que estão para sempre

[141] As citações de Pascal foram extraídas de *Lettres écrites à un Provincial,* Paris: Garnier-Flammarion, 1967. As páginas são indicadas entre parênteses.

enraizados na cultura brasileira, na medida em que foi ela balizada pelo "bacharelismo", que nada mais é, segundo Fernando de Azevedo, do que "um mecanismo de pensamento a que nos acostumara a forma retórica e livresca do ensino colonial", e pelo ensino religioso. Como intelectual consciente e probo, espírito crítico dos mais afiados, perscrutador impiedoso da alma cultural brasileira, Machado de Assis assinala ironicamente nossos defeitos. Mas este é um engajamento bem mais profundo e responsável do que o que se pediu arbitrariamente a Machado de Assis. E pensar que se pode falar da filosofia de Machado acreditando que a base de suas ideias se encontrava no "ressentimento mulato"...

Gênero e estilo das *Memórias póstumas de Brás Cubas*[142]
José Guilherme Merquior

Os contos dos *Papéis avulsos* e os poemas das *Ocidentais* consubstanciam a emergência de uma visão problematizadora inédita na literatura brasileira, e sem equivalente nos demais autores pós-românticos. Mas o pessimismo de Machado de Assis só causou pleno impacto quando essa visão problematizadora elegeu como veículo o romance "realista", o romance urbano de ação contemporânea; em outras palavras, quando foram publicadas as *Memórias póstumas de Brás Cubas*. Divulgado primeiramente na *Revista Brasileira*, a partir de março de 1880, *Memórias póstumas* (que Machado, doente dos olhos, foi compelido a ditar a Carolina) só apareceu em volume no ano seguinte. O sabor cáustico do livro destoou imediatamente de todos os exemplos nacionais de idealização romântica; ao mesmo tempo, o seu humorismo ziguezagueante, a sua estrutura insólita e desenvolta, impediam qualquer identificação convincente com os modelos realistas ou naturalistas. O "autor", isto é, o falecido Brás Cubas, logo nos adverte que se trata de uma "obra difusa", escrita "com a pena da galhofa e a tinta da melancolia". Obra difusa, cheia de digressões e extravagâncias, porque nela, em vez da narração linear e objetivista de Flaubert ou Zola, Machado adotava a "forma livre" de Laurence Sterne (*Tristram Shandy*, 1760-67).

Essa pista, fornecida pelo próprio Machado, tem sido seguida fielmente pela crítica, no afã de caracterizar esse corpo estranho na nossa ficção que é *Memórias póstumas*: romance sterniano, redigido pela prosa errante e caprichosa de um leitor que as *Viagens na minha terra* (1846) de Almeida Garrett levaram possivelmente ao *Voyage autour de ma Chambre* (1795) de Xavier de Maistre, e este, por sua vez, ao seu próprio modelo — Sterne.

Entretanto, pelo menos duas das características mais importantes e mais ostensivas das *Memórias póstumas* inexistem em Sterne. A primeira é a feição *filosófica e sardônica* do humorismo machadiano. Essa ironia álgida, eivada de "ra-

142 Texto extraído de *Colóquio/Letras* 8, 1972.

bugens de pessimismo", como confessa o finado autor, é muito diversa do humorismo eminentemente *simpático* e *sentimental* do *Tristram Shandy*. O travo acre e angustiante que nos deixa a "galhofa" de Machado falta por completo ao licor amável de Sterne; mas a natureza inquietadora do humor machadiano deriva justamente da sua propensão inquisitiva e filosófica, da sua qualidade de visão problematizadora. A segunda diferença é a natureza *fantástica* da situação narrativa. Sterne regurgita de excentricidades, mas todas elas são, em última análise, imputáveis às desordenadas perambulações do espírito de Tristram, ao contar a sua autobiografia; o autor queria explorar no romance a teoria de Locke sobre a associação de ideias, chave do processo psíquico; daí haver nele muita fantasia, mas não o fantástico. Decididamente fantástica, porém, é a moldura narrativa do *Memórias póstumas*; a começar pelo fato de ser o romance de um defunto, "memórias" radicalmente *póstumas*...

Aqui se dirá que não convém levar tão a sério esse ar sobrenatural, pois o fantástico não passa de um estratagema humorístico, de uma primeira manifestação do sarcasmo de Machado. Sem dúvida: mas é precisamente essa *fusão* de humorismo filosófico e fantástico que nos consente atinar com o verdadeiro gênero do romance: *Brás Cubas é um representante moderno do gênero cômico-fantástico*. Esta é a linhagem a que efetivamente pertence o livro. O gênero cômico-fantástico, também conhecido como literatura *menipeia*, tomou corpo, na literatura ocidental, desde o fim da Antiguidade; sua realização mais perfeita são as sátiras em prosa de Luciano de Samosata (século II), autor dos *Diálogos dos mortos*. Os principais atributos da literatura cômico-fantástica, modernamente valorizada pelos estudos de Mikhail Bakhtin sobre Rabelais e Dostoiévski, são: *a*) a ausência de qualquer distanciamento enobrecedor na figuração dos personagens e de suas ações — aspecto pelo qual a literatura cômico-fantástica se distingue nitidamente da epopeia e da tragédia; *b*) a *mistura do sério e do cômico*, de que resulta uma abordagem humorística das questões mais cruciais: o sentido da realidade, o destino do homem, a orientação da existência etc.; *c*) a absoluta liberdade do texto em relação aos ditames da verossimilhança; nos diálogos de Luciano, como no romance de seu contemporâneo Apuleio (*O asno de ouro*) ou na obra de Rabelais, as *fantasmagorias* mais desvairadas convivem sem transição com os detalhes mais veristas; *d*) a frequência da *representação literária de estados psíquicos aberrantes*: desdobramentos da personalidade, paixões descontroladas, delírios (como o delírio de Brás Cubas); *e*) o uso constante de *gêneros intercalados* — por exemplo, de cartas ou novelas — embutidos na obra global (como as historietas de Marcela, de d. Plácida, do Vilaça e do almocreve, nas *Memórias póstumas*).

Sabemos pelas citações de Machado que ele conhecia e apreciava a obra de Luciano gulosamente lida na Renascença — e de seus imitadores barrocos, como Fontenelle (*Dialogues des morts*, 1683) e Fénelon, ou modernos, como o grande pessimista Leopardi (*Operette morali*, 1826). E são realmente impressionantes as analogias de concepção e estrutura entre as grandes expressões do gênero cômico-fantástico e as *Memórias póstumas de Brás Cubas*. Luciano possui até um personagem: o filósofo Menipo, que gargalha no reino do além-túmulo — em situação idêntica à de Brás Cubas. Pode-se dizer que Machado elaborou uma combinação muito original da menipeia com a perspectiva "autobiográfica" de Sterne e Xavier

de Maistre, acentuando simultaneamente os ingredientes filosóficos de uma das fontes do *Tristram Shandy*: os *Ensaios* de Montaigne, esse clássico da biografia espiritual em estilo informal. *Memórias póstumas* é um caso de novelística filosófica em tom bufo, um manual de moralista em ritmo foliónico. Em lugar do humorismo de identificação sentimental de Sterne, o que predomina nessas pseudomemórias é o ânimo de paródia, o *rictus* satírico, a dessacralização carnavalesca. Quase nenhum sentimento, nenhum valor ou conduta escapam a essa chacota corrosiva. O enredo oficial: a vida do rico *fainéant* Brás Cubas, seus amores, tédios e ambições, é somente o ponto de partida de uma crítica moral que se exprime, de maneira entranhadamente artística, pela imaginação ficcional e pela reflexão concretamente motivada, e não pelo conceito abstrato ou pela máxima isolada. Aí está a razão de ser da estrutura elástica do romance, das digressões constantes (e nem sempre, é verdade, felizes), dos "piparotes" dados no leitor, em suma: da técnica narrativa humorística de Machado de Assis.

A chave da filosofia das *Memórias póstumas* é, naturalmente, o célebre delírio do autor-personagem, no capítulo VII. Moribundo, Brás Cubas tresvaria. Sonha que, montado num hipopótamo, cavalga rumo à "origem dos séculos", até que uma vasta figura de mulher, Natureza ou Pandora, arrebatando-o ao alto de uma montanha, o faz contemplar o cortejo das épocas:

> Imagina tu, leitor, uma redução dos séculos, e um desfilar de todos eles, as raças todas, todas as paixões, o tumulto dos impérios, a guerra dos apetites e dos ódios, a destruição recíproca dos seres e das coisas. Tal era o espetáculo, acerbo e curioso espetáculo. A história do homem e da terra tinha assim uma intensidade que lhe não podiam dar nem a imaginação nem a ciência, porque a ciência é mais lenta e a imaginação mais vaga, enquanto que o que eu ali via era a condensação viva de todos os tempos. Para descrevê-la seria preciso fixar o relâmpago. Os séculos desfilavam num turbilhão, e, não obstante, porque os olhos do delírio são outros, eu via tudo o que passava diante de mim — flagelos e delícias —, desde essa coisa que se chama glória até essa outra que se chama miséria, e via o amor multiplicando a miséria, e via a miséria agravando a debilidade. Aí vinham a cobiça que devora, a cólera que inflama, a inveja que baba, e a enxada e a pena, úmidas de suor, e a ambição, a fome, a vaidade, a melancolia, a riqueza, o amor, e todos agitavam o homem, como um chocalho, até destruí-lo, como um farrapo. Eram as formas várias de um mal, que ora mordia a víscera, ora mordia o pensamento, e passeava eternamente as suas vestes de arlequim, em derredor da espécie humana. A dor cedia alguma vez, mas cedia à indiferença, que era um sono sem sonhos, ou ao prazer, que era uma dor bastarda. Então o homem, flagelado e rebelde, corria diante da fatalidade das coisas, atrás de uma figura nebulosa e esquiva, feita de retalhos, um retalho de impalpável, outro de improvável, outro de invisível, cosidos todos a ponto precário, com a agulha da imaginação; e essa figura — nada menos que a quimera da felicidade —, ou lhe fugia perpetuamente, ou deixava-se apanhar pela fralda, e o homem a cingia ao peito, e então ela ria, como um escárnio, e sumia-se, como uma ilusão.
>
> Ao contemplar tanta calamidade, não pude reter um grito de angústia, que Natureza ou Pandora escutou sem protestar nem rir; e não sei por que lei de transtorno cerebral, fui eu que me pus a rir — de um riso descompassado e idiota.
>
> — Tens razão — disse eu —, a coisa é divertida e vale a pena — talvez monótona, mas vale a pena. Quando Jó amaldiçoava o dia em que fora concebido, é porque lhe davam ganas de ver cá de cima o espetáculo. Vamos lá, Pandora, abre o ventre, e digere-me; a coisa é divertida, mas digere-me.

O desfile dos séculos é um espetáculo "acerbo"; o homem é o chocalho das paixões, o rebelde inútil, para quem mesmo o prazer não é senão "uma dor bastarda". Reencontramos aqui — com o *pathos* da amargura — o universo vicioso de "O alienista". Torna-se então bem fácil compreender as "rabugens de pessimismo" do humor de Machado: é que a sua ironia é, como a de Swift, turvada pela crispação da repugnância pelo absurdo da condição humana. A Natureza, "mãe inimiga", é um flagelo; a História, uma catástrofe.

Entre a biografia do herói e essa melodia tragicômica, Machado tece um contraponto sutil. Brás Cubas é um fátuo, um prisioneiro dos desejos, que aspira egoisticamente ao gozo, ao poder e à glória. Sua história evolui num palco onde reina a decomposição dos seres e das experiências: a beleza de Marcela, o seu amor por Virgília, a sua ternura pela própria irmã, tudo se esvai, tudo apodrece. Não é à toa que o narrador avisa que o livro "cheira a sepulcro". A destruição, a crueldade é a norma da vida. O herói, que mata com metafísica volúpia as borboletas (capítulo XXXI), moscas e formigas (capítulo CII), não ignora, como Glocester no *Rei Lear*, que os homens também são moscas aos olhos dos deuses. Os oprimidos não são melhores do que os opressores: assim que o libertam, o escravo Prudêncio, que o menino Brás maltratava, chicoteia sem piedade o seu próprio servo; os criados de Virgília se desforram espionando-lhe o adultério. As causas mais nobres ocultam sempre interesses impuros, pois "quem não sabe que ao pó de cada bandeira grande, pública, ostensiva, há muitas vezes várias outras bandeiras modestamente particulares, que se hasteiam e flutuam à sombra daquela, e não poucas vezes lhe sobrevivem?". Mestre do desmascaramento, Machado é um discípulo dos moralistas franceses, para quem os bons sentimentos são a máscara hipócrita do egoísmo. Quanto aos valores sociais, repousam na mentira e nas conveniências. O pai de Brás Cubas adere sem rebuços à "teoria do medalhão" (*Papéis avulsos*): "Olha que os homens", diz ele ao filho, "valem por diferentes modos, e que o mais seguro de todos é valer pela opinião dos outros homens". A nossa própria identidade, a nossa consciência, é um produto do juízo coletivo: "tornar a si" é "tornar aos outros" (capítulo XCIX) — com a teoria do medalhão, reencontramos também a doutrina da alma exterior.

Do ponto de vista social, as bases desse mundo-cão não são difíceis de circunscrever. O ambiente de Brás Cubas é o das elites escravocratas de Oitocentos, o cotidiano em que ócio e sadismo se dão as mãos. Astrojildo Pereira mostrou a acuidade sociológica de Machado, a fidelidade com que ele evoca os modos de vida dos bacharéis e barões, das sinhás e sinhazinhas, dos agregados e dos escravos. É um espaço comunitário fundado nas relações de força, onde a separação das classes só é atenuada por poucos cimentos culturais e raras válvulas políticas; uma estrutura social que reflete e estimula os instintos agressivos. Não obstante, o odor psicológico mais típico desse meio é menos a agressividade do que o *tédio*. O tédio, essa "flor amarela, solitária e mórbida", nascida na Europa, no asfalto da civilização industrial, parece ter achado um canteiro ainda melhor no nosso sonolento Império tropical. A "volúpia do aborrecimento" é uma velha amiga de Brás Cubas. Bom schopenhaueriano, Machado concebe a existência como uma desalentadora oscilação entre a dor e o tédio, e talvez só Baudelaire se lhe compare na argúcia com que ele define os vários matizes do enjoo moral.

Mas toda essa neurastenia tem uma raiz metafísica, que é a negatividade, a destrutividade do *tempo*. O tempo constitui principalmente, nas *Memórias póstumas*, um agente de dissolução e estrago; a vida é um contínuo apodrecer. Das duas faces do tempo — senescência e germinação, envelhecimento e maturação — o pessimismo de Machado privilegiou a primeira. Para ele, o rio do tempo conduz ao mar da anulação, do mesmo modo que o corpo agonizante de Brás Cubas se fazia "planta, e pedra, e lodo, e coisa nenhuma". Como no pessimismo barroco, a metamorfose suprema está sob o signo do Nada. E contra esse tempo negativo, só a pungência intermitente da saudade tem poder; só a fugacíssima nostalgia do passado é capaz de "sacudir todas as misérias". Assim o herói, no leito de morte, relembra com delícia os anos em que amara a bela Virgília. No entanto, o pessimismo machadiano, que vê nos homens o joguete de (maus) instintos, não se assemelha ao rígido determinismo dos naturalistas. A liberdade é uma ilusão, mas os determinismos são volúveis e contraditórios. O homem "é uma errata pensante... Cada estação da vida é uma edição, que corrige a anterior, e que será corrigida também, até a edição definitiva, que o editor dá de graça aos vermes". A natureza, reservatório das causas, matriz da evolução, é às vezes "um imenso escárnio": ela se contraria a si mesma. O pessimismo machadiano desconhece qualquer *logos*: o mundo não lhe parece um cosmos cruel, mas simplesmente um caos — um doloroso caos.

Machado de Assis não aderiu a nenhum dos credos cientificistas do seu tempo. Em compensação, impregnou-se profundamente do pensamento de Schopenhauer. Segundo Schopenhauer, exatamente, o universo é Vontade, cega, obscura e irracional vontade de viver. A lei do real não é nenhum *logos* harmonioso, mas sim um conflitivo querer, fatalmente doloroso, porque necessariamente insatisfeito. Por isso a dor é a essência das coisas para Schopenhauer, e só no ideal budista de renúncia aos desejos se pode colher alguma felicidade. Há nas *Memórias póstumas* um personagem — Quincas Borba, o mendigo filósofo — que se apresenta como criador do "humanitismo". O "humanitismo" é ao mesmo tempo uma caricatura da "religião da humanidade" dos positivistas (J. Mattoso Câmara) e uma grotesca refutação da ontologia "algésica" — da ontologia da dor — de Schopenhauer. Não que o "humanitismo" negue o mal e a dor; no romance *Quincas Borba*, o seu lema será o darwiniano "ao vencedor as batatas" — que acusa por si só o pleno reconhecimento do caráter agônico, bélico, da vida. Mas a ironia de Machado está justamente em atribuir-lhe a arrogante pretensão de justificar a crueza da realidade, "explicando" todas as desgraças deste mundo como outras tantas vitórias de Humanitas, o princípio superior do Ser... Como o Pangloss de Voltaire, Quincas Borba é um otimista ridículo. Fazendo do "humanitismo" uma teodiceia absurda, e do seu profeta uma figura grotescamente dogmática, o humorismo machadiano prestava uma homenagem implícita à metafísica de Schopenhauer.

Tanto mais que a lição dos outros pensadores de sua preferência concordava com o pessimismo schopenhaueriano. Pascal, autor de cabeceira de Machado, ensinou-o a enxergar no mundo o império do mal. Radicalizando a doutrina agostiniana da corrupção do mundo terreno, o cristianismo barroco de Pascal revivera a ideia gnóstica da malignidade intrínseca do orbe sublunar. Num conto filosófico, "Adão e Eva", Machado formula explicitamente a tese de que a realidade terrena está colocada sob o cetro de Satã; a maioria de seus personagens são egoístas e maus, e

as suas vítimas valem pouco mais do que os delinquentes. A pesquisa biográfica nunca cessou de indagar até que ponto essa visão sombria da existência espelha os ressentimentos do mestiço doente, que, galgando com raro brilho os degraus do prestígio social, nem por isso se libertou da inferioridade orgânica, da úlcera "nas fontes da vida" (A. Meyer), cujo fel se teria transformado em impotência afetiva.

Contudo, só especulativamente é possível atribuir à moléstia de Machado o seu pessimismo. Mais importante do que elucubrar sobre a gênese do pensamento moral de um autor é esquadrinhar esse pensamento no domínio ambíguo, mas bem mais sólido, da sua exteriorização na obra de arte e das relações desta com as correntes espirituais do seu tempo. O que singulariza o pessimismo de Machado é a sua posição antagônica em relação ao evolucionismo oitocentista, ao culto do progresso e da ciência. Frente às ingenuidades do cientificismo, que se dava por coveiro da filosofia, o sarcasmo de Brás Cubas reabre a interrogação metafísica, a perplexidade radical ante a variedade do ser humano. Um artista como Machado de Assis levou mais a sério do que os arautos do evolucionismo cientificista o golpe que Darwin tinha desfechado contra as ilusões antropocêntricas da humanidade. Machado aprendera em Montaigne a não esquecer que o homem é um animal, sujeito à natureza e a seus caprichos, e não um soberano invulnerável da criação, arrogantemente senhor do seu destino. Só Quincas Borba superestima a posição do homem entre as espécies — mas Brás Cubas prefere matutar no que "diriam de nós os gaviões, se Buffon tivesse nascido gavião...". A natureza é indiferente à consciência humana. Por isso, as agruras do drama do Bem e do Mal, da dor e da beatitude, nenhum naturalismo as pode aplacar. Nenhuma certeza — religiosa ou científica — subjuga o pessimismo machadiano. Em Machado, o próprio espetáculo da loucura humana é, no máximo, um ponto de vista sobre o indecifrável enigma do universo.

O humorismo de Machado de Assis é uma atitude eminentemente filosófica — mas não é uma "filosofia". Metafisicamente, o humor machadiano não tem conteúdo positivo. Daí, talvez, a sua terrível liberdade (que Graça Aranha intuiu sem compreender), a audaciosa liberdade que permite a abordagem cômico-fantástica do real. Neste sentido, a estrutura humorística de um livro como as *Memórias póstumas* é verdadeiramente consubstanciai à visão do mundo machadiana. Machado não emprega o humor para "ilustrar" uma filosofia: ao contrário, o seu humor — fazendo as vezes da inexistente metafísica — é filosofia; e esse fenômeno confere uma notável modernidade à sua obra, porque nada é tão moderno quanto o eclipse das filosofias afirmativas.

No plano estilístico, esse humorismo engendra o *experimentalismo ficcional* de Machado. "Experimentalismo" que nada tem a ver, bem entendido, com o romance "experimental" dos naturalistas. Ao contrário: por experimentalismo ficcional aludimos exatamente àquela livre manipulação de técnicas narrativas *que assimila Machado de Assis aos grandes ficcionistas impressionistas* e o afasta dos naturalistas e de seu gosto pela execução linear do relato. Junto com a sua prosa artística, a sua aguda percepção do tempo e o subjetivismo "decadente" de seus personagens (por exemplo: Brás Cubas, o Bento de *Dom Casmurro*, a Flora de *Esaú e Jacó*, o conselheiro Aires deste último romance e do *Memorial*), este é um dos elementos que pleiteiam mais convincentemente a inclusão de Machado de Assis entre os narradores impressionistas como Tchecov, James ou Proust. Sob um certo aspecto,

porém, Machado parece até ir *além* do impressionismo. É que os impressionistas como James ou Proust experimentavam técnicas narrativas com intenções tão realistas, tão subordinadas a um escopo de verossimilhança, quanto a narração linear e objetivista de Flaubert ou Zola. Perto da deles, a técnica narrativa machadiana parece infinitamente menos séria, menos comprometida, mais *lúdica*. Em Machado, o experimentalismo ficcional está animado pelo espírito de zombaria. Suas referências "cultas" à mitologia clássica são típicas: sempre instalam uma perspectiva humorística sobre a realidade burguesa. O ápice dessa sua inclinação lúdica talvez resida no seu *emprego particularíssimo dessa característica da prosa impressionista que é a frase em estilo figurado*, emoldurada por um segmento narrativo "realista". Alguns exemplos colhidos ao acaso nas *Memórias póstumas*: zeugma (abstrato + concreto): "O Vilaça levava nos olhos umas chispas de vinho e de volúpia"; metáfora: "Fui ter com Virgília; depressa esqueci o Quincas Borba. Virgília era o travesseiro do meu espírito, um travesseiro mole, tépido, aromático, enfronhado em cambraias e bruxelas"; alusão mitológica: "Travei-lhe das mãos, puxei-a levemente a mim, e beijei-a na testa, com uma delicadeza de Zéfiro e uma gravidade de Abraão"; prosopopeia: "Mas, meia hora depois, quando me retirei do baile, às quatro da manhã, o que é que fui achar no fundo do carro? Os meus cinquenta anos. Lá estavam eles, os teimosos, não tolhidos de frio, nem reumáticos — mas cochilando a sua fadiga, um pouco cobiçosos de cama e de repouso". E, para terminar, esse admirável retrato da baronesa X:

> Não falava muito nem sempre; possuía a grande arte de escutar os outros, espiando-os; reclinava-se então na cadeira, desembainhava um olhar afiado e comprido, e deixava-se estar. Os outros, não sabendo o que era, falavam, gesticulavam, ao tempo que ela olhava só, ora fixa, ora móbil, levando a astúcia ao ponto de olhar às vezes para dentro de si, porque deixava cair as pálpebras; mas, como as pestanas eram rótulas, o olhar continuava o seu ofício, remexendo a alma e a vida dos outros.

Machado não se limita a ornar de leve o discurso narrativo: visivelmente, ele se compraz em desenvolver os ornatos. Em sua obra, a ausência de "declamação" nos diálogos e descrições só tem paralelo na ostensividade *retórica* da linguagem. Retórica, é claro, no melhor, no verdadeiro sentido, ou seja: de consciência da natureza *artificial e técnica* da frase literária. Machado, o "antitropical", tem realmente horror a toda ênfase — menos, porém, à ênfase do estilo. Nada mais errôneo do que julgá-lo um narrador transparente, um ficcionista cuja linguagem se apaga atrás da coisa narrada. Ao mais sensível estudioso moderno da sua obra, Eugênio Gomes, deve-se o mérito de ter demonstrado a tendência do estilo machadiano à linguagem figurada, ao relevo retórico. A frase machadiana é de fato sempre faceira: exige que nós a olhemos antes de ver o que ela mostra. Mas estilo retórico não significa ornamentalismo gratuito; ninguém menos parnasiano, menos verbalista, que Machado de Assis. Machado é um escritor em quem o aspecto fortemente retórico do estilo, longe de lesar, *reforça* a energia *mimética* da linguagem, o seu poder de imitar, de *fingir* (ficção) efetivamente a variedade concreta da vida. E isso, também, mais do que um traço pós-romântico, é algo genuinamente *moderno*; algo menos próximo dos impressionistas do que de um Joyce, um J. L. Borges ou um Guimarães Rosa.

Machado de Assis: a pirâmide e o trapézio
[Fragmentos][143]
RAYMUNDO FAORO

Entre o reino metafísico da vontade, insaciável e contínua no seu movimento, e o homem perdido na terra, sob o governo de Satanás, a coerência não se forma necessariamente no campo do pessimismo. Machado de Assis, ferido por outra trajetória, não se dobra, servilmente, ao comando de Schopenhauer. Ele, o escritor carioca, vê a cena final do homem como um baile de máscaras,[144] quando os mascarados se retiram, calada a música, reconquistada a fisionomia real. Porque nem por ser o homem a presa do pecado, há de entregar-se só à dor. Sobre a dor o espetáculo tem a sua grandeza, diante do céu mudo e do absurdo do destino. Entre a metafísica e a ética se interpõe um espelho que retrata a luz e a converte num feixe de novas imagens. A realidade se transfigura não apenas em outro estilo, com a cor e a tonalidade diversa. Uma concepção, a *concepção humorística da vida*[145] dota as coisas e os homens de um eixo novo, capaz de fazê-los circular em torno de outro centro, devorando a matéria-prima do pessimismo.[146] Da cega vontade que domina o mundo, e, dentro dele, o homem, pode deduzir-se não só o pessimismo, como supunha Schopenhauer, mas também a sinfonia ditirâmbica da vida, como demonstraria Nietzsche. Entre uma e outra consequência, na encruzilhada de caminhos possíveis, o humorismo sombreia a dúvida, parecendo tudo afirmar ao tempo que tudo nega. Schopenhauer, na sua visão metafísica e especulativa, despreza as provas de felicidade do quotidiano: a felicidade não passa de momentâneo fenômeno negativo, da provisória cessação da dor. Ele viu o espetáculo e não quer enganar-se, depois do baile de máscaras só há o homem nu, dentro do universo. Para o humorista há a realidade e o espetáculo, em dualismo em que um não nega o outro, peças de um só jogo. Nem o desespero, nem a tragédia, mas o vestíbulo do desespero e da tragédia, o homem diante do absurdo, do fluir sem sentido da eternidade, na luta para perseguir valores impossíveis de se concretizarem na limitada gaiola do mundo. Se o diabo domina a cena, isto sugere que o seu contrário está presente, insinuando que perdeu o comando da alma humana, com a dilaceração dos ideais. Melancólico ou burlesco, Swift ou Rabelais, há lugar, na visão humorística da vida, para todos os temperamentos. A terra que alimenta a planta tem muitos elementos — pessimismo, ceticismo, otimismo —, mas a árvore é uma só.[147] No eterno vir-a-ser

143 Texto extraído de *Machado de Assis: a pirâmide e o trapézio*. São Paulo: Globo, 2001 [1974], p. 436-39 e p. 530-47.
144 A. Schopenhauer. *Eudemologia*, t. II, p. 923; Eugênio Gomes, *O testamento estético de Machado de Assis*, presente nesta fortuna crítica na página 78.
145 W. Dilthey. *Vida y poesia*, trad., México: Fundo de Cultura Econômica, 1945, p. 310 ss.
146 Contra o texto: Maya, A., *Machado de Assis*, Rio de Janeiro: Academia Brasileira de Letras, 1942. 2ª ed., p. 370 ss. Próximo ao texto, mas com diferenças marcantes: Coutinho, A. *A filosofia de Machado de Assis*. Rio de Janeiro: Livraria S. José, 1950, p. 30 e 31. Também Meyer, A. *Machado de Assis*. Rio de Janeiro, Livraria S. José, 1968, p. 54 ss.
147 Luigi Pirandello. *El humorismo*, trad., Buenos Aires: Editorial El Libro, 1946, p. 192 a 197.

da vida, busca o humorista as formas permanentes, conceitos, ideais, valores, para, sentindo-os viver, descobrir a inanidade de tudo, na carência dos fins, na nudez da paisagem. O pretensioso rei da criação percebe que a fantasmagoria é infinita, graças à minuciosa análise que tudo decompõe, deixando as engrenagens à vista, na incoerência universal. O mundo se despe de sua solenidade, varrido por dois furacões opostos, a chama perene que o faz vibrar e o pequeno capricho que ergue o homem do pó à ilusão. A espada de Napoleão vale tanto, ou menos, do que o espadim que alimenta a vaidade do menino ou dos graves senhores do mundo. A dor universal e a universal bondade de todas as coisas, nessa perspectiva de contrários, se entredevoram. No final, visto o mundo dentro do baile de máscaras, "todas as coisas são boas, *omnia bona*". À luz das estrelas indiferentes, só há figurantes enganados, para os quais a terra foi inventada para o recreio do homem. Só há uma desgraça, para quem se compraz com a festa, e é não nascer. "Ânimo, Brás Cubas, não me sejas palerma. Que tens tu com essa sucessão de ruína a ruína ou de flor a flor? Trata de saborear a vida; e fica sabendo que a pior filosofia é a do choramingas que se deita à margem do rio para o fim de lastimar o curso incessante das águas. O ofício delas é não parar nunca; acomoda-te com a lei e trata de aproveitá-la." O nada, que espera o grande lascivo, tem a sua volúpia, mais do que a negação da dor, a própria felicidade de quem vê e não se revolta com o espetáculo. Dentro da casca do riso não há só a dor, também dentro da casca da dor pode haver o riso, no dualismo inconciliável da contemplação humorística da terra, de sua força e da sua miséria.

Sem o propósito de renovar os estudos acerca do humorismo de Machado de Assis, diga-se que, como concepção de vida, ele se desenvolve no processo narrativo e não na graça das palavras, que traduz o *wit*. O narrador está sempre acompanhado, ao evocar um episódio, uma personagem, um retalho do passado, do olho zombeteiro de alguém que raciocina desarticulando a fluidez do relato. A associação dos contrários se revela, a todo o tempo, seja com a intervenção do autor ou de um anônimo bisbilhoteiro. O escritor, para evidenciar seu jogo, coloca-se diante do leitor, em caminhos ora opostos, ora cruzados. O diálogo esconde o narrador armado de florete, não sem entremostrá-lo na manga do casaco. O confronto das duas entidades — escritor e leitor — tem caráter antitético, às vezes alternando-se, como duas vozes num coro, desdobrando-se, no momento de clímax, na oposição competitiva, agonal, quando os atores acentuam sua individualidade, rompendo o consenso de vozes.[148] Predomina, nessa dinâmica, a personalidade oposta aos padrões solidários e comunitários, na rebeldia do eu diante do costume passivo ou do absurdo de todas as coisas. Por haver vivido e encontrado o trânsito, o passo que sai da comunidade consensual e se aproxima do individualismo de rebeldia, pôde liberar uma força lúdica, entre o engano e o desengano.

Nesse combate, onde o sério se esconde no jogo, a seriedade na burla, há um impasse. O autor engana o leitor, zombando de sua credulidade. Mas o leitor adverte que está sendo enganado e revida ao autor com a desconfiança. A relação se abre, para completar o quadro e tornar a ação inteligível em outro ângulo. Ao lado do narrador e do leitor, intervém o espectador que também participa do espetáculo, só ele advertido da identidade dos mascarados. A verdade não está com o autor, nem

[148] J. Huizinga. *Homo ludens*, trad. México: Fondo de Cultura Economica, 1943, p. 81 a 101.

com o leitor. O espectador percebe o enganador e o enganado, mas não detém a última palavra, senão que apenas, rindo, se diverte da assimetria das perspectivas. O escritor mostra o enlevo dos amores de Bentinho e Capitu e insinua o adultério. O espectador afoito, com a prova concludente da semelhança do filho ao comborço, exulta. Mas será que ele viu tudo, ou, embaraçado pela antítese do ataque e defesa, não criou a sua verdade, que nem sempre é o confronto de duas proposições falsas?

Só com *Memórias póstumas,* na virada dos quarenta anos do escritor, Machado de Assis descobre seu caminho. A ele chega depois de haver descoberto o fundamento metafísico do mundo, o demonismo da vontade que guia, sem meta e sem destino, todas as coisas e os fantoches de carne e sangue. O pessimismo, sorvido no mesmo cálice, tempera a receita, para um transtorno qualitativo, que funde a angústia no riso. "Ao contemplar tanta calamidade, não pude reter um grito de angústia; que a natureza ou Pandora escutou sem protestar nem rir; e não sei por que lei de transtorno cerebral, fui eu que me pus a rir, — de um riso descompassado e idiota.

— Tens razão — disse eu —, a coisa é divertida e vale a pena, talvez monótona, mas vale a pena. Quando Jó amaldiçoava o dia em que fora concebido, é porque lhe davam ganas de ver de cá de cima o espetáculo. Vamos lá, Pandora, abre o ventre, e digere-me; a coisa é divertida, mas digere-me." (*Memórias póstumas*)

[...]

O estilo[149] seleciona, por força do ponto de vista da obra, os valores, o *ethos* que as personagens expressam na sociedade. Para os grandes senhores, os grupos dominantes, reserva-se o tom sério, dramático ou trágico, sublime e grave. Só os realistas do século XIX — Stendhal, Balzac, Flaubert e Tolstoi — reabilitaram os homens comuns, o povo e sua vida, devolvendo-lhes a dignidade que a literatura de outros tempos refletia acentuando o lado grotesco, torpe e vulgar. A separação dos estilos, cujos sulcos perduram ainda, levava a desacreditar o quotidiano, infundindo-lhe a luz cômica, banindo a gente comum dos próprios sentimentos tidos por elevados, distintos — nobres. Na técnica literária, preconceitos de classe e de estamento, de camadas sociais e de prestígio político, faziam diferentes os homens. Sob o aspecto da sociedade atual, o quadro estará mutilado, iluminados certos setores, relegados outros ao desprezo, numa combinação de fragmentos que obedece à coerência valorativa. O escravo, o artesão, o empregado, o comerciante, confinados a destinos medíocres, nada significam nos salões dominados de barões e potentados, ainda que, sem riqueza, se aureolem em altas posições políticas.

Não só o estilo reflete e acentua o contexto social em que vivem e morrem as personagens imaginárias. A visão de realidade sofre outro impacto, ao transmutar-se artisticamente, para readquirir luz mais clara, acaso perdida no hábito da perspectiva comum, no automatismo e no embotamento do olho que vê. O mundo exterior se retorce e deforma para renascer do cinzento do quotidiano. A percepção morna e apagada reanima-se mercê do objeto, reavivado na visão e não no

[149] E. Auerbach. op. cit., p. 34 ss.; R. Barthes. *Le degré zéro de l'écriture*. Paris: Seuil, 1953, p. 24 e 25, sugere o termo *écriture*, por considerar o estilo particular ao indivíduo.

conhecimento,[150] singularizando-lhe o conteúdo e deformando-lhe o relevo. O estilo tem, nessa operação, seu papel expressivo, ao refinar ou barbarizar a forma, eixo do movimento integral de aproximação à realidade. O mundo será apresentado, com o homem e as ideias, como se surgisse do caos, visto pela primeira vez, descoberto na fantasia criadora. Detalhes ou traços aparentemente insignificantes, segmentos da paisagem social, tomam o primeiro plano, enquanto caracteres habitualmente reputados essenciais mergulham na sombra, evocando a imaginação, com colorido ingênuo ou rebuscado, o trivial acontecimento com ares de fato novo.

Dentro do tempo histórico e do espaço social, reintegrados na realidade da arte e do mundo, a obra literária subsiste por si, com perspectiva peculiar, inteligível por valores comuns. Nem a abordagem extrínseca lhe dá conteúdo, nem o isolamento no mistério a purifica das impurezas do século. Incorporada ao momento sociocultural, ela, parte dele, o revela, revelando-se a si própria. Seu caráter específico, irredutível à hora e ao lugar, não é tudo — mas o caminho, um dos caminhos, da visão integral da realidade, concretamente presente. No vínculo que a refere à comunicação, ao leito que une os homens, leitor e espectador, provoca a consciência da verdade da representação, extensão comum da realidade. Na história, no centro que a orienta, gera-se a obra de arte, e, ao dirigir-se de homem a homem, seus caminhos são perceptíveis e inteligíveis, não apesar, mas por obra da singularização do objeto e da deformação estilística. A partir do *Roman de la rose* a Idade Média adquire contorno mais nítido do que nos documentos oficiais, como por via de Shakespeare o período elisabetano cobre a sua verdadeira dimensão.[151] Mais do que fonte do estudo histórico, a obra de arte testemunha a autenticidade dos valores que presidem o tempo.

Entre a cópia imitativa e o capricho está a criação artística. Aqui, entre os pólos está a realidade, transfigurada, mais essencialmente a realidade. Conscientemente, coerentemente, um realista, o realista Machado de Assis, desafeto do realismo escola, partiu na caça de suas personagens e na aventura da obra literária. A perspectiva é a da *mimesis*, liberta do copismo e da imitação dos fatos, que se representam passivamente no espelho. "O autor — escreve ele — dirá que não podia alterar a realidade dos fatos; mas essa resposta é de poeta, é de artista? Se a missão do romancista fosse copiar os fatos, tais quais eles se dão na vida, a arte era uma coisa inútil; a memória substituiria a imaginação... O poeta daria a demissão e o cronista tomaria a direção do Parnaso. Demais, o autor podia, sem alterar os fatos, fazer obra de artista, criar em vez de repetir..."

Enamorado do romantismo, dos preconceitos de escola se evadiu, como Stendhal e Balzac, sem perder-se na pretensa objetividade do naturalismo e na falsa subjetividade desgrenhada do ultrarromantismo. O caminho estava entre a retórica declamatória e o retrato que quer reproduzir tudo, os traços largos e as linhas

150 Viktor Sklovskij. *Theorie der Prosa*. Frankfurt am Main: Verlag, 1966. p. 14.
151 J. Huizinga.*The Waning oi the Middle Ages*. Nova York: Doubleday Anchor Books, 1954, p. 115 ss. Trevelyan, *English Social Htstory*. London: Penguin Books, 1967, p. 219: "*All who crave what their ancestors were like, will find an inexhaustible fount of joy and instruction in literature, to which time has added an historical interest not dreamt of by the authors.*" No Brasil, entre outros, adotaram o mesmo recurso: Gilberto Freyre, *Casa grande e senzala*. Rio de Janeiro: José Olympio, 1946, p. 42, 43 e 609; Pedro Calmon, *História social do Brasil*. São Paulo: Cia. Editora Nacional, 1940, 2.º tomo, p. 217 e 218; Carlos Dante de Moraes, *Figuras e ciclos da história riograndense*. Porto Alegre: Editora Globo, 1959, p. 137.

tênues. A "mercadoria deteriorada" dos quadros absurdos escondia a realidade, sem revelar nada, em seu lugar, senão o grotescamente cômico. Este o teatro do major Lopo Alves ("A chinela turca"): "Havia logo no primeiro quadro, espécie de prólogo, uma criança roubada à família, um envenenamento, dois embuçados, a ponta de um punhal e quantidade de adjetivos não menos afiados que o punhal. No segundo quadro dava-se conta da morte de um dos embuçados, que devia ressuscitar no terceiro, para ser preso no quinto, e matar o tirano no sétimo. Além da morte aparente do embuçado, havia no segundo quadro o rapto da menina, já então moça de dezessete anos, um monólogo que parecia durar igual prazo, e o roubo de um testamento". O desfiguramento — não a deformação — atinge o estilo e a adoção de fórmulas transmitidas, sem correspondência à verdade estética e à verossimilhança comunicativa. Luís Tinoco ("Aurora sem dia"), liberal e adverso à tirania, estreia no jornal político e assombra os contemporâneos com o período final de seu artigo: "Releve o poder — hipócrita e sanhudo — que eu lhe diga humildemente que não temo o desprezo nem o martírio. Moisés conduzindo os hebreus à terra da promissão não teve a fortuna de entrar nela: é o símbolo do escritor que leva os homens à regeneração moral e política, sem lhe transpor as portas de ouro. Que poderia eu temer? Prometeu atado ao Cáucaso, Sócrates bebendo a cicuta, Cristo expirando na cruz, Savonarola indo ao suplício, John Brown esperneando na forca, são os grandes apóstolos da luz, o exemplo e o conforto dos que amam a verdade, o remorso dos tiranos, e o terremoto do despotismo". O poeta, na viagem pelo país do ridículo, não destoa do dramaturgo e do político. "Luís Tinoco confessava singelamente ao mundo que fora invadido do ceticismo byroniano, que tragara até as fezes a taça do infortúnio, e que para ele a vida tinha escrita na porta a inscrição dantesca... Uma vez, agastando-se com a sua amada — pessoa que ainda não existia —, aconteceu-lhe dizer que o clima fluminense podia produzir monstros daquela espécie do mesmo modo que o sol italiano dourara os cabelos da menina Aspásia."

Ladeando o ultrarromantismo, ladeia também o ultrarrealismo. Preserva-o dos extremos, pretende ele, o "leite romântico", repugnando-lhe o "rosbife naturalista", seduzido pela "letra gótica" e a "bebida da infância". Entre transformar o lenço numa figura retórica e desmembrá-lo numa reunião de fios, prefere ver no lenço um lenço. O principal, no primeiro caso, se diluiria no acessório, desarticulando, sob o império do mesmo processo, o fato nos incidentes. A fotografia reproduz artificialmente o objeto, que, abandonado pela vida, perde a coerência interior, o enlace com a história e o espaço social. Se tudo deve ser dito, mecanicamente, passivamente, por que excluir alguma coisa? O absurdo da teoria está aí patente: ao excluir a seleção valoradora, na postura do cientista, volta-se, sem advertência, para a escolha sob critérios não avaliados. Na repulsa à seleção valorativa, tida por desfiguradora do mando exterior — desfiguradora e falsificadora — o realismo escola pretendia restaurar a integridade do real pela cópia das minúcias. Perdia-se, na verdade, no emaranhado das coisas irrelevantes, preocupado com a descrição, obscurecendo a narração. Instituiu o reino do detalhe, da particularidade, do ínfimo. Floresce, nessa arte modelada pela ciência natural — escreve um filósofo — "o incidental e o acessório: a lama das botas que Napoleão usava no momento da sua derrota é descrita com o mesmo tremebundo escrúpulo com que se descreve o conflito abatido sobre o vulto do herói. [...] Com a perda da verdadeira arte de contar, as particulari-

dades deixam de ser portadoras de momentos concretos de ação, os pormenores adquirem um significado que não depende mais da ação ou do destino dos homens que agem. Com isso, perde-se toda e qualquer ligação artística com o conjunto da composição".[152]

No centro de sua crítica ao realismo, Machado de Assis não tem por escopo principal restaurar apenas, sob as coisas superiores aos homens, o destino das personagens, amesquinhadas na objetividade de laboratório. Ao afirmar a contradição dos realistas — não disseram tudo, com o propósito de tudo descrever — não esconde a sua própria restrição: por que excluir muita coisa? Fisgado na dificuldade insolúvel, não consegue sair do enredo por ele próprio armado. Há as verdades torpes, os "atos íntimos e ínfimos, vícios ocultos, secreções sociais", que o pudor não lhe permitiria escrever, ainda que embaçados na forma tortuosa. A exclusão, baseada pretensamente na fidelidade ao romantismo, tem outras raízes, velada e confessadamente outras raízes. O realismo amontoa fatos, diz demais sem dizer tudo, despreocupado do nexo dos destinos pessoais. Diz demais, por outro lado, alimentado pelo preconceito de escola — quando devia dizer menos. Dizer menos, numa perspectiva que certos valores orientam, conferindo sentido ao mundo. No estreitamento do foco de luz, restringindo fatos e detalhes, escamoteiam-se verdades, ou se deformam verdades, no apego à separação dos estilos, herdada do classicismo e teimosamente presente no romantismo, que distorce, impede ou obsta a visualização de certas realidades, tidas por literariamente irrelevantes. Ele percebeu bem e claro, a propósito do teatro de Alencar, escritor de sua devoção, que a observação das coisas não pode se perder na minúcia, sem abandonar "uma ordem de ideias mais elevadas". A entrada de um moleque — nem filho nem escravo — no palco, nesse contexto da sociedade literariamente apresentado como distinto e polido, só seria possível por meio do cômico, que desqualifica a personagem, reflexo da posição vil do homem. Essa cor, traduzida pela zombaria, mostra-se na ficção machadiana, onde raramente o humilde merece as honras das tragédia. Os escravos, empregados, marinheiros ou domésticos irrompem na cena cobertos na sombra do cômico e do grotesco. O que pareceu, no painel social criado artisticamente, calculado desdém pela classe inferior, traço de malignidade do mulato que se elevou da pobreza ao primeiro lugar na república das letras, nada mais é do que um velho preconceito literário, do qual os escritores românticos não puderam se libertar. "Nos primeiros grandes realistas do século, em Stendhal, Balzac e ainda em Flaubert, as camadas mais baixas do povo, o povo autêntico, mal aparece; e onde aparece não é visto dentro de seus próprios pressupostos, mas à vista do alto."[153]

Veja-se, para ilustrar a perspectiva, dois exemplos. Um se refere ao escravo Prudêncio, cavalo do menino Brás Cubas, pagem do moço capitalista e ocioso. Liberto, será a subsistência de um capítulo alegre, quando se desfaz, agora com escravo seu, das pancadas recebidas em outro tempo. "Exteriormente, era torvo o episódio do Valongo; mas só exteriormente. Logo que meti mais dentro a faca do raciocínio achei-lhe um miolo gaiato, fino, e até profundo. Era um modo que o Prudêncio tinha de se desfazer das pancadas recebidas — transmitindo-as a outro. Eu, em criança,

[152] Georg Lukacs. *Ensaios sobre literatura*. Rio de Janeiro: Civilização Brasileira, 1968, 2.ª ed., p. 72.
[153] Erich Auerbach. op. cit., p. 462.

montava-o, punha-lhe um freio na boca, e desancava-o sem compaixão; ele gemia e sofria. Agora, porém, que era livre, dispunha de si mesmo, dos braços, das pernas, podia trabalhar, folgar, dormir, desagrilhoado da antiga condição, agora é que ele se desbancava: comprou um escravo, e ia-lhe pagando, com alto juro, as quantias que de mim recebera. Vejam as subtilezas do maroto." D. Plácida, amargamente nascida filha de um sacristão, queimando os dedos ao fogão e os olhos ao candeeiro, não recebe um olhar de simpatia ou piedade. Na luta inglória por vida honrada, assediada pela miséria, aceita o ofício de medianeira de amores adúlteros. Aceita, mas com nojo de si mesma, até que um pecúlio de cinco contos lhe pacifica a consciência. "D. Plácida — conta o cínico narrador — agradeceu-me com lágrimas nos olhos, e nunca mais deixou de rezar por mim, todas as noites, diante de uma imagem da Virgem, que tinha no quarto. Foi assim que lhe acabou o nojo." Por que alongar a categoria de Prudêncio e d. Plácida? O modesto funcionário público, Camilo, aprisionado no curto ordenado de duzentos mil-réis, com saltos e aflições, procura equilibrar o orçamento com os lances do joguinho miúdo. O jantar de família, a alegria humilde do filho, a dedicação da mãe preta — nada comove o escritor, duro nas leis de sua arte, que transforma o drama doméstico na comédia do ridículo ("Jogo do bicho"). Mesmo quando o ar é trágico, trágica a situação, o demônio zombeteiro aligeira a dor, destruindo-lhe a dignidade — como em "Pai contra mãe". O dedicado Pádua, pai de Capitu, benevolente e quase paternal no estímulo ao amor dos adolescentes, recebe, com rija pancadaria, todos os golpes do escárnio, vibrados pelo genro desagradecido (*Dom Casmurro*). O quadro é o mesmo na variedade das figuras: aos humildes, aos modestos, aos remediados, para eles o ridículo, sempre o ridículo.

O MORALISMO EM CONFLITO COM A HISTÓRIA E A SOCIOLOGIA

A perspectiva histórica, a busca atormentada da realidade, a consciência de uma visão nobremente distinta em contraste com outra, esta plebeia e realista, levaram o escritor a construir um modelo social, a um tempo modelo do homem. Surpreendido na encruzilhada, apegado a lealdades velhas, mas atento à mudança iminente, não pôde evitar a imagem ambígua do mundo, embora unificada numa concepção unitária da natureza, a natureza que abrange tudo, o gesto e a flor, dentro da vida em perpétuo movimento. No século em curso, a sociedade parecia assumir estrutura independente do homem, entidade capaz de dobrar ao seu império a liberdade dos átomos livres. A rebeldia a essa presença, monstruosa ao humanista, inspira uma teoria do mundo social, alheia e hostil ao nascente determinismo naturalista.

Na alma do inconformado filho da tradição renascentista resiste o moralista, que dotava a história de conteúdo fluido e artístico, sem o respeito às leis que extrinsecamente conduzem o destino. Um Cromwell ou um Bonaparte chegaram ao topo da pirâmide, não pela conjunção das forças sociais, mas por via do incêndio da ambição de poder. Se a chama interior arde com violência o homem quebra as limitações exteriores, rompe as cadeias da sociedade, atravessa os obstáculos que lhe embaraçam a marcha. Verdade que, no lado de fora, uma presença formidável, misteriosa e enigmática conduz sem dirigir. Essa túnica imensa e eterna, a figura terrena do destino, será a resistência à expansão interior, resistência que se corpo-

riza na mãe e inimiga do homem. Ela mata e dá a vida — dentro da qual o farrapo humano é o veículo, cocheiro e passageiro. Veículo, cocheiro e passageiro que se move porque as paixões o movem, sonha e anda no torvelinho dos sentimentos que se digladiam na alma. O desfile da história, evocada desde o primeiro dia, revela o fantasma devorado por suas verdades: "Aí vinham a cobiça que devora, a cólera que inflama, a inveja que baba, e a enxada e a pena, úmidas de suor, e a ambição; a fome, a vaidade, a melancolia, a riqueza, o amor, e todos agitavam o homem, como um chocalho; até destruí-lo, como um farrapo".

Moralista não quer dizer moralizador, pregador de moral ou censor de costumes. O moralismo nada tem com a moral, mas tem muito a ver com os costumes, *mores*, isto é "com o gênero de vida e a maneira de ser do homem na realidade concreta, que pode ser *imoral*. Os moralistas não são educadores, nem professores de ética. São observadores, analistas, pintores do homem. Infinita é sua tarefa. Seu estudo se dedica à complicação total da natureza contraditória e da condição banal e concreta do homem, que não se revela senão quando a ética se retira para deixar o campo livre à observação não preconcebida do real".[154]

Mas, na visão do mundo do moralista há uma dualidade essencial, dificilmente conciliável, que a filosofia monista mal encobre. Os costumes se movem sobre a força das paixões e dos sentimentos. Pisando nesse terreno fluido, não aceita o constrangimento da conduta por obra das relações sociais, das instituições e das organizações. O homem se explica e se revela no costume — versão única de sua natureza, a natureza social e "a natureza espiritual. "*La coutume* — reconhecerá outro moralista — *est une seconde nature, que détruit la première. Mais qu'est-ce que nature? Pourquoi la coutume n'est-elle pas naturelle? J'ai grand' peur que cette nature ne soit elle-même qu'une première coutume, comme la coutume est une seconde nature.*"[155] Sem fixar-se nas pautas sociais, exteriores de conduta, no outro pólo da estrutura da dualidade, há, enigmático e dissimulado, o deus que vela pelo destino, deus ou natureza, providência ou acaso. Este outro foco de luz, que se difunde na realidade sem fixar as formas, infunde o sentimento de absurdo sobre os passos do homem. A marcha da história, que o costume daria coerência, será, na verdade, caprichosa, ondulante e incerta. Teria o nariz de Cleópatra, se fosse mais curto, alterado a face da terra?

A transposição concreta, empírica, viva, desse globo de dois pólos, atua no destino singular, dividindo a personalidade. Dentro do absurdo das atrações contraditórias, forma-se uma dupla verdade, talvez no conflito de duas mentiras. Nos costumes vaga o homem que se liga ao mundo exterior, enquanto na esfera íntima, o plano evanescente da natureza humana, guiado pelo incerto destino, o núcleo da resistência se perde na tonalidade de cores confundidas. "Cada criatura humana traz duas almas consigo: uma que olha de dentro para fora, outra que olha de fora para dentro... A alma exterior pode ser um espírito, um fluido, um homem, muitos homens, um objeto, uma operação. Há casos, por exemplo, em que um simples botão de camisa é a alma exterior de uma pessoa; — e assim também a polca, o voltarete, um livro, uma máquina, um par de botas, uma cavatina, um tambor etc.

154 Hugo Friedeich, *Montaigne*. Bern: A. Franke Ag., 1949, p. 12.
155 Pascal, fragmento 120, segundo a edição Brunchvieg.

Está claro que o ofício dessa segunda alma é transmitir a vida, como a primeira; as duas completam o homem, que é, metafisicamente falando, uma laranja. Quem perde uma das metades, perde naturalmente metade da existência; e casos há, não raros, em que a perda da alma exterior implica a da existência inteira. Shylock, por exemplo. A alma exterior daquele judeu eram os seus ducados; perdê-los equivaleria a morrer. 'Nunca mais verei o meu ouro, diz ele a Tubal; é um punhal que me enterras no coração'. Vejam bem esta frase; a perda dos ducados, alma exterior, era a morte para ele. Agora, é preciso saber que a alma exterior não é sempre a mesma... muda de natureza e de estado. Não aludo a certas almas absorventes, como a pátria, com a qual disse o Camões que morria, e o poder, que foi a alma exterior de César e de Cromwell. São almas enérgicas e exclusivas; mas há outras, embora enérgicas, de natureza mudável. Há cavalheiros, por exemplo, cuja alma exterior, nos primeiros anos, foi um chocalho ou um cavalinho de pau, e mais tarde uma provedoria de irmandade, suponhamos. Pela minha parte, conheço uma senhora — e na verdade, gentilíssima — que muda de alma exterior cinco, seis vezes por ano. Durante a estação lírica é a ópera; cessando a estação, a alma exterior substitui-se por outra: um concerto, um baile do Cassino, a rua do Ouvidor, Petrópolis..." ("O Espelho").

A alma exterior se compõe dos fios que unem a sociedade. As relações humanas, o prestígio mundano, os complexos de poder e, note-se, o dinheiro, longe de ser a infraestrutura que comanda, se dilui nos ducados do avarento Shylock. Para Jacobina, o filósofo e a personagem, a alma exterior era a farda da Guarda Nacional; o inebriante *alferismo*[156] que, no símbolo, se repete em todos os papéis dos atores do teatro comum. "O alferes eliminou o homem. Durante alguns dias as duas naturezas equilibraram-se; mas não tardou que a primitiva cedesse à outra: ficou-me uma parte mínima de humanidade. Aconteceu então que a alma exterior, que era dantes o sol, o ar, o campo, os olhos das moças, mudou de natureza, e passou a ser a cortesia e os rapapés da casa, tudo o que me falava do posto, nada do que falava do homem. A única parte do cidadão que ficou comigo foi aquela que entendia com o exercício da patente; a outra dispersou-se no ar e no passado."

Que é feito da alma interior, que é o homem, a natureza humana? Evaporou-se na segunda natureza, na farda de alferes. No fenômeno da passagem, da transição, da mudança, o olho do moralista denuncia mais do que observa. Parece dizer, ao protestar neutralidade, que o lado falso usurpou o lado verdadeiro. A alma exterior vive nas suas relações com o mundo; ela só existe porque os outros existem. Não se nutre da alma interior, nem com ela se comunica; ao estrangulá-la não a reduz senão a um espectro, espectro derivado pelo absurdo. Seu reino se compõe da opinião, tecido de equívocos e astúcias, das homenagens, dos louvores e da inveja. A separação da vida em dois pedações, revivendo uma ideia dos céticos gregos, acentua a desumanização, o aviltamento espiritual na existência do contexto social, sinistramente equiparado à cega divindade, ao monstro que vigia o passo ensaiado e presunçoso do ator. Um dia, Jacobina reencontra, na solidão, a alma interior, na adulação dos escravos e na admiração da família e dos vizinhos. Sem a farda, isto é, sem a farda vista pelos outros, ele não se reconhece. "Era um defunto andando, um sonâmbulo, um boneco mecânico. Dormindo, era outra coisa. O sono dava-me

156 Augusto Meyer, *Machado de Assis*. Rio de Janeiro: Livraria São José, 1958. p. 66

alívio, não pela razão comum de ser irmão da morte, mas por outra. Acho que posso exprimir assim esse fenômeno: o sono, eliminando a necessidade de uma alma exterior, deixava atuar a alma interior. Nos sonhos, fardava-me, orgulhosamente, no meio da família e dos amigos, que me elogiavam o garbo, que me chamavam alferes; vinha um amigo de nossa casa, e prometia-me o posto de tenente, outro o de capitão ou major; e tudo isso fazia-me viver. Mas quando acordava, dia claro, esvaía-se com o sono a consciência do meu ser novo e único — porque a alma interior perdia a ação exclusiva, e ficava dependente da outra, que teimava em não tornar... Não tornava. Eu saía fora, a um lado e outro, a ver se descobria algum sinal de regresso. *Soeur Anne, soeur Anne, ne vois-tu rien venir?* Nada, coisa nenhuma; tal qual como na lenda francesa. Nada mais do que a poeira da estrada e o capinzal dos morros." Sem a presença dos olhos que fazem a farda, envolvendo-o de prestígio, o espelho nega-se a transmitir-lhe a imagem. "O próprio vidro parecia conjurado com o resto do universo; não me estampou a figura nítida e inteira, mas vaga, esfumada, difusa, sombra de sombra."

Se a alma exterior faz a farda, veste o boneco humano, cose a máscara à pele, nada mais consequente que a farsa ocupe o lugar do texto teatral. A deformação caricatural aponta para o monstruoso do mundo, que sufoca a autenticidade, o homem na sua essência pura e livre. A consciência revela, na compulsão a que é submetida, o atordoamento, a perplexidade, a desorientação entre a avalanche desumanizadora. O núcleo exterior, que quer ditar a conduta, não consegue ser racionalizado, composto de absurdo e de mistério impenetrável. As relações sociais, no plano dos outros, alheiam o homem de si mesmo. No mesmo século, Stendhal e Balzac sobretudo, já haviam ultrapassado o moralismo historizante de um Voltaire, apresentando a sociedade como véu global, tecido de fatores e forças, econômicas e políticas, que moldam o caminho de todos, indicando-lhe rumos e objetivos. Machado de Assis, posto na transição de uma ordem solidária para outra, a contratual, entre a coesão fundamental e a reunião pelos interesses, suspeita que, nas veredas entrelaçadas, haja um grande engano, que a todos perde e confunde. Se só a alma exterior ilumina os passos do homem, a troca do verdadeiro pelo falso será um tato, com o abandono dos valores universais — isto é, dos valores tradicionais. "Se uma coisa pode existir na opinião, sem existir na realidade, e existir na realidade sem existir na opinião, a conclusão é que das duas existências paralelas a única necessária é a da opinião, não a da realidade, que é apenas conveniente. Tão depressa fiz este achado especulativo, como dei graças a Deus do favor especial, e determinei-me a verificá-lo por experiências, o que alcancei, em mais de um caso, que não relato, para vos não tomar o tempo. Para compreender a eficácia do meu sistema, basta advertir que os grilos não podem nascer do ar e das folhas de coqueiro, na conjunção da lua nova, e por outro lado, o princípio da vida futura não está em uma gota de sangue de vaca; mas Potimau e Languru, varões astutos, com tal arte souberam meter estas duas ideias no ânimo da multidão, que hoje desfrutam a nomeada de grandes físicos e maiores filósofos, e têm consigo pessoas capazes de dar a vida por eles" ("O segredo do bonzo").

A ESTILIZAÇÃO DA SOCIEDADE

O passo seguinte a esta descoberta da alma exterior é que só ela importa, com desprezo das virtudes íntimas. Sente-se, na observação oculta, o hálito do moralista decepcionado, com toques moralizadores. A glória — que é a glória senão o nome em evidência proclamado pelas turbas, conservado na memória? Nada é ela além da fraudulenta impressão que desperta. Esta é a teoria do *emplasto Brás Cubas*, chave de todas as ambições do inventor malogrado: ele dá a fortuna e a nomeada (*Memórias póstumas*). A nomeada é o nome da velha e heroica glória, nome novo para uma realidade nova. O antigo lado falso da glória é seu verdadeiro estofo. A virtude perde o posto em favor do nome nos jornais, "do cartaz, do foguete de lágrimas". "Essa ideia era nada menos que a invenção de um medicamento sublime, um emplasto anti-hipocondríaco, destinado a aliviar a nossa melancólica humanidade. Na petição de privilégio que então redigi, chamei a atenção do governo para esse resultado, verdadeiramente cristão. Todavia, não neguei aos amigos as vantagens pecuniárias que deviam resultar da distribuição de um produto de tamanhos e tão profundos efeitos. Agora, porém, que estou cá do outro lado da vida, posso confessar tudo; o que me influiu principalmente foi o gosto de ver impressos nos jornais, mostradores, folhetos, esquinas, e enfim nas caixinhas do remédio, estas três palavras: *Emplasto Brás Cubas*. Para que negá-lo? Eu tinha a paixão do arruído, do cartaz, do foguete de lágrimas. Talvez os modestos me arguam esse delito; fio, porém, que esse talento me hão de reconhecer os hábeis. Assim, a minha ideia trazia duas faces, como as medalhas, uma virada para o público, outra para mim. De um lado, filantropia e lucro; do outro lado, sede de nomeada. Digamos: — amor da glória." Essa teoria não a goza o autor sem remorsos, ou sem o discreto puxão de orelhas agora moralizante. Um tio de Brás Cubas, cônego, dizia que o amor da glória temporal "era a perdição das almas, que só devem cobiçar a glória eterna". Não há outra censura: a virtude, caída do céu, não se refugiou na consciência. A consciência tornou-se um fio da vida exterior, fio esfarrapado, composto de letras de jornal e da opinião das gentes. Fora da nomeada, do nome soprado à força de clarins, existe o nada, a vil obscuridade. A obscuridade, o temor da obscuridade, o abismo da obscuridade é um dos motivos-chave de Machado, coerentemente com a concepção da sociedade como alma exterior, animada de glória e brilho. "Doía-me vê-lo vegetar os seus mais belos anos numa obscuridade relativa" (*Helena*). "Não se deixe apodrecer na obscuridade, que é a mais fria das sepulturas..." (*Iaiá Garcia*). "Teme a obscuridade, Brás: foge do que é ínfimo. Olha que os homens valem por diferentes modos, e o que é mais seguro de todos é valer pela opinião dos outros homens" (*Memórias póstumas*). "Mas, qualquer que seja a profissão da tua escolha, o meu desejo é que te faças grande e ilustre, ou pelo menos notável, que te levantes acima da obscuridade comum" ("Teoria do medalhão"). Note-se, na última transcrição, a nuança, a diferença de grau: grande e ilustre não é a mesma coisa que notável. O ouro se distingue, afinal de contas, do dourado. São restos da alma interior, na sua aliança perdida com as virtudes religiosas.

Ainda uma consequência, já denunciada nas entrelinhas. A sociedade compõe o homem pela opinião, pelos juízes das relações externas. Nenhuma virtude superior o distingue, modera ou diferença. Isso significa, além da agonia da consciência como juiz das ações, o desaparecimento de uma estrutura social que modela os valo-

res sociais por critérios de honra e prestígio. Morre o estamento — comunidade fundada em tradições e convenções — e nasce a classe social, de livre ascensão, aberta a todas as ambições. Inaugura-se a luta pela vida com instrumentos novos; em lugar do critério de honra e serviço, com o prestígio daí decorrente, aparece a notabilidade criada pelo jornal, pela praça pública e pelo mercado. Brás Cubas com seu emplasto e a ciência do bonzo são as armas para esta luta descrita com a dissimulação da técnica literária do *humour*. A propaganda substitui a verdade; a opinião desbanca a realidade, que, em conflito com a opinião, perde a existência. O jornal, os mostradores, as esquinas, a matraca dos tempos coloniais fazem reputações, improvisam as grandezas e abatem as celebridades. Extraí o moralista, marcado de moralizador, as últimas consequências da sociedade em aparecimento, implacavelmente. A opinião, fórum onde os homens se elevam da obscuridade, sofre todas as distorções, confundidas a verdade e a mentira no mesmo saco, ou no mesmo abismo, ou no mesmo caos. Com o espírito com que Titané ("O segredo do bonzo") vende suas alpargatas, um vereador de Itaguaí "desfrutava a reputação de perfeito educador de cobras e macacos, e aliás nunca domesticara um só desses bichos; mas tinha o cuidado de fazer trabalhar a matraca todos os meses. E dizem as crônicas que algumas pessoas afirmavam ter visto cascavéis dançando no peito do vereador; afirmação perfeitamente falsa, mas só devida à absoluta confiança no sistema. Verdade, verdade; nem todas as instituições do antigo regime mereciam o desprezo do nosso século" ("O alienista"). Na política, a doutrina é a mãe da demagogia, que gera Bernardino, antecipação dos modernos incitadores de multidões ("O dicionário"). Pomada, o bonzo de Fuchéu, capital do reino de Bungo, explica a doutrina, que é essência do emplasto Brás Cubas:

> — Haveis de entender — começou ele — que a virtude e o saber têm duas existências paralelas, uma no sujeito que as possui, outra no espírito dos que o ouvem ou contemplam. Se puserdes as mais sublimes virtudes e os mais profundos conhecimentos em um sujeito solitário, remoto de todo contato com outros homens, é como se eles não existissem. Os frutos de uma laranjeira, se ninguém os gostar, não valem nada; ou, por outras palavras mais enérgicas, não há espetáculo sem espectador ("O segredo do bonzo").

Esta é a doutrina que tomou o nome de seu autor, o pomadismo. A comunicação, inventada para aproximar os homens, transforma-se em monstro autônomo, em máquina que empulha e corrompe. O produto coroado e modelar do pomadismo é o medalhão, filho da publicidade, da inópia mental e do conformismo às ideias recebidas. A transcrição é longa e diz tudo:

> A publicidade é uma dona loureira e senhoril, que tu deves requestar à força de pequenos mimos, confeitos, almofadinhas, coisas miúdas, que antes exprimem a constância do afeto do que o atrevimento e a ambição. Que Dom Quixote solicite os favores dela mediante ações heroicas ou custosas, é um sestro próprio desse ilustre lunático. O verdadeiro medalhão tem outra política. Longe de inventar um *Tratado científico da criação dos carneiros*, compra um carneiro e dá-o aos amigos sob a forma de um jantar, cuja notícia não pode ser indiferente aos seus concidadãos. Uma notícia traz outra; cinco, dez, vinte vezes põe o teu nome ante os olhos do mundo. Comissões ou deputações para felicitar um agraciado, um benemérito, um forasteiro, têm singulares merecimentos, e assim as irmandades e associações diversas, sejam mitológicas, cinegéticas ou coreográficas. Os sucessos de certa ordem, embora de pouca monta, podem ser trazidos a lume, contanto

que ponham em relevo a tua pessoa. [...] É difícil, come tempo, muito tempo, leva anos, paciência, trabalho, e felizes os que chegam a entrar na terra prometida! Os que lá não penetram, engole-os a obscuridade. Mas os que triunfam! E tu triunfarás, crê-me. Verás cair as muralhas de Jericó ao som das trompas sagradas. Só então poderás dizer que estás fixado. Começa nesse dia a tua fase de ornamento indispensável, de figura obrigada, de rótulo. Acabou-se a necessidade de farejar ocasiões, comissões, irmandades; elas virão ter contigo, com o seu ar pesadão e cru de substantivos desadjetivados, e tu serás o adjetivo dessas orações opacas, o *odorífero* das flores, o *anilado* dos céus, o *prestimoso* dos cidadãos, o *noticioso* e o *suculento* dos relatórios. E ser isso é o principal, porque o adjetivo é a alma do idioma, e sua porção idealista e metafísica. O substantivo é a realidade nua e crua, é o naturalismo do vocabulário ("Teoria do medalhão").

Com esse material — paixões, sentimentos, costumes e convenções — se faz a história. Não se encontra uma realidade global, na qual o homem conduz e é conduzido, com estruturas que penetram na alma. Há um tecido ondulante e caprichoso, exterior e sinistro ao destino humano, que lhe anula a natureza e lhe ameaça a grandeza. Que lhe nega a virtude e o constrange ao vício, cercando de pressões um autômato que resiste, esperneia e protesta. "Viva pois a história, a volúvel história que dá para tudo. Mas — deixemos a história com seus caprichos de dama elegante" (*Memórias póstumas*). A grande luta pelas eminências sociais se resume afinal numa falsidade. Sem as notícias nos jornais, o cumprimento dos amigos, as homenagens públicas, de que valeria o suspirado título de barão de Santos (*Esaú e Jacó*)? Tudo se reduz — títulos, nomeada, glória — a uma peça do mecanismo que distribui o louvor escrito ou o louvor proclamado nas esquinas e nos salões. Implícito está aí o efeito de uma transformação social, registrada numa obscura passagem de Brás Cubas: a arraia-miúda acolheu-se à sombra do castelo feudal; o castelo caiu e arraia ficou. "Verdade é que se fez graúda e castelã..." (*Memórias póstumas*).

Verdade que a sociedade, na fixação histórica de um momento ou nas suas transformações, não é obra do capricho. A alma exterior, incompreendida no jogo das grandes forças que a movem, dispersa nos elementos que a compõem, tem sua coerência própria. Substitui Machado a simetria sociológica, já incorporada por Stendhal, Balzac e Zola, a uma construção. É a estilização da sociedade — redução da realidade exterior à vontade humana, com formas e modelos artificialmente fixados. Machado de Assis não desconhecia nem negava a armadura social. Descreveu-a mais de uma vez, percebendo-a entremeada do sentimento de pesar e assombro. O que lhe faltava, e isto o enquadra na linha dos moralistas, era a compreensão da realidade social, como totalidade, nascida nas relações exteriores e impregnada na vida interior. Mais de uma vez, reconheceu a pressão das circunstâncias impostas pela sociedade, circunstâncias não raro autônomas. Desculpou, numa ocasião, bem que algo ironicamente, a mão pesada de Cotrim no trato dos escravos porque não se poderia "atribuir à índole original de um homem o que é puro efeito das relações sociais" (*Memórias póstumas*). O tráfico exigia maneiras duras e habituara os homens a tratar a mercadoria humana sem piedade ou sentimentalismo. Dirá, ao mesmo propósito, que "a ordem social e humana nem sempre se alcança sem o grotesco, e alguma vez o cruel". Contra o reformismo apoiado apenas na lei, na lei sem correspondência com os fatos, advertia que não se chegaria jamais "a aviventar uma

instituição, se esta não corresponder exatamente às condições morais e mentais da sociedade". "Há — lembrava — uma série de fatores, que a lei não substitui, e esses são o estado mental da nação, os seus costumes, a sua infância constitucional." A estilização partia, por consequência, de fatos e realidades sociais, apurados na observação das coisas e na conduta dos homens. O que a distingue da construção social, decorrente de uma compreensão global, é a predominância dos sentimentos e das virtudes na ação coletiva. Persiste nela — diga-se ainda uma vez — o moralismo, mitigado embora com a sociedade sentida e percebida como resistência à vontade do homem, o homem ingenuamente vestido de rei da criação.

A estilização fixa algumas condutas constantes, repetições de relações sociais, e as traduz em modelos. Em primeiro lugar, as convenções e os preconceitos sociais são alguma coisa que custa negar ou transpor. "A vida não é uma égloga virgiliana, é uma convenção natural, que se não aceita com restrições, nem se infringe sem penalidade. Há duas naturezas, e a natureza social é tão imperiosa como a outra. Não se contrariam, completam-se; são as duas metades do homem..." (*Iaiá Garcia*). Sobre esta palavra, edifica-se o romance *Iaiá Garcia,* ditando alianças e contrariando sentimentos. O prosaísmo dos constrangimentos, formados na "convenção natural", se opõe à poesia da vida livre, vida da égloga virgiliana. É a oposição entre o belo e o necessário, com o predomínio do necessário. Depois, é a vez dos tipos de convivência — entre marido e mulher, entre pais e filhos, entre empregados e patrões, entre fidalgos e dependentes, entre escravos e senhores. Obedecem todos a um tipo permanente, cujos padrões não se infringem sem penalidade, impunemente. Finalmente, há os resultados das instituições, que se impõem ao respeito público, mesmo quando mesclados de charlatanismo e empulhação. É o momento do bonzo e do medalhão, filhos do prestígio social, tecido artificialmente na viciosa manipulação dos instrumentos de comunicação. Tudo, convenções, tipos de convivência, secreção das instituições, modelam e articulam a sociedade, estilizando-a.[157] A ordem social, as categorias convencionais, os hábitos fixos são, reduzidos à sua verdade última, retalhos do fortuito, do acaso, do obscuro destino. "*La necessité* — dirá por ele outro moralista — *compose les hommes et les assemble. Cette coutume fortuite se forme après en loix.*" [158]

[157] Ponto de vista diverso de Astrojildo Pereira, que equipara a reconstrução social de Machado ao historiador moderno: Astrojildo Pereira, *Machado de Assis.* Rio de Janeiro, Livraria São José, 1959, p. 38.
[158] Montaigne. *Essais*, III, IX.

Um aprendiz de morto[159]
JOSÉ PAULO PAES

OCASO?

Do *Memorial de Aires* se pode dizer, sem temor de impropriedade, aquilo que seu pretenso editor disse um dia dos olhos das ciganas: é livro oblíquo e dissimulado. A dissimulação já começa no título, que parece prometer uma espécie de autobiografia do conselheiro Aires, no estilo da de Brás Cubas ou de Bentinho, vale dizer: a autobiografia de alguém que *Esaú e Jacó* nos antecipara como um fino observador da comédia humana, homem viajado e vivido, com muito de si para contar, se quisesse. No entanto, o que o *Memorial* nos traz, em primeiro plano, é a história algo dessaborida do casal Aguiar e de seus filhos postiços, narrada por interposta pessoa numa linguagem que, comparada à das *Memórias póstumas,* do *Quincas Borba* ou de *Dom Casmurro*, só se pode chamar de descolorida,[160] de vez que o paralelo com esses livros só faz realçar-lhe a palidez de tintas.

Nos romances da sua chamada "segunda fase", Machado desenvolveu uma arte narrativa muito característica. Arte de quem, leitor constante de Sterne e De Maistre, compraz-se no paradoxo — tanto ao nível de artifício retórico quanto de visão do mundo —, dele se valendo para pôr habilmente em destaque os aspectos contraditórios da natureza humana. Daí a atração do romancista pelas personagens que, num ou noutro particular, escapem à normalidade, seja por excêntricas ou marginais em relação à norma ético-social, seja por declaradamente psicóticas. Que haverá, porém, no *Memorial* que mereça o nome de excêntrico? Seus protagonistas são gente comum, cujos conflitos envolvem sentimentos e valores morais que nada têm de turvos ou de aberrantes, confinando-se antes, prudentemente, aos li-

159 Publicado originalmente na *Revista de Cultura Vozes*, setembro de 1976, e recolhido em *Gregos e baianos*. São Paulo: Brasiliense, 1985.

160 Descolorida, entenda-se, apenas em termos comparativos. Ainda que com menor frequência ou relevo — como seria de esperar da linguagem de um ex-diplomata confessadamente inimigo da ênfase —, aparecem também no *Memorial* aquele torneios de estilo que, pelo menos desde as *Memórias póstumas*, caracterizam o humor machadiano. Catacreses como "os meus olhos lá terão dieta absoluta" para dizer que Fidélia não comparecerá a um jantar e com isso Aires, que, adoentado, tem também de moderar-se no comer, não poderá fartar os olhos com a sua beleza; ou como "tecer com o coração", porque para "a boa Carmo bordar, coser, trabalhar, enfim, é um modo de amar que ela tem". Metáforas sustentadas como "a alma dele era de pedras soltas; a fortaleza da noiva foi o cimento e a cal que as uniram naqueles dias de crise". Paradoxos do tipo de "orfandade às avessas", "pobreza elegante", "concordes no desacordo" etc., e hipérboles como "a sua sopa vale para mim todas as noções estéticas e morais deste mundo e do outro". Falsos adágios a vincular *ad hoc* coisas disparatadas: assim, "o ofício dos leilões pode acabar algum dia, mas o de amar não cansa nem morre", *dito* que o memorialista forja quando, estando a falar da morte do leiloeiro de Rita, lembra-se de repente que esta lhe contara que alguém andava caído por Fidélia; o criado de Aires leva-lhe alguns papéis velhos achados numa sala e ele os queima por desimportantes, mas não sem filosofar: "a gente traz na cabeça outros papéis velhos que não ardem nunca nem se perdem por malas antigas". Alusões históricas aplicadas a situações banais e logo desfeitas com um "não... nem... mas": Aires imagina Fidélia dizendo ao tio que não quer casar com Osório e anota: "Três vezes negou Pedro a Cristo, antes de cantar o galo. Aqui não haverá galo nem canto, mas jantar, e os dois iriam pouco depois para a mesa". Palavras consecutivas a rimarem enfaticamente: Cesária diz coisas de "mel e fel"; na cerimônia de casamento, Tristão e Fidélia aparentam ser pessoas "lustrosas e vistosas"; Rita "não tem cultura mas tem finura". E assim por diante.

mites do convencional. Diante disso, poderá talvez passar pela cabeça do leitor mais apressado, sem paciência de ler nas entrelinhas ou gosto de demorar-se nas obliquidades machadianas, a suspeita de que o *Memorial* assinalaria o ocaso da carreira do romancista, seu inevitável momento de decadência.

A suspeita é infundada, mas cumpre, ao refutá-la, evitar o extremo de ver, nesse livro crepuscular, um ápice ou *gran finale*. O que a prudência aconselha é mostrar apenas que, malgrado as aparências, o *Memorial* não destoa dos romances anteriores do autor nem lhes desvia o curso.[161] Prolonga-lhes a diretriz básica, mas com um comedimento que chega à dissimulação. Tem algo de *tour de force* às avessas: em vez de aliciar o leitor com a mestria ostensiva de sua fatura, diverte-se em confundi-lo com o descolorido de sua mestria oculta.

Descobrir e encobrir

A ocultação é, aliás, um pendor de espírito que calha à personalidade do autor do livro, cujos trinta e tantos anos de carreira diplomática deixaram-lhe na alma o "calo do ofício". A despeito de sua aparente "falta de vocação", que o teria levado ao exercício de uma diplomacia apenas "decorativa", mais acomodada "às melodias de sala ou de gabinete" que à celebração de importantes "tratados de comércio" ou "alianças de guerra", o conselheiro — conforme diz o Machado ortônimo desse seu dileto heterônimo — fora "diplomata excelente", com aguçada "vocação de descobrir e encobrir", "verbos parentes" em que se contém "toda a diplomacia". Pois são precisamente esses dois verbos que presidem a estilística do *Memorial*, onde o explícito só serve como indício do implícito e o encobrimento diplomático quase leva o leitor a esquecer o fato essencial de o livro ser mesmo, no fim das contas, um diário que, por indiretas vias, nos diz tanto acerca de quem o escreve como daqueles a quem descreve.

Desde *Esaú e Jacó* sabia-se que o conselheiro deixaria após a morte, como seu legado principal, sete cadernos manuscritos, em seis dos quais falava mais de si que dos outros; no sétimo, por ele mesmo chamado *Último*, fazia exatamente o contrário. Desses sete cadernos, houve por bem M. de A. (iniciais com que Machado assina, como uma espécie de editor, a "Advertência" do *Memorial*, e que curiosamente são as mesmas do título do livro) só imprimir o *Último*, aquele em que o conselheiro menos falava de si. A justificativa era a de ser esta parte a única capaz de, "decotada de algumas circunstâncias, anedotas, descrições e reflexões", dar "uma narração seguida", virtude que, para um romancista de profissão, certamente sobrelevaria quaisquer outras. Entretanto, a intervenção do editor parece ter-se limitado aos cortes; em nada mais interviria ele no manuscrito do conselheiro, conservando-lhe inclusive a forma de diário, de anotações soltas encimadas por datas e ordenadas cronologicamente.

161 Há no *Memorial*, inclusive, ecos das *Memórias póstumas* ("nenhum dos meus filhos saiu do berço do Nada") e do *Quincas Borba* ("eu terei engolido um cão filósofo").

Um "tudo" diplomático

O diário é, por tradição, um gênero confessional de literatura: dele se espera que, a sós com o papel, o autor nos desnude sua alma, pondo por escrito, de forma mais ou menos clara e ordenada, o mundo nebuloso de suas vivências. É o que supostamente se propõe a fazer o conselheiro no *Memorial* quando, dialogando com o papel, chama-lhe "amigo a quem digo tudo o que penso e tudo o que não penso". Veja-se, porém, que esse "tudo" tem de ser tomado *cum grano salis*. Não é o tudo confessional do memorialista de praxe, mas o tudo reticencioso de um ex-diplomata a quem o vezo da profissão sempre levou a guiar "a conversação de modo que mais ouvisse do que falasse", ainda quando a conversação fosse consigo próprio, a ponto de repreender-se nos raros momentos em que, nas suas anotações, solta um pouco a língua: "emenda essa língua, velho diplomata". Desconfia o conselheiro das primeiras impressões, pelo que, em vez de registrar em seguida suas reações diante de acontecimentos de que seja partícipe ou testemunha, prefere esperar que o tempo se encarregue de deixar-lhe na memória só "o que valer a pena guardar". Mesmo quando relata palavras alheias, exclui o acessório em benefício do essencial, como o faz com a história do casal Aguiar que lhe é contada pelo desembargador Campos:

> Eia, resumamos hoje o que ouvi ao desembargador em Petrópolis acerca do casal Aguiar. Não ponho os incidentes, nem as anedotas soltas, e até excluo os adjetivos que tinham mais interesse na boca dele do que lhes poderia dar a minha pena; vão só os precisos à compreensão de coisas e pessoas.

Noutro passo, em que transcreve um adjetivo enfático do mesmo desembargador, acrescenta-lhe um reparo: "eu não amo a ênfase". Esse desamor à ênfase leva-o naturalmente ao gosto da concisão[162] (várias vezes se repete no texto do *Memorial* o verso "resumir" que abre a transcrição acima) e ao desgosto das efusões sentimentais:

> Relendo o que escrevi ontem, descubro que podia ser ainda mais resumido, e principalmente não lhe pôr tantas lágrimas. Não gosto delas, nem sei se as verti algum dia, salvo por mama, em menino; mas lá vão.

É bem de ver, entretanto, que o diário do conselheiro, embora não tenha feição abertamente confessional, refletindo antes, no seu comedimento, a índole prudente e reservada de quem o escreveu, funciona como instrumento de catarse na medida em que lhe permite satisfazer "o gosto e o costume de conversar", que "a índole e a vida" nele fizeram tão imperativos. Nas horas de solidão, amiudadas pela velhice, o diálogo com o papel torna-se um simulacro do convívio humano: "Acudo assim à necessidade de falar comigo, já que o não posso fazer com outros; é o meu mal". Isso explica por que o *Memorial*, em vez de tratar sobretudo da vida do seu autor, como de uso nos diários, ocupa-se mais da vida alheia: é dos outros, mais

[162] Esse gosto é ilustrado anedoticamente numa cena do *Memorial* em que Rita diz ao irmão que lhe vai contar, em cinco minutos, toda a história do primeiro casamento de Fidélia: "Tirei o relógio para ver a hora exata e marcar o tempo da narração. Rita começou e acabou em dez minutos. Justamente o dobro" (*Memorial*).

que de si mesmo, que o conselheiro vive. Testemunho particularmente significativo desse seu "mal" dão-nos dois capítulos de *Esaú e Jacó*. No capítulo XXXII, Aires, já aposentado, regressa em caráter definitivo para o Rio, onde vai reinstalar-se na sua velha casa do Catete; ali, "cansado de homens e de mulheres, de festas e de vigílias", resolve elaborar um programa de solidão cuja divisa é um salmo bíblico traduzido por Bernardes: "Alonguei-me fugindo e morei na soledade". Na "soledade", quebrada apenas pelo almoço das quintas-feiras em casa da mana Rita, porfia Aires em viver algum tempo:

> Às noites passeava pelas praias, ou pelas ruas do bairro. O mais do tempo era gasto em ler e reler, compor o *Memorial* ou rever o composto, para relembrar as coisas passadas.

Já no capítulo seguinte, intitulado "A solidão também cansa", vemo-lo aborrecer-se do isolamento que se impusera e padecer "sede de gente viva", sede que o leva de volta ao convívio social, indispensável a ele como o ar que respirava, única coisa capaz de "matar o tempo, o imortal tempo".

Essa "sede de gente viva", traço fundamental do caráter de Aires, justifica o paradoxo de o seu diário falar mais de outrem que dele próprio, o que não quer dizer que o *Memorial* não tenha a sua dose de confessionalismo. Só que é o confessionalismo típico de um diplomata: dissimulado, manifesta-se a espaços, o mais das vezes obliquamente. Os vislumbres que temos da alma do memorialista são-nos dados menos pelas observações que ele faz sobre si mesmo do que pela maneira como vê os atos alheios. Tal maneira de ver não se explicita no plano do significado ostensivo, mas tem de ser rastreada no que há de implícito no texto e a ele o leitor pode chegar através das pistas semeadas por Machado, balizas de um plano de significado subjacente assaz distanciado daquele convencionalismo que as personagens e os incidentes aparentemente banais do enredo ostentam. Mercê desse significado embuçado, entronca-se o *Memorial* na linhagem dos outros romances do autor, pintando a condição humana com aquele mesmo travo de ironia metafísica que, desde as *Memórias póstumas*, aprendêramos a estimar como o timbre machadiano por excelência.

Acorde de abertura

A ação do *Memorial* começa a 9 de janeiro de 1888, data que assinala o primeiro aniversário da volta definitiva de Aires ao Brasil. Nessa data, recebe ele uma carta da mana Rita, pedindo-lhe que a acompanhe no outro dia ao cemitério, para uma visita ao túmulo da família, onde ela quer "dar graças" pelo regresso do irmão. Avesso a sentimentalidades de qualquer espécie (já o vimos desgostoso das lágrimas; em outra de suas anotações ele confessa "temer o poético e acaso o patético"),[163] Aires acede a contragosto ao pedido da irmã e vai ao cemitério.

Dessa visita nos dá ele em seu diário, com a data de 10 de janeiro, uma descrição mais ou menos detida, na qual afloram pistas de importância para a melhor compreensão do livro. Conta-nos, por exemplo, que, no dia do sepultamento do

[163] Eis uma outra citação de apoio: "Não gosto de lágrimas, ainda em olhos de mulheres, sejam ou não bonitas; são confissões de fraqueza e eu nasci com tédio aos fracos" (*Memorial*).

marido, Rita colocou-lhe dentro do caixão "um molho dos seus cabelos, então pretos, enquanto os mais deles ficaram a embranquecer cá fora", e que todos os meses manda lavar o jazigo da família, cuidado que a Aires parece excessivo:

> Ora, eu creio que um velho túmulo dá melhor impressão do ofício, se tem as negruras do tempo, que tudo consome.

Enquanto Rita ora, Aires corre os olhos pelo local e dois pormenores lhe ferem a atenção, tanto assim que os registra por escrito: a imobilidade geral do cemitério e, único contraste, os pássaros a esvoaçar:

> A impressão que me dava o total do cemitério é a que me deram sempre outros; tudo ali estava parado. Os gestos das figuras, anjos e outras, eram diversos, mas imóveis. Só alguns pássaros davam sinal de vida, buscando-se entre si e pousando nas ramagens, pipilando ou gorjeando. Os arbustos viviam calados, na verdura e nas flores.

É também nessa visita ao cemitério — episódio inicial do livro, espécie de acorde de abertura a encerrar em si, embrionariamente, as linhas-mestras de desenvolvimento do enredo — que Aires põe a atenção em Fidélia, ali em visita ao túmulo do marido, e a cuja beleza, conquanto aborreça a ênfase, aplica o superlativo dantesco de "gentilíssima". A propósito dela, trava-se uma discussão entre os dois irmãos. Rita, viúva perene, garante que Fidélia não se casará de novo. Ante a dúvida manifestada por Aires, desafia-o então a tentar casar-se com ela. Alegando o impedimento dos seus "sessenta e dois anos", Aires se furta ao desafio e acusa a irmã de querer arrastá-lo a uma "aposta de Deus e de Mefistófeles". Mais tarde, em casa, irá esclarecer a Rita, que "não tem cultura, mas tem finura", o significado da alusão goethiana lendo-lhe o prólogo do *Fausto*.

A entrada seguinte do *Memorial*, com a data de 12 de janeiro, completa a anterior com alguns dados essenciais que o memorialista diz ter-lhe esquecido dizer. O primeiro deles é que Aires, viúvo também, preferiu deixar a mulher enterrada em Viena a trazê-la para o jazigo da família no Rio, pois entende que "os mortos ficam bem onde caem". Rita observa-lhe que Fidélia não é da mesma opinião, tanto assim que fez transladar para São João Batista os restos do marido, morto em Lisboa. Outro esquecimento reparado pelo memorialista é a alusão feita por Rita, dois dias antes, à gente Aguiar, amiga de Fidélia. Esta, até então, fora designada no texto como a viúva Noronha e, quando Aires vem a saber que tem por nome Fidélia, comenta logo: "O nome não basta para não casar".

O fato de o autor do *Memorial* colocar-lhe bem no pórtico essa cena de cemitério serve para advertir, quando mais não fosse, que se trata de um livro sobre mortos e vivos, dualidade (dir-se-ia talvez melhor: polaridade) que, desta ou daquela feição, vai reaparecer ao longo dele como um dos seus *leitmotiv*. Importa ainda notar que os três protagonistas da cena são viúvos, isto é, vivos subordinados a mortos e simbolicamente vinculados ao mundo deles, que vêm visitar regularmente; só um novo casamento poderia romper esse vínculo. É aliás em torno desse rompimento que gira, implicitamente, a breve discussão dos dois irmãos sobre a possibilidade de a viúva Noronha voltar ou não a casar-se. Rita lhe atribui o mesmo propósito de

fidelidade conjugal *post-mortem* em que se empenha há tantos anos, mas um pormenor registrado pelo memorialista dá bem a medida do preço de tal fidelidade: o molho de cabelos pretos guardados no caixão do falecido, enquanto os de cá fora ficam a embranquecer, são a dramática representação metonímica da imolação, no altar da viuvez, do direito à juventude, à vida, ao amor.

A escolha de pormenor de tanta ênfase visual; a ideia de que o tempo tudo deve consumir, tanto a brancura dos túmulos como o apego excessivo aos mortos, cujos restos não carecem de ser trazidos para junto de nosso culto inútil, mas ficam bem onde estão; a expectativa de que a viúva Noronha se volte a casar — eis algumas indicações de que Aires não participa da mística da viuvez. O seu registro da cena da visita ao cemitério deixa igualmente entrever que a mocidade de Fidélia não quadra ali tão bem quanto a velhice dos dois outros viúvos; é uma nota discordante de vida naquela imobilidade de morte, onde se diria ter-se o tempo congelado; ademais, não parece despropositado ver um nexo metafórico entre a viúva que, por bela e jovem, devia antes procurar o amor dos vivos que a saudade dos mortos, e os passarinhos que se buscam, amorosos, por entre as ramagens da necrópole.

Fica assim estabelecida, desde o início do *Memorial*, uma simetria[164] entre velhos e mortos (a idade aproxima aqueles destes: logo estarão entre eles), de par com uma oposição entre juventude-vida e velhice-morte.

Nomes, sobrenomes

Digno de nota é o conselheiro chamar a atenção do leitor para o nome de Fidélia, onde está como que engastada a obrigação de fidelidade ao marido morto e a proibição de um novo casamento. Mas a pista onomástica não para aí: na anotação de 11 de fevereiro, ele estabelece uma possível relação entre esse nome e o título da ópera de Beethoven *Fidélio*. E vai mais longe, ligando o sobrenome de Fidélia, Santa-Pia, a uma personagem d'*A divina comédia*, de que cita um verso: *Ricordati di me, chi son la Pia*. Detém-se, todavia, nesse ponto, como que deixando ao leitor o encargo de deslindar o restante. O verso citado é uma passagem do Canto v do Purgatório, a qual diz respeito a Pia del Guastelloni. Viúva, Pia casou-se de novo, mas o segundo marido, suspeitoso de ela manter uma ligação adúltera, mandou-a matar. Temos aqui associados, portanto, os motivos da viuvez, do segundo casamento e da traição. A vinculação do nome de Fidélia com o título da ópera quase homônima de Beethoven é ainda mais pertinente, de vez que a música aparece com frequência nas páginas do *Memorial*. Tanto Fidélia quanto seu futuro segundo marido são bons

[164] Importa notar que no *Memorial* ocorrem dois tipos de simetria: as ostensivas, para as quais o próprio memorialista chama a atenção do leitor, e as embuçadas, que, na semântica do livro, como se verá, são muito mais importantes que as ostensivas. De uma destas se vale o romancista para dar um toque no realismo à sua narrativa: "Há na vida certas simetrias inesperadas. A moléstia do pai de Osório chamou o filho ao Recife, a do pai de Fidélia chama a filha à Paraíba do Sul. Se isto fosse novela, algum crítico tacharia de inverossímil o acordo dos fatos, mas já lá dizia o poeta que a verdade pode ser às vezes inverossímil" (*Memorial*). O toque realístico é reforçado por outra simetria: Aires encontra duas vezes Fidélia na rua e nas duas vezes dá com alguém a admirá-la — Osório, primeira; depois Tristão —, pelo que anota no seu diário: "Se eu estivesse a escrever uma novela, riscaria as páginas do dia 12 e do dia 22 deste mês. Uma novela não permitiria aquela paridade de sucessos" (*Memorial*). Outra simetria ostensiva, ou "paridade de situações", como a chama Aires, é o reumatismo que na mesma ocasião lhe ataca o joelho e o de Carmo.

pianistas e é ao piano que começa o romance entre ambos: ela, quando enviuvou, jurou nunca mais tocar, mas quebra a promessa certa noite em casa dos Aguiares quando Tristão, depois de ter tocado, insiste em que ela também toque; ao anotar o ocorrido, Aires não se esquece de acrescentar: "A música sempre foi uma das minhas inclinações, e [...], diria que é hoje uma das saudades". Tal como já acontecera com a referência onomástica a Pia del Guastelloni, também a menção à ópera de Beethoven é fugaz, sem quaisquer comentários. Entretanto, não se restringe a pertinência da menção à similitude de nomes; ela diz respeito, sobretudo, ao tema da fidelidade conjugal até e além da morte. Recordemos o libreto de *Fidélio ou o amor conjugal*:[165] Leonora, sabendo que o marido Florestan, dado como morto pelo diretor da prisão, Pizarro, está vivo e preso por não se sabe que crime político, disfarça-se de homem e, com o nome de Fidélio, consegue empregar-se como ajudante do carcereiro da prisão onde o marido se encontra. Pizarro, receoso da visita de inspeção de um ministro, resolve matar Florestan e ordena ao carcereiro que abra uma cova nos subterrâneos da prisão. Para estar junto do marido e poder consolá-lo, Leonora ajuda o carcereiro nessa tarefa e, no momento em que Pizarro vai matar Florestan, ela o detém, revólver em punho, conseguindo salvar a vida do condenado.

Estamos agora nos antípodas de Pia del Guastelloni, que falta com o dever de fidelidade ao primeiro marido casando-se de novo e acaba por morrer como traidora às mãos do segundo marido, enquanto Leonora-Fidélio mantém-se fiel ao esposo supostamente morto e sua lealdade pertinaz alcança salvá-lo do túmulo que o esperava. A onomástica de Fidélia revela-se, dessa forma, dúplice: a fidelidade engastada no primeiro nome é desmentida pela traição conotada pelo segundo. Além disso, uma outra alusão truncada do conselheiro reitera, em torno da figura da viúva Noronha, o tema da fidelidade até a morte. Na anotação de 14 de janeiro, em que registra informações sobre o primeiro casamento dela, o memorialista refere a inimizade entre as famílias dos "jovens namorados de Paraíba do Sul", ódio que a união dos dois, celebrada à revelia dos pais, ferrenhos inimigos políticos, não conseguiu dissipar. Natural que à pena letrada do conselheiro ocorresse logo a lembrança de Shakespeare e a menção a "Romeu e Julieta aqui no Rio". Mas aí se detém ela, nessa similitude de ódios familiares, deixando como que propositadamente de lado o essencial, o fato de a tragédia dos amantes de Verona ser um modelo de fidelidade e eles morreram um por amor do outro.

Pode-se ver também uma recorrência do tema da traição no nome do segundo marido de Fidélia, Tristão, possivelmente inspirado (embora no livro nada se insinue a respeito, como se insinuara nos casos anteriores)[166] no *Tristão e Isolda*.[167] Mais uma pista musical, portanto. Na ópera de Wagner, Tristão conduz Isolda ao seu futuro marido, o rei Mark, mas, por artes de um filtro mágico, apaixona-se por ela durante a viagem e ela por ele. O rei os surpreende em colóquio amoroso e Tristão é ferido na luta com um cortesão; no último ato, os dois amantes morrem, perdoados

165 Ver esse verbete em *The Oxford Companion to Music*, de Percy A. Scholes (Londres: Oxford University Press, 1950). Tive notícia de que o prof. Raymond Sayers escreveu um trabalho sobre as alusões musicais na obra de Machado de Assis. Todavia, não consegui obter um exemplar desse trabalho para consulta.
166 Entretanto, há referências a Wagner no livro. O próprio Tristão toca ao piano um trecho de *Tannhäuser*; logo em seguida, ele e Fidélia põem-se a conversar "de Wagner e de outros autores".
167 Ver esse verbete em Scholes, *op. cit*.

pelo rei, que vem a saber do filtro amoroso. Há, pois, nesta alusão wagneriana, um elemento atenuante que faltava na referência a Pia del Guastelloni: a absolvição dos adúlteros. Assim, na junção onomástica Fidélia-Tristão, teríamos a transgressão do dever de fidelidade e a traição à memória do morto como que neutralizados pelo reconhecimento da força mágica do amor e pelo perdão da ofensa.

Neste capítulo das pistas onomásticas,[168] valeria a pena notar, por último, a correlação etimológica entre "Aires" e "Aguiar". O primeiro nome deriva possivelmente da raiz germânica *ar*, que quer dizer "águia", pelo que se vincula de imediato com "Aguilar", port. "Aguiar", cujo significado é "sítio habitado por águias".[169] O vínculo etimológico reforça, de resto, uma polaridade bem marcada no romance: Aires não só é amigo e conviva regular dos Aguiares, mas com eles se alinha em razão da idade, constituindo o grupo dos velhos, ao qual se contrapõe o jovem par Fidélia-Tristão.

O COMPASSO DE DUAS PONTAS

Mas há a considerar o desequilíbrio 3x2, ainda mais acentuado por o primeiro grupo constituir-se de um casal mais um viúvo, enquanto o segundo é formado por um casal. Resolve-se facilmente esse desequilíbrio numérico, restabelecendo a simetria casal x casal, quando se reconhece em Aires um elemento lábil que, pela sua própria condição de observador e conforme o ângulo de observação, ora se alinha com os Aguiares, ora com Fidélia-Tristão. Sua labilidade se manifesta não só em termos de angulação como principalmente em termos de empatia. Há, nele, uma permanente ambiguidade de atitudes em relação aos conflitos e aos protagonistas do *Memorial*, ambiguidade típica da sua índole de mediador diplomático; do seu sentido de relatividade das coisas, aguçado pela experiência e pelos anos; de sua complacência confessa:

> aquela complacência, que é uma qualidade minha, e não das novas. Quase que a trouxe da escola, se não foi do berço. Contava minha mãe que eu raro chorava por mama; apenas fazia uma cara feia e implorativa. Na escola não briguei com ninguém, ouvia o mestre, ouvia os companheiros, e se alguma vez estes eram extremados e discutiam, eu fazia da minha alma um compasso, que abria as pontas aos dois extremos. Eles acabavam esmurrando-se e amando-me.

Essa complacência de compasso aberto aos dois extremos, se o faz simpatizar com o sofrimento dos Aguiares, de perder os dois filhos de empréstimo, último consolo de uma vida frustrada pela falta de filhos "naturais" ou "legítimos", leva-o também a defender o egoísmo juvenil de Fidélia-Tristão, que têm sua própria vida a viver fora do círculo de giz daquela paternidade postiça. No primeiro caso, a adesão empática se explica pela simetria de idades — à época da ação do romance, Aires

[168] Inclusive no nome escolhido para uma personagem secundária, posto que pitoresca, do *Memorial*, há uma intenção alusiva. Trata-se da irmã do corretor Miranda, d. Cesária. Seu nome é a forma feminina de César que, segundo Plínio (*apud* Antenor Nascente), teve origem em *caedere*, "cortar". Como se vê, é pertinente a alusão à língua cortante da "picante Cesária" cuja maledicência encanta o conselheiro: "Esta senhora se não tivesse fel talvez não prestasse; eu nunca a vejo sem ele, e é uma delícia".

[169] Ver verbetes correspondentes no *Dicionário etimológico da língua portuguesa*, de Antenor Nascente (Rio de Janeiro: Francisco Alves, 1952, t. II).

tem sessenta e dois anos, Aguiar sessenta e Carmo cinquenta —, assim como por Aires não ter tido filhos e, malgrado alardeie não sentir falta deles, desempenhar amiúde o papel de pai adotivo através de suas amizades moças (Tristão no *Memorial*; os gêmeos em *Esaú e Jacó*, dos quais chega a imaginar-se "pai espiritual").[170] No segundo caso, a empatia se estabelece por via de uns últimos assomos de juventude que o conselheiro ainda traz em si e que tenta baldadamente conter ou dissimular; são eles que tornam compreensíveis as contradições do seu interesse por Fidélia. Na cena paradigmática do cemitério, vimo-lo, escudado na diferença de idade, afastar a ideia, aventada por Rita, de ele mesmo casar-se com a viúva Noronha. Dias depois, quando a revê nas bodas de prata do casal Aguiar, confirma pesaroso a impossibilidade desse hipotético casamento citando a si mesmo um verso de Shelley, que irá repetir outras vezes em suas anotações: *I can give not what men call love*. Mais adiante, explicará o seu fascínio por Fidélia como simples curiosidade científica: intriga-o o caráter dela e, fazendo-a "objeto de estudo" tão-somente, quer escrutar-lhe "certa feição de espírito", vislumbrada num "sorriso furtivo que já lhe (vira) algumas vezes". Em mais de um passo, porém, desmente-se o desinteresse dessa curiosidade: na anotação de 24 de maio de 1888, narra o conselheiro um sonho que teve, no qual propôs casamento à viúva e foi aceito por ela, sonho compensatório em que o leitor de Machado pronto identifica um dos recursos preferidos do romancista; dias depois, não hesita o memorialista em escrever que as graças de Fidélia lhe "parecem cada vez maiores" e em confessar: "Estive com ela hoje, e se não a arrebatei comigo não foi por falta de braços nem de impulsos". Mas logo se corrige desse arrebatamento atribuindo-lhe razões puramente estéticas:

> Se fosse nos primeiros dias deste ano, eu poderia dizer que era o pendor de um velho namorado gasto que se comprazia em derreter os olhos através do papel e da solidão, mas não é isso; já lá vão as últimas gabolices do temperamento. Agora, quando muito, só me ficaram as tendências estéticas, e deste ponto de vista, é certo que a viúva ainda me leva os olhos, mas só diante deles.

A prova de que as "gabolices do temperamento" — fórmula depreciativa com que Aires designa seus ardores amorosos — nunca se apagaram de todo nele é dada numa das passagens finais do livro quando, de volta a casa, após ter acompanhado a bordo Fidélia e Tristão que, casados, se vão para a Europa, o conselheiro relata uma fantasia sua, espécie de recorrência do sonho já mencionado:

> Não acabarei esta página sem dizer que me passou agora pela frente a figura de Fidélia, tal como a deixei a bordo, mas sem lágrimas. Sentou-se no canapé e ficamos a olhar um para o outro, ela desfeita em graças, eu desmentindo Shelley com todas as forças sexagenárias restantes.

170 Em *Esaú e Jacó* está dito que quem conseguisse penetrar a alma de Aires "lá descobriria acaso, entre as ruínas de meio celibato, uma flor descorada e tardia de paternidade, ou, mais propriamente, de saudade dela...".

Duas almas

Confinado assim ao reino dos sonhos e das fantasias compensatórias pela barreira que lhe opõe a sua aguda consciência da idade, o amor sexagenário de Aires irá encontrar, todavia, uma forma vicária de realização. Para entendê-la, voltemos à cena do cemitério, onde há uma alusão ao *Fausto* de Goethe, feita a propósito do desafio de Rita ao irmão, de que tentasse conquistar para si a mão da viúva, desafio por ele reputado "uma aposta de Deus e de Mefistófeles". Com o fito de esclarecer à irmã o sentido da referência, Aires resume-lhe o prólogo no céu do *Fausto*. Eis um outro caso de alusão truncada, recurso que já vimos usado mais de uma vez no *Memorial*. Aqui, a alusão restringe-se ao prólogo do poema dramático de Goethe, ao debate entre Deus e Mefistófeles acerca da possibilidade de a alma do homem ser conquistada para o mal, mas ao leitor avisado não passará despercebido o quanto existe de faustiano nos próprios sonhos e devaneios do conselheiro. Na lenda germânica, o velho doutor vende a alma ao diabo em troca do saber, de poderes mágicos e, sobretudo, de juventude; também Aires aspira a transcender as limitações da idade para poder realizar *in esse* o seu amor por Fidélia. Tal realização não será real como a do dr. Fausto, mas imaginativa, como convém a alguém que confessa viver "do que ouve aos outros"; não se fará por via de um pacto infernal, mas por via da introjeção vicária. Aires, que já achava na Flora de *Esaú e Jacó* um "sabor particular" pela excentricidade de sua "ambição recôndita" de amar dois homens ao mesmo tempo; que já dizia conhecer bem esses "sentimentos alternados e simultâneos", pois "eu mesmo fui uma e outra coisa, e sempre me entendi a mim" — Aires compraz-se agora em cultivar dentro do peito as *zwei Seelen* da famosa interjeição de Fausto.[171] Uma delas é a sua própria alma de sexagenário cético e prudente, com receio de não poder "dar aquilo a que os homens chamam amor"; outra, de empréstimo, é uma alma jovem, ambiciosa, pela qual ele sente a maior afinidade e que, por isso mesmo, pode introjetar quando lhe apetece. Trata-se, evidentemente, de Tristão. Pouco depois de conhecê-lo, analisando-lhe o caráter, Aires descobre nele "muita compostura e alguma dissimulação", duas virtudes (ou defeitos) que não é difícil identificar desde logo como as virtudes cardeais do próprio Aires. Em vista dessa afinidade de raiz, ganha especial relevo o verbo escolhido pelo memorialista para descrever, no seu diário, a afeição crescente que se vai firmando entre ambos: "*entro* (o grifo é meu) cada vez mais no coração daquele moço". A entrada introjetiva de uma alma na outra, por meio da qual o velho vive, faustiana e vicariamente, a experiência amorosa do jovem, culmina na cena do almoço nas Paineiras, quando Tristão se resolve a confidenciar a Aires seus sentimentos para com Fidélia. A frase com que este estimula o interlocutor à confissão é muito reveladora: "Pois diga o resto. Disponho-me a ouvi-lo *como se eu mesmo fosse rapaz*" (grifo meu, mais uma vez). Não tarda a completar-se o rejuvenescimento imaginativo: "no fim dos charutos, estávamos quase como dois estudantes do primeiro ano e do primeiro namoro, ainda que com outro estilo". A curiosidade com que Aires acompanha o desenrolar do romance entre Tristão e Fidélia chega positivamente às raias do voyeurismo, a ponto de ele não temer confiar ao seu diário: "Estava com desejo de ir passar um

[171] Interjeição que, a propósito do duplo amor de Flora, Aires cita explicitamente no capítulo LXXXI de *Esaú e Jacó*, traduzida: "Ai, duas almas no meu peito moram!".

mês em Petrópolis, mas o gosto de acompanhar aqueles dois namorados me fez hesitar um pouco, e acabará por me prender aqui". Numa outra entrada do *Memorial*, declara ter recebido do próprio Diabo a "arte" de "concertar a cortesia e a curiosidade", e confessa: "Eu gosto de ver impressas as notícias particulares, é bom uso, faz da vida de cada um ocupação de todos", rematando a profissão de fé voyeurista com uma pitada de antevisão científica: "Tempo há de vir em que a fotografia entrará nos quartos dos moribundos para lhes fixar os últimos instantes; e se ocorrer maior intimidade, entrará também".

Topologia

Restaria ainda destacar, na cena — insista-se — paradigmática do cemitério, de onde têm sido extraídos até agora, completando-se com subsídios tomados a outras passagens correlatas do texto, os elementos desta interpretação do *Memorial*, um último aspecto, que ali só aparece fugazmente, mas que se vai afirmar com ênfase crescente no resto do livro. Trata-se de uma outra polaridade que, de par com as polaridades já explicitadas (mortos/vivos, jovens/velhos, real/vicário), ajuda a compor as linhas de força subjacentes ao enredo. É a polaridade aqui/lá, implícita na cena do cemitério pelo fato de Rita ali ter ido especialmente "dar graças" pelo regresso do irmão. Este, recorde-se, passara trinta e poucos anos fora do Brasil, no serviço diplomático, servindo em diversas partes do mundo — no Pacífico, em Bruxelas e em Caracas, pelo menos, segundo indicações esparsas no *Memorial* e em *Esaú e Jacó*; durante esse tempo, aqui esteve só umas poucas vezes, em gozo de licença. Quando se aposenta, regressa em definitivo ao Rio, para ali passar seus últimos anos: "Aqui estou, aqui vivo, aqui morrerei". Explicita-se, pois, a polaridade: lá é a Europa, aqui é a pátria. O regresso do conselheiro à sua terra — "era homem de todos os climas, mas tinha particular amor à sua terra", conforme está dito em *Esaú e Jacó* — equivale também a uma volta ao passado; aqui viveu ele a infância e a juventude, das quais ainda procura inutilmente vestígios nas casas, nos homens, nos costumes: "eu nunca esqueci coisas que só vi em menino", diz-nos no *Memorial*, ao recordar as sanguessugas à porta das lojas dos barbeiros; elas não existem mais, não são mais usadas, mas ainda lhe andam pelo cérebro rememorativo, "abaixo e acima, como nos vidros". Em *Esaú e Jacó*, encontramo-lo, recém-chegado da Europa, a passear pelas ruas novas e velhas do seu Rio de Janeiro, cujas vistas "acordam nele uma infinidade de ecos, que pareciam as próprias vozes antigas"; no Passeio Público, junto do mar, vai "revivendo homens e coisas". Mas o passado está morto; o Aires sexagenário diz ter voltado à pátria para nela morrer. O aqui se polariza, assim, como o próprio *locus* do passado, da velhice, da morte. Por oposição, o lá, isto é, a Europa, se marca, na semântica do *Memorial*, como o *locus* da vida. Quando Eduardo, o primeiro marido de Fidélia, morre inopinadamente em Lisboa, seu corpo não é enterrado lá, mas trasladado para cá. No registro que faz de seu almoço com Tristão nas Paineiras e em que lhe ouve confidências acerca de seu amor por Fidélia, o conselheiro deixa escapar uma frase reveladora: "a *vida* que chama Tristão para fora daqui, a *morte* que prende a viúva à terra e às suas saudades" (grifos meus). Nessa frase está claramente explicitada a polaridade aqui-morte/lá-vida, polaridade que, de resto, se espelha em várias simetrias e oposições do livro. Por exemplo, o itinerário de Tristão, o jovem, é simetricamente

oposto ao de Aires, o velho. Este faz seus estudos em São Paulo, vive a maior parte da vida fora do país, mas vem morrer aqui. Aquele, brasileiro de nascimento, vai estudar na Europa, acaba por naturalizar-se português, anda pelo Brasil só por uns tempos e, depois de seu casamento com Fidélia, regressa definitivamente à pátria de adoção, onde vai iniciar uma nova vida, ingressando na política como deputado. A ideia de viagem esclarece, aliás, as duas epígrafes, um tanto críticas, à primeira vista, do *Memorial*. Significativamente, ambas são de velhos trovadores portugueses, escolha explicável menos pelo amor do conselheiro aos clássicos da língua (recorde-se que para o seu programa de solidão ele escolhera um dístico de Bernardes) do que pelo fato de Portugal estar vinculado à própria dramática do livro, em cujo desenlace Tristão e Fidélia se vão para Lisboa, deixando aqui desamparados, numa "orfandade às avessas", os pais postiços. A primeira epígrafe, dois versos de uma cantiga de Joham Zorro, falam de "barcas novas" mandadas "lavrar" em "Lixboa", barcas que são frequentes nas cantigas desse trovador[172] e das quais se serve el-rei para levar sua amiga; a alusão a Tristão, que vem de Lisboa buscar esposa no Brasil, é clara. Na segunda epígrafe, estrofe de uma cantiga de Dom Denis, a elocução é assumida pela amiga, que diz à mãe: "alá vou, madre", "para ver meu amigo / que talhou preyto comigo", preito significando, no contexto, pacto, promessa, combinação.[173] Acaso não faz eco, essa estrofe, à despedida de Fidélia e d. Carmo, a quem ela chama "mãezinha", quando parte para "alá", para "Lixboa" por força do "preyto" ou pacto conjugal que "talhou" com Tristão? Curioso notar ainda, no *Memorial*, as repetidas referências à barca de Niterói, espécie de prenúncios *en abîme* da viagem maior, da separação final entre pais e filhos de empréstimo, ominosamente retardada ao longo da narrativa, mas que, com realizar-se, dá-lhe o fecho dramático: é na barca de Niterói que Aires encontra certa feita Tristão, "que olhava para o lado da barra, como se estivesse com desejo de abrir por ela fora e sair para a Europa".

A semantização do lá como vida e do cá como morte, manifesta na cena do cemitério por Rita ter escolhido precisamente esse lugar para dar graças pela volta do irmão — volta que adquire desse modo o caráter de um regresso ao seio dos mortos —, aparece já numa cena de *Esaú e Jacó*: Aires encontra, num bonde, Natividade, que pensa viajar com os filhos e que o convida a acompanhá-los; o conselheiro, reconhecendo que "as viagens fazem bem, mormente na idade deles", declina do convite com uma justificativa na qual se marca bem a múltipla polarização ficar-aqui-velhice-morte/viajar-lá-juventude-vida: "Ah! baronesa, para mim já não há mundo que valha um bilhete de passagem. Vi tudo por várias línguas.[174] Agora o mundo começa aqui no cais da Glória ou na rua do Ouvidor e acaba no cemitério de São João Batista".

172 Ver *Cantigas d'amigo dos trovadores galego-portugueses*, ed. crítica de José Joaquim Nunes. Coimbra: Imprensa da Universidade, 1928, v. II, p. 346-54.
173 Ver o Glossário da ed. cit. de José Joaquim Nunes.
174 A volta de Aires à pátria significa também o reencontro com seu próprio idioma: "cansado de ouvir e de falar a língua francesa, achei vida nova e original na minha língua, e já agora quero morrer com ela na boca e nas orelhas" (*Memorial*).

Uma fábula fluminense

Esta menção ao cemitério de São João Batista tem sua contraparte numa frase muito marcante do *Memorial*, quando Aires diz: "Já não sou deste mundo, mas não é mau a gente afastar-se da praia com os olhos na gente que fica". O estado de espírito dúplice revelado na frase — de um lado, o sentimento da morte próxima; de outro, o interesse pela vida que foge — permeia todo o *Memorial*, que não seria errado definir como uma fábula acerca da velhice e da morte, fábula sendo tomada aqui no sentido de narrativa revestida de moralidade final. À maneira dos clássicos do seu convívio diário — ao meter-se na cama, conforme está dito em *Esaú e Jacó*, Aires costuma rezar "uma ode do seu Horácio" —, cuida ele também de, no ocaso da vida, elaborar a sua arte de envelhecer, de preparar-se para a morte. Só que o seu *De senectude* não é um tratado filosófico como o de Cícero, nem sequer como aquela *Filosofia das tabuletas* que ele próprio pensou um dia escrever. Não é tampouco uma coleção de aforismos ou ditos sentenciosos, como seria de esperar de quem "gostava de estudar adágios" e de perpetrá-los, a ponto de haver pensado, não tivesse os "olhos adoentados", em "compor outro *Eclesiastes*, à moderna". Vampiro intelectual com inextinguível "sede de gente viva", a subsistir agora vicariamente do que ouve aos outros, Aires elabora, com os conflitos, ilusões, virtudes e defeitos do seu microcosmo fluminense, uma fábula acerca dos desconcertos humanos, fábula irônica a que dá a feição, muito apropriada, de diário, pois que outra forma literária poderia convir melhor àquela implacável fuga do tempo, de que os velhos têm consciência tão aguda?

Na frase acima, o adjetivo "irônico" é usado no mesmo sentido que tinha na tragédia grega, onde os fados ou a vontade dos deuses, ofendidos por algum excesso do protagonista, preparavam-lhe, ao fim e ao cabo, uma reviravolta da fortuna, a peripécia, em que revelavam um intento zombeteiro. Esse intento se adequava à moralidade grega, que via na ironia "uma forma elevada de afirmar o áureo meio, de restabelecer o equilíbrio ali onde o engano de um protagonista conduzisse ao alargamento da brecha entre aparência e realidade".[175] Essa é também a visão que se exprime na fábula do casal Aguiar e de seus filhos postiços, visão cujo porta-voz é o conselheiro Aires, não só por sua natural condição de fabulista como pela natureza mesma do seu espírito, afeito ao equilíbrio, à sobriedade, à moderação. Mas qual o excesso cometido pelos Aguiares contra os fados, de que teria resultado a peripécia de perderem para sempre os filhos de afeição e de se verem naquela "orfandade às avessas", consolando-se com a "saudade de si mesmos", como no-los pinta a breve mas patética cena de encerramento do *Memorial*? Evidentemente, o apego excessivo a Tristão e Fidélia, tanto mais anômalo[176] quanto se tratava de filhos postiços, por

[175] Ver o verbete "Irony" do *Dictionary of World Literary Terms*. Org. Joseph T. Shipley. Londres: Allen & Unwin, s. d. Cf. também Frye, Northrop, *Anatomia da crítica*. Trad. Péricles da Silva Ramos. São Paulo: Cultrix, 1973, especialmente p. 232-35.

[176] É o que pensa Aires a respeito da afeição de Carmo por Fidélia, pelo menos: "Quem sabe se aquela afeição de d. Carmo, tão meticulosa e tão serviçal, não acabará fazendo dano à bela Fidélia. A carreira desta, apesar de viúva, é o casamento; [...] Ela, entregue a si mesma, poderia acabar de receber o noivo, e iriam ambos para o altar; mas entregue a d. Carmo, amigas uma da outra, não dará pelo pretendente, e lá se vai embora um destino. Em vez de mãe de família, ficará viúva solitária, porque a amiga velha há de morrer, e a amiga moça acabará de morrer um dia, depois de muitos dias..." (*Memorial*).

via dos quais buscavam compensar-se da severidade do destino que os fizera estéreis. Todavia, querer converter o postiço em legítimo é um engano que mais cedo ou mais tarde tem de dissipar-se para restabelecimento do equilíbrio perturbado e restituição, aos devidos lugares, de aparência e realidade por eles confundidas. É precisamente o que acontece no fim do *Memorial*, com a partida de Tristão e Fidélia para Portugal, onde vão iniciar a vida nova a que sua mocidade lhes dá direito, e com a solidão em que aqui ficam os pais de empréstimo, desfeito o sonho de conservarem os recém-casados ao pé de si, para ajudá-los a morrer.[177] Esse desfecho encerra *in nuce* a moralidade da fábula, explicitada de resto pelo próprio Aires ao tio de Fidélia, quando ambos voltavam da casa dos Aguiares, aonde tinha ido dar-lhes a notícia de que, eleito deputado em Portugal, Tristão não poderia voltar ao Brasil tão cedo:

> Praia fora (esqueceu-me notar isto ontem), praia fora viemos falando daquela orfandade às avessas em que os dois velhos ficavam, e eu acrescentei, lembrando-me do marido defunto:
> — Desembargador, se os mortos vão depressa, os velhos ainda vão mais depressa que os mortos... Viva a mocidade!
> Campos não me entendeu, nem logo, nem completamente. Tive então de lhe dizer que aludia ao marido defunto, e aos dois velhos deixados pelos moços, e concluí que a mocidade tem o direito de viver e amar, e separar-se alegremente do extinto e do caduco.[178]

Acorde de encerramento

Assim como antes se caracterizou a cena do cemitério como uma espécie de acorde de abertura, a conter em si, embrionariamente, as linhas mestras do enredo, não será fora de propósito ver agora essa fala de Aires, que consta na penúltima entrada do seu diário, como um acorde simétrico de encerramento, a resolver, em irônica consonância, os conflitos que deram matéria ao desenvolvimento da fábula. Com isso se reafirma o *Memorial* um livro sobre vivos e mortos, jovens e velhos — dois pares de oposições equivalentes termo a termo: "a *mocidade* tem o direito de *viver*", logo jovem = vivo; para exercício desse direito, ela deve separar-se "do extinto e do caduco", logo morto (extinto) = velho (caduco). A consonância é irônica por mais de uma razão. Primeiro porque o desfecho do livro demonstra-se o contrário do seu começo, uma legítima peripécia, portanto: antes, fidelidade aos mortos e apego filial aos velhos; agora, novo casamento e adeus aos pais de empréstimo. Com isso, anulam-se dois excessos: o de fidelidade aos mortos, que deixaria a viúva Noronha à margem da vida, como já antes deixara Rita, e o de gratidão pelo amor desinteressado, que espera de Tristão que renuncie aos verdadeiros pais e à carreira política para a qual nascera talhado.[179] Outra ironia, esta de cunho bem machadiano, é a de que

177 Rita acha que Carmo, casando Tristão com Fidélia, "teria assim um meio de prender o filho aqui", opinião com que Aires concorda: "Unidos os dois aqui, amados aqui, tê-los-ia ela abraçados ao próprio peito, e eles *a ajudariam a morrer*" (grifo meu).

178 Há uma antecipação em tom irônico, destas ideias, no episódio da doença do pai de Osório, em virtude da qual este é obrigado a viajar para Recife e afastar-se de Fidélia, de quem andava enamorado. Sobre o fato, observa Aires: "Os pais fazem muito mal em adoecer, mormente se estão no Recife, ou em qualquer cidade que não seja aquela onde os filhos namorados vivem perto das suas damas. *A vida é um direito, a mocidade outro; perturbá-los é quase um crime*" (grifo meu, *Memorial*).

179 "O que lhe notei bem é que em qualquer parte gosta de política. Vê-se que nasceu em terra dela e vive em terra dela" (*Memorial*).

virtude em demasia se torna vício e atrai a punição dos deuses. O amor dos Aguiares, primeiro por Tristão, depois por Fidélia, depois finalmente por ambos, é tanto mais desinteressado quanto não resulta de nenhum laço de sangue; é um puro dar de si de almas vocacionadas para a *charitas*.[180] Contudo, seu próprio excesso como que lhe denuncia um laivo de egoísmo: Carmo se compensa nele de sua maternidade frustrada e quer que lhe sirva de lenitivo na hora da morte.

Mas a principal ironia do acorde de encerramento do *Memorial* está naquele "Viva a mocidade!". Menos na exclamação em si que no tom com que o leitor imagina seja ela pronunciada por Aires. Tom que seria de lucidez algo doida, com uma pitada de resignação zombeteira, e em que se resumiria a arte de envelhecer do conselheiro, quando não a própria dualidade do seu caráter, compasso de pontas abertas aos extremos.

Uma das pontas do compasso está cravada na alma dos Aguiares para compartilhar com eles as agruras da idade, que não permite aos velhos sequer o consolo de "afastar-se da praia com os olhos na gente que fica". O caminho da morte é o caminho da solidão e a arte de envelhecer, como ensinavam os estoicos, está em saber desprender-se o indivíduo dos bens do mundo, inclusive das afeições, para não lhes sofrer a falta, inconstantes e precárias que são, na hora decisiva. Não terem sabido os Aguiares alcançar esse desprendimento (ao contrário de Aires,[181] que não quer apegar-se nem mesmo à própria irmã[182] e prefere borboletear pelas vidas alheias, *voyeur* e vampiro sem compromisso) é exatamente o que dá ao desfecho do *Memorial* seu caráter de moralidade fabular, de *unhappy end* por assim dizer pedagógico e, como tal, adequado a um *De senectude* em forma de romance.

A outra ponta do compasso, centrada declaradamente nos "direitos da mocidade", traz à lembrança uma passagem anterior do *Memorial*, em que o conselheiro faz uma espécie de profissão de fé schopenhaueriana no "gênio da espécie". Nessa passagem, ele imagina Fidélia, já então enamorada de Tristão, novamente no cemitério, na mesma postura melancólica em que ali a vira pela primeira vez. Para o memorialista, não há nenhuma contradição nesse amor simultâneo ao morto e ao vivo, porquanto o novo amor é inculcado pelo "gênio da espécie", que "faz reviver o extinto sob nova forma".[183] E há de ser esse mesmo "gênio da espécie" — algo assim

180 Ouvi a expressão ao escritor Alfredo Bosi numa palestra realizada na Livraria Informática, de São Paulo, em dezembro de 1975, acerca do *Memorial de Aires*.

181 "O casal Aguiar morre por filhos, eu nunca pensei neles, nem lhes sinto a falta, apesar de só" (*Memorial*).

182 "Talvez eu, se vivêssemos juntos, lhe descobrisse algum pequenino defeito, ou ela em mim, mas assim separados é um gosto particular ver-nos" (*Memorial*).

183 Aires confia nas "afeições de Fidélia", chegando "a crer que as duas (pelo marido morto e por Tristão) formam uma só, continuada". Opina ele que o importante "é que virtualmente não se quebre este laço (a afeição de Fidélia pelo morto), e que a lei da vida não destrua o que foi da vida e da morte" (*Memorial*). Para atender a essa aspiração de continuidade entre o vivo e o morto, há uma outra simetria embuçada no livro: Eduardo, o primeiro marido de Fidélia, estudou medicina e morreu em Lisboa; Tristão formou-se em medicina e veio de Lisboa. Essa simetria insinua, pois, que Tristão é a continuação de Eduardo, o próprio morto ressurrecto, a quem Fidélia pode, portanto, amar sem "que a lei da vida destrua o que foi da vida e da morte", fazendo das duas afeições "uma só, continuada". Aliás, quando Carmo, depois de tantos anos de silêncio do afilhado, que fora estudar em Portugal, recebe carta dele, chama-lhe uma "ressurreição", ideia que Aires logo confirma quando escreve, de Tristão, ser o "filho morto e redivivo". Indo viver em Lisboa com o novo marido, é como se Fidélia retomasse o curso de sua vida, interrompido lá com a morte do primeiro marido e o regresso dela para o Brasil.

como uma força vital por que se manifestaria o determinismo ou lógica da Natureza — que dá à mocidade o "direito de separar-se alegremente do extinto e do caduco". E é o mesmo gênio, força, determinismo ou lógica das coisas — pelo nome não se perca — quem faz, na fábula fluminense, o papel dos deuses ou fados da tragédia grega, papel substitutivo bem ao gosto do conselheiro, que perdera já na infância as ilusões religiosas: "íamos esconder-nos do confessor embaixo das camas ou nos desvãos da casa. Já então confundíamos as práticas religiosas com as canseiras da vida".

A metáfora do compasso aberto, engenhada pelo próprio Aires e aqui utilizada para descrever-lhe a conduta, configura bem as polarizações que permeiam a estrutura do *Memorial* e que são o reflexo, no plano do estilo, das *zwei Seelen*, da dualidade faustiana do caráter do memorialista. Se, por força dessa dualidade, alcança ele aceitar como natural o segundo casamento de Fidélia e reconhecer à mocidade o direito de "separar-se alegremente do extinto e do caduco", nem por isso se deve fazer vista grossa ao que existe de irônico nesse reconhecimento; no final das contas, Aires se alinha, não com a vida e a mocidade, mas com a velhice e a morte. Indício desse alinhamento final encontramo-lo na cena do enterro do corretor Miranda, a que Aires comparece. No cemitério, vai ele visitar o túmulo do marido de Fidélia, onde vê flores frescas, colocadas pela própria Fidélia, nessa altura já de amores com Tristão. Então, o velho se identifica com o morto, atribuindo-lhe inclusive aquele mesmo verso de Shelley — *I can give not what men call love* — de que se servira anteriormente como justificativa de sua incapacidade de amar:

> Agora que a viúva está prestes a enterrá-lo de novo, pareceu-me interessante mirá-lo também, se é que não levara tal ou qual sabor em atribuir ao defunto o verso de Shelley que já pusera na minha boca, a respeito da mesma bela dama: *I can* etc.

Esse "enterrá-lo de novo", somado às pistas onomásticas acima deslindadas, que acentuam obliquamente o dever de fidelidade conjugal *post-mortem*, e à discreta nota de simpatia com que o memorialista vê os extremos de ternura de Carmo para com os filhos postiços,[184] mostram que, apesar de ter dito à irmã certa vez que "a vida tem os seus direitos imprescritíveis; primeiro os mortos e seus consórcios; os mortos e os enterros que esperem", Aires acaba por identificar-se com o morto reenterrado e a tomar o partido de sua velhice ("os dois velhos vão com a minha velhice, e acho neles um pouco da perdida mocidade"), aceitando-a como uma preparação para a morte.

O PASSADO ABOLIDO

A preocupação com a proximidade da morte ajuda a esclarecer um último ponto curioso do livro, qual seja o destaque com que nele aparece o episódio da Abolição. O que vem fazer num estudo puramente de caracteres[185] como o *Memorial*, onde

184 "Naturalmente os recém-casados apertaram as mãos, e d. Carmo adotou o texto da verdadeira mãe com o seu olhar de mãe postiça. *Eu deixei-me ir atrás daquela ternura*, não que a compartisse, mas fazia-me bem" (grifo meu, *Memorial*).

185 Logo após a anotação de 13 de maio de 1888, em que fala do "grande prazer" que lhe causou a notícia da assinatura da Abolição — embora, pretextando seus "hábitos quietos, os costumes diplomáticos, a própria índole e a idade", se recusasse a participar das manifestações públicas de regozijo —, Aires registra no seu diário a alegria dos Aguiares por receberem uma carta de Tristão. O registro é iniciado com a

não transluz o mínimo empenho de documentar costumes de época ou aspectos sociais, um acontecimento histórico desses? Lembre-se, a propósito, que, quando surge o problema de se os libertos de Santa-Pia, a quem Tristão sugere seja dada a fazenda, irão saber cultivá-la e "corresponder à boa vontade de sinhá-moça", Aires confessa-se desinteressado do assunto: "É outra questão, mas não se me dá a ver ou não resolvida; *há muita outra coisa neste mundo mais interessante*" (grifo meu). E por que, a despeito dessa falta de interesse, dedica ele espaço no seu diário — cujo editor declara ter decotado de "circunstâncias, anedotas, descrições e reflexões" que pudessem perturbar a "narração seguida" — ao registro do Treze de Maio e de suas repercussões, desimportantes dentro da semântica do romance, na vida de duas das personagens?

É de pensar-se que, num livro de estrutura tão econômica e tão coesa quanto o *Memorial*, esse episódio aparentemente digressivo só há de figurar porque serve a propósito mais importante que o de apenas datar a narrativa ou dar-lhe uns toques de realismo. De fato: pode-se ver a Abolição como um divisor de águas histórico, a separar o Brasil imperial do Brasil republicano, o mundo dos patriarcas do mundo dos bacharéis, os tempos velhos dos tempos novos. E em que pesem seus entusiasmos de juventude pela revolução de 1848 em França ou a simpatia com que recebeu a Lei Áurea, o conselheiro Aires pertence, em verdade, ao Brasil abolido, ao Brasil do velho imperador, que foi quem lhe conferiu, explica ele a Flora em *Esaú e Jacó*, o título de conselheiro. A pátria à qual Aires decide regressar, quando se aposenta, para nela morrer, é, como vimos ao estudar a polaridade do aqui e do lá, seu próprio passado, as coisas só vistas em menino e nunca mais esquecidas, as "próprias vozes antigas" a lhe falarem a cada canto da cidade que ele vem reencontrar praticamente inalterada: "Também a cidade não lhe pareceu que houvesse mudado muito. Achou algum movimento mais, alguma ópera menos, cabeças brancas, pessoas defuntas; mas a velha cidade era a mesma".

Dentro dessa perspectiva, o episódio da Abolição ganha um significado particular dentro da semântica do *Memorial*. É o paralelo, no plano da vida coletiva, daquelas mesmas dicotomias ou polarizações que já explicitamos no plano das vidas individuais: jovens e velhos, mortos e vivos, aqui e lá. É o sinal histórico da separação definitiva entre o velho e o novo, simétrico, nisso, do adeus de Tristão e Fidélia aos Aguiares e a Aires. É o prenúncio a morte final do passado e, como tal, quadra bem no diário de um saudosista que forceja por não se desligar inteiramente do presente, por não perder de vista "a gente que fica", mas que, cada vez mais, vai-se afeiçoando ao hábito de comparar "vozes vivas com vozes defuntas", como a preparar-se, ele que tanto viajou em vida, para a última viagem, onde só "as saudades da vida é que são agradáveis". Enfim, para dizê-lo em poucas palavras, quadra bem no diário de um aprendiz de morto.

frase "Não há alegria pública que valha uma boa alegria particular", frase que marca bem a precedência do individual sobre o coletivo, típica do romance de caracteres.

Uma figura machadiana
ALFREDO BOSI

A Antonio Candido

[...] não é mau afastar-se a gente da praia com os olhos na gente que fica.
Memorial de Aires, 15 de maio

As *Memórias póstumas de Brás Cubas* começam pelo fim dos fins: são póstumas, vêm depois da vida e da morte; e o narrador, apartado dos homens que continuam os seus embates cá na Terra, começa contando a sua morte para, só depois, com vagar e muita liberdade, reconstituir a sua vida. *Póstumo,* superlativo de *post,* é o que vem depois de tudo: da vida e da morte. E mais do que posterior, é o depois absoluto.

O *Memorial,* último livro de Machado de Assis (conscientemente o último, segundo ele mesmo afirma em cartas a Joaquim Nabuco e a José Veríssimo), foi escrito pelo conselheiro Aires, que é sexagenário, diplomata e aposentado, três condições ideais para quem se quer afastado da praia, mas "com os olhos na gente que fica".

Como Brás Cubas, o conselheiro põe-se a escrever na situação privilegiada de quem já pode dispensar-se de intervir no duro jogo da sociedade. *A forma livre* do primeiro reaparece, meio encoberta, *na forma de diário* do último: expressões ambas de Machado no prólogo de um e na advertência ao outro. Mas o que importa a ambos os memorialistas é exercer um poder raro e terrível, o poder de dizer o que se pensa. E parece que só o espaço da maturidade póstuma ou o da escrita solitária do diário seriam bastante disponíveis e abertos à sinceridade. No meio da travessia reina o pudor de mostrar o rosto ou, mais ainda, o medo de ferir as auras sagradas do amor-próprio. Pudor e medo atenuam, abafam ou silenciam de todo a palavra verdadeira. Quem a dirá, então, afinal? O falso morto ou o diplomata aposentado.

Não a dirão, porém, do mesmo modo. O defunto autor será descarado até o cinismo, não precisa mais poupar os outros nem a si. Está "já desafrontado da brevidade do século". O exercício do poder terrorista da palavra é devastador nas *Memórias póstumas:* rolam pelo declive do nada o indivíduo e a família, o amor e a amizade, a política e a religião; e, o que é raro em nossa literatura, até mesmo a Natureza, que mostra ao narrador em delírio a sua face de esfinge, antes madrasta que madre.

Quanto ao diplomata, é mediador por ofício e resignação. Machado repartiu-o nos seus dois últimos romances. Em *Esaú e Jacó,* Aires personagem não diz tudo o que pensa, por "tédio à controvérsia": ouve mais do que fala e concilia o quanto pode. No *Memorial,* Aires, além de personagem discreta e lateral, é o foco narrativo que tem o poder de comentar, interrogar, julgar a matéria narrada. No romance dos gêmeos, estranha história em que tudo é dobra ou cisão, Aires já atinara com a fór-

186 Publicado originalmente em *Esboço de figura.* São Paulo: Duas Cidades, 1979; recolhido em *Machado de Assis: o enigma do olhar.* São Paulo: Ática, 1999.

mula de ouro: "A vocação de descobrir e encobrir. Toda diplomacia está nestes dois verbos parentes". No *Memorial*, o jogo diplomático se complica, pois se dá também no foro íntimo do narrador em primeira pessoa:

> [...] e eu tive de os ouvir com aquela complacência, que é uma qualidade minha, e não das novas. Quase que a trouxe da escola, se não foi do berço. Contava minha mãe que eu raro chorava por mama; apenas fazia uma cara feia e implorativa. Na escola não briguei com ninguém, ouvia o mestre, ouvia os companheiros, e se alguma vez estes eram extremados e discutiam, eu fazia da minha alma um compasso, que abria as pontas aos dois extremos.

Um compasso que abre as pontas aos dois extremos. Um olhar que mede os eternos dois lados de todas as coisas. Um espírito que sabe que onde há história há conflito. Mas o ofício do diplomata é pensar a mediação dos interesses e das paixões. Vem à memória a frase crua e sábia de Bentinho: "Amo os ratos, não desamo os gatos". Pode o compasso preferir ou preterir algum ponto do seu círculo perfeito? Ninguém tem absolutamente razão contra ninguém; sobrevindo o conflito, o melhor é abster-se ou aceitar a razão de cada um. A moral do conselheiro ensina a convivência dos opostos e a atenuação das negativas.

Um exame estilístico do modo pelo qual se vai moldando a perspectiva de Aires faz pensar exatamente na palavra *atenuação*. Em face das diferenças, dos desencontros que espinham a vida em sociedade, o conselheiro tende, primeiro, a dizer o que vê ("vocação de descobrir"), desdizer depois ("vocação de encobrir"), para, num último movimento, deixar sobrepostos o rosto e a venda. O efeito é sempre o de dupla possibilidade: a salvação do positivo, apesar do negativo, a persistência deste apesar daquele.

O compasso interior não permite que os fatos brutos perpetuem as suas arestas de origem: a linha fina do círculo arredonda as pontas e sombreia em claro-escuro as zonas de mais ferino contraste. Daí, o papel estruturador da forma-diário, daí a função intermediante da consciência. A presença imediata das coisas ilude, excita ou dói em excesso; é preciso deixar que as coisas passem, e só depois, e de longe, tomá-las por matéria da escrita:

> [...] agora é tarde para transcrever o que ele disse; fica para depois, um dia, quando houver passado a impressão, e só me ficar de memória o que vale a pena guardar.

O comentário de Aires, adiando o prazer da evocação direta, faz a apologia da mediação.

Aquele poder terrorista de tudo dizer, logo, sem pejo nem pregas, poder que só a morte concedeu a Brás Cubas, parece inspirar receio ao Machado último do *Memorial*. O espírito crítico, que deixava às soltas a negação e se comprazia nesse jogo do instinto de morte que se chama análise, cumpre, na curva final do caminho, um pacto com a convenção protetora. E como em tantos pactos, o alvo é gozar um pouco de paz, pois o tempo da vida é roaz, o tempo é "ministro de morte" e "cúmplice de atentados"; e o pouco que se tem não pode ser dissipado em querelas vãs. Esse pouco deve render muito, durar lento lento, simulando o tempo sem tempo da felicidade:

> Ao subir a serra as nossas impressões divergiram um tanto, Campos achava grande prazer na viagem que íamos fazendo em trem de ferro. Eu confessava-lhe que tivera maior gosto quando ali ia em caleças tiradas a burro, umas atrás das outras, não pelo veículo em si, mas porque ia vendo, ao longe, cá embaixo, aparecer a pouco e pouco o mar e a cidade, com tantos aspectos pinturescos. O trem leva a gente de corrida, de afogadilho, desesperado, até a própria estação de Petrópolis. E mais lembrava as paradas, aqui para beber café, ali para beber água na fonte célebre, e finalmente a vista do alto da serra, onde os elegantes de Petrópolis aguardavam a gente e a acompanhavam nos seus carros e cavalos até a cidade; alguns dos passageiros debaixo passavam ali mesmo para os carros onde as famílias esperavam por eles.
>
> Campos continuou a dizer todo o bem que achava no trem de ferro, como prazer e como vantagem. Só o tempo que a gente poupa! Eu, se retorquisse dizendo-lhe bem do tempo que se perde, iniciaria uma espécie de debate que faria a viagem ainda mais sufocada e curta. Preferi trocar de assunto e agarrei-me aos derradeiros minutos, falei do progresso, ele também, e chegamos satisfeitos à cidade da serra.

Talvez a memória, a música e sobretudo o amor sejam na obra final de Machado as formas de exceção que conciliam e resolvem por alto, em brevíssimos instantes, os antagonismos da vida social, fazendo emergir do tempo histórico uma ilha de atemporalidade e de prazer. O cotidiano, porém, traz de volta as rugas da divisão e a cunha da negatividade; e como Aires narrador não pode deixar de expô-la, inventa a cada passo os mecanismos do disfarce e do desvio.

Um primeiro modo de atenuar é duvidar, ou fingir que se duvida. A língua humana tem formas resvaladiças de dizer sem dizer. Veja-se o verbo *parecer* que, a um só tempo, abre as janelas para as impressões do objeto e cerra sobre estas o véu da incerteza do sujeito. No começo do *Memorial,* temos a cena do cemitério. A jovem Fidélia está diante do túmulo do marido. Segundo observa o conselheiro, Fidélia *parecia* rezar. O narrador em primeira pessoa não é onisciente, mas tem olhos e tem consciência: com os olhos de fora vê a bela viúva em atitude de prece pelo morto; com a consciência de olheiro suspende a certeza ("parecia rezar") e deixa margem a crer que o gesto pode, ou não, corresponder à alma; divide, afasta o leitor da imagem, embora esta, uma vez dita, já não possa mais apagar-se. Eu não sei se Fidélia reza de fato, ou apenas parece rezar. Aires desvendou o rosto da moça diante do leitor para depois vendá-lo com a máscara, mas não de todo, porque o verbo "parecer" já não permite que a máscara se sobreponha cabalmente à face da viúva em ato de prece. Descobrir-encobrir.

A impressão seguinte padece da mesma cisão ou da mesma dobra:

> Nesse momento, a viúva descruzava as mãos, e fazia gesto de ir embora. Primeiramente espraiou os olhos, como a ver se estava só. Talvez quisesse beijar a sepultura, o próprio nome do marido, mas havia gente perto [...].

O que se vê e se descreve é bem nítido: são gestos de descruzar as mãos, de mover o corpo para sair de uma posição, de percorrer o ambiente com os olhos. Mas o significado desses significantes é que não está claro: o que deseja, na verdade, Fidélia? Beijar a sepultura, o nome do marido? "Talvez quisesse." E por que espraia os olhos pelo cemitério? "como a ver se estava só." *Talvez, como a... se.* Nessas notações rápidas e insidiosas, o ponto de vista de Aires sobre Fidélia já começou a trabalhar: até que pon-

to a máscara da viúva de luto ao pé do túmulo adere à vida secreta da jovem, de que o diplomata já disse que é "bonita e gentilíssima, como ouvi dizer de outras em Roma"? A quebra final de fidelidade de Fidélia ao recém-morto não poderia estar-se dando já nesses meneios incertos de querer beijar o túmulo, mas olhar primeiro em roda? Afinal, não o beijou. Havia gente perto, sem contar dois coveiros que falavam de um caixão pesado, excessivamente pesado. A viúva afastou-se sem mais olhar para trás.

A palavra *talvez* parece neutra, mas essa neutralidade é, antes, ambiguidade, e pode ocultar uma lucidez de lâmina. Machado traz Fidélia pela segunda vez ao observatório de Aires. Agora são as bodas de prata de Carmo e Aguiar que, sem filhos, tratam a moça como filha, em um momento em que ela está carente e só: o marido morto, morta a mãe, distante e inconciliável o pai. Fidélia é a última a chegar à festa:

> Fidélia não deixou inteiramente o luto; trazia às orelhas dois corais, e o medalhão com o retrato do marido, ao peito, era de ouro. O mais do vestido e adorno escuro. As joias e um raminho de miosótis à cinta vinham talvez em homenagem à amiga.

Que direção terá esse último *talvez*? A homenagem à amiga não será, por acaso, certa? E se não é, o que move Fidélia a enfeitar-se assim, de miosótis e corais? A vaidade da sua beleza? A graça do seu corpo jovem? Onde, então, o luto, a sombra do morto? Seguramente, no vestido escuro e no retrato do medalhão. Mas aquele *talvez* faz desviar a alma de Fidélia, e a nossa, não apenas do espírito de luto como da pura gratidão e deferência para com d. Carmo. A trama conduzirá à verdade final e às duas quebras de fidelidade: Fidélia casará de novo, e casada, voltará as costas à amizade materna da velha Aguiar; mas tudo isso não estaria, por acaso, já suspenso naquele simples *talvez*?

O tempo, ainda uma vez cúmplice de atentados, provará que a dúvida do conselheiro era bem fundada. No fim da história, Aires, assistindo ao novo enlace de Fidélia, troca um olhar de inteligência, e talvez um sorriso, com sua mana Rita: "era a lembrança daquele dia do cemitério". Mas então um casamento negou o outro? O morto foi impiedosamente esquecido? Há oposição inconciliável? Reponta o gume da aresta? Aires, padrinho do segundo matrimônio, não deixará que falem alto as más-línguas, decerto invejosas da beleza ou da sorte de Fidélia; e reatará no mesmo círculo as pontas do passado e do presente:

> A questão é que virtualmente não se quebre este laço, e que a lei da vida não destrua o que foi da vida e da morte. Creio nas afeições de Fidélia; chego a crer que as duas formam uma só, continuada.

Tudo estaria assim resolvido a contento no melhor dos mundos possíveis, mas isto daria a palma do triunfo à positividade cheia de si, o que é abusivo mesmo para este Machado-Aires, que não resiste à tentação de duvidar de novo matizando jocosamente a sua profissão de fé:

> Quando eu era do corpo diplomático efetivo não acreditava em tanta coisa junta, era inquieto e desconfiado; mas, se me aposentei, foi justamente para crer na sinceridade dos outros. Que os efetivos desconfiem!

Quando estas expressões se insinuam na mais lisa das frases (*talvez, acaso, provavelmente, parece, acho, creio, pode ser, quem sabe*), estejamos preparados para ouvir a palavra mais grave, a decisão mais drástica, a pancada mais forte. São os rodeios, o olhar contrafeito, o sorriso fugaz de quem vai dizer um não. E um *não* irrevogável, o mais duro de todos. Por isso, foi preciso neutralizá-lo, compensá-lo, no sentido etimológico do termo: co-pesar, lastrear com um peso de palavras o prato que vai cair. Grata é aos mortais a ilusão do equilíbrio. O bonzo do conto que colava na cara dos leprosos sem nariz um nariz metafísico, posto que os enganasse, agia piedosamente.

Vejamos o que se passa com o outro jovem, par de Fidélia, Tristão, que o olhar do conselheiro não cessa de perseguir. A primeira parte da vida de Tristão é contada rapidamente. Aliás, o desejo de correr é ostensivo e programado, como se o narrador evitasse deter-se em juízos de valor e quisesse pôr a nu apenas o esqueleto da trama: "Aqui [Campos] referiu-me uma história que apenas levará meia dúzia de linhas, e não é pouco para a tarde que vai baixando; digamo-la depressa".

O sumo da história é um caso de apadrinhamento, caso típico entre os laços sociais do Brasil-Império. Uma amiga de d. Carmo (que já vimos protetora de Fidélia) tivera um filho e, malnascido este, vai abrigá-lo junto ao casal Aguiar, que o recebe com afeto de mãe e pai. Ficam algum tempo com o menino, enquanto a mãe viaja por Minas atrás do marido. Mais tarde, Carmo e Aguiar são escolhidos para padrinhos de Tristão. Daí em diante, o menino teve duas mães e duas casas. D. Carmo, a mãe postiça, revelou-se mais extremosa do que a mãe de sangue e, nos seus cuidados, prodigalizava doces, carinhos, atenção aos estudos, desvelos nas doenças, enfim intervenção junto aos pais no momento da escolha da profissão (o menino queria ser bacharel, embora o pai o destinasse ao comércio...). As sucessivas carências de Tristão são supridas mediante o concurso da madrinha solícita, até que um belo dia os pais verdadeiros decidem viajar para Portugal em visita à avó da criança. Tristão quis ir com eles. Os padrinhos pediram que não fosse, que adiasse a viagem para depois de formado. Tristão se obstinou e foi. "A viagem se fez, a despeito das lágrimas que custou." O rapaz prometeu voltar logo, prometeu escrever, mandar retratos, "mas daí a algum tempo eram as cartas que escasseavam e acabaram inteiramente, elas e os retratos, e as lembranças; provavelmente não ficaram lá saudades". "Provavelmente" é o pedal que abafa a certeza do fato e a estridência do julgamento.

"Provavelmente não ficaram lá saudades." Mas Tristão voltará formado e já certo de uma candidatura às Cortes de Lisboa. Não voltará de chofre: o silêncio de anos e anos ele o quebra pouco e pouco, em cartas e pedidos de retratos, enquanto ele próprio não manda senão gravuras da casa Goupil. "Pede-lhes os retratos, e manda-lhes pelo correio umas gravuras."

Aires tem curiosidade de saber qual é o rosto e qual a máscara: afinal, por que esse regresso de Tristão à casa dos padrinhos esquecidos? Estes, sempre dispostos à benevolência para com o filho pródigo, exibem as cartas saudosas do moço e pensam em um renascimento do afeto apenas adormecido pelas graças de Lisboa. Aires registra lisamente a interpretação dos velhos Aguiares: as cartas de Tristão fazem parte de um jogo de aparências que não deixa de ter a sua objetividade. Mas, em conversa com Aguiar, interroga à queima-roupa: "— Veio só para visitá-los?".

E o padrinho, veraz: "— Diz que só. Talvez o pai aproveitasse a vinda para

encarregá-lo de algum negócio; apesar de liquidado, ainda tem interesses aqui; não lhe perguntei por isso".

Nessa altura, um retalho de conversa muda a perspectiva. Tristão *diz* que voltou só para visitar os padrinhos. Mas há o sinuoso *talvez*: talvez viesse a negócio, a mandado do pai cujos antigos interesses de corretor de café podem ter deixado sobras não desprezíveis. Talvez, pois não é o que Tristão diz. Onde acaba o rosto, onde começa a máscara?

Todo o modo de narrar a segunda relação do jovem com os padrinhos pontua a distância entre um esquema atributivo manifesto (Tristão é gentil, atento, solícito...) e o esquema actancial latente: Tristão, desde o momento em que pisou de novo o solo brasileiro, já sabia muito bem o que queria, já tinha a certeza de que voltaria em breve para a política lisboeta e deixaria de vez os padrinhos "órfãos às avessas". Na verdade, é este modelo, riscado pelas ações efetivas do sujeito, que vai contar e vai prevalecer sobre o primeiro, dando à personagem a sua verdadeira dimensão moral; dimensão que só o olhar do conselheiro sabe colher ("Tristão", diz ele, "é político"), e cujo extremo negativo é sublinhado por uma senhora de língua sabidamente má, d. Cesária, para quem o moço se casa com a viúva Fidélia por puro interesse econômico. Mas Aires nunca dirá isso, ou nunca o dirá desse modo.

Para entender as relações do foco narrativo com a personagem é necessário pensar a figura do "compasso" com que a si mesmo se descreve o conselheiro. Aberto entre os extremos de Carmo e Cesária, a primeira que vê no afilhado uma criatura de eleição, e a segunda que não vê no moço mais que um pulha, Aires deixa que digam uma e outra coisa (é o seu modo de descobrir os possíveis da realidade), para, depois, restringindo o excessivamente positivo e atenuando o excessivamente negativo, admitir que, afinal, um homem pode muito bem ser, sem maior culpa, uma criatura ambígua, isto é, um ser "político".

Da ambivalência de Tristão, iluminada a jeito pelo foco de Aires, os exemplos não são poucos: "Tristão, alcunhado *brasileiro* em Lisboa, como outros da própria terra, que voltam daqui, é português naturalizado" (4 de agosto); "Só lhe ouvi meia dúzia de palavras algo parecidas com louvor próprio, e ainda assim moderado"; "Dizem que não escrevo inteiramente mal' encobrirá a convicção de que escreve bem, mas não o disse, e pode ser verdade" (4 de agosto); "A gente não esquece nunca a terra em que nasceu", concluiu ele com um suspiro; "Talvez o intuito fosse compensar a naturalização que adotou — um modo de se dizer ainda brasileiro" (19 de agosto); "Há nele muita compostura e alguma dissimulação" (22 de setembro); "Tristão assistiu à Comuna, em França, e parece ter temperamento conservador fora da Inglaterra; em Inglaterra é liberal; na Itália continua latino. Tudo se pega e se ajusta naquele espírito diverso. O que lhe notei bem é que em qualquer parte gosta da política"; "Talvez ele tenha alguma dissimulação, além de outros defeitos de sociedade, mas neste mundo a imperfeição é coisa precisa" (22 de outubro).

A perspectiva diplomática de base aceita a máscara como uma necessidade das relações interpessoais na sociedade, tal como ela é, aqui, agora.

O compasso de Aires será a figura ideológica do último Machado? O disfarce estratégico (e, afinal, definitivo) de uma aturada consciência social e política? Na longa travessia que o escritor fez pela vida brasileira entre o Império e a República, o baile de máscaras, que desde cedo observou, foi perdendo o caráter de mero

episódio romanesco. Visto de baixo, do ângulo de quem conhece os meandros da ascensão social, o baile se confunde com a trama inteira de um cotidiano cíclico. O que se dança é a música, no fundo monótona, da autoconservação. Nesse mundo, a máscara não é exceção, não foi feita apenas para tapar a cara da personagem mais vilã. É a regra. É o selo da necessidade. Está esculpida na roda do Destino que, diz Aires, rima com *divino* e "poupa-me a cogitações filosóficas". A naturalização ou a sagração às avessas da História, que se dá no delírio de Brás Cubas, pode ser também uma linguagem mascarada que mal esconde o discurso da suspeita.

A obra final de Machado, sentida às vezes como o amaciamento de todos os atritos, parece, antes, desenhar em filigrana a imagem de uma sociedade (ou, talvez melhor, de uma classe) que, tendo acabado de sair de seus dilemas mais espinhosos (a abolição da escravatura, a queda do Império), quer deter e adensar o seu tempo próprio, fechando-se ciosamente nas alegrias privadas, que o narrador percebe valerem mais que as públicas. Aires, visitando a casa dos Aguiares, no dia 14 de maio de 1888, vê no ar um grande alvoroço e julga que a comoção só pode vir da Lei Áurea recém-promulgada; mas engana-se, vem da notícia de que está para chegar o afilhado Tristão.

O conselheiro, discreto, mas incisivo, dá-nos a perceber que as coisas do dinheiro estão mudando. Os negócios começam a fazer-se principalmente na cidade; Fidélia, herdeira do barão escravocrata Santa Pia, doará parte dos seus bens imóveis aos libertos, cometendo a corretores e banqueiros a tarefa da liquidação. Os interesses parecem menos pesados, mais "livres" do que no tempo em que se compravam negros para o café. O dinheiro, mediação das mediações, alarga as distâncias entre o consumo e o trabalho, entre as graças da sociabilidade e as suas condições materiais. Não é bom-tom falar *diretamente* da sua necessidade e do seu preço. A menos que se dê à má-língua de Cesária essa ingrata incumbência... O conselheiro ouve-a deliciado. Mas as ambições do moço Tristão, que volta de Portugal já remediado e bem-posto, são sobretudo políticas. Aires percebe tudo isso, e é nessas novas ondas de interesse e de paixão que lança e recolhe a sua rede de suspeita.

A fala do conselheiro, tão "errata pensante" quanto a do narrador póstumo Brás Cubas, dá margem a duas leituras: Machado, o desmistificador, e Machado, o despistador. No primeiro caso, ele é quase terrorista; no segundo, quase conservador. Em ambos, faz a política do possível, que talvez seja a essência da diplomacia.

DO MEIO AOS EXTREMOS

A análise do *justo meio* na teoria e na prática de Aires corre o sério risco de ficar tão rente à pele do estilo machadiano que ignore, ou apenas subentenda, a força dos extremos postos em tensão. É preciso ver o compasso em movimento. Enlevados pela cantante harmonia de Mozart, podemos esquecer que ela resultou de uma conquista da linguagem musical sobre o torvelinho de Eros e de Pathos, que desejariam arrastar o compositor ao grito, ao choro, ao riso, ao silêncio. A classicidade tranquila da última demão tenta esconder o que lhe deu a vida e a forma.

Aires é uma corda esticada entre o instinto de morte (que é análise e é tédio) e o desejo indestrutível de beleza que vive e de amor. Observador mas também personagem, *voyeur* que vive vicariamente o namoro de Tristão e Fidélia;[187] juiz cortante

[187] Aires *voyeur* e vicário é a interpretação que do conselheiro dá José Paulo Paes, na revista *Vozes*, set. 1976.

mas padrinho solícito, o conselheiro traz em si, concertados, os cochichos do nada, que outra personagem machadiana ouvia na solidão, e a sonata luminosa que Flora toca ao piano e que a leva ao paraíso.

Pelo meio reconhecemos o perfeito diplomata; mas é pelos extremos, pelos raros extremos, que vislumbramos o homem.

Há no *Memorial* desses momentos que se abrem para aquelas vertigens de negatividade que nos acometem lendo as *Memórias póstumas*. Ronda Aires, como rondava Brás Cubas, a tentação impaciente, a tentação violenta de se identificar com a Sociedade e a Natureza tal como as figurava a ideologia terrível do "darwinismo social". Para esta, o morto é apenas matéria morta, e seu único destino é o esquecimento: "Os mortos ficam bem onde caem"; *"les morts vont vite"*; "primeiro os vivos e os seus consórcios; os mortos e os seus enterros que esperem".

O encarte em que Aires narrador fala da morte de um homem é um passo cruel apesar da pena galhofeira. A irmã Rita pedira-lhe informações sobre um leiloeiro. Aires comenta: "Mando-lhe dizer que o leiloeiro morreu; provavelmente ainda vive, mas há de morrer algum dia". O conselheiro vive crises de acídia e misantropia, quase de repugnância pelo semelhante: "Preciso me lavar da companhia dos outros". Instinto de morte sob a forma de tédio, que é, conforme ensina a velha teologia moral, morte da alma.

Em outro passo, o próximo é objeto da malignidade de d. Cesária, que representa, no universo do *Memorial,* o limite da agressividade. O superego de Aires curva-se ao *Id*-Cesária para ouvir-lhe complacente as "causas secretas" dos atos alheios e deleitar-se com a sua malevolência. "Essa senhora se não tivesse fel talvez não prestasse; eu nunca a vejo sem ele, e é uma delícia. [...] Tudo lhe sai com palavras relativamente doces e honestas, ficando o veneno ou a intenção no fundo. Há ocasiões em que a graça de d. Cesária é tanta que a gente tem pena de que não seja verdade o que ela diz; e facilmente lhe perdoa." Instinto de morte sob as espécies de retalhação moral.

Enfim, o demônio da análise rege as relações de Aires com Fidélia. Ele quer escrutar os móveis ocultos da bela viúva, e confessa que gostaria de intrigá-la definitivamente com o pai para tê-la sempre na sua mira de olheiro: "[...] confesso que se pudesse diria mal dela, com o fim secreto de acender mais o ódio — e tornar impossível a reconciliação. Deste modo ela não iria daqui para a fazenda, e eu não perderia o meu objeto de estudo. Isto, sim, papel amigo, isto podes aceitar, porque é a verdade íntima e pura e ninguém nos lê. Se alguém lesse achar-me-ia mau, e se não perde nada em parecer mau; ganha-se quase tanto como em sê-lo". Perversão de *voyeur*, paixão esfriada, análise pela análise.

Desse extremo, que o diplomata Aires não conseguiu mediar ou encobrir completamente, desviemos rápido o olhar para o outro, mais consolador: o da imaginação de um mundo dos eleitos penetrado de graça, espaço stendhaliano de música e afeto onde Eros vive o seu átimo de beleza e liberdade. O conselheiro que afirma, citando Shelley, não poder dar o que os homens chamam amor ("*I can give not what men call love*") é o mesmo narrador ousado que entra no coração dos noivos e diz o indizível do encontro:

A agitação interior transtornava os cálculos, e os olhos contavam os segredos. Quando falavam pouco ou nada, o silêncio dizia mais que as palavras, e eles davam por si pendentes um do outro, e ambos do céu [...] Sabiam tudo. Parece incrível como duas pessoas que se não viram nunca, ou só alguma vez de passagem e sem maior interesse, parece incrível como agora se conhecem textualmente e de cor. Conheciam-se integralmente. Se alguma célula ou desvão lhes faltava descobrir, eles iam logo e pronto, e penetravam um no outro com uma luz viva que ninguém acendeu. Isto que digo pode ser obscuro, mas não é fantasia; foi o que vi com estes olhos. E tive-lhes inveja. Não emendo esta frase, tive inveja aos dois, porque naquela transfusão desapareciam os sexos diferentes para se ficar um estado único.

O *agora* do conhecimento amoroso se dá como centelha súbita, sem um passado que a explique à luz da razão ou, pelo menos, da verossimilhança ("Parece incrível..."). É o agora da graça (aqui, de todo imanente), o átimo feliz que parece opor-se ao tempo opaco da história pública, àquele tempo que já sabemos ministro de morte e cúmplice de atentados.

Em *Esaú e Jacó* já se cumpria, na personagem Flora, a suspensão da temporalidade externa e das suas arestas; e cumpria-se por obra e graça da música, arte que se vale do tempo para criar a ilusão que o suprime.

Flora ao piano: "A música tinha para ela a vantagem de não ser presente, passado ou futuro; era uma coisa fora do tempo e do espaço, uma idealidade pura".

Lá fora, estava caindo o Império e formava-se o governo provisório da nova República. Mas, ao piano,

> Flora não entendia de formas nem de nomes. A sonata trazia a sensação de falta absoluta de governo, a anarquia da inocência primitiva naquele recanto do Paraíso que o homem perdeu por desobediente, e um dia ganhará, quando a perfeição trouxer a ordem eterna e única. Não haverá então progresso, nem regresso, mas estabilidade. O seio de Abrão agasalhará todas as coisas e pessoas, e a vida será um céu aberto. Era o que as teclas lhe diziam sem palavras, ré, ré, lá, sol, lá, lá, dó...

No *Memorial,* a música exerce uma função organizadora do enredo, como bem observou Antonio Candido, analisando o progressivo despertar da paixão em Fidélia à medida que ela volta ao piano de que se abstivera com a viuvez.[188] Esta música terá para Fidélia um sentido análogo ao da sonata de Flora (outra alma dividida entre amores gêmeos): o de anular as distâncias do tempo e do espaço, e criar um mundo harmonioso, sem o sacrifício da escolha, mundo em que se abracem eternamente Pedro e Paulo, o morto Noronha e o vivo Tristão. É o que sugere o comentário do conselheiro ao ouvir Fidélia tocando para o noivo ausente como já o fizera outrora para o marido:

> Não lhe pedi música; ela é que foi de si mesma tocar piano, um trecho não sei de que autor, que se Tristão não ouviu em Petrópolis não foi por falta de expressão da pianista. A eternidade é mais longe, e ela já lá mandou outros pedaços de alma; vantagem grande da música, que fala a mortos e ausentes.

[188] Antonio Candido, "Música e música", em *O observador literário*. São Paulo: Conselho Estadual de Cultura, 1959, p. 23-28.

Mas o momento do êxtase e a fruição da arte são estados de graça raros, fugazes, bem como os extremos cruéis da negatividade e da morte. Exceção, que ilumina pelo contraste o sistema inteiro, é a figura de d. Carmo (e talvez d. Fernanda, do *Quincas Borba*): nela o estado de graça parece habitual.

O mais comum, porém, é o que fica no meio da história e da História: "[...] mas a vida, meu rico senhor, compõe-se rigorosamente de quatro ou cinco situações, que as circunstâncias variam e multiplicam aos olhos" (*Quincas Borba*, capítulo CLXXXVII). Aires rima a ideia e a faz sua:

> A vida, entretanto, é assim mesmo, uma repetição de atos e meneios como nas recepções, comidas, visitas e outros folgares: nos trabalhos é a mesma coisa. Os sucessos, por mais que o acaso os teça e devolva, saem muitas vezes iguais no tempo e nas circunstâncias; assim a história, assim o resto.

E a imagem dileta de *Dom Casmurro* era a do mar que bate na pedra "desde Ulisses e antes".

A concepção de História que sai das páginas do *Memorial* é a de um tempo cíclico: uma História tecida de atos recorrentes, se não simétricos, e movida pelo "gênio da espécie". Concepção estranha (ao menos no desenho) à metáfora evolucionista de um tempo-flecha, tempo de progresso linear, que sustentou os valores políticos da geração de 70, e de Machado jovem, mas que já não consegue dominar inteiramente a cena dos ideais no apagar do século.

Neste último horizonte, que se curva e se fecha para melhor esconder os conflitos renascentes da paixão e do interesse, o papel do nosso caro conselheiro é o de compor com a prosa do cotidiano ao menos o efeito de uma clássica harmonia: sofrer estoicamente as diferenças, conviver humoristicamente com a máscara e, sempre que possível, conciliar diplomaticamente as oposições.

Complexo, moderno, nacional, negativo[189]
ROBERTO SCHWARZ

A Sara Hirschman

O aspecto menos estudado do romance machadiano é a composição. Em parte, porque as piruetas e intromissões do narrador fazem que ela pareça não ter lógica nem importância, sendo, por isso mesmo, difícil de estabelecer. E em parte porque a crítica viu nela um ponto fraco. Augusto Meyer, autor das melhores páginas sobre Machado, sentiu nas abelhudices do narrador uma certa impotência para a narrativa realista de fôlego. E Carpeaux observa que o figurino de humorista inglês permite encobrir dificuldades de construção. O argumento do presente artigo vai em dire-

[189] Publicado originalmente em *Novos Estudos Cebrap 1*, 1981, recolhido em *Que horas são?*. São Paulo: Companhia das Letras, 1987.

ção oposta, e diz que há método nas manhas narrativas do romancista. Estas são parte de uma composição rigorosa, que formaliza e expõe em sua consequência dinamismos decisivos da realidade brasileira.

Transcrevemos em seguida uma passagem das *Memórias póstumas de Brás Cubas* (1881), que será nosso ponto de partida. São as linhas finais do primeiro capítulo, e a maior parte do segundo, onde o "defunto autor" explica as causas de sua morte. O leitor notará que a comicidade depende de uma disposição anômala das noções. Mas, seria o caso de perguntar, anômala em relação a quê? Uma vez que estamos falando de ficção, digamos provisoriamente que ela está fora de esquadro em relação ao que esperava um leitor de romances europeus. Veremos que se trata de uma originalidade artística, e da transposição de formas sociais peculiares. — Para situar o trecho, note-se que o título do livro é uma provocação, já que não é possível escrever memórias depois de morto; que também a dedicatória aos vermes, em forma de epitáfio, é um desrespeito ostensivo; que no prólogo, o leitor é tratado com piparotes e insultos; e que nas linhas de abertura se revezam disparates, dicção grave, considerações de método, atenções à moda, e o desplante de o autor comparar a sua literatura à de Moisés no Pentateuco. Isso posto, vejamos o texto.

[...] Morri de uma pneumonia; mas se lhe disser que foi menos a pneumonia, do que uma ideia grandiosa e útil a causa da minha morte, é possível que o leitor me não creia, e todavia é verdade. Vou expor-lhe sumariamente o caso. Julgue-o por si mesmo.

Capítulo II
O EMPLASTO

Com efeito, um dia de manhã, estando a passear na chácara, pendurou-se-me uma ideia no trapézio que eu tinha no cérebro. Uma vez pendurada, entrou a bracejar, a pernear, a fazer as mais arrojadas cabriolas de volatim, que é possível crer. Eu deixei-me estar a contemplá-la. Súbito, deu um grande salto, estendeu os braços e as pernas, até tomar a forma de um X: decifra-me ou devoro-te.

Essa ideia era nada menos que a invenção de um medicamento sublime, um emplasto anti-hipocondríaco, destinado a aliviar a nossa melancólica humanidade. Na petição de privilégio que então redigi, chamei a atenção do governo para esse resultado, verdadeiramente cristão. Todavia não neguei aos amigos as vantagens pecuniárias que deviam resultar da distribuição de um produto de tamanhos e tão profundos efeitos. Agora, porém, que estou cá do outro lado da vida, posso confessar tudo: o que me influiu principalmente foi o gosto de ver impressas nos jornais, mostradores, folhetos, esquinas, e enfim nas caixinhas do remédio, estas três palavras: *Emplasto Brás Cubas*. Para que negá-lo? Eu tinha a paixão do arruído, do cartaz, do foguete de lágrimas. Talvez os modestos me arguam esse defeito; fio, porém, que esse talento me hão de reconhecer os hábeis. Assim, a minha ideia trazia duas faces, como as medalhas, uma virada para o público, outra para mim. De um lado, filantropia e lucro; de outro lado, sede de nomeada. Digamos: — amor da glória.

Observe o leitor o encadeamento das razões, que não deixa de surpreender.

Na petição que dirige ao governo, Brás Cubas chama a atenção para os resultados cristãos de seu invento; aos amigos, confessa que espera ter lucro.

Até aqui, nada de particular: descobrir o cálculo atrás da fachada generosa é o movimento normal do romance realista. Um movimento aliás que indica o vínculo

— crítico — entre esse tipo de romance e a ordem individualista que o capitalismo vinha criando.

Ocorre que esta não é a explicação final. Depois dela há outra, mais esquisita, vinda de além-túmulo, onde não há razão para disfarce. O motivo real do falecido havia estado no gosto do cartaz, na ânsia de ver o nome em letra de forma. Noutras palavras, o cálculo de lucro era... uma desculpa.

Assim, a busca da vantagem econômica dá cobertura ao desejo de reconhecimento pessoal, e não vice-versa. A esperança de lucro é uma aparência, e nesse ponto ela não difere da inspiração cristã na petição ao governo. Ambas ocultam a paixão da notoriedade, que é o único motivo verdadeiro.

Esta mesma conjunção reaparece no final do parágrafo: "Assim, a minha ideia trazia duas faces, como as medalhas, uma virada para o público, outra para mim. De um lado, filantropia e lucro; de outro lado, sede de nomeada. Digamos: — amor da glória". Diferentemente do que seria de esperar, filantropia e lucro não estão em campos opostos. Pelo contrário, estão de mãos dadas, e na mesma face da medalha: na face confessável, voltada para o público. Na outra, que é a verdadeira e secreta, está a "sede de nomeada". Esta é a realidade privada e efetiva, por oposição às aparências públicas, apoiadas no sentimento cristão tanto quanto na ambição econômica.

Em suma, a Brás Cubas o cálculo egoísta aparece como algo de socialmente estimável, que se deve até apregoar, muito diverso do motor oculto e sombrio da vida moderna, a que nos habituou o romance realista europeu. Esta é uma primeira originalidade. Acresce que o cálculo econômico não é um motivo *real*, e sim um álibi para outro desejo mais secreto, menos sério, e o mais verdadeiro de todos — o que é outra originalidade. Economia e cristianismo são frivolidades para ostentar, enquanto que a sede de atenção e cartaz, que se diria frivolidade pura, é posta como a instância última da realidade.

Que pensar desta ordenação inesperada — e por assim dizer leviana — das causas? A inversão poderia ser passageira, um capricho que o desenvolvimento ulterior do romance retifica. Poderia ser também o traço distintivo de uma personagem fútil. Todavia não é assim. Veremos o domínio estrito desta ordenação sobre enredo, caracteres, assunto, ritmo narrativo, condução da frase, mescla de estilos etc. O romance a desenvolve e explora com a lógica implacável própria às grandes obras. Seria o caso, então, de entendê-la como inversão satírica da realidade? Ou como exemplo precoce de ruptura com as convenções do romance realista? Ambas as coisas, até certo ponto. Com efeito, tudo nestas memórias é extravagante, e os caprichos do narrador volta e meia desrespeitam as convenções de que depende o senso realista da verossimilhança. Mas ainda assim, o efeito do conjunto é de realismo, poderoso, além de desolador. Entre parênteses, a comédia de motivos encenada na passagem que citamos apresenta muita semelhança com o clima ideológico do país, como nota quem tenha familiaridade com o século XIX brasileiro. Enfim, estas observações podem se resumir em duas perguntas: se há realidade nesta visão das coisas, por que a impressão amalucada? e caso se trate de extravagância, como explicar o efeito de realismo? Antes de tentar uma resposta, vejamos ainda alguns elementos de forma — sempre fatores de *generalização* no interior do romance — para que o leitor se convença de que o trecho citado não é uma excentricidade ocasional.

O traço marcante do romance de Machado de Assis é a volubilidade de seu narrador. Este não permanece igual a si mesmo por mais de um curto parágrafo, ou melhor, muda de opinião, de assunto ou de estilo quase que a cada frase. Há um elemento de complacência nesta disposição mercurial, bem como no virtuosismo retórico de que ela depende para se realizar. São viravoltas sobre viravoltas, que invariavelmente se acompanham de uma satisfação de amor-próprio para o narrador. Esta tem a ver com o desejo de atenção e reconhecimento que sublinhávamos atrás, ao analisar o texto, desejo decisivo para o nosso raciocínio. Uma vez que este movimento subordina tudo o mais, pode-se ver nele o princípio formal do livro.

Para observá-lo em funcionamento, voltemos a nosso trecho. Na frase que o precede, o defunto autor menciona as estações que a morte o havia feito percorrer: "o corpo fazia-se-me planta, e pedra, e lodo, e coisa nenhuma". Estas modalidades do ser, que são o nosso destino comum, têm uma gravidade que lhes é própria, mas que já na frase seguinte é contrastada pela pneumonia. Com este termo entram em cena a morte individual e a sua parte de azar e explicações médicas. Estas por sua vez serão substituídas por outra *causa mortis* mais nobre, de vibração liberal: o Autor teria morrido de "uma ideia grandiosa e útil". Como diz Brás Cubas, cabe ao leitor isento decidir entre estas diferentes acepções da morte. Não obstante, no parágrafo que segue, a mente vem concebida como um trapézio em que as ideias se dependuram e fazem cabriolas, um símile circense que não abona a independência do juízo humano. Em suma, a cada um destes passos algo se rompe, em ideia ou forma, o que força o leitor ao riso e proporciona uma vitória ao narrador. Esta comicidade muito amarrada é um traço da prosa machadiana, um traço que à primeira vista é desagradável e parece fraqueza, mas que acaba se impondo como um achado capital. Trata-se da reiteração deliberada de aspectos autoritários e malignos daquela volubilidade que está nos interessando. Voltaremos ao assunto.

A seguir, em sequência acelerada, Brás Cubas posará como inventor, como cristão, como comerciante e como propagandista engenhoso de seu próprio nome. Uma vez que as transformações de personagem, de assunto e registro irão no mesmo ritmo até o fim do romance, não há sentido em segui-las uma a uma. Notemos porém que na série que estamos examinando há mais do que simples variedade. Os seus termos são escolhidos de modo a configurar um alto grau de abstração, ou de pseudo-abstração, a qual à sua maneira resume a *totalidade* do real, que assim fica inteiro — nada menos — à mercê dos caprichos do narrador. Por exemplo, este é ora um cristão, que se dirige a seu governo, ora uma pessoa privada, que se confessa aos amigos, ora uma voz do além, perfeitamente sincera, tudo no espaço limitado de umas poucas linhas. Juntas, estas três atitudes — a piedade cristã, o interesse pelo lucro e o desapego do defunto — compõem um mundo completo e definido de que elas seriam as partes exaustivas. Os "modestos" e os "hábeis", que respectivamente condenam e admiram a paixão do arruído de Brás, estão no mesmo caso e perfazem o conjunto do público, ou até da humanidade. Idem para as duas faces da ideia (a pública e a privada), para o conjunto dos motivos (filantropia, lucro e amor da glória), e para os estágios da decomposição (do humano ao vegetal ao mineral). São arranjos que fazem supor a visão abrangente e articulada do todo, que desta forma é manipulado enquanto tal pela imaginação, a qual tem o prazer não só de dispor da realidade, como também de recolher o aplauso devido ao descortino e à

formulação breve. Por outro lado, já que estas abstrações são claramente arbitrárias elas mesmas, não é somente a realidade externa que é vitimada pelos caprichos do narrador: o próprio ato de abstrair é envolvido também. Com efeito, há nestes romances uma comicidade muito especial, ligada às faculdades de abstração e raciocínio. Por serem tão impalpáveis e do domínio lógico, estas não parecem matéria de ficção, e entretanto *é* nelas que a volubilidade e desfaçatez se mostram em forma máxima, ou mais radical. Analogamente, a sintaxe muito armada e cheia de construções paralelas e subdivididas, recurso, em princípio, de complexidade racional, é uma expressão cômica de arbítrio. E enfim, para fechar o círculo, o morto escrevendo as suas memórias configura uma situação narrativa artificiosa, na qual o estatuto da ficção e do leitor ficam privados de sua "naturalidade" ou verossimilhança, e são elementos de uma constante provocação.

Noutras palavras, a volubilidade que viemos comentando não é de âmbito modesto. Ela abraça o mundo em sua extensão, e trabalha a fundo o plano das formas. No mesmo passo, ela transcende a psicologia individual, com sua parte de contingência, para tornar-se uma forma literária que não sofre exceções, bem como uma visão do mundo. Deve estar clara, depois do que dissemos, a quantidade de trabalho propriamente técnico necessária à configuração desta forma. Noutras palavras, Machado ajustou um procedimento artístico no qual a realidade burguesa corrente, em qualquer uma de suas expressões, seja ideológica, sintática, estética etc., é regularmente sujeitada à veleidade pessoal, sem que no entanto o processo se complete. Uma tal forma naturalmente é um feito *de construção*, e pouco tem de espontânea. No resultado, a semelhança com a vida brasileira do século XIX é grande. É um exemplo da travação construtiva da mimese, ou, por outra, da complexidade dos requisitos formais do efeito realista.

Depois de considerá-lo em separado, vejamos o narrador no terreno concreto de sua evolução, a começar pelo enredo.

No todo, o romance é alinhavado pela vida de Brás Cubas, intercalada de digressões, anedotas e apólogos mais ou menos alusivos, e entrelaçada com uma crônica do Rio de Janeiro daquele tempo. Quanto à sucessão de episódios, poderia se dizer que ele, o romance, é volubilidade em câmara lenta. Não faltam desejos, que são vivazes, ao passo que inexiste a continuidade de propósitos — o que vai bem com o cavalheiro abastado e sem ocupação que é a figura principal. Daí o enredo errático e frouxo, muito original a seu modo, uma trama que não é retesada por conflitos, já que estes requerem alguma espécie de constância. As suas complexidades não se prendem ao desdobramento de contradições — desmanchadas no âmbito do capricho — mas às sutilezas e aos ritmos da mudança inconsciente, do tédio, da deriva entre as estações da vida (assuntos, aliás, que colocam as *Memórias póstumas* entre as anatomias modernas da vontade e da experiência do tempo). São estações que nada têm de incomum, para um filho das classes dominantes brasileiras: estudos em Coimbra, amor, poesia, política, filosofia, jornalismo, ciência, filantropia e morte. É conspícua a ausência do trabalho e, mais geralmente, de qualquer forma de esforço sustentado ou de compromisso ideológico. Assim, os passos que mencionamos, e que mal ou bem são repositórios do valor da vida moderna, aparecem somente enquanto objetos de capricho, o que é dizer que a sua lógica própria está subordinada às necessidades sempre momentâneas do amor-próprio do herói.

Trazidas ao campo da volubilidade, as finalidades-mestras da vida burguesa reduzem-se a recurso de satisfação imaginária imediata, uma satisfação em que o escárnio tem parte, e a que a presunção de grandeza e objetividade daquelas finalidades acrescenta o sabor. Dimensionadas pelo capricho, elas tomam forma barateada: no lugar da Ciência, a invenção do emplasto; no da Política, o discurso parlamentar de Brás Cubas, defendendo duas polegadas a menos nas barretinas da Guarda Nacional; no da Poesia, as inflexões estudadas com que o viúvo recente declama o seu adeus à esposa; no da Filosofia, pensamentos sociais inspirados no espetáculo de uma briga de cachorros.

Em suma, trata-se de um andamento sem correnteza central mas repleto de necessidades de percurso, já que *todos* os seus momentos estão sob o império do capricho, das personagens tanto quanto do narrador. É uma estranha conjunção, em que a vida é cheia de satisfações, e vazia de sentido; em que a lógica dos momentos — implacável e monótona como o próprio capricho, que está sistematizado — sublinha o caráter incerto do conjunto. Ainda neste sentido, note-se que o romance é incansavelmente espirituoso, e que no entanto o seu efeito total é desolado e termina em nada, como fica dito em todas as letras no capítulo final, chamado "Das negativas". Aqui, Brás Cubas enumera as coisas que não chegou a ser, e conclui por um pequeno saldo, que é a negativa mais radical: o famoso "não tive filhos, não transmiti a nenhuma criatura o legado de nossa miséria". Essa impressão é multiplicada ainda pelas intromissões, digressões e guinadas do narrador, que reiteram, em ritmo vertiginoso, a combinação de intensidade e ausência de objetivo que no enredo flui em marcha mais lenta.

Contudo, a despeito da descontinuidade de propósitos, o romance tem a sua curva. Algo como um movimento de movimentos, que forma sentido: um ritmo em que o interesse do narrador, das personagens, bem como do leitor passa por ciclos constantemente renovados de animação e fastio, sendo que o conjunto desliza da vivacidade para a saciedade e a morte — tudo sempre aquém de um propósito objetivado qualquer. De passagem seja dito que alguns dos melhores romances brasileiros, notadamente *Macunaíma,* com sua extraordinária tristeza final, encontraram um ritmo semelhante. A diferença de um tal movimento com o enredo-tipo do realismo europeu é decisiva. Neste, a tensão prende-se ao choque entre um indivíduo forte e a ordem social: o que vale e é típico, para falar com Lukács, é a contradição, incluídos os padecimentos que lhe correspondem, entre as justas ambições do primeiro e as exigências da segunda. O resultado global diz que a ordem burguesa é contraditória e não cumpre o que promete. Ao passo que o enredo machadiano diz que a vida de nossos ricaços foi excelente, mas — em palavras de Oswald — corrida numa pista inexistente.

Dando um balanço, digamos que talvez o emplasto esteja para a medicina como a barretina da Guarda Nacional está para a política, como os pensamentos de Brás diante da briga de cães estão para a filosofia, como o andamento errático está para a intriga com herói enérgico. Em cada um destes pares há um lado diminuído e caricato, que no entanto, uma vez lido o romance, é o verdadeiro apoio da ação e de sua lógica, e portanto, para efeitos ficcionais, o lado real. De onde então a impressão de fantasia risível? O irreal não estará do outro lado? Esquematicamente, o critério de realidade que preside à caracterização é um, e o que comanda a ação

é outro, sendo que num caso a norma é juiz, e no outro, como vimos, objeto de capricho. Mesma coisa para a fenomenal expansão do arbitrário pessoal, que neste romance ataca e sujeita todas as dimensões da vida, mas sem perder a conotação de inconsequência e marginalidade que lhe deu a civilização burguesa do século XIX. É certo, enfim, que as satisfações do narrador se obtêm pelo desacato ao sistema das virtudes burguesas, invocado para isso mesmo, o que entretanto não impede que ele tenha vigência, e que o sentimento de ser desprezível seja essencial à situação daquele mesmo narrador (Brás Cubas neste ponto se assemelha ao homem do subsolo de Dostoiévski, que sofre do fígado mas não vai ao médico, porque despreza o racionalismo ocidental, sem prejuízo de se desprezar a si mesmo porque não vai ao médico). A dualidade de critério é constitutiva da forma e da inquietação do romance machadiano; ela é a hélice que o empurra — em direção ao nada. A explicação, no caso, leva a circunstâncias nacionais.

Embora sejam conhecidas, as dificuldades da situação ideológica e moral da camada dirigente brasileira, e especialmente da Coroa, não costumam ser levadas em muita conta. O assunto pode ser visto no livro notável de Joaquim Nabuco sobre *O abolicionismo* (1883). Obrigados pelo seu papel de representação externa, esses dirigentes liberais de um país de economia escrava diariamente tinham de pedir para a sua pátria e para si mesmos o reconhecimento do "mundo civilizado", cujos princípios elementares, entretanto, dada a realidade social, eles tinham de infringir com igual constância. Noutra parte tentei a reconstrução sociológica deste impasse e de seu efeito sobre a vida das ideias.[190] Por agora, basta indicar o paralelo entre este movimento e a volubilidade narrativa tal como a vimos nas *Memórias póstumas*. Também ela combina — em versões que vão do cômico ao torpe — desrespeito à ordem burguesa e ânsia de se afirmar como um membro seu, o que não vai sem dois pesos e duas medidas, nem, dada a constante repetição, sem desfaçatez. São combinações que configuram a unidade mínima e característica desta prosa de romance. Assim, se é justa a nossa observação, a lei da prosa machadiana seria algo como a miniaturização ou o diagrama do vaivém ideológico da classe dirigente brasileira, articulada com o mercado e o progresso internacionais, bem como com a escravidão e o clientelismo locais. Um vaivém que resume o vexame pátrio, mas não se esgota nele, pois diz respeito também à história global de que o mesmo Brasil é parte efetiva, ainda que moralmente condenada: a ordem burguesa no seu todo não se pauta pela norma burguesa. Naturalmente há diferenças de timbre entre o drama de nossa elite e a prosa de Machado. Nesta, ajudada pelo desapego que a ficção permite, os aspectos grotescos daquele estão explicitados e degustados, o que dá origem ao registro diminuído que assinalamos. Mas a imparcialidade machadiana vai mais longe, e faz com que o mundo do arbítrio, desqualificado pelo confronto com a norma burguesa e europeia, seja também a testemunha viva da relatividade desta, movimento que leva aos assuntos centrais da literatura moderna, ligados justamente ao limite da civilização burguesa. Enfim, a inferioridade pátria existe, mas o metro que a mede não é também inocente, embora hegemônico. Trata-se de uma posição antimítica e duas vezes negativa, isenta de ufanismo conservador bem

190 Roberto Schwarz. *Ao vencedor as batatas*. São Paulo: Duas Cidades, 1977, cap. 1.

como de abdicação do juízo diante de Europa e progresso, uma posição racional e sem absolutos, que em cem anos não envelheceu.

É talvez uma explicação para o paradoxo que havíamos visto, da impressão combinada de amalucamento — contingente e individual por natureza — e necessidade incontornável. Sartre, comentando a situação do escritor francês depois de 1848, fala em "neurose objetiva": uma patologia imposta pela conjuntura real, a que não há como escapar. Neste sentido, a dualidade de critérios que está no fundamento da arte machadiana é talvez a transposição e exploração literária de algo como um "despeito objetivo", que era da situação histórica, uma incongruência ideológico-moral imposta pela atualidade aos brasileiros esclarecidos, incluída neste último adjetivo a implicação de classe que ele trazia.

Casa velha[191]
JOHN GLEDSON

I

"Casa velha" foi publicado pela primeira vez por Machado de Assis em 1885-86, na revista carioca *A Estação*, em 25 episódios. Depois, permaneceu esquecido até 1944, quando foi republicado, sob forma completa, por Lúcia Miguel-Pereira; devemos nosso conhecimento da obra, na verdade, à sua paciência e perseverança na busca dos números perdidos da revista.[192] Numa introdução caracteristicamente modesta a essa "segunda" edição, ela revelou suas dúvidas sobre seu próprio procedimento, dizendo que "Casa velha" "não pertence à melhor maneira do seu autor, nada vem a acrescentar à glória do nosso maior homem de letras".[193] Ela está interessada na história por razões extrínsecas: pode dizer-nos alguma coisa sobre a grande casa em que Machado cresceu, ou sobre seu desenvolvimento literário. Ela argumenta que, como o texto revela "uma visão do mundo que já não era então [isto é, em 1885] a do seu autor", este seria um trabalho anterior, exumado para cumprir obrigações jornalísticas, embora ela admita que não pôde ser encontrada nenhuma prova concreta para atestar essa afirmativa (nem essa prova foi descoberta desde então).[194]

O consenso crítico sobre a obra de Machado como um todo mudou muito, durante os últimos cem anos. Como sua mensagem é complexa, escondida numa ironia que pode confundir até os leitores inteligentes, essas mudanças são talvez

191 Publicado em *Ficção e História*. Rio de Janeiro: Paz e Terra, 1986. Tradução de Sônia Coutinho.
192 Machado de Assis, *Casa velha*, ed. Lúcia Miguel-Pereira, p. 27-29.
193 *Casa velha*, org. Lúcia Miguel-Pereira, p. 20.
194 *Casa velha*, org. Lúcia Miguel-Pereira, p. 17-19. J. Galante de Sousa, embora menos dogmático do que Miguel-Pereira com relação a datas, está igualmente convencido de que a obra é de qualidade inferior: "Devemos lembrar, entretanto, que outros escritos aparecem no referido periódico, nessa ocasião e em épocas posteriores, nos quais se desmentem as grandes qualidades do contista. Tratar-se-á de altos e baixos no potencial artístico do autor, ou realmente do aproveitamento de fundos de gaveta?" (*Bibliografia de Machado de Assis*).

naturais e necessárias. A condenação de "Casa velha" por Lúcia Miguel-Pereira foi orientada por esse consenso referente ao que era "o melhor Machado" e o que, "consequentemente", deveria pertencer a um período anterior e imaturo.[195] Em geral, o que era irônico, pessimista e psicologicamente sutil foi considerado melhor, e portanto posterior, e o que era romântico, otimista e moralista, tido como anterior.

Aos poucos, surge um novo consenso que, embora não contrarie de modo geral a correção dessa divisão, passa a descobrir em Machado uma linha de pensamento que não é apenas irônica e pessimista e cujo realismo não é simplesmente psicológico. Minha reavaliação de "Casa velha" pretende ser uma contribuição para esse novo consenso. Segundo acredito, existe, escondido na ficção de Machado, um grau muito maior de especulação intencional — e extremamente anticonvencional — em torno da natureza da sociedade brasileira, sua história e sua política, do que até agora foi percebido. Em muitos contos e romances, especialmente (embora não de forma exclusiva) os escritos depois de *Memórias póstumas de Brás Cubas* e da famosa "crise dos quarenta anos", o leitor deve estar alerta para a possibilidade de que nem tudo seja o que parece. Machado, podemos estar certos, confiou, para sua própria tranquilidade, que seus contemporâneos fossem daqueles que não buscam a verdade de forma muito profunda ou diligente — o notável é que se sentisse tão fortemente impelido a arriscar sua reputação. Fez um jogo perigoso, com espantoso sucesso.

O narrador ficcional de "Casa velha" é um velho cônego da Capela Imperial; lembra (em data indeterminada) os eventos em que se envolveu muitos anos antes, em 1839, quando tinha trinta e dois anos. Estes eventos giram em torno dos habitantes da própria "casa velha", uma aristocrática casa nos arredores do Rio, descrita, com sua imponente solidez e auto-suficiência, no primeiro capítulo. D. Antônia, a chefe da família, é a viúva de um ex-ministro de Pedro I; seu único filho, Félix, apaixonou-se por Lalau (Cláudia), uma agregada que foi criada por d. Antônia, após ficar órfã em 1831. O padre-narrador, que foi à casa pela primeira vez em busca de documentos para uma planejada história do Primeiro Reinado, envolve-se no drama criado por essa situação porque, apesar de seu afeto por Lalau, d. Antônia não pode aceitar um casamento de seu filho abaixo de sua condição social. O padre tenta persuadi-la a permitir o casamento, até que ela, como último recurso, sugere que o casamento dos dois seria incestuoso; Lalau, insinua (embora não declare), é produto de um caso ilícito entre seu falecido marido e a mãe da menina (agora morta). O padre, então, fica do lado de d. Antônia e ajuda-a a separar os enamorados, dizendo-lhes a "verdade" sobre a origem dos dois. Mas, no último dia de suas pesquisas históricas, ele descobre um bilhete, escrito pelo ex-ministro,

[195] "Casa velha" motivou, o que é surpreendente, muito pouca especulação literária (ao contrário da biográfica), pelo que me foi dado descobrir. Dieter Woll, em *Machado de Assis: Die Entwicklung seines erzählerischen Werkes*, nota os paralelismos entre as tramas de "Casa velha", *Helena*, *Iaiá Garcia* e um conto antigo do escritor, "Virginius", mas, embora questione as datas propostas por Lúcia Miguel-Pereira, ainda considera "Casa velha" uma obra anacrônica e conservadora. Parece que os preconceitos sobre o que é ou não conservador coloriram os pontos de vista de todos, com relação ao livro. O fato de ter sido reclassificado entre os primeiros trabalhos de Machado é apenas um sintoma dessa concepção. John Kinnear talvez seja o único crítico que percebeu que "Casa velha" poderia ter um lugar lógico no desenvolvimento de Machado. Num rápido comentário, em "Machado de Assis: to Believe or not to Believe", *Modern Language Review*, 71 (1976), p. 63, ele destaca a importância da narrativa na primeira pessoa.

que se refere a uma criança morta ("um anjinho"). Achando que este "anjinho" (e não Lalau) pode ter sido o produto do caso amoroso, ele conversa com a tia de Lalau e descobre a verdade. Lalau não é a filha do ex-ministro, mas sua mãe realmente teve um caso com ele, que resultou no "anjinho". Quando esta notícia é revelada a d. Antônia, ela fica altamente chocada, pois sua "revelação" inicial era uma simples mentira, visando a obter a ajuda do padre. No entanto, mesmo agora, que o principal empecilho para o casamento está afastado, Lalau recusa-se a casar com Félix, dizendo que não pode esposar o filho de um homem que desonrou sua mãe, a quem ela adorava. No fim, cada qual se casa dentro de sua classe social e o comentário final do narrador é: "Se ele e Lalau foram felizes, não sei; mas foram honestos, e basta".[196]

Essas são as linhas centrais de uma história que contém muito mais coisas; é o suficiente, no entanto, para explicar a intuição de Lúcia Miguel-Pereira de que a história foi escrita antes de 1880. A trama tem semelhanças notáveis com os primeiros romances, mais especialmente, talvez, com os imediatamente anteriores a *Brás Cubas*, *Helena* (1876) e *Iaiá Garcia* (1878). Ambos falam do amor de um rico jovem (Estácio, Jorge) por um membro de seu clã doméstico: no primeiro caso uma suposta irmã ilegítima (Helena), no segundo uma agregada (Estela). Como *Helena*, "Casa velha" gira, em certa etapa, em torno da possibilidade de incesto, que se revela falsa; como *Iaiá Garcia*, tem como figura central uma mãe dominadora que não se detém diante de nada para impedir um casamento socialmente desastroso (em *Iaiá Garcia*, Valéria está preparada até para mandar seu filho para uma possível morte na Guerra do Paraguai).

Num sentido, o tema comum a essas três obras, qual seja o das dificuldades criadas pelo amor entre homens de classe superior e mulheres dependentes, fica reduzido, em "Casa velha", aos seus aspectos mais essenciais.[197] As implicações incestuosas de *Helena*, que dependem das falsas identificações tão frequentemente empregadas para criar e resolver conflitos nos romances românticos, são aqui meramente um artifício utilizado não pelo autor, mas por um personagem (d. Antônia); não passam de uma mentira que conduz à descoberta da verdade real e ao castigo da mentirosa. Também somos poupados, aqui, das complexidades do segundo caso amoroso em *Iaiá Garcia*, entre Jorge e Iaiá, que ocupa mais de metade do livro e apaga as linhas nítidas criadas pela tentativa de estupro — ou "beijo à força" — de Jorge contra Estela. Vale a pena destacar a simplicidade das linhas da trama de "Casa velha", ainda mais quando sugiro que o texto tem inesperadas complexidades de significado. Até o aparente chamariz do incesto vai demonstrar o ponto principal, que é moral ou social. Não são os acidentes da (suposta) consanguinidade que impedem o casamento (nem mesmo, como acontece em *Helena*, causam muita tensão interna para os personagens). Em vez disso, como fica muito claro com a recusa final de Lalau de se casar com Félix, todos os desastres resultam diretamente dos atos irresponsáveis do predatório chefe de família, cujos pecados arruínam as vidas de seu filho, da filha de sua amante e de sua viúva (cuja constante fé no marido é des-

[196] "Casa velha" está no volume III, p. 190.

[197] Schwarz argumenta convincentemente, segundo seu ponto de vista, que as dificuldades morais das mulheres que não podem amar sem parecerem ambiciosas ou "aventureiras" são o tema real de *Helena*, e não o incesto (*Ao vencedor as batatas*, p. 109-10).

truída pela descoberta de sua infidelidade). "Casa velha" foi estruturado de maneira a culminar com a revelação desses atos e, assim, concentrar o que, em *Helena* e em *Iaiá Garcia*, dispersa-se em complexidades subsidiárias.

II
Vários fatores contribuem para dar a essa trama simples uma maior profundidade e ressonância. São caracteristicamente machadianos, pois o leitor desatento poderia interpretá-los erroneamente, ou não se dar conta deles; não contradizem, no entanto, a mensagem clara (isto é, não funcionam da mesma maneira que a descoberta da possibilidade da inocência de Capitu, que pode modificar todo o ponto de vista do leitor de *Dom Casmurro*). Contudo, despertam-nos para as sutilezas e possíveis dimensões de uma história cujos lineamentos gerais são bastante simples. O primeiro desses fatores, ou seja, o mais óbvio e disseminado, é o próprio narrador-padre. Ele é, na superfície, meramente o agente através do qual a verdade é descoberta, o estranho no mundo patriarcal, fechado, da casa-grande e que tropeça em seus mais terríveis segredos. Mas é mais do que isso; ele próprio nos diz, em diversos trechos, que não está com a consciência tranquila, acerca do seu papel no caso, como se esse papel não se houvesse limitado a reações necessárias e bem intencionadas a acontecimentos que impunham suas próprias exigências. Ele acha que seu papel foi mais ativo do que parece, e envolveu sentimentos que preferiria não ter alimentado. O mais óbvio aspecto de sua má consciência é sua atração por Lalau, que vai além da benevolência sacerdotal:

> Criatura espiritual e neutra, cabia-me tão-somente alegrar-me com a declaração da moça, aprová-la e santificá-la ante Deus e os homens. Que incômodo era então esse? Que sentimento espúrio vinha mesclar-se à minha caridade? Que contradição? Que mistério? Todas essas interrogações surgiram do fundo da minha consciência, não assim formuladas, com a sintaxe da reflexão remota e fria, mas sem liame algum, vagas, tortas e obscuras.
>
> Já se terá entendido a realidade. Também eu amava a menina. Como era padre, e nada me fazia pensar em semelhante coisa, o amor insinuou-se-me no coração à maneira das cobras, e só lhe senti a presença pela dentada do ciúme.

Poderia parecer que esses sentimentos pouco saudáveis não têm efeito algum na trama; mas a cena em que d. Antônia revela a suposta consanguinidade de Félix e Lalau mostra que o contrário é verdadeiro. Ela, na verdade, não articula — e nem pode — a mentira. Instiga então o padre, para que ele chegue a conclusões em seu lugar. A mentira é um esforço conjunto, como diz o padre: "Não adverti sequer na minha cumplicidade. Em verdade, eu é que proferi as palavras que ela trazia na mente; se me tenho calado, chegaria ela a dizê-las? Pode ser que não, pode ser que lhe faltasse ânimo para mentir". Os gestos dos dois também enfatizam sua conspiração inconsciente: "Caminhei para ela, estendi-lhe as mãos, ela deu-me as suas, e apertando-lhas, disse-lhe que não devia ter ajuntado à fatalidade do nascimento o favor das circunstâncias". Lúcia Miguel-Pereira, bem familiarizada com as sutis e desagradáveis motivações de tantos personagens de Machado, sugere, certamente com razão, que o ciúme inconsciente está trabalhando aqui.[198] O padre, apesar de

198 *Casa velha*, org. Lúcia Miguel-Pereira, p. 26-27.

todo seu aparente desejo de encorajar o casamento, mostra aqui que ele, por razões próprias, na verdade gostaria de impedi-lo; quer que a mentira de d. Antônia seja verdade. Com frequência, suas emoções, pensamentos e ações não são exatamente o que parecem. Por que, por exemplo, ele suspeita, baseado em tão poucas ou inexistentes provas, que Félix tem outras intenções para com Lalau, além das conjugais? Ou por que denegriria o caráter de Lalau perante d. Antônia, sugerindo que ela poderia lutar para se apoderar da herança e da "casa velha"? Ou ainda, por que espera "alvoroçado" pela revelação (do perigo do incesto) prometida para o dia seguinte?

Uma confissão anterior de falta lança uma luz ainda mais sinistra na relação do narrador com Félix. O trecho deve ser citado extensamente. Félix mostra-lhe a biblioteca em que trabalhará:

> [...] casualmente, dei com os olhos na *Storia Fiorentina*, de Varchi, edição de 1721. Confesso que nunca tinha lido esse livro, nem mesmo o li mais tarde; mas um padre italiano, que eu visitei no hospício de Jerusalém, na antiga rua dos Barbonos, possuía a obra e falara-me da última página, que em alguns exemplares faltava, e tratava do modo descomunalmente sacrílego e brutal com que um dos Farneses tratara o bispo de Fano.
> — Será um exemplar truncado? — disse eu.
> — Truncado? — repetiu Félix.
> — Vamos ver — continuei eu, correndo ao fim. — Não, cá está; é o capítulo 16 do livro xvi. Uma coisa indigna: *In quest'anno medesimo nacque un caso...* Não vale a pena ler; é imundo.
> Pus o livro no lugar. Sem olhar para o Félix, senti-o subjugado. Nem confesso esse incidente, que me envergonha, senão porque, além da resolução de dizer tudo, importa explicar o poder que desde logo exerci naquela casa, e especialmente no espírito do moço.

Os fatos apresentados por Machado são corretos. A *Storia Fiorentina*, uma história de Florença no século xv e no início do xvi, já foi publicada em várias edições expurgadas.[199] O capítulo mais chocante contém um relato do estupro homossexual do jovem bispo de Fano por Pier Luigi de Farnese, filho do papa Paulo III: o bispo, mais tarde, "morreu de vergonha".[200] Não é preciso entender tanto a natureza humana quanto Machado, para saber o que Félix fará, da próxima vez em que entrar sozinho na biblioteca (ainda mais quando o padre lhe dá o capítulo e o verso). Não apenas isso, entretanto; parece provável que Machado esteja sugerindo algo tão malsão na relação entre o padre e Félix quanto existe no seu relacionamento com Lalau. Chamar a isso de estupro homossexual é, obviamente, exagerar (embora seja, no

199 Ver *Opere*, de Benedetto Varchi. Milão, c. 1900, I. Estou grato a srta. Lucrezia Zaina, do Departamento de Italiano da Universidade de Liverpool, por me mostrar uma edição expurgada: *Opere*, Benedetto Varchi (Milão, 1843). A passagem relevante está em I, p. 500.

200 A menção a este evento parece calculada para lançar a pior luz possível sobre a Igreja Católica. O próprio papa concedeu uma indulgência a seu filho, que jamais foi punido. O escândalo foi utilizado pelos luteranos para atacarem a Igreja: "*Questa abbominevol nuova pervenuta con istupore e querimonia d'ogmmo nell'Alemagna, diede larga matéria di ragionare a'Luterani, dicendo in derisione e vituperio dei papi e dei papisti, questo essere un nuovo modo di martirizzare i Santi*" (Varchi). Em seu *Vida e obra de Machado de Assis*, III, R. Magalhães Júnior entra em consideráveis detalhes com relação a essa passagem, informando-nos que as obras de Varchi estavam na biblioteca de Machado. Ele não entende, entretanto, a introdução da referência: "Tal passagem nada tem que ver com o desenvolvimento da intriga, embora acrescente cerca de meia página à narrativa...". Muito consistente em suas crenças quanto à respeitabilidade de Machado, ele é forçado a acusar o próprio romancista de inconsistência: "Nisso, ele inverteu um dos seus próprios preceitos morais: o de que pior, depois do escândalo, é a publicação do escândalo".

mínimo, estranho, que Machado tenha introduzido aqui esse exemplo de uma erudição um tanto exótica), mas devemos entendê-lo em algum sentido metafórico, ainda mais que Félix é descrito como "subjugado". O ciúme da "criatura espiritual e neutra" (de um gênero neutro, nem masculino nem feminino?), como ele descreve a si mesmo, viola a vida de Félix, sem dúvida, do mesmo modo que a de Lalau.

Outro detalhe sugere com mais força ainda seu papel ambivalente e inconscientemente sinistro; ele está pensando em sua relação com o jovem casal: "É bem possível que eu fosse como o traço de pena que liga duas palavras; é certo, porém, que gostavam de mim. Eu, entre ambos, com a minha batina (deixem-me confessar esta vaidade) tinha uns ares do bispo Cirilo entre Eudoro e Cimódoce". Cirilo, Eudoro e Cimódoce são os três principais personagens da epopeia cristã em prosa de Chateaubriand, *Les Martyrs*.[201] O que o nosso não-nomeado narrador-padre se esquece de mencionar é que são os enamorados, Eudoro e Cimódoce, os martirizados. O bispo, embora ache que poderá ser destinado ao martírio, na verdade é poupado. A inocente "vaidade" do padre revela outra vez, embora lhe seja desconhecida, sua posição equívoca com relação aos jovens.

A menção de Chateaubriand tem outra dimensão; conduz-nos à caracterização do padre como um intelectual, assunto em torno do qual Machado nos dá algumas chaves não muito lisonjeiras. Sugere a defesa emocional e estética do cristianismo, tão característico do romantismo; anteriormente, o padre cita o severo santo Agostinho (chamando-o "*o meu* grande santo Agostinho"), mas usa a frase mencionada, "*Amor non improbatur*", para justificar sua aprovação puramente emocional e vicária do amor de Félix e de Lalau. Repetidamente, também, nós o vemos usando os lugares-comuns do cristianismo para justificar suas próprias ações questionáveis, e as dos outros. Muita coisa está resumida nesta frase: "Entre a verdade daquele conceito (a ideia de que ele não tem nenhum direito de se envolver nos problemas da família) e o impulso do meu próprio coração, introduzi um princípio religioso e disse a mim mesmo que era a caridade que me obrigava, que no Evangelho acharia um motivo anterior e superior a todas as convenções humanas". Não é de surpreender que esse cristianismo emocional, diante da verdadeira crise ceda lugar à realidade social. Seu fraco apelo a "Nosso Senhor Jesus Cristo, que nasceu nas palhas", quando defende os jovens enamorados perante d. Antônia, logo é derrubado pela arremetida furiosa com que ela o acomete:

— Sim senhor; mas nesse caso que mal há em casar com o Vitorino? Filho de segeiro não é gente? Diga-me! Para que ela case com meu filho, Nosso Senhor nasceu nas palhas; mas, para que case com o Vitorino, já não é a mesma cousa... Diga-me!
— Mas, senhora dona Antônia...
— Qual! — disse ela levantando-se...

Podemos muito bem descrever o padre como um romântico que não se sabe romântico; ele jamais emprega a palavra, mas às vezes sua linguagem o trai: "Eu, com os estudos clássicos que tivera, *e a grande tendência idealista, dava a tudo a cor das minhas reminiscências e da minha índole*, acrescendo que a própria realidade externa — antiquada e solene nos móveis e nos livros, recente e graciosa em Lalau

201 Chateaubriand, *Oeuvres Romanesques et Voyages*. Paris, 1969.

— era propícia à transfiguração" (grifos meus).[202] O resultado é uma afetação e uma confusão intelectual que antecipam o terrível José Dias em *Dom Casmurro* (que lê Walter Scott tão bem, em voz alta). O padre desaprova escritores anticristãos como Voltaire e Rousseau, quando encontra suas marcas na biblioteca do ex-ministro, mas (mesmo deixando de lado o fato de que ele "discretamente" esconde sua desaprovação de Félix) suas palavras mudam diante de nossos olhos: "Entretanto, como era também discreto, deixei de manifestar um reparo que fiz comigo acerca da promiscuidade de coisas religiosas e incrédulas, *alguns padres da Igreja não longe de Voltaire e Rousseau,* e aqui não havia afetar nada, porque os conhecia, *não integralmente, mas no principal que eles deixaram*" (grifos meus). Isto cheira a conhecimento de segunda mão; que escritores conhece ele, embora não "integralmente" — Voltaire e Rousseau, ou os padres "não longe" deles?

A confusão intelectual e outros tipos de incerteza seguem de mãos dadas. Embora ele seja padre, não é fundamentalmente um homem religioso e confessa que, não sendo talhado para o púlpito — e por que escolher o púlpito como símbolo dos deveres sacerdotais? —, ele tentou fazer várias outras coisas, chegando finalmente à história política. Mas este trabalho, embora com tal fim ele conclua suas pesquisas, jamais é escrito. O que é, de qualquer modo, história política (pelo menos, neste caso)? Pode-se imaginar que, ao lidar com um período tão recente e controvertido quanto o Primeiro Reinado, as categorias certamente irão confundir-se. Outro padre, seu antigo professor, a quem ele confidencia suas esperanças de descobrir "alguma coisa de valor político", durante sua pesquisa, manifesta-se contrário ao projeto: "Monsenhor Queirós abanou a cabeça, desconsolado. Era um bom filho da Igreja, que me fez o que sou, menos a tendência política, apesar de que no tempo em que ele floresceu muitos servidores da Igreja também o eram do Estado. Não aprovou a ideia; mas não gastou tempo em dissuadir-me. 'Conquanto, disse-me ele, que você não prejudique sua mãe, que é a Igreja. O Estado é um padrasto'". Pode-se muito bem suspeitar que a atitude do narrador para com a política seja guiada pela mesma frustração que desempenha um papel tão sinistro na "casa velha" — incapaz de agir diretamente, ele interfere por meio das palavras. Ou, para citá-lo diretamente: "Sou antes especulativo que ativo; gosto de escrever política, não de fazer política". Quanto mais se investiga o caráter do narrador, mais tenebrosas se tornam as sombras, e igualmente percebemos a existência de mais coisas em jogo nesta história do que parece à primeira vista. O próprio padre está meio consciente dessas questões, mas é pouco provável, por sua própria situação, que tenha uma percepção plena delas. O posto que ocupa na ocasião da narração da história — cônego da Capela Imperial — é em si um indício de seu convencionalismo. Ele não está absolutamente consciente de outro possível nível de significado em sua história, no que diz respeito à sua planejada obra sobre o reinado de Pedro I.

202 É verdade, dato, que o movimento romântico propriamente dito só começou no Brasil a partir de 1836, com a publicação da revista *Niterói*. Mas isso só serve para explicar as razões de o padre não ter consciência de suas próprias posições. Machado está, na verdade, caracterizando-o com grande exatidão histórica. Talvez o relacione com uma importante figura histórica, Frei Francisco do Monte Alverne, popular e influente pregador, altamente influenciado por Chateaubriand, e que pertenceu a uma geração anterior. Ver, de Antonio Candido, *Formação da literatura brasileira*. I. As expressões "estudos clássicos" e "tendência idealista" são cuidadosamente escolhidas.

III

A "história", naturalmente, nunca é escrita, como ele nos conta: "Não escrevi a história que esperava; a que de lá trouxe é esta". Esta talvez não seja a história que ele queria escrever — poderá, no entanto, ser a história (não intencional) do reinado de Pedro I. Quando tenta persuadir d. Antônia a lhe contar alguma coisa de sua própria experiência da vida política, ele diz essas palavras significativas: "Tudo pode ser política, minha senhora; uma anedota, um dito, qualquer coisa de nada pode valer muito". A história que ele conta e que parece, ou parecia na ocasião, relativamente sem importância — "Tudo isso era bem pouco para quem tinha na cabeça a história de um Imperador" — é, de fato, uma dessas "anedotas". Suas linhas revelam uma verdade que a história política (especialmente, suspeitamos, quando escrita por uma pessoa dessas) ignoraria. Em vários momentos, no texto, são transmitidas ao leitor fortes sugestões (desconhecidas para o narrador, naturalmente), de que há paralelos entre as esferas privada e pública, de maneira que se torna natural e necessário procurar o significado político do relato.

Como acontece com a trama, esse nível político/histórico une dois momentos, um presente, de fevereiro a agosto de 1839, e um passado, no Primeiro Reinado (o período em que o pai de Félix foi ministro e o de seu caso com a mãe de Lalau). O presente refere-se, sobretudo, aos eventos que conduziram à prematura Maioridade de Pedro II em 1840, e à ameaça de revolução e secessão no Rio Grande do Sul (a Guerra dos Farrapos), que culminou naquele ano com a captura de Laguna, em Santa Catarina, pelos rebeldes liderados por Garibaldi. O momento de maior tensão nesses eventos (a captura de Laguna) coincide com a principal crise na trama, o recurso de d. Antônia à insinuação do perigo de incesto. Machado utiliza um truque simples para dar consciência ao leitor desse paralelo. O padre comparece ao seu encontro com ela:

> [...] por que é que não fui mais cedo?
> — Não pude; estive sabendo as más notícias que vieram do sul.
> — Sim? — perguntou ela.
> Contei-lhe o que havia, acerca da rebelião; mas os olhos dela, despidos de curiosidade, vagavam sem ver e, logo que o percebi, parei subitamente. Ela, depois de uma pausa:
> — Ah! então os rebeldes...
> Repetiu a palavra, murmurou outras, mas sem poder vinculá-las entre si, nem dar-lhes o calor que só o real interesse possui. Tinha outra rebelião em casa e, para ela, a crise doméstica valia mais que a pública.

Outra vez, eventos particulares e "desimportantes" assumem a precedência sobre a crise pública, mas a frase inacabada de d. Antônia não pode deixar de unir as duas rebeliões na mente do leitor.

O passado histórico (o do Primeiro Reinado) é posto em jogo de maneira um tanto diferente, embora ele também se articule, a certa altura, com uma frase incompleta. Quando o padre entra pela primeira vez na biblioteca, logo depois de identificar a *Storia Fiorentina*, ele vê dois retratos, lado a lado:

> Havia ali dois retratos, um do finado ex-ministro, outro de Pedro I. Conquanto a luz não fosse boa, achei que Félix parecia-se muito com o pai, descontada a idade, porque o

retrato era de 1829, quando o ex-ministro tinha quarenta e quatro anos. A cabeça era altiva, o olhar inteligente, a boca voluptuosa; foi a impressão que me deixou o retrato. Félix não tinha, porém, a primeira nem a última expressão; a semelhança restringia-se à configuração do rosto, ao corte e viveza dos olhos.

Se a justaposição não fosse o bastante, qualquer leitor familiarizado com a história ou com os retratos históricos brasileiros notaria a parecença entre o Imperador e seu ministro; o retrato de um poderia muito bem descrever os traços mais conhecidos do outro,[203] e todos três adjetivos — arrogante, inteligente, voluptuoso — coincidem com traços bem conhecidos do caráter de d. Pedro. A identificação dos dois fica clara no fim do mesmo capítulo, quando Lalau olha para os dois retratos:

> Conhecia os retratos, distinguiu-os logo; ainda assim parecia tomar gosto em vê-los, principalmente o do ex-ministro; quis saber se ela o conhecia, respondeu-me que sim, que era um bonito homem, e fardado, então, parecia um rei. Seguiu-se um grande silêncio, durante o qual ela olhou para o retrato e eu para ela, e que se quebrou com esta frase murmurada pela moça, entre si e Deus:
> — Muito parecido...
> — Parecido com quem? — perguntei.
> Lalau estremeceu e olhou para mim, envergonhada. Não era preciso mais; adivinhei tudo. Infelizmente tudo não era ainda tudo.

Diante da frase "fardado então parecia um rei", parece mais provável que as palavras de Lalau, como as de d. Antônia — "Então os rebeldes..." —, possam ser também ambíguas, e referir-se à mesma parecença entre o Imperador e seu ex-ministro (embora na superfície se refiram à semelhança entre Félix e seu pai).

O que significam esses paralelos, sem dúvida intencionais? Como reconstruiremos a história política que o padre inadvertidamente escreveu? As especulações políticas e históricas de Machado muitas vezes são assim ocultas e implícitas. Mas podem ser desvendadas e compõem, com muito mais frequência do que suspeitavam os críticos, um aspecto essencial de suas intenções como escritor.

Os "sucessos do sul", referidos repetidas vezes em "Casa velha", relacionavam-se, na mente de Machado, com a Maioridade de Pedro II, em 1840. Numa crônica de 1895, na qual lembra a crise constitucional de 1868, ele os relaciona: "[...] ouvirás falar daquele dia de julho (1868) como os rapazes de então ouviam falar da Maioridade ou do fim da República de Piratinim, que foi a pacificação do sul, há meio século". Em "Casa velha", coronel Raimundo, um velho parente da família, propõe a Maioridade como solução para a crise: "O melhor de tudo era logo aclamar o imperador. Dessem-lhe cinquenta homens — vinte e cinco que fossem — e se ele em duas horas não pusesse o imperador no trono e os ministros na rua, estava pronto a perder a vida e a alma. Uns lesmas! Tudo levantado, tudo sublevado, ao norte e ao

[203] Ver, por exemplo, o retrato de Simplício de Sá, "Visita dos Imperadores à Casa dos Expostos", reproduzido na *História de Dom Pedro II*, de Heitor Lyra, ed. Alexandre Eulalio I, ilustração 3 (depois da página 65). Esse retrato serviu para uma litografia de Sisson (1859), que pode ser vista em reproduções, e.g., na *História do Brasil*, de Pedro Calmon, v, p. 1485. Litografias como essas foram muito importantes para transmitir aos brasileiros imagens de importantes figuras políticas e históricas. A mais famosa referência que Machado faz a elas está em "O velho Senado" (II, p.591), no qual sua evocação do Senado, como o conhecera em 1860, é inspirada por uma série de litografias de Sisson.

sul...". Outra solução, diz o velho conservador, seria a volta do pai de Félix: "— Aquele não era paz-de-alma — disse o coronel, apontando para o retrato. — Fosse ele vivo! Não era militar, como sabe — continuou, olhando para mim —, mas era homem às direitas". Isto, por sua vez, o leva a lembrar, para vergonha e desgosto de Félix, as aventuras amorosas do ex-ministro: "Velhacos, repito, não digo velhacos para tratantadas, mas para amores; era maroto com as mulheres — prosseguiu rindo e esquecendo inteiramente a rebelião". Félix, cujas opiniões sobre política são mornas, é entretanto um representante fiel de sua classe, e assim enuncia suas opiniões, ao justificar sua decisão de se tornar deputado (decisão que tomou, simplesmente, para evitar a proposta de sua mãe, de que deveria ir para a Europa): "Como sabe há muitos desgostos contra o Regente... Se o Imperador tivesse a idade da constituição é que era bom; ia-se embora o Regente e o resto...".

O elo entre a rebelião no Rio Grande do Sul e a Maioridade permite-nos ver como a estrutura da trama de "Casa velha" é paralela à da história política entre 1822 e 1840. Os pecados do pai (Pedro I, bem conhecido tanto por seus métodos ditatoriais como por suas irregularidades sexuais)[204] estão prestes a serem castigados através de seu filho, Pedro II, que era, como Félix, seu oposto em termos de caráter. A própria Maioridade, sempre considerada, na história oficial, como um ato de vontade por parte do Imperador de quinze anos, é vista como o produto de uma reação de classe à ameaça do caos. Exatamente como as tentativas de Pedro II para liberalizar o Império tiveram de enfrentar as realidades do poder oligárquico, a tentativa de romper com o passado, por parte de Félix, fracassa. Na verdade, não deixa de ser significativo que Machado introduza dúvidas quanto à seriedade da tentativa. Embora a especulação do padre em torno das possíveis intenções do jovem de tornar Lalau sua amante sejam provavelmente uma prova de seu ciúme inconsciente, mesmo assim causa suspeita o fato de a reação de Félix à notícia do perigo de "incesto" ser muito menos intensa que a dela. Ele, afinal, acaba por se casar com Sinhazinha, cujo nome serve como indicação da condição de membro da classe superior e que, curiosamente, é uma rio-grandense e, assim, tem suas vinculações próprias com os "sucessos do sul", embora, claro, pertença à classe oposta à dos rebeldes Farrapos e à República de Piratinim.

Se nos voltarmos para Lalau, essa interpretação política se torna mais fascinante, embora um pouco mais problemática. Como muitas das heroínas dependentes de Machado, Lalau, apesar de todo o seu encanto e inocência, é uma pessoa muito decidida — como Capitu, ela é repetidas vezes descrita como meio-menina, meio-mulher. "Não depender de ninguém" é o seu ideal, na ocasião em que é rejeitada por Félix, e acaba por romper as normas de conduta entre os sexos, pedindo a Vitorino, o filho do cocheiro de d. Antônia, que se case com ela. Mais que isso, é mostrada sua simpatia especial pelas classes que lhe são inferiores. No início do capítulo V, aparece em companhia do velho escravo sineiro, o "Gira", que enlouqueceu — sendo ela a única a respeitá-lo e a falar com ele. Sem dúvida, se quisermos condenar "Casa velha" como sentimental, aqui está a evidência — mas não pode haver dúvida quanto à intenção, por parte de Machado, em unir dependente e escravo. Essa cena é

[204] O mais famoso de seus ataques à liberdade, a dissolução da Constituinte em 1824, é mencionado em termos dramáticos pelo coronel Raimundo.

seguida por outra com claras implicações simbólicas, que o próprio Machado isola, descrevendo-a como um "quadro" — um quadro que se pretende que o leitor interprete como tal. D. Antônia e o padre estão conversando na sacristia da capela anexa à casa, quando dois moleques cruzam o pátio, perseguindo Gira. Lalau, por simpatia para com o velho, pega-os e os segura. Neste ponto, aparece Félix, ficando sua mãe e o padre a observar, entre horrorizados e fascinados, os dois enamorados dizendo trivialidades um ao outro, enquanto Lalau segura um dos moleques. Os gestos são registrados com precisão:

> Olhei para os dois, adivinhei o que estariam dizendo, e, pior ainda, o que estariam calando, e que se lhes podia ler no rosto e nas maneiras. Lalau era agora mulher apenas, sem nenhuma das coisas de criança que a caracterizavam na vida de todas as horas. Com as mãos no ombro do moleque, ora fitava os olhos na carapinha deste, ouvindo somente as palavras de Félix; ora erguia-os para o moço, a fim de o mirar, calada ou falando. Ele é que olhava sempre para ela, atento e fixo.

As implicações são claras, embora a cena seja complexa. Lalau, com a atenção deslocando-se de Félix para a criança (cuja cor é enfatizada pelo uso de "carapinha"), elimina a separação entre senhor e escravo — algo que não pode ser tolerado. Ela é um elo vital numa cadeia que não pode ser formada, embora se aproxime perigosamente da formação. Por trás da fachada aparentemente estável da casa mora a desconfiança, a espionagem e uma série de rígidos limites que foram traçados para o comportamento permissível.

Lalau está revestida de considerável significado simbólico — o que não é de surpreender, considerando que é função sua representar todas as classes não-dirigentes. Isto fica mais claro nas cenas apresentadas, mas também cabe especular sobre três outros detalhes, aparentemente insignificantes, mas que podem ganhar mais significado quando vistos sob essa luz. Em primeiro lugar, ela nasceu em 1822 (tem 17 anos em 1839) e ficou órfã em 1831. Estas são, claro, as datas da Independência do Brasil e do fim do Primeiro Reinado e podem sugerir uma identificação com o próprio Brasil — ideia que não é nova na ficção de Machado.[205] Se for este o caso, ele sugere a verdade bastante óbvia, mas não destituída de importância, de que o papel do monarca é paralelo ao do pai, que pode ser tirânico, mas cujo afastamento, por outro lado, talvez seja perigoso para o Estado. Talvez a visão de Machado, quanto ao Império, não seja nem indevidamente hostil nem acriticamente aprovadora; a própria comparação das estruturas políticas e familiares sugere que há alguma coisa natural no sistema monárquico em si, por mais inclinado ao abuso que ele possa ser.

Mais interessante ainda é a cena em que Lalau é apresentada pela primeira vez. O padre escuta uma agitação em frente à biblioteca em que está trabalhando: é a sege de d. Antônia, transportando Lalau e sua tia, que quase bateu em um carro de bois. Na primeira visão que ele tem, a moça está inclinada para fora da sege, rindo; mais tarde, ela diz que estava mais excitada do que alarmada com a perspec-

205 Naturalmente, é verdade que seu pai não é o ex-ministro (embora pudesse ter sido); a referência à perda dos pais é mais geral que isso. Para encontrar exemplo anterior do uso simbólico de datas, ver o conto "Valério", publicado em dezembro de 1874, que conta a trajetória do herói dependente, ignorado pela família à qual se dedica e que "veio à luz com a revolução de 1831" (II, p. 1299).

tiva de uma colisão: "Confessou que não tinha medo de nada, e até que queria ver um desastre para compreender bem o que era". É fácil ver que seu senso de independência e vontade de correr riscos a colocam em oposição à fechada casa velha e a relacionam com a "experiência republicana", que terminou prematuramente em 1840. Uma chave final pode ser dada por seu nome real ou completo, Cláudia, que se associa com a república-arquétipo, a de Roma, e pelo nome de seu verdadeiro pai, *Romão* Soares. Esse emprego dos primeiros nomes em Machado é bastante frequente, embora a interpretação concreta do significado deles seja sempre uma questão delicada.

E d. Antônia, nesse contexto? Ela tem, como seria de se esperar, pontos de vista decididamente direitistas e encara 1831, a data da abdicação de Pedro I, como o início de todo o mal: "Realmente não sei que ideias entraram por aqui depois de 31. São ainda lembranças do padre Feijó". Ela é, a certa altura, chamada a "Imperatriz" da casa: "O padre Mascarenhas dissera-lhe uma vez, ao almoço, que era a imperatriz da casa velha, e d. Antônia sorriu lisonjeada, com a ideia de ser imperatriz em algum ponto da terra. Não batia com o cetro em ninguém, mas estimava saber que lho reconheciam". É possível que ela represente, bem como sua classe, a continuação da instituição da Monarquia através do período da Regência — um poder real, mesmo que não imediatamente eficaz.

Nesse contexto político, também, o papel do padre-narrador assume nova dimensão. Já se sugeriu que, ideologicamente, como em outros sentidos, ele é um vacilante. Opõe-se aos padres influenciados por Voltaire e Rousseau, mas critica o hábito de d. Antônia de casar por obediência: "Tendo casado por eleição e acordo dos pais, tendo visto casar assim todas as amigas e parentes, d. Antônia mal concebia que houvesse, ao pé deste costume, algum outro natural e anterior". Os últimos dois adjetivos, em particular, sugerem que as teorias sociais de Rousseau coloriram seu pensamento mais do que ele percebe. É bem possível que Machado esteja comentando o papel da igreja brasileira na política da época, muitas vezes liberal na aparência (como deixa claro o desprezo de d. Antônia por Feijó), mas que, no fim, contribuiu para a manutenção do regime, talvez porque o cristianismo e os ideais liberais sejam mais difíceis de conciliar do que o imagina o padre; talvez, também, os próprios padres fossem, em última instância, mais dependentes do *status quo* do que eles próprios sentissem.

O método aqui ilustrado da interpretação de "Casa velha" como uma obra em parte alegórica, contendo uma discussão política oculta, subjacente à trama, é novo, pelo que sei, no contexto da ficção de Machado, pelo menos quando empregado de maneira sistemática (como acredito que deva ser, para possuir algum valor e interesse reais). E considerando-se que pode muito bem ser aplicado a outros romances e contos, vale a pena que seja encarado de maneira mais geral, antes que eu passe a tratar do nível que acredito ser o mais fundamental para o significado da narrativa.

Em primeiro lugar, é bom esclarecer que não cabe identificar as trajetórias dos personagens de ficção de maneira demasiado próxima às das verdadeiras figuras históricas. O ex-ministro não é Pedro I, nem tampouco (embora seja certamente curioso que ele receba, de passagem, o mesmo prenome) José Bonifácio de Andrada,

o chamado Patriarca da Independência.²⁰⁶ As idades e as datas não coincidem; o ex-ministro, por exemplo, nasceu por volta de 1785 [estando com 44 anos em 1829 enquanto dom Pedro nasceu em 1798 e José Bonifácio em 1763]. Os cálculos numéricos desse tipo raramente são frutíferos para a interpretação, simplesmente porque Machado não estava tão interessado em figuras históricas individuais quanto em coisas mais gerais: movimentos, regimes, classes. Talvez, na verdade, seja mais coerente identificar o ex-ministro com o regime do Primeiro Reinado. O texto, realmente, dá algum apoio a essa teoria. É curioso que não sejamos informados da data de sua morte mas simplesmente de que ele se acha morto "desde muitos anos", e que se encontrava ainda vivo "pouco antes de 1831". As datas do nascimento de Lalau e de sua orfandade revelam, possivelmente, uma variação no rigor do significado simbólico atribuído aos personagens: d. Antônia, como somos informados em termos deliberadamente vagos, "devia ter quarenta e seis a quarenta e oito anos", embora não se deva excluir a possibilidade de que a imprecisão tenha sua exatidão própria — como representante de sua classe e da dominação desta, ela em certo sentido não tem idade.

Claramente, no entanto, o que fascina Machado — em contraste, como podemos imaginar, com o seu padre-narrador — não são as personalidades históricas, mas a escala mais ampla na qual a política realmente se torna história. Neste nível, também, seu interesse é menos o de um partidário de uma ideologia ou de outra (embora, como sabemos através da biografia de Jean-Michel Massa, ele fosse um liberal convicto na juventude).²⁰⁷ Examinava, assim, os acontecimentos com um olhar mais distanciado, mais próximo ao de um verdadeiro historiador, ou mesmo de um cientista social. Entretanto, não se mostra disposto a minimizar eventos históricos dramáticos, considerando-os puramente superficiais. A abdicação, a Regência e a Maioridade fascinaram Machado, segundo parece pelo fato de mostrarem que a sociedade brasileira (ou sua oligarquia dirigente) precisavam de um símbolo de autoridade (mesmo quando encarnado num menino de quinze anos). Ela podia tolerar um flerte com o liberalismo (o ex-ministro com seus livros "céticos" e seu caso com a mãe de Lalau), mas nada demasiado sério e, sobretudo, nenhuma aliança ou compromisso. As contradições, as ilusões e desapontamentos do Primeiro Reinado e a Regência se encerram, assim, no mundo mais sóbrio de Pedro II, mas não sem transmitir um legado de frustração e amargura. A última e desiludida declaração do padre soa em nossos ouvidos, ao término da narrativa: "Foram honestos, e basta". Mas será mesmo o bastante?

IV

A alegoria política/histórica é apenas uma possível dimensão do significado presente na trama. Para explicar alguns de seus aspectos mais marcantes — notavelmente, a ameaça de incesto — temos de lembrar o que é, em certo sentido, mais óbvio. "Casa velha" é um drama de família, mas que Machado utilizou com o objetivo claro

206 O nome em comum é estranho, entretanto; pode ter reflexos pouco lisonjeiros sobre o caráter volúvel do "Patriarca", que muitas vezes causou controvérsias entre os historiadores embora, pelo que eu saiba, Machado jamais o mencionasse de maneira desrespeitosa. Maiores detalhes encontram-se em "José Bonifácio: mito e histórias", de Emília Viotti da Costa, em *Da Monarquia à República: momentos decisivos*.
207 *A juventude de Machado de Assis*.

de refletir realidades sociais, e também políticas, mais amplas — na verdade, como demonstrei, os acontecimentos políticos em si parecem ser produzidos pelas necessidades e limitações de um certo tipo de sociedade. Está bem claro que a família é representativa; na realidade, as mudanças de um nível de significado para outro estão baseadas numa atitude generalizante, que aparece insistentemente no início da narrativa e está presente em toda ela. No começo, Machado concentra nossa atenção na casa, a que o padre não dá nome ("casa velha" é, simplesmente, como a chama a população local). Procura, sem dúvida, preservar assim seus segredos, mas a descrição que faz leva a mente do leitor, por outro lado, a se concentrar em seu vulto físico e espiritual: "A casa, cujo lugar e direção não é preciso dizer, tinha entre o povo o nome de casa velha, e era-o realmente; datava dos fins do outro século. Era uma edificação sólida e vasta, gosto severo, nua de adornos. Eu, desde criança, conhecia-lhe a parte exterior, a grande varanda de frente, os dois portões enormes, um especial às pessoas de família e às visitas, e outro destinado ao serviço, às cargas que iam e vinham, às seges, ao gado que saía a pastar". Mais adiante, no mesmo capítulo, ele descreve a casa como "uma espécie de vila ou fazenda", "um pequeno mundo"; além dos animais aqui mencionados, somos casualmente informados de que eles recebem frutas e verduras da roça uma ou duas vezes por mês. Esses detalhes, que vale a pena registrar de passagem, são relativamente comuns em Machado — o que não é tão comum é a ênfase no cenário "realista". Na verdade, como no caso da casa de Bento, no início de *Dom Casmurro*, os objetivos são apenas parcialmente descritivos. A casa faz a perspectiva histórica recuar até os dias "inocentes" de 1780, quando o avô de d. Antônia voltou de uma visita à Europa "com ideias de solar e costumes fidalgos". Ela encarna o *ancien régime*; e o que, acima de tudo, impressiona o padre é sua autossuficiência, tanto do ponto de vista social como físico. Até contém, dentro de seus muros, uma capela particular, usada também pelas pessoas da região, e não apenas pelos moradores da casa propriamente dita: "Casa, hábitos, pessoas davam-me ares de outro tempo, exalavam um cheiro de vida clássica. Não era raro o uso de capela particular; o que me pareceu único foi a disposição daquela, a tribuna de família, a sepultura do chefe, ali mesmo, ao pé dos seus, fazendo lembrar as primitivas sociedades em que florescia a religião doméstica e o culto primitivo dos mortos".[208] Este notável parágrafo mostra que Machado levava suas especulações sobre a natureza da sociedade e a família até um nível antropológico, comparando a família ampliada a uma tribo primitiva, em seu reduto autoprotetor. Essa frase dificilmente brotaria de uma mente convencional da época; mostra com clareza como Machado via que as questões de família podem refletir realidades sociais muito mais amplas.

Machado descreve as ações de seus personagens em termos que são, em última instância, muito mais sociais que morais; está interessado na atuação de um grupo social, não na distribuição de culpas. D. Antônia não tenta impedir o casamento de Lalau e Félix por rancor, mas porque ela age — de maneira bem intencio-

[208] O uso de capelas particulares era, de fato, comum no Brasil do século XIX, mas não deixava de ser criticado. Isto acontecia com frequência; como os leitores contemporâneos de Machado provavelmente lembrariam, a Igreja cada vez mais se opunha a essa "religião doméstica" e, em 1886, o Internúncio publicou uma carta circular condenando a prática de dizer missa em casas. Ver *Sobrados e mucambos*, de Gilberto Freyre.

nal e consciente, é claro — de acordo com os ditames de sua classe: "Nós não vivemos no mundo da lua, reverendíssimo. Meu filho é meu filho, e além desta razão, que é forte, precisa de alguma aliança de família. Isto não é novela de príncipes que acabam casando com roceiras, ou de princesas encantadas. Faça-me o favor de dizer com que cara daria eu semelhante notícia aos nossos parentes de Minas e de São Paulo?". Fica bem claro que o amor entre os dois jovens é em parte causado por ela, desde que seu afeto por Lalau a fez aceitar sua presença na casa, mesmo já tendo suspeitado da verdade. O afeto de d. Antônia pela agregada é um dos aspectos estranhos da narrativa, porque persiste através de todas as vicissitudes, até que os laços são rompidos pela própria Lalau. Ela deseja a moça de volta na casa velha, logo que Félix está bem casado, mesmo depois de insinuar que Lalau é filha ilegítima de seu marido. É bem possível que a explicação seja psicológica; somos informados de que ela teve dois filhos, Félix e "uma menina que morreu com três anos". Ou talvez ela a queira por perto para poder vigiá-la, em caso de possíveis problemas.

Tudo isso torna mais singular o fato de que ela não se deterá diante de nada para impedir o casamento. O momento mais chocante e revelador da trama é quando ela insinua que o casamento dos dois seria incestuoso. Fica bem claro que a "confissão" — claro que é uma mentira — a afeta profundamente. Deve estar consciente dos danos psicológicos que inflige a seu filho e à agregada, a ponto de não conseguir articular as palavras, deixando assim lugar ao padre para que seja seu intérprete. Mas a insinuação é bastante clara e, por uma perversa ironia, ela acaba se aproximando mais da verdade do que seria capaz de imaginar. Lalau poderia ser filha do ex-ministro mas, na verdade, nasceu antes de começar a ligação entre ele e sua mãe.

O mais notável aspecto do uso do incesto por Machado não é o tema em si nem a revelação do verdadeiro pai, em lugar do falso. Ambos os aspectos são bastante comuns na ficção romântica e empregados pelo próprio Machado em *Helena*. Aqui, parece que Machado não está sequer interessado (como acontece, em certa medida, no romance anterior) nos problemas psicológicos causados pela ameaça de incesto, mas utiliza-o para mostrar os extremos a que irá a família (ou classe) para impedir elementos estranhos de se casarem com um de seus membros. Existem, porém, outras implicações, já que o incesto foi evitado apenas por uma questão de sorte, ou seja, pelo fato do caso entre o ministro e a mãe de Lalau ter acontecido numa época anterior ao nascimento desta. Curiosamente, então, o incesto não é apenas uma arma usada em defesa do sistema da família, mas também uma ameaça real à sua existência. A afirmação voluntária de seus poderes de exclusão, e os resultados indesejáveis que tal exclusão pode trazer, são comunicados por uma única ideia — e isto mostra, segundo parece, que essa classe está, em última instância, disposta a colaborar em sua própria destruição. Neste contexto, a frase "culto primitivo dos mortos" começa a assumir um novo e sinistro significado, e a propagar sua influência para o futuro, além de se exercer no passado.

V
É possível que Machado pensasse na trama de "Casa velha" em termos quase antropológicos, como sugere sua comparação da família com uma tribo. Certo é que, para dar a esse enfoque uma maior ressonância, ele também recorreu ao mito ou,

para sermos mais exatos, a uma paródia da principal história mítica da sociedade que está descrevendo — a de Cristo. Diante do choque que os fiéis teriam, se entendessem como Machado usa as figuras centrais de sua religião, não é de surpreender que esse nível seja mais oculto do que a alegoria política já desvendada. Mas não pode haver dúvida de sua presença, que é, como mostrarei, cuidadosamente calculada. As provas mais importantes centralizam-se em d. Antônia e, em particular, em sua ligação com a Virgem, numa de suas encarnações, a de Rainha do Céu.

Quando o padre acaba de fazer seu apelo a "Nosso Senhor Jesus Cristo, que nasceu nas palhas", ele comenta que ela não está interessada na Virgem no estábulo, mas em outra: "Voltando, deu alguns passos sem dizer nada, indo e vindo, desde a porta até a parede do fundo, onde pendia uma imagem de Nossa Senhora, com a coroa de ouro na cabeça e estrelas de ouro no manto. D. Antônia fitou durante alguns momentos a imagem como para defender-se de si mesma. A Virgem coroada, rainha e triunfante, era para ela a legítima deidade católica, não a Virgem foragida e caída nas palhas de um estábulo". Esta imagem poderia muito bem ser tomada como incidental, não fosse o fato de Machado articular cuidadosamente sua trama para fazer a revelação de incesto coincidir com o feriado *desta* Virgem, o "Dia da Glória", ou a Festa da Assunção, o 15 de agosto.[209]

Um feito considerável, porque ele consegue também fazer a data coincidir com a de um evento histórico, a captura de Laguna, que ocorreu em 24 de julho de 1839. O recurso por ele utilizado é o de avançar e recuar os dois eventos no tempo, ao mesmo tempo que faz a revelação do incesto durar uma semana. A promessa de d. Antônia de revelar um impedimento ao casamento, na cena na sacristia de que tirei a citação anterior, ocorre em dia não-identificado. No dia seguinte, a revelação é adiada com a chegada de hóspedes vindos da roça; chegaram antes do previsto, para "assistir à festa da Glória". O dia pode ser datado com mais precisão, pois sabemos que foi entre 6 e 10 de agosto, já que d. Mafalda chega para levar Lalau às novenas da Glória — a mãe de Lalau era, como ela diz, uma devota fiel de Nossa Senhora da Glória. Por sugestão de Félix, entretanto, eles prometem vir para jantar no próprio "Dia da Glória", o 15 de agosto. O dia seguinte, quando d. Antônia faz sua revelação ao padre, é o da chegada das notícias de Laguna (retardadas, supõe-se, pelas lentas comunicações).[210] Quatro dias mais tarde o padre conta a Félix o perigo de incesto, mantendo-se depois afastado da casa durante vários dias, reaparecendo somente após ter a crise chegado ao seu auge, em 20 de agosto.

Como se pode observar, essa escala de tempo é completamente coerente e refletida, embora sem definição precisa. Retardando as notícias de Laguna e alargando as festas da Glória para incluírem a novena, Machado junta o que só poderia

209 Um detalhe estranho: a história do padre começa com a seguinte frase: "Não desejo ao meu maior inimigo o que me aconteceu no mês de abril de 1839". Na história, nada desastroso acontece que se possa com segurança datar de abril. O padre entra na casa em fevereiro e a crise é em agosto. Será que Machado mudou seu plano? Ou — o que é ainda mais chocante — será que ele, inicialmente, pretendia que o sacrifício coincidisse com a Páscoa? Como "Casa velha" foi publicado por capítulos, e jamais republicado por Machado, seria impossível, naturalmente, ele corrigir o trabalho.

210 Fui informado pelo dr. e sra. R. F. Colson que a notícia demoraria uma semana para chegar ao Rio, a depender do vento e do tempo, que muitas vezes é ruim, nessa época do ano. Teria vindo por escuna. Chegou, de fato, no dia 7 de agosto, como nos informa, por exemplo, *O Despertador* do dia 8.

ser unido com dificuldade. O que é mais notável, ele faz coincidir o 15 de agosto com o momento potencialmente mais trágico da muito adiada revelação do incesto, durante o qual o padre não se acha presente. Trata-se do primeiro encontro de Lalau com Félix depois que ele foi informado da consanguinidade. É o "Dia da Glória" de d. Antônia; ela se eleva entre eles, como a Virgem coroada, "rainha e triunfante", entre dois mártires.

A associação de d. Antônia com a Virgem leva a alegoria para um nível religioso embora, obviamente, não seja um nível ortodoxo: o fato de Machado abordar, mesmo de maneira indireta, o caso de um bispo estuprado pelo filho de um papa não indica lá muita simpatia ou respeito pela Igreja Católica, mesmo se não dispuséssemos de nenhuma outra prova neste sentido. O que lhe interessa é o *poder* da Igreja e, com relação a isso, é interessante lembrar a frase de monsenhor Queirós ao padre-narrador, na qual ele o associa com o poder feminino: "Conquanto, disse-me ele, que você não prejudique sua mãe, que é a Igreja. O Estado é um padrasto". A Virgem Coroada e o padre político — a Igreja encarada sob sua luz mais mundana — reúnem forças para aprisionar a geração mais jovem, como eles próprios estão aprisionados. D. Antônia, naturalmente, está encerrada na estrutura da família e da casa que representa, e com a qual é repetidamente associada. Ela foi criada ali — na verdade, a "casa velha" pertence à sua família, não à de seu marido — e diz que jamais a deixará. O padre, por sua parte, está encerrado, acima de tudo, em seu voto de castidade, que distorce seus sentimentos mais naturais, transformando-os em ciúme, a mais machadiana das emoções. Juntos, eles formam — intencionalmente, segundo creio[211] — uma espécie de paródia da Sagrada Família, uma Virgem Mãe e um pai substituto que, na verdade, colaboram para o martírio e sacrificam seu único filho para salvar, não a humanidade, mas os estreitos interesses de uma classe.

Sendo ou não esses modelos intencionais, o resultado é profundamente chocante; implicam a visão de uma classe dominante dedicada à adoração de seus mortos e antes disposta a imputar a si mesma os mais terríveis efeitos da exclusão de pessoas alheias à família (o incesto), do que nela permitir o seu ingresso; e cujo senso da religião que adota oficialmente tornou-se tão pervertido a ponto de deixar que encene — embora inconscientemente — uma paródia tão terrível da doutrina cristã.

No entanto, isso é apenas uma parte da verdade. Concentrando-nos em d. Antônia, deixamos de lado necessariamente o fato de que o incesto não é apenas uma mentira arquitetada por ela em cumplicidade com o padre. É quase *a* trama da narrativa, um "fato" criado pelas malfeitorias do pai. A curiosa sensação causada pela revelação da verdade concreta, no final do relato, é a de que as duas tramas se desenvolveram de forma simultânea: um incesto falso, e criado de maneira intencional, e outro quase verdadeiro, mas que teria sido acidental.

211 Muitas vezes é difícil saber ao certo até que ponto eram conscientes esses modelos simbólicos. Quando, mais tarde neste capítulo, abordarmos *Dom Casmurro*, no qual o mesmo modelo é repetido (como mostrarei), poderemos cotejar bastantes evidências, como nomes etc., demonstrando que era impossível Machado não ter consciência do que estava fazendo. Aqui, além da associação cuidadosamente planejada de d. Antônia com a Virgem, as repetidas referências ao martírio, no contexto cristão (a *Storia Fiorentina*, a epopeia de Chateaubriand), levam-me a pensar que os modelos foram empregados de maneira plenamente intencional.

Não devemos cometer o erro de supor que, com o fato de d. Antônia ser tão intimamente associada à casa velha, Machado considerasse matriarcal, em qualquer sentido, a família que descreve. Ele chama a própria casa de *patriarcal* e deixa bem claro que os deuses domésticos — os ancestrais de d. Antônia, do sexo masculino, e seu marido morto — são todos homens. Embora Machado tenha criado, mais de uma vez, essas mulheres fortes, e há sugestões de que existe uma tradição dessas mulheres na cultura brasileira,[212] parece que elas aparecem nem tanto por contradizerem a norma patriarcal, e mais por permitirem que ela seja questionada: embora, no final, através de uma aliança com alguma força repressiva (aqui, é a Igreja), elas consigam reafirmar o poder dessa norma. Em outras palavras, permitem que o sistema seja testado e se descubra sua solidez. Essa me parece a mais satisfatória explicação para a dupla trama. A repressão exercida pela mãe é mais tortuosa que a do pai e revela mais sobre as perversões sociais e intelectuais nas quais se fundamenta o poder da oligarquia; mas, em última instância, conduz à mesma conclusão.

VI

O leitor cético pode achar que, mesmo que essa interpretação seja verdadeira, "Casa velha" é uma exceção no trabalho de Machado — e será que essa aparente aberração não se explica por seu provável elemento autobiográfico, ou algo desse tipo? Certamente, o fato de que Machado jamais o republicou parece confirmar essa ideia — mas acredito que seja equivocada. Talvez já tenha anteriormente ocorrido ao leitor menos cético que havia paralelismos muito acentuados entre "Casa velha" e *Dom Casmurro*. São, na verdade, tão notáveis e existem em níveis tão variados (superficiais e também profundos) que Machado pode ter percebido que o trabalho anterior era um esboço para a obra-prima posterior, considerando-o uma experiência a ser esquecida — mais ainda, talvez, porque "Casa velha" apresenta com contornos mais nítidos a mensagem heterodoxa que existe ainda oculta em *Dom Casmurro*.

Sem dúvida, de todas as obras anteriores que se afirma conterem "chaves" para entender o romance mais famoso de Machado, "Casa velha" me parece a mais credenciada.[213] O que mais surpreende são as coincidências de detalhe — é realmente espantoso o fato de que tanto Bento quanto o padre escrevam suas histórias como alternativas para aquelas que desejariam escrever, a fim de demonstrarem sua capacidade de se saírem melhor que padre Luis Gonçalves dos Santos, em suas *Memórias do reino de dom João VI*.[214] O personagem tio Raimundo, em "Casa velha" "*é*" tio Cosme, em *Dom Casmurro*, dezessete anos antes, partilhando sua paixão pela política (em particular, seu ódio pelo padre Feijó),[215] pelas mulheres e, o que é o traço mais característico dos dois: pelos jogos inofensivos, como o gamão ou o voltarete; mesmo os nomes de ambos os personagens estão ligados (mundo = cosme). Há

212 Ver Freyre, *Sobrados e mocambos*, I.
213 *Ressurreição* é empregado dessa maneira por Helen Caldwell, em *O Othelo brasileiro de Machado de Assis*, e *A mão e a luva*, por Wilson Martins, na *História da inteligência brasileira*, III. São dois casos, entre outros — seu interesse exclusivo, entretanto, na questão da culpa ou inocência de Capitu, impede-os completamente de verem *Dom Casmurro*, ou os "precursores", como um todo.
214 "Casa velha" e *Dom Casmurro*. Ver também *O enigma de Capitu*, de Eugênio Gomes.
215 Ver "Casa velha". O desafio da baronesa ao coronel, "Preferia o seu amigo Feijó?", é obviamente sarcástico.

nomes paralelos: d. Antônia, com sua associação com o "Dia da Glória", torna-se d. Glória.[216] O padre, que associamos com São José, torna-se *José* Dias;[217] Félix, Bento (feliz, abençoado); e Lalau e Capitu são ambos apelidos de nomes vinculados com a antiga Roma (Cláudia, Capitolina). O que é mais importante, no entanto, é a repetição da trama básica, embora com uma nova sutileza e a exclusão do sentimentalismo e do melodrama (Lalau e Gira, o tema do incesto sob a forma óbvia). Numa casa dedicada à adoração dos mortos ("a casa dos três viúvos", em *Dom Casmurro*) uma mãe viúva e seu aliado "neutro", porém intrometido, unem forças para frustrar as esperanças do jovem casal, formado pelo filho da viúva e uma moça da classe inferior que, até certo ponto, depende da família da viúva. Em "Casa velha", fazem isso através de uma mentira — que acaba revelando-se quase real — sobre o perigo de incesto. Em *Dom Casmurro*, a crueza dessa ameaça é substituída por uma forma de destruição mais insidiosa, porém paralela. Se o incesto é uma mentira, ou uma quase-verdade na narrativa anterior, e em ambos os casos funciona como metáfora para o autoconfinamento da família, no romance posterior Machado dispensa-o em favor de um retrato imensamente sutil e complexo daquele autoconfinamento revelado na narração de Bento. Ele só constitui ameaça direta quando Escobar sugere um casamento entre Ezequiel e Capituzinha que, se as obsessões de Bento têm algum fundamento concreto, são filho e filha de Escobar, com Capitu e Sancha respectivamente. Muito mais importante, no entanto, é a demonstração feita por Machado de como a natureza reclusa da família afeta a índole psicológica de Bento, a ponto de torná-lo incapaz de se movimentar ou, finalmente, de ver além do casulo que foi tecido para ele, entre outras coisas, pelo voto feito por sua mãe de fazê-lo padre, antes mesmo de seu nascimento, da influência de José Dias sobre ela e sobre ele, Bento, cuja imaturidade emocional permite a Capitu ganhar o predomínio num casamento socialmente desigual.

Não pode haver dúvida de que "Casa velha" aponta na direção de *Dom Casmurro* — mas o que poderemos dizer sobre sua procedência? Uma vez rejeitada a hipótese de Lúcia Miguel-Pereira, de que tenha sido escrito mais cedo, parece que seus antecedentes mais diretos são os primeiros romances, principalmente *Helena* e *Iaiá Garcia*. Já mencionei importantes paralelismos entre suas tramas e a de "Casa velha"; parece mais provável que nossa história seja um elo perdido entre essas primeiras (e falhas) meditações sobre o sistema do favor, e o brilho e complexidade de *Dom Casmurro*. Como já sugerimos, "Casa velha" reduz à sua forma essencial o tema comum a ele e aos dois romances anteriores; constitui-se, de fato, um ataque muito mais direto à raiz de todo o mal, a família patriarcal de classe superior.

"Casa velha" faz parte de um processo gradual de desenvolvimento e refinamento que Machado levou avante durante toda sua vida de escritor, com uma

[216] O paralelismo é ainda mencionado por Helen Caldwell, em *O othelo brasileiro*, como também a analogia entre José Dias e são José, embora ela não perceba a sugestão em torno deste tema, feita por Machado ao leitor, em trecho que cito na nota seguinte.

[217] Em certo momento, em *Dom Casmurro*, Machado refere-se, através de uma observação casual de Bento, à ligação entre José Dias e são José: "Um dia, porém, um dos familiares que serviam de endossantes da letra [isto é, José Dias], falou da necessidade de entregar o preço ajustado; está num dos capítulos primeiros. Minha mãe concordou e recolhi-me a São José". O São José referido é o seminário, mas, no contexto, um possível significado da frase é "Recorri a São José [José Dias]" — seu principal aliado na luta para evitar sua ida para o seminário.

espantosa mistura de paciência, autocrítica e autoconfiança. Silviano Santiago expressa isso com muita exatidão e indica, corretamente, qual a tarefa do crítico: "Já é tempo de se começar a compreender a obra de Machado como um todo coerentemente organizado, percebendo que certas estruturas primárias e primeiras se desarticulam e se rearticulam sob forma de estruturas diferentes, mais complexas e mais sofisticadas, à medida que seus textos se sucedem cronologicamente".[218]

Juntamente com a causalidade literária, não se podem excluir possíveis elementos autobiográficos da gênese de "Casa velha". É, certamente, curioso que detalhes importantes de seu cenário e do cenário da infância e juventude de Machado coincidam e que sua ação transcorra no ano do nascimento do romancista.[219] Claro, é muito difícil especular sobre as razões para essas coincidências, por mais fascinantes que sejam. Uma explicação possível, embora apenas conjectural, é a de que Machado se sentiu preparado para empregar um pano de fundo tão pessoal para sua história porque alcançara, pela primeira vez, algo próximo a uma real e exata crítica do mundo que o alimentara e formara. Neste sentido, ao contrário de *Quincas Borba*, cuja publicação começou em *A Estação*, apenas meses depois de estar concluído "Casa velha", essa história é um trabalho curiosamente pessoal — embora seja bom lembrar que a maioria dos leitores de Machado não fosse perceber o que ele estava fazendo, dada sua bem conhecida discrição quanto a seu passado.

Trata-se de especulação, embora seja uma hipótese com a vantagem de valorizar a experiência pessoal apenas na medida que ela se integra em questões mais gerais. Como Machado sempre percebeu, e como Schwarz nos fez perceber outra vez, a relação difícil e muitas vezes trágica entre a oligarquia e seus dependentes serve para esclarecer assuntos sociais e políticos aparentemente muito afastados de sua arena, que é necessariamente doméstica.

Para entender plenamente os objetivos e os êxitos de Machado em "Casa velha" é preciso passar a um nível mais geral de argumentação. Uma das possibilidades mais interessantes, e que põe em relevo as características próprias da narrativa, é o fato de ele ter elaborado uma trama que utiliza a simplicidade e o engenho para abordar um fenômeno central tanto na sociedade brasileira do século XIX, quanto na do período colonial — o poder absoluto do chefe masculino da família oligárquica. Quando descrevo a trama como simultaneamente simples e engenhosa, penso, sobretudo, nas tramas duplas, paralelas, em torno do incesto, uma tendo à frente o pai, a outra a mãe. Poderia parecer simples abordar a questão do pai unicamente, pois o seu poder é o fato principal;[220] a dificuldade, contudo, vem do próprio absolutismo

[218] "A retórica da verossimilhança", de Silviano Santiago, presente nesta Fortuna Crítica.

[219] Machado foi criado como membro de uma família ligada a uma grande casa nas imediações do Rio; o principal membro da família era Maria José de Mendonça, a viúva de um ministro, Bento Barroso Pereira. Ver *A juventude*, de Massa, e a *Vida e obra*, de Magalhães Júnior.

[220] Um notável conto da juventude de Machado, "Frei Simão" (II, p. 136), publicado inicialmente em 1864, descreve o exercício irrestrito da autoridade paterna. Quando surge o perigo de Simão casar-se com Helena, uma parenta pobre, seu pai manda-o simplesmente viajar, casando Helena com outra pessoa. A única concessão ao subterfúgio é ter sido Simão mandado embora, em vez de apenas proibido de se casar. A tarefa de mantê-lo afastado é delegada ao correspondente do pai, um ex-romancista que, por meio de histórias mentirosas, consegue impedir a sua volta. Não somos informados sobre o teor dessas invenções — talvez Machado tenha achado difícil imaginar qual poderia ser. Os resultados desse despotismo patriarcal são previsivelmente horrendos — enlouquecem, primeiro o filho e depois o próprio pai.

do poder paterno, que reprime o conflito e, consequentemente, a trama. A trama de Machado, como eu já disse, não nega o poder patriarcal. Pelo contrário, afirma seu absolutismo mas, estando o pai fisicamente ausente, tendo deixado atrás de si os resultados de suas ações, Machado pode, ao mesmo tempo, mostrar o absolutismo do poder e seus mecanismos de autodefesa, quando ameaçado.

Também podemos analisar sob uma outra luz a dupla trama, de forma mais otimista. Talvez Machado esteja mostrando o que Freyre chama de situação "semipatriarcal", na qual as características mais rígidas do passado começam a ceder, diante dos acontecimentos históricos.[221] O fato de "Casa velha" ter sua ação situada numa casa que, embora parecendo de fazenda, está localizada na cidade, é uma confirmação dessa suposição; mais sugestiva ainda é a exatidão histórica da narrativa, com suas referências a ideias liberais, rebelião política etc.

Não há dúvida de que Machado pretendia mostrar o desenvolvimento histórico; surgem dúvidas, porém, quando consideramos se ele encarava esse desenvolvimento como progresso. O poder patriarcal — repetimos — não está enfraquecido em "Casa velha", mas é preservado às custas de todos os envolvidos, até mesmo de d. Antônia. Em *Dom Casmurro*, que mostra um momento histórico mais tardio (estamos em 1857, a casa da rua de Matacavalos é claramente urbana e, na ocasião em que o romance é escrito por Bento, já existem caminhos de ferro no Rio), o curso do poder patriarcal é consideravelmente mais tortuoso, sem deixar de ser menos absoluto e destrutivo. Machado não nega a mudança, mas não a chama de progresso; pelo contrário, o que mais parece impressioná-lo, acima de qualquer outra coisa, é o conservadorismo da classe dirigente, sua capacidade de resistir à mudança ou ignorá-la. Num cenário físico e social tão transformado como o do Rio em 1899, Bento ainda pode pensar em construir uma casa com o mesmo "aspecto e economia" que a de sua infância.

Em um sentido, *Dom Casmurro* representa um maior afastamento de qualquer perspectiva de mudança — embora isso seja, em parte, uma questão de tom. Pelo menos, em "Casa velha", encontramos uma personagem (Lalau) rompendo os tabus que separam a classe superior da inferior, assim como esta dos escravos. Ela não é, afinal, a filha do ex-ministro, mas de Romão Soares, que "exerce um ofício mecânico". É verdade que Lalau realmente representa a possibilidade de uma ruptura, de uma mente consciente que pode encontrar a força para se revoltar; mas o próprio fato de, ao criá-la, Machado incidir no sentimentalismo sugere os problemas com que ele se defrontava. Não é nada original dizer que Capitu é uma personagem profundamente ambígua — em *Dom Casmurro*, a supressão do sentimentalismo, que Machado sabia ser necessária, também representou a supressão de qualquer figura claramente superior ao sistema, ou que esteja para além do seu funcionamento.

As questões mais gerais são inseparáveis dos problemas de coerência e tom da narrativa. O que me deixa inteiramente seguro de que "Casa velha" é um produto dos anos 1880 é que esta obra avança muito em direção à solução de dois importantes problemas, que Machado não resolvera em *Iaiá Garcia* (1878);[222] a obra ocupa

[221] De Freyre, *Sobrados e mucambos*, passim.
[222] Ver, de Schwarz, *Ao vencedor as batatas*.

seu lugar bem naturalmente entre as experiências desses anos, das quais a mais importante e complexa foi *Quincas Borba*. O primeiro desses problemas é a abordagem histórica, algo que ele tentara fazer em *Iaiá Garcia*, mas que só consegue com *Brás Cubas* e em alguns contos de *Papéis avulsos* — neste sentido, "Casa velha" não apenas faz parte de uma tendência mais ampla: é a primeira tentativa de escrever um romance histórico plenamente estruturado no qual os personagens, os detalhes incidentais e, acima de tudo, a trama em si, contêm significados históricos inter-relacionados.

 O segundo problema diz respeito à primeira questão discutida aqui, o papel do narrador-padre. É isso que proporciona a prova crucial contra a teoria de que se trata de uma obra anterior a *Brás Cubas*. O padre representa a possibilidade de uma verdadeira ruptura com o passado, mas que está encaixada dentro de uma adesão básica a seus valores, e é isto que constitui o tema e a estrutura da narrativa. Machado descobriu que, para escrever sobre o universo da oligarquia, tinha de penetrar nele, de ser um "colaborador", como o próprio padre. Neste sentido, como em tantos outros, "Casa velha" está bem próximo de *Dom Casmurro*, no qual Machado penetra na mente de um membro pleno da oligarquia, que colabora para sua própria destruição e a de sua família. Mas, ao contrário de seus dois narradores, Machado permanece, nas palavras de João Cabral, um "inconformado conformista",[223] que colaborou sim, mas conseguiu tirar sua vingança pessoal e secreta. Se não fosse possível conceber uma trama fora do contexto do sistema patriarcal e oligárquico, seu trabalho serviria para demonstrar que as tramas concebidas dentro desse sistema acabam em incesto, em destruição, loucura, esterilidade e morte.

Vidas póstumas: o caso de Machado de Assis[224]
Susan Sontag

Imaginem um escritor que, no curso de uma vida moderadamente longa, durante a qual nunca viajou mais que 120 quilômetros além da capital onde nasceu, criou uma obra vasta... um escritor do século XIX, me interromperão vocês; e estarão certos: autor de uma profusão de romances, novelas, contos, peças, ensaios, poemas, resenhas, crônicas políticas, bem como repórter, editor de revista, burocrata do governo, candidato a um cargo público, fundador e presidente da Academia de Letras do seu país; um prodígio de realizações, de superação da doença social e física (era mulato, filho de uma escrava num país onde a escravidão só foi abolida quando ele tinha quase cinquenta anos; era epiléptico); que, durante essa carreira intensamente prolífica, exuberantemente nacional, conseguiu escrever um número considerá-

223 "Poema(s) da cabra", *Poesias Completas* (Rio de Janeiro, 1968, p. 171).
224 Texto publicado originalmente como posfácio a *Machado de Assis, Epitaph for a Small Winner*. Nova York: Noonday Press, 1990. Recolhido em *Questão de ênfase*. São Paulo: Companhia das Letras, 2005, tradução de Rubens Figueiredo.

vel de romances e contos, dignos de um lugar permanente na literatura mundial, e cujas obras-primas, fora do seu país natal, que o honra como seu maior escritor, são pouco conhecidas, raras vezes mencionadas.

Imaginem um escritor assim, que existiu, e seus livros originalíssimos, que continuam a ser descobertos, mais de oitenta anos após sua morte. Normalmente, o filtro do tempo é justo, deixa de lado os apenas celebrados ou bem-sucedidos, resgata os esquecidos, promove os subestimados. É na vida póstuma de um grande escritor que as questões misteriosas do valor e da permanência são resolvidas. Talvez venha a calhar que esse escritor, cuja vida póstuma não trouxe para a sua obra o reconhecimento de seus méritos, tenha sido dotado de um sentido do póstumo tão agudo, tão irônico, tão cativante.

O que é verdadeiro para uma reputação é verdadeiro — deveria ser verdadeiro — para uma vida. Uma vez que só uma vida completa revela a sua forma e o sentido que uma vida pode ter, uma biografia que se pretende definitiva deve esperar até a morte do seu tema. Infelizmente, as autobiografias não podem ser compostas nessas circunstâncias especiais. E quase todas as autobiografias ficcionais dignas de nota respeitaram a limitação das autobiografias reais, ao mesmo tempo que evocavam mentalmente o melhor similar possível das iluminações concedidas pela morte. As autobiografias ficcionais, de modo até mais frequente que as autobiografias reais, tendem a ser ocupações do outono da vida: um narrador idoso (ou pelo menos amadurecido prematuramente), depois de afastar-se da vida, escreve. Porém, por mais próximo do ponto ideal de observação a que a idade avançada possa levar o autobiógrafo fictício, ele ou ela ainda estará escrevendo no lado errado da fronteira, além da qual uma vida, uma história de vida, enfim faz sentido.

Só conheço um exemplo desse gênero fascinante, a autobiografia imaginária, que assegura ao projeto de autobiografia o seu cumprimento ideal — que, no fim, se revela cômico —, e que vem a ser a obra-prima intitulada *Memórias póstumas de Brás Cubas* (1880), apresentada em inglês sob o título desproposital e interferente de *Epitaph of a Small Winner* [Epitáfio de um pequeno vencedor]. No primeiro parágrafo do capítulo i, "Óbito do autor", Brás Cubas declara, jocoso: "não sou propriamente um autor defunto, mas um defunto autor". Eis a primeira e constitutiva piada do romance, e ela trata da liberdade do escritor. O leitor é convidado a participar do jogo que consiste em considerar o livro em suas mãos como um feito literário sem precedentes. Reminiscências póstumas escritas em primeira pessoa.

É claro, nem mesmo um dia e muito menos uma vida podem ser recontados em seu todo. Uma vida não é um enredo. E a uma narrativa construída na primeira pessoa se aplicam noções de decoro bem diferentes das que se aplicam a uma narrativa em terceira pessoa. Desacelerar, avançar ligeiro, saltar períodos inteiros; comentar demoradamente, refrear os comentários — tudo isso feito por um "eu" tem um peso diferente, uma outra sensação, do que quando dito a respeito de uma outra pessoa ou em seu nome. Muito do que é comovente, ou perdoável, ou intolerável na primeira pessoa pareceria o oposto se pronunciado na terceira pessoa, e vice-versa: uma observação que se confirma facilmente pela leitura em voz alta de qualquer página do livro de Machado de Assis, primeiro tal como está e, depois, com "ele" em lugar de "eu". (Para uma amostra da incisiva diferença que existe *no interior* dos códigos que regem a terceira pessoa, tente depois substituir "ele" por

"ela".) Há registros de sentimento, como a ansiedade, que só se acomodam a uma voz em primeira pessoa. E também certos aspectos de desempenho narrativo: a digressão, por exemplo, parece natural em um texto escrito na primeira pessoa, mas dá impressão de amadorismo numa voz impessoal, em terceira pessoa. Assim, qualquer obra literária que apresente uma consciência de seus próprios meios e métodos deveria ser compreendida como em primeira pessoa, seja "eu" ou não o pronome principal.

Escrever sobre si mesmo — a verdade, ou seja, a história particular — era visto antigamente como algo presunçoso, que carecia de justificação. Os *Ensaios* de Montaigne, as *Confissões* de Rousseau, *Walden*, de Thoreau, e a maioria dos clássicos da autobiografia espiritualmente ambiciosos têm um prólogo em que o autor dirige a palavra direto ao leitor, reconhece a temeridade da sua empreitada, evoca escrúpulos ou inibições (recato, ansiedade) que tiveram de ser superados, reivindica uma simplicidade ou uma sinceridade exemplares, dá como pretexto o proveito que essa concentração em si mesmo trará para os outros. E, como nas autobiografias reais, a maioria das autobiografias ficcionais de algum requinte de estilo ou de alguma profundidade também começam com uma explicação, defensiva ou desafiadora, da decisão de escrever o livro que o leitor acabou de abrir – ou, pelo menos, um floreio autodepreciativo, que sugere uma atraente suscetibilidade à acusação de egotismo. Não se trata do mero pigarrear que antecede um discurso, nem de frases polidas destinadas a dar tempo para que o leitor se acomode em seu assento. É o disparo inaugural numa campanha de sedução em que o autobiógrafo tacitamente concorda haver algo de impróprio, de descarado, em se oferecer para escrever sobre si mesmo de modo extenso – expor-se a pessoas desconhecidas sem contar com nenhum interesse flagrante (uma carreira de destaque, um crime importante), ou sem um estratagema documental, como simular que o livro apenas transcreve documentos privados existentes, como diários ou cartas, indiscrições originalmente destinadas a um círculo de leitores reduzidíssimo e íntimo. Em se tratando de uma história de vida oferecida de forma direta, na primeira pessoa, para o maior número possível de leitores (um "público"), parece apenas um mínimo de prudência, bem como uma cortesia, que o autobiógrafo busque permissão para prosseguir. O esplêndido achado do romance, ser memórias escritas por um morto, acrescenta um efeito adicional a esses cuidados reguladores com aquilo que o leitor pensa. O autobiógrafo pode também declarar que não se importa com isso.

Porém, escrever de além-túmulo não livrou esse narrador da necessidade de mostrar uma dose ostentosa de preocupação com a recepção da sua obra. Sua ansiedade debochada está corporificada na própria forma, na distintiva velocidade do livro. Está na maneira como a narrativa é cortada e armada, seus ritmos intermitentes: 160 capítulos, vários tão curtos que têm apenas duas frases, poucos mais longos do que duas páginas. Está nas orientações galhofeiras, em geral no início ou no fim dos capítulos, para o melhor aproveitamento do texto. ("Convém intercalar este capítulo entre a primeira oração e a segunda do capítulo CXXIX." "Mas este capítulo não é sério." "Os fenômenos da consciência são de difícil análise; por outro lado, se contasse um, teria de contar todos os que a ele se prendessem e acabava fazendo um capítulo de psicologia." Etc.) Está no ímpeto de atenção irônica dirigida aos meios e aos métodos do livro, na repetida negação de grandes pretensões no

que se refere às emoções do leitor ("gosto dos capítulos alegres"). Pedir ao leitor que tenha paciência com a tendência do narrador para a frivolidade é também uma manobra de sedução, tal como prometer ao leitor emoções fortes e conhecimentos novos. A atenção exagerada e cordial que o autobiógrafo dedica à acuidade dos seus procedimentos narrativos parodia a intensidade da sua concentração em si mesmo.

A digressão é a técnica principal para controlar o fluxo emocional do livro. O narrador, cuja cabeça está cheia de literatura, mostra-se um perito em descrições precisas – do tipo lisonjeado com o nome de realismo – de como os sentimentos acerbos persistem, mudam, evoluem, se transferem. Mostra também, compreensivelmente, que ele mesmo está além de tudo isso, pelas dimensões do contar: o corte em episódios curtos, os resumos irônicos e didáticos. Essa voz estranhamente ferina, confessadamente desencantada (mas o que mais se esperaria de um narrador morto?), nunca relata um acontecimento sem extrair dele alguma lição. O capítulo CXXXIII abre assim: "E aqui emendo eu o princípio de Helvetius – ou, por outra, explico-o". Ao pedir a tolerância do leitor, ao preocupar-se com a atenção do leitor (O leitor entendeu? O leitor está se divertindo? O leitor está se chateando?), o autobiógrafo faz contínuas interrupções em sua história a fim de invocar uma teoria que ela ilustra, formular uma opinião a respeito – como se tais movimentos fossem necessários para tornar a história mais interessante. A existência socialmente privilegiada e vaidosa de Brás Cubas é, como são muitas vezes essas vidas, destituída por completo de acontecimentos; os acontecimentos principais são os que não aconteceram ou que foram julgados frustrantes. A farta produção de opiniões espirituosas põe a nu a pobreza emocional da vida, ao fazer com que o narrador pareça esquivar-se das conclusões que deveria extrair. O método digressivo também engendra boa parte do humor do livro, a começar pela própria disparidade entre a vida (modesta em acontecimentos, sutilmente articulados) e a teoria (portentosa, incisiva) que ele evoca.

A vida e as opiniões do cavalheiro Tristram Shandy é, está claro, o modelo principal desses procedimentos saborosos de testar a atenção do leitor. O método de capítulos curtos e de algumas piruetas tipográficas, como no capítulo LV ("O velho diálogo de Adão e Eva") e no capítulo CXXXIX ("De como não fui ministro d'Estado"), recorda os ritmos narrativos extravagantes e as tiradas pictográficas de *Tristram Shandy*. O fato de Brás Cubas começar sua história após a própria morte, assim como Tristram Shandy inicia, de modo célebre, a história da sua consciência antes do próprio nascimento (no instante de sua concepção) —, também isso parece uma homenagem de Machado de Assis a Sterne. A ascendência de *Tristram Shandy*, publicado em fascículos entre 1759 e 1767, sobre um escritor nascido no Brasil no século XIX não deveria causar-nos surpresa. Enquanto na Inglaterra os livros de Sterne, tão celebrados em vida do autor e um pouco depois, eram reavaliados como excessivamente peculiares, por vezes indecentes e afinal maçantes, no Continente continuavam a gozar de enorme admiração. No mundo anglofônico, onde no século XX ele passou de novo a ser visto com grande consideração, Sterne ainda figura como um gênio ultraexcêntrico e marginal (como Blake), que se faz notar sobretudo por ter sido bizarra e prematuramente "moderno". Quando visto na perspectiva da literatura mundial, porém, talvez seja ele o escritor de língua inglesa que exerceu uma influência mais vasta, após Shakespeare e Dickens; pois

Nietzsche ter dito que seu romance predileto era *Tristram Shandy* não constitui um juízo de todo original, como pode parecer. Sterne foi uma presença especialmente poderosa nas literaturas de língua eslava, como se reflete no papel central do exemplo de *Tristram Shandy* nas teorias de Viktor Chklovski e de outros formalistas russos a partir da década de 1920. Talvez a razão de tanta literatura influente em prosa ter provindo, durante décadas, da Europa central e oriental, bem como da América Latina, não esteja na circunstância de os escritores dessas regiões terem padecido sob tiranias monstruosas e por isso terem recebido a dádiva da importância, da seriedade, dos temas e da ironia relevante (como concluíram, invejosamente, muitos escritores da Europa ocidental e dos Estados Unidos), mas sim no fato de serem partes do mundo onde, durante mais de um século, o autor de *Tristram Shandy* foi admiradíssimo.

O romance de Machado de Assis pertence a essa tradição de bufonaria narrativa — a voz loquaz em primeira pessoa que tenta ganhar as boas graças dos leitores —, que procede de Sterne até alcançar, no século XX, *Eu sou um gato*, de Natsume Soseki, a ficção breve de Robert Walser, *Confissões de Zeno* e *Senilidade*, de Italo Svevo, *Uma solidão barulhenta demais*, de Hrabal, e boa parte da obra de Beckett. Vezes seguidas, encontramos sob disfarces diferentes o narrador persuasivo, tortuoso, compulsivamente especulativo, excêntrico; recluso (por opção ou por vocação); propenso a obsessões fúteis, a teorias fantasiosas e a esforços de vontade destinados a um resultado cômico; não raro, um autodidata; nada ranzinza; incapaz de casar, embora às vezes se veja impelido pela volúpia e, ao menos numa ocasião, pelo amor; em geral, idoso; invariavelmente, homem. (É bem possível que nenhuma mulher conseguisse sequer a solidariedade condicional que esses narradores ferrenhamente autocentrados nos solicitam, em razão da expectativa de que a mulher deve ser mais solidária, e mais compassiva, do que os homens; uma mulher com o mesmo grau de acuidade mental e de alheamento emocional seria vista simplesmente como um monstro.) O hipocondríaco Brás Cubas de Machado de Assis é bem menos exuberante que o desmiolado e efusivamente tagarela Tristram Shandy. Há uma distância bem curta entre a mordacidade do narrador de Machado, com a sua pesarosa superioridade em relação à história da própria vida, e o mal-estar do enredo que caracteriza a maior parte da ficção recente em forma de autobiografia. Mas a ausência de história pode ser intrínseca ao gênero — o romance como monólogo autobiográfico –, assim como o isolamento da voz narradora. Quanto a isso, um anti-herói pós-sterniano como Brás Cubas parodia os protagonistas das grandes autobiografias espirituais, sempre profundamente solteiros, e não devido às circunstâncias. Isto é quase uma medida da ambição de uma narrativa autobiográfica: o narrador deve ser sozinho, ou estar remodelado como tal, viver certamente sem esposa, mesmo quando existir uma esposa; a vida deve estar despovoada no centro. (Assim, recentes proezas no campo da autobiografia espiritual disfarçada de romance, como *Noites insones*, de Elizabeth Hardwick, e *O enigma da chegada*, de V. S. Naipaul, deixam de fora os cônjuges, que na verdade estavam presentes.) Assim como a solidão de Brás Cubas é uma paródia de uma solidão escolhida ou emblemática, seu consolo por via da autocompreensão é, a despeito de toda autoconfiança e humor, uma paródia desse tipo de façanha.

As seduções de uma narrativa desse tipo são complexas. O narrador professa estar preocupado com o leitor – quer ter certeza de que ele está entendendo o livro.

Enquanto isso, o leitor pode estar se perguntando acerca do narrador se o narrador entende todas as implicações daquilo que está sendo contado. Uma exibição de agilidade mental e de inventividade que se destina a entreter o leitor e que reflete, de forma simulada, a vivacidade da mente do narrador dá sobretudo a medida do isolamento emocional e do desamparo do narrador. Aparentemente, esse é o livro de uma vida. Porém, apesar do talento do narrador para o retrato social e psicológico, o livro permanece como uma viagem pelo interior da cabeça de alguém. Outro modelo de Machado foi o maravilhoso livro de Xavier de Maistre, um aristocrata francês expatriado (viveu sobretudo na Rússia) que inventou a microviagem literária com o seu *Viagem à roda do meu quarto*, escrito em 1794, quando estava na prisão por causa de um duelo, em que reconta suas visitas, em diagonal e em ziguezague, a locais tão divertidos como a poltrona, a escrivaninha e a cama. Um confinamento, mental ou físico, que não é reconhecido como tal, pode resultar numa história muito engraçada, além de rica em *páthos*.

No início, num floreio de autorreconhecimento autoral que inclui gentilmente o leitor, Machado de Assis faz o autobiógrafo citar os modelos literários do século XVIII da sua narrativa com a seguinte advertência soturna:

> Trata-se, na verdade, de uma obra difusa, na qual eu, Brás Cubas, se adotei a forma livre de um Sterne, ou de um Xavier de Maistre, não sei se lhe meti algumas rabugens de pessimismo. Pode ser. Obra de finado. Escrevi-a com a pena da galhofa e a tinta da melancolia, e não é difícil antever o que poderá sair desse conúbio.

Conquanto modulado pelo humor extravagante, um veio de autêntica misantropia percorre o livro inteiro. Se Brás Cubas não é só mais um desses narradores solteiros, reprimidos, secos, absurdamente atentos a si mesmos, que só existem para serem postos a nu pelo leitor repleto de vitalidade, isso acontece por causa da sua raiva — que, no fim do livro, se revela por inteiro, dolorosa, amarga, perturbadora.

O ânimo brincalhão de Sterne é leve. É uma forma cômica, ainda que extremamente nervosa, de benevolência com o leitor. No século XIX, esse ânimo digressivo, loquaz, esse amor à pequena teoria, esse deslocamento em piruetas de um modo narrativo para outro adquirem um matiz mais sombrio. Passam a ser identificados com a hipocondria, com a desilusão erótica, com as insatisfações do eu (o patologicamente volúvel Homem Subterrâneo de Dostoiévski), com uma aguda aflição mental (o narrador histérico, transtornado pela injustiça, de *Max Havelaar*, de Multatuli). Tagarelar de modo obsessivo, repetitivo, foi um recurso constante da comédia. (Pensemos nos resmungões plebeus de Shakespeare, como o porteiro em *Macbeth*; pensemos em Pickwick, entre outras invenções de Dickens.) Esse uso cômico da tagarelice não desaparece. Joyce usou a tagarelice num espírito rabelaisiano, como veículo de hipérbole cômica, e Gertrude Stein, campeã da escrita palavrosa, transformou os tiques do egotismo e do espírito sentencioso em uma afável voz cômica de grande originalidade. Mas a maior parte dos narradores palavrosos em primeira pessoa na literatura ambiciosa do século XX foi radicalmente misantrópica. A tagarelice é identificada com o funesto e aflito impulso repetitivo da idade senil (os monólogos em prosa de Beckett, denominados de romances) e com a para-

noia e a raiva implacável (os romances e as peças de Thomas Bernhard). Quem não percebe o desespero por trás das meditações loquazes, vivazes, de Robert Walser e das vozes eruditas e debochadas nos contos de Donald Barthelme?

Os narradores de Beckett tentam em geral, não de todo com sucesso, imaginar-se como mortos. Brás Cubas não tem esse problema. Mas Machado de Assis tentava ser, e é, engraçado. Nada há de mórbido na consciência do seu narrador póstumo; ao contrário, a perspectiva da consciência máxima — algo que, com finura, um narrador póstumo pode perfeitamente reivindicar — é em si mesma uma perspectiva cômica. O lugar de onde Brás Cubas escreve não é uma vida póstuma autêntica (não tem nenhuma geografia), mas apenas mais uma experiência com a noção de distanciamento autoral. As estripulias de narrativa neo-sterniana dessas memórias de um homem desiludido não emanam da exuberância sterniana, nem mesmo do nervosismo sterniano. São um tipo de antídoto, uma contraforça para a desesperança do narrador: um modo consideravelmente mais especializado de subjugar o desalento do que o "medicamento sublime, um emplastro anti-hipocondríaco, destinado a aliviar a nossa melancólica humanidade", que o narrador imagina inventar. A vida ministra suas duras lições. Mas uma pessoa pode escrever como lhe aprouver — uma forma de privilégio.

Joaquim Maria Machado de Assis tinha apenas quarenta e um anos quando publicou essas reminiscências de um homem que morreu — somos informados na abertura do livro — aos sessenta e quatro anos. (Machado nasceu em 1839; faz a sua criatura Brás Cubas, o autobiógrafo póstumo, nascer em 1805 e antecedê-lo em mais de uma geração.) O romance como exercício de antevisão da velhice é uma aventura que continua a atrair escritores de temperamento melancólico. Eu tinha quase trinta anos quando escrevi meu primeiro romance, que se faz passar pelas reminiscências de um homem de sessenta e poucos anos, um homem que vive de rendas, um diletante e fantasista, que declara no início do livro ter alcançado um estágio de serenidade de onde, encerrada toda experiência, podia recapitular sua vida. As poucas referências literárias conscientes em minha mente eram na maioria francesas — sobretudo *Candide* e as *Méditations* de Descartes; pensei estar escrevendo uma sátira contra o otimismo e contra certas ideias caras (a mim) sobre a vida interior e sobre uma interiorização religiosamente alimentada. (O que se passava de forma inconsciente, do modo como o encaro hoje, era uma outra história.) Quando tive a boa sorte de ver *O benfeitor* aceito pela primeira editora a que o apresentei, a Farrar Straus, tive a felicidade adicional de indicarem como meu editor Cecil Hemley, o qual em 1952, na sua encarnação anterior como diretor da Noonday Press (pouco antes adquirida pela minha nova editora), havia publicado a tradução do romance de Machado que de fato impulsionou a carreira do livro em língua inglesa. (E com aquele título!) Em nosso primeiro encontro, Hemley me disse: "Vejo que você foi influenciada por *Epitaph of a Small Winner*". Epitáfio do quê? "Você sabe, de Machado de Assis." Quem? Ele me emprestou um exemplar e, dias depois, confessei-me retrospectivamente influenciada.

Embora, a partir de então, eu tenha lido muita coisa de Machado em tradução, *Memórias póstumas de Brás Cubas* — o primeiro dos cinco últimos romances (ele viveu vinte e oito anos depois de escrevê-lo) tidos, em geral, como o auge do seu gênio — permanece o meu favorito. Fui informada de ser o livro que não-brasileiros

preferem, na maioria das vezes, embora os críticos em geral destaquem *Dom Casmurro* (1899). Fico espantada de que um escritor de tamanha grandeza ainda não ocupe o lugar que merece. Em um certa medida, o relativo descaso com Machado fora do Brasil talvez não seja mais misterioso do que o descaso com outro fecundo escritor de gênio marginalizado por força de noções eurocêntricas a respeito da literatura mundial: Natsume Soseki. Sem dúvida, Machado seria mais conhecido se não fosse brasileiro e se não tivesse passado toda sua vida no Rio de Janeiro — se, digamos, fosse italiano ou russo, ou mesmo português. Mas o embargo não reside apenas no fato de Machado não ter sido um escritor europeu. Mais notável do que sua ausência no palco da literatura mundial é ter sido ele muito pouco conhecido e lido no resto da América Latina — como se ainda fosse difícil digerir o fato de que o maior romancista produzido pela América Latina tenha escrito em português e não em espanhol. O Brasil pode ser o maior país do continente (e o Rio, a sua maior cidade no século XIX), mas sempre foi um país posto à margem — visto, pelo resto da América do Sul, a América do Sul hispanófona, com uma boa dose de desdém e não raro em termos racistas. É muito mais provável que um escritor desses países conheça qualquer das literaturas europeias ou literatura em inglês do que a literatura do Brasil, embora os escritores brasileiros tenham uma consciência apurada da literatura hispano-americana. Borges, o outro escritor da mais alta grandeza produzido pelo continente, parece nunca ter lido Machado de Assis. De fato, Machado é ainda menos conhecido entre leitores de língua espanhola do que entre os leitores de língua inglesa. *Memórias póstumas de Brás Cubas* só foi traduzido para o espanhol na década de 1960, oitenta anos depois de ter sido escrito e uma década depois de ter sido traduzido (duas vezes) para o inglês.

Com tempo bastante, vida póstuma bastante, um grande livro termina por encontrar o seu lugar de justiça. E talvez alguns livros precisem ser redescobertos seguidas vezes. *Memórias póstumas de Brás Cubas* é pelo visto um desses livros arrebatadoramente originais, radicalmente céticos, que sempre impressionarão os leitores com a força de uma descoberta particular. É pouco provável que soe como um grande elogio dizer que esse romance, escrito mais de um século atrás, parece, bem... moderno. Acaso não estamos prontos a reconhecer toda obra que nos fale com originalidade e lucidez como uma das obras que desejamos alistar no que compreendemos como modernidade? Nossos critérios de modernidade são um sistema de ilusões lisonjeadoras, que nos permitem colonizar seletivamente o passado, assim como nossas ideias do que é provinciano permitem que certas partes do mundo desdenhem de todo o resto. Estar morto pode representar um ponto de vista que não pode ser acusado de ser provinciano. Sem dúvida, *Memórias póstumas de Brás Cubas* é um dos livros mais divertidamente não provincianos já escritos. E amar esse livro é tornar a si mesmo um pouco menos provinciano a respeito da literatura, a respeito das possibilidades da literatura.

Machado de Assis
Breve cronologia da vida e da obra[225]

1839 Nasce, a 21 de junho, Joaquim Maria Machado de Assis, na Quinta do Livramento, morro do Livramento, Rio de Janeiro. Batismo na capela da Senhora do Livramento, paróquia de Santa Rita, a 13 de novembro de 1839. São seus pais: Francisco José de Assis, pardo, e Maria Leopoldina Machado, portuguesa da ilha de São Miguel, casados em 19 de agosto de 1838, agregados da Quinta do Livramento, pertencente a d. Maria José de Mendonça Barroso, viúva do brigadeiro e senador do Império Bento Barroso Pereira. Os avós paternos são os pardos forros Francisco de Assis e Inácia Maria Rosa.
Passa a infância no morro do Livramento, pouco se sabendo dela. Cedo perde a mãe e uma irmã. Sacristão da igreja da Lampadosa, aprende as primeiras letras numa escola em São Cristóvão. A madrasta Maria Inês, lavadeira, mulher de excelente coração, é o grande arrimo de sua infância, em especial depois do falecimento do pai.

1855 Publica, na *Marmota Fluminense*, a poesia "Ela", seu primeiro trabalho. A colaboração nesse periódico se estende até 1861.

1856 Entra para a Imprensa Nacional, como aprendiz de tipógrafo, ficando até 1858. Conhece, então, Manuel Antônio de Almeida, que se torna seu protetor.

1858 Entra para a tipografia e livraria Paula Brito, como revisor e caixeiro.

1858-9 Colaboração em *O Paraíba*, de Petrópolis.

1858-64 Colaboração no *Correio Mercantil*.

1859-60 Colaboração na revista *O Espelho*, a primeira com caráter de compromisso.

1860-7 Colaboração no *Diário do Rio de Janeiro*, a convite de Quintino Bocaiúva. Usa os pseudônimos Gil, Job, Platão. Na mesma época, até 1875, colabora na *Semana Ilustrada*, sob o o pseudônimo de Dr. Semana e usando o próprio nome.

1863 Inicia colaboração no *Jornal das Famílias*, no qual publica muitos contos, até 1878, tendo usado vários pseudônimos: Job, Vítor de Paula, Lara, Max etc.

1864 *Crisálidas*.

1865 Fundação da Arcádia Fluminense, sendo Machado de Assis sócio-fundador. A sociedade realiza diversos saraus, em que toma parte com a leitura de poesias.

1866 Chegada ao Rio de Janeiro de Carolina Augusta Xavier de Novais, irmã do poeta Faustino Xavier de Novais.

1867 Nomeado ajudante do diretor do Diário Oficial.

1869 Contratado pela editora Garnier para a impressão dos *Contos Fluminenses* e de *Falenas*, publicados em dezembro do mesmo ano. A Casa Garnier foi a editora de toda a sua obra.

[225] Esta cronologia é uma condensação da que foi organizada por J. Galante de Sousa, publicada na *Revista do Livro*, RJ, Instituto Nacional do Livro, set. 1958, ano III, nº 11.

Casa-se com Carolina Augusta Xavier de Novais. O casal vai morar na rua dos Andradas.

1872 *Ressurreição*.

1873 *Histórias da meia-noite*. Nomeado primeiro-oficial da Secretaria de Estado do Ministério da Agricultura, Comércio e Obras Públicas.

1874 Muda-se para a rua da Lapa.

1875 Muda-se para a rua das Laranjeiras.
Americanas.

1878-9 Temporada em Friburgo, por motivo de doença.

1881 *Memórias póstumas de Brás Cubas*, publicado no ano anterior na *Revista Brasileira*. Oficial de Gabinete de Pedro Luís, ministro da Agricultura. Inicia colaboração efetiva na *Gazeta de Notícias*, mantida até 1897.

1882 *Papéis Avulsos*. Férias em Friburgo ou Petrópolis.

1883 Começa a estudar alemão.

1884 Muda-se para a rua Cosme Velho, 18.

1888 Oficial da Ordem da Rosa, por decreto imperial.

1889 Diretor da Diretoria do Comércio.

1891 *Quincas Borba*.
Pronuncia discurso no lançamento da pedra fundamental da estátua de José de Alencar.

1892 Diretor-geral da Viação.

1896 *Várias histórias*.

1897 Presidente da Academia Brasileira de Letras, fundada no ano anterior.

1898 Disponibilidade na direção da Viação.
Publicados trabalhos de Labieno (Lafaiete Rodrigues Pereira), no *Jornal do Comércio*, defendendo M. de A. das críticas de Sílvio Romero. Os artigos foram reunidos no livro *Vindiciae*.

1899 *Dom Casmurro*, *Páginas recolhidas*. Contrato com a Garnier para a edição de dez de suas obras.

1901 *Poesias completas*. Artigos de Múcio Teixeira no *Jornal do Brasil* com severa crítica das *Poesias completas*.

1902 Retoma atividade de diretor da Secretaria de Indústria, do Ministério da Viação. Diretor-geral de Contabilidade.

1904 *Esaú e Jacó*.
Friburgo.
Membro correspondente da Academia das Ciências, de Lisboa. Falece d. Carolina (20 de outubro).

1905 Sessão solene da Academia Brasileira de Letras para entrega de um ramo de carvalho de Tasso, enviado por Joaquim Nabuco.

1906 *Relíquias de casa velha*.

1907 Discurso a Guglielmo Ferrero.
1908 *Memorial de Aires*.
Licença para tratamento de saúde. Falecimento (29 de setembro). Discurso de Rui Barbosa, em nome da Academia Brasileira de Letras.

R o

Ressurreição

A mão e a luva

Helena

M A N C E

Iaiá Garcia

Memórias póstumas de Brás Cubas

Quincas Borba

Dom Casmurro

Esaú e Jacó

Memorial de Aires

Ressur

Ressurreição foi publicado
pela primeira vez em 1872,
por B. L. Garnier, Livreiro-Editor,
no Rio de Janeiro.

reição

Advertência da nova edição

Este foi o meu primeiro romance, escrito aí vão muitos anos. Dado em nova edição, não lhe altero a composição nem o estilo, apenas troco dois ou três vocábulos, e faço tais ou quais correções de ortografia. Como outros que vieram depois, e alguns contos e novelas de então, pertence à primeira fase da minha vida literária.

M. de A., 1905

Advertência da primeira edição

Não sei o que deva pensar deste livro; ignoro sobretudo o que pensará dele o leitor. A benevolência com que foi recebido um volume de contos e novelas, que há dois anos publiquei, me animou a escrevê-lo. É um ensaio. Vai despretensiosamente às mãos da crítica e do público, que o tratarão com a justiça que merecer.

A crítica desconfia sempre da modéstia dos prólogos, e tem razão. Geralmente são arrebiques de dama elegante, que se vê ou se crê bonita, e quer assim realçar as graças naturais. Eu fujo e benzo-me três vezes quando encaro alguns desses prefácios contritos e singelos, que trazem os olhos no pó da sua humildade, e o coração nos pincaros da sua ambição. Quem só lhes lê os olhos, e lhes diz verdade que amargue, arrisca-se a descair no conceito do autor, sem embargo da humildade que ele mesmo confessou, e da justiça que pediu.

Ora pois, eu atrevo-me a dizer à boa e sisuda crítica, que este prólogo não se parece com esses prólogos. Venho apresentar-lhe um ensaio em gênero novo para mim, e desejo saber se alguma qualidade me chama para ele, ou se todas me faltam — em cujo caso, como em outro campo já tenho trabalhado com alguma aprovação, a ele volverei cuidados e esforços. O que eu peço à crítica vem a ser — intenção benévola, mas expressão franca e justa. Aplausos, quando os não fundamenta o mérito, afagam certamente o espírito, e dão algum verniz de celebridade; mas quem tem vontade de aprender e quer fazer alguma coisa, prefere a lição que melhora ao ruído que lisonjeia.

No extremo verdor dos anos presumimos muito de nós, e nada, ou quase nada, nos parece escabroso ou impossível. Mas o tempo, que é bom mestre, vem diminuir tamanha confiança, deixando-nos apenas a que é indispensável a todo o homem, e dissipando a outra, a confiança pérfida e cega. Com o tempo; adquire a reflexão o seu império, e eu incluo no tempo a condição do estudo, sem o qual o espírito fica em perpétua infância.

Dá-se então o contrário do que era dantes. Quanto mais versamos os modelos, penetramos as leis do gosto e da arte, compreendemos a extensão da responsabilidade, tanto mais se nos acanham as mãos e o espírito, posto que isso mesmo nos esperte a ambição, não já presunçosa, senão refletida. Esta não é talvez a lei dos gênios, a quem a natureza deu o poder quase inconsciente das supremas audácias; mas é, penso eu, a lei das aptidões médias, a regra geral das inteligências mínimas.

Eu cheguei já a esse tempo. Grato às afáveis palavras com que juízes benévolos me têm animado, nem por isso deixo de hesitar, e muito. Cada dia que passa me faz conhecer melhor o agro dessas tarefas literárias — nobres e consoladoras, é certo —, mas difíceis quando as perfaz a consciência.

Minha ideia ao escrever este livro foi pôr em ação aquele pensamento de Shakespeare:

> Our doubts are traitors,
> And make us lose the good we oft might win,
> By fearing to attempt.

Não quis fazer romance de costumes; tentei o esboço de uma situação e o contraste de dois caracteres; com esses simples elementos busquei o interesse do livro. A crítica decidirá se a obra corresponde ao intuito, e sobretudo se o operário tem jeito para ela.

É o que lhe peço com o coração nas mãos.

<div style="text-align:right">M. de A., 1872</div>

Capítulo Primeiro
No dia de ano-bom

Naquele dia — já lá vão dez anos! —, o dr. Félix levantou-se tarde, abriu a janela e cumprimentou o sol. O dia estava esplêndido; uma fresca bafagem do mar vinha quebrar um pouco os ardores do estio; algumas raras nuvenzinhas brancas, finas e transparentes se destacavam no azul do céu. Chilreavam na chácara vizinha à casa do doutor algumas aves afeitas à vida semiurbana, semissilvestre que lhes pode oferecer uma chácara nas Laranjeiras. Parecia que toda a natureza colaborava na inauguração do ano. Aqueles para quem a idade já desfez o viço dos primeiros tempos, não se terão esquecido do fervor com que esse dia é saudado na meninice e na adolescência. Tudo nos parece melhor e mais belo — fruto da nossa ilusão —, e alegres com vermos o ano que desponta, não reparamos que ele é também um passo para a morte.

Teria esta última ideia entrado no espírito de Félix, ao contemplar a magnificência do céu e os esplendores da luz? Certo é que uma nuvem ligeira pareceu toldar-lhe a fronte. Félix embebeu os olhos no horizonte e ficou largo tempo imóvel e absorto, como se interrogasse o futuro ou revolvesse o passado. Depois, fez um gesto de tédio, e, parecendo envergonhado de se ter entregue à contemplação interior de alguma quimera, desceu rapidamente à prosa, acendeu um charuto, e esperou tranquilamente a hora do almoço.

Félix entrava então nos seus trinta e seis anos, idade em que muitos já são pais de família, e alguns homens de Estado. Aquele era apenas um rapaz vadio e

desambicioso. A sua vida tinha sido uma singular mistura de elegia e melodrama; passara os primeiros anos da mocidade a suspirar por coisas fugitivas, e na ocasião em que parecia esquecido de Deus e dos homens, caiu-lhe nas mãos uma inesperada herança, que o levantou da pobreza. Só a Providência possui o segredo de não aborrecer com esses lances tão estafados no teatro.

Félix conhecera o trabalho no tempo em que precisava dele para viver; mas desde que alcançou os meios de não pensar no dia seguinte, entregou-se de corpo e alma à serenidade do repouso. Mas entenda-se que não era esse repouso aquela existência apática e vegetativa dos ânimos indolentes; era, se assim me posso exprimir, um repouso ativo, composto de toda a espécie de ocupações elegantes e intelectuais que um homem na posição dele podia ter.

Não direi que fosse bonito, na significação mais ampla da palavra; mas tinha as feições corretas, a presença simpática, e reunia à graça natural a apurada elegância com que vestia. A cor do rosto era um tanto pálida, a pele lisa e fina. A fisionomia era plácida e indiferente, mal alumiada por um olhar de ordinário frio, e não poucas vezes morto.

Do seu caráter e espírito melhor se conhecerá lendo estas páginas e acompanhando o herói por entre as peripécias da singelíssima ação que empreendo narrar. Não se trata aqui de um caráter inteiriço, nem de um espírito lógico e igual a si mesmo; trata-se de um homem complexo, incoerente e caprichoso, em quem se reúnem opostos elementos, qualidades exclusivas, e defeitos inconciliáveis.

Duas faces tinha o seu espírito, e conquanto formassem um só rosto, eram todavia diversas entre si, uma natural e espontânea, outra calculada e sistemática. Ambas porém se mesclavam de modo que era difícil discriminá-las e defini-las. Naquele homem feito de sinceridade e afetação tudo se confundia e baralhava. Um jornalista do tempo, seu amigo, costumava compará-lo ao escudo de Aquiles — mescla de estanho e ouro —, "muito menos sólido", acrescentava ele.

Aquele dia, aurora do ano, escolhera-o o nosso herói para ocaso de seus velhos amores. Não eram velhos; tinham apenas seis meses de idade. E contudo iam acabar sem saudade nem pena, não só porque já lhe pesavam, como também porque Félix lera pouco antes um livro de Henri Murger, em que achara um personagem com o sestro dessas catástrofes prematuras. A dama dos seus pensamentos, como diria um poeta, recebia assim um golpe moral e literário.

Havia meia hora já que o doutor saíra da janela, quando lhe apareceu uma visita. Era um homem de quarenta anos, vestido com certo apuro, gesto ao mesmo tempo familiar e grave, estouvado e discreto.

— Entre, senhor Viana — disse Félix quando o viu aparecer à porta da sala. — Vem almoçar comigo, já sei?

— Esse é um dos três motivos da minha visita — respondeu Viana —; mas afirmo-lhe que é o último.

— Qual é o primeiro?

— O primeiro — disse o recém-chegado — é dar-lhe o cumprimento de bons anos. Folgo que lhe corra este tão feliz como o passado. O segundo motivo é entregar-lhe uma carta do coronel.

Viana tirou uma cartinha da algibeira e entregou-a ao doutor, que a leu rapidamente.

— Creio que é um convite para o sarau de hoje? — perguntou Viana quando o viu dobrar a carta.

— É; transtorna-me um pouco, porque eu tencionava ir para a Tijuca.

— Não caia nessa — acudiu Viana —; eu era capaz de deixar todas as viagens do mundo só para não perder uma reunião do coronel; é um excelente homem, e dá boas festas. Vai?

Félix hesitou algum tempo.

— Olhe que eu venho incumbido de lhe destruir todas as objeções que fizer — disse Viana.

— Não faço nenhuma. O convite transtorna-me o programa; mas, apesar disso, aceito.

— Ainda bem!

Um moleque veio dar parte de que o almoço estava na mesa. Viana descalçou as luvas e acompanhou o anfitrião.

— Que novidades há? — perguntou Félix sentando-se à mesa.

— Nada que me conste — respondeu Viana imitando o dono da casa —; o Rio de Janeiro vai a pior.

— Sim?

— É verdade; já não aparece um escândalo. Vivemos em completa abstinência, e chegou o reinado da virtude. Olhe, eu sinto a nostalgia da imoralidade.

Viana era um homem essencialmente pacato com a mania de parecer libertino, mania que lhe resultava da frequência de alguns rapazes. Era casto por princípio e temperamento. Tinha a libertinagem do espírito, não a das ações. Fazia o seu epigrama contra as reputações duvidosas, mas não era capaz de perder nenhuma. E todavia, teria um secreto prazer se o acusassem de algum delito amoroso, e não defenderia com extremo calor a sua inocência, contradição que parece algum tanto absurda, mas que era natural.

Como Félix não lhe animasse a conversa no terreno em que ele a pôs, Viana entrou a elogiar-lhe os vinhos.

— Onde acha o senhor vinhos tão bons? — perguntou depois de esvaziar um cálice.

— Na minha algibeira.

— Tem razão; o dinheiro compra tudo, inclusive os bons vinhos.

A resposta de Félix foi um sorriso ambíguo, que podia ser benevolente ou malévolo, mas que pareceu não produzir impressão no hóspede. Viana era um parasita consumado, cujo estômago tinha mais capacidade que preconceitos, menos sensibilidade que disposições. Não se suponha, porém, que a pobreza o obrigasse ao ofício; possuía alguma coisa que herdara da mãe, e conservara religiosamente intato, tendo até então vivido do rendimento de um emprego de que pedira demissão por motivo de dissidência com o seu chefe. Mas esses contrastes entre a fortuna e o caráter não são raros. Viana era um exemplo disso. Nasceu parasita como outros nascem anões. Era parasita por direito divino.

Não me parece provável que houvesse lido Sá de Miranda; todavia, punha em prática aquela máxima de um personagem do poeta: "Boa cara, bom barrete e boas palavras custam pouco e valem muito...".

Chamando-lhe parasita não aludo só à circunstância de exercer a vocação gastronômica nas casas alheias. Viana era também o parasita da consideração e

da amizade, o intruso polido e alegre, que, à força de arte e obstinação, conseguia tornar-se aceitável e querido onde a princípio era recebido com tédio e frieza, um desses homens metediços e dobradiços que vão a toda parte e conhecem todas as pessoas, "boa cara, bom barrete, boas palavras".

Parecendo-lhe que Félix estaria preocupado, Viana entendeu não dizer palavra antes de achar ocasião oportuna. Veio o café, e o primeiro que rompeu o silêncio foi o doutor. Viana aproveitou habilmente o ensejo para reatar o fio dos louvores, tão asperamente quebrado pelo dono da casa. Não lhe elogiou desta vez os vinhos, mas as qualidades pessoais; afirmou-lhe que ninguém era mais querido na casa do coronel Morais, e que ele próprio não se recordava de pessoa a quem mais estimasse neste mundo.

— O senhor é tão feliz a esse respeito — terminou o hóspede — que até as pessoas que o não veem há muito conservam em toda a integridade o afeto que o senhor lhes inspirou. Adivinha de quem lhe falo?

— Não.

— Bem, sabê-lo-á de noite; lá verá em casa do coronel uma pessoa que o admira, e que o não vê há muito. Sejamos francos; é minha irmã Lívia.

— Admira-me isso, porque eu apenas a vi duas vezes.

— Não é possível — insistiu Viana. — Lembra-me que eu mesmo os apresentei um ao outro. Se não me engano foi em dia da Glória, há dois anos...

— Eu descia o outeiro — continuou Félix —, quando os encontrei. Estivemos parados cinco minutos. À noite encontramo-nos em um baile; cumprimentamo-nos apenas e nada mais.

— Só isso?

— Nada mais.

— Nesse caso — concluiu Viana —, cuido que o senhor possui o segredo de fascinar as moças, só com cinco minutos de conversa e um cumprimento de sala. Minha irmã fala muito no senhor, pelo menos depois que veio de Minas...

— Ah! Ela esteve em Minas?

— Foi para lá há perto de dois anos, depois que lhe morreu o marido. Veio há oito dias; sabe o que me propõe?

— Não.

— Uma viagem à Europa.

— E vão?

— Os desejos de Lívia são ordens para mim. Contudo era talvez melhor que eu fosse só, porque uma senhora é sempre obstáculo aos desmandos de um pecador como eu. Não lhe parece?

— É então uma viagem de recreio? — perguntou Félix.

— Ou de romance; Lívia tem esse defeito capital: é romanesca. Traz a cabeça cheia de caraminholas, fruto naturalmente da solidão em que viveu nestes dois anos, e dos livros que há de ter lido. Faz pena porque é boa alma.

— Vejo que tem todas as condições necessárias a um poeta — observou o doutor —; lembra-me que era bonita.

— Oh! a esse respeito a viuvez foi para ela uma renovação. Era bonita quando o senhor a viu; hoje está fascinante. Há ocasiões em que eu sinto ser irmão dela; tenho ímpeto de a adorar de joelhos. Com franqueza, assusta-me.

Leve sorriso encrespou os lábios de Félix, enquanto Viana prosseguia o panegírico da irmã, com um entusiasmo que podia ser sincero e interessado ao mesmo tempo. Ao fim de um quarto de hora levantou-se este para sair.

— Até a noite? — disse, apertando a mão do dono da casa.

— Até a noite.

Félix ficou só.

— Que mulher será essa — perguntou a si mesmo —, tão bela que mete medo, tão fantasiosa que causa lástima?

Capítulo II
Liquidação do ano velho

Meia hora depois apeava-se Félix de um tílburi à porta de uma casa no Rocio. Subiu lentamente as escadas; a porta do fundo estava aberta; Félix deu uma volta pelo interior da casa e foi até a sala, sem que o sentisse uma moça que estava assentada perto da janela, com o rosto voltado para a rua.

— Cecília! — disse ele.

A moça estremeceu e voltou-se.

— Ah! és tu. Tão tarde!

Félix aproximou-se, deu-lhe um beijo, e tirou-lhe o livro da mão.

— Tarde? — disse ele folheando o livro. — Não pôde ser mais cedo; tive visitas em casa.

A moça contentou-se com a resposta; levantou-se e, pondo-lhe os braços à roda do pescoço, perguntou:

— Jantas hoje com alguém?

— Janto lá em casa.

— *Lá* em casa? — repetiu ela. — E por que não *cá* em casa?

— Não posso.

— Tens visitas?

— Não.

— Jantas só?

— Janto.

— Preferes isso à minha companhia? — murmurou enfim a moça com voz triste.

— Cecília — respondeu Félix, dando à voz toda a doçura compatível com a rigidez da sua resolução —, há circunstâncias que me obrigam a não jantar cá nem hoje nem nunca.

Cecília empalideceu. Félix procurou tranquilizá-la dizendo que ia explicar-se melhor. Insensível às suas palavras, foi ela sentar-se no sofá e aí permaneceu alguns instantes silenciosa. Félix deu alguns passos na sala, aspirou as flores que tinham sido postas numa jarra, naquele mesmo dia, talvez para recebê-lo melhor; acendeu um charuto, e foi sentar-se em frente de Cecília. A moça fitou nele os olhos úmidos

de lágrimas. Depois, como se os lábios tivessem medo de romper uma cratera à chama interior, murmurou estas palavras:

— E por que nunca mais?

— Cecília — disse o doutor, deitando fora o charuto apenas encetado —, eu tenho a infelicidade de não compreender a felicidade. Sou um coração defeituoso, um espírito vesgo, uma alma insípida, capaz de fidelidade, incapaz de constância. O amor para mim é o idílio de um semestre, um curto episódio sem chamas nem lágrimas. Há seis meses que nos amamos; por que perderás tu o dia em que começa o ano novo, se podes também começar vida nova?

Cecília não respondeu; fitava nele os olhos, que, se eram ternos e buliçosos nas horas de alegria, eram naquele momento sombrios e profundos. Félix pegou-lhe na mão. Estava fria.

— Não fiques abatida; o que faço agora não é novidade; ouviste-me dizer muita vez que a nossa afeição era um capítulo curto. Rias então de mim; fazias mal, porque era alimentar uma esperança vã.

— Era — interrompeu Cecília com voz trêmula —; reconheço agora que era. Esperava, com efeito, que eu pudesse, com a minha constância, resgatar os erros que me pesavam na consciência. Agarrei-me a ti como a uma tábua de salvação; a tábua não compreendeu que salvaria uma vida e deixa-se levar pela onda que a arrebata das minhas mãos. Enganei-me. Não te faço recriminações; espero que me farás justiça...

— Faço-te toda a justiça — redarguiu ele —; acuso-me eu mesmo de estar abaixo do papel de redentor.

Cecília não prestou atenção ao tom irônico dessas palavras, nem sequer as ouviu. Levantou-se, deu alguns passos, encostou-se ao piano e pondo a cabeça entre as mãos soluçou à vontade. Mas essa explosão foi quase silenciosa e durou pouco.

Meia hora depois despedia-se Félix de Cecília, declarando-lhe que saía dali como um *gentleman*, e que ela receberia os meios necessários para viver até que o esquecesse de todo.

Cecília recusou esse ato de generosidade. Espantou-o imensamente tamanho desinteresse; concluiu que ela teria algum amor em perspectiva.

Saiu.

Na rua do Ouvidor encontrou o dr. Meneses, jovem advogado com quem entretinha relações.

— Vem jantar comigo — disse.

— Não jantas com Cecília?

— Acabei o capítulo; Cecília está livre.

— Houve choro?

— O choro pertence ao cerimonial da separação. Era indispensável. Cecília verteu algumas lágrimas, que eu procurei enxugar, prometendo-lhe os meios de viver algum tempo. Recusou; mas eu não lhe aceito a recusa.

— Fizeste mal em separar-te dela; Cecília amava-te.

— Meneses — disse Félix —, eu nunca faço mal quando quebro uma cadeia: liberto-me.

— Talvez tenhas razão.

— Mas vem jantar comigo — continuou Félix, dando-lhe o braço.

— Não posso, vou jantar com minha mãe.

— Ah!
— São apenas duas horas; passearei contigo até as três. Ou vais para casa?
— Não.
Deram o braço e desceram a rua.
— Se não é indiscrição, Félix — disse Meneses ao cabo de alguns minutos —, houve algum arrufo sério entre vocês?
— Não.
— Desconfiavas dela?
— Também não.
— Nem te arrufaste, nem tinhas desconfiança. Sei que ela gostava de ti, e tu mesmo me afirmaste que não era nenhuma desperdiçada. Havia portanto um milheiro de razões para que vocês prosseguissem nesse romance. Dar-se-á que tenhas em vista algum casamento?
Félix riu-se e levantou os ombros.
— Então, não compreendo — concluiu Meneses.
— Eu te digo — respondeu Félix —; os meus amores são todos semestrais; duram mais que as rosas, duram duas estações. Para o meu coração um ano é a eternidade. Não há ternura que vá além de seis meses; ao cabo desse tempo, o amor prepara as malas e deixa o coração como um viajante deixa o hotel; entra depois o aborrecimento, mau hóspede.
Meneses ouviu as palavras de Félix com os olhos postos no chão; sorriu ligeiramente quando ele acabou.
— Queres ouvir uma coisa? — perguntou.
— Dize.
— O teu cinismo parece-me hipocrisia.
— Não é hipocrisia nem cinismo; é temperamento.
— Não creio.
— Por quê?
Meneses não respondeu.
— Quase me arrependo de ser teu amigo — disse ele depois de algum tempo.
— És meu amigo? — perguntou Félix com ar de mofa.
Meneses parou e encarou o companheiro.
— Duvidas? — disse.
— Não duvido; mas ignorava isso até agora; sabes que as nossas relações datam de pouco tempo.
— Que importa o tempo? Há amigos de oito dias e indiferentes de oito anos.
— Há.
A conversa tomou outra direção. Meneses ainda tentou falar da moça, mas Félix não lhe prestou atenção. Às três horas separaram-se, Félix para as Laranjeiras, Meneses para o Rocio.
Meneses era uma boa alma, compassiva e generosa. Tinha em flor todas as ilusões da juventude; era entusiasta e sincero; estava totalmente limpo da menor eiva de cálculo. Podia ser que com os anos perdesse algumas das suas qualidades nativas, que nem todos resistem a estes dois terríveis dissolventes: os lances da fortuna e o atrito dos caracteres. Mas naquele tempo ainda não era assim.
A situação de Cecília tinha-o comovido. Resolveu ir ter com ela.

Cecília ficara resignada, mas triste. Quando Meneses entrou na sala estava ela ao piano, tinha apoiada a cabeça em uma das mãos, e corria os dedos pelo teclado. Contou-lhe tudo o que se passara; confessou que não esperava a súbita mudança de Félix; que a sua dor fora imensa, e que daria tudo para fazer reviver o recente passado; mas que não nutria nenhuma esperança de reconciliação.

— E se eu tentar fazer alguma coisa?

— Tentará em vão — respondeu ela. — Além de quê, eu não tenho nenhum direito de prolongar uma felicidade incompatível com a vontade dele. Errei, confiando demais; errarei se tiver ainda uma esperança...

— Quem sabe, Cecília? — disse o moço, pondo-lhe a mão no ombro. — É possível que Félix tenha cedido a um capricho. Virá a arrepender-se depois, mas o seu orgulho não lhe deixará dar o primeiro passo. Nesse caso uma pessoa influente pode convencê-lo de que a primeira glória é a reparação dos erros.

Cecília levantou os ombros; foi a sua única resposta.

Meneses perguntou se haveria alguma razão de ciúmes.

— Posso jurar-lhe que durante todo esse tempo pertenci-lhe exclusivamente.

O juramento de Cecília não devia valer muito aos olhos de um homem que conhecesse bem todos os recursos de uma mulher naquelas condições. Mas o nosso Meneses era ingênuo em coisas tais. Saiu de lá cheio de piedade. Nessa mesma tarde mandou uma carta às Laranjeiras, justamente na ocasião em que Félix acabava de ler outra carta de Cecília. A carta da moça era tranquila e até certo ponto nobre. Não lhe fazia nenhuma recriminação, nem implorava nenhum favor. Defendia-se apenas, retirando de si a responsabilidade da separação.

A carta de Meneses era cavalheiresca: descobria o estado da alma de Cecília e não hesitava em chamar ingrato ao prófugo dardânio. Félix sorriu lendo ambas as missivas; depois atirou-as a uma cesta e nunca mais as viu.

Capítulo III
Ao som da valsa

A casa do coronel podia conter o triplo das pessoas convidadas para o sarau daquela noite; mas o coronel preferira convidar apenas as pessoas mais íntimas e familiares. Era homem pouco cerimonioso, gostava sobretudo da intimidade.

Quando Félix entrou, dançava-se uma quadrilha. O coronel foi ter com ele e levou-o para onde estava a mulher, que já o esperava com ansiedade, pela razão, dizia ela, de que era um dos poucos rapazes que ainda conversavam com velhas, estando entre moças. Félix sentou-se ao pé de d. Matilde. Estava então de bom humor e conversou alegremente até que a música parou.

A mulher do coronel era o tipo da mãe de família. Tinha quarenta anos, e ainda conservava na fronte, embora secas, as rosas da mocidade. Era uma mistura de austeridade e meiguice, de extrema bondade e extrema rigidez. Gostava muito de conversar e rir, e tinha a particularidade de amar a discussão, exceto em dois pontos que

para ela estavam acima das controvérsias humanas: a religião e o marido. A sua melhor esperança, afirmava, seria morrer nos braços de ambos. Dizia-lhe Félix às vezes que não era acertado julgar pelas aparências, e que o coronel, excelente marido em reputação, fora na realidade pecador impenitente. Ria-se a boa senhora desses inúteis esforços para abalar a boa fama do esposo. Reinava uma santa paz naquele casal, que soubera substituir os fogos da paixão pela reciprocidade da confiança e da estima.

A conversa com a dona da casa roubou algum tempo às moças, segundo a expressão do coronel. Era necessário que Félix se dividisse com as senhoras que ainda tinham amor aos exercícios coreográficos. Recusou, pretextando a presença de d. Matilde.

— Oh! por mim não! — respondeu a boa senhora. — O direito das velhas tem um limite no direito das moças. Vá, doutor, e mais tarde volte cá, se o não agarrarem por aí...

Valsava-se. Félix levantou-se e foi buscar um par. Não tendo preferência por nenhuma senhora, lembrou-lhe ir pedir a filha do coronel. Atravessava a sala para ir buscá-la defronte, quando foi abalroado por um par valsante. Conquanto fosse navegante prático daqueles mares, não pôde evitar o turbilhão. Susteve o equilíbrio com rara felicidade e foi procurar melhor caminho, costeando a parede. Nesse momento os valsantes pararam perto dele. Pareceu-lhe reconhecer Lívia, irmã de Viana. Com as faces avermelhadas e o seio ofegante, a moça pousava molemente o braço no braço do cavalheiro. Murmurou algumas palavras, que Félix não pôde ouvir, e depois de lançar um olhar em roda de si, continuou a valsar.

Durou isso minutos.

Félix, apenas se achou livre, foi buscar a filha do coronel, interessante criança de dezessete anos, figura delgada, rosto angélico, formas graciosas, toda languidez e eflúvios. Era uma dessas mulheres que fazem o mesmo efeito que um vaso de porcelana fina; toca-se-lhes com medo de as quebrar. Raquel era o seu nome; tinha grandes pretensões a mulher, que lhe não ficavam mal naquela idade de transição; mas o que Félix achava melhor era justamente o seu aspecto de criança, mal disfarçado pela formação do seio. Como caráter, fazia-lhe a mãe grandes elogios, e eram fundados, posto fossem de mãe.

Raquel aceitou o convite. Félix passou-lhe o braço à roda da cintura, e ela estremeceu da cabeça aos pés; depois entregou-se-lhe toda com aquele abandono que a valsa prescreve ou permite, e voaram pela sala no turbilhão geral. A agitação coloriu um pouco as faces da moça, comumente descoradas. Quando pararam, estava ofegante.

— Sentemo-nos — disse Félix.

— Não; passeemos um pouco. Por que não aparece cá?

— Receio não os encontrar; estão sempre fora...

— Não; há dois meses estamos na cidade. Mamãe diz que já não está para essas viagens contínuas, e eu acho que tem razão. Também me cansam a mim; o mais influído é papai.

— Não gosta da roça?

— Eu não tenho preferências; gosto tanto da roça como da cidade; contudo... dou-me melhor cá. Está olhando para aquela moça? Não a acha bonita?

— Quem? Eu não olhava para ninguém.

— Pois fazia mal; porque valia a pena olhar: Lívia é a rainha da noite.

Conquanto Raquel, na opinião de Félix, fosse uma menina, não deixou este de estranhar que tão facilmente cedesse a realeza da noite a outra mulher; mas, por outro lado, refletia que essa abdicação bem podia ser uma afetação de modéstia. Contudo, o límpido olhar da moça revelava a mais absoluta ingenuidade. Fez-lhe um cumprimento à beleza dela, e entrou a admirar de longe a beleza de Lívia.

Lívia tinha efetivamente um ar de rainha, uma natural majestade, que não era rigidez convencional e afetada, mas uma grandeza involuntária e sua. A impressão de Félix foi boa e má; achou-lhe uma beleza deslumbrante, mas pareceu-lhe ver através daquele rosto senhoril uma alma altiva e desdenhosa.

— Será a rainha da noite — disse ele voltando-se para Raquel —; mas não serei eu quem lhe faça a corte.

— Por quê?

— Parece-me orgulhosa; há de tratar a todos como vassalos seus. Não vê com que desdém ouve as palavras do cavalheiro que lhe dá o braço?

O cavalheiro era o mesmo rapaz que valsara com a viúva, um dr. Batista, descendente em linha reta do Leonardo de Camões, "manhoso e namorado".

— Oh! isso não é razão — disse Raquel —; Lívia não gosta dele.

Pouco tempo depois foi servida a ceia. Félix dirigiu-se para uma sala interior, onde o coronel tinha os livros, e que servia temporariamente de refúgio aos fumantes. Félix acendeu um charuto e começou a correr os olhos pelos livros.

Ali foram ter alguns rapazes que falaram entusiasticamente da irmã de Viana. Era o objeto de todas as atenções da noite. E foi no meio das apologias daqueles cortesãos da beleza que ela apareceu pelo braço do coronel, atravessando a sala, para ir ter ao toucador.

— Doutor! — disse Viana, aproximando-se de Félix.

E voltando-se para a irmã:

— O doutor Félix quer falar-te.

— Ah! — disse a moça, voltando-se para o médico.

Félix aproximou-se.

— Não sei se lembra de mim? — perguntou ele.

— O doutor Félix? Perfeitamente: foi-me apresentado há muito tempo, mas eu tenho boa memória. Demais, só se esquecem as pessoas vulgares.

Félix agradeceu-lhe o cumprimento. Ela estendeu-lhe a ponta dos dedos elegantemente apertados na pelica da luva. Trocaram algumas palavras mais. Daí a pouco, tendo-se ouvido o prelúdio de uma quadrilha, toda a gente se retirou. Ficaram na sala Félix e Moreirinha.

Moreirinha tinha cerca de trinta anos, um bigode espesso, uma aparência agradável e um espírito frívolo. Confessou que estava impressionado pela viúva, mas que eram muitos os seus rivais.

— Mas não são temíveis esses rivais? — perguntou Félix.

— Não; um apenas.

— Qual?

— O Batista.

— É o que está nas graças?

— Não sei; mas é o mais valente de todos, e o que dispõe de mais tempo, posto seja casado.

— Casado?

— Com um anjo.

Félix procurou reanimar o pretendente, pondo em relevo todas as suas qualidades merecedoras de admiração. Inventou-lhe algumas que não tinha; reconheceu-lhe outras que possuía realmente, inda que de um merecimento relativo ou duvidoso. Não se podia negar a influência do Moreirinha entre senhoras. Era ele galanteador por índole e por sistema; tinha, além disso (coisa importante), a plena convicção de que a sua conversa era preferida pelas damas. Ninguém melhor do que ele sabia lisonjear o amor-próprio feminino; ninguém prestava com mais alma esses leves serviços de sociedade, que constituem muita vez toda a reputação de um homem. Dirigia os piqueniques, comprava o romance ou a música da moda, encomendava os camarotes para as representações de celebridades, levava os pianistas aos saraus, tudo isso com um modo tão serviçal que era de se ficar morrendo por ele.

Félix voltou à sala quando se dançavam os últimos passos da quadrilha. Lívia estava esplêndida de graça e elegância. Nenhuma afetação nem acanhamento; seus movimentos eram a um tempo desembaraçados e modestos. O médico procurou ver se o doutor pretendente estaria nas graças da moça, mas ele dançava do mesmo lado em que ela estava; os olhares não podiam encontrar-se. Um sobrinho do coronel indicou-lhe a mulher do Batista; era uma moça de vinte anos, loura, assaz bonita e digna de inspirar amores. Por que motivo o marido, casado há pouco, queria ir queimar a um templo estranho os perfumes que a esposa merecia?

Algum tempo depois de finda a quadrilha, dispôs-se Félix a deixar a casa do coronel, que lhe interceptou a passagem em nome, disse ele, da mulher e das moças. Félix respondeu-lhe que estava incomodado.

— Pretextos de peraltice — disse o velho, rindo alegremente —; não o deixo sair nem que me caia morto na sala. Faz favor, minha senhora?

Estas últimas palavras eram dirigidas à irmã de Viana, que ia atravessando a saleta onde se achavam os dois.

— Que me quer, coronel? — disse ela, parando.

— Um favor apenas. Retenha-me este senhor, que se quer ir embora. Não tenho forças para tanto. Veja se mo consegue. Comece dando-lhe uma quadrilha.

— Dou-lhe a próxima, que é a minha última.

— Também se vai embora?

— Também.

— É uma debandada geral. Vou mandar trancar as portas.

O coronel afastou-se depois dessa ameaça. Félix deu o braço a Lívia e foram sentar-se num sofá que ficava próximo.

— Meu irmão é muito seu amigo — disse Lívia, acomodando as ondas de seda do vestido. — Fala-me muito no senhor.

— É muito meu amigo — repetiu Félix, fazendo interiormente uma careta.

— Não admira — observou ela —; o senhor merece ser estimado.

— Como sabe disso?

— Todos o afirmam.

— Nem todos serão sinceros — observou Félix.

Félix não se iludia a respeito da estima de Viana. Sem negar que o irmão da viúva lhe tivesse alguma amizade, dava-lhe, todavia, limitado valor. Lívia asseverava, entretanto, que o irmão falava dele com grande entusiasmo, e até certo ponto o entusiasmo era sincero. Félix tinha sobre Viana certa ascendência moral; além disso, era um homem franco e hospedeiro, rude mas serviçal.

Dentro de pouco tempo a conversa entre o médico e a viúva foi perdendo a frieza cerimoniosa do começo. Passaram a falar do baile, e Lívia manifestou com expansiva alegria as suas excelentes impressões, sobretudo porque, dizia ela, vinha da roça, onde tivera uma vida reclusa e monástica. Falaram naturalmente da viagem que ela pretendia fazer. Confessou ela que era um desejo antigo e várias vezes diferido.

— Não pense — acrescentou Lívia — que me seduzem unicamente os esplendores de Paris, ou a elegância da vida europeia. Eu tenho outros desejos e ambições. Quero conhecer a Itália e a Alemanha, lembrar-me da nossa Guanabara junto às ribas do Arno ou do Reno. Nunca teve iguais desejos?

— Estimaria poder fazê-lo, se me suprimissem os incômodos da viagem; mas com os meus hábitos sedentários dificilmente me resolveria a isso. Eu participo da natureza da planta; fico onde nasci. Vossa excelência será como as andorinhas...

— E sou — disse ela, reclinando-se molemente no sofá —; andorinha curiosa de ver o que há além do horizonte. Vale a pena comprar o prazer de uma hora por alguns dias de enfado.

— Não vale — respondeu Félix, sorrindo —; esgota-se depressa a sensação daquele momento rápido; a imaginação ainda pode conservar uma leve lembrança, até que tudo se desvanece no crepúsculo do tempo. Olhe, os meus dois pólos estão nas Laranjeiras e na Tijuca; nunca passei desses dois extremos do meu universo. Confesso que é monótono, mas eu acho felicidade nessa mesma monotonia.

Lívia entrou a combater isso que lhe parecia um insigne paradoxo, mas sem que nenhuma de suas palavras mostrasse a mais leve sombra de pedantismo. Tinha uma maneira natural e simples de dizer as coisas menos vulgares deste mundo. Sabia exprimir as suas ideias em frase elegante, mas despretensiosa.

O prelúdio de uma valsa chamou a atenção dos dois para o baile. Félix convidou-a para valsar; ela desculpou-se, dizendo que se achava cansada.

— Vi-a valsar quando entrei — disse Félix —, e afirmo que poucas pessoas valsarão tão bem. Creia na sinceridade do elogio, porque eu não os faço nunca.

A moça aceitou esse cumprimento com ingênua satisfação.

— Gosto muito da valsa — disse ela. — Não admira: é a primeira dança do mundo.

— Pelo menos é a única dança em que há poesia — acrescentou Félix. — A quadrilha tem certa rigidez geométrica; a valsa tem todo o abandono da imaginação.

— Justamente! — exclamou Lívia, como se Félix lhe tivesse reunido em poucas palavras todas as suas ideias a respeito daquele assunto.

— Demais — continuou o doutor, animado pelo entusiasmo da viúva —, a quadrilha francesa é a negação da dança, como o vestuário moderno é a negação da graça, e ambos são filhos deste século, que é a negação de tudo.

— Oh! — murmurou ela sorrindo.

E o protesto não foi só com os lábios, foi também com os olhos — uns olhos

aveludados e brilhantes, feitos para os desmaios de amor. Félix começou a sentir-se bem ao lado daquela moça, e esquecendo de boa vontade a festa em que só aparentemente figurava, ali se demorou longo tempo com ela, alheio aos comentários estranhos, todo entregue ao capricho do seu próprio pensamento.

Todavia, escapou-lhe, no meio da conversa, não sei que frase de melancólico ceticismo que fez estremecer a moça. Lívia olhou para ele e depois para o chão, parecendo tão absorta que nem deu pelo silêncio que se seguiu ao seu gesto e às palavras de Félix. Este aproveitou a circunstância para examiná-la melhor.

Lívia representava ter vinte e quatro anos. Era extremamente formosa; mas o que lhe realçava a beleza era um sentimento de modesta consciência que ela tinha de suas graças, uma coisa semelhante à tranquilidade da força. Nenhum gesto seu revelava o amor-próprio geralmente inseparável das mulheres bonitas. Sabia que era formosa, mas tinha para si que, se a natureza se havia esmerado com ela, era por uma razão de harmonia e de ordem nas coisas terrestres. Afear as suas graças, parecia-lhe um crime; tirar orgulho delas, frivolidade.

Félix examinou-lhe detidamente a cabeça e o rosto, modelo de graça antiga. A tez, levemente amorenada, tinha aquele macio que os olhos percebem antes do contato das mãos. Na testa lisa e larga, parecia que nunca se formara a ruga da reflexão; não obstante, quem examinasse naquele momento o rosto da moça veria que ela não era estranha às lutas interiores do pensamento: os olhos, que eram vivos, tinham instantes de languidez; naquela ocasião não eram vivos nem lânguidos; estavam parados.

Sentia-se que ela olhava com o espírito.

Félix contemplou-lhe longo tempo aquele rosto pensativo e grave, e involuntariamente foram-lhe os olhos descendo ao resto da figura. O corpinho apertado desenhava naturalmente os contornos delicados e graciosos do busto. Via-se ondular ligeiramente o seio túrgido, comprimido pelo cetim; o braço esquerdo, atirado molemente no regaço, destacava-se pela alvura sobre a cor sombria do vestido, como um fragmento de estátua sobre o musgo de uma ruína. Félix recompôs na imaginação a estátua toda, e estremeceu. Lívia acordou da espécie de letargo em que estava. Como também estremecesse, caiu-lhe o leque da mão. Félix apressou-se a apanhar-lho.

— Obrigada — murmurou ela distraída.

Depois, parecendo envergonhada daquele longo silêncio, pretextou um incômodo nervoso; levantaram-se e dirigiram-se ao salão. Ali, no meio da conversa e do bulício, readquiriu ela o império de si mesma, e conversaram largamente com volubilidade e galanteria. A viúva era um pouco sarcástica, mas daquele sarcasmo benévolo e anódino, que sabe misturar espinhos com rosas. Pela primeira vez Félix a conhecia, porquanto apenas a tinha visto duas vezes, e não basta ver uma mulher para a conhecer, é preciso ouvi-la também; ainda que muitas vezes basta ouvi-la para a não conhecer jamais.

Lívia demorou-se em casa do coronel mais tempo do que prometera, milagre devido ao doutor, dizia Viana. O certo é que o resto da noite quase não existiram para ninguém mais.

Não passou isto sem que o notassem alguns lábios despeitados. Um cavalheiro disse a uma senhora:

— Não lhe parece que dona Lívia tem um gosto deplorável?

A senhora arregaçou levemente a ponta esquerda do lábio superior, e respondeu:

— O Félix não o tem melhor.

A viúva saiu no meio de um geral murmúrio de curiosidade. Félix não se demorou muito tempo mais; meteu-se no carro e foi para as Laranjeiras.

Uma hora depois do baile, a viúva, a dança, tudo se lhe desvaneceu do espírito, graças a um sono tranquilo e profundo, como essas nuvens douradas do ocaso que a noite absorve ou dissipa.

Capítulo IV
Prelúdio

No dia seguinte partiu Félix para a Tijuca, onde tinha uma casa de recreio e refúgio; regressou duas semanas depois. Durante esse tempo nada soube do que ocorrera na cidade: não leu jornais nem abriu cartas de amigos.

Alguma coisa, entretanto, havia ocorrido: a primeira notícia com que o saudaram os amigos, apenas ele chegou à cidade, foi que Cecília conquistara o coração de Moreirinha.

O sucessor de Félix, pouco depois que este chegou, não deixou de lhe ir participar a sua boa fortuna, não sei se por fatuidade, se por despicar a dama.

— Dou-lhe os meus parabéns — respondeu Félix —; conquistou uma rapariga sossegada, carinhosa, capaz de o compreender...

— Tanto melhor! — acudiu o rapaz. — O que me faltava era isso mesmo; uma mulher que me compreendesse. Cecília não é positivamente uma alma perdida; não está na linha dessas outras mulheres com quem tenho despendido o meu dinheiro sem colher nada mais que alguns tardios remorsos. É uma moça de bons sentimentos, conserva certa dignidade no vício, tem uma alma nobre, elevada...

Esse panegírico durou alguns minutos mais. Dentro de tão pouco tempo descobrira-lhe Moreirinha qualidades desconhecidas para o antecessor. Seria mais néscio ou mais perspicaz? Cecília não era hipócrita quando dizia gostar de um homem; qualquer que fosse a natureza dos seus afetos, ela os sentia sinceramente; mas era raro que sobrevivessem vinte e quatro horas à causa que lhos inspirara. Não se lhe desmentira a constância durante os seis meses de intimidade com Félix; mas se ela era amante para querer a um só homem, era independente para o esquecer depressa. Tinha uma fidelidade filha do costume; a sua máxima era não esquecer o amante presente, não recordar o amante passado, nem se preocupar com o amante futuro.

Moreirinha era o amante presente; podia contar com a fidelidade da rapariga, ao menos com as suas boas intenções.

Quando Meneses soube desse desenlace ficou atônito. Julgou a princípio que era apenas uma afetação de Moreirinha; mas logo verificou que não. Foi ter com o médico.

— Meu amigo — disse —: peço-te que me desculpes a carta ridícula que te escrevi.

— Que carta?

— A respeito de Cecília. Nunca pensei que fossem fingidas aquelas lágrimas que me entraram pelo coração. Aprendi a não crer tão superficialmente.

— Não aprendeste coisa nenhuma — retorquiu Félix, encolhendo os ombros —; não é em terra que se fazem os marinheiros, mas no oceano, encarando a tempestade.

O episódio dos amores de Cecília foi assunto de conversa no círculo dos rapazes que aqueles frequentavam. Nem tardou que passasse além. No fim de algum tempo, pouca gente ignorava que a moreninha que passeava todas as tardes em carro descoberto pela praia de Botafogo era o altar em que o Moreirinha fazia os seus sacrifícios diários e pecuniários. Félix admirou-se ao princípio dessa mania de passear, tão contrária aos hábitos preguiçosos de Cecília; mas atinou logo com a chave do enigma. Moreirinha não compreendia o que era ser feliz sem publicidade. Para ele, a ilha de Citera não podia ser jamais a ilha de Robinson.

Entretanto, passara um mês desde o sarau do conselheiro. Félix não se havia aproveitado do convite que a viúva lhe fizera, nem cedido às instâncias de Viana. Encontrou-os, porém, uma noite no Ginásio. Estava ele nas cadeiras quando os viu num camarote da segunda ordem. No fim do segundo ato Félix subiu ao camarote.

Teve excelente recepção, posto que a viúva, sem deixar de ser cortês e graciosa, parecia um pouco reservada e preocupada. Não falava com a mesma volubilidade da noite do baile. Esquecia-se às vezes de si e dos outros. Duas vezes lhe aconteceu dar uma resposta sem pergunta e deixar uma pergunta sem resposta.

A conversa, portanto, não foi muito animada. Felizmente Viana encarregou-se de preencher os intervalos com a sinfonia das suas reflexões.

Quando se levantou o pano para o terceiro ato, Félix quis sair, mas tanto a viúva como o irmão pediram-lhe que ficasse. Aceitou o convite e ficou. Do que houve em cena durante esse ato pode-se afirmar que Félix nada soube absolutamente. O ato era curto, e Félix empregou todo o tempo em observar a moça, que, molemente reclinada na cadeira, acompanhava distraída o diálogo dos atores.

— Em que estará pensando essa moça? — dizia Félix consigo. — Evidentemente, não lhe importam os suspiros do galã, nem as facécias do gracioso. Olha, mas não vê a cena. Estará à espera de algum namorado remisso? Mas quem é então esse lorpa que deixa entristecer uns olhos tão bonitos?

A ingênua da peça, que desde o ato anterior se sabia estar apaixonada pelo galã, como é de jeito no teatro e no mundo, entrou precipitadamente em cena e lançou-se nos braços do amado. Algumas palmas do público premiaram essa resolução inesperada e enérgica. Então começou entre a dama e o galã um diálogo de sentimento e paixão, um duelo de suspiros, um protestar de fidelidade e constância, que a plateia ouviu com demonstrações de entusiasmo.

— Ama, não há dúvida — continuou Félix a dizer entre si —; basta ver como lhe brilham os olhos a cada frase do diálogo. Agradam-lhe os protestos do namorado e as lágrimas da dama. Creio que sorri; é de aprovação. Oh! como está divina!

Enfim, caiu o pano; e a viúva, que já no fim do ato parecera ter voltado à sua anterior preocupação, levantou-se, dizendo que se ia embora.

Viana pediu-lhe para ficar até o fim da peça; ela insistiu, e era forçoso ceder. Félix acompanhou-os até o carro.

— Até quando? — perguntou Lívia, aceitando a mão que Félix lhe oferecia.

— Até breve.

Seria acaso ou ilusão? Félix sentiu uma forte pressão dos dedos da moça, enquanto esta subia rapidamente para o carro, e ia responder com um aperto ainda mais forte; mas era tarde; a moça já estava sentada, e Viana punha o pé no estribo para subir.

Ilusão era decerto; ilusão ou casualidade. Mas o médico não o percebeu logo, e foi um primeiro erro na maneira de julgar a viúva.

Poucos dias depois do encontro no teatro, dirigiu-se Félix a Catumbi, onde eles moravam. Não os achou. Quando Lívia voltou para casa soube da visita de Félix pelo cartão que a mucama lhe deu. Tão apressadamente descalçou as luvas que as rasgou; e como o irmão fizesse um reparo a esse respeito, a moça respondeu com azedume. Viana estava acostumado às asperezas da irmã, levantou os ombros e saiu.

Félix encontrou-a dois dias depois na rua do Ouvidor, fazendo compras para a viagem.

— Se adivinhasse a sua visita, não teria saído de casa — disse a viúva.

Félix inclinou-se.

— Por outro lado, estimo ter estado fora; morando eu tão longe, não teria o prazer de recebê-lo segunda vez, e nesse caso antes nada.

— O tílburi encurta as distâncias — observou Félix —; procurarei desempenhar-me da obrigação em que estou.

— Da obrigação já se desempenhou; agora...

— Perdão; o seu cumprimento constitui uma obrigação nova.

Despediram-se.

Meneses, que estava na calçada oposta, durante as poucas palavras trocadas entre Félix e a viúva, atravessou a rua e veio ter com o amigo.

— Quem é aquela moça?

— É a irmã do Viana.

— Bravo! é lindíssima.

— É realmente bonita, o que lhe merece a admiração geral. Vê como todos lhe estão com os olhos em cima...

— Se não há indiscrição — disse Meneses depois de a ver entrar em uma loja —, queimas os teus perfumes naquele altar?

— Não. Para quê?

— Talvez algum casamento incubado...

— Casar?... — disse Félix rindo. — A pergunta é tão original que merece um sorvete. Vem ao Carceller.

No Carceller contou-lhe Meneses que andava incomodado e triste. Vivia ele maritalmente com uma pérola que pouco antes encontrara no lodo. Na véspera descobrira em casa vestígios de outro amador de pedras finas. Estava certo da infidelidade da amante; pedia-lhe conselho.

— Não te dou conselho nenhum — respondeu o médico —; resolve tu mesmo.

— Mas, se eu pudesse resolver alguma coisa no estado em que estou, não viria falar a um amigo...

— Lisonjeia-me a escolha; mas não passa disso. Imita-me, se podes; mas não me peças reflexões.

— Mas, no meu caso, que farias tu?

— Coisa nenhuma; pegava no chapéu e saía.

— E se o não pudesses fazer sem dor?

— Hipótese absurda.

— Para ti.

— Naturalmente.

Houve uma pausa.

— Dou-te enfim um conselho — disse Félix.

Meneses levantou os olhos com ansiedade.

— Qualquer que seja a resolução que tomares — continuou Félix —, não recues um passo.

— Onde acharei essa resolução?

— Aqui — disse Félix pondo-lhe o dedo na testa.

— Oh! Não! — suspirou Meneses. — A cabeça nada tem com isso; todo o mal está no coração.

— Recorre à cirurgia: corta o mal pela raiz.

— Como?

— Suprime o coração.

Capítulo V
Fico

Dois dias depois, estando Félix a vestir-se para ir a Catumbi, entrou-lhe Meneses por casa. Vinha pálido e abatido, olhos vermelhos, passo trêmulo. Não se sentou, deixou-se cair numa cadeira.

— Que é isso? — perguntou Félix.

— Está tudo acabado — respondeu ele —, romperam-se os vínculos fatais. Custou-me muito, mas era necessário; foi agora há pouco; corri para cá; precisava de alguém com quem desabafasse. Isto é ridículo, bem sei; mas que queres? Eu sofro... tenho um coração miserável, e deixo-me levar por ele ...

Félix pareceu condoer-se da situação do rapaz, e disse-lhe algumas palavras de animação, que ele ouviu com reconhecimento.

— Eu já desconfiava — disse Meneses —, de que era traído; só tive a certeza ontem. O que mais me dói em tudo isso — continuou ele depois de alguns instantes de silêncio —, é que, para servir ao homem que me traiu, desfazia-me eu em obséquios, e até, confesso-te aqui, era seu credor.

— É por isso que eu não empresto dinheiro a ninguém — respondeu Félix, penteando as suíças.

— Mas quem pode adivinhar o mal, quando nos apresentam uma fisionomia risonha? Eu confiava em ambos.

Félix encolheu os ombros.

— Toma um charuto — disse.

— Não quero fumar.

— Fuma; eu já observei que o fumo impede as lágrimas, e ao mesmo tempo leva ao cérebro uma espécie de nevoeiro salutar.

— Vais sair? — perguntou Meneses, vendo que o outro punha o chapéu na cabeça.

— Vou à casa do Viana. Queres vir?

— Não posso.

— Devias vir comigo; apresentava-te à irmã dele, e passávamos algumas horas em companhia amável. Esquecerias depressa as tuas penas.

Meneses recusou; Félix levou-o no carro até a rua do Lavradio, onde ele morava.

Em caminho conversaram dos seus extintos amores. Meneses jurava que era a última aventura a que expunha o seu coração; achava-se curado de uma vez.

— Não afirmes nada, Meneses; podes errar. Sabes o que te falta? Têmpera. Amanhã, entre duas lágrimas, aparece-te um raio de sol; e eis-te de novo namorado, confiado e arriscado.

— Oh! Não! — protestou Meneses.

— Quem dera que não! Mas eu estou a ler no teu rosto que a única maneira de te consolar desse naufrágio é dar-te outro navio. Só muito tarde te convencerás de que viver não é obedecer às paixões, mas aborrecê-las ou sufocá-las. Os maricas, como tu, choram; os homens, esses ou não sentem ou abafam o que sentem. Isso não tem réplica, meu... amigo, diria eu, se me não lembrasse do teu afortunado rival, que é positivamente um mariola. Vem à casa do Viana; hás de gostar da Lívia; parece-se contigo.

— Não posso — respondeu Meneses, que só ouvira as últimas palavras de Félix.

— Mas hás de ir depois?

— Sim, depois.

— E se te apaixonas por ela?

Meneses sorriu tristemente; o carro parou; despediram-se um do outro, e Félix seguiu para Catumbi.

Lívia estava só em casa. Fora convidada a um jantar, mas respondeu pretextando um incômodo que não tinha. O irmão encarregou-se de ir representá-la.

— Tinha o pressentimento — disse ela depois de referir essas coisas ao doutor —, tinha o pressentimento de que o senhor vinha cá hoje, e não desejava que lhe acontecesse a mesma coisa que da primeira vez.

— E acredita em pressentimentos? — perguntou Félix.

— Não os explico, mas acredito neles.

Lívia parecia mais bela que das outras vezes. Não só a luz natural dizia melhor com a sua tez, como também a simplicidade do vestuário era para ela um realce. Félix não dissimulou a impressão que lhe causava aquele novo aspecto da moça. Lívia, que, como toda a mulher bela, e posto não fosse vaidosa, sabia mirar-se na fisionomia dos outros, não deixou de perceber a impressão do doutor.

A cena da portinhola do carro não havia saído do espírito de Félix, que se

convencera de duas coisas: primeiro, que a viúva gostava dele; depois, que era fácil triunfar da viúva. As aparências davam fundamento à opinião de que a moça o amava. Félix aproveitou a situação e dispôs-se a tirar dela todo o proveito possível. Pouco se demorou, entretanto, naquele dia. Quando anunciou que se ia embora, pediu-lhe a viúva que não esquecesse a casa.

— Aproveitarei o tempo — observou Félix — enquanto não embarcam para a Europa. Seu irmão diz-me que a viagem é breve.

— Se não houver transtorno. Em todo o caso, venha, e não faça visitas de médico.

— Eu fui médico; fiquei com esse costume — respondeu Félix sorrindo.

— Já não é médico?

— Do corpo, não.

— Mas da alma?

— Talvez. Deixei agora mesmo um doente da alma, que eu desejaria apresentar-lhe, porque estes ares dão saúde, creio eu.

— De que sofre o seu doente?

Félix sorriu-se.

— Vítima de uma inconstância, moléstia vulgar. Está no período agudo. É um pobre rapaz, inocente e singelo, que vai buscar as regras da vida nos compêndios da imaginação. Maus livros, não lhe parece?

Lívia não respondeu; estava embebida a ouvi-lo.

— Meneses não conhece outros — continuou Félix. — Parece filho daquele astrólogo antigo que, estando a contemplar os astros, caiu dentro de um poço. Eu sou da opinião da velha, que apostrofou o astrólogo: "Se tu não vês o que está a teus pés, por que indagas do que está acima da tua cabeça?".

— O astrólogo podia responder — observou a viúva — que os olhos foram feitos para contemplar os astros.

— Teria razão, minha senhora, se ele pudesse suprimir os poços. Mas que é a vida senão uma combinação de astros e poços, enlevos e precipícios? O melhor meio de escapar aos precipícios é fugir aos enlevos.

Lívia ficou pensativa alguns instantes.

— O pensamento é melancólico — disse ela —; contudo pode ser verdadeiro. Mas por que razão condenaremos a vida contemplativa dos que não conhecem a vida positiva? Os livros da imaginação... esses livros não são detestáveis, como o senhor disse; não os há detestáveis nem ótimos. Deus os dá conforme a ciência de cada um.

Félix despediu-se de Lívia, não enlevado, não palpitante, mas disposto a uma aventura. Amiudou as suas visitas a Catumbi, a grande aprazimento de Viana, que suspeitou alguma afeição entre os dois, e imaginara uma aliança de família.

A presença de Félix era até vantajosa naquela casa. Entre a viúva e o irmão havia um abismo. Eram dessemelhantes nos sentimentos, nos hábitos de viver, na maneira de pensar. Lívia tinha alternativas de afabilidade e rispidez, ao passo que o irmão era de uma inalterável paz de espírito. Viana tinha coisas más e boas, sendo que as coisas boas eram justamente as que se opunham ao gênio especulativo da viúva. Era homem essencialmente prático; o seu reino era todo deste mundo. Apesar das suas pretensões a rapaz estouvado e extravagante, tinha hábitos de ordem e

economia. Lívia era a esse respeito negligente e "meio doida", como lhe chamava o irmão; alheava-se muitas vezes das coisas que a cercavam para subir a um mundo superior e quimérico. O médico era entre ambos uma espécie de mediador plástico. Não pertencia à esfera de nenhum deles, mas sabia a maneira de os conciliar.

Félix encontrou algumas vezes em Catumbi o dr. Batista, que ele vira dançar com a viúva em casa do coronel. Lívia não parecia prestar-lhe atenção, nem o pretendente magoar-se por isso. Era um modelo de dissimulação e cálculo. Conhecia todos os artifícios da campanha amorosa, a indiferença, o desdém, o entusiasmo, e até a resignação.

Uma noite em que saíram de lá juntos, Félix procurou sondar-lhe o espírito a respeito da moça.

— Nada há — respondeu Batista com indiferença —; nem eu pretendo cortejá-la. Mas, se o pretendesse, triunfaria; a paciência é a gazua do amor.

— Não lhe parece que essa sua máxima é imoral?

— Efetivamente é assim; mas é por isso mesmo que esses amores são deliciosos.

Quinze dias depois apareceu Viana em casa de Félix. Deu-lhe parte de que a irmã já não ia para a Europa.

— Por que motivo? — perguntou Félix.

— É justamente o que eu desejava saber — disse Viana com um gesto de mal contido despeito —; mas estou certo de que o não saberei jamais. Aquela minha irmã não me parece ter a cabeça no seu lugar.

— Alguma razão haveria. Estará doente?

— Está de perfeita saúde.

— Quem sabe se... algum namoro?

— Já pensei nisso — disse Viana —; pode ser algum namoro.

— Naquela idade as paixões são soberanas. Seria inútil querer dissuadi-la, e ainda que não fosse inútil, seria desarrazoado, porque uma viúva moça... Ela amava muito o marido, não?

— Antes de casar, muito; três meses depois, muitíssimo; ao cabo de alguns meses, nem muito nem pouco. Toda essa história é mistério para mim...

— Não lhe vejo mistério nenhum; o casamento é justamente isso; acalma os afetos para os tornar mais duradouros. Se a paixão de sua irmã se tornou mais calma...

— Não se trata disso. Lívia não amava menos; aborrecia o marido... Mas por que nos demoraremos nessas coisas que não podemos explicar? A única explicação que lhe acho é o seu caráter esquisito. O senhor não imagina bem que eterna variação de gênio é aquela moça. Há dias em que se levanta meiga e alegre, outros em que toda ela é irritação e melancolia. Ninguém a entende, e eu menos que ninguém.

— Não esteja o senhor a exagerar uma coisa naturalíssima. Todos temos essa mesma alteração de humor. Há manhãs tristes e aziagas. Quer que lhe dê um conselho? Não a contrarie nunca, é o melhor.

— Mas o senhor há de concordar que quando a gente já preparava os beiços para ir saborear a vida parisiense...

— Há tempo para tudo — disse Félix —, e o senhor ainda está moço. Iremos juntos daqui a um ano.
— Palavra?
— Palavra.

Capítulo VI
Declaração

— Então, já não vai para a Europa? — perguntou Félix à viúva nessa mesma tarde.
— Quem lho disse?
— Seu irmão.
— Desfiz a viagem, bem contra a vontade dele, que me chamou caprichosa e não sei que mais. Talvez tenha razão. Eu mesma não me entendo às vezes. Essa viagem, que era um desejo ardente, acha-me agora fria. Que lhe parece isso?
— Alguma razão há de haver — ponderou o médico —; e eu sentiria se o motivo...
— Se o motivo? — repetiu a moça.
Calaram-se e ficaram algum tempo a olhar um para o outro. A explicação, que já os lábios não pediam nem davam, começaram a pedi-la e a lê-la os olhos de ambos.
Lívia baixou os seus.
— Vamos para o terraço — disse ela por fim —; a tarde está bonita.
A tarde estava realmente linda. Félix, entretanto, cuidava menos da tarde que da moça. Não queria perder o ensejo de lhe dizer, como se fora verdade, que a amava loucamente. Encostada ao parapeito do terraço que dava para a chácara, a viúva simulava contemplar os esplendores do ocaso; na realidade, afiava o ouvido para escutar a confissão amorosa.
Félix olhava para ela e não ousava romper o silêncio. Quase a soltar dos lábios a palavra decisiva, a si mesmo perguntava se ela não iria pesar no seu destino mais do que imaginava então, e se daquele capricho de momento não resultaria o mal de toda a sua vida. Mas a hesitação foi curta; Félix ia enfim lançar a sorte, quando um escravo apareceu no terraço, a anunciar a visita do dr. Batista.
— Não quero falar a ninguém, João — disse a moça —; estou incomodada.
— Que resposta é essa? — perguntou Félix, baixinho, quando o escravo voltou as costas.
— João! — disse a moça.
O escravo voltou.
— Eu hoje só posso receber as pessoas mais íntimas de casa, os amigos de meu irmão. Às outras dize que estou incomodada.
O escravo saiu.
— Adota essa explicação?
— Antes essa — respondeu Félix —; é melhor para a senhora; sinto-a contudo por mim; não quisera ser envolvido entre os íntimos da casa.

— Quer que eu corrija a ordem que dei?

— Não peço tanto; não tenho direito a isso; e todavia...

— E todavia?...

Houve um curto silêncio.

— Não me compreende? — disse Félix com voz quase sumida.

— Compreendo — murmurou ela, depois de uma pausa —; mas receio enganar-me.

— Não se engana — insistiu Félix com calor —; amo-a, e seria impossível negá-lo, porque a minha voz e o meu rosto hão de tê-lo dito melhor do que as minhas palavras. Não percebe isso há muito tempo? Não adivinhou já que a esperança do seu amor é para mim toda a felicidade de amanhã? Diga! diga uma palavra só, cruel ou benévola, mas uma e definitiva.

Lívia escutara-o enlevada, e a sua resposta foi mais eloquente que a declaração do doutor; estendeu-lhe a mão trêmula e fria, e embebeu nos olhos dele um longo olhar de agradecimento e felicidade.

— Ama-me também? — perguntou Félix depois de alguns minutos de muda contemplação.

— Oh! Muito! — suspirou a moça.

E ambos ali ficaram silenciosos, ofegantes e namorados, nesse êxtase dulcíssimo que é porventura o melhor estado da alma humana. Ambos, porque o coração do médico, naquele instante ao menos, palpitava com igual fervor.

— Muito! — repetiu Lívia, como se essa palavra fosse apenas um eco do seu pensamento ou uma resposta à muda interrogação dos olhos do médico.

Félix passou-lhe o braço à roda da cintura e puxou-a docemente para si; depois segurou-lhe a cabeça entre as mãos, e inclinou os lábios para lhe imprimir um beijo na fronte. Deteve-o um rumor estranho, uma voz infantil e desconhecida.

Instantes depois apareceu no terraço um menino de cinco anos, criança gentil e esperta, rosada e gorda, como os anjos e os cupidos que a arte nos representa em seus painéis.

— Mamãe! mamãe! — gritava o pequeno, correndo a abraçar-se com a mãe e fugindo à mucama que vinha atrás dele.

Lívia recebeu a criança nos braços; beijou-a e pô-la ao colo.

— Apresento-lhe meu filho — disse ela ao médico —; estava em casa da madrinha; veio ontem para cá.

E voltando-se para o menino:

— Luís, conheces o doutor Félix?

O menino olhou para o médico com a expressão pasmada e interrogativa das crianças que veem uma pessoa pela primeira vez, e voltou-se para a mãe, sem parecer impressionar-se muito. Lívia encheu-lhe as faces de beijos. A criança, rindo de prazer, repeliu com as mãozinhas aquela chuva de carícias maternas.

— Ora bem — disse a viúva —, quem te deu ordem de andar a correr por aqui?

— Ninguém — respondeu o menino —, eu pedi a Clara para me deixar vir; ela não quis, mas eu vim. Não fiz bem, mamãe?

— Fizeste mal. Vai brincar, vai, mas não corras.

— Quem é esse moço? — perguntou Luís, olhando outra vez para Félix.

— Já te disse: é o doutor Félix.

— Ah!

Luís encarou o médico; depois olhou para a mãe, e fez um gesto para descer. Lívia pô-lo no chão.

— Posso ir à chácara?

— Podes; leva-o, Clara.

Luís deitou a correr, seguido pela mucama. A mãe acompanhou-o com os olhos até vê-lo desaparecer do terraço.

Durante essa cena, Félix parecera completamente estranho a tudo que o rodeava. Não ouvia as repreensões da moça, nem a tagarelice da criança; ouvia-se a si mesmo. Contemplava aquele quadro com deleitosa inveja e sentia pungir-lhe um remorso.

— É mãe — repetia o moço consigo —; é mãe!

— Olhe — dizia a moça, debruçada sobre o parapeito, que dava para a chácara —; veja como ele vai correndo...

Félix debruçou-se também; o menino corria efetivamente adiante de Clara, que o acompanhava de longe. De quando em quando, parava o menino aguardando a mucama; mas tão depressa esta se lhe aproximava, a criança negaceava o corpo e deitava a correr outra vez. A mãe parecia esquecida de tudo mais; Félix contemplava-a com religioso respeito. Estiveram assim calados alguns segundos. De repente, Lívia voltou-se para o médico:

— Vê? — disse ela. — A pouco se reduz a minha felicidade: o senhor e aquela criança.

Dizendo isso, deixou pender a fronte; Félix beijou-a ardentemente, mas não pôde dizer nada. A comoção embargou-lhe a voz; a reflexão impôs-lhe silêncio.

Capítulo VII
O gavião e a pomba

Iniciando afoitamente essa aventura, era natural que Félix saísse de Catumbi com a vaidade satisfeita de um triunfador. Não era ele amado, e amado sem esforço seu, sem resistência nem combate? E a mulher que lhe acabava de dar francamente o coração não tinha todas as qualidades que podem seduzir um homem e lisonjear-lhe o amor-próprio?

Qualquer outro teria motivo de se julgar superior ao resto dos mortais; mas era a natureza mesma da vitória que vinha travar a felicidade de Félix. A que propósito interviria o coração nesse episódio, que devia ser curto para ser belo, que não devia ter passado nem futuro; arroubos nem lágrimas?

"Fui longe demais", ia ele dizendo consigo; "não devia alimentar uma paixão que há de ser uma esperança, e uma esperança que não pode ser outra coisa mais que um infortúnio. Que lhe posso eu dar que corresponda ao seu amor? O meu espírito, se quiser, a minha dedicação, a minha ternura, só isso... porque o amor... Eu amar? Pôr a existência toda nas mãos de uma criatura estranha... e mais do que a existência, o destino, sei eu o que isso é?"

Nesse ponto, parece que alguma ideia vaga e remota lhe surgiu no espírito e o levou a uma longa excursão no campo da memória. Quando voltou à realidade presente tinha o carro entrado no largo do Machado. Apeou-se e seguiu a pé para casa.

A viúva tornou a ocupar-lhe o espírito. Recapitulou então tudo o que se passara em Catumbi, as palavras trocadas, os olhares ternos, a confissão mútua; evocou a imagem da moça e viu-a junto dele, pendente de seus lábios, palpitante de sentimento e ternura. Então a fantasia começou a debuxar-lhe uma existência futura, não romanesca nem legal, mas real e prosaica, como ele supunha que não podia deixar de ser com um homem inábil para as afeições do céu.

"E que outra coisa quer ela?" dizia o médico a si mesmo. "Era, sem dúvida, melhor que houvesse menos sentimento naquela declaração, que tivéssemos navegado mais junto à terra, em vez de nos lançarmos ao mar largo da imaginação. Mas, enfim, é uma questão de forma: creio que ela sente da mesma maneira que eu. Devia tê-lo percebido. Fala com muita paixão, é verdade; mas naturalmente sabe a sua arte; é colorista. De outro modo pareceria que se entregava por curiosidade, talvez por costume. Uma paixão louca pode justificar o erro; prepara-se para errar. Não me anda ela a seduzir há tanto? É o positivo; mete-se-me pelos olhos. E eu a imaginar que..."

Quando Félix chegou a casa, estava plenamente convencido de que a afeição da viúva era uma mistura de vaidade, capricho e pendor sensual. Isso lhe parecia melhor que uma paixão desinteressada e sincera, em que, aliás, não acreditava. Não admira pois que ainda dessa vez a lembrança de Lívia lhe não perturbasse o sono, e que o primeiro clarão da aurora, atravessando os vidros da janela da alcova, alumiasse o rosto do médico, tão grave e plácido como na véspera.

Félix voltou a Catumbi naquele mesmo dia. A viúva estava radiante de felicidade, trêmula de alegria. Estendeu-lhe a mão, que ele apertou, não palpitante como ela, mas cheio de delicadeza e graça. A presença de Viana, além disso, impedia qualquer outra manifestação exterior. O parasita, que parecia empenhado em preparar uma aliança de família com o médico, dispôs-se a não ser cruel para os dois namorados; fechou os olhos, cerrou os ouvidos, e, se em todo o caso foi importuno, não o deveu à vontade, mas à situação, porque em tais circunstâncias nem todo o engenho de Voltaire pode fazer um homem interessante.

Amiudaram-se ainda mais as visitas de Félix, que ali encontrou algumas vezes a família do coronel Morais, e outras, poucas, da intimidade de Lívia. D. Matilde sentia entusiasmo pelo médico; quanto a Raquel, olhava para ele com uma espécie de adoração. Dos homens, alguns o detestavam cordialmente, outros tinham-lhe medo, não raros inveja, e alguns poucos simpatia.

Félix, entretanto, parecia indiferente aos sentimentos que inspirava, e desse modo obedecia a um sistema não menos que à disposição do seu espírito. O mesmo praticava em relação ao amor. Evitava, quanto podia, animar as esperanças da moça, e posto soubesse a fundo a retórica da paixão, não a empregava sem uma parcimônia que lhe parecia economia razoável.

Lívia, porém, não dissimulava nem hesitava; deixava transparecer no rosto o que sentia no coração. Jogava com as cartas na mesa sem previsão nem cálculo. Expansiva e discreta, enérgica e delicada, entusiasta e refletida, Lívia possuía esses

contrastes aparentes, que não eram mais que as harmonias do seu caráter. Os próprios defeitos dela nasciam de suas qualidades. Era crédula à força de ser confiante, ríspida com tudo o que lhe parecia baixo ou fútil. Tinha a imaginação quimérica, às vezes, o coração supersticioso, a inteligência austera, mas compensava esses defeitos, se o eram, por qualidades capitais e raras.

Um dia, em que ambos conversavam do único assunto que lhes podia interessar — pelo menos do único que lhe interessava a ela, Félix pediu-lhe explicação de uma coisa que lhe parecia obscura.

— Obscura? — repetiu Lívia.

— Lembra-se da noite em que a encontrei no Ginásio? — disse o médico. — Estava preocupada e alheia a tudo. Conversou mal e distraída, interessavam-lhe as cenas amorosas, tudo mais parecia aborrecê-la. No fim do terceiro ato levantou-se e foi-se embora. Diz-me, entretanto, que desde o sarau do coronel já começava a sentir esse amor que é a sua vida. Pois bem, não estava eu lá, a seu lado, no teatro?

— Não.

— Oh!

— Estava outro homem, mui diverso deste que eu vejo agora ao pé de mim, porque ainda não me amava. Mas não era só isso; era mais. Pensa que os seus atos, sentimentos e pessoas não são objeto dos comentários estranhos?

— Importam-me tão pouco os comentários!

— Pois bem, falaram-me muito mal do seu coração naquele dia.

— Que lhe disseram desse viajante incógnito?

— Viajante? — perguntou Lívia.

— Que foi — emendou Félix.

— Disseram-me muitas coisas más.

— Deu-lhes crédito?

— Não; mas fiquei triste. Eu estava acostumada a admirá-lo de longe. Conhecia-o pouco, mas meu irmão falava-me muita vez a seu respeito nas cartas que me escrevia para Minas, e Raquel fazia coro com ele.

— Seu irmão tem certo entusiasmo por mim — disse Félix —; é natural que exagere os meus méritos. Quanto à filha do coronel, é uma criança, que se acostumou a ver-me com olhos de irmã mais moça.

— Quer então que eu acredite antes nas coisas más?

— Nem más nem boas, Lívia; conheça-me primeiro; fará depois juízo seguro.

— Oh! conheço-te! — exclamou ela.

A entrada de Viana interrompeu o colóquio. Félix dirigiu-se à mesa e abriu um álbum, enquanto Viana referia à irmã as peripécias de um jantar a que assistira.

O álbum da viúva, que o médico abria pela primeira vez, estava já alastrado de prosa e verso. Nem tudo era bom, como acontece nesses livros, que são às vezes verdadeiros asilos de inválidos do Parnaso, onde as musas reumáticas e manetas vão soltar os seus gemidos. Uma página havia que lhe pareceu misteriosa: era uma declaração de amor sem assinatura. Leu-a, e não pôde deixar de sorrir: só havia uma coisa pior que a forma, era o pensamento.

— De que se ri? — perguntou a viúva.

Viana aproximou-se de Félix e lançou os olhos para a página aberta.

— Ah! — disse ele estouvadamente. — Isto é de meu defunto cunhado.

Lívia estremeceu e corou.

"Viúva de um néscio!", pensou Félix. "Estava pedindo um homem inteligente."

Capítulo VIII
Queda

O desenlace dessa situação desigual entre um homem frio e uma mulher apaixonada, parece que devera ser a queda da mulher: foi a queda do homem. Para triunfar da viúva, Félix contava apenas com a sua resolução; mas a viúva, além do seu amor, tinha dois auxiliares ativos e latentes: o tempo e o hábito. Cada dia que passava caía como uma gota-d'água no coração do médico, e ia cavando fundo com a fria tenacidade do destino.

Ironia da sorte chamará o leitor a esse desfecho de uma situação que, algumas semanas antes, tão outra se lhe afigurava. Chame-lhe antes lógica da natureza, porque o coração de Félix, que aparentava ser de mármore, era simplesmente da nossa comum argila. Não era seguramente um coração virginal e puro; tinha uma certa dose do egoísmo que a natureza maternalmente repartiu por todos os homens, e não se pode dizer que não fosse algum tanto cético; mas esses senões exagerava-os ele, de maneira que veio a perder, na imaginação dos outros, a sua fisionomia original.

As armas com que lutava eram certamente de boa têmpera, mas se valiam muito para esgrimir, valiam pouco para pelejar. Com uma mulher que apenas tivesse a soma de afeto necessária para dissimular o erro, o nosso herói ficaria na altura da reputação; mas o amor da viúva era um verdadeiro combate. Quando Félix chegou a encarar-lhe o coração, sentiu a fascinação do abismo, e caiu nele.

Essa queda, como disse, foi lenta; o médico começou a sentir que a presença da moça era para ele uma necessidade. Pesavam-lhe as ausências mais longas, e, o que era mais, vinham suavizar-lhas umas saudades, que ele definia por outro modo, mas que, em suma, eram saudades. Quando a ia ver, e à proporção que se aproximava dela, sentia bater-lhe alguma coisa dentro do peito; o médico dizia que era o sangue ainda juvenil e irrequieto. Seria uma razão fisiológica; mas havia também uma razão moral: era a lava da paixão que se ia formando e subindo até romper a garganta do vulcão. Longa foi a gestação do amor; mas quando o médico descobriu o estado de sua alma, não era centelha que se pudesse abafar, mas incêndio que lavrava e consumia tudo.

Decidam lá os doutores da escritura qual destes dois amores é melhor, se o que vem de golpe, se o que invade a passo lento o coração. Eu por mim não sei decidir, ambos são amores, ambos têm suas energias. O de Félix parecia ter criado no silêncio uma força invencível.

Um potro arisco e selvagem, quando a mão do homem lhe põe o freio pela primeira vez, não se irrita mais do que o nosso herói no dia em que sentiu violada a liberdade do seu coração. Cólera singular e insensata, mas amar-

ga e sincera. Planeou desde logo uma separação violenta, que lhe desse tempo e armas para vencer-se a si próprio. A execução seguiu de perto a ideia; e o médico cessou repentinamente as suas visitas a Catumbi.

A ausência, porém, foi ainda um auxiliar da viúva. O despeito do médico não se aplacou, transformou-se; não acusava já a fraqueza do coração, mas a rebeldia dele. O que a princípio lhe parecera necessário para restituir-lhe a paz do espírito, começou a ter a seus olhos o caráter de ingratidão. Ingratidão, era já confessar muito, mas o médico foi além, achou-se ridículo. Aqui já não era possível a resistência. Algum homem pode gloriar-se de ser ingrato; dirá, com um moralista cético, que é uma maneira de ser independente. Mas ninguém é ridículo convencido; convencer-se é emendar-se.

A essas razões que o médico dava a si próprio, e que eram filhas da consciência, acresciam outras que ele não articulava, mas sentia, as saudades, as recordações, os desejos, a voz misteriosa e constante que lhe sussurrava aos ouvidos o nome de Lívia.

Demais, a bela viúva escreveu-lhe. Félix, como um verdadeiro namorado, jurara não abrir as cartas que ela lhe mandasse, e correu à porta para receber a primeira. Não era carta de recriminações, mas de surpresa e de lágrimas. Quando veio segunda carta, já o médico sabia a outra de cor. A segunda era a última, dizia Lívia; eram já recriminações, mas não contra ele, nem contra o destino; eram recriminações contra si mesma. A melancólica resignação da moça comoveu o médico; no fim de uma semana estava aos pés dela, fazendo ato de sincera contrição.

Lívia perdoou-lhe as lágrimas choradas durante aqueles oito dias de angustiosa incerteza. Perdoou-lhas como sabem perdoar as almas verdadeiramente boas — sem ressentimento. Mas a causa da ausência não a explicou Félix.

— Não me perdoou já? — disse o médico, quando ela lhe fez uma pergunta direta a esse respeito. — Isso basta; não queira saber a razão dessa singular loucura, que me levou tão longe do único lugar em que me é possível a felicidade. Para minha expiação basta o que sofri também nesses oito dias e a vergonha de ter...

Calou-se; receava dizer tudo. A moça ouviu aquelas palavras com manifesta satisfação, e murmurou:

— Ciúmes?

Félix estremeceu. Uma sombra ligeira pareceu toldar-lhe os olhos. Lívia inclinou para ele o rosto como querendo ler-lhe na fisionomia a verdade que ele forcejava por esconder.

— Não — disse Félix —, não foram ciúmes. Ciúmes de que e de quem?

— De ninguém, bem sei; mas está-me a parecer, Félix, que o seu amor é um pouco visionário e melindroso. Oh! não me lastimo por tão pouco; agradeço-lhe até. Que perderia eu com isso? Alguns dias de paz, talvez; mas a certeza de ser amada é uma grande compensação. O purgatório não é uma porta que abre para o céu? Cada qual sabe amar a seu modo; o modo pouco importa; o essencial é que saiba amar. Pode ser que eu me engane — continuou ela, pondo-lhe as mãos na fronte —, mas eu creio que há nessa cabeça muita imaginação, e imaginação doente. Ou então...

— Ou então? — repetiu o médico, vendo que ela fazia uma pausa.

— Ou então, a doença está aqui — concluiu Lívia apontando-lhe para o coração. — Não importa; eu suportarei tudo, contanto que me ame.

— Oh! Lívia — exclamou Félix, depois de lhe beijar ternamente a fronte —, essa resolução será o penhor do nosso futuro. Consulte o seu coração; veja se há nele bastante misericórdia para mim, e prometo-lhe que seremos felizes.

— Tudo lhe perdoarei, contanto que me ame — disse a moça.

Compreenderia ela então que dolorosa e pesada obrigação contraíra? Talvez não. Confiava em si mesma, no prestígio do seu amor, no coração de Félix, para vencer tudo, e realizar o que era agora o sonho da sua vida.

O caminho melhor para isso era, seguramente, o da igreja. Que obstáculo podia haver? Um e outro dependiam exclusivamente de si; o casamento era o desfecho lógico e sacramental daquele romance. Mas nem a viúva o insinuava, nem o médico o propunha, e nessa situação mal definida alguns dias correram de tranquila felicidade.

Aos olhos estranhos buscavam ambos esconder o seu segredo; mas a reserva de Lívia era apenas a que bastava para acatar as conveniências, ao passo que a de Félix era tão completa e calculada que à própria moça iludia. Essa facilidade de dissimulação desconsolou-a. Achava-a perfeita demais. Era um sintoma de tranquilidade que desdizia com o amor impetuoso de Félix. Demais, que razão haveria para esconder tão misteriosamente dos olhos dos outros uma coisa que deveria e não tardaria a ser pública?

A indiferença de Félix, entretanto, não era tão completa como parecia, era uma indiferença vigilante. Quando os olhos da viúva procuravam os do médico, este desviava cautelosamente os seus; mas olhava, digamo-lo assim, por baixo da pálpebra.

Foi então que começou para ela uma vida de luta.

Capítulo IX
Luta

O amor de Félix era um gosto amargo, travado de dúvidas e suspeitas. Melindroso lhe chamara ela, e com razão; a mais leve folha de rosa o magoava. Um sorriso, um olhar, um gesto, qualquer coisa bastava para lhe turbar o espírito. O próprio pensamento da moça não escapava às suas suspeitas: se alguma vez lhe descobria no olhar a atonia da reflexão, entrava a conjeturar as causas dela, recordava um gesto da véspera, um olhar mal explicado, uma frase obscura e ambígua, e tudo isso se amalgamava no ânimo do pobre namorado, e de tudo isso brotava, autêntica e luminosa, a perfídia da moça.

Lívia preferia decerto uma confiança honesta e leal, mas a desconfiança estava longe de lhe amargurar o coração, aceitava-a com alegria.

— Antes isso — dizia-lhe depois de uma reconciliação —; vejo que me ama. A confiança também se parece com a indiferença, e a indiferença é o pior de todos os males.

Essa filosofia teve seus instantes de desmaio. Não bastava a força do amor para resistir à suspeita de todos os dias, que se apagava às vezes logo, mas que renascia depois, para de novo se apagar e renascer. Lívia começou a fugir dos lugares

que até então frequentava habitualmente. Raras vezes aparecia no teatro ou numa reunião. Félix compreendeu a causa dessa reserva e disse-lha. A moça negou; mas, como ele insistisse em afirmar e pedir que ela não alterasse os seus hábitos, respondeu:

— É bom de dizer, Félix; assim vamos melhor; lá fora como aqui, lá pior do que aqui, a menor coisa basta para lhe transviar o espírito.

— Juro-lhe que não.

Jurava, mas quebrava o juramento. O espírito não ratificava as promessas do coração.

De que lhe servia a ela a máxima prudência nas suas relações com as demais pessoas, se tudo era pouco para obter a confiança de Félix? Uma hora de inalterável felicidade era comprada à custa de muitas horas de tédio, às vezes de lágrimas. Ele as sentia decerto, e pagar-lhas-ia com sacrifícios, se precisos fossem; mas eram curtos esses lúcidos instantes.

Lívia não se acostumou a ler logo na fisionomia do médico. Ele possuía em alto grau a faculdade de esconder o bem e o mal que sentisse. Era uma faculdade preciosa, que o orgulho educara, e se fortificou com o tempo. O tempo, entretanto, a pouco e pouco lhe foi adelgaçando essa couraça, à medida que se prolongava e multiplicava a luta. Então os olhos da viúva aprenderam a soletrar-lhe no rosto os terrores e as tempestades do coração. Às vezes, no meio de uma conversa indiferente, alegre, pueril, os olhos de Lívia se obscureciam e a palavra lhe morria nos lábios. A razão da mudança estava numa ruga quase imperceptível que ela descobria no rosto do médico, ou num gesto mal contido, ou num olhar mal disfarçado.

Essa situação pôde esconder-se aos olhos de todos, menos aos de Luís Batista. Observador e perspicaz, e ao mesmo tempo sem paixões nem escrúpulos, percebeu este que quanto mais o amor de Félix se tornasse suspeitoso e tirânico, tanto mais perderia terreno no coração da viúva, e assim, roto o encanto, chegaria a hora das reparações generosas com que ele se propunha a consolar a moça dos seus tardios arrependimentos.

Para alcançar esse resultado, era mister multiplicar as suspeitas do médico, cavar-lhe fundamente no coração a ferida do ciúme, torná-lo em suma instrumento de sua própria ruína. Não adotou o método de Iago, que lhe parecia arriscado e pueril; em vez de insinuar-lhe a suspeita pelo ouvido, meteu-lha pelos olhos.

A dificuldade era certamente maior e mais delicada, mas o pretendente tinha em larga escala as qualidades precisas para ela. Era-lhe necessário afetar com a moça uma intimidade misteriosa, mas discreta, sem aparato, antes cercada de infinitas cautelas, tão hábil que ela não percebesse, mas tão claramente dissimulada que fosse direito ao coração de Félix.

Mas a mulher dele? A mulher dele, amigo leitor, era uma moça relativamente feliz. Estava mais que resignada, estava acostumada à indiferença do marido. Dera-lhe a Providência essa grande virtude de se afazer aos males da vida. Clara havia buscado a felicidade conjugal com a ânsia de um coração que tinha fome e sede de amor. Não logrou o que sonhara. Pedira um rei e deram-lhe um cepo. Aceitou o cepo e não pediu mais.

Todavia, o cepo não o fora tanto antes do casamento. Paixão não a teve nunca pela noiva; teve, sim, um sentimento todo pessoal, mistura de sensualidade e

fatuidade, espécie de entusiasmo passageiro, que os primeiros raios da lua de mel abrandaram até apagá-lo de todo. A natureza readquiriu os seus aspectos normais; a pobre Clarinha, que havia ideado um paraíso no casamento, viu desfazer-se em fumo a sua quimera, e aceitou passivamente a realidade que lhe deram — sem esperanças, é certo, mas também sem remorsos.

Faltava-lhe — e ainda bem que lhe faltava — aquela curiosidade funesta com que o anfíbio clássico, desenganado do cepo, entrou a pedir um rei novo, e veio a ter uma serpente que o engoliu. A virtude salvou-a da queda e da vergonha. Lastimava-se, talvez, no refúgio do seu coração, mas não fez imprecações ao destino. E como nem tinha força de aborrecer, a paz doméstica nunca fora alterada; ambos podiam dizer-se criaturas felizes.

Ora, pois, enquanto Clarinha nenhum lugar ocupava no espírito do marido, este executou o plano que havia organizado. O resultado foi lento, mas certo. O coração de Félix bebeu aos poucos o veneno que lhe propinava tranquilamente o astuto rival; mil circunstâncias fortuitas vieram favorecer a obra de Luís Batista. O espírito de Félix era apropriado terreno para ela; a suspeita rara vez lhe morria em embrião; uma vez lançada a semente, germinava com força, crescia, apoderava-se dele, e então batia a hora da crise, a hora que o seu rival pacientemente esperou, e conseguiu.

Dessa vez assentou Félix numa resolução heroica: romper o encanto que o prendia à bela viúva. Tinham já passado alguns meses, todos eles assim entremeados de felicidade e amargura. Cem vezes se convencera das suas injustiças; mas a cada suspeita nova ressurgiam as anteriores, as que ela perdoara, e a última confirmava então as primeiras, e o pobre rapaz achava-se sinceramente ludibriado e ridículo.

Escreveu uma carta longa e violenta, em que acusava a moça de perfídia e dissimulação. Havia amargura na carta, mas havia também ódio e desprezo, tudo quanto podia ferir para sempre um coração que até ali soubera amar e sofrer, mas que enfim podia cansar e desprezar.

Enviada a carta, deixou-se ele entregue à sua dor, disposto a não voltar a Catumbi. Ninguém viu então uma lágrima que o desespero lhe arrancou, e que ele se apressou de enxugar com vergonha de si mesmo. Recapitulou então todos os sucessos dos últimos dias; nunca lhe parecera mais evidente a traição da moça, nem mais cruel a situação do seu espírito. Um raio de esperança veio entretanto projetar-se na sua noite de dúvidas. Imaginou que tudo podia ser erro e ilusão, e esperou que a resposta de Lívia tudo viesse esclarecer.

Nada esclareceu a resposta da moça, porque o portador da carta voltou sem ela. Ao ciúme que o devorava, veio misturar-se o despeito; complicou-se a dor com o orgulho ofendido. Lívia apareceu-lhe com todos os caracteres de uma loureira vulgar, e loureira não traduz bem o pensamento do moço.

Nesse estado passou Félix o resto do dia. Longas lhe correram as horas, friamente longas como elas são, quando o coração padece ou espera. Enfim, caiu a tarde, apagou-se de todo o sol, as sombras da noite começaram a lutar com os derradeiros lampejos do crepúsculo, até que de todo dominaram o céu.

A melancolia da hora insinuou-se no coração do médico, e a pouco e pouco lhe aquietou o desespero do dia. Félix meditou longo tempo na situação que as cir-

cunstâncias lhe haviam criado. Viu o imenso espaço que aquele amor lhe tomara na vida, e a terrível influência que poderia exercer nela, caso não achasse forças para resistir à separação. Qual seria o meio de escapar a esse desenlace, pior que tudo? Félix pensou numa viagem, como o meio mais fácil e pronto. Dispunha mentalmente as coisas para esse fim, quando ouviu parar um carro.

Daí a pouco entrou um escravo dizendo que uma pessoa insistia em falar-lhe: era uma senhora.

— Uma senhora! — repetiu Félix.

Era Lívia. Quando Félix chegou à sala, estava ela à porta, com o rosto coberto por um véu que arregaçou imediatamente. Félix não pôde reter um grito de surpresa.

Lívia trazia pela mão um menino: era o filho. Caminhou para o médico depois de alguns instantes de absoluto silêncio, e estendeu-lhe a mão.

— Não esperava a minha visita? — disse ela com tranquilidade.

— Confesso que não.

— Devia esperar, porque eu não havia respondido à sua carta, e alguma coisa cumpria que lhe dissesse.

— Não receou que os olhos da sociedade... — disse ele.

— A sociedade está tomando chá — atalhou a viúva procurando sorrir. — Era preciso que eu viesse e vim.

Félix fez um movimento.

— Sim, era preciso — insistiu Lívia. — Uma carta seria já inútil; entre nós as cartas perderam a virtude, Félix. Eu já não sei, já não tenho palavras com que lhe restitua a confiança ao coração. Esta ousadia talvez...

A luz batia de chapa no rosto da moça; Félix viu tremerem-lhe duas lágrimas nos olhos, hesitarem um instante, e rolarem depois na face, levemente corada de agitação e de pejo.

— Fui talvez cruel no que lhe escrevi — disse ele —, e quero crer que fosse também injusto, mas amo-a, é todo o meu crime...

Lívia suspirou.

— Não o amo eu também? — disse ela. — Nem por isso sou cruel ou injusta. Mas não o acuso; se o acusasse não viria aqui. Venho porque sei que padece, e a despeito de tudo devia vir.

Félix conduziu-a para o sofá, e sentou-se numa cadeira. Luís ficou de pé, entre ele e ela, meio indiferente, meio curioso do que ouvia sem entender.

— Não receou que este menino pudesse dizer alguma coisa? — perguntou Félix.

— Não pensei nisso. Fui visitar Raquel, que está muito mal; fui só com ele. Tinha a ideia de vir às Laranjeiras: isso dominava tudo. Se conseguir dissipar-lhe as novas dúvidas que o afligem, pouco me importam as consequências. Que quer? Eu sou assim. Vejo no mundo o meu amor e a sua felicidade; tudo o mais me é estranho ou nulo.

Lívia dizia essas palavras com um tom singelo e verdadeiramente d'alma, que comoveu o médico.

— Oh! para isso basta uma coisa — disse Félix com impetuosidade. — Jura-me que nenhuma razão havia para suspeitar?

Lívia abriu muito os olhos como espantada do que ouvira; depois, abanando tristemente a cabeça:

— O senhor há de quebrar todo o meu orgulho — disse com amargura. — Eu arrisco tudo para lhe restituir a felicidade e a paz; o senhor recompensa-me esse sacrifício com a humilhação. Jurar-lhe! De que serve um juramento mais entre nós? Se o que acabo de fazer não é bastante, Félix, concluamos aqui o nosso romance; e oxalá que alguma página dele possa algum dia lembrar-lhe com saudade.

Dizendo essas palavras, a moça voltou o rosto para esconder a sua comoção. Félix sentiu pungir-lhe um remorso, e teve ímpeto de cair aos pés da bela viúva. Murmurou algumas palavras, que ela não percebeu ou não ouviu, até que o menino chamou a atenção de ambos, dizendo:

— Vamos, mamãe?

Lívia levantou-se e desceu o véu sobre o rosto.

— Perdoe-me tudo — disse Félix —; ainda uma vez lhe peço perdão. Não me julgue como os outros fariam, se conhecessem esta triste história de alguns meses. Não sou mau; falta-me confiança; algum dia lhe direi por quê. Por agora, perdoe-me outra vez. Injuriei-a, bem sei; não devia pedir-lhe nada mais, porque me deu generosamente a maior consolação que o meu espírito ousaria esperar.

— Esse homem? — disse a viúva, depois de um instante.

— Por que me pergunta?

— Quero afastá-lo de minha casa, se ele lá vai, ou evitar as ocasiões de me encontrar com ele.

— É um homem que a não respeita, sequer, um libertino, cuja mulher é um anjo...

— O doutor Batista?

— Esse.

Lívia estendeu-lhe a mão. Félix quis ainda falar-lhe, mas a viúva observou que era tarde e dirigiu-se para a porta. Félix acompanhou-a até o jardim. Ao despedir-se dela pela última vez, o médico apertou-lhe fervorosamente a mão.

— Perdoa-me?

— Sim! — disse ela.

E pela primeira vez nessa noite era a sua voz terna e amorosa como de costume.

Félix viu-a entrar no carro que partiu imediatamente. Voltou para a sala. Estava irritado contra si mesmo. Reconhecia a sua precipitação; achava-se grosseiramente injusto. Se lhe houvera lembrado a visita da moça, tê-la-ia pedido como o meio único de lhe desvanecer de todo as suspeitas. Agora que ela o deixava, acusava-se de a haver obrigado àquele extremo recurso.

A noite pareceu-lhe ainda mais longa que o dia. Velava e remordia-lhe a consciência. Ouviu bater uma por uma as horas todas, ansioso por que viesse o dia seguinte para ir a Catumbi resgatar à força de ternura e respeito a injustiça com que tratara a viúva. Cerrou os olhos quando a arraiada despontou no céu; pouco dormiu, entretanto. Ao levantar-se tinha o espírito mais sossegado, e pôde apreciar melhor a situação.

"O casamento me restituirá a confiança", pensava ele; "quando estivermos juntos os dois, afastados da convivência e do contato de estranhos, a paz morará no meu coração; só então seremos felizes sem amargura nem remorso."

CAPÍTULO X
A enferma

A doença de Raquel era grave; durante alguns dias chegaram a recear um desenlace funesto. Os velhos pais quase enlouqueceram, quando o médico os preparou para a terrível catástrofe. A menina percebeu o seu estado, mas nem o medo da morte, nem a saudade da terra lhe fez doer o coração. Morria como flor que era. A mágoa era toda para os que a viam assim condenada sem remédio.

O médico assistente dera à moléstia um nome tirado não sei se do grego, se do latim. Na opinião da mãe, havia alguma coisa mais do que o nome e a moléstia; havia uma inexplicável melancolia, anterior à doença, uma espécie de tédio precoce da vida, se não era antes alguma esperança malograda — ou mais claramente, alguma afeição sem esperança.

Para obter dela a confissão que imaginava, tinha d. Matilde o necessário tato e doçura: era mulher e mãe. Mas, ou porque nada houvesse realmente, ou porque quisesse levar consigo o segredo da sua melancolia, Raquel nenhuma confissão lhe fez.

Dois dias depois da visita de Lívia, Félix foi à casa do coronel. O coronel estava na sala, mergulhado numa poltrona, com os olhos parados e as feições abatidas pela vigília e pela dor. Quis levantar-se quando Félix apareceu à porta, mas este correu para ele e impediu o movimento.

— Soube anteontem do estado de sua filha — disse Félix sentando-se ao lado do velho pai. — Disseram-me que estava mal...

— Mal — repetiu o coronel —, definitivamente mal. A pouca esperança que tínhamos veio tirar-no-la o médico. O senhor não sabe o que é perder assim metade da alma.

Félix disse algumas palavras banais de consolação, e chegou até a falar de esperança; mas ainda que a esperança fale sempre ao coração dos desgraçados, o bom velho em outra coisa não acreditava mais que na morte.

Algum tempo estiveram calados; enfim o coronel rompeu o silêncio:

— Raquel é muito sua amiga — disse ele. — Duas vezes perguntou pelo senhor.

— Desde quando está doente?

— De cama está há quinze dias; mas já sofria antes disso. A princípio não me deu muito cuidado; a moléstia, porém, agravou-se rapidamente, e tem ido a pior.

Foram interrompidos pelo médico assistente. Tinha este sido companheiro de Félix na escola. Ao vê-lo ali suspeitou que o tivessem mandado chamar; Félix apressou-se a explicar o motivo da sua visita.

— Em todo o caso, doutor — disse o outro —, aproveito as suas luzes, e façamos, se lhe parece, uma conferência.

O coronel foi ver se Raquel estava acordada; voltou pouco depois e acompanhou os dois médicos à alcova da doente.

Félix foi o primeiro que assomou à porta; parou alguns instantes, impressionado com o espetáculo que se lhe oferecia.

Sentada à cabeceira da cama estava d. Matilde, descorada e abatida, com os olhos túmidos, e porventura cansados de chorar. Aos pés da cama via-se uma moça

amiga da infância de Raquel, e sua dedicada enfermeira nessa ocasião. Ambas, triste e silenciosamente, contemplavam a doente.

Raquel estava branca como a fronha do travesseiro em que descansava a formosa cabeça. Tinha os lábios entreabertos e a respiração curta e difícil. O pequeno rumor que fizeram os médicos ao entrar um pouco a sobressaltou. Raquel abriu os olhos, que ardiam de febre.

Quando Félix se aproximou do leito e tomou o pulso da moça, esta olhou para ele e fez um gesto de espanto. Olhou depois em volta de si, como se duvidasse do lugar em que se achava. D. Matilde inclinou-se para a filha e disse:

— É o doutor Félix.

Raquel olhou outra vez para Félix, com aquele sorriso apagado e triste dos doentes e murmurou:

— Obrigada!

— Como se sente? — perguntou Félix.

— Melhor — disse ela com uma voz tão fraca que parecia um suspiro.

— Deveras melhor?

Raquel fez um gesto de indiferença e não respondeu.

— Vamos lá, não desanime — disse Félix — e sobretudo não faça entristecer seus pais, que lhe querem tanto.

Félix examinou a doente, fazendo-lhe algumas perguntas, a que ela debilmente respondia. Quando ele cessou de a interrogar, a moça murmurou:

— Morro, não é?

— Não — disse Félix —, não há de morrer, não deve morrer. Tem ainda vida larga, mas é preciso ânimo.

Raquel fez um gesto de quem não acreditava nas boas palavras do médico, e voltou os olhos para a mãe. D. Matilde tinha os seus cravados em Félix, como se lhe quisesse ler no rosto a sentença da filha. A doente pareceu adivinhar o pensamento, e disse com esforço:

— Por que não dá as suas consolações a mamãe?

A conferência não durou muito tempo. Félix começou opinando por uma modificação no tratamento até ali seguido, e declarou que não julgava todas as esperanças perdidas. O colega concordou facilmente na alteração pedida por Félix, tanto mais, disse ele, quanto as esperanças eram nenhumas.

Em sua opinião, Raquel estava irremediavelmente perdida. Não era opinião aérea e infundada; ele podia demonstrá-la com argumentos cabais e irrefutáveis. Demonstrou-o efetivamente, durante vinte minutos, com a justa apreciação dos fatos, os dados seguros da ciência, e uma dialética tão cerrada que era impossível fazer-lhe a menor objeção.

Quinze dias depois, entrava Raquel em convalescença.

No sentir dos pais, era Félix o salvador da filha. Fora ele quem lhes restituíra a esperança, e a realizara com os seus bons conselhos e diligente desvelo.

O colega de Félix, para quem o restabelecimento da moça era a destruição de todas as noções médicas recebidas, ficou profundamente surpreendido com esse resultado. Em todo caso, era impossível negá-lo; limitou-se a aplaudi-lo, e quando a moça entrou em convalescença aconselhou aos pais que a mandassem para algum arrabalde da cidade, a fim de respirar ares melhores.

Não podia vir mais a propósito o conselho. Lívia mudara-se para as Laranjeiras. A ideia da mudança era de Viana, que um dia a propôs à irmã, e fora aprovado por ela. A casa ficava pouco acima da de Félix, do lado oposto.

Era um prédio elegante, levantado no meio de uma chácara, não extensa nem esmeradamente tratada. Viana, entretanto, organizara um programa de reforma, que prometia executar pontualmente. Seu contentamento parecia não ter limites; além de preferir aquele bairro ao outro em que morava, havia a circunstância de ir ficar ao pé da casa de Félix — o que era já meia felicidade, dizia ele.

Lívia aprovara a mudança sob a influência de igual ideia. Aqueles últimos dias tinham sido de plena e deliciosa paz. Seus projetos de futuro eram imensos; delineava uma vida independente de todas as escravidões sociais, vida exclusiva deles, cheia de todos os prestígios da poesia e do amor. Às vezes receava que esses sonhos fossem apenas sonhos. Ainda assim não os dera por nenhum preço deste mundo.

Estavam então nos primeiros dias de outubro; o casamento fora marcado para meado de janeiro. Marcado, entenda-se bem, apenas entre os dois, porque Félix conseguira da viúva a promessa de que a notícia seria dada nas vésperas do acontecimento.

— Mas a razão desse segredo? — perguntou Lívia depois de lhe prometer o que pedia.

— Um capricho.

A razão verdadeira era a vacilação do seu espírito; mas a que ele deu contentou perfeitamente a moça.

— Se eu tivesse o teu coração — disse ela —, desconfiava dessa exigência; mas, vê lá, eu creio em ti.

Estavam sós na chácara; Viana, fiel ao seu programa de não perturbar os dois namorados, foi meditar a alguma distância nas reformas que pretendia fazer. Caminhavam os dois calados e distraídos, ou melhor, concentrados em si mesmos. De repente, a viúva levantou a cabeça e disse como continuação das suas anteriores palavras:

— Há contudo ocasiões em que essa confiança parece abalar-se, não porque eu duvide de ti, mas porque duvido do destino. Já te disse que sou supersticiosa, defeito das mulheres e das crianças. Estremeço algumas vezes, quando encaro o futuro, e, sem saber por quê, pergunto a mim mesma qual será o fim de tudo isso. Desmaios apenas, e raros, de um coração que ambiciona, talvez, mais do que poderia obter.

— Não te parece que eu esteja emendado? — disse Félix sorrindo. — Há quantos dias não há sequer...

— Cala-te! — interrompeu Lívia tocando-lhe os lábios com os dedos. — Tenho medo de te ouvir falar assim.

E depois de um instante de silêncio:

— Não é o teu coração que me faz tremer; o teu coração é bom. Não é também o teu espírito, apesar de caprichoso, visionário, inconstante. Receio do futuro, à vista do passado.

— Do passado? — perguntou Félix estacando o passo.

Lívia suspirou.

— Que houve de mau no teu passado? — continuou o médico fitando nela um olhar perscrutador.

— Tudo.

Havia perto um velho sofá de vime. Lívia encaminhou-se lentamente para ele e sentou-se. Félix contemplou-a algum tempo do lugar em que ficara. Já não sorria; a dúvida ensombrava-lhe os olhos. Enfim, deu alguns passos e parou em frente dela.

Capítulo XI
O passado

— Serei indiscreto perguntando que passado foi esse? — disse Félix depois de alguns instantes.

— Oh! descansa! Não me pesa nada na consciência; mas no coração...

— Amaste alguém?

— Amei a meu marido.

A essa resposta de Lívia seguiu-se novo e longo silêncio. A memória do passado a que ela tão misteriosamente aludira parecia doer-lhe na alma. Arfava-lhe o seio, e as mãos, em que o médico amorosamente tocou, estavam geladas e trêmulas.

— Não acreditas que eu possa compreender-te melhor que os outros? — perguntou finalmente o médico.

— Talvez não.

Félix fez um gesto de despeito. A moça arredou o vestido e abriu espaço no sofá, onde o médico se sentou a um sinal dela.

— Talvez me não compreendas melhor que os outros — continuou Lívia —, e com isso não quero dizer que sejas tão vulgar como os mais deles. Não o és; mas há coisas que um homem dificilmente compreenderá, creio eu.

— Nem quando ama? — perguntou Félix.

Lívia não respondeu; Félix continuou:

— Mas que passado foi esse? Posso não compreender-te, como dizes, mas saberei dizer-te algumas palavras de consolação, e dissipar com elas a tristeza que te ficar dessa confidência, que não é um remorso, decerto.

— Amei a meu marido — começou Lívia —, e toda a minha confidência se resume nessas poucas palavras. Tive uma paixão da primeira idade, quando o amor vem surpreender a ignorância do coração. Será esse o amor mais forte? Há quem diga que o primeiro amor nasce apenas da necessidade de amar. Pode ser. Hoje que te amo sinto que pode ser assim. Em todo o caso, aquele afeto dominou-me toda; cobrei uma vida que me parecia imortal.

— E ele?

— Amava-me, creio, mas não entendíamos o amor do mesmo modo; tal foi o meu doloroso e tardio desencanto. Para mim era um êxtase divino, uma espécie de sonho em ação, uma transfusão absoluta de alma para alma; para ele o amor era um sentimento moderado, regrado, um pretexto conjugal, sem ardores, sem asas, sem ilusões... Erraríamos ambos, quem sabe?

— Vejo que eram incompatíveis — interrompeu Félix —; mas, por que exigir de todos essa maneira de ver e sentir, que é mais da imaginação que da realidade?

Lívia levantou os ombros.

— Estou explicando a situação da minha alma — continuou ela. — Foi aflitiva e triste; não lha ocultei. Riu-se de mim. Era um homem apático e frio; honesto, é verdade, e bom coração, mas falávamos língua diversa e não nos podíamos entender. Confiei todavia na influência do amor. Empreendi a tarefa de o trazer à atmosfera dos meus sentimentos, errada tentativa, que só me produziu atribulação e cansaço. Fatigava-o com isso a que ele chamava pieguices poéticas; da fadiga passou à exasperação, da exasperação ao tédio. No dia em que o tédio apareceu, conheci que o mal estava consumado. Quis emendá-lo e não pude. Tinha feito da nossa vida conjugal um deserto; e se a minha alma clamava contra o destino, minha consciência me acusava de um erro, o erro de haver perturbado a paz doméstica a troco de um sonho que não veio. Não me faço melhor do que sou, bem vês; mas uma parte da culpa não será da natureza que me fez tão pueril? Tal é o meu receio agora — continuou Lívia depois de alguns segundos de silêncio —; às vezes cuido que não vim ao mundo para ser feliz nem para dar a felicidade a ninguém. Nasci defeituosa, parece. Serás tu capaz de desfazer a apreensão ou corrigir o defeito?

A viúva concluiu estendendo-lhe a mão, que o médico apertou entre as suas. Um sorriso de simpatia ou de comiseração, ou de ambas as coisas juntas, entreabriu os lábios de Félix. Nenhum deles falou; ambos pareciam conversar consigo mesmos. Enfim, a viúva repetiu a pergunta.

— Talvez possa dissipar-se a apreensão — respondeu Félix —; mas, creio que não será fácil. Tens um coração ainda muito criança, e que o há de ser até a morte, penso eu.

Félix calou-se, e contemplou à vontade a fisionomia da viúva, que tinha os olhos postos no chão, absorta e pensativa. A pouco e pouco o rosto do médico se foi igualmente fechando, e ambos, durante largo espaço, se deixaram ir na corrente de seus pensamentos sombrios. Félix foi o primeiro que despertou do letargo.

— Naufragaste à vista de terra — disse ele —, e do naufrágio trouxeste apenas úmidos os vestidos. Sabes o que é naufragar em mar alto e solitário, e perder tudo, até a vida? Foi assim comigo.

— Sim? — disse Lívia com um tom em que a alegria se misturava à curiosidade.

Félix não pôde reter um sorriso.

"O infortúnio é egoísta" pensou ele.

E continuou:

— Sim, perdi muito mais. Abraçar um cadáver, que é isso para quem já abraçou uma serpente? Tu perdeste apenas alguns anos de amor mal compreendido; não perdeste um bem precioso, que o tempo me levou: a confiança. Podes hoje ser feliz do mesmo modo que o querias ser então; basta que te ame alguém. Eu não, minha querida Lívia, falta-me a primeira condição da paz interior: eu não creio na sinceridade dos outros.

Aqui parou como se esperasse alguma observação da viúva; ela, porém, olhava para ele tranquila e até risonha. Félix continuou as suas confidências do passado. Eram histórias de afeições malogradas e traídas, contadas com sincera expansão, como se estivesse falando a si mesmo. Às vezes a comoção fazia tremer-lhe a voz,

e nessas ocasiões, sobretudo, lia-se nos olhos da moça o enlevo com que ela ouvia falar-lhe o coração.

— Ninguém esperdiçou mais generosamente os afetos do que eu — continuou o médico —, ninguém mais do que eu soube ser amigo e amante. Era crédulo como tu; a hipocrisia, a perfídia, o egoísmo nunca me pareceram mais que lastimáveis aberrações. Meu espírito criara um mundo seu, uma sociedade platônica, em que a fraternidade era a língua universal, e o amor a lei comum. Deixei-me ir assim, rio abaixo dos anos, gastando a seiva toda da juventude, sem cálculo nem arrependimento, até que me bateu a hora das decepções funestas.

Calou-se. Sentira um rumor próximo; era Viana que passeava na chácara entregue às suas combinações de horticultura. Ouviria ele a voz de Félix? Parece que sim, porque a pouco e pouco se foi afastando do lugar. Os dois ficaram outra vez sós. O médico prosseguiu:

— Não me caíram as ilusões como folhas secas que um débil sopro desprega e leva, foram-me arrancadas no pleno vigor da vegetação. Não me deixaram essas doces recordações, que são para as almas enfermas como que uma aura de vitalidade. Meu espírito ficou árido e seco. Invadiu-me então uma cruel misantropia, a princípio irritada e violenta, depois melancólica e resignada. Calejou-se-me a alma a pouco e pouco, e o meu coração literalmente morreu.

Félix continuou a narração por esse mesmo tom elegíaco e triste. Foi longa e fiel. Se a viúva não o escutasse só com o coração, poderia perceber alguma coisa mais do que ressentimento e amargura. Félix não era virtualmente mau; tinha, porém, um ceticismo desdenhoso ou hipócrita, segundo a ocasião. Não perceberia só isso; veria também que a natureza fora um tanto cúmplice na transformação moral do médico. A desconfiança dos sentimentos e das pessoas não provinha só das decepções que encontrara; tinha também raízes na mobilidade do espírito e na debilidade do coração. A energia dele era ato de vontade, não qualidade nativa: ele era mais que tudo fraco e volúvel.

Lívia não percebia nada disso; escutava-o com a fé pia de um coração amante. Sabendo que a razão do atual abatimento eram os infortúnios passados, ela confiava de si mesma o renovar aquela alma que envelhecera antes do tempo. Tais foram as suas consolações quando o médico terminou a longa confidência. Ele agradeceu-lhas comovido, não sem lhe perguntar se ela teria força bastante para concluir essa missão piedosa.

— Tenho — afirmou Lívia.

— É certo que me ressuscitaste — continuou o médico —; e se o futuro me guarda ainda alguns dias de felicidade sem mescla, a ti só os deverei, minha boa Lívia; tu só haverás feito o milagre. Mas...

— Mas? — repetiu a moça com impaciência.

— A obra não está completa — continuou Félix —; metade apenas. Fizeste brotar dentre as ruínas uma flor solitária, mas bela; única neste árido terreno do meu coração. Não basta; é preciso agora um raio que a anime e lhe conserve o perpétuo viço; essa é a confiança, não de uma hora, mas a de todos os dias, a que não falece nunca e nos restitui a serenidade dos primeiros tempos. Sem ela, o meu amor será um largo e inútil martírio.

Dizendo isso, conchegou-a ao seio; tocavam-se quase os rostos, que a ternura,

não a voluptuosidade, enlanguescia. Não foi longo esse instante de mútua contemplação, mas valeu por muitas horas de prática. Se a vida pudesse ser eternamente aquilo, é provável que o coração de Félix adquirisse a paz que almejava. Enfim, a moça deixou cair o corpo, como se lho debilitasse o peso de comoções tão vivas, e a palavra afluiu aos lábios de ambos.

Falaram então em prosa; conversaram de seus projetos de futuro, dos arranjos do casamento, de uma viagem que fariam logo depois. Iam levantar-se quando ao longe lhes apareceu o irmão de Lívia. Caminhava apressadamente e alegre, ao encontro dos dois namorados. Félix compôs o rosto com a expressão que o caso pedia; Viana aproximou-se, e disse à irmã que o coronel Morais estava na sala com a filha.

Lívia pediu licença ao médico e dirigiu-se para a casa. Félix deu o braço a Viana.

— Falávamos das suas reformas — disse ele —, e fazíamos prosaicamente o orçamento da despesa que vai ter.

Viana sorriu-se à socapa, mas não deixou cair o assunto no chão. Falou com volubilidade dos seus planos, que eram vastos e originais, concluindo por uma singela confissão, acompanhada de um olhar indagador.

— Receio — disse ele — que a Lívia se case mais tarde ou mais cedo.

Félix limitou-se a sorrir com indiferença; entravam ambos na sala.

Capítulo XII
Um ponto negro

Lívia e Raquel estavam assentadas no sofá; o coronel, encostado a uma cadeira, consultava o relógio. Não consultava; tinha o relógio na mão, diante dos olhos, mas os olhos reviam-se na filha, enquanto esta respondia às perguntas da viúva.

— Aqui está a doente — disse Lívia apenas viu assomar à porta da sala o médico e o irmão.

Raquel voltou a cabeça, e não pôde reter uma exclamação de surpresa e de alegria. Félix adiantou o passo e foi apertar-lhe a mão.

— Então? Não está salva? — disse ele olhando alternadamente para as duas moças.

— Foi o senhor que a salvou — disse o coronel chegando-se ao grupo.

— Não fui; auxiliei a natureza, nada mais.

— Havemos de pô-la totalmente boa e viva como era antes — disse Lívia dando um beijo na convalescente.

Raquel ouviu esse diálogo com um sorriso triste que parecia ainda mais triste naqueles lábios sem cor. Estava extremamente pálida e magra; os olhos, agora que o fogo da febre se apagara neles, pareciam amortecidos e fundos. Ainda assim, não perdera ela a sua natural gentileza. Mais: a própria morbidez do aspecto como que lhe dava realce maior.

Talvez essa circunstância influísse na impressão que o médico agora recebia; pela primeira vez lhe pareceu Raquel uma mulher.

O coronel respirava felicidade por todos os poros. A alegria que perdera durante a moléstia da filha, voltava agora mais que nunca ruidosa e comunicativa. Era um velho palreiro e jovial, amigo da palestra e de anedotas, antes gracioso que chocarreiro, tendo aquela amável gravidade com que a gente se familiariza sem perder o respeito. De quando em quando olhava para a filha com olhos paternalmente namorados, então parecia esquecer-se do resto do mundo, porque o mundo inteiro, ao menos parte dele, que a outra parte lhe ficara em casa, estava ali resumida naquela franzina e alquebrada criatura.

— E promete-me que ma restituirá — disse ele à viúva —, não corada, que ela nunca o foi, mas com aspecto de saúde, viva como era, e alegre, e até se quiser travessa?

— E por que não? Os ares são bons; os carinhos serão fraternais, e melhor que os ares e os carinhos, há de curá-la a natureza, e creio também que a boa vontade dela. Não é assim? — disse Lívia batendo na face de Raquel.

A resposta de Raquel foi dar-lhe um beijo, e sorrir, não já tristemente como da primeira vez. A tarde caíra de todo. O coronel fez algumas recomendações derradeiras à filha, agradeceu à viúva e ao médico, meteu-se no carro e voltou para Catumbi. Lívia foi mostrar à amiga o seu aposento; Félix despediu-se de ambas e dirigiu-se para a porta.

— Volta? — perguntou Lívia.

— Talvez não, minha senhora — respondeu Félix, cuja intenção positiva era ir lá tomar chá.

A presença de Raquel veio de algum modo alterar as relações dos dois namorados. Já não podiam ser frequentes as entrevistas solitárias em que ambos se esqueciam do mundo e de si. Mais que nunca, procurou Félix recatar o seu amor das vistas alheias, por modo que, apesar da convivência que tinha com os dois, Raquel nada suspeitou entre eles. Alguma coisa adivinharia se reparasse que a viúva, quando estava com ela, quase que só falava do médico; mas, como ela também não falava de outra pessoa, parecia-lhe que era antes a viúva quem a imitava.

Por esse tempo começou Meneses a frequentar a casa de Viana, com quem travara relações alguns meses antes. Félix fez a respeito dele um elogio sincero e merecido. O parasita acompanhou a boa opinião do médico com um entusiasmo que cheirava a bons jantares. O advogado correspondeu à expectativa da viúva e não tardou que se tornasse familiar na casa.

Estava curado da sua malfadada paixão. Curado e vexado, dizia ele, quando Félix o interrogou a esse respeito.

— Esses amores são as lições da escola de meninos — concluiu Meneses sorrindo. — Já saíste da primeira escola; por que não sobes de estudos?

A essa metáfora, um tanto rebuscada, respondeu Félix com um sorriso que podia confessar e negar ao mesmo tempo. Meneses, que não tinha nenhuma intenção oculta nas suas palavras, não se deu a averiguar qual das duas expressões convinha ao sorriso do amigo. As relações de ambos pareceram estreitar-se mais. Com um pouco mais de expansão e confiança, teria o médico referido ao amigo os seus amores e a sua felicidade próxima. Não o fez, nem Meneses lho adivinhou. Teve suspeitas uma noite em que surpreendeu os olhos da viúva amorosamente cravados no médico, mas a indiferença com que este se levantou para ir gracejar com Raquel de todo o dissuadiu.

Os dias foram assim passando, longos para os dois amantes, breves para Meneses e Raquel, que achavam naquela casa a mais deliciosa companhia deste mundo.

Aqui podia acabar o romance muito natural e sacramentalmente, casando-se esses dois pares de corações e indo desfrutar a sua lua de mel em algum canto ignorado dos homens. Mas para isso, leitor impaciente, era necessário que a filha do coronel e o dr. Meneses se amassem, e eles não se amavam, nem se dispunham a isso. Uma das razões que desviavam da gentil menina os olhos de Meneses era que este os trazia namorados da viúva. De admiração ou de amor? Foi de admiração primeiro, e depois foi de amor; coisa de que nem ele, nem o autor do livro temos culpa. Que quer? Ela era formosa e moça, ele rapaz e amorável, e de mais a mais inexperiente ou cego, que não adivinhava a situação anterior da viúva e do médico, ainda por entre os véus com que lha ocultavam.

Ao inverso de Félix, cujo espírito só engendrava receios e dúvidas, Meneses era antes de tudo propenso às fantasias cor-de-rosa. Irmanavam-se no ponto de serem joguetes de sua imaginação. Meneses facilmente entreviu um mundo de esperanças. A afabilidade com que a viúva o tratava pareceu-lhe auspiciosa; o mais inocente de todos os sorrisos servia-lhe de base a um castelo de vento; uma expressão qualquer, simples cortesia de sala, afigurava-se-lhe cheia de mil promessas de futuro. Nem futuro nem esperanças havia; havia a candura dele, que era botão de flor, ainda entrefechado à corrupção da vida.

Tal era o contraste desses dois caracteres, que a estrela da viúva, não sei se boa ou má estrela, reuniu a seus pés. Um, se viesse a adorar um rosto hipócrita, desceria na escala das degradações, com os olhos fitos na quimera da sua felicidade; outro, ardendo pela mais angélica das criaturas humanas, quebraria com as próprias mãos a escada que o levaria ao céu.

Félix percebeu, enfim, o que se passava no coração do amigo. Sua primeira impressão foi de cólera, não porque duvidasse logo da moça, mas por isso mesmo que outro homem se atrevia a amá-la. E não havia perigo em tal situação? A simples pergunta era suficiente para dar largas ao espírito de Félix. Veio imediatamente a ideia de que à moça não fosse desagradável o amor de Meneses. A vaidade, primeiro, depois o hábito, enfim a curiosidade do coração, os levariam um para o outro. Talvez os houvessem levado já.

Aconteceu uma vez que, falando dela, a fisionomia de Meneses, de risonha que estava, se tornasse subitamente séria. Félix era mais hábil que ele, não lhe foi difícil sondar-lhe o coração. O amigo contou-lhe tudo, com o fervor que lhe era próprio, e a singeleza de um homem ainda pouco conversado nas coisas do mundo. O médico escutou-o com sofreguidão, mas aparentemente quieto.

— E esperanças? — disse ele.

— Poucas ou muitas; não sei bem o que seja. Há ocasiões em que tudo se me afigura fácil e decisivo; outras vezes desanimo e descreio de mim mesmo. Ela é afável comigo, mas também o é contigo e com os mais. Adivinharia já alguma coisa? Quero crer que sim, e visto que se não agasta, é bom sinal, penso eu. O pior de tudo é que eu me não atrevo a dizer-lhe o que sinto.

Uma só palavra bastava ao médico para arredar do seu caminho aquele rival nascente; Félix repeliu essa ideia, metade por cálculo, metade por orgulho — mal-entendido orgulho, mas natural dele. O cálculo era coisa pior; era uma cilada — ex-

periência, dizia ele —; era pôr em frente uma da outra duas almas que lhe pareciam, por assim dizer, consanguíneas, tentá-las a ambas, aquilatar assim a constância e a sinceridade de Lívia.

Assim pois, era ele o artífice do seu próprio infortúnio, com as suas mãos reunia os elementos do incêndio em que viria a arder, senão na realidade, ao menos na fantasia, porque o mal que não existisse depois, ele mesmo o tiraria do nada, para lhe dar vida e ação.

Meneses explicou ainda mais o estado de sua alma; não era amor violento que sentia, era afeição serena e branda: tranquila, mas irresistível fascinação. O médico, por um sentimento de pudor que lhe ficara, não animou abertamente as esperanças do amigo; entretanto, a sua palavra era tão alegre, o riso de tão boa feição, que o espírito de Meneses para logo sentiu reflorirem-lhe as esperanças, se é que elas haviam secado alguma vez.

Capítulo XIII
Crise

Lívia não percebeu logo o amor de Meneses; mas, era impossível que tarde ou cedo o não suspeitasse. Não se fingiu admirada, quando ele lho confiou depois de algum tempo de assiduidade nas Laranjeiras. Nem se admirou nem se irritou; além de não ser motivo para cólera, havia entre ambos, como Félix dissera um dia, certa conformidade de sentir e pensar, que de algum modo os vinculava.

A resposta que lhe deu foi certamente fria e decisiva, não desdenhosa nem severa. Quando viu porém a tristeza que lhe causou, esqueceu de todo as formalidades convencionais e necessárias; procurou suavizar as penas do moço. Tirou-lhe toda a esperança presente ou futura; não poderia amá-lo nunca. A amizade, porém, que lhe tinha, talvez o consolasse do desengano. Isso apenas; não devia simular um amor que não sentia nem acenar-lhe com uma felicidade que lhe não podia dar.

— Que me não pode dar! — repetiu Meneses apegando-se ainda a uma esperança fugitiva. — E se eu esperar que algum dia soe a hora da felicidade que me nega? Nada depende de nós; os próprios movimentos do coração parecem nascer de mil circunstâncias fortuitas, se não é que os rege uma lei misteriosa, e essa... Quem sabe? um dia, talvez, ouso crê-lo, um dia sentirá que a simpatia que lhe inspiro se transforma, e...

— Basta! — interrompeu Lívia em tom imperioso.

Meneses calou-se; ela continuou:

— O amor não é isso que o senhor diz; não nasce de uma circunstância fortuita, nem de uma longa intimidade, é uma harmonia entre duas naturezas, que se reconhecem e completam. Por mais semelhante que seja o nosso espírito, sinto que Deus não nos fez para que amor nos unisse.

Meneses não estava para essas averiguações teóricas; é até duvidoso que prestasse atenção às últimas palavras da viúva. O quimérico edifício que tão labo-

riosamente construíra via-o ele desfazer-se em fumo, e esta só impressão o dominava agora.

Decorreu algum tempo de completo e acanhado silêncio. Estavam encostados à janela que dava para o jardim. Meneses não ousava levantar os olhos para ela; não era só natural vexame da posição em que se achava, era também medo de contemplar ainda uma vez o bem que perdia. Lívia compreendia esse estado da alma do moço. Lastimava, quem sabe?, não ser ele o escolhido do seu coração. Era o mais que lhe podia dar, e era muito. Enfim:

— Fiquemos amigos — disse ela. — A amizade lhe fará esquecer o amor; é mais serena que ele, e talvez menos exposta a perecer. Conheço que sou egoísta; peço-lhe uma coisa que só a mim aproveitará. Amigos, não lhe será difícil achá-los; eu não os acharia tão facilmente nem tais como o senhor.

Meneses tocou levemente na mão que ela lhe estendeu ao terminar essas palavras. O pedido que ela lhe fazia era mais afetuoso que judicioso; a um coração desenganado não há imediatamente compensações possíveis nem eficazes consolações. A bondade da viúva o comoveu todavia; ia agradecer-lhe quando Raquel entrou na sala. Raquel estacou. Ambos estavam acanhados. A viúva foi a primeira que rompeu o silêncio chamando a filha do coronel. Que queria dizer o sorriso benévolo, mas sonso, que lhe pairava nos lábios? Não o viu Meneses, que olhava para fora, mas viu-o a viúva e estremeceu.

Meneses não voltou lá durante uma semana; prolongaria a ausência, se o amor, fecundo de ilusões, lhe não houvesse enchido o peito de esperanças novas. Lívia tratou-o com a costumada afabilidade, talvez com afabilidade maior. Como a confiança de Félix não se havia alterado, Lívia usava assim uma dissimulação honesta, por simples motivo de piedade e gratidão. Estava no seu caráter esse modo de interpretar as coisas, e de as tratar assim sem grande respeito às conveniências sociais. Profanas, diria eu antes, se quisesse exprimir os verdadeiros sentimentos da viúva, que achava naquela obra de simpatia uma espécie de missão espiritual.

Às missionárias daquela espécie, se as há, desejo-lhes maior perspicácia ou mais feliz estrela. Nem a estrela nem a perspicácia da nossa heroína estavam acima do seu coração. O sentimento que a impelia era bom; o procedimento é que era errado. Ela não atentava nisso. Interrogava o rosto do médico, mais confiante e alegre que nunca, e só isto lhe bastava a seus olhos. Fossem eles menos namorados, e veriam que a tranquilidade de Félix era tão exagerada e fora dele, que não podia ser sincera.

A esses erros e ilusões, que podiam conter os elementos de um drama não remoto, veio juntar-se ainda a ilusão de Raquel. Esta aplaudia sinceramente os sentimentos que atribuía à viúva em relação a Meneses: o sorriso com que os surpreendera não queria dizer outra coisa. Fê-lo sentir um dia à viúva; a energia com que ela lhe respondeu mais a persuadiu ainda. Lívia quis então referir-lhe tudo, o verdadeiro objeto do seu amor e o seu próximo casamento; mas, posto que a idade não as separasse muito, Lívia considerava-a ainda criança e reprimiu o seu primeiro impulso.

Raquel ficou com as suas suspeitas.

Perdoemos agora à inexperiência da boa moça — criança, como dizia a viúva —, a leviandade com que insinuou ao médico as suspeitas que alimentava. Fê-lo por

meio de alusão delicada e fina numa ocasião em que o pedia a conversa. O golpe foi profundo; a prova pareceu decisiva desta vez.

Raquel notou a impressão do médico. O sorriso inocente e brincão que lhe entreabria os lábios repentinamente se lhe apagou. Félix olhava para ela sem ver a mudança que se lhe havia operado. Viu-a enfim, mas não a entendeu. Tentou fazer-se galhofeiro como sempre fora com ela; conseguiu fazê-la sorrir.

Os dias que se seguiram a esse foram de triste provação para a viúva. Sabemos já que o ciúme de Félix era às vezes ríspido. Nunca o fora mais que dessa vez. Longas cartas trocaram ambos, amargas as dela, as dele friamente cruéis e chocarreiras. Félix não lhe disse logo a causa dessa nova crise: adivinhou-a Lívia, e tudo lhe contou lealmente, sem lhe negar a boa intenção com que tratava o coração de Meneses. Era mostrar-se muito pouco mulher. Félix viu em tudo aquilo um tecido de absurdos.

O que lhe disse então foi o transunto das cartas que lhe escrevera. Grosseiro, irônico, incoerente, tudo isso foi nas palavras com que fulminou a pobre senhora.

Lívia não protestava. Quis interrompê-lo uma vez; quando ele acabou nada achou que lhe merecesse resposta. Estavam na sala. Olhou assustada para todas as portas, deixou-se cair frouxamente numa cadeira e tapou o rosto com as mãos.

Félix deu um passo para ela; o movimento era bom, mas o arrependimento veio logo.

— Adeus! — disse ele.

A moça descobriu o rosto.

— Félix! — exclamou ela.

O médico parou alguns instantes. Lívia levantou-se e foi a ele arrebatadamente. Chegou a pegar-lhe numa das mãos, abatida e lacrimosa ia começar uma última súplica. Ele porém puxou a mão violentamente, olhou para ela, e depois de longo silêncio, repetiu:

— Adeus!

Capítulo XIV
Ou capítulo do acaso

Félix chegou a casa cheio de cólera e desespero. Entrou impetuoso na sala; como se precisasse de vingar em alguma coisa a suposta injúria, lançou mão do primeiro vaso que se lhe deparou e deitou-o ao chão. O vaso fez-se em estilhas.

— Que é isso? — disse uma voz estranha.

Félix estacou espantado; olhou para o vão de uma janela, donde viera a voz, e deu com a figura de Moreirinha, comodamente sentado, com um livro de gravuras aberto sobre os joelhos.

— Sou eu — disse o visitante levantando-se e indo apertar a mão ao dono da casa. — Admira-se de me ver aqui? Tomei a liberdade de o esperar, a despeito das observações que me fez o seu criado.

Félix não pôde encobrir o desprazer que lhe causava a visita. Moreirinha leu-lhe isso claramente nos olhos, e continuou:

— Talvez não lhe seja agradável a minha presença, sobretudo porque me parece ter alguma coisa que o molesta nesta ocasião; mas não podia ser de outro modo...

Félix levantou os ombros.

— E maior será ainda o seu desgosto — continuou Moreirinha —, quando souber que não lhe peço asilo só por uma hora, mas até amanhã.

Dizendo isso, estendeu-lhe a mão. Félix estendeu-lhe a sua, e friamente lhe disse que podia ficar o tempo que quisesse.

Quando o coração padece não há maior importuno que um conversador indiferente e frívolo. Essa circunstância veio ainda azedar mais o espírito de Félix. A solidão lhe daria talvez um bálsamo salutar, se o havia para ele. O acaso deparou-lhe, entretanto, uma testemunha diante de quem lhe era forçoso aparentar a serenidade que não tinha.

O hóspede compreendeu a situação, e francamente lhe disse que o não queria perturbar; viera como asilado, não como visita; não tinha direito às atenções do dono da casa. Félix respondeu o melhor que pôde a essa cortesia, que aliás o obrigava ainda mais. Não havendo meio de escapar, procurou ao menos ser igualmente cortês. Demais, Moreirinha não era tão importuno como pareceria, porque falava sempre, e não tinha o sestro dessa outra casta de importunos que interrompem a cada passo os discursos com perguntas... de boca e de gesto.

Não se demorou o hóspede em dizer a causa que o trouxera ali: era Cecília. Apesar da situação em que se achava, Félix não pôde deixar de lhe prestar atenção.

— Cecília? — perguntou ele.

— É verdade: é o meu mau anjo. Lembra-se dos elogios que lhe fiz dela? Eram sinceros, e eram também justos naquele tempo. Até então não havia encontrado docilidade igual. Não sou piegas, sabe; mas gosto de um episódio assim. Não sei que lhe fizeram à boa rapariga, que de todo mudou e veio a ser um verdadeiro diabo. Aquelas cadeias tão leves que nos prendiam um ao outro, e que eu chamava cadeias de rosas, tornaram-se de ferro pesado. Quero fugir-lhe e não posso; tenho tentado tudo para escapar-lhe, mas em vão. Escondo-me em casa, na casa dos amigos, nos hotéis; onde quer que esteja lá irá buscar-me, e então Deus sabe o que sofro. Hoje lembrou-me vir passar aqui o resto do dia e a noite com o senhor; estou certo de que não dará comigo.

Félix ouvira atentamente a exposição do Moreirinha, não sem achar alguma relação entre o estado dele e o seu. Moreirinha referiu então muitos episódios do que ele chamava sua escravidão.

— E não conhece nenhum meio de lhe escapar por uma vez?

— Nenhum; ainda quando eu pudesse sair da Corte, estou certo de que ela iria buscar-me a bordo do navio ou à portinhola do carro que me levasse.

Tão notável mudança no caráter de Cecília não deixou de chamar a atenção de Félix. Compreendeu facilmente que era obra do próprio amante. A rola fizera-se gavião, pela única razão de que Moreirinha lhe dera ensejo de conhecer a própria força.

De abatimento em abatimento chegara Moreirinha à miserável posição atual. Não era ele homem de salutares reações nem de resignações filosóficas: era, sim, ho-

mem de fugir e adiar — caráter feito de inércia e medo, maravilhosamente disposto para os desesperos inúteis e as capitulações vergonhosas.

— Mas, por que não sai da corte algum tempo? — disse Félix após alguns minutos. — Sempre há de haver meio de fugir...

Moreirinha refletiu um instante.

— Por duas razões — disse ele —: a primeira é que, apesar de tudo, não deixo de gostar dela, e se pudesse escapar-lhe durante trinta dias, ia no trigésimo primeiro procurá-la...

— A segunda razão? — interrompeu Félix, a quem parecia incomodar essa ingênua confissão.

— A segunda razão — respondeu Moreirinha com hesitação — é que... não posso.

Félix desceu os olhos ao vestuário do rapaz, e viu nele o comentário das palavras que acabava de ouvir. Elegância ainda havia, mas já pobre e rafada; os botins tinham sinais de longo serviço; o paletó, aliás bem lançado, era de fazenda visivelmente inferior. Trazia luvas cor havana, mas ao olhar curioso de Félix não escapou a circunstância de que as pontas dos dedos já estavam assinaladas por uma leve pasta de cor preta, vestígio de aturado uso.

Não era preciso grande perspicácia para compreender que aquilo tudo era obra de Cecília. Nem ficaria longe da verossimilhança quem afiançasse que Moreirinha estava eternamente condenado ao capricho daquela mulher. Não tinha decerto o rapaz com que lhe satisfazer todas as vaidades e necessidades; ela incumbia-se de abrir outras verbas no orçamento da receita, mediante um bem combinado sistema de impostos.

Félix compreendeu tudo isso de relance, e procurou trazer o espírito de Moreirinha a ideias mais alegres, menos ainda por ele que por si.

Não foi coisa difícil. Ao espírito de Moreirinha repugnavam as preocupações graves. Aproveitou o ensejo que o médico lhe ofereceu e entrou a falar das coisas correntes do dia. Dos mil episódios da vida de certa classe, não havia gazeta melhor informada que o amante de Cecília. Os novos amores de uma, os arrufos de outra, o dito chistoso desta, a aventura daquela, tudo ele sabia em primeira mão. Não lhe perguntassem por estreias literárias nem crises políticas; mas a mobília com que fulano presenteara a certa dama, a ceia equívoca em que sicrano chegara a beber champanhe por uma botina, esse era domínio seu, desde que os amores de Cecília de todo o separaram da sociedade.

Isso não recreava nem interessava, mas enchia o tempo, e desde que estava obrigado a sofrer o hóspede, era melhor sofrê-lo assim.

Era impossível, entretanto, não volver o espírito à sua própria situação. De quando em quando o médico esquecia o narrador, e o seu pensamento ia esvoaçar em derredor da viúva. Foi numa dessas ocasiões que lhe chegou uma carta dela. Félix abriu-a sofregamente e leu-a duas vezes. Era longa; recapitulava a história daqueles últimos meses, e concluía fazendo um apelo à razão do médico. Adivinhava-se que a moça escrevera com lágrimas, mas já não havia o tom súplice com que em análogas ocasiões lhe pedia a reconciliação.

O tempo alguma obra havia já feito no espírito de Félix; a carta veio consumá-la. Félix não estava ainda certo da inocência da viúva, mas já estava certíssimo da brutalidade da sua explosão, e esse reconhecimento era uma dor nova, quase tão profunda como a outra.

Seu primeiro impulso foi ir ter com Lívia; desistiu dele e preferiu escrever-lhe uma carta. Três vezes a começou sem lograr chegar ao fim. Vacilava entre ser afetuoso ou severo; num caso lembrava-lhe a perfídia possível, noutro, a provável inocência; temia ser injusto ou ridículo. Como todos os caracteres indecisos, não achou mais recurso que uma inútil desesperação.

Anoitecera; Moreirinha estava mais alegre que nunca, e pagava a hospitalidade do médico com as suas galhofas costumadas. Não contava com Cecília, mas adivinhou que era ela quando ouviu parar um carro à porta.

— Estou perdido! — disse ele desatando um longo suspiro.

Era ela.

Cansada de esperar que lhe levassem resposta do recado que dera, Cecília desceu do carro e entrou em casa. Ao chegar à porta relanceou os olhos pela sala, onde não viu desde logo o amante; Moreirinha metera-se no vão de uma janela. Félix olhou severamente para Cecília, como quem lhe estranhava a liberdade que tomara. Mas onde iam já as flores de antanho? A dócil rapariga de outro tempo tornara-se mulher desgarrada e solta. Caminhou afoitamente para o médico e estendendo-lhe a mão:

— Como estás, *mon vieux*? — disse com um risinho de mofa.

Nessa ocasião descobriu o amante, que parecia entretido em contar as estrelas. Foi a ele, e soltava já as primeiras palavras de uma veemente apóstrofe, quando Félix julgou prudente intervir, a tempo de evitar um escândalo; reconciliou-os como pôde, e secamente os despediu.

Lívia estava à janela desconsolada e triste, enquanto Raquel, não menos triste que ela, executava no piano uma melodia adequada à situação de ambas. Não viera resposta do médico; a viúva sentia desvanecer-se-lhe a esperança de tantos meses, e com ela o futuro que tão perto se lhe afigurava. Estas eram as suas melancólicas reflexões, quando viu parar à porta de Félix um carro, descer uma mulher, entrar, sair depois com um homem e partirem ambos.

O golpe foi terrível e mais profundo que nunca. A viúva não temia decerto uma rival triunfante; mas via e sentia o desprezo do homem por quem tantas lágrimas chorara naquele dia. Se o médico lhe aparecesse então, ela reconheceria o seu engano, e a alegria de se sentir estimada lhe daria forças contra a dor de se ver ofendida. Félix não veio. Lívia mal pôde resistir à humilhação. Uma lágrima — a última que lhe restava — foi a única expressão do seu imenso desespero.

Capítulo XV
Enfant terrible

No dia seguinte, logo cedo, Viana foi à casa do médico. Não ia almoçar com ele; ia convidá-lo para jantar.

— Faço anos hoje — disse o parasita —, e quisera ter à mesa alguns amigos, poucos. O senhor é dos primeiros, não pode faltar.

— Não faltarei — respondeu Félix.

Viana emitiu em seguida algumas ideias a respeito da maneira por que encarava um jantar de anos. Não devia compreender senão amigos íntimos, por ser festa do coração, alegria doméstica, em que tudo o que não falasse a língua da amizade seria estrangeiro ou talvez inimigo. Não bastava gosto para a escolha de tais amigos; era preciso jeito e sagacidade para discernir os que se prendiam pelo afeto dos que aderiam pelo costume. Esqueceu-lhe o principal; esqueceu-lhe dizer que, no seu ponto de vista, um jantar de anos era também um jantar a juros.

Félix aceitou o convite com sofreguidão; esperava um pretexto para voltar à casa de Lívia. Pungia-o ainda o ciúme, mas a irritação passara, e em lugar dela nascera o desejo de ver restabelecida a harmonia antiga, não por ato de vontade própria, mas por uma completa justificação da amada.

Com tais sentimentos saiu de casa. Lívia estava à janela quando o viu chegar; foi recebê-lo no patamar da escada que dava para o jardim. Ao apertar-lhe a mão, entre triste e risonha:

— Era eu que devia perdoar-lhe — disse —; mas seria ofender o seu orgulho.

— O meu orgulho? Perdoar-me? — repetiu Félix.

— Sim — disse ela fazendo um gesto afirmativo.

Leu-lhe Félix no rosto tão sincera tranquilidade, que esteve quase a aceitar a reconciliação. Hesitou algum tempo; deitou os olhos à sala, e viu atravessá-la na direção da escada a figura de Raquel. Então lembrou-lhe a semiconfidência que esta lhe fizera, e amargamente respondeu à viúva:

— Sejamos sérios.

Lívia empalideceu. Quis responder alguma coisa, e não pôde; Raquel estava com eles.

Pouco depois chegaram o coronel e d. Matilde; Meneses não tardou muito. Algumas pessoas mais completavam o pessoal da festa. A presença de estranhos constrangia a viúva e o médico; era forçoso ser alegre como os outros, e isso custava a ambos, mais ainda a ela que a ele.

O jantar passou sem novidade de vulto. As pilhérias do coronel e os brindes repetidos de Viana entretiveram a sociedade. Félix tentou seguir a corrente da alegria e logrou obtê-lo. Não reparava — ainda mal! — que a fronte da viúva parecia entristecer-se mais; seus olhos procuravam antes os de Meneses que os dela. Meneses tinha os seus embebidos nela.

No fim do jantar Viana propôs que fossem conversar na chácara. Meneses pediu que a filha do coronel tocasse primeiro uma melodia que lhe ouvira alguns dias antes. Raquel consentiu. A melodia era extremamente melancólica, e Raquel tocava-a com alma. O tom da música influiu nos ânimos; não havia só o simples silêncio da atenção, mas o recolhimento da tristeza.

Em alguns dos convivas essa impressão era mais natural e foi mais pronta. O médico, entretanto, forcejava, não só por sacudir a estranha influência, como por afetar completa isenção de espírito.

Luís estava em pé diante dele, com os cotovelos fincados nos seus joelhos. Félix brincava-lhe com os cabelos, e ambos sorriam um para o outro, como se fossem os únicos estranhos à comoção geral.

Ora, no meio do absoluto silêncio da sala, apenas interrompido pelas notas

soltas e magoadas que os dedos de Raquel tiravam do piano, o filhinho de Lívia fez esta singela pergunta ao médico:

— Por que é que o senhor não se casa com mamãe?

Lívia estremeceu. Raquel cessou de tocar e volveu rapidamente a cabeça para o grupo donde partira a voz. Dos outros convivas uns sorriam da inocente indiscrição do menino, outros observavam a viúva, ninguém reparava em Raquel.

A filha do coronel deixou imediatamente o piano. Viana lembrou então o passeio da chácara. Todos aceitaram o alvitre e saíram da sala. A espécie de acanhamento que a pergunta do menino deixara em todos, para logo desapareceu de alguns.

Lívia não saíra logo. A alguma distância repararam na falta dela, e Raquel propôs-se a ir buscá-la. Achou-a a abraçar e beijar o filho. Conquanto ela fosse mãe extremosa, não havia razão imediata para aquela explosão de ternura. Raquel estacou sem compreender nada.

A viúva olhou para ela conchegando o filho ao coração.

— Que queres? — perguntou.

Raquel não respondeu. A pouco e pouco se lhe ia alumiando o espírito. Olhou longo tempo para ela, como se à força quisesse arrancar-lhe a explicação que o seu coração pressentia. Enfim; pareceu adivinhar tudo.

— Ama-o então? — perguntou ela com os lábios trêmulos.

— Creio que o amei — respondeu Lívia baixando tristemente a cabeça.

Se o espírito de Raquel não fosse ainda o regaço da castidade, aquela confissão mentirosa da viúva, porque ela ainda amava, podia fazer-lhe nascer alguma desairosa suspeita. Mas Raquel não viu naquelas palavras mais do que um amor medroso e não compreendido. Sua eloquente resposta foi apertá-la nos braços.

Lívia apertou-a com força. Era a primeira vez que o acaso lhe deparava uma confidente. Alterava-se-lhe o seio, túmido de suspiros; duas lágrimas lhe romperam dos olhos e foram morrer na espádua de Raquel. O menino interrompeu essa doce efusão. Lívia respirou largamente, e beijando com ternura a moça, disse:

— Vamos.

Mas Raquel não se movia. Tinha os olhos postos nela, os lábios apertados, os braços pendentes. Lívia sacudiu-lhe brandamente os ombros.

— Que tens? — disse.

— Nada — suspirou Raquel.

Lívia estremeceu. Súbito relâmpago lhe atravessou as sombras do espírito. Interrogou-a de novo, mas foi em vão. Então sentiu em si todas as energias do seu temperamento, e com um grito, que a cólera abafava, exclamou:

— Ah! tu o amas também!

Raquel não lhe respondeu. Se a viúva lhe houvera falado com brandura é provável que lhe fizesse plena confissão de seus sentimentos. Mas, às palavras coléricas de Lívia, a pobre moça começou a tremer.

— Tu o amas também! — respondeu Lívia com voz surda e concentrada.

Raquel curvou o corpo, pôs as mãos em atitude de súplica, e murmurou com voz trêmula:

— Perdão!

Pairou nos lábios da viúva um sorriso sarcástico. Raquel repetiu ainda muitas

vezes a palavra *perdão*; mas a única resposta da sua rival foi pegar-lhe o braço e indicar-lhe a porta.

— Vai ter com ele! — exclamou.

Depois saiu arrebatada da sala. Raquel, magoada pela violência do gesto da viúva, acompanhou-a com o olhar até à porta. Os olhos da corça ofendida não chamejavam ódio contra a leoa irritada.

Capítulo XVI
Raquel

Quando Raquel ficou só atirou-se ao sofá, trêmula, fria, com os olhos secos, sem compreender bem aquele drama íntimo, mas sentindo-lhe já algum terrível desenlace. O que ela via claro é que a outra amava o mesmo homem, e com tal força que cedera a um impulso de cólera, tão contrário aos seus hábitos de brandura.

As reflexões de Raquel não passaram daí. Nem todas as almas podem encarar as grandes crises. Quer-se um espírito robusto para essas situações complexas. Raquel ficou simplesmente atônita e abatida.

Na chácara foi notada a ausência das duas. Viana deixou os hóspedes e foi à sala.

— Que faz aqui? — perguntou ele à filha do coronel.

Raquel ficara perturbada com a presença de Viana, e ainda mais com a pergunta. Enfim, balbuciou uma resposta infantil.

— Estava pensando numa coisa — disse ela.

— Onde está Lívia? — perguntou Viana sem atender à resposta da moça nem ao sorriso forçado que lhe entreabria os lábios.

— Creio que está incomodada; foi para dentro.

— Coisa de cuidado?

— Parece que não.

Viana deu duas voltas na sala e saiu para a chácara, pedindo à moça que lá se fosse reunir aos outros.

Félix, entretanto, viera até o jardim, que ficava em frente da casa. Mal havia dado alguns passos quando viu encostada à porta da sala a filha do coronel, com os olhos postos no céu, acaso pedindo a Deus que lhe estendesse a mão para subir até lá. Era sol-posto, hora de melancolia; tudo ali em volta assumia a cor pardacenta e luminosa dos últimos instantes da tarde.

Félix caminhou cautelosamente para a casa, subiu por um dos lanços da escada, e surpreendeu a moça, dizendo-lhe:

— Está linda assim; mas nós precisamos vê-la cá fora.

Raquel retraiu o corpo sem ousar dizer uma só palavra. Félix estendeu-lhe a mão convidando-a a descer. A moça entrou para dentro; o médico deu ainda um passo, mas ela, fazendo um gesto suplicante, disse com voz aflita:

— Pelo amor de Deus, saia!

Félix não resistiu; desceu ao jardim e caminhou para a chácara a reunir-se às outras pessoas. Em vão buscava conjeturar a causa daquela súplica. Era impossível conciliar o procedimento de Raquel com a familiaridade e a confiança que entre ambos havia. A razão da diferença devia ser grave. Mas qual seria ela?

Os convidados retiraram-se cedo. Meneses e Félix foram os últimos que saíram, ao lado um do outro, ambos entregues a reflexões diversas, porque Félix pensava nas palavras de Raquel, Meneses na pergunta do menino.

A filha do coronel desceu ao jardim. Era noite fechada. Sentou-se num banquinho, e ali ficou em triste meditação. A pobre moça tremia de susto, de incerteza, de apreensão. Não ousava encontrar os olhos de Lívia; tinha-lhe medo, medo pueril, escusado, sem razão, mas enfim medo, e nada havia que tranquilizasse a sua alma franzina e pusilânime.

Como benefício celeste, entraram-lhe a correr as lágrimas, até então retidas pela presença de estranhos. Ninguém lhas viu, que a noite era fechada e o sítio ermo; mas a aura estiva, que começava a bafejar a folhagem ressequida do sol, acaso lhe ouviu os soluços, acaso lhos levou ao seio de Deus. Veio então, de influxo divino, uma doce consolação às suas mágoas solitárias.

Não ousando voltar para dentro, determinou esperar ali o irmão da viúva, que fora acompanhar um amigo da vizinhança. Pedir-lhe-ia então para a levar no dia seguinte à casa de seus pais. Não hesitava entre a ternura deles e o ódio de Lívia.

Assim refletia ela, quando sentiu passos no jardim. Voltou-se; era a viúva.

— Ah! — exclamou Raquel levantando-se, trêmula e assustada. — Pelo amor de Deus! eu não lhe fiz mal nenhum!

Lívia acercou-se de Raquel; travou-lhe brandamente das mãos, apesar do esforço com que ela buscava esquivar-se, e disse:

— Que mal me farias tu, criança? A culpada sou eu; sou eu que te peço perdão, porque fui cruel e injusta, e cedi ao egoísmo do meu coração... Perdoa-me!

— Perdoo-lhe tudo! — respondeu Raquel.

Caíram nos braços uma da outra. Jamais duas rivais se estreitaram mais sinceramente amigas do que essas duas. Largos minutos correram sem que nenhuma delas falasse; refletiam talvez, talvez não pudessem vencer o acanhamento da sua posição. Lívia foi a primeira que rompeu o silêncio:

— Como é que vieste a amá-lo? — perguntou ela.

— Não sei — respondeu ingenuamente Raquel —; nasceu-me o amor sem que eu reparasse nele. Nem sei se nasceria; creio que foi apenas transformação, porque eu de pequena me acostumei a admirá-lo. Foi talvez a admiração que se fez amor quando eu cresci.

— Nunca lho deste a entender?

— Oh! Nunca.

— E ele?

— Percebi que me queria. Brincava comigo, como quando eu era criança: nada mais.

— E resignavas-te à sorte?

— Que poderia fazer senão isso? Alguma esperança tive nestes últimos tempos; em que a fundava, não sei; talvez na circunstância de nos vermos mais a miúdo. Enganava-me; penso que não nasci para ser feliz.

— Quem sabe? — disse a viúva. — Nem sempre o nosso coração acerta; pode ser que mais tarde te apareça outro a quem ames do mesmo modo...

— Do mesmo modo? — interrompeu Raquel com surpresa.

Lívia pegou-lhe nas mãos.

— Não te parece que assim seja? — perguntou.

— Oh! não. Chame-me criança, se lhe parece; a senhora há de saber mais do que eu, naturalmente; mas o meu coração me diz que eu não poderia amar a ninguém mais.

— A ninguém mais! — murmurou a viúva amargamente. — Concentraste então toda a seiva do teu coração nesse amor silencioso e quimérico? Não digas isso; amarás mais tarde a outro que te amará também, e serás feliz, creio eu. Murchará essa primeira flor do teu coração, mas há seiva nele para dar vida a outra flor, tão bela talvez, e com certeza mais afortunada. O contrário, Raquel, seria injustiça de Deus. O amor é a lei da vida, a razão única da existência. Encher de uma só vez a alma, sem que ninguém lhe beba o licor divino, e regressar ao céu sem ter conhecido a felicidade na Terra, nem o quererá Deus, nem o temerás tu. Falas pela boca da tua amargura de hoje; espera a ação do tempo, que é bom amigo.

Raquel meditava. Era a primeira vez que ela ouvia falar daquele modo em coisas do coração. A linguagem da viúva servia-lhe a um tempo de consolação e de luz.

Lívia falou ainda muito tempo, sem preconceito nem reserva; não falou como rival, senão como amiga e mãe. Não reparava sequer que lhe dava armas contra si. Falaria talvez de outro modo se se considerasse feliz; mas, como a situação de ambas era igual, ela entornou na alma de Raquel todo o sentimento de que a sua alma estava cheia, e foi eloquente, porque foi sincera.

— Sim — disse Raquel, quando ela acabou —; compreendo tudo isso que me está dizendo. A senhora sabe amar... E ainda o ama, não?

Lívia calou-se.

— Que lhe custa dizer? — insistiu a donzela.

— Custa-me lágrimas. Eu não te poderia explicar nunca esse sentimento que me nasceu como erva ruim para me envenenar a existência, e que eu tanto tempo supus que seria a coroa de minha vida... Não te quero enfadar, que são tristezas para isso.

— Mas então ele? — aventurou Raquel.

— Não me perguntes mais; afirmo-te só que o amei, que talvez tornasse a amá-lo...

— E que ainda o ama — concluiu a rival.

Lívia esteve calada alguns instantes, procurando ler-lhe no rosto, apesar das sombras da noite, as impressões que lhe iriam na alma.

— Não! Já o não amo! — disse a viúva com esforço.

Seguiu-se um longo silêncio.

— E se o amasse — disse enfim Lívia —, que farias tu?

— Nada! — respondeu resolutamente Raquel.

— Deveras, nada?

— Pediria a Deus que a fizesse feliz, e estou certa que Deus me ouviria.

— Eras capaz disso? — perguntou a viúva segurando-lhe nos pulsos e fitando-lhe os olhos em cheio.

— Era — respondeu ingenuamente a donzela.

Lívia não disse palavra. Se das comoções da sua alma algum vestígio lhe subiu ao rosto, disfarçou-lho a noite às vistas de Raquel. Ambas ficaram pensativas algum tempo. Uma forte rajada fê-las estremecer. Era sinal de chuva próxima; nuvens negras começavam a povoar o céu. As duas recolheram-se a casa.

— Vales mais do que eu — dizia a viúva entrando com Raquel na sala. — Eu sou apenas egoísta; egoísta e nada mais. Guarda essas flores evangélicas do sacrifício, do perdão e do amor. São raras; e por isso é que és um anjo.

Foi diferente a noite que ambas passaram.

Raquel estava mais tranquila depois da conversa no jardim; mas, que destino teria a flor de sua alma, lírio transformado em goivo, vivido de lágrimas, medrado no silêncio? Não lhe apeteciam lutas. Faltavam-lhe as armas de combate — a astúcia ou a energia; faltava-lhe principalmente o desejo de despertar um coração que sabia não ser seu.

Mas esse coração possuía-o acaso Lívia? Parecia-lhe que não; o mistério, porém, a reticência, a indecisão das palavras da rival, tudo se lhe afigurava cobrir um drama que ela não compreendia nem conjeturava.

No ânimo de Lívia outras foram as preocupações. Para ela, a situação era mais clara. Sentia desvanecer-se o amor de Félix, e via surgir uma rival perigosa. Tinha medo da ignorância de Raquel; receava que a inocência dessa alma ainda em flor pudesse dominar o espírito rebelde de Félix; e tal seria a catástrofe das suas esperanças.

E quando todas essas sombras lhe povoavam o espírito e o coração lhe pulsava com mais força, perguntava-lhe a consciência se lhe era lícito opor algum obstáculo à felicidade da donzela, dado que esta vencesse o coração do seu noivo.

Lívia não dormiu a noite toda. No dia seguinte, apenas a claridade da manhã lhe entrou no quarto, a viúva levantou-se, vestiu à pressa um roupão, e foi ao quarto de Raquel.

A filha do coronel dormia profundamente. Repousava de suas longas reflexões. Lívia abriu o cortinado muito ao de leve, contemplou-lhe o rosto sereno e risonho, os olhos cerrados, e os lábios semiabertos como se em sonhos murmurasse palavras de amor. Os cabelos esparsos lhe serviam de resplendor à sua cabeça angélica.

"Não!", pensava Lívia, "o amor não dorme assim tranquilo em dias de infortúnio e desespero. Criança inconsciente que te supões alar às regiões do sol, que sabes tu dos precipícios da viagem, que conheces tu das voragens do coração?"

— Ah! Estava aqui! — exclamou Raquel acordando. — Ainda bem!

— Por quê?

— Sonhei que morria, e que era recebida no céu. Fora bom morrer assim; mas eu sempre tinha pena de deixar a Terra. Acordou hoje muito cedo.

— Queria dar um passeio — disse Lívia indo abrir a janela —, mas a manhã já está quente.

Raquel olhou para ela; viu-lhe os olhos pisados e o rosto desfeito. Compreendeu que não havia dormido, e que chorara.

— Ama-o então muito? — perguntou ela a si mesma.

Capítulo XVII
Sacrifício

A situação das duas moças demandava um termo. Raquel foi a primeira que resolveu deixar completamente o campo; tinha no seu restabelecimento uma excelente razão para regressar a casa.

Lívia compreendeu a intenção da amiga quando esta lhe comunicou a sua resolução. Era tão simples e tocante o sacrifício, que a viúva não resistiu a um impulso generoso. Respondeu-lhe com um beijo. O beijo era de admiração; Raquel acreditou fosse de agradecimento, e sorriu com tristeza.

Ficou assentado que Raquel iria no domingo próximo, e nesse sentido foi avisado o coronel.

Estavam ainda no dia seguinte ao do episódio do menino. Nenhuma das suas circunstâncias esquecera ao médico. A esquivança de Raquel continuava a preocupar-lhe o espírito, não menos que a infundada suspeita que nutria a respeito da viúva. Era meado do mês de dezembro. A data do casamento estava próxima. Tudo exigia um desenlace a tempo.

Não tardou que o médico descobrisse os sentimentos que a filha do coronel nutria a seu respeito. Surpreendeu-a perto de uma janela interior, a beijar uma página de um álbum de retratos. Aproximou-se cauteloso, lançou os olhos à página e viu nela o seu próprio retrato.

A descoberta fê-lo sorrir. Seria aquilo a razão da mudança que notara nela? Nesse caso sabia já da afeição que o ligava à viúva, talvez do projetado casamento. Era possível também que a volta dela à casa de seus pais não tivesse outro motivo.

Por mais isento que seja o espírito de um homem, é raro que o não lisonjeie uma afeição assim, medrosa e silenciosa, nascida e vivida na soledade da alma. Félix sentiu primeiro essa impressão de egoísmo. Veio depois outro sentimento melhor — o de uma respeitosa admiração. Seu pensamento entrou a conjeturar a data daquele singular amor; à proporção que se internava nos dias do passado, ia combinando uma série de episódios esparsos, aparentemente vagos, agora significativos e eloquentes. Não era recente a afeição dela; era talvez anterior à sua enfermidade.

Chegara o sábado, véspera da partida de Raquel. Era de noite. Félix estava em casa da viúva, e ambos, e Raquel, e até Viana, todos pareciam preocupados e tristes. O médico olhava para a filha do coronel, sem reparar que os olhos de Lívia seguiam os seus e como que buscavam ler por eles os sentimentos do coração.

Raquel esquivava-se às atenções do médico. Em certa ocasião, porém, achando-se Félix mais afastado, aproximou-se dele com um livro.

— Já leu este romance? — perguntou ela.

— Deixe ver — disse Félix, convidando-a com um gesto a sentar-se.

Raquel não se sentou; estendeu-lhe o livro, e olhou com insistência para o médico.

Félix pegou no livro e consultou a primeira página; ia voltar distraidamente a segunda, quando lhe caiu nos joelhos um papelinho dobrado. Raquel voltou as-

sustada a cabeça para o lado de Lívia, que de pé, junto do piano, tirava notas soltas do teclado, sem olhar para o grupo. Raquel fez ao médico um sinal de silêncio e afastou-se dele. Félix guardou o papel no bolso.

"Quase uma criança!", ia ele pensando quando se retirava para casa depois do chá.

Quando ali chegou não se deu ao trabalho de tirar o chapéu. Abriu a carta logo na sala.

Dizia a carta:

> Pela memória de sua mãe, não seja cruel! Lívia ama-o muito. Não a faça morrer, que seria um pecado!

Félix esfregou os olhos e releu o bilhete.

Não havia negá-lo; a letra era de Raquel e o conteúdo era uma súplica a favor da rival. Não sorria o médico; estava atônito. A verdade, tão inverossímil desta vez, metia-se-lhe pelos olhos, singela, eloquente, espontânea. Espontânea seria? Félix fez essa pergunta a si mesmo, e afirmativamente lhe respondeu; não atribuía à viúva tamanha influência, nem à donzela tamanha submissão, que uma inspirasse e a outra escrevesse aquela carta. A coisa pareceu-lhe o que realmente era: um sacrifício de Raquel.

Félix não era homem de grandes expansões; mas, se Raquel estivesse diante dele naquela ocasião, era capaz de cair-lhe aos pés. Abafar uma afeição silenciosa, a primeira talvez, para pedir a felicidade de outra mulher, era abnegação rara, que o surpreendia.

A ação de Raquel fez-lhe esquecer por algum tempo a viúva, objeto da carta que acabava de ler. Raquel não afirmaria tão claramente os sentimentos da amiga se não tivesse plena certeza deles. Como conciliaria, entretanto, a afirmação de hoje com a suspeita de ontem? A mesma Raquel lhe insinuara diversa inclinação da viúva. Naturalmente reconhecera o contrário. A ideia da reabilitação de Lívia para logo dominou o espírito de Félix. Seu amor existia no mesmo estado de força e viço; fácil de desmaiar, não era menos fácil de se restabelecer. No dia seguinte parecia desfeita a nuvem que por alguns dias o abafara.

Foi à casa da viúva; era uma hora da tarde. Tinha curiosidade de encarar a filha do coronel. Achou-a tão alegre e travessa como era dantes. Era assim aparentemente; os olhos estranhos não viam a mágoa interior e encoberta que lhe roía o coração. Seu infortúnio tinha pudor.

Ao médico era impossível encobrir esse estado. A tocante generosidade da moça fez-lhe bem ao coração. Teve ele a delicadeza de não tratar a viúva por modo que magoasse a donzela; mas, tão outro se mostrava do que fora até então, que a viúva não pôde resistir-lhe, e aquele dia foi muito menos triste que os outros.

As travessuras de Luís faziam coro com as de Raquel. A porta da sala estava aberta. Luís desceu os degraus que comunicavam da sala com o jardim, na ocasião em que Lívia fechava uma pulseira de Raquel. Quando a viúva deu por falta do filho, correu à porta. O menino corria na direção da porta da rua. A mãe desceu atrás dele.

Raquel ia descer também; Félix pegou-lhe na mão. A moça estremeceu toda; afoguearam-se-lhe as faces, e ela balbuciou:

— Leu a minha carta?

— Li — respondeu Félix cravando nela um olhar que era a um tempo de simpatia e de pena. — Li, e não sei se deva crer o que lá me diz.

— É a verdade.
— Mas então supõe!...
— Que ela o ama; afirmo-lho.
— E que eu a amo também? — perguntou com hesitação.
— Isso... creio — assentiu Raquel, abaixando os olhos.

Félix calou-se. Decorreram dois ou três minutos de silêncio. Raquel continha com dificuldade os movimentos do coração. Preferia estar a cem léguas dali, mas lembrava-se da outra e isso lhe dava ânimo.

O médico foi o primeiro que falou:
— Como sabe que ela me ama?
— Sei — respondeu Raquel sorrindo com afetação —, e é quanto basta. Demais, nenhuma moça escreveria semelhante carta a um homem se não tivesse certeza do que afirmava. Só lhe peço uma coisa: destrua essa carta. Nada vale, mas eu não quisera que a conservasse.

Lívia aproximava-se; sentiram passos na escada de pedra. Raquel correu à porta, enquanto Félix tirava a carteira do bolso, e procurava o bilhete de Raquel. Foi nessa ocasião que o coronel e a esposa chegaram. As duas moças desceram a recebê-los. Félix desceu também, e caminhou a alguns passos de distância, com o coração dividido entre o amor de Lívia e a admiração de Raquel.

Os pais da moça jantaram nas Laranjeiras. Lívia acompanhou depois toda a família à cidade. Na ocasião de se despedir do médico, a filha do coronel sentiu que as forças lhe iam faltando. Reagiu, porém, sobre si mesma, e sem olhar para ele, estendeu-lhe a mão, que o médico respeitosamente apertou. Ao voltar-lhe as costas um suspiro lhe saiu do peito; partira-se o último vínculo da esperança.

Capítulo XVIII
Renovação

Lívia não ignorou muito tempo a existência da carta de Raquel. Félix mostrou-lha no dia seguinte, desejoso de saber como havia nascido no espírito da moça a convicção tão generosamente afirmada.

— Contei-lhe tudo — disse a viúva —, quando supunha que tudo estivesse morto no teu coração. Ela condoeu-se de mim, e vejo agora que não era sentimento estéril o que me revelara. Pobre Raquel!

— Esta carta foi excelente consolação, Lívia, porque eu sentia uma dúvida cruel a teu respeito... Mas a que propósito lhe falaste?

Lívia hesitou alguns instantes. Ou melhor, reprimiu o seu primeiro impulso, que foi referir ao médico o amor e a confissão de Raquel. Estaria no seu caráter se o fizesse; mas um vislumbre de reflexão atalhou essa confidência prestes a subir-lhe aos lábios. Receio que a notícia de um amor tão generoso o desviasse dela? Pode ser. A explicação que lhe deu foi breve.

— Já lhe disse — respondeu a moça —; confiei-lhe a causa das minhas mágoas, num dia em que mostrava condoer-se de mim. Se errei, a culpa é sua.

Félix não insistiu. Pela sua parte, deixou também de referir a razão da recente frieza nas suas relações com ela. A viúva, que o sabia, achou mais acertado não lhe falar nisso.

Tantas vezes apagada no céu, reaparecia enfim a estrela da felicidade, e para sempre? Era caso de dúvida, à vista do passado; mas a credulidade da viúva estava acima da sua experiência. A ternura de Félix nunca fora mais espontânea e viva do que então. O coração como que se lhe renovara. O sacrifício de Raquel não era estranho a essa reação, que fazia reviver todas as esperanças da amada.

A alegria tornou a florir no rosto e no peito da viúva. Ela possuía a memória da felicidade, não a das tristezas. O que eram reminiscências de infortúnio apagou-se com o tempo; a serenidade dos primeiros dias foi só o que lhe ficou.

Houve em certa ocasião uma leve nuvem passageira; foi a presença de Meneses, que ainda frequentava a casa da viúva. A maneira por que Félix recebera o amigo fez compreender à moça que no coração dele havia ainda um travo de amargura. Não lhe foi difícil extingui-lo de todo. Referiu-lhe ingenuamente tudo o que se passara entre ela e Meneses, a branda austeridade com que respondera às suas declarações amorosas, enfim o procedimento honesto do rapaz.

Félix abanou a cabeça.

— Censuras-me? — inquiriu a moça.

— Não — afirmou o médico. — Lastimo-te.

— A intenção era boa.

— Seria; mas a vida não é fábrica de sentimentos; não se vive como se romanceia. Ímpetos de generosidade são muito bons, quando se não corre perigo nenhum. Quem te afiançava a honestidade desse moço?

— Oh! adivinha-se!... Queres uma prova? Ele não voltará cá.

— Por quê?

— Creio que percebeu tudo.

O médico ficou algum tempo pensativo. Duas vezes tentou falar e conteve-se. Enfim disse:

— Não é preciso perceber aquilo de que há de ter certeza amanhã. Casamo-nos na segunda semana de janeiro. A notícia será pública desde já.

Félix esperava um movimento expansivo da viúva, ao ouvir essa declaração. Lívia não se alterou; apenas empalideceu.

— Tens razão — disse Félix depois de olhar para ela algum tempo —; eu não tenho direito a mais. Tantas vezes te iludi, que é legítimo o teu receio.

No dia seguinte fez o médico oficialmente o seu pedido na presença de Viana, que abraçou com entusiasmo o futuro cunhado.

— Isto devia acabar assim mesmo — disse ele —; há muito que eu previa e desejava o casamento. Nasceram um para o outro; estão na força da idade; não podia haver melhor união. Pela minha parte desistirei até, se for preciso, da viagem que o senhor me prometeu. Lembra-se? Não faz mal. O que eu quero é vê-los felizes. Eu logo vi que tramavam alguma coisa, mas gabo-lhes a habilidade. Dê-me outro abraço, doutor.

Félix prestou-se às expansões do parasita. Lívia contemplava o noivo com adoração. Para ambos eles o mundo inteiro havia desaparecido. Inteiro não; Viana fez casualmente alusão a Raquel, e essa intempestiva recordação entristeceu a

moça. Ela via que a sua felicidade era causa da desventura da amiga, e agora que a tinha quase realizada, sentia morder-lhe um piedoso remorso.

Adiantaram-se os preparativos do casamento. Lívia pediu ao médico a supressão de todo aparato, para não ferir o coração de Raquel, pensava ela. A publicidade seria apenas a necessária. Não contava com o irmão, que se encarregou de dar ao consórcio proporções de acontecimento.

A notícia foi referida por ele na rua do Ouvidor, esquina da rua Direita. Daí a dez minutos chegara à rua da Quitanda. Tão depressa correu que um quarto de hora depois era assunto de conversa na esquina da rua dos Ourives. Uma hora bastou para percorrer toda a extensão da nossa principal via pública. Dali espalhou-se em toda a cidade.

Foi geral o espanto. Ninguém acreditava que Félix se determinasse ao casamento. Falava-se, é verdade, no namoro; mas, além de ser boato sem importância nem generalidade, alguns não atribuíam ao médico mais do que a intenção de um passatempo, ao passo que outros davam às relações entre ele e a viúva um caráter absolutamente íntimo, sem nenhuma aspiração de legalidade.

A convicção entrou enfim no espírito público. Moreirinha atribuía o caso a um desconcerto cerebral do médico. O dr. Luís Batista não deu opinião; parecia-lhe indiferente o casamento da viúva.

Raquel recebeu a notícia sem admiração, mas com mágoa. Esperanças não as tinha já; o mal que nos não espanta não nos dói contudo menos por isso. Quem lhe deu a notícia foi Meneses, que a recebeu com filosófica resignação. O amor deste tinha-se convertido numa espécie de adoração religiosa. Achava na mulher amada todas as qualidades que podiam seduzir um homem como ele. Havia, além disso, aquele vínculo simpático de duas criaturas que viviam mais da imaginação que da vida prática. A recusa de Lívia não rompera, transformara as cadeias que o prendiam a ela.

Não acontecia o mesmo a Raquel, e essa circunstância não escapou ao rapaz, que habilmente a interrogou, e adivinhou tudo. Meneses sacudiu lentamente a cabeça, mas não lhe disse palavra. Apenas pensou consigo que, se o acaso ou a providência houvesse disposto as coisas de outro modo, ambos eles podiam ser felizes.

Meneses repeliu a ideia de fazer confidências à filha do coronel; tanto, porém, lhe falou da viúva, que a outra alguma coisa desconfiou. Sabedores, enfim, do que padeciam interiormente, a comum desventura os vinculou de algum modo. Como as relações eram antes corteses que familiares, nenhum deles falou com a efusão que lhes pedia o sentimento; adivinharam-se, o que era muito, e apiedavam-se um do outro, o que era quase tudo.

Capítulo XIX
A porta do céu

Dois dias antes do casamento, Lívia foi jantar à casa do coronel, a convite deste, que reunira algumas pessoas de amizade. Félix não compareceu, apesar de instantemente chamado; cedera a um sentimento de delicadeza, não querendo mortificar com a sua presença a filha do coronel, nem perturbar de algum modo o espírito da viúva.

A primeira ideia de Lívia foi não aceder ao convite, a fim de não afrontar a dor de Raquel. Instaram tanto os pais da moça que lhe foi impossível recusar.

As duas moças encararam-se comovidas; a diferença era que Raquel pôde ocultar melhor o seu abalo do que a viúva. Essa vitória da donzela sobre si mesma fez redobrar a admiração da rival. Entendeu-lhe a delicada intenção, e agradeceu-lha na primeira ocasião que se lhe deparou.

— Sei tudo — acrescentou Lívia —; sei da tua carta, que foi a chave com que de novo se me abriram as portas da fortuna. Eu não sei se poderia ser tão heroica como tu. Separa-nos o destino; deixa-me beijar-te as mãos.

O gesto acompanhou essas palavras: Raquel recusou ceder ao desejo da viúva.

— Seja feliz! — murmurou ela.

Tais foram as últimas palavras que houve entre ambas. Quando a viúva saiu trocaram um beijo, a que não se podiam recusar, e que da parte de Raquel foi muito menos espontâneo que da outra. Lívia o sentiu e sinceramente lho perdoou.

Ao entrar no carro, com o irmão, a viúva ia desconsolada e triste. Seu coração sabia amar, e a ideia de que a sua felicidade custaria lágrimas a alguém fundamente lhe doía.

"Por que razão", pensava ela, "me há de lançar a Providência essa gota amarga na taça das minhas delícias? Se eu ao menos o ignorasse... a minha felicidade não seria travada de remorsos... Felicidade?" continuou ela dirigindo o pensamento a uma nova ordem de ideias; "será deveras felicidade? O sonho, tantas vezes dissipado, realizar-se-á, enfim?... Há quase um ano que eu pus toda a minha existência nessa vaga probabilidade; está próximo o termo, não sei que sorte avessa me repele para longe. Não a mereço talvez, ou então ambiciono demais... Chamam-me bela, devia talvez contentar-me com ser admirada..."

Nesse ponto foi a moça interrompida por uma observação banal do irmão, que tinha um termômetro infalível nos pés e anunciou que havia trovoada iminente. A irmã olhou silenciosamente para ele, e admirou consigo mesma a ventura daqueles para quem as tempestades do ar importam mais que as tempestades da vida. Viana faria provavelmente a reflexão inversa se adivinhasse as preocupações da irmã.

Quando chegaram às Laranjeiras acharam Félix na sala, conversando infantilmente com o filho de Lívia, que lhe pedia a explicação do mecanismo do relógio. Félix aplicava todos os recursos da imaginação para satisfazer a curiosidade do menino. Como ouvisse parar um carro, e logo depois rumor de passos no jardim, o médico disse ao menino que a mamãe estava aí, e aproveitou a ocasião para lhe anunciar que ia casar com ela.

Ao ouvir essa notícia, o menino subiu aos joelhos do médico, e perguntou alegremente se era verdade o que dizia.

— Sim, é verdade — repetiu Félix.

— O senhor casa com mamãe?

— Caso, já disse.

Nesse momento assomou à porta a figura de Lívia. O menino desceu dos joelhos de Félix e correu a abraçar a mãe.

— É verdade que mamãe casa com o doutor Félix? — disse ele depois de receber um beijo da viúva.

— É, meu filho — respondeu esta entrando e estendendo a mão ao médico.

A presença de Félix e a alegria de Luís mudaram o curso às reflexões da moça. Cinco minutos bastaram para fazer esquecer a tristeza própria e o infortúnio da rival abatida. Raquel verteria naquela ocasião, no silêncio da sua alcova, uma lágrima de saudade? Nenhum deles pensou nisso, nem a viúva a quem ela tão generosamente servira, nem Félix que era o objeto daquelas dores solitárias.

Félix estava mais jovial que nunca. Perdera de todo as maneiras friamente polidas; tornara-se expansivo, gárrulo, terno, quase infantil. O coração parecia-lhe cheio do presente e do futuro. Não era só a situação que explicava essa mudança; era também a volubilidade do espírito.

A viúva lia-lhe na alma, que, enfim, ressurgira, um poema de inefáveis venturas. Houve um momento em que lhe lembraram as mesmas alegrias da véspera do seu primeiro casamento, e estremeceu; mas a impressão durou pouco; o segundo marido não era, como o primeiro, uma criatura sem alma, era, sim, uma alma sem ação. Mas o amor não começava já a reanimá-la?

Mais quarenta e oito horas, e eles uniriam para sempre os seus destinos. Esse ato decisivo e grave da vida do homem, já o médico o encarava com a tranquilidade de ânimo resoluto, sem tropeçar na responsabilidade, nem arrecear-se das consequências. Antolhava-se-lhe o lar doméstico como a cidade da paz e da concórdia. Não via às portas dela o lívido espectro da dúvida; flores e folhas verdes, não mortíferas, senão vivificantes, pareciam alcatifar-lhe o caminho e convidá-lo a descansar enfim da vida que tão mal vivera.

Lívia saboreava esse renascimento do amante. Estavam sós e iam dar o penúltimo beijo de despedida. O último seria o da noite seguinte. As mãos dela pousavam nos ombros de Félix, e os olhos de ambos procuravam fundir as duas almas no mesmo raio de luz.

O céu não dava razão aos receios de Viana; tinham-se dissipado as nuvens que anunciavam próxima borrasca. Não havia luar, mas a noite estava clara; e as vivíssimas estrelas que luziam no céu, algum poeta imaginoso as compararia a línguas de fogo daquele pentecostes de amor.

— Jura-me ainda uma vez que me amas! — dizia ele. — É doce à minha alma ouvir-te essa confissão!

— Pelo céu, por meu filho, por ti, juro que te amarei sempre! Amava-te ainda quando eras indiferente ao meu afeto, quando o negavas, quando me pagavas com o desdém. Por que te não amaria agora que és todo meu... todo, não?

— Duvidas?

— Eu não sei duvidar; recear, sim. Já te disse por que razão. Mas hoje não receio, não; sinto que sou verdadeiramente amada. Quaisquer que fossem as minhas queixas, eu tudo te perdoaria agora, que me abres a porta do céu.

— Oh! Tu és um anjo!

— Adeus!

— Adeus! Amas-me muito, não?

— Muito!

E um beijo casto, longo, quase divino, selou essa confissão tantas vezes repetida entre eles. Depois apertaram as mãos, e Félix saiu.

A rua estava deserta, o silêncio era profundo. Félix entrou em casa exaltado e alegre. Não tinha sono; recorreu aos livros, mas não lhe aproveitou o recurso, porque se os olhos corriam no papel, o espírito estava ausente, no tempo e no espaço: buscava a amada e planeava futuros.

Com a fadiga veio o sono. Félix adormeceu nos braços dos anjos.

Batiam oito horas quando ele acordou e abriu as janelas. O dia estava triste. Caía uma chuva fina e constante que havia começado pouco antes dos primeiros albores da manhã. Que lhe importava a ele a melancolia da natureza, se tinha dentro da alma uma fonte de inefáveis alegrias?

Assentou-se à escrivaninha, e durante duas horas fez o inventário da sua vida de solteiro, rasgando com indiferença uma imensidade de cartas que lhe lembravam afeições extintas ou simples relações passageiras. Varria o templo em que devia entrar a escolhida de seu coração. Quando relia algumas dessas epístolas — folhas caídas da estação que se fora —, desenhava-se-lhe nos lábios um sorriso irônico, mas tranquilo, tal era a transformação de sua alma já indiferente às lutas do passado.

Às dez horas levantou-se para almoçar. Acabava de sentar-se à mesa quando lhe vieram dizer que uma pessoa o procurava.

Era o dr. Luís Batista.

Capítulo XX
Uma voz misteriosa

Félix estacou à porta da sala. Luís Batista deu dois passos para ele.

— Nunca me ofereceu a sua casa — disse —, e a minha indiscrição vem reparar o seu esquecimento.

Era um gracejo ou um remoque? Félix limitou-se a apertar a mão que o outro lhe estendia e convidou-o a sentar-se.

— Disseram-me que estava almoçando — observou Batista —; não quero de nenhum modo interrompê-lo. Vá, e eu ficarei aqui folheando algum livro.

— Ia começar a almoçar — respondeu o médico —; se quiser almoçaremos juntos.

— Não; se me consente, visto que ainda está solteiro, irei familiarmente assistir ao seu almoço, e então lhe exporei o motivo que aqui me traz.

Félix convidou-o a entrar e ambos se sentaram à mesa. As primeiras frases trocadas foram acanhadas e frias, mas as maneiras livres do hóspede conseguiram abalar a reserva do dono da casa.

— É verdade — disse Batista —, ouvi dizer que ia casar...

— Amanhã.

— Assisto portanto ao seu penúltimo almoço de rapaz solteiro. Há muita gente que ainda não acredita. Creio que o senhor tinha fama de celibatário convencido, e pela regra, um celibatário convencido é um noivo à mão. Também eu era assim; e contudo... O casamento é bom; tem seus inconvenientes, como tudo neste mundo; mas é bom, com a condição única de o aceitarmos como ele deve ser...

— Um pouco livre? — disse Félix sorrindo.

— Não sei se pouco ou muito, é questão de temperamento. O essencial é que seja livre. Eu assim o entendo e pratico; sou um pecador miserável, confesso, mas tenho ao menos o mérito de não ser hipócrita, e agora mesmo...

— Agora mesmo? — repetiu Félix depois de alguns instantes de silêncio.

— Não sei se deva contar-lhe isto; o senhor é ainda neófito, vai naturalmente aborrecer-me e amaldiçoar-me... Mas, em suma, é indispensável que eu lhe diga tudo, porque isso prende com o motivo que me traz à sua casa.

Batista aceitou uma xícara de café que o médico lhe ofereceu. Depois, com um modo acintemente leviano, referiu ao dono da casa uma aventura amorosa daqueles últimos dias. Tratava-se de uma mulher caprichosa e requestada. Seu triunfo era portanto duas vezes glorioso. Como beleza, desafiava ao próprio médico a resistir-lhe depois de meia hora de contemplação. Achar-se-iam, talvez, outras mulheres mais formosas; nenhuma, porém, tinha como essa o misterioso encanto que sabe agrilhoar a vontade mais rebelde.

— Quando ela me fita os seus grandes olhos — continuou pinturescamente Luís Batista —, é o mesmo que se me entornasse chumbo derretido nas veias.

Todo o estilo da sua descrição era assim — galhofeiro e sensual. Falou durante vinte minutos com o entusiasmo próprio da sua situação. Félix ouvia pacientemente a narração do hóspede, sem atinar com a relação que teria aquilo com o pedido que lhe ia fazer. Interiormente estava aborrecido. Não fora o médico em sua longa vida de rapaz solteiro nem casto nem cauto; mas a atmosfera do noivado começava a arejar-lhe o espírito, e semelhante confidência, naquela ocasião, lhe parecia de todo ponto extravagante.

— Não desconheço — disse Luís Batista quando concluiu a sua expansão amorosa —, não desconheço que uma aventura dessas, em véspera de noivado, produz igual efeito ao de uma ária de Offenbach no meio de uma melodia de Weber. Mas, meu caro amigo, é lei da natureza humana que cada um trate do que lhe dá mais gosto. A vida é uma ópera bufa com intervalos de música séria. O senhor está num intervalo; delicie-se com o seu Weber até que se levante o pano para recomeçar o seu Offenbach. Estou certo de que virá cancanear comigo, e afirmo-lhe que achará bom parceiro.

Dizendo isso, Luís Batista engoliu o resto, já frio, do café que tinha na xícara, acendeu de novo o charuto, e recostou-se na cadeira. Félix teve tempo de reassumir a atitude tranquila que as últimas palavras de Batista lhe haviam alterado.

— Enfim — disse ele —, que ligação há entre essa aventura e o pedido que me vai fazer?

— Toda — respondeu Batista —; se ela não existisse, eu não viria pedir-lhe nenhum favor. O senhor sabe o que é um capricho de mulher amante; não ignora também que o menor desejo dela é uma ordem para o cavalheiro seu escolhido.

Félix fez um gesto afirmativo.

— Pois bem — continuou Batista. — Estamos nesse caso. Ela é extremamente caprichosa, e mais ainda que caprichosa, é amante de coisas d'arte. Há dias fui achá-la aborrecida. Interroguei-a; nada me quis dizer. Pela conversa adiante falou-me duas ou três vezes numa gravura que vira na rua do Ouvidor, e que o dono vendera quando ela lá voltou, disposta a comprá-la. O assunto era o mais ortodoxo possível: a israelita Betsabé no banho e o rei Davi a espreitá-la do seu eirado. Não lhe parece galante? A gravura creio que era finíssima; mas tinha, além disso, um merecimento para a pessoa de quem lhe falo: é que a figura de Betsabé era a cópia exata das suas feições. Vaidade de moça bonita. Mostrava-se tão desconsolada quando falava naquilo, que facilmente percebi não ser outro o motivo do aborrecimento em que a fui encontrar.

— E então?

— Fiz o que faria qualquer outro. Era necessário que a todo o transe ela possuísse um exemplar da gravura. Fui procurá-lo, e não achei. Gastei dois longos dias nessas pesquisas, e quando voltei à casa dela não tive remédio senão tirar-lhe a última esperança. Ela apertou-me afetuosamente as mãos e agradeceu-me o trabalho, dizendo-me que era mais uma prova de amor que lhe dava; concluiu, porém, tudo isso com um suspiro. Eu não me atrevo a dizer ao senhor o que quer dizer um suspiro neste caso; aquele suspiro era uma insistência do desejo.

— Parece que sim — disse Félix, que já adivinhara o final da exposição.

— Dir-me-á o senhor — continuou Batista —, que eu devia aproveitar o paquete que partiu ontem e mandar vir da Europa a gravura. Não duvidaria fazê-lo, e ela esperaria de boa vontade; mas quem pode afirmar que o meu amor dure até a volta do paquete? Tive então uma ideia salvadora.

— Ah!

— Voltei à loja onde ela vira a gravura e inquiri do dono da casa quem lha havia comprado. Depois de algum trabalho de memória, disse-me que fora o senhor. A princípio hesitei se devia importuná-lo. O pedido não seria indiscreto em qualquer outra ocasião; mas, quando o senhor está para tomar um estado moral, rogar-lhe que me ajude a enxugar as lágrimas de uma bela pecadora, é mais que indiscrição, é atrevimento. Hesitei, a voz da razão era mais fraca que a do pecado, e venceu o pecado.

Luís Batista calou-se esperando a resposta do médico. Houve um largo silêncio. Levantaram-se da mesa e foram para a sala, sem que Félix desse a resposta. Luís Batista foi o primeiro que tornou ao assunto.

— Não me pode fazer o que lhe peço? — disse ele.

— Tenho estado a perguntar a mim mesmo se me é lícito fazê-lo — respondeu Félix sorrindo —, e se ao entrar nas fileiras do matrimônio devo ajudar a deserção de um camarada.

Luís Batista estava naquele dia singularmente falador. A simples observação do médico deu azo a um largo discurso a respeito do regime matrimonial. Era meio-dia; Félix estava já fatigado da visita e da palestra. Aproveitou um interstício para dizer:

— Em suma, tem grande desejo de possuir a gravura?
— Queria que ma cedesse.
— Faço-lhe presente dela.
— Eu não desejava de nenhum modo prejudicá-lo — disse Batista —; há de consentir então que eu lhe faça um presente de noivado.

Félix não respondeu; foi buscar a disputada gravura e trouxe-lha. Luís Batista não pôde reter um grito de surpresa. A figura de Betsabé, dizia ele, parecia realmente uma cópia da sua dama. A dama era talvez mais formosa do que a cópia.

Foi nesse momento que trouxeram ao médico uma carta, entregue pelo correio. Félix abriu-a distraidamente, mas tanto que lhe leu o conteúdo ficou muito pálido e encostou-se a uma cadeira. Com a mão trêmula aproximou o papel dos olhos, enquanto os dentes mordiam os lábios até deitar sangue. Luís Batista aproximou-se rapidamente de Félix e perguntou-lhe o que tinha.

— Nada — disse o médico —, uma vertigem apenas... Há de dar-me licença, preciso estar só.

O hóspede curvou-se, sorriu e saiu.

Félix encerrou-se no seu quarto. Do que lá se passou ninguém de casa soube: algum rumor se ouvia de quando em quando, mas abafado, e uma ou outra exclamação vaga e solta. Eram quatro horas quando o médico saiu à sala.

O tempo tinha melhorado. O sol reaparecera entre duas nuvens, dando de chapa nas árvores molhadas de chuva e nos telhados que escorriam um resto de água. Dissera-se que a natureza queria fazer outro contraste ao inverso do da manhã, porque, se a tarde sorria alegre, o homem dava sinais de tempestade interior. Tinha os olhos vermelhos, a boca contraída, os cabelos em desordem. Saiu com passo vacilante. De quando em quando, colhia o alento com a expressão de quem lhe custa respirar. Um escravo, a que ele deu algumas ordens, reparou no estado do senhor, e perguntou-lhe se estava doente. Félix respondeu secamente que não. O escravo abanou a cabeça e saiu.

Félix escreveu em seguida uma carta que sobrescritou para a viúva. Vestiu-se depois. Não tardou que lhe parasse um carro à porta. Meteu-se nele e mandou tocar para a cidade.

Capítulo XXI
Último golpe

Era já sobre tarde quando a carta chegou às mãos da viúva. Viana descera à chácara, enquanto a irmã dividia a atenção entre os gracejos do filho e o seu próprio pensamento. O menino enchia toda a sala com a sua pessoa; as travessuras dele não eram enfadonhas. Lívia não o contemplava só com os olhos de mãe; via nele como que o elo de ouro entre uma quimera desfeita e uma quimera realizada. Tais eram as suas reflexões quando a mucama lhe veio trazer a carta de Félix. Entregou-lha e saiu.

Lívia estremeceu; a letra do sobrescrito revelava o estado febril da mão que o escrevera. Abriu rapidamente a carta e leu-a.

Quando Luís, numa das suas voltas, se chegou à mãe, achou-a com os olhos cravados no chão, trêmula e pálida. Chamou por ela, inutilmente. Agarrou-lhe as mãos e a moça pareceu acordar de um letargo.

— Que tem, mamãe? — perguntou o menino, afagando-a com voz lacrimosa.

Lívia não respondera a princípio. A voz da criança chamou-a enfim à realidade. Olhou vagamente à roda da sala, e como se a pouco e pouco lhe voltasse a consciência, dirigiu lentamente os olhos à carta fatal. Tinha-a ainda entre as mãos. Releu-a com ansiedade, levantou-se arrebatadamente, deu alguns passos e de novo se deixou cair na cadeira. O menino correu à porta assustado. O tio entrava nesse momento.

— Que é? — disse Viana vendo o ar assustado do menino e as feições descompostas da irmã.

Lívia entregou-lhe a carta.

A carta dizia assim:

Lívia
O que vou fazer é indigno, bem o sei; mas é ainda mais cruel do que indigno. O nosso casamento é fatalmente impossível. Não tens nenhuma culpa direta nem indireta na minha resolução. Esta carta, que me condena, será a tua cabal defesa. Adeus.

Quando Viana acabou de ler esse estranho e misterioso documento, ficou tão pálido como a irmã. Não compreendia nada do que se passava; indignava-o, todavia, o procedimento de Félix. Sufocou a cólera a ver se evitava a explosão da viúva. Olharam-se ambos silenciosamente alguns instantes; o menino tinha-se aproximado e segurava uma das mãos da mãe, olhando para o tio como se esperasse dele alguma explicação.

— Recusa — disse enfim Viana —, e nenhuma explicação nos dá do seu procedimento. O ato é tão indigno que não te deve mortificar; quando um homem dá esse triste documento da sua lealdade, penso que a mulher que o ama pode dar graças a Deus de o não ter acompanhado até o altar. Espero que penses como eu...

Viana não pôde acabar. As lágrimas, tanto tempo sustidas, romperam enfim dos olhos da viúva, impetuosas e amargas. A dor, de tão concentrada que fora a princípio, fez-se violenta e explosiva; mas o organismo estava tão abalado por tantas comoções, que a infeliz moça perdeu os sentidos.

Quando ela voltou a si era noite; achou-se no seu próprio leito, tendo ao pé de si o irmão e um médico.

O médico falou-lhe e ela respondeu sem saber o que dizia nem o que ouvia. A febre era intensa, mas o médico esperava que no dia seguinte cedesse à energia do remédio que lhe ia aplicar.

Viana ficou só com a irmã, e procurou distraí-la do sucesso da tarde, tarefa inútil porque a viúva não pensava nele; o olhar vago indicava que ainda se não havia feito luz no seu espírito. Às vezes contraía os sobrolhos e fitava o olhar no espaço como se estivesse a recordar-se. Numa dessas vezes volveu os olhos pelo quarto parecendo procurar alguém. A ausência de Félix de todo lhe alumiou o espírito.

Deu um grito abafado e desatou a chorar.

Acorreu o irmão, com palavras de brandura e conselho, dizendo-lhe que nem tudo estava perdido, e que era possível remediar o mal. Lívia não prestava fé a essas

vãs consolações; estava entregue ao seu desespero. Abafada com soluços, lavada em lágrimas, soltava gritos de angústia, e convulsivamente se revolvia no leito.

Viana teve medo desse grave estado e mandou chamar o médico. Quando este chegou, já a doente havia sossegado; mas, com as lágrimas, tinha-se ido a razão. O delírio durou toda a noite e parte da manhã seguinte. De tarde a febre declinou um pouco e a doente adormeceu.

Só no dia seguinte, quando o abatimento veio substituir a exaltação, pôde a moça refletir no recente infortúnio. Debalde perguntava a si mesma a causa daquele súbito rompimento do noivo; nada lho explicava. Algum mistério haveria, alguma razão aparentemente legítima, porque à viúva nada lhe dizia o coração que fosse contrário à lealdade de Félix.

Contou-lhe o irmão que havia ido à casa do médico e não o encontrara, nem lá lhe quiseram dizer para onde fora. Agora, depois de maduro exame, pensava em ir pedir-lhe uma explicação do procedimento.

Lívia desaprovou-lhe a resolução.

— Mas — disse Viana — não podemos ficar assim...

— Podemos — interrompeu a viúva —; enquanto estou doente a explicação será natural para os outros. Quando me levantar da cama direi que eu mesma desfiz o casamento. Achaste-me sempre singular; é provável que os outros me vejam com iguais olhos; e tudo se explicará da melhor maneira.

— Mas a explicação dele...

— A explicação dele não é precisa.

Raquel, apenas soube da doença de Lívia, foi passar alguns dias com ela. Naquelas circunstâncias o encontro de ambas foi profundamente triste. A viúva não lhe confiou logo a causa verdadeira da sua enfermidade, mas durou pouco a reserva, porque a ausência de Félix fez impressão na moça, e Lívia julgou melhor dizer-lhe tudo. Era a segunda vez que ambas achavam no seio uma da outra, não a consolação, que não a há para as desilusões recentes, mas o adormecimento momentâneo do coração.

Lívia entrou a convalescer do abalo que lhe dera a fatal carta. Raquel tornara-se enfermeira dedicada e continuou a ser o que sempre fora, amiga afetuosa. A viúva não acreditava na realidade do seu restabelecimento. Em sua opinião, era uma aparência que a realidade desfaria em pouco tempo.

Dez dias depois do rompimento de Félix, apareceu Meneses nas Laranjeiras. Tinha ouvido algumas perguntas relativas ao casamento do médico, que sabia não se ter efetuado, sem que até então transpirasse a causa verdadeira. Soube, porém, da moléstia de Lívia, e a isso atribuiu a demora do casamento.

A moça abafou um suspiro quando o viu entrar. Não era arrependimento; era talvez lástima de si própria, que não pudera aceitar esse coração mais confiante e menos escabroso que o do outro.

Mas se era já impossível uma aliança que a natureza não aconselhara, ainda que o pedira a razão, vinha de molde o amigo a quem confiaria os seus infortúnios. Esse foi o primeiro impulso; o segundo foi, não de orgulho, mas de pudor. O coração teve pejo de ir confessar o seu erro diante daquele mesmo a quem repelira um dia.

Era difícil que semelhante situação se escondesse aos olhos de Meneses. A ausência do noivo era inexplicável; Meneses suspeitou a verdade e Raquel lha con-

firmou. O fim com que a donzela delatou o segredo confiado foi ainda um sacrifício; pediu a intervenção de Meneses para a reconciliação do médico com a viúva.

— Peço-lhe uma coisa difícil — concluiu ela, aludindo pela primeira vez ao amor de Meneses —, mas é uma boa ação.

— É uma boa ação, e não é difícil — replicou Meneses olhando para ela, fixamente.

Raquel abaixou severamente os olhos. Um espectador atento concluiria, talvez, que a ferida dele não estava longe de cicatrizar, mas que, pelo contrário, a dela continuava a deitar sangue.

Meneses dispôs-se a tentar alguma coisa. Reconhecia que o procedimento de Félix era misterioso; mas não desesperou de lhe descobrir a causa e confiava em que poderia removê-la. Conseguiu saber que o médico se refugiara na Tijuca. Quando estava pronto a ir ter com ele, hesitou, refletiu e recuou da primeira resolução.

Foi preciso que uma nova crise o empuxasse para lá. A viúva recaíra enferma, não tendo podido resistir às longas vigílias e mal dormidas noites. A moléstia dessa vez trouxe um caráter menos violento que da primeira vez, mas pertinaz; a febre não era intensa, era constante. O médico assistente não achou que houvesse peri recomendou o mais desvelado tratamento, e repouso absoluto de espírito.

Meneses não hesitou; partiu para a Tijuca.

Capítulo XXII
A carta

Quando Meneses chegou à Tijuca eram quatro horas da tarde. A casa de Félix ficava afastada do caminho. O portão estava aberto; Meneses atravessou rapidamente o espaço que ia da estrada à casa e bateu. Veio um moleque abrir-lhe a porta. Meneses entrou precipitadamente e perguntou:

— Onde está o senhor?

— Senhor não fala a ninguém — respondeu o moleque com a mão na chave como se o convidasse a sair.

— Há de falar comigo — insistiu resolutamente Meneses.

O tom decidido do rapaz abalou o escravo, cujo espírito, acostumado à obediência, não sabia quase distingui-la do dever. Seguiram ambos por um corredor, chegaram diante de outra porta, e aí o moleque, antes de a abrir, recomendou a Meneses que esperasse fora. Perdida recomendação, porque, apenas o moleque abriu a porta, Meneses entrou afoitamente atrás dele.

Era um gabinete pequeno com quatro janelas que o enchiam de luz. Perto de uma janela havia uma rede estendida. Sobre a rede via-se um homem negligentemente deitado com um livro nas mãos.

Era Félix.

Félix levantou a cabeça, deu com os olhos em Meneses, e empalideceu. Meneses não dera um passo mais. Ficaram assim alguns segundos a olhar um para o outro. Enfim, o médico disse ao escravo que se retirasse, e os dois ficaram sós.

O silêncio prolongou-se ainda mais. Da parte de Félix era confusão; da parte de Meneses desapontamento. Viera ele em todo o caminho a descrever na imaginação o estado de Félix, acabrunhado por alguma grande dor, e em vez disso achava-o a ler pacificamente um livro. Quis lançar mão do livro, para conhecer bem até que ponto a sua desilusão era completa; mas o médico rapidamente o afastou.

— Não atendeste à ordem geral que eu havia dado — disse enfim o dono da casa —, e creio que só alguma razão poderosa te obrigaria a isso.

— Assim era — retorquiu Meneses —, mas a razão acabou e eu volto para a cidade.

Dizendo isso, pôs o chapéu na cabeça e dirigiu-se para a porta. Parou um instante, caminhou de novo até a rede e proferiu secamente estas palavras:

— Tens consciência do que fizeste?

— Tenho — respondeu Félix —; fiz o que me cumpria fazer. Mas, antes de mais nada, vens aqui por inspiração tua ou por mandado de...

— Venho porque era um dever da minha parte livrar-te da vergonha, e a ela da morte.

— Da morte! — exclamou Félix levantando-se de um pulo.

O terror que se lhe pintara no rosto fez boa impressão no amigo. Suspeitou este que nem tudo estivesse perdido. Sentaram-se ambos, e Meneses referiu ao médico os acontecimentos que deixo narrados no capítulo anterior. Félix escutou a narração do amigo com um interesse que não podia vir senão do amor. Meneses concluiu pintando-lhe com as cores que o caso pedia a baixeza do seu procedimento, o desaire que recaía sobre a viúva, e o remorso que o havia de acompanhar a ele, ainda quando daquele triste episódio não saísse nenhuma fatal consequência.

Félix mostrou-se profundamente comovido com a narração de Meneses e as reflexões que lhe fizera.

— Tens razão — disse ele quando o amigo acabou de falar —; procedi covardemente. Ela ainda me ama... E perdoa-me, não é? Sim, há de perdoar-me... Pobre Lívia! Se tu soubesses como ela tem sofrido por minha causa!...

Meneses, satisfeito, disse-lhe que era indispensável voltar à cidade. Enquanto falava, porém o rosto de Félix mudou de expressão. A única resposta do médico foi:

— Não! O que está feito, está feito; agora é impossível recuar.

— Impossível! — gritou Meneses.

— Impossível — repetiu placidamente Félix.

Meneses levantou-se impaciente e começou a passear. A serenidade do médico mais lhe doía do que indignava, porque alguma razão poderosa devia ele ter para cortar tão peremptoriamente toda tentativa de reconciliação. Quisera sabê-la e tremia de o interrogar.

O médico, entretanto, deixara-se estar sentado, quase tão tranquilo como na ocasião em que Meneses lhe entrara no gabinete.

Não era fingida essa tranquilidade, que durava já de alguns dias, depois de outros, — os primeiros — que foram de aflitiva tempestade.

O homem não se esconde de si mesmo, e o maior infortúnio dos corações pusilânimes é sentirem que o são. Quando Félix chegou à Tijuca tinha passado a excitação do primeiro momento; o espírito, fraco de si, e abatido pela imensidade do abalo, não achou na solidão o alívio que lhe pedira. Vieram então muitos dias de

luta e de febre, em que ele, para fortalecer o ânimo, lia e relia a misteriosa carta que trouxera consigo. O remédio era antes veneno para a sua alma ulcerada; lembrava-lhe a felicidade que perdera.

Era isso o que padecia o coração. A consciência padecia também, porque a sociedade, que ele não vira no primeiro instante, agora lhe aparecia como um juiz inflexível, a pedir-lhe conta de uma injúria sem explicação. Às vezes arrependia-se do ato; outras vezes, não se arrependia, mas acusava-se de precipitado e louco. Nunca mais tristemente se revelara a inconsistência do espírito.

Com o tempo a consciência foi calando as vozes, e com o tempo, e a distância, e a sua índole variável, se lhe foi aquietando o coração. Aquele homem, que alguns dias antes chorava de desespero, nenhum vestígio guardara de suas lágrimas. Não se lhe apagara o amor da viúva, mas no lugar da paixão veemente, como que ficara apenas uma recordação remota e suave. Essa mudança era em parte obra do seu esforço, que buscava no esquecimento um refúgio; mas em grande parte era um efeito natural dele.

Tal foi a situação em que o achou Meneses. A presença deste trouxe à memória do médico a última crise do coração. A impressão foi grande, não longa; a face do lago, que uma rajada encrespara, voltou à serenidade primitiva.

Meneses passeava de um lado para outro, a observar de quando em quando o médico. Ao seu espírito repugnava a ideia de que Félix recorresse a um meio extraordinário para sair de uma situação difícil, não sancionada pelo coração. Uma causa havia, decerto, que se lhe afigurava grave, e que ele a todo custo queria conhecer. Seus esforços convergiam para esse ponto.

Instado pelo amigo, Félix aludiu à carta que recebera, mas recusou mostrá-la.

— Há nela um segredo — disse ele — que me impede de a comunicar a ninguém. Lívia tem jus ao meu respeito e possui ainda o meu amor.

Estas últimas palavras foram ditas com certa comoção. Meneses não perdeu a esperança de o vencer. A sinceridade era a sua eloquência; podia-se dizer que ele falava com o coração nas mãos. O espírito de Félix ia cedendo ao encanto; ele mesmo recordava as horas felizes do passado e as saudosas esperanças do futuro. O coração palpitou-lhe com mais força e a imaginação fez o resto. A carta, porém, a fatal carta lhe ocupou logo o pensamento, e a fronte descaiu diante do insuperável obstáculo.

Cansado de lutar, Meneses resolveu partir para a cidade.

— Não sei o que pensarão os outros — disse ele —; eu levo a suspeita de que não a amaste nunca, e que esse rompimento estrepitoso foi um meio de salvar a tua liberdade.

Ouvindo essas palavras, Félix não pôde conter um gesto de cólera. A atitude quieta de Meneses o fez cair em si.

— Tens razão — disse ele depois de algum tempo. — Quero que pelo menos alguém me reconheça inocente e digno. Dás-me a tua palavra de honra que nada revelarás do que vais ler?

— Dou.

Félix foi buscar a carteira, tirou dela a carta, e entregou-a a Meneses. Meneses leu o que se segue:

> Mísero moço! És amado como era o *outro*; serás humilhado como *ele*. No fim de alguns meses terás um cireneu para te ajudar a carregar a cruz, como teve o *outro*, por cuja razão se foi desta para a melhor. Se ainda é tempo, recua!

A carta não tinha assinatura.

Meneses ficou atônito; mas foi obra de alguns instantes, poucos. Sua índole generosa repelia a ideia de acreditar na revelação que acabava de ler.

— É impossível! — disse ele.

Félix ergueu a cabeça, que apertava entre as mãos, e replicou:

— Essa é a tua convicção; eu quisera que fosse a minha. Mas que testemunho tens tu contra o que aí vês escrito?

— Não sei — respondeu Meneses com calor —, mas é o que me diz o coração. Repugna-me crer que essa pobre senhora... Não, é impossível! Demais, uma carta anônima!

— Põe o nome que quiseres aí embaixo e não lhe aumentas nem lhe tiras o valor, se a revelação é verdadeira.

— Quem te diz que é verdadeira?

— Quem me diz que o não é? A dúvida era já bastante para justificar o que fiz. Não foi só o receio do futuro que me impeliu, foi principalmente a lembrança do passado. A traição dela, se a houve, não deve doer nada ao marido que se foi; mas ao marido que vem, a ideia da perfídia anterior destrói pela base toda a confiança, que é a condição da felicidade. Não sei o que farias tu no meu caso; eu segui o impulso do coração e da razão.

Meneses ouvira atentamente o amigo. Quando ele acabou:

— Creio-te sincero — disse —; e compreendo que sofreste.

— Muito!

— Mas recusarás uma reflexão? Quem escreveria essa carta? Não foi um amigo, decerto. Um amigo, se lhe pesasse o teu ato, viria falar-te cara a cara. Um indiferente também não foi. Resta, pois, um inimigo, teu ou dela...

— Dela?

— Ou um interessado; escolhe.

Félix refletiu um instante.

— Inimigo, não sei se os tinha; interessado... em quê?

— Ela é rica; algum pretendente...

— Não havia nenhum.

Meneses não fraqueou na defesa da sua hipótese. Quanto mais atentava na revelação da carta, mais o coração lhe bradava contra ela. Para ele a inocência de Lívia era clara como o sol. Félix sentia-lhe a convicção, e lastimava-se de a não ter, tão viva e tão profunda.

A noite caíra de todo. Meneses declarou que só voltaria à cidade no dia seguinte.

Félix compreendeu que o amigo não perdera a esperança de o converter, e longe de se irritar agradeceu-lhe a intenção. Era a primeira vez que ele se expandia com alguém a respeito do seu amor; fê-lo com abundância e sinceridade. Não lhe lembrara sequer que Meneses também amara a viúva.

Muitas vezes falaram da carta. Meneses perguntou ao médico em que circunstâncias a recebera. Félix referiu a visita de Luís Batista, o objeto dela, a conversa travada entre ambos, até que a carta lhe chegou às mãos.

A singularidade da visita de Luís Batista não escapou a Meneses.

— Visitava-te esse homem? — perguntou ele.

— Nunca.

— Eras amigo dele?

— Havia mais razões para sermos inimigos que outra coisa.

Meneses hesitou; não se atrevia a desposar uma suspeita. Mas o espírito do médico era terreno fecundo para ela. Apenas as perguntas de Meneses lhe deitaram o germe, para logo foi lançando raízes e cresceu.

— Crês então que ele?... — aventurou o médico.

— Não sei; mas, não te parece curiosa toda essa história de gravuras?

Félix refletiu algum tempo. Como quando os olhos se vão acostumando à meia-luz de um sítio, e começam a distinguir a pouco e pouco os objetos, o espírito do médico entrou a recordar e a examinar todos os incidentes daquela fatal manhã. O que ele a princípio não vira, apareceu-lhe então claro e evidente. O tom ameno e jovial de Luís Batista, a sua estranha verbosidade, o episódio dos amores tão levemente contados a um homem que não era seu natural confidente, tudo isso com a circunstância da humilhação que recebera quando a viúva lhe fechou a sua sala, enfim a má reputação dele, eram indícios de sobejo para não achar natural a visita que lhe fizera. Mas, como deduzir daqui a autoria da carta?

Meneses resolveu a dúvida naturalmente.

— Se não desses crédito à carta — disse ele —, o último de quem te lembrarias seria Luís Batista, porque ninguém faz mal a um homem no mesmo instante em que lhe vai pedir um favor.

Félix aceitou essa explicação; mas o que acabou de o convencer foi uma circunstância até então deslembrada e agora decisiva. O médico levantou-se rapidamente da cadeira; deu alguns passos na sala e parou em frente de Meneses.

— É verdade — disse —; foi ele com certeza! Quando eu li a carta fiquei fulminado. Ele aproximou-se de mim; eu pedi-lhe que me deixasse só. Obedeceu, mas um sorriso, que então me pareceu feroz indiferença, mas que hoje vejo que era de triunfo, lhe roçou os lábios. Foi ele; oh! sinto que foi ele!

Entendamo-nos, leitor; eu, que te estou contando esta história, posso afirmar-te que a carta era efetivamente de Luís Batista. A convicção, porém, do médico — sincera, decerto —, era menos sólida e pausada do que convinha. A alma dele deixava-se ir ao sabor de uma desconfiança nova, que as circunstâncias favoreciam e justificavam.

Quando Meneses viu que o maior trabalho estava feito, não teve mais que falar outra vez de Lívia. A placidez do médico desaparecera; todo ele era agora amor e ódio, arrependimento e vingança. A noite foi mal dormida, e quando a aurora o convidou a sair do leito, Félix era totalmente outro. Ardia por ir fazer aos pés da viúva plena confissão da sua indignidade. Era o nome que lhe dava; dar-lhe-ia outro, se os acontecimentos o fizessem duvidar outra vez.

Apressaram a viagem; Meneses estava alegre com o resultado da missão; lamentou com o médico a fatalidade do caso, mas estava certo de que tudo ia acabar como devia. Mil ideias cor-de-rosa enchiam o cérebro de Félix, e embos desceram rapidamente na direção da cidade.

Capítulo XXIII
Adeus

Apenas chegaram à cidade, Félix despediu-se de Meneses e seguiu para as Laranjeiras. Ia palpitante e receoso; pela primeira vez nesse dia lhe lembrou a doença da viúva. Temeu que fosse tarde. Não era; as janelas estavam abertas. Entrou no jardim; subiu as escadas, cabisbaixo; quando levantou os olhos viu Raquel diante de si.

Raquel, cujo coração era menos filosófico, posto soubesse resignar-se como o de Meneses, não viu o médico sem algum abalo interior. Fê-lo entrar e foi ter com a enferma.

Quando Lívia soube que Félix ali estava, sorriu tristemente e fechou os olhos. Abriu-os para contemplar a boa amiga que esperava ao pé do leito. Não estavam molhados. Cobria-os um véu de serena melancolia.

— Agradece-lhe por mim, Raquel, e dize-lhe que me verá quando eu puder sair daqui.

Félix recebeu o recado e sentiu a frieza dele, apesar da doçura da voz que lho transmitia. Era muito, contudo; não estaria longe a reconciliação.

A convalescença de Lívia foi mais rápida do que se devera esperar. O intervalo foi aproveitado por Félix em se reconciliar com Viana, que achou dentro de si bastante misericórdia para perdoar o culpado. A submissão do médico o lisonjeou, e o seu arrependimento lhe pareceu o que realmente era — sincero. Era natural perguntar-lhe a razão do rompimento. Viana achou melhor calar-se; o que ele queria antes de tudo era a reparação do erro.

Lívia consentiu finalmente em receber o médico. Estava na sala, envolvida num roupão branco, com um resto de palidez que a enfermidade lhe deixara no rosto. Nas circunstâncias em que ambos se tornavam a ver não podia ela estar melhor. O ar da moça não era risonho, mas também não era severo. Félix caminhou lentamente para ela, tímido e fascinado ao mesmo tempo. De novo sentia o império que a viúva sempre exercera em seu espírito.

Quando Félix confessou à viúva todo o seu arrependimento e lhe implorou o perdão da culpa que cometera, escutou-o Lívia com grande serenidade, e afetuosa lhe respondeu:

— Não lhe nego o perdão que me pede; seria duvidar do seu arrependimento, e eu creio que é sincero. Podia talvez exigir que me dissesse a causa que o levou...

— A causa é triste de confessar — interrompeu Félix.

— Não lha peço. Mas quer ouvir o resto?

Félix curvou a cabeça.

— Creio no seu arrependimento, e não duvido do seu amor, apesar de tudo o que se há passado. Isto lhe deve bastar. O destino ou a natureza não nos fez um para o outro. O casamento entre nós seria uma cerimônia apenas. Seria mais; seria o nosso infortúnio, e mais vale sonhar com a felicidade que poderíamos ter do que chorar aquela que houvéssemos perdido.

Félix ouviu as palavras da moça cabisbaixo e abatido. Não ousava responder-lhe, nem interrogá-la; mas do seu mesmo silêncio colhia a moça a sinceridade da dor e do arrependimento.

— Se isto lhe dói — continuou ela —, vê bem que a culpa não é minha. Eu aceito uma situação não criada por mim, nem também pelo senhor, mas, como eu lhe dizia, pela natureza ou pelo destino. No ponto a que chegamos é essa a resolução melhor.

— Não é — interrompeu Félix com impetuosidade —, não é a melhor porque ambos perderemos com ela, e nada nos impede a resolução contrária. Creio que não duvide de meu amor; mas digo-lhe que o não compreende, nem avalia. Eu não teria ânimo de lhe propor, nas circunstâncias em que nos achamos, um rompimento que...

O sorriso com que a moça o ouvia cortou-lhe a palavra nesse ponto. Caiu em si, lembrou-lhe — que ele facilmente esquecia tudo —, lembrou-lhe que lhe não cabia falar de rompimento, e murmurou:

— Não tenho direito de falar assim, e vejo que mereço um castigo...

— Não é castigo — atalhou a viúva —, é necessidade. Se alguma consolação pode levar desta última entrevista, leve a certeza de que o amo como dantes, e de que o meu padecimento será ainda maior do que o seu. O casamento é já agora impossível. Eu não sei o que motivou a sua carta, mas imagino que foi alguma dúvida nova a meu respeito. Se nos casássemos, cessariam elas?

— Sim! porque eu hoje creio e vejo o que padeceu por mim. Para duvidar do seu amor seria preciso que houvesse perdido a razão. Demais — continuou Félix enquanto Lívia abanava tristemente a cabeça —, viveremos só para nós, fecharemos a nossa casa aos olhos estranhos...

— Ainda assim o irá perseguir esse mau gênio, Félix; seu espírito engendrará nuvens para que o céu não seja limpo de todo. As dúvidas o acompanharão onde quer que nos achemos, porque elas moram eternamente no seu coração. Acredite o que lhe digo; amemo-nos de longe; sejamos um para o outro como um traço luminoso do passado, que atravesse indelével o tempo, e nos doure e aqueça os nevoeiros da velhice.

Lívia proferiu estas últimas palavras com a voz trêmula, e uma lágrima lhe rolou pela face pálida.

— Por que nos separaremos agora que estamos à porta do céu? — perguntou Félix. — Não me cabe o direito de exigir uma felicidade que repeli tantas vezes; mas, se pudesse entrar na minha alma veria que os meus erros, por maiores que sejam, e são grandes, anima-os sempre um sentimento de amor, e que enfim eu cedo sempre ao grito de minha consciência. A mais bela ação seria perdoar-me esquecendo, e o único modo de esquecer seria voltarmos ao tempo de nossas esperanças.

— Perdoei tudo, e tudo esqueci; apagou-se o passado e nenhum ressentimento me ficou. O que se não apaga é o futuro.

Félix torcia as mãos. Era patente o seu desespero. A viúva mal podia encará-lo. Seguiu-se um longo silêncio, interrompido pela chegada de Luís. O menino pôs termo à entrevista. Félix olhou ainda algum tempo para a moça; mas leu-lhe na fisionomia que a resolução era inabalável. Levantou-se para sair.

— Conservaremos a estima recíproca — disse Lívia estendendo-lhe a mão —, e espero que me conserve também alguma coisa mais... como eu.

Eram as últimas palavras da moça, vieram entrecortadas de soluços. Félix quis pegar-lhe nas mãos e aproveitar esse passageiro desmaio para conseguir a retratação das palavras. Mas a moça abraçou-se ao filho, em cujo seio escondeu o rosto.

— Não faça chorar mamãe — disse Luís, enlaçando com os bracinhos o pescoço da viúva.

Félix retirou-se lentamente, com os olhos anuviados, turvo o espírito, o passo vacilante, e transpôs a custo a soleira daquela porta que se lhe ia fechar para sempre.

Capítulo XXIV
Hoje

Dez anos volveram sobre os acontecimentos deste livro, longos e enfastiados para uns, ligeiros e felizes para outros, que é a lei uniforme desta mofina sociedade humana.

Ligeiros e felizes foram eles para Raquel e Meneses, que eu tenho a honra de apresentar ao leitor, casados, e amantes ainda hoje. A piedade os uniu; a união os fez amados e venturosos.

A pouco e pouco, o primeiro amor de Raquel se foi apagando, e o coração da moça não achou melhor convalescença que desposar o enfermeiro. Se lho dissessem no tempo em que ela adoecera por amor do médico, levantaria desdenhosamente os ombros, e com razão. Donde se colhe quão acertado é aquele provérbio oriental que diz que a noite vem pejada do dia seguinte. Qual fosse a aurora que a sua noite trazia no seio não o adivinhara Raquel, mas a sua atual opinião é que não a podia haver mais bela em toda a escala do tempo.

O coronel e d. Matilde, com poucos meses de intervalo, foram continuar na eternidade a doce união que os distinguira neste mundo.

Lívia entra serenamente pelo outono da vida. Não esqueceu até hoje o escolhido de seu coração, e à proporção que volvem os anos, espiritualiza e santifica a memória do passado. Os erros de Félix estão esquecidos; o traço luminoso, de que ela lhe falara na última entrevista, foi só o que lhe ficou.

No tempo em que os mosteiros andavam nos romances — como refúgio dos heróis, pelo menos —, a viúva acabaria os seus dias no claustro. A solidão da cela seria o remate natural da vida, e como a olhos profanos não seria dado devassar o sagrado recinto, lá a deixaríamos sozinha e quieta, aprendendo a amar a Deus e a esquecer os homens.

Mas o romance é secular, e os heróis que precisam de solidão são obrigados a buscá-la no meio do tumulto. Lívia soube isolar-se na sociedade. Ninguém mais a viu no teatro, na rua, ou em reuniões. Suas visitas são poucas e íntimas. Dos que a conheceram outrora, muitos a esqueceram mais tarde; alguns a desconheceriam agora.

Talvez o tempo lhe respeitasse a beleza, a não ser a catástrofe que lhe enlutou a vida. Já na meiga e serena fisionomia vão apontando sinais de decadência próxima. Os poucos que lhe frequentam a casa não reparam nisso, porque a alma não perdeu o encanto, e é ainda hoje a mesma feiticeira amável de outro tempo. Ela, sim, ela vê que a flor inclina o colo, e que não tarda o vento da noite a dispersá-la no chão. Mas do mesmo modo que a beleza lhe não acordara vaidades, assim a decadência lhe não inspira terror.

Para consolo e companhia de sua velhice tem ela o filho, em cuja educação concentra todos os esforços. Luís possui as graças da mãe, apenas modificadas por uns toques varonis. Tem só quinze anos; mas como herdou a índole austera da viúva, e pouco, muito pouco, da viveza de imaginação, parece menos um adolescente que um homem.

Félix é que não iria parar no claustro. A dolorosa impressão dos acontecimentos a que o leitor assistiu, se profundamente o abateu, rapidamente se lhe apagou. O amor extinguiu-se como lâmpada a que faltou óleo. Era a convivência da moça que lhe nutria a chama. Quando ela desapareceu, a chama exausta expirou.

Não foi só isso. A sagacidade de Lívia adivinhara as provações que lhe daria o casamento. Quando de todo se lhe calou o coração, Félix confessou ingenuamente a si próprio que o desenlace de seus amores, por mais que o mortificasse outrora, foi ainda assim a solução mais razoável. O amor do médico teve dúvidas póstumas. A veracidade da carta que impedira o casamento, com o andar dos anos, não só lhe pareceu possível, mas até provável. Meneses disse-lhe um dia ter a prova cabal de que Luís Batista fora o autor da carta; Félix não recusou o testemunho nem lhe pediu a prova. O que ele interiormente pensava era que, suprimida a vilania de Luís Batista, não estava excluída a verossimilhança do fato, e bastava ela para lhe dar razão.

A vida solitária e austera da viúva não pôde evitar o espírito suspeitoso de Félix. Creu nela a princípio. Algum tempo depois duvidou de que fosse puramente um refúgio; acreditou que seria antes uma dissimulação.

Dispondo de todos os meios que o podiam fazer venturoso, segundo a sociedade, Félix é essencialmente infeliz. A natureza o pôs nessa classe de homens pusilânimes e visionários, a quem cabe a reflexão do poeta: "perdem o bem pelo receio de o buscar". Não se contentando com a felicidade exterior que o rodeia, quer haver essa outra das afeições íntimas, duráveis e consoladoras. Não a há de alcançar nunca, porque o seu coração, se ressurgiu por alguns dias, esqueceu na sepultura o sentimento da confiança e a memória das ilusões.

A mão

A mão e a luva foi publicado
pela primeira vez em 1874,
por Editores Gomes de Oliveira & C.,
na Tipografia do Globo, no Rio de Janeiro.

e a luva

Advertência de 1907

Os trinta e tantos anos decorridos do aparecimento desta novela à reimpressão que ora se faz parece que explicam as diferenças de composição e de maneira do autor. Se este não lhe daria agora a mesma feição, é certo que lha deu outrora, e, ao cabo, tudo pode servir a definir a mesma pessoa.

 Não existia, há muito, no mercado. O autor aceitou o conselho de confiar a reimpressão ao editor dos outros livros seus. Não lhe alterou nada; apenas emendou erros tipográficos, fez correções de ortografia e eliminou cerca de quinze linhas. Vai como saiu em 1874.

<div style="text-align:right">M. de A.</div>

Advertência de 1874

Esta novela, sujeita às urgências da publicação diária, saiu das mãos do autor capítulo a capítulo, sendo natural que a narração e o estilo padecessem com esse método de composição, um pouco fora dos hábitos do autor. Se a escrevera em outras condições, dera-lhe desenvolvimento maior, e algum colorido mais aos caracteres, que aí ficam esboçados. Convém dizer que o desenho de tais caracteres — o de Guiomar, sobretudo — foi o meu objeto principal, senão exclusivo, servindo-me a ação apenas de tela em que lancei os contornos dos perfis. Incompletos embora, terão eles saído naturais e verdadeiros?

 Mas talvez estou eu a dar proporções muito graves a uma coisa de tão pequeno tomo. O que aí vai são umas poucas páginas que o leitor esgotará de um trago, se elas lhe aguçarem a curiosidade ou se lhe sobrar alguma hora que absolutamente não possa empregar em outra coisa — mais bela ou mais útil.

 Novembro de 1874.

<div style="text-align:right">M. de A.</div>

Capítulo Primeiro
O fim da carta

— Mas que pretendes fazer agora?
— Morrer.
— Morrer? Que ideia! Deixa-te disso, Estêvão. Não se morre por tão pouco...
— Morre-se. Quem não padece estas dores não as pode avaliar. O golpe foi profundo, e o meu coração é pusilânime; por mais aborrecível que pareça a ideia da morte, pior, muito pior do que ela, é a de viver. Ah! tu não sabes o que isso é?
— Sei: um namoro gorado...
— Luís!
— ... E se em cada caso de namoro gorado morresse um homem, tinha já diminuído muito o gênero humano, e Maltus perderia o latim. Anda, sobe.

Estêvão meteu a mão nos cabelos com um gesto de angústia; Luís Alves sacudiu a cabeça e sorriu. Achavam-se os dois no corredor da casa de Luís Alves, à rua da Constituição — que então se chamava dos Ciganos — então, isto é, em 1853, uma bagatela de vinte anos que lá vão, levando talvez consigo as ilusões do leitor, e deixando-lhe em troca (usurários!) uma triste, crua e desconsolada experiência.

Eram nove horas da noite; Luís Alves recolhia-se para casa, justamente na ocasião em que Estêvão o ia procurar; encontraram-se à porta. Ali mesmo lhe confiou Estêvão tudo o que havia, e que o leitor saberá daqui a pouco, caso não aborreça estas histórias de amor, velhas como Adão, e eternas como o céu. Os dois amigos demoraram-se ainda algum tempo no corredor, um a insistir com o outro para que subisse, o outro a teimar que queria ir morrer, tão tenazes ambos, que não haveria meio de os vencer, se a Luís não ocorresse uma transação.

— Pois sim — disse ele —, convenho em que deves morrer, mas há de ser amanhã. Cede da tua parte, e vem passar a noite comigo. Nestas últimas horas que tens de viver na terra dar-me-ás uma lição de amor, que eu te pagarei com outra de filosofia.

Dizendo isso, Luís Alves travou do braço de Estêvão, que não resistiu dessa vez, ou porque a ideia da morte não se lhe houvesse entranhado deveras no cérebro, ou porque cedesse ao doloroso gosto de falar da mulher amada, ou, o que é mais provável, por esses dois motivos juntos. Vamos nós com eles, escada acima, até a sala de visitas onde Luís foi beijar a mão de sua mãe.

— Mamãe — disse ele —, há de fazer-me o favor de mandar o chá ao meu quarto; o Estêvão passa a noite comigo.

Estêvão murmurou algumas palavras, a que tentou dar um ar de gracejo, mas que eram fúnebres como um cipreste. Luís viu-lhe então, à luz das estearinas, alguma vermelhidão nos olhos, e adivinhou — não era difícil — que houvesse chorado. Pobre rapaz!, suspirou ele mentalmente. Dali foram os dois para o quarto, que era uma vasta sala, com três camas, cadeiras de todos os feitios, duas estantes com livros e uma secretária — vindo a ser, ao mesmo tempo, alcova e gabinete de estudo.

O chá subiu daí a pouco. Estêvão, a muito rogo do hóspede, bebeu dois goles; acendeu um cigarro e entrou a passear ao longo do aposento, enquanto Luís Alves, preferindo um charuto e um sofá, acendeu o primeiro e estirou-se no segundo, cruzando beatificamente as mãos sobre o ventre e contemplando o bico das chinelas, com aquela placidez de um homem a quem se não gorou nenhum namoro. O silêncio não era completo; no aposento, porém, o único rumor era dos botins de Estêvão na palhinha do chão.

Cursavam esses dois moços a academia de São Paulo, estando Luís Alves no quarto ano e Estêvão no terceiro. Conheceram-se na academia, e ficaram amigos íntimos, tanto quanto podiam sê-lo dois espíritos diferentes, ou talvez por isso mesmo que o eram. Estêvão, dotado de extrema sensibilidade e não menor fraqueza de ânimo, afetuoso e bom, não daquela bondade varonil, que é o apanágio de uma alma forte, mas dessa outra bondade mole e de cera, que vai à mercê de todas as circunstâncias, tinha, além de tudo isso, o infortúnio de trazer ainda sobre o nariz os óculos cor-de-rosa de suas virginais ilusões. Luís Alves via bem com os olhos da cara. Não era mau rapaz, mas tinha o seu grão de egoísmo, e se não era incapaz de afeições, sabia regê-las, moderá-las, e sobretudo guiá-las ao seu próprio interesse. Entre esses dois homens travara-se amizade íntima, nascida para um na simpatia, para outro no costume. Eram eles os naturais confidentes um do outro, com a diferença que Luís Alves dava menos do que recebia, e ainda assim, nem tudo o que dava exprimia grande confiança.

Estêvão referira ao amigo, desde tempos, toda a história do amor agora malogrado, suas esperanças, desalentos e glórias, e, enfim, o inesperado desfecho. O pobre rapaz, que folheava o capítulo mais delicioso do romance — no sentir dele —, caiu de toda a altura das ilusões na mais dura, prosaica e miserável realidade.

A namorada de Estêvão — é tempo de dizer alguma coisa dela — era uma moça de dezessete anos, e, por ora, simples aluna-professora no colégio de uma tia do nosso estudante, à rua dos Inválidos. Estêvão tinha-a visto pela primeira vez seis meses antes, e desde logo sentiu-se preso por ela, "até à morte", disse ele ao amigo, referindo-lhe o encontro, o que o fez sorrir de tão estirado prazo. Qualquer que ele fosse, porém, o prazo fatal daquele cativeiro, a verdade é que Estêvão no mesmo ponto em que a viu logo a amou, como se ama pela primeira vez na vida — amor um pouco estouvado e cego, mas sincero e puro. Amava-o ela? Estêvão dizia que sim, e devia crê-lo; alguns olhares ternos, meia dúzia de apertos de mão significativos, embora a largos intervalos, davam a entender que o coração de Guiomar — chamava-se Guiomar — não era surdo à paixão do acadêmico. Mas, fora disso, nada mais, ou pouco mais.

O pouco mais foi uma flor, não colhida do pé em toda a original frescura, mas já murcha e sem cheiro, e não dada, senão pedida.

— Faz-me um favor? — disse um dia Estêvão apontando para a flor que ela trazia nos cabelos. — Essa flor está murcha, e, naturalmente, vai deitá-la fora ao despentear-se; eu desejava que ma desse.

Guiomar, sorrindo, tirou a flor do cabelo, e deu-lha; Estêvão recebeu-a com igual contentamento ao que teria se lhe antecipassem o seu quinhão do céu. Além da flor, e para suprir as cartas, que não havia, nada mais obtivera Estêvão durante aqueles seis compridos meses, a não serem os tais olhares, que afinal são olhares, e

vão-se com os olhos donde vieram. Era aquilo amor, capricho, passatempo, ou que outra coisa era?

Naquela tarde, a tarde fatal, estando ambos a sós, o que era raro e difícil, disse-lhe ele que em breve ia voltar para São Paulo, levando consigo a imagem dela, e pedindo-lhe em câmbio, que uma vez ao menos lhe escrevesse. Guiomar franziu a testa e fitou nele o seu magnífico par de olhos castanhos, com tanta irritação e dignidade, que o pobre rapaz ficou atônito e perplexo. Imagina-se a angústia dele diante do silêncio que reinou entre ambos por alguns segundos; o que se não imagina é a dor que o prostrou — a dor e o espanto — quando ela, erguendo-se da cadeira em que estava, lhe respondeu, saindo:

— Esqueça-se disso.

— Pois quanto a mim — disse Luís Alves ouvindo pela terceira vez a narração de tão cru desenlace —, quanto a mim, obedecia-lhe pontualmente; esquecia-me disso e ia curar-me em cima dos compêndios; Direito Romano e Filosofia, não conheço remédio melhor para tais achaques.

Estêvão não ouvia as palavras do amigo; estava então assentado na cama, com os cotovelos fincados nas pernas, e a cabeça metida nas mãos, parecendo que chorava. A princípio chorou em silêncio; mas não tardou que Luís Alves o visse deitar-se na cama, estorcer-se convulsivamente, a soluçar, a abafar quanto podia os gritos que lhe saíam do peito, a puxar os cabelos, a pedir a morte, tudo entremeado com o nome de Guiomar, tão d'alma tudo aquilo, tão lastimosamente natural, que enfim o comoveu, e não houve remédio senão dizer-lhe algumas palavras de conforto. A consolação veio a tempo; a dor, chegada ao paroxismo, declinou pouco a pouco, e as lágrimas estancaram, ao menos por algum tempo.

— Sei que tudo isso há de parecer-te ridículo — disse Estêvão sentando-se na cama —; mas que queres tu? Eu vivia na persuasão de que era amado, e era-o talvez. Por isso mesmo não entendo o que se passou hoje. Ou o que eu supunha ser amor não passava talvez de passatempo ou zombaria...

— Talvez, talvez — interrompeu Luís Alves —, compreendendo que o melhor meio de o curar do amor era meter-lhe em brios o amor-próprio.

Estêvão ficou alguns instantes pensativo.

— Não, não é possível — contestou ele. — Tu não a conheces. É uma grave e nobre criatura, incapaz de conceber um sentimento desses, que seria vulgar ou cruel...

— As mulheres...

— Já pensei se aquilo de hoje não seria uma maneira de experimentar-me, de ver até que ponto eu lhe queria... Escusas de rir-te, Luís; eu nada afirmo; digo que pode ser. Não admira que ela fizesse esse cálculo — um bom cálculo, nesse caso, todo filho do coração...

A imaginação de Estêvão desceu por esse declive de floridas conjeturas, e Luís Alves entendeu que era de bom aviso não espantar-lhe os cavalos. Ela foi, foi, foi por ali abaixo, rédea frouxa e riso nos lábios. Boa viagem!, exclamou mentalmente o colega, voltando a estirar-se no sofá. A viagem não foi longa, mas produziu efeito salutar no ânimo do namorado, adoçando-lhe as penas, circunstância que Luís Alves aproveitou para lhe falar de cem coisas alheias ao coração e diverti-lo do pensamento que o absorvia. Conseguiu o seu intento durante meia hora, e conseguiu mais,

porque fez com que o colega risse, a princípio de um riso amargo e dúbio, depois de um riso jovial e franco incompatível com intuitos trágicos. Mas, ai triste!, a dor dele era uma espécie de tosse moral, que aplacava e reaparecia, intensa às vezes, às vezes mais fraca, mas sempre infalível. O rapaz acertara de abrir uma página de *Werther*; leu meia dúzia de linhas, e o acesso voltou mais forte que nunca.

Luís Alves acudiu-lhe com as pastilhas da consolação; o acesso passou; nova palestra, novo riso, novo desespero, e assim se foram escoando as horas da noite, que o relógio da sala de jantar batia seca e regularmente, como a lembrar aos dois amigos que as nossas paixões não aceleram nem moderam o passo do tempo.

A aurora para os dois acadêmicos coincidiu com as badaladas do meio-dia, o que não admira, pois só adormeceram quando ela começava a apagar as estrelas. Estêvão passou a noite — a manhã, quero dizer — muito sossegado e livre de sonhos maus. Quando abriu os olhos estranhou o aposento e os objetos que o rodeavam. Logo que os reconheceu, despertou-se-lhe, com a memória, o coração, onde já não havia aquela dor aguda da véspera. Os sucessos, embora recentes, começavam a envolver-se na sombra crepuscular do passado.

A natureza tem suas leis imperiosas; e o homem, ser complexo, vive não só do que ama, mas também (força é dizê-lo) do que come. Sirva isto de escusa ao nosso estudante, que almoçou nesse dia, como nos anteriores, bastando dizer em seu abono que, se o não fez com lágrimas, também o não fez alegre. Mas o certo é que a tempestade serenara; o que havia era uma ressaca, ainda forte, mas que diminuiria com o tempo. Luís Alves evitou falar-lhe de Guiomar; Estêvão foi o primeiro a recordar-se dela.

— Dá tempo ao tempo — respondeu Luís Alves —, e ainda te hás de rir dos teus planos de ontem. Sobretudo, agradece ao destino o haveres escapado tão depressa. E queres um conselho?

— Dize.

— O amor é uma carta, mais ou menos longa, escrita em papel velino, corte dourado, muito cheiroso e catita; carta de parabéns quando se lê, carta de pêsames quando se acabou de ler. Tu que chegaste ao fim, põe a epístola no fundo da gaveta, e não te lembres de ir ver se ela tem um *post scriptum*...

Estêvão aplaudiu a metáfora com um sorriso de bom agouro.

Duas vezes viu ele a formosa Guiomar, antes de seguir para São Paulo. Da primeira sentiu-se ainda abalado, porque a ferida não cicatrizara de todo; da segunda, pôde encará-la sem perturbação. Era melhor — mais romântico pelo menos, que eu o pusesse a caminho da academia, com o desespero no coração, lavado em lágrimas, ou a bebê-las em silêncio, como lhe pedia a sua dignidade de homem. Mas que lhe hei de eu fazer? Ele foi daqui com os olhos enxutos, distraindo-se dos tédios da viagem com alguma pilhéria de rapaz — rapaz outra vez, como dantes.

Capítulo II
Um roupão

Um mês depois de chegar Estêvão a São Paulo, achava-se a sua paixão definitivamente morta e enterrada, cantando ele mesmo um responso, a vozes alternadas, com duas ou três moças da capital — todas elas, por passatempo. Claro é que dois anos depois, quando tomou o grau de bacharel, nenhuma ideia lhe restava do namoro da rua dos Inválidos. Demais, a bela Guiomar desde muito tempo deixara o colégio e fora morar com a madrinha. Já ele a não vira da primeira vez que veio à corte. Agora voltava graduado em ciências jurídicas e sociais, como fica dito, mais desejoso de devassar o futuro que de reler o passado.

A corte divertia-se, como sempre se divertiu, mais ou menos, e para os que transpuseram a linha dos cinquenta divertia-se mais do que hoje, eterno reparo dos que já não dão à vida toda a flor dos seus primeiros anos. Para os varões maduros, nunca a mocidade folga como no tempo deles, o que é natural dizer, porque cada homem vê as coisas com os olhos da sua idade. Os receios da juventude não são decerto igualmente nobres, nem igualmente frívolos, em todos os tempos; mas a culpa ou o merecimento não é dela — a pobre juventude —, é sim do tempo que lhe cai em sorte.

A corte divertia-se, apesar dos recentes estragos do cólera; bailava-se, cantava-se, passeava-se, ia-se ao teatro. O Cassino abria os seus salões, como os abria o Clube, como os abria o Congresso, todos três fluminenses no nome e na alma. Eram os tempos homéricos do teatro lírico, a quadra memorável daquelas lutas e rivalidades renovadas em cada semestre, talvez por um excesso de ardor e entusiasmo, que o tempo diminuiu, ou transferiu — Deus lhe perdoe —, a coisas de menor tomo. Quem se não lembra — ou quem não ouviu falar das batalhas feridas naquela clássica plateia do Campo da Aclamação, entre a legião casalônica e a falange chartônica, mas sobretudo entre esta e o regimento lagruísta? Eram batalhas campais, com tropas frescas — e maduras também —, apercebidas de flores, de versos, de coroas, e até de estalinhos. Uma noite a ação travou-se entre o campo lagruísta e o campo chartonista, com tal violência, que parecia uma página da *Ilíada*. Dessa vez, a Vênus da situação saiu ferida do combate; um estalo rebentara no rosto de Charton. O furor, o delírio, a confusão foram indescritíveis; o aplauso e a pateada deram-se as mãos — e os pés. A peleja passou aos jornais. "Vergonha eterna (dizia um) aos cavalheiros que cuspiram na face de uma dama!" — "Se for mister (replicava outro) daremos os nomes dos aristarcos que no saguão do teatro juraram desfeitear mlle. Lagrua!" — "Patuleia desenfreada!" — "Fidalguice balofa!"

Os que escaparam daquelas guerras de alecrim e manjerona hão de sentir hoje, após dezoito anos, que despenderam excessivo entusiasmo em coisas que pediam repouso de espírito e lição de gosto.

Estêvão é uma das relíquias daquela Troia, e foi um dos mais fervorosos lagruístas, antes e depois do grau. A causa principal das suas preferências era decerto o talento da cantora; mas a que ele costumava dar, nas horas de bom humor, que eram todas as vinte e quatro do dia, tirantes as do sono, essa causa que mais que

tudo o ligava aos "arraiais do bom gosto" dizia ele, era — imaginem lá —, era o buço de *mlle.* Lagrua. Talvez não fosse ele o único amador do buço; mas outro mais férvido duvido que houvesse nesta boa cidade. Um chartonista maquiavélico, aliás escritor elegante, elevava o tal buço à categoria de bigode, compreendendo sagazmente que, se o buço era graça, o bigode era excrescência; e ele nem ao lábio da Lagrua queria perdoar.

— Oh! aquele buço! — exclamava Estêvão nos intervalos de uma ópera, — aquele delicioso buço há de ser a perdição da gente de bem! Quem me dera ir encaracolado por ali acima, até ficar mais próximo do céu, quero dizer dos seus olhos, e ser visto por ela, que me não descobre na turba inumerável dos seus adoradores! Querem saber uma coisa? Ali é que ela há de ter a alma, e eu quisera entreter-me com a alma dela, e dizer-lhe muita coisinha que tenho cá dentro à espera de um buço que as queira ouvir.

Estêvão era mais ou menos o mesmo homem de dois anos antes. Vinha cheirando ainda aos cueiros da academia, meio estudante e meio doutor, aliando em si, como em idade de transição, o estouvamento de um com a dignidade do outro. As mesmas quimeras tinha, e a mesma simpleza de coração; só não as mostrara nos versos que imprimiu em jornais acadêmicos, os quais eram todos repassados do mais puro byronismo, moda muito do tempo. Neles confessava o rapaz à cidade e ao mundo a profunda incredulidade do seu espírito, e o seu fastio puramente literário. A colação de grau interrompeu, ou talvez acabou, aquela vocação poética; o último suspiro desse gênero que lhe saiu do peito foram umas sextilhas à sua *juventude perdida*. Felizmente, que só a perdeu em verso; na prosa e na realidade era rapaz como poucos.

Posto fizesse boa figura na academia, mais prezava do que amava a ciência do Direito. Suas preferências intelectuais dividiam-se, ou antes abrangiam a Política e a Literatura, e ainda assim, a política só lhe acenava com o que podia haver literário nela. Tinha leitura de uma e outra coisa, mas leitura veloz e à flor das páginas. Estêvão não compreenderia nunca esse axioma de lorde Macaulay — que mais aproveita digerir uma lauda que devorar um volume. Não digeria nada; e daí vinha o seu nenhum apego às ciências que estudara. Venceu a repugnância por amor-próprio; mas, uma vez dobrado o cabo das Tormentas disciplinares, deixou a outros o cuidado de aproar à Índia.

Suas aspirações políticas deviam naturalmente morrer em germe, não só porque lhe minguava o apoio necessário para as arvorecer e frutificar, mas ainda porque ele não tinha em si a força indispensável a todo o homem que põe a mira acima do estado em que nasceu. Eram aspirações vagas, intermitentes, vaporosas, umas visões legislativas e ministeriais, que tão depressa lhe namoravam a imaginação, como logo se esvaeciam, ao resvalar dos primeiros olhos bonitos, que esses, sim, amava-os ele deveras. Opiniões não as tinha; alguns escritos que publicara durante a quadra acadêmica eram um complexo de doutrinas de toda a casta, que lhe flutuavam no espírito, sem se fixarem nunca, indo e vindo, alçando-se ou descendo, conforme a recente leitura ou a atual disposição de espírito.

Por agora militava nas fileiras do lagruísmo, com ardor, dedicação e fidelidade de bom apóstolo. Não era abastado para pagar o luxo de uma opinião lírica; nascera pobre e não tinha parente em boa posição. Alguns poucos recursos possuía, provenientes do seu ofício de advogado, que exercia com o amigo Luís Alves.

Uma noite assistira à representação de *Otelo*, palmeando até romper as luvas, aclamando até cansar-lhe a voz, mas acabando a noite satisfeito dos seus e de si. Terminado o espetáculo, foi ele, segundo costumava, assistir à saída das senhoras, uma procissão de rendas, e sedas, e leques, e véus, e diamantes, e olhos de todas as cores e linguagens. Estêvão era pontual nessas ocasiões de espera, e raro deixava de ser o último que saía. Tinha agora os olhos pregados em outros olhos, não pardos como os dele, mas azuis, de um azul-ferrete, infelizmente uns olhos casados, quando sentiu alguém bater-lhe no ombro, e dizer-lhe baixinho estas palavras:

— Larga o pinto, que é das almas.

Estêvão voltou-se.

— Ah! és tu! — disse ele, vendo Luís Alves. — Quando chegaste?

— Hoje mesmo — respondeu o colega —; venho sequioso de música. Vassouras não tem Lagrua nem *Otelo*...

— Vieste lavar a alma da poeira do caminho — disse Estêvão, que, ainda falando em prosa, cultivava as suas metáforas poéticas. — Fizeste bem; não te perdoaria se preferisses a outra, a lambisgoia, que aqui nos querem impingir por grande coisa, e que não chega aos calcanhares do buço...

Interrompeu-se. Luís Alves acabava de cumprimentar cerimoniosamente alguém que passava; Estêvão volveu a cabeça para ver quem era. Era uma moça, que ele não chegou a ver, porque já descia as escadas; mas tão elegante e gentil que os olhos lhe fuzilaram de admiração.

— Algum namoro? — perguntou ao amigo.

— Não; uma vizinha.

A desfilada acabou; saíram os dois e foram dali cear a um hotel, seguindo depois para Botafogo, onde morava Luís Alves, desde que perdera a mãe, alguns meses antes.

A casa de Luís Alves ficava quase no fim da praia de Botafogo, tendo ao lado direito outra casa, muito maior e de aparência rica. A noite estava bela, como as mais belas noites daquele arrabalde. Havia luar, céu límpido, infinidade de estrelas e a vaga a bater molemente na praia, todo o material, em suma, de uma boa composição poética, em vinte estrofes pelo menos, obrigada a rima rica, com alguns esdrúxulos rebuscados nos dicionários. Estêvão poetou, mas poetou em prosa, com um entusiasmo legítimo e sincero. Luís Alves, menos propenso às coisas belas, preferia a mais útil de todas naquela ocasião, que era ir dormir. Não o conseguiu sem ouvir ao hóspede tudo quanto ele pensava acerca daquele "pinto, que era das almas", aqueles olhos azuis, "profundos como o céu", exclamava Estêvão.

Afinal dormiram ambos; mas, ou fosse porque os tais olhos o perseguissem, ainda em sonhos, ou porque estranhasse a cama, ou porque o destino assim o resolvera, a verdade é que Estêvão dormiu pouco, e, coisa rara, acordou logo depois de aparecer a arraiada.

A manhã estava fresca e serena; era tudo silêncio, mal quebrado pelo bater do mar e pelo chilrear dos passarinhos nas chácaras da vizinhança. Estêvão, amuado por não poder conciliar o sono, resolvera-se a ir ver a manhã de mais perto. Ergueu-se de manso, lavou-se, vestiu-se, e pediu que lhe levassem café ao jardim, para onde foi sobraçando um livro que acaso topou ao pé da cama.

O jardim ficava nos fundos da casa; era separado da chácara vizinha por uma

cerca. Relanceando os olhos pela chácara, viu Estêvão que era plantada com esmero e arte, assaz vasta, recortada por muitas ruas curvas e duas grandes ruas retas. Uma destas começava das escadas de pedra da casa e ia até o fim da chácara; a outra ia da cerca de Luís Alves até à extremidade oposta, cortando a primeira no centro. Do lugar em que ficava Estêvão só a segunda rua podia ser vista de ponta a ponta.

Sentou-se o bacharel em um banco que ali achou, recebeu a xícara de café, que o escravo lhe trouxe daí a pouco, acendeu um charuto e abriu o livro. O livro era uma *Prática forense*. Demos-lhe razão ao despeito com que o fechou e atirou ao chão, contentando-se com o canto dos pássaros e o cheiro das flores, e a sua imaginação também, que valia as flores e os pássaros.

Deus sabe até onde iria ela, com as asas fáceis que tinha, se um incidente lhas não colhera e fizera descer à terra. Da casa vizinha saíra um roupão — ele não viu mais que um roupão — e seguira pela rua que enfrentava com a casa, a passo lento e meditativo. Estêvão, que adorava todos os roupões, fossem ou não meditativos, deu as graças à Providência pela boa fortuna que lhe deparava, e afiou os olhos para contemplar aquela graciosa madrugadora. Graciosa, ainda ele não sabia se o era; mas assentou que devia de ser, justamente porque desejava que o fosse.

A deliciosa paisagem ia ter enfim uma alma; o elemento humano vinha coroar a natureza.

Ergueu-se Estêvão, de toda a sua estatura elevada e gentil, para ver melhor — e ser visto, digamos a verdade toda — aquela desconhecida vizinha, que devia ser por força a que Luís Alves cumprimentara no teatro. Actéon cristão e modesto, não surpreendia Diana no banho, mas ao sair dele; todavia, não palpitava menos de comoção e curiosidade.

O roupão ia andando.

Capítulo III
Ao pé da cerca

A primeira coisa que Estêvão pôde descobrir é que a vizinha era moça. Via-lhe o perfil, em cada aberta que deixavam as árvores, um perfil correto e puro, como de escultura antiga. Via-lhe a face cor de leite, sobre a qual se destacava a cor escura dos cabelos, não penteados de vez, mas frouxamente atados no alto da cabeça, com aquele desleixo matinal que faz mais belas as mulheres belas. O roupão — de musselina branca —, finamente bordado, não deixava ver toda a graça do talhe, que devia ser e era elegante, dessa elegância que nasce com a criatura ou se apura com a educação, sem nada pedir, ou pedindo pouco à tesoura da costureira. Todo o colo ia coberto até o pescoço, onde o roupão era preso por um pequeno broche de safira. Um botão, do mesmo mineral, fechava em cada pulso as mangas estreitas e lisas, que rematavam em folhos de renda.

Estêvão, da distância e na posição em que se achava, não podia ver todas essas minúcias que aqui lhes aponto, em desempenho deste meu dever de contador de

histórias. O que ele viu, além do perfil, dos cabelos, e da tez branca, foi a estatura da moça, que era alta, talvez um pouco menos do que parecia com o vestido roçagante que levava. Pôde ver-lhe também um livrinho, aberto nas mãos, sobre o qual pousava os olhos, levantando-os de espaço a espaço, quando lhe era mister voltar a folha, e deixando-os cair outra vez para embeber-se na leitura.

Ia assim andando, sem cuidar que a visse alguém, tão serena e grave como se atravessara um salão. Estêvão, que não tirava os olhos dela, mentalmente pedia ao céu a fortuna de a ter mais próxima, e ansiava por vê-la chegar à rua que lhe ficava diante. Contudo, era difícil que lhe parecesse mais formosa do que era, vista assim de perfil, a escapar por entre as árvores. O jovem bacharel, para não perder o sestro dos primeiros tempos, avocava todas as suas reminiscências literárias; a desconhecida foi sucessivamente comparada a um serafim de Klopstock, a uma fada de Shakespeare, a tudo quanto na memória dele havia mais aéreo, transparente, ideal.

Enquanto ele trabalhava o espírito nessas comparações poéticas, não descabidas, se quiserem, em tal lugar, e ao pé de tão graciosa criatura, ela seguia lentamente e chegara à encruzilhada das duas grandes ruas da chácara. Estêvão esperava que voltasse à direita, isto é, que viesse para o lado dele, mas sobretudo receava que seguisse pela mesma rua adiante e se perdesse no fundo da chácara. A moça escolheu um meio-termo, voltou à esquerda, dando as costas ao seu curioso admirador e continuando no mesmo passo vagaroso e regular.

A chácara não era em demasia grande; e por mais lento que fosse o passo da madrugadora, não gastaria ela imenso tempo em percorrer até o fim aquela porção da rua em que entrara. Mas ali, ao pé daquele coração juvenil e impaciente, cada minuto parecia, não direi um século — seria abusar dos direitos do estilo — mas uma hora, uma hora lhe parecia, com certeza.

A moça entretanto, chegando ao fim, parou alguns instantes, pousou a mão nas costas de um banco rústico que ali havia e enfrentava com outro, colocado na extremidade oposta. A outra mão descaíra-lhe, e os olhos também, o que magoou o seu curioso observador. Seriam saudades de alguém? Estêvão sentiu uma coisa, a que chamarei ciúme antecipado, mas que na realidade eram invejas da alheia fortuna. Inveja é um sentimento mau; mas nele, que nascera para amar, e que, além disso, tinha em si o contraste do nascimento com o instinto, um berço obscuro e umas aspirações à vida elegante — nele a inveja era quase um sentimento desculpável.

A moça voltou e veio pela rua adiante. Enfim, disse consigo Estêvão, vou contemplá-la de mais perto. Ao mesmo tempo, receoso de que, descobrindo ali um estranho, guiasse os passos para casa, Estêvão afastou-se do lugar em que ficara, resoluto a aparecer quando ela estivesse próxima à cerca do jardim. A moça vinha andando com o livro fechado, e os olhos ora no chão, ora nas andorinhas e camaxilras que esvoaçavam na chácara. Se trazia saudades, não se lhe podiam ler no rosto, que era quieto e pensativo, sim, mas sem a menor sombra de pena ou de tristeza.

Estêvão do lugar onde estava podia examinar-lhe as feições, sem ser visto por ela; mas foi justamente do que não cuidou, desde que lhas pôde distinguir. Valia a pena, entretanto, contemplar aqueles grandes olhos castanhos, meio velados pelas longas, finas e bastas pestanas, não maviosos nem quebrados, como ele os cuidara ver, mas de uma beleza severa, casta e fria. Valia a pena admirar como eles comunicavam a todo o rosto e a toda a figura um ar de majestade tranquila e senhora de

si. Não era ela uma dessas belezas que, ao mesmo tempo que subjugam o coração, acendem os sentidos; falava à inteligência primeiro do que ao coração, tanto a arte parecia haver colaborado com a natureza naquela criatura, meio estátua e meio mulher.

Tudo isso podia ver e considerar o nosso bacharel. A verdade, porém, é que a nenhuma destas coisas atendeu. Desde que distinguira as feições da moça, ficou como tomado de assombro, com os olhos parados, a boca entreaberta, fugindo-lhe a vida e o sangue todo para o coração.

A moça chegara à cerca; esteve de pé algum tempo, olhou em derredor e por fim sentou-se no banco que ali havia, dando as costas para o jardim de Luís Alves. Abriu novamente o livro, e continuou a leitura do ponto em que a deixara, tão só consigo, tão embebida no livro que tinha diante, que não a despertou o rumor, aliás sumido, dos passos de Estêvão nas folhas secas do chão. Teria percorrido meia página, quando Estêvão, reclinando-se sobre a cerca, e procurando abafar a voz para que só chegasse aos ouvidos dela, proferiu este simples nome:

— Guiomar!

A moça soltou um grito de surpresa e de susto, e voltou-se sobressaltada para o lado donde partira a voz. Ao mesmo tempo levantara-se. A impressão que lhe produzira, e não sei se também algum ar de cólera que lhe notasse no rosto; e além de tudo, o remorso de não haver sufocado aquele grito de seu coração, fez com que Estêvão, quase no mesmo instante, murmurasse em tom de súplica:

— Perdoe-me; foi uma centelha do passado que estava debaixo da cinza: apagou-se de todo.

Guiomar — sabemos agora que era este o seu nome — olhou séria e quieta para o seu mal-aventurado interruptor, dois longos e mortais minutos. Estêvão, confuso e vexado, tinha os olhos em terra; o coração palpitava-lhe com força, como a despedir-se da vida. A situação era em demasia aflitiva e embaraçosa para que se pudesse prolongar mais. Estêvão ia cortejá-la e despedir-se; mas a moça, com um sorriso de mais piedade que afeto, murmurou:

— Está perdoado.

Caminhou para a cerca e estendeu-lhe a mão, que ele apertou — apertou não é bem dito —, em que ele tocou apenas, o mais cerimoniosamente que podia e devia naquela situação.

E depois ficaram a olhar um para o outro, sem se atreverem a dizer nada, nem a sair dali, a verem ambos o espectro do passado, aquele tão amargo passado para um deles. Guiomar foi a primeira que rompeu o silêncio, fazendo a Estêvão uma pergunta natural, como não podia deixar de ser naquelas circunstâncias, mas ainda assim, ou por isso mesmo, a mais acerba que ele podia ouvir:

— Há dois anos que nos não vemos, creio eu?

— Há dois anos — murmurou Estêvão, abafando um suspiro.

— Já está formado, não? Lembra-me ter lido o seu nome...

— Estou formado. Sabe que era o desejo maior de minha tia...

— Não a vejo há muito tempo — interrompeu Guiomar —; eu saí do colégio, logo depois que o senhor seguiu para São Paulo. Saí a convite da baronesa, minha madrinha, que lá foi buscar-me um dia, alegando que eu já não tinha que aprender, e que me não convinha ensinar.

— Decerto — assentiu Estêvão. — Minha tia é que não deixou nem podia deixar de ensinar; acabou no ofício.

— Acabou?

— Morreu.

— Ah!

— Morreu há cerca de um ano.

— Era uma boa criatura — continuou Guiomar, depois de alguns instantes de silêncio —, muito carinhosa e muito prendada. Devo-lhe o que aprendi... Está admirando esta flor?

Estêvão, apanhado em flagrante delito de admiração, não da flor mas da mão que a sustinha — uma deliciosa mão, que devia ser por força a que se perdeu da Vênus de Milo —, Estêvão balbuciou:

— Com efeito, é linda!

— Há muita flor bonita aqui na chácara. A baronesa tem imenso gosto a essas coisas, e o nosso jardineiro é homem que sabe do seu ofício.

Aquele natural acanhamento da primeira ocasião foi desaparecendo aos poucos, e a conversa veio a ser, não tão familiar como outrora, mas em todo o caso menos fria do que a princípio estivera. Havia, contudo, uma diferença entre os dois; ele, sem embargo do desembaraço, sentia-se abalado e comovido; ela, porém, vencido o sobressalto do princípio, mostrava-se tranquila e fria, sempre polida e grave, risonha às vezes, mas de um risonho à flor do rosto, que não lhe alterava a serenidade e compostura.

O sítio e a hora eram mais próprios de um idílio que de uma fria e descolorida prática. Um céu claro e límpido, um ar puro, o sol a coar por entre as folhas uma luz ainda frouxa e tépida, a vegetação em derredor, todo aquele reviver das coisas parecia estar pedindo uma igual aurora nas almas. Estas é que deviam falar ali a sua língua delas, amorosa e cândida, em vez da outra, cortês, elegante e rígida, que a nenhum deles desprazia, decerto, mas que era muito menos voluntária nos lábios de Estêvão.

Guiomar falava com certa graça, um pouco hirta e pausada, sem viveza, nem calor.

Estêvão, que a maior parte do tempo ficara a ouvi-la, observava entre si que as maneiras da moça não lhe eram desnaturais, ainda que podiam ser calculadas naquela situação. A Guiomar que ele conhecera e amara era o embrião da Guiomar de hoje, o esboço do painel agora perfeito; faltava-lhe outrora o colorido, mas já se lhe viam as linhas do desenho.

A conversa durou cerca de três quartos de hora, uma migalha de tempo para ele, que desejara muito mais. Mas era preciso acabar; ela foi a primeira a dizer-lho.

— O senhor fez-me perder muito tempo. Há talvez uma hora que estamos aqui a conversar. Era natural, depois de dois anos. Dois anos! Mas o que não era natural — continuou ela, mudando de tom — era atrever-me a falar com um estranho neste *déshabillé* tão pouco elegante...

— Elegantíssimo, pelo contrário.

— O senhor tem sempre um cumprimento de reserva: vejo que não perdeu o tempo na academia. Vou-me embora. São horas da baronesa dar o seu passeio pela chácara.

— Será aquela senhora que ali está, no alto da escada? — perguntou Estêvão.
— É ela mesma — respondeu Guiomar. — Está à espera que lhe vá dar o braço.

E com um gesto friamente fidalgo, estendeu a mão a Estêvão dizendo:

— Passe bem, senhor doutor, estimei vê-lo.

Estêvão tocou-lhe levemente na mão, fina e macia, e inclinou-se respeitoso. A moça caminhou para casa. Ele acompanhou-a com os olhos, admirando a gentileza com que ela, desta vez a passo acelerado, resvalava por entre as árvores até subir as escadas da casa. Viu-a dar o braço à madrinha, descerem e seguirem vagarosamente pelo mesmo caminho por onde Guiomar seguira da primeira vez.

Estêvão ainda ficou algum tempo encostado à cerca, na esperança de que ela olhasse ou dirigisse os passos para aquele lado; ela, porém, passou indiferente, como se nem da existência dele soubera. Estêvão retirou-se dali cabisbaixo e triste, batido de contrários sentimentos, cheio de uma tristeza e de uma alegria que mal se combinavam, e por cima de tudo isso o eco vago e surdo desta interrogação:

— Entro num drama ou saio de uma comédia?

Capítulo IV
Latet anguis

O passeio da baronesa durou pouco mais de meia hora. O sol começava a aquecer, e apesar de ser bastante sombreada a chácara, o calor aconselhava à boa senhora que se recolhesse. Guiomar deu-lhe o braço, e ambas, seguindo pelo mesmo caminho, guiaram para casa.

— Parece muito tarde, Guiomar — disse a baronesa ao cabo de alguns segundos.

— E é, madrinha. Demorei-me hoje mais do que costumo, por causa de um encontro que tive aqui na chácara.

— Um encontro?

— Um homem.

— Algum ladrão? — perguntou a madrinha parando.

— Não, senhora — respondeu Guiomar sorrindo —, não era ladrão. A minha mestra de colégio... sabe que morreu?

— Quem disse isso?

— O sobrinho, o tal sujeito que encontrei aqui hoje.

— Você está zombando comigo! Um homem na chácara?

— Não era bem na chácara, mas no jardim do doutor Luís Alves. Estava encostado à cerca, trocamos algumas palavras.

A baronesa olhou para ela alguns segundos.

— Mas, menina, isso não é bonito. Que diriam se os vissem?... Eu não diria nada, porque conheço o que você vale, e sei a discrição que Deus lhe deu. Mas as aparências... Que qualidade de homem é esse sobrinho?

Interrompeu-as uma mulher de quarenta e quatro a quarenta e cinco anos, alta e magra, cabelo entre louro e branco, olhos azuis, asseadamente vestida, a sra.

Oswald — ou mais britanicamente, mrs. Oswald —, dama de companhia da baronesa, desde alguns anos. Mrs. Oswald conhecera a baronesa em 1846; viúva e sem família, aceitou as propostas que esta lhe fez. Era mulher inteligente e sagaz, dotada de boa índole e serviçal. Antes da ida de Guiomar para a companhia da madrinha, era mrs. Oswald a alma da casa; a presença de Guiomar, que a baronesa amava extremosamente, alterou um pouco a situação.

— São nove horas! — disse de longe a inglesa —; pensei que hoje não queriam voltar para casa. O calor está forte; e a senhora baronesa sabe que não é conveniente expor-se aos ardores do sol, sobretudo neste tempo de epidemias.

— Tem razão, mrs. Oswald; mas Guiomar tardou hoje tanto em ir buscar-me, que o passeio começou tarde.

— Por que me não mandou chamar?

— Estava talvez a dormir, ou entretida com o seu Walter Scott...

— Milton — emendou gravemente a inglesa —; esta manhã foi dedicada a Milton. Que imenso poeta, dona Guiomar!

— Tamanho como este calor — observou Guiomar, sorrindo. — Apertemos o passo e lá dentro a ouviremos com melhor disposição.

Foram as três andando, subiram a escada e entraram na sala de jantar, que era vasta, com seis janelas para a chácara. Dali seguiram para uma saleta, onde a baronesa sentou-se na sua poltrona, a esperar a hora do almoço. Guiomar saiu para ir cuidar da toalete; e a baronesa, que desde alguns minutos estivera cabisbaixa e pensativa, olhou fixamente para mrs. Oswald, sem dizer palavra.

Era ela uma senhora de cinquenta anos, refeita, vestida com esse alinho e esmero da velhice, que é um resto da elegância da mocidade. Os cabelos, cor de prata fosca, emolduravam-lhe o rosto sereno, algum tanto arrugado, não por desgostos, que os não tivera, mas pelos anos. Os olhos luziam de muita vida, e eram a parte mais juvenil do rosto.

Tendo casado cedo, coube-lhe a boa fortuna de ser igualmente feliz desde o dia do noivado até o da viuvez. A viuvez custara-lhe muito; mas já lá iam alguns anos, e da crua dor que tivera ficara-lhe agora a consolação da saudade.

— Chegue-se mais perto; preciso falar-lhe a sós — disse ela à inglesa, que se achava a alguns passos de distância.

Mrs. Oswald foi até a porta espreitar se viria alguém e voltou a sentar-se ao pé da baronesa. A baronesa estava outra vez pensativa, com as mãos cruzadas no regaço e os olhos no chão.

Estiveram as duas ali silenciosas alguns dois ou três minutos. A baronesa despertou enfim das reflexões, e voltou-se para a inglesa:

— Mrs. Oswald — disse ela —, parece estar escrito que não serei completamente feliz. Nenhum sonho me falhou nunca; este, porém, não passará de sonho, e era o mais belo de minha velhice.

— Mas por que desespera? — disse a inglesa. — Tenha ânimo, e tudo se há de arranjar. Pela minha parte, oxalá pudesse contribuir para a completa felicidade desta família, a quem devo tantos e tamanhos benefícios.

— Benefícios!

— E que outra coisa são os seus carinhos, a proteção que me tem dado, a confiança...

— Está bom, está bom — interrompeu afetuosamente a baronesa —; falemos de outra coisa.

— Dela, não é? Diz-me o coração que com alguma paciência tudo se alcançará. Todos os meios se hão de tentar; e todos eles são bons se se trata de fazer a felicidade sua e dela. Bem está o que bem acaba, disse um poeta nosso, homem de juízo. Por enquanto só vejo um obstáculo: a pouca disposição...

— Só esse?

— Que outro mais?

— Talvez outro — disse a baronesa abaixando a voz —; pode ser que não, mas tão infeliz sou neste meu desejo, que há de vir a ser obstáculo, talvez.

— Mas que é?

— Um homem, um moço, não sei quem, sobrinho da mestra que foi de Guiomar... Ela mesma contou-me tudo há pouco.

— Tudo o quê?

— Não sei se tudo; mas enfim disse-me que, estando a passear na chácara, vira o tal sobrinho da mestra, junto à cerca do doutor Luís Alves, e ficara a conversar com ele. Que será isso, mrs. Oswald? Algum amor que continua ou recomeça agora — agora, que ela já não é a simples herdeira da pobreza de seus pais, mas a minha filha, a filha do meu coração?

A comoção da baronesa ao proferir essas palavras era tal, que mrs. Oswald pegou-lhe afetuosamente das mãos e procurou confortá-la com outras palavras de esperança e confiança. Disse-lhe, além disso, que o simples conversar com esse homem, que aliás nenhuma delas conhecia, não era razão para supor uma paixão anterior.

— Enfim — concluiu a inglesa —, custa-me crer que ela ame alguém neste mundo. Por enquanto estou que não gosta de ninguém, e a nossa vantagem não é outra senão essa. Sua afilhada tem uma alma singular; passa facilmente do entusiasmo à frieza, e da confiança ao retraimento. Há de vir a amar, mas não creio que tenha grandes paixões, ao menos duradouras. Em todo o caso, posso responder-lhe atualmente pelo seu coração, como se tivesse a chave na minha algibeira.

A baronesa abanou a cabeça.

— Quanto a esse homem — continuou mrs. Oswald —, saberemos quem é ele, e que relações de afeto houve no passado.

— Parece-lhe possível?

— Naturalmente!

A inglesa proferiu essa única palavra com a segurança necessária para serenar o ânimo da boa senhora, que ficou algum tempo a olhar pasmada para ela, como quem refletia.

— Há ocasiões — disse enfim a baronesa ao cabo de alguns segundos de silêncio —, há ocasiões em que eu quase chego a sentir remorsos do amor que tenho a Guiomar. Ela veio preencher na minha vida o vácuo deixado por aquela pobre Henriqueta, a filha das minhas entranhas, que a morte levou consigo, para mal de sua mãe. Se havia de ser infeliz, melhor é que a chore morta, com a esperança de a ir encontrar no céu. Mas não lhe quis mais, nem talvez tanto, como a essa criança que levei à pia, e de quem Deus me fez mãe...

A baronesa calou-se; ouvira passos no corredor.

Guiomar, embora tivesse ido vestir-se e aprimorar-se, com tão singelos meios

o fizera, que não desdizia daquele matinal desalinho em que o leitor a viu no capítulo anterior. O penteado era um capricho seu, expressamente inventado para realçar a um tempo a abundância dos cabelos e a senhoril beleza da testa. As pontas bordadas de um colarinho de cambraia dobravam-se faceiramente sobre o azul do vestido de *glacé*, talhado e ornado com uma simplicidade artística. Isso, e pouco mais, era toda a moldura do painel — um dos mais belos painéis que havia por aqueles tempos em toda a praia de Botafogo.

— Viva a minha rainha de Inglaterra! — exclamou mrs. Oswald quando a viu assomar à porta da saleta.

E Guiomar sorriu com tanta satisfação e gozo ao ouvir-lhe essa saudação familiar, que um observador atento hesitaria em dizer se era aquilo simples vaidade de moça, ou se alguma coisa mais...

A baronesa pôs os olhos na afilhada, uns olhos amorosos e tristes, em que a moça reparou, e que a tornaram séria durante alguns rápidos segundos. Mas sorriu depois; e pegando das mãos da madrinha deu-lhe dois beijos no rosto, com tanta ternura e tão sincera, que a boa senhora sorriu de contentamento.

— Não precisa falar — disse Guiomar —, já sei que me acha bonita. É o que me diz todos os dias, com risco de me perder, porque se eu acabo vaidosa, adeus, minhas encomendas, ninguém mais poderá comigo.

Guiomar disse isso com tanta graça e singeleza, que a madrinha não pôde deixar de rir, e a melancolia acabou de todo. A sineta do almoço chamou-as a outros cuidados, e a nós também, amigo leitor. Enquanto as três almoçam, relanceemos os olhos ao passado, e vejamos quem era essa Guiomar tão gentil, tão buscada e tão singular, como dizia mrs. Oswald.

Capítulo V
Meninice

Guiomar tivera humilde nascimento; era filha de um empregado subalterno não sei de que repartição do Estado, homem probo, que morreu quando ela contava apenas sete anos, legando à viúva o cuidado de a educar e manter. A viúva era mulher enérgica e resoluta, enxugou as lágrimas com a manga do modesto vestido, olhou de frente para a situação e determinou-se à luta e à vitória.

A madrinha de Guiomar não lhe faltou naquele duro transe, e olhou por elas, como entendia que era seu dever. A solicitude, porém, não foi tão constante a princípio como veio a ser depois; outros cuidados de família lhe chamavam a atenção.

Guiomar anunciava desde pequena as graças que o tempo lhe desabrochou e perfez. Era uma criaturinha galante e delicada, assaz inteligente e viva, um pouco travessa, decerto, mas muito menos do que é usual na infância. Sua mãe, depois que lhe morrera o marido, não tinha outro cuidado na terra, nem outra ambição mais, que a de vê-la prendada e feliz. Ela mesma lhe ensinou a ler, mal, como ela sabia, e a coser e bordar, e o pouco mais que possuía de seu ofício de mulher. Guiomar não ti-

nha dificuldade nenhuma em reter o que a mãe lhe ensinava, e com tal afinco lidava por aprender, que a viúva — ao menos nessa parte — sentia-se venturosa. Hás de ser a minha doutora, dizia-lhe muita vez; e essa simples expressão de ternura alegrava a menina e lhe servia de incentivo à aplicação.

A casa em que moravam era naturalmente modesta. Ali correu a infância — mas solitária, o que é um pouco mais grave. A mãe, quando a via embebida nos jogos próprios da idade, infantilmente alegre — mas de uma alegria que fazia mal a seus olhos de mãe, tão fundo lhe doía aquele viver —, a mãe sentia às vezes pularem-lhe as lágrimas dos olhos fora. A filha não as via, porque ela sabia escondê-las; mas adivinhava-as através da tristeza que lhe ficava no rosto. Só não adivinhava o motivo, mas bastava que fossem mágoas de sua mãe, para lhe descair também a alegria.

Com o tempo, avultou outra causa de tristeza para a pobre viúva, ainda mais dolorosa que a primeira. Na idade apenas de dez anos, tinha Guiomar uns desmaios de espírito, uns dias de concentração e mudez, uma seriedade, a princípio intermitente e rara, depois frequente e prolongada, que desdiziam da meninice e faziam crer à mãe que eram prenúncios de que Deus a chamava para si. Hoje sabemos que não eram. Seria acaso efeito daquela vida solitária e austera, que já lhe ia afeiçoando a alma e como que apurando as forças para as pugnas da vida?

A primeira vez que essa gravidade da menina se lhe tornou mais patente foi uma tarde em que ela estivera a brincar no quintal da casa. O muro do fundo tinha uma larga fenda, por onde se via parte da chácara pertencente a uma casa da vizinhança. A fenda era recente; e Guiomar acostumara-se a ir espairecer ali os olhos, já sérios e pensativos. Naquela tarde, como estivesse olhando para as mangueiras, a cobiçar talvez as doces frutas amarelas que lhe pendiam dos ramos, viu repentinamente aparecer-lhe diante, a cinco ou seis passos do lugar em que estava, um rancho de moças, todas bonitas, que arrastavam por entre as árvores os seus vestidos, e faziam luzir aos últimos raios do sol poente as joias que as enfeitavam. Elas passaram alegres, descuidadas, felizes; uma ou outra lhe dispensou talvez algum afago; mas foram-se, e com elas os olhos da interessante pequena, que ali ficou largo tempo absorta, alheia de si, vendo ainda na memória o quadro que passara.

A noite veio, a menina recolheu-se pensativa e melancólica, sem nada explicar à solícita curiosidade da mãe. Que explicaria ela, se mal podia compreender a impressão que as coisas lhe deixavam? Mas, como a mãe entristecesse com aquilo, Guiomar domou o próprio espírito e fez-se tão jovial como nos melhores dias.

Essa era ainda outra feição da menina; tinha uma força de vontade superior aos seus anos. Com ela, e a viveza intelectual que Deus lhe dera, logrou aprender tudo o que a mãe lhe ensinara, e melhor ainda do que ela o sabia, desde que o tempo lhe permitiu desenvolver os primeiros elementos.

Aos treze anos ficou órfã; esse fundo golpe em seu coração foi o primeiro que ela verdadeiramente pôde sentir, e o maior que a fortuna lhe desfechou. Já então a madrinha a fizera entrar para um colégio, onde aperfeiçoava o que sabia e onde lhe ensinavam muita coisa mais.

Vivia ainda então a filha da baronesa, uma interessante criança de treze anos, que era toda a alma e encanto de sua mãe. Guiomar visitava a casa da madrinha; a idade quase igual das duas meninas, a afeição que as ligava, a beleza e meiguice de

Guiomar, a graciosa compostura de seus modos, tudo apertou entre a madrinha e a afilhada os laços puramente espirituais que as uniam antes. Guiomar correspondia aos sentimentos daquela segunda mãe; havia talvez em seu afeto, aliás sincero, um tal encarecimento que podia parecer simulação. O afeto era espontâneo; o encarecimento é que seria voluntário.

Tinha a moça dezesseis anos quando passou para o colégio da tia de Estêvão, onde pareceu à baronesa se lhe poderia dar mais apurada educação. Guiomar manifestara então o desejo de ser professora.

— Não há outro recurso — disse ela à baronesa quando lhe confiou essa aspiração.

— Como assim? — perguntou a madrinha.

— Não há — repetiu Guiomar. — Não duvido, nem posso negar o amor que a senhora me tem; mas a cada qual cabe uma obrigação, que se deve cumprir. A minha é... é ganhar o pão.

Estas últimas palavras passaram-lhe pelos lábios como que à força. O rubor subiu-lhe às faces; dissera-se que a alma cobria o rosto de vergonha.

— Guiomar! — exclamou a baronesa.

— Peço-lhe uma coisa honrosa para mim — respondeu Guiomar com simplicidade.

A madrinha sorriu e aprovou-a com um beijo — assentimento de boca, a que já o coração não respondia, e que o destino devia mudar.

Pouco tempo depois padeceu a baronesa o golpe quase mortal a que aludi no capítulo anterior. A filha morreu de repente, e o inopinado do desastre quase levou a mãe à sepultura.

A afeição de Guiomar não se desmentiu nessa dolorosa situação. Ninguém mostrou sentir mais do que ela a morte de Henriqueta, ninguém consolou tão dedicadamente a infeliz que lhe sobrevivia. Eram ainda verdes os seus anos; todavia revelou ela a posse de uma alma igualmente terna e enérgica, afetuosa e resoluta. Guiomar foi durante alguns dias a verdadeira dona da casa; a catástrofe abatera a própria mrs. Oswald.

O coração da pobre mãe ficara tão vazio, e a vida lhe pareceu tão agra e deserta sem a filha, que ela morreria talvez de saudade, se não fora a presença de Guiomar. Nenhuma outra criatura poderia preencher, como esta, o lugar de Henriqueta. Guiomar era já meio filha da baronesa, e as circunstâncias, não menos que o coração, tinham-nas destinado uma para a outra. Um dia em que a afilhada fora visitar a madrinha, esta lhe disse que a iria em breve buscar para sua casa.

— Você será a filha que eu perdi; ela não me amou mais, nem eu já agora teria outra consolação.

— Oh! madrinha! — exclamou Guiomar, beijando-lhe as mãos.

A baronesa estava assentada; Guiomar ajoelhou-se-lhe aos pés e pôs-lhe a cabeça no regaço. A boa mãe curvou-se e beijou-lha ternamente, com os olhos naquela filha que os sucessos lhe haviam dado, e o pensamento no céu, onde devia estar a outra, que Deus lhe dera e levou para si.

Pouco depois estabeleceu-se Guiomar definitivamente em casa da madrinha, onde a alegria reviveu, gradualmente, graças à nova moradora, em quem havia um tino e sagacidade raros. Tendo presenciado, durante algum tempo, e não breve, o modo de viver entre a madrinha e Henriqueta, Guiomar pôs todo o seu esforço em

reproduzir pelo mesmo teor os hábitos de outro tempo, de maneira que a baronesa mal pudesse sentir a ausência da filha. Nenhum dos cuidados da outra lhe esqueceu, e se em algum ponto os alterou foi para aumentar-lhe novos. Essa intenção não escapou ao espírito da baronesa, e é supérfluo dizer que desse modo os vínculos do afeto mais se apertaram entre ambas.

Ao mesmo tempo que ia provando os sentimentos de seu coração, revelava a moça, não menos, a plena harmonia de seus instintos com a sociedade em que entrara. A educação que nos últimos tempos recebera fez muito, mas não fez tudo. A natureza incumbira-se de completar a obra — melhor diremos, começá-la. Ninguém adivinharia nas maneiras finamente elegantes daquela moça, a origem mediana que ela tivera; a borboleta fazia esquecer a crisálida.

Capítulo VI
O *post scriptum*

Aquele conselho de Luís Alves, na fatal noite de dois anos antes, não há dúvida de que era judicioso e devera ter ficado no espírito de Estêvão. Não convinha reler a carta, sob pena de lhe achar um *post scriptum*. Estêvão era curioso de epístolas; não pôde ter-se que não abrisse aquela. O *post scriptum* lá estava no fim.

Vindo à linguagem natural, Estêvão saiu do jardim de Luís Alves com o coração meio inclinado a amar de novo a mulher que tanto o fizera padecer um dia. Daqui concluirá alguém que ele verdadeiramente não deixara de a amar. Pode ser; havia talvez debaixo da cinza uma faísca, uma só, e essa bastava a repetir o incêndio. Mas fosse de um ou de outro modo, o certo é que Estêvão saiu dali com o princípio do amor no coração.

Todo aquele dia foi de alvoroço e agitação para ele, que não se resignou logo, antes buscou reagir contra a entrada da paixão nova. A tentativa era sincera; as forças é que eram escassas. Ele desviava de si a imagem da moça; ela, porém, perseguia-o, tenaz, como se fora um remorso, fatal como a voz de seu destino.

Estêvão nada disse a Luís Alves do encontro e da conversa que tivera com a moça no jardim; e não lho escondeu por desconfiança, mas por vergonha. Que lhe diria, porém, ele que o não tivesse visto e percebido Luís Alves? Da janela de seu quarto, que dava para o jardim, enfiando os olhos pela fresta das cortinas pôde observá-los durante aqueles três quartos de hora de inocente palestra. O espetáculo não o divertiu muito; Luís Alves achou um pouco atrevida a escolha do lugar.

A circunstância de os ver juntos chamou-lhe a atenção para a coincidência do nome da vizinha com o da antiga namorada do colega; era naturalmente a mesma pessoa.

— Vai contar-me tudo — pensou Luís Alves quando viu o colega afastar-se da cerca e dirigir os passos para casa.

Estêvão, como disse, foi discreto. Vinha preocupado, muito outro do que en-

trara na véspera, a ler-se-lhe no rosto alguma coisa mais séria do que ele próprio costumava ser.

Tinha Estêvão contra si o passado e o futuro. O presente, sim, defendia-o; ele sentia que alguma coisa o distanciava de Guiomar. Mas o passado falava-lhe de todas as doces recordações — as menos amargas —, e a memória quase não sabe das outras quando relembra o que foi. O futuro acenava-lhe com as suas esperanças todas, e basta dizer que eram infinitas. Além disso, a Guiomar que ele via agora surgia-lhe no meio de outra atmosfera — a mesma que o seu espírito almejava respirar; e aparecia-lhe para fugir logo. Sobre tudo isso o obstáculo, aquela porta fechada, que bem podia ser a da *città dolente*, mas que em todo o caso ele quisera ver franqueada às suas ambições.

Os dias correram alternados de confiança e desânimo, tecidos de ouro e fio negro, um lutar de todas as horas, que acabou como era de prever e devia acabar. O coração levou Estêvão atrás de si.

Nenhum meio, dos que tinha à mão, lhe esqueceu para ver Guiomar. As janelas da casa estavam quase sempre desertas. Duas ou três vezes aconteceu vê-la de longe; ao aproximar-se-lhe, sumira-se o vulto na sombra do salão. Não perdia teatro; mas só duas vezes teve o gosto de a ver: uma no Lírico, onde se cantava *Sonâmbula*, outra no Ginásio, onde se representavam os *Parisienses*, sem que ele ouvisse uma nota da ópera, nem uma palavra da comédia. Todo ele, olhos e pensamento, estava no camarote de Guiomar. No Lírico foi baldada essa contemplação; a moça não deu por ele. No Ginásio, sim; o teatro era pequeno; contudo, antes não fora visto, tão tenazmente desviou ela os olhos do lugar em que ele ficara.

Nem por isso deixou Estêvão de ir esperá-la à saída, colocar-se francamente no seu caminho, solicitar-lhe audazmente os olhos e atenção. A família desceu da segunda ordem pela escada do lado de São Francisco; a estreiteza do lugar era excelente. Dava o braço à baronesa um moço de vinte e cinco anos, figura elegante, ainda que um tanto afetada. Desceram todos três e ficaram à espera do carro alguns minutos. Na meia sombra que ali havia destacava-se o rosto marmóreo de Guiomar e a gentileza de seu talhe. Seus grandes olhos vagavam pela multidão, mas não fitavam ninguém. Ela possuía, como nenhuma outra, a arte de gozar, sem as ver, as homenagens da admiração pública.

Irritado com a indiferença da moça, vagou Estêvão toda aquela noite, a sós com o seu despeito e o seu amor, tecendo e destecendo mil planos, todos mais absurdos uns que outros. A taça enchera de todo; era mister entorná-la no seio de um amigo, de um amigo que houvesse nas suas mãos o único remédio que ele nessa ocasião pedia — a chave daquela porta.

Luís Alves era esse homem.

— Outra vez caído! — exclamou ele, rindo, quando Estêvão lhe contou tudo. — Eu já o havia percebido. Isso de mulheres... Queres então que te leve lá?

— Quero.

Luís Alves refletiu alguns instantes.

— E uma viagem, não te seria bom fazer uma viagem? Já sei o que me vais dizer; mas também não te proponho uma viagem de recreio, à Europa. Olha, arranjo-te, se queres, um lugar de juiz municipal...

A proposta era sincera; Estêvão cuidou ver-lhe uma ponta de zombaria e ergueu os ombros com enfado. A proposta, entretanto, merecia ser examinada; era uma carreira, e vinha de um homem que estava a entrar na vida política, que esperava daí a algumas semanas o resultado de uma eleição, com a certeza, ou quase, de haver triunfado. Era influência que nascia, e de força viria a crescer. Mas para Estêvão, naquela ocasião, toda a carreira pública, influência, futuro, leis, tudo estava nos olhos castanhos de Guiomar.

— Eu amo-a — disse ele enfim —, isso para mim é tudo. Pode bem ser que tenhas razão; talvez me espere algum grande desgosto; mas são reflexões, e eu não reflito agora, eu sinto...

— Em todo o caso — acudiu Luís Alves —, desempenho o meu dever de amigo; digo-te que vocês não nasceram um para o outro; que se ela te não amou naquele tempo, muito menos te amará hoje, e que enfim...

Luís Alves estacou.

— Enfim? — perguntou Estêvão.

— Enfim pedes-me um sacrifício — concluiu, rindo o advogado —, porque também eu já a namorisquei... Não é preciso carregares o sobrolho; foi namoro de vizinho, tentativa que durou pouco mais de vinte e quatro horas. Com vergonha o digo, ela não me prestou uma migalha de atenção sequer e eu voltei aos meus autos.

— Então... gostas dela? — perguntou Estêvão.

— Acho-a bonita e nada mais. Aquilo foi um lançar barro à parede; se aceitasse, casava-me; não aceitou...

— Já vês que somos diferentes.

— Queres, então?...

— Um serviço de amigo.

— Bem — disse por fim Luís Alves —, faça-se a tua vontade. A baronesa vai cuidar agora de um processo e mandou-me falar. Eu passo-te a prebenda; entrarás ali como advogado, o que de alguma maneira me tira um peso da consciência.

Estêvão, que só pedia um pretexto, aceitou a oferta com ambas as mãos, e agradeceu-lha com tão expansiva ternura que fez sorrir o outro.

A promessa cumpriu-se pontualmente. Luís Alves apresentou Estêvão à baronesa, na seguinte noite, como seu companheiro e amigo, como advogado capaz de zelar os interesses da ilustre cliente. A recepção foi geralmente boa, salvo por parte de Guiomar, que pareceu aborrecida de o ver naquela casa. Quando Estêvão a saudou, como quem a conhecia de longo tempo, ela mal pôde retribuir-lhe o cumprimento; em todo o resto da noite não lhe deu palavra. Daquela parte o acolhimento não podia ser pior; mas Estêvão sentia-se feliz, desde que podia vê-la, respirar o mesmo ar, nada mais pedindo por ora, e deixando o resto à fortuna.

De todas as pessoas de casa da baronesa, a primeira que reparou na indiferença com que Guiomar tratou Estêvão, foi mrs. Oswald. A sagaz inglesa afivelou a máscara impassível que trouxera das ilhas britânicas e não os perdeu de vista. Nem da primeira nem da segunda vez viu nada mais que os olhos dele, que solicitavam os dela, e os dela que pareciam surdos. Havia decerto uma paixão solitária e desatendida.

— Sabe que descobri um namorado seu? — perguntou ela, alguns dias depois, a Guiomar.

Guiomar fez um gesto de estranheza.

— Entendamo-nos — observou a inglesa —; não digo que a senhora o namore também; digo que é ele quem anda apaixonado. Não adivinha?

— Talvez.

— O doutor Estêvão.

Guiomar fez um gesto de desdém.

— Vejo que tinha adivinhado — disse mrs. Oswald —; também, não era difícil. Quem tem alguma prática dessas coisas fareja uma paixão a cem léguas de distância, por mais que ela busque recatar-se dos olhos estranhos. Os namorados geralmente supõem que ninguém os vê; é uma lástima. Olhe, da senhora posso eu jurar que não está namorada de pessoa nenhuma.

— Que sabe disso? — perguntou Guiomar, deitando os olhos para o espelho de seu guarda-vestidos. — Pois estou, mas de mim mesma.

Mrs. Oswald desatou a rir, de um riso grave e pausado. Ela sabia que a moça tinha orgulho de suas graças; era bom caminho afagar-lhe o sentimento. Disse-lhe muita coisa bonita, que não vem para aqui, e concluiu pondo-lhe as mãos nos ombros, encarando-a fito a fito, e enfim rompendo nestas palavras, meio suspiradas:

— A senhora é a flor desta sua terra. Quem a colherá? Alguém sei eu merece...

Guiomar ficou séria, e desviou brandamente as mãos da inglesa, murmurando:

— Mrs. Oswald, falemos de outra coisa.

Capítulo VII
Um rival

Não era a primeira vez que mrs. Oswald aludia a alguma coisa que desagradava a Guiomar, nem a primeira que esta lhe respondia com a sequidão que o leitor viu no fim do capítulo anterior. A boa inglesa ficou séria e calada alguns dois ou três minutos, a olhar para Guiomar, aparentemente buscando interrogar-lhe o pensamento, mas na realidade sem saber como sair da situação. A moça rompeu o silêncio:

— Está bom — disse ela sorrindo —, não vejo razão para que se zangue comigo.

— Não estou zangada — acudiu prontamente mrs. Oswald. — Zangada por quê? Pesa-me, decerto, que a natureza me não dê razão, e que uma aliança tão conveniente, para ambos, seja repelida pela senhora; mas se isso é motivo de desgosto, não pode sê-lo de zanga...

— Desgosto?

— Para mim... e naturalmente para ele.

Guiomar respondeu com um simples sacudir de ombros, seco e rápido, como quem se lhe não dava do mal ou não acreditava nele.

Mrs. Oswald não atinou qual dessas impressões seria, e concluiu que fossem ambas. A moça, entretanto, pareceu arrepender-se daquele movimento; travou das mãos da inglesa, e com uma voz ainda mais doce e macia que de costume, lhe disse:

— Veja o que é ser criança! Não parece que ainda em cima me zango com a senhora?

— Parece.

— Pois não é exato. Isso são caprichos de menina mal-educada. Dei para não gostar que me adorem... Minto; disso gosto eu; mas quisera que me adorassem somente, não lhe parece?

E Guiomar acompanhou essas palavras com uma risadinha mimosa e uns gestos de criança travessa, que destoavam inteiramente da sua gravidade habitual.

— Já sei, gosta de uma adoração como a do doutor Estêvão, silenciosa e resignada, uma adoração...

E mrs. Oswald, que, como boa protestante que era, tinha a Escritura na ponta dos dedos, continuou por este modo, acentuando as palavras:

— Uma adoração como a que devia inspirar José, filho de Jacó, que era belo como a senhora: "por ele as moças andavam por cima da cerca"...

— Da cerca? — perguntou Guiomar, tornando-se séria.

— Do muro, diz a Escritura, mas eu digo da cerca, porque... nem eu sei por quê. Não core! Olhe que se denuncia.

Guiomar corara deveras; mas era a altivez e o pundonor ofendido que lhe falavam no rosto. Olhou fria e longamente para a inglesa, com um desses olhares, que são, por assim dizer, um gesto da alma indignada. O que a irritava não era a alusão, que não valia muito, era a pessoa que a fazia — inferior e mercenária. Mrs. Oswald percebeu isso mesmo; mordeu a ponta do lábio, mas transigiu com a moça.

— Meu Deus! — disse ela. — Parece que se zangou por uma brincadeira à toa. Bem sabe que eu não podia querer agravá-la; supô-lo é ofender-me a mim — a mim que também lhe tenho afeto de mãe...

A última palavra aquietou o ânimo de Guiomar; ela tinha cedido ao impulso do seu caráter altivo, mas a razão veio depois, e o coração, também, que não era mau. A inglesa, que possuía longa prática da vida e sabia ceder ao tempo, uniu o gesto à palavra e chamou-a com os braços para si. Guiomar deixou-se ir, um pouco de má vontade, e a conversa teria acabado ali, se mrs. Oswald não lhe dissesse com a mais doce voz que daquela garganta podia sair:

— Convença-se de que eu sou importuna e indiscreta por afeição, e que a felicidade desta família é toda a ambição da minha alma. Não pode haver intenção melhor do que essa. Um conselho último — último se me não consentir mais falar-lhe nisto —: eu creio que a senhora sonha talvez demais. Sonhará uns amores de romance, quase impossíveis? digo-lhe que faz mal, que é melhor, muito melhor contentar-se com a realidade; se ela não é brilhante como os sonhos, tem pelo menos a vantagem de existir.

Guiomar cravara desta vez os olhos no chão, com a expressão vaga e morta de quem os apagou para as coisas externas. As palavras de mrs. Oswald responder-lhe--iam acaso a alguma voz íntima? A inglesa prosseguiu na mesma ordem de ideias, sem que ela a interrompesse ou desse sinal de si. Quando ela acabou, Guiomar estremeceu, como se acordasse; levantou a cabeça, e lenta, e comovida, proferiu esta única resposta:

— Talvez tenha razão, mrs. Oswald, mas em todo o caso os sonhos são tão bons!

Mrs. Oswald abanou a cabeça e saiu; Guiomar acompanhou-a com os olhos, a

sorrir, satisfeita de si mesma, e a murmurar tão baixo que mal a ouvia o seu próprio coração:

— Sonhos, não, realidade pura.

Suponho que o leitor estará curioso de saber quem era o feliz ou infeliz mortal de quem as duas trataram no diálogo que precede, se é que já não suspeitou que esse era nem mais nem menos o sobrinho da baronesa — aquele moço que apenas de passagem lhe apontei nas escadas do Ginásio.

Era um rapaz de vinte e cinco a vinte e seis anos. Jorge chamava-se ele; não era feio, mas a arte estragava um pouco a obra da natureza. O muito mimo empece a planta, disse o poeta, e essa máxima não é só aplicável à poesia, mas também ao homem. Jorge tinha um lindo bigode castanho, untado e retesado com excessivo esmero. Os olhos, claros e vivos, seriam mais belos se ele não os movesse com afetação, às vezes feminina. O mesmo direi dos modos, que seriam fáceis e naturais, se os não tornasse tão alinhados e medidos. As palavras saíam-lhe lentas e contadas, como a fazer sentir toda a munificência do autor. Não as proferia como as demais pessoas; cada sílaba era por assim dizer espremida, sendo fácil ver ao cabo de alguns minutos que ele fazia consistir toda a beleza da elocução nesse alongar do vocábulo. As ideias orçavam pelo modo de as exprimir; eram chochas por dentro, mas traziam uma côdea de gravidade pesadona, que dava vontade de ir espairecer o ouvido em coisas leves e folgazãs.

Tais eram os defeitos aparentes de Jorge. Outros havia, e desses, o maior era um pecado mortal, o sétimo. O nome que lhe deixara o pai, e a influência da tia podiam servir-lhe nas mãos para fazer carreira em alguma coisa pública; ele, porém, preferia vegetar à toa, vivendo do pecúlio que dos pais herdara e das esperanças que tinha na afeição da baronesa. Não se lhe conhecia outra ocupação.

Não obstante os defeitos apontados, havia nele qualidades boas; sabia dedicar-se, era generoso, incapaz de malfazer, e tinha sincero amor à velha parenta. A baronesa, pela sua parte, queria-lhe muito. Guiomar e ele eram as suas duas afeições principais, quase exclusivas.

Tal era a pessoa cujos interesses defendia mrs. Oswald, por amor da baronesa, e não menos de si própria. A baronesa também tinha os seus sonhos, como ela mesma disse, e esses eram deixar felizes aquelas duas crianças. Jorge pela sua parte estava disposto a estender o colo ao sacrifício; e, bem examinadas as coisas, talvez amasse sinceramente a moça. A diferença entre ele e Estêvão é que o seu amor era tão medido como os seus gestos, e tão superficial como as suas outras impressões.

Do que aí fica dito, facilmente compreenderá o leitor que, dos dois namorados, só um percebeu logo o sentimento do outro. A alma de Estêvão andava-lhe nos olhos, enchendo-os de maneira que ele não podia ver nada mais além de Guiomar.

Ao cabo de duas semanas a situação de Estêvão podia dizer-se menos má; na opinião dele era excelente. A baronesa soube quem ele era; Guiomar contara-lhe tudo; mas a inglesa, não menos que a observação própria, lhe mostrou que nenhum perigo corria Guiomar, e excluído o perigo, restavam as boas qualidades do bacharel, que de todo lhe caiu em graça. Mrs. Oswald navegou nas mesmas águas mansas. O próprio Jorge, naturalmente porque confiava em si, não temeu do rival, e pouco tardou que lhe abrisse os cancelos da sua gravidade. Que admira, pois, que a mesma Guiomar afrouxasse um pouco da primeira rigidez?

Aquele bom rapaz tinha a salutar crendice da esperança, em que muita vez se resumem todas as bênçãos da vida. Pedia muito, como alma sequiosa que era, mas bem pouco bastava a contentá-lo. A imaginação multiplicava os zeros; com um grão de areia construiria um mundo. A afabilidade de uns e a cortesia de outros, tanto bastou para que ele se julgasse quase no termo de suas aspirações: e posto não lhe desse Guiomar uma só das animações de outro tempo — que aliás tão frágeis eram —, ainda assim acreditou ele piamente que o amor nascia, ou renascia, naquele rebelde coração.

Guiomar, no meio das afeições que a cercavam, sabia manter-se superior às esperanças de uns e às suspeitas de outros. Igualmente cortês, mas igualmente impassível, para todos movia os olhos com a serenidade da isenção, não namorados, nem sequer namoradores. Ela teria, se quisesse, a arte de Armida; saberia refrear ou aguilhoar os corações, conforme eles fossem impacientes ou tíbios; faltava-lhe porém o gosto — ou melhor, sobrava-lhe o sentimento do que ela achava que era a sua dignidade pessoal.

Capítulo VIII
Golpe

Um dia de manhã acordou Estêvão com a resolução feita de dar o golpe decisivo. Os corações frouxos têm dessas energias súbitas, e é próprio da pusilanimidade iludir-se a si mesmo. Ele confessava que nada havia feito, e que a situação exigia alguma coisa mais.

— Nunca as circunstâncias foram mais propícias do que hoje — pensava o rapaz —; Guiomar trata-me com afabilidade de bom agouro. Demais, há nela espírito elevado; há de reconhecer que um sentimento discreto e respeitoso, como este meu, vale um pouco mais do que lisonjarias de sala.

A resolução estava assentada; restava o meio de a tornar efetiva. Estêvão hesitou largo tempo entre dizer de viva voz o que sentia ou transmiti-lo por via do papel. Qualquer dos modos tinha para ele mais perigos que vantagens. Ele receava ser frio na declaração escrita ou incompleto na confissão oral. Irresoluto e vacilante, ambos os meios adotou e repeliu, a curtos intervalos; enfim, diferiu a escolha para outra ocasião.

O acaso supriu a resolução e o premeditado cedeu o passo ao fortuito.

Uma tarde, havendo algumas pessoas a jantar em casa da baronesa, foram passear à chácara. Estêvão que, como Luís Alves, era dos convivas, afastou-se gradualmente dos outros grupos, e aproximou-se daquela cerca histórica onde, após dois anos de ausência e esquecimento, vira, já transformada, a formosa Guiomar. Era a primeira vez que ele punha os olhos nesse sítio, depois da conversa, que aí tivera com ela. A comoção que sentiu foi naturalmente grande; ressurgia-lhe o quadro ante os olhos, a hora, o céu brilhante, o doce alento da manhã, e por fim a figura da moça, que ali apareceu, como a alma do quadro, trazendo-lhe recordações, que ele

julgava mortas, esperanças que supunha impossíveis.

Estêvão curvou a cabeça ao doce peso daquelas memórias, a alma bebeu, a largos haustos, a vida toda que a imaginação lhe criava e talvez a noite o tomasse na mesma atitude, se a voz maviosa de Guiomar lhe não dissesse a poucos passos de distância:

— Senhor doutor, perdeu alguma coisa?

O rapaz volveu rapidamente a cabeça, e viu a moça, que atravessava uma das calhes próximas, a olhar e a sorrir para ele. Estêvão sorriu também, e com uma presença de espírito assaz rara em namorados, sobretudo em namorados como ele era, prontamente respondeu:

— Não perdi nada, mas achei uma coisa.

— Vejamos o que foi.

E Guiomar aproximou-se, a passo firme e seguro, e Estêvão, sem muito vacilar, ali mesmo forjou uma reflexão filosófica a respeito de um inseto que casualmente passava por cima de uma folha seca. A reflexão não valia muito, e tinha o defeito de vir um pouco forçada e de acarreto: a moça sorriu, entretanto, e ia continuar o seu caminho, quando ele, colhendo as forças todas, a fez deter com estas palavras:

— E se eu tivesse achado outra coisa?

— Ainda mais! — exclamou ela, voltando-se risonha.

Estêvão deu dois passos para Guiomar, desta vez comovido e resoluto. A moça fez-se séria e dispôs-se a ouvi-lo.

— Se eu tivesse achado neste lugar — continuou ele —, longos dias de esperança e de saudade, um passado que eu julgara não reviver mais, uma dor oculta e medrosa, vivida na solidão, nutrida e consolada de minhas próprias lágrimas? Se eu tivesse achado aqui a página rota de uma história começada e interrompida, não por culpa de ninguém na terra, mas da estrela sinistra da minha vida, que um anjo mau acendeu no céu, e que, talvez, talvez ninguém nunca apagará?

Estêvão calou-se e ficou a olhar fixamente para Guiomar.

Aquela declaração repentina e rosto a rosto estava tão longe do temperamento do rapaz, que ela gastou alguns segundos longos primeiro que voltasse a si do assombro. Ele próprio admirava-se do atrevimento que tivera; e enquanto pendia dos lábios da moça, repassava na memória, aliás confusamente, o que tão a frouxo lhe saíra do peito naquela hora de abençoada temeridade.

— Se tivesse achado tudo isso — respondeu Guiomar, sorrindo —, é natural que preferisse achar outra coisa menos melancólica. Entretanto, parece que nada mais achou do que esta ocasião de falar, com a viva imaginação que Deus lhe deu; num ou noutro caso, porém, posso decerto lastimá-lo ou admirá-lo, mas não me é dado ouvi-lo.

E Guiomar ia de novo afastar-se, quando Estêvão, receando perder a ocasião que a fortuna lhe oferecia, disse de longe com voz triste e súplice:

— Atenda-me um só minuto!

— Não um, mas dez — respondeu a moça estacando o passo e voltando o rosto para ele —, e serão provavelmente os últimos em que falaremos a sós. Cedo à comiseração que me inspira o seu estado; e pois que rompeu o longo e expressivo silêncio em que se tem conservado até hoje, concedo-lhe que diga tudo, para me ouvir uma só palavra.

A moça falara num tom seco e imperioso, em que mais dominava a impaciência do que a comiseração a que vinha de aludir. O coração de Estêvão batia-lhe como nunca — como o coração costuma bater nas crises de uma angústia suprema. Todo aquele castelo de vento, laboriosamente construído nos seus dias de ilusão, todo ele se esboroava e desfazia, como vento que era. Estêvão arrependera-se do impulso que o levara a violar ainda uma vez o segredo dos seus sentimentos íntimos, a abrir mão de tantas esperanças, alimentadas com o melhor do seu sangue juvenil.

Alguns instantes decorreram em que nem um nem outro falou; ambos pareciam medir-se, ela serena e quieta, ele trêmulo e gelado.

— Uma só palavra — repetiu Estêvão —, e essa adivinho que será de desengano. Embora! Pois que me atrevi a dizer-lhe alguma coisa, força é que lhe diga tudo — feliz, se me restar, ao menos, a maior fortuna a que já agora posso aspirar — o seu remorso.

Guiomar ouvira-o tranquilamente; a última palavra fê-la estremecer. Sorriu, entretanto, de um sorriso um pouco voluntário e esperou.

A narração foi longa, tanto quanto o permitiam a ocasião, o lugar e a pessoa; durou apenas dez minutos. Estêvão nada lhe escondeu, nem o amor que lhe tivera outrora, nem o que agora lhe renascia, mais violento que o primeiro; disse-lhe as dores que curtira, as esperanças que afinal lhe enfloravam a alma, tudo quanto empreendera para ter a ventura de a contemplar de perto, de gozar naquele escasso ponto da terra a maior de todas as bem-aventuranças.

Tal é a transcrição, não literal, mas fiel, do que disse Estêvão durante esses dez minutos. As palavras caíam-lhe trêmulas e a voz saía-lhe sumida, em parte porque ele forcejava em a abafar, a fim de que o não ouvissem, em parte porque a comoção lhe comprimia a garganta. A dor era visivelmente sincera; a eloquência vinha do coração.

Guiomar não ouvira tudo com a mesma expressão; a princípio um meio riso parecia desabrochar-lhe os lábios, mas não tardou que pelo rosto abaixo lhe caísse um véu mais compassivo e humano. Havia nela impaciência e ansiedade de acabar, de sair dali; era, sem dúvida, o receio de que a ausência se prolongasse de maneira que inspirasse suspeitas. Mas havia também comiseração e piedade.

— Nenhuma culpa lhe pode caber do mal que tenho padecido — disse Estêvão, concluindo —; sobretudo agora, só eu, só a minha cabeça é a causa única de tudo. Parecia-me ver o contrário do que existia; cheguei a supor que havia em seu coração alguma coisa que não era a total indiferença; vejo que foi tudo ilusão.

O tom em que ele falara era o mesmo das palavras que aí ficam, todas humildes e resignadas, sem o menor laivo de queixa ou de reproche. Uma submissão assim devia por força comover a uma mulher amada. Guiomar falou-lhe sem azedume:

— Era ilusão — disse ela. — O sentimento que me acaba de revelar inteiro, ninguém o recebe ou nutre de vontade; a natureza o infunde ou nega. Posso eu ter culpa disso?

— Nenhuma.

— Nem o senhor também, e espero que essa mútua justiça avigore o sentimento de estima que devemos ter um para com o outro. Mas estima apenas, não pode haver outra coisa — da minha parte ao menos. É pouco, decerto...

— Não é pouco, é coisa diferente — interrompeu Estêvão.

— Mas não espere nada mais — concluiu Guiomar sem ouvir a interrupção.

Estêvão abriu a boca para falar, mas não achou palavra que lhe dissesse o que sentia; levou a mão ao coração, que batia fortemente, e ficou a olhar para ela com os olhos secos e parados, a voz extinta, como se a alma lhe fugira toda. Era claro, depois daquele desengano, que lhe cumpria não voltar ali mais, pelo menos com a assiduidade da esperança; e assim era que a única e amarga satisfação de a ver, nem essa já agora se lhe consentia.

— Dou-lhe um conselho — disse Guiomar depois de alguns segundos de pausa —, seja homem, vença-se a si próprio; seu grande defeito é ter ficado com a alma criança.

— Talvez — respondeu o moço suspirando.

— E adeus. Falamos a sós, mais do que convinha; não sei se outra consentiria nisso. Mas eu não só reconheço os seus sentimentos de respeito, como desejo que essas poucas palavras trocadas agora ponham termo a aspirações impossíveis.

Guiomar estendeu-lhe a mão, em que ele tocou levemente.

A baronesa apareceu, entretanto, a algumas braças de distância; vinha encostada ao braço do sobrinho, que lhe falava, mas a quem ela já não ouvia. Tinha os olhos cravados nos dois interlocutores de há pouco. A moça, apenas vira de longe a madrinha, deu afoutamente o braço a Estêvão, e seguiram ambos a encontrar-se com ela; o rosto de Guiomar não revelava nada; o de Estêvão vinha perturbado e abatido. A baronesa franziu a testa:

— Jorge — disse ela em voz baixa —, precisamos conversar.

Capítulo IX
Conspiração

A baronesa, quando se lhe aproximaram os dois interlocutores da cerca, mais receosa ficou e mais perplexa. Guiomar vinha risonha e até gracejadora; mas o abatimento de Estêvão era tão mal disfarçado, que de duas uma, ou ela acabava de lhe dar o último desengano ou aquilo era apenas um arrufo sério, que o moço não podia ou não queria esconder de olhos estranhos. Isto é o que a baronesa pensou. O que ela concluiu foi que, em todo caso, urgia tentar alguma coisa em favor do maior — do único — sonho da sua velhice.

Jorge não percebeu a verdadeira razão por que a tia lhe dissera ser necessário conversar com ela; imaginou que se trataria de Guiomar e Estêvão, mas estava longe de supor todo o alcance da entrevista.

A entrevista não pôde ser logo nesse dia; as visitas ficaram ali até tarde, e a noite foi a mais agradável e distraída de todas as noites; Guiomar, sobretudo, esteve como nunca, jovial e interessante. A serenidade parecia morar-lhe na alma e refletir-se-lhe no rosto, tantas vezes pensativo, mas agora tão frio e tão nu.

Não será preciso dizer a um leitor arguto e de boa vontade... Oh! sobretudo de boa vontade, porque é mister havê-la, e muita, para vir até aqui, e seguir até o

fim, uma história como esta, em que o autor mais se ocupa de desenhar um ou dois caracteres e de expor alguns sentimentos humanos, que de outra qualquer coisa, porque outra coisa não se animaria a fazer; não será preciso declarar ao leitor, dizia eu, que toda aquela jovialidade de Guiomar eram punhais que se lhe cravavam no peito ao nosso Estêvão. Ele não podia supô-la abatida; mas penalizada, ao menos, um pouco respeitosa para com a dor que havia nele, isto, sim, imaginava que seria. Mas nada disso foi, e o pobre rapaz saiu dali mais cedo do que pensara e quisera sair.

Na alcova, se ele pudesse vê-la mais tarde na alcova, solitária e toda consigo, sentada na poltrona rasa ao lado da cama, com os cabelos desfeitos, os pezinhos metidos nas chinelas de cetim preto, as mãos no regaço e os olhos vagando de objeto em objeto, como se reproduzissem fora as atitudes interiores do pensamento, ali não só ele a adoraria de joelhos, mas até poderia supor que alguma preocupação lhe tirava o sono e que essa era nem mais nem menos ele próprio.

Talvez fosse; em parte ao menos seria ele. Guiomar não tinha um coração tão mau que lhe não doessem as mágoas de um homem que acertara ou desacertara de a amar. Mas fosse uma, ou fossem muitas as causas daquela preocupação, a verdade é que ela durou muito tempo. Guiomar passou da poltrona à janela, que abriu toda, para contemplar a noite — o luar que batia nas águas o céu sereno e eterno. Eterno, sim, eterno, leitora minha, que é a mais desconsoladora lição que nos poderia dar Deus, no meio das nossas agitações, lutas, ânsias, paixões insaciáveis, dores de um dia, gozos de um instante, que se acabam e passam conosco, debaixo daquela azul eternidade, impassível e muda como a morte.

Pensaria nisso Guiomar? Não, não pensou nisso um minuto sequer; ela era toda da vida e do mundo, desabrochava agora o coração, vivia em plena aurora. Que lhe importava — ou quem lhe chegara a fazer compreender essa filosofia seca e árida? Ela vivia do presente e do futuro e — tamanho era o seu futuro, quero dizer as ambições que lho enchiam —, tamanho, que bastava a ocupar-lhe o pensamento, ainda que o presente nada mais lhe dera. Do passado nada queria saber; provavelmente havia-o esquecido.

A madrugada achou-a dormindo; mas os primeiros raios do sol vieram acordá-la, na forma do costume, para o matinal passeio com a madrinha. Guiomar sacrificava tudo à dedicação filial de que já dera tantas provas. A baronesa, entretanto, estava preocupada; o passeio foi diferente do dos outros dias.

Ao meio-dia meteu-se Guiomar no carro com mrs. Oswald, e saíram a uma visita. A baronesa ficou só; Jorge não a deixou ficar só por muito tempo, porque chegou daí a pouco.

A baronesa não perdeu tempo em circunlóquios. Apenas viu o sobrinho interpelou-o diretamente.

— Disseram-me, foi mrs. Oswald quem me disse, que tu gostas de Guiomar.

Jorge não contava muito com semelhante interrogação; todavia, não era tão ingênuo que corasse, nem tão apaixonado que lhe tremesse a voz. Puxou gravemente os punhos da camisa, consertou a gravata, e respondeu singelamente:

— Não me atrevia a falar-lhe dessas coisas...

— Por que não? — interrompeu a baronesa. — São assuntos que se podem tratar entre mim e ti, sem desar para nenhum de nós. É então verdade o que me disse mrs. Oswald?

— É.

— Amas deveras, ou...

— Deveras. Recuaria, se visse que uma aliança entre nós ficava mal ao lustre de nossa família; mas, posto que ela seja...

— Guiomar é minha filha — apressou-se a dizer a baronesa.

— Justamente; não pode haver melhor título.

— Tem ainda outro — continuou a baronesa —; é uma alma angélica e pura. Henriqueta não teve melhor coração nem mais amor aos seus. Além disso, a natureza deu-lhe um espírito superior, de maneira que a fortuna não fez mais do que emendar o equívoco do nascimento. Finalmente é de uma beleza pouco comum...

— Rara, titia, pode dizer que é de uma beleza rara — acudiu Jorge, e pela primeira vez lhe luziu nos olhos alguma coisa, que não era a gravidade de costume.

— Já vês — prosseguiu a baronesa — que ela possui todos os direitos ao amor e à mão de um homem como tu.

A baronesa tinha um coração ingênuo e liso, sem desvios nem astúcias; contudo, há ocasiões em que o mais reto espírito emprega, como por instinto, finuras diplomáticas. A boa senhora tinha tanto a peito aquela união do sobrinho com a afilhada, que não confiava só do amor; procurava interessar-lhe também o amor-próprio.

Jorge curvou-se com afetada modéstia.

— Um homem como eu — disse ele — vale pouco por si mesmo; o valor que tenho, e esse é muito, vem do nome de meus pais e do seu, titia, e das santas qualidades que a adornam...

— Só uma, Jorge, só uma qualidade santíssima: é a de amá-los, a ti e a ela. Por isso foi imenso o gosto que senti quando mrs. Oswald me disse que gostavas de Guiomar. Acredita que se eu tivesse a fortuna de ver a vocês unidos e felizes, morreria contente.

— Oh! Isso! — disse Jorge com ar de dúvida.

— Julgas impossível o casamento?

— Impossível, não; impossível, nada há. Mas... mas suponho que a vontade dela é indispensável, tão indispensável como duvidosa.

— Duvidosa? Estás certo disso?

Jorge tinha-se levantado e dera alguns passos, não agitado de todo, mas um pouco fora da impassibilidade usual. A ideia do casamento aparecia-lhe agora um pouco mais possível e exequível, desde que a tia francamente lhe propusesse aliança.

— Estás certo disso? — repetiu a baronesa.

— Certo não; mas há toda a razão para a dúvida. Guiomar sabe que eu gosto dela; e contudo não me dá o menor sinal de corresponder aos meus sentimentos.

Jorge expôs longamente todas as razões que tinha para crer que a vontade de Guiomar não correspondia à dele; referiu-lhe, com a maior exação e fidelidade, uns três ou quatro episódios que lhe pareciam boa prova daquilo que dizia. A baronesa não ouvia tudo com igual atenção. Quando ele acabou:

— Guiomar será muito vexada — disse ela —, e às vezes, e por isso mesmo, tem essas aparências frias. Nada impede, porém, a que venha a amar-te, se é que já te não ama. Há nela certa altivez natural, que pode explicar também essa frieza; parece-me que lhe seria penoso receber o amor de alguém que julgasse levantá-la até si.

— Isso, talvez...

— Mas esse sentimento, que pode ser e é honroso, não é decerto invencível.

Todas essas palavras da baronesa lisonjeavam o sobrinho, em cujos lábios pairava agora um sorriso de íntima satisfação. De quando em quando não ouvia ele nada do que lhe dizia a tia; seus ouvidos voltavam-se para dentro; ele escutava-se a si próprio. O amor de Guiomar começava a parecer-lhe possível; tudo quanto a baronesa lhe dizia era razoável, com a vantagem de lhe esclarecer as faces obscuras da situação. Demais, até que ponto a baronesa conjeturava ou revelava? Bem podia ser que ela tivesse lido mais fundo no coração da moça.

Essas reflexões fê-las Jorge enquanto a baronesa continuava a falar e a desenvolver a ideia que ultimamente indicara. Até aquele dia havia ele limitado toda a sua ação a alguns olhares, e raras palavras de cumprimento; a entrevista com a tia dera-lhe animação; pareceu-lhe chegado o ensejo de sair daquela paz armada.

Guiomar chegou daí a pouco e achou-os na "saleta de trabalho", eufemismo elegante, que queria dizer literalmente sala de conversação entremeada de crochê. Mrs. Oswald vinha com ela; ambas riam alegremente de não sei que episódio visto no caminho. Jorge erguera-se, pausado mas risonho, apertou a mão de Guiomar — apertou-a deveras, mais do que era usual e cortês. Guiomar não pareceu afligir-se; perguntou-lhe pela saúde, transmitiu à madrinha as lembranças que lhe mandavam e dispôs-se a sair.

Durante esse tempo, Jorge olhava para ela, enlevado deveras na contemplação de toda aquela nobre figura, agora mais bela que dantes, desde que se lhe tornara possível a aliança há muito sonhada. Havia nos olhos de Jorge uns tais ou quais vestígios lúbricos, donde se podia colher que, se ele fosse poeta, e poeta arcádico, editaria pela milionésima vez a comparação da Vênus e dos seus infalíveis amorinhos; comparação detestável, sobretudo, porque a casta beleza da moça, se alguma coisa pagã lhe podia ser chamada, seria antes Diana convertida ao Evangelho.

Jorge saiu dali singularmente agitado; a conversa da baronesa dera-lhe nervo e resolução, e o quadro do casamento começou a desenhar-se-lhe no espírito, como o relógio que o menino tem de usar pela primeira vez. Até ali deixara-se ele ir à feição das águas; agora via a necessidade e a possibilidade de abicar à riba feliz do matrimônio.

As dúvidas de Estêvão não lhe saltearam o espírito; apenas chegou à casa travou da pena e lançou na folha branca e lustrosa de seu papel uma confissão elegante e polida, que todavia refundiu duas ou três vezes, primeiro que a desse por pronta. Acabada a redação final, transcreveu aquela prosa do coração na mais nítida folha que havia em casa, dobrou e meteu-a na algibeira.

De noite foi à casa da tia. Achou as senhoras à volta de uma mesa; Guiomar lia, para a madrinha ouvir, um romance francês, recentemente publicado em Paris e trazido pelo último paquete. Mrs. Oswald lia também, mas para si, um grosso volume de sir Walter Scott, edição Constable, de Edimburgo.

Jorge veio interrompê-las um pouco, mas só interromper, porque a leitura continuou logo depois, ajudando ele próprio a Guiomar naquela filial tarefa. Veio o chá, veio depois a hora de recolher, e a baronesa deu por findo o serão, ainda que o livro estava quase findo.

— Um capítulo mais — aventurou Jorge com o livro aberto nas mãos.

A baronesa sorriu e voltou os olhos para Guiomar, a cuja conta lançou aquela dedicação do sobrinho; recusou contudo, por estar a cair de sono.

— Eu é que não me deito sem saber o resto — declarou Guiomar —; levo o livro comigo.

— Ah! — disse Jorge com um gesto de satisfação.

E enquanto Guiomar se dispunha a acompanhar a madrinha até a porta do quarto e mrs. Oswald marcava a página e fechava o seu livro, Jorge igualmente fechava o outro, mas com tal demora e cuidado que deu muito que entender à inglesa. Se ela chegou a entender, vê-lo-emos depois; o certo é que o livro foi enfim entregue a Guiomar, tendo a página marcada, não com a fita que lá estava pendente, mas com um pedacinho de papel.

O pedacinho de papel era a carta; apenas uns poucos centímetros de altura; mas por mais exíguas que tivesse as dimensões, bem podia ser que levasse ali dentro nada menos que uma tempestade próxima.

Capítulo X
A revelação

Meia hora depois, indo a abrir o livro para continuar a leitura, viu Guiomar a cartinha de Jorge. Não tinha sobrecarta; era um simples papelinho dobrado, recendendo a amores. O espírito de Guiomar estava tão longe daquilo que não suspeitou nada e distraidamente o abriu. A primeira palavra escrita era o seu nome; a última era o de Jorge.

O primeiro gesto de Guiomar foi de cólera. Se ele pudesse espreitá-la pelo buraco da fechadura e ver-lhe a expressão do rosto, é mui provável que se lhe convertesse em aborrecimento todo o amor que até agora nutria. Mas ele não estava ali, a moça podia traduzir fielmente no rosto os movimentos do coração.

Mais um, pensou ela; este porém...

E desta vez o gesto não foi de cólera, foi de alguma coisa mais, metade fastio, metade lástima, mescla difícil e rara.

A moça ficou algum tempo quieta, a olhar para o papel, sem o querer ler, como a hesitar entre queimá-lo ou restituí-lo intato a seu autor. Mas a curiosidade venceu por fim; Guiomar abriu o papel e leu estas linhas:

Guiomar! Perdoe-me se lhe chamo assim; as convenções sociais condenam-me decerto, mas o coração aprova, que digo? ele mesmo escreve estas letras. Não é a minha pena, não são os meus lábios que lhe falam deste modo, são todas as forças vivas da minha existência, que em alta voz proclamam o imenso e profundo amor que lhe tenho.

Antes de o ler neste papel, já a senhora o há de ter visto, pelo menos adivinhado nos meus olhos, na doce embriaguez que em mim produz a presença dos seus. Persuado-me de que todo o meu esforço em recalcar esse afeto é vão; por mais que eu, sinceramente, deseje esquecê-la, não o alcançarei nunca; não alcançarei mais que uma aflição nova. O remorso de o tentar virá coroar os demais infortúnios.

Por que razão rompo hoje o silêncio em que me tenho conservado, medroso e respeitoso silêncio que, se me não abre o caminho da glória, ao menos conserva-me a palma da esperança? Nem eu mesmo saberia responder-lhe; falo, porque uma força interior me manda falar, como transborda o rio, como se derrama a luz; falo porque morreria talvez se

me calasse, do mesmo modo que morrerei de desespero, se além do perdão que lhe peço, me não der uma esperança mais segura do que esta, que me faz viver e consumir.

<div align="right">Jorge</div>

Guiomar leu essa carta duas vezes, uma leitura de curiosidade, outra de análise e reflexão, e ao cabo da segunda achava-se tão fria como antes da primeira. Olhou algum tempo para o papel e mentalmente para o homem que o havia escrito; enfim, pôs a carta de lado, abriu o livro e continuou o romance.

Mas o espírito, que não ficara tão indiferente como o coração, entrou a fugir-lhe do romance para a vida, com tal tenacidade que não houve remédio senão irem os olhos atrás dele, a moça de novo mergulhou nas reflexões que lhe sugeria o caso da paixão de Jorge.

Paixão não era — não o seria ao menos no sentido inteiro do vocábulo; mas alguma coisa menos, ou parecida com ela, e ainda assim verdadeira, via bem Guiomar que o poderia ser. Até que ponto chegaria entretanto o seu adorador, se ela o desatendesse logo; e, dado o amor que a baronesa tinha ao sobrinho, até que ponto a recusa iria magoá-la? Guiomar varreu do espírito os receios que lhe nasciam de tais interrogações; mas sentiu-os primeiro, pesou-os antes de os arredar de si, o que revelará ao leitor em que proporção estavam nela combinados o sentimento e a razão, as tendências da alma e os cálculos da vida.

Excluído o receio, voltou-lhe o riso, aquele riso interior, que é o mais involuntário e cruel, e também o menos arriscado que a gente pode dar às fatuidades humanas. Não podia ser tão desprezível assim o amor de um homem, cuja ridiculez compensavam algumas qualidades boas, e que enfim era também distinto, ainda que a sua distinção primasse antes por um estilo rendilhado e complicado, que não é o melhor. Guiomar via tudo isso, e por outro lado; não podia obstar que ele a amasse; nem por isso achava menos temerária aquela confissão.

A moça refletia também na posição especial que tinha naquela casa o sobrinho da baronesa; via-se obrigada à presença dele, e talvez à luta, porque o pretendente não recuaria do primeiro golpe. Não havia tais receios da parte de Estêvão; ela reconhecia que a paixão deste era ardente e profunda, e por isso mais capaz de desatinos; mas comparava as índoles dos dois homens, e se ambos lhe pareciam de fraca compleição moral, nem por isso desconhecia que ao bacharel faltava certa presunção que distinguia o outro, e com a qual teria talvez de pelejar.

Quando ela fez essa comparação entre os dois homens, ficaram-lhe os olhos um pouco mais moles e quebrados, obra de três minutos apenas, mas três minutos que, se Estêvão soubera deles, trocaria por eles o resto de toda a vida. E contudo, não era amor nem saudade; alguma simpatia, sim, ainda que leve e sem consequência; mas sobretudo era pena de o não poder amar — ou ainda melhor —, era lástima de que tal coração não fora casado a outro espírito.

Guiomar refletiu ainda muito e muito, e não refletiu só, devaneou também, soltando o pano todo a essa veleira escuna da imaginação, em que todos navegamos alguma vez na vida, quando nos cansa a terra firme e dura, e chama-nos o mar vasto e sem praias. A imaginação dela porém não era doentia, nem romântica, nem piegas, nem lhe dava para ir colher flores em regiões selváticas ou adormecer à beira de

lagos azuis. Nada disso era nem fazia; e por mais longe que velejasse levaria entranhadas na alma as lembranças da terra.

Volveu enfim e os olhos caíram-lhe na carta. A realidade presente não se lhe podia mostrar de pior modo. Guiomar ergueu-se irritada, lançou mão do papel e machucou-o febrilmente; ia talvez rasgá-lo, quando ouviu bater de manso à porta.

— Quem é? — perguntou.

— Sou eu — respondeu a voz de mrs. Oswald.

A moça foi abrir a porta; a inglesa entrou, trajada de dormir, e um vivo espanto nos olhos, que pareceu tirar-lhe a voz durante alguns segundos. Guiomar, assustada, perguntou:

— Que é? aconteceu alguma coisa à minha madrinha?

— Longe vá o agouro! — exclamou a inglesa. — Não lhe aconteceu nada; a senhora baronesa dorme naturalmente a sono solto. Venho porque do meu quarto pareceu-me ouvir rumor de passos aqui, e depois vi luz. Pensei que tivesse algum incômodo. Mas, pelo que vejo — continuou a inglesa, deitando os olhos para a mesinha em que pousava o livro aberto —, pelo que vejo ainda não acabou de ler o seu romance...

— Não li ainda uma linha, depois que me recolhi — respondeu Guiomar, cravando os olhos no rosto da inglesa, como tomada de um pensamento súbito.

— Deveras!

— Li outra coisa — continuou a moça —; li este papel.

Mrs. Oswald inclinou-se para ler também o papel, que aliás adivinhou qual fosse; Guiomar atirou-o sobre a mesa.

— Não precisa — disse ela —; é uma declaração amorosa.

— De quem? — perguntou a inglesa abrindo uns olhos espantados e obedientes.

— Leia o nome.

Mrs. Oswald leu a assinatura da carta, que a moça de novo lhe apresentava.

— Naturalmente — continuou Guiomar —, há nisto obra sua...

— Minha! — interrompeu a outra um pouco mais rispidamente do que costumava falar.

Guiomar tinha ido sentar-se; o pezinho impaciente batia no tapete, com um movimento rápido e regular; cruzara os braços sobre o peito, fitando a inglesa com uns olhos em que se podia ler a viva exacerbação do espírito. Seguiu-se curto silêncio; mrs. Oswald puxou outra cadeira e sentou-se perto da moça.

— Por que há de ser injusta comigo? — disse ela dando à voz um tom melífluo e suplicante. — Por que não há de ver as coisas como elas naturalmente são? O que há nisso é uma coincidência curiosa, mas nada mais. Se lhe falei em semelhante coisa algumas vezes, foi porque eu mesma percebi o amor que lhe tem o senhor Jorge; é coisa que todos veem. Imaginei que o casamento, nesse caso, seria agradável à senhora baronesa, a quem sou grata. Posso ter feito mal...

— Muito mal — interrompeu Guiomar —; são coisas de família em que a senhora nada tem que ver.

Guiomar levantou-se outra vez, deu alguns passos, e voltou a sentar-se. Com o movimento desprenderam-se-lhe os cabelos e caíram-lhe sobre os ombros. Mrs. Oswald aproximou-se dela para os colher, e atar, mas a moça secamente a repeliu:

— Deixe, deixe...

E ela mesma os recompôs com as suas mãozinhas finas, e ficou depois a olhar para o chão, a morder o lábio, a respirar fortemente, como se contivera a palavra que forcejava por sair impetuosa e colérica. Mrs. Oswald não disse nada durante alguns minutos; esperou que passasse o período agudo da irritação. Quando lhe pareceu que ela afrouxava, rompeu enfim o silêncio.

— Fiz mal, fiz, não há dúvida, mas a intenção não podia ser melhor. Talvez não me creia; paciência! O que lhe peço — nem lhe peço —, o que eu acredito piamente é que não me há de atribuir algum interesse de ordem...

Mrs. Oswald fez uma pausa para dar aberta ao protesto de Guiomar, mas Guiomar não protestou, quero dizer não protestou de viva voz; fez apenas um gesto negativo, bastante a satisfazer os melindres da inglesa. A moça foi sincera; não atribuía realmente a nenhum interesse vil — pecuniário — a ação de mrs. Oswald. Nem por isso a absolvia, não só porque ela viria concorrer talvez para uma crise penosa, mas também — bom é notá-lo outra vez — porque a condição da inglesa naquela casa era relativamente inferior.

A inglesa continuou a falar em defesa própria, a justificar miudamente os bons sentimentos do coração, e a prometer que deixava por mão todo aquele negócio, a seu juízo, o melhor que a moça podia fazer.

— A experiência da vida — concluiu ela — devia ter-me convencido de que o melhor de todos os sentimentos é um egoísmo quieto e calado.

Enquanto ela falava assim, Guiomar parecia volver à tranquilidade habitual. A mudança foi, não súbita, mas um pouco mais rápida do que devera ser, tratando-se de um espírito, como o dela, em que as impressões não eram superficiais nem momentâneas. Havia até uns toques de afabilidade no rosto e na voz, quando ela começou a falar, o que revelaria talvez ser aquela mudança muito voluntária e meditada.

— Está bom, mrs. Oswald, o que passou, passou. Sinto que as coisas chegassem a esse ponto, e que ele se lembrasse de escrever semelhante carta, confessando uma paixão que acredito sincera, mas a que o meu coração não pode corresponder. Amores não se encomendam como vestidos; sobretudo não se fingem, ou não se devem fingir nunca.

— Oh! Decerto!

— Eu gosto dele, como parente que é de minha madrinha, e também porque ela lhe tem afeição de mãe, como a mim; somos uma espécie de irmãos, nada mais.

— Tem muita razão — assentiu mrs. Oswald. — A senhora pensa e fala como um doutor. Que se lhe há de fazer? Quem não ama não ama. Dele é que eu tenho pena!

— Gosta muito de mim, não? — perguntou Guiomar, fitando os olhos na inglesa.

— Oh! Parece que sim! A senhora deve sabê-lo tanto como eu; eu sei o que tenho visto, e creio que é muito.

— Eu nunca vi nada — respondeu secamente Guiomar.

A resposta de mrs. Oswald foi um sorriso de incredulidade, que a outra não viu ou não quis ver. Houve uma pausa; Guiomar continuou nestes termos:

— Mas seja como for, a minha resposta é negativa. Estou que ele não me fará a injúria de querer casar comigo, sem que eu o ame...

Guiomar parou, como a esperar que a outra lhe dissesse alguma coisa. Desta vez coube a mrs. Oswald não responder nada, nem com a voz nem com o gesto. A moça inclinou o corpo, pôs os braços sobre os joelhos, com os dedos cruzados, e entre um riso amável e um olhar afetuoso, continuou:

— A senhora podia, se acaso ele alguma vez lhe falou nisso ou vier a falar-lhe, podia dissuadi-lo de tais ideias, dizendo-lhe simplesmente a verdade e dando-lhe conselhos, os conselhos que a senhora há de saber dar, e que ele aceitará decerto, porque é um bom coração, um caráter estimável...

— Oh! excelente! um moço excelente!

E as duas ficaram a olhar uma para a outra, Guiomar a sorrir, mas de um sorriso que era uma contração voluntária dos músculos, e a inglesa a fazer um rosto de piedade, e adoração, e pena, e muita coisa junta, que a moça só começou a compreender quando ela rompeu o silêncio deste modo:

— Estou a duvidar se devo dizer-lhe o resto.

— O resto? — perguntou Guiomar admirada. — Pois que há mais?

A inglesa aproximou a cadeira. Guiomar endireitou o busto e esperou ansiosa a revelação — se revelação era — que lhe ia fazer mrs. Oswald. Esta não falou logo; era razoável hesitar um pouco, lutar consigo mesma, antes de dizer alguma coisa. Enfim, com um movimento de quem ajunta as forças todas e as emprega em coisa superior à coragem usual:

— Dona Guiomar — disse ela, pegando-lhe nas mãos —, ninguém pode exigir que se case sem amar o noivo; seria na verdade uma afronta. Mas o que lhe digo é que o amor que não existe por ora, pode vir mais tarde, e se vier, e se viesse, seria uma grande fortuna...

— Mas acabe, acabe — interrompeu a moça com impaciência.

— Seria uma grande fortuna para a senhora, para ele, ouso dizer que para mim, que os estimo e adoro, mas sobretudo para a senhora baronesa.

— Como assim? — disse Guiomar.

— Oh! para ela seria a maior fortuna da vida, porque é hoje o seu mais entranhado e vivo desejo, o seu desejo verdadeiramente da alma. A senhora...

— Está certa disso?

— Certíssima.

— Não creio, não vejo nada que...

— Creia, deve crer. Se me promete nada dizer desta nossa conversa, nem fazer suspeitar por nenhum modo o que lhe estou contando...

— Fale.

— Pois bem — continuou mrs. Oswald, abaixando a voz, como se alguém pudesse ouvi-la na solidão daquela alcova, e no silêncio profundo daquela casa, que toda dormia —, pois bem, eu lhe direi que por ela mesma tive notícia desse seu desejo. Quando eu percebi a paixão do senhor Jorge, falei nisso à sua madrinha, gracejando na intimidade que ela me permite, e a senhora baronesa, em vez de sorrir como eu esperava que fizesse, ficou algum tempo pensativa e séria, até que rompeu nestas palavras: "Oh! se Guiomar gostasse dele e viessem a casar-se, eu seria completamente feliz. Não tenho hoje outra ambição na terra. Há de ser a minha campanha".

— Minha madrinha disse isso? — perguntou Guiomar.

— Tal qual. A resposta que lhe dei foi que o casamento não era impossível, e

que nada mais natural do que virem a amar-se duas pessoas a princípio indiferentes. O amor nasce muita vez do costume.

Guiomar já mal ouvia o que lhe estava dizendo a inglesa; se ainda olhava para ela, era com os olhos indecisos e empanados de quem vai toda absorvida em pensamentos íntimos.

— Foi desde esse dia — continuou mrs. Oswald — que me pareceu conveniente falar-lhe algumas vezes nisso, sondar-lhe o coração, ver se ele favorecia o sonho de sua madrinha, tornando feliz toda esta casa... Fiz mal, convenho; mas a intenção era a mais respeitável e santa deste mundo.

— Decerto — murmurou Guiomar.

Mrs. Oswald pegou-lhe numa das mãos e beijou-a afetuosamente. Guiomar não a repeliu nem sequer pareceu dar-se-lhe da ternura da inglesa. As duas olharam-se uns breves minutos, sem dizer nada, como a lerem na alma uma da outra.

Guiomar não tinha a experiência nem a idade da inglesa, que podia ser sua mãe; mas a experiência e a idade eram substituídas, como sabe o leitor, por um grande tino e sagacidade naturais. Há criaturas que chegam aos cinquenta anos sem nunca passar dos quinze, tão simplices, tão cegas, tão verdes as compõe a natureza; para essas o crepúsculo é o prolongamento da aurora. Outras não; amadurecem na sazão das flores; vêm ao mundo com a ruga da reflexão no espírito — embora, sem prejuízo do sentimento, que nelas vive e influi, mas não domina. Nestas o coração nasce enfreado; trota largo, vai a passo ou galopa, como coração que é, mas não dispara nunca, não se perde nem perde o cavaleiro.

O que a afilhada da baronesa buscava ler no rosto de mrs. Oswald era se efetivamente a madrinha nutria aquele desejo, ou se tal revelação não era mais do que um embuste. O leitor sabe que era verdadeira; mas admitirá, sem dúvida, que a moça só depois de muito interrogar e examinar lhe desse fé. Creu enfim; creu, porque era verossímil, creu porque a inglesa não se arriscaria a qualquer indiscrição da parte dela, que de todo a desmascararia.

— Parece-me — disse mrs. Oswald — que não fiz mal em lhe dizer tudo o que sabia. Conselhos não lhe dou nenhuns; o melhor deles não vale a voz do próprio coração. O seu é puro e reto; consulte-o de boa vontade, e verá se há nele indiferença, ou se alguma faísca...

— Eu sei! — interrompeu Guiomar. — Não me lembrou consultá-lo nunca.

— Faz mal, ele é o relógio da vida. Quem o não consulta, anda naturalmente fora do tempo. Mas que vejo! — continuou mrs. Oswald deitando os olhos para o reloginho de Guiomar. — Naquele outro relógio faltam dez minutos para uma hora! Uma hora! Que diria a senhora baronesa se soubesse que ainda estamos aqui de conversa! Retiro-me; Deus lhe dê um sono sossegado, e sobretudo a faça feliz, como merece. Não lhe recomendo juízo, porque o tem de sobra. Adeus, até amanhã.

E mrs. Oswald saiu pé ante pé em direção ao seu quarto. Guiomar ficou só, ali sentada ao pé da cama, a ouvir o passo surdo e cauteloso da inglesa. Quando o som morreu de todo, e o silêncio da noite volveu ao que era, profundo e sepulcral, a moça deixou cair os braços na cama, e a cabeça nas mãos, e um suspiro desentranhou-se-lhe do peito, longo, ruidoso, magoado — o primeiro que o leitor lhe ouve desde que a conhece —, e enfim estas palavras arrancadas da alma, tão doloridas — ia dizer tão lacrimosas — vinham elas:

— Oh meus sonhos! meus sonhos!

Não chorou; a alma dela era das que não têm lágrimas, enquanto lhe restam forças. Os olhos estavam secos e firmes quando ela os ergueu das mãos; o rosto tinha vestígios do abalo, mas não havia nele desânimo, menos ainda desespero.

Capítulo XI
Luís Alves

Durante uma inteira e comprida semana, deixou Estêvão de aparecer no escritório onde trabalhava com Luís Alves; não apareceu também em Botafogo. Ninguém o viu em todo esse tempo nos lugares onde ele era mais ou menos assíduo. Foram seis dias, não digo de reclusão absoluta, mas de completa solidão, porque ainda nas poucas vezes que saiu, fê-lo sempre a horas ou em direções que a ninguém via, e de ninguém era visto.

Mas não fora essa crua e malfadada crise, e é quase certo que ele meteria uma lança na África daqueles dias, que era um ponto muito sério e grave, a questão magna da rua do Ouvidor e da casa do José Tomás, a ponderosa, crespa e complicada questão de saber se a Stephanoni estrearia no *Ernani*. Essa questão, de que o leitor se ri hoje, como se hão de rir os seus sobrinhos de outras análogas puerilidades, essa pretensão a que se opunha a Lagrua, alegando que o *Ernani* era seu, pretensão que fazia gemer as almas e os prelos daquele tempo, era coisa muito própria a espertar os brios do nosso Estêvão, tão marechal nas coisas mínimas, como recruta nas coisas máximas.

Infelizmente, ele não aparecia, não sabia sequer do conflito e do debate, ocupado como estava em travar o áspero e sangrento duelo do homem contra si mesmo, quando lhe falta o apoio, ou a consolação dos outros homens. Todo ele era Guiomar; Guiomar era o primeiro e o último pensamento de cada dia. A sombra da moça vivia ao pé dele e dentro dele, no livro em que lia, na rua solitária onde acaso transitava, nos sonhos da noite, nas estrelas do céu, nas poucas flores de seu inculto jardim.

Um leitor perspicaz, como eu suponho que há de ser o leitor deste livro, dispensa que eu lhe conte os muitos planos que ele teceu, diversos e contraditórios, como é de razão em análogas situações. Apenas direi por alto que ele pensou três vezes em morrer, duas em fugir à cidade, quatro em ir afogar a sua dor mortal naquele ainda mais mortal pântano de corrupção em que apodrece e morre tantas vezes a flor da mocidade. Em tudo isto era o seu espírito apenas um joguete de sensações contínuas e variadas. A força, a permanência do afeto não lhe bastava a dar seguimento e realidade às concepções vagas de seu cérebro — enfermo, ainda quando estava de saúde.

A ideia do suicídio fincou-se-lhe mais a dentro no espírito, certa tarde em que ele saiu a espairecer, e viu um enterro que passava, caminho do Caju. O préstito era triste — ainda mais triste pela indiferença que se lia no rosto dos que iam piedosa-

mente acompanhando o morto. Estêvão descobriu-se e sinceramente desejou ir ali dentro, metido naquelas estreitas tábuas de pinho, com todas as suas dores, paixões e esperanças.

"Não tenho outro recurso", — pensou ele; "é necessário que morra. É uma dor só, e é a liberdade."

Ao voltar para casa, uma criança que brincava na rua, em camisa, com os pés na água barrenta da sarjeta, fê-lo parar alguns instantes, invejoso daquela boa fortuna da infância, que ri com os pés no charco. Mas a inveja da morte e a inveja da inocência foram ainda substituídas pela inveja da felicidade, quando ao recolher-se viu as janelas abertas de uma casa vizinha, e a sala iluminada, e uma noiva coroada de flores de laranjeira a sorrir para o noivo, que sorria igualmente para ela, ambos com o sorriso indefinível e único da ocasião.

Os cinco dias correram-lhe assim, travados de enojo, de desespero, de lágrimas, de reflexões amargas, de suspiros inúteis, até que raiou a aurora do sexto dia, e com ela, ou pouco depois dela, uma carta de Botafogo. Estêvão quando viu o criado da baronesa, à porta da sala, com uma carta na mão, sentiu tamanho alvoroço, que não ouviu nada do que ele lhe disse. Suporia que a carta era de Guiomar? Talvez; mas a ilusão durou os poucos instantes que ele gastou em romper a sobrecarta e desdobrar a folha de papel que vinha dentro.

A carta era da baronesa.

A baronesa perguntava-lhe graciosamente se ele havia morrido, e pedia que fosse falar-lhe acerca da demanda que ela trazia. Estêvão chegara já ao estado de só esperar um pretexto para transigir consigo mesmo; não podia havê-lo melhor. Escreveu rapidamente duas linhas de resposta, e à uma hora da tarde apeava-se de um tílburi à porta da funesta e deliciosa casa, onde havia passado as melhores e as piores horas da vida.

— Sabe por que razão lhe dei este incômodo, além do prazer que tinha em vê-lo? — perguntou a baronesa logo depois dos primeiros cumprimentos.

— Disse-me que era por causa da demanda...

— Sim, precisamos assentar algumas coisas, antes da nossa partida.

— Vossa excelência sai da corte?

— Vamos para a roça.

Estêvão empalideceu. Na situação dele, aquela viagem era a melhor coisa que lhe podia acontecer; contudo, fez-lhe mal a notícia. A conversa que se seguiu foi toda sobre o assunto forense, e durou uma longa hora, sem que aparecesse Guiomar. Ao despedir-se atreveu-se Estêvão a perguntar por ela.

— Anda passeando — respondeu a baronesa.

Estêvão despediu-se da constituinte, que o acompanhou até à porta da sala, repetindo-lhe algumas recomendações, que o advogado mal pôde ouvir e absolutamente lhe não ficaram de memória.

A esperança de ver a moça levara-o, mais que tudo, àquela casa; saía sem ter o gosto de a contemplar ainda uma vez; mais do que isso, ameaçado de a não ver tão cedo, ou quem sabe se nunca mais. Ia ele a refletir nisto e aproximar-se da porta, onde parava ao mesmo tempo um carro. Estêvão estremeceu naturalmente, antes de ver quem ia apear-se; grudou-se ao portal, com os olhos fitos na portinhola, que um lacaio abria apressadamente.

A primeira figura que desceu foi a nossa conhecida mrs. Oswald, que o fez,

sem dar tempo a que Estêvão lhe oferecesse a mão. O bacharel, desde que a vira, aproximara-se rapidamente da portinhola.

Guiomar desceu logo depois. A mão apertada na luva cor de pérola pousou levemente na mão de Estêvão que estremeceu todo. A moça fez-lhe um cumprimento risonho, murmurou um agradecimento e recolheu-se com a inglesa. Era pouco; mas esse pouco alvoroçou o bacharel, que enfiou dali para a cidade, em direção ao escritório.

Luís Alves admirou-se de o ver; não foi com um espanto de seis dias, como devera ser, mas de quarenta e oito horas, quando muito. Que admira? A preocupação de Luís Alves por aqueles dias era a candidatura eleitoral; a boa-nova devia chegar-lhe na primeira mala do norte. Ora, em boa razão, um homem que está prestes a ser inscrito nas tábuas do parlamento, não pode cogitar muito dos amores de um rapaz, ainda que o rapaz seja amigo e os amores verdadeiros.

Estêvão não perdeu tempo em circunlóquios; foi entrando e entornando a alma toda, aflita e consolada a um tempo, no seio do velho amigo e companheiro. A cada trecho da confissão plena que ele ali lhe fez, respondia um comento, ora sério, ora gracioso de Luís Alves. Quando Estêvão, porém, lhe deu notícia de que a família da baronesa ia para a roça, Luís Alves recolheu o meio riso que lhe pousava nos lábios desde o começo, e com a mais súbita e sincera admiração, exclamou:

— Para a roça!
— Disse-o agora mesmo a baronesa.
— Mas...

Luís Alves não acabou; olhou ainda meio duvidoso para Estêvão, e ficou algum tempo calado, a coçar o queixo com a faca de marfim e a olhar para uma gravura que pendia na parede fronteira.

— Na situação em que estou — continuou Estêvão —, hás de dizer que a viagem é uma felicidade para mim. Pois não é; não admito a viagem. Se ela sair da corte, eu saio também.

— Tu estás doido!
— Talvez!

Luís Alves saiu daquela natural indiferença com que o ouvia e lhe falava sempre em tal assunto. Falou-lhe carinhoso — talvez pela primeira vez na vida. O que lhe disse foi apenas uma edição aumentada do que lhe havia dito em anteriores ocasiões — agora com maior fundamento, porque depois do formal desengano de Guiomar, não havia outro recurso mais que ir esquecê-la de todo.

— Oh! isso nunca! — interrompeu Estêvão. — Demais, não sei, não estou certo se ela falava de coração naquela tarde...

A candidez com que Estêvão disse isso era a fiel tradução de seu espírito, e a razão de tais palavras, não a procure o leitor em outra parte mais que não seja aquele sorriso de há pouco, ao pé do carro, sorriso que lhe bailava no cérebro, como raio de sol coado por entre nuvens negras de tempestade.

Luís Alves sacudiu a cabeça e enfiou os olhos pelas folhas rabiscadas de uns autos que tinha diante, e que entrou a folhear vagarosamente. Súbito, bateu uma pancadinha, com a mão espalmada sobre os papéis, e levantou a cabeça:

— Há um meio talvez de saber tudo — disse ele —, de saber se ela verdadeiramente te ama, ou... Posso tentá-lo, com uma condição.

— Qual?

— A condição de eliminares as tuas pretensões. Que diabo ganhas tu em nutrir uma paixão sem eficácia nem remédio?

Essa promessa era a mais dura que se podia arrancar de um coração em que as gerações de esperanças se sucediam quase sem solução de continuidade; fê-la, todavia, Estêvão, talvez com a secreta resolução de a trair.

Luís Alves ficou só daí a alguns minutos. As últimas palavras que disse ao colega foram duas ou três pilhérias de rapaz; mas apenas ficou só tornou-se sério, e inclinando o corpo para a frente, com os braços na secretária, e a raspar as unhas com um canivete, ali esteve largo tempo, como a refletir, longe de Estêvão, que aliás já não ia perto, e ainda mais longe dos autos que tinha diante de si. Mas em que pensava ele, se não era em Estêvão, nem nos autos, nem também, por agora, nas suas esperanças eleitorais? Paciência, leitor, sabê-lo-ás daqui a nada. Contenta-te com a notícia de que, ao cabo de vinte minutos daquela abstração, Luís Alves volveu a si, proferindo em alta voz esta simples palavra:

— Não há dúvida; é uma ambiciosa.

E descativado daquela preocupação, enterrou-se de todo na leitura dos autos.

Capítulo XII
A viagem

Mal recomeçara Luís Alves a leitura dos autos, entrou no gabinete o criado apresentando-lhe um bilhete de visita.

— Que entre! — disse o advogado, lendo o nome do sobrinho da baronesa.

E logo se ouviu no corredor o passo medido e lento do mancebo, que daí a nada assomava à porta do gabinete, fazendo uma cortesia, sisuda, mas graciosa.

— Venho incomodá-lo, doutor? — perguntou Jorge.

— Pelo amor de Deus! — exclamou o advogado, erguendo-se e indo buscá-lo à porta. — Não me incomodaria em caso nenhum; agora, sobretudo, que a leitura de uns papéis me fatigou sobremaneira, a maior fortuna que eu poderia desejar é a presença de um homem de espírito.

Jorge agradeceu esse cumprimento um pouco enfático, e retribuiu-o com outra lisonjaria muito mais extensa e de maior alcance. Quer dizer que ele vinha pedir alguma coisa. Efetivamente, passados os minutos de intróito e desfiadas as generalidades, Jorge empertigou-se mais do que até ali estivera e desfechou esta pergunta abrupta:

— Sabe que venho pedir-lhe uma coisa grave?

Luís Alves inclinou-se.

— Grave e simples ao mesmo tempo — continuou o sobrinho da baronesa —; mas antes disso precisava saber se é tão amigo da nossa família, como ela o é do senhor.

— Oh! Decerto!

— O senhor é o menos assíduo, talvez, das pessoas que lá vão, apesar de vizinho; só agora o vejo ali mais a miúdo; entretanto é como flor que se trai pelo aroma; minha tia tem a seu respeito a melhor opinião do mundo; acha-lhe uma gravidade, e eu também a sinto, e nem compreendo que um homem possa ser outra coisa. Os tais espíritos fúteis...

— São insuportáveis — concluiu Luís Alves, ansioso por chegar ao objeto da visita.

O objeto era a viagem da baronesa. Um comendador, amigo do finado barão, e fazendeiro em Cantagalo, tinha promessa da viúva, havia dois anos, de ir lá passar algum tempo. A baronesa esquivara-se sempre a cumprir a palavra dada; agora, porém, tal fora a insistência, que se resolvera a ir. Ora, o que Jorge vinha propor era — expressões dele — uma conjuração de amigos para dissuadir a tia daquele projeto. Afiançava ao advogado que, ainda descoberta a conjuração, teria ele a vida sã e salva.

Luís Alves supôs a princípio que aquilo era um simples pretexto; mas, tendo observado que a bela Guiomar não era indiferente ao rapaz, compreendeu que este tinha na conjuração proposta um interesse inteiramente pessoal. Enfim, Jorge chegou a confessar que, se a tia insistisse em sair da corte, ele não tinha remédio senão acompanhá-la.

O acordo não foi difícil; ficou assentado que fariam todos os esforços para dissuadir a baronesa. Jorge quis sair logo; reteve-o Luís Alves algum tempo mais, com expressões de louvor habilmente tecidas e mais habilmente encastoadas na conversação; e também deixando-se ir à feição do espírito dele, aceitando-lhe as ideias e os preconceitos, e aplaudindo-os discretamente, sério, quando eles o eram ou pareciam ser, chocarreiro quando vinham com ar de graça — respondendo enfim a todos os gestos e meneios do outro, como faz o espelho por ofício e obrigação: — toda a arte em suma de tratar os homens, de os atrair e de os namorar, que ele aprendera cedo e que lhe devia aproveitar mais tarde na vida pública.

De noite foi Luís Alves à casa da baronesa, onde poucas pessoas havia, todas de intimidade. A dona da casa, sentada na poltrona do costume, tinha ao pé de si uma senhora da mesma idade que ela, igualmente viúva, e defronte as suíças brancas e aposentadas de um ex-funcionário público. Num sofá, viam-se mrs. Oswald e Jorge a conversarem em voz, ora muito baixa, ora um pouco mais elevada. Adiante, dois moços contavam a duas senhoras o enredo da última peça do Ginásio. Mais longe, uma moça da vizinhança gabava a outra a tesoura de madame Bragaldi, que pedia meças, dizia ela, ao pincel do cenógrafo, seu marido. Enfim, junto a uma das janelas via-se uma mocinha viva e bonita, a dizer mil ninharias graciosas a outra pessoa, que era nada menos que a nossa conhecida Guiomar. A conversa, assim dividida, tornava-se às vezes geral, para recair logo no particularismo anterior; os grupos modificavam-se também de quando em quando, do mesmo modo que o assunto, e assim se iam matando agradavelmente as horas, que não resistiam, coitadas, nem apressavam o passo um minuto sequer.

Luís Alves agregara-se ao grupo da baronesa, ao qual não tardou a juntar-se Jorge. O advogado teve a discrição de esperar que o assunto viesse de si, se viesse, ou de o introduzir na conversa, quando lhe parecesse de feição. Mas Jorge, que estava impaciente, arrastou o assunto ao debate. Luís Alves mostrou-se fiel à palavra dada; declarou amavelmente que se opunha à viagem, como vizinho e amigo, que

reclamaria em último caso o auxílio de força pública; que era um erro e um crime deixar aquela casa viúva da benevolência e da graça e do gosto e de todas as mais qualidades excelentes que ali iam achar os felizes que a frequentavam; que, enfim, o mal era tamanho, que não deixaria de ser pecado, posto não viesse apontado nos catecismos, e como pecado, seria de força punido, com amargas penas, no outro século, pelo que, e o mais dos autos, era sua decisão que a baronesa devia ficar.

Todas estas razões foram ditas como deviam de ser, de um modo galante e folgazão, a que a baronesa respondia igualmente, e que não daria nada mais de si, se Luís Alves, mudando de estilo, não fosse pôr o assunto em diferente terreno.

— Digamos a verdade, senhora baronesa, a viagem há de ser-lhe imensamente incômoda, se for só isso; suas forças não são decerto iguais às de seus primeiros anos; sua saúde é melindrosa e não poderá sofrer tanta fadiga. Confesso que falo em nome de certo interesse pessoal de amigo e de vizinho; mas a principal razão não é essa. Se houvesse um motivo urgente, bem; mas, tratando-se apenas de uma promessa feita há tanto tempo, seria crueldade da minha parte não insistir que ficasse.

A baronesa defendia-se, e Luís Alves não tardou em reconhecer de si para si que ela não se defendia com o vigor de uma resolução original e própria. A conversa, entretanto, tornara-se mais geral; de todos os lados partiam votos de oposição.

Guiomar havia já alguns minutos que não atendia à interlocutora; tinha o ouvido afiado e assestado sobre o grupo da madrinha. Ninguém a observava; mas é privilégio do romancista e do leitor ver no rosto de uma personagem aquilo que as outras não veem ou não podem ver. No rosto de Guiomar podemos nós ler, não só o tédio que lhe causava aquela opinião unânime contra o projeto da baronesa, mas ainda a expressão de um gênio imperioso e voluntário.

— Estamos de acordo, creio eu? — perguntou Luís Alves, olhando alternadamente para a baronesa e as outras pessoas.

— Não é possível, doutor — respondia a boa senhora.

— Decerto que não é possível — interveio Guiomar do lugar onde estava. — A viagem não oferece risco, nem minha madrinha está inválida. Demais, é uma promessa feita; não se pode deixar de cumprir.

Essa opinião, dita em tom seco e firme, ainda que a voz nada perdesse do seu natural aveludado, equivaleu a um pouco de água fria lançada na fervura triunfante dos ânimos.

— Guiomar tem razão — disse a baronesa —; já agora é preciso ir; são apenas três ou quatro meses.

Luís Alves olhou longamente para Guiomar, como a procurar ver-lhe no rosto todas as antecedências da resolução da baronesa. A oposição afrouxara; Jorge chamou em vão o advogado em seu auxílio. A resolução da tia, se alguma vez fora abalada, tornara-se outra vez firme.

Guiomar, entretanto, erguera-se e chegara ao grupo da madrinha. Jorge fitou-a com uma expressão de vaidade e cobiça. Luís Alves, que se achava de pé, recuou um pouco para deixá-la passar. Os olhos com que a contemplou não eram de cobiça nem de vaidade; a leitora, que ainda lembrará da confissão por ele mesmo feita a Estêvão, suporá talvez que eram de amor. Talvez — quem sabe? — amor um pouco sossegado, não louco e cego como o de Estêvão, não pueril e lascivo como o de Jorge, um meio-termo entre um e outro — como podia havê-lo no coração de um ambicioso.

— O doutor Luís Alves defende causas más — disse Guiomar, sorrindo para ele —; não se trata de uma coisa impossível. Quanto a mim, Cantagalo só tem um inconveniente; será menos divertido que a corte; mas o tempo passa depressa...

— Nesse caso — disse Jorge suspirando — eu também dispenso teatros e bailes; sacrifico-me à família.

— Queres ir conosco? — perguntou a baronesa alegremente.

— Que dúvida!

Guiomar mordeu o lábio inferior, com uma expressão de despeito, que pôde conter e abafar, sem que ninguém a percebesse — ninguém, exceto Luís Alves. Um sorriso tranquilo e perspicaz roçou os lábios do advogado, enquanto a moça, para esconder a impressão que lhe ficara, de novo se dirigiu à janela, onde esteve alguns momentos sozinha, meio voltada para fora e meio guardada pela sombra que ali fazia a cortina. Um rumor de passos fê-la voltar-se para dentro. Era Luís Alves.

— Ah! — disse ela fingindo-se tranquila. — Agradeço-lhe não haver insistido mais nos seus conselhos.

— A intenção era boa — respondeu Luís Alves em voz baixa —; mas será agora excelente; nem tudo está perdido; eu me incumbo de salvar o resto.

Guiomar franziu a testa com o mais vivo e natural espanto; tal espanto que parecia havê-la feito esquecer outro sentimento, igualmente natural: o do despeito que lhe causaria aquela singular familiaridade. Mas o assombro dominou tudo; Guiomar sentiu que ele lera nela a razão da insistência e o desgosto do resultado.

A ruga desfez-se a pouco e pouco, mas a moça não retirou logo os olhos. Havia neles uma interrogação imperiosa, que a alma não se atrevia a transmitir aos lábios. Se há nos do leitor alguma interrogação, esperemos o capítulo seguinte.

Capítulo XIII
Explicações

Luís Alves compreendera toda a expressão dos olhos de Guiomar; era, porém, homem frio, resoluto. Inclinou o busto com toda a graça correta e de bom-tom, e disse-lhe na voz mais branda que lhe permitia o seu órgão forte e severo:

— Parece-lhe que fui um pouco audaz, não é? Fui apenas sincero; e ainda que a sua delicadeza me condene, estou certo de que há em seu coração misericórdia de sobra...

Guiomar tinha readquirido toda a posse de si mesma.

— Está enganado — disse ela —, não o condeno, pela simples razão de que não o entendi.

— Tanto melhor — redarguiu Luís Alves sem pestanejar —; o meu delito, nesse caso não passou da esfera da intenção.

— Mas... referia-se à viagem?

— Referia-me; perguntava quando iam.

Essa presença de espírito de Luís Alves ia muito com o gênio de Guiomar;

era um laço de simpatia. A moça respondeu que o comendador viria buscá-las daí a quinze ou vinte dias.

— Três meses apenas? — perguntou o advogado.

— Três ou quatro.

— Quatro meses não é a eternidade, mas Cantagalo, para uma carioca da gema, há de ser um degredo, ou quase... Oxalá — continuou Luís Alves, concluindo mais depressa do que queria, ao ver que Jorge se aproximava da janela —, oxalá não lhe faça esse exílio esquecer o que solenemente lhe digo neste momento: que a senhora tem uma alma grande e nobre, e que eu a admiro!

Jorge chegara; a conversa tinha de acabar ou tomar diferente rumo.

As últimas palavras de Luís Alves eram singularmente dispostas para deixar sulco profundo na memória da moça. Não era uma declaração de amor, nem uma cortesania de sala, coisas todas que ela ouvira muita vez, que podiam lisonjeá-la, e decerto a lisonjeavam; era mais que um cumprimento e não chegava a ser uma declaração. Comoção, não a havia na voz do advogado; firmeza, sim, e um ar de convicção profunda. Guiomar olhou para ele quase sem dar pela presença de Jorge; mas Luís Alves voltara-se para o recém-chegado e falava-lhe em tom jovial, bem diferente daquele que empregara pouco antes.

Se esse contraste era premeditado — não sei se o era —, não podia vir mais de feição ao espírito de Guiomar. De quantos homens a moça tratara até ali, era o primeiro que lhe inspirava curiosidade, e também, naquela ocasião, a primeira pessoa que se compadecia dela. Veja o leitor: curiosidade e gratidão; veja se há duas asas mais próprias para arrojar uma alma no seio de outra alma — ou de um abismo, que é às vezes a mesma coisa.

Eu disse "compadecia", e esta só palavra, desacompanhada de outra coisa, pode fazer crer ao leitor que, durante aqueles dias em que a perdemos de vista, tornara-se Guiomar uma criatura desditosa. Nada disso; a situação era a mesma, não a mesma anteriormente à carta de Jorge, mas a mesma da noite em que ela a recebeu, situação, decerto, assaz sombria e carregada para um coração que receia ser constrangido, mas não desesperada nem angustiosa.

A baronesa, se soubera dos fatos, ou se pudera ler na alma da moça, seria a primeira a dar-lhe todas as consolações. Mas não sabia. Seu desejo — ou antes o sonho da velhice, como ela dizia num dos anteriores capítulos — era deixar felizes a afilhada e o sobrinho, e entendia que o melhor meio de os deixar felizes era casá-los um com o outro. A notícia que tinha do coração da moça, a esse respeito, era incompleta ou inexata; pintavam-lhe como frieza o que era repugnância. Mrs. Oswald dava-lhe sempre esperanças de êxito feliz e próximo, as cóleras da moça não lhas contava nunca. Da carta de Jorge não soube, nem da cena havida na alcova. O casamento continuava a aparecer-lhe com todas as probabilidades de uma esperança realizável.

Dirá a leitora que o sobrinho não merecia tanto zelo nem tão pertinaz esperança, e terá razão; mas os olhos da baronesa não são os da leitora; ela só lhe via o lado bom — que era realmente bom, ainda que de uma bondade relativa; mas não via o lado mau, não via nem podia ver-lhe a frivolidade grave do espírito, nem o gênero de afeto que se lhe gerava no coração.

Jorge era o seu único parente de sangue, filho de uma irmã que vivera infeliz e mais infelizmente morrera; não repudiada, mas aborrecida do marido, circunstância que lhe tornava caro aquele moço. Mais do que a afilhada, não; nem tanto, decerto; o coração não chegaria para dividir-se igualmente em tão grandes porções; queria-lhe, porém, muito, quanto bastava para desejá-lo feliz, e trabalhar por fazê-lo. Acrescentemos que o destino da irmã sempre lhe estava presente ao espírito, e que ela receava igual sorte a Guiomar; em Jorge parecia-lhe ver todos os dotes necessários para torná-la venturosa.

Infelizmente, mrs. Oswald, sabedora daqueles secretos desejos e mais ou menos confidente dos sentimentos de Jorge, achara azada ocasião esta para patentear toda a gratidão de que estava possuída e a profunda amizade que a ligava à família da baronesa. Interpôs-se para servir aos outros, e mais ainda a si própria. Viu a dificuldade, mas não desanimou; era preciso armar ao reconhecimento da baronesa. Por isso não hesitou em confiar a Guiomar o desejo da madrinha, exagerando-o, entretanto — porque nunca a baronesa dissera que "tal casamento era a sua campanha", e mrs. Oswald atribuiu-lhe essa frase mortal para todas as esperanças e sonhos da moça. Mas, se falava demasiado ao pé de uma, era muito mais sóbria de palavras com a outra, e da exageração ou da atenuação da verdade resultara aquele perene estado de luta abafada, de receios, de indecisão e de amarguras secretas. Convém dizer, para dar o último traço ao perfil, que essa mrs. Oswald não seguia só a voz do seu interesse pessoal, mas também o impulso do próprio gênio, amigo de pôr à prova a natural sagacidade, de tentar e levar a cabo uma dessas operações delicadas e difíceis, de maneira que, se houvesse uma diplomacia doméstica — ou se se criassem cargos para ela —, mrs. Oswald podia contar com um lugar de embaixatriz.

Vindo agora à narração dos sucessos da história, cumpre que o leitor saiba que a carta de Jorge não teve resposta escrita nem verbal. No dia seguinte ao da entrega foi ele jantar a Botafogo; mas Guiomar não saíra do quarto, a pretexto de uma dor de cabeça; a baronesa passou o dia com ela; Jorge apenas conseguiu saber, quando de lá saiu, que a moça ia melhor. Nos subsequentes dias nenhuma resposta foi às mãos do pretendente, nem ele conseguiu haver uns cinco minutos de conversa solitária com a moça; Guiomar esquivava-se sempre, com aquela arte suma da mulher que aborrece, e que é nem mais nem menos igual à da mulher que ama.

Um dia, porém, não houve meio de fugir; e Jorge, que não tinha nenhuma comoção na voz, porque não tinha muita no coração, olhou para ela com olhos direitos e francamente lhe pediu uma palavra de esperança ou de desengano. A moça hesitou alguns segundos; contudo era preciso responder. Venceu a repugnância dizendo-lhe com frio sorriso:

— Nem uma nem outra coisa.

— Nem desengano? — perguntou Jorge alvoroçado.

— Ninguém pode dar nem uma coisa nem outra — disse ela —; costumamos aceitá-las do nosso destino.

Não era responder, como vê o leitor; Jorge ia pedir uma decisão mais transparente, mas a moça aproveitara-se da primeira impressão e esquivara-se. Quando ele recobrou a voz não viu mais que a fímbria do vestido, que se perdia na volta de uma porta.

Guiomar encurtou as rédeas à familiaridade que existia entre ela e Jorge; mas, se o tratava com mais reserva, não o fazia com sequidão nem frieza, nem deixava de ser polida e afável. A dignidade natural que havia em toda a sua pessoa servia-lhe, além disso, como de uma torre de marfim, onde ela se acastelava e mantinha em respeito o pretendente.

Dos dois homens que lhe queriam, nenhum lhe falava à alma; ela sentia que Estêvão pertencia à falange dos tíbios, Jorge à tribo dos incapazes, duas classes de homens que não tinham com ela nenhuma afinidade eletiva. Não igualava, decerto, os dois pretendentes; um era simplesmente trivial, outro sentimental apenas; mas nenhum deles capaz de criar por si só o seu destino. Se os não igualava, também os não via com os mesmos olhos; Jorge causava-lhe tédio, era um Diógenes de espécie nova; através da capa rota da sua importância, via-se-lhe palpitar a triste vulgaridade. Estêvão inspirava-lhe mais algum respeito; era uma alma ardente e frouxa, nascida para desejar, não para vencer, uma espécie de condor, capaz de fitar o sol, mas sem asas para voar até lá. O sentimento de Guiomar em relação a Estêvão não podia nunca chegar ao amor; tinha muito de superioridade e perdão.

Com outra índole, aspirações diferentes e vivida em diversa esfera, amá-lo-ia com certeza, do mesmo modo que ele a amava. Mas a natureza e a sociedade deram-se as mãos para a desviar dos gozos puramente íntimos. Pedia amor, mas não o quisera fruir na vida obscura; a maior das felicidades da terra seria para ela o máximo dos infortúnios, se lha pusessem num ermo. Criança, iam-lhe os olhos com as sedas e as joias das mulheres que via na chácara contígua ao pobre quintal de sua mãe; moça, iam-lhe do mesmo modo com o espetáculo brilhante das grandezas sociais. Ela queria um homem que, ao pé de um coração juvenil e capaz de amar, sentisse dentro em si a força bastante para subi-la aonde a vissem todos os olhos. Voluntariamente, só uma vez aceitara a obscuridade e a mediania; foi quando se propôs a seguir o ofício de ensinar; mas é preciso dizer que ela contava com a ternura da baronesa.

Capítulo XIV
Ex abrupto

Já o leitor ficou entendendo que a viagem a Cantagalo era obra quase exclusiva de Guiomar. A baronesa relutara a princípio, como das outras vezes fizera, e o comendador pouca esperança tinha já de a ver na fazenda. Mas o voto de Guiomar foi decisivo. Ela fortaleceu, com as suas, as razões do comendador, alegando não só a obrigação em que a madrinha estava de desempenhar a palavra dada, mas ainda a vantagem que lhe podiam trazer aqueles três meses de vida roceira, longe das agitações da corte; enfim, invocou o seu próprio desejo de ver uma fazenda e conhecer os hábitos do interior.

Não havia tal desejo, nem coisa que se parecesse com isso; mas Guiomar sabia que na balança das resoluções da madrinha era de grande peso a satisfação de

um gosto seu. O sacrifício duraria três ou quatro meses; ela afrontaria, porém, dez ou doze, se tantos fossem necessários, para fugir algum tempo às pretensões de Jorge, sem embargo de lhe repugnar todo o viver que não fosse a vida faustosa e agitada da corte. Eu, que sou o Plutarco dessa dama ilustre, não deixarei de notar, que, nesse lance, havia nela um pouco de Alcibíades — aquele gamenho e delicioso homem de Estado, a quem o despeito também deu forças um dia para suportar a frugalidade espartana.

Infelizmente, Jorge reduziu todos esses cálculos a nada. Ela contava com o seu demasiado apego aos regalos da corte, não contava com as sugestões de mrs. Oswald, que percebera o plano e torcera a primeira resolução de Jorge, que era ficar e esperar. O sacrifício da parte dele era compensado pela probabilidade da vitória, a qual não consistia só em haver por esposa uma moça bela e querida, mas ainda em tornar muito mais sumárias as partilhas do que a baronesa deixaria por sua morte a ambos. Essa consideração, que não era a principal, tinha ainda assim seu peso no espírito de Jorge, e, sejamos justos, devia tê-lo: possuir era o seu único ofício. Assim era que não só a moça deixava de obter um bem, mas caía de um mal em outro maior; tê-lo ao pé de si, onde as distrações seriam menos prontas e variadas, equivalia a adoecer de fastio e morrer de inanição.

Imagine-se por isso em que estado lhe ficou o espírito depois da declaração de Jorge. Não havia meio de fugir ao pretendente, era preciso tragá-lo. Essa perspectiva abateu-lhe totalmente o ânimo. Uma confidente, em tais situações, é um presente do céu; mas Guiomar não a tinha, e se alguma pessoa lhe merecesse tal confiança, é certo ou quase certo que lhe não diria nada. Suas dores eram altivas, as tristezas de seu coração tinham pudor. Espíritos dessa casta ignoram a consolação que há, nas horas de crise, em se repartirem com outro; triste, mas feliz ignorância que lhes poupa muita vez o contato de uma consciência aleivosa e ruim.

No meio do longo refletir, soaram-lhe na memória as palavras de Luís Alves; ela ouvia-as de novo, tais quais ele as proferira, desde a frase descortês até a expressão respeitosa. Uma era o comentário da outra, e ambas podiam explicar-lhe o caráter de Luís Alves, se tivesse alguns elementos mais para conhecê-lo; em todo o caso, era a ponta do véu levantada. Embora se lhe não pudesse ler no fundo do espírito, via-se desde já qual era o seu método de ação.

Qualquer outro homem, depois do efeito produzido pela primeira declaração, não se atreveria ou não lhe importaria tentar mais nada para desfazer o projeto da viagem. Mas o espírito de Luís Alves tinha a obstinação do dogue. Era-lhe necessário que a família da baronesa não saísse da corte; esse objeto havia de alcançá-lo a todo transe. Ele espreitava as ocasiões, aproveitava as circunstâncias, tinha a habilidade de intercalar o pedido em qualquer retalho de conversação, onde menos apropriado pareceria a qualquer outro. Jorge aplaudia-o com as forças todas de que podia dispor o seu interesse. A baronesa opunha às sugestões do advogado a resistência mole e atada de quem deseja aquilo mesmo que recusa.

— O doutor é terrível — dizia ela. — Em se lhe metendo uma coisa na cabeça, ninguém mais a tira daí.

— Justamente, é uma ideia fixa. Sem ideia fixa não se faz nada bom neste mundo.

Guiomar sustentava a resolução da madrinha, posto não o fizesse a miúdo,

nem no mesmo tom seco e imperioso da primeira noite. Seu impulso era ser coerente; ao mesmo tempo não queria parecer aos olhos de Luís Alves que lhe aceitava o concurso para obter o que aliás desejava de todo o coração; seria lavá-lo da primeira culpa.

 O argumento que mais influía no ânimo de todos, o que devera ter afastado a ideia de semelhante viagem, era o perigo de afrontar o cólera-morbo que por aquele tempo percorria alguns pontos do interior. Um dia de manhã soube-se que em Cantagalo havia aparecido o terrível inimigo. Desta vez Luís Alves triunfou sem dizer palavra; a baronesa recuou diante daquele fato brutal.

 A viagem desfez-se pois, a contento de todos, salvo talvez de mrs. Oswald, que receava muito da mocidade casadeira da corte, e dos belos olhos castanhos de Guiomar. Mrs. Oswald temia ver surgir a cada passo um novo inimigo emboscado em algum teatro ou baile, ou quando menos na rua do Ouvidor, e não via que o inimigo novo podia ser que estivesse literalmente ao pé da porta. A sagacidade da inglesa dessa vez foi um tanto míope. A razão é que Luís Alves, em todos aqueles seus preliminares, houve-se com habilidade; longe de procurar a moça, parecia nada haver alterado nos seus sentimentos, nem desejar mudar a espécie de relações que até ali mantinha. Guiomar, entretanto, não podia deixar de comparar aquela espécie de atenciosa indiferença, que havia dele para ela, com as palavras que anteriormente lhe ouvira, e o resultado da comparação não lhe parecia muito claro.

 Na noite do mesmo dia em que ficou assentado diferir a viagem para melhores tempos, achavam-se em casa da baronesa algumas pessoas de fora; Guiomar, sentada ao piano, acabava de tocar, a pedido da madrinha, um trecho de ópera da moda.

 — Muito obrigada — disse ela a Luís Alves, que se aproximara para dirigir-lhe um cumprimento. — Está alegre! Parece que é a satisfação de me haver malogrado o maior desejo que eu tinha nesta ocasião.

 — Não fui eu — disse ele —, foi a epidemia.

 — Sua aliada, parece.

 — Tudo é aliado do homem que sabe querer — respondeu o advogado, dando a essa frase um tanto enfática o maior tom de simplicidade que lhe podia sair dos lábios.

 Guiomar curvou a cabeça e esteve alguns instantes a perpassar os dedos pelas teclas, enquanto Luís Alves, tirando de cima do piano outra música, dizia-lhe:

 — Podia dar-nos este pedaço de Bellini, se quisesse.

 Guiomar pegou maquinalmente na música e abriu-a na estante.

 — Era então vontade sua? — perguntou ela, continuando o assunto interrompido do diálogo.

 — Vontade certamente, porque era necessidade.

 — Necessidade — tornou ela, começando a tocar, menos por tocar que por encobrir a voz —; mas necessidade por quê?

 — Por uma razão muito simples, porque a amo.

 A música estacou. Guiomar erguera-se de um salto. Mas nem o gesto da moça, nem a surpresa das outras pessoas perturbou o advogado; Luís Alves inclinou-se para o mocho, como a consertá-lo, e voltando-se para Guiomar, disse-lhe graciosamente:

 — Pode sentar-se agora; está seguro.

Guiomar sentou-se outra vez, muda, despeitada, a bater-lhe o coração como nunca lhe batera em nenhuma outra ocasião da vida, nem de susto, nem de cólera, nem... de amor, ia eu a dizer, sem que ela o houvesse sentido jamais. Não se demorou muito tempo ali; com a mão trêmula folheou a música que estava aberta na estante, deixou-a logo e levantou-se.

Nesses derradeiros movimentos ninguém reparou; e se alguém pudesse reparar em alguma coisa, a moça tomara a peito desvanecer todas as suspeitas. A primeira impressão fora profunda, mas Guiomar tinha força bastante para dominar-se e fechar todo o sentimento no coração.

O que se passou depois, quando, livre de olhos estranhos, pôde entregar-se a si mesma, isso ninguém soube, a não ser as paredes mudas do quarto, ou o raio de lua coado pelo tecido ralo das cortinas das janelas, como a espreitar aquela alma faminta de luz. Soube-o, talvez, o seu espelho, quando no dia seguinte lhe refletiu o rosto desfeito e os olhos quebrados. Se foi a meditação noturna que os amoleceu e apagou, não o perguntou ele, naturalmente porque o sabia; mas talvez advertiu consigo que, se eram assim mais belos, pediam outro rosto em que caíssem melhor. O de Guiomar queria-os como eles eram, severos, firmes e brilhantes.

A baronesa também não deixou de ver que a afilhada não acordara com o mesmo ar do costume; achou-a taciturna e distraída.

— Eu, madrinha? — perguntou Guiomar, simulando um sorriso de admiração.

— Será engano de meus olhos.

— Não é outra coisa; estou como sempre, como ontem, como amanhã. Passei a noite um pouco mal, é verdade; mas o que tive desapareceu inteiramente. A prova...

Guiomar parou neste ponto, chegou-se à madrinha e deu-lhe um beijo.

— A prova — continuou ela — é que ainda hoje me acha bonita, não é?

— Criança! — respondeu a baronesa, dando-lhe uma pancadinha na face.

A tranquilidade da moça era simulada; apenas a madrinha voltou as costas, cobriu-se-lhe o rosto com o mesmo véu. Ela aprendera desde criança a disfarçar as suas preocupações.

Quanto a Luís Alves, posto houvesse contado com o seu método cru e abrupto, saiu dali sem plena certeza do resultado. Essa incerteza abalou-o mais do que ele supunha; e foi, sem dúvida, a primeira ocasião em que sentiu que a amava deveras, ainda que o seu amor fosse como ele mesmo: plácido e senhor de si. No dia seguinte, Estêvão interrogou-o a respeito de Guiomar.

— Creio — disse ele depois de refletir alguns instantes —, creio que por ora não deves perder as esperanças todas.

Capítulo XV
Embargos de terceiro

Durante três dias deixou Luís Alves de ir à casa da baronesa, estando aliás a morrer por isso. Entrava, porém, no plano essa ausência: era das instruções que ele mesmo dera ao seu coração; não havia remédio senão observá-las.

No quarto dia recebeu um bilhete da baronesa que o cumprimentava pela eleição. A mala do norte chegara, e com ela a notícia da vitória eleitoral. Estava Luís Alves deputado; ia enfim dar a sua demão no fabrico das leis. Estêvão foi o primeiro que o felicitou; era o antigo companheiro dos bancos da academia; tanto ou mais do que os outros devia aplaudir aquela boa fortuna. Não lhe escondeu, entretanto, a inveja que ela lhe metia:

— Deputado! — suspirou ele. — Oh! eu também podia ser deputado.

Estêvão dizia isso como a criança deseja o dixe que vê no colo de outra criança — nada mais. Eram os seus sonhos de outrora, que renasciam tais quais eram, inconsistentes, vagos, prestes a dissiparem-se com o primeiro raio da manhã.

Luís Alves apressou-se a ir agradecer à baronesa a felicitação. Guiomar teve um leve estremecimento quando o viu, mas recebeu-o tranquila e risonha, quase indiferente. O advogado era hábil; não a perseguiu com os olhos; sobre acordar a atenção das demais pessoas, era seguir o método comum. Ele não queria parecer-se com os outros.

Guiomar, entretanto, observava-o a espaços, de revés, como a querer surpreendê-lo; a pouco e pouco, porém, o seu olhar foi sendo mais direito e firme. O de Luís Alves era natural e igual como antes era, como era ainda agora com todos.

Ao sair, junto à porta de uma sala, onde acaso a topou, Luís Alves teve ocasião de lhe dizer esta simples palavra:

— Perdoou-me?

A moça retirou a mão, que ele tinha presa na sua, e furtou o corpo, ao mesmo tempo que lhe caíam as pálpebras.

— Perdoou-me? — repetiu ele.

Guiomar retirou-se sem dizer palavra. Luís Alves esperou que ela desaparecesse e saiu. A moça, entretanto, ficou irritada por nada lhe ter respondido, sendo verdade que nada achou nem acharia talvez que lhe responder; mas arrependeu-se e pensou longo tempo naquilo.

Quer dizer que o amava? Quer dizer que estava prestes a isso. A arraiada branqueava o céu, tingiria depois o cimo dos montes, entornar-se-ia enfim pela encosta abaixo, até aparecer o sol — o sol contemporâneo de Adão, e do último homem que há de vir.

Dali a dias, entrando Luís Alves em casa da baronesa, teve a boa fortuna de encontrar a moça sozinha, na sala de trabalho donde a baronesa se ausentara cinco minutos antes. Mrs. Oswald achava-se fora. Era a hora da tardinha; o dia estava prestes a afogar-se no seio da noite.

Guiomar, molemente sentada numa cadeira baixa, tinha um livro aberto sobre os joelhos e os olhos no ar. Luís Alves surpreendeu-a nessa atitude meditativa,

mais bela do que nunca, porque assim, e àquela hora, e com o vestido meio escuro que lhe realçava a cor de leite da face, tinha um quê de gracioso e severo, ao mesmo tempo, que parecia buscado de propósito para recebê-lo.

— Minha madrinha já vem — disse Guiomar logo depois de lhe estender a mão, que ele apertou e sentiu um pouco trêmula.

— Talvez daqui a cinco minutos — disse ele —; é bastante para decidir o meu destino. Duas vezes lhe perguntei se me perdoara; pela terceira lhe peço que me responda; custa pouco uma única palavra; custa menos ainda, um único gesto.

A moça olhou algum tempo para o livro que tinha diante de si. A manhã, porém, era já alta no coração de Guiomar, a claridade intensa, o sol quente e vivo, porque ela não olhou muito tempo para o livro, nem hesitou mais do que era natural e exigível naquela ocasião. Dois minutos depois fez o gesto, um gesto só, mas ainda mais eloquente do que se ela falasse — estendeu-lhe a mão.

Luís Alves apertou-lha entre as suas.

A comoção era natural em ambos; ali estiveram alguns instantes calados, ele com os olhos fitos nela, ela com os seus no chão. As mãos tocavam-se e os corações palpitavam uníssonos. Decorreram assim cinco breves minutos. Ela foi a primeira que rompeu o silêncio.

— Um gesto, um só gesto, e é o meu destino que lhe entrego com ele — disse Guiomar, olhando em cheio para o moço.

— Ainda não. Se os nossos destinos se ligarem, estou convencido de que o meu amor, pelo menos, terá a virtude de a tornar feliz. Mas nada está feito ainda, e se eu fui breve e apressado na confissão, não o desejo ser na consagração que lhe peço.

Luís Alves calara-se; a moça olhava para ele como buscando entendê-lo.

— Sim — continuou ele —; melhor é que não ceda a um instante de entusiasmo. Minha vida é sua; todo o meu destino está nas suas mãos... Contudo, não quero surpreender-lhe o coração neste momento; no dia em que me julgar verdadeiramente digno de ser seu esposo, ouvi-la-ei e segui-la-ei.

A resposta da moça foi apertar-lhe as mãos, sorrir, e embeber os seus olhos nos dele. O passo da baronesa interrompeu essa contemplação.

Guiomar amava deveras. Mas até que ponto era involuntário aquele sentimento? Era-o até o ponto de lhe não desbotar à nossa heroína a castidade do coração, de lhe não diminuirmos a força de suas faculdades afetivas. Até aí só; daí por diante entrava a fria eleição do espírito. Eu não a quero dar como uma alma que a paixão desatina e cega, nem fazê-la morrer de um amor silencioso e tímido. Nada disso era, nem faria. Sua natureza exigia e amava essas flores do coração, mas não havia esperar que as fosse colher em sítios agrestes e nus, nem nos ramos do arbusto modesto plantado em frente de janela rústica. Ela queria-as belas e viçosas, mas em vaso de Sèvres, posto sobre móvel raro, entre duas janelas urbanas, flanqueados o dito vaso e as ditas flores pelas cortinas de caxemira, que deviam arrastar as pontas na alcatifa do chão.

Podia dar-lhe Luís Alves esse gênero de amor? Podia; ela sentiu que podia. As duas ambições tinham-se adivinhado desde que a intimidade as reuniu. O proceder de Luís Alves, sóbrio, direto, resoluto, sem desfalecimentos, nem demasias ociosas, fazia perceber à moça que ele nascera para vencer e que a sua ambição tinha verda-

deiramente asas, ao mesmo tempo, que as tinha ou parecia tê-las o coração. Demais, o primeiro passo do homem público estava dado; ele ia entrar em cheio na estrada que leva os fortes à glória. Em torno dele ia fazer-se aquela luz que era a ambição da moça, a atmosfera que ela almejava respirar. Estêvão dera-lhe a vida sentimental, Jorge a vida vegetativa; em Luís Alves via ela combinadas as afeições domésticas com o ruído exterior.

Uma vez entendidos, é difícil que dois corações se encubram, pelo menos aos olhos mais sagazes. Os de mrs. Oswald eram dos mais finos. A inglesa percebeu dentro de pouco tempo que entre eles havia alguma coisa. Interrogar a moça era inútil, sobre perigoso; seria ir, de coração leve, em busca de ódio, talvez. Todavia, se ainda fosse possível salvar tudo? Guiomar resistiria dificilmente a um desejo da madrinha; era possível vencê-la por esse lado.

Mrs. Oswald concebeu então um projeto insensato, que lhe pareceu aliás excelente e de bom aviso. O desejo de servir a baronesa e levar uma ideia ao fim tapou-lhe os olhos da razão. Ela foi diretamente a Jorge.

— Sabe o que me está parecendo? — disse ela. — Parece-me que há mouro na costa.

— Mouro na costa! — exclamou Jorge com uma tal expressão de desgosto, que era fácil compreender o fundo de suspeita já existente em seu espírito.

— Nada menos — disse a inglesa —; mas um mouro que se pode capturar.

E a inglesa expôs um plano completo que o sobrinho da baronesa ouviu um tanto perplexo. O plano consistia em ir Jorge pedir a moça à baronesa, em presença dela própria. A baronesa, que nutria o desejo de os ver casados, não deixaria de fazer pesar o seu voto na balança, e era muito difícil que a gratidão de Guiomar não decidisse em favor de Jorge.

— A gratidão... e o interesse — continuou ela —; devemos contar também com o interesse, que é um grande conselheiro íntimo. Ela não há de querer sacrificar a afeição da madrinha, que para ela vale...

— Oh! que triste lembrança! — interrompeu Jorge, recuando diante da ideia de mrs. Oswald.

A inglesa sorriu — e deixou por mão aquele argumento; firmou-se, porém, no da afeição. Guiomar não se oporia a um desejo da madrinha; era urgente dar-lhe o golpe. Jorge não se atrevia a surpreender por esse meio a aquiescência da moça; mas acreditava na eficácia dele, e sobretudo receava perder a causa. Uma vez que a vencesse, tudo podia confiar do tempo e do seu amor.

O conselho foi seguido pontualmente. De noite, em presença da baronesa, à hora da despedida — porque ele hesitara a maior parte do tempo —, praticou Jorge aquele ato insensato de declarar à moça que a amava e de lhe pedir a mão. A tia sorriu de contentamento, mas teve a prudência de não proferir nada, enquanto Guiomar, empalidecendo, nada dizia, porque nada achava que dizer.

O silêncio durou cerca de três ou quatro minutos, um silêncio acanhado e vexado, em que nenhum deles se atrevia a reatar a conversação. A baronesa, pela sua parte, imaginava que os dois estavam enfim entendidos, e que a declaração era autorizada pela moça. O enleio de Guiomar não era dos que pudessem dar cabimento a essa suposição; mas a boa senhora via com os olhos dos seus bons desejos.

— Pela minha parte — declarou enfim a baronesa —, não me oponho; esti-

maria muito que acabassem por aí. Mas é negócio do coração; devo esperar a resposta de Guiomar.

E voltando-se para a afilhada:

— Pensa e resolve, minha filha — disse ela —; e se fores feliz, sê-lo-ei ainda mais do que tu.

Duas vezes pairou a negativa nos lábios da moça; mas a língua não se atrevia a repetir a palavra do coração. No fim de alguns instantes:

— Refletirei — respondeu ela beijando a mão da madrinha; e continuou, voltando-se para Jorge: — Boa noite! Até amanhã.

CAPÍTULO XVI
A confissão

Na mesma noite em que Jorge, cedendo às sugestões de mrs. Oswald, tentava mo recurso que no entender da inglesa havia, achava-se Luís Alves em casa, comodamente sentado numa poltrona de couro, defronte da janela, com os olhos no mar e o pensamento nas suas duas candidaturas vencidas. Meia-noite estava a pingar; uma pessoa descia de um tílburi e batia-lhe à porta.

Era Estêvão.

Luís Alves naturalmente admirou-se de o ver ali àquela hora; mas Estêvão explicou-lhe tudo.

— Venho passar meia hora contigo, ou a noite toda se quiseres. Estava em casa aborrecido, a pensar... bem sabes em que...

— Nela? — interrompeu Luís Alves.

— Agora e sempre.

Luís Alves torceu o bigode e olhou três ou quatro vezes para o colega, enquanto este tirava o chapéu e dispunha-se a ir buscar uma cadeira para sentar-se ao pé do outro.

— Estêvão — disse Luís Alves depois de alguns instantes de reflexão, e voltando a poltrona para dentro —, ouve-me primeiro e resolverás depois se ficas a noite ou se te vais embora imediatamente. Talvez escolhas este último alvitre.

— Vais falar-me de Guiomar?

— Justamente.

Estêvão sentou-se defronte de Luís Alves. Seu coração batia apressado; dissera-se que toda a sua vida pendia dos lábios do amigo. Houve um instante de silêncio.

— Nenhuma... nenhuma esperança então? — murmurou Estêvão.

— Disseste a fatal palavra! — exclamou Luís Alves. — Sim, não tens nenhuma esperança.

— Mas... como sabes?

— Não me interrogues; eu não poderia dizer-te tudo o que há. Poupa-me, ao menos, esse triste dever.

Estêvão sentiu arrasarem-se-lhe os olhos d'água. Quis falar, mas as palavras iam-lhe saindo envoltas em soluços.

Luís Alves fumava tranquilamente, acompanhando com os olhos os rolinhos de fumo que lhe fugiam da ponta do charuto. Esse silêncio durou cerca de dez minutos. O mar batia compassadamente na praia. A voz da onda e o latido de um cão ao longe eram os únicos sons que vinham quebrar a mudez daquela hora solene para um desses dois homens que ia perder até o repouso da esperança.

Estêvão foi o primeiro que falou:

— Ama a outro, não é? — perguntou ele com a voz trêmula.

— Ama — respondeu surdamente Luís Alves.

Estêvão ergueu-se e deu alguns passos na sala, sem dizer palavra, a morder a ponta do bigode, parando às vezes, outras traduzindo com um gesto desordenado os sentimentos que lhe tumultuavam no coração. A dor devia ser grande, mas a manifestação já não era a mesma que o leitor lhe viu, dois anos antes, quando ele foi confiar ao amigo o primeiro desengano de Guiomar.

— Parece-me que eu adivinhava isto mesmo — disse ele, enfim, parando em frente de Luís Alves. — Esse desejo que me acometeu de vir aqui, a esta hora, sem certeza de encontrar-te, era mais um benefício do meu destino. Devia esperá-lo. Que vida tem sido a minha, Luís! Agarrei-me, nem sei por quê, à esperança de ser amado por ela, de a vencer pela piedade, ou pelo remorso, ou por qualquer outro motivo que fosse — o motivo importava pouco... O essencial é que ela me pagasse em ternura e amor todas as dores que curti, as lágrimas todas que tenho devorado em silêncio... E era só essa esperança que ainda me dava forças... que me fazia crer feliz, como pode sê-lo um desgraçado, como podia sê-lo eu, que nasci debaixo de ruim estrela... Oh! se tu souberas... Não, não sabes, nem ela também, ninguém sabe nem saberá nunca tudo quanto tenho padecido, tudo quanto...

Interrompeu-se. Duas lágrimas, espremidas do fundo do coração, saltaram-lhe dos olhos e desceram-lhe, rápidas, a perder-se entre os cabelos raros e finos da barba. Ele sentiu que outras podiam vir, e foi sentar-se num sofá, meio voltado de costas para Luís Alves. As outras vieram, porque o coração ainda as tinha para as dores supremas; mas correram-lhe silenciosas, sem um soluço, sem uma queixa única.

Luís Alves levantara-se e chegara à janela. Seu espírito, apesar de frio e quieto, parecia agora um pouco alvoroçado. Não era dor; e não sei se lhe podia chamar remorso. Mal-estar apenas, e comiseração. O coração era capaz de afeições; mas, como ficou dito no primeiro capítulo, ele sabia regê-las, moderá-las e guiá-las ao seu próprio interesse. Não era nem corrupto nem perverso; também não se pode dizer que fosse dedicado nem cavalheiresco; era, ao cabo de tudo, um homem friamente ambicioso.

Estêvão levantara-se outra vez e pegara no chapéu.

— Vem cá — disse Luís Alves, entrando e indo ter com ele —; vejo que estás mais homem do que antes. Resta que o sejas completamente; varre da memória e do coração tudo o que possa referir-se...

— Que remédio! — interrompeu Estêvão sorrindo amargamente —; que remédio tenho eu senão esquecê-la! Mas quando?

— Mais breve talvez do que supões...

Luís Alves não acabou; Estêvão olhara para ele com um gesto de espanto e fora sentar-se outra vez.

— Mais breve do que suponho! — exclamou ele. — Tu não tens coração: não tens sequer observação nem memória. Não vês, não sentes que essa paixão é o san-

gue do meu sangue, a vida da minha vida? Esquecê-la! Era bom se eu a pudesse esquecer; mas a minha má sina até essa esperança me arranca, porque este padecer íntimo, constante, há de ir comigo até à morte...

Desta vez era Luís Alves que passeava de um lado para outro. Em seu espírito despontava uma ideia, que ele examinava, a ver se a poria ali mesmo em execução. Era dizer-lhe tudo. Estêvão viria a sabê-lo mais tarde; melhor era que o soubesse logo e por ele. Ao mesmo tempo refletia na exaltação dos sentimentos do rapaz; a dor certamente se lhe agravaria, em sabendo que era ele o preferido de Guiomar. O coração, que perdoaria a um estranho, condenaria ao amigo.

Estêvão, assentado, com os olhos no teto, parecia entregue às suas reflexões, mas só parecia, porque ele não pensava, evocava antigas memórias, fazia surgir diante de seus olhos a figura gentil de Guiomar, sentia-lhe o império dos belos olhos castanhos, ouvia-lhe a palavra doce e aveludada entornar-se-lhe no coração. Não evocava só, criava também, pintava com a imaginação a felicidade que lhe poderia dar a moça, se entre todos os homens o escolhera, se eles dois vinculassem os seus destinos. Ele via-a ao pé de si, cingia-lhe o braço em volta da cintura, enchia-lhe de beijos os cabelos, tudo isto em meio de uma paisagem única na terra, porque a abundância da natureza cresceria ao contato daquele sentimento puro, casto e eterno. Não falo eu, leitor; transcrevo apenas e fielmente as imaginações do namorado; fixo nesta folha de papel os voos que ele abria por esse espaço fora, única ventura que lhe era permitida.

No meio dessas visões foi acordá-lo Luís Alves.

— Tens razão de sentir — disse este —; mas não gastes o coração, que há maiores surpresas na vida... Em todo o caso, deixa-me dizer-te que nenhuma razão tens de censura...

— Censuro eu alguém?

— Há no amor um germe de ódio que pode vir a desenvolver-se depois. Talvez chegues a acusá-la de te não querer; nesse dia reflete que os movimentos do coração não estão nas mãos da vontade. Ela não tem culpa se outro lhe despertou o amor.

— Ah! incumbiu-te da defesa!

Luís Alves sorriu; ele contava com a recriminação.

— Não, não me incumbiu da defesa — disse ele —, sou eu que a tomo por minhas mãos. Que defendo eu aqui senão a natureza, a razão, a lógica dos sentimentos, dura e inflexível como toda a outra lógica? Há no fundo das tuas palavras um sentimento de egoísmo...

— O amor não é outra coisa — respondeu Estêvão sorrindo por sua vez. — Queres que inda em cima lhe agradeça esse desespero? Queres que vá apertar a mão ao homem que a soube vencer?

Luís Alves mordeu a ponta do lábio e acercou-se da janela. Quando ia a voltar para dentro ouviu um rumor na janela ao pé, a primeira da casa da baronesa. Luís Alves deu um passo mais. Não viu ninguém; viu apenas o resto de um vestido que fugia e um objeto que lhe caía aos pés. Inclinou-se a apanhá-lo. Era uma grande folha de papel envolvendo, para lhe dar mais peso, outra folha pequena dobrada em quatro. Luís Alves aproximou-se da luz, e leu rapidamente o que ali vinha escrito. Leu, meteu o papel na algibeira e encaminhou-se disfarçadamente para a janela. Ninguém; a casa da baronesa dormia.

Quando voltou para dentro, Estêvão tinha-se levantado. Ele vira cair o papel, apanhá-lo e lê-lo Luís Alves. Não entendeu nada do que se passara; mas seu olhar como que pedia uma explicação.

Luís Alves foi direito ao fim.

— Estêvão — disse ele, vais saber a verdade toda —; não poderia ocultar-te o que se há passado, nem conviria talvez que tu a soubesses por boca de outro. Guiomar podia amar-te, eras digno dela, e ela digna de ti; mas a natureza não os fez um para o outro. São duas almas excelentes que seriam infelizes unidas. Quem há aqui que censurar? Mas se a natureza explica o sentimento dela, igualmente explica o de um terceiro, que sou eu. Tu confiaste-me as dores e as esperanças de teu coração; era conhecer toda a minha amizade e a profunda estima que sempre te consagrei. Mas nem tu nem eu contávamos comigo; porque também eu tenho coração, e os prestígios da beleza também falam à minha alma. Não a pude ver a frio. A paixão obscureceu-me. Nesta minha felicidade de amar e ser amado, acredita que sou alguma coisa infeliz, porque há lágrimas tuas, há o teu padecer longo e cruel, que eu imagino e deploro. A confissão é franca; não te falo em arrependimento, porque são atos do coração e não da consciência, que essa é pura e honrada. E depois desta exposição fiel, cuido que lastimarás comigo o encontro em que o acaso ou a má sorte nos reuniu a todos três; mas não me acusarás nem me recusarás a tua velha estima. Falo só da estima; a amizade, creio que não poderá ser a mesma. Mas prezarás o meu caráter. Pela minha parte, nem uma nem outra coisa perece; sei o que vales. Não sei aonde nos lançará a onda do destino amanhã. Pela última vez, porém, espero que apertarás a mão do teu amigo.

Luís Alves concluíra estendendo-lhe a mão. Estêvão olhou para ele, mas não disse uma só palavra, não fez um gesto único: caminhou para a porta e saiu.

— Estêvão! — gritou Luís Alves.

Mas só lhe respondeu o rumor dos pés que desciam, e pouco depois o do tílburi que rolava surdamente na terra úmida da praia. Luís Alves levantou secamente os ombros; chegou-se à luz e releu o escrito.

Capítulo XVII
A carta

Não era preciso reler o papel para entendê-lo; mas olhos amantes deliciam-se com letras namoradas. O papel continha uma palavra única — *Peça-me* — escrita no centro da folha, com uma letra fina, elegante, feminina. Luís Alves olhou algum tempo para o bilhete, primeiramente como namorado, depois como simples observador. A letra não era trêmula, mas parecia ter sido lançada ao papel em hora de comoção.

Dessa observação passou Luís Alves a uma reflexão muito natural. Aquele bilhete, pouco conveniente em quaisquer outras circunstâncias, estava justificado pela declaração que ele próprio fizera à moça alguns dias antes, quando lhe pediu que o conhecesse primeiro, e que no dia em que o julgasse digno de o tomar por es-

poso, ele a ouviria e acompanharia. Mas se isso era assim em relação ao bilhete, não o era em relação à hora. Que motivo obrigaria a moça a deitar-lhe da janela, à meia-noite, aquele papel decisivo, eloquente na mesma sobriedade com que o escrevera?

Luís Alves concluiu que havia alguma razão urgente, e portanto, que era preciso acudir à situação com os meios da situação. Quanto à razão em si, não a pôde descobrir. Ocorreu-lhe o fato, aliás patente, da corte que o sobrinho da baronesa fazia a Guiomar, mas ignorava as circunstâncias que lhe eram relativas, e não pôde passar além.

Não direi que Luís Alves gastasse a noite a cavar fundo no terreno das conjeturas vagas. Não era homem que perdesse tempo em coisas inúteis; nada mais inútil naquela ocasião do que tentar explicar o que nenhuma explicação podia ter para ele. O que resolveu foi obedecer ao recado da moça; pedi-la sem hesitação nem preâmbulo. Mas se o caso lhe não produziu insônia, não deixou de lhe estender a vigília além da hora usual, como era de jeito naquela ocasião solene, sobretudo, tratando-se de criatura que por aqueles tempos era a inveja e a cobiça de muitos olhos. Luís Alves não era, como Estêvão, um adorável cismador, não se nutria de imaginações e devaneios, alimento que funde pouco ou nada, mas cismou algum tempo, embebeu-se uma hora na contemplação ideal da mulher que ele soubera escolher. O sono chegou, e o devaneio confundiu-se com o sonho.

Guiomar dormiria tão repousadamente como ele? Dormia; a noite, porém, fora-lhe muito mais agitada e amarga, como era natural depois da declaração de Jorge e das insinuações da madrinha.

A moça recolhera-se ao quarto, logo depois da declaração. As pessoas da casa nada puderam ler-lhe no rosto, salvo a palidez repentina e o rubor que se lhe seguiu; mas, logo que ela se achou só, deu toda a expansão aos sentimentos que até ali pudera conter.

O primeiro deles era o despeito: Guiomar sentia-se humilhada com aquela declaração, assim feita, de emboscada e sobressalto, para arrancar-se-lhe um consentimento que o coração e a índole repeliam. Nenhuma consulta, nenhuma autorização prévia; parecia-lhe que a tratavam como ente absolutamente passivo, sem vontade nem eleição própria, destinado a satisfazer caprichos alheios. As palavras da madrinha desmentiam essa suposição; mas, a notícia que ela tinha da resolução da baronesa nesse negócio, diminuía muito o valor de tais palavras. Se era uma campanha, como dissera mrs. Oswald, queriam constrangê-la com aparências de moderação, e o tempo que lhe deixavam para refletir era-o realmente para considerar, sozinha consigo, na necessidade de pagar os benefícios que recebera.

Não a acusem de ter feito essas reflexões logo que entrou no quarto, com os olhos cintilantes e os lábios frios de cólera. Eram naturais; primeiramente, porque supunha que o seu casamento com Jorge estava deliberado e se realizaria, quaisquer que fossem as circunstâncias; depois, porque a alma dela era melindrosa; não esquecia os benefícios recebidos, mas quisera que lhos não lembrassem por meio de uma violência: fazê-lo, era o mesmo que lançar-lhos em rosto.

— Não! — murmurava enfim a moça. — Forçar-me, reduzir-me à condição de simples serva, nunca.

Mas essa cólera apaziguou-se, e o coração venceu o coração. Guiomar recordou a constante ternura da baronesa para com ela, a solicitude com que lhe satisfa-

zia os seus menores desejos, que eram ali ordens, e não combinava tamanho amor com a suposta violência que lhe queria fazer. Não tardou em arrepender-se das palavras incoerentes que lhe haviam fugido, e dos sentimentos maus que atribuíra ao coração da baronesa. Cruzou as mãos no peito e ergueu o pensamento ao céu, como a pedir-lhe perdão. Guiomar, em meio das seduções da vida, que tantas eram para ela e de todo lhe levavam os olhos, não perdera o sentimento religioso, nem esquecera o que lhe havia ensinado a fé ingênua e pura de sua mãe.

A cólera acabara, mas veio depois a luta entre a gratidão e o amor — entre o noivo que lhe propunha a afeição da madrinha e o que o seu próprio coração escolhera. Ela nem ousava tirar as esperanças à baronesa, nem imolar as suas próprias — e uma de duas coisas era preciso que fizesse naquela solene ocasião. O que sentiu e pensou foi longo e cruel; mas se tal duelo podia travar-se-lhe na alma, não era duvidoso o resultado. O resultado devia ser um. A vontade e a ambição, quando verdadeiramente dominam, podem lutar com outros sentimentos, mas hão de sempre vencer, porque elas são as armas do forte, e a vitória é dos fortes. Guiomar tinha de decidir por um dos dois homens que lhe propunha o seu destino; elegeu o que lhe falava ao coração.

A resposta, porém, não podia a moça demorá-la nem esquivá-la, não convinha, talvez, prolongar a luta e a dúvida. Quando isto pensou, veio-lhe ao espírito uma ideia decisiva, a de confessar tudo à madrinha. Hesitou, porém, entre fazê-lo ela própria ou por boca de Luís Alves, cujas palavras, apontadas acima, trazia escritas na memória. Preferia esse meio; mas não lhe bastava preferi-lo, era mister realizá-lo, e para isso só dois modos tinha: escrever-lhe ou falar-lhe. O segundo podia não ser tão pronto, e talvez falhasse a ocasião apropriada; adotou o primeiro, e recuou logo. A carta seria mandada por um fâmulo, mas o espírito de Guiomar era a tal ponto sobre si, que repeliu semelhante intervenção. A janela estava aberta; dali viu luz na sala de Luís Alves e a sombra do moço, que passeava de um lado para outro. Ocorreu-lhe então a ideia que pôs por obra, conforme ficou dito no capítulo anterior.

Tal é a história daquela palavra escrita rapidamente numa folha de papel. Apesar da declaração de Luís Alves e das circunstâncias em que a moça se achou, o leitor facilmente compreenderá que ela não a escreveu sem pelejar consigo mesma, sem vacilar muito entre a repugnância e a necessidade. Afinal foram vencidos os escrúpulos, que é tanta vez o seu destino deles, e força é dizer que não os vencem nunca de graça, porque eles falam, arrazoam, obstam o mais que podem, mas é vulgar passarem-lhes por cima. A moça entretanto, apenas lançara a carta, arrependeu-se; a dignidade teve remorsos; a consciência quase a acusava de uma ação vil. Era tarde, a carta chegara a seu destino.

Na manhã seguinte, a baronesa acordou mais alegre que de costume. Cuidara ver em Guiomar, na noite anterior, alguma coisa que só lhe pareceu enleio natural da situação. Guiomar erguera-se tarde; a manhã estava chuvosa, a madrinha não deu o seu passeio. A moça foi beijar-lhe a mão e a face, como costumava, e receber dela o ósculo materno. O rosto parecia cansado, mas um véu de afetada alegria disfarçava-lhe a expressão natural, à semelhança das posturas de toucador, de maneira que a baronesa, pouco ledora de fisionomias, não discerniu naquela a verdade da impostura. Impostura, digo eu, devendo entender-se que é honesta e reta, porque a intenção da moça não era mais do que não amargurar a madrinha, e tirar-lhe motivo a qualquer aflição antecipada.

— Dormiu bem a minha rainha de Inglaterra? — perguntou mrs. Oswald, pondo-lhe familiarmente as mãos nos ombros.

— A sua rainha de Inglaterra não tem coroa — respondeu Guiomar com um sorriso contrafeito.

Pela volta do meio-dia, recebeu a baronesa uma carta de Luís Alves. Abriu-a e leu-a. O advogado pedia-lhe a mão de Guiomar. Poucas linhas, corteses, símplices, naturais, feitas por quem parecia senhor da situação.

— Mrs. Oswald — disse a baronesa à sua dama de companhia que se achava na mesma sala —, leia isto.

A inglesa obedeceu.

— Isto não quer dizer nada — observou ela depois de alguns instantes. — É um pretendente mais; devemos crer, porém, que são muitos, e que se os outros não lhe escrevem cartas destas, é porque são menos afoitos. A senhora baronesa pensa que os olhos de sua afilhada são inocentes? — continuou a inglesa, sorrindo. — Eu cuido que devem estar carregados de crimes, e que há mortos...

— Mas não vê, mrs. Oswald — interrompeu a baronesa —, que esse homem parece estar autorizado?

Mrs. Oswald calou-se como quem refletia. Logo depois expôs uma série de argumentos e considerações, se não graves em substância, pelo menos nas roupas com que ela os vestia, umas roupas seriamente britânicas, como as não talharia melhor a melhor tesoura da Câmara dos Comuns. Toda ela dava ares de um argumento vivo e sem réplica. Havia em seus cabelos, entre louro e branco, toda a rigidez de um silogismo; cada narina parecia uma ponta de um dilema. A conclusão de tudo é que nada estava perdido, e que a felicidade de Jorge era coisa não só possível, mas até provável, uma vez que a baronesa mostrasse — era o essencial — certa resolução de ânimo muito útil e até indispensável naquela ocasião. Mrs. Oswald oferecia-se para ir chamar a moça imediatamente.

— Pois vá, vá — disse a baronesa.

A inglesa saiu dali e foi ter com Guiomar. Quando a viu de longe compôs um sorriso, e Guiomar, vendo-a sorrir, sentiu como que um movimento interno de repulsa.

— Venho buscá-la — disse mrs. Oswald — para uma coisa que a senhora está longe de imaginar.

Guiomar interrogou-a com os olhos.

— Para casar!

— Casar! — exclamou Guiomar sem compreender a intenção da mensageira.

— Nada menos — respondeu esta. — Admira-se, não? Também eu; e sua madrinha igualmente. Mas há quem tenha o mau gosto de apaixonar-se por seus belos olhos, e a afronta de a vir pedir, como se se pedissem as estrelas do céu...

Guiomar compreendeu de que se tratava. Olhou desdenhosamente para a inglesa, e disse em tom seco e breve:

— Mas, conclua, mrs. Oswald.

— A senhora baronesa manda chamá-la.

Guiomar dispôs-se a ir ter com a madrinha; mrs. Oswald fê-la parar um instante, e com a mais melíflua voz que possuía na escala da garganta, disse:

— Toda a felicidade desta casa está em suas mãos.

Capítulo XVIII
A escolha

Mrs. Oswald tinha falado demais. A baronesa não a incumbira de dizer à afilhada a razão por que a mandava chamar. Aconteceu, porém, que aquela indiscrição não foi a única. Mrs. Oswald, em vez de esquivar-se e deixar que entre Guiomar e a baronesa fosse tratado o assunto que as ia reunir, cedeu à curiosidade, e acompanhou a moça.

A baronesa estava sentada, entre duas janelas, com a carta aberta nas mãos, tão atenta em relê-la que não ouviu o rumor dos pés de Guiomar e de mrs. Oswald.

— Madrinha, chamou-me? — perguntou Guiomar parando em frente dela.

A baronesa ergueu a cabeça.

— Ah! É verdade; sim; chamei-te. Senta-te aqui.

Guiomar arrastou a cadeira que ficava mais próxima e sentou-se ao pé da baronesa. Esta, entretanto, havia dobrado lentamente a carta, e tinha os olhos no chão, como a procurar por onde começaria. Quando os levantou deu com a inglesa. Ia já a falar, mas estacou. A afeição que lhe tinha não impediu que achasse demasiada familiaridade a presença de mrs. Oswald em semelhante ocasião. Esperou alguns instantes; mas como a inglesa parecesse inteiramente distraída:

— Mrs. Oswald — disse a baronesa —, vá ver se já deram de comer aos passarinhos.

A inglesa percebeu que esses passarinhos, naquele caso, eram uma pura metáfora, e que a baronesa nada mais fazia do que pedir-lhe delicadamente que se fosse embora. Todavia, não se deu por achada.

— Parece-me que não — disse ela —; vou já saber disso.

— Olhe — disse a baronesa quando ela já ia a meio caminho —; encoste-me essas portas, e dê ordem para que ninguém nos interrompa.

A inglesa obedeceu e saiu. A careta que fez ao sair ninguém lha pôde ver, e não se perdeu nada.

As duas ficaram sós.

— Senta-te aqui, Guiomar — disse a baronesa, indicando um banquinho que lhe ficava aos pés.

Guiomar deixou a cadeira e foi sentar-se no banquinho, pousando amorosamente os braços nos joelhos da madrinha. Esta cingiu-lhe a cabeça com as mãos, e assim esteve longo tempo sem falar, mas eloquente naquela mudez, em que a palavra pertencia ao coração. Ambas estavam comovidas; e Guiomar, de envolta com um suspiro, murmurou este único e doce nome:

— Mamãe!

Era a primeira vez que ela lhe dava esse nome, e tão fundo lhe calou na alma à baronesa, que a resposta foi cobri-la de beijos.

— Sim, tua mãe — disse a madrinha —; a que te deu o ser não te amaria mais do que eu. Tens a alma e a ternura da filha que o céu me levou, e se todas as mães que perdem filhos pudessem substituí-los do mesmo modo, desaparecia do mundo a maior e mais cruel dor que há nele...

A resposta de Guiomar foi apertar-lhe as mãos e beijar-lhas. Seguiu-se uma pausa, em que a comoção a pouco e pouco desapareceu, e a baronesa olhou para a carta de Luís Alves, amarrotada pelo gesto de Guiomar.

— Guiomar — disse ela enfim —, já refletiste no pedido de ontem à noite?

A moça esperava que a madrinha lhe falasse no pedido de Luís Alves; a pergunta da baronesa desnorteou-a um pouco. Sua inteligência, porém, era clara e sagaz; a resposta foi outra pergunta:

— Uma noite será bastante para decidir de todo o resto da vida? — disse ela sorrindo.

— Tens razão, minha filha; mas a pergunta era natural da parte de quem quer ver realizado um desejo. Jorge pediu-te em casamento. Sabes que é um excelente caráter?

— Excelente — respondeu a moça.

— Uma boa alma — continuou a baronesa —, e um moço distinto. Parece gostar muito de ti, segundo disse ontem, não? É natural; só me admira que não te amem muitos mais.

A baronesa parou; Guiomar brincava com as franjas da manga sem se atrever a levantar os olhos.

— Deves saber — continuou a baronesa — que eu estimaria ver que esse casamento se efetuasse; estou convencida de que te faria feliz, e a ele também, pelo menos tanto quanto é possível julgar das coisas presentes... Que diz o teu coração?

E como Guiomar não respondesse logo:

— Ah! esquecia-me do que me disseste há pouco. Uma noite não é bastante para decidir de todo o resto da vida. Bem; ouvir-me-ás mais duas coisas. A primeira é que... Lê tu mesma esta carta.

A baronesa deu a carta a Guiomar, que a abriu e leu o pedido que Luís Alves fazia de sua mão. Enquanto ela percorria com os olhos as poucas linhas escritas, a madrinha parecia observá-la fixamente, como a tentar ler-lhe no rosto a impressão que o pedido lhe fazia, se espanto, se satisfação. Não houve espanto nem satisfação aparente; Guiomar leu a carta e entregou-a à madrinha.

— Leste? É a primeira coisa que eu queria dizer-te. O doutor Luís Alves pede-te em casamento; tens de escolher entre ele e Jorge. A segunda coisa é que dos dois pretendentes, Jorge é o que meu coração prefere; mas não sou eu que me caso, és tu; escolhe com plena liberdade aquele que te falar ao coração.

Guiomar erigiu o busto e olhou direitamente para a madrinha, com tais sinais de espanto no rosto, que esta não pôde deixar de lhe perguntar:

— Que tens?

A moça não respondeu; quero dizer, não lhe respondeu com os lábios; travou-lhe da mão e apertou-a entre as suas, e ficou a olhar para ela como a refletir. A expressão de seu rosto passara do espanto à satisfação e desta a uma coisa que parecia a um tempo indignação e asco.

— Oh! madrinha! — exclamou Guiomar. — Por que se não entenderam logo os nossos corações? Não havia mister pôr de permeio um espírito importuno e desconsolador. Se eu adivinhara essas palavras que acabou de dizer, não teria padecido metade do que me fazem padecer há longos dias...

— Padecer?

— Padecer; nada menos. Mas deixemos isso. Foi o seu coração que falou e o meu que ouviu; posso agora dizer-lhe francamente o que sinto, sem receio de a afligir.

Não precisava dizer mais nada; a escolha que ela ia fazer estava já indicada pelo menos. Entendeu-o a baronesa, que fechou o rosto e suspirou. A afilhada ouviu-lhe o suspiro, e percebeu a tristeza súbita; arrependeu-se de ter ido tão longe.

— Percebo — respondeu a baronesa —, queres dizer que dos dois pretendentes escolhes o doutor Luís Alves.

A moça conservou-se calada; a madrinha olhava para ela com uma expressão de ansiedade que a afligiu.

— Fala — repetiu a baronesa.

— Escolho... o senhor Jorge — suspirou Guiomar depois de alguns instantes.

A baronesa estremeceu.

— Falas sério? Não creio; não é esse o sentimento do teu coração. Vê-se que não é. Queres iludir-me e a ti também. Percebo que o não amas; não o amaste nunca. Mas amas ao outro, não é? Que tem isso? Não me dá o prazer que eu teria se... Que importa, se fores feliz? A tua felicidade está acima das minhas preferências. Era um sonho meu; desejava-o com todas as forças; faria o que pudesse para alcançá-lo; mas não se violenta o coração — um coração, sobretudo, como o teu! Escolhes o outro? pois casarás com ele.

Vê o leitor que a palavra esperada, a palavra que a moça sentia vir-lhe do coração aos lábios e querer rompê-los, não foi ela quem a proferiu, foi a madrinha; e se leu atento o que precede verá que era isso mesmo o que ela desejava. Mas por que o nome de Jorge lhe roçou os lábios? A moça não queria iludir a baronesa, mas traduzir-lhe infielmente a voz de seu coração, para que a madrinha conferisse, por si mesma, a tradução com o original. Havia nisso um pouco de meio indireto, de tática, de afetação, estou quase a dizer de hipocrisia, se não tomassem à má parte o vocábulo. Havia, mas isto mesmo lhes dirá que essa Guiomar, sem perder as excelências de seu coração, era do barro comum de que Deus fez a nossa pouco sincera humanidade; e lhes dirá também que, apesar de seus verdes anos, ela compreendia já que as aparências de um sacrifício valem mais, muita vez, do que o próprio sacrifício.

A baronesa acabara de falar. A alegria do rosto de Guiomar confirmou a sua primeira impressão, e se a escolha era contrária ao que ela desejava, a satisfação da afilhada pagou-lhe tudo quanto ela ia perder. Era assim aquela alma de mãe; boa, dedicada e generosa.

— Oh! madrinha! obrigada! — exclamou a moça. — Não me fica odiando?

— Oh! — exclamou a baronesa com um tom de repreensão.

E puxou-a para si, e abraçou-a com amor. Guiomar correspondeu ao movimento, e as duas confundiram as suas alegrias íntimas e afeições sinceras.

Mrs. Oswald viu-as daí a pouco, risonhas e entendidas. Era fácil concluir qual dos dois pretendentes vencera; Guiomar não receberia de tão boa cara o sobrinho da baronesa. Tudo estava acabado; talvez que a sua própria pessoa padecera naquele lance último. A baronesa pedira a Guiomar que lhe explicasse a que padecimentos aludira, mas a moça preferiu não dizer nada, não só por não afligir a madrinha, como por não dar um aspecto de rivalidade à situação entre ela e mrs. Oswald.

A escolha estava feita, o consentimento dado. A baronesa respondeu nessa mesma tarde ao pretendente feliz. Estêvão teria manifestado ruidosamente toda a alegria que semelhante resposta lhe causara; sua alma apaixonada e exuberante contaria a Deus e aos homens aquela imensa fortuna; Luís Alves encerrou o prazer, aliás grande, dentro de si; pensou na moça e no futuro alguns instantes, mas não falou deles a ninguém.

A baronesa escreveu nesse mesmo dia ao sobrinho, comunicando-lhe a resposta de Guiomar. Os leitores não terão dificuldade de admitir que o coração de Jorge não sentiu o golpe profundamente, mas sentiu alguma coisa. Não foi nessa noite à casa da tia; não foi também na segunda; na terceira chegou a descer as escadas; na quarta embicou para Botafogo.

— Tudo está acabado — disse-lhe a tia verdadeiramente sentida.

— Acabado! — suspirou Jorge.

— Agora, é preciso ânimo; espero que serás homem.

— Oh! serei homem! — suspirou outra vez Jorge.

E dois suspiros, arrancados do peito de um homem tão grave, deviam ser por força dois suspiros gravíssimos, como facilmente acredita o leitor.

Efetivamente a fisionomia do moço não tinha abatimento nem aflição; não a amarrotava o menor vestígio de noite mal dormida, menos ainda de lágrimas enxutas. Alegre não era, mas grave e austera, como ele a trazia sempre, a contrastar com o retesado do bigode.

A baronesa imaginou contudo que a dor do sobrinho devia tê-lo mortificado muito; apertou-lhe as mãos com ternura e disse-lhe ainda algumas palavras de animação.

Imagine-se o que seria o primeiro encontro de Jorge com Guiomar. A moça estava serena, talvez risonha e até compassiva. Se tivesse de casar com ele odiá-lo-ia decerto; agora já lhe perdoava o amor. Jorge pela sua parte não deixou de ficar um tanto abalado, em parte comoção, em parte constrangimento, sendo, porém, o constrangimento maior do que a comoção. Nos lábios pairou-lhe um desses sorrisos em que o olhar penetrante do povo ou a sua imaginação pinturesca descobriu a cor amarela. Se outro fosse o aspecto, é provável que ela lhe conservasse, ao menos, o respeito. Mas aquele sorriso perdeu-o de todo no ânimo de Guiomar.

Na primeira ocasião que se lhe ofereceu, expandiu-se Jorge com mrs. Oswald.

— Perdeu-se tudo... — murmurou ele.

A inglesa não respondeu.

Jorge continuou ainda a falar, e a inglesa a ouvir, mas a ouvir só, e a querer diverti-lo daquele assunto.

— Tudo se perdeu — disse enfim o sobrinho da baronesa —, talvez por culpa sua.

— Minha? — perguntou mrs. Oswald.

— Sua.

— Mas...

Jorge hesitou um instante.

— Não mostrou calor suficiente — disse ele enfim.

— Que quer? — disse mrs. Oswald. — O coração não se pode dominar, nem há meio de impor-lhe um sentimento. Dona Guiomar é uma santa criatura, ama deveras ao seu rival; há nada mais justo do que casá-los?

— De maneira que...

— De maneira que tudo era lícito fazer na suposição de que ela não amava a outro, mas uma vez que ama...

Luís Alves, na noite do dia em que recebeu a carta, foi à casa da baronesa, que o recebeu com o melhor de seus sorrisos. A felicidade de Guiomar fazia-a completamente feliz; nem iras, nem ressentimentos, como anunciara mrs. Oswald. Todo o castelo de cartas caíra por terra, desde que a sinceridade da baronesa interveio.

Capítulo XIX
Conclusão

Marcado o casamento para dois meses depois, todo o tempo de intervalo foi despendido pelos noivos naquele deleitoso viver, que já não é o colóquio furtivo do simples namoro, nem é ainda a intimidade conjugal, mas um estado intermédio e consentido, em que os corações podem entornar-se livremente um no outro. Aqueles não tinham nada do amor extático e romanesco de Estêvão, mas amavam sinceramente, ela ainda mais do que ele, e tão feliz um como outro.

A gente que os conhecia comentou de todos os modos e feitios aquele caso inesperado, e a mais de um roeu a inveja do favor com que o céu tratara a Luís Alves. A gentileza e a elegância da moça não encontravam objeção no espírito de ninguém; todos as confessavam e aplaudiam, porque até o silêncio mortificado de algumas belezas rivais, se porventura as havia, era também aplauso e do melhor. Quanto ao caráter de Guiomar, divergiam muito as apreciações; e um dia, em que Luís Alves lhe contava uns trechos de conversa ouvidos a furto, e de que era objeto a noiva, ela pareceu refletir longo tempo, e enfim respondeu:

— Não admira que haja tanta opinião diferente; é natural, porque nunca vulgarizei o meu espírito. Entretanto, a opinião dos outros importa-me pouco; eu quisera saber a sua.

— A minha é que é um anjo.

Guiomar fez um gesto gracioso de enfado, como quem não esperava aquele cumprimento velho e comum, aliás eternamente novo — porque não há outro mais pronto e mais belo nas nossas línguas cristãs. O noivo sorriu, mas nada lhe disse, e todavia podia dizer-lhe alguma coisa — aquilo, pelo menos, que o leitor lhe ouviu num dos capítulos anteriores.

— Se não sabe o que sou — continuou Guiomar —, eu mesma o direi, para que se não case comigo assim de emboscada, e não lhe aconteça unir-se a um demônio, supondo que é um anjo...

— Um demônio! — exclamou Luís Alves rindo.

— Nem mais nem menos — retrucou ela, rindo, também. — Saiba, pois, que sou muito senhora da minha vontade, mas pouco amiga de a exprimir; quero que me adivinhem e obedeçam; sou também um pouco altiva, às vezes caprichosa, e por cima de tudo isso tenho um coração exigente. Veja se é possível encontrar tanto defeito junto.

Luís Alves respondeu que eram tudo qualidades excelentes, e esteve quase a dizer que lhe faltava mencionar ainda outra, que era a fundamental de todas; preferiu aludir a ela depois do casamento.

O casamento efetuou-se, no dia marcado, com as solenidades do estilo. A manhã daquele dia trajava um manto de neblina cerrada, que o nosso inverno lhe pôs aos ombros, como para resguardá-la do rigor benigno da temperatura, manto que ela sacudiu dali a nada, a fim de se mostrar qual era, uma deliciosa e fresca manhã fluminense. Não tardou que o sol batesse de chapa nas águas tranquilas e azuis, e nessas colinas onde o verde natural ia alternado com a alvura das habitações humanas. Vento nenhum; apenas uma aragem, branda e fresca, que parecia o último respirar da noite já remota, e que só a trechos agitava as folhas do arvoredo.

A chácara naquele dia era a mesma que nos outros, mas Guiomar achou-lhe um aspecto novo e melhor, uma como expansão divina que animava as coisas em redor dela. Toda a alma feliz é panteísta; parece-lhe que Deus lhe sorri de dentro da flor que desabrocha, do fundo da água que serpeia murmurando, e até de envolta com o cipó humilde e rústico, ou no seixo bronco e desprezado do chão. Era assim a alma de Guiomar naquela manhã. Nunca as árvores, as flores, a grama rasteira lhe pareceram mais vicejantes; o sentimento interno hauria aquela vida exterior, do mesmo modo que o pulmão bebia o puro ar matinal.

De envolta com essas sensações comuns a toda a alma, havia ainda as que eram dela — dela, que via ali o seu último sol de moça solteira e contemplava por antecipação a aurora nova, o dia longo e feliz de suas férvidas ambições. Nesse ponto despia a sua fantasia, as asas de folha agreste com que andara a pairar no meio daquela vegetação, para envergar outras de seda e brocado, e voar sabe Deus a que sítios de grandeza humana.

O acaso quis que naquela manhã vestisse o mesmo roupão com que Estêvão a vira do outro lado da cerca, e trouxesse no colo e nos pulsos o mesmo broche e os mesmos botões de safira. Não tinha o livro; mas, em falta dessa circunstância, havia outra, que era a mesma daquela célebre manhã: havia uns olhos que do outro lado da cerca a espreitavam namorados. Não eram, porém, os mesmos; eram os do noivo, com quem ela foi encontrar os seus; e, o mais doloroso de tudo é que nem a cerca, nem os demais acessórios, nada lhe lembrou o outro homem que morria por ela. A felicidade é isso mesmo; raro lhe sobra memória para as dores alheias.

Não menos alegre do que ela parecia a baronesa naquele dia. De longe em longe surgia-lhe na memória a ideia do sobrinho, mas já não havia tristeza de não ter efetuado o casamento, como desejara; tão leve foi o golpe em Jorge e tão indiferente andava ele, que a boa senhora compreendeu que o amor, se existira, não era grande, e sobretudo não perdurou; a ideia de que isso mesmo podia acontecer-lhe ao cabo de seis semanas de casado fê-la dar graças a Deus do nenhum êxito de seus planos.

Mrs. Oswald igualmente se mostrava feliz, talvez ainda mais, porque era-o aparatosamente, como se quisesse resgatar as passadas culpas. Guiomar entendia a intenção latente das manifestações ruidosas com que ela andava a felicitá-la e bajulá-la; mas o dia não era de rancores nem de ressentimentos, e ela recebia sorrindo as cortesanices da inglesa.

O casamento fez-se, enfim. As lágrimas que a baronesa derramou, quando viu Guiomar ligada para sempre, foram as mais belas joias que lhe podia dar. Nenhuma mãe as verteu mais sinceras; e, seja dito em honra de Guiomar, nenhuma filha as recebeu mais dentro do coração.

Na noite do casamento, quem olhasse para o lado do mar, veria, pouco distante dos grupos de curiosos, atraídos pela festa de uma casa grande e rica, um vulto de homem sentado sobre uma laje que acaso topara ali. Quem está afeito a ler romances, e leu esta narrativa desde o começo, supõe logo que esse homem podia ser Estêvão. Era ele. Talvez o leitor, em lance idêntico, fosse refugiar-se em sítio tão remoto, que mal pudesse acompanhá-lo a lembrança do passado. A alma de Estêvão sentiu uma necessidade cruel e singular, o gosto de revolver o ferro na ferida, uma coisa a que chamaremos — voluptuosidade da dor, em falta de melhor denominação. E foi para ali, contemplar com os indiferentes e ociosos aquela casa onde reinava o gozo e a vida, e naquela hora que lhe afundava o passado e o futuro de que vivera. Não o retinha a constância do estoico; pela face emagrecida e pálida lhe corriam as lágrimas derradeiras, e o coração, colhendo as forças que lhe restavam, batia-lhe forte na arca do peito.

Defronte dele refulgia de todas as suas luzes a mansão afortunada; detrás batia a onda lenta e melancólica, e via-se o fundo da enseada, escuro e triste. Essa disposição do lugar servia ao plano que ele concebera, e era nada menos do que matar-se ali mesmo, quando já não pudesse sofrer a dor, espécie de vingança última que queria tomar dos que o faziam padecer tanto, complicando-lhes a felicidade com um remorso.

Mas esse plano não podia realizar-se, pela razão de que era mais um devaneio, que se lhe dissipou como os outros. A frouxidão do ânimo negou-lhe essa última ambição. Os olhos podiam fitar a morte, como podiam encarar a fortuna; mas faltavam-lhe os meios de caminhar a ela. Esteve ali, pois, até o fim; e em vez de mergulhar na água e no nada, como delineara, regressou tristemente para casa, trôpego como um ébrio, deixando ali a sua mocidade toda, porque a que levava era uma coisa descolorida e seca, estéril e morta. Os anos passaram depois, e à medida que vinham, ia-se Estêvão afundando no mar vasto e escuro da multidão anônima. O nome que não passara da lembrança dos amigos, aí mesmo morreu, quando a fortuna o distanciou deles. Se ele ainda vegeta em algum recanto da capital, ou se acabou em alguma vila do interior, ignora-se.

O destino não devia mentir nem mentiu à ambição de Luís Alves. Guiomar acertara; era aquele o homem forte. Um mês depois de casados, como eles estivessem a conversar do que conversam os recém-casados, que é de si mesmos, e a relembrar a curta campanha do namoro, Guiomar confessou ao marido que naquela ocasião lhe conhecera todo o poder da sua vontade.

— Vi que você era homem resoluto — disse a moça a Luís Alves, que, assentado, a escutava.

— Resoluto e ambicioso — ampliou Luís Alves, sorrindo —; você deve ter percebido que sou uma e outra coisa.

— A ambição não é defeito.

— Pelo contrário, é virtude; eu sinto que a tenho, e que hei de fazê-la vingar. Não me fio só na mocidade e na força moral; fio-me também em você, que há de ser para mim uma força nova.

— Oh! sim! — exclamou Guiomar.

E com um modo gracioso continuou:

— Mas que me dá você em paga? um lugar na Câmara? uma pasta de ministro?

— O lustre do meu nome — respondeu ele.

Guiomar, que estava de pé defronte dele, com as mãos presas nas suas, deixou-se cair lentamente sobre os joelhos do marido, e as duas ambições trocaram o ósculo fraternal. Ajustavam-se ambas, como se aquela luva tivesse sido feita para aquela mão.

Helena foi publicado
pela primeira vez em 1876,
por B. L. Garnier, Livreiro-Editor,
no Rio de Janeiro.

Helena

Advertência

Esta nova edição de *Helena* sai com várias emendas de linguagem e outras, que não alteram a feição do livro. Ele é o mesmo da data em que o compus e imprimi, diverso do que o tempo me fez depois, correspondendo assim ao capítulo da história do meu espírito, naquele ano de 1876.

Não me culpeis pelo que lhe achardes romanesco. Dos que então fiz, este me era particularmente prezado. Agora mesmo, que há tanto me fui a outras e diferentes páginas, ouço um eco remoto ao reler estas, eco de mocidade e fé ingênua. É claro que, em nenhum caso, lhes tiraria a feição passada; cada obra pertence ao seu tempo.

<div style="text-align:right">M. de A.</div>

Capítulo primeiro

O conselheiro Vale morreu às 7 horas da noite de 25 de abril de 1859. Morreu de apoplexia fulminante, pouco depois de *cochilar* a sesta — segundo costumava dizer —, e quando se preparava a ir jogar a usual partida de voltarete em casa de um desembargador, seu amigo. O dr. Camargo, chamado à pressa, nem chegou a tempo de empregar os recursos da ciência; o padre Melchior não pôde dar-lhe as consolações da religião: a morte fora instantânea.

No dia seguinte fez-se o enterro, que foi um dos mais concorridos que ainda viram os moradores do Andaraí. Cerca de duzentas pessoas acompanharam o finado até a morada última, achando-se representadas entre elas as primeiras classes da sociedade. O conselheiro, posto não figurasse em nenhum grande cargo do Estado, ocupava elevado lugar na sociedade, pelas relações adquiridas, cabedais, educação e tradições de família. Seu pai fora magistrado no tempo colonial, e figura de certa influência na corte do último vice-rei. Pelo lado materno descendia de uma das mais distintas famílias paulistas. Ele próprio exercera dois empregos, havendo-se com habilidade e decoro, do que lhe adveio a carta de conselho e a estima dos homens públicos. Sem embargo do ardor político do tempo, não estava ligado a nenhum dos dois partidos, conservando em ambos preciosas amizades, que ali se acharam na ocasião de o dar à sepultura. Tinha, entretanto, tais ou quais ideias políticas, colhidas nas fronteiras conservadoras e liberais, justamente no ponto em que os dois domínios podem confundir-se. Se nenhuma saudade partidária lhe deitou a última pá de terra, matrona houve, e não só uma, que viu ir a enterrar com ele a melhor página da sua mocidade.

A família do conselheiro compunha-se de duas pessoas: um filho, o dr. Estácio, e uma irmã, d. Úrsula. Contava esta cinquenta e poucos anos; era solteira; vivera sempre com o irmão, cuja casa dirigia desde o falecimento da cunhada. Estácio tinha vinte e sete anos, e era formado em matemáticas. O conselheiro tentara

encarreirá-lo na política, depois na diplomacia; mas nenhum desses projetos teve começo de execução.

O dr. Camargo, médico e velho amigo da casa, logo que regressou do enterro, foi ter com Estácio, a quem encontrou no gabinete particular do finado, em companhia de d. Úrsula. Também a dor tem suas volúpias: tia e sobrinho queriam nutri-la com a presença dos objetos pessoais do morto, no lugar de suas predileções quotidianas. Duas tristes luzes alumiavam aquela pequena sala. Alguns momentos correram de profundo silêncio entre os três. O primeiro que o rompeu, foi o médico.

— Seu pai deixou testamento?

— Não sei — respondeu Estácio.

Camargo mordeu a ponta do bigode, duas ou três vezes, gesto que lhe era habitual quando fazia alguma reflexão.

— É preciso procurá-lo — continuou ele. — Quer que o ajude?

Estácio apertou-lhe afetuosamente a mão.

— A morte de meu pai — disse o moço —, não alterou nada as nossas relações. Subsiste a confiança anterior, do mesmo modo que a amizade, já provada e antiga.

A secretária estava fechada; Estácio deu a chave ao médico; este abriu o móvel sem nenhuma comoção exterior. Interiormente estava abalado. O que se lhe podia notar nos olhos era uma viva curiosidade, expressão em que, aliás, nenhum dos outros reparou. Logo que começou a revolver os papéis, a mão do médico tornou-se mais febril. Quando achou o testamento, houve em seus olhos um breve lampejo, a que sucedeu a serenidade habitual.

— É isso? — perguntou Estácio.

Camargo não respondeu logo; olhou para o papel, como a querer adivinhar o conteúdo. O silêncio foi muito demorado para não fazer impressão no moço, que aliás nada disse, porque o atribuíra à comoção natural do amigo em tão dolorosas circunstâncias.

— Sabem o que estará aqui dentro? — disse enfim Camargo. — Talvez uma lacuna ou um grande excesso.

Nem Estácio, nem d. Úrsula pediram ao médico a explicação de semelhantes palavras. A curiosidade, porém, era natural, e o médico pôde lê-la nos olhos de ambos. Não lhes disse nada; entregou o testamento a Estácio, ergueu-se e deu alguns passos na sala, absorvido em suas próprias reflexões, ora arranjando maquinalmente um livro da estante, ora metendo a ponta do bigode entre os dentes, com a vista queda, alheio de todo ao lugar e às pessoas.

Estácio rompeu o silêncio:

— Mas que lacuna ou que excesso é esse? — perguntou ao médico.

Camargo parou diante do moço.

— Não posso dizer nada — respondeu ele. — Seria inconveniente, antes de saber as últimas disposições de seu pai.

D. Úrsula foi menos discreta que o sobrinho; após longa pausa, pediu ao médico a razão de suas palavras.

— Seu irmão — disse este — era boa alma; tive tempo de o conhecer de perto e apreciar-lhe as qualidades, que as tinha excelentes. Era seu amigo; sei que o era meu. Nada alterou a longa amizade que nos unia, nem a confiança que ambos depositávamos um no outro. Não quisera, pois, que o último ato de sua vida fosse um erro.

— Um erro! — exclamou d. Úrsula.

— Talvez um erro! — suspirou Camargo.

— Mas, doutor — insistiu d. Úrsula —, por que motivo nos não tranquiliza o espírito? Estou certa de que não se trata de um ato que desdoure meu irmão; alude naturalmente a algum erro no modo de entender... alguma coisa, que eu ignoro o que seja. Por que não fala claramente?

O médico viu que d. Úrsula tinha razão; e que, a não dizer mais nada, melhor fora ter-se calado de todo. Tentou dissipar a impressão de estranheza que deixara no ânimo dos dois; mas da hesitação com que falava, concluiu Estácio que ele não podia ir além do que havia dito.

— Não precisamos de explicação nenhuma — interveio o filho do conselheiro —; amanhã saberemos tudo.

Nessa ocasião entrou o padre Melchior. O médico saiu às 10 horas, ficando de voltar no dia seguinte, logo cedo. Estácio, recolhendo-se ao seu quarto, murmurava consigo:

"Que erro será esse? E que necessidade tinha ele de vir lançar-me esse enigma no coração?"

A resposta, se pudesse ouvi-la, era dada nessa mesma ocasião pelo próprio dr. Camargo, ao entrar no carro que o esperava à porta:

"Fiz bem em preparar-lhes o espírito", pensou ele; "o golpe, se o houver, há de ser mais fácil de sofrer."

O médico ia só; além disso, era noite, como sabemos. Ninguém pôde ver-lhe a expressão do rosto, que era fechada e meditativa. Exumou o passado e devassou o futuro; mas de tudo o que reviu e anteviu, nada foi comunicado a ouvidos estranhos.

As relações do dr. Camargo com a família do conselheiro eram estreitas e antigas, como dissera Estácio. O médico e o conselheiro tinham a mesma idade: cinquenta e quatro anos. Conheceram-se logo depois de tomado o grau, e nunca mais afrouxara o laço que os prendera desde esse tempo.

Camargo era pouco simpático à primeira vista. Tinha as feições duras e frias, os olhos perscrutadores e sagazes, de uma sagacidade incômoda para quem encarava com eles, o que o não fazia atraente. Falava pouco e seco. Seus sentimentos não vinham à flor do rosto. Tinha todos os visíveis sinais de um grande egoísta; contudo, posto que a morte do conselheiro não lhe arrancasse uma lágrima ou uma palavra de tristeza, é certo que a sentiu deveras. Além disso, amava sobre todas as coisas e pessoas uma criatura linda — a linda Eugênia, como lhe chamava —, sua filha única e a flor de seus olhos; mas amava-a de um amor calado e recôndito. Era difícil saber se Camargo professava algumas opiniões políticas ou nutria sentimentos religiosos. Das primeiras, se as tinha, nunca deu manifestação prática; e no meio das lutas de que fora cheio o decênio anterior, conservara-se indiferente e neutral. Quanto aos sentimentos religiosos, a aferi-los pelas ações, ninguém os possuía mais puros. Era pontual no cumprimento dos deveres de bom católico. Mas só pontual; interiormente, era incrédulo.

Quando Camargo chegou a casa, no Rio Comprido, achou sua mulher — d. Tomásia — meio adormecida numa cadeira de balanço e Eugênia, ao piano, executando um trecho de Bellini. Eugênia tocava com habilidade; e Camargo gostava de a ouvir. Naquela ocasião, porém, disse ele, parecia pouco conveniente que a moça

se entregasse a um gênero de recreio qualquer. Eugênia obedeceu, algum tanto de má vontade. O pai, que se achava ao pé do piano, pegou-lhe nas mãos, logo que ela se levantou, e fitou-lhe uns olhos amorosos e profundos, como ela nunca lhe vira.

— Não fiquei triste pelo que me disse, papai — observou a moça. — Tocava por distrair-me. Dona Úrsula como está? Ficou tão aflita! Mamãe queria demorar-se mais tempo; mas eu confesso que não podia ver a tristeza daquela casa.

— Mas a tristeza é necessária à vida — acudiu d. Tomásia, que abrira os olhos logo à entrada do marido. — As dores alheias fazem lembrar as próprias, e são um corretivo da alegria, cujo excesso pode engendrar o orgulho.

Camargo temperou essa filosofia, que lhe pareceu demasiado austera, com algumas ideias mais acomodadas e risonhas.

— Deixemos a cada idade a sua atmosfera própria — concluiu ele —; e não antecipemos a da reflexão, que é tornar infelizes os que ainda não passaram do puro sentimento.

Eugênia não compreendeu o que os dois haviam dito. Voltou os olhos para o piano, com uma expressão de saudade. Com a mão esquerda, assim mesmo de pé, extraiu vagamente três ou quatro notas das teclas suas amigas. Camargo tornou a fitá-la com desusada ternura; a fronte sombria pareceu alumiar-se de uma irradiação interior. A moça sentiu-se enlaçada nos braços dele; deixou-se ir. Mas a expansão era tão nova, que ela ficou assustada e perguntou com voz trêmula:

— Aconteceu lá alguma coisa?

— Absolutamente nada — respondeu Camargo, dando-lhe um beijo na testa.

Era o primeiro beijo, ao menos o primeiro de que a moça tinha memória. A carícia encheu-a de orgulho filial; mas a própria novidade dela impressionou-a mais. Eugênia não creu no que lhe dissera o pai. Viu-o ir sentar-se ao pé de d. Tomásia e conversarem em voz baixa. Aproximando-se, não interrompeu a conversa, que eles continuaram no mesmo tom, e versava sobre assuntos puramente domésticos. Percebeu-o; contudo, não ficou tranquila. Na manhã seguinte escreveu um bilhete, que foi logo caminho de Andaraí. A resposta, que lhe chegou às mãos no momento em que provava um vestido novo, teve a cortesia de esperar que ela terminasse a operação. Lida finalmente, dissipou todos os receios da véspera.

Capítulo II

No dia seguinte foi aberto o testamento com todas as formalidades legais. O conselheiro nomeava testamenteiros Estácio, o dr. Camargo e o padre Melchior. As disposições gerais nada tinham que fosse notável: eram legados pios ou beneficentes, lembranças a amigos, dotes a afilhados, missas por sua alma e pela de seus parentes.

Uma disposição havia, porém, verdadeiramente importante. O conselheiro declarava reconhecer uma filha natural, de nome Helena, havida com d. Ângela da Soledade. Essa menina estava sendo educada em um colégio de Botafogo. Era declarada herdeira da parte que lhe tocasse de seus bens, e devia ir viver com a família,

a quem o conselheiro instantemente pedia que a tratasse com desvelo e carinho, como se de seu matrimônio fosse.

A leitura dessa disposição causou natural espanto à irmã e ao filho do finado. D. Úrsula nunca soubera de tal filha. Quanto a Estácio, ignorava menos que a tia. Ouvira uma vez falar em uma filha de seu pai; mas tão vagamente que não podia esperar aquela disposição testamentária.

Ao espanto sucedeu em ambos outra e diferente impressão. D. Úrsula reprovou de todo o ato do conselheiro. Parecia-lhe que, a despeito dos impulsos naturais e licenças jurídicas, o reconhecimento de Helena era um ato de usurpação e um péssimo exemplo. A nova filha era, no seu entender, uma intrusa, sem nenhum direito ao amor dos parentes; quando muito, concordaria em que se lhe devia dar o quinhão da herança e deixá-la à porta. Recebê-la, porém, no seio da família e de seus castos afetos, legitimá-la aos olhos da sociedade, como ela estava aos da lei, não o entendia d. Úrsula, nem lhe parecia que alguém pudesse entendê-lo. A aspereza desses sentimentos tornou-se ainda maior quando lhe ocorreu a origem possível de Helena. Nada constava da mãe, além do nome; mas essa mulher quem era? em que atalho sombrio da vida a encontrara o conselheiro? Helena seria filha de um encontro fortuito, ou nasceria de algum afeto irregular embora, mas verdadeiro e único? A estas interrogações não podia responder d. Úrsula; bastava, porém, que lhe surgissem no espírito, para lançar nele o tédio e a irritação.

D. Úrsula era eminentemente severa a respeito de costumes. A vida do conselheiro, marchetada de aventuras galantes, estava longe de ser uma página de catecismo; mas o ato final bem podia ser a reparação de leviandades amargas. Essa atenuante não a viu d. Úrsula. Para ela, o principal era a entrada de uma pessoa estranha na família.

A impressão de Estácio foi muito outra. Ele percebera a má vontade com que a tia recebera a notícia do reconhecimento de Helena, e não podia negar a si mesmo que semelhante fato criava para a família uma nova situação. Contudo, qualquer que ela fosse, uma vez que seu pai assim o ordenava, levado por sentimentos de equidade ou impulsos da natureza, ele a aceitava tal qual, sem pesar nem reserva. A questão pecuniária pesou menos que tudo no espírito do moço; não pesou nada. A ocasião era dolorosa demais para dar entrada a considerações de ordem inferior, e a elevação dos sentimentos de Estácio não lhe permitia inspirar-se delas. Quanto à camada social a que pertencia a mãe de Helena, não se preocupou muito com isso, certo de que eles saberiam levantar a filha até a classe a que ela ia subir.

No meio das reflexões produzidas pela disposição testamentária do conselheiro, ocorreu a Estácio a conversa que tivera com o dr. Camargo. Provavelmente era aquele o ponto a que aludira o médico. Interrogado acerca de suas palavras, Camargo hesitou um pouco; mas insistindo o filho do conselheiro:

— Aconteceu o que eu previa, um erro — disse ele. — Não houve lacuna, mas excesso. O reconhecimento dessa filha é um excesso de ternura, muito bonito, mas pouco prático. Um legado era suficiente; nada mais. A estrita justiça...

— A estrita justiça é a vontade de meu pai — redarguiu Estácio.

— Seu pai foi generoso — disse Camargo —; resta saber se podia sê-lo à custa de direitos alheios.

— Os meus? Não os alego.

— Se os alegasse seria pouco digno da memória dele. O que está feito, está feito. Uma vez reconhecida, essa menina deve achar nesta casa família e afetos de família. Persuado-me de que ela saberá corresponder-lhes com verdadeira dedicação...

— Conhece-a? — inquiriu Estácio, cravando no médico uns olhos impacientes de curiosidade.

— Vi-a três ou quatro vezes — disse este no fim de alguns segundos —; mas era então muito criança. Seu pai falava-me dela como de pessoa extremamente afetuosa e digna de ser amada e admirada. Talvez fossem olhos de pai.

Estácio desejara ainda saber alguma coisa acerca da mãe de Helena, mas repugnou-lhe entrar em novas indagações, e tentou encarreirar a conversa para outro assunto. Camargo, entretanto, insistiu:

— O conselheiro falou-me algumas vezes no projeto de reconhecer Helena; procurei dissuadi-lo, mas sabe como era teimoso, acrescendo neste caso o natural impulso de amor paterno. O nosso ponto de vista era diferente. Não me tenho por homem mau; contudo, entendo que a sensibilidade não pode usurpar o que pertence à razão.

Camargo proferiu essas palavras no tom seco e sentencioso que tão natural e sem esforço lhe saía. A velha amizade dele e do finado era sabida de todos; a intenção com que falava podia ser hostil à família? Estácio refletiu algum tempo no conceito que acabava de ouvir ao médico, curta reflexão que por nenhum modo lhe abalou a opinião já assentada e expressa. Seus olhos, grandes e serenos, como o espírito que os animava, pousaram benevolamente no interlocutor.

— Não quero saber — disse ele —, se há excesso na disposição testamentária de meu pai. Se o há, é legítimo, justificável pelo menos; ele sabia ser pai; seu amor dividia-se inteiro. Receberei essa irmã como se fora criada comigo. Minha mãe faria com certeza a mesma coisa.

Camargo não insistiu. Sobre ser esforço baldado dissuadir o moço daqueles sentimentos, que aproveitava já agora discutir e condenar teoricamente a resolução do conselheiro? Melhor era executá-la lealmente, sem hesitação nem pesar. Isso mesmo declarou ele a Estácio, que o abraçou cordialmente. O médico recebeu o abraço sem constrangimento, mas sem fervor.

Estácio ficara satisfeito consigo mesmo. Seu caráter vinha mais diretamente da mãe que do pai. O conselheiro, se lhe descontarmos a única paixão forte que realmente teve, a das mulheres, não lhe acharemos nenhuma outra saliente feição. A fidelidade aos amigos era antes resultado do costume que da consciência dos afetos. A vida correu-lhe sem crises nem contrastes; nunca achou ocasião de experimentar a própria têmpera. Se a achasse, mostraria que a tinha mediana.

A mãe de Estácio era diferente; possuíra em alto grau a paixão, a ternura, a vontade, uma grande elevação de sentimentos, com seus toques de orgulho, daquele orgulho que é apenas irradiação da consciência. Vinculada a um homem que, sem embargo do afeto que lhe tinha, despendia o coração em amores adventícios e passageiros, teve a força de vontade necessária para dominar a paixão e encerrar em si mesma todo o ressentimento. As mulheres que são apenas mulheres, choram, arrufam-se ou resignam-se; as que têm alguma coisa mais do que a debilidade feminina, lutam ou recolhem-se à dignidade do silêncio. Aquela padecia, é certo, mas a elevação de sua alma não lhe permitia outra coisa mais do que um procedimento altivo e calado. Ao mesmo tempo, como a ternura era elemento essencial da sua

organização, concentrou-a toda naquele único filho, em quem parecia adivinhar o herdeiro de suas robustas qualidades.

Estácio recebera efetivamente de sua mãe uma boa parte destas. Não sendo grande talento, deveu à vontade e à paixão do saber a figura notável que fez entre seus companheiros de estudos. Entregara-se à ciência com ardor e afinco. Aborrecia a política; era indiferente ao ruído exterior. Educado à maneira antiga e com severidade e recato, passou da adolescência à juventude sem conhecer as corrupções de espírito nem as influências deletérias da ociosidade; viveu a vida de família, na idade em que outros, seus companheiros, viviam a das ruas e perdiam em coisas ínfimas a virgindade das primeiras sensações. Daí veio que, aos dezoito anos, conservava ele tal ou qual timidez infantil, que só tarde perdeu de todo. Mas, se perdeu a timidez, ficara-lhe certa gravidade não incompatível com os verdes anos e muito própria de organizações como a dele. Na política seria talvez meio caminho andado para subir aos cargos públicos; na sociedade, fazia que lhe tivessem respeito, o que o levantava a seus próprios olhos. Convém dizer que não era essa gravidade aquela coisa enfadonha, pesada e chata, que os moralistas asseveram ser quase sempre um sintoma de espírito chocho; era uma gravidade jovial e familiar, igualmente distante da frivolidade e do tédio, uma compostura do corpo e do espírito, temperada pelo viço dos sentimentos e pela graça das maneiras, como um tronco rijo e reto adornado de folhagens e flores. Juntava às outras qualidades morais uma sensibilidade, não feminil e doentia, mas sóbria e forte; áspero consigo, sabia ser terno e mavioso com os outros.

Tal era o filho do conselheiro; e se alguma coisa há ainda que acrescentar, é que ele não cedia nem esquecia nenhum dos direitos e deveres que lhe davam a idade e a classe em que nascera. Elegante e polido, obedecia à lei do decoro pessoal, ainda nas menores partes dela. Ninguém entrava mais corretamente numa sala; ninguém saía mais oportunamente. Ignorava a ciência das nugas, mas conhecia o segredo de tecer um cumprimento.

Na situação criada pela cláusula testamentária do conselheiro, Estácio aceitou a causa da irmã, a quem já via, sem a conhecer, com olhos diferentes dos de Camargo e d. Úrsula. Esta comunicou ao sobrinho todas as impressões que lhe deixara o ato do irmão. Estácio procurou dissipar-lhas; repetiu as reflexões opostas ao médico; mostrou que, ao cabo de tudo, tratava-se de cumprir a derradeira vontade de um morto.

— Bem sei que não há já agora outro remédio mais que aceitar essa menina e obedecer às determinações solenes de meu irmão — disse d. Úrsula, quando Estácio acabou de falar. — Mas só isso; dividir com ela os meus afetos não sei que possa nem deva fazer.

— Contudo, ela é do nosso mesmo sangue.

D. Úrsula ergueu os ombros como repelindo semelhante consanguinidade. Estácio insistiu em trazê-la a mais benévolos sentimentos. Invocou, além da vontade, a retidão do espírito de seu pai, que não havia dispor uma coisa contrária à boa fama da família.

— Além disso, essa menina nenhuma culpa tem de sua origem, e visto que meu pai a legitimou, convém que não se ache aqui como enjeitada. Que aproveitaríamos com isso? Nada mais do que perturbar a placidez da nossa vida interior.

Vivamos na mesma comunhão de afetos; e vejamos em Helena uma parte da alma de meu pai, que nos fica para não desfalcar de todo o patrimônio comum.

Nada respondeu a irmã do conselheiro. Estácio percebeu que não vencera os sentimentos da tia, nem era possível consegui-lo por meio de palavras. Confiou ao tempo essa tarefa. D. Úrsula ficou triste e só. Aparecendo Camargo daí a pouco, ela confiou-lhe todo o seu modo de sentir, que o médico interiormente aprovava.

— Conheceu a mãe dela? — perguntou a irmã do conselheiro.
— Conheci.
— Que espécie de mulher era?
— Fascinante.
— Não é isso; pergunto-lhe se era mulher de ordem inferior, ou...
— Não sei; no tempo em que a vi, não tinha classe e podia pertencer a todas; demais, não a tratei de perto.
— Doutor — disse d. Úrsula, depois de hesitar algum tempo —; que me aconselha que faça?
— Que a ame, se ela o merecer, e se puder.
— Oh! Confesso-lhe que me há de custar muito! E merecê-lo-á? Alguma coisa me diz ao coração que essa menina vem complicar a nossa vida; além disso, não posso esquecer que meu sobrinho, herdeiro...
— Seu sobrinho aceita as coisas filosoficamente e até com satisfação. Não compreendo a satisfação, mas concordo que nada mais há do que cumprir textualmente a vontade do conselheiro. Não se deliberam sentimentos; ama-se ou aborrece-se, conforme o coração quer. O que lhe digo é que a trate com benevolência; e caso sinta em si algum afeto, não o sufoque; deixe-se ir com ele. Já agora não se pode voltar atrás. Infelizmente!

Helena estava a concluir os estudos; semanas depois determinou a família que ela viesse para a casa. D. Úrsula recusou a princípio ir buscá-la; convenceu-a disso o sobrinho, e a boa senhora aceitou a incumbência depois de alguma hesitação. Em casa foram-lhe preparados os aposentos; e marcou-se uma tarde de segunda-feira para ser a moça trasladada a Andaraí. Dona Úrsula meteu-se na carruagem, logo depois do jantar. Estácio foi nesse dia jantar com o dr. Camargo, no Rio Comprido. Voltou tarde. Ao penetrar na chácara, deu com os olhos nas janelas do quarto destinado a Helena; estavam abertas; havia alguém dentro. Pela primeira vez sentiu Estácio a estranheza da situação criada pela presença daquela meia-irmã e perguntou a si próprio se não era a tia quem tinha razão. Repeliu pouco depois esse sentimento; a memória do pai restituiu-lhe a benevolência anterior. Ao mesmo tempo, a ideia de ter uma irmã sorria-lhe ao coração como promessa de venturas novas e desconhecidas. Entre sua mãe e as demais mulheres, faltava-lhe essa criatura intermediária, que ele já amava sem conhecer, e que seria a natural confidente de seus desalentos e esperanças. Estácio contemplou longo tempo as janelas; nem o vulto de Helena apareceu ali, nem ele viu passar a sombra da habitante nova.

Capítulo III

Na seguinte manhã, Estácio levantou-se tarde e foi direito à sala de jantar, onde encontrou d. Úrsula, pachorrentamente sentada na poltrona de seu uso, ao pé de uma janela, a ler um tomo do *Saint-Clair das ilhas*, enternecida pela centésima vez com as tristezas dos desterrados da ilha da Barra; boa gente e moralíssimo livro, ainda que enfadonho e maçudo, como outros de seu tempo. Com ele matavam as matronas daquela quadra muitas horas compridas do inverno, com ele se encheu muito serão pacífico, com ele se desafogou o coração de muita lágrima sobressalente.

— Veio? — perguntou Estácio.

— Veio — respondeu a boa senhora, fechando o livro. — O almoço esfria — continuou ela, dirigindo-se à mucama que ali estava de pé, junto da mesa —; já foram chamar... nhanhã Helena?

— Nhanhã Helena disse que já vem.

— Há dez minutos — observou d. Úrsula ao sobrinho.

— Naturalmente não tarda — respondeu este. — Que tal?

D. Úrsula estava pouco habilitada a responder ao sobrinho. Quase não vira o rosto de Helena; e esta, logo que ali chegou, recolheu-se ao aposento que lhe deram, dizendo ter necessidade de repouso. O que d. Úrsula pôde afiançar foi somente que a sobrinha era moça feita.

Ouviu-se descer a escada um passo rápido, e não tardou que Helena aparecesse à porta da sala de jantar. Estácio estava então encostado à janela que ficava em frente da porta e dava para a extensa varanda, donde se viam os fundos da chácara. Olhou para a tia como esperando que ela os apresentasse um ao outro. Helena detivera-se ao vê-lo.

— Menina — disse d. Úrsula com o tom mais doce que tinha na voz —, este é meu sobrinho Estácio, seu irmão.

— Ah! — disse Helena, sorrindo e caminhando para ele.

Estácio dera igualmente alguns passos.

— Espero merecer sua afeição — disse ela depois de curta pausa. — Peço desculpa da demora; estavam à minha espera, creio eu.

— Íamos para a mesa agora mesmo — interrompeu d. Úrsula, como protestando contra a ideia de que ela os fizesse esperar.

Estácio procurou corrigir a rudez da tia.

— Tínhamos ouvido o seu passo na escada — disse ele. — Sentemo-nos, que o almoço esfria.

D. Úrsula já estava sentada à cabeceira da mesa; Helena ficou à direita, na cadeira que Estácio lhe indicou; este tomou lugar do lado oposto. O almoço correu silencioso e desconsolado: raros monossílabos, alguns gestos de assentimento ou recusa, tal foi o dispêndio da conversa entre os três parentes. A situação não era cômoda nem vulgar. Helena, posto forcejasse por estar senhora de si, não conseguia vencer de todo o natural acanhamento da ocasião. Mas, se o não vencia de todo, podiam ver-se através dele certos sinais de educação fina. Estácio examinou aos poucos a figura da irmã.

Era uma moça de dezesseis a dezessete anos, delgada sem magreza, estatura um pouco acima da mediana, talhe elegante e atitudes modestas. A face, de um moreno-pêssego, tinha a mesma imperceptível penugem da fruta de que tirava a cor; naquela ocasião tingiam-na uns longes cor-de-rosa, a princípio mais rubros, natural efeito do abalo. As linhas puras e severas do rosto parecia que as traçara a arte religiosa. Se os cabelos, castanhos como os olhos, em vez de dispostos em duas grossas tranças lhe caíssem espalhadamente sobre os ombros, e se os próprios olhos alçassem as pupilas ao céu, disséreis um daqueles anjos adolescentes que traziam a Israel as mensagens do Senhor. Não exigiria a arte maior correção e harmonia de feições, e a sociedade bem podia contentar-se com a polidez de maneiras e a gravidade do aspecto. Uma só coisa pareceu menos aprazível ao irmão: eram os olhos, ou antes o olhar, cuja expressão de curiosidade sonsa e suspeitosa reserva foi o único senão que lhe achou, e não era pequeno.

Acabado o almoço, trocadas algumas palavras, poucas e soltas, Helena retirou-se ao seu quarto, onde durante três dias passou quase todas as horas, a ler meia dúzia de livros que trouxera consigo, a escrever cartas, a olhar pasmada para o ar, ou encostada ao peitoril de uma das janelas. Alguma vez desceu a jantar com os olhos vermelhos e a fronte pesarosa, apenas com um sorriso pálido e fugitivo nos lábios. Uma criança, subitamente transferida ao colégio, não desfolha mais tristemente as primeiras saudades da casa de seus pais. Mas a asa do tempo leva tudo; e ao cabo de três dias, já a fisionomia de Helena trazia menos sombrio aspecto. O olhar perdeu a expressão que primeiro lhe achou o irmão, para tornar-se o que era naturalmente, mavioso e repousado. A palavra saía-lhe mais fácil, seguida e numerosa; a familiaridade tomou o lugar do acanhamento.

No quarto dia, acabado o almoço, Estácio encetou uma conversa geral, que não passou de um simples *duo*, porque d. Úrsula contava os fios da toalha ou brincava com as pontas do lenço que trazia ao pescoço. Como falassem da casa, Estácio disse à irmã:

— Esta casa é tão sua como nossa; faça de conta que nascemos debaixo do mesmo teto. Minha tia lhe dirá o sentimento que nos anima a seu respeito.

Helena agradeceu com um olhar longo e profundo. E dizendo que a casa e a chácara lhe pareciam bonitas e bem dispostas, pediu a d. Úrsula que lhas fosse mostrar mais detidamente. A tia fechou o rosto e secamente respondeu:

— Agora não, menina; tenho por hábito descansar e ler.

— Pois eu lerei para a senhora ouvir — replicou a moça com graça —; não é bom cansar os seus olhos; e, além disso, é justo que me acostume a servi-la. Não acha? — continuou ela voltando-se para Estácio.

— É nossa tia — respondeu o moço.

— Oh! ainda não é minha tia! — interrompeu Helena. — Há de sê-lo quando me conhecer de todo. Por enquanto somos estranhas uma à outra; mas nenhuma de nós é má.

Estas palavras foram ditas em tom de graciosa submissão. A voz com que ela as proferiu, era clara, doce, melodiosa; melhor do que isso, tinha um misterioso encanto, a que a própria d. Úrsula não pôde resistir.

— Pois deixe que a convivência faça falar o coração — respondeu a irmã do conselheiro em tom brando. — Não aceito o oferecimento da leitura, porque não

entendo bem o que os outros me leem; tenho os olhos mais inteligentes que os ouvidos. Entretanto, se quer ver a casa e a chácara, seu irmão pode conduzi-la.

Estácio declarou-se pronto para acompanhar a irmã. Helena, entretanto, recusou. Irmão embora, era a primeira vez que o via, e, ao que parece, a primeira que podia achar-se a sós com um homem que não seu pai. D. Úrsula, talvez porque preferisse ficar só algum tempo, disse-lhe secamente que fosse. Helena acompanhou o irmão. Percorreram parte da casa, ouvindo a moça as explicações que lhe dava Estácio e inquirindo de tudo com zelo e curiosidade de dona da casa. Quando chegaram à porta do gabinete do conselheiro, Estácio parou.

— Vamos entrar num lugar triste para mim — disse ele.

— Que é?

— O gabinete de meu pai.

— Oh! deixe ver!

Entraram os dois. Tudo estava do mesmo modo que no dia em que o conselheiro falecera. Estácio deu algumas indicações relativas ao teor da vida doméstica de seu pai; mostrou-lhe a cadeira em que ele costumava ler, de tarde e de manhã; os retratos de família, a secretária, as estantes; falou de quanto podia interessá-la. Sobre a mesa, perto da janela, estava ainda o último livro que o conselheiro lera: eram as *Máximas* do marquês de Maricá. Helena pegou nele e beijou a página aberta. Uma lágrima brotou-lhe dos olhos, quente de todo o calor de uma alma apaixonada e sensível; brotou, deslizou-se e foi cair no papel.

— Coitado! — murmurou ela.

Depois sentou-se na mesma cadeira em que o conselheiro costumava dormir alguns minutos depois de jantar, e olhou para fora. O dia começava a aquecer. O arvoredo dos morros fronteiros estava coberto de flores de quaresma, com suas pétalas roxas e tristemente belas. O espetáculo ia com a situação de ambos. Estácio deixou-se levar ao sabor de suas recordações da meninice. De envolta com elas veio pousar-lhe ao lado a figura de sua mãe; tornou a vê-la, tal qual se lhe fora dos braços, uma crua noite de outubro, quando ele contava dezoito anos de idade. A boa senhora morrera quase moça — ainda bela, pelo menos —, daquela beleza sem outono, cuja primavera tem duas estações.

Helena ergueu-se.

— Gostava dele? — perguntou ela.

— Quem não gostaria dele?

— Tem razão. Era uma alma grande e nobre; eu adorava-o. Reconheceu-me; deu-me família e futuro; levantou-me aos olhos de todos e aos meus próprios. O resto depende de mim, do juízo que eu tiver, ou talvez da fortuna.

Esta última palavra saiu-lhe do coração como um suspiro. Depois de alguns segundos de silêncio, Helena enfiou o braço no do irmão e desceram à chácara. Fosse influência do lugar ou simples mobilidade de espírito, Helena tornou-se logo outra do que se revelara no gabinete do pai. Jovial, graciosa e travessa, perdera aquela gravidade quieta e senhora de si com que aparecera na sala de jantar; fez-se lépida e viva, como as andorinhas que antes, e ainda agora, esvoaçavam por meio das árvores e por cima da grama. A mudança causou certo espanto ao moço; mas ele a explicou de si para si, e em todo caso não o impressionou mal. Helena pareceu-lhe naquela ocasião, mais do que antes, o complemento da família. O que ali faltava era

justamente o gorjeio, a graça, a travessura, um elemento que temperasse a austeridade da casa e lhe desse todas as feições necessárias ao lar doméstico. Helena era esse elemento complementar.

A excursão durou cerca de meia hora. D. Úrsula viu-os chegar, ao cabo desse tempo, familiares e amigos, como se houvessem sido criados juntos. As sobrancelhas grisalhas da boa senhora contraíram-se, e o lábio inferior recebeu uma dentada de despeito.

— Titia... — disse Estácio jovialmente —; minha irmã conhece já a casa toda e suas dependências. Resta somente que lhe mostremos o coração.

D. Úrsula sorriu, um sorriso amarelo e acanhado, que apagou nos olhos da moça a alegria que os tornava mais lindos. Mas foi breve a má impressão; Helena caminhou para a tia, e pegando-lhe nas mãos, perguntou com toda a doçura da voz:

— Não quererá mostrar-me o seu?

— Não vale a pena! — respondeu d. Úrsula com afetada bonomia. — Coração de velha é casa arruinada.

— Pois as casas velhas consertam-se — replicou Helena sorrindo.

D. Úrsula sorriu também; desta vez, porém, com expressão melhor. Ao mesmo tempo, fitou-a; e era a primeira vez que o fazia. O olhar, a princípio indiferente, manifestou logo depois a impressão que lhe causava a beleza da moça. D. Úrsula retirou os olhos; porventura receou que o influxo das graças de Helena lhe torcessem o coração, e ela queria ficar independente e inconciliável.

Capítulo IV

As primeiras semanas correram sem nenhum sucesso notável, mas ainda assim interessantes. Era, por assim dizer, um tempo de espera, de hesitação, de observação recíproca, um tatear de caracteres, em que de uma e de outra parte procuravam conhecer o terreno e tomar posição. O próprio Estácio, não obstante a primeira impressão, recolhera-se a prudente reserva, de que o arrancou aos poucos o procedimento de Helena.

Helena tinha os predicados próprios a captar a confiança e a afeição da família. Era dócil, afável, inteligente. Não eram estes, contudo, nem ainda a beleza, os seus dotes por excelência eficazes. O que a tornava superior e lhe dava probabilidade de triunfo, era a arte de acomodar-se às circunstâncias do momento e a toda a casta de espíritos, arte preciosa, que faz hábeis os homens e estimáveis as mulheres. Helena praticava de livros ou de alfinetes, de bailes ou de arranjos de casa, com igual interesse e gosto, frívola com os frívolos, grave com os que o eram, atenciosa e ouvida, sem entono nem vulgaridade. Havia nela a jovialidade da menina e a compostura da mulher feita, um acordo de virtudes domésticas e maneiras elegantes.

Além das qualidades naturais, possuía Helena algumas prendas de sociedade, que a tornavam aceita a todos, e mudaram em parte o teor da vida da família. Não falo da magnífica voz de contralto, nem da correção com que sabia usar dela,

porque ainda então, estando fresca a memória do conselheiro, não tivera ocasião de fazer-se ouvir. Era pianista distinta, sabia desenho, falava correntemente a língua francesa, um pouco a inglesa e a italiana. Entendia de costura e bordados, e toda a sorte de trabalhos femíneos. Conversava com graça e lia admiravelmente. Mediante os seus recursos, e muita paciência, arte e resignação — não humilde, mas digna —, conseguia polir os ásperos, atrair os indiferentes e domar os hostis.

Pouco havia ganho no espírito de d. Úrsula; mas a repulsa desta já não era tão viva como nos primeiros dias. Estácio cedeu de todo, e era fácil; seu coração tendia para ela, mais que nenhum outro. Não cedeu, porém, sem alguma hesitação e dúvida. A flexibilidade do espírito da irmã afigurou-se-lhe a princípio mais calculada que espontânea. Mas foi impressão que passou. Dos próprios escravos não obteve Helena desde logo a simpatia e boa vontade; esses pautavam os sentimentos pelos de d. Úrsula. Servos de uma família, viam com desafeto e ciúme a parenta nova, ali trazida por um ato de generosidade. Mas também a esses venceu o tempo. Um só de tantos pareceu vê-la desde o princípio com olhos amigos; era um rapaz de dezesseis anos, chamado Vicente, cria da casa e particularmente estimado do conselheiro. Talvez esta última circunstância o ligou desde logo à filha do seu senhor. Despida de interesse, porque a esperança da liberdade, se a podia haver, era precária e remota, a afeição de Vicente não era menos viva e sincera; faltando-lhe os gozos próprios do afeto — a familiaridade e o contato —, condenado a viver da contemplação e da memória, a não beijar sequer a mão que o abençoava, limitado e distanciado pelos costumes, pelo respeito e pelos instintos, Vicente foi, não obstante, um fiel servidor de Helena, seu advogado convicto nos julgamentos da senzala.

As pessoas da intimidade da casa acolheram Helena com a mesma hesitação de d. Úrsula. Helena sentiu-lhes a polidez fria e parcimoniosa. Longe de abater-se ou vituperar os sentimentos sociais, explicava-os e tratava de os torcer em seu favor — tarefa em que se esmerou, superando os obstáculos na família; o resto viria de si mesmo.

Uma pessoa, entre os familiares da casa, não os acompanhou no procedimento reservado e frio; foi o padre-mestre Melchior. Melchior era capelão em casa do conselheiro, que mandara construir alguns anos antes uma capelinha na chácara, onde muita gente da vizinhança ouvia missa aos domingos. Tinha sessenta anos o padre; era homem de estatura mediana, magro, calvo, brancos os poucos cabelos, uns olhos não menos sagazes que mansos. De compostura quieta e grave, austero sem formalismo, sociável sem mundanidade, tolerante sem fraqueza, era o verdadeiro varão apostólico, homem de sua Igreja e de seu Deus, íntegro na fé, constante na esperança, ardente na caridade. Conhecera a família do conselheiro algum tempo depois do consórcio deste. Descobriu a causa da tristeza que minou os últimos anos da mãe de Estácio; respeitou a tristeza, mas atacou diretamente a origem. O conselheiro era homem geralmente razoável, salvo nas coisas do amor; ouviu o padre, prometeu o que este lhe exigia, mas foi promessa feita na areia; o primeiro vento do coração apagou a escritura. Entretanto, o conselheiro ouvia-o sinceramente em todas as ocasiões graves, e o voto de Melchior pesava em seu espírito. Morando na vizinhança daquela família, tinha ali o padre todo o seu mundo. Se as obrigações eclesiásticas não o chamavam a outro lugar, não se arredava de Andaraí, sítio de repouso após trabalhosa mocidade.

Das outras pessoas que frequentavam a casa e residiam no mesmo bairro de Andaraí, mencionaremos ainda o dr. Matos, sua mulher, o coronel Macedo e dois filhos.

O dr. Matos era um velho advogado que, em compensação da ciência do direito, que não sabia, possuía noções muito aproveitáveis de meteorologia e botânica, da arte de comer, do voltarete, do gamão e da política. Era impossível a ninguém queixar-se do calor ou do frio, sem ouvir dele a causa e a natureza de um e outro, e logo a divisão das estações, a diferença dos climas, influência destes, as chuvas, os ventos, a neve, as vazantes dos rios e suas enchentes, as marés e a pororoca. Ele falava com igual abundância das qualidades terapêuticas de uma erva, do nome científico de uma flor, da estrutura de certo vegetal e suas peculiaridades. Alheio às paixões da política, se abria a boca em tal assunto era para criticar igualmente de liberais e conservadores — os quais todos lhe pareciam abaixo do país. O jogo e a comida achavam-no menos cético; e nada lhe avivava tanto a fisionomia como um bom gamão depois de um bom jantar. Estas prendas faziam do dr. Matos um conviva interessante nas noites que o não eram. Posto soubesse efetivamente alguma coisa dos assuntos que lhe eram mais prezados, não ganhou o pecúlio que possuía professando a botânica ou a meteorologia, mas aplicando as regras do direito, que ignorou até a morte.

A esposa do dr. Matos fora uma das belezas do primeiro reinado. Era uma rosa fanada, mas conservava o aroma da juventude. Algum tempo se disse que o conselheiro ardera aos pés da mulher do advogado, sem repulsa desta; mas só era verdade a primeira parte do boato. Nem os princípios morais, nem o temperamento de d. Leonor lhe consentiam outra coisa que não fosse repelir o conselheiro sem o molestar. A arte com que o fez iludiu os malévolos; daí o sussurro, já agora esquecido e morto. A reputação dos homens amorosos parece-se muito com o juro do dinheiro: alcançado certo capital, ele próprio se multiplica e avulta. O conselheiro desfrutou essa vantagem, de maneira que, se no outro mundo lhe levassem à coluna dos pecados todos os que lhe atribuíam na terra, receberia dobrado castigo do que mereceu.

O coronel Macedo tinha a particularidade de não ser coronel. Era major. Alguns amigos, levados de um espírito de retificação, começaram a dar-lhe o título de coronel, que a princípio recusou, mas que afinal foi compelido a aceitar, não podendo gastar a vida inteira a protestar contra ele. Macedo tinha visto e vivido muito; e, sobre o pecúlio da experiência, possuía imaginação viva, fértil e agradável. Era bom companheiro, folgazão e comunicativo, pensando sério quando era preciso. Tinha dois filhos, um rapaz de vinte anos, que estudava em São Paulo, e uma moça de vinte e três, mais prendada que formosa.

Nos primeiros dias de agosto a situação de Helena podia dizer-se consolidada. D. Úrsula não cedera de todo, mas a convivência ia produzindo seus frutos. Camargo era o único irreconciliável; sentia-se, através de suas maneiras cerimoniosas, uma aversão profunda, prestes a converter-se em hostilidade, se fosse preciso. As demais pessoas, não só domadas, mas até enfeitiçadas, estavam às boas com a filha do conselheiro. Helena tornara-se o acontecimento do bairro; seus ditos e gestos eram o assunto da vizinhança e o prazer dos familiares da casa. Por uma natural curiosidade, cada um procurava em suas reminiscências um fio biográfico da moça; mas

do inventário retrospectivo ninguém tirava elementos que pudessem construir a verdade ou uma só parcela que fosse. A origem da moça continuava misteriosa; vantagem grande, porque o obscuro favorecia a lenda, e cada qual podia atribuir o nascimento de Helena a um amor ilustre ou romanesco — hipóteses admissíveis, e em todo o caso agradáveis a ambas as partes.

Capítulo V

Por esse tempo resolveu Estácio dar um passo decisivo. Ligado por amor à filha de Camargo desde antes da morte do conselheiro, hesitara sempre em pedi-la ao pai, diferindo a resolução para quando fosse propício o ensejo. A condição não era fácil, porque o sentimento que ele nutria em relação a Eugênia tinha alternativas de tibieza e fervor. A causa disso pode crer-se estava também em seu coração; mas principalmente residia nela. Num dos primeiros dias de agosto, assentara Estácio de ir solicitar de Eugênia autorização para fazer oficialmente o pedido. Assim disposto, dirigiu-se à casa de Camargo.

Mal o avistou de longe, desceu Eugênia à porta do jardim. O chapelinho de palha, de abas largas, que lhe protegia o rosto dos raios do sol — eram três horas da tarde —, tornavam mais bela a figura da moça. Eugênia era uma das mais brilhantes estrelas entre as menores do céu fluminense. Agora mesmo, se o leitor lhe descobrir o perfil em camarote de teatro, ou se a vir entrar em alguma sala de baile, compreenderá — através de um quarto de século — que os contemporâneos de sua mocidade lhe tivessem louvado, sem contraste, as graças que então alvoreciam com o frescor e a pureza das primeiras horas.

Era de pequena estatura; tinha os cabelos de um castanho escuro, e os olhos grandes e azuis, dois pedacinhos do céu, abertos em rosto alvo e corado; o corpo, levemente refeito, era naturalmente elegante; mas se a dona sabia vestir-se com luxo, e até com arte, não possuía o dom de alcançar os máximos efeitos com os meios mais simples.

Estácio contemplou-a namorado sem ousar dizer palavra; a primeira que lhe ia sair dos lábios era justamente o pedido que o levava ali. Mas Eugênia deteve-lha, mostrando o anel que a madrinha, fazendeira de Cantagalo, lhe mandara na véspera. Era uma opala magnífica, a tal ponto que Eugênia dividia os olhos entre o namorado e ela. Essa simultaneidade esfriou o mancebo. Entraram ambos em casa, onde d. Tomásia os esperava. A mãe de Eugênia sabia combinar o decoro com os desejos de seu coração; não seria obstáculo aos dois namorados; infelizmente, a presença de duas visitas veio destruir o cálculo dos três. Estácio espreitava uma ocasião de pedir a Eugênia a autorização que desejava; até ao jantar não se lhe deparou nenhuma.

Desceram todos ao jardim. D. Tomásia entreteve uma das visitas; Camargo foi mostrar à outra a sua coleção de flores. Estácio e Eugênia afastaram-se cautelosamente dos dois grupos, a pretexto de não sei que flor aberta na manhã daquele dia. A flor existia; Eugênia colheu-a e deu a Estácio.

— Não vá perdê-la; há de entregá-la a Helena da minha parte. Diga-lhe que estou com muitas saudades.

Estácio colocou a flor na botoeira.

— Vai cair! — disse Eugênia. — Quer que pregue um alfinete?

Estácio não teve tempo de responder, porque a filha de Camargo, tirando um alfinete do cinto, prendeu o pé da flor, gastando muito mais tempo do que o exigia a operação. A moça não era míope; todavia aproximou de tal modo a cabeça ao peito do mancebo, que este teve ímpetos de lhe beijar os cabelos, e seria a primeira vez que seus lábios lhe tocassem.

— Pronto! — disse ela. — Diga a Helena que é a flor mais bonita do nosso jardim. Sabe que eu gosto muito de sua irmã?

— Acredito.

— Suponho que é minha amiga; há de sê-lo com certeza. Oh! Eu preciso muito de uma amiga verdadeira!

— Sim?

— Muito! Tenho tantas que não prestam para nada, e só me dão desgostos, como Cecília... Se soubesse o que ela me fez!

— Que foi?

Eugênia desfiou uma historiazinha de toucador, que omito em suas particularidades por não interessar ao nosso caso, bastando saber que a razão capital da divergência entre as duas amigas fora uma opinião de Cecília acerca da escolha de um chapéu.

Estácio não escutou a história com a atenção que a moça desejara; limitou-se a ouvir a voz de Eugênia, que era na verdade angélica. Alguma coisa porém lhe ficou; e quando ela pôs termo às suas queixas:

— O que me parece — observou o sobrinho de d. Úrsula —, é que não valia a pena brigar por tão pouca coisa...

— Pouca coisa! — exclamou Eugênia. — Parece-lhe pouco chamar-me caprichosa e de mau gosto?

— Fez mal, se o disse, em todo o caso...

Estácio fez uma pausa e continuou a andar. Eugênia esperou que ele continuasse o que ia dizer; mas o silêncio prolongou-se mais do que era natural.

— Em todo o caso? — repetiu a moça, erguendo para ele os olhos límpidos e curiosos.

— Eugênia — disse Estácio —, quer saber a verdadeira razão do mau sucesso de suas afeições? É deixar-se levar mais pelas aparências que pela realidade; é porque dá menos apreço às qualidades sólidas do coração do que às frívolas exterioridades da vida. Suas amizades são das que duram a roda de uma valsa, ou, quando muito, a moda de um chapéu; podem satisfazer o capricho de um dia, mas são estéreis para as necessidades do coração.

— Jesus! — exclamou Eugênia, estacando o passo —; um sermão por tão pouca coisa! Se tivesse algum pedaço de latim, era o mesmo que estar ouvindo o padre Melchior.

Estácio não respondeu; contentou-se com erguer os ombros, e os dois continuaram a andar silenciosamente, acanhados e descontentes um do outro. A diferença é que o enfado de Eugênia se manifestava por um movimento nervoso de impaciência e despeito.

— Se o ofendi, perdoe-me — disse ela, com um leve tom de ironia.

— Oh! — exclamou ele, apertando-lhe a mão, como quem só esperava um pretexto para reatar a conversa interrompida.

— Talvez ofendesse — continuou a moça —; eu sei dizer as coisas como elas me vêm à boca, e parece que não são as mais acertadas...

— Não digo que o sejam sempre — replicou Estácio sorrindo. — Agora, pelo menos, foi um pouco precipitada em zombar do que eu lhe dizia, que era justo e de boa intenção. Francamente, é para lastimar uma amizade, ganha entre duas quadrilhas e perdida por causa de um chapéu? Não vale a pena esperdiçar afetos, Eugênia; sentirá mais tarde que essa moeda do coração não se deve nunca reduzir a trocos miúdos nem despender em quinquilharias.

Eugênia ouviu calada as palavras do moço; não as entendeu muito. Sabia-lhes a significação; não lhes viu porém nexo nem sentido; sobretudo, não lhes sentiu a aplicação. O que a irritou mais foi o tom pedagogo de Estácio; estouvada e voluntariosa, não admitia que ninguém lhe falasse sem submissão ou a repreendesse por atos seus, que ela julgava legítimos e naturais. A insistência do moço foi o ponto de partida a um desses arrufos, não raros entre amantes, e comuns entre aqueles dois. Os de Eugênia não eram simples silêncios; seu espírito rebelde e livre não adormecia nesses momentos de enfado; pelo contrário, irritava-se e traduzia a irritação por meio de pirraças e acessos de mau humor. Estácio viu murmurar, crescer e desabar a tempestade. A moça articulava algumas frases soltas, batia no chão com o pezinho mimoso, que por acaso esmagou uma pobre erva, alheia às divergências morais daquelas duas criaturas. Ora parava e desandava o caminho; mas logo se dirigia para o moço, com as pálpebras trêmulas de cólera e um remoque nos lábios; comprazia-se em torcer a ponta da manga ou morder a ponta do dedo. Estácio, afeito a essas explosões, não lhes sabia remédio próprio: tanto o silêncio como a réplica eram ali matérias inflamáveis. Contudo, o silêncio era o menor dos dois perigos. Estácio limitava-se a ouvir calado, olhando à sorrelfa para a filha de Camargo, cujo rosto parecia mais belo quando a raiva o coloria. Uma terceira pessoa era a única esperança de pacificação; Estácio alongou o olhar pelo jardim em busca desse *deus ex-machina*. Apareceu ele enfim sob a forma de um Carlos Barreto — estudante de medicina, que cultivava simultaneamente a patologia e a comédia, mas prometia ser melhor Esculápio que Aristófanes. Mal os viu de longe, apertou o passo para o grupo.

— Vem gente, Eugênia — disse Estácio —; não demos espetáculos e... perdoe-me.

Eugênia ergueu os ombros, procurou com os olhos o intruso que daí a pouco lhes estendia a mão.

O céu não ficou logo claro; mas o vento amainou, e era de esperar que o sol se desfizesse enfim do seu capote de nuvens. Carlos Barreto deu a Eugênia a agradável notícia de que trouxera a seu pai um convite para baile que daria no sábado próximo uma de suas parentas. A perspectiva do baile foi uma brisa salutar que dispersou o resto das nuvens; Eugênia sorriu. *J'ai ri; me voilà désarmée*, como na comédia de Piron. Vinte minutos depois, não havia em Eugênia vestígio da cena do jardim. Mas a ideia do casamento estava adiada.

O efeito foi agro e doce para Estácio. Estimando ver dissipada a cólera, doía-lhe que a causa fosse, não a própria virtude do amor, mas um motivo comparativa-

mente fútil. A resolução de a consultar sobre o pedido de casamento esvaiu-se-lhe como de outras vezes. Saiu dali à noite, antes do chá, aborrecido e azedo. Esse estado não durou muito; dez minutos depois de deixar a casa de Camargo, sentiu alguma coisa semelhante à dentada de um remorso. O amor de Estácio tinha a particularidade de crescer e afirmar-se na ausência e diminuir logo que estava ao pé da moça. De longe, via-a através da névoa luminosa da imaginação; ao pé era difícil que Eugênia conservasse os dotes que ele lhe emprestava. Daí, um dissentimento provável e um remorso certo. Agora que a deixava, ia ele irritado contra si mesmo; achava-se ridículo e cruel; chegava a adorar toda a graciosa futilidade de Eugênia; concedia alguma coisa à idade, à educação, aos costumes, à ignorância da vida.

Nesse estado de espírito entrou em casa, onde o esperava um incidente novo.

Capítulo VI

Chegando à casa, achou Estácio remédio ao mau humor. Era uma carta de Luís Mendonça, que dois anos antes partira para a Europa, donde agora regressava. Escrevia-lhe de Pernambuco, anunciando-lhe que dentro de poucas semanas estaria no Rio de Janeiro. Mendonça fora o seu melhor companheiro de aula. Havia entre eles certos contrastes de gênio. O de Mendonça era mais folgazão e ativo. Quando este partiu para a Europa, quis que o antigo colega o acompanhasse, e o próprio conselheiro opinara nesse sentido. Estácio recusou pelo receio de que, sendo diferente o espírito de um e outro, a viagem tivesse de obrigar ao sacrifício de hábitos e preferências de um deles.

A notícia da volta de Mendonça encheu de contentamento o sobrinho de d. Úrsula. D. Úrsula estava então na sala de costura, relendo algumas páginas do seu *Saint-Clair*, encostada a uma mesa. Do outro lado ficava Helena, a concluir uma obra de crochê.

— Titia — disse ele —, dou-lhe uma novidade agradável para mim.
— Que é?
— O Mendonça chegou a Pernambuco; está aqui dentro de pouco tempo.
— O Mendonça?
— Luís Mendonça.
— O que foi para a Europa, sei. Há quanto tempo?
— Dois anos.
— Dois anos! Parece que foi ontem.
— Não lhe leio a carta que me escreveu por ser muito longa. Diz-me que devo ir também à Europa, quanto antes. Querem ir?
— Eu? — disse d. Úrsula, marcando a página do livro com os óculos de prata que até então conservara sobre o nariz. — Não são folias para gente velha. Daqui para a cova.
— A cova! — exclamou Helena. — Está ainda tão forte! Quem sabe se não me há de enterrar primeiro?
— Menina! — exclamou d. Úrsula em tom de repreensão.

Helena sorriu de alegria e agradecimento; era a primeira palavra de verdadeira simpatia que ouvia a d. Úrsula. Bem o compreendeu esta; e talvez a mortificou aquela espontaneidade do coração. Mas era tarde. Não podia recolher a palavra, não podia sequer explicá-la.

— Que tal virá o teu amigo? — perguntou ela ao sobrinho. — Era bom rapaz antes de ir; um pouco tonto, apenas.

— Há de vir o mesmo — respondeu Estácio —; ou ainda melhor. Melhor decerto, porque dois anos modificam o homem.

Estácio fez aqui um panegírico do amigo, intercalado com observações da tia, e ouvido silenciosamente pela irmã. Vieram chamar para o chá. D. Úrsula largou definitivamente o seu romance, e Helena guardou o crochê na cestinha de costura.

— Pensa que gastei toda a tarde em fazer crochê? — perguntou ela ao irmão, caminhando para a sala de jantar.

— Não?

— Não senhor; fiz um furto.

— Um furto!

— Fui procurar um livro na sua estante.

— E que livro foi?

— Um romance.

— *Paulo e Virgínia*?

— *Manon Lescaut*.

— Oh! — exclamou Estácio. — Esse livro...

— Esquisito, não é? Quando percebi que o era, fechei-o e lá o pus outra vez.

— Não é livro para moças solteiras...

— Não creio mesmo que seja para moças casadas — replicou Helena rindo e sentando-se à mesa. — Em todo o caso, li apenas algumas páginas. Depois abri um livro de geometria... e confesso que tive um desejo...

— Imagino! — interrompeu d. Úrsula.

— O desejo de aprender a montar a cavalo — concluiu Helena.

Estácio olhou espantado para a irmã. Aquela mistura de geometria e equitação não lhe pareceu suficientemente clara e explicável. Helena soltou uma risadinha alegre de menina que aplaude a sua própria travessura.

— Eu lhe explico — disse ela —; abri o livro, todo alastrado de riscos que não entendi. Ouvi porém um tropel de cavalos e cheguei à janela. Eram três cavaleiros, dois homens e uma senhora. Oh! com que garbo montava a senhora! Imaginem uma moça de vinte e cinco anos, alta, esbelta, um busto de fada, apertado no corpinho de amazona, e a longa cauda do vestido caída a um lado. O cavalo era fogoso; mas a mão e o chicotinho da cavaleira quebravam-lhe os ímpetos. Tive pena, confesso, de não saber montar a cavalo...

— Quer aprender comigo?

— Titia consente?

D. Úrsula levantou os ombros com o ar mais indiferente que pôde achar no seu repertório. Helena não esperou mais.

— Escolha você o dia.

— Amanhã?

— Amanhã.

Estácio costumava dar um passeio a cavalo quase todas as manhãs. O do dia seguinte foi dispensado; começariam as lições de Helena. Antes disso, porém, escreveu Estácio à filha de Camargo uma carta recendente a ternura e afeto. Pedia-lhe desculpa do que se passara na véspera; jurava-lhe amor eterno; coisas todas que lhe dissera mais de uma vez, com o mesmo estilo, se não com as mesmas palavras. A carta dissipou-lhe a última sombra de remorso. Antes que ela chegasse ao seu destino, reconciliara-se ele consigo mesmo. O portador saiu para o Rio Comprido, e ele desceu ao terreiro que ficava nos fundos da casa, ao pé do qual estava situada a cavalariça. Naquele lado da casa corria a varanda antiga, onde a família costumava às vezes tomar café ou conversar nas noites de luar, que ali penetrava pelas largas janelas. Do meio da varanda descia uma escada de pedra que ia ter ao terreiro.

Já ali estava Helena. D. Úrsula emprestara-lhe um vestido de amazona com que algumas vezes montara, antes da morte do irmão. O vestido ficava-lhe mal; era folgado demais para o talhe delgado da moça. Mas a elegância natural fazia esquecer o acessório das roupas.

— Pronta! — exclamou Helena apenas viu o irmão assomar no alto da escada.

— Oh! isso não vai assim! — respondeu Estácio. — Não suponha que há de montar já hoje como a moça que ontem viu passar na estrada. Vença primeiramente o medo...

— Não sei o que é medo — interrompeu ela com ingenuidade.

— Sim? Não a supunha valente. Pois eu sei o que ele é.

— O medo? O medo é um preconceito dos nervos. E um preconceito desfaz-se; basta a simples reflexão. Em pequena educaram-me com almas do outro mundo. Até à idade de dez anos era incapaz de penetrar numa sala escura. Um dia perguntei a mim mesma se era possível que uma pessoa morta voltasse à terra. Fazer a pergunta e dar-lhe resposta era a mesma coisa. Lavei o meu espírito de semelhante tolice, e hoje era capaz de entrar, de noite, num cemitério... E daí talvez não: os corpos que ali dormem têm direito de não ouvir mais um só rumor de vida.

Estácio chegara ao último degrau da escada. As derradeiras palavras ouviu-as ele com os olhos fitos na irmã e encostado ao poial de pedra.

— Quem lhe ensinou essas ideias? — perguntou ele.

— Não são ideias, são sentimentos. Não se aprendem; trazem-se no coração. Senhor geômetra — continuou, brandindo caprichosamente o chicote —, veja se transcreve em algum compêndio essas figuras de minha invenção, e ande cavalgar comigo.

Com um movimento rápido travou da cauda do vestido, e caminhou para diante. Estácio acompanhou-a, a passo lento, como solicitado por dois sentimentos diferentes: a afeição que o prendia à irmã, e a estranha impressão que ela lhe fazia sentir. Quando chegou à porta da cavalariça, viu aparelhados dois animais, o cavalo de seus passeios da manhã, e a égua que a tia cavalgava uma ou outra vez.

— Que é isso? — disse ele. — Por ora vamos a algumas indicações somente, aqui no terreiro.

— Justamente! — respondeu a moça.

Um escravo, que ali estava, trouxe um tamborete. Estácio aproximou-se de Helena, que afagava com a mão alva e fina as crinas da égua.

— Como se chama? — perguntou ela.

— Moema.

— Moema! Ora espere... é um nome indígena, não é?

Estácio fez um sinal afirmativo. Helena tinha um pé sobre o tamborete; repetiu ainda o nome da égua, como quem refletia sobre ele, sem que o irmão percebesse que não era aquilo mais do que um disfarce. De repente, quando ele menos esperava, Helena deu um salto, e sentou-se no selim. A égua alteou o colo, como vaidosa do peso. Estácio olhou para a irmã, admirado da agilidade e correção do movimento, e sem saber ainda o que pensasse daquilo. Helena inclinou-se para ele.

— Fui bem? — perguntou sorrindo.

— Não podia ir melhor; mas o que me admira...

As patas de Moema interromperam a reflexão do moço. A cavaleira brandira o chicotinho, e o animal saíra a trote largo pelo terreiro fora. Estácio, no primeiro momento, deu um passo e estendeu a mão como para tomar a rédea ao animal; mas a segurança da moça logo lhe deixou ver que ela não fazia ali os primeiros ensaios. Ficou parado, de longe, a admirar-lhe o garbo e a destreza. No fim de vinte passos, Helena torceu a rédea e regressou ao ponto donde saíra.

— Que tal? — disse ela logo que estacou. — Terei jeito para a equitação?

— Criança!

— Que é isso? Já aprendeu? — interveio d. Úrsula, do alto da varanda, aonde acabava de chegar.

— Estava caçoando conosco — disse Estácio. — Vê como sabe montar?

— Ela sabe tudo — murmurou d. Úrsula entre dentes.

Estácio montou no cavalo. Consultou o relógio; eram sete horas e meia.

— Permite que o acompanhe? — perguntou Helena.

— Com uma condição — disse ele —; é que há de ter juízo. Não quero temeridades; a égua é aparentemente mansa; convém não brincar com ela. Já vejo que você é capaz de muitas coisas mais...

— Prometo ir pacificamente.

Helena cumprimentou a tia com um gesto gracioso, deu de rédea ao animal e seguiu ao lado do irmão. Transposto o portão, seguiram os dois para o lado de cima, a passo lento. O sol estava encoberto e a manhã fresca. Helena cavalgava perfeitamente; de quando em quando a égua, instigada por ela, adiantava-se alguns passos ao cavalo; Estácio repreendia a irmã, a seu pesar, porque ao mesmo tempo que temia alguma imprudência, gostava de lhe ver o airoso do busto e a firme serenidade com que ela conduzia o animal.

— Não me dirá você — perguntou ele — por que motivo, sabendo montar, pedia-me ontem lições?

— A razão é clara — disse ela —; foi uma simples travessura, um capricho... ou antes um cálculo.

— Um cálculo?

— Profundo, hediondo, diabólico — continuou a moça sorrindo. — Eu queria passear algumas vezes a cavalo; não era possível sair só, e nesse caso...

— Bastava pedir-me que a acompanhasse.

— Não bastava. Havia um meio de lhe dar mais gosto em sair comigo; era fingir que não sabia montar. A ideia momentânea de sua superioridade nesse assunto era bastante para lhe inspirar uma dedicação decidida...

Estácio sorriu do cálculo; logo depois ficou sério, e perguntou em tom seco:

— Já lhe negamos algum prazer que desejasse?

Helena estremeceu e ficou igualmente séria.

— Não! — murmurou. — Minha dívida não tem limites.

Esta palavra saiu-lhe do coração. As pálpebras caíram-lhe e um véu de tristeza lhe apagou o rosto. Estácio arrependeu-se do que dissera. Compreendeu a irmã; viu que, por mais inocentes que suas palavras fossem, podiam ser tomadas à má parte, e, em tal caso, o menos que se lhe podia arguir era a descortesia. Estácio timbrava em ser o mais polido dos homens. Inclinou-se para ela e rompeu o silêncio.

— Você ficou triste — disse Estácio —; mas eu desculpo-a.

— Desculpa-me? — perguntou a moça erguendo para o irmão os belos olhos úmidos.

— Desculpo a injúria que me fez, supondo-me grosseiro.

Apertaram-se as mãos, e o passeio continuou nas melhores disposições do mundo. Helena deu livre curso à imaginação e ao pensamento; suas falas exprimiam, ora a sensibilidade romanesca, ora a reflexão da experiência prematura, e iam direitas à alma do irmão, que se comprazia em ver nela a mulher como ele queria que fosse, uma graça pensadora, uma sisudez amável. De quando em quando faziam parar os animais para contemplar o caminho percorrido, ou discretear acerca de um acidente do terreno. Uma vez, aconteceu que iam falando das desvantagens da riqueza.

— Valem muito os bens da fortuna — dizia Estácio —; eles dão a maior felicidade da terra, que é a independência absoluta. Nunca experimentei a necessidade; mas imagino que o pior que há nela não é a privação de alguns apetites ou desejos, de sua natureza transitórios, mas sim essa escravidão moral que submete o homem aos outros homens. A riqueza compra até o tempo, que é o mais precioso e fugitivo bem que nos coube. Vê aquele preto que ali está? Para fazer o mesmo trajeto que nós, terá de gastar, a pé, mais de uma hora ou quase.

O preto de quem Estácio falara estava sentado no capim, descascando uma laranja, enquanto a primeira das duas mulas que conduzia olhava filosoficamente para ele. O preto não atendia aos dois cavaleiros que se aproximavam. Ia esburgando a fruta e deitando os pedaços de casca ao focinho do animal, que fazia apenas um movimento de cabeça, com o que parecia alegrá-lo infinitamente. Era homem de cerca de quarenta anos; ao parecer, escravo. As roupas eram rafadas; o chapéu que lhe cobria a cabeça tinha já uma cor inverossímil. No entanto, o rosto exprimia a plenitude da satisfação; em todo o caso, a serenidade do espírito.

Helena relanceou os olhos ao quadro que o irmão lhe mostrara. Ao passarem por ele, o preto tirou respeitosamente o chapéu e continuou na mesma posição e ocupação que dantes.

— Tem razão — disse Helena —, aquele homem gastará muito mais tempo do que nós em caminhar. Mas não é isso uma simples questão de ponto de vista? A rigor, o tempo corre do mesmo modo, quer o esperdicemos, quer o economizemos. O essencial não é fazer muita coisa no menor prazo; é fazer muita coisa aprazível ou útil. Para aquele preto o mais aprazível é, talvez, esse mesmo caminhar a pé, que lhe alongará a jornada, e lhe fará esquecer o cativeiro, se é cativo. É uma hora de pura liberdade.

Estácio soltou uma risada.

— Você devia ter nascido...

— Homem?

— Homem e advogado. Sabe defender com habilidade as causas mais melindrosas. Nem estou longe de crer que o próprio cativeiro lhe parecerá uma bem-aventurança, se eu disser que é o pior estado do homem.

— Sim? — retorquiu Helena sorrindo —; estou quase a fazer-lhe a vontade. Não faço; prefiro admirar a cabeça de Moema. Veja, veja como se vai faceirando. Esta não maldiz o cativeiro; pelo contrário, parece que lhe dá glória. Pudera! Se não a tivéssemos cativa, receberia ela o gosto de me sustentar e conduzir? Mas não é só faceirice, é também impaciência.

— De quê?

— Impaciência de correr por essa estrada da Tijuca fora, e beber o vento da manhã, espreguiçando os músculos, e sentindo-se alguma coisa senhora e livre. Mas que queres tu, minha pobre égua? —, continuou a moça, inclinando a cabeça até as orelhas do animal —; vai aqui ao pé de nós um homem muito mau e medroso, que é ao mesmo tempo meu irmão e meu inimigo...

— Helena! — interrompeu Estácio —; você é muito capaz de disparar a correr.

— E se fosse?

— Eu deixava-a ir, e nunca a traria em meus passeios. Você monta bem; mas não desejo que faça temeridades. Nós somos responsáveis, não só por sua felicidade, mas também por sua vida.

Helena refletiu um instante.

— Quer dizer — perguntou ela —, que se eu fosse vítima de um desastre, não faltaria quem o imputasse à minha família?

— Justo.

— Singular gente! Não há de ser tanto assim... Pois se eu me lembrasse — é uma suposição —, se eu me lembrasse de deixar a vida, por aborrecimento ou capricho, seria você acusado de me haver propinado o veneno? Não há melhor modo de me fazer evitar a morte.

— Deixemos conversas lúgubres, e voltemos para casa — interrompeu Estácio.

— Já!

— Raras vezes passo daqui; e não pense você que é perto.

— Parece-me que ainda agora saímos de casa. Vamos uns cinco minutos adiante? Sim?

Estácio consultou o relógio.

— Cinco minutos justos — disse ele.

— Até àquela casa que ali está com uma bandeira azul.

Havia, efetivamente, cerca de quatro minutos adiante, à esquerda da estrada, uma casa de insignificante aparência, sobre cujo telhado flutuava uma bandeira azul presa a uma vara. Estácio conhecia a casa, mas era a primeira vez que via a bandeira. Helena pediu-lhe a explicação daquele apêndice.

— Vá lá saber — disse o irmão rindo.

Helena deu de rédea à égua e adiantou-se alguns passos. Estácio apertou o animal e alcançou-a.

— Não vá fazer tolices! — disse ele em tom de branda repreensão. — Aquilo

é fantasia do morador, ou algum sinal de pássaros, ou qualquer outra coisa que não vale a pena de uma travessura. Contemplemos antes a manhã, que está deliciosa.

Helena não atendeu à proposta do irmão e foi andando, a passo lento, na direção da casa. A casa era velha, abrindo por uma porta para o alpendre antigo que lhe corria na frente. As colunas deste estavam já lascadas em muitas partes, aparecendo, aqui e ali, a ossada de tijolo. A porta estava meio aberta. Havia absoluta solidão, aparente ao menos. Quando eles lhe passaram pela frente, a porta abriu-se, mas se alguém espreitava por ela, ficou sumido na sombra, porque ninguém de fora o viu.

Cerca de cinco braças adiante, Estácio resolveu definitivamente regressar, e Helena não opôs objeção nenhuma. Torceram a rédea aos animais e desceram.

— Não poderei falar à bandeira? — perguntou a moça. — Deixe-me ao menos dizer-lhe adeus.

Tinha já tirado da algibeira o seu fino lenço de cabraia; agitou-o na direção da casa. Quis o acaso que a bandeira, até então quieta, se movesse ao sopro de uma aragem que passou.

— Vê como ela me respondeu? Não se pode ser mais cortês! — exclamou Helena rindo.

Estácio riu também da lembrança da irmã, e ambos desceram, a passo lento, como haviam subido. Helena vinha taciturna e pensativa. Os olhos, cravados nas orelhas de Moema, não pareciam ver sequer o caminho que o animal seguia. Estácio, para arrancá-la ao silêncio, fez-lhe uma observação acerca de um incidente do caminho. Helena respondeu distraidamente.

— Que tem você? — perguntou ele.

— Nada — disse ela —; ia... ia embebida naquela toada. Não ouve?

Ouvia-se, efetivamente, a algumas braças adiante, uma cantiga da roça, meio alegre, meio plangente. O cantor apareceu, logo que os cavaleiros dobraram a curva que a estrada fazia naquele lugar. Era o preto, que pouco antes tinham visto sentado no chão.

— Que lhe dizia eu? — observou a irmã de Estácio. — Ali vai o infeliz de há pouco. Uma laranja chupada no capim e três ou quatro quadras é o bastante para lhe encurtar o caminho. Creia que vai feliz, sem precisar comprar o tempo. Nós poderíamos dizer o mesmo?

— Por que não?

A moça recolheu-se ao silêncio.

— Helena, isso que você acaba de dizer... Vamos, estamos sós; confesse alguma tristeza que tenha.

— Nenhuma — respondeu a moça. — Peço-lhe, entretanto, uma coisa.

— Diga.

— Peço-lhe que me comunique todas as más impressões que tiver a meu respeito. Explicarei umas, procurarei desvanecer-lhe outras, emendando-me. Sobretudo, peço-lhe que escreva em seu espírito esta verdade: é que sou uma pobre alma lançada num turbilhão.

Estácio ia pedir explicação mais desenvolvida daquelas últimas palavras; mas Helena, como se esperasse a pergunta, brandira o chicote, e deitou a égua a correr. Estácio fez o mesmo ao cavalo; daí a alguns minutos entravam na chácara, ele aturdido e curioso, ela com a face vermelha e a bater-lhe violentamente o coração.

Capítulo VII

Apearam-se os dois no terreiro e dirigiram-se para a escada que ia ter à varanda. Pisando o primeiro degrau, disse Estácio:

— Helena, explique-me suas palavras de há pouco.
— Quais?

E como Estácio levantasse os ombros, com ar de despeito, continuou Helena:

— Perdoe-me; a pergunta não tem nem podia ter outra resposta mais do que a simples recusa. Não lhe direi mais nada. Nunca se devem fazer meias confissões; mas, neste caso, a confissão inteira seria imprudência maior. Se se tratasse de fatos, creia que a ninguém melhor podia confiá-los do que a você; mas por que motivo irei perturbar-lhe o espírito com a narração de meus sentimentos, se eu própria não chego a entender-me?

Estácio não insistiu. Subiram a escada, atravessaram a varanda e entraram na sala de jantar, onde acharam d. Úrsula dando as ordens daquele dia a dois escravos. Estácio entrou pensativo; Helena mudou totalmente de ar e maneiras. Alguns segundos antes era sincera a melancolia que lhe ensombrava o rosto. Agora regressara à jovialidade de costume. Dissera-se que a alma da moça era uma espécie de comediante que recebera da natureza ou da fortuna, ou talvez de ambas, um papel que a obrigava a mudar continuamente de vestuário. D. Úrsula viu-a entrar risonha e ir a ela dar-lhe os costumados — *bons-dias* — que eram sempre um beijo — ou antes dois, um na mão, outro na face.

— Demorei-me muito? — perguntou ela voltando rapidamente o corpo, de maneira a ver o relógio que ficava do outro lado da sala. — Nove horas! Que passeio, senhor meu irmão!

Estácio olhava para ela silencioso e não lhe respondeu. Foram logo depois mudar de roupa, e o almoço reuniu a família. D. Úrsula propôs, durante ele, algumas mudanças na disposição da chácara, mudanças que foram longamente discutidas com o sobrinho, e aceitas afinal por este. O dia estava sombrio e fresco; d. Úrsula desceu à chácara com Estácio. As alterações foram ainda estudadas e combinadas no próprio terreno, com assistência do feitor. Logo que acabou a deliberação e que o projeto de d. Úrsula foi definitivamente assentado, Estácio reteve-a e lhe disse:

— Preciso falar-lhe um instante.
— Também eu.
— Quais são os seus sentimentos atuais em relação a Helena? Oh! Não precisa franzir a testa nem fazer esse gesto de aborrecimento. Tudo são meras aparências. Não creio que seja absolutamente amiga dela; mas não pode negar que a antipatia desapareceu ou diminuiu muito.
— Diminuiu, talvez.
— E com razão. Pensa que também eu não tive repugnâncias depois que ela aqui entrou? Tive-as; mas se não houvessem desaparecido, desapareceriam hoje de manhã.
— Como?

Estácio referiu à tia a cena do capítulo anterior e as palavras que lhe dissera Helena. D. Úrsula sorriu ironicamente.

— Não a impressiona isto? — perguntou Estácio.

— Não — respondeu d. Úrsula com decisão —; a frase de Helena é achada em algum dos muitos livros que ela lê. Helena não é tola; quer prender-nos por todos os lados, até pela compaixão. Não te nego que começo a gostar dela; é dedicada, afetuosa, diligente; tem maneiras finas e algumas prendas de sociedade. Além disso, é naturalmente simpática. Já vou gostando dela; mas é um gostar sem fogo nem paixão, em que entra boa dose de costume e necessidade. A presença de outra mulher nesta casa é conveniente, porque eu estou cansada. Helena preenche essa lacuna. Se alguma coisa, entretanto, a podia prejudicar nas nossas relações é esse dito.

Estácio tomou calorosamente a defesa da irmã.

— O que eu lhe contei — disse ele —, foram apenas as palavras. Não pude nem poderei reproduzir a expressão sincera com que ela as proferiu, e a profunda tristeza que havia em seus olhos. Não lhe nego que, ao vê-la mudar tão depressa e entrar alegre na sala, senti tal ou qual abalo de dúvida, mas passou logo. Ela tem o poder de concentrar a amargura no coração; também a dor tem suas hipocrisias...

— Mas que dor? que amargura? — interrompeu d. Úrsula. — A dor de ser legitimada? A amargura de uma herança?

Estácio protestou calorosamente contra aquele caminho que a tia dava às suas ideias; enfim pediu-lhe que interrogasse com cautela a irmã.

— Um homem — concluiu ele — é menos apto para obter tais confissões; uma senhora, respeitável e parenta, está mais no caso de lhe captar a confiança e obter tudo. Quer incumbir-se desse delicado papel?

— Pedes muito — respondeu d. Úrsula. — Verei se te posso dar metade disso. Era só o que tinhas para dizer?

— Só.

— Uma criancice! Eu tenho coisa mais séria. O doutor Camargo escreveu-me; trata-se...

— Não precisa dizer mais nada — interrompeu Estácio —; lá vem ele.

Camargo aparecera efetivamente a vinte passos de distância.

— Doutor — disse d. Úrsula, logo que este se aproximou deles —, chega um pouco fora de propósito. Eu mal tive tempo de assustar meu sobrinho, que ainda não sabe o que o senhor lhe quer.

— Saberá agora; é só bastante que a senhora lhe diga que me aprova.

— Completamente.

— Trata-se... — disse Estácio.

— De uma conspiração; todos conspiramos em seu benefício.

D. Úrsula retirou-se para casa; os dois ficaram sós. Uma vez sós, Camargo pousou a mão no ombro de Estácio, fitou-o paternalmente, enfim perguntou-lhe se queria ser deputado. Estácio não pôde reprimir um gesto de surpresa.

— Era isso? — disse ele.

— Creio que não se trata de um suplício. Uma cadeira na Câmara! Não é a mesma coisa que um quarto no Aljube...

— Mas a que propósito...

— Essa ideia apoquentava-me há algumas semanas. Doía-me vê-lo vegetar os seus mais belos anos numa obscuridade relativa. A política é a melhor carreira para um homem em suas condições; tem instrução, caráter, riqueza; pode subir a

posições invejáveis. Vendo isso, determinei metê-lo na cadeia... Velha. Fala-se em dissolução. Para facilitar-lhe o sucesso, entendi-me com duas influências dominantes. O negócio afigura-se-me em bom caminho.

Estácio ouviu com desagrado as notícias que lhe dava o médico.

— Mas, doutor — disse ele depois de curto silêncio —, houve de sua parte alguma precipitação. Pelo menos, devia consultar-me. Do modo por que arranjou as coisas, quase me acho desobrigado de lhe agradecer a intenção. Quanto a aceitar, não aceito.

Camargo não perdeu a tramontana; deixou passar por cima da cabeça a primeira onda do desagrado, surgiu fora e insistiu tranquilamente:

— Vejamos as coisas com os óculos do senso comum. Em primeiro lugar, não creio que tenha outros projetos na cabeça...

— Talvez.

— Duvido que sejam mais vantajosos do que este. A ciência é árdua e seus resultados fazem menos ruído. Não tem vocação comercial nem industrial. Medita alguma ponte pênsil entre a corte e Niterói, uma estrada até Mato Grosso ou uma linha de navegação para a China? É duvidoso. Seu futuro tem por ora dois limites únicos, alguns estudos de ciência e os aluguéis das casas que possui. Ora, a eleição nem lhe tira os aluguéis nem obsta a que continue os estudos; a eleição completa-o, dando-lhe a vida pública, que lhe falta. A única objeção seria a falta de opinião política; mas essa objeção não o pode ser. Há de ter, sem dúvida, meditado alguma vez nas necessidades públicas, e...

— Suponha — é mera hipótese — que tenho alguns compromissos com a oposição.

— Nesse caso, dir-lhe-ei que ainda assim deve entrar na Câmara — embora pela porta dos fundos. Se tem ideias especiais e partidárias, a primeira necessidade é obter o meio de as expor e defender. O partido que lhe der a mão — se não for o seu — ficará consolado com a ideia de ter ajudado um adversário talentoso e honesto. Mas a verdade é que não escolheu ainda entre os dois partidos; não tem opiniões feitas. Que importa? Grande número de jovens políticos seguem, não uma opinião examinada, ponderada e escolhida, mas a do círculo de suas afeições, a que os pais ou amigos imediatos honraram e defenderam, a que as circunstâncias lhe impõem. Daí vêm algumas legítimas conversões posteriores. Tarde ou cedo o temperamento domina as circunstâncias da origem, e do botão luzia ou saquarema nasce um magnífico lírio saquarema ou luzia. Demais, a política é ciência prática; e eu desconfio de teorias que só são teorias. Entre primeiro na Câmara; a experiência e o estudo dos homens e das coisas lhe designarão a que lado se deve inclinar.

Estácio ouviu atento essas vozes com que a serpente lhe apontava para a árvore da ciência do bem e do mal. Menos curioso que Eva, entrou a discutir filosoficamente com o réptil.

— Entra-se na política — disse ele — por vocação legítima, ambição nobre, interesse, vaidade, e até por simples distração. Nenhum desses motivos me impele a dobrar o cabo Tormentório...

— Da Boa Esperança — emendou Camargo rindo —; não suprima três séculos de navegação.

Estácio riu também. Depois falou ao médico da sua índole e ambições. Não negava que tivesse ambições; mas nem só as havia políticas, nem todas eram da

mesma estatura. Os espíritos, disse ele, nascem condores ou andorinhas, ou ainda outras espécies intermédias. A uns é necessário o horizonte vasto, a elevada montanha, de cujo cimo batem as asas e sobem a encarar o sol; outros contemplam-se com algumas longas braças de espaço e um telhado em que vão esconder o ninho. Estes eram os obscuros, e, na opinião dele, os mais felizes. Não seduzem as vistas, não subjugam os homens, não os menciona a história em suas páginas luminosas ou sombrias; o vão do telhado em que abrigaram a prole, a árvore em que pousaram, são as testemunhas únicas e passageiras da felicidade de alguns dias. Quando a morte os colhe, vão eles pousar no regaço comum da eternidade, onde dormem o mesmo perpétuo sono, tanto o capitão que subiu ao sumo estado por uma escada de mortos, como o cabreiro que o viu passar uma vez e o esqueceu duas horas depois. Suas ambições não eram tão ínfimas como seriam as do cabreiro; eram as do proprietário do campo que o capitão atravessasse. Um bom pecúlio, a família, alguns livros e amigos — não iam além seus mais arrojados sonhos.

Um sorriso de lástima foi a primeira resposta do médico.

— Meu caro Estácio — disse ele depois —, esse trocadilho de andorinhas e cabreiros é a coisa mais extraordinária que eu esperava ouvir a um matemático. Saiba que detesto igualmente a filosofia da obscuridade e a retórica dos poetas. Sobretudo, gosto que me respondam em prosa quando falo em prosa.

— Parece-lhe que poetei? — perguntou Estácio rindo.

— Despropositadamente! Ora, eu falo de coisas sérias; e convém não confundir alhos, que são a metade prática da vida, com bugalhos, que são a parte ideológica e vã.

— Eu serei ideólogo.

— Não tem direito de o ser.

— Pois bem, deixe-me com as minhas matemáticas, as minhas flores, as minhas espingardas.

— Não! Há de intercalar tudo isso com um pouco de política.

Puxando-o familiarmente pela gola do paletó, Camargo fê-lo sentar ao pé de si, no banco que ali estava mais próximo. Depois falou. O novo discurso foi o mais longo que proferiu em todos os seus dias. Nenhuma das vantagens da vida pública deixou de ser apontada com uma complacência de tentador; todas as glórias, pompas e satisfações da política, e não só as reais, mas as fictícias ou duvidosas, foram inventariadas, pintadas, douradas e iluminadas pelo médico. A palavra revelou um poder de evocação, uma veemência, uma energia, que ninguém era capaz de supor-lhe. O taciturno desabrochou tagarela. Para falar tanto e com tal força era preciso que o animasse um grande sentimento ou um grande interesse.

Estácio, lisonjeado com a afeição que ele lhe mostrava, não teve ensejo de fazer essa reflexão. Nem se animou a repetir a recusa; adotou o alvitre de diferir a resposta para outra ocasião.

— Já lhe disse o que sinto a tal respeito. Contudo, estou pronto a refletir, e a consultar o padre Melchior e Helena.

O nome de Helena produziu em Camargo uma careta interior. Exteriormente, não passou o efeito de um sorriso sardônico e dissimulado. Interveio uma pitada de rapé, que o médico inseriu lentamente, depois de a extrair de uma boceta de tartaruga, presente do conselheiro Vale.

— Helena! — disse ele com alguma hesitação. — Que vem fazer sua irmã neste negócio?

— É um voto — redarguiu Estácio —; e menos leve do que lhe parece. Há nela muita reflexão escondida, uma razão clara e forte, em boa harmonia com as suas outras qualidades feminis.

Entre as sobrancelhas de Camargo projetou-se uma longa ruga, e foi toda a expressão de seu espanto e desgosto. A resposta de Estácio revelara-lhe uma situação nova na família: o voto de Helena, consultivo agora, podia vir a ser preponderante. Essa solução, que porventura faria estremecer de alegria os ossos do conselheiro, não a previra o médico. Limitou-se a notá-la de si para si; e, terminando subitamente a conversa, disse:

— Consulte as pessoas de seu agrado. Quem não estiver com a minha opinião, não é seu amigo. Em todo o caso, ninguém lhe poderá afirmar que não é a amizade, a longa amizade...

Estácio cortou-lhe a palavra, apertando-lhe afetuosamente a mão. Tinham-se levantado. Era quase meio-dia; Camargo despediu-se ali mesmo; ia ver dois doentes no caminho da Tijuca. O filho do conselheiro atravessou sozinho a chácara; ia pensativo, e aborrecido. A política, na sua opinião, era uma noiva importuna; mas, se todos conspirassem a favor dela, não seria ele obrigado a desposá-la? A essa reflexão respondeu a voz do padre Melchior, do alto de uma janela:

— Venha cá, senhor deputado; quando teremos o seu primeiro discurso?

Capítulo VIII

D. Úrsula tinha já confiado ao velho capelão a proposta de Camargo. Consultado por Estácio, respondeu o padre:

— Consulte as suas forças e a responsabilidade do cargo, e escolha.

— Já escolhi — disse Estácio —; pedia-lhe conselho para apoiar melhor a minha própria decisão. Não é esse o destino de todos os conselhos? Decidi que não aceito a candidatura. A vida política é turbulenta demais para o meu espírito. Estou pronto para a ação, mas não há de ser exterior. Dado o meu temperamento, que iria eu buscar à Câmara, além de algumas prerrogativas e um papel acessório? Eu só me meteria na política se pudesse oficiar; mas ser apenas sacristão...

— Entre o oficiante e o sacristão — observou Melchior —, está o pregador, que é cargo nobre e influente.

— Mas o tema do sermão, padre-mestre? — retorquiu Estácio rindo. — Falta-me o tema.

D. Úrsula, a quem seduziam exclusivamente a posição e o rumor público em favor do sobrinho, viu naquelas razões um pretexto ou uma puerilidade. Defendeu, como pôde, a causa de Camargo; instou com o sobrinho para que refletisse maduramente, antes de qualquer resposta definitiva. Estácio prometeu como prometera ao médico, por simples condescendência; mas sobretudo para pôr termo ao assunto e

ir saber a causa do sorriso quase imperceptível que viu roçar os lábios de Helena. A moça erguera-se e dirigira-se para uma das janelas; Estácio foi até ali.

— Adivinhei, pelo seu sorriso — disse ele —, que tudo isto lhe parece pueril, e que eu faço bem em não aceitar o que se me oferece.

Helena olhou um pouco espantada para ele, mas respondeu com tranquilidade:

— Pelo contrário, penso que deve aceitar. Além de haver consentimento de minha tia, parece ser um grande desejo do pai de Eugênia.

Era a primeira vez que Helena aludia ao amor de Estácio, e fazia-o por modo encoberto e oblíquo. Estácio escapou dessa vez à regra de todos os corações amantes: resvalou pela alusão e discutiu gravemente o assunto da candidatura. Era pesado demais para cabeça feminina; Helena intercalou uma observação sobre dois passarinhos que bailavam no ar, e Estácio aceitou a diversão, deixando em paz os eleitores.

Durante dois dias não saiu ele de casa. Tendo recebido alguns livros novos, gastou parte do tempo em os folhear, ler alguma página, colocá-los nas estantes, alterando a ordem e a disposição dos anteriores, com a prolixidade e o amor do bibliófilo. Helena ajudava-o nesse trabalho — um pouco parecido com o de Penélope, porque a ordem estabelecida ao meio-dia era às vezes alterada às duas horas, e restaurada na seguinte manhã. Estácio, entretanto, não ficava todo entregue aos livros; admirava a solicitude da irmã, a ordem e o cuidado com que ela o auxiliava. Helena parecia não andar; o vulto resvalava silenciosamente, de um lado para outro, obedecendo às indicações do irmão, ou pondo em experiência uma ideia sua. Estácio parava às vezes fatigado; ela continuava imperturbavelmente o serviço. Se ele lhe fazia algum reparo, a moça respondia erguendo os ombros ou sorrindo, e prosseguia. Então Estácio segurava-lhe nos pulsos e exclamava rindo:

— Sossega, borboleta!

Helena parava, mas eram só poucos minutos; volvia logo ao trabalho com a mesma serena agitação. Era assim que as horas se passavam na intimidade mais doce, e que a recíproca afeição ia excluindo toda a preocupação alheia; era assim que a influência de Helena assumia as proporções de voto preponderante.

No terceiro dia, d. Tomásia e Eugênia foram jantar a Andaraí. Eugênia estava nesse dia mais sisuda e dócil que nunca; dissera-se que trazia a alma tão nova como o vestido, e menos enfeitada que ele. Estácio sentiu-se satisfeito; o ideal reconciliava-se com o real. Puderam falar sozinhos, mais de uma vez; todas as pessoas da casa pareciam conspiradas para lhes deixar a solidão. Foi ela quem recordou a proposta política do pai, da qual soubera casualmente, ouvindo a narração que este fizera a d. Tomásia. O desejo de Eugênia era pela afirmativa; e Estácio, receoso de despertar os caprichos adormecidos da moça, frouxamente resistiu, e consentiu ainda mais frouxamente em reconsiderar o assunto.

— Deputado! — exclamava Eugênia com os olhos no céu.

Estácio acompanhou Eugênia e d. Tomásia na carruagem que as levou ao Rio Comprido. O dia fora mais ou menos alegre; a viagem foi divertida e palreira como um regresso de romaria. Os cavalos mostravam-se tão lépidos como as pessoas que iam no carro, e encurtaram alguns minutos o caminho, com desgosto de Eugênia.

Voltando a Andaraí, Estácio trazia a alma pura de todas as más impressões

que lhe deixavam usualmente as visitas à casa de Camargo. Nenhum dissentimento houvera naquele dia. Eugênia parecia modificada. Em casa esperava-o, porém, uma desagradável notícia: a tia sentira-se incomodada pouco depois que ele saíra e recolhera-se ao quarto. O caso afligiu-o, mas não tardou a aparecer Helena, que o tranquilizou, dizendo-lhe que d. Úrsula tinha apenas uma forte dor de cabeça, já diminuída com o emprego de um remédio caseiro.

No dia seguinte de manhã, informado de que a tia dormia sossegadamente, Estácio abriu uma das janelas do quarto e relanceou os olhos pela chácara. A alguns passos de distância, entre duas laranjeiras, viu Helena a ler atentamente um papel. Era uma carta, longa de todas as suas quatro laudas escritas. Seria alguma mensagem amorosa?

Esta ideia molestou-o muito. Afastou-se da janela, conchegou as cortinas, e pela fresta procurou observar a irmã. Helena estava de pé, no mesmo lugar, e percorria rapidamente as linhas, até ao final da última página. Ali chegando, deu dois passos, tornou a parar, volveu ao princípio da carta, para a ler de novo, não já depressa, mas repousadamente. Estácio sentiu-se movido de imperiosa curiosidade, à qual vinha misturar-se uma sombra de despeito e ciúme. A ideia de que Helena podia repartir o coração com outra pessoa desconsolava-o, ao mesmo tempo que o irritava. A razão de semelhante exclusivismo não a explicou ele, nem tentou investigá-la; sentiu-lhe somente os efeitos, e ficou ali sem saber que faria. Duas vezes saiu da janela para ir ter com a irmã, mas recuou de ambas, refletindo que a curiosidade pareceria impolidez, se não era talvez tirania. Ao cabo de alguns minutos de hesitação, saiu do quarto e dirigiu-se à chácara.

Quando ali chegou, Helena passeava lentamente, com os olhos no chão. Estácio parou diante dela.

— Já fora de casa! — exclamou em tom de gracejo.

Helena tinha a carta na mão esquerda; instintivamente a amarrotou como para escondê-la melhor. Estácio, a quem não escapou o gesto, perguntou-lhe rindo se era alguma nota falsa.

— Nota verdadeira — disse ela, alisando tranquilamente o papel, e dobrando-o conforme recebera —; é uma carta.

— Segredos de moça?

— Quer lê-la? — perguntou Helena, apresentando-lha.

Estácio fez-se vermelho e recusou com um gesto. Helena dobrou lentamente o papel e guardou-o na algibeira do vestido. A inocência não teria mais puro rosto; a hipocrisia não encontraria mais impassível máscara. Estácio contemplava-a, a um tempo envergonhado e suspeitoso; a carta fazia-lhe cócegas; o olhar ambicionava ser como o da Providência, que penetra nos mais íntimos refolhos do coração. Vieram, entretanto, dizer a Helena que d. Úrsula lhe pedia fosse ter com ela. Estácio ficou só. Uma vez só, entregou-se a um inquérito mental sobre a procedência da misteriosa missiva. Um indício havia de que podia conter alguma coisa secreta; era o gesto com que ela a escondeu. Mas não podia ser de alguma antiga companheira do colégio, que lhe confiava segredos seus? Estácio abraçou com alvoroço esta hipótese. Depois, ocorreu-lhe que, ainda provindo de uma amiga, a carta podia tratar de algum idílio de colégio, em que Helena fosse protagonista, idílio vivo ou morto, página de esperança ou de saudade. Ainda nesse caso, que tinha ele com isso?

Fazendo esta última reflexão, Estácio sacudiu do espírito o assunto e seguiu a examinar as novas obras da chácara, entre as quais figurava um vasto tanque. Já ali estavam os operários; ia começar o trabalho do dia. Estácio viu a obra feita e deu várias indicações novas. Algumas eram contrárias ao plano assentado; como lhe fizessem tal observação, Estácio retificou-as. Depois admirou-se de não ver um vaso, que aliás dois dias antes mandara remover; enfim, recomendou a rega de uma planta, ainda úmida da água que o feitor lhe deitara nessa manhã.

D. Úrsula não estava de todo boa, mas pôde almoçar à mesa comum. O sobrinho apareceu aborrecido, a sobrinha triste; o diálogo foi mastigado como o almoço. No fim deste, recebeu Estácio uma carta de Eugênia. Era uma tagarelice meio frívola, meio sentimental, mistura de risos e suspiros, sem objeto definido a não ser pedir-lhe que escrevesse se não pudesse ir vê-la.

Acabava ele de ler a carta, quando Helena lhe apareceu à porta do gabinete. Não a escondeu; lembrou-lhe mostrá-la à irmã, na esperança de que esta, pagando-lhe com igual confiança, lhe mostrasse a sua. Helena percorreu com os olhos a carta de Eugênia e esteve algum tempo silenciosa.

— Permite-me um conselho? — perguntou ela.

E como Estácio respondesse com um gesto de assentimento:

— Vá ter com Eugênia, solicite licença para ir pedi-la a seu pai, e conclua isso quanto antes. Não é verdade que se amam? Dela creio poder afirmar que sim; de você...

— De mim?

— Penso que é mais duvidoso; ou você é mais hábil. Há de ser isso. Naturalmente parece-lhe fraqueza amar — isto é, a coisa mais natural do mundo, a mais bela —, não direi a mais sublime. Os homens sérios têm preconceitos extravagantes. Confesse que ama, que não é indiferente a esse sentimento inexprimível que liga, ou para sempre, ou por algum tempo, duas criaturas humanas.

"Ou por algum tempo!", repetiu mentalmente Estácio.

E estas quatro palavras, tão naturais e tão comuns, tinham ares de uma revelação nova no estado de espírito em que ele se achava. Se Helena tivesse propósito de lhe lançar a perplexidade na alma, não empregaria mais eficaz conceito. Seria na verdade aquele amor, tão travado de desânimos, dissentimentos e alternativas, tão discutido em seu próprio coração, uma afeição destinada a perecer no ocaso da primeira lua matrimonial?

— Pois sim — concordou ele, ao cabo de alguns instantes —, é verdade. Eugênia não me é indiferente; mas, poderei estar certo dos sentimentos dela? Ela mesma poderá afirmar alguma coisa a tal respeito? Há ali muita frivolidade que me assusta; ilude-a, talvez, uma impressão passageira.

— Pode ser; mas ao marido cabe a tarefa de fixar essa impressão passageira... O casamento não é uma solução, penso eu; é um ponto de partida. O marido fará a mulher. Convenho que Eugênia não tem todas as qualidades que você desejaria; mas não se pode exigir tudo: alguma coisa é preciso sacrificar, e do sacrifício recíproco é que nasce a felicidade doméstica.

As reflexões eram exatas; por isso mesmo Estácio as interrompeu. O filho do conselheiro achava-se numa posição difícil. Caminhara para o casamento com os olhos fechados; ao abri-los, viu-se à beira de uma coisa que lhe pareceu abismo,

e era simplesmente um fosso estreito. De um pulo poderia transpô-lo; mas, se não era irresoluto nem débil, tinha ele acaso vontade de dar esse salto?

Insistindo Helena, prometeu ele que nessa tarde iria visitar Camargo. De tarde desabou um temporal violento. A força do vento e da trovoada abrandou; mas a chuva continuou a cair com a mesma violência; era impossível ir ao Rio Comprido. Estácio estimou aquele obstáculo; era melhor adorar de longe a imagem da moça do que ir colher algum desgosto junto a ela.

De pé, encostado a uma das vidraças da sala de visitas, via cair as grossas toalhas de água. Ao lado estava sentada Helena, não alegre, mas taciturna e melancólica.

— É tão bom ver chover quando estamos abrigados! — exclamou ele. — Tenho lá na estante um poeta latino que diz alguma coisa nesse sentido... Que tem você?

— Estou pensando nos que não têm abrigo ou o têm mau; nos que não têm, neste momento, nem tetos sólidos nem corações amigos ao pé de si.

A voz da moça era trêmula; uma lágrima lhe brotou dos olhos, tão rápida que ela não teve tempo de a dissimular. Surpreendida nessa manifestação de sensibilidade, inexplicável talvez para o irmão, ergueu-se e procurou gracejar e rir. O riso parecia uma cristalização da lágrima, e o gracejo tinha ares de responso. Estácio não se iludiu; nada daquilo era claro, ou era tão claro como a carta. O olhar, severo e frio, interrogou mudamente a moça. Helena, que tivera tempo de se tranquilizar, voltou o rosto para a rua, e começou a rufar com os dedos na vidraça.

Capítulo IX

Naquela mesma noite, d. Úrsula, que não havia de todo melhorado, adoeceu deveras. A família, mal convalescida da perda do velho chefe, via-se agora ameaçada de uma nova dor, em todo o caso, exposta a novos receios. O dr. Camargo declarou que o caso era grave, e deu princípio a rigoroso tratamento.

Helena era naquela ocasião a natural enfermeira. Pela primeira vez patenteou-se em todo o esplendor a dedicação filial da moça. Horas do dia, e não poucas noites inteiras, passava-as na alcova de d. Úrsula, atenta a todos os cuidados que a gravidade da enferma exigia. Os remédios e o pouco alimento que esta podia receber, não lhe eram dados por outras mãos. Helena velava à cabeceira, durante o sono leve e interrompido da doente, achando em suas próprias forças a resistência que a natureza confiou especialmente às mães. Quando dava algum repouso ao corpo, não era ele ininterrupto nem longo; e mais de uma vez, alta noite, erguia-se do leito, colocado provisoriamente no quarto contíguo, para ir espreitar a mucama que, em seu lugar, acompanhava a enferma. As prescrições do médico era ela que as recebia e cumpria. A voz seca e dura com que Camargo lhe falava, não era própria a torná-lo amável e aceito; mas Helena cerrava os ouvidos à antipatia do homem para só obedecer ao médico. Este não tinha outra pessoa a quem interrogasse acerca dos fenômenos da doença, nem podia achar quem melhor os observasse e referisse; força lhe era aceitá-la. Assim, essas duas pessoas que se repeliam e detestavam, iam de acordo, desde que se tratava da vida de um terceiro.

O que completava a pessoa de Helena, e ainda mais lhe mereceu o respeito de todos, é que, no meio das ocupações e preocupações daqueles dias, não fez padecer um só instante a disciplina da casa. Ela regeu a família e serviu a doente com igual desvelo e benefício. A ordem das coisas não foi alterada nem esquecida fora da alcova de d. Úrsula; tudo caminhou do mesmo modo que antes, como se nada extraordinário se houvesse dado. Helena sabia dividir a atenção sem a dispersar.

De si é que ela não curou muito. O vestido era singelo. Os cabelos, colhidos à pressa e presos por um pente no alto da cabeça, não receberam, em todo aquele tempo, a forma elegante e graciosa com que ela os sabia realçar. Acrescia o abatimento, que era impossível evitar no meio de tanta fadiga, certo cansaço dos olhos, que os fazia moles e talvez mais adoráveis, um rosto sem riso nem viveza, um silêncio atento e laborioso.

A doença durou cerca de vinte dias. Afinal, venceu a própria natureza de d. Úrsula, robusta apesar dos anos. A convalescença começou; com ela volveu a satisfação da família. O papel de Helena não estava acabado; diminuía, contudo, e Estácio interveio para que a irmã tivesse, enfim, alguns dias de absoluto repouso. Ela recusou, dizendo que o repouso perdido aos poucos seria aos poucos recuperado.

Havia no coração de d. Úrsula uma fonte de ternura, que Helena devia tocar, para jorrar livre e impetuosamente. A dedicação, em tal crise, foi a vara misteriosa daquele Horeb. A afeição da tia era até então frouxa, voluntária e deliberada. Depois da moléstia, avultou espontânea. A experiência do caráter da moça dera esse resultado inevitável. Toda a prevenção cessou; a gratidão da vida ligou fortemente o que tantas circunstâncias anteriores pareciam separar. Não ocultou a irmã do conselheiro; já não tinha acanhamento nem reserva, as palavras subiam do coração à boca sem atenuação nem cálculo; fez-se carinhosa e mãe.

No dia em que ela pôde sair do quarto pela primeira vez, Helena deu-lhe o braço e levou-a até a sala de costura e das reuniões íntimas. Estácio amparou-a do outro lado. Ali chegando, foi ela sentada numa poltrona. Estácio abriu um pouco a janela, para penetrar, além da luz, um pouco de ar. D. Úrsula respirou à larga; como lavando o pulmão com aquela primeira onda de vida. Depois, segurando as mãos de Helena, que ficara de pé a seu lado, fê-la inclinar a fronte, imprimiu-lhe um beijo longo e verdadeiramente maternal. Estácio aproximara-se; aquela manifestação encheu-o de júbilo.

— Bem merecido beijo! — exclamou ele. — Helena foi um anjo em todo este tempo.

— Bem sei — retorquiu d. Úrsula —; foi um verdadeiro anjo, foi mulher, mãe e filha. Obrigada, Helena! Pode ser que a medicina tenha ajudado a cura, mas o principal mérito é só teu.

Helena abraçou a convalescente.

— Estácio — disse esta —, agradece à tua irmã, como eu fiz.

Estácio inclinou-se para Helena, a fim de lhe pousar na fronte o casto ósculo de irmão. Não o conseguiu, porque Helena, desviando o busto, estendeu-lhe sorrindo a mão esquerda e disse:

— Não foi serviço que merecesse tanta paga; basta um aperto de mão e o afeto de todos.

Estácio apertou-lhe a mão, e sentiu-lha trêmula. Aquele movimento de castidade não lhe pareceu exagerado nem descabido; achou-a assim mais bela. Uma

criatura tão ciosa de si mesma, que nem admitia a carícia do irmão, não era digna de honrar o nome da família?

A convalescença de d. Úrsula foi lenta, e não a houve mais rodeada de cuidados e atenções. Os dois sobrinhos não a deixaram um instante sozinha, e inventaram toda a sorte de recreio com que pudessem distraí-la: jogos de família ou leitura, música ou simples palestra íntima. Uma vez, lembraram-se de representar, só para ela, uma comédia de duas pessoas. Outra vez, Helena organizou um sarau musical, em que tomaram parte Eugênia Camargo e mais três moças da vizinhança. Foi a primeira vez que a ouviram cantar. O sucesso não podia ser mais completo. Como o aplauso que lhe deram pareceu desconsolar um pouco a filha do médico, Helena preparou-lhe habilmente um triunfo, fazendo-a executar ao piano uma composição brilhante, sua favorita. Estácio, que quase não tirava os olhos da irmã, percebeu-lhe a intenção, e disse-lho. Helena esquivou-se à alusão; mas, insistindo ele:

— Não há nada que admirar — disse ela —; Eugênia toca perfeitamente; era justo que também fosse aplaudida. Se há arte no que fiz, parece-me que é a mais singela do mundo. O melhor modo de viver em paz é nutrir o amor-próprio dos outros com pedaços do nosso. Mas, olhe; Eugênia nem precisa disso; tem a primazia da beleza. Veja se há criatura mais deliciosa.

Estácio dirigiu os olhos para onde Helena lhe indicava. Era um grupo de duas moças e dois rapazes. Eugênia, pelo braço de um deles, estava de pé, ouvindo sem atender as palavras que ali diziam, porque os olhos inquietos derramavam-se-lhe por toda ela e pela sala. Admirava-se e espreitava a admiração dos outros. A figura era realmente graciosa; mas Estácio quisera-a mais inconsciente, menos preocupada do efeito que produzia.

— Há cem belezas como aquela — disse ele.

— Estácio! — exclamou Helena com ar de repreensão.

— A beleza é como a bravura; vale mais se não a metem à cara dos outros.

— Você é um ingrato!

Naquela noite ficou mais patente que nunca a preponderância ganha por Helena, que se tornara a verdadeira dona da casa, a diretora ouvida e obedecida. D. Úrsula cedera, em poucas semanas, o que lhe negara durante meses.

Por que razão, pensando em todas as coisas, não conseguira ela apressar o casamento de Estácio? Estácio continuava a hesitar, a recuar, a adiar; pedia tempo para refletir. Ia agora menos ao Rio Comprido; os dias, quase todos, eram desfiados no remanso da família. Mas Helena insistiu tanto que ele prometeu fazer o solene pedido no primeiro dia do ano.

Estácio não havia esquecido a carta lida pela irmã; entretanto, por mais que a espreitasse e estudasse, nada descobria que lhe fizesse supor afeição encoberta. Nenhum dos homens que iam ali — e eram poucos — parecia receber de Helena mais do que a cortesia comum. D. Úrsula, a quem ele incumbira de interrogar a irmã acerca das palavras que esta lhe dissera na manhã do primeiro passeio, não obteve resposta mais decisiva.

A promessa de ir pedir Eugênia, fê-la Estácio na segunda semana de dezembro, em uma noite sem visitas, que eram as melhores noites para ele. No dia seguinte de manhã, erguendo-se tarde, soube que Helena saíra a cavalo.

— Sozinha?

— Com o Vicente.

Vicente era o escravo que, como sabemos, se afeiçoara, primeiro que todos, a Helena; Estácio designara-o para servi-la. A notícia do passeio não lhe agradou. O tempo andava com o passo do costume, mas à ansiedade do mancebo afigurava-se mais longo. Estácio chegava à janela, ia até o portão da chácara, com ar de aparente indiferença, que a todos iludia, a começar por ele próprio. Numa das vezes em que voltou à casa, achou levantada d. Úrsula; falou-lhe; d. Úrsula sorriu com tranquilidade.

— Que tem isso? — disse ela. — Já uma vez saiu a passeio com o Vicente e não aconteceu nada.

— Mas não é bonito — insistiu Estácio. — Não está livre de um ato de desatenção.

— Qual! Toda a vizinhança a conhece. Demais, Vicente já não é tão criança. Tranquiliza-te, que ela não tarda. Que horas são?

— Oito.

— Dez ou quinze minutos mais. Parece-me que já ouço um tropel...!

Os dois estavam na sala de jantar; passaram à varanda, e viram efetivamente entrar no terreiro Helena e o pajem. Helena deu um salto e entregou a rédea de Moema ao pajem que acabava de apear-se. Depois subiu a escada da varanda. Ao colocar o pé no primeiro degrau, deu com os olhos no irmão e na tia. Fez-lhes um cumprimento com a mão, e subiu a ter com eles.

— Já de pé! — exclamou abraçando d. Úrsula.

— Já, para lhe ralhar — disse esta sorrindo. — Que ideia foi essa de bater a linda plumagem? É a segunda vez que você se lembra de sair sem o urso do seu irmão.

— Não quis incomodar o urso — replicou ela voltando-se para Estácio. — Tinha imensa vontade de dar um passeio, e Moema também. Apenas hora e meia.

Aquele dia foi o de maior tristeza para a moça. Estácio passou quase todo o tempo no gabinete; nas poucas ocasiões em que se encontraram, ele só falou por monossílabos, às vezes por gestos. De tarde, acabado o jantar, Estácio desceu à chácara. Já não era só o passeio de Helena que o mortificava; ao passeio juntava-se a carta. Teria razão a tia em suas primeiras repugnâncias? Como ele fizesse essa pergunta a si mesmo, ouviu atrás de si um passo apressado e o farfalhar de um vestido.

— Está mal comigo? — perguntou Helena com doçura.

Ao ouvir-lhe a voz, fundiu-se a cólera do mancebo. Voltou-se; Helena estava diante dele, com os olhos submissos e puros. Estácio refletiu um instante.

— Mal? — disse ele.

— Parece que sim. Não me fala, não se importa comigo, anda carrancudo... Seria por eu sair de manhã?

— Confesso que não gostei muito.

— Pois não sairei mais.

— Não; pode sair. Mas está certa de que não corre nenhum perigo indo só com o pajem?

— Estou.

— E se eu lhe pedir que não saia nunca sem mim?

— Não sei se poderei obedecer. Nem sempre você poderá acompanhar-me; além disso, indo com o pajem, é como se fosse só; e meu espírito gosta, às vezes, de trotar livremente na solidão.

— Naturalmente a pensar de coisas amorosas... — acrescentou Estácio cravando os olhos interrogadores na irmã.

Helena não respondeu; tomou-lhe o braço e os dois seguiram silenciosamente uns dez minutos. Chegando a um banco de madeira, Estácio sentou-se; Helena ficou de pé diante dele. Olharam um para outro sem proferir palavra; mas o lábio de Estácio tremera duas ou três vezes como hesitando no que ia dizer. Por fim, o moço venceu-se.

— Helena — disse ele —, você ama.

A moça estremeceu e corou vivamente; olhou em volta de si, como assustada, e pousou as mãos nos ombros de Estácio. Refletiu ela no que disse depois? É duvidoso; mas a voz, que nessa ocasião parecia concentrar todas as melodias da palavra humana, surpirou lentamente:

— Muito! Muito! Muito!

Estácio empalideceu. A moça recuou um passo, e, trêmula, pôs o dedo na boca, como a impor-lhe silêncio. A vergonha flamejava no rosto; Helena voltou as costas ao irmão e afastou-se rapidamente. Ao mesmo tempo, a sineta do portão era agitada com força, e uma voz atroava a chácara:

— Licença para o amigo que vem do outro mundo!

Capítulo X

Estácio dirigiu-se ao portão. Abriu-o; um moço que ali estava entrou precipitadamente. Era Mendonça. Os dois mancebos lançaram-se nos braços um do outro. Helena, a alguma distância, presenciou aquela efusão, e não lhe foi difícil adivinhar quem era o recém-chegado.

A efusão cessou, ou antes interrompeu-se, para repetir-se. Quando os dois rapazes se julgaram assaz abraçados, tomaram o caminho da casa. Helena, que estava um pouco adiante deles, foi apresentada a Mendonça. Ao ouvir que era irmã de Estácio, Mendonça ficou espantado. Cortejou cerimoniosamente a moça, e os dois seguiram até a casa, onde pouco depois entrou Helena.

Mendonça era da mesma estatura que Estácio, um pouco mais cheio, ombros largos, fisionomia risonha e franca, natureza móbil e expansiva. Vestia com o maior apuro, como verdadeiro parisiense que era, arrancado de fresco ao *grand boulevard*, ao café Tortoni e às récitas do Vaudeville. A mão larga e forte calçava fina luva, cor de palha, e sobre o cabelo, penteado a capricho, pousava um chapéu de fábrica recente.

Estácio, antes de entrar, explicou ao amigo a situação de Helena, cujas qualidades e educação louvou, com o fim de lhe fazer compreender o respeito e a afeição que ela de todos merecia. Helena adivinhou esse trabalho preparatório do irmão, logo que entrou na sala.

Mendonça divertiu a família uma parte da noite, contando os melhores episódios da viagem. Era narrador agradável, fluente e pinturesco, dotado de grande memória e certa força de observação. Espírito galhofeiro, achava facilmente o lado

cômico das coisas e mais se comprazia em dizer os acidentes de um jantar de hotel ou de uma noite de teatro que em descrever as belezas da Suíça ou os destroços de Roma.

A visita durou pouco mais de hora. Estácio quis acompanhá-lo até à cidade; ele não consentiu que fosse além do portão. Atravessando a chácara, falaram do passado, e um pouco do futuro, a trechos soltos, como o lugar e a ocasião lhes permitiam. Mendonça, vendo que Estácio não tocava em um ponto essencial, foi o primeiro que o aventou.

— Falaste-me em uma de tuas cartas de certa Eugênia...

— A filha do Camargo.

— Justo. Negócio roto?

— Quase terminado.

— Terminado... na igreja, suponho?

— Tal qual.

— Quando?

— Brevemente.

— Marido, enfim! Era só o que te faltava. Nasceste com a bossa conjugal, como eu com a bossa viajante, e não sei qual de nós terá razão.

— Talvez ambos.

— Creio que sim. Tudo depende do gosto de cada um. O casamento é a pior ou a melhor coisa do mundo; pura questão de temperamento. Eu vi algumas vezes essa moça; era então muito menina. Não te pergunto se é um anjo...

— É um anjo.

— Como todas as noivas. Feliz Estácio! Segues a carreira de tua vocação, enquanto que eu...

— Tu?

— Interrompo a minha, e talvez para sempre. Preciso cuidar da vida; não sou capitalista, nem meu pai tampouco. Adeus, viagens!

— Tanto melhor! Arranjo-te noiva. Não é a tua vocação, mas não serás o primeiro que a erre, sem que daí venha mal ao mundo.

— Pois arranja lá isso... Em todo caso não será tua irmã.

— Oh! Não — disse vivamente Estácio.

— Na verdade, é bonita; mas... se permites a franqueza de outrora, acho-lhe uma costela de desdém...

— Que ideia! É a mais afável criatura do mundo. Verás mais tarde; hoje estava, talvez, preocupada. Em todo o caso, não havias de querer que ela saltasse a dançar contigo na sala, de mais a mais sem música.

Mendonça acabava de acender um charuto; apertou a mão de Estácio e saiu. Estácio acordou de um sonho. A realidade pôs-lhe as mãos de chumbo e repetiu-lhe ao ouvido a confissão interrompida de Helena. Ansioso por saber o resto, entrou ele imediatamente em casa. A diligência foi estéril, porque a irmã se recolhera ao quarto. Estácio imitou-a. Era forçoso esperar uma noite inteira, demora que o afligia, porque, dizia ele consigo mesmo, cumpria-lhe velar pela sorte de Helena, como irmão e chefe de família, indagar de seus sentimentos, e ordenar o que fosse melhor. Uma noite não era muito; contudo, a preocupação retardou-lhe o sono. A confissão súbita, lacônica e eloquente da irmã ficara-lhe no espírito, como se fora o eco perpétuo de uma voz extinta.

Nem no dia seguinte, nem nos subsequentes alcançou o que esperava. Helena, ou evitava ficar a sós com ele, ou esquivava-se a maior explicação. Nos passeios matinais, que eram frequentes, procurou Estácio, mais de uma vez, tratar do assunto que o preocupava. Helena ouvia com um sorriso, e respondia com um gracejo; depois, dava de rédea à conversação e galopava na direção oposta. Como a fantasia era campo vasto, nunca mais o moço lograva trazê-la ao ponto de partida.

Um dia, a insistência de Estácio teve tal caráter de autoridade que pareceu constranger e molestar Helena. Ela replicou com um remoque; ele redarguiu com uma advertência áspera. Iam ambos a pé, levando os animais pela rédea. Ouvindo a palavra do irmão, Helena susteve o passo, e fitou-o com um olhar digno, um desses olhares que parecem vir das estrelas, qualquer que seja a estatura da pessoa. Estácio possuía estas duas coisas, a retratação do erro e a generosidade do perdão. Viu que cedera a um mau impulso, e confessou-o; mas, confessou-o com palavras tais que Helena travou-lhe da mão e lhe disse:

— Obrigada! Se me não dissesse isso, ver-me-ia disparar por este caminho fora até ao fim do mundo ou até ao fim da vida.

— Helena!

— Oh! não é vão melindre, é a própria necessidade da minha posição. Você pode encará-la com olhos benignos; mas a verdade é que só as asas do favor me protegem... Pois bem, seja sempre generoso, como foi agora; não procure violar o sacrário da minha alma. Não insista em pedir a explicação de palavras mal pensadas e ditas em má hora...

— Mal pensadas? Pode ser; mas por isso é que são verdadeiras; se você tivesse tempo de as meditar, guardá-las-ia consigo, avara de seus segredos e suspeitosa de corações amigos. Meu fim era somente ajudá-la a ser venturosa, destruir...

— É tarde! — interrompeu a moça, consultando o reloginho preso à cintura. — Vamos?

Estácio sorriu melancolicamente; ofereceu-lhe o joelho, ela pousou nele o pezinho afilado e leve e saltou no selim. A volta foi menos alegre do que costumava ser. Eles falavam, mas a palavra vinha aos lábios como uma onda vagarosa e surda; nenhuma cólera, mas nenhuma animação. Assim correu aquele dia; assim correriam outros, se não fora a vara mágica de Helena. O natural influxo era tão forte que o irmão voltou desde logo às boas, sendo as melhores horas as que passava ao pé dela, a escutá-la e a vê-la, ambos contentes e felizes. O episódio da confissão vinha às vezes, como hóspede importuno, projetar entre eles o nebuloso perfil; mas o espírito de Estácio repelia-o, e a alegria da irmã fazia o resto.

Entretanto, graças ao amigo recém-chegado, o filho do conselheiro saiu um pouco de suas regras habituais, e começou a provar alguma coisa mais da vida exterior. Mendonça buscava realizar, em miniatura, o seu esvaído ideal parisiense; havia nele o movimento, a agitação, a galhofa, que absolutamente faltavam a Estácio, e vieram dar-lhe à vida a variedade que ela não tinha. Alguns espetáculos e passeios, uma ou outra ceia alegre, tal foi o programa de uma parte ínfima da existência de Estácio. Para contrastar com ela, tinha ele as manhãs do Andaraí e algumas noites do Rio Comprido. Ao amigo e à sua consciência, dizia o moço que estava a despedir-se da liberdade.

A influência de Mendonça estendeu-se à própria casa de Estácio. Mendonça

gostava sobretudo da variedade no viver; não tolerava os mesmos prazeres nem os mesmos charutos; para os apreciar tinha necessidade de os alternar frequentemente. Se fosse possível, era capaz de fazer-se monge durante um mês, antes do carnaval, trocar o hábito por um dominó, e atar as últimas notas das matinas com os prelúdios da contradança. A fidelidade à moda custava-lhe um pouco, quando esta não ia a passo com a impaciência. Em sua opinião, o que distinguia o homem do cão era a faculdade de fazer que uma noite se não parecesse com outra. O Rio de Janeiro não lhe oferecia a mesma variedade de recursos que Paris; tendo o gênio inventivo e fértil, não lhe faltaria meio de fugir à uniformidade dos hábitos.

O pior que lhe acontecia era a disparidade entre os desejos e os meios. Filho de um comerciante, apenas remediado, não teria ele podido realizar a viagem à Europa nas proporções largas em que o fez, a não ser a intervenção benéfica de uma parenta velha, que se incumbira de lhe ministrar os recursos de que ele carecesse durante aquela longa ausência. Nem a parenta continuaria a abrir-lhe a bolsa, nem o pai queria criar-lhe hábitos de ociosidade. Tratava este, portanto, de obter-lhe um emprego público. Mendonça estava longe de recusar; pedia somente que o emprego o não deslocasse da corte.

Inquieto, amigo da vida ruidosa e fácil, inteligente sem largos horizontes, possuindo apenas a instrução precisa para desempenhar-se regularmente de qualquer comissão de certa ordem, Mendonça, com todos os seus defeitos e boas qualidades, era homem agradável e aceito. Os defeitos eram antes do espírito do que do coração. A variedade que ele pedia para as coisas externas e de menor tomo, não a praticava em suas afeições, que eram geralmente inalteráveis e fiéis. Era capaz de sacrifício e dedicação; sobretudo se lhe não pedissem o sacrifício deliberado ou a dedicação refletida, mas aquele que exige uma circunstância imprevista e súbita.

Não admira que a presença de tal homem viesse modificar o tom da sociedade de que era centro a família de Estácio, quando ele ali fazia alguma aparição. Era o sal daquela terra. Não tinha a rijeza do figurino, nem o ar do estrangeirado. A tesoura do alfaiate não lhe dissimulara a índole expansiva e franca. Acolhido como um filho, achava ali uma porção de casa. Que melhor aspecto podia ter a vida em tais condições, naquela família ligada por um sentimento de amor?

A noite do último dia do ano veio turvar a limpidez das águas.

Capítulo XI

Naquele dia fazia anos Estácio, e d. Úrsula assentara receber algumas pessoas a jantar, e outras mais à noite, em reunião íntima. Ela e Helena tomavam a peito fazer que a pequena festa de família fosse digna do objeto. Estácio opinou pela supressão do sarau; mas era difícil alcançar a desistência de corações que o amavam.

Logo de manhã, como ele se levantasse cedo, encontrou Helena que o convidou a segui-la à sala de costura.

— Quero dar-lhe o meu presente de anos — disse ela.

Ali entrados, abriu a moça uma pasta de desenhos, na qual havia um só, mas significativo: era uma parte da estrada de Andaraí, a mesma por onde eles costumavam passear, mas com algumas particularidades do primeiro dia. Dois cavaleiros, ele e ela, iam subindo a passo lento; ao longe, e acima via-se a velha casa da bandeira azul; no primeiro plano, desciam o preto e as mulas. Por baixo do desenho uma data: *25 de julho de 1850*.

Estácio não pôde conter um gesto de admiração, quando a moça retirou de cima do desenho a folha de papel de seda que o cobria. Apertou a mão de Helena e examinou o trabalho. Notou a firmeza das linhas, a exação das circunstâncias locais, as impressões de uma hora fugitiva que o lápis da irmã tivera a arte de fixar no papel.

— Não podia fazer-me presente melhor — disse ele —; dá-me uma parte de si mesma, um fruto de seu espírito. E que fruto! Não há muita moça que desenhe assim. Era talvez por isso que você saía algumas vezes sozinha com o pajem?

Estácio contemplou ainda instantes o desenho; depois levou-o aos lábios. O beijo acertou de cair na cabeça da cavaleira. Foi o original que corou.

— Andavam a gabar os meus talentos — disse Helena após um instante —; tive a vaidade de dar uma pequena amostra...

— Excelente amostra! Não acha, titia? — disse o moço a d. Úrsula, que nesse instante aparecera à porta, trazendo o seu presente, numa bocetinha de joalheiro.

D. Úrsula não tinha, decerto, o instinto da arte; mas o amor da família lhe ensinara uma estética do coração, e essa bastou a fazê-la admirar o trabalho de Helena.

— Mas que digo eu todos os dias? — exclamou d. Úrsula. — Esta pequena sabe tudo!

— Quase tudo — emendou Helena —; ignoro, por exemplo, como lhes hei de agradecer...

— O quê, tontinha? — interrompeu a tia. — Algum disparate, naturalmente, impróprio em qualquer dia, mas muito mais ainda no dia de hoje.

Enquanto as duas senhoras foram tratar das disposições do dia, Estácio mandou selar o cavalo e saiu. Queria comparar ainda uma vez o desenho de Helena com o sítio copiado. A fidelidade era completa, e o quadro seria absolutamente o mesmo, se se dessem algumas circunstâncias da primeira ocasião. Helena não ia ao lado dele; mas a vinte braças de distância flutuava a bandeira azul da casa do alpendre. Estácio afrouxou o passo do cavalo, como saboreando as recordações da primeira manhã, quando Helena se lhe mostrara tão singularmente comovida. Volveu a refletir na situação dela, e na paixão que lhe confessara, dias antes, com tamanha veemência. Se se tratava de uma felicidade possível, embora difícil, Estácio prometeu a si mesmo alcançar-lha. Não era isso servir o sangue do seu sangue?

A casa do alpendre, até ali indiferente a Estácio, criava agora para ele um interesse especial. À medida que se aproximava, ia achando no edifício a fiel reprodução do desenho. Este não apresentava todas as particularidades da vetustez; mas continha as mesmas disposições exteriores, como se fora feito diante do original.

A uma das janelas estava um homem, com a cabeça inclinada, atento a ler o livro que tinha sobre o peitoril. Nessa atitude não era fácil examiná-lo; afigurava-se, entretanto, uma criatura máscula e bela. A duas braças de distância, o indivíduo levantou a cabeça, e cravou em Estácio um par de olhos grandes e serenos; imediatamente os retirou, baixando-os ao livro.

"Mal sabes tu, filósofo matinal", disse Estácio consigo, "mal sabes tu que a tua casa teve a honra de ser reproduzida pela mais bela mão do mundo!"

O filósofo continuou a ler, e o cavalo continuou a andar. Quando Estácio regressou daí a alguns minutos, achou somente a casa; o morador desaparecera; circunstância indiferente, que escapou de todo à atenção do moço. Nem ele pensava mais naquilo; o espírito trotava largo, à inglesa, como o ginete, e ambos bebiam o ar, como ansiosos de chegar ao ponto de partida.

Capítulo XII

A festa correu animada, posto a reunião fosse restrita. Alguns giros da valsa, duas ou três quadrilhas, jogo e música, muita conversa e muito riso, tal foi o programa da noite, que a encheu e fez mais curta.

Se as honras da casa foram feitas por Helena, a alma da festa era Mendonça, cujo espírito havia já recebido e colhido o sufrágio universal. Eugênia dera-lhe, antes de todos, o seu voto. Havia entre ambos tal ou qual afinidade de índole, que naturalmente os aproximava. Mendonça lisonjeava os caprichos de Eugênia, aplaudia-a, compreendia-a, obedecia-lhe sem constrangimento nem reparo. Quando Mendonça valsava com Eugênia, todos os olhos se concentravam neles. Eram valsistas de primeira ordem. As ondulações do corpo de Eugênia, e a serenidade e segurança de seus passos adaptavam-se maravilhosamente àquela espécie de dança. Era belo vê-los percorrer o vasto círculo deixado aos movimentos; vê-los enfim parar com a mesma precisão e sem o menor sintoma de cansaço. Eugênia punha toda a atenção no gesto de braço com que, logo que interrompia ou cessava de todo a valsa, conchegava ao corpo a saia do vestido. O prazer com que fazia esse gesto, e a graça com que o acompanhava de uma leve inclinação do corpo mostravam que, mais ainda a faceirice do que a necessidade, lhe movia o corpo e a mão.

Esta sorte de triunfos enchia a alma de Eugênia; e, porque ela não possuía nem a modéstia nem a arte de a simular, via-se-lhe no rosto o orgulho e a satisfação. A dança não era para a filha de Camargo um gozo ou um recreio somente; era também um adorno e uma arma. Daí vinha que o valsista mais intrépido e constante era também o principal parceiro do seu espírito; e ninguém disputava esse papel ao filho do comerciante.

— Sua filha é a rainha da noite — murmurou o dr. Matos ao ouvido de Camargo, em um intervalo do voltarete.

— Não é verdade? — acudiu o médico.

E a alma do pai voava enrolada nas pontas da fita que apertava a cintura de Eugênia, não regressando ao domicílio senão quando a moça parava. Então volvia Camargo um olhar em torno de si, como pedindo igual admiração. Depois, ficava sombrio, e mais do que usualmente, caía em longos e mortais silêncios. Três ou quatro vezes aproximara-se de Helena sem lograr detê-la, nem achar em si mais que duas palavras triviais. Insistia; não a perdia de vista, parecia ansioso de a conversar sobre alguma coisa.

Helena repartia-se entre todas as pessoas, atenta aos mil cuidados que a noite requeria. Cantou uma vez, dançou uma quadrilha, e não valsou. Em vão Mendonça insistira com ela; a moça desculpou-se dizendo que a valsa lhe fazia vertigens. Na opinião do filho do coronel esta razão encobria somente a ignorância de Helena. Estácio pensava antes que era a castidade selvagem da irmã que lhe não permitia o contato de um homem, ideia que lhe fez bem ao coração.

Pela volta da meia-noite, terminada a ceia, começou aquela hora de repouso que precede a total dispersão. As senhoras trocavam impressões e comentários, os rapazes fumavam, os jogadores decidiam as últimas remissas. A noite não refrescara, e a agitação aumentara o calor. Helena, tão cansada como d. Úrsula, retirara-se por alguns instantes para a sala contígua à principal; ali sentou-se num sofá, e derreou levemente o corpo, deixando cair os cílios, não sei se pensativos, se pesados de sono. O espírito não tivera tempo de encadear duas ideias ou esboçar um sonho, quando uma voz a acordou:

— Já dormindo!

Era Camargo.

Helena abriu os olhos sobressaltada. A voz de Camargo produzira-lhe a impressão de desagrado que lhe fazia sempre. Sorriu a moça contrafeitamente, e vendo que ele se dispunha a sentar-se no sofá, não arredou o vestido, como se quisesse deixar entre ambos larga distância. Camargo sentou-se.

— Parece que se assustou? — disse ele.

— Um pouco.

Camargo agitou entre as mãos os perendengues do relógio, tão numerosos como eles se usavam naquele tempo; depois pegou familiarmente no leque da moça, abriu-o, contou as varetas, tornou a fechá-lo e restituiu-o com um elogio. Helena respondeu-lhe com um sorriso. Ia levantar-se, quando ele a deteve com estas palavras:

— Estimei achá-la só, porque precisava pedir-lhe um conselho.

A testa de Helena contraiu-se interrogativamente.

— Um conselho e um favor — continuou o médico. — Não será, creio eu, a primeira vez que a velhice consulte a mocidade. Demais, trata-se de assunto em que a gente moça lê de cadeira.

Helena olhou para ele desconfiada. Nunca vira o médico tão afável, e essa mudança de maneiras e de tom é que lhe fazia medo. Verdade é que ele ia pedir-lhe alguma coisa. Camargo não se deteve. Fez uma exposição rápida de suas relações com a família do conselheiro, da amizade que o ligava a ela.

— A perda do meu finado amigo — concluiu ele — não pôde ser suprida por nenhuma coisa; mas, há alguma compensação na afeição que sobrevive e me faz considerar esta família como minha própria. Estou certo de que seu irmão e dona Úrsula sentem a meu respeito do mesmo modo. Quanto à senhora, é recente na família, mas não tem menor direito que ela. Vi-a tão pequena!

— A mim? — perguntou Helena.

Camargo fez um gesto afirmativo, enquanto a moça olhava em volta da sala, receosa de que alguém tivesse entrado e ouvido. Uma vez segura de que ninguém havia, recebeu impressão contrária à primeira; envergonhou-se daquele receio. A vergonha aumentou quando o médico acrescentou em voz baixinha:

— Não falemos nisso...

— Pelo contrário! — exclamou ela. — Pode falar com franqueza; diga tudo. Era minha mãe. Não sei o que foi para o mundo; mas, se me perdoaram a irregularidade do nascimento, não creio que me pedissem em troca a renúncia do meu amor de filha; a lei que o pôs em meu coração é anterior à lei dos homens. Não repudio uma só das minhas recordações de outro tempo. Sei e sinto que a sociedade tem leis e regras dignas de respeito; aceito-as tais quais; mas deixem-me ao menos o direito de amar o que morreu. Minha pobre mãe! Vi-a expirar em meus braços; recolhi o seu último suspiro. Tinha apenas doze anos; contudo, não consenti que outra pessoa velasse à cabeceira a última noite que passou sobre a terra... Oh! não a esquecerei nunca! nunca! nunca!

Helena proferiu estas palavras num estado de exaltação que até ali se lhe não vira. Em vão Camargo procurou duas ou três vezes interrompê-la, receoso de que a ouvissem fora, porque a moça tinha levantado a voz. Helena não obedeceu; não viu sequer o gesto suplicante do médico. O seio, castamente velado pelo corpinho, que subia até ao pescoço, estava ofegante e onduloso como a água do mar. A última palavra saiu-lhe como um soluço. Camargo sentiu-se surpreendido com aquela explosão de ternura. Era evidente que ele esperava outra coisa. Seguiu-se um breve silêncio, durante o qual Helena mordia a ponta do lenço, como para conter a palavra que lhe tumultuava no coração. O médico prosseguiu enfim:

— Ninguém lhe pede que a esqueça — disse ele —, todos respeitam esses sentimentos de piedade filial. O passado morreu, e o menos que se deve aos mortos é o silêncio. A senhora tem o direito de lhe dar o amor e a saudade. Mas falemos dos vivos; e perdoe-me se lhe toquei, sem querer, em tão dolorosa recordação.

— Não! não é dolorosa! — disse ela, abanando a cabeça.

— Falemos dos vivos. Não está certa do amor de sua família?

Helena fez um gesto afirmativo.

— Não poderia encontrar outra melhor nem tão boa. Dona Úrsula é uma santa senhora; Estácio, um caráter austero e digno. Venhamos agora ao conselho. Há muito tempo ando com ideia de ir à Europa; estou caminhando para a velhice; não quero deixar de ir ver alguma coisa, além do nosso Pão de Açúcar. Já desfiz o projeto mais de uma vez. Cuido que agora vou definitivamente realizá-lo. Dá-se, porém, uma circunstância grave. Sabe que minha filha ama seu irmão? Meus olhos descobriram desde muito tempo essa inclinação de um e outro, porque também seu irmão ama minha filha. Merecem-se; e de algum modo continuam a afeição dos pais; a natureza completa a natureza. Esta é a situação. O que eu desejava, porém, é que me dissesse se devo partir já, levando-a; ou se é melhor esperar que eles se casem.

Helena ouvira o médico sem olhar para ele; quando ele acabou, fitou-o admirada e curiosa. A puerilidade da pergunta era tão evidente que a moça procurou ler no rosto do interlocutor o pensamento verdadeiro e oculto. Camargo apressou-se a explicar-se.

— Estácio — disse ele — pode amar Eugênia com ideias matrimoniais; mas também pode não passar isto de um capítulo de romance, como o que se lê em uma viagem da corte a Niterói. O caráter é sério; o coração tem leis especiais. Confesso que o procedimento de Estácio nada me afirma a tal respeito. Há nele umas mudanças pouco explicáveis. O tempo decorrido é mais que muito suficiente para que... Está refletindo?

— Estou.

— E...

— Suponho que pede mais do que me disse. Quer que eu indague a tal respeito as intenções de Estácio?

— Isso.

— Mas por que não se dirige a ele mesmo?

— Não havia inconveniente; estabeleceu-se, porém, que um pai não deve ser o primeiro a falar em tais coisas. É preciso respeitar a dignidade paterna. Acresce que Estácio é rico, e tal circunstância podia fazer supor de minha parte um sentimento de cobiça, que está longe de meu coração. Podia falar a dona Úrsula; creio, porém, que ela não tem a sua habilidade, e... por que o não direi? a sua influência no espírito de Estácio.

— Eu!

— Oh! influência incontestável! A senhora veio completar a alma de seu irmão. É visível a afeição e o respeito que ele lhe tem. Demais, em tais assuntos uma irmã é natural confidente e conselheira.

Helena deu três pancadinhas no joelho com a ponta do leque, e enfiou os olhos pela porta de comunicação entre aquela e a sala principal. Depois voltou-se para o médico.

— Sei que eles se amam — disse ela — e já dei a minha opinião a tal respeito. Eugênia parece ser minha amiga; meu irmão é meu irmão; desejo-lhes todas as felicidades. Há, porém, um limite à intervenção de uma irmã; e não desejo ir além. Demais, seu pedido é ocioso.

— Por quê?

— Anuncie a viagem, e Estácio se apressará a pedir-lhe sua filha. Se o não fizer, é porque a não ama conforme ela merece, e em tal caso mais vale perder um casamento do que o fazer mau.

— Sim? — perguntou Camargo.

— Naturalmente.

— O conselho é excelente — disse o médico depois de um instante —, mas tem o defeito substancial de suprimir a sua intervenção, que me é necessária. Vejamos o meio de combinar as coisas. Suponhamos que, anunciada a viagem, Estácio não corresponde às minhas esperanças. Que devo fazer?

— Embarcar.

— Embarcar é arriscar o casamento. Ora, esse casamento... é um de meus sonhos. Desejo que os filhos continuem a afeição dos pais. Se Estácio recuar, minhas esperanças esvaem-se como fumo; o tempo cavará um abismo entre os dois; Eugênia amará outro... Enfim, conto com a senhora.

— Comigo?

— A senhora tem uma força de resolução, uma fertilidade de expedientes, um espírito capaz de empresas delicadas; e, tratando-se da felicidade de um irmão, creio que empenhará todas as forças para levar a cabo a mais pura das ambições. Não lhe peço um absurdo, peço-lhe a felicidade de minha filha.

Helena não respondeu; olhou de revés para ele, e cravou depois os olhos na águia branca tecida no tapete, sobre o qual pousava o pé impaciente e colérico. Podia referir mais detidamente qual o seu papel junto de Estácio, a respeito de Eugênia,

os pedidos que lhe fez, e a promessa do irmão, que deveria ser cumprida, se o fosse, em algum dos seguintes dias. Mas, nem quis dar esperanças que os acontecimentos podiam dissipar, nem o coração lhe consentia mais larga confidência. Ambos eles viam que se detestavam cordialmente; mas, se em Helena havia cólera abafada, em Camargo havia tranquilidade e observação. Ele contemplava a moça, com o olhar fixo e metálico dos gatos; a mão esquerda, pousada sobre o joelho, rufava com os dedos magros e peludos. Nada dizia; todo ele era uma interrogação imperiosa. Helena olhou ainda uma vez para o médico.

— Dá-me o seu braço até à sala? — perguntou.

Camargo sorriu.

— Só isso? Eu dizia comigo outra coisa.

— Que dizia então? — perguntou Helena.

— Dizia que muito se devia esperar da dedicação de uma moça que acha meio de visitar às seis horas da manhã uma casa velha e pobre, não tão pobre que a não adorne garridamente uma flâmula azul...

Helena fez-se lívida; apertou nervosamente o pulso de Camargo. Nos olhos pareciam falar-lhe ao mesmo tempo o terror, a cólera e a vergonha. Através dos dentes cerrados Helena gemeu esta palavra única:

— Cale-se!

— Falo entre nós e Deus — disse Camargo.

Uma onda de sangue invadiu a face da moça, com a mesma rapidez com que ela lhe empalidecera. Helena quis erguer-se, mas sentiu-se exausta. Ninguém da sala pôde perceber a impressão e o movimento; ninguém olhava para ali. Camargo, entretanto, inclinou-se para Helena e proferiu algumas palavras de animação, que ela interrompeu, murmurando com amargura:

— O senhor é cruel!

— Sou pai — respondeu o médico —; pai extremoso e discreto, mais discreto ainda que extremoso. Conto com a senhora.

Capítulo XIII

Dissolvida a reunião, Helena recolheu-se à pressa com o pretexto de que estava a cair de sono, mas realmente para dar à natureza o tributo de suas lágrimas. O desespero comprimido tumultuava no coração, prestes a irromper. Helena entrou no quarto, fechou a porta, soltou um grito e lançou-se de golpe à cama, a chorar e a soluçar.

A beleza dolorida é dos mais patéticos espetáculos que a natureza e a fortuna podem oferecer à contemplação do homem. Helena torcia-se no leito como se todos os ventos do infortúnio se houvessem desencadeado sobre ela. Em vão tentava abafar os soluços, cravando os dentes no travesseiro. Gemia, entrecortava o pranto com exclamações soltas, enrolava no pescoço os cabelos deslaçados pela violência da aflição, buscando na morte o mais pronto dos remédios. Colérica, rompeu com

as mãos o corpinho do vestido; e o jovem seio, livre de sua casta prisão, pôde à larga desafogar-se dos suspiros que o enchiam. Chorou muito; chorou todas as lágrimas poupadas durante aqueles meses plácidos e felizes, leite da alma com que fez calar a pouco e pouco os vagidos de sua dor.

Calar somente, não adormecê-la, porque ela aí lhe ficou, companheira daquela noite cruel, para velarem ambas. Quando os olhos cansaram, e foram mais intervalados os soluços, Helena jazeu imóvel no leito, com o rosto sobre o travesseiro, fugindo com a vista à realidade exterior. Uma hora esteve assim, muda, prostrada, quase morta, uma hora longa, longa, longa, como só as tem o relógio da aflição e da esperança.

Quando a tormenta pareceu extinta, a moça sentou-se na cama e olhou vagamente em torno de si. Depois ergueu-se; dirigiu-se trôpega ao quarto de vestir; ali parou diante do espelho, mas fugiu logo, como se lhe pesasse encarar consigo mesma. Uma das janelas estava aberta; Helena foi ali aspirar um pouco do ar da noite. Esta era clara, tranquila e quente. As estrelas tinham uma cintilação viva que as fazia parecer alegres. Helena enfiou um olhar por entre elas como procurando o caminho da felicidade. Esteve à janela cerca de meia hora; depois entrou, sentou-se e escreveu uma carta.

A carta era longa, escrita a golfadas, sem nexo nem ordem; continha muitas queixas e imprecações, ternura expansiva de mistura com um desespero profundo; falava daqueles que, tendo nascido sob a influência de má estrela, só têm felicidades intermitentes e mutáveis; dizia que para ela a própria felicidade era um germe de morte e dissolução — ideia que repetia três vezes, como se tal observação fosse o transunto de suas experiências certas. A carta falava também de um homem, cujo egoísmo de pai não conhecia limites, e que a todo o transe queria que a filha desposasse uma grande riqueza e uma grande posição — "homem", dizia ela, "que me viu a princípio com olhos avessos, pela diminuição que eu trazia à herança". No fim dizia que havia naquelas linhas muito de obscuro e incompleto, que oportunamente contaria tudo, mas que desde já podia dar a triste notícia de que lhe era forçoso abster-se de sair.

Helena releu o escrito e meditou longo tempo sobre ele; acrescentou ainda algumas linhas; depois, rasgou o papel em dois pedaços, chegou-os à vela, e os destruiu. Como arrependida, voltou a escrever outra carta, mas não chegou a acabar seis linhas; rasgou-a como fizera à primeira, e só então recorreu ao remédio melhor de uma alma ulcerada e pia: rezou. A prece é a escada misteriosa de Jacó: por ela sobem os pensamentos ao céu; por ela descem as divinas consolações.

Entretanto, a noite começava a inclinar a urna das horas às mãos da madrugada. O sono fugira dos olhos de Helena; mas era forçoso repousar. Assim mesmo, vestida, atirou-se sobre o leito. Não dormiu, não se pode dizer que dormisse; ficou ali num estado que não era vigília nem sono, até que a manhã rompeu inteiramente. Abrindo os olhos, pareceu acordar de um sonho; a imaginação recompôs as fases todas do acontecimento da véspera. Depois suspirou, e ficou longo tempo a olhar para o chão, com a fixidez trágica e solene da morte.

— Era justo! — murmurava de quando em quando.

Levantou-se enfim; levantou-se abatida e cansada. Viu-se ao espelho; a descor da face e a linha roxa que lhe circulava as pálpebras dificilmente podiam deixar de

impressionar a família. Helena disfarçou como pôde esses vestígios da tempestade; explicou-os do modo mais verossímil: o cansaço da véspera e a insônia de toda uma noite. A explicação não achou obstáculo no ânimo da tia e do irmão. Somente o padre Melchior, presente a ela, fitou na moça um olhar dubitativo, que a obrigou a baixar os cílios.

Se Helena padecia, o lugar de Estácio não era ao pé dela? Assim pensou o sobrinho de d. Úrsula, que em todo esse dia resolveu não sair de casa. Cercou-a de cuidados, buscou distraí-la, pediu-lhe que fosse repousar um instante. Para justificar a explicação que dera, Helena obedeceu às instruções do irmão. Este foi encerrar-se no gabinete, onde se ocupou em examinar e colecionar alguns papéis. Era o dia marcado para solicitar de Eugênia o consentimento matrimonial, e ele não cogitava em ir ao Rio Comprido. Na irmã, sim; na irmã pensava ele, ora relendo as páginas de sua predileção, ora mandando saber se dormia sossegada, ora contemplando o desenho com que ela o presenteara na véspera. Sentia-se tão feliz naquela aurora do ano!

Pouco antes do jantar, ouviu no corredor um rumor de saias, e não tardou que a irmã aparecesse à porta. Vinha como fora; mas a Estácio pareceu que efetivamente o descanso e o sono lhe haviam restaurado as forças. A razão era o sorriso estudado que lhe avivava o rosto. Helena parou e Estácio foi ter com ela, travou-lhe da mão, fê-la entrar.

— Estás melhor? — perguntou.

— Estou boa.

— Não dizia eu que era melhor desistir da ideia da reunião? Essas festas prolongam-se, fatigam, sobretudo as pessoas franzinas...

Helena ergueu os ombros.

— Anda sentar-te um pouco.

— Primeiro há de responder-me a uma coisa.

— Que é?

— Que dia é hoje? — perguntou ela.

— Ano-bom.

— Lembra-se do que me prometeu?

— Perfeitamente. Vês estes papéis? — disse ele mostrando sobre a secretária uma porção de papéis classificados e postos por ordem. — Ocupei-me até agora em liquidar o passado; faltam-me umas últimas contas, que o procurador há de trazer amanhã. Depois, irei...

Helena abanou a cabeça com ar de desaprovação.

— Não — disse ela —; não há de ir depois, há de ir hoje mesmo. Que têm as contas com a autorização que deve pedir a Eugênia? Vá logo de noite. Sou supersticiosa; creio que o pedido feito no dia de hoje é de excelente agouro. Dará um ano feliz.

— Minha intenção era ir dentro de quatro ou cinco dias — respondeu Estácio, depois de um silêncio —; mas não tenho dúvida em fazê-lo já. Uma vez preenchida a formalidade...

— Pedi-la-á imediatamente ao pai.

— Não!

— Por quê?

— Porque precisarei meditar ainda vinte e quatro horas, pelo menos. Vinte e

quatro horas não é muito para quem tem de amarrar-se eternamente. Quero sondar meu próprio espírito, e...

— Mas tudo isso é uma extravagância! — interrompeu Helena sentando-se na borda da rede em que Estácio costumava ler. — Pretenderá você recuar depois de lhe falar, a ela?

— Oh! não! Mas, uma vez que caminho para solução tão grave, não há inconveniente em ir pé ante pé. Admiras-te? — perguntou ele, vendo que a irmã fazia um gesto de impaciência.

— Zango-me.

— Mas...

— Você é insuportável. Falta ao que prometeu.

— Já disse que hei de cumprir.

— Não recuará?

— Não.

— Irá pedi-la hoje mesmo?

— A ela.

— A ela e ao pai.

— Ao pai escreverei uma carta.

— Pois seja uma carta! Contanto que acabe com isso. O casamento será...

— Quando convier ao doutor Camargo.

— Antes do fim do mês.

— Tão cedo!

— Dou-lhe mês e meio. Nem uma hora mais! Estou morta por vê-los casados, tanto por você como por ela, coitada!, que o ama tanto...

— Crês? — perguntou vivamente Estácio.

— Se creio! Posso afirmá-lo. Não será amor como você quisera que fosse, mas é o amor que ela lhe pode dar, e é muito... Está dito! Palavra?

Estácio estendeu silenciosamente a mão, que Helena apertou.

— Vou confiar todo o meu destino à cabeça mais leve do universo — disse Estácio, com os olhos fitos no chão. — Não é de seu coração que me queixo; mas de seu espírito, que nunca deixou as roupas da infância. Demais, à medida que me aproximo da hora solene, sinto que me repugna o estado conjugal. É tão boa a minha vida de solteiro! tão cheios os meus dias...

Helena tapou-lhe a boca com uma das mãos; com a outra fez-lhe um gesto para que se calasse. Depois, fugiu. Uma vez só, Estácio refletiu longamente na situação em que se achava; reconheceu que estava moralmente obrigado a pedir Eugênia, desde que seus corações se tinham aberto um para o outro, celebrando um contrato, que ele só não podia romper. A consciência rebelou-se contra as irresoluções do coração, e a decisão foi curta.

Naquela mesma noite, ouviu Eugênia a esperada palavra. A alegria que se lhe derramou nos olhos, foi imensa e característica. Um pouco mais de recato não era descabido em tal ocasião. Não houve nenhum; o primeiro ato da mulher foi uma meninice. Eugênia ignorava tudo, até a dissimulação do sexo. Concedendo a mão a Estácio, não era uma castelã que entregava o prêmio, mas um cavaleiro que recebia com alvoroço e submissão.

Transposto o Rubicão, não havia mais que caminhar direito à cidade eterna

do matrimônio. Estácio escreveu no dia seguinte uma carta ao dr. Camargo, pedindo-lhe a mão de Eugênia, carta seca e digna, como as circunstâncias a pediam. Antes de a remeter, mostrou-a a Helena, que recusou lê-la. Não a leu, nem lhe pegou. Ele teve-a alguns instantes na mão, sem se atrever a dá-la ao escravo que esperava por ela. Por fim, deitou-a sobre a secretária.

— Amanhã — disse ele sorrindo para Helena.

Helena lançou mão da carta e deu-a ao escravo.

— Leva à casa do senhor doutor Camargo — ordenou a moça. — Não tem resposta.

Capítulo XIV

Camargo ia sentar-se à mesa quando lhe entregaram a carta de Estácio; leu-a para si, mas a filha leu-a nos olhos dele. Uma aura de bem-aventurança desrugou a fronte do médico; seus lábios — coisa pasmosa! — abriram-se num sorriso franco, sorriso que chegou a desabrochar em gargalhada, a primeira que d. Tomásia lhe ouviu. Acabado o jantar, Camargo deu conta do pedido à mulher, e os dois pais chamaram a filha à sala. Eugênia ouviu a notícia sem baixar os olhos nem corar. Interrogada, respondeu que era muito do seu gosto o casamento.

— Sim? — perguntou Camargo, simulando espanto.

Eugênia fez uma leve inclinação de cabeça, com certo ar de quem dizia não acreditar no espanto do pai. Este pegou nas mãos da filha e puxou-a para si.

— Assim, pois, meu anjo — disse ele —, casas-te por tua livre vontade? Estácio é o eleito de teu coração? Louvo a escolha, que não podia ser mais digna. Serás herdeira das virtudes de tua mãe, que te proponho como o melhor modelo da terra.

— O mais consciencioso pelo menos — acudiu d. Tomásia, satisfeita e vaidosa do louvor do marido. — Há de ser boa esposa, modesta, solícita e econômica.

— Econômica, sem avareza — emendou Camargo. — A riqueza não deve ser dissipada, mas é certo que impõe obrigações imprescindíveis, e seria da maior inconveniência viver a gente abaixo de seus meios. Não farás isso nem cairás no extremo oposto; procura um meio-termo, que é a posição do bom senso. Nem dissipada, nem miserável.

D. Tomásia concordou com essa explicação do marido, enquanto Eugênia, olhando alternadamente para um e outro, parecia não lhes dar a mínima atenção. O pensamento estava em Andaraí; ela via já na imaginação a cerimônia do consórcio, as carruagens, o apuro do noivo, a sua própria graça, a coroa de flores de laranjeira, que a havia de adornar; enfim talhava já o vestido branco e pregava as rendas de Malines com que havia de levar os olhos a ambas as metades do gênero humano. Daquele sonho foi despertada pelo pai, que lhe imprimiu na testa o seu segundo beijo. O primeiro, como o leitor se há de lembrar, foi dado na noite da morte do conselheiro. O terceiro seria provavelmente no dia em que ela casasse.

— Sabes que te amo, Eugênia? — disse Camargo olhando para ela.

— Papai!

Camargo não pôde dizer mais nada. O amor, um instante expansivo, volveu a aninhar-se no fundo do coração, onde sempre estivera. A satisfação do médico precisava do silêncio e do recolhimento para saborear-se. Foi então que Eugênia passou às mãos de d. Tomásia. A mulher do dr. Camargo via aquele casamento com olhos diferentes do marido. O que ela sobretudo via, eram as vantagens morais da filha. Sentou-a ao pé de si e recitou-lhe um catecismo de deveres e costumes, que Eugênia interrompia de quando em quando, com exclamações de obediência filial:

— Sim, mamãe!... Deixe estar!... Mamãe há de ver!...

D. Tomásia sentia-se feliz. O rosto, cuja expressão era vulgar, tinha naquela ocasião alguma coisa que o tornava sublime. Ela fez que a filha se lhe sentasse no regaço; e esta, sentindo que a molestava, deixou-se lentamente cair de joelhos, ficando entre os dela, a olhar para ela.

Camargo, entretanto, já não era daquele mundo. Passeava de um para outro lado, com as mãos para trás, a morder a ponta do bigode. De quando em quando parava e olhava para o grupo das duas senhoras, mas era só maquinalmente; o seu olhar baço indicava que ele ia mergulhado em profundas cogitações.

Naquele homem cético, moderado e taciturno, havia uma paixão verdadeira, exclusiva e ardente: era a filha. Camargo adorava Eugênia: era a sua religião. Concentrara esforços e pensamentos em fazê-la feliz, e para o alcançar não duvidaria empregar, se necessário fosse, a violência, a perfídia e a dissimulação. Nem antes nem depois sentira igual sentimento; não amou a mulher; casou porque o matrimônio é uma condição de gravidade. O maior amigo que teve foi o conselheiro Vale; mas essa mesma amizade que o ligara ao pai de Estácio nunca recebera a contraprova do sacrifício; aliás apareceria em toda a sinceridade a natureza do médico. Ele só conhecia os afetos, por assim dizer, caseiros e inertes, os que não sabem nem podem afrontar as intempéries da vida. Nas relações morais dos homens possuía somente o troco miúdo da polidez; a moeda de ouro dos grandes afetos nunca lhe entrara nas arcas do coração. Um só existia ali: o amor de Eugênia.

Mas esse mesmo amor, aliás violento, escravo e cego, era uma maneira que o pai tinha de amar-se a si próprio. Entrava naquilo uma soma larga de fatuidade. Menos graciosa, Eugênia seria, talvez, menos amada. Ele contemplava-a com o mesmo orgulho com que o joalheiro admira o adereço que lhe saiu das mãos. Era a ternura do egoísta; amava-se na própria obra. Caprichosa, rebelde, superficial, Eugênia não teve a fortuna de ver emendados os defeitos; antes foi a educação que lhos deu. Dos lábios de Camargo nunca saiu a expressão corretiva; nenhum de seus atos revelou esse procedimento vigilante e diretor, que é a nobre atribuição da paternidade. Se a índole da filha fosse má, a cumplicidade do pai fá-la-ia péssima.

Não era, felizmente; o coração conhecia as doçuras da bondade; a rebeldia era um hábito, não um vício nativo. A própria frivolidade foi-lhe desenvolvida pela educação, nada podendo o zelo da mãe contra as complacências do pai. Esta era a explicação também da fascinação que exercia nela o tumulto exterior da vida. Quase se pode dizer que ela não conhecera o vestido curto; a modista a desmamou; uma contradança foi a sua primeira comunhão.

Não era fácil dar a Eugênia a felicidade que o pai ambicionava e a que mais lhe apetecia a ela. Posto não fosse perdulário, eram poucos os haveres do médico,

de modo que à filha não podia caber pecúlio suficiente a satisfazer todas as veleidades. Ele espreitou durante longo tempo um noivo, armando com algum dispêndio a gaiola em que o pássaro devia cair. No dia em que percebeu a inclinação de Estácio, fez quanto pôde para prendê-lo de vez. Esperou muitos meses a iniciativa de Estácio; e quando ela lhe entrou a fugir para a região das coisas problemáticas, suspeitou a influência de Helena. Já era muito que esta moça diminuísse a herança do futuro genro; arrancar-lhe o genro era demais. Camargo não hesitou um instante, foi direito ao fim. O resultado confirmou-lhe a suspeita.

O casamento era muito, mas não bastava. Camargo cuidara na carreira política de Estácio, como um meio de dar certo relevo público ao da filha, e, por um efeito retroativo, a ele próprio, cuja vida fora tanto ou quanto obscura. Se o marido de Eugênia se confinasse no repouso doméstico, entre a horta e a álgebra, a ambição de Camargo padeceria imenso. Vimo-lo apresentar a Estácio a maçã política; recusada a princípio, foi-lhe de novo apresentada, e finalmente aceita com a noiva. Esta dupla vitória foi o momento máximo da vida do médico. Ele ouvia já o rumor público; sentia-se maior — antegostava as delícias da notoriedade —, via-se como que sogro do Estado e pai das instituições.

— Vou entrar na cova dos leões, sem a convicção de Daniel — suspirou Estácio na ocasião em que cedeu às instâncias de Camargo.

— Seu talento amansará os leões — acudiu este.

Assentou-se logo ali que o casamento seria celebrado na primeira semana de março. Os dois meses de intervalo foram destinados às formalidades eclesiásticas e ao preparo do enxoval. Estácio aceitou tudo sem objeção. D. Úrsula e Helena aprovaram o plano. A primeira acrescentou uma cláusula: os noivos viriam morar com elas em Andaraí.

O padre Melchior, consultado sobre o casamento, deu-lhe inteira aprovação, e só lhe pareceu que o prazo era longo demais. A efusão com que abraçou Estácio, as palavras de aplauso que lhe disse, impressionaram vivamente o mancebo.

— Desejava muito este casamento? — perguntou ele.

— Muito! Seu pai há de aprová-lo no céu!

Até os mortos conspiravam contra ele; Estácio aceitou resolutamente o destino. A alegria do padre, ordinariamente contida e digna, transpôs os limites do costume, para se mostrar quase infantil; d. Úrsula não cabia em si de contente; Helena parecia colher naquele casamento a sua própria felicidade. Era a bem-aventurança universal que Estácio ia comprar a troco de um vínculo eterno.

Surgiu, entretanto, um obstáculo temporário. A madrinha de Eugênia, a fazendeira que lhe mandara um dia a opala, que a moça admirou namorando ao mesmo tempo os olhos do futuro noivo, a madrinha de Eugênia adoeceu gravemente, menos ainda da moléstia que a acometeu que dos anos que lhe pesavam nos ombros. Era senhora rica, viúva, flanqueada por duas sobrinhas solteiras, uma cunhada, um primo, dois filhos destes e uma vintena de afilhados. Já daqui se pode inferir a estreiteza das esperanças de Camargo. Posto que ele não tivesse nunca preterido os deveres que lhe impunha o vínculo espiritual, dando à fazendeira todas as provas possíveis de um grande afeto, ainda assim era de recear que a última vontade da moribunda não trouxesse o cunho da estrita justiça, ou, quando menos, de

razoável equidade. Nessas circunstâncias, a viagem a Cantagalo era urgentíssima, e cumpria realizá-la à custa dos maiores incômodos. Todo o incômodo é aprazível quando termina em legado. Camargo não perdia a esperança desse desenlace igualmente afetuoso e pecuniário. Resolveu ir com a família toda, e avisou por carta ao futuro genro.

Estácio estimou o obstáculo, mas não contou com o que ele trazia no bojo. Chegando ao Rio Comprido achou aflitos o médico e d. Tomásia; Eugênia recusava sair da corte. Em vão lhe mostravam a conveniência de corresponder, em ocasião tão grave, à afeição da madrinha; debalde lhe diziam que era ser ingrata não ir recolher o último suspiro da venerável senhora, sua mãe espiritual. Eugênia recusava a pés juntos.

Assistiu o noivo à última fase da luta entre os pais e a filha. Esta trazia os olhos vermelhos de chorar; batia com as mãos uma na outra, declarando que só iria à força. Estácio procurou chamá-la à razão, apoiando as reflexões do pai, sem alcançar mais do que ele. Enfim, Eugênia pôs uma condição à sua aquiescência:

— Irei, se o doutor Estácio for conosco.

Camargo aprovou a condição *in petto*; verbalmente, opôs-se ao sacrifício. Estácio enfiara; posto entre a espada e a parede, já a viagem de Eugênia lhe parecia supérflua.

— Acompanha-nos? — insistiu a moça.

— Não é possível — acudiu o médico —; tamanho incômodo por um simples capricho.

— Pois então não vou!

D. Tomásia ficou um tanto vexada com a teima de Eugênia. Estácio mordia o lábio, olhando para a moça, cujo rosto o interrogava instantemente. Venceu-o o decoro; considerando Eugênia sua mulher, quis cortar por uma cena que lhe parecia ridícula.

— Acompanhá-los-ei — disse ele, sem entusiasmo.

A solução era favorável a todos; os três aceitaram de boa feição. Marcou-se a viagem para dois dias depois. D. Úrsula, apesar dos bons olhos com que via o casamento, achou desnecessária a ida do sobrinho, mas não empreendeu dissuadi-lo. Helena aprovou tudo. Ele fez sentir às duas parentas a extensão do sacrifício, e esteve a ponto de retirar a palavra. Era tarde. A última noite passada em Andaraí foi cruel para ele; as horas voaram ligeiras como nunca. Como devia sair no dia seguinte, logo cedo, ali mesmo se despediu da tia e da irmã, despedida de alguns dias que lhe custou como se fora de anos. Prometeu, entretanto, que o regresso seria breve.

O que ele não podia prometer era conjeturar o drama que se lhes preparava, drama que ia enfim desenvolver-se, intenso, funesto e irremediável — do qual não o consolariam jamais nem as doçuras da paz doméstica, nem as glórias da vida pública.

Capítulo XV

Estácio levantou-se ao amanhecer. Uma vez pronto, quis supreender a tia e a irmã com uma lembrança sua, e escreveu numa folha de papel estas simples palavras: "Até à volta; 6 horas da manhã". Dobrou-a e foi pô-la sobre a mesa de costura de d. Úrsula. Dali passou à sala de jantar, depois à varanda. Aqui chegando, deu com os olhos em Helena, que o esperava ao pé da escada.

— Silêncio! — disse graciosamente a moça. — Não faça espantos que pode acordar titia. Vim saber se você precisa de alguma coisa.

— De nada — respondeu Estácio comovido. — Mas que imprudência foi essa de se levantar tão cedo?

— Cedo! O sol não tarda a cumprimentar-nos. Adeus! Muitas recomendações a Eugênia. Não lhe falta nada, não é assim?

— Nada.

Estácio recebeu a mão que Helena lhe estendera e ficou a olhar para ela.

— Olhe que é tarde!

Dizendo isto, Helena apertou-lhe a mão e procurou retirar a sua; Estácio reteve-a.

— Se soubesses como me custa ir!

— São apenas alguns dias...

— Valem por meses, Helena! Adeus, não te esqueças de mim. Escreve-me; eu escreverei logo que chegar. Não faças imprudências; não saias a passeio enquanto eu estiver ausente.

— Adeus!

— Adeus!

Estácio quis dar-lhe o abraço da despedida; mas a moça, menos ainda com a palavra que com o gesto, fê-lo recuar.

— Não — disse ela afastando-se —; as despedidas mais longas são as mais difíceis de suportar.

Recuou até à porta da sala de jantar, fez um gesto de despedida e entrou. Estácio desceu a custo as escadas. Helena viu-o descer e sair; depois subiu cautelosamente ao seu aposento. Ali sentou-se alguns minutos, pensativa e triste. Ergueu-se enfim, vestiu rapidamente as roupas de montar, colocou o chapelinho preto sobre os cabelos penteados à ligeira, e desceu. Na chácara esperava-a Vicente, com a égua ajaezada e pronta. Helena montou sem demora; o pajem cavalgou uma das duas mulas que havia na cavalariça e os dois saíram a trote na direção da casa do alpendre e da bandeira azul.

A casa estava ainda silenciosa; porta e janelas conservavam-se hermeticamente fechadas. Helena apeou-se e bateu de mansinho; repetiu as pancadas progressivamente mais fortes. Ninguém lhe respondeu. Helena impaciente rodeou a casa; mas, parece que achou igualmente fechadas as portas do fundo, porque volveu logo. Colou o ouvido à porta e esperou. Quando lhe pareceu que era baldado o esforço, tirou da algibeira um lápis e um pedacinho de papel; colocou o pé no degrau de tijolo e sobre o joelho escreveu algumas palavras; dobrou depois o papel

e introduziu-o por baixo da porta. Esperou ainda alguns minutos, caminhou para a égua, montou e regressou à casa.

Vinha triste e pensativa. A égua, a passo vagaroso, não sentia o esforço da cavaleira, que a deixava ir, frouxa a rédea, inútil o chicote. O pajem levava os olhos na moça com um ar de adoração visível; mas, ao mesmo tempo, com a liberdade que dá a confiança e a cumplicidade fumava um grosso charuto havanês, tirado às caixas do senhor.

D. Úrsula não estava ainda levantada; Helena não lhe ocultou o passeio. O dia correu triste e solitário, como os seguintes, sem embargo da companhia que iam fazer às duas senhoras as pessoas mais íntimas. Mendonça, a quem Estácio as recomendara, era ali pontual; conseguia disfarçar um pouco as saudades do moço ausente. O padre Melchior prolongava visitas cotidianas. O mesmo sentimento ligava a todas as pessoas.

O mesmo era, e não único, porque outro e mais egoísta e pessoal veio ali viçar também. Mendonça sentiu que metade de seu destino estava acabada, e que a outra metade ia começar, mais circunspecta que a primeira. O relógio em que ele viu bater essa hora fatídica foram os olhos de Helena. Mendonça começava a amar. Estouvado, e não corrupto, atravessara o delírio dos primeiros anos sem perder a flor dos castos afetos, sem sequer a haver colhido. Helena sentiu nascer e crescer essa adoração silenciosa, sem parecer que a descobrira. Não animou o mancebo nem o repeliu; redobrou de confiança, — dessa confiança que só se dá aos simples familiares, e que mostra claramente a um namorado a inanidade de suas esperanças. Ao parecer de estranhos, a situação afigurava-se de perfeita concórdia. O coronel-major piscou um dia os olhos ao dr. Matos; o dr. Matos proferiu um — *latet anguis in herba* — e ambos foram repartir o pão das conjeturas com a esposa do advogado, senhora muito perspicaz nos namoros de salão. A opinião dos três é que o casamento era coisa provável, e talvez certa. Um só obstáculo podia haver; eram os escrúpulos do pai de Mendonça. Esse mesmo obstáculo não existia, porquanto, além das qualidades estimáveis da moça, havia o reconhecimento legal e social, público e doméstico; acrescendo (observação do dr. Matos) que duzentas e tantas apólices mereciam um cumprimento de chapéu e não davam lugar a cinco minutos de reflexão.

As primeiras cartas de Estácio chegaram uma tarde em que as duas senhoras e Mendonça se achavam na varanda, acabado o jantar, bebendo as últimas gotas de café. D. Úrsula, depois de pôr em atividade três mucamas para lhe irem procurar os óculos, levantou-se e foi ela própria à cata deles, com a sua carta na mão. Helena ficou com a que lhe era dirigida; estava sentada junto a uma das janelas; abriu-a e leu-a para si:

> Quando esta carta te chegar às mãos, estarei morto, morto de saudades de minha tia e de ti. Nasci para os meus, para a minha casa, os meus livros, os meus hábitos de todos os dias. Nunca o senti tanto como agora que estou longe do que há de mais caro neste mundo. Poucos dias lá vão, e já me parece meses. Que seria se a separação não fosse tão limitada?
>
> Na carta que escrevo a titia dou conta da nossa viagem e da saúde de todos. Dona Clara está, na verdade, à beira da morte; mas pode durar ainda alguns dias, e o dr. Camargo resolveu esperar até dar-lhe os últimos adeuses. A recepção que nos fez a família foi cordialíssima. Há aqui uma cunhada da enferma, um primo, três sobrinhos, outros parentes e vários afilhados. O primo é comendador e tenente-coronel; ele e os outros são a gente

mais afável do mundo. Os homens da família são influências eleitorais; quando souberam da minha candidatura, ofereceram-me logo os seus serviços, com a cláusula única de que haja prévia recomendação do Rio de Janeiro. Agradeci o favor, com muita abundância d'alma, porque a tal candidatura, que não me seduzia nem seduz, não há remédio senão cuidar dela, de modo que o meu nome não padeça a injúria da derrota. Que te parece esta pontazinha de vaidade?

Mudemos de assunto, que esse me aflige, e não quero filosofar sem ti, que és a minha companheira nessas vadiações de espírito. Aí não te lembrarás, talvez, das nossas palestras; aqui lembra-me tudo. De manhã, dou o meu passeio equestre, como lá; mas que diferença! Quem vai a meu lado é o tenente-coronel, excelente homem, coração de pomba, com o defeito único e enorme de se não chamar d. Helena do Vale, a minha boa Helena, que lá está na corte, a divertir-se sem seu irmão. Ele fala de tudo e muito: do café, do governo, das eleições, dos escravos, dos impostos. Eu ouço-o, que é o menos que posso fazer, e deixo-o ir sem interrupção. Às vezes, como que desconfiado, recolhe-se ao silêncio; eu ato o fio da conversa e ele encarrega-se de desenrolar o novelo. Tão pouca coisa o faz feliz! Já cacei uma vez; confesso-te que é o que me pode distrair um pouco. Pensava ter perdido o costume; mas não perdi. A modéstia impede-me dizer mais.

A fazenda é vasta e a casa excelente. Não te direi que gosto da vida agrícola; não gosto, não me dou com ela. Mas viver num recanto como este, a dois passos do mato, a tantas léguas da rua do Ouvidor, isso creio que se dá com a minha índole. Consultaremos titia. Eu não sei o que é amar o tumulto exterior; acho que é dispersar a alma e crestar a flor dos sentimentos. Nasci para monge... e creio que também para déspota, porque estou a planear uma vida ignorada e deserta, sem consultar tuas preferências. Sou um Cromwell com tendências de frade; ou, por dizer tudo numa só palavra: sou um Lutero... muito inferior.

Pobre Helena! Já lá vão quatro páginas só a falar de mim. Vejamos o que tens feito. Andas muito triste? passeias? lês? jogas? tocas? Conta-me a tua vida o mais miudamente que puderes; conta-me a vida de todos. Não me escondas nada; se, por exemplo, ao abrir um livro ou tocar uma tecla do piano, pensares em mim, escreve isso mesmo, marcando o dia e até a hora, se puder ser. E depois dou-te o direito de perguntar onde ficou a minha gravidade, e responderei que há uma puerilidade séria, e que os extremos se tocam. Quando assim não seja, a culpa é do céu, que me não deu uma irmã criança; agora é preciso que comecemos pela primeira fase da vida.

Deixei muito recomendado ao Mendonça que fosse à nossa casa com frequência. Não sei se ele se terá lembrado e cumprido a promessa que me fez. Se não tiver cumprido, hás de mandar-lhe dizer que eu o detesto e abomino; que ele é o maior traidor que o céu cobre; que tudo fica acabado entre mim e ele; que a amizade é um culto etc. Dize o que te parecer e pelo modo que te é usual.

Lembro-me de ti a propósito de tudo. Hoje de tarde, por exemplo, o terreiro oferecia um aspecto bonito e característico. Se ela estivesse aqui, disse comigo, faria um magnífico desenho. Peguei de um lápis que trouxe, meia folha de papel, e quis reproduzir o panorama. Escrevi um problema algébrico! Foi um conselho que me deu o lápis: ninguém se meta a fazer aquilo que ignora. Eu ignorava o que era estar ausente da família; por que motivo me determinei a tentá-lo?

Interrompi esta carta para receber o dr. Fróis, que é o médico de d. Clara; veio ao meu quarto para me dizer que o estado da doente é perdido, que a morte é certa; mas que a vida pode prolongar-se ainda por muitos dias. Vê que perspectiva! Estou com raiva de mim mesmo; esses últimos dias da enferma pesam sobre mim como se fora o punho fechado do destino. Se a morte é certa, por que viver alguns dias mais? E é vida isso, ou é morrer aos goles, sem consciência do que se perde nem do que se vai ganhar?

Está decidido; posso ir daqui a seis dias ou daqui a um mês. Será o que Deus quiser. Manda-me, entretanto, alguns livros. No meu quarto só achei um *Manual de medicina prática*. Manda-me alguma coisa que me faça lembrar o Andaraí. Tira da estante oito ou dez volumes, à tua escolha. Manda também algum trabalho de agulha teu; quero mostrá-lo à cunhada de d. Clara, a quem gabei muito os teus talentos. Se puderes desenhar alguma coisa, à pressa, o tanque, a varanda ou qualquer outro lugar, faze-o, e manda com o resto.

Escreve-me longamente; conta-me tudo o que houve interessante; fala-me de ti, que é o meio de consolar minhas saudades, que são imensas, imensas como este amor que tenho à minha família toda. Vou fazer por voltar breve. Adeus, minha boa Helena; adeus, minha vida, adeus, ó mais bela e doce de todas as irmãs!

P. S. — Reli a carta, e fiquei envergonhado do trecho a respeito da vida da doente. Perdoa-me a ferocidade, e leva-a em conta da solidão.

Capítulo XVI

Helena leu e releu a carta. Depois ficou silenciosa, a olhar para as folhas da trepadeira, que do lado de fora viera a subir pela muralha da varanda e a debruçar-se enfim do parapeito para dentro. A carta ficara aberta sobre os joelhos da moça. Mendonça, a poucos passos, olhava para esta, sem ousar falar-lhe.

Goethe escreveu um dia que a linha vertical é a lei da inteligência humana. Pode dizer-se, do mesmo modo, que a linha curva é a lei da graça feminil. Mendonça o sentiu, contemplando o busto de Helena e a casta ondulação da espádua e do seio, cobertos pela cassa fina do vestido. A moça estava um pouco inclinada. Do lugar em que ficava, Mendonça via-lhe o perfil correto e pensativo, a curva mole do braço, e a ponta indiscreta e curiosa do sapatinho raso que ela trazia. A atitude convinha à beleza melancólica de Helena. O rapaz olhava para ela sem movimento nem voz.

A tarde expirava; a cor verde do morro fronteiro ia tomando o aspecto cinzento-escuro que precede a cor fechada da noite. A própria noite desceu, e um escravo entrou na varanda a acender as duas lâmpadas que pendiam do teto. Essa circunstância acordou a moça, e bastou-lhe voltar um pouco a cabeça para ver o amigo de Estácio a alguns passos de distância.

— Estava aí? — perguntou Helena, estremecendo.

— D. Úrsula não voltou — respondeu Mendonça com timidez —; não quis interromper a leitura que a senhora fazia.

— A leitura? A leitura acabou há muito tempo.

— Mas também se lê de cor.

Helena lançou-lhe um olhar suspeitoso.

— Não sei ler de cor — disse ela, erguendo-se e saindo da varanda.

Mendonça ficou aturdido. Que lhe dissera ele tão grave que a pudesse ofender? Repetiu as próprias palavras e não lhes achou sentido mau. Certo, porém, de que a molestara, ali ficou aborrecido de si mesmo, desejoso de lhe explicar tudo, se alguma coisa houvesse explicável. Após alguns instantes, resolveu entrar também. Entrou; Helena não estava nem na sala de jantar, nem na do jogo, onde achou d. Úrsula com o dr. Matos e o coronel-major. Dali passou à sala de visitas. Helena não o viu entrar; estava mergulhada numa poltrona com a cabeça nas mãos. Comovido, deteve-se alguns instantes a contemplá-la; depois caminhou para ela e falou-lhe.

Helena ergueu a cabeça.

— Perdoe-me — disse ele — se alguma coisa lhe disse que a magoou. Confesso que não sei o que poderia haver em minhas palavras. Ficou triste por isso?

A moça cravou nele um olhar ainda suspeitoso, e não lhe respondeu logo. Mendonça adotou o melhor dos alvitres naquela ocasião; inclinou-se e recuou para sair. Helena chamou-o; ele aproximou-se outra vez, com um ar de tão doce resignação que lisonjearia o mais levantado orgulho. Helena estendeu-lhe a mão; ele apertou-a e teve ímpetos de a beijar uma e muitas vezes, triunfando naquele único instante da hesitação de todos os dias; faltou-lhe resolução. Helena mostrou-lhe o trecho da carta em que Estácio se referia a ele; falaram dos ausentes e dos presentes, de todos e de tudo, menos do assunto que exclusivamente preocupava o moço. Ele saiu dali sem haver dito nada de seu coração. Chegando à rua, achou-se poltrão e ridículo, disse mil nomes feios a si próprio; enfim, prometeu declarar tudo a Helena no dia seguinte.

No dia seguinte, que era domingo, Helena dirigiu-se à capela a ouvir a missa do padre Melchior. Acabada a cerimônia, não seguiu para casa, com d. Úrsula, mas foi ter à sacristia, onde o padre acabava de tirar os paramentos. Melchior, logo que soubera da carta de Estácio, nessa manhã, pedira a Helena que lha deixasse ver.

— Falam sempre ao coração as letras dos amigos — dissera ele.

Helena deu-lhe a carta, que o padre recebeu com uma expressão antes de curiosidade que de afeto. Leu-a vagarosamente, como escrutando o sentido e as palavras; e sendo longa a epístola, longo foi o tempo que ele despendeu em a interpretar. Durante esse tempo, Helena admirava-lhe a figura austera, a serenidade religiosa. A sacristia era pequena; duas altas janelas deixavam entrar a luz, o ar e o aroma das folhas e das flores da chácara. Entre a cimalha e o telhado algumas andorinhas haviam fabricado os ninhos, donde saíam, como pensamentos de juventude, a adejar ao sol da manhã. Ao pé daquele quadro exterior de alegria e verdura, a sacristia tinha certo ar melancólico e severo, que lançava n'alma o esquecimento das vicissitudes humanas. Helena deixou-se cativar desse sentimento de abstenção e elevação; se alguma dor ou remorso a pungia, esqueceu-os, por um minuto ao menos, entre aquelas paredes desataviadas, diante de um padre, entre uma imagem de Jesus e as obras vivas do Criador.

Lida a carta, Melchior dobrou-a com ar pensativo; depois entregou-a à moça.

— Já respondeu? — perguntou ele.

— Já; trouxe-lhe a carta que vou mandar hoje mesmo.

Melchior abriu-a e leu; não gastou menos tempo, ainda que era de menores dimensões. O estilo era afetuoso, mas muito menos exuberante que o da carta de Estácio. Ela contava-lhe, em suas feições gerais, a vida que ali passavam desde que ele partira, as ocupações de cada dia e as distrações da noite.

> Vivemos, dizia a moça, como podem viver duas criaturas que sabem a afeição que lhes tem um parente amigo, ausente embora, mas não esquecido — nem ingrato. O padre Melchior, algum dos vizinhos, e o dr. Mendonça são as nossas visitas habituais. Você sabe o que vale o padre; é a mais bela alma que Deus mandou ao mundo. Os vizinhos são afáveis, como sempre. O dr. Mendonça é verdadeiramente digno da nossa afeição e confiança. Disse-lhe o que você me escreveu; ele riu, como homem seguro de escapar à punição.
>
> Pena é que você tenha de se demorar aí tanto tempo; mas, se alguma esperança pode haver de salvar a doente, damo-nos por bem pagas da demora. É verdade que você não é médico; mas há aí outra doente, para quem é, não só médico, mas até toda a medicina. Por que razão me não escreveu Eugênia? Eu não cuidei que essa amiga me esque-

cesse na véspera de ser minha cunhada. Se estivéssemos mais perto, ia puxar-lhe as orelhas. Diga-lhe isto; e se tiver ocasião de emprestar-me os seus dedos, aplique-lhe o castigo, declarando-lhe o delito cometido e o juiz que a sentenciou.

 O que você diz da vida solitária é muito justo, mas impraticável. Os amigos não nos iriam ver; e poderíamos nós dispensá-los? Tal é a opinião de titia e a minha. O melhor de tudo é este meio-termo de Andaraí; nem estamos fora do mundo, nem no meio dele. O ruído externo pode ter os efeitos de que você fala; mas ele é às vezes preciso para aturdir e distrair o espírito. Também a solidão tem suas dores, e fundas; também ela abala o coração. Nem um extremo nem outro.

A carta continha alguns períodos mais, não muitos; três ou quatro vezes falava em Eugênia, com tamanha insistência que punha em relevo o silêncio a tal respeito conservado por Estácio; falava-lhe da beleza da noiva, do casamento próximo, do amor que os faria felizes, e da ventura que ambos dariam a todos os seus.

Quando o padre acabou de ler a resposta, abriu os braços a Helena; depois abrangeu com as mãos a cabeça da moça e contemplou-a durante alguns segundos.

— Toda a sua alma está nesse escrito — disse ele —; vejo aí a reflexão e o afeto. Tanto melhor! Há contudo uma lacuna: não transmite a seu irmão as minhas saudades; há também uma excrescência: louva méritos que não possuo. Embora! Mande-a...

— Escreverei duas linhas mais.

— Pois sim. Diga-lhe que se apresse, porque estou velho e posso morrer antes.

— Oh! — protestou Helena.

Melchior olhou para ela silenciosamente.

— Crê que Estácio seja feliz? — perguntou ele enfim.

— Creio.

— Também eu.

Outro silêncio. O primeiro que o rompeu foi o padre.

— Por que se não casa também? — disse ele.

— Eu?

— Decerto. Pode ser que muito breve, talvez...

— Talvez nunca.

Melchior franziu a testa; a fisionomia, de ordinário meiga, tornou-se severa, como a consciência dele. O padre tinha uma das mãos de Helena entre as suas; deixou-a insensivelmente cair. Entre os dois estabeleceu-se um silêncio que os acabrunhava e que não ousavam romper; como subjugados por um mistério, receava cada um deles que o outro lho lesse na fronte; instintivamente desviaram os olhos.

Melchior foi o primeiro que voltou a si. A reflexão corrigiu a espontaneidade, e o padre reassumiu o gesto usual, com essa dissimulação que é um dever, quando a sinceridade é um perigo.

— Vamos lá — disse ele —; ninguém pode decidir o que há de fazer amanhã; Deus escreve as páginas do nosso destino; nós não fazemos mais que transcrevê-las na terra.

— É verdade! — confirmou ela com um gesto de cabeça, e sem erguer os olhos.

— Amanhã — continuou o padre —, o acaso — isso a que os incrédulos chamam acaso, e que é a deliberação da vontade infinita — lhe apontará um homem digno da senhora, e seu coração lhe dirá: é este, e o suspiro desalentado de hoje converter-se-á num olhar de graças ao céu. Ora, o que eu lhe peço, o que eu desejo, é que se apresse tanto que eu possa casá-los...

— Oh! Mas não vai morrer amanhã — interrompeu Helena.

— Estou velho, minha filha; estes cabelos brancos são já a neve desse mar polar para onde navegamos todos. Conto sessenta anos. A morte pode colher-me um dia próximo...

— Vamos almoçar — disse Helena sorrindo.

Saíram da sacristia, atravessaram a capela, e penetraram na chácara. Na ocasião em que iam transpor a porta da capela, viram Mendonça entrar em casa. Melchior estacou e olhou para Helena. Esta ia como acabrunhada e absorta. O gesto do padre, quando ela lhe declarou que não se casaria talvez nunca, ficara-lhe gravado na memória, como um enigma, que talvez receava decifrar. Poucos minutos eram passados; contudo, ela pôde refletir, e coligir os elementos de uma resolução. Detendo-se, com o padre, à porta da capela, viu também entrar Mendonça. Os olhos da moça e do padre interrogaram-se de novo, mas desta vez nenhum deles os desviou.

— Vê aquele homem? — perguntou Helena. — Parece-lhe que seria bom marido?

— Excelente, decerto — disse vivamente Melchior —; caráter, educação, sentimentos...

— Tem ainda uma virtude particular: ama-me.

— Sei.

— Ele lho disse?

— Não, mas vê-se. É sabido de todos os que frequentam esta casa. A probabilidade do casamento é objeto de comentários, e a opinião geral é que ele se fará dentro de pouco tempo. Confessou-lhe alguma coisa?

— Nada; mas os olhos da mulher amada não são menos sagazes que os dos padres amigos. Acha que devo confirmar a opinião dos outros?

— Acho; consulte, porém, seu coração.

— Já consultei.

— Neste único instante?

— Nada menos.

— Deveras? — disse Melchior, derramando um olhar de paternal ternura no rosto sério de Helena.

— Não digo que o ame desde já; mas a afeição que ele me tem refletirá em meu coração, e eu virei a amá-lo. O que importa saber é que é digno de mim. De todos os que me pretendessem nenhum lhe seria superior.

— Ainda bem! Contudo, repare que vai contrair uma obrigação perpétua, e que um contrato desses não pode ser deliberado em poucos instantes.

— Oh! nesse ponto a minha ignorância sabe mais do que a sua teologia. Que são minutos e que são meses? Paixões de largos anos, chegando ao casamento, acabam muitas vezes pela separação ou pelo ódio, quando menos pela indiferença. O amor não é mais que um instrumento de escolha; amar é eleger a criatura que há de ser companheira na vida, não é afiançar a perpétua felicidade de duas pessoas, porque essa pode esvair-se ou corromper-se. Que resta à maior parte dos casamentos, logo após os anos da paixão? Uma afeição pacífica, a estima, a intimidade. Não peço mais ao casamento, nem lhe posso dar mais do que isso.

— Não gosto de tanta reflexão em tão verde idade — replicou benevolamente Melchior —; todavia, encanta-me esse raciocínio que, ao cabo de tudo, pode ser

verdadeiro. Mas não me desdigo; alguns minutos é pouco tempo; reflita ainda vinte e quatro horas.

— Nem um instante mais — insistiu Helena. — Minhas reflexões são lentas ou súbitas: ou cinco minutos ou um ano; escolha.

— Pois reflita cinco minutos — replicou o padre sorrindo.

— Já lá vão quatro; aproveitarei o último para lhe dizer que em nada disso falaria, se não fossem as qualidades notáveis desse moço; e para acrescentar que a ele me liga certa simpatia de gênios... é talvez a semente do amor.

Tinham chegado ao primeiro degrau da escada da varanda. Subiram e penetraram na sala de jantar, onde acharam d. Úrsula e Mendonça, este a percorrer com os olhos um jornal do dia. O almoço serviu-se imediatamente.

— Padre-mestre — disse d. Úrsula — demorou-se tanto que cuidei tivesse ideia de me arrebatar Helena.

— Estive-a ouvindo de confissão — respondeu Melchior.

— E pôde absolvê-la?

— Decerto.

— Mas com grande penitência, não?

— A mais fácil de todas — acudiu Helena, olhando para o padre.

— Oh! então é que os pecados são leves! — concluiu d. Úrsula. — Não lhe parece?

Estas últimas palavras foram dirigidas a Mendonça, na ocasião em que todos caminhavam para a mesa. Mendonça não respondeu nada. Contra o costume, falava pouco — menos ainda que na véspera e nos dias anteriores. D. Úrsula via a diferença mas não a compreendia.

— Não quero saber que pecados confessou — disse ela sentando-se —; estou certa de que o maior deles não levaria ninguém ao purgatório.

— Veja o que é uma tia indulgente — observou Helena a Mendonça, sentando-se ao seu lado.

Preocupado com a conversa que acabava de ter na sacristia e na chácara, Melchior pouca atenção prestou a princípio ao filho do comerciante. Analisava as circunstâncias do momento e pesava a responsabilidade que lhe podia vir de qualquer resolução que adotasse. Após um longo diálogo com a consciência, o velho sacerdote inclinou os olhos ao mancebo que lhe ficava defronte, ao lado de Helena. Viu-os conversar. Ela mostrava-se graciosa, solícita e atenta, como uma esposa amante; ele parecia enamorado da voz e das falas da donzela; como que um clarão interior lhe desvendara à alma os horizontes infinitos da esperança. Familiarizado com Helena, tratado por ela com esquisita atenção, era contudo a primeira vez que ela lhe falava, não como a um confidente amigo, mas como a um homem que poderia vir a ser seu esposo. Alguma seriedade, um olhar submisso, uma atenção continuada fizeram essa diferença, que antes foi sentida pelo coração do que descoberta pelos olhos.

No fim do almoço, Melchior dirigiu-se para a sala de visitas, com Helena. Mendonça acompanhou-os. A resolução do padre estava assentada de raiz; ele aceitava aquele casamento como um presente do céu. Apenas entrados na sala, travou as mãos de um e outro e lhes disse, com voz comovida:

— Prometem não zangar-se comigo?
— Por quê? — interrogou Mendonça com os olhos.
Helena baixara os seus olhos.
— Prometem?
— Padre-mestre... — começou Mendonça sem poder concluir a frase.
O padre olhou silenciosamente para um e outro. Talvez hesitava falar; talvez buscava o melhor meio de dizer o que tinha no coração. Urgia romper o silêncio; fê-lo com solenidade:
— Serei duas vezes padre: segundo a natureza e segundo o Evangelho. Quando duas criaturas se merecem, é servir a Deus emprestar a voz ao coração que não ousa falar. O senhor ama esta menina; leio-lhe nos olhos o sentimento que o arrasta para ela; são dignos um do outro. Se é a timidez que lhe fecha os lábios, eu sou a voz da verdade e do amor infinito; se outro motivo, serei juiz complacente para escutá-lo.
Ouvindo essas palavras, Mendonça ficou aturdido e mudo. Não só a fortuna lhe chegava às mãos quando ele menos esperava, mas até escolhera um caminho desusado e estranho. A realidade confundia-se ali com o sonho. A presença de um terceiro era suficiente motivo para acanhar os mais resolutos; acrescia a veste sacra do sacerdote, que dava àquilo um ar de solenidade e consagração. Mendonça recobrou, enfim, o uso dos sentidos; a resposta única e eloquente foi estender a mão a Helena, gesto a que a moça correspondeu com simpleza e naturalidade.
— Não se enganaram meus olhos — disse o padre. — Ama-a, e pode dar-lhe a felicidade que lhe desejo a ela. Também Helena o fará venturoso, não? — perguntou ele, voltando-se para a moça.
— Mas é isto um sonho? — perguntou enfim Mendonça.
— A vida não é outra coisa — retorquiu o capelão —; velho pensamento e velha verdade. Façamos por que o sonho seja agradável e não árido ou triste. Prometem-me que se farão felizes?
— Não ambiciono outra coisa — disse o rapaz —; será o meu cuidado e a minha glória.
— Seu amor — continuou Melchior — é mais forte que o de Helena; eu consultei-a antes, e li em seu coração. Elege-o com prazer, embora sem entusiasmo. Não é a paixão cega que a faz falar; é um sentimento brando e singelo, por isso mesmo duradouro. A reflexão de um corrigirá a violência do outro, e os dois sentimentos se completarão pela virtude especial de cada um.
Esta explicação franca de Melchior teve o condão de ser agradável aos dois. Helena estimou que ele nem lisonjeasse as ilusões de Mendonça, nem a desse como aceitando indiferente e estouvada o casamento proposto. Pela sua parte, Mendonça viu nas palavras do padre um indício da sinceridade de Helena, e aceitou o pouco oferecido, com a certeza de multiplicá-lo. O caráter de Melchior e a veneração que mereciam suas virtudes eram fianças de veracidade e davam ao ato singelo que ali se passava um forte cunho de santidade e elevação. Não era uma vulgar declaração de amor, sujeita às variações do espírito ou do interesse, mas verdadeiros esponsais em que a religião era inspiradora e testemunha.

Capítulo XVII

Aquele dia foi marcado no calendário de Mendonça com letras de ouro e cetim; a noite desceu coroada de murta e rosas. Ele viveu essas horas todas num estado de sonambulismo e êxtase. Tencionava referir tudo à mãe, logo que entrou em casa ao meio-dia; mas não se atreveu, porque ele mesmo não estava certo se vivia a realidade ou se voava nas asas de uma quimera. De noite voltou a Andaraí; achou em Helena o mesmo modo afetuoso, a mesma solicitude e carinho; nenhuma ternura expansiva, nenhuma contemplação namorada; um meio-termo que o continha a ele próprio, e não era menos aprazível ao coração. A nova situação era, entretanto, sensível, porque os vigilantes de fora trocaram entre si olhares cheios de graves descobertas; um deles, o coronel-major, chegou a proferir uma alusão, que os interessados fingiram não perceber.

Quando Mendonça chegou a casa nessa noite, ia mais que nunca cheio de comoção e nadando em plena glória. A cidade, apenas aí entrou, pareceu-lhe transformada por uma vara mágica; viu-a povoada de seres fantásticos e rutilantes, que iam e vinham do céu à terra e da terra ao céu. A cor deste era única entre todas as da palheta do divino cenógrafo. As estrelas, mais vivas que nunca, pareciam saudá-lo de cima com ventarolas elétricas, ou fazerem-lhe figas de inveja e despeito. Asas invisíveis lhe roçavam os cabelos, e umas vozes sem boca lhe falavam ao coração. Os pés como que não pousavam no solo; ia extático e sem consciência de si. Era aquele o galhofeiro de há pouco? O amor fizera esse milagre mais.

Um dos teatros estava aberto; comprou um bilhete e entrou. Não era desejo de divertir-se ou interessar-se pelo drama, que aliás expirava de parceria com o protagonista; era necessidade de ver gente, de apalpar a realidade das coisas, tão quimérico se lhe afigurava tudo o que se passara desde manhã.

Um espectador, o filho do coronel-major, viu-o a alguma distância e foi sentar-se ao pé dele.

— O senhor que tem melhor vista — disse o acadêmico —, desengane-me; aquela moça que ali está, naquele camarote, não é a andorinha viajante?

— A andorinha viajante? — repetiu Mendonça, olhando para ele. — Que quer dizer esse nome?

— É a alcunha da irmã de Estácio. Será ela que está ali, com uma senhora idosa?

— Mas por que lhe chamam assim?

— Eu sei! Naturalmente porque sai à rua todos os dias. Na verdade, é um passear! Mal amanhece, lá vai trepada no cavalinho, com o pajem atrás...

— Quem lhe pôs essa alcunha?

— As alcunhas são como as mofinas: não têm autor.

Caíra o pano; Mendonça despediu-se ali mesmo e saiu. Na rua repetiu mentalmente as palavras do jovem acadêmico. Ao cabo de alguns minutos, sorriu; compreendera que, apenas suspeitada a sua felicidade, já a inveja lhe deitava na taça uma gota de veneno. Ergueu os ombros, resoluto a suportar tranquilo essa lívida companheira do êxito.

Guiou para casa, onde entrou pouco depois. Helena volvera a ocupá-lo exclusivamente. Só, na alcova de solteiro, inventariou os acontecimentos daquele dia e achou-se morgado da fortuna. Como precisava conversar com alguém, escreveu uma longa carta a Estácio, narrando-lhe toda a história do seu coração, as esperanças e a pronta realização delas. A alma derramou-se no papel impetuosa e exuberante. O estilo era irregular, a frase incorreta; mas havia ali a eloquência e a sinceridade da paixão. Quando fechou a carta, anteviu o prazer que ia dar ao amigo, logo que ela lhe chegasse às mãos, levando a notícia de que os vínculos atados na aula iam apertar-se na família.

"Vem quanto antes", dizia ele ao terminar a missiva; "tenho ânsia de abraçar-te e ouvir de ti mesmo o consentimento que me fará o mais feliz dos homens!".

Quando essa carta chegou a Cantagalo, Estácio voltava de uma pequena excursão que fizera com o pai de Eugênia. Conheceu a letra do sobrescrito; abriu negligentemente a carta; leu-a com assombro. A impressão foi tão visível que Camargo lhe perguntou de que se tratava.

— Recebo uma notícia que me obriga a partir amanhã — disse ele.
— Negócio grave?
— Grave.
— Ainda assim, nessa ocasião...
— Que tem? Dona Clara pode ainda resistir à morte alguns dias; e, posto que a minha ausência não prejudique nada do fato a que aludo, contudo é mister que me informe e providencie.
— Algum negócio relativo ao inventário? — aventurou Camargo, que nada conhecia mais grave que o dinheiro.
— Justamente — respondeu maquinalmente Estácio.

Camargo consolou a filha do desgosto que lhe causava a partida do noivo; falou-lhe a linguagem da razão; disse que havia assuntos práticos, a que os sentimentos tinham de ceder o passo alguma vez. No dia seguinte de manhã, partiu Estácio na direção da corte, não sem prometer que voltaria, se a moléstia ou qualquer outro motivo obrigasse a família a demorar-se em Cantagalo.

Ninguém esperava por ele em Andaraí. Entrando na chácara — era de noite —, viu Estácio que a sala que ficava no ângulo esquerdo da frente da casa estava alumiada e tinha gente. A sala ficava ao rés do chão, e as janelas estavam abertas. Parou a pouca distância, e pôde distinguir o coronel-major e o dr. Matos jogando o gamão; a mulher do advogado falava a d. Úrsula e Melchior, em um dos lados; do outro estava assentada Helena, tendo Mendonça diante de si.

Estácio deu volta aos fundos da chácara, e entrou pela varanda. Os escravos que o viram chegar deram sinal da novidade, com vozes de alegria, que, aliás, não chegaram até às pessoas da sala. Estas só souberam do recém-chegado quando ele assomou à porta. A satisfação de o ver foi geral e sincera em todos. Estácio distribuiu abraços e apertos de mão. Melchior, que se deixara ficar de lado, foi o último com quem falou.

— O doutor Camargo veio? — perguntou d. Úrsula ao sobrinho, logo depois que este cumprimentara a todos.
— Não — respondeu Estácio —, a doente não pode escapar, mas ainda a deixei com vida.
— Imagino a impaciência dos herdeiros.

Esta observação filosófica do coronel-major não teve nenhum efeito. Melchior, que a reprovara interiormente, fez mudar a conversa, informando-se da família de Camargo. Estácio deu todas as notícias que podiam interessar; depois, falou de alguns incidentes da viagem; enfim, retirou-se por alguns minutos.

Mendonça acompanhou o amigo, alcançando-o ainda na escada. Subiram juntos e juntos entraram no quarto.

— Agora que estamos sós — perguntou Mendonça —, houve por lá alguma coisa?

— Nada.

— Tanto melhor!

Um escravo entrou no quarto, a fim de servir a Estácio; Mendonça, ansioso por lhe falar de Helena, contentou-se com trocar algumas vagas indicações.

— Recebeste a minha carta? — disse ele.

— Recebi.

— Não esperavas por ela, aposto...

— Não.

— Como eu não esperava escrevê-la. Estás aborrecido?

— Estou cansado.

— Naturalmente — assentiu Mendonça, abrindo um livro que achou sobre a mesa e tornando-o a fechar.

O silêncio prolongou-se alguns minutos, durante os quais Mendonça tornou a abrir o livro, examinou uma espingarda de caça, preparou um cigarro e fumou. O escravo ajudava o senhor a mudar de roupa. Estácio continuava mortalmente calado; Mendonça falou algumas vezes, sobre coisas indiferentes, e o tempo não correu, andou com a lentidão que lhe é natural, quando trata com impacientes. Logo que Estácio se deu por pronto, e o escravo saiu, Mendonça voltou diretamente ao assunto que o preocupava.

— Estava ansioso por ver-te — disse ele. — Não nos é possível falar agora; não temos tempo. Mas quero dar-te um abraço, ao menos, um abraço de agradecimento pela felicidade...

— Parece que só esperavas a minha ausência?

— Creio que não. Já antes de seguires, começava a sentir alguma coisa nova, que vim a descobrir ser paixão violenta.

— Helena ama-te?

— Com igual amor, não creio; mas aceita-me; tem-me algum afeto.

— Tratarei de consultá-la.

Mendonça não pôde continuar, porque Estácio descia a escada ao dar-lhe a última resposta. Mendonça desceu também. Na sala estavam ainda as mesmas pessoas. Perto de uma janela conversava Helena com o padre. O chá foi logo servido e a conversa tornou-se geral, ainda que sem grande animação. Melchior falou menos que todos.

Nem por isso foi o primeiro que saiu; foi o último. Na chácara, dirigindo-se ao portão, ergueu os olhos ao firmamento, não para ver a lua e as estrelas, senão para subir a região mais alta. O que disse ninguém o soube, mas o anjo das rogativas humanas porventura colheu em seu regaço os pensamentos do ancião, e os levou aos pés do eterno e casto amor.

Capítulo XVIII

— Helena — disse Estácio no dia seguinte, logo que pôde falar a sós à irmã —, sabes por que vim mais depressa? Foi por tua causa. O Mendonça escreveu-me dizendo haver alcançado de ti uma promessa de casamento.

— É verdade.

— É verdade?

— Até ao ponto em que a minha vontade tem um limite, que é a sua. Por mim só nada posso decidir; mas não creio que você se oponha de nenhum modo. Não é certo que deseja a minha felicidade?

Estavam sentados em um banco de pau, defronte do grande tanque. Estácio ficou algum tempo a olhar para a água.

— Não entendo — disse ele enfim.

— Por quê?

— Mais de uma vez me confessaste não sei que paixão violenta, paixão que parecia conter a tua vida toda. Que, sem embargo de um amor único e forte, uma mulher despose um homem que não é o preferido de seu coração, é caso não vulgar e muita vez justificável. Mas que esse casamento seja para ela felicidade, confesso que não o poderei entender nunca.

— Recusa então o seu consentimento?

— Não recuso; desejo compreender.

— Nada mais simples — retorquiu a moça.

— Ah!

— Falei-lhe de um amor forte, é certo, não extinto naquele tempo, mas totalmente sem esperança. Que moça não tem dessas fantasias, uma vez ao menos? A fantasia passou. Ou eu não devo casar nunca, ou posso desposar um homem digno, que me ame. Não casar foi algum tempo o meu desejo; não o é hoje, desde que você, titia e o padre Melchior ambicionam ver-me casada e feliz. Para obter a felicidade, além do casamento, escolhi pessoa que me parece capaz de dar a paz doméstica e os melhores afetos de seu coração.

— De maneira que te sacrificas a um desejo nosso?

— Quando fosse sacrifício, fá-lo-ia de boa cara; mas não é.

— Não se trata de um sacrifício repugnante e odioso; entretanto, cumpre examinar o que perdes. Dizes que a fantasia passou; não creio, Helena, não creio que ela passasse. Tu amas decerto; amas violentamente alguém; amas sem esperança nem futuro; isto é, levas para casa do teu marido um coração que te não pertence, um sentimento intruso e inimigo...

Helena quis interrompê-lo.

— Ouve — continuou Estácio. — Esse sentimento, se vier a extinguir-se e se for substituído pela afeição que criares a teu marido, não te fará desventurosa; mas supõe que não morre esse amor, qual será a tua situação?

— Tudo isso é um castelo no ar — disse Helena sorrindo —; eu amei, não amo; ou amo somente a meu futuro marido.

Estácio abanou a cabeça com ar de incredulidade. Seus olhos pousaram no

rosto plácido da irmã, como tentando arrancar-lhe uma confissão silenciosa. Os dela, firmes e tranquilos, cruzavam o olhar com os dele. Estácio conhecia já o domínio que a moça exercia sobre si mesma; a tranquilidade não o convenceu. Assim pensava, assim o disse, sem rebuço.

— Por que razão negaria eu a verdade? — retorquiu Helena.

Estácio ergueu os ombros.

— Supondo que você tenha razão — tornou ela —, não deverei casar nunca?

— Não digo isso; mas, há dois caminhos para a felicidade, além de Mendonça.

— Não os vejo.

— Esse amor misterioso será realmente sem esperança? Nada há definitivo no mundo, nem o infortúnio nem a prosperidade. O que a tua imaginação supõe estar perdido, acha-se apenas transviado ou oculto...

— Adivinho o segundo caminho — atalhou Helena —; não casando agora, posso vir a amar um dia, mais do que a Mendonça, algum homem tão digno como ele.

— Parece-te absurdo isso?

— Não, mas é uma loteria; perco um bem certo por outro duvidoso. O jogador não faz cálculo diferente. Essa felicidade pode não vir; eu contento-me com a que me cabe agora. Mendonça ama-me deveras; senti-o desde algum tempo. O padre Melchior abriu-me os olhos; aceito o destino que os dois me oferecem. Esta é a razão e a realidade; o mais é ilusão e fantasia.

Enquanto ela falava, Estácio, que tirara o chapéu de chile, ocupava-se em fazer circular na copa a fita larga que o cingia. Houve entre ambos grande silêncio. Pela beira do tanque seguia uma longa carreira de formigas, conduzindo as mais delas trechos de folhas verdes. Com um galho seco, Estácio distraía-se em perturbar a marcha silenciosa e laboriosa dos pobres animais. Fugiam todas, umas para o lado da terra, outras para o lado da água, enquanto as restantes apressavam a jornada na direção do domicílio. Helena arrancou-lhe o galho da mão; Estácio pareceu acordar de largas reflexões; ergueu-se, deu alguns passos e voltou a ela.

— Helena — declarou ele —, não creio nada do que você me diz; você sacrifica-se sem necessidade e sem glória. Não consinto; é meu dever opor-me a semelhante coisa...

Helena ergueu-se também.

— Mendonça começa a ser o fruto proibido — observou ela, sorrindo —, é o meio seguro de o fazer amado.

A moça afastou-se na direção da casa. Estácio viu-a desaparecer por entre as árvores, e ficou algum tempo entre o banco e o tanque. As formigas, dispersas alguns minutos antes, tinham agora entrado no primeiro caminho, com a mesma ordem anterior. Viu-as o moço, e comparou-as às próprias ideias, também necessitadas de que um galho invisível as não dispersasse e confundisse. No meio de suas reflexões, lembrou-lhe o padre; Estácio atravessou a chácara, saiu à rua e dirigiu-se à casa de Melchior.

Melchior habitava uma casinha situada no centro de um jardim diminuto, a algumas braças da residência de Estácio. Tinha duas salas o prédio, janelas por todos os lados, uma porta na frente e outra nos fundos. A da frente abria entre duas janelas de venezianas. A sala de visitas era ao mesmo tempo gabinete de estudo e de trabalho. Simples era a mobília, nenhuns adornos, uma estante de jacarandá,

com livros grossos in-quarto e in-fólio; uma secretária, duas cadeiras de repouso e pouco mais.

Na ocasião em que Estácio ali entrou, Melchior passeava de um para outro lado, com um livro aberto nas mãos, algum Tertuliano ou Agostinho, ou qualquer outro da mesma estatura, porque o padre amava contemplar os grandes espíritos do passado, quando não encarava os mistérios do futuro. Naquele corpo mediano havia uma águia cativa. Entre as quatro paredes da casa, limitada a vista pelos arbustos e as flores do jardim, Melchior olvidava o tempo e eliminava o espaço, vivendo a vida retrospectiva ou profética, doce e misteriosa volúpia das almas solitárias. Melchior era um solitário; sem embargo das relações sociais, que ele cultivava, amava sobretudo estar separado dos homens. Nessas horas, que eram a maior parte do tempo, lia ou meditava, esquecido ou estranho a todas as coisas do seu século.

Naquela ocasião lia. Vendo assomar à porta o vulto de Estácio, Melchior fechou o rosto; contudo, recebeu-o afavelmente.

— Vim interrompê-lo — disse Estácio —; mas era preciso.

Melchior depôs o livro sobre a mesa redonda que havia no meio da sala, marcando a lauda com uma velha estampa. Depois sentaram-se ao pé de uma das janelas laterais. Estácio não se atreveu a dizer logo o motivo que o levara ali; mas de sua própria hesitação deduziu Melchior qual era ele.

— Era preciso? — repetiu o padre.

— Trata-se de Helena. Sei que é nosso amigo, confio em seu conselho e discrição. Como deseja a felicidade de minha família, buscou facilitar o casamento de Helena e Mendonça...

— Contando com a sua aprovação — explicou o padre.

— Hesito em dá-la.

— Por quê?

Estácio explicou que Helena não tinha inclinação ao noivo que se lhe propunha, ao que Melchior respondeu, referindo singelamente a verdade.

— É certo que o não ama ardentemente — concluiu ele —, mas aceita-o, aprecia-o, está a meio caminho da felicidade que lhe devemos dar.

— Há uma dificuldade, padre-mestre; é que ela ama a outro.

Melchior empalideceu; o olhar escrutador, como o de um juiz, cravou-se imóvel e afiado no rosto de Estácio. A fronte severa do moço não se alterou, nem seus olhos baixaram à terra.

— Ama a outro — continuou ele —; paixão violenta, mas sem esperança, e tão real quão misteriosa. Uma ou duas vezes aludiu a ela; nada mais lhe pude arrancar. Agora mesmo, quando lhe falei a tal respeito, desviou daí o sentido e a conversação. Nada mais sei; sei, porém, que ama, e casar com outro em tais circunstâncias dá dois inconvenientes igualmente graves: priva-se da possibilidade de uma união feliz com o homem que interiormente elegeu, e leva para a casa do marido um sentimento de pesar e de remorso. Parece-lhe isso tolerável?

— Não há remorso, não há pesar onde não há esperança — redarguiu o padre. — Helena aceita o Mendonça por espontânea vontade; e conheço-a tanto que não acho já possível que ela recuse.

— Salvo o meu consentimento.

— É claro; mas por que o não daria?

— Porque não desanimo de descobrir a pessoa a quem Helena entregou o coração. Talvez ela ache impossível aquilo que é simplesmente difícil. Demais, não esqueçamos que Helena mal tem dezessete anos.

— Valem por vinte e cinco.

— Pode ser; mas convém não aceitar de coração leve uma condescendência ou um capricho, ou qualquer outro motivo oculto que a inspira nessa resolução.

— Que motivo seria?

— Eu sei! Talvez a suspeita de que estimássemos vê-la afastar-se de casa.

— Não a calunie; Helena tem perfeita ciência e consciência dos afetos que a rodeiam e da estima em que é tida. Suas objeções não valem nada diante da declaração que ela própria fez. Não compliquemos uma situação simples e definida.

Melchior proferiu essas palavras com voz branda, mas em tom firme; Estácio não se animou a responder logo. Voltou, porém, ao primeiro argumento; depois, aventurou uma objeção nova.

— Mendonça é bom coração — disse ele —; mas não possui as qualidades que, em meu entender, devem distinguir o marido de Helena. Nunca exercerá sobre ela a influência que deve ter um marido. Entre os dois inverte-se a pirâmide. Mas isto, ao menos, se destruía uma das condições do casamento, podia conservar a felicidade doméstica. O perigo maior é outro; é vir ele a perder a estima da mulher. Nesse caso, que lhe daríamos nós a ela? Um casamento aparente e um divórcio real.

Não olhava para ele o padre, mas para fora, com uns olhos dolorosos e o gesto impaciente. Quando ele acabou, fitou-o com resolução; disse-lhe que se tratava de casar Helena, não com um marido especial, mas com o que ela própria escolhera de sua vontade livre; casamento que cumpria fazer sem demora. Era certo que, como chefe de família, Estácio podia opor-se ao casamento ou marcar-lhe condições; mas nem convinha isso ao interesse de Helena nem ao próprio interesse da família.

Estácio ergueu-se quando o padre acabou; percorreu a sala, calado e pensativo. No fim de alguns segundos, o padre foi a ele.

— Vá contar tudo à sua tia — disse —; aprove sua irmã, casá-los-ei a todos no mesmo dia.

— Pois bem — disse Estácio, como concluindo um raciocínio interior —; consinto em que Helena se case, mas procuremos outro marido. Mendonça, não; há de ser outro. Vou casar-me também; receberei todas as semanas; algum rapaz aparecerá que a mereça e de quem ela venha a gostar seriamente... É a minha última resolução.

Capítulo XIX

No momento em que Estácio proferia essas palavras, transpunha Mendonça a porta do jardim do capelão. Preocupado com a frieza de Estácio, lembrara-lhe falar a Melchior e pedir-lhe conselho. Melchior ia responder ao sobrinho de d. Úrsula, quando ouviu rumor de passos na areia do jardim.

— Aí vem o noivo — disse ele.

Estácio deu dois passos para pegar no chapéu; reconsiderou e foi sentar-se ao pé da mesa redonda. Havia ali um exemplar das Escrituras. Abriu-as ao acaso; a página acertou ser um capítulo dos *Provérbios*; leu este versículo: "Quem quer abrir mão de seu amigo, busca-lhe as ocasiões; ele será coberto de opróbrio". Envergonhado, voltou a folha. Mendonça entrara na sala. Não contava com Estácio, mas estimou vê-lo ali.

— Venha — disse Melchior —, tratávamos justamente do seu casamento.

Estácio lançou ao padre um olhar de exprobração. O padre não o viu; olhava para Mendonça, que imediatamente lhe respondeu:

— Não venho cá para outra coisa. Uma vez que a fortuna o fez nosso confidente, desejo constituí-lo meu conselheiro e diretor.

— Antes de tudo, sou advogado de sua causa — disse Melchior —; estava expondo agora as vantagens dela.

Mendonça olhou fixamente para o amigo, e, depois de curta pausa:

— Rejeitas ou aceitas o noivo? — perguntou ele.

Posto entre a espada e a parede, Estácio não soube logo que respondesse; ficou a olhar para a lauda aberta, receoso de encontrar a vista dos dois. O silêncio era pior que a resposta; e nem o caso nem as pessoas permitiam tão grande pausa. Estácio fechou de golpe o livro e ergueu-se.

— Discutia somente as vantagens do casamento — disse ele.

— E qual é a tua opinião?

— Minha opinião é que Helena está ainda muito menina. Mas não é só essa, nem é a principal; o voto, em todo caso, é a favor do casamento. A principal razão é o teu próprio crédito.

— Meu crédito?

— Helena pode vir a amar-te como lhe mereces; a verdade é que não sente ainda hoje igual paixão à tua; foi o padre-mestre que mo disse. Estima-te, é certo; mas a estima é flor da razão, e eu creio que a flor do sentimento é muito mais própria no canteiro do matrimônio...

— Há muita flor nesse ramalhete de retórica — interrompeu benevolamente o padre. — Falemos linguagem singela e nua. Não creia literalmente o que lhe diz este filósofo — prosseguiu ele, voltando-se para Mendonça —; ele gosta de ambos e quer vê-los felizes; é o próprio zelo que lhe faz falar assim. Numa palavra, deseja que o senhor a conquiste, depois de campanha formal...

Mendonça respondeu ao capelão com um sorriso pálido, que lhe arrebitou um pouco as pontas do bigode, recolhendo-se logo medroso e frio. O rosto ficara carregado e pensativo; a língua de Estácio tocara-lhe o coração. Disposto a aceitar a estima e a simpatia de Helena com a esperança de converter esse pequeno dote em avultado capital, não lhe ocorrera que, a olhos estranhos, podia parecer que o fim exclusivo era a riqueza da moça. Estácio rompera o véu a essa probabilidade. Uma só palavra desfizera a ilusão de poucos dias.

— Vamos lá — disse o padre —, abracem-se como irmãos.

Nenhum deles se mexeu. Melchior sentiu toda a gravidade da situação; viu perdidos os esforços, desfeita a união assentada, um abismo cavado entre os dois amigos, incerto o destino de Helena. Interveio outra vez com palavras de brandura, que os dois ouviram sem interromper. Quando acabou:

— O Estácio tem razão — disse Mendonça —; meu crédito padecerá, desde que alguém se lembre de dizer que o casamento foi arranjado sem nenhuma preocupação das preferências de dona Helena. Ela me desobrigará, em troca da palavra que lhe restituo.

A frase brotou-lhe dolorida, mas sem hesitação nem fraqueza. Estácio olhava para ele e sentia alguma coisa semelhante a um remorso. Uma voz interior parecia dizer-lhe: "Sonâmbulo, abre os olhos, tem consciência de tuas ações; teu abraço enforca; teus escrúpulos fazem-te odioso; tua solicitude é pior do que a cólera". Viu o mancebo cortejar o padre; deteve-o pelo braço.

— Onde vais? — disse ele.

— Vou aonde me leva o pundonor — disse singelamente Mendonça.

— Pobres rapazes! — exclamou o padre. — São dois estouvados, nada mais; um quer catar argumentos onde sua irmã só achou nobre e franca resolução; o outro rompe de coração leve uma promessa feita em presença de um sacerdote. Estouvados, disse eu? São mais do que isso: são dois dementes. Ora, como só eu tenho juízo e consequente autoridade, digo que nem um há de sair assim desenganado, nem o outro há de recusar a aquiescência que lhe peço em nome de seu finado pai.

Estácio estremeceu, Mendonça conservou-se frio. A arma era rija, mas o golpe excedia a necessidade. Mendonça não quereria dever a esposa à evocação do nome do conselheiro: equivalia a um rapto. Percebeu-o Melchior, quando viu Estácio estender a mão ao amigo, mão que este recebeu com dignidade e frieza. Contaria Estácio com essa mesma repulsa do pretendente? O certo é que lhe disse, sem a menor sombra de hesitação:

— Meu zelo foi talvez excessivo; a intenção é boa e pura. Que posso eu desejar senão ver felizes os meus? Amem-se; será o remate das minhas aspirações. Prometes fazê-la feliz?

— Não prometo nada — disse Mendonça —; o casamento é já impossível. Tu abriste-me os olhos; não te quero mal por isso. Perco muito, é certo, mas não me exponho à língua dos maus.

Mendonça foi buscar o chapéu e dispôs-se a sair, não obstante a intervenção de Melchior, que procurou trazê-lo a sentimentos de reconciliação. Não insistiu o padre; viu no rosto do mancebo uma resolução digna e firme, que era impossível dobrar naquele momento. Quando Mendonça lhe estendeu a mão em despedida, ele apertou-lha com ternura e esperança. Estácio tentou ainda retê-lo; foi inútil; Mendonça saiu dali sem rancor, mas sem pesar. O coração sangrava-lhe, a consciência ia contente.

Melchior foi até a porta, a despedir-se de Mendonça. Quando este saiu, ele voltou o rosto para dentro, cruzou os braços e fitou o sobrinho de d. Úrsula. O moço desviou os olhos.

— Viu? — perguntou o padre. — Não sei qual seja a sua resolução; mas prometo-lhe que serei como Maomé, Deus me perdoe! Ainda que veja o sol à minha direita e a lua à minha esquerda, não deixarei de executar o meu desígnio. Vá ter com sua família; deixe-me alguns instantes com o meu breviário.

Estácio não pôde resistir à intimação do sacerdote; não achou uma palavra para lhe dizer. Saiu aturdido, desconsolado, colérico. Na rua e na chácara, ia pensando na cena daquela última hora, e parecia apenas reconstruir um sonho. Desconhe-

cia-se, apalpava a inteligência, chamava em seu auxílio todas as forças da realidade; olhava para o chão, suspeitoso de que ia calcando as nuvens. Quando a razão tomou pé no meio de lembranças tão desconcertadas, ele viu claramente o resultado de suas ações: perdia um amigo de longos anos e abdicava a direção da família, pelo menos em relação ao casamento da irmã. Se esta lhe agradecesse a resistência, Estácio dar-se-ia por bem pago de tudo. Não era em seu favor que ele conspirara? Esse pensamento levantou-lhe o ânimo; tivesse a aprovação de Helena, pouco lhe importaria o resto.

Helena ouviu-lhe a narração fiel do que se passara em casa de Melchior. Ouviu-a comovida; no fim reprovou tudo o que ele fizera.

— Mendonça é já o fruto proibido — concluiu a moça —; começo a amá-lo. Se ainda assim me obrigar a desistir do casamento, adorá-lo-ei.

— Chegamos ao capricho! — exclamou ele —; é o fundo do coração de todas as mulheres.

Helena sorriu e voltou-lhe as costas. Subiu ao quarto, travou de uma pena e escreveu um bilhetinho. A tinta secou primeiro que duas grossas lágrimas caídas no papel; mas as lágrimas secaram também. Antes de fechar o bilhete, desceu Helena a mostrá-lo ao irmão.

Quando a moça entrou no gabinete, Estácio ia ter com ela. Tinha resolução assentada. Uma vez que a irmã aceitava de boa feição o casamento, não havia mais que o aprovar e celebrar. Encontraram-se na porta; Estácio recuou para dentro.

— Helena — disse ele —, faça-se a tua vontade.

— Consente?

Estácio fez um gesto afirmativo.

— Não basta isso — tornou a moça —; Mendonça não voltará cá depois do que se passou. Peço-lhe a remessa deste bilhete.

Estácio abriu o bilhete; continha estas poucas palavras:

> Venha hoje a Andaraí; é o meu coração que o pede e a nossa felicidade que o exige.

Cinco minutos gastou o moço a ler as duas linhas; leu o que estava escrito e o que não estava. Helena desarmava os escrúpulos de Mendonça, tirando à futura união qualquer suspeita de interesse. Leu e fechou lentamente o papel.

— Aprova? — perguntou a moça.

— Assim, pois — disse o moço tristemente —, a tua felicidade exige que esse homem venha cá, que te cases com ele, que nos fujas? Não te basta a família, a afeição de nossa tia, a minha própria afeição? Estes meses de doce intimidade vão ser esquecidos em um só instante, sacrificados aos pés do primeiro homem que te apraz escolher e seguir? No dia em que penetraste nesta casa, entrou contigo um raio de luz nova, alguma coisa que nos faltava e que tu trouxeste contigo; nossa família completou-se: nossos corações receberam um sentimento último. Pensávamos que isso seria duradouro, e era simplesmente fugaz. Oh! Helena, melhor fora não ter vindo!

Helena quis responder, a voz travou-se-lhe na garganta, e a palavra retrocedeu ao coração. Apontou para o papel como pedindo-lhe, ainda uma vez, que o enviasse e saiu.

De tarde, apareceu Melchior; ia tranquilo e resoluto a dar um golpe decisivo. Estácio rendeu-se, antes que ele falasse.

— Padre-mestre — disse o moço logo que o viu —, a reflexão venceu-me; faça-se a vontade de todos.

— Fala de coração?

— De coração.

— Pois bem, seja completo — tornou o padre. — Sou ministro de uma religião que condena o orgulho. Não há desar em curar as feridas de um amigo: vá ter com o seu amigo; traga-o a esta casa, como irmão.

— Irei amanhã.

— Não; vá hoje mesmo.

A noite caiu logo; Estácio foi dali vestir-se. Não tendo enviado o bilhete de Helena, meteu-o na algibeira para entregá-lo ele próprio; depois tirou-o e releu-o; tendo-o relido, fez um gesto para rasgá-lo, conteve-se e perpassou-o ainda uma vez pelos olhos. A mão, à semelhança de mariposa indiscreta, parecia atraída pela luz; resistiu, resistiu algum tempo; enfim chegou o bilhete à vela e queimou-o.

Capítulo XX

A visita de Estácio não causou nenhum espanto a Mendonça; ele a esperava com a confiança das índoles ingênuas e avessas ao ódio. Não era crível que um amigo de longos anos dormisse sobre a injustiça de um minuto; contudo dormiu. Foi na seguinte manhã que Estácio procurou o pretendente de Helena.

Entrou naturalmente em casa de Mendonça, sem expressão nem secura. A entrevista foi breve e cordial; houveram-se os dois com afetuosa dignidade. Estácio explicou os escrúpulos, declarou-se contente com a aliança. O contentamento podia existir; todavia, a manifestação foi parca e seca. Houve mais calor e expansão quando ele lhe pediu que desse vida feliz à irmã.

— Será para mim um eterno remorso, se Helena vier a ser desgraçada — disse ele. — Não tivemos o mesmo berço, vivemos nossa infância debaixo de teto diferente, não aprendemos a falar pelos lábios da mesma mãe. Importa pouco; nem por isso lhe quero menos. Meu pai recomendou-a à nossa família, e ela correspondeu ao sentimento que ditou essa última vontade.

Mendonça não respondeu nada; refletira, durante a noite, nas palavras que ouvira a Estácio no dia anterior — palavras que bem podiam ser ditas ou pensadas por outros, talvez por todos, logo que soubessem do casamento. Helena viria a amá-lo, talvez; mas, desde logo lhe levava para casa a chave da independência. Mendonça recuou. Quando o padre Melchior o soube, não pôde conter um gesto de admiração; mas, se louvou o escrúpulo, não aprovou a resolução, que vinha derrubar tudo.

— Não tapará nunca a boca aos maus — disse o padre —; eles acharão meio de envenenar-lhe a generosidade.

— Paciência! — tornou o moço. — É menor esse perigo. Se casar, dirão que faço uma operação vantajosa; talvez a família o suponha; talvez ela própria o pense.

Helena teve notícia dos receios do pretendente, e da resolução a que parecia inclinar o coração. Perguntou-lhe se era verdade. Mendonça afirmou que sim.

Ela contemplou-o longamente, sem dizer palavra; travou-lhe das mãos, apertou-as com efusão; ele persistiu.

No desinteresse de Mendonça havia porventura um pouco de faceirice. A moça o percebeu, nem por isso deixou de crer na sinceridade do rapaz. Tentou dissuadi-lo; e, posto nada alcançasse nos primeiros minutos, estava certa de que venceria o derradeiro obstáculo. Teria os olhos mais hábeis e felizes que os lábios do padre. Foi o que ela disse ao capelão.

— Tomo à minha conta efetuar este casamento — continuou Helena.

— Resolvida a tudo?

— A tudo.

— Mas, se ele insistir...

— Se ele insistir, vencê-lo-ei, ou por um modo ou por outro. Uma moça que quer ser noiva, vale por um exército; eu sou um exército.

— Muito bem! Contudo, sua dignidade...

— Oh! Em último caso abro mão da herança.

— Era capaz disso? — perguntou Melchior.

— Se era capaz? Desejo-o até — disse a moça com veemência.

E acrescentou em tom mais brando:

— Sobre o homem de minha escolha desejo que não paire a mínima desconfiança.

Tal era a situação, dois dias depois da volta de Estácio. O casamento podia contar-se feito. Mendonça não resistiu ao desinteresse de Helena. D. Úrsula aprovou tudo com efusão e amor, nada sabendo das incertezas e contradições dos últimos dias.

Na noite desse dia, Estácio escreveu para Cantagalo dando notícias suas. Do casamento de Helena falou pouco, quase nada. Tudo o descontentava; tanto o que ele fizera e dissera, sem proveito, como o desenlace da situação. Não soubera opor-se com eficácia, nem aplaudir oportunamente.

Posto fosse tarde, o sono teimava em fugir-lhe, e ele velou até muito além da meia-noite. Ocupado, sem dúvida, em adormecer organizações menos sensíveis e existências menos complicadas, o sono fez-lhe apenas uma curta visita. Pelas cinco horas da manhã, Estácio acordou e ergueu-se. A manhã estava fresca; quase toda a família dormia. Estácio desceu; o único escravo que achou levantado preparou-lhe uma xícara de café. Não tendo ainda chegado os jornais, bebeu-a sem a leitura do costume.

Quem sabe por que fios tênues se prendem muitas vezes os acontecimentos humanos? Estácio ouviu o som longínquo de um tiro; era algum caçador, talvez; a suposição deu-lhe a ideia de ir caçar, foi buscar a espingarda, proveu-se de pólvora e chumbo, e saiu.

Se a habilidade não era muita, parecia ter ainda diminuído naquela manhã, ou porque a mão estivesse menos firme, ou porque a vista andasse menos segura. Estácio caminhara longo tempo sem pensar no fim que o levava; ia absorto, alheio ao lugar e às coisas. Fez algumas tentativas de caça. Quando cansou de errar, consultou o relógio e viu que não era cedo. Tinha o braço cansado de suster a espingarda; só então reparou que não trouxera um pajem consigo. Dispôs-se a voltar. Vendo uma parasita, colheu-a com a intenção de a dar a Helena, como seu primeiro presente de núpcias. Depois desceu, em caminho para casa.

Vinha descendo, com a espingarda debaixo do braço, os olhos no chão, a passo lento, apesar de ser tarde. De uma vez que ergueu os olhos, viu um caso estranho, que lhe fez deter o passo. Um pouco abaixo, saía, de trás de uma casa velha, o pajem de Helena, conduzindo a mula e a égua. Estácio não soube que pensar daquilo; cedendo ao impulso, que não pôde dominar, deu um salto por cima da cerca de espinhos, agachou-se e esperou o resto.

O resto não se demorou muito. Assomou à porta da frente a figura de Helena. Depois de olhar cautelosamente para um e outro lado, saiu e montou a égua; o pajem cavalgou a mula e os dois desceram a trote.

Estácio sentiu uma nuvem cobrir-lhe os olhos; ao mesmo tempo, apertava o primeiro objeto que achou debaixo das mãos: era a cerca de espinhos. A dor fê-lo voltar a si; tinha a mão ensanguentada. Ao longe, cavalgavam Helena e o pajem. Logo que os viu desaparecer, Estácio saltou de novo à estrada. Sem resolução nem plano, caminhou em direção à casa donde vira sair a irmã. Era a mesma da bandeirinha azul que Helena cumprimentara de longe, alguns meses antes, e não esquecera de reproduzir na paisagem que dera ao irmão, no dia dos anos dele. Estas circunstâncias, antes indiferentes, apareciam-lhe agora como outros tantos artigos de um libelo.

O prédio parecia ainda mais velho do que a primeira vez que o vira; a caliça das paredes e das colunas ia caindo; e o esqueleto de tijolo estava a nu, em mais de um lugar. Alguma erva mofina brotava a custo junto às paredes, cobrindo com folhas descoloridas o chão desigual e úmido. Por baixo de uma das janelas havia um banco de pau, gretado pelo tempo, com as bordas roliças de longo uso. Tudo ali respirava penúria e senilidade.

"Não", dizia Estácio consigo, "não é este o asilo de um Romeu de contrabando. Mora aqui alguma família pobre, que a caridade engenhosa de Helena vem afagar de longe em longe."

A solução do enigma pareceu-lhe tão natural que o moço resolveu parar a meio da aventura, e chegou a dar alguns passos para trás. Mas a suspeita é a tênia do espírito; não perece enquanto lhe resta a cabeça. Estácio sentiu o desejo imperioso de indagar o que aquilo era, e voltou sobre seus passos. Para entrar ali era necessário um motivo ou pretexto. Procurou algum; a aventura dera-lhe o melhor de todos. Olhou para a mão ferida e ensanguentada, e foi bater à porta.

Capítulo XXI

Poucos instantes esperou Estácio. Veio um homem abrir-lhe a porta; era o mesmo que ele vira ali uma vez. Entre ambos houve meio minuto de silêncio, durante o qual nem Estácio se lembrou de dizer o que queria, nem o desconhecido de lhe perguntar quem era. Olhavam um para o outro.

— Que desejava? — disse enfim o dono da casa.

— Um favor — respondeu Estácio, mostrando-lhe a mão ferida. — Ia a cair há

pouco; procurando amparar-me numa cerca de espinhos, feri-me, como vê. Podia dar-me um pouco d'água para lavar este sangue e...

— Pois não — interrompeu o outro. — Queira sentar-se aí no banco, ou se prefere, entrar... É melhor entrar — concluiu, abrindo-lhe caminho.

Em qualquer outra ocasião, Estácio teria recusado o convite, porque o espetáculo da pobreza lhe repugnava aos olhos saturados de abastança. Agora, ardia por haver a chave do enigma. Entrou. O desconhecido abriu uma das janelas para dar mais alguma luz, ofereceu ao hóspede a melhor cadeira e foi por um instante ao interior.

Estácio pôde então examinar, à pressa, a sala em que se achava.

Era pequena e escura. A parede, pintada a cola já de longa data, tinha em si todos os sinais do tempo; primitivamente de uma só cor, a pintura apresentava agora uma variedade triste e desagradável. Aqui o bolor, ali uma greta, acolá o rasgão produzido por um móvel; cada acidente do tempo ou do uso dava àquelas quatro paredes o aspecto de um asilo da desgraça. A mobília era pouca, velha, mesquinha e desigual. Cinco ou seis cadeiras, nem todas sãs, uma mesa redonda, uma cômoda e uma marquesa, um aparador com duas mangas de vidro cobrindo castiçais de latão, sobre a mesa um vaso de louça com flores, e na parede dois pequenos quadros cobertos de escumilha encardida, tais eram as alfaias da sala. Só as flores davam ali um ar de vida. Eram frescas, colhidas de pouco. Atentando nelas, Estácio estremeceu; pareceu-lhe reconhecer uma acácia plantada em sua chácara. Quando a suspeita germina na alma, o menor incidente assume um aspecto decisivo. Estácio sentiu um calafrio.

Voltou o dono da casa, trazendo nas mãos uma bacia, e nos braços uma toalha, cuja alvura contrastava singularmente com a cor da parede e o aspecto senil da casa. Estácio ergueu-se.

— Deixe-se estar — disse o desconhecido.

— Estou perfeitamente bem.

— Nesse caso, faça o favor de chegar à janela.

A bacia foi posta na janela; o desconhecido quis lavar ele próprio a mão do hóspede; o moço não lho consentiu.

— Ao menos — disse o dono da casa — há de consentir que a enxugue. Eu entendo um pouco disso; infelizmente, não tenho aqui nenhum medicamento caseiro para aplicar.

Estácio aceitou o oferecimento. O dono da casa abriu a toalha e começou cuidadosamente a operação. O sobrinho de d. Úrsula pôde então examiná-lo à vontade.

Era um homem de trinta e seis a trinta e oito anos, forte de membros, alto e bem proporcionado. Uma cabeleira espessa e comprida, de um castanho escuro, descia-lhe da cabeça até quase tocar nos ombros. Os olhos eram grandes, e geralmente quietos, mas riam, quando sorriam os lábios, animando-se então de um brilho intenso, ainda que passageiro. Havia naquela cabeça — salvo as suíças — certo ar de tenor italiano. O pescoço, cheio e forte, surgia entre dois ombros largos e, pela abertura da camisa, que um lenço atava frouxamente na raiz do colo, podia Estácio ver-lhe a alva cor e a rija musculatura. Vestia pobre, mas limpamente, um rodaque branco, calça de ganga e colete de brim pardo. O vestuário, disparatado e mesquinho, não diminuía a beleza máscula da pessoa; acusava somente a penúria de meios.

Quando acabou de lavar os arranhões de Estácio — eram pouco mais do que isso —, propôs-se a ir buscar um pedaço de pano. Estácio, com a outra mão e os dentes, rasgou o lenço que trazia, e o dono da casa completou o sumário curativo.

— Pronto! — disse ele. — Se tiver em casa algum medicamento apropriado, será conveniente aplicá-lo. Toda a cautela é pouca; convém evitar alguma inflamação.

— Obrigado — respondeu Estácio. — Realmente, vim dar-lhe uma maçada, sem grande necessidade, talvez...

— Por quê?

— Podia fazer isto mesmo quando chegasse a casa.

— Mora perto?

— Um pedaço abaixo.

— Foi conveniente curar já; nenhuma precaução é inútil em coisa nenhuma da vida.

— Máxima de prudência — observou Estácio, procurando sorrir.

— Que só aprende tarde quem a não traz na massa do sangue — replicou o outro, suspirando.

A não ser indiscreto ou falador, era difícil levar a conversa por diante. O favor estava feito, o assunto esgotado. Restava agradecer, despedir-se e sair. Estácio, entretanto, tinha necessidade de mais tempo; queria arrancar àquele homem uma palavra menos indiferente à situação, ou conhecer-lhe, se fosse possível, o caráter e os costumes. Para isso havia, talvez, um meio; contrafazer-se, empregar maneiras estranhas às suas, apegar-se à ocasião por todas as bordas. Estácio determinou-se a isso, confiando o resto ao acaso. Voltou à cadeira e sentou-se.

— Consente que descanse um pouco? Estou fatigadíssimo.

— Não pelo que caçou — disse o desconhecido, rindo.

— Volto com as mãos abanando. Nunca fui bom caçador, e tenho, não obstante, a mania de atirar aos pássaros.

— Não é esse o defeito de muita outra gente, em mais elevada ordem de coisas? Eu fui vítima desse defeito mortal.

— Ah! — exclamou Estácio com certa entonação interrogativa.

O dono da casa sorriu levemente, mas não pareceu molestá-lo a curiosidade do hóspede; talvez mesmo não desejasse outra coisa.

— É verdade — disse ele —; devo a minha atual penúria ao erro de teimar em coisas estranhas à minha índole e aptidão, estranhas e totalmente opostas...

— Há de perdoar-me — interrompeu Estácio, com um ar de familiaridade indiscreta, que lhe não era habitual —; eu creio que um homem forte, moço e inteligente não tem o direito de cair na penúria.

— Sua observação — disse o dono da casa sorrindo — traz o sabor do chocolate que o senhor bebeu naturalmente esta manhã antes de sair para a caça. Presumo que é rico. Na abastança é impossível compreender as lutas da miséria, e a máxima de que todo o homem pode, com esforço, chegar ao mesmo brilhante resultado, há de sempre parecer uma grande verdade à pessoa que estiver trinchando um peru... Pois não é assim; há exceções. Nas coisas deste mundo não é tão livre o homem, como supõe, e uma coisa, a que uns chamam mau fado, outros concurso de circunstâncias, e que nós batizamos com o genuíno nome brasileiro de caiporismo, impede

a alguns ver o fruto de seus mais hercúleos esforços. César e sua fortuna! toda a sabedoria humana está contida nestas quatro palavras.

O desconhecido proferiu isto com o tom mais simples e natural do mundo, e uma facilidade de elocução que Estácio mal lhe podia supor. Era aquilo uma comédia ou a expressão da verdade? Estácio olhou fixamente para ele, como a querer penetrá-lo. Ao mesmo tempo, ouviu-se um rumor na parte da casa que ficava além da sala; Estácio voltou a cabeça com um gesto de desconfiança. A porta abriu-se e apareceu uma preta velha trazendo nas mãos uma bandeja. A criada estacou a meio caminho.

— Põe em cima da mesa — disse o dono da casa. — É o meu almoço — continuou ele, voltando-se para Estácio —; almoço parco e higiênico. Ousarei oferecer-lho?

Estácio fez um gesto negativo, e dispôs-se a sair.

— Já! Não é meu intento despedi-lo; almoçarei conversando. Vivo tão solitário que a presença de alguma pessoa é para mim um encanto...

Estácio aceitou sem dificuldade o convite; sentou-se defronte do homem, ao pé da mesa, e assistiu ao almoço, que não podia ser mais escasso: um pão, duas hóstias de queijo duro e uma chávena de café. O que mais valia era o contentamento do dono da casa e a franqueza com que ostentava aos olhos de um estranho a simplicidade de seus hábitos.

— Não é refeição de príncipe — dizia ele —, mas satisfaz todas as ambições de um estômago sem esperança. Aqui é a sala de visitas e a sala de jantar; a cozinha é contígua; além, ficam duas braças de quintal; para lá do quintal... o infinito da indiferença humana.

E depois de um silêncio:

— Não digo bem — emendou ele —; nem sempre acho indiferença. Meu trabalho não me dá mais do que escasso pão de cada dia; mas tenho algumas alegrias, no meio de minha perpétua quaresma; e essas recebo-as de mãos caridosas e puras.

Dizendo isso, o desconhecido esgotou a chávena e reclinou-se sobre a cadeira, fitando em cheio a cara do hóspede. Estácio refletiu nas últimas palavras e um raio de esperança veio rasgar-lhe a nuvem que lhe entenebrecia a fronte. Os dois homens pareciam interrogar-se. O filho do conselheiro sacou do bolso um charuto e ofereceu-o ao dono da casa.

— Obrigado — disse este.

— Não fuma?

— Já fumei; hoje economizo esse vício. Nem por isso faço mais lentamente a digestão.

— Mora só?

— Só.

— Não tem família?

— Nenhuma.

— Há de achar-me singularmente indiscreto...

— Não; suponho que a sua curiosidade tem uma causa honrosa e legítima.

— Acertou; o senhor inspira-me simpatia. E se eu conhecesse alguma dessas mãos puras, que lhe emendam as lacunas da sorte...

— Dar-me-ia, por intermédio delas, o seu óbolo?

— Se o não ofendesse...

— Não ofendia, mas eu recusava, se soubesse; peço-lhe desde já que o não faça às escondidas...

Estácio fez um gesto de assentimento.

— Não é orgulho — continuou o dono da casa —; é um resto de pudor que a pobreza me não tirou ainda. Fiz-lhe agora um obséquio, um simples dever de vizinho... Pareceria que o senhor mo pagava com um benefício. O benefício seria menos espontâneo de sua parte e menos agradável para mim. Agradável não exprime, talvez, toda a minha ideia; mas o senhor facilmente compreenderá o que quero dizer.

— Entendeu-me mal; o meu óbolo não seria na espécie a que o senhor alude. Tenho amigos e alguma influência; poderia arranjar-lhe melhor posição...

O desconhecido refletiu um instante.

— Aceitaria? — perguntou Estácio.

— Estou pensando na maneira de recusar. Ouro é o que ouro vale. Eu vexar-me-ia eternamente de dever qualquer melhora da sorte ao cumprimento de um dever de caridade.

— Já me não admira a vida pobre que tem tido.

— Excessivo escrúpulo, talvez...?

— Escrúpulo desarrazoado.

— Antes demais que de menos.

— Nem de menos nem demais; mas, só a porção justa.

— A porção varia, conforme as necessidades morais de cada um. Mas eu mesmo, que lhe estou a falar, nem sempre tive esta virtude intratável; e porventura alguma vez fraqueei...

A fronte do desconhecido tornou-se sombria; a voz morreu-lhe nos lábios, e os olhos caíram naquela atonia que exprime uma grande concentração de espírito. Era ocasião de interrogá-lo diretamente ou sair. Estácio preferiu o último alvitre.

— Não o quero demorar mais — disse o dono da casa, quando o mancebo proferiu as palavras de despedida. — Já é tarde, e sua mãe talvez esteja ansiosa...

Estácio limitou-se a olhar para ele em cheio, dizendo:

— Se alguma vez resolver dar de mão a seus escrúpulos, mande procurar-me. Minha casa é conhecida em todo Andaraí pela casa do conselheiro Vale...

O desconhecido, em cujo rosto Estácio esperou ver um sinal qualquer de abalo ou surpresa, conservou-se impassível e risonho. Curvou-se em sinal de agradecimento; e como Estácio hesitasse em estender-lhe a mão, ele meteu as suas nas algibeiras.

— Talvez nos vejamos ainda — disse Estácio já fora da porta.

— Sim?

— Passeio algumas vezes por estes lados.

— Nem sempre estou em casa; mas, ainda estando, conservo fechadas as portas. Quando quiser descansar, bata; a casa é pobre, mas será amiga.

Estácio afastou-se rapidamente. Eram dez horas, e o sol aquecia; ele não deu pelo sol nem pelo tempo. Semelhante ao transviado florentino, achava-se no meio de uma selva escura, a igual distância da estrada reta — *diritta via* — e da fatal porta, onde temia ser despojado de todas as esperanças. Nada sabia, nada conjeturava; eram tudo novas dúvidas e oscilações. O homem com quem acabava de conversar

parecia-lhe sincero; a pobreza era autêntica, sensível a nota de melancolia que, por vezes, lhe afrouxava a palavra. Mas, onde cessava ali a realidade e começava a aparência? Vinha de tratar com um infeliz ou um hipócrita? Estácio rememorou todos os incidentes da manhã, e todas as palavras do desconhecido; eram outros tantos pontos de interrogação suspeitos e irrespondíveis. Repelia com horror a ideia do mal: custava-lhe aceitar a ideia do bem; e a pior das angústias — a dúvida — continha-o todo e agitava-o em suas mãos felinas. O sol e a agitação alastravam-lhe a testa de pérolas de suor; ao ofego da marcha apressada juntava-se o da violenta comoção. Estácio não via os objetos que ia costeando, nem as pessoas que lhe passavam ao lado; ia cego e surdo, até que o choque da realidade o despertasse.

Chegou enfim a casa. Ao portão estava um escravo, a quem deu a espingarda. A demora causara alguma inquietação à família; logo que as duas senhoras souberam de seu regresso, correram a recebê-lo, ficando d. Úrsula a uma janela e descendo Helena até meio caminho. A aparição súbita da moça, a alegria e o amor, que pareciam impeli-la, a perfeita ingenuidade do gesto, tudo produziu nele a necessária reação — reação de um instante —, mas salutar, porque a crise era demasiado violenta. Estácio apertou as mãos da moça com energia. Um fluido sutil percorreu as fibras de Helena, e aquele rápido instante teve toda a doçura de uma reconciliação.

Estácio contava recolher-se ao quarto para pôr em ordem as ideias, compará-las, extrair uma conjetura, pelo menos, e verificá-la ou desmenti-la. Mas nem a tia nem a irmã haviam almoçado, à espera dele, e forçoso lhe foi acompanhá-las na satisfação de uma necessidade que não sentia. Durante o almoço, Estácio procurou observar Helena; trabalho ocioso, porque o rosto da moça, se alguma coisa traía nessa ocasião, eram as alegrias inefáveis da família. Ela própria servia por suas mãos a Estácio e d. Úrsula; inexcedível na atenção com que sabia repartir-se entre os convivas, não o era menos no carinho e na graça. Nos olhos parecia estampada a ignorância do mal, e o sorriso era o das almas cândidas. Poder-se-ia atribuir àquela criatura de dezessete anos corrupção e hipocrisia? Estácio envergonhou-se de tal ideia; sentiu as vertigens do remorso.

Mas o almoço acabou, dispersou-se a companhia, o mancebo recolheu-se ao gabinete, e, desfeita a visão, voltou a suspeita. Estácio buscou dominar a situação. Ele não ia ao ponto de supor em Helena a completa perversão dos sentimentos; o limite do mal, que se lhe podia atribuir, era o de uma culposa leviandade. Se, em vez de um ato leviano, fosse aquilo um simples estratagema de caridade, Helena não mereceria menos uma advertência; mas a pureza da intenção salvava tudo, e a paz da família, não menos que o seu decoro, se restabeleceria inteira. Estácio examinou um por um todos os indícios de culpabilidade e de inocência; buscou sinceramente os elementos de prova; não esqueceu um só argumento de indução. Nesse trabalho despendeu longo tempo, sem resultado apreciável, pela razão de que, se a sentença era difícil de formular, o juiz era incompetente para decidir; entre a dignidade e a afeição, balouçava incerto.

Quase à hora do jantar, Estácio, que não saíra uma só vez do gabinete, chegou a uma das janelas, e viu atravessar a chácara a mais humilde figura daquele enigma, humilde e importante ao mesmo tempo: o pajem. O pajem apareceu-lhe como uma ideia nova; até aquele instante não cogitara nele uma só vez. Era o confidente e o cúmplice. Ao vê-lo, recordou-se de que Helena lhe pedira uma vez a liberdade

daquele escravo. A ameaça rugiu-lhe no coração; mas a cólera cedeu à angústia, e ele sentiu na face alguma coisa semelhante a uma lágrima.

Nesse momento duas mãos lhe taparam os olhos.

Capítulo XXII

Não era preciso grande esforço para adivinhar a dona das mãos. Estácio com as suas, afastou as mãos de Helena, segurando-lhe os pulsos de modo que lhe arrancou um leve gemido. Voltando-se, deu com os olhos na irmã, que lhe disse em tom de gracioso reproche:

— Você é muito mau! Pagou-me a carícia com um apertão. Deixe estar que nunca mais cairei em outra. Vim vê-lo, porque você hoje não se lembrou ainda de dar à gente um ar de sua graça... Doeu-me! — continuou ela, olhando para os pulsos. — Mas... tenho os dedos molhados; seria... você estaria... que é? que foi?

Estácio, que ouviu o discurso da irmã com o rosto desfeito e o olhar ansioso, não lhe respondeu às últimas interrogações, e continuou a olhar para ela, como a querer ler na fisionomia da moça a explicação do enigma que o atordoava. Helena ainda insistiu, aterrada e aflita. Indo pegar-lhe nas mãos, Estácio desviou o corpo, dirigiu-se à parede, despendurou o desenho que Helena lhe dera no dia de seus anos, e aproximou-se da moça.

— Que é? — repetiu esta admirada.

A única resposta de Estácio foi estender o dedo sobre a misteriosa casa reproduzida na paisagem. Helena olhou alternadamente para o desenho e para o irmão. A expressão interrogativa e imperiosa deste fê-la atenta no ponto indicado. Súbito empalideceu; os lábios tremeram-lhe como a murmurar alguma coisa, mas a alma falou tão baixo que a palavra não chegou à boca. Durou aquilo poucos instantes. A angústia lia-se no rosto dos dois; a moça, para ocultar a sua, cobriu os olhos com as mãos. O gesto era eloquente; Estácio lançou para longe de si o quadro, com um movimento de cólera. Helena atirou-se para o corredor.

D. Úrsula aguardava os sobrinhos para jantar. Demorando-se estes, dirigiu-se ela própria ao gabinete de Estácio. A porta estava aberta; d. Úrsula entrou e deu com ele, sentado numa poltrona, com o lenço na cara, como a soluçar. A tia correu com a velocidade que lhe permitiam os anos. Estácio não a ouviu entrar; só deu por ela quando as mãos da boa senhora lhe arrancaram as suas dos olhos. O assombro de d. Úrsula foi indescritível, sobretudo quando Estácio, erguendo-se, atirou-se-lhe aos braços, exclamando:

— Que fatalidade!

— Mas... que é?... explica-te.

Estácio enxugou as faces molhadas do longo e silencioso pranto, com o gesto decidido de um homem que se envergonha de um ato de debilidade. A explosão desabafara-lhe o espírito; podia enfim ser homem, e era preciso que o fosse. D. Úrsula pediu e ordenou que lhe confiasse a causa da inexplicável aflição em que viera achá-lo. Estácio recusou dizê-la.

— Saberá tudo amanhã ou logo. Agora só poderia dar-lhe um enigma, e eu sei o que ele me há custado. Algumas horas mais, e precisarei de seu conselho e apoio.

D. Úrsula resignou-se à demora. Quando chegou à sala de jantar, achou um recado de Helena; mandava-lhe dizer que se sentira repentinamente incomodada e que a dispensasse naquela tarde e noite. D. Úrsula suspeitou logo que o recado de Helena tivesse relação com a aflição de Estácio, e correu ao quarto da sobrinha. Achou-a meio inclinada sobre a cama, com o rosto na almofada, e o corpo tranquilo e como morto. Ao sentir os passos de d. Úrsula, ergueu a cabeça. A palidez era grande e profundo o abatimento; mas não houvera lágrimas. A dor, se a houve, e houve, parecia ter se petrificado. O que restava ainda vivo na figura da moça eram os olhos, que não perderam o fulgor natural. Ela ergueu-os a medo, e abraçou a tia com um olhar de súplica e de amor. D. Úrsula travou-lhe das mãos, encarou-a silenciosamente, e murmurou:

— Conta-me tudo.

— Saberá depois! — suspirou a moça.

— Não tens confiança em tua tia?

Helena ergueu-se e lançou-se-lhe nos braços; duas lágrimas rebentaram-lhe dos olhos, e foram as primeiras que eles verteram naquela meia hora. Depois beijou-lhe as mãos com ternura:

— Pode receber estes beijos — disse ela —, os anjos não os têm mais puros.

Foram as últimas palavras que d. Úrsula pôde arrancar-lhe; a moça recolheu-se ao silêncio em que ela a encontrou. D. Úrsula saiu; e foi dali ter com Estácio. O sobrinho encaminhava-se para a sala de jantar.

— Vamos para a mesa — disse ele —, não convém que os escravos saibam de tais crises...

D. Úrsula referiu o estado em que achara Helena e as palavras que trocara com ela. Estácio ouviu-a sem nenhuma expressão de simpatia. O jantar foi um simulacro; era um meio de iludir a perspicácia dos escravos, que aliás não caíam naquele embuste. Eles conheceram perfeitamente que algum acontecimento oculto trazia suspensos e concentrados os espíritos. As iguarias voltavam quase intatas; as palavras eram trocadas com esforço entre a sinhá velha e o senhor moço. A causa daquilo era, com certeza, nhanhã Helena.

Estácio deu ordem para que a todas as pessoas estranhas se declarasse estar ausente a família. A única exceção era o padre Melchior. A esse escreveu pedindo-lhe que os fosse ver.

— Não posso esperar até amanhã — disse d. Úrsula —; se tens de revelar alguma coisa a um estranho, por que o não fazer a mim primeiro? Dize-me o que há. Não posso ver padecer Helena; quero consolá-la e animá-la.

— O que tenho para dizer é longo e triste — retorquiu Estácio —; mas, se deseja sabê-lo desde já, peço-lhe ao menos que espere a presença do padre Melchior. Eu não poderia dizer duas vezes as mesmas coisas; seria revolver o punhal na ferida.

A curiosidade de d. Úrsula cresceu com essas meias palavras do sobrinho; mas era forçoso esperar, e esperou. Foi dali ao quarto de Helena. Como a porta estivesse fechada, espreitou pela fechadura. Helena escrevia. Essa nova circunstância veio complicar as impressões de d. Úrsula.

— Helena está encerrada no quarto, e escreve — disse ela ao sobrinho.

— Naturalmente — respondeu este, com sequidão.

O padre Melchior não se demorou em acudir ao chamado de Estácio. O bilhete era instante e a letra febril. Algum acontecimento grave devia ter-se dado. A reflexão do padre era justa, como sabemos; ele o reconheceu desde logo, não só no aspecto lúgubre da família, como na ânsia com que era esperado. Os três recolheram-se a uma das salas interiores.

— Helena? — perguntou Melchior.

— Vamos tratar dela — respondeu Estácio.

Referir o que se passara naquela fatal manhã era mais fácil de planear que de executar. No momento de expor a situação e as circunstâncias dela, Estácio sentiu que a língua rebelde não obedecia à intenção. Achava-se num tribunal doméstico, e o que até então fora conflito interior entre a afeição e a dignidade, cumpria agora reduzi-lo às proporções de um libelo claro, seco e decidido. Inocente ou culpada, Helena aparecia-lhe naquele momento como uma recordação das horas felizes — doce recordação que os sucessos presentes ou futuros podiam somente tornar mais saudosa, mas não destruiriam nunca, porque é esse o misterioso privilégio do passado. Reagiu, entretanto, sobre si mesmo; e, ainda que a custo, referiu minuciosa e sinceramente o que se passara desde aquela manhã.

Não fora talhado para tão melindrosas revelações o coração de d. Úrsula. Desde o princípio da conversação sentiu o atordoamento que dão os grandes golpes. Esperava, decerto, um grande infortúnio de Helena, um episódio da família anterior, alguma coisa que desafiasse a compaixão, sem diminuir o sentimento da estima. Acontecia justamente o contrário; a estima era impossível e a compaixão tornava-se apenas provável.

— Mas não! é impossível! — exclamou ela daí a pouco, logo que a razão, obscurecida pelo abalo, pôde readquirir alguma luz... — Não! eu a vi há pouco; senti-lhe as lágrimas na minha face, ouvi-lhe palavras que só a inocência pode proferir. E, além disso, seu procedimento irrepreensível, um ano quase de convivência sem mácula, a elevação de seus sentimentos... não posso crer que tudo isso... Não! pobre Helena! Vamos chamá-la, ela explicará tudo. Interroguemos o Vicente.

Um gesto dos dois homens mostrou que nenhum deles julgava digno esse último recurso para conhecer a verdade.

D. Úrsula caíra em prostração, recordava suas apreensões do primeiro dia, e recuava com horror à ideia de ter acertado. Defronte dela, Estácio ocupava uma poltrona rasa, em cujos braços fincava os cotovelos, apoiando nas mãos a cabeça ardente e abatida. A alma ruminava a dor.

Um só dos três vingava a dignidade da situação. O padre Melchior não sentira menor assombro que os dois parentes de Helena, nem padeceu menos profundo golpe; mas reergueu-se de um e outro; pôde vencer-se e conservar a razão clara, fria e penetrante. Entre os dois corações ulcerados e sem força, compreendeu Melchior que lhe cabia a principal ação, e não recuou ante a responsabilidade que daí poderia deduzir. Viu de um lance a extensão possível do mal, a desunião da família, os desesperos da ocasião, os ódios do dia seguinte, as amarguras indeléveis, e, talvez, as indeléveis saudades; mas nem esse quadro o aterrou, nem ele o aceitou sem exame. Melchior não condenava nem absolvia; esperava. Ele pertencia ao número dessas virtudes singelas para as quais o vício é uma rara exceção; natureza sincera e franca,

era-lhe difícil crer na hipocrisia. Enquanto Estácio prosseguia calado e pensativo, e d. Úrsula, ora sentada, ora de pé, intercalava o silêncio com exclamações de dor, Melchior observava-os e refletia também consigo. Enfim, proferiu estas palavras de animação:

— Sossegue, dona Úrsula; a verdade há de aparecer, e não estamos certos de que seja o que nos parece. Em todo o caso, não antecipemos a aflição. Seria padecer duas vezes. Há tempo de chorar à larga.

Melchior levantou-se:

— Convém sacudir o abatimento — continuou, dirigindo-se a Estácio —; é a hora da ação e do vigor. Sobretudo, é necessário não boquejar de semelhante assunto por agora; daria azo às vozes estranhas e seus naturais comentários. Eu tomarei nesta colisão o lugar que me compete, se mo são contestam...

— Oh! — exclamou Estácio.

— ... Mas, desejo que desde já se compenetrem bem de que, se a dignidade pede uma coisa, a caridade pede outra, e que o dever estrito é conciliá-las. Nada de ódios; perdão ou esquecimento.

— Mas, padre-mestre, que lhe parece? — perguntou d. Úrsula com ansiedade.

— Dona Úrsula — disse o padre —, é preciso agora que a razão fale e trabalhe; o sentimento deve retrair-se e esperar. Examinarei o caso, e aconselharei o necessário remédio. Talvez estejamos a debater-nos no vácuo; quem sabe trata-se de um equívoco, de uma aparência...

— Oh! ela confessou tudo! — interrompeu Estácio. — Vi-lhe a expressão da culpa nos olhos. Mas, enfim, estou pronto para tudo — continuou ele erguendo-se. — Não foi o senhor um dos melhores amigos de meu pai? Não o é ainda nosso? Ajude-nos, aconselhe-nos; faremos o que lhe parecer melhor. Na situação em que nos achamos, nenhum de nós tem o espírito bastante senhor de si para colher os elementos da verdade, apurá-la e resolver. Esse papel é seu.

Vieram trazer a Estácio uma carta. Era do dr. Camargo, anunciando-lhe que a madrinha de Eugênia falecera, e que ele no prazo de alguns dias estaria na corte. Era o pior momento para semelhante vinda; Estácio não pôde reprimir um gesto de desgosto. O padre, dizendo-lhe o mancebo de que tratava a carta, observou que nenhum inconveniente podia haver no regresso de Camargo, uma vez que, sem demora, ficasse liquidado o assunto que os afligia.

— Dona Úrsula — continuou ele —, deixe-nos agora sós alguns instantes; vá tranquila, confie em Deus, e não faça suspeitar a ninguém o que se passa nesta casa.

D. Úrsula obedeceu. Logo que ela saiu, Melchior fechou a porta. Estácio sentou-se de novo, disposto a ouvir o capelão. Este deu alguns passos entre a porta e uma das janelas. Ia anoitecendo; Estácio acendeu um candelabro. Melchior sentou-se ao pé dele, sem lhe falar nem lhe voltar sequer os olhos. Meditava ou lutava consigo mesmo; a fronte pesada e merencória traduzia a agitação interior. Já não era a inalterável placidez, reflexo de uma consciência religiosa e pura. Se a consciência era a mesma, não o era o coração, a braços com uma crise nova. Após dez minutos de profundo silêncio entre ambos, o padre falou.

Capítulo XXIII

— És forte? — perguntou o padre.
— Sou.
— Crês em Deus?
Estácio estremeceu e olhou para o ancião, sem responder. Melchior insistiu:
— Crês?
— Essa pergunta...
— É menos ociosa do que parece. Não basta supor que se crê; nem basta crer à ligeira, como na existência de uma região obscura da Ásia, onde nunca se pretende pôr os pés. O Deus de que te falo não é só essa sublime necessidade do espírito que apenas contenta alguns filósofos; falo-te do Deus criador e remunerador, do Deus que lê no fundo de nossas consciências, que nos deu a vida, que nos há de dar a morte, e, além da morte, o prêmio ou o castigo. Crês?
— Creio.
— Pois bem, tu transgrediste a lei divina, como a lei humana, sem o saber. Teu coração é um grande inconsciente; agita-se, murmura, rebela-se, vaga à feição de um instinto mal expresso e mal compreendido. O mal persegue-te, tenta-te, envolve-te em seus liames dourados e ocultos; tu não o sentes, não o vês; terás horror de ti mesmo, quando deres com ele de rosto. Deus que te lê, sabe perfeitamente que entre teu coração e tua consciência há como um véu espesso que os separa, que impede esse acordo gerador do delito.
— Mas que é, padre-mestre?
Melchior inclinou-se e encarou o moço. Os olhos, fitos nele, eram como um espelho polido e frio, destinado a reproduzir a impressão do que lhe ia dizer.
— Estácio — disse Melchior pausadamente —, tu amas tua irmã.
O gesto mesclado de horror, assombro e remorso com que Estácio ouvira aquela palavra mostrou ao padre, não só que ele estava de posse da verdade, mas também que acabava de a revelar ao mancebo. O que a consciência deste ignorava, sabia-o o coração, e só lho disse naquela hora solene. A consciência, depois de tatear nas trevas, recuou apavorada, como afastando de si o clarão súbito que acendera nela a palavra do sacerdote. Estácio não respondeu nada; não podia responder nada. Com que vocábulo e em que língua humana exprimiria ele a comoção nova e terrível que lhe abalara a alma toda? que fio pudera atar-lhe as ideias rotas e dispersas? Nem falou, nem se atreveu a erguer os olhos; ficou como estúpido e morto. Melchior contemplou-o alguns minutos, silencioso e compassivo. Os olhos, que eram de águia para os mistérios da vida, eram de pomba para os grandes infortúnios. Abaixo da cabeça máscula, havia um coração feminino.
A mudez de Estácio cessou enfim; o corpo agitou-se; o lábio articulou algumas frases desconcertadas. Vago era o sentido delas; podia concluir-se que ele não cria na revelação de Melchior, que o suposto sentimento era tão absurdo e desnatural que só a maus instintos devia ser atribuído. Melchior ouviu-o, sorriu com satisfação. Não era aquilo mesmo um protesto de consciência honrada?
— Maus instintos, não — respondeu Melchior —; um desvio da lei social e re-

ligiosa, mas desvio inconsciente. Entra em teu coração, Estácio; revolve-lhe os mais íntimos recantos, e lá acharás esse germe funesto; lança-o fora de ti, que é o preceito do Eterno Mestre. Não o sentiste nunca, a tentação usa essa tática serpentina e dolorosa; é insinuante como a calúnia, e pertinaz como a suspeita. Mas eu sou a verdade que afirma, e a caridade que consola. Digo-te, não que pecaste, mas que ficaste à beira do pecado, e estendo-te a mão para que recues do abismo.

— Padre-mestre! — murmurou Estácio, cujo coração recebia a influência da palavra de Melchior, a um tempo severa e meiga.

— Não fales — continuou o padre —; negá-lo é mentir, confessá-lo é ocioso. Como nasceu em teu coração semelhante sentimento? Quis a fortuna que entre vocês dois não houvesse a imagem da infância e a comunhão dos primeiros anos; que, em plena mocidade passassem, do total desconhecimento um do outro, para a intimidade de todos os dias. Essa foi a raiz do mal. Helena apareceu-te mulher, com todas as seduções próprias da mulher, e mais ainda com as de seu próprio espírito, porque a natureza e a educação acordaram em a fazer original e superior. Não sentiste a transformação lenta que se operou em ti, nem podias compreendê-la. São Paulo o disse: para os corações limpos, todas as coisas são limpas. Vias a afeição legítima naquilo que era já afeição espúria; daí vieram os zelos, a suspicácia, um egoísmo exigente, cujo resultado seria subtrair a alma de Helena a todas as alegrias da terra, unicamente para o fim de a contemplares sozinho, como um avaro.

Ouvindo a palavra do padre, Estácio soletrava o próprio coração e lia claramente o que até então era para ele como um livro fechado. A situação tornava-se, entretanto, por demais aflitiva, profunda a vergonha, intenso o remorso. Estácio ergueu-se: erguendo-se, deu com os olhos no retrato do conselheiro que, na penumbra em que ficava, parecia olhar para o filho e interrogá-lo. Essa circunstância desorientou o moço.

— Não, padre-mestre! — exclamou ele deixando-se cair na cadeira. — É impossível! Isso que me está dizendo é um sonho mau, é um funesto equívoco; é impossível; juro-lhe que é impossível. É certo que a amo... que a amava, com sentimentos de irmão; mas esquecer-me, aninhar em minha alma tão odioso afeto... oh! era impossível!

Melchior erguera-se. Após meia dúzia de passos, aproximou-se de Estácio, sobre cuja cabeça estendeu a mão direita, enquanto com a outra lhe erguia a barba, obrigando-o a olhar para ele.

— Digo-te que tens uma raiz de má erva no coração; esta é a cruel verdade. Há no homem uma ligação de sentimentos, às vezes inexplicável. Produtos de climas opostos aí se alternam ou se confundem... Mas queres saber o resto?

— O resto?

— Ouve — continuou o padre, sentando-se. — A planta ruim bracejou um ramo para o coração virgem e casto de Helena, e o mesmo sentimento os ligou em seus fios invisíveis. Nem tu o vias, nem ela; mas eu vi, eu fui o triste espectador dessa violenta e miserável situação. São irmãos e amam-se. A poesia trágica pode fazer do assunto uma ação teatral; mas o que a moral e a religião reprovam não deve achar guarida na alma de um homem honesto e cristão.

— Impossível! impossível! — exclamou Estácio. — Mas, dado que assim fosse, por que acumular à dificuldade presente o horror de semelhante revelação?

— Porque a revelação explica a dificuldade. Helena não saberá que ama, mas ama. Ora, um amor clandestino, de parceria com esse outro amor incestuoso, embora inconsciente, provaria da parte de Helena uma perversão que ela não pode ter, e que, em tal idade, faria dela um monstro. Será Helena esse monstro? Se o fosse, eu desesperaria da natureza humana. Não! essa casa, onde a viste entrar, é com certeza asilo de miséria: o que ela aí vai levar é a esmola e a compaixão.

Um raio de esperança alumiou a fronte de Estácio. O raciocínio do padre era exato, e por mais perigosa que fosse a situação revelada por ele, já agora não se podia desejar outra coisa; a dignidade da família ficava intata. Estácio refletiu largo tempo no que acabava de ouvir. Mas a esperança foi curta, embora a necessidade dela fosse grande.

— Helena continua recolhida? — perguntou o padre.

Estácio fez um leve sinal afirmativo.

— Falar-lhe-ei amanhã; por hoje convém não dizer palavra nem deixar transpirar coisa nenhuma.

Dizendo isto, Melchior recolheu-se ao silêncio, como se refletisse ainda alguma coisa. Estácio erguera-se e entrara a passear lentamente. De quando em quando, apertava a cabeça entre as mãos; tantas comoções bastavam para atordoar mais forte espírito. O mistério o cercava de todos os lados. Ele ia até à janela, daí até à porta, intercalando as reflexões interiores com sacudimentos nervosos do braço ou da cabeça. A intervalos, olhava a furto e de través para o capelão, como o criminoso olha para a consciência; não podia evitar o sentimento de terror, e ao mesmo tempo de respeito, que lhe infundia aquele investigador exato e profundo de seus sentimentos mais recônditos e inacessíveis. Ruminava o que o padre lhe dissera; cada minuto lhe ia tornando mais clara a verdade revelada, e o que era obscuro fizera-se-lhe enfim transparente. É assim que a luz de um astro, acesa desde séculos, chega finalmente a ferir a retina de nossos olhos mortais.

Uma vez, interrompendo os passos, ergueu os olhos para o retrato do conselheiro. Não os retirou aterrado; cravou-os com ar de reproche e de amargura, em que o padre reparou, e que o fez sorrir tristemente. O olhar do filho pedia contas ao pai.

— Paz aos mortos! — observou Melchior. — Os atos de seu pai já não pertencem à jurisdição deste mundo.

Melchior proferiu estas palavras já de pé.

— O doutor Camargo — disse ele mudando de tom — deve chegar um dia destes, segundo anuncia. Há alguma razão para demorar o casamento?

— Nenhuma.

— Convém realizá-lo imediatamente?

— Imediatamente.

Melchior caminhou para a porta. Ia dar volta à chave e deteve-se.

— Antes de nos separarmos — disse ele —, desejo a promessa de que não falarás a Helena antes de amanhã.

— Prometo.

O padre refletiu um instante; Estácio pareceu adivinhá-lo.

— Quer ainda outra promessa? — perguntou ele. — Quer que a evite de todos os modos?

— Sim; que a considere como pessoa totalmente estranha.

— Poderia ser de outra maneira? — observou melancolicamente Estácio. — Os sucessos destes dias são, por enquanto ao menos, uma barreira entre ela e sua família. Demais, eu seria destituído de todo o senso moral...

— Juras?

— Juro.

Melchior desabrochou a camisa e aventou um crucifixo de marfim que lhe pendia de uma fita preta ao pescoço.

— Esta — disse ele com voz singela — é a efígie do teu Deus. Tão puro exemplo de castidade não viram os séculos nem antes nem depois que ele desceu à terra. Jura o que me prometes.

— Padre-mestre — retorquiu Estácio —; minha palavra era bastante. Mas, se é preciso afirmação mais solene, eu a darei tal qual me pede.

Estácio inclinou a cabeça sobre o crucifixo e beijou-o respeitosamente; depois beijou a mão ao padre. Melchior abençoou-o e saiu.

Saindo do gabinete de Estácio, dirigiu-se para a sala de costura, onde achou d. Úrsula um pouco menos agitada.

— Falou a Helena? — perguntou ela, dirigindo-se ao padre.

— Ainda não; sei que não quer sair do quarto; deixemos passar a primeira comoção. Amanhã virei saber tudo. Por hoje é preciso que a senhora sossegue.

— Oh! estou sossegada! Não perdi a confiança.

D. Úrsula proferiu essas palavras com tamanha serenidade e tão profunda convicção que fortaleceu o espírito do próprio Melchior, aliás, não inclinado a crer no mal. O ancião deteve-se alguns instantes a contemplar o rosto plácido de d. Úrsula, a admirar a força secreta que a tornava surda ao clamor da realidade — pelo menos da realidade aparente. Contemplou-a silencioso, e desceu à chácara.

Capítulo XXIV

A noite era escura. Calcando a terra e a areia das largas calhes da chácara, Melchior, em sua imaginação, refloria o passado, nem sempre feliz, mas geralmente quieto. Mais de uma vez buscara dissipar a sombra pesarosa que alguns erros do conselheiro acumularam na fronte da consorte. Haveria naquela casa uma geração de dores, destinadas a abater o orgulho da riqueza com o irremediável espetáculo da debilidade humana?

"Não", dizia ele consigo mesmo. "A verdade é que tudo se encadeia e desenvolve logicamente. Jesus o disse: não se colhem figos dos abrolhos. A vida sensual do marido produziu o infortúnio calado e profundo daquela senhora, que se foi em pleno meio-dia; o fruto há de ser tão amargo como a árvore; tem o sabor travado de remorsos."

Nesse ponto chegava ao portão. Aí deteve-se um instante. O passo cauteloso e tímido de alguém fê-lo voltar a cabeça. Um vulto, cujo rosto não via, tão escuro como a noite, ali estava e lhe tocava respeitosamente as abas da sobrecasaca. Era o pajem de Helena.

— Seu padre — disse este —, diga-me por favor o que aconteceu em casa. Vejo todos tristes; nhanhã Helena não aparece; fechou-se no quarto... Me perdoe a confiança. O que foi que aconteceu?

— Nada — respondeu Melchior.

— Oh! É impossível! Alguma coisa há por força. Seu padre não tem confiança em seu escravo. Nhanhã Helena está doente?

— Sossega; não há nada.

— Hum! — gemeu incredulamente o pajem. — Há alguma coisa que o escravo não pode saber; mas também o escravo pode saber alguma coisa que os brancos tenham vontade de ouvir...

Melchior reprimiu uma exclamação. A noite não lhe permitia examinar o rosto do escravo, mas a voz era dolente e sincera. A ideia de interrogá-lo passou pela mente do padre, mas não fez mais do que passar; ele a rejeitou logo, como a rejeitara algumas horas antes. Melchior preferia a linha reta; não quisera empregar um meio tortuoso. Iria pedir a Helena a solução das dificuldades. Entretanto, o pajem, como interpretasse de modo afirmativo o silêncio do sacerdote, continuou:

— Nhanhã Helena é uma santa. Se alguém a acusa, acusa o bom procedimento dela. Eu lhe direi tudo...

Melchior ia recusar, mas um incidente interrompeu a palavra do pajem, contra a vontade deste, e talvez contra o desejo de Melchior. Ouviram-se passos; era um escravo que vinha fechar o portão.

— Vem gente — disse Vicente —; amanhã...

O pajem tateou nas trevas em procura da mão do padre; achou-a, enfim, beijou-a e afastou-se. Melchior seguiu para casa, abalado com a meia revelação que acabava de ouvir. Outro qualquer podia duvidar um instante da sinceridade do escravo; podia supor que o ato dele era menos espontâneo do que parecia; enfim, que a própria Helena sugerira aquele meio de transviar a expectativa e congraçar os sentimentos. A interpretação era verossímil; mas o padre não cogitou de tal coisa. A ele era principalmente aplicável a máxima apostólica: para os corações limpos, todas as coisas são limpas.

A seguinte aurora alumiou um céu puro de nuvens. Estácio acordou com ela, depois de uma noite maldormida. Nunca a manhã lhe pareceu mais rumorosa e jovial; nunca o ar apresentara tão fina transparência nem a folhagem tão lustrosa cor. Da janela a que se encostara, via as flores de todos os matizes, quebrando a monotonia da verdura, e enviando-lhe, a ele, uma nuvem invisível de aromas: aspecto de festa e ironia da natureza. Estácio achava-se ali como um saimento em horas de carnaval.

Almoçou sozinho; d. Úrsula estava com Helena. Logo depois do almoço, recebeu uma carta de Mendonça, que, tendo ido na véspera a Andaraí, recebera a resposta dada a todos, e mandava saber se havia moléstia em casa. Estácio respondeu afirmativamente, acrescentando que, posto não se tratasse de coisa grave, só o esperava dois dias depois. A resposta podia ser mais circunspecta; no estado em que ele se achava, pareceu-lhe excelente.

Pela volta do meio-dia, chegou Melchior. Na sala de visitas achou d. Úrsula, que o espreitava de uma das janelas.

— Helena? — perguntou ele ansioso.

— Já hoje desceu — respondeu d. Úrsula. — Está mais tranquila. Não lhe perguntei nada, mas dizendo-lhe que o senhor viria falar-lhe, mostrou-se ansiosa por vê-lo, e pediu-me até que o mandasse chamar.

Seguiram os dois até a saleta que ficava ao pé da sala de jantar. Helena estava sentada, com a cabeça caída sobre as costas da cadeira e os olhos metade cerrados. Logo que o padre entrou, Helena abriu os olhos e ergueu-se. Vivo e passageiro rubor coloriu-lhe as faces pálidas da vigília e da aflição. Ergueu-se e deu dois passos para o padre, que lhe apertou as mãos entre as suas.

— Imprudente! — murmurou Melchior.

Helena sorriu, um sorriso pálido e tão passageiro como a cor que lhe tingira o rosto. D. Úrsula dispôs-se a ir chamar Estácio, que estava no andar de cima. Apenas a viu sair, Helena segurou em uma das mãos do padre.

— Queria vê-lo! — disse ela. — Não tenho ânimo de falar a ninguém mais, de dizer tudo...

— É inútil; tudo sei — interrompeu Melchior sorrindo. — O Vicente foi hoje de manhã à minha casa; foi de movimento próprio; relatou-me quanto sabia; disse-me que esse homem é seu irmão; que a senhora o ia ver a ocultas, não podendo ou não querendo apresentá-lo em casa de seus parentes. O escrúpulo era excessivo, e o ato leviano. Por que motivo dar aparência incorreta a um sentimento natural? Teria poupado muita aflição e muita lágrima, a si e aos seus, se tomasse antes o caminho direito, que é sempre o melhor.

Helena ouviu essas palavras do padre com a alma debruçada dos olhos. Não parecia sequer respirar. Quando ele acabou, perguntou sôfrega:

— Com que intento lhe falou ele?

— Com o mais puro de todos; desconfiou que a senhora padecia e por isso veio contar-me tudo.

Helena cruzou os dedos e ergueu os olhos. Melchior não a quis interromper nessa ascensão mental ao céu; limitou-se a contemplá-la. A beleza de Helena nunca lhe parecera mais tocante do que nessa atitude implorativa. A contemplação não durou muito, porque a oração foi breve.

— Orei a Deus — disse ela, descendo as mãos —, porque infundiu aí no corpo vil do escravo tão nobre espírito de dedicação. Delatou-me para restituir-me a estima da família. Aquilo que ninguém lhe arrancaria do coração, tirou-o ele mesmo no dia em que viu em perigo o meu nome e a paz de meu espírito. Infelizmente, mentiu.

Melchior empalideceu.

— Mentiu sem o saber — continuou a moça. — Disse o que supunha ser verdade, o que eu lhe dei como tal. Não é meu irmão, esse homem.

Melchior inclinou-se para a moça e, pegando-lhe nos pulsos, disse imperiosamente:

— Então quem é? Seu silêncio é uma delação; não tem já direito de hesitar.

— Não hesito — replicou Helena —; em tais situações, uma criatura como eu caminha direito a um rochedo ou a um abismo; despedaça-se ou some-se. Não há escolha. Este papel — continuou, tirando da algibeira uma carta —, este papel lhe dirá tudo; leia e refira tudo a Estácio e a dona Úrsula. Não tenho ânimo de os encarar nesta ocasião.

Melchior, atordoado, fez um leve sinal de cabeça.

— Lido esse papel, estão rotos os vínculos que me prendem a esta casa. A culpa do que me acontece não é minha, é de outros; aceitarei contudo as consequências. Poderei contar ao menos com a sua bênção?

A resposta do padre foi pousar-lhe um beijo na fronte, beijo de absolvição ou de clemência, que ela lhe pagou com muitos na destra enrugada e trêmula de comoção. Helena precipitou-se depois para o corredor, deixando o padre só com a carta nas mãos, sem ousar abri-la, receoso dos males que iam dali sair, sem certeza ao menos de que ficaria no fundo a esperança. Ia abri-la, e hesitou se o devia fazer na ausência de Estácio e d. Úrsula; venceu o escrúpulo e leu.

D. Úrsula, que entrou na ocasião em que ele fechava a carta, recuou aterrada. Melchior estava pálido como um defunto. Antes que nenhum deles falasse, entrou Estácio na saleta. Melchior dirigiu-se a ele e entregou a carta. Leu-a Estácio e dizia assim:

> Minha boa filha. Sei pelo Vicente que alguma coisa aí há que te aflige. Presumo adivinhar o que é. O Estácio esteve comigo, logo depois que daqui saíste a última vez. Entrou desconfiado, e deu como razão ou pretexto a necessidade de curar algumas feridas feitas na mão. Talvez ele próprio as fizesse para entrar aqui em casa. Interrogou-me; respondi conforme pedia o caso. Supondo que ele soubesse de tuas visitas, não lhe ocultei a minha pobreza; era o meio de atribuí-las a um sentimento de caridade. A virtude serviu assim de capa a impulsos da natureza. Não é isso em grande parte o teor da vida humana? Fiquei, entretanto, inquieto; talvez lhe não arrancasse o espinho do coração. Pelo que me disse o Vicente, receio que assim acontecesse. Conta-me o que há, pobre filha do coração; não me escondas nada. Em todo caso, procede com cautela. Não provoques nenhum rompimento. Se for preciso, deixa de vir aqui algumas semanas ou meses. Contentar-me-ia a ideia de saber que vives em paz e feliz. Abençoo-te, Helena, com quanta efusão pode haver no peito do mais venturoso dos pais, a quem a fortuna, tirando tudo, não tirou o gosto de se sentir amado por ti. Adeus. Escreve-me.
>
> <div align=right>SALVADOR.</div>
>
> P. S. — Recebi o teu bilhete. Pelo amor de Deus, não faças nada; não saias daí; seria um escândalo.

Estácio não compreendeu desde logo o que acabava de ler. A verdade parecia inverossímil. O primeiro movimento foi sair dali e ir ter com Helena. Melchior deteve-o a tempo.

— Não precipitemos nada — disse ele. — Sossegue primeiro.

Estácio deixou-se cair numa cadeira; Melchior comunicou o conteúdo da carta a d. Úrsula, cujo pasmo foi ainda mais profundo que o do sobrinho, porque ela não soltou uma palavra, não fez um gesto; ficou a olhar estupidamente para o papel. Houve então entre aqueles três personagens dez minutos de mortal silêncio. D. Úrsula não pensava; olhava para a carta, logo depois para o sobrinho e o padre, como a esperar uma conclusão que seu próprio espírito não podia deduzir dos acontecimentos. Estácio ficara desorientado; em vão procurava um fio de dedução entre as ideias; a revelação nova era uma complicação mais. Se a carta era sincera, como explicar a declaração testamentária de seu pai? Se o não era, como explicar a audácia de semelhante invenção? Ele não podia discernir o que era favorável a Helena, nem ousava afirmar o que lhe era adverso.

No meio daquela família arriscada a dispersar-se, Melchior considerava a superioridade da morte sobre alguns lances terríveis da vida. Se o óbito de Helena

tomara o lugar da carta, a dor seria violenta, mas o irremediável desfecho e o consolo da religião teriam contribuído para sarar a alma dos que ficassem e converter o desespero de alguns dias na saudade da vida inteira. Em vez disso, estava ele, talvez, diante de um destino aniquilado; via um abismo possível entre corações que a vontade de um morto vinculara. Qualquer que fosse a veracidade da carta, o resultado era talvez esse.

Melchior foi dali ter com Helena, para alcançar mais detida explicação do que acabava de ler. Ela ergueu-se quando o viu, e pareceu reviver ao contemplar o gesto benévolo com que ele lhe falou. Um longo suspiro de alívio rompeu-lhe do coração: os braços caíram sobre os ombros do padre, em cujo seio escondeu o rosto e repousou enfim — um minuto — das dores que a afligiam.

— Perdoaram-me? — disse ela.

— Hão de perdoar; conte-me tudo.

— Oh! Não posso, não sei; sei que é meu pai.

O capelão não insistiu; voltou aos outros dois, a quem achou na posição em que os deixara. Interrogaram-no com os olhos.

— Nada — disse ele. — O coração dela não possui nesta ocasião a necessária força para responder a quanto se lhe devia perguntar; demais não saberá tudo. Temos a primeira confissão da verdade...

— Da verdade? — interrompeu melancolicamente Estácio. — Quem sabe se é verdade o que lemos nesse papel?

— É, deve ser. Faltam-nos, é certo, os fundamentos da asseveração; mas eu incumbo-me de ir buscá-los.

— Iremos ambos.

D. Úrsula quis dissuadir o sobrinho de ir à casa do homem, causa dos desastres da família, não tanto porque lhe parecia que entre Estácio e ele nenhuma relação convinha estabelecer, mas sobretudo porque ela precisava de alguém que a acompanhasse em tão graves circunstâncias. Melchior inclinou-se ao alvitre de d. Úrsula.

— Irei eu só — disse ele —; depois conduzi-lo-ei até cá, se for preciso.

— Não posso esperar — insistiu Estácio —; preciso falar a esse homem, ouvi-lo, ler-lhe a verdade ou o embuste nas linhas do rosto. Talvez o decoro da família exigisse outra coisa; mas, padre-mestre, meu coração goteja sangue...

Era impossível dissuadi-lo: Melchior tratou somente de o moderar. De resto, a crise era violenta; cumpria resolvê-la sem demora nem hesitação. O padre animou d. Úrsula e saiu acompanhado de Estácio, cujo coração, convalescido do primeiro abalo, deixava as regiões da dúvida para entrar na atmosfera da verdade — pelo menos da esperança. Quaisquer que fossem as consequências da nova revelação, vinha esta como um bálsamo, após tão dolorosas comoções; era um rasgão azul no céu tempestuoso daqueles dias. Ia ele pensando assim — ou antes sentindo, porque o pensamento não ousava regê-lo, desde que a vida inteira do moço se lhe concentrara no coração.

Chegando à frente da casa, Estácio desviou os olhos; custava-lhe encará-la, mas venceu-se. Houve demora em abrir a porta; abriu-se esta enfim, e a figura do dono da casa apareceu aos dois. Vendo-os, empalideceu um pouco, mas um sorriso procurou disfarçar a impressão. Estácio foi direito ao fim.

— Suponho que se lembra de mim? — disse ele.

— Perfeitamente.

— Sabe que motivo nos traz à sua casa?
— Não, senhor.
— Confessa a autoria desta carta?

Salvador estremeceu; depois respondeu com um gesto afirmativo.

— Pretende que Helena é sua filha — disse o moço depois de um instante. — Confirma verbalmente o que escreveu?

— Helena é minha filha.

Melchior interveio:

— Há um ano, falecendo, o meu velho amigo conselheiro Vale reconheceu Helena, por uma cláusula testamentária: recomendava à família que a tratasse com afeto e carinho e designava o colégio em que ela estava sendo educada. O fato do reconhecimento e as circunstâncias que apontou dão toda a veracidade à palavra do morto. Que prova apresenta o senhor em contrário a ela?

— Nenhuma — disse Salvador —; não tenho prova de nenhuma natureza.

— Na falta de provas — prosseguiu o capelão —, poderia dizer-nos como supor da parte do conselheiro uma falsificação, tratando-se de disposição tão grave como essa de introduzir uma pessoa estranha na família?

Salvador sorriu amargamente.

— Suponha — disse ele —, que eu havia iludido a confiança do conselheiro e que ele acreditava ser pai de Helena.

— Era isso?

— Não era. Na posição em que nos achamos, já não há lugar para meias palavras. Força é referir tudo. Dez minutos apenas.

Os três sentaram-se. Melchior olhava para o dono da casa com a persistência e a curiosidade naturais da ocasião. Salvador esteve alguns instantes calado; enfim, voltou-se para o capelão.

— Estimo — disse ele — que o senhor padre viesse; sua caridade temperará a legítima indignação deste moço; e eu farei as declarações indispensáveis na presença das duas pessoas a quem mais amo, abaixo de Helena.

— Queira falar — disse secamente Estácio.

Capítulo XXV

— A mãe de Helena — disse Salvador —, cuja beleza foi a causa, a um tempo, da sua má e boa fortuna, era filha de um nobre lavrador do Rio Grande do Sul, onde também nasci. Apaixonamo-nos um pelo outro. Meu pai opôs-se ao casamento; tinha alguns bens, mandara-me estudar, queria ver-me em posição brilhante. Ângela podia ser obstáculo à minha carreira, dizia ele. Opôs-se, e eu resisti; raptei-a; fomos viver na campanha oriental, de onde passamos a Montevidéu, e mais tarde ao Rio de Janeiro. Tinha vinte anos quando deixei a casa paterna; possuía alguns estudos, poucos, meia dúzia de patacões, muito amor e muita esperança. Era de sobra para a minha idade, mas insuficiente para o meu futuro. A lua de mel foi desde logo

uma noite de privações e trabalhos. Minha vida começou a ser um mosaico de profissões; aqui onde me veem, fui mascate, agente do foro, guarda-livros, lavrador, operário, estalajadeiro, escrevente de cartório; algumas semanas vivi de tirar cópias de peças e papéis para teatro. Trabalhava com energia, mas a fortuna não correspondia à constância, e o melhor dos anos gastei-o em luta áspera e desigual. Uma compensação havia, a mais doce de todas: era o amor e o contentamento de Ângela, a igualdade do ânimo com que ela encarava todas as vicissitudes. Pouco tempo depois da nossa fuga, havia outra compensação mais: era Helena. Essa menina nasceu em um dos momentos mais tristes da minha vida. Os primeiros caldos da mãe foram obtidos por favor de uma mulher da vizinhança. Mas nasceu em boa hora, e foi um laço mais que nos prendeu um ao outro. A presença de um ente novo, sangue do meu sangue, fez-me redobrar de energia. Trabalhava com alma, lutava resoluto contra todas as forças adversas, certo de encontrar à noite a solicitude da mãe e as ingênuas carícias da filha. Os senhores não são pais; não podem avaliar a força que possui o sorriso de uma filha para dissolver todas as tristezas acumuladas na fronte de um homem. Muita vez, quando o trabalho me tomava parte da noite, e eu, apesar de robusto, me sentia cansado, erguia-me, ia ao berço de Helena, contemplava-a um instante e parecia cobrar forças novas. Se o próprio berço era obra de minhas mãos! Fabriquei-o de alguns sarrafos de pinho velho; obra grosseira e sublime: servia a adormecer metade da minha felicidade na terra.

Salvador interrompeu-se comovido.

— Perdoem-me — continuou ele, depois de alguns instantes — se estas memórias me abalam o coração. Eu era pobre, tão pobre como hoje. Desse tempo só resta um eco doloroso e consolador. Crescia Helena e cresciam suas graças. Era o encanto e a esperança do meu albergue. Quando pôde aprender os rudimentos da leitura, dei-lhe as primeiras lições; assisti pasmado à aurora daquela inteligência que os senhores veem hoje tão desenvolvida e lúcida. Aprendia com facilidade, porque estudava com amor. Ângela e eu construíamos os mais lindos castelos do mundo. Nós a víamos já mulher, formosa como viria a ser, porque já o era, inteligente e prendada, esposa de algum homem que a adorasse e elevasse. Vivíamos dessa antecipação, que era apenas um sonho, e não sentíamos os golpes da fortuna.

— Por que razão — perguntou Melchior —, dado esse amor e nascida uma filha, não santificou o senhor a situação em que se achavam?

— A curiosidade é justa — replicou Salvador —, mas a resposta é decisiva. Casar era a nossa justificação; era um argumento contra o ressentimento de meu pai. Nos primeiros dias da nossa fuga do Rio Grande, a própria embriaguez da felicidade desviou qualquer ideia de santificar e legalizar uma união consentida pela natureza. Depois vieram os trabalhos e as necessidades. Como eu tinha certeza de não fugir ao dever que tomara em meus ombros, ia adiando o ato de mês para mês, de ano para ano. Afinal o projeto esvaiu-se de todo. Estávamos ligados pela miséria e pelo coração, não pretendíamos o respeito da sociedade; triste desculpa; e ainda mais triste recordação, porque o casamento teria talvez obstado os acontecimentos posteriores. Helena contava seis anos. Minha fortuna, adversa sempre, com intermitências favoráveis, parecia abrandar um pouco. Ia encetar um novo meio de vida, quando uma circunstância grave me chamou ao Rio Grande. Meu pai adoecera; mandava-me o seu perdão, ordenando-me que o fosse ver sem demora. Obedeci prontamente. Do que ele me remeteu para as despesas de viagem e outras, deixei

alguma coisa a Ângela e Helena, e parti. Vinte e quatro horas depois de ver meu pai, tive a dor de o perder. A liquidação dos negócios foi curta; os bens todos ficaram pertencendo aos credores; restavam-me alguns patacões. Recebi esse golpe novo com a filosofia da insensibilidade. Quem sabe se não era eu o culpado do acontecimento? Os negócios entretanto, apesar de curtos, demoraram-me mais do que eu pretendia e convinha. A ânsia de voltar cresceu, desde que não recebi a resposta da últimas cartas que escrevi a Ângela. Enfim, pude regressar ao Rio de Janeiro com um luto mais e uma esperança menos. Neste ponto entra a pessoa de seu pai.

Estácio desviou os olhos.

— Logo que cheguei — continuou Salvador — corri à casa; achei-a fechada. Um vizinho, testemunha da minha aflição, deu-me notícia de que Ângela se mudara para São Cristóvão. Não sabia nem o número nem a rua; mas deu-me algumas indicações que me guiaram. Ainda hoje tenho ante os olhos o sorriso com que aquele homem me respondia. Era um sorrir de compaixão que humilhava. Sem nunca haver recebido de mim a menor ofensa, vejo que ele tinha um prazer secreto com o meu infortúnio. Por quê? Deixo aos filósofos liquidarem esse enigma da natureza humana. Voei a São Cristóvão; gastei tempo em procurar a casa, mas dei com ela. Quando a vi, duvidei de meus olhos ou das indicações. Era uma casa elegante, escondida entre o arvoredo, no meio de um pequeno jardim. Podia ser aquela a residência da companheira de minha miséria? Receoso de ir bater ali, vi assomar ao portão um homem que me pareceu ser o jardineiro. Perguntei pela dona da casa, a quem dei o seu próprio nome, dizendo que lhe desejava falar. "A senhora saiu", respondeu ele distraidamente. Dispus-me a esperar, mas o jardineiro observou-me que ia sair e fechar o portão, e que a senhora só voltaria à noite. "Esperarei até à noite", redargui. O jardineiro mediu-me de alto a baixo, circulou um olhar cauteloso pela rua e disse-me baixinho: "Aconselho ao senhor que não volte; o patrão não há de gostar". Não escrevo um romance; dispenso-me de lhes pintar o efeito que produziram essas palavras. O que senti excede a toda a descrição. Há catástrofes mais solenes, há situações mais patéticas; mas naquela ocasião parecia-me que todas as dores do mundo se tinham convergido para meu coração. O jardineiro era verdadeiramente compassivo; lendo em meu rosto o efeito de suas palavras, disse-me alguma coisa de que absolutamente me não lembro. Convidou-me com brandura a sair; obedeci maquinalmente. Podendo informar-me acerca de Ângela, não o fiz. A febre reteve-me três dias de cama, numa pobre cama alugada em péssima estalagem da Cidade Nova. No terceiro dia recebi uma carta de Ângela. Pedia-me que lhe perdoasse o passo que dera; que uma paixão nova e delirante a havia guiado, e que, se viesse a arrepender-se, seria essa a minha vingança. Quando li a carta, tive ímpeto de ir ter com ela e esganá-la; mas o ímpeto passou, e a dor desfez-se em reflexões. Poucos dias antes, a bordo, um engenheiro inglês que vinha do Rio Grande para esta Corte emprestara-me um volume truncado de Shakespeare. Pouco me restava do pouco inglês que aprendi; fui soletrando como pude, e uma frase que ali achei fez-me estremecer, na ocasião, como uma profecia; recordei-a depois, quando Ângela me escreveu. "Ela enganou seu pai", diz Brabantio a Otelo, "há de enganar-te a ti também". Era justo; pelo menos, era explicável. Dois dias depois da carta de Ângela, escrevi-lhe pedindo meia hora de conversação; nada mais. Ângela concedeu-me a entrevista. Meu plano era arrebatar-lhe Helena; ela parece que o previu, recebendo-me sozinha, no jardim, às nove horas da noite.

— Por que razão recorda todas essas minúcias? — interrompeu Melchior com brandura. — Nós desejamos somente saber o essencial.

— Tudo é essencial na minha narração — disse Salvador. — Aquela entrevista mostrou-me a toda a luz o caráter de Ângela. Que outra mulher se arriscaria, em tais circunstâncias, a afrontar a cólera do homem desprezado? Ângela era um complexo de qualidades singulares. Capaz de suportar as maiores angústias, forte e risonha no meio das máximas privações, esqueceu num instante as virtudes que tinha para correr atrás de uma fantasia de amor. Não foi a riqueza que a seduziu; ela iria, ainda que tivesse de trocar a riqueza pela miséria. Ângela nasceu metade freira e metade bailarina; capaz das austeridades de um claustro, não o era menos das pompas da cena. E daí... não fui eu mesmo que a desviei da estrada real para metê-la por um atalho obscuro? Disse-lho naquela noite em que procurei ser tranquilo e superior aos acontecimentos. "Meu fim", declarei eu, "é só um: levar Helena; Helena é minha filha, não quero deixá-la entregue a seus maus exemplos." As lágrimas com que me banhou as mãos, as rogativas que me fez, ajoelhada a meus pés, para que lhe deixasse Helena, não há negar que foi tudo sincero. Cedi aparentemente. Minha resolução estava assentada; sem Helena, a vida parecia-me impossível. Que outro vínculo me prendia ao mundo? A morte e a miséria tinham feito em redor de mim completa solidão. A única felicidade sobrevivente era ela.

— Segundo rapto — observou o padre. — O senhor condenava-se a só adquirir um vislumbre de felicidade por meios violentos.

— Tem razão — respondeu Salvador com tristeza —; um abismo chamava outro abismo. Felizes os que sabem o caminho reto da vida e nunca se arredaram dele! Quis arrebatar Helena; espreitei-a noite e dia. Não a via nunca; a própria casa rara vez tinha uma porta ou janela aberta. Havia ali o recato e o mistério. Um dia resolvi ir ter com o protetor de Ângela. A notícia que me deram do conselheiro Vale era a mais honrosa do mundo. Assentei que me ouviria e cederia a meus justos rogos. O demônio do orgulho impediu a execução do plano. Quase a entrar em casa do conselheiro, recuei. Decorreram assim cerca de dois meses. Emagreci; as longas vigílias fizeram-me pálido; o trabalho não me atraía; cheguei a padecer fome. O poeta que disse que a saudade é um pungir delicioso, não consultou meu coração. Acerbo o achei eu; é certo que a ela misturava-se a cólera, a cólera da impotência e o desgosto mortal do abandono. Um dia, dirigi-me para São Cristóvão disposto a empregar a violência, contanto que trouxesse Helena ou fosse dali para o Aljube. Era à tardinha. Aproximei-me do jardim de Ângela, ouvi a voz de minha filha. Era a primeira vez depois de longos meses! Parou-me o sangue todo. Passado o primeiro abalo, caminhei cauteloso, encostado à cerca; Helena falava a alguém. Por uma abertura da cerca, pude espreitá-la. Estava ao colo de um homem. Esse homem era o conselheiro. Olhei para um e outro; ora para o meu rival, ora para a minha Helena. Helena acariciava as barbas dele; este sorria para ela com um ar de ternura que o absolvia quase da ofensa a mim feita. O coração, porém, apertou-se-me, ao ver dar a outros afagos a que só eu tinha direito. Era um roubo feito à natureza; mas, se meu próprio sangue me repudiava, que podia eu exigir de alheios corações? Daí a algum tempo — não sei se foi curto ou longo, porque eu ficara a olhar para ambos, pasmado de amor e de cólera —, ouvi que falavam de mim. "Mas, olhe", dizia Helena, "papai quando vem?" O conselheiro deu um beijo na menina e falou de uma

borboleta que nesse momento pairava sobre a cabeça dela. As crianças, porém, são implacáveis. Aquela repetiu a pergunta. "Papai não volta", respondeu o conselheiro. Helena ficou séria. "Não volta? Por quê?" "Tua mamãe disse ontem que papai está no céu." Helena levou as mãos aos olhos, de onde lhe rebentaram lágrimas copiosas. Uma nuvem passou-me pelos olhos... tentei dar alguns passos, entrar no jardim, dizer quem era e exigir minha filha. Os músculos não corresponderam à intenção; senti fraqueza nas pernas; achei-me de bruços. Quando dei acordo de mim, volvi de novo os olhos para o lugar onde os vira. Ainda ali estavam, mas a atitude era diferente. O conselheiro erguera-se, tendo nos braços Helena, que já não chorava. Ele beijava-lhe as mãozinhas e dizia-lhe: "Se papai foi para o céu, fiquei eu no lugar dele, para dar-te muito beijo, muito doce e muita boneca. Queres ser minha filha?". A resposta de Helena foi a do náufrago; estendeu-lhe os braços em volta do pescoço, como se dissesse: "Se não tenho ninguém mais no mundo!". O gesto foi tão eloquente que eu vi borbulhar uma lágrima nos olhos do conselheiro. Essa lágrima decidiu do meu destino; vi que ele a amava, e de todos os sacrifícios que o coração humano pode fazer, aceitei o maior e mais doloroso: eliminei a minha paternidade, desisti da única herança que tinha na terra, força da minha juventude, consolo de minha miséria, coroa de minha velhice, e voltei à solidão mais abatido que nunca!

Salvador interrompeu a narração; levou a mão direita aos olhos; por entre seus dedos escorreram algumas lágrimas, que ele, de envergonhado, enxugou rapidamente.

— Essas recordações são penosas — disse o padre —; não convém despertá-las de uma vez; seria abrir feridas que o tempo cicatrizou. Sabemos o essencial...

— Não, resta ainda alguma coisa — disse Salvador.

Estácio erguera-se. Visivelmente comovido, procurava lutar contra o sentimento que o dominava, a fim de conservar a necessária independência de espírito para julgar da narrativa e do alcance que ela podia ter. Tinha involuntariamente apertado a mão de Salvador, ao escutar-lhe as últimas palavras; e arrependera-se desse primeiro movimento, que podia parecer uma absolvição sumária. A verdade é que ele não refletia nem sentia claramente: a mente e o coração eram um campo de ideias e comoções contrárias.

— Vou acabar — disse Salvador, depois de alguns minutos. — Resta explicar o procedimento de Helena.

Capítulo XXVI

— Seu pai — continuou Salvador dirigindo-se a Estácio, que, para acabar de compor o rosto, tinha ido até a janela e voltara a sentar-se —, seu pai era honrado e cavalheiro. Arrebatando-me Ângela, não me traiu, porque não me vira nunca; não contribuiu diretamente para a traição dela, porque supunha cortadas nossas relações. Soube depois que Ângela, quando eles se apaixonaram um pelo outro, lhe ocultara completamente o motivo da minha viagem; dera-se como separada de

mim. Mentiu, como mentiu mais tarde, dizendo que eu havia morrido. O conselheiro não sabia sequer o meu nome. A mentira no primeiro caso não teve fim nenhum; não houve cálculo; foi uma sugestão de amor ou um esquecimento; foi, talvez, um modo de respeitar-me; no segundo caso, houve cálculo: era o de redobrar o afeto que o conselheiro tinha a Helena. Assim aconteceu, porque o conselheiro sentiu-se pai de Helena e assumiu esse caráter desde aquela tarde. Do contrato feito ali entre o homem e a criança, cumpriu ele todas as cláusulas com generosa pontualidade. Pode crer que lhe fiquei profundamente grato. Uma vez, passando por uma litografia, vi um retrato dele; comprei-o e conservo-o ali ao lado do de Helena.

Melchior e Estácio olharam para a parede, onde pendiam dois quadrinhos, ainda cobertos, conforme Estácio os vira, no primeiro dia em que ali foi.

— Os meses e os anos passaram — continuou Salvador —, Helena deu entrada em um colégio de Botafogo, onde recebeu apurada educação. O conselheiro a levou ali, dando-a como órfã de um amigo de Minas; Ângela, que se dera por sua tia, ia buscá-la aos sábados. Omito mil circunstâncias intermediárias, e as vezes, poucas, em que pude ver minha filha, de passagem e a ocultas. Se o tempo houvesse produzido em mim os seus naturais efeitos, se a natureza não se ajustasse em fazer contraste com a fortuna, conservando-me o vigor e o viço da mocidade, é possível que eu achasse meio de empregar-me no colégio ou nas imediações, a fim de ver mais frequentemente Helena. Mas eu era o mesmo; passado o primeiro abalo, voltaram-me as carnes, voltou-me a cor, e eu era o mesmo que antes de partir para o Rio Grande. Helena podia reconhecer-me; e eu faltava à convenção tácita que fizera com o conselheiro. Um sábado, porém, tinha Helena doze anos, vindo ambas do colégio, parou o carro defronte do Passeio Público. Vi-as descer e entrar. Levado por um impulso irresistível, entrei também. Queria contemplá-las de longe, sem lhes falar; mas a resolução estava acima das minhas forças. Que pai não faria outro tanto? No lugar mais solitário do Passeio, corri para Helena. Vendo-me, a menina pareceu não reconhecer-me logo; mas atentou um pouco, recuou espavorida e agarrou-se à mãe, abraçando-a pela cintura. Conheci que não estava ali um pai, mas um espectro que regressava do outro mundo. Ia afastar-me, quando ouvi a voz de Helena perguntar à mãe: "Papai?". Voltei-me. Ângela envolvera o rosto da criança entre os vestidos. O gesto equivalia a uma confissão; mas esta foi ainda mais clara quando a mãe, cedendo à boa parte da sua natureza, ergueu resoluta os ombros, descobriu o rosto da filha, pousou-lhe um beijo na testa, fitou-a e fez com a cabeça um gesto afirmativo. A menina não exigiu mais; correu para mim e atirou-se-me nos braços. Ângela não se atreveu a impedir o movimento da filha; o passado e o sacrifício falavam em meu favor. Abracei Helena e beijei-a como doido. Ângela interveio: "Basta!", disse ela. Pegou na mão da filha e estendeu-me a sua. Apertei-a maquinalmente; meus olhos estavam pregados na criança. Era tão gentil, com o vestido rico que trazia, os cabelos enlaçados com fitas azuis, um chapelinho de palha e os pezinhos calçados com botinas de seda! "Fez bem", disse eu a Ângela, depois de alguns instantes; "deu-lhe um pai melhor do que eu." Reparei então que ela própria se transformara; trajava com elegância e estava superiormente bela. A abastança aperfeiçoara a natureza. Olhei-a sem inveja nem cólera — mas com saudade, nessa vez deliciosa, porque rememorei os bons tempos da nossa ebriedade e loucura. O passado é um pecúlio para os que já não esperam nada do presente ou do futuro:

há ali sensações vivas que preenchem as lacunas de todo o tempo. "Fez mal", disse-me ela baixinho. E suspirou. "Sei que morri", disse eu, "e não pretendo ressuscitar." Depois voltei-me para Helena: "Minha filha, faze de conta que me não viste; morri para ti e para o mundo. Teu pai é outro. Prometes que não dirás nada?". Helena fez um leve sinal de cabeça e beijou-me a mão a furto, como se não quisesse ser vista de Ângela. Nesse simples gesto reconheci que ela ia obedecer-me; mas a tristeza que lhe ficou foi o castigo de sua mãe. Pedíamos à natureza mais do que ela podia dar.

Salvador fez uma pausa, ergueu-se, foi à cômoda, e de uma das gavetas tirou uma caixinha, que colocou sobre a mesa. Melchior e Estácio trocaram um olhar de curiosidade. Salvador sentara-se de novo.

— Ângela morreu — prosseguiu ele — daí a um ano. Seu pai e alguns amigos, poucos, foram levá-la à sepultura. Também eu lá me achei. A diferença é que ele enterrava uma aventura, e eu via enterrar o meu passado. Vi-o triste e taciturno, como sinceramente pesaroso da criatura que perdera. Helena, entretanto, não podendo estar só na mesma casa, foi removida para o colégio, onde ficou residindo definitivamente. O conselheiro ia visitá-la todas as semanas. Pela minha parte, certo da discrição de minha filha, encetei com ela uma correspondência que era toda a consolação que me podia caber. Uma escrava do colégio servia de intermediária entre nós. Então como hoje, achei uma alma compassiva que me ajudou a ser feliz com mistério; a diferença é que naquele tempo era precisa a intervenção pecuniária. Eu tinha pouco, mas dava o jantar de um dia para ler cartas de Helena. Conservo-as todas, tanto as de outrora como as destes últimos meses; estão fechadas aqui.

Salvador mostrou a caixinha que colocara sobre a mesa.

— Um dia, almoçando em um botequim, li a notícia da morte do conselheiro. O fato consternou-me; mas eu peço licença para lhes dizer tudo: de envolta com o sentimento de pesar, houve em mim alguma coisa semelhante a uma satisfação. Respirava enfim! O contrato expirava com ele; eu ia entrar na posse de minha filha. Não escrevi desde logo a Helena; fi-lo ao cabo de alguns dias. Tive duas respostas: a primeira era no sentido da minha carta; a segunda anunciava-me que o conselheiro a reconhecera por testamento. Podia procurar e ler-lhes a segunda carta: é um documento da elevação dos sentimentos daquela menina. Exprimia-se com a maior gratidão e saudade a respeito do conselheiro; mas negava-se a aceitar o favor póstumo. Sabendo a verdade, não queria escondê-la ao mundo. Aceitando o reconhecimento, entendia que prejudicava direitos de terceiro, além de repudiar-me solenemente, o que não queria fazer, desde que adquiria a liberdade de ação. Entre a herança e o dever, dizia ela, escolho o que é honesto, justo e natural. Esta carta tirou-me o sono uma noite inteira, perplexo como fiquei entre o ato do finado e a resolução da herdeira. Que mão invisível tocara no coração do conselheiro essa corda de sensibilidade? Melhor fora que ele houvesse traduzido em uma simples lembrança a afeição que tinha a Helena. Longo tempo refleti nisso; o pai lutava com o pai. Tê-la comigo era a minha ventura, o meu sonho, a minha ambição; era a realidade que eu chegara a tocar com as mãos. Mas podia atá-la ao carro decrépito da minha fortuna, dar-lhe o pão amargo de todos os dias? A família do conselheiro ia afiançar-lhe futuro, respeito, prestígio; a lei ia amparála. Perguntei a mim mesmo se, depois de haver morrido para o mundo, me era lícito ressuscitar para reclamar e reaver um título de que me havia despojado; finalmente, se possuía já o direi-

to de fazer um escândalo. Estas reflexões, se viessem sós, teriam triunfado desde logo; mas, em oposição a elas, vieram as sugestões do coração. Adverti que, cedendo à vontade do morto, cavaria um abismo entre mim e Helena, e que não mais, ou só raramente e a ocultas, podia desfrutar a felicidade de lhe dizer que a amava, de ouvir a mesma palavra de seu coração. Nessa luta gastei três longos dias. Helena escreveu-me outra carta, insistindo na resolução que dizia haver tomado. Urgindo responder-lhe, fi-lo sacrificando-me. Não a convenci. Procurei ter uma entrevista com ela. Não era fácil; mas o interesse venceu tudo; a escrava intermediária aumentou o preço da complacência. O que se passou entre nós não o poderei repetir agora; curto era o prazo concedido, mas a luta foi renhida e longa. Busquei persuadi-la com reflexões e súplicas; ela resistiu com indignação e lágrimas. A nobre alma repudiava a cumplicidade e o lucro de uma usurpação. Eu não via usurpação, porque a meus olhos nem os interesses da família do conselheiro, nem as noções da simples moral prevaleciam; eu via minha filha e seu futuro: nada mais. Talvez os culpados desse meu proceder fossem somente Ângela e seu benfeitor. Eles me acostumaram a amá-la de longe, a não disputar a outrem o benefício que ela recebia. Enfim, meu coração, egoísta e ulcerado, entendia que o reconhecimento daquela pobre criança era o simples retorno das carícias de que eu havia sido defraudado; tais foram os motivos da minha consciência. Helena resistiu até à última; cedeu somente à necessidade da obediência, à imagem de sua mãe que eu invoquei, como um supremo esforço, à fiança que lhe dei de que a acompanharia sempre, de que iria viver perto dela, onde quer que o destino a levasse; cedeu exausta, sem convicção nem fervor. Se nesse ato decisivo de Helena há culpa, é toda minha, porque eu fui o autor único; ela não passou de simples instrumento, instrumento rebelde e passivo. Seu erro foi não ter a prudência necessária para não transpor o abismo que nos separava. Eu devia contar com as resoluções súbitas e prontas dessa menina; há ali uma costela de sua mãe. Mandando-lhe dizer, com as indicações precisas, onde morava, estava longe de esperar que ela viesse ver-me. A princípio fiquei aterrado com as possíveis consequências; mas se o homem se habitua ao mal e à dor, por que se não há de acostumar ao prazer e ao bem? Helena veio mais vezes; o gosto de a ver fez olvidar o perigo, e eu bebi, em horas escassas e furtivas, a única felicidade que me restava na terra, a de ser pai e a de me sentir amado por minha filha.

Capítulo XXVII

Tinha acabado; grossas lágrimas, retidas a custo, enfim lhe rebentaram dos olhos e rolaram pelo rosto abaixo do narrador. A comoção não ficou só nele; os dois ouvintes a sentiram também. Acabara; e o pior que podia acontecer, era isso mesmo. Uma vez finda a narração, ficaram os dois calados e perplexos, sem que ousassem contradizê-lo. Depois de curta pausa, Salvador rematou assim:

— De tudo o que lhes disse não tenho outras provas além destas cartas, que seriam bastantes, e de minhas lágrimas, que hão de ser eternas. Mas, ainda quando haja outras, creio que não serão precisas. Na situação em que estamos, só há duas

soluções possíveis; ou nada se altera do que o conselheiro estatuiu, e somente eu carregarei as consequências da sorte, desaparecendo; ou a família rejeita Helena, e eu a levarei comigo. Dir-se-á que a lei a protege a todo transe? Pois ela assinará todas as desistências necessárias...

Estácio cortou-lhe a palavra, dizendo que oportunamente lhe dariam resposta. Saíram logo depois; não trocaram uma só palavra; cada um deles ia absorto. Contudo, o padre observava de quando em quando o sobrinho de d. Úrsula, buscando adivinhar-lhe os pensamentos.

Chegando à porta da chácara, o padre perguntou ao moço:

— Que pretende fazer?

— Não sei ainda.

— Sei eu o que deve fazer: nada.

— Conservar essa situação?

— Decerto. Helena obedeceu à vontade de seus dois pais, aceitando o equívoco em que ambos a vieram colocar. Obedeceu à força. Agora, está reconhecida; é um fato que não podemos discutir nem alterar.

Estácio esteve silencioso alguns instantes.

— Mas, posso eu, à vista do que acabamos de ouvir, conservar a Helena um título que rigorosamente lhe não pertence? Helena não é minha irmã; é absolutamente estranha à nossa família; o título que nos ligava desaparece. Por que motivo continuaríamos nós uma falsificação...

— De seu pai? — atalhou Melchior.

— Padre-mestre!

— Aquele homem falou verdade; mas nem a lei nem a Igreja se contentam com essa simples verdade. Em oposição a ela, há a declaração derradeira de um morto. A justiça civil exige mais do que palavras e lágrimas; a eclesiástica não extingue, com um traço de pena, a afirmação póstuma. Demais, não espere que esse homem reproduza perante ninguém as declarações de há pouco; só o fará quando perder a última esperança. É evidente que ele nada quer alterar do que seu pai estabeleceu, e antes se sacrificará do que envergonhará a filha. Sente-se disposto a fazer o que ele recusa?

Estácio não respondeu; tinham entrado na chácara e caminhavam lentamente na direção da casa. Melchior deteve-o.

— Estácio! — disse o padre, depois de olhar para ele um instante. — Compreendo, quisera despojar Helena do título que seu pai lhe deixou, para lhe dar outro, e ligá-la à sua família por diferente vínculo...

Estácio fez um gesto como protestando.

— Esquece duas coisas graves: o escândalo e o casamento de um e outro; já se não pertence, nem ela se pertence a si. Vamos lá; seja homem. Sepultemos quanto se passou no mais profundo silêncio, e a situação de ontem será a mesma de amanhã.

Quando Estácio e Melchior entraram em casa, já d. Úrsula sabia tudo; lograra desatar a língua de Helena. Abatida com a leitura da carta, não lhe levantara o ânimo a narração verbal da moça; preferia talvez que Helena fosse verdadeiramente filha do conselheiro. Alguns meses de espaço e a convivência afetuosa produziram a diferença do sentimento entre o primeiro e o último dia.

— Nada podemos fazer já agora — disse o padre —; provocaríamos um escândalo sem esperança do resultado.

D. Úrsula fez um gesto de assentimento. Chamada a ouvi-los, Helena desceu daí a alguns minutos. A cor da vergonha tingiu-lhe a face, logo que ela deu com Estácio, que a esperava, ao lado de Melchior, ambos calados, mas sem nenhum vislumbre de irritação. Após um silêncio longo e abafado, Estácio comunicou a Helena a resolução da família e seus sentimentos de generosidade e confiança; concluiu dizendo que, sobre todas as coisas, prevalecia a vontade derradeira de seu pai. Helena empalideceu e cerrou os olhos; d. Úrsula correu a amparála. O organismo debilitado pelas vigílias e comoções das últimas horas não pudera resistir; mas o delíquio foi leve e curto. Voltando a si, Helena beijou ardentemente as mãos de d. Úrsula e as do padre, estendeu a sua a Estácio, que a apertou; depois, com voz trêmula, disse:

— Meu coração ficará eternamente grato ao resto de estima que não perdi; a situação mudou, e força é mudar com ela. Não quero a proteção da lei, nem poderia receber a complacência de corações amigos. Cometi um erro, e devo expiá-lo. Enquanto a vergonha vivia só comigo, era possível continuar nesta casa; eu atordoava-me para esquecê-la; mas agora que é patente, vê-la-ei nos olhos de todos e no sorriso de cada um. Peço-lhes que me perdoem e me deixem ir! Não devera ter entrado, é certo. Expio a fraqueza de um coração que eu me habituara a amar de longe, com o prestígio do mistério e o encanto do fruto proibido. De hoje em diante, amá-los-ei de longe ou de perto, mas estranha... e perdoada!

Dizendo isto, Helena abraçou d. Úrsula, como a pedir o benefício da sua intervenção. D. Úrsula abraçou-a igualmente, mas fez com a cabeça um gesto negativo. Melchior observou que a repulsa era pelo menos um sintoma de desprendimento pouco explicável em relação à família que, sem embargo dos últimos sucessos, não lhe retirara a estima nem a proteção.

— Herdou o orgulho do pai! — murmurou Estácio.

A frase foi dita em voz baixa, mas Helena ouviu-a, e seus olhos fulgiram de momentânea satisfação. Atribuir a orgulho o que era vergonha e remorso, dava-lhe certa superioridade que a moça julgava não ter naquele lance. Protestou em favor de seus sentimentos de gratidão, com a palavra viva, animada, cordial que todos três lhe conheciam, interrompida a intervalos pela comoção interior e pelas lágrimas que lhe escorriam dos olhos, quase exaustos de chorar. Estácio pôs termo a todas as hesitações.

— Pois bem — disse ele —, será isso mais tarde; a lei é por nós; e nossa vontade é que nos obedeça.

Helena mordeu o lábio com desesperação, mas não respondeu. A cabeça descaiu-lhe lentamente como ao peso de uma ideia, a mais e mais opressora. Depois, ergueu-a; os olhos tristes, mas animados dos últimos raios de uma esperança, dirigiram-se para os de Estácio, que nessa ocasião pareciam falar as dores todas da paixão sufocada e rebelde. Ambos eles os baixaram à terra, medrosos de si mesmos.

— Não creio que ela aceite facilmente a sua decisão — disse Melchior a Estácio, logo que pôde achar-se só com ele. — Acautele-se; é capaz de fugir-nos.

— Crê?

— Não a conhece ainda? A posição em que esses acontecimentos a deixaram repugna-lhe mais que tudo. Prefere a miséria à vergonha, e a ideia de que interiormente não a absolvemos é o verme que lhe fica no coração.

De noite, recebeu Estácio uma carta de Salvador, acompanhada de um pacote.

Refleti muito durante estas duas horas, dizia ele, e cheguei a uma conclusão única. Elimino-me. É o meio de conservar a Helena a consideração e o futuro que lhe não posso dar. Quando esta carta lhe chegar às mãos, terei desaparecido para sempre. Não me procure, que é inútil. Irei abençoá-lo de longe. Recaia, entretanto, sobre mim todo o ressentimento; eu só o mereço, porque só eu o provoquei. Vão as cartas de Helena; guardo três apenas, como recordação da felicidade que perdi.

Estácio teve vontade de ler as cartas de Helena, mas a tempo recuou; mandou-as dar à moça. Helena, que estava com d. Úrsula, entregou-as a esta.

— São a minha história — disse ela —; peço-lhe que as leia e me julgue.

Havia em seus olhos uma expressão que não era usual. Recolheu-se imediatamente a seu quarto, onde jazeu longo tempo, calada, quieta, sinistra, o corpo atirado em um sofá, a alma sabe Deus em que regiões de infinito desespero.

Capítulo XXVIII

Naquela noite, a segunda de tão extraordinários sucessos, foi que Estácio sentiu toda a violência do amor que lhe inspirara Helena. Enquanto os detinha um vínculo sagrado, amara sem consciência; e ainda depois de esclarecido pelo padre, o esforço empregado em vencer-se e a própria natureza da catástrofe não lhe permitiram ver a extensão do mal. Agora, sim; roto o vínculo, restituída a verdade, ele conhecia que a voz da natureza, mais sincera e forte que as combinações sociais, os chamava um para o outro, e que a mulher destinada a amá-lo e ser amada era justamente a única que as leis sociais lhe vedavam possuir.

Durante as primeiras horas o coração mordeu rebelde o freio da necessidade. A vigília foi longa e crua; e a reflexão veio enfim dominar a tempestade interior, ou antes alumiar seus destroços. Ele viu que o padre tinha razão; que era força desfolhar a esperança de um dia. Ao mesmo tempo, o exemplo de Helena deu-lhe ânimo. Senhora do segredo de seu nascimento, e consciente de amar sem crime, a moça apressara, não obstante, o casamento de Estácio e escolhera para si um noivo estimado apenas. Se uma vez a palavra delatora lhe rompeu dos lábios, ela a retraiu logo, fazendo o mais obscuro dos sacrifícios.

Não quis Estácio ser menos generoso. Logo de manhã escreveu a Mendonça, pedindo-lhe que não deixasse de os ir visitar nesse dia. Não o fez sem custo, mas fê-lo sem arrependimento. Tinha por fim apressar o casamento de Helena e o seu, condenando-se a sofrer calado os golpes do avesso destino.

A manhã, entretanto, não trouxe a Helena o esquecimento e a paz.

A noite não lhe serviu de remédio, antes legou à aurora toda a sua mortal angústia. Debilitada, nervosa, impaciente, não podia a moça vencer-se nem suportar-se. Ora repelia com sequidão as boas palavras de d. Úrsula; ora pedia que intercedesse com Estácio para a resolução que ela admitia como único meio de a poupar à vergonha. A excitação moral era grande; cumpria aquietá-la por meios persuasivos. Helena fugia a todos; não encarava Estácio e d. Úrsula sem que o pejo lhe colorisse

a face, mudança tanto mais visível quanto que a vigília e a dor a tinham empalidecido muito. Diziam-lhe que a vontade do conselheiro estatuíra uma lei na família, segundo a qual ela continuava a ser parenta como dantes, e tão amada como era. A moça agradecia a generosidade, mas não podia fugir à ideia de haver contribuído para uma usurpação. Queria que a deixassem ir ter com o pai, ao pé de quem a natureza e a consciência lhe indicavam que poderia estar sem remorso. Estácio e d. Úrsula respondiam-lhe com afagos e protestos; mas quando viram que estes eram inúteis, não houve mais que revelar-lhe a carta de Salvador.

O padre Melchior incumbiu-se de lhe fazer essa delicada comunicação.

— Seu pai — disse ele — praticou em seu favor um ato heroico; fugiu para lhe não fazer perder a consideração e o futuro. Leia esta carta, e veja se ela lhe dá a força necessária para resistir.

Helena pegou na carta com sofreguidão, leu-a de um lance d'olhos. O gemido que lhe rompeu do coração mostrou bem a ferida que acabava de receber. O padre acolheu-a lacrimosa e esvaecida em seus braços; disse-lhe palavras de conforto e de esperança. Nos primeiros minutos, Helena nada pôde ouvir; o golpe ensurdecera a alma. Melchior fê-la sentar ao pé de si; ela obedeceu sem consciência. Após alguns minutos de silêncio e concentração, a moça dirigiu a palavra ao padre e agradeceu-lhe a caridade. Depois referiu-lhe os acontecimentos de sua infância, os mesmos que o capelão ouvira. A sagacidade natural do espírito cedo lhe fizera ver que a posição de sua mãe não era a mesma das outras mães; essa descoberta, porém, não teve outra virtude mais que comunicar ao amor de filha uma intensidade e energia capazes de afrontar os mais fortes obstáculos, como se ela quisesse reunir em si toda a soma de afetos e respeitos que a sociedade afiança às situações regulares. Melchior ouviu-a comovido; nutrido da medula do Evangelho, reconheceu um efeito da graça divina nesse amor imaculado, que valia por todas as absolvições da terra. Ele a aplaudiu e confortou; falou-lhe do futuro, do carinho de sua família — sua, a despeito de tudo; enfim da obrigação em que ela estava de corresponder a tanta confiança.

Talvez Helena, em sua razão, correspondesse aos conselhos de Melchior; mas a razão é o que menos a dirigia naquelas circunstâncias aflitivas. Ela deixou o padre para recolher-se aos aposentos. Quando d. Úrsula ali foi, meia hora depois, achou-a profundamente abatida; a violência da crise passara. A linguagem que lhe falou, foi maternal, ungida de amor e perdão; Helena ouviu-a agradecida, mas um sorriso descorado e sem convicção lhe entreabria os lábios. Supunha ler comiseração onde havia afeto e respeito, e o orgulho rebelava-se de inspirar o único sentimento que a consciência lhe dizia merecer.

As instâncias de d. Úrsula para que Helena se alimentasse foram inúteis; ela apenas recebia o que bastava para não sucumbir à fome. A companhia repugnava-lhe; assim, poucas vezes a viram desde os dias que se seguiram àquela funesta manhã. Mendonça não conseguiu mais do que os outros. A família teve o cuidado de anunciar que Helena se achava enferma. A aflição do noivo foi grande; mas todos buscaram tranquilizá-lo. Nada havendo transpirado do acontecimento, fácil foi sustentar aquela explicação.

Melchior encomendara muito à família que vigiasse a moça, cujo espírito lhe parecia atrevido e tenaz; ele receava que Helena ou fugisse de casa, ou recorresse a algum ato de desespero. O mesmo padre desvelou-se em trazer a alma de Helena

ao sentimento da resignação. A autoridade do caráter religioso, a influência que ele tinha no espírito de Helena, eram armas poderosas, temperadas com o amor verdadeiro e paternal que o ligava à donzela. Nada poupou; mas tais esforços não tiveram mais fruto que os da família. Helena mal podia tolerar a situação.

Uma vez, como ela descesse à chácara, saiu Estácio a procurá-la, não a encontrando senão ao cabo de alguns minutos. Achou-a ao pé do tanque, no lugar em que lhe falara poucos dias antes, sentada no mesmo banco de pau. Vendo-o, estremeceu; ele aproximou-se, contente de a haver encontrado enfim. O dia estava feio; grossas nuvens negras pejavam o ar, túmidas de temporal próximo. Estácio convidou-a a recolher-se.

— Deixe-me estar aqui um instante mais — respondeu ela.
— Dois minutos apenas.

Sentou-se ao pé dela e ficaram calados. Helena tinha uma taquara na mão; Estácio quis tomar-lha; ela arremessou-a para longe. Ergueu-se então o moço e foi buscá-la; só então viu que estava molhada até certa altura; calculou que seria o fundo do tanque. O tanque era raso; não poderia dar a morte; mas, a suspeita de que Helena não recuaria diante do suicídio aterrou novamente o espírito de Estácio. Parecendo-lhe que a causa não comportava o efeito, perguntou a si mesmo se os sucessos daqueles dias não teriam velado a razão da moça. Sentou-se de novo e falou-lhe com brandura.

Ao escutá-lo, sentiu Helena como uma ressurreição de outras horas, que ela julgava escoadas para sempre; um sorriso lhe animou os lábios sem cor, ao passo que os olhos doridos e murchos pareciam reviver de um resto de luz. Estácio falou-lhe de si, da tia, do padre e de Mendonça, dos próximos casamentos, da felicidade futura. Depois insistiu com ela para que entrasse. Uma brisa mais forte começava a agitar as árvores, e a tempestade ameaçava cair de repente.

— Ainda não — disse a moça —; alguns minutos mais.
— Mas pode adoecer...
— Talvez, se todos quiserem a minha saúde. Há criaturas tão malfadadas que aqueles mesmos que as desejam fazer venturosas não alcançam mais do que preparar-lhe o infortúnio. Tal foi o meu destino. Seu pai e minha mãe não tiveram outro pensamento; meu próprio pai foi levado pelo mesmo impulso, quando me obrigou a ser cúmplice de uma generosa mentira. Agora mesmo que ele me foge, com o fim único de me não tolher a felicidade, arranca-me o último recurso em que eu tinha posto a esperança...
— Helena! — interrompeu Estácio.
— O último — repetiu a moça.

Esvaíra-se-lhe o sorriso, e o olhar tornara a ser opaco. Estácio teve medo daquela atonia e concentração; travou-lhe do braço; a moça estremeceu toda e olhou para ele.

A princípio foi esse olhar um simples encontro; mas, dentro de alguns instantes, era alguma coisa mais. Era a primeira revelação, tácita mas consciente, do sentimento que os ligava. Nenhum deles procurara esse contato de suas almas, mas nenhum fugiu. O que eles disseram um ao outro, com os simples olhos, não se escreve no papel, não se pode repetir ao ouvido; confissão misteriosa e secreta, feita de um a outro coração, que só ao céu cabia ouvir, porque não eram vozes da terra, nem para a terra as diziam eles. As mãos, de impulso próprio, uniram-se como os olhares; nenhuma vergonha, nenhum receio, nenhuma consideração detêve essa

fusão de duas criaturas nascidas para formar uma existência única.

O vento tornara-se mais rijo; uma lufada os despertou, em má hora, porque há sonhos que deviam acabar na realidade do outro século. Estácio ergueu-se; sacudiu valorosamente o torpor da felicidade, e reassumiu o papel que o pai lhe assinara ao pé de Helena. Esta desviou os olhos e cravou-os na água, fascinada e absorta. A ideia do suicídio roçaria deveras sua asa invisível pela fronte da moça? Estácio foi a ela, pegou-lhe nas mãos e convidou-a a sair dali.

— Entremos — disse ele pela terceira vez —, olhe que vai chover.

Helena deixou-se levantar; um calafrio percorreu-lhe o corpo todo, e as mãos, que o moço ainda tinha entre as suas, estavam muito mais quentes que o natural.

— Ande repousar — continuou Estácio —; pode adoecer, e não tem direito para tanto; nossa afeição não o consentirá nunca. Vamos...

— Amar-me-ão sempre? — perguntou Helena.

— Oh! sempre!

— Impossível! Há uma voz no fundo de seu coração, que lhe dirá, de quando em quando, esta triste palavra: aventureira!

— Helena!

— Não posso ser outra coisa a seus olhos — prosseguiu a moça, tristemente. — Quem o convencerá de que a declaração de seu pai não foi obtida por artifícios de minha mãe? Quem lhe dará a prova de que, cedendo aos rogos de meu pai, não fiz mais do que executar um plano preparado já? São dúvidas que lhe hão de envenenar o sentimento e tornar-me suspeita a seus olhos. Resista quem puder; é-me impossível encarar semelhante futuro!

Helena caíra ofegante no banco. Estácio falou-lhe com abundância e ternura; jurou-lhe que sua família era incapaz da mínima suspeita; pediu-lhe por seu pai que não julgasse mal deles. Ela sorriu, mas foi um sorrir de incrédula.

Grossos pingos de chuva começavam a rufar nas árvores. Estácio pegou na mão de Helena para conduzi-la a casa. A moça fugiu-lhe, indo colocar-se alguns passos adiante, onde a chuva lhe caía mais em cheio na cabeça nua e no corpo levemente coberto. Quando Estácio, desvairado de terror, correu para ela, Helena afastou-se dele; mas nem seus pés o poderiam vencer nunca, nem lho permitiam agora as forças quebradas por tantas e tão profundas comoções. Ele alcançou-a; estendeu o braço em volta da cintura da moça, dizendo:

— Que capricho é esse? Vamos embora; eu quero que venha comigo para dentro.

Ao sentir o braço de Estácio, Helena estremeceu e fez um movimento para arredá-lo de si; mas a fraqueza traiu-lhe o pudor. Ela fitou no moço uns olhos de corça moribunda; as pernas fraquearam, e o corpo esmorecido iria a terra, se lho não sustivessem as mãos de Estácio.

— Deixe-me morrer! — murmurou ela.

— Não! — bradou o mancebo.

Com um gesto rápido, tomou nos braços, estendido, o corpo exausto de Helena, e caminhou na direção da casa. O vento flagelava-os; a chuva, que subitamente caía a jorros, alagava-os sem misericórdia; ele ia andando o mais depressa que lhe permitia o peso de Helena, cuja cabeça pendia para a terra, e de cujos lábios brotavam trechos soltos de frases sem sentido.

D. Úrsula viu entrar aquele doloroso espetáculo; correu a receber Helena, que Estácio depositou em um sofá, de onde foi transferida ao leito. A febre, já começada antes de ela sair, tomara conta enfim da pobre moça. Um médico foi chamado à pressa; o padre Melchior correu por baixo-d'água até a casa de Estácio. As primeiras horas foram de ansiedade e susto; o estado da doente era grave; assim o disse o médico; assim o tinham já sentido os corações amigos.

D. Úrsula pagou naquela ocasião os serviços que, em caso análogo, lhe prestara Helena, malgrado o peso dos anos, que lhe não permitiam longas vigílias nem aturado trabalho. Velou a boa senhora à cabeceira da enferma durante essa primeira noite de incerteza e terror. Mendonça, que ali fora sem suspeitar nada, porque a doença que lhe disseram ter padecido Helena supunha ele ser passageira, e em todo caso, estar quase extinta, Mendonça recebeu essa triste notícia com a morte no coração.

Durante sete dias o estado de Helena apresentou alternativas que lançavam na alma dos seus a confiança e a desesperação. Algumas horas houve de delírio, durante o qual dois nomes volviam frequentemente aos lábios da enferma — o de Estácio e o do pai. Nas horas da razão, falava pouco, não proferia nenhum nome, salvo o de Melchior, que ela queria ver junto de si. O capelão obedecia docilmente. Ao pé dela, via-a com pena, mas sem desesperação; primeiramente, porque ele aceitava sem murmúrio os decretos da vontade divina; depois, porque não sabia ao certo se, em tal situação, era a vida melhor do que a morte. Em todo caso, consolava-a.

No quarto dia chegou a família de Camargo, e, sabendo da doença de Helena, apressou-se a ir a Andaraí. Ao ver Eugênia, a moça sorriu tristemente, lampejo de inveja que para logo se apagou e morreu no coração.

Estácio mal ousava entrar na alcova da doente e não podia viver fora dela. Sua aflição era patente. Ele prometia a si mesmo todos os sacrifícios em troca da vida de Helena, espreitava uma esperança no rosto do médico e interrogava o coração da tia e do padre. Na noite do sétimo dia da cena do jardim, d. Úrsula, que ficara ao pé de Helena, mandou chamar à pressa o sobrinho e o padre Melchior, que estavam na sala contígua. Acorreram os dois. Helena tivera uma síncope, que d. Úrsula cuidara ser a morte. Voltando a si, leu a moça a sua sentença no rosto de todos três.

— Ainda não — murmurou ela —; ainda não é a morte.

D. Úrsula chegou-se-lhe mais perto, beijou-a, disse-lhe algumas palavras de conforto.

— Deixe estar — respondeu ela —, deixe que eu não morro; estou só muito doente.

Estácio buscou animá-la, mas a voz morreu-lhe às primeiras expressões, e ele saiu. Melchior acompanhou-o.

— Uma coisa poderia talvez salvá-la — disse aflito o moço —; era a presença do pai. Vou mandá-lo procurar por toda a parte. Havemos de achá-lo; é preciso que o achemos.

Melchior aprovou a ideia do mancebo; e não lhe disse que o remédio viria talvez tarde, se viesse. Estácio ordenou as coisas para a seguinte manhã. Voltaram à alcova da enferma. Esta fechara os olhos, como se dormisse. Houve então entre aquelas quatro paredes meia hora de silêncio, interrompido apenas, de quando em quando, pelos movimentos que a doente fazia, como a querer mudar de posição. No fim desse tempo, abriu os olhos e murmurou algumas palavras. Chegou o médico, viu-a e desenganou a família.

Enquanto Melchior dava as ordens precisas para que Helena tivesse os socorros espirituais, Estácio saiu dali, para ir, longe, desabafar o desespero; desceu à chácara, vagou por ela delirante, a soluçar como uma criança, ora abraçado a uma árvore, ora ajoelhado e pedindo a Deus a vida de Helena. O coração do moço não conhecia o fervor religioso; mas a imagem da morte deu-lhe o que a vida lhe levara, e ele rezou, rezou sozinho, sem hipocrisia nem dúvida. Mendonça veio achá-lo nessa luta derradeira entre a realidade e a esperança. Não o consolou; não tinha consolações que distribuir, porque também a dor lhe devastara o coração. Nos braços um do outro, choraram o mesmo bem que se lhes ia embora.

Um escravo veio chamar Estácio à pressa; ele subiu trôpego as escadas, atravessou as salas, entrou desvairado no quarto, e foi cair de joelhos, quase de bruços, junto ao leito de Helena. Os olhos desta, já volvidos para a eternidade, deitaram um derradeiro olhar para a terra, e foi Estácio que o recebeu — olhar de amor, de saudade e de promessa. A mão pálida e transparente da moribunda procurou a cabeça do mancebo; ele inclinou-a sobre a beira do leito, escondendo as lágrimas e não se atrevendo a encarar o final instante. Adeus! — suspirou a alma de Helena, rompendo o invólucro gentil. Era defunta.

A noite foi cruel para todos. D. Úrsula, profundamente abatida pela dor e pelas vigílias, não consentiu, ainda assim, que outras mãos amortalhassem Helena; ela mesma lhe prestou esse derradeiro e triste obséquio. A morte não diminuíra a beleza da donzela; pelo contrário, o reflexo da eternidade parecia dar-lhe um encanto misterioso e novo. Estácio contemplou-a com os olhos exaustos, o padre com os seus úmidos. Melchior suportara a dor até ao momento da definitiva separação; agora, que a moça se ia de vez, deixou-se abater enfim, ao pé daqueles pálidos restos, despojo último de generosas ilusões.

No dia seguinte, prestes a sair o enterro, as senhoras deram à donzela morta as despedidas derradeiras. D. Úrsula foi a primeira que lhe prestou esse dever; seguiu-se Eugênia e seguiram as outras. Estácio viu-as subir, uma a uma, o estrado em que repousava a essa. Depois, quando ia fechar-se o féretro, caminhou lentamente para ele; trepou ao estrado, e pela última vez contemplou aquele rosto — sede há pouco de tanta vida — e a coroa de saudades que lhe cingia a cabeça, em vez de outra, que ele tinha direito de pousar nela. Enfim, inclinou-se também, e a fronte do cadáver recebeu o primeiro beijo de amor.

Fecharam o féretro; ao moço pareceu que o encerravam a ele próprio. Saindo o enterro, deixou-se Estácio cair numa cadeira, sem pensar nada, sem sentir nada. Pouco a pouco, despovoou-se a casa; os amigos saíram; um só de tantos ainda ali ficou, a lastimar consigo a noiva, tão cedo prometida e tão cedo roubada. Esse mesmo saiu, enfim, não ficando mais do que a família, cujo pai espiritual era Melchior.

Sozinho com Estácio, o capelão contemplou-o longo tempo; depois, alçou os olhos ao retrato do conselheiro, sorriu melancolicamente, voltou-se para o moço, ergueu-o e abraçou com ternura.

— Ânimo, meu filho! — disse ele.

— Perdi tudo, padre-mestre! — gemeu Estácio.

Ao mesmo tempo, na casa do Rio Comprido, a noiva de Estácio, consternada com a morte de Helena, e aturdida com a lúgubre cerimônia, recolhia-se tristemente ao quarto de dormir, e recebia à porta o terceiro beijo do pai.

Iaiá

Iaiá Garcia foi publicado
pela primeira vez em 1878,
por G. Viana & C., Editores, na
Tipografia do Cruzeiro, no Rio de Janeiro.

Garcia

Capítulo Primeiro

Luís Garcia transpunha a soleira da porta para sair, quando apareceu um criado e lhe entregou esta carta:

> 5 de outubro de 1866.
> Sr. Luís Garcia
> Peço-lhe o favor de vir falar-me hoje, de uma a duas horas da tarde. Preciso de seus conselhos, e talvez de seus obséquios.
>
> <div style="text-align:right">Valéria.</div>

— Diga que irei. A senhora está cá no morro?
— Não, senhor, está na rua dos Inválidos.

Luís Garcia era funcionário público. Desde 1860 elegera no lugar menos povoado de Santa Teresa uma habitação modesta, onde se meteu a si e a sua viuvez. Não era frade, mas queria como eles a solidão e o sossego. A solidão não era absoluta, nem o sossego interrompido; mas eram sempre maiores e mais certos que cá embaixo. Os frades que, na puerícia da cidade, se tinham alojado nas outras colinas, desciam muita vez — ou quando o exigia o sacro ministério, ou quando o governo precisava da espada canônica —, e as ocasiões não eram raras; mas geralmente em derredor de suas casas não ia soar a voz da labutação civil. Luís Garcia podia dizer a mesma coisa; e, porque nenhuma vocação apostólica o incitava a abrir a outros a porta de seu refúgio, podia dizer-se que fundara um convento em que ele era quase toda a comunidade, desde prior até noviço.

No momento em que começa esta narrativa, tinha Luís Garcia quarenta e um anos. Era alto e magro, um começo de calva, barba rapada, ar circunspecto. Suas maneiras eram frias, modestas e corteses; a fisionomia um pouco triste. Um observador atento podia adivinhar por trás daquela impassibilidade aparente ou contraída as ruínas de um coração desenganado. Assim era; a experiência, que foi precoce, produzira em Luís Garcia um estado de apatia e ceticismo, com seus laivos de desdém. O desdém não se revelava por nenhuma expressão exterior; era a ruga sardônica do coração. Por fora, havia só a máscara imóvel, o gesto lento e as atitudes tranquilas. Alguns poderiam temê-lo, outros detestá-lo, sem que merecesse execração nem temor. Era inofensivo por temperamento e por cálculo. Como um célebre eclesiástico, tinha para si que uma onça de paz vale mais que uma libra de vitória. Poucos lhe queriam deveras, e esses empregavam mal a afeição, que ele não retribuía com afeição igual, salvo duas exceções. Nem por isso era menos amigo de obsequiar. Luís Garcia amava a espécie e aborrecia o indivíduo. Quem recorria a seu préstimo, era raro que não obtivesse favor. Obsequiava sem zelo, mas com eficácia, e tinha a particularidade de esquecer o benefício antes que o beneficiado o esquecesse.

A vida de Luís Garcia era como a pessoa dele — taciturna e retraída. Não fazia nem recebia visitas. A casa era de poucos amigos; havia lá dentro a melancolia da solidão. Um só lugar podia chamar-se alegre; eram as poucas braças de quintal que Luís Garcia percorria e regava todas as manhãs. Erguia-se com o sol, tomava do re-

gador, dava de beber às flores e à hortaliça; depois, recolhia-se e ia trabalhar antes do almoço, que era às oito horas. Almoçado, descia a passo lento até a repartição, onde, se tinha algum tempo, folheava rapidamente as gazetas do dia. Trabalhava silenciosamente, com a fria serenidade do método. Fechado o expediente, voltava logo para casa, detendo-se raras vezes em caminho. Ao chegar a casa, já o preto Raimundo lhe havia preparado a mesa — uma mesa de quatro a cinco palmos —, sobre a qual punha o jantar, parco em número, medíocre na espécie, mas farto e saboroso para um estômago sem aspirações nem saudades. Ia dali ver as plantas e reler algum tomo truncado, até que a noite caía. Então, sentava-se a trabalhar até as nove horas, que era a hora do chá.

Não somente o teor da vida tinha essa uniformidade, mas também a casa participava dela. Cada móvel, cada objeto — ainda os ínfimos — parecia haver-se petrificado. A cortina, que usualmente era corrida a certa hora, como que se enfadava se lhe não deixavam passar o ar e a luz à hora costumada; abriam-se as mesmas janelas e nunca outras. A regularidade era o estatuto comum. E se o homem amoldara as coisas a seu jeito, não admira que amoldasse também o homem. Raimundo parecia feito expressamente para servir Luís Garcia. Era um preto de cinquenta anos, estatura mediana, forte, apesar de seus largos dias, um tipo de africano, submisso e dedicado. Era escravo e livre. Quando Luís Garcia o herdou de seu pai — não avultou mais o espólio —, deu-lhe logo carta de liberdade. Raimundo, nove anos mais velho que o senhor, carregara-o ao colo e amava-o como se fora seu filho. Vendo-se livre, pareceu-lhe que era um modo de o expelir de casa, e sentiu um impulso atrevido e generoso. Fez um gesto para rasgar a carta de alforria, mas arrependeu-se a tempo. Luís Garcia viu só a generosidade, não o atrevimento; palpou o afeto do escravo, sentiu-lhe o coração todo. Entre um e outro houve um pacto que para sempre os uniu.

— És livre — disse Luís Garcia —; viverás comigo até quando quiseres.

Raimundo foi dali em diante um como espírito externo de seu senhor; pensava por este e refletia-lhe o pensamento interior em todas as suas ações, não menos silenciosas que pontuais. Luís Garcia não dava ordem nenhuma; tinha tudo à hora e no lugar competente. Raimundo, posto fosse o único servidor da casa, sobrava-lhe tempo, à tarde, para conversar com o antigo senhor, no jardinete, enquanto a noite vinha caindo. Ali falavam de seu pequeno mundo, das raras ocorrências domésticas, do tempo que devia fazer no dia seguinte, de uma ou outra circunstância exterior. Quando a noite caía de todo e a cidade abria os seus olhos de gás, recolhiam-se eles a casa, a passo lento, à ilharga um do outro.

— Raimundo hoje vai tocar, não é? — dizia às vezes o preto.

— Quando quiseres, meu velho.

Raimundo acendia as velas, ia buscar a marimba, caminhava para o jardim, onde se sentava a tocar e a cantarolar baixinho umas vozes de África, memórias desmaiadas da tribo em que nascera. O canto do preto não era de saudade; nenhuma de suas cantilenas vinha afinada na clave pesarosa. Alegres eram, guerreiras, entusiastas; por fim calava-se. O pensamento, em vez de volver ao berço africano, galgava a janela da sala em que Luís Garcia trabalhava e pousava sobre ele como um feitiço protetor. Quaisquer que fossem as diferenças civis e naturais entre os dois, as relações domésticas os tinham feito amigos.

Entretanto, das duas afeições de Luís Garcia, Raimundo era apenas a segunda; a primeira era uma filha.

Se o jardim era a parte mais alegre da casa, o domingo era o dia mais festivo da semana. No sábado à tarde, acabado o jantar, descia Raimundo até a rua dos Arcos, a buscar a sinhá moça, que estava sendo educada em um colégio. Luís Garcia esperava por eles, sentado à porta ou encostado à janela, quando não era escondido em algum recanto da casa para fazer rir a pequena. Se a menina o não via à janela ou à porta, percebia que se escondera e corria a casa, onde não era difícil dar com ele, porque os recantos eram poucos. Então caíam nos braços um do outro. Luís Garcia pegava dela e sentava-a nos joelhos. Depois, beijava-a, tirava-lhe o chapelinho, que cobria os cabelos acastanhados e lhe tapava parte da testa rosada e fina; beijava-a outra vez, mas então nos cabelos e nos olhos — os olhos, que eram claros e filtravam uma luz insinuante e curiosa.

Contava onze anos e chamava-se Lina. O nome doméstico era Iaiá. No colégio, como as outras meninas lhe chamassem assim e houvesse mais de uma com igual nome, acrescentavam-lhe o apelido de família. Esta era Iaiá Garcia. Era alta, delgada, travessa; possuía os movimentos súbitos e incoerentes da andorinha. A boca desabrochava facilmente em riso — um riso que ainda não toldavam as dissimulações da vida nem ensurdeciam as ironias de outra idade. Longos e muitos eram os beijos trocados com o pai. Luís Garcia punha-a no chão, tornava a subi-la aos joelhos, até que consentia finalmente em separar-se dela por alguns instantes. Iaiá ia ter com o preto.

— Raimundo, o que é que você me guardou?

— Guardei uma coisa — respondia ele sorrindo. — Iaiá não é capaz de adivinhar o que é.

— É uma fruta.

— Não é.

— Um passarinho?

— Não adivinhou.

— Um doce?

— Que doce é?

— Não sei; dá cá o doce.

Raimundo negaceava ainda um pouco; mas afinal entregava a lembrança guardada. Era às vezes um confeito, outras uma fruta, um inseto esquisito, um molho de flores. Iaiá festejava a lembrança do escravo dando saltos de alegria e de agradecimento. Raimundo olhava para ela, bebendo a felicidade que se lhe entornava dos olhos como um jorro de água pura. Quando o presente era uma fruta ou um doce, a menina trincava-o logo, a olhar e a rir para o preto, a gesticular e a interromper-se de quando em quando:

— Muito bom! Raimundo é amigo de Iaiá... Viva Raimundo!

E seguia dali a mudar de roupa e a visitar o resto da casa e o jardim. No jardim achava o pai já sentado no banco do costume, com uma das pernas sobre a outra e as mãos cruzadas sobre o joelho. Ia ter com ele, sentava-se, erguia-se, colhia uma flor, corria atrás dos insetos. De noite, não havia trabalho para Luís Garcia; a noite, como o dia seguinte, era toda consagrada à criança. Iaiá referia ao pai as anedotas do colégio, as puerilidades que não valem mais nem menos que outras da idade ma-

dura, as intriguinhas de nada, as pirraças de coisa nenhuma. Luís Garcia escutava-a com igual atenção à que prestaria a uma grande narrativa histórica. Seu magro rosto austero perdia a frieza e a indiferença; inclinado sobre a mesa, com os braços estendidos, as mãos da filha nas suas, considerava-se o mais venturoso dos homens. A narrativa da pequena era como costumam ser as da idade infantil: desigual e truncada, mas cheia de um colorido seu. Ele ouvia-a sem interromper; corrigia, sim, algum erro de prosódia ou alguma reflexão menos justa; fora disso, ouvia somente.

Pouco depois da madrugada todos três estavam de pé. O sol de Santa Teresa era o mesmo da rua dos Arcos; Iaiá, porém, achava-lhe alguma coisa mais ou melhor, quando o via entrar pela alcova dentro, através das persianas. Ia à janela que dava para uma parte do jardim. Via o pai bebendo a xícara de café, que aos domingos precedia o almoço. Às vezes ia ter com ele; outras vezes ele caminhava para a janela, e, com o peitoril de permeio, trocavam os ósculos da saudação. Durante o dia, Iaiá derramava pela casa todas as sobras de vida que tinha em si. O rosto de Luís Garcia acendia-se de um reflexo de juventude, que lhe dissipava as sombras acumuladas pelo tempo. Raimundo vivia da alegria dos dois. Era domingo para todos três, e tanto o senhor como o antigo escravo não ficavam menos colegiais que a menina.

— Raimundo — dizia esta —, você gosta de santo de comer?

Raimundo empertigava o corpo, abria um riso, e dando aos quadris e ao tronco o movimento de suas danças africanas, respondia cantarolando:

— Bonito santo! santo gostoso!

— E santo de trabalhar?

Raimundo, que já esperava o reverso, estacava subitamente, punha a cabeça entre as mãos, e afastava-se murmurando com terror:

— Eh... eh... não fala nesse santo, Iaiá! não fala nesse santo!

— E santo de comer?

— Bonito santo! santo gostoso!

E o preto repetia o primeiro jogo, depois o segundo, até que Iaiá, aborrecida, passava a outra coisa.

Não havia só recreio. Uma parte mínima do dia — pouco mais de uma hora — era consagrada ao exame do que Iaiá aprendera no colégio durante os dias anteriores. Luís Garcia interrogava-a, fazia-a ler, contar e desenhar alguma coisa. A docilidade da menina encantava a alma do pai. Nenhum receio, nenhuma hesitação; respondia, lia ou desenhava, conforme lhe era mandado ou pedido.

— Papai quer ouvir tocar piano? — disse ela um dia. — Olhe, é assim.

E com os dedos na borda da mesa, executava um trecho musical sobre teclas ausentes. Luís Garcia sorriu, mas um véu lhe empanou os olhos. Iaiá não tinha piano! Era preciso dar-lhe um, ainda com sacrifício. Se ela aprendia no colégio, não era para tocar mais tarde em casa? Esse pensamento enraizou-se-lhe no cérebro e turbou o resto do dia. No dia seguinte, Luís Garcia encheu-se de valor, pegou da caderneta da Caixa Econômica e foi retirar o dinheiro preciso para comprar um piano. Eram da filha as poucas economias que ajuntava; o piano era para ela igualmente; não lhe diminuía a herança.

Quando, no seguinte sábado, Iaiá viu o piano, que o pai lhe foi mostrar, sua alegria foi intensa, mas curta. O pai abrira-o, ela acordou as notas adormecidas no vasto móvel, com suas mãozinhas ainda incertas e débeis. A um dos lados do instru-

mento, com os olhos nela, Luís Garcia pagava-se do sacrifício contemplando a satisfação da filha. Curta foi ela. Entre duas notas, Iaiá parou, olhou para o pai, para o piano, para os outros móveis; depois descaiu-lhe rosto, disse que tinha uma vertigem. Luís Garcia ficou assustado, pegou dela, chamou Raimundo; a criança afirmou que estava melhor, finalmente que a vertigem passara de todo. Luís Garcia respirou; os olhos de Iaiá não ficaram mais alegres, nem ela foi tão travessa como costumava ser.

A causa da mudança, desconhecida para Luís Garcia, era a penetração que madrugava no espírito da menina. Lembrara-se ela, repentinamente, das palavras que proferira e do gesto que fizera, no domingo anterior; por elas explicou a existência do piano; comparou-o, tão novo e lustroso, com os outros móveis da casa, modestos, usados, encardida a palhinha das cadeiras, roído do tempo e dos pés um velho tapete, contemporâneo do sofá. Dessa comparação extraiu a ideia do sacrifício que o pai devia ter feito para condescender com ela; ideia que a pôs triste, ainda que não por muito tempo, como sucede às tristezas pueris. A penetração madrugava, mas a dor moral fazia também irrupção naquela alma até agora isenta da jurisdição da fortuna.

Passou! Bem depressa os sons do piano vieram casar-se ao gorjeio de Iaiá e ao riso do escravo e do senhor. Era mais uma festa aos domingos. Iaiá confiou um dia ao pai a ideia que tinha de ser mestra de piano. Luís Garcia sorria a esses planos da meninice, tão frágeis e fugidios como suas impressões. Também ele os tivera aos dez anos. Que lhe ficara dessas primeiras ambições? Um resíduo e nada mais. Mas assim como as aspirações daquele tempo o fizeram feliz, era justo não dissuadir a filha de uma ambição, aliás inocente e modesta. Oxalá não viesse a ter outras de mais alto voo! Demais, que lhe poderia ele desejar, senão aquilo que a tornasse independente e lhe desse os meios de viver sem favor? Iaiá tinha por si a beleza e a instrução; podia não ser bastante para lhe dar casamento e família. Uma profissão honesta aparava os golpes possíveis da adversidade. Não se podia dizer que Iaiá tivesse talento musical: que importa? Para ensinar a gramática da arte, era suficiente conhecê-la.

Resta dizer que havia ainda uma terceira afeição de Iaiá; era Maria das Dores, a ama que a havia criado, uma pobre catarinense para quem só havia duas devoções capazes de levar uma alma ao céu: Nossa Senhora e a filha de Luís Garcia. Ia ela de quando em quando à casa deste, nos dias em que era certo encontrar lá a menina, ia de São Cristóvão, onde morava. Não descansou enquanto não alugou um casebre em Santa Teresa para ficar mais perto da filha de criação. Um irmão, antigo furriel, que fizera a campanha contra Rosas, era seu companheiro de trabalho.

Tal era a vida uniforme e plácida de Luís Garcia. Nenhuma ambição, cobiça ou peleja vinha toldar-lhe a serenidade da alma. A última dor séria que tivera foi a morte da esposa, ocorrida em 1859, meses antes de ir-se ele esconder em Santa Teresa. O tempo, esse químico invisível, que dissolve, compõe, extrai e transforma todas as substâncias morais, acabou por matar no coração do viúvo, não a lembrança da mulher, mas a dor de a haver perdido. Importa dizer que as lágrimas derramadas nessa ocasião honraram a esposa morta, por serem conquista sua. Luís Garcia não casara por amor nem interesse; casara porque era amado. Foi um movimento generoso. A mulher não era de sua mesma índole; seus espíritos vinham de pontos diferentes do horizonte. Mas a dedicação e o amor da esposa abriram nele a fonte da estima.

Quando ela morreu, viu Luís Garcia que perdera um coração desinteressado e puro; consolou-o a esperança de que a filha havia herdado uma parcela dele.

Assim vivia esse homem cético, austero e bom, alheio às coisas estranhas, quando a carta de 5 de outubro de 1866 veio chamá-lo ao drama que este livro pretende narrar.

Capítulo II

A hora aprazada era incômoda para Luís Garcia, cujos hábitos de trabalho mal sofriam interrupção. Não obstante, foi à rua dos Inválidos.

Valéria Gomes era viúva de um desembargador honorário, falecido cerca de dois anos antes, a quem o pai de Luís Garcia devera alguns obséquios e a quem este prestara outros. Não havia entre ela e Luís Garcia relações assíduas ou estreitas; mas a viúva e seu finado marido sempre o tiveram em boa conta e o tratavam com muito carinho. Defunto o desembargador, Valéria recorrera duas ou três vezes aos serviços de Luís Garcia; contudo, era a primeira vez que o fazia com tamanha solenidade.

Valéria recebeu-o afetuosamente, estendendo-lhe a mão, ainda fresca, apesar dos anos, que subiam de quarenta e oito. Era alta e robusta. A cabeça, forte e levantada, parecia protestar pela altivez de atitude contra a moleza e tristura dos olhos. Estes eram negros, a sobrancelha basta, o cabelo abundante, listrado de alguns fios de prata. Posto não andasse alegre nos últimos tempos, estava naquele dia singularmente preocupada. Logo que entraram na sala, deixou-se cair numa poltrona; caiu e ficou silenciosa alguns instantes. Luís Garcia sentou-se tranquilamente na cadeira que ela lhe designou.

— Senhor Luís Garcia — disse a viúva —; esta guerra do Paraguai é longa, e ninguém sabe quando acabará. Vieram notícias hoje?

— Não me consta.

— As de ontem não me animaram nada — continuou a viúva depois de um instante. — Não creio na paz que o López veio propor. Tenho medo que isso acabe mal.

— Pode ser, mas não dependendo de nós...

— Por que não? Eu creio que é chegado o momento de fazerem todas as mães um grande esforço e darem exemplos de valor, que não serão perdidos. Pela minha parte trabalho com o meu Jorge para que vá alistar-se como voluntário; podemos arranjar-lhe um posto de alferes ou tenente; voltará major ou coronel. Ele, entretanto, resiste até hoje; não é falta de coragem nem de patriotismo; sei que tem sentimentos generosos. Contudo, resiste...

— Que razão dá ele?

— Diz que não quer separar-se de mim.

— A razão é boa.

— Sim, porque também a mim custaria a separação. Mas não se trata do que eu ou ele podemos sentir: trata-se de coisa mais grave — da pátria, que está acima de nós.

Valéria proferiu essas palavras com certa animação, que a Luís Garcia pareceu mais simulada que sincera. Não acreditou no motivo público. O interesse que a viúva mostrava agora em relação à sorte da campanha era totalmente novo para ele. Excluído o motivo público, algum haveria que ela não quisera ou não podia revelar. Justificaria ele semelhante resolução? Não se atreveu a formular a suspeita e a dúvida; limitou-se a dissuadi-la, dizendo que um homem de mais ou de menos não pesaria nada na balança do destino, e desde que ao filho repugnava a separação era mais prudente não insistir. Valéria redarguia a todas essas reflexões com algumas ideias gerais acerca da necessidade de dar fortes exemplos às mães. Quando foi preciso variar de resposta, declarou que entrava no projeto um pouco de interesse pessoal.

— Jorge está formado — disse ela —, mas não tem queda para a profissão de advogado nem para a de juiz. Goza por enquanto a vida; mas os dias passam, e a ociosidade faz-se natureza com o tempo. Eu quisera dar-lhe um nome ilustre. Se for para a guerra, poderá voltar coronel, tomar gosto às armas, segui-las e honrar assim o nome de seu pai.

— Bem; mas vejamos outra consideração. Se ele morrer?

Valéria empalideceu e esteve alguns minutos calada, enquanto Luís Garcia olhava para ela, a ver se lhe adivinhava o trabalho interior da reflexão, esquecendo que a ideia de um desastre possível devia ter-lhe acudido desde muito, e se não recuara diante dela, é porque a resolução era inabalável.

— Pensei na morte — disse Valéria daí a pouco —; e, na verdade, antes a obscuridade de meu filho que um desastre... mas repeli essa ideia. A consideração superior de que lhe falei deve vencer qualquer outra.

Em seguida, como para impedir que ele insistisse nas reflexões apresentadas antes, disse-lhe claramente que, diante da recusa de Jorge, contava com o influxo de seus conselhos.

— O senhor é nosso amigo — explicou ela —; seu pai também foi nosso amigo. Sabe que um e outro sempre nos mereceram muita consideração. Em todo caso, não quisera recorrer a outra pessoa.

Luís Garcia não respondeu logo; não tinha ânimo de aceitar a incumbência e não queria abertamente recusar; procurava um meio de esquivar-se à resposta. Valéria insistiu por modo que era impossível calar mais tempo.

— O que me pede é muito grave — disse ele —; se o doutor Jorge der algum peso a meus conselhos e seguir para a guerra, assumo uma porção de responsabilidade que não só me há de gravar a consciência, como influirá para alterar nossas relações e diminuir talvez a amizade benévola que sempre achei nesta casa. O obséquio que hoje exige de mim, quem sabe se mo não lançará em rosto um dia como ato de leviandade?

— Nunca.

— Nesse dia — observou Luís Garcia sorrindo levemente — há de ser tão sincera como hoje.

— Oh! o senhor está com ideias negras! Eu não creio na morte; creio só na vida e na glória. A guerra começou há pouco e há já tanto herói! Meu filho será um deles.

— Não creio em pressentimentos.

— Recusa?

— Não me atrevo a aceitar.

Valéria ficou abatida com a resposta. Após alguns minutos de silêncio, ergueu-se e foi buscar o lenço que deixara sobre um móvel, ao entrar na sala. Enxugou o rosto e ficou a olhar para o chão, com um dos braços caídos, em atitude meditativa. Luís Garcia começou a refletir no modo de a dissuadir eficazmente. Seu ceticismo não o fazia duro aos males alheios, e Valéria parecia padecer naquele instante, qualquer que fosse a sinceridade de suas declarações. Ele quisera achar um meio de conciliar os desejos da viúva com a sua própria neutralidade — o que era puramente difícil.

— Seu filho não é criança — disse ele —; está com vinte e quatro anos; pode decidir por si, e naturalmente não me dirá outra coisa... Demais, é duvidoso que se deixe levar por minhas sugestões, depois de resistir aos desejos de sua mãe.

— Ele respeita-o muito.

Respeitar não era o verbo pertinente; atender fora mais cabido, porque exprimia a verdadeira natureza das relações entre um e outro. Mas a viúva lançava mão de todos os recursos para obter de Luís Garcia que a ajudasse em persuadir o filho. Como ele lhe dissesse ainda uma vez que não podia aceitar a incumbência, viu-a morder o lábio e fazer um gesto de despeito. Luís Garcia adotou então um meio-termo:

— Prometo-lhe uma coisa — disse ele —; irei sondá-lo, discutir com ele os prós e os contras do seu projeto, e se o achar mais inclinado...

Valéria abanou a cabeça.

— Não faça isso; desde já lhe digo que será tempo perdido. Jorge há de repetir-lhe as mesmas razões que me deu, e o senhor as aceitará naturalmente. Se alguma coisa lhe mereço, se não morreu em seu coração a amizade que o ligou à nossa família, peço-lhe que me ajude francamente nesse empenho, com a autoridade de sua pessoa. Entre nisso, como eu mesma, disposto a vencê-lo e convencê-lo. Faz-me esse obséquio?

Luís Garcia refletiu um instante.

— Faço — disse ele frouxamente.

Valéria mostrou-se reanimada com a resposta; disse-lhe que fosse lá jantar naquele mesmo dia ou no outro. Ele recusou duas vezes; mas não pôde resistir às instâncias da viúva, e prometeu ir no dia seguinte. A promessa era um meio, não só de pôr termo à insistência da viúva, mas também de encaminhar-se a saber qual era a mola secreta da ação daquela senhora. A honra nacional era certamente o colorido nobre e augusto de algum pensamento reservado e menos coletivo. Luís Garcia abriu velas à reflexão e conjeturou muito. Afinal não duvidava do empenho patriótico de Valéria, mas perguntava a si mesmo se ela quereria colher da ação que ia praticar alguma vantagem especialmente sua.

"O coração humano é a região do inesperado", dizia consigo o cético subindo as escadas da repartição.

Na repartição soube da chegada de tristes notícias do Paraguai. Os aliados tinham atacado Curupaiti e recuado com grandes perdas: o inimigo parecia mais forte do que nunca. Supunha-se até que as propostas de paz não tinham sido mais do que um engodo para fortalecer a defesa. Assim, a sorte das armas vinha reforçar os argumentos de Valéria. Luís Garcia adivinhou tudo o que ela lhe diria no dia seguinte.

No dia seguinte foi ele jantar à rua dos Inválidos. Achou a viúva menos consternada do que deveria estar, à vista das notícias da véspera, se porventura os suces-

sos da guerra a preocupassem tanto como dizia. Pareceu-lhe até mais serena. Ela ia e vinha com um ar satisfeito e resoluto. Tinha um sorriso para cada coisa que ouvia, um carinho, uma familiaridade, uma intenção de agradar e seduzir, que Luís Garcia estudava com os olhos agudos da suspeita.

Jorge, pelo contrário, mostrava-se retraído e mudo. Luís Garcia, à mesa do jantar, examinava-lhe a furto a expressão dos olhos tristes e a ruga desenhada entre as sobrancelhas, gesto que indicava nele o despeito e a irritação. Na verdade, era duro enviar para a guerra um dos mais belos ornamentos da paz. Naqueles olhos não morava habitualmente a tristeza; eles eram, de costume, brandos e pacíficos. Um bigode negro e basto, obra comum da natureza e do cabeleireiro, cobria-lhe o lábio e dava ao rosto a expressão viril que este não tinha. A estatura esbelta e nobre era a única feição que absolutamente podia ser militar. Elegante, ocupava Jorge um dos primeiros lugares entre os dândis da rua do Ouvidor; ali podia ter nascido, ali poderia talvez morrer.

Valéria acertava quando dizia não achar no filho nenhum amor à profissão de advogado. Jorge sabia muita coisa do que aprendera; tinha inteligência pronta, rápida compreensão e memória vivíssima. Não era profundo; abrangia mais do que penetrava. Sobretudo, era uma inteligência teórica; para ele, o praxista representava o bárbaro. Possuindo muitos bens, que lhe davam para viver à farta, empregava uma partícula do tempo em advogar o menos que podia — apenas o bastante para ter o nome no portal do escritório e no Almanaque de Laemmert. Nenhuma experiência contrastava nele os ímpetos da juventude e os arroubos da imaginação. A imaginação era o seu lado fraco, porque não a tinha criadora e límpida, mas vaga, tumultuosa e estéril. Era generoso e bom, mas padecia um pouco de fatuidade, que lhe diminuía a bondade nativa. Havia ali a massa de um homem futuro, à espera que os anos, cuja ação é lenta, oportuna e inevitável, lhe dessem fixidez ao caráter e virilidade à razão.

Não foi alegre nem animado o jantar. Falaram a princípio de coisas indiferentes; depois Valéria fez recair a conversação nas últimas notícias do Paraguai. Luís Garcia declarou que lhe não pareciam tão más como diziam as gazetas, sem contudo negar que se tratava de um sério revés.

— É guerra para seis meses — concluiu ele.

— Só?

Essa pergunta foi a primeira palavra de Jorge, que até então não fizera mais do que ouvir e comer. Valéria tomou a outra ponta do diálogo, e confirmou a opinião de Luís Garcia. Mas o filho continuou a não intervir. Acabado o jantar, Valéria ergueu-se; Luís Garcia fez o mesmo; a viúva, pousando-lhe a mão no ombro, disse em tom familiar e intencional:

— Sem cerimônia; eu volto já.

Uma vez sós os dois homens, Luís Garcia achou de bom aviso ir de ponto em branco ao assunto que ali os reunira.

— Não tem vontade de ir também ao Paraguai? — perguntou ele logo que Valéria desapareceu no corredor.

— Nenhuma. Contudo, acabarei por aí.

— Sim?

— Mamãe não deseja outra coisa, e o senhor mesmo sei que é dessa opinião.

Uma resposta negativa roçou os lábios de Luís Garcia; a tempo a reprimiu, confirmando com o silêncio a pia fraude de Valéria. Tinha nas mãos o meio de inutilizar o efeito do equívoco; era mostrar-se indiferente. Jorge distraía-se em equilibrar um palito na borda de um cálice; o interlocutor, depois de olhar para ele, rompeu enfim a larga pausa:

— Mas por que motivo cede hoje, depois de recusar tanto tempo?

Jorge ergueu os olhos, fez-lhe um sinal e foram para o terraço.

— O senhor é amigo velho de nossa casa — disse ele —; posso confiar-lhe tudo. Mamãe quer mandar-me para a guerra porque não pode impedir os movimentos do meu coração.

— Algum namoro — concluiu friamente Luís Garcia.

— Uma paixão.

— Está certo do que diz?

— Estou.

— Não creio — tornou Luís Garcia depois de um instante.

— Por que não? Ela conta com a distância e o tempo, para matar um amor que supõe não haver criado raízes profundas.

Luís Garcia dera alguns passos, acompanhado pelo filho de Valéria; parou um instante, depois continuaram ambos a passear de um para outro lado. O primeiro refletia na explicação, que lhe pareceu verossímil, se o amor do rapaz era indigno de seu nome. Essa pergunta não se animou a fazê-la; mas procurou uma vereda tortuosa para ir dar com ela.

— Uma viagem à Europa — observou Luís Garcia depois de curto silêncio — produziria o mesmo resultado, sem outro risco mais que...

— Recusei a viagem, foi então que ela pensou na guerra.

— Mas se ela quisesse ir à Europa, o senhor recusaria acompanhá-la?

— Não; mas mamãe detesta o mar; não viajaria nunca. É possível que, se eu resistisse até à última, em relação à guerra, ela vencesse a repugnância ao mar e iríamos os dois...

— E por que não resistiu?

— Primeiramente, porque estava cansado de recusar. Há mês e meio que dura essa luta entre nós. Hoje, à vista das notícias do sul, falou-me com tal insistência que cedi de uma vez. A segunda razão foi um sentimento mau — mas justificável. Escolho a guerra, a fim de que se alguma coisa me acontecer, ela sinta o remorso de me haver perdido.

Luís Garcia parou e encarou silenciosamente o mancebo.

— Sei o que quer dizer esse olhar — continuou este —; acha-me feroz, e eu sou apenas natural. O sentimento mau teve só um minuto de duração. Passou. Ficou-me uma sombra de remorso. Não acuso mamãe; sei as lágrimas que lhe vai custar a separação...

— Ainda é tempo de recusar.

— O que está feito, está feito — disse Jorge erguendo os ombros.

— Sabe que mais? Acho mau gosto dar a esse negócio um desenlace épico. Que tem que fazer nisso a guerra do Paraguai? Vou sugerir-lhe um meio de arranjar as coisas. Ceda metade somente; vá à Europa sozinho, volte no fim de dois ou três anos...

Jorge sorriu desdenhosamente.

— Seu conselho mostra a diferença de nossas idades — disse ele. — Se eu fosse para a Europa, que sacrifício faria à pessoa a quem amo? Pelo contrário, a sacrificada era ela. Eu ia divertir-me, passear, ver coisas novas, talvez achar novos amores. Indo à guerra, é diferente; sacrifico o repouso e arrisco a vida; é alguma coisa. Separados, embora, não me negará sua estima...

— Sua estima? — disse Luís Garcia admirado.

Não continuou; mas Jorge compreendeu, por aquela só palavra, a que classe de mulheres ele supunha pertencer a eleita de seu coração. Fez um gesto; não se animou a dizer nada. Arrependeu-se talvez de haver dito tanto. Sem ousar recomendar-lhe silêncio, começou a insinuá-lo delicadamente; tática escusada, porque Luís Garcia não era homem de revelar o que se lhe confiava; e perigosa, porque fazia crescer as proporções do mistério. Luís Garcia sorriu interiormente ao sentir a arte cautelosa de Jorge; e quando ela lhe pareceu enfadonha:

— Descanse — disse ele —; não receie que eu vá publicar seus amores. Repito-lhe o conselho: não se atire de cabeça para baixo numa aventura sem fundo. Ir para a guerra é muito nobre, mas há de ser levado de outros sentimentos. Um desacordo por motivo de namoro, não é o Porto Alegre nem o Polidoro, é um padre que lhe deve pôr termo.

Jorge sorriu com ar afável, e despediu-se de Luís Garcia; foi dali vestir-se para ir ao teatro. Luís Garcia estava mais do que nunca resoluto a deixar que os acontecimentos tivessem livre curso, sem nenhuma intervenção sua. Logo que Jorge saiu, dispôs-se a fazer o mesmo, despedindo-se de Valéria. Esta acompanhou-o até à porta da sala.

— Não me diz nada? — perguntou ela quando o viu prestes a transpor a porta.

— Que lhe hei de dizer?

— Falou a meu filho?

— Falei.

— Achou-o disposto?

— Não digo que não.

— Mas de má vontade?

— Não digo que sim.

Valéria sorriu com uma ponta de despeito.

— Vejo que esse assunto o aborrece.

Luís Garcia disse que não. Valéria encostou-se ao portal.

— Ninguém! — exclamou ela — Não tenho ninguém a meu lado. Só; ficarei só.

— Sejamos francos — disse Luís Garcia —; seu filho cede, mas cede violentado, e não vejo que se possa fazer dele um herói. Que motivo tão forte a obriga a exigir desse moço um sacrifício superior a suas posses?

Valéria não respondeu.

— Sei o motivo — disse ele daí a um instante.

— Sabe?

— Suspeito; e se me permite ser franco, direi que o acho singular, pelo menos não há proporções entre a causa e o efeito. Seu filho ama. Trata-se de uma mulher

de certa espécie? São correrias da mocidade, e as dele não são tais que façam escândalo, creio eu. Trata-se de alguma moça cuja aliança lhe não pareça aceitável? Nada lhe direi a tal respeito; mas reflita primeiro antes de o mandar ao Paraguai.

Valéria prendeu a mão direita de Luís Garcia entre as suas; refletiu longo tempo; depois disse com voz sumida:

— Suponha... que se trata... de uma senhora casada?

Luís Garcia curvou a cabeça com um gesto de assentimento. Como seus olhos baixassem ao chão, não pôde ver no rosto da viúva uma ligeira cor que avermelhou e desapareceu. Se lha visse, se a fitasse imperiosamente, talvez a viúva baixasse os olhos envergonhada de haver mentido. Luís Garcia não viu nada. Calou-se, aprovou a viúva e prometeu auxiliá-la.

Era noite quando Luís Garcia saiu da casa de Valéria. Ia aborrecido de tudo, da mãe e do filho — de suas relações naquela casa, das circunstâncias em que se via posto. Galgando a ladeira a pé, detendo-se de quando em quando a olhar para baixo, ia como apreensivo do futuro, supersticioso, tomado de temores intermitentes e inexplicáveis. Não tardou a aparecer-lhe a luz da casa, e, daí a pouco, a ouvir a cantilena solitária do escravo e as notas rudimentais da marimba. Eram as vozes da paz; ele apertou o passo e refugiou-se na solidão.

Capítulo III

Luís Garcia pouco trabalho teve no ânimo de Jorge. A resolução deste, uma vez declarada, não recuou mais. Não desconhecia o moço que a empresa a que metia ombros era crespa de dificuldades. A guerra, sobretudo depois do desastre de Curupaiti, prometia durar muito; não havia desânimo, e o governo era auxiliado eficazmente pela população. Jorge obteve uma patente de capitão de voluntários.

Vinte dias depois da conversa no terraço da rua dos Inválidos, apresentou-se Jorge em Santa Teresa, fardado e pronto, de tal modo porém que era ainda difícil separar o casquilho do militar. A mesma tesoura que lhe cortava os fraques, talhara a farda de capitão. Trazia à cintura uma banda vermelha, cujas pontas caíam graciosamente ao lado. Calçava um botim reluzente, sobre o qual assentava a calça de fino pano. Inclinado levemente à direita, o boné não lhe desconcertava o cabelo, penteado ao estilo de todos os dias; o bigode tinha as mesmas guias longas, agudas e lustrosas.

Luís Garcia não pôde furtar-se a um sentimento de pena, ao vê-lo entrar fardado e prestes a seguir para o sul. Pareceu-lhe descobrir por trás dele o perfil da morte, com o eterno sorriso sem lábios. Mas esse sentimento de comiseração passou; lembrou-lhe logo a última palavra da viúva, e não pôde deixar de condená-lo. Viu até com certa repulsa esse coração de vinte e quatro anos, que ia arriscar a vida própria, e talvez a de sua mãe, para não rejeitar um sentimento mau.

— Estou a seu gosto? — perguntou Jorge com um ar de benévola ironia.

— Há de estar melhor no fim da guerra, senhor general — respondeu o outro.

— General? Pode ser...

Dizendo isso, Jorge entrou a falar de suas esperanças e futuros. A imaginação começava a dissipar a melancolia. Ele via já naquilo uma aventura romanesca e misteriosa; sentia-se uma ressurreição de cavaleiro medievo, saindo a combater por amor de sua dama, castelã opulenta e formosa, que o esperaria na varanda gótica, com a alma nos olhos e os olhos na ponte levadiça. A ideia da morte ou da mutilação não vinha agitar-lhe ao rosto suas asas pálidas e sangrentas. O que ele tinha diante de si eram os campos infinitos da esperança. Contudo, o momento era grave, e dificilmente podia o espírito esquivar-se à reflexão intermitente. Além disso, Jorge subira a Santa Teresa com a resolução de contar tudo a Luís Garcia, a fim de deixar um confidente austero e único de seus amores; mas a palavra não se atrevia a sair do coração. Ou a idade do outro ou a índole de suas relações tolhia essa confidência íntima; ainda mais do que uma e outra razão, havia naquele momento o gesto singularmente preocupado e duro de Luís Garcia. Jorge deu de mão ao projeto.

— Dê-me o abraço de despedida — disse ele —; embarco amanhã.

— Já amanhã?

— Vim despedir-me do senhor.

Luís Garcia considerou-o silenciosamente durante dois ou três minutos; depois apertou-lhe as mãos.

— Vá — disse —; trabalhe pela terra; não se poupe a trabalhos, nem se exponha sem utilidade; em todo o caso, obedeça à disciplina, e não se esqueça um só dia de sua mãe.

Jorge saiu e desceu a passo largo e trêmulo na direção da rua de D. Luísa. A meio caminho parou, como se quisesse tomar outra direção; ergueu os ombros e prosseguiu. Ia mergulhado em si mesmo, e só deu acordo ao parar diante de uma casa daquela rua.

Antes de lá entrar, vejamos quem eram os moradores.

O defunto marido de Valéria, no tempo em que advogava, tinha um escrevente, que, mais ainda do que escrevente, era seu homem de confiança. Chamava-se o sr. Antunes. Foram serviços de certa ordem que os ligaram mais intimamente. A fortuna troca às vezes os cálculos da natureza; uma e outra iam de acordo na pessoa daquele homem, nado e criado para as funções subalternas. Familiar com todas as formas da adulação, o sr. Antunes ia do elogio hiperbólico até o silêncio oportuno. Tornou-se dentro de pouco não só um escrevente laborioso e pontual, mas também, e sobretudo, um factótum do desembargador, seu braço direito, desde os recados eleitorais até às compras domésticas, vasta escala em que entrava o papel de confidente das entreprises amorosas. Assim que, nunca lhe fez míngua a proteção do desembargador. Viu crescer-lhe o ordenado, multiplicarem-se-lhe as gratificações; foi admitido a comer algumas vezes em casa, nos dias comuns, quando não havia visitas de cerimônia. Nas ocasiões mais solenes era ele o primeiro que se esquivava. Ao cabo de três anos de convivência tinha consolidado a situação.

Justamente nesse tempo sucedeu morrer-lhe a mulher, de quem lhe ficou uma filha de dez anos, menina interessante, que algumas vezes visitara a casa do desembargador. Este fez o enterro da mãe e pagou o luto da filha e do pai. O sr. Antunes, que não era de extremas filosofias, tinha a convicção de que debaixo do sol nem tudo são vaidades, como quer o Eclesiastes, nem tudo perfeições, como opina

o dr. Pangloss; entendia que há larga ponderação de males e bens, e que a arte de viver consiste em tirar o maior bem do maior mal. Morta a mulher, alcançou do desembargador um enxoval completo para fazer entrar a filha num colégio, visto que até então nada aprendera, e já agora não podia deixá-la sozinha em casa. O desembargador dera o enxoval; algumas vezes pagou o ensino; as visitas amiudaram-se; a criança, que era bonita e boa, entrou manso e manso no coração de Valéria, que a recebeu em casa, no dia em que a pequena concluiu os estudos.

Estela — era o seu nome — tinha então dezesseis anos. Pouco antes falecera o desembargador. O sr. Antunes recebeu dois golpes em vez de um: o de o ver morrer, e o de não o ver testar. Os aneurismas têm dessas perfídias inopináveis. A fim de emendar a mão à fortuna, o pai de Estela concentrou na viúva a atenção que até então repartira entre ela e o marido, fato que aliás decorria da própria obrigação moral em que se achava para com a família do desembargador. Estela devia a essa família educação e carinho; podia talvez ir a dever-lhe um dote, um marido e consideração. Quem sabe? Talvez o coração de Jorge vinculasse as duas famílias. Esta ambição afagava-a o sr. Antunes no mais profundo de sua alma.

Jorge estava prestes a concluir os estudos em São Paulo; ia na metade do quarto ano. Vindo à capital durante as férias, achou-se diante de uma situação inesperada; a mãe esboçara um projeto de casamento para ele. A noiva escolhida era ainda parenta remota de Jorge. Chamava-se Eulália. Tinha dezenove anos na certidão de batismo e trinta no cérebro. Era uma moça sem ilusões nem vaidades, talvez sem paixões, dotada de juízo reto e coração simples, e sobre tudo isso uma beleza sem mácula e uma elegância sem espavento. — Uma pérola! — dizia Valéria quando insinuou ao filho a conveniência de casar com Eulália. A pérola, entretanto, não parecia ansiosa de ornar a fronte de ninguém. Quando Valéria fez as primeiras sondagens no coração da jovem parenta, achou ali uma água tranquila, sem curso nem recurso de marés. Tratou de saber se alguma brisa lhe roçara a asa, e descobriu que não; então chamou em seu auxílio o siroco e o pampeiro. Não foi difícil a Eulália perceber os desejos da viúva, nem resistiu quando chegou a entendê-la. A razão disse-lhe que o casamento era aceitável; esperou. Valéria ficou satisfeita com o resultado, e deu-se pressa em sondar as disposições de Jorge, quando ele voltou no fim do ano.

Graças à sua arte de assediar as vontades alheias, Valéria alcançou do filho uma resposta condicional. Era já alguma coisa. O motivo da insistência da viúva era complexo; eram as qualidades da parenta, a afeição grande que lhe votava, o receio de morrer subitamente e a confiança que tinha em si mesma para conhecer e eleger caracteres. Durante o último ano da faculdade, Jorge pensou algumas vezes no casamento como se pensa num projeto remoto; mas, à proporção que o tempo corria, o coração ia-se-lhe tornando retraído e medroso. Uma vez formado, deu de mão à ideia; não teve a franqueza de o declarar à mãe, e Valéria esperou confiadamente que o coração do filho dissesse noutra língua aquilo que ela já lhe havia dito na sua.

Para conhecer exatamente o motivo da repulsa de Jorge em relação a uma moça cujas qualidades deviam tentar qualquer outro, convém não esquecer que essas qualidades eram justamente as mais avessas à índole do filho de Valéria. Não bastava ser elegante e bonita, discreta e mansa; era preciso alguma coisa mais, que exatamente correspondesse à imaginação dele; faltava-lhe um grão de romanesco.

A isso acrescia um sentimento novo, que se apossou dele, ao cabo de três semanas depois da chegada ao Rio de Janeiro. A vista quotidiana de Estela produziu em Jorge uma impressão forte. Posto vivessem na mesma casa, era difícil acharem-se nunca a sós, porque a filha do escrevente passava todo o tempo ao pé da viúva; circunstância que não teve a virtude de mudar o curso aos acontecimentos. Não podendo passar de palavras gerais e estranhas ao que lhe quisera confiar, Jorge falava-lhe com os olhos — linguagem que a moça não entendia, ou fingia não entender. A imperturbável seriedade de Estela foi um aguilhão mais, não menos cruel que a gentileza de suas formas, e certo ar de resolução que lhe transparecia do rosto quieto e pálido.

Pálida era, mas sem nenhum tom de melancolia ascética. Tinha os olhos grandes, escuros, com uma expressão de virilidade moral, que dava à beleza de Estela o principal característico. Uma por uma, as feições da moça eram graciosas e delicadas, mas a impressão que deixava o todo estava longe da meiguice natural do sexo. Usualmente, trazia roupas pretas, cor que preferia a todas as outras. Nu de enfeites, o vestido punha-lhe em relevo o talhe esbelto, elevado e flexível. Nem usava nunca trazê-lo de outro modo, sem embargo de algum dixe ou renda com que a viúva a presenteava de quando em quando; rejeitava de si toda a sorte de ornatos; nem folhos, nem brincos, nem anéis. Ao primeiro aspecto dissera-se um Diógenes feminino, cuja capa, através das roturas, deixava entrever a vaidade da beleza que quer afirmar-se tal qual é, sem nenhum outro artifício. Mas, conhecido o caráter da moça, eram dois os motivos — um sentimento natural de simplicidade, e, mais ainda, a consideração de que os meios do pai não davam para custosos atavios, e assim não lhe convinha afeiçoar-se ao luxo.

— Por que não põe os brincos que mamãe lhe deu a semana passada? — perguntou Jorge a Estela, um dia, em que havia gente de fora a jantar.

— Os presentes mais queridos guardam-se — respondeu ela olhando para a viúva.

Valéria apertou-lhe a ponta do queixo entre o polegar e o indicador:

— Poeta! — exclamou sorrindo. — Você não precisa de brincos para ser bonita, mas vá pô-los, que lhe ficam bem.

Foi a primeira e última vez que Estela os pôs. A intenção era patente demais para não ser notada, e Jorge não esqueceu nem a resposta da moça nem o constrangimento com que obedeceu. Não podia supor-lhe ingratidão, porque via a afeição com que Estela tratava a mãe. Em relação a ele não parecia haver afeição igual, mas havia certamente respeito e consideração, rara vez familiaridade, e ainda assim, uma familiaridade enluvada, um ar de visita de pouco tempo.

Jorge começou a achar mais agradável a casa do que a rua; e as noites, quando não havia pessoas de fora, passava-as à volta de uma mesa, lendo ou jogando com as duas, ou vendo-as trabalhar, enquanto contava anedotas da academia, lia as correspondências do Paraguai e de Buenos Aires, ou simplesmente alguma página de romance. Nessa vida meio patriarcal, as horas corriam depressa, tão depressa, que ele não as sentia. Ao cabo de cinco a seis semanas, fez-se ele seu próprio confessor, examinou a consciência, descobriu lá dentro alguma coisa que não era a fantasia sensual do primeiro instante, e, longe de absolver-se, condenou-se à crua penitência de abstenção. Voltou aos antigos hábitos e deixou os serões domésticos. Mas a

aplicação do remédio, por mais sincera que fosse, já não podia muito contra a ação do mal. Estela frequentava-lhe tenazmente a memória; e na rua, no teatro, nas assembleias a que ia, o perfil severo da moça vinha meter-se entre ele e a realidade. Se pudesse deixar de a ver, a convalescença não era ainda difícil; mas como fugir à lembrança de uma mulher cuja figura lhe aparecia durante algumas horas de cada dia? Demais, a sonâmbula que ele tinha no cérebro vinha auxiliar a fatalidade das circunstâncias. No fim de um mês, a índole do sentimento havia mudado: era mais pura; mas o sentimento não parecia disposto a esvair-se: era mais violento.

Como o sr. Antunes levasse a filha, uma noite, a visitar pessoa de sua amizade, Jorge aproveitou a circunstância para insinuar a Valéria a conveniência de restituir Estela a seu pai.

— Por quê? — perguntou a viúva.

— Sempre é um tropeço, uma pessoa estranha metida entre nós — replicou Jorge. — Não lhe nego que tem boas qualidades; mas... é uma pessoa estranha.

— Que importa, se me dou bem com ela? Conheço-a desde pequena; é uma companhia melhor do que qualquer outra. Mas por que te lembras disso agora?

— Estive pensando na responsabilidade que pesa sobre nós. Se fosse nossa parenta, vá, não se podia dispensar a obrigação; mas não sendo, creio que era melhor libertarmo-nos.

— Descansa; quando for tempo, caso-a. O que não admito é algum marido de pouco mais ou menos. Há de ser pessoa que a mereça. Não sabes o que vale aquela menina. Não é só boa, tem certa elevação de sentimentos; nunca me desatendeu e nunca me adulou.

Jorge confirmou com a cabeça e não disse mais nada. O que acabava de fazer não passava de uma tentativa sincera, mas frouxa, para arredar Estela da casa; era o imposto pago à consciência. Quite com ela, entregou-se aos acontecimentos, confessando a si mesmo que o perigo não era tão grave, nem o remédio tão urgente; finalmente, que ele era homem.

No meio de semelhante situação, que sentia ou que pensava Estela? Estela amava-o. No instante em que descobriu esse sentimento em si mesma, pareceu-lhe que o futuro se lhe rasgava largo e luminoso; mas foi só nesse instante. Tão depressa descobriu o sentimento, como tratou de o estrangular ou dissimular — trancá-lo ao menos no mais escuro do coração, como se fora uma vergonha ou um pecado.

"Nunca!" jurou ela a si mesma.

Estela era o vivo contraste do pai, tinha a alma acima do destino. Era orgulhosa, tão orgulhosa que chegava a fazer da inferioridade uma auréola; mas o orgulho não lhe derivava de inveja impotente ou de estéril ambição; era uma força, não um vício — era o seu broquel de diamante —, o que a preservava do mal, como o do anjo de Tasso defendia as cidades castas e santas. Foi esse sentimento que lhe fechou os ouvidos às sugestões do outro. Simples agregada ou protegida, não se julgava com direito a sonhar outra posição superior e independente; e dado que fosse possível obtê-la, é lícito afirmar que recusara, porque a seus olhos seria um favor, e a sua taça de gratidão estava cheia. Valéria, que também era orgulhosa, descobrira-lhe essa qualidade, e não lhe ficou querendo mal; ao contrário, veio a apreciá-la melhor.

Pois o orgulho de Estela não lhe fez somente calar o coração, infundiu-lhe a confiança moral necessária para viver tranquila no centro mesmo do perigo. Jorge

não percebera nunca os sentimentos que inspirara; e, por outro lado, nunca viu a possibilidade de os inspirar um dia. Estela só lhe manifestava o frio respeito e a fria dignidade.

Um dia, vagando uma casa de Valéria no caminho da Tijuca, determinou-se a viúva a ir examiná-la, antes de a alugar outra vez. Foi acompanhada do filho e de Estela. Saíram cedo, e a viagem foi alegre para a moça, que pela primeira vez ia àquele arrabalde. Quando a carruagem parou, supunha Estela que mal tivera tempo de sair da rua dos Inválidos.

A casa precisava de alguns reparos; um mestre de obras, que já ali estava, acompanhou a família de sala em sala e de alcova em alcova. Só ele e Valéria falavam; Estela não tinha voto consultivo e Jorge parecia indiferente. Que lhe importava a ele o reboco de uma parede ou o conserto de um soalho? Ele gracejava, ria ou sussurrava ao ouvido de Estela um epigrama a respeito do mestre-de-obras, cuja prosódia era execrável. Estela, que sorria com ele, cerrava entretanto o gesto aos epigramas.

De sala em sala, chegaram a uma pequena varanda, onde uma circunstância nova os deteve algum tempo. Numa das extremidades da varanda havia um pombal velho, onde eles foram achar, esquecido ou abandonado, um casal de pombos. As duas aves, após vinte e quatro horas de solidão, pareciam saudar as pessoas que ali apareciam repentinamente.

— Coitadinhos! — disse Estela logo que entrou na varanda. Valéria prestou um minuto de atenção, talvez meio, e seguiu a ver a casa. Estela ficara a olhar para os dois pombos, e não a viu sair.

— Quer levá-los? — disse a voz de Jorge.

A moça voltou-se e respondeu que não.

— Contudo — continuou ela — era bom dá-los a alguém para não morrerem à fome. São tão bonitos!

— Mas por que não os há de levar a senhora mesma?

— Vou pedir ao mestre que os tire dali — disse ela dando um passo para dentro.

— Não é preciso: eu vou tirá-los.

Estela recusou, mas o bacharel resolvera e ia satisfazer ele próprio o desejo da moça. O pombal não ficava ao alcance da mão; era preciso trepar ao parapeito da varanda, crescer na ponta dos pés e estender o braço. Ainda assim, precisaria contar com a boa vontade dos pombos. Jorge trepou ao parapeito. Se perdesse o equilíbrio poderia cair ao chão da chácara; para evitá-lo, Jorge lançou a mão esquerda a um ferro que havia na coluna do canto, e que o amparou; depois esticou o corpo e alcançou com a mão o pombal. Um dos pombos ficou logo seguro; o outro, a princípio arisco, foi colhido depois de algum esforço. Estela recebeu-os; Jorge saltou ao chão.

— A senhora dona Valéria, se visse isso, havia de ralhar — disse Estela.

— Grande façanha! — respondeu Jorge sacudindo com o lenço as mãos e a aba do fraque.

— Podia cair.

— Mas não caí; foi um risco que passou. São bonitinhos, não são? — continuou ele, apontando para os pombos que Estela tinha entre as mãos.

A moça respondeu com um gesto e deu alguns passos, a fim de ir ter com a viúva. Jorge deteve-a, metendo-se entre ela e a porta.

— Não se vá embora — disse ele.

— Que é? — perguntou Estela erguendo tranquilamente os grandes olhos límpidos.

— Disfarçada!

Estela baixou silenciosamente a cabeça e buscou dar outra volta para entrar na sala ao pé; Jorge, porém, interceptou-lhe de novo o caminho.

— Deixe-me passar — disse ela sem cólera nem súplica.

Jorge recuara até a porta, única das três que estava aberta. Era arriscado o que fazia; mas, além de que Valéria e o mestre estavam no pavimento superior — ele ouvia-lhes os passos —, perdera naquela ocasião toda a lucidez de espírito. Era deserto o lugar, e naturalmente seria longo o tempo de que poderia dispor para lhe dizer tudo. Mas os lábios ficaram cerrados alguns instantes, enquanto os olhos diziam a eloquência da paixão mal contida e prestes a irromper.

Não insistiu Estela, mas ficou diante dele, quieta e sem arrogância, como esperando ser obedecida. Jorge quisera-a suplicante ou desvairada; a tranquilidade feria-lhe o amor-próprio, fazendo-lhe ver que o perigo era nenhum, e revelando, em todo caso, a mais dura indiferença. Quem era ela para o afrontar assim? Era a segunda vez que formulava essa pergunta; tinha-a feito nas primeiras auroras da paixão. Desta vez a resposta foi deplorável. Cravando os olhos em Estela, disse com voz trêmula, mas imperiosa:

— Não há de sair daqui sem me dizer se gosta de mim. Vamos; responda! Não sabe o que lhe pode custar esse silêncio?

Não obtendo resposta, continuou depois de alguma pausa:

— É animosa! Saiba que posso vir a odiá-la e que talvez já a odeio; saiba também que posso tirar vingança de seus desprezos, e chegarei a ser cruel, se for necessário.

Estela suspirou apenas, e foi encostar-se ao parapeito, a olhar para a chácara. Era sua intenção não irritá-lo, com a resposta seca e má que lhe ditava o coração, e esperar que Valéria descesse. Entretanto, na posição em que ficara tinha as costas voltadas para Jorge, circunstância que não era intencional, mas que pareceu a este um simples meio de lhe significar o seu desdém. A irritação de Jorge foi grande. Após uns dois ou três minutos de silêncio, Jorge caminhou na direção do parapeito, onde estava Estela, com a cabeça inclinada, a beijar a cabeça dos pombos, que tinha encostados ao seio. Deteve-se, sem que a moça mudasse de posição. Contemplou-a ainda um instante, e se Estela olhasse para ele veria que a expressão dos olhos era de respeitosa ternura e nada mais.

Esse instante, porém, voou depressa, e com ele a consideração. Inclinando-se para a moça, Jorge falou de um modo que nem a educação nem a índole, mas só o despeito explicava:

— Por que há de gastar com esses animais uns beijos que podem ter melhor emprego?

Estela estremeceu toda e ergueu para o moço uns olhos que fuzilavam de indignação. Já não estava pálida, mas lívida. Estupefata, não sabia que dissesse ou fizesse, e infelizmente não sabia também que a pergunta de Jorge, por mais ofensiva que lhe parecesse, não era ainda a máxima injúria. Não era; Jorge tinha uma nuvem diante de si, através da qual não podia ver nem o seu decoro pessoal nem a digni-

dade da mulher amada; via só a mulher indiferente. Lançou-lhe as mãos à cabeça, puxou-a até si e antes que ela pudesse fugir ou gritar, encheu-lhe a boca de beijos.

Soltos com o movimento, os pombos esvoaçaram sobre a cabeça de ambos, e foram pousar outra vez na casinha de pau, onde nenhuma fatalidade moral os condenava àquele amor sem esperança, àquela cólera sem dignidade.

Estela sufocara um gemido e cobrira o rosto com as mãos. Ouviam-se as vozes de Valéria e do mestre, que se aproximavam; Jorge teve um instante de incerteza e hesitação; mas a reação operara-se, e, além disso, urgia apagar os vestígios daquela cena, de maneira que os não visse a viúva.

— Aí vem mamãe — disse ele baixinho a Estela —; não tive culpa no que fiz, porque gosto muito da senhora.

Estela voltou-se para fora e enxugou o rosto; daí a pouco entraram Valéria e o mestre. Este saiu logo depois, tendo ajustado as obras que era indispensável fazer na casa. Valéria, irritada com a vista dos estragos que encontrou, criticava o desleixo dos inquilinos. Só depois dos primeiros instantes reparou que nenhum dos dois lhe respondia nada. Jorge parecia acanhado, e Estela triste. Posto houvesse enxugado as lágrimas, Estela tinha o rosto desfeito e murchos os belos olhos. Jorge não ousava olhar para a mãe nem para Estela; olhava para a ponta dos botins, onde ficara um pouco da caliça do parapeito; tinha as mãos nas costas e estava arrimado a um portal. Valéria reparou na atitude dos dois; mas como possuía a qualidade de dissimular as impressões, não alterou nem o gesto nem a voz. Os olhos é que nunca mais os deixaram.

Daí a nada meteram-se no carro. Era tarde. A viagem foi quase inteiramente silenciosa; pelo menos, só Valéria disse algumas palavras. Chegando à rua dos Inválidos, a viúva suspeitava que alguma coisa havia entre os dois, e grave. Todo aquele dia meditou nos meios de conhecer a natureza e os pormenores da situação, e nada achou melhor do que interrogar diretamente um deles. Jorge saíra de casa logo depois e não voltou para jantar; Estela não sorriu em todo esse dia e quase não falou.

Não foi preciso interrogá-la. Logo na seguinte manhã, acabando de levantar-se, entrou-lhe Estela na alcova, e pediu alguns minutos de atenção. Expôs-lhe a necessidade de voltar para casa; estava moça, devia ir prestar ao pai os serviços que ele precisaria de alguém e tinha o direito de exigir da filha. Não era ingratidão, acrescentava; levaria dali saudades eternas; voltaria muitas vezes; seria sempre obediente e grata. Cedia somente à necessidade de acompanhar o pai. Esse pedido confirmava a suspeita de Valéria, mas só esclarecia metade da situação. A retirada de Estela era um meio de fugir a Jorge ou de lhe falar mais livremente? Valéria tratou de perscrutar o coração da moça, dizendo-lhe que a razão dada era insuficiente e que alguma causa oculta a movia; depois, recordou-lhe a amizade que lhe tinha e a confiança a que Estela não devia faltar.

— Vamos lá — disse ela —; confessa tudo.

Estela afirmou que nada mais havia; mas, insistindo a viúva, respondeu curvando a cabeça — o que importava meia confissão. Valéria lutou ainda muito tempo; empregou a brandura e a intimação, mas a moça não cedeu mais nada.

— Bem — disse a viúva —; faça-se a tua vontade.

Foi assim que Estela, ao cabo de algum tempo de residência na casa de Valéria, regressou à casa do pai, na rua de D. Luísa. O sr. Antunes ficou desorientado

com a notícia; disse que vivia perfeitamente só; achou pouco decoroso e menos justo o procedimento de Estela em relação à viúva do desembargador; gastou largos conceitos, que lhe não aproveitaram, porque Estela não recuou da resolução, nem a viúva tentou dissuadi-la.

A separação não valia nada ou valia coisa pior; fez recrudescer o amor de Jorge, por isso mesmo que entre um e outro rasgava espaço à imaginação. Duas forças reagiram no coração do rapaz; o obstáculo, que tornava mais intenso o amor, e o remorso que o fazia mais respeitoso. Nenhum ressentimento lhe ficara da resolução de Estela; sentia-se culpado, e mais ainda, sentia-se vítima da fuga da moça. Nem tudo isso seria efeito somente da paixão; cabia uma parte de influência à severidade do caráter de Estela, que acabou por incutir no espírito de Jorge ideia diferente da que ele a seu respeito fazia. Valéria descobriu a pouco e pouco a ineficácia do remédio que aceitara: estava certa da paixão do filho, e via que, longe de expirar, entrava pela vida adiante, menos estouvada talvez, mas não menos sincera e profunda; soube que Jorge frequentava a casa da rua de D. Luísa; estremeceu pelo futuro e cogitou no modo de estrangular as esperanças em flor.

"Ou ela já o ama ou pode vir a amá-lo", dizia consigo.

Valéria encarava os dois desenlaces possíveis da situação, se a moça lhe amasse o filho: ou seria a queda de Estela, que a viúva estimava muito, ou o consórcio dos dois, solução que lhe repugnava aos sentimentos, ideias e projetos. Jamais consentiria em semelhante aliança. Urgia pronto remédio.

Voltou energicamente ao projeto de casar o filho com Eulália, e o intimou a obedecer-lhe. Jorge começou resistindo e acabou dissimulando; mas o artifício não iludiu a mãe. Valéria chamou logo em seu auxílio a jovem parenta. Eulália, que tivera tempo de refletir, francamente lhe disse que não estava disposta a ser sua nora, porque Jorge não a amaria nunca; e, conquanto não visse no casamento uma página de romance, entendia que a antipatia ou total indiferença era o mais frouxo dos vínculos conjugais.

Desamparada desse lado, a viúva cogitou então a viagem à Europa; e, quando ele lha recusou, recorreu à guerra do Paraguai. Não sem custo lançou mão desse meio, violento para ambos; mas, uma vez adotado, luziu-lhe mais a vantagem do que lhe negrejou o perigo. Assim foi que de um incidente comparativamente mínimo resultara aquele desfecho grave, e de um caso doméstico saía uma ação patriótica.

Capítulo IV

Era noite fechada, quando Jorge chegou à casa de Estela. O sr. Antunes estava à porta e talvez contava com a visita; recebeu-o com alvoroço e tristeza.

Quatro meses haviam decorrido depois da cena da Tijuca, e durante esse tempo Jorge fora muitas vezes à casa da rua de D. Luísa. Não lhe fugira Estela nem o maltratara; usou a mesma serenidade e frieza de outro tempo, falando-lhe pouco, é certo, mas com tamanha isenção, que parecia não ter havido entre eles o menor dissentimento.

Pela sua parte, Jorge forcejava por apagar a lembrança daquele episódio, havendo-se com o respeito e consideração que lhe pareciam bastantes para resgatar a estima perdida. Às vezes ficavam a sós na sala, porque o sr. Antunes inventava algum motivo que o obrigasse a eclipses parciais, com o fim único, dizia ele consigo — de ajudar a natureza. Mas sobretudo nessas ocasiões, aliás propícias, não transpunha Jorge a linha que a si mesmo traçara, não lhe sussurrava uma única palavra amorosa, não lhe deitava um só olhar que a pudesse fazer corar ou reagir. Qualquer alusão à cena da Tijuca, ainda de submissão, seria prejudicial à causa de Jorge; ele evitava esse erro trivial, nada dizendo que próxima ou remotamente pudesse lembrá-la à moça. Falavam pouco e de coisas indiferentes, como pessoas de nenhuma intimidade.

Foi só quando perdeu de todo a esperança de a vencer pelos meios ordinários, que ele aceitou a proposta de se alistar no exército. No dia em que lhes deu a notícia, a impressão no pai e na filha foi profunda, mas diversa, porque o pai ficou totalmente consternado e morto, ao passo que a filha sentiu a alma respirar livremente, e se uma voz secreta e medrosa lhe disse: não o deixes ir; outra mais dominadora e forte lhe bradou que a partida era a liberdade e a paz. A viagem, a distância, o tempo, a natureza das ocupações militares deviam arrancar ao moço um sentimento que Estela temia fosse origem de dissensões domésticas, e que em todo o caso a abatia a seus próprios olhos.

— É então amanhã? — perguntou o sr. Antunes, fazendo entrar o jovem capitão.

— Amanhã.

Estela recebeu-o como das outras vezes, sem embargo do pai, que parecia apostado em lhe tornar amargos esses últimos instantes. A tristeza do sr. Antunes era mortal. Ele pertencia à falange daqueles espíritos que, através dos anos e ainda nos regelos do inverno, conservam as calcinhas da primeira idade, e para quem a vida tem sempre o aspecto dos castelos de cartas que construíram na infância. Uma vez penetrado da ideia de casar a filha com o bacharel, viveu dela, como se a vira praticada. O incidente da guerra não lhe desvendou a realidade da situação, mas pareceu-lhe que adiava o seu desejo, e bastava a consterná-lo. Agora que via fardado o filho de Valéria, prestes a embarcar no dia seguinte, creu deveras na separação. Após meia hora de conversa, o sr. Antunes retirou-se alguns minutos da sala; ia ver charutos.

— Tome um dos meus — disse Jorge.

— Nada; os seus são muito fortes.

Nunca os charutos de Jorge padeceram semelhante acusação da parte do sr. Antunes, que fumava regularmente os do filho como havia fumado os do pai. Estela ficou humilhada com a resposta e a ação. Jorge, que estava de pé junto a uma mesa, viu sair o pai de Estela, e ficou a olhar para o chão. A moça cravou os olhos no trabalho, que estava fazendo.

Jorge ergueu enfim os olhos e pousou-os na moça, cuja beleza lhe pareceu naquela noite ainda mais límpida e espiritual, justamente porque ele começava a vê-la através do nimbo da saudade. Ela atendia ao trabalho com uma quietação laboriosa. As mãos, que podiam emparelhar com as mais puras, moviam as agulhas sem aparente comoção nem tremor. Ao mancebo já não humilhava esse aspecto indiferente e digno; podia medir, em si mesmo, a diferença das situações, o caminho

vencido, desde as primeiras ideias a respeito de Estela. Mas os minutos corriam e o silêncio acanhava-o cada vez mais; enfim, resolveu rompê-lo, e rompê-lo de modo que tirasse daquele minuto ou a salvação ou o naufrágio da vida que ia empreender. Deu dois passos para Estela.

— Talvez não nos vejamos mais — disse ele.

— Por quê? — disse Estela sem levantar os olhos.

— Posso ficar enterrado no Paraguai.

— Sua mãe não gostaria de ouvir isso.

Seguiram-se ainda dois minutos. Jorge pôs toda a alma nestas palavras, ditas em voz baixa e triste:

— Embarco amanhã para o sul. Não é o patriotismo que me leva, é o amor que lhe tenho, amor grande e sincero, que ninguém poderá arrancar-me do coração. Se morrer, a senhora será o meu último pensamento; se viver, não quero outra glória que não seja a de me sentir amado. Uma e outra coisa dependem só da senhora. Diga-me; devo morrer ou viver?

Estela tinha erguido a cabeça; quando ele acabou, achava-se de pé. Fitou-o alguns instantes com uma expressão muda e fria. A vaidade da mulher podia contentar-se daquela solene reparação, e perdoar; mas o orgulho de Estela venceu, e não deu lugar a nenhum outro sentimento de justiça ou de humanidade. Um jeito irônico torceu-lhe o lábio, de onde saiu esta palavra má e desdenhosa:

— O senhor é um tonto.

Quando o pai voltou à sala, instantes depois, Jorge estava com uma das mãos no encosto de uma cadeira, pálido como um defunto. Estela fora até a porta da alcova da sala, resolvida a fechar-se por dentro.

O sr. Antunes não tinha observação; mas, ao ver o rosto dos dois, não era muito difícil adivinhar que alguma coisa se passara entre eles. Adivinhou-o; contudo, não atinara bem o que seria, se uma cena de dolorosa despedida, se outra coisa menos propícia a seus cálculos. Foi ao jovem capitão e pediu-lhe que se sentasse; mas Jorge declarou que ia sair e despediu-se. Sem encarar Estela, estendeu-lhe a mão, que ela apertou com o ar mais tranquilo do mundo. O pai espreitava uma lágrima furtiva, um gesto disfarçado, qualquer coisa que falasse em favor de suas esperanças. Nada; Estela não baixou o rosto nem escondeu os olhos. Jorge, sim; não obstante o esforço que fazia, tremia-lhe a mão ao apertar a do escrevente.

O sr. Antunes acompanhou-o até a porta. Ali, antes de a abrir, quis abraçar o moço oficial.

— Dê-me essa triste honra — disse ele —; creia que estes braços são de amigo.

Jorge deixou-se ir, sem entusiasmo; mas quando sentiu o corpo do pai de Estela, pareceu-lhe que abraçava uma parte da moça, e apertou-o fortemente ao peito. Essa manifestação lisonjeou extremamente o outro; chegou a comovê-lo.

— Conte comigo — murmurou ele —; fico para ajudá-lo.

Jorge ouviu-o, apertou-lhe maquinalmente as mãos, recebeu um abraço último e atirou-se à rua.

Intolerável é a dor que não deixa sequer o direito de arguir a fortuna. O mais duro dos sacrifícios é o que não tem as consolações da consciência. Essa dor padecia-a Jorge; esse sacrifício ia consumá-lo.

Não foi dali para casa; não ousaria encarar sua mãe. Durante a primeira hora que se seguiu à saída da casa de Estela, não pôde reger os pensamentos; eles cruzavam-lhe o cérebro sem ordem nem dedução. O coração batia-lhe rijo na arca do peito; de quando em quando o corpo era tomado de calafrios. Ia despeitado, humilhado, com um dente de remorso no coração. Quisera de um só gesto eliminar a cena daquela noite, quando menos apagá-la da lembrança. As palavras de Estela retiniam-lhe ao ouvido como um silvo de vento colérico; ele trazia no espírito a figura desdenhosa da moça, o gesto sem ternura, os olhos sem misericórdia. Ao mesmo tempo, lembrava-lhe a cena da Tijuca, e alguma coisa lhe dizia que essa noite era a desforra daquela manhã. Ora sentia-se odioso, ora ridículo.

"Tua mãe é quem tem razão" bradava uma voz interior, "ias descer a uma aliança indigna de ti; e se não soubeste respeitar nem a tua pessoa nem o nome de teus pais, justo é que pagues o erro indo correr a sorte da guerra. A vida não é uma égloga virgiliana, é uma convenção natural, que se não aceita com restrições, nem se infringe sem penalidade. Há duas naturezas, e a natureza social é tão legítima e tão imperiosa como a outra. Não se contrariam, completam-se; são as duas metades do homem, e tu ias ceder à primeira, desrespeitando as leis necessárias da segunda."

"Quem tem razão és tu" dizia-lhe outra voz contrária, "porque essa mulher vale mais que seu destino, e a lei do coração é anterior e superior às outras leis. Não ias descer; ias fazê-la subir; ias emendar o equívoco da fortuna; escuta a voz de Deus e deixa aos homens o que vem dos homens."

Jorge caminhava assim, levado de sensações contrárias, até que ouviu bater meia-noite e caminhou para casa, cansado e opresso. Valéria esperava-o sem haver dormido. Essa dedicação silenciosa, oculta, vulgar nas mães, natural naquela véspera de uma separação acerba e longa, foi como um bálsamo ao coração dolorido do rapaz. Foi também um remorso. Pungiu-lhe a consciência ao ver que esperdiçara algumas horas longe da criatura a quem verdadeiramente ia deixar saudades, única pessoa que pediria a Deus por ele. Valéria adivinhara onde estaria o filho, e tremia de medo à proporção que as horas passavam, receosa de que, amando-o Estela, um e outro houvessem subtraído a sua ventura ao jugo das leis sociais, indo refugiar-se em algum ignorado recanto. Pensou isso, e fraqueou, e arrependeu-se, duvidando de si e da retidão de seus atos. Não duvidava da natureza do mal; mas não excedia a ele o remédio escolhido? Supondo que esse pensamento era a sua primeira punição, reagiu fortemente, coligindo as energias abatidas e dispersas, e voltou a ser a mulher que era, com todas as suas fortes qualidades naturais ou contraídas. Demais, a que viria o arrependimento, se era tarde?

O filho entrou com as feições recompostas, mas tristes. Valéria recebeu-o sem nenhuma expressão de censura ou mágoa. Nada lhe disse; ele pouco falou e despediram-se sem expansão, aquela última noite que ia o moço dormir sob o teto de seus pais.

A noite foi para ele aflita e melancólica. Quase inteira gastou-a em inventariar a vida que ia acabar, em dar busca aos papéis, queimar as cartas dos amigos, repartir algumas prendas, e finalmente em escrever disposições testamentárias e cartas a pessoas íntimas. Perto das quatro horas deitou-se; às sete estava de pé. Valéria havia-se-lhe antecipado. Algumas pessoas foram despedir-se dele e acompanhar a mãe no solene momento da despedida. Entre essas figurava o pai de Estela, cuja tristeza, que era sincera, trazia uma máscara ainda mais triste.

Veio enfim o momento da despedida. Valéria dominara-se até onde pôde; mas o último instante concentrava tantas dores, que era impossível resistir-lhe. A organização moral da viúva era forte, mas a resistência fora prolongada, e a vontade gastou-se nesse esforço de todos os dias. Quando soou o instante definitivo da separação rebentaram dos olhos as lágrimas, não tumultuosas, cortadas de vozes e gemidos, mas dessas outras que retalham silenciosamente as faces, resto de uma dignidade que cede a custo à lei da natureza. Ela estendeu os braços, ainda formosos, sobre os ombros do filho; nessa postura contemplou-o algum tempo; depois beijou-o e apertou-o estreitamente ao coração.

— Vai, meu filho — disse com voz firme. — Eu fico rogando a Deus por ti; Deus é bom e te restituirá a meus braços. Serve a tua pátria, e lembra-te de tua mãe!

Foram as últimas palavras. Jorge não as ouviu; tinha o espírito prostrado e surdo. Chorou também, menos silenciosamente que Valéria, mas as mesmas lágrimas aflitas.

— Adeus, querida mamãe! — disse ele arrancando-se enfim de seus braços.

Saiu; Valéria não o viu sair; dera costas a todos e foi lastimar na alcova seu voluntário infortúnio.

Pouco tempo depois, perdendo de vista a cidade natal, sentiu Jorge que dobrara a primeira lauda de seu destino e ia encetar outra, escrita com sangue. O espetáculo do mar abateu-o ainda mais: alargava-se-lhe a solidão até o infinito. Os poucos dias da viagem desfiou-os nessa atonia moral que sucede às catástrofes. Enfim, aportou a Montevidéu, seguindo dali ao Paraguai.

A segunda viagem, as gentes estranhas, as novas coisas, o movimento do teatro da guerra, produziram nele saudável transformação. O espírito elástico e móbil sacudiu as sombras de pesar que o enoiteciam, e, uma vez voltado o rosto para o lado do perigo, começou de enxergar, não a morte obscura ou ainda gloriosa, mas o triunfo e o laureado regresso. Bebido o primeiro hausto da campanha, Jorge sentiu-se homem. A hora das frivolidades acabara; a que começava era a do sacrifício austero e diuturno. Ia encarar trabalhos não sabidos, expor-se a perigos inopináveis; mas ia resoluto e firme, com a fronte serena e clara e o lume da confiança aceso no coração.

Capítulo V

As primeiras cartas de Jorge foram todas à mãe. Eram longas e derramadas, entusiásticas, descuidosas e até pueris. Descontada a escassa porção de realidade que podia haver nelas, ficava um cálculo, que o coração de Valéria compreendeu; era adoçar-lhe a ausência e dissipar-lhe as apreensões.

Cedo se familiarizou Jorge com a vida militar. O exército, acampado em Tuiuti, não iniciava operações novas; tratava-se de reunir os elementos necessários para prosseguir a campanha de modo seguro e decisivo. Não havendo nenhuma ação grande, em que pudesse provar as forças e amestrar-se, Jorge buscava as ocasiões de

algum perigo, as comissões arriscadas, cujo êxito dependesse de espírito atrevido, sagacidade e paciência. Esse desejo captou-lhe a simpatia dos chefes imediatos.

O coronel que o comandava atentou nele; sentiu-lhe a alma juvenil através do olhar brando e repousado. Ao mesmo tempo observou que, no meio dos gozos fáceis e múltiplos do acampamento, convertido pela inação em povoado de recreio, Jorge conservava um retraimento monacal, um casto horror de tudo o que pudesse diverti-lo de curar das armas, ou somente de pensar nelas. O coronel era homem de seu ofício; amava a guerra pela guerra; morreu talvez de nostalgia no regaço da paz. Era bravo e ríspido. O que lhe destoou a princípio na pessoa de Jorge foi o alinho e um resto de seus ademanes de sala. Jorge, entretanto, sem perder desde logo o jeito da vida civil, foi criando com o tempo a crosta de campanha. O desejo de trabalhar, de arriscar-se, de temperar a alma ao fogo do perigo, trocou os sentimentos do coronel, que entreviu nele um bom companheiro de armas, e ao fim de pouco tempo procurou distingui-lo.

Posto que Jorge falasse do coronel nas cartas que escrevia à mãe, não o dava como amigo seu, nem tinha amigos no acampamento, ou se os tinha não os considerava tais. Ouvia confidências de muitos, animava as esperanças de uns, consolava as penas de outros, nunca abria porém a porta do coração à curiosidade transeunte. Devia ser entretanto interessante uma página somente da vida daquele militar, jovem, bonito, abastado, que não ia ao teatro nem aos saraus do acampamento, que ria poucas vezes e mal, que só falava da guerra, quando falava de alguma coisa.

Um dia, um major do Ceará foi achá-lo sentado em um resto de carreta inútil, lançado em sítio escuso, ora a olhar para o horizonte, ora a traçar com a ponta da espada uma *estrela* no chão.

— Capitão — disse o major —, parece que você está vendo estrelas ao meio-dia?

Jorge sorriu do gracejo, mas não deixou de continuar, nos demais dias, a traçar estrelas no chão ou a procurá-las nas campinas do céu. Os oficiais, arrastados pela simpatia, não lhe ficavam presos pela convivência; Jorge era, não só taciturno, mas desigual, ora dócil, ora ríspido, muitas vezes distraído e absorto. Era distraído, sobretudo, quando recebia cartas do Rio de Janeiro, entre as quais rara vez acontecia que não viesse alguma do sr. Antunes. O pai de Estela regava com a água salobra de seu estilo a esperança que não perdera. As suas cartas eram epitalâmios disfarçados. Falava muito de si, e muito mais da filha, cuja alma, dizia ele, andava singularmente triste e acabrunhada. Jorge resistia ao desejo de falar também de Estela; mais de uma vez o nome da moça lhe caía dos bicos da pena; ele o riscava logo, assim como riscava qualquer frase que pudesse parecer alusiva aos seus sentimentos; as que escrevia ao pai da moça eram secas, sem especial interesse, polidas e frias.

Um dia, porém, antes de meado o ano de 1867, não pôde resistir à necessidade de segregar o amor a alguém ou proclamá-lo aos quatro ventos do céu. Ninguém havia ao pé dele que merecesse a confidência; Jorge alargou os olhos e lembrou-se de Luís Garcia, única pessoa estranha a quem confiara metade do segredo que havia levado para a guerra. Os corações discretos são raros; a maioria não é de gaviões brancos que, ainda feridos, voam calados, como diz a trova; a maioria é das pegas, que contam tudo ou quase tudo.

Já nesse tempo o coração de Jorge padecera grande transformação.

O amor, sem minguar de intensidade, mudara de natureza, convertendo-se em uma espécie de adoração mística, sentimento profundo e forte, que parecia respirar atmosfera mais alta que a do resto da criação. Ele mesmo o disse na carta a Luís Garcia, sem lhe denunciar o nome da pessoa, nem nenhuma circunstância que pudesse pô-lo na pista da realidade; exigiu-lhe absoluto silêncio e contou-lhe o que sentia:

> Não importa saber quem é, disse ele. O essencial é saber que amo a mais nobre criatura do mundo, e o triste é que não somente não sou amado, mas até estou certo de que sou aborrecido.
>
> Minha mãe iludiu-se quando supôs que meu amor achara eco em outro coração. Talvez desistisse de me mandar ao Paraguai, se soubesse que esta paixão solitária era o meu próprio castigo. Era; já o não é. A paixão veio comigo apesar do que *lhe* ouvi na véspera de embarcar; e se não cresceu, é porque não podia crescer. Mas transformou-se. De criança tonta, que era, fez-se homem de juízo. Uma crise, algumas léguas de permeio, poucos meses de intervalo, foram bastantes a operar o milagre.
>
> Não sei se a verei mais, porque uma bala pode pôr termo a meus dias, quando eu menos o esperar. Se a vir, ignoro os sentimentos com que ela me receberá. Mas de um ou de outro modo, este amor morrerá comigo, e o seu nome será a última palavra que há de sair de meus lábios.
>
> Meu amor não sabe já o que seja impaciência ou ciúme ou exclusivismo: é uma fé religiosa, que pode viver inteira em muitos corações. Talvez o senhor não me compreenda. Os homens graves ficam surdos a essas sutilezas do coração. Os frívolos não as entendem. Eu mesmo não sei explicar o que sinto, mas sinto alguma coisa nova, uma saudade sem esperança, mas também sem desespero: é o que me basta.

Jorge releu o escrito, e ora o achava claro demais, ora obscuro. Hesitou ainda algum tempo; enfim, dobrou a carta, fechou-a e remeteu-a para o Rio de Janeiro.

Quando a resposta lhe chegou às mãos, preparava-se o exército para deixar Tuiuti. Jorge estava todo entregue aos cuidados da guerra, a sonhar batalhas, a acutilar mentalmente os soldados de López. A resposta de Luís Garcia dizia pouco ou nada do objeto da carta de Jorge; compunha-se quase toda de conselhos e reflexões, dadas em linguagem sóbria e medida, reflexões e conselhos relativos quase exclusivamente aos deveres de homem e de soldado.

Jorge esperava aquilo mesmo; conhecia, ainda que pouco, o gênio seco e gélido de Luís Garcia. Contudo, ficou momentaneamente desapontado e triste. Seria certo que nenhum coração simpatizava com seus secretos infortúnios ou suas venturas solitárias? Ao cabo de largos meses de separação, nem Estela pensaria nele, nem ele achava pessoa com quem partisse o pão das saudades, último alimento de um amor sem cônjuge. A consciência da solidão moral abateu-o um instante; esvaiu-se-lhe toda a força acumulada durante aqueles meses, e a alma caiu de bruços.

Poucos dias depois operou-se a marcha de Tuiuti e Tuiu-Cué, a que se seguiu uma série de ações e movimentos em que houve muita página de Plutarco. Só então pôde Jorge encarar o verdadeiro rosto à guerra, a cujo princípio não assistira; figurou em mais de uma jornada heroica, correu perigos, mostrou-se valoroso e paciente. O coronel adorava-o; sentia-se tomado de admiração diante daquele mancebo, que combatia durante a batalha e calava depois da vitória, que comunicava o ardor aos soldados, não recuava de nenhuma empresa, ainda a mais arriscada, e a quem uma estrela parecia proteger com suas asas de luz.

Notou ele uma vez, em um dos combates mortíferos de dezembro de 1868, ano e meio depois da carta de Luís Garcia, que a temeridade do mancebo parecia ir além dos limites do costume, e que em vez de um homem que combatia, era ele um homem que queria morrer. A fortuna salvou-o. Findo o combate, recolhidos os feridos, repousados os corpos, o coronel foi ter com ele na barraca, e achou-o tristemente quieto, com os olhos inchados e parados. O coronel não reparou nisso; entrou a felicitá-lo pelo comportamento que tivera, ainda que um pouco excessivo. Jorge tinha-se respeitosamente erguido e olhava para o coronel sem dizer palavra. Este encarou-o e viu-lhe sinais de abatimento.

— Que diabo tem você, capitão?
— Nada — respondeu o moço.
— Recebeu ontem cartas do Rio de Janeiro?
— Uma: de minha mãe.
— Está boa?
— De perfeita saúde.
— Nesse caso...

O coronel parou e refletiu; depois continuou:

— Já sei o que é.
— O que é? — exclamou Jorge procurando sorrir.
— Há de fazer-se — continuou o coronel —; a coisa está a caminho, há de fazer-se, não lhe digo mais nada.

E bateu-lhe no ombro, com um gesto que tanto podia dizer: "sossegue, capitão", como: "parabéns, senhor major". Jorge entendeu esse trocadilho gesticular, e apertou as mãos do coronel, agradecendo-lhe, não o posto que lhe anunciava, mas a afeição que lhe tinha. O coronel encarou-o paternalmente alguns minutos.

"Subir! Não sonham com outra coisa", rosnava ele consigo.

E saiu.

Jorge ficou só, acendeu um cigarro, que não pôde fumar até o fim. Depois sentou-se, desabotoou a farda, tirou uma carta, abriu-a e releu algumas linhas do fim. A carta era de Luís Garcia. Dava-lhe notícias de sua mãe, que, por motivos de doença, fora tomar águas a Minas, e rematava com estas palavras assombrosas:

> ... Resta-me dizer-lhe, se em alguma coisa lhe pode interessar minha vida, que sábado passado contraí segundas núpcias. Minha mulher é a filha do sr. Antunes. Sua mãe serviu-nos de madrinha.

Com os olhos fitos nessas poucas linhas, Jorge parecia alheio a tudo mais. O papel, recebido na véspera, estava amarrotado, como se lhe passara pelas mãos durante um ano. Olhava, relia e não podia entender; quando chegava a entender, não podia acreditar. O casamento de Estela era a seu ver um absurdo; mas, após os intervalos de dúvida, a realidade apossava-se dele. A razão mostrava-lhe que semelhante notícia devia ser certa. No fim de dois dias, tinha ele compreendido alguma coisa do silêncio de sua mãe: o motivo era, sem dúvida, o mesmo que a impelira a mandá-lo ao Paraguai. Nunca lhe falara de Estela, nem do casamento de Luís Garcia, silêncio calculado para de todo extinguir em seu coração os derradeiros murmúrios de um amor sem eco.

Jorge sentiu então um fenômeno próprio de tais crises — um movimento de ódio a todo o gênero humano, desde sua mãe até o seu inimigo. Tornou-se descortês, violento, deliberadamente mau: efeito transitório, ao qual sucedeu um abatimento profundo. Ferido daí a dias em Lomas Valentinas, retirou-se por alguns meses do exército, cujas operações só continuaram depois de meado o ano seguinte. Jorge teve parte nas jornadas de Piribebuí e Campo Grande, não já na qualidade de capitão, mas na de major, cuja patente lhe foi concedida depois de Lomas Valentinas. No fim do ano estava tenente-coronel, comandava um batalhão e recebia os abraços de seu antigo comandante, contente de o ver sagrado herói.

Um acontecimento inesperado e desastroso veio ainda golpeá-lo cruelmente, logo depois de março de 1870, quando, acabada a guerra, estava ele em Assunção. Valéria falecera. Luís Garcia lhe deu essa triste notícia, que ele antes adivinhou do que leu, porque as últimas cartas já lhe faziam pressentir o lúgubre desenlace. Jorge adorava a mãe.

Se só a contragosto viera para a guerra, não é menos certo que esta o cobrira de louros, e que ele os quisera depositar no regaço de Valéria. O destino decidiu por outro modo, como se quisesse contrastar cada um de seus favores fazendo-lhe sangrar o coração.

No fim de outubro volveu ao Rio de Janeiro. Tinham passado quatro anos justos. Penetrando a barra e descortinando a cidade natal, Jorge comparava os tempos, as angústias e as esperanças da partida com a glória e o abatimento do regresso. Não se sentia feliz nem infeliz, mas nesse estado médio, que é a condição vulgar da vida humana. Comparava-se ao mar daquela manhã, nem borrascoso nem quieto, mas levemente empolado e crespo, tão prestes a adormecer de todo como a crescer e arremessar-se à praia. Que aragem sonolenta ou que tufão destruidor viria roçar por ele a asa invisível? Jorge não o perscrutou. Trazia os olhos no passado e no presente; deixou ao tempo os casos do futuro.

Capítulo VI

Antes de irmos direito ao centro da ação, vejamos por que evolução do destino se operou o casamento de Estela.

Poucos poderiam supor, nos fins de 1866, que a campanha se protrairia ainda cerca de quatro anos. O cálculo do general Mitre, relativo aos três meses de Buenos Aires a Assunção, tinha já caído, é certo, no abismo das ilusões históricas. Proclamações são loterias; a fortuna as faz sublimes ou vãs. A do general argentino, que era já uma afirmação errada, exprimiu contudo, no seu tempo, a convicção dos três povos. Do primeiro embate com o inimigo, viu-se que a campanha seria rija e longa; a ilusão desfez-se; ficou a realidade, que nem por isso encaramos com rosto aflito. Não obstante, era difícil presumir, em outubro de 1866, que a guerra chegasse até março de 1870. Supunha-se que um esforço ingente bastaria a reparar Curupaiti, a derrubar Humaitá, a vencer o ditador, não nos três meses do general Mitre, mas em muito menos tempo do que viria a ser na realidade.

Isto posto, não admira que Valéria receasse a cada instante a terminação da guerra e a pronta volta do filho. Se tal coisa acontecesse, ela teria dado um golpe inútil, e o fogo podia renascer das cinzas mal apagadas. Valéria preferia as soluções radicais. Uma vez arredado o filho, viu a necessidade de aniquilar as últimas esperanças, e o mais seguro meio era casar Estela. Assim procedendo, satisfaria também a afeição que tinha à moça, afeição que nunca lhe diminuíra. Sabia que entre Estela e o pai havia contrastes morais de difícil conciliação. Cada um deles falava língua diferente, não podiam entender-se nunca, sobretudo (dizia ela consigo) na escolha de um consorte.

Dois meses depois do embarque de Jorge, Valéria mandou chamar o sr. Antunes a Santa Teresa, onde tinha uma casa de verão. O recado foi escrito, circunstância que lhe deu certa solenidade. Nunca até então a viúva lhe escrevera. O sr. Antunes leu e releu o bilhete, mostrou-o duas ou três vezes à filha, esteve tentado de mostrá-lo ao vizinho fronteiro. Enquanto se vestia, pô-lo sobre a mesa, lançando-lhe a furto os olhos, pesando-lhe de cor as expressões corteses, espremendo-as, dissecando-as. Vestido, guardou-o cuidadosamente na algibeira. Na rua, separou-se de um importuno dizendo enfaticamente aonde ia. Quanto ao motivo do recado, não atinava qual fosse, nem teve muito tempo para isso. Cogitou, entretanto, e supôs que se tratava de algum obséquio que ela lhe ia encomendar.

Era obséquio, e não lho pedia a viúva; prestava-o, e não demorou muito em dizê-lo. Ao cabo de dez palavras, pediu-lhe licença para dotar Estela.

— Não quisera fazê-lo sem o seu consentimento — concluiu ela —; por isso o mandei chamar.

Do mais ínfimo a que um homem haja baixado, a natureza pode fazê-lo grave, ainda que por um só minuto. Esse minuto teve-o o pai de Estela. Imóvel e sem fala a princípio; depois, ainda sem fala, mas não já imóvel, o sr. Antunes revelou em seu rosto, aliás vulgar, uma comoção digna. A dignidade, porém, expirou com o silêncio. Quando ele abriu a boca para agradecer a prova de afeição que a viúva lhe dava à filha, a alma readquiriu o trejeito habitual. Valéria cortou-lhe o discurso com uma arte tão superior, que o pai de Estela antes sentiu do que compreendeu. A viúva tinha a verdadeira generosidade, que consiste menos em prestar o obséquio do que em dissimulá-lo; disse-lhe que, dotando Estela, cumpria um desejo do desembargador, e, sem esperar pelo necrológio que o sr. Antunes provavelmente ia recitar, fez um longo e afetuoso inventário das qualidades da moça.

— É muito boa filha — concluiu a viúva —; tem qualidades dignas de todo o apreço, e, além do mais, sou amiga dela.

— Isso, minha senhora, é a maior fortuna que lhe podia caber. Quanto a ser boa filha, não é por vaidade que o digo, mas creio que a senhora tem razão. Saiu à mãe, que era uma santa alma.

— Estela não o é menos. E bonita! Enfim pode vir a amar alguém, não lhe parece?

— Pode, pode — assentiu o sr. Antunes. — Que eu, verdadeiramente, não sei se ela já não amará. É tão calada! Ultimamente parece andar triste...

— Triste?

— Distraída... assim, como pessoa que não tem o pensamento sossegado. Não sei se aquilo é paixão ou doença. Doença não creio que seja, porque ela é forte e tem

boa aparência. Coitadinha! Mas sempre alegre... isto é, alegre não... quero dizer, não anda sempre triste... ou por outra...

Valéria sorriu mentalmente daquela confusão que o sr. Antunes fazia, e que atribuiu ao alvoroço que naturalmente a notícia do dote lhe causara; interrompeu-o dizendo que fosse lá com a filha.

Estela ouviu daí a meia hora a notícia da generosidade da viúva, que o pai se apressou a ir dar-lhe, e, contra a expectação deste, ouviu-a calada e severa. Não achando a explosão de alegria que esperava, o sr. Antunes abanou desanimado a cabeça.

— Não te entendo, filha! — replicou ele. — Hás de dizer o que é que queres ser neste mundo. Não és rica, nem menos que rica; não tens a menor esperança no futuro. Eu não te posso deixar nada, porque nada tenho. Há uma senhora que te estima, que te faz um benefício, e tu recebes isso como se fosse uma injúria.

A observação do pai chamou a filha à realidade da situação.

— Papai sabe que não sou de muito riso — disse ela —; pode ficar certo de que me alegrou muito a notícia que me deu.

Não alegrou nada. Nunca lhe pesara tanto a fatalidade da posição. Depois do episódio da Tijuca, parecia-lhe aquele favor uma espécie de perdas e danos que a mãe de Jorge liberalmente lhe pagava, uma água virtuosa que lhe lavaria os lábios dos beijos que ela forcejava por extinguir, como lady Macbeth a sua mancha de sangue. *Out, damned spot!* Este era o seu conceito; esta era também a sua mágoa. A altivez com que procedera desde aquela manhã de algum modo lhe levantara o orgulho, que o ato inconsiderado de Jorge havia por um instante humilhado. Mas a ação da viúva, por mais espontânea que fosse, tinha aos olhos da moça a consequência de fazer decorrer benefício da mesma origem da afronta. Estela não distinguia entre os bens da mãe e do filho. Era tudo a mesma bolsa; e dali é que lhe vinha o dote.

Com essa ideia opressiva entrou ela em casa da viúva, cuja recepção lhe desabafou o espírito do mais espesso de suas preocupações. Valéria beijou-a, com um gesto mais maternal que protetor. Nem lhe deixou concluir a frase de agradecimento; cortou-a com uma carícia; depois falou-lhe da beleza, das ocupações, de cem coisas alheias ao objeto que as reunia, dissimulação generosa, que Estela compreendeu, porque também possuía o segredo dessas delicadezas morais.

Quinze ou vinte dias depois, Valéria interrogou diretamente Estela, e a resposta que obteve foi contrária a suas esperanças.

— Não amo ninguém — disse a moça —; e provavelmente não amarei nunca.

— Por quê? — replicou vivamente a viúva.

Estela sorriu.

— Podia dizer-lhe — respondeu ela — que não tenho coração...

— Seria mentir. Mas vais talvez dizer que um bom marido não é coisa fácil de achar.

— Isso.

— Tens razão até certo ponto. De todas as aves raras a mais rara é um bom marido; mas o que é raro não é impossível. Meteu-se-me em cabeça que hei de descobrir uma joia. Se eu a encontrar, que farás tu?

— Aceito — disse a moça depois de um instante.

— Assim, não; não quero que a aceites sem vontade; hás de aceitá-la com amor... porque eu não creio que não tenhas coração; é faceirice de moça bonita. Dei-

xa ver — continuou a viúva, colocando-lhe a mão no peito —; tens, oh! tens um coração que parece querer despedaçar-te o peito. Estela, tu estás doente!

— Que ideia! — exclamou a moça rindo. — Se eu vendo saúde! Não estou doente, estou comovida. Tratemos do noivo. Não me peça que ame apaixonadamente, porque eu não nasci para isso. Minha natureza é fria. Mas um pouco de estima, certo interesse...

— Justo: a semente do amor. O tempo se encarregará de fazer a árvore.

Durante três meses não falaram do assunto. No fim desse tempo, tendo Valéria descido de Santa Teresa, Estela foi passar algumas semanas na rua dos Inválidos.

— Ainda nada? — perguntou a viúva, logo que a viu.

— Coisa nenhuma — foi a resposta.

Dada a situação de uma e outra, não era fácil a Valéria encontrar-lhe o noivo desejado a menos de o designar a própria noiva, e essa era a mais improvável de todas as hipóteses.

Entretanto, a convivência fez renascer entre ambas alguns dos hábitos antigos. Valéria tornou a sentir necessidade de a ter consigo, de a conversar, de depositar nela suas ideias e enxaquecas. Estela oferecia todas as vantagens de uma velha amiga, com a circunstância de ser moça, e ainda mais, a de ser bonita, qualidade simpática à viúva, que fora uma das belas mulheres de seu tempo. Nada lhes impedia restaurar inteiramente a situação anterior, a não ser a memória do passado recente. Era isso que ainda estabelecia entre ambas tal ou qual cautela, tal ou qual separação, que o sr. Antunes chegava a suspeitar às vezes, sem poder compreender nunca. Não falavam de Jorge, nem da guerra, nem de coisa que pudesse reviver a lembrança do passado.

Começado o verão de 1867, Valéria transportou-se a Santa Teresa, onde Estela foi algumas vezes. Numa dessas vezes encontrou ali a filha de Luís Garcia, que caminhava para os treze anos e concluía os estudos de colégio. Houve um instante de hesitação entre as duas; Iaiá, que era ainda a mesma criatura travessa e lépida, sentiu-se acanhada diante da gravidade de Estela, mas esse instante foi curto e a afeição imediata. Acabado o verão, a viúva resolveu não descer à rua dos Inválidos; e, com o pretexto ou o motivo de que em Santa Teresa ficava mais só, alcançou que Estela fosse lá estar algum tempo. Estela subiu em março.

Já então Iaiá entrara na intimidade da casa, menos ainda pelo que podia haver — e havia — simpático e atraente em sua pessoa, do que pelo esforço próprio. A sagacidade da menina era a sua qualidade mestra: assim viu depressa o que era menos agradável, para evitá-lo, e o que o era mais, para cumpri-lo. Essa qualidade ensinava-lhe a sintaxe da vida, quando outras ainda não passam do abecedário, onde morrem muita vez. Obtida a chave do caráter de Valéria, Iaiá abriu a porta sem grande esforço.

Ia lá quase todos os domingos, às tardes, e algumas vezes de manhã, com tal ou qual repugnância do pai, para quem os domingos eram os dias de ouro, e só o eram com a condição do exclusivismo. Luís Garcia cedeu, não por causa da viúva, mas para satisfazer a filha, que parecia ter prazer em frequentar a casa. "É ainda criança", pensou ele; "convém dar-lhe festas." Quando Iaiá jantava em casa de Valéria, Luís Garcia, ou também jantava, ou ia buscá-la à noite, e trazia-a depois

de uma hora de conversa. A presença de Estela tornou ainda mais aprazíveis à mocinha aquelas visitas, e, dentro de pouco tempo, era a afeição de Estela que mais lhe ocupava o coração.

A lei dos contrastes tinha ligado essas duas criaturas, porque tão petulante e juvenil era a filha de Luís Garcia, como refletida e plácida a filha do sr. Antunes. Uma ia para o futuro, enquanto a outra vinha já do passado; e se Estela tinha necessidade de temperar a sua atmosfera moral com um raio da adolescência da outra, Iaiá sentia instintivamente que havia em Estela alguma coisa que sarar ou consolar.

Um dia, Iaiá foi encontrar Estela ao pé de uma mesa, com um álbum de retratos aberto diante de si. A moça estava tão embebida, que só deu pela presença de Iaiá quando esta parou do outro lado da mesa e inclinou os olhos para o álbum. Estela teve um pequeno sobressalto, mas dominou-se logo.

— Seu pai tem uma fisionomia de bom coração — disse ela.

— Não é verdade? — retorquiu a menina com entusiasmo.

Efetivamente, uma das páginas do álbum continha o retrato de Luís Garcia; mas na outra página estava o retrato de Jorge, um dos três ou quatro que a viúva possuía na coleção. Iaiá, que adorava o pai, achou que a observação de Estela era a mais natural do mundo, não olhou sequer para a outra fotografia. Estela fechou depressa o álbum com a mão trêmula, e mal pôde sorrir à insistência com que Iaiá voltou àquele assunto. Tinha o seio ofegante e o olhar vago, remoto, esvaído nas campanhas do sul. O coração batia-lhe violentamente. Mas essa comoção não durou mais de três a quatro minutos.

— A senhora podia casar-se com papai — disse a menina depois de olhar algum tempo para a outra.

Estela teve novo sobressalto, mas dessa vez era só espanto. Como Iaiá a abraçasse pela cintura, ela inclinou o rosto sobre o rosto da menina, e perguntou sorrindo:

— Tinhas muita vontade de ser minha enteada?

— Tinha.

Estela abanou a cabeça, com um gesto, não de negativa, mas de incredulidade. Já conhecia alguma coisa do caráter de Luís Garcia; rigorosamente era um esposo aceitável. Via nele um homem de afeições plácidas, medíocres, mas sinceras. Via-o respeitoso sem abatimento, polido sem afetação, falando pouco, mas com alguma ideia, em todo o caso com muita oportunidade, vivendo enfim para si e para a filha. De tudo o que observara concluía que a sobriedade era a lei moral desse homem, e que à taça da vida não pedia mais do que alguns goles, poucos. Que importa? A vida conjugal é tão-somente uma crônica; basta-lhe fidelidade e algum estilo. Conquanto houvesse algumas semelhanças entre ambos, havia também diferenças, mas Estela podia fiar do tempo, que ajusta os contrastes. E, não obstante, se o marido era aceitável, não lhe parecia que fosse possível. A gravidade exterior como que o rodeava de uma atmosfera impenetrável.

Iaiá não insistiu; mas dois ou três domingos depois, estando todos na chácara, interrompeu a conversa geral para perguntar a Estela se deveras lhe tinha afeição.

— Já disse que sim — acudiu Estela.

— Mas gosta muito de mim?

— Muito — repetiu Estela prolongando a primeira sílaba.

— Por que não vem morar comigo?

Riram-se os outros; Estela beijou-a na testa. Ficando sós, a viúva e Estela jogaram uma partida de cartas, mas jogaram sem atenção; depois tomaram chá, mas sem apetite; finalmente dormiram, mas sem sono. Talvez a mesma ideia as preocupava. No dia seguinte, Estela perguntou sorrindo à viúva:

— Se eu lhe disser que já achei um projeto de marido?

— Quem?

— O Luís Garcia.

Valéria apertou-lhe as mãos.

— Excelente homem — disse ela —; marido digno e capaz. Conheço-o há muitos anos; nunca desmereceu da nossa estima. E... amam-se?

— Isso agora é mais complicado — replicou Estela —; não posso dizer que o amo; contudo, desejaria ser sua mulher. Talvez ele não deseje ser meu marido, mas é por isso mesmo que a consulto e lhe peço que me diga, uma vez que aprova a escolha, se posso esperar reciprocidade e se devo...

— Não deves dizer nada; incumbo-me de tudo.

Valéria não ocultou o contentamento. Não lhe tinha ocorrido nunca a ideia de os casar; Iaiá fê-la nascer, Estela abriu-a em flor; só faltava o fruto, e era justamente a parte difícil, porque a índole de Luís Garcia afigurava-se-lhe inteiramente avessa ao desejo de contrair segundas núpcias. Mas Valéria não desanimou. Não se pode dizer que ele seja o ideal de todas as noivas, pensava ela; não tem a expansão nem o verdor da primeira idade; mas deve ser um excelente marido. Luís Garcia tinha agora melhor posição. Obtivera uma promoção de emprego, e mediante isso, e alguns trabalhos extraordinários que lhe eram confiados, pôde ficar inteiramente a coberto das intempéries da vida. Estabelecera o futuro da filha e restaurara as alfaias da casa, não por si, mas com a intenção de ser mais agradável a Iaiá.

Estela, entretanto, impunha uma condição.

— Não desejo parecer que me ofereço — disse ela —; seria desairoso para um e para outro, e não seria a realidade.

— Que te ofereces, não; mas quem me pode impedir de ter adivinhado que o amas? — disse a viúva maliciosamente.

— Ou que o aprecio — emendou Estela. — Para um bom casamento não é preciso mais.

Luís Garcia não ficou pouco admirado quando Valéria daí a dias lhe perguntou se não tinha vontade de passar a segundas núpcias. Sorriu e ergueu os ombros; mas, insistindo a viúva, respondeu que a ideia de casar era já serôdia para ele.

— Não diga isso — tornou Valéria. — Iaiá está quase moça, vai deixar o colégio. O senhor vive só, e, tendo de dar companhia à sua filha, é melhor que lhe dê uma madrasta.

Luís Garcia abanou resolutamente a cabeça.

— Não tenho vocação para o casamento — disse ele depois de uma pausa —; minha verdadeira vocação é o celibato.

— Foi por isso que enviuvou?

— Casei-me uma vez, é verdade, mas não foi por amor; além de quê, era rapaz.

— Quando teimo em alguma coisa, é difícil que não vença — disse a viúva depois de alguns instantes. — Há duas pessoas de quem gosto muito, ela e o senhor,

ambas dignas uma da outra; e eu entendi que as devia casar, e hei de casá-las. Por que está a sorrir com esse ar incrédulo?

Como Luís Garcia não respondesse e continuasse a sorrir, Valéria ergueu-se e foi até a varanda, de onde se olhava para a chácara, depois voltou-se para dentro.

— Ande ver sua noiva — disse ela.

Luís Garcia foi até a varanda; a viúva apontou-lhe para o grupo de Estela e Iaiá.

Na chácara havia um canteiro circular, plantado de grama, no centro do qual jorrava a água de um repuxo. A bacia deste era orlada de plantas, cujas folhas largas, rajadas umas de escarlate, outras de branco, interrompiam a monotonia da relva. Dessas folhas colhera Estela algumas, entretecera os talos formando uma capela, a pedido de Iaiá. Quando Luís Garcia chegou à janela, a moça concluía o difícil trabalho. Uma vez pronto, Iaiá, que olhava para ela, infantilmente ansiosa, inclinou a cabeça, e Estela cingiu-a com a grinalda rústica; depois recuou alguns passos, aproximou-se outra vez, concertou-a melhor. As folhas caíam-lhe sobre os ombros irregularmente, ou erguiam-se sobre a cabeça, e o todo daria ideia de uma náiade casquilha. Estela mirou-a alguns instantes; inclinou-se para ela e beijou-a repetidas vezes. Iaiá quis pagar-lhe o trabalho e a carícia devolvendo-lhe a grinalda, e colocando-lha ela mesma na cabeça. Estela recusou, mas como a menina insistisse, batendo impacientemente o pé, cedeu ao desejo infantil. Inclinou-se; Iaiá, que trepara a um banco, cingiu-lhe a cabeça, como a outra lhe fizera, e, satisfeito o seu capricho, saltou do banco ao chão.

Nesse momento, como Valéria falava a Luís Garcia, não viram estes dois que a menina, saltando precipitadamente e mal, caíra na areia; só deram pelo desastre ouvindo um pequeno grito angustioso de Estela. A moça correra à menina para a fazer levantar.

A queda fora pequena; Iaiá procurava sorrir, mas um seixo que havia no chão, e sobre o qual caíra o rosto, fizera-lhe uma leve escoriação na face.

— Não foi nada — dizia ela.

— Nada! Você feriu-se... Ora, isso! Papai que há de dizer... Anda cá.

Estela levou a menina pela mão até o repuxo; molhou o lenço na água; lavou-lhe o sangue da face, inclinada sobre ela, que sorria voluntariamente. Nesse momento, Luís Garcia, que havia descido logo, chegou ao grupo das duas.

— Não foi nada, papai — disse Iaiá lendo no rosto do pai o motivo que o trouxera —; fui pular do banco e caí. Foi bem feito; é para eu não ser travessa.

Luís Garcia estendera a mão direita sobre a cabeça da filha e examinava-lhe a escoriação, que era pouco mais de nada. Tranquilizou-se e repreendeu-a levemente. Estela, que interrompera a operação, concluiu-a dizendo que o caso era de pouca monta, mas podia ter sido mais grave. Luís Garcia agradeceu-lhe o cuidado e o obséquio.

— Demais, a culpada fui eu — disse Estela —, e sem desculpa, porque não sou criança. Vamos? — continuou ela pegando na mão da menina.

— Então? — perguntou a viúva a Luís Garcia logo que este voltou a ter com ela.

— Não falemos nisso, ou faça-me um milagre — disse ele secamente.

Não obstante a comoção que lhe ficou do procedimento afetuoso de Estela

em relação a Iaiá, Luís Garcia riu no dia seguinte, ao lembrar-lhe a proposta de casamento. Quando lá voltou, não ouviu falar mais em semelhante assunto, nem Estela lhe deu a entender a menor pretensão. Pareceu-lhe que Valéria consultara apenas o seu desejo particular.

Tratando a moça de perto, Luís Garcia havia já observado duas coisas: primeiro, o resguardo com que ela procedia, sem ostentar a intimidade de Valéria, nem cair nos ademanes da servilidade; depois um ar de tristeza, que era a sua feição habitual. Concluiu que Estela devia padecer ou ter padecido alguma vez. Apreciou, além disso, algumas de suas qualidades morais. Supô-las verdadeiras, mas supô-las também caducas, como as graças do rosto ou como a flor do campo; com a diferença, dizia ele, que há um prazo fatal para que as graças percam o primitivo frescor e a flor expire o seu último cheiro, ao passo que a natureza social tem a decrepitude precoce, um princípio de corrupção, que destrói em breve termo todas as florescências do primeiro sol.

Estela não desistira da ideia e cogitava um meio de chegar à execução, não obstante a confiança da viúva, que lhe dizia: "Descansa; a rede está lançada". Era justamente essa ideia de rede, que repugnava ao espírito direto e simples de Estela. Entretanto, cada dia que passava vinha confirmar a eleição da moça.

O resto foi obra de Iaiá, obra dividida em duas partes, uma voluntária, outra inconsciente. Voluntária, porque também a menina, no silêncio laborioso de seu cérebro, construíra o projeto de os unir, e o dissera mais de uma vez a um e a outro. Inconsciente, porque o amor que a ligava a Estela foi a mais poderosa força que modificou o pai. Era uma afeição intensa a dessas duas criaturas; ao passo que Iaiá dava a Estela uma porção de ternura de filha, Estela achava no amor da menina uma antecipação dos prazeres da maternidade. Luís Garcia testemunhou esse movimento recíproco e, por assim dizer, fatal. Se Iaiá devesse ter madrasta, onde a acharia mais completa? Discreta, moderada, superior a seus anos, Estela tinha as condições necessárias para esse delicado papel. A primeira insinuação da viúva foi a causa primordial; mas o tempo, a convivência, a afeição das duas, a necessidade de dar segunda mãe à menina, e antes legítima que mercenária, finalmente, a certeza de que a Estela não repugnava a solução, tais foram os primeiros elementos da decisão de Luís Garcia.

Faltava só o milagre, e o milagre veio. Iaiá adoeceu um dia em casa de Valéria, e a doença, posto que não grave nem longa, deu ocasião a que Estela manifestasse de modo inequívoco toda a ternura de seu coração. Luís Garcia foi testemunha da dedicação silenciosa e contínua com que Estela tratou da doente. Esse último espetáculo desarmou-o de todo. Entre eles, o casamento não era a mesma coisa que costuma ser para outros; nada tinha das alegrias inefáveis ou das ilusões juvenis. Era um ato simples e grave. E foi o que Estela lhe disse a ele, no dia em que trocaram reciprocamente as primeiras promessas.

— Creio que nenhuma paixão nos cega, e se nos casamos é por nos julgarmos friamente dignos um do outro.

— Uma paixão de sua parte, em relação à minha pessoa, seria inverossímil — confessou Luís Garcia —; não lha atribuo. Pelo que me toca, era igualmente inverossímil um sentimento dessa natureza, não porque a senhora o não pudesse inspirar, mas porque eu já o não poderia ter.

— Tanto melhor — concluiu Estela —; estamos na mesma situação e vamos começar uma viagem com os olhos abertos e o coração tranquilo. Parece que em geral os casamentos começam pelo amor e acabam pela estima; nós começamos pela estima; é muito mais seguro.

O casamento foi aprovado pelo sr. Antunes com a mesma alma com que um réu sancionaria a própria execução. Não somente se lhe iam embora esperanças muito menos modestas, como lhe repugnava o caráter do genro. Não cedeu sem hesitação e luta; hesitação perante a viúva, luta em relação à filha; mas cedeu, porque ele nascera para não resistir. Hábil, no entanto, em espremer algum lucro dos males inevitáveis, uma vez perdida a confiança na eficácia da recusa, aceitou o acordo, não somente com aparência cordial, mas ainda entusiasta.

— O dote faz-lhe foscas — gemia ele filosoficamente.

A viúva serviu de madrinha a Estela. Sua alegria era sincera, e tanto ou quanto desinteressada. Quase se não lembrava já do perigo que, dois anos antes, lhe atordoara o espírito. As cartas de Jorge eram tão livres de qualquer opressão, tão exclusivamente militares! Além disso, a consciência ficava satisfeita de um desenlace que de certo modo compensava a perda, se alguma perda havia causado a Estela. Finalmente, a satisfação com que a viu aceitar casamento, aliás sugerido por ela própria, e a felicidade de que foi testemunha durante os primeiros tempos, deram-lhe a convicção de que a moça estava já inteiramente isenta, em relação ao filho. Não obstante a paixão deste, tinha fé que o tempo fizera a sua obra.

Capítulo VII

Três meses depois da chegada ao Rio de Janeiro, tinha Jorge liquidado todos os negócios de família. Os haveres herdados podiam dispensá-lo de advogar ou de seguir qualquer outra profissão, uma vez que não fosse ambicioso e regesse com critério o uso de suas rendas. Tinha as qualidades precisas para isso, umas naturais, outras obtidas com o tempo. Os quatro anos de guerra, de mãos dadas com os sucessos imediatamente anteriores, fizeram-lhe perder certas preocupações que eram, em 1866, as únicas de seu espírito. A vida à rédea solta, o desperdício elegante, todas as seduções juvenis eram inteiramente passadas.

O espetáculo da guerra, que não raro engendra o orgulho, produziu em Jorge uma ação contrária, porque ele viu, ao lado da justa glória de seu país, o irremediável conflito das coisas humanas. Pela primeira vez meditou; admirou-se de achar em si uma fonte de ideias e sensações, que nunca lhe deram os recreios de outro tempo. Contudo, não se pode dizer que viera filósofo. Era um homem apenas, cuja consciência reta e cândida sobrevivera às preocupações da primeira quadra, cujo espírito, temperado pela vida intensa de uma longa campanha, começa de penetrar um pouco abaixo da superfície das coisas.

Querendo adotar um plano de vida nova, renegou a princípio todos os hábitos anteriores, disposto a dar à sociedade tão-somente a estrita polidez. Teve pri-

meiro ideia de ir estabelecer-se em algum recanto silencioso e escuro no interior; mas desistiu logo, cedendo à necessidade de ficar mais à mão de uma viagem transatlântica, ideia a que aliás nunca deu princípio de execução.

Os primeiros três meses passaram depressa; foram empregados em liquidar o inventário. Poucos legados deixara a viúva. Um deles interessa-nos, porque recaiu em favor de Iaiá Garcia. A viúva beneficiava assim, indiretamente, o marido de Estela. Jorge aprovou cordialmente o ato de sua mãe. Não aprovou menos o dote de Estela, mas o sentimento do vexame que experimentou, logo que dele teve notícia, honrava a delicadeza de seu coração.

Luís Garcia dera-se pressa em visitar o filho de Valéria. A entrevista desses dois homens, que o curso dos sucessos colocara em tão delicada situação, foi cordial, mas não expansiva. Jorge não achou Luís Garcia mais velho; era o mesmo. Não o achou também menos reservado que antes. A conversa, em começo, não foi além dos fatos gerais; falaram da guerra, e das vitórias. Jorge referiu alguns episódios, que o outro ouviu com interesse; e, como parecesse olvidar seus próprios feitos:

— Vejo que é modesto — observou Luís Garcia —; felizmente lemos as folhas e as partes oficiais.

— Fiz o que pude — respondeu Jorge —; era preciso vencer ou ser vencido. Que é feito de tanta gente que ainda não vi? — continuou ele para desviar o assunto.

— Cada qual segue o seu destino. Meu sogro creio que já o visitou...

— Já.

— A propósito, deixe-me agradecer os benefícios que devo a sua mãe...

Jorge quis interrompê-lo com o gesto.

— Perdão; é meu dever — continuou Luís Garcia gravemente. — A senhora dona Valéria quis mostrar ainda à última hora a simpatia que sempre lhe mereci. Duas vezes o fez, além de outras. Primeiramente, resolveu-me a casar outra vez, coisa que estava longe de meus cálculos. Foi ela a primeira autora dessa transformação de minha vida, em boa hora o foi, porque não me podia fazer maior obséquio. Requintou o obséquio, ocultando até a última hora a prova de ternura que desde alguns meses antes dera a minha mulher; tinha-a dotado, como deve saber...

Jorge fez um gesto afirmativo.

— Achou que não era bastante e deixou a minha filha um legado, que será o seu dote... Gostava muito dela. Não podendo agradecê-lo à benfeitora, permita que o agradeça ao...

— Desta vez há de obedecer-me — interrompeu Jorge com brandura —; falemos de outra coisa.

— Sim; falemos de minha mulher. Saiba que rematou dignamente a obra de sua mãe; e mais uma vez me fez compreender o benefício do casamento. Logo depois de casado, propôs-me aceitar, em favor de minha filha, a parte com que a senhora dona Valéria lhe manifestara sua afeição. Gostei de a ouvir, porque era sinal de desinteresse, mas recusei, e recusei sem eficácia. Cedi, enfim; e não podia ser de outro modo. Folgo de lhe dizer essas coisas porque são raras...

Jorge fechou o rosto ao ouvir essas palavras de Luís Garcia. Adivinhara a causa do desinteresse de Estela. "Eterno orgulho!" pensou ele. Depois refletiu no caso e perguntou a si mesmo se a moça teria confiado ao marido alguma coisa do que se passara entre eles. Era difícil percebê-lo, mas não era acertado supô-lo. Nenhuma

mulher o faria nunca. Estela menos que nenhuma outra. Interrogou o rosto de Luís Garcia; achou-o plácido e imóvel. Após alguns segundos de silêncio, estendeu-lhe a mão.

— Permite-me então que o felicite? — disse ele.

— De coração — acudiu Luís Garcia. E, depois de erguer-se: — Se eu tivesse o sestro de dar conselhos, dir-lhe-ia que se casasse.

— Pode ser.

— Não lhe pergunto pela outra paixão; creio que a esqueceu de todo.

— De todo.

Luís Garcia apertou-lhe cordialmente a mão e saiu, depois de lhe oferecer a casa. Jorge ficou alguns instantes pensativo. A notícia do dote de Estela causara-lhe certo vexame; a notícia da doação feita pela moça em favor da enteada, produzia-lhe agora um sentimento mesclado de admiração e despeito. Ele sentia arder no mais fundo do coração da moça um resíduo de ódio, e em seu próprio coração não podia deixar de aprovar o ato.

Sendo forçoso pagar a visita a Luís Garcia, Jorge demorou o cumprimento desse dever enquanto lhe foi possível fazê-lo sem reparo. Um dia, enfim, sabendo por intermédio do sr. Antunes que a família não estava em casa, foi a Santa Teresa e deixou lá um bilhete de visita.

A vida de Jorge foi então dividida entre o estudo e a sociedade, à qual cabia somente uma parte mínima. Estudava muito e projetava ainda mais. Delineou várias obras durante algumas semanas. A primeira foi uma história da guerra, que deixou por mão, desde que encarou de frente o monte de documentos que teria de compulsar, e as numerosas datas que seria obrigado a coligir. Veio depois um opúsculo sobre questões jurídicas e logo duas biografias de generais. Tão depressa escrevia o título da obra como a punha de lado. O espírito sôfrego colhia só as primícias da ideia, que aliás entrevia apenas. Uma vez, uma só vez, lembrou-se de escrever um romance, que era nada menos que o seu próprio; ao cabo de algumas páginas, reconheceu que a execução não correspondia ao pensamento, e que não saía das efusões líricas e das proporções da anedota.

Quando mais disposto se achava a compor essa autobiografia, ocorreu vagar a casa da Tijuca, a mesma aonde fora uma vez com sua mãe e Estela, ponto de partida dos sucessos que lhe transformaram a existência. Quis vê-la novamente; talvez ali achasse uma fonte de inspiração. Foi; achou-a quase no mesmo estado. Entrou curioso e tranquilo. Pouco a pouco sentiu que o passado começava a reviver; a ressurreição foi completa, quando penetrou na varanda, em que da primeira vez achara o casal de pombos, solitário e esquecido. Já lá não estavam as pobres aves! Tinham voado ou morrido, como as esperanças dele, e tão discretamente que a ninguém revelaram o desastrado episódio. Mas as paredes eram as mesmas; eram os mesmos o parapeito e o ladrilho do chão. Jorge encostou-se ao parapeito onde estivera Estela, com os pombos ao colo, diante dele, naquela fatal manhã. O que sentia nesse outro tempo, posto frisasse o amor, tinha ainda um pouco de estouvamento juvenil. Contudo a vista das paredes nuas e frias da varanda abria-lhe na alma a fonte das sensações austeras, e ele tornou a ver os olhos férvidos e o rosto pálido da moça; pareceu até escutar-lhe o som da voz. Viu também a sua própria violência; e, como em meio de tantas vicissitudes, trazia ainda a consciência íntegra, a recorda-

ção fê-lo estremecer e abater. Jorge fincou os braços no parapeito e fechou a cabeça nas mãos.

— Olá, senhor dorminhoco! são horas de almoçar.

Jorge ergueu vivamente a cabeça e olhou para a chácara, donde lhe pareceu que saíra a voz. Na chácara, a vinte passos de distância, estava um homem, que sorria para ele, com as mãos nas costas, seguras a uma grossa bengala. Jorge sentiu um calafrio, como se lhe descobrissem o segredo do passado. Só depois de desfeita a primeira sensação, respondeu sorrindo:

— Não durmo; estou pensando nos aluguéis.

— Muda-se para aqui?

— Não.

— A casa é sua?

— É. Suba cá.

O homem galgou os seis degraus da escada de tijolo e entrou na varanda, onde Jorge assumira exclusivamente o papel de proprietário, olhando atentamente para as paredes do edifício.

— Que faz por aqui, senhor Procópio Dias, às dez horas da manhã? — disse Jorge logo que o outro apareceu.

— Passei a noite na Tijuca; soube que esta casa vagara, vim vê-la; não sabia que era sua. Está um pouco estragada.

— Muito.

— Muito?

— Parece.

Procópio Dias abanou a cabeça com um gesto de lástima.

— Não é assim que deve responder um proprietário — disse ele. — Meu interesse é achá-la arruinada; o seu é dizer que apenas precisa de algum conserto. A realidade é que a casa está entre a minha e a sua opinião. Olhe, se está disposto a concordar sempre com os inquilinos, é melhor vender as casas todas que possui. Ou fica perdido... Com que então esta casa é sua? A aparência não é feia; há alguma coisa que pode ser consertada e ficará então excelente. Não é casa moderna; mas é sólida. Eu já a vi quase toda; desci à chácara, e estava a examiná-la quando o senhor apareceu na varanda.

— Quer ficar com ela?

— Ingênuo! — respondeu Procópio Dias batendo-lhe alegremente no ombro. — Se eu confesso que ela não está muito estragada é porque não a quero para mim. É grande demais; e depois, fica muito longe da cidade. Se fosse mais para baixo...

— Mas no caso de que haja por aí algum namoro? — ponderou Jorge sorrindo.

— Falemos de outra coisa — acudiu o outro faiscando-lhe os olhos.

Os olhos de Procópio Dias eram cor de chumbo, com uma expressão refletida e sonsa. Tinha cinquenta anos esse homem, uns cinquenta anos ainda verdes e prósperos. Era mediano de carnes e de estatura, e não horrivelmente feio; a porção de fealdade que lhe coubera, ele a disfarçava quanto podia, por meio de qualidades que adquirira com o tempo e o trato social. Fazia às vezes um movimento que lhe descrevia na testa cinco rugas horizontais. Era uma das suas maneiras de rir. Além dessa particularidade, havia o feitio do nariz, que representava um triângulo de lados iguais, ou quase: nariz a um tempo sarcástico e inquisidor. Não obstante

a expressão dos olhos, Procópio Dias tinha a particularidade de parecer simplório, sempre que lhe convinha; nessas ocasiões é que ria com a testa. Não usava barba; ele próprio a fazia com o maior esmero. Via-se que era homem abastado. As roupas, graves no corte e nas cores, eram da melhor fazenda e do mais perfeito acabado. Naquela manhã trazia uma longa sobrecasaca abotoada até metade do peito, deixando ver meio palmo de camisa, infinitamente bordada. Entre o último botão da sobrecasaca e o único colarinho, fulgia um brilhante vasto, ostensivo, escandaloso. Um dos dedos da mão esquerda ornava-se com uma soberba granada. A bengala tinha o castão de ouro lavrado, com as iniciais dele por cima — de forma gótica.

Jorge conheceu Procópio Dias no Paraguai, onde este fora negociar e triplicar os capitais, o que lhe permitiu colocar-se acima das viravoltas da fortuna. Travaram relações, não íntimas, mas frequentes e agradáveis, e até certo ponto úteis a Procópio Dias, que obteve de Jorge mais de uma recomendação. Não obstante a frequência das relações, estavam longe da amizade estreita; e isso não por esforço de Procópio Dias, cujas maneiras fáceis assediaram por muito tempo a inexperiência de Jorge. O motivo de Procópio Dias cessou com a guerra, desde que com a guerra cessara também o interesse mercantil. Jorge não tinha motivo contra ele; quando o conhecera estava no período melancólico.

— Ainda não respondeu à minha suspeita — disse Jorge dando o braço a Procópio Dias.

— O namoro?

— Sim.

— Nem sombras disso, meu caro! Ou antes... creio que vou entrar para um convento: é a minha última ambição.

Procópio Dias tinha dois credos. Era um deles o lucro. Mediante alguns anos de trabalho assíduo e finuras encobertas, viu engrossarem-lhe os cabedais. Em 1864, por um instinto verdadeiramente miraculoso, farejou a crise e o descalabro dos bancos, e retirou a tempo os fundos que tinha em um deles. Sobrevindo a guerra, atirou-se a toda a sorte de meios que pudessem tresdobrar-lhe as rendas, coisa que efetivamente alcançou no fim de 1869.

A não ser o segundo credo, é provável que Procópio Dias só liquidasse com a morte. Tendo chegado a uma posição sólida, aos cinquenta anos, achou-se diante de outra riqueza, não inferior àquela, que era o tempo. Ora, o segundo credo era o gozo. Para ele, a vida física era todo o destino da espécie humana. Nunca fora sórdido; desde as primeiras fases da vida, reservou para si a porção de gozo compatível com os meios da ocasião. Sua filosofia tinha dois pais: Lúculo e Salomão — não o Lúculo general, nem o Salomão piedoso, mas só a parte sensual desses dois homens, porque o eterno feminino não o dominava menos que o eterno estômago. Entre os colegas de negócio foi sempre tido como um feliz vencedor de corações fracos. E, ao invés de outros, não punha nisso a menor vaidade ou gloríola; preferia a cautela e a obscuridade, não em atenção ao pudor público, mas porque era mais cômodo. Nenhuma diva mundana teria jamais a audácia de cortejá-lo na rua ou sorrir-lhe simplesmente; perdia o tempo e o sacerdote. Gozava para si, que é a perfeição sensual.

Não conhecia Jorge nem a vida nem o caráter do outro. Procópio Dias tinha o pior mérito que pode caber a um homem sem moral: era insinuante, afável, conversado; tinha certa viveza e graça. Era bom parceiro de rapazes e senhoras. Para

os primeiros, quando eles o pediam, tinha a anedota crespa e o estilo vil; se lhes repugnava isso, usava de atavios diferentes. Com senhoras era o mais paciente dos homens, o mais serviçal, o mais buliçoso — uma joia.

— Ninguém o vê — dizia ele daí a duas horas, à mesa do almoço de Jorge, na casa da rua dos Inválidos. — Não conheço os seus amigos de outro tempo, mas devo crer que todos lhe censuram essa vida de bicho do mato. Nos teatros... nunca vai aos teatros?

— Quase nunca.

— Vamos hoje?

— Corruptor! — disse Jorge sorrindo.

De noite foram ao teatro. Procópio Dias estava de veia; a palestra, a cena, o próprio tempo, tudo conspirou para dissipar as sombras de melancolia que a manhã acumulara na fronte de Jorge.

— Não se deixe apodrecer na obscuridade, que é a mais fria das sepulturas —, dizia Procópio Dias, à mesa de um hotel, onde foram cear.

Jorge não comeu nada. Malgrado o prazer que achava em estar com ele, não quis aceitar-lhe o obséquio da ceia, apesar de lhe ter feito o do almoço. Procópio Dias percebeu isso mesmo, mas não se molestou; abaixou a cabeça, deixou passar essa onda de desconfiança, e surgiu fora, a rir. Saíram dali uma hora depois. A evocação da Tijuca tinha-se esvaído.

Jorge deixou-se persuadir dos conselhos do outro. Abriu mão do último livro planeado, contentando-se com tê-lo vivido. Demais o tempo ia minando a antiga sensação, e a vida social tornava a prendê-lo em suas malhas.

Entre as pessoas que tornou a ver, figurava a mesma Eulália, com quem a mãe quisera casá-lo, alguns anos antes. Eulália não ficara solteira; estava na lua de mel, uma lua de mel que durava mais de um ano. O casamento fora a vara mosaica mediante a qual se lhe abrira no coração uma fontezinha de ternura. Encontraram-se num baile. Nenhum deles sentiu acanhamento; como nunca chegaram a tratar dos projetos de Valéria, puderam falar com a mesma isenção de 1866. A diferença é que Eulália, que era feliz, exagerava a felicidade para melhor mostrá-la a Jorge e convencê-lo de que antes ganhara do que perdera com a recusa dele.

— Vá lá à rua de Olinda — disse a moça —; quero mostrar-lhe meu filho.

Jorge foi. Eulália mostrou-lhe o filho, criança que valia por duas, tão gorda e vigorosa era. Jorge chegou a pegar nele, mas não sabia haver-se com as rendas, os babados, as fitas. Eulália, que possuía já toda a destreza materna, tomou-lho das mãos.

— O senhor não entende disso — disse ela. E depois de consertar a touca da criança, beijou-a muitas vezes, riu-se para ela, fez-lhe um monólogo, tudo com uma graça e poesia, que Jorge estava longe de lhe supor cinco anos antes. Ele contemplava essa jovem mãe, elegante e natural, e sentia-se tomado de inveja e cobiça.

"A felicidade é isso mesmo", pensou ele.

Voltou lá algumas vezes, fez-se íntimo da casa. Começou a receber também. Viu entre os frequentadores de sua casa o pai de Estela, que achou nele a benevolência do desembargador. O sr. Antunes era conviva certo ao almoço dos domingos; dava-lhe notícias do genro e da filha. Ele pranteava ainda a quimera esvaída, e achava não sei que dolorido prazer em falar de Estela ao genro de suas ambições. Demais,

era um como desforço do outro, a respeito de quem aventurou mais de uma queixa. Jorge, porém, ouvia-o sem lhe responder nada.

No meado do ano de 1871, fez Jorge uma excursão a Minas Gerais, com o fim de ajoelhar-se à sepultura de sua mãe, cujos ossos transportaria oportunamente para um dos cemitérios do Rio de Janeiro. A excursão durou seis semanas. Jorge visitou alguns parentes, e regressou nos princípios de agosto.

Um incidente transtornou-lhe os planos.

Capítulo VIII

Chegando ao Rio, Jorge teve notícia de que Luís Garcia estava enfermo. Não contava com o incidente, que o pôs em grande perplexidade. Não queria visitá-lo, e mal poderia deixar de o fazer. Luís Garcia fora prezado de seus pais; ele próprio lhe tinha estima e consideração: motivos bastantes a aconselhar o desempenho de um dever de cortesia. Mas, por outro lado, ir a Santa Teresa era arriscar-se à suspeita de Estela. Jorge vacilou durante dois longos dias. Certo, ele sentiu algum alvoroço com a ideia de a ver; ideia que, se buscou rejeitar do espírito, lá ficou latente e dissimulada. Mas a razão que confessava a si próprio era a da conveniência.

Venceu a hesitação e foi a Santa Teresa, na tarde do terceiro dia. A casa não era já a mesma; tinha dimensões um pouco maiores que a outra. Era nova, ladeada de verdura, com as telhas ainda da primeira cor. Havia duas entradas, uma para a sala, ficando a porta entre quatro janelas, outra para o jardim, e era uma porta de grade de ferro, aberta no centro de um pequeno muro, por cima do qual vinha debruçar-se a verdura de uma trepadeira. Aí achou Raimundo, mais velho do que o deixara, mas não menos forte. Raimundo conheceu-o, apesar de queimado do sol. Abriu-lhe a porta; acompanhou-o alegremente ao fundo do jardim.

— Meu senhor vai ficar muito contente — dizia ele fazendo-o entrar.

— Está melhor?

— Está, sim, senhor. Olhe, está ali.

Raimundo apontou para um grupo de pequenas árvores, através de cuja ramagem se descobriam vestidos de mulher. Jorge sentiu coar-lhe pelas veias uma onda de frio. Mas passou depressa; e deu o primeiro passo tão firme como diante das legiões de López.

— Quem é, Raimundo? — cantou uma voz desconhecida, no meio das árvores.

Jorge viu aparecer uma moça, que representava ter dezoito anos e não contava mais de dezesseis; reconheceu a filha de Luís Garcia. Ela não o reconheceu logo; os trabalhos da guerra tinham-no mudado. Demais, nas poucas vezes que o vira não lhe havia prestado muita atenção. Jorge foi conduzido até a cadeira onde se achava estirado Luís Garcia, entre duas outras, uma com um trabalho de agulha em cima, outra com um livro aberto. Luís Garcia recebeu-o com satisfação e cordialidade; Jorge explicou a demora da visita pelo fato de estar ausente. A explicação era uma cortesia nova; Luís Garcia agradeceu-lha.

— Estive muito prostrado — disse ele —; não sei mesmo se cheguei às portas da morte. Agora estou quase bom.

Jorge sentara-se a um lado do convalescente, enquanto Iaiá, do outro lado, brincava com os cabelos do pai ou lhe apertava uma das mãos. Luís Garcia contou as peripécias da doença e exaltou a dedicação da família; Jorge falou pouco, já por evitar trair a comoção que sentia ao penetrar naquela casa, já por não prolongar a visita e podê-la terminar no primeiro intervalo de silêncio. No fim de quinze minutos levantou-se.

— Espere um pouco — disse o convalescente. — Iaiá, vai chamar tua madrasta.

Iaiá levantou-se para obedecer à ordem do pai; mas no momento em que ia pousar nos joelhos deste o livro que tinha no regaço, ouviu-se um passo na areia e logo depois esta súbita palavra:

— Pronto!

Era Estela. O sobressalto de Jorge, por mais imperceptível que fosse, não escapou a Iaiá, e fê-la sorrir à socapa; atribuiu-o ao susto. Estela apareceu; mas, porque já sabia da presença de Jorge, pôde encará-lo sem nenhuma aparente comoção. Houve certa hesitação entre um e outro, mas foi curta. A moça inclinou-se levemente e estendeu-lhe a mão. Jorge apertou-lha.

— Ainda não tinha tido a satisfação de a ver depois de minha volta do Paraguai — disse ele.

— É verdade — respondeu a moça—; vivemos muito retirados.

Estela chegou-se ao marido, afastando-se Jorge para deixá-la passar. — Pronto, repetiu ela. Trazia-lhe um copo de geleia. Enquanto Luís Garcia tomava a refeição de convalescente, Estela ficou de pé, ao lado dele; depois sentou-se e dirigiu a palavra ao filho de Valéria. Naturalmente falou-lhe da campanha. Ele respondeu sem afetação, e com tranquilidade.

— Já tive ocasião de lhe dizer que foi um dos heróis — interveio Luís Garcia olhando para a mulher —; mas o doutor Jorge teima em escurecer os seus próprios serviços. Iaiá não é a mesma coisa.

— Sim? — perguntou Jorge.

— É verdade; durante toda a campanha matou pelo menos metade do exército paraguaio.

Iaiá lançou ao pai um olhar de graciosa censura.

— Não precisa corar — disse Jorge —; era uma maneira de ser patriota; mas creia que havia menos perigo em matar o inimigo cá de longe.

— O senhor matou algum? — perguntou Iaiá no fim de um instante.

— Provavelmente. Na guerra é preciso matar ou morrer. Não me importava morrer; mas há ocasiões em que o mais indiferente é um herói. Eu fiz o que pude.

Como a tarde começasse a escurecer, Estela disse ao marido que era tempo de recolher-se a casa. Ergueu-se para lhe dar o braço; Jorge porém apressou-se a substituí-la. Estela foi adiante, e quando Jorge entrou na sala com o convalescente, ela preparava a cadeira em que este devia sentar-se, uma larga e extensa cadeira de vime. Luís Garcia esperou alguns instantes, enquanto a mulher colocava as almofadas, resvalando serenamente de um lado para outro.

Durante essa curta espera, Jorge olhava para a moça, e era a primeira vez que o fazia mais detidamente. Pouca era a diferença entre a Estela de 1867 e a de 1871. Ti-

nha o mesmo rosto pálido e os mesmos olhos severos. As feições não haviam mudado; o busto conservava a graça antiga; estava só um pouco mais cheio, diferença que não destoava da estatura, que era alta. Esta era a pessoa física. Moralmente devia ser a mesma; mas que contraste na situação! Assim, a mulher que o levara a servir por quatro anos uma campanha árdua e porfiosa e cuja imagem não esquecera no centro do perigo, essa mulher estava ali diante dele, ao pé de outro, feliz, serena, dedicada, como uma esposa bíblica. A comparação doeu-lhe; mas o coração começava a repetir-lhe juvenilmente as mesmas horas que já havia batido. Para refreá-lo, Jorge despediu-se dez minutos depois.

— Já! — exclamou Luís Garcia. — Foi visita de médico. Agradeço-lhe, entretanto, a atenção. Esta casa é sua; sabe que todos nós o estimamos.

Jorge seguiu para casa, contente e arrependido da visita que acabava de fazer. Gastou as primeiras horas da noite a folhear dez ou doze tomos, lendo a trancos duas ou três páginas de cada um; quando os olhos estavam mais atentos na página aberta, o espírito saía pé ante pé e deitava a correr pela infinita campanha dos sonhos vagos. Voltava de quando em quando; e os olhos, que haviam chegado mecanicamente ao fim da página, tornavam ao princípio, a reatar o fio da atenção. Como se a culpa fosse do livro, trocava-o por outro, ia da filosofia à história, da crítica à poesia, saltando de uma língua a outra, de um século a outro século, sem outra lei mais que o acaso.

O clarão da seguinte manhã dissipou uma parte dos cuidados da noite. O primeiro alvoroço tinha passado. Jorge disse a si mesmo que bastava ser homem, esquecer o incidente da véspera, e arredar para sempre a possibilidade de outros. Não repetiria a visita a Luís Garcia; e provavelmente não os veria nunca mais. Na rua do Ouvidor encontrou Procópio Dias, que lhe disse à queima-roupa:

— Entrei meia hora depois do senhor sair.

— Onde?

— Em Santa Teresa. Se se demora meia hora mais, encontrava-o e poderíamos ter descido juntos. Conhece há muito tempo o Luís Garcia?

— Desde muito moço.

— Também eu; mas não o via há dez anos. Está o mesmo homem; está melhor, porque casou com uma mulher bonita. Que gente é aquela?

— A mulher foi educada por minha mãe.

— Vê-se que sim. Oh! falamos muito do senhor.

— Sim? — perguntou vivamente Jorge.

Procópio Dias olhou fixamente um instante; depois riu com a testa.

— Muito — repetiu ele —; eu e o Luís Garcia travamos um duelo de louvores, e se não há nisso vaidade creio que o venci; naturalmente porque sou mais expansivo do que ele. Na verdade, ele é seco, mas o pouco que disse, disse-o com sinceridade. Parece estimar-se muito aquela família.

Procópio Dias tornou a falar-lhe de Santa Teresa na noite do dia seguinte, em uma casa onde jantaram juntos. Falou-lhe primeiramente em particular, depois diante de outros. A dona da casa, que era uma Diana caçadora de boatos e novidades, farejou algum mistério entre as rugas da testa de Procópio Dias, e dobrando as pontas do arco disparou sutilmente uma flecha que ninguém viu, mas foi enterrar-se no coração de Jorge. Este fez boa cara ao tiro, mas lá dentro sangrou um pouco de

irritação e medo. Sentia no fundo da consciência o calor de um sentimento honesto, e contudo a opinião tendia a apoderar-se dele e a devassar-lhe as cinzas do passado; cinzas frias ou mornas, é o que ele não podia ainda discernir. Confiado em si mesmo, Jorge tremia diante da opinião — a opinião do epigrama e da anedota, que começava a sacudir o seu riso escarninho e cru.

Inquieto e aborrecido, saiu dali pouco depois de jantar. O gracejo da dona da casa continuava a zumbir-lhe ao ouvido, ao mesmo tempo que a figura de Estela lhe surgia aos olhos, com o seu aspecto do costume. Já entrado na rua dos Inválidos, Jorge desandou o caminho e foi direito a um teatro, com o fim de aturdir-se e esquecer mais depressa. Eram nove horas e meia; assistiu a um resto de drama, que lhe pareceu jovial, e a uma comédia inteira, que lhe pareceu lúgubre. Não obstante, arejou o espírito dos cuidados da noite, e caminhou para casa mais leve e desassombrado. Era uma hora quando chegou; o criado entregou-lhe uma carta.

— A pessoa que trouxe esta carta disse que era urgente.

Jorge recebeu-a, sem conhecer a letra do sobrescrito. Era letra de mulher. Abriu-a sem pressa, mas não sem curiosidade. Não era longa; dizia simplesmente isto:

> Ilmo. Sr. Doutor.
> Papai está muito mal; pede-lhe o favor de vir a nossa casa.
>
> LINA GARCIA.

— A que horas veio esta carta? — perguntou ele ao criado.
— Às sete.

Jorge fez um gesto de enfado e mandou buscar um tílburi. Daí a uma hora parava à porta de Luís Garcia. Era tudo silêncio. Jorge deteve-se alguns instantes, incerto sobre o que convinha fazer. O perigo, se perigo houve, podia ter passado, e toda a família estaria em repouso. Espreitou pela porta do jardim, e viu uma claridade frouxa, através de uma veneziana. Logo depois ouviu passos na areia. Era o sr. Antunes, que sentira parar o tílburi.

— Meu genro está mal — disse o pai de Estela —; teve esta manhã uma recaída e perto das oito horas cuidamos perdê-lo.

Jorge entrou.

Luís Garcia estava prostrado; a febre ardia-lhe sinistramente nos olhos. De um lado e de outro do leito, viam-se a mulher e a filha, aparentemente quietas, mas gastando toda a força moral em suster a angústia que ameaçava fazer-se em lágrimas.

— Que tem? — perguntou Jorge aproximando-se do enfermo.
— Uma febrinha importuna — respondeu este.

A um sinal, Estela e Iaiá retiraram-se da alcova, onde só ficou Jorge.

Mandando chamar o moço, Luís Garcia punha em execução um pensamento que lhe brotara no calor da febre. Ouviu do médico algumas palavras que lhe fizeram supor a probabilidade da morte; e, não tendo amigos nem parentes, e não querendo confiar a mulher e a filha ao sogro, lançou mão da pessoa que lhe pareceu ter a sisudez bastante e a influência necessária para as dirigir e proteger.

— Seu pai foi amigo de meu pai — disse ele —; eu fui amigo de sua família; devo-lhe obséquios apreciáveis. Se eu morrer, minha mulher e minha filha ficam amparadas da fortuna, porque o dote de uma servirá para ambas, que se estimam

muito; mas ficam sem mim. É verdade que meu sogro, mas... mas meu sogro tem outras ocupações, está velho, pode faltar-lhes de repente. Quisera pedir-lhe que as protegesse e guiasse; que fosse um como tutor moral das duas. Não é que lhes falte juízo; mas duas senhoras sozinhas precisam de conselhos... e eu... desculpe-me se sou indiscreto. Promete?

Jorge prometeu tudo, com o fim de o tranquilizar, porque Luís Garcia parecia excessivamente aflito com a ideia daquela eterna separação. O pedido afigurou-se-lhe singular; atribuiu-o à exaltação febril do doente. Soube depois que a vida de Luís Garcia dependia da primeira crise que fizesse a enfermidade, segundo havia declarado o médico.

Eram quase quatro horas quando Jorge de lá saiu. Voltou às nove e achou o médico. A crise era esperada na tarde desse dia, e só então se poderia dizer se a vida do enfermo estava perdida ou salva. Foi o que o médico lhe repetiu, à porta do jardim, aonde Jorge o foi acompanhar.

— Não obstante — concluiu o médico —, ele tem outra doença que o deve matar dentro de alguns meses, um ano ou ano e meio.

— Coração?
— Justamente.

Essa notícia impressionou o moço.

— Não será ilusão da medicina? — perguntou ele.

O médico abanou a cabeça, e saiu. Jorge encaminhou-se para casa, mas teria dado apenas três passos quando viu Estela que vinha ao seu encontro. A moça parou diante dele.

— Que lhe disse o médico? — perguntou.
— Tem esperanças; logo de tarde poderá afiançar mais alguma coisa.
— Só isso?
— Só.
— Não o desenganou?
— Não.

Estela refletiu um instante.

— Dê-me sua palavra — disse ela.

Jorge estendeu-lhe a mão, sobre a qual Estela deixou cair a sua, não menos fria que pálida.

— Sou amigo de seu marido — disse Jorge depois de alguns instantes —; creia que ele pode contar com toda a minha dedicação.

Estela pareceu acordar do momentâneo torpor; atentou no moço, retirou a mão e respondeu com um simples gesto de assentimento. A alma subjugada tornara à natural atitude. Jorge viu-a entrar em casa e ficou só alguns minutos, a recordar a revelação do médico, e a sentir que, ao pé da tristeza que o pungia, havia alguma coisa semelhante a um sentimento egoísta e cruel.

Entre a esperança e o receio gotejaram algumas horas longas, até que a crise veio e passou, sem levar consigo a vida ameaçada. Na manhã seguinte a alegria foi tamanha em redor do enfermo, que ele viu claramente o perigo e a salvação. Nem a filha nem a mulher pareciam alquebradas do trabalho e da vigília; estavam frescas, risonhas, ágeis, partindo entre si o pão da alegria, como haviam partido irmãmente o pão da angústia.

Durante a moléstia e a convalescença, Jorge visitou-os uma vez por dia; e força é dizer que, se por um instante houve em seu coração um impulso egoísta, tal impulso não se lhe repetiu depois; serviu ao doente com desinteresse e lealdade. A família deste mostrou-se-lhe agradecida. Luís Garcia recordou ao moço o pedido que lhe fizera na noite em que o mandara chamar, e recordou-lho, não só para lhe agradecer a aquiescência como para explicá-lo. Mas a explicação era difícil, porque ele cedera principalmente à aversão que lhe inspirava o sogro, em quem não tinha a mínima confiança; não obstante as meias palavras de que usou, Jorge entendeu tudo.

A frequência trouxe a necessidade. Levado pelas circunstâncias, Jorge acostumou-se às visitas, e amiudou-as. No mês de setembro, a pretexto de calor, que ainda não fazia, transferiu a residência para a casa que tinha em Santa Teresa, e que não ficava a longa distância da de Luís Garcia. Não havia que reparar no caso; sua mãe tinha o costume de passar ali três a quatro meses no ano. Demais, nas últimas semanas ele começara a fazer-se menos visto e menos frequentado. Podia facilmente passar a outra vida mais reclusa.

Entretanto, como essa mudança antecipada para Santa Teresa podia não ter em si mesma toda a explicação razoável, Jorge buscou enganar-se a si próprio reunindo os elementos e lançando ao papel as primeiras linhas de um trabalho, que jamais devia acabar, mas que, em todo caso, legitimava a necessidade de repouso. Nos intervalos deste é que visitava a casa de Luís Garcia, uma ou duas vezes por semana. Aos domingos, tinha sempre a jantar o sr. Antunes, com quem jogava uma partida de bilhar. Tentou ensinar-lhe o xadrez, mas desanimou ao fim de cinco lições.

— Ah! mas nem todos têm o seu talento! — exclamou triunfalmente o pai de Estela.

Luís Garcia jogava o xadrez. Era o recreio usual entre ele e Jorge; outras vezes saíam a passeio até curta distância. Luís Garcia aceitava de boa sombra essas distrações, que não eram turbulentas nem cansativas, mas brandas e pausadas, como ele. Demais, nem sempre eram distrações sem fruto. Jorge apreciava agora melhor as conversações que não eram puros nadas, e os dois trocavam ideias e observações. Luís Garcia era homem de escassa cultura, sobretudo irregular; mas tinha os dons naturais e a longa solidão dera-lhe o hábito de refletir. Também ele ia à casa de Jorge, cujos livros lia de empréstimo. Era tarde; já não estava moço; faltava-lhe tempo e sobrava-lhe fome; atirou-se sôfrego, sem grande método nem escrupulosa eleição; tinha vontade de colher a flor ao menos de cada coisa. E porque era leitor de boa casta, dos que casam a reflexão à impressão, quando acabava a leitura, recompunha o livro, incrustava-o por assim dizer, no cérebro; embora sem rigoroso método, essa leitura retificou-lhe algumas ideias e lhe completou outras, que só tinha por intuição.

A necessidade intelectual de Luís Garcia contribuiu assim para tornar mais íntima a convivência, única exceção na vida reclusa que ele continuava a ter, ainda depois de casado. Jorge pela sua parte não desmentia até ali o bom conceito que o outro formava de suas qualidades; e a família viu lentamente estabelecer-se a intimidade e a estima entre os dois homens. Uma noite, saindo Jorge da casa de Luís Garcia, este e a mulher ficaram no jardim algum tempo. Luís Garcia disse algumas palavras a respeito do filho de Valéria.

— Pode ser que eu me engane — concluiu o cético —; mas persuado-me que é um bom rapaz.

Estela não respondeu nada; cravou os olhos numa nuvem negra, que manchava a brancura do luar. Mas Iaiá, que chegara alguns momentos antes, ergueu os ombros com um movimento nervoso.

— Pode ser — disse ela —; mas eu acho-o insuportável.

Capítulo IX

A nova ordem de coisas perturbou profundamente o ânimo de Estela. O procedimento de Jorge, por ocasião da moléstia do marido, não lhe pareceu esconder nenhuma intenção particular; mas durante a convalescença, e sobretudo depois dela, afigurou-se-lhe que a ideia do moço era insinuar-se na família. Para quê? Estela supunha que o amor de Jorge, ao fim de tão longo período, estaria acabado de todo, como produto da primeira estação. Não lhe negou um pouco de gratidão, quando viu os obséquios que prestara ao marido enfermo, com tanta solicitude, discrição e dignidade. Agora, porém, ao ver a frequência e a convivência, supôs alguma coisa mais do que a simples afeição tradicional. Que encanto podia oferecer a casa de uma família retirada e obscura a um homem criado em mais aparente plana social? Seu meio era outro; tendências de espírito ou ambições de futuro o deviam levar a outra esfera. Essa consideração lhe pareceu decisiva. Concluiu que a paixão, vencida ou comprimida, soltava outra vez o brado da revolta; e se assim era, Jorge devia estar pior que em 1866, porque então os sentimentos rompiam com violência e sinceridade, ao passo que agora o seu principal aspecto era a dissimulação. O amor, se amor havia, trazia já os olhos abertos e dispunha da razão; de estouvado, tornava-se cauteloso e sutil.

"Que ideia faz ele de mim?", perguntou Estela a si mesma.

Quando essa palavra lhe soou no espírito, Estela sentiu-se diminuída e humilhada aos olhos de Jorge. Cumpria pôr termo a uma vida de reticências e dubiedade. Estela cogitou no meio de fazer cessar a intimidade dos dois homens; quando menos, a frequência de Jorge naquela casa. Pensou em pedi-lo diretamente a Jorge; mas rejeitou desde logo a ideia, aliás incompatível com sua índole; depois, pensou em dizer tudo ao marido.

Uma noite, na primeira semana de novembro, Estela assentou definitivamente revelar ao marido a única página de seu passado. Estava sozinha no jardim, e vira desmaiar o crepúsculo da tarde — uma tarde cinzenta e amortecida. De quando em quando o espírito volvia ao passado, e toda ela estremecia com uma sensação estranha, misteriosa e insuportável. A noite caiu de todo, e a alma de Estela mergulharia também na vaga e pérfida escuridão do futuro, se a rude voz do escravo não a viesse acordar.

— Nhanhã está apanhando sereno — disse Raimundo.

Estela ergueu-se e foi dali ao gabinete do marido. Luís Garcia trabalhava, à claridade de um lampião, que toda convergia para ele e os papéis que tinha diante de si, graças ao efeito de um abajur. O resto do aposento ficava na meia obscuridade.

— Que é? — perguntou Luís Garcia sem levantar a cabeça.

Estela parou do outro lado da secretária; Luís Garcia ergueu então a cabeça e olhou para ela, sem lhe poder ver o transtorno das feições.

— Que é? — repetiu.

Vendo-o entregue ao trabalho, por amor dela e da filha, Estela hesitou; pareceu-lhe crueldade dar-lhe em troca da proteção e do afeto, um desengano e uma aflição. Hesitou um instante, e passou da hesitação à renúncia. Conteve-se e saiu. Escolheu o silêncio.

Mas o silêncio só por si não melhorava nada; tarde ou cedo, o marido viria a ler em seu rosto o constrangimento, em relação a Jorge, constrangimento inexplicável, que ele podia interpretar contra ela. Foi então que a serpente lhe ensinou a dissimulação. A necessidade deu-lhe a intuição maquiavélica; isto é, a ocasião não consentia um rosto franco, sinceramente hostil, mas um ar ameno, uma cordialidade de superfície, friamente cortês, mas cortês. Desse modo, salvava-se a paz doméstica, e era o essencial. Ao mesmo tempo mostraria a destimidez de seu coração, capaz de afrontar todo o artifício do outro.

Com o tempo, verificou Estela que o procedimento de Jorge, se alguma intenção escondia, não a deixava sequer suspeitar; não lhe parecia já dissimulação, mas abstenção. Ele próprio a evitava; fugia às conversas longas, sobretudo às conversas solitárias. Era respeitoso e frio.

Com efeito, Jorge não havia cedido a nenhum plano preconcebido; ia à feição do tempo; metia-se por um atalho, sem saber se iria dar à estrada reta ou a um abismo. Nenhuma preocupação lhe ensombrava a fronte risonha e plácida. Dir-se-ia que, após longa e trabalhosa jornada, vingara o cume das delícias humanas.

A verdade é que o amor de Jorge tinha como que despido a qualidade de sentimento para constituir-se ideia fixa. Nascido de uma primeira explosão de juventude, curtiu alguns anos de ausência. A ausência disciplinou os primeiros ardores, quebrou os ímpetos, afrouxou o alento; o amor atou aos ombros as asas de um misticismo quieto. Não parou nessa evolução. Do coração em que pousava tomou impulso e alou-se ao cérebro, onde assumiu a fixidez das resoluções definitivas. Não era já uma paixão, mas uma convicção, isto é, outra coisa. Pensava muitas vezes na consequência de herdar em breve prazo a esposa de Luís Garcia, resolução que lhe parecia necessária; era o que ele dizia a si mesmo. E esse casamento tinha dois resultados: era uma reparação e uma desforra; reparação do mal que ele fizera, desforra do tratamento que ela lhe deu. Ambos tinham que reprochar um ao outro. O casamento absolvia-os. Talvez na balança comum não fossem iguais as dívidas, mas Jorge tinha certo fundo de equidade, e entendia que, se padecera muito e longo, não excedeu o padecimento à injúria que, a seus olhos, fora grave.

Os ralhos da consciência eram agora menos frequentes e menos ríspidos: é o efeito natural dessa ordem de situações violentas. Os mais rígidos podem chegar assim às complacências inexplicáveis, e o que é hoje nobre repugnância é amanhã hesitação pueril. Jorge não ficou estranho a essa lei do costume. De si para si julgava-se inocente, porque era impassível, esquecendo a letra do decálogo que não defende somente a ação, mas a própria intenção.

Duas circunstâncias perturbaram, entretanto, o espírito de Jorge, antes do fim daquele ano.

A primeira foi a assiduidade de Procópio Dias, que lhe pareceu pouco explicável. Procópio Dias era recebido com agasalho mais cordial do que ele. Em relação a Jorge, o procedimento de Estela era cauteloso e apenas afável; o de Iaiá era de algum modo medroso ou hostil; uma e outra pareciam alegrar-se quando Procópio Dias assomava à porta. Era uma expressão diferente. Este acompanhava-as às vezes nos passeios, ou conversava-as largo tempo, fazendo-as rir com uma espontaneidade que não tinham a falar com Jorge. Obedecia aos desejos da madrasta e aos caprichos da enteada, quaisquer que fossem, com tamanha tolerância e bom humor, que fazia despeitar o outro, sem o saber. Jorge atentou nos ditos e ações do intruso, e com o tempo veio a tranquilizar-se.

"É um celibatário necessitado da companhia de mulheres", disse consigo.

Procópio Dias não parecia outra coisa; a atmosfera feminina era para ele uma necessidade; o ruge-ruge das saias a melhor música a seus ouvidos. Graças à idade, Iaiá era mais familiar do que Estela; às vezes chegava a "judiar" com ele, excesso que o pai ou a madrasta reprimia, e reprimia sem necessidade. Procópio Dias não manifestava nem sentia o menor despeito; achava-lhe graça e chegava a fazer coro com ela.

A segunda circunstância que projetou alguma sombra no espírito de Jorge foi justamente a hostilidade de Iaiá Garcia.

"Que diabo fiz eu a essa menina?", perguntava Jorge a si mesmo.

Durante a moléstia e a convalescença do pai, Iaiá tratara Jorge com muita gratidão e cordialidade. Algum tempo depois, começou a diminuir essa aparência, até que cessou de todo e se converteu noutra coisa, que visivelmente era repugnância, com uma pontazinha de hostilidade. Luís Garcia viu logo a diferença, tanto mais fácil de notar quanto que Estela, se não era já tão expansiva como nos primeiros dias, tratava ainda assim o filho de Valéria com uma afabilidade que salvava as aparências; a única exceção era a filha. Não deixou de a advertir; ponderou-lhe que Jorge era filho de uma pessoa a quem eles deviam estima, e de quem ela mesma houvera uma recordação póstuma; que essa circunstância devia atenuar a antipatia, se Jorge lhe era antipático. Iaiá ouvia e calava-se; emendava-se num dia, para reincidir toda a semana.

— És uma estranhona — disse uma vez o pai, depois de lhe repetir a advertência.

Podia ser estranhice. A vida que Iaiá tivera durante largo tempo dera-lhe o amor exclusivo da solidão e da família. Mas no caso presente parecia ser alguma coisa mais do que isso. O rosto com que recebia Jorge não era o mesmo com que via outras pessoas. Jorge às vezes chegava quando ela estava ao piano; Iaiá interrompia-se habilmente, fazia gotejar dos dedos umas três ou quatro notas soltas e divergentes e erguia-se. Se ele ia conversar com ela e a madrasta, Iaiá tomava a parte mínima do diálogo e esquivava-se cautelosamente. Não sorria nunca se ele dizia uma coisa graciosa ou fazia cumprimento; não animava nunca a adoção de qualquer projeto que viesse dele; não lia os romances que ele lhe emprestava. Se era convidada a dizer o que pensava de um ou outro desses livros, fazia descair os cantos da boca com um gesto de indiferença. Não falava nunca de Jorge; aparecia-lhe o menos que podia. Esse procedimento constante, não afrontoso, porque ela o disfarçava, impressionou o espírito do moço, que não lhe pôde descobrir a causa verdadeira, ou pelo menos verossímil.

A verdadeira causa era nada menos que um sentimento de ciúme filial. Iaiá adorava o pai sobre todas as coisas; era o principal mandamento de seu catecismo. Instigara o casamento, com o fim de lhe tornar a vida menos solitária, e porque amava Estela. O casamento trouxe para casa uma companheira e uma afeição; não lhe diminuiu nada do seu quinhão de filha.

Iaiá viu, entretanto, a mudança que houve nos hábitos do pai, pouco depois de convalescido, e sobretudo desde os fins de setembro. Esse homem seco para todos, expansivo somente na família, abrira uma exceção em favor de Jorge; sem mostrar maneiras ruidosas, aliás incompatíveis com ele, era menos reservado, de mais fácil e continuado acesso. Não foi porém esse primeiro reparo que produziu em Iaiá a notada mudança; foi outro. Luís Garcia deu a Jorge algumas demonstrações de confiança pessoal, e no dia em que a filha viu a primeira, recordou-se da carta que escrevera ao moço na noite em que a moléstia do pai se agravara, e da confidência dos dois, cujo assunto nunca lhe chegara aos ouvidos. Nesse instante sentiu borbulhar no coração uma primeira gota de fel. Imaginou que Jorge viera roubar-lhe alguma coisa. Não cogitou se haveria assunto que dois homens devessem tratar exclusivamente entre si; supôs-se despojada de uma parte da confiança do pai, e porque amava o pai sobre todas as coisas, seu amor tinha os ciúmes, as cóleras, os arrebatamentos do outro amor, e consequentemente os mesmos ódios e lástimas.

Conhecia o pai toda a intensidade da afeição filial da moça, e não era menor a do seu amor; mas ele dizia consigo filosoficamente, e não sem pesar, que a natureza se encarregaria de lhe ensinar outro sentimento menos grave, mas não menos intenso e imperioso. Quando ele assim refletia, contemplava a filha com um olhar já úmido das primeiras saudades.

Iaiá estava então em toda a limpidez de uma aurora sem nuvens. Era leve, ágil, súbita — com um pouco de destimidez; às vezes áspera, mas dotada de um espírito ondulante, esguio e não incapaz de reflexão e tenacidade. Nisso podia ficar o retrato da menina, se não conviesse falar também dos olhos, que, se eram límpidos como os de Eva antes do pecado, se eram de rola, como os da Sulamites, tinham como os desta alguma coisa escondida dentro, que não era decerto a mesma coisa. Quando ela olhava de certo modo, ameaçava ou penetrava os refolhos da consciência alheia. Mas eram raras essas ocasiões. A expressão usual era outra, meiga ou indiferente, e mais de infância que de juventude. Talvez a boca fosse um pouco grande; mas os lábios eram finos e enérgicos. Em resumo, as feições dos onze anos estavam ali desenvolvidas e mais acentuadas.

Uma tarde Luís Garcia recebeu ordem de ir imediatamente à casa do ministro. Saiu, deixando a mulher e a filha, ansiosas pelo resultado. Jorge apareceu pouco depois. A demora de Luís Garcia foi longa, e Jorge ter-se-ia retirado, se não fora a chegada do sr. Antunes, que deu um sopro de vida à conversa que expirava. Nove horas, dez horas, onze horas bateram sem que Luís Garcia voltasse. Iaiá estava impaciente; receava alguma doença súbita do pai, um desastre qualquer. Eram onze horas e um quarto quando este entrou ofegante, porque viera depressa, tendo encontrado Raimundo, que, ouvindo as ânsias da moça, saíra a encontrá-lo e a dizer-lhas.

Iaiá atirou-se-lhe aos braços.

— Medrosa! — disse Luís Garcia abrangendo-lhe a cabeça com as mãos.

Sentou-se um instante para repousar; com a mão esquerda comprimia o co-

ração. Logo depois ergueu-se, chamou Jorge e foi até uma das janelas. Conversaram em voz baixa dez minutos. Disse-lhe que talvez fosse obrigado a sair no fim daquela semana; tratava-se de uma necessidade de serviço; salvo uma hipótese, a viagem era inevitável.

Iaiá não tirava os olhos de um e de outro; despediu-se de Jorge dando-lhe as pontas dos dedos. Foi no dia seguinte que Estela lhe disse que talvez fossem obrigadas a sair por algum tempo. Ouvindo a notícia, Iaiá compreendeu a confidência da véspera, e ficou consternada. Ela era a última que a recebia, e o primeiro fora um estranho, um intruso — esteve quase a dizer um inimigo. Nenhuma palavra do pai; nenhuma comunicação direta.

— A última!

Esse ressentimento exagerado era o próprio efeito da organização da moça, e, outrossim, de sua educação quase solitária. Para afastá-la de Jorge não foi preciso mais; o despeito apoderou-se imediatamente dela. Se até ali pouco lhe havia falado, esse pouco diminuiu ainda com o tempo; fez-se quase nada.

E essas duas forças, uma de impulsão, outra de repulsão, tendiam a esbarrar-se, no caminho de seus destinos.

Capítulo X

Ora, quatro ou cinco dias depois, Luís Garcia que, na previsão de viagem, começara a arranjar alguns papéis esparsos e antigos, dispôs-se a concluir esse trabalho, não obstante haver sido dispensada a comissão. Era dia de ano-bom — uma bela manhã, fresca, límpida, azul. Tinham ido à missa na capela do convento; almoçaram em família, com a presença do sr. Antunes, que inaugurara uma sobrecasaca e trazia nessa manhã um aspecto não somente venerador, mas até venerável.

Iaiá acordara extremamente alegre e buliçosa. O sr. Antunes levara-lhe um ramalhete de cravos, dizendo que era para que ela recebesse outros ramalhetes durante todo o ano, e a menina, depois de o receber e agradecer com uma mesura, foi pô-lo num vaso, sobre o parapeito da janela da alcova. O sr. Antunes despediu-se dela, meia hora depois de almoçado.

— Já vai?

— Vou jogar uma partida de bilhar com o Jorge — disse familiarmente o pai de Estela. — Viremos cedo.

— Ele vem jantar?

— Quero ver se o trago!

— Mas... papai não está prevenido — objetou Iaiá.

— Está; foi ele próprio que me autorizou a trazê-lo. Verdade é que fui eu que o pedi. Devemos muito àquele moço, e ao defunto pai e à mãe, a senhora dona Valéria, que Deus tenha. Até logo.

Iaiá ficou só, e um instante pensativa; mas logo depois ergueu os ombros, pegou de um trabalho de agulha, inventado para matar o tempo, e caminhou para o gabinete do pai, onde o foi achar com Estela.

— Virgem Nossa Senhora! — disse a moça parando à porta.

Ao pé da secretária estava uma vasta cesta, transbordando de papéis; sobre a secretária, papéis; papéis na mão de Luís Garcia; outros na mão de Estela; alguns esparsos no chão. Era uma liquidação de seis anos. Luís Garcia tinha o costume de guardar tudo, cartas, exemplares de jornais em que havia alguma coisa de interesse, apontamentos, simples cópias. De longe em longe inventariava e liquidava o passado. Havia já alguns anos que não fazia a costumada operação. Começara quando supunha ter de deixar o Rio; agora tratava de concluir. Estela tinha entrado pouco antes da enteada; sentara-se em uma cadeira rasa, e entretinha-se a receber ou apanhar algum pedaço de jornal velho e a ler algum trecho em que os olhos acertavam de cair.

— Que é? — disse Luís Garcia logo que a filha soltara a exclamação.

— Papai vai ficar afogado em papel — disse a moça.

Luís Garcia não respondeu; voltara os olhos para uma carta que tinha na mão, e que sem dúvida lhe trazia alguma recordação amarga, porque ele sorria tristemente. Leu-a toda; releu alguns trechos; depois fez um gesto de desdém, rasgou-a e deitou os pedaços à cesta.

Iaiá foi sentar-se do outro lado, a poucos passos do pai.

Na secretária, ao pé deste, havia um maço de coisas que serviam, um maço pequeno; a grande maioria era a dos destroços inúteis. Não é isso mesmo a imagem do passado? Luís Garcia desdobrava às vezes um jornal, avaramente guardado havia anos; duas cruzes ou alguns traços indicavam o trecho que nesse tempo lhe chamara a atenção. Relia-o agora; buscava o motivo da reserva e sorria. A impressão que comunicara algum interesse ao escrito desaparecera de todo; o escrito era um esqueleto. Também as cartas eram assim. Raras escapavam à destruição; as mais delas eram dilaceradas, umas em dois pedaços — as ínfimas —, outras em trinta, as que podiam ter alguma gravidade. Estela, que o ajudava, pegou casualmente em uma carta, cuja letra do sobrescrito lhe não pareceu estranha.

— Eu conheço essa letra — disse ela.

— Deixa ver.

Estela deu-lhe a carta.

— É do doutor Jorge — disse o marido.

Abriu-a, e depois de ler algumas linhas, sorriu. Leu-a depois até o fim. Quando acabou, dobrou-a e ficou a olhar para a mulher; tornou a desdobrá-la maquinalmente.

— Vou restituí-la — disse ele depois de curta pausa —; talvez se envergonhe de haver escrito estas coisas...

E dirigiu os olhos à carta, com uma insistência de aguçar o mais embotado apetite. Depois, volveu a cabeça um pouco para trás, onde ficava a filha, a distância, de olhos baixos; abafou a voz e disse a Estela:

— Nunca soubeste do verdadeiro motivo que o levou à guerra?

Estela ficou ainda mais pálida do que era; o sangue todo refluiu-lhe ao coração, de onde lhe não saiu uma só palavra; foi com um gesto negativo que ela respondeu. E se não podia empalidecer mais, podia corar e corou de vergonha. Luís Garcia não viu nem a primeira, nem a segunda impressão de suas palavras. Enrolava e desenrolava com os dedos um dos cantos da carta. Naturalmente relembrava os sucessos daqueles cinco anos, as confidências da mãe e do filho.

— Quem diria que depois de tamanho sacrifício... O que são rapazes! O que são paixões! Ele gostava de uma moça; não sei quem era, mas suponho... A mãe fez quanto pôde para domá-lo; quando desesperou, lembrou-se de o mandar para o sul; ele aceitou. Fui confidente de um e de outro. Tempos depois de embarcar... espera... a data há de estar aqui... 67... Ainda em 67 durava a tal paixão; afinal pareceu que só esperava o fim da guerra para acabar também. Morreu-lhe a paixão e ele engorda. Nunca suspeitaste nada?

— Não — murmurou Estela.

Luís Garcia deu a carta à mulher, que a recebeu trêmula e fria.

— Lê, que é interessante — disse ele.

Estela olhou para o papel e para o marido, vacilante, sem saber o que faria e o que pensasse.

— Lê; é curioso — disse este, que voltara aos demais papéis, abrindo uns, separando outros, tranquilo e indiferente.

Estela, sem levantar a cabeça, olhou ainda de esguelha para ele, como a procurar-lhe na fronte a intenção escondida, se porventura havia alguma, e esse gesto era tão travado de receio e hesitação, era sobretudo tão dissimulado, que ela própria o sentiu e arrependeu-se. Cravou depois os olhos no papel, sem ler, sem fitar nenhuma linha, uma palavra única. Não via as letras; via, ao longe, dois pombos que voavam e a candura de seus lábios embaciada por uns lábios de homem; nada mais. A mão tremia; ela firmou-a sobre a borda da secretária; mas o tremor, ainda que pouco perceptível, não cessou.

— Leste? — perguntou Luís Garcia dobrando um jornal que acabava de passar pelos olhos.

Estela fez um gesto para que esperasse um instante. Não reparava que havia decorrido tempo suficiente para haver lido a carta duas vezes. Fez um esforço; voltou a página; duas ou três frases lhe feriram os olhos:

> Meu amor não sabe o que seja impaciência ou ciúme ou exclusivismo; é uma fé religiosa que pode viver inteira em muitos corações. — O essencial é saber que amo a mais nobre criatura do mundo. — A paixão veio comigo, e se não cresceu é porque não podia crescer; mas transformou-se. De criança que era, fez-se homem de juízo.

Chegou ao fim da carta ou pareceu ter chegado; dobrou-a, e não se atreveu a dizer nada; depois tornou a abri-la.

— Que poesia, hein? — disse Luís Garcia sorrindo.

E o sorriso era tão natural, tão despreocupado, tão honesto, que Estela ficou tranquila. Tinha em grande conta a dignidade e a sinceridade do marido; não podia supor-lhe tanta hipocrisia nem tamanha indiferença. Sorriu também, mas um sorriso de aquiescência, sem convicção nem espontaneidade. Luís Garcia inclinou-se para ela; falou-lhe com a mesma voz abafada de pouco antes; referiu-lhe o amor que Valéria tinha ao filho e a estratégia usada para o fim de o arredar do Rio de Janeiro.

— Naquele tempo — disse ele —, não sei se cheguei a arrepender-me de a ter apoiado; hoje não. O filho ficou são e salvo de seus amores, com um posto e honras de sobra.

— É verdade — murmurou Estela, que o escutara com a atenção dispersa e impaciente.

Logo depois ergueu-se e foi à janela. Ali sacudiu a cabeça com um gesto enérgico. Talvez lutavam nela forças contrárias; ou era o seu passado que emergia da sombra do tempo, com todas as cores vivas ou escuras, com as delícias ocultas e nunca reveladas, e ao mesmo tempo com as amarguras e resistências. Era isso; era o coração que mordia impaciente o freio da necessidade e do orgulho e vinha pedir ainda uma vez o seu quinhão de vida, e pedia-o em nome daquela carta, expressão remota de um amor desenganado e impossível. Estela sufocava esses ímpetos, mas eles vinham. Após alguns minutos, deixou a janela, tornou à cadeira onde estava. Luís Garcia lia então um retalho de jornal. Não chegou a levantar os olhos.

Defronte, Iaiá tinha os olhos cravados na madrasta. Ouvira a princípio o nome de Jorge e não lhe prestara muita atenção; mas uma ou duas palavras soltas do pai haviam-lhe despertado a curiosidade. Iaiá ergueu a cabeça, inclinou-a depois, ouviu a confidência do pai, não obstante ser feita em voz baixa, e enfim não retirou mais os olhos de Estela. Viu-a receber a carta, com a mão trêmula; viu-a empalidecer ainda mais; viu-lhe a confusão e o enleio. Por que o enleio e a confusão? Um amor extinto de Jorge, uma paixão que o levara à guerra, que tinha ela, que tinham eles três com isso?

Iaiá olhou a princípio com curiosidade, depois com espanto, até que os olhos luziram de sagacidade e penetração. O estilete que eles escondiam desdobrou a ponta aguda e fina, e estendeu-a até ir ao fundo da consciência de Estela. Era um olhar intenso, aquilino, profundo, que palpava o coração da outra, ouvia o sangue correr-lhe nas veias e penetrava no cérebro salteado de pensamentos vagos, turvos, sem ligação. Iaiá adivinhou o passado de Estela; mas adivinhou demais. Galgou a realidade até cair no possível. Supôs um vínculo anterior ao casamento, roto contra a vontade de ambos, talvez persistente, malgrado aos tempos e às coisas. Tudo isso viu uma simples inocência de dezessete anos. Seu pensamento cristalino e virginal, nunca embaciado pela experiência, ignorava até as primeiras cismas de donzela. Não tinha ideia do mal; não conhecia as vicissitudes do coração. Jardim fechado, como a esposa do Cântico, viu subitamente rasgar-se-lhe uma porta, e esses dez minutos foram a sua puberdade moral. A criança acabara; principiava a mulher.

A impressão foi tão profunda, que apesar da força de resistência que havia em sua organização, Iaiá não pôde ter-se ali mais tempo. Saiu e refugiou-se na alcova. Certo, aquele amor intruso, se o havia, era para afligir e prostrar um coração de filha, amassado de ternura, para o qual a forma superior e exclusiva do sentimento era a paixão que a prendia a seu pai, como um vínculo indestrutível. Depois vinha o afeto que votava à madrasta, sua mãe eletiva, afeto não menos sincero e real, e que já agora podia diminuir, quem sabe até se morrer todo?

Sentada na beira da cama, com os pés juntos, as mãos fechadas entre os joelhos, os olhos cravados no espelho que lhe ficava defronte, Iaiá trabalhava mentalmente na sua descoberta. Confrontava o que acabava de ver com os fatos anteriores, de todos os dias, isto é, a frieza, a indiferença, a estrita polidez dos dois, e mal podia combinar uma e outra coisa; mas ao mesmo tempo advertia que nem sempre estava presente quando Jorge ali ia, ou fugia-lhe muita vez, podia ser que a indiferença não passasse de uma máscara. Demais, a comoção da madrasta era significativa.

Estendeu o espírito pelo tempo atrás, até o dia da primeira visita de Jorge, e lembrou-se que ele estremecera ouvindo a voz de Estela, circunstância que lhe pareceu então indiferente. Agora via que não.

Uma hora inteira gastou nesse cogitar solitário, a sós com a suspeita e o remorso. Também remorso, porque de quando em quando, aterrada com a vista do caminho andado, a alma recuava e estremecia; tinha horror de si mesma. Mas a figura pálida da madrasta surgia ao pé dela, com a expressão que lhe vira pouco antes, e a consciência fazia as pazes com a malícia.

Vede a consequência. Estela não era culpada; um incidente do passado é que projetava tamanha sombra na vida presente; mas bastou o espetáculo da comoção para turbar o espírito da enteada e lançar lá dentro os primeiros germes da ciência do mal. Que seria se fosse culpada? Talvez o mais lastimoso efeito dos desvios domésticos é essa corrupção dos corações ingênuos, impassíveis testemunhas do que ignoram um dia, do que suspeitam, percebem e sabem na seguinte manhã: primeira violação da virgindade.

Iaiá agitava-se na alcova, de um para outro lado, desejosa e receosa ao mesmo tempo de ir ter com Estela. Duas vezes chegou à porta e recuou. Uma das vezes, voltando para dentro, deu com os olhos no retrato do pai, que pendia junto à cabeceira — uma simples fotografia. Tirou-o dali, contemplou-o longamente a fronte austera e pura. Quê! Haveria na Terra quem o amasse uma vez e não sentisse que o amor lhe dominaria a vida inteira? Tão afetuoso! tão bom! vivendo exclusivamente para os seus, sem nada invejar ao resto dos homens. Isto lhe dizia o coração, enquanto ela ia beijando o retrato com respeito, com amor, afinal com delírio. Grossas lágrimas e quentes lhe romperam dos olhos; Iaiá deixou-as cair; sorveu-as com seus próprios beijos. Quando essa primeira explosão acabou, acabou para não se repetir mais. Enxutos os olhos, Iaiá pôde friamente refletir, e a reflexão dominou a angústia.

O que se passou naquele cérebro ainda verde, mas já robusto, foi uma resolução sem plano. Deslindar o vínculo espúrio era o essencial e urgente, não cogitou no modo. Sua inocência, assim como lhe dissimulava toda extensão possível do mal, assim também lhe encobria as asperezas e os óbices da execução. Era o coração que lhe designava esse papel de anjo guardador. Natureza simples e intata, ia direito ao fim sem o temor que dá a experiência e a contemplação da vida. Quem sabe? Não conhecia a hipocrisia, mas acabava de suspeitá-la; começava talvez a aprendê-la.

Tinha-se demorado muito e era preciso sair do quarto; mas, como houvesse chorado, podiam ler-lhe os vestígios da dor. Iaiá foi ao lavatório, deitou água na bacia e começou a banhar os olhos e o rosto. O rumor da água impediu-lhe ouvir que alguém abria a porta. Estela apareceu repentinamente.

— Que faz você aqui há tanto tempo? — disse a madrasta, parando à porta.

Iaiá não se atreveu a olhar de rosto para ela; mastigou uma resposta esquiva e continuou o que estava fazendo.

— Que tens? — perguntou Estela pegando-lhe dos braços e fazendo-a voltar para si. — Você chorou?... Chorou, sim; tem os olhos vermelhos. Que foi? Iaiá, fala; que é?

— Não é nada — acudiu a outra procurando sorrir.

— Não minta, Iaiá.

A enteada olhou de relance para o espelho; viu que era inútil mentir.

— Foi uma tolice — disse ela.
— Alguma travessura?
— Antes fosse!

Iaiá pegou do retrato que pusera na borda do mármore do lavatório, e olhou alguns instantes para ele. Estela quis conchegá-la a si, mas a enteada fugiu-lhe com o corpo.

— Trata-se... de teu pai? — perguntou a madrasta.

Iaiá fitou-a e respondeu:

— Sim, mamãezinha; estava a sacudir a poeira do retrato de papai, e comecei a pensar... foi uma loucura... se ele... morresse?

Estela repreendeu-a com uma interjeição; Iaiá quis continuar, mas a outra interrompeu-a impetuosamente:

— Cala-te, disse; não penses em tolices. Dá cá o retrato.

— Não é verdade que ele é o melhor dos homens? — perguntou Iaiá, enquanto Estela pendurava o retrato.

A única resposta da madrasta foi caminhar para ela e dizer-lhe que nunca mais pensasse em semelhante coisa.

— Não sou senhora dos meus pensamentos — respondeu a moça, erguendo os ombros.

Após alguns segundos de silêncio, Estela percebeu que alguma coisa preocupava a enteada e disse-lho. Iaiá respondeu negativamente. Mas Estela insistiu:

— Não tens o teu ar do costume, e esses olhos andam vagamente de um lado para outro. Talvez... quem sabe...

— Não é isso que a senhora pensa — interrompeu Iaiá secamente.

Depois sentou-se, a olhar para o jardim, a morder o lábio, que lhe tremia, e a comprimir os seios com a mão. Estela ficou um instante calada; enfim sacudiu benevolamente a cabeça e aproximou-se da menina.

— Tu não tens confiança em mim, Iaiá — disse ela, pousando-lhe a mão no ombro. — Se tivesses, dizias-me em que é que pensas, porque é decerto em alguma coisa. Não é difícil deixar de pensar no Procópio Dias; acho até que é a coisa mais fácil; mas não será algum pensamento da mesma natureza? Anda; sê franca; sou apenas tua madrasta, e pouco mais velha que tu; posso ouvir tuas confidências e aconselhar-te. Onde acharás melhor amiga do que eu?

Iaiá tinha aplacado a primeira sensação; afivelou de todo a máscara da tranquilidade, enquanto não a substituía por outra. Ergueu-se e disse com afoiteza:

— Pois bem, vou confiar-lhe uma coisa... não... suponha... é melhor supor... tenho vergonha de dizer a verdade. Suponha que tive um amor de colégio...

— Tu? Aos treze anos!

— Aos doze e meio.

— Bonito! Não foi começar tarde. Esse amor naturalmente expirou nos braços da última boneca.

— Suponha que não — disse Iaiá em tom sério. — Ora, se eu tiver de casar com o Procópio Dias...

— Quem te fala em casar com ele?

— Por ora é um gracejo; mas, se ele teimar, é possível que nem a senhora nem papai o desamparem, e ainda mais possível que eu me deixe vencer para contentar

a todos. Mas é esse o ponto de minha confidência: é uma ideia que me persegue há dias. Devo eu casar com um homem amando a outro? posso fazê-lo? devo fazê-lo?

Estela estremeceu levemente, sob o olhar impassível e puro da enteada, e não respondeu logo. Iaiá parecia folgar com esse enleio de um minuto; mas ao mesmo tempo o coração lhe sangrava, porque o enleio era a confirmação de suas recentes suposições. A madrasta não tinha a penetração da enteada; além disso, como supor nela o conhecimento de um fato remoto e não divulgado? Estela nem cogitou nisso. Escoou-se o minuto, e ela respondeu com tranquilidade:

— Não deves casar, se o amor pode ser satisfeito sem obstáculo. No caso contrário, o casamento é uma simples escolha da razão: sacrifica-te.

Iaiá, que tinha uma das mãos da madrasta entre as suas, largou-a subitamente. Estela riu, e bateu-lhe na testa com a ponta do dedo.

— Esta cabecinha! — disse ela. — Há aqui dentro muita coisa que é preciso capinar...

No primeiro instante, Iaiá empalideceu. Ao último gesto de Estela, respondeu com um sorriso forçado e sem cor. Logo que esta saiu, deixou-se cair na cadeira e fechou o rosto nas mãos. Quando dali saiu, meia hora depois, não trazia nenhum sinal de lágrimas, ou sequer de tristeza. Não vinha alegre, decerto; serena, sim, daquela serenidade com que o caçador do sertão se dispõe a encarar a onça.

Jorge foi jantar, e sobre a tarde apareceu Procópio Dias. Durante o jantar e a noite, Iaiá fez impressão na família e nos estranhos, pela singular alteração de seus modos. Estava um pouco pálida, mas a viva luz dos olhos parecia comunicar ao rosto uma porção do colorido ausente. Mostrou-se expansiva, e não galhofeira. Suas frases eram longas, deduzidas, iam até o fim do pensamento, sem as interrupções e saltos do costume. De costume, parecia que a moça pensava aos fragmentos, porque era quase impossível ter com ela uma conversa inteiriça e ordenada com a sua variedade própria. Naquele dia era o contrário. Como que a alma despira a roupa de bailarina, para enfiar um roupão caseiro, simples, apertado, subido até o pescoço. Era melhor assim? era pior? Nem uma nem outra coisa; era uma aparência nova.

Mais do que ninguém, Jorge estimou essa alteração, porque em relação a ele a moça também havia mudado alguma coisa. Iaiá sentira nesse dia mais repugnância do que nunca ao ver o filho de Valéria, e chegou a recuar instintivamente a mão. Cedeu, porém, e o sorriso com que corrigiu a recusa foi o primeiro que Jorge recebeu diretamente dela. Nesse dia a moça respondeu-lhe sem custo, e talvez lhe dirigiu a palavra alguma vez; o que tudo viu Luís Garcia e atribuiu a efeito de suas admoestações.

Nem Luís Garcia nem Jorge poderiam supor que sobre a cabeça da madrasta e da enteada a carta de 1867 agitava as suas letras de fogo. Essa carta importuna, poupada da destruição imediata, era a centelha subitamente lançada no amor adormecido de uma e no ódio nascente de outra; Jorge estava longe de o ler no rosto afável de Iaiá, e no olhar fugidio de Estela.

Pouco depois das dez horas dispersou-se a reunião. O sr. Antunes aposentou-se por essa noite em casa do genro. Jorge e Procópio Dias saíram juntos.

— Vai para a cidade a esta hora? — perguntou Jorge.

— Repare que ainda me não ofereceu cama — disse rindo o outro.

— Mas ofereço-lhe agora.

— Aceito. Precisava justamente falar-lhe: negócio grave.

— Não é decerto algum fornecimento?
— Nem só de pão vive o homem — acudiu Procópio Dias.
— Que negócio é?
— Uma explicação.
— Sobre...
— Há de ser lá em casa; a noite é escura e os quintais são traiçoeiros.

Capítulo XI

Entrados em casa, Procópio Dias não se apressou a dar ou pedir a explicação. Ceou primeiro, porque confessou haver adquirido esse costume, e Jorge não se demorou em obsequiá-lo. A ceia improvisada, composta de viandas frias e dois ou três cálices de vinho puro, deixou-o em paz com a natureza. Satisfeita esta, era a hora da explicação.

Não veio ela com facilidade. Indolentemente reclinado numa otomana, Procópio Dias fumava com volúpia e falava com precaução, usando a voz pausada e avara de um homem para quem o digerir é meditar. Se alguma ideia lhe avoaçava lá dentro, era difícil percebê-lo através do olhar exausto e mórbido. Entretanto, a curiosidade de Jorge não lhe permitiu mais longa dilação e Procópio Dias foi compelido a satisfazê-la, quando o moço, parando diante dele, francamente lho pediu.

— Parecia-me mais fácil do que é — disse ele —, sobretudo porque apesar de nos conhecermos há algum tempo, não estou certo da opinião que o senhor forma de mim. Boa?

— Boa.

— Dê-me sua mão. Promete-me ser franco?

— Prometo.

— Qual das duas o leva à casa de Luís Garcia?

Sobressaltado, Jorge retirou vivamente a mão.

— Bem vê — tornou Procópio Dias —; é uma delas.

Passada a primeira impressão, Jorge sentou-se tranquilamente, menos contudo do que afetava estar.

— Na verdade, a sua pergunta é das mais esquisitas que eu esperava ouvir. Ignora as relações de amizade que me prendem àquela casa, relações que herdei de minha família, e que eu apenas continuo? Qual das duas! Não há ali duas; há uma, uma somente, uma... e...

— Não é essa? não é Iaiá?

Jorge fez um gesto negativo.

— Acredite que me restitui a tranquilidade ao coração — disse Procópio Dias sentando-se de todo. — Não é meu rival? não tem nenhuma ideia?... nenhuma ideia vaga?... É isso o que preciso saber... é só isso, e é tudo.

— O senhor gosta de Iaiá?

Procópio Dias fez primeiro um gesto afirmativo; depois balbuciou a confissão plena de seus sentimentos, mas com um ar de envergonhado, meio sincero e

meio fingido, e tão a ponto e natural, que era difícil saber onde acabava a sinceridade e onde começava a simulação. Animou-se a pouco e pouco, e não lhe escondeu nada. Confessou que a filha de Luís Garcia lhe transtornara de todo o espírito e que ele estava resoluto aos maiores sacrifícios para obter-lhe a mão.

— Às vezes supunha que o senhor andava nas minhas fronteiras — concluiu ele —, ideia que me afligia, porque o senhor tem sobre mim vantagens incontestáveis. A suspeita desvanecia-se e eu tranquilizava-me. Hoje, porém, confesso-lhe que a suspeita reapareceu e entrou a devorar-me o coração; e ainda assim, tinha intervalos, porque ora me parecia que o seu objeto era Iaiá, ora que era a outra...

— Perdão — interrompeu Jorge —; eu já lhe disse o que devia, e não posso consentir que voltemos ao mesmo ponto. Uma de suas suspeitas é injuriosa para mim.

— Tem razão; eu devia tê-lo pensado — assentiu Procópio Dias. — Mas que quer? Nada se deve imputar aos dementes e aos namorados. Perdoa-me? Em todo caso, pode crer que a minha índole não é tão tolerante com o vício que me fizesse desejar haver dado em balda certa. Não sou rigoroso; sei que as paixões governam os homens, e que a força de as reger não é vulgar. Por isso mesmo é que se estima a virtude. No dia em que a natureza se fizer comunista e distribuir igualmente as boas qualidades morais, a virtude deixa de ser uma riqueza; fica sendo coisa nenhuma.

— Deixe-me falar-lhe com franqueza — disse Jorge, rindo —; eu desconfio que o senhor é ainda menos rigoroso do que diz. Parece-me que se a sua suspeita em relação à outra tivesse fundamento, o senhor não me ouviria com indignação.

— Talvez estimasse.

Jorge não disse nada; olhou somente para o interlocutor, com um ar de estupefação, a que o outro sorriu benevolamente. Fez-se uma curta pausa. Procópio Dias rompeu enfim o silêncio:

— Talvez estimasse, sem deixar de indignar-me depois; isto é, a indignação no momento seria abafada pelo interesse. Atenda-me, doutor; sejamos justos com a natureza humana. Virtudes inteiriças são invenções de poetas. Não me fazia bom cabelo que o senhor gostasse da outra, e menos ainda que ela lhe correspondesse, porque, em suma, ambicionando entrar na família, não desejaria que a família tivesse a menor mácula. Esta é a realidade. Mas, eu amo, doutor; e por mais ridícula que pareça esta confissão, por mais grosseira que seja a minha casca, a verdade é que amo a enteada apaixonadamente; é o meu pensamento de todos os dias. Ora, dado que o senhor amasse a outra, qual era o primeiro movimento do meu coração? Ligá-los ao meu interesse. Desde que entre os dois houvesse um segredo, e que esse segredo fosse descoberto ou suspeitado por mim, o senhor e ela eram os meus melhores aliados, e a resistência daquela menina, e a vontade do pai, tudo cedia em meu favor.

Procópio Dias proferiu estas palavras com simplicidade e convicção. Seus olhos plúmbeos pareciam duas portas abertas sobre a consciência. A expressão do rosto era a de um cinismo cândido. Jorge contemplou-o alguns instantes sem dizer palavra, ao parecer subjugado pelo raciocínio. Ouvira-o pasmado e satisfeito. Tanta franqueza não mostrava que Procópio Dias já não suspeitava nada? Jorge sorriu e replicou:

— O que o senhor acaba de dizer não será animador, mas persuado-me que é a realidade pura. Admira-me somente que tenha tanta penetração e superioridade para ver e confessar os vícios da natureza humana...

— Sou prático — tornou o outro sorrindo. — Raras vezes me irrito, conquanto lastime sempre o que é fraqueza ou perversão. Assim, por exemplo, eu não lhe ficaria querendo mal se o senhor me houvesse iludido agora acerca de seus sentimentos, porque o seu interesse e o seu dever é negá-los.

— Perdão; já lhe dei minha palavra...

— Não deu, nem eu lha pedi, nem pediria, porque a palavra de honra não obriga a consciência, quando é dada para salvar uma questão de honra. O senhor poderia dá-la sem sinceridade nem remorso. Já não é a mesma coisa se me jurasse, porque o juramento, invocando o testemunho de um ente superior, esse obriga a consciência que não está pervertida.

— Não exige de mim que jure, espero eu? — disse Jorge.

— Há ainda uma raiz de dúvida em meu coração — replicou Procópio Dias sorrindo.

— Pois juro-lhe...

Procópio Dias levantou-se de súbito.

— Não precisa mais — exclamou ele apertando-lhe as mãos. — Agora creio; creio de todo. Não é meu rival, nem corrompe a família a que pretendo unir-me. Se soubesse o prazer que me deu com a sua última palavra! Obrigado! Agora creio. Ria-se de mim, ria-se; eu creio que esta expansão pode ter um lado grotesco — há de ter decerto. O que lhe afianço é que se minha felicidade não é completa depende somente da fortuna, não dos homens...

Sentou-se depois destas palavras, proferidas quase sem respirar.

Jorge acompanhou-o nessa expansão de felicidade. Pareciam satisfeitos um do outro. Procópio Dias confessou que era a primeira pessoa a quem falava de seus sentimentos, e não se vexava de dizer que, ao cabo de alguns meses, nada podia saber do coração da moça. Às vezes supunha ser aceito; outras, e eram as mais numerosas, tinha a persuasão contrária.

— O senhor naturalmente conhece-a e sabe que obra de contradição é aquela mocinha — disse ele. — Há ocasiões em que sua familiaridade comigo chega quase à sedução. Talvez exagero; mas que hei de pensar de uma moça que me pede instantemente que vá lá, em certo dia, com um modo grave e cheio de promessas? digo-lhe sim; vou, recebe-me com um epigrama, ri-se de mim, abusa da complacência e não sei se do amor, porque, conquanto não lhe haja dito nada, acho natural que ela o tenha descoberto nos meus olhos. Se fico despeitado e resolvido a não voltar lá, ela torna-se mansa como uma pomba, carinhosa, macia, e o meu despeito evapora-se, e eu continuo a minha viagem interminável.

— Nunca lhe deu a entender nada, ao menos por alusão?

— Nunca; receio que não me deixasse acabar.

— Não creia; eu suponho que ela gosta do senhor.

— Sabe disso?

— Não; mas é o que concluo do que me contou. As mulheres têm às vezes caprichos; e demais há naquela uns restos de criança, o que a faz ainda mais caprichosa. Meu raciocínio é este: se ela percebeu, e não o repele absolutamente, é porque o senhor ainda pode ter esperanças...

Procópio Dias não pôde exprimir a alegria que estas palavras de Jorge lhe entornaram na alma; seus olhos brilharam de uma luz estranha, depois fecharam-

-se, enquanto a cabeça pendeu para trás, de um jeito lânguido. Durante essa pausa de alguns minutos, Jorge pôde analisar as feições de Procópio Dias, pouco próprias a fascinar uns olhos de dezesseis anos, e achou natural que Iaiá não se sentisse tomada de cego entusiasmo. Contudo, não era impossível corresponder-lhe de algum modo, se a razão tomasse as rédeas ao coração. Jorge supunha até que houvesse em Iaiá uma semente de simpatia, que bastava fazer germinar.

Entrando no quarto que lhe fora destinado, Procópio Dias estava longe de ter sono; a excitação trazia-o esperto. Entrou, abriu a janela e olhou ao largo. O aroma vivo das plantas da chácara ainda mais lhe apurou o sistema. Não era homem de contemplar estrelas nem de fazer filosofias acerca da solidão noturna e do sono das coisas; limitou-se a pensar no que acabava de ouvir.

"Gosta da Estela", murmurou ele; "antes de jurar podia ser duvidoso; depois do juramento é positivo, se ela não gosta dele faz mal; é um rapaz de espavento."

Depois abriu as asas ao pensamento e foi direito a Iaiá, galgando o espaço e derrubando paredes: foi e contemplou o seu sono de virgem, que ele supunha ser quieto e puro, mas que a essa mesma hora era turbado e já complicado das ideias do mal. Procópio Dias deixou-se ir ao sabor da paixão, que era viva e sincera, uma conspiração surda e misteriosa de todas as forças sensuais.

A figura terna e virginal de Iaiá aparecera-lhe um dia, subitamente, como uma visão não sonhada. Se ele a visse em algum salão aristocrático pensaria nela numa noite, talvez uma semana, até esquecê-la ou substituí-la. Mas o que o prendeu a Iaiá Garcia foi justamente a mediocridade do nascimento. Possuí-la era fazer-lhe um favor. Quantas outras lhe não levaram os olhos de sátiro ao descer de uma carruagem, ou ao resvalar indolentemente o seu talhe na contradança de bom-tom? Ele via-as passar ou estar, com os ombros nus ou cingidos da caxemira elegante, risonhas umas, outras sérias, todas altivas e compassadas, e sentia que os anos, feições e maneiras o distanciavam delas; não era difícil apagá-las da memória.

Iaiá teria antes de agradecer a escolha; era a sua convicção, e foi o que mais o ligou à filha de Luís Garcia.

Quando a moça refletisse que acharia no marido a satisfação de todas as veleidades do luxo, o gozo das coisas superfinas, elegantes e raras, devia ceder por força e preferi-lo a quem lhe desse apenas coração, trabalho e necessidades. Uma vez brotada a ideia, cresceu e tomou-lhe o cérebro todo. Iaiá era então a figura presente a seus olhos, ora divina e casta, ora ardente e lúbrica — lúbrica, porque ele em sua imaginação conspurcava-a, antes mesmo de a possuir.

No dia seguinte acordaram tarde e almoçaram juntos, sem tornar no assunto da véspera. No fim do almoço, Procópio Dias referiu-se a ele, dizendo que fora excessivo na noite anterior, e pedindo a Jorge que o não levasse a mal; porquanto era tudo filho de um sentimento que não peca por moderado na suspeita, nem é equitativo na apreciação.

— Não podia atribuir-lhe outro motivo — redarguiu Jorge sorrindo.

— Não ficou mal comigo?

— Mal? A prova é que se dependesse de mim casá-lo, casava-o amanhã mesmo.

Procópio Dias agradeceu-lhe a simpatia e o obséquio, e saiu. Jorge foi dali vestir-se para ir passar alguns minutos no escritório. Enquanto se vestia, pensava na situação do ex-fornecedor do exército. Não eram amigos, mas o caso de Procópio Dias interessava-o; era simpático a seus olhos. Não indagou se essa simpatia brotava do medo; persuadia-se ingenuamente do contrário. Um marido apaixonado e opulento! Duas vantagens que uma moça nas condições de Iaiá devia aceitar com ambas as mãos. Talvez Procópio Dias não fosse mal aceito ao coração da moça; somente, havia nesta uns vestígios de criança, que o tempo devia apagar.

— Naquela idade um pretendente é uma espécie de boneca — dizia Jorge atando a gravata —; o que é preciso, a todo transe, é fazer da boneca um esposo.

Chegando ao escritório, ao meio-dia, Jorge encontrou o sr. Antunes consternado. Tinha dormido até onze horas, chegara tarde à casa em que trabalhava, o patrão convidara-o a fazer as contas. Era uma pequena casa de comércio, onde o sr. Antunes, que entendia de escrituração mercantil, trabalhava desde algum tempo, graças ao obséquio de Jorge.

— Mas já foi despedido? — perguntou este.

— Devo fazer as minhas contas e retirar-me no fim do mês.

Jorge escreveu duas linhas ao patrão do sr. Antunes. De tarde, foi este a Santa Teresa. Jorge ia sentar-se à mesa do jantar; o sr. Antunes já tinha jantado, mas acompanhou-o.

— Venha, venha — disse o moço —; preciso ralhar-lhe.

Vexado e tímido, o sr. Antunes sentou-se defronte de Jorge, que não lhe disse nada durante os primeiros minutos. Jorge falou enfim, repreendendo-o amigavelmente; disse-lhe que as exigências do comerciante não eram exageradas, e em todo caso não havia meio de opor-se a elas, salvo se quisesse deixar a casa.

— Isso mesmo — disse o pai de Estela.

— Não faça isso; não se ganha nada em andar de emprego em emprego. Demais, francamente, não vejo que entrar antes das dez horas seja coisa difícil. Seu genro faz isso há muitos anos.

— Meu genro!... meu genro!... — disse o sr. Antunes sacudindo a cabeça com um gesto de enfado.

Jorge fingiu não atender ao gesto e ao tom do pai de Estela, e tratou de o converter à pontualidade, obra que começava a ser difícil, porque o sr. Antunes entrava já nas conseqüências lógicas e naturais de uma longa dependência; preferia o favor ao trabalho, e os anos contribuíam para esse amor da inércia e do benefício gratuito. A maior ambição que o animou, se a fortuna a houvera realizado, dar-lhe-ia todos os meios de envelhecer tranquilo. Agora tinha encanecido, e o corpo, embora lesto, começava a suspirar pela inação.

Jorge deixou o assunto para não vexar o antigo protegido do pai, e acabou o jantar alegremente. No fim recebeu um bilhetinho de Procópio Dias.

> Não imagina, dizia este, que dia tenho passado, depois da nossa conversa de ontem. Teimo em dizer que fui excessivo, e ainda uma vez lhe peço me releve a falta. Poderia o senhor castigar um doido? O amor não tem imputação. Queime este bilhete; em todo caso não o revele a ninguém, sobretudo à pessoa de que se trata.

Jorge sorriu e releu o bilhete; depois fechou-o na secretária e escreveu esta simples resposta:

> Ainda uma vez, não há que perdoar. O senhor foi apenas desconfiado, como todos os ciumentos; mas, como não inventou o ciúme, não lhe faço carga disso.

Entregue a resposta, Jorge olhou para o sr. Antunes, que fumava discretamente um charuto do bacharel.

— Ouvi dizer hoje uma coisa — disse Jorge com ar indiferente —; ouvi dizer que Iaiá vai casar.

— Casar? — repetiu o sr. Antunes com um sobressalto. E depois de um instante: — É possível; naquela casa o último que sabe das coisas sou eu.

— Talvez não passe de balela. Nem me disseram com quem. Provavelmente há algum namorado ou aparência disso, e então os noveleiros vão logo ao fim. Mas haverá deveras algum pretendente ou namoro?...

— Que eu saiba, nada — asseverou o sr. Antunes. — E até, deixe-me dizer-lhe o que penso, duvido que ela cuide por ora de semelhante coisa. Aquela menina não tem cabeça.

— Oh! — exclamou Jorge rindo.

— Não tem, digo-lhe eu. Está ali, está no hospício. Não se pode dizer que seja travessura, porque não está em idade disso; é pancada. Se soubesse as coisas que ela faz às vezes!

— Não me parece; quando a vejo, é sempre com um modo comedido, e muitas vezes sério...

— Lá isso, é porque ela não gosta do senhor.

— Não gosta de mim? — perguntou Jorge admirado.

— Não digo que absolutamente não goste — obtemperou o pai de Estela —; não lhe tem muita simpatia, é o que é.

— Como sabe você disso?

— Ouvi uma vez o pai repreendê-la, porque de propósito voltara as costas ao senhor; e então ela levantou os ombros, assim com um ar de pouco caso. O pai tornou a dizer que aquilo não era bonito, mas perdeu o tempo; Iaiá pregou os olhos nas unhas, com a testa franzida, e eu saí porque já não podia aturar nem um nem outro.

Jorge ficou alguns instantes pensativo. Era certo que Iaiá o tratara sempre com muito resguardo e frieza; mas, suposto que isso não significasse simpatia, e até lhe sentisse alguma hostilidade, estava longe de atribuir-lhe declarada aversão. Do gesto a que o sr. Antunes aludira, não se lembrava absolutamente, mas era possível. Demais, pensou ele, o sr. Antunes não o inventaria na ocasião; não era caluniador; faltava-lhe essa ferocidade. Mas, por que motivo não gostaria dele a filha de Luís Garcia? Era a segunda vez que Jorge fazia essa pergunta, sem lhe achar resposta plausível. Em seguida, recordou-se da noite anterior, e observou ao pai de Estela que Iaiá o tratara na véspera com alguma cordialidade.

— Milagre de ano-bom! — explicou o sr. Antunes. — Também lhe digo que não perde nada se ela não gostar do senhor; é uma fortuna. Porque ela, quando gosta de uma pessoa, é de fazer-lhe perder a paciência.

— Mas parece ter bom coração, e creio que gosta muito do pai.

— Também Estela gosta de mim.

Jorge fechou neste ponto a conversação. Seu pensamento voltou à revelação inopinada do sr. Antunes. Por mais indiferente que Iaiá lhe fosse, Jorge sentia-se molestado com a certeza de que a moça não gostava dele. Por que seria? Simples antipatia ou outra coisa?

A preocupação desvaneceu-se na tarde do dia seguinte, quando Jorge apareceu em casa de Luís Garcia. Foi a própria Iaiá quem veio abrir-lhe a porta do jardim dizendo, alegremente: — Entre, senhor doutor, que já se fazia esperado. — Jorge não pôde esconder o assombro que lhe produzira aquela recepção; nem o assombro nem a alegria. Entrou e estendeu-lhe a mão.

— Não posso — tornou a moça, mostrando a sua, fechada —; só se adivinhar o que está aqui dentro.

— Não é uma estrela.

— Não, senhor; é um cavalo.

No fundo do jardim estava Luís Garcia, com o tabuleiro do xadrez: acabava de dar uma lição à filha, que lha pedira desde antes do jantar. Iaiá levou até lá o filho de Valéria. Pela primeira vez sentou-se ao pé dos dois para vê-los jogar; fincou os cotovelos na mesa e encostou o queixo nas mãos; queria aprender, dizia ela, em três semanas.

— Três semanas! — repetiu o pai a sorrir e a olhar para Jorge.

Das qualidades necessárias ao xadrez, Iaiá possuía as duas essenciais: vista pronta e paciência beneditina; qualidades preciosas na vida, que também é um xadrez, com seus problemas e partidas, umas ganhas, outras perdidas, outras nulas.

Capítulo XII

Quinze dias depois, Procópio Dias apareceu em casa de Jorge com luto no vestuário e no rosto. De Buenos Aires chegara-lhe na véspera, à tarde, a notícia da morte de um irmão, seu último parente, notícia que o obrigava a embarcar no dia seguinte e demorar-se no Rio da Prata cinco a seis semanas. Não se pode dizer que ele estivesse triste; estava sério — sério e preocupado. A viagem a Buenos Aires não tinha por fim o cadáver do irmão, mas a herança, que posto não fosse grande, valia alguma coisa.

Procópio Dias ofereceu seus serviços ao filho de Valéria, que de sua parte prometeu-lhe algumas cartas de apresentação, se precisasse. Procópio Dias aceitou uma. Jorge levou-lha no dia seguinte. Ele recebeu-a com demonstrações de agradecido e quase terno. E depois de um momento de silêncio:

— Já agora entrego-lhe pessoalmente esta carta, que devia ser levada amanhã por um portador.

Jorge quis abrir.

— Não — acudiu o outro —; prometa-me que só a abrirá amanhã.

— Por que não hoje de noite?

— Podia ser hoje de noite; mas é bom que entre a impressão da despedida e

a leitura desse papel decorra o espaço da noite e o sono. Talvez seu juízo seja diferente.

Jorge prometeu. Procópio Dias partiu. No dia seguinte abriu a carta e leu estas poucas palavras:

> Seja o meu anjo da guarda durante a minha ausência.

"Por que não?", disse ele consigo.

De tarde, saiu a cavalo, costeando o aqueduto, segundo costumava, e ia pensando seriamente na conveniência de casar os dois. Naquelas duas semanas tivera tempo de apreciar um pouco as qualidades da moça, que lhe pareceram boas, conquanto lhe achasse também alguma coisa original, misteriosa, ou romanesca, muito acima da compreensão ou do sentimento de Procópio Dias. Jorge não se iludia acerca da paixão do pretendente; supunha-a sincera, mas não lhe atribuía a virgindade das primeiras ou das segundas comoções: era uma paixão da última hora, um ocaso ardente e abraseado entre o dia que lá ia, e a noite que não tardava a sombrear tudo. Ainda assim a aliança lhe parecia conveniente. Iaiá possuía decerto a força necessária para dominar desde logo o marido; e o titão encadeado teria ao pé de si, em vez de um abutre a picar-lhe o fígado, uma formosa rola destinada a prolongar-lhe as ilusões da juventude.

Se eram boas as impressões que Iaiá lhe deixava nos últimos dias, não eram ainda assim isentas de algum enfado, aliás passageiro. Uma ou duas vezes, Iaiá lhe pareceu singularmente áspera, e sem motivo nem duração. Esses assomos, porém, eram logo compensados por uma afabilidade, que parecia mais viva, mais ruidosa, talvez um pouco importuna. Ocasião houve em que Estela disse à enteada, com um sorriso de repreensão: — Não amofines o senhor doutor Jorge. — Não compreendeu Jorge por que motivo essa palavra simples, dita em tom brando, deu ao rosto de Iaiá uma expressão indignada; lembrava-se porém que a expressão foi passageira, e que ela passou do singular amuo à habitual alegria: — Bem vê — replicou Estela —, bem vê que é uma criança.

Jorge ia assim a refletir, e já de volta, quando ouviu uma voz que dizia o seu nome. Era Iaiá que descia da casa da velha ama. Jorge parou o cavalo.

— Em que vai pensando? — disse ela.

— Na senhora — respondeu o moço afoitamente, depois de verificar que ninguém os podia ouvir.

Iaiá caminhou até a rua, acompanhada de um homem velho, o irmão de Maria das Dores.

— Que anda fazendo aqui? — continuou Jorge inclinando o busto sobre o pescoço do cavalo.

— Vim visitar a Maria das Dores. Coitada! está tão abatida!

— Bem; eu logo lhe direi o que é; vá ver a doente.

— Já a vi; volto agora para casa. O senhor João vai acompanhar-me.

Jorge apeou-se.

— Deixa-me acompanhá-la também? — perguntou.

— Deixo; mas é só por ser curiosa. Quero saber o que ia pensando a meu respeito. Vamos, senhor João?

Jorge enfiou a rédea no braço e colocou-se ao lado dela; Iaiá tomou-lhe afoitamente o outro braço.

— Vá, conte-me tudo.
— O Procópio Dias embarcou hoje.

Iaiá, que já havia dado os primeiros passos, estacou.

— Para onde? — disse.
— Para o Rio da Prata; morreu-lhe um irmão em Buenos Aires.
— Mas sem se despedir de nós!
— Naturalmente, custava-lhe fazê-lo, e quis poupar-se à dor da separação. Esteve porém comigo, e prometeu-me que a demora seria curta. Vi-o muito aflito com a viagem, tão aflito que não sei se lhe diga que era... era, decerto, era maior a dor da viagem do que a da morte do irmão. Talvez lhe faça injúria nisso, mas parecia.
— Por quê? — perguntou a moça erguendo os olhos para ele.
— Não sei se lhe deva dizer por quê — acudiu Jorge. — E daí, não se tratando de nenhuma coisa do outro mundo... É verdade que as moças bonitas, como a senhora, costumam ser cruéis... Não sei... Há situações um pouco...
— Ridículas — concluiu Iaiá.
— Como ridículas?
— Por exemplo, a sua.

Jorge enfiou um pouco; mas a um homem de sociedade, Iaiá não parecia de força a fazer perder o equilíbrio. Sorriu levemente, e retorquiu sem azedume:

— Não é ridículo ser afetuoso; eu cuidava responder à linguagem de seu coração.
— Supunha que a ausência de Procópio Dias me deixava saudades...
— Supunha.
— Que tem o senhor com isso?

A resposta de Jorge foi um simples gesto negativo. Contudo, não pôde zangar-se, porque sentia tremer o braço da moça, e olhando de esguelha para ela via-a pálida e com os olhos no chão. Se a palidez e o tremor eram de cólera, não chegou a sabê-lo; mas provavelmente não era outra coisa, porque ao cabo de três a quatro minutos, Iaiá ergueu os olhos e estendeu-lhe a mão, dizendo:

— Façamos as pazes.
— Nunca estivemos em guerra, acho eu.
— Talvez em véspera de guerra.
— Não por culpa minha...
— Nem minha — acudiu a moça. — E erguendo o chapelinho de sol para o céu: — Talvez por culpa daquele — disse ela suspirando.

Após o suspiro, veio uma risadinha seca e forçada, mas longa ainda assim como o som de um golpe de cristal. Tinham andado poucos minutos e esses poucos eram já de sobra para espertar a curiosidade de Jorge, e para lhe dar direito a pedir uma explicação. Jorge pediu-lha em termos afetuosos, perguntando por que razão era o céu culpado em uma guerra que devia romper entre ambos, e sobretudo qual seria o pretexto dessa guerra. Iaiá refletiu um instante, e começou a falar com os olhos baixos.

— O motivo é o senhor mesmo — disse ela.
— Eu?

— O senhor, que é meu inimigo, que me detesta. Não me dirá que mal lhe fiz eu? — continuou ela, erguendo subitamente os olhos. — Escusa fazer esse gesto de espanto; sei que o senhor me detesta, e por mais que pergunte a mim mesma — não sei, não me recordo... Diga, fale com franqueza.

— Tanto melhor! — exclamou Jorge. — Vejo que havia entre nós um equívoco e é chegada a ocasião de o desfazer. Quer que lhe fale com franqueza? O inimigo não sou eu, é a senhora; é a senhora, ou antes, era ou parecia ser. Agora compreendo; retribuía-me a aversão que supunha haver em mim. Tanto melhor! Façamos as pazes de uma vez.

Iaiá apertou a mão que ele lhe ofereceu e chegaram alegremente a casa. Jorge quis retirar-se logo, mas a moça ordenou a Raimundo que conduzisse o cavalo, e Jorge foi compelido a entrar por alguns minutos. Luís Garcia não estava em casa. Estava o sr. Antunes. Iaiá mal deu tempo aos primeiros cumprimentos. — Ande jogar comigo — disse ela.

— Em boa paz?

— Em boa paz.

Iaiá preparou o xadrez, no gabinete contíguo à sala; Jorge sentou-se pacientemente diante da adversária, retificou a posição de duas peças, excluiu as que lhe dava de partido e adiantou o primeiro peão.

— Vá — disse —; é a sua vez.

Iaiá não obedeceu ao convite. Olhava para ele, com ar inquieto.

— Dá-me sua palavra de honra de que me não negará o que lhe vou perguntar? — disse ela ao cabo de alguns instantes de silêncio.

Jorge hesitou um pouco.

— Conforme.

— Exijo.

"Que me pedirá ela que lhe não possa afirmar?", pensou Jorge. E em voz alta respondeu:

— Dou.

— Foi ele quem lhe encomendou...

— O sermão? — interrompeu Jorge sorrindo. — Serei franco; foi ele mesmo.

Iaiá baixou os olhos ao tabuleiro, cavalgou a torre com o bispo, como distraída, e em voz ainda mais baixa do que lhe falara, perguntou:

— O senhor é homem de segredo?

— Sou — redarguiu afoitamente Jorge.

— Pois bem — continuou Iaiá —, eu gosto dele, gosto muito, mas não desejo que ele saiba.

— Deveras? não está gracejando?

— Não estou.

Jorge estendeu-lhe a mão: — Magnífico — disse ele alegre —; não é preciso mais. Uma vez que se amam, virão naturalmente a...

Não pôde acabar, porque a moça, erguendo-se de súbito, afastou-se da mesa, com um arremesso, e dirigiu-se à janela, que dava para o jardim. Jorge ficou espantado. Não entendia o que estava vendo. Inclinou-se sobre o tabuleiro e começou a mover as peças, sozinho, sem plano, maquinalmente. Assim jogando, ouvia o som do tacão de Iaiá que feria o ladrilho do chão, com um movimento precipitado e

nervoso. Durou isso cinco minutos. Iaiá voltou-se para dentro, saiu da janela, e aproximou-se da mesa. Jorge ergueu então a cabeça para ela e sorriu.

— Não me dirá que lhe fiz eu, para ficar tão zangada comigo? — perguntou com benevolência.

— Nada; eu é que fui estouvada e não sei se mais alguma coisa.

Jorge protestou que não. — Foi ríspida somente — disse ele —; e se o foi sem querer, não foi sem motivo. Não me dirá que motivo é esse? Parece-me que não a tratei mal...

— Não.

— Nesse caso, o motivo está na senhora mesma; e se eu não tivesse medo de que se zangasse outra vez comigo, atrevia-me a pedir-lhe que me dissesse tudo — ou pelo menos alguma coisa.

— Para quê? Vamos jogar.

— Está escurecendo.

— Mando vir luzes.

Vieram luzes; começaram a jogar. Entre eles o xadrez não podia oferecer interesse, mas dado que pudesse, não seria naquela ocasião. Um e outro estavam distraídos e preocupados. A primeira partida foi concluída em pouco tempo, quase sem cálculo.

— Outra? — perguntou Iaiá.

— Vamos.

— Antes de começar — disse ela colocando as peças e sem olhar para Jorge —, quero dizer que tem um meio seguro de nunca brigar comigo.

— Qual é?

— É ser meu confidente.

— Senhor de seus segredos?

— Todos.

— O meio é fácil; só eu ganho na troca.

— Nisso dou prova de grande coração.

Já não era a menina ríspida de alguns instantes; dissera as últimas palavras com muita graça e placidez. Ao mesmo tempo, continuava a arranjar metodicamente as peças. Acabou e reclinou-se no dorso da cadeira.

— Não me declarou ainda se aceitava — disse ela.

Jorge hesitou um instante. Era gracejo ou proposta séria? A um gracejo responde-se com outro, a uma proposta responde-se com seriedade. Jorge hesitava em tomar sobre os ombros uma parte de responsabilidade dos sentimentos da moça. Quais seriam eles? que projetos despertariam naquele cérebro provavelmente indomável? Não podiam ser outros senão os de casamento com Procópio Dias, visto que ela confessava amá-lo. Essa reflexão fê-lo declarar afoitamente que aceitava a confidência.

— Sabe o que aceita? — perguntou Iaiá.

— Farejo.

— Toque! — disse ela estendendo-lhe a mão.

Jorge deu-lhe a sua.

— Não se trata em todo caso de nenhum assassinato? — perguntou rindo.

— Não.

A segunda partida foi mais animada, mas só por parte de Iaiá. A moça ria às vezes, mas a maior parte do tempo fazia convergir toda a sua atenção para o jogo. Quando falava, era moderada e dócil. Essa alternativa e contraste de maneiras interessava naquele momento o espírito de Jorge. Que espécie de mulher fosse, imperiosa como uma matrona, travessa como uma criança, incoerente e enigmática, era coisa que ele não podia em tão pouco tempo descobrir; mas o enigma aguçava-lhe a atenção. Enquanto ela tinha os olhos no tabuleiro, Jorge buscava ler-lhe a alma na fronte lisa e cândida; mas não via a alma, via só uns fiapos castanhos do cabelo, que lhe caíam sobre a testa e esvoaçavam levemente ao sopro da aragem que entrava pela janela, e lhe davam um ar de puerícia. A boca fina e pensativa corrigia aquela expressão da cabeça; era a primeira vez que ele lhe descobria um forte indício de energia e tenacidade.

Quando era a vez de Jorge, Iaiá afastava o busto, reclinava-se no espaldar da cadeira e ficava a olhar para ele, como ele havia olhado para ela. Mas nesse olhar não cintilava curiosidade; era uma luz velada e baça, como alheia ao mundo exterior. Encontravam-se assim os olhos de um e de outro, e a partida continuava, até chegar ao fim sem novo incidente.

Prestes a acabar, Estela entrou no gabinete, sem os interromper. Sentou-se caladamente a um canto da janela. O jogo cessou no momento em que entrou Luís Garcia.

— Perdi duas partidas, papai — disse a moça —; mas por um triz não ganhei a segunda.

Jorge quis sair logo depois; foi obrigado a demorar-se, porque Iaiá lembrou-se de ir tocar piano. Era a primeira vez que Jorge conseguia ouvi-la. A moça escolheu uma página de Meyerbeer; Jorge confessara uma vez que era esse o autor de sua predileção.

No dia seguinte a impressão deste era um tanto complexa e perplexa. Aquela mistura de franqueza e reticência, de agressão e meiguice, dava à filha de Luís Garcia uma fisionomia própria, fazia dela uma personalidade; mas a fisionomia era ainda confusa e a personalidade vaga. Jorge sentia-se empuxado e retido, ao mesmo tempo, por dois sentimentos contrários; tinha curiosidade e repugnância de penetrar o caráter da moça, e conhecer e distinguir os elementos que o compunham. O que lhe parecia claro e definitivo era que as primeiras palavras de Iaiá, tão duras e tão secas, não passavam de uma expressão de despeito, por supor da parte dele a aversão que não existia; e se as palavras em si o magoavam, a explicação lisonjeava-lhe o amor-próprio. O resto era inexplicável. Jorge resolveu, entretanto, não lhe falar mais de Procópio Dias, apesar da confissão aliás contrastada ou diminuída pelo gesto que se lhe seguiu.

Iaiá pareceu perder a disposição agressiva; à força de afabilidade apagou inteiramente os vestígios da antiga rispidez. A alma não se lhe tornou mais transparente, nem o caráter menos complexo; mas a esquisita urbanidade dos modos fazia suportáveis os saltos mortais do espírito, e aumentava o interesse do que havia nela obscuro ou irregular; finalmente, era um corretivo à tenacidade com que a moça confiscava literalmente o filho de Valéria. Jorge estimou, sobre todas, esta circunstância, porque lhe tornou mais fácil a frequência da casa. Ele pertencia ao pai ou à filha — muitas vezes aos dois. Iaiá atirou-se ao xadrez com um ardor incompreensível, e dizendo-lhe Jorge que era preciso ler alguns tratados, ela pediu-lhe um, e porque ele só os tivesse em inglês, Iaiá pediu que lhe ensinasse inglês.

— Mas eu sou um mestre muito ríspido — observou ele.

— A discípula é muito pior.

Estela assistia algumas vezes às lições do idioma e do jogo — duas coisas que lhe pareciam incompatíveis com o espírito da enteada. Verdade é que Iaiá mudara tanto naquelas últimas semanas! Não lhe supusera nunca tão longa paciência, nem tão repousada atenção. Iaiá gastava uma a duas horas por dia a decorar os verbos e os substantivos da nova língua, e essa paixão recente tinha o condão singular de irritar a madrasta. Jorge, pelo contrário, sentia em si os júbilos do pedagogo. O professor é o pai intelectual do discípulo; Jorge contemplava paternalmente aquela inteligência fina, paciente e tenaz servida por dois olhos de pomba e duas mãos de arcanjo.

No meado de fevereiro tornaram a falar de Procópio Dias, a propósito de uma carta que Luís Garcia recebera.

— Veja lá — disse a moça —; ele escreveu a papai e nem uma palavra especial para mim. "Lembranças a d. Estela e a Iaiá." Nada mais. Ele escreveu-lhe?

— Até agora, não.

— Não há nada como a ausência para fazer esquecer tudo — isto é, esquecer os que ficam. Talvez já não pense em casar comigo. Foi um capricho que passou, como todos os caprichos; foi como a chuva de ontem, que deu apenas alguns salpicos de nada. E contudo parecia que vinha abaixo o céu. Não é? a paixão dele não é como a trovoada? ameaçou no Rio de Janeiro e foi cair em Buenos Aires. Aposto que vem de lá casado. Verá que não é outra coisa. Que me diz a isso? Vamos; diga alguma coisa.

— Não posso — redarguiu Jorge. — A senhora deu-me o cargo de confidente e não de conselheiro; limito-me a ouvi-la. Verdade é que o tal cargo até agora parece simples sinecura.

— Que é sinecura?

Jorge sorriu e definiu-lhe a palavra.

— Não é sinecura — acudiu Iaiá —; pelo contrário, é um cargo muito espinhoso.

— Não creio. A confidência única até hoje não me pareceu sincera. A senhora não ama o Procópio Dias.

Iaiá franziu a testa.

— Por que me diz isso?

— Porque, se o amasse, falaria de outro modo, e sobretudo não falaria tanto. O amor, nessa idade, vive de reticências, não de frases e menos ainda de frases tão compostas.

— Cale-se! — interrompeu ela, batendo-lhe com a gramática na ponta dos dedos. E depois de uma pausa: — Se ele lhe escrever, mostra-me a carta?

Como Jorge lhe dissesse que sim, Iaiá fez um movimento para rasgar o volume em dois pedaços. Jorge perguntou-lhe o que tinha. — Nervoso! — respondeu a moça, sacudindo os ombros com um calafrio. Depois, como a amparar-se, lançou-lhe a mão a um dos pulsos. Jorge sentiu a pressão de uns dedos de ferro; e parece que outros dedos invisíveis também comprimiam as faces da moça, vermelhas como se vertessem sangue.

Capítulo XIII

Jorge achou em casa, nessa mesma noite, uma carta de Buenos Aires. Procópio Dias narrava-lhe a viagem e os primeiros passos, e dizia ter toda a esperança de se demorar pouco tempo. Tudo isso era a terça parte da carta. As duas outras terças partes eram saudades, protestos, expressões de sentimento, e um nome no fim, um nome único, e que era a chave do escrito. Jorge leu atentamente essas confidências, e na mesma noite esboçou uma resposta. Não era fácil combinar a discrição que quisera conservar em suas relações com Procópio Dias e a necessidade de lhe mandar algumas esperanças. Embora com esforço, redigiu a resposta conveniente, contando-lhe as boas impressões que tinha; só as boas, não lhe disse as duvidosas; sobretudo não desceu a nenhuma realidade, a nenhum nome próprio; nada mais que uma extensa série de locuções igualmente animadoras e vagas.

No dia seguinte não foi à casa de Luís Garcia; choveu torrencialmente. Mas no outro dia foi, logo depois do jantar. Achou reunida a família.

— *Good evening, my dear* mestre! — bradou Iaiá logo que o viu entrar na sala.

— Faltava mais uma língua a esta tagarela — disse Luís Garcia rindo —; daqui a pouco tempo ninguém a poderá aturar.

Jorge não esperava, decerto, encontrar na moça a mesma expressão que lhe deixara na antevéspera, quando de um gesto nervoso lhe comprimira o pulso. Tinham passado quarenta e oito horas, e para que ela se restabelecesse bastariam apenas quarenta e oito minutos. Contava com a mudança; não obstante procurou ler-lha nos olhos, e achou-os tão alegres como o tom em que ela o saudara. A lição isolou-os, e foi também o pretexto mais favorável para lhe mostrar a carta de Procópio Dias. Iaiá viu-a selada e compreendeu tudo; arrebatou-a às mãos de Jorge.

— Ah! — disse este. — Seu gesto vale um discurso.

— Posso ler?

— Pode.

Iaiá desdobrou a carta e leu-a para si. Enquanto lia, Jorge fitava-a. Não lhe via nenhuma confusão, alvoroço ou alegria; os olhos seguiam lentamente de uma linha a outra, e a mão firme voltava a página. No fim, quando leu o próprio nome, teve um movimento de tédio, inconscientemente amarrotou o papel; mas emendou-se logo, alisou a carta com a mão e restituiu-a silenciosamente. Durante alguns segundos ocupou-se em traçar com um lápis alguns círculos na margem da folha aberta da gramática; ergueu enfim os olhos e perguntou sem rir:

— Acredita no que diz essa carta?

— Acredito; tudo o que está aí escrito, já o ouvi de viva voz, e com a mesma sinceridade e calor. Quem sabe? pode ser que seja o primeiro amor desse homem.

— O primeiro... o primeiro... — repetiu ela entre dentes.

— Talvez o primeiro — insistiu Jorge —; e para uma moça, acho que deve ter algum encanto ser amada por um homem considerado superior às paixões. A vida de Procópio Dias teve sempre outra ordem de interesses...

— Conhece-o há muitos anos?

— Há muitos, não; conheço-o desde o Paraguai.

— Acha que eu fazia bem em me casar com ele?

— Bem ou mal, conforme o amor que lhe tiver. Esse é o ponto necessário, e em meu conceito, o ponto duvidoso. Receio que a senhora o não ame deveras; já tive ocasião de o dizer.

— Preciso de alguns esclarecimentos. O senhor amou decerto alguma vez...

— Nunca.

— Nunca? Nunca teve um amor, um só que fosse? Não creio. Um coronel! Nada; não creio; só se me jurasse; era capaz de jurar?

— Juro.

— Em nome de sua mãe? — concluiu ela, fitando-lhe uns olhos cuja expressão imperativa contrastava com o tom submisso da palavra.

Jorge hesitou um instante. Tinha ceticismo bastante para proferir uma fórmula vaga de juramento; mas recuou diante da fórmula positiva. Hesitou e ladeou a pergunta.

— Esse nome resume justamente o meu único amor — disse ele —; amei a minha mãe.

Iaiá sorriu com ar de dúvida; depois olhou para ele comovida. — Eu amo meu pai — redarguiu ela —; nossos corações podem entender-se.

A esta palavra não havia que replicar; pareceu-lhe a condenação do pretendente. Apertou a mão que a moça lhe estendeu, e sentiu-a fria. Após uma curta pausa, abanou a cabeça, murmurando:

— Assim pois, nenhuma sombra de esperança...

— Faça o que entender — disse a moça no fim de outra pausa. — Em todo o caso, desejo ler a resposta que lhe der.

Jorge abriu a carteira e tirou de lá o rascunho da carta que pretendia mandar a Procópio Dias.

— A resposta — disse ele — já está escrita. Não querendo matá-lo, pus aqui algumas gotas de esperança; não ousaria contudo mandar o remédio sem ouvi-la.

Iaiá recebeu o papel dobrado, olhou um instante para ele, outro para Jorge. — Leia — disse este. — Iaiá não obedeceu: pegou do lápis, e sobre a folha do papel dobrado começou a lançar os traços de um desenho. Posto que a luz batesse em cheio no papel, Jorge não pôde ver desde logo o que era; mas esperava, em frente da moça, que ela rematasse o capricho. Nessa ocasião, Estela foi ter com eles.

— Já acabou a lição? — perguntou.

— Agora é uma lição de desenho, ao que parece — disse Jorge.

Estela pôs a mão no ombro da enteada. — É o Procópio Dias! — disse ela, olhando para o desenho. Era, mas o desenho frisava com a caricatura; a fealdade de Procópio Dias excedia as proporções verdadeiras, o nariz era enormemente triangular, as rugas da testa grossas e infinitas: um monstro cômico. Estela sorriu da travessura, mas repreendeu-a.

— Deixe ver — disse Jorge quando ela acabou.

— Para quê? — retorquiu Iaiá com indiferença.

E levando o papel à chama, queimou-o. Jorge interrogou-a com os olhos; ela encarou-o sem se perturbar. Depois folheou a gramática lentamente.

— Continuemos a lição — disse ela. — *I love*. Vá; onde estávamos? Aqui, era aqui.

Estela assistiu à lição toda, com a paciência da curiosidade. Não olhava nunca

para o mestre, dividia a atenção entre a discípula e o livro. A lição foi longa, mais longa do que era necessário, porque o próprio mestre não acompanhava pontualmente o texto e a leitura. Iaiá tinha diante de si dois juízes, cada um dos quais buscava decifrar-lhe na fronte a inscrição que lá lhe teria posto o seu destino. Percebia-o, e não se enfadava. Ia de um tempo a outro, e do indicativo ao imperativo, voltando ao começo logo que chegava ao fim, fitando os dois inquisidores com um olhar em que pareciam dormir todas as ignorâncias da terra.

A tranquilidade era aparente. Nessa noite, recolhida aos aposentos, a moça deu largas a dois sentimentos opostos. Entrou ali prostrada. — Que estou eu fazendo? — disse ela apertando a cabeça entre os punhos. Abriu a veneziana da janela e interrogou o céu. O céu não lhe respondeu nada; esse imenso taciturno tem olhos para ver, mas não tem ouvidos para ouvir. A noite era clara e serena; os milhões de estrelas que cintilavam pareciam rir dos milhões de angústias da terra. Duas delas despegaram-se e mergulharam na escuridão, como os figos verdes do Apocalipse. Iaiá teve a superstição de crer que também ela mergulharia ali dentro e cedo. Então, fechou os olhos ao grande mundo, e alçou o pensamento ao grande misericordioso, ao céu que se não vê, mas de que há uma parcela ou um raio no coração dos símplices. Esse ouviu-a e confortou-a; ali achou ela apoio e fortaleza. Uma voz parecia dizer-lhe: — Prossegue a tua obra; sacrifica-te; salva a paz doméstica. — Restaurada a alma, ergueu-se do primeiro abatimento. Quando abriu de novo os olhos, não foi para interrogar, mas para afirmar — para dizer à noite que naquele corpo franzino e tenro havia uma alma capaz de encravar a roda do destino.

Tarde conciliou o sono. Já dia claro, sonhou que ia calcando a beira de um abismo, e que uma figura de mulher lhe lançava as mãos à cinta e a levantava ao ar como uma pluma. Pálida, com o olhar desvairado, a boca irônica, essa mulher sorria, de um sorriso triunfante e mau; murmurava algumas frases truncadas que ela não entendia. Iaiá bradou-lhe em alta voz: — Dize-me que não amas e eu te amarei como te amava! — Mas a mulher sacudindo a cabeça com um gesto trágico, e colando-lhe os lábios nos lábios, soprou ali um beijo convulso e frio como a morte. Iaiá sentiu-se desfalecer e rolou ao abismo. Acordou agitada e deu com a madrasta, a contemplá-la, ao pé da cama. No primeiro instante, fechou os olhos e recuou até a parede, mas logo depois voltou a si.

— Tive um pesadelo horrível — disse ela respirando largamente —; rolei no fundo de um abismo, empurrada por duas mãos de ferro. Ainda estou fria. Veja as minhas mãos. Tenho o peito oprimido. Felizmente passou. Está aqui há muito tempo? Eu agitei-me muito?

— Falaste em voz bem alta.

— Que foi?

— "Dize-me que não amas e eu te amarei como te amava." Não sei que estas palavras se possam dizer no fundo de um abismo. Tu confundes os sonhos...

— Talvez; não me lembra outra coisa. Só me lembro do abismo, que felizmente não passou da minha imaginação. É muito tarde, não é?

— Nove horas.

— Nove horas!

Estela foi à janela, e, abrindo a veneziana, mostrou-lhe o sol. Depois encostou-se ali a olhar para fora. Entrara alguns minutos antes, admirada do prolongado

sono da enteada, e ia pousar-lhe a mão no ombro, quando ouviu aquela palavra balbuciada no meio de grande agitação; palavra misteriosa e vaga, mas que se lhe embebeu no coração como um espinho. De sua parte, Iaiá não estava menos inquieta. Receava que houvesse dito alguma coisa mais — um nome ou uma circunstância precisa —; em todo caso, era bastante o que ouvira a madrasta para imaginar que o sonho lhe escancarara as portas da consciência. Uma e outra espreitavam-se desconfiadas e medrosas. A madrasta deixou a janela e foi sentar-se na beira da cama. Ambas sorriam com esforço e nenhuma conseguia falar primeiro. Correram assim três longos minutos de acanhamento e observação recíproca. Estela foi a primeira que rompeu o silêncio.

— O teu pesadelo foi um castigo — disse ela —; foi o castigo da caricatura que ontem fizeste. Aquilo não é bonito. Todos sabem que o Procópio Dias é bem recebido em nossa casa. Que se há de pensar de nós, quando virem que se tratam assim as pessoas ausentes?

Iaiá refletiu um instante.

— Era preciso — disse ela —; era uma maneira de desenganar de uma vez as pretensões desse senhor.

— Mas quem te falou nelas?

— O doutor Jorge, que parece protegê-lo. Não é possível que haja ninguém mais feliz do que aquele homem. Bastou gostar de mim, para que todos se empenhem em aprová-lo e aconselhar-me que não devo tomar outro marido. Parece-lhe que eu...

— A que propósito te falou nisso o doutor Jorge?

— A propósito de coisa nenhuma; falou porque é amigo dele. Não lhe disse eu uma vez que um dia, se todos teimarem, serei obrigada a casar com Procópio Dias? Receio muito que assim aconteça.

— Não — disse Estela vivamente —; não há de acontecer assim, primeiramente porque eu não o consentirei nunca; depois, porque tu amas a outro...

— Eu?

— O teu amor de colégio, aos doze anos e meio...

— Ah! — disse Iaiá. E depois de alguns instantes continuou, com um gesto de grande vergonha: — Fiz mal em lhe dizer aquilo; peço-lhe que não repita a ninguém.

Estela não ouviu as últimas palavras. Erguera-se outra vez para dissimular a comoção, que parecia crescer. Entretanto, Iaiá enfiou um roupão e enterrou o pé na chinelinha matinal. Quando, cinco minutos depois, encontrou os olhos de Estela, achou-os sombrios, como os da figura do pesadelo, e insensivelmente buscou ver se teria um abismo ao pé de si.

— Iaiá — disse Estela em tom seco —, tu amas, tu confessas que amas a alguém; quero que me digas o nome desse homem, ouves? Exijo sabê-lo para avaliar o que te convém. Sabes que tenho autoridade de mãe.

Iaiá sentiu ferver-lhe o sangue nas veias.

— Minha mãe morreu — redarguiu com igual sequidão —; estou pronta a obedecer a meu pai.

Estela apenas disfarçou a sensação interior; após alguns instantes de silêncio, saiu.

Longe da enteada, a madrasta deu inteira expansão aos sentimentos que a combaliam. Fechou-se no gabinete do marido; depois evocou o passado, como uma

força contra o presente, porque era o presente que ameaçava tragá-la. Um instante abalada pela leitura da carta de 1867, buscou recobrar a antiga quietação, mas a interferência de Iaiá perturbou essa obra de sinceridade. O procedimento da enteada, a súbita conversão às atenções de Jorge, toda aquela intimidade visível e recente, acordara no coração de Estela um sentimento, que nem aos orgulhosos poupa. Ciúme ou não, revolvera a cinza morna e achou lá dentro uma brasa. Suspeitou a rivalidade da outra, e não foi preciso mais para que o grito de rebelião fizesse estremecer aquela alma solitária e virgem. O pensamento perdeu a habitual placidez. O coração começou de bater com a celeridade e a violência das grandes febres.

Eram as energias latentes de um amor comprimido, mas intenso, como uma cratera que acaso fechasse uma abóbada de gelo; pior que tudo, tinha a fatalidade de um longo constrangimento, a luta de duas forças igualmente pujantes, indomáveis e cegas. O orgulho vencera uma vez; agora era o amor, que, durante os anos de jugo e compressão, criara músculos e saía a combater de novo. A vitória seria uma catástrofe, porque Estela não dispunha da arte de combinar a paixão espúria com a tranquilidade doméstica; teria as lutas e as primeiras dissimulações; uma vez subjugada, iria direito ao mal.

Ora, no meio desse duelo, já doloroso, embora ainda curto, ouviu Estela a última palavra da enteada, comentário da que lhe escapara na agitação do pesadelo. Saiu dali aterrada, tateando as sombras, e desviando os olhos quando algum clarão de realidade se lhe acendia ao longe. Não podia crer na rivalidade consciente e declarada de Iaiá; era inverossímil, seria a sua própria vergonha e condenação. Mas as palavras retiniam-lhe ao ouvido, e o gesto frio e duro da enteada parecia clarear o que havia obscuro nelas.

Não podia durar muitas horas a situação em que a fatalidade das circunstâncias havia posto as duas mulheres. Iaiá era a mais dúctil, e, outrossim, a mais interessada. Logo que Estela a deixou só, caiu em si e compreendeu que, além de ferir cruelmente a mulher que lhe servia de mãe, levantara uma ponta do véu em que trazia envolto o pensamento; ao demais, a injúria produzira a reação do amor — do amor que lhe tinha e não perdera de todo, apesar dos acontecimentos últimos. Na seguinte manhã foi ter com a madrasta.

— Confesso que fui excessiva e desobediente — disse ela —; não o devia ser, mas a senhora falou com um modo tão seco! tão duro! Pareceu-me que duvidava de mim; fosse o que fosse, não era o seu modo do costume. Sempre a respeitei como minha mãe; não nego, não poderia negar nunca os seus direitos, assim como não desconheço a sua amizade; mas a senhora mesma tem um bocadinho de culpa; sempre me tratou antes como irmã do que como filha. Daí veio alguma confiança, alguma liberdade, e foi por isso que ontem cheguei a esquecer quem éramos, para a tratar como não devia. Foi isso somente; foi um excesso, uma leviandade, nada mais. Consulte o seu próprio coração e ele lhe responderá que não foi mais do que isso. Vá; pergunte-lhe, ele me conhece.

Estela escutou-a silenciosamente, sem vergar a altivez da fronte, mas também sem nenhuma expressão de despeito ou desafio. Luzia-lhe nos olhos alguma coisa que espreitava a alma da outra por baixo das pálpebras descidas. Iaiá falara de um jato, mas não de um só tom; simplicidade, timidez, faceirice — havia de tudo na ma-

neira por que se exprimiu durante aqueles poucos segundos. A explicação era a um tempo sincera e hábil, mas de tal modo se confundiam os dois caracteres, que a própria habilidade não tinha consciência de si: era antes um instinto do que um cálculo.

— Que me pedes tu? — disse Estela no fim de alguns instantes. — Que te perdoe? Que esqueça a tua imprudência? Uma coisa é mais fácil do que a outra. Estás absolvida; faze agora com que eu esqueça.

— Por que não? eu consegui fazer com que me amasse, quando a senhora não sabia ainda se eu era má ou boa.

— Era fácil. Tua mãe era tua mãe; mas não te amou mais do que eu. Se alguma vez o reconhecestes, não foi ontem; ontem cedestes a um mau preconceito contra as madrastas, e levantaste entre mim e ti um espectro, que se pudesse falar seria para te condenar também. Não me queixo; nunca me queixei de coisa nenhuma: quando estimo alguém, perdoo; quando não estimo, esqueço. Perdoar e esquecer é raro, mas não é impossível; está nas tuas mãos.

Subjugada pelo tom com que a madrasta falara, simples, severo e levemente repassado de tristeza, Iaiá cedeu a um nobre impulso de submissão. Pegou-lhe nas mãos e beijou-as. A madrasta sentiu nelas uma lágrima. Não recusou esse testemunho do coração, e tê-la-ia apertado ao seio se lho permitisse a inflexibilidade do espírito. Limitou-se a contemplá-la com os olhos amoráveis de outro tempo.

Quando se separaram daí a alguns minutos, alguma coisa dizia à consciência de ambas que não vinham de fundar a paz, mas simples tréguas. Essa persuasão cresceu nos demais dias, porque uma e outra sentiam-se mutuamente observadas. Como houvesse entre elas um acordo tácito para não turbar a paz doméstica, Luís Garcia não percebeu essa situação nova; Jorge ainda menos do que ele. Iaiá não alterou os hábitos dos últimos dias, conquanto usasse mais alguma cautela; as relações dos dois eram, aliás, tão frequentes e familiares como dantes. Uma vez, como a ausência de Jorge se houvesse prolongado além do costume, Iaiá mostrou-se-lhe um pouco retraída; e, perguntando-lhe ele o que tinha, respondeu afoitamente que a ausência a magoara muito.

— Quatro dias apenas — observou ele.

No primeiro domingo de março, Jorge foi ali às onze horas da manhã, e só achou Luís Garcia e Estela. Iaiá tinha ido à casa de Maria das Dores. Quando a moça voltou, Jorge e Estela estavam no jardim, ao pé da porta da sala; entre ambos havia uma cadeira vaga — a de Luís Garcia, que fora dentro alguns minutos antes. Nenhum dos dois falava nessa ocasião; Estela estalava as unhas, Jorge batia na testa com o castão da bengala. Era constrangimento? Era dissimulação? Iaiá não soube decidir; mas o aspecto dos dois deixou-a sem pinga de sangue.

No dia seguinte voltou à casa de Maria das Dores; sabia do passeio usual de Jorge; queria vê-lo, falar-lhe. A doente não contava com a visita tão próxima da outra. Iaiá esteve com ela apenas alguns minutos, e saiu fora, a pretexto de que fazia calor e queria ver a tarde. A tarde era bela; o céu tinha todos os tons, desde o escarlate até o opala; ao nascente, algumas nuvens, raras e finas, manchavam de branco o fundo azul.

A casa ficava numa pequena elevação; Iaiá sentou-se numa pedra lisa, que servia de banco, e dali circulou um olhar pelo horizonte; depois desceu os olhos à cidade e ao mar, e esse espetáculo, tão sabido deles, levou-a aos tempos, não mui

remotos, em que entre ela e o pai nenhum coração viera interpor-se. No meio das reflexões, viu parar um homem, ao longe; era Jorge; vinha a pé, em atitude de quem medita. Passaria ele sem a ver? Ergueu-se; viu-o aproximar-se, parar de novo e olhar na direção da casa. Cortejou-o de longe e fez-lhe sinal para que subisse. Jorge obedeceu sem dificuldade.

Maria das Dores, doente de uma paralisia, ficou estupefata quando viu entrar um desconhecido pela mão de Iaiá, interrogou a moça com os olhos, e Iaiá, depois de um instante de acanhado silêncio, respondeu com desgarre:

— É meu noivo, que vem vê-la. Quero que o conheça e não diga nada a ninguém, ouviu?

Dizendo isso, aproximou-o mais da paralítica. A boa velha contemplou-o alguns instantes, disse-lhe algumas palavras de conselho, pediu-lhe que fizesse feliz a sua filha de criação, e não obteve dele uma palavra ou um gesto de assentimento. Supô-lo comovido; mas ele estava simplesmente atônito.

Saindo fora da casa, assentaram-se à porta, na mesma pedra, assaz larga e extensa para dois.

— Foi preciso dizer-lhe aquilo — explicou Iaiá —, porque eu desejo conversar com o senhor, e os noivos conversam mais à vontade. Demais, ela não é só paralítica; tem a vista fraca; amanhã posso substituí-lo, sem que ela dê pela mudança. Agora falemos de nós e daquela carta... E antes da carta, diga-me, sabia que eu estava aqui?

— Não; mas não vim até estes lados sem esperança de a encontrar. Já que fala na carta, deixe-me dar-lhe uma explicação; se a não dei até hoje, é porque não quisera voltar a um assunto aborrecido para a senhora e para mim.

— Para o senhor?

— Para mim.

Iaiá apertou-lhe a mão com força.

— Vá — disse —; também tenho de lhe dizer alguma coisa grave; mas ouçamos primeiro a sua explicação.

— Oh! custa pouco — acudiu Jorge. — Escrevi o esboço da carta por me parecer que podia ser-lhe agradável. Lembra-se que uma vez me havia falado naquele sentido? Duvidei mais tarde, e disse-lho. Contudo havia tanta incerteza e contradição entre suas palavras e ações, que não era difícil supor alguma coisa; há paixões que começam assim caprichosamente. A carta era um meio de dizer ao pretendente que seus suspiros podiam não ser inúteis. Era isso; só isso. Confesso que adotei o papel mais passivo, desinteressado, e não sei até se... creio que a senhora já o qualificou de ridículo. A forma podia não ser grave, mas a intenção era afetuosa, e se merecia um riso, também merecia um aperto de mão. Esboçada a carta, não a mandaria sem mostrá-la; foi o que fiz; mas sua reprovação foi tão eloquente, que me fez cair em mim e reconhecer que a carta era demais.

— Era de menos.

— Queria então que fosse eu próprio a Buenos Aires? — perguntou Jorge sorrindo.

— Queria, se ao chegar lhe dissesse: "Pense em outra coisa; Iaiá não o ama".

— Para isso, basta que lhe não diga nada.

— Não o ama — repetiu a moça —; não o ama, não o ama.

— Desta vez é sério e definitivo?

— Que admira? — replicou a moça com gravidade. — Não lhe parece a coisa mais natural do mundo que uma moça não ame o Procópio Dias? Não sei o que são os outros homens; poucos tenho visto; nossa vida é tão retirada! Mas, enfim, não me parece que o Procópio Dias seja homem de se ficar morrendo por ele. E contudo ele morre por mim. Meu coração perdoa-lhe; é o mais que pode fazer. Aceitá-lo seria impossível. Já reparou nos olhos dele? Têm às vezes uma expressão esquisita, que não vejo nos olhos de papai nem nos seus. Não gosto dele; não poderia gostar nunca.

Desta vez foi Jorge que lhe apertou a mão.

— Tem razão — disse ele —; se o não ama, deveras está tudo acabado. Não lhe digo que ele fosse um noivo perfeito; não podia ser; mas aceitável era. Hoje percebo que entre a senhora e ele há alguns contrastes, mas o que é que não concilia o tempo? Esqueça o que lhe disse a tal respeito; e assentemos não falar mais de semelhante assunto. Provavelmente não escreverei nada; é duro dizer a um homem que todas as suas esperanças são vãs.

— A paz do meu espírito não valerá esse sacrifício?

— Vale mais; posso fazê-lo.

Iaiá refletiu.

— Não, não é preciso; não lhe diga nada; ele há de entender tudo.

Como fizessem uma pausa longa, viram duas ou três pessoas, que passavam embaixo, olharem para cima com certo ar curioso e indiscreto. Jorge ergueu-se.

— Estamos dando na vista — disse ele —; hão de supor que somos dois namorados.

— Sente-se — disse Iaiá em tom intimativo. E continuou: — Que perde o senhor com isso? Dirão que não tem mau gosto em amar uma moça bonita.

— Se dissessem que éramos dois namorados, erravam decerto, porque eu sei... eu suspeito que a senhora ama a outro. Uso dos meus direitos de confidente, exigindo que me diga a verdade.

— Toda — respondeu Iaiá —, e era esse o ponto grave de que lhe queria falar. Ainda uma vez, o senhor estima-me? tem-me amizade sincera?

— Pois duvida?

— Eu duvido de tudo e de todos; até de mim. Mas enfim, preciso de alguém que me ouça, a quem eu conte o que penso e o que sinto, e até o que receio, porque também receio, e há horas em que tremo sem saber de quê. É verdade, há ocasiões em que me parece que uma grande infelicidade vai cair sobre mim, e daí a nada penso justamente o contrário; penso que vou receber a maior felicidade do mundo, e fico alegre como um passarinho. Coisas de criança, não é?

— Não, coisas de moça. É certo que ama? a quem?

Iaiá olhou para ele algum tempo, satisfeita da impaciência que parecia ler-lhe na fronte.

— Respondo que sim e que não — disse ela. — Se me pergunta a quem amo, digo-lhe que não sei, não amo ninguém; mas sinto alguma coisa misteriosa e esquisita, e não sei... desconfio... não sei que seja. Por que é que as mesmas coisas, que me eram indiferentes, agora me parecem interessantes, e até chego a supor que me falam? Ainda há pouco, antes de o ver, estava a olhar embebida para o céu, quase sem pensar, mas ainda assim curiosa ou ansiosa; olhava para o céu e para o mar; o coração apertou-se-me; depois alargou-se-me como se quisesse devorar tudo. Há dias em que me levanto

alegre e viva como uma criança; papai diz que são os meus dias azuis. Há outros em que tenho vontade de quebrar tudo, e não digo mais de duas palavras em cada hora; são os meus dias negros. Ouço às vezes uma voz que me fala; penso que é alguém e reconheço que a voz é a da minha própria imaginação. Tudo será imaginação, creio; mas é tão novo e tão bom! Em todo caso, parece-me extraordinário, e se não é loucura... É verdade, às vezes penso que vou ficar doida, e nessas ocasiões tenho medo. Será isso?

— Não — acudiu Jorge —, não é loucura, é sabedoria, é a grande sabedoria da natureza. Isso que sente não será amor; mas é a necessidade de amar; é o rebate que lhe dá o coração. Alguém virá um dia, e a voz anônima que a senhora costuma ouvir, lhe falará então pela boca do homem que o coração lhe apontar.

Iaiá escutava-o como encantada, mas sem olhar para ele. Quando Jorge acabou, fez-se entre ambos uma longa pausa. A moça tinha os olhos no horizonte, onde as cores da tarde desmaiavam rapidamente. Jorge contemplava-a tomado de interesse e até de inveja; compreendia os primeiros sobressaltos desse coração em flor, e dizia a si mesmo que há sensações que o tempo leva para não restituir mais.

Iaiá acordou de suas reflexões.

— Francamente — disse ela —; o senhor não se ri de mim?

— Rir? A senhora não me conhece. Não há que rir de sentimentos sinceros; e seria pagar muito mal a confiança de que me dá prova. Não me julgue um espírito vulgar...

— Papai faz-lhe muitos elogios.

— Há de saber, ou fica sabendo que minha natureza simpatiza com o que está acima do comum. A senhora vale muito; posso dizer que há dois meses eu ainda a não conhecia ...

— Não tente a minha vaidade — interrompeu Iaiá —; prefiro que me dê um bom conselho.

— Dou-lhe um — disse Jorge depois de curta pausa —; resista um pouco a essas sensações, cujo excesso pode perturbar-lhe a existência. Não é só o coração que lhe fala, é também a imaginação, e a imaginação, se é boa amiga, tem seus dias de infidelidade. Dê um pouco de poesia à vida, mas não caia no romanesco; o romanesco é pérfido. Eu, que lhe falo, lastimo não ter já essa ordem de sentimentos em flor, e contudo não sei se ganharia com eles.

— Quê! não seria capaz de amar?

— Meu coração não envelheceu ainda.

— Entendo; amaria hoje de outro modo...

— De outro modo, e tão sinceramente como dantes; um amor de olhos abertos.

— Penso que o amor verdadeiro, ou ao menos o melhor, é o que não vê nada em volta de si, e caminha direito, resoluto e feliz aonde o leva o coração. Para que servem os olhos abertos?

— A senhora quer saber muita coisa — disse Jorge sorrindo. — Não basta que o coração lhe diga: ame a este; é preciso que os olhos aprovem a escolha do coração. Admira-se? Ouça-me até o fim; eu desejo preservá-la de alguma escolha má. Eleja um marido digno, um espírito que a entenda, que a admire, um homem que a possa honrar; não se deixe levar dos primeiros olhos que pareçam responder aos seus...

Iaiá abaixou a cabeça.

— Não acharei nenhuns — disse ela —; eu creio que este amor morrerá comigo...

Como essa ideia parecesse entristecê-la, Jorge sentiu-se tomado de compaixão, ao ver que persistia naquela aurora pura uma sombra de superstição romanesca. Pegou-lhe na mão, viu-a estremecer, recusar-lha e cruzar os braços.

— Tem medo de mim? — disse ele ao cabo de um instante.

— Tenho.

Jorge calou-se. Com a bengala entrou a reproduzir no chão umas reminiscências de geometria. Sentia-se atalhado, curioso, e tanto desejava como lhe custava sair dali. Não chegava a entendê-la claramente; a verdade, quando ia a tocá-la, parecia inverossímil. Entretanto, Iaiá não rompia o silêncio; tinha a fronte pendida e meditava. Talvez meditava na palavra que acabava de proferir, fruto da situação violenta em que ela própria ou os acontecimentos a haviam colocado. Era a rebelião do pudor. De quando em quando sacudia a fronte como a expelir uma ideia enfadonha ou cruel. Numa dessas vezes, Jorge disse com brandura:

— Para que negá-lo? a senhora padece; não sei se com razão ou sem ela, mas parece padecer muito.

— Oh! muito!

E dessa vez a palavra era tão angustiosa, tão sincera, tão vinda do coração, que ele cedeu antes a um impulso de generosidade do que à conveniência de não ser repelido segunda vez. Pegou-lhe nas mãos e pediu-lhe que fosse até o fim da confiança, dizendo-lhe a causa de seus males. Talvez ele pudesse removê-los.

Iaiá inclinou o rosto sobre as mãos de Jorge. Este sentiu nelas algumas lágrimas, vertidas sem soluços. Não passava ninguém; mas ele nem teve tempo de refletir na possibilidade de um estranho. Inclinou-se também e perguntou-lhe afetuosamente o que tinha. Iaiá ergueu a cabeça, e enxugou os olhos, mas não respondeu nada.

— A senhora não tem confiança em mim — disse Jorge.

— Há coisas que se não fazem, outras que se não dizem; algumas ficarão entre mim e Deus — retorquiu ela como se fizesse uma reflexão para si. Depois fitou-o e pediu-lhe a promessa de que não diria nada do que acabava de ver e ouvir.

— Essa promessa não se faz; está feita por si. Quanto ao seu segredo, não quero violentá-lo, mas tenho esperança de que a senhora mesma o há de dizer um dia; eu saberei obter-lhe esse resto de confiança que ainda me nega.

— Já! — exclamou a moça vendo Jorge levantar-se.

— Repare que a noite vem caindo; não posso ficar nem mais um minuto. Um confidente tem limites. Olhe; não peço muita coisa, mas desejo alguma coisa mais. Confidente é pouco; mestre ainda menos. Dê-me outro título ou cargo; deixe-me ser seu... seu quê? seu... seu irmão. Sim?

— Não! — disse ela energicamente.

Jorge empalideceu, como se acabasse de ver o fundo da alma da moça. A negativa era alguma coisa mais do que um capricho. Não retorquiu; estendeu-lhe a mão.

— Até quando? — disse ela.

— Até amanhã.

Três minutos depois, Jorge estava na rua. A noite descia rapidamente. Ele não olhou para trás; se olhasse veria a figura de Iaiá envolta já na meia sombra do crepúsculo. Veria mais; vê-la-ia refletir um pouco e espalmar a mão no ar, como uma ameaça, na direção em que ele ia.

Iaiá entrou na casa da doente.
— Seu noivo? — disse esta.
— Já foi.
— Quando é o casamento?
— O dia não sei. — E depois de uma pausa: — Mas que se há de fazer é certo. Ou eu não sou quem sou.

Capitulo XIV

Guiando para casa, Jorge ia agitado e inquieto; recapitulava a conversação que acabava de ter com a filha de Luís Garcia. O acaso propusera-lhe um enigma; o tempo dava-lhe a decifração. Seria a decifração? O espírito do moço recuava, não dava crédito à realidade, pelo menos à realidade aparente; mas esta impunha-se-lhe de quando em quando, e Jorge recompunha todas as circunstâncias daquelas últimas semanas e ainda dos meses anteriores. Que era a esquivança, a rispidez, a hostilidade de Iaiá, senão a máscara de um sentimento contrário, a vingança de um coração atordoado pelo suposto desdém de outro? Esta reflexão vinha tão de molde com os fatos dos últimos tempos, que era difícil achar mais ajustada explicação. Logo depois, considerava que seria absurdo atribuir à moça uma ligeireza e um desgarre inconciliáveis com a prudência que reconhecia nela, a despeito dos assomos de travessura intermitentes.

— Impossível! — disse ele sacudindo o ombro.

Mas esse impossível tornava a descer às regiões da probabilidade, até galgar os limites da certeza. A observação lhe mostrava que Iaiá tinha a audácia no sangu[e] e a razão lhe dizia que um amor sem freio possui todas as imprudências e vertige[ns] que umas naturezas são estoicas, outras rebeldes; finalmente, que há situações [mo]rais incomportáveis, e que a uma candura de dezessete anos é lícito não dis[tinguir] entre o sentimento que fala e a conveniência que restringe. Esta era a inter[pretação] benévola; depois vinha a interpretação pessimista. Podia ser que todos aq[ueles mo]vimentos encobrissem um cálculo — o cálculo da ambição, que intenta[va unir] beleza pelo benefício de uma posição ostensiva e superior. Quando ess[a ideia] brotou no espírito, Jorge não sentiu diminuir a admiração nem a es[tima; entretan]to, a ambição, se ambição havia, parecia ser de boa raça. Mas era [difícil com]binar o cálculo com as lágrimas daquela tarde, e ele as sentira ainda sa[ir] e não podia crer que uma vida quase adolescente possuísse já [tanta arte.]

Não há vida tão física ou tão alheia ao sentimento da [honra própria,] tal situação não padecesse, ao menos, trinta minutos de i[nveja ao coração.] ge durou mais algum tempo. De envolta com as conjetu[ras diminuiu quando lhe] tisfação pessoal. A certeza ou a probabilidade de que, s[em lágrimas e desespe]iniciara nos mistérios do amor uma alma ainda nov[a] dele alguma coisa da volúpia do egoísmo; sensação [...] ocorreu que talvez esse amor obscuro lhe houves[...]

ros. Ele tinha razão quando dizia não ser espírito vulgar. Afrouxara-se-lhe o ardor dos primeiros tempos, a imaginação tinha o voo mais curto; mas a generosidade juvenil ficara intata, e com ela a faculdade de ressentir as dores alheias.

"Pobre menina!", dizia consigo.

No dia seguinte, Jorge examinou detidamente se lhe convinha tornar à casa de Luís Garcia, ao menos com a assiduidade do costume. A situação moral de Iaiá tendia a agravar-se com a presença contínua dele; em tais casos, a ausência era um ato de critério e até de misericórdia. Misericórdia foi o que ele disse consigo, e sorriu logo depois, com um sorriso de modéstia envergonhada. A verdade é que Jorge ansiava por lá voltar; tinha curiosidade de contemplar a sua obra, agora que a descobria ou presumia havê-la descoberto; se não é que a noite lhe trouxera uma sombra de dúvida, e ele queria verificar definitivamente a realidade.

De noite foi. Luís Garcia estava um pouco ansiado e abatido.

— Venha, doutor! — disse ele quando viu entrar o filho de Valéria. — Este coração é o meu importuno.

A mulher procurava animá-lo; a filha tinha o terror nos olhos. Jorge auxiliou a família no trabalho de o confortar; três quartos de hora depois a moléstia cedia, e tornava ao trabalho surdo da destruição. Luís Garcia era outro, logo que passava uma dessas crises; tornava-se gárrulo e risonho, com o fim de reanimar ele próprio a família, e comunicar-lhe a esperança que lhe começava a faltar. Jorge não se deixou contaminar da ilusão; recordou a sentença do médico e sentiu a próxima extinção daquele homem. Iaiá não conhecia a sentença do médico; mas o espetáculo da aflição do pai tinha-a prostrado muito. Aparentemente não se lembrava da entrevista da véspera; podia até supor-se que, de quando em quando, não se lembrava da presença de Jorge.

— Vou amanhã à casa de Maria das Dores — disse Iaiá uma noite, prestes a despedir-se dele. E no outro dia de tarde, Jorge, que havia rareado os passeios daqueles últimos tempos, acertou de caminhar para ali, e com tão boa fortuna, que achou a moça sentada no mesmo banco de pedra em que lhe falara da primeira vez.

Outra vez, quando Iaiá ali voltou, já encontrou Jorge, ao pé da enferma. Maria das Dores estava ainda mais contente com a honra da visita do que com a esmola que ele dissimuladamente lhe levara, envolvida em um lenço de ramagens. Jorge animava-a, dizia-lhe que ainda iriam à Penha naquele ano. Iaiá parou à porta, espantada e contente.

— Venha — disse a enferma —, ande ver como seu noivo está caçoando com a velha.

— Agradeço-lhe — disse Iaiá —; creia que ela merece todas as consolações.

Na noite desse dia, quando Jorge entrou em casa, um pouco inebriado da entrevista, achou uma carta de Procópio Dias, que o encheu de contentamento. Procópio Dias tinha necessidade de se demorar ainda uns dois meses. Dois meses! Era a eternidade. Jorge sentiu-se confortado com a notícia de tão longa ausência. Que importava a presença, se ela o não amava? Essa reflexão não a fez Jorge, mas a filha de Luís Garcia, quando ele lhe deu a notícia da carta:

— Que tenho eu que ele esteja ausente ou presente? Ele ou um estranho é a mesma coisa.

A eternidade foi um minuto; os dois meses voaram como um tufão. Um dia, no último desses dois meses, Iaiá disse ao filho de Valéria que achara enfim um marido.

— Um marido? — repetiu Jorge empalidecendo.

— Parece que um marido. Não me aprova?

— Se ainda o não conheço.

— Não sei se é um marido — continuou Iaiá depois de um instante —; mas achei o homem a quem amo.

— É a mesma coisa.

— Ou quase.

Houve entre ambos uma longa pausa, durante a qual Iaiá tinha os olhos fitos no moço, enquanto este não tinha os seus em parte nenhuma; vagavam de um ponto a outro. Iaiá repetiu que achara um marido.

— É a segunda vez que me diz isso — redarguiu Jorge com a voz trêmula e irritada —; se o achou, tanto melhor; casará com ele.

— Não me disse uma vez que não me deixasse ir com os primeiros olhos que parecessem responder aos meus? Não me disse que era conveniente escolher um homem...

— O que eu disse foram palavras sem sentido — tornou Jorge —; não se dão conselhos ao coração que ama. O casamento vem talhado do céu, segundo diz o povo; outros dirão que vem do acaso; ou é o destino de cada um, ou é uma loteria. A senhora não me pede certamente que lhe diga o número em que há de sair a sorte grande? Compre o bilhete e deixe correr a roda. Alguns dias de paciência e nada mais...

A excitação de Jorge era extraordinária, mas não foi longa. Alguns instantes de silêncio bastaram a aplacá-la ou diminuí-la; pelo menos o gesto não traiu a agitação interior. Pálido, sim, estava pálido; mas a voz, se não era firme, perdera a aspereza do primeiro instante.

— Refleti depois da nossa conversa — disse ele —, e não desejo tomar nenhuma responsabilidade em um ato de que depende a felicidade de sua vida.

— Então, não me estima, é o que é — disse Iaiá em voz queixosa.

Jorge respondeu com um olhar, e a resposta que ele quisera fosse um simples protesto, transgrediu esse limite: foi um protesto, uma queixa e acaso uma interrogação. Iaiá abaixou os olhos; uma onda de sangue lhe avermelhou a face; Jorge viu-a ofegante e acanhada durante alguns segundos. Não indagou o motivo; ergueu-se para sair. Iaiá reteve-o pela aba do fraque.

— Nega-me então todo o auxílio? — disse ela. — Depois de alguns meses de uma vida em que me acostumei a ouvir seus conselhos, o senhor recusa-me este. Que lhe fiz eu?

— Nada.

Jorge saiu. "Que tenho eu que ela ame, que se case ou não se case? Sou eu seu pai? seu tutor?" Quando assim falava, sentia dentro de si uma resposta; a consciência desvendava-lhe a realidade. "Sim, tu amas", dizia-lhe ela, "tu não fazes outra coisa há dois meses; deixaste-te envolver nos fios invisíveis; não sentiste que essa intimidade de todos os dias era a gota-d'água que te cavava o coração. Ah! tu querias saciar a curiosidade e sair dali sem deixar alguma coisa, sem receber também alguma outra coisa? Não se brinca com um inimigo; e ela o era, e continuará a sê-lo, porque tu estás definitivamente atado."

A essa voz importuna e verdadeira, Jorge erguia os ombros. Tentou refugiar-se no sono. O sono rejeitou-o de si. Então fumou, desceu à chácara, fatigou o corpo para melhor adormecer o espírito; mas a lua que batia no repuxo mostrava-lhe ora um casebre de Santa Teresa, ora uma varanda da Tijuca, como se fossem o verso e o anverso da medalha de seu coração, toda a história da vida que ele vivera até ali. A diferença entre uma e outra dessas duas fases é que presentemente o desengano não o levaria à guerra nem lhe daria os desesperos do primeiro dia. Não; Jorge levantou-se na manhã seguinte um pouco atordoado, mas não inteiramente abatido. Sentia alguma opressão moral, um desejo de saber quem era o adversário preferido. Merecê-la-ia? Que a merecesse, embora; ele tinha um direito anterior e superior; desde que a amava, excluía todos os outros.

À força de pensar naquilo, chegou a entrever a realidade; perguntou a si mesmo se a declaração da moça não seria antes um estratagema. Podia ser; tinha-a visto corar, inclinar o colo, ficar por algum tempo acanhada e comovida. Essa conjetura desabafou-lhe um pouco o espírito, e, por isso que era a conjetura da esperança, não tardou em transferir-se a evidência. Relembrou todas as ações de Iaiá, suas palavras, as circunstâncias e os termos de reconciliação, as lágrimas sem motivo, a paciência, o interesse, o gosto de o conversar; finalmente, esse quê misterioso que divulga a uma alma a preferência de outra. Quando pouco a pouco lhe penetrou no coração essa ideia, Jorge reconheceu que havia sido precipitado. Queria escrever-lhe e recuou; queria lá voltar, mas resolveu o contrário.

"Se é um estratagema", pensou ele, "ela terá nisso o seu castigo; se verdadeiramente ama a outro, que vou lá fazer agora?"

Pensou isso; pensou mais; só não pensou em Estela.

Iaiá não se pôde conter. Ao cabo de sete dias de ausência determinou ir ao lugar onde mais de uma vez encontrara o filho de Valéria.

— Vai chover — disse Luís Garcia —; guarda a visita para amanhã.

Iaiá teimou na resolução.

— É uma nuvem que passa — disse ela —; em saindo a lua verá como o tempo fica limpo.

Estava inquieta, preocupada, tinha estremecimentos nervosos; não atendeu à segunda observação do pai. O pai dizia-lhe que não havia necessidade de desobedecer para realizar um capricho. Como repetisse a expressão, Iaiá ficou pálida e não ousou responder; mas Estela, que assistia calada aos conselhos de um e à resistência de outro, disse sorrindo à enteada:

— Vá; seu pai deixa-a ir.

Iaiá ia agradecer a intervenção; mas, quando os olhos das duas mulheres se encontraram, detiveram-se por um instante longo. Poucos minutos depois chegava a moça à casa de Maria das Dores. Despediu Raimundo; a porta estava aberta; entrou. Da sala, onde se deteve, ouviu noutra sala interior a voz de Jorge.

— Não se esqueça; há de entregar-lhe isto, quando ela vier; não mande lá à casa; é um livro.

Iaiá entrou.

— Não contava comigo? — disse ela.

— Não; por isso deixava-lhe este livro — respondeu Jorge, tirando o embrulho à doente e entregando-o à moça; é um romance, creio que lhe falei nele uma vez.

Iaiá tomou-lhe o livro, abriu-o, folheou-o com sofreguidão, como certa de achar uma página marcada. Estava marcada uma página, e a marca era um bilhete. Abriu-o; dizia assim:

> A senhora deu-me uma vez um título que eu esperei viesse a ser verdadeiro. Diga se me enganei, se o céu lhe destinou outro noivo, ou se meu coração pode ter ainda uma esperança. Não lhe custará muito; não custa muito uma simples palavra.

Enquanto ela lia rapidamente estas linhas, e tornava-as a ler, Jorge afastou-se até a sala da frente. A carta era das que não permitem a presença do autor; precisam do prestígio da ausência; são, para assim dizer, expressões truncadas que a imaginação perfaz e amplia. Jorge ia a sair, quando ouviu o rumor dos passos de Iaiá; deteve-se a esperar a resposta. A moça parou diante dele, e entre ambos houve um momento de silêncio e hesitação.

— Cego! — disse enfim Iaiá estendendo-lhe as mãos com um ar de simplicidade e confiança.

Jorge recebeu-as nas suas, e a linguagem que a alma não quis confiar do lábio do homem, eles a disseram com os olhos, durante alguns minutos largos. Jorge perguntou finalmente:

— É certo? ama-me?

Iaiá cingiu-lhe o pescoço com os braços e inclinou a cabeça com um gesto de submissão. Jorge inclinou-se também, e nos cabelos, nos fios de cabelo, que lhe pendiam na testa, pousou o mais puro e fugitivo dos beijos. Ao contato daquele lábio, Iaiá enrubesceu e estremeceu toda; mas não fugiu, não retirou os braços; deixou-se ficar subjugada e feliz.

Homero conta que Vênus, descendo ao campo da batalha entre gregos e troianos, saiu dali ferida e ensanguentada. Iaiá teve a sorte da diva homérica; interpon-

do-se entre Jorge e Estela trouxe dali ferido o coração. Naquele espaço de alguns meses, obra de paciência e luta, de violência e simulação, para a qual fizera convergir todas as forças morais, não suspeitou que, vencendo ao outro, podia vencer-se a si mesma. Queria ser uma barreira entre o passado e o presente, sem cogitar na dificuldade do plano, nem nas consequências possíveis dele. Sobretudo, não pensou na moralidade da ação. Que podia ela saber disso? A suspeita ia até admitir a persistência do amor no coração da madrasta, mas não lhe atribuía mais do que uma aspiração ou saudade silenciosa; não sabia mais. Para combater esse inimigo inerte é que pôs em campo a porção de astúcia que a natureza lhe dera, as graças do rosto e a rara penetração de espírito.

Iaiá transpôs a soleira e saiu; precisava de ar, de espaço, de luz; a alma cobiçava um imenso banho de azul e ouro, e a tarde esperava-a trajada de suas púrpuras mais belas. Jorge acompanhou-a; a comoção dele era sincera e forte, mas menos intensa, menos desvairada que a de Iaiá, cujos olhos pareciam dizer a tudo o que a rodeava, desde o sol poente até ao último grelo de capim: "Olhai, vede as bodas do meu coração; este é o meu amado".

Perto da noite, Raimundo veio buscá-la; Jorge acompanhou-a. Iaiá lembrou-se de traçar com um grampo, no musgo que reveste o aqueduto, o nome de Jorge e a data; instando com ele, Jorge escreveu também o nome dela. Raimundo sorria entre dentes. Em caminho falaram do presente e do futuro; e, num intervalo, tocaram levemente no passado.

— Sabe que eu tinha um desgostozinho? — disse Iaiá. Jorge interrogou-a com os olhos. — É verdade, um capricho — continuou ela. — Quisera que o senhor nunca tivesse gostado de outra pessoa, e é bem possível que não seja este o primeiro amor de seu coração.

— Não é — respondeu Jorge depois de um instante de reflexão. — Amei uma vez, há muito tempo; mas todo esse passado acabou.

— Está certo de que acabou?

— Criança! Que noiva receou nunca de um amor antigo, começado e acabado, antes dela ser amada também? Que o novo amor seja sincero e fiel, eis o que se deve pedir e exigir. Quanto ao passado, é como os defuntos; reza-se por eles, quando se reza.

— Tenho medo de almas de outro mundo — tornou Iaiá sorrindo.

Iaiá mostrou-se tão expansiva naquela noite e nos seguintes dias, derramou de tal modo a vida que a enchia que Estela compreendeu tudo o que se passava entre a enteada e Jorge. Há uns amores, aliás verdadeiros, a que precedem muitas contrafações; primeiro que a alma os sinta, tem despendido a virgindade em sensações ínfimas. Iaiá ignorava tudo; não soletrara o amor, aprendera-o de um lance. Trazia o coração intato. Seu acordar foi uma aurora súbita, mas rutilante e límpida. No meio da embriaguez que lhe dava o novo sentimento, não cogitou nas possíveis consequências dele; não perguntou a si própria se era verdade que no coração da madrasta havia uma saudade ou uma esperança silenciosa, e se isso podia ser a raiz de largos ódios e dissensões domésticas. Não interrogou o futuro. Fenômeno curioso! A lembrança do pai foi por um instante esquecida; o egoísmo do amor devorou-a.

Capítulo XV

A fronte de Estela não tinha a tristeza dos vencidos. O amor persistia no coração, como um mau hóspede; e o espetáculo daqueles últimos meses não fizera mais do que irritá-lo. Mas a força moral de Estela subjugou-o. A luta fora longa, violenta e cruel; a consciência do dever e o respeito de si própria acabaram vencendo. Talvez não fosse difícil perceber, por baixo da serenidade do rosto, o cansaço que deixam as grandes tempestades morais. A tempestade ninguém lha viu.

Não obstante, no dia em que a paixão dos dois lhe pareceu evidente, Estela sentiu rugir-lhe no coração um vento de cólera; vento forte e instantâneo. Dessa vez, o olhar penetrante de Iaiá não pôde ler no fundo da alma da madrasta; e porventura lhe diminuiu a suspeita, quando a viu contemplar sem irritação nem abatimento a situação nascida de seu esforço único.

Entretanto, a moléstia, que solapava a existência de Luís Garcia, agravou-se por aquele tempo, e o enfermo foi compelido a pedir alguns meses de licença. Chamado a vê-lo, o médico reconheceu que a enfermidade tocava ao desenlace, e com a enfermidade a vida. Não o disse à família, mas não o escondeu de Jorge, quando este diretamente lho perguntou.

— Está condenado à morte — disse ele —; a moléstia devorou-o lentamente, mas com segurança. Pode viver dois a três meses.

Jorge ficou aterrado. Os acontecimentos tinham tomado tal feição, que ele já pedia a vida de Luís Garcia. Quem lho dissera alguns anos antes? Não somente padeceria com a morte do enfermo, mas teria de ver padecer Iaiá, de cuja adoração filial era testemunha, e chegava a recear que o golpe lhe fosse fatal. Nada disse; afetou tranquilidade e indiferença, mas entendeu que os sucessos o designavam a proteger a família e dispunha-se a assumir esse papel, quando fosse ocasião.

Estela não receou menos do que na moléstia anterior; mas dessa vez não interrogou Jorge, conquanto o visse falar ao médico. Nos últimos tempos, o seu silêncio era mais contínuo e habitual. Parecia desinteressada de tudo, menos do marido. Suspeitou da gravidade da moléstia, interrogou o médico, e ouviu deste palavras de esperança:

— Não lhe peço esperanças ilusórias — disse Estela —; peço-lhe que me diga toda a verdade.

— A verdade é cruel de dizer.

— Perdido? — disse ela com voz surda.

O silêncio do médico foi a confirmação daquela palavra. Estela sentiu fugir-lhe todo o sangue, mas não soltou uma lágrima. Pôde refletir no perigo de ser vista essa denúncia do mal, e dominou-se. Quando se achou só consigo, deu livre campo às angústias; encarou a catástrofe e pensou nas consequências da morte e no incerto futuro que a aguardava dentro de poucos dias. O futuro trouxe-a ao presente, o presente levou-a ao passado. A vida só lhe dera alegrias médias e dores máximas. Não foi a paixão que a levou ao casamento, mas somente a conveniência e o raciocínio. No casamento achara os sentimentos de apreço, a mútua consideração, a brandura das relações domésticas; esse fogo, porém, cuja intensidade não dura, mas

que é o férvido sol dos primeiros dias, precursor necessário da tarde repousada e da noite tranquila, esse fogo, essa fusão de duas existências, esse ardor expansivo, condição de sua natureza moral, não os conheceu Estela. Ou o destino ou o orgulho privou-a de achar no casamento a paixão santificada. Pois bem, se alguma coisa podia compensar-lhe a falta, era a longa duração de uma felicidade segura, embora tíbia; era envelhecer sob a monotonia de um horizonte sem sol nem tempestade. O destino negava-lhe a compensação.

Não tinha Estela ao pé de si com quem repartisse as tristezas. O pai seria o último de todos. A viuvez deixá-la-ia sem família. Essa ideia trouxe outra, a de apressar o casamento da enteada, de modo que nenhum vínculo moral lhe sobrevivesse ao marido. Uma noite, tendo Luís Garcia adormecido, Estela deu a perceber à enteada que o estado do pai era grave. Iaiá empalideceu. Jorge fez um gesto de reprovação.

— A moléstia não é leve decerto — disse este —; mas não se segue daí que se deva...

— Tudo se deve prever — tornou Estela. — Pela minha parte, entendo que prevenir um caso fatal não é fazer com que ele se dê. Iaiá sabe o amor que lhe tem seu pai; seria para ele uma fortuna poder abençoá-la. Vamos lá — continuou ela, pegando nas mãos de um e de outro —, por que é que se não casam?

Momentaneamente acanhados, nenhum deles assentiu nem recusou. Iaiá olhava espantada para a madrasta.

— O silêncio é uma maneira de responder — continuou esta —; querem dizer que concordam comigo, não é? Nesse caso, seremos três para fazer a coisa mais simples do mundo, que é casar duas criaturas, que se amam... Por que não a pede o senhor amanhã? O casamento pode ser feito dentro de poucos dias, à capucha, coisa simples...

Iaiá tinha enfim saído do primeiro instante de estupefação.

— Mas papai está mal? — disse ela.

— Todos nós estamos mal, apesar de termos saúde — respondeu Estela —; num dia cai a casa. A doença dele é grave, é coração...

— Tem razão — interveio Jorge —; podemos concluir tudo em poucos dias, duas semanas, quando muito, ou três.

Jorge não ficou pouco impressionado da intervenção de Estela. Conhecendo os sentimentos que a distinguiam, admirava essa impassibilidade moral que esquecia ou fingia esquecer. Depois examinou-se a si próprio; sentiu que o amor que o dominava agora, posto fosse profundo, não era violento, não lhe queimava o coração. Comparou-se ao que tinha sido, e esse cotejo, no primeiro instante, não foi importuno; foi antes lição e filosofia. Mentalmente sorriu. Era ele o mesmo homem? Outrora caminhara resoluto às soluções trágicas; agora, com igual sinceridade, entregava o coração a outra mulher. Na fronte desta mal ousara roçar um ósculo medroso e casto, ele, que fizera a cena da Tijuca. O homem não era o mesmo. Embora a isenção presente, Jorge experimentou um pouco da nostalgia do passado; sorria sem amargura, mas com um travo de melancolia.

— Aquele orgulho é ainda maior do que eu pensava — dizia ele.

No dia seguinte, Procópio Dias veio acordá-lo em casa.

— Quando chegou? — perguntou Jorge.

— Ontem de tarde, a primeira visita que faço é esta. Demorei-me mais do que

queria; mas enfim cá estou — cá estou, e mais magro. O senhor é que me parece mais gordo.

Procópio Dias falou compridamente da política argentina e da magistratura de Buenos Aires; falou também um pouco das mulheres platinas. De quando em quando, abria um claro, como para deixar que o outro intercalasse alguma coisa menos estrangeira; Jorge, porém falava pouco e sem apetite; o constrangimento dele foi visível quando Procópio Dias o interrogou acerca da família de Luís Garcia; respondeu-lhe sem interesse. Procópio Dias fitou-o durante alguns segundos; as rugas da testa engrossaram-se-lhe extraordinariamente.

— E Iaiá? — disse ele. — Parece-lhe então que nenhuma esperança...

Fez uma pausa; Jorge preencheu-a com um sorriso descorado, mas assaz explicativo. Procópio Dias começou a farejar a realidade, mas nenhuma das linhas do rosto denunciou a impressão que esta lhe causara. Após um silêncio largo, entrou a rir de bom humor.

— Quer que lhe diga uma coisa? — perguntou ele. — Saiba que volto curado. Quando penso na moléstia tenho vergonha; é verdade, tenho vergonha da figura que fiz. Já sou muito maduro para cavalarias altas. A doença ainda me durou algum tempo; sarei com a mudança de clima; o amor, ao menos na minha idade, é uma espécie de beribéri... Há de ter-se rido de mim; é justo, porque eu não faço hoje outra coisa.

Jorge contestou com um simples gesto; mas Procópio Dias falava com tanta naturalidade, ria com tamanha franqueza, que a explicação deu à conversa a vida que ela tendia a perder. Jorge foi mais expansivo, mais alegre; não lhe confiou a nova situação, mas o segredo parecia debruçar-se-lhe das pálpebras e dos cantos da boca. Essa alegria era um respiro da consciência, que se sentia um pouco vexada em presença daquele homem, cuja confiança fora a origem de seu recente amor; era também a satisfação de não ter conseguido ligá-lo à filha de Luís Garcia; consórcio repugnante, híbrido, cujo resultado seria dar à moça uma longa amargura sem certeza de resgate.

Quando Procópio Dias saiu dali ia suspeitoso da realidade. "Mas a outra?", dizia ele consigo. Sacudiu os ombros, e não ficou mais tranquilo. Levava já no peito um pouco de impaciência e irritação; tinha a fronte obscurecida por uma nuvem. Mais tarde alumiou-a um clarão súbito, ainda que frouxo; era um reflexo de esperança. Talvez houvesse julgado com precipitação: era possível atribuir a reserva de Jorge, não à competência pessoal, mas a uma maneira de entender as máximas do decoro. Quem sabe? Ele podia ter-se arrependido de haver prometido tanto. Essa reflexão arejou um pouco o espírito, sem lhe tirar de lá o miasma corruptor. Era força conhecer a verdade. Nesse mesmo dia, foi ele a Santa Teresa.

Luís Garcia concedera naquela manhã a mão da filha. Na ocasião em que Procópio Dias ali entrou, tinha-a ele ao pé de si, e contemplava-a com amor e saudade — duas vezes saudade, porque também a morte os viria desunir. Entre si recordava os tempos em que ele e ela eram, um para o outro, toda a terra e todo o céu; e perguntava à natureza se era justo sobrepor ao primeiro vínculo outro vínculo estranho, e a natureza lhe respondia que não somente era justo, mas até necessário. Então o pai sentia-se feliz com a felicidade da filha, cujo egoísmo lhe ensinava a abnegação. Se ela devia amar a outrem, que faria ele mais do que ceder? Quanto ao noivo eleito, merecia-lhe todas as aprovações; era o único estranho que lhe pe-

netrara um pouco mais na intimidade; amante, benquisto e opulento, podia dar à moça, além da felicidade do coração, todas as vantagens sociais, ainda as mais sólidas, ainda as mais frívolas — e esse homem obscuro, enfastiado e cético saboreava a ventura que a filha iria achar no turbilhão das coisas, que ele não cobiçara nunca.

Uma noite bastou a Procópio Dias para conhecer a situação. Não obstante as declarações do pretendente, que aceitou como sinceras, Jorge buscou dissimulá-la. Se Procópio Dias não tornasse a ver a moça, é possível que o tempo lhe abafasse a paixão. Mas viu-a, e viu-a mais bela do que a deixara.

— E a outra? — dizia ele.

Dessa vez a pergunta não passou vagamente; trouxe uma ideia consigo, diante da qual Procópio Dias chegou a recuar. Essa ideia era envenenar na própria origem a afeição recente; nada menos que denunciar a madrasta à enteada. Se alguma coisa pudesse atenuar a perversidade de semelhante recurso, era a persuasão que ele tinha de que diria a verdade. Cria deveras no amor secreto dos dois; com algum esforço poderia fazer supor que o casamento da filha de Luís Garcia era uma sugestão da madrasta. Ele próprio achava essa combinação verossímil, conveniente, reparadora.

— Maganão! a duas amarras! — dizia o pretendente em tom surdo.

A ocasião veio. Um pouco irritada com a assiduidade de Procópio Dias e a confiança que parecia renascer nele, Iaiá assentou de lhe dizer francamente que estava prestes a casar. Procópio Dias empalideceu. Supunha apenas provável o que era já definitivo. Olhou longamente para ela; a extinção da esperança não implicava a extinção do desejo; pelo contrário, vinha pungi-lo e açulá-lo. Seus olhos mostraram então duas expressões diversas; a primeira involuntária, a mesma com que os dois velhos de Israel espreitavam a filha de Helcias, um olhar terreno e mau; a segunda voluntária, não de queixa, não de súplica, mas de lástima. A ideia ruim tornava a arder-lhe no cérebro.

— Não sabia — disse ele, depois de curta pausa. — Com quem?

— Com o doutor Jorge.

— Ah!

Procópio Dias riu com a testa, e tornou a deitar-lhe um olhar de lástima. — Pobre moça! — murmurou ele entre dentes. Iaiá fitou-o severamente; depois sorriu e perguntou com alguma ironia:

— Não aprova a escolha?

— A escolha é excelente — disse ele —; mas há circunstâncias que fazem do ótimo péssimo. Ouça-me: a senhora sabe que eu a amei; supõe talvez que já não a amo e engana-se; amo-a como no primeiro dia. Tive ideia de casar com a senhora; perdi a ideia, mas guardei o sentimento. Talvez isso lhe diminua a sinceridade das minhas palavras; mas eu cedo à voz da consciência, sem calcular com a sua aprovação...

Fez uma pausa.

— Acabe — disse a moça.

— Há coisas que um coração inexperiente não pode entender; coisas que talvez se lhe não devam referir. Quer um conselho? não aceite o casamento; desfaça-o, não para casar comigo, mas desfaça-o.

Iaiá fez-se pálida. Procópio Dias, pasmado do próprio arrojo, compreendeu que havia ido muito longe naquelas poucas palavras; mas já não havia meio de as

explicar de modo verossímil. Como se fizesse um monólogo interior, abanava a cabeça ou levantava a ponta do lábio, enquanto os olhos, perdidos no ar, tinham o aspecto vítreo das fortes concentrações. Iaiá olhou para ele atônita e confusa: não sabia o que pensasse, não podia ou não queria entender. Afinal, coligindo todas as forças, perguntou audazmente por que motivo lhe cumpria desfazer o casamento.

— Qualquer que seja o motivo — disse ele —, não lhe aconselho que o aceite logo como decisivo. Reflita antes de resolver; a responsabilidade será sua, do mesmo modo que o benefício há de ser seu. Meu conselho é que o desfaça. Porque muitas vezes o casamento é... é uma máscara, uma... Seu noivo ama a outra pessoa... Que tem?

Iaiá fizera-se lívida. Terror, indignação, abatimento, sua alma passou por todos esses estados, padeceu-os até simultaneamente, sem que a boca achasse uma só palavra de resposta ou de protesto. A delação fulminara-a; nunca Procópio Dias chegou a compreender o motivo de tamanho e tão súbito efeito. O efeito aterrou-o em parte, e em parte o consternou; alguma fibra lhe ficara intata, no meio da decomposição moral de todo o seu ser, essa bastou a ressentir o golpe que ele mesmo vibrara.

— Outra... Que outra? — balbuciou Iaiá segurando-lhe um dos braços.

Procópio Dias abanou a cabeça solenemente, como a dizer que não podia ir mais longe. A esse gesto seguiu-se um silêncio largo, durante o qual a moça pôde vencer a primeira comoção e refletir sobre o que lhe convinha entender.

— Ama a outra? — disse ela. — Quem quer que seja essa rival, já agora o noivo é meu; e é natural que me ame mais do que a ela, visto que prefere casar comigo...

Não obstante a firmeza que procurava dar à palavra, a palavra era difícil e a voz parecia morrer-lhe na garganta. Procópio Dias compreendeu que a comoção estava apenas dominada, e que o veneno penetrara abaixo da epiderme. Era a primeira vez que lhe via esse aspecto dolorido; antes de embarcar, conhecia-a menina caprichosa; depois do regresso, achou-a senhora refletida; naquela ocasião, a dor, oculta embora, como que lhe dava um encanto mais. Efetivamente o rosto de Iaiá traía o estado do coração; os olhos não correspondiam ao esforço que ela fazia para os fixar.

— Se lhe parece, esqueça o meu conselho — disse ele —, e não me leve a mal se lhe preguei um susto. Talvez o susto haja passado. Não importa; creia que há casamentos impossíveis; casamentos destinados a... não sei a quê... pode ser que a coisa nenhuma... ou a coisa muito grave, muito grave.

— Cale-se! — rugiu surdamente a moça.

Procópio Dias continuou:

— Uma só palavra — disse ele. — Há de atribuir ao despeito o aviso que lhe dei. É verdade; há uma grande porção de despeito em mim. Por que lhe falaria eu, se não tivesse um motivo pessoal? Esse homem traiu-me; eu tinha-lhe confiado o depósito do meu amor; ele abusou da confiança: fez-se amado em meu lugar. Não me queixo da senhora. A senhora não me devia nada; um pouco de simpatia, talvez; no futuro, pode ser que me deva também um pouco de gratidão.

Procópio Dias saiu logo depois dessas palavras. Estava satisfeito; desde que pôde formular em um ou dois raciocínios o sentimento oculto que o fazia agir, achou nele a legitimidade de tudo o que acabava de dizer. Era um duelo; recebera um golpe na espádua, respondia com outro no coração, mais certeiro e provavelmente mortal; e se não era duelo, era emboscada por emboscada; direito de represália.

Prostrada com o golpe que acabava de receber, Iaiá não teve sequer as lágrimas do desespero nem as da indignação. Há dores secas, como há cóleras mudas. A suspeita, que o tempo devia carcomer de todo, e que o amor de Jorge ia já tornando problemática, essa ruim suspeita renascia tão vivaz e pertinaz como alguns meses antes, quando arrancou aos olhos de Iaiá as primeiras lágrimas de mulher. Não podia crer que o amor de Jorge não fosse sincero; era-o; parecia-o, ao menos. Mas a existência do outro amor, não era já o coração que lho dizia, era uma voz estranha que a vinha delatar: circunstância nova, que fazia convalescer a dúvida anterior, até o ponto de lhe dar todos os visos da realidade. Iaiá sentia-se arrojada outra vez ao vasto e escuro espaço de suas antigas cogitações; — erma, desamparada de toda proteção humana, não lhe restava mais que duvidar e gemer, até achar na própria ductilidade de seu espírito a força que lhe não podia dar nenhuma origem exterior.

A madrasta foi ter com ela meia hora depois de sair Procópio Dias. Pouco antes, o marido tivera tamanha aflição, que Estela chegou a recear o último golpe; agora ficava prostrado. Estela apareceu à enteada com o olhar ainda assustado e o passo mal seguro; Iaiá não viu essa mudança, nem ouviu as primeiras palavras com que ela lhe falou do pai. Olhava só, enquanto o coração parecia querer despedaçar-lhe a arca do peito.

— Iaiá, ande ter com seu pai; seu pai está hoje muito doente.

Vendo que a moça não se movia, Estela lançou-lhe o braço à roda da cintura.
— Vamos — disse. Iaiá estremeceu toda; depois, metendo-lhe as mãos nos ombros, empurrou-a violentamente e caminhou para a porta.

— Iaiá! — bradou a madrasta.

A enteada voltou-se, e, estendendo o dedo sobre os lábios, impôs-lhe silêncio. O olhar desvairado e inconsciо parecia antes de loucura que de indignação. Estela ficou estupefata.

Luís Garcia foi o laço que ainda pôde conservar atadas essas duas existências, já agora antipáticas uma à outra. A vida dele era necessária a ambas. Uma punha nela todas as esperanças de um coração crédulo; outra apenas lhe dava aquela porção última, que não desampara os necessitados. Tréguas houve, mas sombrias e violentas. Não se falavam as duas, não trocavam um só olhar na ausência de Luís Garcia; diante dele, mostravam-se como dantes. Essa situação incomportável parecia, aliás, definitiva.

Jorge percebeu-a; ele próprio sentiu a princípio o efeito de um acontecimento, que não podia adivinhar e necessariamente era grave. Iaiá, porém, venceu-se depressa em relação a ele. A alma, se o vento lha fizera dobrar, para logo retomou a posição dos outros dias; mostrou-se terna com ele, afável, impaciente de concluir o casamento. Um só pensamento influía nela: confiscar aquele homem, arrastá-lo consigo, dominá-lo depois, despedaçar de uma vez o laço que supunha atá-lo ao coração da madrasta.

Marcou-se um sábado para o casamento; mas os primeiros dias da semana foram de tão mau agouro, que a família resolveu diferi-lo para melhor ocasião. O enfermo piorou rapidamente. A moléstia entrou no último período.

Iaiá viu morrer tristemente o sol do sábado, e não viu nascer mais aprazivelmente o de domingo. Não pensava ainda na morte do pai, mas alguma coisa lhe fazia tremer o coração. A presença de Jorge é que lhe dava ânimo e conforto, posto

que ele próprio se sentisse apreensivo com o desenlace próximo da enfermidade de Luís Garcia.

Lenta e caprichosa nos primeiros tempos, a enfermidade teve rápido e inflexível o período último. No fim de poucos dias a morte foi declarada iminente. Estela, não obstante achar-se preparada para o golpe, mal pôde resistir ao primeiro abalo. Iaiá ficou como doida. O pai fora a sua primeira e contínua adoração. Durante alguns anos não conheceu outro mundo, outro afeto, outra família, além daquele homem grave e terno, cujos olhos a protegiam e alumiavam. No primeiro instante não pôde crer na triste nova. Mas a realidade avultou a seus olhos, e foi então que a alma tentou romper todos os elos e voar, antes dele, a esperá-lo na imensa vastidão azul, para empreenderem juntos a derradeira viagem. Não chorou nas primeiras horas; a dor trancara-lhe as lágrimas; mas estas vieram logo depois, ela as verteu em silêncio, sufocando os soluços, estorcendo-se na solidão da alcova.

Luís Garcia reiterou a Jorge o pedido que lhe fizera uma vez, em relação à família; mas agora restringia-o a Estela.

— Peço-lhe que não desampare os meus. Sei que morro, e quero ter a certeza de que só deixo algumas saudades. O senhor vai casar com minha filha; nada me inquieta a esse respeito. Mas Estela, que não é mãe de Iaiá, ou é somente mãe de coração, Estela vai ficar só, e eu não quisera morrer com a ideia de que a deixo infeliz. Promete-me que não a desamparará nunca?

Jorge prometeu. Estela, que estava presente, procurou tranquilizar o enfermo, e pediu-lhe que não falasse tanto. Luís Garcia não atendeu; exaltou as virtudes da mulher, a dedicação, o zelo, a afeição que lhe tinha.

— Digo-lhe que fui feliz — concluiu ele —; minha alma era já velha, quando a dela se lhe uniu, e contudo... sim, minha alma rejuvenesceu um pouco...

— Já tem falado muito — interrompeu Estela —, descanse, não quero que diga mais nada.

Luís Garcia pediu ainda à mulher e à filha que se amassem como até ali. Tinha falado excessivamente; ficara abatido. Dali em diante, a morte não fez mais do que apoderar-se, trecho a trecho, da sua vítima. Já a noite desse dia foi mais cruel que as anteriores; todo o seguinte dia foi de angústia para as duas mulheres. Na manhã do outro começou a agonia dele, que durou algumas horas.

Ao vê-lo morrer, as duas mulheres ficaram longo tempo prostradas. Era a primeira vez que contemplavam a morte. Nenhuma delas vira nunca expirar uma só criatura humana, e a primeira que a seus olhos se despedia da vida representava para elas largos anos de afeição terna e profunda, e o mais forte laço moral que as ligava uma a outra. Nesse instante solene, abraçaram-se sem reflexão; a dor impeliu-as com a mão de ferro, e madrasta e enteada confundiram as suas nobres, tristes e inúteis lágrimas.

Aos pés da cama, com o gesto dolorido, Jorge via a aflição das duas mulheres, sem lhes poder nem querer valer. Quanto a Raimundo, não pôde ver expirar o senhor; correu ao jardim, onde ficou longo tempo sentado no chão, com a cabeça encanecida entre os joelhos, sacudido pela violência dos soluços.

Capítulo XVI

A morte de Luís Garcia foi uma complicação mais. Passados os primeiros dois meses, Jorge pensou em realizar o casamento, sem aparato, como um simples ato de interesse doméstico, aliás necessário pela situação em que se achavam as duas senhoras. O sr. Antunes fora morar com elas, e era o chefe natural da família; mas Jorge não esquecera que Luís Garcia nenhuma confiança tinha na pessoa do sogro; demais, entregara diretamente a Jorge a chefia da casa. Ora, cumpria legalizar e santificar a designação do moribundo.

Mas, se isso lhe parecia claro e necessário, não se atrevia ainda assim a propô-lo à noiva, e por duas razões. A primeira era o natural respeito à dor da filha, que ele podia magoar ainda mais falando-lhe desde logo no casamento. Era a segunda a frieza e o silêncio com que esta o tratava depois da morte do pai. A diferença era positiva e inexplicável; mas a boa-fé explica tudo, e Jorge atribuiu essa nova feição da moça ao profundo golpe que o desastre lhe desfechara. Sabia da paixão filial de Iaiá; era testemunha dessa adoração constante, que parecia contar com a eternidade da vida.

A ideia de falar a Estela apenas lhe passou pela mente; rejeitou-a sem esforço. Limitou-se a esperar, e ia ali com a assiduidade que lhe permitia a condição de noivo. Ia às noites, não todas; passava uma ou duas horas, a atar e desatar uma conversação frouxa, muita vez sem interesse. Sobre todos três, mas principalmente sobre as duas, pesava ainda a lembrança do finado. O sr. Antunes tomava parte nessas conversações íntimas, e era ele quem forcejava por lhes dar a perdida animação; temperava-a com algum dito folgazão, ouvido com indiferença, quando não com tédio. Posto que o casamento de Jorge com a enteada da filha estivesse tratado, ele nutria a esperança de que alguma coisa o viria desfazer, e nessa carta incerta jogava todo o futuro.

Uma noite, Jorge propôs diretamente a Iaiá a necessidade de apressar o casamento.

— Não sendo a cerimônia pública — disse ele —, não daremos que falar aos outros, se alguma coisa há que falar...

— Quer a minha resposta hoje mesmo? — interrompeu Iaiá.

— Podia ser hoje.

Estela, que estava presente, apoiou a reflexão de Jorge.

— Convém decidir quanto antes — disse ela —; não vale a pena deixar passar mais tempo sem utilidade.

— Sem utilidade — repetiu Iaiá olhando para o teto.

— Decerto...

Iaiá baixou os olhos aos dois; fitou-os a um e outro, longo tempo, com severidade; depois, retorquiu em tom ríspido:

— Deixem-me ao menos o tempo de chorar meu pai!

Jorge proferiu algumas palavras de afeição; Estela não protestou nem retorquiu: ergueu-se silenciosamente e deixou-os. O silêncio foi longo. Jorge não tomara à má parte a súplica da noiva; atribuiu-a ao sentimento de piedade filial, que era nela mais forte que qualquer outro.

— Iaiá — disse ele —, ninguém lhe nega o direito de chorar seu pai; se insistimos é em benefício da família. Seu pai recomendou-me que olhasse pelos seus, e eu quisera poder fazê-lo, não como estranho, mas como parente; por isso lembrei a conveniência de realizar o casamento quanto antes, mas se lhe parece que pode ser adiado...

— Pode.

— Até quando?

— Até um dia.

— Que dia?

— Sábado de Aleluia, por exemplo.

— Falemos sério — disse Jorge.

— Sério? Dia de São Nunca.

Jorge franziu a testa.

— Que quer isso dizer? Retira a sua palavra? Em todo o caso, tinha direito de saber o motivo, porque algum motivo há de haver...

Iaiá tinha-se levantado, pegou-lhe na mão e levou-o até a janela. O transtorno das feições era visível; os olhos luziam de impaciência, enquanto a palavra parecia medrosa e recalcitrante. Pasmado do que via, e curioso do que ela lhe iria dizer, Jorge não pensou sequer em a aquietar; se lhe pegou nas mãos foi por um movimento instintivo; mas quando as sentiu geladas e trêmulas ficou aterrado.

— Que tem, Iaiá? Você padece; vamos, fale, diga-me tudo. Já me não ama?

— Se o não amo! — disse vivamente a moça, deitando os olhos ao céu, como a tomá-lo por testemunha da sinceridade de seu coração; mas logo depois arrependeu-se e continuou de um modo compassado e frio. — Amei-o; não importa saber se muito ou pouco, mas amei-o. O senhor foi a primeira pessoa que me fez bater o coração de um modo diferente do que ele batia; foi a primeira pessoa que me disse palavras novas, que me fizeram bem...

Jorge lançou-lhe o braço à cintura e conchegou-a ao coração.

— Pois sim — disse ele —; eu repetirei essas palavras em todo o resto da nossa vida. Seja boa, e sobretudo seja franca. Para que há de negar o que se está vendo? Eu sei que ainda me ama...

— Eu? — disse a moça deslaçando-se-lhe dos braços. — Eu tenho-lhe horror.

Jorge sorriu.

— Horror, por quê? — disse ele. Mas o gesto da moça veio apagar-lhe o sorriso começado. Iaiá levara as mãos ao seio, como se quisera conter os ímpetos do coração; os olhos luziam-lhe de extraordinário fulgor. Ofegante, por alguns minutos não pôde articular uma só palavra; quando chegou a falar, disse simplesmente:

— Que razão há agora para que nos casemos? — E depois de uma pausa: — Tenho ciúmes do passado, e o senhor amou já uma vez. Assim como eu ia entregar-me ao senhor com o coração limpo de qualquer outro afeto, assim quisera que o senhor nunca houvesse amado a ninguém. Que é o seu coração para mim? Um sobejo de outra; talvez nem isso; esse mesmo resto não me pertence, não é meu; fiquemos neste ponto, e tome cada um de nós a sua liberdade.

Iaiá recusou outra explicação, aliás desnecessária; a linguagem era transparente. Jorge saiu dali com o espírito transtornado e confuso. O motivo da recusa, para ser sincero, era pueril ou romanesco demais; nenhuma noiva teve ciúmes de

um amor anônimo e extinto; logo, a alusão de Iaiá não era vaga e sem objeto, mas ia direito à pessoa de Estela. Seria isso? Jorge não queria crer e mal podia duvidar.

No dia seguinte, acabado o almoço, apareceu-lhe o pai de Estela.

— Iaiá manda-lhe isto — disse ele sacando da algibeira uma carta.

Jorge recebeu-a pressurosamente e abriu-a; leu estas palavras únicas:

Não posso ser sua mulher; esqueça-me e seja feliz.

Empalideceu; tornou a ler a carta, sem a entender, posto que ela não fosse mais do que a fórmula escrita e seca do que Iaiá lhe dissera na véspera. Mas entre as queixas e efusões de uma hora de desânimo e aquela intimação, havia um abismo; a carta trazia o cunho da resolução definitiva, que ele não achara ou não quisera achar nas declarações verbais da moça.

— Iaiá deu-lhe isto agora mesmo?

— Antes do almoço — respondeu o sr. Antunes, cujo olhar forcejava por soletrar no rosto de Jorge algumas linhas do drama que supunha haver lá dentro.

— Não lhe parece que Iaiá anda triste? — perguntou Jorge no fim de um minuto.

— A morte do pai prostrou-a muito.

Jorge foi dali ao gabinete; o sr. Antunes acompanhou-o. A preocupação do moço era uma chuva benéfica às esperanças do pai de Estela, que todas pareciam reflorir. Como este falasse da filha com a prolixidade astuta do pretendente, Jorge atentou numa ideia, que a princípio lhe pareceu absurda, mas com a qual se familiarizou a pouco e pouco; mordeu-lhe o coração a suspeita de que o procedimento de Iaiá era uma desforra de Estela, uma como vingança póstuma. O inexplicável da carta podia justificar até certo ponto essa suspeita sem fundamento nem verossimilhança, que afinal acabou por não achar nenhuma repulsa na consciência dele.

Duas horas depois Jorge escrevia estas poucas palavras à viúva de Luís Garcia:

Iaiá mandou-me há pouco o incluso bilhete. Peço-lhe o favor de uma explicação.

A carta de Iaiá fora escrita naquela manhã, depois de uma noite de agitação e luta. Nem foi a única. Iaiá escrevera outra, menos lacônica, a Procópio Dias. Morto o pai, esse homem fora ali três vezes, sem trocar com a moça uma só palavra relativa à estranha confidência que lhe fizera antes. Eram visitas de meia hora, não mais; durante esse curto lapso de tempo, Procópio Dias não discrepava um instante da gravidade um pouco triste que adotara. Não era o folgazão primitivo, mas também não era um poeta desesperado e pálido; ficava a igual distância de um e outro modelo. Os acontecimentos pareciam aconselhar-lhe uma discreta ausência; mas, além de não ter melindres nem escrúpulos, floria-lhe no peito a esperança, a esperança tenaz dos cobiçosos. Não a sussurrava ao ouvido da moça, nem a ostentava nos olhos, na compostura, nos meneios, todos eles impregnados da submissão de uma alma desenganada e passiva. Iaiá tratava-o com bondade, já agora mais constante; posto não lhe passasse pela cabeça a ideia de vir a desposá-lo, não lhe destoava o aspecto dessa paixão resignada e muda.

Depois de soltar a palavra decisiva, Iaiá entendeu que lhe devia dar a forma

última, desligando-se da solene promessa. Não o fez sem muita lágrima solitária. A pobre criança amava o filho de Valéria com a singeleza de um coração quase adolescente, e só então mediu todo o império que ele adquirira sobre ela. Mas duas circunstâncias a induziam ao desfecho; era a primeira a revelação de Procópio Dias, confirmação de suas suspeitas; a segunda foi o espetáculo que se lhe ofereceu aos olhos naquela noite, logo depois de se despedir do noivo. Sabendo que a madrasta estava no gabinete do pai, ali foi ter e espreitou pela fechadura; viu-a sentada com a cabeça inclinada ao chão, desfeito o penteado, mas desfeito violentamente, como se lhe metera as mãos em um momento de desespero, e caindo-lhe o cabelo em ondas amplas sobre a espádua, com a desordem da pecadora evangélica. Iaiá não a viu sem que os olhos se umedecessem.

— Que se casem! — disse a moça resolutamente.

Desligando-se da promessa feita, Iaiá refletiu que ia ficar só, e que precisava forçosamente de um amparo; foi então que lhe lembrou Procópio Dias. Não encarou a ideia sem repugnância; aceitável na palestra, Procópio Dias era-lhe antipático para a convivência conjugal. Não o podia amar, e, uma vez resoluta a aceitá-lo, começou logo de o aborrecer. Que muito? Era um marido; não exigia outro mérito. A carta que lhe escreveu não saiu de um jato, foi trabalhada e repisada; o texto definitivo dizia que fosse ali sem demora para lhe falar de objeto que interessava à felicidade de ambos. Isso, e nada mais que uma lágrima, que lhe resvalou dos cílios no papel como um protesto contra o que ia nele escrito.

Raimundo, chamado para levar essa carta, recebeu-a depois de alguma hesitação. Olhou para o papel e para a sinhá moça. Depois sacudiu a cabeça com um ar de dúvida. Iaiá simulou não ver nada, mas o gesto do preto impressionou-a. Ia afastar-se, Raimundo reteve-a dizendo:

— Iaiá me desculpe... esta carta... Raimundo não gosta de falar àquele homem.

— Não lhe fales; basta deixar a carta em casa dele.

Raimundo não insistiu; acompanhou com os olhos a filha de seu antigo senhor, abanando a cabeça com o mesmo ar de alguns momentos antes. Depois olhou para a carta, como se quisesse adivinhar o que ia dentro. Não era só pressentimento, mas também dedução do que ele via naquelas últimas semanas. Tinham-lhe dado notícia do casamento; falara-se nisso todos os dias antes da morte de Luís Garcia. Morto este, cessou toda a alusão ao projeto, que parecia dever executar-se dentro de pouco tempo. O coração do preto dizia que aquela carta era alguma coisa mais do que um recado sem consequência. Quis levá-la a Estela; mas rejeitou o expediente, por lhe parecer infidelidade. Dez minutos depois saiu em direção à casa de Procópio Dias.

Entretanto, chegavam às mãos de Estela o bilhete de Jorge e o de Iaiá. A viúva não podia crer o que lera. A carta da enteada era um ato de insubordinação, inexplicável na essência e na forma; e se essa carta a fez pasmar, a de Jorge fê-la gemer. O noivo desenganado recorria à intervenção de Estela. A primeira amada desse homem era agora a sua confidente, a quem ele escrevia sem saudade, sem remorso, talvez sem hesitação.

— Sogra! — concluiu Estela com amargura; e erguendo os olhos do papel para o espelho que pendia da parede fronteira, contemplou caladamente as suas graças ainda em flor. Iaiá entrou nessa ocasião. A madrasta chamou-a ao pé de si, e mostrando-lhe o bilhete que escrevera ao noivo, perguntou-lhe o que queria dizer

aquilo. A enteada ficou silenciosa durante alguns segundos; mas a resolução deu-lhe força e tranquilidade.

— Quer dizer o que aí está escrito — respondeu ela —; não posso casar com o doutor Jorge.

— Por quê?

— Não posso.

— Por quê? — repetiu Estela com autoridade.

— Amo a outra pessoa.

— Não creio; tem decerto outro motivo.

— Que motivo?

— Nenhum que seja sensato — acudiu a madrasta —, mas algum há de haver, que não seja esse. O passo que deu é grave; não é próprio de uma moça obediente; chega a ser contrário à cortesia. Não importa; tudo se pode explicar; explique-me esta carta.

Iaiá não obedeceu à intimação da madrasta, e para tirar à recusa qualquer aparência ofensiva, conservou um ar de modéstia e resignação. Estela não se deu por vencida; demonstrou-lhe que só um motivo grave podia justificar semelhante procedimento, e que era forçoso dizê-lo ao noivo; lembrou-lhe finalmente a estima que sempre houvera entre Jorge e o pai. Nesse ponto Iaiá estremeceu e fitou na madrasta uns olhos que não eram os de pouco antes. Parecia-lhe sacrilégio evocar o nome do pai. Não se pôde ter; deu um passo e interrompeu-a com sequidão:

— Não posso casar, porque a senhora gosta dele.

Estela, que já então estava sentada, ergueu-se de golpe ao ouvir essa súbita e inesperada explicação. A face pálida, que o traje de viúva ainda mais empalidecia, tingiu-se de uns longes de vermelho. Podia ser confusão ou indignação. Durante uma pausa relativamente longa, Iaiá não tirou os olhos da madrasta. Essas duas lâmpadas buscavam examinar-lhe, no momento supremo, todos os recantos da consciência e todos os atalhos do passado. Não disse nada, para melhor gozar do abalo que acabava de produzir em Estela; era o juro do sacrifício. Mas Estela sentou-se daí a pouco, e foi a primeira que rompeu o silêncio.

— Tu estás maluca — disse ela tranquilamente. — Quem te meteu semelhante ideia na cabeça?

— Não examinemos agora quem foi ou o que foi que me fez adivinhar a verdade — respondeu Iaiá —; basta saber que decidi romper o casamento, que o mandei dizer ao doutor Jorge, e que talvez dentro de poucos dias outra pessoa lhe pedirá minha mão.

Essas palavras transtornaram de todo a viúva, que, atônita e irritada, deu alguns passos na sala, buscando conter a explosão de seus sentimentos. Iaiá foi ter com ela, falou-lhe com brandura e submissão.

— Não se zangue, mamãezinha, se lhe não disse antes o que fiz agora mesmo; estava certa de que aprovaria, ou me perdoaria, quando menos. O homem de que lhe falo ama-me, e a senhora mesma não rejeitou a ideia de me ver casada com ele.

— Não tens culpa da imprudência que cometeste — disse Estela —; porque antes disso tinhas perdido a razão. Vem cá; disseste-me aí uma palavra absurda, e é preciso que me digas outra com que expliques a primeira. Por que eu gosto dele? — continuou depois de alguns instantes. — Que queres dizer com isto?

Iaiá curvou a cabeça.

— Fala!

— Não direi nada; essa palavra explica tudo. Se gosta como eu creio, é a sua felicidade que lhe trago, não digo a troco da minha, porque seria lançar-lhe em rosto o sacrifício, mas a troco de uma ilusão, e nada mais. Não pense que lhe quero mal; não posso querer mal a quem me tem ou teve alguma afeição e substituiu dignamente minha mãe. Se lhe quisesse mal, é provável que não fizesse o que fiz.

Enquanto falava a enteada, Estela tinha a fronte inclinada e pensativa; atitude em que se conservou ainda durante algum tempo.

— Bem vê que acertei — disse Iaiá —; seu silêncio confirma a minha suposição.

— Eu! — exclamou Estela estremecendo. — Tu não entendes nada dos sentimentos, não conheces o coração. Eu amá-lo? eu? Não! não é possível!

— Talvez não, mas o que está feito, está feito.

A madrasta quis retê-la, mas não pôde; Iaiá saiu sem dizer nada. Estela ficou atordoada, confusa e até medrosa; reboavam-lhe aos ouvidos as palavras de Iaiá, não como um som exterior, mas como o brado da própria consciência. Venceu o abatimento, reagiu depressa como lho pediam as circunstâncias e a própria necessidade de sua natureza. Não teve tempo de cogitar no modo por que a enteada chegara a suspeitar um sentimento que ela recalcara no coração. Urgia reparar o mal feito pela imprudência da moça. Estela dispôs-se a responder desde logo à carta de Jorge, e não sabia ainda claramente o que lhe havia de dizer. Tratou primeiro de chamar Raimundo, e vendo que ele não acudia foi ter com Iaiá.

— Raimundo foi levar uma carta minha ao Procópio Dias — respondeu esta.

Estela caiu numa cadeira. Pela primeira vez, alumiou-lhe o espírito uma ideia cruel: a ideia de que a suspeita de Iaiá fosse mais do que uma simples e inocente conjetura. Os olhos que lançou à moça ardiam de indignação. Cobriu-os depressa, não para chorar, mas para fugir aos da outra. O olhar de Estela fez vacilar por um instante a convicção da enteada; a cólera pareceu-lhe sincera e até excessiva; mas o gesto que se lhe seguiu atenuou e desvaneceu a primeira impressão. Iaiá supôs ver na atitude da madrasta uma confissão involuntária, uma expressão de abatimento e desespero, como de pessoa que entrevê a felicidade própria e julga dever sacrificá-la à de outrem. Era generosa. Caminhou para ela, dobrou as curvas, pousou-lhe no regaço os braços, trêmulos de comoção; com as mãos desviou as de Estela e fitou-lhe os olhos, que estavam sombrios.

— Fui estouvada, confesso — disse ela —; devia tê-la consultado antes de fazer o que fiz. Mas eu temia a sua oposição, e não queria torná-la desgraçada. Sou mais moça que a senhora, se tivesse de consolar-me, consolava-me depressa. Mas não tenho; não amava; cedi a um capricho, e não sinto a menor dor ao despedir-me dele. Ande, perdoe-me; e esteja certa de que não a amarei menos do que até agora.

Ergueu-se e procurou beijá-la. A madrasta recuou instintivamente a cabeça; era um resto de repugnância, que a fisionomia ingênua e pura de Iaiá para logo dissipou. Em tão verdes anos, sem nenhum trato social, era lícito supor na menina tamanha dissimulação? Estela concluiu que a ação da enteada vinha não de uma suposição ultrajante, mas de um impulso desinteressado. Qualquer que fosse o fundamento da suspeita, o procedimento da enteada trazia o cunho da candura e da boa-fé; assim pensando, Estela sentiu desoprimir-se-lhe a alma. Não era generosa — ou tinha somente a generosidade fria e altiva que nasce da soberba. Mas não era

insensível, e o desinteresse da menina tocou-lhe profundamente o coração. Inclinou-se para ela, tomou-lhe a cabeça entre as mãos e fitou-a, com um olhar severo e maternal ao mesmo tempo.

— Perdoo-te — disse finalmente —, porque não sabes o que fizeste. A intenção é que te salva do meu ódio; digo mal, do meu desprezo. Se queres medir bem a profundidade do abismo que acabas de cavar, fica sabendo que me injuriaste, pensando servir-me, e que o resultado do teu erro pode talvez arrancar-te lágrimas amargas e inúteis. Teu castigo será que só eu as enxugarei — ouves bem? só eu.

Dizendo isso, soltou a cabeça da enteada com um gesto ríspido, em que havia ainda um pouco de irritação. Iaiá estava pálida. Sentiu na palavra seca e fria da madrasta um alento de indignação sincera; e a alma caiu-lhe prostrada, mais ainda do que o corpo, que não podendo suster-se, procurou amparar-se no móvel que achou mais próximo. A dúvida, que já antes atravessara o espírito da moça, começou a invadi-lo. Iaiá fitou Estela com o mais agudo de seus olhares, acompanhou-a de um lado para outro, porque a madrasta, logo depois das palavras que lhe disse, entrara a andar e a refletir. Se a viúva era sincera, Iaiá acabava de fazer gratuitamente a sua própria desgraça; foi o que a moça pensou. No atordoamento moral em que essa hipótese a lançou, Iaiá achou-se entre dois desejos, mal definidos, mas inteiramente opostos um ao outro. Quisera e não quisera ter-se enganado; aspirava a conciliar o coração e a consciência. Seu espírito evocou a hora inicial da suspeita, aquela funesta manhã em que a carta de Jorge foi lida por Estela; recordou o gesto da madrasta, o tremor, a lividez, os vivos sintomas de consternação, do medo ou do remorso. Seria engano aquilo? não era evidente que eles se haviam amado, que se amavam ainda naquela ocasião? E, dada a afirmativa, era acaso impossível que Estela, ao menos, o amasse ainda hoje?

Iaiá ateve-se a essa conclusão, embora confirmasse a ruína de suas esperanças; a conclusão, porém, contrastava com a impassibilidade da madrasta. Já então perdera Estela o alvoroço do primeiro momento. Depois de alguns minutos de reflexão, parara em frente da enteada. Era difícil ver na atitude quieta, no aspecto de matrona severa e digna, alguma coisa que se parecesse com as ânsias, o triunfo ou o abatimento de uma rival. Iaiá deixou-se estar diante dela, a fitá-la e a revolvê-la. A porção da alma que transparecia do rosto da viúva era tão fria, tão indiferente, que mal se podia combinar com o sentimento que Iaiá lhe atribuía. Foi o que esta pensou ver com seus olhos finamente sagazes; e no meio desse contraste entre o aspecto presente e a revelação passada, Iaiá acabou por não saber definitivamente onde ficava a verdade, e esteve a ponto de lha pedir de joelhos.

Achavam-se então no gabinete de Luís Garcia, defronte da secretária, onde o finado encontrara, com outros papéis, a carta que dera lugar às conjeturas de Iaiá. Não havia mudança nem no número nem na disposição dos móveis. Só a luz era diferente, porque a daquele dia era viva e clara, coada através de uma atmosfera serena, como a vida anterior dessa família, ao passo que a de hoje vinha turva e meio apagada pelas nuvens de um céu chuvoso e triste. Na longa pausa que houve entre a madrasta e a enteada, os únicos sons que se ouviam eram o rufar da chuva na folhagem do jardim e o tiquetaque de um relógio de parede.

— Escuta — disse finalmente Estela —; se alguma razão tens para crer que amo esse homem, é necessário mostrar-te a realidade das coisas.

Estela abriu duas ou três gavetinhas da secretária, e depois de alguma busca entre os maços de cartas que ali encontrou, tirou uma, abriu-a e deu-a à enteada. Iaiá recebeu-a com as mãos trêmulas de curiosidade; leu-a toda; devia ser a mesma que o pai mostrara à madrasta.

— Essa moça era a senhora? — murmurou ela como se ainda esperasse resposta negativa.

— Era eu.

Iaiá deixou-se cair numa cadeira rasa, a mesma em que Estela estivera sentada, quando ouviu a confidência do marido.

— Vês? — disse Estela. — Foi por mim que ele fez o sacrifício de ir para a guerra, sem esperança de ser retribuído nem de contar um dia com a minha gratidão. Foi para a guerra, lutou, padeceu, fiel ao sentimento que o tinha levado, até o ponto de o crer eterno. Eterno! Sabes quanto durou essa eternidade de alguns anos? É duro de ouvir, minha filha, mas não há nada eterno neste mundo; nada, nada. As mais profundas paixões morrem com o tempo. Um homem sacrifica o repouso, arrisca a vida, afronta a vontade de sua mãe, rebela-se, pede a morte; e essa paixão violenta e extraordinária acaba às portas de um simples namoro, entre duas xícaras de chá...

— A senhora não o amou nunca? — interrompeu Iaiá, ao sentir o tremor e o despeito com que a madrasta proferira as últimas palavras.

— Havia entre nós um fosso largo, muito largo — disse Estela. — Eu era humilde e obscura, ele distinto e considerado; diferença que podia desaparecer, se a natureza me houvesse dado outro coração. Medi toda a distância que nos separava e tratei simplesmente de evitá-lo. Foi então que ele embarcou; interiormente aprovei-o. Talvez lhe não neguei um pouco de compaixão silenciosa, mas nada mais. Casamento, entre nós, era impossível, ainda que todos trabalhassem para ele; era impossível, sim, porque o consideraria uma espécie de favor, e eu tenho um grande respeito a minha própria condição. Meu pai já me achava, em pequena, uns arremessos de orgulho. Como querias tu que, com tal sentimento, pudesse desposar um homem socialmente superior a mim? Era preciso dar-me outra índole. Todas as felicidades do casamento achei-as ao pé de teu pai. Não nos casamos por amor; foi escolha da razão, e por isso acertada. Não tínhamos ilusões; pudemos ser felizes sem desencanto. Teu pai não tinha os mesmos sentimentos que eu; era mais tímido que orgulhoso. Qualquer que fosse a razão do seu desapego ao mundo, bastava que o tivesse, para me fazer feliz; vivemos assim alguns anos de inteiro isolamento, sem conhecer o amargor, que é o que fica no fundo da vida, sem necessidade da dissimulação... Minto; tive necessidade de fingir, desde que aquele homem aqui apareceu; era necessário. Um dia teu pai mostrou-me essa carta e referiu-me a paixão encoberta que aí se conta; podes imaginar se ouvi tranquila. Mas fora desse acontecimento, que outro podia perturbar minha alma? Não vi nenhuma porta abrir-se-me por obséquio, nenhuma mão apertou a minha por simples condescendência. Não conheci a polidez humilhante nem a afabilidade sem calor. Meu nome não serviu de pasto à natural curiosidade dos amigos de meu marido. Quem é ela? De onde veio? Ninguém me perguntou de onde vinha, não é verdade? Perguntaste-me quem era eu? Não; amaste-me como tinhas amado tua mãe, e eu amei-te como se foras minha filha. E para isso bastou-nos estender os braços; não foi preciso descer nem subir.

— Não foi — bradou Iaiá comovida, apertando-lhe as mãos.

— Já vês quem eu era e sou; uma espécie de animal feroz, que prefere a charneca ao jardim. Não me senti lisonjeada com a paixão que inspirei; rejeitei, talvez, um marido digno das ambições de qualquer mulher. Era isto o que querias saber? Pois aí tens a minha história, a história desta carta, que já agora podemos rasgar...

Estela pegou na carta e rasgou-a lentamente, em pedaços miúdos, enquanto a enteada refletia nas revelações que acabava de ouvir. A madrasta deitou os fragmentos do papel à cesta.

— Resta consertar a imprudência e casar — disse Estela dando à palavra um tom galhofeiro.

— Não sei! — murmurou Iaiá. — O que a senhora me disse é grave; não há sentimentos eternos. Parece que depois de tamanha paixão, qualquer outro afeto não terá longa vida.

— Por que não? Não hás de querer agora uma paixão que o leve à guerra; seria um desastre. Mas está nas tuas mãos fazer que ele te ame, sempre e muito.

Iaiá refletiu um instante.

— Jure-me que o não ama!

Estela franziu o sobrolho; depois mostrou-lhe o bilhete que Jorge lhe escrevera pouco antes, e cuja redação dissiparia à moça qualquer dúvida em relação ao noivo. Era uma evasiva para lhe não confessar nem mentir. A primeira vez que lhe negara o amor, foi antes um grito do coração que queria enganar-se a si próprio; agora preferia calar-se. A certeza da isenção de Jorge importava muito mais que a de Estela; a alma de Iaiá, no primeiro instante, respirou à larga. O respeito que tinha à madrasta, e um pouco de ciúme retrospectivo que a mordia, ao pensar naquela paixão tão violenta e tão desenganada, impediam à moça qualquer outra manifestação. Quando se achou a sós consigo, levava o espírito arejado da suspeita que o oprimira durante largos meses; mas o vento que o lavou das sombras, lá lhe queimou algumas das flores desabotoadas ao calor do primeiro sol. A felicidade tinha um travo de desgosto e humilhação; o coração tremia de medo.

Quando mais absorta estava nesse contraste de sensações, viu Raimundo transpor a porta do jardim.

Capítulo XVII

Iaiá foi ter com Raimundo.

— Entregaste?

— Não entreguei — disse o preto.

Iaiá ficou alguns instantes imóvel. Raimundo tirou a carta do bolso, e esteve com ela nas mãos, sem atrever-se a levantar os olhos; levantou-os enfim e disse resolutamente:

— Raimundo não achou bonito que Iaiá escrevesse àquele homem, que não é seu pai nem seu noivo, e voltou para falar a nhanhã Estela.

— Dê cá — disse a moça secamente —; não é preciso.

Raimundo entregou-lhe a carta e sacudiu a cabeça encanecida, como se qui-

sera repelir os anos que sobre ela pesavam e retroceder ao tempo em que Iaiá era uma simples criança travessa e nada mais. Tinha-lhe custado a resolução; três vezes investira a porta de Procópio Dias para obedecer à filha do seu antigo senhor, e três vezes recuara, até que venceu nele o pressentimento — uma coisa que lhe martelava no coração, dizia ele daí a pouco a Estela, quando lhe referiu tudo.

Estela não se detêve mais. Na carta que escreveu a Jorge, disse que a enteada era apenas uma menina romanesca, desconfiada e curiosa; queria desfazer o casamento porque supunha não ser amada com ardor igual ao seu. "Iaiá adora-o", concluiu Estela, "e não se sente adorada. Venha prostrar-se ao pé do altar, e terá em mim a mais piedosa sacristã."

Iaiá teve notícia da carta, e já tarde para opor qualquer objeção. O primeiro impulso foi agradecer a pia fraude da madrasta; mas a alma, picada por um resto de ciúme, depressa conteve o impulso, e a única resposta da moça foi um gesto de acanhamento e um silêncio largo. Ouviu-a depois sem azedume nem impaciência, atenta à menor hesitação que lhe truncasse a palavra ou à mínima sombra de desgosto que lhe velasse os olhos. A verdade é que a ternura da madrasta e a jovialidade recente de seus modos traziam certa nota desusada e violenta, e esse excesso fazia refletir a enteada.

Entretanto, a carta de Estela chegou às mãos de Jorge, que a leu duas vezes para conseguir entender-lhe o sentido. A explicação tinha o defeito de ser um pouco sutil; mas a alma de Jorge conservava sempre uma porta aberta aos sentimentos extraordinários. Demais, qualquer explicação favorável era um benefício, e aquela tinha a vantagem de afagar o amor-próprio, além de vir ajustada com o espírito inquieto e súbito da noiva. Leu a carta sem cotejar o texto com a assinatura, sem atentar naquela sacristã em cujos ombros quisera outrora atar a veste sacerdotal.

Nessa mesma noite foi à casa da noiva, que o recebeu sem contentamento nem mortificação, um pouco lacônica e meditativa. Nem um nem outro aludiu aos sucessos últimos; fê-lo Estela com muita pertinência e tato. Não obstante, como a explicação da viúva não correspondia exatamente à realidade das coisas, a situação ficou ainda obscura e vaga, e porventura exagerou o acanhamento recíproco. A persuasão de que Iaiá exigia da parte dele maior intensidade de sentimento não inclinara o espírito de Jorge a nenhuma ostentação teatral — mas acabou por lhe infundir deveras maior ternura e aumentou a vitalidade de um sentimento, que é a forma desinteressada do egoísmo — a felicidade de fazer outrem feliz.

— Marquemos o casamento para esta semana — disse Estela na noite de um domingo.

— Ainda não — respondeu a enteada.

Posto visse dissipada a tempestade que lhe negrejara sobre a cabeça, Iaiá enxergava ainda para o lado do poente um espectro, e para o lado do nascente uma possibilidade. Esses dois pontos negros vinham estragar a beleza azul do céu e torná-lo pesado e melancólico. O mistério do futuro unia-se ao mistério do passado; um e outro podiam devorar o presente, e ela receava ser esmagada entre ambos. A convivência da família aterrava-a. Que seria para ela o casamento, se tivesse de penetrar nele com a perpétua ameaça diante dos olhos, uma antiga semente de amor, que a primeira brisa da primavera podia fazer brotar e crescer de novo? Acreditava na isenção presente da madrasta e na inteira cura do marido, mas o futuro? A beleza

de Estela estava ainda longe do declínio, e a modéstia de Iaiá fazia-a persuadir de que, ainda no declínio, seria superior à sua.

Uma noite, entrou o sr. Antunes e deu uma carta à filha, que a leu silenciosamente.

— Olha — disse ela, apresentando a carta à enteada.

Iaiá leu-a; eram duas páginas escritas de alto a baixo, e por letra desconhecida. Uma antiga condiscípula de Estela, residente no norte de São Paulo, aceitava a proposta que esta lhe fizera, de ir dirigir-lhe o estabelecimento de educação que ali fundara desde alguns meses.

— Bem vês que é necessário casar-te quanto antes — disse Estela logo que a enteada acabou a leitura.

Iaiá sentiu os olhos úmidos e atirou-se aos braços da madrasta. A efusão era sincera; havia ali afeto, reconhecimento e admiração. Mas, por isso mesmo que era sincera, deveria molestar a madrasta, se alguma coisa pudesse já molestá-la. Estela sorriu — um sorriso que queria dizer: "Bem sei que sou demais". A língua, porém, não proferiu uma palavra única.

— Que quer dizer isso? — perguntou o pai de Estela, que nada sabia da carta, e consequentemente nada entendia daquela expansão da moça.

Estela mostrou-lhe a carta. O pai não pôde acabar de ler: a primeira página fizera-lhe compreender tudo. Seus olhos iam do papel à filha e da filha ao papel, sem que a boca se atrevesse a formular nenhuma queixa ou censura.

— Não digo que me obedeças — murmurou ele —; mas parece que podias consultar-me...

— Eu estava certa da sua aprovação — respondeu Estela. — Ou parece-lhe que fiz mal?

— Nunca fizeste bem em coisa nenhuma — disse tristemente o pai. E pegando-lhe nas mãos: — Tão moça! Tão bonita!

O dia do casamento foi definitivamente marcado naquela noite. Como Estela declarasse que ela própria serviria de madrinha, Iaiá procurou dissuadi-la cautelosamente; também ao noivo repugnou a intervenção espiritual da viúva. Mas Estela não se deu por entendida. O papel de acólita, que a si mesma distribuíra, tinha-o desempenhado com lealdade e dignidade. Quis ir até o fim. Era o melhor modo de se mostrar isenta e superior. Jorge sentia-se vexado e transportado ao mesmo tempo, ao observar a simplicidade e o desvelo que a viúva punha naquele ato. Iaiá sentia só admiração e gratidão. Tinha já certeza de que o passado era pouca coisa, e de que o futuro seria coisa nenhuma. O casamento ia separá-las, reconciliando-as.

Casados os dois, Estela preparou-se para seguir viagem, não obstante a resistência do pai, que foi tenaz e hábil. O pai ficaria. Estava já tão cansado para viagens longas! A diferença do clima, a falta de relações, a necessidade de não abrir mão do emprego eram motivos de grave peso para não arriscar-se a deixar o Rio.

— Ao menos, prometes vir ver-me de quando em quando? — disse o sr. Antunes sentindo tremer-lhe nos olhos uma lágrima sincera.

Estela respondeu que sim; depois pediu-lhe que aceitasse uma mesada. O pai recusou comovido.

— Tu vales muito — exclamou ele. O tom com que proferiu estas palavras deu uma esperança à filha.

— O senhor pode valer ainda mais do que eu — disse ela.

Depois contou-lhe a paixão de Jorge e todo o episódio da Tijuca, causa originária dos acontecimentos narrados neste livro; mostrou-lhe com calor, com eloquência, que, recusando ceder à paixão de Jorge, sacrificara algumas vantagens ao seu próprio decoro; sacrifício tanto mais digno de respeito, quanto que ela amava naquele tempo o filho de Valéria. Que pedia agora ao pai? Pouca e muita coisa; pedia que a acompanhasse, que cessasse a vida de dependência e servilidade em que vivera até ali; era um modo de a respeitar e respeitar-se. O pai escutava-a atônito.

— Tu chegaste a amá-lo! — exclamou ele. — Não o aborrecias? Amaram-se? E só agora sei... Bem digo eu; tu és uma fera. Não tens, nunca tiveste pena de minha velhice... Ele é tão bom! tão digno! E se morresse por tua causa? não terias remorso? não te havia de doer o coração quando soubesses que um moço tão bem-nascido, que gostava de ti... Sim, ele gostava muito de ti; e tu também... e só hoje!

Estela fechou os olhos para não ver o pai. Nem esse amparo lhe ficava na solidão. Compreendeu que devia contar só consigo, e encarou serenamente o futuro. Partiu; o pai despediu-se dela com o desespero no coração, e desta vez a dor era desinteressada e pura. Jorge consolou-o depressa. Não houve interrupção na convivência, e o sr. Antunes continuou a achar ali a mesma proteção e cordialidade. Se o casamento fora um atentado, ele os absolveu disso, e repartiu com ambos infinita solicitude. Outra vez comensal assíduo, tornou a ser o homem de confiança. Fora dali, as horas de lazer que lhe deixava o pouco trabalho eram empregadas nas sessões do júri, nas galerias da Câmara dos Deputados ou nos bancos do Carceller. Não tendo já a aspiração de uma aliança vantajosa, adotou a devoção da loteria. Era ele quem dava, secretamente, notícias de Estela a Iaiá.

Esta achou no casamento a felicidade sem contraste. A sociedade não lhe negou carinhos e respeitos. Se antes de casar Iaiá possuía o abecedário da elegância, depressa aprendeu a prosódia e a sintaxe; afez-se a todos os requintes da urbanidade, com a presteza de um espírito sagaz e penetrante. Nenhuma nuvem do passado veio sombrear a fronte de um ou de outro; ninguém se interpunha entre eles. Iaiá escrevia algumas vezes a Estela, que lhe respondia regularmente, e no mais puro estilo de família. De longe em longe a enteada presenteava a madrasta, que lhe retribuía logo na primeira ocasião. Quanto a encontrarem-se, era difícil; Estela aplicava todos os seus cuidados à nova ocupação.

Procópio Dias viu a morte de todas as esperanças últimas com uma filosofia que não supunha ter em si. Naturalmente padeceu alguns dias de despeito; mas o despeito acabou com o amor. Verdade é que o ambiciado casamento abriu nele o desejo de não morrer solteiro; e, perdida uma oportunidade, tratou de haver outras à mão. Ultimamente voltou à religião do celibato. Duas ou três vezes encontrou Iaiá e o marido. A última foi num sarau. Jogou o voltarete com Jorge e acompanhou a mulher até a carruagem, não sem lançar um olhar furtivo ao estribo onde Iaiá pousou o pé, cansado de valsar.

No primeiro aniversário da morte de Luís Garcia, Iaiá foi com o marido ao cemitério a fim de depositar na sepultura do pai uma coroa de saudades. Outra coroa havia sido ali posta, com uma fita em que se liam estas palavras: "A meu marido". Iaiá beijou com ardor a singela dedicatória, como beijaria a madrasta se ela lhe aparecesse naquele instante. Era sincera a piedade da viúva. Alguma coisa escapa ao naufrágio das ilusões.

Memórias póstumas

Memórias póstumas de Brás Cubas foi publicado pela primeira vez na *Revista Brasileira*, no Rio de Janeiro, de 15 de março a 15 de dezembro de 1880. Foi publicado em volume em 1881, pela Tipografia Nacional, no Rio de Janeiro.

de Brás Cubas

AO VERME
QUE
PRIMEIRO ROEU AS FRIAS CARNES
DO MEU CADÁVER
DEDICO
COMO SAUDOSA LEMBRANÇA
ESTAS
MEMÓRIAS PÓSTUMAS

Prólogo da quarta edição

A primeira edição destas *Memórias póstumas de Brás Cubas* foi feita aos pedaços na *Revista Brasileira*, pelos anos de 1880. Postas mais tarde em livro, corrigi o texto em vários lugares. Agora que tive de o rever para a quarta edição, emendei ainda alguma coisa e suprimi duas ou três dúzias de linhas. Assim composta, sai novamente à luz esta obra que alguma benevolência parece ter encontrado no público.

Capistrano de Abreu, noticiando a publicação do livro, perguntava: "As *Memórias póstumas de Brás Cubas* são um romance?". Macedo Soares, em carta que me escreveu por esse tempo, recordava amigamente as *Viagens na minha terra*. Ao primeiro respondia já o defunto Brás Cubas (como o leitor viu e verá no prólogo dele que vai adiante) que sim e que não, que era romance para uns e não o era para outros. Quanto ao segundo, assim se explicou o finado: "Trata-se de uma obra difusa, na qual eu, Brás Cubas, se adotei a forma livre de um Sterne, ou de um Xavier de Maistre, não sei se lhe meti algumas rabugens de pessimismo". Toda essa gente viajou: Xavier de Maistre à roda do quarto, Garrett na terra dele, Sterne na terra dos outros. De Brás Cubas se pode talvez dizer que viajou à roda da vida.

O que faz do meu Brás Cubas um autor particular é o que ele chama "rabugens de pessimismo". Há na alma deste livro, por mais risonho que pareça, um sentimento amargo e áspero, que está longe de vir dos seus modelos. É taça que pode ter lavores de igual escola, mas leva outro vinho. Não digo mais para não entrar na crítica de um defunto, que se pintou a si e a outros conforme lhe pareceu melhor e mais certo.

M. de A.

Ao leitor

Que Stendhal confessasse haver escrito um de seus livros para cem leitores, coisa é que admira e consterna. O que não admira, nem provavelmente consternará, é se este outro livro não tiver os cem leitores de Stendhal, nem cinquenta, nem vinte, e quando muito, dez. Dez? Talvez cinco. Trata-se, na verdade, de uma obra difusa, na qual eu, Brás Cubas, se adotei a forma livre de um Sterne, ou de um Xavier de Maistre, não sei se lhe meti algumas rabugens de pessimismo. Pode ser. Obra de finado. Escrevi-a com a pena da galhofa e a tinta da melancolia, e não é difícil antever o que poderá sair desse conúbio. Acresce que a gente grave achará no livro umas aparências de puro romance, ao passo que a gente frívola não achará nele o seu romance usual; ei-lo aí fica privado da estima dos graves e do amor dos frívolos, que são as duas colunas máximas da opinião.

Mas eu ainda espero angariar as simpatias da opinião, e o primeiro remédio é fugir a um prólogo explícito e longo. O melhor prólogo é o que contém menos

coisas, ou o que as diz de um jeito obscuro e truncado. Conseguintemente, evito contar o processo extraordinário que empreguei na composição destas *Memórias*, trabalhadas cá no outro mundo. Seria curioso, mas nimiamente extenso, e aliás desnecessário ao entendimento da obra. A obra em si mesma é tudo: se te agradar, fino leitor, pago-me da tarefa; se te não agradar, pago-te com um piparote, e adeus.

<div align="right">Brás Cubas</div>

Capítulo Primeiro
Óbito do autor

Algum tempo hesitei se devia abrir estas memórias pelo princípio ou pelo fim, isto é, se poria em primeiro lugar o meu nascimento ou a minha morte. Suposto o uso vulgar seja começar pelo nascimento, duas considerações me levaram a adotar diferente método: a primeira é que eu não sou propriamente um autor defunto, mas um defunto autor, para quem a campa foi outro berço; a segunda é que o escrito ficaria assim mais galante e mais novo. Moisés, que também contou a sua morte, não a pôs no intróito, mas no cabo: diferença radical entre este livro e o Pentateuco.

Dito isto, expirei às duas horas da tarde de uma sexta-feira do mês de agosto de 1869, na minha bela chácara de Catumbi. Tinha uns sessenta e quatro anos, rijos e prósperos, era solteiro, possuía cerca de trezentos contos e fui acompanhado ao cemitério por onze amigos. Onze amigos! Verdade é que não houve cartas nem anúncios. Acresce que chovia — peneirava — uma chuvinha miúda, triste e constante, tão constante e tão triste, que levou um daqueles fiéis da última hora a intercalar esta engenhosa ideia no discurso que proferiu à beira de minha cova: "Vós, que o conhecestes, meus senhores, vós podeis dizer comigo que a natureza parece estar chorando a perda irreparável de um dos mais belos caracteres que têm honrado a humanidade. Este ar sombrio, estas gotas do céu, aquelas nuvens escuras que cobrem o azul como um crepe funéreo, tudo isso é a dor crua e má que lhe rói à natureza as mais íntimas entranhas; tudo isso é um sublime louvor ao nosso ilustre finado".

Bom e fiel amigo! Não, não me arrependo das vinte apólices que lhe deixei. E foi assim que cheguei à cláusula dos meus dias; foi assim que me encaminhei para o *undiscovered country* de Hamlet, sem as ânsias nem as dúvidas do moço príncipe, mas pausado e trôpego como quem se retira tarde do espetáculo. Tarde e aborrecido. Viram-me ir umas nove ou dez pessoas, entre elas três senhoras, minha irmã Sabina, casada com o Cotrim, a filha — um lírio-do-vale — e... Tenham paciência! daqui a pouco lhes direi quem era a terceira senhora. Contentem-se de saber que essa anônima, ainda que não parenta, padeceu mais do que as parentas. É verdade, padeceu mais. Não digo que se carpisse, não digo que se deixasse rolar pelo chão, convulsa. Nem o meu óbito era coisa altamente dramática... Um solteirão que expira aos sessenta e quatro anos não parece que reúna em si todos os elementos de uma tragédia. E dado que sim, o que menos convinha a essa anônima era aparentá-

-lo. De pé, à cabeceira da cama, com os olhos estúpidos, a boca entreaberta, a triste senhora mal podia crer na minha extinção.

— Morto! morto! — dizia consigo.

E a imaginação dela, como as cegonhas que um ilustre viajante viu desferirem o voo desde o Ilisso às ribas africanas, sem embargo das ruínas e dos tempos, a imaginação dessa senhora também voou por sobre os destroços presentes até as ribas de uma África juvenil... Deixá-la ir; lá iremos mais tarde; lá iremos quando eu me restituir aos primeiros anos. Agora, quero morrer tranquilamente, metodicamente, ouvindo os soluços das damas, as falas baixas dos homens, a chuva que tamborila nas folhas de tinhorão da chácara, e o som estrídulo de uma navalha que um amolador está afiando lá fora, à porta de um correeiro. Juro-lhes que essa orquestra da morte foi muito menos triste do que podia parecer. De certo ponto em diante chegou a ser deliciosa. A vida estrebuchava-me no peito, com uns ímpetos de vaga marinha, esvaía-se-me a consciência, eu descia à imobilidade física e moral, e o corpo fazia-se-me planta, e pedra, e lodo, e coisa nenhuma.

Morri de uma pneumonia; mas, se lhe disser que foi menos a pneumonia do que uma ideia grandiosa e útil a causa da minha morte, é possível que o leitor me não creia, e todavia é verdade. Vou expor-lhe sumariamente o caso. Julgue-o por si mesmo.

Capítulo II
O emplasto

Com efeito, um dia de manhã, estando a passear na chácara, pendurou-se-me uma ideia no trapézio que eu tinha no cérebro. Uma vez pendurada, entrou a bracejar, a pernear, a fazer as mais arrojadas cabriolas de volatim que é possível crer. Eu deixei-me estar a contemplá-la. Súbito, deu um grande salto, estendeu os braços e as pernas, até tomar a forma de um X: decifra-me ou devoro-te.

Essa ideia era nada menos que a invenção de um medicamento sublime, um emplasto anti-hipocondríaco, destinado a aliviar a nossa melancólica humanidade. Na petição de privilégio que então redigi, chamei a atenção do governo para esse resultado, verdadeiramente cristão. Todavia, não neguei aos amigos as vantagens pecuniárias que deviam resultar da distribuição de um produto de tamanhos e tão profundos efeitos. Agora, porém, que estou cá do outro lado da vida, posso confessar tudo: o que me influiu principalmente foi o gosto de ver impressas nos jornais, mostradores, folhetos, esquinas, e enfim nas caixinhas do remédio, estas três palavras: *Emplasto Brás Cubas*. Para que negá-lo? Eu tinha a paixão do arruído, do cartaz, do foguete de lágrimas. Talvez os modestos me arguam esse defeito; fio, porém, que esse talento me hão de reconhecer os hábeis. Assim, a minha ideia trazia duas faces, como as medalhas, uma virada para o público, outra para mim. De um lado, filantropia e lucro; de outro lado, sede de nomeada. Digamos: — amor da glória.

Um tio meu, cônego de prebenda inteira, costumava dizer que o amor da glória temporal era a perdição das almas, que só devem cobiçar a glória eterna. Ao que retorquia outro tio, oficial de um dos antigos terços de infantaria, que o amor da

glória era a coisa mais verdadeiramente humana que há no homem, e, conseguintemente, a sua mais genuína feição.

Decida o leitor entre o militar e o cônego; eu volto ao emplasto.

Capítulo III
Genealogia

Mas, já que falei nos meus dois tios, deixem-me fazer aqui um curto esboço genealógico.

O fundador da minha família foi um certo Damião Cubas, que floresceu na primeira metade do século XVIII. Era tanoeiro de ofício, natural do Rio de Janeiro, onde teria morrido na penúria e na obscuridade se somente exercesse a tanoaria. Mas não; fez-se lavrador, plantou, colheu, permutou o seu produto por boas e honradas patacas, até que morreu, deixando grosso cabedal a um filho, licenciado Luís Cubas. Neste rapaz é que verdadeiramente começa a série de meus avós — dos avós que a minha família sempre confessou —, porque o Damião Cubas era afinal de contas um tanoeiro, e talvez mau tanoeiro, ao passo que o Luís Cubas estudou em Coimbra, primou no Estado, e foi um dos amigos particulares do vice-rei conde da Cunha.

Como esse apelido de Cubas lhe cheirasse excessivamente a tanoaria, alegava meu pai, bisneto de Damião, que o dito apelido fora dado a um cavaleiro, herói nas jornadas da África, em prêmio da façanha que praticou, arrebatando trezentas cubas aos mouros. Meu pai era homem de imaginação; escapou à tanoaria nas asas de um *calembour*. Era um bom caráter, meu pai, varão digno e leal como poucos. Tinha, é verdade, uns fumos de pacholice; mas quem não é um pouco pachola nesse mundo? Releva notar que ele não recorreu à inventiva senão depois de experimentar a falsificação; primeiramente, entroncou-se na família daquele meu famoso homônimo, o capitão-mor, Brás Cubas, que fundou a vila de São Vicente, onde morreu em 1592, e por esse motivo é que me deu o nome de Brás. Opôs-se-lhe, porém, a família do capitão-mor, e foi então que ele imaginou as trezentas cubas mouriscas.

Vivem ainda alguns membros de minha família, minha sobrinha Venância, por exemplo, o lírio-do-vale, que é a flor das damas do seu tempo; vive o pai, o Cotrim, um sujeito que... Mas não antecipemos os sucessos; acabemos de uma vez com o nosso emplasto.

Capítulo IV
A ideia fixa

A minha ideia, depois de tantas cabriolas, constituíra-se ideia fixa. Deus te livre, leitor, de uma ideia fixa; antes um argueiro, antes uma trave no olho. Vê o Cavour; foi a ideia fixa da unidade italiana que o matou. Verdade é que Bismarck não morreu;

mas cumpre advertir que a natureza é uma grande caprichosa e a história uma eterna loureira. Por exemplo, Suetônio deu-nos um Cláudio, que era um simplório — ou "uma abóbora", como lhe chamou Sêneca, e um Tito, que mereceu ser as delícias de Roma. Veio modernamente um professor e achou meio de demonstrar que dos dois césares, o delicioso, o verdadeiro delicioso, foi o "abóbora" de Sêneca. E tu, madama Lucrécia, flor dos Bórgias, se um poeta te pintou como a Messalina católica, apareceu um Gregorovius incrédulo que te apagou muito essa qualidade, e, se não vieste a lírio, também não ficaste pântano. Eu deixo-me estar entre o poeta e o sábio.

Viva pois a história, a volúvel história que dá para tudo; e, tornando à ideia fixa, direi que é ela a que faz os varões fortes e os doidos; a ideia móbil, vaga ou furta-cor é a que faz os Cláudios, formula Suetônio.

Era fixa a minha ideia, fixa como... Não me ocorre nada que seja assaz fixo nesse mundo: talvez a lua, talvez as pirâmides do Egito, talvez a finada dieta germânica. Veja o leitor a comparação que melhor lhe quadrar, veja-a e não esteja daí a torcer-me o nariz, só porque ainda não chegamos à parte narrativa destas memórias. Lá iremos. Creio que prefere a anedota à reflexão, como os outros leitores, seus confrades, e acho que faz muito bem. Pois lá iremos. Todavia, importa dizer que este livro é escrito com pachorra, com a pachorra de um homem já desafrontado da brevidade do século, obra supinamente filosófica, de uma filosofia desigual, agora austera, logo brincalhona, coisa que não edifica nem destrói, não inflama nem regala, e é todavia mais do que passatempo e menos do que apostolado.

Vamos lá; retifique o seu nariz, e tornemos ao emplasto. Deixemos a história com os seus caprichos de dama elegante. Nenhum de nós pelejou a batalha de Salamina, nenhum escreveu a confissão de Augsburgo; pela minha parte; se alguma vez me lembro de Cromwell, é só pela ideia de que Sua Alteza, com a mesma mão que trancara o parlamento, teria imposto aos ingleses o emplasto Brás Cubas. Não se riam dessa vitória comum da farmácia e do puritanismo. Quem não sabe que ao pé de cada bandeira grande, pública, ostensiva, há muitas vezes várias outras bandeiras modestamente particulares, que se hasteiam e flutuam à sombra daquela, e não poucas vezes lhe sobrevivem? Mal comparando, é como a arraia-miúda, que se acolhia à sombra do castelo feudal; caiu este e a arraia ficou. Verdade é que se fez graúda e castelã... Não, a comparação não presta.

Capítulo V
Em que aparece a orelha de uma senhora

Senão quando, estando eu ocupado em preparar e apurar a minha invenção, recebi em cheio um golpe de ar; adoeci logo, e não me tratei. Tinha o emplasto no cérebro; trazia comigo a ideia fixa dos doidos e dos fortes. Via-me, ao longe, ascender do chão das turbas, e remontar ao céu, como uma águia imortal, e não é diante de tão excelso espetáculo que um homem pode sentir a dor que o punge. No outro dia estava pior; tratei-me enfim, mas incompletamente, sem método, nem cuidado, nem per-

sistência; tal foi a origem do mal que me trouxe à eternidade. Sabem já que morri numa sexta-feira, dia aziago, e creio haver provado que foi a minha invenção que me matou. Há demonstrações menos lúcidas e não menos triunfantes.

Não era impossível, entretanto, que eu chegasse a galgar o cimo de um século, e a figurar nas folhas públicas, entre macróbios. Tinha saúde e robustez. Suponha-se que, em vez de estar lançando os alicerces de uma invenção farmacêutica, tratava de coligir os elementos de uma instituição política, ou de uma reforma religiosa. Vinha a corrente de ar, que vence em eficácia o cálculo humano, e lá se ia tudo. Assim corre a sorte dos homens.

Com essa reflexão me despedi eu da mulher, não direi mais discreta, mas com certeza mais formosa entre as contemporâneas suas, a anônima do primeiro capítulo, a tal, cuja imaginação, à semelhança das cegonhas do Ilisso... Tinha então 54 anos, era uma ruína, uma imponente ruína. Imagine o leitor que nos amamos, ela e eu, muitos anos antes, e que um dia, já enfermo, vejo-a assomar à porta da alcova...

Capítulo VI
Chimène, qui l'eût dit? Rodrigue, qui l'eût cru?

Vejo-a assomar à porta da alcova, pálida, comovida, trajada de preto, e ali ficar durante um minuto, sem ânimo de entrar, ou detida pela presença de um homem que estava comigo. Da cama, onde jazia, contemplei-a durante esse tempo, esquecido de lhe dizer nada ou de fazer nenhum gesto. Havia já dois anos que nos não víamos, e eu via-a agora não qual era, mas qual fora, quais fôramos ambos, porque um Ezequias misterioso fizera recuar o sol até os dias juvenis. Recuou o sol, sacudi todas as misérias, e este punhado de pó, que a morte ia espalhar na eternidade do nada, pôde mais do que o tempo, que é o ministro da morte. Nenhuma água de Juventa igualaria ali a simples saudade.

Creiam-me, o menos mau é recordar; ninguém se fie da felicidade presente; há nela uma gota da baba de Caim. Corrido o tempo e cessado o espasmo, então sim, então talvez se pode gozar deveras, porque entre uma e outra dessas duas ilusões, melhor é a que se gosta sem doer.

Não durou muito a evocação; a realidade dominou logo; o presente expeliu o passado. Talvez eu exponha ao leitor, em algum canto deste livro, a minha teoria das edições humanas. O que por agora importa saber é que Virgília — chamava-se Virgília — entrou na alcova, firme, com a gravidade que lhe davam as roupas e os anos, e veio até o meu leito. O estranho levantou-se e saiu. Era um sujeito, que me visitava todos os dias para falar do câmbio, da colonização, da necessidade de desenvolver a viação férrea; nada mais interessante para um moribundo. Saiu; Virgília deixou-se estar de pé; durante algum tempo ficamos a olhar um para o outro, sem articular palavra. Quem diria? De dois grandes namorados, de duas paixões sem freio, nada mais havia ali, vinte anos depois; havia apenas dois corações murchos, devastados pela vida e saciados dela, não sei se em igual dose, mas enfim saciados.

Virgília tinha agora a beleza da velhice, um ar austero e maternal; estava menos magra do que quando a vi pela última vez, numa festa de São João, na Tijuca; e porque era das que resistem muito, só agora começavam os cabelos escuros a intercalar-se de alguns fios de prata.

— Anda visitando os defuntos? — disse-lhe eu.

— Ora, defuntos! — respondeu Virgília com um muxoxo. E depois de me apertar as mãos: — Ando a ver se ponho os vadios para a rua.

Não tinha a carícia lacrimosa de outro tempo; mas a voz era amiga e doce. Sentou-se. Eu estava só, em casa, com um simples enfermeiro; podíamos falar um ao outro sem perigo. Virgília deu-me longas notícias de fora, narrando-as com graça, com um certo travo de má-língua, que era o sal da palestra; eu, prestes a deixar o mundo, sentia um prazer satânico em mofar dele, em persuadir-me de que não deixava nada.

— Que ideias essas! — interrompeu-me Virgília um tanto zangada. — Olhe que não volto mais. Morrer! Todos nós havemos de morrer; basta estarmos vivos.

E vendo o relógio:

— Jesus! são três horas. Vou-me embora.

— Já?

— Já; virei amanhã ou depois.

— Não sei se faz bem — retorqui —; o doente é um solteirão e a casa não tem senhoras...

— Sua mana?

— Há de vir cá passar uns dias, mas não pode ser antes de sábado.

Virgília refletiu um instante, levantou os ombros e disse com gravidade:

— Estou velha! Ninguém mais repara em mim. Mas, para cortar dúvidas, virei com o Nhonhô.

Nhonhô era um bacharel, único filho de seu casamento, que, na idade de cinco anos, fora cúmplice inconsciente de nossos amores. Vieram juntos, dois dias depois, e confesso que, ao vê-los ali, na minha alcova, fui tomado de um acanhamento que nem me permitiu corresponder logo às palavras afáveis do rapaz. Virgília adivinhou-me e disse ao filho:

— Nhonhô, não repares nesse grande manhoso que aí está; não quer falar para fazer crer que está à morte.

Sorriu o filho, eu creio que também sorri, e tudo acabou em pura galhofa. Virgília estava serena e risonha, tinha o aspecto das vidas imaculadas. Nenhum olhar suspeito, nenhum gesto que pudesse denunciar nada; uma igualdade de palavra e de espírito, uma dominação sobre si mesma, que pareciam e talvez fossem raras. Como tocássemos, casualmente, nuns amores ilegítimos, meio secretos, meio divulgados, via-a falar com desdém e um pouco de indignação da mulher de que se tratava, aliás sua amiga. O filho sentia-se satisfeito, ouvindo aquela palavra digna e forte, e eu perguntava a mim mesmo o que diriam de nós os gaviões, se Buffon tivesse nascido gavião...

Era o meu delírio que começava.

Capítulo VII
O delírio

Que me conste, ainda ninguém relatou o seu próprio delírio; faço-o eu, e a ciência mo agradecerá. Se o leitor não é dado à contemplação destes fenômenos mentais, pode saltar o capítulo; vá direito à narração. Mas, por menos curioso que seja, sempre lhe digo que é interessante saber o que se passou na minha cabeça durante uns vinte a trinta minutos.

Primeiramente, tomei a figura de um barbeiro chinês, bojudo, destro, escanhoando um mandarim, que me pagava o trabalho com beliscões e confeitos: caprichos de mandarim.

Logo depois, senti-me transformado na *Summa theologica* de São Tomás, impressa num volume, e encadernada em marroquim, com fechos de prata e estampas; ideia esta que me deu ao corpo a mais completa imobilidade; e ainda agora me lembra que, sendo as minhas mãos os fechos do livro, e cruzando-as eu sobre o ventre, alguém as descruzava (Virgília decerto), porque a atitude lhe dava a imagem de um defunto.

Ultimamente, restituído à forma humana, vi chegar um hipopótamo, que me arrebatou. Deixei-me ir, calado, não sei se por medo ou confiança; mas, dentro em pouco, a carreira de tal modo se tornou vertiginosa que me atrevi a interrogá-lo, e com alguma arte lhe disse que a viagem me parecia sem destino.

— Engana-se — replicou o animal —, nós vamos à origem dos séculos.

Insinuei que deveria ser muitíssimo longe; mas o hipopótamo não me entendeu ou não me ouviu, se é que não fingiu uma dessas coisas; e, perguntando-lhe, visto que ele falava, se era descendente do cavalo de Aquiles ou da asna de Balaão, retorquiu-me com um gesto peculiar a estes dois quadrúpedes: abanou as orelhas. Pela minha parte fechei os olhos e deixei-me ir à ventura. Já agora não se me dá de confessar que sentia umas tais ou quais cócegas de curiosidade por saber onde ficava a origem dos séculos, se era tão misteriosa como a origem do Nilo, e sobretudo se valia alguma coisa mais ou menos do que a consumação dos mesmos séculos: reflexões de cérebro enfermo. Como ia de olhos fechados, não via o caminho; lembra-me só que a sensação de frio aumentava com a jornada, e que chegou uma ocasião em que me pareceu entrar na região dos gelos eternos. Com efeito, abri os olhos e vi que o meu animal galopava numa planície branca de neve, com uma ou outra montanha de neve, vegetação de neve, e vários animais grandes e de neve. Tudo neve; chegava a gelar-nos um sol de neve. Tentei falar, mas apenas pude grunhir esta pergunta ansiosa:

— Onde estamos?

— Já passamos o Éden.

— Bem; paremos na tenda de Abraão.

— Mas se nós caminhamos para trás! — redarguiu motejando a minha cavalgadura.

Fiquei vexado e aturdido. A jornada entrou a parecer-me enfadonha e extravagante, o frio incômodo, a condução violenta, e o resultado impalpável. E depois — cogitações de enfermo —, dado que chegássemos ao fim indicado, não era impos-

sível que os séculos, irritados com lhes devassarem a origem, me esmagassem entre as unhas, que deviam ser tão seculares como eles. Enquanto assim pensava, íamos devorando caminho, e a planície voava debaixo dos nossos pés, até que o animal estacou, e pude olhar mais tranquilamente em torno de mim. Olhar somente; nada vi, além da imensa brancura da neve, que desta vez invadira o próprio céu, até ali azul. Talvez, a espaços, me aparecia uma ou outra planta, enorme, brutesca, meneando ao vento as suas largas folhas. O silêncio daquela região era igual ao do sepulcro: dissera-se que a vida das coisas ficara estúpida diante do homem.

Caiu do ar? destacou-se da terra? não sei; sei que um vulto imenso, uma figura de mulher me apareceu então, fitando-me uns olhos rutilantes como o sol. Tudo nessa figura tinha a vastidão das formas selváticas, e tudo escapava à compreensão do olhar humano, porque os contornos perdiam-se no ambiente, e o que parecia espesso era muita vez diáfano. Estupefato, não disse nada, não cheguei sequer a soltar um grito; mas, ao cabo de algum tempo, que foi breve, perguntei quem era e como se chamava: curiosidade de delírio.

— Chama-me Natureza ou Pandora; sou tua mãe e tua inimiga.

Ao ouvir esta última palavra, recuei um pouco, tomado de susto. A figura soltou uma gargalhada, que produziu em torno de nós o efeito de um tufão; as plantas torceram-se e um longo gemido quebrou a mudez das coisas externas.

— Não te assustes — disse ela —, minha inimizade não mata; é sobretudo pela vida que se afirma. Vives; não quero outro flagelo.

— Vivo? — perguntei eu, enterrando as unhas nas mãos, como para certificar-me da existência.

— Sim, verme, tu vives. Não receies perder esse andrajo que é teu orgulho; provarás ainda, por algumas horas, o pão da dor e o vinho da miséria. Vives: agora mesmo que ensandeceste, vives; e se a tua consciência reouver um instante de sagacidade, tu dirás que queres viver.

Dizendo isso, a visão estendeu o braço, segurou-me pelos cabelos levantou-me ao ar, como se fora uma pluma. Só então pude ver-lhe de perto o rosto, que era enorme. Nada mais quieto; nenhuma contorção violenta, nenhuma expressão de ódio ou ferocidade; a feição única, geral, completa, era a da impassibilidade egoísta, a da eterna surdez, a da vontade imóvel. Raivas, se as tinha, ficavam encerradas no coração. Ao mesmo tempo, nesse rosto de expressão glacial, havia um ar de juventude, mescla de força e viço, diante do qual me sentia eu o mais débil e decrépito dos seres.

— Entendeste-me? — disse ela, no fim de algum tempo de mútua contemplação.

— Não — respondi —, nem quero entender-te; tu és absurda, tu és uma fábula. Estou sonhando, decerto, ou, se é verdade que enlouqueci, tu não passas de uma concepção de alienado, isto é, uma coisa vã, que a razão ausente não pode reger nem palpar. Natureza, tu? a Natureza que eu conheço é só mãe e não inimiga; não faz da vida um flagelo, nem, como tu, traz esse rosto indiferente, como sepulcro. E por que Pandora?

— Porque levo na minha bolsa os bens e os males, e o maior de todos, a esperança, consolação dos homens. Tremes?

— Sim; o teu olhar fascina-me.

— Creio; eu não sou somente a vida; sou também a morte, e tu estás prestes

a devolver-me o que te emprestei. Grande lascivo, espera-te a voluptuosidade do nada.

Quando essa palavra ecoou, como um trovão, naquele imenso vale, afigurou-se-me que era o último som que chegava a meus ouvidos; pareceu-me sentir a decomposição súbita de mim mesmo. Então, encarei-a com olhos súplices, e pedi mais alguns anos.

— Pobre minuto! — exclamou. — Para que queres tu mais alguns instantes de vida? Para devorar e seres devorado depois? Não estás farto do espetáculo e da luta? Conheces de sobejo tudo o que eu te deparei menos torpe ou menos aflitivo: o alvor do dia, a melancolia da tarde, a quietação da noite, os aspectos da terra, o sono, enfim, o maior benefício das minhas mãos. Que mais queres tu, sublime idiota?

— Viver, somente, não te peço mais nada. Quem me pôs no coração esse amor da vida, senão tu? e, se eu amo a vida, por que te hás de golpear a ti mesma, matando-me?

— Porque já não preciso de ti. Não importa ao tempo o minuto que passa, mas o minuto que vem. O minuto que vem é forte, jucundo, supõe trazer em si a eternidade, e traz a morte, e perece como o outro, mas o tempo subsiste. Egoísmo, dizes tu? Sim, egoísmo, não tenho outra lei. Egoísmo, conservação. A onça mata o novilho porque o raciocínio da onça é que ela deve viver, e se o novilho é tenro tanto melhor: eis o estatuto universal. Sobe e olha.

Isso dizendo, arrebatou-me ao alto de uma montanha. Inclinei os olhos a uma das vertentes e contemplei, durante um tempo largo, ao longe, através de um nevoeiro, uma coisa única. Imagina tu, leitor, uma redução dos séculos, e um desfilar de todos eles, as raças todas, todas as paixões, o tumulto dos impérios, a guerra dos apetites e dos ódios, a destruição recíproca dos seres e das coisas. Tal era o espetáculo, acerbo e curioso espetáculo. A história do homem e da terra tinha assim uma intensidade que lhe não podiam dar nem a imaginação nem a ciência, porque a ciência é mais lenta e a imaginação mais vaga, enquanto que o que eu ali via era a condensação viva de todos os tempos. Para descrevê-la seria preciso fixar o relâmpago. Os séculos desfilavam num turbilhão, e, não obstante, porque os olhos do delírio são outros, eu via tudo o que passava diante de mim — flagelos e delícias — desde essa coisa que se chama glória até essa outra que se chama miséria, e via o amor multiplicando a miséria, e via a miséria agravando a debilidade. Aí vinham a cobiça que devora, a cólera que inflama, a inveja que baba, e a enxada e a pena, úmidas de suor, e a ambição, a fome, a vaidade, a melancolia, a riqueza, o amor, e todos agitavam o homem como um chocalho, até destruí-lo como um farrapo. Eram as formas várias de um mal, que ora mordia a víscera, ora mordia o pensamento, e passeava eternamente as suas vestes de arlequim, em derredor da espécie humana. A dor cedia alguma vez, mas cedia à indiferença, que era um sono sem sonhos, ou ao prazer, que era uma dor bastarda. Então o homem, flagelado e rebelde, corria diante da fatalidade das coisas, atrás de uma figura nebulosa e esquiva, feita de retalhos, um retalho de impalpável, outro de improvável, outro de invisível, cosidos todos a ponto precário, com a agulha da imaginação; e essa figura — nada menos que a quimera da felicidade — ou lhe fugia perpetuamente, ou deixava-se apanhar pela fralda, e o homem a cingia ao peito, e então ela ria, como um escárnio, e sumia-se, como uma ilusão.

Ao contemplar tanta calamidade, não pude reter um grito de angústia, que Natureza ou Pandora escutou sem protestar nem rir; e, não sei por que lei de transtorno cerebral, fui eu que me pus a rir — de um riso descompassado e idiota.

— Tens razão — disse eu, a coisa é divertida e vale a pena —, talvez monótona — mas vale a pena. Quando Jó amaldiçoava o dia em que fora concebido, é porque lhe davam ganas de ver cá de cima o espetáculo. Vamos lá, Pandora, abre o ventre e digere-me; a coisa é divertida, mas digere-me.

A resposta foi compelir-me fortemente a olhar para baixo e a ver os séculos que continuavam a passar, velozes e turbulentos, as gerações que se superpunham às gerações, umas tristes, como os hebreus do cativeiro, outras alegres, como os devassos de Cômodo, e todas elas pontuais na sepultura. Quis fugir, mas uma força misteriosa me retinha os pés; então disse comigo: "Bem, os séculos vão passando, chegará o meu, e passará também, até o último, que me dará a decifração da eternidade". E fixei os olhos, e continuei a ver as idades, que vinham chegando e passando, já então tranquilo e resoluto, não sei até se alegre. Talvez alegre. Cada século trazia a sua porção de sombra e de luz, de apatia e de combate, de verdade e de erro, e o seu cortejo de sistemas, de ideias novas, de novas ilusões; em cada um deles rebentavam as verduras de uma primavera, e amareleciam depois, para remoçar mais tarde. Ao passo que a vida tinha assim uma regularidade de calendário, fazia-se a história e a civilização, e o homem, nu e desarmado, armava-se e vestia-se, construía o tugúrio e o palácio, a rude aldeia e Tebas de cem portas, criava a ciência, que perscruta, e a arte que enleva, fazia-se orador, mecânico, filósofo, corria a face do globo, descia ao ventre da terra, subia à esfera das nuvens, colaborando assim na obra misteriosa com que entretinha a necessidade da vida e a melancolia do desamparo. Meu olhar, enfarado e distraído, viu enfim chegar o século presente, e atrás dele os futuros. Aquele vinha ágil, destro, vibrante, cheio de si, um pouco difuso, audaz, sabedor, mas ao cabo tão miserável como os primeiros, e assim passou e assim passaram os outros, com a mesma rapidez e igual monotonia. Redobrei de atenção; fitei a vista; ia enfim ver o último — o último!; mas então já a rapidez da marcha era tal, que escapava a toda a compreensão; ao pé dela o relâmpago seria um século. Talvez por isso entraram os objetos a trocarem-se; uns cresceram, outros minguaram, outros perderam-se no ambiente; um nevoeiro cobriu tudo — menos o hipopótamo que ali me trouxera, e que aliás começou a diminuir, a diminuir, a diminuir, até ficar do tamanho de um gato. Era efetivamente um gato. Encarei-o bem; era o meu gato *Sultão*, que brincava à porta da alcova com uma bola de papel...

Capítulo VIII
Razão contra sandice

Já o leitor compreendeu que era a Razão que voltava à casa, e convidava a Sandice a sair, clamando, e com melhor jus, as palavras de Tartufo:

La maison est à moi, c'est à vous d'en sortir.

Mas é sestro antigo da Sandice criar amor às casas alheias, de modo que, apenas senhora de uma, dificilmente lha farão despejar. É sestro; não se tira daí; há muito que lhe calejou a vergonha. Agora, se advertirmos no imenso número de casas que ocupa, umas de vez, outras durante as suas estações calmosas, concluiremos que essa amável peregrina é o terror dos proprietários. No nosso caso, houve quase um distúrbio à porta do meu cérebro, porque a adventícia não queria entregar a casa, e a dona não cedia da intenção de tomar o que era seu. Afinal, já a Sandice se contentava com um cantinho no sótão.

— Não, senhora — replicou a Razão —, estou cansada de lhe ceder sótãos, cansada e experimentada, o que você quer é passar mansamente do sótão à sala de jantar, daí à de visitas e ao resto.

— Está bem, deixe-me ficar algum tempo mais, estou na pista de um mistério...

— Que mistério?

— De dois — emendou a Sandice —; o da vida e o da morte; peço-lhe só uns dez minutos.

A Razão pôs-se a rir.

— Hás de ser sempre a mesma coisa... sempre a mesma coisa... sempre a mesma coisa...

E, dizendo isto, travou-lhe dos pulsos e arrastou-a para fora; depois entrou e fechou-se. A Sandice ainda gemeu algumas súplicas, grunhiu algumas zangas; mas desenganou-se depressa, deitou a língua de fora, em ar de surriada, e foi andando...

Capítulo IX
Transição

E vejam agora com que destreza, com que arte faço eu a maior transição deste livro. Vejam: o meu delírio começou em presença de Virgília; Virgília foi o meu grão pecado da juventude; não há juventude sem meninice; meninice supõe nascimento; e eis aqui como chegamos nós, sem esforço, ao dia 20 de outubro de 1805, em que nasci. Viram? Nenhuma juntura aparente, nada que divirta a atenção pausada do leitor: nada. De modo que o livro fica assim com todas as vantagens do método, sem a rigidez do método. Na verdade, era tempo. Que isto de método, sendo, como é, uma coisa indispensável, todavia é melhor tê-lo sem gravata nem suspensórios, mas um pouco à fresca e à solta, como quem não se lhe dá da vizinha fronteira, nem do inspetor de quarteirão. É como a eloquência, que há uma genuína e vibrante, de uma arte natural e feiticeira, e outra tesa, engomada e chocha. Vamos ao dia 20 de outubro.

Capítulo X
Naquele dia

Naquele dia, a árvore dos Cubas brotou uma graciosa flor. Nasci; recebeu-me nos braços a Pascoela, insigne parteira minhota, que se gabava de ter aberto a porta do mundo a uma geração inteira de fidalgos. Não é impossível que meu pai lhe ouvisse tal declaração; creio, todavia, que o sentimento paterno é que o induziu a gratificá-la com duas meias dobras. Lavado e enfaixado, fui desde logo o herói da nossa casa. Cada qual prognosticava a meu respeito o que mais lhe quadrava ao sabor. Meu tio João, o antigo oficial de infantaria, achava-me um certo olhar de Bonaparte, coisa que meu pai não pôde ouvir sem náuseas; meu tio Ildefonso, então simples padre, farejava-me cônego.

— Cônego é o que ele há de ser, e não digo mais por não parecer orgulho; mas não me admiraria nada se Deus o destinasse a um bispado... É verdade, um bispado; não é coisa impossível. Que diz você, mano Bento?

Meu pai respondia a todos que eu seria o que Deus quisesse; e alçava-me ao ar, como se intentasse mostrar-me à cidade e ao mundo; perguntava a todos se eu me parecia com ele, se era inteligente, bonito...

Digo essas coisas por alto, segundo as ouvi narrar anos depois; ignoro a maior parte dos pormenores daquele famoso dia. Sei que a vizinhança veio ou mandou cumprimentar o recém-nascido, e que durante as primeiras semanas muitas foram as visitas em nossa casa. Não houve cadeirinha que não trabalhasse; aventou-se muita casaca e muito calção. Se não conto os mimos, os beijos, as admirações, as bênçãos, é porque, se os contasse, não acabaria mais o capítulo, e é preciso acabá-lo.

Item, não posso dizer nada do meu batizado, porque nada me referiram a tal respeito, a não ser que foi uma das mais galhardas festas do ano seguinte, 1806; batizei-me na igreja de São Domingos, uma terça-feira de março, dia claro, luminoso e puro, sendo padrinhos o coronel Rodrigues de Matos e sua senhora. Um e outro descendiam de velhas famílias do norte e honravam deveras o sangue que lhes corria nas veias, outrora derramado na guerra contra Holanda. Cuido que os nomes de ambos foram das primeiras coisas que aprendi; e certamente os dizia com muita graça, ou revelava algum talento precoce, porque não havia pessoa estranha diante de quem me não obrigassem a recitá-los.

— Nhonhô, diga a estes senhores como é que se chama seu padrinho.

— Meu padrinho? é o excelentíssimo senhor coronel Paulo Vaz Lobo César de Andrade e Sousa Rodrigues de Matos; minha madrinha é a excelentíssima senhora dona Maria Luísa de Macedo Resende e Sousa Rodrigues de Matos.

— É muito esperto o seu menino! — exclamavam os ouvintes.

— Muito esperto — concordava meu pai; e os olhos babavam-se-lhe de orgulho, e ele espalmava a mão sobre a minha cabeça, fitava-me longo tempo, namorado, cheio de si.

Item, comecei a andar, não sei bem quando, mas antes do tempo. Talvez por apressar a natureza, obrigavam-me cedo a agarrar às cadeiras, pegavam-me da fralda, davam-me carrinhos de pau.

— Só só, nhonhô, só só — dizia-me a mucama.

E eu, atraído pelo chocalho de lata que minha mãe agitava diante de mim, lá ia para a frente, cai aqui, cai acolá; e andava, provavelmente mal, mas andava, e fiquei andando.

Capítulo XI
O menino é pai do homem

Cresci; e nisso é que a família não interveio; cresci naturalmente, como crescem as magnólias e os gatos. Talvez os gatos são menos matreiros, e, com certeza, as magnólias são menos inquietas do que eu era na minha infância. Um poeta dizia que o menino é pai do homem. Se isso é verdade, vejamos alguns lineamentos do menino.

Desde os cinco anos merecera eu a alcunha de "menino diabo"; e verdadeiramente não era outra coisa; fui dos mais malignos do meu tempo, arguto, indiscreto, traquinas e voluntarioso. Por exemplo, um dia quebrei a cabeça de uma escrava porque me negara uma colher do doce-de-coco que estava fazendo, e, não contente com o malefício, deitei um punhado de cinza ao tacho, e, não satisfeito da travessura, fui dizer à minha mãe que a escrava é que estragara o doce "por pirraça"; e eu tinha apenas seis anos. Prudêncio, um moleque de casa, era o meu cavalo de todos os dias; punha as mãos no chão, recebia um cordel nos queixos, à guisa de freio, eu trepava-lhe ao dorso, com uma varinha na mão, fustigava-o, dava mil voltas a um e outro lado, e ele obedecia — algumas vezes gemendo — mas obedecia sem dizer palavra, ou, quando muito, um "ai, nhonhô!", ao que eu retorquia: "Cala a boca, besta!". Esconder os chapéus das visitas, deitar rabos de papel a pessoas graves, puxar pelo rabicho das cabeleiras, dar beliscões nos braços das matronas e outras muitas façanhas deste jaez, eram mostras de um gênio indócil, mas devo crer que eram também expressões de um espírito robusto, porque meu pai tinha-me em grande admiração; e se às vezes me repreendia à vista de gente, fazia-o por simples formalidade: em particular dava-me beijos.

Não se conclua daqui que eu levasse todo o resto da minha vida a quebrar a cabeça dos outros nem a esconder-lhes os chapéus; mas opiniático, egoísta e algo contemptor dos homens, isso fui; se não passei o tempo a esconder-lhes os chapéus, alguma vez lhes puxei pelo rabicho das cabeleiras.

Outrossim, afeiçoei-me à contemplação da injustiça humana, inclinei-me a atenuá-la, a explicá-la, a classificá-la por partes, a entendê-la, não segundo um padrão rígido, mas ao sabor das circunstâncias e lugares. Minha mãe doutrinava-me a seu modo, fazia-me decorar alguns preceitos e orações; mas eu sentia que, mais do que as orações, me governavam os nervos e o sangue, e a boa regra perdia o espírito, que a faz viver, para se tornar uma vã fórmula. De manhã, antes do mingau, e de noite, antes da cama, pedia a Deus que me perdoasse, assim como eu perdoava aos meus devedores; mas entre a manhã e a noite fazia uma grande maldade, e meu pai, passado o alvoroço, dava-me pancadinhas na cara, e exclamava a rir: "Ah! brejeiro! ah! brejeiro!".

Sim, meu pai adorava-me. Minha mãe era uma senhora fraca, de pouco cérebro e muito coração, assaz crédula, sinceramente piedosa, caseira, apesar de bonita,

e modesta, apesar de abastada; temente às trovoadas e ao marido. O marido era na terra o seu deus. Da colaboração dessas duas criaturas nasceu a minha educação, que, se tinha alguma coisa boa, era no geral viciosa, incompleta, e, em partes, negativa. Meu tio cônego fazia às vezes alguns reparos ao irmão; dizia-lhe que ele me dava mais liberdade do que ensino, e mais afeição do que emenda; mas meu pai respondia que aplicava na minha educação um sistema inteiramente superior ao sistema usado; e por este modo, sem confundir o irmão, iludia-se a si próprio.

De envolta com a transmissão e a educação, houve ainda o exemplo estranho, o meio doméstico. Vimos os pais; vejamos os tios. Um deles, o João, era um homem de língua solta, vida galante, conversa picaresca. Desde os onze anos entrou a admitir-me às anedotas, reais ou não, eivadas todas de obscenidade ou imundície. Não me respeitava a adolescência, como não respeitava a batina do irmão; com a diferença que este fugia logo que ele enveredava por assunto escabroso. Eu não; deixava-me estar, sem entender nada, a princípio, depois entendendo, e enfim achando-lhe graça. No fim de certo tempo, quem o procurava era eu; e ele gostava muito de mim, dava-me doces, levava-me a passeio. Em casa, quando lá ia passar alguns dias, não poucas vezes me aconteceu achá-lo, no fundo da chácara, no lavadouro, a palestrar com as escravas que batiam roupa; aí é que era um desfiar de anedotas, de ditos, de perguntas, e um estalar de risadas, que ninguém podia ouvir, porque o lavadouro ficava muito longe de casa. As pretas, com uma tanga no ventre, a arregaçar-lhes um palmo dos vestidos, umas dentro do tanque, outras fora, inclinadas sobre as peças de roupa, a batê-las, a ensaboá-las, a torcê-las, iam ouvindo e redarguindo às pilhérias do tio João, e a comentá-las de quando em quando com esta palavra:

— Cruz, diabo!... Esse sinhô João é o diabo!

Bem diferente era o tio cônego. Esse tinha muita austeridade e pureza; tais dotes, contudo, não realçavam um espírito superior, apenas compensavam um espírito medíocre. Não era homem que visse a parte substancial da igreja; via o lado externo, a hierarquia, as preeminências, as sobrepelizes, as circunflexões. Vinha antes da sacristia que do altar. Uma lacuna no ritual excitava-o mais do que uma infração dos mandamentos. Agora, a tantos anos de distância, não estou certo se ele poderia atinar facilmente com um trecho de Tertuliano, ou expor, sem titubear, a história do símbolo de Niceia; mas ninguém, nas festas cantadas, sabia melhor o número e caso das cortesias que se deviam ao oficiante. Cônego foi a única ambição de sua vida; e dizia de coração que era a maior dignidade a que podia aspirar. Piedoso, severo nos costumes, minucioso na observância das regras, frouxo, acanhado, subalterno, possuía algumas virtudes, em que era exemplar, mas carecia absolutamente da força de as incutir, de as impor aos outros.

Não digo nada de minha tia materna, d. Emerenciana, e aliás era a pessoa que mais autoridade tinha sobre mim; essa diferençava-se grandemente dos outros; mas viveu pouco tempo em nossa companhia, uns dois anos. Outros parentes e alguns íntimos não merecem a pena de ser citados; não tivemos uma vida comum, mas intermitente, com grandes claros de separação. O que importa é a expressão geral do meio doméstico, e essa aí fica indicada — vulgaridade de caracteres, amor das aparências rutilantes, do arruído, frouxidão da vontade, domínio do capricho, e o mais. Dessa terra e desse estrume é que nasceu esta flor.

Capítulo XII
Um episódio de 1814

Mas eu não quero passar adiante sem contar sumariamente um galante episódio de 1814; tinha nove anos.

Napoleão, quando eu nasci, estava já em todo o esplendor da glória e do poder; era imperador e granjeara inteiramente a admiração dos homens. Meu pai, que à força de persuadir os outros da nossa nobreza acabara persuadindo-se a si próprio, nutria contra ele um ódio puramente mental. Era isso motivo de renhidas contendas em nossa casa, porque meu tio João, não sei se por espírito de classe e simpatia de ofício, perdoava no déspota o que admirava no general, meu tio padre era inflexível contra o corso, e outros parentes dividiam-se; daí as controvérsias e as rusgas.

Chegando ao Rio de Janeiro a notícia da primeira queda de Napoleão, houve naturalmente grande abalo em nossa casa, mas nenhum chasco ou remoque. Os vencidos, testemunhas do regozijo público, julgaram mais decoroso o silêncio; alguns foram além e bateram palmas. A população, cordialmente alegre, não regateou demonstrações de afeto à real família; houve iluminações, salvas, *Te-Deum*, cortejo e aclamações. Figurei nesses dias com um espadim novo, que meu padrinho me dera no dia de Santo Antônio; e, francamente, interessava-me mais o espadim do que a queda de Bonaparte. Nunca me esqueceu esse fenômeno. Nunca mais deixei de pensar comigo que o nosso espadim é sempre maior do que a espada de Napoleão. E notem que eu ouvi muito discurso, quando era vivo, li muita página rumorosa de grandes ideias e maiores palavras, mas não sei por quê, no fundo dos aplausos que me arrancavam da boca, lá escoava alguma vez este conceito de experimentado:

— Vai-te embora, tu só cuidas do espadim.

Não se contentou a minha família em ter um quinhão anônimo no regozijo público; entendeu oportuno e indispensável celebrar a destituição do imperador com um jantar, e tal jantar que o ruído das aclamações chegasse aos ouvidos de Sua Alteza, ou quando menos, de seus ministros. Dito e feito. Veio abaixo toda a velha prataria, herdada do meu avô Luís Cubas; vieram as toalhas de Flandres, as grandes jarras da Índia; matou-se um capado; encomendaram-se às madres da Ajuda as compotas e as marmeladas; lavaram-se, arearam-se, poliram-se as salas, escadas, castiçais, arandelas, as vastas mangas de vidro, todos os aparelhos do luxo clássico.

Dada a hora, achou-se reunida uma sociedade seleta, o juiz-de-fora, três ou quatro oficiais militares, alguns comerciantes e letrados, vários funcionários da administração, uns com suas mulheres e filhas, outros sem elas, mas todos comungando no desejo de atolar a memória de Bonaparte no papo de um peru. Não era um jantar, mas um *Te-Deum*; foi o que pouco mais ou menos disse um dos letrados presentes, o dr. Vilaça, glosador insigne, que acrescentou aos pratos de casa o acepipe das musas. Lembra-me, como se fosse ontem, lembra-me de o ver erguer-se, com a sua longa cabeleira de rabicho, casaca de seda, uma esmeralda no dedo, pedir a meu tio padre que lhe repetisse o mote, e, repetido o mote, cravar os olhos na testa de uma senhora, depois tossir, alçar a mão direita, toda fechada, menos o dedo ín-

dice, que apontava para o teto; e, assim posto e composto, devolver o mote glosado. Não fez uma glosa, mas três; depois jurou aos seus deuses não acabar mais. Pedia um mote, davam-lho, ele glosava-o prontamente, e logo pedia outro e mais outro; a tal ponto que uma das senhoras presentes não pôde calar a sua grande admiração.

— A senhora diz isso — retorquia modestamente o Vilaça —, porque nunca ouviu o Bocage, como eu ouvi, no fim do século, em Lisboa. Aquilo sim! que facilidade! e que versos! Tivemos lutas de uma e duas horas, no botequim do Nicola, a glosarmos, no meio de palmas e bravos. Imenso talento o do Bocage! Era o que me dizia, há dias, a senhora duquesa de Cadaval...

E estas três palavras últimas, expressas com muita ênfase, produziram em toda a assembleia um frêmito de admiração e pasmo. Pois esse homem tão dado, tão simples, além de pleitear com poetas, discreteava com duquesas! Um Bocage e uma Cadaval! Ao contato de tal homem, as damas sentiam-se superfinas; os varões olhavam-no com respeito, alguns com inveja, não raros com incredulidade. Ele, entretanto, ia caminho, a acumular adjetivo sobre adjetivo, advérbio sobre advérbio, a desfiar todas as rimas de *tirano* e de *usurpador*. Era à sobremesa; ninguém já pensava em comer. No intervalo das glosas, corria um burburinho alegre, um palavrear de estômagos satisfeitos; os olhos moles e úmidos, ou vivos e cálidos, espreguiçavam-se ou saltitavam de uma ponta à outra da mesa, atulhada de doces e frutas, aqui o ananás em fatias, ali o melão em talhadas, as compoteiras de cristal deixando ver o doce-de-coco, finamente ralado, amarelo como uma gema — ou então o melado escuro e grosso, não longe do queijo e do cará. De quando em quando um riso jovial, amplo, desabotoado, um riso de família, vinha quebrar a gravidade política do banquete. No meio do interesse grande e comum, agitavam-se também os pequenos e particulares. As moças falavam das modinhas que haviam de cantar ao cravo, e do minuete e do solo inglês; nem faltava matrona que prometesse bailar um oitavado de compasso, só para mostrar como folgara nos seus bons tempos de criança. Um sujeito, ao pé de mim, dava a outro notícia recente dos negros novos, que estavam a vir, segundo cartas que recebera de Luanda, uma carta em que o sobrinho lhe dizia ter já negociado cerca de quarenta cabeças, e outra carta em que... Trazia-as justamente na algibeira, mas não as podia ler naquela ocasião. O que afiançava é que podíamos contar, só nessa viagem, uns cento e vinte negros, pelo menos.

— Trás... trás... trás... — fazia o Vilaça batendo com as mãos uma na outra. O rumor cessava de súbito, como um estacado de orquestra, e todos os olhos se voltavam para o glosador. Quem ficava longe aconcheava a mão atrás da orelha para não perder palavra; a mor parte, antes mesmo da glosa, tinha já um meio riso de aplauso, trivial e cândido.

Quanto a mim, lá estava, solitário e deslembrado, a namorar certa compota da minha paixão. No fim de cada glosa ficava muito contente, esperando que fosse a última, mas não era, e a sobremesa continuava intata. Ninguém se lembrava de dar a primeira voz. Meu pai, à cabeceira, saboreava a goles extensos a alegria dos convivas, mirava-se todo nos carões alegres, nos pratos, nas flores, deliciava-se com a familiaridade travada entre os mais distantes espíritos, influxo de um bom jantar. Eu via isso, porque arrastava os olhos da compota para ele e dele para a compota, como a pedir-lhe que ma servisse; mas fazia-o em vão. Ele não via nada; via-se a si mesmo. E as glosas sucediam-se, como bátegas d'água, obrigando-me a recolher o

desejo e o pedido. Pacientei quanto pude; e não pude muito. Pedi em voz baixa o doce; enfim, bradei, berrei, bati com os pés. Meu pai, que seria capaz de me dar o sol, se eu lho exigisse, chamou um escravo para me servir o doce; mas era tarde. A tia Emerenciana arrancara-me da cadeira e entregara-me a uma escrava, não obstante os meus gritos e repelões.

 Não foi outro o delito do glosador: retardara a compota e dera causa à minha exclusão. Tanto bastou para que eu cogitasse uma vingança, qualquer que fosse, mas grande e exemplar, coisa que de alguma maneira o tornasse ridículo. Que ele era um homem grave, o dr. Vilaça, medido e lento, quarenta e sete anos, casado e pai. Não me contentava o rabo de papel nem o rabicho da cabeleira; havia de ser coisa pior. Entrei a espreitá-lo, durante o resto da tarde, a segui-lo, na chácara, aonde todos desceram a passear. Vi-o conversar com d. Eusébia, irmã do sargento-mor Domingues, uma robusta donzelona, que se não era bonita, também não era feia.

— Estou muito zangada com o senhor — dizia ela.

— Por quê?

— Porque... não sei por quê... porque é a minha sina... creio às vezes que é melhor morrer...

Tinham penetrado numa pequena moita; era lusco-fusco; eu segui-os. O Vilaça levava nos olhos umas chispas de vinho e de volúpia.

— Deixe-me! — disse ela.

— Ninguém nos vê. Morrer, meu anjo? Que ideias são essas! Você sabe que eu morrerei também... que digo?... morro todos os dias, de paixão, de saudades...

D. Eusébia levou o lenço aos olhos. O glosador vasculhava na memória algum pedaço literário e achou este, que mais tarde verifiquei ser de uma das óperas do Judeu:

— Não chores, meu bem; não queiras que o dia amanheça com duas auroras.

Disse isto; puxou-a para si; ela resistiu um pouco, mas deixou-se ir; uniram os rostos, e eu ouvi estalar, muito ao de leve, um beijo, o mais medroso dos beijos.

— O doutor Vilaça deu um beijo em dona Eusébia! — bradei eu, correndo pela chácara.

Foi um estouro, esta minha palavra; a estupefação imobilizou a todos; os olhos espraiavam-se a uma e outra banda; trocavam-se sorrisos, segredos, à socapa, as mães arrastavam as filhas, pretextando o sereno. Meu pai puxou-me as orelhas, disfarçadamente, irritado deveras com a indiscrição; mas no dia seguinte, ao almoço, lembrando o caso, sacudiu-me o nariz a rir: "Ah! brejeiro! ah! brejeiro!".

Capítulo XIII
Um salto

Unamos agora os pés e demos um salto por cima da escola, a enfadonha escola, onde aprendi a ler, escrever, contar, dar cacholetas, apanhá-las, e ir fazer diabruras, ora nos morros, ora nas praias, onde quer que fosse propício a ociosos.

Tinha amarguras, esse tempo; tinha os ralhos, os castigos, as lições árduas e longas, e pouco mais, mui pouco e mui leve. Só era pesada a palmatória, e ainda assim... Ó palmatória, terror dos meus dias pueris, tu que foste o *compelle intrare* com que um velho mestre, ossudo e calvo, me incutiu no cérebro o alfabeto, a prosódia, a sintaxe, e o mais que ele sabia, benta palmatória, tão praguejada dos modernos, quem me dera ter ficado sob o teu jugo, com a minha alma imberbe, as minhas ignorâncias, e o meu espadim, aquele espadim de 1814, tão superior à espada de Napoleão! Que querias tu, afinal, meu velho mestre de primeiras letras? Lição de cor e compostura na aula; nada mais, nada menos do que quer a vida, que é das últimas letras; com a diferença que tu, se me metias medo, nunca me meteste zanga. Vejo-te ainda agora entrar na sala, com as tuas chinelas de couro branco, capote, lenço na mão, calva à mostra, barba rapada; vejo-te sentar, bufar, grunhir, absorver uma pitada inicial, e chamar-nos depois à lição. E fizeste isto durante vinte e três anos, calado, obscuro, pontual, metido numa casinha da rua do Piolho, sem enfadar o mundo com a tua mediocridade, até que um dia deste o grande mergulho nas trevas, e ninguém te chorou, salvo um preto velho, ninguém, nem eu, que te devo os rudimentos da escrita.

Chamava-se Ludgero, o mestre; quero escrever-lhe o nome todo nesta página: Ludgero Barata — um nome funesto, que servia aos meninos de eterno mote a chufas. Um de nós, o Quincas Borba, esse então era cruel com o pobre homem. Duas, três vezes por semana, havia de lhe deixar na algibeira das calças — umas largas calças de enfiar —, ou na gaveta da mesa, ou ao pé do tinteiro, uma barata morta. Se ele a encontrava ainda nas horas da aula, dava um pulo, circulava os olhos chamejantes, dizia-nos os últimos nomes: éramos sevandijas, capadócios, malcriados, moleques. Uns tremiam, outros rosnavam; o Quincas Borba, porém, deixava-se estar quieto, com os olhos espetados no ar.

Uma flor, o Quincas Borba. Nunca em minha infância, nunca em toda a minha vida, achei um menino mais gracioso, inventivo e travesso. Era a flor, e não já da escola, senão de toda a cidade. A mãe, viúva, com alguma coisa de seu, adorava o filho e trazia-o amimado, asseado, enfeitado, com um vistoso pajem atrás, um pajem que nos deixava gazear a escola, ir caçar ninhos de pássaros, ou perseguir lagartixas nos morros do Livramento e da Conceição, ou simplesmente arruar, à toa, como dois peraltas sem emprego. E de imperador! Era um gosto ver o Quincas Borba fazer de imperador nas festas do Espírito Santo. De resto, nos nossos jogos pueris, ele escolhia sempre um papel de rei, ministro, general, uma supremacia, qualquer que fosse. Tinha garbo o traquinas, e gravidade, certa magnificência nas atitudes, nos meneios. Quem diria que... Suspendamos a pena; não adiantemos os sucessos. Vamos de um salto a 1822, data da nossa independência política e do meu primeiro cativeiro pessoal.

Capítulo XIV
O primeiro beijo

Tinha dezessete anos; pungia-me um buçozinho que eu forcejava por trazer a bigode. Os olhos, vivos e resolutos, eram a minha feição verdadeiramente máscula. Como ostentasse certa arrogância, não se distinguia bem se era uma criança com fumos de homem, se um homem com ares de menino. Ao cabo, era um lindo garção, lindo e audaz, que entrava na vida de botas e esporas, chicote na mão e sangue nas veias, cavalgando um corcel nervoso, rijo, veloz, como o corcel das antigas baladas, que o romantismo foi buscar ao castelo medieval, para dar com ele nas ruas do nosso século. O pior é que o estafaram a tal ponto, que foi preciso deitá-lo à margem, onde o realismo o veio achar, comido de lazeira e vermes, e, por compaixão, o transportou para os seus livros.

Sim, eu era esse garção bonito, airoso; abastado; e facilmente se imagina que mais de uma dama inclinou diante de mim a fronte pensativa, ou levantou para mim os olhos cobiçosos. De todas porém a que me cativou logo foi uma... uma... não sei se diga; este livro é casto, ao menos na intenção; na intenção é castíssimo. Mas vá lá; ou se há de dizer tudo ou nada. A que me cativou foi uma dama espanhola, Marcela, a "linda Marcela", como lhe chamavam os rapazes do tempo. E tinham razão os rapazes. Era filha de um hortelão das Astúrias; disse-mo ela mesma, num dia de sinceridade, porque a opinião aceita é que nascera de um letrado de Madri, vítima da invasão francesa, ferido, encarcerado, espingardeado, quando ela tinha apenas doze anos.

Cosas de España. Quem quer que fosse, porém, o pai, letrado ou hortelão, a verdade é que Marcela não possuía a inocência rústica, e mal chegava a entender a moral do código. Era boa moça, lépida, sem escrúpulos, um pouco tolhida pela austeridade do tempo, que lhe não permitia arrastar pelas ruas os seus estouvamentos e berlindas; luxuosa, impaciente, amiga de dinheiro e de rapazes. Naquele ano, morria de amores por um certo Xavier, sujeito abastado e tísico — uma pérola.

Vi-a, pela primeira vez, no Rossio Grande, na noite das luminárias, logo que constou a declaração da independência, uma festa de primavera, um amanhecer da alma pública. Éramos dois rapazes, o povo e eu; vínhamos da infância, com todos os arrebatamentos da juventude. Vi-a sair de uma cadeirinha, airosa e vistosa, um corpo esbelto, ondulante, um desgarre, alguma coisa que nunca achara nas mulheres puras.

— Segue-me — disse ela ao pajem. E eu segui-a, tão pajem como o outro, como se a ordem me fosse dada, deixei-me ir namorado, vibrante, cheio das primeiras auroras. A meio caminho, chamaram-lhe "linda Marcela", lembrou-me que ouvira tal nome a meu tio João, e fiquei, confesso que fiquei tonto.

Três dias depois perguntou-me meu tio, em segredo, se queria ir a uma ceia de moças, nos Cajueiros. Fomos; era em casa de Marcela. O Xavier, com todos os seus tubérculos, presidia ao banquete noturno, em que eu pouco ou nada comi, porque só tinha olhos para a dona da casa. Que gentil que estava a espanhola! Havia mais uma meia dúzia de mulheres — todas de partido — e bonitas, cheias de graça, mas a espanhola... O entusiasmo, alguns goles de vinho, o gênio imperioso, estouva-

do, tudo isso me levou a fazer uma coisa única; à saída, à porta da rua, disse a meu tio que esperasse um instante, e tornei a subir as escadas.

— Esqueceu alguma coisa? — perguntou Marcela de pé, no patamar.
— O lenço.

Ela ia abrir-me caminho para tornar à sala; eu segurei-lhe nas mãos, puxei-a para mim, e dei-lhe um beijo. Não sei se ela disse alguma coisa, se gritou, se chamou alguém; não sei nada; sei que desci outra vez as escadas, veloz como um tufão, e incerto como um ébrio.

CAPÍTULO XV
Marcela

Gastei trinta dias para ir do Rossio Grande ao coração de Marcela, não já cavalgando o corcel do cego desejo, mas o asno da paciência, a um tempo manhoso e teimoso. Que, em verdade, há dois meios de granjear a vontade das mulheres: o violento, como o touro de Europa, e o insinuativo, como o cisne de Leda e a chuva de ouro de Dânae, três inventos do padre Zeus, que, por estarem fora da moda, aí ficam trocados no cavalo e no asno. Não direi as traças que urdi, nem as peitas, nem as alternativas de confiança e temor, nem as esperas baldadas, nem nenhuma outra dessas coisas preliminares. Afirmo-lhes que o asno foi digno do corcel — um asno de Sancho, deveras filósofo, que me levou à casa dela, no fim do citado período; apeei-me, bati-lhe na anca e mandei-o pastar.

Primeira comoção da minha juventude, que doce que me foste! Tal devia ser, na criação bíblica, o efeito do primeiro sol. Imagina tu esse efeito do primeiro sol, a bater de chapa na face de um mundo em flor. Pois foi a mesma coisa, leitor amigo, e se alguma vez contaste dezoito anos, deves lembrar-te que foi assim mesmo.

Teve duas fases a nossa paixão, ou ligação, ou qualquer outro nome, que eu de nomes não curo; teve a fase consular e a fase imperial. Na primeira, que foi curta, regemos o Xavier e eu, sem que ele jamais acreditasse dividir comigo o governo de Roma; mas, quando a credulidade não pôde resistir à evidência, o Xavier depôs as insígnias, e eu concentrei todos os poderes na minha mão; foi a fase cesariana. Era meu o universo; mas, ai triste! não o era de graça. Foi-me preciso coligir dinheiro, multiplicá-lo, inventá-lo. Primeiro explorei as larguezas de meu pai; ele dava-me tudo o que eu lhe pedia, sem repreensão, sem demora, sem frieza; dizia a todos que eu era rapaz e que ele o fora também. Mas a tal extremo chegou o abuso, que ele restringiu um pouco as franquezas, depois mais, depois mais. Então recorri a minha mãe, e induzi-a a desviar alguma coisa, que me dava às escondidas. Era pouco; lancei mão de um recurso último: entrei a sacar sobre a herança de meu pai, a assinar obrigações, que devia resgatar um dia com usura.

"Em verdade" dizia-me Marcela, quando eu lhe levava alguma seda, alguma joia , "em verdade, você quer brigar comigo... Pois isso é coisa que se faça... um presente tão caro..."

E, se era joia, dizia isso a contemplá-la entre os dedos, a procurar melhor luz, a ensaiá-la em si, e a rir, e a beijar-me com uma reincidência impetuosa e sincera; mas, protestando, derramava-se-lhe a felicidade dos olhos, e eu sentia-me feliz com vê-la assim. Gostava muito das nossas antigas dobras de ouro, e eu levava-lhe quantas podia obter; Marcela juntava-as todas dentro de uma caixinha de ferro, cuja chave ninguém nunca jamais soube onde ficava; escondia-a por medo dos escravos. A casa em que morava, nos Cajueiros, era própria. Eram sólidos e bons os móveis, de jacarandá lavrado, e todas as demais alfaias, espelhos, jarras, baixela — uma linda baixela da Índia, que lhe doara um desembargador. Baixela do diabo, deste-me grandes repelões aos nervos. Disse-o muita vez à própria dona; não lhe dissimulava o tédio que me faziam esses e outros despojos dos seus amores de antanho. Ela ouvia-me e ria, com uma expressão cândida — cândida e outra coisa, que eu nesse tempo não entendia bem; mas agora, relembrando o caso, penso que era um riso misto, como devia ter a criatura que nascesse, por exemplo, de uma bruxa de Shakespeare com um serafim de Klopstock. Não sei se me explico. E porque tinha notícia dos meus zelos tardios, parece que gostava de os açular mais. Assim foi que um dia, como eu lhe não pudesse dar certo colar, que ela vira num joalheiro, retorquiu-me que era um simples gracejo, que o nosso amor não precisava de tão vulgar estímulo.

— Não lhe perdoo, se você fizer de mim essa triste ideia — concluiu ameaçando-me com o dedo.

E logo, súbita como um passarinho, espalmou as mãos, cingiu-me com elas o rosto, puxou-me a si e fez um trejeito gracioso, um momo de criança. Depois, reclinada na marquesa, continuou a falar daquilo, com simplicidade e franqueza. Jamais consentiria que lhe comprassem os afetos. Vendera muita vez as aparências, mas a realidade, guardava-a para poucos. Duarte, por exemplo, o alferes Duarte, que ela amara deveras, dois anos antes, só a custo conseguia dar-lhe alguma coisa de valor, como me acontecia a mim; ela só lhe aceitava sem relutância os mimos de escasso preço, como a cruz de ouro, que lhe deu, uma vez, de festas.

— Esta cruz...

Dizia isso metendo a mão no seio e tirando uma cruz fina, de ouro, presa a uma fita azul e pendurada ao colo.

— Mas essa cruz — observei eu —, não me disseste que era teu pai que...

Marcela abanou a cabeça com um ar de lástima:

— Não percebeste que era mentira, que eu dizia isso para te não molestar? Vem cá, *chiquito*, não sejas assim desconfiado comigo... Amei a outro; que importa, se acabou? Um dia, quando nos separarmos...

— Não digas isso! — bradei eu.

— Tudo cessa! Um dia...

Não pôde acabar; um soluço estrangulou-lhe a voz; estendeu as mãos, tomou das minhas, conchegou-me ao seio, e sussurrou-me baixo ao ouvido:

— Nunca, nunca, meu amor!

Eu agradeci-lho com os olhos úmidos. No dia seguinte levei-lhe o colar que havia recusado.

— Para te lembrares de mim, quando nos separarmos — disse eu.

Marcela teve primeiro um silêncio indignado; depois fez um gesto magnífico: tentou atirar o colar à rua. Eu retive-lhe o braço; pedi-lhe muito que não me fizesse tal desfeita, que ficasse com a joia. Sorriu e ficou.

Entretanto, pagava-me à farta os sacrifícios; espreitava os meus mais recônditos pensamentos; não havia desejo a que não acudisse com alma, sem esforço, por uma espécie de lei da consciência e necessidade do coração. Nunca o desejo era razoável, mas um capricho puro, uma criancice, vê-la trajar de certo modo, com tais e tais enfeites, este vestido e não aquele, ir a passeio ou outra coisa assim, e ela cedia a tudo, risonha e palreira.

— Você é das Arábias — dizia-me.

E ia pôr o vestido, a renda, os brincos, com uma obediência de encantar.

Capítulo XVI
Uma reflexão imoral

Ocorre-me uma reflexão imoral, que é ao mesmo tempo uma correção de estilo. Cuido haver dito, no capítulo xiv, que Marcela morria de amores pelo Xavier. Não morria, vivia. Viver não é a mesma coisa que morrer; assim o afirmam todos os joalheiros deste mundo, gente muito vista na gramática. Bons joalheiros, que seria do amor se não fossem os vossos dixes e fiados? Um terço ou um quinto do universal comércio dos corações. Esta é a reflexão imoral que eu pretendia fazer, a qual é ainda mais obscura do que imoral, porque não se entende bem o que eu quero dizer. O que eu quero dizer é que a mais bela testa do mundo não fica menos bela se a cingir um diadema de pedras finas; nem menos bela, nem menos amada. Marcela, por exemplo, que era bem bonita, Marcela amou-me...

Capítulo XVII
Do trapézio e outras coisas

... Marcela amou-me durante quinze meses e onze contos de réis; nada menos. Meu pai, logo que teve aragem dos onze contos, sobressaltou-se deveras; achou que o caso excedia as raias de um capricho juvenil.

— Desta vez — disse ele —, vais para a Europa; vais cursar uma universidade, provavelmente Coimbra; quero-te para homem sério e não para arruador e gatuno. — E como eu fizesse um gesto de espanto: — Gatuno, sim senhor; não é outra coisa um filho que me faz isto...

Sacou da algibeira os meus títulos de dívida, já resgatados por ele, sacudiu-mos na cara.

— Vês, peralta? é assim que um moço deve zelar o nome dos seus? Pensas que eu e meus avós ganhamos o dinheiro em casas de jogo ou a vadiar pelas ruas? Pelintra! Desta vez ou tomas juízo, ou ficas sem coisa nenhuma.

Estava furioso, mas de um furor temperado e curto. Eu ouvi-o calado, e nada opus à ordem da viagem, como de outras vezes fizera; ruminava a ideia de levar Marcela comigo. Fui ter com ela; expus-lhe a crise e fiz-lhe a proposta. Marcela ouviu-me com os olhos no ar, sem responder logo; como insistisse, disse-me que ficava, que não podia ir para a Europa.

— Por que não?

— Não posso — disse ela com ar dolente —; não posso ir respirar aqueles ares enquanto me lembrar de meu pobre pai, morto por Napoleão...

— Qual deles: o hortelão ou o advogado?

Marcela franziu a testa, cantarolou uma seguidilha, entre dentes; depois queixou-se do calor, e mandou vir um copo de aluá. Trouxe-lho a mucama, numa salva de prata que fazia parte dos meus onze contos. Marcela ofereceu-me polidamente o refresco; minha resposta foi dar com a mão no copo e na salva; entornou-se-lhe o líquido no regaço, a preta deu um grito, eu bradei-lhe que se fosse embora. Ficando a sós, derramei todo o desespero de meu coração; disse-lhe que ela era um monstro, que jamais me tivera amor, que me deixara descer a tudo, sem ter ao menos a desculpa da sinceridade; chamei-lhe muitos nomes feios, fazendo muitos gestos descompostos. Marcela deixara-se estar sentada, a estalar as unhas nos dentes, fria como um pedaço de mármore. Tive ímpetos de a estrangular, de a humilhar ao menos, subjugando-a a meus pés. Ia talvez fazê-lo; mas a ação trocou-se noutra; fui eu que me atirei aos pés dela, contrito e súplice; beijei-lhos, recordei aqueles meses da nossa felicidade solitária, repeti-lhe os nomes queridos de outro tempo, sentado no chão, com a cabeça entre os joelhos dela, apertando-lhe muito as mãos; ofegante, desvairado, pedi-lhe com lágrimas que me não desamparasse... Marcela esteve alguns instantes a olhar para mim, calados ambos, até que brandamente me desviou e, com um ar enfastiado:

— Não me aborreça — disse.

Levantou-se, sacudiu o vestido, ainda molhado, e caminhou para a alcova.

— Não! — bradei eu. — Não hás de entrar... não quero... — Ia a lançar-lhe as mãos: era tarde; ela entrara e fechara-se.

Saí desatinado; gastei duas mortais horas em vaguear pelos bairros mais excêntricos e desertos, onde fosse difícil dar comigo. Ia mastigando o meu desespero, com uma espécie de gula mórbida; evocava os dias, as horas, os instantes de delírio, e ora me comprazia em crer que eles eram eternos, que tudo aquilo era um pesadelo, ora, enganando-me a mim mesmo, tentava rejeitá-los de mim, como um fardo inútil. Então resolvia embarcar imediatamente para cortar a minha vida em duas metades, e deleitava-me com a ideia de que Marcela, sabendo da partida, ficaria ralada de saudades e remorsos. Que ela amara-me à tonta, devia de sentir alguma coisa, uma lembrança qualquer, como do alferes Duarte... Nisto, o dente do ciúme enterrava-se-me no coração; toda a natureza bradava que era preciso levar Marcela comigo.

— Por força... por força... — dizia eu ferindo o ar com uma punhada.

Enfim, tive uma ideia salvadora... Ah! trapézio dos meus pecados, trapézio das concepções abstrusas! A ideia salvadora trabalhou nele, como a do emplasto (capítulo II). Era nada menos que fasciná-la, fasciná-la muito, deslumbrá-la, arrastá-la; lembrou-me pedir-lhe por um meio mais concreto do que a súplica. Não medi as consequências; recorri a um derradeiro empréstimo; fui à rua dos Ourives, comprei

a melhor joia da cidade, três diamantes grandes encastoados num pente de marfim; corri à casa de Marcela.

Marcela estava reclinada numa rede, o gesto mole e cansado, uma das pernas pendentes, a ver-se-lhe o pezinho calçado de meia de seda, os cabelos soltos, derramados, o olhar quieto e sonolento.

— Vem comigo — disse eu —, arranjei recursos... temos muito dinheiro, terás tudo o que quiseres... Olha, toma.

E mostrei-lhe o pente com os diamantes... Marcela teve um leve sobressalto, ergueu metade do corpo, e, apoiada num cotovelo, olhou para o pente durante alguns instantes curtos; depois retirou os olhos; tinha-se dominado. Então, eu lancei-lhe as mãos aos cabelos, coligi-os, enlacei-os à pressa, improvisei um toucado, sem nenhum alinho, e rematei-o com o pente de diamantes; recuei, tornei a aproximar-me, corrigi-lhe as madeixas, abaixei-as de um lado, busquei alguma simetria naquela desordem, tudo com uma minuciosidade e um carinho de mãe.

— Pronto — disse eu.

— Doido! — foi a sua primeira resposta.

A segunda foi puxar-me para si, e pagar-me o sacrifício com um beijo, o mais ardente de todos. Depois tirou o pente, admirou muito a matéria e o lavor, olhando a espaços para mim, e abanando a cabeça, com um ar de repreensão:

— Ora você! — dizia.

— Vens comigo?

Marcela refletiu um instante. Não gostei da expressão com que passeava os olhos de mim para a parede, e da parede para a joia; mas toda a má impressão se desvaneceu, quando ela me respondeu resolutamente:

— Vou. Quando embarcas?

— Daqui a dois ou três dias.

— Vou.

Agradeci-lho de joelhos. Tinha achado a minha Marcela dos primeiros dias, e disse-lho; ela sorriu, e foi guardar a joia, enquanto eu descia a escada.

Capítulo XVIII
Visão do corredor

No fim da escada, ao fundo do corredor escuro, parei alguns instantes para respirar, apalpar-me, convocar as ideias dispersas, reaver-me enfim no meio de tantas sensações profundas e contrárias. Achava-me feliz. Certo é que os diamantes corrompiam-me um pouco a felicidade; mas não é menos certo que uma dama bonita pode muito bem amar os gregos e os seus presentes. E depois eu confiava na minha boa Marcela; podia ter defeitos, mas amava-me...

— Um anjo! — murmurei olhando para o teto do corredor.

E aí, como um escárnio, vi o olhar de Marcela, aquele olhar que pouco antes me dera uma sombra de desconfiança, o qual chispava de cima de um nariz, que era ao

mesmo tempo o nariz de Bakbarah e o meu. Pobre namorado das *Mil e uma noites*! Vi-te ali mesmo correr atrás da mulher do vizir, ao longo da galeria, ela a acenar-te com a posse, e tu a correr, a correr, a correr, até a alameda comprida, donde saíste à rua, onde todos os correeiros te apuparam e desancaram. Então pareceu-me que o corredor de Marcela era a alameda, e que a rua era a de Bagdá. Com efeito, olhando para a porta, vi na calçada três dos correeiros, um de batina, outro de libré, outro à paisana, os quais todos três entraram no corredor, tomaram-me pelos braços, meteram-me numa sege, meu pai à direita, meu tio cônego à esquerda, o da libré na boleia, e lá me levaram à casa do intendente de polícia, donde fui transportado a uma galera que devia seguir para Lisboa. Imaginem se resisti; mas toda a resistência era inútil.

 Três dias depois segui barra fora, abatido e mudo. Não chorava sequer; tinha uma ideia fixa... Malditas ideias fixas! A dessa ocasião era dar um mergulho no oceano, repetindo o nome de Marcela.

Capítulo XIX
A bordo

Éramos onze passageiros, um homem doido, acompanhado pela mulher, dois rapazes que iam a passeio, quatro comerciantes e dois criados. Meu pai recomendou-me a todos, começando pelo capitão do navio, que aliás tinha muito que cuidar de si, porque, além do mais, levava a mulher tísica em último grau.

 Não sei se o capitão suspeitou alguma coisa do meu fúnebre projeto, ou se meu pai o pôs de sobreaviso; sei que não me tirava os olhos de cima; chamava-me para toda a parte. Quando não podia estar comigo, levava-me para a mulher. A mulher ia quase sempre numa camilha rasa, a tossir muito, e a afiançar que me havia de mostrar os arredores de Lisboa. Não estava magra, estava transparente; era impossível que não morresse de uma hora para outra. O capitão fingia não crer na morte próxima, talvez por enganar-se a si mesmo. Eu não sabia nem pensava nada. Que me importava a mim o destino de uma mulher tísica, no meio do oceano? O mundo para mim era Marcela.

 Uma noite, logo no fim de uma semana, achei ensejo propício para morrer. Subi cauteloso, mas encontrei o capitão, que junto à amurada, tinha os olhos fitos no horizonte.

— Algum temporal? — disse eu.

— Não — respondeu ele estremecendo —; não; admiro o esplendor da noite. Veja; está celestial!

 O estilo desmentia da pessoa, assaz rude e aparentemente alheia a locuções rebuscadas. Fitei-o; ele pareceu saborear o meu espanto. No fim de alguns segundos, pegou-me na mão e apontou para a lua, perguntando-me por que não fazia uma ode à noite; respondi-lhe que não era poeta. O capitão rosnou alguma coisa, deu dois passos, meteu a mão no bolso, sacou um pedaço de papel, muito amarrotado; depois, à luz de uma lanterna, leu uma ode horaciana sobre a liberdade da vida marítima. Eram versos dele.

— Que tal?

Não me lembra o que lhe disse; lembra-me que ele me apertou a mão com muita força e muitos agradecimentos; logo depois recitou-me dois sonetos; ia recitar-me outro, quando o vieram chamar da parte da mulher.

— Lá vou — disse ele; e recitou-me o terceiro soneto, com pausa, com amor.

Fiquei só; mas a musa do capitão varrera-me do espírito os pensamentos maus; preferi dormir, que é um modo interino de morrer. No dia seguinte, acordamos debaixo de um temporal, que meteu medo a toda a gente, menos ao doido; esse entrou a dar pulos, a dizer que a filha o mandava buscar, numa berlinda; a morte de uma filha fora a causa da loucura. Não, nunca me há de esquecer a figura hedionda do pobre homem, no meio do tumulto das gentes e dos uivos do furacão, a cantarolar e a bailar, com os olhos a saltarem-lhe da cara, pálido, cabelo arrepiado e longo. Às vezes parava, erguia ao ar as mãos ossudas, fazia umas cruzes com os dedos, depois um xadrez, depois umas argolas, e ria muito, desesperadamente. A mulher não podia já cuidar dele; entregue ao terror da morte, rezava por si mesma a todos os santos do céu. Enfim, a tempestade amainou. Confesso que foi uma diversão excelente à tempestade do meu coração. Eu, que meditava ir ter com a morte, não ousei fitá-la quando ela veio ter comigo.

O capitão perguntou-me se tivera medo, se estivera em risco, se não achara sublime o espetáculo: tudo isso com um interesse de amigo. Naturalmente a conversa versou sobre a vida do mar; o capitão perguntou-me se não gostava de idílios piscatórios; eu respondi-lhe ingenuamente que não sabia o que era.

— Vai ver — respondeu.

E recitou-me um poemazinho, depois outro — uma écloga —, e enfim cinco sonetos, com os quais rematou nesse dia a confidência literária. No dia seguinte, antes de me recitar nada, explicou-me o capitão que só por motivos graves abraçara a profissão marítima, porque a avó queria que ele fosse padre, e com efeito possuía algumas letras latinas; não chegou a ser padre, mas não deixou de ser poeta, que era a sua vocação natural. Para prová-lo, recitou-me logo, de corpo presente, uma centena de versos. Notei um fenômeno: os ademanes que ele usava eram tais, que uma vez me fizeram rir; mas o capitão, quando recitava, de tal sorte olhava para dentro de si mesmo, que não viu nem ouviu nada.

Os dias passavam, e as águas, e os versos, e com eles ia também passando a vida da mulher. Estava por pouco. Um dia, logo depois do almoço, disse-me o capitão que a enferma talvez não chegasse ao fim da semana.

— Já! — exclamei.

— Passou muito mal a noite.

Fui vê-la; achei-a, na verdade, quase moribunda, mas falando ainda de descansar em Lisboa alguns dias, antes de ir comigo a Coimbra, porque era seu propósito levar-me à universidade. Deixei-a consternado; fui achar o marido a olhar para as vagas, que vinham morrer no costado do navio, e tratei de o consolar; ele agradeceu-me, relatou-me a história dos seus amores, elogiou a fidelidade e a dedicação da mulher, relembrou os versos que lhe fez, e recitou-mos. Nesse ponto vieram buscá-lo da parte dela; corremos ambos; era uma crise. Esse e o dia seguinte foram cruéis; o terceiro foi o da morte; eu fugi ao espetáculo, tinha-lhe repugnância. Meia hora depois encontrei o capitão, sentado num molho de cabos, com a cabeça nas mãos, disse-lhe alguma coisa de conforto.

— Morreu como uma santa — respondeu ele; e, para que essas palavras não pudessem ser levadas à conta de fraqueza, ergueu-se logo, sacudiu a cabeça, e fitou o horizonte, com um gesto longo e profundo. — Vamos — continuou —, entreguemo-la à cova que nunca mais se abre.

Efetivamente, poucas horas depois, era o cadáver lançado ao mar, com as cerimônias do costume. A tristeza murchara todos os rostos; o do viúvo trazia a expressão de um cabeço rijamente lascado pelo raio. Grande silêncio. A vaga abriu o ventre, acolheu o despojo, fechou-se — uma leve ruga — e a galera foi andando. Eu deixei-me estar alguns minutos, à popa, com os olhos naquele ponto incerto do mar em que ficava um de nós... Fui dali ter com o capitão, para distraí-lo.

— Obrigado — disse-me ele compreendendo a intenção —; creia que nunca me esquecerei dos seus bons serviços. Deus é que lhos há de pagar. Pobre Leocádia! tu te lembrarás de nós no céu.

Enxugou com a manga uma lágrima importuna; eu busquei um derivativo na poesia, que era a paixão dele. Falei-lhe dos versos, que me lera, e ofereci-me para imprimi-los. Os olhos do capitão animaram-se um pouco.

— Talvez aceite — disse ele —; mas não sei... são bem frouxos versos.

Jurei-lhe que não; pedi que os reunisse e mos desse antes do desembarque.

— Pobre Leocádia! — murmurou sem responder ao pedido. — Um cadáver... o mar... o céu... o navio...

No dia seguinte veio ler-me um epicédio composto de fresco, em que estavam memoradas as circunstâncias da morte e da sepultura da mulher; leu-mo com a voz comovida deveras, e a mão trêmula; no fim perguntou-me se os versos eram dignos do tesouro que perdera.

— São — disse eu.

— Não haverá estro — ponderou ele, no fim de um instante —, mas ninguém me negará sentimento, se não é que o próprio sentimento prejudicou a perfeição...

— Não me parece; acho os versos perfeitos.

— Sim, eu creio que... Versos de marujo.

— De marujo poeta.

Ele levantou os ombros, olhou para o papel, e tornou a recitar a composição, mas já então sem tremuras, acentuando as intenções literárias, dando relevo às imagens e melodia aos versos. No fim, confessou-me que era a sua obra mais acabada; eu disse-lhe que sim; ele apertou-me muito a mão e predisse-me um grande futuro.

Capítulo XX
Bacharelo-me

Um grande futuro! Enquanto essa palavra me batia no ouvido, devolvia eu os olhos, ao longe, no horizonte misterioso e vago. Uma ideia expelia outra, a ambição desmontava Marcela. Grande futuro? Talvez naturalista, literato, arqueólogo, banqueiro, político, ou até bispo — bispo que fosse —, uma vez que fosse um car-

go, uma preeminência, uma grande reputação, uma posição superior. A ambição, dado que fosse águia, quebrou nessa ocasião o ovo, e desvendou a pupila fulva e penetrante. Adeus, amores! adeus, Marcela! dias de delírio, joias sem preço, vida sem regime, adeus! Cá me vou às fadigas e à glória; deixo-vos com as calcinhas da primeira idade.

 E foi assim que desembarquei em Lisboa e segui para Coimbra. A universidade esperava-me com as suas matérias árduas; estudei-as muito mediocremente, e nem por isso perdi o grau de bacharel; deram-mo com a solenidade do estilo, após os anos da lei; uma bela festa que me encheu de orgulho e de saudades — principalmente de saudades. Tinha eu conquistado em Coimbra uma grande nomeada de folião; era um acadêmico estroina, superficial, tumultuário e petulante, dado às aventuras, fazendo romantismo prático e liberalismo teórico, vivendo na pura fé dos olhos pretos e das constituições escritas. No dia em que a universidade me atestou, em pergaminho, uma ciência que eu estava longe de trazer arraigada no cérebro, confesso que me achei de algum modo logrado, ainda que orgulhoso. Explico-me: o diploma era uma carta de alforria; se me dava a liberdade, dava-me a responsabilidade. Guardei-o, deixei as margens do Mondego, e vim por ali fora assaz desconsolado, mas sentindo já uns ímpetos, uma curiosidade, um desejo de acotovelar os outros, de influir, de gozar, de viver — de prolongar a universidade pela vida adiante...

Capítulo XXI
O almocreve

Vai então, empacou o jumento em que eu vinha montado; fustiguei-o, ele deu dois corcovos, depois mais três, enfim mais um, que me sacudiu fora da sela, com tal desastre que o pé esquerdo me ficou preso no estribo; tento agarrar-me ao ventre do animal, mas já então, espantado, disparou pela estrada fora. Digo mal: tentou disparar, e efetivamente deu dois saltos, mas um almocreve, que ali estava, acudiu a tempo de lhe pegar na rédea e detê-lo, não sem esforço nem perigo. Dominado o bruto, desvencilhei-me do estribo e pus-me de pé.

— Olhe do que vosmecê escapou — disse o almocreve.

E era verdade; se o jumento corre por ali fora, contundia-me deveras, e não sei se a morte não estaria no fim do desastre; cabeça partida, uma congestão, qualquer transtorno cá dentro, lá se me ia a ciência em flor. O almocreve salvara-me talvez a vida; era positivo; eu sentia-o no sangue que me agitava o coração. Bom almocreve! enquanto eu tornava à consciência de mim mesmo, ele cuidava de consertar os arreios do jumento, com muito zelo e arte. Resolvi dar-lhe três moedas de ouro das cinco que trazia comigo; não porque tal fosse o preço da minha vida — essa era inestimável; mas porque era uma recompensa digna da dedicação com que ele me salvou. Está dito, dou-lhe as três moedas.

— Pronto — disse ele, apresentando-me a rédea da cavalgadura.

— Daqui a nada — respondi —; deixa-me, que ainda não estou em mim...
— Ora qual!
— Pois não é certo que ia morrendo?
— Se o jumento corre por aí fora, é possível; mas, com a ajuda do Senhor, viu vosmecê que não aconteceu nada.

Fui aos alforjes, tirei um colete velho, em cujo bolso trazia as cinco moedas de ouro, e durante esse tempo cogitei se não era excessiva a gratificação, se não bastavam duas moedas. Talvez uma. Com efeito, uma moeda era bastante para lhe dar estremeções de alegria. Examinei-lhe a roupa; era um pobre-diabo, que nunca jamais vira uma moeda de ouro. Portanto, uma moeda. Tirei-a, vi-a reluzir à luz do sol; não a viu o almocreve, porque eu tinha-lhe voltado as costas; mas suspeitou-o talvez, entrou a falar ao jumento de um modo significativo; dava-lhe conselhos, dizia-lhe que tomasse juízo, que o "senhor doutor" podia castigá-lo; um monólogo paternal. Valha-me Deus! até ouvi estalar um beijo: era o almocreve que lhe beijava a testa.

— Olé! — exclamei.
— Queira vosmecê perdoar, mas o diabo do bicho está a olhar para a gente com tanta graça...

Ri-me, hesitei, meti-lhe na mão um cruzado em prata, cavalguei o jumento, e segui a trote largo, um pouco vexado, melhor direi um pouco incerto do efeito da pratinha. Mas a algumas braças de distância, olhei para trás, o almocreve fazia-me grandes cortesias, com evidentes mostras de contentamento. Adverti que devia ser assim mesmo; eu pagara-lhe bem, pagara-lhe talvez demais. Meti os dedos no bolso do colete que trazia no corpo e senti umas moedas de cobre; eram os vinténs que eu deveria ter dado ao almocreve, em lugar do cruzado em prata. Porque, enfim, ele não levou em mira nenhuma recompensa ou virtude, cedeu a um impulso natural, ao temperamento, aos hábitos do ofício; acresce que a circunstâncias de estar, não mais adiante nem mais atrás, mas justamente no ponto do desastre parecia constituí-lo simples instrumento da Providência; e de um ou de outro modo, o mérito do ato era positivamente nenhum. Fiquei desconsolado com esta reflexão, chamei-me pródigo, lancei o cruzado à conta das minhas dissipações antigas; tive (por que não direi tudo?) tive remorsos.

Capítulo XXII
Volta ao Rio

Jumento de uma figa, cortaste-me o fio às reflexões. Já agora não digo o que pensei dali até Lisboa, nem o que fiz em Lisboa, na península e em outros lugares da Europa, da velha Europa, que nesse tempo parecia remoçar. Não, não direi que assisti às alvoradas do romantismo, que também eu fui fazer poesia efetiva no regaço da Itália; não direi coisa nenhuma. Teria de escrever um diário de viagem e não umas memórias, como estas são, nas quais só entra a substância da vida.

Ao cabo de alguns anos de peregrinação, atendi às súplicas de meu pai:

"Vem" dizia ele na última carta; "se não vieres depressa, acharás tua mãe morta!" Esta última palavra foi para mim um golpe. Eu amava minha mãe; tinha ainda diante dos olhos as circunstâncias da última bênção que ela me dera, a bordo do navio. "Meu triste filho, nunca mais te verei", soluçava a pobre senhora apertando-me ao peito. E essas palavras ressoavam-me agora, como um profecia realizada.

Note-se que eu estava em Veneza, ainda rescendente aos versos de lord Byron; lá estava, mergulhado em pleno sonho, revivendo o pretérito, crendo-me na Sereníssima República. É verdade; uma vez aconteceu-me perguntar ao locandeiro se o doge ia a passeio nesse dia.

— Que doge, *signor mio*?

Caí em mim, mas não confessei a ilusão; disse-lhe que a minha pergunta era um gênero de charada americana; ele mostrou compreender, e acrescentou que gostava muitos das charadas americanas. Era um locandeiro. Pois deixei tudo isso, o locandeiro, o doge, a ponte dos Suspiros, a gôndola, os versos do lord, as damas do Rialto, deixei tudo e disparei como uma bala na direção do Rio de Janeiro.

Vim... Mas não; não alonguemos este capítulo. Às vezes, esqueço-me a escrever, e a pena vai comendo papel, com grave prejuízo meu, que sou autor. Capítulos compridos quadram melhor a leitores pesadões; e nós não somos um público in-folio, mas in-12, pouco texto, larga margem, tipo elegante, corte dourado e vinhetas... principalmente vinhetas... Não, não alonguemos o capítulo.

Capítulo XXIII
Triste, mas curto

Vim. Não nego que, ao avistar a cidade natal, tive uma sensação nova. Não era efeito da minha pátria política; era-o do lugar da infância, a rua, a torre, o chafariz da esquina, a mulher de mantilha, o preto do ganho, as coisas e cenas da meninice, buriladas na memória. Nada menos que uma renascença. O espírito, como um pássaro, não se lhe deu da corrente dos anos, arrepiou o voo na direção da fonte original, e foi beber da água fresca e pura, ainda não mesclada do enxurro da vida.

Reparando bem, há aí um lugar-comum. Outro lugar-comum, tristemente comum, foi a consternação da família. Meu pai abraçou-me com lágrimas.

— Tua mãe não pode viver — disse-me.

Com efeito, não era já o reumatismo que a matava, era um cancro no estômago. A infeliz padecia de um modo cru, porque o cancro é indiferente às virtudes do sujeito; quando rói, rói; roer é o seu ofício. Minha irmã Sabina, já então casada com o Cotrim, andava a cair de fadiga. Pobre moça! dormia três horas por noite, nada mais. O próprio tio João estava abatido e triste. D. Eusébia e algumas outras senhoras lá estavam também, não menos tristes e não menos dedicadas.

— Meu filho!

A dor suspendeu por um pouco as tenazes; um sorriso alumiou o rosto da enferma, sobre o qual a morte batia a asa eterna. Era menos um rosto do que uma

caveira: a beleza passara, como um dia brilhante; restavam os ossos, que não emagrecem nunca. Mal poderia conhecê-la; havia oito ou nove anos que nos não víamos. Ajoelhado, ao pé da cama, com as mãos dela entre as minhas, fiquei mudo e quieto, sem ousar falar, porque cada palavra seria um soluço, e nós temíamos avisá-la do fim. Vão temor! Ela sabia que estava prestes a acabar; disse-mo; verificamo-lo na seguinte manhã.

Longa foi a agonia, longa e cruel, de uma crueldade minuciosa, fria, repisada, que me encheu de dor e estupefação. Era a primeira vez que eu via morrer alguém. Conhecia a morte de oitiva; quando muito, tinha-a visto já petrificada no rosto de algum cadáver, que acompanhei ao cemitério, ou trazia-lhe a ideia embrulhada nas amplificações de retórica dos professores de coisas antigas — a morte aleivosa de César, a austera de Sócrates, a orgulhosa de Catão. Mas esse duelo do ser e do não ser, a morte em ação, dolorida, contraída, convulsa, sem aparelho político ou filosófico, a morte de uma pessoa amada, essa foi a primeira vez que a pude encarar. Não chorei; lembra-me que não chorei durante o espetáculo: tinha os olhos estúpidos, a garganta presa, a consciência boquiaberta. Quê? uma criatura tão dócil, tão meiga, tão santa que nunca jamais fizera verter uma lágrima de desgosto, mãe carinhosa, esposa imaculada, era força que morresse assim, trateada, mordida pelo dente tenaz de uma doença sem misericórdia? Confesso que tudo aquilo me pareceu obscuro, incongruente; insano...

Triste capítulo; passemos a outro mais alegre.

Capítulo XXIV
Curto, mas alegre

Fiquei prostrado. E contudo era eu, nesse tempo, um fiel compêndio de trivialidade e presunção. Jamais o problema da vida e da morte me oprimira o cérebro; nunca até esse dia me debruçara sobre o abismo do Inexplicável; faltava-me o essencial, que é o estímulo, a vertigem...

Para lhes dizer a verdade toda, eu refletia as opiniões de um cabeleireiro, que achei em Módena, e que se distinguia por não as ter absolutamente. Era a flor dos cabeleireiros; por mais demorada que fosse a operação do toucado, não enfadava nunca; ele intercalava as penteadelas com muitos motes e pulhas, cheios de um pico, de um sabor... Não tinha outra filosofia. Nem eu. Não digo que a universidade me não tivesse ensinado alguma; mas eu decorei-lhe só as fórmulas, o vocabulário, o esqueleto. Tratei-a como tratei o latim; embolsei três versos de Virgílio, dois de Horácio, uma dúzia de locuções morais e políticas, para as despesas da conversação. Tratei-os como tratei a história e a jurisprudência. Colhi de todas as coisas a fraseologia, a casca, a ornamentação...

Talvez espante ao leitor a franqueza com que lhe exponho e realço a minha mediocridade; advirta que a franqueza é a primeira virtude de um defunto. Na vida, o olhar da opinião, o contraste dos interesses, a luta das cobiças obrigam a gente a

calar os trapos velhos, a disfarçar os rasgões e os remendos, a não estender ao mundo as revelações que faz à consciência; e o melhor da obrigação é quando, à força de embaçar os outros, embaça-se um homem a si mesmo, porque em tal caso poupa-se o vexame, que é uma sensação penosa, e a hipocrisia, que é um vício hediondo. Mas, na morte, que diferença! que desabafo! que liberdade! Como a gente pode sacudir fora a capa, deitar ao fosso as lentejoulas, despregar-se, despintar-se, desafeitar-se, confessar lisamente o que foi e o que deixou de ser! Porque, em suma, já não há vizinhos, nem amigos, nem inimigos, nem conhecidos, nem estranhos; não há plateia. O olhar da opinião, esse olhar agudo e judicial, perde a virtude logo que pisamos o território da morte; não digo que ele se não estenda para cá, e nos não examine e julgue; mas a nós é que não se nos dá do exame nem do julgamento. Senhores vivos, não há nada tão incomensurável como o desdém dos finados.

CAPÍTULO XXV
Na Tijuca

Ui! Lá me ia a pena a escorregar para o enfático. Sejamos simples, como era simples a vida que levei na Tijuca, durante as primeiras semanas depois da morte de minha mãe.

No sétimo dia, acabada a missa fúnebre, travei de uma espingarda, alguns livros, roupa, charutos, um moleque — o Prudêncio do capítulo XI — e fui meter-me numa velha casa de nossa propriedade. Meu pai forcejou por me torcer a resolução, mas eu é que não podia nem queria obedecer-lhe. Sabina desejava que eu fosse morar com ela algum tempo — duas semanas, ao menos; meu cunhado esteve a ponto de me levar à fina força. Era um bom rapaz este Cotrim; passara de estroina a circunspecto. Agora comerciava em gêneros de estiva, labutava da manhã até à noite, com ardor, com perseverança. De noite, sentado à janela, a encaracolar as suíças, não pensava em outra coisa. Amava a mulher e um filho, que então tinha, e que lhe morreu alguns anos depois. Diziam que era avaro.

Renunciei tudo; tinha o espírito atônito. Creio que por então é que começou a desabotoar em mim a hipocondria, essa flor amarela, solitária e mórbida, de um cheiro inebriante e sutil. "Que bom que é estar triste e não dizer coisa nenhuma!" Quando essa palavra de Shakespeare me chamou a atenção, confesso que senti em mim um eco, um eco delicioso. Lembra-me que estava sentado debaixo de um tamarineiro, com o livro do poeta aberto nas mãos, e o espírito ainda mais cabisbaixo do que a figura — ou jururu, como dizemos das galinhas tristes. Apertava ao peito a minha dor taciturna, com uma sensação única, uma coisa a que poderia chamar volúpia do aborrecimento. Volúpia do aborrecimento: decora esta expressão, leitor; guarda-a, examina-a, e se não chegares a entendê-la, podes concluir que ignoras uma das sensações mais sutis desse mundo e daquele tempo.

Às vezes, caçava, outras dormia, outras lia — lia muito —, outras enfim não fazia nada; deixava-me atoar de ideia em ideia, de imaginação em imaginação, como uma borboleta vadia ou faminta. As horas iam pingando uma a uma, o sol

caía, as sombras da noite velavam a montanha e a cidade. Ninguém me visitava; recomendei expressamente que me deixassem só. Um dia, dois dias, três dias, uma semana inteira passada assim, sem dizer palavra, era bastante para sacudir-me da Tijuca fora e restituir-me ao bulício. Com efeito, ao cabo de sete dias estava farto da solidão; a dor aplacara; o espírito já se não contentava com o uso da espingarda e dos livros, nem com a vista do arvoredo e do céu. Reagia a mocidade, era preciso viver. Meti no baú o problema da vida e da morte, os hipocondríacos do poeta, as camisas, as meditações, as gravatas, e ia fechá-lo, quando o moleque Prudêncio me disse que uma pessoa do meu conhecimento se mudara na véspera para uma casa roxa, situada a duzentos passos da nossa.

— Quem?
— Nhonhô talvez não se lembre mais de dona Eusébia...
— Lembra-me... É ela?
— Ela e a filha. Vieram ontem de manhã.

Ocorreu-me logo o episódio de 1814, e senti-me vexado; mas adverti que os acontecimentos tinham-me dado razão. Na verdade, fora impossível evitar as relações íntimas do Vilaça com a irmã do sargento-mor; antes mesmo do meu embarque, já se boquejava misteriosamente no nascimento de uma menina. Meu tio João mandou-me dizer depois que o Vilaça, ao morrer, deixara um bom legado a d. Eusébia, coisa que deu muito que falar em todo o bairro. O próprio tio João, guloso de escândalos, não tratou de outro assunto na carta, aliás de muitas folhas. Tinham-me dado razão os acontecimentos. Ainda porém que ma não dessem, 1814 lá ia longe, e, com ele, a travessura, e o Vilaça, e o beijo da moita; finalmente, nenhumas relações estreitas existiam entre mim e ela. Fiz comigo essa reflexão e acabei de fechar o baú.

— Nhonhô não vai visitar sinhá dona Eusébia? — perguntou-me o Prudêncio.
— Foi ela quem vestiu o corpo da minha defunta senhora.

Lembrei-me que a vira, entre outras senhoras, por ocasião da morte e do enterro; ignorava porém que ela houvesse prestado a minha mãe esse derradeiro obséquio. A ponderação do moleque era razoável; eu devia-lhe uma visita; determinei fazê-la imediatamente, e descer.

Capítulo XXVI
O autor hesita

Súbito ouço uma voz:
— Olá, meu rapaz, isto não é vida!

Era meu pai, que chegava com duas propostas na algibeira. Sentei-me no baú e recebi-o sem alvoroço. Ele esteve alguns instantes de pé, a olhar para mim; depois estendeu-me a mão com um gesto comovido:
— Meu filho, conforma-te com a vontade de Deus.
— Já me conformei — foi a minha resposta —, e beijei-lhe a mão.

Não tinha almoçado; almoçamos juntos. Nenhum de nós aludiu ao triste mo-

tivo da minha reclusão. Uma só vez falamos nisso, de passagem, quando meu pai fez recair a conversa na Regência: foi então que aludiu à carta de pêsames que um dos Regentes lhe mandara. Trazia a carta consigo, já bastante amarrotada, talvez por havê-la lido a muitas outras pessoas. Creio haver dito que era de um dos Regentes. Leu-ma duas vezes.

— Já lhe fui agradecer este sinal de consideração — concluiu meu pai —, e acho que deves ir também...

— Eu?

— Tu; é um homem notável, faz hoje as vezes de Imperador. Demais trago comigo uma ideia, um projeto, ou... sim, digo-te tudo; trago dois projetos, um lugar de deputado e um casamento.

Meu pai disse isso com pausa, e não no mesmo tom, mas dando às palavras um jeito e disposição cujo fim era cavá-las mais profundamente no meu espírito. A proposta, porém, desdizia tanto das minhas sensações últimas, que eu cheguei a não entendê-la bem. Meu pai não fraqueou e repetiu-a; encareceu o lugar e a noiva.

— Aceitas?

— Não entendo de política — disse eu depois de um instante —; quanto à noiva... deixe-me viver como um urso, que sou.

— Mas os ursos casam-se — replicou ele.

— Pois traga-me uma ursa. Olhe, a Ursa Maior...

Riu-se meu pai, e depois de rir, tornou a falar sério. Era-me necessária a carreira política, dizia ele, por vinte e tantas razões, que deduziu com singular volubilidade, ilustrando-as com exemplos de pessoas do nosso conhecimento. Quanto à noiva, bastava que eu a visse; se a visse, iria logo pedi-la ao pai, logo, sem demora de um dia. Experimentou assim a fascinação, depois a persuasão, depois a intimação; eu não dava resposta, afiava a ponta de um palito ou fazia bolas de miolo de pão, a sorrir ou a refletir; e, para tudo dizer, nem dócil nem rebelde à proposta. Sentia-me aturdido. Uma parte de mim mesmo dizia que sim, que uma esposa formosa e uma posição política eram bens dignos de apreço; outra dizia que não; e a morte de minha mãe me aparecia como um exemplo da fragilidade das coisas, das afeições, da família...

— Não vou daqui sem uma resposta definitiva — disse meu pai. — De-fi-ni-ti-va! — repetiu, batendo as sílabas com o dedo.

Bebeu o último gole de café; repoltreou-se, e entrou a falar de tudo, do Senado, da Câmara, da Regência, da restauração, do Evaristo, de um coche que pretendia comprar, da nossa casa de Matacavalos... Eu deixava-me estar ao canto da mesa, a escrever desvairadamente num pedaço de papel com uma ponta de lápis; traçava uma palavra, uma frase, um verso, um nariz, um triângulo, e repetia-os muitas vezes, sem ordem, ao acaso, assim:

arma virumque cano
A
Arma virumque cano
arma virumque cano
arma virumque
arma virumque cano
virumque

Maquinalmente tudo isso; e, não obstante, havia certa lógica, certa dedução, por exemplo, foi o *virumque* que me fez chegar ao nome do próprio poeta, por causa da primeira sílaba; ia a escrever *virumque*, e sai-me *Virgílio*, então continuei:

 Vir
 Virgílio
 Virgílio Virgílio
 Virgílio
 Virgílio

Meu pai, um pouco despeitado com aquela indiferença, ergueu-se, veio a mim, lançou os olhos ao papel...

— Virgílio! — exclamou. — És tu, meu rapaz; a tua noiva chama-se justamente Virgília.

Capítulo XXVII
Virgília?

Virgília? Mas então era a mesma senhora que alguns anos depois?... A mesma; era justamente a senhora, que em 1869 devia assistir aos meus últimos dias, e que antes, muito antes, teve larga parte nas minhas mais íntimas sensações. Naquele tempo contava apenas uns quinze ou dezesseis anos; era talvez a mais atrevida criatura da nossa raça, e, com certeza, a mais voluntariosa. Não digo que já lhe coubesse a primazia da beleza, entre as mocinhas do tempo, porque isto não é romance, em que o autor sobredoura a realidade e fecha os olhos às sardas e espinhas; mas também não digo que lhe maculasse o rosto nenhuma sarda ou espinha, não. Era bonita, fresca, saía das mãos da natureza, cheia daquele feitiço, precário e eterno, que o indivíduo passa a outro indivíduo, para os fins secretos da criação. Era isto Virgília, e era clara, muito clara, faceira, ignorante, pueril, cheia de uns ímpetos misteriosos; muita preguiça e alguma devoção — devoção, ou talvez medo; creio que medo.

Aí tem o leitor, em poucas linhas, o retrato físico e moral da pessoa que devia influir mais tarde na minha vida; era aquilo com dezesseis anos. Tu que me lês, se ainda fores viva, quando estas páginas vierem à luz, tu que me lês, Virgília amada, não reparas na diferença entre a linguagem de hoje e a que primeiro empreguei quando te vi? Crê que era tão sincero então como agora; a morte não me tornou rabugento, nem injusto.

— Mas — dirás tu —, como é que podes assim discernir a verdade daquele tempo, e exprimi-la depois de tantos anos?

Ah! indiscreta! ah! ignorantona! Mas é isso mesmo que nos faz senhores da terra, é esse poder de restaurar o passado, para tocar a instabilidade das nossas impressões e a vaidade dos nossos afetos. Deixa lá dizer Pascal que o homem é um caniço pensante. Não; é uma errata pensante, isso sim. Cada estação da vida é uma edição, que corrige a anterior, e que será corrigida também, até a edição definitiva, que o editor dá de graça aos vermes.

Capítulo XXVIII

Contanto que...

— Virgília? — interrompi eu.
— Sim, senhor; é o nome da noiva. Um anjo, meu pateta, um anjo sem asas. Imagina uma moça assim, desta altura, viva como um azougue, e uns olhos... filha do Dutra...
— Que Dutra?
— O conselheiro Dutra, não conheces; uma influência política. Vamos lá, aceitas?

Não respondi logo; fitei por alguns segundos a ponta do botim; declarei depois que estava disposto a examinar as duas coisas, a candidatura e o casamento, contanto que...
— Contanto quê?
— Contanto que não fique obrigado a aceitar as duas; creio que posso ser separadamente homem casado ou homem público...
— Todo o homem público deve ser casado — interrompeu sentenciosamente meu pai. — Mas seja como queres; estou por tudo, fico certo de que a vista fará fé! Demais, a noiva e o parlamento são a mesma coisa... isto é, não... saberás depois... Vá; aceito a dilação, contanto que...
— Contanto quê?... — interrompi eu, imitando-lhe a voz.
— Ah! brejeiro! Contanto que não te deixes ficar aí inútil, obscuro, e triste; não gastei dinheiro, cuidados, empenhos, para te não ver brilhar, como deves, e te convém, e a todos nós; é preciso continuar o nosso nome, continuá-lo e ilustrá-lo ainda mais. Olha, estou com sessenta anos, mas se fosse necessário começar vida nova, começava, sem hesitar um só minuto. Teme a obscuridade, Brás; foge do que é ínfimo. Olha que os homens valem por diferentes modos, e que o mais seguro de todos é valer pela opinião dos outros homens. Não estragues as vantagens da tua posição, os teus meios...

E foi por diante o mágico, a agitar diante de mim um chocalho, como me faziam, em pequeno, para eu andar depressa, e a flor da hipocondria recolheu-se ao botão para deixar a outra flor menos amarela, e nada mórbida — o amor da nomeada, o emplasto Brás Cubas.

XXIX

A visita

Vencera meu pai; dispus-me a aceitar o diploma e o casamento, Virgília e a Câmara dos deputados.
— As duas Virgílias — disse ele num assomo de ternura política. Aceitei-os; meu pai deu-me dois fortes abraços. Era o seu próprio sangue que ele, enfim, reconhecia.

— Desces comigo?

— Desço amanhã. Vou fazer primeiramente uma visita a dona Eusébia...

Meu pai torceu o nariz, mas não disse nada; despediu-se e desceu. Eu, na tarde desse mesmo dia, fui visitar d. Eusébia. Achei-a a repreender um preto jardineiro, mas deixou tudo para vir falar-me, com um alvoroço, um prazer tão sincero, que me desacanhou logo. Creio que chegou a cingir-me com o seu par de braços robustos. Fez-me sentar ao pé de si, na varanda, entre muitas exclamações de contentamento:

— Ora, o Brasinho! Um homem! Quem diria, há anos... Um homenzarrão! E bonito! Qual! Você não se lembra de mim...

Disse-lhe que sim, que não era possível esquecer uma amiga tão familiar de nossa casa. D. Eusébia começou a falar de minha mãe com muitas saudades, com tantas saudades, que me cativou logo, posto me entristecesse. Ela percebeu-o nos meus olhos, e torceu a rédea à conversação; pediu-me que lhe contasse a viagem, os estudos, os namoros... Sim, os namoros também; confessou-me que era uma velha patusca. Nisso recordei-me do episódio de 1814, ela, o Vilaça, a moita, o beijo, o meu grito; e estando a recordá-lo, ouço um ranger de porta, um farfalhar de saias e esta palavra:

— Mamãe... mamãe...

Capítulo XXX
A flor da moita

A voz e as saias pertenciam a uma mocinha morena, que se deteve à porta, alguns instantes, ao ver gente estranha. Silêncio curto e constrangido. D. Eusébia quebrou-o, enfim, com resolução e franqueza:

— Vem cá, Eugênia — disse ela —, cumprimenta o doutor Brás Cubas, filho do senhor Cubas; veio da Europa.

E voltando-se para mim:

— Minha filha Eugênia.

Eugênia, a flor da moita, mal respondeu ao gesto de cortesia que lhe fiz; olhou-me admirada e acanhada, e lentamente se aproximou da cadeira da mãe. A mãe arranjou-lhe uma das tranças do cabelo, cuja ponta se desmanchara.

— Ah! travessa! — dizia. — Não imagina, doutor, o que isto é... — E beijou-a com tão expansiva ternura que me comoveu um pouco; lembrou-me minha mãe, e — direi tudo — tive umas cócegas de ser pai.

— Travessa? — disse eu. — Pois já não está em idade própria, ao que parece.

— Quantos lhe dá?

— Dezessete.

— Menos um.

— Dezesseis. Pois então! é uma moça.

Não pôde Eugênia encobrir a satisfação que sentia com esta minha palavra, mas emendou-se logo, e ficou como dantes, ereta, fria e muda. Em verdade, parecia

ainda mais mulher do que era; seria criança nos seus folgares de moça; mas assim quieta, impassível, tinha a compostura da mulher casada. Talvez essa circunstância lhe diminuía um pouco da graça virginal. Depressa nos familiarizamos; a mãe fazia-lhe grandes elogios, eu escutava-os de boa sombra, e ela sorria, com os olhos fúlgidos, como se lá dentro do cérebro lhe estivesse a voar uma borboletinha de asas de ouro e olhos de diamante...

Digo lá dentro, porque cá fora o que esvoaçou foi uma borboleta preta, que subitamente penetrou na varanda e começou a bater as asas em derredor de d. Eusébia. D. Eusébia deu um grito, levantou-se, praguejou umas palavras soltas: — Tesconjuro!... Sai, diabo!... Virgem Nossa Senhora!...

— Não tenha medo — disse eu; e, tirando o lenço, expeli a borboleta. D. Eusébia sentou-se outra vez, ofegante, um pouco envergonhada; a filha, pode ser que pálida de medo, dissimulava a impressão com muita força de vontade. Apertei-lhes a mão e saí, a rir comigo da superstição das duas mulheres, um rir filosófico, desinteressado, superior. De tarde, vi passar a cavalo a filha de d. Eusébia, seguida de um pajem; fez-me um cumprimento com a ponta do chicote. Confesso que me lisonjeei com a ideia de que, alguns passos adiante, ela voltaria a cabeça para trás; mas não voltou.

Capítulo XXXI
A borboleta preta

No dia seguinte, como eu estivesse a preparar-me para descer, entrou no meu quarto uma borboleta, tão negra como a outra, e muito maior do que ela. Lembrou-me o caso da véspera, e ri-me; entrei logo a pensar na filha de d. Eusébia, no susto que tivera, e na dignidade que, apesar dele, soube conservar. A borboleta, depois de esvoaçar muito em torno de mim, pousou-me na testa. Sacudi-a, ela foi pousar na vidraça; e, porque eu a sacudisse de novo, saiu dali e veio parar em cima de um velho retrato de meu pai. Era negra como a noite. O gesto brando com que, uma vez posta, começou a mover as asas, tinha um certo ar escarninho, que me aborreceu muito. Dei de ombros, saí do quarto; mas tornando lá, minutos depois, e achando-a ainda no mesmo lugar, senti um repelão dos nervos, lancei mão de uma toalha, bati-lhe e ela caiu.

Não caiu morta; ainda torcia o corpo e movia as farpinhas da cabeça. Apiedei-me; tomei-a na palma da mão e fui depô-la no peitoril da janela. Era tarde; a infeliz expirou dentro de alguns segundos. Fiquei um pouco aborrecido, incomodado.

— Também por que diabo não era ela azul? — disse comigo.

E esta reflexão — uma das mais profundas que se tem feito desde a invenção das borboletas — me consolou do malefício, e me reconciliou comigo mesmo. Deixei-me estar a contemplar o cadáver, com alguma simpatia, confesso. Imaginei que ela saíra do mato, almoçada e feliz. A manhã era linda. Veio por ali fora, modesta e negra, espairecendo as suas borboletices, sob a vasta cúpula de um céu azul,

que é sempre azul, para todas as asas. Passa pela minha janela, entra e dá comigo. Suponho que nunca teria visto um homem; não sabia, portanto, o que era o homem; descreveu infinitas voltas em torno do meu corpo, e viu que me movia, que tinha olhos, braços, pernas, um ar divino, uma estatura colossal. Então disse consigo: "Este é provavelmente o inventor das borboletas". A ideia subjugou-a, aterrou-a; mas o medo, que é também sugestivo, insinuou-lhe que o melhor modo de agradar ao seu criador era beijá-lo na testa, e beijou-me na testa. Quando enxotada por mim, foi pousar na vidraça, viu dali o retrato de meu pai, e não é impossível que descobrisse meia verdade, a saber, que estava ali o pai do inventor das borboletas, e voou a pedir-lhe misericórdia.

Pois um golpe de toalha rematou a aventura. Não lhe valeu a imensidade azul, nem a alegria das flores, nem a pompa das folhas verdes, contra uma toalha de rosto, dois palmos de linho cru. Vejam como é bom ser superior às borboletas! Porque, é justo dizê-lo, se ela fosse azul, ou cor de laranja, não teria mais segura a vida; não era impossível que eu a atravessasse com um alfinete, para recreio dos olhos. Não era. Esta última ideia restituiu-me a consolação; uni o dedo grande ao polegar, despedi um piparote e o cadáver caiu no jardim. Era tempo; aí vinham já as próvidas formigas... Não, volto à primeira ideia; creio que para ela era melhor ter nascido azul.

Capítulo XXXII
Coxa de nascença

Fui dali acabar os preparativos da viagem. Já agora não me demoro mais. Desço imediatamente; desço, ainda que algum leitor circunspecto me detenha para perguntar se o capítulo passado é apenas uma sensaboria ou se chega a empulhação... Ai, não contava com d. Eusébia. Estava pronto, quando me entrou por casa. Vinha convidar-me para transferir a descida, e ir lá jantar nesse dia. Cheguei a recusar; mas instou tanto, tanto, tanto, que não pude deixar de aceitar; demais, era-lhe devida aquela compensação; fui.

Eugênia desataviou-se nesse dia por minha causa. Creio que foi por minha causa — se é que não andava muita vez assim. Nem as bichas de ouro, que trazia na véspera, lhe pendiam agora das orelhas, duas orelhas finamente recortadas numa cabeça de ninfa. Um simples vestido branco, de cassa, sem enfeites, tendo ao colo, em vez de broche, um botão de madrepérola, e outro botão nos punhos, fechando as mangas, e nem sombra de pulseira.

Era isso no corpo; não era outra coisa no espírito. Ideias claras, maneiras chãs, certa graça natural, um ar de senhora, e não sei se alguma outra coisa; sim, a boca, exatamente a boca da mãe, a qual me lembrava o episódio de 1814, e então dava-me ímpetos de glosar o mesmo mote à filha...

— Agora vou mostrar-lhe a chácara — disse a mãe, logo que esgotamos o último gole de café.

Saímos à varanda, dali à chácara, e foi então que notei uma circunstância. Eugênia coxeava um pouco, tão pouco, que eu cheguei a perguntar-lhe se machucara o pé. A mãe calou-se; a filha respondeu sem titubear:

— Não, senhor, sou coxa de nascença.

Mandei-me a todos os diabos; chamei-me desastrado, grosseirão. Com efeito, a simples possibilidade de ser coxa era bastante para lhe não perguntar nada. Então lembrou-me que da primeira vez que a vi — na véspera — a moça chegara-se lentamente à cadeira da mãe, e que naquele dia já a achei à mesa de jantar. Talvez fosse para encobrir o defeito; mas por que razão o confessava agora? Olhei para ela e reparei que ia triste.

Tratei de apagar os vestígios de meu desazo; não me foi difícil, porque a mãe era, segundo confessara, uma velha patusca, e prontamente travou de conversa comigo. Vimos toda a chácara, árvores, flores, tanque de patos, tanque de lavar, uma infinidade de coisas, que ela me ia mostrando, e comentando, ao passo que eu, de soslaio, perscrutava os olhos de Eugênia...

Palavra que o olhar de Eugênia não era coxo, mas direito, perfeitamente são; vinha de uns olhos pretos e tranquilos. Creio que duas ou três vezes baixaram estes, um pouco turvados; mas duas ou três vezes somente; em geral, fitavam-me com franqueza, sem temeridade, nem biocos.

Capítulo XXXIII
Bem-aventurados os que não descem

O pior é que era coxa. Uns olhos tão lúcidos, uma boca tão fresca, uma compostura tão senhoril; e coxa! Esse contraste faria suspeitar que a natureza é às vezes um imenso escárnio. Por que bonita, se coxa? por que coxa, se bonita? Tal era a pergunta que eu vinha fazendo a mim mesmo ao voltar para casa, de noite, sem atinar com a solução do enigma. O melhor que há, quando se não resolve um enigma, é sacudi-lo pela janela fora; foi o que eu fiz; lancei mão de uma toalha e enxotei essa outra borboleta preta, que me adejava no cérebro. Fiquei aliviado e fui dormir. Mas o sonho, que é uma fresta do espírito, deixou novamente entrar o bichinho, e aí fiquei eu a noite toda a cavar o mistério, sem explicá-lo.

Amanheceu chovendo, transferi a descida; mas no outro dia, a manhã era límpida e azul, e apesar disso deixei-me ficar, não menos que no terceiro dia, e no quarto, até o fim da semana. Manhãs bonitas, frescas, convidativas; lá embaixo a família a chamar-me, e a noiva, e o parlamento, e eu sem acudir a coisa nenhuma, enlevado ao pé da minha Vênus Manca. Enlevado é uma maneira de realçar o estilo; não havia enlevo, mas gosto, uma certa satisfação física e moral. Queria-lhe, é verdade; ao pé dessa criatura tão singela, filha espúria e coxa, feita de amor e desprezo, ao pé dela sentia-me bem, e ela creio que ainda se sentia melhor ao pé de mim. E isto na Tijuca. Uma simples écloga. D. Eusébia vigiava-nos, mas pouco; temperava

a necessidade com a conveniência. A filha, nessa primeira explosão da natureza, entregava-me a alma em flor.

— O senhor desce amanhã? — disse-me ela no sábado.
— Pretendo.
— Não desça.

Não desci, e acrescentei um versículo ao Evangelho: — Bem-aventurados os que não descem, porque deles é o primeiro beijo das moças. Com efeito, foi no domingo esse primeiro beijo de Eugênia — o primeiro que nenhum outro varão jamais lhe tomara, e não furtado ou arrebatado, mas candidamente entregue, como um devedor honesto paga uma dívida. Pobre Eugênia! Se tu soubesses que ideias me vagavam pela mente fora naquela ocasião! Tu, trêmula de comoção, com os braços nos meus ombros, a contemplar em mim o teu bem-vindo esposo, e eu com os olhos de 1814, na moita, no Vilaça, e a suspeitar que não podias mentir ao teu sangue, à tua origem...

D. Eusébia entrou inesperadamente, mas não tão súbita, que nos apanhasse ao pé um do outro. Eu fui até à janela; Eugênia sentou-se a concertar uma das tranças. Que dissimulação graciosa! que arte infinita e delicada! que tartufice profunda! e tudo isso natural, vivo, não estudado, natural como o apetite, natural como o sono. Tanto melhor! D. Eusébia não suspeitou nada.

Capítulo XXXIV
A uma alma sensível

Há aí, entre as cinco ou dez pessoas que me leem, há aí uma alma sensível, que está decerto um tanto agastada com o capítulo anterior, começa a tremer pela sorte de Eugênia, e talvez... sim, talvez, lá no fundo de si mesma, me chame cínico. Eu cínico, alma sensível? Pela coxa de Diana! essa injúria merecia ser lavada com sangue, se o sangue lavasse alguma coisa nesse mundo. Não, alma sensível, eu não sou cínico, eu fui homem; meu cérebro foi um tablado em que se deram peças de todo gênero, o drama sacro, o austero, o piegas, a comédia louçã, a desgrenhada farsa, os autos, as bufonerias, um pandemônio, alma sensível, uma barafunda de coisas e pessoas, em que podias ver tudo, desde a rosa de Esmirna até a arruda do teu quintal, desde o magnífico leito de Cleópatra até o recanto da praia em que o mendigo tirita o seu sono. Cruzavam-se nele pensamentos de vária casta e feição. Não havia ali a atmosfera somente da águia e do beija-flor; havia também a da lesma e do sapo. Retira, pois, a expressão, alma sensível, castiga os nervos, limpa os óculos — que isso às vezes é dos óculos — e acabemos de uma vez com essa flor da moita.

Capítulo XXXV
O caminho de Damasco

Ora aconteceu, que, oito dias depois, como eu estivesse no caminho de Damasco, ouvi uma voz misteriosa, que me sussurrou as palavras da Escritura (*At.* ix, 7): "Levanta-te, e entra na cidade". Essa voz saía de mim mesmo, e tinha duas origens: a piedade, que me desarmava ante a candura da pequena, e o terror de vir a amar deveras, e desposá-la. Uma mulher coxa! Quanto a este motivo da minha descida, não há duvidar que ela o achou e mo disse. Foi na varanda, na tarde de uma segunda-feira, ao anunciar-lhe que na seguinte manhã viria para baixo.

— Adeus — suspirou ela estendendo-me a mão com simplicidade —; faz bem. — E como eu nada dissesse, continuou: — Faz bem em fugir ao ridículo de casar comigo. — Ia dizer-lhe que não; ela retirou-se lentamente, engolindo as lágrimas. Alcancei-a a poucos passos, e jurei-lhe por todos os santos do céu que eu era obrigado a descer, mas que não deixava de lhe querer e muito; tudo hipérboles frias, que ela escutou sem dizer nada.

— Acredita-me? — perguntei eu no fim.

— Não, e digo-lhe que faz bem.

Quis retê-la, mas o olhar que me lançou não foi já de súplica, senão de império. Desci da Tijuca, na manhã seguinte, um pouco amargurado, outro pouco satisfeito. Vinha dizendo a mim mesmo que era justo obedecer a meu pai, que era conveniente abraçar a carreira política... que a constituição... que a minha noiva... que o meu cavalo...

Capítulo XXXVI
A propósito de botas

Meu pai, que me não esperava, abraçou-me cheio de ternura e agradecimento.

— Agora é deveras? — disse ele. — Posso enfim...?

Deixei-o nessa reticência, e fui descalçar as botas, que estavam apertadas. Uma vez aliviado, respirei à larga, e deitei-me a fio comprido, enquanto os pés, e todo eu atrás deles, entrávamos numa relativa bem-aventurança. Então considerei que as botas apertadas são uma das maiores venturas da terra, porque, fazendo doer os pés, dão azo ao prazer de as descalçar. Mortifica os pés, desgraçado, desmortifica-os depois, e aí tens a felicidade barata, ao sabor dos sapateiros e de Epicuro. Enquanto essa ideia me trabalhava no famoso trapézio, lançava eu os olhos para a Tijuca, e via a aleijadinha perder-se no horizonte do pretérito, e sentia que o meu coração não tardaria também a descalçar as suas botas. E descalçou-as o lascivo. Quatro ou cinco dias depois, saboreava esse rápido, inefável e incoercível momento de gozo, que sucede a uma dor pungente, a uma preocupação, a um incômodo... Daqui inferi eu que a vida é o mais engenhoso dos fenômenos, porque só aguça a fome com o fim de

deparar a ocasião de comer, e não inventou os calos senão porque eles aperfeiçoam a felicidade terrestre. Em verdade vos digo que toda a sabedoria humana não vale um par de botas curtas.

 Tu, minha Eugênia, é que não as descalçaste nunca; foste aí pela estrada da vida, manquejando da perna e do amor, triste como os enterros pobres, solitária, calada, laboriosa, até que vieste também para esta outra margem... O que eu não sei é se a tua existência era muito necessária ao século. Quem sabe? Talvez um comparsa de menos fizesse patear a tragédia humana.

Capítulo XXXVII
Enfim!

Enfim! eis aqui Virgília. Antes de ir à casa do conselheiro Dutra, perguntei a meu pai se havia algum ajuste prévio de casamento.

 — Nenhum ajuste. Há tempos, conversando com ele a teu respeito, confessei-lhe o desejo que tinha de te ver deputado; e de tal modo falei, que ele prometeu fazer alguma coisa, e creio que o fará. Quanto à noiva, é o nome que dou a uma criaturinha, que é uma joia, uma flor, uma estrela, uma coisa rara... é a filha dele; imaginei que, se casasses com ela, mais depressa serias deputado.

 — Só isso?

 — Só isso.

 Fomos dali à casa do Dutra. Era uma pérola, esse homem, risonho, jovial, patriota, um pouco irritado com os males públicos, mas não desesperando de os curar depressa. Achou que a minha candidatura era legítima; convinha, porém, esperar alguns meses. E logo me apresentou à mulher — uma estimável senhora — e à filha, que não desmentiu em nada o panegírico de meu pai. Juro-vos que em nada. Relede o capítulo XXVII. Eu, que levava ideias a respeito da pequena, fitei-a de certo modo; ela, que não sei se as tinha, não me fitou de modo diferente; e o nosso olhar primeiro foi pura e simplesmente conjugal. No fim de um mês estávamos íntimos.

Capítulo XXXVIII
A quarta edição

— Venha cá jantar amanhã — disse-me o Dutra uma noite.

 Aceitei o convite. No dia seguinte, mandei que a sege me esperasse no largo de São Francisco de Paula, e fui dar várias voltas. Lembra-vos ainda a minha teoria das edições humanas? Pois sabei que, naquele tempo, estava eu na quarta edição, revista e emendada, mas ainda inçada de descuidos e barbarismos; defeito que, aliás, achava alguma compensação no tipo, que era elegante, e na encadernação, que era

luxuosa. Dadas as voltas, ao passar pela rua dos Ourives, consulto o relógio e cai-me o vidro na calçada. Entro na primeira loja que tinha à mão; era um cubículo — pouco mais — empoeirado e escuro.

Ao fundo, por trás do balcão, estava sentada uma mulher, cujo rosto amarelo e bexiguento não se destacava logo, à primeira vista; mas logo que se destacava era um espetáculo curioso. Não podia ter sido feia; ao contrário, via-se que fora bonita, e não pouco bonita; mas a doença e uma velhice precoce destruíam-lhe a flor das graças. As bexigas tinham sido terríveis; os sinais, grandes e muitos, faziam saliências e encarnas, declives e aclives, e davam uma sensação de lixa grossa, enormemente grossa. Eram os olhos a melhor parte do vulto, e aliás tinham uma expressão singular e repugnante, que mudou, entretanto, logo que eu comecei a falar. Quanto ao cabelo, estava ruço e quase tão poento como os portais da loja. Num dos dedos da mão esquerda fulgia-lhe um diamante. Crê-lo-eis, pósteros? essa mulher era Marcela.

Não a conheci logo; era difícil; ela porém conheceu-me apenas lhe dirigi a palavra. Os olhos chisparam e trocaram a expressão usual por outra, meio doce e meio triste. Vi-lhe um movimento como para esconder-se ou fugir; era o instinto da vaidade, que não durou mais de um instante. Marcela acomodou-se e sorriu.

— Quer comprar alguma coisa? — disse ela estendendo-me a mão.

Não respondi nada. Marcela compreendeu a causa do meu silêncio (não era difícil), e só hesitou, creio eu, em decidir o que dominava mais, se o assombro do presente, se a memória do passado. Deu-me uma cadeira, e, com o balcão permeio, falou-me longamente de si, da vida que levara, das lágrimas que eu lhe fizera verter, das saudades, dos desastres, enfim das bexigas, que lhe escalavraram o rosto, e do tempo, que ajudou a moléstia, adiantando-lhe a decadência. Verdade é que tinha a alma decrépita. Vendera tudo, quase tudo; um homem, que a amara outrora, e lhe morreu nos braços, deixara-lhe aquela loja de ourivesaria, mas, para que a desgraça fosse completa, era agora pouco buscada a loja — talvez pela singularidade de a dirigir uma mulher. Em seguida pediu-me que lhe contasse a minha vida. Gastei pouco tempo em dizer-lha; não era longa, nem interessante.

— Casou? — disse Marcela no fim de minha narração.

— Ainda não — respondi secamente.

Marcela lançou os olhos para a rua, com a atonia de quem reflete ou relembra; eu deixei-me ir então ao passado, e, no meio das recordações e saudades, perguntei a mim mesmo por que motivo fizera tanto desatino. Não era esta certamente a Marcela de 1822; mas a beleza de outro tempo valia uma terça parte dos meus sacrifícios? Era o que eu buscava saber, interrogando o rosto de Marcela. O rosto dizia-me que não; ao mesmo tempo os olhos me contavam que, já outrora, como hoje, ardia neles a flama da cobiça. Os meus é que não souberam ver-lha; eram olhos da primeira edição.

— Mas por que entrou aqui? viu-me da rua? — perguntou ela, saindo daquela espécie de torpor.

— Não, supunha entrar numa casa de relojoeiro; queria comprar um vidro para este relógio; vou a outra parte; desculpe-me; tenho pressa.

Marcela suspirou com tristeza. A verdade é que eu me sentia pungido e aborrecido, ao mesmo tempo, e ansiava por me ver fora daquela casa. Marcela, entretanto, chamou um moleque, deu-lhe o relógio, e, apesar da minha oposição, mandou-o

a uma loja na vizinhança, comprar o vidro. Não havia remédio; sentei-me outra vez. Disse ela então que desejava ter a proteção dos conhecidos de outro tempo; ponderou que mais tarde ou mais cedo era natural que me casasse, e afiançou que me daria finas joias por *preços baratos.* Não disse preços baratos, mas usou uma metáfora delicada e transparente. Entrei a desconfiar que não padecera nenhum desastre (salvo a moléstia), que tinha o dinheiro a bom recado, e que negociava com o único fim de acudir à paixão do lucro, que era o verme roedor daquela existência; foi isso mesmo que me disseram depois.

Capítulo XXXIX
O vizinho

Enquanto eu fazia comigo mesmo aquela reflexão, entrou na loja um sujeito baixo, sem chapéu, trazendo pela mão uma menina de quatro anos.

— Como passou de hoje de manhã? — disse ele a Marcela.

— Assim, assim. Vem cá, Maricota.

O sujeito levantou a criança pelos braços e passou-a para dentro do balcão.

— Anda — disse ele —; pergunta a dona Marcela como passou a noite. Estava ansiosa por vir cá, mas a mãe não tinha podido vesti-la... Então, Maricota? Toma a bênção... Olha a vara de marmelo! Assim... Não imagina o que ela é lá em casa; fala na senhora a todos os instantes, e aqui parece uma pamonha. Ainda ontem... Digo, Maricota?

— Não, diga, não, papai.

— Então foi alguma coisa feia? — perguntou Marcela batendo na cara da menina.

— Eu lhe digo; a mãe ensina-lhe a rezar todas as noites um padre-nosso e uma ave-maria, oferecidos a Nossa Senhora; mas a pequena ontem veio pedir-me com voz muito humilde... imagine o quê?... que queria oferecê-los a santa Marcela.

— Coitadinha! — disse Marcela beijando-a.

— É um namoro, uma paixão, como a senhora não imagina... A mãe diz que é feitiço...

Contou mais algumas coisas o sujeito, todas mui agradáveis, até que saiu levando a menina, não sem deitar-me um olhar interrogativo ou suspeitoso. Perguntei a Marcela quem era ele.

— É um relojoeiro da vizinhança, um bom homem; a mulher também; e a filha é galante, não? Parecem gostar muito de mim... é boa gente.

Ao proferir estas palavras havia um tremor de alegria na voz de Marcela; e no rosto como que se lhe espraiou uma onda de ventura...

Capítulo XL
Na sege

Nisto entrou o moleque trazendo o relógio com o vidro novo. Era tempo; já me custava estar ali; dei uma moedinha de prata ao moleque; disse a Marcela que voltaria noutra ocasião, e saí a passo largo. Para dizer tudo, devo confessar que o coração me batia um pouco; mas era uma espécie de dobre de finados. O espírito ia travado de impressões opostas. Notem que aquele dia amanhecera alegre para mim. Meu pai, ao almoço, repetiu-me, por antecipação, o primeiro discurso que eu tinha de proferir na Câmara dos deputados; rimo-nos muito, e o sol também, que estava brilhante, como nos mais belos dias do mundo; do mesmo modo que Virgília devia rir, quando eu lhe contasse as nossas fantasias do almoço. Vai senão quando, cai-me o vidro do relógio; entro na primeira loja que me fica à mão; e eis me surge o passado, ei-lo que me lacera e beija; ei-lo que me interroga, com um rosto cortado de saudades e bexigas...

 Lá o deixei; meti-me às pressas na sege, que me esperava no largo de São Francisco de Paula, e ordenei ao boleeiro que rodasse pelas ruas fora. O boleeiro atiçou as bestas, a sege entrou a sacolejar-me, as molas gemiam, as rodas sulcavam rapidamente a lama que deixara a chuva recente, e tudo isso me parecia estar parado. Não há, às vezes, um certo vento morno, não forte nem áspero, mas abafadiço, que nos não leva o chapéu da cabeça, nem rodomoinha nas saias das mulheres, e todavia é ou parece ser pior do que se fizesse uma e outra coisa, porque abate, afrouxa, e como que dissolve os espíritos? Pois eu tinha esse vento comigo; e, certo de que ele me soprava por achar-me naquela espécie de garganta entre o passado e o presente, almejava por sair à planície do futuro. O pior é que a sege não andava.

 — João — bradei eu ao boleeiro. — Esta sege anda ou não anda?

 — Uê! nhonhô! Já estamos parados na porta de sinhô conselheiro.

Capítulo XLI
A alucinação

Era verdade. Entrei apressado; achei Virgília ansiosa, mau humor, fronte nublada. A mãe, que era surda, estava na sala com ela. No fim dos cumprimentos, disse-me a moça com sequidão:

 — Esperávamos que viesse mais cedo.

 Defendi-me do melhor modo; falei do cavalo que empacara, e de um amigo, que me detivera. De repente morre-me a voz nos lábios, fico tolhido de assombro. Virgília... seria Virgília aquela moça? Fitei-a muito, e a sensação foi tão penosa, que recuei um passo e desviei a vista. Tornei a olhá-la. As bexigas tinham-lhe comido o rosto; a pele, ainda na véspera tão fina, rosada e pura, aparecia-me agora amarela,

estigmada pelo mesmo flagelo que devastara o rosto da espanhola. Os olhos, que eram travessos, fizeram-se murchos; tinha o lábio triste e a atitude cansada. Olhei-a bem; peguei-lhe na mão, e chamei-a brandamente a mim. Não me enganava; eram as bexigas. Creio que fiz um gesto de repulsa.

Virgília afastou-se, e foi sentar-se no sofá. Eu fiquei algum tempo a olhar para os meus próprios pés. Devia sair ou ficar? Rejeitei o primeiro alvitre, que era simplesmente absurdo, e encaminhei-me para Virgília, que lá estava sentada e calada. Céus! Era outra vez a fresca, a juvenil, a florida Virgília. Em vão procurei no rosto dela algum vestígio da doença; nenhum havia; era a pele fina e branca do costume.

— Nunca me viu? — perguntou Virgília, vendo que a encarava com insistência.
— Tão bonita, nunca.

Sentei-me, enquanto Virgília, calada, fazia estalar as unhas. Seguiram-se alguns segundos de pausa. Falei-lhe de coisas estranhas ao incidente; ela porém não me respondia nada, nem olhava para mim. Menos o estalido, era a estátua do Silêncio. Uma só vez me deitou os olhos, mas muito de cima, soerguendo a pontinha esquerda do lábio, contraindo as sobrancelhas, ao ponto de as unir; todo esse conjunto de coisas dava-lhe ao rosto uma expressão média, entre cômica e trágica.

Havia alguma afetação naquele desdém; era um arrebique do gesto. Lá dentro, ela padecia, e não pouco — ou fosse mágoa pura, ou só despeito; e porque a dor que se dissimula dói mais, é mui provável que Virgília padecesse em dobro do que realmente devia padecer. Creio que isto é metafísica.

CAPÍTULO XLII
Que escapou a Aristóteles

Outra coisa que também me parece metafísica é isto: Dá-se movimento a uma bola, por exemplo; rola esta, encontra outra bola, transmite-lhe o impulso, e eis a segunda bola a rolar como a primeira rolou. Suponhamos que a primeira bola se chama... Marcela — é uma simples suposição; a segunda, Brás Cubas; a terceira, Virgília. Temos que Marcela, recebendo um piparote do passado rolou até tocar em Brás Cubas, o qual, cedendo à força impulsiva, entrou a rolar também até esbarrar em Virgília, que não tinha nada com a primeira bola; e eis aí como, pela simples transmissão de uma força, se tocam os extremos sociais, e se estabelece uma coisa que poderemos chamar solidariedade do aborrecimento humano. Como é que este capítulo escapou a Aristóteles?

Capítulo XLIII
Marquesa, porque eu serei marquês

Positivamente, era um diabrete Virgília, um diabrete angélico, se querem, mas era-o, e então...

Então apareceu o Lobo Neves, um homem que não era mais esbelto que eu, nem mais elegante, nem mais lido, nem mais simpático, e todavia foi quem me arrebatou Virgília e a candidatura, dentro de poucas semanas, com um ímpeto verdadeiramente cesariano. Não precedeu nenhum despeito; não houve a menor violência de família. Dutra veio dizer-me, um dia, que esperasse outra aragem, porque a candidatura de Lobo Neves era apoiada por grandes influências. Cedi; tal foi o começo da minha derrota. Uma semana depois, Virgília perguntou ao Lobo Neves, a sorrir, quando seria ele ministro.

— Pela minha vontade, já; pela dos outros, daqui a um ano.

Virgília replicou:

— Promete que algum dia me fará baronesa?

— Marquesa, porque eu serei marquês.

Desde então fiquei perdido. Virgília comparou a águia e o pavão, e elegeu a águia, deixando o pavão com o seu espanto, o seu despeito, e três ou quatro beijos que lhe dera. Talvez cinco beijos; mas dez que fossem não queria dizer coisa nenhuma. O lábio do homem não é como a pata do cavalo de Átila, que esterilizava o solo em que batia; é justamente o contrário.

Capítulo XLIV
Um Cubas!

Meu pai ficou atônito com o desenlace, e quer-me parecer que não morreu de outra coisa. Eram tantos os castelos que engenhara, tantos e tantíssimos os sonhos, que não podia vê-los assim esboroados sem padecer um forte abalo no organismo. A princípio não quis crê-lo. Um Cubas! um galho da árvore ilustre dos Cubas! E dizia isto com tal convicção, que eu, já então informado da nossa tanoaria, esqueci um instante a volúvel dama para só contemplar aquele fenômeno, não raro, mas curioso: uma imaginação graduada em consciência.

— Um Cubas! — repetia-me ele na seguinte manhã, ao almoço.

Não foi alegre o almoço; eu próprio estava a cair de sono. Tinha velado uma parte da noite. De amor? Era impossível; não se ama duas vezes a mesma mulher, e eu, que tinha de amar aquela, tempos depois, não lhe estava agora preso por nenhum outro vínculo além de uma fantasia passageira, alguma obediência e muita fatuidade. E isto basta a explicar a vigília; era despeito, um despeitozinho agudo como ponta de alfinete, o qual se desfez com charutos, murros, leituras truncadas, até romper a aurora, a mais tranquila das auroras.

Mas eu era moço, tinha o remédio em mim mesmo. Meu pai é que não pôde suportar facilmente a pancada. Pensando bem, pode ser que não morresse precisamente do desastre; mas que o desastre lhe complicou as últimas dores, é positivo. Morreu daí a quatro meses — acabrunhado, triste, com uma preocupação intensa e contínua, à semelhança de remorso, um desencanto mortal, que lhe substituiu os reumatismos e tosses. Teve ainda meia hora de alegria; foi quando um dos ministros o visitou. Vi-lhe — lembra-me bem — vi-lhe o grato sorriso de outro tempo, e nos olhos uma concentração de luz, que era, por assim dizer, o último lampejo da alma expirante. Mas a tristeza tornou logo, a tristeza de morrer sem me ver posto em algum lugar alto, como aliás me cabia.

— Um Cubas!

Morreu alguns dias depois da visita do ministro, uma manhã de maio, entre os dois filhos, Sabina e eu, e mais o tio Ildefonso e meu cunhado. Morreu sem lhe poder valer a ciência dos médicos, nem o nosso amor, nem os cuidados, que foram muitos, nem coisa nenhuma; tinha de morrer, morreu.

— Um Cubas!

Capítulo XLV
Notas

Soluços, lágrimas, casa armada, veludo preto nos portais, um homem que veio vestir o cadáver, outro que tomou a medida do caixão, caixão, essa, tocheiros, convites, convidados que entravam, lentamente, a passo surdo, e apertavam a mão à família, alguns tristes, todos sérios e calados, padre e sacristão, rezas, aspersões d'água benta, o fechar do caixão a prego e martelo, seis pessoas que o tomam da essa, e o levantam, e o descem a custo pela escada, não obstante os gritos, soluços e novas lágrimas da família, e vão até o coche fúnebre, o colocam em cima e traspassam e apertam as correias, o rodar do coche, o rodar dos carros, um a um... Isto que parece um simples inventário, eram notas que eu havia tomado para um capítulo triste e vulgar que não escrevo.

Capítulo XLVI
A herança

Veja-nos agora o leitor, oito dias depois da morte de meu pai — minha irmã sentada num sofá, pouco adiante, Cotrim, de pé, encostado a um consolo, com os braços cruzados e a morder o bigode, eu a passear de um lado para outro, com os olhos no chão. Luto pesado. Profundo silêncio.

— Mas afinal — disse Cotrim —; esta casa pouco mais pode valer de trinta contos; demos que valha trinta e cinco...

— Vale cinquenta — ponderei —; Sabina sabe que custou cinquenta e oito...

— Podia custar até sessenta — tornou Cotrim —; mas não se segue que os valesse, e menos ainda que os valha hoje. Você sabe que as casas, aqui, há anos, baixaram muito. Olhe, se esta vale os cinquenta contos, quantos não vale a que você deseja para si, a do Campo?

— Não fale nisso! Uma casa velha.

— Velha! — exclamou Sabina, levantando as mãos ao teto.

— Parece-lhe nova, aposto?

— Ora, mano, deixe-se dessas coisas — disse Sabina, erguendo-se do sofá —; podemos arranjar tudo em boa amizade, e com lisura. Por exemplo, Cotrim não aceita os pretos, quer só o boleeiro de papai e o Paulo...

— O boleeiro não — acudi eu —; fico com a sege e não hei de ir comprar outro.

— Bem; fico com o Paulo e o Prudêncio.

— O Prudêncio está livre.

— Livre?

— Há dois anos.

— Livre? Como seu pai arranjava essas coisas cá por casa, sem dar parte a ninguém! Está direito. Quanto à prata... creio que não libertou a prata?

Tínhamos falado na prata, a velha prataria do tempo de d. José I, a porção mais grave da herança, já pelo lavor, já pela vetustez, já pela origem da propriedade; dizia meu pai que o conde da Cunha, quando vice-rei do Brasil, a dera de presente a meu bisavô Luís Cubas.

— Quanto à prata — continuou Cotrim —, eu não faria questão nenhuma, se não fosse o desejo que sua irmã tem de ficar com ela; e acho-lhe razão. Sabina é casada, e precisa de uma copa digna, apresentável. Você é solteiro, não recebe, não...

— Mas posso casar.

— Para quê? — interrompeu Sabina.

Era tão sublime essa pergunta, que por alguns instantes me fez esquecer os interesses. Sorri; peguei na mão de Sabina, bati-lhe levemente na palma, tudo isso com tão boa sombra, que o Cotrim interpretou o gesto como de aquiescência, e agradeceu-mo.

— Que é lá? — redargui. — Não cedi coisa nenhuma, nem cedo.

— Nem cede?

Abanei a cabeça.

— Deixa, Cotrim — disse minha irmã ao marido —; vê se ele quer ficar também com a nossa roupa do corpo; é só o que falta.

— Não falta mais nada. Quer a sege, quer o boleeiro, quer a prata, quer tudo. Olhe, é muito mais sumário citar-nos a juízo e provar com testemunhas que Sabina não é sua irmã, que eu não sou seu cunhado e que Deus não é Deus. Faça isso, e não perde nada, nem uma colherinha. Ora, meu amigo, outro ofício!

Estava tão agastado, e eu não menos, que entendi oferecer um meio de conciliação; dividir a prata. Riu-se e perguntou-me a quem caberia o bule e a quem o açucareiro; e depois dessa pergunta declarou que teríamos tempo de liquidar a pre-

tensão, quando menos em juízo. Entretanto, Sabina fora até a janela que dava para a chácara — e depois de um instante, voltou, e propôs ceder o Paulo e outro preto, com a condição de ficar com a prata; eu ia dizer que não me convinha, mas Cotrim adiantou-se e disse a mesma coisa.

— Isso nunca! não faço esmolas! — disse ele.

Jantamos tristes. Meu tio cônego apareceu à sobremesa, e ainda presenciou uma pequena altercação.

— Meus filhos — disse ele —, lembrem-se que meu irmão deixou um pão bem grande, para ser repartido por todos.

Mas Cotrim:

— Creio, creio. A questão, porém, não é de pão, é de manteiga. Pão seco é que eu não engulo.

Fizeram-se finalmente as partilhas, mas nós estávamos brigados. E digo-lhes que, ainda assim, custou-me muito a brigar com Sabina. Éramos tão amigos! Jogos pueris, fúrias de criança, risos e tristezas da idade adulta, dividimos muita vez esse pão da alegria e da miséria, irmãmente, como bons irmãos que éramos. Mas estávamos brigados. Tal qual a beleza de Marcela, que se esvaiu com as bexigas.

Capítulo XLVII
O recluso

Marcela, Sabina, Virgília... aí estou eu a fundir todos os contrastes, como se esses nomes e pessoas não fossem mais do que modos de ser da minha afeição interior. Pena de maus costumes, ata uma gravata ao estilo, veste-lhe um colete menos sórdido; e depois sim, depois vem comigo, entra nessa casa, estira-te nessa rede que me embalou a melhor parte dos anos que decorreram desde o inventário de meu pai até 1842. Vem; se te cheirar a algum aroma de toucador, não cuides que o mandei derramar para meu regalo; é um vestígio da N. ou da Z. ou da U. — que todas essas letras maiúsculas embalaram aí a sua elegante abjeção. Mas, se, além do aroma, quiseres outra coisa, fica-te com o desejo, porque eu não guardei retratos, nem cartas, nem memórias, a mesma comoção esvaiu-se, e só me ficaram as letras iniciais.

Vivi meio recluso, indo de longe em longe a algum baile, ou teatro, ou palestra, mas a maior parte do tempo passei-a comigo mesmo. Vivia; deixava-me ir ao curso e recurso dos sucessos e dos dias, ora buliçoso, ora apático, entre a ambição e o desânimo. Escrevia política e fazia literatura. Mandava artigos e versos para as folhas públicas, e cheguei a alcançar certa reputação de polemista e de poeta. Quando me lembrava do Lobo Neves, que era já deputado, e de Virgília, futura marquesa, perguntava a mim mesmo por que não seria melhor deputado e melhor marquês do que o Lobo Neves — eu, que valia mais, muito mais do que ele —, e dizia isto a olhar para a ponta do nariz...

Capítulo XLVIII
Um primo de Virgília

— Sabe quem chegou ontem de São Paulo? — perguntou-me uma noite Luís Dutra.
Luís Dutra era um primo de Virgília, que também privava com as musas. Os versos dele agradavam e valiam mais do que os meus; mas ele tinha necessidade da sanção de alguns, que lhe confirmasse o aplauso dos outros. Como fosse acanhado, não interrogava a ninguém; mas deleitava-se com ouvir alguma palavra de apreço; então criava novas forças e arremetia juvenilmente ao trabalho.

Pobre Luís Dutra! Apenas publicava alguma coisa, corria à minha casa e entrava a girar em volta de mim, à espreita de um juízo, de uma palavra, de um gesto, que lhe aprovasse a recente produção, e eu falava-lhe de mil coisas diferentes — do último baile do Catete, da discussão das câmaras, de berlindas e cavalos —, de tudo, menos dos seus versos ou prosas. Ele respondia-me, a princípio com animação, depois mais frouxo, torcia a rédea da conversa para o seu assunto dele, abria um livro, perguntava-me se tinha algum trabalho novo, e eu dizia-lhe que sim ou que não, mas torcia a rédea para o outro lado, e lá ia ele atrás de mim, até que empacava de todo e saía triste. Minha intenção era fazê-lo duvidar de si mesmo, desanimá-lo, eliminá-lo. E tudo isto a olhar para a ponta do nariz....

Capítulo XLIX
A ponta do nariz

Nariz, consciência sem remorsos, tu me valeste muito na vida... Já meditaste alguma vez no destino do nariz, amado leitor? A explicação do doutor Pangloss é que o nariz foi criado para uso dos óculos — e tal explicação confesso que até certo tempo me pareceu definitiva; mas veio um dia em que, estando a ruminar esse e outros pontos obscuros de filosofia, atinei com a única, verdadeira e definitiva explicação.

Com efeito, bastou-me atentar no costume do faquir. Sabe o leitor que o faquir gasta longas horas a olhar para a ponta do nariz, com o fim único de ver a luz celeste. Quando ele finca os olhos na ponta do nariz, perde o sentimento das coisas externas, embeleza-se no invisível, apreende o impalpável, desvincula-se da terra, dissolve-se, eteriza-se. Essa sublimação do ser pela ponta do nariz é o fenômeno mais excelso do espírito, e a faculdade de a obter não pertence ao faquir somente: é universal. Cada homem tem necessidade e poder de contemplar o seu próprio nariz, para o fim de ver a luz celeste, e tal contemplação, cujo efeito é a subordinação do universo a um nariz somente, constitui o equilíbrio das sociedades. Se os narizes se contemplassem exclusivamente uns aos outros, o gênero humano não chegaria a durar dois séculos: extinguia-se com as primeiras tribos.

Ouço daqui uma objeção do leitor: — Como pode ser assim — diz ele —, se nunca jamais ninguém não viu estarem os homens a contemplar o seu próprio nariz?

Leitor obtuso, isso prova que nunca entraste no cérebro de um chapeleiro. Um chapeleiro passa por uma loja de chapéus; é a loja de um rival, que a abriu há dois anos; tinha então duas portas, hoje tem quatro; promete ter seis a oito. Nas vidraças ostentam-se os chapéus do rival; pelas portas entram os fregueses do rival; o chapeleiro compara aquela loja com a sua, que é mais antiga e tem só duas portas, e aqueles chapéus com os seus, menos buscados, ainda que de igual preço. Mortifica-se naturalmente; mas vai andando, concentrado, com os olhos para baixo ou para a frente, a indagar as causas da prosperidade do outro e do seu próprio atraso, quando ele chapeleiro é muito melhor chapeleiro do que o outro chapeleiro... Nesse instante é que os olhos se fixam na ponta do nariz.

A conclusão, portanto, é que há duas forças capitais: o amor, que multiplica a espécie, e o nariz, que a subordina ao indivíduo. Procriação, equilíbrio.

Capítulo L
Virgília casada

— Quem chegou de São Paulo foi minha prima Virgília, casada com o Lobo Neves — continuou Luís Dutra.

— Ah!

— E só hoje é que eu soube uma coisa, seu maganão...

— Que foi?

— Que você quis casar com ela.

— Ideias de meu pai. Quem lhe disse isso?

— Ela mesma. Falei-lhe muito em você, e ela então contou-me tudo.

No dia seguinte, estando na rua do Ouvidor, à porta da tipografia do Plancher, vi assomar, à distância, uma mulher esplêndida. Era ela; só a reconheci a poucos passos, tão outra estava, a tal ponto a natureza e a arte lhe haviam dado o último apuro. Cortejamo-nos; ela seguiu; entrou com o marido na carruagem, que os esperava um pouco acima; fiquei atônito.

Oito dias depois, encontrei-a num baile; creio que chegamos a trocar duas ou três palavras. Mas noutro baile, dado daí a um mês, em casa de uma senhora, que ornara os salões do primeiro reinado e não desornava então os do segundo, a aproximação foi maior e mais longa, porque conversamos e valsamos. A valsa é uma deliciosa coisa. Valsamos; não nego que, ao conchegar ao meu corpo aquele corpo flexível e magnífico, tive uma singular sensação, uma sensação de homem roubado.

— Está muito calor — disse ela, logo que acabamos. — Vamos ao terraço?

— Não; pode constipar-se. Vamos a outra sala.

Na outra sala estava Lobo Neves, que me fez muitos cumprimentos acerca dos meus escritos políticos, acrescentando que nada dizia dos literários por não entender deles; mas os políticos eram excelentes, bem pensados e bem escritos. Respondi-lhe com iguais esmeros de cortesia, e separamo-nos contentes um do outro.

Cerca de três semanas depois recebi um convite dele para uma reunião íntima.

Fui; Virgília recebeu-me com esta graciosa palavra:

— O senhor hoje há de valsar comigo. — Em verdade, eu tinha fama e era valsista emérito; não admira que ela me preferisse. Valsamos uma vez, e mais outra vez. Um livro perdeu Francesca; cá foi a valsa que nos perdeu. Creio que essa noite apertei-lhe a mão com muita força, e ela deixou-a ficar, como esquecida, e eu a abraçá-la, e todos com os olhos em nós, e nos outros que também se abraçavam e giravam... Um delírio.

Capítulo LI
É minha!

— É minha! — disse eu comigo, logo que a passei a outro cavalheiro; e confesso que durante o resto da noite foi-se-me a ideia entranhando no espírito, não à força de martelo, mas de verruma, que é mais insinuativa.

— É minha! — dizia eu ao chegar à porta de casa.

Mas aí, como se o destino ou o acaso, ou o que quer que fosse, se lembrasse de dar algum passo aos meus arroubos possessórios, luziu-me no chão uma coisa redonda e amarela. Abaixei-me; era uma moeda de ouro, uma meia dobra.

— É minha! — repeti eu a rir-me, e meti-a no bolso.

Nessa noite não pensei mais na moeda; mas no dia seguinte, recordando o caso, senti uns repelões da consciência, e uma voz que me perguntava por que diabo seria minha uma moeda que eu não herdara nem ganhara, mas somente achara na rua. Evidentemente não era minha; era de outro, daquele que a perdera, rico ou pobre, e talvez fosse pobre, algum operário que não teria com que dar de comer à mulher e aos filhos; mas se fosse rico, o meu dever ficava o mesmo. Cumpria restituir a moeda, e o melhor meio, o único meio, era fazê-lo por intermédio de um anúncio ou da polícia. Enviei uma carta ao chefe de polícia, remetendo-lhe o achado, e rogando-lhe que, pelos meios a seu alcance, fizesse devolvê-lo às mãos do verdadeiro dono.

Mandei a carta e almocei tranquilo, posso até dizer que jubiloso. Minha consciência valsara tanto, na véspera, que chegou a ficar sufocada, sem respiração; mas a restituição da meia dobra foi uma janela que se abriu para o outro lado da moral; entrou uma onda de ar puro, e a pobre dama respirou à larga. Ventilai as consciências! não vos digo mais nada. Todavia, despido de quaisquer outras circunstâncias, o meu ato era bonito, porque exprimia um justo escrúpulo, um sentimento de alma delicada. Era o que me dizia a minha dama interior, com um modo austero e meigo a um tempo; é o que ela me dizia, reclinada ao peitoril da janela aberta.

— Fizeste bem, Cubas; andaste perfeitamente. Este ar não é só puro, é balsâmico, é uma transpiração dos eternos jardins. Queres ver o que fizeste, Cubas?

E a boa dama sacou um espelho e abriu-mo diante dos olhos. Vi, claramente vista, a meia dobra da véspera, redonda, brilhante, multiplicando-se por si mesma — ser dez — depois trinta — depois quinhentas —, exprimindo assim o benefício

que me daria na vida e na morte o simples ato da restituição. E eu espraiava todo o meu ser na contemplação daquele ato, revia-me nele, achava-me bom, talvez grande. Uma simples moeda, hein? Vejam o que é ter valsado um poucochinho mais.

Assim eu, Brás Cubas, descobri uma lei sublime, a lei da equivalência das janelas, e estabeleci que o modo de compensar uma janela fechada é abrir outra, a fim de que a moral possa arejar continuamente a consciência. Talvez não entendas o que aí fica; talvez queiras uma coisa mais concreta, um embrulho, por exemplo, um embrulho misterioso. Pois toma lá o embrulho misterioso.

Capítulo LII
O embrulho misterioso

Foi o caso que, alguns dias depois, indo eu a Botafogo, tropecei num embrulho, que estava na praia. Não digo bem; houve menos tropeção que pontapé. Vendo um embrulho, não grande, mas limpo e corretamente feito, atado com um barbante rijo, uma coisa que parecia alguma coisa, lembrou-me bater-lhe com o pé, assim por experiência, e bati, e o embrulho resistiu. Relanceei os olhos em volta de mim; a praia estava deserta; ao longe uns meninos brincavam, um pescador curava as redes ainda mais longe, ninguém que pudesse ver a minha ação; inclinei-me, apanhei o embrulho e segui.

Segui, mas não sem receio. Podia ser uma pulha de rapazes. Tive ideia de devolver o achado à praia, mas apalpei-o e rejeitei a ideia. Um pouco adiante, desandei o caminho e guiei para casa.

— Vejamos — disse eu ao entrar no gabinete.

E hesitei um instante, creio que por vergonha; assaltou-me outra vez o receio da pulha. É certo que não havia ali nenhuma testemunha externa; mas eu tinha dentro de mim mesmo um garoto, que havia de assobiar, guinchar, grunhir, patear, apupar, cacarejar, fazer o diabo, se me visse abrir o embrulho e achar dentro uma dúzia de lenços velhos ou duas dúzias de goiabas podres. Era tarde; a curiosidade estava aguçada, como deve estar a do leitor; desfiz o embrulho, e vi... achei... contei... recontei nada menos de cinco contos de réis. Nada menos. Talvez uns dez mil-réis mais. Cinco contos em boas notas e moedas, tudo asseadinho e arranjadinho, um achado raro. Embrulhei-as de novo. Ao jantar pareceu-me que um dos moleques falara a outro com os olhos. Ter-me-iam espreitado? Interroguei-os discretamente, e concluí que não. Sobre o jantar fui outra vez ao gabinete, examinei o dinheiro, e ri-me dos meus cuidados maternais a respeito de cinco contos — eu, que era abastado.

Para não pensar mais naquilo fui de noite à casa do Lobo Neves, que instara muito comigo não deixasse de frequentar as recepções da mulher. Lá encontrei o chefe de polícia; fui-lhe apresentado; ele lembrou-se logo da carta e da meia dobra que eu lhe remetera alguns dias antes. Aventou o caso; Virgília pareceu saborear o meu procedimento, e cada um dos presentes acertou de contar uma anedota análoga, que eu ouvi com impaciência de mulher histérica.

De noite, no dia seguinte, em toda aquela semana pensei o menos que pude nos cinco contos, e até confesso que os deixei muito quietinhos na gaveta da secretária. Gostava de falar de todas as coisas, menos de dinheiro, e principalmente de dinheiro achado; todavia não era crime achar dinheiro, era uma felicidade, um bom acaso, era talvez um lance da Providência. Não podia ser outra coisa. Não se perdem cinco contos como se perde um lenço de tabaco. Cinco contos levam-se com trinta mil sentidos, apalpam-se a miúdo, não se lhes tiram os olhos de cima, nem as mãos, nem o pensamento, e para se perderem assim tolamente, numa praia, é necessário que... Crime é que não podia ser o achado; nem crime, nem desonra, nem nada que embaciasse o caráter de um homem. Era um achado, um acerto feliz, como a sorte grande, como as apostas de cavalo, como os ganhos de um jogo honesto e até direi que a minha felicidade era merecida, porque eu não me sentia mau, nem indigno dos benefícios da Providência.

— Esses cinco contos — dizia eu comigo, três semanas depois —, hei de empregá-los em alguma ação boa, talvez um dote a alguma menina pobre, ou outra coisa assim... hei de ver...

Nesse mesmo dia levei-os ao Banco do Brasil. Lá me receberam com muitas e delicadas alusões ao caso da meia dobra, cuja notícia andava já espalhada entre as pessoas do meu conhecimento; respondi enfadado que a coisa não valia a pena de tamanho estrondo; louvaram-me então a modéstia — e porque eu me encolerizasse, replicaram-me que era simplesmente grande.

Capítulo LIII

...

Virgília é que já se não lembrava da meia dobra; toda ela estava concentrada em mim, nos meus olhos, na minha vida, no meu pensamento — era o que dizia, e era verdade.

Há umas plantas que nascem e crescem depressa; outras são tardias e pecas. O nosso amor era daquelas; brotou com tal ímpeto e tanta seiva, que, dentro em pouco, era a mais vasta, folhuda e exuberante criatura dos bosques. Não lhes poderei dizer, ao certo, os dias que durou esse crescimento. Lembra-me, sim, que, em certa noite, abotoou-se a flor, ou o beijo, se assim lhe quiserem chamar, um beijo que ela me deu, trêmula — coitadinha —, trêmula de medo, porque era ao portão da chácara. Uniu-nos esse beijo único — breve como a ocasião, ardente como o amor, prólogo de uma vida de delícias, de terrores, de remorsos, de prazeres que rematavam em dor, de aflições que desabrochavam em alegria — uma hipocrisia paciente e sistemática, único freio de uma paixão sem freio —, vida de agitações, de cóleras, de desesperos e de ciúmes, que uma hora pagava à farta e de sobra; mas outra hora vinha e engolia aquela, como tudo mais, para deixar à tona as agitações e o resto, e o resto do resto, que é o fastio e a saciedade: tal foi o livro daquele prólogo.

Capítulo LIV
A pêndula

Saí dali a saborear o beijo. Não pude dormir; estirei-me na cama, é certo, mas foi o mesmo que nada. Ouvi as horas todas da noite. Usualmente, quando eu perdia o sono, o bater da pêndula fazia-me muito mal; esse tique-taque soturno, vagaroso e seco parecia dizer a cada golpe que eu ia ter um instante menos de vida. Imaginava então um velho diabo, sentado entre dois sacos, o da vida e o da morte, a tirar as moedas da vida para dá-las à morte, e a contá-las assim:

— Outra de menos...
— Outra de menos...
— Outra de menos...
— Outra de menos...

O mais singular é que, se o relógio parava, eu dava-lhe corda, para que ele não deixasse de bater nunca e eu pudesse contar todos os meus instantes perdidos. Invenções há, que se transformam ou acabam; as mesmas instituições morrem; o relógio é definitivo e perpétuo. O derradeiro homem, ao despedir-se do sol frio e gasto, há de ter um relógio na algibeira, para saber a hora exata em que morre.

Naquela noite não padeci essa triste sensação de enfado, mas outra, e deleitosa. As fantasias tumultuavam-me cá dentro, vinham umas sobre outras, à semelhança de devotas que se abalroam para ver o anjo-cantor das procissões. Não ouvia os instantes perdidos, mas os minutos ganhados. De certo tempo em diante não ouvi coisa nenhuma, porque o meu pensamento, ardiloso e traquinas, saltou pela janela fora e bateu as asas na direção da casa de Virgília. Aí achou no peitoril de uma janela o pensamento de Virgília, saudaram-se e ficaram de palestra. Nós a rolarmos na cama, talvez com frio, necessitados de repouso, e os dois vadios ali postos, a repetirem o velho diálogo de Adão e Eva.

Capítulo LV
O velho diálogo de Adão e Eva

Brás Cubas .. ?
Virgília ..
Brás Cubas ..
..
Virgília ... !
Brás Cubas ..
Virgília ...
....... ? ..
Brás Cubas
Virgília

Brás Cubas..
...!..................!..............
...!
Virgília...?
Brás Cubas......................!
Virgília....................!

Capítulo LVI
O momento oportuno

Mas, com a Breca! quem me explicará a razão dessa diferença? Um dia vimo-nos, tratamos o casamento, desfizemo-lo e separamo-nos, a frio, sem dor, porque não houvera paixão nenhuma; mordeu-me apenas algum despeito e nada mais. Correm anos, torno a vê-la, damos três ou quatro giros de valsa, e eis-nos a amar um ao outro com delírio. A beleza de Virgília chegara, é certo, a um alto grau de apuro, mas nós éramos substancialmente os mesmos, e eu, à minha parte, não me tornara mais bonito nem mais elegante. Quem me explicará a razão dessa diferença?

A razão não podia ser outra senão o momento oportuno. Não era oportuno o primeiro momento, porque, se nenhum de nós estava verde para o amor, ambos o estávamos para o *nosso* amor: distinção fundamental. Não há amor possível sem a oportunidade dos sujeitos. Esta explicação achei-a eu mesmo, dois anos depois do beijo, um dia em que Virgília se me queixava de um pintalegrete que lá ia e tenazmente a galanteava.

— Que importuno! — dizia ela fazendo uma careta de raiva. Estremeci, fitei-a, vi que a indignação era sincera; então ocorreu-me que talvez eu tivesse provocado alguma vez aquela mesma careta, e compreendi logo toda a grandeza da minha evolução. Tinha vindo de importuno a oportuno.

Capítulo LVII
Destino

Sim, senhor, amávamos. Agora, que todas as leis sociais no-lo impediam, agora é que nos amávamos deveras. Achávamo-nos jungidos um ao outro, como as duas almas que o poeta encontrou no Purgatório:

Di pari, come buoi, che vanno a giogo;

e digo mal, comparando-nos a bois, porque nós éramos outra espécie de animal menos tardo, mais velhaco e lascivo. Eis-nos a caminhar sem saber até onde, nem por

que estradas escusas; problema que me assustou, durante algumas semanas, mas cuja solução entreguei ao destino. Pobre Destino! Onde andarás agora, grande procurador dos negócios humanos? Talvez estejas a criar pele nova, outra cara, outras maneiras, outro nome, e não é impossível que... Já me não lembra onde estava... Ah! nas estradas escusas. Disse eu comigo que já agora seria o que Deus quisesse. Era a nossa sorte amar-nos; se assim não fora, como explicaríamos a valsa e o resto? Virgília pensava a mesma coisa. Um dia, depois de me confessar que tinha momentos de remorsos, como eu lhe dissesse que, se tinha remorsos, é porque me não tinha amor, Virgília cingiu-me com os seus magníficos braços, murmurando:

— Amo-te, é a vontade do céu.

E esta palavra não vinha à toa; Virgília era um pouco religiosa. Não ouvia missa aos domingos, é verdade, e creio até que só ia às igrejas em dia de festa, e quando havia lugar vago em alguma tribuna. Mas rezava todas as noites, com fervor, ou, pelo menos, com sono. Tinha medo às trovoadas; nessas ocasiões, tapava os ouvidos, e resmoneava todas as orações do catecismo. Na alcova dela havia um oratoriozinho de jacarandá, obra de talha, de três palmos de altura, com três imagens dentro; mas não falava dele às amigas; ao contrário, tachava de beatas as que eram só religiosas. Algum tempo desconfiei que havia nela certo vexame de crer, e que a sua religião era uma espécie de camisa de flanela, preservativa e clandestina; mas evidentemente era engano meu.

Capítulo LVIII
Confidência

Lobo Neves, a princípio, metia-me grandes sustos. Pura ilusão! Como adorasse a mulher, não se vexava de mo dizer muitas vezes; achava que Virgília era a perfeição mesma, um conjunto de qualidades sólidas e finas, amorável, elegante, austera, um modelo. E a confiança não parava aí. De fresta que era, chegou à porta escancarada. Um dia confessou-me que trazia uma triste carcoma na existência; faltava-lhe a glória pública. Animei-o; disse-lhe muitas coisas bonitas, que ele ouviu com aquela unção religiosa de um desejo que não quer acabar de morrer; então compreendi que a ambição dele andava cansada de bater as asas, sem poder abrir o voo. Dias depois disse-me todos os seus tédios e desfalecimentos, as amarguras engolidas, as raivas sopitadas; contou-me que a vida política era um tecido de invejas, despeitos, intrigas, perfídias, interesses, vaidades. Evidentemente havia aí uma crise de melancolia; tratei de combatê-la.

— Sei o que lhe digo — replicou-me com tristeza. — Não pode imaginar o que tenho passado. Entrei na política por gosto, por família, por ambição, e um pouco por vaidade. Já vê que reuni em mim só todos os motivos que levam o homem à vida pública; faltou-me só o interesse de outra natureza. Vira o teatro pelo lado da plateia; e, palavra, que era bonito! Soberbo cenário, vida, movimento e graça na representação. Escriturei-me; deram-me um papel que... Mas para que o estou a fatigar com

isto? Deixe-me ficar com as minhas amofinações. Creia que tenho passado horas e dias... Não há constância de sentimentos, não há gratidão, não há nada... nada... nada...

Calou-se, profundamente abatido, com os olhos no ar, parecendo não ouvir coisa nenhuma, a não ser o eco de seus próprios pensamentos. Após alguns instantes, ergueu-se e estendeu-me a mão:

— O senhor há de rir-se de mim — disse ele —; mas desculpe aquele desabafo; tinha um negócio, que me mordia o espírito.

E ria, de um jeito sombrio e triste; depois pediu-me que não referisse a ninguém o que se passara entre nós; ponderei-lhe que a rigor não se passara nada. Entraram dois deputados e um chefe político da paróquia. Lobo Neves recebeu-os com alegria, a princípio um tanto postiça, mas logo depois natural. No fim de meia hora, ninguém diria que ele não era o mais afortunado dos homens; conversava, chasqueava, e ria, e riam todos.

Capítulo LIX
Um encontro

Deve ser um vinho enérgico a política, dizia eu comigo, ao sair da casa de Lobo Neves; e fui andando, fui andando, até que na rua dos Barbonos vi uma sege, e dentro um dos ministros, meu antigo companheiro de colégio. Cortejamo-nos afetuosamente, a sege seguiu, e eu fui andando... andando... andando...

— Por que não serei eu ministro?

Essa ideia, rútila e grande — trajada ao bizarro, como diria o padre Bernardes —, essa ideia começou uma vertigem de cabriolas e eu deixei-me estar com os olhos nela, a achar-lhe graça. Não pensei mais na tristeza de Lobo Neves; sentia a atração do abismo. Recordei aquele companheiro de colégio, as correrias nos morros, as alegrias e travessuras, e comparei o menino com o homem, e perguntei a mim mesmo por que não seria eu como ele. Entrava então no Passeio Público, e tudo me parecia dizer a mesma coisa. — Por que não serás ministro, Cubas? — Cubas, por que não serás ministro de Estado? Ao ouvi-lo, uma deliciosa sensação me refrescava todo o organismo. Entrei, fui sentar-me num banco, a remoer aquela ideia. E Virgília que havia de gostar! Alguns minutos depois vejo encaminhar-se para mim uma cara, que não me pareceu desconhecida. Conhecia-a, fosse donde fosse.

Imaginem um homem de trinta e oito a quarenta anos, alto, magro e pálido. As roupas, salvo o feitio, pareciam ter escapado ao cativeiro de Babilônia; o chapéu era contemporâneo do de Gessler. Imaginem agora uma sobrecasaca, mais larga do que pediam as carnes — ou, literalmente, os ossos da pessoa; a cor preta ia cedendo o passo a um amarelo sem brilho; o pêlo desaparecia aos poucos; dos oito primitivos botões restavam três. As calças, de brim pardo, tinham duas fortes joelheiras, enquanto as bainhas eram roídas pelo tacão de um botim sem misericórdia nem graxa. Ao pescoço flutuavam as pontas de uma gravata de duas cores, ambas desmaiadas, apertando um colarinho de oito dias. Creio que trazia também colete, um colete de seda escura, roto a espaços, e desabotoado.

— Aposto que me não conhece, senhor doutor Cubas? — disse ele.

— Não me lembra...

— Sou o Borba, o Quincas Borba.

Recuei espantado... Quem me dera agora o verbo solene de um Bossuet ou de Vieira para contar tamanha desolação! Era o Quincas Borba, o gracioso menino de outro tempo, o meu companheiro de colégio, tão inteligente e abastado. Quincas Borba! Não; impossível; não pode ser. Não podia acabar de crer que essa figura esquálida, essa barba pintada de branco, esse maltrapilho avelhentado, que toda essa ruína fosse o Quincas Borba. Mas era. Os olhos tinham um resto da expressão de outro tempo, e o sorriso não perdera certo ar escarninho, que lhe era peculiar. Entretanto, ele suportava com firmeza o meu espanto. No fim de algum tempo arredei os olhos; se a figura repelia, a comparação acabrunhava.

— Não é preciso contar-lhe nada — disse ele enfim; — o senhor adivinha tudo. Uma vida de misérias, de atribulações e de lutas. Lembra-se das nossas festas, em que eu figurava de rei? Que trambolhão! Acabo mendigo...

E alçando a mão direita e os ombros, com um ar de indiferença, parecia resignado aos golpes da fortuna, e não sei até se contente. Talvez contente. Com certeza, impassível. Não havia nele a resignação cristã, nem a conformidade filosófica. Parece que a miséria lhe calejara a alma, a ponto de lhe tirar a sensação de lama. Arrastava os andrajos, como outrora a púrpura: com certa graça indolente.

— Procure-me — disse eu —, poderei arranjar-lhe alguma coisa.

Um sorriso magnífico lhe abriu os lábios.

— Não é o primeiro que me promete alguma coisa — replicou —, e não sei se será o último que não me fará nada. E para quê? Eu nada peço, a não ser dinheiro; dinheiro sim, porque é necessário comer, e as casas de pasto não fiam. Nem as quitandeiras. Uma coisa de nada, uns dois vinténs de angu, nem isso fiam as malditas quitandeiras... Um inferno, meu... ia dizer meu amigo... Um inferno! o diabo! todos os diabos! Olhe, ainda hoje não almocei.

— Não?

— Não; saí muito cedo de casa. Sabe onde moro? No terceiro degrau das escadas de São Francisco, à esquerda de quem sobe; não precisa bater na porta. Casa fresca, extremamente fresca. Pois saí cedo, e ainda não comi...

Tirei a carteira, escolhi uma nota de cinco mil-réis — a menos limpa — e dei-lha. Ele recebeu-ma com os olhos cintilantes de cobiça. Levantou a nota ao ar, e agitou-a entusiasmado.

— *In hoc signo vinces!* — bradou.

E depois beijou-a, com muitos ademanes de ternura e tão ruidosa expansão, que me produziu um sentimento misto de nojo e lástima. Ele, que era arguto, entendeu-me; ficou sério, grotescamente sério, e pediu-me desculpa da alegria, dizendo que era alegria de pobre que não via, desde muitos anos, uma nota de cinco mil-réis.

— Pois está em suas mãos ver outras muitas — disse eu.

— Sim? — acudiu ele, dando um bote para mim.

— Trabalhando — concluí eu.

Fez um gesto de desdém; calou-se alguns instantes; depois disse-me positivamente que não queria trabalhar. Eu estava enjoado dessa abjeção tão cômica e tão triste, e preparei-me para sair.

— Não vá sem eu lhe ensinar a minha filosofia da miséria — disse ele, escarranchando-se diante de mim.

Capítulo LX
O abraço

Cuidei que o pobre-diabo estivesse doido, e ia afastar-me quando ele me pegou no pulso, e olhou alguns instantes para o brilhante que eu trazia no dedo. Senti-lhe na mão uns estremeções de cobiça, uns pruridos de posse.

— Magnífico! — disse ele.

Depois começou a andar à roda de mim e a examinar-me muito.

— O senhor trata-se — disse ele. — Joias, roupa fina, elegante e... Compare esses sapatos aos meus; que diferença! Pudera não! Digo-lhe que se trata. E moças? Como vão elas? Está casado?

— Não...

— Nem eu.

— Moro na rua...

— Não quero saber onde mora — atalhou Quincas Borba. — Se alguma vez nos virmos, dê-me outra nota de cinco mil-réis; mas permita-me que não a vá buscar à sua casa. É uma espécie de orgulho... Agora, adeus; vejo que está impaciente.

— Adeus!

— E obrigado. Deixa-me agradecer-lhe de mais perto?

E dizendo isso abraçou-me com tal ímpeto, que não pude evitá-lo. Separamo-nos finalmente, eu a passo largo, com a camisa amarrotada do abraço, enfadado e triste. Já não dominava em mim a parte simpática da sensação, mas a outra. Quisera ver-lhe a miséria digna. Contudo, não pude deixar de comparar outra vez o homem de agora com o de outrora, entristecer-me e encarar o abismo que separa as esperanças de um tempo da realidade de outro tempo...

— Ora adeus! Vamos jantar — disse comigo.

Meto a mão no colete e não acho o relógio. Última desilusão! o Borba furtara-mo no abraço.

Capítulo LXI
Um projeto

Jantei triste. Não era a falta do relógio que me pungia, era a imagem do autor do furto, e as reminiscências de criança, e outra vez a comparação, e a conclusão... Desde a sopa, começou a abrir em mim a flor amarela e mórbida do capítulo xxv, e então jantei depressa, para correr à casa de Virgília. Virgília era o presente; eu queria refu-

giar-me nele, para escapar às opressões do passado, porque o encontro do Quincas Borba tornara-me aos olhos o passado, não qual fora deveras, mas um passado roto, abjeto, mendigo e gatuno.

Saí de casa, mas era cedo; iria achá-los à mesa. Outra vez pensei no Quincas Borba, e tive então um desejo de tornar ao Passeio Público, a ver se o achava; a ideia de o regenerar surgiu-me como uma forte necessidade. Fui; mas já não o achei. Indaguei do guarda; disse-me que efetivamente "esse sujeito" ia por ali às vezes.

— A que horas?
— Não tem hora certa.

Não era impossível encontrá-lo noutra ocasião; prometi a mim mesmo lá voltar. A necessidade de o regenerar, de o trazer ao trabalho e ao respeito de sua pessoa enchia-me o coração; eu começava a sentir um bem-estar, uma elevação, uma admiração de mim próprio... Nisto caía a noite; fui ter com Virgília.

Capítulo LXII
O travesseiro

Fui ter com Virgília; depressa esqueci o Quincas Borba. Virgília era o travesseiro do meu espírito, um travesseiro mole, tépido, aromático, enfronhado em cambraia e bruxelas. Era ali que ele costumava repousar de todas as sensações más, simplesmente enfadonhas, ou até dolorosas. E, bem pesadas as coisas, não era outra a razão da existência de Virgília; não podia ser. Cinco minutos bastaram para olvidar inteiramente o Quincas Borba; cinco minutos de uma contemplação mútua, com as mãos presas umas nas outras; cinco minutos e um beijo. E lá se foi a lembrança do Quincas Borba... Escrófula da vida, andrajo do passado, que me importa que existas, que molestes os olhos dos outros, se eu tenho dois palmos de um travesseiro divino, para fechar os olhos e dormir?

Capítulo LXIII
Fujamos!

Ai! Nem sempre dormir. Três semanas depois, indo à casa de Virgília — eram quatro horas da tarde —, achei-a triste e abatida. Não me quis dizer o que era; mas, como eu instasse muito:

— Creio que o Damião desconfia alguma coisa. Noto agora umas esquisitices nele... Não sei. Trata-me bem, não há dúvida; mas o olhar parece que não é o mesmo. Durmo mal; ainda esta noite acordei, aterrada; estava sonhando que ele me ia matar. Talvez seja ilusão, mas eu penso que ele desconfia...

Tranquilizei-a como pude; disse que podiam ser cuidados políticos. Virgí-

lia concordou que seriam, mas ficou ainda muito excitada e nervosa. Estávamos na sala de visitas, que dava justamente para a chácara, onde trocáramos o beijo inicial. Uma janela aberta deixava entrar o vento, que sacudia frouxamente as cortinas, e eu fiquei a olhar para as cortinas, sem as ver. Empunhara o binóculo da imaginação; lobrigava, ao longe, uma casa nossa, uma vida nossa, um mundo nosso, em que não havia Lobo Neves, nem casamento, nem moral, nem nenhum outro liame, que nos tolhesse a expansão da vontade. Essa ideia embriagou-me; eliminados assim o mundo, a moral e o marido, bastava penetrar naquela habitação dos anjos.

— Virgília — disse eu —, proponho-te uma coisa.
— Que é?
— Amas-me?
— Oh! — suspirou ela, cingindo-me os braços ao pescoço.

Virgília amava-me com fúria; aquela resposta era a verdade patente. Com os braços ao meu pescoço, calada, respirando muito, deixou-se ficar a olhar para mim, com os seus grandes e belos olhos, que davam uma sensação singular de luz úmida; eu deixei-me estar a vê-los, a namorar-lhe a boca, fresca como a madrugada, e insaciável como a morte. A beleza de Virgília tinha agora um tom grandioso, que não possuíra antes de casar. Era dessas figuras talhadas em pentélico, de um lavor nobre, rasgado e puro, tranquilamente bela, como as estátuas, mas não apática nem fria. Ao contrário, tinha o aspecto das naturezas cálidas, e podia-se dizer que, na realidade, resumia todo o amor. Resumia-o sobretudo naquela ocasião, em que exprimia mudamente tudo quanto pode dizer a pupila humana. Mas o tempo urgia; deslacei-lhe as mãos, peguei-lhe nos pulsos, e, fito nela, perguntei se tinha coragem.

— De quê?
— De fugir. Iremos para onde nos for mais cômodo, uma casa grande ou pequena, à tua vontade, na roça ou na cidade, ou na Europa, onde te parecer, onde ninguém nos aborreça e não haja perigos para ti, onde vivamos um para o outro... Sim? fujamos. Tarde ou cedo, ele pode descobrir alguma coisa e estarás perdida... ouves? perdida... morta... e ele também, porque eu o matarei, juro-te.

Interrompi-me; Virgília empalidecera muito, deixou cair os braços e sentou-se no canapé. Esteve assim alguns instantes, sem me dizer palavra, não sei se vacilante na escolha, se aterrada com a ideia da descoberta e da morte. Fui-me a ela, insisti na proposta, disse-lhe todas as vantagens de uma vida a sós, sem zelos, nem terrores, nem aflições. Virgília ouvia-me calada; depois disse:

— Não escaparíamos talvez; ele iria ter comigo e matava-me do mesmo modo.

Mostrei-lhe que não. O mundo era assaz vasto, e eu tinha os meios de viver onde quer que houvesse ar puro e muito sol; ele não chegaria até lá; só as grandes paixões são capazes de grandes ações, e ele não a amava tanto que pudesse ir buscá-la, se ela estivesse longe. Virgília fez um gesto de espanto e quase indignação; murmurou que o marido gostava muito dela.

— Pode ser — respondi eu —; pode ser que sim...

Fui até a janela e comecei a rufar com os dedos no peitoril. Virgília chamou-me; deixei-me estar a remoer os meus zelos, a desejar estrangular o marido, se o tivesse ali à mão... Justamente nesse instante, apareceu na chácara o Lobo Neves.

Não tremas assim, leitora pálida; descansa, que não hei de rubricar esta lauda com um pingo de sangue. Logo que apareceu na chácara, fiz-lhe um gesto amigo, acompanhado de uma palavra graciosa; Virgília retirou-se apressadamente da sala, onde ele entrou daí a três minutos.

— Está cá há muito tempo? — disse-me ele.
— Não.

Entrara sério, pesado, derramando os olhos de um modo distraído, costume seu, que trocou logo por uma verdadeira expansão de jovialidade, quando viu chegar o filho, o Nhonhô, o futuro bacharel do capítulo VI; tomou-o nos braços, levantou-o ao ar, beijou-o muitas vezes. Eu, que tinha ódio ao menino, afastei-me de ambos. Virgília tornou à sala.

— Ah! — respirou Lobo Neves, sentando-se preguiçosamente no sofá.
— Cansado? — perguntei eu.
— Muito; aturei duas maçadas de primeira ordem, uma na Câmara e outra na rua. E ainda temos terceira — acrescentou, olhando para a mulher.
— Que é? — perguntou Virgília.
— Um... Adivinha!

Virgília sentara-se ao lado dele, pegou-lhe numa das mãos, compôs-lhe a gravata, e tornou a perguntar o que era.

— Nada menos que um camarote.
— Para a Candiani?
— Para a Candiani.

Virgília bateu palmas, levantou-se, deu um beijo no filho, com um ar de alegria pueril, que destoava muito da figura; depois perguntou se o camarote era de boca ou do centro, consultou o marido, em voz baixa, acerca da toalete que faria, da ópera que se cantava, e de não sei que outras coisas.

— Você janta conosco, doutor — disse-me Lobo Neves.
— Veio para isso mesmo — confirmou a mulher —; diz que você possui o melhor vinho do Rio de Janeiro.
— Nem por isso bebe muito.

Ao jantar, desmenti-o; bebi mais do que costumava; ainda assim, menos do que era preciso para perder a razão. Já estava excitado, fiquei um pouco mais. Era a primeira grande cólera que eu sentia contra Virgília. Não olhei uma só vez para ela durante o jantar; falei de política, da imprensa, do ministério, creio que falaria de teologia, se a soubesse, ou se me lembrasse. Lobo Neves acompanhava-me com muita placidez e dignidade, e até com certa benevolência superior; e tudo aquilo me irritava também, e me tornava mais amargo e longo o jantar. Despedi-me apenas nos levantamos da mesa.

— Até logo, não? — perguntou Lobo Neves.
— Pode ser.
E saí.

Capítulo LXIV
A transação

Vaguei pelas ruas e recolhi-me às nove horas. Não podendo dormir, atirei-me a ler e escrever. Às onze horas estava arrependido de não ter ido ao teatro, consultei o relógio, quis vestir-me e sair. Julguei, porém, que chegaria tarde; demais, era dar prova de fraqueza. Evidentemente, Virgília começava a aborrecer-se de mim, pensava eu. E essa ideia fez-me sucessivamente desesperado e frio, disposto a esquecê-la e a matá-la. Via-a dali mesmo, reclinada no camarote, com os seus magníficos braços nus — os braços que eram meus, só meus —, fascinando os olhos de todos, com o vestido soberbo que havia de ter, o colo de leite, os cabelos postos em bandós, à maneira do tempo, e os brilhantes, menos luzidios que os olhos dela... Via-a assim, e doía-me que a vissem outros. Depois, começava a despi-la, a pôr de lado as joias e sedas, a despenteá-la com as minhas mãos sôfregas e lascivas, a torná-la — não sei se mais bela, se mais natural — a torná-la minha, somente minha, unicamente minha.

No dia seguinte, não me pude ter; fui cedo à casa de Virgília; achei-a com os olhos vermelhos de chorar.

— Que houve? — perguntei.

— Você não me ama — foi a sua resposta —; nunca me teve a menor soma de amor. Tratou-me ontem como se me tivesse ódio. Se eu ao menos soubesse o que é que fiz! Mas não sei. Não me dirá o que foi?

— Que foi o quê? Creio que não houve nada.

— Nada? Tratou-me como não se trata um cachorro...

A essa palavra, peguei-lhe nas mãos, beijei-as, e duas lágrimas rebentaram-lhe dos olhos.

— Acabou, acabou — disse eu.

Não tive ânimo de arguir, e, aliás, argui-la de quê? Não era culpa dela se o marido a amava. Disse-lhe que não me fizera coisa nenhuma, que eu tinha necessariamente ciúmes do outro, que nem sempre o podia suportar de cara alegre; acrescentei que talvez houvesse nele muita dissimulação, e que o melhor meio de fechar a porta aos sustos e às dissensões era aceitar a minha ideia da véspera.

— Pensei nisso — acudiu Virgília —; uma casinha só nossa, solitária, metida num jardim, em alguma rua escondida, não é? Acho a ideia boa; mas para que fugir?

Disse isto com o tom ingênuo e preguiçoso de quem não cuida em mal, e o sorriso que lhe derreava os cantos da boca trazia a mesma expressão de candidez. Então, afastando-me, respondi:

— Você é que nunca me teve amor.

— Eu?

— Sim, é uma egoísta! prefere ver-me padecer todos os dias... é uma egoísta sem nome!

Virgília desatou a chorar, e para não atrair gente, metia o lenço na boca, recalcava os soluços; explosão que me desconcertou. Se alguém a ouvisse, perdia-se tudo. Inclinei-me para ela, travei-lhe dos pulsos, sussurrei-lhe os nomes mais doces da nossa intimidade; mostrei-lhe o perigo; o terror apaziguou-a.

— Não posso — disse ela daí a alguns instantes —; não deixo meu filho; se o levar, estou certa de que *ele* me irá buscar ao fim do mundo. Não posso; mate-me você, se o quiser, ou deixe-me morrer... Ah! meu Deus! meu Deus!

— Sossegue; olhe que podem ouvi-la.

— Que ouçam! Não me importa.

Estava ainda excitada; pedi-lhe que esquecesse tudo, que me perdoasse, que eu era um doido, mas que a minha insânia provinha dela e com ela acabaria. Virgília enxugou os olhos e estendeu-me a mão. Sorrimos ambos; minutos depois, tornávamos ao assunto da casinha solitária, em alguma rua escusa...

Capítulo LXV
Olheiros e escutas

Interrompeu-nos o rumor de um carro na chácara. Veio um escravo dizer que era a baronesa x. Virgília consultou-me com os olhos.

— Se a senhora está assim com dor de cabeça — disse eu —, parece que o melhor é não receber.

— Já se apeou? — perguntou Virgília ao escravo.

— Já se apeou; diz que precisa muito de falar com sinhá!

— Que entre!

A baronesa entrou daí a pouco. Não sei se contava comigo na sala; mas era impossível mostrar maior alvoroço.

— Bons olhos o vejam! — exclamou. — Onde se mete o senhor que não aparece em parte nenhuma? Pois olhe, ontem admirou-me não o ver no teatro. A Candiani esteve deliciosa. Que mulher! Gosta da Candiani? É natural. Os senhores são todos os mesmos. O barão dizia ontem, no camarote, que uma só italiana vale por cinco brasileiras. Que desaforo! e desaforo de velho, que é pior. Mas por que é que o senhor não foi ontem ao teatro?

— Uma enxaqueca.

— Qual! Algum namoro; não acha, Virgília? Pois, meu amigo, apresse-se, porque o senhor deve estar com quarenta anos... ou perto disso... Não tem quarenta anos?

— Não lhe posso dizer com certeza — respondi eu —; mas, se me dá licença, vou consultar a certidão de batismo.

— Vá, vá... — E estendendo-me a mão: — Até quando? Sábado ficamos em casa; o barão está com umas saudades suas...

Chegando à rua, arrependi-me de ter saído. A baronesa era uma das pessoas que mais desconfiavam de nós. Cinquenta e cinco anos, que pareciam quarenta, macia, risonha, vestígios de beleza, porte elegante e maneiras finas. Não falava muito nem sempre; possuía a grande arte de escutar os outros, espiando-os; reclinava-se então na cadeira, desembainhava um olhar afiado e comprido, e deixava-se estar. Os outros, não sabendo o que era, falavam, olhavam, gesticulavam, ao tempo que ela olhava só, ora fixa, ora móbil, levando a astúcia ao ponto de olhar às vezes para

dentro de si, porque deixava cair as pálpebras; mas, como as pestanas eram rótulas, o olhar continuava o seu ofício, remexendo a alma e a vida dos outros.

A segunda pessoa era um parente de Virgília, o Viegas, um cangalho de setenta invernos, chupado e amarelado, que padecia de um reumatismo teimoso, de uma asma não menos teimosa e de uma lesão de coração: era um hospital concentrado. Os olhos, porém, luziam de muita vida e saúde. Virgília, nas primeiras semanas, não lhe tinha medo nenhum; dizia-me que, quando o Viegas parecia espreitar, com o olhar fixo, estava simplesmente contando dinheiro. Com efeito, era um grande avaro.

Havia ainda o primo de Virgília, o Luís Dutra, que eu agora desarmava à força de lhe falar nos versos e prosas, e de o apresentar aos conhecidos. Quando estes, ligando o nome à pessoa, se mostravam contentes da apresentação, não há dúvida que Luís Dutra exultava de felicidade; mas eu curava-me da felicidade com a esperança de que ele nos não denunciasse nunca. Havia, enfim, umas duas ou três senhoras, vários gamenhos, e os fâmulos, que naturalmente se desforravam assim da condição servil, e tudo isso constituía uma verdadeira floresta de olheiros e escutas, por entre os quais tínhamos de resvalar com a tática e maciez das cobras.

Capítulo LXVI
As pernas

Ora, enquanto eu pensava naquela gente, iam-me as pernas levando ruas abaixo, de modo que insensivelmente me achei à porta do hotel Pharoux. De costume jantava aí; mas, não tendo deliberadamente andado, nenhum merecimento da ação me cabe, e sim às pernas, que a fizeram. Abençoadas pernas! E há quem vos trate com desdém ou indiferença. Eu mesmo, até então, tinha-vos em má conta, zangava-me quando vos fatigáveis, quando não podíeis ir além de certo ponto, e me deixáveis com o desejo a avoaçar, à semelhança de galinha atada pelos pés.

Aquele caso, porém, foi um raio de luz. Sim, pernas amigas, vós deixastes à minha cabeça o trabalho de pensar em Virgília; e dissestes uma à outra: — Ele precisa comer, são horas de jantar, vamos levá-lo ao Pharoux; dividamos a consciência dele, uma parte fique lá com a dama, tomemos nós a outra, para que ele vá direito, não abalroe as gentes e as carroças, tire o chapéu aos conhecidos, e finalmente chegue são e salvo ao hotel. E cumpristes à risca o vosso propósito, amáveis pernas, o que me obriga a imortalizar-vos nesta página.

Capítulo LXVII
A casinha

Jantei e fui a casa. Lá achei uma caixa de charutos, que me mandara o Lobo Neves, embrulhada em papel de seda, e ornada de fitinhas cor-de-rosa. Entendi, abri-a, e tirei este bilhete:

> Meu B...
> Desconfiam de nós; tudo está perdido; esqueça-me para sempre. Não nos veremos mais. Adeus; esqueça-se da infeliz.
>
> V....A.

Foi um golpe, essa carta; não obstante, apenas fechou a noite, corri à casa de Virgília. Era tempo; estava arrependida. Ao vão de uma janela, contou-me o que se passara com a baronesa. A baronesa disse-lhe francamente que se falara muito, no teatro, na noite anterior, a propósito da minha ausência do camarote do Lobo Neves; tinham comentado as minhas relações na casa; em suma, éramos objeto da suspeita pública. Concluiu dizendo que não sabia que fazer.

— O melhor é fugirmos — insinuei.
— Nunca — respondeu ela abanando a cabeça.

Vi que era impossível separar duas coisas que no espírito dela estavam inteiramente ligadas: o nosso amor e a consideração pública. Virgília era capaz de iguais e grandes sacrifícios para conservar ambas as vantagens, e a fuga só lhe deixava uma. Talvez senti alguma coisa semelhante a despeito; mas as comoções daqueles dois dias eram já muitas, e o despeito morreu depressa. Vá lá; arranjemos a casinha.

Com efeito, achei-a, dias depois, expressamente feita, em um recanto da Gamboa. Um brinco! Nova, caiada de fresco, com quatro janelas na frente e duas de cada lado — todas com venezianas cor de tijolo — trepadeira nos cantos, jardim na frente; mistério e solidão. Um brinco!

Convencionamos que iria morar ali uma mulher, conhecida de Virgília, em cuja casa fora costureira e agregada. Virgília exercia sobre ela verdadeira fascinação. Não se lhe diria tudo; ela aceitaria facilmente o resto.

Para mim era aquilo uma situação nova do nosso amor, uma aparência de posse exclusiva, de domínio absoluto, alguma coisa que me faria adormecer a consciência e resguardar o decoro. Já estava cansado das cortinas do outro, das cadeiras, do tapete, do canapé, de todas essas coisas, que me traziam aos olhos constantemente a nossa duplicidade. Agora podia evitar os jantares frequentes, o chá de todas as noites, enfim a presença do filho deles, meu cúmplice e meu inimigo. A casa resgatava-me tudo; o mundo vulgar terminaria à porta; dali para dentro era o infinito, um mundo eterno, superior, excepcional, nosso, somente nosso, sem leis, sem instituições, sem baronesas, sem olheiros, sem escutas — um só mundo, um só casal, uma só vida, uma só vontade, uma só afeição —, a unidade moral de todas as coisas pela exclusão das que me eram contrárias.

Capítulo LXVIII
O vergalho

Tais eram as reflexões que eu vinha fazendo, por aquele Valongo fora, logo depois de ver e ajustar a casa. Interrompeu-mas um ajuntamento; era um preto que vergalhava outro na praça. O outro não se atrevia a fugir; gemia somente estas únicas palavras: "Não, perdão, meu senhor; meu senhor, perdão!". Mas o primeiro não fazia caso, e, a cada súplica, respondia com uma vergalhada nova.

— Toma, diabo! — dizia ele. — Toma mais perdão, bêbado!
— Meu senhor! — gemia o outro.
— Cala a boca, besta! — replicava o vergalho.

Parei, olhei... Justos céus! Quem havia de ser o do vergalho? Nada menos que o meu moleque Prudêncio — o que meu pai libertara alguns anos antes. Cheguei-me; ele deteve-se logo e pediu-me a bênção; perguntei-lhe se aquele preto era escravo dele.

— É, sim, nhonhô.
— Fez-te alguma coisa?
— É um vadio e um bêbado muito grande. Ainda hoje deixei ele na quitanda, enquanto eu ia lá embaixo na cidade, e ele deixou a quitanda para ir na venda beber.
— Está bom, perdoa-lhe — disse eu.
— Pois não, nhonhô. Nhonhô manda, não pede. Entra para casa, bêbado!

Saí do grupo, que me olhava espantado e cochichava as suas conjeturas. Segui caminho, a desfiar uma infinidade de reflexões, que sinto haver inteiramente perdido; aliás, seria matéria para um bom capítulo, e talvez alegre. Eu gosto dos capítulos alegres; é o meu fraco. Exteriormente, era torvo o episódio do Valongo; mas só exteriormente. Logo que meti mais dentro a faca do raciocínio, achei-lhe um miolo gaiato, fino, e até profundo. Era um modo que o Prudêncio tinha de se desfazer das pancadas recebidas — transmitindo-as a outro. Eu, em criança, montava-o, punha-lhe um freio na boca e desancava-o sem compaixão; ele gemia e sofria. Agora, porém, que era livre, dispunha de si mesmo, dos braços, das pernas, podia trabalhar, folgar, dormir, desagrilhoado da antiga condição, agora é que ele se desbancava: comprou um escravo, e ia-lhe pagando, com alto juro, as quantias que de mim recebera. Vejam as sutilezas do maroto!

Capítulo LXIX
Um grão de sandice

Esse caso faz-me lembrar um doido que conheci. Chamava-se Romualdo e dizia ser Tamerlão. Era a sua grande e única mania, e tinha uma curiosa maneira de a explicar.

— Eu sou o ilustre Tamerlão — dizia ele. — Outrora fui Romualdo, mas adoe-

ci, e tomei tanto tártaro, tanto tártaro, tanto tártaro, que fiquei tártaro, e até rei dos tártaros. O tártaro tem a virtude de fazer tártaros.

Pobre Romualdo! A gente ria da resposta, mas é provável que o leitor não se ria, e com razão; eu não lhe acho graça nenhuma. Ouvida, tinha algum chiste; mas assim contada, no papel, e a propósito de um vergalho recebido e transferido, força é confessar que é muito melhor voltar à casinha da Gamboa; deixemos os Romualdos e Prudêncios.

Capítulo LXX
D. Plácida

Voltemos à casinha. Não serias capaz de lá entrar hoje, curioso leitor; envelheceu, enegreceu, apodreceu, e o proprietário deitou-a abaixo para substituí-la por outra, três vezes maior, mas juro-te que muito menor que a primeira. O mundo era estreito para Alexandre; um desvão de telhado é o infinito para as andorinhas.

Vê agora a neutralidade deste globo, que nos leva, através dos espaços, como uma lancha de náufragos, que vai dar à costa: dorme hoje um casal de virtudes no mesmo espaço de chão que sofreu um casal de pecados. Amanhã pode lá dormir um eclesiástico, depois um assassino, depois um ferreiro, depois um poeta, e todos abençoarão esse canto de terra, que lhes deu algumas ilusões.

Virgília fez daquilo um brinco; designou as alfaias mais idôneas e dispô-las com a intuição estética da mulher elegante; eu levei para lá alguns livros, e tudo ficou sob a guarda de d. Plácida, suposta, e, a certos respeitos, verdadeira dona da casa.

Custou-lhe muito a aceitar a casa; farejara a intenção e doía-lhe o ofício; mas afinal cedeu. Creio que chorava, a princípio: tinha nojo de si mesma. Ao menos, é certo que não levantou os olhos para mim durante os primeiros dois meses; falava-me com eles baixos, séria, carrancuda, às vezes triste. Eu queria angariá-la, e não me dava por ofendido, tratava-a com carinho e respeito; forcejava por obter-lhe a benevolência, depois a confiança. Quando obtive a confiança, imaginei uma história patética dos meus amores com Virgília, um caso anterior ao casamento, a resistência do pai, a dureza do marido, e não sei que outros toques de novela. D. Plácida não rejeitou uma só página da novela; aceitou-as todas. Era uma necessidade da consciência. Ao cabo de seis meses, quem nos visse a todos três juntos diria que d. Plácida era minha sogra.

Não fui ingrato; fiz-lhe um pecúlio de cinco contos — os cinco contos achados em Botafogo — como um pão para a velhice. D. Plácida agradeceu-me com lágrimas nos olhos, e nunca mais deixou de rezar por mim, todas as noites, diante de uma imagem da Virgem, que tinha no quarto. Foi assim que lhe acabou o nojo.

Capítulo LXXI
O senão do livro

Começo a arrepender-me deste livro. Não que ele me canse; eu não tenho que fazer; e, realmente, expedir alguns magros capítulos para este mundo sempre é tarefa que distrai um pouco da eternidade. Mas o livro é enfadonho, cheira a sepulcro, traz certa contração cadavérica; vício grave, e aliás ínfimo, porque o maior defeito deste livro és tu, leitor. Tu tens pressa de envelhecer, e o livro anda devagar; tu amas a narração direta e nutrida, o estilo regular e fluente, e este livro e o meu estilo são como os ébrios, guinam à direita e à esquerda, andam e param, resmungam, urram, gargalham, ameaçam o céu, escorregam e caem...

E caem! — Folhas misérrimas do meu cipreste, heis de cair, como quaisquer outras belas e vistosas; e, se eu tivesse olhos, dar-vos-ia uma lágrima de saudade. Esta é a grande vantagem da morte, que, se não deixa boca para rir, também não deixa olhos para chorar... Heis de cair.

Capítulo LXXII
O bibliômano

Talvez suprima o capítulo anterior; entre outros motivos, há aí, nas últimas linhas, uma frase muito parecida com despropósito, e eu não quero dar pasto à crítica do futuro.

Olhai: daqui a setenta anos, um sujeito magro, amarelo, grisalho, que não ama nenhuma outra coisa além dos livros, inclina-se sobre a página anterior, a ver se lhe descobre o despropósito; lê, relê, treslê, desengonça as palavras, saca uma sílaba, depois outra, mais outra, e as restantes, examina-as por dentro e por fora, por todos os lados, contra a luz, espaneja-as, esfrega-as no joelho, lava-as, e nada; não acha o despropósito.

É um bibliômano. Não conhece o autor; este nome de Brás Cubas não vem nos seus dicionários biográficos. Achou o volume por acaso, no pardieiro de um alfarrabista. Comprou-o por duzentos réis. Indagou, pesquisou, esgaravatou, e veio a descobrir que era um exemplar único... Único! Vós, que não só amais os livros, senão que padeceis a mania deles, vós sabeis mui bem o valor desta palavra, e adivinhais, portanto, as delícias de meu bibliômano. Ele rejeitaria a coroa das Índias, o papado, todos os museus da Itália e da Holanda, se os houvesse de trocar por esse único exemplar; e não porque seja o das minhas *Memórias*; faria a mesma coisa com o Almanaque de Laemmert, uma vez que fosse único.

O pior é o despropósito. Lá continua o homem inclinado sobre a página, com uma lente no olho direito, todo entregue à nobre e áspera função de decifrar o despropósito. Já prometeu a si mesmo escrever uma breve memória, na qual relate

o achado do livro e a descoberta da sublimidade, se a houver por baixo daquela frase obscura. Ao cabo, não descobre nada e contenta-se com a posse. Fecha o livro, mira-o, remira-o, chega-se à janela e mostra-o ao sol. Um exemplar único! Nesse momento passa-lhe por baixo da janela um César ou um Cromwell, a caminho do poder. Ele dá de ombros, fecha a janela, estira-se na rede e folheia o livro devagar, com amor, aos goles... Um exemplar único!

Capítulo LXXIII
O *luncheon*

O despropósito fez-me perder outro capítulo. Que melhor não era dizer as coisas lisamente, sem todos esses solavancos! Já comparei o meu estilo ao andar dos ébrios. Se a ideia vos parece indecorosa, direi que ele é o que eram as minhas refeições com Virgília, na casinha da Gamboa, onde às vezes fazíamos a nossa patuscada, o nosso *luncheon*. Vinho, fruta, compotas. Comíamos, é verdade, mas era um comer virgulado de palavrinhas doces, de olhares ternos, de criancices, uma infinidade desses apartes do coração, aliás o verdadeiro, o ininterrupto discurso do amor. Às vezes vinha o arrufo temperar o nímio adocicado da situação. Ela deixava-me, refugiava-se num canto do canapé, ou ia para o interior ouvir as denguices de d. Plácida. Cinco ou dez minutos depois, reatávamos a palestra, como eu reato a narração, para desatá-la outra vez. Note-se que, longe de termos horror ao método, era nosso costume convidá-lo, na pessoa de d. Plácida, a sentar-se conosco à mesa; mas d. Plácida não aceitava nunca.

— Você parece que não gosta mais de mim — disse-lhe um dia Virgília.

— Virgem Nossa Senhora! — exclamou a boa dama, alçando as mãos para o teto. — Não gosto de Iaiá! Mas então de quem é que eu gostaria neste mundo?

E, pegando-lhe nas mãos, olhou-a fixamente, fixamente, fixamente, até molharem-se-lhe os olhos, de tão fixo que era. Virgília acariciou-a muito; eu deixei-lhe uma pratinha na algibeira do vestido.

Capítulo LXXIV
História de d. Plácida

Não te arrependas de ser generoso; a pratinha rendeu-me uma confidência de d. Plácida, e conseguintemente este capítulo. Dias depois, como eu a achasse só em casa, travamos palestra, e ela contou-me em breves termos a sua história. Era filha natural de um sacristão da Sé e de uma mulher que fazia doces para fora. Perdeu o pai aos dez anos. Já então ralava coco e fazia não sei que outros trabalhos de doceira, compatíveis com a idade. Aos quinze ou dezesseis casou com um alfaiate, que mor-

reu tísico algum tempo depois, deixando-lhe uma filha. Viúva e moça, ficaram a seu cargo a filha, com dois anos, e a mãe, cansada de trabalhar. Tinha de sustentar três pessoas. Fazia doces, que era o seu ofício, mas cosia também, de dia e de noite, com afinco, para três ou quatro lojas, e ensinava algumas crianças do bairro, a dez tostões por mês. Com isso iam-se passando os anos, não a beleza, porque não a tivera nunca. Apareceram-lhe alguns namoros, propostas, seduções, a que resistia.

— Se eu pudesse encontrar outro marido — disse-me ela —, creia que me teria casado; mas ninguém queria casar comigo.

Um dos pretendentes conseguiu fazer-se aceito; não sendo, porém, mais delicado que os outros, d. Plácida despediu-o do mesmo modo, e, depois de o despedir, chorou muito. Continuou a coser para fora e a escumar os tachos. A mãe tinha a rabugem do temperamento, dos anos e da necessidade; mortificava a filha para que tomasse um dos maridos de empréstimo e de ocasião que lha pediam. E bradava:

— Queres ser melhor do que eu? Não sei donde te vêm essas fidúcias de pessoa rica. Minha camarada, a vida não se arranja à toa; não se come vento. Ora essa! Moços tão bons como o Policarpo da venda, coitado... Esperas algum fidalgo, não é?

D. Plácida jurou-me que não esperava fidalgo nenhum. Era gênio. Queria ser casada. Sabia muito bem que a mãe o não fora, e conhecia algumas que tinham só o seu moço delas; mas era gênio e queria ser casada. Não queria também que a filha fosse outra coisa. Trabalhava muito, queimando os dedos ao fogão, e os olhos ao candeeiro, para comer e não cair. Emagreceu, adoeceu, perdeu a mãe, enterrou-a por subscrição, e continuou a trabalhar. A filha estava com catorze anos; mas era muito fraquinha, e não fazia nada a não ser namorar os capadócios que lhe rondavam a rótula. D. Plácida vivia com imensos cuidados, levando-a consigo, quando tinha de ir entregar costuras. A gente das lojas arregalava e piscava os olhos, convencida de que ela a levava para colher marido ou outra coisa. Alguns diziam graçolas, faziam cumprimentos; a mãe chegou a receber propostas de dinheiro...

Interrompeu-se um instante, e continuou logo:

— Minha filha fugiu-me; foi com um sujeito, nem quero saber... Deixou-me só, mas tão triste, tão triste, que pensei morrer. Não tinha ninguém mais no mundo e estava quase velha e doente. Foi por esse tempo que conheci a família de Iaiá; boa gente, que me deu que fazer, e até chegou a me dar casa. Estive lá muitos meses, um ano, mais de um ano, agregada, costurando. Saí quando Iaiá casou. Depois vivi como Deus foi servido. Olhe os meus dedos, olhe estas mãos... — E mostrou-me as mãos grossas e gretadas, as pontas dos dedos picadas da agulha. — Não se cria isto à toa, meu senhor; Deus sabe como é que isto se cria... Felizmente, Iaiá me protegeu, e o senhor doutor também... Eu tinha um medo de acabar na rua, pedindo esmola...

Ao soltar a última frase, d. Plácida teve um calafrio. Depois, como se tornasse a si, pareceu atentar na inconveniência daquela confissão ao amante de uma mulher casada, e começou a rir, a desdizer-se, a chamar-se tola, "cheia de fidúcias", como lhe dizia a mãe; enfim, cansada do meu silêncio, retirou-se da sala. Eu fiquei a olhar para a ponta do botim.

Capítulo LXXV
Comigo

Podendo acontecer que algum dos meus leitores tenha pulado o capítulo anterior, observo que é preciso lê-lo para entender o que eu disse comigo, logo depois que d. Plácida saiu da sala. O que eu disse foi isto:

"Assim, pois, o sacristão da Sé, um dia, ajudando a missa, viu entrar a dama que devia ser sua colaboradora na vida de d. Plácida. Viu-a outros dias, durante semanas inteiras, gostou, disse-lhe alguma graça, pisou-lhe o pé, ao acender os altares, nos dias de festa. Ela gostou dele, acercaram-se, amaram-se. Dessa conjunção de luxúrias vadias brotou d. Plácida. É de crer que d. Plácida não falasse ainda quando nasceu, mas se falasse podia dizer aos autores de seus dias: 'Aqui estou. Para que me chamastes?' E o sacristão e a sacristã naturalmente lhe responderiam: "Chamamos-te para queimar os dedos nos tachos, os olhos na costura, comer mal, ou não comer, andar de um lado para outro, na faina, adoecendo e sarando, com o fim de tornar a adoecer e sarar outra vez, triste agora, logo desesperada, amanhã resignada, mas sempre com as mãos no tacho e os olhos na costura, até acabar um dia na lama ou no hospital; foi para isso que te chamamos, num momento de simpatia".

Capítulo LXXVI
O estrume

Súbito deu-me a consciência um repelão, acusou-me de ter feito capitular a probidade de d. Plácida, obrigando-a a um papel torpe, depois de uma longa vida de trabalho e privações. Medianeira não era melhor que concubina, e eu tinha-a baixado a esse ofício, à custa de obséquios e dinheiro. Foi o que me disse a consciência; fiquei uns dez minutos sem saber que lhe replicasse. Ela acrescentou que eu me aproveitara da fascinação exercida por Virgília sobre a ex-costureira, da gratidão desta, enfim da necessidade. Notou a resistência de d. Plácida, as lágrimas dos primeiros dias, as caras feias, os silêncios, os olhos baixos, e a minha arte em suportar tudo isso, até vencê-la. E repuxou-me outra vez de um modo irritado e nervoso.

Concordei que assim era, mas aleguei que a velhice de d. Plácida estava agora ao abrigo da mendicidade: era uma compensação. Se não fossem os meus amores, provavelmente d. Plácida acabaria como tantas outras criaturas humanas; donde se poderia deduzir que o vício é muitas vezes o estrume da virtude. O que não impede que a virtude seja uma flor cheirosa e sã. A consciência concordou, e eu fui abrir a porta a Virgília.

Capítulo LXXVII
Entrevista

Virgília entrou risonha e sossegada. Os tempos tinham levado os sustos e vexames. Que doce que era vê-la chegar, nos primeiros dias, envergonhada e trêmula! Ia de sege, velado o rosto, envolvida numa espécie de mantéu, que lhe disfarçava as ondulações do talhe. Da primeira vez deixou-se cair no canapé, ofegante, escarlate, com os olhos no chão; e, palavra!, em nenhuma outra ocasião a achei tão bela, talvez porque nunca me senti mais lisonjeado.

Agora, porém, como eu dizia, tinham acabado os sustos e vexames; as entrevistas entravam no período cronométrico. A intensidade do amor era a mesma; a diferença é que a chama perdera o tresloucado dos primeiros dias para constituir-se um simples feixe de raios, tranquilo e constante, como nos casamentos.

— Estou muito zangada com você — disse ela sentando-se.
— Por quê?
— Porque não foi lá ontem, como me tinha dito. O Damião perguntou muitas vezes se você não iria, ao menos, tomar chá. Por que é que não foi?

Com efeito, eu havia faltado à palavra que dera, e a culpa era toda de Virgília. Questão de ciúmes. Essa mulher esplêndida sabia que o era, e gostava de o ouvir dizer, fosse em voz alta ou baixa. Na antevéspera, em casa da baronesa, valsara duas vezes com o mesmo peralta, depois de lhe escutar as cortesanices ao canto de uma janela. Estava tão alegre! tão derramada! tão cheia de si! Quando descobriu, entre as minhas sobrancelhas, a ruga interrogativa e ameaçadora, não teve nenhum sobressalto, nem ficou subitamente séria; mas deitou ao mar o peralta e as cortesanices. Veio depois a mim, tomou-me o braço, e levou-me a outra sala, menos povoada, onde se me queixou de cansaço, e disse muitas outras coisas, com o ar pueril que costumava ter, em certas ocasiões, e eu ouvi-a quase sem responder nada.

Agora mesmo, custava-me responder alguma coisa, mas enfim contei-lhe o motivo da minha ausência... Não, eternas estrelas, nunca vi olhos mais pasmados. A boca semiaberta, as sobrancelhas arqueadas, uma estupefação visível, tangível, que se não podia negar, tal foi a primeira réplica de Virgília; abanou a cabeça com um sorriso de piedade e ternura, que inteiramente me confundiu.

— Ora, você!

E foi tirar o chapéu, lépida, jovial como a menina que torna do colégio; depois veio a mim, que estava sentado, deu-me pancadinhas na testa, com um só dedo, a repetir: — Isto, isto —, e eu não tive remédio senão rir também, e tudo acabou em galhofa. Era claro que me enganara.

Capítulo LXXVIII
A presidência

Certo dia, meses depois, entrou Lobo Neves em casa, dizendo que iria talvez ocupar uma presidência de província. Olhei para Virgília, que empalideceu; ele, que a viu empalidecer, perguntou-lhe:

— A modo que não gostaste, Virgília?

Virgília abanou a cabeça.

— Não me agrada muito — foi a sua resposta.

Não se disse mais nada; mas de noite Lobo Neves insistiu no projeto um pouco mais resolutamente do que de tarde; dois dias depois declarou à mulher que a presidência era coisa definitiva. Virgília não pôde dissimular a repugnância que isso lhe causava. O marido respondia a tudo com as necessidades políticas.

— Não posso recusar o que me pedem; é até conveniência nossa, do nosso futuro, dos teus brasões, meu amor, porque eu prometi que serias marquesa, e nem baronesa estás. Dirás que sou ambicioso? Sou-o deveras, mas é preciso que me não ponhas um peso nas asas da ambição.

Virgília ficou desorientada. No dia seguinte achei-a triste, na casa da Gamboa, à minha espera; tinha dito tudo a d. Plácida, que buscava consolá-la como podia. Não fiquei menos abatido.

— Você há de ir conosco — disse-me Virgília.

— Está doida? Seria uma insensatez.

— Mas então...?

— Então, é preciso desfazer o projeto.

— É impossível.

— Já aceitou?

— Parece que sim.

Levantei-me, atirei o chapéu a uma cadeira, e entrei a passear de um lado para outro, sem saber o que faria. Cogitei largamente, e não achei nada. Enfim, cheguei-me a Virgília, que estava sentada, e travei-lhe da mão; d. Plácida foi à janela.

— Nesta pequenina mão está toda a minha existência — disse eu —; você é responsável por ela; faça o que lhe parecer.

Virgília teve um gesto aflitivo; eu fui encostar-me ao consolo fronteiro. Decorreram alguns instantes de silêncio; ouvíamos somente o latir de um cão, e não sei se o rumor da água, que morria na praia. Vendo que não falava, olhei para ela. Virgília tinha os olhos no chão, parados, sem luz, as mãos deixadas sobre os joelhos, com os dedos cruzados, na atitude da suprema desesperança. Noutra ocasião, por diferente motivo, é certo que eu me lançaria aos pés dela, e a ampararia com a minha razão e a minha ternura; agora, porém, era preciso compeli-la ao esforço de si mesma, ao sacrifício, à responsabilidade da nossa vida comum, e conseguintemente desamparã-la, deixá-la, e sair; foi o que fiz.

— Repito, a minha felicidade está nas tuas mãos — disse eu.

Virgília quis agarrar-me, mas eu já estava fora da porta. Cheguei a ouvir um prorromper de lágrimas, e digo-lhes que estive a ponto de voltar, para as enxugar com um beijo; mas subjuguei-me e saí.

Capítulo LXXIX
Compromisso

Não acabaria se houvesse de contar pelo miúdo o que padeci nas primeiras horas. Vacilava entre um querer e um não querer, entre a piedade que me empuxava à casa de Virgília e outro sentimento — egoísmo, suponhamos — que me dizia: "Fica; deixa-a a sós com o problema, deixa-a que ela o resolverá no sentido do amor". Creio que essas duas forças tinham igual intensidade, investiam e resistiam ao mesmo tempo, com ardor, com tenacidade, e nenhuma cedia definitivamente. Às vezes sentia um dentezinho de remorso; parecia-me que abusava da fraqueza de uma mulher amante e culpada, sem nada sacrificar nem arriscar de mim próprio; e, quando ia a capitular, vinha outra vez o amor, e me repetia o conselho egoísta, e eu ficava irresoluto e inquieto, desejoso de a ver, e receoso de que a vista me levasse a compartir a responsabilidade da solução.

Por fim interveio um compromisso entre o egoísmo e a piedade; eu iria vê-la em casa, só em casa, em presença do marido, para lhe não dizer nada, à véspera do efeito da minha intimação. Deste modo poderia conciliar as duas forças. Agora, que isto escrevo, quer-me parecer que o compromisso era uma burla, que essa piedade era ainda uma forma de egoísmo e que a resolução de ir consolar Virgília não passava de uma sugestão de meu próprio padecimento.

Capítulo LXXX
De secretário

Na noite seguinte fui efetivamente à casa do Lobo Neves; estavam ambos, Virgília muito triste, ele muito jovial. Juro que ela sentiu certo alívio, quando os nossos olhos se encontraram, cheios de curiosidade e ternura. Lobo Neves contou-me os planos que levava para a presidência, as dificuldades locais, as esperanças, as resoluções; estava tão contente! tão esperançado! Virgília, ao pé da mesa, fingia ler um livro, mas por cima da página olhava-me de quando em quando, interrogativa e ansiosa.

— O pior — disse-me de repente o Lobo Neves —, é que ainda não achei secretário.

— Não?

— Não, e tenho uma ideia.

— Ah!

— Uma ideia... Quer você dar um passeio ao norte?

Não sei o que lhe disse.

— Você é rico — continuou ele —, não precisa de um magro ordenado; mas se quisesse obsequiar-me, ia de secretário comigo.

Meu espírito deu um salto para trás, como se descobrisse uma serpente dian-

te de si. Encarei o Lobo Neves, fixamente, imperiosamente, a ver se lhe apanhava algum pensamento oculto... Nem sombra disso; o olhar vinha direito e franco, a placidez do rosto era natural, não violenta, uma placidez salpicada de alegria. Respirei, e não tive ânimo de olhar para Virgília; senti por cima da página o olhar dela, que me pedia também a mesma coisa, e disse que sim, que iria. Na verdade, um presidente, uma presidenta, um secretário, era resolver as coisas de um modo administrativo.

CAPÍTULO LXXXI
A reconciliação

Contudo, ao sair de lá, tive umas sombras de dúvida; cogitei se não ia expor insanamente a reputação de Virgília, se não haveria outro meio razoável de combinar o Estado e a Gamboa. Não achei nada. No dia seguinte, ao levantar-me da cama, trazia o espírito feito e resoluto a aceitar a nomeação. Ao meio-dia, veio o criado dizer-me que estava na sala uma senhora, coberta com um véu. Corro; era minha irmã Sabina.

— Isso não pode continuar assim — disse ela. — É preciso que, de uma vez por todas, façamos as pazes. Nossa família está acabando; não havemos de ficar como dois inimigos.

— Mas se eu não te peço outra coisa, mana! — bradei, estendendo-lhe os braços.

Sentei-a ao pé de mim, falei-lhe do marido, da filha, dos negócios, de tudo. Tudo ia bem; a filha estava linda como os amores. O marido viria mostrar-ma, se eu consentisse.

— Ora essa! — irei eu mesmo vê-la.
— Sim?
— Palavra.
— Tanto melhor! — respirou Sabina. — É tempo de acabar com isso.

Achei-a mais gorda, e talvez mais moça. Parecia ter vinte anos, e contava mais de trinta. Graciosa, afável, nenhum acanhamento, nenhum ressentimento. Olhávamos um para o outro, com as mãos seguras, falando de tudo e de nada, como dois namorados. Era a minha infância que ressurgia, fresca, travessa e loura; os anos iam caindo como as fileiras de cartas de jogar encurvadas com que eu brincava em pequeno, e deixavam-me ver a nossa casa, a nossa família, as nossas festas. Suportei a recordação com algum esforço; mas um barbeiro da vizinhança lembrou-se de zangarrear na clássica rabeca, e essa voz — porque até então a recordação era muda —, essa voz do passado, fanhosa e saudosa, a tal ponto me comoveu, que...

Os olhos dela estavam secos. Sabina não herdara a flor amarela e mórbida. Que importa? Era minha irmã, meu sangue, um pedaço de minha mãe, e eu disse-lho com ternura, com sinceridade... Súbito, ouço bater à porta da sala; vou abrir; era um anjinho de cinco anos.

— Entra, Sara — disse Sabina.

Era minha sobrinha. Apanhei-a do chão, beijei-a muitas vezes; a pequena, espantada, empurrava-me o ombro com a mãozinha, quebrando o corpo para descer... Nisso, aparece-me à porta um chapéu, e logo um homem, o Cotrim, nada menos que o Cotrim. Eu estava tão comovido, que deixei a filha e lancei-me aos braços do pai. Talvez essa efusão o desconcertou um pouco; é certo que me pareceu acanhado. Simples prólogo. Daí a pouco falávamos como bons amigos velhos. Nenhuma alusão ao passado, muitos planos de futuro, promessa de jantarmos em casa um do outro. Não deixei de dizer que essa troca de jantares podia ser que tivesse uma curta interrupção, porque eu andava com ideias de uma viagem ao norte. Sabina olhou para o Cotrim, o Cotrim para Sabina; ambos concordaram que essas ideias não tinham senso comum. Que diacho podia eu achar no norte? Pois não era na corte, em plena corte, que devia continuar a luzir, a meter num chinelo os rapazes do tempo? Que, na verdade, nenhum havia que se me comparasse; ele, Cotrim, acompanhava-me de longe, e, não obstante uma briga ridícula, teve sempre interesse, orgulho, vaidade nos meus triunfos. Ouvia o que se dizia a meu respeito nas ruas e nas salas; era um concerto de louvores e admirações. E deixa-se isso para ir passar alguns meses na província, sem necessidade, sem motivo sério? A menos que não fosse política...

— Justamente política — disse eu.

— Nem assim — replicou ele daí a um instante. E, depois de outro silêncio: — Seja como for, venha jantar hoje conosco.

— Certamente que vou; mas, amanhã ou depois, hão de vir jantar comigo.

— Não sei, não sei — objetou Sabina —; casa de homem solteiro... Você precisa casar, mano. Também eu quero uma sobrinha, ouviu?

Cotrim reprimiu-a com um gesto, que não entendi bem. Não importa; a reconciliação de uma família vale bem um gesto enigmático.

Capítulo LXXXII
Questão de botânica

Digam o que quiserem dizer os hipocondríacos: a vida é uma coisa doce. Foi o que eu pensei comigo, ao ver Sabina, o marido e a filha descerem de tropel as escadas, dizendo muitas palavras afetuosas para cima, onde eu ficava — no patamar — a dizer-lhes outras tantas para baixo. Continuei a pensar que, na verdade, era feliz. Amava-me uma mulher, tinha a confiança do marido, ia por secretário de ambos e reconciliava-me com os meus. Que podia desejar mais, em vinte e quatro horas?

Nesse mesmo dia, tratando de aparelhar os ânimos, comecei a espalhar que talvez fosse para o norte como secretário de província, a fim de realizar certos desígnios políticos, que me eram pessoais. Disse-o na rua do Ouvidor, repeti-o no dia seguinte, no Pharoux e no teatro. Alguns, ligando a minha nomeação à do Lobo Neves, que já andava em boatos, sorriam maliciosamente, outros batiam-me no ombro. No teatro disse-me uma senhora que era levar muito longe o amor da escultura. Referia-se às belas formas de Virgília.

Mas a alusão mais rasgada que me fizeram foi em casa de Sabina, três dias depois. Fê-la um certo Garcês, velho cirurgião, pequenino, trivial e grulha, que podia chegar aos setenta, aos oitenta, aos noventa anos sem adquirir jamais aquela compostura austera, que é a gentileza do ancião. A velhice ridícula é, porventura, a mais triste e derradeira surpresa da natureza humana.

— Já sei, desta vez vai ler Cícero — disse-me ele, ao saber da viagem.

— Cícero! — exclamou Sabina.

— Pois então? Seu mano é um grande latinista. Traduz Virgílio de relance. Olhe que é Virgílio, e não Virgília... não confunda...

E ria, de um riso grosso, rasteiro e frívolo. Sabina olhou para mim, receosa de alguma réplica; mas sorriu, quando me viu sorrir, e voltou o rosto para disfarçá-lo. As outras pessoas olhavam-me com um ar de curiosidade, indulgência e simpatia; era transparente que não acabavam de ouvir nenhuma novidade. O caso dos meus amores andava mais público do que eu podia supor. Entretanto sorri, um sorriso curto, fugitivo e guloso — palreiro como as pegas de Sintra. Virgília era um belo erro, e é tão fácil confessar um belo erro! Costumava ficar carrancudo, a princípio, quando ouvia alguma alusão aos nossos amores; mas, palavra de honra!, sentia cá dentro uma impressão suave e lisonjeira. Uma vez, porém, aconteceu-me sorrir, e continuei a fazê-lo das outras vezes. Não sei se há aí alguém que explique o fenômeno. Eu explico-o assim: a princípio, o contentamento, sendo interior, era por assim dizer o mesmo sorriso, mas abotoado; andando o tempo, desabotoou-se em flor, e apareceu aos olhos do próximo. Simples questão de botânica.

Capítulo LXXXIII
13

Cotrim tirou-me daquele gozo, levando-me à janela.

— Você quer que lhe diga uma coisa? — perguntou ele. — Não faça essa viagem; é insensata, é perigosa.

— Por quê?

— Você bem sabe por quê — tornou ele —; é, sobretudo, perigosa, muito perigosa. Aqui na corte, um caso desses perde-se na multidão da gente e dos interesses; mas na província muda de figura; e tratando-se de personagens políticos, é realmente insensatez. As gazetas de oposição, logo que farejarem o negócio, passam a imprimi-lo com todas as letras, e aí virão as chufas, os remoques, as alcunhas...

— Mas não entendo...

— Entende, entende. Em verdade, seria bem pouco amigo nosso se me negasse o que toda a gente sabe. Eu sei disso há longos meses. Repito, não faça semelhante viagem; suporte a ausência, que é melhor, e evite algum grande escândalo e maior desgosto...

Disse isso, e foi para dentro. Eu deixei-me estar com os olhos no lampião da esquina — um antigo lampião de azeite — triste, obscuro e recurvado como um

ponto de interrogação. Que me cumpria fazer? Era o caso de Hamlet: ou dobrar-me à fortuna, ou lutar com ela e subjugá-la. Por outros termos: embarcar ou não embarcar. Esta era a questão. O lampião não me dizia nada. As palavras do Cotrim ressoavam-me aos ouvidos da memória de um modo mui diverso do das palavras do Garcês. Talvez Cotrim tivesse razão; mas podia eu separar-me de Virgília?

Sabina veio ter comigo, e perguntou-me em que estava pensando. Respondi que em coisa nenhuma, que tinha sono e ia para casa. Sabina esteve um instante calada.

— O que você precisa, sei eu; é uma noiva. Deixe, que eu ainda arranjo uma noiva para você.

Saí de lá opresso, desorientado. Tudo pronto para embarcar — espírito e coração — e eis aí me surge esse porteiro das conveniências, que me pede o cartão de ingresso. Dei ao diabo as conveniências, e com elas a constituição, o corpo legislativo, o ministério, tudo.

No dia seguinte, abro uma folha política e leio a notícia de que, por decretos de 13, tínhamos sido nomeados presidente e secretário da província de*** o Lobo Neves e eu. Escrevi imediatamente a Virgília, e segui duas horas depois para a Gamboa. Coitada de d. Plácida! Estava cada vez mais aflita; perguntou-me se esqueceríamos a nossa velha, se a ausência era grande e se a província ficava longe. Consolei-a; mas eu próprio precisava de consolações; a objeção de Cotrim afligia-me. Virgília chegou daí a pouco, lépida como uma andorinha; mas, ao ver-me triste, ficou muito séria.

— Que aconteceu?
— Vacilo — disse eu. — Não sei se devo aceitar...

Virgília deixou-se cair no canapé, a rir.

— Por quê? — disse ela.
— Não é conveniente, dá muito na vista...
— Mas nós já não vamos.
— Como assim?

Contou-me que o marido ia recusar a nomeação, e por motivo que só lhe disse a ela, pedindo-lhe o maior segredo; não podia confessá-lo a ninguém mais. "É pueril" observou ele, "é ridículo; mas em suma, é um motivo poderoso para mim." Referiu-lhe que o decreto trazia a data de 13, e que esse número significava para ele uma recordação fúnebre. O pai morreu num dia 13, treze dias depois de um jantar em que havia treze pessoas. A casa em que morrera a mãe tinha o n.º 13. *Et cetera*. Era um algarismo fatídico. Não podia alegar semelhante coisa ao ministro; dir-lhe-ia que tinha razões particulares para não aceitar. Eu fiquei como há de estar o leitor — um pouco assombrado com esse sacrifício a um número; mas, sendo ele ambicioso, o sacrifício devia ser sincero...

Capítulo LXXXIV
O conflito

Número fatídico, lembras-te que te abençoei muitas vezes? Assim também as virgens ruivas de Tebas deviam abençoar a égua, de ruiva crina, que as substituiu no sacrifício de Pelópidas — uma donosa égua, que lá morreu, coberta de flores, sem que ninguém lhe desse nunca uma palavra de saudade. Pois dou-ta eu, égua piedosa, não só pela morte havida, como porque, entre as donzelas escapas, não é impossível que figurasse uma avó dos Cubas... Número fatídico, tu foste a nossa salvação. Não me confessou o marido a causa da recusa; disse-me também que eram negócios particulares, e o rosto sério, convencido, com que eu o escutei, fez honra à dissimulação humana. Ele é que mal podia encobrir a tristeza profunda que o minava; falava pouco, absorvia-se, metia-se em casa, a ler. Outras vezes recebia, e então conversava e ria muito, com estrépito e afetação. Oprimiam-no duas coisas — a ambição, que um escrúpulo desasara, e logo depois a dúvida, e talvez o arrependimento — mas um arrependimento, que viria outra vez se se repetisse a hipótese, porque o fundo supersticioso existia. Duvidava da superstição, sem chegar a rejeitá-la. Essa persistência de um sentimento, que repugna ao mesmo indivíduo, era um fenômeno digno de alguma atenção. Mas eu preferia a pura ingenuidade de d. Plácida, quando confessava não poder ver um sapato voltado para o ar.

— Que tem isso? — perguntava-lhe eu.

— Faz mal — era a sua resposta.

Isto somente, esta única resposta, que valia para ela o livro dos sete selos. Faz mal. Disseram-lhe isso em criança, sem outra explicação, e ela contentava-se com a certeza do mal. Já não acontecia a mesma coisa quando se falava de apontar uma estrela com o dedo; aí sabia perfeitamente que era caso de criar uma verruga.

Ou verruga ou outra coisa, que valia isso, para quem não perde uma presidência de província? Tolera-se uma superstição gratuita ou barata; é insuportável a que leva uma parte da vida. Este era o caso do Lobo Neves com o acréscimo da dúvida e do terror de haver sido ridículo. E mais este outro acréscimo, que o ministro não acreditou nos motivos particulares; atribuiu a recusa do Lobo Neves a manejos políticos, ilusão complicada de algumas aparências; tratou-o mal, comunicou a desconfiança aos colegas; sobrevieram incidentes; enfim, com o tempo, o presidente resignatário foi para a oposição.

Capítulo LXXXV
O cimo da montanha

Quem escapa a um perigo ama a vida com outra intensidade. Entrei a amar Virgília com muito mais ardor depois que estive a pique de a perder, e a mesma coisa lhe aconteceu a ela. Assim, a presidência não fez mais do que avivar a afeição primitiva; foi a droga com que tornamos mais saboroso o nosso amor, e mais prezado também. Nos primeiros dias, depois daquele incidente, folgávamos de imaginar a dor da separação, se houvesse separação, a tristeza de um e de outro, à proporção que o mar, como uma toalha elástica, se fosse dilatando entre nós; e, semelhantes às crianças que se achegam ao regaço das mães para fugir a uma simples careta, fugíamos do suposto perigo, apertando-nos com abraços.
— Minha boa Virgília!
— Meu amor!
— Tu és minha, não?
— Tua, tua...
E assim reatamos o fio da aventura, como a sultana Scheherazade o dos seus contos. Esse foi, cuido eu, o ponto máximo do nosso amor, o cimo da montanha, donde por algum tempo divisamos os vales de leste e de oeste, e por cima de nós o céu tranquilo e azul. Repousado esse tempo, começamos a descer a encosta, com as mãos presas ou soltas, mas a descer, a descer...

Capítulo LXXXVI
O mistério

Serra abaixo, como eu a visse um pouco diferente, não sei se abatida ou outra coisa, perguntei-lhe o que tinha; calou-se, fez um gesto de enfado, de mal-estar, de fadiga; ateimei, ela disse-me que... Um fluido sutil percorreu todo o meu corpo: sensação forte, rápida, singular, que eu não chegarei jamais a fixar no papel. Travei-lhe das mãos, puxei-a levemente a mim e beijei-a na testa, com uma delicadeza de zéfiro e uma gravidade de Abraão. Ela estremeceu, colheu-me a cabeça entre as palmas, fitou-me os olhos, depois afagou-me com um gesto maternal... Eis aí um mistério; deixemos ao leitor o tempo de decifrar esse mistério.

Capítulo LXXXVII
Geologia

Sucedeu por esse tempo um desastre: a morte do Viegas. O Viegas passou aí de relance, com os seus setenta anos, abafados de asma, desconjuntados de reumatismo, e uma lesão de coração por quebra. Foi um dos finos espreitadores da nossa aventura. Virgília nutria grandes esperanças em que esse velho parente, avaro como um sepulcro, lhe amparasse o futuro do filho com algum legado; e, se o marido tinha iguais pensamentos, encobria-os ou estrangulava-os. Tudo se deve dizer: havia no Lobo Neves certa dignidade fundamental, uma camada de rocha, que resistia ao comércio dos homens. As outras, as camadas de cima, terra solta e areia, levou-lhas a vida, que é um enxurro perpétuo. Se o leitor ainda se lembra do capítulo XXIII, observará que é agora a segunda vez que eu comparo a vida a um enxurro; mas também há de reparar que desta vez acrescento-lhe um adjetivo — perpétuo. E Deus sabe a força de um adjetivo, principalmente em países novos e cálidos.

O que é novo neste livro é a geologia moral do Lobo Neves, e provavelmente a do cavalheiro, que me está lendo. Sim, essas camadas de caráter, que a vida altera, conserva ou dissolve, conforme a resistência delas, essas camadas mereceriam um capítulo, que eu não escrevo, por não alongar a narração. Digo apenas que o homem mais probo que conheci em minha vida foi um certo Jacó Medeiros ou Jacó Valadares, não me recorda bem o nome. Talvez fosse Jacó Rodrigues; em suma, Jacó. Era a probidade em pessoa; podia ser rico, violentando um pequenino escrúpulo, e não quis; deixou ir pelas mãos fora nada menos de uns quatrocentos contos; tinha a probidade tão exemplar que chegava a ser miúda e cansativa. Um dia, como nos achássemos, a sós, em casa dele, em boa palestra, vieram dizer que o procurava o dr. B., um sujeito enfadonho. Jacó mandou dizer que não estava em casa.

— Não pega — bradou uma voz do corredor —; cá estou de dentro.

E, com efeito, era o dr. B., que apareceu logo à porta da sala. Jacó foi recebê-lo, afirmando que cuidava ser outra pessoa, e não ele, e acrescentando que tinha muito prazer com a visita, o que nos rendeu hora e meia de enfado mortal, e isso mesmo, porque Jacó tirou o relógio; o dr. B. perguntou-lhe então se ia sair.

— Com minha mulher — disse Jacó.

Retirou-se o dr. B. e respiramos. Uma vez respirados, disse eu ao Jacó que ele acabava de mentir quatro vezes em menos de duas horas: a primeira, negando-se, a segunda, alegrando-se com a presença do importuno; a terceira, dizendo que ia sair; a quarta, acrescentando que com a mulher. Jacó refletiu um instante, depois confessou a justeza da minha observação, mas desculpou-se dizendo que a veracidade absoluta era incompatível com um estado social adiantado, e que a paz das cidades só se podia obter à custa de embaçadelas recíprocas... Ah! lembra-me agora: chamava-se Jacó Tavares.

Capítulo LXXXVIII
O enfermo

Não é preciso dizer que refutei tão perniciosa doutrina com os mais elementares argumentos; mas ele estava tão vexado do meu reparo que resistiu até o fim, mostrando certo calor fictício, talvez para atordoar a consciência.

O caso de Virgília tinha alguma gravidade mais. Ela era menos escrupulosa que o marido: manifestava claramente as esperanças que trazia no legado, cumulava o parente de todas as cortesias, atenções e afagos que poderiam render, pelo menos, um codicilo. Propriamente, adulava-o; mas eu observei que a adulação das mulheres não é a mesma coisa que a dos homens. Esta orça pela servilidade; a outra confunde-se com a afeição. As formas graciosamente curvas, a palavra doce, a mesma fraqueza física dão à ação lisonjeira da mulher uma cor local, um aspecto legítimo. Não importa a idade do adulado; a mulher há de ter sempre para ele uns ares de mãe ou de irmã, ou ainda de enfermeira, outro ofício feminil em que o mais hábil dos homens carecerá sempre de um *quid*, um fluido, alguma coisa.

Era o que eu pensava comigo quando Virgília se desfazia toda em afagos ao velho parente. Ela ia recebê-lo à porta, falando e rindo, tirava-lhe o chapéu e a bengala, dava-lhe o braço e levava-o a uma cadeira, ou à cadeira, porque havia lá em casa a "cadeira do Viegas", obra especial, conchegada, feita para gente enferma ou anciã. Ia fechar a janela próxima, se havia alguma brisa, ou abri-la, se estava calor, mas com cuidado, combinando de modo que lhe não desse um golpe de ar.

— Então? Hoje está mais fortezinho...
— Qual! Passei mal a noite; o diabo da asma não me deixa.

E bufava o homem, repousando a pouco e pouco do cansaço da entrada e da subida, não do caminho, porque ia sempre de sege. Ao lado, um pouco mais para a frente, sentava-se Virgília, numa banquinha, com as mãos nos joelhos do enfermo. Entretanto, o nhonhô chegava à sala, sem os pulos do costume, mas discreto, meigo, sério. Viegas gostava muito dele.

— Vem cá, nhonhô — dizia-lhe —; e a custo introduzia a mão na ampla algibeira, tirava uma caixinha de pastilhas, metia uma na boca e dava outra ao pequeno. Pastilhas antiasmáticas. O pequeno dizia que eram muito boas.

Repetia-se isto, com variantes. Como o Viegas gostasse de jogar damas, Virgília cumpria-lhe o desejo, aturando-o por largo tempo, a mover as pedras com a mão frouxa e tarda. Outras vezes, desciam a passear na chácara, dando-lhe ela o braço, que ele nem sempre aceitava, por dizer-se rijo e capaz de andar uma légua. Iam, sentavam-se, tornavam a ir, a falar de coisas várias, ora de um negócio de família, ora de uma bisbilhotice de sala, ora enfim de uma casa que ele meditava construir, para residência própria, casa de feitio moderno, porque a dele era das antigas, contemporânea de el-rei d. João vi, à maneira de algumas que ainda hoje (creio eu) se podem ver no bairro de São Cristóvão, com as suas grossas colunas na frente. Parecia-lhe que o casarão em que morava podia ser substituído, e já tinha encomendado o risco a um pedreiro de fama. Ah! então sim, então é que Virgília chegaria a ver o que era um velho de gosto.

Falava, como se pode supor, lentamente e a custo, intervalado de uma arfagem incômoda para ele e para os outros. De quando em quando, vinha um acesso de tosse; curvo, gemendo, levava o lenço à boca, e investigava-o; passado o acesso, tornava ao plano da casa, que devia ter tais e tais quartos, um terraço, cocheira, um primor.

Capítulo LXXXIX
In extremis

— Amanhã vou passar o dia em casa do Viegas — disse-me ela uma vez. — Coitado! não tem ninguém...

Viegas caíra na cama, definitivamente; a filha, casada, adoecera justamente agora, e não podia fazer-lhe companhia. Virgília ia lá de quando em quando. Eu aproveitei a circunstância para passar todo aquele dia ao pé dela. Eram duas horas da tarde quando cheguei. Viegas tossia com tal força que me fazia arder o peito; no intervalo dos acessos debatia o preço de uma casa, com um sujeito magro. O sujeito oferecia trinta contos. Viegas exigia quarenta. O comprador instava como quem receia perder o trem da estrada de ferro, mas Viegas não cedia; recusou primeiramente os trinta contos, depois mais dois, depois mais três, enfim teve um forte acesso, que lhe tolheu a fala durante quinze minutos. O comprador acarinhou-o muito, arranjou-lhe os travesseiros, ofereceu-lhe trinta e seis contos.

— Nunca! — gemeu o enfermo.

Mandou buscar um maço de papéis à escrivaninha; não tendo forças para tirar a fita de borracha que prendia os papéis, pediu-me que os deslaçasse: fi-lo. Eram as contas das despesas com a construção da casa: contas de pedreiro, de carpinteiro, de pintor; contas do papel da sala de visitas, da sala de jantar, das alcovas, dos gabinetes; contas das ferragens; custo do terreno. Ele abria-as, uma por uma, com a mão trêmula, e pedia-me que as lesse, e eu lia-as.

— Veja; mil e duzentos, papel de mil e duzentos a peça. Dobradiças francesas...

— Veja, é de graça — concluiu ele depois de lida a última conta.

— Pois bem... mas...

— Quarenta contos; não lhe dou por menos. Só os juros... faça a conta dos juros...

Vinham tossidas estas palavras, às golfadas, às sílabas, como se fossem migalhas de um pulmão desfeito. Nas órbitas fundas rolavam os olhos lampejantes, que me faziam lembrar a lamparina da madrugada. Sob o lençol desenhava-se a estrutura óssea do corpo, pontudo em dois lugares, nos joelhos e nos pés; a pele amarelada, bamba, rugosa, revestia apenas a caveira de um rosto sem expressão: uma carapuça de algodão branco cobria-lhe o crânio rapado pelo tempo.

— Então? — disse o sujeito magro.

Fiz-lhe sinal para que não insistisse, e ele calou-se por alguns instantes. O doente ficou a olhar para o teto, calado, a arfar muito: Virgília empalideceu, levantou-

-se, foi até a janela. Suspeitara a morte e tinha medo. Eu procurei falar de outras coisas. O sujeito magro contou uma anedota, e tornou a tratar da casa, alteando a proposta:

— Trinta e oito contos — disse ele.

— Am?... — gemeu o enfermo.

O sujeito magro aproximou-se da cama, pegou-lhe na mão, e sentiu-a fria. Eu acheguei-me ao doente, perguntei-lhe se sentia alguma coisa, se queria tomar um cálice de vinho.

— Não... não... quar... quaren... quar... quar...

Teve um acesso de tosse, e foi o último; daí a pouco expirava ele, com grande consternação do sujeito magro, que me confessou depois a disposição em que estava de oferecer os quarenta contos; mas era tarde.

Capítulo XC
O velho colóquio de Adão e Caim

Nada. Nenhuma lembrança testamentária, uma pastilha que fosse, com que de todo em todo não parecesse ingrato ou esquecido. Nada. Virgília travou raivosa esse malogro, e disse-mo com certa cautela, não pela coisa em si, senão porque entendia com o filho, de quem sabia que eu não gostava muito, nem pouco. Insinuei-lhe que não devia pensar mais em semelhante negócio. O melhor de tudo era esquecer o defunto, um lorpa, um cainho sem nome, e tratar de coisas alegres; o nosso filho, por exemplo...

Lá me escapou a decifração do mistério, esse doce mistério de algumas semanas antes, quando Virgília me pareceu um pouco diferente do que era. Um filho! Um ser tirado do meu ser! Essa era a minha preocupação exclusiva daquele tempo. Olhos do mundo, zelos do marido, morte do Viegas, nada me interessava por então, nem conflitos políticos, nem revoluções, nem terremotos, nem nada. Eu só pensava naquele embrião anônimo, de obscura paternidade, e uma voz secreta me dizia: é teu filho. Meu filho! E repetia essas duas palavras com certa voluptuosidade indefinível e não sei que assomos de orgulho. Sentia-me homem.

O melhor é que conversávamos os dois, o embrião e eu, falávamos de coisas presentes e futuras. O maroto amava-me, era um pelintra gracioso, dava-me pancadinhas na cara com as mãozinhas gordas, ou então traçava a beca de bacharel, porque ele havia de ser bacharel e fazia um discurso na Câmara dos deputados. E o pai a ouvi-lo de uma tribuna, com os olhos rasos de lágrimas. De bacharel passava outra vez à escola, pequenino, lousa e livros debaixo do braço, ou então caía no berço para tornar a erguer-se homem. Em vão buscava fixar no espírito uma idade, uma atitude: esse embrião tinha a meus olhos todos os tamanhos e gestos: ele mamava, ele escrevia, ele valsava, ele era o interminável nos limites de um quarto de hora — *baby* e deputado, colegial e pintalegrete. Às vezes, ao pé de Virgília, esquecia-me dela e de tudo; Virgília sacudia-me, reprochava-me o silêncio; dizia que eu já lhe

não queria nada. A verdade é que estava em diálogo com o embrião; era o velho colóquio de Adão e Caim, uma conversa sem palavras entre a vida e a vida, o mistério e o mistério.

Capítulo XCI
Uma carta extraordinária

Por esse tempo recebi uma carta extraordinária, acompanhada de um objeto não menos extraordinário. Eis o que a carta dizia:

> Meu caro Brás Cubas,
> Há tempos, no Passeio Público, tomei-lhe de empréstimo um relógio. Tenho a satisfação de restituir-lho com esta carta. A diferença é que não é o mesmo, porém outro, não digo superior, mas igual ao primeiro. *Que voulez-vous, monseigneur?* — como dizia Fígaro —, *c'est la misère*. Muitas coisas se deram depois do nosso encontro; irei contá-las pelo miúdo, se me não fechar a porta. Saiba que já não trago aquelas botas caducas, nem envergo uma famosa sobrecasaca cujas abas se perdiam na noite dos tempos. Cedi o meu degrau da escada de São Francisco; finalmente, almoço.
> Dito isso, peço licença para ir um dia destes expor-lhe um trabalho, fruto de longo estudo, um novo sistema de filosofia, que não só explica e descreve a origem e a consumação das coisas, como faz dar um grande passo adiante de Zenon e Sêneca, cujo estoicismo era um verdadeiro brinco de crianças ao pé da minha receita moral. É singularmente espantoso esse meu sistema; retifica o espírito humano, suprime a dor, assegura a felicidade, e enche de imensa glória o nosso país. Chamo-lhe humanitismo, de *Humanitas*, princípio das coisas. Minha primeira ideia revelava uma grande enfatuação; era chamar-lhe borbismo, de Borba; denominação vaidosa, além de rude e molesta. E com certeza exprimia menos. Verá, meu caro Brás Cubas, verá que é deveras um monumento; e se alguma coisa há que possa fazer-me esquecer as amarguras da vida, é o gosto de haver enfim apanhado a verdade e a felicidade. Ei-las na minha mão essas duas esquivas; após tantos séculos de lutas, pesquisas, descobertas, sistemas e quedas, ei-las nas mãos do homem. Até breve, meu caro Brás Cubas. Saudades do
> Velho amigo
> Joaquim Borba dos Santos.

Li essa carta sem entendê-la. Vinha com ela uma boceta contendo um bonito relógio com as minhas iniciais gravadas, e esta frase: *Lembrança do velho Quincas*. Voltei à carta, reli-a com pausa, com atenção. A restituição do relógio excluía toda a ideia de burla; a lucidez, a serenidade, a convicção — um pouco jactanciosa, é certo —, pareciam excluir a suspeita de insensatez. Naturalmente o Quincas Borba herdara de algum dos seus parentes de Minas, e a abastança devolvera-lhe a primitiva dignidade. Não digo tanto; há coisas que se não podem reaver integralmente; mas enfim a regeneração não era impossível. Guardei a carta e o relógio, e esperei a filosofia.

CAPÍTULO XCII
Um homem extraordinário

Já agora acabo com as coisas extraordinárias. Vinha de guardar a carta e o relógio, quando me procurou um homem magro e meão, com um bilhete do Cotrim, convidando-me para jantar. O portador era casado com uma irmã do Cotrim, chegara poucos dias antes do norte, chamava-se Damasceno, e fizera a revolução de 1831. Foi ele mesmo que me disse isso, no espaço de cinco minutos. Saíra do Rio de Janeiro por desacordo com o Regente, que era um asno, pouco menos asno do que os ministros que serviram com ele. De resto, a revolução estava outra vez às portas. Nesse ponto, conquanto trouxesse as ideias políticas um pouco baralhadas, consegui organizar e formular o governo de suas preferências: era um despotismo temperado — não por cantigas, como dizem alhures —, mas por penachos da guarda nacional. Só não pude alcançar se ele queria o despotismo de um, de três, de trinta ou de trezentos. Opinava por várias coisas, entre outras, o desenvolvimento do tráfico dos africanos e a expulsão dos ingleses. Gostava muito de teatro; logo que chegou foi ao teatro de São Pedro, onde viu um drama soberbo, a *Maria Joana*, e uma comédia muito interessante, *Kettly, ou a volta à Suíça*. Também gostara muito da Deperini, na *Safo*, ou na *Ana Bolena*, não se lembrava bem. Mas a Candiani! Sim, senhor, era papa-fina. Agora queria ouvir o *Ernani*, que a filha dele cantava em casa, ao piano: *Ernani, Ernani, involami...* — E dizia isso levantando-se e cantarolando a meia-voz. — No norte essas coisas chegavam como um eco. A filha morria por ouvir todas as óperas. Tinha uma voz muito mimosa, a filha. E gosto, muito gosto. Ah! Ele estava ansioso por voltar ao Rio de Janeiro. Já havia corrido a cidade toda, com umas saudades... Palavra!, em alguns lugares teve vontade de chorar. Mas não embarcaria mais. Enjoara muito a bordo, como todos os outros passageiros, exceto um inglês... Que os levasse o diabo, os ingleses! Isso não ficava direito sem irem todos eles barra afora. Que é que a Inglaterra podia fazer-nos? Se ele encontrasse algumas pessoas de boa vontade, era obra de uma noite a expulsão de tais *godemes*... Graças a Deus, tinha patriotismo — e batia no peito —, o que não admirava, porque era de família; descendia de um antigo capitão-mor muito patriota. Sim, não era nenhum pé-rapado. Viesse a ocasião, e ele havia de mostrar de que pau era a canoa... Mas fazia-se tarde, ia dizer que eu não faltaria ao jantar, e lá me esperava para maior palestra. Levei-o até a porta da sala; ele parou dizendo que simpatizava muito comigo. Quando casara, estava eu na Europa. Conheceu meu pai, um homem às direitas, com quem dançara num célebre baile da Praia Grande... Coisas! coisas! Falaria depois, fazia-se tarde, tinha de ir levar a resposta ao Cotrim. Saiu; fechei-lhe a porta...

Capítulo XCIII
O jantar

Que suplício que foi o jantar! Felizmente, Sabina fez-me sentar ao pé da filha do Damasceno, uma d. Eulália, ou mais familiarmente Nhã-loló, moça graciosa, um tanto acanhada a princípio, mas só a princípio. Faltava-lhe elegância, mas compensava-a com os olhos, que eram soberbos, e só tinham o defeito de se não arrancarem de mim, exceto quando desciam ao prato; mas Nhã-loló comia tão pouco que quase não olhava para o prato. De noite cantou; a voz era como dizia o pai, "muito mimosa". Não obstante, esquivei-me. Sabina veio até a porta e perguntou-me que tal achara a filha do Damasceno.

— Assim, assim.
— Muito simpática, não é? — acudiu ela. — Falta-lhe um pouco mais de corte. Mas que coração! é uma pérola. Bem boa noiva para você.
— Não gosto de pérolas.
— Casmurro! Para quando é que você se guarda? para quando estiver a cair de maduro, já sei. Pois, meu rico, quer você queira quer não, há de casar com Nhã-loló.

E dizia isso a bater-me na face com os dedos, meiga como uma pomba, e ao mesmo tempo intimativa e resoluta. Santo Deus! seria esse o motivo da reconciliação? Fiquei um pouco desconsolado com a ideia, mas uma voz misteriosa chamava-me à casa do Lobo Neves; disse adeus a Sabina e às suas ameaças.

Capítulo XCIV
A causa secreta

— Como está a minha querida mamãe?

A essa palavra, Virgília amuou-se, como sempre. Estava ao canto de uma janela, sozinha, a olhar para a lua, e recebeu-me alegremente; mas quando lhe falei no nosso filho amuou-se. Não gostava de semelhante alusão, aborreciam-lhe as minhas antecipadas carícias paternais. Eu, para quem ela era já uma pessoa sagrada, uma âmbula divina, deixava-a estar quieta. Supus a princípio que o embrião, esse perfil do incógnito, projetando-se na nossa aventura, lhe restituíra a consciência do mal. Enganava-me. Nunca Virgília me parecera mais expansiva, mais sem reservas, menos preocupada dos outros e do marido. Não eram remorsos. Imaginei também que a concepção seria um puro invento, um modo de prender-me a ela, recurso sem longa eficácia, que talvez começava de oprimi-la. Não era absurda essa hipótese; a minha doce Virgília mentia, às vezes, com tanta graça!

Naquela noite descobri a causa verdadeira. Era medo do parto e vexame da gravidez. Padecera muito quando lhe nasceu o primeiro filho; e essa hora, feita de minutos de vida e minutos de morte, dava-lhe já imaginariamente os calafrios do patíbulo. Quanto ao vexame, complicava-se ainda da forçada privação de certos há-

bitos da vida elegante. Com certeza, era isso mesmo; dei-lho a entender, repreendendo-a, um pouco em nome dos meus direitos de pai. Virgília fitou-me; em seguida desviou os olhos e sorriu de um jeito incrédulo.

Capítulo XCV
Flores de antanho

Onde estão elas, as flores de antanho? Uma tarde, após algumas semanas de gestação, esboroou-se todo o edifício das minhas quimeras paternais. Foi-se o embrião, naquele ponto em que se não distingue Laplace de uma tartaruga. Tive a notícia por boca do Lobo Neves, que me deixou na sala e acompanhou o médico à alcova da frustrada mãe. Eu encostei-me à janela, a olhar para a chácara, onde verdejavam as laranjeiras sem flores. Onde iam elas, as flores de antanho?

Capítulo XCVI
A carta anônima

Senti tocar-me no ombro; era Lobo Neves. Encaramo-nos alguns instantes, mudos, inconsoláveis. Indaguei de Virgília, depois ficamos a conversar uma meia hora. No fim desse tempo, vieram trazer-lhe uma carta; ele leu-a, empalideceu muito, e fechou-a com a mão trêmula. Creio que lhe vi fazer um gesto, como se quisesse atirar-se sobre mim; não me lembra bem. O que me lembra claramente é que durante os dias seguintes recebeu-me frio e taciturno. Enfim, Virgília contou-me tudo, daí a dias, na Gamboa.

 O marido mostrou-lhe a carta, logo que ela se restabeleceu. Era anônima e denunciava-nos. Não dizia tudo; não falava, por exemplo, das nossas entrevistas externas; limitava-se a precavê-lo contra a minha intimidade, e acrescentava que a suspeita era pública. Virgília leu a carta e disse com indignação que era uma calúnia infame.

— Calúnia? — perguntou Lobo Neves.

— Infame.

 O marido respirou; mas, tornando à carta, parece que cada palavra dela lhe fazia com o dedo um sinal negativo, cada letra bradava contra a indignação da mulher. Esse homem, aliás intrépido, era agora a mais frágil das criaturas. Talvez a imaginação lhe mostrou, ao longe, o famoso olho da opinião, a fitá-lo sarcasticamente, com um ar de pulha; talvez uma boca invisível lhe repetiu ao ouvido as chufas que ele escutara ou dissera outrora. Instou com a mulher que lhe confessasse tudo, porque tudo lhe perdoaria. Virgília compreendeu que estava salva; mostrou-se irritada com a insistência, jurou que da minha parte só ouvira palavras de gracejo e cortesia. A carta havia de ser de algum namorado sem ventura. E citou alguns — um que a galanteara francamente, durante três semanas, outro que lhe escrevera uma carta, e

ainda outros e outros. Citava-os pelo nome, com circunstâncias, estudando os olhos do marido, e concluiu dizendo que, para não dar margem à calúnia, tratar-me-ia de maneira que eu não voltaria lá.

Ouvi tudo isto um pouco turbado, não pelo acréscimo de dissimulação que era preciso empregar de ora em diante, até afastar-me inteiramente da casa do Lobo Neves, mas pela tranquilidade moral de Virgília, pela falta de comoção, de susto, de saudades, e até de remorsos. Virgília notou a minha preocupação, levantou-me a cabeça, porque eu olhava então para o soalho, e disse-me com certa amargura:

— Você não merece os sacrifícios que lhe faço.

Não lhe disse nada; era ocioso ponderar-lhe que um pouco de desespero e terror daria à nossa situação o sabor cáustico dos primeiros dias; mas, se lho dissesse, não é impossível que ela chegasse lenta e artificiosamente até esse pouco de desespero e terror. Não lhe disse nada. Ela batia nervosamente com a ponta do pé no chão; aproximei-me e beijei-a na testa. Virgília recuou, como se fosse um beijo de defunto.

Capítulo XCVII
Entre a boca e a testa

Sinto que o leitor estremeceu — ou devia estremecer. Naturalmente a última palavra sugeriu-lhe três ou quatro reflexões. Veja bem o quadro: numa casinha da Gamboa, duas pessoas que se amam há muito tempo, uma inclinada para a outra, a dar-lhe um beijo na testa, e a outra a recuar, como se sentisse o contato de uma boca de cadáver. Há aí, no breve intervalo, entre a boca e a testa, antes do beijo e depois do beijo, há aí largo espaço para muita coisa — a contração de um ressentimento, a ruga da desconfiança, ou enfim o nariz pálido e sonolento da saciedade...

Capítulo XCVIII
Suprimido

Separamo-nos alegremente. Jantei reconciliado com a situação. A carta anônima restituía à nossa aventura o sal do mistério e a pimenta do perigo; e afinal foi bem bom que Virgília não perdesse naquela crise a posse de si mesma. De noite fui ao teatro de São Pedro; representava-se uma grande peça, em que a Estela arrancava lágrimas. Entro; corro os olhos pelos camarotes; vejo em um deles Damasceno e a família. Trajava a filha com outra elegância e certo apuro, coisa difícil de explicar, porque o pai ganhava apenas o necessário para endividar-se; e daí, talvez fosse por isso mesmo.

No intervalo fui visitá-los. Damasceno recebeu-me com muitas palavras, a mulher com muitos sorrisos. Quanto a Nhã-loló, não tirou mais os olhos de mim.

Parecia-me agora mais bonita que no dia do jantar. Achei-lhe certa suavidade etérea casada ao polido das formas terrenas: expressão vaga, e condigna de um capítulo em que tudo há de ser vago. Realmente, não sei como lhes diga que não me senti mal, ao pé da moça, trajando garridamente um vestido fino, um vestido que me dava cócegas de Tartufo. Ao contemplá-lo, cobrindo casta e redondamente o joelho, foi que eu fiz uma descoberta sutil, a saber que a natureza previu a vestidura humana, condição necessária ao desenvolvimento da nossa espécie. A nudez habitual, dada a multiplicação das obras e dos cuidados do indivíduo, tenderia a embotar os sentidos e a retardar os sexos, ao passo que o vestuário, negaceando a natureza, aguça e atrai as vontades, ativa-as, reprodu-las, e conseguintemente faz andar a civilização. Abençoado uso que nos deu *Otelo* e os paquetes transatlânticos!

Estou com vontade de suprimir este capítulo. O declive é perigoso. Mas enfim eu escrevo as minhas memórias e não as tuas, leitor pacato. Ao pé da graciosa donzela, parecia-me tomado de uma sensação dupla e indefinível. Ela exprimia inteiramente a dualidade de Pascal, *l'ange et la bête*, com a diferença que o jansenista não admitia a simultaneidade das duas naturezas, ao passo que elas aí estavam bem juntinhas — *l'ange*, que dizia algumas coisas do céu — e *la bête*, que... Não; decididamente suprimo este capítulo.

Capítulo XCIX
Na plateia

Na plateia achei Lobo Neves, de conversa com alguns amigos; falamos por alto, a frio, constrangidos um e outro. Mas no intervalo seguinte, prestes a levantar o pano, encontramo-nos num dos corredores, em que não havia ninguém. Ele veio a mim, com muita afabilidade e riso, puxou-me a um dos óculos do teatro, e falamos muito, principalmente ele, que parecia o mais tranquilo dos homens. Cheguei a perguntar-lhe pela mulher; respondeu que estava boa, mas torceu logo a conversação para assuntos gerais, expansivo, quase risonho. Adivinhe quem quiser a causa da diferença; eu fujo ao Damasceno que me espreita ali da porta do camarote.

Não ouvi nada do seguinte ato, nem as palavras dos atores, nem as palmas do público. Reclinado na cadeira, apanhava de memória os retalhos da conversação do Lobo Neves, refazia as maneiras dele, e concluía que era muito melhor a nova situação. Bastava-nos a Gamboa. A frequência da outra casa aguçaria as invejas. Rigorosamente podíamos dispensar-nos de falar todos os dias; até era melhor, metia a saudade de permeio nos amores. Ao demais, eu galgara os quarenta anos, e não era nada, nem simples eleitor de paróquia. Urgia fazer alguma coisa, ainda por amor de Virgília, que havia de ufanar-se quando visse luzir o meu nome... Creio que nessa ocasião houve grandes aplausos, mas não juro; eu pensava em outra coisa.

Multidão, cujo amor cobicei até à morte, era assim que eu me vingava às vezes de ti; deixava burburinhar em volta do meu corpo a gente humana, sem a ouvir, como o Prometeu de Ésquilo fazia aos seus verdugos. Ah! tu cuidavas encadear-me

ao rochedo da tua frivolidade, da tua indiferença, ou da tua agitação? Frágeis cadeias, amiga minha; eu rompia-as de um gesto de Gulliver. Vulgar coisa é ir considerar no ermo. O voluptuoso, o esquisito, é insular-se o homem no meio de um mar de gestos e palavras, de nervos e paixões, decretar-se alheado, inacessível, ausente. O mais que podem dizer, quando ele torna a si — isto é, quando torna aos outros —, é que baixa do mundo da lua; mas o mundo da lua, esse desvão luminoso e recatado do cérebro, que outra coisa é senão a afirmação desdenhosa da nossa liberdade espiritual? Vive Deus! eis um bom fecho de capítulo.

Capítulo C
O caso provável

Se esse mundo não fosse uma região de espíritos desatentos, era escusado lembrar ao leitor que eu só afirmo certas leis quando as possuo deveras; em relação a outras, restrinjo-me à admissão da probabilidade. Um exemplo da segunda classe constitui o presente capítulo, cuja leitura recomendo a todas as pessoas que amam o estudo dos fenômenos sociais. Segundo parece, e não é improvável, existe entre os fatos da vida pública e os da vida particular uma certa ação recíproca, regular, e talvez periódica — ou, para usar de uma imagem, há alguma coisa semelhante às marés da praia do Flamengo e de outras igualmente marulhosas. Com efeito, quando a onda investe a praia, alaga-a muitos palmos adentro; mas essa mesma água torna ao mar, com variável força, e vai engrossar a onda que há de vir, e que terá de tornar como a primeira. Esta é a imagem; vejamos a aplicação.

Deixei dito noutra página que o Lobo Neves, nomeado presidente de província, recusou a nomeação por motivo da data do decreto, que era 13; ato grave, cuja consequência foi separar do ministério o marido de Virgília. Assim, o fato particular da ojeriza de um número produziu o fenômeno da dissidência política. Resta ver como, tempos depois, um ato político determinou na vida particular uma cessação de movimento. Não convindo ao método deste livro descrever imediatamente esse outro fenômeno, limito-me a dizer por ora que o Lobo Neves, quatro meses depois de nosso encontro no teatro, reconciliou-se com o ministério; fato que o leitor não deve perder de vista, se quiser penetrar a sutileza do meu pensamento.

Capítulo CI
A revolução dálmata

Foi Virgília quem me deu notícia da viravolta política do marido, certa manhã de outubro, entre onze e meio-dia; falou-me de reuniões, de conversas, de um discurso...

— De maneira que desta vez fica você baronesa — interrompi eu.

Ela derreou os cantos da boca e moveu a cabeça a um e outro lado; mas esse gesto de indiferença era desmentido por alguma coisa menos definível, menos clara, uma expressão de gosto e de esperança. Não sei por quê, imaginei que a carta imperial da nomeação podia atraí-la à virtude, não digo pela virtude em si mesma, mas por gratidão ao marido. Que ela amava cordialmente a nobreza. Um dos maiores desgostos de nossa vida foi o aparecimento de certo pelintra de legação — da legação da Dalmácia, suponhamos —, o conde B. V., que a namorou durante três meses. Esse homem, vero fidalgo de raça, transtornara um pouco a cabeça de Virgília, que, além do mais, possuía a vocação diplomática. Não chego a alcançar o que seria de mim, se não rebentasse na Dalmácia uma revolução, que derrocou o governo e purificou as embaixadas. Foi sangrenta a revolução, dolorosa, formidável; os jornais, a cada navio que chegava da Europa, transcreviam os horrores, mediam o sangue, contavam as cabeças; toda a gente fremia de indignação e piedade... Eu não; eu abençoava interiormente essa tragédia, que me tirara uma pedrinha do sapato. E depois a Dalmácia era tão longe!

Capítulo CII
De repouso

Mas esse mesmo homem, que se alegrou com a partida do outro, praticou daí a tempos... Não, não hei de contá-lo nesta página; fique esse capítulo para repouso do meu vexame. Uma ação grosseira, baixa, sem explicação possível... Repito, não contarei o caso nesta página.

Capítulo CIII
Distração

— Não, senhor doutor, isso não se faz. Perdoe-me, isso não se faz.

Tinha razão d. Plácida. Nenhum cavalheiro chega uma hora mais tarde ao lugar em que o espera a sua dama. Entrei esbaforido; Virgília tinha ido embora. D. Plácida contou-me que ela esperara muito, que se irritara, que chorara, que jurara votar-me ao desprezo, e outras mais coisas que a nossa caseira dizia com lágrimas na voz, pedindo-me que não desamparasse Iaiá, que era ser muito injusto com uma moça que me sacrificara tudo. Expliquei-lhe então que um equívoco... E não era; cuido que foi simples distração. Um dito, uma conversa, uma anedota, qualquer coisa; simples distração.

Coitada de d. Plácida! Estava aflita deveras. Andava de um lado para outro, abanando a cabeça, suspirando com estrépito, espiando pela rótula. Coitada de d. Plácida! Com que arte conchegava as roupas, bafejava as faces, acalentava as ma-

nhas do nosso amor! que imaginação fértil em tornar as horas mais aprazíveis e breves! Flores, doces — os bons doces de outros dias — e muito riso, muito afago, riso e afago que cresciam com o tempo, como se ela quisesse fixar a nossa aventura, ou restituir-lhe a primeira flor. Nada esquecia a nossa confidente e caseira; nada, nem a mentira, porque a um e outro referia suspiros e saudades que não presenciara; nada, nem a calúnia, porque uma vez chegou a atribuir-me uma paixão nova. "Você sabe que não posso gostar de outra mulher", foi a minha resposta quando Virgília me falou em semelhante coisa. E esta só palavra, sem nenhum protesto ou admoestação, dissipou o aleive de d. Plácida, que ficou triste.

— Está bem — disse-lhe eu, depois de um quarto de hora —; Virgília há de reconhecer que não tive culpa nenhuma... Quer você levar-lhe uma carta agora mesmo?

— Ela há de estar bem triste, coitadinha! Olhe, eu não desejo a morte de ninguém; mas, se o senhor doutor algum dia chegar a casar com Iaiá, então sim, é que há de ver o anjo que ela é!

Lembra-me que desviei o rosto e baixei os olhos ao chão. Recomendo esse gesto às pessoas que não tiverem uma palavra pronta para responder, ou ainda às que recearem encarar a pupila de outros olhos. Em tais casos, alguns preferem recitar uma oitava dos *Lusíadas*, outros adotam o recurso de assobiar a *Norma*; eu atenho-me ao gesto indicado; é mais simples, exige menos esforço.

Três dias depois, estava tudo explicado. Suponho que Virgília ficou um pouco admirada quando lhe pedi desculpa das lágrimas que derramara naquela triste ocasião. Nem me lembra se interiormente as atribuí a d. Plácida. Com efeito, podia acontecer que d. Plácida chorasse, ao vê-la desapontada, e, por um fenômeno da visão, as lágrimas que tinha nos próprios olhos lhe parecessem cair dos olhos de Virgília. Fosse como fosse, tudo estava explicado, mas não perdoado, e menos ainda esquecido. Virgília dizia-me uma porção de coisas duras, ameaçava-me com a separação, enfim louvava o marido. Esse sim, era um homem digno, muito superior a mim, delicado, um primor de cortesia e afeição; é o que ela dizia, enquanto eu, sentado, com os braços fincados nos joelhos, olhava para o chão, onde uma mosca arrastava uma formiga que lhe mordia o pé. Pobre mosca! pobre formiga!

— Mas você não diz nada, nada? — perguntou Virgília, parando diante de mim.

— Que hei de dizer? Já expliquei tudo; você teima em zangar-se; que hei de dizer? Sabe o que me parece? Parece-me que você está enfastiada, que se aborrece, que quer acabar...

— Justamente!

Foi dali pôr o chapéu, com a mão trêmula, raivosa...

— Adeus, dona Plácida — bradou ela para dentro. Depois foi até a porta, correu o fecho, ia sair; agarrei-a pela cintura.

— Está bom, está bom — disse-lhe. Virgília ainda forcejou por sair. Eu retive-a, pedi-lhe que ficasse, que esquecesse; ela afastou-se da porta e foi cair no canapé. Sentei-me ao pé dela, disse-lhe muitas coisas meigas, outras humildes, outras graciosas. Não afirmo se os nossos lábios chegaram à distância de um fio de cambraia ou ainda menos; é matéria controversa. Lembra-me, sim, que na agitação caiu um brinco de Virgília, que eu inclinei-me a apanhá-lo, e que a mosca de há pouco tre-

pou ao brinco, levando sempre a formiga no pé. Então eu, com a delicadeza nativa de um homem do nosso século, pus na palma da mão aquele casal de mortificados; calculei toda a distância que ia da minha mão ao planeta Saturno, e perguntei a mim mesmo que interesse podia haver num episódio tão mofino. Se concluis daí que eu era um bárbaro, enganas-te, porque eu pedi um grampo a Virgília, a fim de separar os dois insetos; mas a mosca farejou a minha intenção, abriu as asas e foi-se embora. Pobre mosca! pobre formiga! E Deus viu que isso era bom, como se diz na Escritura.

Capítulo CIV
Era ele

Restituí o grampo a Virgília, que o repregou nos cabelos e preparou-se para sair. Era tarde; tinham dado três horas. Tudo estava esquecido e perdoado. D. Plácida, que espreitava a ocasião idônea para a saída, fecha subitamente a janela e exclama:

— Virgem Nossa Senhora! aí vem o marido de Iaiá!

O momento de terror foi curto mas completo. Virgília fez-se da cor das rendas do vestido, correu até a porta da alcova; d. Plácida, que fechara a rótula, queria fechar também a porta de dentro; eu dispus-me a esperar o Lobo Neves. Esse curto instante passou. Virgília tornou a si, empurrou-me para a alcova, disse a d. Plácida que voltasse à janela; a confidente obedeceu.

Era ele. D. Plácida abriu-lhe a porta com muitas exclamações de pasmo:

— O senhor por aqui! honrando a casa de sua velha! Entre, faça favor. Adivinhe quem está cá... Não tem que adivinhar, não veio por outra coisa... Apareça, Iaiá.

Virgília, que estava a um canto, atirou-se ao marido. Eu espreitava-os pelo buraco da fechadura. O Lobo Neves entrou lentamente, pálido, frio, quieto, sem explosão, sem arrebatamento, e circulou um olhar em volta da sala.

— Que é isso? — exclamou Virgília. — Você por aqui?

— Ia passando, vi dona Plácida à janela, e vim cumprimentá-la.

— Muito obrigada — acudiu esta. — E digam que as velhas não valem alguma coisa... Olhai, gentes! Iaiá parece estar com ciúmes. — E acariciando-a muito: — Este anjinho é que nunca se esqueceu da velha Plácida. Coitadinha! é mesmo a cara da mãe... Sente-se, senhor doutor...

— Não me demoro.

— Você vai para casa? — disse Virgília. — Vamos juntos.

— Vou.

— Dê cá o meu chapéu, dona Plácida.

— Está aqui.

D. Plácida foi buscar um espelho, abriu-o diante dela. Virgília punha o chapéu, atava as fitas, arranjava os cabelos, falando ao marido, que não respondia nada. A nossa boa velha tagarelava demais; era um modo de disfarçar as tremuras do corpo. Virgília, dominado o primeiro instante, tornara à posse de si mesma.

— Pronta! — disse ela. — Adeus, dona Plácida; não se esqueça de aparecer, ouviu? — A outra prometeu que sim, e abriu-lhe a porta.

Capítulo CV
Equivalência das janelas

D. Plácida fechou a porta e caiu numa cadeira. Eu deixei imediatamente a alcova, e dei dois passos para sair à rua, com o fim de arrancar Virgília ao marido; foi o que disse, e em bem que o disse, porque d. Plácida deteve-me por um braço. Tempo houve em que cheguei a supor que não dissera aquilo senão para que ela me detivesse; mas a simples reflexão basta para mostrar que, depois dos dez minutos da alcova, o gesto mais genuíno e cordial não podia ser senão esse. E isso por aquela famosa lei da equivalência das janelas, que eu tive a satisfação de descobrir e formular no capítulo LI. Era preciso arejar a consciência. A alcova foi uma janela fechada; eu abri outra com o gesto de sair, e respirei.

Capítulo CVI
Jogo perigoso

Respirei e sentei-me. D. Plácida atroava a sala com exclamações e lástimas. Eu ouvia, sem lhe dizer coisa nenhuma; refletia comigo se não era melhor ter fechado Virgília na alcova e ficado na sala; mas adverti logo que seria pior; confirmaria a suspeita, chegaria o fogo à pólvora, e uma cena de sangue... Foi muito melhor assim. Mas depois? que ia acontecer em casa de Virgília? matá-la-ia o marido? espancá-la-ia? encerrá-la-ia? expulsá-la-ia? Estas interrogações percorriam lentamente o meu cérebro, como os pontinhos e vírgulas escuras percorrem o campo visual dos olhos enfermos ou cansados. Iam e vinham, com o seu aspecto seco e trágico, e eu não podia agarrar um deles e dizer: és tu, tu e não outro.

De repente vejo um vulto negro; era d. Plácida, que fora dentro, enfiara a mantilha, e vinha oferecer-se-me para ir à casa do Lobo Neves. Ponderei-lhe que era arriscado, porque ele desconfiaria da visita tão próxima.

— Sossegue — interrompeu ela —; eu saberei arranjar as coisas. Se ele estiver em casa, não entro.

Saiu; eu fiquei a ruminar o sucesso e as consequências possíveis. Ao cabo, parecia-me jogar um jogo perigoso, e perguntava a mim mesmo se não era tempo de levantar e espairecer. Sentia-me tomado de uma saudade do casamento, de um desejo de canalizar a vida. Por que não? Meu coração tinha ainda que explorar; não me sentia incapaz de um amor casto, severo e puro. Em verdade, as aventuras são

a parte torrencial e vertiginosa da vida, isto é, a exceção; eu estava enfarado delas; não sei até se me pungia algum remorso. Mal pensei naquilo, deixei-me ir atrás da imaginação; vi-me logo casado, ao pé de uma mulher adorável, diante de um *baby*, que dormia no regaço da ama, todos nós no fundo de uma chácara sombria e verde, a espiarmos através da árvore uma nesga do céu azul, extremamente azul...

Capítulo CVII
Bilhete

> Não houve nada, mas ele suspeita alguma coisa; está muito sério e não fala; agora saiu. Sorriu uma vez somente, para Nhonhô, depois de o fitar muito tempo, carrancudo. Não me tratou mal nem bem. Não sei o que vai acontecer; Deus queira que isto passe. Muita cautela, por ora, muita cautela.

Capítulo CVIII
Que se não entende

Eis aí o drama, eis aí a ponta da orelha trágica de Shakespeare. Esse retalhinho de papel, garatujado em partes, machucado das mãos, era um documento de análise, que eu não farei neste capítulo, nem no outro, nem talvez em todo o resto do livro. Poderia eu tirar ao leitor o gosto de notar por si mesmo a frieza, a perspicácia e o ânimo dessas poucas linhas traçadas à pressa; e por trás delas a tempestade de outro cérebro, a raiva dissimulada, o desespero que se constrange e medita, porque tem de resolver-se na lama, ou no sangue, ou nas lágrimas?

Quanto a mim, se vos disser que li o bilhete três ou quatro vezes, naquele dia, acreditai-o, que é verdade; se vos disser mais que o reli no dia seguinte, antes e depois do almoço, podeis crê-lo, é a realidade pura. Mas se vos disser a comoção que tive, duvidai um pouco da asserção, e não a aceiteis sem provas. Nem então, nem ainda agora cheguei a discernir o que experimentei. Era medo e não era medo; era dó e não era dó; era vaidade e não era vaidade; enfim, era amor sem amor, isto é, sem delírio; e tudo isso dava uma combinação assaz complexa e vaga, uma coisa que não podereis entender, como eu não entendi. Suponhamos que não disse nada.

Capítulo CIX
O filósofo

Sabido que reli a carta, antes e depois do almoço, sabido fica que almocei, e só resta dizer que essa refeição foi das mais parcas da minha vida: um ovo, uma fatia de pão, uma xícara de chá. Não me esqueceu essa circunstância mínima; no meio de tanta coisa importante obliterada escapou esse almoço. A razão principal poderia ser justamente o meu desastre; mas não foi; a principal razão foi a reflexão que me fez o Quincas Borba, cuja visita recebi naquele dia. Disse-me ele que a frugalidade não era necessária para entender o humanitismo, e menos ainda praticá-lo; que essa filosofia acomodava-se facilmente com os prazeres da vida, inclusive a mesa, o espetáculo e os amores; e que, ao contrário, a frugalidade podia indicar certa tendência para o ascetismo, o que era a expressão acabada da tolice humana.

— Veja São João — continuou ele —; mantinha-se de gafanhotos, no deserto, em vez de engordar tranquilamente na cidade e fazer emagrecer o farisaísmo na sinagoga.

Deus me livre de contar a história do Quincas Borba, que aliás ouvi toda naquela triste ocasião, uma história longa, complicada, mas interessante. E se não conto a história, dispenso-me outrossim de descrever-lhe a figura, aliás mui diversa da que me apareceu no Passeio Público. Calo-me; digo somente que se o principal característico do homem não são as feições, mas o vestuário, ele não era o Quincas Borba; era um desembargador sem beca, um general sem farda, um negociante sem *deficit*. Notei-lhe a perfeição da sobrecasaca, a alvura da camisa, o asseio das botas. A mesma voz, roufenha outrora, parecia restituída à primitiva sonoridade. Quanto à gesticulação, sem que houvesse perdido a viveza de outro tempo, não tinha já a desordem, sujeitava-se a um certo método. Mas eu não quero descrevê-lo. Se falasse, por exemplo, no botão de ouro que trazia ao peito, e na qualidade do couro das botas, iniciaria uma descrição, que omito por brevidade. Contentem-se de saber que as botas eram de verniz. Saibam mais que ele herdara alguns pares de contos de réis de um velho tio de Barbacena.

Meu espírito (permitam-me aqui uma comparação de criança!), meu espírito era naquela ocasião uma espécie de peteca. A narração do Quincas Borba dava-lhe uma palmada, ele subia; quando ia a cair, o bilhete de Virgília dava-lhe outra palmada, e ele era de novo arremessado aos ares; descia, e o episódio do Passeio Público recebia-o com outra palmada, igualmente rija e eficaz. Cuido que não nasci para situações complexas. Esse puxar e empuxar de coisas opostas desequilibrava-me; tinha vontade de embrulhar o Quincas Borba, o Lobo Neves e o bilhete de Virgília na mesma filosofia, e mandá-los de presente a Aristóteles. Contudo, era instrutiva a narração do nosso filósofo; admirava-lhe sobretudo o talento de observação com que descrevia a gestação e o crescimento do vício, as lutas interiores, as capitulações vagarosas, o uso da lama.

— Olhe — observou ele —; a primeira noite que passei na escada de São Francisco, dormi-a inteira, como se fosse a mais fina pluma. Por quê? Porque fui gradu-

almente da cama de esteira ao catre de pau, do quarto próprio ao corpo da guarda, do corpo da guarda à rua...

Quis expor-me finalmente a filosofia; pedi-lhe que não.

— Estou muito preocupado hoje e não poderia atendê-lo; venha depois; estou sempre em casa.

Quincas Borba sorriu de um modo malicioso; talvez soubesse da minha aventura, mas não acrescentou nada. Só me disse estas últimas palavras à porta:

— Venha para o humanitismo; ele é o grande regaço dos espíritos, o mar eterno em que mergulhei para arrancar de lá a verdade. Os gregos faziam-na sair de um poço. Que concepção mesquinha! Um poço! Mas é por isso mesmo que nunca atinaram com ela. Gregos, subgregos, antigregos, toda a longa série dos homens tem-se debruçado sobre o poço para ver sair a verdade, que não está lá. Gastaram cordas e caçambas; alguns mais afoitos desceram ao fundo e trouxeram um sapo. Eu fui diretamente ao mar. Venha para o humanitismo.

CAPÍTULO CX
31

Uma semana depois, Lobo Neves foi nomeado presidente de província. Agarrei-me à esperança da recusa, se o decreto viesse outra vez datado de 13; trouxe, porém, a data de 31, e essa simples transposição de algarismos eliminou deles a substância diabólica. Que profundas que são as molas da vida!

CAPÍTULO CXI
O muro

Não sendo meu costume dissimular ou esconder nada, contarei nesta página o caso do muro. Eles estavam prestes a embarcar. Entrando em casa de d. Plácida, vi um papelinho dobrado sobre a mesa; era um bilhete de Virgília; dizia que me esperava à noite, na chácara, sem falta. E concluía: "O muro é baixo do lado do beco".

Fiz um gesto de desagrado. A carta pareceu-me descomunalmente audaciosa, mal pensada e até ridícula. Não era só convidar o escândalo, era convidá-lo de parceria com a risota. Imaginei-me a saltar o muro, embora baixo e do lado do beco; e, quando ia a galgá-lo, via-me agarrado por um pedestre de polícia, que me levava ao corpo da guarda. O muro é baixo! E que tinha que fosse baixo? Naturalmente Virgília não soube o que fez; era possível que já estivesse arrependida. Olhei para o papel, um pedaço de papel amarrotado, mas inflexível. Tive comichões de o rasgar em trinta mil pedaços e atirá-los ao vento, como o último despojo da minha aven-

tura; mas recuei a tempo; o amor-próprio, o vexame da fuga, a ideia do medo... Não havia remédio senão ir.

— Diga-lhe que vou.
— Aonde? — perguntou d. Plácida.
— Onde ela disse que me espera.
— Não me disse nada.
— Neste papel.

D. Plácida arregalou os olhos:
— Mas esse papel, achei-o hoje de manhã, nessa sua gaveta, e pensei que...

Tive uma sensação esquisita. Reli o papel, mirei-o, remirei-o; era, em verdade, um antigo bilhete de Virgília, recebido no começo dos nossos amores, uma certa entrevista na chácara, que me levou efetivamente a saltar o muro, um muro baixo e discreto. Guardei o papel e... Tive uma sensação esquisita.

Capítulo CXII
A opinião

Mas estava escrito que esse dia devia ser o dos lances dúbios. Poucas horas depois, encontrei Lobo Neves, na rua do Ouvidor; falamos da presidência e da política. Ele aproveitou o primeiro conhecido que nos passou à ilharga e deixou-me, depois de muitos cumprimentos. Lembra-me que estava retraído, mas de um retraimento que forcejava por dissimular. Pareceu-me então (e peço perdão à crítica, se esse meu juízo for temerário!), pareceu-me que ele tinha medo — não medo de mim, nem de si, nem do código, nem da consciência; tinha medo da opinião. Supus que esse tribunal anônimo e invisível, em que cada membro acusa e julga, era o limite posto à vontade do Lobo Neves. Talvez já não amasse a mulher; e, assim, pode ser que o coração fosse estranho à indulgência dos seus últimos atos. Cuido (e de novo insto pela boa vontade da crítica!), cuido que ele estaria pronto a separar-se da mulher, como o leitor se terá separado de muitas relações pessoais; mas a opinião, essa opinião que lhe arrastaria a vida por todas as ruas, que abriria minucioso inquérito acerca do caso, que coligiria uma a uma todas as circunstâncias, antecedências, induções, provas, que as relataria na palestra das chácaras desocupadas, essa terrível opinião, tão curiosa das alcovas, obstou à dispersão da família. Ao mesmo tempo tornou impossível o desforço, que seria a divulgação. Ele não podia mostrar-se ressentido comigo sem igualmente buscar a separação conjugal; teve então de simular a mesma ignorância de outrora, e, por dedução, iguais sentimentos.

Que lhe custasse, creio; naqueles dias, principalmente, vi-o de modo que devia custar-lhe muito. Mas o tempo (e é outro ponto em que eu espero a indulgência dos homens pensadores!), o tempo caleja a sensibilidade e oblitera a memória das coisas; era de supor que os anos lhe despontassem os espinhos, que a distância dos fatos apagasse os respectivos contornos, que uma sombra de dúvida retrospectiva cobrisse a nudez da realidade; enfim, que a opinião se ocupasse um pouco com

outras aventuras. O filho, crescendo, buscaria satisfazer as ambições do pai; seria o herdeiro de todos os seus afetos. Isso, e a atividade externa, e o prestígio público, e a velhice depois, a doença, o declínio, a morte, um responso, uma notícia biográfica, e estava fechado o livro da vida, sem nenhuma página de sangue.

Capítulo CXIII
A solda

A conclusão, se há alguma no capítulo anterior, é que a opinião é uma boa solda das instituições domésticas. Não é impossível que eu desenvolva esse pensamento antes de acabar o livro; mas também não é impossível que o deixe como está. De um ou de outro modo, é uma boa solda a opinião, e tanto na ordem doméstica, como na política. Alguns metafísicos biliosos têm chegado ao extremo de a darem como simples produto da gente chocha ou medíocre; mas é evidente que, ainda quando um conceito tão extremado não trouxesse em si mesmo a resposta, bastava considerar os efeitos salutares da opinião, para concluir que ela é a obra superfina da flor dos homens; a saber, do maior número.

Capítulo CXIV
Fim de um diálogo

— Sim, é amanhã. Você vai a bordo?
 — Está doida? É impossível.
 — Então, adeus!
 — Adeus!
 — Não se esqueça de dona Plácida. Vá vê-la algumas vezes. Coitada! Foi ontem despedir-se de nós; chorou muito, disse que eu não a veria mais... É uma boa criatura, não é?
 — Certamente.
 — Se tivermos de escrever, ela receberá as cartas. Agora até daqui a...
 — Talvez dois anos?
 — Qual! ele diz que é só até fazer as eleições.
 — Sim? então até breve. Olhe que estão olhando para nós.
 — Quem?
 — Ali no sofá. Separemo-nos.
 — Custa-me muito.
 — Mas é preciso; adeus, Virgília!
 — Até breve. Adeus!

Capítulo CXV
O almoço

Não a vi partir; mas à hora marcada senti alguma coisa que não era dor nem prazer, uma coisa mista, alívio e saudade, tudo misturado, em iguais doses. Não se irrite o leitor com esta confissão. Eu bem sei que, para titilar-lhe os nervos da fantasia, devia padecer um grande desespero, derramar algumas lágrimas, e não almoçar. Seria romanesco; mas não seria biográfico. A realidade pura é que eu almocei, como nos demais dias, acudindo ao coração com as lembranças da minha aventura, e ao estômago com os acepipes de M. Prudhon...

... Velhos do meu tempo, acaso vos lembrais desse mestre cozinheiro do hotel Pharoux, um sujeito que, segundo dizia o dono da casa, havia servido nos famosos Véry e Véfour, de Paris, e mais nos palácios do conde Molé e do duque de la Rochefoucauld? Era insigne. Entrou no Rio de Janeiro com a polca... A polca, M. Prudhon, o Tivoli, o baile dos estrangeiros, o Cassino, eis algumas das melhores recordações daquele tempo; mas sobretudo os acepipes do mestre eram deliciosos.

Eram, e naquela manhã parece que o diabo do homem adivinhara a nossa catástrofe. Jamais o engenho e a arte lhe foram tão propícios. Que requinte de temperos! que tenrura de carnes! que rebuscado de formas! Comia-se com a boca, com os olhos, com o nariz. Não guardei a conta desse dia; sei que foi cara. Ai dor! era-me preciso enterrar magnificamente os meus amores. Eles lá iam, mar em fora, no espaço e no tempo, e eu ficava-me ali numa ponta de mesa, com os meus quarenta e tantos anos, tão vadios e tão vazios; ficava-me para os não ver nunca mais, porque ela poderia tornar e tornou, mas o eflúvio da manhã quem é que o pediu ao crepúsculo da tarde?

Capítulo CXVI
Filosofia das folhas velhas

Fiquei tão triste com o fim do último capítulo que estava capaz de não escrever este, descansar um pouco, purgar o espírito da melancolia que o empacha, e continuar depois. Mas não, não quero perder tempo.

A partida de Virgília deu-me uma amostra da viuvez. Nos primeiros dias meti-me em casa, a fisgar moscas, como Domiciano, se não mente o Suetônio, mas a fisgá-las de um modo particular: com os olhos. Fisgava-as uma a uma, no fundo de uma sala grande, estirado na rede, com um livro aberto entre as mãos. Era tudo: saudades, ambições, um pouco de tédio, e muito devaneio solto. Meu tio cônego morreu nesse intervalo; item, dois primos. Não me dei por abalado: levei-os ao cemitério, como quem leva dinheiro a um banco. Que digo? como quem leva cartas ao correio: selei as cartas, meti-as na caixinha, e deixei ao carteiro o cuidado de as entregar em mão própria. Foi também por esse tempo que nasceu minha

sobrinha Venância, filha do Cotrim. Morriam uns, nasciam outros: eu continuava às moscas.

 Outras vezes agitava-me. Ia às gavetas, entornava as cartas antigas, dos amigos, dos parentes, das namoradas (até as de Marcela), e abria-as todas, lia-as uma a uma, e recompunha o pretérito... Leitor ignaro, se não guardas as cartas da juventude, não conhecerás um dia a filosofia das folhas velhas, não gostarás o prazer de ver-te, ao longe, na penumbra, com um chapéu de três bicos, botas de sete léguas e longas barbas assírias, a bailar ao som de uma gaita anacreôntica. Guarda as tuas cartas da juventude!

 Ou, se te não apraz o chapéu de três bicos, empregarei a locução de um velho marujo, familiar da casa de Cotrim; direi que, se guardares as cartas da juventude, acharás ocasião de "cantar uma saudade". Parece que os nossos marujos dão esse nome às cantigas de terra, entoadas no alto mar. Como expressão poética, é o que se pode exigir mais triste.

Capítulo CXVII
O humanitismo

Duas forças, porém, além de uma terceira, compeliam-me a tornar à vida agitada do costume: Sabina e Quincas Borba. Minha irmã encaminhou a candidatura conjugal de Nhã-loló de um modo verdadeiramente impetuoso. Quando dei por mim, estava com a moça quase nos braços. Quanto ao Quincas Borba, expôs-me enfim o humanitismo, sistema de filosofia destinado a arruinar todos os demais sistemas.

 — Humanitas — dizia ele —, o princípio das coisas, não é outro senão o mesmo homem repartido por todos os homens. Conta três fases Humanitas: a *estática*, anterior a toda a criação; a *expansiva*, começo das coisas; a *dispersiva*, aparecimento do homem; e contará mais uma, a *contrativa*, absorção do homem e das coisas. A *expansão*, iniciando o universo, sugeriu a Humanitas o desejo de o gozar, e daí a *dispersão*, que não é mais do que a multiplicação personificada da substância original.

 Como me não aparecesse assaz clara essa exposição, Quincas Borba desenvolveu-a de um modo profundo, fazendo notar as grandes linhas do sistema. Explicou-me que, por um lado, o humanitismo ligava-se ao bramanismo, a saber, na distribuição dos homens pelas diferentes partes do corpo de Humanitas; mas aquilo que na religião indiana tinha apenas uma estreita significação teológica e política, era no humanitismo a grande lei do valor pessoal. Assim, descender do peito ou dos rins de Humanitas, isto é, ser *um forte*, não era o mesmo que descender dos cabelos ou da ponta do nariz. Daí a necessidade de cultivar e temperar o músculo. Hércules não foi senão um símbolo antecipado do humanitismo. Nesse ponto Quincas Borba ponderou que o paganismo poderia ter chegado à verdade, se se não houvesse amesquinhado com a parte galante dos seus mitos. Nada disso acontecerá com o humanitismo. Nessa igreja nova não há aventuras fáceis, nem quedas, nem tristezas, nem alegrias pueris. O amor, por exemplo, é um sacerdócio, a reprodução,

um ritual. Como a vida é o maior benefício do universo, e não há mendigo que não prefira a miséria à morte (o que é um delicioso influxo de Humanitas), segue-se que a transmissão da vida, longe de ser uma ocasião de galanteio, é a hora suprema da missa espiritual. Porquanto, verdadeiramente há só uma desgraça: é não nascer.

— Imagina, por exemplo, que eu não tinha nascido — continuou o Quincas Borba. — É positivo que não teria agora o prazer de conversar contigo, comer esta batata, ir ao teatro, e para tudo dizer numa só palavra: viver. Nota que eu não faço do homem um simples veículo de Humanitas; não, ele é ao mesmo tempo veículo, cocheiro e passageiro; ele é o próprio Humanitas reduzido; daí a necessidade de adorar-se a si próprio. Queres uma prova da superioridade do meu sistema? Contempla a inveja. Não há moralista grego ou turco, cristão ou muçulmano, que não troveje contra o sentimento da inveja. O acordo é universal, desde os campos da Idumeia até o Alto da Tijuca. Ora bem; abre mão dos velhos preconceitos, esquece as retóricas rafadas, e estuda a inveja, esse sentimento tão sutil e tão nobre. Sendo cada homem uma redução de Humanitas, é claro que nenhum homem é fundamentalmente oposto a outro homem, quaisquer que sejam as aparências contrárias. Assim, por exemplo, o algoz que executa o condenado pode excitar o vão clamor dos poetas; mas substancialmente é Humanitas que corrige em Humanitas uma infração da lei de Humanitas. O mesmo direi do indivíduo que estripa outro; é uma manifestação da força de Humanitas. Nada obsta (e há exemplos) que ele seja igualmente estripado. Se entendeste bem, facilmente compreenderás que a inveja não é senão uma admiração que luta, e sendo a luta a grande função do gênero humano, todos os sentimentos belicosos são os mais adequados à sua felicidade. Daí vem que a inveja é uma virtude.

Para que negá-lo? eu estava estupefato. A clareza da exposição, a lógica dos princípios, o rigor das consequências, tudo isso parecia superiormente grande, e foi-me preciso suspender a conversa por alguns minutos, enquanto digeria a filosofia nova. Quincas Borba mal podia encobrir a satisfação do triunfo. Tinha uma asa de frango no prato, e trincava-a com filosófica serenidade. Eu fiz-lhe ainda algumas objeções, mas tão frouxas que ele não gastou muito tempo em destruí-las.

— Para entender bem o meu sistema — concluiu ele —, importa não esquecer nunca o princípio universal, repartido e resumido em cada homem. Olha: a guerra, que parece uma calamidade, é uma operação conveniente, como se disséssemos o estalar dos dedos de Humanitas; a fome (e ele chupava filosoficamente a asa do frango), a fome é uma prova a que Humanitas submete a própria víscera. Mas eu não quero outro documento da sublimidade do meu sistema, senão este mesmo frango. Nutriu-se de milho, que foi plantado por um africano, suponhamos, importado de Angola. Nasceu esse africano, cresceu, foi vendido; um navio o trouxe, um navio construído de madeira cortada no mato por dez ou doze homens, levado por velas, que oito ou dez homens teceram, sem contar a cordoalha e outras partes do aparelho náutico. Assim, este frango, que eu almocei agora mesmo, é o resultado de uma multidão de esforços e lutas, executados com o único fim de dar mate ao meu apetite.

Entre o queijo e o café, demonstrou-me Quincas Borba que o seu sistema era a destruição da dor. A dor, segundo o humanitismo, é uma pura ilusão. Quando a criança é ameaçada por um pau, antes mesmo de ter sido espancada, fecha os olhos

e treme; essa *predisposição* é que constitui a base da ilusão humana, herdada e transmitida. Não basta certamente a adoção do sistema para acabar logo com a dor, mas é indispensável; o resto é a natural evolução das coisas. Uma vez que o homem se compenetre bem de que ele é o próprio Humanitas, não tem mais do que remontar o pensamento à substância original para obstar qualquer sensação dolorosa. A evolução, porém, é tão profunda que mal se lhe podem assinar alguns milhares de anos.

Quincas Borba leu-me daí a dias a sua grande obra. Eram quatro volumes manuscritos, de cem páginas cada um, com letra miúda e citações latinas. O último volume compunha-se de um tratado político, fundado no humanitismo; era talvez a parte mais enfadonha do sistema, posto que concebida com um formidável rigor de lógica. Reorganizada a sociedade pelo método dele, nem por isso ficavam eliminados a guerra, a insurreição, o simples murro, a facada anônima, a miséria, a fome, as doenças; mas sendo esses supostos flagelos verdadeiros equívocos do entendimento, porque não passariam de movimentos externos da substância interior, destinados a não influir sobre o homem senão como simples quebra da monotonia universal, claro estava que a sua existência não impediria a felicidade humana. Mas ainda quando tais flagelos (o que era radicalmente falso) correspondessem no futuro à concepção acanhada de antigos tempos, nem por isso ficava destruído o sistema, e por dois motivos: 1º porque sendo Humanitas a substância criadora e absoluta, cada indivíduo deveria achar a maior delícia do mundo em sacrificar-se ao princípio de que descende; 2° porque, ainda assim, não diminuiria o poder espiritual do homem sobre a terra, inventada unicamente para recreio dele, como as estrelas, as brisas, as tâmaras e o ruibarbo. Pangloss, dizia-me ele ao fechar o livro, não era tão tolo como o pintou Voltaire.

Capítulo CXVIII
A terceira força

A terceira força que me chamava ao bulício era o gosto de luzir, e, sobretudo, a incapacidade de viver só. A multidão atraía-me, o aplauso namorava-me. Se a ideia do emplasto me tem aparecido nesse tempo, quem sabe não teria morrido logo e estaria célebre. Mas o emplasto não veio. Veio o desejo de agitar-me em alguma coisa, com alguma coisa e por alguma coisa.

Capítulo CXIX
Parêntesis

Quero deixar aqui, entre parêntesis, meia dúzia de máximas das muitas que escrevi por esse tempo. São bocejos de enfado; podem servir de epígrafe a discursos sem assunto:

Suporta-se com paciência a cólica do próximo.

Matamos o tempo; o tempo nos enterra.

Um cocheiro filósofo costumava dizer que o gosto da carruagem seria diminuto se todos andassem de carruagem.

Crê em ti; mas nem sempre duvides dos outros.

Não se compreende que um botocudo fure o beiço para enfeitá-lo com um pedaço de pau. Essa reflexão é de um joalheiro.

Não te irrites se te pagarem mal um benefício: antes cair das nuvens que de um terceiro andar.

Capítulo CXX
Compelle intrare

— Não, senhor, agora quer você queira, quer não, há de casar — disse-me Sabina. — Que belo futuro! Um solteirão sem filhos.

Sem filhos! A ideia de ter filhos deu-me um sobressalto; percorreu-me outra vez o fluido misterioso. Sim, cumpria ser pai. A vida celibata podia ter certas vantagens próprias, mas seriam tênues, e compradas a troco da solidão. Sem filhos! Não; impossível. Dispus-me a aceitar tudo, ainda a aliança do Damasceno. Sem filhos! Como já então depositasse grande confiança em Quincas Borba, fui ter com ele e expus-lhe os movimentos internos da minha paternidade. O filósofo ouviu-me com alvoroço; declarou-me que Humanitas se agitava em meu seio; animou-me ao casamento, ponderou que eram mais alguns convivas que batiam à porta etc. *Compelle intrare*, como dizia Jesus. E não me deixou sem provar que o apólogo evangélico não era mais do que um prenúncio do humanitismo, erradamente interpretado pelos padres.

Capítulo CXXI
Morro abaixo

No fim de três meses, ia tudo à maravilha. O fluido, Sabina, os olhos da moça, os desejos do pai, eram outros tantos impulsos que me levavam ao matrimônio. A lembrança de Virgília aparecia de quando em quando, à porta, e com ela um diabo

negro que me metia à cara um espelho, no qual eu via ao longe Virgília desfeita em lágrimas; mas outro diabo vinha, cor-de-rosa, com outro espelho, em que se refletia a figura de Nhã-loló, terna, luminosa, angélica.

Não falo dos anos. Não os sentia; acrescentarei até que os deitara fora, certo domingo em que fui à missa na capela do Livramento. Como o Damasceno morava nos Cajueiros, eu acompanhava-os muitas vezes à missa. O morro estava ainda nu de habitações, salvo o velho palacete do alto, onde era a capela. Pois um domingo, ao descer com Nhã-loló pelo braço, não sei que fenômeno se deu que fui deixando aqui dois anos, ali quatro, logo adiante cinco, de maneira que, quando cheguei abaixo, estava com vinte anos apenas, tão lépidos como tinham sido.

Agora, se querem saber em que circunstância se deu o fenômeno, basta-lhes ler este capítulo até o fim. Vínhamos da missa, ela, o pai e eu. No meio do morro achamos um grupo de homens. Damasceno, que vinha ao pé de nós, percebeu o que era e adiantou-se alvoroçado; nós fomos atrás dele. E vimos isto: homens de todas as idades, tamanhos e cores, uns em mangas de camisa, outros de jaqueta, outros metidos em sobrecasacas esfrangalhadas; atitudes diversas, uns de cócaras, outros com as mãos apoiadas nos joelhos, estes sentados em pedras, aqueles encostados ao muro, e todos com os olhos fixos no centro, e as almas debruçadas das pupilas.

— Que é? — perguntou-me Nhã-loló.

Fiz-lhe sinal que se calasse; abri sutilmente caminho, e todos me foram cedendo espaço, sem que positivamente ninguém me visse. O centro tinha-lhes atado os olhos. Era uma briga de galos. Vi os dois contendores, dois galos de esporão agudo, olho de fogo e bico afiado. Ambos agitavam as cristas em sangue; o peito de um e de outro estava desplumado e rubro; invadia-os o cansaço. Mas lutavam ainda assim, olhos fitos nos olhos, bico abaixo, bico acima, golpe deste, golpe daquele, vibrantes e raivosos. Damasceno não sabia mais nada; o espetáculo eliminou para ele todo o universo. Em vão lhe disse que era tempo de descer; ele não respondia, não ouvia, concentrara-se no duelo. A briga de galos era uma de suas paixões.

Foi nessa ocasião que Nhã-loló me puxou brandamente pelo braço, dizendo que nos fôssemos embora. Aceitei o conselho e vim com ela por ali abaixo. Já disse que o morro era então desabitado; disse-lhes também que vínhamos da missa, e não lhes tendo dito que chovia, era claro que fazia bom tempo, um sol delicioso. E forte. Tão forte que eu abri logo o guarda-sol, segurei-o pelo centro do cabo, e inclinei-o por modo que ajuntei uma página à filosofia do Quincas Borba: Humanitas osculou Humanitas... Foi assim que os anos me vieram caindo pelo morro abaixo.

Ao sopé detivemo-nos alguns minutos, à espera de Damasceno; ele veio daí a pouco rodeado dos apostadores, a comentar com eles a briga. Um destes, tesoureiro das apostas, distribuía um velho maço de notas de dez tostões, que os vencedores recebiam duplamente alegres. Quanto aos galos vinham sobraçados pelo respectivo dono. Um deles trazia a crista tão comida e ensanguentada que vi logo nele o vencido; mas era engano — o vencido era o outro, que não trazia crista nenhuma. Ambos tinham o bico aberto, respirando a custo, esfalfados. Os apostadores, ao contrário, vinham alegres, sem embargo das fortes comoções da luta; biografavam os contendores, relembravam as proezas de ambos. Eu fui andando, vexado; Nhã-loló vexadíssima.

Capítulo CXXII
Uma intenção mui fina

O que vexava a Nhã-loló era o pai. A facilidade com que ele se metera com os apostadores punha em relevo antigos costumes e afinidades sociais, e Nhã-loló chegara a temer que tal sogro me parecesse indigno. Era notável a diferença que ela fazia de si mesma; estudava-se e estudava-me. A vida elegante e polida atraía-a, principalmente porque lhe parecia o meio mais seguro de ajustar as nossas pessoas. Nhã-loló observava, imitava, adivinhava; ao mesmo tempo dava-se ao esforço de mascarar a inferioridade da família. Naquele dia, porém, a manifestação do pai foi tamanha que a entristeceu grandemente. Eu busquei então diverti-la do assunto, dizendo-lhe muitas chanças e motes de bom-tom; vãos esforços, que não a alegravam mais. Era tão profundo o abatimento, tão expressivo o desânimo, que cheguei a atribuir a Nhã-loló a intenção positiva de separar, no meu espírito, a sua causa da causa do pai. Esse sentimento pareceu-me de grande elevação; era uma afinidade mais entre nós.

— Não há remédio — disse eu comigo —, vou arrancar essa flor a esse pântano.

Capítulo CXXIII
O verdadero Cotrim

Não obstante os meus quarenta e tantos anos, como eu amasse a harmonia da família, entendi não tratar o casamento sem primeiro falar ao Cotrim. Ele ouviu-me e respondeu-me seriamente que não tinha opinião em negócio de parentes seus. Podiam supor-lhe algum interesse, se acaso louvasse as raras prendas de Nhã-loló; por isso calava-se. Mais: estava certo de que a sobrinha nutria por mim verdadeira paixão, mas, se ela o consultasse, o seu conselho seria negativo. Não era levado por nenhum ódio; apreciava as minhas boas qualidades, não se fartava de as elogiar, como era de justiça; e pelo que respeita a Nhã-loló, não chegaria jamais a negar que era noiva excelente; mas daí a aconselhar o casamento ia um abismo.

— Lavo inteiramente as mãos — concluiu ele.
— Mas você achava outro dia que eu devia casar quanto antes.
— Isso é outro negócio. Acho que é indispensável casar, principalmente tendo ambições políticas. Saiba que na política o celibato é uma remora. Agora, quanto à noiva, não posso ter voto, não quero, não devo, não é de minha honra. Parece-me que Sabina foi além, fazendo-lhe certas confidências, segundo me disse; mas em todo caso ela não é tia carnal de Nhã-loló, como eu. Olhe... mas não... não digo...
— Diga.
— Não; não digo nada.

Talvez pareça excessivo o escrúpulo do Cotrim, a quem não souber que ele

possuía um caráter ferozmente honrado. Eu mesmo fui injusto com ele durante os anos que se seguiram ao inventário de meu pai. Reconheço que era um modelo. Arguiam-no de avareza, e cuido que tinham razão; mas a avareza é apenas a exageração de uma virtude e as virtudes devem ser como os orçamentos: melhor é o saldo que o *deficit*. Como era muito seco de maneiras, tinha inimigos, que chegavam a acusá-lo de bárbaro. O único fato alegado nesse particular era o de mandar com frequência escravos ao calabouço, donde eles desciam a escorrer sangue; mas, além de que ele só mandava os perversos e os fujões, ocorre que, tendo longamente contrabandeado em escravos, habituara-se de certo modo ao trato um pouco mais duro que esse gênero de negócio requeria, e não se pode honestamente atribuir à índole original de um homem o que é puro efeito de relações sociais. A prova de que o Cotrim tinha sentimentos pios encontrava-se no seu amor aos filhos, e na dor que padeceu quando lhe morreu Sara, dali a alguns meses; prova irrefutável, acho eu, e não única. Era tesoureiro de uma confraria, e irmão de várias irmandades, e até irmão remido de uma destas, o que não se coaduna muito com a reputação da avareza; verdade é que o benefício não caíra no chão: a irmandade (de que ele fora juiz) mandara-lhe tirar o retrato a óleo. Não era perfeito, decerto; tinha, por exemplo, o sestro de mandar para os jornais a notícia de um ou outro benefício que praticava — sestro repreensível ou não louvável, concordo; mas ele desculpava-se dizendo que as boas ações eram contagiosas, quando públicas; razão a que se não pode negar algum peso. Creio mesmo (e nisso faço o seu maior elogio) que ele não praticava, de quando em quando, esses benefícios senão com o fim de espertar a filantropia dos outros; e se tal era o intuito, força é confessar que a publicidade tornava-se uma condição *sine qua non*. Em suma, poderia dever algumas atenções, mas não devia um real a ninguém.

Capítulo CXXIV
Vá de intermédio

Que há entre a vida e a morte? Uma curta ponte. Não obstante, se eu não compusesse este capítulo, padeceria o leitor um forte abalo, assaz danoso ao efeito do livro. Saltar de um retrato a um epitáfio pode ser real e comum; o leitor, entretanto, não se refugia no livro senão para escapar à vida. Não digo que este pensamento seja meu; digo que há nele uma dose de verdade, e que, ao menos, a forma é pinturesca. E repito: não é meu.

Capítulo CXXV
Epitáfio

Aqui jaz
D. EULÁLIA DAMASCENA DE BRITO
MORTA
AOS DEZENOVE ANOS DE IDADE
ORAI POR ELA!

Capítulo CXXVI
Desconsolação

O epitáfio diz tudo. Vale mais do que se lhes narrasse a moléstia de Nhã-loló, a morte, o desespero da família, o enterro. Ficam sabendo que morreu; acrescentarei que foi por ocasião da primeira entrada da febre amarela. Não digo mais nada, a não ser que a acompanhei até o último jazigo, e me despedi triste, mas sem lágrimas. Concluí que talvez não a amasse deveras.

Vejam agora a que excessos pode levar uma inadvertência; doeu-me um pouco a cegueira da epidemia que, matando à direita e à esquerda, levou também uma jovem dama, que tinha de ser minha mulher; não cheguei a entender a necessidade da epidemia, menos ainda daquela morte. Creio até que esta me pareceu ainda mais absurda que todas as outras mortes. Quincas Borba, porém, explicou-me que epidemias eram úteis à espécie, embora desastrosas para uma certa porção de indivíduos; fez-me notar que, por mais horrendo que fosse o espetáculo, havia uma vantagem de muito peso: a sobrevivência do maior número. Chegou a perguntar-me se, no meio do luto geral, não sentia eu algum secreto encanto em ter escapado às garras da peste; mas esta pergunta era tão insensata que ficou sem resposta.

Se não contei a morte, não conto igualmente a missa do sétimo dia. A tristeza do Damasceno era profunda; esse pobre homem parecia uma ruína. Quinze dias depois, estive com ele; continuava inconsolável, e dizia que a dor grande com que Deus o castigara fora ainda aumentada com a que lhe infligiram os homens. Não me disse mais nada. Três semanas depois tornou ao assunto, e então confessou-me que, no meio do desastre irreparável, quisera ter a consolação da presença dos amigos. Doze pessoas apenas, e três quartas partes amigos do Cotrim, acompanharam à cova o cadáver de sua querida filha. E ele fizera expedir oitenta convites. Ponderei-lhe que as perdas eram tão gerais que bem se podia desculpar essa desatenção aparente. Damasceno abanava a cabeça de um modo incrédulo e triste.

— Qual! — gemia ele — desampararam-me.

Cotrim, que estava presente:

— Vieram os que deveras se interessam por você e por nós. Os oitenta viriam por formalidade, falariam da inércia do governo, das panaceias dos boticários, do preço das casas, ou uns dos outros... — Damasceno ouviu calado, abanou outra vez a cabeça, e suspirou:

— Mas viessem!

Capítulo CXXVII
Formalidade

Grande coisa é haver recebido do céu uma partícula da sabedoria, o dom de achar as relações das coisas, a faculdade de as comparar e o talento de concluir! Eu tive essa distinção psíquica; eu a agradeço ainda agora do fundo do meu sepulcro.

De fato, o homem vulgar que ouvisse a última palavra do Damasceno não se lembraria dela quando, tempos depois, houvesse de olhar para uma gravura representando seis damas turcas. Pois eu lembrei-me. Eram seis damas de Constantinopla — modernas — em trajos de rua, cara tapada, não com um espesso pano que as cobrisse deveras, mas com um véu tenuíssimo, que simulava descobrir somente os olhos, e na realidade descobria a cara inteira. E eu achei graça a essa esperteza da faceirice muçulmana, que assim esconde o rosto, e cumpre o uso, mas não o esconde — e divulga a beleza.

Aparentemente, nada há entre as damas turcas e o Damasceno; mas se tu és um espírito profundo e penetrante (e duvido muito que me negues isso), compreenderás que, tanto num como noutro caso, surge aí a orelha de uma rígida e meiga companheira do homem social...

Amável Formalidade, tu és, sim, o bordão da vida, o bálsamo dos corações, a medianeira entre os homens, o vínculo da terra e do céu; tu enxugas as lágrimas de um pai, tu captas a indulgência de um Profeta. Se a dor adormece, e a consciência se acomoda, a quem, senão a ti, devem esse imenso benefício? A estima que passa de chapéu na cabeça não diz nada à alma; mas a indiferença que corteja deixa-lhe uma deleitosa impressão. A razão é que, ao contrário de uma velha fórmula absurda, não é a letra que mata; a letra dá vida; o espírito é que é objeto de controvérsia, de dúvida, de interpretação, e conseguintemente de luta e de morte. Vive tu, amável Formalidade, para sossego do Damasceno e glória de Muhammed.

Capítulo CXXVIII
Na Câmara

E notai bem que eu vi a gravura turca, dois anos depois das palavras de Damasceno, e vi-a na Câmara dos deputados, em meio de grande burburinho, enquanto um deputado discutia um parecer da comissão do orçamento, sendo eu também

deputado. Para quem há lido este livro é escusado encarecer a minha satisfação, e para os outros é igualmente inútil. Era deputado, e vi a gravura turca, recostado na minha cadeira, entre um colega, que contava uma anedota, e outro, que tirava a lápis, nas costas de uma sobrecarta, o perfil do orador. O orador era o Lobo Neves. A onda da vida trouxe-nos à mesma praia, como duas botelhas de náufragos, ele contendo o seu ressentimento, eu devendo conter o meu remorso; e emprego esta forma suspensiva, dubitativa ou condicional, para o fim de dizer que efetivamente não continha nada, a não ser a ambição de ser ministro.

Capítulo CXXIX
Sem remorsos

Não tinha remorsos. Se possuísse os aparelhos próprios, incluía neste livro uma página de química, porque havia de decompor o remorso até os mais simples elementos, com o fim de saber de um modo positivo e concludente por que razão Aquiles passeia à roda de Troia o cadáver do adversário, e lady Macbeth passeia à volta da sala a sua mancha de sangue. Mas eu não tenho aparelhos químicos, como não tinha remorsos; tinha vontade de ser ministro de Estado. Contudo, se hei de acabar este capítulo, direi que não quisera ser Aquiles nem lady Macbeth; e que, a ser alguma coisa, antes Aquiles, antes passear ovante o cadáver do que a mancha; ouvem-se no fim as súplicas de Príamo, e ganha-se uma bonita reputação militar e literária. Eu não ouvia as súplicas de Príamo, mas o discurso do Lobo Neves, e não tinha remorsos.

Capítulo CXXX
Para intercalar no capítulo CXXIX

A primeira vez que pude falar a Virgília depois da presidência, foi num baile em 1855. Trazia um soberbo vestido de gorgorão azul, e ostentava às luzes o mesmo par de ombros de outro tempo. Não era a frescura da primeira idade; ao contrário; mas ainda estava formosa, de uma formosura outoniça, realçada pela noite. Lembra-me que falamos muito, sem aludir a coisa nenhuma do passado. Subentendia-se tudo. Um dito remoto, vago, ou então um olhar, e mais nada. Pouco depois retirou-se; eu fui vê-la descer as escadas, e não sei por que fenômeno de ventriloquismo cerebral (perdoem-me os filólogos essa frase bárbara) murmurei comigo esta palavra profundamente retrospectiva:

"Magnífica!".

Convém intercalar este capítulo entre a primeira oração e a segunda do capítulo CXXIX.

Capítulo CXXXI
De uma calúnia

Como eu acabava de dizer aquilo pelo processo ventríloquo-cerebral — o que era simples opinião e não remorso —, senti que alguém me punha a mão no ombro. Voltei-me; era um antigo companheiro, oficial de marinha, jovial, um pouco despejado de maneiras. Ele sorriu maliciosamente, e disse-me:
— Seu maganão! Recordações do passado, hein?
— Viva o passado!
— Você naturalmente foi reintegrado no emprego.
— Salta, pelintra! — disse eu, ameaçando-o com o dedo.

Confesso que este diálogo era uma indiscrição — principalmente a última réplica. E com tanto maior prazer o confesso, quanto que as mulheres é que têm fama de indiscretas, e não quero acabar o livro sem retificar essa noção do espírito humano. Em pontos de aventura amorosa, achei homens que sorriam, ou negavam a custo, de um modo frio, monossilábico etc., ao passo que as parceiras não davam por si, e jurariam aos Santos Evangelhos que era tudo uma calúnia. A razão desta diferença é que a mulher (salva a hipótese do capítulo CI e outras) entrega-se por amor, ou seja o amor-paixão de Stendhal, ou o puramente físico de algumas damas romanas, por exemplo, ou polinésias, lapônias, cafres, e pode ser que outras raças civilizadas; mas o homem — falo do homem de uma sociedade culta e elegante —, o homem conjuga a sua vaidade ao outro sentimento. Além disso (e refiro-me sempre aos casos defesos), a mulher, quando ama outro homem, parece-lhe que mente a um dever, e portanto tem de dissimular com arte maior, tem de refinar a aleivosia; ao passo que o homem, sentindo-se causa da infração e vencedor de outro homem, fica legitimamente orgulhoso, e logo passa a outro sentimento menos ríspido e menos secreto — essa boa fatuidade, que é a transpiração luminosa do mérito.

Mas seja ou não verdadeira a minha explicação, basta-me deixar escrito nesta página, para uso dos séculos, que a indiscrição das mulheres é uma burla inventada pelos homens; em amor, pelo menos, elas são um verdadeiro sepulcro. Perdem-se muita vez por desastradas, por inquietas, por não saberem resistir aos gestos, aos olhares; e é por isso que uma grande dama e fino espírito, a rainha de Navarra, empregou algures essa metáfora para dizer que toda a aventura amorosa vinha descobrir-se por força, mais tarde ou mais cedo: "Não há cachorrinho tão adestrado, que alfim lhe não ouçamos o latir".

Capítulo CXXXII
Que não é sério

Citando o dito da rainha de Navarra, ocorre-me que entre o nosso povo, quando uma pessoa vê outra pessoa arrufada, costuma perguntar-lhe: "Gentes, quem matou seus cachorrinhos?", como se dissesse: "Quem lhe levou os amores, as aventuras secretas etc.". Mas este capítulo não é sério.

Capítulo CXXXIII
O princípio de Helvetius

Estávamos no ponto em que o oficial de marinha me arrancou a confissão dos amores de Virgília, e aqui emendo eu o princípio de Helvetius — ou, por outra, explico-o. O meu interesse era calar; confirmar a suspeita de uma coisa antiga fora provocar algum ódio sopitado, dar origem a um escândalo, quando menos adquirir a reputação de indiscreto. Era esse o interesse; e entendendo-se o princípio de Helvetius de um modo superficial, isso é o que devia ter feito. Mas eu já dei o motivo da indiscrição masculina; antes daquele interesse de *segurança*, havia outro, o do *desvanecimento*, que é mais íntimo, mais imediato: o primeiro era reflexivo, supunha um silogismo anterior; o segundo era espontâneo, instintivo, vinha das entranhas do sujeito; finalmente, o primeiro tinha o efeito remoto, o segundo próximo. Conclusão: o princípio de Helvetius é verdadeiro no meu caso; a diferença é que não era o interesse aparente, mas o recôndito.

Capítulo CXXXIV
Cinquenta anos

Não lhes disse ainda — mas digo-o agora — que quando Virgília descia a escada, e o oficial de marinha me tocava no ombro, tinha eu cinquenta anos. Era portanto a minha vida que descia pela escada abaixo — ou a melhor parte, ao menos, uma parte cheia de prazeres, de agitações, de sustos, capeada de dissimulação e duplicidade —, mas enfim a melhor, se devemos falar a linguagem usual. Se, porém, empregarmos outra mais sublime, a melhor parte foi a restante, como eu terei a honra de lhes dizer nas poucas páginas deste livro.

Cinquenta anos! Não era preciso confessá-lo. Já se vai sentindo que o meu estilo não é tão lesto como nos primeiros dias. Naquela ocasião, cessado o diálogo com o oficial de marinha, que enfiou a capa e saiu, confesso que fiquei um pouco triste. Voltei à sala, lembrou-me dançar uma polca, embriagar-me das luzes, das flores, dos

cristais, dos olhos bonitos e do burburinho surdo e ligeiro das conversas particulares. E não me arrependo; remocei. Mas, meia hora depois, quando me retirei do baile, às quatro da manhã, o que é que fui achar no fundo do carro? Os meus cinquenta anos. Lá estavam eles, os teimosos, não tolhidos de frio, nem reumáticos, mas cochilando a sua fadiga, um pouco cobiçosos de cama e de repouso. Então — e vejam até que ponto pode ir a imaginação de um homem com sono —, então pareceu-me ouvir de um morcego encarapitado no tejadilho: sr. Brás Cubas, a rejuvenescência estava na sala, nos cristais, nas luzes, nas sedas — enfim, nos outros.

Capítulo CXXXV
Oblivion

E agora sinto que, se alguma dama tem seguido estas páginas, fecha o livro e não lê as restantes. Para ela extinguiu-se o interesse da minha vida, que era o amor. Cinquenta anos! Não é ainda a invalidez, mas já não é a frescura. Venham mais dez, e eu entenderei o que um inglês dizia, entenderei que "coisa é não achar já quem se lembre de meus pais, e de que modo me há de encarar o próprio Esquecimento".

Vai em versaletes esse nome. Oblivion! Justo é que se deem todas as honras a um personagem tão desprezado e tão digno, conviva da última hora, mas certo. Sabe-o a dama que luziu na aurora do atual reinado, e mais dolorosamente a que ostentou suas graças em flor sob o ministério Paraná, porque esta acha-se mais perto do triunfo, e sente já que outras lhe tomaram o carro. Então, se é digna de si mesma, não teima em espertar a lembrança morta ou expirante; não busca no olhar de hoje a mesma saudação do olhar de ontem, quando eram outros os que encetavam a marcha da vida, de alma alegre e pé veloz. *Tempora mutantur*. Compreende que este turbilhão é assim mesmo, leva as folhas do mato e os farrapos do caminho, sem exceção nem piedade; e se tiver um pouco de filosofia, não inveja, mas lastima as que lhe tomaram o carro, porque também elas hão de ser apeadas pelo estribeiro Oblivion. Espetáculo cujo fim é divertir o planeta Saturno, que anda muito aborrecido.

Capítulo CXXXVI
Inutilidade

Mas, ou muito me engano, ou acabo de escrever um capítulo inútil.

Capítulo CXXXVII
A barretina

E daí, não; ele resume as reflexões que fiz no dia seguinte ao Quincas Borba, acrescentando que me sentia acabrunhado, e mil outras coisas tristes. Mas esse filósofo, com o elevado tino de que dispunha, bradou-me que eu ia escorregando na ladeira fatal da melancolia.

— Meu caro Brás Cubas, não te deixes vencer desses vapores. Que diacho! é preciso ser homem! ser forte! lutar! vencer! brilhar! influir! dominar! Cinquenta anos é a idade da ciência e do governo. Ânimo, Brás Cubas; não me sejas palerma. Que tens tu com essa sucessão de ruína a ruína ou de flor a flor? Trata de saborear a vida; e fica sabendo que a pior filosofia é a do choramigas que se deita à margem do rio para o fim de lastimar o curso incessante das águas. O ofício delas é não parar nunca; acomoda-te com a lei, e trata de aproveitá-la.

Vê-se nas menores coisas o que vale a autoridade de um grande filósofo. As palavras do Quincas Borba tiveram o condão de sacudir o torpor moral e mental em que andava. Vamos lá; façamo-nos governo, é tempo. Eu não havia intervindo até então nos grandes debates. Cortejava a pasta por meio de rapapés, chás, comissões e votos; e a pasta não vinha. Urgia apoderar-me da tribuna.

Comecei devagar. Três dias depois, discutindo-se o orçamento da justiça, aproveitei o ensejo para perguntar modestamente ao ministro se não julgava útil diminuir a barretina da Guarda Nacional. Não tinha vasto alcance o objeto da pergunta; mas ainda assim demonstrei que não era indigno das cogitações de um homem de Estado; e citei Filopêmen, que ordenou a substituição dos broquéis de suas tropas, que eram pequenos, por outros maiores, e bem assim as lanças, que eram demasiado leves; fato que a história não achou que desmentisse a gravidade de suas páginas. O tamanho das nossas barretinas estava pedindo um corte profundo, não só por serem deselegantes, mas também por serem anti-higiênicas. Nas paradas, ao sol, o excesso de calor produzido por elas podia ser fatal. Sendo certo que um dos preceitos de Hipócrates era trazer a cabeça fresca, parecia cruel obrigar um cidadão, por simples consideração de uniforme, a arriscar a saúde e a vida, e consequentemente o futuro da família. A Câmara e o governo deviam lembrar-se que a Guarda Nacional era o anteparo da liberdade e da independência, e que o cidadão, chamado a um serviço gratuito, frequente e penoso, tinha direito a que se lhe diminuísse o ônus, decretando um uniforme leve e maneiro. Acrescia que a barretina, por seu peso, abatia a cabeça dos cidadãos, e a pátria precisava de cidadãos cuja fronte pudesse levantar-se altiva e serena diante do poder; e concluí com esta ideia: O chorão, que inclina os seus galhos para a terra, é árvore de cemitério; a palmeira, ereta e firme, é árvore do deserto, das praças e dos jardins.

Vária foi a impressão deste discurso. Quanto à forma, ao rapto eloquente, à parte literária e filosófica, a opinião foi só uma; disseram-me todos que era completo, e que de uma barretina ninguém ainda conseguira tirar tantas ideias. Mas a parte política foi considerada por muitos deplorável; alguns achavam o meu discurso um desastre parlamentar; enfim, vieram dizer-me que outros me davam já em oposição,

entrando nesse número os oposicionistas da Câmara, que chegaram a insinuar a conveniência de uma moção de desconfiança. Repeli energicamente tal interpretação, que não era só errônea, mas caluniosa, à vista da notoriedade com que eu sustentava o gabinete; acrescentei que a necessidade de diminuir a barretina não era tamanha que não pudesse esperar alguns anos; e que, em todo caso, eu transigiria na extensão do corte, contentando-me com três quartos de polegada ou menos; enfim, dado mesmo que a minha ideia não fosse adotada, bastava-me tê-la iniciado no parlamento.

Quincas Borba, porém, não fez restrição alguma. Não sou homem político, disse-me ele ao jantar; não sei se andaste bem ou mal; sei que fizeste um excelente discurso. E então notou as partes mais salientes, as belas imagens, os argumentos fortes, com esse comedimento de louvor que tão bem fica a um grande filósofo; depois, tomou o assunto à sua conta, e impugnou a barretina com tal força, com tamanha lucidez, que acabou convencendo-me efetivamente do seu perigo.

Capítulo CXXXVIII
A um crítico

Meu caro crítico,

Algumas páginas atrás, dizendo eu que tinha cinquenta anos, acrescentei: "Já se vai sentindo que o meu estilo não é tão lesto como nos primeiros dias". Talvez aches essa frase incompreensível, sabendo-se o meu atual estado; mas eu chamo a tua atenção para a sutileza daquele pensamento. O que eu quero dizer não é que esteja agora mais velho do que quando comecei o livro. A morte não envelhece. Quero dizer, sim, que em cada fase da narração da minha vida experimento a sensação correspondente. Valha-me Deus! é preciso explicar tudo.

Capítulo CXXXIX
De como não fui ministro d'estado

...
...
...

Capítulo CXL
Que explica o anterior

Há coisas que melhor se dizem calando; tal é a matéria do capítulo anterior. Podem entendê-lo os ambiciosos malogrados. Se a paixão do poder é a mais forte de todas, como alguns inculcam, imaginem o desespero, a dor, o abatimento do dia em que perdi a cadeira da Câmara dos deputados. Iam-se-me as esperanças todas; terminava a carreira política. E notem que o Quincas Borba, por induções filosóficas que fez, achou que a minha ambição não era a paixão verdadeira do poder, mas um capricho, um desejo de folgar. Na opinião dele, esse sentimento, não sendo mais profundo que o outro, amofina muito mais, porque orça pelo amor que as mulheres têm às rendas e toucados. Um Cromwell ou um Bonaparte, acrescentava ele, por isso mesmo que os queima a paixão do poder, lá chegam à fina força ou pela escada da direita, ou pela da esquerda. Não era assim meu sentimento; esse, não tendo em si a mesma força, não tem a mesma certeza do resultado; e daí a maior aflição, o maior desencanto, a maior tristeza. O meu sentimento, segundo o humanitismo...

— Vai para o diabo com o teu humanitismo — interrompi-o —; estou farto de filosofias que me não levam a coisa nenhuma.

A dureza da interrupção, tratando-se de tamanho filósofo, equivalia a um desacato; mas ele próprio desculpou a irritação com que lhe falei. Trouxeram-nos café; era uma hora da tarde, estávamos na minha sala de estudo, uma bela sala, que dava para o fundo da chácara, bons livros, objetos d'arte, um Voltaire entre eles, um Voltaire de bronze, que nessa ocasião parecia acentuar o risinho de sarcasmo com que me olhava, o ladrão; cadeiras excelentes; fora, sol, um grande sol, que o Quincas Borba, não sei se por chalaça ou poesia, chamou um dos ministros da natureza; corria um vento fresco, o céu estava azul. De cada janela — eram três — pendia uma gaiola com pássaros, que chilreavam as suas óperas rústicas. Tudo tinha a aparência de uma conspiração das coisas contra o homem: e, conquanto eu estivesse na *minha* sala, olhando para a *minha* chácara, sentado na *minha* cadeira, ouvindo os *meus* pássaros, ao pé dos *meus* livros, alumiado pelo *meu* sol, não chegava a curar-me das saudades daquela outra cadeira, que não era minha.

Capítulo CXLI
Os cães

— Mas, enfim, que pretendes fazer agora? — perguntou-me Quincas Borba, indo pôr a xícara vazia no parapeito de uma das janelas.

— Não sei; vou meter-me na Tijuca; fugir aos homens. Estou envergonhado, aborrecido. Tantos sonhos, meu caro Borba, tantos sonhos, e não sou nada.

— Nada! — interrompeu-me Quincas Borba com um gesto de indignação.

Para distrair-me, convidou-me a sair; saímos para os lados do Engenho Velho. Íamos a pé, filosofando as coisas. Nunca me há de esquecer o benefício desse pas-

seio. A palavra daquele grande homem era o cordial da sabedoria. Disse-me ele que eu não podia fugir ao combate; se me fechavam a tribuna, cumpria-me abrir um jornal. Chegou a usar uma expressão menos elevada, mostrando assim que a língua filosófica podia, uma ou outra vez, retemperar-se no calão do povo. Funda um jornal, disse-me ele, e "desmancha toda essa igrejinha".

— Magnífica ideia! Vou fundar um jornal, vou escachá-los, vou...

— Lutar. Podes escachá-los ou não; o essencial é que lutes. Vida é luta. Vida sem luta é um mar morto no centro do organismo universal.

Daí a pouco demos com uma briga de cães; fato que aos olhos de um homem vulgar não teria valor. Quincas Borba fez-me parar e observar os cães. Eram dois. Notou que ao pé deles estava um osso, motivo da guerra, e não deixou de chamar a minha atenção para a circunstância de que o osso não tinha carne. Um simples osso nu. Os cães mordiam-se, rosnavam, com o furor nos olhos... Quincas Borba meteu a bengala debaixo do braço, e parecia em êxtase.

— Que belo que isto é! — dizia ele de quando em quando.

Quis arrancá-lo dali, mas não pude; ele estava arraigado ao chão, e só continuou a andar quando a briga cessou inteiramente, e um dos cães, mordido e vencido, foi levar a sua fome a outra parte. Notei que ficara sinceramente alegre, posto contivesse a alegria, segundo convinha a um grande filósofo. Fez-me observar a beleza do espetáculo, relembrou o objeto da luta, concluiu que os cães tinham fome; mas a privação do alimento era nada para os efeitos gerais da filosofia. Nem deixou de recordar que em algumas partes do globo o espetáculo é mais grandioso: as criaturas humanas é que disputam aos cães os ossos e outros manjares menos apetecíveis; luta que se complica muito, porque entra em ação a inteligência do homem, com todo o acúmulo de sagacidade que lhe deram os séculos etc.

Capítulo CXLII
O pedido secreto

Quanta coisa num minuete!, como dizia o outro. Quanta coisa numa briga de cães! Mas eu não era um discípulo servil ou medroso, que deixasse de fazer uma ou outra objeção adequada. Andando, disse-lhe que tinha uma dúvida; não estava bem certo da vantagem de disputar a comida aos cães. Ele respondeu-me com excepcional brandura:

— Disputá-la aos outros homens é mais lógico, porque a condição dos contendores é a mesma, e leva o osso o que for mais forte. Mas por que não será um espetáculo grandioso disputá-lo aos cães? Voluntariamente, comem-se gafanhotos, como o Precursor, ou coisa pior, como Ezequiel; logo, o ruim é comível; resta saber se é mais digno do homem disputá-lo, por virtude de uma necessidade natural, ou preferi-lo, para obedecer a uma exaltação religiosa, isto é, modificável, ao passo que a fome é eterna, como a vida e como a morte.

Estávamos à porta de casa; deram-me uma carta, dizendo que vinha de uma senhora. Entramos, e o Quincas Borba, com a discrição própria de um filósofo, foi ler a lombada dos livros de uma estante enquanto eu lia a carta, que era de Virgília:

> Meu bom amigo,
>
> Dona Plácida está muito mal. Peço-lhe o favor de fazer alguma coisa por ela; mora no beco das Escadinhas; veja se alcança metê-la na Misericórdia.
>
> Sua amiga sincera,
>
> *v*

Não era a letra fina e correta de Virgília, mas grossa e desigual; o "v" da assinatura não passava de um rabisco sem intenção alfabética; de maneira que, se a carta aparecesse, era mui difícil atribuir-lhe a autoria. Virei e revirei o papel. Pobre d. Plácida! Mas eu tinha-lhe deixado os cinco contos da praia de Botafogo, e não podia compreender que...

— Vais compreender — disse Quincas Borba, tirando um livro da estante.

— O quê? — perguntei espantado.

— Vais compreender que eu só te disse a verdade. Pascal é um dos meus avôs espirituais; e, conquanto a minha filosofia valha mais que a dele, não posso negar que era um grande homem. Ora, que diz ele nesta página? — E, chapéu na cabeça, bengala sobraçada, apontava o lugar com o dedo. — Que diz ele? Diz que o homem tem "uma grande vantagem sobre o resto do universo: sabe que morre, ao passo que o universo ignora-o absolutamente". Vês? Logo, o homem que disputa o osso a um cão tem sobre este a grande vantagem de saber que tem fome; e é isto que torna grandiosa a luta, como eu dizia. "Sabe que morre" é uma expressão profunda; creio todavia que é mais profunda a minha expressão: sabe que tem fome. Porquanto o fato da morte limita, por assim dizer, o entendimento humano; a consciência da extinção dura um breve instante e acaba para nunca mais, ao passo que a fome tem a vantagem de voltar, de prolongar o estado consciente. Parece-me (se não vai nisso alguma imodéstia) que a fórmula de Pascal é inferior à minha, sem todavia deixar de ser um grande pensamento, e Pascal um grande homem.

Capítulo CXLIII
Não vou

Enquanto ele restituía o livro à estante, relia eu o bilhete. Ao jantar, vendo que eu falava pouco, mastigava sem acabar de engolir, fitava o canto da sala, a ponta da mesa, um prato, uma cadeira, uma mosca invisível, disse-me ele:

— Tens alguma coisa; aposto que foi aquela carta?

— Foi.

Realmente, sentia-me aborrecido, incomodado, com o pedido de Virgília. Tinha dado a d. Plácida cinco contos de réis; duvido muito que ninguém fosse mais generoso do que eu, nem tanto. Cinco contos! E que fizera deles? Naturalmente botou-os fora, comeu-os em grandes festas, e agora toca para a Misericórdia, e eu que a leve! Morre-se em qualquer parte. Acresce que eu não sabia ou não me lembrava do tal beco das Escadinhas; mas, pelo nome, parecia-me algum recanto estreito e escuro da cidade. Tinha de lá ir, chamar a atenção dos vizinhos, bater à porta etc. Que maçada! Não vou.

Capítulo CXLIV
Utilidade relativa

Mas a noite, que é boa conselheira, ponderou que a cortesia mandava obedecer aos desejos da minha antiga dama.
— Letras vencidas, urge pagá-las — disse eu ao levantar-me.
Depois do almoço fui à casa de d. Plácida; achei um molho de ossos, envolto em molambos, estendido sobre um catre velho e nauseabundo; dei-lhe algum dinheiro. No dia seguinte fi-la transportar para a Misericórdia, onde ela morreu uma semana depois. Minto: amanheceu morta; saiu da vida às escondidas, tal qual entrara. Outra vez perguntei a mim mesmo, como no capítulo LXXV, se era para isso que o sacristão da Sé e a doceira trouxeram d. Plácida à luz, num momento de simpatia específica. Mas adverti logo que, se não fosse d. Plácida, talvez os meus amores com Virgília tivessem sido interrompidos, ou imediatamente quebrados, em plena efervescência; tal foi, portanto, a utilidade da vida de d. Plácida. Utilidade relativa, convenho; mas que diacho há absoluto nesse mundo?

Capítulo CXLV
Simples repetição

Quanto aos cinco contos, não vale a pena dizer que um carteiro da vizinhança fingiu-se enamorado de d. Plácida, logrou espertar-lhe os sentidos, ou a vaidade, e casou com ela; no fim de alguns meses inventou um negócio, vendeu as apólices e fugiu com o dinheiro. Não vale a pena. É o caso dos cães do Quincas Borba. Simples repetição de um capítulo.

Capítulo CXLVI
O programa

Urgia fundar o jornal. Redigi o programa, que era uma aplicação política do humanitismo; somente, como o Quincas Borba não houvesse ainda publicado o livro (que aperfeiçoava de ano em ano), assentamos de lhe não fazer nenhuma referência. Quincas Borba exigiu apenas uma declaração, autógrafa e reservada, de que alguns princípios novos aplicados à política eram tirados do livro dele, ainda inédito.
Era a fina flor dos programas; prometia curar a sociedade, destruir os abusos, defender os sãos princípios de liberdade e conservação; fazia um apelo ao comércio e à lavoura; citava Guizot e Ledru-Rollin, e acabava com esta ameaça, que o Quincas

Borba achou mesquinha e local: "A nova doutrina que professamos há de inevitavelmente derrubar o atual ministério". Confesso que, nas circunstâncias políticas da ocasião, o programa pareceu-me uma obra-prima. A ameaça do fim, que o Quincas Borba achou mesquinha, demonstrei-lhe que era saturada do mais puro humanitismo, e ele mesmo o confessou depois. Porquanto, o humanitismo não excluía nada; as guerras de Napoleão e uma contenda de cabras eram, segundo a nossa doutrina, a mesma sublimidade, com a diferença que os soldados de Napoleão sabiam que morriam, coisa que aparentemente não acontece às cabras. Ora, eu não fazia mais do que aplicar às circunstâncias a nossa fórmula filosófica: Humanitas queria substituir Humanitas para consolação de Humanitas.

— Tu és o meu discípulo amado, o meu califa — bradou Quincas Borba, com uma nota de ternura, que até então lhe não ouvira. — Posso dizer como o grande Muhammed: nem que venham agora contra mim o sol e a lua, não recuarei das minhas ideias. Crê, meu caro Brás Cubas, que esta é a verdade eterna, anterior aos mundos, posterior aos séculos.

Capítulo CXLVII
O desatino

Mandei logo para a imprensa uma notícia discreta, dizendo que provavelmente começaria a publicação de um jornal oposicionista, daí a algumas semanas, redigido pelo dr. Brás Cubas. Quincas Borba, a quem li a notícia, pegou da pena, e acrescentou ao meu nome, com uma fraternidade verdadeiramente humanística, esta frase: "um dos mais gloriosos membros da passada Câmara".

No dia seguinte entra-me em casa o Cotrim. Vinha um pouco transtornado, mas dissimulava, afetando sossego e até alegria. Vira a notícia do jornal, e achou que devia, como amigo e parente, dissuadir-me de semelhante ideia. Era um erro, um erro fatal. Mostrou que eu ia colocar-me numa situação difícil, e de certa maneira trancar as portas do parlamento. O ministério, não só lhe parecia excelente, o que aliás podia não ser a minha opinião, mas com certeza viveria muito; e que podia eu ganhar com indispô-lo contra mim? Sabia que alguns dos ministros me eram afeiçoados; não era impossível uma vaga, e... Interrompi-o nesse ponto para lhe dizer que meditara muito o passo que ia dar, e não podia recuar uma linha. Cheguei a propor-lhe a leitura do programa, mas ele recusou energicamente, dizendo que não queria ter a mínima parte no meu desatino.

— É um verdadeiro desatino — repetiu ele —; pense ainda alguns dias, e verá que é um desatino.

A mesma coisa disse Sabina, à noite, no teatro. Deixou a filha no camarote, com o Cotrim, e trouxe-me ao corredor.

— Mano Brás, que é que você vai fazer? — perguntou-me aflita. — Que ideia é essa de provocar o governo sem necessidade, quando podia...

Expliquei-lhe que não me convinha mendigar uma cadeira no parlamento;

que a minha ideia era derrubar o ministério, por não me parecer adequado à situação e a certa fórmula filosófica; afiancei que empregaria sempre uma linguagem cortês, embora enérgica. A violência não era especiaria do meu paladar. Sabina bateu com o leque na ponta dos dedos, abanou a cabeça, e tornou ao assunto com um ar de súplica e ameaça, alternadamente; eu disse-lhe que não, que não, e que não. Desenganada, lançou-me em rosto preferir os conselhos de pessoas estranhas e invejosas aos dela e do marido.

— Pois siga o que lhe parecer — concluiu —; nós cumprimos a nossa obrigação.

Deu-me as costas e voltou ao camarote.

Capítulo CXLVIII
O problema insolúvel

Publiquei o jornal. Vinte e quatro horas depois, aparecia em outros uma declaração do Cotrim, dizendo, em substância, que "posto não militasse em nenhum dos partidos em que se dividia a pátria, achava conveniente deixar bem claro que não tinha influência nem parte direta ou indireta na folha de seu cunhado, o dr. Brás Cubas, cujas ideias e procedimento político inteiramente reprovava. O atual ministério (como aliás qualquer outro composto de iguais capacidades) parecia-lhe destinado a promover a felicidade pública".

Não podia acabar de crer nos meus olhos. Esfreguei-os uma e duas vezes, e reli a declaração inoportuna, insólita e enigmática. Se ele nada tinha com os partidos, que lhe importava um incidente tão vulgar como a publicação de uma folha? Nem todos os cidadãos que acham bom ou mau um ministério fazem declarações tais pela imprensa, nem são obrigados a fazê-las. Realmente, era um mistério a intrusão do Cotrim nesse negócio, não menos que a sua agressão pessoal. Nossas relações até então tinham sido lhanas e benévolas; não me lembrava nenhum dissentimento, nenhuma sombra, nada, depois da reconciliação. Ao contrário, as recordações eram de verdadeiros obséquios; assim, por exemplo, sendo eu deputado, pude obter-lhe uns fornecimentos para o arsenal de marinha, fornecimentos que ele continuava a fazer com a maior pontualidade, e dos quais me dizia algumas semanas antes que, no fim de mais três anos, podiam dar-lhe uns duzentos contos. Pois a lembrança de tamanho obséquio não teve força para obstar que ele viesse a público enxovalhar o cunhado? Devia ser mui poderoso o motivo da declaração, que o fazia cometer ao mesmo tempo um destempero e uma ingratidão; confesso que era um problema insolúvel...

Capítulo CXLIX
Teoria do benefício

... Tão insolúvel que o Quincas Borba não pôde dar com ele, apesar de estudá-lo longamente e com boa vontade.

— Ora adeus! — concluiu. — Nem todos os problemas valem cinco minutos de atenção.

Quanto à censura de ingratidão, Quincas Borba rejeitou-a inteiramente, não como improvável, mas como absurda, por não obedecer às conclusões de uma boa filosofia humanística.

— Não me podes negar um fato — disse ele —; é que o prazer do beneficiador é sempre maior que o do beneficiado. Que é o benefício? é um ato que faz cessar certa privação do beneficiado. Uma vez produzido o efeito essencial, isto é, uma vez cessada a privação, torna o organismo ao estado anterior, ao estado indiferente. Supõe que tens apertado em demasia o cós das calças; para fazer cessar o incômodo, desabotoas o cós, respiras, saboreias um instante de gozo, o organismo torna à indiferença, e não te lembras dos teus dedos que praticaram o ato. Não havendo nada que perdure, é natural que a memória se esvaeça, porque ela não é uma planta aérea, precisa de chão. A esperança de outros favores, é certo, conserva sempre no beneficiado a lembrança do primeiro; mas esse fato, aliás um dos mais sublimes que a filosofia pode achar em seu caminho, explica-se pela memória da privação, ou, usando de outra fórmula, pela privação continuada na memória, que repercute a dor passada e aconselha a precaução do remédio oportuno. Não digo que, ainda sem essa circunstância, não aconteça, algumas vezes, persistir a memória do obséquio, acompanhada de certa afeição mais ou menos intensa; mas são verdadeiras aberrações, sem nenhum valor aos olhos de um filósofo.

— Mas — repliquei eu —, se nenhuma razão há para que perdure a memória do obséquio no obsequiado, menos há de haver em relação ao obsequiador. Quisera que me explicasses esse ponto.

— Não se explica o que é de sua natureza evidente — retorquiu o Quincas Borba. — Mas eu direi alguma coisa mais. A persistência do benefício na memória de quem o exerce explica-se pela natureza mesma do benefício e seus efeitos. Primeiramente há o sentimento de uma boa ação, e dedutivamente a consciência de que somos capazes de boas ações; em segundo lugar, recebe-se uma convicção de superioridade sobre outra criatura, superioridade no estado e nos meios; e essa é uma das coisas mais legitimamente agradáveis, segundo as melhores opiniões, ao organismo humano. Erasmo, que no seu *Elogio da sandice* escreveu algumas coisas boas, chamou a atenção para a complacência com que dois burros se coçam um ao outro. Estou longe de rejeitar essa observação de Erasmo; mas direi o que ele não disse, a saber, que se um dos burros coçar melhor o outro, esse há de ter nos olhos algum indício especial de satisfação. Por que é que uma mulher bonita olha muitas vezes para o espelho, senão porque se acha bonita, e porque isso lhe dá certa superioridade sobre uma multidão de outras mulheres menos bonitas ou absolu-

tamente feias? A consciência é a mesma coisa; remira-se a miúdo, quando se acha bela. Nem o remorso é outra coisa mais do que trejeito de uma consciência que se vê hedionda. Não esqueças que, sendo tudo uma simples irradiação de Humanitas, o benefício e seus efeitos são fenômenos perfeitamente admiráveis.

Capítulo CL
Rotação e translação

Há em cada empresa, afeição ou idade um ciclo inteiro da vida humana. O primeiro número do meu jornal encheu-me a alma de uma vasta aurora, coroou-me de verduras, restituiu-me a lepidez da mocidade. Seis meses depois batia a hora da velhice, e daí a duas semanas a da morte, que foi clandestina, como a de d. Plácida. No dia em que o jornal amanheceu morto, respirei como um homem que vem de longo caminho. De modo que, se eu disser que a vida humana nutre de si mesma outras vidas, mais ou menos efêmeras, como o corpo alimenta os seus parasitas, creio não dizer uma coisa inteiramente absurda. Mas, para não arriscar essa figura menos nítida e adequada, prefiro uma imagem astronômica: o homem executa à roda do grande mistério um movimento duplo de rotação e translação; tem os seus dias, desiguais como os de Júpiter, e deles compõe o seu ano mais ou menos longo.

No momento em que eu terminava o meu movimento de rotação, concluía Lobo Neves o seu movimento de translação. Morria com o pé na escada ministerial. Correu ao menos durante algumas semanas que ele ia ser ministro; e pois que o boato me encheu de muita irritação e inveja, não é impossível que a notícia da morte me deixasse alguma tranquilidade, alívio, e um ou dois minutos de prazer. Prazer é muito, mas é verdade; juro aos séculos que é a pura verdade.

Fui ao enterro. Na sala mortuária achei Virgília, ao pé do féretro, a soluçar. Quando levantou a cabeça, vi que chorava deveras. Ao sair o enterro, abraçou-se ao caixão, aflita; vieram tirá-la e levá-la para dentro. Digo-vos que as lágrimas eram verdadeiras. Eu fui ao cemitério; e, para dizer tudo, não tinha muita vontade de falar; levava uma pedra na garganta ou na consciência. No cemitério, principalmente quando deixei cair a pá de cal sobre o caixão, no fundo da cova, o baque surdo da cal deu-me um estremecimento passageiro, é certo, mas desagradável; e depois a tarde tinha o peso e a cor do chumbo; o cemitério, as roupas pretas...

Capítulo CLI
Filosofia dos epitáfios

Saí, afastando-me dos grupos, e fingindo ler os epitáfios. E, aliás, gosto dos epitáfios; eles são, entre a gente civilizada, uma expressão daquele pio e secreto egoísmo que induz o homem a arrancar à morte um farrapo ao menos da sombra que passou.

Daí vem, talvez, a tristeza inconsolável dos que sabem os seus mortos na vala comum; parece-lhes que a podridão anônima os alcança a eles mesmos.

Capítulo CLII
A moeda de Vespasiano

Tinham ido todos; só o meu carro esperava pelo dono. Acendi um charuto; afastei-me do cemitério. Não podia sacudir dos olhos a cerimônia do enterro, nem dos ouvidos os soluços de Virgília. Os soluços, principalmente, tinham o som vago e misterioso de um problema. Virgília traíra o marido com sinceridade, e agora chorava-o com sinceridade. Eis uma combinação difícil, que não pude fazer em todo o trajeto; em casa, porém, apeando-me do carro, suspeitei que a combinação era possível, e até fácil. Meiga Natura! A taxa da dor é como a moeda de Vespasiano; não cheira à origem, e tanto se colhe do mal como do bem. A moral repreenderá, porventura, a minha cúmplice; é o que te não importa, implacável amiga, uma vez que lhe recebeste pontualmente as lágrimas. Meiga, três vezes meiga Natura!

Capítulo CLIII
O alienista

Começo a ficar patético e prefiro dormir. Dormi, sonhei que era nababo, e acordei com a ideia de ser nababo. Eu gostava, às vezes, de imaginar esses contrastes de região, estado e credo. Alguns dias antes tinha pensado na hipótese de uma revolução social, religiosa e política, que transferisse o arcebispo de Cantuária a simples coletor de Petrópolis, e fiz longos cálculos para saber se o coletor eliminaria o arcebispo, ou se o arcebispo rejeitaria o coletor, ou que porção de arcebispo pode jazer num coletor, ou que soma de coletor pode combinar com um arcebispo etc. Questões insolúveis, aparentemente, mas na realidade perfeitamente solúveis, desde que se atenda que pode haver num arcebispo dois arcebispos — o da bula e o outro. Está dito, vou ser nababo.

Era um simples gracejo; disse-o, todavia, ao Quincas Borba, que olhou para mim com certa cautela e pena, levando a sua bondade a comunicar-me que eu estava doido. Ri-me a princípio; mas a nobre convicção do filósofo incutiu-me certo medo. A única objeção contra a palavra do Quincas Borba é que não me sentia doido, mas não tendo geralmente os doidos outro conceito de si mesmos, tal objeção ficava sem valor. E vede se há algum fundamento na crença popular de que os filósofos são homens alheios às coisas mínimas. No dia seguinte, mandou-me o Quincas Borba um alienista. Conhecia-o, fiquei aterrado. Ele, porém, houve-se com

a maior delicadeza e habilidade, despedindo-se tão alegremente que me animou a perguntar-lhe se deveras me não achava doido.

— Não — disse ele sorrindo —; raros homens terão tanto juízo como o senhor.
— Então o Quincas Borba enganou-se?
— Redondamente. — E depois: — Ao contrário, se é amigo dele... peço-lhe que o distraia... que...
— Justos céus! Parece-lhe?... Um homem de tamanho espírito, um filósofo!
— Não importa; a loucura entra em todas as casas.

Imaginem a minha aflição. O alienista, vendo o efeito de suas palavras, reconheceu que eu era amigo do Quincas Borba, e tratou de diminuir a gravidade da advertência. Observou que podia não ser nada, e acrescentou até que um grãozinho de sandice, longe de fazer mal, dava certo pico à vida. Como eu rejeitasse com horror essa opinião, o alienista sorriu e disse-me uma coisa tão extraordinária, tão extraordinária, que não merece menos de um capítulo.

Capítulo CLIV
Os navios do Pireu

— Há de lembrar-se — disse-me o alienista —, daquele famoso maníaco ateniense, que supunha que todos os navios entrados no Pireu eram de sua propriedade. Não passava de um pobretão, que talvez não tivesse, para dormir, a cuba de Diógenes; mas a posse imaginária dos navios valia por todas as dracmas da Hélade. Ora bem, há em todos nós um maníaco de Atenas; e quem jurar que não possuiu alguma vez, mentalmente, dois ou três patachos, pelo menos, pode crer que jura falso.
— Também o senhor? — perguntei-lhe.
— Também eu.
— Também eu?
— Também o senhor; e o seu criado, não menos, se é seu criado esse homem que ali está sacudindo os tapetes à janela.

De fato, era um dos meus criados que batia os tapetes, enquanto nós falávamos no jardim, ao lado. O alienista notou então que ele escancarara as janelas todas desde longo tempo, que alçara as cortinas, que devassara o mais possível a sala, ricamente alfaiada, para que a vissem de fora, e concluiu:
— Esse seu criado tem a mania do ateniense: crê que os navios são dele; uma hora de ilusão que lhe dá a maior felicidade da terra.

Capítulo CLV
Reflexão cordial

— Se o alienista tem razão — disse eu comigo —, não haverá muito que lastimar o Quincas Borba; é uma questão de mais ou de menos. Contudo, é justo cuidar dele, e evitar que lhe entrem no cérebro maníacos de outras paragens.

Capítulo CLVI
Orgulho da servilidade

Quincas Borba divergiu do alienista em relação ao meu criado.
— Pode-se, por imagem — disse ele —, atribuir ao teu criado a mania do ateniense; mas imagens não são ideias nem observações tomadas à natureza. O que o teu criado tem é um sentimento nobre e perfeitamente regido pelas leis do humanitismo: é o orgulho da servilidade. A intenção dele é mostrar que não é criado de *qualquer*. — Depois chamou a minha atenção para os cocheiros de casa grande, mais empertigados que o amo, para os criados de hotel, cuja solicitude obedece às variações sociais da freguesia etc. E concluiu que era tudo a expressão daquele sentimento delicado e nobre — prova cabal de que muitas vezes o homem, ainda a engraxar botas, é sublime.

Capítulo CLVII
Fase brilhante

— Sublime és tu — bradei eu —, lançando-lhe os braços ao pescoço.
Com efeito, era impossível crer que um homem tão profundo chegasse à demência; foi o que lhe disse após o meu abraço, denunciando-lhe a suspeita do alienista. Não posso descrever a impressão que lhe fez a denúncia; lembra-me que ele estremeceu e ficou muito pálido.
Foi por esse tempo que eu me reconciliei outra vez com o Cotrim, sem chegar a saber a causa do dissentimento. Reconciliação oportuna, porque a solidão pesava-me, e a vida era para mim a pior das fadigas, que é a fadiga sem trabalho. Pouco depois fui convidado por ele a filiar-me numa Ordem Terceira; o que eu não fiz sem consultar o Quincas Borba:
— Vai, se queres — disse-me este —, mas temporariamente. Eu trato de anexar à minha filosofia uma parte dogmática e litúrgica. O humanitismo há de ser também uma religião, a do futuro, a única verdadeira. O cristianismo é bom para as

mulheres e os mendigos, e as outras religiões não valem mais do que essa: orçam todas pela mesma vulgaridade ou fraqueza. O paraíso cristão é um digno êmulo do paraíso muçulmano; e quanto ao nirvana de Buda, não passa de uma concepção de paralíticos. Verás o que é a religião humanística. A absorção final, a fase contrativa, é a reconstituição da substância, não o seu aniquilamento etc. Vai aonde te chamam; não esqueças, porém, que és o meu califa.

E vede agora a minha modéstia; filiei-me na Ordem Terceira de ***, exerci ali alguns cargos, foi essa a fase mais brilhante da minha vida. Não obstante, calo-me, não digo nada, não conto os meus serviços, o que fiz aos pobres e aos enfermos, nem as recompensas que recebi, nada, não digo absolutamente nada.

Talvez a economia social pudesse ganhar alguma coisa se eu mostrasse como todo e qualquer prêmio estranho vale pouco ao lado do prêmio subjetivo e imediato; mas seria romper o silêncio que jurei guardar nesse ponto. Demais, os fenômenos da consciência são de difícil análise; por outro lado, se contasse um, teria de contar todos os que a ele se prendessem, e acabava fazendo um capítulo de psicologia. Afirmo somente que foi a fase mais brilhante da minha vida. Os quadros eram tristes; tinham a monotonia da desgraça, que é tão aborrecida como a do gozo, e talvez pior. Mas a alegria que se dá à alma dos doentes e dos pobres é recompensa de algum valor; e não me digam que é negativa, por só recebê-la o obsequiado. Não; eu recebia-a de um modo reflexo, e ainda assim grande, tão grande que me dava excelente ideia de mim mesmo.

Capítulo CLVIII
Dois encontros

No fim de alguns anos, três ou quatro, estava enfarado do ofício, e deixei-o, não sem um donativo importante, que me deu direito ao retrato na sacristia. Não acabarei, porém, o capítulo sem dizer que vi morrer no hospital da Ordem, adivinhem quem?... a linda Marcela; e vi-a morrer no mesmo dia em que, visitando um cortiço para distribuir esmolas, achei... Agora é que não são capazes de adivinhar... achei a flor da moita, Eugênia, a filha de d. Eusébia e do Vilaça, tão coxa como a deixara, e ainda mais triste.

Esta, ao reconhecer-me, ficou pálida, e baixou os olhos; mas foi obra de um instante. Ergueu logo a cabeça, e fitou-me com muita dignidade. Compreendi que não receberia esmolas da minha algibeira, e estendi-lhe a mão, como faria à esposa de um capitalista. Cortejou-me e fechou-se no cubículo. Nunca mais a vi; não soube nada da vida dela, nem se a mãe era morta, nem que desastre a trouxera a tamanha miséria. Sei que continuava coxa e triste. Foi com essa impressão profunda que cheguei ao hospital, onde Marcela entrara na véspera, e onde a vi expirar meia hora depois, feia, magra, decrépita...

Capítulo CLIX
A semidemência

Compreendi que estava velho, e precisava de uma força; mas o Quincas Borba partira seis meses antes para Minas Gerais, e levou consigo a melhor das filosofias. Voltou quatro meses depois, e entrou-me em casa, certa manhã, quase no estado em que eu o vira no Passeio Público. A diferença é que o olhar era outro. Vinha demente. Contou-me que, para o fim de aperfeiçoar o humanitismo, queimara o manuscrito todo e ia recomeçá-lo. A parte dogmática ficava completa, embora não escrita; era a verdadeira religião do futuro.

— Juras por Humanitas? — perguntou-me.
— Sabes que sim.

A voz mal podia sair-me do peito; e aliás não tinha descoberto toda a cruel verdade. Quincas Borba não só estava louco, mas sabia que estava louco, e esse resto de consciência, como uma frouxa lamparina no meio das trevas, complicava muito o horror da situação. Sabia-o, e não se irritava contra o mal; ao contrário, dizia-me que era ainda uma prova de Humanitas, que assim brincava consigo mesmo. Recitava-me longos capítulos do livro, e antífonas, e litanias espirituais; chegou até a reproduzir uma dança sacra que inventara para as cerimônias do humanitismo. A graça lúgubre com que ele levantava e sacudia as pernas era singularmente fantástica. Outras vezes amuava-se a um canto, com os olhos fitos no ar, uns olhos em que, de longe em longe, fulgurava um raio persistente da razão, triste como uma lágrima...

Morreu pouco tempo depois, em minha casa, jurando e repetindo sempre que a dor era uma ilusão, e que Pangloss, o caluniado Pangloss, não era tão tolo como o supôs Voltaire.

Capítulo CLX
Das negativas

Entre a morte do Quincas Borba e a minha, mediaram os sucessos narrados na primeira parte do livro. O principal deles foi a invenção do *emplasto Brás Cubas*, que morreu comigo, por causa da moléstia que apanhei. Divino emplasto, tu me darias o primeiro lugar entre os homens, acima da ciência e da riqueza, porque eras a genuína e direta inspiração do céu. O acaso determinou o contrário; e aí vos ficais eternamente hipocondríacos.

Este último capítulo é todo de negativas. Não alcancei a celebridade do emplasto, não fui ministro, não fui califa, não conheci o casamento. Verdade é que, ao lado dessas faltas, coube-me a boa fortuna de não comprar o pão com o suor do meu rosto. Mais; não padeci a morte de d. Plácida, nem a semidemência do Quincas Borba. Somadas umas coisas e outras, qualquer pessoa imaginará que não houve

míngua nem sobra, e conseguintemente que saí quite com a vida. E imaginará mal; porque ao chegar a este outro lado do mistério, achei-me com um pequeno saldo, que é a derradeira negativa deste capítulo de negativas: Não tive filhos, não transmiti a nenhuma criatura o legado da nossa miséria.

Quincas

Quincas Borba foi publicado pela primeira vez
em *A Estação*, no Rio de Janeiro, entre junho
de 1886 e setembro de 1891. Foi publicado em volume
em 1891, por B. L. Garnier, Livreiro-Editor, no Rio de Janeiro.

Borba

Prólogo da terceira edição

A segunda edição deste livro acabou mais depressa que a primeira. Aqui sai ele em terceira, sem outra alteração além da emenda de alguns erros tipográficos, tais e tão poucos que, ainda conservados, não encobririam o sentido.

Um amigo e confrade ilustre tem teimado comigo para que dê a este livro o seguimento de outro. "Com as Memórias póstumas de Brás Cubas, *donde este proveio, fará você uma trilogia, e a Sofia de* Quincas Borba *ocupará exclusivamente a terceira parte." Algum tempo cuidei que podia ser, mas relendo agora estas páginas concluo que não. A Sofia está aqui toda. Continuá-la seria repeti-la, e acaso repetir o mesmo seria pecado. Creio que foi assim que me tacharam este e alguns outros dos livros que vim compondo pelo tempo afora no silêncio da minha vida. Vozes houve, generosas e fortes, que então me defenderam; já lhes agradeci em particular; agora o faço cordial e publicamente.*

<div align="right">

1899
M. DE A.

</div>

Capítulo primeiro

Rubião fitava a enseada — eram oito horas da manhã. Quem o visse, com os polegares metidos no cordão do chambre, à janela de uma grande casa de Botafogo, cuidaria que ele admirava aquele pedaço de água quieta; mas, em verdade, vos digo que pensava em outra coisa. Cotejava o passado com o presente. Que era, há um ano? Professor. Que é agora? Capitalista. Olha para si, para as chinelas (umas chinelas de Túnis, que lhe deu recente amigo, Cristiano Palha), para a casa, para o jardim, para a enseada, para os morros e para o céu; e tudo, desde as chinelas até o céu, tudo entra na mesma sensação de propriedade.

"Vejam como Deus escreve direito por linhas tortas", pensa ele. "Se mana Piedade tem casado com Quincas Borba, apenas me daria uma esperança colateral. Não casou; ambos morreram, e aqui está tudo comigo; de modo que o que parecia uma desgraça..."

Capítulo II

Que abismo que há entre o espírito e o coração! O espírito do ex-professor, vexado daquele pensamento, arrepiou caminho, buscou outro assunto, uma canoa que ia passando; o coração, porém, deixou-se estar a bater de alegria. Que lhe importa a

canoa nem o canoeiro, que os olhos de Rubião acompanham, arregalados? Ele, coração, vai dizendo que, uma vez que a mana Piedade tinha de morrer, foi bom que não casasse; podia vir um filho ou uma filha... — Bonita canoa! — Antes assim! — Como obedece bem aos remos do homem! — O certo é que eles estão no céu!

Capítulo III

Um criado trouxe o café. Rubião pegou na xícara e, enquanto lhe deitava açúcar, ia disfarçadamente mirando a bandeja, que era de prata lavrada. Prata, ouro, eram os metais que amava de coração; não gostava de bronze, mas o amigo Palha disse-lhe que era matéria de preço, e assim se explica este par de figuras que aqui está na sala, um Mefistófeles e um Fausto. Tivesse, porém, de escolher, escolheria a bandeja — primor de argentaria, execução fina e acabada. O criado esperava teso e sério. Era espanhol; e não foi sem resistência que Rubião o aceitou das mãos de Cristiano; por mais que lhe dissesse que estava acostumado aos seus crioulos de Minas e não queria línguas estrangeiras em casa, o amigo Palha insistiu, demonstrando-lhe a necessidade de ter criados brancos. Rubião cedeu com pena. O seu bom pajem, que ele queria pôr na sala, como um pedaço da província, nem o pôde deixar na cozinha, onde reinava um francês, Jean; foi degradado a outros serviços.

— Quincas Borba está muito impaciente? — perguntou Rubião, bebendo o último gole de café, e lançando um último olhar à bandeja.

— *Me parece que sí.*

— Lá vou soltá-lo.

Não foi; deixou-se ficar, algum tempo, a olhar para os móveis. Vendo as pequenas gravuras inglesas, que pendiam da parede por cima dos dois bronzes, Rubião pensou na bela Sofia, mulher do Palha, deu alguns passos, e foi sentar-se no pufe, ao centro da sala, olhando para longe...

"Foi ela que me recomendou aqueles dois quadrinhos, quando andávamos, os três, a ver coisas para comprar. Estava tão bonita! Mas o que eu mais gosto dela são os ombros, que vi no baile do coronel. Que ombros! Parecem de cera; tão lisos, tão brancos! Os braços também; oh! os braços! Que bem-feitos!"

Rubião suspirou, cruzou as pernas, e bateu com as borlas do chambre sobre os joelhos. Sentia que não era inteiramente feliz; mas sentia também que não estava longe a felicidade completa. Recompunha de cabeça uns modos, uns olhos, uns requebros sem explicação, a não ser esta: que ela o amava, e que o amava muito. Não era velho; ia fazer quarenta e um anos; e, rigorosamente, parecia menos... Esta observação foi acompanhada de um gesto; passou a mão pelo queixo, barbeado todos os dias, coisa que não fazia dantes, por economia e desnecessidade. Um simples professor! Usava suíças (mais tarde deixou crescer a barba toda) — tão macias, que dava gosto passar os dedos por elas... E recordava assim o primeiro encontro, na estação de Vassouras, onde Sofia e o marido entraram no trem da estrada de ferro, no mesmo carro em que ele descia de Minas; foi ali que achou aquele par de olhos viço-

sos, que pareciam repetir a exortação do profeta: "Todos vós que tendes sede, vinde às águas". Não trazia ideias adequadas ao convite, é verdade; vinha com a herança na cabeça, o testamento, o inventário, coisas que é preciso explicar primeiro, a fim de entender o presente e o futuro. Deixemos Rubião na sala de Botafogo, batendo com as borlas do chambre nos joelhos, e cuidando na bela Sofia. Vem comigo, leitor; vamos vê-lo, meses antes, à cabeceira do Quincas Borba.

Capítulo IV

Este Quincas Borba, se acaso me fizeste o favor de ler as *Memórias póstumas de Brás Cubas*, é aquele mesmo náufrago da existência, que ali aparece, mendigo, herdeiro inopinado, e inventor de uma filosofia. Aqui o tens agora em Barbacena. Logo que chegou, enamorou-se de uma viúva, senhora de condição mediana e parcos meios de vida; mas tão acanhada que os suspiros no namorado ficavam sem eco. Chamava-se Maria da Piedade. Um irmão dela, que é o presente Rubião, fez todo o possível para casá-los. Piedade resistiu, um pleuris a levou.

Foi esse trechozinho de romance que ligou os dois homens. Saberia Rubião que o nosso Quincas Borba trazia aquele grãozinho de sandice, que um médico supôs achar-lhe? Seguramente, não; tinha-o por homem esquisito. É, todavia, certo que o grãozinho não se despegou do cérebro de Quincas Borba — nem antes, nem depois da moléstia que lentamente o comeu. Quincas Borba tivera ali alguns parentes, mortos já agora em 1867; o último foi o tio que o deixou por herdeiro de seus bens. Rubião ficou sendo o único amigo do filósofo. Regia então uma escola de meninos, que fechou para tratar do enfermo. Antes de professor, metera ombros a algumas empresas, que foram a pique.

Durou o cargo de enfermeiro mais de cinco meses, perto de seis. Era real o desvelo de Rubião, paciente, risonho, múltiplo, ouvindo as ordens do médico, dando os remédios às horas marcadas, saindo a passeio com o doente, sem esquecer nada, nem o serviço da casa, nem a leitura dos jornais, logo que chegava a mala da Corte ou a de Ouro Preto.

— Tu és bom, Rubião — suspirava Quincas Borba.

— Grande façanha! Como se você fosse mau!

A opinião ostensiva do médico era que a doença do Quincas Borba iria saindo devagar. Um dia, o nosso Rubião, acompanhando o médico até a porta da rua, perguntou-lhe qual era o verdadeiro estado do amigo. Ouviu que estava perdido, completamente perdido; mas que o fosse animando. Para que tornar-lhe a morte mais aflitiva pela certeza?...

— Lá isso, não — atalhou Rubião —; para ele, morrer é negócio fácil. Nunca leu um livro que ele escreveu, há anos, não sei que negócio de filosofia...

— Não; mas filosofia é uma coisa, e morrer de verdade é outra; adeus.

Capítulo V

Rubião achou um rival no coração de Quincas Borba — um cão, um bonito cão, meio tamanho, pêlo cor de chumbo, malhado de preto. Quincas Borba levava-o para toda parte, dormiam no mesmo quarto. De manhã, era o cão que acordava o senhor, trepando ao leito, onde trocavam as primeiras saudações. Uma das extravagâncias do dono foi dar-lhe o seu próprio nome; mas explicava-o por dois motivos, um doutrinário, outro particular.

— Desde que Humanitas, segundo a minha doutrina, é o princípio da vida e reside em toda a parte, existe também no cão, e este pode assim receber um nome de gente, seja cristão ou muçulmano...

— Bem, mas por que não lhe deu antes o nome de Bernardo? — disse Rubião, com o pensamento em um rival político da localidade.

— Esse agora é o motivo particular. Se eu morrer antes, como presumo, sobreviverei no nome do meu bom cachorro. Riste, não?

Rubião fez um gesto negativo.

— Pois devias rir, meu querido. Porque a imortalidade é o meu lote ou o meu dote, ou como melhor nome haja. Viverei perpetuamente no meu grande livro. Os que, porém, não souberem ler, chamarão Quincas Borba ao cachorro — e o cão, ouvindo o nome, correu à cama. Quincas Borba, comovido, olhou para Quincas Borba:

— Meu pobre amigo! meu bom amigo! meu único amigo!

— Único!

— Desculpa-me, tu também o és, bem sei, e agradeço-te muito; mas a um doente perdoa-se tudo. Talvez esteja começando o meu delírio. Deixa ver o espelho.

Rubião deu-lhe o espelho. O doente contemplou por alguns segundos a cara magra, o olhar febril com que descobria os subúrbios da morte, para onde caminhava a passo lento, mas seguro. Depois, com um sorriso pálido e irônico:

— Tudo o que está cá fora corresponde ao que sinto cá dentro; vou morrer, meu caro Rubião... Não gesticules, vou morrer. E que é morrer, para ficares assim espantado?

— Sei, sei que você tem umas filosofias... Mas falemos do jantar; que há de ser hoje?

Quincas Borba sentou-se na cama, deixando pender as pernas, cuja extraordinária magreza se adivinhava por fora das calças.

— Que é? Que quer? — acudiu Rubião.

— Nada — respondeu o enfermo sorrindo. — Umas filosofias! Com que desdém me dizes isso! Repete, anda, quero ouvir outra vez. Umas filosofias!

— Mas não é por desdém... Pois eu tenho capacidade para desdenhar de filosofias? Digo só que você pode crer que a morte não vale nada, porque terá razões, princípios...

Quincas Borba procurou com os pés as chinelas; Rubião chegou-lhas; ele calçou-as e pôs-se a andar para esticar as pernas. Afagou o cão e acendeu um cigarro. Rubião quis que se agasalhasse, e trouxe-lhe um fraque, um colete, um chambre, um capote, à escolha. Quincas Borba recusou-os com um gesto. Tinha outro ar ago-

ra; os olhos metidos para dentro viam pensar o cérebro. Depois de muitos passos, parou, por alguns segundos, diante de Rubião.

Capítulo VI

— Para entenderes bem o que é a morte e a vida, basta contar-te como morreu minha avó.

— Como foi?
— Senta-te.

Rubião obedeceu, dando ao rosto o maior interesse possível, enquanto Quincas Borba continuava a andar.

— Foi no Rio de Janeiro — começou ele —, defronte da Capela Imperial, que era então Real, em dia de grande festa; minha avó saiu, atravessou o adro para ir ter à cadeirinha, que a esperava no largo do Paço. Gente como formiga. O povo queria ver entrar as grandes senhoras nas suas ricas traquitanas. No momento em que minha avó saía do adro para ir à cadeirinha, um pouco distante, aconteceu espantar-se uma das bestas de uma sege; a besta disparou, a outra imitou-a, confusão, tumulto, minha avó caiu, e tanto as mulas como a sege passaram-lhe por cima. Foi levada em braços para uma botica da rua Direita, veio um sangrador, mas era tarde; tinha a cabeça rachada, uma perna e o ombro partidos, era toda sangue; expirou minutos depois.

— Foi realmente uma desgraça — disse Rubião.
— Não.
— Não?
— Ouve o resto. Aqui está como se tinha passado o caso. O dono da sege estava no adro, e tinha fome, muita fome, porque era tarde, e almoçara cedo e pouco. Dali pôde fazer sinal ao cocheiro; este fustigou as mulas para ir buscar o patrão. A sege no meio do caminho achou um obstáculo e derrubou-o; esse obstáculo era minha avó. O primeiro ato dessa série de atos foi um movimento de conservação; Humanitas tinha fome. Se, em vez de minha avó, fosse um rato ou um cão, é certo que minha avó não morreria, mas o fato era o mesmo; Humanitas precisa comer. Se, em vez de um rato ou de um cão, fosse um poeta, Byron ou Gonçalves Dias, diferia o caso no sentido de dar matéria a muitos necrológios; mas o fundo subsistia. O universo ainda não parou por lhe faltarem alguns poemas mortos em flor na cabeça de um varão ilustre ou obscuro; mas Humanitas (e isto importa, antes de tudo), Humanitas precisa comer.

Rubião escutava, com a alma nos olhos, sinceramente desejoso de entender; mas não dava pela necessidade a que o amigo atribuía a morte da avó. Seguramente o dono da sege, por muito tarde que chegasse a casa, não morria de fome, ao passo que a boa senhora morreu de verdade, e para sempre. Explicou-lhe, como pôde, essas dúvidas, e acabou perguntando-lhe:

— E que Humanitas é esse?
— Humanitas é o princípio. Mas não, não digo nada, tu não és capaz de entender isto, meu caro Rubião; falemos de outra coisa.

— Diga sempre.

Quincas Borba, que não deixara de andar, parou alguns instantes.

— Queres ser meu discípulo?

— Quero.

— Bem, irás entendendo aos poucos a minha filosofia; no dia em que a houveres penetrado inteiramente, ah! nesse dia terás o maior prazer da vida, porque não há vinho que embriague como a verdade. Crê-me, o humanitismo é o remate das coisas; e eu, que o formulei, sou o maior homem do mundo. Olha, vês como o meu bom Quincas Borba está olhando para mim? Não é ele, é Humanitas...

— Mas que Humanitas é esse?

— Humanitas é o princípio. Há nas coisas todas certa substância recôndita e idêntica, um princípio único, universal, eterno, comum, indivisível e indestrutível — ou, para usar a linguagem do grande Camões:

> Uma verdade que nas cousas anda,
> Que mora no visíbil e invisíbil.

Pois essa substância ou verdade, esse princípio indestrutível é que é Humanitas. Assim lhe chamo, porque resume o universo, e o universo é o homem. Vais entendendo?

— Pouco; mas, ainda assim, como é que a morte de sua avó...

— Não há morte. O encontro de duas expansões, ou a expansão de duas formas, pode determinar a supressão de uma delas; mas, rigorosamente, não há morte, há vida, porque a supressão de uma é a condição da sobrevivência da outra, e a destruição não atinge o princípio universal e comum. Daí o caráter conservador e benéfico da guerra. Supõe tu um campo de batatas e duas tribos famintas. As batatas apenas chegam para alimentar uma das tribos, que assim adquire forças para transpor a montanha e ir à outra vertente, onde há batatas em abundância; mas, se as duas tribos dividirem em paz as batatas do campo, não chegam a nutrir-se suficientemente e morrem de inanição. A paz, nesse caso, é a destruição; a guerra é a conservação. Uma das tribos extermina a outra e recolhe os despojos. Daí a alegria da vitória, os hinos, aclamações, recompensas públicas e todos os demais efeitos das ações bélicas. Se a guerra não fosse isso, tais demonstrações não chegariam a dar-se, pelo motivo real de que o homem só comemora e ama o que lhe é aprazível ou vantajoso, e pelo motivo racional de que nenhuma pessoa canoniza uma ação que virtualmente a destrói. Ao vencido, ódio ou compaixão; ao vencedor, as batatas.

— Mas a opinião do exterminado?

— Não há exterminado. Desaparece o fenômeno; a substância é a mesma. Nunca viste ferver água? Hás de lembrar-te que as bolhas fazem-se e desfazem-se de contínuo, e tudo fica na mesma água. Os indivíduos são essas bolhas transitórias.

— Bem; a opinião da bolha...

— Bolha não tem opinião. Aparentemente, há nada mais contristador que uma dessas terríveis pestes que devastam um ponto do globo? E, todavia, esse suposto mal é um benefício, não só porque elimina os organismos fracos, incapazes de resistência, como porque dá lugar à observação, à descoberta da droga curativa. A higiene é filha de podridões seculares; devemo-la a milhões de corrompidos e in-

fectos. Nada se perde, tudo é ganho. Repito, as bolhas ficam na água. Vês este livro? É *D. Quixote*. Se eu destruir o meu exemplar, não elimino a obra, que continua eterna nos exemplares subsistentes e nas edições posteriores. Eterna e bela, belamente eterna, como este mundo divino e supradivino.

Capítulo VII

Quincas Borba calou-se de exausto, e sentou-se ofegante. Rubião acudiu, levando-lhe água e pedindo que se deitasse para descansar; mas o enfermo, após alguns minutos, respondeu que não era nada. Perdera o costume de fazer discursos, é o que era. E, afastando com o gesto a pessoa de Rubião, a fim de poder encará-la sem esforço, empreendeu uma brilhante descrição do mundo e suas excelências. Misturou ideias próprias e alheias, imagens de toda sorte, idílicas, épicas, a tal ponto que Rubião perguntava a si mesmo como é que um homem, que ia morrer dali a dias, podia tratar tão galantemente aqueles negócios.

— Ande repousar um pouco.

Quincas Borba refletiu.

— Não, vou dar um passeio.

— Agora não; você está muito cansado.

— Qual! Passou.

Ergueu-se e pôs paternalmente as mãos sobre os ombros de Rubião.

— Você é meu amigo?

— Que pergunta!

— Diga.

— Tanto ou mais do que este animal — respondeu Rubião, em um arroubo de ternura.

Quincas Borba apertou-lhe as mãos.

— Bem.

Capítulo VIII

No dia seguinte, Quincas Borba acordou com a resolução de ir ao Rio de Janeiro; voltaria no fim de um mês, tinha certos negócios... Rubião ficou espantado. E a moléstia, e o médico? O doente respondeu que o médico era um charlatão, e que a moléstia precisava espairecer, tal qual a saúde. Moléstia e saúde eram dois caroços do mesmo fruto, dois estados de Humanitas.

— Vou a alguns negócios pessoais — concluiu o enfermo — e levo, além disso, um plano tão sublime, que nem mesmo você poderá entendê-lo. Desculpe-me esta franqueza; mas eu prefiro ser franco com você a sê-lo com qualquer outra pessoa.

Rubião fiou do tempo que esse projeto lhe passasse, como tantos outros; mas enganou-se. Acrescia que, em verdade, o doente parecia estar melhorando; não ia à cama, saía à rua, escrevia. No fim de uma semana, mandou chamar o tabelião.

— Tabelião? — repetiu o amigo.

— Sim, quero registrar o meu testamento. Ou vamos lá os dois...

Foram os três, porque o cão não deixava partir o amo e senhor sem acompanhá-lo. Quincas Borba registrou o testamento, com as formalidades do estilo, e tornou tranquilo para casa. Rubião sentia bater-lhe o coração violentamente.

— Está claro que eu não o deixo ir só para a Corte — disse ele ao amigo.

— Não, não é preciso. Demais, Quincas Borba não vai, e não o confio a outra pessoa, senão a você. Deixo a casa como está. Daqui a um mês estou de volta. Vou amanhã; não quero que ele pressinta a minha saída. Cuide dele, Rubião.

— Cuido, sim.

— Jura?

— Por esta luz que me alumia. Então sou alguma criança?

— Dê-lhe leite às horas apropriadas, as comidas todas do costume, e os banhos; e, quando sair a passeio com ele, olhe que não vá fugir. Não, o melhor é que não saia... não saia...

— Vá sossegado.

Quincas Borba chorava pelo outro Quincas Borba. Não quis vê-lo à saída. Chorava deveras; lágrimas de loucura ou de afeição, quaisquer que fossem, ele as ia deixando pela boa terra mineira, como o derradeiro suor de uma alma obscura, prestes a cair no abismo.

Capítulo IX

Horas depois, teve Rubião um pensamento horrível. Podiam crer que ele próprio incitara o amigo à viagem, para o fim de o matar mais depressa, e entrar na posse do legado, se é que realmente estava incluso no testamento. Sentiu remorsos. Por que não empregou todas as forças para contê-lo? Viu o cadáver de Quincas Borba, pálido, hediondo, fitando nele um olhar vingativo; resolveu, se acaso o fatal desfecho se desse em viagem, abrir mão do legado.

Pela sua parte, o cão vivia farejando, ganindo, querendo fugir; não podia dormir quieto, levantava-se muitas vezes, à noite, percorria a casa, e tornava ao seu canto. De manhã, Rubião chamava-o à cama, e o cão acudia alegre; imaginava que era o próprio dono; via depois que não era, mas aceitava as carícias, e fazia-lhe outras, como se Rubião tivesse de levar as suas ao amigo, ou trazê-lo para ali. Demais, havia-se-lhe afeiçoado também, e para ele era a ponte que o ligava à existência anterior. Não comeu durante os primeiros dias. Suportando menos a sede, Rubião pôde alcançar que bebesse leite; foi a única alimentação por algum tempo. Mais tarde, passava as horas calado, triste, enrolado em si mesmo, ou então com o corpo estendido e a cabeça entre as mãos.

Quando o médico voltou, ficou espantado da temeridade do doente; deviam tê-lo impedido de sair; a morte era certa.

— Certa?

— Mais tarde ou mais cedo. Levou o tal cachorro?

— Não, senhor, está comigo; pediu que cuidasse dele, e chorou, olhe que chorou que foi um nunca acabar. Verdade é — disse ainda Rubião para defender o enfermo —, verdade é que o cachorro merece a estima do dono: parece gente.

O médico tirou o largo chapéu de palha para concertar a fita; depois sorriu. Gente? Com que então parecia gente? Rubião insistia, depois explicava; não era gente como a outra gente, mas tinha coisas de sentimento, e até de juízo. Olhe, ia contar-lhe uma...

— Não, homem, não; logo, logo, vou a um doente de erisipela... Se vierem cartas dele, e não forem reservadas, desejo vê-las, ouviu? E lembranças ao cachorro — concluiu saindo.

Algumas pessoas começaram a mofar do Rubião e da singular incumbência de guardar um cão em vez de ser o cão que o guardasse a ele. Vinha a risota, choviam as alcunhas. Em que havia de dar o professor! sentinela de cachorro! Rubião tinha medo da opinião pública. Com efeito, parecia-lhe ridículo; fugia aos olhos estranhos, olhava com fastio para o animal, dava-se ao diabo, arrenegava da vida. Não tivesse a esperança de um legado, pequeno que fosse... Era impossível que lhe não deixasse uma lembrança.

Capítulo X

Sete semanas depois, chegou a Barbacena esta carta, datada do Rio de Janeiro, toda do punho do Quincas Borba:

Meu caro senhor e amigo:

Você há de ter estranhado o meu silêncio. Não lhe tenho escrito por certos motivos particulares etc. Voltarei breve; mas quero comunicar-lhe desde já um negócio reservado, reservadíssimo.

Quem sou eu, Rubião? Sou santo Agostinho. Sei que há de sorrir, porque você é um ignaro, Rubião; a nossa intimidade permitia-me dizer palavra mais crua, mas faço-lhe esta concessão, que é a última. Ignaro!

Ouça, ignaro. Sou santo Agostinho; descobri isso anteontem; ouça e cale-se. Tudo coincide nas nossas vidas. O santo e eu passamos uma parte do tempo nos deleites e na heresia, porque eu considero heresia tudo o que não é a minha doutrina de Humanitas; ambos furtamos, ele, em pequeno, umas peras de Cartago, eu, já rapaz, um relógio do meu amigo Brás Cubas. Nossas mães eram religiosas e castas. Enfim, ele pensava, como eu, que tudo que existe é bom, e assim o demonstra no capítulo XVI, livro VII das *Confissões*, com a diferença que, para ele, o mal é um desvio da vontade, ilusão própria de um século atrasado, concessão ao erro, pois que o mal nem mesmo existe, e só a primeira afirmação é verdadeira; todas as coisas são boas, *omnia bona*, e adeus.

Adeus, ignaro. Não contes a ninguém o que te acabo de confiar, se não queres perder as orelhas. Cala-te, guarda, e agradece a boa fortuna de ter por amigo um grande ho-

mem como eu, embora não me compreendas. Hás de compreender-me. Logo que tornar a Barbacena, dar-te-ei em termos explicados, simples, adequados ao entendimento de um asno, a verdadeira noção do grande homem. Adeus; lembranças ao meu pobre Quincas Borba. Não te esqueças de lhe dar leite; leite e banhos; adeus, adeus... Teu do coração

<div style="text-align:right">Quincas Borba.</div>

Rubião mal sustinha o papel nos dedos. Passados alguns segundos, advertiu que podia ser um gracejo do amigo, e releu a carta; mas a segunda leitura confirmou a primeira impressão. Não havia dúvida; estava doido. Pobre Quincas Borba! Assim, as esquisitices, a frequente alteração de humor, os ímpetos sem motivo, as ternuras sem proporção, não eram mais que prenúncios da ruína total do cérebro. Morria antes de morrer. Tão bom! Tão alegre! Tinha impertinências, é verdade; mas a doença explicava-as. Rubião enxugou os olhos, úmidos de comoção. Depois veio a lembrança do possível legado, e ainda mais o afligiu, por lhe mostrar que bom amigo ia perder.

Quis ainda uma vez ler a carta, agora devagar, analisando as palavras, desconjuntando-as, para ver bem o sentido e descobrir se realmente era uma troça de filósofo. Aquele modo de o descompor, brincando, era conhecido; mas o resto confirmava a suspeita do desastre. Já quase no fim, parou enfiado. Dar-se-ia que, provada a alienação mental do testador, nulo ficaria o testamento, e perdidas as deixas? Rubião teve uma vertigem. Estava ainda com a carta aberta nas mãos, quando viu aparecer o doutor, que vinha por notícias do enfermo; o agente do correio dissera-lhe haver chegado uma carta. Era aquela?

— É esta, mas...

— Tem alguma comunicação reservada?...

— Justamente, traz uma comunicação reservada, reservadíssima; negócios pessoais. Dá licença?

Dizendo isso, Rubião meteu a carta no bolso; o médico saiu; ele respirou. Escapara ao perigo de publicar tão grave documento, por onde se podia provar o estado mental de Quincas Borba. Minutos depois, arrependeu-se, devia ter entregado a carta, sentiu remorsos, pensou em mandá-la à casa do médico. Chamou por um escravo; quando este acudiu, já ele mudara outra vez de ideia; considerou que era imprudência; o doente viria em breve — dali a dias —, perguntaria pela carta, argui-lo-ia de indiscreto, de delator... Remorsos fáceis, de pouca dura.

— Não quero nada — disse ao escravo. E outra vez pensou no legado. Calculou o algarismo. Menos de dez contos, não. Compraria um pedaço de terra, uma casa, cultivaria isto ou aquilo, ou lavraria ouro. O pior é se era menos, cinco contos... Cinco? Era pouco; mas, enfim, talvez não passasse disso. Cinco que fossem, era um arranjo menor, e antes menor que nada. Cinco contos... Pior seria se o testamento ficasse nulo. Vá, cinco contos!

Capítulo XI

No começo da semana seguinte, recebendo os jornais da Corte (ainda assinaturas do Quincas Borba), leu Rubião esta notícia em um deles:

> Faleceu ontem o sr. Joaquim Borba dos Santos, tendo suportado a moléstia com singular filosofia. Era homem de muito saber, e cansava-se em batalhar contra esse pessimismo amarelo e enfezado que ainda nos há de chegar aqui um dia; é a moléstia do século. A última palavra dele foi que a dor era uma ilusão, e que Pangloss não era tão tolo como o inculcou Voltaire... Já então delirava. Deixa muitos bens. O testamento está em Barbacena.

Capítulo XII

— Acabou de sofrer! — suspirou Rubião.

Em seguida, atentando na notícia, viu que falava de um homem que tinha apreço, consideração, a quem se atribuía uma peleja filosófica. Nenhuma alusão à demência. Ao contrário, o final dizia que ele delirara a última hora, efeito da moléstia. Ainda bem! Rubião leu novamente a carta, e a hipótese da troça pareceu outra vez mais verossímil. Concordou que ele tinha graça; com certeza, quis debicá-lo; foi a santo Agostinho, como iria a santo Ambrósio ou a santo Hilário, e escreveu uma carta enigmática, para confundi-lo, até voltar a rir-se do logro. Pobre amigo! Estava são — são e morto. Sim, já não padecia nada. Vendo o cachorro, suspirou:

— Coitado do Quincas Borba! Se pudesse saber que o senhor morreu...

Depois, consigo:

"Agora, que já acabou a obrigação, vou dá-lo à comadre Angélica."

Capítulo XIII

A notícia correra a cidade; o vigário, o farmacêutico da casa, o médico, todos mandaram saber se era verdadeira. O agente do correio, que a lera nas folhas, trouxe em mão própria ao Rubião uma carta que viera na mala para ele; podia ser do finado, conquanto a letra do sobrescrito fosse outra.

— Então afinal o homem espichou a canela? — disse ele, enquanto Rubião abria a carta, corria à assinatura e lia: *Brás Cubas*. Era um simples bilhete:

> O meu pobre amigo Quincas Borba faleceu ontem em minha casa, onde apareceu há tempos esfrangalhado e sórdido: frutos da doença. Antes de morrer pediu-me que lhe escrevesse, que lhe desse particularmente esta notícia, e muitos agradecimentos; que o resto se faria segundo as praxes do foro.

Os agradecimentos fizeram empalidecer o professor; mas as praxes do foro restituíram-lhe o sangue. Rubião fechou a carta sem dizer nada; o agente falou de uma coisa e outra, depois saiu. Rubião ordenou a um escravo que levasse o cachorro de presente à comadre Angélica, dizendo-lhe que, como gostava de bichos, lá ia mais um; que o tratasse bem, porque ele estava acostumado a isso; finalmente que o nome do cachorro era o mesmo que o do dono, agora morto, Quincas Borba.

Capítulo XIV

Quando o testamento foi aberto, Rubião quase caiu para trás. Adivinhas por quê. Era nomeado herdeiro universal do testador. Não cinco, nem dez, nem vinte contos, mas tudo, o capital inteiro, especificados os bens, casas na Corte, uma em Barbacena, escravos, apólices, ações do Banco do Brasil e de outras instituições, joias, dinheiro amoedado, livros — tudo finalmente passava às mãos do Rubião, sem desvios, sem deixas a nenhuma pessoa, nem esmolas, nem dívidas. Uma só condição havia no testamento, a de guardar o herdeiro consigo o seu pobre cachorro Quincas Borba, nome que lhe deu por motivo da grande afeição que lhe tinha. Exigia do dito Rubião que o tratasse como se fosse a ele próprio testador, nada poupando em seu benefício, resguardando-o de moléstias, de fugas, de roubo ou de morte que lhe quisessem dar por maldade; cuidar finalmente como se cão não fosse, mas pessoa humana. Item, impunha-lhe a condição, quando morresse o cachorro, de lhe dar sepultura decente, em terreno próprio, que cobriria de flores e plantas cheirosas; e mais desenterraria os ossos do dito cachorro, quando fosse tempo idôneo, e os recolheria a uma urna de madeira preciosa para depositá-los no lugar mais honrado da casa.

Capítulo XV

Tal era a cláusula. Rubião achou-a natural, posto que só tivesse pensamento para cuidar na herança. Espreitara uma deixa, e sai-lhe do testamento a massa toda dos bens. Não podia acabar de crer; foi preciso que lhe apertassem muito as mãos, com força — a força dos parabéns —, para não supor que era mentira.

— Sim, senhor, lavre um tento — dizia-lhe o dono da farmácia que ministrara os remédios a Quincas Borba.

Herdeiro já era muito; mas universal... Essa palavra inchava as bochechas à herança. Herdeiro de tudo, nem uma colherinha menos. E quanto seria tudo?, ia ele pensando. Casas, apólices, ações, escravos, roupa, louça, alguns quadros, que ele teria na Corte, porque era homem de muito gosto, tratava de coisas de arte com grande saber. E livros? devia ter muitos livros, citava muitos deles. Mas em quanto andaria tudo? Cem contos? Talvez duzentos. Era possível; trezentos mesmo não ha-

via que admirar. Trezentos contos! trezentos! E o Rubião tinha ímpetos de dançar na rua. Depois aquietava-se; duzentos que fossem, ou cem, era um sonho que Deus Nosso Senhor lhe dava, mas um sonho comprido, para não acabar mais.

A lembrança do cachorro pôde tomar pé no torvelinho de pensamentos que iam pela cabeça do nosso homem. Rubião achava que a cláusula era natural, mas desnecessária, porque ele e o cão eram dois amigos, e nada mais certo que ficarem juntos, para recordar o terceiro amigo, o extinto, o autor da felicidade de ambos. Havia, sem dúvida, umas particularidades na cláusula, uma história de urna, e não sabia que mais; mas tudo se havia de cumprir, ainda que o céu viesse abaixo... Não, com a ajuda de Deus, emendava ele. Bom cachorro! excelente cachorro!

Rubião não esquecia que muitas vezes tentara enriquecer com empresas que morreram em flor. Supôs-se naquele tempo um desgraçado, um caipora, quando a verdade era que "mais vale quem Deus ajuda do que quem cedo madruga". Tanto não era impossível enriquecer, que estava rico.

— Impossível, o quê? — exclamou em voz alta. — Impossível é a Deus pecar. Deus não falta a quem promete.

Ia assim, descendo e subindo as ruas da cidade, sem guiar para casa, sem plano, com o sangue aos pulos. De repente, surgiu-lhe este grave problema: — se iria viver no Rio de Janeiro, ou se ficaria em Barbacena. Sentia cócegas de ficar, de brilhar onde escurecia, de quebrar a castanha na boca aos que antes faziam pouco caso dele, e principalmente aos que se riram da amizade do Quincas Borba. Mas logo depois, vinha a imagem do Rio de Janeiro, que ele conhecia, com os seus feitiços, movimento, teatros em toda a parte, moças bonitas, "vestidas à francesa". Resolveu que era melhor, podia subir muitas e muitas vezes à cidade natal.

Capítulo XVI

— Quincas Borba! Quincas Borba! eh! Quincas Borba! — bradou entrando em casa.

Nada de cachorro. Só então é que ele se lembrou de havê-lo mandado dar à comadre Angélica. Correu à casa da comadre, que era distante. De caminho acudiram-lhe todas as ideias feias, algumas extraordinárias. Uma ideia feia é que o cão tivesse fugido. Outra, extraordinária, é que algum inimigo, sabedor da cláusula e do presente, fosse ter com a comadre, roubasse o cachorro, e o escondesse ou matasse. Nesse caso, a herança... Passou-lhe uma nuvem pelos olhos; depois começou a ver mais claro.

"Não conheço negócios de justiça", pensava ele, "mas parece que não tenho nada com isso. A cláusula supõe o cão vivo ou em casa; mas, se ele fugir ou morrer, não se há de inventar um cão; logo, a intenção principal... Mas são capazes de fazer chicana os meus inimigos. Não cumprida a cláusula..."

Aqui a testa e as costas das mãos do nosso amigo ficaram em água. Outra nuvem pelos olhos. E o coração batia-lhe rápido, rápido. A cláusula começava a parecer-lhe extravagante. Rubião pegava-se com os santos, prometia missas, dez mis-

sas... Mas lá estava a casa da comadre. Rubião picou o passo; viu alguém; era ela? era, era ela, encostada à porta e rindo.

— Que figura que o senhor vem fazendo, meu compadre? Meio tonto, jogando com os braços.

Capítulo XVII

— Sinhá comadre, o cachorro? — perguntou Rubião com indiferença, mas pálido.

— Entre, e abanque-se — respondeu ela. — Que cachorro?

— Que cachorro? — tornou Rubião, cada vez mais pálido. — O que lhe mandei. Pois não se lembra que lhe mandei um cachorro para ficar aqui alguns dias, descansando, a ver se... em suma, um animal de muita estimação. Não é meu. Veio para... Mas não se lembra?

— Ah! não me fale nesse bicho! — respondeu ela, precipitando as palavras.

Era pequena, tremia por qualquer coisa, e quando se apaixonava, engrossavam-lhe as veias do pescoço. Repetiu que lhe não falasse no bicho.

— Mas que lhe fez ele, sinhá comadre?

— Que me fez? Que é que me faria o pobre animal? Não come nada, não bebe, chora que parece gente, e anda só com o olho para fora, a ver se foge.

Rubião respirou. Ela continuou a dizer os enfadamentos do cachorro; ele, ansioso, queria vê-lo.

— Está lá no fundo, no cercado grande; está sozinho para que os outros não bulam com ele. Mas o compadre vem buscá-lo? Não foi isso o que disseram. Pareceu-me ouvir que era para mim, que era dado.

— Daria cinco ou seis, se pudesse — respondeu Rubião. — Esse não posso; sou apenas depositário. Mas deixe estar, prometo-lhe um filho. Creia que o recado veio torto.

Rubião ia andando; a comadre, em vez de o guiar, acompanhava-o. Lá estava o cão, dentro do cercado, deitado à distância de um alguidar de comida. Cães, aves, saltavam de todos os lados, cá fora; a um lado havia um galinheiro; mais longe, porcos; mais longe ainda, uma vaca deitada, sonolenta, com duas galinhas ao pé, que lhe picavam a barriga, arrancando carrapato.

— Olhe o meu pavão! — dizia a comadre.

Mas Rubião tinha os olhos no Quincas Borba, que farejava impaciente, e que se atirou para ele, logo que um moleque abriu a porta do cercado. Foi uma cena de delírio; o cachorro pagava as carícias do Rubião, latindo, pulando, beijando-lhe as mãos.

— Meu Deus! que amizade!

— Não imagina, sinhá comadre. Adeus, prometo-lhe um filho.

Capítulo XVIII

Rubião e o cachorro, entrando em casa, sentiram, ouviram a pessoa e as vozes do finado amigo. Enquanto o cachorro farejava por toda a parte, Rubião foi sentar-se na cadeira, onde estivera quando Quincas Borba referiu a morte da avó com explicações científicas. A memória dele recompôs, ainda que de embrulho e esgarçadamente, os argumentos do filósofo. Pela primeira vez, atentou bem na alegoria das tribos famintas e compreendeu a conclusão: "Ao vencedor, as batatas!". Ouviu distintamente a voz roufenha do finado expor a situação das tribos, a luta e a razão da luta, o extermínio de uma e a vitória da outra, e murmurou baixinho:

— Ao vencedor, as batatas!

Tão simples! tão claro! Olhou para as calças de brim surrado e o rodaque cerzido, e notou que até há pouco fora, por assim dizer, um exterminado, uma bolha; mas que ora não, era um vencedor. Não havia dúvida; as batatas fizeram-se para a tribo que elimina a outra, a fim de transpor a montanha e ir às batatas do outro lado. Justamente o seu caso. Ia descer de Barbacena para arrancar e comer as batatas da capital. Cumpria-lhe ser duro e implacável, era poderoso e forte. E levantando-se de golpe, alvoroçado, ergueu os braços exclamando:

— Ao vencedor, as batatas!

Gostava da fórmula, achava-a engenhosa, compendiosa e eloquente, além de verdadeira e profunda. Ideou as batatas em suas várias formas, classificou-as pelo sabor, pelo aspecto, pelo poder nutritivo, fartou-se de antemão do banquete da vida. Era tempo de acabar com as raízes pobres e secas, que apenas enganavam o estômago, triste comida de longos anos; agora o farto, o sólido, o perpétuo, comer até morrer, e morrer em colchas de seda, que é melhor que trapos. E voltava à afirmação de ser duro e implacável, e à fórmula da alegoria. Chegou a compor de cabeça um sinete para seu uso, com este lema: Ao vencedor, as batatas.

Esqueceu o projeto do sinete; mas a fórmula viveu no espírito de Rubião por alguns dias: — Ao vencedor, as batatas! Não a compreenderia antes do testamento; ao contrário, vimos que a achou obscura e sem explicação. Tão certo é que a paisagem depende do ponto de vista, e que o melhor modo de apreciar o chicote é ter-lhe o cabo na mão.

Capítulo XIX

Não esqueça dizer que Rubião tomou a si mandar dizer uma missa por alma do finado, embora soubesse ou pressentisse que ele não era católico. Quincas Borba não dizia pulhices a respeito de padres, nem desconceituava doutrinas católicas; mas não falava nem da Igreja nem dos seus servos. Por outro lado, a veneração de Humanitas fazia desconfiar ao herdeiro que essa era a religião do testador. Não obstante, mandou dizer a missa, considerando que não era ato da vontade do morto, mas prece de

vivos; considerou mais que seria um escândalo na cidade se ele, nomeado herdeiro pelo defunto, deixasse de dar ao seu protetor os sufrágios que não se negam aos mais miseráveis e avaros deste mundo.

Se algumas pessoas deixaram de comparecer, para não assistir à glória do Rubião, muitas outras foram — e não da ralé —, as quais viram a compunção verdadeira do antigo mestre de meninos.

Capítulo XX

Regulados os preliminares para a liquidação da herança, Rubião tratou de vir ao Rio de Janeiro, onde se fixaria, logo que tudo estivesse acabado. Havia que fazer em ambas as cidades; mas as coisas prometiam correr depressa.

Capítulo XXI

Na estação de Vassouras, entraram no trem Sofia e o marido, Cristiano de Almeida e Palha. Este era um rapagão de trinta e dois anos; ela ia entre vinte e sete e vinte e oito. Vieram sentar-se nos dois bancos fronteiros ao do Rubião, acomodaram as cestinhas e embrulhos de lembranças que traziam de Vassouras, onde tinham ido passar uma semana; abotoaram o guarda-pó, trocaram algumas palavras, baixo.

Depois que o trem continuou a andar, foi que o Palha reparou na pessoa de Rubião, cujo rosto, entre tanta gente carrancuda ou aborrecida, era o único plácido e satisfeito. Cristiano foi o primeiro que travou conversa, dizendo-lhe que as viagens de estrada de ferro cansavam muito, ao que Rubião respondeu que sim; para quem estava acostumado à costa de burro, acrescentou, a estrada de ferro cansava e não tinha graça; não se podia negar, porém, que era um progresso...

— Decerto — concordou o Palha. — Progresso e grande.

— O senhor é lavrador?

— Não, senhor.

— Mora na cidade?

— De Vassouras? Não; viemos aqui passar uma semana. Moro mesmo na Corte. Não teria jeito para lavrador, conquanto ache que é uma posição boa e honrada.

Da lavoura passaram ao gado, à escravatura e à política. Cristiano Palha maldisse o governo, que introduzira na fala do trono uma palavra relativa à propriedade servil; mas, com grande espanto seu, Rubião não acudiu à indignação. Era plano deste vender os escravos que o testador lhe deixara, exceto um pajem; se alguma coisa perdesse, o resto da herança cobriria o desfalque. Demais, a fala do trono, que ele também lera, mandava respeitar a propriedade atual. Que lhe importavam escravos futuros, se os não compraria? O pajem ia ser forro, logo que ele entrasse na posse dos bens.

Palha desconversou, e passou à política, às câmaras, à guerra do Paraguai, tudo assuntos gerais, ao que Rubião atendia, mais ou menos. Sofia escutava apenas; movia tão-somente os olhos, que sabia bonitos, fitando-os ora no marido, ora no interlocutor.

— Vai ficar na Corte ou volta para Barbacena? — perguntou o Palha no fim de vinte minutos de conversação.

— Meu desejo é ficar, e fico mesmo — acudiu Rubião —; estou cansado da província; quero gozar a vida. Pode ser até que vá à Europa, mas não sei ainda.

Os olhos do Palha brilharam instantaneamente.

— Faz muito bem; eu faria o mesmo, se pudesse; por agora, não posso. Provavelmente, já lá foi?

— Nunca fui. É por isso que tive cá umas ideias, ao sair de Barbacena; ora adeus! é preciso a gente tirar a morrinha do corpo. Não sei ainda quando será; mas hei de...

— Tem razão. Dizem que há lá muita coisa esplêndida; não admira, são mais velhos que nós; mas lá chegaremos; e há coisas em que estamos a par deles, e até acima. A nossa Corte, não digo que possa competir com Paris ou Londres, mas é bonita, verá...

— Já vi.

— Já?

— Há muitos anos.

— Há de achá-la melhor; tem feito progressos rápidos. Depois, quando for à Europa...

— A senhora já foi à Europa? — interrompeu Rubião, dirigindo-se a Sofia.

— Não, senhor.

— Esqueceu-me apresentar-lhe minha mulher — acudiu Cristiano. Rubião inclinou-se respeitosamente; e, voltando-se para o marido, disse-lhe sorrindo:

— Mas não me apresenta a mim?

Palha sorriu também; entendeu que nenhum deles sabia o nome um do outro, e deu-se pressa em dizer o seu.

— Cristiano de Almeida e Palha.

— Pedro Rubião de Alvarenga; mas Rubião é como todos me chamam.

A troca dos nomes pô-los ainda mais a gosto. Sofia não interveio, porém, na conversa; afrouxou a rédea aos olhos, que se deixaram ir ao sabor de si mesmos. Rubião falava, risonho, e ouvia atento as palavras do Palha, agradecido da amizade com que o tratava um moço que ele nunca tinha visto. Chegou a dizer-lhe que bem podiam ir juntos à Europa.

— Oh! eu não poderei ir nestes primeiros anos — respondeu o Palha.

— Também não digo já; eu não irei tão cedo. O desejo que me deu, quando saí de Barbacena, foi simples desejo, sem prazo; irei, não há dúvida, mas lá para diante, quando Deus quiser.

Palha acudiu, rápido:

— Ah! eu, quando digo que só daqui a anos, acrescento também que a vontade de Deus pode ordenar o contrário. Quem sabe se daqui a meses? A Divina Providência é que manda o melhor.

O gesto que acompanhou estas palavras era convicto e pio; mas nem Sofia o viu (olhava para os pés), nem o próprio Rubião escutou as últimas palavras. O nosso

amigo estava morto por dizer a causa que o trazia à capital. Tinha a boca cheia da confidência, prestes a entorná-la no ouvido do companheiro de viagem — e só por um resto de escrúpulo, já frouxo, é que ainda a retinha. E por que retê-la, se não era crime, e ia ser caso público?

— Tenho de cuidar primeiro de um inventário — murmurou finalmente.
— O senhor seu pai?
— Não; um amigo. Um grande amigo, que se lembrou de fazer-me seu herdeiro universal.
— Ah!
— Universal. Creia que há amigos neste mundo; como aquele, poucos. Aquilo era ouro. E que cabeça! que inteligência! que instrução! Viveu doente os últimos tempos, donde lhe veio alguma impertinência, alguns caprichos. Sabe, não? rico e doente, sem família, tinha naturalmente exigências... Mas ouro puro, ouro de lei. Aquilo quando estimava, estimava de uma vez. Éramos amigos, e não me disse nada. Vai um dia, quando morreu, abriu-se o testamento, e achei-me com tudo. É verdade. Herdeiro universal! Olhe que não há uma deixa no testamento para outra pessoa. Também não tinha parente. O único parente que teria seria eu, se ele chegasse a casar com uma irmã minha, que morreu, coitada! Fiquei só amigo; mas, ele soube ser amigo, não acha?
— Seguramente — afirmou o Palha.

Já os olhos deste não brilhavam, refletiam profundamente. Rubião metera-se por um mato cerrado, onde lhe cantavam todos os passarinhos da fortuna; regalava-se em falar da herança; confessou que não sabia ainda a soma total, mas podia calcular por longe...

— O melhor é não calcular nada — atalhou Cristiano. — Nunca será menos de cem contos?
— Upa!
— Pois daí para cima, é esperar calado. E outra coisa...
— Creio que não menos de trezentos...
— Outra coisa. Não repita o seu caso a pessoas estranhas. Agradeço-lhe a confiança que lhe mereci, mas não se exponha ao primeiro encontro. Discrição e caras serviçais nem sempre andam juntas.

Capítulo XXII

Chegados à estação da Corte, despediram-se quase familiarmente. Palha ofereceu a sua casa em Santa Teresa; o ex-professor ia para a Hospedaria União, e prometeram visitar-se.

Capítulo XXIII

No dia seguinte, estava Rubião ansioso por ter ao pé de si o recente amigo da estrada de ferro, e determinou ir a Santa Teresa, à tarde; mas foi o próprio Palha que o procurou logo de manhã. Ia cumprimentá-lo, ver se estava bem ali, ou se preferia a casa dele, que ficava no alto. Rubião não aceitou a casa, mas aceitou o advogado, um contraparente do Palha, que este lhe indicou, como um dos primeiros, apesar de muito moço.

— É aproveitá-lo, enquanto ele não exige que lhe paguem a fama.

Rubião fê-lo almoçar, e acompanhou-o ao escritório do advogado, apesar dos protestos do cão, que queria ir também. Tudo se ajustou.

— Vá jantar logo comigo, em Santa Teresa — disse o Palha, ao despedir-se. — Não tem que hesitar, lá o espero — concluiu retirando-se.

Capítulo XXIV

Rubião tinha vexame, por causa de Sofia; não sabia haver-se com senhoras. Felizmente, lembrou-se da promessa que a si mesmo fizera, de ser forte e implacável. Foi jantar. Abençoada resolução! Onde acharia iguais horas? Sofia era, em casa, muito melhor que no trem de ferro. Lá vestia a capa, embora tivesse os olhos descobertos; cá trazia à vista os olhos e o corpo, elegantemente apertado em um vestido de cambraia, mostrando as mãos que eram bonitas, e um princípio de braço. Demais, aqui era a dona da casa, falava mais, desfazia-se em obséquios; Rubião desceu meio tonto.

Capítulo XXV

Jantou lá muitas vezes. Era tímido e acanhado. A frequência atenuou a impressão dos primeiros dias. Mas trazia sempre guardado, e mal guardado, certo fogo particular, que ele não podia extinguir. Enquanto durou o inventário, e principalmente a denúncia dada por alguém contra o testamento, alegando que o Quincas Borba, por manifesta demência, não podia testar, o nosso Rubião distraiu-se; mas a denúncia foi destruída, e o inventário caminhou rapidamente para a conclusão. Palha festejou o acontecimento com um jantar em que tomaram parte, além dos três, o advogado, o procurador e o escrivão. Sofia tinha nesse dia os mais belos olhos do mundo.

Capítulo XXVI

"Parece que ela os compra em alguma fábrica misteriosa", pensou Rubião, descendo o morro; "nunca os vi como hoje".

Seguiu-se a mudança para a casa de Botafogo, uma das herdadas; foi preciso alfaiá-la, e ainda aqui o amigo Palha prestou grandes serviços ao Rubião, guiando-o com o gosto, com a notícia, acompanhando-o às lojas e leilões. Às vezes, como já sabemos, iam os três; porque há coisas, dizia graciosamente Sofia, que só uma senhora escolhe bem. Rubião aceitava agradecido, e demorava o mais que podia as compras, consultando sem propósito, inventando necessidades, tudo para ter mais tempo a moça ao pé de si. Esta deixava-se estar, falando, explicando, demonstrando.

Capítulo XXVII

Tudo isso passava agora pela cabeça do Rubião, depois do café, no mesmo lugar em que o deixamos sentado, a olhar para longe, muito longe. Continuava a bater com as borlas do chambre. Afinal lembrou-se de ir ver o Quincas Borba, e soltá-lo. Era a sua obrigação de todos os dias. Levantou-se e foi ao jardim, ao fundo.

Capítulo XXVIII

"Mas que pecado é esse que me persegue?", pensava ele andando. "Ela é casada, dá-se bem com o marido, o marido é meu amigo, tem-me confiança, como ninguém... Que tentações são estas?"

Parava, e as tentações paravam também. Ele, um santo Antão leigo, diferença-va-se do anacoreta em amar as sugestões do Diabo, uma vez que teimassem muito. Daí a alternação dos monólogos:

"É tão bonita! e parece querer-me tanto! Se aquilo não é gostar, não sei o que seja gostar. Aperta-me a mão com tanto agrado, com tanto calor... Não posso afastar-me; ainda que eles me deixem, eu é que não resisto."

Quincas Borba sentiu-lhe os passos, e começou a latir. Rubião deu-se pressa em soltá-lo; era soltar-se a si mesmo por alguns instantes daquela perseguição.

— Quincas Borba! — exclamou, abrindo-lhe a porta.

O cão atirou-se fora. Que alegria! que entusiasmo! que saltos em volta do amo! chega a lamber-lhe a mão de contente, mas Rubião dá-lhe um tabefe, que lhe dói; ele recua um pouco, triste, com a cauda entre as pernas; depois o senhor dá um estalinho com os dedos, e ei-lo que volta novamente com a mesma alegria.

— Sossega! sossega!

Quincas Borba vai atrás dele pelo jardim fora, contorna a casa, ora andando, ora aos saltos. Saboreia a liberdade, mas não perde o amo de vista. Aqui fareja, ali para a coçar uma orelha, acolá cata uma pulga na barriga, mas de um salto galga o espaço e o tempo perdido, e cose-se outra vez com os calcanhares do senhor. Parece-lhe que Rubião não pensa em outra coisa, que anda agora de um lado para outro unicamente para fazê-lo andar também, e recuperar o tempo em que esteve retido. Quando Rubião estaca, ele olha para cima, à espera; naturalmente, cuida dele; é algum projeto, saírem juntos ou coisa assim agradável. Não lhe lembra nunca a possibilidade de um pontapé ou de um tabefe. Tem o sentimento da confiança, e muito curta a memória das pancadas. Ao contrário, os afagos ficam-lhe impressos e fixos, por mais distraídos que sejam. Gosta de ser amado. Contenta-se de crer que o é.

A vida ali não é completamente boa nem completamente má. Há um moleque que o lava todos os dias em água fria, usança do diabo, a que ele se não acostuma. Jean, o cozinheiro, gosta do cão, o criado espanhol não gosta nada. Rubião passa muitas horas fora de casa, mas não o trata mal, e consente que vá acima, que assista ao almoço e ao jantar, que o acompanhe à sala ou ao gabinete. Brinca às vezes com ele; fá-lo pular. Se chegam visitas de alguma cerimônia, manda-o levar para dentro ou para baixo e, resistindo ele sempre, o espanhol toma-o a princípio com muita delicadeza, mas vinga-se daí a pouco, arrastando-o por uma orelha ou por uma perna, atira-o ao longe, e fecha-lhe todas as comunicações com a casa:

— *Perro del infierno!*

Machucado, separado do amigo, Quincas Borba vai então deitar-se a um canto, e fica ali muito tempo, calado; agita-se um pouco, até que acha posição definitiva, e cerra os olhos. Não dorme, recolhe as ideias, combina, relembra; a figura vaga do finado amigo passa-lhe acaso ao longe, muito ao longe, aos pedaços, depois mistura-se à do amigo atual, e parecem ambas uma só pessoa; depois outras ideias...

Mas já são muitas ideias — são ideias demais; em todo caso são ideias de cachorro, poeira de ideias — menos ainda que poeira, explicará o leitor. Mas a verdade é que esse olho que se abre de quando em quando para fixar o espaço tão expressivamente, parece traduzir alguma coisa, que brilha lá dentro, lá muito ao fundo de outra coisa que não sei como diga, para exprimir uma parte canina, que não é a cauda nem as orelhas. Pobre língua humana!

Afinal adormece. Então as imagens da vida brincam nele, em sonho, vagas, recentes, farrapo daqui, remendo dali. Quando acorda, esqueceu o mal; tem em si uma expressão, que não digo seja melancolia, para não agravar o leitor. Diz-se de uma paisagem que é melancólica, mas não se diz igual coisa de um cão. A razão não pode ser outra senão que a melancolia da paisagem está em nós mesmos, enquanto que atribuí-la ao cão é deixá-la fora de nós. Seja o que for, é alguma coisa que não a alegria de há pouco; mas venha um assobio do cozinheiro, ou um gesto do senhor, e lá vai tudo embora, os olhos brilham, o prazer arregaça-lhe o focinho, e as pernas voam que parecem asas.

Capítulo XXIX

Rubião passou o resto da manhã alegremente. Era domingo; dois amigos vieram almoçar com ele: um rapaz de vinte e quatro anos, que roía as primeiras aparas dos bens da mãe, e um homem de quarenta e quatro ou quarenta e seis, que não tinha que roer.

Carlos Maria chamava-se o primeiro, Freitas o segundo. Rubião gostava de ambos, mas diferentemente; não era só a idade que o ligava mais ao Freitas, era também a índole desse homem. Freitas elogiava tudo, saudava cada prato e cada vinho com uma frase particular, delicada, e saía de lá com as algibeiras cheias de charutos, provando assim que os preferia a quaisquer outros. Tinha-lhe sido apresentado em certo armazém da rua Municipal, onde jantaram uma vez juntos. Contaram-lhe ali a história do homem, a sua boa e má fortuna, mas não entraram em particularidades. Rubião torceu o nariz; era naturalmente algum náufrago, cuja convivência não lhe traria nenhum prazer pessoal nem consideração pública. Mas o Freitas atenuou logo essa primeira impressão: era vivo, interessante, anedótico, alegre como um homem que tivesse cinquenta contos de renda. Como Rubião falasse das bonitas rosas que possuía, ele pediu-lhe licença para ir vê-las: era doido por flores. Poucos dias depois apareceu lá, disse que ia ver as belas rosas, eram poucos minutos, não se incomodasse o Rubião, se tinha que fazer. Rubião, ao contrário, gostou de ver que o homem não se esquecera da conversação, desceu ao jardim onde ele ficara esperando, e foi mostrar-lhe as rosas. Freitas achou-as admiráveis; examinava-as com tal afinco que era preciso arrancá-lo de uma roseira para levá-lo a outra. Sabia o nome de todas, e ia apontando muitas espécies que o Rubião não tinha nem conhecia — apontando e descrevendo, assim e assim, deste tamanho (indicava o tamanho abrindo e arredondando o dedo polegar e o índex), e depois nomeava as pessoas que possuíam bons exemplares. Mas as do Rubião eram das melhores espécies; esta, por exemplo, era rara, e aquela também etc. O jardineiro ouvia-o com espanto. Tudo examinado, disse Rubião:

—Venha tomar alguma coisa. Que há de ser?

Freitas contentou-se com qualquer coisa. Chegando acima, achou a casa muito bem posta. Examinou os bronzes, os quadros, os móveis, olhou para o mar.

— Sim, senhor! — disse ele. — O senhor vive como um fidalgo.

Rubião sorriu; fidalgo, ainda por comparação, é palavra que se ouve bem. Veio o criado espanhol com a bandeja de prata, vários licores e cálices, e foi um bom momento para Rubião. Ofereceu, ele mesmo, este ou aquele licor; recomendou afinal um que lhe deram como superior a tudo que, em tal ramo, poderia existir no mercado. Freitas sorriu incrédulo.

— Talvez seja encarecimento — disse ele.

Tomou o primeiro trago, saboreou-o devagar, depois segundo, depois terceiro. No fim, pasmado, confessou que era um primor. Onde é que comprara aquilo? Rubião respondeu que um amigo, dono de um grande armazém de vinhos, o presenteara com uma garrafa; ele, porém, gostou tanto que já encomendara três dúzias. Não tardou que se estreitassem as relações. E o Freitas vai ali almoçar ou jantar muitas vezes — mais vezes ainda do que quer ou pode —, porque é difícil resistir a um homem tão obsequioso, tão amigo de ver caras amigas.

Capítulo XXX

Rubião perguntou-lhe uma vez:

— Diga-me, senhor Freitas, se me desse na cabeça ir à Europa, o senhor era capaz de acompanhar-me?

— Não.

— Por que não?

— Porque eu sou amigo livre, e bem podia ser que discordássemos logo no itinerário.

— Pois tenho pena, porque o senhor é alegre.

— Engana-se, senhor; trago esta máscara risonha, mas eu sou triste. Sou um arquiteto de ruínas. Iria primeiro às ruínas de Atenas; depois ao teatro, ver o *Pobre das ruínas*, um drama de lágrimas; depois, aos tribunais de falências, onde os homens arruinados...

E Rubião ria-se; gostava daqueles modos expansivos e francos.

Capítulo XXXI

Queres o avesso disso, leitor curioso? Vê este outro convidado para o almoço, Carlos Maria. Se aquele tem os modos "expansivos e francos" — no bom sentido laudatório —, claro é que ele os tem contrários. Assim, não te custará nada vê-lo entrar na sala, lento, frio e superior, ser apresentado ao Freitas, que já o mandou cordialmente ao diabo por causa da demora (é perto do meio-dia), corteja-o agora rasgadamente, com grandes aleluias íntimas.

Também podes ver por ti mesmo que o nosso Rubião, se gosta mais do Freitas, tem o outro em maior consideração; esperou-o até agora, e esperá-lo-ia até amanhã. Carlos Maria é que não tem consideração a nenhum deles. Examinai-o bem; é um galhardo rapaz de olhos grandes e plácidos, muito senhor de si, ainda mais senhor dos outros. Olha de cima; não tem o riso jovial, mas escarninho. Agora, ao sentar-se à mesa, ao pegar no talher, ao abrir o guardanapo, em tudo se vê que ele está fazendo um insigne favor ao dono da casa — talvez dois: o de lhe comer o almoço, e o de lhe não chamar pascácio.

E, malgrado essa disparidade de caracteres, o almoço foi alegre. Freitas devorava, com alguma pausa é certo — e, confessando a si mesmo que o almoço, se tivesse vindo à hora marcada (onze), talvez não trouxesse o mesmo sabor. Agora orçava pelos primeiros bocados que acodem à fome do náufrago. Ao cabo de uns dez minutos, pôde começar a falar, cheio de riso, multiplicando-se em gestos e olhares, desfiando um rosário de ditos agudos e anedotas picarescas. Carlos Maria ouviu a maior parte deles com seriedade, para humilhá-lo, a ponto que Rubião, que realmente achava graça no Freitas, já não ousava rir. Para o fim do almoço, Carlos Maria afrouxou um tanto a gravata do espírito, expandiu-se, referiu algumas aventuras

amorosas de outros; Freitas, para lisonjeá-lo, pediu-lhe uma ou duas dele mesmo. Carlos Maria estourou de riso.

— Que papel quer o senhor que eu faça? — disse ele.

Freitas explicou-se; não era uma apologia, eram fatos, pedia-lhe fatos; não havia inconveniente, nem ninguém era capaz de supor...

— O senhor dá-se bem com a residência aqui em Botafogo? — interrompeu Carlos Maria, dirigindo-se ao dono da casa.

Freitas, interrompido, mordeu os beiços, e, pela segunda vez, mandou o moço ao diabo. Colou-se ao espaldar, teso, grave, olhando para um painel da parede. Rubião respondeu que se dava bem, que a praia era linda.

— A vista é bonita, mas nunca pude tolerar o mau cheiro que há aqui, em certas ocasiões — disse Carlos Maria. — Que lhe parece? — continuou, voltando-se para o Freitas.

Freitas desencostou-se e disse tudo o que pensava, que um e outro podiam ter razão; mas insistiu em que a praia, a despeito de tudo, era magnífica; discorreu sem amuo, nem vexame; fez até o obséquio de chamar a atenção do Carlos Maria para um pedacinho de fruta que lhe ficara na ponta do bigode.

Chegaram ao fim, era pouco mais de uma hora. Rubião, calado, recompunha mentalmente o almoço, prato a prato, via com gosto os copos e os seus resíduos de vinho, as migalhas esparsas, o aspecto final da mesa, em vésperas de café. De quando em quando dava um olhar à casaca do criado. Chegou a apanhar o rosto de Carlos Maria em flagrante prazer, quando tirava as primeiras fumaças de um dos charutos que ele mandara distribuir. Nisto entrou o criado com uma cestinha coberta por um lenço de cambraia, e uma carta, que acabavam de trazer.

Capítulo XXXII

— Quem é que manda isto? — perguntou Rubião.

— Dona Sofia.

Rubião não conhecia a letra; era a primeira vez que ela lhe escrevia. Que podia ser? Via-se-lhe a comoção no rosto e nos dedos. Enquanto ele abria a carta, Freitas familiarmente descobria a cestinha: eram morangos. Rubião leu trêmulo estas linhas:

> Mando-lhe estas frutinhas para o almoço, se chegarem a tempo; e, por ordem do Cristiano, fica intimado a vir jantar conosco, hoje, sem falta. Sua verdadeira amiga.
> SOFIA.

— Que frutas são? — perguntou Rubião fechando a carta.

— Morangos.

— Chegaram tarde. Morangos? — repetiu ele sem saber o que dizia.

— Não é preciso corar, meu caro amigo — disse-lhe rindo o Freitas, logo que o criado saiu. — Essas coisas acontecem a quem ama...

— A quem ama? — repetiu Rubião corando deveras. — Mas, pode ler a carta, veja...

Ia mostrá-la, recuou e meteu-a no bolso. Estava fora de si, meio confuso, meio alegre; Carlos Maria deleitou-se em dizer-lhe que ele não podia encobrir que o mimo era de alguma namorada. E não achava que repreender; o amor era lei universal: se era alguma senhora casada, louvava-lhe a discrição...

— Mas pelo amor de Deus! — interrompeu o anfitrião.

— Viúva? Estamos no mesmo caso — continuou Carlos Maria —; a discrição aqui é ainda um merecimento. O maior pecado, depois do pecado, é a publicação do pecado. Eu, se fosse legislador, propunha que se queimassem todos os homens convencidos de indiscrição nessas matérias; e haviam de ir para a fogueira, como os réus da Inquisição, com a diferença que, em vez de sambenito, levariam uma capa de penas de papagaio...

Freitas não podia ter-se com riso e batia na mesa, à maneira de aplauso; Rubião, meio enfiado, acudia que não era casada nem viúva...

— Solteira então? — replicou o moço. — Um casório em breve? Vá, que é tempo. Morangos de noivado — continuou, pegando alguns entre os dedos. — Cheiram a alcova de donzela e a latim de padre.

Rubião não sabia mais que dissesse; afinal tornou atrás e explicou-se; eram da senhora de um seu amigo particular. Carlos Maria piscou o olho; Freitas interveio dizendo que, agora, sim, senhor, estava explicado; mas que, a princípio, o mistério, o arranjo da cestinha, o ar dos próprios morangos — morangos adúlteros, disse ele, rindo —, todas essas coisas davam ao negócio um aspecto imoral e pecaminoso; mas tudo ficara acabado.

Tomaram em silêncio o café; depois passaram à sala. Rubião desfazia-se em obséquios, mas preocupado. Corridos alguns minutos, estava satisfeito com a primeira suposição dos dois convivas: a de um amor adúltero; achou até que se defendera com demasiado calor. Uma vez que não dissesse o nome de ninguém, podia ter confessado que era, em verdade, um negócio íntimo. Mas também podia acontecer que o próprio calor da negativa deixasse alguma dúvida no ânimo dos dois, alguma suspeita... Aqui sorriu consolado.

Carlos Maria consultou o relógio; eram duas horas, ia-se embora. Rubião agradeceu-lhe muito e muito o obséquio e pediu-lhe que repetisse; podiam passar alguns domingos assim em boa palestra amigável.

— Apoiado! — bradou Freitas aproximando-se.

Tinha metido meia dúzia de charutos no bolso, e, ao sair, disse ao ouvido do Rubião:

— Cá vai a lembrança do costume; seis dias de delícias, uma delícia por dia.

— Leve mais.

— Não; virei buscá-los depois.

Rubião acompanhou-os ao portão de ferro. Quincas Borba, logo que ouviu vozes, correu do fundo do jardim e veio saudá-los, particularmente ao senhor; fez festas a Carlos Maria, quis lamber-lhe a mão; o rapaz afastou-se com repugnância. Rubião deu um pontapé no cachorro, que o fez gritar e fugir. Afinal despediram-se todos.

— O senhor para onde vai? — perguntou Carlos Maria ao Freitas.

Freitas calculou que ele iria a alguma visita para os lados de São Clemente, e quis acompanhá-lo.

— Vou até o fim da praia — disse.

— Eu volto para trás — tornou o outro.

Capítulo XXXIII

Rubião viu-os ir, entrou, meteu-se na sala, e ainda uma vez leu o bilhete de Sofia. Cada palavra dessa página inesperada era um mistério; a assinatura uma capitulação. *Sofia* apenas; nenhum outro nome da família ou do casal. *Verdadeira amiga* era evidentemente uma metáfora. Quanto às primeiras palavras: *Mando-lhe estas frutinhas para o almoço* respiravam a candidez de uma alma boa e generosa. Rubião viu, sentiu, palpou tudo pela única força do instinto e deu por si beijando o papel — digo mal, beijando o nome, o nome dado na pia de batismo, repetido pela mãe, entregue ao marido como parte da escritura moral do casamento, e agora roubado a todas essas origens e posses para lhe ser mandado a ele, no fim duma folha de papel... Sofia! Sofia! Sofia!

Capítulo XXXIV

— Por que veio tão tarde? — perguntou-lhe Sofia, logo que ele apareceu à porta do jardim, em Santa Teresa.

— Depois do almoço, que acabou às duas horas, estive arranjando uns papéis. Mas não é tão tarde assim — continuou Rubião vendo o relógio —; são quatro horas e meia.

— Sempre é tarde para os amigos — replicou Sofia em ar de censura.

Rubião caiu em si; mas não teve tempo de emendar a mão. Diante dele, ao pé da casa, estavam sentadas em bancos de ferro umas quatro senhoras, caladas, olhando para ele, curiosas; eram visitas de Sofia que esperavam a vinda de um capitalista Rubião. Sofia foi apresentá-lo a elas. Três delas eram casadas, uma solteira, ou mais que solteira. Contava trinta e nove anos, e uns olhos pretos, cansados de esperar. Era filha de um major Siqueira, que daí a alguns minutos apareceu no jardim.

— O nosso Palha já me tinha falado em Vossa Excelência — disse o major depois de apresentado ao Rubião. — Juro que é seu amigo às direitas. Contou-me o acaso que os ligou. Geralmente, as melhores amizades são essas. Eu, em trinta e tantos, pouco antes da Maioridade, tive um amigo, o melhor dos meus amigos daquele tempo, que conheci assim por um acaso, na botica do Bernardes, por alcunha o *João das panturrilhas*... Creio que usou delas, em rapaz, entre 1801 e 1812. O certo é que a alcunha ficou. A botica era na rua de São José, ao desembocar na da Misericórdia...

João das panturrilhas... Sabe que era um modo de engrossar a perna... Bernardes era o nome dele, João Alves Bernardes... Tinha a botica na rua de São José. Conversava-se ali muito, à tarde e à noite. Ia a gente com o seu capote, e bengalão; alguns levavam lanterna. Eu não; levava só o meu capote. Ia-se de capote; o Bernardes... — João Alves Bernardes era o nome todo dele — era filho de Maricá, mas criou-se aqui no Rio de Janeiro... *João das panturrilhas* era a alcunha; diziam que ele andara de panturrilhas, em rapaz, e parece que foi um dos petimetres da cidade. Nunca me esqueci: *João das panturrilhas*... Ia-se de capote...

A alma do Rubião bracejava debaixo deste aguaceiro de palavras; mas estava num beco sem saída por um lado nem por outro. Tudo muralhas. Nenhuma porta aberta, nenhum corredor, e a chuva a cair. Se pudesse olhar para as moças veria, ao menos, que era objeto de curiosidade de todas, principalmente da filha do major, d. Tonica; mas não podia: escutava, e o major chovia a cântaros. Foi o Palha que lhe trouxe um guarda-chuva. Sofia tinha ido dizer ao marido que Rubião acabara de chegar; daí a nada estava o Palha no jardim, e saudava o amigo, dizendo-lhe que viera tarde. O major, que explicava ainda uma vez a alcunha do boticário, abandonou a presa, e foi ter com as moças; depois saiu à rua.

Capítulo XXXV

As senhoras casadas eram bonitas; a mesma solteira não devia ter sido feia, aos vinte e cinco anos; mas Sofia primava entre todas elas.

Não seria tudo o que o nosso amigo sentia, mas era muito. Era daquela casta de mulheres que o tempo, como um escultor vagaroso, não acaba logo, e vai polindo ao passar dos longos dias. Essas esculturas lentas são miraculosas; Sofia rastejava os vinte e oito anos; estava mais bela que aos vinte e sete; era de supor que só aos trinta desse o escultor os últimos retoques, se não quisesse prolongar ainda o trabalho, por dois ou três anos.

Os olhos, por exemplo, não são os mesmos da estrada de ferro, quando o nosso Rubião falava com o Palha, e eles iam sublinhando a conversação... Agora, parecem mais negros, e já não sublinham nada; compõem logo as coisas, por si mesmos, em letra vistosa e gorda, e não é uma linha nem duas, são capítulos inteiros. A boca parece mais fresca. Ombros, mãos, braços, são melhores, e ela ainda os faz ótimos por meio de atitudes e gestos escolhidos. Uma feição que a dona nunca pôde suportar — coisa que o próprio Rubião achou a princípio que destoava do resto da cara —, o excesso de sobrancelhas — isso mesmo, sem ter diminuído, como que lhe dá ao todo um aspecto mui particular.

Traja bem: comprime a cintura e o tronco no corpinho de lã fina cor de castanha, obra simples, e traz nas orelhas duas pérolas verdadeiras — mimo que o nosso Rubião lhe deu pela Páscoa.

A bela dama é filha de um velho funcionário público. Casou aos vinte anos com esse Cristiano de Almeida e Palha, zangão da praça, que então contava vinte

e cinco. O marido ganhava dinheiro, era jeitoso, ativo, e tinha o faro dos negócios e das situações. Em 1864, apesar de recente no ofício, adivinhou — não se pode empregar outro termo —, adivinhou as falências bancárias.

— Nós temos coisa, mais dia menos dia; isto anda por arames. O menor brado de alarma leva tudo.

O pior é que ele despendia todo o ganho e mais. Era dado à boa xira; reuniões frequentes, vestidos caros e joias para a mulher, adornos de casa, mormente se eram de invenção ou adoção recente — levavam-lhe os lucros presentes e futuros. Salvo em comidas, era escasso consigo mesmo. Ia muita vez ao teatro sem gostar dele, e a bailes, em que se divertia um pouco — mas ia menos por si que para aparecer com os olhos da mulher, os olhos e os seios. Tinha essa vaidade singular; decotava a mulher sempre que podia, e até onde não podia, para mostrar aos outros as suas venturas particulares. Era assim um rei Candaules, mais restrito por um lado, e, por outro, mais público.

E aqui façamos justiça à nossa dama. A princípio, cedeu sem vontade aos desejos do marido; mas tais foram as admirações colhidas, e a tal ponto o uso acomoda a gente às circunstâncias, que ela acabou gostando de ser vista, muito vista, para recreio e estímulo dos outros. Não a façamos mais santa do que é, nem menos. Para as despesas da vaidade, bastavam-lhe os olhos, que eram ridentes, inquietos, convidativos, e só convidativos: podemos compará-los à lanterna de uma hospedaria em que não houvesse cômodos para hóspedes. A lanterna fazia parar toda a gente, tal era a lindeza da cor, e a originalidade dos emblemas; parava, olhava e andava. Para que escancarar as janelas? Escancarou-as, finalmente; mas a porta, se assim podemos chamar ao coração, essa estava trancada e retrancada.

Capítulo XXXVI

"Meu Deus! como é bonita! Sinto-me capaz de fazer um escândalo!", pensava Rubião, à noite, ao canto de uma janela, de costas para fora, olhando para Sofia, que olhava para ele.

Cantava uma senhora. Os três maridos de fora, que ali estavam de visita, interromperam o voltarete, em atenção à cantora, e vieram à sala, por alguns instantes; a cantora era mulher de um deles. Palha, que a acompanhava ao piano, não via a contemplação mútua da esposa e do capitalista. Não sei se todas as outras pessoas estavam no mesmo caso. Uma delas, sim, essa sei que os via: d. Tonica; a filha do major.

"Meu Deus! como é bonita! Sinto-me capaz de fazer um escândalo!", continuava a pensar o Rubião, encostado à janela, de costas para fora, com os olhos esquecidos na bela dama, que olhava para ele.

Capítulo XXXVII

Entende-se bem que d. Tonica observasse a contemplação dos dois. Desde que Rubião ali chegou, não cuidou ela mais que de atraí-lo. Os seus pobres olhos de trinta e nove anos, olhos sem parceiros na terra, indo já a resvalar do cansaço na desesperança, acharam em si algumas fagulhas. Volvê-los uma e muitas vezes, requebrando-os, era o longo ofício dela. Não lhe custou nada armá-los contra o capitalista.

O coração, meio desenganado, agitou-se outra vez. Alguma coisa lhe dizia que esse mineiro rico era destinado pelo céu a resolver o problema do matrimônio. Rico, era ainda mais do que ela pedia; não pedia riquezas, pedia um esposo. Todas as suas campanhas fizeram-se sem a consideração pecuniária; nos últimos tempos ia baixando, baixando, baixando; a última foi contra um estudantinho pobre... Mas quem sabe se o céu não lhe destinava justamente um homem rico? D. Tonica tinha fé em sua madrinha, Nossa Senhora da Conceição, e investiu a fortaleza com muita arte e valor.

"Todas as outras são casadas", pensou ela.

Não tardou em perceber que os olhos de Rubião e os de Sofia caminhavam uns para os outros; notou, porém, que os de Sofia eram menos frequentes e menos demorados, fenômeno que lhe pareceu explicável, pelas cautelas naturais da situação. Podia ser que se amassem... Essa suspeita afligiu-a; mas o desejo e a esperança mostraram-lhe que um homem, depois de um ou mais amores, podia muito bem vir a casar. A questão era captá-lo; a perspectiva de casar e ter família podia ser que acabasse de matar qualquer outra inclinação da parte dele, se alguma houvesse.

Ei-la que redobra esforços. Todas as suas graças foram chamadas a postos, e obedeceram, ainda que murchas. Gestos de ventarola, apertos de lábios, olhos oblíquos, marchas, contramarchas para mostrar bem a elegância do corpo e a cintura fina que tinha, tudo foi empregado. Era o velho formulário em ação; nada lhe rendera até ali, mas a loteria é assim mesmo; lá vem um bilhete que resgata os perdidos.

Agora, porém, à noite, por ocasião do canto ao piano, é que d. Tonica deu com eles embebidos um no outro. Não teve mais dúvida; não eram olhares aparentemente fortuitos, breves, como até ali, era uma contemplação que eliminava o resto da sala. D. Tonica sentiu o grasnar do velho corvo da desesperança. *Quoth the raven*: NEVER MORE.

Ainda assim continuou a luta; chegou a conseguir que Rubião viesse sentar-se ao pé dela por alguns minutos, e tratou de dizer coisas bonitas, frases que lhe ficaram de romances, outras que a própria melancolia da situação lhe ia inspirando. Rubião ouvia e respondia, mais inquieto quando Sofia deixava a sala, e não menos quando tornava a ela. Uma das vezes a distração foi excessiva. D. Tonica confessava-lhe que tinha muita vontade de ver Minas, principalmente Barbacena. Que tais eram os ares?

— Os ares — repetiu maquinalmente o outro.

Olhava para Sofia, que estava então em pé, de costas para ele, falando a duas senhoras sentadas. Rubião admirou-lhe ainda uma vez a figura, o busto bem talhado, estreito embaixo, largo em cima, emergindo das cadeiras amplas, como uma

grande braçada de folhas sai de dentro de um vaso. A cabeça podia então dizer-se que era como uma magnólia única, direita, espetada no centro do ramo. Era isso que Rubião mirava, quando d. Tonica lhe perguntou pelos ares de Barbacena, e ele repetiu a palavra dela, sem lhe dar sequer a mesma forma interrogativa.

Capítulo XXXVIII

Rubião estava resoluto. Nunca a alma de Sofia pareceu convidar a dele, com tamanha instância, a voarem juntas até as terras clandestinas, donde elas tornam, em geral, velhas e cansadas. Algumas não tornam. Outras param a meio caminho. Grande número não passa da beira dos telhados...

Capítulo XXXIX

A lua era magnífica. No morro, entre o céu e a planície, a alma menos audaciosa era capaz de ir contra um exército inimigo e destroçá-lo. Vede o que não seria com esse exército amigo. Estavam no jardim. Sofia enfiara o braço no dele, para irem ver a lua. Convidara d. Tonica, mas a pobre dama respondeu que tinha um pé dormente, que já ia, e não foi.

Os dois ficaram calados algum tempo. Pelas janelas abertas viam-se as outras pessoas conversando, e até os homens, que tinham acabado o voltarete. O jardim era pequeno; mas a voz humana tem todas as notas, e os dois podiam dizer poemas sem ser ouvidos.

Rubião lembrou-se de uma comparação velha, mui velha, apanhada em não sei que décima de 1850, ou qualquer outra página em prosa de todos os tempos. Chamou aos olhos de Sofia as estrelas da terra, e às estrelas os olhos do céu. Tudo isso baixinho e trêmulo.

Sofia ficou pasmada. De súbito endireitou o corpo, que até ali viera pesando no braço do Rubião. Estava tão acostumada à timidez do homem... Estrelas? olhos? Quis dizer que não caçoasse com ela, mas não achou como dar forma à resposta, sem rejeitar uma convicção que também era sua, ou então sem animá-lo a ir adiante. Daí um longo silêncio.

— Com uma diferença — continuou Rubião. — As estrelas são ainda menos lindas que os seus olhos, e afinal nem sei mesmo o que elas sejam; Deus, que as pôs tão alto, é porque não poderão ser vistas de perto sem perder muito da formosura... Mas os seus olhos, não; estão aqui, ao pé de mim, grandes, luminosos, mais luminosos que o céu...

Loquaz, destemido, Rubião parecia totalmente outro. Não parou ali; falou ainda muito, mas não deixou o mesmo círculo de ideias. Tinha poucas; e a situação,

apesar da repentina mudança do homem, tendia antes a cerceá-las, que a inspirar-lhe novas. Sofia é que não sabia que fizesse. Trouxera ao colo um pombinho, manso e quieto, e sai-lhe um gavião — um gavião adunco e faminto.

Era preciso responder, fazê-lo parar, dizer que ia por onde ela não queria ir, e tudo isso sem que ele se zangasse, sem que se fosse embora... Sofia procurava alguma coisa; não achava, porque esbarrava na questão, para ela insolúvel: se era melhor mostrar que entendia, ou que não entendia. Aqui lembraram-lhe os próprios gestos dela, as palavrinhas doces, as atenções particulares; concluía que, em tal situação, não podia ignorar o sentido das finezas do homem. Mas confessar que entendia, e não despedi-lo de casa, eis aí o ponto melindroso.

Capítulo XL

Em cima, as estrelas pareciam rir daquela situação inextricável.

Vá que a lua os visse! A lua não sabe escarnecer; e os poetas, que a acham saudosa, terão percebido que ela amou outrora algum astro vagabundo, que a deixou ao cabo de muitos séculos. Pode ser até que ainda se amem. Os seus eclipses (perdoe-me a astronomia) talvez não sejam mais que entrevistas amorosas. O mito de Diana descendo a encontrar-se com Endimião bem pode ser verdadeiro. Descer é que é demais. Que mal há em que os dois se encontrem, ali mesmo no céu, como os grilos entre as folhagens cá debaixo? A noite, mãe caritativa, encarrega-se de velar a todos.

Depois, a lua é solitária. A solidão faz a pessoa séria. As estrelas, em chusma, são como as moças entre quinze e vinte anos, alegres, palreiras, rindo e falando a um tempo de tudo e de todos.

Não nego que são castas; mas tanto pior — terão rido do que não entendem... Castas estrelas! é assim que lhes chama Otelo, o terrível, e Tristram Shandy, o jovial. Esses extremos do coração e do espírito estão de acordo num ponto: as estrelas são castas. E elas ouviam tudo (castas estrelas!), tudo o que a boca temerária de Rubião ia entornando na alma pasmada de Sofia. O recatado de longos meses era agora (castas estrelas!) nada menos que um libertino. Disséreis que o Diabo andara a enganar a moça com as duas grandes asas de arcanjo que Deus lhe pôs; de repente, meteu-as na algibeira e desbarretou-se para mostrar as duas pontas malignas, fincadas na testa. E rindo, daquele riso oblíquo dos maus, propunha comprar-lhe não só a alma, mas a alma e o corpo... Castas estrelas!

Capítulo XLI

— Vamos para dentro — murmurou Sofia.

Quis tirar o braço; mas o dele reteve-lho com força. Não; ir para quê? Estavam ali bem, muito bem... Que melhor? Ou seria que ele a estivesse aborrecendo? Sofia acudiu que não, ao contrário; mas precisava ir fazer sala às visitas... Há quanto tempo estavam ali!

— Não há dez minutos — disse o Rubião. — Que são dez minutos?

— Mas podem ter dado pela nossa ausência...

Rubião estremeceu diante desse possessivo: *nossa* ausência. Achou-lhe um princípio de cumplicidade. Concordou que podiam dar pela *nossa* ausência. Tinha razão, deviam separar-se; só lhe pedia uma coisa, duas coisas: a primeira é que não esquecesse aqueles dez minutos sublimes; a segunda é que, todas as noites, às dez horas, fitasse o Cruzeiro, ele o fitaria também, e os pensamentos de ambos iriam achar-se ali juntos, íntimos, entre Deus e os homens.

O convite era poético, mas só o convite. Rubião ia devorando a moça com olhos de fogo, e segurava-lhe uma das mãos para que ela não fugisse. Nem os olhos nem o gesto tinham poesia nenhuma. Sofia esteve a ponto de dizer alguma palavra áspera, mas engoliu-a logo, ao advertir que Rubião era um bom amigo da casa. Quis rir, mas não pôde; mostrou-se então arrufada, logo depois resignada, afinal suplicante; pediu-lhe pela alma da mãe dele, que devia estar no céu... Rubião não sabia do céu nem da mãe, nem de nada. Que era mãe? que era céu? parecia dizer a cara dele.

— Ai, não me quebre os dedos! — suspirou baixinho a moça.

Aqui é que ele começou a voltar a si; afrouxou a pressão, sem soltar-lhe os dedos.

— Vá — disse ele —, mas primeiro...

Inclinava-se para beijar a mão, quando uma voz, a alguns passos, veio acordá-lo inteiramente.

Capítulo XLII

— Olá! Estão apreciando a lua? Realmente, está deliciosa; está uma noite para namorados... Sim, deliciosa... Há muito que não vejo uma noite assim... Olhem só para baixo, os bicos de gás... Deliciosa! para namorados... Os namorados gostam sempre da lua. No meu tempo, em Icaraí...

Era Siqueira, o terrível major. Rubião não sabia que dissesse; Sofia, passados os primeiros instantes, readquiriu a posse de si mesma; respondeu que, em verdade, a noite era linda; depois contou que Rubião teimava em dizer que as noites do Rio não podiam comparar-se às de Barbacena, e, a propósito disso, referia uma anedota de um padre Mendes... Não era Mendes?

— Mendes, sim, o padre Mendes — murmurou Rubião.

O major mal podia conter o assombro. Tinha visto as duas mãos presas, a cabeça do Rubião meio inclinada, o movimento rápido de ambos, quando ele entrou no jardim; e sai-lhe de tudo isso um padre Mendes... Olhou para Sofia; viu-a risonha, tranqüila, impenetrável. Nenhum medo, nenhum acanhamento; falava com tal simplicidade que o major pensou ter visto mal. Mas Rubião estragou tudo. Vexado, calado, não fez mais que tirar o relógio para ver as horas, levá-lo ao ouvido, como se lhe parecesse que não andava, depois limpá-lo com o lenço, devagar, devagar, sem olhar para um nem para outro...

— Bem, conversem, vou ver as amigas, que não podem estar sós. Os homens já acabaram o maldito voltarete?

— Já — respondeu o major olhando curiosamente para Sofia. — Já, e até perguntaram por este senhor; por isso é que eu vim ver se o achava no jardim. Mas estavam aqui há muito tempo?

— Agora mesmo — disse Sofia.

Depois, batendo carinhosamente no ombro do major, passou do jardim à casa; não entrou pela porta da sala de visitas, mas por outra que dava para a de jantar; de maneira que, quando chegou àquela pelo interior, era como se acabasse de dar ordens para o chá.

Rubião, voltando a si, ainda não achou que dizer, e contudo urgia dizer alguma coisa. Boa ideia era a anedota do padre Mendes; o pior é que não havia padre nem anedota, e ele era incapaz de inventar nada. Pareceu-lhe bastante isto:

— O padre! o Mendes! Muito engraçado, o padre Mendes!

— Conheci-o — disse o major sorrindo. — O padre Mendes? Conheci-o; morreu cônego. Esteve algum tempo em Minas?

— Creio que esteve — murmurou o outro, espantado.

— Era filho aqui de Saquarema; era um que não tinha este olho — continuou o major, levando o dedo ao olho esquerdo. — Conheci-o muito, se é que é o mesmo; pode ser que seja outro.

— Pode ser.

— Morreu cônego. Era homem de bons costumes, mas amigo de ver moças bonitas, como se mira um painel de mestre; e que maior mestre que Deus? — dizia ele. — Esta dona Sofia, por exemplo, nunca ele a viu na rua que me não dissesse: Hoje vi aquela bonita senhora do Palha... Morreu cônego; era filho de Saquarema... E, na verdade, tinha bom gosto... Realmente, a mulher do nosso Palha é um primor, bela de cara e de figura; eu ainda a acho mais bem-feita que bonita... Que lhe parece?

— Parece que sim...

— E boa pessoa, excelente dona de casa — continuou o major, acendendo um charuto.

A luz do fósforo deu à cara do major uma expressão de escárnio, ou de outra coisa menos dura, mas não menos adversa. Rubião sentiu correr-lhe um frio pela espinha. Teria ouvido? visto? adivinhado? Estava ali um indiscreto, um mexeriqueiro? A cara do homem não explicava esse ponto; em todo caso, era mais seguro crer no pior. Aqui temos o nosso herói como alguém que, depois de navegar cosido com a praia longos anos, acha-se um dia entre as ondas do alto-mar; felizmente o medo também é oficial de ideias, e deu-lhe ali uma, lisonjear o interlocutor. Não hesitou em achá-lo gracioso e interessante, e dizer-lhe que tinha uma casa às suas ordens,

na praia de Botafogo, número tantos. Dava-lhe muita honra em travar relações com ele. Contava poucos amigos aqui: o Palha, a quem devia grandes obséquios; d. Sofia, que era uma senhora de rara gravidade, e mais três ou quatro pessoas. Vivia só; podia ser até que se retirasse para Minas.

— Já?

— Não digo já, mas pode ser que me não demore. Sabe que uma pessoa que viveu toda a sua vida em um lugar, custa-lhe muito a acostumar-se em outro.

— Isso conforme.

— Sim, conforme... Mas é a regra.

— Regra será, mas o senhor vai ser uma exceção. A Corte é o diabo; apanha-se uma paixão como se apanha uma constipação; basta uma fresta de ar, fica-se perdido. Olhe, eu não me dava de apostar que o senhor, antes de seis meses, está casado...

"Não viu nada", pensou Rubião.

E depois, alegre:

— Pode ser, mas também em Minas há casamentos; nem lá faltam padres.

— Falta o padre Mendes — acudiu rindo o major.

Rubião sorriu constrangido, não entendendo se a palavra do major era inocente ou maliciosa. Este é que colheu as rédeas ao assunto e tratou de outras coisas, do tempo, da cidade, do ministério, da guerra e do marechal López. E vede o contraste da ocasião: esse aguaceiro, maior que o da entrada, pareceu um raio de sol ao nosso Rubião. Ei-lo que espaneja a alma ao calor do discurso infinito do major, intercalando alguma palavrinha, se pode, e sempre cabeceando com aplauso. E pensava outra vez que não, que ele não vira nada.

— Papai! Papai, está aí? — disse uma voz à porta que dava para o jardim.

Era d. Tonica; vinha chamá-lo para irem embora. O chá estava na mesa, é verdade; mas não podia esperar mais, tinha dor de cabeça, disse ela ao pai, baixinho. Depois estendeu os dedos ao Rubião; este pediu-lhe que ficasse ainda alguns minutos; o estimável major...

— Perde o seu tempo — interrompeu o major —, ela é que me governa.

Rubião ofereceu-lhe a casa com instância; exigiu até que lhe marcasse um dia, naquela mesma semana, mas o major acudiu que não podia dispor de dia certo; iria, logo que lhe fosse possível. A vida dele era muito trabalhosa; tinha os negócios do arsenal, que já eram muitos, e tinha mais...

— Papai! vamos!

— Vamos. Está vendo? Não posso conversar um instante. Já te despediste? Onde está o meu chapéu?

Capítulo XLIII

Ladeira abaixo, d. Tonica foi ouvindo o resto do discurso do pai, que mudou de assunto, sem mudar de estilo — difuso e derramado. Ouvia sem entender. Ia metida em si mesma, absorta, remoendo a noite, recompondo os olhares de Sofia e de Rubião.

Chegaram à casa na rua do Senado; o pai foi dormir, a filha não se deitou logo, deixou-se estar em uma cadeirinha, ao pé da cômoda, onde tinha uma imagem da Virgem. Não trazia ideias de paz nem de candura. Sem conhecer o amor, tinha notícia do adultério, e a pessoa de Sofia pareceu-lhe hedionda. Via nela agora um monstro, metade gente, metade cobra, e sentiu que a aborrecia, que era capaz de vingar-se exemplarmente, de dizer tudo ao marido.

"Conto-lhe tudo", ia pensando, "ou de viva voz, ou por uma carta... Carta não; digo-lhe tudo um dia, em particular."

E, imaginando o colóquio, antevia o espanto do homem, depois o agastamento, depois os impropérios, as palavras duras que ele havia de dizer à mulher, miserável, indigna, vil... Todos esses nomes soavam bem aos ouvidos do seu desejo; ela fazia derivar por eles a própria cólera; fartava-se de a rebaixar assim, de a pôr debaixo dos pés do marido, já que o não podia fazer por si mesma... Vil, indigna, miserável...

Durou muito tempo essa explosão de raiva interior — perto de vinte minutos; mas a alma cansou, tornou a si. A imaginação não podia mais, e a realidade próxima atraiu-lhe a vista. Olhou em volta de si, mirou a alcova de solteira, arrumadinha com arte — dessa arte engenhosa que faz da chita seda e de um retalho velho uma fita, que recama, enlaça, alegra ao mais que pode a nudez das coisas, enfeita as paredes tristes, aprimora os trastes modestos e poucos. E tudo ali parecia feito para receber um noivo amado.

Onde li eu que uma tradição antiga fazia esperar a uma virgem de Israel, durante certa noite do ano, a concepção divina? Seja onde for, comparemo-la à desta outra, que só difere daquela em não ter noite fixa, mas todas, todas, todas... O vento, zunindo fora, nunca lhe trouxe o varão esperado, nem a madrugada alva e menina lhe disse em que ponto da terra é que ele mora. Era só esperar, esperar...

Agora, aquietada a imaginação e o ressentimento, mira e remira a alcova solitária; recorda as amigas do colégio e de família, as mais íntimas, casadas todas. A derradeira delas desposou aos trinta anos um oficial de marinha, e foi ainda o que reverdeceu as esperanças à amiga solteira, que não pedia tanto, posto que a farda de aspirante foi a primeira coisa que lhe seduziu os olhos, aos quinze anos... Onde iam eles? Mas lá passaram cinco anos, cumpriu os trinta e nove, e os quarenta não tardam. Quarentona, solteirona; d. Tonica teve um calafrio. Olhou ainda, recordou tudo, ergueu-se de golpe, deu duas voltas e atirou-se à cama chorando...

Capítulo XLIV

Não vades crer que a dor aqui foi mais verdadeira que a cólera; foram iguais em si mesmas, os efeitos é que foram diversos. A cólera deu em nada; a humilhação debulhou-se em lágrimas legítimas. E contudo não faltaram a essa senhora ímpetos de estrangular Sofia, calcá-la aos pés, arrancar-lhe o coração aos pedaços, dizendo-lhe na cara os nomes crus que atribuía ao marido... Tudo imaginações! Crede-me: há tiranos de intenção. Quem sabe? Na alma desta senhora passou agora um tênue fio de Calígula...

Capítulo XLV

E enquanto uma chora, outra ri; é a lei do mundo, meu rico senhor; é a perfeição universal. Tudo chorando seria monótono, tudo rindo cansativo; mas uma boa distribuição de lágrimas e polcas, soluços e sarabandas, acaba por trazer à alma do mundo a variedade necessária, e faz-se o equilíbrio da vida.

A outra que ri é a alma do Rubião, com que ele desce o morro, dizendo as coisas mais íntimas às estrelas, espécie de rapsódia feita de uma linguagem que ninguém nunca alfabetou, por ser impossível achar um sinal que lhe exprima os vocábulos. Cá embaixo, as ruas desertas parecem-lhe povoadas, o silêncio é um tumulto, e de todas as janelas debruçam-se vultos de mulher, caras bonitas e grossas sobrancelhas, todas Sofias e uma Sofia única. Uma ou outra vez, Rubião acha que foi temerário, indiscreto, recorda o caso do jardim, a resistência, o enfado da moça, e chega a arrepender-se; tem então calafrios, fica aterrado com a ideia de que podem fechar-lhe a porta, e cortar inteiramente as relações; tudo porque precipitou os acontecimentos. Sim, devia esperar; a ocasião não era própria; visitas, muitas luzes, que lembrança foi aquela de falar de amores, sem cautelas, desbragadamente?... Achava-lhe razão: era bem feito que o despedisse logo.

— Fui um maluco! — dizia em voz alta.

Não pensava no jantar, que foi lauto, nem nos vinhos, que eram generosos, nem na eletricidade própria de uma sala em que há senhoras galantes; achava-se maluco, completamente maluco.

Logo depois, a mesma alma que se acusava defendia-se. Sofia parecia tê-lo animado ao que fez; os olhos frequentes, depois fixos, os modos, os requebros, a distinção de o mandar sentar ao pé de si, à mesa de jantar, de só cuidar dele, de lhe dizer melodiosamente coisas afáveis, que era tudo isso mais que exortações e solicitações? E a boa alma explicava a contradição da moça, depois, no jardim: era a primeira vez que ouvia tais palavras, fora do grêmio conjugal, e ali, perto de todos, devia tremer naturalmente; demais, ele expandira-se muito, e precipitou tudo. Nenhuma graduação; devia ter ido pé ante pé, e nunca segurar-lhe as mãos com tanta força que chegasse a molestá-la. Em conclusão, achava-se grosseiro. Voltava o receio de lhe fecharem a porta; depois, tornava às consolações da esperança, à análise das ações da moça, à própria invenção do padre Mendes, mentira de cumplicidade; pensava também na estima do marido... Aqui estremeceu. A estima do marido deu-lhe remorsos. Não só merecia a confiança dele, mas acrescia certa dívida pecuniária, e umas três letras que Rubião aceitou por ele.

"Não posso, não devo", ia dizendo a si mesmo, "não é bonito ir adiante. Também é verdade que, a rigor, não sou autor de nada; ela é que, desde muito, me anda desafiando. Pois que desafie agora! Sim, é preciso resistir-lhe... Emprestei o dinheiro quase sem pedido, porque ele precisava muito e eu devia-lhe obséquios; as letras, sim, as letras foi ele que me pediu que assinasse, mas não me pediu mais nada. Sei que é honrado, que trabalha muito; o diabo da mulher é que fez mal em meter-se de permeio, com os lindos olhos e a figura... Que admirável figura, meu pai do céu! Hoje então estava divina. Quando o braço dela roçava no meu, à mesa, apesar da minha manga..."

Confuso, incerto, ia a cuidar na lealdade que devia ao amigo, mas a consciência partia-se em duas, uma increpando a outra, a outra explicando-se, e ambas desorientadas...

Deu por si na praça da Constituição. Viera andando à toa. Pensou em ir ao teatro, mas era tarde. Então dirigiu-se ao largo de São Francisco para meter-se em um tílburi e ir para Botafogo. Achou três, que vieram logo ao encontro dele, oferecendo os seus serviços e louvando principalmente o cavalo, um bom cavalo — um animal excelente.

Capítulo XLVI

O rumor das vozes e dos veículos acordou um mendigo que dormia nos degraus da igreja. O pobre-diabo sentou-se, viu o que era, depois tornou a deitar-se, mas acordado, de barriga para o ar, com os olhos fitos no céu. O céu fitava-o também, impassível como ele, mas sem as rugas do mendigo, nem os sapatos rotos, nem os andrajos, um céu claro, estrelado, sossegado, olímpico, tal qual presidiu às bodas de Jacó e ao suicídio de Lucrécia. Olhavam-se numa espécie de jogo do siso, com certo ar de majestades rivais e tranqüilas, sem arrogância nem baixeza, como se o mendigo dissesse ao céu:

— Afinal, não me hás de cair em cima.

E o céu:

— Nem tu me hás de escalar.

Capítulo XLVII

Rubião não era filósofo: a comparação que ali fez entre os seus cuidados e os do maltrapilho apenas lhe trouxe à alma uma sombra de inveja. Aquele malandro não pensa em nada, disse ele consigo; daqui a pouco está dormindo, enquanto eu...

— Meu amo, entre, que o animal é bom. Vamos lá em quinze minutos.

Os outros dois cocheiros diziam-lhe a mesma coisa, quase por iguais palavras:

— Meu amo, venha aqui e verá...

— Olhe o meu cavalinho...

— Faça favor; são treze minutos de viagem. Em treze minutos está em casa.

Rubião, depois de hesitar ainda, deu consigo dentro do tílburi que lhe ficava à mão, mandou tocar para Botafogo. Então lembrou-se de um velho episódio esquecido, ou foi o episódio que lhe deu inconscientemente a solução. Uma ou outra coisa, Rubião guiou o pensamento, com o fim de escapar às sensações daquela noite.

Lá iam longos anos. Ele era então muito rapaz, e pobre. Um dia, às oito horas da manhã, saiu de casa, que era na rua do Cano (Sete de Setembro), entrou no largo

de São Francisco de Paula; dali desceu pela rua do Ouvidor. Ia com alguns cuidados; morava em casa de um amigo, que começava a tratá-lo como hóspede de três dias, e ele já o era de quatro semanas. Dizem que os de três dias cheiram mal; muito antes disso cheiram mal os defuntos, ao menos nestes climas quentes... Certo é que o nosso Rubião, singelo como um bom mineiro, mas desconfiado como um paulista, ia cheio de cuidados, pensando em retirar-se quanto antes. Pode crer-se que, desde que saiu de casa, entrou no largo de São Francisco, e desceu a rua do Ouvidor até a dos Ourives, não viu nem ouviu coisa nenhuma.

Na esquina da rua dos Ourives deteve-o um ajuntamento de pessoas, e um préstito singular. Um homem, judicialmente trajado, lia em voz alta um papel, a sentença. Havia mais o juiz, um padre, soldados, curiosos. Mas as principais figuras eram dois pretos. Um deles, mediano, magro, tinha as mãos atadas, os olhos baixos, a cor fula, e levava uma corda enlaçada no pescoço; as pontas do baraço iam nas mãos de outro preto. Esse outro olhava para a frente e tinha a cor fixa e retinta. Sustentava com galhardia a curiosidade pública. Lido o papel, o préstito seguiu pela rua dos Ourives adiante; vinha do Aljube e ia para o largo do Moura.

Rubião naturalmente ficou impressionado. Durante alguns segundos esteve como agora à escolha de um tílburi. Forças íntimas ofereciam-lhe o seu cavalo: umas que voltasse para trás ou descesse para ir aos seus negócios — outras que fosse ver enforcar o preto. Era tão raro ver um enforcado! Senhor, em vinte minutos está tudo findo! — Senhor, vamos tratar de outros negócios! E o nosso homem fechou os olhos, e deixou-se ir ao acaso. O acaso, em vez de levá-lo pela rua do Ouvidor abaixo até à da Quitanda, torceu-lhe o caminho pela dos Ourives, atrás do préstito. Não iria ver a execução, pensou ele; era só ver a marcha do réu, a cara do carrasco, as cerimônias... Não queria ver a execução. De quando em quando, parava tudo, chegava gente às portas e janelas, e o oficial de justiça relia a sentença. Depois, o préstito continuava a andar com a mesma solenidade. Os curiosos iam narrando o crime — um assassinato em Mata-Porcos. O assassino era dado como homem frio e feroz. A notícia dessas qualidades fez bem a Rubião; deu-lhe força para encarar o réu, sem delíquios de piedade. Não era já a cara do crime; o terror dissimulava a perversidade. Sem reparar, deu consigo no largo da execução. Já ali havia bastante gente. Com a que vinha formou-se multidão compacta.

"Voltemos", disse ele consigo.

Verdade é que o réu ainda não subira à forca; não o matariam de relance; sempre era tempo de fugir. E, dado que ficasse, por que não fecharia os olhos, como fez certo Alípio diante do espetáculo das feras? Note-se bem que Rubião nada sabia desse tal rapaz antigo; ignorava, não só que fechara os olhos, mas também que os abrira logo depois, devagarinho e curioso...

Eis o réu que sobe à forca. Passou pela turba um frêmito. O carrasco pôs mãos à obra. Foi aqui que o pé direito de Rubião descreveu uma curva na direção exterior, obedecendo a um sentimento de regresso; mas o esquerdo, tomado de sentimento contrário, deixou-se estar; lutaram alguns instantes... — Olhe o meu cavalo! — Veja, é um rico animal! — Não seja mau! — Não seja medroso! Rubião esteve assim alguns segundos, os que bastaram para que chegasse o momento fatal. Todos os olhos fixaram-se no mesmo ponto, como os dele. Rubião não podia entender que bicho era que lhe mordia as entranhas, nem que mãos de ferro lhe pegavam da alma e a

retinham ali. O instante fatal foi realmente um instante; o réu esperneou, contraiu-se, o algoz cavalgou-o de um modo airoso e destro; passou pela multidão um rumor grande, Rubião deu um grito, e não viu mais nada.

Capítulo XLVIII

— Vossa Senhoria há de ter visto que o cavalinho é bom...

Rubião abriu os olhos, meio fechados, e deu com o cocheiro que sacudia ao de leve a pontinha do chicote para espertar o animal. Interiormente zangou-se com o homem, que o veio tirar de recordações antigas. Não eram belas, mas eram antigas — antigas e enfermeiras, porque lhe davam a beber um elixir que de todo parecia curá-lo do presente. E vai o cocheiro, empurra-o e acorda-o. Iam subindo a rua da Lapa; o cavalo, em verdade, comia o espaço como se fosse a descer.

— Este cavalo tem-me uma amizade — continuou o cocheiro — que se não acredita. Podia contar coisas extraordinárias. Há pessoas que até dizem que é mentira minha; mas, não, senhor, não é. Quem não sabe que cavalo e cachorro são os animais que mais gostam da gente? Cachorro parece que inda gosta mais...

Cachorro trouxe à memória de Rubião o Quincas Borba, que lá devia estar em casa, à espera dele, ansioso. Rubião não esquecia a condição do testamento; jurava cumpri-la à risca. Convém dizer que, de envolta com o receio de vê-lo fugir, entrava o de vir a perder os bens. Não valiam afirmações do advogado; não há, dizia-lhe este, não há no testamento cláusula reversível para outrem, no caso de fuga do cachorro; os bens não podiam sair-lhe das mãos. Que lhe importava a fuga, se era até melhor, um cuidado menos? Rubião aceitava aparentemente a explicação, mas lá ficava a dúvida, o exemplo de longas demandas, a variedade das opiniões jurídicas sobre uma só matéria, a ação de algum invejoso ou inimigo, e, o que resumia tudo, o terror de ficar sem nada. Daí os rigores da reclusão; daí também o remorso de ter passado a tarde e a noite sem pensar uma só vez no Quincas Borba.

"Sou um ingrato!", disse consigo.

Emendou-se logo; mais ingrato era não ter pensado no outro Quincas Borba, que lhe deixou tudo. Vai senão quando, ocorreu-lhe que os dois Quincas Borba podiam ser a mesma criatura, por efeito da entrada da alma do defunto no corpo do cachorro, menos a purgar os seus pecados que a vigiar o dono. Foi uma preta de São João del-Rei que lhe meteu, em criança, essa ideia de transmigração. Dizia ela que a alma cheia de pecados ia para o corpo de um bruto; chegou a jurar que conhecera um escrivão que acabou feito gambá...

— Vossa Senhoria não se esqueça de dizer onde é a casa — disse-lhe repentinamente o cocheiro.

— Pare.

Capítulo XLIX

O cão ladrou de dentro; mas, logo que Rubião entrou, recebeu-o com grande alegria; e por mais importuno que fosse, Rubião desfez-se em carícias. A possibilidade de estar ali o testador dava-lhe arrepios. Subiram juntos a escada de pedra; ali ficaram por alguns instantes, à luz do lampião que Rubião mandara deixar aceso. Rubião era mais crédulo que crente; não tinha razões para atacar nem para defender nada — terra eternamente virgem para se lhe plantar qualquer coisa. A vida da Corte deu-lhe até uma particularidade: entre incrédulos, chegava a ser incrédulo...

Olhou para o cão, enquanto esperava que lhe abrissem a porta. O cão olhava para ele, de tal jeito que parecia estar ali dentro o próprio e defunto Quincas Borba; era o mesmo olhar meditativo do filósofo, quando examinava negócios humanos... Novo arrepio; mas o medo, que era grande, não era tão grande que lhe atasse as mãos. Rubião estendeu-as sobre a cabeça do animal, coçando-lhe as orelhas e a nuca.

— Pobre Quincas Borba! Gosta de seu senhor, não gosta? Rubião é muito amigo de Quincas Borba...

E o cão movia devagar a cabeça, para a esquerda e para a direita, ajudando a distribuição das carícias às duas orelhas pendentes; depois levantava o queixo, para que lhe coçasse embaixo, e o dono obedecia; mas então os olhos do cão, meio fechados de gosto, tinham um ar dos olhos do filósofo na cama, contando-lhe coisas de que ele entendia pouco ou nada... Rubião fechava os seus. Abriram-lhe a porta; despediu-se do cão, mas com tais carinhos que era o mesmo que pedir-lhe que entrasse. O criado espanhol incumbiu-se de o levar para baixo.

— Não lhe dê pancadas — recomendou Rubião.

Não lhe deu pancadas; mas só a descida era dolorosa, e o cão amigo gemeu por muito tempo no jardim. Rubião entrou, despiu-se e deitou-se. Ah! tinha vivido um dia cheio de sensações diversas e contrárias, desde as recordações da manhã, e o almoço aos dois amigos, até aquela última ideia de metempsicose, passando pela lembrança do enforcado, e por uma declaração de amor não aceita, mal repelida, parece que adivinhada por outros... Misturava tudo; o espírito ia de um para outro lado como bola de borracha entre mãos de crianças. Contudo, a sensação maior era a do amor. Rubião estava admirado de si mesmo, e arrependia-se; mas o arrependimento era obra da consciência, ao passo que a imaginação não soltava por nenhum preço a figura da bela Sofia... Uma, duas, três horas... Sofia ao longe, os latidos do cão embaixo... O sono esquivo... Onde iam já as três horas? Três e meia... Enfim, depois de muito cuidar, apareceu-lhe o sono, espremeu as clássicas papoulas, e foi um instante; Rubião dormiu antes das quatro.

Capítulo L

Não, senhora minha, ainda não acabou este dia tão comprido; não sabemos o que se passou entre Sofia e o Palha, depois que todos se foram embora. Pode ser até que acheis aqui melhor sabor que no caso do enforcado.

Tende paciência; é vir agora outra vez a Santa Teresa. A sala está ainda alumiada, mas por um bico de gás; apagaram-se os outros, e ia apagar-se o último, quando o Palha mandou que o criado esperasse um pouco lá dentro. A mulher ia a sair, o marido deteve-a, ela estremeceu.

— A nossa festa esteve bem bonita — disse ele.

— Esteve.

— O Siqueira é um cacete, mas paciência; é alegre. A filha não estava mal-arranjada. Viste o Ramos como devorava tudo o que se lhe pôs no prato? Tu verás que ele um dia engole a mulher.

— A mulher? — disse Sofia, sorrindo.

— É gorda, concordo; mas a primeira era muito mais gorda, e creio que não morreu, ele engoliu-a, com certeza.

Sofia, reclinada no canapé, ria das graças do marido. Criticaram ainda alguns episódios da tarde e da noite; depois, Sofia, acariciando os cabelos do marido, disse-lhe de repente:

— E você ainda não sabe do melhor episódio da noite.

— Que foi?

— Adivinhe.

Palha ficou algum tempo calado, olhando para a mulher, a ver se adivinhava qual tinha sido o melhor episódio da noite. Não podia acertar; acudia-lhe isto ou aquilo, nada; Sofia abanava a cabeça.

— Mas então que foi?

— Não sei; adivinha.

— Não posso. Dize logo.

— Com uma condição — acudiu ela —; não quero zangas nem barulhos...

Palha foi ficando mais sério. "Zangas? barulhos? Que diabo podia ser?", pensava ele. Já se não ria; tinha só um resto de sorriso forçado e resignado. Olhou bem para ela, e perguntou-lhe o que era.

— Você promete o que lhe disse?

— Vá lá. Que foi?

— Pois saiba que ouvi nada menos que uma declaração de amor.

Palha empalideceu. Não prometera deixar de empalidecer. Gostava da mulher, como sabemos, até o ponto singular de publicá-la; não podia ouvir a frio a notícia. Sofia viu a palidez, e gostou da má impressão causada; para saboreá-la mais, inclinou o busto, soltou o cabelo atrás, que a incomodava um pouco, recolheu os grampos em um lenço, depois sacudiu a cabeça, respirou largo, e pegou nas mãos do marido, que ficara de pé.

— É verdade, meu velho, namoraram-te a mulher.

— Mas quem foi o patife? — disse ele impaciente.

— Mau, se vamos assim, não digo nada. Quem foi? Quer saber quem foi? Há de ouvir sossegado. Foi o Rubião.

— O Rubião?

— Nunca imaginei tanto. Parecia-me acanhado e respeitoso; fica sabendo que não é o hábito que faz o monge. De tantos homens que aqui vêm não ouvi nunca o menor dito. Olham para mim; naturalmente, porque não sou feia... Para que estás andando assim de um lado para outro? Para, que não quero levantar a voz... Bem, assim... Vamos ao caso. Não me fez declaração positiva...

— Ah! não? — acudiu vivamente o marido.

— Não, mas vem a dar na mesma.

E depois de contar o que se passara no jardim, desde que ali chegaram os dois, até que o major apareceu:

— Foi só isto — concluiu —; mas é bastante para ver que se ele não disse amor é porque não lhe chegou a língua, mas chegou-lhe a mão, que me apertou os dedos... Só isso, mas é preciso trancar-lhe a porta — ou de uma vez ou aos poucos; eu preferia logo, mas estou por tudo. Como achas melhor?

Mordendo o beiço inferior, Palha ficou a olhar para ela a modo de estúpido. Sentou-se no canapé calado. Considerava o negócio. Achava natural que as gentilezas da esposa chegassem a cativar um homem — e Rubião podia ser esse homem; mas confiava tanto no Rubião, que o bilhete que Sofia mandara a este, acompanhando os morangos, foi redigido por ele mesmo; a mulher limitou-se a copiá-lo, assiná-lo e mandá-lo. Nunca, entretanto, lhe passou pela cabeça que o amigo chegasse a declarar amor a alguém, menos ainda a Sofia, se é que era amor deveras; podia ser gracejo de intimidade. Rubião olhava para ela muita vez, é certo; parece também que Sofia, em algumas ocasiões, pagava os olhares com outros... Concessões de moça bonita! Mas, enfim, contanto que lhe ficassem os olhos, podiam ir alguns raios deles. Não havia de ter ciúmes do nervo óptico, ia pensando o marido.

Sofia levantou-se, foi pôr o lenço com os grampos em cima do piano, e deu uma olhada ao espelho para ver-se com a trança caída. Quando voltou ao canapé, o marido pegou-lhe na mão, rindo:

— Parece-me que te amofinaste mais do que o caso merecia. Comparar os olhos de uma moça às estrelas, e as estrelas aos olhos, afinal de contas é coisa que até se pode fazer à vista de todos, em família, e em prosa ou verso para o público. A culpa é de quem tem olhos bonitos. Demais, apesar do que me contas, sabes que ele é ainda matuto...

— Então o Diabo também é matuto, porque ele pareceu-me nada menos que o Diabo. E pedir-me que a certa hora olhasse para o Cruzeiro, a fim de que as nossas almas se encontrassem?

— Isso, sim, isso já cheira a namoro — concordou Palha —; mas bem vês que é um pedido de alma cândida. É assim que as moças falam aos quinze anos; é assim que falam os tolos em todos os tempos, e os poetas também; mas ele nem é moça nem poeta.

— Creio que não; mas segurar-me nas mãos para reter-me no jardim?

Palha teve um calafrio; a ideia do contato das mãos e da força empregada para reter a mulher é que o mortificava mais. Francamente, se pudesse, era capaz de ir ter com ele, e deitar-lhe as mãos ao gasnate. Outras ideias, porém, acudiram e

dissiparam o efeito da primeira; de modo que, cuidando Sofia havê-lo irritado, viu-o dar de ombros com desprezo, e responder-lhe que efetivamente era um ato de grosseria.

— E depois, Sofia, que lembrança foi essa de convidá-lo a ir ver a lua, não me dirás?

— Chamei dona Tonica para ir conosco.

— Mas, uma vez que dona Tonica recusou, devias ter achado meios e modos de não ir ao jardim. São coisas que acodem logo. Tu é que deste ocasião...

Sofia olhou para ele, contraindo as grossas sobrancelhas; ia responder, mas calou-se. Palha continuou a desenvolver a mesma ordem de considerações; a culpa era dela, não devia ter dado ocasião...

— Mas você mesmo não me tem dito que devemos tratá-lo com atenções particulares? Seguramente, que eu não iria ao jardim, se pudesse imaginar o que se passou. Mas nunca esperei que um homem tão pacato, tão não sei como, se tirasse dos seus cuidados para vir dizer-me coisas esquisitas...

— Pois daqui em diante evita a lua e o jardim — disse o marido, procurando sorrir...

— Mas, Cristiano, como queres tu que lhe fale a primeira vez que ele cá vier? Não tenho cara para tanto; o melhor de tudo é acabar com as relações.

Palha atravessou uma perna sobre a outra e começou a rufar no sapato. Durante alguns segundos ficaram calados. Palha cuidava na proposta de acabar com as relações, não que quisesse aceitá-la, mas não sabia como responder à mulher, que mostrava tanto ressentimento, e se portava com tal dignidade. Era preciso nem desaprová-la, nem aceitar a proposta, e não lhe acudia nada. Levantou-se, meteu as mãos nas algibeiras das calças e, depois de alguns passos, parou defronte de Sofia.

— Talvez nos estejamos a incomodar com um simples efeito de vinhos. Olha que ele não mandou o seu quinhão ao vigário; cabeça fraca, um pouco de abalo, e entornou o que tinha dentro... Sim, eu não nego que lhe possas ter causado certa impressão, como tantas outras senhoras. Há dias foi a um baile no Catete, e voltou encantado das senhoras que lá vira, de uma principalmente, a viúva Mendes...

Sofia interrompeu-o:

— Por que é que não convidou essa beleza a ver o Cruzeiro?

— Não jantou lá, naturalmente, e não havia jardim nem lua. O que eu quero dizer é que o *nosso amigo* não estaria em si. Talvez se ache agora arrependido do que fez, envergonhado, sem saber como se há de explicar, ou se não explicará nada... É muito possível até que se ausente...

— Era melhor.

— ...Se o não chamarmos — concluiu Palha.

— Mas para que chamá-lo?

— Sofia — disse-lhe o marido, sentando-se ao pé dela. — Não quero entrar em minudências; digo só que não permito que alguém te falte ao respeito...

Houve uma pequena pausa; Sofia olhava para ele, esperando.

— Não permito, e ai daquele que o fizesse, assim como ai de ti se o consentires; sabes que sou de ferro, a esse respeito, e que a certeza da tua amizade ou — vá logo tudo — do amor que me tens é que me tranquiliza. Pois bem, nada me abala relativamente ao Rubião. Crê que o Rubião é nosso amigo, devo-lhe obrigações.

— Alguns presentes, algumas joias, camarotes no teatro, não são motivos para que eu fite o Cruzeiro com ele.

— Prouvera a Deus que fosse só isso! — suspirou o zangão.

— Que mais?

— Não entremos em minudências... Há outras coisas... Conversaremos depois... Mas fica certa que nada me faria recuar, se visse no que contaste alguma gravidade. Não há nenhuma. O homem é um simplório.

— Não.

— Não?

Sofia levantou-se; também não queria entrar em minudências. O marido pegou-lhe na mão, ela ficou de pé e calada. Palha, com a cabeça reclinada nas costas do sofá, olhava sorrindo, sem achar que dizer. Ao cabo de alguns minutos, ponderou a mulher que era tarde, que ia mandar apagar tudo.

— Bem — tornou o Palha depois de breve silêncio —; escrevo-lhe amanhã que não ponha aqui os pés.

Olhou para a mulher esperando alguma recusa. Sofia coçava as sobrancelhas e não respondeu nada. Palha repetiu a solução; e pode ser que desta vez com sinceridade. A mulher então com ar de tédio:

— Ora, Cristiano... Quem é que te pede cartas? Já estou arrependida de haver falado nisso. Contei-te um ato de desrespeito, e disse que era melhor cortar as relações — aos poucos ou de uma vez.

— Mas como se hão de cortar as relações de uma vez?

— Fechar-lhe a porta, mas não digo tanto: basta, se queres, aos poucos...

Era uma concessão; Palha aceitou-a; mas imediatamente ficou sombrio, soltou a mão da mulher, com um gesto de desespero. Depois, agarrando-a pela cintura, disse em voz mais alta do que até então:

— Mas, meu amor, eu devo-lhe muito dinheiro.

Sofia tapou-lhe a boca e olhou assustada para o corredor.

— Está bom — disse —, acabemos com isto. Verei como ele se comporta, e tratarei de ser mais fria... Nesse caso, tu é que não deves mudar, para que não pareça que sabes o que se deu. Verei o que posso fazer.

— Você sabe, apertos do negócio, algumas faltas... é preciso tapar um buraco daqui, outro dali... o diabo! É por isso que... Mas riamos, meu bem; não vale nada. Sabes que confio em ti.

— Vamos, que é tarde.

— Vamos — repetiu o Palha dando-lhe um beijo na face.

— Estou com muita dor de cabeça — murmurou ela. — Creio que foi do sereno, ou dessa história... Estou com muita dor de cabeça.

Capítulo LI

Banhado, barbeado, meio vestido, Palha lia os jornais, à espera do almoço, quando viu entrar a mulher no gabinete, um tanto pálida.

— Estás pior?

Sofia respondeu com um gesto dos lábios, que tanto negava como afirmava. Palha acreditou que, pelo dia adiante, passaria o incômodo; a agitação da véspera, o jantar tarde... Depois, pediu que lhe deixasse acabar de ler um artigo relativo a certo negócio da praça. Era uma briga entre dois comerciantes, a propósito de uns saques; na véspera escrevera um deles, hoje vinha a resposta do outro. Resposta completa, disse ele acabando a leitura; e explicou longamente à mulher a questão dos saques, o mecanismo da operação, a situação dos dois adversários, os boatos da praça, tudo com o vocabulário técnico. Sofia ouvia e suspirava; mas para o despotismo da profissão não há suspiros de mulher, nem cortesia de homem. Felizmente, o almoço estava na mesa.

Ficando só, a nossa amiga, que apenas tomou um caldo, lá para as duas horas foi sentar-se à porta de casa, no jardim. Naturalmente, voltou a pensar no lance da véspera. Não estava bem em si nem fora de si, nem com Deus nem com o Diabo. Arrependia-se de haver contado o episódio ao marido, e ao mesmo tempo irritava-se com as tentativas de explicação que este lhe deu. No meio das reflexões, ouviu distintamente as palavras do major: "Olá! estão apreciando a lua?" como se as folhas as tivessem guardado, e repetido agora que a aragem começava a movê-las. Sofia teve um calafrio. Siqueira era indiscreto — indiscreto em farejar e indagar os negócios alheios; sê-lo-ia ao ponto de publicá-los? Sofia considerava-se já objeto de suspeita ou de calúnia. Formava planos. Não visitaria ninguém; ou iria para fora, para Nova Friburgo ou mais longe. A exigência do marido em receber o Rubião, como dantes, era excessiva; maiormente pela causa dada. Não querendo obedecer nem desobedecer, cuidava em deixar a cidade, pretextando o que quer que fosse.

"A culpa foi minha!", suspirou ela consigo.

A culpa eram as atenções especiais com o homem, carinhos, lembranças, obséquios familiares e, na véspera, aqueles olhos tão longamente pregados nele. Se não fosse isso... Ia-se assim perdendo em reflexões multiplicadas. Tudo a aborrecia, plantas, móveis, uma cigarra que cantava, um rumor de vozes, na rua, outro de pratos, em casa, o andar das escravas, e até um pobre preto velho que, em frente à casa dela, trepava com dificuldade um pedaço de morro. As cautelas do preto buliam-lhe com os nervos.

Capítulo LII

Nisso passou um rapaz alto, que a cortejou sorrindo e vagarosamente. Sofia cortejou-o também, um pouco espantada da pessoa e da ação.

"Quem é esse sujeito?", pensou ela.

E entrou a cogitar donde é que o conhecia, porque, em verdade, a cara não lhe era estranha, nem as maneiras, nem os olhos plácidos e grandes. Onde é que o teria visto? Percorreu várias casas, sem acertar com a verdadeira; afinal pensou em certo baile — no mês anterior — em casa de um advogado que fazia anos. Era isso; viu-o lá, dançaram uma quadrilha, por simples condescendência dele, que não dançava nunca; lembrava-se de lhe ter ouvido muitas palavras agradáveis, relativamente à beleza da mulher, que, dizia ele, consistia principalmente nos olhos e nos ombros. Os dela, como sabemos, eram magníficos. E quase não tratou de outro assunto — os ombros e os olhos —; a propósito de uns e outros contou várias anedotas sucedidas com ele, algumas sem interesse, mas falava tão bem! e o assunto era tão dela! É verdade; lembrava-se agora que, apenas ele a deixou, Palha veio ter com ela, sentou-se na cadeira, ao lado, e disse-lhe o nome do rapaz, porque ela não ouvira bem à pessoa que lho apresentara: era Carlos Maria — o próprio do almoço do nosso Rubião.

— É a primeira figura do salão — disse-lhe o marido com orgulho de ver que se ocupara tanto tempo com ela.

— Entre os homens — explicou Sofia.

— Entre as senhoras és tu — acudiu ele mirando-se no colo da mulher, e circulando depois os olhos pela sala, com uma expressão de posse e domínio, que a mulher já conhecia e que lhe fazia bem.

Quando acabou de recordar tudo, já iria longe o rapaz; ao menos, foi uma interrupção na série de tédios que lhe tomavam a alma. Tinha uma dor nas costas, que se calara por instantes. Voltou logo, teimosa, aborrecida; Sofia reclinou-se na cadeira e fechou os olhos. Quis ver se passava pelo sono, mas não pôde. Os pensamentos eram tão teimosos como a dor, e ainda mais ruins que ela. De quando em quando um bater de asas, rápido, quebrava o silêncio: eram as pombas de uma casa vizinha que tornavam ao pombal. Sofia a princípio abriu os olhos, umas duas vezes; depois, acostumou-se ao rumor, e deixou-os fechados, a ver se dormia. Passado algum tempo, ouviu passos na rua, e levantou a cabeça, supondo que era Carlos Maria que regressava; era um carteiro que lhe trazia uma carta da roça. Entregou-lha em mão. Ao sair do jardim, tropeçou o carteiro no pé de um banco e caiu de bruços, espalhando as cartas no chão. Sofia não pôde conter o riso.

Capítulo LIII

Perdoem-lhe esse riso. Bem sei que o desassossego, a noite mal passada, o terror da opinião, tudo contrasta com esse riso inoportuno. Mas, leitora amada, talvez a senhora nunca visse cair um carteiro. Os deuses de Homero — e mais eram deuses — debatiam uma vez no Olimpo, gravemente, e até furiosamente. A orgulhosa Juno, ciosa dos colóquios de Tétis e Júpiter em favor de Aquiles, interrompe o filho de Saturno. Júpiter troveja e ameaça; a esposa treme de cólera. Os outros gemem e suspiram. Mas, quando Vulcano pega da urna de néctar, e vai coxeando servir a todos, rompe no Olimpo uma enorme gargalhada inextinguível. Por quê? Senhora minha, com certeza nunca viu cair um carteiro.

Às vezes, nem é preciso que ele caia; outras vezes nem é sequer preciso que exista. Basta imaginá-lo ou recordá-lo. A sombra da sombra de uma lembrança grotesca projeta-se no meio da paixão mais aborrecível, e o sorriso vem às vezes à tona da cara, leve que seja — um nada. Deixemo-la rir, e ler a sua carta da roça.

Capítulo LIV

Quinze dias depois, estando Rubião em casa, apareceu-lhe o marido de Sofia. Vinha perguntar-lhe o que era feito dele? onde se tinha metido que não aparecia? estivera doente? ou já não cuidava dos pobres? Rubião mastigava as palavras, sem acabar de compor uma frase única. No meio disto, Palha viu que havia na sala um homem mirando os quadros, e abafou a voz.

— Desculpe, não vi que estava com visitas — disse ele.

— Desculpar o quê? é um amigo, como o senhor. Doutor, aqui está o meu amigo Cristiano de Almeida e Palha. Creio que já lhe falei dele. Este é o meu amigo doutor Camacho — João de Sousa Camacho.

Camacho fez um sinal de cabeça, disse uma ou duas frases e quis sair; mas Rubião acudiu que não, senhor, que ficasse. Eram ambos amigos; e depois a lua não tardava a iluminar a bela enseada de Botafogo.

A lua — outra vez a lua —, e esta frase: *Creio que já lhe falei dele*, atordoaram de tal jeito o recém-chegado, que não lhe foi possível proferir uma palavra durante algum tempo. Bom é acrescentar que o dono da casa também não sabia o que dissesse. Estavam os três sentados: Rubião no canapé, Palha e Camacho em cadeiras defronte um do outro. Camacho, que conservara a bengala na mão, pô-la verticalmente nos joelhos, batendo no nariz e olhando para o teto. Fora, rumor de carros, tropel de cavalos e algumas vozes. Eram sete horas e meia da noite, ou mais, perto de oito. O silêncio foi mais longo do que era lícito na ocasião; nem Rubião nem Palha davam por ele. Camacho é que, aborrecido, foi à janela, e exclamou dali para os dois:

— Lá vem o luar entrando!

Rubião fez um gesto, Palha outro; mas quão diferentes! Rubião era para transportar-se à janela; Palha ia a agarrá-lo pela gola. Cedia menos à divulgação possível da aventura do que à lembrança da violência com que ele pegara nas mãos da mulher para atraí-la a si. Um e outro contiveram-se; logo depois, Rubião, cruzando a perna esquerda sobre a direita, voltou-se para o Palha, e perguntou-lhe:

— Sabe que vou deixá-los?

Capítulo LV

Tudo esperava o outro, menos isso. Daí o espanto em que se dissolveu a cólera; daí também uma sombrinha de pesar, que é o que o leitor menos espera. Deixá-los? Naturalmente ia-se embora do Rio de Janeiro; era o castigo que a si mesmo impunha pela ação ruim que praticara em Santa Teresa; logo, vexara-se, arrependera-se. Não tinha cara de aparecer à esposa do amigo. Tal foi a primeira conclusão do Palha; mas vieram outras hipóteses. Por exemplo, a paixão podia persistir, e a saída dele era um modo de afastar-se da pessoa amada. Também podia acontecer que entrasse aí algum plano de casamento.

A última hipótese trouxe à fisionomia do Palha um elemento novo, que não sei como chame. Desapontamento? Já o elegante Garrett não achava outro termo para tais sensações, e nem por ser inglês o desprezava. Vá desapontamento. Misturem-lhe o pesar da separação, não esqueçam a cólera que o primeiro trovejou surdamente, e não faltará quem ache que a alma desse homem é uma colcha de retalhos. Pode ser; moralmente as colchas inteiriças são tão raras! O principal é que as cores se não desmintam umas às outras — quando não possam obedecer à simetria e regularidade. Era o caso do nosso homem. Tinha o aspecto baralhado à primeira vista; mas atentando bem, por mais opostos que fossem os matizes, lá se achava a unidade moral da pessoa.

Capítulo LVI

Mas, por que é que Rubião ia deixá-los? Que razão? Que negócio?

No dia seguinte ao do caso de Santa Teresa, acordou opresso. Almoçou mal. Não cuidou de nada; calçou as chinelas africanas sem interesse, não mirou as alfaias belas, ou simplesmente ricas, que lhe enchiam a casa. Não pôde suportar as carícias do cão mais de dois minutos; tão depressa o recebeu na sala, como o mandou embora. Ele é que enganou os criados e tornou à sala; mas, tal foi o tabefe que recebeu na orelha, que não repetiu os afagos: estirou-se no chão com os olhos no amigo.

Rubião estava arrependido, irritado, envergonhado. No capítulo x deste livro ficou escrito que os remorsos deste homem eram fáceis, mas de pouca dura; faltou explicar a natureza das ações que os podiam fazer curtos ou compridos. Lá tratava-se daquela carta escrita pelo finado Quincas Borba, tão expressiva do estado mental do autor, e que ele ocultou do médico, podendo ser útil à ciência ou à justiça. Se entrega a carta, não teria remorsos, nem talvez legado — o pequeno legado que então esperava do enfermo. No caso presente, era uma tentativa de adultério. Certo que ele suspirava há muito, e tinha ímpetos interiores; mas foi só a animação indiscreta da moça, e a própria excitação do momento que o levou a fazer a declaração repelida. Passados os vapores da noite, não era só vexame que sentia, mas também remorsos. A moral é uma, os pecados são diferentes.

Saltemos por cima de tudo o que ele sentiu e pensou durante os primeiros dias. Chegou a esperar alguma coisa no domingo, um bilhete como o do anterior — com morangos ou sem eles. Na segunda-feira estava determinado a ir a Minas passar uns dois meses; tinha necessidade de restaurar a alma aos ventos de Barbacena. Não contava com o dr. Camacho.

— Deixar-nos? — perguntou finalmente o Palha.
— Creio que sim; vou a Minas.

Camacho, voltando da janela, sentou-se na cadeira em que estivera antes.

— Que Minas? — disse ele sorrindo. — Deixe-se de Minas por ora; lá irá quando for preciso, e não se demorará muito que o seja.

Palha não ficou menos admirado das palavras deste que das do outro. Donde surgira semelhante homem, com ar de dominar o Rubião? Olhou para ele; era pessoa de estatura média, rosto estreito, pouca barba, queixo comprido, orelhas de pavilhão largo e aberto. Foi tudo o que pôde observar rapidamente. Viu também que a roupa era fina, sem luxo, e que os pés não estavam mal calçados. Não examinou os olhos, nem o sorriso, nem as maneiras; não chegou a reparar no princípio de calva, nem nas mãos magras e cabeludas.

Capítulo LVII

Camacho era homem político. Formado em direito em 1844, pela Faculdade do Recife, voltara para a província natal, onde começou a advogar; mas a advocacia era um pretexto. Já na academia escrevera um jornal político, sem partido definido, mas com muitas ideias colhidas aqui e ali, e expostas em estilo meio magro e meio inchado. Pessoa que recolheu esses primeiros frutos de Camacho fez um índice dos seus princípios e aspirações: — *ordem pela liberdade, liberdade pela ordem;* — *a autoridade não pode abusar da lei, sem esbofetear-se a si própria;* — *a vida dos princípios é a necessidade moral das nações novas como das nações velhas;* — *dai-me boa política, dar-vos-ei boas finanças (barão Louis);* — *mergulhemos no Jordão constitucional;* — *dai passagem aos valentes, homens do poder; eles serão os vossos sustentáculos etc. etc.*

Na província natal, essa ordem de ideias teve de ceder a outras; e o mesmo se pode dizer do estilo. Fundou ali um jornal; mas, sendo a política local menos abstrata, Camacho aparou as asas e desceu às nomeações de delegados, às obras provinciais, às gratificações, à luta com a folha adversa, e aos nomes próprios e impróprios. A adjetivação exigiu grande apuro. Nefasto, esbanjador, vergonhoso, perverso, foram os termos obrigados, enquanto atacou o governo; mas, logo que, por uma mudança de presidente, passou a defendê-lo, as qualificações mudaram também: enérgico, ilustrado, justiceiro, fiel aos princípios, verdadeira glória da administração etc. etc. Esse tiroteio durou três anos. No fim deles, a paixão política dominava a alma do jovem bacharel.

Membro da Assembleia provincial, logo depois da Câmara dos deputados,

ano que estivemos vai não vai... Sofia é companheira para essas viagens. Lembra-se quando nos encontramos no trem da estrada de ferro?... Vínhamos de Vassouras; mas esse projeto de Minas nunca nos deixou. Iremos os três.

Rubião agarrou-se às eleições próximas; mas aqui interveio Camacho, afirmando que não era preciso, que a serpente devia ser esmagada cá mesmo na capital; não faltaria tempo depois para ir matar saudades e receber a recompensa. Rubião agitou-se no canapé. A recompensa era, com certeza, o diploma de deputado. Visão magnífica, ambição, que nunca teve, quando era um pobre-diabo... Ei-la que o toma, que lhe aguça todos os apetites de grandeza e de glória. Entretanto, ainda insistiu por poucos dias de viagem, e, para ser exato, devo jurar que o fez sem desejo de que lhe aceitassem a proposta.

A lua estava então brilhante; a enseada, vista pelas janelas, apresentava aquele aspecto sedutor que nenhum carioca pode crer que exista em outra parte do mundo. A figura de Sofia passou ao longe, na encosta do morro, e diluiu-se no luar; a última sessão da Câmara, tumultuosa, ressoou aos ouvidos de Rubião... Camacho foi até a janela e voltou logo.

— Mas quantos dias? — perguntou ele.
— Isso é que não sei, mas poucos.
— Em todo o caso, amanhã conversaremos.

Camacho despediu-se. Palha ficou ainda alguns instantes, para dizer-lhe que seria esquisito voltar a Minas, sem que eles liquidassem as contas... Rubião interrompeu-o. Contas? Quem lhe pedia contas?

— Bem se vê que o senhor não é homem de comércio — redarguiu Cristiano.
— Não sou, é verdade; mas as contas pagam-se quando se pode. Entre nós, tem sido isto. Ou, quem sabe? Seja franco; precisa de algum dinheiro?
— Não, não preciso. Obrigado. Tenho que propor um negócio, mas há de ser mais demoradamente. Vim vê-lo para não botar anúncios nos jornais: "Desapareceu um amigo, por nome Rubião, que tem um cachorro..."

Rubião gostou da facécia. Palha saiu e ele foi acompanhá-lo até a esquina da rua Marquês de Abrantes. Ao despedir-se prometeu visitá-lo em Santa Teresa, antes de ir a Minas.

Capítulo LX

Pobre Minas! Rubião voltou para casa, sozinho, a passo lento, pensando no modo de lá não ir agora. E as palavras dos dois andavam-lhe no cérebro, como peixinhos de ouro em globo de vidro, abaixo, acima, rutilantes: *"aqui é que se deve esmagar a cabeça da cobra"*; — *"Sofia é companheira para essas viagens"*. Pobre Minas!

No dia seguinte recebeu um jornal que nunca vira antes, a *Atalaia*. O artigo editorial desancava o ministério; a conclusão, porém, estendia-se a todos os partidos e à nação inteira: — *Mergulhemos no Jordão constitucional*. Rubião achou-o excelente; tratou de ver onde se imprimia a folha para assiná-la. Era na rua da Aju-

da; lá foi, logo que saiu de casa; lá soube que o redator era o dr. Camacho. Correu ao escritório dele.

Mas, em caminho, na mesma rua:

— Deolindo! Deolindo! — bradou angustiadamente uma voz de mulher à porta de uma colchoaria.

Rubião ouviu o grito, voltou-se, viu o que era. Era um carro que descia e uma criança de três ou quatro anos que atravessava a rua. Os cavalos vinham quase em cima dela, por mais que o cocheiro os sofreasse. Rubião atirou-se aos cavalos e arrancou o menino ao perigo. A mãe, quando o recebeu das mãos do Rubião, não podia falar; estava pálida, trêmula. Algumas pessoas puseram-se a altercar com o cocheiro, mas um homem calvo, que vinha dentro, ordenou-lhe que fosse andando. O cocheiro obedeceu. Assim, quando o pai, que estava no interior da colchoaria, veio fora, já o carro dobrava a esquina de São José.

— Ia quase morrendo — disse a mãe. — Se não fosse este senhor, não sei o que seria do meu pobre filho.

Era uma novidade no quarteirão. Vizinhos entravam a ver o que sucedera ao pequeno; na rua, crianças e moleques espiavam pasmados. A criança tinha apenas um arranhão no ombro esquerdo, produzido pela queda.

— Não foi nada — disse Rubião —; em todo caso, não deixem o menino sair à rua; é muito pequenino.

— Obrigado — acudiu o pai —; mas onde está o seu chapéu?

Rubião advertiu então que perdera o chapéu. Um rapazinho esfarrapado, que o apanhara, estava à porta da colchoaria, aguardando a ocasião de restituí-lo. Rubião deu-lhe uns cobres em recompensa, coisa em que o rapazinho não cuidara, ao ir apanhar o chapéu. Não o apanhou senão para ter uma parte na glória e nos serviços. Entretanto, aceitou os cobres, com prazer; foi talvez a primeira ideia que lhe deram da venalidade das ações.

— Mas espere — tornou o colchoeiro —, o senhor feriu-se?

Com efeito, a mão do nosso amigo tinha sangue, um ferimento na palma, coisa pequena; só agora começava a senti-lo. A mãe do pequeno correu a buscar uma bacia e uma toalha, apesar de dizer o Rubião que não era nada, que não valia a pena. Veio a água; enquanto ele lavava a mão, o colchoeiro correu à farmácia próxima, e trouxe um pouco de arnica. Rubião curou-se, atou o lenço na mão; a mulher do colchoeiro escovou-lhe o chapéu; e, quando ele saiu, um e outro agradeceram-lhe muito o benefício da salvação do filho. A outra gente, que estava à porta e na calçada, fez-lhe alas.

Capítulo LXI

— Que é que tem aí na mão? — inquiriu Camacho, logo que Rubião entrou no escritório.

Rubião narrou o incidente da rua da Ajuda. O advogado fez-lhe muitas perguntas sobre a criança, os pais, o número da casa; mas o próprio Rubião pôs termo às respostas.

— Não sabe, ao menos, o nome do pequeno?

— Ouvi chamar Deolindo. Vamos ao que importa. Venho assinar a sua folha; recebi um número, e quero contribuir para...

Camacho acudiu que não precisava de assinaturas. Em assinaturas, a folha ia bem. O que ela precisava era de material tipográfico e desenvolvimento no texto; ampliar a matéria, pôr-lhe mais noticiário, variedades, tradução de algum romance para o folhetim, movimento do porto, da praça etc. Tinha anúncios, como viu!

— Sim, senhor.

— Estou com o capital quase subscrito. Bastam dez pessoas, e já somos oito; eu e mais sete. Faltam dois. Com mais duas pessoas está completo o capital.

"Quanto será?", pensou Rubião.

Camacho batia com um canivete na beira da escrivaninha, calado, olhando às furtadelas para o outro. Rubião passou uma vista à sala, poucos móveis, alguns autos sobre um tamborete ao pé do advogado, estante com livros, Lobão, Pereira e Sousa, Dalloz, *Ordenações do reino*, um retrato na parede, diante da escrivaninha.

— Conhece? — disse Camacho apontando para o retrato.

— Não, senhor.

— Veja se conhece.

— Não posso saber. Nunes Machado?

— Não — acudiu o ex-deputado dando à cara um ar pesaroso. — Não pude obter um bom retrato dele. Vendem-se aí umas litografias que me não parecem boas. Não; aquele é o marquês.

— De Barbacena?

— Não, de Paraná; é o grande marquês, meu particular amigo. Tentou conciliar os partidos, e foi por isso que me achei com ele. Morreu cedo; a obra não pôde ir adiante. Hoje, se ele a quisesse, ter-me-ia contra si. Não! nada de conciliações; guerra de morte. Havemos de destruí-los; leia a *Atalaia*, meu bom companheiro de lutas; recebê-la-á em casa...

— Não, senhor.

— Por que não?

Rubião baixou os olhos diante do nariz interrogativo do Camacho.

— Não, senhor; sou firme, desejo ajudar os amigos. Receber a folha de graça...

— Mas, se já lhe disse que de assinaturas vamos bem — retorquiu Camacho.

— Sim, senhor, mas não disse também que faltam duas pessoas para o capital?

— Duas, sim; temos oito.

— Quanto é o capital?

— O capital é de cinquenta contos; cinco por pessoa.

— Pois entro com cinco.

Camacho agradeceu-lho em nome das ideias. Tinha intenção de convidá-lo para entrar com eles; era um direito adquirido pela convicção, pela fidelidade, pelo amor aos negócios públicos do seu recente amigo. Uma vez que espontaneamente se alistou, pedia-lhe que o desculpasse. Mostrou-lhe a lista dos outros; Camacho era o primeiro; entrava com a folha, o material existente, as assinaturas, e o trabalho hercúleo... Ia a emendar-se, mas repetiu corajosamente: trabalho hercúleo. Podia dizer que o era, sem deslustre, nem mentira; esganou cobras, em criança. Já agora era um vício; gostava da luta, morreria nela, envolvido na bandeira...

Capítulo LXII

Rubião despediu-se. No corredor passou por ele uma senhora alta, vestida de preto, com um arruído de seda e vidrilhos. Indo a descer a escada, ouviu a voz do Camacho, mais alta do que até então:

— Oh! senhora baronesa!

No primeiro degrau parou. A voz argentina da senhora começou a dizer as primeiras palavras; era uma demanda. Baronesa! E o nosso Rubião ia descendo a custo, de manso, para não parecer que ficara ouvindo. O ar metia-lhe pelo nariz acima um aroma fino e raro, coisa de tontear, o aroma deixado por ela. Baronesa! Chegou à porta da rua; viu parado um cupê; o lacaio, em pé, na calçada, o cocheiro na almofada, olhando; fardados ambos... Que novidade podia haver em tudo isso? Nenhuma. Uma senhora titular, cheirosa e rica, talvez demandista para matar o tédio. Mas o caso particular é que ele, Rubião, sem saber por que, e apesar do seu próprio luxo, sentia-se o mesmo antigo professor de Barbacena...

Capítulo LXIII

Na rua, encontrou Sofia com uma senhora idosa e outra moça. Não teve olhos para ver bem as feições destas; todo ele foi pouco para Sofia. Falaram-se acanhadamente, dois minutos apenas, e seguiram o seu caminho. Rubião parou adiante, e olhou para trás; mas as três senhoras iam andando sem voltar a cabeça. Depois do jantar, consigo:

"Irei lá hoje?"

Reflexionou muito sem adiantar nada. Ora que sim, ora que não. Achara-lhe um modo esquisito; mas lembrava-se que sorriu — pouco, mas sorriu. Pôs o caso à sorte. Se o primeiro carro que passasse viesse da direita, iria; se viesse da esquerda, não. E deixou-se estar na sala, no pufe central, olhando. Veio logo um tílburi da esquerda. Estava dito; não ia a Santa Teresa. Mas aqui a consciência reagiu; queria os próprios termos da proposta: um carro. Tílburi não era carro. Devia ser o que vulgarmente se chama carro, uma caleça inteira ou meia, ou ainda uma vitória. Daí a pouco vieram chegando da direita muitas caleças, que voltavam de um enterro. Foi.

Capítulo LXIV

Sofia deu-lhe a mão gentilmente, sem sombra de rancor. As duas senhoras do passeio estavam com ela, em trajes caseiros; apresentou-as. A moça era prima, a velha era tia — aquela tia da roça, autora da carta que Sofia recebeu no jardim das mãos

do carteiro, que logo depois deu uma queda. A tia chamava-se d. Maria Augusta; tinha uma fazendola, alguns escravos e dívidas, que lhe deixara o marido, além das saudades. A filha era Maria Benedita — nome que a vexava, por ser de velha, dizia ela; mas a mãe retorquia-lhe que as velhas foram algum dia moças e meninas, e que os nomes adequados às pessoas eram imaginações de poetas e contadores de histórias. Maria Benedita era o nome da avó dela, afilhada de Luís de Vasconcelos, o vice-rei. Que queria mais?

Contaram isso ao Rubião, sem que ela se vexasse. Sofia, ou por atenuar o caso, ou por outro motivo, acrescentou que os mais feios nomes eram lindos, segundo a pessoa. Maria Benedita era lindíssimo.

— Não lhe parece? — concluiu voltando-se para Rubião.

— Deixa de caçoada, prima! — acudiu Maria Benedita, rindo.

Podemos crer que a velha nem Rubião entenderam o dito — a velha, porque começava a cochilar; Rubião porque afagava um cãozinho que tinham dado a Sofia, pequeno, delgado, leve, buliçoso, olhos negros, com um guizo ao pescoço. Mas, insistindo a dona da casa, ele respondeu que sim, sem saber o que era. Maria Benedita deu um muxoxo. Em verdade, não era uma beleza; não lhe pedissem olhos que fascinam, nem dessas bocas que segredam alguma coisa, ainda caladas; era natural, sem acanho de roceira; e tinha um donaire particular, que corrigia as incoerências do vestido.

Nascera na roça e gostava da roça. A roça era perto, Iguaçu. De longe em longe vinha à cidade, passar alguns dias; mas, ao cabo dos dois primeiros, já estava ansiosa por tornar a casa. A educação foi sumária: ler, escrever, doutrina e algumas obras de agulha. Nos últimos tempos (ia em dezenove anos), Sofia apertou com ela para aprender piano; a tia consentiu; Maria Benedita veio para a casa da prima, e ali esteve uns dezoito dias. Não pôde mais; doeram-lhe as saudades da mãe e voltou para a roça, deixando consternado o professor, que anunciou nela, desde os primeiros dias, um grande talento musical.

— Oh! sem dúvida, um grande talento!

Maria Benedita riu-se quando a prima lhe contou isto, e nunca mais pôde ver a sério o homem. Às vezes, no meio de uma lição, deitava a rir; Sofia contraía as sobrancelhas, a modo de ralho, e o pobre homem perguntava o que era, e de si mesmo explicava que havia de ser alguma lembrança de moça, e continuava a lição. Nem piano nem francês — outra lacuna, que Sofia mal podia desculpar. D. Maria Augusta não compreendia a consternação da sobrinha. Para que francês? A sobrinha dizia-lhe que era indispensável para conversar, para ir às lojas, para ler um romance...

— Sempre fui feliz sem francês — respondia a velha —; e os meia-línguas da roça são a mesma coisa: não vivem pior que os crioulos.

Um dia acrescentou:

— Nem por isso lhe hão de faltar noivos. Pode casar, já lhe disse que pode casar quando quiser, que eu também casei; e até deixar-me na roça, sozinha, morrer como uma besta velha...

— Mamãe!

— Não tenha pena; é só aparecer o noivo. Em aparecendo, vá com ele, e deixe-me ficar. Olha Maria José o que fez comigo? Vive lá pelo Ceará.

— Mas se o marido é juiz de direito — ponderava Sofia.

— Torto que seja! Para mim é a mesma coisa. Cá fica o frangalho da velha. Casa, Maria Benedita, casa depressa; eu morrerei com Deus. Não terei filhos, mas terei Nossa Senhora, que é mãe de todos. Casa, anda, casa!

Toda essa rabugem era cálculo; tinha em mira arredar a filha do matrimônio, excitando-lhe o terror e a piedade. Quando menos, retardar-lho. Não creio que revelasse esse pecado ao confessor, nem que chegasse a entendê-lo; era obra de um egoísmo idoso e melindroso. D. Maria Augusta fora longamente querida; a mãe era doida por ela, o marido amou-a até o último dia com a mesma intensidade. Mortos ambos, todas as suas saudades filiais e matrimoniais foram postas na cabeça das duas filhas. Uma fugira-lhe, casando. Ameaçada da solidão, se a outra casasse também, d. Maria Augusta fazia tudo o que podia por evitar o desastre.

Capítulo LXV

Curta foi a visita de Rubião. Às nove horas levantou-se ele discretamente, esperando qualquer palavra de Sofia, um pedido para que ficasse ainda algum tempo, que esperasse o marido que já vinha, um espanto que fosse: *Já!*, mas nem isso. Sofia estendeu-lhe a mão, em que ele mal pôde tocar. Contudo, a moça, durante a visita, mostrou-se tão natural, tão sem azedume... Não teve seguramente os olhos longos e loquazes, como dantes; parecia até que não houvera nada, nem bem nem mal, nem morangos, nem lua. Rubião tremia, não achava palavras; ela achava todas as que queria e, se era preciso olhar para ele, fazia-o direitamente, tranquilamente.

— Lembranças ao nosso Palha — murmurou ele de chapéu e bengala na mão.
— Obrigada! Foi fazer uma visita; parece que ouço passos; há de ser ele.

Não era ele; era Carlos Maria. Rubião ficou espantado de o ver ali, mas achou logo que a presença da fazendeira e da filha explicaria tudo; podia ser até que fossem aparentados.

— Ia saindo, quando o senhor entrou — disse-lhe Rubião, depois de o ver sentado ao pé de d. Maria Augusta.
— Ah! — respondeu o outro, olhando para o retrato de Sofia.

Sofia foi até à porta despedir-se do Rubião; disse-lhe que o marido ficaria com pena de não estar em casa; mas que a visita era imperiosa. Negócios... Iria pedir-lhe desculpa.

— Que desculpa? — acudiu Rubião.

Parece que quis dizer ainda alguma coisa; mas o aperto de mão de Sofia e a reverência que esta lhe fez deram-lhe o sinal de despedida. Rubião inclinou-se, atravessou o jardim, ouvindo a voz de Carlos Maria, na sala:

— Vou denunciar seu marido, minha senhora; é homem de muito mau gosto.

Rubião parou.

— Por quê? — disse Sofia.
— Tem esse seu retrato na sala — continuou Carlos Maria —; a senhora é muito mais bela, infinitamente mais bela que a pintura. Comparem, minhas senhoras.

Capítulo LXVI

"Como ele diz aquelas coisas tão naturalmente!", pensou Rubião, em casa, relembrando as palavras de Carlos Maria. "Desfazer no retrato só para elogiar a pessoa! Note-se que o retrato é muito parecido."

Capítulo LXVII

De manhã, na cama, teve um sobressalto. O primeiro jornal que abriu foi a *Atalaia*. Leu o artigo editorial, uma correspondência e algumas notícias. De repente, deu com o seu nome.

— Que é isto?

Era o seu próprio nome impresso, rutilante, multiplicado, nada menos que uma notícia do caso da rua da Ajuda. Depois do sobressalto, aborrecimento. Que diacho de ideia aquela de imprimir um fato particular, contado em confiança? Não quis ler nada; desde que percebeu o que era, deitou a folha ao chão, e pegou em outra. Infelizmente, perdera a serenidade, lia por alto, pulava algumas linhas, não entendia outras, ou dava por si no fim de uma coluna sem saber como viera escorregando até ali.

Ao levantar-se, sentou-se na poltrona, ao pé da cama, e pegou da *Atalaia*. Lançou os olhos pela notícia: era mais de uma coluna. "Coluna e tanto para coisa tão diminuta!", pensou consigo. E a fim de ver como é que Camacho enchera o papel, leu tudo, um pouco às pressas, vexado dos adjetivos e da descrição dramática do caso.

— Foi bem feito! — disse em voz alta. — Quem me mandou ser linguarudo?

Passou ao banho, vestiu-se, penteou-se, sem esquecer a bisbilhotice da folha, acanhado com a publicação de um negócio que ele reputava mínimo, e ainda mais pelo encarecimento que lhe dera o escritor, como se tratasse de dizer bem ou mal em política. Ao café, pegou novamente na folha, para ler outras coisas, nomeações do governo, um assassinato em Garanhuns, meteorologia, até que a vista desastrada foi cair na notícia, e leu-a então com pausa. Aqui confessou Rubião que bem podia crer na sinceridade do escritor. O entusiasmo da linguagem explicava-se pela impressão que lhe ficou do fato; tal foi ela que lhe não permitiu ser mais sóbrio. Naturalmente é o que foi. Rubião recordou a sua entrada no escritório do Camacho, o modo por que falou; e daí tornou atrás, ao próprio ato. Estirado no gabinete, evocou a cena; o menino, o carro, os cavalos, o grito, o salto que deu, levado de um ímpeto irresistível. — Agora mesmo não podia explicar o negócio; foi como se lhe tivesse passado uma sombra pelos olhos... Atirou-se à criança, e aos cavalos, cego e surdo, sem atender ao próprio risco... E podia ficar ali, embaixo dos animais, esmagado pelas rodas, morto ou ferido; ferido que fosse... Podia ou não podia? Era impossível negar que a situação foi grave... A prova é que os pais e a vizinhança...

Rubião interrompeu as reflexões para ler ainda a notícia. Que era bem escrita,

era. Trechos havia que releu com muita satisfação. O diabo do homem parecia ter assistido à cena. Que narração! que viveza de estilo! Alguns pontos estavam acrescentados — confusão de memória —, mas o acréscimo não ficava mal. E certo orgulho que lhe notou ao repetir-lhe o nome? "O nosso amigo, o nosso distintíssimo amigo, o nosso valente amigo..."

Ao almoço, riu-se de si mesmo; achou-se mortificado em demasia. Afinal, que tinha que o outro desse aos seus leitores uma notícia que era verdadeira, que era interessante, dramática — e seguramente — não vulgar? Saindo, recebeu alguns cumprimentos; Freitas chamou-lhe são Vicente de Paula. E o nosso amigo sorria, agradecia, diminuía-se, não era nada...

— Nada? — replicou alguém. — Dê-me muitos desses nadas. Salvar uma criança com risco da própria vida...

Rubião ia concordando, ouvindo, sorrindo; contava a cena a alguns curiosos, que a queriam da própria boca do autor. Certos ouvintes respondiam com proezas suas — um que salvara uma vez um homem, outro uma menina, prestes a afogar-se no boqueirão do Passeio, estando a tomar banho. Vinham também suicídios malogrados, por intervenção do ouvinte, que tomou a pistola ao infeliz, e fê-lo jurar... Cada gloriazinha oculta picava o ovo, e punha a cabeça de fora, olho aberto, sem penas, em volta da glória máxima do Rubião. Também teve invejosos, alguns que nem o conheciam, só por ouvi-lo louvar em voz alta. Rubião foi agradecer a notícia ao Camacho, não sem alguma censura pelo abuso de confiança, mas uma censura mole, ao canto da boca. Dali foi comprar uns tantos exemplares da folha para os amigos de Barbacena. Nenhuma outra transcreveu a notícia; ele, a conselho do Freitas, fê-la reimprimir nos *a pedidos* do *Jornal do Commercio*, interlinhada.

Capítulo LXVIII

Maria Benedita consentiu finalmente em aprender francês e piano. Durante quatro dias a prima teimou com ela, a todas as horas, de tal arte e maneira, que a mãe da moça resolveu apressar a volta à fazenda, para evitar que ela acabasse aceitando. A filha resistiu muito; respondia que eram coisas supérfluas, que moça de roça não precisa de prendas da cidade. Uma noite, porém, estando ali Carlos Maria, pediu-lhe este que tocasse alguma coisa; Maria Benedita fez-se vermelha. Sofia acudiu com uma mentira:

— Não lhe peça isso; ainda não tocou depois que veio. Diz que agora só toca para os roceiros.

— Pois faça de conta que somos roceiros — insistiu o moço.

Mas passou logo a outra coisa, ao baile da baronesa do Piauí (a mesma que o nosso amigo Rubião encontrou no escritório do Camacho), um baile esplêndido, oh! esplêndido! A baronesa prezava-o muito, disse ele. No dia seguinte, Maria Benedita declarou à prima que estava pronta a aprender piano e francês, rabeca e até russo, se quisesse. A dificuldade era vencer a mãe. Esta, quando soube da resolução

da filha, pôs as mãos na cabeça. Que francês? que piano? Bradou que não, ou então que deixasse de ser sua filha; podia ficar, tocar, cantar, falar cabinda ou a língua do diabo que os levasse a todos. Palha é que a persuadiu finalmente; disse-lhe que, por mais supérfluas que lhe parecessem aquelas prendas, eram o mínimo dos adornos de uma educação de sala.

— Mas eu criei minha filha na roça e para a roça — interrompeu a tia.

— Para a roça? Quem sabe lá para que cria os filhos? Meu pai destinava-me a padre; é por isso que arranho algum latim. A senhora não há de viver sempre; os seus negócios andam atrapalhados. Pode acontecer que Maria Benedita fique ao desamparo... Ao desamparo, não digo; enquanto vivermos somos todos uma só pessoa. Mas não é melhor prevenir? Podia ser até que, se lhe faltássemos todos, ela vivesse à larga, só com ensinar francês e piano. Basta que os saiba para estar em condições melhores. É bonita, como a senhora foi no seu tempo; e possui raras qualidades morais. Pode achar marido rico. Sabe a senhora se já tenho alguém em vista, pessoa séria?

— Sim? Então ela vai aprender francês, piano e namoro?

— Que namoro? Refiro-me a um pensamento íntimo, a um plano que me parece adequado à felicidade dela e de sua mãe... Pois eu havia... Ora, tia Augusta!

Palha mostrou-se tão mortificado que a tia deixou o tom áspero pelo tom seco. Resistiu ainda; mas a noite deu-lhe bons conselhos. O estado dos seus negócios e a possibilidade de um genro abastado fizeram mais que outras razões. Os melhores genros da roça aliavam-se a outras fazendas, a famílias de representação e riqueza segura. Dois dias depois acharam um *modus vivendi*. Maria Benedita ficaria com a prima; iriam de quando em quando à roça, e a tia também viria à capital, para vê-las. Palha chegou a dizer que, logo que o estado da praça o permitisse, arranjaria meio de liquidar-lhe os negócios e transportá-la para aqui. Mas a isto a boa senhora abanou a cabeça.

Não se pense que tudo isso foi tão fácil como aí fica escrito. Na prática, vieram os óbices, amofinações, saudades, rebeliões de Maria Benedita. Dezoito dias depois da volta da mãe à fazenda, quis ir visitá-la, e a prima acompanhou-a; estiveram lá uma semana. A mãe, dois meses depois, veio passar uns dias aqui. Sofia acostumava habilmente a prima às distrações da cidade; teatros, visitas, passeios, reuniões em casa, vestidos novos, chapéus lindos, joias. Maria Benedita era mulher, posto que mulher esquisita; gostou de tais coisas, mas tinha para si que, logo que quisesse, podia arrebentar todos esses liames, e andar para a roça. A roça vinha ter com ela, às vezes, em sonho ou simples devaneio. Depois dos primeiros saraus, quando voltava para casa, não eram as sensações da noite que lhe enchiam a alma, eram as saudades de Iguaçu. Cresciam-lhe mais a certas horas do dia, quando a quietação da casa e da rua era completa. Então batia as asas para a varanda da velha casa, onde bebia café, ao pé da mãe; pensava na escravaria, nos móveis antigos, nas bonitas chinelas que lhe mandara o padrinho, um fazendeiro rico de São João del-Rei — e que lá ficaram em casa. Sofia não consentiu que ela as trouxesse.

Os mestres de francês e piano eram homens sabedores do ofício. Sofia teve modo de dizer-lhes em particular que a prima vexava-se de aprender tão tarde, e pediu-lhes que não falassem nunca de tal discípula. Prometeram que sim; o de piano apenas referiu o pedido a alguns colegas da arte, que lhe acharam graça, e contaram

outras anedotas da clientela. O certo é que Maria Benedita aprendia com singular facilidade, estudava com afinco, quase todas as horas, a tal ponto que a mesma prima julgava acertado interrompê-la.

— Descansa, filha de Deus!

— Deixa recobrar o tempo perdido — respondia ela, rindo.

Então Sofia inventava passeios, à toa, para fazê-la descansar. Ora um bairro, ora outro. Em certas ruas, Maria Benedita não perdia tempo: lia as tabuletas francesas, e perguntava pelos substantivos novos, que a prima, algumas vezes, não sabia dizer o que eram, tão estritamente adequado era o seu vocabulário às coisas do vestido, da sala e do galanteio.

Mas não era só nessas disciplinas que Maria Benedita fazia progressos rápidos. A pessoa ajustara-se ao meio, mais depressa do que fariam crer o gosto natural e a vida da roça. Já competia com a outra, embora houvesse nesta um desgarre, e não sei que expressão particular que, para assim dizer, dava cor a todas as linhas e gestos da figura. Não obstante essa diferença, é certo que a outra era vista e notada ao pé dela, de tal jeito que Sofia, que começara por louvá-la em toda a parte, não a deslouvava agora, mas ouvia calada as admirações. Falava bem — mas, quando calava, era por muito tempo; dizia que eram os seus "calundus". Contradançava sem vida, que é a perfeição desse gênero de recreio; gostava muito de ver polcar e valsar. Sofia, imaginando que era por medo que a prima não valsava nem polcava, quis dar-lhe algumas lições em casa, sozinhas, com o marido ao piano; mas a prima recusava sempre.

— Isso é ainda um bocadinho de casca da roça — disse-lhe uma vez Sofia.

Maria Benedita sorriu de um modo tão particular, que a outra não insistiu. Não foi riso de vexame, nem de despeito, nem de desdém. Desdém, por quê? Contudo, é certo que o riso parecia vir de cima. Não menos o é que Sofia polcava e valsava com ardor, e ninguém se pendurava melhor do ombro do parceiro; Carlos Maria, que era raro dançar, só valsava com Sofia — dois ou três giros, dizia ele —; Maria Benedita contou uma noite quinze minutos.

Capítulo LXIX

Os quinze minutos foram contados no relógio do Rubião, que estava ao pé da Maria Benedita, e a quem ela perguntou duas vezes que horas eram, no princípio e no fim da valsa. A própria moça inclinou-se para ver bem o ponteiro dos minutos.

— Está com sono? — perguntou Rubião.

Maria Benedita olhou para ele de soslaio. Viu-lhe o rosto plácido, sem intenção nem riso.

— Não — respondeu —; digo-lhe até que estou com medo que prima Sofia se lembre de ir cedo para casa.

— Não vai cedo. Já acabou a desculpa de Santa Teresa, por causa da subida. A casa fica perto daqui.

De fato, as duas moravam agora na praia do Flamengo, e o baile era na rua dos Arcos.

É de saber que tinham decorrido oito meses desde o princípio do capítulo anterior, e muita coisa estava mudada. Rubião é sócio do marido de Sofia, em uma casa de importação, à rua da Alfândega, sob a firma Palha & Cia. Era o negócio que este ia propor-lhe, naquela noite, em que achou o dr. Camacho na casa de Botafogo. Apesar de fácil, Rubião recuou algum tempo. Pediam-lhe uns bons pares de contos de réis, não entendia de comércio, não lhe tinha inclinação. Demais, os gastos particulares eram já grandes; o capital precisava do regime do bom juro e alguma poupança, a ver se recobrava as cores e as carnes primitivas. O regime que lhe indicavam não era claro; Rubião não podia compreender os algarismos do Palha, cálculos de lucros, tabelas de preço, direitos da alfândega, nada; mas, a linguagem falada supria a escrita. Palha dizia coisas extraordinárias, aconselhava ao amigo que aproveitasse a ocasião para pôr o dinheiro a caminho, multiplicá-lo. Se tinha medo, era diferente; ele, Palha, faria o negócio com John Roberts, sócio que foi da casa Wilkinson, fundada em 1844, cujo chefe voltou para a Inglaterra, e era agora membro do parlamento.

Rubião não cedeu logo; pediu prazo, cinco dias. Consigo era mais livre; mas desta vez a liberdade só servia para atordoá-lo. Computou os dinheiros despendidos, avaliou os rombos feitos no cabedal que lhe deixara o filósofo. Quincas Borba, que estava com ele no gabinete, deitado, levantou casualmente a cabeça e fitou-o. Rubião estremeceu; a suposição de que naquele Quincas Borba podia estar a alma do outro nunca se lhe varreu inteiramente do cérebro. Desta vez chegou a ver-lhe um tom de censura nos olhos; riu-se, era tolice; cachorro não podia ser homem. Insensivelmente, porém, abaixou a mão e coçou as orelhas ao animal, para captá-lo.

Atrás dos motivos de recusa, vieram outros contrários. E se o negócio rendesse? Se realmente lhe multiplicasse o que tinha? Acrescia que a posição era respeitável, e podia trazer-lhe vantagens na eleição, quando houvesse de propor-se ao parlamento, como o velho chefe da casa Wilkinson. Outra razão mais forte ainda era o receio de magoar o Palha, de parecer que lhe não confiava dinheiros, quando era certo que, dias antes, recebera parte da dívida antiga, e a outra parte restante devia ser-lhe restituída dentro de dois meses.

Nenhum desses motivos era pretexto de outro; vinham de si mesmos. Sofia só apareceu no fim, sem deixar de estar nele, desde o princípio, ideia latente, inconsciente, uma das coisas últimas do ato, e a única dissimulada. Rubião abanou a cabeça para expedi-la, e levantou-se. Sofia (dona astuta!) recolheu-se à inconsciência do homem, respeitosa da liberdade moral, e deixou-o resolver por si mesmo que entraria de sócio com o marido, mediante certas cláusulas de segurança. Foi assim que se fez a sociedade comercial; assim é que Rubião legalizou a assiduidade das suas visitas.

— Senhor Rubião — disse Maria Benedita depois de alguns segundos de silêncio —, não lhe parece que minha prima é bem bonita?

— Não desfazendo na senhora, acho.

— Bonita e bem-feita.

Rubião aceitou o complemento. Um e outro acompanharam com os olhos o par de valsistas, que passeava ao longo do salão. Sofia estava magnífica. Trajava de azul-escuro, mui decotada — pelas razões ditas no capítulo XXXV; os braços nus, cheios, com uns tons de ouro claro, ajustavam-se às espáduas e aos seios, tão acos-

tumados ao gás do salão. Diadema de pérolas feitiças, tão bem-acabadas, que iam de par com as duas pérolas naturais, que lhe ornavam as orelhas, e que Rubião lhe dera um dia.

Ao lado dela, Carlos Maria não ficava mal. Era um rapaz galhardo, como sabemos, e trazia os mesmos olhos plácidos do almoço do Rubião. Não tinha as maneiras súditas, nem as curvas reverentes dos outros rapazes; exprimia-se com a graça de um rei benévolo. Entretanto, se, à primeira vista, parecia fazer apenas um obséquio àquela senhora, não é menos certo que ia desvanecido, por trazer ao lado a mais esbelta mulher da noite. Os dois sentimentos não se contradiziam; fundiam-se ambos na adoração que este moço tinha de si mesmo. Assim, o contato de Sofia era para ele como a prosternação de uma devota. Não se admirava de nada. Se um dia acordasse imperador, só se admiraria da demora do ministério em vir cumprimentá-lo.

— Vou descansar um pouco — disse Sofia.

— Está cansada ou... aborrecida? — perguntou-lhe o braceiro.

— Oh! cansada apenas!

Carlos Maria, arrependido de haver suposto a outra hipótese, deu-se pressa em eliminá-la.

— Sim, creio; por que é que estaria aborrecida? Mas eu afirmo que é capaz de fazer-me o sacrifício de passear ainda algum tempo. Cinco minutos?

— Cinco minutos.

— Nem mais um que seja? Pela minha parte passearia a eternidade.

Sofia abaixou a cabeça.

— Com a senhora, note bem.

Sofia deixou-se ir com os olhos no chão, sem contestar, sem concordar, sem agradecer, ao menos. Podia não ser mais que uma galantaria, e as galantarias, é de uso que se agradeçam. Já lhe tinha ouvido outrora palavras análogas, dando-lhe a primazia entre as mulheres deste mundo. Deixou de as ouvir durante seis meses — quatro que ele gastou em Petrópolis, dois em que lhe não apareceu. Ultimamente é que tornou a frequentar a casa, a dizer-lhe finezas daquelas, ora em particular, ora à vista de toda a gente. Deixou-se ir; e ambos foram andando calados, calados, calados — até que ele rompeu o silêncio, notando-lhe que o mar defronte da casa dela batia com muita força, na noite anterior.

— Passou lá? — perguntou Sofia.

— Estive lá; ia pelo Catete, já tarde, e lembrou-me descer à praia do Flamengo. A noite era clara; fiquei cerca de uma hora, entre o mar e a sua casa. A senhora aposto que nem sonhava comigo? Entretanto, eu quase que ouvia a sua respiração.

Sofia tentou sorrir; ele continuou:

— O mar batia com força, é verdade, mas o meu coração não batia menos rijamente — com esta diferença que o mar é estúpido, bate sem saber por quê, e o meu coração sabe que batia pela senhora.

— Oh! — murmurou Sofia.

Com espanto? Com indignação? Com medo? São muitas perguntas a um tempo. Estou que a própria dama não poderia responder exatamente, tal foi o abalo que lhe trouxe a declaração do moço. Em todo caso, não foi com incredulidade. Não posso dizer mais senão que a exclamação saiu tão frouxa, tão abafada que ele mal pôde ouvi-la. Pela sua parte, Carlos Maria disfarçou bem, ante os olhos de toda

a sala; nem antes, nem durante, nem depois das palavras, mostrou no rosto a menor comoção; tinha até umas sombras de riso cáustico, um riso de seu uso, quando mofava de alguém; parecia ter dito um epigrama. Contudo, mais de um olho de mulher espreitava a alma de Sofia, estudava o gesto da moça, tal ou qual acanhado, e as pálpebras teimosamente caídas.

— A senhora está perturbada — disse ele —; disfarce com o leque.

Sofia maquinalmente entrou a abanar-se e levantou os olhos. Viu que muitos outros a fitavam, e empalideceu. Os minutos iam correndo, com a mesma brevidade dos anos; os primeiros cinco e os segundos iam longe; estavam no décimo terceiro, atrás deste iam apontando as asas de outro, e mais outro. Sofia disse ao braceiro que queria sentar-se.

— Vou deixá-la e retiro-me.

— Não — disse ela precipitadamente.

Depois, emendou-se:

— O baile está bonito.

— Está, mas eu quero levar comigo a melhor recordação da noite. Qualquer outra palavra que ouça agora será como o coaxar das rãs, depois do canto de um lindo pássaro, um dos seus pássaros lá de casa. Onde quer que a deixe?

— Ao lado de minha prima.

Capítulo LXX

Rubião cedeu a cadeira, e acompanhou Carlos Maria, que atravessou a sala e foi até o gabinete da entrada, onde estavam os sobretudos e uns dez homens conversando. Antes que o rapaz entrasse no gabinete, Rubião pegou-lhe do braço, familiarmente, para lhe perguntar alguma coisa — fosse o que fosse — mas, em verdade, para retê-lo consigo e procurar sondá-lo. Começava a crer possível ou real uma ideia que o atormentava desde muitos dias. Agora, a conversação dilatada, os modos dela...

Carlos Maria não tinha notícia da longa paixão do mineiro, guardada, mortificada, não se podendo confessar a ninguém — esperando os benefícios do acaso —, contentando-se de pouco, da simples vista da pessoa, dormindo mal as noites, dando dinheiro para as operações mercantis... Que ele não tinha ciúmes do marido. Nunca a intimidade do casal lhe excitara os ódios contra o legítimo senhor. E lá iam meses e meses, sem alteração do sentimento, nem morte da esperança. Mas a possibilidade de um rival de fora veio atordoá-lo; aqui é que o ciúme trouxe ao nosso amigo uma dentada de sangue.

— Que é? — disse Carlos Maria voltando-se.

Ao mesmo tempo entrou no gabinete, onde os dez homens tratavam de política, porque este baile — ia-me esquecendo dizê-lo — era dado em casa de Camacho, a propósito dos anos da mulher. Quando os dois ali entraram, a conversação era geral, o assunto o mesmo, e todos falavam para todos — um turbilhão de ditos, de

pareceres, de afirmações diversas... Um, que era doutrinário, conseguiu dominar os outros, que se calaram por instantes, fumando.

— Podem fazer tudo — disse o doutrinário —, mas a punição moral é certa. As dívidas dos partidos pagam-se com juros até o último real e até a última geração. Princípios não morrem; os partidos que o esquecem expiram no lodo e na ignomínia.

Outro, meio calvo, não acreditava na punição moral, e dizia por quê; mas um terceiro aludiu à demissão de uns coletores, e os espíritos, meio tontos com a doutrina, tomaram pé. Os coletores não tinham outra culpa, além da opinião; e nem ao menos se podia defender o ato com o merecimento dos substitutos. Um destes trazia às costas um desfalque; outro era cunhado de um tal Marques que dera um tiro de garrucha no delegado, em São José dos Campos... E os novos tenentes-coronéis? Verdadeiros réus de polícia.

— Já se vai embora? — perguntou Rubião ao moço, quando o viu tirar o sobretudo dentre os outros.

— Já; estou com sono. Ajude-me a enfiar esta manga. Estou com sono.

— Mas ainda é cedo; fique. O nosso Camacho não deseja que os rapazes saiam; quem é que há de dançar com as moças?

Carlos Maria replicou sorrindo que era pouco dado a danças. Valsara com d. Sofia, por ser mestra no ofício; senão, nem isso. Estava com sono; preferia a cama à orquestra. E estendeu-lhe a mão com benignidade; Rubião apertou-lha, meio incerto.

Não sabia que pensasse. O fato de sair, de a deixar no baile, em vez de esperar para acompanhá-la à carruagem, como de outras vezes... Podia ser engano dele... E pensava, recordava a noite de Santa Teresa, quando ele ousou declarar à moça o que sentia, pegando-lhe na bela mão delicada... O major interrompera-os; mas por que não insistiu ele mais tarde? Nem ela o maltratou, nem o marido percebera coisa nenhuma... Aqui voltava a ideia do possível rival; é certo que se retirara com sono, mas os modos dela... Rubião ia à porta do salão, para ver Sofia, depois chegava-se a um canto, ou à mesa do voltarete, inquieto, aborrecido.

Capítulo LXXI

Em casa, ao despentear-se, Sofia falou daquele sarau como de uma coisa enfadonha. Bocejava, doíam-lhe as pernas. Palha discordava; era má disposição dela. Se lhe doíam as pernas é porque dançara muito. Ao que retorquiu a mulher que, se não dançasse, teria morrido de tédio. E ia tirando os grampos, deitando-os num vaso de cristal; os cabelos caíam-lhe aos poucos sobre os ombros, mal cobertos pela camisola de cambraia. Palha, por trás dela, disse-lhe que o Carlos Maria valsava muito bem. Sofia estremeceu; fitou-o no espelho, o rosto era plácido. Concordou que não valsava mal.

— Não, senhora, valsa muito bem.

— Você louva os outros porque sabe que ninguém é capaz de o desbancar. Anda, meu vaidoso, já te conheço.

Palha, estendendo a mão e pegando-lhe no queixo, obrigou-a a olhar para ele. Vaidoso por quê? por que é que ele era vaidoso?

— Ai — gemeu Sofia —; não me machuques.

Palha beijou-lhe a espádua; ela sorriu, sem tédio, sem dor de cabeça, ao contrário daquela noite de Santa Teresa, em que relatou ao marido os atrevimentos do Rubião. É que os morros serão doentios, e as praias saudáveis.

No dia seguinte, Sofia acordou cedo, ao som dos trilos da passarada de casa, que parecia dar-lhe um recado de alguém. Deixou-se estar na cama, e fechou os olhos para ver melhor.

Ver melhor o quê? Não, seguramente, os morros são doentios. A praia era outra coisa. Posta à janela, dali a meia hora, Sofia contemplava as ondas que vinham morrer defronte, e, ao longe, as que se levantavam e desfaziam à entrada da barra. A imaginosa dama perguntava a si mesma se aquilo era a valsa das águas, e deixava-se ir por essa torrente abaixo, sem velas nem remos. Deu consigo olhando para a rua, ao pé do mar, como procurando os sinais do homem que ali estivera, na antevéspera, alta noite... Não juro, mas cuido que achou os sinais. Ao menos, é certo que cotejou o achado com o texto da conversação:

"A noite era clara; fiquei cerca de uma hora, entre o mar e a sua casa. A senhora aposto que nem sonhava comigo? Entretanto, eu quase que ouvia a sua respiração. O mar batia com força, é verdade, mas o meu coração não batia menos rijamente; com esta diferença que o mar é estúpido, bate sem saber por quê, e o meu coração sabe que batia pela senhora."

Sofia teve um calafrio, procurou esquecer o texto, mas o texto ia-se repetindo: "A noite era clara..."

Capítulo LXXII

Entre duas frases, sentiu que alguém lhe punha a mão no ombro; era o marido, que acabava de tomar café e ia para a cidade. Despediram-se afetuosamente; Cristiano recomendou-lhe Maria Benedita, que acordara muito aborrecida.

— Já de pé! — exclamou Sofia.

— Quando eu desci, já a achei na sala de jantar. Acordou com a mania de ir para a roça; teve um sonho... não sei quê...

— Calundus! — concluiu Sofia.

E com os dedos hábeis e leves concertou a gravata ao marido, puxou-lhe a gola do fraque para diante, e despediram-se outra vez. Palha desceu e saiu; Sofia deixou-se estar à janela. Antes de dobrar a esquina, ele voltou a cabeça, e, na forma do costume, disseram adeus com a mão.

Capítulo LXXIII

"A noite era clara; fiquei cerca de uma hora entre o mar e a sua casa. A senhora aposto que..."

Quando Sofia pôde arrancar-se de todo à janela, o relógio de baixo batia nove horas. Zangada, arrependida, jurou a si mesma, pela alma da mãe, não pensar mais em semelhante episódio. Considerou que não valia nada; o erro foi deixar que o rapaz chegasse ao fim dos seus atrevimentos. Verdade é que, procedendo assim, evitou algum grande escândalo, porque ele era capaz de a acompanhar até a cadeira e dizer-lhe o resto ao pé de outras pessoas. E o resto repetia-se ainda uma vez na memória dela, como um trecho musical teimoso, as mesmas palavras, e a mesma voz: "A noite era clara; fiquei cerca de uma hora..."

Capítulo LXXIV

Enquanto ela repetia a declaração da véspera, Carlos Maria abria os olhos, estirava os membros, e, antes de ir para o banho, vestir-se e dar um passeio a cavalo, reconstruiu a véspera. Tinha esse costume; achava sempre nos sucessos do dia anterior algum fato, algum dito, alguma nota que lhe fazia bem. Aí é que o espírito se demorava; aí eram as estalagens do caminho, onde ele descavalgava, para beber vagarosamente um gole d'água fresca. Se não havia sucesso nenhum desses — ou se os havia só contrários, nem por isso as sensações eram desconfortativas; bastava-lhe o sabor de alguma palavra que ele mesmo houvesse dito — de algum gesto que fizesse, a contemplação subjetiva, o gosto de ter sentido viver —, para que a véspera não fosse um dia perdido.

Na véspera figurava Sofia. Parece até que foi o principal da reconstrução, a fachada do edifício, larga e magnífica. Carlos Maria saboreou de memória toda a conversação da noite, mas, quando se lembrou da confissão de amor, sentiu-se bem e mal. Era um compromisso, um estorvo, uma obrigação; e, posto que o benefício corrigisse o tédio, o rapaz ficou entre uma e outra sensação, sem plano. Ao recordar-se da notícia que lhe deu de haver ido à praia do Flamengo, na outra noite, não pôde suster o riso, porque não era verdade. Nascera-lhe a ideia da própria conversação; mas nem lá foi nem pensara nisso. Afinal susteve o riso, e até arrependeu-se dele; o fato de haver mentido trouxe-lhe uma sensação de inferioridade, que o abateu. Chegou a pensar em retificar o que dissera, logo que estivesse com Sofia, mas reconheceu que a emenda era pior que o soneto, e que há bonitos sonetos mentirosos.

Depressa ergueu a alma. Viu de memória a sala, os homens, as mulheres, os leques impacientes, os bigodes despeitados, e estirou-se todo num banho de inveja e admiração. De inveja alheia, note-se bem; ele carecia desse sentimento ruim. A inveja e a admiração dos outros é que lhe davam ainda agora uma delícia íntima. A princesa do baile entregava-se-lhe. Definia assim a superioridade de Sofia, posto

lhe conhecesse um defeito capital — a educação. Achava que as maneiras polidas da moça vinham da imitação adulta, após o casamento, ou pouco antes, que ainda assim não subiam muito do meio em que vivia.

Capítulo LXXV

Outras mulheres vieram ali — as que o preferiam aos demais homens no trato e na contemplação da pessoa. Se as requestava ou requestara todas? Não se sabe. Algumas, vá: é certo, porém, que se deleitava com todas elas. Tais havia de provada honestidade que folgavam de o trazer ao pé de si, para gostar o contato de um belo homem, sem a realidade nem o perigo da culpa — como o espectador que se regala das paixões de Otelo, e sai do teatro com as mãos limpas da morte de Desdêmona.

Vinham todas rodear o leito de Carlos Maria, tecendo-lhe a mesma grinalda. Nem todas seriam moças em flor; mas a distinção supria a juvenilidade. Carlos Maria recebia-as, como um deus antigo devia receber, quieto no mármore, as lindas devotas e suas oferendas. No burburinho geral distinguia as vozes de todas — não todas a um tempo, mas às três e às quatro.

A derradeira delas foi a da recente Sofia; escutou-a ainda namorado, mas sem o alvoroço do princípio, porque a lembrança das outras donas, pessoas de qualidade, diminuía agora a importância desta. Contudo, não podia negar que era mui atrativa e que valsava perfeitamente. Chegaria a amar com força? Nisto apareceu-lhe outra vez a mentira da praia. Levantou-se aborrecido da cama.

"Que diabo me mandou dizer semelhante coisa?"

Tornou a sentir o desejo de restabelecer a verdade; e desta vez mais seriamente que da outra. Mentir, pensava ele, era para os lacaios e seus congêneres.

Daí a meia hora, trepava ao cavalo e saía de casa, que era na rua dos Inválidos. Catete adiante, lembrou-se que a casa de Sofia era na praia do Flamengo; nada mais natural que torcer a rédea, descer uma das ruas perpendiculares ao mar, e passar pela porta da valsista. Achá-la-ia talvez à janela; vê-la-ia corar, cumprimentá-lo. Tudo isto passou pela cabeça ao rapaz, em poucos segundos; chegou a dar um jeito à rédea, mas a alma — não o cavalo —, a alma empinou; era ir muito depressa atrás dela. Deu outro jeito à rédea, e continuou o passeio.

Capítulo LXXVI

Montava bem. Toda a gente que passava, ou estava às portas, não se fartava de mirar a postura do moço, o garbo, a tranquilidade régia com que se deixava ir. Carlos Maria — e este era o ponto em que cedia à multidão — recolhia as admirações todas, por ínfimas que fossem. Para adorá-lo, todos os homens faziam parte da humanidade.

Capítulo LXXVII

— Já de pé! — repetiu Sofia, ao ver a prima lendo os jornais.

Maria Benedita teve um sobressalto, mas aquietou-se logo; dormira mal, e acordou cedo. Não estava para aquelas folias até tão tarde, disse ela; mas a outra replicou logo que era preciso acostumar-se, a vida do Rio de Janeiro não era a mesma da roça, dormir com as galinhas e acordar com os galos. Depois perguntou-lhe que impressões trouxera do baile; Maria Benedita levantou os ombros com indiferença, mas verbalmente respondeu que boas. As palavras saíam-lhe poucas e moles. Sofia, entretanto, ponderou-lhe que dançara muito, salvo polcas e valsas. E por que não havia de polcar e valsar também? A prima lançou-lhe uns olhos maus.

— Não gosto.

— Qual não gosta! É medo.

— Medo?

— Falta de costume — explicou Sofia.

— Não gosto que um homem me aperte o corpo ao seu corpo, e ande comigo, assim, à vista dos outros. Tenho vexame.

Sofia tornou-se séria; não se defendeu nem continuou, falou da roça, perguntou se era certo o que lhe dissera Cristiano, que ela queria ir para casa. Então a prima, que folheava os jornais à toa, respondeu animadamente que sim; não podia viver sem a mãe.

— Mas por quê? Você não estava tão contente conosco?

Maria Benedita não disse nada; passeou os olhos em um dos jornais, como se procurasse alguma notícia, trincando o beiço, trêmula, inquieta. Sofia teimou em querer saber a causa daquela mudança repentina; pegou-lhe nas mãos, achou-as frias.

— Você precisa casar — disse finalmente. — Tenho já um noivo.

Era Rubião; o Palha queria acabar por aí, casando o sócio com a prima; tudo ficava em casa, dizia ele à mulher. Esta tomou a si guiar o negócio. Acudia-lhe agora a promessa; tinha um noivo pronto.

— Quem? — perguntou Maria Benedita.

— Uma pessoa.

Crê-lo-eis, pósteros? Sofia não pôde soltar o nome de Rubião. Já uma vez dissera ao marido havê-lo proposto, e era mentira. Agora, indo a propô-lo deveras, o nome não lhe saiu da boca. Ciúmes? Seria singular que essa mulher, que não tinha amor àquele homem, não quisesse dá-lo de noivo à prima, mas a natureza é capaz de tudo, amigo e senhor. Inventou o ciúme de Otelo e o do cavaleiro Desgrieux, podia inventar esse outro, de uma pessoa que não quer ceder o que não quer possuir.

— Mas quem? — repetiu Maria Benedita.

— Direi depois, deixe-me arranjar as coisas — respondeu Sofia, e mudou de conversa.

Maria Benedita trocou de rosto; a boca encheu-se-lhe de riso, um riso de alegria e de esperança. Os olhos agradeceram a promessa, e disseram palavras que ninguém podia ouvir nem entender, palavras obscuras:

— Gosta de valsar; é o que é.

Gosta de valsar quem? Provavelmente a outra. Tinha valsado tanto na véspera, com o mesmo Carlos Maria, que bem se poderia achar na dança um pretexto; Maria Benedita concluía agora que era o próprio e único motivo. Conversaram muito nos intervalos, é certo, mas naturalmente era dela que falavam, uma vez que a prima tinha a peito casá-la e só lhe pedia que deixasse arranjar as coisas. Talvez ele a achasse feia, ou sem graça. Uma vez, porém, que a prima queria arranjar as coisas... Tudo isso diziam os olhos gaios da menina.

Capítulo LXXVIII

Rubião é que não perdeu a suspeita assim tão facilmente. Pensou em falar a Carlos Maria, interrogá-lo, e chegou a ir à rua dos Inválidos, no dia seguinte, três vezes; não o encontrando, mudou de parecer. Encerrou-se por alguns dias; o major Siqueira arrancou-o à solidão. Ia participar-lhe que se mudara para a rua Dois de Dezembro. Gostou muito da casa do nosso amigo, das alfaias, do luxo, de todas as minúcias, ouros e bambinelas. Sobre esse assunto discorreu longamente, relembrando alguns móveis antigos. Parou de repente, para dizer que o achava aborrecido; era natural, faltava-lhe ali um complemento.

— O senhor é feliz, mas falta-lhe aqui uma coisa; falta-lhe mulher. O senhor precisa casar. Case-se, e diga que eu o engano.

Rubião lembrou-se de Santa Teresa — daquela famosa noite da conversação com Sofia — e sentiu correr-lhe um frio pelas costas; mas a voz do major não tinha nenhum sarcasmo. Tampouco era animada de interesse. A filha estava ainda qual a deixamos no capítulo XLIII, com a diferença que os quarenta anos vieram. Quarentona, solteirona. Gemeu-os consigo, logo de manhã, no dia em que os completou; não pôs fita nem rosa no cabelo. Nenhuma festa; tão-somente um discurso do pai, ao almoço, lembrando-lhe a vida de criança, anedotas da mãe e da avó, um dominó de baile de máscaras, um batizado de 1848, a solitária de um coronel Clodomiro, várias coisas assim de mistura, para entreter as horas. D. Tonica mal podia ouvi-lo; metida em si mesma ia roendo o pão da solitude moral, ao passo que se arrependia dos últimos esforços empregados na busca de um marido. Quarenta anos; era tempo de parar.

Nada disso lembrava agora o major. Era sincero; achou que a casa de Rubião não tinha alma. E repetiu, ao despedir-se:

— Case-se, e diga que eu o engano.

Capítulo LXXIX

— E por que não? —perguntou uma voz, depois que o major saiu.

Rubião, apavorado, olhou em volta de si; viu apenas o cachorro, parado, olhando para ele. Era tão absurdo crer que a pergunta viria do próprio Quincas Borba — ou antes do outro Quincas Borba, cujo espírito estivesse no corpo deste, que o nosso amigo sorriu com desdém; mas, ao mesmo tempo, executando o gesto do capítulo XLIX, estendeu a mão, e coçou amorosamente as orelhas e a nuca do cachorro — ato próprio a dar satisfação ao possível espírito do finado.

Era assim que o nosso amigo se desdobrava, sem público, diante de si mesmo.

Capítulo LXXX

Mas a voz repetiu: — E por que não? — Sim, por que não havia de casar — continuou ele raciocinando. — Mataria a paixão que o ia comendo aos poucos, sem esperança nem consolação. Demais, era a porta de um mistério. Casar, sim, casar logo e bem.

Estava ao portão, quando essa ideia começou a abotoar; foi dali para dentro, subindo os degraus de pedra, abrindo a porta, sem consciência de nada. Ao fechar a porta, é que um pulo do Quincas Borba, que o viera acompanhando, fê-lo dar por si. Onde ficara o major? Quis descer para vê-lo, mas advertiu a tempo que acabava de o acompanhar até à rua. As pernas tinham feito tudo; elas é que o levaram por si mesmas, direitas, lúcidas, sem tropeço, para que ficasse à cabeça tão-somente a tarefa de pensar. Boas pernas! pernas amigas! muletas naturais do espírito!

Santas pernas! Elas o levaram ainda ao canapé, estenderam-se com ele, devagarinho, enquanto o espírito trabalhava a ideia do casamento. Era um modo de fugir a Sofia; podia ser ainda mais.

Sim, podia ser também um modo de restituir à vida a unidade que perdera, com a troca do meio e da fortuna; mas essa consideração não era propriamente filha do espírito nem das pernas, mas de outra causa, que ele não distinguia bem nem mal, como a aranha. Que sabe a aranha a respeito de Mozart? Nada; entretanto, ouve com prazer uma sonata do mestre. O gato, que nunca leu Kant, é talvez um animal metafísico. Em verdade, o casamento podia ser o laço da unidade perdida. Rubião sentia-se disperso; os próprios amigos de trânsito, que ele amava tanto, que o cortejavam tanto, davam-lhe à vida um aspecto de viagem, em que a língua mudasse com as cidades, ora espanhol, ora turco. Sofia contribuía para esse estado; era tão diversa de si mesma, ora isto, ora aquilo, que os dias iam passando sem acordo fixo, nem desengano perpétuo.

Rubião não tinha que fazer; para matar os dias longos e vazios, ia às sessões do júri, à Câmara dos deputados, à passagem dos batalhões, dava grandes passeios, fazia visitas desnecessárias, à noite, ou ia aos teatros, sem prazer. A casa era ainda um bom repouso ao espírito, com o seu luxo rutilante e os sonhos que vagavam no ar.

Ultimamente, ocupava-se muito em ler; lia romances, mas só os históricos de Dumas pai, ou os contemporâneos de Feuillet, estes com dificuldade, por não conhecer bem a língua original. Dos primeiros sobravam traduções. Arriscava-se a algum mais, se lhe achava o principal dos outros, uma sociedade fidalga e régia. Aquelas cenas da corte de França, inventadas pelo maravilhoso Dumas, e os seus nobres espadachins e aventureiros, as condessas e os duques de Feuillet, metidos em estufas ricas, todos eles com palavras mui compostas, polidas, altivas ou graciosas, faziam-lhe passar o tempo às carreiras. Quase sempre, acabava com o livro caído e os olhos no ar, pensando. Talvez algum velho marquês defunto lhe repetisse anedotas de outras eras.

Capítulo LXXXI

Antes de cuidar da noiva, cuidou do casamento. Naquele dia e nos outros, compôs de cabeça as pompas matrimoniais, os coches — se ainda os houvesse antigos e ricos, quais ele via gravados nos livros de usos passados. Oh! grandes e soberbos coches! Como ele gostava de ir esperar o Imperador, nos dias de grande gala, à porta do paço da cidade, para ver chegar o préstito imperial, especialmente o coche de Sua Majestade, vastas proporções, fortes molas, finas e velhas pinturas, quatro ou cinco parelhas guiadas por um cocheiro grave e digno! Outros vinham, menores em grandeza, mas ainda assim tão grandes que enchiam os olhos.

Um desses outros, ou ainda algum menor, podia servir-lhe às bodas, se toda a sociedade não estivesse já nivelada pelo vulgar cupê. Mas, enfim, iria de cupê; imaginava-o forrado magnificamente, de quê? De uma fazenda que não fosse comum, que ele mesmo não distinguia, por ora; mas que daria ao veículo o ar que não tinha. Parelha rara. Cocheiro fardado de ouro. Oh! mas um ouro nunca visto. Convidados de primeira ordem, generais, diplomatas, senadores, um ou dois ministros, muitas sumidades do comércio; e as damas, as grandes damas? Rubião nomeava-as de cabeça; via-as entrar, ele no alto da escada de um palácio, com o olhar perdido por aquele tapete abaixo — elas atravessando o saguão, subindo os degraus com os seus sapatinhos de cetim, breves e leves — a princípio, poucas —, depois mais, e ainda mais. Carruagens após carruagens... Lá vinham os condes de Tal, um varão guapo e uma singular dama... "Caro amigo, aqui estamos"; dir-lhe-ia o conde, no alto; e, mais tarde, a condessa: "Senhor Rubião, a festa é esplêndida..."

De repente, o internúncio... Sim, esquecera-se que o internúncio devia casá-los; lá estaria ele com as suas meias roxas de monsenhor, e os grandes olhos napolitanos, em conversação com o ministro da Rússia. Os lustres de cristal e ouro alumiando os mais belos colos da cidade, casacas direitas, outras curvas, ouvindo os leques que se abriam e fechavam, dragonas e diademas, a orquestra dando sinal para uma valsa. Então os braços negros, em ângulo, iam buscar os braços nus, enluvados até o cotovelo, e os pares saíam girando pela sala, cinco, sete, dez, doze, vinte pares. Ceia esplêndida. Cristais da Boêmia, louça da Hungria, vasos de Sèvres, criadagem lesta e fardada, com as iniciais do Rubião na gola.

Capítulo LXXXII

Esses sonhos iam e vinham. Que misterioso Próspero transformava assim uma ilha banal em mascarada sublime? "Vai, Ariel, traze aqui os teus companheiros, para que eu mostre a este jovem casal alguns feitiços da minha feitiçaria." As palavras seriam as mesmas da comédia; a ilha é que era outra, a ilha e a mascarada. Aquela era a própria cabeça do nosso amigo; esta não se compunha de deusas nem de versos, mas de gente humana e prosa de sala. Mais rica era. Não esqueçamos que o Próspero de Shakespeare era um duque de Milão; e eis aí, talvez, por que se meteu na ilha do nosso amigo.

Em verdade, as noivas que apareciam ao lado do Rubião, naquele sonho de bodas, eram sempre titulares. Os nomes eram os mais sonoros e fáceis da nossa nobiliarquia. Eis aqui a explicação: poucas semanas antes, Rubião apanhou um almanaque de Laemmert, e, entrando a folheá-lo, deu com o capítulo dos titulares. Se ele sabia de alguns, estava longe de os conhecer a todos. Comprou um almanaque, e lia-o muitas vezes, deixando escorregar os olhos por ali abaixo, desde os marqueses até os barões, voltava atrás, repetia os nomes bonitos, trazia a muitos de cor. Às vezes, pegava da pena e de uma folha de papel, escolhia um título moderno ou antigo, e escrevia-o repetidamente, como se fosse o próprio dono e assinasse alguma coisa:

 Marquês de Barbacena
 Marquês de Barbacena
 Marquês de Barbacena
 Marquês de Barbacena
 Marquês de Barbacena
 Marquês de Barbacena

Ia assim, até o fim da lauda, variando a letra, ora grossa, ora miúda, caída para trás, em pé, de todos os feitios. Quando acabava a folha, pegava nela, e comparava as assinaturas; deixava o papel e perdia-se no ar. Daí a jerarquia das noivas. O pior é que todas traziam a cara de Sofia — podiam parecer-se nos primeiros instantes com alguma vizinha, ou com a moça que ele cumprimentara, à tarde, na rua; podiam começar muito magras ou gordas —, mas não tardavam em mudar de figura, encher ou desbastar o corpo, e sobre isso vinha rutilar o rosto da bela Sofia, com os seus mesmos olhos amotinados ou quietos. Não havia fugir, ainda casando? Rubião chegou a pensar na morte do Palha; foi em certo dia, ao sair da casa dele, tendo-lhe ouvido a ela uma porção de coisas bonitas e vagas. Grande foi a sensação de ventura, posto que ele repelisse logo a ideia, como um ruim agouro. Dias depois, trocadas as maneiras, tornava ele definitivamente aos seus planos. Mais de uma vez, era o próprio Palha que o acordava daqueles sonhos conjugais.

— Tem onde ir hoje à noite?

— Não.

— Pegue lá uma entrada para o Teatro Lírico; camarote número 8, primeira ordem à esquerda.

Rubião chegava mais cedo, ia esperar por eles, e dava o braço a Sofia. Se ela

estava de bom humor, a noite era das melhores do mundo. Se não, era um martírio, para repetir as próprias palavras dele, ao cão, um dia:

— Vim ontem de um martírio, meu pobre amigo.

— Case-se, e diga que eu o engano — latiu-lhe Quincas Borba.

— Sim, meu pobre amigo — acudiu ele pegando-lhe nas patas dianteiras e colocando-as sobre os joelhos. — Você tem razão; precisa de uma boa amiga que lhe dê cuidados que não posso ou não sei dar. Quincas Borba, você ainda se lembra do nosso Quincas Borba? Bom amigo meu, grande amigo, eu também fui amigo dele, dois grandes amigos. Se fosse vivo, seria o padrinho do meu casamento, levantaria os brindes — ao menos, o de honra, aos noivos —, e seria por um copo de ouro e diamantes, que eu lhe mandaria fazer de propósito... Grande Quincas Borba!

E o espírito de Rubião pairava sobre o abismo.

Capítulo LXXXIII

Um dia, como houvesse saído mais cedo de casa, e não soubesse onde passar a primeira hora, caminhou para o armazém. Desde uma semana que não ia à praia do Flamengo, por haver Sofia entrado em um dos seus períodos de sequidão. Achou o Palha de luto; morrera a tia da mulher, d. Maria Augusta, na fazenda; a notícia chegara na antevéspera, à tarde.

— A mãe daquela mocinha?

— Justo.

Palha falou da defunta com muitos encarecimentos; depois contou a dor de Maria Benedita; estava que metia pena. Perguntou-lhe por que é que não ia ao Flamengo, logo à noite, para ajudá-los a distraí-la? Rubião prometeu ir.

— Vá, é favor que nos faz; a pobre pequena vale tudo. Não imagina que primor ali está. Boa educação, muito severa; e quanto a prendas de sociedade, se não as teve em criança, ressarciu o tempo perdido com rapidez extraordinária. Sofia é a mestra. E dona de casa? Isso, meu amigo, não sei se em tal idade se achará pessoa tão completa. Já agora fica conosco. Tem uma irmã, Maria José, casada com um juiz de direito, no Ceará; tem também o padrinho, em São João del-Rei. A defunta fazia-lhe muitos elogios; não creio que ele a mande buscar, mas ainda que mande, não a dou. Já agora é nossa. Não há de ser pelo que o padrinho lhe quiser dar em testamento que nos desfaremos dela. Aqui ficará — concluiu tirando com o dedo um pouco de poeira da gola do Rubião.

Rubião agradeceu. Depois, como estavam no escritório, ao fundo, olhou por entre as grades, e viu entrar uns fardos no armazém. Perguntou que traziam.

— São uns morins ingleses.

— Morins ingleses — repetiu Rubião, com indiferença.

— A propósito, sabe que a Casa Morais e Cunha paga a todos os credores, integralmente?

Rubião não sabia nada, nem se a casa existia, nem se eles eram credores dela; ouviu a notícia, respondeu que estimava muito, e dispôs-se a ir embora. Mas o sócio

reteve-o ainda alguns instantes. Estava alegre agora; parecia que não lhe morrera ninguém. Voltou a tratar de Maria Benedita. Tinha intenção de casá-la bem; nem ela era moça de dar lérias a pelintras, nem se deixava ir por fantasias tolas; era ajuizada, merecia um bom esposo, pessoa séria.

— Sim, senhor — ia dizendo Rubião.

— Olhe — murmurou de repente o sócio —; não se admire do que lhe vou dizer. Creio que você é que casa com ela.

— Eu? — acudiu Rubião, espantado. — Não, senhor. — E em seguida, para atenuar o efeito da recusa: — Não nego que seja moça digna e perfeita; mas... por ora... não penso em casar...

— Ninguém lhe diz que seja amanhã ou depois; casamento não é coisa que se improvise. O que eu digo é que tenho cá um palpite. São coisas; palpites. Sofia nunca lhe contou esse meu palpite?

— Nunca.

— É esquisito, disse-me que lhe falara uma vez, ou duas, não me lembro bem.

— Pode ser, sou muito distraído. Que queriam casar-me com a moça?

— Não, que eu tinha um palpite. Mas, deixemos isso. Demos tempo ao tempo.

— Adeus.

— Adeus; vá cedo.

Capítulo LXXXIV

Com que então, Sofia queria casá-lo?, saiu pensando o Rubião; era naturalmente o processo mais expedito para descartar-se dele. Casá-lo, fazê-lo seu primo. Rubião palmilhou muita rua, antes que chegasse a esta outra hipótese: — talvez Sofia não se houvesse esquecido, mas mentisse de propósito ao marido para não dar andamento ao projeto. Neste caso o sentimento era outro. Esta explicação pareceu-lhe lógica; a alma voltou à serenidade anterior.

Capítulo LXXXV

Mas não há serenidade moral que corte uma polegada sequer às abas do tempo, quando a pessoa não tem maneira de o fazer mais curto. Ao contrário, a ânsia de ir ao Flamengo, à noite, vinha tornar as horas mais arrastadas. Era cedo, cedo para tudo, para ir à rua do Ouvidor, para voltar a Botafogo. O dr. Camacho estava em Vassouras defendendo um réu no júri. Não havia divertimento algum público, festa nem sermão. Nada. Rubião, profundamente aborrecido, trocava as pernas, à toa, lendo as tabuletas, ou detendo-se ao simples incidente de um atropelo de carros. Em Minas, não se aborrecia tanto, por quê? Não achou solução ao enigma, uma vez

que o Rio de Janeiro tinha mais em que se distrair, e que o distraía deveras; mas havia aqui horas de um tédio mortal.

Felizmente, há um deus para os enojados. Acudiu à memória de Rubião que o Freitas — aquele Freitas tão alegre — estava gravemente enfermo; Rubião chamou um tílburi e foi visitá-lo à praia Formosa, onde morava. Gastou ali perto de duas horas, conversando com o doente; este adormeceu, ele despediu-se da mãe — um caco de velha — e à porta, antes de sair:

— A senhora há de ter tido seus apertos de dinheiro — disse Rubião; e, vendo-a morder o beiço e baixar os olhos: — Não se envergonhe; necessidade aflige, mas não envergonha. Eu o que queria era que a senhora aceitasse alguma coisa, que lhe vou deixar para acudir à despesa; pagará um dia, se puder...

Tinha aberto a carteira, tirou seis notas de vinte mil-réis, fez um bolo de todas elas, e deixou-lho na mão. Abriu a porta e saiu. A velha, espantada, nem teve alma para agradecer; só ao rodar do tílburi, é que correu à janela, mas já não podia ver o benfeitor.

Capítulo LXXXVI

Tudo aquilo saiu tão espontaneamente ao Rubião, que ele só teve tempo de refletir, depois que o tílburi começou a andar. Parece que chegou a levantar a cortina do postigo; a velha ia entrando; viu-lhe ainda o resto do braço. Rubião sentiu toda a vantagem de não estar inválido. Reclinou-se, desabafou o peito com um grande suspiro e olhou para a praia; logo depois inclinou-se. Na vinda, mal pudera vê-la.

— Vossa Senhoria está gostando — disse-lhe o cocheiro, contente com o bom freguês que tinha.

— Acho bonito.

— Nunca veio aqui?

— Creio que vim, há muitos anos, quando estive no Rio de Janeiro pela primeira vez. Que eu sou de Minas... Pare, moço.

O cocheiro fez parar o cavalo: Rubião desceu, e disse-lhe que fosse andando devagar.

Em verdade, era curioso. Aquelas grandes braçadas de mato, brotando do lodo, e postas ali ao pé da cara do Rubião, davam-lhe vontade de ir ter com elas. Tão perto da rua! Rubião nem sentia o sol. Esquecera o doente e a mãe do doente. "Assim, sim" — dizia ele consigo —, "fosse o mar todo uma coisa daquele feitio, alastrado de terras e verduras, e valia a pena navegar. Para lá daquilo ficava a praia dos Lázaros e a de São Cristóvão. Uma pernada apenas."

— Praia Formosa — murmurou ele —; bem posto nome.

Entretanto, a praia ia mudando de aspecto. Dobrava para o Saco do Alferes, vinham as casas edificadas do lado do mar. De quando em quando, não eram casas, mas canoas, encalhadas no lodo, ou em terra, fundo para o ar. Ao pé de uma dessas canoas, viu meninos brincando, em camisa e descalços, em volta de um homem

que estava de barriga para baixo. Todos eles riam; um ria mais que os outros porque não acabava de fixar o pé do homem no chão. Era um pequerrucho de três anos; agarrava-se-lhe à perna e ia-a estendendo até nivelá-la com o chão, mas o homem fazia um gesto e levava pelo ar o pé e o menino.

Rubião deteve-se alguns minutos diante daquilo. O sujeito, vendo-se objeto de atenção, redobrou o esforço no brinco; perdeu a naturalidade. Os outros meninos mais idosos detiveram-se a olhar espantados. Mas Rubião não distinguia nada; via tudo confusamente. Foi ainda a pé durante largo tempo; passou o Saco do Alferes, passou a Gamboa, parou diante do cemitério dos Ingleses, com os seus velhos sepulcros trepados pelo morro, e afinal chegou à Saúde. Viu ruas esguias, outras em ladeira, casas apinhadas ao longe e no alto dos morros, becos, muita casa antiga, algumas do tempo do rei, comidas, gretadas, estripadas, o cais encardido e a vida lá dentro. E tudo isso lhe dava uma sensação de nostalgia... Nostalgia do farrapo, da vida escassa, acalcanhada e sem vexame. Mas durou pouco; o feiticeiro que andava nele transformou tudo. Era tão bom não ser pobre!

Capítulo LXXXVII

Rubião chegou ao fim da rua da Saúde. Ia à toa com os olhos espraiados e desatentos. Rente com ele, passou uma mulher, não bonita, nem singela sem elegância, antes pobre que remediada, mas fresca de feições; contaria vinte e cinco anos, e levava pela mão um menino. Este atrapalhou-se nas pernas do Rubião.

— Que é isso, nhonhô? — disse a moça, puxando o filho pelo braço.

Rubião inclinara-se ao pequeno, para ampará-lo.

— Muito obrigada, desculpe — disse ela sorrindo; e cumprimentou-o.

Rubião tirou o chapéu, sorriu também. A visão da família apoderou-se dele outra vez. — "Case-se e diga que eu o engano!" — Parou, olhou para trás, viu ir a moça, *tique-tique*, e o menino ao pé dela, amiudando as perninhas, para ajustar-se ao passo da mãe. Depois, foi andando lentamente, pensando em várias mulheres que podia escolher muito bem, para executar, a quatro mãos, a sonata conjugal, música séria, regular e clássica. Chegou a pensar na filha do major, que apenas sabia umas velhas mazurcas. De repente, ouvia a guitarra do pecado, tangida pelos dedos de Sofia, que o deliciavam, que o estonteavam, a um tempo; e lá se ia toda a castidade do plano anterior. Teimava novamente, forcejava por trocar as composições; pensava na moça da Saúde, modos tão bonitos, criancinha pela mão...

Capítulo LXXXVIII

A vista do tílburi fez-lhe lembrar o doente da praia Formosa.

— Pobre Freitas! — suspirou.

Logo depois, pensou também no dinheiro que deixara à mãe do enfermo, e achou que fizera bem. Talvez a ideia de haver dado uma ou duas notas demais esvoaçou por alguns segundos no cérebro do nosso amigo; ele a sacudiu depressa, não sem se zangar consigo, e, para esquecê-la de todo, exclamou ainda em voz alta:

— Boa velha! pobre velha!

Capítulo LXXXIX

Como a ideia tornasse ainda, Rubião atirou-se depressa ao tílburi, entrou e sentou-se, falando ao cocheiro, para fugir a si mesmo.

— Dei uma caminhada grande; mas, sim, senhor, isto aqui é bonito, é curioso; aquelas praias, aquelas ruas, é diferente dos outros bairros. Gosto disto. Hei de vir mais vezes.

O cocheiro sorriu para si de um modo tão particular, que o nosso Rubião desconfiou. Não atinava com o motivo do riso; talvez lhe houvesse escapado alguma palavra que no Rio de Janeiro tivesse mau sentido, mas repetiu-as e não descobriu nada; eram todas usadas e comuns. Entretanto, o cocheiro sorria ainda, com o mesmo ar do princípio, meio velhaco. Rubião esteve a pique de o interrogar, mas recuou a tempo. Foi o outro que reatou a conversação.

— Vossa Senhoria está então muito admirado do bairro? — disse ele. — Há de deixar que eu não acredite, sem se zangar, que não é para ofender a Vossa Senhoria, nem eu sou pessoa que agrave um freguês sério; mas não creio que esteja admirado do bairro.

— Por quê? — aventurou Rubião.

O cocheiro meneou a cabeça para um e outro lado, e insistiu em não crer, não porque o bairro não fosse digno de apreço, mas porque naturalmente já o conhecia muito. Rubião ratificou a primeira afirmação; tinha ido ali muitos anos antes, quando esteve da outra vez no Rio de Janeiro, mas não se lembrava de nada. E o cocheiro ria; e, à medida que o freguês ia demonstrando, ele ia ficando mais familiar, fazia negativas com o nariz, com os beiços, com a mão.

— Já sei disso — concluiu ele. — Nem eu sou homem que não veja as coisas. Vossa Senhoria pensa que não vi a maneira por que olhou para aquela moça que passou ainda agora? Basta só isso para mostrar que Vossa Senhoria tem faro e gosta...

Rubião, lisonjeado, sorriu um pouco; mas emendou-se logo:

— Que moça?

— Que lhe dizia eu? — redarguiu o homem. — Vossa Senhoria é fino, e faz muito bem; mas eu sou pessoa de segredo, e cá o carro tem servido para essas idas

e vindas. Não há muitos dias trouxe um belo moço, muito bem vestido, pessoa fina — já se sabe, negócio de rabo-de-saia.

— Mas eu... — interrompeu Rubião.

Mal podia conter-se; a suposição agradava-lhe; o cocheiro cuidou que ele dissimulava a culpa.

— Olhe, eu bem digo — continuou ele; tal qual o moço da rua dos Inválidos. — Vossa Senhoria pode ficar descansado; não digo nada; cá estou para outras. Então, quer que eu acredite que é por gosto que uma pessoa, que tem carro às ordens, vem andando a pé desde a praia Formosa até aqui? Vossa Senhoria veio ao lugar marcado, a pessoa não veio...

— Que pessoa? Fui ver um doente, um amigo que está para morrer.

— Tal qual o moço da rua dos Inválidos — repetiu o homem. — Esse veio ver uma costureira da mulher, como se fosse casado...

— Da rua dos Inválidos? — perguntou Rubião, que só agora atentava no nome da rua.

— Não digo mais nada — acudiu o cocheiro. — Era da rua dos Inválidos, bonito, um moço de bigodes e olhos grandes, muito grandes. Oh! eu também, se fosse mulher, era capaz de apaixonar-me por ele... Ela não sei donde era, nem diria ainda que soubesse; sei só que era um peixão.

E vendo que o freguês o escutava com os olhos arregalados:

— Oh! Vossa Senhoria não imagina! Era de boa altura, bonito corpo, a cara meia coberta por um véu, coisa papa-fina. A gente, por ser pobre, não deixa de apreciar o que é bom.

— Mas... como foi? — murmurou Rubião.

— Ora, como foi! Ele chegou como Vossa Senhoria, no meu tílburi, apeou-se e entrou numa casa de rótula; disse que ia ver a costureira da mulher. Como eu não lhe perguntei nada, e ele tinha vindo calado toda a viagem, muito cheio de si, compreendi logo a finura. Agora, podia ser verdade, porque é mesmo uma costureira que mora na casa da rua da Harmonia...

— Da Harmonia? — repetiu Rubião.

— Mau! Vossa Senhoria está arrancando o meu segredo; mudemos de assunto; não digo mais nada.

Rubião olhava atônito para o homem, que de fato se calou por dois ou três minutos, mas logo depois continuou:

— Também não há muita coisa mais. O moço entrou; eu fiquei esperando; meia hora depois vi um vulto de mulher, ao longe, e desconfiei logo que ia para lá. Meu dito, meu feito; ela veio, veio, devagar, olhando disfarçadamente para todos os lados; ao passar pela casa, não lhe digo nada, nem precisou bater; foi como nas mágicas, a rótula abriu-se por si, e ela enfiou por ali dentro. Se eu já conheço isso. Em que é que Vossa Senhoria quer que a gente ganhe algum cobrinho mais? O preço da tabela mal dá para comer; é preciso fazer esses ganchos.

Capítulo XC

"Não, não podia ser ela", refletiu Rubião, em casa, vestindo-se de preto.

Desde que chegara, não pensou em outra coisa que não fosse o caso contado pelo cocheiro do tílburi. Tentou esquecê-lo, arranjando papéis, ou lendo, ou dando estalinhos com os dedos para ver pular o Quincas Borba; mas a visão perseguia-o. Dizia-lhe a razão que há muitas senhoras de boa figura, e nada provava que a da rua da Harmonia fosse ela; mas o bom efeito era curto. Daí a pouco, desenhava-se ao longe, cabisbaixa, vagarosa, uma pessoa, que era nem mais nem menos a própria Sofia, e andava, e entrava de repente pela porta de uma casa, que se fechava logo... A visão foi tal, em certa ocasião, que o nosso amigo ficou a olhar para a parede, como se ali estivesse a rótula da rua da Harmonia. De imaginação, fez uma série de ações: — bateu, entrou, lançou a mão ao gasnate da costureira, e pediu-lhe a verdade ou a vida. A pobre mulher, ameaçada da morte, confessou tudo; levou-o a ver a dama, que era outra, não era Sofia. Quando Rubião voltou a si, sentiu-se vexado.

"Não, não podia ser ela."

Vestiu o colete, e foi abotoá-lo diante de uma das janelas, que dava para os fundos, no momento em que uma caravana de formigas ia passando pelo peitoril. Quantas vira passar outrora! Mas, desta vez, nunca soube como, pegou de uma toalha, deu dois golpes, atropelou as tristes formigas, matando uma porção delas. Talvez alguma lhe pareceu "boa figura e bonita de corpo". Logo depois arrependeu-se do ato; e realmente, que tinham as formigas com as suas suspeitas? Felizmente, começou a cantar uma cigarra, com tal propriedade e significação, que o nosso amigo parou no quarto botão do colete. *Sôôôô... fia, fia, fia, fia, fia, fia... Sôôôô... fia, fia, fia, fia, fia...*

Oh! precaução sublime e piedosa da natureza, que põe uma cigarra viva ao pé de vinte formigas mortas, para compensá-las. Essa reflexão é do leitor. Do Rubião não pode ser. Nem era capaz de aproximar as coisas, e concluir delas — nem o faria agora que está a chegar ao último botão do colete, todo ouvidos, todo cigarra... Pobres formigas mortas! Ide agora ao vosso Homero gaulês, que vos pague a fama; a cigarra é que se ri, emendando o texto:

> *Vous marchiez? J'en suis fort aise.*
> *Eh bien! mourez maintenant.*

Capítulo XCI

Soou a campainha de jantar; Rubião compôs o rosto, para que os seus habituados (tinha sempre quatro ou cinco) não percebessem nada. Achou-os na sala de visitas, conversando, à espera; ergueram-se todos, foram apertar-lhe a mão, alvoroçadamente. Rubião teve aqui um impulso inexplicável — dar-lhes a mão a beijar. Reteve-se a tempo, espantado de si próprio.

Capítulo XCII

De noite, correu à praia do Flamengo. Não pôde falar a Maria Benedita, que estava em cima, no quarto, com duas moças da vizinhança, amigas dela. Sofia veio recebê-lo à porta, e levou-o para o gabinete, onde duas costureiras faziam os vestidos de luto. O marido acabava de chegar; ainda não descera.

— Sente-se aqui — disse ela.

Tomou conta dele; estava divina. As palavras saíam-lhe carinhosas e graves, entrecortadas de sorrisos amigos e honestos. Falou-lhe da tia, da prima, do tempo, dos criados, dos espetáculos, da falta d'água, de uma multidão de coisas diversas, vulgares ou não, mas que passando pela boca da moça mudavam de natureza e de aspecto. Rubião ouvia fascinado. Ela, para não estar vadia, ia cosendo uns folhos; e, quando a conversação fazia pausa, Rubião era pouco para comer-lhe as mãos ágeis, que pareciam brincar com a agulha.

— Sabe que estou formando uma comissão de senhoras? — perguntou ela.

— Não sabia; para quê?

— Não leu a notícia daquela epidemia numa cidade das Alagoas?

Contou-lhe haver ficado tão penalizada, que resolveu logo organizar uma comissão de senhoras, para pedir esmolas. A morte da tia interrompeu os primeiros passos; mas ia continuar, passada a missa do sétimo dia. E perguntou que lhe parecia.

— Parece-me bem. Não há homens na comissão?

— Há só senhoras. Os homens apenas dão dinheiro — concluiu rindo.

Rubião, de cabeça, subscreveu logo uma quantia grossa, para obrigar os que viessem depois. Era tudo verdade. Era também verdade que a comissão ia pôr em evidência a pessoa de Sofia e dar-lhe um empurrão para cima. As senhoras escolhidas não eram da roda da nossa dama, e só uma a cumprimentava; mas, por intermédio de certa viúva, que brilhara entre 1840 e 1850, e conservava do seu tempo as saudades e o apuro, conseguira que todas entrassem naquela obra de caridade. Desde alguns dias não pensara em outra coisa. Às vezes, à noite, antes do chá, parecia dormir na cadeira de balanço; não dormia, fechava os olhos para considerar-se a si mesma, no meio das companheiras, pessoas de qualidade. Compreende-se que este fosse o assunto principal da conversação; mas Sofia tornava de quando em quando ao presente amigo. Por que é que ele fazia fugidas tão longas, oito, dez, quinze dias, e mais? Rubião respondeu que por nada, mas tão comovido, que uma das costureiras bateu no pé da outra. Daí em diante, ainda quando o silêncio era largo, cortado apenas pelo som das agulhas no merinó, das tesouradas, dos rasgados, uma e outra não perdiam de vista a pessoa do nosso amigo, com os olhos fisgados na dona da casa.

Veio uma visita de pêsames — um homem, diretor de banco. Foram chamar logo o Palha, que desceu a recebê-lo. Sofia pediu licença ao Rubião, por alguns segundos; ia ver Maria Benedita.

Capítulo XCIII

Rubião, ficando só com as duas mulheres, entrou a andar de um lado para outro, abafando os passos, para não incomodar ninguém. Da sala vinha uma ou outra palavra do Palha: "Em todo o caso, pode crer..." — "Nem a administração de um banco é coisa de brincadeira..." — "Positivamente..." O diretor falava pouco, seco e baixo.

Uma das costureiras dobrou a costura, arrecadou apressadamente retalhos, tesouras, carretéis de linha, de retrós. Era tarde; ia-se embora.

— Dondon, espera um bocado que eu vou também.
— Não, não posso. O senhor faz favor de dizer que horas são?
— São oito e meia — respondeu Rubião.
— Jesus! é muito tarde.

Rubião, para dizer alguma coisa, perguntou-lhe por que não esperava, como a outra pedia.

— Só espero dona Sofia — acudiu Dondon com respeito —; mas o senhor sabe onde é que esta mora? Mora na rua do Passeio. E eu vou dar com os ossos na rua da Harmonia. Olhe que daqui à rua da Harmonia é um estirão.

Capítulo XCIV

Sofia desceu logo, achou Rubião transtornado, fugindo com os olhos. Perguntou-lhe o que era; ele respondeu que nada, dor de cabeça. Dondon saiu, o diretor do banco despedia-se; Palha agradecia-lhe a fineza, estimava-lhe a saúde. Onde estava o chapéu? Achou-o; deu-lhe também o sobretudo; e, parecendo que ele procurava outra coisa, perguntou se era a bengala.

— Não, senhor, é o guarda-chuva. Creio que é este; é este. Adeus.
— Ainda uma vez, obrigado, muito obrigado — disse o Palha. — Ponha o seu chapéu, está úmido, não faça cerimônias. Obrigado, muito obrigado — concluiu apertando-lhe a mão nas suas, e curvado em ângulo.

Voltando ao gabinete, deu com o sócio, que teimava em sair. Instou também; disse-lhe que tomasse uma xícara de chá, que lhe passava logo; Rubião recusou tudo.

— A sua mão está fria — observou a moça ao Rubião, apertando-lha —; por que não espera? Água de melissa é muito bom. Vou buscar.

Rubião deteve-a; não era preciso; conhecia aqueles achaques, curavam-se com sono. Palha quis mandar vir um tílburi; mas o outro acudiu dizendo que o ar da noite lhe faria bem, e que no Catete acharia condução.

Capítulo XCV

— Vou agarrá-la antes de chegar ao Catete — disse Rubião subindo pela rua do Príncipe.

Calculou que a costureira teria ido por ali. Ao longe, descobriu alguns vultos de um e outro lado; um deles pareceu-lhe de mulher. "Há de ser ela", pensou; e picou o passo. Entende-se naturalmente que levava a cabeça atordoada: rua da Harmonia, costureira, uma dama, e todas as rótulas abertas. Não admira que, fora de si, e andando rápido, desse um encontrão em certo homem que ia devagar, cabisbaixo. Nem lhe pediu desculpa; alargou o passo, vendo que a mulher também andava depressa.

Capítulo XCVI

E o homem empurrado, apenas sentiu o empurrão. Caminhava absorto, mas contente, espraiando a alma, desabafado de cuidados e fastios. Era o diretor de banco, o que acabava de fazer a visita de pêsames ao Palha. Sentiu o empurrão, e não se zangou; concertou o sobretudo e a alma, e lá foi andando tranquilamente.

Convém dizer, para explicar a indiferença do homem, que ele tivera, no espaço de uma hora, comoções opostas. Fora primeiro à casa de um ministro de Estado, tratar do requerimento de um irmão. O ministro, que acabava de jantar, fumava calado e pacífico. O diretor expôs atrapalhadamente o negócio, tornando atrás, saltando adiante, ligando e desligando as frases. Mal sentado, para não perder a linha do respeito, trazia na boca um sorriso constante e venerador; e curvava-se, pedia desculpas. O ministro fez algumas perguntas; ele, animado, deu respostas longas, extremamente longas, e acabou entregando um memorial. Depois ergueu-se, agradeceu, apertou a mão ao ministro, este acompanhou-o até à varanda. Aí fez o diretor duas cortesias — uma em cheio, antes de descer a escada — outra em vão, já embaixo, no jardim; em vez do ministro, viu só a porta de vidro fosco, e na varanda, pendente do teto, o lampião de gás. Enterrou o chapéu e saiu. Saiu humilhado, vexado de si mesmo. Não era o negócio que o afligia, mas os cumprimentos que fez, as desculpas que pediu, as atitudes subalternas, um rosário de atos sem proveito. Foi assim que chegou à casa do Palha.

Em dez minutos, tinha a alma espanada e restituída a si mesma, tais foram as mesuras do dono da casa, os *apoiados* de cabeça, e um raio de sorriso perene, não contando oferecimentos de chá e charutos. O diretor fez-se então severo, superior, frio, poucas palavras; chegou a arregaçar com desdém a venta esquerda, a propósito de uma ideia do Palha, que a recolheu logo, concordando que era absurda. Copiou do ministro o gesto lento. Saindo, não foram dele as cortesias, mas do dono da casa.

Estava outro, quando chegou à rua; daí o andar sossegado e satisfeito, o espraiar da alma devolvida a si própria, e a indiferença com que recebeu o embate do Rubião. Lá se ia a memória dos seus rapapés; agora o que ele rumina saborosamente são os rapapés de Cristiano Palha.

Capítulo XCVII

Quando Rubião chegou à esquina do Catete, a costureira conversava com um homem, que a esperara, e que lhe deu logo depois o braço; viu-os ir ambos, conjugalmente, para o lado da Glória. Casados? amigos? Perderam-se na primeira dobra da rua, enquanto Rubião ficou parado, recordando as palavras do cocheiro, a rótula, o moço de bigodes, a senhora de bonito corpo, a rua da Harmonia... Rua da Harmonia; ela dissera rua da Harmonia.

Deitou-se tarde. Parte do tempo esteve à janela, matutando, charuto aceso, sem acabar de explicar aquele negócio. Dondon era por força a terceira nos amores; devia ser, tinha olhos sonsos, pensava Rubião.

"Amanhã vou lá, saio mais cedo, vou esperá-la na esquina; dou-lhe cem mil-réis, duzentos, quinhentos; ela há de confessar-me tudo."

Quando cansou, olhou para o céu; lá estava o Cruzeiro... Oh! se ela houvesse consentido em fitar o Cruzeiro! Outra teria sido a vida de ambos. A constelação pareceu confirmar este modo de sentir, fulgurando extraordinariamente; e Rubião quedou-se a mirá-la, a compor mil cenas lindas e namoradas — a viver do que podia ter sido. Quando a alma se fartou de amores nunca desabrochados, acudiu à mente do nosso amigo que o Cruzeiro não era só uma constelação, era também uma ordem honorífica. Daqui passou a outra série de pensamentos. Achou genial a ideia de fazer do Cruzeiro uma distinção nacional e privilegiada. Já tinha visto a venera ao peito de alguns servidores públicos. Era bela, mas principalmente rara.

— Tanto melhor! — disse ele em voz alta.

Era perto de duas horas quando saiu da janela; fechou-a e foi meter-se na cama, dormiu logo; acordou ao som da voz do criado espanhol, que lhe trazia um bilhete.

Capítulo XCVIII

Rubião sentou-se na cama estremunhado, não reparou na letra do sobrescrito; abriu o bilhete, e leu:

> Ficamos ontem muito inquietos, depois que o senhor saiu. Cristiano não vai lá agora, porque acordou tarde, e tem de ir ao inspetor da alfândega. Mande-nos dizer se passou melhor. Lembranças de Maria Benedita e da
>
> Sua amiga e obrigada
> SOFIA.

— Diga ao portador que espere.

Daí a vinte minutos a resposta chegou à mão do moleque que trouxera o bilhete; foi o próprio Rubião que lha entregou, perguntando-lhe como tinham

passado as senhoras. Soube que bem; deu-lhe dez tostões, recomendando-lhe que, quando precisasse algum dinheiro, viesse procurá-lo. O rapaz, espantado, arregalou os olhos e prometeu tudo.

— Adeus! — disse-lhe benevolamente o Rubião.

E ficou parado, enquanto o portador descia os poucos degraus. Indo este a meio do jardim, ouviu bradar:

— Espera!

Voltou para acudir ao chamado; Rubião já tinha descido os degraus; foram um ao outro, e pararam, calados. Correram dois minutos, sem que Rubião abrisse a boca. Afinal, perguntou alguma coisa — se as senhoras tinham passado bem. Era a mesma pergunta de há pouco; o criado confirmou a resposta. Depois, Rubião deixou vagar os olhos pelo jardim. As rosas e as margaridas estavam lindas e frescas, alguns cravos desabrochavam, outras flores e folhagens, begônias e trepadeiras, todo esse pequeno mundo parecia estender os olhos invisíveis ao Rubião, e bradar-lhe:

— Alma sem vigor, acaba de uma vez com o teu desejo; colhe-nos, manda-nos...

— Bem — disse finalmente Rubião —; lembranças às senhoras. Não se esqueça do que lhe disse; precisando de mim, venha cá. Guardou a carta?

— Está aqui, sim, senhor.

— É melhor metê-la no bolso, mas olhe não machuque.

— Não machuco, não, senhor — retorquiu o criado acomodando a carta.

Capítulo XCIX

Saiu o moleque; Rubião ficou passeando no jardim, com as mãos nos bolsos do chambre, e os olhos nas flores. Que tinha que mandasse algumas? Era um presente natural, e até de obrigação para pagar uma cortesia com outra. Fez mal; correu ao portão, mas já o moleque ia longe; Rubião advertiu que o luto excluía as lembranças alegres, e ficou tranquilo.

Senão quando, ao recomeçar o passeio, viu uma carta ao pé de um canteiro. Inclinou-se, apanhou-a, leu o sobrescrito... A letra era dela, tão-só dela; comparou-a com a do bilhete que recebera; era a mesma. O nome era o do diabo: Carlos Maria.

"Sim, foi isso", pensou ele ao cabo de alguns minutos, "o portador da minha carta trouxe esta, e deixou-a cair."

E, mirando a carta, de um e outro lado, perguntava-lhe pelo conteúdo. Oh! o conteúdo! Que iria ali escrito dentro daquele papel homicida? Perversidade, luxúria, toda a linguagem do mal e da demência, resumidas em duas ou três linhas. Ergueu-a ante os olhos, para ver se podia ler alguma palavra; o papel era grosso; não se podia ler nada. Ao lembrar-se que o portador, dando por falta da carta, voltaria a procurá-la, meteu-a atrapalhadamente no bolso, e correu para dentro.

Em casa, tirou-a e mirou-a outra vez; as mãos hesitavam, reproduzindo o estado da consciência. Se abrisse a carta, saberia tudo. Lida e queimada, ninguém mais conheceria o texto, ao passo que ele teria acabado por uma vez com essa terrível

fascinação que o fazia penar ao pé daquele abismo de opróbrios... Não sou eu que o digo, é ele; ele é que junta esse e outros nomes ruins, ele o que pára no meio da sala, com os olhos no tapete, em cuja trama figura um turco indolente, cachimbo na boca, olhando para o Bósforo... Devia ser o Bósforo.

— Infernal carta! — rosnou surdamente, repetindo uma frase ouvida no teatro, semanas antes; frase esquecida, que vinha agora exprimir a analogia moral do espetáculo e do espectador.

Teve ímpetos de abri-la; era só um gesto, um ato; ninguém o via, os quadros da parede estavam quietos, indiferentes, o turco do tapete continuava a fumar e a olhar para o Bósforo. Contudo, sentia escrúpulos; a carta, posto que achada no jardim, não lhe pertencia, mas ao outro. Era como se fosse um embrulho de dinheiro; não devolveria o dinheiro ao dono? Despeitado, meteu-a outra vez no bolso. Entre mandar a carta ao destinatário e entregá-la a Sofia, adotou afinal o segundo alvitre; tinha a vantagem de poder ler a verdade nas feições da própria autora.

"Digo-lhe que achei uma carta, assim e assim", pensou Rubião; "e antes de lhe dar a carta, vejo bem na cara dela, se fica aterrada ou não. Talvez empalideça; então ameaço-a, falo-lhe da rua da Harmonia; juro-lhe que estou disposto a gastar trezentos, oitocentos, mil contos, dois mil, trinta mil contos, se tanto for preciso para estrangular o infame..."

Capítulo C

Nenhum dos habituados da casa compareceu ao almoço. Rubião esperou ainda uns dez minutos, chegou a mandar um criado ao portão, a ver se vinha alguém. Ninguém; teve de almoçar sozinho.

Em geral, não podia suportar as refeições solitárias; estava tão afeito à linguagem dos amigos, às observações, às graças, não menos que aos respeitos e considerações, que comer só era o mesmo que não comer nada. Agora, porém, era como um Saul que precisasse de algum Davi, para expelir o espírito maligno que se metera nele. Já queria mal ao portador da carta, porque a deixara cair; ignorar era um benefício. E depois, a consciência vacilava — ia da entrega da carta à recusa e à guarda indefinida. Rubião tinha medo de saber; ora queria, ora não queria ler nada no rosto de Sofia. O desejo de saber tudo era, em resumo, a esperança de descobrir que não havia nada.

Davi apareceu enfim, entre o queijo e o café, na pessoa do dr. Camacho, que voltara de Vassouras, na véspera, à noite. Como o Davi da Escritura, trazia um jumento carregado de pães, um cântaro de vinho e um cabrito. Deixara gravemente enfermo um deputado mineiro, que estava em Vassouras, e preparou a candidatura do Rubião, escrevendo às influências de Minas. Foi o que lhe disse aos primeiros goles de café.

— Candidato, eu?
— Pois então quem?

Camacho demonstrou que não podia haver melhor. Tinha serviços em Minas, não tinha?

— Alguns.

— Aqui os tem de grande relevância. Mantendo comigo o órgão dos princípios, tem recebido solidariamente os golpes que me dão, além dos sacrifícios que todos fazemos pelo lado pecuniário. Sobre isto, não me diga nada. Digo-lhe que hei de fazer o que puder. Demais, o senhor é a melhor solução da divergência.

— Divergência?

— Sim, o doutor Hermenegildo, de Catas-Altas, e o coronel Romualdo; dizem que ambos, em caso de vaga, querem apresentar-se; é dividir os votos...

— Seguramente; mas teimam?

— Creio que não teimarão, quando eu lhes mandar daqui confirmação dos chefes, porque foi uma das coisas que me lançaram à cara, é que eu não tinha poderes; confessei que, para aquele caso imprevisto, não; mas que possuía a confiança dos chefes, os quais me aprovariam. Creia que está feito. Então que pensa? Pensa que trabalho aqui sacrificando tempo e dinheiro, e algum talento, para não valer a um amigo, que tantas provas tem dado de fidelidade aos princípios? Oh! isso não. Hão de ouvir-me, e adotar o que lhes proponho.

Rubião, comovido, fez ainda outras perguntas acerca da luta e da vitória, se eram precisas despesas já, ou carta de recomendação e pedido, e como é que se havia de ter notícia frequente do enfermo etc. Camacho respondia a tudo; mas recomendava-lhe cautela. Em política, disse ele, uma coisa de nada desvia o curso da campanha e dá a vitória ao adversário. Contudo, ainda que não saísse vencedor, tinha Rubião a vantagem de ficar com o seu nome sufragado; e o precedente contava-se por um serviço.

— Firmeza e paciência — concluiu.

E logo em seguida:

— Eu próprio que sou, senão um exemplo de paciência e firmeza? A minha província está entregue a um grupo de bandidos; não há outro nome para a gente dos Pinheiros; e além disso (digo-lhe isto com dor e em particular) tenho amigos que me intrigam, uns ganhadores, que querem ver se o partido me repele e se me tomam o lugar... Uns biltres! Ah! meu caro Rubião, isso de política pode ser comparado à paixão de Nosso Senhor Jesus Cristo; não falta nada, nem o discípulo que nega, nem o discípulo que vende. Coroa de espinhos, bofetadas, madeiro, e afinal morre-se na cruz das ideias, pregado pelos cravos da inveja, da calúnia e da ingratidão...

Esta frase, caída no calor da conversa, pareceu-lhe digna de um artigo; reteve-a de memória; antes de dormir, escreveu-a em uma tira de papel. Mas, na ocasião da conversa, enquanto a repetia consigo para fixá-la, Rubião dizia que se animasse, que ele era homem para grandes campanhas. E não fugisse de caretas.

— De caretas? Seguramente que não. Nem de papões verdadeiros, se os há. Cá os espero! Que se acautelem no dia em que subirmos! Hão de pagar tudo. Ouça-me este conselho: em política, não se perdoa nem se esquece nada. Quem fez uma, paga; creia que a vingança é um prazer — continuou sorrindo —; há muita delícia... Enfim, contados os males e os bens da política, os bens ainda são superiores. Há ingratos, mas os ingratos demitem-se, prendem-se, perseguem-se...

Rubião ouvia subjugado. Camacho impunha; faiscavam-lhe os olhos. Os anátemas brotavam-lhe como da boca de Isaías; as palmas do triunfo verdejavam-lhe

nas mãos. Cada gesto parecia um princípio. Quando abria os braços, ferindo o ar, era como se desdobrasse um programa inteiro. Ia-se embriagando de esperanças, e tinha o vinho alegre. De uma vez, parou diante de Rubião:

— Vamos lá, deputado; ensaie um discurso, pedindo o encerramento da discussão: *Senhor Presidente*... Vamos, diga comigo: *Senhor Presidente, peço a Vossa Excelência*...

Rubião interrompeu-o, erguendo-se; teve uma espécie de vertigem. Via-se na Câmara, entrando para prestar juramento, todos os deputados de pé; e teve um calafrio. O passo era difícil. Contudo, atravessou a sala, subiu à mesa da presidência, prestou o juramento de estilo... Talvez a voz lhe fraqueasse na ocasião...

Capítulo CI

Foi nesse estado que o veio achar a notícia da morte do Freitas. Chorou uma lágrima às escondidas; tomou a si custear as despesas do enterro, e acompanhou o defunto, na tarde seguinte, ao cemitério. A velha mãe do finado, quando o viu entrar na sala, quis ajoelhar-se aos pés dele; Rubião abraçou-a a tempo de impedir-lhe o gesto. Esse ato do nosso amigo fez grande impressão nos convidados. Um deles veio apertar-lhe a mão; depois a um canto, baixinho, contou-lhe a injustiça da demissão que recebera, dias antes; demissão acintosa, por causa de intrigas...

— Imagine Vossa Excelência que aquilo é (com perdão da palavra) um covil de patifes...

Chegou a hora de sair o enterro; as despedidas da mãe foram dolorosas: beijos, soluços, exclamações, tudo de mistura, e lancinantes. As mulheres não conseguiram arrancá-la dali; foram precisos dois homens e o emprego de força; ela gritava e teimava por tornar ao cadáver: meu filho! meu pobre filho!

— Um escândalo! — insistia o demitido. — O próprio ministro dizem que não gostou do ato; mas Vossa Excelência sabe, para não desmoralizar o diretor...

— Pan... pan... pan... — soavam os martelos surdamente, pregando o caixão.

Rubião acedeu ao pedido que lhe faziam de pegar em uma das argolas, e deixou o demitido. Fora, alguma gente parada; os vizinhos, às janelas, debruçavam-se uns sobre os outros, com os olhos cheios daquela curiosidade que a morte inspira aos vivos. Ao demais, havia o cupê do Rubião, que se destacava das caleças velhas. Já se falava muito daquele amigo do finado, e a presença confirmou a notícia. O defunto era agora apreciado com certa consideração.

No cemitério, não se contentou Rubião com deitar a pá de terra, ato em que foi primeiro, por solicitação de todos; esperou que os coveiros enchessem a cova com as suas grandes pás do ofício. Tinha os olhos úmidos; acabou, saiu, ladeado pelos outros, e, à porta, com uma só chapelada para a direita e para a esquerda, saudou a todas as cabeças descobertas e curvas. Ao entrar no cupê, ainda ouviu estas palavras, a meia-voz:

— Parece que é senador ou desembargador, ou coisa assim...

Capítulo CII

Era noite entrada. Rubião vinha por ali abaixo, recordando o pobre-diabo que enterrara, quando, na rua de São Cristóvão, cruzou com outro cupê, que levava duas ordenanças atrás. Era um ministro que ia para o despacho imperial. Rubião pôs a cabeça de fora, recolheu-a e ficou a ouvir os cavalos das ordenanças, tão iguaizinhos, tão distintos, apesar do estrépito dos outros animais. Era tal a tensão do espírito do nosso amigo, que ainda os ouvia, quando já a distância não permitia audiência. Catrapus... catrapus... catrapus...

Capítulo CIII

Ao sétimo dia da morte de d. Maria Augusta, rezou-se a missa de uso, em São Francisco de Paula; Rubião lá foi, lá viu Carlos Maria. Tanto bastou para precipitar a devolução da carta; três dias depois, meteu-a no bolso e correu ao Flamengo. Eram duas horas da tarde. Maria Benedita fora visitar as amigas da vizinhança, que a tinham acompanhando nos primeiros dias de aflição; Sofia estava só, vestida para sair.

— Mas, não importa — disse ela convidando-o a sentar-se —; fico ou saio mais tarde.

Rubião retorquiu que a demora era curta; vinha dar-lhe um papel.

— Em todo caso, sente-se; também se pode dar um papel sentado.

Estava tão bonita, que ele hesitou em dizer-lhe as palavras duras que trazia de cor. O luto ia-lhe muito bem, e o vestido parecia uma luva. Sentada, via-se-lhe metade do pé, sapato raso, meia de seda, coisas todas que pediam misericórdia e perdão. Quanto à espada daquela bainha — assim chama à alma um velho autor —, parecia não ter gume nem campanhas; era uma ingênua faca de marfim. Rubião esteve a pique de fraquear; a primeira palavra arrastou as outras.

— Que papel? — perguntou Sofia.

— Um papel, que suponho grave — respondeu ele contendo-se —; não se recorda ou não sabe que perdeu uma carta?

— Não.

— Costuma escrever cartas?

— Tenho escrito algumas; mas, não me lembra se grave. Deixe ver.

Rubião tinha os olhos desvairados. Não disse nem fez nada. Levantou-se para sair, não saiu. Depois de alguns instantes de silêncio e inquietação, continuou sem raiva:

— Não é segredo para a senhora que lhe quero bem. A senhora sabe disso, e não me despede, nem me aceita, anima-me com os seus bonitos modos. Não me esqueci ainda de Santa Teresa, nem da nossa viagem no trem de ferro, quando vínhamos os dois, com seu marido no meio. Lembra-se? Foi a minha desgraça aquela viagem; desde aquele dia a senhora me prendeu. A senhora é má, tem gênio de cobra; que mal lhe fiz eu? Vá que não goste de mim; mas podia desenganar-me logo...

— Cale-se, vem gente — interrompeu Sofia erguendo-se também e olhando para o lado da porta.

Não vinha ninguém; entretanto, podiam ouvi-lo, porque a voz do Rubião ia aquecendo e crescendo. Cresceu ainda mais. Já não pleiteava esperanças; abria e despejava a alma.

— Não me importa que ouçam — bradou ele —; podem ouvir-me; agora digo tudo, a senhora bota-me para fora e tudo acaba. Não, não se pode fazer sofrer assim um homem...

— Cale-se, pelo amor de Deus!

— Qual Deus! Ouça-me o resto, porque eu estou disposto a não guardar nada...

Desatinada, receando deveras que algum criado ouvisse, Sofia levantou a mão e tapou-lhe a boca. Ao contato daquela epiderme querida, Rubião perdeu a voz. Sofia retirou a mão, e dispôs-se a deixar a sala; mas, chegando à porta, parou. Rubião caminhara até à janela, para convalescer da explosão.

Capítulo CIV

Sofia, depois de estar alguns segundos à escuta, tornou à sala, e foi sentar-se com grande rumor de saias, na otomana de cetim azul, compra de poucos dias. Rubião voltou-se, e deu com ela, abanando repreensivamente a cabeça. Antes que ele falasse, Sofia pôs o dedo na boca, pedindo-lhe silêncio; depois chamou-o com a mão; Rubião obedeceu.

— Sente-se naquela cadeira — disse ela. E continuou, depois de o ver sentado: — Tenho razão para zangar-me com o senhor; não faço, porque sei que é bom, e estou que é sincero; arrependa-se do que me disse, e tudo lhe será perdoado.

Sofia bateu com o leque no lado direito do vestido para o abaixar e compor; depois levantou os braços sacudindo as pulseiras de vidro preto; finalmente, pousou-os sobre os joelhos e, abrindo e fechando as varetas do leque, aguardou a resposta. Ao contrário do que esperava, Rubião abanou a cabeça negativamente.

— Não tenho de que me arrepender — disse ele —; e prefiro que me não perdoe. A senhora ficará cá dentro, quer queira, quer não; podia mentir, mas que é que rende a mentira? A senhora é que não tem sido sincera comigo, porque me tem enganado...

Sofia retesou o busto.

— ... Não se zangue; não desejo ofendê-la; mas, deixe-me dizer que a senhora é que me tem enganado, e muito, e sem compaixão. Que ame a seu marido, vá; perdoava-lhe; mas que...

— Mas quê? — repetiu ela espantada.

Rubião meteu a mão no bolso, tirou a carta, e entregou-lha. Sofia, ao ler o nome de Carlos Maria, ficou sem pinga de sangue; ele viu-lhe a palidez. Dominando-se logo, perguntou o que era, que queria dizer essa carta.

— A letra é sua.

— É minha. Mas que diria eu aqui dentro? — continuou tranquila. — Quem lhe deu isto?

Rubião quis referir o achado; mas entendeu ter alcançado o bastante; cortejou-a para sair.

— Perdão — disse ela —, abra o senhor mesmo a carta.

— Não tenho mais nada a fazer aqui.

— Fique, abra a carta, aqui a tem; leia tudo — dizia a moça pegando-lhe na manga; mas, Rubião puxou violentamente o braço, foi buscar o chapéu e saiu. Sofia, com medo dos criados, deixou-se ficar na sala.

Capítulo CV

Tão nervosa esteve durante os primeiros instantes, que não cuidou da carta. Afinal, virou-a de um lado para outro, sem adivinhar o conteúdo; mas, pouco a pouco, já senhora de si, lembrou-se que devia ser a circular da comissão das Alagoas. Rasgou a sobrecarta: era a circular. Como é que semelhante papel fora ter às mãos dele? E donde lhe vinha a suspeita? De si mesmo ou de fora? Correria algum boato? Foi ter com o criado que levara a circular a Carlos Maria e perguntou-lhe se a entregara. Soube que não. Quando o criado chegou à rua dos Inválidos, não achou o papel no bolso, e, com medo, não dissera nada à ama.

Sofia tornou à sala, disposta a não sair. Recolheu a carta e a sobrecarta, para mostrá-las a Rubião, a fim de que ele visse bem que não era nada; mas, provavelmente, suporia a substituição do papel.

— Maldito homem! — murmurou. E começou a andar à toa.

Uma revoada de memórias entrou na alma de Sofia. A imagem de Carlos Maria veio postar-se ante ela, com os seus grandes olhos de espectro querido e aborrecido. Sofia quis arredá-lo, mas não pôde; ele acompanhava-a de um lado para outro, sem perder o tom esbelto e másculo, nem o ar de riso sublime. Às vezes, via-o inclinar-se, articulando as mesmas palavras de certa noite de baile, que lhe custaram a ela horas de insônia, dias de esperança, até que se perderam na irrealidade. Nunca Sofia compreendera o malogro daquela aventura. O homem parecia querer-lhe deveras, e ninguém o obrigava a declará-lo tão atrevidamente, nem a passar-lhe pelas janelas, alta noite, segundo lhe ouviu. Recordou ainda outros encontros, palavras furtadas, olhos cálidos e compridos, e não chegava a entender que toda essa paixão acabasse em nada. Provavelmente, não haveria nenhuma; puro galanteio — quando muito, um modo de apurar as suas forças atrativas... Natureza de cínico, de fútil.

Que lhe importava o mistério? Era um sujeito fútil. Cresceu-lhe o nojo e o desdém. Chegou a rir-se dele; podia encará-lo sem remorsos. E foi andando por ali fora, vingando-se do bobo — chamava-lhe bobo — e fitando no ar os olhos de imaculada. Em verdade, era ocupar-se demais com tal assunto; começou a maldizer do Rubião, que evocara semelhante homem do esquecimento, por causa daquela triste circular... Depois, tornou às primeiras lembranças, às palavras de Carlos Maria. Se

todos a achavam bela, por que não o acharia ele, que lho disse? Talvez o tivesse a seus pés, se não se houvesse mostrado tão agradecida, tão rasteira...

De repente, a criada, que estava na outra sala, ouvindo rumor de alguma coisa que se quebrava, correu à de visitas, e viu a ama, sozinha, de pé.

— Não é nada — disse-lhe esta.

— Pareceu-me que ouvi...

— Foi aquele boneco que caiu: apanhe os cacos.

— O chinês! — exclamou a criada.

De feito, era um mandarim de porcelana, pobre-diabo que estava muito quieto, em cima de uma estante. Sofia achou-se com ele entre os dedos, sem saber como, nem desde quando; ao cuidar na sua voluntária humilhação, teve um impulso — parece que raiva de si mesma — e deu com o boneco em terra. Pobre mandarim! não lhe valeu ser de porcelana; não lhe valeu sequer ser dado pelo Palha.

— Mas, minha ama, como é que o chinês...

— Vá-se embora!

Sofia recordou todo o seu proceder diante de Carlos Maria, as aquiescências fáceis, os perdões antecipados, os olhos com que o buscava, os apertos de mão tão fortes... Era isso; tinha-se-lhe lançado aos pés. Depois, o sentimento foi mudando. Apesar de tudo, era natural que ele gostasse dela, e a conformidade moral de ambos não traria o abandono de um. Talvez a culpa fosse outra. Escavou razões possíveis, algum gesto duro e frio, alguma falta de atenção para com ele; lembrou-se que, uma vez, por medo de o receber sozinha, mandou dizer que não estava em casa. Sim, podia ser isso. Carlos Maria era orgulhoso; a menor desfeita pungia-o. Soube que era mentira... Essa era a culpa.

Capítulo CVI

... Ou, mais propriamente, capítulo em que o leitor, desorientado, não pode combinar as tristezas de Sofia com a anedota do cocheiro. E pergunta confuso: — Então a entrevista da rua da Harmonia, Sofia, Carlos Maria, esse chocalho de rimas sonoras e delinquentes, é tudo calúnia? Calúnia do leitor e do Rubião, não do pobre cocheiro, que não proferiu nomes, não chegou sequer a contar uma anedota verdadeira. É o que terias visto, se lesses com pausa. Sim, desgraçado, adverte bem que era inverossímil que um homem, indo a uma aventura daquelas, fizesse parar o tílburi diante da casa pactuada. Seria pôr uma testemunha ao crime. Há entre o céu e a terra muitas mais ruas do que sonha a tua filosofia — ruas transversais, onde o tílburi podia ficar esperando.

— Bem; o cocheiro não soube compor. Mas que interesse tinha em inventar a anedota?

Conduzira Rubião a uma casa, onde o nosso amigo ficou quase duas horas, sem o despedir; viu-o sair, entrar no tílburi, descer logo e vir a pé, ordenando-lhe que o acompanhasse. Concluiu que era ótimo freguês; mas, ainda assim, não se lembrou

de inventar nada. Passou, porém, uma senhora com um menino — a da rua da Saúde —, e Rubião quedou-se a olhar para ela com vistas de amor e melancolia. Aqui é que o cocheiro o teve por lascivo, além de pródigo, e encomendou-lhe as suas prendas. Se falou em rua da Harmonia foi por sugestão do bairro donde vinham; e, se disse que trouxera um moço da rua dos Inválidos, é que naturalmente transportara de lá algum, na véspera — talvez o próprio Carlos Maria —, ou porque lá morasse ou porque lá tivesse a cocheira — qualquer outra circunstância que lhe ajudou a invenção, como as reminiscências do dia servem de matéria aos sonhos da noite. Nem todos os cocheiros são imaginativos. Já é muito concertar farrapos da realidade.

Resta só a coincidência de morar na rua da Harmonia uma das costureiras do luto. Aqui, sim, parece um propósito do acaso. Mas a culpa é da costureira; não lhe faltaria casa mais para o centro da cidade, se quisesse deixar a agulha e o marido. Ao contrário disso, ama-os sobre todas as coisas deste mundo. Não era razão para que eu cortasse o episódio, ou interrompesse o livro.

Capítulo CVII

Das reflexões de Sofia é que não há que explicar. Todas tinham o pé na verdade. Era certo e certíssimo que Carlos Maria não correspondera às primeiras esperanças — nem às segundas e terceiras, porque as houve em quadras diversas, ainda que menos verdes e bastas. Quanto à causa disso, vimos que Sofia, à míngua de uma, atribuiu-lhe sucessivamente três. Não chegou a pensar em alguns amores que ele porventura trouxesse e lhe tornassem insípidos quaisquer outros. Seria uma quarta causa, e talvez a verdadeira.

Capítulo CVIII

Durante alguns meses, Rubião deixou de ir ao Flamengo. Não foi resolução fácil de cumprir. Custou-lhe muita hesitação, muito arrependimento; mais de uma vez chegou a sair com o propósito de visitar Sofia e pedir-lhe perdão. De quê? Não sabia; mas queria ser perdoado. Em todas as tentativas desse gênero, a lembrança de Carlos Maria fazia-o recuar. De certo ponto em diante, foi o próprio lapso de tempo que o tolheu; era esquisito aparecer lá um dia, como um triste filho pródigo, unicamente para suplicar o calor dos belos olhos da dona da casa. Ia ao armazém visitar o Palha; este, ao fim de cinco semanas, reprochou-lhe a ausência; e, passados dois meses, perguntou-lhe se era formal propósito.

— Tenho tido muito que fazer — acudiu Rubião —; esses negócios políticos tomam todo o tempo a uma pessoa. Vou lá domingo.

Sofia aparelhou-se para recebê-lo. Espiaria a ocasião de lhe dizer o que era a

carta, jurando por todas as coisas santas, para que ele visse que a verdade não era contra ela. Planos perdidos; Rubião não compareceu. Veio outro domingo, vieram outros domingos... Não obstante, Sofia remeteu-lhe um dia a subscrição para as Alagoas; ele assinou cinco contos de réis.

— É muito — disse-lhe o sócio, no armazém, quando ele lhe foi levar o papel.

— Não dou menos.

— Mas olhe que pode dar muito, sem dar tanto. Parece-lhe então que esta subscrição é feita entre meia dúzia de pessoas? Anda nas mãos de muitas senhoras e de alguns homens; está nos mostradores das lojas, na praça do Comércio etc. Assine menos.

— Como, se está escrito?

— Deste cinco pode-se fazer muito bem um três. Três contos já é uma boa assinatura. Há maiores, mas são de pessoas obrigadas pelo cargo ou pelos milhões; o Bonfim, por exemplo, assinou dez contos.

Rubião não pôde reter um risinho irônico; abanou a cabeça, e não recuou dos cinco contos. Só emendaria, escrevendo o algarismo 1 atrás — quinze contos, mais que o Bonfim.

— Seguramente, que pode dar cinco, dez ou quinze contos — tornou o Palha —; mas o seu capital precisa cautelas, você está entrando muito por ele... Repare que já lhe rende menos.

Palha era agora o depositário dos títulos de Rubião (ações, apólices, escrituras), que estavam fechados na burra do armazém. Cobrava-lhe os juros, os dividendos e os aluguéis de três casas, que lhe fizera comprar algum tempo antes, a vil preço, e que lhe rendiam muito. Guardava também uma porção de moedas de ouro, porque Rubião tinha a mania de as colecionar, para a contemplação. Conhecia, mais que o dono, a soma total dos bens, e assistia aos rombos feitos na caravela, sem temporal, mar de leite. Três contos bastavam, insistiu ele; e provou a sinceridade pelo fato de ser justamente marido da fundadora da comissão. Mas o Rubião não desistiu dos cinco; aproveitou a ocasião para pedir-lhe mais dez; precisava de dez contos. Palha coçou a cabeça.

— Você desculpe — disse-lhe ao cabo de alguns instantes —, mas para que é que os quer? Não está certo que vai perdê-los, ou arriscá-los, ao menos?

Rubião riu da objeção.

— Se eu estivesse certo de que os perdia, não vinha buscá-los. Pode ser arriscado, mas não é sem arriscar que se ganha. Preciso deles para um negócio — quero dizer, três negócios. Dois são empréstimos seguros, e não passam de um conto e quinhentos. Os oito contos e quinhentos são para uma empresa. Por que abana a cabeça, se não sabe de que se trata?

— Por isso mesmo. Se você me consultasse, se me dissesse que empresa e que pessoas eram, eu veria logo se podia arriscar-se; e receio muito que nada preste, a não ser o dinheiro que se perder. Lembra-se das ações daquela Companhia União dos Capitais Honestos? Disse-lhe logo que esse título era enfático, um modo de embair a gente, e dar emprego a sujeitos necessitados. Você não quis crer, e caiu. As ações estão por baixo, e já este semestre não há dividendos.

— Pois venda justamente essas ações; contento-me com o sólido. Ou então dê-me da caixa da nossa casa... Passo logo por aqui, se você quiser — ou mande-me lá a Botafogo. Caucione umas apólices, se lhe parecer melhor...

— Não, não faço nada; não dou os dez contos — atalhou fogosamente o Pa-

lha. — Basta de ceder a tudo; o meu dever é resistir. Empréstimos seguros? Que empréstimos são esses? Não vê que lhe levam o dinheiro, e não lhe pagam as dívidas? Sujeitos que vão ao ponto de jantar diariamente com o próprio credor, como um tal Carneiro, que lá tenho visto. Dos outros não sei se lhe devem também; é possível que sim. Vejo que é demais. Falo-lhe por ser amigo; não dirá algum dia que não foi avisado em tempo. De que há de viver, se estragar o que possui? A nossa casa pode cair.

— Não cai — acudiu o Rubião.

— Pode cair; tudo pode cair. Eu vi cair o banqueiro Souto, em 1864.

Rubião remoía os conselhos do sócio, não por serem bons nem prováveis, mas por achar neles uma intenção maviosa, revestida de forma crua. Agradeceu-os de coração, mas rejeitou-os; precisava dos dez contos. Podia ter mais tento, dali em diante, e afirmava-lhe que seria menos fácil. De resto, possuía de sobra, tinha dinheiro para dar e vender...

— Para vender só — emendou o Palha.

E, depois de um instante:

— Bem, agora é tarde, amanhã levo-lhe os dez contos. E por que os não há de ir buscar lá à nossa casa ao Flamengo? Que mal lhe fizemos nós? Ou que lhe fizeram elas? porque a zanga parece ser com elas, visto que o vejo aqui. Que foi, para castigá-las? — concluiu rindo.

Rubião desviou os olhos do sócio, cuja palavra lhe parecia afiada de ironia — como de pessoa que soubesse tudo, e risse dele. Quando lhos tornou, viu o mesmo semblante interrogativo, e respondeu:

— Não me fizeram nada; lá irei amanhã à noite.

— Vá jantar.

— Jantar, não posso, tenho uns amigos em casa; vou de noite. — E querendo rir: — Não as castigue, que não me fizeram nada.

"Alguém o possui", refletiu Palha logo que ele saiu; "alguém, por inveja às nossas relações... Também pode ser que Sofia lhe fizesse alguma para arredá-lo de casa..."

Rubião assomou outra vez à porta; não tivera tempo de chegar à esquina. Voltava para dizer que, precisando do dinheiro cedo, viria buscá-lo ao armazém; de noite iria então visitá-los. Precisava do dinheiro até às duas horas da tarde.

Capítulo CIX

Nessa noite, Rubião sonhou com Sofia e Maria Benedita. Viu-as num grande terreiro, apenas vestidas de saia, costas inteiramente despidas; o marido de Sofia, armado de um azorrague de cinco pontas de couro, rematando em bicos de ferro, castigava-as despiedadamente. Elas gritavam, pediam misericórdia, torciam-se, alagadas em sangue, as carnes caíam-lhes aos bocados. Agora, por que razão Sofia era a imperatriz Eugênia, e Maria Benedita uma aia sua, é o que não sei dizer com exatidão. "São sonhos, sonhos, Penseroso!", exclamava um personagem do nosso Álvares de Azevedo. Mas eu prefiro a reflexão do velho Polonius, acabando de ouvir uma fala tresloucada de Hamlet: "Desvario embora, lá tem seu método". Também há método

Capítulo CXI

Rubião aplaudiu o artigo; achava-o excelente. Talvez pouco enérgico. *Vendilhões*, por exemplo, era bem dito; mas ficava melhor *vis vendilhões*.

— Vis vendilhões? Há só um inconveniente — ponderou Camacho. — É a repetição dos *vv*. Vis ven... Vis vendilhões; não sente que o som fica desagradável?

— Mas lá em cima há *vés vis*...

— *Vae victis*. Mas é uma frase latina. Podemos arranjar outra coisa: vis mercadores.

— Vis mercadores é bom.

— Contudo, *mercadores* não tem a força de *vendilhões*.

— Então, por que não deixa vendilhões? Vis vendilhões é forte; ninguém repara no som. Olhe, eu nunca dou por isso. Gosto de energia. Vis vendilhões.

— Vis vendilhões, vis vendilhões — repetiu Camacho, à meia-voz. — Já estou achando melhor. Vis vendilhões. Aceito — concluiu emendando. E releu:

> Os vis vendilhões serão expulsos do templo; ficarão os crentes e os puros, os que põem acima dos interesses mesquinhos, locais e passageiros a vitória indefectível dos princípios. Tudo que não for isto ter-nos-á contra si. *Alea jacta est*.

— Muito bem! — disse Rubião, sentindo-se algum tanto autor do artigo.

— Parece-lhe bem? — perguntou Camacho, sorrindo. — Há pessoas que ainda me acham no estilo a frescura do meu tempo de estudante. Não sei, não digo nada; a disposição, sim, é a mesma. Hei de castigá-los; havemos de castigá-los.

Capítulo CXII

Aqui é que eu quisera ter dado a este livro o método de tantos outros — velhos todos — em que a matéria do capítulo era posta no sumário: "De como aconteceu isto assim, e mais assim". Aí está Bernardim Ribeiro; aí estão outros livros gloriosos. Das línguas estranhas, sem querer subir a Cervantes nem a Rabelais, bastavam-me Fielding e Smollet, muitos capítulos dos quais só pelo sumário estão lidos. Pegai em *Tom Jones*, livro IV, cap. I, lede este título: *Contendo cinco folhas de papel*. É claro, é simples, não engana a ninguém; são cinco folhas, mais nada, quem não quer não lê, e quem quer lê, para os últimos é que o autor concluiu obsequiosamente: "E agora, sem mais prefácio, vamos ao seguinte capítulo".

Capítulo CXIII

Se tal fosse o método deste livro, eis aqui um título que explicaria tudo: "De como Rubião, satisfeito da emenda feita no artigo, tantas frases compôs e ruminou, que acabou por escrever todos os livros que lera".

Lá haverá leitor a quem só isso não bastasse. Naturalmente, quereria toda a análise da operação mental do nosso homem, sem advertir que, para tanto, não chegariam as cinco folhas de papel de Fielding. Há um abismo entre a primeira frase de que Rubião era co-autor até a autoria de todas as obras lidas por ele; é certo que o que mais lhe custou foi ir da frase ao primeiro livro; deste em diante a carreira fez-se rápida. Não importa; a análise seria ainda assim longa e fastiosa. O melhor de tudo é deixar só isto; durante alguns minutos, Rubião se teve por autor de muitas obras alheias.

Capítulo CXIV

Ao contrário, não sei se o capítulo que se segue poderia estar todo no título.

Capítulo CXV

Rubião foi mantendo o propósito de não tornar a ver Sofia; pelo menos, não ia ao Flamengo. Viu-a um dia passar de carro, com uma das damas da comissão das Alagoas; ela inclinou-se risonha, dizendo-lhe adeus com a mão. Ele retribuiu o cumprimento, tirando o chapéu, com tal ou qual alvoroço, mas não ficou parado como lhe aconteceria dantes; apenas lançou um olhar ao carro que ia andando. Também ele foi andando — e pensando no lance da carta, não compreendendo aquele gesto de mão, sem ódio nem vexame — como se nada houvesse entre eles. Podia ser que o serviço da comissão e a companheira que levava explicassem a benevolência graciosa de Sofia; mas Rubião não cogitou desta hipótese.

— Estará assim tão falta de brio? — perguntava ele. — Pois não se lembra da carta que achei, mandada por ela ao tal gamenho da rua dos Inválidos? É muito; é demais. Parece um desafio, um modo de dizer que não faz caso, que escreverá todas as cartas que quiser. Que as escreva, mas gaste algum dinheiro em registrá-las no correio; é barato.

Achou algum pico em si mesmo, e riu-se. Isto, e um homem que passou rasgando-lhe uma cortesia, tiraram-lhe o amargor das saudades, e ele esqueceu o assunto, para cuidar de outro, que o levava ao Banco do Brasil.

Ao entrar no banco esbarrou no sócio, que saiu.

— Creio que vi agora dona Sofia — disse-lhe Rubião.

— Onde?

— Na rua dos Ourives; ia de carro, com outra senhora, que não conheço. Como tem você passado?

— Viu-a, e não se lembrou de nada — observou Palha, sem responder à pergunta. — Não se lembrou que ela faz anos quarta-feira, depois de amanhã. Não lhe peço que vá jantar, não ouso tanto, seria convidá-lo a aborrecer-se; mas uma xícara de chá bebe-se depressa. Faz-me esse favor?

Rubião não respondeu logo.

— Vou até jantar — disse finalmente. — Quarta-feira? Conte comigo. Tinha-me esquecido, confesso; mas ando com tanta coisa na cabeça... Espere por mim daqui a meia hora, no armazém.

Antes de meia hora estava lá, pedindo-lhe dois contos de réis. Palha já não resistia ao desmoronamento do capital; e, se uma ou outra vez, dizia alguma palavrinha frouxa, agora entregou-lhe o dinheiro com indiferença. Rubião não tornou à casa sem comprar um magnífico brilhante, que, na quarta-feira, enviou a Sofia, acompanhado de um bilhete de visita, e duas palavras de felicitação.

Sofia estava só, no quarto de vestir, calçando os sapatos, quando a criada lhe entregou o pacote. Era o terceiro presente do dia; a criada esperou que ela o abrisse para ver também o que era. Sofia ficou deslumbrada, quando abriu a caixa e deu com a rica joia — uma bela pedra, no centro de um colar. Esperava alguma coisa bonita; mas, depois dos últimos sucessos, mal podia crer que ele fosse tão generoso. Batia-lhe o coração.

— O portador está aí?

— Já foi. Que bonito, minha ama!

Sofia fechou a caixa, e acabou de calçar-se. Deteve-se algum tempo, sentada, sozinha, recordando coisas idas, e levantou-se pensando: "Aquele homem adora-me".

Tratou de vestir-se; mas, ao passar por diante do espelho, deixou-se estar alguns instantes. Comprazia-se na contemplação de si mesma, das suas ricas formas, dos braços nus de cima a baixo, dos próprios olhos contempladores. Fazia vinte e nove anos, achava que era a mesma dos vinte e cinco, e não se enganava. Cingindo e apertando o colete, diante do espelho, acomodou os seios com amor, e deixou espraiar-se o colo magnífico. Lembrou-se então de ver como lhe ficava o brilhante; tirou o colar e pô-lo ao pescoço. Perfeito. Voltou-se da esquerda para a direita e vice-versa, aproximou-se, afetou-se, aumentou a luz do camarim; perfeito. Fechou a joia e guardou-a.

"Aquele homem adora-me", repetiu.

"Provavelmente, ele lá estará", pensou Rubião indo jantar ao Flamengo; "duvido que tenha dado melhor presente que eu".

Carlos Maria lá estava, efetivamente, conversando, entre uma das comissárias das Alagoas e Maria Benedita. Poucos eram os convivas; houve propósito em escolher e limitar. Não estava ali o major Siqueira, nem a filha, nem as senhoras e os homens que Rubião conheceu naquele outro jantar de Santa Teresa. Da comissão das Alagoas viam-se algumas damas; via-se mais o diretor do banco — o da

visita ao ministro — com a senhora e as filhas — outro personagem bancário —, um comerciante inglês, um deputado, um desembargador, um conselheiro, alguns capitalistas, e pouco mais.

Posto que evidentemente gloriosa, Sofia esqueceu por um instante os outros, quando viu Rubião entrar na sala e caminhar para ela. Ou mudança, ou descostume, achou-lhe outro ar, passo firme, cabeça levantada, o avesso, em suma, do antigo gesto encolhido e diminuto. Sofia apertou-lhe a mão com força e sussurrou um agradecimento. À mesa fê-lo sentar ao pé de si, tendo do outro lado a presidente da comissão. Rubião olhava superiormente para tudo. A qualidade dos convivas não lhe produziu impressão, nem o ar cerimonioso, nem o luxo da mesa; nada disso o deslumbrou. O mesmo cuidado particular de Sofia, embora lhe fosse agradável, não o tonteava, como outrora. E da parte dela era mais apurada a atenção, e os olhos excepcionalmente meigos e serviçais. Rubião procurou Carlos Maria; lá estava entre as mesmas moças da sala — Maria Benedita e a comissária das Alagoas. Verificou que só se ocupava com elas, não olhava para Sofia, nem esta para ele.

"Talvez disfarcem", pensou.

Pareceu-lhe, ao levantarem-se da mesa, que trocavam um olhar; mas o movimento geral da reunião podia iludi-lo, e Rubião não fez maior cabedal da observação. Sofia dera-se pressa em tomar-lhe o braço. De caminho, disse-lhe ela:

— Tenho esperado pelo senhor desde aquele dia, e nunca mais veio aqui. Era meu direito exigi-lo, para explicar-me. Logo falaremos.

Rubião foi daí a pouco para o gabinete dos fumantes. Ouviu calado, com os olhos erradios. Quando os outros saíram, Rubião deixou-se estar só, meio reclinado em um sofá de couro, sem pensar. A imaginação é que fazia o seu ofício, um tanto pachorrenta, agora — talvez porque ele tivesse comido muito. Lá fora iam entrando os convidados da noite; enchia-se a casa, crescia o burburinho da conversação, sem que o nosso amigo descesse dos seus belos sonhos. O próprio som do piano, que fez calar todos os rumores, não o atraiu à terra. Mas um farfalhar de sedas, entrando no gabinete, fê-lo erguer-se de golpe, acordado.

— Aí está — disse Sofia —, recolhe-se aqui para fugir ao aborrecimento; nem quer ouvir boa música. Pensei que tivesse ido embora. Vim ter com o senhor.

E sem mais demora, porque não podia perder um minuto, referiu-lhe o que sabemos da carta achada no jardim de Botafogo; lembrou-lhe que, antes de a abrir, pedira-lhe que ele mesmo a abrisse e lesse. Que melhor prova de inocência? A palavra saía-lhe rápida, séria, digna e comovida. Ocasião houve em que os olhos se lhe tornaram úmidos; ela enxugou-os, e ficaram vermelhos. Rubião pegou-lhe na mão, e viu ainda uma lágrima — uma pequena lágrima — escorregar até o canto da boca. Jurou então que sim, acreditava em tudo. Que ideia aquela de chorar? Sofia enxugou ainda os olhos, e estendeu-lhe a mão agradecida.

— Até já — disse ela.

O piano continuava; Rubião notou-lhe esta circunstância. Enquanto ouviam tocar, não viriam ter com eles.

— Mas eu é que não posso estar ausente tanto tempo — acudiu Sofia. — Demais, tenho ordens que dar. Até já.

— Olhe, escute — insistiu Rubião.

Sofia parou.

— Escute; deixe-me dizer-lhe, e não sei se pela última vez...

— Pela última vez?

— Quem sabe? Pode ser que última. Importa-me pouco que esse homem viva ou não, mas posso achá-lo aqui alguma vez, e não me sinto disposto a brigar.

— Há de encontrá-lo todos os dias. Cristiano ainda lhe não disse o que há? Vai casar com Maria Benedita.

Rubião deu um passo para trás.

— Casam-se — continuou ela. — O fato é de admirar porque surgiu quando menos contávamos com isso; — ou eram muito fingidos, ou foi coisa que lhes deu de repente. Casam-se. Maria Benedita contou-me uma história, que me foi confirmada por outra pessoa; mas, afinal, a história é sempre a mesma. Gostaram um do outro, e adeus. Casam-se brevemente. Quando ele falou a Cristiano, Cristiano respondeu que dependia de mim... Como se fosse mãe dela! Consenti logo, e desejo que sejam felizes. Ele parece bom rapaz; ela é excelente criatura; hão de ser felizes, por força. E bom negócio, sabe? Ele está de posse de todos os bens do pai e da mãe. Maria Benedita não tem nada, em dinheiro; mas tem a educação que lhe dei. Há de lembrar-se que, quando veio para minha companhia, era um bicho do mato; não sabia quase nada; fui eu que a eduquei. Minha tia merecia tudo, e ela também. Pois, é verdade, casam-se muito breve. Não os viu hoje sempre juntos? Não há ainda participação oficial; mas os íntimos da família podem saber.

Para quem tinha tanta pressa, eis aí um discurso demasiado comprido. Sofia deu por isso um pouco tarde; repetiu a Rubião que até logo, que fosse para a sala. O piano acabara; ouvia-se um burburinho discreto de aplauso e conversação.

Capítulo CXVI

Iam casar? Mas como é então que?... Maria Benedita — era Maria Benedita que casava com Carlos Maria; mas então Carlos Maria... Compreendia agora; era tudo engano, confusão; o que parecia ser com uma pessoa era com outra, e aí está como a gente pode chegar à calúnia e ao crime.

Assim reflexionava Rubião, saindo para a sala de jantar, onde os copeiros adereçavam a mesa da ceia. E continuou, andando ao comprido da sala: "— Ora vejam! E o Palha queria justamente casar-me com a prima, mal sabendo que o destino lhe guardava outro noivo. Não é feio rapaz; é muito mais bonito que ela. Ao pé de Sofia, Maria Benedita vale pouco ou nada; mas a simpatia é assim mesmo... Casam-se, e breve... Será de estrondo o casamento? Deve ser; o Palha vive agora um pouco melhor..." — e Rubião lançava os olhos aos móveis; porcelanas, cristais, reposteiros. — "Há de ser de estrondo. E depois o noivo é rico..." Rubião pensou na carruagem e nos cavalos que levaria; tinha visto uma parelha soberba, no Engenho Velho, dias antes, que estava mesmo ao pintar. Ia fazer a encomenda de outra assim, fosse por que preço; tinha também de presentear a noiva. Ao pensar nela viu-a entrar na sala.

— Prima Sofia onde está? — perguntou ela ao Rubião.

— Não sei; esteve aqui há pouco.

E, como a visse disposta a ir adiante, pediu-lhe uma palavra, e que se não zangasse. Maria Benedita esperou; ele, sem hesitação, deu-lhe os parabéns. Sabia que ia casar... Maria Benedita ficou muito vermelha, e murmurou que não divulgasse nada. Não havia então nenhum criado ali; Rubião pegou-lhe na mão e fechou-a entre as suas.

— Eu sou da casa — disse —; a senhora merece ser feliz, e espero que seja.

Um pouco assustada, Maria Benedita puxou a mão e libertou-a; mas, para o não aborrecer, sorriu. Não era preciso tanto; ele estava encantado. Sabemos que a moça não era bonita. Pois estava linda, à força de felicidade. A natureza parecia haver posto nela as suas mais finas ideias. Sorrindo igualmente, Rubião continuou:

— Foi sua prima que me disse; recomendou-me segredo. Não direi nada antes do tempo. Mas que tem que diga à senhora? A senhora é boa e merece tudo. Não é preciso esconder os olhos; casar não é vergonha. Vamos lá; levante a cabeça e ria.

Maria Benedita pôs nele os olhos radiantes.

— Isso! — aplaudiu Rubião. — Que mal há em confessar-se a um amigo? Deixe-me dizer-lhe a verdade; creio que a senhora será feliz, mas admito que ele ainda será mais feliz. Não? Verá se não é verdade; ele mesmo lhe há de dizer o que sentir e, se for sincero, a senhora reconhecerá que eu estou apenas profetizando. Bem sei que não tem balança para medir os sentimentos; enfim, o que eu quero dizer é que a senhora é uma linda e boa criatura... Vá, vá-se embora; se não, fico dizendo verdades, e a senhora está corando muito...

De fato, Maria Benedita corava de gosto, ouvindo a linguagem de Rubião. Em casa, achara aquiescência, nada mais. O próprio Carlos Maria não era assim terno; gostava dela com circunspecção. Falava-lhe da felicidade conjugal, como de uma taxa que ia receber do destino — pagamento devido, integral e certo. Também não era preciso que a tratasse de outro modo, para que ela o adorasse sobre todas as coisas deste mundo. Rubião repetiu a despedida, e ficou a olhar para ela, como para uma filha. Viu-a ir assim, atravessar a sala, viva e satisfeita — tão diversa do que achara em outros tempos, a desaparecer por uma das portas. Não pôde reter esta palavra:

— Linda e boa criatura!

Capítulo CXVII

A história do casamento de Maria Benedita é curta; e, posto Sofia a ache vulgar, vale a pena dizê-la. Fique desde já admitido que, se não fosse a epidemia das Alagoas, talvez não chegasse a haver casamento; donde se conclui que as catástrofes são úteis, e até necessárias. Sobejam exemplos; mas basta um contozinho que ouvi em criança, e que aqui lhes dou em duas linhas. Era uma vez uma choupana que ardia na estrada; a dona — um triste molambo de mulher — chorava o seu desastre, a poucos passos, sentada no chão. Senão quando, indo a passar um homem ébrio, viu o incêndio, viu a mulher, perguntou-lhe se a casa era dela.

— É minha, sim, meu senhor; é tudo o que eu possuía neste mundo.

— Dá-me então licença que acenda ali o meu charuto?

O padre que me contou isto certamente emendou o texto original, não é preciso estar embriagado para acender um charuto nas misérias alheias. Bom padre Chagas! — Chamava-se Chagas. — Padre mais que bom, que assim me incutiste por muitos anos essa ideia consoladora, de que ninguém, em seu juízo, faz render o mal dos outros; não contando o respeito que aquele bêbado tinha ao princípio da propriedade — a ponto de não acender o charuto sem pedir licença à dona das ruínas. Tudo ideias consoladoras. Bom Padre Chagas!

Capítulo CXVIII

Adeus, padre Chagas! Vou à história do casamento. Que Maria Benedita gostava de Carlos Maria, é coisa vista ou pressentida desde aquele baile da rua dos Arcos, em que ele e Sofia valsaram tanto. Vimo-la na manhã seguinte, pronta a ir para a roça; a prima apaziguou-a com a promessa de que lhe estava arranjando um noivo. Maria Benedita cuidou que era o valsista da véspera, e ficou esperando. Não lhe confessou nada — por vergonha, a princípio — e depois, por lhe não fazer perder o efeito da novidade, quando Sofia houvesse de descobrir o nome da pessoa. Se confessasse desde logo, podia acontecer também que a outra afrouxasse na tarefa, e lá se perdia a causa. Não façamos caso disso; são pequenos cálculos de moça.

Sobreveio a epidemia das Alagoas. Sofia organizou a comissão, que trouxe novas relações à família Palha. Incluída entre as senhoras que formavam uma das subcomissões, Maria Benedita trabalhou com todas, mas granjeou em especial a estima de uma delas, d. Fernanda, esposa de um deputado. D. Fernanda tinha pouco mais de trinta anos, era jovial, expansiva, corada e robusta; nascera em Porto Alegre, casara com um bacharel das Alagoas, deputado agora por outra província, e, segundo corria, prestes a ser ministro de Estado. A naturalidade do marido foi o pretexto para metê-la na comissão; e bem acertado foi, porque ela pedia como quem manda, não tinha acanhamento nem admitia recusa. Carlos Maria, que era seu primo, foi visitá-la logo que ela chegou ao Rio de Janeiro. Achou-a mais formosa ainda que em 1865, último ano em que a vira, e talvez fosse verdade; concluiu que o ar do sul era feito para enrijar as pessoas, duplicar-lhe as graças, e prometeu ir lá acabar os seus dias.

— Vamos para lá, que lhe arranjarei casamento — disse ela. — Conheço uma moça de Pelotas, que é um *bijou*, e só casa com moço da Corte.

— Comigo, naturalmente?

— Da Corte e de olhos grandes. Olhe que não estou brincando. É uma guasca de primeira ordem. Tenho aqui o retrato dela.

D. Fernanda abriu o álbum e mostrou o retrato da pessoa.

— Não é feia — concordou ele.

— Só?

— Sim, é bonita.

— Onde é que você bota os seus chinelos velhos, primo?

Carlos Maria sorriu sem responder; não gostou da expressão. Quis passar a

outro assunto, mas d. Fernanda tornou ao casamento da amiga de Pelotas. Mirava o retrato, coloria-o de palavras, dizendo como eram os olhos, os cabelos, a tez; e depois fez uma pequena biografia de Sonora. Tinha este bonito nome. O padre que a batizou hesitou em dar-lho, apesar do respeito e influência do pai da menina, rico estancieiro; mas, afinal cedeu, considerando que as virtudes da pessoa podiam levar o nome ao rol dos santos.

— Crê que ela vá ao rol dos santos? — perguntou Carlos Maria.

— Se casar com você, creio.

— Não me explica nada; casando com o Diabo sucederá a mesma coisa, e com mais certeza, por causa do martírio. Santa Sonora, não é feio nome, responde bem ao sentido. Santa Sonora... Em todo caso, prima...

— Você tem raça de judeu; cale-se — interrompeu ela. — Recusa então a minha guasca? — continuou, indo pôr o álbum no seu lugar.

— Não recuso; deixe-me ir indo com o meu celibato, que é meio caminho do céu.

D. Fernanda soltou uma gargalhada.

— Deus de misericórdia! Você acredita mesmo que vai para o céu?

— Já cá estou, há vinte minutos. Pois que é esta sala, tranquila, fresca, tão longe da gente que anda lá fora? Aqui conversamos os dois, sem ouvir blasfêmias, sem aturar espíritos aleijados, tísicos, escrofulosos, insuportáveis, o próprio inferno, em suma. Aqui é o céu — ou um pedaço do céu; uma vez que nós cabemos nele, vale pelo infinito. Conversamos de santa Sonora, de são Carlos Maria e de santa Fernanda, que, para contrastar com são Gonçalo, fez-se casamenteira das moças. Onde é que há outro céu como este?

— Em Pelotas.

— Pelotas fica tão longe! — suspirou ele, estendendo as pernas e pondo os olhos no lustre da sala.

— Está bom, é só a primeira investida; darei outras, até você acabar de querer.

Carlos Maria sorriu e olhou para as borlas caídas do cordão de seda que ela trazia à cintura, atado por um laço frouxo; ou para ver as borlas, ou para notar a gentileza do corpo. Viu bem, ainda uma vez, que a prima era uma bela criatura. A plástica levou-lhe os olhos — o respeito os desviou; mas, não foi só a amizade que o fez demorar ainda ali, e o trouxe novamente àquela casa. Carlos Maria amava a conversação das mulheres, tanto quanto, em geral, aborrecia a dos homens. Achava os homens declamadores, grosseiros, cansativos, pesados, frívolos, chulos, triviais. As mulheres, ao contrário, não eram grosseiras, nem declamadoras, nem pesadas. A vaidade nelas ficava bem, e alguns defeitos não lhes iam mal; tinham, ao demais, a graça e a meiguice do sexo. Das mais insignificantes, pensava ele, há sempre alguma coisa que extrair. Quando as achava insípidas ou estúpidas, tinha para si que eram homens mal-acabados.

Entretanto, as relações de d. Fernanda e Maria Benedita iam-se estreitando. Esta, além de acanhada, andava triste por aquele tempo; foi justamente a disparidade de caráter e de situação que as prendeu uma à outra. D. Fernanda possuía, em larga escala, a qualidade da simpatia; amava os fracos e os tristes, pela necessidade de os fazer ledos e corajosos. Contavam-se dela muitos atos de piedade e dedicação.

— A senhora que tem? — perguntou ela um dia à amiguinha. — Quase nunca ri, anda sempre com os olhos espantados, pensando...

Maria Benedita respondeu que não tinha nada, que era o seu modo; e sorria dizendo isto, por simples condescendência. Aludiu à perda da mãe, como uma das causas de suas melancolias. D. Fernanda entrou a levá-la a toda parte, a trazê-la para jantar, a dar-lhe lugar no camarote, se ia ao teatro; e graças a isso, e ao seu gênio galhofeiro, sacudiu da alma da moça os corvos aborrecidos que lá avoejavam. Costume e afeição depressa as fizeram íntimas. Não obstante, Maria Benedita continuou a calar o seu mistério.

"Seja qual for o mistério", pensou um dia d. Fernanda, "acho que o melhor é casá-la com o Carlos Maria; a Sonora que espere."

— Você precisa casar, Maria Benedita — disse-lhe dali a dois dias, de manhã, na chácara, em Matacavalos; Maria Benedita tinha ido ao teatro com ela e passara lá a noite. — Não quero estremecimentos; precisa casar e há de casar... Desde anteontem que estou para lhe dizer isto, mas essas coisas conversadas em sala ou na rua, não têm força. Aqui na chácara é diferente. E se você tem ânimo de trepar comigo um pedaço do morro, então é que ficaremos bem. Vamos?

— Está fazendo calor...

— É mais poético, menina. Ah! carioca sem sangue! Vocês só têm água nas veias. Pois fiquemos aqui neste banco. Sente-se; assim, eu fico aqui ao pé, armada para tudo. Casa ou morre. Não me replique. Você não é feliz — continuou, mudando o tom —; por mais que faça, eu vejo que você passa a vida sem gosto. Venha cá, diga-me com franqueza, tem inclinação a alguém? Se tem, confesse, que eu mando procurar a pessoa.

— Não tenho.

— Não? Pois é justamente o que nos serve. Não precisa pôr escritos no coração; conheço um bom inquilino.

Maria Benedita voltou-se de todo para ela, com os lábios entreabertos e os olhos escancarados. Parecia recear da proposta ou ansiar por ela. D. Fernanda, não atinando com o verdadeiro estado da amiga, pegou-lhe na mão primeiro, e pediu que lhe dissesse tudo. De força que amava a alguém, era claro, via-se-lhe nos olhos, cumpria confessá-lo, instava, rogava — intimaria, se preciso fosse. A mão de Maria Benedita esfriara, os olhos cavavam o chão, e, por alguns instantes, nenhuma delas disse nada.

— Vamos, fale — repetiu d. Fernanda.

— Não tenho que dizer.

D. Fernanda fazia gestos de incredulidade; apertava-a cada vez mais, passou-lhe a mão pela cintura, e ligou-a muito a si; disse-lhe baixinho, dentro do ouvido, que era como se fosse sua própria mãe. E beijava-a na face, na orelha, na nuca, encostava-lhe a cabeça ao ombro, acarinhava-a com a outra mão. Tudo, tudo, queria saber tudo. Se o namorado estava na lua, mandaria buscá-lo à lua — fosse onde fosse, exceto no cemitério, mas, se estivesse no cemitério, dar-lhe-ia outro muito melhor, que faria esquecer o primeiro em poucos dias. Maria Benedita ouvia agitada, palpitante, não sabendo por onde escapasse — prestes a dizer, e calando a tempo, como se defendesse o seu pudor. Não negava, não confessava; mas, como também não sorria, e tremia de comoção, era fácil adivinhar meia verdade, ao menos.

— Mas então não sou sua amiga, não tem confiança em mim? Faça de conta que sou sua mãe.

Maria Benedita pouco mais resistiu; gastara as forças e sentia a necessidade de revelar alguma coisa. D. Fernanda escutou-a comovida. O sol vinha já lambendo as cercanias do banco, não tardou que lhes trepasse aos sapatos, à barra dos vestidos e aos joelhos; mas nenhuma deu por ele. O amor as absorvia; a exposição de uma tinha para a outra um enlevo raro. Era uma paixão não sabida, não compartida, não adivinhada; paixão que ia perdendo de índole e de espécie para se converter em adoração pura. A princípio, quando ela via a pessoa amada, passava por dois estados mui diversos — um que não podia definir, alvoroço, tonteira, pancadas no coração, quase um desmaio; o segundo era de contemplação. Agora era quase que só este. Tinha chorado muito, consigo, perdera noites e noites de saudades; pagou caro a ambição das suas esperanças. Mas não perderia nunca a certeza de que ele era superior a todos os demais homens, um ente divino, que, ainda não fazendo caso dela, mereceria sempre ser adorado.

— Bem — disse d. Fernanda, quando a amiga se calou de todo. — Vamos ao essencial, que é não ficar penando à toa. Não, queridinha, isso de adorar a um homem que não faz caso da gente, é poesia. Deixe-se de poesia. Olhe que só você perde no negócio, porque ele casa com outra, os anos passam, a paixão monta na garupa deles, e um dia, quando você menos pensar, acorda sem amor nem marido. E quem é esse bárbaro?

— Isso não digo — respondeu Maria Benedita, levantando-se do banco.

— Pois não diga — acudiu d. Fernanda, pegando-lhe nos pulsos e fazendo-a sentar nos seus joelhos. — A questão principal é casar; — não podendo ser com esse, será com outro.

— Não, não caso.

— Só com ele?

— Nem sei se com ele — respondeu Maria Benedita, depois de alguns instantes. — Gosto dele, como gosto de Deus, que está no céu.

— Virgem Santíssima! Que blasfêmia! Duas blasfêmias, menina; a primeira é que não se deve amar a ninguém como a Deus — a segunda é que um marido, ainda sendo mau, sempre é melhor que o melhor dos sonhos.

Capítulo CXIX

"Um marido, ainda mau, é sempre melhor que o melhor dos sonhos."

A máxima não era idealista; Maria Benedita protestou contra ela. Pois não era melhor sonhar que chorar? Os sonhos acabam ou alteram-se, enquanto que os maus maridos podem viver muito.

— A senhora diz isso — concluiu Maria Benedita —, porque Deus lhe destinou um anjo... Olhe, lá vem ele.

— Deixe estar que há de ter também o seu anjo; conheço um magnífico para você; todos os anjos me procuram.

Teófilo, marido de d. Fernanda, que as vira a distância, veio ter com elas; trazia na mão um diário amarrotado. Não saudou a hóspede; foi direito à mulher.

— Você quer saber o que me fizeram, Nanã? — disse ele com os dentes cerrados. — Saiu hoje o meu discurso do dia cinco. Veja esta frase; eu tinha dito: *Na dúvida, abstém-te, é o conselho do sábio*. E puseram: *Na dívida abstém-te...* É insuportável! Nota que tratava-se justamente de um crédito do Ministério da Marinha, alegando-se no debate que muitas despesas estavam feitas. De modo que pode parecer chulice da minha parte; é como se aconselhasse o calote. Em todo caso, é disparate.

— Mas você não leu as provas?

— Li, mas o autor é o menos apto para as ler bem. *Na dívida abstém-te,* — continuou ele com os olhos na folha. E bufando: — Isto só com...

Estava consternado. Era homem de talento, de gravidade e de trabalho; mas, naquele instante, todas as grandes obras, os mais temerosos problemas, as batalhas mais decisivas, as revoluções mais profundas, o sol e a lua, e todas as constelações, e todas as alimárias, e todas as gerações humanas, valiam menos do que a troca de um *u* por um *i*. Maria Benedita olhava para ele sem entendê-lo. Cuidava padecer a maior tristura; mas ali estava outra tão grande como a sua, e muito mais aflitiva. Assim, a melancolia roaz de uma pobre criatura era tanto como um erro tipográfico. Teófilo, que só então deu por ela, estendeu-lhe a mão; estava fria. Ninguém finge as mãos frias; devia padecer deveras. Instantes depois, atirou a folha ao chão, com um gesto violento, e foi-se embora.

— Mas, Teófilo, emenda-se amanhã — disse-lhe d. Fernanda, levantando-se.

Teófilo, sem voltar atrás, deu de ombros, desesperado. A mulher correu a ele; a amiga seguiu-a espantada. Ficou só o banco, já agora livre delas, recebendo em cheio os raios do sol, que não ama nem faz discursos. D. Fernanda levou o marido para um gabinete, e, à força de beijos, consolou-o daquele golpe. Ao almoço, já ele sorria, ainda que de um sorriso pálido; a mulher, para desviá-lo da preocupação, aventou o plano de casar Maria Benedita, e havia de ser com um deputado, se existisse na Câmara algum solteiro, qualquer que fosse a opinião. Podia ser governista, oposicionista, ambas as coisas, ou nada — contanto que fosse marido. Sobre esse tema fez algumas reflexões, vivas, lépidas, que encheram o tempo e destinavam-se a matar a lembrança da troca de letras. Pia criatura! Teófilo, entendendo a mulher, ia-se fazendo alegre, e concordava na conveniência de casar Maria Benedita.

— O pior — acudiu a mulher olhando para a amiga —, é que ela ama a alguém, cujo nome não quer dizer.

— Nem é preciso — atalhou o marido enxugando os beiços —, vê-se bem que ela gosta de teu primo.

Capítulo CXX

No domingo seguinte, d. Fernanda foi à igreja de Santo Antônio dos Pobres. Acabada a missa, viu surgir do movimento dos fiéis que se cumprimentavam entre si, ou saudavam o altar, nada menos que o primo, ereto, risonho, gravemente trajado, estendendo-lhe a mão.

— Veio também à missa? — perguntou espantada.
— Vim.
— Vem sempre?
— Nem sempre, muitas vezes.
— Francamente, não esperava tanta devoção em você. Os homens são, em geral, uns ímpios. Teófilo não pisa na igreja, a não ser para batizar os filhos. Você então é religioso?
— Não posso responder com certeza; mas tenho horror à banalidade, que é dizer mal da religião. E basta; vim à missa, não vim confessar-me; agora vou conduzi-la a casa, e, se me oferecer almoço, almoçarei com vocês. Salvo se quiserem vir almoçar comigo; é nesta rua, como sabe.
— Iria eu só, se pudesse ser, para lhe dar uma notícia muito comprida.
— Vamos então devagar — disse Carlos Maria à porta da igreja, oferecendo-lhe o braço. E dois passos adiante: — Notícia importante?
— Importante e deliciosa.
— Querem ver que Deus, sempre misericordioso, vai levar para si o nosso querido Teófilo, deixando aqui ao desamparo a mais gentil de todas as viúvas... Não precisa fazer essa cara, prima; deixe estar o braço. Vamos à notícia. Chegou a moça de Pelotas, aposto?
— Não direi o que é, se você me não jurar ouvir seriamente.
— Seriamente.
D. Fernanda confessou-lhe que hesitava em casá-lo com a patrícia de Pelotas; não queria remorsos; descobrira aqui alguém que tinha ao primo um imenso amor. Carlos Maria sorriu, iniciou um gracejo, mas a notícia esporeou-lhe o espírito. Imenso amor? Imenso amor, paixão violenta, confirmou a prima, acrescentando que talvez a definição já não coubesse bem ao atual sentimento da pessoa. Agora era uma adoração quieta e calada. Tinha chorado por ele noites e noites, enquanto as esperanças lhe duraram... E d. Fernanda foi assim repetindo a confidência de Maria Benedita. Restava só o nome; Carlos Maria quis sabê-lo, ela negou-lho. Não podia revelá-lo. Para que dar-lhe o gosto de saber quem era que o adorava, se não corria ao encontro da alma dela? Melhor era deixá-lo no mistério. Já não chorava agora; modesta e desambiciosa, perdera as esperanças de ser amada, e com o tempo ficou apenas uma devota, mas uma devota sem-par, que nem sequer esperava ser ouvida ou agraciada um dia por um olhar benévolo do seu deus querido.
— Prima, você...
— Eu quê?...
Carlos Maria concluiu dizendo que a advogada era digna da causa. Realmente, se essa moça o adorava a tal ponto, era justo e natural que a prima se interessasse por ela com tanto calor. Mas por que não dizer o nome?
— Agora não digo; pode ser que algum dia... Mas, você compreende que me custaria muito casá-lo com a minha patrícia, sabendo que outra pessoa o ama tanto. E daí bem pode ser que esta de cá não padeça muito, se o vir casado. Sim, senhor, parece absurdo, mas é preciso conhecê-la; digo que, uma vez que você seja feliz, é capaz de abençoar a bela rival.
— Já não é romantismo, é misticismo — redarguiu Carlos Maria depois de

alguns passos, com os olhos no chão. — Não está nas cordas do nosso tempo. Tem alguma prova de semelhante estado da alma?

— Tenho... A sua casa é aquela, não? — perguntou d. Fernanda parando.
— É.
— Bonito prédio, e sólido.
— Muito sólido.
— Uma, duas, três, quatro... Sete janelas. O salão vai de ponta a ponta? Bem bom para um baile.

E andando:
— Eu, se tivesse aqui uma casa maior que a minha, daria um grande baile, antes de voltar para o Rio Grande. Gosto de festas. Os meus dois filhos não me dão grande trabalho. A propósito, ando com vontade de meter o Lopo no colégio; onde acharei um bom colégio?

Carlos Maria pensava na devota incógnita. Estava longe, muito longe do ensino e seus estabelecimentos. Que bom que era sentir-se um deus adorado, e adorado à maneira evangélica, metida a devota no aposento, fechada a porta, em secreto, não nas sinagogas, à vista de todos. "E teu pai que vê o que se passa em secreto te dará a paga." Oh! ele daria a paga, se soubesse quem era. Casada, seria? Não, não podia ser, não iria confessá-lo a ninguém; viúva ou solteira, antes solteira. Cheirava-lhe a solteira. Em que aposento se fechava para rezar, para evocá-lo, chorá-lo e abençoá-lo? Já nem teimava pelo nome; mas o aposento, ao menos.

— Onde acharei um bom colégio? — repetiu d. Fernanda.
— Colégio? Não sei; estou pensando na desconhecida. Compreende bem que uma pessoa que me adora, em silêncio, sem esperanças, é objeto de alguma atenção. Alta ou baixa?
— Maria Benedita.

Carlos Maria estacou o passo.
— Aquela moça?... Não é possível. Tenho-lhe falado muitas vezes, e nunca descobri nada. Achei-a sempre fria. Há de ser engano. Ouviu-lhe o meu nome?
— Não, por mais que lhe pedisse. Confessou o milagre, sem nomear o santo, mas que milagre! Gabe-se de ser adorado como ninguém... De quem é aquela casa?
— Você costuma exagerar as coisas, prima, pode não ser tanto. Adorado como ninguém? E de que modo soube que era eu?
— Teófilo foi o primeiro que descobriu; ela, dizendo-se-lhe isto, ficou como uma pitanga. Negou-o ainda depois, comigo; desde esse dia não voltou lá a casa.

Tal foi o início dos amores. Carlos Maria folgou de se ver assim amado em silêncio, e toda a prevenção se converteu em simpatia. Começou a vê-la, saboreou a confusão da moça, os medos, a alegria, a modéstia, as atitudes quase implorativas, um composto de atos e sentimentos que eram a apoteose do homem amado. Tal foi o início, tal o desfecho. Assim os vimos, naquela noite dos anos de d. Sofia, a quem ele dissera antes coisas tão doces. São assim os homens; as águas que passam, e os ventos que rugem não são outra coisa.

Capítulo CXXI

"Bem, vai casar, tanto melhor!", pensou Rubião.

Entre aquela noite e o dia do casamento, Rubião apanhou no ar algumas olhadas de Sofia, suspeitas de tentação; Carlos Maria, se lhe correspondeu, foi antes por polidez que outra coisa. Rubião concluiu que o caso era fortuito; lembrava-se ainda da lágrima de Sofia na noite dos anos, quando lhe explicou a história da carta.

Oh! boa lágrima inesperada! Tu, que bastaste a persuadir um homem, podes não ser explicável a outros, e assim vai o mundo. Que importa que os olhos não fossem costumados ao choro, nem que a noite parecesse exaltar sentimentos mui diversos da melancolia? Rubião a viu cair; ainda agora a vê de memória. Mas a confiança de Rubião não vinha só da lágrima, vinha também da presente Sofia, que nunca fora tão solícita nem tão dada com ele. Parecia arrependida de todo o mal causado, prestes a saná-lo, ou por afeição tardia, ou pelo próprio malogro da primeira aventura. Há delitos virtuais, que dormem. Há óperas remissas na cabeça de um maestro, que só esperam os primeiros compassos da inspiração.

Capítulo CXXII

"Ainda bem que se casa!", repetiu o Rubião.

Não se demorou o casamento: três semanas. Na manhã do dia aprazado, Carlos Maria abriu os olhos com algum espanto. Era ele mesmo que ia casar? Não havia dúvida; mirou-se ao espelho, era ele. Relembrou os últimos dias, a marcha rápida dos sucessos, a realidade da afeição que tinha à noiva, e, enfim, a felicidade pura que lhe ia dar. Esta derradeira ideia enchia-o de grande e rara satisfação. Ia-as ruminando ainda, a cavalo, no passeio habitual da manhã; desta vez escolhera o bairro do Engenho Velho.

Posto se achasse acostumado aos olhos admirativos, via agora em toda a gente um aspecto parecido com a notícia de que ele ia casar. As casuarinas de uma chácara, quietas antes que ele passasse por elas, disseram-lhe coisas mui particulares, que os levianos atribuiriam à aragem que passava também, mas que os sapientes reconheceriam ser nada menos que a linguagem nupcial das casuarinas. Pássaros saltavam de um lado para outro, pipilando um madrigal. Um casal de borboletas — que os japões têm por símbolo da fidelidade, por observarem que, se pousam de flor em flor, andam quase sempre aos pares —, um casal delas acompanhou por muito tempo o passo do cavalo, indo pela cerca de uma chácara que beirava o caminho, volteando aqui e ali, lépidas e amarelas. De envolta com isto, um ar fresco, céu azul, caras alegres de homens montados em burros, pescoços estendidos pela janela fora das diligências, para vê-lo e ao seu garbo de noivo. Certo, era difícil crer que todos aqueles gestos e atitudes da gente, dos bichos e das árvores exprimissem outro sentimento que não fosse a homenagem nupcial da natureza.

As borboletas perderam-se em uma das moitas mais densas da cerca. Seguiu-se outra chácara, despida de árvores, portão aberto, e ao fundo, fronteando com o portão, uma casa velha, que encarquilhava os olhos sob a forma de cinco janelas de peitoril, cansadas de perder moradores. Também elas tinham visto bodas e festins; o século ainda as achou verdes de novidade e de esperança.

Não cuideis que esse aspecto contristou a alma do cavaleiro. Ao contrário, ele possuía o dom particular de remoçar as ruínas e viver da vida primitiva das coisas. Gostou até de ver a casa velhusca, desbotada, em contraste com as borboletas tão vivas de há pouco. Parou o cavalo; evocou as mulheres, que por ali entraram, outras galas, outros rostos, outras maneiras. Porventura as próprias sombras das pessoas felizes e extintas vinham agora cumprimentá-lo também, dizendo-lhe pela boca invisível todos os nomes sublimes que pensavam dele. Chegou a ouvi-las e sorrir. Mas uma voz estrídula veio mesclar-se ao concerto — um papagaio, em gaiola pendente da parede externa da casa: "Papagaio real, para Portugal; quem passa? Currupá, papá. Grrr... Grrr..." As sombras fugiram, o cavalo foi andando, Carlos Maria aborrecia o papagaio, como aborrecia o macaco, duas contrafações da pessoa humana, dizia ele.

"A felicidade que *eu lhe der* será assim também interrompida?", reflexionou andando.

Cambaxirras voaram de um para outro lado da rua, e pousaram cantando a sua língua própria; foi uma reparação. Essa língua sem palavras era inteligível, dizia uma porção de coisas claras e belas. Carlos Maria chegou a ver naquilo um símbolo de si mesmo. Quando a mulher, aturdida dos papagaios do mundo, viesse caindo de fastio, ele a faria erguer aos trilos da passarada divina, que trazia em si ideias de ouro, ditas por uma voz de ouro. Oh! como a *tornaria* feliz! Já a antevia ajoelhada, com os braços postos nos seus joelhos, a cabeça nas mãos e os olhos nele, gratos, devotos, amorosos, toda implorativa, toda nada.

Capítulo CXXIII

Ora bem, aquele quadro, na mesma hora em que aparecia aos olhos da imaginação do noivo, reproduzia-se no espírito da noiva, tal qual. Maria Benedita, posta à janela, fitando as ondas que se quebravam ao longe e na praia, via-se a si mesma, ajoelhada aos pés do marido, quieta, contrita, como à mesa da comunhão para receber a hóstia da felicidade. E dizia consigo: "Oh! como *ele* me fará feliz!" Frase e pensamento eram outros, mas a atitude e a hora eram as mesmas.

Capítulo CXXIV

Casaram-se; três meses depois foram para a Europa. Ao despedir-se deles, d. Fernanda estava tão alegre como se viesse recebê-los de volta; não chorava. O prazer de os ver felizes era maior que o desgosto da separação.

— Você vai contente? — perguntou a Maria Benedita, pela última vez, junto à amurada do paquete.

— Oh! muito!

A alma de d. Fernanda debruçou-se-lhe dos olhos, fresca, ingênua, cantando um trecho italiano — porque a soberba guasca preferia a música italiana —, talvez esta ária da *Lucia*: *O bell'alma innamorata*. Ou este pedaço do *Barbeiro*:

> *Ecco ridente in cielo*
> *Spunta la bella aurora.*

Capítulo CXXV

Sofia não foi a bordo, adoeceu e mandou o marido. Não vão crer que era pesar nem dor; por ocasião do casamento, houve-se com grande discrição, cuidou do enxoval da noiva e despediu-se dela com muitos beijos chorados. Mas ir a bordo pareceu-lhe vergonha. Adoeceu; e, para não desmentir do pretexto, deixou-se estar no quarto. Pegou de um romance recente; fora-lhe dado pelo Rubião. Outras coisas ali lhe lembravam o mesmo homem, teteias de toda a sorte, sem contar joias guardadas. Finalmente, uma singular palavra que lhe ouvira, na noite do casamento da prima, até essa veio ali para o inventário das recordações do nosso amigo.

— A senhora é já a rainha de todas — disse-lhe ele em voz baixa —; espere que ainda a farei imperatriz.

Sofia não pôde entender essa frase enigmática. Quis supor que era uma aliciação de grandeza para torná-la sua amante; mas excluiu tal intenção por demasiado vaidosa. Rubião, posto não fosse agora o mesmo homem encolhido e tímido de outros tempos, não se mostrava tão cheio de si que lhe pudesse atribuir tão alta presunção. Mas que era então a frase? Talvez um modo figurado de dizer que a amaria ainda mais. Sofia acreditava possível tudo. Não lhe faltavam galanteios; chegou a ouvir aquela declaração de Carlos Maria, provavelmente ouvira outras, a que deu somente a atenção da vaidade. E todas passaram; Rubião é que persistia. Tinha pausas, filhas de suspeitas; mas as suspeitas iam como vinham.

"Ele merece ser amado", leu Sofia na página aberta do romance, quando ia continuar a leitura; fechou o livro, fechou os olhos, e perdeu-se em si mesma. A escrava que entrou daí a pouco, trazendo-lhe um caldo, supôs que a senhora dormia e retirou-se pé ante pé.

Capítulo CXXVI

Entretanto, Rubião e Palha desciam do paquete para a lancha e tornavam ao cais Pharoux. Vinham cuidosos e calados. Palha foi o primeiro que abriu a boca:

— Ando há tempos para dizer-lhe uma coisa importante, Rubião.

Capítulo CXXVII

Rubião acordou. Era a primeira vez que ia a um paquete. Voltava com a alma cheia dos rumores de bordo, a lufa-lufa das gentes que entravam e saíam, nacionais, estrangeiros, estes de vária casta, franceses, ingleses, alemães, argentinos, italianos, uma confusão de línguas, um cafarnaum de chapéus, de malas, cordoalha, sofás, binóculos a tiracolo, homens que desciam ou subiam por escadas para dentro do navio, mulheres chorosas, outras curiosas, outras cheias de riso, e muitas que traziam de terra flores ou frutas — tudo aspectos novos. Ao longe, a barra por onde tinha de ir o paquete. Para lá da barra, o mar imenso, o céu fechado e a solidão. Rubião renovou os sonhos do mundo antigo, criou uma Atlântida, sem nada saber da tradição. Não tendo noções de geografia, formava uma ideia confusa dos outros países, e a imaginação rodeava-os de um nimbo misterioso. Como não lhe custava viajar assim, navegou de cor algum tempo, naquele vapor alto e comprido, sem enjoo, sem vagas, sem ventos, sem nuvens.

Capítulo CXXVIII

— A mim? — perguntou Rubião depois de alguns segundos.

— A você — confirmou o Palha. — Devia tê-la dito há mais tempo, mas essas histórias de casamento, de comissão das Alagoas etc., atrapalharam-me, e não tive ocasião; agora, porém, antes do almoço... Você almoça comigo.

— Sim, mas que é?

— Uma coisa importante.

Dizendo isso, tirou um cigarro, abriu-o, desfiou o fumo com os dedos, enrolou a palha outra vez, e riscou um fósforo, mas o vento apagou o fósforo. Então pediu ao Rubião que lhe fizesse o favor de segurar o chapéu, para poder acender outro. Rubião obedeceu impaciente. Bem pode ser que o sócio, esticando a espera, quisesse justamente fazer-lhe crer que se tratava de um terremoto; a realidade viria a ser um benefício. Puxadas duas fumaças:

— Estou com meu plano de liquidar o negócio; convidaram-me aí para uma casa bancária, lugar de diretor, e creio que aceito.

Rubião respirou.

— Pois sim; liquidar já?

— Não, lá para o fim do ano que vem.

— E é preciso liquidar?

— Cá para mim, é. Se a história do banco não fosse segura, não me animaria a perder o certo pelo duvidoso; mas é seguríssima.

— Então no fim do ano que vem soltamos os laços que nos prendem...

Palha tossiu.

— Não, antes, no fim deste ano.

Rubião não entendeu; mas o sócio explicou-lhe que era útil desligarem já a sociedade, a fim de que ele sozinho liquidasse a casa. O banco podia organizar-se mais cedo ou mais tarde; e para que sujeitar o outro às exigências da ocasião? Demais, o dr. Camacho afirmava que, em breve, Rubião estaria na Câmara, e que a queda do ministério era certa.

— Seja o que for — concluiu —; é sempre melhor desligarmos a sociedade com tempo. Você não vive do comércio; entrou com o capital necessário ao negócio — como podia dá-lo a outro ou guardá-lo.

— Pois sim, não tenho dúvida — concordou o Rubião.

E depois de alguns instantes:

— Mas diga-me uma coisa, essa proposta traz algum motivo oculto? É rompimento de pessoas, de amizade... Seja franco, diga tudo...

— Que caraminhola é essa? — redarguiu o Palha. — Separação de amizade, de pessoas... Mas você está tonto. Isso é do balanço do mar. Pois eu, que tenho trabalhado tanto por você, eu que o faço amigo dos meus amigos, que o trato como um parente, como um irmão, havia de brigar à toa? Aquele mesmo casamento de Maria Benedita com o Carlos Maria devia ser com você, bem sabe, se não fosse a sua recusa. A gente pode romper um laço sem romper os outros. O contrário seria despropósito. Então todos os amigos de sociedade ou de família são sócios de comércio? E os que não forem comerciantes?

Rubião achou excelente a razão, e quis abraçar o Palha. Este apertou-lhe a mão satisfeitíssimo; ia ver-se livre de um sócio cuja prodigalidade crescente podia trazer-lhe algum perigo. A casa estava sólida; era fácil entregar ao Rubião a parte que lhe pertencesse, menos as dívidas pessoais e anteriores. Restavam ainda algumas daquelas que o Palha confessou à mulher, na noite de Santa Teresa, capítulo L. Pouco tinha pago; geralmente era o Rubião que abanava as orelhas ao assunto. Um dia, o Palha, querendo dar-lhe à força algum dinheiro, repetiu o velho provérbio: "Paga o que deves, vê o que te fica". Mas o Rubião, gracejando:

— Pois não pagues, e vê se te não fica ainda mais.

— É boa! — redarguiu o Palha rindo e guardando o dinheiro no bolso.

Capítulo CXXIX

Não havia banco, nem lugar de diretor, nem liquidação; mas como justificaria o Palha a proposta de separação, dizendo a pura verdade? Daí a invenção, tanto mais pronta, quanto o Palha tinha amor aos bancos, e morria por um. A carreira daquele homem era cada vez mais próspera e vistosa. O negócio corria-lhe largo; um dos motivos da separação era justamente não ter que dividir com outro os lucros futuros. Palha, além do mais, possuía ações de toda a parte, apólices de ouro do empréstimo Itaboraí, e fizera uns dois fornecimentos para a guerra, de sociedade com um poderoso, nos quais ganhou muito. Já trazia apalavrado um arquiteto para lhe construir um palacete. Vagamente pensava em baronia.

Capítulo CXXX

— Quem diria que a gente do Palha nos trataria desse modo? Já não valemos nada. Escusa de os defender...

— Não defendo, estou explicando; há de ter havido confusão.

— Fazer anos, casar a prima, e nem um triste convite ao major, ao grande major, ao impagável major, ao velho amigo major. Eram os nomes que me davam; eu era impagável, amigo velho, grande e outros nomes. Agora, nada, nem um triste convite, um recado de boca, ao menos, por um moleque: "Nhanhã faz anos, ou casa a prima, diz que a casa está às suas ordens, e que vão com luxo". Não iríamos; luxo não é para nós. Mas era alguma coisa, era recado, um moleque, ao impagável major...

— Papai!

Rubião, vendo a intervenção de d. Tonica, animou-se a defender longamente a família Palha. Era em casa do major, não já na rua Dois de Dezembro, mas na dos Barbonos, modesto sobradinho. Rubião passava, ele estava à janela, e chamou-o. D. Tonica não teve tempo de sair da sala, para dar, ao menos, uma vista d'olhos ao espelho; mal pôde passar a mão pelo cabelo, compor o laço de fita ao pescoço e descer o vestido para cobrir os sapatos, que não eram novos.

— Digo-lhe que pode ter havido confusão — insistiu Rubião —; tudo anda por lá muito atrapalhado com essa comissão das Alagoas.

— Lembra bem — interrompeu o major Siqueira —; por que não meteram minha filha na comissão das Alagoas? Qual! Há já muito que reparo nisso; antigamente não se fazia festa sem nós. Nós éramos a alma de tudo. De certo tempo para cá começou a mudança; entraram a receber-nos friamente, e o marido, se pode esquivar-se, não me cumprimenta. Isso começou há tempos; mas antes disso sem nós é que não se fazia nada. Que está o senhor a falar de confusão? Pois se na véspera dos anos dela, já desconfiando que não nos convidariam, fui ter com ele ao armazém. Poucas palavras; disfarçava. Afinal disse-lhe assim: "Ontem, lá em casa, eu e Tonica estivemos discutindo sobre a data dos anos de dona Sofia; ela dizia que tinha

passado, eu disse que não, que era hoje ou amanhã." Não me respondeu, fingiu que estava absorvido em uma conta, chamou o guarda-livros, e pediu explicações. Eu entendi o bicho, e repeti a história: fez a mesma coisa. Saí. Ora o Palha, um pé-rapado! Já o envergonho. Antigamente: major, um brinde. Eu fazia muitos brindes, tinha certo desembaraço. Jogávamos o voltarete. Agora está nas grandezas; anda com gente fina. Ah! Vaidades deste mundo! Pois não vi outro dia a mulher dele, num cupê, com outra? A Sofia de cupê! Fingiu que me não via, mas arranjou os olhos de modo que percebesse se eu a via, se a admirava. Vaidades desta vida! Quem nunca comeu azeite, quando come se lambuza.

— Perdão, mas os trabalhos da comissão exigem certo aparato.

— Sim — acudiu Siqueira —, é por isso que minha filha não entrou na comissão; é para não estragar as carruagens...

— Demais, o cupê podia ser da outra senhora que ia com ela.

O major deu dois passos, com as mãos atrás, e parou diante de Rubião.

— Da outra... ou do padre Mendes. Como vai o padre? Boa vida, naturalmente.

— Mas, papai, pode não haver nada — interrompeu d. Tonica. — Ela sempre me trata bem, e quando estive doente no mês passado, mandou saber pelo moleque, duas vezes...

— Pelo moleque! — bradou o pai. — Pelo moleque! Grande favor! "Moleque, vai ali à casa daquele reformado e pergunta-lhe se a filha tem passado melhor; não vou, porque estou lustrando as unhas!" Grande favor! Tu não lustras as unhas! tu trabalhas! tu és digna filha minha! pobre, mas honesta!

Aqui o major chorou, mas suspendeu de repente as lágrimas. A filha, comovida, sentiu-se também vexada. Certo, a casa dizia a pobreza da família, poucas cadeiras, uma mesa redonda velha, um canapé gasto; nas paredes duas litografias encaixilhadas e em pinho pintado de preto, uma era o retrato do major em 1857, a outra representava o *Veronês em Veneza*, comprado na rua do Senhor dos Passos. Mas o trabalho da filha transparecia em tudo; os móveis reluziam de asseio, a mesa tinha um pano de crivo, feito por ela, o canapé uma almofada. E era falso que d. Tonica não lustrasse as unhas; não teria o pó nem a camurça, mas acudia-lhes com um retalho de pano todas as manhãs.

Capítulo CXXXI

Rubião tratou-os com simpatia. Não continuou a defender a gente Palha, para não desesperar o major. Pouco depois, despediu-se, prometendo, sem convite, que lá iria jantar "um dia destes".

— Jantar de pobre — acudiu o major —; se puder avisar, avise.

— Não quero banquetes; virei quando me der na cabeça.

Despediu-se. D. Tonica, depois de ir até o patamar, sem chegar à frente por causa dos sapatos, foi à janela para vê-lo sair.

Capítulo CXXXII

Logo que Rubião dobrou a esquina da rua das Mangueiras, d. Tonica entrou e foi ao pai, que se estendera no canapé, para reler o velho *Saint-Clair das ilhas ou os desterrados da ilha da Barra*. Foi o primeiro romance que conheceu; o exemplar tinha mais de vinte anos; era toda a biblioteca do pai e da filha. Siqueira abriu o primeiro volume, e deitou os olhos ao começo do capítulo II, que já trazia de cor. Achava-lhe agora um sabor particular, por motivo dos seus recentes desgostos:

> Enchei bem os vossos copos, exclamou Saint-Clair, e bebamos de uma vez; eis o brinde que vos proponho. À saúde dos bons e valentes oprimidos, e ao castigo dos seus opressores. Todos acompanharam Saint-Clair, e foi de roda à saúde.

— Sabe de uma coisa, papai? Papai compra amanhã latas de conserva, ervilha, peixe etc., e ficam guardadas. No dia em que ele aparecer para jantar, põe-se no fogo, é só aquecer, e daremos um jantarzinho melhor.
— Mas eu só tenho o dinheiro do teu vestido.
— O meu vestido? Compra-se no mês que vem, ou no outro. Eu espero.
— Mas não ficou ajustado?
— Desajusta-se; eu espero.
— E se não houver outro do mesmo preço?
— Há de haver; eu espero, papai.

Capítulo CXXXIII

Ainda não disse — porque os capítulos atropelam-se debaixo da pena —, mas aqui está um para dizer que, por aquele tempo, as relações de Rubião tinham crescido em número. Camacho pusera-o em contato com muitos homens políticos, a comissão das Alagoas com várias senhoras, os bancos e companhias com pessoas do comércio e da praça, os teatros com alguns frequentadores, e a rua do Ouvidor com toda a gente. Já então era um nome repetido. Conhecia-se o homem. Quando apareciam as barbas e o par de bigodes longos, uma sobrecasaca bem justa, um peito largo, bengala de unicórnio, e um andar firme e senhor, dizia-se logo que era o Rubião — um ricaço de Minas.

Tinham-lhe feito uma lenda. Diziam-no discípulo de um grande filósofo, que lhe legara imensos bens — um, três, cinco mil contos. Estranhavam alguns que ele não tratasse nunca de filosofia, mas a lenda explicava esse silêncio pelo próprio método filosófico do mestre, que consistia em ensinar somente aos homens de boa vontade. Onde estavam esses discípulos? Iam à casa dele, todos os dias — alguns duas vezes, de manhã e de tarde; e assim ficavam definidos os comensais. Não seriam discípulos, mas eram de boa vontade. Roíam fome, à espera, e ouviam calados

e risonhos os discursos do anfitrião. Entre os antigos e os novos, houve tal ou qual rivalidade, que os primeiros acentuaram bem, mostrando maior intimidade, dando ordens aos criados, pedindo charutos, indo ao interior, assobiando etc. Mas o costume os fez suportáveis entre si, e todos acabaram na doce e comum confissão das qualidades do dono da casa. Ao cabo de algum tempo, também os novos lhe deviam dinheiro, ou em espécie — ou em fiança no alfaiate, ou endosso de letras, que ele pagava às escondidas, para não vexar os devedores.

Quincas Borba andava ao colo de todos. Davam estalinhos, para vê-lo saltar; alguns chegavam a beijar-lhe a testa; um deles, mais hábil, achou modo de o ter à mesa, ao jantar ou almoço, sobre as pernas, para lhe dar migalhas de pão.

— Ah! isso não! — protestou Rubião à primeira vez.

— Que tem? — retorquiu o comensal. — Não há pessoas estranhas.

Rubião refletiu um instante.

— Verdade é que está aí dentro um grande homem — disse ele.

— O filósofo, o outro Quincas Borba — continuou o conviva, circulando o olhar pelos novatos, para mostrar a intimidade das relações entre ele e Rubião; mas não logrou sozinho a vantagem, porque os outros amigos da mesma era repetiram, em coro:

— É verdade, o filósofo.

E Rubião explicou aos novatos a alusão ao filósofo, e a razão do nome do cão, que todos lhe atribuíam. Quincas Borba (o defunto) foi descrito e narrado como um dos maiores homens do tempo — superior aos seus patrícios. Grande filósofo, grande alma, grande amigo. E no fim, depois de algum silêncio, batendo com os dedos na borda da mesa, Rubião exclamou:

— Eu o faria ministro de Estado!

Um dos convivas exclamou, sem convicção, por simples ofício:

— Oh! sem dúvida!

Nenhum daqueles homens sabia, entretanto, o sacrifício que lhes fazia o Rubião. Recusava jantares, passeios, interrompia conversações aprazíveis, só para correr à casa e jantar com eles. Um dia achou meio de conciliar tudo. Não estando ele em casa às seis horas em ponto, os criados deviam pôr o jantar para os amigos. Houve protestos; não, senhor, esperariam até sete ou oito horas. Um jantar sem ele não tinha graça.

— Mas é que não posso vir — explicou Rubião.

Assim se cumpriu. Os convivas ajustaram bem os relógios pelos da casa de Botafogo. Davam seis horas, todos à mesa. Nos dois primeiros dias houve tal ou qual hesitação; mas os criados tinham ordens severas. Às vezes, Rubião chegava pouco depois. Eram então risos, ditos, intrigas alegres. Um queria esperar, mas os outros... Os outros desmentiam o primeiro; ao contrário, foi este que os arrastou, tal fome trazia — a ponto que, se alguma coisa restava, eram os pratos. E Rubião ria com todos.

Ele negava, explicava ou justificava-se; afinal, concluía que sim, que era preciso não parecer estar abaixo dos obséquios; cortesia, afabilidade, mais nada...

— Justo, mas não vás cair no extremo oposto — acudiu Sofia —; não vás ficar casmurro...

Palha era então as duas coisas; casmurro, a princípio, frio, quase desdenhoso; mas, ou a reflexão, ou o impulso inconsciente restituía ao nosso homem a animação habitual, e com ela, segundo o momento, a demasia e o estrépito. Sofia é que, em verdade, corrigia tudo. Observava, imitava. Necessidade e vocação fizeram-lhe adquirir, aos poucos, o que não trouxera do nascimento nem da fortuna. Ao demais, estava naquela idade média em que as mulheres inspiram igual confiança às sinhazinhas de vinte e às sinhás de quarenta. Algumas morriam por ela; muitas a cumulavam de louvores.

Foi assim que a nossa amiga, pouco a pouco, espanou a atmosfera. Cortou as relações antigas, familiares, algumas tão íntimas que dificilmente se poderiam dissolver; mas a arte de receber sem calor, ouvir sem interesse e despedir-se sem pesar não era das suas menores prendas; e, uma por uma, se foram indo as pobres criaturas modestas, sem maneiras nem vestidos, amizades de pequena monta, de pagodes caseiros, de hábitos singelos e sem elevação. Com os homens fazia exatamente o que o major contara, quando eles a viam passar de carruagem — que era sua — entre parêntesis. A diferença é que já nem os espreitava para saber se a viam. Acabara a lua-de-mel da grandeza; agora torcia os olhos duramente para outro lado, conjurando, de um gesto definitivo, o perigo de alguma hesitação. Punha assim os velhos amigos na obrigação de lhe não tirarem o chapéu.

Capítulo CXXXIX

Rubião ainda quis valer ao major, mas o ar de fastio com que Sofia o interrompeu foi tal, que o nosso amigo preferiu perguntar-lhe se, não chovendo na seguinte manhã, iriam sempre passear à Tijuca.

— Já falei a Cristiano; disse-me que tem um negócio, que fique para domingo que vem.

Rubião, depois de um instante:

— Vamos nós dois. Saímos cedo, passeamos, almoçamos lá; às três ou quatro horas estamos de volta...

Sofia olhou para ele com tamanha vontade de aceitar o convite, que Rubião não esperou resposta verbal.

— Está assentado, vamos — disse ele.

— Não.

— Como não?

E repetiu a pergunta, porque Sofia não lhe quis explicar a negativa, aliás tão óbvia. Obrigada a fazê-lo, ponderou que o marido ficaria com inveja, era capaz de adiar o negócio, só para ir também. Não queria atrapalhar os negócios dele, e podiam esperar oito dias. O olhar de Sofia acompanhava essa explicação, como um

clarim acompanharia um padre-nosso. Vontade tinha, oh! se tinha vontade de ir na manhã seguinte, com Rubião, estrada acima, bem posta no cavalo, não cismando à toa, nem poética, mas valente, fogo na cara, toda deste mundo, galopando, trotando, parando. Lá no alto, desmontaria algum tempo; tudo só, a cidade ao longe e o céu por cima. Encostada ao cavalo, penteando-lhe as crinas com os dedos, ouviria Rubião louvar-lhe a afoiteza e o garbo... Chegou a sentir um beijo na nuca...

Capítulo CXL

Pois que se trata de cavalos, não fica mal dizer que a imaginação de Sofia era agora um corcel brioso e petulante, capaz de galgar morros e desbaratar matos. Outra seria a comparação, se a ocasião fosse diferente; mas corcel é o que vai melhor. Traz a ideia do ímpeto, do sangue, da disparada, ao mesmo tempo que a da serenidade com que torna ao caminho reto, e por fim à cavalariça.

Capítulo CXLI

— Está dito, vamos amanhã — repetiu Rubião, que espreitava o rosto aceso de Sofia.

Mas o corcel viera fatigado da carreira, e deixou-se estar sonolento na cavalariça. Sofia era já outra; passara a vertigem da empresa, o ardor sonhado, o gosto de subir com ele a estrada da Tijuca. Dizendo-lhe Rubião que pediria ao marido que a deixasse ir ao passeio, redarguiu sem alma:

— Está tonto! Fica para o domingo que vem!

E fixou os olhos no trabalho de linha que fazia — frioleira é o nome — enquanto Rubião voltava os seus para um trechozinho de jardim mofino, ao pé da saleta de trabalho onde estavam. Sofia, sentada no ângulo da janela, ia meneando os dedos. Rubião viu em duas rosas vulgares uma festa imperial, e esqueceu a sala, a mulher e a si. Não se pode dizer, ao certo, que tempo estiveram assim calados, alheios e remotos um do outro. Foi uma criada que os despertou, trazendo-lhes café. Bebido o café, Rubião concertou as barbas, tirou o relógio e despediu-se. Sofia, que espreitava a saída, ficou satisfeita, mas encobriu o gosto com o espanto.

— Já!

— Devo estar com um sujeito antes das quatro horas — explicou Rubião. — Estamos entendidos; passeio de amanhã gorado. Vou mandar desavisar os cavalos. Mas será certo no domingo que vem?

— Certo, certo, não posso afirmar; mas resolvendo-se em tempo o Cristiano, creio que sim. Sabe que meu marido é o homem dos impedimentos.

Sofia acompanhou-o até à porta, estendeu-lhe a mão indiferente, respondeu sorrindo alguma coisa chocha, tornou à salinha em que estivera — ao mesmo ângulo, da mesma janela. Não continuou logo o trabalho, pôs uma perna sobre outra,

fazendo descer, por hábito, a saia do vestido, e lançou uma olhada ao jardim, onde as duas rosas tinham dado ao nosso amigo uma visão imperial. Sofia não viu mais que duas flores mudas. Fitou-as, não obstante, algum tempo; em seguida, pegou da frioleira, trabalhou um pouco, deteve-se outro pouco, deixando as mãos no regaço; e voltou à obra, outra vez, para tornar a deixá-la. De repente, levantou-se e atirou as linhas e a *navette* à cestinha de junco onde guardava os seus pretextos de trabalho. A cesta era ainda uma lembrança de Rubião.

— Que homem aborrecido!

Dali foi encostar-se à janela, que dava para o jardim mofino, onde iam murchando as duas rosas vulgares. Rosas, quando recentes, importam-se pouco ou nada com as cóleras dos outros; mas, se definham, tudo lhes serve para vexar a alma humana. Quero crer que esse costume nasce da brevidade da vida. "Para as rosas", escreveu alguém, "o jardineiro é eterno." E que melhor maneira de ferir o eterno que mofar das suas iras? Eu passo, tu ficas; mas eu não fiz mais que florir e aromar, servi a donas e a donzelas, fui letra de amor, ornei a botoeira dos homens, ou expiro no próprio arbusto, e todas as mãos, e todos os olhos me trataram e me viram com admiração e afeto. Tu não, ó eterno; tu zangas-te, tu padeces, tu choras, tu afliges-te! a tua eternidade não vale um só dos meus minutos.

Assim, quando Sofia chegou à janela que dava para o jardim, ambas as rosas riram-se a pétalas despregadas. Uma delas disse que era bem feito! bem feito! bem feito!

— Tens razão em te zangares, formosa criatura — acrescentou —, mas há de ser contigo, não com ele. Ele que vale? Um triste homem sem encantos, pode ser que bom amigo, e talvez generoso, mas repugnante, não? E tu, requestada de outros, que demônio te leva a dar ouvidos a esse intruso da vida? Humilha-te, ó soberba criatura, porque és tu mesma a causa do teu mal. Tu juras esquecê-lo, e não o esqueces. E é preciso esquecê-lo? Não te basta fitá-lo, escutá-lo, para desprezá-lo? Esse homem não diz coisa nenhuma, ó singular criatura, e tu...

— Não é tanto assim — interrompeu a outra rosa, com a voz irônica e descansada —; ele diz alguma coisa, e di-la desde muito, sem desaprendê-la nem trocá-la; é firme, esquece a dor, crê na esperança. Toda a sua vida amorosa é como o passeio à Tijuca, de que vocês conversavam há pouco: "Fica para o domingo que vem!". Eia, piedade ao menos; sê piedosa, ó boníssima Sofia! Se hás de amar a alguém fora do matrimônio, ama-o a ele, que te ama e é discreto. Anda, arrepende-te do gesto de há pouco. Que mal te fez ele, e que culpa lhe cabe se és bonita? E quando haja culpa, a cesta é que a não tem, só porque ele a comprou, e menos ainda as linhas e a *navette* que tu mesma mandaste comprar pela criada. Tu és má, Sofia, és injusta...

Capítulo CXLII

Sofia deixou-se estar ouvindo, ouvindo... Interrogou outras plantas, e não lhe disseram coisa diferente. Há desses acertos maravilhosos. Quem conhece o solo e o subsolo da vida sabe muito bem que um trecho de muro, um banco, um tapete, um guarda-chuva, são ricos de ideias ou de sentimentos, quando nós também o somos,

e que as reflexões de parceria entre os homens e as coisas compõem um dos mais interessantes fenômenos da terra. A expressão: "Conversar com os seus botões", parecendo simples metáfora, é frase de sentido real e direto. Os botões operam sincronicamente conosco; formam uma espécie de senado, cômodo e barato, que vota sempre as nossas moções.

Capítulo CXLIII

Fez-se o passeio à Tijuca, sem outro incidente mais que uma queda do cavalo, ao descerem. Não foi Rubião que caiu, nem o Palha, mas a senhora deste, que vinha pensando em não sei quê, e chicoteou o animal com raiva; ele espantou-se e deitou-a em terra. Sofia caiu com graça. Estava singularmente esbelta, vestida de amazona, corpinho tentador de justeza. Otelo exclamaria, se a visse: "Oh! minha bela guerreira!" Rubião limitara-se a isso, ao começar o passeio: "A senhora é um anjo!"

Capítulo CXLIV

— Fiquei com o joelho dorido — disse ela entrando em casa e coxeando.
— Deixa ver.
No quarto de vestir, Sofia levantou o pé sobre um banquinho e mostrou ao marido o joelho pisado; inchara um pouco, muito pouco, mas tocando-lhe fazia-a gemer. Palha, não querendo machucá-la, chegou-lhe a pontinha dos beiços apenas.
— Fiquei descomposta quando caí?
— Não. Pois com um vestido tão comprido... Mal se pôde ver o bico do pé. Não houve nada, acredita.
— Jura que não?
— Que desconfiada que você é, Sofia! Juro por tudo o que há mais sagrado, pela luz que me alumia, por Deus Nosso Senhor. Estás satisfeita?
Sofia ia cobrindo o joelho.
— Deixa ver outra vez. Creio que não será nada maior; bota um pouco de qualquer coisa. Manda perguntar à botica.
— Está bom, deixa-me ir despir — disse ela forcejando por descer o vestido.
Mas o Palha baixara os olhos do joelho até ao resto da perna, onde pegava com o cano da bota. De feito, era um belo trecho da natureza. A meia de seda mostrava a perfeição do contorno. Palha, por graça, ia perguntando à mulher se se machucara aqui, e mais aqui, e mais aqui, indicando os lugares com a mão que ia descendo. Se aparecesse um pedacinho desta obra-prima, o céu e as árvores ficariam assombrados, concluiu ele enquanto a mulher descia o vestido e tirava o pé do banco.

— Pode ser, mas não havia só o céu e as árvores — disse ela —; havia também os olhos do Rubião.

— Ora, o Rubião! É verdade; ele nunca mais teve aquelas tolices de Santa Teresa?

— Nunca; mas, enfim, não me agradaria... Jura de verdade, Cristiano?

— O que você quer é que eu vá subindo de sagrado em sagrado, até a coisa mais sagrada. Jurei por Deus; não bastou. Juro por você; está satisfeita?

Pieguices de lascivo. Saiu finalmente do quarto da mulher e foi para o seu. Aquele pudor medroso e incrédulo de Sofia fazia-lhe bem. Mostrava que ela era sua, totalmente sua; mas, por isso mesmo que ele a possuía, considerava que era de grande senhor não se afligir com a vista casual e instantânea de um pedaço oculto do seu reino. E lastimava que o casual tivesse parado na ponta da bota. Era apenas a fronteira; as primeiras vilas do território, antes da cidade machucada pela queda, dariam ideia de uma civilização sublime e perfeita. E ensaboando-se, esfregando a cara, o colo e a cabeça na vasta bacia de prata, escovando-se, enxugando-se, aromando-se, Palha imaginava o pasmo e a inveja da única testemunha do desastre, se este fosse menos incompleto.

Capítulo CXLV

Foi por esse tempo que Rubião pôs em espanto a todos os seus amigos. Na terça-feira seguinte ao domingo do passeio (era então janeiro de 1870) avisou a um barbeiro e cabeleireiro da rua do Ouvidor que o mandasse barbear à casa, no outro dia, às nove horas da manhã. Lá foi um oficial francês, chamado Lucien, que entrou para o gabinete de Rubião, segundo as ordens dadas ao criado.

— Uhm!... — rosnou Quincas Borba, de cima dos joelhos do Rubião.

Lucien cumprimentou o dono da casa; este, porém, não viu a cortesia, como não ouvira o sinal do Quincas Borba. Estava em uma longa cadeira de extensão, ermo do espírito, que rompera o teto e se perdera no ar. A quantas léguas iria? Nem condor nem águia o poderia dizer. Em marcha para a lua — não via cá embaixo mais que as felicidades perenes, chovidas sobre ele, desde o berço, onde o embalaram fadas, até à praia de Botafogo, aonde elas o trouxeram, por um chão de rosas e bogaris. Nenhum revés, nenhum malogro, nenhuma pobreza — vida plácida, cosida de gozo, com rendas de supérfluo. Em marcha para a lua!

O barbeiro relanceou os olhos pelo gabinete, onde fazia principal figura a secretária, e sobre ela os dois bustos de Napoleão e Luís Napoleão. Relativamente a este último, havia ainda, pendentes da parede, uma gravura ou litografia representando a *Batalha de Solferino*, e um retrato da imperatriz Eugênia.

Rubião tinha nos pés um par de chinelas de damasco, bordadas a ouro; na cabeça, um gorro com borla de seda preta. Na boca, um riso azul-claro.

Capítulo CXLVI

— Senhor...

— Uhm! — repetiu Quincas Borba, de pé nos joelhos do senhor.

Rubião voltou a si e deu com o barbeiro. Conhecia-o por tê-lo visto ultimamente na loja; ergueu-se da cadeira. Quincas Borba latia, como a defendê-lo contra o intruso.

— Sossega! cala a boca! — disse-lhe Rubião; e o cachorro foi, de orelha baixa, meter-se por trás da cesta de papéis. Durante esse tempo, Lucien desembrulhava os seus aparelhos.

— O senhor vai perder uma bela barba — dizia ele em francês. — Conheço pessoas que fizeram a mesma coisa, mas para servir a alguma dama. Tenho sido confidente de homens respeitáveis...

— Justamente! — interrompeu Rubião.

Não entendera nada; posto soubesse algum francês, mal o compreendia lido — como sabemos — e não o entendia falado. Mas, fenômeno curioso, não respondeu por impostura; ouviu as palavras, como se fossem cumprimento ou aclamação; e, ainda mais curioso fenômeno, respondendo-lhe em português, cuidava falar francês.

— Justamente! — repetiu. — Quero restituir a cara ao tipo anterior; é aquele.

E, como apontasse para o busto de Napoleão III, respondeu-lhe o barbeiro pela nossa língua:

— Ah! o imperador! Bonito busto, em verdade. Obra fina. O senhor comprou isto aqui ou mandou vir de Paris? São magníficos. Lá está o primeiro, o grande; este era um gênio. Se não fosse a traição, oh! os traidores, vê o senhor? os traidores são piores que as bombas de Orsini.

— Orsini! Um coitado!

— Pagou caro.

— Pagou o que devia. Mas não há bombas nem Orsini contra o destino de um grande homem — continuou Rubião. — Quando a fortuna de uma nação põe na cabeça de um grande homem a coroa imperial, não há maldades que valham... Orsini! um bobo!

Em poucos minutos, começou o barbeiro a deitar abaixo as barbas de Rubião, para lhe deixar somente a pêra e os bigodes de Napoleão III; encarecia-lhe o trabalho; afirmava que era difícil compor exatamente uma coisa como a outra. E à medida que lhe cortava as barbas, ia-as gabando. — Que lindos fios! Era um grande e honesto sacrifício que fazia, em verdade...

— "Seu" barbeiro, você é pernóstico — interrompeu Rubião. — Já lhe disse o que quero; ponha-me a cara como estava. Ali tem o busto para guiá-lo.

— Sim, senhor, cumprirei as suas ordens, e verá que semelhança vai sair.

E zás, zás, deu os últimos golpes às barbas de Rubião, e começou a rapar-lhe as faces e os queixos. Durou longo tempo a operação, o barbeiro ia tranquilamente rapando, comparando, dividindo os olhos entre o busto e o homem. Às vezes, para melhor cotejá-los, recuava dois passos, olhava-os alternadamente, inclinava-se, pedia ao homem que se virasse de um lado ou de outro, e ia ver o lado correspondente do busto.

— Vai bem? — perguntava Rubião.

Lucien pedia-lhe com um gesto que se calasse, e prosseguia. Recortou a pêra, deixou os bigodes, e escanhoou à vontade, lentamente, amigamente, aborrecidamente, adivinhando com os dedos alguma pontinha imperceptível de cabelo no queixo ou na face. Às vezes, Rubião, cansado de estar a olhar para o teto, enquanto o outro lhe aperfeiçoava os queixos, pedia para descansar. Descansando, apalpava o rosto e sentia pelo tato a mudança.

— Os bigodes é que não estão muito compridos — observava.

— Falta arranjar-lhes as guias; aqui trago os ferrinhos para encurvá-los bem sobre o lábio, e depois faremos as guias. Ah! eu prefiro compor dez trabalhos originais a uma só cópia.

Volveram ainda dez minutos, antes que os bigodes e a pêra fossem bem retocados. Enfim, pronto. Rubião deu um salto, correu ao espelho, no quarto, que ficava ao pé; era o outro, eram ambos, era ele mesmo, em suma.

— Justamente! — exclamou, tornando ao gabinete, onde o barbeiro, tendo arrecadado os aparelhos, fazia festas ao Quincas Borba.

E indo à secretária, abriu uma gaveta, tirou uma nota de vinte mil-réis, e deu-lha.

— Não tenho troco — disse o outro.

— Não precisa dar troco — acudiu Rubião com um gesto soberano —; tire o que houver de pagar à casa, e o resto é seu.

Capítulo CXLVII

Ficando só, Rubião atirou-se a uma poltrona, e viu passar muitas coisas suntuosas. Estava em Biarritz ou Compiègne, não se sabe bem; Compiègne, parece. Governou um grande Estado, ouviu ministros e embaixadores, dançou, jantou — e assim outras ações narradas em correspondências de jornais, que ele lera e lhe ficaram de memória. Nem os ganidos de Quincas Borba logravam espertá-lo. Estava longe e alto. Compiègne era no caminho da lua. Em marcha para a lua!

Capítulo CXLVIII

Quando desceu da lua, ouviu os ganidos do cachorro e sentiu frio nos queixos. Correu ao espelho e verificou que a diferença entre a cara barbada e a cara lisa era grande, mas que, assim lisa, não lhe ficava mal. Os comensais chegaram à mesma conclusão.

— Está perfeitamente bem! Há muito que devia ter feito isso. Não é que as barbas grandes lhe tirassem a nobreza do rosto; mas, assim como está agora, tem o que tinha, e mais um tom moderno...

— Moderno — repetiu o anfitrião.

Fora, igual espanto. Todos achavam sinceramente que este outro aspecto lhe

ia melhor que o anterior. Uma só pessoa, o dr. Camacho, posto julgasse que os bigodes e a pêra ficavam muito bem ao amigo, ponderou que era de bom aviso não alterar o rosto, verdadeiro espelho da alma, cuja firmeza e constância devia reproduzir.

— Não é por lhe falar de mim — concluiu —; mas nunca me há de ver a cara de outro modo. É uma necessidade moral da minha pessoa. Minha vida, sacrificada aos princípios — porque eu nunca tentei conciliar princípios, mas homens —, minha vida, digo, é uma imagem fiel da minha cara, e vice-versa.

Rubião ouvia com seriedade, e acenava de cabeça que sim, que devia ser assim por força. Sentia-se então imperador dos franceses, incógnito, de passeio; descendo à rua, voltou ao que era. Dante, que viu tantas coisas extraordinárias, afirma ter assistido no inferno ao castigo de um espírito florentino, que uma serpente de seis pés abraçou de tal modo, e tão confundidos ficaram, que afinal já se não podia distinguir bem se era um ente único, se dois. Rubião era ainda dois. Não se misturavam nele a própria pessoa com o imperador dos franceses. Revezavam-se; chegavam a esquecer-se um do outro. Quando era só Rubião, não passava do homem do costume. Quando subia a imperador, era só imperador. Equilibravam-se, um sem outro, ambos integrais.

Capítulo CXLIX

— Que mudança é essa? — perguntou Sofia, quando ele lhe apareceu no fim da semana.

— Vim saber do seu joelho; está bom?

— Obrigada.

Eram duas horas da tarde. Sofia acabava de vestir-se para sair, quando a criada lhe fora dizer que estava ali Rubião — tão mudado de cara que parecia outro. Desceu a vê-lo curiosa; achara-o na sala, de pé, lendo os cartões de visita.

— Mas que mudança é essa? — repetiu ela.

Rubião, sem nenhum sentimento imperial, respondeu que supunha ficarem-lhe melhor os bigodes e a pêra.

— Ou estou mais feio? — concluiu.

— Está melhor, muito melhor.

E Sofia disse consigo que talvez fosse ela a causa da mudança. Sentou-se no sofá, e começou a enfiar os dedos nas luvas.

— Vai sair?

— Vou, mas o carro ainda não veio.

Caiu-lhe uma das luvas. Rubião inclinou-se para apanhá-la, ela fez a mesma coisa, ambos pegaram na luva, e teimando em levantá-la sucedeu que as caras encontraram-se no ar, o nariz dela bateu no dele; e as bocas ficaram intatas para rir, como riram.

— Machuquei-a?

— Não! eu é que lhe pergunto...

E riram outra vez. Sofia calçou a luva, Rubião fitou-lhe um pé que se mexia disfarçadamente, até que o criado veio dizer que a carruagem chegara. Ergueram-se, e ainda uma vez riram.

Capítulo CL

Teso, descoberto, o lacaio abriu a portinhola do cupê, quando Sofia assomou à porta. Rubião ofereceu a mão para ajudá-la a entrar, ela aceitou o obséquio e entrou.

— Agora, até...

Não pôde acabar a frase; Rubião entrara após ela e sentara-se-lhe ao lado; o lacaio fechou a portinhola, trepou à almofada, e o carro partiu.

Capítulo CLI

Tão rápido foi tudo, que Sofia perdeu a voz e o movimento; mas, ao cabo de alguns segundos:

— Que é isto?... senhor Rubião, mande parar o carro.

— Parar? Mas a senhora não me disse que ia sair e esperava por ele?

— Não ia sair com o senhor... Não vê que... Mande parar...

Desatinada, quis ordenar ao cocheiro que parasse; mas o receio de um possível escândalo fê-la deter-se a meio caminho. O cupê entrara na rua Bela da Princesa. Sofia novamente pediu a Rubião que advertisse na inconveniência de irem assim, à vista de Deus e de todo mundo. Rubião respeitou o escrúpulo, e propôs que descessem as cortinas.

— Eu acho que não faz mal que nos vejam — explicou Rubião —; mas, fechando as cortinas, ninguém nos vê. Se quer?

Sem aguardar resposta, desceu as cortinas de um e outro lado, e ficaram os dois a sós, porque, se de dentro podiam ver uma ou outra pessoa que passasse, de fora ninguém os via. Sós, completamente sós, como naquele dia em que às mesmas duas horas da tarde, em casa dela, Rubião lhe lançou em rosto os seus desesperos. Lá, ao menos, a moça estava livre; aqui, dentro do carro fechado, não podia calcular as consequências.

Rubião, entretanto, acomodara as pernas e não dizia nada.

Capítulo CLII

Sofia encolhera-se muito ao canto. Podia ser estranheza da situação, podia ser medo; mas era principalmente repugnância. Nunca esse homem lhe fez sentir tanta aversão, asco, ou outra coisa menos dura, se querem, mas que se reduzia à incompatibilidade — como direi que não agrave os ouvidos? —, à incompatibilidade da epiderme. Onde iam os sonhos de há poucos dias? Ao simples convite de um pas-

seio, a sós, à Tijuca, subiu com ele a montanha, a galope, desmontou, ouviu palavras de adoração, e sentiu um beijo na nuca. Onde iam essas imaginações? Onde iam os olhos fixos e grandes, as mãos amigas e longas, os pés inquietos, as palavras meigas e os ouvidos cheios de misericórdia? Tudo esqueceu, tudo desapareceu, agora que ambos se achavam deveras sós, insulados pelo carro e pelo escândalo.

E os cavalos continuavam a andar, sacudindo as patas, arrastando lentamente o carro, pelas pedras da rua Bela da Princesa. Que faria ela chegando ao Catete? Iria à cidade com ele? Pensou em seguir para a casa de alguma amiga; deixá-lo-ia dentro, diria ao cocheiro que se fosse embora. Contaria tudo ao marido. No meio daquela agonia, atravessaram-lhe o cérebro algumas memórias banais, ou estranhas à situação, como a notícia de um roubo de joias lida de manhã nos jornais, a ventania da véspera, um chapéu. Afinal fixou-se em um só cuidado. Que lhe ia dizer o Rubião? Viu que ele continuava a olhar para a frente, calado, com o castão da bengala no queixo. Não lhe ficava mal a atitude, tranquila, séria, quase indiferente; mas então para que se meteu no carro? Sofia quis romper o silêncio; por duas vezes moveu nervosamente as mãos; quase que a irritou a quietação do homem, cuja ação só podia ser explicada pela paixão antiga e violenta. Depois, imaginou que ele próprio estaria arrependido, e disse-lho em bons termos.

— Não vejo que me possa arrepender de coisa nenhuma — acudiu ele, voltando-se. — Quando a senhora disse que era mau irmos assim, à vista do público, abaixei as cortinas. Não concordei, mas obedeci.

— Chegamos ao Catete — atalhou ela —; quer que o leve a casa? Não podemos ir juntos para a cidade.

— Podemos andar à toa.

— Como?

— À toa, os cavalos vão andando e nós vamos conversando, sem que nos ouçam nem adivinhem...

— Pelo amor de Deus! Não me fale assim; deixe-me, saia do carro, ou eu saio aqui mesmo, e o senhor toma conta dele. Que é que quer dizer? Bastam poucos minutos... Olhe, já dobramos para o lado da cidade; mande ir para Botafogo, vou deixá-lo à porta de casa...

— Mas eu saí há pouco de casa, vou para a cidade. Que mal há em levar-me até lá? Se é para que não nos vejam, apeio-me, em qualquer lugar — na praia de Santa Luzia, por exemplo — do lado do mar...

— O melhor é descer aqui mesmo.

— Mas por que não iremos até a cidade?

— Não, não pode ser. Peço-lhe por tudo que lhe for mais sagrado! Não faça escândalo; vamos, diga-me o que é preciso para obter uma coisa tão simples? Quer que me ajoelhe aqui mesmo?

Apesar da estreiteza do espaço, ia dobrando os joelhos; mas Rubião deu-se pressa em fazê-la sentar-se outra vez.

— Não é preciso que se ajoelhe —, disse com brandura.

— Obrigada; peço-lhe então por Deus, por sua mãe, que está no céu...

— Deve estar no céu — confirmou Rubião. — Era uma santa senhora! As mães são sempre boas; mas daquela, ninguém que a conheceu poderá dizer outra coisa senão que era uma santa. E prendada, como poucas. Que dona de casa! Hóspedes,

para ela, tanto fazia cinco como cinquenta, era a mesma coisa, cuidava de tudo a tempo e a hora, e criou fama. Os escravos davam-lhe o nome de Sinhá Mãe, porque era, realmente, mãe para todos. Deve estar no céu!

— Bem, bem — atalhou Sofia —, pois faça-me isso por amor de sua mãe; faz?

— Isso quê?

— Apear-se aqui mesmo.

— E ir a pé para a cidade? Não posso. É cisma sua; ninguém nos vê. E depois, estes seus cavalos são magníficos. Já reparou como atiram as patas, lentamente, plás... plás... plás... plás...

Cansada de pedir, Sofia calou-se, cruzou os braços e coseu-se ainda mais, se era possível, ao cantinho do carro.

"Agora me lembro", pensou ela; mando parar à porta do armazém do Cristiano; digo-lhe o modo por que este homem se introduziu no cupê, os pedidos que lhe fiz e as respostas que me deu. Antes isso que fazê-lo apear misteriosamente em qualquer rua.

Entretanto, Rubião estava quieto. De vez em quando volvia no dedo o anel de brilhante — um solitário esplêndido. Não olhava para ela, não lhe dizia nem pedia nada. Iam como um casal de aborrecidos. Sofia começava a não entender que razão o teria levado a entrar no carro. Necessidade de transporte não podia ser. Vaidade, também não; fechara as cortinas, à sua primeira queixa de publicidade. Nenhuma palavra amorosa, uma alusão remota que fosse, a medo, cheia de veneração e súplica. Era um inexplicável, um monstro.

Capítulo CLIII

— Sofia... — disse de repente Rubião; e continuou com pausa: — Sofia, os dias passam, mas nenhum homem esquece a mulher que verdadeiramente gostou dele, ou então não merece o nome de homem. Os nossos amores não serão esquecidos nunca — por mim, está claro, e estou certo que nem por ti. Tudo me deste, Sofia; a tua própria vida correu perigo. Verdade é que eu te vingaria, minha bela. Se a vingança pode alegrar os mortos, terias o maior prazer possível. Felizmente, o meu destino protegeu-nos, e pudemos amar sem peias nem sangue...

A moça olhava espantada.

— Não te espantes — continuou ele —; não nos vamos separar; não, não te falo de separação. Não me digas que morrerias; sei que havias de chorar muitas lágrimas. Eu não — que não vim ao mundo para chorar —, mas nem por isso a minha dor seria menor; ao contrário, as dores guardadas no coração doem mais que as outras. Lágrimas são boas porque a pessoa desabafa. Querida amiga, falo-te assim, porque é preciso termos cautela; a nossa insaciável paixão pode esquecer essa necessidade. Temos facilitado muito, Sofia; como nascemos um para o outro, parece-nos que estamos casados, e facilitamos. Ouve, querida, ouve, alma da minha alma... A vida é bela! a vida é grande! a vida é sublime! Contigo, porém, que nome haverá que lhe possa dar? Lembras-te da nossa primeira entrevista?

Rubião disse esta última palavra, querendo pegar-lhe na mão. Sofia recuou a tempo; estava desorientada, não entendia e tinha medo. A voz dele crescia, o cocheiro podia ouvir alguma coisa... E aqui uma suspeita a abalou: talvez o intento de Rubião fosse justamente fazer-se ouvir, para obrigá-la pelo terror — ou então para que a abocanhassem. Teve ímpeto de atirar-se a ele, gritar que lhe acudissem, e salvar-se pelo escândalo.

Ele, baixinho, depois de curta pausa:

— A mim lembra-me, como se fosse ontem. Tu chegaste de carro, não era este; era um carro de praça, uma caleça. Desceste medrosa, com o véu pela cara; tremias como varas verdes... Mas os meus braços te ampararam... O sol daquele dia devia ter parado, como quando obedeceu a Josué... E contudo, minha flor, aquelas horas foram compridas como diabo, não sei por quê; a rigor, deviam ser curtas. Era talvez porque a nossa paixão não acabava mais, não acabou, nem há de acabar nunca... Em compensação, não vimos mais o sol; ia caindo para o outro lado das montanhas quando a minha Sofia, ainda medrosa, saiu para a rua, e pegou de outra caleça. Outra ou a mesma? Creio que foi a mesma. Não imaginas como fiquei; parecia tonto, beijei tudo em que havias tocado; cheguei a beijar a soleira da porta. Creio que já te contei isso. A soleira da porta. E estive quase, quase a ir de rastos beijar os degraus da escada... Não o fiz, recolhi-me, fechei-me para que se não perdesse o teu cheiro; violeta, se bem me recordo...

Não, não era possível que o intuito de Rubião fosse fazer crer ao cocheiro uma aventura mentirosa. A voz era tão sumida que Sofia mal podia escutá-la; mas, se lhe custava entender as palavras, não chegava a compreender o sentido delas. A que vinha aquela história não sucedida? Quem quer que a ouvisse, aceitaria tudo por verdade, tal era a nota sincera, a meiguice dos termos e a verossimilhança dos pormenores. E ele continuou suspirando as belas reminiscências...

— Mas que caçoada é essa? — atalhou finalmente Sofia.

Não lhe respondeu o nosso amigo; — tinha a imagem diante dos olhos, não ouviu a pergunta, e foi andando. Citou-lhe um concerto de Gottschalk. O divino pianista melodiava ao piano; eles ouviam, mas o demônio da música levou os olhos de um para outro, e ambos esqueceram o resto. Quando a música cessou, as palmas romperam, e eles acordaram. Ai tristes! Acordaram com o olhar do Palha em cima deles, um olho de onça brava. Nessa noite cuidou que ele a matasse.

— Senhor Rubião...

— Napoleão, não; chama-me Luís. Sou o teu Luís, não é verdade, galante criatura? Teu, teu... Chama-me teu; o teu Luís, o teu querido Luís. Ai, se tu soubesses o gosto que me dás quando te ouço essas duas palavras: "Meu Luís!" Tu és a minha Sofia — a doce, a mimosa Sofia da minha alma. Não percamos estes momentos; vamos dizer nomes ternos; mas baixo, baixinho, para que os malandros da almofada do carro não escutem. Para que há de haver cocheiros neste mundo? Se o carro andasse por si, a gente falava à vontade e iria ao fim da terra.

Já então iam costeando o Passeio Público; Sofia não deu por isso. Olhava fixamente para Rubião; não podia ser cálculo de perverso, nem lhe atribuía mofa... Delírio, sim, é o que era; tinha a sinceridade da palavra, como pessoa que vê ou viu realmente as coisas que relata.

"É preciso pô-lo fora daqui", pensou a moça. E, aparelhando-se de coragem:

— Onde estaremos nós? — perguntou-lhe. — É ocasião de separar-nos. Veja do

lado de lá; onde estamos? Parece que é o convento; estamos no largo da Ajuda. Diga ao cocheiro que pare; ou, se quer, pode apear-se no largo da Carioca. Meu marido...

— Vou nomeá-lo embaixador — disse Rubião. — Ou senador, se quiser. Senador é melhor; ficam os dois aqui. Embaixador que fosse, não consentiria que tu o acompanhasses, e as más línguas... Tu sabes a oposição que sofro, as calúnias... Ah! ruim gente! Convento da Ajuda, disseste? Que tens tu com ele? Queres ser freira?

— Não; digo que já passamos o convento da Ajuda. Vou deixá-lo no largo da Carioca. Ou vamos até o armazém de meu marido?

Sofia tornou a apegar-se ao segundo alvitre; não se faria suspeita ao cocheiro, provaria melhor a sua inocência ao Palha, narrando-lhe tudo, desde a entrada inesperada no carro até ao delírio. E que delírio era esse? Sofia pensou que o motivo podia ser ela própria, e esta conjetura fê-la sorrir de piedade.

— Para quê? — disse Rubião. — Vou apear-me aqui mesmo, é mais seguro. Para que há de ele desconfiar de nós e maltratar-te? Posso castigá-lo, mas sempre me ficaria o remorso do mal que ele te causaria. Não, linda flor amiga; o vento que se atrevesse a tocar em tua pessoa, acredita que eu mandaria pôr fora do espaço, como um vento indigno. Tu ainda não conheces bem o meu poder, Sofia; anda, confessa.

Como Sofia não confessasse nada, Rubião chamou-lhe de bonita, e ofereceu-lhe o solitário que tinha no dedo; ela, porém, conquanto amasse as joias e tivesse a intuição dos solitários, recusou medrosamente a oferta.

— Compreendo o escrúpulo — disse ele —; mas não perdes por isso, porque hás de receber outra pedra ainda mais bela, e pela mão de teu marido. Far-te-ei duquesa. Ouviste? O título é dado a ele, mas tu é que és a causa. Duque... Duque de quê? Vou ver um título bonito; ou então escolhe tu mesma, porque é para ti, não é para ele, é para ti, minha mimosa. Não é preciso escolher já, vai para casa e pensa. Não te vexes: manda-me dizer o que achares mais bonito, e faço lavrar imediatamente o decreto. Também podes fazer outra coisa: escolhe, e diz-me no nosso primeiro encontro, no lugar do costume. Quero ser o primeiro que te chame duquesa. Querida duquesa... O decreto virá depois. Duquesa da minha alma!

— Sim, sim — disse ela desvairadamente —, mas avisemos o cocheiro que nos leve até a casa de Cristiano.

— Não, apeio-me aqui... Para! para!

Rubião ergueu as cortinas, e o lacaio veio abrir a portinhola. Sofia, para tirar toda a suspeita a este, pediu novamente ao Rubião que fosse com ela à casa do marido; disse-lhe que este precisava falar-lhe com urgência. Rubião olhou um pouco espantado para ela, para o lacaio e para a rua; e respondeu que não, que iria depois.

Capítulo CLIV

Apenas separados, deu-se em ambos um contraste.

Rubião, na rua, voltou a cabeça para todos os lados, a realidade apossava-se dele e o delírio esvaía-se. Andava, estacava diante de uma loja, atravessava a rua,

detinha um conhecido, pedia-lhe notícias e opiniões; esforço inconsciente para sacudir de si a personalidade emprestada.

 Ao contrário, Sofia, passado o susto e o espanto, mergulhou no devaneio; todas as referências e histórias mentirosas de Rubião como que lhe davam saudades — saudades de quê? —, "saudades do céu", que é o que dizia o padre Bernardes do sentimento de um bom cristão. Nomes diversos relampejavam no azul daquela possibilidade. Quanto pormenor interessante! Sofia reconstruiu a caleça velha, onde entrou rápida, donde desceu trêmula, para esgueirar-se pelo corredor dentro, subir a escada, e achar um homem — que lhe disse os mimos mais apetitosos deste mundo, e os repetiu agora, ao pé dela, no carro; mas não era, não podia ser o Rubião. Quem seria? Nomes diversos relampejavam no azul daquela possibilidade.

Capítulo CLV

Espalhou-se a nova da mania de Rubião. Alguns, não o encontrando nas horas do delírio, faziam experiências, a ver se era verdadeiro o boato; encaminhavam a conversação para os negócios de França e do imperador. Rubião resvalava ao abismo, e convencia-os.

Capítulo CLVI

Passaram-se alguns meses, veio a guerra franco-prussiana, e as crises de Rubião tornaram-se mais agudas e menos espaçadas. Quando as malas da Europa chegavam cedo, Rubião saía de Botafogo, antes do almoço, e corria a esperar os jornais; comprava a *Correspondência de Portugal*, e ia lê-la no Carceller. Quaisquer que fossem as notícias, dava-lhes o sentido da vitória. Fazia a conta dos mortos e feridos, e achava sempre um grande saldo a seu favor. A queda de Napoleão III foi para ele a captura do rei Guilherme, a revolução de 4 de setembro um banquete de bonapartistas.

 Em casa, os amigos do jantar não se metiam a dissuadi-lo. Também não confirmavam nada, por vergonha uns dos outros; sorriam e desconversavam. Todos, entretanto, tinham as suas patentes militares, o marechal Torres, o marechal Pio, o marechal Ribeiro, e acudiam pelo título. Rubião via-os fardados; ordenava um reconhecimento, um ataque, e não era necessário que eles saíssem a obedecer; o cérebro do anfitrião cumpria tudo. Quando Rubião deixava o campo de batalha para tornar à mesa, esta era outra. Já sem prataria, quase sem porcelana nem cristais, ainda assim aparecia aos olhos de Rubião regiamente esplêndida. Pobres galinhas magras eram graduadas em faisões; picados triviais, assados de má morte traziam o sabor das mais finas iguarias da terra. Os comensais faziam algum reparo, entre si — ou ao cozinheiro —, mas Lúculo ceava sempre com Lúculo. Toda a mais casa, gasta pelo

tempo e pela incúria, tapetes desbotados, mobílias truncadas e descompostas, cortinas enxovalhadas, nada tinha o seu atual aspecto, mas outro, lustroso e magnífico. E a linguagem era também diversa, rotunda e copiosa, e assim os pensamentos, alguns extraordinários, como os do finado amigo Quincas Borba — teorias que ele não entendera, quando lhas ouvira outrora, em Barbacena, e que ora repetia com lucidez, com alma —, às vezes, empregando as mesmas frases do filósofo. Como explicar essa repetição do obscuro, esse conhecimento do inextricável, quando os pensamentos e as palavras pareciam ter ido com os ventos de outros dias? E por que todas essas reminiscências desapareciam com a volta da razão?

Capítulo CLVII

A compaixão de Sofia — explicado o mal de Rubião pelo amor que ele lhe tinha — era um sentimento médio, não simpatia pura nem egoísmo ferrenho, mas participando de ambos. Uma vez que evitasse alguma situação idêntica à do cupê, tudo ia bem. Nas horas em que Rubião estava lúcido, escutava-o e falava-lhe com interesse — até porque a doença, dando-lhe audácia nos momentos de crise, dobrava-lhe a timidez nas horas normais. Não sorria, como o Palha, quando Rubião subia ao trono ou comandava um exército. Crendo-se autora do mal, perdoava-lhe; a ideia de ter sido amada até à loucura, sagrava-lhe o homem.

Capítulo CLVIII

— Por que não o tratam? — perguntou uma noite d. Fernanda, que ali o conhecera no ano anterior. — Pode ser que se cure.

— Parece que não é coisa grave — acudiu o Palha —; tem desses acessos, mas assim mansos, como viu, ideias de grandeza, que passam logo; e repare que, fora daquilo, conversa perfeitamente. Contudo, pode ser... Que acha Vossa Excelência?

Teófilo, o marido de d. Fernanda, respondeu que sim, que era possível.

— Que fazia ele, ou que faz agora? — continuou o deputado.

— Nada, nem agora nem antes. Era rico — mas gastador. Conhecemo-lo quando veio de Minas, e fomos, por assim dizer, o seu guia no Rio de Janeiro, aonde não voltara desde longos anos. Bom homem. Sempre com luxo, lembra-se? Mas não há riqueza inesgotável, quando se entra pelo capital; foi o que ele fez. Hoje creio que tenha pouco...

— Podia salvar-lhe esse pouco, fazendo-se nomear curador, enquanto ele se trata. Não sou médico, mas pode ser que esse seu amigo fique bom.

— Não digo que não. Realmente, é pena... Dá-se com todos e presta seus serviços. Sabe que esteve para ser nosso parente? Pois não! Quis casar com Maria Benedita.

— A propósito de Maria Benedita — interrompeu d. Fernanda —, ia-me es-

quecendo que trago uma carta dela para mostrar à senhora; recebi-a ontem. Já há de saber que, em breve, estão de volta? Está aqui.

Entregou a carta a Sofia, que a abriu sem entusiasmo, e a leu com tédio. Era mais que uma vulgar carta transatlântica, era um depósito moral, uma confissão íntima e completa de pessoa feliz e agradecida. Contava os mais recentes episódios da viagem, desordenadamente, porque os viajantes eram sobrepostos a tudo, e as mais belas obras do homem ou da natureza valiam menos que os olhos que as miravam. Às vezes, um incidente de hospedaria ou de rua comia mais papel e trazia mais interesse que outros, pela razão de pôr em relevo as qualidades do marido. Maria Benedita amava tanto ou ainda mais que no primeiro dia. No fim, a medo, em *post-scriptum*, pedindo que o não dissesse a ninguém, confessava que era mãe.

Sofia dobrou o papel, não já com tédio, senão com despeito, e por dois motivos que se contradizem; mas a contradição é deste mundo. Cotejada aquela carta com as que recebera de Maria Benedita, dir-se-ia que ela era apenas uma conhecida, sem outro laço de sangue ou de afeto; e, contudo, não quereria ser confidente daquela felicidade cochichada do outro lado do oceano, cheia de minúcias, de adjetivos, de exclamações, do nome de Carlos Maria, dos olhos de Carlos Maria, dos ditos de Carlos Maria, finalmente do filho de Carlos Maria. Parecia acinte, e quase fazia crer na cumplicidade de d. Fernanda.

Hábil, sabendo domar-se a tempo, Sofia dissimulou o despeito, e restituiu sorrindo a carta da prima. Quis dizer que, pelo texto, a felicidade de Maria Benedita devia estar intata como a levara daqui, mas a voz não lhe passou da garganta. D. Fernanda é que se incumbiu da conclusão:

— Vê-se bem que é feliz!
— Parece que sim.

Capítulo CLIX

Se a manhã seguinte não fosse chuvosa, outra seria a disposição de Sofia. O sol nem sempre é oficial de boas ideias; mas, ao menos, permite sair, e a troca do espetáculo muda as sensações. Quando Sofia acordou, já a chuva caía grossa e contínua, e o céu e o mar era tudo um, tão baixas estavam as nuvens, tão espessa era a cerração.

Tédio por dentro e por fora. Nada em que espraiasse a vista e descansasse a alma. Sofia meteu a alma em um caixão de cedro, encerrou o de cedro no caixão de chumbo do dia, e deixou-se estar sinceramente defunta. Não sabia que os defuntos pensam, que um enxame de noções novas vem substituir as velhas, e que eles saem criticando o mundo como os espectadores saem do teatro criticando a peça e os atores. A defunta sentiu que algumas noções e sensações continuavam a vida. Vinham de mistura, mas tinham um ponto de partida comum — a carta da véspera e as recordações que lhe trouxe de Carlos Maria.

Em verdade, cuidara ter arredado para longe essa figura aborrecida, e ei-la que reaparecia, que sorria, que a fitava, que lhe sussurrava ao ouvido as mesmas

palavras do vadio egoísta e enfatuado, que a convidou um dia à valsa do adultério e a deixou sozinha no meio do salão. À volta dessa vinham outras; Maria Benedita, por exemplo, um caco de gente, que ela foi buscar à roça para lhe dar lustre de cidade, e que esqueceu todos os benefícios para só se lembrar das suas ambições. E d. Fernanda também, madrinha dos seus amores, que de caso pensado trouxera na véspera a carta de Maria Benedita com o *post-scriptum* confidencial. Não advertiu que o prazer da amiga bastava a explicar o esquecimento da parte reservada da carta; menos ainda indagou se a natureza moral de d. Fernanda comportava essa suposição. Vieram assim outras cogitações e imagens, e tornaram as primeiras, e todas se iam ligando e desligando. Entre elas, apareceu uma lembrança da véspera. O marido de d. Fernanda envolvera Sofia em um grande olhar de admiração. Ela, em verdade, estava nos seus melhores dias; o vestido sublinhava admiravelmente a gentileza do busto, o estreito da cintura e o relevo delicado das cadeiras; — era *foulard*, cor de palha.

— Cor de *palha* — acentuou Sofia rindo, quando d. Fernanda o elogiou, pouco depois de entrar —; cor de *palha*, como uma lembrança deste senhor.

Não é fácil dissimular o prazer da lisonja; o marido sorriu cheio de vaidade, procurando ler nos olhos dos outros o efeito daquela prova minuciosa de amor. Teófilo elogiou também o vestido, mas era difícil mirá-lo sem mirar também o corpo da dona; dali, os olhos compridos que lhe deitou, sem concupiscência, é certo, e quase sem reincidência. Pois essa lembrança da véspera, um gesto sem convite, uma admiração sem desejo, veio meter-se de permeio agora, quando Sofia cuidava na maldade da outra.

Carlos Maria, Teófilo... Outros nomes relampejavam no céu daquela possibilidade, como ficou expresso no capítulo CLIV. E vieram todos agora, porque a chuva, continuando a cair, o céu e o mar estavam ainda unidos pela mesma cerração. Vieram todos esses nomes, com os próprios sujeitos correspondentes, e até vieram sujeitos sem nomes — os adventícios e ignorados — que uma só vez passaram por ela, cantaram o hino da admiração e receberam o óbolo da boa vontade. Por que não reteve algum de tantos, para ouvi-lo cantar e enriquecê-lo? Não é que os óbolos enriqueçam a ninguém, mas há outras moedas de maior valia. Por que não reteve um de tantos nomes elegantes e até egrégios? Essa pergunta sem palavras correu-lhe assim pelas veias, pelos nervos, pelo cérebro, sem outra resposta mais que a agitação e a curiosidade.

Capítulo CLX

Nisto, a chuva cessou um pouco, um raio de sol logrou romper o nevoeiro — um desses raios úmidos que parecem vir de olhos que choraram. Sofia cuidou que ainda podia sair; estava inquieta por ver, por andar, por sacudir aquele torpor, e esperou que o sol varresse a chuva e tomasse conta do céu e da terra; mas o grande astro percebeu que a intenção dela era constituí-lo lanterna de Diógenes, e disse ao raio

úmido: "Volta, volta ao meu seio, raio casto e virtuoso; não vás tu conduzi-la onde o seu desejo a quer levar. Que ame, se lhe parece; que responda aos bilhetes namorados — se os recebe e não queima —, não lhe sirvas tu de archote, luz do meu seio, filho das minhas entranhas, raio, irmão dos meus raios..."

E o raio obedeceu, recolhendo-se ao foco central, um pouco espantado do temor do sol, que tem visto tantas coisas ordinárias e extraordinárias. Então o véu de nuvens fez-se outra vez espesso, e mais escuro, e a chuva tornou a cair em grandes bátegas.

Capítulo CLXI

Sofia resignou-se à reclusão. Já agora tinha a alma tão confusa e difusa como o espetáculo exterior. Todas as imagens e nomes perdiam-se no mesmo desejo de amar. É justo dizer que ela, quando regressava desses estados de consciência vagos e obscuros, tentava fugir-lhes e guiava o espírito para diverso assunto; mas sucedia-lhe como aos que têm sono e forcejam por velar: os olhos fecham-se de cada vez que espertam, e tornam a espertar para se fecharem outra vez. Afinal, deixou a vista da chuva e do nevoeiro; estava cansada, e para repousar, foi abrir as folhas do último número da *Revista dos Dois Mundos*. Um dia, no melhor dos trabalhos da comissão das Alagoas, perguntara-lhe uma das elegantes do tempo, casada com um senador.

— Está lendo o romance de Feuillet, na *Revista dos Dois Mundos*?

— Estou — acudiu Sofia —; é muito interessante.

Não estava lendo, nem conhecia a *Revista*; mas, no dia seguinte, pediu ao marido que a assinasse; leu o romance, leu os que saíram depois, e falava de todos os que lera ou ia lendo. Abertas as folhas daquele número, e acabada uma novela, Sofia recolheu-se ao quarto e atirou-se à cama. Passara mal a noite, não lhe custou pegar no sono — profundo, largo e sem sonhos —, exceto para o fim, em que teve um pesadelo. Estava diante da mesma parede de cerração daquele dia, mas no mar, à proa de uma lancha, deitada de bruços, escrevendo com o dedo na água um nome — *Carlos Maria*. E as letras ficavam gravadas e, para maior nitidez, tinham os sulcos de espuma. Até aqui nada havia que atordoasse, a não ser o mistério; mas é sabido que os mistérios dos sonhos parecem fatos naturais. Eis que a parede da cerração se rasga, e nada menos que o próprio dono do nome aparece aos olhos de Sofia, caminha para ela, toma-a nos braços e diz-lhe muitas palavras de ternura, análogas às que ela, alguns meses antes, ouvira do Rubião. E não a afligiram, como as deste; ao contrário, escutou-as com prazer, meio caída para trás, como se desmaiasse. Já não era lancha, mas carruagem, onde ela se ia com o primo, mãos presas, namorada de uma linguagem de ouro e sândalo. Também aqui não há que aterre. O terror veio quando a carruagem parou, muitos vultos mascarados a cercaram, mataram o cocheiro, arrancaram as portinholas, apunhalaram Carlos Maria e deitaram o cadáver ao chão. Depois, um deles, que parecia ser o chefe de todos, tomou o lugar do defunto, tirou a máscara e disse a Sofia que se não assustasse, que ele a amava cem mil vezes mais que o outro. Logo em seguida, pegou-lhe nos pulsos e deu-lhe um beijo,

mas um beijo úmido de sangue, cheirando a sangue. Sofia soltou um grito de horror e acordou. Tinha ao pé do leito o marido.

— Que foi? — perguntou ele.

— Ah! — respirou Sofia. — Gritei, não gritei?

Palha não respondeu nada; olhava à toa, pensava em negócios. Então um receio assaltou a mulher, se haveria efetivamente falado, murmurado alguma palavra, um nome qualquer — o mesmo que escrevera na água. E logo, espreguiçando os braços para o ar, fê-los cair sobre os ombros do marido, cruzou as pontas dos dedos na nuca, e murmurou meio alegre, meio triste:

— Sonhei que estavam matando você.

Palha ficou enternecido. Havê-la feito padecer por ele, ainda que em sonhos, encheu-o de piedade, mas de uma piedade gostosa, um sentimento particular, íntimo, profundo — que o faria desejar outros pesadelos, para que o assassinassem aos olhos dela, e para que ela gritasse angustiada, convulsa, cheia de dor e de pavor.

Capítulo CLXII

No dia seguinte, o sol apareceu claro e quente, o céu límpido, e o ar fresco. Sofia meteu-se no carro e saiu a visitas e a passeio para desforrar-se da reclusão. Já o próprio dia lhe fez bem. Vestiu-se cantarolando. O trato das senhoras que a receberam em suas casas e das que achou na rua do Ouvidor, a agitação externa, as notícias da sociedade, a boa feição de tanta gente fina e amiga, bastaram a espancar-lhe da alma os cuidados da véspera.

Capítulo CLXIII

Assim, pois, o que parecia vontade imperiosa reduzia-se a veleidade pura, e, com algumas horas de intervalo, todos os maus pensamentos se recolheram às suas alcovas. Se me perguntardes por algum remorso de Sofia, não sei que vos diga. Há uma escala de ressentimento e de reprovação. Não é só nas ações que a consciência passa gradualmente da novidade ao costume, e do terror à indiferença. Os simples pecados de pensamentos são sujeitos a essa mesma alteração, e o uso de cuidar nas coisas afeiçoa tanto a elas — que, afinal, o espírito não as estranha, nem as repele. E nesses casos há sempre um refúgio moral na isenção exterior, que é, por outros termos mais explicativos, o corpo sem mácula.

Capítulo CLXIV

Um só incidente afligiu Sofia naquele dia puro e brilhante — foi um encontro com Rubião. Tinha entrado em uma livraria da rua do Ouvidor para comprar um romance; enquanto esperava o troco, viu entrar o amigo. Rapidamente voltou o rosto e percorreu com os olhos os livros da prateleira — uns livros de anatomia e de estatística —, recebeu o dinheiro, guardou-o e, de cabeça baixa, rápida como uma flecha, saiu à rua, e enfiou para cima. O sangue só lhe sossegou quando a rua dos Ourives ficou para trás.

Dias depois, indo a entrar em casa de d. Fernanda, deu com ele no saguão. Cuidou que subisse, e dispôs-se a subir também, ainda receosa; mas Rubião descia, apertaram-se as mãos familiarmente, e despediram-se até à tarde.

— Ele vem aqui muitas vezes? — perguntou Sofia a d. Fernanda, depois de lhe contar o encontro no saguão.

— Esta é a quarta vez, quarta ou quinta; mas só da segunda vez apareceu delirando. Das outras é como viu agora, sossegado, e até conversador. Há nele sempre alguma coisa que mostra não estar completamente bem. Não reparou nos olhos um pouco vagos? É isso; no mais, conversa bem. Creia, dona Sofia; aquele homem pode sarar. Por que não faz com que seu marido tome isso a peito?

— Cristiano tem projeto de o mandar examinar e tratar; mas deixe estar, que eu o apresso.

— Pois sim. Ele parece ser muito amigo da senhora e do senhor Palha.

"Ter-lhe-á dito alguma inconveniência no delírio, a meu respeito?", pensou Sofia. "Convirá revelar-lhe a verdade?"

Concluiu que não; o próprio mal do Rubião explicaria as inconveniências. Prometeu que apressaria o marido, e nessa mesma tarde expôs o negócio ao Palha.

— É uma grande *amolação* — redarguiu este. E perguntou que interesse tinha d. Fernanda em tornar àquele negócio. Que o tratasse ela mesma! Era uma atrapalhação ter de cuidar do outro, de o acompanhar e, provavelmente, de recolher e gerir algum resto de dinheiro que ainda houvesse, fazendo-se curador, como dissera o dr. Teófilo. Um aborrecimento de todos os diabos. — Já ando com grande carga sobre mim, Sofia. E depois, como há de ser? Havemos de trazê-lo para casa? Parece que não. Metê-lo onde? Em alguma casa de saúde... Sim, mas se não puderem aceitá-lo? Não hei de mandá-lo para a Praia Vermelha... E as responsabilidades? Você prometeu que me falaria?

— Prometi, e afirmei que você faria isso — respondeu Sofia sorrindo. — Talvez não custe tanto como parece.

Sofia insistiu ainda. A compaixão de d. Fernanda tinha-a impressionado muito; achou-lhe um quê distinto e nobre, e advertiu que se a outra, sem relações estreitas nem antigas com Rubião, assim se mostrava interessada, era de bom-tom não ser menos generosa.

Capítulo CLXV

Tudo se fez sossegadamente. Palha alugou uma casinha na rua do Príncipe, cerca do mar, onde meteu o nosso Rubião, alguns trastes, e o cachorro amigo. Rubião adotou a mudança sem desgosto e, desde que lhe tornou o delírio, com entusiasmo. Estava nos seus paços de St. Cloud.

Não sucedeu assim aos amigos da casa, que receberam a notícia da mudança como um decreto de exílio. Tudo na antiga habitação fazia parte deles: o jardim, a grade, os canteiros, os degraus de pedra, a enseada. Traziam tudo de cor. Era entrar, pendurar o chapéu, e ir esperar na sala. Tinham perdido a noção da casa alheia e do obséquio recebido. Depois, a vizinhança. Cada um daqueles amigos do Rubião estava afeito a ver as pessoas do lugar, as caras da manhã e as da tarde, alguns chegavam a cumprimentá-los, como aos seus próprios vizinhos. Paciência! iriam agora para Babilônia, como os desterrados de Sião. Onde quer que estivesse o Eufrates, achariam salgueiros em que pendurassem as harpas saudosas — ou, propriamente, cabides em que pusessem os chapéus. A diferença entre eles e os profetas é que, ao cabo de uma semana, pegariam outra vez dos instrumentos e os tangeriam com a mesma graça e força; cantariam os velhos hinos, tão novos como no primeiro dia, e Babel acabaria por ser a mesma Sião, perdida e resgatada.

— O nosso amigo precisa de repouso por algum tempo — disse-lhes o Palha, em Botafogo, na véspera da mudança. — Hão de ter reparado que não anda bom; tem suas horas de esquecimento, de transtorno, de confusão; vai tratar-se, por enquanto é preciso que descanse. Arranjei-lhe uma casa pequena, mas pode ser que, ainda assim, passe para um estabelecimento de saúde.

Ouviram atônitos. Um deles, o Pio, voltando a si mais depressa que os outros, respondeu que há mais tempo se devia ter feito aquilo; mas, para fazê-lo, era preciso ter influência decisiva no ânimo de Rubião.

— Muitas vezes lhe disse, por boas maneiras, que era indispensável consultar um médico, por me parecer que tinha alguma coisa no estômago... Era um modo de desviar o sentido, compreende? Mas ele respondia sempre que não tinha nada, digeria bem... "Mas come menos", dizia-lhe eu; "há dias em que não come quase nada; está mais magro, um pouco amarelo..." Compreende que não podia dizer-lhe a verdade. Cheguei a consultar um médico, meu amigo; mas o nosso bom Rubião não o quis receber.

Os outros quatro iam confirmando de cabeça toda aquela invenção; era o mais que se lhes podia pedir e tudo o que lhes consentia o atordoamento do golpe. Acabaram perguntando o número da nova casa, para irem saber dele. Pobre amigo! Quando se arrancaram dali, e se despediram uns dos outros, deu-se um fenômeno com que não contavam; é que eles mesmos mal podiam separar-se. Não que os ligasse amizade nem estima; o próprio interesse os fazia antipáticos. Mas o costume de se verem todos os dias, ao almoço e ao jantar, à mesma mesa, como que os tinha fundido uns nos outros; a necessidade os fez suportáveis, o tempo os tornou mutuamente precisos. Em resumo, eram os olhos de cada um que iam padecer com a ausência das caras de uso, do gesto, das suíças, dos bigodes, da calva, dos sestros particulares, do modo de comer, de falar e de estar dos companheiros. Era mais que separação, era desarticulação.

Capítulo CLXVI

Rubião notou que eles não o acompanharam à casa nova, e mandou-os chamar; nenhum veio, e a ausência encheu de tristeza o nosso amigo — durante as primeiras semanas. Era a família que o abandonava. Rubião procurou recordar se lhes fizera algum mal, por obra ou por palavra, e não achou nada.

Capítulo CLXVII

— Conversei com o homem; achei-lhe ideias delirantes. Conquanto não seja alienista, acho que pode ficar bom... Mas quer saber uma descoberta interessante?

— Crê que fique bom? — disse d. Fernanda, sem atender à pergunta do dr. Falcão.

Era deputado, o dr. Falcão, deputado e médico, amigo da casa, varão sabedor, cético e frio. D. Fernanda tinha-lhe pedido o favor de examinar o Rubião, pouco depois que este se transportou para a casa da rua do Príncipe.

— Sim, creio que fique bom, desde que seja regularmente tratado. Pode ser que a doença não tenha antecedentes na família. Mande ver um especialista. Mas não quer saber a minha interessante descoberta?

— Qual é?

— Talvez tenha parte na moléstia uma pessoa sua conhecida — respondeu ele sorrindo.

— Quem?

— Dona Sofia.

— Como assim?

— Ele falou-me dela com entusiasmo, disse-me que era a mais esplêndida mulher do mundo, e que a nomeara duquesa, por não poder nomeá-la imperatriz; mas que não brincassem com ele, que era capaz de fazer como o tio, divorciar-se e casar com ela. Concluí que terá tido paixão pela moça; e depois a intimidade, Sofia para aqui, Sofia para ali... Desculpe-me, mas eu creio que os dois se amaram...

— Oh! Não!

— Dona Fernanda, creio que se amaram. Que admira? Eu mal a conheço; a senhora parece que não a conhece há muito tempo, nem viveu na intimidade dela. Pode ser que se tivessem amado, e que alguma paixão violenta... Suponhamos que ela o mandasse pôr fora de casa... É verdade que tem a mania das grandezas; mas tudo se pode juntar...

D. Fernanda não olhava para ele, vexada de lhe ouvir aquela suposição; evitava discuti-la pelo melindre do assunto. Achava a suspeita sem fundamento, absurda, inverossímil; não chegaria a crer naquele amor espúrio, ainda que o ouvisse ao próprio Rubião. Um desvairado, em suma. Quando o não fosse, é ainda provável que lhe não desse fé. Sim, não lhe daria fé. Não podia crer que Sofia houvesse amado

aquele homem, não por ele, mas por ela, tão correta e pura. Era impossível. Quis defendê-la; mas, apesar da intimidade do dr. Falcão, recuou segunda vez do assunto, e repetiu a pergunta de há pouco:

— Parece-lhe então que ele pode ficar bom?

— Pode, mas não basta o meu exame. A senhora sabe que, nessas coisas, é melhor um especialista.

Pouco depois, saindo à rua, Falcão sorria da resistência de d. Fernanda em aceitar a sua hipótese. "Com certeza, houve alguma coisa", dizia ele consigo; "boa cara, e, se não é um petimetre, é apessoado, e tem fogo nos olhos. Com certeza..." E repetia algumas frases de Rubião, evocava o gesto e a modulação terna da voz, e cada vez mais se lhe ia agravando a suspeita. "Com certeza..." Era já impossível que se não tivessem amado; a oposição de d. Fernanda parecia-lhe ingênua — se não era antes um recurso para desconversar e não tocar na matéria. Havia de ser isso...

Neste ponto, sem querer, o deputado estacou. Uma suspeita nova assaltara-lhe o espírito. Após alguns instantes rápidos, abanou a cabeça voluntariamente, como a desmentir-se, como a achar-se absurdo, e foi andando. Mas a suspeita era teimosa, e a que ocupa deveras o interior do homem não faz caso da cabeça nem dos seus gestos. "Quem sabe se dona Fernanda não suspirou também por ele? Essa dedicação não seria um prolongamento de amor etc.?" E assim foram nascendo perguntas, que achavam no íntimo do dr. Falcão resposta afirmativa. Resistiu ainda, era amigo da casa, tinha respeito a d. Fernanda, conhecia-a honesta; mas — ia pensando — bem podia ser que um sentimento oculto, recatado — quem sabe até se provocado pela mesma paixão da outra...? Há dessas tentações. O contágio da lepra corrompe o mais puro sangue; um triste bacilo destrói o mais robusto organismo.

Pouco a pouco, as veleidades de resistência foram cedendo à noção da possibilidade, da probabilidade e da certeza. Em verdade, tinha notícia de algumas obras de caridade de d. Fernanda; mas aquele caso era novo. Essa dedicação especial a um homem que não era familiar da casa, nem velho amigo, nem parente, aderente, colega do marido, qualquer coisa que o fizesse partícipe da vida doméstica, pelas relações, pelo sangue ou pelo costume, não era explicável sem algum motivo secreto. Amor, seguramente; curiosidade de mulher honesta, que pode descambar no vício e no remorso. Aquela teria recuado a tempo; fitou-lhe a simpatia mórbida... E daí, quem sabe?

Capítulo CLXVIII

E daí, quem sabe?, repetiu o dr. Falcão na manhã seguinte. A noite não apagara a desconfiança do homem. E daí, quem sabe? Sim, não seria só simpatia mórbida. Sem conhecer Shakespeare, ele emendou Hamlet: "Há entre o céu e a terra, Horácio, muitas coisas mais do que sonha a vossa vã *filantropia*". Ali andou dedo de amor. E não chasqueava nem lastimava nada. Já disse que era cético; mas, como era também discreto, não transmitiu a ninguém a sua conclusão.

Capítulo CLXIX

A volta de Carlos Maria e da mulher interrompeu as preocupações de d. Fernanda relativamente a Rubião. Esta foi a bordo recebê-los, conduziu-os à Tijuca, onde um velho amigo da família de Carlos Maria alugara e trastejara uma casa, por ordem dele. Sofia não foi a bordo; mandou o cupê esperá-los no cais Pharoux, mas d. Fernanda já ali tinha uma caleça, que os levou, e mais a ela e ao Palha. De tarde, Sofia foi visitar os recém-chegados.

D. Fernanda não cabia em si de contente. As cartas de Maria Benedita os davam por felizes; ela não pôde ler desde logo nos olhos e nas maneiras do casal a confirmação do escrito. Pareciam satisfeitos. Maria Benedita não reteve as lágrimas quando abraçou a amiga, nem esta as suas, e ambas se apertaram como duas irmãs de sangue. No dia seguinte, d. Fernanda perguntou a Maria Benedita se ela e o marido eram felizes e, sabendo que sim, pegou-lhe nas mãos e fitou-a longamente sem achar palavra. Não logrou mais que repetir a pergunta:

— Vocês são felizes?

— Somos — respondia Maria Benedita.

— Não sabe que bem me faz a sua resposta. Não é só porque eu teria remorsos, se vocês não tivessem a felicidade que eu imaginei dar-lhes, mas também porque é bem bom ver os outros felizes. Ele gosta de você como no primeiro dia?

— Creio que mais, porque eu o adoro.

D. Fernanda não entendeu essa palavra. *Creio que mais, porque eu o adoro!* Em verdade, a conclusão não parecia estar nas premissas; mas era o caso de emendar outra vez Hamlet: "Há entre o céu e a terra, Horácio, muitas coisas mais do que sonha a vossa vã *dialética*". Maria Benedita começou a contar-lhe a viagem, a desfiar as suas impressões e reminiscências; e, como o marido viesse ter com elas, pouco depois, recorria à memória dele para preencher as lacunas.

— Como foi, Carlos Maria?

Carlos Maria lembrava, explicava, ou retificava, mas sem interesse, quase impaciente. Adivinhara que Maria Benedita acabava de confiar à outra as suas venturas, e mal podia encobrir o efeito desagradável que isso lhe trazia. Para que dizer que era feliz com ele, se não podia ser outra coisa? E por que divulgar os seus carinhos e palavras, as suas misericórdias de deus grande e amigo?

A volta ao Rio de Janeiro foi uma condescendência sua. Maria Benedita queria ter aqui o filho; o marido cedeu — a custo, mas cedeu. A custo, por quê? É difícil explicá-lo, não menos que entendê-lo. Relativamente à maternidade, Carlos Maria tinha ideias pessoais e singulares, recônditas, não confiadas a ninguém. Achava impudica a natureza em fazer da gestação humana um fenômeno público, franco às vistas, crescente até ao aleijão, sugestivo até ao desrespeito. Daí vinha o desejo da solidão, do mistério e da ausência. Viveria de boa mente os últimos tempos no interior de uma casa única, posta no alto de um morro, vedada ao mundo, donde a mulher baixasse um dia com o filho nos braços e a divindade nos olhos.

Não fez sobre isso nenhuma proposta à mulher. Teria de discutir, e ele não

gostava de discutir; preferia ceder. Maria Benedita tinha naturalmente o sentimento contrário: considerava-se a si mesma um templo divino e recatado, em que vivia um deus, filho de outro deus. A gestação ia cheia de tédios, de dores, de incômodos que ela ocultava o mais que podia ao marido; mas tudo isso dava maior preço à criaturinha futura. Acolhia o mal com resignação — se não é que o agasalhava com alegria — uma vez que era a condição da vinda do fruto. Fazia cordialmente o ofício da espécie. E repetia sem palavras a resposta de Maria de Nazaré: "Eu sou a serva do Senhor: faça-se em mim a sua vontade".

Capítulo CLXX

— Você que tem? — perguntou Maria Benedita ao marido, logo que ficaram sós.
— Eu? Nada. Por quê?
— Parecia estar aborrecido.
— Não, não estava aborrecido.
— Estava, sim — insistiu ela.

Carlos Maria sorriu, sem responder. Maria Benedita já lhe conhecia esse sorriso especial, inexpressivo, sem ternura nem censura, superficial e pálido. Não teimou em querer saber, mordeu os beiços e retirou-se.

No quarto, durante algum tempo, não cuidou de outra coisa que não fosse aquele sorriso descorado e mudo, sinal de algum aborrecimento, cuja culpa não podia ser senão ela. E percorria toda a conversação, todos os gestos que fizera, e não achava nada que explicasse a frieza, ou o que quer que era de Carlos Maria. Talvez ela se mostrasse excessiva nas palavras; era seu costume, se estava contente, pôr o coração nas mãos e distribuí-lo a amigos e a estranhos. Carlos Maria reprovava essa generosidade, porque dava um ar de sorte grande ao seu estado moral e doméstico, e porque lhe parecia banal e inferior. Maria Benedita recordava-se que, em Paris, na colônia brasileira, sentira mais de uma vez esse efeito de suas expansões, e reprimira-se. Mas d. Fernanda estaria no mesmo caso? Não era a autora da felicidade de ambos? Rejeitou essa hipótese, e tratou de ver outra. Não a achando — voltou à primeira, e, segundo lhe sucedia sempre, deu razão ao marido. Em verdade, por mais íntima e grata que fosse, não devia contar à boa amiga as minúcias da vida; era leviandade sua...

Náuseas vieram interrompê-la neste ponto das reflexões. A natureza lembrava-lhe uma razão de Estado — a razão da espécie — mais instante e superior aos tédios do marido. Ela cedeu à necessidade; mas, poucos minutos depois, estava ao pé de Carlos Maria, contornando-lhe o pescoço com o braço direito. Ele, sentado, lia uma revista inglesa; pegou-lhe na mão, pendente sobre o peito, e acabou a página.

— Você me perdoa? — perguntou a mulher, quando o viu fechar o folheto. — Daqui em diante vou ser menos tagarela.

Carlos Maria pegou-lhe nas duas mãos, sorrindo, e respondeu com a cabeça que sim. Foi como se lançasse uma onda de luz sobre ela; a alegria penetrou-lhe a alma. Dir-se-ia que o próprio feto repercutiu a sensação e abençoou o pai.

Capítulo CLXXI

— Perfeitamente! Assim é que eu os quero ver! — bradou uma voz do lado da varanda.

Maria Benedita afastou-se rapidamente do marido. A varanda, que comunicava para a sala por três portas, tinha uma destas aberta. Dali viera a voz; dali espiava e ria a cabeça de Rubião. Era a primeira vez que o viam. Carlos Maria, sem se levantar, olhava para ele, sério, esperando. E a cabeça ria, com os seus fartos bigodes de ponta de agulha, mirando um e outro, e repetindo:

— Perfeitamente! Assim é que eu os quero ver!

Rubião entrou, estendeu-lhes a mão, que eles receberam sem carinho, disse muitas frases de admiração e louvor a Maria Benedita, ela tão galante, ele tão galhardo; notou que ambos tivessem o nome de Maria, espécie de predestinação, e acabou noticiando a queda do ministério.

— Caiu o ministério? — perguntou involuntariamente Carlos Maria.

— Não se fala em outra coisa na cidade. Vou abancar-me, sem pedir licença, já que não me oferecem cadeira — continuou ele, sentando-se, tirando a bengala que trazia debaixo do braço e firmando as mãos sobre ela. — Pois é verdade, o ministério pediu demissão. Vou organizar outro. Há de entrar o Palha, o nosso Palha, seu primo Palha, e o senhor também, se lhe dá gosto, será ministro. Preciso de um bom gabinete, todo gente amiga e forte, capaz de dar a vida por mim. Hei de chamar o Morny, o Pio, o Camacho, o Rouher, o major Siqueira. A senhora lembra-se do major? Creio que fica com a guerra; não conheço homem mais apto para os negócios militares.

Maria Benedita, aborrecida e impaciente, andava pela sala, à espera que o marido mandasse alguma coisa; este disse-lhe com os olhos que se fosse embora; ela não aguardou outro gesto, pediu licença ao hóspede e retirou-se. Rubião, depois que ela saiu, elogiou-a novamente — uma flor, disse ele; e emendou-se rindo: — Duas flores, creio que há ali duas flores. Nosso Senhor as abençoe! Carlos Maria estendeu-lhe a mão em ar de despedida.

— Meu caro senhor...

— Posso incluí-lo no ministério? — perguntou Rubião.

Não ouvindo resposta, entendeu que sim, e prometeu-lhe uma boa pasta. O major iria para a guerra, e o Camacho para a justiça. Não os conhecia acaso? "Dois grandes homens, Camacho ainda maior que o outro". E obedecendo a Carlos Maria, que ia andando na direção da porta, Rubião retirava-se sem sentir; mas não foi tão pronto. Na varanda, antes de descer os degraus, referiu vários fatos da guerra. Por exemplo, tinha restituído a Alemanha aos alemães; era bonito e político. Já havia dado Veneza aos italianos. Não precisava mais território; as províncias do Reno, sim, mas havia tempo de as ir buscar.

— Meu caro senhor... — insistiu Carlos Maria estendendo-lhe a mão.

Despediu-o e fechou a porta; Rubião proferiu ainda algumas palavras e desceu os degraus. Maria Benedita, que os espreitava do fundo, veio ter com o marido, reteve-o pela mão, e ficou a ver o Rubião que atravessava o jardim. Não ia direito, nem apressado, nem calado; detinha-se, gesticulava, apanhava um galho seco, vendo mil coisas no ar, mais galantes que a dona da casa, mais galhardas que o dono.

Da vidraça miravam o nosso amigo, e, em certo lance grotesco, Maria Benedita não pôde suster o riso; Carlos Maria, porém, olhava plácido.

Capítulo CLXXII

— Mas se a queda do ministério é verdadeira — disse ela —, sabe você quem está ministro?
— Quem? — perguntou Carlos Maria com os olhos.
— Seu primo Teófilo. Nanã contou-me que ele andava com suas esperanças, e foi por isso que ficou este ano na Corte. Desconfiou, ou já se falava na saída do ministério; talvez desconfiasse. Não me lembra bem o que ela me disse; mas parece que entra.
— Pode ser.
— Olha, lá vai Rubião; parou, está olhando para cima, espera talvez a diligência ou o carro. Ele tinha carro. Lá vai andando...

Capítulo CLXXIII

— Com que então, o Teófilo está ministro! — exclamou Carlos Maria.
E, depois de um instante:
— Creio que dará um bom ministro. Você queria ver-me também ministro?
— Se você gostasse, que remédio?
— De maneira que, por teu voto, não o era? — perguntou Carlos Maria.
"Que hei de responder?", pensou ela, escrutando o rosto do marido.
Ele, rindo:
— Confessa que me adorarias, ainda que eu fosse uma simples ordenança de ministro.
— Justamente! — exclamou a moça, lançando-lhe os braços aos ombros.
Carlos Maria afagou-lhe os cabelos, e murmurou sério: — Bernadotte foi rei, e Bonaparte imperador. Você queria ser a rainha-mãe da Suécia?
Maria Benedita não entendeu a pergunta nem ele a explicou. Para explicá-la seria mister dizer que possivelmente trazia ela no seio um Bernadotte; mas essa suposição significava um desejo, e o desejo uma confissão de inferioridade. Carlos Maria espalmou outra vez as mãos sobre a cabeça da mulher, com um gesto que parecia dizer: "Maria, tu escolheste a melhor parte..." E ela pareceu entender o sentido daquele gesto.
— Sim! sim!
O marido sorriu e tornou à revista inglesa. Ela, encostada à poltrona, passava-lhe os dedos pelos cabelos, muito ao de leve e caladinha para não perturbá-lo. Ele

ia lendo, lendo, lendo. Maria Benedita foi atenuando a carícia, retirando os dedos aos poucos, até que saiu da sala, onde Carlos Maria continuou a ler um estudo de Sir Charles Little, M.P., sobre a famosa estatueta de Narciso, do Museu de Nápoles.

Capítulo CLXXIV

Quando Rubião foi à casa de d. Fernanda, à tardinha, ouviu do criado que não podia subir. A senhora estava incomodada; o senhor estava com ela; parece que esperavam o médico. O nosso amigo não teimou, e retirou-se.

Era o contrário; era o senhor que estava doente, e a senhora que o acompanhava; mas o criado não podia trocar o recado que lhe deram. Outro criado desconfiou, é certo, que o doente fosse ele e não ela, porque o vira entrar abatido. Em cima, no quarto deles, havia algum rumor de vozes, ora alto, ora baixo, com intervalos de silêncio. Uma criadinha, que subira pé ante pé, desceu dizendo que ouvira lastimar-se o amo; provavelmente a senhora estava perdida. Embaixo, um palavrear surdo, ouvidos compridos, conjeturas; notavam que de cima não pedissem água, qualquer remédio, um caldo, ao menos. A mesa posta, o criado engravatado, o cozinheiro orgulhoso e ansioso... Justamente, um dos melhores jantares!

Que era? Teófilo tinha ainda o gesto abatido com que entrou; estava sentado em um canapé, sem colete, olhos fixos. Ao pé dele, sentada também, segurando-lhe uma das mãos, d. Fernanda pedia-lhe que sossegasse, que não valia a pena. E inclinava-se para ver-lhe o rosto, chamava-o para si, queria que ele encostasse a cabeça ao ombro dela.

— Deixa, deixa — murmurava o marido.

— Não vale a pena, Teófilo! Pois agora um ministério...? Valerá tanto um cargo de pouco tempo, cheio de desgostos, insultos, trabalhos, para quê? Não é melhor a vida tranquila? Vá que haja injustiça; creio que sim, você tem serviços; mas será tamanha perda assim? Anda, querido, sossega; vamos jantar.

Teófilo mordia os beiços, puxando uma das suíças. Não ouvira nada do que a mulher dissera, nem exortações nem consolações. Ouvira as conversas da noite anterior e daquela manhã, as combinações políticas, os nomes lembrados, os recusados e os aceitos. Nenhuma combinação o incluiu, posto que ele falasse com muita gente acerca do verdadeiro aspecto da situação. Era ouvido com atenção por uns, com impaciência por outros. Uma vez, os óculos do organizador pareceram interrogá-lo; mas foi rápido o gesto e ilusório. Teófilo recompunha agora a agitação de tantas horas e lugares — lembrava os que o olhavam de esguelha, os que sorriam, os que traziam a mesma cara que ele. Para o fim já não falava; as últimas esperanças estalavam-lhe nos olhos como lamparina de madrugada. Ouvira os nomes dos ministros, fora obrigado a achá-los bons; mas que força não lhe era precisa para articular alguma palavra! Receava que lhe descobrissem o abatimento ou despeito, e todos os seus esforços concluíam por acentuá-los ainda mais. Empalidecia, tremiam-lhe os dedos.

Capítulo CLXXV

— Anda, vamos jantar —, repetiu d. Fernanda.

Teófilo deu um golpe no joelho com a mão aberta, e levantou-se, dizendo palavras soltas e raivosas, andando de um lado para outro, batendo o pé, ameaçando. D. Fernanda não pôde vencer a violência daquele novo acesso, esperou que fosse curto, e foi curto; Teófilo chegou-se a uma poltrona, sacudiu a cabeça e caiu outra vez prostrado. D. Fernanda pegou de uma cadeira e sentou-se ao pé dele.

— Tens razão, Teófilo; mas é preciso ser homem. És moço e forte, tens ainda futuro, e talvez grande futuro. Quem sabe se, entrando agora no ministério, não perderias mais tarde? Entrarás em outro. Às vezes, o que parece desgraça é felicidade.

Teófilo apertou-lhe a mão agradecido.

— É perfídia, é intriga — murmurava ele, olhando para ela —; eu conheço toda essa canalha. Se eu contasse a você tudo, tudo... Mas para quê? Prefiro esquecer... Não é por causa de uma miserável pasta que estou aborrecido — continuou ele depois de alguns instantes. — Pastas não valem nada. Quem sabe trabalhar e tem talento pode zombar das pastas, e mostrar que é superior a elas. A maior parte dessa gente, Nanã, não me chega aos calcanhares. Disso estou certo e eles também. Súcia de intrigantes! Onde acharão mais sinceridade, mais fidelidade, mais ardor para a luta? Quem trabalhou mais na imprensa, no tempo do ostracismo? Desculpam-se; dizem que os gabinetes já vêm organizados de São Cristóvão... Ah! eu quisera falar ao Imperador!

— Teófilo!

— Eu diria ao Imperador: "Senhor, Vossa Majestade não sabe o que é essa política de corredores, esses arranjos de camarilha. Vossa Majestade quer que os melhores trabalhem nos seus conselhos, mas os medíocres é que se arranjam... O merecimento fica para o lado". É o que lhe hei de dizer um dia; pode ser até que amanhã...

Calou-se. Depois de longa pausa, ergueu-se e foi ao gabinete de trabalho, que ficava ao pé do quarto; a mulher acompanhou-o. Era já escuro, acendeu o bico de gás, e circulou pelo gabinete os olhos velados de melancolia. Havia ali quatro largas estantes cheias de livros, de relatórios, de orçamentos, de balanços do Tesouro. A secretária estava em ordem. Três armários altos, sem portas, guardavam os manuscritos, notas, lembranças, cálculos, apontamentos, tudo empilhado e rotulado metodicamente: — *créditos extraordinários*, — *créditos suplementares*, — *créditos de guerra*, — *créditos de marinha*, — *empréstimos de 1868*, — *estradas de ferro*, — *dívida interna*, — *exercício de 61—62, de 62—63, de 63—64* etc. Era ali que trabalhava de manhã e de noite, somando, calculando, recolhendo os elementos dos seus discursos e pareceres, porque era membro de três comissões parlamentares, e trabalhava geralmente por si e pelos seis colegas: estes ouviam e assinavam. Um deles, quando os pareceres eram extensos, assinava-os sem ouvir.

— Homem, você é mestre e basta — dizia-lhe —, dê cá a pena.

Tudo ali respirava atenção, cuidado, trabalho assíduo, meticuloso e útil. Da parede, em ganchos, pendiam os jornais da semana, que eram depois tirados, guardados e finalmente encadernados semestralmente, para consultas. Os discursos do

deputado, impressos e brochados in-quarto, enfileiravam-se em uma estante. Nenhum quadro ou busto, adereço, nada para recrear, nada para admirar; tudo seco, exato, administrativo.

— De que vale tudo isto? — perguntou Teófilo à mulher, após alguns instantes de contemplação triste. — Horas cansadas, longas horas da noite, até madrugada, às vezes... Não se dirá que este gabinete é de homem vadio; aqui trabalha-se. Você é testemunha que eu trabalho. Tudo para quê?

— Consola-te trabalhando — murmurou ela.

Ele, acerbo:

— Ruim consolação! Não, não, acabo com isto, passo a ignorar tudo. Olha, na Câmara, todos me consultam, até os ministros — porque sabem que eu aplico-me deveras às coisas da administração. Que prêmio? Vir para cá, em maio, aplaudir os novos senhores?

— Pois não aplaudas nada — disse-lhe mansamente a mulher. — Queres fazer-me um obséquio? Vamos à Europa, em março ou abril, e voltemos daqui a um ano. Pede licença à Câmara, donde quer que estejamos — de Varsóvia, por exemplo; tenho muita vontade de ir a Varsóvia — continuou sorrindo e fechando-lhe graciosamente a cara entre as mãos. — Diga que sim; responda, que é para eu escrever hoje mesmo para o Rio Grande, o vapor sai amanhã. Está dito; vamos a Varsóvia?

— Não brinques, Nanã, que isto não é objeto de brincadeira.

— Falo seriamente. Já há muito tempo que ando para propor a você uma viagem, a ver se descansa desta papelada infernal. É demais, Teófilo! Você mal se pode arranjar para uma visita. Passeio, é raro. Quase não conversa. Os nossos filhos apenas veem seu pai, porque aqui não se entra quando você trabalha... É preciso descansar; peço-lhe um ano de repouso. Olhe que é sério. Vamos para à Europa em março.

— Não pode ser — balbuciou ele.

— Por que não?

Não podia ser. Era convidá-lo a sair da própria pele. Política valia tudo. Que também houvesse política lá fora, sim; mas que tinha ele com ela? Teófilo não sabia nada do que ia por fora, exceto a nossa dívida em Londres, e meia dúzia de economistas. Contudo, agradeceu à mulher a intenção da proposta:

— Tu és boa.

E um sentimento vago de esperança restituía à voz do deputado a brandura que perdera naquela grande crise moral. Os papéis sopravam-lhe ânimo. Toda aquela massa de estudos aparecia-lhe como a terra adubada e semeada aos olhos do lavrador. Não tardaria a grelar; o trabalho teria a recompensa; um dia, mais tarde ou mais cedo, o grelo brotaria e a árvore daria frutos. Era justamente o que a mulher havia dito por outras palavras diretas e próprias; mas só agora é que ele via a possibilidade da colheita. Lembrou-se das explosões de cólera, de indignação, de desespero, das queixas de há pouco, ficou vexado. Quis rir, fê-lo mal. Ao jantar e ao café entreteve-se com os filhos, que naquela noite recolheram-se mais tarde. Nuno, que já andava no colégio, onde ouvira falar da mudança de gabinete, disse ao pai que queria ser ministro. Teófilo ficou sério.

— Meu filho — disse ele —, escolhe outra coisa, menos ministro.

— Diz que é bonito, papai; diz que anda de carro com soldado atrás.

— Pois eu te dou um carro.

— Papai já foi ministro?

Teófilo tentou sorrir e olhou para a mulher, que aproveitou a ocasião para mandar deitar os filhos.

— Já, já fui ministro — respondeu o pai beijando a testa ao Nuno —; mas não quero mais, é muito feio, dá trabalho. Tu hás de ser capelão.

— Que é capelão?

— Capelão é cama — respondeu d. Fernanda —; vai dormir, Nuno.

Capítulo CLXXVI

Ao almoço, no dia seguinte, Teófilo recebeu uma carta por uma ordenança.

— Ordenança?

— Sim, senhor, diz que vem da parte do senhor presidente do conselho.

Teófilo abriu a carta, com a mão trêmula. Que podia ser? Tinha lido nos jornais a relação dos novos ministros; o gabinete estava completo. Não havia divergência de nomes. Que podia ser? D. Fernanda, defronte do marido, procurava ler-lhe no rosto o texto da carta. Via uma claridade; percebeu que a boca sofreava um sorriso de satisfação — de esperança, ao menos.

— Diga que espere — ordenou Teófilo ao criado.

Foi ao gabinete, e tornou minutos depois com a resposta. Sentou-se à mesa, calado, dando tempo a que o criado entregasse a carta à ordenança. Desta vez, como estava prevenido, ouviu as patas do cavalo, e logo depois a galope, rua fora e sentiu-se bem.

— Lê — disse ele.

D. Fernanda leu a carta do presidente do conselho; era um pedido para ir falar-lhe às duas horas da tarde.

— Mas então o ministério...?

— Está completo — deu-se pressa em dizer o deputado —; os ministros estão nomeados.

Não acreditava de todo o que dizia. Imaginava alguma vaga da última hora, e a necessidade urgente de a preencher.

— Há de ser alguma conferência política, ou talvez queira conversar sobre o orçamento — ou incumbir-me algum estudo.

Dizendo isto para iludir a mulher, sentiu a probabilidade das hipóteses, e outra vez se abateu; mas, três minutos depois, as borboletas da esperança volteavam diante dele, não duas, nem quatro, mas um turbilhão, que cegava o ar.

Capítulo CLXXVII

D. Fernanda esperou, cheia de ânsias, como se o ministério fosse para ela, e lhe viesse dar qualquer gosto, que não fosse amargo e complicado. Uma vez, porém, que satisfizesse o marido, tudo iria pelo melhor. Teófilo tornou às cinco horas e meia. Pelo aspecto reconheceu que vinha satisfeito. Correu a apertar-lhe as mãos.

— Que há?

— Pobre Nanã! Aí vamos com a trouxa às costas. O marquês pediu-me instantemente que aceitasse uma presidência de primeira ordem. Não podendo meter-me no gabinete, onde tinha lugar marcado, desejava, queria e pedia que eu partilhasse a responsabilidade política e administrativa do governo, assumindo uma presidência. Não podia, em nenhum caso, dispensar o meu prestígio (são palavras dele), e espera que na Câmara assuma o lugar de chefe de maioria. Que dizes?

— Que arranjemos a trouxa — respondeu d. Fernanda.

— Achas que podia recusar?

— Não.

— Não podia. Você sabe, não se podem negar serviços desses a um governo amigo; ou então deixa-se a política. Tratou-me muito bem, o marquês; eu já sabia que era homem superior; mas que risonho e afável! não imaginas. Quer também que compareça a uma reunião, os ministros e alguns amigos, poucos, meia dúzia. Confiou-me já o programa do gabinete, em reserva...

— Quando saímos?

— Não sei; hei de estar com ele amanhã, à noite. A reunião é amanhã às oito horas... Mas não te parece que fiz bem, aceitando?

— Decerto.

— Sim; se recusasse censurar-me-iam, e com razão. Em política, a primeira coisa que se perde é a liberdade. Agora você é que se quisesse, podia ficar; daqui a cinco meses — ou quatro — abrem-se as câmaras; mal terei tempo de chegar e olhar.

Capítulo CLXXVIII

D. Fernanda anuiu à proposta; não interrompia a educação do filho; era uma separação de quatro meses. Teófilo partiu daí a dias. Na manhã do dia do embarque, logo cedo, foi despedir-se do gabinete de trabalho. Deitou os últimos olhos aos livros, relatórios, orçamentos, manuscritos, a toda essa parte da família, que só tinha língua e interesse para ele. Havia atado os papéis e os folhetos para que se não extraviassem, e fez à mulher grandes recomendações. Parado no centro, circulou a vista pelas estantes, e dispersou a alma por todas elas. Despedia-se assim dos seus santos e amigos, com verdadeiras saudades. D. Fernanda, que estava ao pé dele, não viveu ali mais que os dez minutos da despedida. Teófilo viveu muitos anos.

— Deixa estar, eu cuidarei deles, eu mesma os espanarei todos os dias.

Teófilo deu-lhe um beijo... Outra mulher recebê-lo-ia triste, por ver que ele amava tanto os livros que parecia amá-los mais que a ela. Mas d. Fernanda sentiu-se venturosa.

Capítulo CLXXIX

Rubião, desde o dia da crise ministerial, não tornou à casa de d. Fernanda; nada soube, nem da presidência, nem do embarque de Teófilo. Vivia entre o cão e um criado, sem grandes crises, nem longos repousos. O criado fazia o serviço irregularmente, comia gratificações, e recebia, amiúde, o título de marquês. Ao demais, divertia-se. Quando lhe dava ao amo para conversar com as paredes, o criado corria a espiá-lo; assistia ao diálogo, porque o Rubião incumbia-se das palavras delas, respondendo como se houvessem feito alguma pergunta. De noite, ia à palestra com os amigos da vizinhança.

— Como vai o gira?

— O gira vai bem. Hoje convidou o cachorro para cantar; o cachorro ladrou muito, e ele gostou que se pelou, mas assim um gosto de figurão. Ele, quando está de pancada, parece que é como quem governa o mundo. Ainda ontem, almoçando, disse para mim: "Marquês Raimundo... quero que tu..." e embrulhou o resto, que não entendi nada. No fim deu-me dez tostões.

— Você guardou logo...

— Ora!

Quando Rubião voltava do delírio, toda aquela fantasmagoria palavrosa tornava-se, por instantes, uma tristeza calada. A consciência, onde ficavam rastros do estado anterior, forcejava por despegá-los de si. Era como a ascensão dolorosa que um homem fizesse do abismo, trepando pelas paredes, arrancando a pele, deixando as unhas, para chegar acima, para não tombar outra vez e perder-se. Ia então à visita dos amigos, uns novos, outros velhos, como a gente do major e a do Camacho, por exemplo.

Este, desde algum tempo, era menos conversado. A mesma política não lhe dava matéria aos discursos de outrora. No escritório, quando via Rubião assomar à porta, fazia um gesto de impaciência, que sofreava logo; o outro notava essa mudança, e perdia-se em conjeturas, se lhe escapara alguma ofensa, por descuido — ou se começava a aborrecê-lo. E para desfazer o tédio ou o ressentimento, falava macio, risonho, abrindo longas pausas respeitosas, à espera que ele dissesse qualquer coisa. Em vão apelava para o marquês de Paraná, cujo retrato continuava a pender da parede; repetia os nomes que lhe ouvira — o grande marquês! o estadista consumado! Camacho ia apoiando de cabeça, e escrevendo sem parar, consultando os autos e os praxistas, Lobão, Coelho da Rocha, citando, riscando, pedindo-lhe desculpa. Tinha um libelo que dar naquele dia. Interrompia-se para ir à estante.

— Com licença...

Rubião arredava as pernas para deixá-lo passar; ele tirava um volume das Or-

denações do Reino, e folheava, folheava, pulando adiante, voltando atrás, à toa, sem buscar nada, unicamente para o fim de despedir o importuno; mas o importuno ia ficando, por isso mesmo, e entreolhavam-se disfarçados. Camacho tornava ao libelo. Para ler, sentado, inclinava-se muito à esquerda, donde lhe vinha a luz, dando as costas ao Rubião.

— Aqui é escuro — aventurou Rubião um dia.

E não ouviu resposta, tão atento parecia o advogado na leitura dos autos. "Realmente, pode ser importunação", pensou o nosso amigo. Espreitava-lhe o rosto duro e sério, o gesto com que pegava da pena para continuar o interminável libelo. Vinte minutos mais de silêncio absoluto. No fim desse prazo, Rubião viu-o deixar a pena, retesar o busto, esticar os braços e passar as mãos pelos olhos. Disse-lhe com interesse:

— Cansado, não?

Camacho fez um gesto afirmativo, e preparou-se para continuar; então o nosso homem levantou-se e aproveitou o intervalo para dizer adeus.

— Voltarei quando estiver menos atarefado.

Estendeu-lhe a mão; Camacho segurou-lha ao de leve, e tornou ao papel. Rubião desceu a escada, aturdido, magoado com a frieza do seu ilustre amigo. Que lhe teria feito?

Capítulo CLXXX

Daquela vez, teve a fortuna de encontrar o major Siqueira.

— Ia agora mesmo à sua casa — disse-lhe —; vai para lá?

— Vou; mas já não estamos na mesma casa; mudamo-nos para os Cajueiros, rua da Princesa...

— Seja onde for, vamos.

Rubião precisava de um pedaço de corda que o atasse à realidade, porque o espírito sentia-se outra vez presa da vertigem. Entretanto, falou com tal acerto e propriedade, que o major o achou em pleno juízo, e disse-lhe:

— Sabe que tenho uma grande notícia que lhe dar?

— Vamos a ela.

— Há de ser quando chegarmos.

Chegaram. Era uma casa assobradada; d. Tonica veio abrir-lhes a cancela. Trazia um vestido novo e brincos.

— Olhe bem para ela — disse o major pegando na filha pelo queixo.

D. Tonica recuou envergonhada.

— Estou olhando — respondeu Rubião.

— Não se vê logo que é uma pessoa que vai casar?

— Ah! parabéns!

— É verdade, vai casar. Custou, mas acertou. Achou por aí um noivo, que a adora, como todos eles; eu, quando fui noivo, adorei a minha defunta, que foi uma coisa nunca vista... Vai casar. Arranjou um noivo. Custou, mas acertou. Pessoa séria,

meia-idade; vem aqui passar as noites. De manhã, quando passa para a repartição, creio que bate na janela, ou ela já o espera; eu finjo que não percebo...

D. Tonica dizia com a cabeça que não, mas sorrindo de modo que parecia dizer que sim. Estava tão buliçosa! Nem se lembrava já que requestara o Rubião, que este fora uma das últimas, e por fim a última das suas esperanças. Tinham entrado na sala; d. Tonica foi à janela, voltou, cabeça alta, andando à toa, reconciliada com a vida.

— Boa pessoa — repetiu o major —, boa criatura... Tonica, vai buscar o retrato... Anda, vai buscar o teu noivo...

D. Tonica foi buscar o retrato. Era uma fotografia; representava um homem de meia-idade, cabelo curto, raro, olhando espantado para a gente, cara chupada, pescoço fino e paletó abotoado.

— Que lhe parece?
— Muito bem.

D. Tonica recebeu o retrato e fitou-o alguns instantes; mas tirou logo os olhos, e deixou-se estar sentada, enquanto a imaginação saiu a esperar o Rodrigues. Chamava-se Rodrigues. Era mais baixo que ela — coisa que o retrato não dava — e empregado em uma repartição do Ministério da Guerra. Viúvo, com dois filhos, um que estava no batalhão dos menores, outro que era tuberculoso — doze anos —, condenado à morte. Que importa? Era o noivo; todas as noites, ao recolher-se, d. Tonica ajoelhava-se ante a imagem de Nossa Senhora, sua madrinha, agradecia-lhe o favor e pedia-lhe que a fizesse feliz. Sonhava já com um filho; havia de chamar-lhe Álvaro.

Capítulo CLXXXI

Rubião escutou calado um discurso do major. O casamento era dali a mês e meio; o noivo tinha que perfazer os arranjos da casa, não era capitalista, vivia do ordenado e recorrera a empréstimos. A casa era a mesma e não exigia trastes novos nem ricos; mas há sempre algumas necessidades... Em suma, dali a mês e meio, ou pelo menos cinco semanas, estariam unidos pelos santos laços do matrimônio.

— E fico eu livre do trambolho — concluiu o major.
— Oh! — protestou Rubião.

A filha ria-se; estava acostumada às graças do pai, e tão disposta à alegria que nada a vexava; ainda mesmo que o pai se referisse aos seus quarenta anos passados não lhe daria grande golpe. Todas as noivas têm quinze anos.

— Verá como ele há de procurá-la depois, com saudades — disse Rubião a d. Tonica.

— Qual! Talvez eu me case também!

Rubião levantou-se repentino, e deu alguns passos; o major não viu a expressão do rosto, não percebeu que o espírito do homem ia talvez descarrilhar, e que ele mesmo o pressentia. Disse-lhe que se sentasse, e contou-lhe os seus tempos de casado e de campanha. Quando chegou à narração da batalha de Monte-Caseros, com as mar-

chas e contramarchas próprias do seu discurso, tinha diante de si Napoleão III. Calado a princípio, Rubião proferiu algumas palavras de aplauso, citou Solferino e Magenta, prometeu ao Siqueira uma condecoração. Pai e filha entreolharam-se; o major disse que vinha muita chuva. Com efeito, escurecera um pouco. Era melhor que Rubião fosse, antes de cair água; não trouxera guarda-chuva, o dele era velho e único...

— Aí vem o meu coche — redarguiu Rubião tranquilamente.

— Não vem, foi esperá-lo no Campo. Não vês daí o coche, Tonica?

D. Tonica fez um gesto vago e sem vontade. Não queria mentir, mas tinha medo, e desejava que Rubião saísse. Da casa era impossível ver o Campo da Aclamação. Já então o pai pegava no Rubião pelo braço e o encaminhava para a porta.

— Volte amanhã, depois, quando quiser.

— Mas por que não hei de esperar aqui até que venha o coche? — perguntou Rubião. — A imperatriz não pode apanhar chuva...

— A imperatriz já foi.

— Fez mal. Eugênia fez muito mal. General... Para que há de o senhor ficar sempre em major? General, vi o retrato do seu genro; quero dar-lhe o meu. Mande às Tulherias. Onde está o coche?

— Está no Campo, esperando.

— Mande chamá-lo.

D. Tonica, que estava à janela, disse para dentro:

— Lá vem o Rodrigues.

E tornou a olhar para a rua, inclinando-se, sorrindo, enquanto na sala o pai continuava a guiar o Rubião para a porta, sem violência, mas tenaz. Este parava, repreendia:

— General, sou seu imperador!

— Decerto, mas acompanhe-me Vossa Majestade...

Tinham chegado à porta; o major abriu a cancela, justamente quando o Rodrigues punha o pé na soleira. D. Tonica entrou para receber o noivo, mas a porta estava atravancada com o pai e Rubião. Rodrigues tirou o chapéu, mostrando o cabelo, áspero e grisalho; tinha nas faces chupadas umas pintinhas de sarda, mas o riso era bom e humilde — mais humilde ainda que bom — e, não obstante a trivialidade do gesto e da pessoa, era agradável. Os olhos não mostravam o espanto da fotografia; esse efeito provinha da ênfase que ele pôs em todo o corpo, a fim de que o retrato *saísse bonito*.

— Este senhor é o meu futuro genro — disse o major a Rubião. — Não é verdade que viu no Campo um coche e um esquadrão de cavalaria? — perguntou ao Rodrigues, piscando um olho.

— Parece que sim, senhor.

— Pois então? — continuou Siqueira, voltando-se para Rubião. — Vá, vá, dobre a rua de São Lourenço, e caminhe direito para o Campo. Adeus, até amanhã.

Rubião desceu três degraus — eram cinco — e parou diante do recém-chegado, fitou-o alguns instantes e declarou que estimava muito conhecê-lo, que fosse bom esposo e bom genro. Como se chamava?

— João José Rodrigues.

— Rodrigues. Hei de mandar-lhe uma fitinha aqui para a casaca. É o meu presente de núpcias. Lembre-me, Siqueira.

Siqueira pegou-lhe no braço para fazê-lo descer os dois últimos degraus, e pô-lo na rua.

— No Campo, dizes tu?

— No Campo.

— Adeus.

Da rua, ainda Rubião olhou para as janelas, com os dedos no chapéu, a fim de cumprimentar d. Tonica; mas d. Tonica estava na sala, onde Rodrigues acabava de entrar, fresco e delicioso, como a primeira rosa de verão.

Capítulo CLXXXII

Rubião não cuidou mais do coche nem do esquadrão de cavalaria. Foi dar consigo abaixo, andou por várias ruas, até que subiu pela rua de São José. Desde o paço imperial, vinha gesticulando e falando a alguém que supunha trazer pelo braço, e era a imperatriz. Eugênia ou Sofia? Ambas em uma só criatura — ou antes a segunda com o nome da primeira. Homens que iam passando, paravam; do interior das lojas corria gente às portas. Uns riam-se, outros ficavam indiferentes; alguns, depois de verem o que era, desviavam os olhos para poupá-los à aflição que lhes dava o espetáculo do delírio. Uma turba de moleques acompanhava o Rubião, alguns tão próximos, que lhe ouviam as palavras. Crianças de toda a sorte vinham juntar-se ao grupo. Quando eles viram a curiosidade geral, entenderam dar voz à multidão, e começou a surriada:

— Ó gira! ó gira!

Esse vozear chamou a atenção de outras pessoas, muitas janelas dos sobrados começaram a abrir-se, apareceram curiosos de ambos os sexos e todas as idades, um fotógrafo, um estofador, três e quatro figuras juntas, cabeças por cima de outras, todas inclinadas, espiando, acompanhando o homem, que falava à parede, com o seu gesto cheio de grandeza e de obséquio.

— Ó gira! ó gira! — berravam os vadios.

Um deles, muito menor que todos, apegava-se às calças de outro, taludo. Era já na rua da Ajuda. Rubião continuava a não ouvir nada; mas, de uma vez que ouviu, supôs que eram aclamações, e fez uma cortesia de agradecimento. A surriada aumentava. No meio do rumor, distinguiu-se a voz de uma mulher à porta de uma colchoaria:

— Deolindo! vem para casa, Deolindo!

Deolindo, a criança que se agarrava às calças da outra mais velha, não obedeceu: pode ser que nem ouvisse, tamanha era a grita, e tal a alegria do pequerrucho, clamando com a vozinha miúda:

— Ó gira! Ó gira!

— Deolindo!

Deolindo tratou de esconder-se entre os outros, para escapar às vistas da mãe que o chamava; esta, porém, correu ao grupo, e arrancou-o de lá. Em verdade, era pequeno demais para andar em tumultos de rua.

— Mamãe, deixa eu ver...

— Qual ver! anda!

Meteu-o em casa, e ficou à porta, a olhar para a rua. Rubião estacara o passo; ela pôde vê-lo bem, com os seus gestos e palavras, o peito alto, e uma barretada que deu em volta.

— Os malucos têm graça, às vezes — disse ela sorrindo a uma vizinha.

Os rapazes continuavam a bradar e a rir, e Rubião foi andando, com o mesmo coro atrás de si. Deolindo, à porta da loja, vendo o grupo alongar-se, pedia chorosamente à mãe que o deixasse ir também, ou então que o levasse. Quando perdeu as esperanças, enfeixou todas as energias em um só gritozinho esganiçado:

— Ó gira!

Capítulo CLXXXIII

A vizinha riu-se. A mãe riu-se também. Confessou que o filho era uma pestezinha, um endiabrado, que não sossegava; não podia perdê-lo de vista. Qualquer distração, estava na rua. E isso desde pequenino; tinha ainda dois anos quando escapou de morrer embaixo de um carro, ali mesmo; esteve por um fio. Se não fosse um homem que passava, um senhor bem vestido, que acudiu depressa, até com perigo de vida, estaria morto e bem morto. Nisso o marido, que vinha pela calçada oposta, atravessou a rua, e interrompeu a conversação. Trazia o cenho carregado, mal cumprimentou a vizinha, e entrou; a mulher foi ter com ele. Que era? O marido contou a surriada.

— Passou por aqui — disse ela.
— Não conheceste o homem?
— Não.

O marido cruzou os braços e ficou a olhar, fixo, calado. A mulher perguntou-lhe quem era.

— É aquele homem que nos salvou o Deolindo da morte.

A mulher estremeceu.

— Viste bem? — perguntou.
— Perfeitamente. Se eu já o tinha encontrado outras vezes, mas então não estava assim. Coitado! E a molecada berrava atrás dele. Qual! não há polícia nesta terra.

O que lhe doía à mulher não era tanto o mal do homem, nem ainda a surriada; mas a parte que teve nesta o filho — a mesma criança que o homem salvara da morte. Realmente, como podia o menino reconhecê-lo, nem saber que lhe devia a vida? Doía-lhe o encontro, a coincidência. Afinal, contentou-se de pôr todas as culpas em si. Se tivesse tido mais cuidado, o pequeno não havia saído, e não entraria na troça. Tremia de quando em quando, e estava inquieta. O marido pegou na cabeça do filho, e deu-lhe dois beijos.

— Você viu a cena toda? — perguntou à mulher.
— Vi.
— Eu ainda quis dar o braço ao homem, e trazê-lo para aqui; mas tive vergonha; os moleques eram capazes de dar-me uma vaia. Desviei o rosto, porque ele podia conhecer-me. Coitado! Nota que não parecia ouvir nada, e seguia satisfeito, creio que até ria... Que triste coisa que é perder o juízo!

A mulher pensava na travessura do filho; não a referiu ao marido, pediu à vizinha que não aludisse a ela e, de noite, só pregou olho tarde. Metera-se-lhe em cabeça que, anos depois, o filho endoidecia, era castigado pela mesma troça, e que ela cuspia para o céu, indignada, blasfemando.

Capítulo CLXXXIV

Duas horas depois da cena da rua da Ajuda chegou Rubião à casa de d. Fernanda. Os vadios foram-se dispersando, a pouco e pouco, e os claros não se preenchiam; os três últimos juntaram os seus adeuses em um berro único e formidável. Rubião continuou sozinho, mal percebido pelos moradores das casas, porque a gesticulação diminuía ou mudava de feitio. Não se dirigia à parede, à suposta imperatriz; mas era ainda imperador. Caminhava, parava, murmurava, sem grandes gestos, sonhando sempre, sempre, sempre, envolvido naquele véu, através do qual todas as coisas eram outras, contrárias e melhores; cada lampião tinha um aspecto de camarista, cada esquina uma feição de reposteiro. Rubião seguia direito à sala do trono, para receber um embaixador qualquer, mas o paço era interminável, cumpria atravessar muitas salas e galerias, verdade é que sobre tapetes — e por entre alabardeiros, altos e robustos.

Das gentes que o viam e paravam na rua, ou se debruçavam das janelas, muitas suspendiam por instantes os seus pensamentos tristes ou enfastiados, as preocupações do dia, os tédios, os ressentimentos, este uma dívida, outro uma doença, desprezos de amor, vilanias de amigo. Cada miséria esquecia-se, o que era melhor que consolar-se; mas o esquecimento durava um relâmpago. Passado o enfermo, a realidade empolgava-os outra vez, as ruas eram ruas, porque os paços suntuosos iam com Rubião. E mais de um tinha pena do pobre-diabo; comparando as duas fortunas, mais de um agradecia ao céu a parte que lhe coube — amarga, mas consciente. Preferiam o seu casebre real ao alcáçar fantasmagórico.

Capítulo CLXXXV

Rubião foi recolhido a uma casa de saúde. Palha esquecera a obrigação que Sofia lhe impôs, e Sofia não se lembrou mais da promessa feita à rio-grandense. Cuidavam ambos de outra casa, um palacete em Botafogo, cuja reconstrução estava prestes a acabar, e que eles queriam inaugurar no inverno, quando as câmaras trabalhassem, e toda a gente houvesse descido de Petrópolis. Mas agora a promessa foi cumprida; Rubião deu entrada no estabelecimento, onde ficou ocupando uma sala e um quarto especiais, recomendado pelo dr. Falcão e pelo Palha. Não resistiu a nada; acompanhou-os com satisfação, e entrou nos seus aposentos como se os conhecesse desde muito. Quando eles se despediram, dizendo que já voltavam, Rubião convidou-os para uma revista militar, no sábado.

— Pois sim, sábado — assentiu Falcão.
— Sábado é bom dia — continuou Rubião. — Não faltes, duque de Palha.
— Não falto — disse o Palha andando.
— Olha, mandar-te-ei um dos meus coches, novo em folha; é preciso que tua mulher pouse o seu lindo corpo onde ninguém ainda ousou sentar-se. Almofadas de damasco e veludo, arreios de prata e rodas de ouro; os cavalos descendem do próprio cavalo que meu tio montava em Marengo. Adeus, duque de Palha.

Capítulo CLXXXVI

"Para mim, é claro", saiu pensando o dr. Falcão, "aquele homem foi amante da mulher deste sujeito."

Capítulo CLXXXVII

Lá ficou o homem. Quincas Borba tentara entrar na carruagem que levou o amigo, e porfiou em acompanhá-la, correndo; foi necessária toda a força do criado para agarrá-lo, contê-lo e trancá-lo em casa. Era a mesma situação de Barbacena; mas a vida, meu rico senhor, compõe-se rigorosamente de quatro ou cinco situações, que as circunstâncias variam e multiplicam aos olhos. Rubião pediu instantemente que lhe mandassem o cão. D. Fernanda, alcançado o consentimento do diretor, cuidou de satisfazer o desejo do doente. Quis escrever a Sofia, mas foi ela própria ao Flamengo.

Capítulo CLXXXVIII

— Mando ver, é aqui perto — propôs Sofia.
— Vamos nós mesmas. Que tem? Já pensei em uma coisa. Valerá a pena conservar a casa pronta e alugada, quando a cura pode prolongar-se? Melhor é deixá-la, vender os trastes e apurar o que houver.

Foram a pé do Flamengo à rua do Príncipe, três a quatro minutos. Raimundo estava na rua, mas viu gente à porta e veio abri-la. O interior da casa tinha a feição do abandono, sem a fixidez e regularidade das coisas, que parecem conservar um resto da vida interrompida; era o abandono do desmazelo. Mas, por outro lado, o transtorno dos móveis da sala exprimia bem o delírio do morador, suas ideias tortas e confusas.

— Ele foi muito rico? — perguntou d. Fernanda a Sofia.

— Tinha alguma coisa — respondeu esta — quando chegou de Minas; mas parece que estragou tudo. Olhe, levante o vestido que o chão parece que não se varre há um século.

Não era só o chão; os trastes tinham a crosta da incúria. Nem por isso o criado explicava nada; olhava, escutava e, baixinho, assobiava uma polca do dia. Sofia não lhe perguntou pelo asseio; estava morta por fugir "daquela imundice", dizia a si mesma, e tinha vontade de indagar do cão, que era o principal motivo da visita; mas não queria mostrar interesse por ele nem pelo resto. A trivialidade daquilo tudo não lhe dizia nada ao espírito nem ao coração; a lembrança do alienado não a ajudava a suportar o tempo. De si para si achava a companheira singularmente romântica ou afetada. "Que bobagem!", ia pensando, sem desconcertar o sorriso aprovador com que acudia a todas as observações de d. Fernanda.

— Abra aquela janela — disse esta ao criado —; tudo cheira a mofo.

— Oh! insuportável! — acudiu Sofia, respirando com asco.

Mas, apesar da exclamação, d. Fernanda não se resolveu a sair. Sem que nenhuma recordação pessoal lhe viesse daquela miserável estância, sentia-se presa de uma comoção particular e profunda, não a que dá a ruína das coisas. Aquele espetáculo não lhe trazia um tema de reflexões gerais, não lhe ensinava a fragilidade dos tempos, nem a tristeza do mundo; dizia-lhe tão-somente a moléstia de um homem, de um homem que ela mal conhecia, a quem falara algumas vezes. E ia ficando e olhando, sem pensar, sem deduzir, metida em si mesma, dolente e muda. Sofia não ousava articular nada, com receio de ser desagradável a tão conspícua dama. Tinham ambas os vestidos apanhados, para evitar a mácula da poeira; mas Sofia acrescentou a essa precaução a agitação viva, contínua e impaciente da ventarola, como pessoa que sufocasse naquela atmosfera. Chegou a tossir algumas vezes.

— E o cachorro? — perguntou d. Fernanda ao criado.

— Está preso no quarto, lá dentro.

— Vá buscá-lo.

Quincas Borba apareceu. Magro, abatido, parou à porta da sala, estranhando as duas senhoras, mas sem latir; mal erguia os olhos apagados. Ia a dar meia-volta ao corpo na direção do interior da casa, quando d. Fernanda fez uns estalinhos com os dedos; ele parou, agitando a cauda.

— Como é mesmo que se chama? — perguntou d. Fernanda.

— Quincas Borba — respondeu o criado, rindo com a voz arrastada. — Tem nome de gente. Eh! Quincas Borba! Vai lá! A senhora está chamando.

— Quincas Borba! vem cá! Quincas Borba! — repetiu d. Fernanda.

Quincas Borba acudiu ao chamado, não pulando nem alegre. D. Fernanda inclinou-se, perguntou-lhe pelo amigo, se estava longe, se queria ir vê-lo. Assim mesmo inclinada, interrogava o criado sobre o trato do cão.

— Agora come, sim, senhora; logo que meu amo foi embora, não queria comer nem beber; eu até pensei que estivesse danado.

— Come bem?

— Come pouco.

— Procura pelo senhor?

— Parece que procura — respondeu Raimundo tapando o riso com a mão —;

mas eu tranquei ele no quarto, para não fugir. Já não chora; a princípio chorava muito, que até me acordava... Era preciso eu bater com um cacete na porta e gritar, para ele sossegar...

D. Fernanda coçava a cabeça do animal. Era o primeiro afago depois de longos dias de solidão e desprezo. Quando d. Fernanda cessou de acariciá-lo, e levantou o corpo, ele ficou a olhar para ela, e ela para ele, tão fixos e tão profundos, que pareciam penetrar no íntimo um do outro. A simpatia universal, que era a alma desta senhora, esquecia toda a consideração humana diante daquela miséria obscura e prosaica, e estendia ao animal uma parte de si mesma, que o envolvia, que o fascinava, que o atava aos pés dela. Assim, a pena que lhe dava o delírio do senhor, dava-lhe agora o próprio cão, como se ambos representassem a mesma espécie. E sentindo que a sua presença levava ao animal uma sensação boa, não queria privá-lo do benefício.

— A senhora está-se enchendo de pulgas — observou Sofia.

D. Fernanda não a ouviu. Continuou a mirar os olhos meigos e tristes do animal, até que este deixou cair a cabeça e entrou a farejar a sala. Sentira o cheiro do senhor. A porta da rua estava aberta; ele teria fugido por ela, se Raimundo não acudisse a prendê-lo. D. Fernanda deu algum dinheiro ao criado para que o fosse lavar e conduzir à casa de saúde, recomendando-lhe o maior cuidado, que o levasse ao colo, ou preso por um cordão. Nesta parte acudiu também Sofia, ordenando que a procurasse antes, em casa.

Capítulo CLXXXIX

Saíram. Sofia, antes de pôr o pé na rua, olhou para um e outro lado, espreitando se vinha alguém; felizmente, a rua estava deserta. Ao ver-se livre da pocilga, Sofia readquiriu o uso das boas palavras, a arte maviosa e delicada de captar os outros, e enfiou amorosamente o braço no de d. Fernanda. Falou-lhe de Rubião e da grande desgraça da loucura; assim também do palacete de Botafogo. Por que não ia com ela ver as obras? Era só lanchar um pouco, e partiriam imediatamente.

Capítulo CXC

Sobreveio um sucesso que distraiu d. Fernanda do Rubião; foi o nascimento de uma filha de Maria Benedita. Ela correu à Tijuca, encheu de beijos a mãe e a criança, deu a mão a beijar a Carlos Maria.

— Sempre exuberante! — exclamou o jovem pai, obedecendo.

— Sempre secarrão! — retorquiu ela.

Apesar da resistência do primo, d. Fernanda acompanhou a convalescença de Maria Benedita, tão cordial, tão boa, tão alegre, que era um encanto conservá-la em casa. A felicidade daqui fê-la esquecer a desgraça dacolá; mas, convalescida a recente mãe, d. Fernanda acudiu ao enfermo.

Capítulo CXCI

"Conto restituí-lo à razão no fim de seis ou oito meses. Vai muito bem."

D. Fernanda mandou a Sofia esta resposta do diretor da casa de saúde, e convidou-a a irem ver o enfermo, se achasse que não lhe ficava mal. "Que mal pode haver?", respondeu Sofia em um bilhete. "Mas eu é que não teria ânimo de vê-lo; foi tão nosso amigo, que não sei se poderia suportar a vista e a conversação do pobre homem. Mostrei a carta a Cristiano, que me declarou ter liquidado os bens do sr. Rubião: apurou três contos e duzentos."

Capítulo CXCII

"Seis meses, oito meses passam depressa", reflexionou d. Fernanda.

E eles vieram vindo, com os sucessos às costas — a queda do ministério, a subida de outro em março, a volta do marido, a discussão da lei dos ingênuos, a morte do noivo de d. Tonica, três dias antes de casar. D. Tonica espremeu as últimas lágrimas, umas de amizade, outras de desesperança, e ficou com os olhos tão vermelhos, que pareciam doentes.

Teófilo, que merecera do novo gabinete a mesma confiança do antigo, teve parte copiosa nos debates da sessão parlamentar. Camacho declarou pela sua folha que a lei dos ingênuos absolvia a esterilidade e os crimes da situação. Em outubro, Sofia inaugurou os seus salões de Botafogo com um baile, que foi o mais célebre do tempo. Estava deslumbrante. Ostentava, sem orgulho, todos os seus braços e espáduas. Ricas joias; o colar era ainda um dos primeiros presentes do Rubião, tão certo é que, nesse gênero de atavios, as modas conservam-se mais. Toda a gente admirava a gentileza daquela trintona fresca e robusta; alguns homens falavam (com pena) das suas virtudes conjugais, da profunda adoração que ela tinha ao marido.

Capítulo CXCIII

No dia seguinte ao baile, d. Fernanda acordou tarde. Foi ao gabinete do marido, que já devorara cinco ou seis jornais, escrevera dez cartas e retificava a posição de alguns livros nas estantes.

— Recebi esta carta, há pouco — disse ele.

D. Fernanda leu-a; era do diretor da casa de saúde; noticiava que Rubião, desde três dias, desaparecera, não tendo podido ser encontrado por mais esforços que houvessem empregado a polícia e ele. "Tanto mais me espanta essa fuga", concluía

a carta, "quanto que as melhoras eram grandes, e podia contar que em dois meses o poria inteiramente bom".

D. Fernanda ficou consternada; alcançou do marido que escrevesse ao chefe de polícia e ao ministro da justiça, pedindo-lhes que ordenassem as mais severas pesquisas. Teófilo não tinha o menor interesse no achado nem na cura de Rubião; mas quis servir à mulher, cuja bondade conhecia, e porventura gostava de cartear-se com os homens da alta administração.

Capítulo CXCIV

Como achar, porém, o nosso Rubião nem o cachorro, se ambos haviam partido para Barbacena? Oito dias antes, Rubião escrevera ao Palha que o procurasse; este acudiu à casa de saúde, viu que ele raciocinava claramente, sem a menor sombra de delírio.

— Tive uma crise mental — disse-lhe Rubião —; agora estou bom, perfeitamente bom. Peço-lhe que me ponha fora daqui. Creio que o diretor não se oporá. Entretanto, como quero deixar algumas lembranças à gente que me tem servido, e servido também ao Quincas Borba, veja se me pode adiantar cem mil-réis.

Palha abriu a carteira sem hesitação, e deu-lhe o dinheiro.

— Vou tratar de o fazer sair — disse ele —; mas, provavelmente são precisos alguns dias (estava em vésperas do baile); não se aflija por isso; daqui a uma semana está na rua.

Antes de sair, consultou o diretor, que lhe deu boas notícias do enfermo. Uma semana é pouco, disse ele; para pô-lo bom, bom, preciso ainda uns dois meses. Palha confessou que o achara são; em todo caso, mandava quem sabia, e se fossem necessários seis ou sete meses mais, não precipitasse a alta.

Capítulo CXCV

Rubião, logo que chegou a Barbacena e começou a subir a rua que ora se chama de Tiradentes, exclamou, parando:

— Ao vencedor, as batatas!

Tinha-as esquecido de todo, a fórmula e a alegoria. De repente, como se as sílabas houvessem ficado no ar, intatas, aguardando alguém que as pudesse entender, uniu-as, recompôs a fórmula, e proferiu-a com a mesma ênfase daquele dia em que a tomou por lei da vida e da verdade. Não se lembrava inteiramente da alegoria; mas a palavra deu-lhe o sentido vago da luta e da vitória.

Subiu, acompanhado do cão, e foi parar defronte da igreja. Ninguém lhe abriu a porta; não viu sombra de sacristão. Quincas Borba, que não comia desde muitas horas, colava-se-lhe às pernas, cabisbaixo, esperando. Rubião voltou-se, e

do alto da rua estendeu os olhos abaixo e ao longe. Era ela, era Barbacena; a velha cidade natal ia-se-lhe desentranhando das profundas camadas da memória. Era ela; aqui estava a igreja, ali a cadeia, acolá a farmácia, donde vinham os medicamentos para o outro Quincas Borba. Sabia que era ela, quando chegou; mas, à medida que os olhos se derramavam, as reminiscências vinham vindo, mais numerosas, em bando. Não via ninguém; uma janela, à esquerda, parecia ter alguém que espiava. Tudo o mais deserto.

"Talvez não saibam que cheguei", pensou Rubião.

Capítulo CXCVI

Súbito, relampejou; as nuvens amontoavam-se às pressas. Relampejou mais forte, e estalou um trovão. Começou a chuviscar grosso, mais grosso, até que desabou a tempestade. Rubião, que, aos primeiros pingos, deixara a igreja, foi andando rua abaixo, seguido sempre do cão, faminto e fiel, ambos tontos, debaixo do aguaceiro, sem destino, sem esperança de pouso ou de comida... A chuva batia-lhes sem misericórdia. Não podiam correr, porque Rubião temia escorregar e cair, e o cão não queria perdê-lo. A meia rua, acudiu à memória do Rubião a farmácia, voltou para trás, subindo contra o vento, que lhe dava de cara; mas, ao fim de vinte passos, varreu-se-lhe a ideia da cabeça; adeus, farmácia! adeus, pouso! Já se não lembrava do motivo que o fizera mudar de rumo, e desceu outra vez, e o cão atrás, sem entender nem fugir, um e outro alagados, confusos, ao som da trovoada rija e contínua.

Capítulo CXCVII

Vagaram sem destino. O estômago de Rubião interrogava, exclamava, intimava; por fortuna, o delírio vinha enganar a necessidade com os seus banquetes das Tulherias. Quincas Borba é que não tinha igual recurso. E toca a andar acima e abaixo. Rubião, de quando em quando, sentava-se no lajedo, e o cão trepava-lhe às pernas, para dormir a fome; achava as calças molhadas, e descia; mas tornava logo a subir, tão frio era o ar da noite, já noite alta, já noite morta. Rubião passava-lhe as mãos por cima, resmungando algumas palavras magras.

Se, apesar de tudo, Quincas Borba conseguia adormecer, acordava logo, porque Rubião levantava-se e punha-se outra vez a descer e subir ladeiras. Soprava um triste vento, que parecia faca, e dava arrepios aos dois vagabundos. Rubião andava devagar; o próprio cansaço não lhe permitia as grandes pernadas do princípio, quando a chuva caía em bátegas. As paradas eram agora mais frequentes. O cão, morto de fome e de fadiga, não entendia aquela odisseia, ignorava o motivo, esquecera o lugar, não ouvia nada, senão as vozes surdas do senhor. Não podia ver

as estrelas, que já então rutilavam, livres de nuvens. Rubião descobriu-as; chegara à porta da igreja, como quando entrou na cidade; acabava de sentar-se e deu com elas. Estavam tão bonitas, reconheceu que eram os lustres do grande salão e ordenou que os apagassem. Não pôde ver a execução da ordem; adormeceu ali mesmo, com o cão ao pé de si. Quando acordaram de manhã, estavam tão juntinhos que pareciam pegados.

Capítulo CXCVIII

— Ao vencedor, as batatas! — exclamou Rubião quando deu com os olhos na rua, sem noite, sem água, beijada do sol.

Capítulo CXCIX

Foi a comadre do Rubião que o agasalhou e mais ao cachorro, vendo-os passar defronte da porta. Rubião conheceu-a, aceitou o abrigo e o almoço.

— Mas que é isso, seu compadre? Como foi que chegou assim? Sua roupa está toda molhada. Vou dar-lhe umas calças de meu sobrinho.

Rubião tinha febre. Comeu pouco e sem vontade. A comadre pediu-lhe contas da vida que passara na Corte, ao que ele respondeu que levaria muito tempo, e só a posteridade a acabaria. Os sobrinhos de seu sobrinho, concluiu ele magnificamente, é que hão de ver-me em toda a minha glória. Começou, porém, um resumo. No fim de dez minutos, a comadre não entendia nada, tão desconcertados eram os fatos e os conceitos; mais cinco minutos, entrou a sentir medo. Quando os minutos chegaram a vinte, pediu licença e foi a uma vizinha dizer que Rubião parecia ter virado o juízo. Voltou com ela e um irmão, que se demorou pouco tempo e saiu a espalhar a nova. Vieram vindo outras pessoas, às duas e às quatro, e, antes de uma hora, muita gente espiava da rua.

— Ao vencedor, as batatas! — bradava Rubião aos curiosos. — Aqui estou imperador! Ao vencedor, as batatas!

Essa palavra obscura e incompleta era repetida na rua, examinada, sem que lhe dessem com o sentido. Alguns antigos desafetos do Rubião iam entrando, sem cerimônia, para gozá-lo melhor; e diziam à comadre que não lhe convinha ficar com um doido em casa, era perigoso; devia mandá-lo para a cadeia, até que a autoridade o remetesse para outra parte. Pessoa mais compassiva lembrou a conveniência de chamar o doutor.

— Doutor para quê? — acudiu um dos primeiros. — Este homem está maluco.

— Talvez seja delírio de febre; já viu como está quente?

Angélica, animada por tantas pessoas, tomou-lhe o pulso, e achou-o febril.

Mandou vir o médico — o mesmo que tratara o finado Quincas Borba. Rubião conheceu-o também; e respondeu-lhe que não era nada. Capturara o rei da Prússia, não sabendo ainda se o mandaria fuzilar ou não; era certo, porém, que exigiria uma indenização pecuniária enorme — cinco bilhões de francos.

— Ao vencedor, as batatas! — concluiu rindo.

Capítulo CC

Poucos dias depois morreu... Não morreu súdito nem vencido. Antes de principiar a agonia, que foi curta, pôs a coroa na cabeça — uma coroa que não era, ao menos, um chapéu velho ou uma bacia, onde os espectadores palpassem a ilusão. Não, senhor; ele pegou em nada, levantou nada e cingiu nada; só ele via a insígnia imperial, pesada de ouro, rútila de brilhantes e outras pedras preciosas. O esforço que fizera para erguer meio corpo não durou muito; o corpo caiu outra vez; o rosto conservou porventura uma expressão gloriosa.

— Guardem a minha coroa — murmurou. — Ao vencedor...

A cara ficou séria, porque a morte é séria; dois minutos de agonia, um trejeito horrível, e estava assinada a abdicação.

Capítulo CCI

Queria dizer aqui o fim do Quincas Borba, que adoeceu também, ganiu infinitamente, fugiu desvairado em busca do dono, e amanheceu morto na rua, três dias depois. Mas, vendo a morte do cão narrada em capítulo especial, é provável que me perguntes se ele, se o seu defunto homônimo é que dá o título ao livro, e por que antes um que outro — questão prenhe de questões, que nos levariam longe... Eia! chora os dois recentes mortos, se tens lágrimas. Se só tens riso, ri-te! É a mesma coisa. O Cruzeiro, que a linda Sofia não quis fitar, como lhe pedia Rubião, está assaz alto para não discernir os risos e as lágrimas dos homens.

Dom

Dom Casmurro foi publicado pela primeira vez em 1899, por H. Garnier, Livreiro-Editor, no Rio de Janeiro e Paris.

Casmurro

Capítulo Primeiro
Do título

Uma noite destas, vindo da cidade para o Engenho Novo, encontrei no trem da Central um rapaz aqui do bairro, que eu conheço de vista e de chapéu. Cumprimentou-me, sentou-se ao pé de mim, falou da lua e dos ministros, e acabou recitando-me versos. A viagem era curta, e os versos pode ser que não fossem inteiramente maus. Sucedeu, porém, que, como eu estava cansado, fechei os olhos três ou quatro vezes; tanto bastou para que ele interrompesse a leitura e metesse os versos no bolso.
— Continue — disse eu, acordando.
— Já acabei — murmurou ele.
— São muito bonitos.

Vi-lhe fazer um gesto para tirá-los outra vez do bolso, mas não passou do gesto; estava amuado. No dia seguinte entrou a dizer de mim nomes feios, e acabou alcunhando-me *Dom Casmurro*. Os vizinhos, que não gostam dos meus hábitos reclusos e calados, deram curso à alcunha, que afinal pegou. Nem por isso me zanguei. Contei a anedota aos amigos da cidade, e eles, por graça, chamam-me assim, alguns em bilhetes: "Dom Casmurro, domingo vou jantar com você". — "Vou para Petrópolis, Dom Casmurro; a casa é a mesma da Renânia; vê se deixas essa caverna do Engenho Novo, e vai lá passar uns quinze dias comigo." — "Meu caro Dom Casmurro, não cuide que o dispenso do teatro amanhã; venha e dormirá aqui na cidade; dou-lhe camarote, dou-lhe chá, dou-lhe cama; só não lhe dou moça."

Não consultes dicionários. *Casmurro* não está aqui no sentido que eles lhe dão, mas no que lhe pôs o vulgo de homem calado e metido consigo. *Dom* veio por ironia, para atribuir-me fumos de fidalgo. Tudo por estar cochilando! Também não achei melhor título para a minha narração; se não tiver outro daqui até ao fim do livro, vai este mesmo. O meu poeta do trem ficará sabendo que não lhe guardo rancor. E com pequeno esforço, sendo o título seu, poderá cuidar que a obra é sua. Há livros que apenas terão isso dos seus autores; alguns nem tanto.

Capítulo II
Do livro

Agora que expliquei o título, passo a escrever o livro. Antes disso, porém, digamos os motivos que me põem a pena na mão.

Vivo só, com um criado. A casa em que moro é própria; fi-la construir de propósito, levado de um desejo tão particular que me vexa imprimi-lo, mas vá lá. Um dia, há bastantes anos, lembrou-me reproduzir no Engenho Novo a casa em que me criei na antiga rua de Matacavalos, dando-lhe o mesmo aspecto e economia daquela outra, que desapareceu. Construtor e pintor entenderam bem as indicações que lhes fiz: é o mesmo prédio assobradado, três janelas de frente, varanda ao fundo, as mesmas alcovas e salas. Na principal destas, a pintura do teto e das paredes é mais ou menos

igual, umas grinaldas de flores miúdas e grandes pássaros que as tomam nos bicos, de espaço a espaço. Nos quatro cantos do teto as figuras das estações, e ao centro das paredes os medalhões de César, Augusto, Nero e Massinissa, com os nomes por baixo... Não alcanço a razão de tais personagens. Quando fomos para a casa de Matacavalos, já ela estava assim decorada; vinha do decênio anterior. Naturalmente era gosto do tempo meter sabor clássico e figuras antigas em pinturas americanas. O mais é também análogo e parecido. Tenho chacarinha, flores, legume, uma casuarina, um poço e lavadouro. Uso louça velha e mobília velha. Enfim, agora, como outrora, há aqui o mesmo contraste da vida interior, que é pacata, com a exterior, que é ruidosa.

 O meu fim evidente era atar as duas pontas da vida, e restaurar na velhice a adolescência. Pois, senhor, não consegui recompor o que foi nem o que fui. Em tudo, se o rosto é igual, a fisionomia é diferente. Se só me faltassem os outros, vá; um homem consola-se mais ou menos das pessoas que perde; mas falto eu mesmo, e essa lacuna é tudo. O que aqui está é, mal comparando, semelhante à pintura que se põe na barba e nos cabelos, e que apenas conserva o hábito externo, como se diz nas autópsias; o interno não aguenta tinta. Uma certidão que me desse vinte anos de idade poderia enganar os estranhos, como todos os documentos falsos, mas não a mim. Os amigos que me restam são de data recente; todos os antigos foram estudar a geologia dos campos-santos. Quanto às amigas, algumas datam de quinze anos, outras de menos, e quase todas creem na mocidade. Duas ou três fariam crer nela aos outros, mas a língua que falam obriga muita vez a consultar os dicionários, e tal frequência é cansativa.

 Entretanto, vida diferente não quer dizer vida pior; é outra coisa. A certos respeitos, aquela vida antiga aparece-me despida de muitos encantos que lhe achei; mas é também exato que perdeu muito espinho que a fez molesta, e, de memória, conservo alguma recordação doce e feiticeira. Em verdade, pouco apareço e menos falo. Distrações raras. O mais do tempo é gasto em hortar, jardinar e ler; como bem e não durmo mal.

 Ora, como tudo cansa, essa monotonia acabou por exaurir-me também. Quis variar, e lembrou-me escrever um livro. Jurisprudência, filosofia e política acudiram-me, mas não me acudiram as forças necessárias. Depois, pensei em fazer uma *História dos subúrbios*, menos seca que as memórias do padre Luís Gonçalves dos Santos, relativas à cidade; era obra modesta, mas exigia documentos e datas, como preliminares, tudo árido e longo. Foi então que os bustos pintados nas paredes entraram a falar-me e a dizer-me que, uma vez que eles não alcançavam reconstituir-me os tempos idos, pegasse da pena e contasse alguns. Talvez a narração me desse a ilusão, e as sombras viessem perpassar ligeiras, como ao poeta, não o do trem, mas o do *Fausto*: "Aí vindes outra vez, inquietas sombras..."?

 Fiquei tão alegre com essa ideia, que ainda agora me treme a pena na mão. Sim, Nero, Augusto, Massinissa, e tu, grande César, que me incitas a fazer os meus comentários, agradeço-vos o conselho, e vou deitar ao papel as reminiscências que me vierem vindo. Deste modo, viverei o que vivi, e assentarei a mão para alguma obra de maior tomo. Eia, comecemos a evocação por uma célebre tarde de novembro, que nunca me esqueceu. Tive outras muitas, melhores, e piores, mas aquela nunca se me apagou do espírito. É o que vais entender lendo.

Capítulo III
A denúncia

Ia a entrar na sala de visitas, quando ouvi proferir o meu nome e escondi-me atrás da porta. A casa era a da rua de Matacavalos, o mês novembro, o ano é que é um tanto remoto, mas eu não hei de trocar as datas à minha vida só para agradar às pessoas que não amam histórias velhas; o ano era de 1857.

— Dona Glória, a senhora persiste na ideia de meter o nosso Bentinho no seminário? É mais que tempo, e já agora pode haver uma dificuldade.

— Que dificuldade?

— Uma grande dificuldade.

Minha mãe quis saber o que era. José Dias, depois de alguns instantes de concentração, veio ver se havia alguém no corredor; não deu por mim, voltou e, abafando a voz, disse que a dificuldade estava na casa ao pé, a gente do Pádua.

— A gente do Pádua?

— Há algum tempo estou para lhe dizer isto, mas não me atrevia. Não me parece bonito que o nosso Bentinho ande metido nos cantos com a filha do Tartaruga, e esta é a dificuldade, porque se eles pegam de namoro, a senhora terá muito que lutar para separá-los.

— Não acho. Metidos nos cantos?

— É um modo de falar. Em segredinhos, sempre juntos. Bentinho quase que não sai de lá. A pequena é uma desmiolada; o pai faz que não vê; tomara ele que as coisas corressem de maneira, que... Compreendo o seu gesto; a senhora não crê em tais cálculos, parece-lhe que todos têm a alma cândida...

— Mas, senhor José Dias, tenho visto os pequenos brincando, e nunca vi nada que faça desconfiar. Basta a idade; Bentinho mal tem quinze anos. Capitu fez catorze a semana passada; são dois criançolas. Não se esqueça que foram criados juntos, desde aquela grande enchente, há dez anos, em que a família Pádua perdeu tanta coisa; daí vieram as nossas relações. Pois eu hei de crer...? Mano Cosme, você que acha?

Tio Cosme respondeu com um "Ora!" que, traduzido em vulgar, queria dizer: "São imaginações do José Dias; os pequenos divertem-se, eu divirto-me; onde está o gamão?".

— Sim, creio que o senhor está enganado.

— Pode ser, minha senhora. Oxalá tenham razão; mas creia que não falei senão depois de muito examinar...

— Em todo caso, vai sendo tempo — interrompeu minha mãe. — Vou tratar de metê-lo no seminário quanto antes.

— Bem, uma vez que não perdeu a ideia de o fazer padre, tem-se ganho o principal. Bentinho há de satisfazer os desejos de sua mãe. E depois, a igreja brasileira tem altos destinos. Não esqueçamos que um bispo presidiu a constituinte, e que o padre Feijó governou o império...

— Governou como a cara dele! — atalhou tio Cosme, cedendo a antigos rancores políticos.

— Perdão, doutor, não estou defendendo ninguém, estou citando. O que eu quero é dizer que o clero ainda tem grande papel no Brasil.

— Você o que quer é um capote; ande, vá buscar o gamão. Quanto ao pequeno, se tem de ser padre, realmente é melhor que não comece a dizer missa atrás das portas. Mas, olhe cá, mana Glória, há mesmo necessidade de fazê-lo padre?

— É promessa, há de cumprir-se.

— Sei que você fez promessa... mas, uma promessa assim... não sei... Creio que, bem pensado... Você que acha, prima Justina?

— Eu?

— Verdade é que cada um sabe melhor de si — continuou tio Cosme. — Deus é que sabe de todos. Contudo, uma promessa de tantos anos... Mas, que é isso, mana Glória? Está chorando? Ora esta! Pois isso é coisa de lágrimas?

Minha mãe assoou-se sem responder. Prima Justina creio que se levantou e foi ter com ela. Seguiu-se um alto silêncio, durante o qual estive a pique de entrar na sala, mas outra força maior, outra emoção... Não pude ouvir as palavras que tio Cosme entrou a dizer. Prima Justina exortava: "Prima Glória! prima Glória!" José Dias desculpava-se: "Se soubesse, não teria falado, mas falei pela veneração, pela estima, pelo afeto, para cumprir um dever amargo, um dever amaríssimo..."

Capítulo IV
Um dever amaríssimo!

José Dias amava os superlativos. Era um modo de dar feição monumental às ideias; não as havendo, serviam a prolongar as frases. Levantou-se para ir buscar o gamão, que estava no interior da casa. Cosi-me muito à parede, e vi-o passar com as suas calças brancas engomadas, presilhas, rodaque e gravata de mola. Foi dos últimos que usaram presilhas no Rio de Janeiro, e talvez neste mundo. Trazia as calças curtas para que lhe ficassem bem esticadas. A gravata de cetim preto, com um aro de aço por dentro, imobilizava-lhe o pescoço; era então moda. O rodaque de chita, veste caseira e leve, parecia nele uma casaca de cerimônia. Era magro, chupado, com um princípio de calva; teria os seus cinqüenta e cinco anos. Levantou-se com o passo vagaroso do costume, não aquele vagar arrastado dos preguiçosos, mas um vagar calculado e deduzido, um silogismo completo, a premissa antes da consequência, a consequência antes da conclusão. Um dever amaríssimo!

Capítulo V
O agregado

Nem sempre ia naquele passo vagaroso e rígido. Também se descompunha em acionados, era muita vez rápido e lépido nos movimentos, tão natural nesta como naquela maneira. Outrossim, ria largo, se era preciso, de um grande riso sem vontade, mas comunicativo, a tal ponto as bochechas, os dentes, os olhos, toda a cara, toda a pessoa, todo o mundo pareciam rir nele. Nos lances graves, gravíssimo.

Era nosso agregado desde muitos anos; meu pai ainda estava na antiga fazenda de Itaguaí, e eu acabava de nascer. Um dia apareceu ali vendendo-se por médico homeopata; levava um *Manual* e uma botica. Havia então um andaço de febres; José Dias curou o feitor e uma escrava, e não quis receber nenhuma remuneração. Então meu pai propôs-lhe ficar ali vivendo, com pequeno ordenado. José Dias recusou, dizendo que era justo levar a saúde à casa de sapé do pobre.

— Quem lhe impede que vá a outras partes? Vá aonde quiser, mas fique morando conosco.

— Voltarei daqui a três meses.

Voltou dali a duas semanas, aceitou casa e comida sem outro estipêndio, salvo o que quisessem dar por festas. Quando meu pai foi eleito deputado e veio para o Rio de Janeiro com a família, ele veio também, e teve o seu quarto ao fundo da chácara. Um dia, reinando outra vez febres em Itaguaí, disse-lhe meu pai que fosse ver a nossa escravatura. José Dias deixou-se estar calado, suspirou e acabou confessando que não era médico. Tomara esse título para ajudar a propaganda da nova escola, e não o fez sem estudar muito e muito; mas a consciência não lhe permitia aceitar mais doentes.

— Mas, você curou das outras vezes.

— Creio que sim; o mais acertado, porém, é dizer que foram os remédios indicados nos livros. Eles, sim, eles, abaixo de Deus. Eu era um charlatão... Não negue; os motivos do meu procedimento podiam ser e eram dignos; a homeopatia é a verdade, e, para servir à verdade, menti; mas é tempo de restabelecer tudo.

Não foi despedido, como pedia então; meu pai já não podia dispensá-lo. Tinha o dom de se fazer aceito e necessário; dava-se por falta dele, como de pessoa da família. Quando meu pai morreu, a dor que o pungiu foi enorme, disseram-me, não me lembra. Minha mãe ficou-lhe muito grata, e não consentiu que ele deixasse o quarto da chácara; ao sétimo dia, depois da missa, ele foi despedir-se dela.

— Fique, José Dias.

— Obedeço, minha senhora.

Teve um pequeno legado no testamento, uma apólice e quatro palavras de louvor. Copiou as palavras, encaixilhou-as e pendurou-as no quarto, por cima da cama. "Esta é a melhor apólice", dizia ele muita vez. Com o tempo, adquiriu certa autoridade na família, certa audiência, ao menos; não abusava, e sabia opinar obedecendo. Ao cabo, era amigo, não direi ótimo, mas nem tudo é ótimo neste mundo. E não lhe suponhas alma subalterna; as cortesias que fizesse vinham antes do cálculo que da índole. A roupa durava-lhe muito; ao contrário das pessoas que enxovalham depressa o vestido novo, ele trazia o velho escovado e liso, cerzido, abotoado, de uma elegância pobre e modesta. Era lido, posto que de atropelo, o bastante para divertir ao serão e à sobremesa, ou explicar algum fenômeno, falar dos efeitos do calor e do frio, dos pólos e de Robespierre. Contava muita vez uma viagem que fizera à Europa, e confessava que, a não sermos nós, já teria voltado para lá; tinha amigos em Lisboa, mas a nossa família, dizia ele, abaixo de Deus, era tudo.

— Abaixo ou acima? — perguntou-lhe tio Cosme um dia.

— Abaixo — repetiu José Dias cheio de veneração.

E minha mãe, que era religiosa, gostou de ver que ele punha Deus no devido lugar, e sorriu aprovando. José Dias agradeceu de cabeça. Minha mãe dava-lhe de

quando em quando alguns cobres. Tio Cosme, que era advogado, confiava-lhe a cópia de papéis de autos.

Capítulo VI
Tio Cosme

Tio Cosme vivia com minha mãe, desde que ela enviuvou. Já então era viúvo, como prima Justina; era a casa dos três viúvos.

A fortuna troca muita vez as mãos à natureza. Formado para as serenas funções do capitalismo, tio Cosme não enriquecia no foro: ia comendo. Tinha o escritório na antiga rua das Violas, perto do júri, que era no extinto Aljube. Trabalhava no crime. José Dias não perdia as defesas orais de tio Cosme. Era quem lhe vestia e despia a toga, com muitos cumprimentos no fim. Em casa, referia os debates. Tio Cosme, por mais modesto que quisesse ser, sorria de persuasão.

Era gordo e pesado, tinha a respiração curta e os olhos dorminhocos. Uma das minhas recordações mais antigas era vê-lo montar todas as manhãs a besta que minha mãe lhe deu e que o levava ao escritório. O preto que a tinha ido buscar à cocheira segurava o freio, enquanto ele erguia o pé e pousava no estribo; a isto seguia-se um minuto de descanso ou reflexão. Depois, dava um impulso, o primeiro, o corpo ameaçava subir, mas não subia; segundo impulso, igual efeito. Enfim, após alguns instantes largos, tio Cosme enfeixava todas as forças físicas e morais, dava o último surto da terra, e desta vez caía em cima do selim. Raramente a besta deixava de mostrar por um gesto que acabava de receber o mundo. Tio Cosme acomodava as carnes, e a besta partia a trote.

Também não me esqueceu o que ele me fez uma tarde. Posto que nascido na roça (donde vim com dois anos) e apesar dos costumes do tempo, eu não sabia montar, e tinha medo ao cavalo. Tio Cosme pegou em mim e escanchou-me em cima da besta. Quando me vi no alto (tinha nove anos), sozinho e desamparado, o chão lá embaixo, entrei a gritar desesperadamente: "Mamãe! mamãe!". Ela acudiu, pálida e trêmula, cuidou que me estivessem matando, apeou-me, afagou-me, enquanto o irmão perguntava:

— Mana Glória, pois um tamanhão destes tem medo de besta mansa?
— Não está acostumado.
— Deve acostumar-se. Padre que seja, se for vigário na roça, é preciso que monte a cavalo; e, aqui mesmo, ainda não sendo padre, se quiser florear como os outros rapazes, e não souber, há de queixar-se de você, mana Glória.
— Pois que se queixe; tenho medo.
— Medo! Ora, medo!

A verdade é que eu só vim a aprender equitação mais tarde, menos por gosto que por vergonha de dizer que não sabia montar. "Agora é que ele vai namorar deveras", disseram quando eu comecei as lições. Não se diria o mesmo de tio Cosme. Nele era velho costume e necessidade. Já não dava para namoros. Contam que, em rapaz, foi aceito de muitas damas, além de partidário exaltado; mas os anos levaram-lhe o

mais do ardor político e sexual, e a gordura acabou com o resto de ideias públicas e específicas. Agora só cumpria as obrigações do ofício e sem amor. Nas horas de lazer vivia olhando ou jogava. Uma ou outra vez dizia pilhérias.

Capítulo VII
D. Glória

Minha mãe era boa criatura. Quando lhe morreu o marido, Pedro de Albuquerque Santiago, contava trinta e um anos de idade, e podia voltar para Itaguaí. Não quis; preferiu ficar perto da igreja em que meu pai fora sepultado. Vendeu a fazendola e os escravos, comprou alguns que pôs ao ganho ou alugou, uma dúzia de prédios, certo número de apólices, e deixou-se estar na casa de Matacavalos, onde vivera os dois últimos anos de casada. Era filha de uma senhora mineira, descendente de outra paulista, a família Fernandes.

Ora, pois, naquele ano da graça de 1857, d. Maria da Glória Fernandes Santiago contava quarenta e dois anos de idade. Era ainda bonita e moça, mas teimava em esconder os saldos da juventude, por mais que a natureza quisesse preservá-la da ação do tempo. Vivia metida em um eterno vestido escuro, sem adornos, com um xale preto, dobrado em triângulo e abrochado ao peito por um camafeu. Os cabelos, em bandós, eram apanhados sobre a nuca por um velho pente de tartaruga; alguma vez trazia touca branca de folhos. Lidava assim, com os seus sapatos de cordovão rasos e surdos, a um lado e outro, vendo e guiando os serviços todos da casa inteira, desde manhã até à noite.

Tenho ali na parede o retrato dela, ao lado do do marido, tais quais na outra casa. A pintura escureceu muito, mas ainda dá ideia de ambos. Não me lembra nada dele, a não ser vagamente que era alto e usava cabeleira grande; o retrato mostra uns olhos redondos, que me acompanham para todos os lados, efeito da pintura que me assombrava em pequeno. O pescoço sai de uma gravata preta de muitas voltas, a cara é toda rapada, salvo um trechozinho pegado às orelhas. O de minha mãe mostra que era linda. Contava então vinte anos, e tinha uma flor entre os dedos. No painel parece oferecer a flor ao marido. O que se lê na cara de ambos é que, se a felicidade conjugal pode ser comparada à sorte grande, eles a tiraram no bilhete comprado de sociedade.

Concluo que não se devem abolir as loterias. Nenhum premiado as acusou ainda de imorais, como ninguém tachou de má a boceta de Pandora por lhe ter ficado a esperança no fundo; em alguma parte há de ela ficar. Aqui os tenho aos dois bem-casados de outrora, os bem-amados, os bem-aventurados, que se foram desta para a outra vida, continuar um sonho provavelmente. Quando a loteria e Pandora me aborrecem, ergo os olhos para eles, e esqueço os bilhetes brancos e a boceta fatídica. São retratos que valem por originais. O de minha mãe, estendendo a flor ao marido, parece dizer: "Sou toda sua, meu guapo cavalheiro!" O de meu pai, olhando para a gente, faz este comentário: "Vejam como esta moça me quer..." Se padeceram moléstias, não sei, como não sei se tiveram desgostos: era criança e comecei por

não ser nascido. Depois da morte dele, lembra-me que ela chorou muito; mas aqui estão os retratos de ambos, sem que o encardido do tempo lhes tirasse a primeira expressão. São como fotografias instantâneas da felicidade.

Capítulo VIII
É tempo

Mas é tempo de tornar àquela tarde de novembro, uma tarde clara e fresca, sossegada como a nossa casa e o trecho da rua em que morávamos. Verdadeiramente foi o princípio da minha vida; tudo o que sucedera antes foi como o pintar e vestir das pessoas que tinham de entrar em cena, o acender das luzes, o preparo das rabecas, a sinfonia... Agora é que eu ia começar a minha ópera. "A vida é uma ópera", dizia-me um velho tenor italiano que aqui viveu e morreu... E explicou-me um dia a definição, em tal maneira que me fez crer nela. Talvez valha a pena dá-la; é só um capítulo.

Capítulo IX
A ópera

Já não tinha voz, mas teimava em dizer que a tinha. "O desuso é que me faz mal", acrescentava. Sempre que uma companhia nova chegava da Europa, ia ao empresário e expunha-lhe todas as injustiças da terra e do céu; o empresário cometia mais uma, e ele saía a bradar contra a iniquidade. Trazia ainda os bigodes dos seus papéis. Quando andava, apesar de velho, parecia cortejar uma princesa de Babilônia. Às vezes, cantarolava, sem abrir a boca, algum trecho ainda mais idoso que ele ou tanto; vozes assim abafadas são sempre possíveis. Vinha aqui jantar comigo algumas vezes. Uma noite, depois de muito Chianti, repetiu-me a definição do costume, e como eu lhe dissesse que a vida tanto podia ser uma ópera como uma viagem de mar ou uma batalha, abanou a cabeça e replicou:

— A vida é uma ópera e uma grande ópera. O tenor e o barítono lutam pelo soprano, em presença do baixo e dos comprimários, quando não são o soprano e o contralto que lutam pelo tenor, em presença do mesmo baixo e dos mesmos comprimários. Há coros numerosos, muitos bailados, e a orquestração é excelente...

— Mas, meu caro Marcolini...

— Quê...?

E, depois de beber um gole de licor, pousou o cálice, e expôs-me a história da criação, com palavras que vou resumir.

Deus é o poeta. A música é de Satanás, jovem maestro de muito futuro, que aprendeu no conservatório do céu. Rival de Miguel, Rafael e Gabriel, não tolerava a precedência que eles tinham na distribuição dos prêmios. Pode ser também que a música em demasia doce e mística daqueles outros condiscípulos fosse aborreci-

vel ao seu gênio essencialmente trágico. Tramou uma rebelião que foi descoberta a tempo, e ele expulso do conservatório. Tudo se teria passado sem mais nada, se Deus não houvesse escrito um libreto de ópera, do qual abrira mão, por entender que tal gênero de recreio era impróprio da sua eternidade. Satanás levou o manuscrito consigo para o inferno. Com o fim de mostrar que valia mais que os outros — e acaso para reconciliar-se com o céu —, compôs a partitura, e logo que a acabou foi levá-la ao Padre Eterno.

— Senhor, não desaprendi as lições recebidas — disse-lhe. — Aqui tendes a partitura, escutai-a, emendai-a, fazei-a executar, e se a achardes digna das alturas, admiti-me com ela a vossos pés...

— Não — retorquiu o Senhor —, não quero ouvir nada.

— Mas, Senhor...

— Nada! nada!

Satanás suplicou ainda, sem melhor fortuna, até que Deus, cansado e cheio de misericórdia, consentiu em que a ópera fosse executada, mas fora do céu. Criou um teatro especial, este planeta, e inventou uma companhia inteira, com todas as partes, primárias e comprimárias, coros e bailarinos.

— Ouvi agora alguns ensaios!

— Não, não quero saber de ensaios. Basta-me haver composto o libreto; estou pronto a dividir contigo os direitos de autor.

Foi talvez um mal essa recusa; dela resultaram alguns desconcertos que a audiência prévia e a colaboração amiga teriam evitado. Com efeito, há lugares em que o verso vai para a direita e a música para a esquerda. Não falta quem diga que nisso mesmo está a beleza da composição, fugindo à monotonia, e assim explicam o terceto do Éden, a ária de Abel, os coros da guilhotina e da escravidão. Não é raro que os mesmos lances se reproduzam, sem razão suficiente. Certos motivos cansam à força de repetição. Também há obscuridades; o maestro abusa das massas corais, encobrindo muita vez o sentido por um modo confuso. As partes orquestrais são aliás tratadas com grande perícia. Tal é a opinião dos imparciais.

Os amigos do maestro querem que dificilmente se possa achar obra tão bem-acabada. Um ou outro admite certas rudezas e tais ou quais lacunas, mas com o andar da ópera é provável que estas sejam preenchidas ou explicadas, e aquelas desapareçam inteiramente, não se negando o maestro a emendar a obra onde achar que não responde de todo ao pensamento sublime do poeta. Já não dizem o mesmo os amigos deste. Juram que o libreto foi sacrificado, que a partitura corrompeu o sentido da letra, e, posto seja bonita em alguns lugares, e trabalhada com arte em outros, é absolutamente diversa e até contrária ao drama. O grotesco, por exemplo, não está no texto do poeta; é uma excrescência para imitar as *Mulheres patuscas de Windsor*. Este ponto é contestado pelos satanistas com alguma aparência de razão. Dizem eles que, ao tempo em que o jovem Satanás compôs a grande ópera, nem essa farsa nem Shakespeare eram nascidos. Chegam a afirmar que o poeta inglês não teve outro gênio senão transcrever a letra da ópera, com tal arte e fidelidade, que parece ele próprio o autor da composição; mas, evidentemente, é um plagiário.

— Esta peça — concluiu o velho tenor — durará enquanto durar o teatro, não se podendo calcular em que tempo será ele demolido por utilidade astronômica. O

êxito é crescente. Poeta e músico recebem pontualmente os seus direitos autorais, que não são os mesmos, porque a regra da divisão é aquilo da Escritura: "Muitos são os chamados, poucos os escolhidos". Deus recebe em ouro, Satanás em papel.

— Tem graça...

— Graça? — bradou ele com fúria; mas aquietou-se logo e replicou: — Caro Santiago, eu não tenho graça, eu tenho horror à graça. Isto que digo é a verdade pura e última. Um dia, quando todos os livros forem queimados por inúteis, há de haver alguém, pode ser que tenor, e talvez italiano, que ensine esta verdade aos homens. Tudo é música, meu amigo. No princípio era o *dó*, e o *dó* fez-se *ré* etc. Este cálice (e enchia-o novamente), este cálice é um breve estribilho. Não se ouve? Também não se ouve o pau nem a pedra, mas tudo cabe na mesma ópera...

Capítulo X
Aceito a teoria

Que é demasiada metafísica para um só tenor, não há dúvida; mas a perda da voz explica tudo, e há filósofos que são, em resumo, tenores desempregados.

Eu, leitor amigo, aceito a teoria do meu velho Marcolini, não só pela verossimilhança, que é muita vez toda a verdade, mas porque a minha vida se casa bem à definição. Cantei um *duo* terníssimo, depois um *trio*, depois um *quatuor*... Mas não adiantemos; vamos à primeira tarde, em que eu vim a saber que já cantava, porque a denúncia de José Dias, meu caro leitor, foi dada principalmente a mim. A mim é que ele me denunciou.

Capítulo XI
A promessa

Tão depressa vi desaparecer o agregado no corredor, deixei o esconderijo, e corri à varanda do fundo. Não quis saber de lágrimas nem da causa que as fazia verter a minha mãe. A causa eram provavelmente os seus projetos eclesiásticos, e a ocasião destes é a que vou dizer, por ser já então história velha; datava de dezesseis anos.

Os projetos vinham do tempo em que fui concebido. Tendo-lhe nascido morto o primeiro filho, minha mãe pegou-se com Deus para que o segundo vingasse, prometendo, se fosse varão, metê-lo na igreja. Talvez esperasse uma menina. Não disse nada a meu pai, nem antes, nem depois de me dar à luz; contava fazê-lo quando eu entrasse para a escola, mas enviuvou antes disso. Viúva, sentiu o terror de separar-se de mim; mas era tão devota, tão temente a Deus, que buscou testemunhas da obrigação, confiando a promessa a parentes e familiares. Unicamente, para que nos separássemos o mais tarde possível, fez-me aprender em casa primeiras letras, latim e doutrina, por aquele padre Cabral, velho amigo do tio Cosme, que ia lá jogar às noites.

Prazos largos são fáceis de subscrever; a imaginação os faz infinitos. Minha mãe esperou que os anos viessem vindo. Entretanto, ia-me afeiçoando à ideia da igreja: brincos de criança, livros devotos, imagens de santos, conversações de casa, tudo convergia para o altar. Quando íamos à missa, dizia-me sempre que era para aprender a ser padre, e que reparasse no padre, não tirasse os olhos do padre. Em casa, brincava de missa — um tanto às escondidas, porque minha mãe dizia que missa não era coisa de brincadeira. Arranjávamos um altar, Capitu e eu. Ela servia de sacristão, e alterávamos o ritual, no sentido de dividirmos a hóstia entre nós; a hóstia era sempre um doce. No tempo em que brincávamos assim, era muito comum ouvir à minha vizinha: "Hoje há missa?" Eu já sabia o que isto queria dizer, respondia afirmativamente, e ia pedir hóstia por outro nome. Voltava com ela, arranjávamos o altar, engrolávamos o latim e precipitávamos as cerimônias. *Dominus, non sum dignus...* Isto, que eu devia dizer três vezes, penso que só dizia uma, tal era a gulodice do padre e do sacristão. Não bebíamos vinho nem água; não tínhamos o primeiro, e a segunda viria tirar-nos o gosto do sacrifício.

Ultimamente não me falavam já do seminário, a tal ponto que eu supunha ser negócio findo. Quinze anos, não havendo vocação, pediam antes o seminário do mundo que o de são José. Minha mãe ficava muita vez a olhar para mim, como alma perdida, ou pegava-me na mão, a pretexto de nada, para apertá-la muito.

Capítulo XII
Na varanda

Parei na varanda; ia tonto, atordoado, as pernas bambas, o coração parecendo querer sair-me pela boca fora. Não me atrevia a descer à chácara e passar ao quintal vizinho. Comecei a andar de um lado para outro, estacando para amparar-me, e andava outra vez e estacava. Vozes confusas repetiam o discurso do José Dias:

"Sempre juntos..."

"Em segredinhos..."

"Se eles pegam de namoro..."

Tijolos que pisei e repisei naquela tarde, colunas amareladas que me passastes à direita ou à esquerda, segundo eu ia ou vinha, em vós me ficou a melhor parte da crise, a sensação de um gozo novo, que me envolvia em mim mesmo, e logo me dispersava, e me trazia arrepios, e me derramava não sei que bálsamo interior. Às vezes dava por mim, sorrindo, um ar de riso de satisfação, que desmentia a abominação do meu pecado. E as vozes repetiam-se confusas:

"Em segredinhos..."

"Sempre juntos..."

"Se eles pegam de namoro..."

Um coqueiro, vendo-me inquieto e adivinhando a causa, murmurou de cima de si que não era feio que os meninos de quinze anos andassem nos cantos com as meninas de catorze; ao contrário, os adolescentes daquela idade não tinham outro ofício, nem os cantos outra utilidade. Era um coqueiro velho, e eu cria nos coquei-

ros velhos, mais ainda que nos velhos livros. Pássaros, borboletas, uma cigarra que ensaiava o estio, toda a gente viva do ar era da mesma opinião.

Com que então eu amava Capitu, e Capitu a mim? Realmente, andava cosido às saias dela, mas não me ocorria nada entre nós que fosse deveras secreto. Antes dela ir para o colégio, eram tudo travessuras de criança; depois que saiu do colégio, é certo que não restabelecemos logo a antiga intimidade, mas esta voltou pouco a pouco, e no último ano era completa. Entretanto, a matéria das nossas conversações era a de sempre. Capitu chamava-me às vezes bonito, mocetão, uma flor; outras pegava-me nas mãos para contar-me os dedos. E comecei a recordar esses e outros gestos e palavras, o prazer que sentia quando ela me passava a mão pelos cabelos, dizendo que os achava lindíssimos. Eu, sem fazer o mesmo aos dela, dizia que os dela eram muito mais lindos que os meus. Então Capitu abanava a cabeça com uma grande expressão de desengano e melancolia, tanto mais de espantar quanto que tinha os cabelos realmente admiráveis; mas eu retorquia chamando-lhe maluca. Quando me perguntava se sonhara com ela na véspera, e eu dizia que não, ouvia-lhe contar que sonhara comigo, e eram aventuras extraordinárias, que subíamos ao Corcovado pelo ar, que dançávamos na lua, ou então que os anjos vinham perguntar-nos pelos nomes, a fim de os dar a outros anjos que acabavam de nascer. Em todos esses sonhos andávamos unidinhos. Os que eu tinha com ela não eram assim, apenas reproduziam a nossa familiaridade, e muita vez não passavam da simples repetição do dia, alguma frase, algum gesto. Também eu os contava. Capitu um dia notou a diferença, dizendo que os dela eram mais bonitos que os meus; eu, depois de certa hesitação, disse-lhe que eram como a pessoa que sonhava... Fez-se cor de pitanga.

Pois, francamente, só agora entendia a emoção que me davam essas e outras confidências. A emoção era doce e nova, mas a causa dela fugia-me, sem que eu a buscasse nem suspeitasse. Os silêncios dos últimos dias, que me não descobriam nada, agora os sentia como sinais de alguma coisa, e assim as meias palavras, as perguntas curiosas, as respostas vagas, os cuidados, o gosto de recordar a infância. Também adverti que era fenômeno recente acordar com o pensamento em Capitu, e escutá-la de memória, e estremecer quando lhe ouvia os passos. Se se falava nela, em minha casa, prestava mais atenção que dantes, e, segundo era louvor ou crítica, assim me trazia gosto ou desgosto mais intensos que outrora, quando éramos somente companheiros de travessuras. Cheguei a pensar nela durante as missas daquele mês, com intervalos, é verdade, mas com exclusivismo também.

Tudo isto me era agora apresentado pela boca de José Dias, que me denunciara a mim mesmo, e a quem eu perdoava tudo, o mal que dissera, o mal que fizera, e o que pudesse vir de um e de outro. Naquele instante, a eterna Verdade não valeria mais que ele, nem a eterna Bondade, nem as demais Virtudes eternas. Eu amava Capitu! Capitu amava-me! E as minhas pernas andavam, desandavam, estacavam, trêmulas e crentes de abarcar o mundo. Esse primeiro palpitar da seiva, essa revelação da consciência a si própria, nunca mais me esqueceu, nem achei que lhe fosse comparável qualquer outra sensação da mesma espécie. Naturalmente por ser minha. Naturalmente também por ser a primeira.

Capítulo XIII
Capitu

De repente, ouvi bradar uma voz de dentro da casa ao pé:

— Capitu!

E no quintal:

— Mamãe!

E outra vez na casa:

— Vem cá!

Não me pude ter. As pernas desceram-me os três degraus que davam para a chácara, e caminharam para o quintal vizinho. Era costume delas, às tardes, e às manhãs também. Que as pernas também são pessoas, apenas inferiores aos braços, e valem de si mesmas, quando a cabeça não as rege por meio de ideias. As minhas chegaram ao pé do muro. Havia ali uma porta de comunicação mandada rasgar por minha mãe, quando Capitu e eu éramos pequenos. A porta não tinha chave nem taramela; abria-se empurrando de um lado ou puxando de outro, e fechava-se ao peso de uma pedra pendente de uma corda. Era quase que exclusivamente nossa. Em crianças, fazíamos visita batendo de um lado, e sendo recebidos do outro com muitas mesuras. Quando as bonecas de Capitu adoeciam, o médico era eu. Entrava no quintal dela com um pau debaixo do braço, para imitar o bengalão do doutor João da Costa; tomava o pulso à doente, e pedia-lhe que mostrasse a língua. "É surda, coitada!", exclamava Capitu. Então eu coçava o queixo, como o doutor, e acabava mandando aplicar-lhe umas sanguessugas ou dar-lhe um vomitório: era a terapêutica habitual do médico.

— Capitu!

— Mamãe!

— Deixa de estar esburacando o muro; vem cá.

A voz da mãe era agora mais perto, como se viesse já da porta dos fundos. Quis passar ao quintal, mas as pernas, há pouco tão andarilhas, pareciam agora presas ao chão. Afinal fiz um esforço, empurrei a porta, e entrei. Capitu estava ao pé do muro fronteiro, voltada para ele, riscando com um prego. O rumor da porta fê-la olhar para trás; ao dar comigo, encostou-se ao muro, como se quisesse esconder alguma coisa. Caminhei para ela; naturalmente levava o gesto mudado, porque ela veio a mim, e perguntou-me inquieta:

— Que é que você tem?

— Eu? Nada.

— Nada, não; você tem alguma coisa.

Quis insistir que nada, mas não achei língua. Todo eu era olhos e coração, um coração que desta vez ia sair, com certeza, pela boca fora. Não podia tirar os olhos daquela criatura de catorze anos, alta, forte e cheia, apertada em um vestido de chita, meio desbotado. Os cabelos grossos, feitos em duas tranças, com as pontas atadas uma à outra, à moda do tempo, desciam-lhe pelas costas. Morena, olhos claros e grandes, nariz reto e comprido, tinha a boca fina e o queixo largo. As mãos, a despeito de alguns ofícios rudes, eram curadas com amor; não cheiravam a sabões finos nem

águas de toucador, mas com água do poço e sabão comum trazia-as sem mácula. Calçava sapatos de duraque, rasos e velhos, a que ela mesma dera alguns pontos.

— Que é que você tem? — repetiu.

— Não é nada — balbuciei finalmente.

E emendei logo:

— É uma notícia.

— Notícia de quê?

Pensei em dizer-lhe que ia entrar para o seminário e espreitar a impressão que lhe faria. Se a consternasse, é que realmente gostava de mim; se não, é que não gostava. Mas todo esse cálculo foi obscuro e rápido; senti que não poderia falar claramente, tinha agora a vista não sei como...

— Então?

— Você sabe...

Nisto olhei para o muro, o lugar em que ela estivera riscando, escrevendo ou esburacando, como dissera a mãe. Vi uns riscos abertos, e lembrou-me o gesto que ela fizera para cobri-los. Então quis vê-los de perto, e dei um passo. Capitu agarrou-me, mas, ou por temer que eu acabasse fugindo, ou por negar de outra maneira, correu adiante e apagou o escrito. Foi o mesmo que acender em mim o desejo de ler o que era.

Capítulo XIV
A inscrição

Tudo o que contei no fim do outro capítulo foi obra de um instante. O que se lhe seguiu foi ainda mais rápido. Dei um pulo, e antes que ela raspasse o muro, li estes dois nomes, abertos ao prego, e assim dispostos:

BENTO
CAPITOLINA

Voltei-me para ela; Capitu tinha os olhos no chão. Ergueu-os logo, devagar, e ficamos a olhar um para o outro... Confissão de crianças, tu valias bem duas ou três páginas, mas quero ser poupado. Em verdade, não falamos nada; o muro falou por nós. Não nos movemos, as mãos é que se estenderam pouco a pouco, todas quatro, pegando-se, apertando-se, fundindo-se. Não marquei a hora exata daquele gesto. Devia tê-la marcado; sinto a falta de uma nota escrita naquela mesma noite, e que eu poria aqui com os erros de ortografia que trouxesse, mas não traria nenhum, tal era a diferença entre o estudante e o adolescente. Conhecia as regras do escrever, sem suspeitar as do amar; tinha orgias de latim e era virgem de mulheres.

Não soltamos as mãos, nem elas se deixaram cair de cansadas ou de esquecidas. Os olhos fitavam-se e desfitavam-se, e depois de vagarem ao perto, tornavam a meter-se uns pelos outros... Padre futuro, estava assim diante dela como de um altar, sendo uma das faces a Epístola e a outra o Evangelho. A boca podia ser o cálice,

os lábios a patena. Faltava dizer a missa nova, por um latim que ninguém aprende, e é a língua católica dos homens. Não me tenhas por sacrílego, leitora minha devota; a limpeza da intenção lava o que puder haver menos curial no estilo. Estávamos ali com o céu em nós. As mãos, unindo os nervos, faziam das duas criaturas uma só, mas uma só criatura seráfica. Os olhos continuaram a dizer coisas infinitas, as palavras de boca é que nem tentavam sair, tornavam ao coração caladas como vinham...

Capítulo XV
Outra voz repentina

Outra voz repentina, mas desta vez uma voz de homem:
— Vocês estão jogando o siso?
Era o pai de Capitu, que estava à porta dos fundos, ao pé da mulher. Soltamos as mãos depressa, e ficamos atrapalhados. Capitu foi ao muro, e, com o prego, disfarçadamente, apagou os nossos nomes escritos.
— Capitu!
— Papai!
— Não me estragues o reboco do muro.
Capitu riscava sobre o riscado, para apagar bem o escrito. Pádua saiu ao quintal, a ver o que era, mas já a filha tinha começado outra coisa, um perfil, que disse ser o retrato dele, e tanto podia ser dele como da mãe; fê-lo rir, era o essencial. De resto, ele chegou sem cólera, todo meigo, apesar do gesto duvidoso, ou menos que duvidoso, em que nos apanhou. Era um homem baixo e grosso, pernas e braços curtos, costas abauladas, donde lhe veio a alcunha de Tartaruga, que José Dias lhe pôs. Ninguém lhe chamava assim lá em casa; era só o agregado.
— Vocês estavam jogando o siso? — perguntou.
Olhei para um pé de sabugueiro que ficava perto; Capitu respondeu por ambos.
— Estávamos, sim, senhor, mas Bentinho ri logo, não aguenta.
— Quando eu cheguei à porta, não ria.
— Já tinha rido das outras vezes; não pode. Papai quer ver?
E séria, fitou em mim os olhos, convidando-me ao jogo. O susto é naturalmente sério; eu estava ainda sob a ação do que trouxe a entrada de Pádua, e não fui capaz de rir, por mais que devesse fazê-lo, para legitimar a resposta de Capitu. Esta, cansada de esperar, desviou o rosto, dizendo que eu não ria daquela vez por estar ao pé do pai. E nem assim ri. Há coisas que só se aprendem tarde; é mister nascer com elas para fazê-las cedo. E melhor é naturalmente cedo que artificialmente tarde. Capitu, após duas voltas, foi ter com a mãe, que continuava à porta da casa, deixando-nos a mim e ao pai encantados dela; o pai, olhando para ela e para mim, dizia-me, cheio de ternura:
— Quem dirá que esta pequena tem catorze anos? Parece dezessete. Mamãe está boa? — continuou voltando-se inteiramente para mim.
— Está.
— Há muitos dias que não a vejo. Estou com vontade de dar um capote ao doutor, mas não tenho podido, ando com trabalhos da repartição, em casa; escrevo

todas as noites que é um desespero; negócio de relatório. Você já viu o meu gaturamo? Está ali no fundo. Ia agora mesmo buscar a gaiola; ande ver.

Que o meu desejo era nenhum, crê-se facilmente, sem ser preciso jurar pelo céu nem pela terra. Meu desejo era ir atrás de Capitu e falar-lhe agora do mal que nos esperava, mas o pai era o pai, e demais amava particularmente os passarinhos. Tinha-os de vária espécie, cor e tamanho. A área que havia no centro da casa era cercada de gaiolas de canários, que faziam cantando um barulho de todos os diabos. Trocava pássaros com outros amadores, comprava-os, apanhava alguns no próprio quintal, armando alçapões. Também, se adoeciam, tratava deles como se fossem gente.

Capítulo XVI
O administrador interino

Pádua era empregado em repartição dependente do Ministério da Guerra. Não ganhava muito, mas a mulher gastava pouco, e a vida era barata. Demais, a casa em que morava, assobradada como a nossa, posto que menor, era propriedade dele. Comprou-a com a sorte grande que lhe saiu num meio bilhete de loteria, dez contos de réis. A primeira ideia do Pádua, quando lhe saiu o prêmio, foi comprar um cavalo do Cabo, um adereço de brilhantes para a mulher, uma sepultura perpétua de família, mandar vir da Europa alguns pássaros etc.; mas a mulher, esta d. Fortunata que ali está à porta dos fundos da casa, em pé, falando à filha, alta, forte, cheia, como a filha, a mesma cabeça, os mesmos olhos claros, a mulher é que lhe disse que o melhor era comprar a casa, e guardar o que sobrasse para acudir às moléstias grandes. Pádua hesitou muito; afinal, teve de ceder aos conselhos de minha mãe, a quem d. Fortunata pediu auxílio. Nem foi só nessa ocasião que minha mãe lhes valeu; um dia chegou a salvar a vida ao Pádua. Escutai; a anedota é curta.

O administrador da repartição em que Pádua trabalhava teve de ir ao norte, em comissão. Pádua, ou por ordem regulamentar, ou por especial designação, ficou substituindo o administrador com os respectivos honorários. Esta mudança de fortuna trouxe-lhe certa vertigem; era antes dos dez contos. Não se contentou de reformar a roupa e a copa, atirou-se às despesas supérfluas, deu joias à mulher, nos dias de festa matava um leitão, era visto em teatros, chegou aos sapatos de verniz. Viveu assim vinte e dois meses na suposição de uma eterna interinidade. Uma tarde entrou em nossa casa, aflito e desvairado, ia perder o lugar, porque chegara o efetivo naquela manhã. Pediu a minha mãe que velasse pelas infelizes que deixava; não podia sofrer a desgraça, matava-se. Minha mãe falou-lhe com bondade, mas ele não atendia a coisa nenhuma.

— Não, minha senhora, não consentirei em tal vergonha! Fazer descer a família, tornar atrás... Já disse, mato-me! Não hei de confessar à minha gente essa miséria. E os outros? Que dirão os vizinhos? E os amigos? E o público?

— Que público, senhor Pádua? Deixe-se disso; seja homem. Lembre-se que sua mulher não tem outra pessoa... e que há de fazer? Pois um homem... Seja homem, ande.

Pádua enxugou os olhos e foi para casa, onde viveu prostrado alguns dias, mudo, fechado na alcova — ou então no quintal, ao pé do poço, como se a ideia da morte teimasse nele. D. Fortunata ralhava:

— Joãozinho, você é criança?

Mas, tanto lhe ouviu falar em morte que teve medo, e um dia correu a pedir a minha mãe que lhe fizesse o favor de ver se lhe salvava o marido que se queria matar. Minha mãe foi achá-lo à beira do poço, e intimou-lhe que vivesse. Que maluquice era aquela de parecer que ia ficar desgraçado por causa de uma gratificação menos, e perder um emprego interino? Não, senhor, devia ser homem, pai de família, imitar a mulher e a filha... Pádua obedeceu; confessou que acharia forças para cumprir a vontade de minha mãe.

— Vontade minha, não; é obrigação sua.

— Pois seja obrigação; não desconheço que é assim mesmo.

Nos dias seguintes, continuou a entrar e sair de casa, cosido à parede, cara no chão. Não era o mesmo homem que estragava o chapéu em cortejar a vizinhança, risonho, olhos no ar, antes mesmo da administração interina. Vieram as semanas, a ferida foi sarando. Pádua começou a interessar-se pelos negócios domésticos, a cuidar dos passarinhos, a dormir tranquilo as noites e as tardes, a conversar e dar notícias da rua. A serenidade regressou; atrás dela veio a alegria, um domingo, na figura de dois amigos, que iam jogar o solo, a tentos. Já ele ria, já brincava, tinha o ar do costume; a ferida sarou de todo.

Com o tempo veio um fenômeno interessante. Pádua começou a falar da administração interina, não somente sem as saudades dos honorários, nem o vexame da perda, mas até com desvanecimento e orgulho. A administração ficou sendo a hégira, donde ele contava para diante e para trás.

— No tempo em que eu era administrador...

Ou então:

— Ah! sim, lembra-me, foi antes da minha administração, um ou dois meses antes... Ora espere; a minha administração começou... É isto, mês e meio antes; foi mês e meio antes, não foi mais.

Ou ainda:

— Justamente; havia já seis meses que eu administrava...

Tal é o sabor póstumo das glórias interinas. José Dias bradava que era a vaidade sobrevivente; mas o padre Cabral, que levava tudo para a Escritura, dizia que com o vizinho Pádua se dava a lição de Elifaz a Jó: "Não desprezes a correção do Senhor; ele fere e cura".

Capítulo XVII
Os vermes

"Ele fere e cura!" Quando, mais tarde, vim a saber que a lança de Aquiles também curou uma ferida que fez, tive tais ou quais veleidades de escrever uma dissertação a esse propósito. Cheguei a pegar em livros velhos, livros mortos, livros enterrados, a abri-los, a compará-los, catando o texto e o sentido, para achar a origem comum

do oráculo pagão e do pensamento israelita. Catei os próprios vermes dos livros, para que me dissessem o que havia nos textos roídos por eles.

— Meu senhor — respondeu-me um longo verme gordo —, nós não sabemos absolutamente nada dos textos que roemos, nem escolhemos o que roemos, nem amamos ou detestamos o que roemos; nós roemos.

Não lhe arranquei mais nada. Os outros todos, como se houvessem passado palavra, repetiam a mesma cantilena. Talvez esse discreto silêncio sobre os textos roídos fosse ainda um modo de roer o roído.

Capítulo XVIII
Um plano

Pai nem mãe foram ter conosco, quando Capitu e eu, na sala de visitas, falávamos do seminário. Com os olhos em mim, Capitu queria saber que notícia era a que me afligia tanto. Quando lhe disse o que era, fez-se cor de cera.

— Mas eu não quero — acudi logo —, não quero entrar em seminários; não entro, é escusado teimarem comigo, não entro.

Capitu, a princípio não disse nada. Recolheu os olhos, meteu-os em si e deixou-se estar com as pupilas vagas e surdas, a boca entreaberta, toda parada. Então eu, para dar força às afirmações, comecei a jurar que não seria padre. Naquele tempo jurava muito e rijo, pela vida e pela morte. Jurei pela hora da morte. Que a luz me faltasse na hora da morte se fosse para o seminário. Capitu não parecia crer nem descrer, não parecia sequer ouvir; era uma figura de pau. Quis chamá-la, sacudi-la, mas faltou-me ânimo. Essa criatura que brincara comigo, que pulara, dançara, creio até que dormira comigo, deixava-me agora com os braços atados e medrosos. Enfim, tornou a si, mas tinha a cara lívida, e rompeu nestas palavras furiosas:

— Beata! carola! papa-missas!

Fiquei aturdido. Capitu gostava tanto de minha mãe, e minha mãe dela, que eu não podia entender tamanha explosão. É verdade que também gostava de mim, e naturalmente mais, ou melhor, ou de outra maneira, coisa bastante a explicar o despeito que lhe trazia a ameaça da separação; mas os impropérios, como entender que lhe chamasse nomes tão feios, e principalmente para deprimir costumes religiosos, que eram os seus? Que ela também ia à missa, e três ou quatro vezes minha mãe é que a levou, na nossa velha sege. Também lhe dera um rosário, uma cruz de ouro e um livro de *Horas*... Quis defendê-la, mas Capitu não me deixou, continuou a chamar-lhe beata e carola, em voz tão alta que tive medo fosse ouvida dos pais. Nunca a vi tão irritada como então; parecia disposta a dizer tudo a todos. Cerrava os dentes, abanava a cabeça... Eu, assustado, não sabia que fizesse; repetia os juramentos, prometia ir naquela mesma noite declarar em casa que, por nada neste mundo, entraria no seminário.

— Você? Você entra.
— Não entro.

— Você verá se entra ou não.

Calou-se outra vez. Quando tornou a falar, tinha mudado; não era ainda a Capitu do costume, mas quase. Estava séria, sem aflição, falava baixo. Quis saber a conversação da minha casa; eu contei-lha toda, menos a parte que lhe dizia respeito.

— E que interesse tem José Dias em lembrar isso? — perguntou-me no fim.

— Acho que nenhum; foi só para fazer mal. É um sujeito muito ruim; mas, deixe estar que me há de pagar. Quando eu for dono da casa, quem vai para a rua é ele, você verá; não me fica um instante. Mamãe é boa demais; dá-lhe atenção demais. Parece até que chorou.

— José Dias?

— Não, mamãe.

— Chorou por quê?

— Não sei; ouvi só dizer que ela não chorasse, que não era coisa de choro... Ele chegou a mostrar-se arrependido, e saiu; eu então, para não ser apanhado, deixei o canto e corri para a varanda. Mas, deixe estar, que ele me paga!

Disse isto fechando o punho, e proferi outras ameaças. Ao relembrá-las, não me acho ridículo; a adolescência e a infância não são, neste ponto, ridículas; é um dos seus privilégios. Esse mal ou esse perigo começa na mocidade, cresce na madureza e atinge o maior grau na velhice. Aos quinze anos, há até certa graça em ameaçar muito e não executar nada.

Capitu refletia. A reflexão não era coisa rara nela, e conheciam-se as ocasiões pelo apertado dos olhos. Pediu-me algumas circunstâncias mais, as próprias palavras de uns e de outros, e o tom delas. Como eu não queria dizer o ponto inicial da conversa, que era ela mesma, não lhe pude dar toda a significação. A atenção de Capitu estava agora particularmente nas lágrimas de minha mãe; não acabava de entendê-las. Em meio disso, confessou que certamente não era por mal que minha mãe me queria fazer padre; era a promessa antiga, que ela, temente a Deus, não podia deixar de cumprir. Fiquei tão satisfeito de ver que assim espontaneamente reparava as injúrias que lhe saíram do peito pouco antes, que peguei da mão dela e apertei-a muito. Capitu deixou-se ir, rindo; depois a conversa entrou a cochilar e dormir. Tínhamos chegado à janela; um preto, que, desde algum tempo, vinha apregoando cocadas, parou em frente e perguntou:

— Sinhazinha, qué cocada hoje?

— Não — respondeu Capitu.

— Cocadinha tá boa.

— Vá-se embora — replicou ela sem rispidez.

— Dê cá! — disse eu, descendo o braço para receber duas.

Comprei-as, mas tive de as comer sozinho; Capitu recusou. Vi que, em meio da crise, eu conservava um canto para as cocadas, o que tanto pode ser perfeição como imperfeição, mas o momento não é para definições tais; fiquemos em que a minha amiga, apesar de equilibrada e lúcida, não quis saber de doce, e gostava muito de doce. Ao contrário, o pregão que o preto foi cantando, o pregão das velhas tardes, tão sabido do bairro e da nossa infância:

> Chora, menina, chora,
> Chora, porque não tem
> Vintém,

a modo que lhe deixara uma impressão aborrecida. Da toada não era; ela a sabia de cor e de longe, usava repeti-la nos nossos jogos da puerícia, rindo, saltando, trocando os papéis comigo, ora vendendo, ora comprando um doce ausente. Creio que a letra, destinada a picar a vaidade das crianças, foi que a enojou agora, porque logo depois me disse:

— Se eu fosse rica, você fugia, metia-se no paquete e ia para a Europa.

Dito isto, espreitou-me os olhos, mas creio que eles não lhe disseram nada, ou só agradeceram a boa intenção. Com efeito, o sentimento era tão amigo que eu podia escusar o extraordinário da aventura.

Como vês, Capitu, aos catorze anos, tinha já ideias atrevidas, muito menos que outras que lhe vieram depois; mas eram só atrevidas em si, na prática faziam-se hábeis, sinuosas, surdas, e alcançavam o fim proposto, não de salto, mas aos saltinhos. Não sei se me explico bem. Suponde uma concepção grande executada por meios pequenos. Assim, para não sair do desejo vago e hipotético de me mandar para a Europa, Capitu, se pudesse cumpri-lo, não me faria embarcar no paquete e fugir: estenderia uma fila de canoas daqui até lá, por onde eu, parecendo ir à fortaleza da Laje em ponte movediça, iria realmente até Bordéus, deixando minha mãe na praia, à espera. Tal era a feição particular do caráter da minha amiga; pelo que, não admira que, combatendo os meus projetos de resistência franca, fosse antes pelos meios brandos, pela ação do empenho, da palavra, da persuasão lenta e diuturna, e examinasse antes as pessoas com quem podíamos contar. Rejeitou tio Cosme; era um "boa-vida"; se não aprovava a minha ordenação, não era capaz de dar um passo para suspendê-la. Prima Justina era melhor que ele, e melhor que os dois seria o padre Cabral, pela autoridade, mas o padre não havia de trabalhar contra a igreja; só se eu lhe confessasse que não tinha vocação...

— Posso confessar?

— Pois, sim, mas seria aparecer francamente, e o melhor é outra coisa. José Dias...

— Que tem José Dias?

— Pode ser um bom empenho.

— Mas se foi ele mesmo que falou...

— Não importa — continuou Capitu —; dirá agora outra coisa. Ele gosta muito de você. Não lhe fale acanhado. Tudo é que você não tenha medo, mostre que há de vir a ser dono da casa, mostre que quer e que pode. Dê-lhe bem a entender que não é favor. Faça-lhe também elogios; ele gosta muito de ser elogiado. Dona Glória presta-lhe atenção; mas o principal não é isso; é que ele, tendo de servir a você, falará com muito mais calor que outra pessoa.

— Não acho, não, Capitu.

— Então vá para o seminário.

— Isso não.

— Mas que se perde em experimentar? Experimentemos; faça o que lhe digo. Dona Glória pode ser que mude de resolução; se não mudar, faz-se outra coisa, mete-se então o padre Cabral. Você não se lembra como é que foi ao teatro pela primeira vez, há dois meses? Dona Glória não queria, e bastava isso para que José Dias não teimasse; mas ele queria ir, e fez um discurso, lembra-se?

— Lembra-me; disse que o teatro era uma escola de costumes.

— Justo; tanto falou que sua mãe acabou consentindo, e pagou a entrada aos dois... Ande, peça, mande. Olhe; diga-lhe que está pronto a ir estudar leis em São Paulo.

Estremeci de prazer. São Paulo era um frágil biombo, destinado a ser arredado um dia, em vez da grossa parede espiritual e eterna. Prometi falar a José Dias nos termos propostos. Capitu repetiu-os, acentuando alguns, como principais; e inquiria-me depois sobre eles, a ver se entendera bem, se não trocara uns por outros. E insistia em que pedisse com boa cara, mas assim como quem pede um copo de água a pessoa que tem obrigação de o trazer. Conto estas minúcias para que melhor se entenda aquela manhã da minha amiga; logo virá a tarde, e da manhã e da tarde se fará o primeiro dia, como no Gênesis, onde se fizeram sucessivamente sete.

Capítulo XIX
Sem falta

Quando voltei a casa, era noite. Vim depressa, não tanto, porém, que não pensasse nos termos em que falaria ao agregado. Formulei o pedido de cabeça, escolhendo as palavras que diria e o tom delas, entre seco e benévolo. Na chácara, antes de entrar em casa, repeti-as comigo, depois em voz alta, para ver se eram adequadas e se obedeciam às recomendações de Capitu: "Preciso falar-lhe, *sem falta*, amanhã; escolha o lugar e diga-me". Proferi-as lentamente, e mais lentamente ainda as palavras *sem falta*, como para sublinhá-las. Repeti-as ainda, e então achei-as secas demais, quase ríspidas, e, francamente, impróprias de um criançola para um homem maduro. Cuidei de escolher outras, e parei.

Afinal disse comigo que as palavras podiam servir, tudo era dizê-las em tom que não ofendesse. E a prova é que, repetindo-as novamente, saíram-me quase súplices. Bastava não carregar tanto, nem adoçar muito, um meio-termo. "E Capitu tem razão", pensei, "a casa é minha, ele é um simples agregado... Jeitoso é, pode muito bem trabalhar por mim, e desfazer o plano de mamãe."

Capítulo XX
Mil padre-nossos e mil ave-marias

Levantei os olhos ao céu, que começava a embruscar-se, mas não foi para vê-lo coberto ou descoberto. Era ao outro céu que eu erguia a minha alma; era ao meu refúgio, ao meu amigo. E então disse de mim para mim:

— Prometo rezar mil padre-nossos e mil ave-marias se José Dias arranjar que eu não vá para o seminário.

A soma era enorme. A razão é que eu andava carregado de promessas não cumpridas. A última foi de duzentos padre-nossos e duzentas ave-marias, se não chovesse em certa tarde de passeio a Santa Teresa. Não choveu, mas eu não rezei as

orações. Desde pequenino acostumara-me a pedir ao céu os seus favores, mediante orações que diria, se eles viessem. Disse as primeiras, as outras foram adiadas, e à medida que se amontoavam iam sendo esquecidas. Assim cheguei aos números vinte, trinta, cinquenta. Entrei nas centenas e agora no milhar. Era um modo de peitar a vontade divina pela quantia das orações; além disso, cada promessa nova era feita e jurada no sentido de pagar a dívida antiga. Mas vão lá matar a preguiça de uma alma que a trazia do berço e não a sentia atenuada pela vida! O céu fazia-me o favor, eu adiava a paga. Afinal perdi-me nas contas.

— Mil, mil — repeti comigo.

Realmente, a matéria do benefício era agora imensa, não menos que a salvação ou o naufrágio da minha existência inteira. Mil, mil, mil. Era preciso uma soma que pagasse os atrasados todos. Deus podia muito bem, irritado com os esquecimentos, negar-se a ouvir-me sem muito dinheiro... Homem grave, é possível que essas agitações de menino te enfadem, se é que não as achas ridículas. Sublimes não eram. Cogitei muito no modo de resgatar a dívida espiritual. Não achava outra espécie em que, mediante a intenção, tudo se cumprisse, fechando a escrituração da minha consciência moral sem déficit. Mandar dizer cem missas, ou subir de joelhos a ladeira da Glória para ouvir uma, ir à Terra Santa, tudo o que as velhas escravas me contavam de promessas célebres, tudo me acudia sem se fixar de vez no espírito. Era muito duro subir uma ladeira de joelhos; devia feri-los por força. A Terra Santa ficava muito longe. As missas eram numerosas, podiam empenhar-me outra vez a alma...

Capítulo XXI
Prima Justina

Na varanda achei prima Justina, passeando de um lado para outro. Veio ao patamar e perguntou-me onde estivera.

— Estive aqui ao pé, conversando com dona Fortunata, e distraí-me. É tarde, não é? Mamãe perguntou por mim?

— Perguntou, mas eu disse que você já tinha vindo.

A mentira espantou-me, não menos que a franqueza da notícia. Não é que prima Justina fosse de biocos; dizia francamente a Pedro o mal que pensava de Paulo, e a Paulo o que pensava de Pedro; mas, confessar que mentira é que me pareceu novidade. Era quadragenária, magra e pálida, boca fina e olhos curiosos. Vivia conosco por favor de minha mãe, e também por interesse; minha mãe queria ter uma senhora íntima ao pé de si, e antes parenta que estranha.

Passeamos alguns minutos na varanda, alumiada por um lampião. Quis saber se eu não esquecera os projetos eclesiásticos de minha mãe, e dizendo-lhe eu que não, inquiriu-me sobre o gosto que eu tinha à vida de padre. Respondi esquivo:

— Vida de padre é muito bonita.

— Sim, é bonita; mas o que pergunto é se você gostaria de ser padre — explicou rindo.

— Eu gosto do que mamãe quiser.

— Prima Glória deseja muito que você se ordene, mas ainda que não desejasse, há cá em casa quem lhe meta isso na cabeça.

— Quem é?

— Ora, quem! Quem é que há de ser? Primo Cosme não é, que não se importa com isso; eu também não.

— José Dias? — concluí.

— Naturalmente.

Enruguei a testa interrogativamente, como se não soubesse nada. Prima Justina completou a notícia dizendo que ainda naquela tarde José Dias lembrara a minha mãe a promessa antiga.

— Prima Glória pode ser que, em passando os dias, vá esquecendo a promessa; mas como há de esquecer se uma pessoa estiver sempre, nos ouvidos, zás que darás, falando do seminário? E os discursos que ele faz, os elogios da igreja, e que a vida de padre é isto e aquilo, tudo com aquelas palavras que só ele conhece, e aquela afetação... Note que é só para fazer mal, porque ele é tão religioso, como este lampião. Pois é verdade, ainda hoje. Você não se dê por achado... Hoje de tarde falou como você não imagina.

— Mas falou à toa? — perguntei, a ver se ela contava a denúncia do meu namoro com a vizinha.

Não contou; fez apenas um gesto como indicando que havia outra coisa que não podia dizer. Novamente me recomendou que não me desse por achado, e recapitulou todo o mal que pensava de José Dias, e não era pouco, um intrigante, um bajulador, um especulador, e, apesar da casca de polidez, um grosseirão. Eu, passados alguns instantes, disse:

— Prima Justina, a senhora era capaz de uma coisa?

— De quê?

— Era capaz de... Suponha que eu não gostasse de ser padre... a senhora podia pedir a mamãe...

— Isso não — atalhou prontamente —; prima Glória tem esse negócio firme na cabeça, e não há nada no mundo que a faça mudar de resolução; só o tempo. Você ainda era pequenino, já ela contava isso a todas as pessoas da nossa amizade, ou só conhecidas. Lá avivar-lhe a memória, não, que eu não trabalho para a desgraça dos outros; mas também, pedir outra coisa, não peço. Se ela me consultasse, bem; se ela me dissesse: "Prima Justina, você que acha?", a minha resposta era: "Prima Glória, eu penso que, se ele gosta de ser padre, pode ir; mas, se não gosta, o melhor é ficar". É o que eu diria e direi se ela me consultar algum dia. Agora, ir falar-lhe sem ser chamada, não faço.

Capítulo XXII
Sensações alheias

Não alcancei mais nada, e para o fim arrependi-me do pedido: devia ter seguido o conselho de Capitu. Então, como eu quisesse ir para dentro, prima Justina reteve-me alguns minutos, falando do calor e da próxima festa da Conceição, dos meus velhos oratórios, e finalmente de Capitu. Não disse mal dela; ao contrário insinuou-me que podia vir a ser uma moça bonita. Eu, que já a achava lindíssima, bradaria que era a mais bela criatura do mundo, se o receio me não fizesse discreto. Entretanto, como prima Justina se metesse a elogiar-lhe os modos, a gravidade, os costumes, o trabalhar para os seus, o amor que tinha a minha mãe, tudo isso me acendeu a ponto de elogiá-la também. Quando não era com palavras, era com o gesto de aprovação que dava a cada uma das asserções da outra, e certamente com a felicidade que devia iluminar-me a cara. Não adverti que assim confirmava a denúncia de José Dias, ouvida por ela, à tarde, na sala de visitas, se é que também ela não desconfiava já. Só pensei nisso na cama. Só então senti que os olhos de prima Justina, quando eu falava, pareciam apalpar-me, ouvir-me, cheirar-me, gostar-me, fazer o ofício de todos os sentidos. Ciúmes não podia ser; entre um pirralho da minha idade e uma viúva quarentona não havia lugar para ciúmes. É certo que, após algum tempo, modificou os elogios a Capitu, e até lhe fez algumas críticas, disse-me que era um pouco trêfega e olhava por baixo; mas ainda assim, não creio que fossem ciúmes. Creio antes... sim... sim, creio isto. Creio que prima Justina achou no espetáculo das sensações alheias uma ressurreição vaga das próprias. Também se goza por influição dos lábios que narram.

Capítulo XXIII
Prazo dado

— Preciso falar-lhe amanhã, sem falta; escolha o lugar e diga-me.

Creio que José Dias achou desusado este meu falar. O tom não me sairia tão imperativo como eu receava, mas as palavras o eram, e o não interrogar, não pedir, não hesitar, como era próprio da criança e do meu estilo habitual, certamente lhe deu ideia de uma pessoa nova e de uma nova situação. Foi no corredor, quando íamos para o chá; José Dias vinha andando cheio da leitura de Walter Scott que fizera a minha mãe e a prima Justina. Lia cantado e compassado. Os castelos e os parques saíam maiores da boca dele, os lagos tinham mais água e a "abóbada celeste" contava alguns milhares mais de estrelas centelhantes. Nos diálogos, alternava o som das vozes, que eram levemente grossas ou finas, conforme o sexo dos interlocutores, e reproduziam com moderação a ternura e a cólera.

Ao despedir-se de mim, na varanda, disse-me ele:

— Amanhã, na rua. Tenho umas compras que fazer, você pode ir comigo, pedirei a mamãe. É dia de lição?

— A lição foi hoje.
— Perfeitamente. Não lhe pergunto o que é; afirmo desde já que é matéria grave e pura.
— Sim, senhor.
— Até amanhã.

Fez-se tudo o melhor possível. Houve só uma alteração: minha mãe achou o dia quente e não consentiu que eu fosse a pé; entramos no ônibus, à porta de casa.

— Não importa — disse-me José Dias —; podemos apear-nos à porta do Passeio Público.

Capítulo XXIV
De mãe e de servo

José Dias tratava-me com extremos de mãe e atenções de servo. A primeira coisa que conseguiu logo que comecei a andar fora, foi dispensar-me o pajem; fez-se pajem, ia comigo à rua. Cuidava dos meus arranjos em casa, dos meus livros, dos meus sapatos, da minha higiene e da minha prosódia. Aos oito anos os meus plurais careciam, alguma vez, da desinência exata, ele a corrigia, meio sério para dar autoridade à lição, meio risonho para obter o perdão da emenda. Ajudava assim o mestre de primeiras letras. Mais tarde, quando o padre Cabral me ensinava latim, doutrina e história sagrada, ele assistia às lições, fazia reflexões eclesiásticas, e, no fim, perguntava ao padre: "Não é verdade que o nosso jovem amigo caminha depressa?" Chamava-me "um prodígio"; dizia a minha mãe ter conhecido outrora meninos muito inteligentes, mas que eu excedia a todos esses, sem contar que, para a minha idade, possuía já certo número de qualidades morais sólidas. Eu, posto não avaliasse todo o valor deste outro elogio, gostava do elogio; era um elogio.

Capítulo XXV
No Passeio Público

Entramos no Passeio Público. Algumas caras velhas, outras doentes ou só vadias espalhavam-se melancolicamente no caminho que vai da porta ao terraço. Seguimos para o terraço. Andando, para me dar ânimo, falei do jardim:

— Há muito tempo que não venho aqui, talvez um ano.
— Perdoe-me — atalhou ele —, não há três meses que esteve aqui com o nosso vizinho Pádua; não se lembra?
— É verdade, mas foi tão de passagem...
— Ele pediu a sua mãe que o deixasse trazer consigo, e ela, que é boa como a mãe de Deus, consentiu; mas ouça-me, já que falamos nisso, não é bonito que você ande com o Pádua na rua.

— Mas eu andei algumas vezes...

— Quando era mais jovem; em criança, era natural, ele podia passar por criado. Mas você está ficando moço, e ele vai tomando confiança. Dona Glória, afinal, não pode gostar disto. A gente Pádua não é de todo má. Capitu, apesar daqueles olhos que o diabo lhe deu... Você já reparou nos olhos dela? São assim de cigana oblíqua e dissimulada. Pois, apesar deles, poderia passar, se não fosse a vaidade e a adulação. Oh! a adulação! Dona Fortunata merece estima, e ele não nego que seja honesto, tem um bom emprego, possui a casa em que mora, mas honestidade e estima não bastam, e as outras qualidades perdem muito de valor com as más companhias em que ele anda. Pádua tem uma tendência para gente reles. Em lhe cheirando a homem chulo, é com ele. Não digo isto por ódio, nem porque ele fale mal de mim e se ria, como se riu, há dias, dos meus sapatos acalcanhados...

— Perdão — interrompi, suspendendo o passo —, nunca ouvi que falasse mal do senhor; pelo contrário, um dia, não há muito tempo, disse ele a um sujeito, em minha presença, que o senhor era "um homem de capacidade e sabia falar como um deputado nas câmaras".

José Dias sorriu deliciosamente, mas fez um esforço grande e fechou outra vez o rosto; depois replicou:

— Não lhe agradeço nada. Outros, de melhor sangue, me têm feito o favor de juízos altos. E nada disso impede que ele seja o que lhe digo.

Tínhamos outra vez andado, subimos ao terraço, e olhamos para o mar.

— Vejo que o senhor não quer senão o meu benefício — disse eu depois de alguns instantes.

— Pois que outra coisa, Bentinho?

— Neste caso, peço-lhe um favor.

— Um favor? Mande, ordene, que é?

— Mamãe...

Durante algum tempo não pude dizer o resto, que era pouco, e vinha de cor. José Dias tornou a perguntar o que era, sacudia-me com brandura, levantava-me o queixo e espetava os olhos em mim, ansioso também, como a prima Justina na véspera.

— Mamãe quê? Que é que tem mamãe?

— Mamãe quer que eu seja padre, mas eu não posso ser padre — disse finalmente.

José Dias endireitou-se, pasmado.

— Não posso — continuei eu, não menos pasmado que ele —, não tenho jeito, não gosto da vida de padre. Estou por tudo o que ela quiser; mamãe sabe que eu faço tudo o que ela manda; estou pronto a ser o que for do seu agrado, até cocheiro de ônibus. Padre, não; não posso ser padre. A carreira é bonita, mas não é para mim.

Todo esse discurso não me saiu assim, de vez, enfiado naturalmente, peremptório, como pode parecer do texto, mas aos pedaços, mastigado, em voz um pouco surda e tímida. Não obstante, José Dias ouvira-o espantado. Não contava certamente com a resistência, por mais acanhada que fosse; mas o que ainda mais o assombrou foi esta conclusão:

— Conto com o senhor para salvar-me.

Os olhos do agregado escancararam-se, as sobrancelhas arquearam-se, e o

prazer que eu contava dar-lhe com a escolha da proteção não se mostrou em nenhum dos músculos. Toda a cara dele era pouca para a estupefação. Realmente, a matéria do discurso revelara em mim uma alma nova; eu próprio não me conhecia. Mas a palavra final é que trouxe um vigor único. José Dias ficou aturdido. Quando os olhos tornaram às dimensões ordinárias:

— Mas que posso eu fazer? — perguntou.

— Pode muito. O senhor sabe que, em nossa casa, todos o apreciam. Mamãe pede muita vez os seus conselhos, não é? Tio Cosme diz que o senhor é pessoa de talento...

— São bondades — retorquiu lisonjeado. — São favores de pessoas dignas, que merecem tudo... Aí está! nunca ninguém me há de ouvir dizer nada de pessoas tais; por quê? porque são ilustres e virtuosas. Sua mãe é uma santa, seu tio é um cavalheiro perfeitíssimo. Tenho conhecido famílias distintas; nenhuma poderá vencer a sua em nobreza de sentimentos. O talento que seu tio acha em mim confesso que o tenho, mas é só um — é o talento de saber o que é bom e digno de admiração e de apreço.

— Há de ter também o de proteger os amigos, como eu.

— Em que lhe posso valer, anjo do céu? Não hei de dissuadir sua mãe de um projeto que é, além de promessa, a ambição e o sonho de longos anos. Quando pudesse, é tarde. Ainda ontem fez-me o favor de dizer: "José Dias, preciso meter Bentinho no seminário".

Timidez não é tão ruim moeda, como parece. Se eu fosse destemido, é provável que, com a indignação que experimentei, rompesse a chamar-lhe mentiroso, mas então seria preciso confessar-lhe que estivera à escuta, atrás da porta, e uma ação valia outra. Contentei-me de responder que não era tarde.

— Não é tarde, ainda é tempo, se o senhor quiser.

— Se eu quiser? Mas que outra coisa quero eu, senão servi-lo? Que desejo, senão que seja feliz, como merece?

— Pois ainda é tempo. Olhe, não é por vadiação. Estou pronto para tudo; se ela quiser que eu estude leis, vou para São Paulo...

Capítulo XXVI
As leis são belas

Pela cara de José Dias passou algo parecido com o reflexo de uma ideia — uma ideia que o alegrou extraordinariamente. Calou-se alguns instantes; eu tinha os olhos nele, ele voltara os seus para o lado da barra. Como insistisse:

— É tarde — disse ele. — Mas, para lhe provar que não há falta de vontade, irei falar a sua mãe. Não prometo vencer, mas lutar; trabalharei com alma. Deveras, não quer ser padre? As leis são belas, meu querido... Pode ir a São Paulo, a Pernambuco, ou ainda mais longe. Há boas universidades por esse mundo fora. Vá para as leis, se tal é a sua vocação. Vou falar a dona Glória, mas não conte só comigo; fale também a seu tio.

— Hei de falar.

— Pegue-se também com Deus — com Deus e a Virgem Santíssima — concluiu, apontando para o céu.

O céu estava meio enfarruscado. No ar, perto da praia, grandes pássaros negros faziam giros, avoaçando ou pairando, e desciam a roçar os pés na água, e tornavam a erguer-se para descer novamente. Mas nem as sombras do céu, nem as danças fantásticas dos pássaros me desviavam o espírito do meu interlocutor. Depois de lhe responder que sim, emendei-me:

— Deus fará o que o senhor quiser.

— Não blasfeme. Deus é dono de tudo; ele é, só por si, a terra e o céu, o passado, o presente e o futuro. Peça-lhe a sua felicidade, que eu não faço outra coisa... Uma vez que você não pode ser padre, e prefere as leis... As leis são belas, sem desfazer na teologia, que é melhor que tudo, como a vida eclesiástica é a mais santa... Por que não há de ir estudar leis fora daqui? Melhor é ir logo para alguma universidade, e ao mesmo tempo que estuda, viaja. Podemos ir juntos; veremos as terras estrangeiras, ouviremos inglês, francês, italiano, espanhol, russo e até sueco. Dona Glória provavelmente não poderá acompanhá-lo; ainda que possa e vá, não quererá guiar os negócios, papéis, matrículas, e cuidar de hospedarias, e andar com você de um lado para outro... oh! as leis são belíssimas!

— Está dito, pede a mamãe que me não meta no seminário?

— Pedir, peço, mas pedir não é alcançar. Anjo do meu coração, se vontade de servir é poder de mandar, estamos aqui, estamos a bordo. Ah! você não imagina o que é a Europa; oh! a Europa...

Levantou a perna e fez uma pirueta. Uma das suas ambições era tornar à Europa, falava dela muitas vezes, sem acabar de tentar minha mãe nem tio Cosme, por mais que louvasse os ares e as belezas... Não contava com essa possibilidade de ir comigo, e lá ficar durante a eternidade dos meus estudos.

— Estamos a bordo, Bentinho, estamos a bordo!

Capítulo XXVII
Ao portão

Ao portão do Passeio, um mendigo estendeu-nos a mão. José Dias passou adiante, mas eu pensei em Capitu e no seminário, tirei dois vinténs do bolso e dei-os ao mendigo. Este beijou a moeda; eu pedi-lhe que rogasse a Deus por mim, a fim de que eu pudesse satisfazer todos os meus desejos.

— Sim, meu devoto!

— Chamo-me Bento — acrescentei para esclarecê-lo.

Capítulo XVIII
Na rua

José Dias ia tão contente que trocou o homem dos momentos graves, como era à rua, pelo homem dobradiço e inquieto. Mexia-se todo, falava de tudo, fazia-me parar a cada passo diante de um mostrador ou de um cartaz de teatro. Contava-me o enredo de algumas peças, recitava monólogos em verso. Fez os recados todos, pagou contas, recebeu aluguéis de casa; para si comprou um vigésimo de loteria. Afinal, o homem teso rendeu o flexível, e passou a falar pausado, com superlativos. Não vi que a mudança era natural; temi que houvesse mudado a resolução assentada, e entrei a tratá-lo com palavras e gestos carinhosos, até entrarmos no ônibus.

Capítulo XXIX
O imperador

Em caminho, encontramos o imperador, que vinha da Escola de Medicina. O ônibus em que íamos parou, como todos os veículos; os passageiros desceram à rua e tiraram o chapéu, até que o coche imperial passasse. Quando tornei ao meu lugar, trazia uma ideia fantástica, a ideia de ir ter com o imperador, contar-lhe tudo e pedir-lhe a intervenção. Não confiaria esta ideia a Capitu. "Sua Majestade pedindo, mamãe cede", pensei comigo.

 Vi então o imperador escutando-me, refletindo e acabando por dizer que sim, que iria falar a minha mãe; eu beijava-lhe a mão, com lágrimas. E logo me achei em casa, à espera, até que ouvi os batedores e o piquete de cavalaria; é o imperador! é o imperador! toda a gente chegava às janelas para vê-lo passar, mas não passava, o coche parava à nossa porta, o imperador apeava-se e entrava. Grande alvoroço na vizinhança: "O imperador entrou em casa de dona Glória! Que será? Que não será?" A nossa família saía a recebê-lo; minha mãe era a primeira que lhe beijava a mão. Então o imperador, todo risonho, sem entrar na sala ou entrando — não me lembra bem, os sonhos são muita vez confusos —, pedia a minha mãe que me não fizesse padre — e ela, lisonjeada e obediente, prometia que não.

— A medicina — por que lhe não manda ensinar medicina?

— Uma vez que é do agrado de Vossa Majestade...

— Mande ensinar-lhe medicina; é uma bonita carreira, e nós temos aqui bons professores. Nunca foi à nossa Escola? É uma bela Escola. Já temos médicos de primeira ordem, que podem ombrear com os melhores de outras terras. A medicina é uma grande ciência; basta só isso de dar a saúde aos outros, conhecer as moléstias, combatê-las, vencê-las... A senhora mesma há de ter visto milagres. Seu marido morreu, mas a doença era fatal, e ele não tinha cuidado em si... É uma bonita carreira; mande-o para a nossa Escola. Faça isso por mim, sim? Você quer, Bentinho?

— Mamãe querendo.

— Quero, meu filho. Sua Majestade manda.

Então o imperador dava outra vez a mão a beijar, e saía, acompanhado de todos nós, a rua cheia de gente, as janelas atopetadas, um silêncio de assombro; o imperador entrava no coche, inclinava-se e fazia um gesto de adeus, dizendo ainda: "A medicina, a nossa Escola". E o coche partia entre invejas e agradecimentos.

Tudo isso vi e ouvi. Não, a imaginação de Ariosto não é mais fértil que a das crianças e dos namorados, nem a visão do impossível precisa mais que de um recanto de ônibus. Consolei-me por instantes, digamos minutos, até destruir-se o plano e voltar-me para as caras sem sonhos dos meus companheiros.

Capítulo XXX
O santíssimo

Terás entendido que aquela lembrança do imperador acerca da medicina não era mais que a sugestão da minha pouca vontade de sair do Rio de Janeiro. Os sonhos do acordado são como os outros sonhos, tecem-se pelo desenho das nossas inclinações e das nossas recordações. Vá que fosse para São Paulo, mas a Europa... Era muito longe, muito mar e muito tempo. Viva a medicina! Iria contar essas esperanças a Capitu.

— Parece que vai sair o Santíssimo — disse alguém no ônibus. — Ouço um sino; é, creio que é em Santo Antônio dos Pobres. Pare, senhor recebedor!

O recebedor das passagens puxou a correia que ia ter ao braço do cocheiro, o ônibus parou, e o homem desceu. José Dias deu duas voltas rápidas à cabeça, pegou-me no braço e fez-me descer consigo. Iríamos também acompanhar o Santíssimo. Efetivamente, o sino chamava os fiéis àquele serviço da última hora. Já havia algumas pessoas na sacristia. Era a primeira vez que me achava em momento tão grave; obedeci, a princípio constrangido, mas logo depois satisfeito, menos pela caridade do serviço que por me dar um ofício de homem. Quando o sacristão começou a distribuir as opas, entrou um sujeito esbaforido; era o meu vizinho Pádua, que também ia acompanhar o Santíssimo. Deu conosco, veio cumprimentar-nos. José Dias fez um gesto de aborrecido, e apenas lhe respondeu com uma palavra seca, olhando para o padre, que lavava as mãos. Depois, como Pádua falasse ao sacristão, baixinho, aproximou-se deles; eu fiz a mesma coisa. Pádua solicitava do sacristão uma das varas do pálio. José Dias pediu uma para si.

— Há só uma disponível — disse o sacristão.

— Pois essa — disse José Dias.

— Mas eu tinha pedido primeiro — aventurou Pádua.

— Pediu primeiro, mas entrou tarde — retorquiu José Dias —; eu já cá estava. Leve uma tocha.

Pádua, apesar do medo que tinha ao outro, teimava em querer a vara, tudo isso em voz baixa e surda. O sacristão achou meio de conciliar a rivalidade, tomando a si obter de um dos outros seguradores do pálio que cedesse a vara ao Pádua, conhecido na paróquia, como José Dias. Assim fez; mas José Dias transtornou ainda essa combinação. Não, uma vez que tínhamos outra vara disponível, pedia-a para mim, "jovem seminarista", a quem essa distinção cabia mais direitamente. Pádua

ficou pálido como as tochas. Era pôr à prova o coração de um pai. O sacristão, que me conhecia de me ver ali com minha mãe, aos domingos, perguntou de curioso se eu era deveras seminarista.

— Ainda não, mais vai sê-lo — respondeu José Dias piscando o olho esquerdo para mim, que, apesar do aviso, fiquei zangado.

— Bem, cedo ao nosso Bentinho — suspirou o pai de Capitu.

Pela minha parte, quis ceder-lhe a vara; lembrou-me que ele costumava acompanhar o Santíssimo Sacramento aos moribundos, levando uma tocha, mas que a última vez conseguira uma vara do pálio. A distinção especial do pálio vinha de cobrir o vigário e o sacramento; para tocha qualquer pessoa servia. Foi ele mesmo que me contou e explicou isso, cheio de uma glória pia e risonha. Assim fica entendido o alvoroço com que entrara na igreja; era a segunda vez do pálio, tanto que cuidou logo de ir pedi-lo. E nada! E tornava à tocha comum, outra vez a interinidade interrompida; o administrador regressava ao antigo cargo... Quis ceder-lhe a vara; o agregado tolheu-me esse ato de generosidade, e pediu ao sacristão que nos pusesse, a ele e a mim, com as duas varas da frente, rompendo a marcha do pálio.

Opas enfiadas, tochas distribuídas e acesas, padre e cibório prontos, o sacristão de hissope e campainha nas mãos, saiu o préstito à rua. Quando me vi com uma das varas, passando pelos fiéis, que se ajoelhavam, fiquei comovido. Pádua roía a tocha amargamente. É uma metáfora, não acho outra forma mais viva de dizer a dor e a humilhação do meu vizinho. De resto, não pude mirá-lo por muito tempo, nem ao agregado, que, paralelamente a mim, erguia a cabeça com o ar de ser ele próprio o Deus dos exércitos. Com pouco, senti-me cansado; os braços caíam-me, felizmente a casa era perto, na rua do Senado.

A enferma era uma senhora viúva, tísica, tinha uma filha de quinze ou dezesseis anos, que estava chorando à porta do quarto. A moça não era formosa, talvez nem tivesse graça; os cabelos caíam despenteados, e as lágrimas faziam-lhe encarquilhar os olhos. Não obstante, o total falava e cativava o coração. O vigário confessou a doente, deu-lhe a comunhão e os santos óleos. O pranto da moça redobrou tanto que senti os meus olhos molhados e fugi. Vim para perto de uma janela. Pobre criatura! A dor era comunicativa em si mesma; complicada da lembrança de minha mãe, doeu-me mais, e, quando enfim pensei em Capitu, senti um ímpeto de soluçar também, enfiei pelo corredor, e ouvi alguém dizer-me:

— Não chore assim!

A imagem de Capitu ia comigo, e a minha imaginação, assim como lhe atribuíra lágrimas, há pouco, assim lhe encheu a boca de riso agora; vi-a escrever no muro, falar-me, andar à volta, com os braços no ar; ouvi distintamente o meu nome, de uma doçura que me embriagou, e a voz era dela. As tochas acesas, tão lúgubres na ocasião, tinham-me ares de um lustre nupcial... Que era lustre nupcial? Não sei; era alguma coisa contrária à morte, e não vejo outra mais que bodas. Essa nova sensação me dominou tanto que José Dias veio a mim, e me disse ao ouvido, em voz baixa:

— Não ria assim!

Fiquei sério depressa. Era o momento da saída. Peguei da minha vara; e, como já conhecia a distância, e agora voltávamos para a igreja, o que fazia a distância menor — o peso da vara era mui pequeno. Demais, o sol cá fora, a animação da rua, os

rapazes da minha idade que me fitavam cheios de inveja, as devotas que chegavam às janelas ou entravam nos corredores e se ajoelhavam à nossa passagem, tudo me enchia a alma de lepidez nova.

Pádua, ao contrário, ia mais humilhado. Apesar de substituído por mim, não acabava de se consolar da tocha, da miserável tocha. E contudo havia outros que também traziam tocha, e apenas mostravam a compostura do ato; não iam garridos, mas também não iam tristes. Via-se que caminhavam com honra.

Capítulo XXXI
As curiosidades de Capitu

Capitu preferia tudo ao seminário. Em vez de ficar abatida com a ameaça da larga separação, se vingasse a ideia da Europa, mostrou-se satisfeita. E quando eu lhe contei o meu sonho imperial:

— Não, Bentinho, deixemos o imperador sossegado — replicou —; fiquemos por ora com a promessa de José Dias. Quando é que ele disse que falaria a sua mãe?

— Não marcou dia; prometeu que ia ver, que falaria logo que pudesse, e que me pegasse com Deus.

Capitu quis que lhe repetisse as respostas todas do agregado, as alterações do gesto e até a pirueta, que apenas lhe contara. Pedia o som das palavras. Era minuciosa e atenta; a narração e o diálogo, tudo parecia remoer consigo. Também se pode dizer que conferia, rotulava e pregava na memória a minha exposição. Esta imagem é porventura melhor que a outra, mas a ótima delas é nenhuma. Capitu era Capitu, isto é, uma criatura mui particular, mais mulher do que eu era homem. Se ainda o não disse, aí fica. Se disse, fica também. Há conceitos que se devem incutir na alma do leitor à força de repetição.

Era também mais curiosa. As curiosidades de Capitu dão para um capítulo. Eram de vária espécie, explicáveis e inexplicáveis, assim úteis como inúteis, umas graves, outras frívolas; gostava de saber tudo. No colégio onde, desde os sete anos, aprendera a ler, escrever e contar, francês, doutrina e obras de agulha, não aprendeu, por exemplo, a fazer renda; por isso mesmo, quis que prima Justina lho ensinasse. Se não estudou latim com o padre Cabral foi porque o padre, depois de lho propor gracejando, acabou dizendo que latim não era língua de meninas. Capitu confessou-me um dia que essa razão acendeu nela o desejo de o saber. Em compensação, quis aprender inglês com um velho professor amigo do pai e parceiro deste ao solo, mas não foi adiante. Tio Cosme ensinou-lhe gamão.

— Anda apanhar um capotinho, Capitu — dizia-lhe ele.

Capitu obedecia e jogava com facilidade, com atenção, não sei se diga com amor. Um dia fui achá-la desenhando a lápis um retrato; dava os últimos rasgos, e pediu-me que esperasse para ver se estava parecido. Era o de meu pai, copiado da tela que minha mãe tinha na sala e que ainda agora está comigo. Perfeição não era; ao contrário, os olhos saíram esbugalhados, e os cabelos eram pequenos círculos uns sobre outros. Mas, não tendo ela rudimento algum de arte, e havendo feito

aquilo de memória em poucos minutos, achei que era obra de muito merecimento; descontai-me a idade e a simpatia. Ainda assim, estou que aprenderia facilmente pintura, como aprendeu música mais tarde. Já então namorava o piano da nossa casa, velho traste inútil, apenas de estimação. Lia os nossos romances, folheava os nossos livros de gravuras, querendo saber das ruínas, das pessoas, das campanhas, o nome, a história, o lugar. José Dias dava-lhe essas notícias com certo orgulho de erudito. A erudição deste não avultava muito mais que a sua homeopatia de Cantagalo.

Um dia, Capitu quis saber o que eram as figuras da sala de visitas. O agregado disse-lho sumariamente, demorando-se um pouco mais em César, com exclamações e latins:

— César! Júlio César! Grande homem! *Tu quoque, Brute*?

Capitu não achava bonito o perfil de César, mas as ações citadas por José Dias davam-lhe gestos de admiração. Ficou muito tempo com a cara virada para ele. Um homem que podia tudo! que fazia tudo! Um homem que dava a uma senhora uma pérola do valor de seis milhões de sestércios!

— E quanto valia cada sestércio?

José Dias, não tendo presente o valor do sestércio, respondeu entusiasmado:

— É o maior homem da história!

A pérola de César acendia os olhos de Capitu. Foi nessa ocasião que ela perguntou a minha mãe por que é que já não usava as joias do retrato; referia-se ao que estava na sala, com o de meu pai; tinha um grande colar, um diadema e brincos.

— São joias viúvas, como eu, Capitu.

— Quando é que botou estas?

— Foi pelas festas da Coroação.

— Oh! conte-me as festas da Coroação!

Sabia já o que os pais lhe haviam dito, mas naturalmente tinha para si que eles pouco mais conheceriam do que o que se passou nas ruas. Queria a notícia das tribunas da Capela Imperial e dos salões dos bailes. Nascera muito depois daquelas festas célebres. Ouvindo falar várias vezes da Maioridade, teimou um dia em saber o que fora esse acontecimento; disseram-lho, e achou que o imperador fizera muito bem em querer subir ao trono aos quinze anos. Tudo era matéria às curiosidades de Capitu, mobílias antigas, alfaias velhas, costumes, notícias de Itaguaí, a infância e a mocidade de minha mãe, um dito daqui, uma lembrança dali, um adágio dacolá...

Capítulo XXXII
Olhos de ressaca

Tudo era matéria às curiosidades de Capitu. Caso houve, porém, no qual não sei se aprendeu ou ensinou, ou se fez ambas as coisas, como eu. É o que contarei no outro capítulo. Neste direi somente que, passados alguns dias do ajuste com o agregado, fui ver a minha amiga; eram dez horas da manhã. D. Fortunata, que estava no quintal, nem esperou que eu lhe perguntasse pela filha.

— Está na sala penteando o cabelo — disse-me —; vá devagarzinho para lhe pregar um susto.

Fui devagar, mas ou o pé ou o espelho traiu-me. Este pode ser que não fosse; era um espelhinho de pataca (perdoai a barateza), comprado a um mascate italiano, moldura tosca, argolinha de latão, pendente da parede, entre as duas janelas. Se não foi ele, foi o pé. Um ou outro, a verdade é que, apenas entrei na sala, pente, cabelos, toda ela voou pelos ares, e só lhe ouvi esta pergunta:

— Há alguma coisa?

— Não há nada — respondi —; vim ver você antes que o padre Cabral chegue para a lição. Como passou a noite?

— Eu bem. José Dias ainda não falou?

— Parece que não.

— Mas então quando fala?

— Disse-me que hoje ou amanhã pretende tocar no assunto; não vai logo de pancada, falará assim por alto e por longe, um toque. Depois, entrará em matéria. Quer primeiro ver se mamãe tem a resolução feita...

— Que tem, tem — interrompeu Capitu. — E se não fosse preciso alguém para vencer já, e de todo, não se lhe falaria. Eu já nem sei se José Dias poderá influir tanto; acho que fará tudo, se sentir que você realmente não quer ser padre, mas poderá alcançar...? Ele é atendido; se, porém... É um inferno, isso! Você teime com ele, Bentinho.

— Teimo; hoje mesmo ele há de falar.

— Você jura?

— Juro! Deixe ver os olhos, Capitu.

Tinha-me lembrado a definição que José Dias dera deles, "olhos de cigana oblíqua e dissimulada". Eu não sabia o que era oblíqua, mas dissimulada sabia, e queria ver se se podiam chamar assim. Capitu deixou-se fitar e examinar. Só me perguntava o que era, se nunca os vira; eu nada achei extraordinário; a cor e a doçura eram minhas conhecidas. A demora da contemplação creio que lhe deu outra ideia do meu intento; imaginou que era um pretexto para mirá-los mais de perto, com os meus olhos longos, constantes, enfiados neles, e a isso atribuo que entrassem a ficar crescidos, crescidos e sombrios, com tal expressão que...

Retórica dos namorados, dá-me uma comparação exata e poética para dizer o que foram aqueles olhos de Capitu. Não me acode imagem capaz de dizer, sem quebra da dignidade do estilo, o que eles foram e me fizeram. Olhos de ressaca? Vá, de ressaca. É o que me dá ideia daquela feição nova. Traziam não sei que fluido misterioso e enérgico, uma força que arrastava para dentro, como a vaga que se retira da praia, nos dias de ressaca. Para não ser arrastado, agarrei-me às outras partes vizinhas, às orelhas, aos braços, aos cabelos espalhados pelos ombros; mas tão depressa buscava as pupilas, a onda que saía delas vinha crescendo, cava e escura, ameaçando envolver-me, puxar-me e tragar-me. Quantos minutos gastamos naquele jogo? Só os relógios do céu terão marcado esse tempo infinito e breve. A eternidade tem as suas pêndulas; nem por não acabar nunca deixa de querer saber a duração das felicidades e dos suplícios. Há de dobrar o gozo aos bem-aventurados do céu conhecer a soma dos tormentos que já terão padecido no inferno os seus inimigos; assim também a quantidade das delícias que terão gozado no céu os seus desafetos aumentará as dores aos con-

denados do inferno. Este outro suplício escapou ao divino Dante; mas eu não estou aqui para emendar poetas. Estou para contar que, ao cabo de um tempo não marcado, agarrei-me definitivamente aos cabelos de Capitu, mas então com as mãos, e disse-lhe — para dizer alguma coisa — que era capaz de os pentear, se quisesse.

— Você?
— Eu mesmo.
— Vai embaraçar-me o cabelo todo, isso sim.
— Se embaraçar, você desembaraça depois.
— Vamos ver.

Capítulo XXXIII
O penteado

Capitu deu-me as costas, voltando-se para o espelhinho. Peguei-lhe dos cabelos, colhi-os todos e entrei a alisá-los com o pente, desde a testa até às últimas pontas, que lhe desciam à cintura. Em pé não dava jeito: não esquecestes que ela era um nadinha mais alta que eu, mas ainda que fosse da mesma altura. Pedi-lhe que se sentasse.

— Senta aqui, é melhor.

Sentou-se. "Vamos ver o grande cabeleireiro", disse-me rindo. Continuei a alisar os cabelos, com muito cuidado, e dividi-os em duas porções iguais, para compor as duas tranças. Não as fiz logo, nem assim depressa, como podem supor os cabeleireiros de ofício, mas devagar, devagarinho, saboreando pelo tato aqueles fios grossos, que eram parte dela. O trabalho era atrapalhado, às vezes por desazo, outras de propósito, para desfazer o feito e refazê-lo. Os dedos roçavam na nuca da pequena ou nas espáduas vestidas de chita, e a sensação era um deleite. Mas, enfim, os cabelos iam acabando, por mais que eu os quisesse intermináveis. Não pedi ao céu que eles fossem tão longos como os da Aurora, porque não conhecia ainda essa divindade que os velhos poetas me apresentaram depois; mas, desejei penteá-los por todos os séculos dos séculos, tecer duas tranças que pudessem envolver o infinito por um número inominável de vezes. Se isto vos parecer enfático, desgraçado leitor, é que nunca penteastes uma pequena, nunca pusestes as mãos adolescentes na jovem cabeça de uma ninfa... Uma ninfa! Todo eu estou mitológico. Ainda há pouco, falando dos seus olhos de ressaca, cheguei a escrever Tétis; risquei Tétis, risquemos ninfa; digamos somente uma criatura amada, palavra que envolve todas as potências cristãs e pagãs. Enfim, acabei as duas tranças. Onde estava a fita para atar-lhes as pontas? Em cima da mesa, um triste pedaço de fita enxovalhada. Juntei as pontas das tranças, uni-as por um laço, retoquei a obra, alargando aqui, achatando ali, até que exclamei:

— Pronto!
— Estará bom?
— Veja no espelho.

Em vez de ir ao espelho, que pensais que fez Capitu? Não vos esqueçais que estava sentada, de costas para mim. Capitu derreou a cabeça, a tal ponto que me foi

preciso acudir com as mãos e ampará-la; o espaldar da cadeira era baixo. Inclinei-me depois sobre ela, rosto a rosto, mas trocados, os olhos de um na linha da boca do outro. Pedi-lhe que levantasse a cabeça, podia ficar tonta, machucar o pescoço. Cheguei a dizer-lhe que estava feia; mas nem esta razão a moveu.

— Levanta, Capitu!

Não quis, não levantou a cabeça, e ficamos assim a olhar um para o outro, até que ela abrochou os lábios, eu desci os meus, e...

Grande foi a sensação do beijo; Capitu ergueu-se, rápida, eu recuei até à parede com uma espécie de vertigem, sem fala, os olhos escuros. Quando eles me clarearam, vi que Capitu tinha os seus no chão. Não me atrevi a dizer nada; ainda que quisesse, faltava-me língua. Preso, atordoado, não achava gesto nem ímpeto que me descolasse da parede e me atirasse a ela com mil palavras cálidas e mimosas... Não mofes dos meus quinze anos, leitor precoce. Com dezessete, Des Grieux (e mais era Des Grieux) não pensava ainda na diferença dos sexos.

CAPÍTULO XXXIV
Sou homem!

Ouvimos passos no corredor; era d. Fortunata. Capitu compôs-se depressa, tão depressa que, quando a mãe apontou à porta, ela abanava a cabeça e ria. Nenhum laivo amarelo, nenhuma contração de acanhamento, um riso espontâneo e claro, que ela explicou por estas palavras alegres:

— Mamãe, olhe como este senhor cabeleireiro me penteou; pediu-me para acabar o penteado, e fez isto. Veja que tranças!

— Que tem? — acudiu a mãe, transbordando de benevolência. — Está muito bem, ninguém dirá que é de pessoa que não sabe pentear.

— O quê, mamãe? Isto? — redarguiu Capitu desfazendo as tranças. — Ora, mamãe!

E com um enfadamento gracioso e voluntário que às vezes tinha, pegou do pente e alisou os cabelos para renovar o penteado. D. Fortunata chamou-lhe tonta, e disse-me que não fizesse caso, não era nada, maluquices da filha. Olhava com ternura para mim e para ela. Depois, parece-me que desconfiou. Vendo-me calado, enfiado, cosido à parede, achou talvez que houvera entre nós algo mais que penteado, e sorriu por dissimulação.

Como eu quisesse falar também para disfarçar o meu estado, chamei algumas palavras cá de dentro, e elas acudiram de pronto, mas de atropelo, e encheram-me a boca sem poder sair nenhuma. O beijo de Capitu fechava-me os lábios. Uma exclamação, um simples artigo, por mais que investissem com força, não logravam romper de dentro. E todas as palavras recolheram-se ao coração, murmurando: "Eis aqui um que não fará grande carreira no mundo, por menos que as emoções o dominem..."

Assim, apanhados pela mãe, éramos dois e contrários, ela encobrindo com a palavra o que eu publicava pelo silêncio. D. Fortunata tirou-me daquela hesitação, dizendo que minha mãe me mandara chamar para a lição de latim; o padre Cabral

estava à minha espera. Era uma saída; despedi-me e enfiei pelo corredor. Andando, ouvi que a mãe censurava as maneiras da filha, mas a filha não dizia nada.

Corri ao meu quarto, peguei dos livros, mas não passei à sala da lição; sentei-me na cama, recordando o penteado e o resto. Tinha estremeções, tinha uns esquecimentos em que perdia a consciência de mim e das coisas que me rodeavam, para viver não sei onde nem como. E tornava a mim, e via a cama, as paredes, os livros, o chão, ouvia algum som de fora, vago, próximo ou remoto, e logo perdia tudo para sentir somente os beiços de Capitu... Sentia-os estirados, embaixo dos meus, igualmente esticados para os dela, e unindo-se uns aos outros. De repente, sem querer, sem pensar, saiu-me da boca esta palavra de orgulho:

— Sou homem!

Supus que me tivessem ouvido, porque a palavra saiu em voz alta, e corri à porta da alcova. Não havia ninguém fora. Voltei para dentro, e, baixinho, repeti que era homem. Ainda agora tenho o eco aos meus ouvidos. O gosto que isso me deu foi enorme. Colombo não o teve maior, descobrindo a América, e perdoai a banalidade em favor do cabimento; com efeito, há em cada adolescente um mundo encoberto, um almirante e um sol de outubro. Fiz outros achados mais tarde; nenhum me deslumbrou tanto. A denúncia de José Dias alvoroçara-me, a lição do velho coqueiro também, a vista dos nossos nomes abertos por ela no muro do quintal deu-me grande abalo, como vistes; nada disso valeu a sensação do beijo. Podiam ser mentira ou ilusão. Sendo verdade, eram os ossos da verdade, não eram a carne e o sangue dela. As próprias mãos tocadas, apertadas, como que fundidas, não podiam dizer tudo.

— Sou homem!

Quando repeti isso pela terceira vez, pensei no seminário, mas como se pensa em perigo que passou, um mal abortado, um pesadelo extinto; todos os meus nervos me disseram que homens não são padres. O sangue era da mesma opinião. Outra vez senti os beiços de Capitu. Talvez abuso um pouco das reminiscências osculares; mas a saudade é isto mesmo; é o passar e repassar das memórias antigas. Ora, de todas as daquele tempo creio que a mais doce é essa, a mais nova, a mais compreensiva, a que inteiramente me revelou a mim mesmo. Outras tenho, vastas e numerosas, doces também, de vária espécie, muitas intelectuais, igualmente intensas. Grande homem que fosse, a recordação era menor que essa.

Capítulo XXXV
O protonotário apostólico

Enfim, peguei dos livros e corri à lição. Não corri precisamente; a meio caminho parei, advertindo que devia ser muito tarde, e podiam ler-me no semblante alguma coisa. Tive ideia de mentir, alegar uma vertigem que me houvesse deitado ao chão; mas o susto que causaria a minha mãe fez-me rejeitá-la. Pensei em prometer algumas dezenas de padre-nossos; tinha, porém, outra promessa em aberto e outro favor pendente... Não, vamos ver; fui andando, ouvi vozes alegres, conversavam ruidosamente. Quando entrei na sala, ninguém ralhou comigo.

O padre Cabral recebera na véspera um recado do internúncio; foi ter com ele, e soube que, por decreto pontifício, acabava de ser nomeado protonotário apostólico. Esta distinção do papa dera-lhe grande contentamento e a todos os nossos. Tio Cosme e prima Justina repetiam o título com admiração; era a primeira vez que ele soava aos nossos ouvidos, acostumados a cônegos, monsenhores, bispos, núncios, e internúncios; mas que era protonotário apostólico? O padre Cabral explicou que não era propriamente o cargo da cúria, mas as honras dele. Tio Cosme viu exalçar-se no parceiro de voltarete, e repetia:

— Protonotário apostólico!

E voltando-se para mim:

— Prepara-te, Bentinho; tu podes vir a ser protonotário apostólico.

Cabral ouvia com gosto a repetição do título. Estava em pé, dava alguns passos, sorria ou tamborilava na tampa da boceta. O tamanho do título como que lhe dobrava a magnificência, posto que, para ligá-lo ao nome, era demasiado comprido; esta segunda reflexão foi tio Cosme que a fez. Padre Cabral acudiu que não era preciso dizê-lo todo, bastava que lhe chamassem o protonotário Cabral. Subentendia-se apostólico.

— Protonotário Cabral.

— Sim, tem razão; protonotário Cabral.

— Mas, senhor protonotário — acudiu prima Justina para se ir acostumando ao uso do título —, isso o obriga a ir a Roma?

— Não, dona Justina.

— Não, são só as honras — observou minha mãe.

— Agora, não impede — disse Cabral, que continuava a refletir —, não impede que nos casos de maior formalidade, atos públicos, cartas de cerimônia etc., se empregue o título inteiro: protonotário apostólico. No uso comum, basta protonotário.

— Justamente — assentiram todos.

José Dias, que entrou pouco depois de mim, aplaudiu a distinção e recordou, a propósito, os primeiros atos políticos de Pio IX, grandes esperanças da Itália; mas ninguém pegou do assunto; o principal da hora e do lugar era o meu velho mestre de latim. Eu, voltando a mim do receio, entendi que devia cumprimentá-lo também, e este aplauso não lhe foi menos ao coração que os outros. Bateu-me na bochecha paternalmente, e acabou dando-me férias. Era muita felicidade para uma só hora. Um beijo e férias! Creio que o meu rosto disse isto mesmo, porque tio Cosme, sacudindo a barriga, chamou-me peralta; mas José Dias corrigiu a alegria:

— Não tem que festejar a vadiação; o latim sempre lhe há de ser preciso, *ainda que não venha a ser padre*.

Conheci aqui o meu homem. Era a primeira palavra, a semente lançada à terra, assim de passagem, como para acostumar os ouvidos da família. Minha mãe sorriu para mim, cheia de amor e de tristeza, mas respondeu logo:

— Há de ser padre, e padre bonito.

— Não esqueça, mana Glória, e protonotário também. Protonotário apostólico.

— O protonotário Santiago — acentuou Cabral.

Se a intenção do meu mestre de latim era ir acostumando ao uso do título com o nome, não sei bem; o que sei é que quando ouvi o meu nome ligado a tal

título, deu-me vontade de dizer um desaforo. Mas a vontade aqui foi antes uma ideia, uma ideia sem língua, que se deixou ficar quieta e muda, tal como daí a pouco outras ideias... Mas essas pedem um capítulo especial. Rematemos este dizendo que o mestre de latim falou algum tempo da minha ordenação eclesiástica, ainda que sem grande interesse. Ele buscava um assunto alheio para se mostrar esquecido da própria glória, mas era esta que o deslumbrava na ocasião. Era um velho magro, sereno, dotado de qualidades boas. Alguns defeitos tinha; o mais excelso deles era ser guloso, não propriamente glutão; comia pouco, mas estimava o fino e o raro, e a nossa cozinha, se era simples, era menos pobre que a dele. Assim, quando minha mãe lhe disse que viesse jantar, a fim de se lhe fazer uma saúde, os olhos com que aceitou seriam de protonotário, mas não eram apostólicos. E para agradar a minha mãe novamente pegou em mim, descrevendo o meu futuro eclesiástico, e queria saber se ia para o seminário agora, no ano próximo, e oferecia-se a falar ao "senhor bispo", tudo marchetado do "protonotário Santiago".

Capítulo XXXVI
Ideia sem pernas e ideia sem braços

Deixei-os, a pretexto de brincar, e fui-me outra vez a pensar na aventura da manhã. Era o que melhor podia fazer, sem latim, e até com latim. Ao cabo de cinco minutos, lembrou-me ir correndo à casa vizinha, agarrar Capitu, desfazer-lhe as tranças, refazê-las e concluí-las daquela maneira particular, boca sobre boca. É isto, vamos, é isto... Ideia só! ideia sem pernas! As outras pernas não queriam correr nem andar. Muito depois é que saíram vagarosamente e levaram-me à casa de Capitu. Quando ali cheguei, dei com ela na sala, na mesma sala, sentada na marquesa, almofada no regaço, cosendo em paz. Não me olhou de rosto, mas a furto e a medo, ou, se preferes a fraseologia do agregado, oblíqua e dissimulada. As mãos pararam, depois de encravada a agulha no pano. Eu, do lado oposto da mesa, não sabia que fizesse; e outra vez me fugiram as palavras que trazia. Assim gastamos alguns minutos compridos, até que ela deixou inteiramente a costura, ergueu-se e esperou-me. Fui ter com ela, e perguntei se a mãe havia dito alguma coisa; respondeu-me que não. A boca com que respondeu era tal que cuido haver-me provocado um gesto de aproximação. Certo é que Capitu recuou um pouco.

Era ocasião de pegá-la, puxá-la e beijá-la... Ideia só! ideia sem braços! Os meus ficaram caídos e mortos. Não conhecia nada da Escritura. Se conhecesse, é provável que o espírito de Satanás me fizesse dar à língua mística do *Cântico* um sentido direto e natural. Então obedeceria ao primeiro versículo: "Aplique ele os lábios, dando-me o ósculo da sua boca". E pelo que respeita aos braços, que tinha inertes, bastaria cumprir o versículo 6 do cap. II: "A sua mão esquerda se pôs já debaixo da minha cabeça, e a sua mão direita me abraçará depois". Vedes aí a cronologia dos gestos. Era só executá-la; mas ainda que eu conhecesse o texto, as atitudes de Capitu eram agora tão retraídas, que não sei se não continuaria parado. Foi ela, entretanto, que me tirou daquela situação.

Capítulo XXXVII
A alma é cheia de mistérios

— Padre Cabral estava esperando há muito tempo?
— Hoje não dei lição; tive férias.

Expliquei-lhe o motivo das férias. Contei-lhe também que o padre Cabral falara da minha entrada no seminário, apoiando a resolução de minha mãe, e disse dele coisas feias e duras. Capitu refletiu algum tempo, e acabou perguntando-me se podia ir cumprimentar o padre, à tarde, em minha casa.

— Pode, mas para quê?
— Papai naturalmente há de querer ir também, mas é melhor que ele vá à casa do padre; é mais bonito. Eu não, que já sou meio moça — concluiu rindo.

O riso animou-me. As palavras pareciam ser uma troça consigo mesma, uma vez que, desde manhã, era mulher, como eu era homem. Achei-lhe graça, e, para dizer tudo, quis provar-lhe que era moça inteira. Peguei-lhe levemente na mão direita, depois na esquerda, e fiquei assim pasmado e trêmulo. Era a ideia com mãos. Quis puxar as de Capitu, para obrigá-la a vir atrás delas, mas ainda agora a ação não respondeu à intenção. Contudo, achei-me forte e atrevido. Não imitava ninguém; não vivia com rapazes, que me ensinassem anedotas de amor. Não conhecia a violação de Lucrécia. Dos romanos apenas sabia que falavam pela artinha do padre Pereira e eram patrícios de Pôncio Pilatos. Não nego que o final do penteado da manhã era um grande passo no caminho da movimentação amorosa, mas o gesto de então foi justamente o contrário deste. De manhã, ela derreou a cabeça, agora fugia-me; nem é só nisso que os lances diferiam; em outro ponto, parecendo haver repetição, houve contraste.

Penso que ameacei puxá-la a mim. Não juro, começava a estar tão alvoroçado, que não pude ter toda a consciência dos meus atos; mas concluo que sim, porque ela recuou e quis tirar as mãos das minhas; depois, talvez por não poder recuar mais, colocou um dos pés adiante e o outro atrás, e fugiu com o busto. Foi este gesto que me obrigou a reter-lhe as mãos com força. O busto afinal cansou e cedeu, mas a cabeça não quis ceder também, e, caída para trás, inutilizava todos os meus esforços, porque eu já fazia esforços, leitor amigo. Não conhecendo a lição do *Cântico*, não me acudiu estender a mão esquerda por baixo da cabeça dela; demais, esse gesto supõe um acordo de vontades, e Capitu, que me resistia agora, aproveitaria o gesto para arrancar-se à outra mão e fugir-me inteiramente. Ficamos naquela luta, sem estrépito, porque, apesar do ataque e da defesa, não perdíamos a cautela necessária para não sermos ouvidos lá de dentro; a alma é cheia de mistérios. Agora sei que a puxava; a cabeça continuou a recuar, até que cansou; mas então foi a vez da boca. A boca de Capitu iniciou um movimento inverso, relativamente à minha, indo para um lado, quando eu a buscava do lado oposto. Naquele desencontro estivemos, sem que ousasse um pouco mais, e bastaria um pouco mais...

Nisso ouvimos bater à porta e falar no corredor. Era o pai de Capitu, que voltava da repartição um pouco mais cedo, como usava às vezes. "Abre, Nanata! Capitu, abre!" Aparentemente era o mesmo lance da manhã, quando a mãe deu conosco, mas só aparentemente; em verdade, era outro. Considerai que de manhã tudo es-

tava acabado, e o passo de d. Fortunata foi um aviso para que nos compuséssemos. Agora lutávamos com as mãos presas, e nada estava sequer começado.

Ouvimos o ferrolho da porta que dava para o corredor interno; era a mãe que abria. Eu, uma vez que confesso tudo, digo aqui que não tive tempo de soltar as mãos da minha amiga; pensei nisso, cheguei a tentá-lo, mas Capitu, antes que o pai acabasse de entrar, fez um gesto inesperado, pousou a boca na minha boca, e deu de vontade o que estava a recusar à força. Repito, a alma é cheia de mistérios.

Capítulo XXXVIII
Que susto, meu Deus!

Quando Pádua, vindo pelo interior, entrou na sala de visitas, Capitu, em pé, de costas para mim, inclinada sobre a costura, como a recolhê-la, perguntava em voz alta:

— Mas, Bentinho, que é protonotário apostólico?

— Ora, vivam! — exclamou o pai.

— Que susto, meu Deus!

Agora é que o lance é o mesmo; mas se conto aqui, tais quais, os dois lances de há quarenta anos, é para mostrar que Capitu não se dominava só em presença da mãe; o pai não lhe meteu mais medo. No meio de uma situação que me atava a língua, usava da palavra com a maior ingenuidade deste mundo. A minha persuasão é que o coração não lhe batia mais nem menos. Alegou susto, e deu à cara um ar meio enfiado; mas eu, que sabia tudo, vi que era mentira e fiquei com inveja. Foi logo falar ao pai, que apertou a minha mão, e quis saber por que a filha falava em protonotário apostólico. Capitu repetiu-lhe o que ouvira de mim, e opinou logo que o pai devia ir cumprimentar o padre em casa dele; ela iria à minha. E coligindo os petrechos da costura, enfiou pelo corredor, bradando infantilmente:

— Mamãe, jantar, papai chegou!

Capítulo XXXIX
A vocação

Padre Cabral estava naquela primeira hora das honras em que as mínimas congratulações valem por odes. Tempo chega em que os dignificados recebem os louvores como um tributo usual, cara morta, sem agradecimentos. O alvoroço da primeira hora é melhor; esse estado da alma que vê na inclinação do arbusto, tocado do vento, um parabém da flora universal, traz sensações mais íntimas e finas que qualquer outro. Cabral ouviu as palavras de Capitu com infinito prazer.

— Obrigado, Capitu, muito obrigado; estimo que você goste também. Papai está bom? E mamãe? A você não se pergunta; essa cara é mesmo de quem vende saúde. E como vamos de rezas?

A todas as perguntas, Capitu ia respondendo prontamente e bem. Trazia um vestidinho melhor e os sapatos de sair. Não entrou com a familiaridade do costume, deteve-se um instante à porta da sala, antes de ir beijar a mão a minha mãe e ao padre. Como desse a este, duas vezes em cinco minutos, o título de protonotário, José Dias, para se desforrar da concorrência, fez um pequeno discurso em honra "ao coração paternal e augustíssimo de Pio IX".

— Você é um grande *prosa* — disse tio Cosme, quando ele acabou.

José Dias sorriu sem vexame. Padre Cabral confirmou os louvores do agregado, sem os seus superlativos; ao que este acrescentou que o cardeal Mastai evidentemente fora talhado para a tiara desde o princípio dos tempos. E, piscando-me o olho, concluiu:

— A vocação é tudo. O estado eclesiástico é perfeitíssimo, contanto que o sacerdote venha já destinado do berço. Não havendo vocação, falo de vocação sincera e real, um jovem pode muito bem estudar as letras humanas, que também são úteis e honradas.

Padre Cabral retorquia:

— A vocação é muito, mas o poder de Deus é soberano. Um homem pode não ter gosto à Igreja e até persegui-la, e um dia a voz de Deus lhe fala, e ele sai apóstolo; veja São Paulo.

— Não contesto, mas o que eu digo é outra coisa. O que eu digo é que se pode muito bem servir a Deus sem ser padre, cá fora; pode-se ou não se pode?

— Pode-se.

— Pois então! — exclamou José Dias triunfalmente, olhando em volta de si. — Sem vocação é que não há bom padre, e em qualquer profissão liberal se serve a Deus, como todos devemos.

— Perfeitamente, mas vocação não é só do berço que se traz.

— Homem, é a melhor.

— Um moço sem gosto nenhum à vida eclesiástica pode acabar por ser muito bom padre; tudo é que Deus o determine. Não me quero dar por modelo, mas aqui estou eu que nasci com a vocação da medicina; meu padrinho, que era coadjutor de Santa Rita, teimou com meu pai para que me metesse no seminário; meu pai cedeu. Pois, senhor, tomei tal gosto aos estudos e à companhia dos padres, que acabei ordenando-me. Mas, suponha que não acontecia assim, e que eu não mudava de vocação, o que é que acontecia? Tinha estudado no seminário algumas matérias que é bom saber, e são sempre melhor ensinadas naquelas casas.

Prima Justina interveio:

— Como? Então pode-se entrar para o seminário e não sair padre?

Padre Cabral respondeu que sim, que se podia, e, voltando-se para mim, falou da minha vocação, que era manifesta; os meus brinquedos foram sempre de igreja, e eu adorava os ofícios divinos. A prova não provava; todas as crianças do meu tempo eram devotas. Cabral acrescentou que o reitor de São José, a quem contara ultimamente a promessa de minha mãe, tinha o meu nascimento por milagre; ele era da mesma opinião. Capitu, cosida às saias de minha mãe, não atendia aos olhos ansiosos que eu lhe mandava; também não parecia escutar a conversação sobre o seminário e suas consequências, e, aliás, decorou o principal, como vim a saber depois. Duas vezes fui à janela, esperando que ela fosse também, e ficássemos à von-

tade, sozinhos, até acabar o mundo, se acabasse, mas Capitu não me apareceu. Não deixou minha mãe, senão para ir embora. Eram ave-marias, despediu-se.

— Vai com ela, Bentinho — disse minha mãe.

— Não precisa, não, dona Glória — acudiu ela rindo —, eu sei o caminho. Adeus, senhor protonotário...

— Adeus, Capitu.

Tendo dado um passo no sentido de atravessar a sala, é claro que o meu dever, o meu gosto, todos os impulsos da idade e da ocasião eram atravessá-la de todo, seguir a vizinha corredor fora, descer à chácara, entrar no quintal, dar-lhe terceiro beijo, e despedir-me. Não me importou a recusa, que cuidei simulada, e enfiei pelo corredor; mas Capitu, que ia depressa, estacou e fez-me sinal que voltasse. Não obedeci; cheguei-me a ela.

— Não venha, não; amanhã falaremos.
— Mas eu queria dizer a você...
— Amanhã.
— Escuta!
— Fica!

Falava baixinho; pegou-me na mão, e pôs o dedo na boca. Uma preta, que veio de dentro acender o lampião do corredor, vendo-nos naquela atitude quase às escuras, riu e murmurou em tom que ouvíssemos alguma coisa que não entendi bem nem mal. Capitu segredou-me que a escrava desconfiara, e ia talvez contar às outras. Novamente me intimou que ficasse, e retirou-se; eu deixei-me estar parado, pregado, agarrado ao chão.

Capítulo XL
Uma égua

Ficando só, refleti algum tempo, e tive uma fantasia. Já conheceis as minhas fantasias. Contei-vos a da visita imperial; disse-vos a desta casa do Engenho Novo, reproduzindo a de Matacavalos... A imaginação foi a companheira de toda a minha existência, viva, rápida, inquieta, alguma vez tímida e amiga de empacar, as mais delas capaz de engolir campanhas e campanhas, correndo. Creio haver lido em Tácito que as éguas iberas concebiam pelo vento; se não foi nele, foi noutro autor antigo, que entendeu guardar essa crendice nos seus livros. Neste particular, a minha imaginação era uma grande égua ibera; a menor brisa lhe dava um potro, que saía logo cavalo de Alexandre; mas deixemos metáforas atrevidas e impróprias dos meus quinze anos. Digamos o caso simplesmente. A fantasia daquela hora foi confessar a minha mãe os meus amores para lhe dizer que não tinha vocação eclesiástica. A conversa sobre vocação tornava-me agora toda inteira, e, ao passo que me assustava, abria-me uma porta de saída: "Sim, é isto", pensei; "vou dizer a mamãe que não tenho vocação, e confesso o nosso namoro; se ela duvidar, conto-lhe o que se passou outro dia, o penteado e o resto..."

Capítulo XLI
A audiência secreta

O resto fez-me ficar mais algum tempo, no corredor, pensando. Vi entrar o dr. João da Costa, e preparou-se logo o voltarete do costume. Minha mãe saiu da sala e, dando comigo, perguntou se acompanhara Capitu.

— Não, senhora, ela foi só.

E quase investindo para ela:

— Mamãe, eu queria dizer-lhe uma coisa.

— Que é?

Toda assustada, quis saber o que é que me doía, se a cabeça, se o peito, se o estômago, e apalpava-me a testa para ver se tinha febre.

— Não tenho nada, não, senhora.

— Mas então que é?

— É uma coisa, mamãe... Mas, escute, olhe, é melhor depois do chá; logo... Não é nada mau; mamãe assusta-se por tudo; não é coisa de cuidado.

— Não é moléstia?

— Não, senhora.

— É, isso é volta de constipação. Disfarças para não tomar suadouro, mas tu estás constipado; conhece-se pela voz.

Tentei rir, para mostrar que não tinha nada. Nem por isso permitiu adiar a confidência, pegou em mim, levou-me ao quarto dela, acendeu vela, e ordenou-me que lhe dissesse tudo. Então eu perguntei-lhe, para principiar, quando é que ia para o seminário.

— Agora só para o ano, depois das férias.

— Vou... para ficar?

— Como ficar?

— Não volto para casa?

— Voltas aos sábados e pelas férias; é melhor. Quando te ordenares padre, vens morar comigo.

Enxuguei os olhos e o nariz. Ela afagou-me, depois quis repreender-me, mas creio que a voz lhe tremia, e pareceu-me que tinha os olhos úmidos. Disse-lhe que também sentia a nossa separação. Negou que fosse separação; era só alguma ausência, por causa dos estudos; só os primeiros dias. Em pouco tempo eu me acostumaria aos companheiros e aos mestres, e acabaria gostando de viver com eles.

— Eu só gosto de mamãe.

Não houve cálculo nesta palavra, mas estimei dizê-la, por fazer crer que ela era a minha única afeição; desviava as suspeitas de cima de Capitu. Quantas intenções viciosas há assim que embarcam, a meio caminho, numa frase inocente e pura! Chega a fazer suspeitar que a mentira é, muita vez, tão involuntária como a transpiração. Por outro lado, leitor amigo, nota que eu queria desviar as suspeitas de cima de Capitu, quando havia chamado minha mãe justamente para confirmá-las; mas as contradições são deste mundo. A verdade é que minha mãe era cândida como a primeira aurora, anterior ao primeiro pecado; nem por simples intuição era capaz

de deduzir uma coisa de outra, isto é, não concluiria da minha repentina oposição que eu andasse em segredinhos com Capitu, como lhe dissera José Dias. Calou-se durante alguns instantes; depois replicou-me sem imposição nem autoridade, o que me veio animando à resistência. Daí o falar-lhe na vocação que se discutira naquela tarde, e que eu confessei não sentir em mim.

— Mas tu gostavas tanto de ser padre — disse ela. — Não te lembras que até pedias para ir ver sair os seminaristas de São José, com as suas batinas? Em casa, quando José Dias te chamava reverendíssimo, tu rias com tanto gosto! Como é que agora...? Não creio, não, Bentinho. E depois... Vocação? Mas a vocação vem com o costume — continuou repetindo as reflexões que ouvira ao meu professor de latim.

Como eu buscasse contestá-la, repreendeu-me sem aspereza, mas com alguma força, e eu tornei ao filho submisso que era. Depois, ainda falou gravemente e longamente sobre a promessa que fizera; não me disse as circunstâncias, nem a ocasião, nem os motivos dela, coisas que só vim a saber mais tarde. Afirmou o principal, isto é, que a havia de cumprir, em pagamento a Deus.

— Nosso Senhor me acudiu, salvando a tua existência, não lhe hei de mentir nem faltar, Bentinho; são coisas que não se fazem sem pecado, e Deus, que é grande e poderoso, não me deixaria assim, não, Bentinho; eu sei que seria castigada e bem castigada. Ser padre é bom e santo; você conhece muitos, como o padre Cabral, que vive tão feliz com a irmã; um tio meu também foi padre, e escapou de ser bispo, dizem... Deixa de manha, Bentinho.

Creio que os olhos que lhe deitei foram tão queixosos, que ela emendou logo a palavra; manha, não, não podia ser manha, sabia muito bem que eu era amigo dela, e não seria capaz de fingir um sentimento que não tivesse. Moleza é o que queria dizer, que me deixasse de moleza, que me fizesse homem e obedecesse ao que cumpria em benefício dela e para bem da minha alma. Todas essas coisas e outras foram ditas um pouco atropeladamente, e a voz não lhe saía clara, mas velada e esganada. Vi que a emoção dela era outra vez grande, mas não recuava dos seus propósitos, e aventurei-me a perguntar-lhe:

— E se mamãe pedisse a Deus que a dispensasse da promessa?

— Não, não peço. Estás tonto, Bentinho? E como havia de saber que Deus me dispensava?

— Talvez em sonho; eu sonho às vezes com anjos e santos.

— Também eu, meu filho; mas é inútil... Vamos, é tarde; vamos para a sala. Está entendido: no primeiro ou no segundo mês do ano que vem, irás para o seminário. O que eu quero é que saibas bem os livros que estás estudando; é bonito, não só para ti, como para o padre Cabral. No seminário há interesse em conhecer-te, porque o padre Cabral fala de ti com entusiasmo.

Caminhou para a porta, saímos ambos. Antes de sair, voltou-se para mim, e quase a vi saltar-me ao colo e dizer-me que não seria padre. Este era já o seu desejo íntimo, à proporção que se aproximava o tempo. Quisera um modo de pagar a dívida contraída, outra moeda, que valesse tanto ou mais, e não achava nenhuma.

Capítulo XLII
Capitu refletindo

No dia seguinte fui à casa vizinha, logo que pude. Capitu despedia-se de duas amigas que tinham ido visitá-la, Paula e Sancha, companheiras de colégio, aquela de quinze, esta de dezessete anos, a primeira filha de um médico, a segunda de um comerciante de objetos americanos. Estava abatida, trazia um lenço atado na cabeça; a mãe contou-me que fora excesso de leitura na véspera, antes e depois do chá, na sala e na cama, até muito depois da meia-noite, e com lamparina...

— Se eu acendesse vela, mamãe zangava-se. Já estou boa.

E como desatasse o lenço, a mãe disse-lhe timidamente que era melhor atá-lo, mas Capitu respondeu que não era preciso, estava boa.

Ficamos sós na sala; Capitu confirmou a narração da mãe, acrescentando que passara mal por causa do que ouvira em minha casa. Também eu lhe contei o que se dera comigo, a entrevista com minha mãe, as minhas súplicas, as lágrimas dela, e por fim as últimas respostas decisivas: dentro de dois ou três meses iria para o seminário. Que faríamos agora? Capitu ouvia-me com atenção sôfrega, depois sombria; quando acabei, respirava a custo, como prestes a estalar de cólera, mas conteve-se.

Há tanto tempo que isso sucedeu que não posso dizer com segurança se chorou deveras, ou se somente enxugou os olhos; cuido que os enxugou somente. Vendo-lhe o gesto, peguei-lhe na mão para animá-la, mas também eu precisava ser animado. Caímos no canapé, e ficamos a olhar para o ar. Minto; ela olhava para o chão. Fiz o mesmo, logo que a vi assim... Mas eu creio que Capitu olhava para dentro de si mesma, enquanto que eu fitava deveras o chão, o roído das fendas, duas moscas andando e um pé de cadeira lascado. Era pouco, mas distraía-me da aflição. Quando tornei a olhar para Capitu, vi que não se mexia, e fiquei com tal medo que a sacudi brandamente. Capitu tornou cá para fora e pediu-me que outra vez lhe contasse o que se passara com minha mãe. Satisfi-la, atenuando o texto desta vez, para não amofiná-la. Não me chames dissimulado, chama-me compassivo; é certo que receava perder Capitu, se lhe morressem as esperanças todas, mas doía-me vê-la padecer. Agora, a verdade última, a verdade das verdades, é que já me arrependia de haver falado a minha mãe, antes de qualquer trabalho efetivo por parte de José Dias; examinando bem, não quisera ter ouvido um desengano que eu reputava certo, ainda que demorado. Capitu refletia, refletia, refletia...

Capítulo XLIII
Você tem medo?

De repente, cessando a reflexão, fitou em mim os olhos de ressaca, e perguntou-me se tinha medo.

— Medo?
— Sim, pergunto se você tem medo.

— Medo de quê?

— Medo de apanhar, de ser preso, de brigar, de andar, de trabalhar...

Não entendi. Se ela me tem dito simplesmente: "Vamos embora!" pode ser que eu obedecesse ou não; em todo caso, entenderia. Mas aquela pergunta assim, vaga e solta, não pude atinar o que era.

— Mas... não entendo. De apanhar?

— Sim.

— Apanhar de quem? Quem é que me dá pancada?

Capitu fez um gesto de impaciência. Os olhos de ressaca não se mexiam e pareciam crescer. Sem saber de mim, e, não querendo interrogá-la novamente, entrei a cogitar donde me viriam pancadas, e por quê, e também por que é que seria preso, e quem é que me havia de prender. Valha-me Deus! vi de imaginação o aljube, uma casa escura e infecta. Também vi a presiganga, o quartel dos Barbonos e a Casa de Correção. Todas essas belas instituições sociais me envolviam no seu mistério, sem que os olhos de ressaca de Capitu deixassem de crescer para mim, a tal ponto que as fizeram esquecer de todo. O erro de Capitu foi não deixá-los crescer infinitamente, antes diminuir até às dimensões normais, e dar-lhes o movimento do costume. Capitu tornou ao que era, disse-me que estava brincando, não precisava afligir-me, e, com um gesto cheio de graça, bateu-me na cara sorrindo, e disse:

— Medroso!

— Eu? Mas...

— Não é nada, Bentinho. Pois quem é que há de dar pancada ou prender você? Desculpe que eu hoje estou meia maluca; quero brincar, e...

— Não, Capitu; você não está brincando; nesta ocasião, nenhum de nós tem vontade de brincar.

— Tem razão, foi só maluquice; até logo.

— Como até logo?

— Está-me voltando a dor de cabeça; vou botar uma rodela de limão nas fontes.

Fez o que disse, e atou o lenço outra vez na testa. Em seguida, acompanhou-me ao quintal para se despedir de mim; mas, ainda aí nos detivemos por alguns minutos, sentados sobre a borda do poço. Ventava, o céu estava coberto. Capitu falou novamente da nossa separação, como de um fato certo e definitivo, por mais que eu, receoso disso mesmo, buscasse agora razões para animá-la. Capitu, quando não falava, riscava no chão, com um pedaço de taquara, narizes e perfis. Desde que se metera a desenhar, era uma das suas diversões; tudo lhe servia de papel e lápis. Como me lembrassem os nossos nomes abertos por ela no muro, quis fazer o mesmo no chão, e pedi-lhe a taquara. Não me ouviu ou não me atendeu.

Capítulo XLIV
O primeiro filho

— Dê cá, deixe escrever uma coisa.

Capitu olhou para mim, mas de um modo que me fez lembrar a definição de José Dias, oblíquo e dissimulado; levantou o olhar, sem levantar os olhos. A voz, um tanto sumida, perguntou-me:

— Diga-me uma coisa, mas fale verdade, não quero disfarce; há de responder com o coração na mão.

— Que é? Diga.

— Se você tivesse de escolher entre mim e sua mãe, a quem é que escolhia?

— Eu?

Fez-me sinal que sim.

— Eu escolhia... mas para que escolher? Mamãe não é capaz de me perguntar isso.

— Pois, sim, mas eu pergunto. Suponha você que está no seminário e recebe a notícia de que eu vou morrer...

— Não diga isso!

— ... Ou que me mato de saudades, se você não vier logo, e sua mãe não quiser que você venha, diga-me, você vem?

— Venho.

— Contra a ordem de sua mãe?

— Contra a ordem de mamãe.

— Você deixa seminário, deixa sua mãe, deixa tudo, para me ver morrer?

— Não fale em morrer, Capitu!

Capitu teve um risinho descorado e incrédulo, e com a taquara escreveu uma palavra no chão; inclinei-me e li: *mentiroso*.

Era tão estranho tudo aquilo, que não achei resposta. Não atinava com a razão do escrito, como não atinava com a do falado. Se me acudisse ali uma injúria grande ou pequena, é possível que a escrevesse também, com a mesma taquara, mas não me lembrava nada. Tinha a cabeça vazia. Ao mesmo tempo tomei-me de receio de que alguém nos pudesse ouvir ou ler. Quem, se éramos sós? D. Fortunata chegara uma vez à porta da casa, mas entrou logo depois. A solidão era completa. Lembra-me que umas andorinhas passaram por cima do quintal e foram para os lados do morro de Santa Teresa; ninguém mais. Ao longe, vozes vagas e confusas, na rua um tropel de bestas, do lado da casa o chilrear dos passarinhos do Pádua. Nada mais, ou somente este fenômeno curioso, que o nome escrito por ela, não só me espiava do chão com gesto escarninho, mas até me pareceu que repercutia no ar. Tive então uma ideia ruim; disse-lhe que, afinal de contas, a vida de padre não era má, e eu podia aceitá-la sem grande pena. Como desforço, era pueril; mas eu sentia a secreta esperança de vê-la atirar-se a mim lavada em lágrimas. Capitu limitou-se a arregalar muito os olhos, e acabou por dizer:

— Padre é bom, não há dúvida; melhor que padre só cônego, por causa das meias roxas. O roxo é cor muito bonita. Pensando bem, é melhor cônego.

— Mas não se pode ser cônego sem ser primeiramente padre — disse-lhe eu mordendo os beiços.

— Bem; comece pelas meias pretas, depois virão as roxas. O que eu não quero perder é a sua missa nova; avise-me a tempo para fazer um vestido à moda, saia-balão e babados grandes... Mas talvez nesse tempo a moda seja outra. A igreja há de ser grande, Carmo ou São Francisco.

— Ou Candelária.

— Candelária também. Qualquer serve, contanto que eu ouça a missa nova. Hei de fazer um figurão. Muita gente há de perguntar: "Quem é aquela moça faceira que ali está com um vestido tão bonito?" — "Aquela é dona Capitolina, uma moça que morou na rua de Matacavalos..."

— Que morou? Você vai mudar-se?

— Quem sabe onde é que há de morar amanhã? — disse ela com um tom leve de melancolia; mas tornando logo ao sarcasmo: — E você no altar, metido na alva, com a capa de ouro por cima, cantando... *Pater noster*...

Ah! como eu sinto não ser um poeta romântico para dizer que isto era um duelo de ironias! Contaria os meus botes e os dela, a graça de um e a prontidão de outro, e o sangue correndo, e o furor na alma, até o meu golpe final que foi este:

— Pois, sim, Capitu, você ouvirá a minha missa nova, mas com uma condição.

Ao que ela respondeu:

— Vossa Reverendíssima pode falar.

— Promete uma coisa?

— Que é?

— Diga se promete.

— Não sabendo o que é, não prometo.

— A falar verdade são duas coisas — continuei eu, por haver-me acudido outra ideia.

— Duas? Diga quais são.

— A primeira é que só se há de confessar comigo, para eu lhe dar a penitência e a absolvição. A segunda é que...

— A primeira está prometida — disse ela vendo-me hesitar, e acrescentou que esperava a segunda.

Palavra que me custou, e antes não me chegasse a sair da boca; não ouviria o que ouvi, e não escreveria aqui uma coisa que vai talvez achar incrédulos.

— A segunda... sim... é que... Promete-me que seja eu o padre que case você?

— Que me case? — disse ela um tanto comovida.

Logo depois fez descair os lábios, e abanou a cabeça.

— Não, Bentinho — disse —, seria esperar muito tempo; você não vai ser padre já amanhã, leva muitos anos... Olhe, prometo outra coisa; prometo que hei de batizar o meu primeiro filho.

Capítulo XLV
Abane a cabeça, leitor

Abane a cabeça, leitor; faça todos os gestos de incredulidade. Chegue a deitar fora este livro, se o tédio já o não obrigou a isso antes; tudo é possível. Mas, se o não fez antes e só agora, fio que torne a pegar do livro e que o abra na mesma página, sem crer por isso na veracidade do autor. Todavia, não há nada mais exato. Foi assim mesmo que Capitu falou, com tais palavras e maneiras. Falou do primeiro filho, como se fosse a primeira boneca.

Quanto ao meu espanto, se também foi grande, veio de mistura com uma sensação esquisita. Percorreu-me um fluido. Aquela ameaça de um primeiro filho, o primeiro filho de Capitu, o casamento dela com outro, portanto, a separação absoluta, a perda, a aniquilação, tudo isso produzia um tal efeito, que não achei palavra nem gesto; fiquei estúpido. Capitu sorria; eu via o primeiro filho brincando no chão...

Capítulo XLVI
As pazes

As pazes fizeram-se como a guerra, depressa. Buscasse eu neste livro a minha glória, e diria que as negociações partiram de mim; mas não, foi ela que as iniciou. Alguns instantes depois, como eu estivesse cabisbaixo, ela abaixou também a cabeça, mas voltando os olhos para cima a fim de ver os meus. Fiz-me de rogado; depois quis levantar-me para ir embora, mas nem me levantei, nem sei se iria. Capitu fitou-me uns olhos tão ternos, e a posição os fazia tão súplices, que me deixei ficar, passei-lhe o braço pela cintura, ela pegou-me na ponta dos dedos, e...

Outra vez d. Fortunata apareceu à porta da casa; não sei para quê, se nem me deixou tempo de puxar o braço; desapareceu logo. Podia ser um simples descargo de consciência, uma cerimônia, como as rezas de obrigação, sem devoção, que se dizem de tropel; a não ser que fosse para certificar aos próprios olhos a realidade que o coração lhe dizia...

Fosse o que fosse, o meu braço continuou a apertar a cintura da filha, e foi assim que nos pacificamos. O bonito é que cada um de nós queria agora as culpas para si, e pedíamos reciprocamente perdão. Capitu alegava a insônia, a dor de cabeça, o abatimento do espírito, e finalmente "os seus calundus". Eu, que era muito chorão por esse tempo, sentia os olhos molhados... Era amor puro, era efeito dos padecimentos da amiguinha, era a ternura da reconciliação.

Capítulo XLVII
"A senhora saiu"

— Está bom, acabou — disse eu finalmente —; mas, explique-me só uma coisa, por que é que você me perguntou se eu tinha medo de apanhar?

— Não foi por nada — respondeu Capitu, depois de alguma hesitação... — Para que bulir nisso?

— Diga sempre. Foi por causa do seminário?

— Foi; ouvi dizer que lá dão pancada... Não? Eu também não creio.

A explicação agradou-me; não tinha outra. Se, como penso, Capitu não disse a verdade, força é reconhecer que não podia dizê-la, e a mentira é dessas criadas que se dão pressa em responder às visitas que "a senhora saiu", quando a senhora não quer falar a ninguém. Há nessa cumplicidade um gosto particular; o pecado em comum iguala por instantes a condição das pessoas, não contando o prazer que dá a cara das visitas enganadas, e as costas com que elas descem... A verdade não saiu, ficou em casa, no coração de Capitu, cochilando o seu arrependimento. E eu não desci triste nem zangado; achei a criada galante, apetecível, melhor que a ama.

As andorinhas vinham agora em sentido contrário, ou não seriam as mesmas. Nós é que éramos os mesmos; ali ficamos somando as nossas ilusões, os nossos temores, começando já a somar as nossas saudades.

Capítulo XLVIII
Juramento do poço

— Não! — exclamei de repente.

— Não quê?

Tinha havido alguns minutos de silêncio, durante os quais refleti muito e acabei por uma ideia; o tom da exclamação, porém, foi tão alto que espantou a minha vizinha.

— Não há de ser assim — continuei. — Dizem que não estamos em idade de casar, que somos crianças, criançolas — já ouvi dizer criançolas. Bem; mas dois ou três anos passam depressa. Você jura uma coisa? Jura que só há de casar comigo?

Capitu não hesitou em jurar, e até lhe vi as faces vermelhas de prazer. Jurou duas vezes e uma terceira:

— Ainda que você case com outra, cumprirei o meu juramento, não casando nunca.

— Que eu case com outra?

— Tudo pode ser, Bentinho. Você pode achar outra moça que lhe queira, apaixonar-se por ela e casar. Quem sou eu para você lembrar-se de mim nessa ocasião?

— Mas eu também juro! Juro, Capitu, juro por Deus Nosso Senhor que só me casarei com você. Basta isto?

— Devia bastar — disse ela —; eu não me atrevo a pedir mais. Sim, você jura... Mas juremos por outro modo; juremos que nos havemos de casar um com outro, haja o que houver.

Compreendeis a diferença; era mais que a eleição do cônjuge, era a afirmação do matrimônio. A cabeça da minha amiga sabia pensar claro e depressa. Realmente, a fórmula anterior era limitada, apenas exclusiva. Podíamos acabar solteirões, como o sol e a lua, sem mentir ao juramento do poço. Esta fórmula era melhor, e tinha a vantagem de me fortalecer o coração contra a investidura eclesiástica. Juramos pela segunda fórmula, e ficamos tão felizes que todo receio de perigo desapareceu. Éramos religiosos, tínhamos o céu por testemunha. Eu nem já temia o seminário.

— Se teimarem muito, irei; mas faço de conta que é um colégio qualquer; não tomo ordens.

Capitu temia a nossa separação, mas acabou aceitando este alvitre, que era o melhor. Não afligíamos minha mãe, e o tempo correria até o ponto em que o casamento pudesse fazer-se. Ao contrário, qualquer resistência ao seminário confirmaria a denúncia de José Dias. Esta reflexão não foi minha, mas dela.

Capítulo XLIX
Uma vela aos sábados

Eis aqui como, após tantas canseiras, tocávamos o porto a que nos devíamos ter abrigado logo. Não nos censures, piloto de má morte, não se navegam corações como os outros mares deste mundo. Estávamos contentes, entramos a falar do futuro. Eu prometia à minha esposa uma vida sossegada e bela, na roça ou fora da cidade. Viríamos aqui uma vez por ano. Se fosse em arrabalde, seria longe, onde ninguém nos fosse aborrecer. A casa, na minha opinião, não devia ser grande nem pequena, um meio-termo; plantei-lhe flores, escolhi móveis, uma sege e um oratório. Sim, havíamos de ter um oratório bonito, alto, de jacarandá, com a imagem de Nossa Senhora da Conceição. Demorei-me mais nisto que no resto, em parte porque éramos religiosos, em parte para compensar a batina que eu ia deitar às urtigas; mas ainda restava uma parte que atribuo ao intuito secreto e inconsciente de captar a proteção do céu. Havíamos de acender uma vela aos sábados...

Capítulo L
Um meio-termo

Meses depois fui para o seminário de São José. Se eu pudesse contar as lágrimas que chorei na véspera e na manhã, somaria mais que todas as vertidas desde Adão e Eva. Há nisto alguma exageração; mas é bom ser enfático, uma ou outra vez, para compensar este escrúpulo de exatidão que me aflige. Entretanto, se eu me ativer só

à lembrança da sensação, não fico longe da verdade; aos quinze anos, tudo é infinito. Realmente, por mais preparado que estivesse, padeci muito. Minha mãe também padeceu, mas sofria com alma e coração; demais, o padre Cabral achara um meio-termo, experimentar-me a vocação; se, no fim de dois anos, eu não revelasse vocação eclesiástica, seguiria outra carreira.

— As promessas devem ser cumpridas conforme Deus quer. Suponha que Nosso Senhor nega disposição a seu filho, e que o costume do seminário não lhe dá o gosto que me concedeu a mim, é que a vontade divina é outra. A senhora não podia pôr em seu filho, antes de nascido, uma vocação que Nosso Senhor lhe recusou...

Era uma concessão do padre. Dava a minha mãe um perdão antecipado, fazendo vir do credor a relevação da dívida. Os olhos dela brilharam, mas a boca disse que não. José Dias, não tendo alcançado ir comigo para a Europa, agarrou-se ao mais próximo, e apoiou o "alvitre do senhor protonotário"; só lhe parecia que um ano era bastante.

— Estou certo — disse ele, piscando-me o olho — que dentro de um ano a vocação eclesiástica do nosso Bentinho se manifesta clara e decisiva. Há de dar um padre de mão-cheia. Também se não vier em um ano...

E a mim, mais tarde, em particular:

— Vá por um ano; um ano passa depressa. Se não sentir gosto nenhum, é que Deus não quer, como diz o padre, e nesse caso, meu amiguinho, o melhor remédio é a Europa.

Capitu deu-me igual conselho, quando minha mãe lhe anunciou a minha ida definitiva para o seminário:

— Minha filha, você vai perder o seu companheiro de criança...

Fez-lhe tão bem este tratamento de *filha* (era a primeira vez que minha mãe lho dava), que nem teve tempo de ficar triste; beijou-lhe a mão, e disse-lhe que já sabia disso por mim mesmo. Em particular animou-me a suportar tudo com paciência; no fim de um ano as coisas estariam mudadas, e um ano andava depressa. Não foi ainda a nossa despedida; esta fez-se na véspera, por um modo que pede capítulo especial. O que unicamente digo aqui é que, ao passo que nos prendíamos um ao outro, ela ia prendendo minha mãe, fez-se mais assídua e terna, vivia ao pé dela, com os olhos nela. Minha mãe era de natural simpático, e igualmente sensível; tanto se doía como se aprazia de qualquer coisa. Entrou a achar em Capitu uma porção de graças novas, de dotes finos e raros; deu-lhe um anel dos seus e algumas galanterias. Não consentiu em fotografar-se, como a pequena lhe pedia, para lhe dar um retrato; mas tinha uma miniatura, feita aos vinte e cinco anos, e, depois de algumas hesitações, resolveu dar-lha. Os olhos de Capitu, quando recebeu o mimo, não se descrevem; não eram oblíquos, nem de ressaca, eram direitos, claros, lúcidos. Beijou o retrato com paixão, minha mãe fez-lhe a mesma coisa a ela. Tudo isto me lembra a nossa despedida.

Capítulo LI
Entre luz e fusco

Entre luz e fusco, tudo há de ser breve como esse instante. Nem durou muito a nossa despedida, foi o mais que pôde, em casa dela, na sala de visitas, antes do acender das velas; aí é que nos despedimos de uma vez. Juramos novamente que havíamos de casar um com outro, e não foi só o aperto de mão que selou o contrato, como no quintal, foi a conjunção das nossas bocas amorosas... Talvez risque isto na impressão, se até lá não pensar de outra maneira; se pensar, fica. E desde já fica, porque, em verdade, é a nossa defesa. O que o mandamento divino quer é que não juremos *em vão* pelo santo nome de Deus. Eu não ia mentir ao seminário, uma vez que levava um contrato feito no próprio cartório do céu. Quanto ao selo, Deus, como fez as mãos limpas, assim fez os lábios limpos, e a malícia está antes na tua cabeça perversa que na daquele casal de adolescentes... Oh! minha doce companheira da meninice, eu era puro, e puro fiquei, e puro entrei na aula de São José, a buscar de aparência a investidura sacerdotal, e antes dela a vocação. Mas a vocação eras tu, a investidura eras tu.

Capítulo LII
O velho Pádua

Já agora conto também os adeuses do velho Pádua. Logo cedo veio à nossa casa. Minha mãe disse-lhe que fosse falar-me ao quarto.

— Dá licença? — perguntou, metendo a cabeça pela porta.

Fui apertar-lhe a mão; ele abraçou-me com ternura.

— Seja feliz! — disse-me. — A mim e a toda a minha gente creia que ficam muitas saudades. Todos nós estimamos muito o senhor, como merece. Se lhe disserem outra coisa, não acredite. São intrigas. Também eu, quando me casei, fui vítima de intrigas; desfizeram-se. Deus é grande e descobre a verdade. Se algum dia perder sua mãe e seu tio — coisa que eu, por esta luz que me alumia, não desejo, porque são boas pessoas, excelentes pessoas, e eu sou grato às finezas recebidas... Não, eu não sou como outros, certos parasitas, vindos de fora para desunião das famílias, aduladores baixos, não; eu sou de outra espécie; não vivo papando os jantares nem morando em casa alheia... Enfim, são os mais felizes!

"Por que falará assim?", pensei. "Naturalmente sabe que José Dias diz mal dele."

— Mas, como ia dizendo, se algum dia perder os seus parentes, pode contar com a nossa companhia. Não é suficiente em importância, mas a afeição é imensa, creia. Padre que seja, a nossa casa está às suas ordens. Quero só que me não esqueça; não esqueça o velho Pádua...

Suspirou e continuou:

— Não esqueça o seu velho Pádua, e, se tem algum trapinho que me deixe em

lembrança, um caderno latino, qualquer coisa, um botão de colete, coisa que já lhe não preste para nada. O valor é a lembrança.

Tive um sobressalto. Havia embrulhado em um papel um cacho dos meus cabelos, tão grandes e tão bonitos, cortados na véspera. A intenção era levá-los a Capitu, ao sair; mas tive ideia de dá-lo ao pai, a filha saberia tomá-lo e guardá-lo. Peguei do embrulho, e dei-lho.

— Aqui está, guarde.

— Um cachinho dos seus cabelos! — exclamou Pádua, abrindo e fechando o embrulho. — Oh! obrigado! obrigado por mim e pela minha gente! Vou dá-lo à velha, para guardá-lo, ou à pequena, que é mais cuidadosa que a mãe. Que lindos que são! Como é que se corta uma beleza destas? Dê cá um abraço! outro! mais outro! adeus!

Tinha os olhos úmidos deveras; levava a cara dos desenganados, como quem empregou em um só bilhete todas as suas economias de esperanças, e vê sair branco o maldito número — um número tão bonito!

Capítulo LIII
A caminho!

Fui para o seminário. Poupa-me as outras despedidas. Minha mãe apertava-me ao peito. Prima Justina suspirava. Talvez chorasse mal ou nada. Há pessoas a quem as lágrimas não acodem logo nem nunca; diz-se que padecem mais que as outras. Prima Justina disfarçava naturalmente os seus padecimentos íntimos, emendando os descuidos de minha mãe, fazendo-me recomendações, dando ordens. Tio Cosme, quando eu lhe beijei a mão em despedida, disse-me rindo:

— Anda lá, rapaz, volta-me papa!

José Dias, composto e grave, não dizia nada a princípio; tínhamos falado na véspera, no quarto dele, onde fui ver se era ainda possível evitar o seminário. Já não era, mas deu-me esperanças e principalmente animou-me muito. Antes de um ano estaríamos a bordo. Como eu achasse muito breve, explicou-se.

— Dizem que não é bom tempo de atravessar o Atlântico, vou indagar; se não for, iremos em março ou abril.

— Posso estudar medicina aqui mesmo.

José Dias correu os dedos pelos suspensórios com um gesto de impaciência, apertou os beiços, até que formalmente rejeitou o alvitre.

— Não duvidaria aprovar a ideia — disse ele —, se na Escola de Medicina não ensinassem, exclusivamente, a podridão alopata. A alopatia é o erro dos séculos, e vai morrer; é o assassinato, é a mentira, é a ilusão. Se lhe disserem que pode aprender na Escola de Medicina aquela parte da ciência comum a todos os sistemas, é verdade; a alopatia é erro na terapêutica. Fisiologia, anatomia, patologia, não são alopáticas nem homeopáticas, mas é melhor aprender logo tudo de uma vez, por livros e por língua de homens cultores da verdade...

Assim falara na véspera e no quarto. Agora não dizia nada, ou proferia algum aforismo sobre a religião e a família; lembro-me deste: "Dividi-lo com Deus é ainda

possuí-lo". Quando minha mãe me deu o último beijo: "Quadro amantíssimo!", suspirou ele. Era manhã de um lindo dia. Os moleques cochichavam; as escravas tomavam a bênção: "Bênção, nhô Bentinho! não se esqueça de sua Joana! Sua Miquelina fica rezando por vosmecê!". Na rua, José Dias insistiu nas esperanças:

— Aguente um ano; até lá tudo estará arranjado.

Capítulo LIV
Panegírico de Santa Mônica

No seminário... Ah! não vou contar o seminário, nem me bastaria a isso um capítulo. Não, senhor meu amigo; algum dia, sim, é possível que componha um abreviado do que ali vi e vivi, das pessoas que tratei, dos costumes, de todo o resto. Esta sarna de escrever, quando pega aos cinquenta anos, não despega mais. Na mocidade é possível curar-se um homem dela; e, sem ir mais longe, aqui mesmo no seminário tive um companheiro que compôs versos, à maneira dos de Junqueira Freire, cujo livro de frade-poeta era recente. Ordenou-se; anos depois encontrei-o no coro de São Pedro e pedi-lhe que me mostrasse os versos novos.

— Que versos? — perguntou meio espantado.
— Os seus. Pois não se lembra que no seminário...
— Ah! — sorriu ele.

Sorriu, e continuando a procurar num livro aberto a hora em que tinha de cantar no dia seguinte, confessou-me que não fizera mais versos depois de ordenado. Foram cócegas da mocidade; coçou-se, passou, estava bom. E falou-me em prosa de uma infinidade de coisas do dia, a vida cara, um sermão do padre x... uma vigairaria mineira...

Contrário a isso foi um seminarista que não seguiu a carreira. Chamava-se... Não é preciso dizer o nome; baste o caso. Tinha composto um *Panegírico de Santa Mônica*, elogiado por algumas pessoas e então lido entre os seminaristas. Alcançou licença de imprimi-lo, e dedicou-o a santo Agostinho. Tudo isso é história velha; o que é mais moço é que um dia, em 1882, indo ver certo negócio em repartição de marinha, ali dei com esse meu colega, feito chefe de uma seção administrativa. Deixara seminário, deixara letras, casara e esquecera tudo, menos o *Panegírico de Santa Mônica*, umas vinte e nove páginas, que veio distribuindo pela vida fora. Como eu precisasse de algumas informações, fui pedir-lhas, e seria impossível achar melhor nem mais pronta vontade; deu-me tudo, claro, certo, copioso. Naturalmente conversamos do passado, memórias pessoais, casos de estudo, incidentes de nada, um livro, um verbo, um mote, toda a velha palhada saiu cá fora, e rimos juntos, e suspiramos de companhia. Vivemos algum tempo do nosso velho seminário. Ou porque eram dele, ou porque éramos então moços, as recordações traziam tal poder de felicidade que, se alguma sombra contrária houve então, não apareceu agora. Ele confessou-me que perdera de vista todos os companheiros do seminário.

— Também eu, quase todos; uma vez ordenados, voltaram naturalmente às suas províncias, e os daqui tomaram vigairarias fora.

— Bom tempo! — suspirou ele.

E, após alguma reflexão, fitando em mim uns olhos murchos e teimosos, perguntou-me:

— Conservou o meu *Panegírico*?

Não achei que dizer; tentei mover os beiços, mas não tinha palavra; afinal, perguntei:

— Panegírico? Que panegírico?

— O meu *Panegírico de Santa Mônica*.

Não me lembrou logo, mas a explicação devia bastar; e depois de alguns instantes de pesquisa mental, respondi que por muito tempo o conservara, mas as mudanças, as viagens...

— Hei de levar-lhe um exemplar.

Antes de vinte e quatro horas estava em minha casa, com o folheto, um velho folheto de vinte e seis anos, encardido, manchado do tempo, mas sem lacuna, e com uma dedicatória manuscrita e respeitosa.

— É o penúltimo exemplar — disse-me —; agora só me resta um, que não posso dar a ninguém.

E como me visse folhear o opúsculo:

— Veja se lhe lembra algum pedaço — disse-me.

Vinte e seis anos de intervalo fazem morrer amizades mais estreitas e assíduas, mas era cortesia, era quase caridade recordar alguma lauda; li uma delas, acentuando certas frases para lhe dar a impressão de que achavam eco em minha memória. Concordou que fossem belas, mas preferia outras, e apontou-as.

— Recorda-se bem?

— Perfeitamente. *Panegírico de Santa Mônica*! Como isto me faz remontar os anos da minha mocidade! Nunca me esqueceu o seminário, creia. Os anos passam, os acontecimentos vêm uns sobre outros, e as sensações também, e vieram amizades novas, que também se foram depois, como é lei da vida... Pois, meu caro colega, nada fez apagar aquele tempo da nossa convivência, os padres, as lições, os recreios... os nossos recreios, lembra-se? o padre Lopes, oh! o padre Lopes...

Ele, com os olhos no ar, devia estar ouvindo, e naturalmente ouvia, mas só me disse uma palavra, e ainda assim depois de algum tempo de silêncio, recolhendo os olhos e um suspiro!

— Tem agradado muito este meu *Panegírico*!

CAPÍTULO LV
Um soneto

Dita a palavra, apertou-me as mãos com as forças todas de um vasto agradecimento, despediu-se e saiu. Fiquei só com o *Panegírico*, e o que as folhas dele me lembraram foi tal que merece um capítulo ou mais. Antes, porém, e porque também eu

tive o meu *Panegírico*, contarei a história de um soneto que nunca fiz; era no tempo do seminário, e o primeiro verso é o que ides ler:

>Oh! flor do céu! oh! flor cândida e pura!

Como e por que me saiu este verso da cabeça, não sei; saiu assim, estando eu na cama, como uma exclamação solta, e, ao notar que tinha a medida de verso, pensei em compor com ele alguma coisa, um soneto. A insônia, musa de olhos arregalados, não me deixou dormir uma longa hora ou duas; as cócegas pediam-me unhas, e eu coçava-me com alma. Não escolhi logo, logo o soneto; a princípio cuidei de outra forma, e tanto de rima como de verso solto, mas afinal ative-me ao soneto. Era um poema breve e prestadio. Quanto à ideia, o primeiro verso não era ainda uma ideia, era uma exclamação; a ideia viria depois. Assim na cama, envolvido no lençol, tratei de poetar. Tinha o alvoroço da mãe que sente o filho, e o primeiro filho. Ia ser poeta, ia competir com aquele monge da Bahia, pouco antes revelado, e então na moda; eu, seminarista, diria em verso as minhas tristezas, como ele dissera as suas no claustro. Decorei bem o verso, e repetia-o em voz baixa, aos lençóis; francamente, achava-o bonito, e ainda agora não me parece mau:

>Oh! flor do céu! oh! flor cândida e pura!

Quem era a flor? Capitu, naturalmente; mas podia ser a virtude, a poesia, a religião, qualquer outro conceito a que coubesse a metáfora da flor, e flor do céu. Aguardei o resto, recitando sempre o verso, e deitado ora sobre o lado direito, ora sobre o esquerdo; afinal deixei-me estar de costas, com os olhos no teto, mas nem assim vinha mais nada. Então adverti que os sonetos mais gabados eram os que concluíam com chave de ouro, isto é, um desses versos capitais no sentido e na forma. Pensei em forjar uma de tais chaves, considerando que o verso final, saindo cronologicamente dos treze anteriores, com dificuldade traria a perfeição louvada; imaginei que tais chaves eram fundidas antes da fechadura. Assim foi que me determinei a compor o último verso do soneto, e, depois de muito suar, saiu este:

>Perde-se a vida, ganha-se a batalha!

Sem vaidade, e falando como se fosse de outro, era um verso magnífico. Sonoro, não há dúvida. E tinha um pensamento, a vitória ganha à custa da própria vida, pensamento alevantado e nobre. Que não fosse novidade, é possível, mas também não era vulgar; e ainda agora não explico por que via misteriosa entrou numa cabeça de tão poucos anos. Naquela ocasião achei-o sublime. Recitei uma e muitas vezes a chave de ouro; depois repeti os dois versos seguidamente, e dispus-me a ligá-los pelos doze centrais. A ideia agora, à vista do último verso, pareceu-me melhor não ser Capitu; seria a justiça. Era mais próprio dizer que, na pugna pela justiça, perder-se-ia acaso a vida, mas a batalha ficava ganha. Também me ocorreu aceitar a batalha, no sentido natural, e fazer dela a luta pela pátria, por exemplo; nesse caso a flor do céu seria a liberdade. Esta acepção, porém, sendo o poeta um seminarista, podia não caber tanto como a primeira, e gastei alguns minutos em

escolher uma ou outra. Achei melhor a justiça, mas afinal aceitei definitivamente uma ideia nova, a caridade, e recitei os dois versos, cada um a seu modo, um languidamente:

> Oh! flor do céu! oh! flor cândida e pura!

e o outro com grande brio:

> Perde-se a vida, ganha-se a batalha!

A sensação que tive é que ia sair um soneto perfeito. Começar bem e acabar bem não era pouco. Para me dar um banho de inspiração, evoquei alguns sonetos célebres, e notei que os mais deles eram facílimos; os versos saíam uns dos outros, com a ideia em si, tão naturalmente, que se não acabava de crer se ela é que os fizera, se eles é que a suscitavam. Então tornava ao meu soneto, e novamente repetia o primeiro verso e esperava o segundo; o segundo não vinha, nem terceiro, nem quarto; não vinha nenhum. Tive alguns ímpetos de raiva, e mais de uma vez pensei em sair da cama e ir ver tinta e papel; pode ser que, escrevendo, os versos acudissem, mas...

Cansado de esperar, lembrou-me alterar o sentido do último verso, com a simples transposição de duas palavras, assim:

> Ganha-se a vida, perde-se a batalha!

O sentido vinha a ser justamente o contrário, mas talvez isso mesmo trouxesse a inspiração. Neste caso, era uma ironia: não exercendo a caridade, pode-se ganhar a vida, mas perde-se a batalha do céu. Criei forças novas e esperei. Não tinha janela; se tivesse, é possível que fosse pedir uma ideia à noite. E quem sabe se os vaga-lumes, luzindo cá embaixo, não seriam para mim como rimas das estrelas, e essa viva metáfora não me daria os versos esquivos, com os seus consoantes e sentidos próprios?

Trabalhei em vão, busquei, catei, esperei, não vieram os versos. Pelo tempo adiante escrevi algumas páginas em prosa, e agora estou compondo esta narração, não achando maior dificuldade que escrever, bem ou mal. Pois, senhores, nada me consola daquele soneto que não fiz. Mas, como eu creio que os sonetos existem feitos, como as odes e os dramas, e as demais obras de arte, por uma razão de ordem metafísica, dou esses dois versos ao primeiro desocupado que os quiser. Ao domingo, ou se estiver chovendo, ou na roça, em qualquer ocasião de lazer, pode tentar ver se o soneto sai. Tudo é dar-lhe uma ideia e encher o centro que falta.

Capítulo LVI
Um seminarista

Tudo me ia repetindo o diabo do opúsculo, com as suas letras velhas e citações latinas. Vi sair daquelas folhas muitos perfis de seminaristas, os irmãos Albuquerque, por exemplo, um dos quais é cônego na Bahia, enquanto o outro seguiu medicina e dizem haver descoberto um específico contra a febre amarela. Vi o Bastos, um magricela, que está de vigário em Meia-Ponte, se não morreu já; Luís Borges, apesar de padre, fez-se político, e acabou senador do império... Quantas outras caras me fitavam das páginas frias do *Panegírico*! Não, não eram frias; traziam o calor da juventude nascente, o calor do passado, o meu próprio calor. Queria lê-las outra vez, e lograva entender algum texto, tão recente como no primeiro dia, ainda que mais breve. Era um encanto ir por ele; às vezes, inconscientemente, dobrava a folha como se estivesse lendo de verdade; creio que era quando os olhos me caíam na palavra do fim da página, e a mão, acostumada a ajudá-los, fazia o seu ofício...

Eis aqui outro seminarista. Chamava-se Ezequiel de Sousa Escobar. Era um rapaz esbelto, olhos claros, um pouco fugitivos, como as mãos, como os pés, como a fala, como tudo. Quem não estivesse acostumado com ele podia acaso sentir-se mal, não sabendo por onde lhe pegasse. Não fitava de rosto, não falava claro nem seguido; as mãos não apertavam as outras, nem se deixavam apertar delas, porque os dedos, sendo delgados e curtos, quando a gente cuidava tê-los entre os seus, já não tinha nada. O mesmo digo dos pés, que tão depressa estavam aqui como lá. Essa dificuldade em pousar foi o maior obstáculo que achou para tomar os costumes do seminário. O sorriso era instantâneo, mas também ria folgado e largo. Uma coisa não seria tão fugitiva, como o resto, a reflexão; íamos dar com ele, muita vez, olhos enfiados em si, cogitando. Respondia-nos sempre que meditava algum ponto espiritual, ou então que recordava a lição da véspera. Quando ele entrou na minha intimidade pedia-me frequentemente explicações e repetições miúdas, e tinha memória para guardá-las todas, até as palavras. Talvez esta faculdade prejudicasse alguma outra.

Era mais velho que eu três anos, filho de um advogado de Curitiba, aparentado com um comerciante do Rio de Janeiro, que servia de correspondente ao pai. Este era homem de fortes sentimentos católicos. Escobar tinha uma irmã, que era um anjo, dizia ele.

— Não é só na beleza que é um anjo, mas também na bondade. Não imagina que boa criatura que ela é. Escreve-me muita vez, hei de mostrar-lhe as cartas dela.

De fato, eram simples e afetuosas, cheias de carícias e conselhos. Escobar contava-me histórias dela, interessantes, todas as quais vinham a dar na bondade e no espírito daquela criatura; tais eram que me fariam capaz de acabar casando com ela, se não fosse Capitu. Morreu pouco depois. Eu, seduzido pelas palavras dele, estive quase a contar-lhe logo, logo, a minha história. A princípio fui tímido, mas ele fez-se entrado na minha confiança. Aqueles modos fugitivos cessavam quando ele queria, e o meio e o tempo os fizeram mais pousados. Escobar veio abrindo a alma toda, desde a porta da rua até ao fundo do quintal. A alma da gente, como sabes, é uma casa assim disposta, não raro com janelas para todos os lados, muita luz e ar puro. Também as há fechadas e escuras, sem janelas, ou com poucas e gradeadas,

à semelhança de conventos e prisões. Outrossim, capelas e bazares, simples alpendres ou paços suntuosos.

Não sei o que era a minha. Eu não era ainda casmurro, nem dom casmurro; o receio é que me tolhia a franqueza, mas como as portas não tinham chaves nem fechaduras, bastava empurrá-las, e Escobar empurrou-as e entrou. Cá o achei dentro, cá ficou, até que...

Capítulo LVII
De preparação

Ah! mas não eram só os seminaristas que me iam saindo daquelas folhas velhas do *Panegírico*. Elas me trouxeram também sensações passadas, tais e tantas que eu não poderia dizê-las todas, sem tirar espaço ao resto. Uma dessas, e das primeiras, quisera contá-la aqui em latim. Não é que a matéria não ache termos honestos em nossa língua, que é casta para os castos, como pode ser torpe para os torpes. Sim, leitora castíssima, como diria o meu finado José Dias, podeis ler o capítulo até ao fim, sem susto nem vexame.

Já agora meto a história em outro capítulo. Por mais composto que este me saia, há sempre no assunto alguma coisa menos austera, que pede umas linhas de repouso e preparação. Sirva este de preparação. E isto é muito, leitor meu amigo; o coração, quando examina a possibilidade do que há de vir, as proporções dos acontecimentos e a cópia deles, fica robusto e disposto, e o mal é menor mal. Também, se não fica então, não fica nunca. E aqui verás tal ou qual esperteza minha; porquanto, ao ler o que vais ler, é provável que o aches menos cru do que esperavas.

Capítulo LVIII
O tratado

Foi o caso que, uma segunda-feira, voltando eu para o seminário, vi cair na rua uma senhora. O meu primeiro gesto, em tal caso, devia ser de pena ou de riso; não foi uma nem outra coisa, porquanto (e é isto que eu quisera dizer em latim), porquanto a senhora tinha as meias mui lavadas, e não as sujou, levava ligas de seda, e não as perdeu. Várias pessoas acudiram, mas não tiveram tempo de a levantar; ela ergueu-se muito vexada, sacudiu-se, agradeceu, e enfiou pela rua próxima.

— Esse gosto de imitar as francesas da rua do Ouvidor — dizia-me José Dias andando e comentando a queda —, é evidentemente um erro. As nossas moças devem andar como sempre andaram, com seu vagar e paciência, e não esse tique-tique afrancesado...

Eu mal podia ouvi-lo. As meias e as ligas da senhora branqueavam e enroscavam-se diante de mim, e andavam, caíam, erguiam-se e iam-se embora. Quando

chegamos à esquina, olhei para a outra rua, e vi, a distância, a nossa desastrada, que ia no mesmo passo, tique-tique, tique-tique...

— Parece que não se machucou — disse eu.

— Tanto melhor para ela, mas é impossível que não tenha arranhado os joelhos; aquela presteza é manha...

Creio que foi "manha" que ele disse; eu fiquei "nos joelhos arranhados". Dali em diante, até o seminário, não vi mulher na rua a quem não desejasse uma queda; a algumas adivinhei que traziam as meias esticadas e as ligas justas... Tal haveria que nem levasse meias... Mas eu as via com elas... Ou então... Também é possível...

Vou esgarçando isto com reticências, para dar uma ideia das minhas ideias, que eram assim difusas e confusas; com certeza não dou nada. A cabeça ia-me quente, e o andar não era seguro. No seminário, a primeira hora foi insuportável. As batinas traziam ar de saias, e lembravam-me a queda da senhora. Já não era uma só que eu via cair; todas as que eu encontrara na rua mostravam-me agora de relance as ligas azuis; eram azuis. De noite, sonhei com elas. Uma multidão de abomináveis criaturas veio andar à roda de mim, tique-tique... Eram belas, umas finas, outras grossas, todas ágeis como o diabo. Acordei, busquei afugentá-las com esconjuros e outros métodos, mas tão depressa dormi como tornaram, e, com as mãos presas em volta de mim, faziam um vasto círculo de saias, ou, trepadas no ar, choviam pés e pernas sobre a minha cabeça. Assim fui até madrugada. Não dormi mais; rezei padre-nossos, ave-marias, e credos, e sendo este livro a verdade pura, é força confessar que tive de interromper mais de uma vez as minhas orações para acompanhar no escuro uma figura ao longe, tique-tique, tique-tique... Pegava depressa na oração, sempre no meio para concertá-la bem, como se não tivesse havido interrupção, mas certamente não unia a frase nova à antiga.

Vindo o mal pela manhã adiante, tentei vencê-lo, mas por um modo que o não perdesse de todo. Sábios da escritura, adivinhai o que podia ser. Foi isto. Não podendo rejeitar de mim aqueles quadros, recorri a um tratado entre a minha consciência e a minha imaginação. As visões feminis seriam de ora avante consideradas como simples encarnações dos vícios, e por isso mesmo contempláveis, como o melhor modo de temperar o caráter e aguerri-lo para os combates ásperos da vida. Não formulei isto por palavras, nem foi preciso; o contrato fez-se tacitamente, com alguma repugnância, mas fez-se. E por alguns dias, era eu mesmo que evocava as visões para fortalecer-me, e não as rejeitava, senão quando elas mesmas, de cansadas, se iam embora.

CAPÍTULO LIX
Convivas de boa memória

Há dessas reminiscências que não descansam antes que a pena ou a língua as publique. Um antigo dizia arrenegar de conviva que tem boa memória. A vida é cheia de tais convivas, e eu sou acaso um deles, conquanto a prova de ter a memória fraca seja exatamente não me acudir agora o nome de tal antigo; mas era um antigo, e basta.

Não, não, a minha memória não é boa. Ao contrário, é comparável a alguém que tivesse vivido por hospedarias, sem guardar delas nem caras nem nomes, e somente raras circunstâncias. A quem passe a vida na mesma casa de família, com os seus eternos móveis e costumes, pessoas e afeições, é que se lhe grava tudo pela continuidade e repetição. Como eu invejo os que não esqueceram a cor das primeiras calças que vestiram! Eu não atino com a das que enfiei ontem. Juro só que não eram amarelas porque execro essa cor; mas isso mesmo pode ser olvido e confusão.

E antes seja olvido que confusão; explico-me. Nada se emenda bem nos livros confusos, mas tudo se pode meter nos livros omissos. Eu, quando leio algum dessa outra casta, não me aflijo nunca. O que faço, em chegando ao fim, é cerrar os olhos e evocar todas as coisas que não achei nele. Quantas ideias finas me acodem então! Que de reflexões profundas! Os rios, as montanhas, as igrejas que não vi nas folhas lidas, todos me aparecem agora com as suas águas, as suas árvores, os seus altares, e os generais sacam das espadas que tinham ficado na bainha, e os clarins soltam as notas que dormiam no metal, e tudo marcha com uma alma imprevista.

É que tudo se acha fora de um livro falho, leitor amigo. Assim preencho as lacunas alheias; assim podes também preencher as minhas.

Capítulo LX
Querido opúsculo!

Assim fiz eu ao *Panegírico de Santa Mônica*, e fiz mais: pus-lhe não só o que faltava da santa, mas ainda coisas que não eram dela. Viste o soneto, as meias, as ligas, o seminarista Escobar e vários outros. Vais agora ver o mais que naquele dia me foi saindo das páginas amarelas do opúsculo.

Querido opúsculo, tu não prestavas para nada, mas que mais presta um velho par de chinelas? Entretanto, há muita vez no casal de chinelas um como aroma e calor de dois pés. Gastas e rotas, não deixam de lembrar que uma pessoa as calçava de manhã, ao erguer da cama, ou as descalçava à noite, ao entrar nela. E se a comparação não vale, porque as chinelas são ainda uma parte da pessoa e tiveram o contato dos pés, aqui estão outras lembranças, como a pedra da rua, a porta da casa, um assobio particular, um pregão de quitanda, como aquele das cocadas que contei no cap. XVIII. Justamente, quando contei o pregão das cocadas, fiquei tão curtido de saudades que me lembrou fazê-lo escrever por um amigo, mestre de música, e grudá-lo às pernas do capítulo. Se depois jarretei o capítulo, foi porque outro músico, a quem o mostrei, me confessou ingenuamente não achar no trecho escrito nada que lhe acordasse saudades. Para que não aconteça o mesmo aos outros profissionais que porventura me lerem, melhor é poupar ao editor do livro o trabalho e a despesa da gravura. Vês que não pus nada, nem ponho. Já agora creio que não basta que os pregões de rua, como os opúsculos de seminário, encerrem casos, pessoas e sensações; é preciso que a gente os tenha conhecido e padecido no tempo, sem o que tudo é calado e incolor.

Mas, vamos ao mais que me foi saindo das páginas amarelas.

Capítulo LXI
A vaca de Homero

O mais foi muito. Vi saírem os primeiros dias da separação, duros e opacos, sem embargo das palavras de conforto que me deram os padres e os seminaristas, e as de minha mãe e tio Cosme, trazidas por José Dias ao seminário.

— Todos estão saudosos — disse-me este —, mas a maior saudade está naturalmente no maior dos corações; e qual é ele? — perguntou escrevendo a resposta nos olhos.

— Mamãe — acudi eu.

José Dias apertou-me as mãos com alvoroço, e logo pintou a tristeza de minha mãe, que falava de mim todos os dias, quase a todas as horas. Como a aprovasse sempre, e acrescentasse alguma palavra relativamente aos dotes que Deus me dera, o desvanecimento de minha mãe nessas ocasiões era indescritível; e contava-me tudo isso cheio de uma admiração lacrimosa. Tio Cosme também se enternecia muito.

— Ontem até se deu um caso interessante. Tendo eu dito à excelentíssima que Deus lhe dera, não um filho, mas um anjo do céu, o doutor ficou tão comovido que não achou outro modo de vencer o choro senão fazendo-me um daqueles elogios de galhofa que só ele sabe. Não é preciso dizer que dona Glória enxugou furtivamente uma lágrima. Ou ela não fosse mãe! Que coração amantíssimo!

— Mas, senhor José Dias, e a minha saída daqui?

— Isso é negócio meu. A viagem à Europa é o que é preciso, mas pode fazer-se daqui a um ou dois anos, em 1859 ou 1860...

— Tão tarde!

— Era melhor que fosse este mesmo ano, mas demos tempo ao tempo. Tenha paciência, vá estudando, não se perde nada em ir sabendo já daqui alguma coisa; e, demais, ainda não acabando padre, a vida do seminário é útil, e vale sempre entrar no mundo ungido com os santos óleos da teologia...

Neste ponto — lembra-me como se fosse hoje —, os olhos de José Dias fulguraram tão intensamente que me encheram de espanto. As pálpebras caíram depois, e assim ficaram por alguns instantes, até que novamente se ergueram, e os olhos fixaram-se na parede do pátio, como que embebidos em alguma coisa, se não era em si mesmos; depois despegaram-se da parede e entraram a vagar pelo pátio todo. Podia compará-lo aqui à vaca de Homero; andava e gemia em volta da cria que acabava de parir. Não lhe perguntei o que é que tinha, já por acanhamento, já porque dois lentes, um deles de teologia, vinham caminhando na nossa direção. Ao passarem por nós, o agregado, que os conhecia, cortejou-os com as deferências devidas, e pediu-lhes notícias minhas.

— Por ora nada se pode afiançar — disse um deles —, mas parece que dará conta da mão.

— É o que eu lhe dizia agora mesmo — acudiu José Dias. — Conto ouvir-lhe a missa nova; mas ainda que não chegue a ordenar-se, não pode ter melhores estudos que os que fizer aqui. Para a viagem da existência — concluiu demorando mais as palavras —, irá ungido com os santos óleos da teologia...

Desta vez a fulguração dos olhos foi menor, as pálpebras não lhe caíram nem as pupilas fizeram os movimentos anteriores. Ao contrário, todo ele era atenção e interrogação; quando muito, um sorriso claro e amigo lhe errava nos lábios. O lente de teologia gostou da metáfora, e disse-lho; ele agradeceu, explicando que eram ideias que lhe escapavam no correr da conversação; não escrevia nem orava. Eu é que não gostei nada; e, logo que os lentes se foram, sacudi a cabeça:

— Não quero saber dos santos óleos da teologia; desejo sair daqui o mais cedo que puder, ou já...

— Já, meu anjo, não pode ser; mas pode suceder que muito antes do que imaginamos. Quem sabe se este mesmo ano de 58? Tenho um plano feito, e penso já nas palavras com que hei de expô-lo a dona Glória; estou certo que ela cederá e irá conosco.

— Duvido que mamãe embarque.

— Veremos. Mãe é capaz de tudo; mas, com ela ou sem ela, tenho por certa a nossa ida, e não haverá esforço que eu não empregue, deixe estar. Paciência é que é preciso. E não faça aqui nada que dê lugar a censuras ou queixas; muita docilidade e toda a aparente satisfação. Não ouviu o elogio do lente? É que você tem-se portado bem. Pois continue.

— Mas, 1859 ou 1860 é muito tarde.

— Será este ano — replicou José Dias.

— Daqui a três meses?

— Ou seis.

— Não; três meses.

— Pois sim. Tenho agora um plano, que me parece melhor que outro qualquer. É combinar a ausência de vocação eclesiástica e a necessidade de mudar de ares. Você por que não tosse?

— Por que não tusso?

— Já, já, não, mas eu hei de avisar você para tossir, quando for preciso, aos poucos, uma tossezinha seca, e algum fastio; eu irei preparando a excelentíssima... Oh! tudo isto é em benefício dela. Uma vez que o filho não pode servir a Igreja como deve ser servida, o melhor modo de cumprir a vontade de Deus é dedicá-lo a outra coisa. O mundo também é igreja para os bons...

Pareceu-me outra vez a vaca de Homero, como se este "mundo também é igreja para os bons" fosse outro bezerro, irmão dos "santos óleos da teologia". Mas não dei tempo à ternura materna, e repliquei:

— Ah! entendo! mostrar que estou doente para embarcar, não é?

José Dias hesitou um pouco, depois explicou-se:

— Mostrar a verdade, porque, francamente, Bentinho, eu há meses que desconfio do seu peito. Você não anda bom do peito. Em pequeno, teve umas febres e uma ronqueira... Passou tudo, mas há dias em que está mais descorado. Não digo que já seja o mal, mas o mal pode vir depressa. Numa hora cai a casa. Por isso, se aquela santa senhora não quiser ir conosco — ou para que vá mais depressa, acho que uma boa tosse... Se a tosse há de vir de verdade, melhor é apressá-la... Deixe estar, eu aviso...

— Bem, mas em saindo daqui não há de ser para embarcar logo; saio primeiro, depois cuidaremos do embarque; o embarque é que pode ficar para o ano. Não

dizem que o melhor tempo é abril ou maio? Pois seja maio. Primeiro deixo o seminário, daqui a dois meses...

E porque a palavra me estivesse a pigarrear na garganta, dei uma volta rápida, e perguntei-lhe à queima-roupa:

— Capitu como vai?

Capítulo LXII
Uma ponta de Iago

A pergunta era imprudente, na ocasião em que eu cuidava de transferir o embarque. Equivalia a confessar que o motivo principal ou único da minha repulsa ao seminário era Capitu, e fazer crer improvável a viagem. Compreendi isso depois que falei; quis emendar-me, mas nem soube como, nem ele me deu tempo.

— Tem andado alegre, como sempre; é uma tontinha. Aquilo enquanto não pegar algum peralta da vizinhança que case com ela...

Estou que empalideci; pelo menos, senti correr um frio pelo corpo todo. A notícia de que ela vivia alegre, quando eu chorava todas as noites, produziu-me aquele efeito, acompanhado de um bater de coração tão violento, que ainda agora cuido ouvi-lo. Há alguma exageração nisto; mas o discurso humano é assim mesmo, um composto de partes excessivas e partes diminutas, que se compensam, ajustando-se. Por outro lado, se entendermos que a audiência aqui não é das orelhas senão da memória, chegaremos à exata verdade. A minha memória ouve ainda agora as pancadas do coração naquele instante. Não esqueças que era a emoção do primeiro amor. Estive quase a perguntar a José Dias que me explicasse a alegria de Capitu, o que é que ela fazia, se vivia rindo, cantando ou pulando, mas retive-me a tempo, e depois outra ideia...

Outra ideia, não — um sentimento cruel e desconhecido, o puro ciúme, leitor das minhas entranhas. Tal foi o que me mordeu, ao repetir comigo as palavras de José Dias: "Algum peralta da vizinhança". Em verdade, nunca pensara em tal desastre. Vivia tão nela, dela e para ela, que a intervenção de um peralta era como uma noção sem realidade; nunca me acudiu que havia peraltas na vizinhança, vária idade e feitio, grandes passeadores das tardes. Agora lembrava-me que alguns olhavam para Capitu — e tão senhor me sentia dela que era como se olhassem para mim, um simples dever de admiração e de inveja. Separados um do outro pelo espaço e pelo destino, o mal aparecia-me agora, não só possível, mas certo. E a alegria de Capitu confirmava a suspeita; se ela vivia alegre é que já namorava a outro, acompanhá-lo-ia com os olhos na rua, falar-lhe-ia à janela, às ave-marias, trocariam flores e...

E... quê? Sabes o que é que trocariam mais; se o não achas por ti mesmo, escusado é ler o resto do capítulo e do livro, não acharás mais nada, ainda que eu o diga com todas as letras da etimologia. Mas se o achaste, compreenderás que eu, depois de estremecer, tivesse um ímpeto de atirar-me pelo portão fora, descer o resto da ladeira, correr, chegar à casa do Pádua, agarrar Capitu e intimar-lhe que me confessasse quantos, quantos, quantos já lhe dera o peralta da vizinhança. Não fiz nada. Os

mesmos sonhos que ora conto não tiveram, naqueles três ou quatro minutos, esta lógica de movimentos e pensamentos. Eram soltos, emendados e mal emendados, com o desenho truncado e torto, uma confusão, um turbilhão, que me cegava e ensurdecia. Quando tornei a mim, José Dias concluía uma frase, cujo princípio não ouvi, e o mesmo fim era vago: "A conta que dará de si". Que conta e quem? Cuidei naturalmente que falava ainda de Capitu, e quis perguntar-lho, mas a vontade morreu ao nascer, como tantas outras gerações delas. Limitei-me a inquirir do agregado quando é que iria a casa ver minha mãe.

— Estou com saudades de mamãe. Posso ir já esta semana?

— Vai sábado.

— Sábado? Ah! sim! sim! Peça a mamãe que me mande buscar sábado! Sábado! Este sábado, não? Que me mande buscar, sem falta.

Capítulo LXIII
Metades de um sonho

Fiquei ansioso pelo sábado. Até lá os sonhos perseguiam-me, ainda acordado, e não os digo aqui para não alongar esta parte do livro. Um só ponho, e no menor número de palavras, ou antes porei dois, porque um nasceu de outro, a não ser que ambos formem duas metades de um só. Tudo isto é obscuro, dona leitora, mas a culpa é do vosso sexo, que perturbava assim a adolescência de um pobre seminarista. Não fosse ele, e este livro seria talvez uma simples prática paroquial, se eu fosse padre, ou uma pastoral, se bispo, ou uma encíclica, se papa, como me recomendara tio Cosme: "Anda lá, meu rapaz, volta-me papa!". Ah! por que não cumpri esse desejo? Depois de Napoleão, tenente e imperador, todos os destinos estão neste século.

Quanto ao sonho, foi isto. Como estivesse a espiar os peraltas da vizinhança, vi um destes que conversava com a minha amiga ao pé da janela. Corri ao lugar, ele fugiu; avancei para Capitu, mas não estava só, tinha o pai ao pé de si, enxugando os olhos e mirando um triste bilhete de loteria. Não me parecendo isto claro, ia pedir a explicação, quando ele de si mesmo a deu; o peralta fora levar-lhe a lista dos prêmios da loteria, e o bilhete saíra branco. Tinha o número 4004. Disse-me que essa simetria de algarismos era misteriosa e bela, e provavelmente a roda andara mal; era impossível que não devesse ter a sorte grande. Enquanto ele falava, Capitu dava-me com os olhos todas as sortes grandes e pequenas. A maior destas devia ser dada com a boca. E aqui entra a segunda parte do sonho. Pádua desapareceu, como as suas esperanças do bilhete. Capitu inclinou-se para fora, eu relanceei os olhos pela rua, estava deserta. Peguei-lhe nas mãos, resmunguei não sei que palavras, e acordei sozinho no dormitório.

O interesse do que acabas de ler não está na matéria do sonho, mas nos esforços que fiz para ver se dormia novamente e pegava nele outra vez. Nunca dos nuncas poderás saber a energia e obstinação que empreguei em fechar os olhos, apertá-los bem, esquecer tudo para dormir, mas não dormia. Esse mesmo trabalho fez-me perder o sono até a madrugada. Sobre a madrugada, consegui conciliá-lo, mas então

nem peraltas, nem bilhetes de loteria, nem sortes grandes ou pequenas — nada dos nadas veio ter comigo. Não sonhei mais aquela noite, e dei mal as lições daquele dia.

Capítulo LXIV
Uma ideia e um escrúpulo

Relendo o capítulo passado, acode-me uma ideia e um escrúpulo. O escrúpulo é justamente de escrever a ideia, não a havendo mais banal na terra, posto que daquela banalidade do sol e da lua, que o céu nos dá todos os dias e todos os meses. Deixei o manuscrito, e olhei para as paredes. Sabes que esta casa do Engenho Novo, nas dimensões, disposições e pinturas, é reprodução da minha antiga casa de Matacavalos. Outrossim, como te disse no capítulo II, o meu fim em imitar a outra foi ligar as duas pontas da vida, o que aliás não alcancei. Pois o mesmo sucedeu àquele sonho do seminário, por mais que tentasse dormir e dormisse. Donde concluo que um dos ofícios do homem é fechar e apertar muito os olhos, e ver se continua pela noite velha o sonho truncado da noite moça. Tal é a ideia banal e nova que eu não quisera pôr aqui, e só provisoriamente a escrevo.

Antes de concluir este capítulo, fui à janela indagar da noite por que razão os sonhos hão de ser assim tão tênues que se esgarçam ao menor abrir de olhos ou voltar de corpo, e não continuam mais. A noite não me respondeu logo. Estava deliciosamente bela, os morros palejavam de luar e o espaço morria de silêncio. Como eu insistisse, declarou-me que os sonhos já não pertencem à sua jurisdição. Quando eles moravam na ilha que Luciano lhes deu, onde ela tinha o seu palácio, e donde os fazia sair com as suas caras de vária feição, dar-me-ia explicações possíveis. Mas os tempos mudaram tudo. Os sonhos antigos foram aposentados, e os modernos moram no cérebro da pessoa. Estes, ainda que quisessem imitar os outros, não poderiam fazê-lo; a ilha dos sonhos, como a dos amores, como todas as ilhas de todos os mares, são agora objeto da ambição e da rivalidade da Europa e dos Estados Unidos.

Era uma alusão às Filipinas. Pois que não amo a política, e ainda menos a política internacional, fechei a janela e vim acabar este capítulo para ir dormir. Não peço agora os sonhos de Luciano, nem outros, filhos da memória ou da digestão; basta-me um sono quieto e apagado. De manhã, com a fresca, irei dizendo o mais da minha história e suas pessoas.

Capítulo LXV
A dissimulação

Chegou o sábado, chegaram outros sábados, e eu acabei afeiçoando-me à vida nova. Ia alternando a casa e o seminário. Os padres gostavam de mim, os rapazes também, e Escobar mais que os rapazes e os padres. No fim de cinco semanas estive quase a contar a este as minhas penas e esperanças; Capitu refreou-me.

— Escobar é muito meu amigo, Capitu!
— Mas não é meu amigo.
— Pode vir a ser; ele já me disse que há de vir cá para conhecer mamãe.
— Não importa; você não tem direito de contar um segredo que não é só seu, mas também meu, e eu não lhe dou licença de dizer nada a pessoa nenhuma.

Era justo, calei-me e obedeci. Outra coisa em que obedeci às suas reflexões foi, logo no primeiro sábado, quando eu fui à casa dela, e, após alguns minutos de conversa, me aconselhou a ir embora.

— Hoje não fique aqui mais tempo; vá para casa, que eu lá vou logo. É natural que dona Glória queira estar com você muito tempo, ou todo, se puder.

Em tudo isso mostrava a minha amiga tanta lucidez que eu bem podia deixar de citar um terceiro exemplo, mas os exemplos não se fizeram senão para ser citados, e este é tão bom que a omissão seria um crime. Foi a minha terceira ou quarta vinda à casa. Minha mãe, depois que lhe respondi às mil perguntas que me fez sobre o tratamento que me davam, os estudos, as relações, a disciplina, e se me doía alguma coisa, e se dormia bem, tudo o que a ternura das mães inventa para cansar a paciência de um filho, concluiu voltando-se para José Dias:

— Senhor José Dias, ainda duvida que saia daqui um bom padre?
— Excelentíssima...
— E você, Capitu — interrompeu minha mãe, voltando-se para a filha do Pádua, que estava na sala, com ela —, você não acha que o nosso Bentinho dará um bom padre?
— Acho que sim, senhora — respondeu Capitu cheia de convicção.

Não gostei da convicção. Assim lho disse, na manhã seguinte, no quintal dela, recordando as palavras da véspera, e lançando-lhe em rosto, pela primeira vez, a alegria que ela mostrara desde a minha entrada no seminário, quando eu vivia curtido de saudades. Capitu fez-se muito séria, e perguntou-me como é que queria que se portasse, uma vez que suspeitavam de nós; também tivera noites desconsoladas, e os dias, em casa dela, foram tão tristes como os meus; podia indagá-lo do pai e da mãe. A mãe chegou a dizer-lhe, por palavras encobertas, que não pensasse mais em mim.

— Com dona Glória e dona Justina mostro-me naturalmente alegre, para que não pareça que a denúncia de José Dias é verdadeira. Se parecesse, elas tratariam de separar-nos mais, e talvez acabassem não me recebendo... Para mim, basta o nosso juramento de que nos havemos de casar um com outro.

Era isto mesmo; devíamos dissimular para matar qualquer suspeita, e ao mesmo tempo gozar toda a liberdade anterior, e construir tranquilos o nosso futuro. Mas o exemplo completa-se com o que ouvi no dia seguinte, ao almoço; minha

mãe, dizendo a tio Cosme que ainda queria ver com que mão havia eu de abençoar o povo à missa, contou que, dias antes, estando a falar de moças que se casam cedo, Capitu lhe dissera: "Pois a mim quem me há de casar há de ser o padre Bentinho; eu espero que ele se ordene!". Tio Cosme riu da graça, José Dias não dessorriu, só prima Justina é que franziu a testa, e olhou para mim interrogativamente. Eu, que havia olhado para todos, não pude resistir ao gesto da prima, e tratei de comer. Mas comi mal; estava tão contente com aquela grande dissimulação de Capitu que não vi mais nada, e, logo que almocei, corri a referir-lhe a conversa e a louvar-lhe a astúcia. Capitu sorriu de agradecida.

— Você tem razão, Capitu — concluí eu —; vamos enganar toda essa gente.

— Não é? — disse ela com ingenuidade.

Capítulo LXVI
Intimidade

Capitu ia agora entrando na alma de minha mãe. Viviam o mais do tempo juntas, falando de mim, a propósito do sol e da chuva, ou de nada; Capitu ia lá coser, às manhãs; alguma vez ficava para jantar.

Prima Justina não acompanhava a parenta naquelas finezas, mas não tratava de todo mal a minha amiga. Era assaz sincera para dizer o mal que sentia de alguém, e não sentia bem de pessoa alguma. Talvez do marido, mas o marido era morto; em todo caso, não existira homem capaz de competir com ele na afeição, no trabalho e na honestidade, nas maneiras e na agudeza de espírito. Essa opinião, segundo tio Cosme, era póstuma, pois em vida andavam às brigas, e os últimos seis meses acabaram separados. Tanto melhor para a justiça dela; o louvor dos mortos é um modo de orar por eles. Também gostaria de minha mãe, ou se algum mal pensou dela foi entre si e o travesseiro. Compreende-se que, de aparência, lhe desse a estima devida. Não penso que ela aspirasse a algum legado; as pessoas assim dispostas excedem os serviços naturais, fazem-se mais risonhas, mais assíduas, multiplicam os cuidados, precedem os fâmulos. Tudo isso era contrário à natureza de prima Justina, feita de azedume e de implicância. Como vivesse de favor na casa, explica-se que não desestimasse a dona e calasse os seus ressentimentos, ou só dissesse mal dela a Deus e ao diabo.

Caso tivesse ressentimentos de minha mãe, não era uma razão mais para detestar Capitu, nem ela precisava de razões suplementares. Contudo, a intimidade de Capitu fê-la mais aborrecível à minha parenta. Se a princípio não a tratava mal, com o tempo trocou de maneiras e acabou fugindo-lhe. Capitu, atenta, desde que a não via, indagava dela e ia procurá-la. Prima Justina tolerava esses cuidados. A vida é cheia de obrigações que a gente cumpre, por mais vontade que tenha de as infringir deslavadamente. Demais, Capitu usava certa magia que cativa; prima Justina acabava sorrindo, ainda que azedo, mas a sós com minha mãe achava alguma palavra ruim que dizer da menina.

Como minha mãe adoecesse de uma febre, que a pôs às portas da morte, quis que Capitu lhe servisse de enfermeira. Prima Justina, posto que isso a aliviasse de

cuidados penosos, não perdoou à minha amiga a intervenção. Um dia, perguntou-lhe se não tinha que fazer em casa; outro dia, rindo, soltou-lhe este epigrama: "Não precisa correr tanto; o que tiver de ser seu às mãos lhe há de ir".

Capítulo LXVII
Um pecado

Já agora não tiro a doente da cama sem contar o que se deu comigo. Ao cabo de cinco dias, minha mãe amanheceu tão transtornada que ordenou me mandassem buscar ao seminário. Em vão tio Cosme:

— Mana Glória, você assusta-se sem motivo, a febre passa...

— Não! não! mandem buscá-lo! Posso morrer, e a minha alma não se salva, se Bentinho não estiver ao pé de mim.

— Vamos assustá-lo.

— Pois não lhe digam nada, mas vão buscá-lo, já, já, não se demorem.

Cuidaram fosse delírio; mas, não custando nada trazer-me, José Dias foi incumbido do recado. Entrou tão atordoado que me assustou. Contou particularmente ao reitor o que havia, e recebi licença para ir a casa. Na rua, íamos calados, ele não alterando o passo do costume — a premissa antes da consequência, a consequência antes da conclusão —, mas cabisbaixo e suspirando, eu temendo ler no rosto dele alguma notícia dura e definitiva. Só me falara na doença, como negócio simples; mas o chamado, o silêncio, os suspiros podiam dizer alguma coisa mais. O coração batia-me com força, as pernas bambeavam-me, mais de uma vez cuidei cair...

O anseio de escutar a verdade complicava-se em mim com o temor de a saber. Era a primeira vez que a morte me aparecia assim perto, me envolvia, me encarava com os olhos furados e escuros. Quanto mais andava aquela rua dos Barbonos, mais me aterrava a ideia de chegar a casa, de entrar, de ouvir os prantos, de ver um corpo defunto... Oh! eu não poderia nunca expor aqui tudo o que senti naqueles terríveis minutos. A rua, por mais que José Dias andasse superlativamente devagar, parecia fugir-me debaixo dos pés, as casas voavam de um e outro lado, e uma corneta que nessa ocasião tocava no quartel dos Municipais Permanentes ressoava aos meus ouvidos como a trombeta do juízo final.

Fui, cheguei aos Arcos, entrei na rua de Matacavalos. A casa não era logo ali, mas muito além da dos Inválidos, perto da do Senado. Três ou quatro vezes quisera interrogar o meu companheiro sem ousar abrir a boca; mas agora, já nem tinha tal desejo. Ia só andando, aceitando o pior, como um gesto do destino, como uma necessidade da obra humana, e foi então que a Esperança, para combater o Terror, me segredou ao coração, não estas palavras, pois nada articulou parecido com palavras, mas uma ideia que poderia ser traduzida por elas: "Mamãe defunta, acaba o seminário".

Leitor, foi um relâmpago. Tão depressa alumiou a noite, como se esvaiu, e a escuridão fez-se mais cerrada, pelo efeito do remorso que me ficou. Foi uma sugestão da luxúria e do egoísmo. A piedade filial desmaiou um instante, com a perspectiva da liberdade certa, pelo desaparecimento da dívida e do devedor; foi um instan-

te, menos que um instante, o centésimo de um instante, ainda assim o suficiente para complicar a minha aflição com um remorso.

José Dias suspirava. Uma vez olhou para mim tão cheio de pena que me pareceu haver-me adivinhado, e eu quis pedir-lhe que não dissesse nada a ninguém, que eu ia castigar-me etc. Mas a pena trazia tanto amor, que não podia ser pesar do meu pecado; mas então era sempre a morte de minha mãe... Senti uma angústia grande, um nó na garganta, e não pude mais, chorei de uma vez.

— Que é, Bentinho?

— Mamãe...?

— Não! não! Que ideia é essa? O estado dela é gravíssimo, mas não é mal de morte, e Deus pode tudo. Enxugue os olhos, que é feio um mocinho da sua idade andar chorando na rua. Não há de ser nada, uma febre... As febres, assim como dão com força, assim também se vão embora... Com os dedos, não; onde está o lenço?

Enxuguei os olhos, posto que de todas as palavras de José Dias uma só me ficasse no coração; foi aquele *gravíssimo*. Vi depois que ele só queria dizer *grave*, mas o uso do superlativo faz a boca longa, e, por amor do período, José Dias fez crescer a minha tristeza. Se achares neste livro algum caso da mesma família, avisa-me, leitor, para que o emende na segunda edição; nada há mais feio que dar pernas longuíssimas a ideias brevíssimas. Enxuguei os olhos, repito, e fui andando, ansioso agora por chegar a casa, e pedir perdão a minha mãe do ruim pensamento que tive. Enfim, chegamos, entramos, subi trêmulo os seis degraus da escada, e daí a pouco, debruçado sobre a cama, ouvia as palavras ternas de minha mãe, que me apertava muito as mãos, chamando-me seu filho. Estava queimando, os olhos ardiam nos meus, toda ela parecia consumida por um vulcão interno. Ajoelhei-me ao pé do leito, mas como este era alto, fiquei longe das suas carícias:

— Não, meu filho, levanta, levanta!

Capitu, que estava na alcova, gostou de ver a minha entrada, os meus gestos, palavras e lágrimas, segundo me disse depois; mas não suspeitou naturalmente todas as causas da minha aflição. Entrando no meu quarto, pensei em dizer tudo a minha mãe, logo que ela ficasse boa, mas essa ideia não me mordia, era uma veleidade pura, uma ação que eu não faria nunca, por mais que o pecado me doesse. Então, levado do remorso, usei ainda uma vez do meu velho meio das promessas espirituais, e pedi a Deus que me perdoasse e salvasse a vida de minha mãe, e eu lhe rezaria dois mil padre-nossos. Padre que me lês, perdoa esse recurso; foi a última vez que o empreguei. A crise em que me achava, não menos que o costume e a fé, explica tudo. Eram mais dois mil; onde iam os antigos? Não paguei uns nem outros, mas saindo de almas cândidas e verdadeiras tais promessas são como a moeda fiduciária — ainda que o devedor as não pague, valem a soma que dizem.

Capítulo LXVIII
Adiemos a virtude

Poucos teriam ânimo de confessar aquele meu pensamento da rua de Matacavalos. Eu confessarei tudo o que importar à minha história. Montaigne escreveu de si: *ce ne sont pas mes gestes que j'écris; c'est moi, c'est mon essence*. Ora, há só um modo de escrever a própria essência, é contá-la toda, o bem e o mal. Tal faço eu, à medida que me vai lembrando e convindo à construção ou reconstrução de mim mesmo. Por exemplo, agora que contei um pecado, diria com muito gosto alguma bela ação contemporânea, se me lembrasse, mas não me lembra; fica transferida a melhor oportunidade.

Nem perderás em esperar, meu amigo; ao contrário, acode-me agora que... Não só as belas ações são belas em qualquer ocasião, como são também possíveis e prováveis, pela teoria que tenho dos pecados e das virtudes, não menos simples que clara. Reduz-se a isto que cada pessoa nasce com certo número deles e delas, aliados por matrimônio para se compensarem na vida. Quando um de tais cônjuges é mais forte que o outro, ele só guia o indivíduo, sem que este, por não haver praticado tal virtude ou cometido tal pecado, se possa dizer isento de um ou de outro; mas a regra é dar-se a prática simultânea dos dois, com vantagem do portador de ambos, e alguma vez com resplendor maior da terra e do céu. É pena que eu não possa fundamentar isto com um ou mais casos estranhos; falta-me tempo.

Pelo que me toca, é certo que nasci com alguns daqueles casais, e naturalmente ainda os possuo. Já me sucedeu, aqui no Engenho Novo, por estar uma noite com muita dor de cabeça, desejar que o trem da Central estourasse longe dos meus ouvidos e interrompesse a linha por muitas horas, ainda que morresse alguém; e no dia seguinte perdi o trem da mesma estrada, por ter ido dar a minha bengala a um cego que não trazia bordão. *Voilà mes gestes, voilà mon essence*.

Capítulo LXIX
A missa

Um dos gestos que melhor exprimem a minha essência foi a devoção com que corri no domingo próximo a ouvir missa em Santo Antônio dos Pobres. O agregado quis ir comigo, e principiou a vestir-se, mas era tão lento nos suspensórios e nas presilhas, que não pude esperar por ele. Demais, eu queria estar só. Sentia necessidade de evitar qualquer conversação que me desviasse o pensamento do fim a que ia, e era reconciliar-me com Deus, depois do que se passou no capítulo LXVII. Nem era só pedir-lhe perdão do pecado, era também agradecer o restabelecimento de minha mãe, e, visto que digo tudo, fazê-lo renunciar ao pagamento da minha promessa. Jeová, posto que divino, ou por isso mesmo, é um Rothschild muito mais humano, e não faz moratórias, perdoa as dívidas integralmente, uma vez que o devedor queira deveras emendar

a vida e cortar nas despesas. Ora, eu não queria outra coisa; dali em diante não faria mais promessas que não pudesse pagar, e pagaria logo as que fizesse.

Ouvi missa; ao levantar a Deus, agradeci a vida e a saúde de minha mãe; depois pedi perdão do pecado e relevação da dívida, e recebi a bênção final do oficiante como um ato solene de reconciliação. No fim, lembrou-me que a igreja estabeleceu no confessionário um cartório seguro, e na confissão o mais autêntico dos instrumentos para o ajuste de contas morais entre o homem e Deus. Mas a minha incorrigível timidez me fechou essa porta certa; receei não achar palavras com que dizer ao confessor o meu segredo. Como o homem muda! Hoje chego a publicá-lo.

Capítulo LXX
Depois da missa

Rezei ainda, persignei-me, fechei o livro de missa e caminhei para a porta. A gente não era muita, mas a igreja também não é grande, e não pude sair logo, logo, mas devagar. Havia homens e mulheres, velhos e moços, sedas e chitas, e provavelmente olhos feios e belos, mas eu não vi uns nem outros. Ia na direção da porta, com a onda, ouvindo as saudações e os cochichos. No adro, onde se fez claro, parei e olhei para todos. Vi então uma moça e um homem, que saíam da igreja e pararam; e a moça olhava para mim falando ao homem, e o homem olhava para mim, ouvindo a moça. E chegaram-me estas palavras:

— Mas que queres?
— Queria saber dela; papai pergunte.

Era sinhazinha Sancha, a companheira de colégio de Capitu, que queria notícias de minha mãe. O pai veio a mim; disse-lhe que estava restabelecida. Depois saímos, mostrou-me a casa dele, e, como eu vinha na mesma direção, viemos juntos. Gurgel era homem de quarenta anos ou pouco mais, com propensão a engrossar o ventre; era muito obsequioso; chegando à porta da casa, quis por força que eu fosse almoçar com ele.

— Obrigado; mamãe espera-me.
— Manda-se lá um preto dizer que o senhor fica almoçando, e irá mais tarde.
— Venho outro dia.

Sinhazinha Sancha, voltada para o pai, ouvia e esperava. Não era feia; só se lhe podia notar a semelhança do nariz, que também acabava grosso, mas há feições que tiram a graça de uns para dá-la a outros. Vestia simples. Gurgel era viúvo e morria pela filha. Como eu recusasse o almoço, quis que descansasse alguns minutos. Não pude recusar e subi. Quis saber a minha idade, os meus estudos, a minha fé, e dava-me conselhos para o caso de vir a ser padre; disse-me o número do armazém, rua da Quitanda. Enfim, despedi-me, veio ao patamar da escada; a filha deu-me recomendações para Capitu e para minha mãe. Da rua olhei para cima; o pai estava à janela e fez-me um gesto largo de despedida.

Capítulo LXXI
Visita de Escobar

Em casa, tinham já mentido dizendo a minha mãe que eu voltara e estava mudando de roupa.

"A missa das oito já há de ter acabado... Bentinho devia estar de volta... Teria acontecido alguma coisa, mano Cosme?... Mandem ver..." Assim falava ela, de minuto a minuto, mas eu entrei e comigo a tranquilidade.

Era o dia das boas sensações. Escobar foi visitar-me e saber da saúde de minha mãe. Nunca me visitara até ali, nem as nossas relações estavam já tão estreitas, como vieram a ser depois; mas sabendo a razão da minha saída, três dias antes, aproveitou o domingo para ir ter comigo e perguntar se continuava o perigo ou não. Quando lhe disse que não, respirou.

— Tive receio — disse ele.
— Os outros souberam?
— Parece que sim: alguns souberam.

Tio Cosme e José Dias gostaram do moço; o agregado disse-lhe que vira uma vez o pai no Rio de Janeiro. Escobar era muito polido; e, conquanto falasse mais do que veio a falar depois, ainda assim não era tanto como os rapazes da nossa idade; naquele dia achei-o um pouco mais expansivo que de costume. Tio Cosme quis que jantasse conosco. Escobar refletiu um instante e acabou dizendo que o correspondente do pai esperava por ele. Eu, lembrando-me das palavras do Gurgel, repeti-as:

— Manda-se lá um preto dizer que o senhor janta aqui, e irá depois.
— Tanto incômodo!
— Incômodo nenhum — interveio tio Cosme.

Escobar aceitou, e jantou. Notei que os movimentos rápidos que tinha e dominava na aula também os dominava agora, na sala como na mesa. A hora que passou comigo foi de franca amizade. Mostrei-lhe os poucos livros que possuía. Gostou muito do retrato de meu pai; depois de alguns instantes de contemplação, virou-se e disse-me:

— Vê-se que era um coração puro!

Os olhos de Escobar, claros como já disse, eram dulcíssimos; assim os definiu José Dias, depois que ele saiu, e mantenho esta palavra, apesar dos quarenta anos que traz em cima de si. Nisto não houve exageração do agregado. A cara rapada mostrava uma pele alva e lisa. A testa é que era um pouco baixa, vindo a risca do cabelo quase em cima da sobrancelha esquerda; mas tinha sempre a altura necessária para não afrontar as outras feições, nem diminuir a graça delas. Realmente, era interessante de rosto, a boca fina e chocarreira, o nariz curvo e delgado. Tinha o sestro de sacudir o ombro direito de quando em quando, e veio a perdê-lo, desde que um de nós lho notou um dia no seminário; primeiro exemplo que vi de que um homem pode corrigir-se muito bem dos defeitos miúdos.

Nunca deixei de sentir tal ou qual desvanecimento em que os meus amigos agradassem a todos. Em casa, ficaram querendo bem a Escobar; a mesma prima Justina achou que era um moço muito apreciável, apesar... Apesar de quê?, perguntou-

-lhe José Dias, vendo que ela não acabava a frase. Não teve resposta, nem podia tê-la; prima Justina provavelmente não viu defeito claro ou importante no nosso hóspede; o *apesar* era uma espécie de ressalva para algum que lhe viesse a descobrir um dia; ou então foi obra de uso velho, que a levou a restringir, onde não achara restrição.

Escobar despediu-se logo depois de jantar; fui levá-lo à porta, onde esperamos a passagem de um ônibus. Disse-me que o armazém do correspondente era na rua dos Pescadores, e ficava aberto até às nove horas: ele é que se não queria demorar fora. Separamo-nos com muito afeto: ele, de dentro do ônibus, ainda me disse adeus, com a mão. Conservei-me à porta, a ver se, ao longe, ainda olharia para trás, mas não olhou.

— Que amigo é esse tamanho? — perguntou alguém de uma janela ao pé.

Não é preciso dizer que era Capitu. São coisas que se adivinham na vida, como nos livros, sejam romances, sejam histórias verdadeiras. Era Capitu, que nos espreitara desde algum tempo, por dentro da veneziana, e agora abrira inteiramente a janela, e aparecera. Viu as nossas despedidas tão rasgadas e afetuosas, e quis saber quem era que me merecia tanto.

— É o Escobar — disse eu, indo pôr-me embaixo da janela, a olhar para cima.

Capítulo LXXII
Uma reforma dramática

Nem eu, nem tu, nem ela, nem qualquer outra pessoa desta história poderia responder mais, tão certo é que o destino, como todos os dramaturgos, não anuncia as peripécias nem o desfecho. Eles chegam a seu tempo, até que o pano cai, apagam-se as luzes, e os espectadores vão dormir. Nesse gênero há porventura alguma coisa que reformar, e eu proporia, como ensaio, que as peças começassem pelo fim. Otelo mataria a si e a Desdêmona no primeiro ato, os três seguintes seriam dados à ação lenta e decrescente do ciúme, e o último ficaria só com as cenas iniciais da ameaça dos turcos, as explicações de Otelo e Desdêmona, e o bom conselho do fino Iago: "Mete dinheiro na bolsa". Desta maneira, o espectador, por um lado, acharia no teatro a charada habitual que os periódicos lhe dão, porque os últimos atos explicariam o desfecho do primeiro, espécie de conceito, e, por outro lado, ia para a cama com uma boa impressão de ternura e de amor:

> Ela amou o que me afligira,
> Eu amei a piedade dela.

Capítulo LXXIII
O contrarregra

O destino não é só dramaturgo, é também o seu próprio contrarregra, isto é, designa a entrada dos personagens em cena, dá-lhes as cartas e outros objetos, e executa dentro os sinais correspondentes ao diálogo, uma trovoada, um carro, um tiro. Quando eu era moço, representou-se aí, em não sei que teatro, um drama que acabava pelo juízo final. O principal personagem era Ashaverus, que no último quadro concluía um monólogo por esta exclamação: "Ouço a trombeta do arcanjo!". Não se ouviu trombeta nenhuma. Ashaverus, envergonhado, repetiu a palavra, agora mais alto, para advertir o contrarregra, mas ainda nada. Então caminhou para o fundo, disfarçadamente trágico, mas efetivamente com o fim de falar ao bastidor, e dizer em voz surda: "O pistão! o pistão! o pistão!". O público ouviu esta palavra e desatou a rir, até que, quando a trombeta soou deveras, e Ashaverus bradou pela terceira vez que era a do arcanjo, um gaiato da plateia corrigiu cá de baixo: "Não, senhor, é o pistão do arcanjo!".

Assim se explicam a minha estada debaixo da janela de Capitu e a passagem de um cavaleiro, um *dandy*, como então dizíamos. Montava um belo cavalo alazão, firme na sela, rédea na mão esquerda, a direita à cinta, botas de verniz, figura e postura esbeltas: a cara não me era desconhecida. Tinham passado outros, e ainda outros viriam atrás; todos iam às suas namoradas. Era uso do tempo namorar a cavalo. Relê Alencar: "Porque um estudante (dizia um dos seus personagens de teatro de 1858) não pode estar sem estas duas coisas, um cavalo e uma namorada". Relê Álvares de Azevedo. Uma das suas poesias é destinada a contar (1851) que residia em Catumbi, e, para ver a namorada no Catete, alugara um cavalo por três mil-réis... Três mil-réis! tudo se perde na noite dos tempos!

Ora, o *dandy* do cavalo baio não passou como os outros; era a trombeta do juízo final e soou a tempo; assim faz o Destino, que é o seu próprio contrarregra. O cavaleiro não se contentou de ir andando, mas voltou a cabeça para o nosso lado, o lado de Capitu, e olhou para Capitu, e Capitu para ele; o cavalo andava, a cabeça do homem deixava-se ir voltando para trás. Tal foi o segundo dente de ciúme que me mordeu. A rigor, era natural admirar as belas figuras; mas aquele sujeito costumava passar ali, às tardes; morava no antigo campo da Aclamação, e depois... e depois... Vão lá raciocinar com um coração de brasa, como era o meu! Nem disse nada a Capitu; saí da rua à pressa, enfiei pelo meu corredor, e, quando dei por mim, estava na sala de visitas.

Capítulo LXXIV
A presilha

Na sala de visitas, tio Cosme e José Dias conversavam, um sentado, outro andando e parando. A vista de José Dias lembrou-me o que ele me dissera no seminário: "Aquilo enquanto não pegar algum peralta da vizinhança que case com ela...". Era certa-

mente alusão ao cavaleiro. Tal recordação agravou a impressão que eu trazia da rua; mas não seria essa palavra, inconscientemente guardada, que me dispôs a crer na malícia dos seus olhares? A vontade que tive foi pegar em José Dias pela gola, levá-lo ao corredor e perguntar-lhe se falara de verdade ou por hipótese; mas José Dias, que parara ao ver-me entrar, continuou a andar e a falar. Eu, impaciente, queria ir à casa ao pé, imaginava que Capitu saísse da janela assustada e não tardasse a aparecer, para indagar e explicar... E os dois falavam, até que tio Cosme ergueu-se para ir ver a doente, e José Dias veio ter comigo, ao vão da outra janela.

Há um instante tinha eu desejo de lhe perguntar o que havia entre Capitu e os peraltas do bairro; agora, imaginando que vinha justamente dizer-mo, fiquei com medo de ouvi-lo. Quis tapar-lhe a boca. José Dias viu no meu rosto algum sinal diferente da expressão habitual, e perguntou-me com interesse:

— Que é, Bentinho?

Para não fitá-lo, deixei cair os olhos. Os olhos, caindo, viram que uma das presilhas das calças do agregado estava desabotoada, e, como ele insistisse em saber o que é que eu tinha, respondi apontando com o dedo:

— Olhe a presilha, abotoe a presilha.

José Dias inclinou-se, eu saí correndo.

Capítulo LXXV
O desespero

Escapei ao agregado, escapei a minha mãe não indo ao quarto dela, mas não escapei a mim mesmo. Corri ao meu quarto, e entrei atrás de mim. Eu falava-me, eu perseguia-me, eu atirava-me à cama, e rolava comigo, e chorava, e abafava os soluços com a ponta do lençol. Jurei não ir ver Capitu aquela tarde, nem nunca mais, e fazer-me padre de uma vez. Via-me já ordenado, diante dela, que choraria de arrependimento e me pediria perdão, mas eu, frio e sereno, não teria mais que desprezo, muito desprezo; voltava-lhe as costas. Chamava-lhe perversa. Duas vezes dei por mim mordendo os dentes, como se a tivesse entre eles.

Da cama ouvi a voz dela, que viera passar o resto da tarde com minha mãe, e naturalmente comigo, como das outras vezes; mas, por maior que fosse o abalo que me deu, não me fez sair do quarto. Capitu ria alto, falava alto, como se me avisasse; eu continuava surdo, a sós comigo e o meu desprezo. A vontade que me dava era cravar-lhe as unhas no pescoço, enterrá-las bem, até ver-lhe sair a vida com o sangue...

Capítulo LXXVI
Explicação

Ao fim de algum tempo, estava sossegado, mas abatido. Como me achasse estirado na cama, com os olhos no teto, lembrou-me a recomendação que minha mãe fazia de me não deitar depois do jantar para evitar alguma congestão. Ergui-me de golpe, mas não saí do quarto. Capitu ria agora menos e falava mais baixo; estaria aflita com a minha reclusão, mas nem por isso me abalou.

Não ceei e dormi mal. Na manhã seguinte não estava melhor, estava diferente. A minha dor agora complicava-se do receio de haver ido além do que convinha, deixando de examinar o negócio. Posto que a cabeça me doesse um pouco, simulei maior incômodo, com o fim de não ir ao seminário e falar a Capitu. Podia estar zangada comigo, podia não querer-me agora e preferir o cavaleiro. Quis resolver tudo, ouvi-la e julgá-la; podia ser que tivesse defesa e explicação.

Tinha ambas as coisas. Quando soube a causa da minha reclusão da véspera, disse-me que era grande injúria que lhe fazia; não podia crer que depois da nossa troca de juramentos, tão leviana a julgasse que pudesse crer... E aqui romperam-lhe lágrimas, e fez um gesto de separação; mas eu acudi de pronto, peguei-lhe das mãos e beijei-as com tanta alma e calor que as senti estremecer. Enxugou os olhos com os dedos, eu os beijei de novo, por eles e pelas lágrimas; depois suspirou, depois abanou a cabeça. Confessou-me que não conhecia o rapaz, senão como os outros que ali passavam às tardes, a cavalo ou a pé. Se olhara para ele, era prova exatamente de não haver nada entre ambos; se houvesse, era natural dissimular.

— E que poderia haver, se ele vai casar? — concluiu.

— Vai casar?

Ia casar, disse-me com quem, com uma moça da rua dos Barbonos. Esta razão quadrou-me mais que tudo, e ela o sentiu no meu gesto; nem por isso deixou de dizer que, para evitar nova equivocação, deixaria de ir mais à janela.

— Não! não! não! não lhe peço isto!

Consentiu em retirar a promessa, mas fez outra, e foi que, à primeira suspeita da minha parte, tudo estaria dissolvido entre nós. Aceitei a ameaça, e jurei que nunca a haveria de cumprir: era a primeira suspeita e a última.

Capítulo LXXVII
Prazer das dores velhas

Contando aquela crise do meu amor adolescente, sinto uma coisa que não sei se explico bem, e é que as dores daquela quadra a tal ponto se espiritualizaram com o tempo, que chegam a diluir-se no prazer. Não é claro isto, mas nem tudo é claro na vida ou nos livros. A verdade é que sinto um gosto particular em referir tal aborrecimento, quando é certo que ele me lembra outros que não quisera lembrar por nada.

Capítulo LXXVIII
Segredo por segredo

De resto, naquele mesmo tempo senti tal ou qual necessidade de contar a alguém o que se passava entre mim e Capitu. Não referi tudo, mas só uma parte, e foi Escobar que a recebeu. Quando voltei ao seminário, na quarta-feira, achei-o inquieto; disse-me que era sua intenção ir ver-me, se eu me demorasse mais um dia em casa. Perguntava-me com interesse o que é que tivera, e se estava bom de todo.

— Estou.

Ouvia, espetando-me os olhos. Três dias depois disse que me estavam achando muito distraído; era bom disfarçar o mais que pudesse. Ele, à sua parte, tinha razões para andar distraído também, mas buscava ficar atento.

— Então parece-lhe...?

— Sim, você às vezes está que não ouve nada, olhando para ontem; disfarce, Santiago.

— Tenho motivos...

— Creio; ninguém se distrai à toa.

— Escobar...

Hesitei; ele esperou.

— Que é?

— Escobar, você é meu amigo, eu sou seu amigo também; aqui no seminário você é a pessoa que mais me tem entrado no coração, e lá fora, a não ser a gente da família, não tenho propriamente um amigo.

— Se eu disser a mesma coisa — retorquiu ele sorrindo —, perde a graça; parece que estou repetindo. Mas a verdade é que não tenho aqui relações com ninguém, você é o primeiro e creio que já notaram; mas eu não me importo com isso.

Comovido, senti que a voz se me precipitava da garganta.

— Escobar, você é capaz de guardar um segredo?

— Você que pergunta é porque duvida, e nesse caso...

— Desculpe, é um modo de falar. Eu sei que é moço sério, e faço de conta que me confesso a um padre.

— Se precisa de absolvição, está absolvido.

— Escobar, eu não posso ser padre. Estou aqui, os meus acreditam, e esperam; mas eu não posso ser padre.

— Nem eu, Santiago.

— Nem você?

— Segredo por segredo; também eu tenho o propósito de não acabar o curso; meu desejo é o comércio, mas não diga nada, absolutamente nada; fica só entre nós. E não é que eu não seja religioso; sou religioso, mas o comércio é a minha paixão.

— Só isso?

— Que mais há de ser?

Dei duas voltas e sussurrei a primeira palavra da minha confidência, tão escassa e surda, que não a ouvi eu mesmo; sei porém que disse "uma pessoa..." com reticência. Uma pessoa...? Não foi preciso mais para que ele entendesse. Uma pes-

soa devia ser uma moça. Nem cuides que pasmou de me ver namorado; achou até natural e espetou-me outra vez os olhos. Então contei-lhe por alto o que podia, mas demoradamente para ter o gosto de repisar o assunto. Escobar escutava com interesse; no fim da nossa conversação, declarou-me que era segredo enterrado em cemitério. Deu-me de conselho que não me fizesse padre. Não podia levar para a igreja um coração que não era do céu, mas da terra; seria um mau padre, nem seria padre. Ao contrário, Deus protegia os sinceros; uma vez que eu só podia servi-lo no mundo, aí me cumpria ficar.

Não calculas o prazer que me deu a confidência que lhe fiz. Era como que uma felicidade mais. Aquele coração moço, que me ouvia e me dava razão, trazia a este mundo um aspecto extraordinário. Era um grande e belo mundo, a vida uma carreira excelente, e eu nem mais nem menos um mimoso do céu; eis a minha sensação. Nota que eu não lhe disse tudo, nem o melhor; não lhe referi o capítulo do penteado, por exemplo, nem outros assim; mas o contado era muito.

Que voltamos ao assunto, não é preciso dizê-lo. Voltamos uma e muitas vezes; eu louvava as qualidades morais de Capitu, matéria adequada à admiração de um seminarista, a simpleza, a modéstia, o amor do trabalho e os costumes religiosos. Não lhe tocava nas graças físicas, nem ele me perguntava por elas; apenas insinuei a conveniência de a conhecer de vista.

— Agora não é possível — disse-lhe na primeira semana, ao voltar de casa —; Capitu vai passar uns dias com uma amiga da rua dos Inválidos. Quando ela vier, você irá lá; mas pode ir antes, pode ir sempre; por que não foi ontem jantar comigo?

— Você não me convidou.

— Pois precisa convidar? Lá em casa todos ficaram gostando muito de você.

— Também eu fiquei gostando de todos, mas se é possível fazer distinção, confesso-lhe que sua mãe é uma senhora adorável.

— Não é verdade? — retorqui cheio de alvoroço.

Capítulo LXXIX
Vamos ao capítulo

Com efeito, gostei de ouvi-lo falar assim. Sabes a opinião que eu tinha de minha mãe. Ainda agora, depois de interromper esta linha para mirar-lhe o retrato que pende da parede, acho que trazia no rosto impressa aquela qualidade. Nem de outro modo se explica a opinião de Escobar, que apenas trocara com ela quatro palavras. Uma só bastava a penetrar-lhe a essência íntima; sim, sim, minha mãe era adorável. Por mais que me estivesse então obrigando a uma carreira que eu não queria, não podia deixar de sentir que era adorável, como uma santa.

E porventura era certo que me obrigava à carreira eclesiástica? Aqui chego a um ponto, que esperei viesse depois, tanto que já pesquisava em que altura lhe daria um capítulo. Realmente, não cabia dizer agora o que só mais tarde presumi descobrir; mas, uma vez que toquei no ponto, melhor é acabar com ele. É grave e complexo, delicado e sutil, um desses em que o autor tem de atender ao filho, e o

filho há de ouvir o autor, para que um e outro digam a verdade, só a verdade, mas toda a verdade. Cabe ainda notar que esse ponto é que torna justamente a santa mais adorável, sem prejuízo (ao contrário!) da parte humana e terrestre que havia nela. Basta de prefácio ao capítulo; vamos ao capítulo.

Capítulo LXXX
Venhamos ao capítulo

Venhamos ao capítulo. Minha mãe era temente a Deus; sabes disto, e das suas práticas religiosas, e da fé pura que as animava. Nem ignoras que a minha carreira eclesiástica era objeto de promessa feita quando fui concebido. Tudo está contado oportunamente. Outrossim, sabes que, para o fim de apertar o vínculo moral da obrigação, confiou os seus projetos e motivos a parentes e familiares. A promessa, feita com fervor, aceita com misericórdia, foi guardada por ela, com alegria, no mais íntimo do coração. Penso que lhe senti o sabor da felicidade no leite que me deu a mamar. Meu pai, se vivesse, é possível que alterasse os planos, e, como tinha a vocação da política, é provável que me encaminhasse somente à política, embora os dois ofícios não fossem nem sejam inconciliáveis, e mais de um padre entre na luta dos partidos e no governo dos homens. Mas meu pai morrera sem saber nada, e ela ficou diante do contrato, como única devedora.

 Um dos aforismos de Franklin é que, para quem tem de pagar na páscoa, a quaresma é curta. A nossa quaresma não foi mais longa que as outras, e minha mãe, posto me mandasse ensinar latim e doutrina, começou a adiar a minha entrada no seminário. É o que se chama, comercialmente falando, reformar uma letra. O credor era arquimilionário, não dependia daquela quantia para comer, e consentiu nas transferências de pagamento sem sequer agravar a taxa do juro. Um dia, porém, um dos familiares que serviam de endossantes da letra, falou da necessidade de entregar o preço ajustado; está num dos capítulos primeiros. Minha mãe concordou e recolhi-me a São José.

 Ora, nesse mesmo capítulo, verteu ela umas lágrimas, que enxugou sem explicar, e que nenhum dos presentes, nem tio Cosme, nem prima Justina, nem o agregado José Dias entendeu absolutamente; eu, que estava atrás da porta, não as entendi mais que eles. Bem examinadas, apesar da distância, vê-se que eram saudades prévias, a mágoa da separação — e pode ser também (é o princípio do ponto), pode ser que arrependimento da promessa. Católica e devota, sentia muito bem que as promessas se cumprem; a questão é se é oportuno e adequado fazê-las todas, e naturalmente inclinava-se à negativa. Por que é que Deus a puniria, negando-lhe um segundo filho? A vontade divina podia ser a minha vida, sem necessidade de lha dedicar *ab ovo*. Era um raciocínio tardio; devia ter sido feito no dia em que fui gerado. Em todo caso, era uma conclusão primeira; mas, não bastando concluir para destruir, tudo se manteve, e eu fui para o seminário.

 Um cochilo da fé teria resolvido a questão a meu favor, mas a fé velava com os seus grandes olhos ingênuos. Minha mãe faria, se pudesse, uma troca de promessa,

dando parte dos seus anos para conservar-me consigo, fora do clero, casado e pai; é o que presumo, assim como suponho que rejeitou tal ideia, por lhe parecer uma deslealdade. Assim a senti sempre na corrente da vida ordinária.

 Sucedeu que a minha ausência foi logo temperada pela assiduidade de Capitu. Esta começou a fazer-se-lhe necessária. Pouco a pouco veio-lhe a persuasão de que a pequena me faria feliz. Então (é o final do ponto anunciado), a esperança de que o nosso amor, tornando-me absolutamente incompatível com o seminário, me levasse a não ficar lá nem por Deus nem pelo diabo, esta esperança íntima e secreta entrou a invadir o coração de minha mãe. Neste caso, eu romperia o contrato sem que ela tivesse culpa. Ela ficava comigo sem ato propriamente seu. Era como se, tendo confiado a alguém a importância de uma dívida para levá-la ao credor, o portador guardasse o dinheiro consigo e não levasse nada. Na vida comum, o ato de terceiro não desobriga o contratante; mas a vantagem de contratar com o céu é que intenção vale dinheiro.

 Hás de ter tido conflitos parecidos com esse, e, se és religioso, haverás buscado alguma vez conciliar o céu e a terra por modo idêntico ou análogo. O céu e a terra acabam conciliando-se; eles são quase irmãos gêmeos, tendo o céu sido feito no segundo dia e a terra no terceiro. Como Abraão, minha mãe levou o filho ao monte da Visão, e mais a lenha para o holocausto, o fogo e o cutelo. E atou Isaac em cima do feixe de lenha, pegou do cutelo e levantou-o ao alto. No momento de fazê-lo cair, ouve a voz do anjo que lhe ordena da parte do Senhor: "Não faças mal algum a teu filho; conheci que temes a Deus". Tal seria a esperança secreta de minha mãe.

 Capitu era naturalmente o anjo da Escritura. A verdade é que minha mãe não podia tê-la agora longe de si. A afeição crescente era manifesta por atos extraordinários. Capitu passou a ser a flor da casa, o sol das manhãs, o frescor das tardes, a lua das noites; lá vivia horas e horas, ouvindo, falando e cantando. Minha mãe apalpava-lhe o coração, revolvia-lhe os olhos, e o meu nome era entre ambas como a senha da vida futura.

Capítulo LXXXI
Uma palavra

Assim contado o que descobri mais tarde, posso trasladar para aqui uma palavra de minha mãe. Agora se entenderá que ela me dissesse, no primeiro sábado, quando eu cheguei a casa e soube que Capitu estava na rua dos Inválidos, com sinhazinha Gurgel:

 — Por que não vais vê-la? Não me disseste que o pai de Sancha te ofereceu a casa?

 — Ofereceu.

 — Pois então? Mas é se queres. Capitu devia ter voltado hoje para acabar um trabalho comigo; certamente a amiga pediu-lhe que dormisse lá.

 — Talvez ficassem namorando — insinuou prima Justina.

 Não a matei por não ter à mão ferro nem corda, pistola nem punhal; mas os olhos que lhe deitei, se pudessem matar, teriam suprido tudo. Um dos erros da

Providência foi deixar ao homem unicamente os braços e os dentes, como armas de ataque, e as pernas como armas de fuga ou de defesa. Os olhos bastavam ao primeiro efeito. Um mover deles faria parar ou cair um inimigo ou um rival, exerceriam vingança pronta, com este acréscimo que, para desnortear a justiça, os mesmos olhos matadores seriam olhos piedosos, e correriam a chorar a vítima. Prima Justina escapou aos meus; eu é que não escapei ao efeito da insinuação, e no domingo, às onze horas, corri à rua dos Inválidos.

O pai de Sancha recebeu-me em desalinho e triste. A filha estava enferma; caíra na véspera com uma febre, que se ia agravando. Como ele queria muito à filha, pensava já vê-la morta, e anunciou-me que se mataria também. Eis aqui um capítulo fúnebre como um cemitério, mortes, suicídios e assassinatos. Eu ansiava por um raio de luz clara e céu azul. Foi Capitu que os trouxe à porta da sala, vindo dizer ao pai de Sancha que a filha o mandara chamar.

— Está pior? — perguntou Gurgel assustado.

— Não, senhor, mas quer falar-lhe.

— Fique aqui um bocadinho — disse-lhe ele; e voltando-se para mim: — É a enfermeira de Sancha, que não quer outra; eu já volto.

Capitu trazia sinais de fadiga e comoção, mas tão depressa me viu, ficou toda outra, a mocinha de sempre, fresca e lépida, não menos que espantada. Custou-lhe a crer que fosse eu. Falou-me, quis que lhe falasse, e efetivamente conversamos por alguns minutos, mas tão baixo e abafado que nem as paredes ouviram, elas que têm ouvidos. De resto, se elas ouviram algo, nada entenderam, nem elas nem os móveis, que estavam tão tristes como o dono.

Capítulo LXXXII
O canapé

Deles, só o canapé pareceu haver compreendido a nossa situação moral, visto que nos ofereceu os serviços da sua palhinha, com tal insistência que os aceitamos e nos sentamos. Data daí a opinião particular que tenho do canapé. Ele faz aliar a intimidade e o decoro, e mostra a casa toda sem sair da sala. Dois homens sentados nele podem debater o destino de um império, e duas mulheres a graça de um vestido; mas, um homem e uma mulher só por aberração das leis naturais dirão outra coisa que não seja de si mesmos. Foi o que fizemos, Capitu e eu. Vagamente lembra-me que lhe perguntei se a demora ali seria grande...

— Não sei; a febre parece que cede... mas...

Também me lembra, vagamente, que lhe expliquei a minha visita à rua dos Inválidos com a pura verdade, isto é, a conselho de minha mãe.

— Conselho dela? — murmurou Capitu.

E acrescentou com os olhos, que brilhavam extraordinariamente:

— Seremos felizes!

Repeti estas palavras, com os simples dedos, apertando os dela. O canapé, quer visse ou não, continuou a prestar os seus serviços às nossas mãos presas e às nossas cabeças juntas ou quase juntas.

Capítulo LXXXIII
O retrato

Gurgel tornou à sala e disse a Capitu que a filha chamava por ela. Eu levantei-me depressa e não achei compostura; metia os olhos pelas cadeiras. Ao contrário, Capitu ergueu-se naturalmente e perguntou-lhe se a febre aumentara.

— Não — disse ele.

Nem sobressalto nem nada, nenhum ar de mistério da parte de Capitu; voltou-se para mim, e disse-me que levasse lembranças a minha mãe e a prima Justina, e que até breve; estendeu-me a mão e enfiou pelo corredor. Todas as minhas invejas foram com ela. Como era possível que Capitu se governasse tão facilmente e eu não?

— Está uma moça — observou Gurgel olhando também para ela.

Murmurei que sim. Na verdade, Capitu ia crescendo às carreiras, as formas arredondavam-se e avigoravam-se com grande intensidade; moralmente, a mesma coisa. Era mulher por dentro e por fora, mulher à direita e à esquerda, mulher por todos os lados, e desde os pés até à cabeça. Esse arvorecer era mais apressado, agora que eu a via de dias a dias; de cada vez que vinha a casa achava-a mais alta e mais cheia; os olhos pareciam ter outra reflexão, e a boca outro império. Gurgel, voltando-se para a parede da sala, onde pendia um retrato de moça, perguntou-me se Capitu era parecida com o retrato.

Um dos costumes da minha vida foi sempre concordar com a opinião provável do meu interlocutor, desde que a matéria não me agrava, aborrece ou impõe. Antes de examinar se efetivamente Capitu era parecida com o retrato, fui respondendo que sim. Então ele disse que era o retrato da mulher dele, e que as pessoas que a conheceram diziam a mesma coisa. Também achava que as feições eram semelhantes, a testa principalmente e os olhos. Quanto ao gênio, era um; pareciam irmãs.

— Finalmente, até a amizade que ela tem a Sanchinha; a mãe não era mais amiga dela... Na vida há dessas semelhanças assim esquisitas.

Capítulo LXXXIV
Chamado

No saguão e na rua, examinei ainda comigo se efetivamente ele teria desconfiado alguma coisa, mas achei que não e pus-me a andar. Ia satisfeito com a visita, com a alegria de Capitu, com os louvores de Gurgel, a tal ponto que não acudi logo a uma voz que me chamava:

— Senhor Bentinho! Senhor Bentinho!

Só depois que a voz cresceu e o dono dela chegou à porta é que eu parei e vi o que era e onde estava. Estava já na rua de Matacavalos. A casa era uma loja de louça, escassa e pobre; tinha as portas meio cerradas, e a pessoa que me chamava era um pobre homem grisalho e malvestido.

— Senhor Bentinho — disse-me ele chorando —; sabe que meu filho Manduca morreu?

— Morreu?

— Morreu há meia hora, enterra-se amanhã. Mandei recado a sua mãe agora mesmo, e ela fez-me a caridade de mandar algumas flores para botar no caixão. Meu pobre filho! Tinha de morrer, e foi bom que morresse, coitado, mas apesar de tudo sempre dói. Que vida que ele teve!... Um dia destes ainda se lembrou do senhor, e perguntou se estava no seminário... Quer vê-lo? Entre, ande vê-lo...

Custa-me dizer isto, mas antes peque por excessivo que por diminuto. Quis responder que não, que não queria ver o Manduca, e fiz até um gesto para fugir. Não era medo; noutra ocasião pode ser até que entrasse com facilidade e curiosidade, mas agora ia tão contente! Ver um defunto ao voltar de uma namorada... Há coisas que se não ajustam nem combinam. A simples notícia era já uma turvação grande. As minhas ideias de ouro perderam todas a cor e o metal para se trocarem em cinza escura e feia, e não distingui mais nada. Penso que cheguei a dizer que tinha pressa, mas provavelmente não falei por palavras claras, nem sequer humanas, porque ele, encostado ao portal, abria-me espaço com o gesto, e eu, sem alma para entrar nem fugir, deixei ao corpo fazer o que pudesse, e o corpo acabou entrando.

Não culpo ao homem; para ele, a coisa mais importante do momento era o filho. Mas também não me culpem a mim; para mim, a coisa mais importante era Capitu. O mal foi que os dois casos se conjugassem na mesma tarde, e que a morte de um viesse meter o nariz na vida do outro. Eis o mal todo. Se eu passasse antes ou depois, ou se o Manduca esperasse algumas horas para morrer, nenhuma nota aborrecida viria interromper as melodias da minha alma. Por que morrer exatamente há meia hora? Toda hora é apropriada ao óbito; morre-se muito bem às seis ou sete horas da tarde.

Capítulo LXXXV
O defunto

Tal foi o sentimento confuso com que entrei na loja de louça. A loja era escura, e o interior da casa menos luz tinha, agora que as janelas da área estavam cerradas. A um canto da sala de jantar vi a mãe chorando; à porta da alcova duas crianças olhavam espantadas para dentro, com o dedo na boca. O cadáver jazia na cama; a cama...

Suspendamos a pena e vamos à janela espairecer a memória. Realmente, o quadro era feio, já pela morte, já pelo defunto, que era horrível... Isto aqui, sim, é outra coisa. Tudo o que vejo lá fora respira vida, a cabra que rumina ao pé de uma carroça, a galinha que marisca no chão da rua, o trem da Estrada Central que bufa, assobia, fumega e passa, a palmeira que investe para o céu, e finalmente aquela torre de igreja, apesar de não ter músculos nem folhagem. Um rapaz, que ali no beco empina um papagaio de papel, não morreu nem morre, posto também se chame Manduca.

Verdade é que o outro Manduca era mais velho que este, pouco mais velho. Teria dezoito ou dezenove anos, mas tanto lhe darias quinze como vinte e dois, a cara não permitia trazer a idade à vista, antes a escondia nas dobras da... Vá, diga-se

tudo; é morto, os seus parentes são mortos, se existe algum não é em tal evidência que se vexe ou doa. Diga-se tudo: Manduca padecia de uma cruel enfermidade, nada menos que a lepra. Vivo era feio; morto pareceu-me horrível. Quando eu vi, estendido na cama, o triste corpo daquele meu vizinho, fiquei apavorado e desviei os olhos. Não sei que mão oculta me compeliu a olhar outra vez, ainda que de fugida; cedi, olhei, tornei a olhar, até que recuei de todo e saí do quarto.

— Padeceu muito! — suspirou o pai.
— Coitado de Manduca! — soluçava a mãe.

Eu cuidei de sair, disse que era esperado em casa, e despedi-me. O pai perguntou-me se lhe faria o favor de ir ao enterro; respondi com a verdade, que não sabia, faria o que minha mãe quisesse. E rápido saí, atravessei a loja, e saltei à rua.

Capítulo LXXXVI
Amai, rapazes!

Era tão perto, que antes de três minutos me achei em casa. Parei no corredor, a tomar fôlego; buscava esquecer o defunto, pálido e disforme, e o mais que não disse para não dar a estas páginas um aspecto repugnante, mas podes imaginá-lo. Tudo arredei da vista, em poucos segundos; bastou-me pensar na outra casa, e mais na vida e na cara fresca e lépida de Capitu... Amai, rapazes! e, principalmente, amai moças lindas e graciosas; elas dão remédio ao mal, aroma ao infecto, trocam a morte pela vida... Amai, rapazes!

Capítulo LXXXVII
A sege

Chegara ao último degrau, e uma ideia me entrou no cérebro, como se estivesse a esperar por mim, entre as grades da cancela. Ouvi de memória as palavras do pai de Manduca pedindo-me que fosse ao enterro no dia seguinte. Parei no degrau. Refleti um instante; sim, podia ir ao enterro, pediria a minha mãe que me alugasse um carro...

Não cuides que era o desejo de andar de carro, por mais que tivesse o gosto da condução. Em pequeno, lembra-me que ia assim muita vez com minha mãe às visitas de amizade ou de cerimônia, e à missa, se chovia. Era uma velha sege de meu pai, que ela conservou o mais que pôde. O cocheiro, que era nosso escravo, tão velho como a sege, quando me via à porta, vestido, esperando minha mãe, dizia-me rindo:

— Pai João vai levar nhonhô!
E era raro que eu não lhe recomendasse:
— João, demora muito as bestas; vai devagar.
— Nhã Glória não gosta.
— Mas demora!

Fica entendido que era para saborear a sege, não pela vaidade, porque ela não permitia ver as pessoas que iam dentro. Era uma velha sege obsoleta, de duas rodas, estreita e curta, com duas cortinas de couro na frente, que corriam para os lados quando era preciso entrar ou sair. Cada cortina tinha um óculo de vidro, por onde eu gostava de espiar para fora.

— Senta, Bentinho!

— Deixa espiar, mamãe!

E em pé, quando era mais pequeno, metia a cara no vidro, e via o cocheiro com as suas grandes botas, escanchado na mula da esquerda, e segurando a rédea da outra; na mão levava o chicote grosso e comprido. Tudo incômodo, as botas, o chicote e as mulas, mas ele gostava e eu também. Dos lados via passar as casas, lojas ou não, abertas ou fechadas, com gente ou sem ela, e na rua as pessoas que iam e vinham ou atravessavam diante da sege, com grandes pernadas ou passos miúdos. Quando havia impedimento de gente ou de animais, a sege parava, e então o espetáculo era particularmente interessante; as pessoas paradas na calçada ou à porta das casas, olhavam para a sege e falavam entre si, naturalmente sobre quem iria dentro. Quando fui crescendo em idade imaginei que adivinhavam e diziam: "É aquela senhora da rua de Matacavalos, que tem um filho, Bentinho...".

A sege ia tanto com a vida recôndita de minha mãe, que quando já não havia nenhuma outra, continuamos a andar nela, e era conhecida na rua e no bairro pela "sege antiga". Afinal minha mãe consentiu em deixá-la, sem a vender logo; só abriu mão dela porque as despesas de cocheira a obrigaram a isso. A razão de a guardar inútil foi exclusivamente sentimental; era a lembrança do marido. Tudo o que vinha de meu pai era conservado como um pedaço dele, um resto da pessoa, a mesma alma integral e pura. Mas o uso, esse era filho também do carrancismo que ela confessava aos amigos. Minha mãe exprimia bem a fidelidade aos velhos hábitos, velhas maneiras, velhas ideias, velhas modas. Tinha o seu museu de relíquias, pentes desusados, um trecho de mantilha, umas moedas de cobre datadas de 1824 e 1825, e, para que tudo fosse antigo, a si mesma se queria fazer velha; mas já deixei dito que, neste ponto, não alcançava tudo o que queria.

Capítulo LXXXVIII
Um pretexto honesto

Não, a ideia de ir ao enterro não vinha da lembrança do carro e suas doçuras. A origem era outra: era porque, acompanhando o enterro no dia seguinte, não iria ao seminário, e podia fazer outra visita a Capitu, um tanto mais demorada. Eis aí o que era. A lembrança do carro podia vir acessoriamente depois, mas a principal e imediata foi aquela. Voltaria à rua dos Inválidos, a pretexto de saber de sinhazinha Gurgel. Contava que tudo me saísse como naquele dia, Gurgel aflito, Capitu comigo no canapé, as mãos presas, o penteado...

— Vou pedir a mamãe.

Abri a cancela. Antes de transpô-la, assim como ouvira da memória a palavra do pai do morto, ouvi agora a da mãe, e repeti a meia-voz:

— Coitado de Manduca!

Capítulo LXXXIX
A recusa

Minha mãe ficou perplexa quando lhe pedi para ir ao enterro.

— Perder um dia de seminário...

Fiz-lhe notar a amizade que o Manduca me tinha, e depois era gente pobre... Tudo o que me lembrou dizer, disse. Prima Justina opinou pela negativa.

— Você acha que não deve ir? — perguntou-lhe minha mãe.

— Acho que não. Que amizade é essa que eu nunca vi?

Prima Justina venceu. Quando referi o caso ao agregado, este sorriu, e disse-me que o motivo escondido da prima era provavelmente não dar ao enterro "o lustre da minha pessoa". Fosse o que fosse, fiquei amuado; no dia seguinte, pensando no motivo, não me desagradou; mais tarde achei-lhe um sabor particular.

Capítulo XC
A polêmica

No dia seguinte, passei pela casa do defunto, sem entrar nem parar — ou, se parei, foi só um instante, ainda mais breve que este em que vo-lo digo. Se me não engano, andei até mais depressa, receando que me chamassem como na véspera. Uma vez que não ia ao enterro, antes longe que próximo. Fui andando e pensando no pobre-diabo.

Não éramos amigos, nem nos conhecíamos de muito. Intimidade, que intimidade podia haver entre a doença dele e a minha saúde? Tivemos relações breves e distantes. Fui pensando nelas, recordando algumas. Reduziam-se todas a uma polêmica, entre nós, dois anos antes, a propósito... Mal podeis crer a que propósito foi. Foi a guerra da Crimeia.

Manduca vivia no interior da casa, deitado na cama, lendo por desfastio. Ao domingo, sobre a tarde, o pai enfiava-lhe uma camisola escura, e trazia-o para o fundo da loja, donde ele espiava um palmo da rua e a gente que passava. Era todo o seu recreio. Foi ali que o vi uma vez, e não fiquei pouco espantado; a doença ia-lhe comendo parte das carnes, os dedos queriam apertar-se; o aspecto não atraía, decerto. Tinha eu de treze para catorze anos. Da segunda vez que o vi ali, como falássemos da guerra da Crimeia, que então ardia e andava nos jornais, Manduca disse que os aliados haviam de vencer, e eu respondi que não.

— Pois veremos — tornou ele. — Só se a justiça não vencer neste mundo, o que é impossível, e a justiça está com os aliados.

— Não, senhor, a razão é dos russos.

Naturalmente, íamos com o que nos diziam os jornais da cidade, transcrevendo os de fora, mas pode ser também que cada um de nós tivesse a opinião do seu temperamento. Fui sempre um tanto moscovita nas minhas ideias. Defendi o direito da Rússia, Manduca fez o mesmo ao dos aliados, e o terceiro domingo em que entrei na loja tocamos outra vez no assunto. Então Manduca propôs que trocássemos a argumentação por escrito, e na terça ou quarta-feira recebi duas folhas de papel contendo a exposição e defesa do direito dos aliados, e da integridade da Turquia, concluindo por esta frase profética:

"Os russos não hão de entrar em Constantinopla!"

Li-a e meti-me a refutá-la. Não me recorda um só dos argumentos que empreguei, nem talvez interesse conhecê-los, agora que o século está a expirar; mas a ideia que me ficou deles é que eram irrespondíveis. Fui eu mesmo levar-lhe o meu papel. Fizeram-me entrar na alcova, onde ele jazia estirado na cama, mal coberto por uma colcha de retalhos. Ou gosto da polêmica ou qualquer outra causa que não alcanço, não me deixou sentir toda a repugnância que saía da cama e do doente, e o prazer com que lhe dei o papel foi sincero. Manduca, pela sua parte, por mais nojosa que tivesse então a cara, o sorriso que a acendeu dissimulou o mal físico. A convicção com que me recebeu o papel e disse que ia ler e responderia é que não tem palavras nossas nem alheias que a digam de todo e com verdade; não era exaltada, não era ruidosa, não tinha gestos, nem a moléstia os permitiria, era simples, grande, profunda, um gozo infinito de vitória, antes de saber os meus argumentos. Tinha já papel, pena e tinta ao pé da cama. Dias depois recebi a réplica; não me lembra se trazia coisas novas ou não; o calor é que crescia, e o final era o mesmo:

"Os russos não hão de entrar em Constantinopla!"

Trepliquei, e daí continuou por algum tempo uma polêmica ardente, em que nenhum de nós cedia, defendendo cada um os seus clientes com força e brio. Manduca era mais longo e pronto que eu. Naturalmente a mim sobravam mil coisas que distraíam, o estudo, os recreios, a família, e a própria saúde, que me chamava a outros exercícios. Manduca, salvo o palmo de rua ao domingo de tarde, tinha só essa guerra, assunto da cidade e do mundo, mas que ninguém ia tratar com ele. O acaso dera-lhe em mim um adversário; ele, que tinha gosto à escrita, deitou-se ao debate, como a um remédio novo e radical. As horas tristes e compridas eram agora breves e alegres; os olhos desaprenderam de chorar, se porventura choravam antes. Senti essa mudança dele nas próprias maneiras do pai e da mãe.

— Não imagina como ele anda agora, depois que o senhor lhe escreve aqueles papéis — dizia-me o dono da loja, uma vez, à porta da rua. — Fala e ri muito. Logo que eu mando o caixeiro levar-lhe os papéis dele, entra a indagar da resposta, e se demorará muito, e que pergunte ao moleque, quando passar. Enquanto espera, relê jornais e toma notas. Mas também, apenas recebe os seus papéis, atira-se a lê-los, e começa logo a escrever a resposta. Há ocasiões em que não come ou come mal; tanto que eu queria pedir-lhe uma coisa, é que não os mande à hora do almoço ou de jantar...

Fui eu que cansei primeiro. Comecei a demorar as respostas, até que não dei mais nenhuma; ele ainda teimou duas ou três vezes depois do meu silêncio, mas não recebendo contestação alguma, por fadiga também ou por não aborrecer, aca-

bou de todo com as suas apologias. A última, como a primeira, como todas, afirmava a mesma predição eterna:

"Os russos não hão de entrar em Constantinopla!"

Não entraram, efetivamente, nem então, nem depois, nem até agora. Mas a predição será eterna? Não chegarão a entrar algum dia? Problema difícil. O próprio Manduca, para entrar na sepultura, gastou três anos de dissolução, tão certo é que a natureza, como a história, não se faz brincando. A vida dele resistiu como a Turquia; se afinal cedeu foi porque lhe faltou uma aliança como a anglo-francesa, não se podendo considerar tal o simples acordo da medicina e da farmácia. Morreu afinal, como os Estados morrem; no nosso caso particular, a questão é saber, não se a Turquia morrerá, porque a morte não poupa a ninguém, mas se os russos entrarão algum dia em Constantinopla; essa era a questão para o meu vizinho leproso, debaixo da triste, rota e infecta colcha de retalhos...

CAPÍTULO XCI
Achado que consola

É claro que as reflexões que aí deixo não foram feitas então, a caminho do seminário, mas agora, no gabinete do Engenho Novo. Então, não fiz propriamente nenhuma, a não ser esta: que servi de alívio um dia ao meu vizinho Manduca. Hoje, pensando melhor, acho que não só servi de alívio, mas até lhe dei felicidade. E o achado consola-me; já agora não esquecerei mais que dei dois ou três meses de felicidade a um pobre-diabo, fazendo-lhe esquecer o mal e o resto. É alguma coisa na liquidação da minha vida. Se há no outro mundo tal ou qual prêmio para as virtudes sem intenção, esta pagará um ou dois dos meus muitos pecados. Quanto ao Manduca, não creio que fosse pecado opinar contra a Rússia, mas, se era, ele estará purgando há quarenta anos a felicidade que alcançou em dois ou três meses — donde concluirá (já tarde) que era ainda melhor haver gemido somente, sem opinar coisa nenhuma.

CAPÍTULO XCII
O diabo não é tão feio como se pinta

Manduca enterrou-se sem mim. A muitos outros aconteceu a mesma coisa, sem que eu sentisse nada, mas esse caso afligiu-me particularmente pela razão já dita. Também senti não sei que melancolia ao recordar a primeira polêmica da vida, o gosto com que ele recebia os meus papéis e se propunha a refutá-los, não contando o gosto do carro... Mas o tempo apagou depressa todas essas saudades e ressurreições. Nem foi só ele; duas pessoas vieram ajudá-lo, Capitu, cuja imagem dormiu comigo na mesma noite, e outra que direi no capítulo que vem. O resto deste capítulo é só para pedir que, se alguém tiver de ler o meu livro com alguma atenção mais da que

lhe exigir o preço do exemplar, não deixe de concluir que o diabo não é tão feio como se pinta. Quero dizer...

Quero dizer que o meu vizinho de Matacavalos, temperando o mal com a opinião antirrussa, dava à podridão das suas carnes um reflexo espiritual que as consolava. Há consolações maiores, decerto, e uma das mais excelentes é não padecer esse nem outro mal algum, mas a natureza é tão divina que se diverte com tais contrastes, e aos mais nojentos ou mais aflitos acena com uma flor. E talvez saia assim a flor mais bela; o meu jardineiro afirma que as violetas, para terem um cheiro superior, hão mister de estrume de porco. Não examinei, mas deve ser verdade.

Capítulo XCIII
Um amigo por um defunto

Quanto à outra pessoa que teve a força obliterativa, foi o meu colega Escobar, que no domingo, antes do meio-dia, veio ter a Matacavalos. Um amigo supria assim um defunto, e tal amigo que durante cerca de cinco minutos esteve com a minha mão entre as suas, como se me não visse desde longos meses.

— Você janta comigo, Escobar?

— Vim para isto mesmo.

Minha mãe agradeceu-lhe a amizade que me tinha, e ele respondeu com muita polidez, ainda que um tanto atado, como se carecesse de palavra pronta. Já viste que não era assim, a palavra obedecia-lhe, mas o homem não é sempre o mesmo em todos os instantes. O que ele disse, em resumo, foi que me estimava pelas minhas boas qualidades e aprimorada educação; no seminário todos me queriam bem, nem podia deixar de ser assim, acrescentou. Insistia na educação, nos bons exemplos, "na doce e rara mãe" que o céu me deu... Tudo isso com a voz engasgada e trêmula.

Todos ficaram gostando dele. Eu estava tão contente como se Escobar fosse invenção minha. José Dias desfechou-lhe dois superlativos, tio Cosme dois capotes, e prima Justina não achou tacha que lhe pôr; depois, sim, no segundo ou terceiro domingo, veio ela confessar-nos que o meu amigo Escobar era um tanto metediço e tinha uns olhos policiais a que não escapava nada.

— São os olhos dele — expliquei.

— Nem eu digo que sejam de outro.

— São olhos refletidos — opinou tio Cosme.

— Seguramente — acudiu José Dias —, entretanto, pode ser que a senhora dona Justina tenha alguma razão. A verdade é que uma coisa não impede outra, e a reflexão casa-se muito bem à curiosidade natural. Parece curioso, isso parece, mas...

— A mim parece-me um mocinho muito sério — disse minha mãe.

— Justamente! — confirmou José Dias para não discordar dela.

Quando eu referi a Escobar aquela opinião de minha mãe (sem lhe contar as outras, naturalmente) vi que o prazer dele foi extraordinário. Agradeceu, dizendo que eram bondades, e elogiou também minha mãe, senhora grave, distinta e moça, muito moça... Que idade teria?

— Já fez quarenta — respondi eu vagamente por vaidade.

— Não é possível! — exclamou Escobar. — Quarenta anos! Nem parece trinta; está muito moça e bonita. Também a alguém há de você sair, com esses olhos que Deus lhe deu, são exatamente os dela. Enviuvou há muitos anos?

Contei-lhe o que sabia da vida dela e de meu pai. Escobar escutava atento, perguntando mais, pedindo explicação das passagens omissas ou só escuras. Quando eu lhe disse que não me lembrava nada da roça, tão pequenino viera, contou-me duas ou três reminiscências dos seus três anos de idade, ainda agora frescas. E não contávamos voltar à roça?

— Não, agora não voltamos mais. Olhe, aquele preto que ali vai passando é de lá. Tomás!

— Nhonhô!

Estávamos na horta da minha casa, e o preto andava em serviço; chegou-se a nós e esperou.

— É casado — disse eu para Escobar. — Maria onde está?

— Está socando milho, sim, senhor.

— Você ainda se lembra da roça, Tomás?

— Alembra, sim, senhor.

— Bem, vá-se embora.

Mostrei outro, mais outro, e ainda outro, este Pedro, aquele José, aquele outro Damião...

— Todas as letras do alfabeto — interrompeu Escobar.

Com efeito, eram diferentes letras, e só então reparei nisso; apontei ainda outros escravos, alguns com os mesmos nomes, distinguindo-se por um apelido, ou da pessoa, como João Fulo, Maria Gorda, ou de nação, como Pedro Benguela, Antônio Moçambique...

— E estão todos aqui em casa? — perguntou ele.

— Não, alguns andam ganhando na rua, outros estão alugados. Não era possível ter todos em casa. Nem são todos os da roça; a maior parte ficou lá.

— O que me admira é que dona Glória se acostumasse logo a viver em casa da cidade, onde tudo é apertado; a de lá é naturalmente grande.

— Não sei, mas parece. Mamãe tem outras casas maiores que esta; diz porém que há de morrer aqui. As outras estão alugadas. Algumas são bem grandes, como a da rua da Quitanda...

— Conheço essa; é bonita.

— Tem também no Rio Comprido, na Cidade Nova, uma no Catete...

— Não lhe hão de faltar tetos — concluiu ele, sorrindo com simpatia.

Caminhamos para o fundo. Passamos o lavadouro; ele parou um instante aí, mirando a pedra de bater roupa e fazendo reflexões a propósito do asseio; depois continuamos. Quais foram as reflexões não me lembra agora; lembra-me só que as achei engenhosas, e ri, ele riu também. A minha alegria acordava a dele, e o céu estava tão azul, e o ar tão claro, que a natureza parecia rir também conosco. São assim as boas horas deste mundo. Escobar confessou esse acordo do interno com o externo, por palavras tão finas e altas que me comoveram; depois, a propósito da beleza moral que se ajusta à física, tornou a falar de minha mãe, "um anjo dobrado", disse ele.

Capítulo XCIV
Ideias aritméticas

Não digo o mais, que foi muito. Nem ele sabia só elogiar e pensar, sabia também calcular depressa e bem. Era das cabeças aritméticas de Holmes (2 + 2 = 4). Não se imagina a facilidade com que ele somava ou multiplicava de cor. A divisão, que foi sempre uma das operações difíceis para mim, era para ele como nada: cerrava um pouco os olhos, voltados para cima, e sussurrava as denominações dos algarismos: estava pronto. Isto com sete, treze, vinte algarismos. A vocação era tal que o fazia amar os próprios sinais das somas, e tinha esta opinião que os algarismos, sendo poucos, eram muito mais conceituosos que as vinte e cinco letras do alfabeto.

— Há letras inúteis e letras dispensáveis — dizia ele. — Que serviço diverso prestam o *d* e o *t*? Têm quase o mesmo som. O mesmo digo do *b* e do *p*, o mesmo do *s*, do *c* e do *z*, o mesmo do *k* e do *g* etc. São trapalhices caligráficas. Veja os algarismos: não há dois que façam o mesmo ofício; 4 é 4, e 7 é 7. E admire a beleza com que um 4 e um 7 formam esta coisa que se exprime por 11. Agora dobre 11 e terá 22; multiplique por igual número, dá 484, e assim por diante. Mas onde a perfeição é maior é no emprego do *zero*. O valor do *zero* é, em si mesmo, nada; mas o ofício deste sinal negativo é justamente aumentar. Um 5 sozinho é um 5; ponha-lhe dois 00, é 500. Assim, o que não vale nada faz valer muito, coisa que não fazem as letras dobradas, pois eu tanto *aprovo* com um *p* como com dois *pp*.

Criado na ortografia de meus pais, custava-me a ouvir tais blasfêmias, mas não ousava refutá-lo. Contudo, um dia, proferi algumas palavras de defesa, ao que ele respondeu que era um preconceito, e acrescentou que as ideias aritméticas podiam ir ao infinito, com a vantagem que eram mais fáceis de menear. Assim que, eu não era capaz de resolver de momento um problema filosófico ou linguístico, ao passo que ele podia somar, em três minutos, quaisquer quantias.

— Por exemplo... dê-me um caso, dê-me uma porção de números que eu não saiba nem possa saber antes... olhe, dê-me o número das casas de sua mãe e os aluguéis de cada uma, e se eu não disser a soma total em dois, em um minuto, enforque-me!

Aceitei a aposta, e na semana seguinte levei-lhe escritos em um papel os algarismos das casas e dos aluguéis. Escobar pegou no papel, passou-os pelos olhos a fim de os decorar, e enquanto eu fitava o relógio, ele erguia as pupilas, cerrava as pálpebras, e sussurrava... Oh! o vento não é mais rápido! Foi dito e feito; em meio minuto bradava-me:

— Dá tudo 1:070$000 mensais.

Fiquei pasmado. Considera que eram não menos de nove casas, e que os aluguéis variavam de uma para outra, indo de 70$000 a 180$000. Pois tudo isso em que eu gastaria três ou quatro minutos — e havia de ser no papel —, fê-lo Escobar de cor, brincando. Olhava-me triunfalmente, e perguntava se não era exato. Eu, só por lhe mostrar que sim, tirei do bolso o papelinho que levava com a soma total, e mostrei-lho; era aquilo mesmo, nem um erro: 1:070$000.

— Isto prova que as ideias aritméticas são mais simples, e portanto mais naturais. A natureza é simples. A arte é atrapalhada.

Fiquei tão entusiasmado com a facilidade mental do meu amigo, que não pude deixar de abraçá-lo. Era no pátio; outros seminaristas notaram a nossa efusão; um padre que estava com eles não gostou.

— A modéstia — disse-nos — não consente esses gestos excessivos; podem estimar-se com moderação.

Escobar observou-me que os outros e o padre falavam de inveja e propôs-me viver separados. Interrompi-o dizendo que não; se era inveja, tanto pior para eles.

— Quebremos-lhe a castanha na boca!
— Mas...
— Fiquemos ainda mais amigos que até aqui.

Escobar apertou-me a mão às escondidas, com tal força que ainda me doem os dedos. É ilusão, decerto, se não é efeito das longas horas que tenho estado a escrever sem parar. Suspendamos a pena por alguns instantes...

CAPÍTULO XCV
O papa

A amizade de Escobar fez-se grande e fecunda; a de José Dias não lhe quis ficar atrás. Na primeira semana disse-me este em casa:

— Agora é certo que você vai sair já do seminário.
— Como?
— Espere até amanhã. Vou jogar com eles que me chamaram; amanhã, lá no quarto, no quintal, ou na rua, indo à missa, conto-lhe o que há. A ideia é tão santa que não está mal no santuário. Amanhã, Bentinho.
— Mas é coisa certa?
— Certíssima!

No dia seguinte revelou-me o mistério. Ao primeiro aspecto, confesso que fiquei deslumbrado. Trazia uma nota de grandeza e de espiritualidade que falava aos meus olhos de seminarista. Era não menos que isto. Minha mãe, ao parecer dele, estava arrependida do que fizera, e desejaria ver-me cá fora, mas entendia que o vínculo moral da promessa a prendia indissoluvelmente. Cumpria rompê-lo, e para tanto valia a Escritura, com o poder de desligar dado aos apóstolos. Assim que ele e eu iríamos a Roma pedir a absolvição do papa... Que me parecia?

— Parece-me bem — respondi depois de alguns segundos de reflexão. — Pode ser um bom remédio.

— É o único, Bentinho, é o único! Vou já hoje conversar com dona Glória, exponho-lhe tudo, e podemos partir daqui a dois meses, ou antes...

— Melhor é falar domingo que vem; deixe-me pensar primeiro...

— Oh! Bentinho! — interrompeu o agregado. — Pensar em quê? Você o que quer... Digo? não se amofina com o seu velho? Você o que quer é consultar a uma pessoa.

Rigorosamente, eram duas pessoas, Capitu e Escobar, mas eu neguei a pés juntos que quisesse consultar ninguém. E que pessoa, o reitor? Não era natural que

lhe confiasse tal assunto. Não, nem reitor, nem professor, nem ninguém; era só o tempo de refletir, uma semana, no domingo daria a resposta, e desde já lhe dizia que a ideia não me parecia má.

— Não?
— Não.
— Pois resolvamos hoje mesmo.
— Não se vai a Roma brincando.
— Quem tem boca vai a Roma, e boca no nosso caso é a moeda. Ora, você pode muito bem gastar consigo... Comigo, não; um par de calças, três camisas e o pão diário, não preciso mais. Serei como São Paulo, que vivia do ofício enquanto ia pregando a palavra divina. Pois eu vou, não pregá-la, mas buscá-la. Levaremos cartas do internúncio e do bispo, cartas para o nosso ministro, cartas de capuchinhos... Bem sei a objeção que se pode opor a esta ideia; dirão que é dado pedir a dispensa cá de longe; mas, além do mais que não digo, basta refletir que é muito mais solene e bonito ver entrar no Vaticano, e prostrar-se aos pés do papa o próprio objeto do favor, o levita prometido, que vai pedir para sua mãe terníssima e dulcíssima a dispensa de Deus. Considere o quadro, você beijando o pé ao príncipe dos apóstolos; Sua Santidade, com o sorriso evangélico, inclina-se, interroga, ouve, absolve e abençoa. Os anjos o contemplam, a Virgem recomenda ao santíssimo filho que todos os seus desejos, Bentinho, sejam satisfeitos, e que o que você amar na terra seja igualmente amado no céu...

Não digo mais, porque é preciso acabar o capítulo, e ele não acabou o discurso. Falou a todos os meus sentimentos de católico e de namorado. Vi a alma aliviada de minha mãe, vi a alma feliz de Capitu, ambas em casa, e eu com elas, e ele conosco, tudo mediante uma pequena viagem a Roma, que eu só geograficamente sabia onde ficava; espiritualmente, também, mas a distância que estaria da vontade de Capitu é que não. Eis o ponto essencial. Se Capitu achasse longe, não iria; mas era preciso ouvi-la, e assim também a Escobar, que me daria um bom conselho.

Capítulo XCVI
Um substituto

Expus a Capitu a ideia de José Dias. Ouviu-me atentamente, e acabou triste.
— Você indo — disse ela —, esquece-me inteiramente.
— Nunca!
— Esquece. A Europa dizem que é tão bonita, e a Itália principalmente. Não é de lá que vêm as cantoras? Você esquece-me, Bentinho. E não haverá outro meio? Dona Glória está morta para que você saia do seminário.
— Sim, mas julga-se presa pela promessa.

Capitu não achava outra ideia, nem acabava de adotar esta. De caminho, pediu-me que, se acaso fosse a Roma, jurasse que no fim de seis meses estaria de volta.
— Juro.
— Por Deus?

— Por Deus, por tudo. Juro que no fim de seis meses estarei de volta.
— Mas se o papa não tiver ainda soltado a você?
— Mando dizer isso mesmo.
— E se você mentir?

Esta palavra doeu-me muito, e não achei logo que lhe replicasse. Capitu meteu o negócio à bulha, rindo e chamando-me disfarçado. Depois, declarou crer que eu cumpriria o juramento, mas ainda assim não consentiu logo; ia ver se não haveria outra coisa, e eu que visse também por meu lado.

Quando voltei ao seminário, contei tudo ao meu amigo Escobar, que me ouviu com igual atenção e acabou com a mesma tristeza da outra. Os olhos, de costume fugidios, quase me comeram de contemplação. De repente, vi-lhe no rosto um clarão, um reflexo de ideia. E ouvi-lhe dizer com volubilidade:

— Não, Bentinho, não é preciso isso. Há melhor — não digo melhor, porque o Santo Padre vale sempre mais que tudo —, mas há coisa que produz o mesmo efeito.
— Que é?
— Sua mãe fez promessa a Deus de lhe dar um sacerdote, não é? Pois bem, dê-lhe um sacerdote, que não seja você. Ela pode muito bem tomar a si algum mocinho órfão, fazê-lo ordenar à sua custa, está dado um padre ao altar, sem que você...
— Entendo, entendo, é isso mesmo.
— Não acha? — continuou ele. — Consulte sobre isto o protonotário; ele lhe dirá se não é a mesma coisa, ou eu mesmo consulto, se quer; e se ele hesitar, fala-se ao senhor bispo.

Eu, refletindo:
— Sim, parece que é isso; realmente, a promessa cumpre-se, não se perdendo o padre.

Escobar observou que, pelo lado econômico, a questão era fácil; minha mãe gastaria o mesmo que comigo, e um órfão não precisaria grandes comodidades. Citou a soma dos aluguéis das casas, 1:070$000, além dos escravos...

— Não há outra coisa — disse eu.
— E saímos juntos.
— Você também?
— Também eu. Vou melhorar o meu latim e saio; nem dou teologia. O próprio latim não é preciso; para quê, no comércio?
— *In hoc signo vinces* — disse eu rindo.

Sentia-me pilhérico. Oh! como a esperança alegra tudo. Escobar sorriu, parecendo gostar da resposta. Depois ficamos a cuidar de nós mesmos, cada um com os seus olhos perdidos, provavelmente. Os dele estavam assim, quando tornei de longe, e agradeci de novo o plano lembrado; não podia havê-lo melhor. Escobar ouviu-me contentíssimo.

— Ainda uma vez — disse ele gravemente —, a religião e a liberdade fazem boa companhia.

Capítulo XCVII
A saída

Tudo se fez por esse teor. Minha mãe hesitou um pouco, mas acabou cedendo, depois que o padre Cabral, tendo consultado o bispo, voltou a dizer-lhe que sim, que podia ser. Saí do seminário no fim do ano.

Tinha então pouco mais de dezessete... Aqui devia ser o meio do livro, mas a inexperiência fez-me ir atrás da pena, e chego quase ao fim do papel, com o melhor da narração por dizer. Agora não há mais que levá-la a grandes pernadas, capítulo sobre capítulo, pouca emenda, pouca reflexão, tudo em resumo. Já esta página vale por meses, outras valerão por anos, e assim chegaremos ao fim. Um dos sacrifícios que faço a esta dura necessidade é a análise das minhas emoções dos dezessete anos. Não sei se alguma vez tiveste dezessete anos. Se sim, deves saber que é a idade em que a metade do homem e a metade do menino formam um só curioso. Eu era um curiosíssimo, diria o meu agregado José Dias, e não diria mal. O que essa qualidade superlativa me rendeu não poderia nunca dizê-lo aqui, sem cair no erro que acabo de condenar; a análise das minhas emoções daquele tempo é que entrava no meu plano. Posto que filho do seminário e de minha mãe, sentia já, debaixo do recolhimento casto, uns assomos de petulância e de atrevimento; eram do sangue, mas eram também das moças que na rua ou da janela não me deixavam viver sossegado. Achavam-me lindo, e diziam-mo; algumas queriam mirar de mais perto a minha beleza, e a vaidade é um princípio de corrupção.

Capítulo XCVIII
Cinco anos

Venceu a razão; fui-me aos estudos. Passei os dezoito anos, os dezenove, os vinte, os vinte e um; aos vinte e dois era bacharel em direito.

Tudo mudara em volta de mim. Minha mãe resolvera-se a envelhecer; ainda assim os cabelos brancos vinham de má vontade, aos poucos e espalhadamente; a touca, os vestidos, os sapatos rasos e surdos eram os mesmos de outrora. Já não andaria tanto de um lado para outro. Tio Cosme padecia do coração e ia descansar. A prima Justina apenas estava mais idosa. José Dias também, não tanto que me não fizesse a fineza de ir assistir à minha graduação, e descer comigo a serra, lépido e viçoso, como se o bacharel fosse ele. A mãe de Capitu falecera, o pai aposentara-se no mesmo cargo em que quis dar demissão da vida.

Escobar começava a negociar em café, depois de haver trabalhado quatro anos em uma das primeiras casas do Rio de Janeiro. Era opinião de prima Justina que ele afagara a ideia de convidar minha mãe a segundas núpcias; mas, se tal ideia houve, cumpre não esquecer a grande diferença de idade. Talvez ele não pensasse em mais que associá-la aos seus primeiros tentames comerciais, e de fato, a pe-

dido meu, minha mãe adiantou-lhe alguns dinheiros, que ele lhe restituiu, logo que pôde, não sem este remoque: "Dona Glória é medrosa e não tem ambição".

A separação não nos esfriou. Ele foi o terceiro na troca das cartas entre mim e Capitu. Desde que a viu animou-me muito no nosso amor. As relações que travou com o pai de Sancha estreitaram as que já trazia com Capitu, e fê-lo servir a ambos nós, como amigo. A princípio, custou-lhe a ela aceitá-lo, preferia José Dias, mas José Dias repugnava-me por um resto de respeito de criança. Venceu Escobar; posto que vexada, Capitu entregou-lhe a primeira carta, que foi mãe e avó das outras. Nem depois de casado suspendeu ele o obséquio... Que ele casou — adivinha com quem —, casou com a boa Sancha, a amiga de Capitu, quase irmã dela, tanto que alguma vez, escrevendo-me, chamava a esta a "sua cunhadinha". Assim se formam as afeições e os parentescos, as aventuras e os livros.

Capítulo XCIX
O filho é a cara do pai

Minha mãe, quando eu regressei bacharel quase estalou de felicidade. Ainda ouço a voz de José Dias, lembrando o evangelho de São João, e dizendo ao ver-nos abraçados:

— Mulher, eis aí o teu filho! Filho, eis aí a tua mãe!

Minha mãe, entre lágrimas:

— Mano Cosme, é a cara do pai, não é?

— Sim, tem alguma coisa, os olhos, a disposição do rosto. É o pai, um pouco mais moderno — concluiu por chalaça. — E diga-me agora, mana Glória, não foi melhor que ele não teimasse em ser padre? Veja se este peralta daria um padre capaz.

— Como vai o meu substituto?

— Vai indo, ordena-se para o ano — respondeu tio Cosme. — Hás de ir ver a ordenação; eu também, se o meu senhor coração consentir. É bom que te sintas na alma do outro, como se recebesses em ti mesmo a sagração.

— Justamente! — exclamou minha mãe. — Mas veja bem, mano Cosme, veja se não é a figura do meu defunto. Olha, Bentinho, olha bem para mim. Sempre achei que te parecias com ele, agora é muito mais. O bigode é que desfaz um pouco...

— Sim, mana Glória, o bigode realmente... mas é muito parecido.

E minha mãe beijava-me com uma ternura que não sei escrever. Tio Cosme, para alegrá-la, chamava-me doutor, José Dias também, e todos em casa, a prima, os escravos, as visitas, Pádua, a filha, e ela mesma repetiam-me o título.

Capítulo C
"Tu serás feliz, Bentinho!"

No quarto, desfazendo a mala e tirando a carta de bacharel de dentro da lata, ia pensando na felicidade e na glória. Via o casamento e a carreira ilustre, enquanto José Dias me ajudava calado e zeloso. Uma fada invisível desceu ali e me disse em voz igualmente macia e cálida: "Tu serás feliz, Bentinho; tu vais ser feliz".

— E por que não seria feliz? — perguntou José Dias, endireitando o tronco e fitando-me.

— Você ouviu? — perguntei eu erguendo-me também, espantado.

— Ouvi o quê?

— Ouviu uma voz que dizia que eu serei feliz?

— É boa! Você mesmo é que está dizendo...

Ainda agora sou capaz de jurar que a voz era da fada; naturalmente as fadas, expulsas dos contos e dos versos, meteram-se no coração da gente e falam de dentro para fora. Esta, por exemplo, muita vez a ouvi clara e distinta. Há de ser prima das feiticeiras da Escócia: "Tu serás rei, Macbeth!" — "Tu serás feliz, Bentinho!". Ao cabo, é a mesma predição, pela mesma toada universal e eterna. Quando voltei do meu espanto, ouvi o resto do discurso de José Dias:

— ... Há de ser feliz, como merece, assim como mereceu esse diploma que ali está, que não é favor de ninguém. A distinção que tirou em todas as matérias é prova disso; já lhe contei que ouvi da boca dos lentes, em particular, os maiores elogios. Demais, a felicidade não é só a glória, é também outra coisa... Ah! você não confiou tudo ao velho José Dias! O pobre José Dias está aí para um canto, é caju chupado, não vale nada; agora são os novos, os Escobares... Não lhe nego que é moço muito distinto, e trabalhador, e marido de truz; mas, enfim, velho também sabe amar...

— Mas que é?

— Que há de ser? Quem é que não sabe tudo?... Aquela intimidade de vizinhos tinha de acabar nisto, que é verdadeiramente uma bênção do céu, porque ela é um anjo, é um *anjíssimo*... Perdoe a cincada, Bentinho, foi um modo de acentuar a perfeição daquela moça. Cuidei o contrário, outrora; confundi os modos de criança com expressões de caráter, e não vi que essa menina travessa e já de olhos pensativos era a flor caprichosa de um fruto sadio e doce... Por que é que não me contou também o que outros sabem, e cá em casa está mais que adivinhado e aprovado?

— Mamãe aprova deveras?

— Pois então? Temos falado sobre isso, e ela fez-me o favor de pedir a minha opinião. Pergunte-lhe o que é que eu lhe disse em termos claros e positivos; pergunte-lhe. Disse-lhe que não podia desejar melhor nora para si, boa, discreta, prendada, amiga da gente... e uma dona de casa, que não lhe digo nada. Depois da morte da mãe, tomou conta de tudo. Pádua, agora que se aposentou, não faz mais que receber o ordenado e entregá-lo à filha. A filha é que distribui o dinheiro, paga as contas, faz o rol das despesas, cuida de tudo, mantimento, roupa, luz; você já a viu o ano passado. E quanto à formosura, você sabe melhor que ninguém...

— Mas, deveras, mamãe consultou o senhor sobre o nosso casamento?

— Positivamente, não; fez-me o favor de perguntar se Capitu não daria uma

boa esposa; eu é que, na resposta, falei em nora. Dona Glória não negou e até deu um ar de riso.

— Mamãe, sempre que me escrevia, falava de Capitu.

— Você sabe que elas se dão muito, e por isso é que sua prima anda cada vez mais amuada. Talvez agora case mais depressa.

— Prima Justina?

— Não sabe? São contos, naturalmente; mas enfim, o doutor João da Costa enviuvou há poucos meses, e dizem (não sei, o protonotário é que me contou), dizem que os dois andam meio inclinados a acabar com a viuvez, entre si, casando-se. Há de ver que não há nada, mas não é fora de propósito, conquanto ela sempre achasse que o doutor era um feixe de ossos... Só se ela é um cemitério — comentou rindo; e logo sério: — Digo isto por gracejo...

Não ouvi o resto. Ouvia só a voz da minha fada interior, que me repetia, mas já então sem palavras: "Tu serás feliz, Bentinho!". E a voz de Capitu me disse a mesma coisa, com termos diversos, e assim também a de Escobar, os quais ambos me confirmaram a notícia de José Dias pela sua própria impressão. Enfim, minha mãe, algumas semanas depois, quando lhe fui pedir licença para casar, além do consentimento, deu-me igual profecia, salva a redação própria de mãe: "Tu serás feliz, meu filho!".

Capítulo CI
No céu

Pois sejamos felizes de uma vez, antes que o leitor pegue em si, morto de esperar, e vá espairecer a outra parte; casemo-nos. Foi em 1865, uma tarde de março, por sinal que chovia. Quando chegamos ao alto da Tijuca, onde era o nosso ninho de noivos, o céu recolheu a chuva e acendeu as estrelas, não só as já conhecidas, mas ainda as que só serão descobertas daqui a muitos séculos. Foi grande fineza e não foi única. São Pedro, que tem as chaves do céu, abriu-nos as portas dele, fez-nos entrar, e depois de tocar-nos com o báculo, recitou alguns versículos da sua primeira epístola: "As mulheres sejam sujeitas a seus maridos... Não seja o adorno delas o enfeite dos cabelos riçados ou as rendas de ouro, mas o homem que está escondido no coração... Do mesmo modo, vós, maridos, coabitai com elas, tratando-as com honra, como a vasos mais fracos, e herdeiras convosco da graça da vida...". Em seguida, fez sinal aos anjos, e eles entoaram um trecho do *Cântico*, tão concertadamente, que desmentiriam a hipótese do tenor italiano, se a execução fosse na terra; mas era no céu. A música ia com o texto, como se houvessem nascido juntos, à maneira de uma ópera de Wagner. Depois, visitamos uma parte daquele lugar infinito. Descansa que não farei descrição alguma, nem a língua humana possui formas idôneas para tanto.

Ao cabo, pode ser que tudo fosse um sonho; nada mais natural a um ex-seminarista que ouvir por toda a parte latim e Escritura. É verdade que Capitu, que não sabia Escritura nem latim, decorou algumas palavras, como estas, por exemplo: "Sentei-me à sombra daquele que tanto havia desejado". Quanto às de São Pedro,

disse-me no dia seguinte que estava por tudo, que eu era a única renda e o único enfeite que jamais poria em si. Ao que eu repliquei que a minha esposa teria sempre as mais finas rendas deste mundo.

Capítulo CII
De casada

Imagina um relógio que só tivesse pêndulo, sem mostrador, de maneira que não se vissem as horas escritas. O pêndulo iria de um lado para outro, mas nenhum sinal externo mostraria a marcha do tempo. Tal foi aquela semana da Tijuca.

De quando em quando, tornávamos ao passado e divertíamo-nos em relembrar as nossas tristezas e calamidades, mas isso mesmo era um modo de não sairmos de nós. Assim vivemos novamente a nossa longa espera de namorados, os anos da adolescência, a denúncia que está nos primeiros capítulos, e ríamos de José Dias que conspirou a nossa desunião, e acabou festejando o nosso consórcio. Uma ou outra vez, falávamos em descer, mas as manhãs marcadas eram sempre de chuva ou de sol, e nós esperávamos um dia encoberto, que teimava em não vir.

Não obstante, achei que Capitu estava um tanto impaciente por descer. Concordava em ficar, mas ia falando do pai e de minha mãe, da falta de notícias nossas, disto e daquilo, a ponto que nos arrufamos um pouco. Perguntei-lhe se já estava aborrecida de mim.

— Eu?

— Parece.

— Você há de ser sempre criança — disse ela, fechando-me a cara entre as mãos e chegando muito os olhos aos meus. — Então eu esperei tantos anos para aborrecer-me em sete dias? Não, Bentinho; digo isto porque é realmente assim, creio que eles podem estar desejosos de ver-nos e imaginar alguma doença, e, confesso, pela minha parte, que queria ver papai.

— Pois vamos amanhã.

— Não; há de ser com tempo encoberto — redarguiu rindo.

Peguei-lhe no riso e na palavra, mas a impaciência continuou, e descemos com sol.

A alegria com que pôs o seu chapéu de casada, e o ar de casada com que me deu a mão para entrar e sair do carro, e o braço para andar na rua, tudo me mostrou que a causa da impaciência de Capitu eram os sinais exteriores do novo estado. Não lhe bastava ser casada entre quatro paredes e algumas árvores; precisava do resto do mundo também. E quando eu me vi embaixo, pisando as ruas com ela, parando, olhando, falando, senti a mesma coisa. Inventava passeios para que me vissem, me confirmassem e me invejassem. Na rua, muitos voltavam a cabeça curiosos, outros paravam, alguns perguntavam: "Quem são?", e um sabido explicava: "Esse é o doutor Santiago, que casou há dias com aquela moça, dona Capitolina, depois de uma longa paixão de crianças; moram na Glória, as famílias residem em Matacavalos". E ambos os dois: "É uma mocetona!".

Capítulo CIII
A felicidade tem boa alma

Mocetona é vulgar; José Dias achou melhor. Foi a única pessoa cá de baixo que nos visitou na Tijuca, levando abraços dos nossos e palavras suas, mas palavras que eram músicas verdadeiras; não as ponho aqui para ir poupando papel, mas foram deliciosas. Um dia, comparou-nos a aves criadas em dois vãos de telhado contíguos. Imagina o resto, as aves emplumando as asas e subindo ao céu, e o céu agora mais largo para poder contê-las também. Nenhum de nós riu; ambos escutávamos comovidos e convencidos, esquecendo tudo, desde a tarde de 1858... A felicidade tem boa alma.

Capítulo CIV
As pirâmides

José Dias dividia-se agora entre mim e minha mãe, alternando os jantares da Glória com os almoços de Matacavalos. Tudo corria bem. Ao fim de dois anos de casado, salvo o desgosto grande de não ter um filho, tudo corria bem. Perdera meu sogro, é verdade, e o tio Cosme estava por pouco, mas a saúde de minha mãe era boa; a nossa excelente.

Eu era advogado de algumas casas ricas, e os processos vinham chegando. Escobar contribuíra muito para as minhas estreias no foro. Interveio com um advogado célebre para que me admitisse à sua banca, e arranjou-me algumas procurações, tudo espontaneamente.

Demais, as nossas relações de família estavam previamente feitas; Sancha e Capitu continuavam depois de casadas a amizade da escola, Escobar e eu a do seminário. Eles moravam em Andaraí, aonde queriam que fôssemos muitas vezes, e, não podendo ser tantas como desejávamos, íamos lá jantar alguns domingos, ou eles vinham fazê-lo conosco. Jantar é pouco. Íamos sempre muito cedo, logo depois do almoço, para gozarmos o dia compridamente, e só nos separávamos às nove, dez e onze horas, quando não podia ser mais. Agora que penso naqueles dias de Andaraí e da Glória, sinto que a vida e o resto não sejam tão rijos como as Pirâmides.

Escobar e a mulher viviam felizes; tinham uma filhinha. Em tempo ouvi falar de uma aventura do marido, negócio de teatro, não sei que atriz ou bailarina, mas se foi certo, não deu escândalo. Sancha era modesta, o marido trabalhador. Como eu um dia dissesse a Escobar que lastimava não ter um filho, replicou-me:

— Homem, deixa lá. Deus os dará quando quiser, e se não der nenhum é que os quer para si, e melhor será que fiquem no céu.

— Uma criança, um filho é o complemento natural da vida.

— Virá, se for necessário.

Não vinha. Capitu pedia-o em suas orações, eu mais de uma vez dava por mim a rezar e a pedi-lo. Já não era como em criança; agora pagava antecipadamente, como os aluguéis da casa.

Capítulo CV
Os braços

No mais, tudo corria bem. Capitu gostava de rir e divertir-se, e, nos primeiros tempos, quando íamos a passeios ou espetáculos, era como um pássaro que saísse da gaiola. Arranjava-se com graça e modéstia. Embora gostasse de joias, como as outras moças, não queria que eu lhe comprasse muitas nem caras, e um dia afligiu-se tanto que prometi não comprar mais nenhuma; mas foi só por pouco tempo.

A nossa vida era mais ou menos plácida. Quando não estávamos com a família ou com amigos, ou se não íamos a algum espetáculo ou serão particular (e estes eram raros), passávamos as noites à nossa janela da Glória, mirando o mar e o céu, a sombra das montanhas e dos navios, ou a gente que passava na praia. Às vezes, eu contava a Capitu a história da cidade, outras dava-lhe notícias de astronomia; notícias de amador que ela escutava atenta e curiosa, nem sempre tanto que não cochilasse um pouco. Não sabendo piano, aprendeu depois de casada, e depressa, e daí a pouco tocava nas casas de amizade. Na Glória era uma das nossas recreações; também cantava, mas pouco e raro, por não ter voz; um dia chegou a entender que era melhor não cantar nada e cumpriu o alvitre. De dançar gostava, e enfeitava-se com amor quando ia a um baile; os braços é que... Os braços merecem um período.

Eram belos, e na primeira noite que os levou nus a um baile, não creio que houvesse iguais na cidade, nem os seus, leitora, que eram então de menina, se eram nascidos, mas provavelmente estariam ainda no mármore, donde vieram, ou nas mãos do divino escultor. Eram os mais belos da noite, a ponto que me encheram de desvanecimento. Conversava mal com as outras pessoas, só para vê-los, por mais que eles se entrelaçassem aos das casacas alheias. Já não foi assim no segundo baile; nesse, quando vi que os homens não se fartavam de olhar para eles, de os buscar, quase de os pedir, e que roçavam por eles as mangas pretas, fiquei vexado e aborrecido. Ao terceiro não fui, e aqui tive o apoio de Escobar, a quem confiei candidamente os meus tédios; concordou logo comigo.

— Sanchinha também não vai, ou irá de mangas compridas; o contrário parece-me indecente.

— Não é? Mas não diga o motivo; hão de chamar-nos seminaristas. Capitu já me chamou assim.

Nem por isso deixei de contar a Capitu a aprovação de Escobar. Ela sorriu e respondeu que os braços de Sanchinha eram malfeitos, mas cedeu depressa, e não foi ao baile; a outros foi, mas levou-os meio vestidos de escumilha ou não sei quê, que nem cobria nem descobria inteiramente, como o cendal de Camões.

Capítulo CVI
Dez libras esterlinas

Já disse que era poupada, ou fica dito agora, e não só de dinheiro mas também de coisas usadas, dessas que se guardam por tradição, por lembrança ou por saudade. Uns sapatos, por exemplo, uns sapatinhos rasos de fitas pretas que se cruzavam no peito do pé e princípio da perna, os últimos que usou antes de calçar botinas, trouxe-os para casa, e tirava-os de longe em longe da gaveta da cômoda, com outras velharias, dizendo-me que eram pedaços de criança. Minha mãe, que tinha o mesmo gênio, gostava de ouvir falar e fazer assim.

Quanto às puras economias de dinheiro, direi um caso, e basta. Foi justamente por ocasião de uma lição de astronomia, à praia da Glória. Sabes que alguma vez a fiz cochilar um pouco. Uma noite perdeu-se em fitar o mar, com tal força e concentração, que me deu ciúmes.

— Você não me ouve, Capitu.
— Eu? Ouço perfeitamente.
— O que é que eu dizia?
— Você... você falava de Sírius.
— Qual, Sírius, Capitu. Há vinte minutos que eu falei de Sírius.
— Falava de... falava de Marte — emendou ela apressada.

Realmente, era de Marte, mas é claro que só apanhara o som da palavra, não o sentido. Fiquei sério, e o ímpeto que me deu foi deixar a sala; Capitu, ao percebê-lo, fez-se a mais mimosa das criaturas, pegou-me na mão, confessou-me que estivera contando, isto é, somando uns dinheiros para descobrir certa parcela que não achava. Tratava-se de uma conversão de papel em ouro. A princípio supus que era um recurso para desenfadar-me, mas daí a pouco estava eu mesmo calculando também, já então com papel e lápis, sobre o joelho, e dava a diferença que ela buscava.

— Mas que libras são essas? — perguntei-lhe no fim.

Capitu fitou-me rindo, e replicou que a culpa de romper o segredo era minha. Ergueu-se, foi ao quarto e voltou com dez libras esterlinas, na mão; eram as sobras do dinheiro que eu lhe dava mensalmente para as despesas.

— Tudo isto?
— Não é muito, dez libras só; é o que a avarenta de sua mulher pôde arranjar, em alguns meses — concluiu fazendo tinir o ouro na mão.
— Quem foi o corretor?
— O seu amigo Escobar.
— Como é que ele não me disse nada?
— Foi hoje mesmo.
— Ele esteve cá?
— Pouco antes de você chegar; eu não disse para que você não desconfiasse.

Tive vontade de gastar o dobro do ouro em algum presente comemorativo, mas Capitu deteve-me. Ao contrário, consultou-me sobre o que havíamos de fazer daquelas libras.

— São suas — respondi.

— São nossas — emendou.

— Pois você guarde-as.

No dia seguinte, fui ter com Escobar ao armazém, e ri-me do segredo de ambos. Escobar sorriu e disse-me que estava para ir ao meu escritório contar-me tudo. A cunhadinha (continuava a dar este nome a Capitu) tinha-lhe falado naquilo por ocasião da nossa última visita a Andaraí, e disse-lhe a razão do segredo.

— Quando contei isto a Sanchinha — concluiu ele —, ficou espantada: "Como é que Capitu pode economizar, agora que tudo está tão caro?" — "Não sei, filha; sei que arranjou dez libras".

— Vê se ela aprende também.

— Não creio; Sanchinha não é gastadeira, mas também não é poupada; o que lhe dou chega, mas só chega.

Eu, depois de alguns instantes de reflexão:

— Capitu é um anjo!

Escobar concordou de cabeça, mas sem entusiasmo, como quem sentia não poder dizer o mesmo da mulher. Assim pensarias tu também, tão certo é que as virtudes das pessoas próximas nos dão tal ou qual vaidade, orgulho ou consolação.

Capítulo CVII
Ciúmes do mar

Se não fosse a astronomia, não descobriria eu tão cedo as dez libras de Capitu; mas não é por isso que torno a ela, é para que não cuides que a vaidade de professor é que me fez padecer com a desatenção de Capitu e ter ciúmes do mar. Não, meu amigo. Venho explicar-te que tive tais ciúmes pelo que podia estar na cabeça de minha mulher, não fora ou acima dela. É sabido que as distrações de uma pessoa podem ser culpadas, metade culpadas, um terço, um quinto, um décimo de culpadas, pois que em matéria de culpa a graduação é infinita. A recordação de uns simples olhos basta para fixar outros que os recordem e se deleitem com a imaginação deles. Não é mister pecado efetivo e mortal, nem papel trocado, simples palavra, aceno, suspiro ou sinal ainda mais miúdo e leve. Um anônimo ou anônima que passe na esquina da rua faz com que metamos Sírius dentro de Marte, e tu sabes, leitor, a diferença que há de um a outro na distância e no tamanho, mas a astronomia tem dessas confusões. Foi isto que me fez empalidecer, calar e querer fugir da sala para voltar, Deus sabe quando; provavelmente, dez minutos depois. Dez minutos depois, estaria eu outra vez na sala, ao piano ou à janela, continuando a lição interrompida:

— Marte está a distância de...

Tão pouco tempo? Sim, tão pouco tempo, dez minutos. Os meus ciúmes eram intensos, mas curtos; com pouco derrubaria tudo, mas com o mesmo pouco ou menos reconstruiria o céu, a terra e as estrelas.

A verdade é que fiquei mais amigo de Capitu, se era possível, ela ainda mais meiga, o ar mais brando, as noites mais claras, e Deus mais Deus. E não foram propriamente as dez libras esterlinas que fizeram isto, nem o sentimento de economia

que revelavam e que eu conhecia, mas as cautelas que Capitu empregou para o fim de descobrir-me um dia o cuidado de todos os dias. Escobar também se me fez mais pegado ao coração. As nossas visitas foram-se tornando mais próximas, e as nossas conversações mais íntimas.

Capítulo CVIII
Um filho

Pois nem tudo isso me matava a sede de um filho, um triste menino que fosse, amarelo e magro, mas um filho, um filho próprio da minha pessoa. Quando íamos a Andaraí e víamos a filha de Escobar e Sancha, familiarmente Capituzinha, por diferençá-la de minha mulher, visto que lhe deram o mesmo nome à pia, ficávamos cheios de inveja. A pequena era graciosa e gorducha, faladeira e curiosa. Os pais, como os outros pais, contavam as travessuras e agudezas da menina, e nós, quando voltávamos à noite para a Glória, vínhamos suspirando as nossas invejas, e pedindo mentalmente ao céu que no-las matassem...

... As invejas morreram, as esperanças nasceram, e não tardou que viesse ao mundo o fruto delas. Não era escasso nem feio, como eu já pedia, mas um rapagão robusto e lindo.

A minha alegria quando ele nasceu, não sei dizê-la; nunca a tive igual, nem creio que a possa haver idêntica, ou que de longe ou de perto se pareça com ela. Foi uma vertigem e uma loucura. Não cantava na rua por natural vergonha, nem em casa para não afligir Capitu convalescente. Também não caía, porque há um deus para os pais novos. Fora, vivia com o espírito no menino; em casa, com os olhos, a observá-lo, a mirá-lo, a perguntar-lhe donde vinha, e por que é que eu estava tão inteiramente nele, e várias outras tolices sem palavras, mas pensadas ou deliradas a cada instante. Talvez perdi algumas causas no foro por descuido.

Capitu não era menos terna para ele e para mim. Dávamos as mãos um ao outro, e, quando não olhávamos para o nosso filho, conversávamos de nós, do nosso passado e do nosso futuro. As horas de maior encanto e mistério eram as de amamentação. Quando eu via o meu filho chupando o leite da mãe, e toda aquela união da natureza para a nutrição e vida de um ser que não fora nada, mas que o nosso destino afirmou que seria, e a nossa constância e o nosso amor fizeram que chegasse a ser, ficava que não sei dizer nem digo; positivamente não me lembra, e receio que o que dissesse me saísse escuro.

Escusai minúcias. Assim que, não é preciso contar a dedicação de minha mãe e de Sancha, que também foi passar com Capitu os primeiros dias e noites. Quis rejeitar o obséquio de Sancha; respondeu-me que eu não tinha nada com isso; também Capitu, em solteira, fora tratá-la à rua dos Inválidos.

— Não se lembra que o senhor foi lá vê-la?

— Lembra-me; mas Escobar...

— Eu virei jantar com vocês, e às noites sigo para Andaraí; oito dias, e está tudo passado. Bem se vê que você é pai de primeira viagem.

— Também você; onde está a segunda?

Usávamos então estas graças em família. Hoje, que me recolhi à minha casmurrice, não sei se ainda há tal linguagem, mas deve haver. Escobar cumpriu o que disse; jantava conosco, e ia-se à noite. Sobre tarde descíamos à praia ou íamos ao Passeio Público, fazendo ele os seus cálculos, eu os meus sonhos. Eu via o meu filho médico, advogado, negociante, meti-o em várias universidades e bancos, e até aceitei a hipótese de ser poeta. A possibilidade de político foi consultada, e cri que me saísse orador, e grande orador.

— Pode ser — redarguia Escobar —; ninguém diria o que veio a ser Demóstenes.

Escobar acompanhava muita vez as minhas criancices; também interrogava o futuro. Chegou a falar da hipótese de casar o pequeno com a filha. A amizade existe; esteve toda nas mãos com que apertei as de Escobar, ao ouvir-lhe isto, e na total ausência de palavras com que ali assinei o pacto; estas vieram depois, de atropelo, afinadas pelo coração, que batia com grande força. Aceitei a lembrança, e propus que os encaminhássemos a este fim, pela educação igual e comum, pela infância unida e correta.

Era minha ideia que Escobar fosse padrinho do pequeno; a madrinha devia ser e seria minha mãe. Mas a primeira parte se trocou por intervenção do tio Cosme, que, ao ver a criança, disse-lhe entre outros carinhos:

— Anda, toma a bênção a teu padrinho, velhaco.

E, voltando-se para mim:

— Não desisto do favor; e há de ser depressa o batizado, antes que a minha doença me leve de vez.

Contei discretamente a anedota a Escobar, para que ele me compreendesse e desculpasse; riu-se e não se magoou. Fez mais, quis que o almoço do batizado fosse na chácara dele, e foi. Eu ainda tentei espaçar a cerimônia a ver se o tio Cosme sucumbia primeiro à doença, mas parece que esta era mais de aborrecer que de matar. Não houve remédio senão levar o menino à pia, onde se lhe deu o nome de Ezequiel; era o de Escobar, e eu quis suprir deste modo a falta de compadrio.

Capítulo CIX
Um filho único

Ezequiel, quando começou o capítulo anterior, não era ainda gerado; quando acabou era cristão e católico. Este outro é destinado a fazer chegar o meu Ezequiel aos cinco anos, um rapagão bonito, com os seus olhos claros, já inquietos, como se quisessem namorar todas as moças da vizinhança, ou quase todas.

Agora, se considerares que ele foi único, que nenhum outro veio, certo nem incerto, morto nem vivo, um só e único, imaginarás os cuidados que nos deu, os sonos que nos tirou, e que sustos nos meteram as crises dos dentes e outras, a menor febrícula, toda a existência comum das crianças. A tudo acudíamos, segundo

cumpria e urgia, coisa que não era necessário dizer, mas há leitores tão obtusos, que nada entendem, se se lhes não relata tudo e o resto. Vamos ao resto.

Capítulo CX
Rasgos da infância

O resto come-me ainda muitos capítulos; há vidas que os têm menos, e fazem-se ainda assim completas e acabadas.

 Aos cinco e seis anos, Ezequiel não parecia desmentir os meus sonhos da praia da Glória; ao contrário, adivinhavam-se nele todas as vocações possíveis, desde vadio até apóstolo. Vadio é aqui posto no bom sentido, no sentido de homem que pensa e cala; metia-se às vezes comigo, e nisto fazia lembrar a mãe, desde pequena. Assim também, agitava-se todo e instava por ir persuadir às vizinhas que os doces que eu lhe trazia eram doces deveras; não o fazia antes de farto deles, mas também os apóstolos não levam a boa doutrina senão depois de a terem toda no coração. Escobar, bom negociante, opinava que a causa principal desta outra inclinação, talvez fosse convidar implicitamente as vizinhas a igual apostolado, quando os pais lhe trouxessem doces; e ria-se da própria graça, e anunciava-me que o faria seu sócio.

 Gostava de música, não menos que de doce, e eu disse a Capitu que lhe tirasse ao piano o pregão do preto das cocadas de Matacavalos...

— Não me lembra.

— Não diga isso; você não se lembra daquele preto que vendia doce, às tardes...

— Lembro-me de um preto que vendia doce, mas não sei mais da toada.

— Nem das palavras?

— Nem das palavras.

 A leitora, que ainda se lembrará das palavras, dado que me tenha lido com atenção, ficará espantada de tamanho esquecimento, tanto mais que lhe lembrarão ainda as vozes da sua infância e adolescência; haverá olvidado algumas, mas nem tudo fica na cabeça. Assim me replicou Capitu, e não achei tréplica. Fiz, porém, o que ela não esperava; corri aos meus papéis velhos. Em São Paulo, quando estudante, pedi a um professor de música que me transcrevesse a toada do pregão; ele o fez com prazer (bastou-me repetir-lho de memória), e eu guardei o papelinho; fui procurá-lo. Daí a pouco interrompi um romance que ela tocava, com o pedacinho de papel na mão. Expliquei-lho; ela teclou as dezesseis notas.

 Capitu achou à toada um sabor particular, quase delicioso; contou ao filho a história do pregão, e assim o cantava e teclava. Ezequiel aproveitou a música para pedir-me que desmentisse o texto dando-lhe algum dinheiro.

 Fazia de médico, de militar, de ator e bailarino. Nunca lhe dei oratórios; mas cavalos-de-pau e espada à cinta eram com ele. Já não falo dos batalhões que passavam na rua, e que ele corria a ver; todas as crianças o fazem. O que nem todas fazem é ter os olhos que esta tinha. Em nenhuma vi as ânsias de gosto com que assistia à passagem da tropa e ouvia tocar a marcha dos tambores.

— Olha, papai! olha!

— Estou vendo, meu filho!

— Olha o comandante! Olha o cavalo do comandante! Olha os soldados!

Um dia amanheceu tocando corneta com a mão; dei-lhe uma cornetinha de metal. Comprei-lhe soldadinhos de chumbo, gravuras de batalhas que ele mirava por muito tempo, querendo que lhe explicasse uma peça de artilharia, um soldado caído, outro de espada alçada, e todos os seus amores iam para o de espada alçada. Um dia (ingênua idade!), perguntou-me impaciente:

— Mas, papai, por que é que ele não deixa cair a espada de uma vez?

— Meu filho, é porque é pintado.

— Mas então por que é que ele se pintou?

Ri-me do engano e expliquei-lhe que não era o soldado que se tinha pintado no papel, mas o gravador, e tive de explicar também o que era gravador e o que era gravura: as curiosidades de Capitu, em suma.

Tais são os principais rasgos da infância: mais um e acabo o capítulo. Um dia, na chácara de Escobar, deu com um gato que tinha um rato atravessado na boca. O gato nem deixava a presa, nem via por onde fugisse. Ezequiel não disse nada, deteve-se, acocorou-se, e ficou olhando. Ao vê-lo assim atento, perguntamos-lhe de longe o que era; fez-nos sinal que nos calássemos. Escobar concluiu:

— Vão ver que é o gato que apanhou algum rato. Os ratos continuam a infestar-me a casa, que é o diabo. Vamos ver.

Capitu quis também ver o filho; acompanhei-os. Efetivamente, era um gato e um rato, lance banal, sem interesse nem graça. A única circunstância particular era estar o rato vivo, esperneando, e o meu pequeno enlevado. De resto, o instante foi curto. O gato, logo que sentiu mais gente, dispôs-se a correr; o menino, sem tirar-lhe os olhos de cima, fez-nos outro sinal de silêncio; e o silêncio não podia ser maior. Ia dizer religioso, risquei a palavra, mas aqui a ponho outra vez, não só por significar a totalidade do silêncio, mas também porque havia naquela ação do gato e do rato alguma coisa que prendia com ritual. O único rumor eram os últimos guinchos do rato, aliás frouxíssimos; as pernas mal se lhe moviam e desordenadamente. Um tanto aborrecido, bati palmas para que o gato fugisse, e o gato fugiu. Os outros nem tiveram tempo de atalhar-me, Ezequiel ficou abatido.

— Ora, papai!

— Que foi? A esta hora o rato está comido.

— Pois sim, mas eu queria ver.

Os dois riram-se; eu mesmo achei-lhe graça.

Capítulo CXI
Contado depressa

Achei-lhe graça, e não lha nego ainda agora, apesar do tempo passado, dos sucessos ocorridos, e de tal ou qual simpatia ao rato que acho em mim; teve graça. Não me pesa dizê-lo; os que amam a natureza como ela quer ser amada, sem repúdio parcial nem exclusões injustas, não acham nela nada inferior. Amo o rato, não desamo o

gato. Já pensei em os fazer viver juntos, mas vi que são incompatíveis. Em verdade, um rói-me os livros, outro o queijo; mas não é muito que eu lhes perdoe, se já perdoei a um cachorro que me levou o descanso em piores circunstâncias. Contarei o caso depressa.

Foi quando nasceu Ezequiel; a mãe estava com febre, Sancha vivia ao pé dela, e três cães na rua latiam toda a noite. Procurei o fiscal, e foi como se procurasse o leitor, que só agora sabe disto. Então resolvi matá-los; comprei veneno, mandei fazer três bolas de carne, e eu mesmo inseri nelas a droga. De noite, saí; era uma hora; nem a doente, nem a enfermeira podiam dormir, com a bulha dos cães. Quando eles me viram, afastaram-se, dois desceram para o lado da praia do Flamengo, um ficou a curta distância, como que esperando. Fui-me a ele, assobiando e dando estalinhos com os dedos. O diabo ainda latiu, mas fiado nos sinais de amizade, foi-se calando, até que se calou de todo. Como eu continuasse, ele veio a mim, devagar, mexendo a cauda, que é o seu modo de rir deles; eu tinha já na mão as bolas envenenadas, e ia deitar-lhe uma delas, quando aquele riso especial, carinho, confiança ou o que quer que seja, me atou a vontade; fiquei assim não sei como, tocado de pena e guardei as bolas no bolso. Ao leitor pode parecer que foi o cheiro da carne que remeteu o cão ao silêncio. Não digo que não; eu cuido que ele não me quis atribuir perfídia ao gesto, e entregou-se-me. A conclusão é que se livrou.

Capítulo CXII
As imitações de Ezequiel

Tal não faria Ezequiel. Não comporia bolas envenenadas, suponho, mas não as recusaria também. O que faria com certeza era ir atrás dos cães, a pedrada, até onde lhe dessem as pernas. E se tivesse um pau, iria a pau. Capitu morria por aquele batalhador futuro.

— Não sai a nós, que gostamos da paz — disse-me ela um dia —, mas papai em moço era assim também; mamãe é que contava.

— Sim, não sairá maricas — repliquei —; eu só lhe descubro um defeitozinho, gosta de imitar os outros.

— Imitar como?

— Imitar os gestos, os modos, as atitudes; imita prima Justina, imita José Dias; já lhe achei até um jeito dos pés de Escobar e dos olhos...

Capitu deixou-se estar pensando e olhando para mim, e disse afinal que era preciso emendá-lo. Agora reparava que realmente era vezo do filho, mas parecia-lhe que era só imitar por imitar, como sucede a muitas pessoas grandes, que tomam as maneiras dos outros; e para que não fosse mais longe...

— Também não vamos mortificá-lo. Sempre há tempo de corrigi-lo.

— Há, vou ver. Você também não era assim, quando se zangava com alguém...

— Quando me zangava, concordo; vingança de menino.

— Sim, mas eu não gosto de imitações em casa.

— E naquele tempo gostava de mim? — disse eu batendo-lhe na face.

A resposta de Capitu foi um riso doce de escárnio, um desses risos que não se descrevem, e apenas se pintarão; depois estirou os braços e atirou-mos sobre os ombros, tão cheios de graça que pareciam (velha imagem!) um colar de flores. Eu fiz o mesmo aos meus, e senti não haver ali um escultor que nos transferisse a atitude a um pedaço de mármore. Só brilharia o artista, é certo. Quando uma pessoa ou um grupo saem bem, ninguém quer saber do modelo, mas da obra, e a obra é que fica. Não importa; nós saberíamos que éramos nós.

Capítulo CXIII
Embargos de terceiro

Por falar nisto, é natural que me perguntes se, sendo antes tão cioso dela, não continuei a sê-lo apesar do filho e dos anos. Sim, senhor, continuei. Continuei, a tal ponto que o menor gesto me afligia, a mais ínfima palavra, uma insistência qualquer; muita vez só a indiferença bastava. Cheguei a ter ciúmes de tudo e de todos. Um vizinho, um par de valsa, qualquer homem, moço ou maduro, me enchia de terror ou desconfiança. É certo que Capitu gostava de ser vista, e o meio mais próprio a tal fim (disse-me uma senhora, um dia) é ver também, e não há ver sem mostrar que se vê.

A senhora que me disse isto cuido que gostou de mim, e foi naturalmente por não achar da minha parte correspondência aos seus afetos que me explicou daquela maneira os seus olhos teimosos. Outros olhos me procuravam também, não muitos, e não digo nada sobre eles, tendo aliás confessado a princípio as minhas aventuras vindouras, mas eram ainda vindouras. Naquele tempo, por mais mulheres bonitas que achasse, nenhuma receberia a mínima parte do amor que tinha a Capitu. À minha própria mãe não queria mais que metade. Capitu era tudo e mais que tudo; não vivia nem trabalhava que não fosse pensando nela. Ao teatro íamos juntos; só me lembra que fosse duas vezes sem ela, um benefício de ator, e uma estreia de ópera, a que ela não foi por ter adoecido, mas quis por força que eu fosse. Era tarde para mandar o camarote a Escobar; saí, mas voltei no fim do primeiro ato. Encontrei Escobar à porta do corredor.

— Vinha falar-te — disse-me ele.

Expliquei-lhe que tinha saído para o teatro, donde voltara receoso de Capitu, que ficara doente.

— Doente de quê? — perguntou Escobar.

— Queixava-se da cabeça e do estômago.

— Então, vou-me embora. Vinha para aquele negócio dos embargos...

Eram uns embargos de terceiro; ocorrera um incidente importante, e, tendo ele jantado na cidade, não quis ir para casa sem dizer-me o que era, mas já agora falaria depois...

— Não, falemos já, sobe; ela pode estar melhor. Se estiver pior, desces.

Capitu estava melhor e até boa. Confessou-me que apenas tivera uma dor de cabeça de nada, mas agravara o padecimento para que eu fosse divertir-me. Não

falava alegre, o que me fez desconfiar que mentia, para me não meter medo, mas jurou que era a verdade pura. Escobar sorriu e disse:

— A cunhadinha está tão doente como você ou eu. Vamos aos embargos.

Capítulo CXIV
Em que se explica o explicado

Antes de ir aos embargos, expliquemos ainda um ponto que já ficou explicado, mas não bem explicado. Viste que eu pedi (cap. cxcx) a um professor de música de São Paulo que me escrevesse a toada daquele pregão de doces de Matacavalos. Em si, a matéria é chocha, e não vale a pena de um capítulo, quanto mais dois; mas há matérias tais que trazem ensinamentos interessantes, senão agradáveis. Expliquemos o explicado.

Capitu e eu tínhamos jurado não esquecer mais aquele pregão; foi em momento de grande ternura, e o tabelião divino sabe as coisas que se juram em tais momentos, ele que as registra nos livros eternos.

— Você jura?

— Juro — disse ela estendendo tragicamente o braço.

Aproveitei o gesto para beijar-lhe a mão; estava ainda no seminário. Quando fui para São Paulo, querendo um dia relembrar a toada, vi que a ia perdendo inteiramente; consegui recordá-la e corri ao professor, que me fez o obséquio de a escrever no pedacinho de papel. Foi para não faltar ao juramento que fiz isto. Mas hás de crer que, quando corri aos papéis velhos, naquela noite da Glória, também me não lembrava já da toada nem do texto? Fiz-me de pontual ao juramento, e este é que foi o meu pecado; esquecer, qualquer esquece.

Ao certo, ninguém sabe se há de manter ou não um juramento. Coisas futuras! Portanto, a nossa constituição política, transferindo o juramento à afirmação simples, é profundamente moral. Acabou com um pecado terrível. Faltar ao compromisso é sempre infidelidade, mas a alguém que tenha mais temor a Deus que aos homens não lhe importará mentir, uma vez ou outra, desde que não mete a alma no purgatório. Não confundam purgatório com inferno, que é o eterno naufrágio. Purgatório é uma casa de penhores, que empresta sobre todas as virtudes, a juro alto e prazo curto. Mas os prazos renovam-se, até que um dia uma ou duas virtudes medianas pagam todos os pecados grandes e pequenos.

Capítulo CXV
Dúvidas sobre dúvidas

Vamos agora aos embargos... E por que iremos aos embargos? Deus sabe o que custa escrevê-los, quanto mais contá-los. Da circunstância nova que Escobar me trazia apenas digo o que lhe disse então, isto é, que não valia nada.

— Nada?

— Quase nada.

— Então vale alguma coisa.

— Para reforçar as razões que já temos vale menos que o chá que você vai tomar comigo.

— É tarde para tomar chá.

— Tomaremos depressa.

Tomamos depressa. Durante ele, Escobar olhava para mim desconfiado, como se cuidasse que eu recusava a circunstância nova por forrar-me a escrevê-la; mas tal suspeita não ia com a nossa amizade.

Quando ele saiu, referi as minhas dúvidas a Capitu; ela as desfez com a arte fina que possuía, um jeito, uma graça toda sua, capaz de dissipar as mesmas tristezas de Olímpio.

— Seria o negócio dos embargos — concluiu —; e ele que veio até aqui, a esta hora, é que está impressionado com a demanda.

— Tens razão.

Palavra puxa palavra, falei de outras dúvidas. Eu era então um poço delas; coaxavam dentro de mim, como verdadeiras rãs, a ponto de me tirarem o sono algumas vezes. Disse-lhe que começava a achar minha mãe um tanto fria e arredia com ela. Pois aqui mesmo valeu a arte fina de Capitu!

— Já disse a você o que é; coisas de sogra. Mamãezinha tem ciúmes de você; logo que eles passem e as saudades aumentem, ela torna a ser o que era. Em lhe faltando o neto...

— Mas eu tenho notado que já é fria também com Ezequiel. Quando ele vai comigo, mamãe não lhe faz as mesmas graças.

— Quem sabe se não anda doente?

— Vamos nós jantar com ela amanhã?

— Vamos... Não... Pois vamos.

Fomos jantar com a minha velha. Já lhe podia chamar assim, posto que os seus cabelos brancos não o fossem todos nem totalmente, e o rosto estivesse comparativamente fresco; era uma espécie de mocidade quinquagenária ou de ancianidade viçosa, à escolha... Mas nada de melancolias; não quero falar dos olhos molhados, à entrada e à saída. Pouco entrou na conversação. Também não era diferente da costumada. José Dias falou do casamento e suas belezas, da política, da Europa e da homeopatia, tio Cosme das suas moléstias, prima Justina da vizinhança, ou de José Dias, quando este saía da sala.

Quando voltamos, à noite, viemos por ali a pé, falando das minhas dúvidas. Capitu novamente me aconselhou que esperássemos. Sogras eram todas assim; lá vinha um dia e mudavam. Ao passo que me falava, recrudescia de ternura. Dali em diante foi cada vez mais doce comigo; não me ia esperar à janela, para não espertar-me os ciúmes, mas quando eu subia, via no alto da escada, entre as grades da cancela, a cara deliciosa da minha amiga e esposa, risonha como toda a nossa infância. Ezequiel às vezes estava com ela; nós o havíamos acostumado a ver o ósculo da chegada e da saída, e ele enchia-me a cara de beijos.

Capítulo CXVI
Filho do homem

Apalpei José Dias sobre as maneiras novas de minha mãe; ficou espantado. Não havia nada, nem podia haver coisa nenhuma, tantos eram os louvores incessantes que ele ouvia "à bela e virtuosa Capitu".

— Agora, quando os ouço, entro também no coro; mas a princípio ficava envergonhadíssimo. Para quem chegou, como eu, a arrenegar desse casamento, era duro confessar que ele foi uma verdadeira bênção do céu. Que digna senhora nos saiu a criança travessa de Matacavalos! O pai é que nos separou um pouco, enquanto não nos conhecíamos, mas tudo acabou em bem. Pois, sim, senhor, quando dona Glória elogia a sua nora e comadre...

— Então mamãe?...

— Perfeitamente!

— Mas, por que é que não nos visita há tanto tempo?

— Creio que tem andado mais achacada dos seus reumatismos. Este ano tem feito muito frio... Imagine a aflição dela, que andava o dia inteiro; agora é obrigada a estar quieta, ao pé do irmão, que lá tem o seu mal...

Quis observar-lhe que tal razão explicava a interrupção das visitas, e não a frieza quando íamos nós a Matacavalos; mas não estendi tão longe a intimidade do agregado. José Dias pediu para ver o nosso "profetazinho" (assim chamava a Ezequiel) e fez-lhe as festas do costume. Desta vez falou ao modo bíblico (estivera na véspera a folhear o livro de Ezequiel, como soube depois), e perguntava-lhe: "Como vai isso, filho do homem?" "Dize-me, filho do homem, onde estão os teus brinquedos?" "Queres comer doce, filho do homem?"

— Que filho do homem é esse? — perguntou-lhe Capitu agastada.

— São os modos de dizer da Bíblia.

— Pois eu não gosto deles — replicou ela com aspereza.

— Tem razão, Capitu — concordou o agregado. — Você não imagina como a Bíblia é cheia de expressões cruas e grosseiras. Eu falava assim para variar... Tu como vais, meu anjo? Meu anjo, como é que eu ando na rua?

— Não — atalhou Capitu —; já lhe vou tirando esse costume de imitar os outros.

— Mas tem muita graça; a mim, quando ele copia os meus gestos, parece-me que sou eu mesmo, pequenino. Outro dia chegou a fazer um gesto de dona Glória, tão bem que ela lhe deu um beijo em paga. Vamos, como é que eu ando?

— Não, Ezequiel — disse eu —, mamãe não quer.

Eu mesmo achava feio tal sestro. Alguns dos gestos já lhe iam ficando mais repetidos, como os das mãos e pés de Escobar; ultimamente, até apanhara o modo de voltar da cabeça deste, quando falava, e o de deixá-la cair, quando ria. Capitu ralhava. Mas o menino era travesso, como o diabo; apenas começamos a falar de outra coisa, saltou ao meio da sala, dizendo a José Dias:

— O senhor anda assim.

Capítulo CXXII
O enterro

A viúva... Poupo-vos as lágrimas da viúva, as minhas, as da outra gente. Saí de lá cerca de onze horas. Capitu e prima Justina esperavam-me, uma com o parecer abatido e estúpido, outra enfastiada apenas.

— Vão fazer companhia à pobre Sanchinha; eu vou cuidar do enterro.

Assim fizemos. Quis que o enterro fosse pomposo, e a afluência dos amigos foi numerosa. Praia, ruas, praça da Glória, tudo eram carros, muitos deles particulares. A casa, não sendo grande, não podiam lá caber todos; muitos estavam na praia, falando do desastre, apontando o lugar em que Escobar falecera, ouvindo referir a chegada do morto. José Dias ouviu também falar dos negócios do finado, divergindo alguns na avaliação dos bens, mas havendo acordo em que o passivo devia ser pequeno. Elogiavam as qualidades de Escobar. Um ou outro discutia o recente gabinete Rio Branco; estávamos em março de 1871. Nunca me esqueceu o mês nem o ano.

Como eu houvesse resolvido falar no cemitério, escrevi algumas linhas e mostrei-as em casa a José Dias, que as achou realmente dignas do morto e de mim. Pediu-me o papel, recitou lentamente o discurso, pesando as palavras, e confirmou a primeira opinião; no Flamengo espalhou a notícia. Alguns conhecidos vieram interrogar-me:

— Então, vamos ouvi-lo?
— Quatro palavras.

Poucas mais seriam. Tinha-as escrito com receio de que a emoção me impedisse de improvisar. No tílburi em que andei uma ou duas horas, não fizera mais que recordar o tempo do seminário, as relações de Escobar, as nossas simpatias, a nossa amizade, começada, continuada e nunca interrompida, até que um lance da fortuna fez separar para sempre duas criaturas que prometiam ficar por muito tempo unidas. De quando em quando enxugava os olhos. O cocheiro aventurou duas ou três perguntas sobre a minha situação moral; não me arrancando nada, continuou o seu ofício. Chegando a casa, deitei aquelas emoções ao papel; tal seria o discurso.

Capítulo CXXIII
Olhos de ressaca

Enfim, chegou a hora da encomendação e da partida. Sancha quis despedir-se do marido, e o desespero daquele lance consternou a todos. Muitos homens choravam também, as mulheres todas. Só Capitu, amparando a viúva, parecia vencer-se a si mesma. Consolava a outra, queria arrancá-la dali. A confusão era geral. No meio dela, Capitu olhou alguns instantes para o cadáver tão fixa, tão apaixonadamente fixa, que não admira lhe saltassem algumas lágrimas poucas e caladas...

As minhas cessaram logo. Fiquei a ver as dela; Capitu enxugou-as depressa, olhando a furto para a gente que estava na sala. Redobrou de carícias para a amiga, e quis levá-la; mas o cadáver parece que a retinha também. Momento houve em que

os olhos de Capitu fitaram o defunto, quais os da viúva, sem o pranto nem palavras desta, mas grandes e abertos, como a vaga do mar lá fora, como se quisesse tragar também o nadador da manhã.

Capítulo CXXIV
O discurso

— Vamos, são horas...

Era José Dias que me convidava a fechar o ataúde. Fechamo-lo, e eu peguei numa das argolas; rompeu o alarido final. Palavra que, quando cheguei à porta, vi o sol claro, tudo gente e carros, as cabeças descobertas, tive um daqueles meus impulsos que nunca chegavam à execução: foi atirar à rua caixão, defunto e tudo. No carro disse a José Dias que se calasse. No cemitério tive de repetir a cerimônia da casa, desatar as correias, e ajudar a levar o féretro à cova. O que isto me custou imagina. Descido o cadáver à cova, trouxeram a cal e a pá; sabes disto, terás ido a mais de um enterro, mas o que não sabes nem pode saber nenhum dos teus amigos, leitor, ou qualquer outro estranho, é a crise que me tomou quando vi todos os olhos em mim, os pés quietos, as orelhas atentas, e, ao cabo de alguns instantes de total silêncio, um sussurro vago, algumas vozes interrogativas, sinais, e alguém, José Dias, que me dizia ao ouvido:

— Então, fale.

Era o discurso. Queriam o discurso. Tinham jus ao discurso anunciado. Maquinalmente, meti a mão no bolso, saquei o papel e li-o aos trambolhões, não todo, nem seguido, nem claro; a voz parecia-me entrar em vez de sair, as mãos tremiam-me. Não era só a emoção nova que me fazia assim, era o próprio texto, as memórias do amigo, as saudades confessadas, os louvores à pessoa e aos seus méritos; tudo isto que eu era obrigado a dizer e dizia mal. Ao mesmo tempo, temendo que me adivinhassem a verdade, forcejava por escondê-la bem. Creio que poucos me ouviram, mas o gesto geral foi de compreensão e de aprovação. As mãos que me deram a apertar eram de solidariedade; alguns diziam: "Muito bonito! muito bem! magnífico!". José Dias achou que a eloquência estivera na altura da piedade. Um homem, que me pareceu jornalista, pediu-me licença para levar o manuscrito e imprimi-lo. Só a minha grande turvação recusaria um obséquio tão simples.

Capítulo CXXV
Uma comparação

Príamo julga-se o mais infeliz dos homens, por beijar a mão daquele que lhe matou o filho. Homero é que relata isto, e é um bom autor, não obstante contá-lo em verso, mas há narrações exatas em verso, e até mau verso. Compara tu a situação de Pría-

tu saiu para ir ver se o filho dormia. Ao passar pelo espelho, consertou os cabelos tão demoradamente que pareceria afetação, se não soubéssemos que ela era muito amiga de si. Quando tornou trazia os olhos vermelhos; disse-nos que, ao mirar o filho dormindo, pensara na filhinha de Sancha, e na aflição da viúva. E, sem se lhe dar das visitas, nem reparar se havia algum criado, abraçou-me e disse-me que, se quisesse pensar nela, era preciso pensar primeiro na minha vida. José Dias achou a frase "lindíssima", e perguntou a Capitu por que é que não fazia versos. Tentei meter o caso à bulha, e assim acabamos a noite.

No dia seguinte, arrependi-me de haver rasgado o discurso, não que quisesse dá-lo a imprimir, mas era lembrança do finado. Pensei em recompô-lo, mas só achei frases soltas, que uma vez juntas não tinham sentido. Também pensei em fazer outro, mas era já difícil, e podia ser apanhado em falso pelos que me tinham ouvido no cemitério. Quanto a recolher os pedacinhos de papel deitados à rua, era tarde; estariam já varridos.

Inventariei as lembranças de Escobar, livros, um tinteiro de bronze, uma bengala de marfim, um pássaro, o álbum de Capitu, duas paisagens do Paraná e outras. Também ele as possuía de minha mão. Vivemos assim a trocar memórias e regalos, ora em dia de anos, ora sem razão particular. Tudo isso me empanava os olhos... Vieram os jornais do dia: davam notícia do desastre e da morte de Escobar, os estudos e os negócios deste, as qualidades pessoais, a simpatia do comércio, e também falavam dos bens deixados, da mulher e da filha. Tudo isso foi na segunda-feira. Na terça-feira foi aberto o testamento, que me nomeava segundo testamenteiro; o primeiro lugar cabia à mulher. Não me deixava nada, mas as palavras que me escrevera em carta separada eram sublimes de amizade e estima. Capitu desta vez chorou muito; mas compôs-se depressa.

Testamento, inventário, tudo andou quase tão depressa como aqui vai dito. Ao cabo de pouco tempo, Sancha retirou-se para a casa dos parentes no Paraná.

Capítulo CXXIX
A dona Sancha

D. Sancha, peço-lhe que não leia este livro; ou, se o houver lido até aqui, abandone o resto. Basta fechá-lo; melhor será queimá-lo, para lhe não dar tentação e abri-lo outra vez. Se, apesar do aviso, quiser ir até o fim, a culpa é sua; não respondo pelo mal que receber. O que já lhe tiver feito, contando os gestos daquele sábado, esse acabou, uma vez que os acontecimentos, e eu com eles, desmentimos a minha ilusão; mas o que agora a alcançar, esse é indelével. Não, amiga minha, não leia mais. Vá envelhecendo, sem marido nem filha, que eu faço a mesma coisa, e é ainda o melhor que se pode fazer depois da mocidade. Um dia, iremos daqui até à porta do céu, onde nos encontraremos renovados, como as plantas novas, *come piante novelle*,

Rinovellate di novelle fronde.

O resto em Dante.

Capítulo CXXX
Um dia...

Porquanto, um dia Capitu quis saber o que é que me fazia andar calado e aborrecido. E propôs-me a Europa, Minas, Petrópolis, uma série de bailes, mil desses remédios aconselhados aos melancólicos. Eu não sabia que lhe respondesse; recusei as diversões. Como insistisse, repliquei-lhe que os meus negócios andavam mal. Capitu sorriu para animar-me. E que tinha que andassem mal? Tornariam a andar bem, e até lá as joias, os objetos de algum valor seriam vendidos, e iríamos residir em algum beco. Viveríamos sossegados e esquecidos; depois tornaríamos à tona da água. A ternura com que me disse isto era de comover as pedras. Pois nem assim. Respondi-lhe secamente que não era preciso vender nada. Deixei-me estar calado e aborrecido. Ela propôs-me jogar cartas ou damas, um passeio a pé, uma visita a Matacavalos; e, como eu não aceitasse nada, foi para a sala, abriu o piano, e começou a tocar; eu aproveitei a ausência, peguei do chapéu e saí.

... Perdão, mas este capítulo devia ser precedido de outro, em que contasse um incidente, ocorrido poucas semanas antes, dois meses depois da partida de Sancha. Vou escrevê-lo; podia antepô-lo a este, antes de mandar o livro ao prelo, mas custa muito alterar o número das páginas; vai assim mesmo, depois a narração seguirá direita até o fim. Demais, é curto.

Capítulo CXXXI
Anterior ao anterior

Foi o caso que a minha vida era outra vez doce e plácida, a banca do advogado rendia-me bastante, Capitu estava mais bela, Ezequiel ia crescendo. Começava o ano de 1872.

— Você já reparou que Ezequiel tem nos olhos uma expressão esquisita? — perguntou-me Capitu. — Só vi duas pessoas assim, um amigo de papai e o defunto Escobar. Olha, Ezequiel; olha firme, assim, vira para o lado de papai, não precisa revirar os olhos, assim, assim...

Era depois de jantar; estávamos ainda à mesa, Capitu brincava com o filho, ou ele com ela, ou um com outro, porque, em verdade, queriam-se muito, mas é também certo que ele me queria ainda mais a mim. Aproximei-me de Ezequiel, achei que Capitu tinha razão; eram os olhos de Escobar, mas não me pareceram esquisitos por isso. Afinal não haveria mais que meia dúzia de expressões no mundo, e muitas semelhanças se dariam naturalmente. Ezequiel não entendeu nada, olhou espantado para ela e para mim, e afinal saltou-me ao colo:

— Vamos passear, papai?
— Logo, meu filho.

Capitu, alheia a ambos, fitava agora a outra borda da mesa; mas, dizendo-lhe eu que, na beleza, os olhos de Ezequiel saíam aos da mãe, Capitu sorriu abanando a cabeça com um ar que nunca achei em mulher alguma, provavelmente porque não

na realidade da manhã. Mas a fotografia de Escobar deu-me o ânimo que me ia faltando; lá estava ele, com a mão nas costas da cadeira, a olhar ao longe...

"Acabemos com isto", pensei.

Quando ia a beber, cogitei se não seria melhor esperar que Capitu e o filho saíssem para a missa; beberia depois; era melhor. Assim disposto, entrei a passear no gabinete. Ouvi a voz de Ezequiel no corredor, vi-o entrar e correr a mim bradando:

— Papai! papai!

Leitor, houve aqui um gesto que eu não descrevo por havê-lo inteiramente esquecido, mas crê que foi belo e trágico. Efetivamente, a figura do pequeno fez-me recuar até dar de costas na estante. Ezequiel abraçou-me os joelhos, esticou-se na ponta dos pés, como querendo subir e dar-me o beijo do costume; e repetia, puxando-me:

— Papai! papai!

Capítulo CXXXVII
Segundo impulso

Se eu não olhasse para Ezequiel, é provável que não estivesse aqui escrevendo este livro, porque o meu primeiro ímpeto foi correr ao café e bebê-lo. Cheguei a pegar na xícara, mas o pequeno beijava-me a mão, como de costume, e a vista dele, como o gesto, deu-me outro impulso que me custa dizer aqui; mas vá lá, diga-se tudo. Chamem-me embora assassino; não serei eu que os desdiga ou contradiga; o meu segundo impulso foi criminoso. Inclinei-me e perguntei a Ezequiel se já tomara café.

— Já, papai; vou à missa com mamãe.
— Toma outra xícara, meia xícara só.
— E papai?
— Eu mando vir mais; anda, bebe!

Ezequiel abriu a boca. Cheguei-lhe a xícara, tão trêmulo que quase a entornei, mas disposto a fazê-la cair pela goela abaixo, caso o sabor lhe repugnasse, ou a temperatura, porque o café estava frio... Mas não sei que senti, que me fez recuar. Pus a xícara em cima da mesa, e dei por mim a beijar doidamente a cabeça do menino.

— Papai! papai! — exclamava Ezequiel.
— Não, não, eu não sou teu pai!

Capítulo CXXXVIII
Capitu que entra

Quando levantei a cabeça, dei com a figura de Capitu diante de mim. Eis aí outro lance, que parecerá de teatro, e é tão natural como o primeiro, uma vez que a mãe e o filho iam à missa, e Capitu não saía sem falar-me. Era já um falar seco e breve; a

mor parte das vezes, eu nem olhava para ela. Ela olhava sempre, esperando.

Desta vez, ao dar com ela, não sei se era dos meus olhos, mas Capitu pareceu-me lívida. Seguiu-se um daqueles silêncios, a que, sem mentir, se podem chamar de um século, tal é a extensão do tempo nas grandes crises. Capitu recompôs-se; disse ao filho que se fosse embora, e pediu-me que lhe explicasse...

— Não há que explicar — disse eu.

— Há tudo; não entendo as tuas lágrimas nem as de Ezequiel. Que houve entre vocês?

— Não ouviu o que lhe disse?

Capitu respondeu que ouvira choro e rumor de palavras. Eu creio que ouvira tudo claramente, mas confessá-lo seria perder a esperança do silêncio e da reconciliação; por isso negou a audiência e confirmou unicamente a vista. Sem lhe contar o episódio do café, repeti-lhe as palavras do final do capítulo.

— O quê? — perguntou ela como se ouvira mal.

— Que não é meu filho.

Grande foi a estupefação de Capitu, e não menor a indignação que lhe sucedeu, tão naturais ambas que fariam duvidar as primeiras testemunhas de vista do nosso foro. Já ouvi que as há para vários casos, questão de preço; eu não creio, tanto mais que a pessoa que me contou isso acabava de perder uma demanda. Mas, haja ou não testemunhas alugadas, a minha era verdadeira; a própria natureza jurava por si, e eu não queria duvidar dela. Assim que, sem atender à linguagem de Capitu, aos seus gestos, à dor que a retorcia, a coisa nenhuma, repeti as palavras ditas duas vezes com tal resolução que a fizeram afrouxar. Após alguns instantes, disse-me ela:

— Só se pode explicar tal injúria pela convicção sincera; entretanto, você que era tão cioso dos menores gestos, nunca revelou a menor sombra de desconfiança. Que é que lhe deu tal ideia? Diga — continuou, vendo que eu não respondia nada —, diga tudo; depois do que ouvi, posso ouvir o resto, não pode ser muito. Que é que lhe deu agora tal convicção? Ande, Bentinho, fale! fale! Despeça-me daqui, mas diga tudo primeiro.

— Há coisas que se não dizem.

— Que se não dizem só metade; mas já que disse metade, diga tudo.

Tinha-se sentado numa cadeira ao pé da mesa. Podia estar um tanto confusa, o porte não era de acusada. Pedi-lhe ainda uma vez que não teimasse.

— Não, Bentinho, ou conte o resto, para que eu me defenda, se você acha que tenho defesa, ou peço-lhe desde já a nossa separação: não posso mais!

— A separação é coisa decidida — redargui, pegando-lhe na proposta. — Era melhor que a fizéssemos por meias palavras ou em silêncio; cada um iria com a sua ferida. Uma vez, porém, que a senhora insiste, aqui vai o que lhe posso dizer, e é tudo.

Não disse tudo; mal pude aludir aos amores de Escobar sem proferir-lhe o nome. Capitu não pôde deixar de rir, de um riso que eu sinto não poder transcrever aqui; depois, em um tom juntamente irônico e melancólico:

— Pois até os defuntos! Nem os mortos escapam aos seus ciúmes!

Consertou a capinha e ergueu-se. Suspirou, creio que suspirou, enquanto eu, que não pedia outra coisa mais que a plena justificação dela, disse-lhe não sei que palavras adequadas a esse fim. Capitu olhou para mim com desdém, e murmurou:

— Sei a razão disto; é a casualidade da semelhança... A vontade de Deus explicará tudo... Ri-se? É natural; apesar do seminário, não acredita em Deus; eu creio... Mas não falemos nisto; não nos fica bem dizer mais nada.

Capítulo CXXXIX
A fotografia

Palavra que estive a pique de crer que era vítima de uma grande ilusão, uma fantasmagoria de alucinado; mas a entrada repentina de Ezequiel, gritando: — "Mamãe! mamãe! é hora da missa!" restituiu-me à consciência da realidade. Capitu e eu, involuntariamente, olhamos para a fotografia de Escobar, e depois um para o outro. Desta vez a confusão dela fez-se confissão pura. Este era aquele; havia por força alguma fotografia de Escobar pequeno que seria o nosso pequeno Ezequiel. De boca, porém, não confessou nada; repetiu as últimas palavras, puxou do filho e saíram para a missa.

Capítulo CXL
Volta da igreja

Ficando só, era natural pegar do café e bebê-lo. Pois, não, senhor; tinha perdido o gosto à morte. A morte era uma solução; eu acabava de achar outra, tanto melhor quanto que não era definitiva, e deixava a porta aberta à reparação, se devesse havê-la. Não disse *perdão*, mas *reparação*, isto é, justiça. Qualquer que fosse a razão do ato, rejeitei a morte, e esperei o regresso de Capitu. Este foi mais demorado que de costume; cheguei a temer que ela houvesse ido à casa de minha mãe, mas não foi.

— Confiei a Deus todas as minhas amarguras — disse-me Capitu ao voltar da igreja —; ouvi dentro de mim que a nossa separação é indispensável, e estou às suas ordens.

Os olhos com que me disse isto eram embuçados, como espreitando um gesto de recusa ou de espera. Contava com a minha debilidade ou com a própria incerteza em que eu podia estar da paternidade do outro, mas falhou tudo. Acaso haveria em mim um homem novo, um que aparecia agora, desde que impressões novas e fortes o descobriam? Nesse caso era um homem apenas encoberto. Respondi-lhe que ia pensar, e faríamos o que eu pensasse. Em verdade vos digo que tudo estava pensado e feito.

No intervalo, evocara as palavras do finado Gurgel, quando me mostrou em casa dele o retrato da mulher, parecido com Capitu. Hás de lembrar-te delas; se não, relê o capítulo, cujo número não ponho aqui, por não me lembrar já qual seja, mas não fica longe. Reduzem-se a dizer que há tais semelhanças inexplicáveis... Pelo dia adiante, e nos outros dias, Ezequiel ia ter comigo ao gabinete, e as feições do pequeno davam ideia clara das do outro, ou eu ia atentando mais nelas.

De envolta, lembravam-me episódios vagos e remotos, palavras, encontros e incidentes, tudo em que a minha cegueira não pôs malícia, e a que faltou o meu velho ciúme. Uma vez em que os fui achar sozinhos e calados, um segredo que me fez rir, uma palavra dela sonhando, todas essas reminiscências vieram vindo agora, em tal atropelo que me atordoaram... E por que os não esganei um dia, quando desviei os olhos da rua onde estavam duas andorinhas trepadas no fio telegráfico? Dentro, as minhas outras andorinhas estavam trepadas no ar, os olhos enfiados nos olhos, mas tão cautelosos que se desenfiaram logo, dizendo-me uma palavra amiga e alegre. Contei-lhes o namoro das andorinhas de fora, e acharam-lhe graça; Escobar declarou que, para ele, seria melhor se as andorinhas, em vez de trepadas no fio de arame, estivessem à mesa do jantar cozidas. "Nunca comi os ninhos delas, continuou, mas devem ser bons, se os chins os inventaram." E ficamos a tratar dos chins e dos clássicos que falaram deles, enquanto Capitu, confessando que a aborrecíamos, foi a outros cuidados. Agora lembrava-me tudo o que então me pareceu nada.

Capítulo CXLI
A solução

Aqui está o que fizemos. Pegamos em nós e fomos para a Europa, não passear, nem ver nada, novo nem velho; paramos na Suíça. Uma professora do Rio Grande, que foi conosco, ficou de companhia a Capitu, ensinando a língua materna a Ezequiel, que aprenderia o resto nas escolas do país. Assim regulada a vida, tornei ao Brasil.

Ao cabo de alguns meses, Capitu começara a escrever-me cartas, a que respondi com brevidade e sequidão. As dela eram submissas, sem ódio, acaso afetuosas, e para o fim saudosas; pedia-me que a fosse ver. Embarquei um ano depois, mas não a procurei, e repeti a viagem com o mesmo resultado. Na volta, os que se lembravam dela, queriam notícias, e eu dava-lhas, como se acabasse de viver com ela; naturalmente as viagens eram feitas com o intuito de simular isto mesmo, e enganar a opinião. Um dia, finalmente...

Capítulo CXLII
Uma santa

Entenda-se que, se nas viagens que fiz à Europa, José Dias não foi comigo, não é que lhe faltasse vontade; ficava de companhia a tio Cosme, quase inválido, e a minha mãe, que envelheceu depressa. Também ele estava velho, posto que rijo. Ia a bordo despedir-se de mim, e as palavras que me dizia, os gestos de lenço, os próprios olhos que enxugava eram tais que me comoviam também. A última vez não foi a bordo.

— Venha...

— Não posso.

— Está com medo?

— Não; não posso. Agora, adeus, Bentinho, não sei se me verá mais; creio que vou para a outra Europa, a eterna...

Não foi logo; minha mãe embarcou primeiro. Procura no cemitério de São João Batista uma sepultura sem nome, com esta única indicação: *Uma santa*. É aí. Fiz fazer essa inscrição com alguma dificuldade. O escultor achou-a esquisita; o administrador do cemitério consultou o vigário da paróquia; este ponderou-me que as santas estão no altar e no céu.

— Mas, perdão — atalhei —, eu não quero dizer que naquela sepultura está uma canonizada. A minha ideia é dar com tal palavra uma definição terrena de todas as virtudes que a finada possuiu na vida. Tanto é assim que, sendo a modéstia uma delas, desejo conservá-la póstuma, não lhe escrevendo o nome.

— Todavia, o nome, a filiação, as datas...

— Quem se importará com datas, filiação, nem nomes, depois que eu acabar?

— Quer dizer que era uma santa senhora, não?

— Justamente. O protonotário Cabral, se fosse vivo, confirmaria aqui o que lhe digo.

— Nem eu contesto a verdade, hesito só na fórmula. Conheceu então o protonotário?

— Conheci-o. Era um padre-modelo.

— Bom canonista, bom latinista, pio e caridoso — continuou o vigário.

— E possuía algumas prendas de sociedade — disse eu —; lá em casa sempre ouvi que era insigne parceiro ao gamão...

— Tinha muito bom dado! — suspirou lentamente o vigário. — Um dado de mestre!

— Então, parece-lhe...?

— Uma vez que não há outro sentido, nem poderia havê-lo, sim, senhor, admite-se...

José Dias assistiu a essas diligências, com grande melancolia. No fim, quando saímos, disse mal do padre, chamou-lhe meticuloso. Só lhe achava desculpa por não ter conhecido minha mãe, nem ele nem os outros homens do cemitério.

— Não a conheceram; se a conhecessem, mandariam esculpir *santíssima*.

Capítulo CXLIII
O último superlativo

Não foi o último superlativo de José Dias. Outros teve que não vale a pena escrever aqui, até que veio o último, o melhor deles, o mais doce, o que lhe fez da morte um pedaço de vida. Já então morava comigo; posto que minha mãe lhe deixasse uma pequena lembrança, veio dizer-me que, com legado ou sem ele, não se separaria de mim. Talvez a esperança dele fosse enterrar-me. Correspondia-se com Capitu, a quem pedia que lhe mandasse o retrato de Ezequiel; mas Capitu ia adiando a re-

messa de correio a correio, até que ele não pediu mais nada, a não ser o coração do jovem estudante; pedia-lhe também que não deixasse de falar a Ezequiel no velho amigo do pai e do avô, "destinado pelo céu a amar o mesmo sangue". Era assim que ele preparava os cuidados da terceira geração; mas a morte veio antes de Ezequiel. A doença foi rápida. Mandei chamar um médico homeopata.

— Não, Bentinho — disse ele —; basta um alopata; em todas as escolas se morre. Demais, foram ideias da mocidade, que o tempo levou; converto-me à fé de meus pais. A alopatia é o catolicismo da medicina...

Morreu sereno, após uma agonia curta. Pouco antes ouviu que o céu estava lindo, e pediu que abríssemos a janela.

— Não, o ar pode fazer-lhe mal.

— Que mal? Ar é vida.

Abrimos a janela. Realmente, estava um céu azul e claro. José Dias soergueu-se e olhou para fora; após alguns instantes, deixou cair a cabeça, murmurando: Lindíssimo! Foi a última palavra que proferiu neste mundo. Pobre José Dias! Por que hei de negar que chorei por ele?

Capítulo CXLIV
Uma pergunta tardia

Assim chorem por mim todos os olhos de amigos e amigas que deixo neste mundo, mas não é provável. Tenho-me feito esquecer. Moro longe e saio pouco. Não é que haja efetivamente ligado as duas pontas da vida. Esta casa do Engenho Novo, conquanto reproduza a de Matacavalos, apenas me lembra aquela, e mais por efeito de comparação e de reflexão que de sentimento. Já disse isto mesmo.

Hão de perguntar-me por que razão, tendo a própria casa velha, na mesma rua antiga, não impedi que a demolissem e vim reproduzi-la nesta. A pergunta devia ser feita a princípio, mas aqui vai a resposta. A razão é que, logo que minha mãe morreu, querendo ir para lá, fiz primeiro uma longa visita de inspeção por alguns dias, e toda a casa me desconheceu. No quintal a aroeira e a pitangueira, o poço, a caçamba velha e o lavadouro, nada sabia de mim. A casuarina era a mesma que eu deixara ao fundo, mas o tronco, em vez de reto, como outrora, tinha agora um ar de ponto de interrogação; naturalmente pasmava do intruso. Corri os olhos pelo ar, buscando algum pensamento que ali deixasse, e não achei nenhum. Ao contrário, a ramagem começou a sussurrar alguma coisa que não entendi logo, e parece que era a cantiga das manhãs novas. Ao pé dessa música sonora e jovial, ouvi também o grunhir dos porcos, espécie de troça concentrada e filosófica.

Tudo me era estranho e adverso. Deixei que demolissem a casa, e, mais tarde, quando vim para o Engenho Novo, lembrou-me fazer esta reprodução por explicações que dei ao arquiteto segundo contei em tempo.

Capítulo CXLV
O regresso

Ora, foi já nesta casa que um dia, estando a vestir-me para almoçar, recebi um cartão com este nome:

<div align="center">Ezequiel A. de Santiago</div>

— A pessoa está aí? — perguntei ao criado.

— Sim, senhor — ficou esperando.

Não fui logo, logo; fi-lo esperar uns dez ou quinze minutos na sala. Só depois é que me lembrou que cumpria ter certo alvoroço e correr, abraçá-lo, falar-lhe na mãe. A mãe — creio que ainda não disse que estava morta e enterrada. Estava; lá repousa na velha Suíça. Acabei de vestir-me às pressas. Quando saí do quarto, tomei ares de pai, um pai entre manso e crespo, metade Dom Casmurro. Ao entrar na sala, dei com um rapaz, de costas, mirando o busto de Massinissa, pintado na parede. Vim cauteloso, e não fiz rumor. Não obstante, ouviu-me os passos, e voltou-se depressa. Conheceu-me pelos retratos e correu para mim. Não me mexi; era nem mais nem menos o meu antigo e jovem companheiro do seminário de São José, um pouco mais baixo, menos cheio de corpo, e, salvo as cores, que eram vivas, o mesmo rosto do meu amigo. Trajava à moderna, naturalmente, e as maneiras eram diferentes, mas o aspecto geral reproduzia a pessoa morta. Era o próprio, o exato, o verdadeiro Escobar. Era o meu comborço; era o filho de seu pai. Vestia de luto pela mãe; eu também estava de preto. Sentamo-nos.

— Papai não faz diferença dos últimos retratos — disse-me ele.

A voz era a mesma de Escobar, o sotaque era afrancesado. Expliquei-lhe que realmente pouco diferia do que era, e comecei um interrogatório para ter menos que falar e dominar assim a minha emoção. Mas isto mesmo dava animação à cara dele, e o meu colega do seminário ia ressurgindo cada vez mais do cemitério. Ei-lo aqui, diante de mim, com igual riso e maior respeito; total, o mesmo obséquio e a mesma graça. Ansiava por ver-me. A mãe falava muito em mim, louvando-me extraordinariamente, como o homem mais puro do mundo, o mais digno de ser querido.

— Morreu bonita — concluiu.

— Vamos almoçar.

Se pensas que o almoço foi amargo, enganas-te. Teve seus minutos de aborrecimento, é verdade; a princípio doeu-me que Ezequiel não fosse realmente meu filho, que me não completasse e continuasse. Se o rapaz tem saído à mãe, eu acabava crendo tudo, tanto mais facilmente quando que ele parecia haver-me deixado na véspera, evocava a meninice, cenas e palavras, a ida para o colégio...

— Papai ainda se lembra quando me levou para o colégio? — perguntou rindo.

— Pois não hei de lembrar-me?

— Era na Lapa; eu ia desesperado, e papai não parava, dava-me cada puxão, e eu com as perninhas... Sim, senhor, aceito.

Estendeu o copo ao vinho que eu lhe oferecia, bebeu um gole, e continuou a comer. Escobar comia assim também, com a cara metida no prato. Contou-me a vida na Europa, os estudos, particularmente os de arqueologia, que era a sua paixão.

Falava da antiguidade com amor, contava o Egito e os seus milhares de séculos, sem se perder nos algarismos; tinha a cabeça aritmética do pai. Eu, posto que a ideia da paternidade do outro me estivesse já familiar, não gostava da ressurreição. Às vezes, fechava os olhos para não ver gestos nem nada, mas o diabrete falava e ria, e o defunto falava e ria por ele.

Não havendo remédio senão ficar com ele, fiz-me pai deveras. A ideia de que pudesse ter visto alguma fotografia de Escobar, que Capitu por descuido levasse consigo, não me acudiu, nem, se acudisse, persistiria. Ezequiel cria em mim, como na mãe. Se fosse vivo José Dias, acharia nele a minha própria pessoa. Prima Justina quis vê-lo, mas estando enferma, pediu-me que o levasse lá. Conhecia aquela parenta. Creio que o desejo de ver Ezequiel era para o fim de verificar no moço o debuxo que porventura houvesse achado no menino. Seria um regalo último; atalhei-o a tempo.

— Está muito mal — disse eu a Ezequiel, que queria ir vê-la —, qualquer emoção pode trazer-lhe a morte. Iremos vê-la, quando ficar melhor.

Não fomos; a morte levou-a dentro de poucos dias. Ela descansa no Senhor ou como quer que seja. Ezequiel viu-lhe a cara no caixão e não a conheceu, nem podia, tão outra a fizeram os anos e a morte. No caminho para o cemitério, iam-lhe lembrando uma porção de coisas, alguma rua, alguma torre, um trecho de praia, e era todo alegria. Assim acontecia sempre que voltava para casa, ao fim do dia; contava-me as recordações que ia recebendo das ruas e das casas. Admirava-se que muitas destas fossem as mesmas que ele deixara, como se as casas morressem meninas.

Ao cabo de seis meses, Ezequiel falou-me em uma viagem à Grécia, ao Egito, e à Palestina, viagem científica, promessa feita a alguns amigos.

— De que sexo? — perguntei rindo.

Sorriu vexado, e respondeu-me que as mulheres eram criaturas tão da moda e do dia que nunca haviam de entender uma ruína de trinta séculos. Eram dois colegas da universidade. Prometi-lhe recursos, e dei-lhe logo os primeiros dinheiros precisos. Comigo disse que uma das consequências dos amores furtivos do pai era pagar eu as arqueologias do filho; antes lhe pagasse a lepra... Quando esta ideia me atravessou o cérebro, senti-me tão cruel e perverso que peguei no rapaz, e quis apertá-lo ao coração, mas recuei; encarei-o depois, como se faz a um filho de verdade; os olhos que ele me deitou foram ternos e agradecidos.

Capítulo CXLVI
Não houve lepra

Não houve lepra, mas há febres por todas essas terras humanas, sejam velhas ou novas. Onze meses depois, Ezequiel morreu de uma febre tifóide, e foi enterrado nas imediações de Jerusalém, onde os dois amigos da universidade lhe levantaram um túmulo com esta inscrição, tirada do profeta Ezequiel, em grego: "Tu eras perfeito nos teus caminhos". Mandaram-me ambos os textos, grego e latino, o desenho da sepultura, a conta das despesas e o resto do dinheiro que ele levava; pagaria o triplo para não tornar a vê-lo.

Como quisesse verificar o texto, consultei a minha Vulgata, e achei que era

exato, mas tinha ainda um complemento: "Tu eras perfeito nos teus caminhos, *desde o dia da tua criação*". Parei e perguntei calado: "Quando seria o dia da criação de Ezequiel?". Ninguém me respondeu. Eis aí mais um mistério para ajuntar aos tantos deste mundo. Apesar de tudo, jantei bem e fui ao teatro.

Capítulo CXLVII
A exposição retrospectiva

Já sabes que a minha alma, por mais lacerada que tenha sido, não ficou aí para um canto como uma flor lívida e solitária. Não lhe dei essa cor ou descor. Vivi o melhor que pude, sem me faltarem amigas que me consolassem da primeira. Caprichos de pouca dura, é verdade. Elas é que me deixavam como pessoas que assistem a uma exposição retrospectiva, e, ou se fartam de vê-la, ou a luz da sala esmorece. Uma só dessas visitas tinha carro à porta e cocheiro de libré. As outras iam modestamente, *calcante pede*, e, se chovia, eu é que ia buscar um carro de praça e as metia dentro, com grandes despedidas e maiores recomendações:

— Levas o catálogo?
— Levo; até amanhã.
— Até amanhã.

Não voltavam mais. Eu ficava à porta esperando, ia até à esquina, espiava, consultava o relógio, e não via nada nem ninguém. Então, se aparecia outra visita, dava-lhe o braço, entrávamos, mostrava-lhe as paisagens, os quadros históricos ou de gênero, uma aquarela, um pastel, um guache, e também esta cansava, e ia embora com o catálogo na mão...

Capítulo CXLVIII
É bem, e o resto?

Agora, por que é que nenhuma dessas caprichosas me fez esquecer a primeira amada do meu coração? Talvez porque nenhuma tinha os olhos de ressaca, nem os de cigana oblíqua e dissimulada. Mas não é este propriamente o resto do livro. O resto é saber se a Capitu da praia da Glória já estava dentro da de Matacavalos, ou se esta foi mudada naquela por efeito de algum caso incidente. Jesus, filho de Sirac, se soubesse dos meus primeiros ciúmes, dir-me-ia, como no seu capítulo IX, versículo 1: "Não tenhas ciúmes de tua mulher para que ela não se meta a enganar-te com a malícia que aprender de ti". Mas eu creio que não, e tu concordarás comigo; se te lembras bem da Capitu menina, hás de reconhecer que uma estava dentro da outra, como a fruta dentro da casca.

E bem, qualquer que seja a solução, uma coisa fica, e é a suma das sumas, ou o resto dos restos, a saber, que a minha primeira amiga e o meu maior amigo, tão extremosos ambos e tão queridos também, quis o destino que acabassem juntando-se e enganando-me... A terra lhes seja leve! Vamos à *História dos subúrbios*.

Esaú

Esaú e Jacó foi publicado
pela primeira vez em 1904,
por H. Garnier, Livreiro-Editor,
no Rio de Janeiro e Paris.

eJacó

Advertência

Quando o conselheiro Aires faleceu, acharam-se-lhe na secretária sete cadernos manuscritos, rijamente encapados em papelão. Cada um dos primeiros seis tinha o seu número de ordem, por algarismos romanos, I, II, III, IV, V, VI, escritos a tinta encarnada. O sétimo trazia este título: Último.

A razão desta designação especial não se compreendeu então nem depois. Sim, era o último dos sete cadernos, com a particularidade de ser o mais grosso, mas não fazia parte do Memorial, diário de lembranças que o conselheiro escrevia desde muitos anos e era a matéria dos seis. Não trazia a mesma ordem de datas, com indicação da hora e do minuto, como usava neles. Era uma narrativa; e, posto figure aqui o próprio Aires, com o seu nome e título de conselho, e, por alusão, algumas aventuras, nem assim deixava de ser a narrativa estranha à matéria dos seis cadernos. Último por quê?

A hipótese de que o desejo do finado fosse imprimir esse caderno em seguida aos outros não é natural, salvo se queria obrigar à leitura dos seis, em que tratava de si, antes que lhe conhecessem essa outra história, escrita com um pensamento interior e único, através das páginas diversas. Nesse caso, era a vaidade do homem que falava, mas a vaidade não fazia parte dos seus defeitos. Quando fizesse, valia a pena satisfazê-la? Ele não representou papel eminente neste mundo; percorreu a carreira diplomática e aposentou-se. Nos lazeres do ofício, escreveu o Memorial, que, aparado das páginas mortas ou escuras, apenas daria (e talvez dê) para matar o tempo da barca de Petrópolis.

Tal foi a razão de se publicar somente a narrativa. Quanto ao título, foram lembrados vários, em que o assunto se pudesse resumir. Ab ovo, por exemplo, apesar do latim; venceu, porém, a ideia de lhe dar estes dois nomes que o próprio Aires citou uma vez:

<div align="center">Esaú e Jacó</div>

<div align="center">

Dico, che quando l'anima mal nata...
Dante

</div>

Capítulo Primeiro
Coisas futuras!

Era a primeira vez que as duas iam ao morro do Castelo. Começaram de subir pelo lado da rua do Carmo. Muita gente há no Rio de Janeiro que nunca lá foi, muita haverá morrido, muita mais nascerá e morrerá sem lá pôr os pés. Nem todos podem dizer que conhecem uma cidade inteira. Um velho inglês, que aliás andara terras e terras, confiava-me há muitos anos em Londres que de Londres só conhecia bem o seu clube, e era o que lhe bastava da metrópole e do mundo.

Natividade e Perpétua conheciam outras partes, além de Botafogo, mas o morro do Castelo, por mais que ouvissem falar dele e da cabocla que lá reinava em 1871, era-lhes tão estranho e remoto como o clube. O íngreme, o desigual, o mal calçado da ladeira mortificavam os pés às duas pobres donas. Não obstante, continuavam a subir, como se fosse penitência, devagarinho, cara no chão, véu para baixo. A manhã trazia certo movimento; mulheres, homens, crianças que desciam ou subiam, lavadeiras e soldados, algum empregado, algum lojista, algum padre, todos olhavam espantados para elas, que aliás vestiam com grande simplicidade; mas há um donaire que se não perde, e não era vulgar naquelas alturas. A mesma lentidão do andar, comparada à rapidez das outras pessoas, fazia desconfiar que era a primeira vez que ali iam. Uma crioula perguntou a um sargento: "Você quer ver que elas vão à cabocla?". E ambos pararam a distância, tomados daquele invencível desejo de conhecer a vida alheia, que é muita vez toda a necessidade humana.

Com efeito, as duas senhoras buscavam disfarçadamente o número da casa da cabocla, até que deram com ele. A casa era como as outras, trepada no morro. Subia-se por uma escadinha, estreita, sombria, adequada à aventura. Quiseram entrar depressa, mas esbarraram com dois sujeitos que vinham saindo, e coseram-se ao portal. Um deles perguntou-lhes familiarmente se iam consultar a adivinha.

— Perdem o seu tempo — concluiu, furioso —, e hão de ouvir muito disparate...

— É mentira dele — emendou o outro rindo —; a cabocla sabe muito bem onde tem o nariz.

Hesitaram um pouco; mas, logo depois advertiram que as palavras do primeiro eram sinal certo da vidência e da franqueza da adivinha; nem todos teriam a mesma sorte alegre. A dos meninos de Natividade podia ser miserável, e então... Enquanto cogitavam passou fora um carteiro, que as fez subir mais depressa, para escapar a outros olhos. Tinham fé, mas tinham também vexame da opinião, como um devoto que se benzesse às escondidas.

Velho caboclo, pai da adivinha, conduziu as senhoras à sala. Esta era simples, as paredes nuas, nada que lembrasse mistério ou incutisse pavor, nenhum petrecho simbólico, nenhum bicho empalhado, esqueleto ou desenho de aleijões. Quando muito um registro da Conceição colado à parede podia lembrar um mistério, apesar de encardido e roído, mas não metia medo. Sobre uma cadeira, uma viola.

— Minha filha já vem — disse o velho. — As senhoras como se chamam?

Natividade deu o nome de batismo somente, Maria, como um véu mais espesso que o que trazia no rosto, e recebeu um cartão — porque a consulta era só de uma — com o número 1012. Não há que pasmar do algarismo; a freguesia era numerosa, e vinha de muitos meses. Também não há que dizer do costume, que é velho e velhíssimo. Relê Ésquilo, meu amigo, relê as *Eumênides*, lá verás a Pítia, chamando os que iam à consulta: "Se há aqui helenos, venham, aproximem-se, segundo o uso, *na ordem marcada pela sorte*"... A sorte outrora, a numeração agora, tudo é que a verdade se ajuste à prioridade, e ninguém perca a sua vez de audiência. Natividade guardou o bilhete, e ambas foram à janela.

A falar verdade, temiam o seu tanto, Perpétua menos que Natividade. A aventura parecia audaz, e algum perigo possível. Não ponho aqui os seus gestos: imaginai que eram inquietos e desconcertados. Nenhuma dizia nada. Natividade confessou depois que tinha um nó na garganta. Felizmente, a cabocla não se demorou muito; ao cabo de três ou quatro minutos, o pai a trouxe pela mão, erguendo a cortina do fundo.

— Entra, Bárbara.

Bárbara entrou, enquanto o pai pegou da viola e passou ao patamar de pedra, à porta da esquerda. Era uma criaturinha leve e breve, saia bordada, chinelinha no pé. Não se lhe podia negar um corpo airoso. Os cabelos, apanhados no alto da cabeça por um pedaço de fita enxovalhada, faziam-lhe um solidéu natural, cuja borla era suprida por um raminho de arruda. Já vai nisto um pouco de sacerdotisa. O mistério estava nos olhos. Estes eram opacos, não sempre nem tanto que não fossem também lúcidos e agudos, e neste último estado eram igualmente compridos; tão compridos e tão agudos que entravam pela gente abaixo, revolviam o coração e tornavam cá fora, prontos para nova entrada e outro revolvimento. Não te minto dizendo que as duas sentiram tal ou qual fascinação. Bárbara interrogou-as; Natividade disse ao que vinha e entregou-lhe os retratos dos filhos e os cabelos cortados, por lhe haverem dito que bastava.

— Basta — confirmou Bárbara. — Os meninos são seus filhos?
— São.
— Cara de um é cara de outro.
— São gêmeos; nasceram há pouco mais de um ano.
— As senhoras podem sentar-se.

Natividade disse baixinho à outra que "a cabocla era simpática", não tão baixo que esta não pudesse ouvir também; e daí pode ser que ela, receosa da predição, quisesse aquilo mesmo para obter um bom destino aos filhos. A cabocla foi sentar-se à mesa redonda que estava no centro da sala, virada para as duas. Pôs os cabelos e os retratos defronte de si. Olhou alternadamente para eles e para a mãe, fez algumas perguntas a esta, e ficou a mirar os retratos e os cabelos, boca aberta, sobrancelhas cerradas. Custa-me dizer que acendeu um cigarro, mas digo, porque é verdade, e o fumo concorda com o ofício. Fora, o pai roçava os dedos na viola, murmurando uma cantiga do sertão do Norte:

> Menina da saia branca,
> Saltadeira de riacho...

Enquanto o fumo do cigarro ia subindo, a cara da adivinha mudava de expressão, radiante ou sombria, ora interrogativa, ora explicativa. Bárbara inclinava-se aos retratos, apertava uma madeixa de cabelos em cada mão, e fitava-as, e cheirava-as, e escutava-as, sem a afetação que porventura aches nesta linha. Tais gestos não se poderiam contar naturalmente. Natividade não tirava os olhos dela, como se quisesse lê-la por dentro. E não foi sem grande espanto que lhe ouviu perguntar se os meninos tinham brigado antes de nascer.

— Brigado?
— Brigado, sim, senhora.
— Antes de nascer?
— Sim, senhora, pergunto se não teriam brigado no ventre de sua mãe; não se lembra?

Natividade, que não tivera a gestação sossegada, respondeu que efetivamente sentira movimentos extraordinários, repetidos, e dores, e insônias... Mas então que era? Brigariam por quê? A cabocla não respondeu. Ergueu-se pouco depois, e andou à volta da mesa, lenta, como sonâmbula, os olhos abertos e fixos; depois entrou a dividi-los novamente entre a mãe e os retratos. Agitava-se agora mais, respirando grosso. Toda ela, cara e braços, ombros e pernas, toda era pouca para arrancar a palavra ao Destino. Enfim, parou, sentou-se exausta, até que se ergueu de salto e foi ter com as duas, tão radiante, os olhos tão vivos e cálidos, que a mãe ficou pendente deles, e não se pôde ter que lhe não pegasse das mãos e lhe perguntasse ansiosa:

— Então? Diga, posso ouvir tudo.

Bárbara, cheia de alma e riso, deu um respiro de gosto. A primeira palavra parece que lhe chegou à boca, mas recolheu-se ao coração, virgem dos lábios, dela e de alheios ouvidos. Natividade instou pela resposta que lhe dissesse tudo, sem falta...

— Coisas futuras! — murmurou finalmente a cabocla.
— Mas coisas feias?
— Oh! não! não! Coisas bonitas, coisas futuras!
— Mas isso não basta; diga-me o resto. Esta senhora é minha irmã e de segredo, mas se é preciso sair, ela sai; eu fico, diga-me a mim só... Serão felizes?
— Sim.
— Serão grandes?
— Serão grandes, oh! grandes! Deus há de dar-lhes muitos benefícios. Eles hão de subir, subir, subir... Brigaram no ventre de sua mãe, que tem? Cá fora também se briga. Seus filhos serão gloriosos. É só o que lhe digo. Quanto à qualidade da glória, coisas futuras!

Lá dentro, a voz do caboclo velho ainda uma vez continuava a cantiga do sertão:

> Trepa-me neste coqueiro,
> Bota-me os cocos abaixo.

E a filha, não tendo mais que dizer, ou não sabendo que explicar, dava aos quadris o gesto da toada, que o velho repetia lá dentro:

> Menina da saia branca,
> Saltadeira de riacho,
> Trepa-me neste coqueiro,
> Bota-me os cocos abaixo.
> Quebra coco, sinhá,
> Lá no cocá,
> Se te dá na cabeça,
> Há de rachá;
> Muito hei de me ri,
> Muito hei de gostá,
> Lelê, coco, naiá.

Capítulo II
Melhor de descer que de subir

Todos os oráculos têm o falar dobrado, mas entendem-se. Natividade acabou entendendo a cabocla, apesar de lhe não ouvir mais nada; bastou saber que as coisas futuras seriam bonitas, e os filhos grandes e gloriosos para ficar alegre e tirar da bolsa uma nota de cinquenta mil-réis. Era cinco vezes o preço do costume, e valia tanto ou mais que as ricas dádivas de Creso à Pítia. Arrecadou os retratos e os cabelos, e as duas saíram, enquanto a cabocla ia para os fundos, à espera de outros. Já havia alguns fregueses à porta, com os números de ordem, e elas desceram rapidamente, escondendo a cara.

Perpétua compartia as alegrias da irmã, as pedras também, o muro do lado do mar, as camisas penduradas às janelas, as cascas de banana no chão. Os mesmos sapatos de um *irmão das almas*, que ia a dobrar a esquina da rua da Misericórdia para a de São José, pareciam rir de alegria, quando realmente gemiam de cansaço. Natividade estava tão fora de si que ao ouvir-lhe pedir: "Para a missa das almas!" tirou da bolsa uma nota de dois mil-réis, nova em folha, e deitou-a à bacia. A irmã chamou-lhe a atenção para o engano, mas não era engano, era para as almas do purgatório.

E seguiram lépidas para o cupê, que as esperava no espaço que fica entre a igreja de São José e a Câmara dos deputados. Não tinham querido que o carro as levasse até o princípio da ladeira, para que o cocheiro e o lacaio não desconfiassem da consulta. Toda a gente falava então da cabocla do Castelo, era o assunto da cidade; atribuíam-lhe um poder infinito, uma série de milagres, sortes, achados, casamentos. Se as descobrissem, estavam perdidas, embora muita gente boa lá fosse. Ao vê-las dando a esmola ao irmão das almas, o lacaio trepou à almofada e o cocheiro tocou os cavalos, a carruagem veio buscá-las, e guiou para Botafogo.

Capítulo III
A esmola da felicidade

— Deus lhe acrescente, minha senhora devota! — exclamou o irmão das almas ao ver a nota cair em cima de dois níqueis de tostão e alguns vinténs antigos. — Deus lhe dê todas as felicidades do céu e da terra, e as almas do purgatório peçam a Maria Santíssima que recomende a senhora dona a seu bendito filho!

Quando a sorte ri, toda a natureza ri também, e o coração ri como tudo o mais. Tal foi a explicação que, por outras palavras menos especulativas, deu o irmão das almas aos dois mil-réis. A suspeita de ser a nota falsa não chegou a tomar pé no cérebro deste: foi alucinação rápida. Compreendeu que as damas eram felizes, e, tendo o uso de pensar alto, disse, piscando o olho, enquanto elas entravam no carro:

— Aquelas duas viram passarinho verde, com certeza.

Sem rodeios, supôs que as duas senhoras vinham de alguma aventura amorosa, e deduziu isso de três fatos, que sou obrigado a enfileirar aqui para não deixar esse homem sob a suspeita de caluniador gratuito. O primeiro foi a alegria delas, o segundo o valor da esmola, o terceiro o carro que as esperava a um canto, como se elas quisessem esconder do cocheiro o ponto dos namorados. Não concluas tu que ele tivesse sido cocheiro algum dia, e andasse a conduzir moças antes de servir às almas. Também não creias que fosse outrora rico e adúltero, aberto de mãos, quando vinha de dizer adeus às suas amigas. *Ni cet excès d'honneur, ni cette indignité*. Era um pobre-diabo sem mais ofício que a devoção. Demais, não teria tido tempo; contava apenas vinte e sete anos.

Cumprimentou as senhoras, quando o carro passou. Depois ficou a olhar para a nota tão fresca, tão valiosa, nota que almas nunca viram sair das mãos dele. Foi subindo a rua de São José. Já não tinha ânimo de pedir; a nota fazia-se ouro, e a ideia de ser falsa voltou-lhe ao cérebro, e agora mais frequente, até que se lhe pegou por alguns instantes. Se fosse falsa... "Para a missa das almas!", gemeu à porta de uma quitanda e deram-lhe um vintém — um vintém sujo e triste, ao pé da nota tão novinha que parecia sair do prelo. Seguia-se um corredor de sobrado. Entrou, subiu, pediu, deram-lhe dois vinténs — o dobro da outra moeda no valor e no azinhavre.

E a nota sempre limpa, uns dois mil-réis que pareciam vinte. Não, não era falsa. No corredor pegou dela, mirou-a bem; era verdadeira. De repente, ouviu abrir a cancela em cima, e uns passos rápidos. Ele, mais rápido, amarrotou a nota e meteu-a na algibeira das calças; ficaram só os vinténs azinhavrados e tristes, o óbolo da viúva. Saiu, foi à primeira oficina, à primeira loja, ao primeiro corredor, pedindo longa e lastimosamente:

— Para a missa das almas!

Na igreja, ao tirar a opa, depois de entregar a bacia ao sacristão, ouviu uma voz débil como de almas remotas que lhe perguntavam se os dois mil-réis... Os dois mil-réis, dizia outra voz menos débil, eram naturalmente dele, que, em primeiro lugar, também tinha alma, e, em segundo lugar, não recebera nunca tão grande es-

mola. Quem quer dar tanto vai à igreja ou compra uma vela, não põe assim uma nota na bacia das esmolas pequenas.

Se minto, não é de intenção. Em verdade, as palavras não saíram assim articuladas e claras, nem as débeis, nem as menos débeis; todas faziam uma zoeira aos ouvidos da consciência. Traduzi-as em língua falada, a fim de ser entendido das pessoas que me leem; não sei como se poderia transcrever para o papel um rumor surdo e outro menos surdo, um atrás de outro e todos confusos para o fim, até que o segundo ficou só: "Não tirou a nota a ninguém... a dona é que a pôs na bacia por sua mão... também ele era alma...". À porta da sacristia que dava para a rua, ao deixar cair o reposteiro azul-escuro debruado de amarelo, não ouviu mais nada. Viu um mendigo que lhe estendia o chapéu roto e sebento; meteu vagarosamente a mão no bolso do colete, também roto, e aventou uma moedinha de cobre que deitou ao chapéu do mendigo, rápido, às escondidas, como quer o Evangelho. Eram dois vinténs; ficavam-lhe mil novecentos e noventa e oito réis. E o mendigo, como ele saísse depressa, mandou-lhe atrás estas palavras de agradecimento, parecidas com as suas:

— Deus lhe acrescente, meu senhor, e lhe dê...

Capítulo IV
A missa do cupê

Natividade ia pensando na cabocla do Castelo, na predição da grandeza e na notícia da briga. Tornava a lembrar-se que, de fato, a gestação não fora sossegada; mas só lhe ficava a sorte da glória e da grandeza. A briga lá ia, se a houve; o futuro, sim, esse é que era o principal ou tudo. Não deu pela praia de Santa Luzia. No largo da Lapa interrogou a irmã sobre o que pensava da adivinha. Perpétua respondeu que bem, que acreditava, e ambas concordaram que ela parecia falar dos próprios filhos, tal era o entusiasmo. Perpétua ainda a repreendeu pelos cinquenta mil-réis dados em paga; bastavam vinte.

— Não faz mal. Coisas futuras!

— Que coisas serão?

— Não sei; futuras.

Mergulharam outra vez no silêncio. Ao entrar no Catete, Natividade recordou a manhã em que ali passou, naquele mesmo cupê, e confiou ao marido o estado de gravidez. Voltavam de uma missa de defunto, na igreja de São Domingos...

"Na igreja de São Domingos diz-se hoje uma missa por alma de João de Melo, falecido em Maricá." Tal foi o anúncio que ainda agora podes ler em algumas folhas de 1869. Não me ficou o dia, o mês foi agosto. O anúncio está certo, foi aquilo mesmo, sem mais nada, nem o nome da pessoa ou pessoas que mandaram dizer a missa, nem hora, nem convite. Não se disse sequer que o defunto era escrivão, ofício que só perdeu com a morte. Enfim, parece que até lhe tiraram um nome; ele era, se estou bem informado, João de Melo e Barros.

Não se sabendo quem mandava dizer a missa, ninguém lá foi. A igreja esco-

lhida deu ainda menos relevo ao ato; não era vistosa, nem buscada, mas velhota, sem galas nem gente, metida ao canto de um pequeno largo, adequada à missa recôndita e anônima.

Às oito horas parou um cupê à porta; o lacaio desceu, abriu a portinhola, desbarretou-se e perfilou-se. Saiu um senhor e deu a mão a uma senhora, a senhora saiu e tomou o braço ao senhor, atravessaram o pedacinho de largo e entraram na igreja. Na sacristia era tudo espanto. A alma que a tais sítios atraíra um carro de luxo, cavalos de raça e duas pessoas tão finas não seria como as outras almas ali sufragadas. A missa foi ouvida sem pêsames nem lágrimas. Quando acabou, o senhor foi à sacristia dar as espórtulas. O sacristão, agasalhando na algibeira a nota de dez mil-réis que recebeu, achou que ela provava a sublimidade do defunto; mas que defunto era esse? O mesmo pensaria a caixa das almas, se pensasse, quando a luva da senhora deixou cair dentro uma pratinha de cinco tostões. Já então havia na igreja meia dúzia de crianças maltrapilhas, e, fora, alguma gente às portas e no largo, esperando. O senhor, chegando à porta, relanceou os olhos, ainda que vagamente, e viu que era objeto de curiosidade. A senhora trazia os seus no chão. E os dois entraram no carro, com o mesmo gesto, o lacaio bateu a portinhola e partiram.

A gente local não falou de outra coisa naquele e nos dias seguintes. Sacristão e vizinhos relembravam o cupê, com orgulho. Era a missa do cupê. As outras missas vieram vindo, todas a pé, algumas de sapato roto, não raras descalças, capinhas velhas, morins estragados, missas de chita ao domingo, missas de tamancos. Tudo voltou ao costume, mas a missa do cupê viveu na memória por muitos meses. Afinal não se falou mais nela; esqueceu como um baile.

Pois o cupê era este mesmo. A missa foi mandada dizer por aquele senhor, cujo nome é Santos, e o defunto era seu parente, ainda que pobre. Também ele foi pobre; também ele nasceu em Maricá. Vindo para o Rio de Janeiro, por ocasião da *febre das ações* (1855), dizem que revelou grandes qualidades para ganhar dinheiro depressa. Ganhou logo muito, e fê-lo perder a outros. Casou em 1859 com esta Natividade, que ia então nos vinte anos e não tinha dinheiro, mas era bela e amava apaixonadamente. A Fortuna os abençoou com a riqueza. Anos depois tinham eles uma casa nobre, carruagem, cavalos e relações novas e distintas. Dos dois parentes pobres de Natividade morreu o pai em 1866; restava-lhe uma irmã. Santos tinha alguns em Maricá, a quem nunca mandou dinheiro, fosse mesquinhez, fosse habilidade. Mesquinhez não creio; ele gastava largo e dava muitas esmolas. Habilidade seria; tirava-lhes o gosto de vir cá pedir-lhe mais.

Não lhe valeu isto com João de Melo, que um dia apareceu aqui, a pedir-lhe emprego. Queria ser, como ele, diretor de banco. Santos arranjou-lhe depressa um lugar de escrivão no cível em Maricá, e despachou-o com os melhores conselhos deste mundo.

João de Melo retirou-se com a escrivania, e dizem que uma grande paixão também. Natividade era a mais bela mulher daquele tempo. No fim, com os seus cabelos quase sexagenários, fazia crer na tradição. João de Melo ficou alucinado quando a viu; ela conheceu isso, e portou-se bem. Não lhe fechou o rosto, é verdade, e era mais bela assim que zangada; também não lhe fechou os olhos que eram negros e cálidos. Só lhe fechou o coração, um coração que devia amar como nenhum outro, foi a conclusão de João de Melo uma noite em que a viu ir decotada a um baile. Teve ímpeto de pegar dela, descer, voar, perderem-se...

Em vez disso, uma escrivania e Maricá; era um abismo. Caiu nele; três dias depois saiu do Rio de Janeiro para não voltar. A princípio escreveu muitas cartas ao parente, com a esperança de que ela as lesse também, e compreendesse que algumas palavras eram para si. Mas Santos não lhe deu resposta, e o tempo e a ausência acabaram por fazer de João de Melo um excelente escrivão. Morreu de uma pneumonia.

Que o motivo da pratinha de Natividade deitada à caixa das almas fosse pagar a adoração do defunto não digo que sim, nem que não; faltam-me pormenores. Mas pode ser que sim, porque esta senhora era não menos grata que honesta. Quanto às larguezas do marido, não esqueças que o parente era defunto, e o defunto um parente menos.

Capítulo V
Há contradições explicáveis

Não me peças a causa de tanto encolhimento no anúncio e na missa, e tanta publicidade na carruagem, lacaio e libré. Há contradições explicáveis. Um bom autor, que inventasse a sua história, ou prezasse a lógica aparente dos acontecimentos, levaria o casal Santos a pé ou em caleça de praça ou de aluguel; mas eu, amigo, eu sei como as coisas se passaram, e refiro-as tais quais. Quando muito, explico-as, com a condição de que tal costume não pegue. Explicações comem tempo e papel, demoram a ação e acabam por enfadar. O melhor é ler com atenção.

Quanto à contradição de que se trata aqui, é de ver que naquele recanto de um larguinho modesto, nenhum conhecido daria com eles, ao passo que eles gozariam o assombro local; tal foi a reflexão de Santos, se se pode dar semelhante nome a um movimento interior que leva a gente a fazer antes uma coisa que outra. Resta a missa; a missa em si mesma bastava que fosse sabida no céu e em Maricá. Propriamente vestiram-se para o céu. O luxo do casal temperava a pobreza da oração; era uma espécie de homenagem ao finado. Se a alma de João de Melo os visse de cima, alegrar-se-ia do apuro em que eles foram rezar por um pobre escrivão. Não sou eu que o digo; Santos é que o pensou.

Capítulo VI
Maternidade

A princípio, vieram calados. Quando muito, Natividade queixou-se da igreja, que lhe sujara o vestido.

— Venho cheia de pulgas — continuou ela —; por que não fomos a São Francisco de Paula ou à Glória, que estão mais perto, e são limpas?

Santos trocou as mãos à conversa, e falou das ruas mal calçadas, que faziam dar solavancos ao carro. Com certeza, quebravam-lhe as molas.

Natividade não replicou, mergulhou no silêncio, como naquele outro capítulo, vinte meses depois, quando tornava do Castelo com a irmã. Os olhos não tinham a nota de deslumbramento que trariam então; iam parados e sombrios, como de manhã e na véspera. Santos, que já reparara nisso, perguntou-lhe o que é que tinha; ela não sei se lhe respondeu de palavra; se alguma disse, foi tão breve e surda que inteiramente se perdeu. Talvez não passasse de um simples gesto de olhos, um suspiro, ou coisa assim. Fosse o que fosse, quando o cupê chegou ao meio do Catete, os dois levavam as mãos presas, e a expressão do rosto era de abençoados. Não davam sequer pela gente das ruas; não davam talvez por si mesmos.

Leitor, não é muito que percebas a causa daquela expressão e destes dedos abotoados. Já lá ficou dita atrás, quando era melhor deixar que a adivinhasses; mas provavelmente não a adivinharias, não que tenhas o entendimento curto ou escuro, mas porque o homem varia do homem, e tu talvez ficasses com igual expressão, simplesmente por saber que ias dançar sábado. Santos não dançava; preferia o voltarete, como distração. A causa era virtuosa, como sabes; Natividade estava grávida, acabava de o dizer ao marido.

Aos trinta anos não era cedo nem tarde; era imprevisto. Santos sentiu mais que ela o prazer da vida nova. Eis aí vinha a realidade do sonho de dez anos, uma criatura tirada da coxa de Abraão, como diziam aqueles bons judeus, que a gente queimou mais tarde, e agora emprestam generosamente o seu dinheiro às companhias e às nações. Levam juro por ele; mas os hebraísmos são dados de graça. Aquele é desses. Santos, que só conhecia a parte do empréstimo, sentia inconscientemente a do hebraísmo, e deleitava-se com ele. A emoção atava-lhe a língua; os olhos que estendia à esposa e a cobriam eram de patriarca; o sorriso parecia chover luz sobre a pessoa amada, abençoada e formosa entre as formosas.

Natividade não foi logo, logo, assim; a pouco e pouco é que veio sendo vencida e tinha já a expressão da esperança e da maternidade. Nos primeiros dias, os sintomas desconcertaram a nossa amiga. É duro dizê-lo, mas é verdade. Lá se iam bailes e festas, lá ia a liberdade e a folga. Natividade andava já na alta roda do tempo; acabou de entrar por ela, com tal arte que parecia haver ali nascido. Carteava-se com grandes damas, era familiar de muitas, tuteava algumas. Nem tinha só esta casa de Botafogo, mas também outra em Petrópolis; nem só carro, mas também camarote no Teatro Lírico, não contando os bailes do Cassino Fluminense, os das amigas e os seus; todo o repertório, em suma, da vida elegante. Era nomeada nas gazetas, pertencia àquela dúzia de nomes planetários que figuram no meio da plebe de estrelas. O marido era capitalista e diretor de um banco.

No meio disso, a que vinha agora uma criança deformá-la por meses, obrigá-la a recolher-se, pedir-lhe as noites, adoecer dos dentes e o resto? Tal foi a primeira sensação da mãe, e o primeiro ímpeto foi esmagar o germe. Criou raiva ao marido. A segunda sensação foi melhor. A maternidade, chegando ao meio-dia, era como uma aurora nova e fresca. Natividade viu a figura do filho ou filha brincando na relva da chácara ou no regaço da aia, com três anos de idade, e este quadro daria aos trinta e quatro anos que teria então um aspecto de vinte e poucos...

Foi o que a reconciliou com o marido. Não exagero; também não quero mal a esta senhora. Algumas teriam medo, a maior parte amor. A conclusão é que, por uma ou por outra porta, amor ou vaidade, o que o embrião quer é entrar na vida. César ou João Fernandes, tudo é viver, assegurar a dinastia e sair do mundo o mais tarde que puder.

O casal ia calado. Ao desembocar na praia de Botafogo, a enseada trouxe o gosto de costume. A casa descobria-se a distância, magnífica; Santos deleitou-se de a ver, mirou-se nela, cresceu com ela, subiu por ela. A estatueta de Narciso, no meio do jardim, sorriu à entrada deles, a areia fez-se relva, duas andorinhas cruzaram por cima do repuxo, figurando no ar a alegria de ambos. A mesma cerimônia à descida. Santos ainda parou alguns instantes para ver o cupê dar a volta, sair e tornar à cocheira; depois seguiu a mulher que entrava no saguão.

Capítulo VII
Gestação

Em cima, esperava por eles Perpétua, aquela irmã de Natividade, que a acompanhou ao Castelo e lá ficou no carro, onde as deixei para narrar os antecedentes dos meninos.

— Então? Houve muita gente?
— Não, ninguém; pulgas.

Perpétua também não entendera a escolha da igreja. Quanto à concorrência, sempre lhe pareceu que seria pouca ou nenhuma; mas o cunhado vinha entrando, e ela calou o resto. Era pessoa circunspecta, que não se perdia por um dito ou gesto descuidado. Entretanto, foi-lhe impossível calar o espanto, quando viu o cunhado entrar e dar à mulher um abraço longo e terno, abrochado por um beijo.

— Que é isso? — exclamou espantada.

Sem reparar no vexame da mulher, Santos deu um abraço à cunhada, e ia dar-lhe um beijo também, se ela não recuasse a tempo e com força.

— Mas que é isso? Você tirou a sorte grande de Espanha?
— Não, coisa melhor, gente nova.

Santos conservara alguns gestos e modos de dizer dos primeiros anos, tais que o leitor não chamará propriamente familiares; também não é preciso chamar-lhes nada. Perpétua, afeita a eles, acabou sorrindo e dando-lhe parabéns. Já então Natividade os deixara para se ir despir. Santos, meio arrependido da expansão, fez-se sério e conversou da missa e da igreja. Concordou que esta era decrépita e metida a um canto, mas alegou razões espirituais. Que a oração era sempre oração, onde quer que a alma falasse a Deus. Que a missa, a rigor, não precisava estritamente de altar; o rito e o padre bastavam ao sacrifício. Talvez essas razões não fossem propriamente dele, mas ouvidas a alguém, decoradas sem esforço e repetidas com convicção. A cunhada opinou de cabeça que sim. Depois falaram do parente morto e concordaram piamente que era um asno — não disseram este nome, mas a totalidade das apreciações vinha a dar nele, acrescentado de honesto e honestíssimo.

— Era uma pérola — concluiu Santos.

Foi a última palavra da necrologia; paz aos mortos. Dali em diante, vingou a soberania da criança que alvorecia. Não alteraram os hábitos, nos primeiros tempos, e as visitas e os bailes continuaram como dantes, até que pouco a pouco, Natividade se fechou totalmente em casa. As amigas iam vê-la. Os amigos iam visitá-los ou jogar cartas com o marido.

Natividade queria um filho, Santos uma filha, e cada um pleiteava a sua escolha com tão boas razões que acabavam trocando de parecer. Então ela ficava com a filha, e vestia-lhe as melhores rendas e cambraias, enquanto ele enfiava uma beca no jovem advogado, dava-lhe um lugar no parlamento, outro no ministério. Também lhe ensinava a enriquecer depressa; e ajudá-lo-ia começando por uma caderneta na Caixa Econômica, desde o dia em que nascesse até os vinte e um anos. Alguma vez, às noites, se estavam sós, Santos pegava de um lápis e desenhava a figura do filho, com bigodes, ou então riscava uma menina vaporosa.

— Deixa, Agostinho — disse-lhe a mulher uma noite —; você sempre há de ser criança.

E pouco depois, deu por si a desenhar de palavra a figura do filho ou filha, e ambos escolhiam a cor dos olhos, os cabelos, a tez, a estatura. Vês que também ela era criança. A maternidade tem dessas incoerências, a felicidade também, e por fim a esperança, que é a meninice do mundo.

A perfeição seria nascer um casal. Assim os desejos do pai e da mãe ficariam satisfeitos. Santos pensou em fazer sobre isso uma consulta espírita. Começava a ser iniciado nessa religião, e tinha a fé noviça e firme. Mas a mulher opôs-se; a consultar alguém, antes a cabocla do Castelo, a adivinha célebre do tempo, que descobria as coisas perdidas e predizia as futuras. Entretanto, recusava também, por desnecessário. A que vinha consultar sobre uma dúvida, que dali a meses estaria esclarecida? Santos achou, em relação à cabocla, que seria imitar as crendices da gente reles; mas a cunhada acudiu que não, e citou um caso recente de pessoa distinta, um juiz municipal, cuja nomeação foi anunciada pela cabocla.

— Talvez o ministro da Justiça goste da cabocla — explicou Santos.

As duas riram da graça, e assim se fechou uma vez o capítulo da adivinha, para se abrir mais tarde. Por agora é deixar que o feto se desenvolva, a criança se agite e se atire, como impaciente de nascer. Em verdade, a mãe padeceu muito durante a gestação, e principalmente nas últimas semanas. Cuidava trazer um general que iniciava a campanha da vida, a não ser um casal que aprendia a desamar de véspera.

Capítulo VIII
Nem casal, nem general

Nem casal, nem general. No dia sete de abril de 1870 veio à luz um par de varões tão iguais que antes pareciam a sombra um do outro, se não era simplesmente a impressão do olho, que via dobrado.

Tudo esperavam, menos os dois gêmeos, e nem por ser o espanto grande, foi menor o amor. Entende-se isto sem ser preciso insistir, assim como se entende que a mãe desse aos dois filhos aquele pão inteiro e dividido do poeta; eu acrescento que o pai fazia a mesma coisa. Viveu os primeiros tempos a contemplar os meninos, a compará-los, a medi-los, a pesá-los. Tinham o mesmo peso e cresciam por igual medida. A mudança ia-se fazendo por um só teor. O rosto comprido, cabelos castanhos, dedos finos e tais que, cruzados os da mão direita de um com os da esquerda de outro, não se podia saber que eram de duas pessoas. Viriam a ter gênio diferente, mas por ora eram os mesmos estranhões. Começaram a sorrir no mesmo dia. O mesmo dia os viu batizar.

Antes do parto tinham combinado em dar o nome do pai ou da mãe, segundo fosse o sexo da criança. Sendo um par de rapazes, e não havendo a forma masculina do nome materno, não quis o pai que figurasse só o dele, e meteram-se a catar outros. A mãe propunha franceses ou ingleses, conforme os romances que lia. Algumas novelas russas em moda sugeriram nomes eslavos. O pai aceitava uns e outros, mas consultava a terceiros, e não acertava com opinião definitiva. Geralmente, os consultados traziam outro nome, que não era aceito em casa. Também veio a antiga onomástica lusitana, mas sem melhor fortuna. Um dia, estando Perpétua à missa, rezou o Credo, advertiu nas palavras: "... os santos apóstolos são Pedro e são Paulo", e mal pôde acabar a oração. Tinha descoberto os nomes; eram simples e gêmeos. Os pais concordaram com ela e a pendência acabou.

A alegria de Perpétua foi quase tamanha como a do pai e da mãe, se não maior. Maior não foi, nem tão profunda, mas foi grande, ainda que rápida. O achado dos nomes valia quase que pela feitura das crianças. Viúva, sem filhos, não se julgava incapaz de os ter, e era alguma coisa nomeá-los. Contava mais cinco ou seis anos que a irmã. Casara com um tenente de artilharia que morreu capitão na guerra do Paraguai. Era mais baixa que alta, e era gorda, ao contrário de Natividade que, sem ser magra, não tinha as mesmas carnes, e era alta e reta. Ambas vendiam saúde.

— Pedro e Paulo — disse Perpétua à irmã e ao cunhado —, quando rezei estes dois nomes, senti uma coisa no coração...

— Você será madrinha de um — disse a irmã.

Os pequenos, que se distinguiam por uma fita de cor, passaram a receber medalhas de ouro, uma com a imagem de são Pedro, outra com a de são Paulo. A confusão não cedeu logo, mas tarde, lento e pouco, ficando tal semelhança que os advertidos se enganavam muita vez ou sempre. A mãe é que não precisou de grandes sinais externos para saber quem eram aqueles dois pedaços de si mesma. As amas, apesar de os distinguirem entre si, não deixavam de querer mal uma à outra, pelo motivo da semelhança dos "seus filhos de criação". Cada uma afirmava que o seu era mais bonito. Natividade concordava com ambas.

Pedro seria médico, Paulo advogado; tal foi a primeira escolha das profissões. Mas logo depois trocaram de carreira. Também pensaram em dar um deles à engenharia. A marinha sorria à mãe, pela distinção particular da escola. Tinha só o inconveniente da primeira viagem remota; mas Natividade pensou em meter empenhos com o ministro. Santos falava em fazer um deles banqueiro, ou ambos. Assim passavam as horas vadias. Íntimos da casa entravam nos cálculos. Houve quem os fizesse ministros, desembargadores, bispos, cardeais...

— Não peço tanto — dizia o pai.

Natividade não dizia nada ao pé de estranhos, apenas sorria, como se tratasse de folguedo de são João, um lançar de dados e ler no livro de sortes a quadra correspondente ao número. Não importa; lá dentro de si cobiçava algum brilhante destino aos filhos. Cria deveras, esperava, rezava às noites, pedia ao céu que os fizesse grandes homens.

Uma das amas, parece que a de Pedro, sabendo daquelas ânsias e conversas, perguntou a Natividade por que é que não ia consultar a cabocla do Castelo. Afirmou que ela adivinhava tudo, o que era e o que viria a ser; conhecia o número da sorte grande, não dizia qual era nem comprava bilhete para não roubar os escolhidos de Nosso Senhor. Parece que era mandada de Deus.

A outra ama confirmou as notícias e acrescentou novas. Conhecia pessoas que tinham perdido e achado joias e escravos. A polícia mesma, quando não acabava de apanhar um criminoso, ia ao Castelo falar à cabocla e descia sabendo; por isso é que não a botava para fora, como os invejosos andavam a pedir. Muita gente não embarcava sem subir primeiro ao morro. A cabocla explicava sonhos e pensamentos, curava de quebranto...

Ao jantar, Natividade repetiu ao marido a lembrança das amas. Santos encolhia os ombros. Depois examinou rindo a sabedoria da cabocla; principalmente a sorte grande; era incrível que, conhecendo o número, não comprasse bilhete. Natividade achou que era o mais difícil de explicar, mas podia ser invenção do povo. *On ne prête qu'aux riches*, acrescentou rindo. O marido, que estivera na véspera com um desembargador, repetiu as palavras dele, que "enquanto a polícia não pusesse cobro ao escândalo..." O desembargador não concluíra. Santos concluiu com um gesto vago.

— Mas você é espírita — ponderou a mulher.

— Perdão, não confundamos — replicou ele com gravidade.

Sim, podia consentir numa consulta espírita; já pensara nela. Algum espírito podia dizer-lhe a verdade em vez de uma adivinha de farsa... Natividade defendeu a cabocla. Pessoas da sociedade falavam dela a sério. Não queria confessar ainda que tinha fé, mas tinha. Recusando ir outrora, foi naturalmente a insuficiência do motivo que lhe deu a força negativa. Que importava saber o sexo do filho? Conhecer o destino dos dois era mais imperioso e útil. Velhas ideias que lhe incutiram em criança vinham agora emergindo do cérebro e descendo ao coração. Imaginava ir com os pequenos ao morro do Castelo, a título de passeio... Para quê? Para confirmá-la na esperança de que seriam grandes homens. Não lhe passara pela cabeça a predição contrária. Talvez a leitora, no mesmo caso, ficasse aguardando o destino; mas a leitora, além de não crer (nem todos creem), pode ser que não conte mais de vinte a vinte e dois anos de idade, e terá a paciência de esperar. Natividade, de si para si, confessava os trinta e um, e temia não ver a grandeza dos filhos. Podia ser que a visse, pois também se morre velha, e alguma vez de velhice, mas acaso teria o mesmo gosto?

Ao serão, a matéria da palestra foi a cabocla do Castelo, por iniciativa de Santos, que repetia as opiniões da véspera e do jantar. Das visitas, algumas contavam o que ouviam dela. Natividade não dormiu aquela noite sem obter do marido que a deixasse ir com a irmã à cabocla. Não se perdia nada; bastava levar os retratos dos meninos e um pouco dos cabelos. As amas não saberiam nada da aventura.

No dia aprazado meteram-se as duas no carro, entre sete e oito horas com pretexto de passeio, e lá se foram para a rua da Misericórdia. Sabes já que ali se apearam, entre a igreja de São José e a Câmara dos deputados, e subiram aquela até à rua do Carmo, onde esta pega com a ladeira do Castelo. Indo a subir, hesitaram, mas a mãe era mãe, e já agora faltava pouco para ouvir o destino. Viste que subiram, que desceram, deram os dois mil-réis às almas, entraram no carro e voltaram para Botafogo.

Capítulo IX
Vista de palácio

No Catete, o cupê e uma vitória cruzaram-se e pararam a um tempo. Um homem saltou da vitória e caminhou para o cupê. Era o marido de Natividade, que ia agora para o escritório, um pouco mais tarde que de costume, por haver esperado a volta da mulher. Ia pensando nela e nos negócios da praça, nos meninos e na lei Rio Branco, então discutida na Câmara dos deputados; o banco era credor da lavoura. Também pensava na cabocla do Castelo e no que teria dito à mulher...

Ao passar pelo palácio Nova Friburgo, levantou os olhos para ele com o desejo do costume, uma cobiça de possuí-lo, sem prever os altos destinos que o palácio viria a ter na República; mas quem então previa nada? Quem prevê coisa nenhuma? Para Santos a questão era só possuí-lo, dar ali grandes festas únicas, celebradas nas gazetas, narradas na cidade entre amigos e inimigos, cheios de admiração, de rancor ou de inveja. Não pensava nas saudades que as matronas futuras contariam às suas netas, menos ainda nos livros de crônicas, escritos e impressos neste outro século. Santos não tinha a imaginação da posteridade. Via o presente e suas maravilhas.

Já lhe não bastava o que era. A casa de Botafogo, posto que bela, não era um palácio, e depois, não estava tão exposta como aqui no Catete, passagem obrigada de toda a gente, que olharia para as grandes janelas, as grandes portas, as grandes águias no alto, de asas abertas. Quem viesse pelo lado do mar, veria as costas do palácio, os jardins e os lagos... Oh! gozo infinito! Santos imaginava os bronzes, mármores, luzes, flores, danças, carruagens, músicas, ceias... Tudo isso foi pensado depressa, porque a vitória, embora não corresse (os cavalos tinham ordem de moderar a andadura), todavia não atrasava as rodas para que os sonhos de Santos acabassem. Assim foi que, antes de chegar à praia da Glória, a vitória avistou o cupê da família, e as duas carruagens pararam, a curta distância uma da outra, como ficou dito.

Capítulo X
O juramento

Também ficou dito que o marido saiu da vitória e caminhou para o cupê, onde a mulher e a cunhada, adivinhando que ele vinha ter com elas, sorriam de antemão.

— Não lhe digas nada — aconselhou Perpétua.

A cabeça de Santos apareceu logo, com as suíças curtas, o cabelo rente, o bigode rapado. Era homem simpático. Quieto, não ficava mal. A agitação com que chegou, parou e falou, tirou-lhe a gravidade com que ia no carro, as mãos postas sobre o castão de ouro da bengala, e a bengala entre os joelhos.

— Então? então? — perguntou.

— Logo digo.

— Mas que foi?

— Logo.

— Bem ou mal? Dize só se bem.

— Bem. Coisas futuras.

— É pessoa séria?

— Séria, sim; até logo — repetiu Natividade estendendo-lhe os dedos.

Mas o marido não podia despegar-se do cupê; queria saber ali mesmo tudo, as perguntas e as respostas, a gente que lá estava à espera, e se era o mesmo destino para os dois, ou se cada um tinha o seu. Nada disso foi escrito como aqui vai, devagar, para que a ruim letra do autor não faça mal à sua prosa. Não, senhor; as palavras de Santos saíram de atropelo, umas sobre outras, embrulhadas, sem princípio ou sem fim. A bela esposa tinha já as orelhas tão afeitas ao falar do marido, mormente em lances de emoção ou curiosidade, que entendia tudo, e ia dizendo que não. A cabeça e o dedo sublinhavam a negativa. Santos não teve remédio e despediu-se.

Em caminho, advertiu que, não crendo na cabocla, era ocioso instar pela predição. Era mais; era dar razão à mulher. Prometeu não indagar nada quando voltasse. Não prometeu esquecer, e daí a teima com que pensou muitas vezes no oráculo. De resto, elas lhe diriam tudo sem que ele perguntasse nada, e esta certeza trouxe a paz do dia.

Não concluas daqui que os fregueses do banco padecessem alguma desatenção aos seus negócios. Tudo correu bem, como se ele não tivesse mulher nem filhos ou não houvesse Castelo nem cabocla. Não era só a mão que fazia o seu ofício, assinando; a boca ia falando, mandando, chamando e rindo, se era preciso. Não obstante, a ânsia existia e as figuras passavam e repassavam diante dele; no intervalo de duas letras, Santos resolvia uma coisa ou outra, se não eram ambas a um tempo. Entrando no carro, à tarde, agarrou-se inteiramente ao oráculo. Trazia as mãos sobre o castão, a bengala entre os joelhos, como de manhã, mas vinha pensando no destino dos filhos.

Quando chegou a casa, viu Natividade a contemplar os meninos, ambos nos berços, as amas ao pé, um pouco admiradas da insistência com que ela os procurava desde manhã. Não era só fitá-los, ou perder os olhos no espaço e no tempo; era beijá-los também e apertá-los ao coração. Esqueceu-me dizer que, de manhã, Perpétua

mudou primeiro de roupa que a irmã e foi achá-la diante dos berços, vestida como viera do Castelo.

— Logo vi que você estava com os grandes homens — disse ela.

— Estou, mas não sei em que é que eles serão grandes.

— Seja em que for, vamos almoçar.

Ao almoço e durante o dia, falaram muita vez da cabocla e da predição. Agora, ao ver entrar o marido, Natividade leu-lhe a dissimulação nos olhos. Quis calar e esperar, mas estava tão ansiosa de lhe dizer tudo, e era tão boa, que resolveu o contrário. Unicamente não teve o tempo de cumpri-lo; antes mesmo de começar, já ele acabava de perguntar o que era. Natividade referiu a subida, a consulta, a resposta e o resto; descreveu a cabocla e o pai.

— Mas então grandes destinos?

— Coisas futuras — repetiu ela.

— Seguramente futuras. Só a pergunta da briga é que não entendo. Brigar por quê? E brigar como? E teriam deveras brigado?

Natividade recordou os seus padecimentos do tempo da gestação, confessando que não falou mais deles para o não afligir; naturalmente é o que a outra adivinhou que fosse briga.

— Mas briga por quê?

— Isso não sei, nem creio que fosse nada mau.

— Vou consultar...

— Consultar a quem?

— Uma pessoa.

— Já sei, o seu amigo Plácido.

— Se fosse só amigo não consultava, mas ele é o meu chefe e mestre, tem uma vista clara e comprida, dada pelo céu... Consulto só por hipótese, não digo os nossos nomes...

— Não! não! não!

— Só por hipótese.

— Não, Agostinho, não fale disto. Não interrogue ninguém a meu respeito, ouviu? Ande, prometa que não falará disto a ninguém, espíritas nem amigos. O melhor é calar. Basta saber que terão sorte feliz. Grandes homens, coisas futuras... Jure, Agostinho.

— Mas você não foi em pessoa à cabocla?

— Não me conhece, nem de nome; viu-me uma vez, não me tornará a ver. Ande, jure!

— Você é esquisita. Vá lá, prometo. Que tem que falasse, assim, por acaso?

— Não quero. Jure!

— Pois isto é coisa de juramento?

— Sem isso, não confio — disse ela sorrindo.

— Juro.

— Jure por Deus Nosso Senhor!

— Juro por Deus Nosso Senhor!

Capítulo XI
Um caso único!

Santos cria na santidade do juramento; por isso, resistiu, mas enfim cedeu e jurou. Entretanto, o pensamento não lhe saiu mais da briga uterina dos filhos. Quis esquecê-la. Jogou essa noite, como de costume; na seguinte, foi ao teatro; na outra a uma visita; e tornou ao voltarete do costume, e a briga sempre com ele. Era um mistério. Talvez fosse um caso único... Único! Um caso único! A singularidade do caso fê-lo agarrar-se mais à ideia, ou a ideia a ele; não posso explicar melhor esse fenômeno íntimo, passado lá onde não entra olho de homem, nem bastam reflexões ou conjeturas. Nem por isso durou muito tempo. No primeiro domingo, Santos pegou em si, e foi à casa do doutor Plácido, rua do Senador Vergueiro, uma casa baixa, de três janelas, com muito terreno para o lado do mar. Creio que já não existe: datava do tempo em que a rua era o Caminho Velho, para diferençar do Caminho Novo.

 Perdoa estas minúcias. A ação podia ir sem elas, mas eu quero que saibas que casa era, e que rua, e mais digo que ali havia uma espécie de clube, templo ou que quer que era espírita. Plácido fazia de sacerdote e presidente a um tempo. Era um velho de grandes barbas, olho azul e brilhante, enfiado em larga camisola de seda. Põe-lhe uma vara na mão, e fica um mágico, mas, em verdade, as barbas e a camisola não as trazia por lhe darem tal aspecto. Ao contrário de Santos, que teria trocado dez vezes a cara, se não fora a oposição da mulher. Plácido usava as barbas inteiras desde moço e a camisola há dez anos.

 — Venha, venha — disse ele —, ande ajudar-me a converter o nosso amigo Aires; há meia hora que procuro incutir-lhe as verdades eternas, mas ele resiste.

 — Não, não, não resisto — acudiu um homem de cerca de quarenta anos, estendendo a mão ao recém-chegado.

Capítulo XII
Esse Aires

Esse Aires que aí aparece conserva ainda agora algumas das virtudes daquele tempo, e quase nenhum vício. Não atribuas tal estado a qualquer propósito. Nem creias que vai nisto um pouco de homenagem à modéstia da pessoa. Não, senhor, é verdade pura e natural efeito. Apesar dos quarenta anos, ou quarenta e dois, e talvez por isso mesmo, era um belo tipo de homem. Diplomata de carreira, chegara dias antes do Pacífico, com uma licença de seis meses.

 Não me demoro em descrevê-lo. Imagina só que trazia o calo do ofício, o sorriso aprovador, a fala branda e cautelosa, o ar da ocasião, a expressão adequada, tudo tão bem distribuído que era um gosto ouvi-lo e vê-lo. Talvez a pele da cara rapada estivesse prestes a mostrar os primeiros sinais do tempo. Ainda assim o bigode, que era moço na cor e no apuro com que acabava em ponta fina e rija, daria

um ar de frescura ao rosto, quando o meio século chegasse. O mesmo faria o cabelo, vagamente grisalho, apartado ao centro. No alto da cabeça havia um início de calva. Na botoeira uma flor eterna.

Tempo houve — foi por ocasião da anterior licença, sendo ele apenas secretário de legação —, tempo houve em que também ele gostou de Natividade. Não foi propriamente paixão; não era homem disso. Gostou dela, como de outras joias e raridades, mas tão depressa viu que não era aceito, trocou de conversação. Não era frouxidão ou frieza. Gostava assaz de mulheres e ainda mais se eram bonitas. A questão para ele é que nem as queria à força, nem curava de as persuadir. Não era general para escala à vista, nem para assédios demorados; contentava-se de simples passeios militares — longos ou breves, conforme o tempo fosse claro ou turvo. Em suma, extremamente cordato.

Coincidência interessante: foi por esse tempo que Santos pensou em casá-lo com a cunhada, recentemente viúva. Esta parece que queria. Natividade opôs-se, nunca se soube por quê. Não eram ciúmes; invejas não creio que fossem. O simples desejo de o não ver entrar na família pela porta lateral é apenas uma figura, que vale qualquer das primeiras hipóteses negadas. O desgosto de cedê-lo a outra, ou tê-los felizes ao pé de si, não podia ser, posto que o coração seja o abismo dos abismos. Suponhamos que era com o fim de o punir por havê-la amado.

Pode ser; em todo caso, o maior obstáculo viria dele mesmo. Posto que viúvo, Aires não foi propriamente casado. Não amava o casamento. Casou por necessidade do ofício; cuidou que era melhor ser diplomata casado que solteiro, e pediu a primeira moça que lhe pareceu adequada ao seu destino. Enganou-se: a diferença de temperamento e de espírito era tal que ele, ainda vivendo com a mulher, era como se vivesse só. Não se afligiu com a perda; tinha o feitio do solteirão.

Era cordato, repito, embora esta palavra não exprima exatamente o que quero dizer. Tinha o coração disposto a aceitar tudo, não por inclinação à harmonia, senão por tédio à controvérsia. Para conhecer esta aversão, bastava tê-lo visto entrar, antes, em visita ao casal Santos. Pessoas de fora e da família conversavam da cabocla do Castelo.

— Chega a propósito, conselheiro — disse Perpétua. — Que pensa o senhor da cabocla do Castelo?

Aires não pensava nada, mas percebeu que os outros pensavam alguma coisa, e fez um gesto de dois sexos. Como insistissem, não escolheu nenhuma das duas opiniões, achou outra, média, que contentou a ambos os lados, coisa rara em opiniões médias. Sabes que o destino delas é serem desdenhadas. Mas esse Aires — José da Costa Marcondes Aires — tinha que nas controvérsias uma opinião dúbia ou média pode trazer a oportunidade de uma pílula, e compunha as suas de tal jeito, que o enfermo, se não sarava, não morria, e é o mais que fazem pílulas. Não lhe queiras mal por isso; a droga amarga engole-se com açúcar. Aires opinou com pausa, delicadeza, circunlóquios, limpando o monóculo ao lenço de seda, pingando as palavras graves e obscuras, fitando os olhos no ar, como quem busca uma lembrança, e achava a lembrança, e arredondava com ela o parecer. Um dos ouvintes aceitou-o logo, outro divergiu um pouco e acabou de acordo, assim terceiro, e quarto, e a sala toda.

Não cuides que não era sincero, era-o. Quando não acertava de ter a mesma opinião, e valia a pena escrever a sua, escrevia-a. Usava também guardar por escrito as descobertas, observações, reflexões, críticas e anedotas, tendo para isso uma série de cadernos, a que dava o nome de *Memorial*. Naquela noite escreveu estas linhas:

"Noite em casa da família Santos, sem voltarete. Falou-se na cabocla do Castelo. Desconfio que Natividade ou a irmã quer consultá-la; não será decerto a meu respeito.

"Natividade e um padre Guedes que lá estava, gordo e maduro, eram as únicas pessoas interessantes da noite. O resto insípido, mas insípido por necessidade, não podendo ser outra coisa mais que insípido. Quando o padre e Natividade me deixavam entregue à insipidez dos outros, eu tentava fugir-lhe pela memória, recordando sensações, revivendo quadros, viagens, pessoas. Foi assim que pensei na Capponi, a quem vi hoje pelas costas, na rua da Quitanda. Conheci-a aqui no finado Hotel de Dom Pedro, lá vão anos. Era dançarina; eu mesmo já a tinha visto dançar em Veneza. Pobre Capponi! Andando, o pé esquerdo saía-lhe do sapato e mostrava no calcanhar da meia um buraquinho de saudade.

"Afinal tornei à eterna insipidez dos outros. Não acabo de crer como é que essa senhora, aliás tão fina, pode organizar noites como a de hoje. Não é que os outros não buscassem ser interessantes, e, se intenções valessem, nenhum livro os valeria; mas não o eram, por mais que tentassem. Enfim, lá vão; esperemos outras noites que tragam melhores sujeitos sem esforço algum. O que o berço dá só a cova o tira, diz um velho adágio nosso. Eu posso, truncando um verso ao meu Dante, escrever de tais insípidos:

Dico, che quando l'anima mal nata..."

Capítulo XIII
A epígrafe

Ora, aí está justamente a epígrafe do livro, se eu lhe quisesse pôr alguma, e não me ocorresse outra. Não é somente um meio de completar as pessoas da narração com as ideias que deixarem, mas ainda um par de lunetas para que o leitor do livro penetre o que for menos claro ou totalmente escuro.

Por outro lado, há proveito em irem as pessoas da minha história colaborando nela, ajudando o autor, por uma lei de solidariedade, espécie de troca de serviços, entre o enxadrista e os seus trebelhos.

Se aceitas a comparação, distinguirás o rei e a dama, o bispo e o cavalo, sem que o cavalo possa fazer de torre, nem a torre de peão. Há ainda a diferença da cor, branca e preta, mas esta não tira o poder da marcha de cada peça, e afinal umas e outras podem ganhar a partida, e assim vai o mundo. Talvez conviesse pôr aqui, de quando em quando, como nas publicações do jogo, um diagrama das posições belas ou difíceis. Não havendo tabuleiro, é um grande auxílio esse processo para acompanhar os lances, mas também pode ser que tenhas visão bastante para reproduzir na memória as situações diversas. Creio que sim. Fora com diagramas! Tudo irá como se realmente visses jogar a partida entre pessoa e pessoa, ou, mais claramente, entre Deus e o Diabo.

Capítulo XIV
A lição do discípulo

— Fique, fique, conselheiro — disse Santos, apertando a mão ao diplomata. — Aprenda as verdades eternas.

— Verdades eternas pedem horas eternas — ponderou este, consultando o relógio.

Um tal Aires não era fácil de convencer. Plácido falou-lhe de leis científicas para excluir qualquer mácula de seita, e Santos foi com ele. Toda a terminologia espírita saiu fora, e mais os casos, fenômenos, mistérios, testemunhos, atestados verbais e escritos... Santos acudiu com um exemplo: dois espíritos podiam tornar juntos a este mundo; e, se brigassem antes de nascer?

— Antes de nascer, crianças não brigam — replicou Aires, temperando o sentido afirmativo com a entonação dubitativa.

— Então nega que dois espíritos...? Essa cá me fica, conselheiro! Pois que impede que dois espíritos...?

Aires viu o abismo da controvérsia, e forrou-se à vertigem por uma concessão, dizendo:

— Esaú e Jacó brigaram no seio materno, isso é verdade. Conhece-se a causa do conflito. Quanto a outros, dado que briguem também, tudo está em saber a causa do conflito, e não a sabendo, porque a Providência a esconde da notícia humana... Se fosse uma causa espiritual, por exemplo...

— Por exemplo?

— Por exemplo, se as duas crianças quiserem ajoelhar-se ao mesmo tempo para adorar o Criador. Aí está um caso de conflito, mas de conflito espiritual, cujos processos escapam à sagacidade humana. Também poderia ser um motivo temporal. Suponhamos a necessidade de se acotovelarem para ficar melhor acomodados; é uma hipótese que a ciência aceitaria; isto é, não sei... Há ainda o caso de quererem ambos a primogenitura.

— Para quê? — perguntou Plácido.

— Conquanto esse privilégio esteja hoje limitado às famílias régias, à Câmara dos lordes e não sei se mais, tem todavia um valor simbólico. O simples gosto de nascer primeiro, sem outra vantagem social ou política, pode dar-se por instinto, principalmente se as crianças se destinarem a galgar os altos deste mundo.

Santos afiou o ouvido neste ponto, lembrando-se das "coisas futuras". Aires disse ainda algumas palavras bonitas, e acrescentou outras feias, admitindo que a briga podia ser prenúncio de graves conflitos na terra; mas logo temperou esse conceito com este outro:

— Não importa; não esqueçamos o que dizia um antigo, que "a guerra é a mãe de todas as coisas". Na minha opinião, Empédocles, referindo-se à guerra, não o fez só no sentido técnico. O amor, que é a primeira das artes da paz, pode-se dizer que é um duelo, não de morte, mas de vida — concluiu Aires, sorrindo leve, como falava baixo, e despediu-se.

Capítulo XV
Teste David cum Sibylla

— E então? — disse Santos. — Não é que o conselheiro, em vez de aprender, ensina-nos? Eu acho que ele deu algumas razões boas.

— Quando menos, plausíveis — completou mestre Plácido.

— Foi pena que se despedisse — continuou Santos —, mas felizmente o meu caso é com o senhor. Venho consultá-lo, e as suas luzes são as verdadeiras do mundo.

Plácido agradeceu sorrindo. Não era novo o elogio, ao contrário; mas ele estava tão acostumado a ouvi-lo que o sorriso era já agora um sestro. Não podia deixar de pagar com essa moeda aos seus discípulos.

— Trata-se...

— Trata-se disto. Aquela história que eu formulei é um fato real; sucedeu com os meus filhos.

— Como?

— É o que me parece, e vim justamente para que me explique. Nunca lhe falei por temer que achasse absurdo, mas tenho pensado, suspeito que tal briga se deu, e que é um caso extraordinário.

Santos expôs então a consulta, gravemente, com um gesto particular que tinha, de arregalar os olhos para arregalar a novidade. Não esqueceu nem escondeu nada; contou a própria ida da mulher ao Castelo, com desdém, é verdade, mas ponto por ponto. Plácido ouvia atento, perguntando, voltando atrás, e acabou por meditar alguns minutos. Enfim, declarou que o fenômeno, caso se houvesse dado, era raro, se não único, mas possível. Já o fato de se chamarem Pedro e Paulo indicava alguma rivalidade, porque esses dois apóstolos brigaram também.

— Perdão, mas o batismo...

— Foi posterior, sei, mas os nomes podem ter sido predestinados, tanto mais que a escolha dos nomes veio, como o senhor me disse, por inspiração à tia dos meninos.

— Justamente.

— Dona Perpétua é muito devota.

— Muito.

— Creio que os próprios espíritos de são Pedro e são Paulo houvessem escolhido aquela senhora para inspirar os nomes que estão no credo; advirta que ela reza muitas vezes o credo, mas foi naquela ocasião que se lembrou deles.

— Exato, exato!

O doutor foi à estante e tirou uma Bíblia, encadernada em couro, com grandes fechos de metal. Abriu a Epístola de são Paulo *aos Gálatas*, e leu a passagem do capítulo II, versículo 11, em que o apóstolo conta que, indo a Antióquia, onde estava são Pedro, "resistiu-lhe na cara".

Santos leu e teve uma ideia. As ideias querem-se festejadas, quando são belas, e examinadas, quando novas; a dele era a um tempo nova e bela. Deslumbrado, ergueu a mão e deu uma palmada na folha, bradando:

— Sem contar que este número *onze* do versículo, composto de dois algarismos iguais, 1 e 1, é um número gêmeo, não lhe parece?

— Justamente. E mais: o capítulo é o segundo, isto é, dois, que é o próprio número dos irmãos gêmeos.

Mistério engendra mistério. Havia mais de um elo íntimo, substancial, escondido, que ligava tudo. Briga, Pedro e Paulo, irmãos gêmeos, números gêmeos, tudo eram águas de mistério que eles agora rasgavam, nadando e bracejando com força. Santos foi mais ao fundo; não seriam os dois meninos os próprios espíritos de são Pedro e de são Paulo, que renasciam agora, e ele, pai dos dois apóstolos?... A fé transfigura; Santos tinha um ar quase divino, trepou em si mesmo, e os olhos, ordinariamente sem expressão, pareciam entornar a chama da vida. Pai de apóstolos! e que apóstolos! Plácido esteve quase, quase a crer também, achava-se dentro de um mar torvo, soturno, onde as vozes do infinito se perdiam, mas logo lhe acudia que os espíritos de são Pedro e são Paulo tinham chegado à perfeição; não tornariam cá. Não importa; seriam outros, grandes e nobres. Os seus destinos podiam ser brilhantes; tinha razão a cabocla, sem saber o que dizia.

— Deixe às senhoras as suas crenças da meninice — concluiu —; se elas têm fé na tal mulher do Castelo, e acham que é um veículo de verdade, não as desminta por hora. Diga-lhes que eu estou de acordo com o seu oráculo. *Teste David cum Sibylla*.

— Digo, digo! escreva a frase.

Plácido foi à secretária, escreveu o verso, e deu-lhe o papel, mas já então Santos advertira que mostrá-lo à mulher era confessar a consulta espírita, e naturalmente o perjúrio. Referiu ao amigo os escrúpulos de Natividade e pediu que calassem tudo.

— Estando com ela, não lhe diga o que se passou entre nós.

Saiu logo depois, arrependido da indiscrição, mas deslumbrado da revelação. Ia cheio de números da Escritura, de Pedro e Paulo, de Esaú e Jacó. O ar da rua não espanou a poeira do mistério; ao contrário, o céu azul, a praia sossegada, os montes verdes como que o cercavam e cobriam de um véu mais transparente e infinito. A rixa dos meninos, fato raro ou único, era uma distinção divina. Contrariamente à esposa, que cuidava somente da grandeza futura dos filhos, Santos pensava no conflito passado.

Entrou em casa, correu aos pequenos, e acarinhou-os com tão estranha expressão, que a mãe desconfiou alguma coisa, e quis saber o que era.

— Não é nada — respondeu ele rindo.

— É alguma coisa, anda, acaba.

— Que há de ser?

— Seja o que for, Agostinho, acaba.

Santos pediu-lhe que se não zangasse, e contou tudo, a sorte, a rixa, a Escritura, os apóstolos, o símbolo, tudo tão espalhadamente, que ela mal pôde entender, mas entendeu ao final, e replicou com os dentes cerrados:

— Ah! você! você!

— Perdoa, amiguinha; estava tão ansioso de saber a verdade... E nota que eu creio na cabocla, e o doutor também; ele até me escreveu isto em latim — concluiu tirando e lendo o papelinho —: *Teste David cum Sibylla*.

Capítulo XVI
Paternalismo

Daí a pouco, Santos pegou na mão da mulher, que a deixou ir à toa, sem apertar a dele; ambos fitavam os meninos, tendo esquecido a zanga para só ficarem pais.

 Já não era espiritismo, nem outra religião nova; era a mais velha de todas, fundada por Adão e Eva, à qual chama, se queres, paternalismo. Rezavam sem palavras, persignavam-se sem dedos, uma espécie de cerimônia quieta e muda, que abrangia o passado e o futuro. Qual deles era o padre, qual o sacristão, não sei, nem é preciso. A missa é que era a mesma, e o evangelho começava como o de são João (emendado): "No princípio era o amor, e o amor se fez carne". Mas venhamos aos nossos gêmeos.

Capítulo XVII
Tudo o que restrinjo

Os gêmeos, não tendo que fazer, iam mamando. Nesse ofício portavam-se sem rivalidade, a não ser quando as amas estavam às boas, e eles mamavam ao pé um do outro; cada qual então parecia querer mostrar que mamava mais e melhor, passeando os dedos pelo seio amigo, e chupando com alma. Elas, à sua parte, tinham glória dos peitos e os comparavam entre si; os pequenos, fartos, soltavam afinal os bicos e riam para elas.

 Se não fosse a necessidade de pôr os meninos em pé, crescidos e homens, espraiava este capítulo. Realmente, o espetáculo, posto que comum, era belo. Os peraltas nutriam-se ao contrário dos pais, sem as artes do cozinheiro, nem a vista das comidas e bebidas, todas postas em cristais e porcelanas para emendar ou colorir a dura necessidade de comer. A eles nem se lhes via a comida; a boca ligada ao peito não deixava aparecer o leite. A natureza mostrava-se satisfeita pelo riso ou pelo sono. Quando era o sono, cada uma levava o seu menino ao berço, e ia cuidar de outra coisa. Este cotejo dar-me-ia três ou quatro páginas sólidas.

 Uma página bastava para os chocalhos que embelezavam os pequenos, como se fosse a própria música do céu. Eles sorriam, estendiam as mãos, alguma vez zangavam-se com as negaças, mas tanto que lhos davam, calavam-se, e se não podiam tocar não se zangavam por isso. A propósito de chocalhos, diria que esses instrumentos não deixam memória de si; alguém que os veja em mãos de crianças, se parecer que lhe lembram os seus, cai logo no engano, e adverte que a recordação há de ser mais recente, alguma arenga do ano passado, se não foi a vaca de leite da véspera.

 A operação de desmamar podia fazer-se em meia linha, mas as lástimas das amas, as despedidas, as bichas de ouro que a mãe deu a cada uma delas, como um presente final, tudo isso exigia uma boa página ou mais. Poucas linhas bastariam para as amas-secas, porquanto não diria se eram altas nem baixas, feias ou bonitas.

Eram mansas, zelosas do ofício, amigas dos pequenos, e logo uma da outra. Cavalinhos-de-pau, bandeirolas, teatros de bonecos, barretinas e tambores, toda a quinquilharia da infância ocuparia muito mais que o lugar de seus nomes.

Tudo isso restrinjo só para não enfadar a leitora curiosa de ver os meus meninos homens e acabados. Vamos vê-los, querida. Com pouco, estão crescidos e fortes. Depois, entrego-os a si mesmos; eles que abram a ferro ou língua, ou simples cotovelos, o caminho da vida e do mundo.

Capítulo XVIII
De como vieram crescendo

Ei-los que vêm crescendo. A semelhança, sem os confundir já, continuava a ser grande. Os mesmos olhos claros e atentos, a mesma boca cheia de graça, as mãos finas, e uma cor viva nas faces que as fazia crer pintadas de sangue. Eram sadios; excetuada a crise dos dentes, não tiveram moléstia alguma, porque eu não conto uma ou outra indigestão de doces, que os pais lhes davam, ou eles tiravam às escondidas. Eram ambos gulosos, Pedro mais que Paulo, e Paulo mais que ninguém.

Aos sete anos eram duas obras-primas, ou antes uma só em dois volumes, como quiseres. Em verdade, não havia por toda aquela praia, nem por Flamengos ou Glórias, Cajus e outras redondezas, não havia uma, quanto mais duas crianças tão graciosas. Nota que eram também robustos. Pedro com um murro derrubava Paulo; em compensação, Paulo com um pontapé deitava Pedro ao chão. Corriam muito na chácara por aposta. Alguma vez quiseram trepar às árvores, mas a mãe não consentia; não era bonito. Contentavam-se de espiar cá de baixo a fruta.

Paulo era mais agressivo, Pedro mais dissimulado, e, como ambos acabavam por comer a fruta das árvores, era um moleque que a ia buscar acima, fosse a cascudo de um ou com promessa de outro. A promessa não se cumpria nunca; o cascudo, por ser antecipado, cumpria-se sempre, e às vezes com repetição depois do serviço. Não digo com isto que um e outro dos gêmeos não soubessem agredir e dissimular; a diferença é que cada um sabia melhor o seu gosto, coisa tão óbvia que custa escrever.

Obedeciam aos pais sem grande esforço, posto fossem teimosos. Nem mentiam mais que outros meninos da cidade. Ao cabo, a mentira é alguma vez meia virtude. Assim é que, quando eles disseram não ter visto furtar um relógio da mãe, presente do pai quando eram noivos, mentiram conscientemente, porque a criada que o tirou foi apanhada por eles em plena ação de furto. Mas era tão amiga deles! e com tais lágrimas lhes pediu que não dissessem a ninguém, que os gêmeos negaram absolutamente ter visto nada. Contavam sete anos. Aos nove, quando já a moça ia longe, é que descobriram, não sei a que propósito, o caso escondido. A mãe quis saber por que é que eles calaram outrora; não souberam explicar-se, mas é claro que o silêncio de 1878 foi obra da afeição e da piedade, e daí a meia virtude, porque é alguma coisa pagar amor com amor. Quanto à revelação de 1880 só se pode explicar

pela distância do tempo. Já não estava presente a boa Miquelina; talvez já estivesse morta. Demais, veio tão naturalmente a referência...

— Mas, por que é que vocês até agora não me disseram? — teimava a mãe.

Não sabendo mais que razão dessem, um deles, creio que Pedro, resolveu acusar o irmão:

— Foi ele, mamãe!

— Eu? — redarguiu Paulo. — Foi ele, mamãe, ele é que não disse nada.

— Foi você!

— Foi você! Não minta!

— Mentiroso é ele!

Cresceram um para o outro. Natividade acudiu prestemente, não tanto que impedisse a troca dos primeiros murros. Segurou-lhes os braços a tempo de evitar outros, e, em vez de os castigar ou ameaçar, beijou-os com tamanha ternura que eles não acharam melhor ocasião de lhe pedir doce. Tiveram doce; tiveram também um passeio, à tarde, no carrinho do pai.

Na volta estavam amigos ou reconciliados. Contaram à mãe o passeio, a gente da rua, as outras crianças que olhavam para eles com inveja, uma que metia o dedo na boca, outra no nariz, e as moças que estavam às janelas, algumas que os acharam bonitos. Neste último ponto divergiam, porque cada um deles tomava para si só as admirações, mas a mãe interveio:

— Foi para ambos. Vocês são tão parecidos que não podia ser senão para ambos. E sabem por que é que as moças elogiaram vocês? Foi por ver que iam amigos, chegadinhos um ao outro. Meninos bonitos não brigam, ainda menos sendo irmãos. Quero vê-los quietos e amigos, brincando juntos sem rusga nem nada. Estão entendendo?

Pedro respondeu que sim; Paulo esperou que a mãe repetisse a pergunta, e deu igual resposta. Enfim, porque esta mandasse, abraçaram-se, mas foi um abraçar sem gosto, sem força, quase sem braços; encostaram-se um ao outro, estenderam as mãos às costas do irmão, e deixaram-nas cair.

De noite, na alcova, cada um deles concluiu para si que devia os obséquios daquela tarde, o doce, os beijos e o carro, à briga que tiveram, e que outra briga podia render tanto ou mais. Sem palavras, como um romance ao piano, resolveram ir à cara um do outro, na primeira ocasião. Isto que devia ser um laço armado à ternura da mãe trouxe ao coração de ambos uma sensação particular, que não era só consolo e desforra do soco recebido naquele dia, mas também satisfação de um desejo íntimo, profundo, necessário. Sem ódio, disseram ainda algumas palavras de cama a cama, riram de uma ou outra lembrança da rua, até que o sono entrou com os seus pés de lã e bico calado, e tomou conta da alcova inteira.

Capítulo XIX
Apenas duas — Quarenta anos — Terceira causa

Um dos meus propósitos neste livro é não lhe pôr lágrimas. Entretanto, não posso calar as duas que rebentaram certa vez dos olhos de Natividade depois de uma rixa dos pequenos. Apenas duas, e foram morrer-lhe aos cantos da boca. Tão depressa as verteu como as engoliu, renovando às avessas e por palavras mudas o fecho daquelas histórias de crianças: "entrou por uma porta, saiu pela outra, manda el-rei nosso senhor que nos conte outra". E a segunda criança contava segunda história, a terceira terceira, a quarta quarta, até que vinha o fastio ou o sono. Pessoas que datam do tempo em que se contavam tais histórias afirmam que as crianças não punham naquela fórmula nenhuma fé monárquica, fosse absoluta, fosse constitucional; era um modo de ligar o seu *Decamerão* delas, herdado do velho reino português, quando os reis mandavam o que queriam, e a nação dizia que era muito bem.

Engolidas as duas lágrimas, Natividade riu da própria fraqueza. Não se chamou tola, porque esses desabafos raramente se usam, ainda em particular; mas no secreto do coração, lá muito ao fundo, onde não penetra olho de homem, creio que sentiu alguma coisa parecida com isso. Não tendo prova clara, limito-me a defender a nossa dona.

Em verdade, qualquer outra viveria a tremer pela sorte dos filhos, uma vez que houvera a rixa anterior e interior. Agora as lutas eram mais frequentes, as mãos cada vez mais aptas, e tudo fazia recear que eles acabassem estripando-se um ao outro... Mas aqui surgia a ideia da grandeza e da prosperidade — coisas futuras! — e esta esperança era como um lenço que enxugasse os olhos da bela senhora. As Sibilas não terão dito só do mal, nem os Profetas, mas ainda do bem, e principalmente dele.

Com esse lenço verde enxugou ela os olhos, e teria outros lenços, se aquele ficasse roto ou enxovalhado; um, por exemplo, não verde como a esperança, mas azul como a alma dela. Ainda lhes não disse que a alma de Natividade era azul. Aí fica. Um azul-celeste, claro e transparente, que alguma vez se embruscava, raro tempestuava, e nunca a noite escurecia.

Não, leitor, não me esqueceu a idade da nossa amiga; lembra-me como se fosse hoje. Chegou assim aos quarenta anos. Não importa; o céu é mais velho e não trocou de cor. Uma vez que lhe não atribuas ao azul da alma nenhuma significação romântica, estás na conta. Quando muito, no dia em que perfez aquela idade, a nossa dona sentiu um calafrio. Que passara? Nada, um dia mais que na véspera, algumas horas apenas. Toda uma questão de número, menos que número, o nome do número, esta palavra *quarenta*, eis o mal único. Daí a melancolia com que ela disse ao marido, agradecendo o mimo do aniversário: "Estou velha, Agostinho!". Santos quis esganá-la brincando.

Pois faria mal se a esganasse. Natividade ainda tinha as formas do tempo anterior à concepção, a mesma flexibilidade, a mesma graça miúda e viva. Conservava o donaire dos trinta. A costureira punha em relevo todos os pensamentos restantes da figura, e ainda lhe emprestava alguns do seu bolsinho. A cintura teimava em não querer engrossar, e os quadris e o colo eram do mesmo estofador antigo.

Há dessas regiões em que o verão se confunde com o outono, como se dá na nossa terra, onde as duas estações só diferem pela temperatura. Nela, nem pela temperatura. Maio tinha o calor de janeiro. Ela, aos quarenta anos, era a mesma senhora verde, com a mesmíssima alma azul.

Essa cor vinha-lhe do pai e do avô, mas o pai morreu cedo, antes do avô, que chegara aos oitenta e quatro. Nessa idade cria sinceramente que todas as delícias deste mundo, desde o café de manhã até os sonos sossegados, haviam sido inventadas somente para ele. O melhor cozinheiro da terra nascera na China para o único fim de deixar família, pátria, língua, religião, tudo, e vir assar-lhe as costeletas e fazer-lhe o chá. As estrelas davam às *suas* noites um aspecto esplêndido, o luar também, e a chuva, se chovia, era para que ele descansasse do sol. Lá está agora no cemitério de São Francisco Xavier; se alguém pudesse ouvir a voz dos mortos, dentro das sepulturas, ouviria a dele, bradando que é tempo de fechar a porta ao cemitério e não deixar entrar ninguém, uma vez que ele já lá descansa para todo sempre. Morreu azul; se chegasse aos cem anos, não teria outra cor.

Ora, se a natureza queria poupar essa senhora, a riqueza dava a mão à natureza, e de uma e de outra saía a mais bela cor que alma de gente pode ter. Tudo concorria assim para lhe secarem os olhos depressa, como vimos atrás. Se ela bebeu aquelas duas lágrimas solitárias, pudera ter bebido outras pela idade adiante, e isto é ainda uma prova daquele matiz espiritual; mostrará assim que as tem poucas, e engole-as para poupá-las.

Mas há ainda uma terceira causa que dava a essa senhora o sentimento da cor azul, causa tão particular que merecia ir em capítulo seu, mas não vai, por economia. Era a isenção, era o ter atravessado a vida intata e pura. O cabo das Tormentas converteu-se em cabo da Boa Esperança, e ela venceu a primeira e a segunda mocidade sem que os ventos lhe derribassem a nau, nem as ondas a engolissem. Não negaria que alguma lufada mais rija pudera levar-lhe a vela do traquete, como no caso de João de Melo, ou ainda pior, no de Aires, mas foram bocejos de Adamastor. Consertou a vela depressa e o gigante ficou atrás cercado de Tétis, enquanto ela seguiu o caminho da Índia. Agora lembrava-se da viagem próspera. Honrava-se dos ventos inúteis e perdidos. A memória trazia-lhe o sabor do perigo passado. Eis aqui a terra encoberta, os dois filhos nados, criados e amados da fortuna.

CAPÍTULO XX
A joia

Os quarenta e um anos não lhe trouxeram arrepio. Já estava acostumada à casa dos quarenta. Sentiu sim, um grande espanto; acordou e não viu o presente do costume, a "surpresa" do marido ao pé da cama. Não a achou no toucador; abriu gavetas, espiou, nada. Creu que o marido esquecera a data e ficou triste; era a primeira vez! Desceu olhando; nada. No gabinete estava o marido, calado, metido consigo, a ler jornais, mal lhe estendeu a mão. Os rapazes, apesar de ser domingo, estudavam a

um canto; vieram dar-lhe o beijo do costume e tornaram aos livros. A mãe ainda relanceou os olhos pelo gabinete, a ver se achava algum mimo, um painel, um vestido, foi tudo vão. Embaixo de uma das folhas do dia que estava na cadeira fronteira à do marido podia ser que... Nada. Então sentou-se, e, abrindo a folha, ia dizendo consigo: "Será possível que não se lembre do dia de hoje? Será possível?". Os olhos entraram a ler à toa, saltando as notícias, tornando atrás...

Defronte o marido espreitava a mulher, sem absolutamente importar-lhe o que parecia ler. Assim se passaram alguns minutos. De repente, Santos viu uma expressão nova no rosto de Natividade; os olhos dela pareciam crescer, a boca entreabriu-se, a cabeça ergueu-se, a dele também, ambos deixaram a cadeira, deram dois passos e caíram nos braços um do outro, como dois namorados desesperados de amor. Um, dois, três, muitos beijos. Pedro e Paulo, espantados, estavam ao canto, de pé. O pai, quando pôde falar, disse-lhes:

— Venham beijar a mão da senhora baronesa de Santos.

Não entenderam logo. Natividade não sabia que fizesse; dava a mão aos filhos, ao marido, e tornava ao jornal para ler e reler que no despacho imperial da véspera o sr. Agostinho José dos Santos fora agraciado com o título de barão de Santos. Compreendeu tudo. O presente do dia era aquele; o ourives desta vez foi o imperador.

— Vão, vão, agora podem ir brincar — disse o pai aos filhos.

E os rapazes saíram a espalhar a notícia pela casa. Os criados ficaram felizes com a mudança dos amos. Os próprios escravos pareciam receber uma parcela da liberdade e condecoravam-se com ela: "Nhã Baronesa!", exclamavam saltando. E João puxava Maria, batendo castanholas com os dedos: "Gente, quem é esta crioula? Sou escrava de nhã baronesa!".

Mas o imperador não foi o único ourives. Santos tirou do bolso uma caixinha com um broche em que a coroa nova rutilava de brilhantes. Natividade agradeceu-lhe a joia e consentiu em pô-la, para que o marido a visse. Santos sentia-se autor da joia, inventor da forma e das pedras; mas deixou logo que ela a tirasse e guardasse, e pegou das gazetas, para lhe mostrar que em todas vinha a notícia, algumas com adjetivo, *conceituado* aqui, ali *distinto* etc.

Quando Perpétua entrou no gabinete, achou-os andando de um lado para outro, com os braços passados pela cintura, conversando, calando, mirando os pés. Também ela deu e recebeu abraços.

Toda a casa estava alegre. Na chácara as árvores pareciam mais verdes que nunca, os botões do jardim explicavam as folhas, e o sol cobria a terra de uma claridade infinita. O céu, para colaborar com o resto, ficou azul o dia inteiro. Logo cedo entraram a vir cartões e cartas de parabéns. Mais tarde visitas. Homens do foro, homens do comércio, homens de sociedade; muitas senhoras, algumas titulares também, vieram ou mandaram. Devedores de Santos acudiram depressa, outros preferiram continuar o esquecimento. Nomes houve que eles só puderam reconhecer à força de grande pesquisa e muito almanaque.

Capítulo XXI
Um ponto escuro

Sei que há um ponto escuro no capítulo que passou; escrevo este para esclarecê-lo.

Quando a esposa inquiriu dos antecedentes e circunstâncias do despacho, Santos deu as explicações pedidas. Nem todas seriam estritamente exatas; o tempo é um rato roedor das coisas, que as diminui ou altera no sentido de lhes dar outro aspecto. Demais, a matéria era tão propícia ao alvoroço que facilmente traria confusão à memória. Há, nos mais graves acontecimentos, muitos pormenores que se perdem, outros que a imaginação inventa para suprir os perdidos, e nem por isso a história morre.

Resta saber (é o ponto escuro) como é que Santos pôde calar por longos dias um negócio tão importante para ele e para a esposa. Em verdade, esteve mais de uma vez a dizer por palavra ou por gesto, se achasse algum, aquele segredo de poucos; mas, sempre havia uma força maior que lhe tapava a boca. Ao que parece, foi a expectação de uma alegria nova e inesperada que lhe deu a alma de pacientar. Naquela cena do gabinete tudo foi composto de antemão, o silêncio, a indiferença, os filhos que ele pôs ali, estudando ao domingo, só para o efeito daquela frase: "Venham beijar a mão da senhora baronesa de Santos!".

Capítulo XXII
Agora um salto

Que os dois gêmeos participassem da lua-de-mel nobiliária dos pais não é coisa que se precise escrever. O amor que lhes tinham bastava a explicá-lo, mas acresce que, havendo o título produzido em outros meninos dois sentimentos opostos, um de estima, outro de inveja, Pedro e Paulo concluíram ter recebido com ele um mérito especial. Quando, mais tarde, Paulo adotou a opinião republicana, nunca envolveu aquela distinção da família na condenação das instituições. Os estados de alma que daqui nasceram davam matéria a um capítulo especial, se eu não preferisse agora um salto, e ir a 1886. O salto é grande, mas o tempo é um tecido invisível em que se pode bordar tudo, uma flor, um pássaro, uma dama, um castelo, um túmulo. Também se pode bordar nada. Nada em cima de invisível é a mais sutil obra deste mundo, e acaso do outro.

Capítulo XXIII
Quando tiverem barbas

Naquele ano, uma noite de agosto, como estivessem algumas pessoas na casa de Botafogo, sucedeu que uma delas, não sei se homem ou mulher, perguntou aos dois irmãos que idade tinham.

Paulo respondeu:

— Nasci no aniversário do dia em que Pedro I caiu do trono.

E Pedro:

— Nasci no aniversário do dia em que Sua Majestade subiu ao trono.

As respostas foram simultâneas, não sucessivas, tanto que a pessoa pediu-lhes que falasse cada um por sua vez. A mãe explicou:

— Nasceram no dia 7 de abril de 1870.

Pedro repetiu vagarosamente:

— Nasci no dia em que Sua Majestade subiu ao trono.

E Paulo, em seguida:

— Nasci no dia em que Pedro I caiu do trono.

Natividade repreendeu a Paulo a sua resposta subversiva. Paulo explicou-se, Pedro contestou a explicação e deu outra, e a sala viraria clube, se a mãe não os acomodasse por esta maneira:

— Isto hão de ser grupos de colégio; vocês não estão em idade de falar em política. Quando tiverem barbas.

As barbas não queriam vir, por mais que eles chamassem o buço com os dedos, mas as opiniões políticas e outras vinham e cresciam. Não eram propriamente opiniões, não tinham raízes grandes nem pequenas. Eram (mal comparando) gravatas de cor particular, que eles atavam ao pescoço, à espera que a cor cansasse e viesse outra. Naturalmente cada um tinha a sua. Também se pode crer que a de cada um era, mais ou menos, adequada à pessoa. Como recebiam as mesmas aprovações e distinções nos exames, faltava-lhes matéria a invejas; e, se a ambição os dividisse algum dia, não era por ora águia nem condor, ou sequer filhote; quando muito, um ovo. No colégio de Pedro II todos lhes queriam bem. As barbas é que não queriam vir. Que é que se lhes há de fazer quando as barbas não querem vir? Esperar que venham por seu pé, que apareçam, que cresçam, que embranqueçam, como é seu costume delas, salvo as que não embranquecem nunca, ou só em parte e temporariamente. Tudo isto é sabido e banal, mas dá ensejo a dizer de duas barbas do último gênero, célebres naquele tempo, e ora totalmente esquecidas. Não tendo outro lugar em que fale delas, aproveito este capítulo, e o leitor que volte a página, se prefere ir atrás da história. Eu ficarei durante algumas linhas, recordando as duas barbas mortas, sem as entender agora, como não as entendemos então, as mais inexplicáveis barbas do mundo.

A primeira daquelas barbas era de um amigo de Pedro, um capucho, um italiano, frei ***. Podia escrever-lhe o nome — ninguém mais o conheceria —, mas prefiro esse sinal trino, número de mistério, expresso por estrelas, que são os olhos do céu. Trata-se de um frade. Pedro não lhe conheceu a barba preta, mas já grisalha,

longa e basta, adornando uma cabeça máscula e formosa. A boca era risonha, os olhos rútilos. Ria por ela e por eles, tão docemente que metia a gente no coração. Tinha o peito largo, as espáduas fortes. O pé nu, atado à sandália, mostrava aguentar um corpo de Hércules. Tudo isso meigo e espiritual, como uma página evangélica. A fé era viva, a afeição segura, a paciência infinita.

Frei *** despediu-se um dia de Pedro. Ia ao interior, Minas, Rio de Janeiro, São Paulo — creio que ao Paraná também —, viagem espiritual, como a de outros confrades, e lá ficou por um semestre ou mais. Quando voltou, trouxe-nos a todos grande alegria e maior espanto. A barba estava negra, não sei se tanto ou mais que dantes, mas negríssima e brilhantíssima. Não explicou a mudança, nem ninguém lhe perguntou por ela; podia ser milagre ou capricho da natureza; também podia ser correção de homem, posto que o último caso fosse mais difícil de crer que o primeiro. Durou nove meses esta cor; feita outra viagem por trinta dias, a barba apareceu de prata ou de neve, como vos parecer mais branca.

Quanto à segunda de tais barbas, foi ainda mais espantosa. Não era de frade, mas de maltrapilho, um sujeito que vivia de dívidas, e na mocidade corrigira um velho rifão da nossa língua por esta maneira: "Paga o que deves, vê o que te *não* fica". Chegou aos cinquenta anos sem dinheiro, sem emprego, sem amigos. A roupa teria a mesma idade, os sapatos não menor que ela. A barba é que não chegou aos cinquenta; ele pintava-a de negro e mal, provavelmente por não ser a tinta de primeira qualidade e não possuir espelho. Andava só, descia ou subia muita vez a mesma rua. Um dia dobrou a esquina da Vida e caiu na praça da Morte, com as barbas enxovalhadas, por não haver quem lhas pintasse na Santa Casa.

Or, bene, para falar como o meu capucho, por que é que este e o maltrapilho voltaram do grisalho ao negro? A leitora que adivinhe, se pode: dou-lhe vinte capítulos para alcançá-lo. Talvez eu, por essas alturas, lobrigue alguma explicação, mas por ora não sei nem aventuro nada. Vá que malignos atribuam a frei *** alguma paixão profana; ainda assim não se compreende que ele se descobrisse por aquele modo. Quanto ao maltrapilho, a que damas queria ele agradar, a ponto de trocar algumas vezes o pão pela tinta? Que um e outro cedessem ao desejo de prender a mocidade fugitiva, pode ser. O frade, lido na Escritura, sabendo que Israel chorou pelas cebolas do Egito, teria também chorado, e as suas lágrimas caíram negras. Pode ser, repito. Este desejo de capturar o tempo é uma necessidade da alma e dos queixos; mas ao tempo dá Deus *habeas corpus*.

Capítulo XXIV
Robespierre e Luís XVI

Tanto cresceram as opiniões de Pedro e Paulo que, um dia, chegaram a incorporar-se em alguma coisa. Iam descendo pela rua da Carioca. Havia ali uma loja de vidraceiro com espelhos de vário tamanho, e, mais que espelhos, também tinha retratos velhos e gravuras baratas, com e sem caixilho. Pararam alguns instantes, olhando à

toa. Logo depois, Pedro viu pendurado um retrato de Luís XVI, entrou e comprou-o por oitocentos réis; era uma simples gravura atada ao mostrador por um barbante. Paulo quis ter igual fortuna, adequada às suas opiniões, e descobriu um Robespierre. Como o lojista pedisse por este mil e duzentos, Pedro exaltou-se um pouco.

— Então o senhor vende mais barato um rei, e um rei mártir?

— Há de perdoar, mas é que esta outra gravura custou-me mais caro — redarguiu o velho lojista. — Nós vendemos conforme o preço da compra. Veja; está mais nova.

— Lá isso, não — acudiu Paulo. — São do mesmo tempo; mas é que este vale mais que aquele.

— Ouvi dizer que também era rei...

— Qual rei! — responderam os dois.

— Ou quis sê-lo, não sei bem... Que eu de histórias, apenas conheço a dos mouros, que aprendi na minha terra, com a avó, alguns bocados em verso. E ele ainda há mouras lindas; por exemplo, esta; apesar do nome, creio que era moura, ou ainda é, se vive... Mal lhe saiba ao marido!

Foi a um canto e trouxe um retrato de Madame de Staël, com o famoso turbante na cabeça. Ó efeito da beleza! Os rapazes esqueceram por um instante as opiniões políticas e ficaram a olhar longamente a figura de Corina. O lojista, apesar dos seus setenta anos, tinha os olhos babados. Cuidou de sublinhar as formas, a cabeça, a boca um tanto grossa, mas expressiva, e dizia que não era caro. Como nenhum quisesse comprá-la, talvez por ser só uma, disse-lhes que ainda tinha outro, mas esse era "uma pouca-vergonha", frase que os deuses lhe perdoariam, quando soubessem que ele não quis mais que abrir o apetite aos fregueses. E foi a um armário, tirou de lá, e trouxe uma Diana, nua como vivia cá embaixo, outrora nos matos. Nem por isso a vendeu. Teve de contentar-se com os retratos políticos.

Quis ainda ver se colhia algum dinheiro, vendendo-lhes um retrato de Pedro I, encaixilhado, que pendia da parede; mas Pedro recusou por não ter dinheiro disponível, e Paulo disse que não daria um vintém pela "cara de traidores". Antes não dissesse nada! O lojista, tão depressa lhe ouviu a resposta como despiu as formas obsequiosas, vestiu outras indignadas, e bradou que sim, senhor, que o moço tinha razão.

— Tem muita razão. Foi um traidor, mau filho, mau irmão, mau tudo. Fez todo o mal que pôde a este mundo; e no Inferno, onde está, se a religião não mente, deve ainda fazer mal ao Diabo. Este moço falou há pouco em rei mártir — continuou mostrando-lhes um retrato de d. Miguel de Bragança, meio-perfil, sobrecasaca, mão ao peito —, este é que foi um verdadeiro mártir daquele, que lhe roubou o trono, que não era seu, para dá-lo a quem não pertencia; e foi morrer à míngua o meu pobre rei e senhor, dizem que na Alemanha, ou não sei onde. Ah! *malhados*! Ah! filhos do Diabo! Os senhores não podem imaginar o que era aquela canalha de liberais. Liberais! Liberais do alheio!

— É tudo a mesma farinha — reflexionou Paulo.

— Eu não sei se eles eram de farinha, sei que levaram muita pancada. Venceram, mas apanharam deveras. Meu pobre rei!

Pedro quis responder ao remoque do irmão; e propôs comprar o retrato de Pedro I. Quando o lojista tornou a si, começou a negociar a venda, mas não puderam entender-se no preço; Pedro dava os mesmos oitocentos réis do outro, o lojista pe-

dia dois mil-réis. Notava-lhe que estava encaixilhado, e Luís XVI não; além disto, era mais novo. E vinha à porta, a buscar melhor luz, chamava-lhe a atenção para o rosto, os olhos principalmente, que bela expressão que tinham! E o manto imperial...

— Que lhe custa dar dois mil-réis?

— Dou-lhe dez tostões; serve?

— Não serve. Mais que isso me custou ele.

— Pois então...

— Veja sempre. Pois isto não vale até três mil-réis? O papel não está encardido; a gravura é fina.

— Dez tostões, já disse.

— Não, senhor. Olhe, por dez tostões leve este de dom Miguel; o papel está bem conservado, e, com pouco dinheiro, manda-lhe pôr um caixilho. Vá; dez tostões.

— Se eu já estou arrependido... Dez tostões pelo imperador.

— Ah! isso não! Custou-me mil e setecentos, há três semanas; ganho uns trezentos réis, quase nada. Ganho menos com o senhor dom Miguel, mas também concordo que é menos procurado. Este de d. Pedro I, se passar amanhã, talvez já o não ache. Vá, sim?

— Eu passo depois.

Paulo já ia andando e mirando Robespierre; Pedro alcançou-o.

— Olhe, leve por sete tostões o senhor dom Miguel.

Pedro abanou a cabeça.

— Seis tostões serve?

Pedro, ao lado do irmão, desenrolara a sua gravura. O velho lojista quis ainda bradar: "Cinco tostões!", mas iam já longe, e ficava mal negociar assim.

Capítulo XXV
D. Miguel

Assim como assim, ficou pensando o velho, não há de ser enrolado e guardado que o hei de vender; vou mandá-lo encaixilhar; põem-se-lhe aqui umas tabuinhas velhas...

D. Miguel voltou para ele os olhos turvos de tristeza e reproche; assim lhe pareceu ao vidraceiro, mas podia ter sido ilusão. Em todo caso, pareceu também que os olhos tornavam ao seu lugar, fitando à direita, ao longe... Para onde? Para onde há justiça eterna, cuidou naturalmente o dono. Como estivesse a contemplá-lo, à porta, parou um homem, entrou, e olhou com interesse para o retrato. O lojista reparou na expressão; podia ser algum miguelista, mas também podia ser um colecionador...

— Quanto pede o senhor por isto?

— Isto? Há de perdoar; quer saber quanto peço pelo meu rico senhor dom Miguel? Não peço muito, está um tanto encardido, mas ainda se lhe aprecia bem a figura. Que soberba que ela é! Não é caro; dou-lhe pelo custo; se estivesse encaixilhado, valeria uns quatro mil-réis. Leve-o por três.

O freguês tirou tranquilamente o dinheiro do bolso, enquanto o velho enrolava o retrato, e, trocados um por outro, despediram-se corteses e satisfeitos; o lojista, depois de ir até à porta, tornou à cadeira do costume. Talvez pensasse no mal a que escapara, se vendesse o retrato por dez tostões. Em todo caso, ficou a olhar para fora, para longe, para onde há justiça eterna... Três mil-réis!

Capítulo XXVI
A luta dos retratos

Quase que não é preciso dizer o destino dos retratos do rei e do convencional.

Cada um dos pequenos pregou o seu à cabeceira da cama. Pouco durou esta situação, porque ambos faziam pirraças às pobres gravuras, que não tinham culpa de nada. Eram orelhas de burro, nomes feios, desenhos de animais, até que um dia Paulo rasgou a de Pedro, e Pedro a de Paulo. Naturalmente, vingaram-se a murro; a mãe ouviu rumor e subiu apressada. Conteve os filhos, mas já os achou arranhados e recolheu-se triste. Nunca mais acabaria aquela maldição de rivalidade? Fez esta pergunta calada, atirada à cama, a cara metida no travesseiro, que desta vez ficou seco, mas a alma chorou.

Natividade confiava na educação, mas a educação, por mais que ela a apurasse, apenas quebrava as arestas ao caráter dos pequenos, o essencial ficava; as paixões embrionárias trabalhavam por viver, crescer, romper, tais quais ela sentira os dois no próprio seio, durante a gestação... E recordava a crise de então, acabando por maldizer da cabocla do Castelo. Realmente, a cabocla devia ter calado; o mal calado não se muda, mas não se sabe. Agora, pode ser que isto de não calar confirme a opinião de que a Cabocla era mandada por Deus para dizer a verdade aos homens. E afinal o que é que ela disse a Natividade? Não fez mais que uma pergunta misteriosa; a predição é que foi luminosa e clara... E outra vez as palavras do Castelo ressoaram aos ouvidos da mãe, e a imaginação fez o resto. Coisas futuras! Ei-los grandes e sublimes. Algumas brigas em pequenos, que importa? Natividade sorriu, ergueu-se, foi à porta, deu com o filho Pedro, que vinha explicar-se.

— Mamãe, Paulo é mau. Se mamãe ouvisse os horrores que ele solta pela boca fora, mamãe morria de medo. Custa-me muito não ir à cara dele; ainda lhe não tirei um olho...

— Meu filho, não fales assim, é teu irmão.

— Pois que não se meta comigo, não me aborreça. Que blasfêmias que ele dizia! Como eu rezava por alma de Luís XVI, ele, para machucar-me bem, rezava a Robespierre; compôs uma ladainha chamando santo ao outro e cantarolava baixinho para que papai nem mamãe ouvissem. Eu sempre lhe dei alguns cascudos...

— Aí está!

— Mas é que ele é que me dava primeiro, porque eu punha orelhas de burro em Robespierre... Então, eu havia de apanhar calado?

— Nem calado, nem falando.

— Então, como? Apanhar sempre, não é?

— Não, senhor; não quero pancadas; o melhor é que esqueçam tudo e se queiram bem. Você não vê como seus pais se querem? As brigas acabaram de todo. Não quero ouvir rusgas nem queixas. Afinal que têm vocês com um sujeito mau que morreu há tantos anos?

— É o que eu digo, mas ele não se emenda.

— Há de emendar-se; os estudos fazem esquecer criancices. Você também quando for médico tem muito que brigar com as moléstias e a morte; é melhor que andar dando pancada em seu irmão... Que é lá isso? Não quero arremessos, Pedro! Sossegue, ouça-me.

— Mamãe é sempre contra mim.

— Não sou contra nenhum, sou por ambos, ambos são meus filhos. E demais gêmeos. Anda cá, Pedro. Não penses que eu desaprovo as tuas opiniões políticas. Até gosto; são as minhas, são as nossas. Paulo há de tê-las também. Na idade dele aceita-se quanta tolice há, mas o tempo corrige. Olha, Pedro, a minha esperança é que vocês sejam grandes homens, mas com a condição de serem também grandes amigos.

— Estou pronto a ser grande homem — assentiu Pedro com ingenuidade, quase com resignação.

— E grande amigo também.

— Se ele for, serei.

— Grandes homens! — exclamou Natividade, dando-lhe dois abraços, um para ele, outro para o irmão quando viesse.

Mas Paulo veio logo, e recebeu o abraço inteiro e de verdade. Vinha também queixar-se, e sempre resmungou alguma coisa, mas a mãe não quis ouvi-lo e falou outra vez a linguagem das grandezas. Paulo consentiu também em ser grande.

— Você será médico — disse Natividade a Pedro —, e você advogado. Quero ver quem faz as melhores curas, e ganha as piores demandas.

— Eu — disseram ambos a um tempo.

— Patetas! Cada um terá a sua carreira especial, a sua ciência diferente. Já estão curados do nariz? Já; não há mais sangue. Agora o primeiro que ferir seu irmão será degradado.

Foi um recurso hábil separá-los; um ficava no Rio, estudando Medicina, outro ia para São Paulo, estudar Direito. O tempo faria o resto, não contando que cada um casava e iria com a mulher para o seu lado. Era a paz perpétua; mais tarde viria a perpétua amizade.

Capítulo XXVII
De uma reflexão intempestiva

Eis aqui entra uma reflexão da leitora: "Mas se duas velhas gravuras os levam a murro e sangue, contentar-se-ão eles com a sua esposa? Não quererão a mesma e única mulher?".

O que a senhora deseja, amiga minha, é chegar já ao capítulo do amor, ou dos amores, que é o seu interesse particular nos livros. Daí a habilidade da pergunta, como se dissesse: "Olhe que o senhor ainda nos não mostrou a dama ou damas que têm de ser amadas ou pleiteadas por estes dois jovens inimigos. Já estou cansada de saber que os rapazes não se dão ou se dão mal; é a segunda ou terceira vez que assisto às blandícias da mãe ou aos seus ralhos amigos. Vamos depressa ao amor, às duas, se não é uma só a pessoa...".

Francamente, eu não gosto de gente que venha adivinhando e compondo um livro que está sendo escrito com método. A insistência da leitora em falar de uma só mulher chega a ser impertinente. Suponha que eles deveras gostem de uma só pessoa; não parecerá que eu conto o que a leitora me lembrou, quando a verdade é que eu apenas escrevo o que sucedeu e pode ser confirmado por dezenas de testemunhas? Não, senhora minha, não pus a pena na mão à espreita do que me viessem sugerindo. Se quer compor o livro, aqui tem a pena, aqui tem papel, aqui tem um admirador; mas, se quer ler somente, deixe-se estar quieta, vá de linha em linha; dou-lhe que boceje entre dois capítulos, mas espere o resto, tenha confiança no relator destas aventuras.

Capítulo XXVIII
O resto é certo

Sim, houve uma pessoa, mais moça que eles, um a dois anos, que os agrilhoou, à força de costume ou de natureza, se não foi de ambas as coisas. Antes dessa, pode ser que houvesse outras e mais velhas que eles, mas de tais não rezam as notas que servem a este livro. Se brigaram por elas, não ficou memória disso, mas é possível, dado que tivessem tido as mesmas preferências; no caso contrário também, como sucedia aos cavaleiros que defendiam a sua dama.

Conjeturas tudo. Era natural que, assim bonitos, iguais, elegantes, dados à vida e ao passeio, à conversação e à dança, finalmente herdeiros, era natural que mais de uma menina gostasse deles. As que os viam passar a cavalo, praia fora ou rua acima, ficavam namoradas daquela ordem perfeita de aspecto e de movimento. Os próprios cavalos eram iguaizinhos, quase gêmeos, e batiam as patas com o mesmo ritmo, a mesma força e a mesma graça. Não creias que o gesto da cauda e das crinas fosse simultâneo nos dois animais; não é verdade e pode fazer duvidar do resto. Pois o resto é certo.

Capítulo XXIX
A pessoa mais moça

A pessoa mais moça não entra já neste capítulo por uma razão valiosa, que é a conveniência de apresentar primeiro os pais. Não é que se não possa vê-la bem sem eles; pode-se, os três são diversos, acaso contrários, e, por mais especial que a acheis, não é preciso que os pais estejam presentes. Nem sempre os filhos reproduzem os pais. Camões afirmou que de certo pai só se podia esperar tal filho, e a ciência confirma esta regra poética. Pela minha parte creio na ciência como na poesia, mas há exceções, amigo. Sucede, às vezes, que a natureza faz outra coisa, e nem por isso as plantas deixam de crescer e as estrelas de luzir. O que se deve crer sem erro é que Deus é Deus; e, se alguma rapariga árabe me estiver lendo, ponha-lhe Alá. Todas as línguas vão dar ao céu.

Capítulo XXX
A gente Batista

A gente Batista conheceu a gente Santos em não sei que fazenda da província do Rio. Não foi Maricá, embora ali tivesse nascido o pai dos gêmeos; seria em qualquer outro município. Fosse qual fosse, ali é que se conheceram as duas famílias, e como morassem próximas em Botafogo, a assiduidade e a simpatia vieram ajudando o caso fortuito.

Batista, o pai da donzela, era homem de quarenta e tantos anos, advogado do cível, ex-presidente de província e membro do partido conservador. A ida à fazenda tivera por objeto exatamente uma conferência política para fins eleitorais, mas tão estéril que ele tornou de lá sem, ao menos, um ramo de esperança. Apesar de ter amigos no governo, não alcançara nada, nem deputação nem presidência. Interrompera a carreira desde que foi exonerado daquele cargo "a pedido", disse o decreto, mas as queixas do exonerado fariam crer outra coisa. De fato, perdera as eleições, e atribuía a esse desastre político a demissão do cargo.

Não sei o que é que ele queria que eu fizesse mais, dizia Batista falando do ministro. Cerquei igrejas; nenhum amigo pediu polícia que eu não mandasse; processei talvez umas vinte pessoas, outras foram para a cadeia sem processo. Havia de enforcar gente? Ainda assim houve duas mortes no Ribeirão das Moças.

O final era excessivo, porque as mortes não foram obra dele; quando muito, ele mandou abafar o inquérito, se se pode chamar inquérito a uma simples conversação sobre a ferocidade dos dois defuntos. Em suma, as eleições foram incruentas.

Batista dizia que por causa das eleições perdera a presidência, mas corria outra versão, um negócio de águas, concessão feita a um espanhol, a pedido do irmão da esposa do presidente. O pedido era verdadeiro, a imputação de sócio é que era

falsa. Não importa; tanto bastou para que a folha da oposição dissesse que houve naquilo um bom "arranjo de família", acrescentando que, como era de águas, devia ser negócio limpo. A folha da administração retorquiu que, se águas havia, não eram bastantes para lavar o sujo do carvão deixado pela última presidência liberal, um fornecimento de palácio. Não era exato; a folha da oposição reviveu o processo antigo e mostrou que a defesa fora cabal. Podia parar aqui, mas continuou que, "como agora estávamos em Espanha", o presidente emendou o poeta espanhol, autor daquele epitáfio:

> *Cuñados y juntos:*
> *Es cierto que están difuntos;*

e emendou-o por não ser obrigado a matar ninguém, antes deu vida a si e aos seus dizendo pela nossa língua:

> *Cunhados e cunhadíssimos;*
> *É certo que são vivíssimos!*

Batista acudiu depressa ao mal, declarando sem efeito a concessão, mas isso mesmo serviu à oposição para novos arremessos: "Temos a confissão do réu!", foi o título do primeiro artigo que rendeu à folha da oposição o ato do presidente. Os correspondentes tinham já escrito para o Rio de Janeiro falando da concessão, e o governo acabou por demitir o seu delegado. Em verdade, só os políticos cuidaram do negócio. D. Cláudia apenas aludia à campanha da imprensa, que foi violentíssima.

— Não valia a pena sair daqui — disse Natividade.

— Lá isso não, baronesa!

E d. Cláudia afirmou que valia. Sofre-se, mas paciência. Era tão bom chegar à província! Tudo anunciado, as visitas a bordo, o desembarque, a posse, os cumprimentos... Ver a magistratura, o funcionalismo, a oficialidade, muita calva, muito cabelo branco, a flor da terra, enfim, com as suas cortesias longas e demoradas, todas em ângulo ou em curva, e os louvores impressos. As mesmas descomposturas da oposição eram agradáveis. Ouvir chamar tirano ao marido, que ela sabia ter um coração de pomba, ia bem à alma dela. A sede de sangue que se lhe atribuía, ele que nem bebia vinho, o guante de ferro de um homem que era uma luva de pelica, a imoralidade, a desfaçatez, a falta de brio, todos os nomes injustos, mas fortes, que ela gostava de ler como verdades eternas, onde iam eles agora? A folha da oposição era a primeira que d. Cláudia lia em palácio. Sentia-se vergastada também e tinha nisso uma grande volúpia, como se fosse na própria pele; almoçava melhor. Onde iam os látegos daquele tempo? Agora mal podia ler o nome dele impresso no fim de algumas razões do foro, ou então na lista das pessoas que iam visitar o imperador.

— Nem sempre — explicou d. Cláudia —; Batista é muito acanhado; vai de longe em longe a São Cristóvão, para não parecer que se faz lembrado, como se isto fosse crime; ao contrário, não ir nunca é que pode parecer arrufo. Note que o imperador nunca deixou de recebê-lo com muita benevolência, e a mim também. Nunca esqueceu o meu nome. Já deixei de lá ir dois anos, e quando apareci, perguntou-me logo: "Como vai, dona Cláudia?".

Afora essas saudades do poder, d. Cláudia era uma criatura feliz. A viveza das palavras e das maneiras, os olhos que pareciam não ver nada à força de não pararem nunca, e o sorriso benévolo, e a admiração constante, tudo nela era ajustado a curar as melancolias alheias. Quando beijava ou mirava as amigas era como se as quisesse comer vivas, comer de amor, não de ódio, metê-las em si, muito em si, no mais fundo de si.

Batista não tinha as mesmas expansões. Era alto, e o ar sossegado dava um bom aspecto de governo. Só lhe faltava ação, mas a mulher podia inspirar-lha; nunca deixou de consultá-la nas crises da presidência. Agora mesmo, se lhe desse ouvidos, já teria ido pedir alguma coisa ao governo, mas neste ponto era firme, de uma firmeza que nascia da fraqueza: "Hão de chamar-me, deixa estar", dizia ele a d. Cláudia, quando aparecia alguma vaga de governo provincial. Certo é que ele sentia a necessidade de tornar à vida ativa. Nele a política era menos uma opinião que uma sarna; precisava coçar-se a miúdo e com força.

Capítulo XXXI
Flora

Tal era aquele casal de políticos. Um filho, se eles tivessem um filho varão, podia ser a fusão das suas qualidades opostas, e talvez um homem de Estado. Mas o céu negou-lhes essa consolação dinástica.

Tinham uma filha única, que era tudo o contrário deles. Nem a paixão de d. Cláudia, nem o aspecto governamental de Batista distinguia a alma ou a figura da jovem Flora. Quem a conhecesse por esses dias poderia compará-la a um vaso quebradiço ou flor de uma só manhã, e teria matéria para uma doce elegia. Já então possuía os olhos grandes e claros, menos sabedores, mas dotados de um mover particular, que não era o espalhado da mãe, nem o apagado do pai, antes mavioso e pensativo, tão cheio de graça que faria amável a cara de um avarento. Põe-lhe o nariz aquilino, rasga-lhe a boca meio risonha, formando tudo um rosto comprido, alisa-lhe os cabelos ruivos, e aí tens a moça Flora.

Nasceu em agosto de 1871. A mãe, que datava por ministérios, nunca negou a idade da filha:

— Flora nasceu no ministério Rio Branco, e foi sempre tão fácil de aprender que já no ministério Sinimbu sabia ler e escrever correntemente.

Era retraída e modesta, avessa a festas públicas, e dificilmente consentiu em aprender a dançar. Gostava de música, e mais do piano que do canto. Ao piano, entregue a si mesma, era capaz de não comer um dia inteiro. Há aí o seu tanto de exagerado, mas a hipérbole é deste mundo, e as orelhas da gente andam já tão entupidas que só à força de muita retórica se pode meter por elas um sopro de verdade.

Até aqui nada há que extraordinariamente distinga esta moça das outras, suas contemporâneas, desde que a modéstia vai com a graça, e em certa idade é

tão natural o devaneio como a travessura. Flora, aos quinze anos, dava-lhe para se meter consigo. Aires, que a conheceu por esse tempo, em casa de Natividade, acreditava que a moça viria a ser uma inexplicável.

— Como diz? — inquiriu a mãe.

— Verdadeiramente, não digo nada — emendou Aires —; mas, se me permite dizer alguma coisa, direi que esta moça resume as raras prendas de sua mãe.

— Mas eu não sou inexplicável — replicou d. Cláudia sorrindo.

— Ao contrário, minha senhora. Tudo está, porém, na definição que dermos a esta palavra. Talvez não haja nenhuma certa. Suponhamos uma criatura para quem não exista perfeição na terra, e julgue que a mais bela alma não passa de um ponto de vista; se não muda com o ponto de vista, a perfeição...

— A perfeição é copas — insinuou Santos.

Era um convite ao voltarete. Aires não teve ânimo de aceitar, tão inquieta lhe pareceu Flora, com os olhos nele, interrogativos, curiosos de saber por que é que ela era ou viria a ser inexplicável. Além disso, preferia a conversação das mulheres. É dele esta frase do *Memorial*: "Na mulher, o sexo corrige a banalidade; no homem, agrava".

Não foi preciso aceitar nem recusar o convite de Santos; chegaram dois habituados do jogo, e com eles Batista, que estava na saleta próxima, Santos foi ao recreio de todas as noites. Um daqueles era o velho Plácido, doutor em espiritismo; o segundo era um corretor da praça chamado Lopes, que amava as cartas pelas cartas, e sentia menos perder dinheiro que partidas. Lá se foram ao voltarete, enquanto Aires ficava no salão, a ouvir a um canto as damas, sem que os olhos de Flora se despegassem dele.

Capítulo XXXII
O aposentado

Já então este ex-ministro estava aposentado. Regressou ao Rio de Janeiro, depois de um último olhar às coisas vistas, para aqui viver o resto dos seus dias. Podia fazê-lo em qualquer cidade, era homem de todos os climas, mas tinha particular amor à sua terra, e porventura estava cansado de outras. Não atribuía a esta tantas calamidades. A febre amarela, por exemplo, à força de a desmentir lá fora, perdeu-lhe a fé, e cá dentro, quando via publicados alguns casos, estava já corrompido por aquele credo que atribui todas as moléstias a uma variedade de nomes. Talvez porque era homem sadio.

Não mudara inteiramente; era o mesmo ou quase. Encalveceu mais, é certo, terá menos carnes, algumas rugas; ao cabo, uma velhice rija de sessenta anos. Os bigodes continuam a trazer as pontas finas e agudas. O passo é firme, o gesto grave, com aquele toque de galanteria, que nunca perdeu. Na botoeira, a mesma flor eterna.

Também a cidade não lhe pareceu que houvesse mudado muito. Achou algum movimento mais, alguma ópera menos, cabeças brancas, pessoas defuntas; mas a velha cidade era a mesma. A própria casa dele no Catete estava bem conservada. Aires despediu o inquilino, tão polidamente como se recebesse o ministro

dos negócios estrangeiros, e meteu-se nela a si e a um criado, por mais que a irmã teimasse em levá-lo para Andaraí.

— Não, mana Rita, deixe-me ficar no meu canto.

— Mas eu sou a sua última parenta — disse ela.

— De sangue e de coração, isso é — concordou ele —; pode acrescentar que a melhor de todas e a mais pia. Onde estão aqueles cabelos...? Não precisa baixar os olhos. Você os cortou para meter no caixão de seu finado marido. Os que aí estão embranqueceram; mas os que lá ficaram eram pretos, e mais de uma viúva os teria guardado todos para as segundas núpcias.

Rita gostou de ouvir aquela referência. Outrora, não; pouco depois de viúva, tinha vexame de um ato tão sincero; achava-se quase ridícula. Que valia cortar os cabelos por haver perdido o melhor dos maridos? Mas, andando o tempo, entrou a ver que fizera bem, a aprovar que lho dissessem, e, na intimidade, a lembrá-lo. Agora serviu a alusão para replicar:

— Pois se eu sou isso, por que é que você prefere viver com estranhos?

— Que estranhos? Não vou viver com ninguém. Viverei com o Catete, o largo do Machado, a praia de Botafogo e a do Flamengo, não falo das pessoas que lá moram, mas das ruas, das casas, dos chafarizes e das lojas. Há lá coisas esquisitas, mas sei eu se venho achar em Andaraí uma casa de pernas para o ar, por exemplo? Contentemo-nos do que sabemos. Lá os meus pés andam por si. Há ali coisas petrificadas e pessoas imortais, como aquele Custódio da confeitaria, lembra-se?

— Lembra-me, a Confeitaria do Império.

— Há quarenta anos que a estabeleceu; era ainda no tempo em que os carros pagavam imposto de passagem. Pois o diabo está velho, mas não acaba; ainda me há de enterrar. Parece rapaz; aparece-me lá todas as semanas.

— Você também parece rapaz.

— Não brinque, mana; eu estou acabado. Sou um velho gamenho, pode ser; mas não é por agradar a moças, é porque me ficou este jeito... E a propósito, por que não vai você morar comigo?

— Ah! é para saber que também eu gosto de estar comigo. Irei lá de vez em quando, mas já não saio daqui, senão para o cemitério.

Ajustaram visitar um ao outro; Aires viria jantar às quintas-feiras. D. Rita ainda lhe falou dos casos de moléstia dele, ao que Aires replicou que não adoecia nunca, mas se adoecesse viria para Andaraí; o coração dela era o melhor dos hospitais. Talvez que em todas essas recusas houvesse também a necessidade de fugir à contradição, porque a irmã sabia inventar ocasiões de dissidência. Naquele mesmo dia (era ao almoço) ele achou o café delicioso, mas a irmã disse que era ruim, obrigando-o a um grande esforço para tornar atrás e achá-lo detestável.

A princípio, Aires cumpriu a solidão, separou-se da sociedade, meteu-se em casa, não aparecia a ninguém ou a raros e de longe em longe. Em verdade estava cansado de homens e de mulheres, de festas e de vigílias. Fez um programa. Como era dado a letras clássicas, achou no padre Bernardes esta tradução daquele salmo: "Alonguei-me fugindo e morei na soedade". Foi a sua divisa. Santos, se lha dessem, fá-la-ia esculpir, à entrada do salão, para regalo dos seus numerosos amigos. Aires deixou-a estar em si. Alguma vez gostava de a recitar calado, parte pelo sentido, parte pela linguagem velha: "Alonguei-me fugindo e morei na soedade".

Assim foi a princípio. Às quintas-feiras ia jantar com a irmã. Às noites passeava pelas praias, ou pelas ruas do bairro. O mais do tempo era gasto em ler e reler, compor o *Memorial* ou rever o composto, para relembrar as coisas passadas. Estas eram muitas e de feição diversa, desde a alegria até a melancolia, enterramentos e recepções diplomáticas, uma braçada de folhas secas, que lhe pareciam verdes agora. Alguma vez as pessoas eram designadas por um x ou ***, e ele não acertava logo quem fossem, mas era um recreio procurá-las, achá-las e completá-las.

Mandou fazer um armário envidraçado, onde meteu as relíquias da vida, retratos velhos, mimos de governos e de particulares, um leque, uma luva, uma fita e outras memórias femininas, medalhas e medalhões, camafeus, pedaços de ruínas gregas e romanas, uma infinidade de coisas que não nomeio para não encher papel. As cartas não estavam lá, viviam dentro de uma mala, catalogadas por letras, por cidades, por línguas, por sexos. Quinze ou vinte davam para outros tantos capítulos e seriam lidas com interesse e curiosidade. Um bilhete, por exemplo, um bilhete encardido e sem data, moço como os bilhetes velhos, assinado por iniciais, um M e um P, que ele traduzia com saudades. Não vale a pena dizer o nome.

Capítulo XXXIII
A solidão também cansa

Mas tudo cansa, até a solidão. Aires entrou a sentir uma ponta de aborrecimento; bocejava, cochilava, tinha sede de gente viva, estranha, qualquer que fosse, alegre ou triste. Metia-se por bairros excêntricos, trepava aos morros, ia às igrejas velhas, às ruas novas, a Copacabana e à Tijuca. O mar ali, aqui o mato e a vista acordavam nele uma infinidade de ecos, que pareciam as próprias vozes antigas. Tudo isso escrevia, às noites, para se fortalecer no propósito da vida solitária. Mas não há propósito contra a necessidade.

A gente estranha tinha a vantagem de lhe tirar a solidão, sem lhe dar a conversação. As visitas de rigor que ele fazia eram poucas, breves e apenas faladas. E tudo isso foram os primeiros passos. A pouco e pouco sentiu o sabor dos costumes velhos, a nostalgia das salas, a saudade do riso, e não tardou que o aposentado da diplomacia fosse reintegrado no emprego da recreação. A solidão, tanto no texto bíblico como na tradução do padre, era arcaica. Aires trocou-lhe uma palavra e o sentido: "Alonguei-me fugindo, e morei entre a gente".

Assim se foi o programa da vida nova. Não é que ele já a não entendesse nem amasse, ou que a não praticasse ainda alguma vez, a espaços, como se faz uso de um remédio que obriga a ficar na cama ou na alcova; mas sarava depressa e tornava ao ar livre. Queria ver a outra gente, ouvi-la, cheirá-la, gostá-la, apalpá-la, aplicar todos os sentidos a um mundo que podia matar o tempo, o imortal tempo.

Capítulo XXXIV
Inexplicável

Assim o deixamos, há apenas dois capítulos, a um canto da sala da gente Santos, em conversação com as senhoras. Hás de lembrar-te que Flora não despegava os olhos dele, ansiosa de saber por que é que a achava inexplicável. A palavra rasgava-lhe o cérebro, ferindo sem penetrar. Inexplicável que era? Que se não explica, sabia; mas que se não explica por quê?

Quis perguntá-lo ao conselheiro, mas não achou ocasião, e ele saiu cedo. A primeira vez, porém, que Aires foi a São Clemente, Flora pediu-lhe familiarmente o obséquio de uma definição mais desenvolvida. Aires sorriu e pegou na mão da mocinha, que estava de pé. Foi só o tempo de inventar esta resposta:

— Inexplicável é o nome que podemos dar aos artistas que pintam sem acabar de pintar. Botam tinta, mais tinta, outra tinta, muita tinta, pouca tinta, nova tinta, e nunca lhes parece que a árvore é árvore, nem a choupana, choupana. Se se trata então de gente, adeus. Por mais que os olhos da figura falem, sempre esses pintores cuidam que eles não dizem nada. E retocam com tanta paciência que alguns morrem entre dois olhos, outros matam-se de desespero.

Flora achou a explicação obscura; e tu, amiga minha leitora, se acaso és mais velha e mais fina que ela, pode ser que a não aches mais clara. Ele é que não acrescentou nada, para não ficar incluído entre os artistas daquela espécie. Bateu paternalmente na palma da mão de Flora, e perguntou pelos estudos. Os estudos iam bem; como é que não iriam bem os estudos? E sentando-se ao pé dele, a mocinha confessou que tinha ideia justamente de aprender desenho e pintura, mas se havia de pôr tinta de mais ou de menos, e acabar não pintando nada, melhor seria ficar só na música. A música ia bem com ela, o francês também, e o inglês.

— Pois só a música, o inglês e o francês — concordou Aires.

— Mas o senhor promete que não me achará inexplicável? — perguntou ela com doçura.

Antes que ele respondesse, entraram na sala os dois gêmeos. Flora esqueceu um assunto por outro, e o velho pelos rapazes. Aires não se demorou mais que o tempo de a ver rir com eles, e sentir em si alguma coisa parecida com remorsos. Remorsos de envelhecer, creio.

Capítulo XXXV
Em volta da moça

Já então os dois gêmeos cursavam, um a Faculdade de Direito, em São Paulo; outro a Escola de Medicina, no Rio. Não tardaria muito que saíssem formados e prontos, um para defender o direito e o torto da gente, outro para ajudá-la a viver e a morrer. Todos os contrastes estão no homem.

Não era tanta a política que os fizesse esquecer Flora, nem tanta Flora que os fizesse esquecer a política. Também não eram tais as duas que prejudicassem estudos e recreios. Estavam na idade em que tudo se combina sem quebra de essência de cada coisa. Lá que viessem a amar a pequena com igual força é o que se podia admitir desde já, sem ser preciso que ela os atraísse de vontade. Ao contrário, Flora ria com ambos, sem rejeitar nem aceitar especialmente nenhum; pode ser até que nem percebesse nada. Paulo vivia mais tempo ausente. Quando tornava pelas férias, como que a achava mais cheia de graça. Era então que Pedro multiplicava as suas finezas para se não deixar vencer do irmão, que vinha pródigo delas. E Flora recebia-as todas com o mesmo rosto amigo.

Note-se — e este ponto deve ser tirado à luz —, note-se que os dois gêmeos continuavam a ser parecidos e eram cada vez mais esbeltos. Talvez perdessem estando juntos, porque a semelhança diminuía em cada um deles a feição pessoal. Demais, Flora simulava às vezes confundi-los, para rir com ambos. E dizia a Pedro:

— Doutor Paulo!

E dizia a Paulo:

— Doutor Pedro!

Em vão eles mudavam da esquerda para a direita e da direita para a esquerda. Flora mudava os nomes também, e os três acabavam rindo. A familiaridade desculpava a ação e crescia com ela. Paulo gostava mais de conversa que de piano; Flora conversava. Pedro ia mais com o piano que com a conversa; Flora tocava. Ou então fazia ambas as coisas, e tocava falando, soltava a rédea aos dedos e à língua.

Tais artes, postas ao serviço de tais graças, eram realmente de acender os gêmeos, e foi o que sucedeu pouco a pouco. A mãe dela cuido que percebeu alguma coisa; mas a princípio não lhe deu grande cuidado. Também ela foi menina e moça, também se dividiu a si sem se dar nada a ninguém. Pode ser até que, a seu parecer, fosse um exercício necessário aos olhos do espírito e da cara. A questão é que estes se não corrompessem, nem se deixassem ir atrás de cantigas, como diz o povo, que assim exprime os feitiços de Orfeu. Ao contrário, Flora é que fazia de Orfeu, ela é que era a cantiga. Oportunamente, escolheria um deles, pensava a mãe.

A intimidade tinha intervalos grandes, além das ausências obrigadas de Paulo. Apesar de não sair, Pedro não a buscava sempre, nem ela ia muita vez à casa da praia. Não se viam dias e dias. Que pensassem um no outro, é possível; mas não possuo o menor documento disto. A verdade é que Pedro tinha os seus companheiros de escola, os namoros de rua e de aventura, os partidos de teatro, os passeios à Tijuca e outros arrabaldes. Ao demais, os dois gêmeos estavam ainda no ponto de falar dela nas cartas, louvá-la, descrevê-la, dizer mil coisas doces, sem ciúme.

Capítulo XXXVI
A discórdia não é tão feia como se pinta

A discórdia não é tão feia como se pinta, meu amigo. Nem feia, nem estéril. Conta só os livros que tem produzido, desde Homero até cá, sem excluir... Sem excluir qual? Ia dizer que este, mas a Modéstia acena-me de longe que pare aqui. Paro aqui; e viva a Modéstia, que mal suporta a letra capital que lhe ponho, a letra e os vivas, mas há de ir com ela e com eles. Viva a Modéstia, e excluamos este livro; fiquem só os grandes livros épicos e trágicos, a que a Discórdia deu vida, e digam-me se tamanhos efeitos não provam a grandeza da causa. Não, a discórdia não é tão feia como se pinta.

Teimo nisto para que as almas sensíveis não comecem de tremer pela moça ou pelos rapazes. Não há mister tremer, tanto mais que a discórdia dos dois começou por um simples acordo, naquela noite. Costeavam a praia, calados, pensando só, até que ambos, como se falassem para si, soltaram esta frase única:

— Está ficando bem bonita.

E voltando-se um para outro:

— Quem?

Ambos sorriram; acharam pico ao simultâneo da reflexão e da pergunta. Sei que esse fenômeno é tal qual o do capítulo xxv, quando eles disseram da idade, mas não me culpem a mim; eram gêmeos, podiam ter o falar gêmeo. O principal é que não se amofinaram; não era ainda amor o que sentiam. Cada um expôs a sua opinião acerca das graças da pequena, o gesto, a voz, os olhos e as mãos, tudo com tão boa sombra, que excluía a ideia de rivalidade. Quando muito, divergiam na escolha da melhor prenda, que para Pedro eram os olhos, e para Paulo a figura; mas como acabavam achando um total harmônico, era visto que não brigavam por isso. Nenhum deles atribuía ao outro a coisa vaga ou o que quer que era que principiavam a sentir, e mais pareciam estetas que enamorados. Aliás, a mesma política os deixou em paz essa noite: não brigaram por ela. Não é que não sentissem alguma coisa oposta à vista da praia e do céu, que estavam deliciosos. Lua cheia, água quieta, vozes confusas e esparsas, algum tílburi a passo ou a trote, segundo ia vazio ou com gente. Tal ou qual brisa fresca.

A imaginação os levou então ao futuro, a um futuro brilhante como ele é em tal idade. Botafogo teria um papel histórico, uma enseada imperial para Pedro, uma Veneza republicana para Paulo, sem doge, nem conselho dos dez, ou então um doge com outro título, um simples presidente, que se casaria em nome do povo com este pequenino Adriático. Talvez o doge fosse ele mesmo. Esta possibilidade, apesar dos anos verdes, enfunou a alma do moço. Paulo viu-se à testa de uma república, em que o antigo e o moderno, o futuro e o passado se mesclassem, uma Roma nova, uma Convenção Nacional, a república Francesa e os Estados Unidos da América.

Pedro, à sua parte, construía a meio caminho como um palácio para a representação nacional, outro para o imperador, e via-se a si mesmo ministro e presidente do conselho. Falava, dominava o tumulto e as opiniões, arrancava um voto à Câmara dos deputados ou então expedia um decreto de dissolução. É uma minúcia, mas merece inseri-la aqui: Pedro, sonhando com o governo, pensava especialmente

nos decretos de dissolução. Via-se em casa, com o ato assinado, referendado, copiado, mandado aos jornais e às câmaras, lido pelos secretários, arquivado na secretaria, e os deputados saindo cabisbaixos, alguns resmungando, outros irados. Só ele estava tranquilo, no gabinete, recebendo os amigos que iam cumprimentá-lo e pedir os recados para a província.

Tais eram as grandes pinceladas da imaginação dos dois. As estrelas recebiam no céu todos os pensamentos dos rapazes, a lua seguia quieta e a vaga da praia estirava-se com a preguiça do costume. Voltaram a si ao pé de casa. Tal ou qual impulso quis levá-los a discutir acerca do tempo e da noite, da temperatura e da enseada. Algum murmúrio vago pode ser que lhes fizesse mover os beiços e começar a quebrar o silêncio, mas o silêncio era tão augusto que concordaram em respeitá-lo. E logo acharam de si para si que a lua era esplêndida, a enseada bela e a temperatura divina.

Capítulo XXXVII
Desacordo no acordo

Não esqueça dizer que, em 1888, uma questão grave e gravíssima os fez concordar também, ainda que por diversa razão. A data explica o fato: foi a emancipação dos escravos. Estavam então longe um do outro, mas a opinião uniu-os.

A diferença única entre eles dizia respeito à significação da reforma, que para Pedro era um ato de justiça, e para Paulo era o início da revolução. Ele mesmo o disse, concluindo um discurso em São Paulo, no dia 20 de maio: "A abolição é a aurora da liberdade; esperemos o sol; emancipado o preto, resta emancipar o branco".

Natividade ficou atônita quando leu isto; pegou da pena e escreveu uma carta longa e maternal. Paulo respondeu com trinta mil expressões de ternura, declarando no fim que tudo lhe poderia sacrificar, inclusive a vida e até a honra; as opiniões é que não. "Não, mamãe; as opiniões é que não."

— As opiniões é que não — repetiu Natividade, acabando de ler a carta.

Natividade não acabava de entender os sentimentos do filho, ela que sacrificara as opiniões aos princípios, como no caso de Aires, e continuou a viver sem mácula. Como então não sacrificar...? Não achava explicação. Relia a frase da carta e a do discurso; tinha medo de o ver perder a carreira política, se era a política que o faria grande homem. "Emancipado o preto, resta emancipar o branco", era uma ameaça ao imperador e ao império.

Não atinou... Nem sempre as mães atinam. Não atinou que a frase do discurso não era propriamente do filho; não era de ninguém. Alguém a proferiu um dia, em discurso ou conversa, em gazeta ou em viagem de terra ou de mar. Outrem a repetiu, até que muita gente a fez sua. Era nova, era enérgica, era expressiva, ficou sendo patrimônio comum.

Há frases assim felizes. Nascem modestamente, como a gente pobre; quando menos pensam, estão governando o mundo, à semelhança das ideias. As próprias ideias nem sempre conservam o nome do pai; muitas aparecem órfãs, nascidas de

nada e de ninguém. Cada um pega delas, verte-as como pode, e vai levá-las à feira, onde todos as têm por suas.

Capítulo XXXVIII
Chegada a propósito

Quando, às duas horas da tarde do dia seguinte, Natividade se meteu no bonde, para ir a não sei que compras na rua do Ouvidor, levava a frase consigo. A vista da enseada não a distraiu, nem a gente que passava, nem os incidentes da rua, nada; a frase ia diante e dentro dela, com o seu aspecto e tom de ameaça. No Catete, alguém entrou de salto, sem fazer parar o veículo. Adivinha que era o conselheiro; adivinha também que, posto o pé no estribo, e vendo logo adiante a nossa amiga, caminhou para lá rápido e aceitou a ponta do banco que ela lhe ofereceu. Depois dos primeiros cumprimentos:

— Pareceu-me vê-la olhar assustada — disse Aires.

— Naturalmente, não imaginei que fosse capaz desse ato de ginástica.

— Questão de costume. As pernas saltam por si mesmas. Um dia, deixam-me cair, as rodas passam por cima...

— Fosse como fosse, chegou a propósito.

— Chego sempre a propósito. Já lhe ouvi isso, uma vez, há muitos anos, ou foi a sua irmã... Ora, espere, não me esqueceu o motivo; creio que falavam da cabocla do Castelo. Não se lembra de uma tal ou qual cabocla que morava no Castelo, e adivinhava a sorte da gente? Eu estava aqui de licença, e ouvi dizer coisas do arco-da-velha. Como sempre tive fé em sibilas, acreditei na cabocla. Que fim levou ela?

Natividade olhou para ele como receando se teria adivinhado então a consulta que ela fez à cabocla. Pareceu-lhe que não, sorriu e chamou-lhe incrédulo. Aires negou que fosse incrédulo; ao contrário, sendo tolerante, professava virtualmente todas as crenças deste mundo. E concluiu:

— Mas, enfim, por que é que chego a propósito?

Ou o passado, ou a pessoa, com as suas maneiras discretas e espírito repousado, ou tudo isso junto, dava a este homem, relativamente a esta senhora, uma confiança que ela não achava agora em ninguém, ou acharia em poucos. Falou-lhe de uma confidência, um papel que não mostraria ao marido.

— Quero um conselho, conselheiro; e demais, para que incomodar a meu marido? Quando muito, contarei o negócio a mana Perpétua. Acho melhor não dizer nada a Agostinho.

Aires concordou que não valia a pena aborrecê-lo, se era caso disso, e esperou. Natividade, sem falar da cabocla, contou primeiro a rivalidade dos filhos, já manifesta em política, e tratando especialmente de Paulo, repetiu-lhe a frase da carta e perguntou o que cumpria fazer mais útil. Aires entendeu que eram ardores da mocidade. Que não teimasse; teimando, ele mudaria de palavras, mas não de sentimentos.

— Então crê que Paulo será sempre isso?

— Sempre, não digo; também não digo o contrário. Baronesa, a senhora exige respostas definitivas, mas diga-me o que é que há definitivo neste mundo, a não ser o voltarete de seu marido? Esse mesmo falha. Há quantos dias não sei o que é uma licença? É verdade que não tenho aparecido. E depois, o prazer da conversação paga bem o das cartas. Aposto que os homens casados que lá vão são de outro parecer?

— Talvez.

— Só os solteirões podem avaliar as ideias das mulheres. Um viúvo sem filhos, como eu, vale por um solteirão; minto, aos sessenta anos, como eu, vale por dois ou três. Quanto ao jovem Paulo, não pense mais no discurso. Também eu discursei em rapaz.

— Já cuidei em casá-los.

— Casar é bom — assentiu Aires.

— Não digo casar já, mas daqui a dois ou três anos. Talvez faça antes uma viagem com eles. Que lhe parece? Vamos lá, não me responda repetindo o que eu digo. Quero o seu pensamento verdadeiro. Acha que uma viagem?...

— Acho que uma viagem...

— Acabe.

— As viagens fazem bem, mormente na idade deles. Formam-se para o ano, não é? Pois então! Antes de começar qualquer carreira, casados ou não, é útil ver outras terras... Mas que necessidade tem a senhora de ir com eles?

— As mães...

— Mas eu também (desculpe interrompê-la), mas eu também sou seu filho. Não acha que o costume, o bom rosto, a graça, a afeição e todas as prendas grisalhas que a adornam compõem uma espécie de maternidade? Eu confesso-lhe que ficaria órfão.

— Pois venha conosco.

— Ah! baronesa, para mim já não há mundo que valha um bilhete de passagem. Vi tudo por várias línguas. Agora o mundo começa aqui no cais da Glória ou na rua do Ouvidor e acaba no cemitério de São João Batista. Ouço que há uns mares tenebrosos para os lados da Ponta do Caju, mas eu sou um velho incrédulo, como a senhora dizia há pouco, e não aceito essas notícias sem prova cabal e visual, e para ir averiguá-las, faltam-me pernas.

— Sempre gracioso! Não as vi treparem agora? Sua irmã disse-me outro dia que o senhor anda como aos trinta anos.

— Rita exagera. Mas, voltando à viagem, a senhora ainda não comprou os bilhetes?

— Não.

— Não os encomendou sequer?

— Também não.

— Então, pensemos em outra coisa. Cada dia traz a sua ocupação, quanto mais as semanas e os meses. Pensemos em outra coisa, e deixe lá o Paulo pedir a república.

Natividade achou consigo que ele tinha razão; depois, pensou em outra coisa, e esta foi a ideia do princípio. Não disse logo o que era; preferiu conversar alguns minutos. Não era difícil com este sujeito. Uma das suas qualidades era falar com mulheres, sem descair na banalidade nem subir às nuvens; tinha um modo particular, que não sei se estava na ideia, se no gesto, se na palavra. Não é que falasse

mal de ninguém, e aliás seria uma distração. Quero crer que não dissesse mal por indiferença ou cautela; provisoriamente, ponhamos caridade.

— Mas, a senhora ainda me não disse o que queria de mim, além do conselho. Ou não quer mais nada?

— Custa-me pedir-lhe.

— Peça sempre.

— Sabe que os meus dois gêmeos não combinam em nada, ou só em pouco, por mais esforços que eu tenha feito para os trazer a certa harmonia. Agostinho não me ajuda; tem outros cuidados. Eu mesma já não me sinto com forças, e então pensei que um amigo, um homem moderado, um homem de sociedade, hábil, fino, cauteloso, inteligente, instruído...

— Eu, em suma?

— Adivinhou.

— Não adivinhei; é o meu retrato em pessoa. Mas então que lhe parece que possa fazer?

— Pode corrigi-los por boas maneiras, fazê-los unidos, ainda quando discordem, e que discordem pouco ou nada. Não imagina; parece até propósito. Não discordam da cor da lua, por exemplo, mas aos onze anos Pedro descobriu que as sombras da lua eram nuvens, e Paulo que eram falhas da nossa vista, e atracaram-se; eu é que os separei. Imagine em política...

— Imagine em amores, diga logo; mas não é propriamente para esse caso...

— Oh! não!

— Para os outros é igualmente inútil, mas eu nasci para servir, ainda inutilmente. Baronesa, o seu pedido equivale a nomear-me aio ou preceptor... Não faça gestos; não me dou por diminuído. Contanto que me pague os ordenados... E não se assuste; peço pouco, pague-me em palavras; as suas palavras são de ouro. Já lhe disse que toda a minha ação é inútil.

— Por quê?

— É inútil.

— Uma pessoa de autoridade, como o senhor, pode muito, contanto que os ame, porque eles são bons, creia. Conhece-os bem?

— Pouco.

— Conheça-os mais e verá.

Aires concordou rindo. Para Natividade valia por uma tentativa nova. Confiava na ação do conselheiro, e para dizer tudo... Não sei se diga... Digo. Natividade contava com a antiga inclinação do velho diplomata. As cãs não lhe tirariam o desejo de a servir. Não sei quem me lê nesta ocasião. Se é homem, talvez não entenda logo, mas se é mulher, creio que entenderá. Se ninguém entender, paciência; basta saber que ele prometeu o que ela quis, e também prometeu calar-se; foi a condição que a outra lhe pôs. Tudo isso polido, sincero e incrédulo.

Capítulo XXXIX
Um gatuno

Chegaram ao largo da Carioca apearam-se e despediram-se; ela entrou pela rua Gonçalves Dias ele enfiou pela da Carioca. No meio desta, Aires encontrou um magote de gente parada, logo depois andando em direção ao largo. Aires quis arrepiar caminho, não de medo, mas de horror. Tinha horror à multidão. Viu que a gente era pouca, cinquenta ou sessenta pessoas, e ouviu que bradava contra a prisão de um homem. Entrou num corredor, à espera que o magote passasse. Duas praças de polícia traziam o preso pelo braço. De quando em quando, este resistia, e então era preciso arrastá-lo ou forçá-lo por outro método. Tratava-se, ao que parece, do furto de uma carteira.

— Não furtei nada! — bradava o preso detendo o passo. — É falso! Larguem-me! sou um cidadão livre! Protesto! protesto!

— Siga para a estação!

— Não sigo!

— Não siga! — bradava a gente anônima. — Não siga! não siga!

Uma das praças quis convencer a multidão que era verdade, que o sujeito furtara uma carteira, e o desassossego pareceu minorar um pouco; mas, indo a praça a andar com a outra e o preso, cada uma pegando-lhe um dos braços, a multidão recomeçou a bradar contra a violência. O preso sentiu-se animado, e ora lastimoso, ora agressivo, convidava a defesa. Foi então que a outra praça desembainhou a espada para fazer um claro. A gente voou, não airosamente, como a andorinha ou a pomba, em busca do ninho ou do alimento, voou de atropelo, pula aqui, pula ali, pula acolá, para todos os lados. A espada entrou na bainha, e o preso seguiu com as praças. Mas logo os peitos tomaram vingança das pernas, e um clamor ingente, largo, desafrontado, encheu a rua e a alma do preso.

A multidão fez-se outra vez compacta e caminhou para a estação policial. Aires seguiu caminho.

A vozeria morreu pouco a pouco, e Aires entrou na Secretaria do Império. Não achou o ministro, parece, ou a conferência foi curta. Certo é que, saindo à praça, encontrou partes do magote que tornavam comentando a prisão e o ladrão. Não diziam ladrão, mas gatuno, fiando que era mais doce, e tanto bradavam há pouco contra a ação das praças, como riam agora das lástimas do preso.

— Ora o sujeito!

Mas então...? perguntarás tu. Aires não perguntou nada. Ao cabo, havia um fundo de justiça naquela manifestação dupla e contraditória; foi o que ele pensou. Depois, imaginou que a grita da multidão protestante era filha de um velho instinto de resistência à autoridade. Advertiu que o homem, uma vez criado, desobedeceu logo ao Criador, que aliás lhe dera um paraíso para viver; mas não há paraíso que valha o gosto da oposição. Que o homem se acostume às leis, vá; que incline o colo à força e ao bel-prazer, vá também; é o que se dá com a planta, quando sopra o vento. Mas que abençoe a força e cumpra as leis sempre, sempre, sempre, é violar a liberdade primitiva, a liberdade do velho Adão. Ia assim cogitando o conselheiro Aires.

Não lhe atribuam todas essas ideias. Pensava assim, como se falasse alto, à mesa ou na sala de alguém. Era um processo de crítica mansa e delicada, tão convencida em aparência, que algum ouvinte, à cata de ideias, acabava por lhe apanhar uma ou duas...

Ia a descer pela rua Sete de Setembro, quando a lembrança da vozeria trouxe a de outra, maior e mais remota.

Capítulo XL
"Recuerdos"

Essa outra vozeria maior e mais remota não caberia aqui, se não fosse a necessidade de explicar o gesto repentino com que Aires parou na calçada. Parou, tornou a si e continuou a andar com os olhos no chão e a alma em Caracas. Foi em Caracas, onde ele servira na qualidade de adido de legação. Estava em casa, de palestra com uma atriz da moda, pessoa chistosa e garrida. De repente, ouviram um clamor grande, vozes tumultuosas, vibrantes, crescentes...

— Que rumor é este, Cármen? — perguntou ele entre duas carícias.

— Não se assuste, amigo meu; é o governo que cai.

— Mas eu ouço aclamações...

— Então é o governo que sobe. Não se assuste. Amanhã é tempo de ir cumprimentá-lo.

Aires deixou-se ir rio abaixo daquela memória velha, que lhe surdia agora do alarido de cinquenta ou sessenta pessoas. Essa espécie de lembranças tinha mais efeito nele que outras. Recompôs a hora, o lugar e a pessoa da sevilhana. Cármen era de Sevilha. O ex-rapaz ainda agora recordava a cantiga popular que lhe ouvia, à despedida, depois de retificar as ligas, compor as saias, e cravar o pente no cabelo — no momento em que ia deitar a mantilha, meneando o corpo com graça:

> *Tienen las sevillanas,*
> *En la mantilla,*
> *Un letrero que dice:*
> *¡Viva Sevilla!*

Não posso dar a toada, mas Aires ainda a trazia de cor, e vinha a repeti-la consigo, vagarosamente, como ia andando. Outrossim, meditava na ausência de vocação diplomática. A ascensão de um governo — de um regime que fosse — com as suas ideias novas, os seus homens frescos, leis e aclamações, valia menos para ele que o riso da jovem comediante. Onde iria ela? A sombra da moça varreu tudo o mais, a rua, a gente, o gatuno, para ficar só diante do velho Aires, dando aos quadris e cantarolando a trova andaluza:

> *Tienen las sevillanas,*
> *En la mantilla...*

Capítulo XLI
Caso do burro

Se Aires obedecesse ao seu gosto, e eu a ele, nem ele continuaria a andar, nem eu começaria este capítulo; ficaríamos no outro, sem nunca mais acabá-lo. Mas não há memória que dure, se outro negócio mais forte puxa pela atenção, e um simples burro fez desaparecer Cármen e a sua trova.

Foi o caso que uma carroça estava parada, ao pé da travessa de São Francisco, sem deixar passar um carro, e o carroceiro dava muita pancada no burro da carroça. Vulgar embora, esse espetáculo fez parar o nosso Aires, não menos condoído do asno que do homem. A força despendida por este era grande, porque o asno ruminava se devia ou não sair do lugar; mas, não obstante essa superioridade, apanhava que era o diabo. Já havia algumas pessoas paradas, mirando. Cinco ou seis minutos durou essa situação; finalmente o burro preferiu a marcha à pancada, tirou a carroça do lugar e foi andando.

Nos olhos redondos do animal viu Aires uma expressão profunda de ironia e paciência. Pareceu-lhe o gesto largo de espírito invencível. Depois leu neles este monólogo: "Anda, patrão, atulha a carroça de carga para ganhar o capim de que me alimentas. Vive de pé no chão para comprar as minhas ferraduras. Nem por isso me impedirás que te chame um nome feio, mas eu não te chamo nada; ficas sendo sempre o meu querido patrão. Enquanto te esfalfas em ganhar a vida, eu vou pensando que o teu domínio não vale muito, uma vez que me não tiras a liberdade de teimar...".

— Vê-se, quase que se lhe ouve a reflexão — notou Aires consigo.

Depois riu de si para si, e foi andando. Inventara tanta coisa no serviço diplomático, que talvez inventasse o monólogo do burro. Assim foi; não lhe leu nada nos olhos, a não ser a ironia e a paciência, mas não se pôde ter que lhes não desse uma forma de palavra com as suas regras de sintaxe. A própria ironia estava acaso na retina dele. O olho do homem serve de fotografia ao invisível, como o ouvido serve de eco ao silêncio. Tudo é que o dono tenha um lampejo de imaginação para ajudar a memória a esquecer Caracas e Cármen, os seus beijos e experiência política.

Capítulo XLII
Uma hipótese

Visões e reminiscências iam assim comendo o tempo e o espaço ao conselheiro, a ponto de lhe fazerem esquecer o pedido de Natividade; mas não o esqueceu de todo, e as palavras trocadas há pouco surdiam-lhe das pedras da rua. Considerou que não perdia muito em estudar os rapazes. Chegou a apanhar uma hipótese, espécie de andorinha, que avoaça entre árvores, abaixo e acima, pousa aqui, pousa ali, arranca de novo um surto e toda se despeja em movimentos. Tal foi a hipótese vaga e colorida, a saber, que se os gêmeos tivessem nascido dele talvez não divergissem tanto

nem nada, graças ao equilíbrio do seu espírito. A alma do velho entrou a ramalhar não sei que desejos retrospectivos, e a rever essa hipótese, outra Caracas, outra Cármen, ele pai, estes meninos seus, toda a andorinha que se dispersava num farfalhar calado de gestos.

Capítulo XLIII
O discurso

Natividade é que não teve distrações de espécie alguma. Toda ela estava nos filhos, e agora especialmente na carta e no discurso. Começou por não dar resposta às efusões políticas de Paulo; foi um dos conselhos do conselheiro. Quando o filho tornou pelas férias, tinha esquecido a carta que escrevera.

O discurso é que ele não esqueceu, mas quem é que esquece os discursos que faz? Se são bons, a memória os grava em bronze; se ruins, deixam tal ou qual amargor que dura muito. O melhor dos remédios, no segundo caso, é supô-los excelentes, e, se a razão não aceita esta imaginação, consultar pessoas que a aceitem, e crer nelas. A opinião é um velho óleo incorruptível.

Paulo tinha talento. O discurso daquele dia podia pecar aqui ou ali por alguma ênfase, e uma ou outra ideia vulgar e exausta. Tinha talento Paulo. Em suma, o discurso era bom. Santos achou-o excelente, leu-o aos amigos e resolveu transcrevê-lo nos jornais. Natividade não se opôs, mas entendia que algumas palavras deviam ser cortadas.

— Cortadas, por quê? — perguntou Santos, e ficou esperando a resposta.

— Pois você não vê, Agostinho? Estas palavras têm sentido republicano — explicou ela, relendo a frase que a afligira.

Santos ouviu-as ler, leu-as para si, e não deixou de lhe achar razão. Entretanto, não havia de as suprimir.

— Pois não se transcreve o discurso.

— Ah! isso não! O discurso é magnífico, e não há de morrer em São Paulo; é preciso que a Corte o leia, e as províncias também, e até não se me daria fazê-lo traduzir em francês. Em francês, pode ser que fique ainda melhor.

—Mas, Agostinho, isto pode fazer mal à carreira do rapaz; o imperador pode ser que não goste...

Pedro, que assistia desde alguns instantes ao debate, interveio docemente para dizer que os receios da mãe não tinham base; era bom pôr a frase toda, e, a rigor, não diferia muito do que os liberais diziam em 1848.

— Um monarquista liberal pode muito bem assinar esse trecho — concluiu ele, depois de reter as palavras do irmão.

— Justamente! — assentiu o pai.

Natividade, que em tudo via a inimizade dos gêmeos, suspeitou que o intuito de Pedro fosse justamente comprometer Paulo. Olhou para ele a ver se lhe descobria essa intenção torcida, mas a cara do filho tinha então o aspecto do entusiasmo.

Pedro lia trechos do discurso, acentuando as belezas, repetindo as frases mais novas, cantando as mais redondas, revolvendo-as na boca, tudo com tão boa sombra que a mãe perdeu a suspeita, e a reimpressão do discurso foi resolvida. Também se tirou uma edição em folheto, e o pai mandou encadernar ricamente sete exemplares, que levou aos ministros, e um ainda mais rico para a Regente.

— Você diga-lhe — aconselhou Natividade — que o nosso Paulo é liberal ardente...

— Liberal de 1848 — completou Santos, lembrando as palavras de Pedro.

Santos cumpriu à risca. A entrega se fez naturalmente, e, no palácio Isabel, a definição do "liberal de 1848" saiu mais viva que as outras palavras, ou para diminuir o cheiro revolucionário da frase condenada pela mulher, ou porque trazia valor histórico. Quando ele voltou a casa, a primeira coisa que lhe disse foi que a Regente perguntara por ela, mas, apesar de lisonjeada com a lembrança, Natividade quis saber da impressão que lhe fizera o discurso, se já o lera.

— Parece que foi boa. Disse-me que já havia lido o discurso. Nem por isso deixei de lhe dizer que os sentimentos de Paulo eram bons; que, se lhe notávamos certo ardor, compreendíamos sempre que eles eram os de um liberal de 1848...

— Papai disse isso? — perguntou Pedro.

— Por que não, se é verdade? Paulo é o que se pode chamar um liberal de 1848 — repetiu Santos querendo convencer o filho.

Capítulo XLIV
O salmão

Pelas férias é que Paulo soube da interpretação que o pai dera à Regente daquele trecho do discurso. Protestou contra ela, em casa; quis fazê-lo também em público, mas Natividade interveio a tempo. Aires pôs água na fervura, dizendo ao futuro bacharel:

— Não vale a pena, moço; o que importa é que cada um tenha as suas ideias e se bata por elas, até que elas vençam. Agora, que outros as interpretem mal é coisa que não deve afligir o autor.

— Afligir, sim, senhor; pode parecer que é assim mesmo... Vou escrever um artigo a propósito de qualquer coisa, e não deixarei dúvidas...

— Para quê? — inquiriu Aires.

— Não quero que suponham...

— Mas quem duvida dos seu sentimentos?

— Podem duvidar.

— Ora, qual! Em todo caso, vá primeiro almoçar comigo um dia destes... Olhe, vá domingo, e seu irmão Pedro também. Seremos três à mesa, um almoço de rapazes. Beberemos certo vinho que me deu o ministro da Alemanha...

No domingo foram os dois ao Catete, menos pelo almoço que pelo anfitrião. Aires era amado dos dois; gostavam de ouvi-lo, de interrogá-lo, pediam-lhe anedotas políticas de outro tempo, descrição de festas, notícias de sociedade.

— Vivam os meus dois jovens — disse o conselheiro —, vivam os meus dois jovens que não esqueceram o amigo velho. Papai como está? E mamãe?

— Estão bons — disse Pedro.

Paulo acrescentou que ambos lhe mandavam lembranças.

— E tia Perpétua?

— Também está boa — disse Paulo.

— Sempre com a homeopatia e as suas histórias do Paraguai — acrescentou Pedro.

Pedro estava alegre, Paulo preocupado. Depois das primeiras saudações e notícias, Aires notou essa diferença, e achou que era bom para tirar a monotonia da semelhança; mas, enfim, não queria caras fechadas, e indagou do estudante de direito o que é que ele tinha.

— Nada.

— Não pode ser; acho-lhe um ar meio sorumbático. Pois eu acordei disposto a rir, e desejo que ambos riam comigo.

Paulo rosnou uma palavra que nenhum deles entendeu e sacou do bolso um maço de folhas de papel. Era um artigo...

— Um artigo?

— Um artigo em que tiro todas as dúvidas a meu respeito, e peço ao senhor que me ouça, é pequeno. Escrevi-o a noite passada.

Aires propôs ouvi-lo depois do almoço, mas o rapaz pediu que fosse logo, e Pedro concordou com este alvitre, alegando que, sobre o almoço, podia perturbar a digestão, como ruim droga que devia ser, naturalmente. Aires meteu o caso à bulha e aceitou ouvir o artigo.

— É pequeno, sete tiras.

— Letra miúda?

— Não, senhor; assim, assim.

Paulo leu o artigo. Tinha por epígrafe isto de Amós: "Ouvi esta palavra, vacas gordas que estais no monte de Samaria...". As vacas gordas eram o pessoal do regime, explicou Paulo. Não atacava o imperador, por atenção à mãe, mas com o princípio e o pessoal era violento e áspero. Aires sentiu-lhe aquilo que, em tempo, se chamou "a bossa da combatividade". Quando Paulo acabou, Pedro disse em ar de mofa:

— Conheço tudo isso, são ideias paulistas.

— As tuas são ideias coloniais — replicou Paulo.

Desse introito podiam nascer piores palavras, mas felizmente um criado chegou à porta anunciando que o almoço estava na mesa. Aires ergueu-se e disse que à mesa daria a sua opinião.

— Primeiro o almoço, tanto mais que temos um salmão, coisa especial! Vamos a ele.

Aires queria cumprir deveras o ofício que aceitara de Natividade. Quem sabe se a ideia de pai espiritual dos gêmeos, pai de desejo somente, pai que não foi, que teria sido, não lhe dava uma afeição particular e um dever mais alto que o de simples amigo? Nem é fora de propósito que ele buscasse somente matéria nova para as páginas nuas do seu *Memorial*.

Ao almoço, ainda se falou do artigo, Paulo com amor, Pedro com desdém, Aires sem uma nem outra coisa. O almoço ia fazendo o seu ofício. Aires estudava os dois

rapazes e suas opiniões. Talvez estas não passassem de uma erupção de pele da idade. E sorria, fazia-os comer e beber, chegou a falar de moças, mas aqui os rapazes, vexados e respeitosos, não acompanharam o ex-ministro. A política veio morrendo. Na verdade, Paulo ainda se declarou capaz de derrubar a monarquia com dez homens, e Pedro de extirpar o germe republicano com um decreto. Mas o ex-ministro, sem mais decreto que uma caçarola, nem mais homens que o seu cozinheiro, envolveu os dois regimes no mesmo salmão delicioso.

Capítulo XLV
Musa, canta...

No fim do almoço, Aires deu-lhes uma citação de Homero, aliás duas, uma para cada um, dizendo-lhes que o velho poeta os cantara separadamente, Paulo no começo da *Ilíada*:

— "Musa, canta a cólera de Aquiles, filho de Peleu, cólera funesta aos gregos, que precipitou à estância de Plutão tantas almas válidas de heróis, entregues os corpos às aves e aos cães..."

Pedro estava no começo da *Odisseia*:

— "Musa, canta aquele herói astuto, que errou por tantos tempos, depois de destruída a santa Ílion..."

Era um modo de definir o caráter de ambos, e nenhum deles levou a mal a aplicação. Ao contrário, a citação poética valia por um diploma particular. O fato é que ambos sorriram de fé, de aceitação, de agradecimento, sem que achassem uma palavra ou sílaba com que desmentissem o adequado dos versos. Que ele, o conselheiro, depois de os citar em prosa nossa, repetiu-os no próprio texto grego, e os dois gêmeos sentiram-se ainda mais épicos, tão certo é que traduções não valem originais. O que eles fizeram foi dar um sentido deprimente ao que era aplicável ao irmão:

— Tem razão, senhor conselheiro — disse Paulo —, Pedro é um velhaco...

— E você é um furioso...

— Em grego, meninos, em grego e em verso, que é melhor que a nossa língua e a prosa do nosso tempo.

Capítulo XLVI
Entre um ato e outro

Aqueles almoços repetiram-se, os meses passaram, vieram férias, acabaram-se férias, e Aires penetrava bem os gêmeos. Escrevia-os no *Memorial*, onde se lê que a consulta ao velho Plácido dizia respeito e aos dois, e mais a ida à cabocla do Castelo e a briga antes de nascer, casos velhos e obscuros que ele relembrou, ligou e decifrou.

Enquanto os meses passam, faze de conta que estás no teatro, entre um ato e outro, conversando. Lá dentro preparam a cena, e os artistas mudam de roupa. Não vás lá; deixa que a dama, no camarim, ria com os seus amigos o que chorou cá fora com os espectadores. Quanto ao jardim que se está fazendo, não te exponhas a vê-lo pelas costas; é pura lona velha sem pintura, porque só a parte do espectador é que tem verdes e flores. Deixa-te estar cá fora no camarote desta senhora. Examina-lhe os olhos; têm ainda as lágrimas que lhe arrancou a dama da peça. Fala-lhe da peça e dos artistas. Que é obscura. Que não sabem os papéis. Ou então que é tudo sublime. Depois percorre os camarotes com o binóculo, distribui justiça, chama belas às belas e feias às feias, e não te esqueças de contar anedotas que desfeiem as belas, e virtudes que componham as feias. As virtudes devem ser grandes e as anedotas engraçadas. Também as há banais, mas a mesma banalidade na boca de um bom narrador faz-se rara e preciosa. E verás como as lágrimas secam inteiramente, e a realidade substitui a ficção. Falo por imagem; sabes que tudo aqui é verdade pura e sem choro.

CAPÍTULO XLVII
São Mateus, IV, 1-10

Se há muito riso quando um partido sobe, também há muita lágrima do outro que desce, e do riso e da lágrima se faz o primeiro dia da situação, como no Gênesis. Venhamos ao evangelista que serve de título ao capítulo. Os liberais foram chamados ao poder, que os conservadores tiveram de deixar. Não é mister dizer que o abatimento de Batista foi enorme.

— Justamente agora que eu tinha esperanças — disse ele à mulher.

— De quê?

— Ora de quê! de uma presidência. Não disse nada, porque podiam falhar, mas é quase certo que não. Tive duas conferências, não com ministros, mas com pessoa influente que sabia, e era negócio de esperar um mês ou dois...

— Presidência boa?

— Boa.

— Se você tivesse trabalhado bem...

— Se tivesse trabalhado bem, podia estar já de posse, mas vínhamos agora a toque de caixa.

— Isso é verdade — concordou d. Cláudia olhando para o futuro.

Batista passeava, as mãos nas costas, os olhos no chão, suspirando, sem prever o tempo em que os conservadores tornariam ao poder. Os liberais estavam fortes e resolutos. As mesmas ideias pairavam na cabeça de d. Cláudia. Este casal só não era igual na vontade; as ideias eram muitas vezes tais que, se aparecessem cá fora, ninguém diria quais eram as dele, nem quais as dela, pareciam vir de um cérebro único. Naquele momento nenhum achava esperança imediata ou remota. Uma só ideia vaga... E foi aqui que a vontade de d. Cláudia fincou os pés no chão e cresceu.

Não falo só por imagem; d. Cláudia levantou-se da cadeira, rápida, e disparou esta pergunta ao marido:

— Mas, Batista, você o que é que espera mais dos conservadores?

Batista parou com um ar digno e respondeu com simplicidade:

— Espero que subam.

— Que subam? Espera oito ou dez anos, o fim do século, não é? E nessa ocasião você sabe se será aproveitado? Quem se lembrará de você?

— Posso fundar um jornal.

— Deixe-se de jornais. E se morrer?

— Morro no meu posto de honra.

D. Cláudia olhou fixo para ele. Os seus olhos miúdos enterravam-se pelos dele abaixo, como duas verrumas pacientes. Súbito, levantando as mãos abertas:

— Batista, você nunca foi conservador!

O marido empalideceu e recuou, como se ouvira a própria ingratidão de um partido. Nunca fora conservador? Mas que era ele então, que podia ser neste mundo? Que é que lhe dava a estima dos seus chefes? Não lhe faltava mais nada... D. Cláudia não atendeu a explicações, repetiu-lhe as palavras, e acrescentou:

— Você estava com eles, como a gente está num baile, onde não é preciso ter as mesmas ideias para dançar a mesma quadrilha.

Batista sorriu leve e rápido; amava as imagens graciosas e aquela pareceu-lhe graciosíssima, tanto que concordou logo; mas a sua estrela inspirou-lhe uma refutação pronta.

— Sim, mas a gente não dança com ideias, dança com pernas.

— Dance com que for, a verdade é que todas as suas ideias iam para os liberais; lembre-se que os dissidentes na província acusavam a você de apoiar os liberais...

— Era falso; o governo é que me recomendava moderação. Posso mostrar cartas.

— Qual moderação! Você é liberal.

— Eu liberal?

— Um liberalão, nunca foi outra coisa.

— Pense no que diz, Cláudia. Se alguém a ouvir é capaz de crer, e daí a espalhar...

— Que tem que espalhe? Espalha a verdade, espalha a justiça, porque os seus verdadeiros amigos não o hão de deixar na rua, agora que tudo se organiza. Você tem amigos pessoais no ministério; por que é que os não procura?

Batista recuou com horror. Isso de subir as escadas do poder e dizer-lhe que estava às ordens não era concebível sequer. D. Cláudia admitiu que não, mas um amigo faria tudo, um amigo íntimo do governo que dissesse ao Ouro Preto: "Visconde, você por que é que não convida o Batista? Foi sempre liberal nas ideias. Dê-lhe uma presidência, pequena que seja, e...".

Batista fez um gesto de ombros, outro de mão que se calasse. A mulher não se calou; foi dizendo as mesmas coisas, agora mais graves pela insistência e pelo tom. Na alma do marido a catástrofe era já tremenda. Pensando bem, não recusaria passar o Rubicão; só lhe faltava a força necessária. Quisera querer. Quisera não ver nada, nem passado, nem presente, nem futuro, não saber de homens nem de coisas, e obedecer aos dados da sorte, mas não podia.

E façamos justiça ao homem. Quando ele pensava só na fidelidade aos ami-

— Eterno? — interrompeu ela com um sorriso fino e descorado.

— Vitalício, quero dizer.

Natividade teimou que não, que a posição dele era comercial e bancária. Acrescentou que política era uma coisa e indústria outra. Santos replicou, citando o barão de Mauá, que as fundiu ambas. Então a mulher declarou por um modo seco e duro que aos sessenta anos ninguém começa a ser deputado.

— Mas é de passagem; os senhores são idosos.

— Não, Agostinho — concluiu a baronesa com um gesto definitivo.

Não conto Aires, que provavelmente dançaria, a despeito dos anos; também não falo de d. Perpétua, que nem iria lá. Pedro iria, e é natural que dançasse, e muito, não obstante o afinco e paixão dos seus estudos. Vivia enfeitiçado pela medicina. No quarto de dormir, além do busto de Hipócrates, tinha os retratos de algumas sumidades médicas da Europa, muito esqueleto gravado, muita moléstia pintada, peitos cortados verticalmente para se lhes verem os vasos, cérebros descobertos, um cancro de língua, alguns aleijões, coisas todas que a mãe, por seu gosto, mandaria deitar fora, mas era a ciência do filho, e bastava. Contentava-se de não olhar para os quadros.

Quanto a Flora, ainda verde para os meneios de Terpsícore, era acanhada ou arrepiada, como dizia a mãe. E isto era o menos; o mais era que com pouco se enfadaria, e, se não pudesse vir logo para casa, ficaria adoentada o resto do tempo. Note-se que, estando na ilha, teria o mar em volta, e o mar era um dos seus encantos; mas, se lhe lembrasse o mar, e se consolasse com a esperança de o mirar, advertiria também que a noite escura tolheria a consolação. Que multidão de dependências na vida, leitor! Umas coisas nascem de outras, enroscam-se, desatam-se, confundem-se, perdem-se, e o tempo vai andando sem se perder a si.

Mas donde viria o tédio a Flora, se viesse? Com Pedro no baile, não; este era, como sabes, um dos dois que lhe queriam bem. Salvo se ela queria principalmente ao que estava em São Paulo. Conclusão duvidosa, pois não é certo que preferisse um a outro. Se já a vimos falar a ambos com a mesma simpatia, o que fazia agora a Pedro na ausência de Paulo, e faria a Paulo na ausência de Pedro, não me faltará leitora que presuma um terceiro... Um terceiro explicaria tudo, um terceiro que não fosse ao baile, algum estudante pobre, sem outro amigo nem mais casaca que o coração verde e quente. Pois nem esse, leitora curiosa, nem terceiro, nem quarto, nem quinto, ninguém mais. Uma esquisitona, como lhe chamava a mãe.

Não importa; a esquisitona foi ao baile da ilha Fiscal com a mãe e o pai. Assim também Natividade, o marido e Pedro, assim Aires, assim a demais gente convidada para a grande festa. Foi uma bela ideia do governo, leitor. Dentro e fora, do mar e de terra, era como um sonho veneziano; toda aquela sociedade viveu algumas horas suntuosas, novas para uns, saudosas para outros e de futuro para todos — ou, quando menos, para a nossa amiga Natividade — e para o conservador Batista.

Aquela considerava o destino dos filhos — coisas futuras! Pedro bem podia inaugurar, como ministro, o século XX e o terceiro reinado. Natividade imaginava outro e maior baile naquela mesma ilha. Compunha a ornamentação, via as pessoas e as danças, toda uma festa magna que entraria na história. Também ela ali estaria, sentada a um canto, sem lhe dar do peso dos anos, uma vez que visse a grandeza e a prosperidade dos filhos. Era assim que enfiara os olhos pelo tempo adiante, des-

contando no presente a felicidade futura, caso viesse a morrer antes das profecias. Tinha a mesma sensação que ora lhe dava aquela cesta de luzes no meio da escuridão tranquila do mar.

A imaginação de Batista era menos longa que a de Natividade. Quero dizer que ia antes do princípio do século, Deus sabe se antes do fim do ano. Ao som da música, à vista das galas, ouvia umas feiticeiras cariocas, que se pareciam com as escocesas; pelo menos, as palavras eram análogas às que saudaram Macbeth: "Salve, Batista, ex-presidente de província!", "Salve, Batista, próximo presidente de província!", "Salve, Batista, tu serás ministro um dia!". A linguagem dessas profecias era liberal, sem sombra de solecismo. Verdade é que ele se arrependia de as escutar, e forcejava por traduzi-las no velho idioma conservador, mas já lhe iam faltando dicionários. A primeira palavra ainda trazia o sotaque antigo: "Salve, Batista, ex-presidente de província!", mas a segunda e a última eram ambas daquela outra língua liberal, que sempre lhe pareceu língua de preto. Enfim, a mulher, como lady Macbeth, dizia nos olhos o que esta dizia pela boca, isto é, que já sentia em si aquelas futurações. O mesmo lhe repetiu na manhã seguinte, em casa. Batista, com um sorriso disfarçado, descria das feiticeiras, mas a memória guardava as palavras da ilha: "Salve, Batista, próximo presidente!". Ao que ele respondia com um suspiro: "Não, não, filhas do Diabo...".

Ao contrário do que ficou dito atrás, Flora não se aborreceu na ilha. Conjeturei mal, emendo-me a tempo. Podia aborrecer-se pelas razões que lá ficam, e ainda outras que poupei ao leitor apressado; mas, em verdade, passou bem a noite. A novidade da festa, a vizinhança do mar, os navios perdidos na sombra, a cidade defronte com os seus lampiões de gás, embaixo e em cima, na praia e nos outeiros, eis aí aspectos novos que a encantaram durante aquelas horas rápidas.

Não lhe faltavam pares, nem conversação, nem alegria alheia e própria. Toda ela compartia da felicidade dos outros. Via, ouvia, sorria, esquecia-se do resto para se meter consigo. Também invejava a princesa imperial, que viria a ser imperatriz um dia, com o absoluto poder de despedir ministros e damas, visitas e requerentes, e ficar só, no mais recôndito do paço, fartando-se de contemplação ou de música. Era assim que Flora definia o ofício de governar. Tais ideias passavam e tornavam. De uma vez alguém lhe disse, como para lhe dar força: "Toda alma livre é imperatriz!".

Não foi outra voz, semelhante à das feiticeiras do pai nem às que falavam interiormente a Natividade acerca dos filhos. Não; seria pôr aqui muitas vozes de mistério, coisa que, além do fastio da repetição, mentiria à realidade dos fatos. A voz que falou a Flora saiu da boca do velho Aires, que se fora sentar ao pé dela e lhe perguntara:

— Em que é que está pensando?

— Em nada — respondeu Flora.

Ora, o conselheiro tinha visto no rosto da moça a expressão de alguma coisa e insistia por ela. Flora disse como pôde a inveja que lhe metia a vista da princesa, não para brilhar um dia, mas para fugir ao brilho e ao mando, sempre que quisesse ficar súdita de si mesma. Foi então que ele lhe murmurou, como acima:

— Toda alma livre é imperatriz.

A frase era boa, sonora, parecia conter a maior soma de verdade que há na terra e nos planetas. Valia por uma página de Plutarco. Se algum político a ouvisse

poderia guardá-la para os seus dias de oposição ao governo, quando viesse o terceiro reinado. Foi o que ele mesmo escreveu no *Memorial*. Com esta nota: "A meiga criatura agradeceu-me essas cinco palavras".

Capítulo XLIX
Tabuleta velha

Toda gente voltou da ilha com o baile na cabeça, muita sonhou com ele, alguma dormiu mal ou nada. Aires foi dos que acordaram tarde; eram onze horas. Ao meio-dia almoçou; depois escreveu no *Memorial* as impressões da véspera, notou várias espáduas, fez reparos políticos e acabou com as palavras que lá ficam no cabo do outro capítulo. Fumou, leu, até que resolveu ir à rua do Ouvidor. Como chegasse à vidraça de uma das janelas da frente, viu à porta da confeitaria uma figura inesperada, o velho Custódio, cheio de melancolia. Era tão novo o espetáculo que ali se deixou estar por alguns instantes; foi então que o confeiteiro, levantando os olhos, deu com ele entre as cortinas, e enquanto Aires voltava para dentro, Custódio atravessou a rua e entrou-lhe em casa.

— Que suba — disse o conselheiro ao criado.

Custódio foi recebido com a benevolência de outros dias e um pouco mais de interesse. Aires queria saber o que é que o entristecia.

— Vim para contá-lo a Vossa Excelência; é a tabuleta.

— Que tabuleta?

— Queira Vossa Excelência ver por seus olhos — disse o confeiteiro, pedindo-lhe o favor de ir à janela.

— Não vejo nada.

— Justamente, é isso mesmo. Tanto me aconselharam que fizesse reformar a tabuleta que afinal consenti, e fi-la tirar por dois empregados. A vizinhança veio para a rua assistir ao trabalho e parecia rir de mim. Já tinha falado a um pintor da rua da Assembleia; não ajustei o preço porque ele queria ver primeiro a obra. Ontem, à tarde, lá foi um caixeiro, e sabe Vossa Excelência o que me mandou dizer o pintor? Que a tábua está velha, e precisa outra; a madeira não aguenta tinta. Lá fui às carreiras. Não pude convencê-lo de pintar na mesma madeira; mostrou-me que estava rachada e comida de bichos. Pois cá de baixo não se via. Teimei que pintasse assim mesmo; respondeu-me que era artista e não faria obra que se estragasse logo.

— Pois reforme tudo. Pintura nova em madeira velha não vale nada. Agora verá que dura pelo resto da nossa vida.

— A outra também durava; bastava só avivar as letras.

Era tarde, a ordem fora expedida, a madeira devia estar comprada, serrada e pregada, pintando o fundo para então se desenhar e pintar o título. Custódio não disse que o artista lhe perguntara pela cor das letras, se vermelha, se amarela, se verde em cima de branco ou vice-versa, e que ele, cautelosamente, indagara do preço de cada cor para escolher as mais baratas. Não interessa saber quais foram.

Quaisquer que fossem as cores, eram tintas novas, tábuas novas, uma reforma que ele, mais por economia que por afeição, não quisera fazer; mas a afeição valia muito. Agora que ia trocar de tabuleta sentia perder algo do corpo — coisa que outros do mesmo ou diverso ramo de negócio não compreenderiam, tal gosto acham em renovar as caras e fazer crescer com elas a nomeada. São naturezas. Aires ia pensando em escrever uma *Filosofia das tabuletas*, na qual poria tais e outras observações, mas nunca deu começo à obra.

— Vossa Excelência há de me perdoar o incômodo que lhe trouxe, vindo contar-lhe isto, mas Vossa Excelência é sempre tão bom comigo, fala-me com tanta amizade, que eu me atrevi... Perdoa-me, sim?

— Sim, homem de Deus.

— Conquanto Vossa Excelência aprove a reforma da tabuleta, sentirá comigo a separação da outra, a minha amiga velha, que nunca me deixou, que eu, nas noites de luminárias, por são Sebastião e outras, fazia aparecer aos olhos da gente. Vossa Excelência, quando se aposentou, veio achá-la no mesmo lugar em que a deixou por ocasião de ser nomeado. E tive alma para me separar dela!

— Está bom, lá vai; agora é receber a nova, e verá como daqui a pouco são amigos.

Custódio saiu recuando, como era o seu costume, e desceu trôpego as escadas. Diante da confeitaria deteve-se um instante, para ver o lugar onde estivera a tabuleta velha. Deveras, tinha saudades.

Capítulo L
O tinteiro de Evaristo

... Este caso prova que tudo se pode amar muito bem, ainda um pedaço de madeira velha. Creiam que não era só a despesa que ele naturalmente sentia, eram também saudades. Ninguém se despega assim de um objeto tão íntimo, que faz parte integral da casa e da pele, porque a tabuleta não foi sequer arriada um dia. Custódio não teve ocasião de ver se estava estragada. Vivia ali como as portadas e a parede.

Era ao jantar, em Botafogo. Só quatro pessoas, as duas irmãs, Santos e Aires. Pedro fora jantar a São Clemente, com a família Batista.

D. Perpétua aprovou os sentimentos do confeiteiro. Citou, a propósito, o tinteiro de Evaristo. A irmã sorriu para o marido, e este para a mulher, como se dissessem: "Lá vem ele!". Era um tinteiro que servira ao famoso jornalista do primeiro reinado e da Regência, obra simples, feita de barro, igual aos tinteiros que a gente chã comprava nas lojas de papel daquele e deste tempo. O sogro de d. Perpétua, que lho dera em lembrança, tivera um da mesma idade, massa e feição.

— Veio assim de mão em mão parar às minhas. Não chega aos tinteiros do mano Agostinho nem de Natividade, que são luxuosos, mas tem grande valor para mim.

— Sem dúvida — concordou Aires —, valor histórico e político.

— Meu sogro dizia que dele saíram os grandes artigos da *Aurora*. A falar ver-

dade, eu nunca li tais artigos, mas meu sogro era homem de verdade. Conhecia a vida de Evaristo, por ouvi-la a outros, e fazia-lhe louvores que não acabavam mais...

Natividade buscou desviar a conversação para o baile da véspera. Tinham já falado dele, mas não achou outro derivativo. Entretanto, o tinteiro ainda ficou algum tempo. Não era só uma das lembranças de d. Perpétua, relíquia de família, era também uma de suas ideias. Prometeu mostrá-lo ao conselheiro. Ele prometeu vê-lo com muito gosto. Confessou que tinha veneração aos objetos de uso dos grandes homens. Enfim, o jantar acabou, e eles passaram ao salão. Aires, falando da enseada:

— Aqui está uma obra que é mais velha que o tinteiro do Evaristo e a tabuleta do Custódio, e, não obstante, parece mais moça, não é verdade, dona Perpétua? A noite é clara e quente; podia ser escura e fria, e o efeito seria o mesmo. A enseada não difere de si. Talvez os homens venham algum dia a atulhá-la de terra e pedras para levantar casas em cima, um bairro novo, com um grande circo destinado a corrida de cavalos. Tudo é possível debaixo do sol e da lua. A nossa felicidade, barão, é que morreremos antes.

— Não fale em morte, conselheiro.

— A morte é uma hipótese — redarguiu Aires —, talvez uma lenda. Ninguém morre de uma boa digestão, e os seus charutos são deliciosos.

— Estes são novos. Parecem-lhe bons?

— Deliciosos.

Santos estimou ouvir esse louvor; achava-lhe uma intenção direta à sua pessoa, aos seus méritos, ao seu nome, à posição que tinha na sociedade, à casa, à chácara, ao banco, aos coletes. É talvez muito; seria um modo enfático de explicar a força da ligação dele aos charutos. Valiam pela tabuleta e pelo tinteiro, com a diferença que estes significavam só afeição e veneração, e aqueles, valendo pelo sabor e pelo preço, tinham a superioridade do milagre, pela reprodução de todos os dias.

Tais eram as suspeitas que vagavam no cérebro de Aires, enquanto ele olhava mansamente para o anfitrião. Aires não podia negar a si mesmo a aversão que este lhe inspirava. Não lhe queria mal, decerto; podia até querer-lhe bem, se houvesse um muro entre ambos. Era a pessoa, eram as sensações, os dizeres, os gestos, o riso, a alma toda que lhe fazia mal.

Capítulo LI
Aqui presente

Perto das nove horas, ou logo depois, chegou Pedro com o casal Batista e Flora.

— Vimos trazer o seu menino — disse Batista a Natividade.

— Obrigado, doutor — acudiu Santos —, mas ele já não está em idade de se perder por essas ruas, e, se se perder, acha-se logo —, acrescentou sorrindo.

Natividade não gostou da graça, tratando-se do filho e ao pé dela. Era talvez excesso de pudor. Há muito excesso nesse sentido, e o acertado é perdoá-lo. Há também excessos contrários, condescendências fáceis, pessoas que entram com prazer

na troca de alusões picantes. Também se devem perdoar. Em suma, o perdão chega ao céu. Perdoai-vos uns aos outros, é a lei do Evangelho.

Ele, o rapaz, é que não ouviu nada; interrompeu a conversa que trazia com Flora, e, trocadas algumas palavras, os dois foram reatar o fio a um canto. Aires reparou na atitude de ambos; ninguém mais lhes prestava atenção. Ao cabo, a conversa era em voz surda; não os poderiam ouvir. Ela escutava, ele falava; depois era o contrário, ela é que falava, ele é que ouvia, tão absortos que pareciam não atender a ninguém, mas atendiam. Possuíam o sexto sentido dos conspiradores e dos namorados. Que conversassem de amores, é possível; mas que conspiravam, é certo. Quanto à matéria da conspiração, podereis sabê-la, depois, brevemente, daqui a um capítulo. O próprio Aires não descobriu nada, por mais que quisesse fartar os olhos naquele diálogo de mistérios. Persuadiu-se que não era grave, porque eles sorriam com frequência; mas podia ser íntimo, escondido, pessoal, e acaso estranho. Supõe um fio de anedotas ou uma história comprida, coisa alheia; ainda assim podia ser deles somente, porque há estados da alma em que a matéria da narração é nada, o gosto de a fazer e de a ouvir é que é tudo. Também podia ser isso.

Vede, porém, como a natureza encaminha as coisas mínimas ou máximas, mormente se a fortuna a ajuda. A conversação tão doce, ao que parecia, começou por um enfado. A causa foi uma carta de Paulo escrita ao irmão, e que este se lembrou de mostrar a Flora, dizendo-lhe que também a mostrara à mãe, e a mãe se zangara muito.

— Com o senhor?
— Com Paulo.
— Mas que dizia a carta?

Pedro leu-lhe o ponto principal, que era quase toda a carta; falava da questão militar. Já havia a "questão militar", um conflito de generais e ministros, e a linguagem de Paulo era contra os ministros.

— Mas por que é que o senhor foi mostrar essa carta a sua mãe?
— Mamãe quis saber o que é que ele me dizia.
— E sua mãe zangou-se, aí está; vai talvez repreendê-lo.
— Tanto melhor; Paulo precisa ser emendado; mas, diga-me, por que é que a senhora defende sempre a meu irmão?
— Para ter o direito de defender também ao senhor.
— Então ele já lhe tem falado mal de mim?

Flora quis dizer que sim, depois que não, afinal calou. Desconversou, perguntando por que eles se davam mal. Pedro negou que se dessem mal. Ao contrário, viviam bem. Não teriam as mesmas opiniões, e também podia ser que tivessem o mesmo gosto... Daqui a dizer que ambos a amavam era uma vírgula; Pedro pintou o ponto final. Esse astuto era também tímido. Mais tarde, compreendeu que, calando, andou melhor, e deu a si mesmo o aplauso da escolha; mas era falso, não escolhera nada. Não digo isto para fazê-lo desmerecer; sim, porque o medo acerta muitas vezes, e é mister deixar aqui essa reflexão.

Veio a zanga. Flora não replicou mais nada, e, por seu gosto, não teria jantado, a tal ponto sentia piedade do outro. Felizmente, o outro era este mesmo, aqui presente, com os olhos presentes, as mãos presentes, as palavras presentes. Não tardou

que a zanga fugisse diante da graça, da brandura e da adoração. Bem-aventurados os que ficam, porque eles serão compensados.

Capítulo LII
Um segredo

Eis agora a matéria da conspiração. Na rua, ao virem de São Clemente, foi que Pedro, gastado o melhor do tempo com a carta e o jantar, pôde revelar à moça um segredo:

— Titia disse lá em casa que dona Cláudia lhe contara em segredo (não diga nada) que seu pai vai ser nomeado presidente de província.

— Não sei nada disso, mas não creio, porque papai é conservador.

— Dona Cláudia disse a titia que ele é liberal, quase radical. Parece que a presidência é certa; ela pediu segredo, e titia, quando nos contou, também pediu segredo. Eu também lhe peço que não diga nada, mas é verdade.

— Verdade como? Papai não vai com liberais; o senhor não sabe como papai é conservador. Se ele defende os liberais é porque é tolerante.

— Se a província fosse a do Rio de Janeiro, eu gostaria, porque não era preciso ir morar na Praia Grande, e, se ele fosse, a viagem é só de meia hora, eu podia ir lá todos os dias.

— Era capaz?

— Apostemos.

Flora, depois de um instante:

— Para que, se não há presidência?

— Suponha que há.

— É preciso supor muito, que há presidência e que a província é a do Rio. Não, não há nada.

— Então suponha só metade, que há presidência e que é Mato Grosso.

Flora teve um calafrio. Sem admitir a nomeação, tremeu ao nome da província. Pedro lembrou ainda o Amazonas, Pará, Piauí... Era o infinito, mormente se o pai fizesse boa administração, porque não voltaria tão cedo. Já agora a moça resistia menos, achava possível e abominável, mas dizia isso para si, dentro do coração. De repente, Pedro, quase estacando o passo:

— Se ele for, eu peço ao governo o lugar de secretário e vou também.

A luz intermitente das lojas refletindo no rosto da moça, à medida que eles iam passando por elas, ajudava a dos lampiões da rua, e mostrava a emoção daquela promessa. Sentia-se que o coração de Flora devia estar batendo muito. Em breve, porém, começou ela a pensar em outra coisa. Natividade não consentiria nunca; depois, um estudante... Não podia ser. Pensou em algum escândalo. Que ele fugisse, embarcasse, fosse atrás dela...

Tudo isso era visto ou pensado em silêncio. Flora não se admirava de pensar tanto e tão atrevidamente; era como o peso do corpo, que não sentia: andava, pensava, como transpirava. Não calculou sequer o tempo que ia gastando em ima-

ginar e desfazer ideias. Que isso lhe desse mais prazer que desprazer, é certo. Ao pé dela, Pedro ia naturalmente cuidando, com os olhos nos pés, e os pés nas nuvens. Não sabia que dissesse no meio de tão longo silêncio. Entretanto, a solução parecia-lhe única. Já não pensava na presidência do Rio. Queria-se com ela, no ponto mais remoto do império, sem o irmão. A esperança de se desterrarem assim de Paulo verdejou na alma de Pedro. Sim, Paulo não iria também; a mãe não se deixaria ficar desamparada. Que perdesse um filho, vá; mas ambos...

A quem quer que este final de monólogo pareça egoísta, peço-lhe pelas almas dos seus parentes e amigos, que estão no céu, peço-lhe que considere bem as causas. Considere o estado da alma do rapaz, a contiguidade da moça, as raízes e as flores da paixão, a própria idade de Pedro, o mal da terra, o bem da mesma terra. Considere mais a vontade do céu, que vela por todas as criaturas que se querem, salvo se um só é que quer a outra, porque então o céu é um abismo de iniquidades, e não lhe importa essa imagem. Considere tudo, amigo; deixe-me ir contando só e contando mal o que se passou naquele curto trânsito entre as duas casas. Quando lá chegaram, falavam de boca.

Em cima, como viste, continuaram a falar, até que o assunto da presidência voltou. Flora notou então a cautelosa insistência com que Aires olhava para eles, como se buscasse adivinhar a matéria da conversação. Sentia que não estivesse ali também, ouvindo e falando, finalmente prometendo fazer alguma coisa por ela. Aires podia, sim — era seu amigo e todos o tinham em grande conta —, podia intervir e destruir o projeto da presidência.

Sem querer nem saber, diria isto mesmo com os olhos ao velho diplomata. Retirava-os, mas eles iam de si mesmos repetir o monólogo, e acaso perguntar alguma coisa que Aires não percebia e devia ser interessante. Pode ser que refletissem a angústia ou o que quer que era que lhe doía dentro. Pode ser; a verdade é que Aires começou a ficar curioso, e tão depressa Pedro deixou o lugar para acudir ao chamado da mãe, deixou ele Natividade para ir falar à moça.

Flora, já de pé, mal teve tempo de trocar duas palavras, dessas que se não podem interromper sem dor ou prurido, ao menos. Aires perguntava-lhe se nunca lhe dissera que sabia adivinhar.

— Não, senhor.

— Pois sei; adivinhei agora mesmo que me quer dizer um segredo.

Flora ficou espantada. Não querendo negar nem confessar, respondeu-lhe que só adivinhara metade.

— A outra é?...

— A outra é pedir-lhe um obséquio de amizade.

— Peça.

— Não, agora não, já nos vamos embora; mamãe e papai estão fazendo as despedidas. Só se for na rua. Quer vir conosco a São Clemente?

— Com o maior prazer.

Capítulo LIII
De confidências

Entenda-se que não. Não era com prazer maior nem menor. Era imposição de sociedade, desde que Flora o pedira, não sei se discretamente. Que a isso ligasse tal ou qual desejo de saber algum segredo, não serei eu que o negue, nem tu, nem ele mesmo. Ao cabo de alguns instantes, Aires ia sentindo como esta pequena lhe acordava umas vozes mortas, falhadas ou não nascidas, vozes de pai. Os gêmeos não lhe deram um dia a mesma sensação, senão porque eram filhos de Natividade. Aqui não era a mãe, era a mesma Flora, o seu gesto, a sua fala, e porventura a sua fatalidade.

"Mas quer-me parecer que desta vez ela está presa; escolheu enfim", pensou Aires.

Flora falou-lhe da presidência, mas não lhe pediu segredo, como as outras pessoas; confessou-lhe que não queria ir daqui, fosse para onde fosse, e acabou dizendo que tudo estava nas mãos dele. Só ele podia despersuadir o pai de aceitar a presidência. Aires achou tão absurdo este pedido que esteve quase a rir, mas susteve-se bem. A palavra de Flora era grave e triste. Aires respondeu, com brandura, que não podia nada.

— Pode muito, todos atendem aos seus conselhos.

— Mas eu não dou conselhos a ninguém — acudiu Aires. — Conselheiro é um título que o imperador me conferiu, por achar que o merecia, mas não obriga a dar conselhos; a ele mesmo só lhos darei se mos pedir. Imagine agora se eu vou à casa de um homem ou mando chamá-lo à minha para lhe dizer que não seja presidente de província. Que razão lhe daria?

Não tinha razões a moça; tinha necessidade. Apelou para os talentos do ex-ministro, que acharia uma razão boa. Nem se precisavam razões, bastava o falar dele, a arte que Deus lhe dera de agradar a toda a gente, de a arrastar, de influir, de obter o que quisesse. Aires viu que ela exagerava para o atrair, e não lhe pareceu mal. Não obstante, contestou tais méritos e virtudes. Deus não lhe dera arte nenhuma, disse ele, mas a moça ia sempre afirmando, em tal maneira que Aires suspendeu a contestação, e fez uma promessa.

— Vou pensar; amanhã ou depois, se achar algum recurso, tentarei o negócio.

Era um paliativo. Era também um modo de fazer cessar a conversação, estando a casa próxima. Não contava com o pai de Flora, que à fina força lhe quis mostrar, àquela hora, uma novidade, aliás uma velharia, um documento de valor diplomático. "Venha, suba, cinco minutos apenas, conselheiro."

Aires suspirou em segredo, e curvou a cabeça ao Destino. Não se luta contra ele, dirás tu; o melhor é deixar que nos pegue pelos cabelos e nos arraste até onde queira alçar-nos ou despenhar-nos. Batista nem lhe deu tempo de refletir; era todo desculpas.

— Cinco minutos e está livre de mim, mas verá que lhe pago o sacrifício.

O gabinete era pequeno; poucos livros e bons, os móveis graves, um retrato de Batista com a farda de presidente, um almanaque sobre a mesa, um mapa na parede, algumas lembranças do governo da província. Enquanto Aires circulava os olhos, Batista foi buscar o documento. Abriu uma gaveta, tirou uma pasta, abriu a

pasta, tirou o documento, que não estava só, mas com outros. Conhecia-se logo por ser um papel velho, amarelo, em partes roído. Era uma carta do conde de Oeiras, escrita ao ministro de Portugal na Holanda.

"É o dia das antiguidades", pensou Aires; "a tabuleta, o tinteiro, este autógrafo..."

— A carta é importante, mas longa — disse Batista —, não podemos lê-la agora. Quer levá-la?

Não lhe deu tempo de responder; pegou de uma sobrecarta grande e meteu dentro o manuscrito, com esta nota por fora: "Ao meu excelentíssimo amigo conselheiro Aires". Enquanto ele fazia isso, Aires passava os olhos pela lombada de alguns livros. Entre eles havia dois *Relatórios* da presidência de Batista, ricamente encadernados.

— Não me atribua esse luxo — acudiu o ex-presidente. — Foi um mimo da secretaria do governo, que nunca fez isto a ninguém. Era um pessoal muito distinto.

E foi à estante e tirou um dos relatórios para ser melhor visto. Aberto, mostrou a impressão e as vinhetas; lido, podia mostrar o estilo por um lado, e, por outro, a prosperidade das finanças. Batista limitou-se aos algarismos totais: despesa, mil duzentos e noventa e quatro contos, setecentos e noventa mil-réis; receita, mil quinhentos e quarenta e quatro contos, duzentos e nove mil-réis; saldo, duzentos e quarenta e nove contos, quatrocentos e dezenove mil-réis. Verbalmente, explicou o saldo, que alcançou pela modificação de alguns serviços, e por um pequeno aumento de impostos. Reduziu a dívida provincial, que achou em trezentos e oitenta e quatro contos, e deixou em trezentos e cinquenta contos. Fez obras novas e consertos importantes; iniciou uma ponte...

— A encadernação corresponde à matéria — disse Aires para concluir a visita.

Batista fechou o livro e redarguiu que já agora não iria sem lhe resolver uma consulta.

— Tudo às avessas — concluiu. — Eu de manhã resolvo consultas, agora à noite sou eu que as faço.

Tal foi o introito, mas do introito ao *Credo* há sempre um passo estirado, e o principal da missa para ele estava no *Credo*. Não achando o texto do missal, explicou-lhe um sinete, uma pena de ouro, um exemplar do Código Criminal. O código, posto que velho, valia por trinta novos, não que tivesse melhor rosto, senão que trazia anotações manuscritas de um grande jurista, Fulano. Tendo passado longa parte da vida no exterior, o conselheiro mal conhecera o autor das notas, mas desde que ouviu chamar-lhe grande, assumiu a expressão adequada. Pegou do código com cuidado, leu algumas das notas com veneração.

Durante esse tempo, Batista ia criando fôlego. Compôs uma frase para iniciar a consulta, e só esperava que Aires fechasse o livro para soltá-la; mas o outro ia demorando o exame do código. Podia ser uma pontinha de malignidade, mas não era. Os olhos de Aires tinham uma faculdade particular, menos particular do que parece, porque outros a possuirão calados. Vinha a ser que eles não saíam da página, mas em verdade já lhe prestava menos atenção; o tempo, a gente, a vida, causas passadas surdiam a espiá-lo por detrás do livro com que tinham vivido, e Aires ia tornando a ver um Rio de Janeiro que não era este, ou apenas o fazia lembrado. Nem cuides que eram só réus e juízes, era o passeio, a rua, a festa, velhos patuscos e mortos, rapazes frescos e agora enferrujados como ele. Batista tossiu.

Aires voltou a si e leu alguma das notas que o outro devia trazer de cor, mas eram tão profundas! Enfim, mirou a encadernação, achou o livro bem conservado, fechou-o e restituiu-o à biblioteca.

Batista não perdeu um instante, correu imediato ao assunto, com medo de o ver pegar em outro livro.

— Confesso-lhe que tenho o temperamento conservador.

— Também eu guardo presentes antigos.

— Não é isso; refiro-me ao temperamento político. Verdadeiramente há opiniões e temperamentos. Um homem pode muito bem ter o temperamento oposto às suas ideias. As minhas ideias, se as cotejarmos com os programas políticos do mundo, são antes liberais e algumas libérrimas. O sufrágio universal, por exemplo, é para mim a pedra angular de um bom regime representativo. Ao contrário, os liberais pediram e fizeram o voto censitário. Hoje estou mais adiantado que eles; aceito o que está, por ora, mas antes do fim do século é preciso rever alguns artigos da Constituição, dois ou três.

Aires escondia o espanto... Convidado assim àquela hora... Uma profissão de fé política... Batista insistia na distinção do temperamento e das ideias. Alguns amigos velhos, que conheciam essa dualidade moral e mental, é que teimavam em querer que ele aceitasse uma presidência; ele não queria. Francamente, que lhe parecia ao conselheiro?

— Francamente, acho que não tem razão.

— Que não tenho razão em quê?

— Em recusar.

— Propriamente, não recusei nada; há um grande trabalho nesse sentido, e o meu desejo — acrescentou com mais clareza — é que os bons amigos sagazes me digam se tal coisa é acertada; não me parece que seja...

— Eu penso que é!

— De maneira que, se o caso fosse com o senhor...

— Comigo não podia ser. Sabe que eu já não sou deste mundo, e politicamente nunca figurei em nada. A diplomacia tem este efeito que separa o funcionário dos partidos e o deixa tão alheio a eles que fica impossível de opinar com verdade, ou, quando menos, com certeza.

— Mas não me disse que acha...

— Acho.

— ... Que posso aceitar uma presidência, se me oferecerem?

— Pode; uma presidência aceita-se.

— Pois então saiba tudo; é a única pessoa de sociedade com quem me abro assim francamente. A presidência foi-me oferecida.

— Aceite, aceite.

— Está aceita.

— Já?

— O decreto assina-se sábado.

— Então aceite também os meus parabéns.

— Propriamente, a lembrança não foi do ministério; ao contrário, o ministério não se resolveu antes de saber se efetivamente fiz uma eleição contra os liberais,

há anos; mas logo que soube que por não os perseguir é que fui demitido, aceitou a indicação de chefes políticos, e recebi pouco depois este bilhete.

 O bilhete estava no bolso, dentro da carteira. Qualquer outro, alvoroçado com a nomeação próxima, levaria tempo a achar o bilhete no meio dos papéis; mas Batista possuía o tato dos textos. Tirou a carteira, abriu-a descansado e com os dedos sacou o bilhete do ministro convidando-o a uma conversação. Na conversação ficou tudo assentado.

Capítulo LIV
Enfim, só!

Enfim, só! Quando Aires se achou na rua, só, livre, solto, entregue a si mesmo, sem grilhões nem considerações, respirou largo. Fez um monólogo, que daí a pouco interrompeu por se lembrar de Flora. Tudo o que ela não quisera ia acontecer; lá ia o pai a uma presidência, e ela com ele, e a recente inclinação ao jovem Pedro vinha parar a meio caminho. Entretanto, não se arrependia do que dissera e ainda menos do que não dissera. Os dados estavam lançados. Agora era cuidar de outra coisa.

Capítulo LV
"A mulher é a desolação do homem"

A despedir-se, fez Aires uma reflexão, que ponho aqui, para o caso de que algum leitor a tenho feito também. A reflexão foi obra de espanto, e o espanto nasceu de ver como um homem tão difícil em ceder às instigações da esposa (Vai-te, Satanás etc.; capítulo XLVII) deitou tão facilmente o hábito às urtigas. Não achou explicação, nem a acharia, se não soubesse o que lhe disseram mais tarde, que os primeiros passos da conversão do homem foram dados pela mulher. "A mulher é a desolação do homem", dizia não sei que filósofo socialista, creio que Proudhon. Foi ela, a viúva da presidência, que por meios vários e secretos, tramou passar a segundas núpcias. Quando ele soube do namoro, já os banhos estavam corridos; não havia mais que consentir e casar também.

 Ainda assim, custou-lhe muito. O clamor dos seus aturdia-lhe de antemão os ouvidos, a alma ia cega, tonta, mas a esposa servia-lhe de guia e amparo, e, com poucas horas, Batista viu claro e ficou firme.

 — Estamos à porta do terceiro reinado — ponderou d. Cláudia —, e certamente o partido liberal não deixa tão cedo o poder. Os seus homens são válidos, a inclinação dos tempos é para o liberalismo, e você mesmo...

 — Sim, eu... — suspirou Batista.

 D. Cláudia não suspirou, cantou vitória; a reticência do marido era a primei-

ra figura de aquiescência. Não lhe disse isso assim, nu e cru; também não revelou alegria descomposta; falou sempre a linguagem da razão fria e da vontade certa. Batista, sentindo-se apoiado, caminhou para o abismo e deu o salto nas trevas. Não o fez sem graça, nem com ela. Posto que a vontade que trazia fosse de empréstimo, não lhe faltava desejo a que a vontade da esposa deu vida e alma. Daí a autoria de que se investiu e acabou confessando.

 Tal foi a conclusão de Aires, segundo se lê no *Memorial*. Tal será a do leitor, se gosta de concluir. Note que aqui lhe poupei o trabalho de Aires; não o obriguei a achar por si o que, de outras vezes, é obrigado a fazer. O leitor atento, verdadeiramente ruminante, tem quatro estômagos no cérebro, e por eles faz passar e repassar os atos e os fatos, até que deduz a verdade, que estava, ou parecia estar escondida.

Capítulo LVI
O golpe

O dia seguinte trouxe à menina Flora a grande novidade. Sábado seria assinado o decreto; a presidência era no norte. D. Cláudia não lhe viu a palidez, nem sentiu as mãos frias, continuou a falar do caso e do futuro, até que Flora, querendo sentar-se, quase caiu. A mãe acudiu-lhe:

— Que é? Que tens?

— Nada, mamãe, não é nada.

A mãe fê-la sentar-se.

— Foi uma tonteira, passou.

D. Cláudia deu-lhe a cheirar um pouco de vinagre, esfregou-lhe os pulsos; Flora sorriu.

— Este sábado? — perguntou.

— O decreto? Sim, este sábado. Mas não digas por ora a ninguém; são segredos de gabinete. É coisa certa; enfim, alguém nos fez justiça; provavelmente o imperador. Amanhã irás comigo a algumas encomendas. Faze uma lista do que precisas.

 Flora precisava não ir e só pensava nisso. Uma vez que o decreto estava prestes a ser assinado, não havia já desaconselhar a nomeação; restava-lhe a ela ficar. Mas como? Todos os sonhos são próprios ao sono de uma criança. Não era fácil, mas não seria impossível. Flora cria tudo; não tirava o pensamento de Aires, e já agora de Natividade também. Os dois podiam fazê-lo, ou antes os três, se contardes também o barão, e se vier a cunhada deste, quatro. Juntai aos quatro as cinco estrelas do Cruzeiro, as nove musas, anjos e arcanjos, virgens e mártires... Juntai-os todos, e todos poderiam fazer essa simples ação de impedir que Flora fosse para a província. Tais eram as esperanças vagas, rápidas, que corriam a substituir as tristezas do rosto da moça, enquanto a mãe, atribuindo o efeito ao vinagre, ajustava a rolha de vidro ao frasco, e restituía o frasco ao toucador.

— Faze uma lista do que precisas — repetiu à filha.

— Não, mamãe, eu não preciso nada.
— Precisas, sim, eu sei o que precisas.

Capítulo LVII
Das encomendas

Não escreveria este capítulo, se ele fosse propriamente das encomendas, mas não é. Tudo são instrumentos nas mãos da Vida. As duas saíram de casa, uma lépida, a outra melancólica, e lá foram a escolher uma quantidade de objetos de viagem e de uso pessoal. D. Cláudia pensava nos vestidos da primeira recepção e de visitas; também ideou o do desembarque. Tinha ordem do marido para comprar algumas gravatas. Os chapéus, entretanto, foram o principal artigo da lista. Ao parecer de d. Cláudia, o chapéu da mulher é que dava a nota verdadeira do gosto, das maneiras e da cultura de uma sociedade. Não valia a pena aceitar uma presidência para levar chapéus sem graça, dizia ela sem convicção, porque intimamente pensava que a presidência dá graça a tudo.

Estavam justamente na loja de chapéus, rua do Ouvidor, sentadas, os olhos fora e longe, quando a verdadeira matéria deste capítulo apareceu. Era o gêmeo Paulo, que chegara pelo trem noturno, e sabendo que elas andavam a compras, viera procurá-las.

— O senhor! — exclamaram.
— Cheguei esta manhã.

Flora tinha-se levantado, com o alvoroço que lhe deu a vista inesperada de Paulo. Ele correu a elas, apertou-lhes as mãos, indagou da saúde e reconheceu que pareciam vender saúde e alegria. A impressão era exata; Flora tinha agora uma agitação, que contrastava com o abatimento daquela triste manhã, e um riso que a fazia alegre.

— Tive sempre notícias das senhoras, que mamãe me dava, e Pedro também, às vezes. Da senhora — continuou ele falando a d. Cláudia —, recebi duas cartas. Como vai o doutor?
— Bem.
— Ora, enfim, cá estou!

E Paulo dividia os olhos com as duas, mas a melhor parte ia naturalmente para a filha. Pouco depois era todo e pouco para esta. D. Cláudia voltara à escolha dos chapéus, e Flora, que até então opinava de cabeça, perdeu este último gesto. Paulo sentou-se na cadeira que um empregado lhe trouxe, e ficou a olhar para a moça; falavam de coisas mínimas, alheias ou próprias, tudo o que bastasse para os reter disfarçadamente na contemplação um do outro. Paulo viera o mesmo que fora, o mesmo que Pedro, sempre com alguma nota particular, que ela não podia achar claramente, menos ainda definir. Era um mistério; Pedro teria o seu.

D. Cláudia interrompia-os, de vez em quando, a propósito da escolha; mas tudo acaba, até a escolha de chapéus. Foram dali aos vestidos. Paulo, não sabendo da

presidência, estimou essa casualidade para as acompanhar de loja em loja. Contava anedotas de São Paulo, sem grande interesse para Flora; as notícias que ela lhe dava acerca das amigas, eram mais ou menos dispensáveis. Tudo valia pelos dois interlocutores. A rua ajudava aquela absorção recíproca; as pessoas que iam ou vinham, damas ou cavalheiros, parassem ou não, serviam de ponto de partida a alguma digressão. As digressões entraram a dar as mãos ao silêncio, e os dois seguiam com os olhos espraiados e a cabeça alta, ele mais que ela, porque uma pontinha de melancolia começava a espantar do rosto da moça a alegria da hora recente.

Na rua Gonçalves Dias, indo para o largo da Carioca, Paulo viu dois ou três políticos de São Paulo, republicanos, parece que fazendeiros. Havendo-os deixado lá, admirou-se de os ver aqui, sem advertir que a última vez que os vira ia já a alguma distância.

— Conhecem? — perguntou às duas.

Não, não os conheciam. Paulo disse-lhes os nomes. A mãe talvez fizesse alguma pergunta política, mas deu por falta de um objeto, advertiu que o não comprara, e propôs voltarem atrás. Tudo era aceito por ambos com docilidade, apesar do véu de tristeza, que se ia cerrando mais no rosto da moça. Aquelas encomendas tinham já um ar de bilhetes de passagem, não tardava o paquete, iam correr às malas, aos arranjos, às despedidas, ao camarote de bordo, ao enjoo de mar, e àquele outro de mar e terra, que a mataria, com certeza, cuidava Flora. Daí o silêncio crescente, que Paulo mal podia vencer, de quando em quando; e contudo ela estava bem com ele, gostava de lhe ouvir dizer coisas soltas, algumas novas, outras velhas, recordações anteriores à partida daqui para São Paulo.

Assim se deixaram ir, guiados por d. Cláudia, quase esquecida deles. No meio daquela conversação truncada, mais entretida por ele que por ela, Paulo sentia ímpetos de lhe perguntar, ao ouvido, na rua, se pensara nele, ou, ao menos, sonhara com ele algumas noites. Ouvindo que não, daria expansão à cólera, dizendo-lhe os últimos impropérios; se ela corresse, correria também, até pegá-la pelas fitas do chapéu ou pela manga do vestido, e, em vez de a esganar, dançaria com ela uma valsa de Strauss ou uma polca de ***. Logo depois, ria desses delírios, porque, a despeito da melancolia da moça, os olhos que ela erguia para ele eram de quem sonhou e pensou muito na pessoa, e agora cuida de descobrir se é a mesma do sonho e do pensamento. Assim lhe parecia ao estudante de direito; pelo que, quando ele desviava o rosto, era para repetir a experiência e tornar a ver-lhe os olhos aguçados do mesmo espírito crítico e de livre exame. Quanto ao tempo que os três gastaram nessa agitação de compras e escolhas, visões e comparações, não há memória dele, nem necessidade. Tempo é propriamente ofício de relógio, e nenhum deles consultou o relógio que trazia.

Capítulo LVIII
Matar saudades

Ora bem, acabas de ver como Flora recebeu o irmão de Pedro; tal qual recebia o irmão de Paulo. Ambos eram apóstolos. Paulo achava-a agora mais bonita que alguns meses antes, e disse-lho nessa mesma tarde em São Clemente, com esta palavra familiar e cordial:

— A senhora enfeitou muito.

Flora julgava a mesma coisa relativamente ao estudante de direito; calou a impressão. Ou a tristeza que trazia, ou qualquer outra sensação particular, fê-la acanhada, a princípio. Não tardou, porém, que achasse outra vez o gêmeo no gêmeo, e que ele e ela matassem saudades.

Como é que se matam saudades não é coisa que se explique de um modo claro. Não há ferro nem fogo, corda nem veneno, e todavia as saudades expiram para a ressurreição, alguma vez antes do terceiro dia. Há quem creia que, ainda mortas, são doces, mais que doces. Esse ponto, no nosso caso, não pode ser ventilado, nem eu quero desenvolvê-lo, como aliás cumpria.

As saudades morreram, não todas, nem logo, logo, mas em parte e tão vagarosamente que Paulo aceitou o convite de lá jantar. Era o dia da chegada; Natividade quisera tê-lo consigo à mesa, ao pé de Pedro, para cimentar a pacificação começada pela distância. Paulo nem se deu ao trabalho de lá mandar; deixou-se estar com a bela criatura, entre o pai e a mãe que pensava em outra coisa, próxima no tempo e remota no espaço. Sabendo o que era, Flora passava do prazer ao tédio, e Paulo não entendia essa alternação de sentimentos. De quando em quando, vendo a mãe agitada e preocupada, mas com outra expressão, Paulo interrogava a filha. Em vez de dar uma explicação qualquer, Flora passou uma vez a mão pelos olhos e ficou alguns instantes sem os descobrir. A ação do estudante de Direito devia ser arredar-lhe a mão, encará-la de perto, mais perto, totalmente perto, e repetir a pergunta por um modo em que a eloquência do gesto dispensasse a fala. Se tal ideia teve, não saiu cá fora. Nem ela lhe consentiu mais tempo que o da pergunta:

— Que é que tem?

— Nada — respondeu Flora.

— Tem alguma coisa — insistiu ele querendo pegar-lhe na mão. Não acabou o gesto, não o começou sequer; abriu e fechou os dedos apenas, enquanto Flora sorria para sacudir tristezas, e deixou-se estar a matar saudades.

Capítulo LIX
Noite de 14

Tudo se explicou à noite, em casa da família Santos. O ex-presidente de província confessou as esperanças de uma investidura nova; a esposa afirmou a iminência do ato. Daí a publicidade da notícia, que pouco antes d. Cláudia só dizia em segredo. Já não havia segredos que calar.

Paulo soube então tudo, e Pedro, que conhecia alguns preliminares, acabou sabendo o resto. Ambos naturalmente sentiram a separação próxima. A dor os fez amigos por instantes; é uma das vantagens dessa grande e nobre sensação. Já me não lembra quem afirmava, ao contrário, que um ódio comum é o que mais liga duas pessoas. Creio que sim, mas não descreio do meu postulado, por esta razão que uma coisa não tolhe a outra, e ambas podem ser verdadeiras.

Demais, a dor não era ainda o desespero. Havia até uma consolação para os dois gêmeos; é que a moça ficaria longe de ambos. Nenhum deles teria o gozo exclusivo ao pé da porta. Não há mal que não traga um pouco de bem, e por isso é que o mal é útil, muita vez indispensável, alguma vez delicioso. Os dois quiseram falar à amiguinha em particular, para sondá-la acerca daquela separação, já agora certa, mas nenhum conseguiu esse desejo. Vigiavam-se, isso sim. Quando lhe falavam, era sempre juntos, e de coisas familiares e ordinárias. O gesto de Flora não traduzia o estado da alma; este podia ser lépido, melancólico, ou indiferente, não vinha cá fora. Em verdade, ela falava pouco. Os olhos também não diziam muito. Mais de uma vez, Pedro deu com ela fitando Paulo, e gemeu com a preferência, mas também ele era preferido depois, e achava compensação; Paulo então é que rangia os dentes, figuradamente. Natividade, toda entregue à sua recepção, que era a última do ano, não acompanhou de perto as agitações morais daquele trio. Quando deu por elas, chegou a senti-las também.

Pouco a pouco, a gente se foi dispersando. Não era muita, e dominava a nota íntima. Quando a maioria saiu, ficou só a porção mais íntima, três ou quatro homens a um canto da sala, falando e rindo de ditos e anedotas. Não conversavam de política, e aliás não faltaria matéria. As moças, pela segunda ou terceira vez, trocavam as impressões do grande baile recente. Também falavam de músicas e teatros, das festas próximas de Petrópolis, da gente que ia naquele ano, e da que só iria em janeiro. Natividade dividia-se com todos, até que, podendo ficar alguns instantes com Aires, confiara-lhe o seu receio acerca do amor dos filhos, e ao mesmo tempo o prazer que lhe trazia a esperança de uma longa separação de Flora. O conselheiro não desdizia do receio, nem da esperança.

— É uma esperança que o Batista seja nomeado e leve a filha daqui — disse ela.
— Certamente, mas...
— Mas quê?
— Certamente a levará, mas a senhora pode não conhecer bem aquela menina.
— Penso que é boa.
— Também eu penso assim. A bondade, porém, não tem nada com o resto da pessoa. Flora é, como já lhe disse há tempos, uma inexplicável. Agora é tarde para lhe expor os fundamentos da minha impressão; depois lhe direi. Note que gosto

muito dela; acho-lhe um sabor particular naquele contraste de uma pessoa assim, tão humana e tão fora do mundo, tão etérea e tão ambiciosa, ao mesmo tempo, de uma ambição recôndita... Vá perdoando estas palavras mal embrulhadas, e até amanhã — concluiu ele, estendendo-lhe a mão. — Amanhã virei explicá-las.

— Explique-as agora, enquanto os outros parecem rir de algum dito engraçado.

Efetivamente, os homens riam de algum dito ou trocadilho; Aires quis falar, mas reteve a língua, e desculpou-se. A explicação era longa e difícil, e não era urgente, disse ele.

— Eu mesmo não sei se me entendo, baronesa, nem se penso a verdade; pode ser. Em todo caso, minha boa amiga, até amanhã ou até Petrópolis. Quando espera subir?

— Lá para o fim do ano.

— Então ainda nos veremos algumas vezes.

— Sim, e se me não vir a mim, quero que veja os meus rapazes, que os receba e estime. Eles o têm em grande conta; não lhe fazem senão justiça. Pedro acha que o senhor é o espírito mais fino, e Paulo o mais rijo da nossa terra...

— Veja como a senhora os educa, ensinando-lhes a pensar errado — disse Aires sorrindo e fazendo um gesto de agradecimento. — Eu, rijo?

— O mais rijo e o mais fino.

Os últimos habituados da casa vieram dar boa-noite à dona. Dez minutos depois, Aires despedia-se do casal Santos.

A noite era clara e tranquila. Aires recompôs uma parte do serão para escrevê-la no *Memorial*. Poucas linhas, mas interessantes, nas quais Flora era a principal figura: "Que o Diabo a entenda, se puder; eu, que sou menos que ele, não acerto de a entender nunca. Ontem parecia querer a um, hoje quis ao outro; pouco antes das despedidas, queria a ambos. Encontrei outrora desses sentimentos alternos simultâneos; eu mesmo fui uma e outra coisa, e sempre me entendi a mim. Mas aquela menina e moça... A condição dos gêmeos explicará essa inclinação dupla; pode ser também que alguma qualidade falte a um que sobre a outro, e vice-versa, e ela, pelo gosto de ambas, não acaba de escolher de vez. É fantástico, sei; menos fantástico é se eles, destinados à inimizade, acharem nessa mesma criatura um campo estreito de ódio, mas isso os explicaria a eles, não a ela... Seja o que for, a nossa organização política é útil; a presidência de província, arredando Flora daqui por algum tempo, tira essa moça da situação em que se acha, como a asna de Buridan. Quando voltar, a água estará bebida e a cevada comida. Um decreto ajudará a natureza".

Isso feito, Aires meteu-se na cama, rezou uma ode do seu Horácio e fechou os olhos. Nem por isso dormiu. Tentou então uma página do seu Cervantes, outra do seu Erasmo, fechou novamente os olhos, até que dormiu. Pouco foi; às cinco horas e quarenta minutos estava de pé. Em novembro, sabes que é dia.

Capítulo LX
Manhã de 15

Quando lhe acontecia o que ficou contado, era costume de Aires sair cedo, a espairecer. Nem sempre acertava. Desta vez foi ao Passeio Público. Chegou às sete horas e meia, entrou, subiu ao terraço e olhou para o mar. O mar estava crespo. Aires começou a passear ao longo do terraço, ouvindo as ondas, e chegando-se à borda, de quando em quando, para vê-las bater e recuar. Gostava delas assim; achava-lhes uma espécie de alma forte, que as movia para meter medo à terra. A água, enroscando-se em si mesma, dava-lhe uma sensação, mais que de vida, de pessoa também, a que não faltavam nervos nem músculos, nem a voz que bradava as suas cóleras.

Enfim, cansou e desceu, foi-se ao lago, ao arvoredo, e passeou à toa, revivendo homens e coisas, até que se sentou em um banco. Notou que a pouca gente que havia ali não estava sentada, como de costume, olhando à toa, lendo gazetas ou cochilando a vigília de uma noite sem cama. Estava de pé, falando entre si, e a outra que entrava ia pegando na conversação sem conhecer os interlocutores; assim lhe pareceu, ao menos. Ouviu umas palavras soltas, *Deodoro*, *batalhões*, *campo*, *ministério* etc. Algumas, ditas em tom alto, vinham acaso para ele, a ver se lhe espertavam a curiosidade, e se obtinham mais uma orelha às notícias. Não juro que assim fosse, porque o dia vai longe, e as pessoas não eram conhecidas. O próprio Aires, se tal coisa suspeitou, não a disse a ninguém; também não afiou o ouvido para alcançar o resto. Ao contrário, lembrando-lhe algo particular, escreveu a lápis uma nota na carteira. Tanto bastou para que os curiosos se dispersassem, não sem algum epíteto de louvor, uns ao governo, outros ao exército: podia ser amigo de um ou de outro.

Quando Aires saiu do Passeio Público, suspeitava alguma coisa, e seguiu até o largo da Carioca. Poucas palavras e sumidas, gente parada, caras espantadas, vultos que arrepiavam caminho, mas nenhuma notícia clara nem completa. Na rua do Ouvidor, soube que os militares tinham feito uma revolução, ouviu descrições da marcha e das pessoas, e notícias desencontradas. Voltou ao largo, onde três tílburis o disputaram; ele entrou no que lhe ficou mais à mão, e mandou tocar para o Catete. Não perguntou nada ao cocheiro; este é que lhe disse tudo e o resto. Falou de uma revolução, de dois ministros mortos, um fugido, os demais presos. O imperador, capturado em Petrópolis, vinha descendo a serra.

Aires olhava para o cocheiro, cuja palavra saía deliciosa de novidade. Não lhe era desconhecida essa criatura. Já a vira, sem o tílburi, na rua ou na sala, à missa ou a bordo, nem sempre homem, alguma vez mulher, vestida de seda ou de chita. Quis saber mais, mostrou-se interessado e curioso, e acabou perguntando se realmente houvera o que dizia. O cocheiro contou que ouvira tudo a um homem que trouxera da rua dos Inválidos e levara ao largo da Glória, por sinal que estava assombrado, não podia falar, pedia-lhe que corresse, que lhe pagaria o dobro; e pagou.

— Talvez fosse algum implicado no barulho — sugeriu Aires.

— Também pode ser, porque ele levava o chapéu derrubado, e a princípio pensei que tinha sangue nos dedos, mas reparei e vi que era barro; com certeza, vinha de descer algum muro. Mas, pensando bem, creio que era sangue; barro não tem aquela

cor. A verdade é que ele pagou o dobro da viagem, e com razão, porque a cidade não está segura, e a gente corre grande risco levando pessoas de um lado para outro...

Chegavam justamente à porta de Aires; este mandou parar o veículo, pagou pela tabela e desceu. Subindo a escada, ia naturalmente pensando nos acontecimentos possíveis. No alto achou o criado, que sabia tudo, e lhe perguntou se era certo...

— O que é que não é certo, José? É mais que certo.
— Que mataram três ministros?
— Não; há só um ferido.
— Eu ouvi que mais gente também, falaram em dez mortos...
— A morte é um fenômeno igual à vida; talvez os mortos vivam. Em todo caso, não lhes rezes por almas, porque não és bom católico, José.

Capítulo LXI
Lendo Xenofonte

Como é que, tendo ouvido falar da morte de dois e três ministros, Aires afirmou apenas o ferimento de um, ao retificar a notícia do criado? Só se pode explicar de dois modos — ou por um nobre sentimento de piedade, ou pela opinião de que toda a notícia pública cresce de dois terços, ao menos. Qualquer que fosse a causa, a versão do ferimento era a única verdadeira. Pouco depois passava pela rua do Catete a padiola que levava um ministro, ferido. Sabendo que os outros estavam vivos e sãos e o imperador era esperado de Petrópolis, não acreditou na mudança de regime que ouvira ao cocheiro de tílburi e ao criado José. Reduziu tudo a um movimento que ia acabar com a simples mudança de pessoal.

"Temos gabinete novo", pensou consigo.

Almoçou tranquilo, lendo Xenofonte: "Considerava eu um dia quantas repúblicas têm sido derrubadas por cidadãos que desejam outra espécie de governo, e quantas monarquias e oligarquias são destruídas pela sublevação dos povos; e, de quantos sobem ao poder, uns são depressa derrubados, outros, se duram, são admirados por hábeis e felizes...". Sabes a conclusão do autor, em prol da tese de que o homem é difícil de governar; mas logo depois a pessoa de Ciro destrói aquela conclusão, mostrando um só homem que regeu milhões de outros, os quais não só o temiam, mas ainda lutavam por lhe fazer as vontades. Tudo isso em grego, e com tal pausa que ele chegou ao fim do almoço sem chegar ao fim do primeiro capítulo.

Capítulo LXII
"Pare no D"

— Mas, Sua Excelência está almoçando — dizia o criado no patamar da escada a alguém que pedia para falar ao conselheiro.

Era falso, Aires acabava justamente de almoçar; mas o criado sabia que o amo gostava de saborear o charuto depois do almoço, sem interrupção. Agora estava no canapé e ouviu o diálogo do patamar. A pessoa insistia em dizer uma palavrinha.

— Não pode ser.

— Bem, eu espero; logo que Sua Excelência acabe...

— O melhor é voltar depois; não mora ali defronte? Pois volte daqui a uma hora ou duas...

A pessoa era o Custódio e foi para casa, mas o velho diplomata, sabendo quem era, não esperou que acabasse o charuto; mandou-lhe dizer que viesse. Custódio saiu, correu, subiu e entrou assombrado.

— Que é isso, senhor Custódio? — disse-lhe Aires. — O senhor anda a fazer revoluções?

— Eu, senhor? Ah! senhor! Se Vossa Excelência soubesse...

— Se soubesse o quê?

Custódio explicou-se. Vá, resumamos a explicação.

Na véspera, tendo de ir abaixo, Custódio foi à rua da Assembleia, onde se pintava a tabuleta. Era já tarde; o pintor suspendera o trabalho. Só algumas das letras ficaram pintadas — a palavra *Confeitaria* e a letra *d*. A letra *o* e a palavra *Império* estavam só debuxadas a giz. Gostou da tinta e da cor, reconciliou-se com a forma, e apenas perdoou a despesa. Recomendou pressa. Queria inaugurar a tabuleta no domingo.

Ao acordar de manhã não soube logo do que houvera na cidade, mas pouco a pouco vieram vindo as notícias, viu passar um batalhão, e creu que lhe diziam a verdade os que afirmavam a revolução e vagamente a república. A princípio, no meio do espanto, esqueceu-lhe a tabuleta. Quando se lembrou dela, viu que era preciso sustar a pintura. Escreveu às pressas um bilhete e mandou um caixeiro ao pintor. O bilhete dizia só isto: "Pare no D". Com efeito, não era preciso pintar o resto, que seria perdido, nem perder o princípio, que podia valer. Sempre haveria palavra que ocupasse o lugar das letras restantes. "Pare no D."

Quando o portador voltou, trouxe a notícia de que a tabuleta estava pronta.

— Você viu-a pronta?

— Vi, patrão.

— Tinha escrito o nome antigo?

— Tinha, sim, senhor: *"Confeitaria do Império"*.

Custódio enfiou um casaco de alpaca e voou à rua da Assembleia. Lá estava a tabuleta, por sinal que coberta com um pedaço de chita; alguns rapazes que a tinham visto, ao passar na rua, quiseram rasgá-la; o pintor, depois de a defender com boas palavras, achou mais eficaz cobri-la. Levantada a cortina, Custódio leu: *"Confeitaria do Império"*. Era o nome antigo, o próprio, o célebre, mas era a destrui-

ção agora; não podia conservar um dia a tabuleta, ainda que fosse em beco escuro, quanto mais na rua do Catete...

— O senhor vai despintar tudo isso — disse ele.

— Não entendo. Quer dizer que o senhor paga primeiro a despesa. Depois, pinto outra coisa.

— Mas que perde o senhor em substituir a última palavra por outra? A primeira pode ficar, e mesmo o *d*... Não leu o meu bilhete?

— Chegou tarde.

— E por que pintou, depois de tão graves acontecimentos?

— O senhor tinha pressa, e eu acordei às cinco e meia para servi-lo. Quando me deram as notícias, a tabuleta estava pronta. Não me disse que queria pendurá-la domingo? Tive de pôr muito secante na tinta, e além da tinta, gastei tempo e trabalho.

Custódio quis repudiar a obra, mas o pintor ameaçou de pôr o número da confeitaria e o nome do dono na tabuleta, e expô-la assim, para que os revolucionários lhe fossem quebrar as vidraças do Catete. Não teve remédio senão capitular. Que esperasse: ia pensar na substituição; em todo caso, pedia algum abate no preço. Alcançou a promessa do abate e voltou a casa. Em caminho, pensou no que perdia mudando de título — uma casa tão conhecida, desde anos e anos! Diabos levassem a revolução! Que nome lhe poria agora? Nisso lembrou-lhe o vizinho Aires e correu a ouvi-lo.

Capítulo LXIII
Tabuleta nova

Referido o que lá fica atrás, Custódio confessou tudo o que perdia no título e na despesa, o mal que lhe trazia a conservação do nome da casa, a impossibilidade de achar outro, um abismo, em suma. Não sabia que buscasse; faltava-lhe invenção e paz de espírito. Se pudesse, liquidava a confeitaria. E afinal que tinha ele com política? Era um simples fabricante e vendedor de doces, estimado, afreguesado, respeitado, e principalmente respeitador da ordem pública...

— Mas o que é que há? — perguntou Aires.

— A república está proclamada.

— Já há governo?

— Penso que já; mas diga-me Vossa Excelência: ouviu alguém acusar-me jamais de atacar o governo? Ninguém. Entretanto... Uma fatalidade! Venha em meu socorro. Excelentíssimo. Ajude-me a sair deste embaraço. A tabuleta está pronta, o nome todo pintado. "Confeitaria do Império", a tinta é viva e bonita. O pintor teima em que lhe pague o trabalho, para então fazer outro. Eu, se a obra não estivesse acabada, mudava de título, por mais que me custasse, mas hei de perder o dinheiro que gastei? Vossa Excelência crê que, se ficar "Império", venham quebrar-me as vidraças?

— Isso não sei.

— Realmente, não há motivo; é o nome da casa, nome de trinta anos, ninguém a conhece de outro modo.

— Mas pode pôr "*Confeitaria da República*"...

— Lembrou-me isso, em caminho, mas também me lembrou que, se daqui a um ou dois meses, houver nova reviravolta, fico no ponto em que estou hoje, e perco outra vez o dinheiro.

— Tem razão... Sente-se.

— Estou bem.

— Sente-se e fume um charuto.

Custódio recusou o charuto, não fumava. Aceitou a cadeira. Estava no gabinete de trabalho, em que algumas curiosidades lhe chamariam a atenção, se não fosse o atordoamento do espírito. Continuou a implorar o socorro do vizinho. Sua Excelência, com a grande inteligência que Deus lhe dera, podia salvá-lo. Aires propôs-lhe um meio-termo, um título que iria com ambas as hipóteses — "*Confeitaria do Governo*".

— Tanto serve para um regime como para outro.

— Não digo que não, e, a não ser a despesa perdida... Há, porém, uma razão contra. Vossa Excelência sabe que nenhum governo deixa de ter oposição. As oposições, quando descerem à rua, podem implicar comigo, imaginar que as desafio, e quebrarem-me a tabuleta; entretanto, o que eu procuro é o respeito de todos.

Aires compreendeu bem que o terror ia com a avareza. Certo, o vizinho não queria barulhos à porta, nem malquerenças gratuitas, nem ódios de quem quer que fosse; mas, não o afligia menos a despesa que teria de fazer de quando em quando, se não achasse um título definitivo, popular e imparcial. Perdendo o que tinha, já perdia a celebridade, além de perder a pintura e pagar mais dinheiro. Ninguém lhe compraria uma tabuleta condenada. Já era muito ter o nome e o título no *Almanaque* de Laemmert, onde podia lê-lo algum abelhudo e ir com outros puni-lo do que estava impresso desde o princípio do ano...

— Isso não — interrompeu Aires —; o senhor não há de recolher a edição de um almanaque.

E depois de alguns instantes:

— Olhe, dou-lhe uma ideia, que pode ser aproveitada, e, se não a achar boa, tenho outra à mão, e será a última. Mas eu creio que qualquer delas serve. Deixe a tabuleta pintada como está, e à direita, na ponta, por baixo do título, mande escrever estas palavras que explicam o título: "Fundada em 1860". Não foi em 1860 que abriu a casa?

— Foi — respondeu Custódio.

— Pois...

Custódio refletia. Não se lhe podia ler *sim* nem *não*; atônito, a boca entreaberta, não olhava para o diplomata, nem para o chão, nem para as paredes ou móveis, mas para o ar. Como Aires insistisse, ele acordou a confessou que a ideia era boa. Realmente, mantinha o título e tirava-lhe o sedicioso, que crescia com o fresco da pintura. Entretanto, a outra ideia podia ser igual ou melhor, e quisera comparar as duas.

— A outra ideia não tem a vantagem de pôr a data à fundação da casa, tem só a de definir o título, que fica sendo o mesmo, de uma maneira alheia ao regime. Deixe-lhe estar a palavra império e acrescente-lhe embaixo, ao centro, estas duas,

que não precisam ser graúdas: *das leis*. Olhe, assim — concluiu Aires —, sentando-se à secretária, e escrevendo em uma tira de papel o que dizia.

Custódio leu, releu e achou que a ideia era útil; sim, não lhe parecia má. Só lhe viu um defeito; sendo as letras de baixo menores, podiam não ser lidas tão depressa e claramente como as de cima, e estas é que se meteriam pelos olhos ao que passasse. Daí a que algum político ou sequer inimigo pessoal não entendesse logo, e... A primeira ideia, bem considerada, tinha o mesmo mal, e ainda este outro: pareceria que o confeiteiro, marcando a data da fundação, fazia timbre em ser antigo. Quem sabe se não era pior que nada?

— Tudo é pior que nada.

— Procuremos.

Aires achou outro título, o nome da rua, *"Confeitaria do Catete"*, sem advertir que havendo outra confeitaria na mesma rua, era atribuir exclusivamente à do Custódio a designação local. Quando o vizinho lhe fez tal ponderação, Aires achou-a justa, e gostou de ver a delicadeza de sentimentos do homem; mas logo depois descobriu que o que fez falar o Custódio foi a ideia de que esse título ficava comum às duas casas. Muita gente não atinaria com o título escrito e compraria na primeira que lhe ficasse à mão, de maneira que só ele faria as despesas da pintura, e ainda por cima perdia a freguesia. Ao perceber isto, Aires não admirou menos a sagacidade de um homem que, em meio de tantas tribulações, contava os maus frutos de um equívoco. Disse-lhe então que o melhor seria pagar a despesa feita e não pôr nada, a não ser que preferisse o seu próprio nome: *"Confeitaria do Custódio"*. Muita gente certamente lhe não conhecia a casa por outra designação. Um nome, o próprio nome do dono, não tinha significação política ou figuração histórica, ódio nem amor, nada que chamasse a atenção dos dois regimes, e conseguintemente que pusesse em perigo os seus pastéis de Santa Clara, menos ainda a vida do proprietário e dos empregados. Por que é que não adotava esse alvitre? Gastava alguma coisa com a troca de uma palavra por outra, *Custódio* em vez de *Império*, mas as revoluções trazem sempre despesas.

— Sim, vou pensar, Excelentíssimo. Talvez convenha esperar um ou dois dias, a ver em que param as modas — disse Custódio agradecendo.

Curvou-se, recuou e saiu. Aires foi à janela para vê-lo atravessar a rua. Imaginou que ele levaria da casa do ministro aposentado um ilustre particular que faria esquecer por instantes a crise da tabuleta. Nem tudo são despesas na vida, e a glória das relações podia amaciar as agruras deste mundo. Não acertou desta vez. Custódio atravessou a rua, sem parar nem olhar para trás, e enfiou pela confeitaria dentro com todo o seu desespero.

Capítulo LXIV
Paz!

Que, em meio de tão graves sucessos, Aires tivesse bastante pausa e claridade para imaginar tal descoberta no vizinho, só se pode explicar pela incredulidade com que recebera as notícias. A própria aflição de Custódio não lhe dera fé. Vira nascer e morrer muito boato falso. Uma de suas máximas é que o homem vive para espalhar a primeira invenção de rua, e que tudo se fará crer a cem pessoas juntas ou separadas. Só às duas horas da tarde, quando Santos lhe entrou em casa, acreditou na queda do império.

— É verdade, conselheiro, vi descer as tropas pela rua do Ouvidor, ouvi as aclamações à república. As lojas estão fechadas, os bancos também, e o pior é se se não abrem mais, se vamos cair na desordem pública; é uma calamidade.

Aires quis aquietar-lhe o coração. Nada se mudaria; o regime, sim, era possível, mas também se muda de roupa sem trocar de pele. Comércio é preciso. Os bancos são indispensáveis. No sábado, ou quando muito na segunda-feira, tudo voltaria ao que era na véspera, menos a constituição.

— Não sei, tenho medo, conselheiro.

— Não tenha medo. A baronesa já sabe o que há?

— Quando eu saí de casa, não sabia, mas agora é provável.

— Pois vá tranquilizá-la; naturalmente está aflita.

Santos receava os fuzilamentos; por exemplo, se fuzilassem o imperador, e com ele as pessoas de sociedade? Recordou que o Terror... Aires tirou-lhe o Terror da cabeça. As ocasiões fazem as revoluções, disse ele, sem intenção de rimar, mas gostou que rimasse, para dar forma fixa à ideia. Depois lembrou a índole branda do povo. O povo mudaria de governo sem tocar nas pessoas. Haveria lances de generosidade. Para provar o que dizia, referiu um caso que lhe contara um velho amigo, o marechal Beaurepaire Rohan. Era no tempo da Regência. O imperador fora ao teatro de São Pedro de Alcântara. No fim do espetáculo, o amigo, então moço, ouviu grande rumor do lado da igreja de São Francisco, e correu a saber o que era. Falou a um homem, que bradava indignado, e soube dele que o cocheiro do imperador não tirara o chapéu no momento em que este chegara à porta para entrar no coche; o homem acrescentou: "Eu sou *ré*...". Naquele tempo os republicanos por brevidade eram assim chamados. "Eu sou *ré*, mas não consinto que faltem ao respeito a este menino!"

Nenhuma feição de Santos mostrou apreciar ou entender aquele rasgo anônimo. Ao contrário, todo ele parecia entregue ao presente, ao momento, ao comércio fechado, aos bancos sem operações, ao receio de uma suspensão total de negócios durante prazo indeterminado. Cruzava e descruzava as pernas. Afinal ergueu-se e suspirou.

— Então, parece-lhe...?

— Que descanse.

Santos aceitou o conselho, mas vai muito do aceitar ao cumprir, e a aparência era mui diversa do coração. O coração batia-lhe. A cabeça via esboroar-se tudo. Quis despedir-se, mas fez duas ou três investidas antes de pousar o pé fora do gabinete

e caminhar para a escada. Instava pela certeza. Conquanto tivesse visto e ouvido a república, podia ser... Em todo caso, a paz é que era necessária, e haveria paz? Aires inclinava-se a crer que sim, e novamente o convidou a descansar.

— Até logo — concluiu.

— Por que não vai lá jantar conosco?

— Tenho de jantar com um amigo, no Hotel dos Estrangeiros. Depois, talvez, ou amanhã. Vá, vá tranquilizar a baronesa e os rapazes. Os rapazes estarão em paz? Esses brigam, com certeza; vá pô-los em ordem.

— O senhor podia ajudar-me nisso. Vá lá de noite.

— Pode ser; se puder, vou. Amanhã com certeza.

Santos saiu; tinha o carro à espera, entrou e seguiu para Botafogo. Não levava a paz consigo, não a poderia dar à mulher, nem à cunhada, nem aos filhos. Quisera chegar a casa, por medo da rua, mas quisera também ficar na rua, por não saber que palavras nem que conselhos daria aos seus. O espaço do carro era pequeno e bastante para um homem; mas, enfim, não viveria ali a tarde inteira. Ao demais, a rua estava quieta. Via gente à porta das lojas. No largo do Machado viu outra que ria, alguma calada, havia espanto, mas não havia propriamente susto.

Capítulo LXV
Entre os filhos

Quando Santos chegou a casa, Natividade estava inquieta, sem notícia exata e definitiva dos acontecimentos. Não sabia da república. Não sabia do marido nem dos filhos. Aquele saíra antes dos primeiros rumores, estes iam fazer a mesma coisa, logo que os boatos chegaram. O primeiro gesto da mãe foi para impedir que os filhos saíssem, mas não pôde, era tarde. Não os podendo reter, pegou-se com a Virgem Maria, a fim de que os poupasse, e esperou. A irmã fez o mesmo. Era perto de meio-dia; foi então que os minutos entraram a parecer séculos.

A ânsia da mãe era naturalmente maior que a da tia. Natividade via andar o tempo com ferros aos pés. Não havia alvoroço que atasse um par de asas àquelas horas longas do relógio da casa, nem aos do cinto, o dela e o da irmã; todos eles coxeavam de ambos os ponteiros. Enfim, ouviu na areia do jardim as rodas de um carro; era Santos.

Natividade acudiu ao patamar da escada. Santos subiu, e as mãos de ambos estenderam-se e agarraram-se. Longa vida conjunta acaba por fazer da ternura uma coisa grave e espiritual. Entretanto, parece que o gesto do marido não foi original, mas secundário, filho ou imitativo do da mulher. Pode ser que a corda da sensibilidade fosse menos vibrante na lira dele que na dela, posto que muitos anos atrás, aquele outro gesto no cupê, quando voltavam da missa de São Domingos, lembras-te...? Sobre isto escrevi agora algumas linhas, que não ficariam mal, se as acabasse, mas recuo a tempo, e risco-as. Não vale a pena ir à cata das palavras riscadas. Menos vale supri-las.

Que nos bastem as quatro mãos apertadas. Natividade perguntou pelos filhos. Santos opinou que não tivesse medo. Não havia nada; tudo parecia estar como no dia anterior, as ruas sossegadas, as caras mudas. Não correria sangue, o comércio ia continuar. Toda a animação de Aires tinha agora brotado nele, com a mesma verdura e o mesmo estilo.

Os filhos chegaram tarde, cada um por sua vez, e Pedro mais cedo que Paulo. A melancolia de um ia com a alma da casa, a alegria de outro destoava desta, mas tais eram uma e outra que, apesar da expansão da segunda, não houve repressão nem briga. Ao jantar, falaram pouco. Paulo referia os sucessos amorosamente. Conversara com alguns correligionários e soube do que se passara à noite e de manhã, a marcha e a reunião dos batalhões no campo, as palavras de Ouro Preto ao marechal Floriano, a resposta deste, a aclamação da República. A família ouvia e perguntava, não discutia, e esta moderação contrastava com a glória de Paulo. O silêncio de Pedro, principalmente, era como um desafio. Não sabia Paulo que a própria mãe é que o pedira ao irmão com muitos beijos, motivo que em tal momento, ia com o aperto do coração do rapaz.

O coração de Paulo, ao contrário, era livre, deixava circular o sangue, como a felicidade. Os sentimentos republicanos, em que os princípios se incrustavam, viviam ali tão fortes e quentes, que mal deixavam ver o abatimento de Pedro e o acanhamento da outra gente sua. Ao fim do jantar, bebeu à República, mas calado, sem ostentação, apenas olhando para o teto, e levantando o copo um tantinho mais que de costume. Ninguém replicou por outro gesto ou palavra.

Certamente, o moço Pedro quis dizer alguma frase de piedade relativamente ao regime imperial e às pessoas de Bragança, mas a mãe quase que não tirava os olhos dele, como impondo ou pedindo silêncio. Demais, ele não cria nada mudado; a despeito de decretos e proclamações, Pedro imaginava que tudo podia ficar como dantes, alterado apenas o pessoal do governo. Custa pouco, dizia ele baixinho à mãe, ao deixarem a mesa; é só o imperador falar ao Deodoro.

Paulo saiu, logo depois do jantar, prometendo vir cedo. A mãe, receosa de o ver metido em barulhos, não queria que ele saísse; mas outro receio fê-la consentir, e este era que os dois irmãos brigassem finalmente. Assim um medo vence a outro, e a gente acaba por dar o que negou. Não é menos certo que ela raciocinou alguns minutos antes de resolver, do mesmo modo que eu escrevi uma página antes da que vou escrever agora; mas ambos nós, Natividade e eu, acabamos por deixar que os atos se praticassem, sem oposição dela, nem comentário meu.

Capítulo LXVI
O basto e a espadilha

Vieram amigos da casa, trazendo notícias e boatos. Variavam pouco e geralmente não havia opinião segura acerca do resultado. Ninguém sabia se a vitória do movimento era um bem, se um mal, apenas sabiam que era um fato. Daí a ingenuidade

com que alguém propôs o voltarete do costume, e a boa vontade de outros em aceitá-lo. Santos, embora declarasse que não jogava, mandou pôr as cartas e os tentos, mas os outros opinaram que sempre faltava um parceiro, e sem ele, não havia graça. Quis resistir; não era bonito que no próprio dia em que o regime caíra ou ia cair, entregasse o espírito a recreações de sociedade... Não pensou isto em voz alta nem baixa, mas consigo, e talvez o leu no rosto da mulher. Acharia um pretexto para resistir, se buscasse algum, mas amigos e cartas não deixavam buscar nada. Santos acabou aceitando. Provavelmente era essa mesma a inclinação íntima. Muitas há que precisam ser atraídas cá fora como um favor ou concessão da pessoa. Enfim, o basto e a espadilha fizeram naquela noite o seu ofício, como as mariposas e os ratos, os ventos e as ondas, o lume das estrelas e o sono dos cidadãos.

Capítulo LXVII
A noite inteira

Saindo de casa, Paulo foi à de um amigo, e os dois entraram a buscar outros da mesma idade e igual intimidade. Foram aos jornais, ao quartel do Campo, e passaram algum tempo diante da casa de Deodoro. Gostavam de ver os soldados, a pé ou a cavalo, pediam licença, falavam-lhes, ofereciam cigarros. Era a única concessão destes; nenhum lhes contou o que se passara, nem todos saberiam nada.

Não importa, iam cheios de si. Paulo era o mais entusiasta e convicto. Aos outros valia só a mocidade, que é um programa, mas o filho de Santos tinha frescas todas as ideias do novo regime, e possuía ainda outras que não via aceitar; bater-se-ia por elas. Trazia até o desejo de achar alguém na rua que soltasse um grito, já agora sedicioso para lhe quebrar a cabeça com a bengala. Note-se que esquecera ou perdera a bengala. Não deu por falta dela; se desse, bastavam-lhe os braços e as mãos.

Propôs cantarem a *Marselhesa*; os outros não quiseram ir tão longe, não por medo, senão de cansados. Paulo, que resistia mais que eles à fadiga, lembrou-lhes esperar a aurora.

— Vamos esperá-la do alto de um morro, ou da praia do Flamengo; teremos tempo de dormir amanhã.

— Eu não posso — disse um.

Os outros repetiram a recusa e assentaram de ir para suas casas. Era perto de duas horas. Paulo acompanhou-os a todos, e só depois de ver o último recolhido foi sozinho para Botafogo.

Quando entrou, deu com a mãe que esperava por ele, inquieta e arrependida de o haver deixado sair. Paulo não achou desculpa e censurou a mãe por não dormir, à espera dele. Natividade confessou que não teria sono antes de o saber em casa são e salvo. Falavam baixo e pouco; tendo-se beijado antes, beijaram-se depois e despediram-se.

— Olha — disse Natividade —, se achares Pedro acordado não lhe contes nem lhe perguntes nada; dorme, e amanhã saberemos tudo e o mais que se passar esta noite.

Paulo entrou no quarto pé ante pé. Era ainda aquele vasto quarto em que os dois gêmeos brigaram por causa de duas velhas gravuras, Robespierre e Luís XVI. Agora, havia mais que os retratos, uma revolução de poucas horas e um governo fresco. Obedecendo ao conselho da mãe, Paulo não quis saber se Pedro dormia, posto desconfiasse que não. Efetivamente, não. Pedro viu as cautelas de Paulo, cumpriu também os conselhos da mãe; fingiu que não via nada. Até aí os conselhos; mas um pouco de glória fez com que Paulo cantarolasse entre os dentes, baixinho, para si, a primeira estrofe da *Marselhesa* que os amigos tinham recusado fora:

> *Allons, enfants de la patrie,*
> *Le jour de gloire est arrivé!*

Pedro percebeu antes pela toada que pela letra, e concluiu que a intenção do outro era afligi-lo. Não era, mas podia ser. Vacilou entre a réplica e o silêncio, até que uma ideia fantástica lhe atravessou o cérebro, cantarolar, também baixinho, a segunda parte da estrofe: "*Entendez-vous dans vos campagnes...*", que alude às tropas estrangeiras, mas desviada do natural sentido histórico, para restringi-la às tropas nacionais. Era um desforço vago, a ideia passou depressa. Pedro contentou-se de simular a indiferença suprema do sono. Paulo não acabou a estrofe; despiu-se agitado, sem tirar o pensamento da vitória dos seus sonhos políticos. Não se meteu logo na cama; foi primeiro à do irmão, a ver se dormia. Pedro respirava tão naturalmente, como se não perdera nada. Teve ímpeto de acordá-lo, bradar-lhe que perdera tudo, se alguma coisa era a instituição derribada. Recuou a tempo e foi meter-se entre os lençóis.

Nenhum dormia. Enquanto o sono não chegava, iam pensando nos acontecimentos do dia, ambos espantados de como foram fáceis e rápidos. Depois cogitavam no dia seguinte e nos efeitos ulteriores. Não admira que não chegassem à mesma conclusão.

"Como diabo é que eles fizeram isto, sem que ninguém desse pela coisa?", refletia Paulo. Podia ter sido mais turbulento. Conspiração houve, decerto, mas uma barricada não faria mal. Seja como for, venceu-se a campanha. O que é preciso é não deixar esfriar o ferro, batê-lo sempre, e renová-lo. Deodoro é uma bela figura. Dizem que a entrada do marechal no quartel, e a saída, puxando os batalhões, foram esplêndidas. Talvez fáceis demais; é que o regime estava podre e caiu por si...

Enquanto a cabeça de Paulo ia formulando essas ideias, a de Pedro ia pensando o contrário; chamava o movimento um crime.

"Um crime e um disparate, além de ingratidão; o imperador devia ter pegado os principais cabeças e mandá-los executar. Infelizmente, as tropas iam com eles. Mas nem tudo acabou. Isto é fogo de palha; daqui a pouco está apagado, e o que antes era, torna a ser. Eu acharei duzentos rapazes bons e prontos, e desfaremos essa caranguejola. A aparência é que dá um ar de solidez, mas isto é nada. Hão de ver que o imperador não sai daqui, e, ainda que não queira, há de governar; ou governará a filha, e, na falta dela, o neto. Também ele ficou menino e governou. Amanhã é tempo; por ora tudo são flores. Há ainda um punhado de homens..."

A reticência final dos discursos de ambos quer dizer que as ideias se iam tornando esgarçadas, nevoentas e repetidas, até que se perderam e eles dormiram. Durante o sono cessou a revolução e a contra-revolução, não houve monarquia nem

república, d. Pedro II nem marechal Deodoro, nada que cheirasse a política. Um e outro sonharam com a bela enseada de Botafogo, um céu claro, uma tarde clara e uma só pessoa: Flora.

Capítulo LXVIII
De manhã!

Flora abriu os olhos de ambos, e esvaiu-se tão depressa que eles mal puderam ver a barra do vestido e ouvir uma palavrinha meiga e remota. Olharam um para o outro, sem rancor aparente. O receio de um e a esperança de outro deram tréguas. Correram aos jornais. Paulo, meio tonto, temia alguma traição sobre a madrugada. Pedro tinha uma ideia vaga de restauração, e contava ler nas folhas um decreto imperial de anistia. Nem traição nem decreto. A esperança e o receio fugiram deste mundo.

Capítulo LXIX
Ao piano

Enquanto eles sonhavam com Flora, esta não sonhou com a república. Teve uma daquelas noites em que a imaginação dorme também, sem olhos nem ouvidos, ou, quando muito, a retina não deixa ver claro, e as orelhas confundem o som de um rio com o latir de um cão remoto. Não posso dar melhor definição, nem ela é precisa; cada um de nós terá tido dessas noites mudas e apagadas.

Não sonhou sequer com música; e, aliás, tocara antes algumas das suas páginas queridas. Não as tocou somente por gostar delas, senão por fugir à consternação dos pais, que era grande. Nenhum destes podia crer que as instituições tivessem caído, outras nascido, tudo mudado. D. Cláudia ainda apelava para o dia seguinte e perguntava ao marido se vira bem, e o que é que vira; ele mordia os beiços, batia na perna, erguia-se, dava alguns passos, e tornava a narrar os acontecimentos, as notícias coladas às portas dos jornais, a prisão dos ministros, a situação, tudo extinto, extinto, extinto...

Flora não era avessa à piedade, nem à esperança, como sabeis; mas não ia com a agitação dos pais, e meteu-se com o seu piano e as suas músicas. Escolheu não sei que sonata. Tanto bastou para lhe tirar o presente. A música tinha para ela a vantagem de não ser presente, passado ou futuro; era uma coisa fora do tempo e do espaço, uma idealidade pura. Quando parava, sucedia-lhe ouvir alguma frase solta do pai ou da mãe: "... Mas como foi que...?" — "Tudo às escondidas..." — "Há sangue?". Às vezes um deles fazia algum gesto, e ela não via o gesto. O pai, com a alma trôpega, falava muito e incoerente. A mãe trazia outro vigor. Já lhe sucedia calar por instantes, como se pensasse, ao contrário do marido que, em se calando, coçava a cabeça, apertava as mãos ou suspirava, quando não ameaçava o teto com o punho.

— *Lá, lá, dó, ré, sol, ré, ré, lá* —, ia dizendo o piano da filha, por essas ou por outras notas, mas eram notas que vibravam para fugir aos homens e suas dissensões.

Também se pode achar na sonata de Flora uma espécie de acordo com a hora presente. Não havia governo definitivo. A alma da moça ia com esse primeiro albor do dia, ou com esse derradeiro crepúsculo da tarde — como queiras — em que nada é tão claro ou tão escuro que convide a deixar a cama ou acender velas. Quando muito, ia haver um governo provisório. Flora não entendia de formas nem de nomes. A sonata trazia a sensação da falta absoluta de governo, a anarquia da inocência primitiva naquele recanto do Paraíso que o homem perdeu por desobediente, e um dia ganhará, quando a perfeição trouxer a ordem eterna e única. Não haverá então progresso nem regresso, mas estabilidade. O seio de Abraão agasalhará todas as coisas e pessoas, e a vida será um céu aberto. Era o que as teclas lhe diziam sem palavras, *ré, ré, lá, sol, lá, lá, dó*...

Capítulo LXX
De uma conclusão errada

Os sucessos vieram vindo, à medida que as flores iam nascendo. Destas houve que serviram ao último baile do ano. Outras morreram na véspera. Poetas de um e outro regime tiraram imagem do fato para cantarem a alegria e a melancolia do mundo. A diferença é que a segunda abafava os seus suspiros, enquanto a primeira levava longe os seus tripúdios. O metal das trompas dava outro som que o das harpas. As flores é que continuavam a nascer e morrer, igual e regularmente.

D. Cláudia colheu as rosas do último baile do ano, primeiro da República, e adornou a filha com elas. Flora obedeceu e aceitou-as. Pai de família antes de tudo, Batista acompanhou a esposa e a filha ao baile. Também lá foi Paulo, pela moça e pelo regime. Se, em conversa com o ex-presidente de província, disse todo o bem que pensava do Governo Provisório, não lhe ouviu palavras de acordo nem de contestação. Não entrou mais fundo na confissão do homem, porque a moça o atraía, e ele gostava mais dela que do pai.

Flora viu uma semelhança entre o baile da ilha Fiscal e este, apesar de particular e modesto. Este era dado por pessoa que vinha dos tempos da propaganda e um dos ministros lá esteve, ainda que só meia hora. Daí a ausência de Pedro, apesar de convidado. Flora sentiu a falta de Pedro, como sentira a de Paulo na ilha; tal era a semelhança das duas festas. Ambas traziam a ausência de um gêmeo.

— Por que é que seu irmão não veio? — perguntou ela.

Paulo enfiou; depois de alguns instantes:

— Pedro é teimoso — disse. — Teimou em recusar o convite. Crê naturalmente que a monarquia levou a arte de dançar. Não faça caso; é um lunático.

— Não diga isso.

— Acha também que a dança se foi com o império?

— Não, a prova é que estamos dançando. Não; digo que lhe não chame nomes feios.

— Parece-lhe então que Pedro é um rapaz de juízo?
— Certamente, como o senhor.
— Mas...

Paulo ia a perguntar-lhe qual deles, tendo ela de jurar por um ou por outro, lhe mereceria o juramento; mas recuou a tempo. Então ela falou do calor, e ele achou que sim, que estava quente. Acharia que estava frio, se ela se queixasse de frio. Flora, se só cedesse à vista, era também capaz de aceitar todas as opiniões de Paulo, para ir com ele. Em verdade, Paulo tinha agora um ar brilhante e petulante, olhava por cima, firme em que os seus escritos de um ano é que haviam feito a República, posto que incompleta, sem certas ideias que expusera e defendera, e teriam de vir um dia, breve. Tal ia dizendo à moça, e ela escutava com prazer, sem opinião; era só o gosto de o escutar. Quando a lembrança de Pedro surgia na cabeça da moça, a tristeza empanava a alegria, mas a alegria vencia depressa a outra, e assim acabou o baile. Então as duas, tristeza e alegria, agasalharam-se no coração de Flora, como as suas gêmeas que eram.

O baile acabou. O capítulo é que não acaba sem que deixe um pouco de espaço a quem quiser pensar naquela criatura. Pai nem mãe podiam entendê-la, os rapazes também não, e provavelmente Santos e Natividade menos que ninguém. Tu, mestra de amores ou aluna deles, tu, que escutas a diversos, concluis que ela era...

Custa pôr o nome do ofício. Se não fosse a obrigação de contar a história com as próprias palavras, preferia calá-lo, mas tu sabes qual é ele, e aqui fica. Concluis que Flora era namoradeira, e concluis mal.

Leitora, é melhor negar já isto que esperar pelo tempo. Flora não conhecia as doçuras do namoro, e menos ainda podia dizer namoradeira de ofício. A namoradeira de ofício é a planta das esperanças, e alguma vez das realidades, se a vocação o impõe e a ocasião o permite. Também é preciso ter em lembrança aquilo de um publicista, filho de Minas e do outro século, que acabou senador, e escrevia contra os ministros adversários: "Pitangueira não dá manga". Não, Flora não dava para namorados.

A prova disto é que no estado em que viveu alguns meses de 1891, com o pai e a mãe, para o fim que direi adiante, ninguém alcançou o menor dos seus olhares amigos ou sequer complacentes. Mais de um rapaz consumiu o tempo em se fazer visto e atraído dela. Mais de uma gravata, mais de uma bengala, mais de uma luneta levaram-lhe as cores, os gestos e os vidros, sem obter outra coisa que a atenção cortês e acaso uma palavra sem valor.

Flora só se lembrava dos gêmeos. Se nenhum deles a esqueceu, ela não os perdeu de memória. Ao contrário, escrevia por todos os correios a Natividade para se fazer lembrada de ambos. As cartas falavam pouco da terra ou da gente, e não diziam mal nem bem. Usavam muito a palavra *saudades*, que cada um dos dois gêmeos lia para si. Também eles a escreviam nas cartas que mandavam a d. Cláudia e a Batista, com a mesma intenção duplicada e misteriosa, que ela entendia muito bem.

Tais eram, de longe, ela e eles. A rixa velha, que os desunia na vida, continuava a desuni-los no amor. Podiam amar cada um a sua moça, casar com ela e ter os seus filhos, mas preferiam amar a mesma, e não ver o mundo por outros olhos, nem ouvir melhor verbo, nem diversa música, antes, durante e depois da comissão do Batista.

Capítulo LXXI
A comissão

Lá me escapou a palavra. Sim, foi uma comissão dada ao pai, e da qual não sei nada, nem ela. Negócio reservado. Flora chamava-lhe comissão do inferno. O pai, sem ir tão fundo, concordava mentalmente com ela; verbalmente, desmentia a definição.

— Não digas isso, Flora; é comissão de confiança para fins nobremente políticos.

Creio que sim, mas daí a saber o objeto especial e real, ia largo espaço. Também não se sabe como foi parar às mãos de Batista aquele recado do governo. Sabe-se que ele não desprezou a escolha, quando um amigo íntimo correu a chamá-lo ao palácio do generalíssimo. Viu que era reconhecer nele muita finura e capacidade de trabalho. Não é menos certo, porém, que a comissão entrava a aborrecê-lo, posto que na correspondência oficial dissesse exatamente o contrário. Se tais papéis mostrassem sempre o coração da gente, Batista, cujas instruções eram, aliás, de concórdia, parecia querer levar a concórdia a ferro e fogo; mas o estilo não é o homem. O coração de Batista fechava-se quando ele escrevia, e deixava ir a mão adiante, com a chave do coração apertada... "Já é tempo, suspirava o músculo, já é tempo de um lugar de governador."

Quanto a d. Cláudia, não queria ver acabada a comissão, que restituía ao esposo a ação política; faltava-lhe somente uma coisa, oposição. Nenhum jornal dizia mal dele. Aquele prazer de ler todas as manhãs as descomposturas dos adversários, lê-las e relê-las com os seus nomes feios, como látegos de muitas pontas, que lhe rasgavam as carnes e a excitavam ao mesmo tempo, esse prazer não lhe dava a comissão reservada. Ao contrário, havia uma espécie de aposta em achar o comissário justo, equitativo e conciliador, digno de admiração, tipo cívico, caráter sem mácula. Tudo isto ela conheceu outrora, mas para lhe achar sabor foi sempre preciso que viesse entremeado de ralhos e calúnias. Sem eles, era água insossa. Também não tinha aquela parte de cerimônias a que obrigava o sumo cargo, mas não lhe faltavam atenções, e era alguma coisa.

Capítulo LXXII
O regresso

Quando o marechal Deodoro dissolveu o congresso nacional, em 3 de novembro, Batista recordou o tempo dos manifestos liberais, e quis fazer um. Chegou a principiá-lo, em segredo, empregando as belas frases que trazia de cor, citações latinas, duas ou três apóstrofes. D. Cláudia reteve-o à beira do abismo, com razões claras e robustas. Antes de tudo, o golpe de Estado podia ser um benefício. Serve-se muita vez a liberdade parecendo sufocá-la. Depois, era o mesmo homem que a havia proclamado que convidava agora a nação a dizer o que queria, e a emendar a constitui-

ção, salvo nas partes essenciais. A palavra do generalíssimo, como a sua espada, bastava a defender e consumar a obra principiada. D. Cláudia não tinha estilo próprio, mas sabia comunicar o calor do discurso ao coração de um homem de boa vontade. Batista, depois de a escutar e pensar, bateu-lhe no ombro imperativamente:

— Tens razão, filha.

Não rasgou o papel escrito; queria guardá-lo como simples lembrança, e a prova é que ia escrever uma carta ao presidente. D. Cláudia também lhe tirou essa ideia da cabeça. Não havia necessidade de lhe mandar o seu sufrágio; bastava conservar-se na comissão.

— O governo não está satisfeito com você?
— Está.
— Vendo que você se conserva, conclui que aprova tudo, e basta.
— Sim, Cláudia — concordou ele após alguns instantes. — Ao contrário, qualquer coisa que escrevesse contra a assembleia sediciosa que o presidente acaba de dissolver pareceria falta de piedade. Paz aos mortos! Tens razão, filha.

Conservou-se calado, operando, fiel às instruções recebidas. Vinte dias depois, o marechal Deodoro passava o governo às mãos do marechal Floriano, o congresso era restabelecido e todos os decretos do dia 3 anulados.

Ao saber de tais fatos, Batista pensou morrer. Ficou sem fala por alguns instantes, e d. Cláudia não achou a menor parcela de ânimo que lhe desse. Nenhum contara com a marcha rápida dos acontecimentos, uns sobre outros, com tal atropelo que parecia um bando de gente que fugia. Vinte dias apenas; vinte dias de força e sossego, esperanças e grande futuro. Um dia mais e tudo ruiu como casa velha.

Agora é que Batista compreendeu o erro de haver dado ouvidos à esposa. Se tem acabado e publicado o manifesto no dia 4 ou 5, estaria com um documento de resistência na mão para reivindicar um posto de honra qualquer, ou só estima que fosse. Releu o manifesto; chegou a pensar em imprimi-lo, embora incompleto. Tinha conceitos bons, como este: "O dia da opressão é a véspera da liberdade". Citava a bela Roland caminhando para a guilhotina: "Ó liberdade, quantos crimes em teu nome!". D. Cláudia fez-lhe ver que era tarde, e ele concordou.

— Sim, é tarde. Naquele dia é que não era tarde, vinha à hora própria, para o efeito certo.

Batista amarrotou o papel distraidamente; depois alisou-o e guardou-o. Em seguida, fez um exame de consciência, profundo e sincero. Não devia ter cedido; resistência era o melhor; se tem resistido às palavras da mulher, a situação seria outra. Apalpou-se, achou que sim, que podia muito bem haver-lhe trancado os ouvidos e passado adiante. Insistiu muito neste ponto. Se pudesse, faria voltar atrás o tempo, e mostraria como é que a alma escolhe de si mesma o melhor dos partidos. Não era preciso saber nada do que anteriormente sucedeu; a consciência dizia-lhe que, em situação idêntica à do dia 3, faria outra coisa... Oh! com certeza! faria coisa muito diversa, e mudaria o seu destino.

Um ofício ou telegrama veio arrancar Batista à comissão política e reservada. A volta para o Rio de Janeiro foi breve e triste, sem os epítetos que o haviam regalado por alguns meses, nem acompanhamento de amigos. Só uma pessoa vinha alegre, a filha, que rezara todas as noites pela terminação daquele exílio.

— Parece que estás contente com o desastre de teu pai — disse-lhe a mãe já a bordo.

— Não, mamãe; alegro-me de ver que acabou esta canseira. Papai pode muito bem fazer política no Rio de Janeiro, onde é muito apreciado. A senhora verá. Eu, se fosse papai, apenas desembarcasse, ia logo ao marechal explicar tudo, mostrar as instruções e dizer o que tinha feito; dizia mais que a dispensa veio muito a propósito, a fim de não parecer que ficara amofinado. Depois pedia-lhe para trabalhar lá mesmo...

D. Cláudia, a despeito do amargor dos tempos, gostou de ver que a filha pensava e dava conselhos em política. Não advertiu, como fez o leitor, que a alma do discurso da moça era não sair da capital, fazer aqui mesmo o seu congresso, que em breve seria uma só assembleia legislativa, como no Rio Grande do Sul; mas a qual das câmaras, Pedro ou Paulo, caberia esse único poder político? Eis o que ela mesma não sabia.

Ambos se lhe apresentaram a bordo, logo que o paquete entrou no porto do Rio de Janeiro. Não foram em duas lanchas, foram na mesma, e saltaram com tal presteza para a escada, que escaparam de cair ao mar. Talvez fosse o melhor desfecho do livro. Ainda assim não acaba mal o capítulo, porque a razão da presteza com que eles saltaram para a escada foi a ambição de ser o primeiro que cumprimentasse a moça; aposta de amor, que ainda uma vez os igualou na alma dela. Enfim chegaram, e não consta qual efetivamente a cumprimentou primeiro; pode ser que ambos.

Capítulo LXXIII
Um eldorado

No cais Pharoux esperavam por eles três carruagens, dois cupês e um landau, com três belas parelhas de cavalos. A gente Batista ficou lisonjeada com a fineza da gente Santos, e entrou no landau. Os gêmeos foram cada um no seu cupê. A primeira carruagem tinha o seu cocheiro e o seu lacaio, fardados de castanho, botões de metal branco, em que se podiam ver as armas da casa. Cada uma das outras tinha apenas o cocheiro, com igual libré. E todas três se puseram a andar, estas atrás daquela, os animais batendo rijo e compassado, a golpes certos, como se houvessem ensaiado, por longos dias, aquela recepção. De quando em quando, encontravam outros trens, outras librés, outras parelhas, a mesma beleza e o mesmo luxo.

A capital oferecia ainda aos recém-chegados um espetáculo magnífico. Vivia-se dos restos daquele deslumbramento e agitação, epopeia de ouro da cidade e do mundo, porque a impressão total é que o mundo inteiro era assim mesmo. Certo, não lhe esqueceste o nome, Encilhamento, a grande quadra das empresas e companhias de toda espécie. Quem não viu aquilo não viu nada. Cascatas de ideias, de invenções, de concessões rolavam todos os dias, sonoras e vistosas para se fazerem contos de réis, centenas de contos, milhares, milhares de milhares, milhares de milhares de milhares de contos de réis. Todos os papéis, aliás ações, saíam frescos e

eternos do prelo. Eram estradas de ferro, bancos, fábricas, minas, estaleiros, navegação, edificação, exportação, importação, ensaques, empréstimos, todas as uniões, todas as regiões, tudo o que esses nomes comportam e mais o que esqueceram. Tudo andava nas ruas e praças, com estatutos, organizadores e listas. Letras grandes enchiam as folhas públicas, os títulos sucediam-se, sem que se repetissem, raro morria, e só morria o que era frouxo, mas a princípio nada era frouxo. Cada ação trazia a vida intensa e liberal, alguma vez imortal, que se multiplicava daquela outra vida com que a alma acolhe as religiões novas. Nasciam as ações a preço alto, mais numerosas que as antigas crias da escravidão, e com dividendos infinitos.

Pessoas do tempo, querendo exagerar a riqueza, dizem que o dinheiro brotava do chão, mas não é verdade. Quando muito, caía do céu. Cândido e Cacambo... Ai, pobre Cacambo nosso! Sabes que é o nome daquele índio que Basílio da Gama cantou no *Uraguai*. Voltaire pegou dele para o meter no seu livro, e a ironia do filósofo venceu a doçura do poeta. Pobre José Basílio! tinhas contra ti o assunto estreito e a língua escusa. O grande homem não te arrebatou Lindoia, felizmente, mas Cacambo é dele, mais dele que teu, patrício da minha alma.

Cândido e Cacambo, ia eu dizendo, ao entrarem no Eldorado, conta Voltaire que viram crianças brincando na rua com rodelas de ouro, esmeralda e rubi; apanharam algumas, e na primeira hospedaria em que comeram quiseram pagar o jantar com duas delas. Sabes que o dono da casa riu às bandeiras despregadas, já por quererem pagar-lhe com pedras do calçamento, já porque ali ninguém pagava o que comia; era o governo que pagava tudo. Foi essa hilaridade do hospedeiro, com a liberalidade atribuída ao Estado, que fez crer iguais fenômenos entre nós, mas é tudo mentira.

O que parece ser verdade é que as nossas carruagens brotavam do chão. Às tardes, quando uma centena delas se ia enfileirar no largo de São Francisco de Paula, à espera das pessoas, era um gosto subir a rua do Ouvidor, parar e contemplá-las. As parelhas arrancavam os olhos à gente; todas pareciam descer das rapsódias de Homero, posto fossem corcéis de paz. As carruagens também. Juno certamente as aparelhara com suas correias de ouro, freios de ouro, rédeas de ouro, tudo de ouro incorruptível. Mas nem ela nem Minerva entravam nos veículos de ouro para os fins da guerra contra Ílion. Tudo ali respirava a paz. Cocheiros e lacaios, barbeados e graves, esperando tesos e compostos, davam uma bela ideia do ofício. Nenhum aguardava o patrão, deitado no interior dos carros, com as pernas de fora. A impressão que davam era de uma disciplina rígida e elegante, aprendida em alta escola e conservada pela dignidade do indivíduo.

"Casos há", escrevia o nosso Aires, "em que a impassibilidade do cocheiro na boleia contrasta com a agitação do dono no interior da carruagem, fazendo crer que é o patrão que, por desfastio, trepou à boleia e leva o cocheiro a passear."

Capítulo LXXIV
A alusão do texto

Antes de continuar, é preciso dizer que o nosso Aires não se referia vagamente ou de modo genérico a algumas pessoas, mas a uma só pessoa particular. Chamava-se então Nóbrega; outrora não se chamava nada, era aquele simples andador das almas que encontrou Natividade e Perpétua na rua de São José, esquina da da Misericórdia. Não esqueceste que a recente mãe deitou uma nota de dois mil-réis à bacia do andador. A nota era nova e bela; passou da bacia à algibeira, no fundo de um corredor, não sem algum combate.

Poucos meses depois, Nóbrega abandonou as almas a si mesmas, e foi a outros purgatórios, para os quais achou outras opas, outras bacias e finalmente outras notas, esmolas de piedade feliz. Quero dizer que foi a outras carreiras. Com pouco deixou a cidade, e não se sabe se também o país. Quando tornou, trazia alguns pares de contos de réis, que a fortuna dobrou, redobrou e tresdobrou. Enfim, alvoreceu a famosa quadra do "encilhamento". Esta foi a grande opa, a grande bacia, a grande esmola, o grande purgatório. Quem já sabia do andador das almas? A antiga roda perdera-se na obscuridade e na morte. Ele era outro; as feições não eram as mesmas, senão as que o tempo lhe veio compondo e melhorando.

Se a grande bacia, ou qualquer das outras recebeu notas que tivessem o destino da primeira, é o que se não sabe, mas é possível. Foi por esse tempo que Aires o viu de carro, quase a sair pela portinhola fora, cumprimentando muito, espiando tudo. Como o cocheiro e o lacaio (creio que eram escoceses) salvassem a dignidade pessoal da casa, Aires fez a observação do fim do outro capítulo, sem nenhuma intenção geral.

Posto não achasse já nenhum conhecido antigo, Nóbrega tinha medo de tornar ao bairro, onde andara a pedir para as primeiras almas. Um dia, porém, tais foram as saudades dele que pensou em afrontar o perigo e lá foi. Tinha cócegas de mirar as ruas e as pessoas, recordava as casas e as lojas, um barbeiro, os sobrados de grade de pau, onde apareciam tais e tais moças... Quando ia a ceder, teve outra vez medo e enfiou por outra parte. Só passava de carro; depois quis ver tudo a pé, devagar, parando, se fosse possível, e revivendo o extinto.

Lá se foi a pé: desceu pela rua de São José, dobrou a da Misericórdia, foi parar à praia de Santa Luzia, tornou pela rua de D. Manuel, enfiou de beco em beco. A princípio olhava de esguelha, rápido, os olhos no chão. Aqui via a loja de barbeiro, e o barbeiro era outro. Dos sobrados de grade de pau debruçaram-se ainda moças, velhas e meninas, e nenhuma era a mesma. Nóbrega foi-se animando e encarando. Talvez esta velha fosse moça há vinte anos; a moça talvez mamasse, e dá agora de mamar a outra criança. Nóbrega acabou parando e andando devagar.

Voltou mais vezes. Só as casas, que eram as mesmas, pareciam reconhecê-lo, e algumas quase que lhe falavam. Não é poesia. O ex-andador sentia necessidade de ser conhecido das pedras, ouvir-se admirar delas, contar-lhes a vida, obrigá-las a comparar o modesto de outrora com o garrido de hoje, e escutar-lhes as palavras

mudas: "Vejam, manas, é ele mesmo". Passava por elas, fitava-as, interrogava-as, quase ria, quase as tocava para sacudi-las com força: "Falem, diabos, falem!".

Não confiaria de homem aquele passado, mas às paredes mudas, às grades velhas, às portas gretadas, aos lampiões antigos, se os havia ainda, tudo o que fosse discreto, a tudo quisera dar olhos, ouvidos e boca, uma boca que só ele escutasse, e que proclamasse a prosperidade daquele velho andador.

Uma vez, viu a matriz de São José aberta e entrou. A igreja era a mesma; aqui estão os altares, aqui está a solidão, aqui está o silêncio. Persignou-se, mas não orou; olhava só a um lado e outro, andando na direção do altar-mor. Tinha receio de ver aparecer o sacristão, podia ser o mesmo, e conhecê-lo. Ouviu passos, recuou depressa e saiu.

Ao subir pela rua de São José, encostou-se à parede, para deixar passar uma carroça. A carroça subiu a calçada, ele refugiou-se num corredor. O corredor podia ser qualquer; aquele era o próprio em que ele fez a operação da nota de dois mil-réis de Natividade. Olhou bem, era o mesmo. Ao fundo estavam os três ou quatro degraus da primeira escada que dobrava à esquerda e pegava com a grade. Sorriu do acaso, reviu por um instante aquela manhã, viu no ar a nota de dois mil-réis. Outras lhe teriam vindo às mãos por maneiras assim fáceis, mas nunca lhe esqueceu aquela graciosa folha gravada com tantos símbolos, números, datas e promessas, entregue por uma senhora desconhecida, sabe Deus se a própria santa Rita de Cássia. Era a sua particular devoção. Sem dúvida, trocou a nota e gastou-a, mas as partes dispersas não foram senão levar a outras notas um convite para a algibeira do dono, e todas acudiram a mancheias, obedientes e caladas, para que não as ouvissem crescer.

Por mais que ele olhasse pela vida dentro, não achava igual obséquio do céu, ou sequer do inferno. Mais tarde, se alguma joia lhe levou os olhos, não lhe levou as mãos. Tinha aprendido a respeitar o alheio, ou ganhara com que o comprar. A nota de dois mil-réis... Um dia, ousando mais, chamou-lhe presente de Nosso Senhor.

Não, leitor, não me apanhas em contradição. Eu bem sei que a princípio o andador das almas atribuiu a nota ao prazer que a dama traria de alguma aventura. Ainda me lembram as palavras dele: "Aquelas duas viram passarinho verde!". Mas, se agora atribuía a nota à proteção da santa, não mentia então nem agora. Era difícil atinar com a verdade. A única verdade certa eram os dois mil-réis. Nem se pode dizer que era a mesma em ambos os tempos. Então, a nota de dois mil-réis equivalia, pelo menos, a vinte (lembra-te dos sapatos velhos do homem); agora não subia de uma gorjeta de cocheiro.

Também não há contradição em pôr a santa agora e a namorada outrora. Era mais natural o contrário, quando era maior a intimidade dele com a igreja. Mas, leitor dos meus pecados, amava-se muito em 1871, como já se amava em 1861, 1851 e 1841, não menos que em 1881, 1891 e 1901. O século dirá o resto. E, depois, é preciso não esquecer que a opinião do andador das almas acerca de Natividade foi anterior ao gesto do corredor, quando ele agasalhou a nota na algibeira. É duvidoso que, depois do gesto, a opinião fosse a mesma.

— Uma ideia sublime — disse ele ao pai de Flora —; a que lancei hoje foi das melhores, e as ações valem já ouro. Trata-se de lã de carneiro, e começa pela criação desse mamífero nos campos do Paraná. Em cinco anos poderemos vestir a América e a Europa. Viu o programa nos jornais?

— Não, não leio jornais daqui desde que embarquei.

— Pois verá!

No dia seguinte, antes de almoçar, mostrou ao hóspede o programa e os estatutos. As ações eram maços e maços, e Santos ia dizendo o valor de cada um. Batista somava mal, em regra; daquela vez, pior. Mas os algarismos cresciam à vista, trepavam uns nos outros, enchiam o espaço, desde o chão até às janelas, e precipitavam-se por elas abaixo, com um rumor de ouro que ensurdecia. Batista saiu dali fascinado, e foi repetir tudo à mulher.

Capítulo LXXVIII
Visita ao marechal

D. Cláudia, quando ele acabou, perguntou-lhe com simplicidade:

— Você vai hoje ao marechal?

Batista, caindo em si:

— Naturalmente.

Tinham ajustado que ele iria ter com o presidente da República explicar-lhe a comissão que exercera, toda reservada, e, sem embargo, imparcial. Diria o espírito de concórdia com que andou e a estima que adquiriu. Em seguida, falaria da conveniência de um governo que, pela fortaleza e pela liberdade, excedesse o do generalíssimo; e uma frase final bem estudada.

— Isso na ocasião — disse Batista.

— Não, é melhor levá-la feita. Eu lembrei-me desta: "Creia Vossa Excelência que Deus está com os fortes e os bons".

— Sim, não é má.

— Você pode acrescentar um gesto que indique céu.

— Isso é que não. Você sabe que eu não dou para gestos, não sou ator. Eu, sem mexer um pé, inspiro respeito.

D. Cláudia dispensou o gesto; não era essencial. Quis que ele escrevesse a frase, mas já estava de cor. Batista tinha boa memória.

Naquele mesmo dia, Batista foi ao marechal Floriano. Não disse nada às pessoas da casa: contaria tudo na volta. D. Cláudia também calou, era por pouco tempo; ficou esperando ansiosa. Esperou duas mortais horas, chegou a imaginar que lhe tivessem encarcerado o esposo, por intrigas. Não era devota, mas o medo inspira devoção, e ela rezou consigo. Enfim, chegou Batista. Ela correu a recebê-lo, alvoroçada, pegou-lhe na mão e recolheram-se ao quarto. Perpétua (vede o que são testemunhos pessoais na história!) exclamou enternecida:

— Parecem dois pombinhos!

Batista contou que a recepção foi melhor do que esperava, conquanto o marechal não lhe dissesse nada, mas escutou-o com interesse. A frase? A frase saiu bem, apenas com uma emenda. Não estando certo se ele preferia *bons* a *fortes*, ou se *fortes* a *bons*...

— Deviam ser as duas palavras — interrompeu a mulher.

— Sim, mas lembrou-me empregar uma terceira: "Creia Vossa Excelência que Deus está com os dignos!".

Com efeito, a última palavra podia abranger as duas, e trazia esta vantagem de dar à frase um arranjo pessoal dele.

— Mas o marechal que disse?

— Não disse nada; ouviu-me com atenção obsequiosa e chegou a sorrir — um sorriso leve, um sorriso de acordo...

— Ou seria... Quem sabe... Você não andou bem, decerto. Comigo ele diria alguma coisa. Você expôs tudo, conforme tínhamos combinado?

— Tudo.

— Expôs as razões da comissão, o desempenho, a nossa moderação...?

— Tudo, Cláudia.

— E o aperto de mão do marechal?

— Não estendeu a mão, a princípio; fez um gesto de cabeça; eu é que estendi a minha, dizendo: "Sempre às ordens de Vossa Excelência".

— E ele?

— Ele apertou-me a mão.

— Apertou bem?

— Você sabe, não podia ser um apertão de amigo, mas deve ter sido cordial.

— E nenhuma palavra? Um *passe bem*, ao menos?

— Não, nem era preciso. Cortejei-o e saí.

D. Cláudia deixou-se estar pensando. A recepção não lhe pareceu que fosse má, mas podia ser melhor. Com ela, seria muito melhor.

Capítulo LXXIX
Fusão, difusão, confusão...

Atrás falei das alucinações de Flora. Realmente, eram extraordinárias.

Em caminho, depois do desembarque, não obstante virem os gêmeos separados e sós, cada um no seu cupê, cismou que os ouvia falar; primeira parte da alucinação. Segunda parte: as duas vozes confundiam-se, de tão iguais que eram, e acabaram sendo uma só. Afinal, a imaginação fez dos dois moços uma pessoa única.

Este fenômeno não creio que possa ser comum. Ao contrário, não faltará quem absolutamente me não creia, e suponha invenção pura o que é verdade puríssima. Ora, é de saber que, durante a comissão do pai, Flora ouviu mais de uma vez as duas vozes que se fundiam na mesma voz e mesma criatura. E agora, na casa de Botafogo, repetia-se o fenômeno. Quando ouvia os dois, sem os ver, a imaginação acabava a fusão do ouvido pela da vista, e um só homem lhe dizia palavras extraordinárias.

Tudo isto não é menos extraordinário, concordo. Se eu consultasse o meu gosto, nem os dois rapazes fariam um só mancebo, nem a moça seria uma só donzela. Corrigiria a natureza desdobrando Flora. Não podendo ser assim, consinto na unificação de Pedro e Paulo. Porquanto, esse efeito de visão repetia-se ao pé deles, tal qual na ausência, quando ela se deixava esquecer do lugar, e soltava a rédea a si mesma. Ao piano, à palestra, ao passeio na chácara, à mesa de jantar, tinha dessas visões repentinas e breves, e das quais ela mesma sorria, a princípio.

Se alguém quiser explicar esse fenômeno pela lei da hereditariedade, supondo que ele era a forma afetiva da variação política da mãe de Flora, não achará apoio em mim, e creio que em ninguém. São coisas diversas. Conheceis os motivos de d. Cláudia; a filha teria outros que ela própria não sabia. O único ponto de semelhança é que, tanto na mãe como na filha, o fenômeno era agora mais frequente, mas em relação à primeira vinha do atropelo dos acontecimentos exteriores. Nenhuma revolução se faz como a simples passagem de uma sala a outra; as mesmas revoluções chamadas de palácio trazem alguma agitação que fica por certo prazo, até que a água volte ao nível. D. Cláudia cedia à inquietação dos tempos.

A filha obedeceria a outra causa qualquer, que se não podia descobrir logo, nem sequer entender. Era um espetáculo misterioso, vago, obscuro, em que as figuras visíveis se faziam impalpáveis, o dobrado ficava único, o único desdobrado, uma fusão, uma confusão, uma difusão...

Capítulo LXXX
Transfusão, enfim

Uma transfusão, tudo o que puder definir melhor, pela repetição e graduação das formas e dos estados, aquele particular fenômeno, podes empregá-lo no outro e neste capítulo.

Dito o fenômeno, é preciso dizer também que Flora, a princípio, achava-lhe graça. Minto; nos primeiros tempos, como estava longe, não lhe achou nada; depois, sentiu uma espécie de susto ou vertigem, mas logo que se acostumou a passar de dois a um e de um a dois, pareceu-lhe graciosa a alternação, e chegava a evocá-la com o propósito de divertir a vista. Afinal nem isso era preciso, a alternação fazia-se de si mesma. Umas vezes era mais lenta que outras, alguma instantânea. Não eram tão frequentes que confinassem com o delírio. Enfim, ela se foi acostumando e deleitando.

Uma ou outra vez, na cama, antes de dormir, repetia-se o fenômeno, depois de muita resistência da parte dela, que não queria perder o sono. Mas o sono vinha, e o sonho completava a vigília. Flora passeava então pelo braço do mesmo garção amado, Paulo se não Pedro, e ambos iam admirar estrelas e montanhas, ou então o mar, que suspirava ou tempestuava, e as flores e as ruínas. Não era raro ficarem os dois a sós, diante de uma nesga de céu, claro de luar, ou todo repregado de estrelas como um pano azul-escuro. Era à janela, supõe; vinha de fora a cantiga

dos ventos mansos, um espelho grande, pendente da parede, reproduzia as figuras dela e dele, confirmando a imaginação dela. Como era sonho, a imaginação trazia espetáculos desconhecidos, tais e tantos que mal se podia crer bastasse o espaço de uma noite. E bastava. E sobrava. Sucedia que Flora acordava de repente, perdia o quadro e o vulto, e persuadia-se que era tudo ilusão, e raro então dormia. Se era cedo, erguia-se, andava, cansava-se, até adormecer novamente e sonhar outra coisa.

Outras vezes, a visão ficava sem o sonho, e diante dela uma só figura esbelta, com a mesma voz namorada, o mesmo gesto súplice. Uma noite, indo a deitar-lhe os braços sobre os ombros com o fim inconsciente de cruzar os dedos atrás do pescoço, a realidade, posto que ausente, clamou pelos seus foros, e o único moço se desdobrou nas duas pessoas semelhantes.

A diferença deu às duas visões de acordada um tal cunho de fantasmagoria que Flora teve medo e pensou no Diabo.

Capítulo LXXXI
Ai, duas almas...

Anda Flora, ajuda-me, citando alguma coisa, verso ou prosa, que exprima a tua situação. Cita Goethe, amiga minha, cita um verso do *Fausto*, adequado:

> Ai, duas almas no meu seio moram!

A mãe dos gêmeos, a bela Natividade, podia havê-lo citado também, antes deles nascerem, quando ela os sentia lutando dentro em si mesma:

> Ai, duas almas no meu seio moram!

Nisto as duas se parecem — uma os concebeu, outra os recolheu. Agora, como é que se dá ou se dará a escolha de Flora, nem o próprio Mefistófeles no-lo explicaria de modo claro e certo. O verso basta:

> Ai, duas almas no meu seio moram!

Talvez aquele velho Plácido, que lá deixamos nas primeiras páginas, chegasse a deslindar estas outras. Doutor em matérias escuras e complicadas, sabia muito bem o valor dos números, a significação dos gestos não só visíveis como invisíveis, a estatística da eternidade, a divisibilidade do infinito. Era já morto desde alguns anos. Hás de lembrar-te que ele, consultado pelo pai de Pedro e Paulo acerca da hostilidade original dos gêmeos, explicou-a prontamente. Morreu no seu ofício; expunha a três discípulos novos a correspondência das letras vogais com os sentidos do homem, quando caiu de bruços e expirou.

Já então os adversários de Plácido — que os tinha na própria seita — afirmavam haver ele aberrado da doutrina, e, por natural efeito, enlouquecido. Santos nunca se deixou ir com esses divergentes da coisa comum, que acabaram formando outra igrejinha em outro bairro, onde pregavam que a correspondência exata não era entre as vogais e os sentidos, mas entre os sentidos e as vogais. Esta outra fórmula, parecendo mais clara, fez com que muitos discípulos da primeira hora acompanhassem os da última, e proclamem agora, como conclusão final, que o homem é um alfabeto de sensações.

Venceram estes, ficando mui poucos fiéis à doutrina do velho Plácido. Evocado algum tempo depois de morto, confessou ele ainda uma vez a sua fórmula como a única das únicas, e excomungou a quantos pregassem o contrário. Aliás, os dissidentes já o haviam excomungado também, declarando abominável a sua memória, com aquele ódio rijo, que fortalece alguma vez o homem contra a frouxidão da piedade.

Talvez o velho Plácido deslindasse o problema em cinco minutos. Mas para isso era preciso evocá-lo, e o discípulo Santos cuidava agora de umas liquidações últimas e lucrativas. Não só de fé vive o homem, mas também de pão e seus compostos e similares.

Capítulo LXXXII
Em São Clemente

Ao cabo de poucas semanas, a família Batista saiu da casa Santos e tornou à rua de São Clemente. A despedida foi terna, as saudades começaram antes da separação, mas a afeição, o costume, a estima — a necessidade, em suma, de se verem a miúdo compensaram a melancolia, e a gente Batista levou promessa de que a gente Santos iria vê-la daí a poucos dias.

Os gêmeos cumpriram cedo a promessa. Um deles, parece que Paulo, foi lá nessa mesma noite com recado da mãe para saber se tinham chegado bem. Disseram-lhe que sim, acrescentando Batista, para abreviar a visita, que estavam bastante cansados. Os olhos de Flora desmentiram esta afirmação; mas dentro em pouco achavam-se não menos tristes que alegres. A alegria vinda da prontidão de Paulo, a tristeza da ausência de Pedro. Quisera-os ambos naturalmente; mas, como é que as duas sensações se mostravam a um tempo, eis o que não entenderás bem nem mal. Certamente, os olhos iam diversas vezes para a porta, e uma vez pareceu à moça ouvir rumor na escada; tudo ilusão. Mas estes gestos, que Paulo não viu, tão contente estava de se haver adiantado ao irmão, não eram tais que a fizessem esquecer o irmão presente.

Paulo saiu tarde, não só para o fim de aproveitar a ausência de Pedro, mas ainda porque Flora o fazia demorar, com o intuito de ver se o outro chegava. Assim que a mesma dualidade de sensação enchia os olhos da moça até a hora da despedida, em que a parte triste foi maior que a alegre, pois que eram duas ausências, em vez de uma. Conclui o que quiseres, minha dona; ela recolheu-se para dormir, e reconheceu que, se se não dorme com uma tristeza na alma, muito menos com duas.

Capítulo LXXXIII
A grande noite

Há muito remédio contra a insônia. O mais vulgar é contar de um até mil, dois mil, três mil ou mais, se a insônia não ceder logo. É remédio que ainda não fez dormir ninguém, ao que parece, mas não importa. Até agora, todas as aplicações eficazes contra a tísica vão de par com a noção de que a tísica é incurável. Convém que os homens afirmem o que não sabem, e, por ofício, o contrário do que sabem; assim se forma esta outra incurável, a Esperança.

Flora, incurável também, se não preferes a definição de inexplicável que lhe deu Aires, a graciosa Flora teve naquela noite a sua insônia. Mas foi um tanto culpa sua. Em vez de se deitar quietinha e dormir com os anjos, achou melhor velar com um ou dois deles, e gastar uma parte da noite, à janela ou sentada, a recordar e a pensar, a cotejar e a completar, metida no roupão de linho, com os cabelos atados para dormir.

A princípio pensou no que lá estivera, e evocou todas as suas graças, realçadas pela virtude particular de a ter ido ver à noite, sem embargo de se terem visto de manhã. Sentia-se grata. Toda a conversação foi ali repetida na solidão da alcova, com as entonações diversas, o vário assunto, e as interrupções frequentes, ora dos outros, ora dela mesma. Ela, em verdade, só interrompia, para pensar no ausente — e portanto não fazia mais que converter o diálogo em monólogo, o qual por sua vez acabava em silêncio e contemplação.

Agora, pensando em Paulo, queria saber por que é que o não escolhia para noivo. Tinha uma qualidade a mais, a nota aventurosa do caráter, e esta feição não lhe desprazia. Inexplicável ou não, deixava-se levar pelos ímpetos do rapaz, que queria trocar o mundo e o tempo por outros mais puros e felizes. Aquela cabeça, apenas masculina, era destinada a mudar a marcha do sol, que andava errado. A lua também. A lua pedia um contato mais frequente com os homens, menos quartos, não descendo o minguante de metade. Visível todas as noites, sem que isso acarretasse a decadência das estrelas, continuaria modestamente o ofício do sol, e faria sonhar os olhos insones ou só cansados de dormir. Tudo isso cumpriria a alma de Paulo, faminta de perfeição. Era um bom marido, em suma. Flora cerrou as pálpebras, para vê-lo melhor, e achou-o a seus pés, com as mãos dela entre as suas, risonho e extático.

— Paulo! meu querido Paulo!

Inclinou-se, para vê-lo de mais perto, e não perdeu o tempo nem a intenção. Visto assim, era mais belo que simplesmente conversando das coisas vulgares e passageiras. Enfiou os olhos nos olhos, e achou-se dentro da alma do rapaz. O que lá viu não soube dizê-lo bem; foi tudo tão novo e radiante que a pobre retina da moça não podia fitar nada com segurança nem continuidade. As ideias faiscavam como saindo de um fogareiro à força de abano, as sensações batiam-se em duelo, as reminiscências subiam frescas, algumas saudades, e ambições principalmente, umas ambições de asas largas, que faziam vento só com agitá-las. Sobre toda essa mescla e confusão chovia ternura, muita ternura...

Flora recolheu os olhos, Paulo estava na mesma postura; mas do lado da porta, metido na penumbra, a figura de Pedro aparecia, não menos bela, mas um tanto triste. Flora sentiu-se tocada daquela tristeza. Parece que, se amasse exclusivamente o primeiro, o segundo podia chorar lágrimas de sangue, sem lhe merecer a menor simpatia. Que o amor, conforme as ninfas antigas e modernas, não tem piedade. Quando há piedade para outro, dizem elas, é que o amor ainda não nasceu de verdade, ou já morreu de todo, e assim ao coração não lhe importa vestir essa primeira camisa do afeto. Perdoa a figura; não é nobre, nem clara, mas a situação não me dá tempo de ir à cata de outra.

Pedro aproximou-se, a passo lento, ajoelhou-se também e tomou-lhe as mãos que Paulo apertava entre as suas. Paulo ergueu-se e sumiu-se pela outra porta. O quarto tinha duas. A cama ficava entre elas. Talvez Paulo fosse bramindo de cólera; ela é que não ouviu nada, tão docemente vivo era o gesto de Pedro, já agora sem melancolia, e os olhos tão extáticos como os do irmão. Não eram tais que saíssem, como os deste, às aventuras. Tinham a quietação de quem não queria mais sol nem lua que esses que andam aí, que se contenta de ambos, e, se os acha divinos, não cuida de os trocar por novos. Era a ordem, se queres, a estabilidade, o acordo entre si e as coisas, não menos simpáticos ao coração da moça, ou por trazerem a ideia de perpétua ventura, ou por darem a sensação de uma alma capaz de resistir.

Nem por isso os olhos de Flora deixaram de penetrar os de Pedro, até chegar à alma do rapaz. O motivo secreto desta outra entrada podia ser o escrúpulo de cotejar as duas para julgá-las, se não era somente o desejo de não parecer menos curiosa de uma que de outra. Ambas as razões são boas, mas talvez nenhuma fosse verdadeira. O gosto de fitar os olhos de Pedro era tão natural que não exigia intenção particular nenhuma, e bastava fitá-los para escorregar e cair dentro da alma namorada. Era gêmea da outra; não lhe viu mais nem menos que nesta.

Unicamente — e aqui toco o ponto escabroso do capítulo — achou cá alguma coisa indefinível que não sentira lá; em compensação sentiu lá outra que não se lhe deparou cá. Indefinível, não esqueças. E escabroso porque nada há pior que falar de sensações sem nome. Crede-me, amigo meu, e tu, não menos amiga minha, crede-me que eu preferia contar as rendas do roupão da moça, os cabelos apanhados atrás, os fios do tapete, as tábuas do teto e por fim os estalinhos da lamparina que vai morrendo... Seria enfadonho, mas entendia-se.

Sim, a lamparina ia morrendo, mas ainda podia dar luz ao regresso de Paulo. Quando Flora o viu entrar e ajoelhar-se outra vez, ao pé do irmão, e ambos dividirem entre si as mãos dela, mansos e cordatos, ficou longamente atônita. Obra de um credo, como diziam os nossos antigos, quando havia mais religião que relógios. Voltando a si, puxou as mãos, estendeu-as depois sobre a cabeça deles, como se lhes apalpasse a diferença, o *quid*, o algo, o indefinível. A lamparina ia morrendo... Pedro e Paulo falavam-lhe por exclamações, por exortações, por súplicas, a que ela respondia mal e tortamente, não que os não entendesse, mas por não os agravar, ou acaso por não saber a qual deles diria melhor. A última hipótese tem ar de ser a mais provável. Em todo caso, é o prólogo do que sucedeu, quando a lamparina chegou aos últimos arrancos.

Tudo se mistura à meia claridade; tal seria a causa da fusão dos vultos, que de dois que eram, ficaram sendo um só. Flora, não tendo visto sair nenhum dos gêmeos, mal podia crer que formassem agora uma só pessoa, mas acabou crendo,

mormente depois que esta única pessoa solitária parecia completá-la interiormente, melhor que nenhuma das outras em separado. Era muito fazer e desfazer, mudar e transmudar. Pensou enganar-se, mas não; era uma só pessoa, feita das duas e de si mesma, que sentia bater nela o coração. Estava tão cansada de emoções que tentou erguer-se e ir fora, mas não pôde; as pernas pareciam de chumbo e coladas ao solo. Assim esteve até que a lamparina, ao canto, morreu de todo. Flora teve um sobressalto na poltrona, e ergueu-se:

— Que é isto?

A lamparina apagou-se. Foi acendê-la. Viu então que estava sem um nem outro, sem dois nem um só fundido de ambos. Toda a fantasmagoria se desfizera. A lamparina (agora nova) alumiava o seu quarto de dormir, e a imaginação criara tudo. Foi o que ela supôs, e o leitor sabe. Flora compreendeu que era tarde, e um galo confirmou essa opinião, cantando; outros galos fizeram a mesma coisa.

— Ora, meu Deus! — exclamou a filha de Batista.

Meteu-se na cama, e, se não dormiu logo, também não se demorou muito; não tardou a estar com os anjos. Sonhou com o canto dos galos, uma carroça, um lago, uma cena de viagem do mar, um discurso e um artigo. O artigo era de verdade. A mãe veio acordá-la, às dez horas da manhã, chamando-lhe dorminhoca, e ali mesmo na cama, lhe leu uma folha da manhã que recomendava o marido ao governo. Flora ouviu satisfeita; acabara a grande noite.

Capítulo LXXXIV
O velho segredo

Natividade dormiu tranquila, em Botafogo, mas acordou pensando nos filhos e na moça de São Clemente. Viera reparando nos três. Parecera-lhe antes que Flora não aceitava um nem outro, logo depois que os aceitava a ambos, e mais tarde um e outro alternadamente. Concluiu que ainda não sentiria nada particular e decisivo; naturalmente iria com os tempos a ver qual destes a merecia deveras. Eles é que pareciam sentir igual inclinação e igual ciúme. Daí alguma possível catástrofe. A separação não suprimiria tudo; mas, além de que, separadas as famílias, nem tudo seria presente a seus olhos, as visitas podiam ser menos frequentes e até raras. Tinha assim o que quisera.

Ao demais, ia chegando o tempo de ir para Petrópolis; propriamente, chegara. Natividade cuidava de subir com os filhos. Sempre haveria lá no alto damas elegantes, diversões, alegria. Podia ser até que eles achassem noivas, e bastava uma para um. O que ficasse sem ela teria a liberdade de desposar Flora. Cálculos de mãe; vieram outros que os modificaram, e outros que os restauraram. Quem for mãe que lhe atire a primeira pedra.

Nenhuma outra mãe atirou a primeira pedra à nossa amiga. Quero crer que a razão disto não foi senão a própria discrição de Natividade. Suspeitas e cálculos iam ficando no coração dela. Calou tudo e esperou.

Ao cabo, Flora cada vez gostava mais de Natividade. Queria-lhe como se ela fosse sua mãe, duplamente mãe, uma vez que não escolhera ainda nenhum dos

filhos. A causa podia ser que as duas índoles se ajustassem melhor que entre Flora e d. Cláudia. A princípio, sentiu não sei que inveja amiga, antes desejo, quando via que as formas da outra, embora arruinadas pelo tempo, ainda conservavam alguma linha da escultura antiga. Pouco a pouco, foi descobrindo em si mesma o introito de uma beleza, que devia ser longa e fina, e de uma vida, que podia ser grande...

Flora conhecia a predição da cabocla do Castelo, relativamente aos dois gêmeos. A predição não era já segredo para ninguém. Santos falara dela em tempo, apenas ocultando a subida de Natividade ao Castelo; emendou a verdade, dizendo que a cabocla é que viera a Botafogo. O resto foi revelado em confiança, como ao finado Plácido, e ainda depois de alguma luta. Três ou quatro vezes investiu e recuou. Um dia, a língua deu sete voltas na boca, e o segredo saiu medroso e sussurrado, mas perdeu o medo pelo gosto de mostrar que os rapazes seriam grandes. Enfim, o segredo foi esquecendo. Mas Perpétua, por isto ou aquilo, contou-o agora à moça Batista, que a ouviu incrédula. Que podia saber a cabocla do futuro?

— Sabia, e a prova é que adivinhou outras coisas, que não posso contar e eram verdadeiras. Você não imagina como o diacho da cabocla via longe. E tinha uns olhos de espetar o coração.

— Não acredito, dona Perpétua. Pois agora o futuro da gente... E grandes como?

— Isso não disse, por mais que Natividade lhe perguntasse; disse só que seriam grandes e subiriam muito. Talvez venham a ser ministros de Estado.

Perpétua parecia haver comprado os olhos à cabocla. Enfiava-os pela amiga abaixo, até o coração, que aliás não batia com força nem apressado, mas tão regular como de costume. Entretanto, não sendo impossível que os dois rapazes chegassem aos altos deste mundo, Flora deixou de objetar e aceitou a predição, sem outra palavra mais que um gesto — sabes, creio —, um gesto de boca, fazendo descair os cantos dela, levantando os ombros levemente, e espalmando as mãos, como se dissesse: "Enfim, pode ser".

Perpétua acrescentou que, mudado o regime, era natural que Paulo chegasse primeiro à grandeza — e aqui espetou bem os olhos. Era um modo de apanhar os sentimentos de Flora, acenando-lhe com a elevação de Paulo, pois bem podia ser que viesse a amar antes o destino que a pessoa. Não achou nada. Flora continuou a não se deixar ler. Não lhe atribuas isso a cálculo, não era cálculo. Seriamente, não pensava em nada acima de si.

Capítulo LXXXV
Três constituições

— Você *crê* deveras que venhamos a ser grandes homens? — perguntara Pedro a Paulo, antes da queda do império.

— Não sei; você pode vir a ser, quando menos, primeiro-ministro.

Depois de 15 de novembro, Paulo retorquiu a pergunta, e Pedro respondeu como o irmão, emendando o resto:

— Não sei; você pode vir a ser presidente da República.

Já lá iam dois anos. Agora pensavam mais em Flora que na subida. A boa moral pede que ponhamos a coisa pública acima das pessoas, mas os moços nisto se parecem com velhos e varões de outra idade, que muita vez pensam mais em si que em todos. Há exceções, nobres algumas, outras nobilíssimas. A história guarda muitas delas, e os poetas, épicos e trágicos, estão cheios de casos e modelos de abnegação.

Praticamente, seria exigir muito de Pedro e Paulo que cuidassem mais da Constituição de 24 de fevereiro que da moça Batista. Pensavam em ambas, é verdade, e a primeira já dera lugar a alguma troca de palavras acerbas. A Constituição, se fosse gente viva e estivesse ao pé deles, ouviria os ditos mais contrários deste mundo, porque Pedro ia ao ponto de a achar um poço de iniquidades, e Paulo a própria Minerva nascida da cabeça de Jove. Falo por metáfora para não descair do estilo. Em verdade, eles empregavam palavras menos nobres e mais enfáticas, e acabavam trocando as primeiras entre si. Na rua, onde o encontro de manifestações políticas era comum, e as notícias à porta dos jornais frequentes, tudo era ocasião de debate.

Quando, porém, a imagem de Flora aparecia entre eles por imaginação, o debate esmorecia, mas as injúrias continuavam e até cresciam, sem confissão do novo motivo, que era ainda maior que o primeiro. Efetivamente, eles iam chegando ao ponto em que dariam as duas constituições, a republicana e a imperial, pelo amor exclusivo da moça, se tanto fosse exigido. Cada um faria com ela a sua Constituição, melhor que outra qualquer deste mundo.

Capítulo LXXXVI
Antes que me esqueça

Uma coisa é preciso dizer antes que me esqueça. Sabes que os dois gêmeos eram belos e continuavam parecidos; por esse lado não supunham ter motivo de inveja entre si. Ao contrário, um e outro achavam em si qualquer coisa que acentuava, se não melhorava, as graças comuns. Não era verdade, mas não é a verdade que vence, é a convicção. Convence-te de uma ideia, e morrerás por ela, escreveu Aires por esse tempo no *Memorial*, e acrescentou: "nem é outra a grandeza dos sacrifícios, mas se a verdade acerta com a convicção, então nasce o sublime, e atrás dele o útil..." Não acabou ou não explicou esta frase.

Capítulo LXXXVII
Entre Aires e Flora

Aquela citação do velho Aires faz-me lembrar um ponto em que ele e a moça Flora divergiam ainda mais que na idade. Já contei que ela, antes da comissão do pai, defendia Pedro e Paulo, conforme estes diziam mal um do outro. Naturalmente fazia

agora a mesma coisa, mas a mudança do regime trouxe ocasião de defender também monarquistas e republicanos, segundo ouvia as opiniões de Paulo ou de Pedro. Espírito de conciliação ou de justiça, aplacava a ira ou o desdém do interlocutor: "Não diga isso... São patriotas também... Convém desculpar algum excesso...". Eram só frases, sem ímpeto de paixão nem estímulo de princípios; e o interlocutor concluía sempre:

— A senhora é boa.

Ora, o costume de Aires era o oposto dessa contradição benigna. Hás de lembrar-te que ele usava sempre concordar com o interlocutor, não por desdém da pessoa, mas para não dissentir nem brigar. Tinha observado que as convicções, quando contrariadas, descompõem o rosto à gente, e não queria ver a cara dos outros assim, nem dar à sua um aspecto abominável. Se lucrasse alguma coisa, vá; mas, não lucrando nada, preferia ficar em paz com Deus e os homens. Daí o arranjo de gestos e frases afirmativas que deixavam os partidos quietos, e mais quieto a si mesmo.

Um dia, como ele estivesse com Flora, falou daquele costume dela, dizendo-lhe que parecia estudado. Flora negou que o fosse; era inclinação natural defender os ausentes, que não podiam responder por nada; demais, aplacava assim um dos gêmeos com que falasse, e depois o outro.

— Também concordo.

— E por que há de o senhor concordar sempre? — perguntou ela sorrindo.

— Posso concordar com a senhora, porque é uma delícia ir com as suas opiniões, e seria mau gosto rebatê-las, mas, em verdade, não há cálculo. Com os mais, se concordo, é porque eles só dizem o que eu penso.

— Já o tenho achado em contradição.

— Pode ser. A vida e o mundo não são outra coisa. A senhora não saberá isto bem, porque é moça, e ingênua, mas creia que a vantagem é toda sua. A ingenuidade é o melhor livro e a mocidade a melhor escola. Vá desculpando esta minha pedanteria; alguma vez é um mal necessário.

— Não se acuse, conselheiro. O senhor sabe que eu não creio nada contra a sua palavra, nem contra a sua pessoa; a própria contradição que lhe acho é agradável.

— Também concordo.

— Concorda com tudo.

— Olha aqui, Flora; dá licença, conselheiro?

Esqueceu-me dizer que esta conversação era à porta de uma loja de fazendas e modas, rua do Ouvidor. Aires ia na direção do largo de São Francisco de Paula e viu a mãe e a filha dentro, sentadas, a escolher um tecido. Entrou, cumprimentou-as, e veio à porta com a filha. O chamado de d. Cláudia interrompeu a conversação por alguns instantes. Aires ficou a olhar para a rua, onde subiam e desciam mulheres de todas as classes, homens de todos os ofícios, sem contar as pessoas paradas de ambos os lados e no centro. Não havia burburinho grande, nem sossego puro, um meio-termo.

Talvez algumas pessoas fossem conhecidas de Aires e o cumprimentassem; mas este tinha a alma tão metida em si mesma que, se falou a uma ou duas, foi o mais. De quando em quando, voltava a cabeça para dentro, onde Flora e a mãe faziam a sua consulta. Vivia as palavras trocadas ainda agora. Sentia-se curioso de saber se finalmente a moça escolhia a um dos gêmeos, e qual deles. Vá tudo; tinha já pesar que não fosse algum, posto não lhe importasse saber se Pedro ou Paulo.

Quisera vê-la feliz, se a felicidade era o casamento, e feliz o marido, sem embargo da exclusão; o excluído seria consolado. Agora, se era por amor deles, se dela, é o que propriamente se não pode dizer com verdade. Quando muito, para levantar a ponta do véu, seria preciso entrar na alma dele, ainda mais fundo que ele mesmo. Lá se descobriria acaso, entre as ruínas de meio celibato, uma flor descorada e tardia de paternidade, ou, mais propriamente, de saudade dela...

Flora trouxe novamente a rosa fresca e rubra da primeira hora. Não falaram mais de contradição, mas da rua, da gente e do dia. Nenhuma palavra acerca de Pedro ou Paulo.

Capítulo LXXXVIII
Não, não, não

Eles, onde quer que estivessem naquele momento, podiam falar ou não. A verdade é que, se nenhum consentia em deixar a moça, também nenhum contava obtê-la, por mais que a achassem inclinada. Tinham já combinado que o rejeitado aceitaria a sorte, e deixaria o campo ao vencedor. Não chegando a vitória, não sabiam como resolver a batalha. Esperar seria o mais fácil, se a paixão não crescesse, mas a paixão crescia.

Talvez não fosse exatamente paixão, se dermos a esta palavra o sentido de violência; mas, se lhe reconhecermos uma forte inclinação de amor, um amor adolescente ou pouco mais, era o caso. Pedro e Paulo cederiam a mão da pequena, se houvessem de consultar só a razão, e mais de uma vez estiveram a pique de o fazer; raro lampejo, que para logo desaparecia. A ausência era já insofrível, a presença necessária. Se não fora o que aconteceu e se contará por essas páginas adiante, haveria matéria para não acabar mais o livro; era só dizer que sim e que não, e o que eles pensaram e sentiram, e o que ela sentiu e pensou, até que o editor dissesse: basta! Seria um livro de moral e de verdade, mas a história começada ficaria sem fim. Não, não, não... Força é continuá-la e acabá-la. Comecemos por dizer o que os dois gêmeos ajustaram entre si, poucos dias depois daquele sonho ou delírio da moça Flora, à noite, no quarto.

Capítulo LXXXIX
O dragão

Vejamos o que é que eles ajustaram. Vinham de estar com Aires no teatro, uma noite, matando o tempo. Conheceis este dragão; toda a gente lhe tem dado os mais fundos golpes que pode, ele esperneia, expira e renasce. Assim se fez naquela noite. Não sei que teatro foi, nem que peça, nem que gênero; fosse o que fosse, a questão era matar o tempo, e os três o deixaram estirado no chão.

Foram dali a um restaurante. Aires disse-lhes que, antigamente, em rapaz, acabava a noite com amigos da mesma idade. Era o tempo de Offenbach e da opereta. Contou anedotas, disse as peças, descreveu as damas e os partidos, quase deu por si repetindo um trecho, música e palavras. Pedro e Paulo ouviam com atenção, mas não sentiam nada do que espertava os ecos da alma do diplomata. Ao contrário, tinham vontade de rir. Que lhes importava a notícia de um velho café da rua Uruguaiana, trocado depois em teatro, agora em nada, uma gente que viveu e brilhou, passou e acabou antes que eles viessem ao mundo? O mundo começou vinte anos antes daquela noite, e não acabaria mais, como um viveiro de moços eternos que era.

Aires sorriu, porquanto ele também assim cuidou, aos vinte e dois anos de idade, e ainda se lembrava do sorriso do pai, já velho, quando lhe disse algo parecido com isso. Mais tarde, tendo adquirido do tempo a noção idealista que ora possuía, compreendeu que tal dragão era juntamente vivo e defunto, e tanto valia matá-lo como nutri-lo. Não obstante, as recordações eram doces, e muitas delas viviam ainda frescas, como se viessem da véspera.

A diferença da idade era grande, não podia entrar em pormenores com eles. Ficou só em lembranças, e cuidou de outra coisa. Pedro e Paulo, entretanto, receosos de que os adivinhasse e compreendesse o desprezo que lhes inspiravam as saudades de tempos remotos e estranhos, pediram-lhe informações, e ele deu as que podia, sem intimidade.

Ao cabo, a conversação valeu mais que este resumo, e a separação não custou pouco. Paulo ainda lhe pediu Offenbach, Pedro uma descrição das paradas de 7 de setembro e 2 de dezembro; mas o diplomata achou meio de saltar ao presente e particularmente a Flora, que louvou como uma bela criatura. Os olhos de ambos concordaram que era belíssima. Também louvou as qualidades morais, a finura do espírito, tais dotes que Pedro e Paulo reconheceram também, e daí a conversação, e por fim o ajuste a que me referi no começo deste capítulo e pede outro.

Capítulo XC
O ajuste

— Quanto a mim, um de vocês gosta dela, senão ambos — disse Aires.

Pedro mordeu os beiços, Paulo consultou o relógio; iam já na rua. Aires concluiu o que sabia, que sim, que ambos, e não trepidou em dizê-lo, acrescentando que a moça não era como a República, que um podia defender e outro atacar; cumpria ganhá-la ou perdê-la de vez. Que fariam eles, dada a escolha? Ou já estava feita a escolha, e o preterido teimava em a torcer para si?

Nenhum falou logo, posto que ambos sentissem necessidade de explicar alguma coisa. Tinham que a escolha não era clara ou decisiva. Outrossim, que lhes cabia o direito de esperar a preferência, e fariam o diabo para alcançá-la. Tais e outras ideias vagavam silenciosamente neles, sem sair cá fora. A razão percebe-se, e devia ser mais de uma — primeiro, a matéria da conversação, depois, a gravidade do interlocutor. Por mais que Aires abrisse as portas à franqueza dos rapazes, estes eram

rapazes e ele velho. Mas o assunto em si era tão sedutor, o coração, apesar de tudo, tão indiscreto, que não houve remédio senão falar negando.

— Não me neguem — interrompeu Aires. — A gente madura sabe as manhas da gente nova, e adivinha com facilidade o que ela faz. Nem é preciso adivinhar; basta ver e ouvir. Vocês gostam dela.

Eles sorriam, mas já agora com tal amargor e acanhamento que mostravam o desgosto da rivalidade, aliás sabida deles. Tal rivalidade era também sabida de outros, devia sê-lo de Flora, e a situação lhes parecia agora mais complicada e fechada que dantes.

Tinham chegado ao largo da Carioca, era uma hora da noite. Uma vitória de Santos esperava ali os rapazes, a conselho e por ordem da mãe, que buscava todas as ocasiões e meios de os fazer andar juntos e familiares. Teimava em emendar a natureza. Levava-os muita vez a passeio, ao teatro, a visitas. Naquela noite, como soubesse que iam ao teatro, mandou aprestar a vitória que os conduziu para a cidade, e ficou à espera deles.

— Entre, conselheiro — disse Pedro —, o carro dá para três: eu vou no banquinho da frente.

Entraram e partiram.

— Bem — continuou Aires —, é certo que vocês gostam dela, e igualmente certo que ela ainda não escolheu entre os dois. Provavelmente, não sabe que faça. Um terceiro resolveria a crise, porque vocês se consolariam depressa; também eu me consolei rapaz. Não havendo terceiro, e não se podendo prolongar a situação, por que é que vocês não combinam alguma coisa?

— Combinar quê? — perguntou Pedro sorrindo.

— Qualquer coisa. Combinem um modo de cortar esse nó górdio. Cada um que siga a sua vocação. Você, Pedro, tentará primeiro desatá-lo; se ele não puder, Paulo, você pegue da espada de Alexandre, e dê-lhe o golpe. Fica tudo feito e acabado. Então o destino, que os espera, com duas belas criaturas, virá trazê-las pela mão a um e a outro, e tudo se compõe na terra como no céu.

Aires disse mais coisas antes de se apear à porta da casa. Apeado, ainda lhes perguntou:

— Estamos de acordo?

Os dois responderam de cabeça afirmativamente, e, ficando sós, não disseram nada. Que fossem pensando, é natural, e porventura o tempo lhes pareceu curto entre o Catete e Botafogo. Chegaram a casa, subiram a escada do jardim, falaram da temperatura, que Pedro achava deliciosa e Paulo abominável, mas não disseram assim para não irritar um ao outro. A esperança do ajuste é que os levava à moderação relativa e passageira. Vivam os frutos pendentes do dia seguinte!

Cá estava o quarto à espera deles, um brinco de arranjo e graça, de comodidade e repouso. Era a mãe que dava os últimos retoques todos os dias; ela cuidava das flores que seriam postas nos vasinhos de porcelana, e ela mesma as ia tirar à noite e pôr fora das janelas para que eles não as respirassem dormindo. Cá estavam as velas ao pé das duas camas, metidas nos seus castiçais de prata, um com o nome de Pedro, outro com o de Paulo, gravados. Tapetinhos de suas mãos, laços dados por ela nos cortinados, finalmente o retrato dela e o do marido pendurados à parede, entre as duas camas, naquele mesmo lugar em que estiveram os de Luís XVI e Robespierre, comprados na rua da Carioca.

Ao pé de cada um dos castiçais acharam um bilhetinho de Natividade. Aqui está o que ela dizia. "Algum de vocês quer ir comigo à missa, amanhã? Faz anos que seu avô morreu, e Perpétua está adoentada." Natividade esquecera de lhes falar antes, e, aliás, andava bem sem eles, mormente de carruagem; mas gostava de os ter consigo.

Pedro e Paulo riram do convite e da forma, e um deles propôs que, para agradar à mãe, fossem ambos à missa. A aceitação da proposta veio pronta; já não era harmonia, era uma espécie de diálogo na mesma pessoa. O céu parecia escrever o tratado de paz que ambos teriam de assinar; ou, se preferes, a natureza corrigia as índoles, e os dois rixosos começavam a ajustar o ser e o parecer. Também não juro isto, digo o que se pode crer só pelo aspecto das coisas.

— Vamos à missa — repetiram.

Seguiu-se um grande silêncio. Cada um ruminava o ajuste e o modo de o propor. Enfim, de cama a cama, disseram o que lhes parecia melhor, propuseram, discutiram, emendaram e concluíram sem escritura de tabelião, apenas por aceitação de palavra. Poucas cláusulas. Confessando que não podiam assegurar a escolha de Flora, concordaram em esperar por ela durante um prazo curto; três meses. Dada a escolha, o rejeitado obrigava-se a não tentar mais nada. Como tivessem a certeza final da escolha, o acordo era fácil; cada um não faria mais que excluir o outro. Não obstante, se ao fim do prazo, nenhuma escolha houvesse, cumpria adotar uma cláusula última. A primeira que acudiu foi deixarem ambos o campo, mas não os seduziu. Lembrou-lhes recorrer à sorte, e aquele que fosse designado por ela, deixaria o campo ao rival. Assim passou uma hora de conversação, após a qual cuidaram de dormir.

Capítulo XCI
Nem só a verdade se deve às mães

Às nove horas da manhã seguinte, Natividade estava pronta para ir à missa que mandava dizer na matriz da Glória; nenhum dos filhos se lhe apresentou.

— Parece que dormem.

E duas, três, quatro, cinco vezes, foi até à porta do quarto a ver se ouvia rumor, como resposta ao bilhete que deixara. Nada. Concluiu que teriam entrado tarde. Só não atinou que dormissem sobre o ajuste, nem que ajuste era. Uma vez que o fizessem em cama fofa, tudo ia bem. Enfim, acabou de calçar as luvas, desceu, entrou no carro e foi para a igreja.

A missa era aniversária, como dizia o bilhete. Uso velho; o pai tinha a sua missa, a mãe outra, os irmãos e parentes outras. Não lhe esqueciam datas obituárias, como não lhe esqueciam natalícias, quaisquer que fossem, amigas ou parentas; trazia-as todas de cor. Doce memória! Há pessoas a que não ajudas, e chegam a brigar consigo e com outros por abandono teu. Felizes os que tu proteges; esses sabem o que é 24 de março, 10 de agosto, 2 de abril, 7 e 31 de outubro, 10 de novembro, o ano todo, suas tristezas e alegrias particulares.

Voltando a casa, viu Natividade os dois filhos no jardim, à espera dela. Eles

correram a abrir-lhe a portinhola do carro, e depois de a apearem e lhe beijarem a mão, explicaram a falta. Tinham resolvido ir ambos, mas o sono...

— O sono e a preguiça — concluiu a mãe rindo.

— Foi só o sono — disse Pedro.

— Acordamos agora mesmo — acabou Paulo.

Disputaram dar-lhe o braço; Natividade os satisfez dando um braço a cada um. Em casa, ao mudar de roupa, Natividade refletiu que, se Flora lhes tivesse feito algum pedido, eles acordariam cedo, por mais tarde que se deitassem; a memória serviria de despertador. Passou-lhe uma sombra rápida, mas depressa se reconciliou com a diferença. Assim que, não foi por ciúme, mas para os trazer a outras seduções e separá-los da guerra ante a bela Flora, que a mãe teimou em levar os filhos para Petrópolis. Subiriam na primeira semana de janeiro. A estação seria excelente; anunciou festas, citou nomes, notou-lhe que Petrópolis era a cidade da paz. O governo pode mudar cá embaixo e nas províncias...

— Que províncias, mamãe? — atalhou Paulo.

Natividade sorriu e emendou:

— Nos estados. Vai desculpando os descuidos de tua mãe. Bem sei que são estados; não são como as províncias antigas, não esperam que o presidente lhes vá aqui da Corte...

— Que Corte — baronesa?

Agora os dois riram, mãe e filho. Passado o riso, Natividade continuou:

— Petrópolis é a cidade da paz; é, como dizia outro dia o conselheiro Aires, é a cidade neutra, é a cidade das nações. Se a capital do estado fosse ali, não haveria deposição de governo. Petrópolis — vejam vocês que o nome, apesar da origem, ficou e ficará — é de todos. A estação dizem que vai ser encantadora...

— Eu não sei se posso ir já — disse Paulo.

— Nem eu — acudiu Pedro.

Ainda uma vez estavam de acordo, mas aqui o acordo trazia provavelmente o divórcio, refletiu a mãe, e o prazer que lhe deram aquelas duas palavras morreu depressa. Perguntou-lhes que razão tinham para ficar e até quando. Se estivessem estabelecidos com o seu consultório médico e a sua banca de advogado, era bem; mas, se nenhum deles começara ainda a carreira, que fariam cá embaixo, quando ela e o marido...

— Justamente; eu tenho que fazer uns estudos de clínica na Santa Casa — respondeu Pedro.

Paulo explicou-se. Não ia praticar a advocacia, mas precisava de consultar certos documentos do século XVIII na Biblioteca Nacional; ia escrever uma história das terras possuídas.

Nada era verdade, mas nem só a verdade se deve dizer às mães. Natividade ponderou que eles podiam fazer tudo entre as duas barcas de Petrópolis; desciam, almoçavam, trabalhavam, e às quatro horas subiriam, como a demais gente. Em cima achariam visitas, música, bailes, mil coisas belas, sem contar as manhãs, a temperatura e os domingos. Eles defenderam o estudo, como sendo melhor por muitas horas seguidas.

Natividade não teimou. Mais depressa ficaria esperando que os filhos acabassem os documentos da Biblioteca e a clínica da Santa Casa. Essa ideia fê-la atentar para a necessidade de ver estabelecidos o jovem médico e o jovem advogado. Trabalha-

riam com outros profissionais de reputação e iriam adiante e acima. Talvez a carreira científica lhes desse a grandeza anunciada pela cabocla do Castelo, e não a política ou outra. Em tudo se podia resplandecer e subir. Aqui fez a crítica de si mesma, quando imaginou que Batista abriria a carreira política de algum deles, sem advertir que o pai de Flora mal continuaria a própria carreira, aliás obscura. Mas a ideia do mando tornava a ocupar a cabeça da mãe, e cheios dela os olhos fitavam ora Pedro, ora Paulo.

Chegaram a acordo. Eles subiriam aos sábados e desceriam às segundas; o mesmo por ocasião de dias santos e festas de gala. Natividade contava com o costume e as atrações.

Na barca e em Petrópolis era objeto de conversação a diferença entre os filhos, que só iam lá uma vez por semana, e o pai, que trazia tantos negócios às costas e subia todas as tardes. Que fariam eles cá embaixo, quando alguns olhos podiam atraí-los e agarrá-los lá em cima? Natividade defendia os gêmeos, dizendo que um ia à Santa Casa e outro à Biblioteca Nacional, e estudavam muito, às noites. A explicação era aceitável, mas, além de fazer perder um assunto aos bonitos dentes do verão, podia ser invenção dos rapazes; naturalmente, iriam às moças.

A verdade é que eles faziam rumor em Petrópolis, durante as poucas horas que lá passavam. Além do mais, tinham a semelhança e a graça. As mães diziam bonitas coisas à mãe deles, e indagavam da razão verdadeira que os prendia à capital, não assim como eu digo, nu e cru, mas com arte fina e insidiosa, arte perdida, porque a mãe insistia na Biblioteca e na Santa Casa. Deste jeito, a mentira, já servida em primeira mão, era servida em segunda, e nem por isso melhor aceita.

Capítulo XCII
Segredo acordado

Enfim, que segredo há que se não descubra? Sagacidade, boa vontade, curiosidade, chama-lhe o que quiseres, há uma força que deita cá para fora tudo o que as pessoas cuidam de esconder. Os próprios segredos cansam de calar — calar ou dormir; fiquemos com este outro verbo, que serve melhor à imagem. Cansam, e ajudam a seu modo aquilo que imputamos à indiscrição alheia.

Quando eles abrem os olhos, faz-lhes mal a escuridão. Um raio de sol basta. Então pedem aos deuses (porque os segredos são pagãos) um quase nada de crepúsculo, aurora ou tarde, posto que a aurora prometa dia, enquanto a tarde cai outra vez na noite, mas tarde que seja, tudo é respirar claridade. Que os segredos, amiga minha, também são gente; nascem, vivem e morrem. Agora o que sucede, quando um olhar de sol penetra na solidão deles, é que dificilmente sai mais, e geralmente cresce, rasga, alaga, e os traz pela orelha cá para fora. Vexados da grande luz, eles a princípio andam de ouvido em ouvido, cochichados, alguma vez escritos em bilhetes, ainda que tão vagamente e sem nomes, que mal se adivinhará quais sejam. É o período da infância, que passa depressa; a mocidade pula por cima da adolescência, e eles aparecem fortes e derramados, sabidos como gazetas. Enfim, se a velhice chega, e eles não se vexam dos cabelos brancos, tomam conta do mundo, e acaso

conseguem, não digo esquecer, mas aborrecer; entram na família do próprio sol, que quando nasce é para todos, segundo dizia uma tabuleta da minha infância.

Tabuletas da minha infância, ai, tabuletas! Quisera acabar por elas este capítulo, mas o assunto não teria nobreza nem interesse, e ainda uma vez interromperíamos a nossa história. Fiquemos no segredo divulgado; é quanto basta. Uma veranista elegante não dissimulou o seu espanto ao saber que os dois irmãos combinavam num ponto que faria romper os maiores amigos deste mundo. Um secretário de legação insinuou que podia ser brincadeira dos dois.

— Ou dos três — acrescentou outra veranista.

Iam de passeio à Quitandinha, a cavalo. Aires acompanhava-os, e não dizia nada. Quando lhe perguntaram se Flora era bonita, respondeu que sim, e falou da temperatura. A primeira veranista perguntou-lhe se era capaz de suportar aquela situação. Aires respirou, como quem vem de longe, e declarou que aos pés de um padre seria obrigado a mentir, tais eram os seus pecados; mas ali, na estrada, ao ar livre, entre senhoras, confessou que matara mais de um rival. Que se lembrasse trazia sete mortes às costas, com várias armas. As senhoras riam; ele falava soturno. Só uma vez escapou de morrer primeiro, e inventou uma anedota napolitana. Fez a apologia do punhal. Um que tivera, há muitos anos, o melhor aço do mundo, foi obrigado a dá-lo de presente a um bandido, seu amigo, quando lhe provou que completara na véspera o seu vigésimo nono assassinato.

— Aqui está para o trigésimo — disse-lhe entregando a arma.

Poucos dias depois soube que o bandido, com aquele punhal, matara o marido de uma senhora, e depois a senhora, a quem amava sem ventura.

— Deixei-o com trinta e um crimes de primeira ordem.

As damas continuavam a rir; ele conseguiu assim desviar a conversação de Flora e seus namorados.

Capítulo XCIII
Não ata nem desata

Enquanto indagavam dela em Petrópolis, a situação moral de Flora era a mesma — o mesmo conflito de afinidades, o mesmo equilíbrio de preferências. Cessado o conflito, roto o equilíbrio, a solução viria de pronto, e, por mais que doesse a um dos namorados, venceria o outro, a menos que interviesse o punhal da anedota de Aires.

Assim passaram algumas semanas desde a subida de Natividade. Quando Aires vinha ao Rio de Janeiro, não deixava de ir vê-la a São Clemente, onde a achava qual era dantes, salvo um pouco de silêncio em que a viu metida uma vez. No dia seguinte recebeu uma carta de Flora, pedindo-lhe desculpa da desatenção, se a houve, e mandando-lhe saudades. "Mamãe pede que a recomende também ao senhor e à família da baronesa." Essa recomendação exprimia o consentimento obtido da mãe para que lhe escrevesse a carta. Quando ele tornou ao Rio, correu a São Clemente e Flora pagou-lhe com alegria grande o silêncio daquela outra manhã. Todavia, não

era espontânea nem constante; tinha seus cochilos de melancolia. Aires voltou ainda algumas vezes na mesma semana. Flora aparecia-lhe com a alegria costumada, e, para o fim, a mesma alteração dos últimos dias.

Talvez a causa daquelas síncopes da conversação fosse a viagem que o espírito da moça fazia à casa da gente Santos. Uma das vezes, o espírito voltou para dizer estas palavras ao coração: "Quem és tu, que não atas nem desatas? Melhor é que os deixes de vez. Não será difícil a ação, porque a lembrança de um acabará por destruir a de outro, e ambas se irão perder com o vento, que arrasta as folhas velhas e novas, além das partículas de coisas tão leves e pequenas que escapam ao olho humano. Anda, esquece-os; se os não podes esquecer, faze por não os ver mais; o tempo e a distância farão o resto".

Tudo estava acabado. Era só escrever no coração as palavras do espírito, para que lhe servissem de lembrança. Flora escreveu-as, com a mão trêmula e a vista turva; logo que acabou, viu que as palavras não combinavam, as letras confundiam-se, depois iam morrendo, não todas, mas salteadamente, até que o músculo as lançou de si. No valor e no ímpeto podia comparar o coração ao gêmeo Paulo; o espírito, pela arte e sutileza, seria o gêmeo Pedro. Foi o que ela achou no fim de algum tempo, e com isso explicou o inexplicável.

Apesar de tudo, não acabava de entender a situação, e resolveu acabar com ela ou consigo. Todo esse dia foi inquieto e complicado. Flora pensou em ir ao teatro para que os gêmeos não a achassem à noite. Iria cedo, antes da hora da visita. A mãe mandou comprar o camarote, e o pai aprovou a diversão, quando veio jantar, mas a filha acabou com dor de cabeça, e o camarote ficou perdido.

— Vou mandá-lo aos jovens Santos — insinuou Batista.

D. Cláudia opôs-se e guardou o camarote. A razão era de mãe; posto lhe tardasse a escolha e o casamento, ela queria vê-los ali consigo, falando, rindo, debatendo que fosse, com os olhos pendentes da filha. Batista não entendeu logo nem depois; mas para não desagradar à esposa, deixou de obsequiar os rapazes. Uma ocasião tão boa! Não era muito para eles que possuíam com que despender, e despendiam; o obséquio estava na lembrança, e também na cartinha que lhes escreveria, mandando o camarote. Chegou a redigi-la de cabeça, apesar de já inútil. A mulher, ao vê-lo calado e sério, cuidou que fosse zanga e quis fazer as pazes; o marido arredou-a brandamente com a mão. Redigia a cartinha, punha no texto um gracejo sisudo, dobrava o papel e lançava-lhe este sobrescrito gêmeo: "Aos jovens apóstolos Pedro e Paulo". O trabalho intelectual tornou mais dura a oposição de d. Cláudia. Uma cartinha tão bonita!

Capítulo XCIV
Gestos opostos

Como pode um só teto cobrir tão diversos pensamentos? Assim é também este céu claro ou brusco — outro teto vastíssimo que os cobre com o mesmo zelo da galinha aos seus pintos... Nem esqueça o próprio crânio do homem, que os cobre igualmente, não só diversos, senão opostos.

Flora, no quarto, não cuidava então de bilhetes nem camarotes; também não acudia à dor de cabeça, que não tinha. Se falou nela foi por ser uma razão próxima e aceitável, breve ou longa, conforme a necessidade da ocasião. Não suponhas que está rezando, embora tenha ali um oratório e um crucifixo. Não viria pedir a Jesus que lhe livrasse a alma daquela inclinação desencontrada. Posta à beira da cama, os olhos no chão, pensava naturalmente em alguma coisa grave, se não era nada, que também agarra os olhos e o pensamento de uma pessoa. Mordeu os beiços sem raiva; meteu a cabeça entre as mãos, como se quisesse concertar os cabelos, mas os cabelos estavam e ficavam como dantes.

Quando se levantou era totalmente noite, e acendeu uma vela. Não queria gás. Queria uma claridade branda que desse pouca vida ao quarto e aos seus móveis, que deixasse algumas partes na meia escuridade. O espelho, se fosse a ele, não lhe repetiria a beleza de todos os dias, com a vela posta em cima de uma papeleira antiga, à distância. Mostrar-lhe-ia a nota de palidez e de melancolia, é verdade, mas a nossa amiguinha não se sabia pálida, nem se sentia melancólica. Tinha na tristeza desvairada daquela ocasião uma pontinha de abatimento.

Como tudo isso se combinava, não sei, nem ela mesma. Ao contrário, Flora parecia, às vezes, tomada de um espanto, outras de uma inquietação vaga, e, se buscava o repouso de uma cadeira de balanço, era para o deixar logo. Ouviu bater oito horas. Daí a pouco, entrariam provavelmente Pedro e Paulo. Teve lembrança de ir dizer à mãe que a não mandasse chamar; estava de cama. Esta ideia não durou o que me custa escrevê-la, e aliás já lá vai na outra linha. Recuou a tempo.

— É um despropósito — disse consigo —; basta não aparecer. Mamãe dirá que estou adoentada, tanto que perdemos o teatro, e, se vier aqui, digo-lhe que não posso aparecer...

As últimas palavras saíram-lhe de viva voz, para maior firmeza da resolução. Projetou reclinar-se já na cama; depois achou melhor fazê-lo quando ouvisse o passo da mãe no corredor. Todas essas alternativas podiam vir de si mesmas; entretanto, não é impossível que fosse também um modo de sacudir quaisquer lembranças aborrecíveis. A moça temia ir atrás delas.

Capítulo XCV
O terceiro

Temendo ir atrás delas, que havia de fazer Flora? Abriu uma das janelas do quarto, que dava para a rua, encostou-se à grade e enfiou os olhos para baixo e para cima. Viu a noite sem estrelas, pouca gente que passava, calada ou conversando, algumas salas abertas, com luzes, uma com piano. Não viu certa figura de homem na calçada oposta, parada, olhando para a casa de Batista. Nem a viu, nem lhe importaria saber quem fosse. A figura é que tão depressa a viu como estremeceu e não despegou mais os olhos dela, nem os pés do chão.

Lembras-te daquela veranista de Petrópolis que atribuiu um terceiro namorado à nossa amiguinha? "Um dos três", disse ela. Pois aqui está o terceiro namo-

rado, e pode ser que ainda apareça outro. Este mundo é dos namorados. Tudo se pode dispensar nele; dia virá em que se dispensem até os governos, a anarquia se organizará de si mesma, como nos primeiros dias do paraíso. Quanto à comida, virá de Boston ou de Nova York um processo para que a gente se nutra com a simples respiração do ar. Os namorados é que serão perpétuos.

Aquele era oficial de secretaria. Geralmente os empregados de secretaria casam cedo. Gouveia era solteiro, andava às moças. Um domingo, à missa, reparou na filha do ex-presidente, e saiu da igreja tão apaixonado que não quis outra promoção. Tinha gostado de muitas, acompanhou algumas, esta foi a primeira que o feriu deveras. Pensava nela dia e noite. A rua de São Clemente era o caminho que o levava e trazia da repartição. Se a via, olhava muito para ela, detinha-se a distância, à porta de uma casa, ou então fingia acompanhar com os olhos um carro que passava, e tirava-os do carro para a moça.

Quando amanuense, fizera versos; nomeado oficial, perdeu o costume, mas um dos efeitos da paixão foi restituir-lho. Consigo, em casa da mãe, gastava papel e tinta a metrificar as esperanças. Os versos escorriam da pena, a rima com eles, e as estrofes vinham seguindo direitas e alinhadas, como companhias de batalhão; o título seria o coronel, a epígrafe a música, uma vez que regulava a marcha dos pensamentos. Bastaria essa força à conquista? Gouveia imprimiu alguns em jornais, com esta dedicatória: *A alguém*. Nem assim a praça se rendia.

Uma vez deu-lhe na cabeça mandar uma declaração de amor. Paixão concebe despropósitos. Escreveu duas cartas, sem o mesmo estilo, antes contrário. A primeira era de poeta; dava-lhe *tu*, como nos versos, adjetivava muito, chamava-lhe deusa por alusão ao nome de Flora, e citava Musset e Casimiro de Abreu. A segunda carta foi um desforço do oficial sobre o amanuense. Saiu-lhe ao estilo das informações e dos ofícios, grave, respeitoso, com Excelências. Comparando as duas cartas, não acabou de escolher nenhuma. Não foi só o texto diverso e contrário, foi principalmente a falta de autorização que o levou a rasgar as cartas. Flora não o conhecia; quando menos, fugia de o conhecer. Os olhos dela, se encontravam os dele, retiravam-se logo indiferentes. Uma só vez cuidou que traziam a intenção de perdoar. Que esse breve raio de luz lhe desabotoasse as flores da esperança (começo a falar com a primeira carta) era possível e até certo; tão certo que lhe fez perder o ponto na repartição. Felizmente, era ótimo empregado; o diretor ampliou o quarto de hora de tolerância, e atendeu à dor de cabeça, causa de triste insônia.

— Dormi sobre a madrugada — acabou o oficial.
— Assine.

Senão quando, morre-lhe o padrinho ao Gouveia, e em testamento deixou ao afilhado três contos de réis. Qualquer acharia nisso um benefício, Gouveia achou dois; o legado e a ocasião de travar relações com o pai de Flora. Correu a pedir-lhe que aceitasse a procuração de legatário, ajustando logo os honorários e as despesas. Com pouco, foi procurá-lo à casa, e para que o advogado desse a notícia do constituinte à família, empregou muitos ditos sutis e graciosos, contou anedotas do padrinho, expôs conceitos filosóficos e um programa de marido. Descreveu também a situação administrativa, a promoção iminente, os louvores recebidos, comissões e gratificações, tudo o que o distinguia de outros companheiros. De resto, ninguém na repartição lhe queria mal. Aqueles mesmos que se creram prejudicados acaba-

vam confessando que era justa a preferência dada ao Gouveia. Não seria tudo exato; ele o cria assim, ao menos, e, se não cria tudo, não desmentiu nada. Perdeu tempo e trabalho. Flora não soube da conversação.

 Nem soube da conversação, nem deu agora pelo vulto, como lá disse. Também disse que a noite era escura. Acrescento que começou a pingar fino e a ventar fresco. Gouveia trazia guarda-chuva e ia a abri-lo, mas recuou. O que se passou na alma dele foi uma luta igual à dos dois textos da carta. O oficial queria abrigar-se da chuva, o amanuense queria apanhá-la, isto é, o poeta renascia contra as intempéries, sem medo ao mal, prestes a morrer por sua dama, como nos tempos da cavalaria. Guarda-chuva era ridículo; poupar-se à constipação desmentia a adoração. Tal foi a luta e o desfecho; venceu o amanuense, enquanto a chuva ia pingando grosso, e outra gente passava abrigada e depressa. Flora entrou e fechou a janela. O amanuense esperou ainda algum tempo, até que o oficial abriu o guarda-chuva e fez como os outros. Em casa achou a triste consolação da mãe.

Capítulo XCVI
Retraimento

Aquela noite acabou sem incidente. Os gêmeos vieram, Flora não apareceu, e no dia seguinte duas cartinhas perguntavam a d. Cláudia como passara a filha. A mãe respondeu que bem. Nem por isso Flora os recebeu com a alegria do costume. Tinha alguma coisa que a fazia falar pouco. Pediram-lhe música, tocou; foi bom, porque era um meio de se meter consigo. Não respondeu aos apertos de mão, como eles supunham que fazia até há pouco. Assim foi essa noite, assim foram as outras. Ora um, ora outro chegava primeiro, imaginando que a presença do rival é que tolhia a moça; mas a precedência não valia nada.

Capítulo XCVII
Um Cristo particular

Tudo isso lhe custava tanto que ela acabou pedindo ao seu Cristo um lugar de governador para o pai — ou qualquer comissão fora daqui. Jesus Cristo não distribui os governos deste mundo. O povo é que os entrega a quem merece, por meio de cédulas fechadas, metidas dentro de uma urna de madeira, contadas, abertas, lidas, somadas e multiplicadas. A comissão podia vir, isso sim; a questão era saber se Jesus Cristo acudirá a todos os que lhe pedem a mesma coisa. Os comissários seriam infinitamente mais que as comissões. Esta objeção foi logo expelida do espírito de Flora, porque ela pedia ao seu Cristo, um de marfim velho, deixa da avó, um Cristo que nunca lhe negou nada, e a quem as outras pessoas não vinham importunar

com súplicas. A própria mãe tinha o seu particular, confidente de ambições, consolo de desenganos; não recorria ao da filha. Tal era a fé ingênua da moça.

 Certamente, já lhe havia pedido que a livrasse daquela complicação de sentimentos, que não acabavam de ceder um ao outro, daquela hesitação cansativa, daquele empuxar para ambos os lados. Não foi ouvida. A causa seria talvez por não haver dado ao pedido a forma clara que aqui lhe ponho, com escândalo do leitor. Efetivamente, não era fácil pedir assim por palavras seguidas, faladas ou só pensadas; Flora não formulou a súplica. Pôs os olhos na imagem e esqueceu-se de si, para que a imagem lesse dentro dela o seu desejo. Era demais; requerer o favor do céu e obrigá-lo a adivinhar o que era... Assim cuidou Flora, e resolveu emendar a mão. Não chegou lá; não ousou dizer a Jesus o que não dizia a si mesma. Pensava nos dois, sem confessar a nenhum. Sentia a contradição, sem ousar encará-la por muito tempo.

Capítulo XCVIII
O médico Aires

Um dia pareceu à mãe que a filha andava nervosa. Interrogou-a e apenas descobriu que Flora padecia de vertigens e esquecimentos. Foi justamente um dia em que Aires lá apareceu de visita, com recados de Natividade. A mãe falou-lhe primeiro e confiou-lhe os seus sustos. Pediu-lhe que a interrogasse também. Aires fez de médico, e, quando a moça apareceu e a mãe os deixou na sala, cuidou de a interrogar cautelosamente.

 Vão propósito, porque ela mesma iniciou a conversação, queixando-se de dor de cabeça. Aires observou que dor de cabeça era moléstia de moça bonita, e, tendo confessado que este dito era banal, descobriu-lhe o motivo. Não queria perder a ocasião de lhe dizer o que toda a gente sabia e dizia, não só aqui, como em Petrópolis.

— Por que não vai a Petrópolis? — concluiu.
— Espero fazer outra viagem mais longa, muito longa...
— Para o outro mundo, aposto?
— Acertou.
— Já tem bilhete de passagem?
— Comprarei no dia do embarque.
— Talvez não ache. Há grande concorrência para aquelas paragens; melhor é comprar antes, e, se quer, eu me encarrego disso; comprarei outro para mim, e iremos juntos. A travessia, quando não há conhecidos, deve ser fastidiosa; às vezes, os próprios conhecidos aborrecem, como sucede neste mundo. As saudades da vida é que são agradáveis. A gente de bordo é vulgar, mas o comandante impõe confiança. Não abre a boca, dá as suas ordens por gestos, e não consta que haja naufragado.
— O senhor está caçoando comigo; eu creio até que estou com febre.
— Deixe ver.

Flora estendeu-lhe o pulso; ele, com ar profundo:

— Está; febre de quarenta e sete graus, a mão está ardendo, mas isto mesmo prova que não é nada, porque aquelas viagens fazem-se com as mãos frias. Há de ser constipação, fale a sua mãe.

— Mamãe não cura.

— Pode curar, há remédios caseiros; em todo caso, peça-lhe, e ela pode mandar chamar um médico.

— Médico dá tisanas, e eu não gosto de tisanas.

— Nem eu, mas tolero-as. Por que não experimenta a homeopatia, que não tem gosto, como a alopatia?

— Qual é a que lhe parece melhor?

— A melhor? Só Deus é grande.

Flora sorriu, de um sorriso pálido, e o conselheiro percebeu algo que não era tristeza de passagem ou de criança. Novamente lhe falou de Petrópolis, mas não insistiu. Petrópolis era a agravação do momento atual.

— Petrópolis tem o mal das chuvas — continuou. — Eu, se fosse a senhora, saía desta casa e desta rua; vá para outro bairro, casa amiga, com sua mãe ou sem ela..

— Para onde? — perguntou Flora ansiosa.

E ficou a olhar, esperando. Não tinha casa amiga, ou não se lembrava, e queria que ele mesmo escolhesse alguma, onde quer que fosse, e, quanto mais longe, melhor. Foi o que ele leu nos olhos parados. É ler muito, mas os bons diplomatas guardam o talento de saber tudo o que lhes diz um rosto calado, e até o contrário. Aires fora diplomata excelente, apesar da aventura de Caracas, se não é que essa mesma lhe aguçou a vocação de descobrir e encobrir. Toda a diplomacia está nestes dois verbos parentes.

CAPÍTULO XCIX
A título de ares novos

— Vou arranjar-lhe uma casa boa — disse ele, à despedida.

Desde que estava em Petrópolis, Aires não ia jantar a Andaraí, com a irmã, às quintas-feiras, segundo ajustara e consta do capítulo XXXII. Agora foi lá, e cinco dias depois Flora transferia-se para a casa dela, a título de ares novos. D. Rita não consentiu que d. Cláudia lhe levasse a filha, ela mesma a foi buscar a São Clemente, e Aires acompanhou as três.

A mocidade de Flora na casa de d. Rita foi como uma rosa nascida ao pé de paredão velho. O paredão remoçou. A simples flor, ainda que pálida, alegrou o barro gretado e as pedras despidas. D. Rita vivia encantada; Flora pagava o agasalho da dona da casa com tanta ingenuidade e graça, que esta acabou por lhe dizer que a roubaria à mãe e ao pai, e foi ainda ocasião de riso para as duas.

"Você me deu um lindo presente com esta moça", escrevia d. Rita ao irmão. "Foi uma alma nova, e veio em boa ocasião, porque a minha anda já caduca. É muito docilzinha, conversa, toca e desenha que faz gosto, tem aqui tirado riscos de várias

coisas, e eu saio com ela para lhe mostrar vistas apreciáveis. Às vezes, apresenta uma cara triste, olha vagamente, e suspira; mas eu pergunto-lhe se são saudades de São Clemente, ela sorri e faz um gesto de indiferença. Não lhe falo dos nervos, para não a afligir, mas creio que vai melhor...

Flora também escreveu ao conselheiro Aires, e as duas cartas chegaram à mesma hora a Petrópolis. A de Flora era um agradecimento grande e cordial, mal entremeado de alguma palavra saudosa; confirmava assim a carta da outra, posto não a houvesse lido. Aires comparou-as, lendo duas vezes a da moça para ver se ela escondia mais do que transparecia do papel. Em suma, confiava no remédio.

"Não os vendo, esquece-os", pensou ele. "E, se na vizinhança houver alguém que pensa em gostar dela, é possível que acabe casando."

Respondeu a ambas na mesma noite, dizendo-lhes que na quinta-feira iria almoçar com elas. A d. Cláudia escreveu mandando-lhe a carta da irmã, e foi passar a noite em casa de Natividade, a quem deu a ler as cinco cartas. Natividade aprovou tudo. Notava só que os filhos não lhe escreviam, e deviam estar desesperados.

— A Santa Casa cura, e a Biblioteca Nacional também — retorquiu Aires.

Na quinta-feira, Aires desceu e foi almoçar a Andaraí. Achou-as como as tinha lido nas cartas. Interrogou-as separadamente para ouvir por boca as confissões do papel; eram as mesmas. D. Rita parecia ainda mais encantada. Talvez a causa recente fosse a confidência que fez a moça, na véspera. Como falassem de cabelos, d. Rita referiu o que também consta do capítulo XXXII, isto é, que cortara os seus para os meter no caixão do marido, quando o levaram a enterrar. Flora não a deixou acabar; pegou-lhe das mãos e apertou-as muito.

— Nenhuma outra viúva faria isto — disse ela.

Aqui foi d. Rita que lhe pegou nas mãos, pô-las sobre os seus ombros, e concluiu o gesto por um abraço. Todas as pessoas louvaram-lhe a abnegação do ato; esta era a primeira que a achou única. E daí outro abraço longo, mais longo...

Capítulo C
Duas cabeças

Tão longo foi o abraço, que tomou o resto ao capítulo. Este começa sem ele nem outro. O mesmo aperto de mão de Aires e Flora, se foi demorado, também acabou. O almoço fez gastar algum tempo mais que de costume, porque Aires, além de conversador emérito, não se fartava de ouvir as duas, principalmente a moça. Achava-lhe um toque de languidez, abatimento ou coisa próxima que não encontro no meu vocabulário.

Flora mostrou-lhe os desenhos que fizera, paisagens, figuras, um pedaço da estrada da Tijuca, um chafariz antigo, um *Princípio de casa*. Era uma dessas casas, que alguém começou muitos anos antes, e ninguém acabou, ficando só duas ou três paredes, ruína sem história. Havia ainda outros desenhos, uma revoada de pássaros, um vaso à janela. Aires ia folheando, cheio de curiosidade e paciência; a intenção da

obra supria a perfeição, e a fidelidade devia ser aproximada. Enfim, a moça atou os cordões à pasta. Aires, parecendo-lhe que ficara um desenho último e escondido, pediu que lho mostrasse.

— É um esboço, não vale a pena.

— Tudo vale a pena; quero acompanhar as tentativas da artista; deixe ver.

— Não vale a pena...

Aires insistiu; ela não pôde recusar mais tempo, abriu a pasta, e tirou um pedaço de papel grosso em que estavam desenhadas duas cabeças juntas e iguais. Não teriam a perfeição desejada por ela; não obstante, dispensavam os nomes. Aires considerou a obra durante alguns minutos, e duas ou três vezes levantou os olhos para a autora. Flora já os esperava, interrogativa; queria ouvir o louvor ou a crítica, mas não ouviu nada. Aires acabou de observar as duas cabeças, e pousou o desenho entre os papéis.

— Não lhe dizia que era um esboço? — perguntou Flora, a ver se lhe arrancava uma palavra.

Mas o ex-ministro preferiu não dizer nada. Em vez de achar quase extinta a influência dos gêmeos, vinha dar com ela feita consolação da ausência, tão viva que bastava a memória, sem presença dos modelos. As duas cabeças estavam ligadas por um vínculo escondido. Flora, vendo continuar o silêncio de Aires, compreendeu acaso parte do que lhe passava no espírito. Com um gesto pronto, pegou do desenho e deu-lho. Não lhe disse nada, menos ainda escreveu qualquer palavra. Qualquer que fosse, seria indiscreta. Demais, era o único desenho a que ela não pôs assinatura. Deu-lho como se fora um penhor de arrependimento. Em seguida, atou novamente as fitas da pasta, enquanto Aires rasgava calado o desenho e metia os pedaços no bolso. Flora ficou por um instante parada, boca entreaberta, mas logo lhe apertou a mão, agradecida. Não pôde evitar que lhe caíssem duas pequeninas lágrimas — como outras tantas fitas que lhe atavam para sempre a pasta do passado.

A imagem não é boa, nem verdadeira; foi a que acudiu ao conselheiro, andando, ao voltar de Andaraí. Chegou a escrevê-la no *Memorial*, depois riscou-a, e escreveu uma reflexão menos definitiva: "Talvez seja uma lágrima para cada gêmeo".

"Pode acabar com o tempo", pensou ele indo para a barca de Petrópolis. "Não importa; é um caso embrulhado."

Capítulo CI
O caso embrulhado

Também os gêmeos achavam o caso embrulhado. Quando iam a São Clemente, tinham notícias da moça, sem que lhes dessem certeza do regresso. O tempo andava; não tardaria que consultassem a sorte, como dois antigos.

A rigor, não contavam as semanas de interrupção, uma vez que a escolha se não dava, e eles podiam trazer da consulta o contrário da inclinação definitiva da moça. Reflexão justa, posto que interessada. Cada um deles não queria mais que

prolongar a batalha, esperando vencê-la. Entretanto, não confiavam um ao outro este pensamento gêmeo, como eles. Ambos se iam sentindo exclusivos, a afeição tinha agora o seu pudor e necessidade de calar. Já não falavam de Flora.

Nem só de Flora. Crescendo a oposição, recorriam ao silêncio. Evitavam-se; se podiam, não comiam juntos; se comiam juntos, diziam pouco ou nada. Às vezes, falavam para tirar aos criados qualquer suspeita, mas não advertiam que falavam mal e forçadamente, e que os criados iam comentar as palavras e a expressão deles na copa. A satisfação com que estes comunicavam os seus achados e conclusões é das poucas que adoçam o serviço doméstico, geralmente rude. Não chegavam, porém, ao ponto de concluir tudo o que os ia tornando cada vez mais avessos, a ponta de ódio que crescia com a ausência da mãe. Era mais que Flora, como sabeis; eram as próprias pessoas inconciliáveis. Um dia houve na copa e na cozinha grande novidade. Pedro, a pretexto de sentir mais calor que Paulo, mudou de quarto e foi dormir mal em outro não menos quente que o primeiro.

Capítulo CII
Visão pede meia sombra

Entretanto a bela moça não os tirava da mesma alcova sua, por mais que buscasse deveras fugir-lhes. A memória os trazia pela mão, eles entravam e ficavam. Iam depois embora, ou de si mesmos, ou empurrados por ela. Quando tornavam, era de surpresa. Um dia, Flora aproveitou a presença para fazer um desenho igual ao que dera ao conselheiro, mais perfeito agora, muito mais acabado.

Também cansava. Então saía do quarto e ia para o piano. Eles iam com ela, sentavam-se aos lados ou ficavam defronte, em pé, e ouviam com atenção religiosa, ora um noturno, ora uma tarantela. Flora tocava ao sabor de ambos, sem deliberação; os dedos é que obedeciam à mecânica da alma. Para os não ver, inclinava a cabeça sobre o teclado; mas o campo da visão os guardava, se não era a respiração que se fazia sentir defronte ou dos lados. Tal era a sutileza dos seus sentidos.

Se fechava o piano e descia ao jardim, sucedia muita vez que os ia achar ali, passeando, e a cumprimentavam com tão boa sombra, que ela esquecia por instantes a impaciência. Depois, sem que os mandasse, iam embora. Nos primeiros tempos, Flora tinha medo que a houvessem abandonado de todo, e chamava-os dentro de si. Ambos tornavam logo, tão dóceis, que ela acabou de se convencer que a fuga não era fuga, nem eles sentiam desespero, e não os evocou mais. No jardim era mais rápido o desaparecimento, talvez pela extrema claridade do lugar. Visão pede meia sombra.

Capítulo CIII
O quarto

Sei, sei, três vezes sei que há muitas visões dessas nas páginas que lá ficam. Ulisses confessa a Alcinoos que lhe é enfadonho contar as mesmas coisas. Também a mim. Sou, porém, obrigado a elas, porque sem elas a nossa Flora seria menos Flora, seria outra pessoa que não conheci. Conheci esta, com as suas obsessões ou como quer que lhes chames.

Nem por isso, nem ainda porque houvesse colhido algum abatimento e nervos, deixava Flora de enfeitar muito, de se fazer mais linda, e ter mais de um namorado incógnito, que suspirava por ela. Não faltava quem a admirasse de passagem, e fosse vê-la, quando menos, no banco verde, à porta do jardim, ao pé da irmã de Aires. Pode ser que conhecesse algum, Gouveia, por exemplo; em verdade, era como se os não visse.

Um deles valia mais que todos pela carruagem — tirada por uma bela parelha de cavalos — capitalista do bairro. A casa dele era um palacete, os móveis feitos na Europa, estilo império, aparelhos de Sèvres e de prata, tapetes de Esmirna, e uma vasta câmara com dois leitos, um de solteiro, outro de casados. O segundo esperava a esposa.

"A esposa há de ser esta", pensou ele um dia, ao ver Flora.

Era maduro; trazia o rosto batido dos ventos da vida, a despeito das muitas águas de toucador; ao corpo faltava aprumo, e as maneiras não tinham graça nem naturalidade. Era o Nóbrega, aquele da nota de dois mil-réis, nota fecunda, que deitou de si muitas outras, mais de dois mil contos de réis. Para as notas recentes, a avó perdia-se na noite dos tempos. Agora os tempos eram claros, a manhã doce e pura.

Quando viu a moça e fez a reflexão que lá fica, estranhou-se a si próprio. Vira outras damas, e mais de uma com escritos nos olhos, dizendo-lhe o vazio do coração. Esta era a primeira que veramente lhe prendeu a vontade e lhe deteve o pensamento. Tornou a vê-la; a gente vizinha notou porventura a frequência recente do capitalista. Enfim, Nóbrega acabou por se fazer entrado na casa de d. Rita, com desgosto dos seus habituados, que assim se viam esquecidos do anfitrião. Nóbrega, entretanto, dera ordens bastantes para que fossem todos servidos e agasalhados, como se ele estivesse presente.

A ausência não lhe faria perder as loas dos amigos. Ao contrário, os servos podiam dar testemunho do que todos eles pensavam do "grande homem". Tal era o nome que lhe aplicara o secretário particular, e pegou. Nóbrega sabia pouca ortografia, nenhuma sintaxe, lições úteis, decerto, mas que não valiam a moral, e a moral, diziam todos, acompanhando o secretário, era o seu principal e maior mérito. O fiel escriba acrescentava que, sendo preciso despir a camisa e dá-la a um mendigo, Nóbrega o faria, ainda que a camisa fosse bordada.

Agora mesmo, este amor era, ao cabo, um movimento de caridade. Em pouco tempo, aquele gosto de relance passou a grande paixão, tão grande que ele não a pôde conter, e resolveu confessá-la. Hesitou se o faria à própria moça ou à dona da casa. Não tinha ânimo para uma nem outra. Uma carta supria tudo, mas a carta pedia língua, calor e respeito. Se, ao menos, o gesto de Flora lhe dissesse alguma

coisa, ainda que pouca, vá; a carta seria então uma resposta. Mas não lhe dizia nada o gesto da moça. Era só cortês e gracioso; não ia além dessas duas expressões.

D. Rita percebeu a inclinação de Nóbrega e achou que era a melhor solução da vida para a hóspede. Todas as incertezas, angústias e melancolias vinham acabar nos braços de um ricaço, estimado, respeitado, dentro de um palacete com uma carruagem às ordens... Ela mesma punha em relevo este prêmio grande da loteria de Espanha.

Enfim, o secretário de Nóbrega redigiu com a melhor linguagem que possuía uma carta em que o capitalista pedia a d. Rita o favor de consultar a moça amada.

— Não escreva palavrinhas doces — recomendou ele ao secretário. — Gosto dessa moça com um sentimento de proteção, antes que outra coisa. Não é carta de namorado. Estilo grave...

— Uma carta seca — concluiu o secretário.

— Totalmente seca, não — emendou Nóbrega —, uma carta lisonjeira, sem esquecer que não sou criança.

Assim se cumpriu. Ia a cumprir-se demais; Nóbrega achou que o estilo podia ser um tanto ameno; não fazia mal pôr duas ou três palavras apropriadas ao objeto, *beleza, coração, sentimento...* Assim se cumpriu finalmente, e a carta foi levada ao seu destino. D. Rita ficou contentíssima. Justamente o que ela queria. Tinha o plano feito de concluir, por ato seu, uma história melancólica, a que daria, por derradeira página, conclusão deslumbrante. Não pensou em dizê-lo primeiro ao irmão, pela razão de querer que ele recebesse a notícia completa, tudo feito e acabado. Releu a carta; dispôs-se a ir logo, mas há pessoas para quem o adágio que diz que "o melhor da festa é esperar por ela" resume todo o prazer da vida. D. Rita tinha essa opinião. Todavia, entendeu que tais cartas não são das que se guardam largo tempo, nem aliás das que se comunicam sem cautela. Esperou vinte e quatro horas. Na manhã seguinte, depois de almoçadas, leu a carta à moça. O natural é que Flora ficasse espantada. Ficou, mas não tardou que risse, de um riso franco e sonoro, como ainda não rira em Andaraí. D. Rita ficou espantadíssima. Supunha que, não a pessoa, mas as vantagens e circunstâncias pleiteassem a favor do candidato. Esquecia os seus cabelos entregues à sepultura do marido. Deu conselhos à moça, pôs em relevo a posição do pretendente, o presente e o futuro, a situação esplêndida que lhe dava este casamento, e por fim as qualidades morais de Nóbrega. A moça escutou calada, e acabou rindo outra vez.

— A senhora sabe se serei feliz? — perguntou.

— Creio que sim; agora, o futuro é que confirmará ou não.

— Esperemos que o futuro chegue, conquanto me pareça muito demorado. Não nego as qualidades daquele homem, parece bom, e trata-me bem, mas eu não quero casar, dona Rita.

— Realmente, a idade... Mas nem, ao menos, quer pensar alguns dias?

— Está pensado.

D. Rita ainda esperou um dia. A resposta negativa, dado que Flora viesse a mudar de opinião, podia ser uma desgraça para esta. Uso os próprios termos dela consigo, *grande desgraça, posição esplêndida, sentimento profundo.* D. Rita ia aos extremos, diante daquele rico-homem dos últimos anos do século.

Capítulo CIV
A resposta

Não querendo dar a resposta nua e crua, d. Rita consultou a moça, que lhe respondeu simplesmente:

— Diga que não pretendo casar.

Quando Nóbrega recebeu as poucas linhas que d. Rita lhe mandou, ficou assombrado. Não contava com recusa. Ao contrário, era tão certa a aceitação que ele tinha já um programa do noivado. Imaginava a moça, os olhos tímidos, a boca cerrada, o véu que lhe cobriria a linda carinha, a delicadeza dele, as palavras que lhe diria entrando em casa. Tinha já composto uma invocação à Mãe Santíssima, para que os fizesse felizes. "Dou-lhe carro", dizia consigo, "joias, muitas joias, as melhores joias do mundo..." Nóbrega não fazia ideia exata do mundo; era expressão. "Hei de dar-lhe tudo, sapatinhos de seda, meias de seda, que eu mesmo lhe calçarei..." Estremecia de cor, ao calçar-lhe as meias. Beijava-lhe os pés e os joelhos.

Tinha imaginado que ela, ao ler a carta, devia ficar tão pasmada e agradecida, que nos primeiros instantes não pudera responder a d. Rita; mas logo depois as palavras sairiam do coração às golfadas. "Sim, senhora, queria, aceitava; não pensara em outra coisa." Escreveria logo ao pai e à mãe para lhes pedir licença; eles viriam correndo, incrédulos, mas, vendo a carta, ouvindo a filha e d. Rita, não duvidariam da verdade, e dariam o consentimento. Talvez o pai lho fosse dar em pessoa. E nada, nada, nada, absolutamente nada, uma simples recusa, uma recusa atrevida, por que enfim quem era ela, apesar da beleza? uma criatura sem vintém, modestamente vestida, sem brincos, nunca lhe vira brincos às orelhas, duas perolazinhas que fossem. E por que é que lhe furaram as orelhas, se não tinham brincos que lhe dar? Considerou que às mais pobres meninas do mundo furam as orelhas para os brincos que lhes possam cair do céu. E vem esta, e recusa os mais ricos brincos que o céu ia chover sobre ela...

Ao jantar, os amigos da casa notaram que ele estava preocupado. De noite, ele e o secretário saíram a pé. Nóbrega buscou em si o gesto mais frio e indiferente que pôde, quase alegre, e anunciou ao secretário que Flora não queria casar. Não se descreve a admiração do secretário, em seguida a consternação, finalmente a indignação. Nóbrega respondia magnânimo:

— Não foi por mal; foi talvez por se julgar abaixo, muito abaixo da fortuna. Creia que é boa moça. Pode ser também, quem sabe?, por ter sido um mau conselho do coração. Aquela moça é doente.

— Doente?

— Não afirmo; digo que pode ser.

O secretário afirmou.

— Só a doença — disse ele — explicará a ingratidão, porque o ato é de pura ingratidão.

Aqui tornou a nota da indignação, nota sincera, como as outras. Nóbrega gostou de ouvi-la; era um compadecimento. No fim, cumpriu a ideia que trazia ao sair

de casa; aumentou-lhe o ordenado. Podia ser a paga da simpatia; o beneficiado foi mais longe, achou que era o preço do silêncio, e ninguém soube de nada.

Capítulo CV
A realidade

A moléstia, dada por explicação à recusa do casamento, passou à realidade daí a dias. Flora adoeceu levemente; d. Rita, para não alarmar os pais, cuidou de a tratar com remédios caseiros; depois, mandou chamar um médico, o seu médico, e a cara que este fez não foi boa, antes má. D. Rita, que costumava ler a gravidade das suas moléstias no rosto dele, e sempre as achava gravíssimas, cuidou de avisar os pais da moça. Os pais vieram logo. Natividade também desceu de Petrópolis, não de vez; em cima, tinham medo de algum movimento cá embaixo. Veio a visitar a moça, e, a pedido desta, ficou alguns dias.

— Só a senhora pode me curar — disse Flora —; não creio nos remédios que me dão. As suas palavras é que são boas e os seus carinhos... Mamãe também, e dona Rita, mas não sei, há uma diferença, uma coisa... Veja; parece-me que até já rio.

— Já, já; ria mais.

Flora sorriu, ainda que daquele sorriso descorado que aparece na boca do enfermo, quando a moléstia consente, ou ele força a seriedade própria da dor. Natividade dizia-lhe palavras de animação; fê-la prometer que iria convalescer em Petrópolis. A enfermidade começou a ceder. D. Cláudia aceitou a oferta de d. Rita, e lá ficou aposentada. Natividade ia à noite para Botafogo e voltava de manhã. Aires descia de Petrópolis um dia sim, um dia não.

Também os gêmeos lá iam saber da enferma. Agora mais que dantes, sentiam a fortaleza do vínculo que os prendia à moça. Pedro, já médico, ainda que sem prática, punha mais autoridade nas perguntas, concluía melhor dos sintomas, mas as esperanças e os receios eram de ambos. Algumas vezes, falavam mais alto que de costume e de conveniência. A razão, por egoísta que fosse, era perdoável. Supõe que os cartões de visita falassem; alguns, mais sôfregos, proclamariam os seus nomes, para que soubessem logo da presença, da cortesia e da ansiedade. Tal cuidado da parte dos dois era inútil, porque ela sabia deles e recebia as lembranças que lhe deixavam.

Flora ia assim passando os dias. Queria Natividade sempre ao pé de si, pela razão que já deu, e por outra que não disse, nem porventura soube, mas podemos suspeitá-la e imprimir. Estava ali o ventre abençoado que gerara os dois gêmeos. De instinto, achava nela algo particular. Quanto ao influxo que exercia nela, por essa ou qualquer outra causa, não a sabia Natividade; contentava-se em ver que, ainda agora, e em tal crise, Flora não perdeu a amizade que lhe tinha. Passavam as horas juntas, falando, se não fazia mal falar, ou então uma com as mãos da outra entre as suas. Quando Flora adormecia, Natividade ficava a contemplá-la, com o rosto pálido, os olhos fundos, as mãos quentes, mas sem perder a graça dos dias da saúde. As

outras entravam no quarto, pé ante pé, esticavam os pescoços para vê-la dormir, falavam por gestos ou tão baixo que só o coração as adivinharia.

Quando pareceu melhorar, Flora pediu um pouco mais de luz e de céu. Uma das duas janelas foi então escancarada, e a enferma encheu-se de vida e riso. Não é que a Febre se fosse de todo. Essa bruxa lívida estava ao canto do quarto, com os olhos espetados nela; mas, ou de cansada, ou por obrigação imposta, cochilava a miúdo, e longamente. Então a enferma sentia só o calor do Mal, que o médico graduava em trinta e nove ou trinta e nove e meio, depois de consultar o termômetro. A Febre, ao ver esse gesto, ria sem escândalo, ria para si.

Capítulo CVI
Ambos quais?

Ficamos no ponto em que uma das janelas do quarto aumentou a dose de luz e de céu que Flora pediu, sem embargo da febre, aliás pouca. O mais que se passou valia a pena de um livro. Não foi logo, logo; gastou longas horas e alguns dias. Houve tempo bastante para que entre a vida e Flora se fizesse a reconciliação ou a despedida. Uma e outra podiam ser extensas; também podiam ser curtas. Conheci um homem que adoeceu velho, se não de velho, e despendeu no rompimento final um tempo quase infinito. Já pedia a morte, mas quando via o rosto descarnado da derradeira amiga espiar da porta entreaberta, voltava o seu para outro lado e engrolava uma cantiga da infância, para enganá-la e viver.

Flora não recorria a tais cantigas, aliás tão próximas. Quando via o céu e um pedaço de sol no muro, deleitava-se naturalmente, e uma vez quis desenhar, mas não lho consentiram. Se a morte a espiava da porta, tinha um calafrio, é verdade, e fechava os olhos. Ao abri-los fitava a triste figura, sem lhe fugir nem chamar por ela.

— Você amanhã está pronta, e de hoje a oito dias, ou antes, vamos para Petrópolis — disse Natividade, disfarçando as lágrimas, mas a voz fazia o ofício dos olhos.

— Petrópolis? — suspirou a doente.

— Lá terá muito que desenhar.

Eram sete horas da manhã. Na véspera, quando os gêmeos saíram de lá, já tarde, os receios da morte cresciam; mas não bastam receios, é preciso que a realidade venha atrás deles; daí as esperanças. Também não bastam esperanças, a realidade é sempre urgente. A madrugada trouxe algum sossego; às sete horas, depois daquelas palavras de Natividade, Flora pôde dormir.

Quando Pedro e Paulo voltaram a Andaraí, a enferma estava acordada, e o médico, sem dar grandes esperanças, mandou fazer aplicações, que declarou enérgicas. Todos tinham sinais de lágrimas. De noite, Aires apareceu trazendo notícias de agitação na cidade.

— Que é?

— Não sei; uns falam de manifestações ao marechal Deodoro, outros de conspiração contra o marechal Floriano. Há alguma coisa.

Natividade pediu aos filhos que se não metessem em barulhos; ambos prometeram e cumpriram. Ao ver o aspecto de algumas ruas, grupos, patrulhas, armas, duas metralhadoras, Itamarati iluminado, tiveram a curiosidade de saber o que houve e havia; vaga sugestão, que não durou dois minutos. Correram a meter-se em casa, e a dormir mal a noite. Na manhã seguinte os criados levaram os jornais com as notícias da véspera.

— Veio algum recado de Andaraí? — perguntou um.

— Não, senhor.

Ainda quiseram ler, por alto, alguma coisa. Não puderam; estavam ansiosos de sair de casa e saber notícias da noite. Posto levassem os jornais consigo, não leram claramente nem seguidamente. Viram nomes de pessoas presas, um decreto, movimento de gente e de tropas, tão confuso tudo, que deram por si na casa de d. Rita, antes de entender o que houvera. Flora ainda vivia.

— Mamãe, a senhora está mais triste hoje que estes dias.

— Não fales tanto, minha filha — acudiu d. Cláudia. — Triste estou sempre que adoeces. Fica boa e verás.

— Fica, fica boa — interveio Natividade. — Eu, em moça, tive uma doença igual que me prostrou por duas semanas, até que me levantei, quando já ninguém esperava.

— Então já não esperam que me levante?

Natividade quis rir da conclusão tão pronta, com o fim de a animar. A doente fechou os olhos, abriu-os daí a pouco, e pediu que vissem se estava com febre. Viram; tinha, tinha muita.

— Abram-me a janela toda.

— Não sei se fará bem — ponderou d. Rita.

— Mal não faz — disse Natividade.

E foi abrir, não toda, mas metade da janela. Flora, posto que já mui caída, fez esforço e voltou-se para o lado da luz. Nessa posição ficou sem dar de si; os olhos, a princípio vagos, entraram a parar, até que ficaram fixos. A gente entrava no quarto devagar e abafando os passos, trazendo recados e levando-os; fora, espreitavam o médico.

— Demora-se; já devia cá estar — dizia Batista.

Pedro era médico, propôs-se a ir ver a enferma; Paulo, não podendo entrar também, ponderou que seria desagradável ao médico assistente; além disso, faltava-lhe prática. Um e outro queriam assistir ao passamento de Flora, se tinha de vir. A mãe, que os ouviu, saiu à sala, e, sabendo o que era, respondeu negativamente. Não podiam entrar; era melhor que fossem chamar o médico.

— Quem é? — perguntou Flora, ao vê-la tornar ao quarto.

— São os meus filhos que queriam entrar ambos.

— Ambos quais? — perguntou Flora.

Esta palavra fez crer que era o delírio que começava, se não é que acabava, porque, em verdade, Flora não proferiu mais nada. Natividade ia pelo delírio. Aires, quando lhe repetiram o diálogo, rejeitou o delírio.

A morte não tardou. Veio mais depressa do que se receava agora. Todas e o pai acudiram a rodear o leito, onde os sinais da agonia se precipitavam. Flora acabou como uma dessas tardes rápidas, não tanto que não façam ir doendo as saudades

do dia; acabou tão serenamente que a expressão do rosto, quando lhe fecharam os olhos, era menos de defunta que de escultura. As janelas, escancaradas, deixavam entrar o sol e o céu.

Capítulo CVII
Estado de sítio

Não há novidade nos enterros. Aquele teve a circunstância de percorrer as ruas em estado de sítio. Bem pensado, a morte não é outra coisa mais que uma cessação da liberdade de viver, cessação perpétua, ao passo que o decreto daquele dia valeu só por setenta e duas horas. Ao cabo de setenta e duas horas, todas as liberdades seriam restauradas, menos a de reviver. Quem morreu, morreu. Era o caso de Flora; mas que crime teria cometido aquela moça, além do de viver, e porventura de amar, não se sabe a quem, mas amar? Perdoai estas perguntas obscuras, que se não ajustam, antes se contrariam. A razão é que não recordo esse óbito sem pena, e ainda trago o enterro à vista...

Capítulo CVIII
Velhas cerimônias

Aqui vai sair o caixão. Todos tiram o chapéu, logo que ele assoma à porta. Gente que passa, para. Das janelas debruça-se a vizinhança, em algumas atopeta-se, por serem as famílias maiores que o espaço; às portas, os criados. Todos os olhos examinam as pessoas que pegam nas alças do caixão, Batista, Santos, Aires, Pedro, Paulo, Nóbrega.

Este, posto já não frequentasse a casa, mandara saber da enferma, e foi convidado a carregar o gracioso corpo. No carro, em que levava o secretário, e era puxado pela mais bela parelha do préstito, quase única, lembrava Nóbrega ao secretário:

— Não lhe dizia eu que ela era doente? Era muito doente.

— Muito.

Não vou ao ponto de afirmar que teve prazer com a morte de Flora, só por havê-lo feito acertar na notícia da doença, estando ela perfeitamente sã. Mas que ninguém fosse seu marido foi uma espécie de consolação. Houve mais; supondo que ela o tivesse aceitado e casassem, pensava agora no esplêndido enterro que lhe faria. Desenhava na imaginação o carro, o mais rico de todos, os cavalos e as suas plumas negras, o caixão, uma infinidade de coisas que, à força de compor, cuidava feitas. Depois o túmulo; mármore, letras de ouro... O secretário, para o arrancar à tristeza, falava dos objetos da rua.

— Vossa Excelência lembra-se do chafariz que havia aqui há anos?

— Não — resmungava Nóbrega.

Ainda uma vez, não há novidade nos enterros. Daí o provável tédio dos coveiros, abrindo e fechando covas todos os dias. Não cantam, como os de *Hamlet*, que temperam as tristezas do ofício com as trovas do mesmo ofício. Trazem o caixão da cal e a colher para os convidados, e para si as pás com que deitam a terra para dentro da cova. O pai e alguns amigos ficaram ao pé da cova de Flora, a ver cair a terra, a princípio com aquele baque soturno, depois com aquele vagar cansativo, por mais que os pobres homens se apressem. Enfim, caiu toda a terra, e eles puseram em cima as grinaldas dos pais e dos amigos: "À nossa querida filha"; — "À nossa santa amiguinha Flora a saudosa amiga Natividade"; — "À Flora, um amigo velho" etc. Tudo feito, vieram saindo; o pai, entre Aires e Santos, que lhe davam o braço, cambaleava. Ao portão, foram tomando os carros e partindo. Não deram pela falta de Pedro e Paulo que ficaram ao pé da cova.

Capítulo CIX
Ao pé da cova

Nenhum deles contou o tempo gasto naquele lugar. Sabem só que foi de silêncio, de contemplação e de saudade. Não digo, para os não vexar agora, mas é possível que chorassem também. Tinham um lenço na mão, enxugavam os olhos; depois com os braços caídos, as mãos prendendo o chapéu, olhavam aparentemente para as flores que cobriam a sepultura, mas na realidade para a criatura que lá estava embaixo.

Enfim, cuidaram de arrancar-se dali, e despedir-se da defunta, não se sabe com que palavras, nem se eram as mesmas; o sentido seria igual. Como estivessem defronte um do outro, acudiu-lhes a ideia de um aperto de mão por cima da cova. Era uma promessa, um juramento. Juntaram-se e vieram descendo, calados. Antes de chegar ao portão, reduziram à palavra o gesto das mãos feito sobre a cova. Que juravam a conciliação perpétua.

— Ela nos separou — disse Pedro —; agora, que desapareceu, que nos una.

Paulo confirmou de cabeça.

— Talvez morresse para isso mesmo — acrescentou.

Depois, abraçaram-se. Gesto nem palavra traziam ênfase ou afetação; eram simples e sinceros. A sombra de Flora decerto os viu, ouviu e inscreveu aquela promessa de reconciliação nas tábuas da eternidade. Ambos, por um impulso comum, voltaram os olhos para ver ainda uma vez a cova de Flora, mas a cova ficava longe e encoberta por grandes sepulcros, cruzes, colunas, um mundo inteiro de gente passada, quase esquecida. O cemitério tinha um ar meio alegre, com todas aquelas grinaldas de flores, baixo-relevos, bustos, e a cor branca dos mármores e da cal. Comparado à cova recente, parecia um renascimento de vida, que ficou deslembrada a um canto da cidade.

Custou-lhes sair do cemitério. Não supunham estar tão presos à defunta. Cada um deles ouvia a mesma voz, com igual doçura e palavras especiais. Tinham chegado ao portão e o carro veio buscá-los. A cara do cocheiro era radiosa.

Não se explica essa expressão do cocheiro, senão porque, inquieto da demora, não cuidando que os dois fregueses ficassem tanto tempo ao pé da cova, entrara a recear que tivessem aceitado o convite de algum amigo e voltado para casa. Tinha já resolvido esperar poucos minutos mais, e ir embora; mas a gorjeta? A gorjeta foi dobrada, como a dor e o amor; digamos, gêmea.

Capítulo CX
Que voa

Assim como o carro veio voando do cemitério, assim voará este capítulo destinado a dizer primeiro que a mãe dos gêmeos conseguiu levá-los para Petrópolis. Já não alegraram a clínica da Santa Casa nem os documentos da Biblioteca Nacional. Clínica e documentos repousam agora na cova nº... Não ponho o número para que algum curioso, se achar este livro na dita Biblioteca, se dê ao trabalho de investigar e completar o texto. Basta o nome da defunta, que lá ficou dito e redito.

Voe este capítulo, como o trem de Mauá, serra acima, até à cidade do repouso, do luxo e da galanteria. Vá Natividade com os filhos, e Aires com os três. Em cima, à noite, voltando este à casa do barão, pôde ver os efeitos da paz jurada, a conciliação final. Não sabia nada do pacto dos dois moços. Pai nem mãe sabiam coisa nenhuma. Foi um segredo guardado no silêncio e no desejo sincero de comemorar uma criatura que os ligara, morrendo.

Natividade vivia agora enamorada dos filhos. Levava-os a toda parte, ou guardava-os para si, a fim de os gostar mais deliciosamente, de os aprovar por atos, de auxiliar a obra corretiva do tempo. Notícias e boatos do Rio de Janeiro eram objeto de conversação nas casas a que estes iam, sem os convidar a sair da abstenção voluntária. As recreações pouco a pouco os tomaram, algum passeio de carro ou a cavalo, e outras diversões os traziam unidos.

Assim chegaram ao tempo em que a família Santos desceu, ainda que a contragosto de Natividade. Ela temia que, mais perto do governo, a discórdia política acabasse com a recente harmonia dos filhos, mas não podia lá ficar. A outra gente vinha descendo. Santos queria os seus velhos hábitos, e deu algumas razões boas, que Natividade ouviu depois ao próprio Aires. Podia ser um encontro de ideias, mas, se estas eram boas, deviam ser aceitas.

Natividade confiava ao tempo a perfeição da obra. Cria no tempo. Eu, em menino, sempre o vi pintado como um velho de barbas brancas e foice na mão, que me metia medo. Quanto a ti, amigo meu, ou amiga minha, segundo for o sexo da pessoa que me lê, se não forem duas, e os sexos ambos — um casal de noivos, por exemplo —, curiosos de saber como é que Pedro e Paulo puderam estar no mesmo credo... Não falemos desse mistério... Contenta-te de saber que eles tinham em mente cumprir o juramento daquele lugar e ocasião. O tempo trouxe o fim da estação, como nos outros anos, e Petrópolis deixou Petrópolis.

Capítulo CXI
Um resumo de esperanças

"Quando um não quer, dois não brigam", tal é o velho provérbio que ouvi em rapaz, a melhor idade para ouvir provérbios. Na idade madura eles devem já fazer parte da bagagem da vida, frutos da experiência antiga e comum. Eu cria neste; mas não foi ele que me deu a resolução de não brigar nunca. Foi por achá-lo em mim que lhe dei crédito. Ainda que não existisse, era a mesma coisa. Quanto ao modo de não querer, não respondo, não sei. Ninguém me constrangia. Todos os temperamentos iam comigo; poucas divergências tive, e perdi só uma ou duas amizades, tão pacificamente aliás, que os amigos perdidos não deixaram de me tirar o chapéu. Um deles pediu-me perdão no testamento.

No caso dos gêmeos eram ambos que não queriam; parecia-lhes ouvir uma voz de fora ou do alto que lhes pedia constantemente a paz. Força maior, portanto, e troca de fórmula: "Se nenhum quer, nenhum briga".

Naturalmente os atos do governo eram aprovados e desaprovados, mas a certeza de que podia acender-lhes novamente os ódios fazia com que as opiniões de Pedro e de Paulo ficassem entre os seus amigos pessoais. Não pensavam nada à vista um do outro. Divergências de teatro ou de rua eram sopitadas logo, por mais que lhes doesse o silêncio. Não doeria tanto a Pedro como a Paulo, mas sempre era padecer alguma coisa. Mudando de pensamento, esqueciam de todo, e o riso da mãe era a paga de ambos.

A carreira diferente ia separá-los depressa, conquanto a residência comum os trouxesse unidos. Tudo se podia combinar; os interesses do ofício serviriam a este efeito, as relações pessoais também, e afinal o uso, que vale por muito. Vou aqui resumindo, como posso, as esperanças de Natividade. Outras havia a que chamarei conjugais; os rapazes, porém, não pareciam inclinados a elas, e a mãe, quem lhe apalpasse o coração sentiria já um antecipado ciúme das noras.

Capítulo CXII
O primeiro mês

Na véspera do dia em que se completou o primeiro mês da morte de Flora, Pedro teve uma ideia, que não comunicou ao irmão. Não perderia nada em fazê-lo, porque Paulo teve a mesma ideia, e também a calou. Dela nasce este capítulo.

A pretexto de ir visitar um doente, Pedro saiu de casa, antes das sete horas. Paulo saiu pouco depois, sem pretexto algum. Pia leitora, adivinhas que ambos foram ao cemitério; não adivinhas, nem é fácil adivinhar que cada um deles levava uma grinalda. Não digo que fossem das mesmas flores, não só para respeitar a verdade, senão também para afastar qualquer ideia intencional de simetria na ação e

no acaso. Uma era de miosótis, outra creio que de perpétuas. Qual fosse a de um, qual a do outro, não se sabe nem interessa à narração. Nenhuma tinha letreiro.

Quando Paulo chegou ao cemitério, e viu de longe o irmão, teve a sensação de pessoa roubada. Cuidava ser único e era último. A presunção, porém, de que Pedro não levara nada, uma folha sequer, consolou-o da antecipação da visita. Esperou alguns instantes; advertindo que podia ser visto, desviou-se do caminho, meteu-se por entre sepulturas, até ir colocar-se atrás daquela. Aí esperou cerca de um quarto de hora. Pedro não se queria arrancar dali; parecia falar e escutar. Enfim, despediu-se e desceu.

Paulo, vagarosamente, caminhou para a sepultura. Indo a depositar a grinalda, viu ali outra posta de fresco, e entendendo que era do irmão, teve ímpeto de ir atrás dele e pedir-lhe contas da lembrança e da visita. Não lhe leves a mal o ímpeto; passou imediatamente. O que ele fez foi colocar a coroa que levava no lado correspondente aos pés da defunta, para não a irmanar com a outra, que estava do lado da cabeça.

Não viu, não adivinhou sequer que Pedro naturalmente pararia um instante para voltar a cara e mandar um derradeiro olhar à moça enterrada. Assim foi, mas quando Pedro deu com o irmão, no mesmo lugar que ele, os olhos no chão, teve também o seu impulso de ir buscá-lo e trazê-lo daquela cova sagrada. Preferiu esconder-se e esperar. Os gestos de piedade, quaisquer que fossem, ele os deu primeiro à querida comum. Foi o primeiro em evocar a sombra de Flora, falar-lhe, ouvi-la, gemer com ela a separação eterna. Viera adiante do outro; lembrara-se dela mais cedo.

Assim consolado, podia seguir caminho; Paulo, se saísse atrás dele, e o visse, entenderia que fizera a sua visita em segundo lugar, e receberia um golpe grande. Deu alguns passos na direção do portão, estacou, recuou e novamente se escondeu. Queria ver os gestos dele, ver se rezava, se se benzia, para desmenti-lo quando lhe ouvisse mofar das cerimônias eclesiásticas. Logo sentiu que era um erro; não iria confessar a ninguém que o vira rezando ao pé da cova de Flora. Ao contrário, era capaz de o desmentir, ou, quando menos, fazer um gesto de incredulidade...

Enquanto estas imaginações lhe passavam pela cabeça, desfazendo-se umas às outras, discursando sem palavras, aceitando, repelindo, esperando, os olhos não se retiravam do irmão, nem este da sepultura. Paulo não fazia gesto, não mexia os lábios, tinha os braços cruzados, o chapéu na mão. Não obstante, podia estar rezando. Também podia ficar calado, para a sombra ou para a memória da defunta. A verdade é que não saiu do lugar. Então Pedro viu que a conversação, evocação, adoração, o que quer que fosse que atava Paulo à sepultura, vinha sendo muito mais demorado que as suas orações. Não marcara o seu tempo, mas evidentemente o de Paulo era já maior. Descontando a impaciência, que sempre faz crescer os minutos, ainda assim parecia certo que Paulo gastava mais saudades que ele. Deste modo, ganhava na extensão da visita o que perdera na chegada ao cemitério. Pedro, à sua vez, achou-se roubado.

Quis sair; mas uma força, que ele não sabia explicar, não lhe consentia levantar os pés, nem tirar os olhos do gêmeo. A custo, pôde enfim trazer a estes e fazê-los andar de volta pelas outras campas, onde leu alguns epitáfios. Um de 1865 não se podia ler bem se era tributo de amor filial ou conjugal, maternal ou paternal, por estar já apagado o adjetivo. Tributo era, tinha a fórmula adotada pelos marmoristas,

para poupar estilo aos fregueses. Notando que o adjetivo estava comido do tempo, Pedro disse consigo que o seu amor é que era um substantivo perpétuo, não precisando mais nada para se definir.

 Pensou outras coisas com que foi disfarçando a humilhação. Fizera tudo às carreiras. Se se demorasse mais, era o outro que estaria agora à espreita. O tempo andava, o sol batia no rosto do irmão, e este não arredava pé. Enfim, deu mostras de deixar a cova, mas foi para rodeá-la, e deter-se em todos os quatro lados, como se buscasse o melhor lugar de ver ou evocar a pessoa guardada no fundo.

 Tudo feito, Paulo arredou-se, desceu e saiu, levando as maldições de Pedro. Este teve uma ideia que desprezou logo, e tu farias o mesmo, amigo leitor; foi tornar à sepultura e emendar ao tempo gasto anteriormente outro pedaço maior. Desprezada a ideia, vagou alguns minutos, até que saiu, sem achar sombra de Paulo.

Capítulo CXIII
Uma Beatriz para dois

Flora, se visse os gestos de ambos, é provável que descesse do céu e buscasse maneira de os ouvir perpetuamente, uma Beatriz para dois. Mas não viu ou não lhe pareceu bem descer. Talvez não achasse necessidade de tornar cá, para servir de madrinha a um duelo que deixara em meio.

 Quanto a este, se ia continuar, não era pela mesma injúria. Não esqueças que foi ao pé daquela mesma campa que os dois fizeram as pazes eternas, e, posto não lhas desfizesse a campa, é certo que acendeu um pouco da ira antiga. Dir-me-ás, e com aparência de razão, que, se enterrada ainda os separava, mais os separaria se ali descesse em espírito. Puro engano, amigo. No começo, ao menos, eles jurariam o que ela mandasse.

Capítulo CXIV
Consultório e banca

Meses depois, Pedro abria consultório médico, aonde iam pessoas doentes, Paulo banca de advogado, que procuravam os carecidos de justiça. Um prometia saúde, outro ganho de causa, e acertavam muita vez, porque não lhes faltava talento nem fortuna. Demais, não trabalhavam sós, mas cada qual com um colega de nomeada e prático.

 No meio dos sucessos do tempo, entre os quais avultavam a rebelião da esquadra e os combates do sul, a fuzilaria contra a cidade, os discursos inflamados, prisões, músicas e outros rumores, não lhes faltava campo em que divergissem. Nem era preciso política. Cresciam agora mais em número as ocasiões e as matérias.

Ainda quando combinassem de acaso e de aparência, era para discordar logo e de vez, não deliberadamente, mas por não poder ser de outro modo.

Tinham perdido o acordo, feito pela razão, jurado pelo amor, em honra da moça defunta e da mãe viva. Mal se podiam ver, mal ou pior ouvir. Cuidaram de evitar tudo o que o lugar e a ocasião ajustassem para os separar mais. Desta maneira, a profissão torceu-lhes o caminho e dividiu as relações de ambos. Natividade apenas daria pela má vontade dos filhos, desde que os dois pareciam apostados em lhe querer bem, mas dava por ela, e tentava ligá-los apertadamente e de todo. Santos folgava de se prolongar pela medicina e pela advocacia dos filhos. Só receava que Paulo, dada a inclinação partidária, buscasse noiva jacobina. Não ousando dizer-lhe nada a tal respeito, refugiava-se na religião, e não ouvia missa que lhe não metesse uma oração particular e secreta para obter a proteção do céu.

Capítulo CXV
Troca de opiniões

Senão quando, viu Natividade os primeiros sinais de uma troca de inclinação, que mais parecia propósito que efeito natural. Entretanto, era naturalíssimo. Paulo entrou a fazer oposição ao governo, ao passo que Pedro moderava o tom e o sentido, e acabava aceitando o regime republicano, objeto de tantas desavenças.

A aceitação por parte deste não foi rápida nem total; era, porém, bastante para sentir que não havia entre ele e o novo governo um abismo. Naturalmente o tempo e a reflexão consumaram esse efeito no espírito de Pedro, a não admitir que também nele vingasse a ambição de um grande destino, esperança da mãe. Natividade, com efeito, ficou deliciada. Também ela mudara, se havia que mudar na simples alma materna, para quem todos os regimes valiam pela glória dos filhos. Pedro, aliás, não se dava todo, restringia alguma coisa às pessoas e ao sistema, mas aceitava o princípio, e bastava; o resto viria com a idade, dizia ela.

A oposição de Paulo não era ao princípio, mas à execução. "Não é esta a república dos meus sonhos", dizia ele; e dispunha-se a reformá-la em três tempos com a fina-flor das instituições humanas, não presentes nem passadas, mas futuras. Quando falava delas, via-se-lhe a convicção nos lábios e nos olhos, estes alongados, como alma de profeta. Era outro ensejo de se não entenderem os dois. D. Cláudia tinha que era cálculo de ambos para se não juntarem nunca — opinião que Natividade aceitaria, finalmente, se não fora a de Aires.

Também este notara a mudança, e estava prestes a aceitar a explicação, por aquela razão de comodidade que achava em concordar com as opiniões alheias; não se cansava nem aborrecia. Tanto melhor, se o acordo se fazia com um simples gesto. Desta vez, porém, valeu a pessoa.

— Não, baronesa — disse ele —, não creia em propósitos.

— Mas que pode ser então?

Aires gastou algum tempo na escolha das palavras, a fim de lhe não saírem

pedantescas nem insignificantes; queria dizer o que pensava. Às vezes, falar não custa menos que pensar. Ao fim de três minutos, segredou a Natividade:

— A razão parece-me ser que o espírito de inquietação reside em Paulo, e o de conservação em Pedro. Um já se contenta do que está, outro acha que é pouco e pouquíssimo, e quisera ir ao ponto a que não foram homens. Em suma, não lhes importam formas de governo, contanto que a sociedade fique firme ou se atire para diante. Se não concorda comigo, concorde com d. Cláudia.

Aires não tinha aquele triste pecado dos opiniáticos; não lhe importava ser ou não aceito. Não é a primeira vez que o digo, mas provavelmente é a última. Em verdade, a mãe dos gêmeos não quis outra explicação. Nem por isso a discórdia morreria entre eles, que apenas trocavam de armas para continuar o mesmo duelo. Ouvindo esta conclusão, Aires fez um gesto afirmativo, e chamou a atenção de Natividade para a cor do céu, que era a mesma, antes e depois da chuva. Supondo que havia nisso algo simbólico, ela entrou a procurá-lo, e o mesmo farias tu, leitor, se lá estivesses; mas não havia nada.

— Tenha confiança, baronesa — prosseguiu ele pouco depois. — Conte com as circunstâncias, que também são fadas. Conte mais com o imprevisto. O imprevisto é uma espécie de deus avulso, ao qual é preciso dar algumas ações de graças; pode ter voto decisivo na assembleia dos acontecimentos. Suponha um déspota, uma corte, uma mensagem. A corte discute a mensagem, a mensagem canoniza o déspota. Cada cortesão toma a si definir uma das virtudes do déspota, a mansidão, a piedade, a justiça, a modéstia... Chega a vez da grandeza da alma; chega também a notícia de que o déspota morreu de apoplexia, que um cidadão assumiu o poder e a liberdade foi proclamada do alto do trono. A mensagem é aprovada e copiada. Um amanuense basta para trocar as mãos à História; tudo é que o nome do novo chefe seja conhecido, e o contrário é impossível; ninguém trepa ao sólio sem isso, nem a senhora sabe o que é memória de amanuense. Como nas missas fúnebres, só se troca o nome do encomendado — Petrus, Paulus...

— Oh! não agoure meus filhos! — exclamou Natividade.

Capítulo CXVI
De regresso

— Então foram eleitos deputados?

— Foram; tomam assento quinta-feira. Se não fossem meus filhos, diria que os vem achar mais belos do que os deixou, há um ano.

— Diga, diga, baronesa; faça de conta que são meus filhos.

Aires voltava da Europa, aonde fora com promessa de ficar seis meses apenas. Enganou-se; gastou onze. Natividade é que lhe pôs um ano para arredondar a ausência que sentira deveras, como d. Rita. O sangue em uma, o costume na outra, custou-lhes a suportar a separação. Ele fora a pretexto de águas, e, por mais que lhe

recomendassem as do Brasil, não as quis experimentar. Não estava acostumado às denominações locais. Tinha esta impressão que as águas de Carlsbad ou Vichy, sem estes nomes, não curariam tanto. D. Rita insinuou que ele ia para ver como estavam as moças que deixou, e concluiu:

— Hão de estar tão velhas como você.

— Quem sabe se mais? O ofício delas é envelhecer — redarguiu o conselheiro.

Quis rir, mas não pôde ir além da ameaça. Não era a lembrança da própria velhice, nem da caducidade alheia, era a injustiça da sorte que lhe tomou a vista interior. As moças ele sabia muito bem que cediam ao tempo, como as cidades e as instituições, e ainda mais depressa que elas. Nem todas iriam logo cedo a cumprir a sentença que atribui ao amor dos deuses a morte prematura das pessoas; mas viu algumas dessas, e agora lhe lembrou a meiga Flora, que lá se fora com as suas graças finas... Não passou da ameaça de riso.

Quiseram retê-lo as duas, Santos também, que perdia nele uma figura certa das suas noites; mas o nosso homem resistiu, embarcou e partiu. Como escrevia sempre à irmã e aos amigos, dava a causa exata da demora, e não eram amores, salvo se mentia, mas passara a idade de mentir. Afirmou, sim, que recuperara algumas forças, e assim o pareceu quando desembarcou, onze meses depois, no cais Pharoux. Trazia o mesmo ar de velho elegante, fresco e bem-posto.

— Mas estão eleitos?

— Eleitos; tomam assento quinta-feira.

CAPÍTULO CXVII
Posse das cadeiras

Quinta-feira, quando os gêmeos tomaram assento na Câmara, Natividade e Perpétua foram ver a cerimônia. Pedro ou Paulo arranjou-lhes uma tribuna. A mãe desejou que Aires fosse também. Quando este ali chegou, já as achou sentadas, Natividade a fitar com a luneta o presidente e os deputados. Um destes falava sobre a ata, e ninguém lhe prestava atenção. Aires sentou-se um pouco mais dentro, e, após alguns minutos, disse a Natividade:

— A senhora escreveu-me que eram candidatos de dois partidos contrários.

Natividade confirmou a notícia; foram eleitos em oposição um ao outro. Ambos apoiavam a República, mas Paulo queria mais do que ela era, e Pedro achava que era bastante e sobeja. Mostravam-se sinceros, ardentes, ambiciosos; eram bem-aceitos dos amigos, estudiosos, instruídos...

— Amam-se finalmente?

— Amam-se em mim — respondeu ela, depois de formular essa frase na cabeça.

— Pois basta esse terreno amigo.

— Amigo, mas caduco; amanhã posso faltar-lhes.

— Não falta; a senhora tem muitos e muitos anos de vida. Faça uma viagem à Europa com eles, e verá que regressa ainda mais robusta. Eu sinto-me duplicado,

por mais que me custe à modéstia, mas a modéstia perdoa tudo. E depois, quando os vir encarreirados e grandes homens...

— Por que é que a política os há de separar?

— Sim, podiam ser grandes na ciência, um grande médico, um grande jurisconsulto...

Natividade não quis confessar que a ciência não bastava. A glória científica parecia-lhe comparativamente obscura; era calada, de gabinete, entendida de poucos. Política, não. Quisera só a política, mas que não brigassem, que se amassem, que subissem de mãos dadas... Assim ia pensando consigo, enquanto Aires, abrindo mão da ciência, acabou declarando que, sem amor, não se faria nada.

— Paixão — disse ele —, é meio caminho andado.

— A política é a paixão deles; paixão e ambição. Talvez já pensem na presidência da República.

— Já?

— Não... isto é, sim; guarde segredo. Interroguei-os separadamente; confessaram-me que este era o seu sonho imperial. Resta saber o que fará um, se o outro subir primeiro.

— Derrubá-lo-á, naturalmente.

— Não graceje, conselheiro.

— Não é gracejo, baronesa. A senhora cuida que a política os desune; francamente, não. A política é um incidente, como a moça Flora foi outro...

— Ainda se lembram dela.

— Ainda?

— Foram à missa aniversária, e desconfio que foram também ao cemitério, não juntos, nem à mesma hora. Se foram, é que verdadeiramente gostavam dela; logo, não foi um incidente.

Sem embargo do que Natividade lhe merecia, Aires não insistiu na opinião, antes deu mais relevo à dela, com o próprio fato da visita ao cemitério.

— Não sei se foram — emendou Natividade —; desconfio.

— Devem ter ido; eles gostavam realmente da pequena. Também ela gostava deles; a diferença é que, não alcançando unificá-los, como os via em si, preferiu fechar os olhos. Não lhe importe o mistério. Há outros mais escuros.

— Parece que vai entrar a cerimônia — disse Perpétua, que olhava para o recinto.

— Chegue-se para a frente, conselheiro.

A cerimônia era a do costume. Natividade cuidou que ia vê-los entrar juntos e afirmarem juntos o compromisso regimental. Viriam assim como os trouxera no ventre e na vida. Contentou-se de os admirar separadamente. Paulo primeiro, Pedro depois, ambos graves, e ouviu-lhes cá de cima repetir a fórmula com voz clara e segura. A cerimônia foi curiosa para as galerias, graças à semelhança dos dois; para a mãe foi comovedora.

— Estão legisladores — disse Aires no fim.

Natividade tinha os olhos gloriosos. Ergueu-se e pediu ao velho amigo que as acompanhasse à carruagem. No corredor acharam os dois recentes deputados, que vinham ter com a mãe. Não consta qual deles a beijou primeiro: não havendo regimento interno nesta outra câmara, pode ser que fossem ambos a um tempo, metendo-lhes ela a cara entre as bocas, uma face para cada um. A verdade é que fizeram com igual ternura. Depois voltaram ao recinto.

Capítulo CXVIII
Coisas passadas, *coisas* futuras

Indo a entrar na carruagem, Natividade deu com a igreja de São José, ao lado, e um pedaço do morro do Castelo, a distância. Estacou.

— Que é? — perguntou Aires.
— Nada — respondeu ela entrando e estendendo-lhe a mão. — Até logo?
— Até logo.

A vista da igreja e do morro despertou nela todas as cenas e palavras que lá ficaram transcritas nos dois ou três primeiros capítulos. Não esqueceste que foi ao pé da igreja, entre esta e a Câmara, que o cupê esperou então por ela e pela irmã.

— Você lembra-se, Perpétua? — disse Natividade, quando o carro começou a andar.
— De quê?
— Não se lembra que foi ali que ficou o carro, quando fomos à cabocla do Castelo?

Perpétua lembrava-se. Natividade advertiu que devia ser ali perto a ladeira por onde subiram com dificuldade e curiosidade, até a casa da cabocla, no meio da outra gente que descia ou subia também. A casa era à direita, tinha a escada de pedra...

Descansa, amigo, não repito as páginas. Ela é que não podia deixar de as evocar, nem impedir que viessem de si mesmas. Tudo reaparecia com a frescura antiga. Não esquecera a figurinha da cabocla, quando o pai a fez entrar na sala: "Entra, Bárbara". A ideia de estar agora madura e longe, restituída ao Estado, que deixou Província, rica onde nasceu pobre, não acudiu à nossa amiga. Não, toda ela voltou àquela manhã de 1871. A caboclinha era esta mesma criatura leve e breve, com os cabelos atados no alto da cabeça, olhando, falando, dançando... Coisas passadas.

Quando a carruagem ia a dobrar a praia de Santa Luzia, ladeando a Santa Casa, Natividade teve ideia, mas só ideia, de voltar e ir ter à ladeira do Castelo, subir por ela, a ver se achava a adivinha no mesmo lugar. Contar-lhe-ia que os dois meninos de mama, que ela predisse seriam grandes, eram já deputados e acabavam de tomar assento na Câmara. Quando cumpririam eles o seu destino? Viveria o tempo de os ver grandes homens, ainda que muito velha?

A presidência da República não podia ser para dois, mas um teria a vice-presidência, e se este a achasse pouco, trocariam mais tarde os cargos. Nem faltavam grandezas. Ainda se lembrava das palavras que ouviu à cabocla, quando lhe perguntou pela espécie de grandeza que caberia aos filhos. "Coisas futuras!", respondeu a Pítia do Norte, com tal voz que nunca lhe esqueceu. Agora mesmo parece-lhe que a ouve, mas é ilusão. Quando muito, são as rodas do carro que vão rolando e as patas dos cavalos que batem. Coisas futuras! Coisas futuras!

CAPÍTULO CXIX
Que anuncia os seguintes

Todas as histórias, se as cortam em fatias, acabam com um capítulo último e outro penúltimo, mas nenhum autor os confessa tais; todos preferem dar-lhes um título próprio. Eu adoto o método oposto; escrevo no alto de cada um dos capítulos seguintes os seus nomes de remate, e, sem dizer a matéria particular de nenhum, indico o quilômetro em que estamos da linha. Isto supondo que a história seja um trem de ferro. A minha não é propriamente isso. Poderia ser uma canoa, se lhe tivesse posto águas e ventos, mas tu viste que só andamos por terra, a pé ou de carro, e mais cuidosos da gente que do chão. Não é trem nem barco; é uma história simples, acontecida e por acontecer; o que poderás ver nos dois capítulos que faltam e são curtos.

CAPÍTULO CXX
Penúltimo

Este é ainda um óbito. Já lá ficou defunta a jovem Flora, aqui vai morta a velha Natividade. Chamo-lhe velha, porque li a certidão de batismo; mas, em verdade, nem os filhos deputados, nem os cabelos brancos davam a essa senhora o aspecto correspondente à idade. A elegância, que era o seu sexto sentido, enganava os tempos de tal maneira que ela conservava, não digo a frescura, mas a graça antiga.

Não morreu sem ter uma conferência particular com os dois filhos — tão particular, que nem o marido assistiu a ela. Também não instou por isso. Verdade, verdade, Santos andava a chorar pelos cantos; mal poderia reter as lágrimas, se ouvisse a mulher fazer aos filhos os seus finais pedidos. Porquanto, os médicos já a haviam desenganado. Se eu não visse nesses oficiais da saúde os escrutadores da vida e da morte, podia torcer a pena, e, contra a predição científica, fazer escapar Natividade. Cometeria uma ação fácil e reles, além de mentirosa. Não, senhor, ela morreu sem falta, poucas semanas depois daquela sessão da Câmara. Morreu de tifo.

Tão secreta foi a conferência dela e dos filhos que estes não quiseram contá-la a ninguém, salvo ao conselheiro Aires, que a adivinhou em parte. Paulo e Pedro confessaram a outra parte, pedindo-lhe silêncio.

— Não juraram calar?
— Positivamente, não — disse um.
— Juramos só o que ela nos pediu — explicou o outro.
— Pois então podem contá-lo a mim. Eu serei discreto como um túmulo.

Aires sabia que os túmulos não são discretos. Se não dizem nada, é porque diriam sempre a mesma história; daí a fama de discrição. Não é virtude, é falta de novidade.

Ora, o que a mãe fez, quando eles entraram e fecharam a porta do quarto, foi pedir-lhe que ficasse cada um do lado da cama e lhe estendessem a destra. Juntou-

-as sem força e fechou-as nas suas mãos ardentes. Depois, com a voz expirante e os olhos acesos apenas de febre, pediu-lhes um favor grande e único. Eles iam chorando e calando, porventura, adivinhando o favor.

— Um favor derradeiro — insistiu ela.
— Diga, mamãe.
— Vocês vão ser amigos. Sua mãe padecerá no outro mundo, se os não vir amigos neste. Peço pouco; a vossa vida custou-me muito, a criação também, e a minha esperança era vê-los grandes homens. Deus não quer, paciência. Eu é que quero saber que não deixo dois ingratos. Anda, Pedro, anda, Paulo, jurem que serão amigos.

Os moços choravam. Se não falavam, é porque a voz não lhes queria sair da garganta. Quando pôde, saiu trêmula, mas clara e forte:
— Juro, mamãe!
— Juro, mamãe!
— Amigos para todo sempre?
— Sim.
— Não quero outras saudades. Estas somente, a amizade verdadeira, e que se não quebre nunca mais.

Natividade ainda conservou as mãos deles presas, sentiu-as trêmulas de comoção, e esteve calada alguns instantes.
— Posso morrer tranquila.
— Não, mamãe, não morre — interromperam ambos.

Parece que a mãe quis sorrir a essa palavra de confiança, mas a boca não respondeu à intenção, antes fez um trejeito que assustou os filhos. Paulo correu a pedir socorro. Santos entrou desorientado no quarto, a tempo de ouvir à esposa algumas palavras suspiradas e derradeiras. A agonia começou logo, e durou algumas horas. Contadas todas as horas de agonia que tem havido no mundo, quantos séculos farão? Desses terão sido tenebrosos alguns, outros melancólicos, muitos desesperados, raros enfadonhos. Enfim, a morte chega, por muito que se demore, e arranca a pessoa ao pranto ou ao silêncio.

Capítulo CXXI
Último

Castor e Pólux foram os nomes que um deputado pôs aos dois gêmeos, quando eles tornaram à Câmara, depois da missa do sétimo dia. Tal era a união que parecia aposta. Entravam juntos, andavam juntos, saíam juntos. Duas ou três vezes votaram juntos, com grande escândalo dos respectivos amigos políticos. Tinham sido eleitos para se baterem, e acabavam traindo os eleitores. Ouviram nomes duros, repreensões acerbas. Quiseram renunciar ao cargo; Pedro, entretanto, achou um meio conciliatório.

— O nosso dever político é votar com os amigos — disse ele ao irmão. — Votemos com eles. Mamãe só nos pediu concórdia pessoal. Na tribuna, sim, ninguém nos levará a atacar um ao outro; no debate e no voto podemos e devemos dissentir.

— Apoiado; mas, se você um dia achar que deve vir para os meus arraiais, venha. Você nem eu hipotecamos o juízo.

— Apoiado.

Pessoalmente, nem sempre havia este acordo. Os contrastes não eram raros, nem os ímpetos, mas a lembrança da mãe estava tão fresca, a morte tão próxima, que eles sopitavam qualquer movimento, por mais que lhes custasse, e viviam unidos. Na Câmara, o dissentimento político e a fusão pessoal cada vez os fazia mais admiráveis.

A Câmara terminou os seus trabalhos em dezembro. Quando tornou, em maio seguinte, só Pedro lhe apareceu. Paulo tinha ido a Minas, uns diziam que a ver noiva, outros que a catar diamantes, mas parece que foi só a passeio. Pouco depois regressou, entrando na Câmara sozinho, ao contrário do ano anterior em que os dois irmãos subiam as escadas juntos, quase pegados. O olho dos amigos não tardou em descobrir que não viviam bem, pouco depois que se detestavam. Não faltou indiscreto que lhes perguntasse a um e a outro o que houvera no intervalo das duas sessões; nenhum respondia nada. O presidente da Câmara, a conselho do líder, nomeou-os para a mesma comissão. Pedro e Paulo, cada um por sua vez, foram pedir-lhe que os dispensasse.

— São outros — disse o presidente na sala do café.

— Totalmente outros — confirmaram os deputados presentes.

Aires soube daquela conclusão no dia seguinte, por um deputado seu amigo, que morava em uma das casas de pensão do Catete. Tinha ido almoçar com ele, e, em conversação, como o deputado soubesse das relações de Aires com os dois colegas, contou-lhe o ano anterior e o presente, a mudança radical e inexplicável. Contou também a opinião da Câmara.

Nada era novidade para o conselheiro, que assistira à ligação e desligação dos dois gêmeos. Enquanto o outro falava, ele ia remontando os tempos e a vida deles, recompondo as lutas, os contrastes, a aversão recíproca, apenas disfarçada, apenas interrompida por algum motivo mais forte, mas persistente no sangue, como necessidade virtual. Não lhe esqueceram os pedidos da mãe, nem a ambição desta em os ver grandes homens.

— O senhor que se dá com eles diga-me o que é que os fez mudar — concluiu o amigo.

— Mudar? Não mudaram nada; são os mesmos.

— Os mesmos?

— Sim, são os mesmos.

— Não é possível.

Tinham acabado o almoço. O deputado subiu ao quarto para se compor de todo. Aires foi esperá-lo à porta da rua. Quando o deputado desceu, vinha com um achado nos olhos.

— Ora, espere, não será... Quem sabe se não será a herança da mãe que os mudou? Pode ter sido a herança, questões de inventário...

Aires sabia que não era a herança, mas não quis repetir que eles eram os mesmos, desde o útero. Preferiu aceitar a hipótese, para evitar debate, e saiu apalpando a botoeira, onde viçava a mesma flor eterna.

Memorial

Memorial de Aires foi publicado
pela primeira vez em 1908,
por H. Garnier, Livreiro-Editor,
no Rio de Janeiro e Paris.

de Aires

Em Lixboa, sobre lo mar,
Barcas novas mandey lavrar...

Cantiga de JOHAM ZORRO

Para veer meu amigo
Que talhou preyto comigo,
Alá vou, madre.
Para veer meu amado
Que mig'a preyto talhado,
Alá vou, madre.

Cantiga d'el-rei DOM DENIS

Advertência

Quem me leu *Esaú e Jacó* talvez reconheça estas palavras do prefácio: "Nos lazeres do ofício escrevia o *Memorial*, que, apesar das páginas mortas ou escuras, apenas daria (e talvez dê) para matar o tempo da barca de Petrópolis".

Referia-me ao conselheiro Aires. Tratando-se agora de imprimir o *Memorial*, achou-se que a parte relativa a uns dois anos (1888-1889) — se for decotada de algumas circunstâncias, anedotas, descrições e reflexões — pode dar uma narração seguida, que talvez interesse, apesar da forma de diário que tem. Não houve pachorra de a redigir à maneira daquela outra — nem pachorra, nem habilidade. Vai como estava, mas desbastada e estreita, conservando só o que liga o mesmo assunto. O resto aparecerá um dia, se aparecer algum dia.

M. DE A.

1888

9 de janeiro

Ora bem, faz hoje um ano que voltei definitivamente da Europa. O que me lembrou esta data foi, estando a beber café, o pregão de um vendedor de vassouras e espanadores: "Vai vassouras! vai espanadores!". Costumo ouvi-lo outras manhãs, mas desta vez trouxe-me à memória o dia do desembarque, quando cheguei aposentado à minha terra, ao meu Catete, à minha língua. Era o mesmo que ouvi há um ano, em 1887, e talvez fosse a mesma boca.

Durante os meus trinta e tantos anos de diplomacia algumas vezes vim ao Brasil, com licença. O mais do tempo vivi fora, em várias partes, e não foi pouco. Cuidei que não acabaria de me habituar novamente a esta outra vida de cá. Pois acabei. Certamente ainda me lembram coisas e pessoas de longe, diversões, paisagens, costumes diversos, mas não morro de saudades por nada. Aqui estou, aqui vivo, aqui morrerei.

Cinco horas da tarde

Recebi agora um bilhete de mana Rita, que aqui vai colado:

9 de janeiro

> Mano
> Só agora me lembrou que faz hoje um ano que você voltou da Europa aposentado. Já é tarde para ir ao cemitério de São João Batista, em visita ao jazigo da família, dar graças pelo seu regresso; irei amanhã de manhã e peço a você que me espere para ir comigo. Saudades da
> Velha mana,
> RITA

Não vejo necessidade disso, mas respondi que sim.

10 de janeiro

Fomos ao cemitério. Rita, apesar da alegria do motivo, não pôde reter algumas velhas lágrimas de saudade pelo marido que lá está no jazigo, com meu pai e minha mãe. Ela ainda agora o ama, como no dia em que o perdeu, lá se vão tantos anos. No caixão do defunto mandou guardar um molho dos seus cabelos, então pretos, enquanto os mais deles ficaram a embranquecer cá fora.

Não é feio o nosso jazigo; podia ser um pouco mais simples — a inscrição e uma cruz —, mas o que está é bem-feito. Achei-o novo demais, isso sim. Rita fá-lo lavar todos os meses, e isso impede que envelheça. Ora, eu creio que um velho túmulo dá melhor impressão do ofício, se tem as negruras do tempo, que tudo consome. O contrário parece sempre da véspera.

Rita orou diante dele alguns minutos, enquanto eu circulava os olhos pelas sepulturas próximas. Em quase todas havia a mesma antiga súplica da nossa: "Orai por ele! Orai por ela!". Rita me disse depois, em caminho, que é seu costume atender ao pedido das outras, rezando uma prece por todos os que ali estão. Talvez seja a única. A mana é boa criatura, não menos que alegre.

A impressão que me dava o total do cemitério é a que me deram sempre outros; tudo ali estava parado. Os gestos das figuras, anjos e outras, eram diversos, mas imóveis. Só alguns pássaros davam sinal de vida, buscando-se entre si e pousando nas ramagens, pipilando ou gorjeando. Os arbustos viviam calados, na verdura e nas flores.

Já perto do portão, à saída, falei a mana Rita de uma senhora que eu vira ao pé de outra sepultura, ao lado esquerdo do cruzeiro, enquanto ela rezava. Era moça, vestia de preto, e parecia rezar também, com as mãos cruzadas e pendentes. A cara não me era estranha, sem atinar quem fosse. E bonita, e gentilíssima, como ouvi dizer de outras em Roma.

— Onde está?

Disse-lhe onde estava. Quis ver quem era. Rita, além de boa pessoa, é curiosa, sem todavia chegar ao superlativo romano. Respondi-lhe que esperássemos ali mesmo, ao portão.

— Não! pode não vir tão cedo, vamos espiá-la de longe. É assim bonita?

— Pareceu-me.

Entramos e enfiamos por um caminho entre campas, naturalmente. A alguma distância, Rita deteve-se.

— Você conhece, sim. Já a viu lá em casa, há dias.
— Quem é?
— É a viúva Noronha. Vamos embora, antes que nos veja.

Já agora me lembrava, ainda que vagamente, de uma senhora que lá apareceu em Andaraí, a quem Rita me apresentou e com quem falei alguns minutos.

— Viúva de um médico, não é?
— Isso; filha de um fazendeiro da Paraíba do Sul, o barão de Santa-Pia.

Nesse momento, a viúva descruzava as mãos, e fazia gesto de ir embora. Primeiramente espraiou os olhos, como a ver se estava só. Talvez quisesse beijar a sepultura, o próprio nome do marido, mas havia gente perto, sem contar dois coveiros que levavam um regador e uma enxada e iam falando de um enterro daquela manhã. Falavam alto, e um escarnecia do outro, em voz grossa: "Eras capaz de levar um daqueles ao morro? Só se fossem quatro como tu". Tratavam de caixão pesado, naturalmente, mas eu voltei depressa a atenção para a viúva, que se afastava e caminhava lentamente, sem mais olhar para trás. Encoberto por um mausoléu, não a pude ver mais nem melhor que a princípio. Ela foi descendo até o portão, onde passava um bonde em que entrou e partiu. Nós descemos depois e viemos no outro.

Rita contou-me então alguma coisa da vida da moça e da felicidade grande que tivera com o marido, ali sepultado há mais de dois anos. Pouco tempo viveram juntos. Eu, não sei por que inspiração maligna, arrisquei esta reflexão:

— Não quer dizer que não venha a casar outra vez.
— Aquela não casa.
— Quem lhe diz que não?
— Não casa; basta saber as circunstâncias do casamento, a vida que tiveram e a dor que ela sentiu quando enviuvou.
— Não quer dizer nada, pode casar; para casar basta estar viúva.
— Mas eu não casei.
— Você é outra coisa, você é única.

Rita sorriu, deitando-me uns olhos de censura, e abanando a cabeça, como se me chamasse "peralta". Logo ficou séria, porque a lembrança do marido fazia-a realmente triste. Meti o caso à bulha; ela, depois de aceitar uma ordem de ideias mais alegre, convidou-me a ver se a viúva Noronha casava comigo; apostava que não.

— Com os meus sessenta e dois anos?
— Oh! não os parece; tem a verdura dos trinta.

Pouco depois chegamos a casa e Rita almoçou comigo. Antes do almoço, tornamos a falar da viúva e do casamento, e ela repetiu a aposta. Eu, lembrando-me de Goethe, disse-lhe:

— Mana, você está a querer fazer comigo a aposta de Deus e de Mefistófeles; não conhece?

— Não conheço.

Fui à minha pequena estante e tirei o volume do *Fausto*, abri a página do prólogo no céu, e li-lha, resumindo como pude. Rita escutou atenta o desafio de Deus e do Diabo, a propósito do velho Fausto, o servo do Senhor, e da perda infalível que faria dele o astuto. Rita não tem cultura, mas tem finura, e naquela ocasião tinha principalmente fome. Replicou rindo:

— Vamos almoçar. Não quero saber desses prólogos nem de outros; repito o que disse, e veja você se refaz o que lá vai desfeito. Vamos almoçar.

Fomos almoçar; às duas horas Rita voltou para Andaraí, eu vim escrever isto e vou dar um giro pela cidade.

12 de janeiro

Na conversa de anteontem com Rita esqueceu-me dizer a parte relativa a minha mulher, que lá está enterrada em Viena. Pela segunda vez falou-me em transportá-la para o nosso jazigo. Novamente lhe disse que estimaria muito estar perto dela, mas que, em minha opinião, os mortos ficam bem onde caem; redarguiu-me que estão muito melhor com os seus.

— Quando eu morrer irei para onde ela estiver, no outro mundo, e ela virá ao meu encontro — disse eu.

Sorriu, e citou o exemplo da viúva Noronha, que fez transportar o marido de Lisboa, onde faleceu, para o Rio de Janeiro, onde ela conta acabar. Não disse mais sobre esse assunto, mas provavelmente tornará a ele, até alcançar o que lhe parece. Já meu cunhado dizia que era seu costume dela, quando queria alguma coisa.

Outra coisa que não escrevi foi a alusão que ela fez à gente Aguiar, um casal que conheci a última vez que vim, com licença, ao Rio de Janeiro, e agora encontrei. São amigos dela e da viúva, celebram daqui a dez ou quinze dias as suas bodas de prata. Já os visitei duas vezes e o marido a mim. Rita falou deles com simpatia e aconselhou-me a ir cumprimentá-los por ocasião das festas aniversárias.

— Lá encontrará Fidélia.
— Que Fidélia?
— A viúva Noronha.
— Chama-se Fidélia?
— Chama-se.
— O nome não basta para não casar.
— Tanto melhor para você, que vencerá a pessoa e o nome, e acabará casando com a viúva. Mas eu repito que não casa.

14 de janeiro

A única particularidade da biografia de Fidélia é que o pai e o sogro eram inimigos políticos, chefes de partido na Paraíba do Sul. Inimizade de famílias não tem impedido que moços se amem, mas é preciso ir a Verona ou alhures. E ainda os de Verona dizem comentadores que as famílias de Romeu e Julieta eram antes amigas do mesmo partido; também dizem que nunca existiram, salvo na tradição ou somente na cabeça de Shakespeare.

Nos nossos municípios, ao norte, ao sul e ao centro, creio que não há caso algum. Aqui a oposição dos rebentos continua a das raízes, e cada árvore brota de si mesma, sem lançar galhos a outra, e esterilizando-lhe o terreno, se pode. Eu, se fosse capaz de ódio, era assim que odiava; mas eu não odeio nada nem ninguém — *perdono a tutti*, como na ópera.

Agora, como foi que eles se amaram — os namorados da Paraíba do Sul — é o que Rita não me referiu, e seria curioso saber. Romeu e Julieta aqui no Rio, entre

a lavoura e a advocacia — porque o pai do nosso Romeu era advogado na cidade da Paraíba —, é um desses encontros que importaria conhecer para explicar. Rita não entrou nesses pormenores; eu, se me lembrar, hei de pedir-lhos. Talvez ela os recuse, imaginando que começo deveras a morrer pela dama.

16 de janeiro

Tão depressa vinha saindo do Banco do Sul encontrei Aguiar, gerente dele, que para lá ia. Cumprimentou-me muito afetuosamente, pediu-me notícias de Rita, e falamos durante alguns minutos sobre coisas gerais.

Isso foi ontem. Hoje de manhã recebi um bilhete de Aguiar, convidando-me, em nome da mulher e dele, a ir lá jantar no dia 24. São as bodas de prata. "Jantar simples e de poucos amigos", escreveu ele. Soube depois que é festa recolhida. Rita vai também. Resolvi aceitar, e vou.

20 de janeiro

Três dias metido em casa, por um resfriamento com pontinha de febre. Hoje estou bom e, segundo o médico, posso já sair amanhã; mas poderei ir às bodas de prata dos velhos Aguiares? Profissional cauteloso, o dr. Silva me aconselhou que não vá; mana Rita, que tratou de mim dois dias, é da mesma opinião. Eu não a tenho contrária, mas, se me achar lépido e robusto, como é possível, custar-me-á não ir. Veremos; três dias passam depressa.

Seis horas da tarde

Gastei o dia a folhear livros, e reli especialmente alguma coisa de Shelley e também de Thackeray. Um consolou-me de outro, este desenganou-me daquele; é assim que o engenho completa o engenho, e o espírito aprende as línguas do espírito.

Nove horas da noite

Rita jantou comigo; disse-lhe que estou são como um pero, e com forças para ir às bodas de prata. Ela, depois de me aconselhar prudência, concordou que, se não tiver mais nada, e for comedido ao jantar, posso ir; tanto mais que os meus olhos terão lá dieta absoluta.

— Creio que Fidélia não vai — explicou.

— Não vai?

— Estive hoje com o desembargador Campos, que me disse haver deixado a sobrinha com a nevralgia do costume. Padece de nevralgias. Quando elas lhe aparecem é por dias, e não vão sem muito remédio e muita paciência. Talvez vá visitá-la amanhã ou depois.

Rita acrescentou que para o casal Aguiar é meio desastre; contavam com ela, como um dos encantos da festa. Querem-se muito, eles a ela, e ela a eles, e todos se merecem, é o parecer de Rita e pode vir a ser o meu.

— Creio. Já agora, se me não sentir impedido, irei sempre. Também a mim parece boa gente a gente Aguiar. Nunca tiveram filhos?

— Nunca. São muito afetuosos, dona Carmo ainda mais que o marido. Você não imagina como são amigos um do outro. Eu não os frequento muito, porque vivo metida comigo, mas o pouco que os visito basta para saber o que valem, ela principalmente. O desembargador Campos, que os conhece desde muitos anos, pode dizer-lhe o que eles são.

— Haverá muita gente ao jantar?

— Não, creio que pouca. A maior parte dos amigos irá de noite. Eles são modestos, o jantar é só dos mais íntimos, e por isso o convite que fizeram a você mostra grande simpatia pessoal.

— Já senti isso, quando me apresentaram a eles, há sete anos, mas então supus que era mais por causa do ministro que do homem. Agora, quando me receberam, foi com muito gosto. Pois lá vou no dia 24, haja ou não haja Fidélia.

25 de janeiro

Lá fui ontem às bodas de prata. Vejamos se posso resumir agora as minhas impressões da noite.

Não podiam ser melhores. A primeira delas foi a união do casal. Sei que não é seguro julgar por uma festa de algumas horas a situação moral de duas pessoas. Naturalmente a ocasião aviva a memória dos tempos passados, e a afeição dos outros como que ajuda a duplicar a própria. Mas não é isso. Há neles alguma coisa superior à oportunidade e diversa da alegria alheia. Senti que os anos tinham ali reforçado e apurado a natureza, e que as duas pessoas eram, ao cabo, uma só e única. Não senti, não podia sentir isso logo que entrei, mas foi o total da noite.

Aguiar veio receber-me à porta da sala — eu diria que com uma intenção de abraço, se pudesse havê-la entre nós e em tal lugar; mas a mão fez esse ofício, apertando a minha efusivamente. É homem de sessenta anos feitos (ela tem cinquenta), corpo antes cheio que magro, ágil, ameno e risonho. Levou-me à mulher, a um lado da sala, onde ela conversava com duas amigas. Não era nova para mim a graça da boa velha, mas desta vez o motivo da visita e o teor do meu cumprimento deram-lhe à expressão do rosto algo que tolera bem a qualificação de radiante. Estendeu-me a mão, ouviu-me e inclinou a cabeça, olhando de relance para o marido.

Senti-me objeto dos cuidados de ambos. Rita chegou pouco depois de mim; vieram vindo outros homens e senhoras, todos de mim conhecidos, e vi que eram familiares da casa. Em meio da conversação, ouvi esta palavra inesperada a uma senhora, que dizia a outra:

— Não vá Fidélia ter ficado pior.

— Ela vem? — perguntou a outra.

— Mandou dizer que vinha; está melhor; mas talvez lhe faça mal.

O mais que as duas disseram, relativamente à viúva, foi bem. O que me dizia um dos convidados apenas foi ouvido por mim, sem lhe prestar atenção maior que o assunto nem perder as aparências dela. Pela hora próxima do jantar supus que Fidélia não viesse. Supus errado. Fidélia e o tio foram os últimos chegados, mas chegaram. O alvoroço com que d. Carmo a recebeu mostrava bem a alegria de a ver ali, apenas convalescida, e apesar do risco de voltar à noite. O prazer de ambas foi grande.

Fidélia não deixou inteiramente o luto; trazia às orelhas dois corais, e o me-

dalhão com o retrato do marido, ao peito, era de ouro. O mais do vestido e adorno escuro. As joias e um raminho de miosótis à cinta vinham talvez em homenagem à amiga. Já de manhã lhe enviara um bilhete de cumprimentos acompanhando o pequeno vaso de porcelana, que estava em cima de um móvel com outros presentinhos aniversários.

Ao vê-la agora, não a achei menos saborosa que no cemitério, e há tempos em casa de mana Rita, nem menos vistosa também. Parece feita ao torno, sem que este vocábulo dê nenhuma ideia de rigidez; ao contrário, é flexível. Quero aludir somente à correção das linhas — falo das linhas vistas; as restantes adivinham-se e juram-se. Tem a pele macia e clara, com uns tons rubros nas faces, que lhe não ficam mal à viuvez. Foi o que vi logo à chegada, e mais os olhos e os cabelos pretos; o resto veio vindo pela noite adiante, até que ela se foi embora. Não era preciso mais para completar uma figura interessante no gesto e na conversação. Eu, depois de alguns instantes de exame, eis o que pensei da pessoa. Não pensei logo em prosa, mas em verso, e um verso justamente de Shelley, que relera dias antes, em casa, como lá ficou dito atrás, e tirado de uma das suas estâncias de 1821:

I can give not what men call love.

Assim disse comigo em inglês, mas logo depois repeti em prosa nossa a confissão do poeta, com um fecho da minha composição: "Eu não posso dar o que os homens chamam amor... e é pena!".

Essa confissão não me fez menos alegre. Assim, quando d. Carmo veio tomar-me o braço, segui como se fosse para um jantar de núpcias. Aguiar deu o braço a Fidélia, e sentou-se entre ela e a mulher. Escrevo estas indicações sem outra necessidade mais que a de dizer que os dois cônjuges, ao pé um do outro, ficaram ladeados pela amiga Fidélia e por mim. Desta maneira pudemos ouvir palpitar o coração aos dois — hipérbole permitida para dizer que em ambos nós, em mim, ao menos, repercutia a felicidade daqueles vinte e cinco anos de paz e consolação.

A dona da casa, afável, meiga, deliciosa com todos, parecia realmente feliz naquela data; não menos o marido. Talvez ele fosse ainda mais feliz que ela, mas não saberia mostrá-lo tanto. D. Carmo possui o dom de falar e viver por todas as feições, e um poder de atrair as pessoas, como terei visto em poucas mulheres, ou raras. Os seus cabelos brancos, colhidos com arte e gosto, dão à velhice um relevo particular, e fazem casar nela todas as idades. Não sei se me explico bem, nem é preciso dizer melhor para o fogo a que lançarei um dia estas folhas de solitário.

De quando em quando, ela e o marido trocavam as suas impressões com os olhos, e pode ser que também com a fala. Uma só vez a impressão visual foi melancólica. Mais tarde ouvi a explicação a mana Rita. Um dos convivas — sempre há indiscretos —, no brinde que lhes fez aludiu à falta de filhos, dizendo "que Deus lhos negara para que eles se amassem melhor entre si". Não falou em verso, mas a ideia suportaria o metro e a rima, que o autor talvez houvesse cultivado em rapaz; orçava agora pelos cinquenta anos, e tinha um filho. Ouvindo aquela referência, os dois fitaram-se tristes, mas logo buscaram rir, e sorriram. Mana Rita me disse depois que essa era a única ferida do casal. Creio que Fidélia percebeu também a expressão de tristeza dos dois, porque eu a vi inclinar-se para ela com um gesto do cálice e brindar a d. Carmo cheia de graça e ternura:

— À sua felicidade.

A esposa Aguiar, comovida, apenas pôde responder logo com o gesto; só instantes depois de levar o cálice à boca, acrescentou, em voz meio surda, como se lhe custasse sair do coração apertado esta palavra de agradecimento:

— Obrigada.

Tudo foi assim segredado, quase calado. O marido aceitou a sua parte do brinde, um pouco mais expansivo, e o jantar acabou sem outro rasto de melancolia.

De noite vieram mais visitas; tocou-se, três ou quatro pessoas jogaram cartas. Eu deixei-me estar na sala, a mirar aquela porção de homens alegres e de mulheres verdes e maduras, dominando a todas pelo aspecto particular da velhice d. Carmo, e pela graça apetitosa da mocidade de Fidélia; mas a graça desta trazia ainda a nota da viuvez recente, aliás de dois anos. Shelley continuava a murmurar ao meu ouvido para que eu repetisse a mim mesmo: *I can give not what men call love.*

Quando transmiti esta impressão a Rita, disse ela que eram desculpas de mau pagador, isto é, que eu, temendo não vencer a resistência da moça, dava-me por incapaz de amar. E pegou daqui para novamente fazer a apologia da paixão conjugal de Fidélia.

— Todas as pessoas daqui e de fora que os viram — continuou — podem dizer a você o que foi aquele casal. Basta saber que se uniram, como já lhe disse, contra a vontade dos dois pais, e amaldiçoados por ambos. Dona Carmo tem sido confidente da amiga, e não repete o que lhe ouve por discreta, resume só o que pode, com palavras de afirmação e de admiração. Tenho-as ouvido muita vez. A mim mesma Fidélia conta alguma coisa. Converse com o tio... Olhe, ele que lhe diga também da gente Aguiar...

Neste ponto interrompi:

— Pelo que ouço, enquanto eu andava lá fora, a representar o Brasil, o Brasil fazia-se o seio de Abraão. Você, o casal Aguiar, o casal Noronha, todos os casais, em suma, faziam-se modelos de felicidade perpétua.

— Pois peça ao desembargador que lhe diga tudo.

— Outra impressão que levo desta casa e desta noite é que as duas damas, a casada e a viúva, parecem amar-se como mãe e filha, não é verdade?

— Creio que sim.

— A viúva também não tem filhos?

— Também não. É um ponto de contato.

— Há um ponto de desvio; é a viuvez de Fidélia.

— Isso não; a viuvez de Fidélia está com a velhice de dona Carmo; mas se você acha que é desvio, tem nas suas mãos concertá-lo, é arrancar a viúva à viuvez, se puder; mas não pode, repito.

A mana não costuma dizer pilhérias, mas quando lhe sai alguma, tem pico. Foi o que eu lhe disse então, ao metê-la no carro que a levou a Andaraí, enquanto eu vim a pé para o Catete. Esqueceu-me dizer que a casa Aguiar é na praia do Flamengo, ao fundo de um pequeno jardim, casa velha mas sólida.

Sábado

Ontem encontrei um velho conhecido do corpo diplomático e prometi ir jantar com ele amanhã em Petrópolis. Subo hoje e volto segunda-feira. O pior é que acordei de mau humor, e antes quisera ficar que subir. E daí pode ser que a mudança de ar e de espetáculo altere a disposição do meu espírito. A vida, mormente nos velhos, é um ofício cansativo.

Segunda-feira

Desci hoje de Petrópolis. Sábado, ao sair a barca da Prainha, dei com o desembargador Campos a bordo, e foi um bom encontro, porque daí a pouco o meu mau humor cedia, e cheguei a Mauá já meio curado. Na estação de Petrópolis estava restabelecido inteiramente.

Não me lembra se já escrevi neste *Memorial* que o Campos foi meu colega de ano em São Paulo. Com o tempo e a ausência perdemos a intimidade, e quando nos vimos outra vez, o ano passado, apesar das recordações escolásticas que surgiram entre nós, éramos estranhos. Vimo-nos algumas vezes, e passamos uma noite no Flamengo; mas a diferença da vida tinha ajudado o tempo e a ausência.

Agora na barca fomos reatando melhor os laços antigos. A viagem por mar e por terra, eram de sobra para avivar alguma coisa da vida escolar. Bastante foi; acabamos lavados da velhice.

Ao subir a serra as nossas impressões divergiram um tanto. Campos achava grande prazer na viagem que íamos fazendo em trem de ferro. Eu confessava-lhe que tivera maior gosto quando ali ia em caleças tiradas a burros, umas atrás das outras — não pelo veículo em si —, mas porque ia vendo, ao longe, cá embaixo, aparecer a pouco e pouco o mar e a cidade com tantos aspectos pinturescos. O trem leva a gente de corrida, de afogadilho, desesperado, até à própria estação de Petrópolis. E mais lembrava as paradas, aqui para beber café, ali para beber água na fonte célebre, e finalmente a vista do alto da serra, onde os elegantes de Petrópolis aguardavam a gente e a acompanhavam nos seus carros e cavalos até a cidade; alguns dos passageiros de baixo passavam ali mesmo para os carros onde as famílias esperavam por eles.

Campos continuou a dizer todo o bem que achava no trem de ferro, como prazer e como vantagem. Só o tempo que a gente poupa! Eu, se retorquisse dizendo-lhe bem do tempo que se perde, iniciaria uma espécie de debate que faria a viagem ainda mais sufocada e curta. Preferi trocar de assunto e agarrei-me aos derradeiros minutos, falei do progresso, ele também, e chegamos satisfeitos à cidade da serra.

Os dois fomos para o mesmo hotel (Bragança). Depois de jantar, saímos em passeio de digestão, ao longo do rio. Então, a propósito dos tempos passados, falei do casal Aguiar e do conhecimento que Rita me disse que ele tinha da vida e da mocidade dos dois cônjuges. Confessei achar nestes um bom exemplo de aconchego e união. Talvez a minha intenção secreta fosse passar dali ao casamento da própria sobrinha dele, suas condições e circunstâncias, coisa difícil pela curiosidade que podia exprimir, e aliás não está nos meus hábitos, mas ele não me deu azo nem tempo. Todo este foi pouco para dizer da gente Aguiar. Ouvi com paciência, porque o

assunto entrou a interessar-me depois das primeiras palavras, e também porque o desembargador fala mui agradavelmente. Mas agora é tarde para transcrever o que ele disse; fica para depois, um dia, quando houver passado a impressão, e só me ficar de memória o que valer a pena guardar.

4 de fevereiro

Eia, resumamos hoje o que ouvi ao desembargador em Petrópolis acerca do casal Aguiar. Não ponho os incidentes, nem as anedotas soltas, e até excluo os adjetivos que tinham mais interesse na boca dele do que lhes poderia dar a minha pena; vão só os precisos à compreensão de coisas e pessoas.

A razão que me leva a escrever isto é a que entende com a situação moral dos dois, e prende um tanto com a viúva Fidélia. Quanto à vida deles, ei-la aqui em termos secos, curtos e apenas biográficos. Aguiar casou guarda-livros. D. Carmo vivia então com a mãe, que era de Nova Friburgo, e o pai, um relojoeiro suíço daquela cidade. Casamento a grado de todos. Aguiar continuou guarda-livros, e passou de uma casa a outra e mais outra, fez-se sócio da última, até ser gerente de banco, e chegaram à velhice sem filhos. É só isto, nada mais que isto. Viveram até hoje sem bulha nem matinada.

Queriam-se, sempre se quiseram muito, apesar dos ciúmes que tinham um do outro, ou por isso mesmo. Desde namorada, ela exerceu sobre ele a influência de todas as namoradas deste mundo, e acaso do outro, se as há tão longe. Aguiar contara uma vez ao desembargador os tempos amargos em que, ajustado o casamento, perdeu o emprego por falência do patrão. Teve de procurar outro; a demora não foi grande, mas o novo lugar não lhe permitiu casar logo, era-lhe preciso assentar a mão, ganhar confiança, dar tempo ao tempo. Ora, a alma dele era de pedras soltas; a fortaleza da noiva foi o cimento e a cal que as uniram naqueles dias de crise. Copio esta imagem que ouvi ao Campos, e que ele me disse ser do próprio Aguiar. Cal e cimento valeram-lhe logo em todos os casos de pedras desconjuntadas. Ele via as coisas pelos seus próprios olhos, mas se estes eram ruins ou doentes, quem lhe dava remédio ao mal físico ou moral era ela.

A pobreza foi o lote dos primeiros tempos de casados. Aguiar dava-se a trabalhos diversos para acudir com suprimentos à escassez dos vencimentos. D. Carmo guiava o serviço doméstico ajudando o pessoal deste e dando aos arranjos da casa o conforto que não poderia vir por dinheiro. Sabia conservar o bastante e o simples; mas tão ordenadas as coisas, tão completadas pelo trabalho das mãos da dona, que captavam os olhos ao marido e às visitas. Todas elas traziam uma alma, e esta era nada menos que a mesma, repartida sem quebra e com alinho raro, unindo o gracioso ao preciso. Tapetes de mesa e de pés, cortinas de janelas e outros mais trabalhos que vieram com os anos, tudo trazia a marca da sua fábrica, a nota íntima da sua pessoa. Teria inventado, se fosse preciso, a pobreza elegante.

Criaram relações variadas, modestas como eles e de boa camaradagem. Neste capítulo a parte de d. Carmo é maior que a de Aguiar. Já em menina era o que foi depois. Havendo estudado em um colégio do Engenho Velho, a moça acabou sendo considerada a primeira aluna do estabelecimento, não só sem desgosto, tácito ou expresso, de nenhuma companheira, mas com prazer manifesto e grande de todas,

recentes ou antigas. A cada uma pareceu que se tratava de si mesma. Era então algum prodígio de talento? Não, não era; tinha a inteligência fina, superior ao comum das outras, mas não tal que as reduzisse a nada. Tudo provinha da índole afetuosa daquela criatura.

Dava-lhe esta o poder de atrair e conchegar. Uma coisa me disse Campos que eu havia observado de relance naquela noite das bodas de prata, é que d. Carmo agrada igualmente a velhas e a moças. Há velhas que não sabem fazer-se entender de moças, assim como há moças fechadas às velhas. A senhora de Aguiar penetra e se deixa penetrar de todas; assim foi jovem, assim é madura.

Campos não os acompanhou sempre, nem desde os primeiros tempos; mas quando entrou a frequentá-los, viu nela o desenvolvimento da noiva e da recém-casada, e compreendeu a adoração do marido. Este era feliz, e para sossegar das inquietações e tédios de fora, não achava melhor respiro que a conversação da esposa, nem mais doce lição que a de seus olhos. Era dela a arte fina que podia restituí-lo ao equilíbrio e à paz.

Um dia, em casa deles, abrindo uma coleção de versos italianos, Campos achou entre as folhas um papelinho velho com algumas estrofes escritas. Soube que eram do livro, copiadas por ela nos dias de noiva, segundo ambos lhe disseram, vexados; restituiu o papel à página, e o volume à estante. Um e outro gostavam de versos, e talvez ela tivesse feito alguns, que deitou fora com os últimos solecismos de família. Ao que parece, traziam ambos em si um germe de poesia instintiva, a que faltara expressão adequada para sair cá fora.

A última reflexão é minha, não do desembargador Campos, e leva o único fim de completar o retrato deste casal. Não é que a poesia seja necessária aos costumes, mas pode dar-lhes graça. O que eu fiz então foi perguntar ao desembargador se tais criaturas tiveram algum ressentimento da vida. Respondeu-me que um, um só e grande; não tiveram filhos.

— Mana Rita disse-me isso mesmo.
— Não tiveram filhos — repetiu Campos.

Ambos queriam um filho, um só que fosse, ela ainda mais que ele. D. Carmo possuía todas as espécies de ternura, a conjugal, a filial, a maternal. Campos ainda lhe conheceu a mãe, cujo retrato, encaixilhado com o do pai, figurava na sala, e falava de ambos com saudades longas e suspiradas. Não teve irmãos, mas a afeição fraternal estaria incluída na amical, em que se dividia também. Quanto aos filhos, se os não teve, é certo que punha muito de mãe nos seus carinhos de amiga e de esposa. Não menos certo é que para essa espécie de orfandade às avessas, tem agora um paliativo.

— Dona Fidélia?
— Sim, Fidélia, e teve ainda outro que acabou.

Aqui referiu-me uma história que apenas levará meia dúzia de linhas, e não é pouco para a tarde que vai baixando; digamo-la depressa.

Uma das suas amigas tivera um filho, quando d. Carmo ia em vinte e tantos anos. Sucessos que o desembargador contou por alto e não valia a pena instar por eles, trouxeram a mãe e o filho para a casa Aguiar durante algum tempo. Ao cabo da primeira semana tinha o pequeno duas mães. A mãe real precisou ir a Minas, onde estava o marido; viagem de poucos dias. D. Carmo alcançou que a amiga lhe

deixasse o filho e a ama. Tais foram os primeiros liames da afeição que cresceu com o tempo e o costume. O pai era comerciante de café — comissário — e andava então a negócios por Minas; a mãe era filha de Taubaté, São Paulo, amiga de viajar a cavalo. Quando veio o tempo de batizar o pequeno, Luísa Guimarães convidou a amiga para madrinha dele. Era justamente o que a outra queria; aceitou com alvoroço, o marido com prazer, e o batizado se fez como uma festa da família Aguiar.

A meninice de Tristão — era o nome do afilhado — foi dividida entre as duas mães, entre as duas casas. Os anos vieram, o menino crescia, as esperanças maternas de d. Carmo iam morrendo. Este era o filho abençoado que o acaso lhes deparara, disse um dia o marido; e a mulher, católica também na linguagem, emendou que a Providência, e toda se entregou ao afilhado. A opinião que o desembargador achou em algumas pessoas, e creio justa, é que d. Carmo parecia mais verdadeira mãe que a mãe de verdade. O menino repartia-se bem com ambas, preferindo um pouco mais a mãe postiça. A razão podiam ser os carinhos maiores, mais continuados, as vontades mais satisfeitas e finalmente os doces, que também são motivos para o infante, como para o adulto. Veio o tempo da escola, e ficando mais perto da casa Aguiar, o menino ia jantar ali, e seguia depois para as Laranjeiras, onde morava Guimarães. Algumas vezes a própria madrinha o levava.

Nas duas ou três moléstias que o pequeno teve, a aflição de d. Carmo foi enorme. Uso o próprio adjetivo que ouvi ao Campos, conquanto me pareça enfático, e eu não amo a ênfase. Confesso aqui uma coisa. D. Carmo é das poucas pessoas a quem nunca ouvi dizer que são "doidas por morangos", nem que "morrem por ouvir Mozart". Nela a intensidade parece estar mais no sentimento que na expressão. Mas, enfim, o desembargador assistiu à última das moléstias do menino, que foi em casa da madrinha, e pôde ver a aflição de d. Carmo, os seus afagos e sustos, alguns minutos de desespero e de lágrimas, e finalmente a alegria do restabelecimento. A mãe era mãe, e sentiu decerto, e muito, mas diz ele que não tanto; é que haverá ternuras atadas, ou ainda moderadas, que se não mostram inteiramente a todos.

Doenças, alegrias, esperanças, todo o repertório daquela primeira quadra da vida de Tristão foi visto, ouvido e sentido pelos dois padrinhos, e mais pela madrinha, como se fora do seu próprio sangue. Era um filho que ali estava, que fez dez anos, fez onze, fez doze, crescendo em altura e graça. Aos treze anos, sabendo que o pai o destinava ao comércio, foi ter com a madrinha e confiou-lhe que não tinha gosto para tal carreira.

— Por quê, meu filho?

D. Carmo usava este modo de falar, que a idade e o parentesco espiritual lhe permitiam, sem usurpação de ninguém. Tristão confessou-lhe que a sua vocação era outra. Queria ser bacharel em direito. A madrinha defendeu a intenção do pai, mas com ela Tristão era ainda mais voluntarioso que com ele e a mãe, e teimou em estudar direito e ser doutor. Se não havia propriamente vocação, era este título que o atraía.

— Quero ser doutor! quero ser doutor!

A madrinha acabou achando que era bom, e foi defender a causa do afilhado. O pai deste relutou muito... "Que havia no comércio que não fosse honrado, além de lucrativo? Demais, ele não ia começar sem nada, como sucedia a outros e sucedeu ao próprio pai, mas já amparado por este." Deu-lhe outras mais razões, que d. Carmo ouviu sem negar, alegando sempre que o importante era ter gosto, e se o rapaz

não tinha gosto, melhor era ceder ao que lhe aprazia. Ao cabo de alguns dias o pai de Tristão cedeu, e d. Carmo quis ser a primeira que desse ao rapaz a boa-nova. Ela própria sentia-se feliz.

Cinco ou seis meses depois, o pai de Tristão resolveu ir com a mulher cumprir uma viagem marcada para o ano seguinte — visitar a família dele; a mãe de Guimarães estava doente. Tristão, que se preparava para os estudos, tão depressa viu apressar a viagem dos pais, quis ir com eles. Era o gosto da novidade, a curiosidade da Europa, algo diverso das ruas do Rio de Janeiro, tão vistas e tão cansadas. Pai e mãe recusaram levá-lo; ele insistiu. D. Carmo, a quem ele recorreu outra vez, recusou-se agora, porque seria afastá-lo de si, ainda que temporariamente; juntou-se aos pais do mocinho para conservá-lo aqui. Aguiar desta vez tomou parte ativa na luta; mas não houve luta que valesse. Tristão queria à fina força embarcar para Lisboa.

— Papai volta daqui a seis meses; eu volto com ele. Que são seis meses?
— Mas os estudos? — dizia-lhe Aguiar. — Você vai perder um ano...
— Pois que se perca um ano. Que é um ano que não valha a pena sacrificá-lo ao gosto de ir ver a Europa?

Aqui d. Carmo teve uma inspiração; prometeu-lhe que, tão depressa ele se formasse, ela iria com ele viajar, não seis meses, mas um ano ou mais; ele teria tempo de ver tudo, o velho e o novo, terras, mares, costumes... Estudasse primeiro. Tristão não quis. A viagem se fez, a despeito das lágrimas que custou.

Não ponho aqui tais lágrimas, nem as promessas feitas, as lembranças dadas, os retratos trocados entre o afilhado e os padrinhos. Tudo se afirmou de parte a parte, mas nem tudo se cumpriu; e, se de lá vieram cartas, saudades e notícias, quem não veio foi ele. Os pais foram ficando muito mais tempo que o marcado, e Tristão começou o curso da Escola Médica de Lisboa. Nem comércio nem jurisprudência.

Aguiar escondeu quanto pôde a notícia à mulher, a ver se tentava alguma coisa que trocasse as mãos à sorte, e restituísse o rapaz ao Brasil; não alcançou nada, e ele próprio não podia já disfarçar a tristeza. Deu a dura novidade à mulher, sem lhe acrescentar remédio nem consolação; ela chorou longamente. Tristão escreveu comunicando a mudança de carreira e prometendo vir para o Brasil, apenas formado; mas daí a algum tempo eram as cartas que escasseavam e acabaram inteiramente, elas e os retratos, e as lembranças; provavelmente não ficaram lá saudades. Guimarães aqui veio, sozinho, com o único fim de liquidar o negócio, e embarcou outra vez para nunca mais.

5 de fevereiro

Relendo o que escrevi ontem, descubro que podia ser ainda mais resumido, e principalmente não lhe pôr tantas lágrimas. Não gosto delas, nem sei se as verti algum dia, salvo por mama, em menino; mas lá vão. Pois vão também essas que aí deixei, e mais a figura de Tristão, a que cuidei dar meia dúzia de linhas e levou a maior parte delas. Nada há pior que gente vadia — ou aposentada, que é a mesma coisa; o tempo cresce e sobra, e se a pessoa pega a escrever, não há papel que baste.

Entretanto, não disse tudo. Verifico que me faltou um ponto da narração do Campos. Não falei das ações do Banco do Sul, nem das apólices, nem das casas que o Aguiar possui, além dos honorários de gerente; terá uns duzentos e poucos con-

tos. Tal foi a afirmação do Campos, à beira do rio, em Petrópolis. Campos é homem interessante, posto que sem variedade de espírito; não importa, uma vez que sabe despender o que tem. Verdade é que tal regra levaria a gente a aceitar toda casta de insípidos. Ele não é destes.

6 de fevereiro

Outra coisa que também não escrevi no dia 4, mas essa não entrou na narração do Campos. Foi ao despedir-me dele, que lá ficou em Petrópolis três ou quatro dias. Como eu lhe deixasse recomendações para a sobrinha, ouvi-lhe que me respondeu:

— Está em casa da gente Aguiar; passou lá a tarde e a noite de ontem, e conta ficar até que eu desça.

6 de fevereiro, à noite

Diferença de vocações: o casal Aguiar morre por filhos, eu nunca pensei neles, nem lhes sinto a falta, apesar de só. Alguns há que os quiseram, que os tiveram e não souberam guardá-los.

10 de fevereiro

Ontem, indo jantar a Andaraí, contei a mana Rita o que ouvi ao desembargador.

— Ele não disse nada da sobrinha?
— Todo o tempo foi pouco para falar da gente Aguiar.
— Pois eu soube o que me faltava de Fidélia; foi a própria dona Carmo que me contou.
— Se a história é tão longa como a dela...
— Não, é muito mais curta; diz-se em cinco minutos.

Tirei o relógio para ver a hora exata, e marcar o tempo da narração. Rita começou e acabou em dez minutos. Justamente o dobro. Mas o assunto era curioso, trata-se de casamento, e a viúva interessa-me.

— Conheceram-se aqui na Corte — disse Rita —; na roça nunca se viram. Fidélia passava uns tempos em casa do desembargador (a tia ainda era viva), e o rapaz, Eduardo, estudava na Escola de Medicina. A primeira vez que ele a viu foi das *torrinhas* do Teatro Lírico, onde estava com outros estudantes; viu-a à frente de um camarote, ao pé da tia. Tornou a vê-la, foi visto por ela, e acabaram namorados um do outro. Quando souberam quem eram, já o mal estava feito, mas provavelmente o mal se faria, ainda que o soubessem desde princípio, porque a paixão foi repentina. O pai de Fidélia, vindo à Corte, teve notícia do caso pelo próprio irmão, que cautelosamente lhe disse o que desconfiava, e insinuou que era boa ocasião de fazerem as pazes as duas famílias. O barão ficou furioso, pegou da moça e levou-a para a fazenda. Você não imagina o que lá se passou.

— Imagino, imagino.
— Não imagina.
— Pô-la no tronco?
— Não — protestou Rita —; não fez mais que ameaçá-la com palavras, mas palavras duras, dizendo-lhe que a poria fora de casa, se continuasse a pensar em tal

atrevimento. Fidélia jurou uma e muitas vezes que tinha um noivo no coração e casaria com ele, custasse o que custasse. A mãe estava do lado do marido, e opôs-se também. Fidélia resistiu e recolheu-se ao silêncio, passava os dias no quarto, chorando. As mucamas viam as lágrimas e os sinais delas, e desconfiavam de amores, até que adivinharam a pessoa, se não foi palavra que ouviram aos próprios senhores. Enfim, a moça entrou a não querer comer. Vendo isto, a mãe, com receio de algum acesso de moléstia, começou a pedir por ela, mas o marido declarou que não lhe importava vê-la morta ou até doida; antes isso que consentir na mistura do seu sangue com o da gente Noronha. A oposição da gente Noronha não foi menor. Ao saber da paixão do filho pela filha do fazendeiro, o pai de Eduardo mandou-lhe dizer que o deixaria na rua, se teimasse em semelhante afronta.

— Como inimigos, eram dignos um do outro — observei.

— Eram — concordou Rita. — O desembargador soube o que se passava e foi à fazenda, onde viu tudo confirmado, e disse ao irmão que não valia opor-se, porque a filha, chegada à maioridade, podia arrancar-se de casa. Ninguém o obrigava a humilhar-se diante da gente Noronha, nem a fazer as pazes com ela; bastava que os filhos casassem e fossem para onde quisessem. O barão recusou a pés juntos, e o desembargador dispunha-se a voltar para a Corte sem continuar a comissão que se dera a si mesmo, quando Fidélia adoeceu deveras. A doença foi grave, a cura difícil pela recusa dos remédios e alimentos... Que sorriso é esse? Não acredita?

— Acredito, acredito; acho romanesco. Em todo caso, essa moça interessa-me. A cura, dizia você, foi difícil?

— Foi; a mãe resolveu pedir ao marido que cedesse, o marido concedeu finalmente, impondo a condição de nunca mais receber a filha nem lhe falar; não assistiria ao casamento, não queria saber dela. Restabelecida, Fidélia veio com o tio, e no ano seguinte casou. O pai do noivo também declarou que os não queria ver.

— Tanta luta para não serem felizes por muito tempo.

— É verdade. A felicidade foi grande, mas curta. Um dia resolveram ir à Europa, e foram, até que se deu a morte inesperada do marido, em Lisboa, donde Fidélia fez transportar o corpo para aqui. Você lá a viu ao pé da sepultura; lá vai muitas vezes. Pois nem assim o pai, que também já é viúvo, nem assim quis receber a filha. Quando veio à Corte a primeira vez, Fidélia foi ter com ele, sozinha, depois com o tio; todas as tentativas foram inúteis. Nunca mais a viu nem lhe falou. Eu, mais ou menos, já contei isto a você; só não conhecia bem as particularidades da resistência na fazenda, mas aí está. Agora diga se ela é viúva que se case.

— Com qualquer não; pelo menos, é difícil. Mas, um sujeito fresco — disse eu enfunando-me e rindo.

— Você ainda pensa...?

— Eu, mana? Eu penso no seu jantar, que há de estar delicioso. O que me fica da história é que essa moça, além de bonita, é teimosa; mas a sua sopa vale para mim todas as noções estéticas e morais deste mundo e do outro.

Ao jantar, contei a Rita o que me dissera o desembargador sobre haver ido a sobrinha passar alguns dias ao Flamengo, e perguntei-lhe se era assim a intimidade na casa.

— Certamente que é. Já uma vez Fidélia adoeceu no Flamengo e lá se tratou. Tendo perdido a esperança do filho postiço, o Tristão, que os esqueceu inteiramen-

te, ficaram cada vez mais ligados à viúva. Dona Carmo é toda ternura para ela. Você lembra-se das bodas de prata, não? Aguiar não lhe chama filha para não parecer que usurpa esse título ao pai verdadeiro; mas a mulher, não tendo ela mãe, é o nome que lhe dá. Nem Fidélia parece querer outra mãe.

11 de fevereiro

Antigamente, quando eu era menino, ouvia dizer que às crianças só se punham nomes de santos ou santas. Mas Fidélia...? Não conheço santa com tal nome, ou sequer mulher pagã. Terá sido dado à filha do barão, como a forma feminina de *Fidélio*, em homenagem a Beethoven? Pode ser; mas eu não sei se ele teria dessas inspirações e reminiscências artísticas. Verdade é que o nome da família, que serve ao título nobiliário, Santa-Pia, também não o acho na lista dos canonizados, e a única pessoa que conheço, assim chamada, é a de Dante: *Ricorditi di me, chi son la Pia.*

 Parece que já não queremos Anas nem Marias, Catarinas nem Joanas, e vamos entrando em outra onomástica, para variar o aspecto às pessoas. Tudo serão modas neste mundo, exceto as estrelas e eu, que sou o mesmo antigo sujeito, salvo o trabalho das notas diplomáticas, agora nenhum.

18 de fevereiro

Campos disse-me hoje que o irmão lhe escrevera, em segredo, ter ouvido na roça o boato de uma lei próxima de abolição. Ele, Campos, não crê que este ministério a faça, e não se espera outro.

24 de fevereiro

A data de hoje (revolução de 1848) lembra-me a festa de rapazes que tivemos em São Paulo, e um brinde que eu fiz ao grande Lamartine. Ai, viçosos tempos! Eu estava no meu primeiro ano de direito. Como falasse disso ao desembargador, disse-me este:
 — Meu irmão crê que também aqui a revolução está próxima, e com ela a República.

2 de março

Venho da casa do Aguiar. Lá achei Fidélia, um primo desta, filho do desembargador, aluno da Escola de Marinha (16 anos) e um empregado do Banco do Brasil. Passei uma boa hora ou mais. A velha esteve encantadora, a moça também, e a conversação evitou tudo o que pudesse lembrar a ambas a respectiva perda, uma do esposo, outra do filho postiço. Contavam-se histórias de sociedade, que eu ouvi sorrindo, quando era preciso, ou consternado nas ocasiões pertinentes. Também eu contei uma, de sociedade alheia e remota, mas o receio de lembrar à viúva Noronha alguma terra por onde houvesse andado com o marido me fez encurtar a narração e não começar segunda. Entretanto, ela referiu duas ou três reminiscências de viagem, impressões do que vira em museus da Itália e da Alemanha. Da nossa terra dissemos coisas agradáveis e sempre de acordo. A mesma torre da matriz da Glória, que alguns defenderam como necessária, deixou-nos a nós, a ela e a mim, concordes no

desacordo, sem que aliás eu combatesse ninguém. O casal Aguiar ouviu-nos sorrindo; o moço da Escola de Marinha tentou, em vão, suscitar a questão militar.

Com isso e o mais enchemos a noite. Ninguém pediu a Fidélia que tocasse, embora me digam que é admirável ao piano. Em compensação, ouvimos-lhe dizer alguma coisa de mestres e de páginas célebres, mas isso mesmo foi breve e interrompido, pode ser que lhe lembrasse o finado. Saí antes dela. Ouvi ao Aguiar que daqui a dois meses começará as suas reuniões semanais.

10 de março

Afinal houve sempre mudança de gabinete. O conselheiro João Alfredo organizou hoje outro. Daqui a três ou quatro dias irei apresentar as minhas felicitações ao novo ministro dos negócios estrangeiros.

20 de março

Ao desembargador Campos parece que alguma coisa se fará no sentido da emancipação dos escravos — um passo adiante, ao menos. Aguiar, que estava presente, disse que nada corre na praça nem lhe chegou ao Banco do Sul.

27 de março

Santa-Pia chegou da fazenda, e não foi para a casa do irmão; foi para o Hotel da América. É claro que não quer ver a filha. Não há nada mais tenaz que um bom ódio. Parece que ele veio por causa do boato que corre na Paraíba do Sul acerca da emancipação dos escravos.

4 de abril

Ouvi que o barão caiu doente, e que o irmão conseguiu trazê-lo para casa. Eis aqui como. Não lhe pediu logo que viesse; achou meio de lhe dizer que Fidélia estava em casa da amiga, donde não viria tão cedo, e acabou propondo-lhe tratar-se em casa dele. Santa-Pia recusou, depois aceitou. Tudo isso foi planeado com ela. Fidélia está efetivamente no Flamengo com a gente Aguiar. Deste modo a casa do Campos ficou livre ao pai irritado e enfermo. A opinião do Campos e do Aguiar é que o fazendeiro, mais tarde ou mais cedo, acabará perdoando a filha. Em todo caso, não se encontram agora, com pesar dela.

Ora, pergunto eu, valia a pena ter brigado com o pai, em troca de um marido que mal começou a lição do amor logo se aposentou na morte? Certo que não. Se eu propusesse concluir-lhe o curso, o pai faria as pazes com ela; ai! era preciso não haver esquecido o que aprendi, mas esqueci — tudo ou quase tudo. *I can not* etc. (Shelley.)

7 de abril

A distração faz das suas. Hoje, vindo da cidade para casa, passei por esta, e dei comigo no largo do Machado, quando o bonde parou. Apeei-me, e antes de arrepiar caminho, a pé, detive-me alguns instantes, e enfiei pelo jardim, em direção à matriz

da Glória, a olhar para a fachada do templo com a torre por cima. Fiz isto porque me lembrou a conversação da outra noite no Flamengo.

 A poucos passos, duas senhoras pareciam fazer a mesma coisa. Voltaram-se, eram nada menos que Fidélia e d. Carmo; estavam sem chapéu, tinham vindo a pé de casa. Viram-me, fui ter com elas. Pouco dissemos: notícias do barão, que está melhor, e do Aguiar, que está bom, e despedimo-nos.

 Vim para o lado do Catete, elas continuaram para o da matriz. A pequena distância, lembrou-me olhar para trás. Poderia fazer outra coisa? É aqui que eu quisera possuir tudo o que a filosofia tem dito e redito do livre-arbítrio, a fim de o negar ainda uma vez, antes de cair onde ele perde a mesma aparência de realidade; acabaria esta página por outra maneira. Mas não posso; digo só que não pude reter a cabeça nem os olhos, e vi as duas damas, com os braços cingidos à cintura uma da outra, vagarosas e visivelmente queridas.

8 de abril

Papel, amigo papel, não recolhas tudo o que escrever esta pena vadia. Querendo servir-me, acabarás desservindo-me, porque se acontecer que eu me vá desta vida sem tempo de te reduzir a cinzas, os que me lerem depois da missa de sétimo dia, ou antes, ou ainda antes do enterro, podem cuidar que te confio cuidados de amor.

 Não, papel. Quando sentires que insisto nessa nota, esquiva-te da minha mesa, e foge. A janela aberta te mostrará um pouco de telhado, entre a rua e o céu, e ali ou acolá acharás descanso. Comigo, o mais que podes achar é esquecimento, que é muito, mas não é tudo; primeiro que ele chegue, virá a troça dos malévolos ou simplesmente vadios.

 Escuta, papel. O que naquela dama Fidélia me atrai é principalmente certa feição de espírito, algo parecida com o sorriso fugitivo, que já lhe vi algumas vezes. Quero estudá-la, se tiver ocasião. Tempo sobra-me, mas tu sabes que é ainda pouco para mim mesmo, para o meu criado José, e para ti, se tenho vagar e quê — e pouco mais.

10 de abril

Grande novidade! O motivo da vinda do barão é consultar o desembargador sobre a alforria coletiva e imediata dos escravos de Santa-Pia. Acabo de sabê-lo, e mais isto, que a principal razão da consulta é apenas a redação do ato. Não parecendo ao irmão que este seja acertado, perguntou-lhe o que é que o impelia a isso, uma vez que condenava a ideia atribuída ao governo de decretar a abolição, e obteve esta resposta, não sei se sutil, se profunda, se ambas as coisas ou nada:

 — Quero deixar provado que julgo o ato do governo uma espoliação, por intervir no exercício de um direito que só pertence ao proprietário, e do qual uso com perda minha, porque assim o quero e posso.

 Será a certeza da abolição que impele Santa-Pia a praticar esse ato, anterior de algumas semanas ou meses ao outro? A alguém que lhe fez tal pergunta respondeu Campos que não. "Não", disse ele, "meu irmão crê na tentativa do governo, mas não no resultado, a não ser o desmantelo que vai lançar às fazendas. O ato que ele resolveu fazer exprime apenas a sinceridade das suas convicções e o seu gênio violento.

Ele é capaz de propor a todos os senhores a alforria dos escravos já, e no dia seguinte propor a queda do governo que tentar fazê-lo por lei."

Campos teve uma ideia. Lembrou ao irmão que, com a alforria imediata, ele prejudica a filha, herdeira sua. Santa-Pia franziu o sobrolho. Não era a ideia de negar o direito eventual da filha aos escravos; podia ser o desgosto de ver que, ainda em tal situação, e com todo o poder que tinha de dispor dos seus bens, vinha Fidélia perturbar-lhe a ação. Depois de alguns instantes respirou largo, e respondeu que, antes de morto, o que era seu era somente seu. Não podendo dissuadi-lo, o desembargador cedeu ao pedido do irmão, e redigiram ambos a carta de alforria.

Retendo o papel, Santa-Pia disse:

— Estou certo que poucos deles deixarão a fazenda; a maior parte ficará comigo, ganhando o salário que lhes vou marcar, e alguns até sem nada, pelo gosto de morrer onde nasceram.

11 de abril

Fidélia, quando soube do ato do pai, teve vontade de ir ter com ele, não para invectivá-lo, mas para abraçá-lo; não lhe importam perdas futuras. O tio é que a dissuadiu, dizendo-lhe que o barão ainda está muito zangado com ela.

12 de abril

Santa-Pia não é feio velho, nem muito velho; terá menos idade que eu. Arqueja um pouco, às vezes, mas pode ser da bronquite. É meio calvo, largo de espáduas, as mãos ásperas, cheio de corpo.

Conhecemo-nos um ao outro, eu primeiro que ele, talvez porque a Europa me haja mudado mais. Ele lembra-se do tempo em que eu, colega do irmão, jantei com ele aqui na Corte. Já o irmão lhe havia falado de mim, recordando as relações antigas. Disse-me que daqui a três dias volta para a fazenda, onde me dará hospedagem, se quiser honrá-lo com a minha pessoa. Agradeci e prometi, sem prazo nem ideia de lá ir. Custa muito sair do Catete. Já é demais Petrópolis.

Está claro que lhe não falei da filha, mas confesso que se pudesse diria mal dela, com o fim secreto de acender mais o ódio — e tornar impossível a reconciliação. Deste modo ela não iria daqui para a fazenda, e eu não perderia o meu objeto de estudo. Isto, sim, papel amigo, isto podes aceitar, porque é a verdade íntima e pura, e ninguém nos lê. Se alguém lesse achar-me-ia mau, e não se perde nada em parecer mau; ganha-se quase tanto como em sê-lo.

13 de abril

Ontem com o pai, hoje com a filha. Com esta tive vontade de dizer mal do pai, tanto foi o bem que ela disse dele, a propósito da alforria dos escravos. Vontade sem ação, veleidade pura; antes me vi obrigado a louvá-lo também, o que lhe deu azo a estender o panegírico. Disse-me que ele é bom senhor, eles bons escravos, contou-me anedotas do seu tempo de menina e moça, com tal desinteresse e calor que me deu vontade de lhe pegar na mão, e, em sinal de aplauso, beijar-lha. Vontade sem ação. Tudo sem ação esta tarde.

19 de abril

Lá se foi o barão com a alforria dos escravos na mala. Talvez tenha ouvido alguma coisa da resolução do governo; dizem que, abertas as câmaras, aparecerá um projeto de lei. Venha, que é tempo. Ainda me lembra do que lia lá fora, a nosso respeito, por ocasião da famosa proclamação de Lincoln: "Eu, Abraão Lincoln, presidente dos Estados Unidos da América...". Mais de um jornal fez alusão nominal ao Brasil, dizendo que restava agora que um povo cristão e último imitasse aquele e acabasse também com os seus escravos. Espero que hoje nos louvem. Ainda que tardiamente, é a liberdade, como queriam a sua os conjurados de Tiradentes.

7 de maio

O ministério apresentou hoje à Câmara o projeto de abolição. É a abolição pura e simples. Dizem que em poucos dias será lei.

13 de maio

Enfim, lei. Nunca fui, nem o cargo me consentia ser propagandista da abolição, mas confesso que senti grande prazer quando soube da votação final do Senado e da sanção da regente. Estava na rua do Ouvidor, onde a agitação era grande e a alegria geral.

Um conhecido meu, homem de imprensa, achando-me ali ofereceu-me lugar no seu carro, que estava na rua Nova, e ia enfileirar no cortejo organizado para rodear o paço da cidade, e fazer ovação à regente. Estive quase, quase a aceitar, tal era o meu atordoamento, mas os meus hábitos quietos, os costumes diplomáticos, a própria índole e a idade me retiveram melhor que as rédeas do cocheiro aos cavalos do carro, e recusei. Recusei com pena. Deixei-os ir, a ele e aos outros, que se ajuntaram e partiram da rua Primeiro de Março. Disseram-me depois que os manifestantes erguiam-se nos carros, que iam abertos, e faziam grandes aclamações em frente ao paço, onde estavam também todos os ministros. Se eu lá fosse, provavelmente faria o mesmo e ainda agora não me teria entendido... Não, não faria nada; meteria a cara entre os joelhos.

Ainda bem que acabamos com isso. Era tempo. Embora queimemos todas as leis, decretos e avisos, não poderemos acabar com os atos particulares, escrituras e inventários, nem apagar a instituição da História, ou até da Poesia. A Poesia falará dela, particularmente naqueles versos de Heine, em que o nosso nome está perpétuo. Neles conta o capitão do navio negreiro haver deixado trezentos negros no Rio de Janeiro, onde "a Casa Gonçalves Pereira" lhe pagou cem ducados por peça. Não importa que o poeta corrompa o nome do comprador e lhe chame Gonzales Perreiro; foi a rima ou a sua má pronúncia que o levou a isso. Também não temos ducados, mas aí foi o vendedor que trocou na sua língua o dinheiro do comprador.

14 de maio, meia-noite

Não há alegria pública que valha uma boa alegria particular. Saí agora do Flamengo, fazendo esta reflexão, e vim escrevê-la, e mais o que lhe deu origem.

Era a primeira reunião do Aguiar; havia alguma gente e bastante animação. Rita não foi; fica-lhe longe e não dá para isto, mandou-me dizer. A alegria dos donos da casa era viva, a tal ponto que não a atribuí somente ao fato dos amigos juntos, mas também ao grande acontecimento do dia. Assim o disse por esta única palavra, que me pareceu expressiva, dita a brasileiros:

— Felicito-os.

— Já sabia? — perguntaram ambos.

Não entendi, não achei que responder. Que era que eu podia saber já, para os felicitar, se não era o fato público? Chamei o melhor dos meus sorrisos de acordo e complacência, ele veio, espraiou-se, e esperei. Velho e velha disseram-me então rapidamente, dividindo as frases, que a carta viera dar-lhes grande prazer. Não sabendo que carta era nem de que pessoa, limitei-me a concordar:

— Naturalmente.

— Tristão está em Lisboa — concluiu Aguiar —, tendo voltado há pouco da Itália; está bem, muito bem.

Compreendi. Eis aí como, no meio do prazer geral, pode aparecer um particular, e dominá-lo. Não me enfadei com isso; ao contrário, achei-lhes razão, e gostei de os ver sinceros. Por fim, estimei que a carta do filho postiço viesse após anos de silêncio pagar-lhes a tristeza que cá deixou. Era devida a carta; como a liberdade dos escravos, ainda que tardia, chegava bem. Novamente os felicitei, com ar de quem sabia tudo.

16 de maio

Fidélia voltou para casa, levando e deixando saudades. Os três estão muito amigos, e os dois parecem pais de verdade; ela também parece filha verdadeira. O desembargador, que me contou isto, referiu-me algumas palavras da sobrinha acerca da gente Aguiar, principalmente da velha, e acrescentou:

— Não é dessas afeições chamadas fogo de palha; nela, como neles, tudo tem sido lento e radicado. São capazes de me roubarem a sobrinha, e ela de se deixar roubar por eles. Também, se não forem eles, será o pai. Creio que meu irmão já vai amansando. A última vez que me escreveu, depois de falar muito mal do imperador e da princesa, não lhe esqueceu dizer que "agradecia as lembranças mandadas". Fidélia não lhe mandara lembranças, estava ainda no Flamengo; eu é que as inventei na minha carta para ver o efeito que produziriam nele. Há de amansar; isto de filhos, conselheiro, não imagina, é o diabo; eu, se perdesse o meu Carlos, creio que me ia logo desta vida.

17 de maio

Vou ficar em casa uns quatro ou cinco dias, não para descansar, porque eu não faço nada, mas para não ver nem ouvir ninguém, a não ser o meu criado José. Este mesmo, se cumprir, mandá-lo-ei à Tijuca, a ver se eu lá estou. Já acho mais quem me aborreça do que quem me agrada, e creio que esta proporção não é obra dos outros, é só minha exclusivamente. Velhice esfalfa.

18 de maio

Rita escreveu-me pedindo informações de um leiloeiro. Parece-me caçoada. Que sei eu de leiloeiros nem de leilões? Quando eu morrer podem vender em particular o pouco que deixo, com abatimento ou sem ele, e a minha pele com o resto; não é nova, não é bela, não é fina, mas sempre dará para algum tambor ou pandeiro rústico. Não é preciso chamar um leiloeiro.

Vou responder isto mesmo à mana Rita, acrescentando algumas notícias que trouxe da rua — a carta do Tristão, por exemplo, os agradecimentos do barão à filha, e esta grande peta: que a viúva resolveu casar comigo... Mas não; se lhe digo isto, ela não me crê, ri e vem cá logo. Justamente o que eu não desejo. Preciso de me lavar da companhia dos outros, ainda mesmo dela, apesar de gostar dela. Mando-lhe só dizer que o leiloeiro morreu; provavelmente ainda vive, mas há de morrer algum dia.

21 de maio

Ontem escrevi à mana Rita anunciando-lhe a morte do homem, e hoje de manhã abrindo os jornais, dei com a notícia de haver falecido ontem o leiloeiro Fernandes. Chamava-se Fernandes. Sucumbiu a não sei que moléstia grega ou latina. Parece que era bom chefe de família, honrado e laborioso, e excelente cidadão; a *Vida Nova* chama-lhe grande, mas talvez ele votasse com os liberais.

Mana Rita, já pela minha carta, já pelas notícias de hoje, correu a ter comigo. Senhoras não deviam escrever cartas; raras dizem tudo e claro; muitas têm a linguagem escassa ou escura. Rita pedira-me notícias do leiloeiro por lhe dizerem que ele morava no Catete, e adoecera gravemente há dias. Como era meu vizinho, podia ser que eu soubesse dele; foi o único motivo da pergunta, mas esqueceu dizê-lo.

Hesitei entre confessar a minha invenção ou deixá-la encoberta pela coincidência, mas foi só um minuto, nem isso, foi um instante. Rita é minha irmã, não me ficaria querendo mal e acabaria rindo também. Ouviu a minha verdade, sem zanga, mas também sem riso. A razão disto é um pormenor que não vale a pena dizer miudamente e só o bastante para explicar a carta e a seriedade. Trata-se de contas entre ela e o finado, objetos que ela mandou vender, e não sabe se ele vendeu ou não, nem como havê-los ou o dinheiro; bastará ir ao armazém. Há de haver escrituração donde conste tudo; prometi acompanhá-la amanhã. Ficou satisfeita, começou então a sorrir, depois disse-me os objetos que eram, quadros velhos, romances lidos.

Jantou comigo. Antes de irmos para a mesa, vimos passar o enterro do Fernandes. Teve a pachorra de contar os carros; ai de mim, também eu os contava em pequeno; ela é que parece não haver perdido esse costume estatístico. O Fernandes levava trinta e sete ou trinta e oito carros.

Deixo aqui esta página com o fim único de me lembrar que o acaso também é corregedor de mentiras. Um homem que começa mentindo disfarçada ou descaradamente acaba muita vez exato e sincero.

22 de maio

Em caminho, mana Rita contou-me o que já sabe da carta de Tristão e da resposta que d. Carmo lhe mandou. Sabe mais que eu. D. Carmo leu-lhe as duas cartas. Tristão pede mil desculpas do longo silêncio de anos e lança-o à conta de tarefas e distrações. Ultimamente, já formado em medicina, foi em viagem a várias terras, onde viu e estudou muito. Não podendo escrever as viagens, contar-lhas-á um dia, se cá vier. Pede notícias dela e do padrinho, pede-lhes os retratos, e manda-lhes pelo correio umas gravuras; assim também lembranças do pai e da mãe que estão em Lisboa. A carta é longa, cheia de ternuras e saudades. A resposta, disse-me mana Rita que é em tom verdadeiramente maternal. Não sabe mostrar-se magoada; é toda perdão e carinho. Só lhe faz uma queixa; é que, pedindo os retratos dela e do marido, não lhe mandasse logo o seu, o último dos seus, porque os antigos cá estão. Diz muitas coisas longas, lembra os tempos de infância e de estudo, e no fim insinua-lhe que venha contar-lhe as viagens. As gravuras são da casa Goupil.

Rita esteve com ela no dia 15, entre uma e duas horas da tarde, depois que a viúva saiu de lá para a casa do tio desembargador. Apesar da separação desta e suas saudades, sentia-se alegre com a afeição que cresce entre ambas, e igualmente alegre com a ressurreição do afilhado. Chama-lhe ressurreição por imaginar que o moço inteiramente os esquecera. Via agora que não, e parecia-lhe a mesma alma daqui saída. Falando ou calando, tinha intervalos de melancolia, e, de uma vez, acha mana Rita que lhe viu apontar uma lágrima, uma pequenina lágrima de nada...

23 de maio

Les morts vont vite. Tão depressa enterrei o leiloeiro como o esqueci. Assim foi que, escrevendo o dia de ontem, deixei de dizer que no armazém do Fernandes achamos todos os objetos de mana Rita notados e vendidos, e o dinheiro à espera da dona. Pouco é; recebê-lo-á oportunamente. Talvez não houvesse necessidade de escrever isto; fica servindo à reputação do finado.

Outra coisa que me ia esquecendo também, e mais principal, porque o ofício dos leilões pode acabar algum dia, mas o de amar não cansa nem morre. A culpa foi de mana Rita que, em vez de começar por aí, só me deu a notícia no largo de São Francisco, indo a entrar no bonde. Parece que Fidélia mordeu uma pessoa; foram as próprias palavras dela.

— Mordeu? — perguntei sem entender logo.
— Sim, há alguém que anda mordido por ela.
— Isso há de haver muitos — retorqui.

Não teve tempo de me dizer nada, trepara ao bonde e o bonde ia sair; apertou-me a mão sorrindo, e disse adeus com os dedos.

24 de maio, ao meio-dia

Esta manhã, como eu pensasse na pessoa que terá sido mordida pela viúva, veio a própria viúva ter comigo, consultar-me se devia curá-la ou não. Achei-a na sala com o seu vestido preto do costume e enfeites brancos, fi-la sentar no canapé, sentei-me na cadeira ao lado e esperei que falasse.

— Conselheiro — disse ela entre graciosa e séria —, que acha que faça? Que case ou fique viúva?

— Nem uma coisa nem outra.

— Não zombe, conselheiro.

— Não zombo, minha senhora. Viúva não lhe convém, assim tão verde; casada, sim, mas com quem, a não ser comigo?

— Tinha justamente pensado no senhor.

Peguei-lhe nas mãos, e enfiamos os olhos um no outro, os meus a tal ponto que lhe rasgaram a testa, a nuca, o dorso do canapé, a parede e foram pousar no rosto do meu criado, única pessoa existente no quarto, onde eu estava na cama. Na rua apregoava a voz de quase todas as manhãs: "Vai... vassouras! vai, espanadores!".

Compreendi que era sonho e achei-lhe graça. Os pregões foram andando, enquanto o meu José pedia desculpa de haver entrado, mas eram nove horas passadas, perto de dez. Fui às minhas abluções, ao meu café, aos meus jornais. Alguns destes celebram o aniversário da batalha de Tuiuti. Isto me lembra que, em plena diplomacia, quando lá chegou a notícia daquela vitória nossa, tive de dar esclarecimentos a alguns jornalistas estrangeiros, sequiosos de verdade. Vinte anos mais, não estarei aqui para repetir essa lembrança; outros vinte, e não haverá sobrevivente dos jornalistas nem dos diplomatas, ou raro, muito raro; ainda vinte, e ninguém. E a terra continuará a girar em volta do sol com a mesma fidelidade às leis que os regem, e a batalha de Tuiuti, como a das Termópilas, como a de Iena, bradará do fundo do abismo aquela palavra da prece de Renan: "Ó abismo! tu és o deus único!".

Aí fica um desconcerto acabando em desconsolo — tudo para anotar pouco mais que nada. Posso dizer com dom Francisco Manuel: "Eu de meu natural sou miúdo e prolixo; o estar só e a melancolia, que de si é cuidadosa...". Aí deixo uma página feita de duas, ambas contrárias e filhas da mesma alma de sexagenário desenganado e guloso. Ao cabo, nem tão guloso nem tão desenganado. Conversações do papel e para o papel.

26 de maio

Aqui ficam os sinais do sujeito mordido pela viúva Noronha. Vinte e oito anos, solteiro, advogado do Banco do Sul, donde lhe vieram as relações com o gerente Aguiar; boa feição, boas maneiras, acaso tímido. É filho de um antigo lavrador do norte, que reside agora no Recife. Dizem que tem muito talento e grande futuro. Chama-se Osório.

Esteve no Flamengo, na noite de 14, primeira reunião do Aguiar. Não vi nada que fizesse suspeitar a inclinação que se lhe atribui, mas parece que já então lhe queria, e a paixão é crescente. Continua a vê-la em casa do desembargador, onde a conheceu. Quem sabe se não sai dali um noivo, e mana Rita perde a aposta que fez comigo? Fidélia pode muito bem casar sem esquecer o primeiro marido, nem desmentir a afeição que lhe teve.

29 de maio

Ontem, na reunião do Aguiar, pude verificar que o jovem advogado está mordido pela viúva. Não têm outra explicação os olhos que lhe deita; são daqueles que nunca mais acabam. Realmente, é tímido, mas de uma timidez que se confunde com respeito e adoração. Se houvesse dança, ele apenas lhe pediria uma quadrilha; duvido que a convidasse a valsar. Conversaram alguns minutos largos, e por duas vezes, e ainda assim foi ela que principalmente falou. Osório gastou o mais do tempo em mirá-la, e fazia bem, porque o gesto da dama era cheio de graça, sem perder a tristeza do estado.

Também eu lhe falei o meu pouco, à janela. Ambos éramos de acordo que não há baía no mundo que vença a do nosso Rio de Janeiro.

— Não vi muitas — disse ela —, mas nenhuma achei que se aproxime desta.

Sobre isto dissemos coisas interessantes — ela, ao menos —, mas estou que também eu. Quis perguntar-lhe se nos mares que percorreu viu algum peixe semelhante àquele que anda agora em volta dela, mas não há intimidade para tanto, e a cortesia opunha-se. Conversamos da cidade e suas diversões. Não vai a teatro, qualquer que seja, nada sabe de dramas nem de óperas; não insisti no assunto. Apenas me servi da segunda parte, a parte lírica, para lhe falar dos seus talentos de pianista, que ouvira gabar muito.

— São impressões de amigos — respondeu sorrindo.

Depois confessou-me que há muito não toca, e provavelmente esquecerá o que sabe. Talvez não fosse sincera nesta conjetura, mas tudo se há de perdoar ao ofício da modéstia, e ela parece modesta. Guiei a conversação de modo que mais ouvisse que falasse, e Fidélia não se recusou a essa distribuição de papéis. Disse pouco de si e muito da gente Aguiar. Neste ponto falou com algum calor; não me deu coisas novas, mas o que sentia dos dois foi expresso com alma. Contou-me até que entre d. Carmo e a mãe dela achava semelhanças que lhe faziam lembrar alguma vez a finada — ou seria simplesmente a afeição que aquela lhe tem. Enfim, separamo-nos quase amigos.

Não repeti à gente Aguiar o que a seu respeito ouvi à viúva Noronha; falei a d. Carmo nos talentos musicais da moça, e ela me confirmou que a viúva está disposta a não tocar mais. Se não fosse isso, pedia-lhe que nos desse alguma coisa. Ao que eu respondi:

— A própria arte a convidará um dia a tocar em casa, a sós consigo...

— Pode ser; em todo caso, não a convidarei a tocar aqui; o aplauso podia avivar-lhe a saudade — ou, se a distraísse dela, viria diminuir-lhe o gosto de sofrer pelo marido. Não lhe parece que ela é um anjo?

Achei que sim; acharia mais, se me fosse perguntado. D. Carmo crê na reconciliação dela com o pai, e nem por isso receia perdê-la. Fidélia saberá ser duas vezes filha, é o resumo do que lhe ouvi, sem entrar em pormenores nem na espécie de afeição que lhe tem. Do que ela me disse acerca do "gosto de sofrer pelo marido", concluo que a senhora do Aguiar é daquelas pessoas para quem a dor é coisa divina.

Fim de maio

Acaba hoje o mês. Maio é também cantado na nossa poesia como o mês das flores — e aliás todo o ano se pode dizer delas. A mim custou-me bastante aceitar aquelas passagens de estação que achei em terras alheias.

A viúva Noronha, ao contrário, pelo que me disse na última noite do Flamengo, achou deliciosa essa impressão lá fora, apesar de nascida aqui e criada na roça. Há pessoas que parecem nascer errado, em clima diverso ou contrário ao de que precisam; se lhes acontece sair de um para outro é como se fossem restituídas ao próprio. Não serão comuns tais organismos, mas eu não escrevi que Fidélia seja comum.

A descrição que ela me fez da impressão que teve lá fora com a entrada da primavera foi animada e interessante, não menos que a do inverno com os seus gelos. A mim mesmo perguntei se ela não estaria destinada a passar dos gelos às flores pela ação daquele bacharel Osório... Ponho aqui a reticência que deixei então no meu espírito.

9 de junho

Este mês é a primeira linha que escrevo aqui. Não tem sido falta de matéria, ao contrário; falta de tempo também não; falta de disposição é possível. Agora volta.

A matéria sobra. Antes de mais nada, Osório recebeu carta do pai, pedindo-lhe que o fosse ver sem demora; está doente e mal. Osório preparou-se e embarcou para o Recife. Não o fez logo, logo; parece que a imagem de Fidélia o prendeu uns três dias, ou porque se não pudesse separar dela, ou por temor de a perder às mãos de terceiro; ambas as causas seriam.

Os pais fazem muito mal em adoecer, mormente se estão no Recife, ou em qualquer cidade que não seja aquela onde os filhos namorados vivem perto das suas damas. A vida é um direito, a mocidade outro; perturbá-los é quase um crime. Se eu tenho podido dizer isto ao Osório, talvez ele não partisse; acharia na minha reflexão um eco do próprio sentimento, e escreveria ao pai uma carta cheia de piedade; mas ninguém lhe disse nada.

Haveria também outro recurso, que conciliaria a piedade e o amor, era escrever a Fidélia dizendo-lhe que embarcava e pedindo-lhe alguns minutos de atenção. A carta, se levasse um ar petulante, aguçaria naturalmente a curiosidade da viúva, e a entrevista se realizaria em presença ou na ausência do desembargador; é indiferente. Talvez ele preferisse sair da sala.

— Titio pode ficar — diria ela ao receber o cartão de Osório.

— Não, é melhor sair. Provavelmente é algum caso de advocacia — continuaria ele sorrindo —, e eu sou magistrado, não devo ouvir nada por ora; mais tarde terei de ser juiz.

Osório entraria, e depois de alguns cumprimentos, pediria a mão da viúva. Suponhamos que ela recusasse, fá-lo-ia com palavras polidas e quase afetuosas, dizendo que sentia muito, mas resolvera não casar mais. Pausa longa; o resto adivinha-se. Osório talvez lhe perguntasse ainda se a resolução era definitiva, ao que ela, para evitar mais diálogo, responderia com a cabeça que era, e ele iria embora. Fidélia correria a contar a novidade ao tio. Quero crer que este defendesse a candidatura

do advogado, e dissesse das boas qualidades dele, da carreira próspera da família distinta e o resto; Fidélia não se arrependeria da recusa.

— Resolvi não casar — diria pela terceira vez naquela tarde.

Três vezes negou Pedro a Cristo, antes de cantar o galo. Aqui não haveria galo nem canto, mas jantar, e os dois iriam pouco depois para a mesa. Não diriam nada durante os primeiros minutos, ele pensando que teria sido vantajoso à sobrinha casar com o rapaz, ela remoendo a impressão do amor que este lhe tinha. Por muito que se recuse, deixa sempre algum gosto a paixão que a gente inspira. Ouvi isto a uma senhora, não me lembra em que língua, mas o sentido era este. E Fidélia deixaria a mesa sem chorar, como Pedro chorou depois do galo.

Tudo imaginações minhas. A realidade única é que Osório embarcou e lá vai, e a viúva cá fica sem perder as graças, que cada vez me parecem maiores. Estive com ela hoje, e se não a arrebatei comigo não foi por falta de braços nem de impulsos. Quis perguntar-lhe se não sonhara com o pretendente despedido, mas a confiança que começo a merecer-lhe não permite tais inquirições, nem ela contaria nada de si mesma. Contou-me, sim, que as pazes com o pai estarão concluídas daqui a pouco, ainda que lhe seja preciso ir à fazenda. Naturalmente aprovei este passo. Fidélia disse-me que o pai já na última carta ao irmão lhe mandou lembranças, não nominalmente, mas por esta forma coletiva: "lembranças a todos".

— Há de custar-lhe a dar o primeiro passo, mas a mim não me importa fazê-lo — concluiu ela.

— Naturalmente.

— A separação que se deu entre nós, era impossível impedi-la. Conselheiro, o senhor que viveu lá fora a maior parte da vida não calcula o que são aqui esses ódios políticos locais. Papai é o melhor dos homens, mas não perdoa a adversário. Hoje creio que está tudo acabado; a abolição fê-lo desgostoso da vida política. Já mandou dizer aos chefes conservadores daqui que não contem mais com ele para nada. Foram os ódios locais que trouxeram a nossa separação, mas pode crer que ele padeceu tanto como eu e meu marido.

Confiou-me, em prova do padecimento de ambos, várias reminiscências da vida conjugal, que eu ouvi com grande interesse. Não as escrevo para não acumular notícias, vá só uma.

Um ano depois do casamento, pouco mais, tiveram eles a ideia de propor aos pais a reconciliação das famílias. Primeiro escreveria o marido ao pai dele; se este aceitasse de boa feição, escreveria ela ao seu, e esperariam ambos a segunda resposta. A carta do marido dizia as suas felicidades e esperanças, e concluía pedindo a bênção, ou, quando menos, que lhe retirasse a maldição. Era longa, terna e amiga.

— Meu marido nunca me mostrou a resposta do pai — concluiu Fidélia —; ao contrário, disse-me que não recebera nenhuma. Eu é que a achei depois de viúva, seis ou oito meses depois, entre papéis dele, e compreendi por que a escondera de mim...

Parou aqui. Tive curiosidade de saber o que era, e, evocando a musa diplomática, lembrou-me induzi-la à confissão ou retificação, dizendo à minha recente amiga:

— Dissesse o que fosse a seu respeito ou de seu pai, era natural da parte de um inimigo...

— Não, não — acudiu Fidélia —; não teve nenhuma palavra de ódio. Não gosto de repetir o que foi, uma simples linha ou linha e meia, assim: "Recebi a tua carta,

mas não recebi o teu remédio para o meu reumatismo". Só isto. Ele era reumático, e meu marido, como sabe, era médico.

Ri comigo. Não esperava tal remoque da Paraíba do Sul, e compreendi também a reserva do marido. Não compreendi menos a confidência da viúva; cedia, além do mais, à necessidade de contar alguma coisa que distribuísse ao sogro parte grande na culpa que cabia ao pai. Não podia tolher que falasse em si o sangue do fazendeiro. Tudo era Santa-Pia.

14 de junho

Más notícias de Santa-Pia. O barão teve uma congestão cerebral; Fidélia e o tio vão para a fazenda amanhã. Não é fácil adivinhar o que vai sair daqui, mas não seria difícil compor uma invenção, que não acontecesse. Enchia-se o papel com ela, e consolava-se a gente com o imaginado. Melhor é dizer que a reconciliação parece fazer-se mais depressa do que esperavam, e tristemente.

15 de junho

Há na vida simetrias inesperadas. A moléstia do pai de Osório chamou o filho ao Recife, a do pai de Fidélia chama a filha à Paraíba do Sul. Se isto fosse novela, algum crítico tacharia de inverossímil o acordo de fatos, mas já lá dizia o poeta que a verdade pode ser às vezes inverossímil. Vou hoje à casa do Aguiar para ver se a filha postiça deixou saudades aos dois; deve tê-las deixado.

16 de junho

Deixou, deixou saudades e grandes. Achei-os sós e conversamos da amiga. Propriamente não estavam tristes da ausência dela, mas da tristeza que ela levou consigo. Quero dizer que lhes doía a mágoa da outra; foi o que me pareceu. A ausência contam que não seja longa, e será temperada por visitas à capital; em todo caso, a separação não é tamanha que eles não possam dar um pulo à fazenda. Tais foram os sentimentos e as esperanças que lhes adivinhei. Falaram-me do golpe recebido pela moça. D. Carmo disse-me que eu não podia imaginar como a foi achar abatida.

— Ofereci-me para acompanhá-la à fazenda; recusou agradecida, e pela primeira vez me deu um nome que o céu não quis que eu tivesse na terra: "Obrigada, mãezinha", e beijou-me com grande ternura.

A minha ternura não é grande, nem acaso pequena, mas compreendi o sentimento da boa senhora, e gostei de saber que em tão grave instante Fidélia lhe tivesse dado aquela palavra cordial. Parecia contentá-la muito e ao marido. Este, aliás, acompanhou a narração da mulher em silêncio, com os olhos no teto; naturalmente não queria incorrer na pecha de fraco, mas a fraqueza, se o era, começou nos gestos; ele ergueu-se, ele sentou-se, ele acendeu um charuto, ele retificou a posição de um vaso... Eu, para espanar a melancolia da sala, perguntei se os negócios do barão iam bem, e se os libertos... Aguiar volveu a ser gerente de banco e expôs-me algumas coisas sobre o plantio do café e os títulos de renda.

Nessa ocasião entrou um íntimo da casa e conversou também do fazendeiro. Disse que os negócios dele, apesar do desfalque, não iam mal; deve ter uns trezentos contos. Aguiar não sabe exatamente, mas aceitou o cálculo.

— Tem só aquela filha — concluiu a visita —, e é provável que ela case outra vez.

Eu, para ser agradável aos donos da casa, quis dizer que me parecia que não, mas este bom costume de calar me fez engolir a emenda, e agora me confesso arrependido. Ao cabo eu já me vou conformando com a viuvez perpétua da bela dama, se não é ciúme ou inveja de a ver casada com outro. Já me parece que realmente Fidélia acaba sem casar. Não é só a piedade conjugal que lhe perdura, é a tendência a coisas de ordem intelectual e artística, e pouco mais ou menos nada. Fique isto confiado a ti somente, papel amigo, a quem digo tudo o que penso e tudo o que não penso.

17 de junho

O barão de Santa-Pia está mal, muito mal.

18 de junho

Viva a Fortuna, que sabe às vezes consolar o mal agudo com algum bálsamo inesperado. A gente Aguiar recebeu carta de Tristão, que lhes anuncia a vinda ao Brasil, talvez no paquete próximo. Logo que entrei... Era dia de recepção deles, e soube depois que tinham pensado em transferi-la por causa da tristeza de Fidélia, mas consideraram que era modesta e resumida, que se não dançava, raro se cantava, e apenas se conversava e tomava chá; podia ser mantida sem escândalo.

Logo que entrei deu-me Aguiar a notícia. Quando fui cumprimentar d. Carmo, e a felicitei pela vinda do moço, ouviu-me com grande prazer. Meia hora depois, tornamos a falar do assunto, ela e eu, e então foi ela que iniciou a conversação, dizendo-me que estava em casa, longe de esperar tal coisa, e de repente viu entrar no jardim um homem do banco com um bilhete do Aguiar, dando-lhe a boa-nova, e acompanhado da carta que Tristão mandava aos dois. Contando-me estas particularidades, acaso dispensáveis, d. Carmo queria naturalmente comunicar-me o próprio alvoroço. Conheço estas intenções recônditas e manifestas a um tempo; é velho sestro de felizes.

A gente pouca e as relações estreitas deram azo a que no fim da noite falássemos todos do hóspede vindouro. Aí vem o afilhado que eles tiveram por esquecido, quase ingrato, esse outro meio filho que ajudaram a criar e a amar. Aguiar e a mulher deram explicações pedidas, contaram episódios de infância, histórias de graça, de esperteza, algumas de manha, mas a manha das crianças só enfada em ação; recordada, deleita, como outras coisas idas. Uma das senhoras presentes quis lembrar alguns atos de carinho e dedicação de d. Carmo acerca do pequeno, mas a boa velha esquivou-se depressa, e apenas ouvimos um ou dois. Noite de família; saí cedo, vim para casa tomar leite, escrever isto e dormir. Até outro dia, papel.

20 de junho

Telegrama da Paraíba do Sul: "O barão de Santa-Pia faleceu hoje de manhã". Vou mandar a notícia a mana Rita, e enviar cartões de pêsames. É caso de dar também os pêsames à gente Aguiar? Pêsames não, mas uma visita discreta e afetuosa, amanhã ou depois...

21 de junho

Aguiar vai à fazenda de Santa-Pia, em visita de pêsames a Fidélia; parte amanhã. D. Carmo fica. Foi o que ele me disse na rua do Ouvidor.

— Já lhe mandei os meus — disse-lhe. — Receba-os também, se a afeição que os liga a dona Fidélia pode justificar esta participação de desgosto...

— Ambos nós sentimos a dor que aflige a nossa boa amiga. Carmo queria ir comigo; eu é que lhe disse que não, que não vá; pode cansá-la muito a viagem assim rápida.

Lá vai o Aguiar enfraquecer da alegria do filho com a mágoa da filha; cá virá convalescer da tristeza da moça com a alegria do rapaz. Tudo se atenua assim neste mundo, e ainda bem. O pior é não serem filhos de verdade, mas só de afeição; é certo que, em falta de outros, consolam-se com estes, e muita vez os de verdade são menos verdadeiros.

21 de junho, à noite

Cá esteve hoje a minha boa mana; ia visitar a gente Aguiar, eu disse-lhe que vá comigo amanhã, e aceitou.

23 de junho

A mana e eu estivemos ontem em casa da boa velha Aguiar. Saí de lá mais cedo do que quisera; se pudesse, ficaria muito mais tempo.

Achamo-la entre alegre e triste, se esta expressão pode definir um estado que se não descreve; eu, ao menos, não posso. Recebeu-nos como sempre; ela sabe dar ao gesto e à palavra um afago sem intenção, verdadeiramente delicioso. Quando lhe falamos de Fidélia disse da tristeza da amiga com outra tristeza correspondente, e referiu a partida do marido na manhã de ontem, sem aludir às obrigações que ele teve de interromper. Não tardou, porém, que lhe perguntássemos pelo afilhado e respondeu com satisfação grande. O resto da visita dividiu-se entre ambos, mas ao rapaz coube a maior parte da conversação, naturalmente por ser mais longa a ausência, maior a distância e inesperada a volta.

D. Carmo continuou a narração da outra noite, agora mais íntima, éramos três pessoas apenas. Não diria toda a primeira vida do pequeno, o tempo seria pouco, ela mesma o confessou, mas muita coisa principal disse. Era frágil, magrinho, quase nada, criaturinha de escasso fôlego. Não disse que se fez mãe; esta senhora não conhece a língua do próprio louvor, mas eu já sabia, e percebia-se do carinho da narração que devia ser assim mesmo. Rita arriscou esta reflexão, rindo:

— As crianças não sabem o cuidado que dão, e esquecem depressa o que sabem.

— É preciso desculpar a Tristão o que é próprio de rapaz — acudiu d. Carmo. — Ele não é mau; esqueceu-se um pouco de nós, mas a idade e a novidade dos espetáculos explicam tudo. A prova é que aí vem ele ver-nos, e se lesse as cartas dele... Aguiar não lhe mostrou a última?

— Não, minha senhora — respondi —; disse-me só o que continha.

— Talvez não dissesse tudo.

Cuido que quisesse mostrar-me as cartas do rapaz, uma só que fosse, ou um trecho, uma linha, mas o temor de enfadar fez calar o desejo. Foi o que me pareceu e deixo aqui escrito. Tornamos à viúva, depois voltamos a Tristão, e ela só passou a terceiro assunto porque a cortesia o mandou; eu, porém, para ir com a alma dela, guiei a conversa novamente aos filhos postiços. Era o meu modo de ser cortês com a boa senhora. Custa-me dizer que saí de lá encantado, mas saí, e mana Rita também. Rita disse-me na rua:

— Há poucas criaturas como aquela.

— Creio, creio, é excelente... sem desfazer em você.

— Eu não — replicou Rita prontamente. — Não me acho má, porém estou longe de ser o que ela é. Você repare que tudo naquela senhora é bom, até a opinião, que nem sempre é justa, porque ela perdoa e desculpa a todos. Eu não sou assim; acho muita gente má, e se for preciso dizê-lo, digo. Dona Carmo não é capaz de criticar ninguém. Algum reparo que aceite é sempre explicando; quando menos, calando.

24 de junho

Ontem conversei com a senhora do Aguiar acerca das antigas noites de São João, Santo Antônio e São Pedro, e mais as suas sortes e fogueiras. D. Carmo pegou do assunto para tratar ainda do filho postiço. Leve o diabo tal filho. A filha postiça é que há de estar a esta hora mui triste no casarão da fazenda, onde certamente passou as antigas noites de São João de donzela esperançada e crédula. A deste ano sem pai deve ser aborrecida, não tendo mãe que o continue, nem marido que os supra. Um tio não basta para tanta coisa.

Também eu tirei sortes outrora. Com pouco se fingia de Destino — um livro, um rimador de quadras e um par de dados. "Se há de desposar a pessoa a quem ama", dizia o título da página, por exemplo; deitavam-se os dados, os números eram cinco e dois, sete; ia-se à quadra sétima, e lia-se. Suponhamos que se lia... Vá, risco a quadra que cheguei a escrever aqui. Geralmente era engraçada — pelo menos, mas também troçava com a pessoa que consultava o Destino. Todos riam; alguns criam deveras; em todo caso passavam-se as horas até chegar o sono. E ali vinha este velho camareiro da humanidade, que os pagãos chamaram Morfeu, e que a pagãos e cristãos, e até a incréus fecha os olhos com os seus eternos dedos de chumbo. Agora, meu sono amigo, só tu virás, daqui a uma ou duas horas, sem livros de sortes nem dados. Quando muito trarás sonhos, e já não serão os mesmos de outro tempo.

27 de junho

Missa do Barão de Santa-Pia em São Francisco de Paula. O filho do desembargador representava a família; este e a sobrinha ouviram missa na fazenda. Há de ter sido outra recordação antiga para a viúva. A fazenda tem capela, onde um padre dizia missa aos domingos e confessava pela quaresma. Também eu conheci esse costume em pequeno, e ainda me lembra que, na quaresma, eu e outros rapazes íamos esconder-nos do confessor embaixo das camas ou nos desvãos da casa. Já então confundíamos as práticas religiosas com as canseiras da vida, e fugíamos delas. Entre-

tanto, o padre que me confessou pela primeira vez era meigo, atento, guiava-me a confissão indicando os pecados que devia dizer, e até que ponto, e punha a absolvição na língua antes que os pecados lhe entrassem pelo ouvido; assim me pareceu. Perdoe-me a sua memória, se não é verdade. Tudo isso vai longe. A segunda confissão foi por ocasião de casar. Daí em diante não fui mais que virtudes.

Bastante gente em São Francisco de Paula. Na sacristia havia folhas de papel onde se inscreveram as pessoas que lá foram, e uma ou outra que não foi mas encomendou o cuidado a um terceiro. Vi magistrados, advogados, pessoas do comércio e do funcionalismo, senhoras, algumas senhoras. Destas eram moças umas, amigas de Fidélia, outras eram velhas do tempo da mãe. Uma destas era a que não faltaria, ainda que lá não fosse ninguém, e só amiga da viúva, a boa Aguiar, naturalmente. Lá estava também Rita, que veio almoçar comigo.

Se as missas pudessem ser ditas segundo a ocasião, eu acharia que o padre ajustou a sua à pouca presença do sangue do morto, tão breve foi, mas não é assim; cada padre diz a missa à sua maneira de sempre, apressada ou vagarosa, conforme usa ler ou falar.

30 de junho

Ora bem, a viúva Noronha mandou uma carta a d. Carmo, documento psicológico, verdadeira página da alma. Como eles tiveram a bondade de mostrar-ma, dispus-me a achá-la interessante, antes mesmo de a ler, mas a leitura dispensou a intenção; achei-a interessante deveras, disse-o, reli alguns trechos. Não tem frases feitas, nem frases rebuscadas; é simplesmente simples, se tal advérbio vai com tal adjetivo; creio que vai, ao menos para mim.

Quatro páginas apenas, não deste papel de cartas que empregamos, mas do antigo papel chamado de peso, marca Bath, que havia na fazenda, a uso do pai. Trata longamente dele e das saudades que ela foi achar lá, das lembranças que lhe acordaram as paredes dos quartos e das salas, as colunas da varanda, as pedras da cisterna, as janelas antigas, a capela rústica. Mucamas e moleques deixados pequenos e encontrados crescidos, livres com a mesma afeição de escravos, têm algumas linhas naquelas memórias de passagem. Entre os fantasmas do passado, o perfil da mãe, ao pé o do pai, e ao longe como ao perto, nas salas como no fundo do coração, o perfil do marido, tão fixo que cheguei a vê-lo e me pareceu eterno.

Vou reconhecendo que esta moça vale ainda mais do que me parecia a princípio. Não é a questão de amar ou não o defunto marido; creio que o ame, sem que essa fidelidade lhe aumente a pureza dos sentimentos. Pode ser obra dele, ou dela, ou de ambos a um tempo. O maior valor dela está, além da sensação viva e pura que lhe dão as coisas, na concepção e na análise que sabe achar delas. Pode ser que haja nisto, da minha parte, um aumento de realidade, mas creio que não. Se fosse nos primeiros dias deste ano, eu poderia dizer que era o pendor de um velho namorado gasto que se comprazia em derreter os olhos através do papel e da solidão, mas não é isso; lá vão as últimas gabolices do temperamento. Agora, quando muito, só me ficaram as tendências estéticas, e deste ponto de vista, é certo que a viúva ainda me leva os olhos, mas só diante deles. Realmente, é um belo pedaço de gente, com uma dose rara de expressão. A carta, porém, dá a tudo grande nota espiritual.

Acredito que d. Carmo sinta essa dama como eu a entendo, mas desta vez o que lhe penetrou mais fundo foi o cumprimento final da carta, as três últimas palavras, anteriores à derradeira de todas, que é o nome: "da sua filhinha Fidélia". Percebi isto, vendo que ela desceu os olhos ao fim do papel três ou quatro vezes, sem querer acabar de o dobrar e guardar.

1º de julho

Também há ventanias de felicidade, que levam tudo adiante de si. A gente Aguiar recebeu ontem a carta de Fidélia, e hoje outra de Tristão, em que este lhe anuncia que embarca no paquete inglês para cá; deve chegar a 23 ou 24. A alegria com que eles leram esta notícia foi naturalmente grande; porquanto Fidélia cá está e diz-se filha da boa velha; Tristão aí vem e anuncia que esta carta é a última; a seguinte é ele próprio. Tudo isso a um tempo.

Preparam-lhe alojamento em casa. Aguiar anda tão satisfeito que, contra os seus hábitos de discrição, já me disse ter em vista a mobília do quarto que lhe destinam; é simples e elegante. Provavelmente a mulher começará já a obra dos seus ornamentos de lã e de linho para as cadeiras e a mesa. Isto não foi ele que me disse nem ninguém; eu é que o adivinho e escrevo aqui para mostrar a mim mesmo o que é fácil de ver. Para a boa Carmo, bordar, coser, trabalhar, enfim, é um modo de amar que ela tem. Tece com o coração.

É regra velha, creio eu, ou fica sendo nova, que só se faz bem o que se faz com amor. Tem ar de velha, tão justa e vulgar parece. Daí a perfeição daquelas suas obras domésticas. Será como dormir ou transpirar. Não lhe tiro com isto o mérito; por maior que seja a necessidade, não é menor a virtude. Também eu fiz a minha diplomacia com amor, e ouvi a ministros que bem, mas no meu caso (distingamo-nos da velha Aguiar) não bastou amor nem necessidade; se não fosse a carreira é provável que eu acabasse juiz, banqueiro ou outra coisa.

2 de julho

O que ouvi dizer ontem a Aguiar foi no Banco do Sul, aonde tinha ido depositar umas apólices. Esqueceu-me escrever que, à saída, perto da igreja da Candelária, encontrei o desembargador Campos; tinha chegado de Santa-Pia anteontem, à noite, e ia ao Banco levar recados da sobrinha para o Aguiar e para a mulher. Perguntei-lhe se Fidélia ficava lá de vez; respondeu-me que não.

— Ficar de vez, não fica; demora-se algumas semanas, depois virá e provavelmente transfere a fazenda; acho que não faz mal. Ficaria, segundo me disse, se fosse útil, mas parece-lhe que a lavoura decai, e não se sente com forças para sustê-la. Daí a ideia de vender tudo, e vir morar comigo. Se ficasse tinha jeito. Ela mesma tomou contas a todos, e ordenou o serviço. Tem ação, tem vontade, tem espírito de ordem. Os libertos estão bem no trabalho.

Conversamos um pouco dos efeitos da abolição, e despedimo-nos.

5 de julho

Obrigado pela palavra a ir passar a noite com o corretor Miranda, lá fui hoje. Veio mais gordo da Europa, onde só esteve alguns meses; é o mesmo impetuoso de sempre, mas bom sujeito e excelente marido. Nada novo, a não ser um jogo, parece que inventado nos Estados Unidos e que ele aprendeu a bordo. No meu tempo não se conhecia. Chama-se *poker*; eu trouxe o *whist*, que ainda jogo, e peguei no meu velho voltarete. Parece que o *poker* vai derribar tudo. Na casa do Miranda até a senhora deste jogou.

As filhas não jogaram, nem a cunhada, d. Cesária, que não acha recreação nas cartas; confessou (rindo) que é muito melhor dizer mal da vida alheia, e não o faz sem graça. Justamente o que falta ao marido, a quem sobra o resto. Cuidei que os dois estivessem brigados com o corretor, não formalmente, porque d. Cesária não briga nunca, arrufa-se apenas; cuidei que estivessem arrufados com o corretor, quando este e a família embarcaram. Estivessem ou não, a volta os reconciliou. É uma das prendas dessa senhora. Talvez tivesse dito mal da própria irmã ou do cunhado, mas tão habilmente se arranjou que os achei unidíssimos. Não sei o que ela dirá de mim, eu acho-lhe interesse, e preferi-lhe a língua ao *poker*; com a língua não se perde dinheiro.

Como se falasse da morte do barão de Santa-Pia e da situação da filha, d. Cesária perguntou se ela realmente não casava. Parece que duvida da viuvez de Fidélia. Eu não lhe disse que já pensara o mesmo, nem lhe disse nada; não quis trazer a outra à conversação e fiz bem. D. Cesária aceitou daí a pouco a hipótese da viuvez perpétua, por não achar graça à viúva, nem vida, nem maneiras, nada, coisa nenhuma; parece-lhe uma defunta. Eu sorri como devia, e fui ouvir a explicação que me davam de um *bluff*. No *poker*, *bluff* é uma espécie de conto-do-vigário.

13 de julho

Sete dias sem uma nota, um fato, uma reflexão; posso dizer oito dias, porque também hoje não tenho que apontar aqui. Escrevo isto só para não perder longamente o costume. Não é mau este costume de escrever o que se pensa e o que se vê, e dizer isso mesmo quando se não vê nem pensa nada.

18 de julho

Tristão chegou a Pernambuco; esperam por ele a 23.

20 de julho

Chegou à Bahia o afilhado dos Aguiares. Creio que eles lhe darão festa de recepção, ainda que modesta. A última fotografia foi mandada encaixilhar e pendurar. É um belo rapaz, e a atitude do retrato tem certo ar de petulância que lhe não fica mal, ao contrário.

25 de julho

Já aqui chegou o Tristão. Não o vi ainda; também não tenho saído de casa estes três dias. Entre outras coisas, estive a rasgar cartas velhas. As cartas velhas são boas, mas estando eu velho também, e não tendo a quem deixar as que me restam, o melhor é rasgá-las. Fiquei só com oito ou dez para reler algum dia e dar-lhes o mesmo fim. Nenhuma delas vale uma só das de Plínio, mas a todas posso aplicar o que ele escrevia a Apolinário: "teremos ambos o mesmo gosto, tu em ler o que digo, e eu em dizê-lo". Os meus Apolinários estão mortos ou velhos; as Apolinárias também.

27 de julho

Vi hoje o Tristão, descendo a rua do Ouvidor com o Aguiar; adivinhei-o por este e pelo retrato. Trazia no vestuário alguma coisa que, apesar de não diferir da moda, cá e lá, lhe põe certo jeito particular e próprio. Aguiar apresentou-nos. Tristão falou-me polidamente, e com tal ou qual curiosidade, não ouso dizer interesse. Naturalmente já ouviu falar de mim em casa deles. Cinco minutos de conversação apenas — o bastante para me dizer que está encantado com o que tem visto. Creio que seja assim, porque eu amo a minha terra, apesar das ruas estreitas e velhas; mas também eu desembarquei em terras alheias, e usei igual estilo. Entretanto, esta cidade é a dele, e, como eu lhe dissesse que não devera ter esquecido o Rio de Janeiro, donde saíra adolescente, respondeu que era assim mesmo, não esquecera nada. O encanto vinha justamente da sensação de coisas vistas, uma ressurreição que era continuidade, se assim resumo o que ele me disse em vocábulos mais simples que estes. Cinco minutos e despedimo-nos.

É uma bonita figura. A palavra forte, sem ser áspera. Os olhos vivos e lépidos, mas talvez a brevidade do encontro e da apresentação os obrigasse a essa expressão única; possivelmente os terá de outra maneira alguma vez. É antes alto que baixo, e não magro. A certa distância, ia eu a voltar a cabeça para vê-lo ainda, mas recuei a tempo; seria indiscreto e apressado, e talvez não valesse a pena. Irei uma destas noites ao Flamengo. Há já três semanas que não apareço lá.

28 de julho

Não duvido que o Tristão visse com prazer o Rio de Janeiro. Quaisquer que sejam os costumes novos e ligações de família, e por maior que tenha sido a ausência, o lugar onde alguém passou os primeiros anos há de dizer à memória e ao coração uma linguagem particular. Creio que ele esteja realmente encantado, como me disse ontem. Demais, lá fora ouvia a mesma língua daqui; a mãe é a mesma paulista que o gerou e levou consigo, e está agora em Lisboa, com o pai, ambos velhos.

Eu nunca esqueci coisas que só vi em menino. Ainda agora vejo dois sujeitos barbados que jogavam o entrudo, teria eu cinco anos; era com bacias de madeira ou de metal, ficaram inteiramente molhados e foram pingando para as suas casas. Só não me acode onde elas eram. Outra coisa que igualmente me lembra, apesar de tantos anos passados, é o namoro de uma vizinha e de um rapaz. Ela morava defronte, era magrinha e chamava-se Flor. Ele também era magro e não tinha nome conhecido; só lhe sabia a cara e a figura. Vinha às tardes e passava três, quatro, cinco

e mais vezes de uma ponta à outra da rua. Uma noite ouvimos gritos. Na manhã seguinte ouvi dizer que o pai da moça mandara dar por escravos uma sova de pau no namorado. Dias depois foi este recrutado para o exército, dizem que por empenho do pai da moça; alguns creram que a sova fora um simples desforço eleitoral. Tudo é um; amor ou eleições, não falta matéria às discórdias humanas.

Que valem tais ocorrências agora, neste ano de 1888? Que pode valer a loja de um barbeiro que eu via por esse tempo, com sanguessugas à porta, dentro de um grosso frasco de vidro com água e não sei que massa? Há muito que se não deitam bichas a doentes; elas, porém, cá estão no meu cérebro, abaixo e acima, como nos vidros. Era negócio dos barbeiros e dos farmacêuticos, creio; a sangria é que era só dos barbeiros. Também já se não sangra pessoa nenhuma. Costumes e instituições, tudo perece.

31 de julho

Tem agradado muito o Tristão, e para crer que o merece basta dizer que a mim não me desagrada, ao contrário. É ameno, conversado, atento, sem afetação nem presunção; fala ponderado e modesto, e explica-se bem. Ainda lhe não ouvi grandes coisas, nem estas são precisas a quem chega de fora e vive em família; as que lhe ouvi são interessantes.

No vestido e nas maneiras usa o tom da conversa; a mesma correção e simplicidade. O encanto que outro dia me disse achar na cidade continua a achar nela e na gente; reconhece ruas, casas, costumes e pessoas; pergunta por muitas destas e interessa-se em ouvir as notícias que lhe dão. Algumas reconhece logo, outras com pouca explicação. Enfim, não é mau rapaz.

Para a gente Aguiar é mais que excelente. Essa está tanto ou mais encantada que ele; nestes poucos dias já o levou a diferentes partes. O desembargador Campos, que lá jantou ontem, disse-me que d. Carmo estava que era uma criança; quase que não tirava os olhos de cima do afilhado. Tristão conhece música, e à noite, a pedido dela, executou ao piano um pedaço de Wagner, que ele achou muito bem. Além do Campos, jantou lá um padre Bessa, o que batizou Tristão.

Não era habituado do Flamengo, este padre; foi o próprio Tristão que o descobriu, de maneira que merece notar. Perguntou por ele, e, ao cabo de dois dias, sabendo que residia na praia Formosa, dispôs-se a lá ir, depois de recusar ao padrinho a companhia que este lhe ofereceu.

— Quero ir eu só — replicou —, para lhe mostrar que não desaprendi a minha cidade.

E lá foi, e lá andou, e lá descobriu o padre, dentro de uma casinha — baixa. Bessa, que fora comensal dos pais dele, não o conheceu logo, mas às primeiras notícias recompôs o passado e adivinhou o menino a quem dera batismo. Aguiar fê-lo convidar e vir à casa dele, a ver o moço e visitá-lo, sempre que quisesse. É uma boa figura de velho e de sacerdote, disse-me o desembargador, calvo bastante, cara magra, a expressão plácida, apesar das misérias que terá curtido; chega a ser alegre.

1º de agosto

O desembargador deu-me também notícia da sobrinha. Está boa e virá brevemente da fazenda. Contou-lhe em carta um sonho que teve ultimamente, a aparição do pai e do sogro, ao fundo de uma enseada parecida com a do Rio de Janeiro. Vieram as duas figuras sobre a água, de mãos dadas, até que pararam diante dela, na praia. A morte os reconciliara para nunca mais se desunirem; reconheciam agora que toda a hostilidade deste mundo não vale nada, nem a política nem outra qualquer.

Quis replicar ao desembargador que talvez a sobrinha tivesse ouvido mal. A reconciliação eterna, entre dois adversários eleitorais, devia ser exatamente um castigo infinito. Não conheço igual na *Divina comédia*. Deus, quando quer ser Dante, é maior que Dante. Recuei a tempo e calei a facécia; era rir da tristeza da moça. Pedi mais notícias dela, e ele deu-mas; a principal é que está cada vez mais firme na ideia de vender Santa-Pia.

2 de agosto

Aguiar mostrou-me uma carta de Fidélia a d. Carmo. Letra rasgada e firme, estilo correntio, linguagem terna; promete-lhes vir para a Corte logo que possa e será breve. Estou cansado de ouvir que ela vem, mas ainda me não cansei de o escrever nestas páginas de vadiação. Chamo-lhes assim para divergir de mim mesmo. Já chamei a este *Memorial* um bom costume. Ao cabo, ambas as opiniões se podem defender, e, bem pensado, dão a mesma coisa. Vadiação é bom costume.

A carta de Fidélia começa por estas três palavras: "Minha querida mãezinha", que deixaram d. Carmo morta de ternura e de saudades; foi a própria expressão do marido. Nem tudo se perde nos bancos; o mesmo dinheiro, quando alguma vez se perde, muda apenas de dono.

3 de agosto

Hoje faria anos o ministério Ferraz, e quem já pensa nele nem nos homens que o compunham e lá vão, uns na morte, outros na velhice ou na inação? Foi ele que me promoveu a secretário de legação, sem que eu lho pedisse e até com espanto meu.

Dizendo isto ao Aguiar, ouvi-lhe anedotas políticas daquele tempo (1859-1861), contadas com animação, mas saudade. Aguiar não tem costela de homem público; todo ele é família, todo esposo, e agora também filhos, os dois filhos postiços — Tristão mais que Fidélia, pela razão que penso haver já dito. Confirmou-me as boas impressões do desembargador, e concluiu:

— Conselheiro, o senhor já falou ao nosso Tristão, já o ouviu, e creio apreciá-lo, mas eu desejo que o conheça mais para apreciá-lo melhor. Ele fala da sua pessoa com grande respeito e admiração. Diz que um dia o viu em Bruxelas, e estava longe de crer que viria achá-lo e falar-lhe aqui.

— Já me disse isso mesmo. Acho que é um moço muito distinto.

— Não é? Também nós achamos, e outras pessoas também. Não lhe pedi que me contasse a vida dele lá, mas conversei de maneira que ele me foi dizendo muita coisa, os estudos, as viagens, as relações; pode ser que invente ou exagere, mas creio que não; tudo o que nos disse é verossímil e combina com o que vimos dele aqui,

e também do compadre e da comadre. Se pudéssemos ficar com ele de uma vez, ficávamos. Não podemos; Tristão veio apenas por quatro meses; a nosso pedido vai ficar mais dois. Mas eu ainda verei se posso retê-lo oito ou dez.

— Veio só para visitá-los?

— Diz que só. Talvez o pai aproveitasse a vinda para encarregá-lo de algum negócio; apesar de liquidado, ainda tem interesse aqui; não lhe perguntei por isso.

— Pois veja se o faz ficar mais tempo; ele acabará ficando de vez.

4 de agosto

Indo a entrar na barca de Niterói, quem é que encontrei encostado à amurada? Tristão, ninguém menos, Tristão que olhava para o lado da barra, como se estivesse com desejo de abrir por ela fora e sair para a Europa. Foi o que eu lhe disse, gracejando, mas ele acudiu que não.

— Estou a admirar estas nossas belezas — explicou.

— Deste outro lado são maiores.

— São iguais — emendou. — Já as mirei todas, e do pouco que vi lá fora é ainda o que acho mais magnífico no mundo.

O assunto era velho e bom para atar conversa; aproveitamo-lo e chegamos ao desembarque, depois de trocarmos muitas ideias e impressões. Confesso que as minhas não eram mais novas que o assunto inicial, e eram curtas; as dele tinham sobre elas a vantagem de evocações e narrativas. Não estou para escrever tudo o que lhe ouvi acerca dos anos de infância e adolescência, nem dos de mocidade passados na Europa. Foi interessante, decerto, e parece que sincero e exato, mas foi longo, por mais curta que fosse a viagem da barca. Enfim, chegamos à Praia Grande. Quando eu lhe disse que preferia este nome popular ao nome oficial, administrativo e político de Niterói, dissentiu de mim. Repliquei-lhe que a razão do dissentimento vinha de ser eu velho e ele moço. "Criei-me com a Praia Grande; quando o senhor nasceu, a crisma de Niterói pegara." Não havia nisto agudeza alguma; ele, porém, sorriu como achando fina a resposta, e disse-me:

— Não há velhice para um espírito como o seu.

— Acha? — perguntei incredulamente.

— Já meus padrinhos mo haviam dito, e eu reconheço que diziam a verdade.

Agradeci de cabeça, e, estendendo-lhe a mão:

— Vou ao palácio da presidência. Até à volta, se nos encontrarmos.

Uma hora depois, quando eu chegava à ponte, lá o achei. Imaginei que esperasse por mim, mas nem me cabia perguntar-lho, nem talvez a ele dizê-lo. A barca vinha perto, chegou, atracou, entramos. Na viagem de regresso tive uma notícia que não sabia; Tristão, alcunhado *brasileiro* em Lisboa, como outros da própria terra, que voltam daqui, é português naturalizado.

— Aguiar sabe?

— Sabe. O que ele ainda não sabe, mas vai saber, é que nas vésperas de partir aceitei a proposta de entrar na política, e vou ser eleito deputado às cortes no ano que vem. Não fosse isso, e eu cá ficava com ele; iria buscar meu pai e minha mãe. Sei que ele me há de querer dissuadir do plano; meu padrinho não gosta de política, menos ainda de política militante, mas eu estou obrigado pelo gosto que lhe tenho

e pelo acordo a que cheguei com os chefes do partido. Escrevi algum tempo num jornal de Lisboa, e dizem que não inteiramente mal. Também falei em comícios.

— Eles querem-lhe muito.

— Sei, muito, como a um filho.

— Têm também uma filha de afeição.

— Também sei, uma viúva, filha de um fazendeiro que morreu há pouco. Já me falaram dela. Vi-lhe o retrato encaixilhado pelas mãos da madrinha. Se conhece bem a madrinha, há de saber o coração terno que tem. Toda ela é maternidade. Aos próprios animais estende a simpatia. Nunca lhe falaram de um terceiro filho que tiveram, e ela amava muito?

— Creio que não; não me lembra.

— Um cão, um pequeno cão de nada. Foi ainda no meu tempo. Um amigo do padrinho levou-lho um dia, com poucos meses de existência, e ambos entraram a gostar dele. Não lhe conto o que a madrinha fazia por ele, desde as sopinhas de leite até aos capotinhos de lã, e o resto; ainda que me sobrasse tempo, não acharia crédito em seus ouvidos. Não é que fosse extravagante nem excessivo; era natural, mas tão igual sempre, tão verdadeiro e cuidadoso que era como se o bicho fosse gente. O bicho viveu os seus dez ou onze anos da raça; a doença achou enfermeira, e a morte teve lágrimas. Quando entrar no jardim, à esquerda, ao pé do muro, olhe, foi aí que o enterraram; eu já me não lembrava, a madrinha é que mo apontou ontem.

Não me soube grandemente essa aliança de gerente de banco e pai de cachorro. É verdade que o próprio Tristão dá a maior parte à madrinha, que é mulher. Com a prática dos dias anteriores e essas duas viagens de barca, sinto-me meio habilitado a possuir bem aquele moço. Só lhe ouvi meia dúzia de palavras algo parecidas com louvor próprio, e ainda assim moderado. "Dizem que não escrevo inteiramente mal" encobrirá a convicção de que escreve bem, mas não o disse, e pode ser verdade.

7 de agosto

D. Carmo foi a Nova Friburgo com o afilhado para lhe mostrar novamente a cidade em que nasceu, creio que também a rua, e parece que a própria casa. Tudo está velho e quieto, dizem-me. Isto vai com os hábitos dela, que sabe e gosta de guardar os velhos retalhos e lembranças antigas, como que lhe dando um ar perpétuo de mocidade. Tristão, não tendo aliás o mesmo interesse, mostrou prazer em a acompanhar. Toda a gente continua a gostar dele, Campos mais que outros, pois o conheceu menino. Mana Rita é que apenas o viu; tem estado adoentada, levantou-se anteontem; só ontem soube disso, e fui visitá-la. Contei-lhe o que havia daquela casa e da casa do desembargador; dei-lhe vontade de vir também à gente Aguiar quando os dois voltarem de Nova Friburgo.

10 de agosto

Meu velho Aires, trapalhão da minha alma, como é que tu comemoraste no dia 3 o ministério Ferraz, que é de 10? Hoje é que ele faria anos, meu velho Aires. Vês que é bom ir apontando o que se passa; sem isso não te lembraria nada ou trocarias tudo.

Fidélia chega da Paraíba do Sul no dia 15 ou 16. Parece que os libertos vão

ficar tristes; sabendo que ela transfere a fazenda pediram-lhe que não, que a não vendesse, ou que os trouxesse a todos consigo. Eis aí o que é ser formosa e ter o dom de cativar. Desse outro cativeiro não há cartas nem leis que libertem; são vínculos perpétuos e divinos. Tinha graça vê-la chegar à Corte com os libertos atrás de si, e para quê, e como sustentá-los? Custou-lhe muito fazer entender aos pobres sujeitos que eles precisam trabalhar, e aqui não teria onde os empregar logo. Prometeu-lhes, sim, não os esquecer, e, caso não torne à roça, recomendá-los ao novo dono da propriedade.

11 de agosto

Recebi hoje um bilhete de Tristão, escrito de Nova Friburgo, no qual me diz que está muito satisfeito com o que vê e o que ouve; reconheceu a cidade, que é encantadora com a sua gente. A companheira de viagem ainda o é mais que a gente e a cidade. Copio estas palavras do bilhete:

> A madrinha ou mãezinha — não sei bem qual dos nomes lhe dê, ambos são exatos — é aqui muito querida e festejada, não só por duas amigas velhas que lhe restam dos tempos de criança, mas ainda por outras que conheceu depois de casada, parentas daquelas ou somente amigas também. Gosto do lugar e do clima; a temperatura é excelente; ficaremos uns três dias mais.

Não há nessa carta nada que não pudesse ser dito na volta, uma vez que ele desce daqui a três dias. Creio que ele cedeu ao desejo de ser lido por mim e de me ler também. Questão de simpatia, questão de arrastamento. Vou responder-lhe com duas linhas...

... Lá vai a carta; respondi-lhe com trinta e tantas linhas, dizendo-lhe coisas que busquei fazer alegres, e com certeza saíram quase amigas. Concordei que Nova Friburgo era delicioso, e concluí por estas palavras: "Quando descer venha almoçar comigo; falaremos de lá e de cá".

17 de agosto

Fidélia chegou, Tristão e a madrinha chegaram, tudo chegou; eu mesmo cheguei a mim mesmo — por outras palavras, estou reconciliado com as minhas cãs. Os olhos que pus na viúva Noronha foram de admiração pura, sem a mínima intenção de outra espécie, como nos primeiros dias deste ano. Verdade é que já então citava eu o verso de Shelley, mas uma coisa é citar versos, outra é crer neles. Eu li há pouco um soneto verdadeiramente pio de um rapaz sem religião, mas necessitado de agradar a um tio religioso e abastado. Pois ainda que eu não desse então toda a fé ao poeta inglês, dou-lha agora, e aqui a dou de novo para mim. A admiração basta.

19 de agosto

Tristão veio almoçar comigo. A primeira parte do almoço foi a glosa da carta que ele me escreveu. Contou-me que já em criança tinha ido com a madrinha a Nova Friburgo algumas vezes, parece-lhe que três; reconheceu a cidade agora e gostou

muito dela. De d. Carmo fala entusiasmado; diz que a afeição, o carinho, a bondade, tudo faz dela uma criatura particular e rara, por ser tudo de espécie também rara e particular. Referiu-me anedotas antigas, dedicações grandes. Depois confessou que as impressões da nossa terra fazem reviver os seus primeiros tempos, a infância e a adolescência. O fim do almoço foi com o naturalizado e o político. A política parece ser grande necessidade para este moço. Estendeu-se bastante sobre a marcha das coisas públicas em Portugal e na Espanha; confiou-me as suas ideias e ambições de homem de Estado. Não disse formalmente estas três palavras últimas, mas todas as que empregou vinham a dar nelas. Enfim, ainda que pareça algo excessivo, não perde o interesse e fala com graça.

Antes de sair, tornou a dizer do Rio de Janeiro, e também falou do Recife e da Bahia; mas o Rio foi o principal assunto.

— A gente não esquece nunca a terra em que nasceu — concluiu ele com um suspiro.

Talvez o intuito fosse compensar a naturalização que adotou — um modo de se dizer ainda brasileiro. Eu fui ao diante dele, afirmando que a adoção de uma nacionalidade é ato político, e muita vez pode ser dever humano, que não faz perder o sentimento de origem, nem a memória do berço. Usei tais palavras que o encantaram, se não foi talvez o tom que lhes dei, e um sorriso meu particular. Ou foi tudo. A verdade é que o vi aprovar de cabeça repetidas vezes, e o aperto de mão, à despedida, foi longo e fortíssimo.

Até aqui um pouco de fel. Agora um pouco de justiça.

A idade, a companhia dos pais, que lá vivem, a prática dos rapazes do curso médico, a mesma língua, os mesmos costumes, tudo explica bem a adoção da nova pátria. Acrescento-lhe a carreira política, a visão do poder, o clamor da fama, as primeiras provas de uma página da história, lidas já de longe por ele, e acho natural e fácil que Tristão trocasse uma terra por outra. Ponho-lhe, enfim, um coração bom, e compreendo as saudades que a terra de cá lhe desperta, sem quebra dos novos vínculos travados.

21 de agosto

Anteontem fui deixar um bilhete de visita a Fidélia; ontem, a convite do tio, que me encontrou na rua, fui tomar chá com ambos.

Naturalmente conversamos do defunto. Fidélia narrou tudo o que viu e sentiu nos últimos dias do pai, e foi muito. Não falou da separação trazida pelo casamento, era assunto velho e acabado. A culpa, se houve então culpa, foi de ambos, ela por amar a outro, ele por querer mal ao escolhido. Eu é que digo isso, não ela, que em sua tristeza de filha conserva a de viúva, e se houvesse de escolher outra vez entre o pai e o marido, iria para o marido. Também falou da fazenda e dos libertos, mas vendo que o assunto era já demasiado pessoal, mudou de conversa, e cuidamos da cidade e das ocorrências do dia.

Pouco depois chegaram d. Cesária e o marido, o dr. Faria, que vinham também visitá-la. A expansão com que d. Cesária falou a Fidélia e lhe deu o beijo da entrada compensou, a meu ver, o dente que lhe meteu há dias em casa do corretor Miranda. Daquela vez, apesar da graça com que falou, não gostei de a ver morder a

viúva; agora tudo está pago. Repito o que lá digo atrás: esta senhora é muito mais graciosa que o marido. Nem precisa muito; ele o mal que diz dos outros di-lo mal, ela é sempre interessante.

D. Cesária pagou tudo. Não é que as palavras que empregou ontem deem muito de si, como louvor e amizade, mas a expressão dos olhos, o ar admirativo e aprovador, um sorriso teimoso, quase constante, tudo isso valia por um capital de afeto. Papel-moeda também é dinheiro. Com ele comprei esta tinta e esta pena, o charuto que estou fumando e o almoço que começo a digerir. As duas senhoras não sofrem comparação entre si, e, para conversar, d. Cesária basta e sobra. Eu conheci na vida algumas dessas pessoas capazes de dar interesse a um tédio e movimento a um defunto; enchem tudo consigo. Fidélia parece ter-lhe simpatia e ouvi-la com prazer. A noite foi boa.

Ia-me esquecendo uma coisa. Fidélia mandou encaixilhar juntas as fotografias do pai e do marido, e pô-las na sala. Não o fez nunca em vida do barão para respeitar os sentimentos deste; agora que a morte os reconciliou, quer reconciliá-los em efígie. Foi ela mesma que me deu esta explicação, quando eu olhava para eles. Não me admira a delicadeza de outrora, nem a resolução de agora; tudo responde à mesma harmonia moral da pessoa.

Quando eu disse isto cá fora ao casal Faria (saímos juntos), o marido torceu o nariz. Não lhe vi o gesto, mas ele proferiu uma palavra que implica o gesto; foi esta: "Afetação!". Quis replicar-lhe que não podia havê-la em ato tão íntimo e particular, mas a tempo encolhi a língua. D. Cesária não aprovou nem reprovou o dito; ponderou apenas que o gás estava muito escuro. Notei para mim que estava claríssimo, e que provavelmente ela não achara mais pronto desvio à conversação. Faria aproveitou o reparo da esposa para dizer o mal que pensa da companhia do gás e do governo, e chamou ladrão ao fiscal. Eram onze horas.

21 de agosto, 5 horas da tarde

Não quero acabar o dia de hoje sem escrever que tenho os olhos cansados, acaso doentes, e não sei se continuarei este diário de fatos, impressões e ideias. Talvez seja melhor parar. Velhice quer descanso. Bastam já as cartas que escrevo em resposta e outras mais, e ainda há poucos dias um trabalho que me encomendaram da Secretaria de Estrangeiros — felizmente acabado.

24 de agosto

Qual!, não posso interromper o *Memorial*; aqui me tenho outra vez com a pena na mão. Em verdade, dá certo gosto deitar ao papel coisas que querem sair da cabeça, por via da memória ou da reflexão. Venhamos novamente à notação dos dias.

Desta vez o que me põe a pena na mão é a sombra da sombra de uma lágrima...

Creio tê-la visto anteontem (22) na pálpebra de Fidélia, referindo-me eu à dissidência do pai e do marido. Não quisera agora lembrar-me dela, nem tê-la visto ou sequer suspeitado. Não gosto de lágrimas, ainda em olhos de mulheres, sejam ou não bonitas; são confissões de fraqueza, e eu nasci com tédio aos fracos. Ao cabo, as mulheres são menos fracas que os homens — ou mais pacientes, mais capazes de

sofrer a dor e a adversidade... Aí está; tinha resolvido não escrever mais, e lá vai uma página com a sombra da sombra de um assunto.

Também, se foi verdadeiramente lágrima, foi tão passageira que, quando dei por ela, já não existia. Tudo é fugaz neste mundo. Se eu não tivesse os olhos adoentados dava-me a compor outro *Ecclesiastes*, à moderna, posto nada deva haver moderno depois daquele livro. Já dizia ele que nada era novo debaixo do sol, e se o não era então, não o foi nem será nunca mais. Tudo é assim contraditório e vago também.

27 de agosto

A alegria do casal Aguiar é coisa manifesta. Marido e mulher andam a inventar ocasiões e maneiras de viver com os dois e com alguns amigos, entre os quais parece que me contam. Jantam, passeiam, e se não projetam bailes é porque os não amam de si mesmos, mas se Fidélia e Tristão os quisessem, estou que eles os dariam. A verdade, porém, é que os dois hóspedes não chegaram a tal ponto, mormente Fidélia que se contenta de conversar e sorrir; não vai a teatros, nem a festas públicas.

Os passeios são recatados pela hora e pelos lugares. Ou vão as duas sós, ou se eles vão também, trocam-se às vezes, dando Aguiar o braço a Fidélia, e d. Carmo aceitando o de Tristão. Assim os encontrei há dias na rua de Ipiranga, eram cinco horas da tarde. Os dois velhos pareciam ter certo orgulho na felicidade. Ela dizia com os olhos e um riso bom que lhe fazia luzir a pontinha dos dentes toda a glória daquele filho que o não era, aquele filho morto e redivivo, e o rapaz era atenção e gosto também. Quanto ao velho não ostentava menos a sua delícia. Fidélia é que não publicava nada; sorria, é certo, mas pouco e cabisbaixa. E lá foram andando, sem darem por mim, que vinha pela calçada oposta.

31 de agosto

Como eu ainda gosto de música! A noite passada, em casa do Aguiar, éramos algumas pessoas... Treze! Só agora, ao contar de memória os presentes, vejo que éramos treze; ninguém deu então por este número, nem na sala, nem à mesa do chá de família. Conversamos de coisas várias, até que Tristão tocou um pouco de Mozart, ao piano, a pedido da madrinha.

A execução veio porque falamos também de música, assunto em que a viúva acompanhou o recém-chegado com tal gosto e discrição, que ele acabou pedindo-lhe que tocasse também. Fidélia recusou modestamente, ele insistiu, d. Carmo reforçou o pedido do afilhado, e assim o marido; Fidélia acabou cedendo, e tocou um pequeno trecho, uma reminiscência de Schumann. Todos gostamos muito. Tristão voltou ainda uma vez ao piano, e pareceram apreciar os talentos um do outro. Eu saí encantado de ambos. A música veio comigo, não querendo que eu dormisse. Cheguei cedo a casa, onze horas, e só perto de uma comecei a conciliar o sono; todo o tempo da rua, da casa e da cama foi consumido em repetir trechos e trechos que ouvira na minha vida.

A música foi sempre uma das minhas inclinações, e, se não fosse temer o poético e acaso o patético, diria que é hoje uma das saudades. Se a tivesse aprendido,

tocaria agora ou comporia, quem sabe? Não me quis dar a ela, por causa do ofício diplomático, e foi um erro. A diplomacia que exerci em minha vida era antes função decorativa que outra coisa; não fiz tratados de comércio nem de limites, não celebrei alianças de guerra; podia acomodar-me às melodias de sala ou de gabinete. Agora vivo do que ouço aos outros.

Há dois ou três meses ouvi dizer a Fidélia que nunca mais tocaria, tendo desde muito suspendido o exercício da música. Repliquei-lhe então que um dia, a sós consigo, tocaria para recordar, e a recordação traria o exercício outra vez. Ontem bastaram as instâncias da gente Aguiar para mover uma vontade já disposta, ao que parece. O exemplo de Tristão ajudou-a a sair do silêncio. Repito que saí de lá encantado de ambos.

Quem sabe se a esta hora (dez e meia da manhã) não estará ela em casa, com espanto da família e da vizinhança, diante do piano aberto, a começar alguma coisa que não toca há muito?

— Não é possível!
— Nhanhã Fidélia!
— A viúva Noronha!
— Há de ser alguma amiga.

E as mãos dela irão falando, pensando, vivendo aquelas notas que a memória humana guarda impressas. Provavelmente tocará como ontem, sem música, de cor, na ponta dos dedos...

Seis horas da tarde

Antes de ir para a mesa, escrevo a confirmação do que conjeturei de manhã; Fidélia efetivamente acordou os ecos da casa e da rua. Contou-me há pouco o próprio desembargador Campos. A diferença é que não foi às dez horas e meia, mas às sete. Campos estava ainda na cama, quando ouviu os primeiros acordes de uma composição conhecida, parece que italiana. Não chegou a crer que fosse ela, mas não podia ser outra pessoa. Um criado, chamado por ele, veio dizer-lhe que sim, que era ela mesma. Tocou algum tempo. Quando ele entrou na sala, tinha acabado, mas estava ainda ao piano, ante um folheto de músicas aberto, a soletrar para si.

— Que é isto? — perguntou-lhe.
— Ouviu tocar? — disse ela fazendo rodar o banco.
— Ouvi.
— Creio que desaprendi alguma coisa; sinto os dedos um pouco tolhidos, já os senti assim ontem, a composição é que me não esqueceu.
— Mas que ressurreição é esta?
— Coisas de defunta — respondeu ela querendo sorrir.

Posto não seja grande apreciador de música, o desembargador parece satisfeito daquela ressurreição, como lhe chama. Tudo é viver com mais ou menos barulho, disse ele. Confessou-me que a tristeza da sobrinha o aflige muita vez, e a não levá-la a bailes ou teatros, contentava-se de a ver tocar em casa, e até cantar se quisesse; Fidélia também sabe cantar, tem muita arte e linda voz. Mas até agora não queria uma coisa nem outra.

Não é que não encha a casa consigo mesma, sem música; a música, porém, era uma das suas ocupações de outrora, e a abstenção data da viuvez.

Quis ponderar ao desembargador que o exercício da música podia conciliar-se muito bem com o estado, uma vez que a arte é também língua, mas tudo isso me passou rápido pela cabeça. Era acaso poético para um magistrado, sem contar que podia ser indiscreto também. Contentei-me de aceitar o convite que ele me fez de ir ouvi-la, em casa dele, hoje, amanhã, depois, quando queira.

— Uma destas noites — concordei.

Por enquanto, vou jantar. Creio que não saio mais hoje; mas que hei de fazer com estes pobres olhos? Ler é piorá-los; ah! se eu soubesse música! Pegava do violino, trancava bem as portas para não ser ouvido da vizinhança, e deixava-me ir atrás do arco. Talvez saia a passeio...

2 de setembro

Aniversário da batalha de Sedan. Talvez vá à casa do desembargador pedir a Fidélia que, em comemoração da vitória prussiana, nos dê um pedaço de Wagner.

3 de setembro

Nem Wagner, nem outro. Tristão estava lá e deu-nos um trecho de *Tannhäuser*, mas a viúva Noronha recusou o pedido. Supondo que fosse luto pela lembrança da derrota francesa, pedi-lhe um autor francês qualquer, antigo ou moderno, posto que a arte — disse-lhe com alguma afetação — naturaliza a todos na mesma pátria superior. Sorriu e não tocou; tinha um pouco de dor de cabeça. Aguiar e Carmo, que lá estavam também, não me acompanharam no pedido, como "se lhes doesse a cabeça da amiga". Outra preciosidade de estilo — esta renovada de Sévigné. Emenda essa língua, velho diplomata!

A razão verdadeira da recusa pode não ser dor de cabeça nem de outra qualquer parte. Quer-me parecer que Fidélia vai um tanto comigo, e tocaria para si, caso estivesse só. Naquela outra noite, em casa do Aguiar, deixou-se arrastar e tocar para as doze pessoas que lá estavam, levada do sobressalto, de um acordar do gosto antigo; agora abana a cabeça, não quer divertir os outros. Tocará para o tio, de manhã, e para si durante as horas de desembargo. Quando muito satisfará os dois pais postiços, alguma vez. Sinal de que não tinha dor de cabeça é que ouviu a Tristão com evidente prazer, e aplaudiu sorrindo. Não digo que a música não tenha o dom de fazer esquecer um mal físico, mas desconfio que não foi assim neste caso.

Os dois conversaram de Wagner e de outros autores, com interesse, e provavelmente com acerto. Eu falei também o meu pouco; depois atendi ao que me disse Aguiar, acerca de Tristão.

— Parece que vem liquidar também alguns negócios do pai; soube hoje por ele mesmo. Deus queira que não acabe tão cedo.

— Deus também ama a chicana, quem sabe?

— Não são negócios do foro; e se algum chegar lá, provavelmente ele deixa procurador aqui. Sabe já que ele vai entrar na Câmara?

— Sei; disse-me que aceitou de alguns chefes de Lisboa elegê-lo deputado.

— Carmo, que queria prendê-lo por um ano ou mais, ficou aborrecida e triste, e eu com ela. Trocamos os nossos aborrecimentos, quero dizer que os somamos, e ficamos com o dobro cada um...

Gostei desta palavra de Aguiar, e decorei-a bem para me não esquecer e escrevê-la aqui. Aquele gerente de banco não perdeu o vício poético. É bom homem; creio que já o escrevi alguma vez, mas lá vai ainda agora. Não perco nada em repeti-lo.

Falávamos a um canto da sala, onde Campos e Tristão foram ter conosco, deixando as duas damas entregues uma à outra. E eu cá de longe fiquei a mirá-las, encantadoras naquela expressão de si mesmas. A harmonia dos cabelos brancos de uma e dos cabelos pretos de outra, as vozes que trocavam baixo sorrindo, com os olhos brandos e amigos, tudo isso me faria perguntar a mim mesmo, por que não eram realmente mãe e filha, esta casada com algum rapaz que a merecesse, e aquela casada ou viúva, não importa; consolar-se-ia do marido perdido com a filha eterna. Toda filha moça é eterna para as mães envelhecidas. Mas ainda uma vez notei que pareciam antes irmãs, tal a arte de d. Carmo em se fazer moça com as moças. A matéria da conversação não sei qual fosse, nem vale a pena cogitá-la; não daria mais interesse ao grupo. De uma vez, demorando-se Fidélia em concertar a posição do broche, d. Carmo substituiu-lhe os dedos pelos seus, e concertou-lha de todo.

4 de setembro

Relendo o dia de ontem fiz comigo uma reflexão que escrevo aqui para me lembrar mais tarde. Quem sabe se aquela afeição de d. Carmo, tão meticulosa e tão serviçal, não acabará fazendo dano à bela Fidélia? A carreira desta, apesar de viúva, é o casamento; está na idade de casar, e pode aparecer alguém que realmente a queira por esposa. Não falo de mim, Deus meu, que apenas tive veleidades sexagenárias; digo alguém de verdade, pessoa que possa e deva amar como a dona merece. Ela, entregue a si mesma, poderia acabar de receber o noivo, e iriam ambos para o altar; mas entregue a d. Carmo, amigas uma da outra, não dará pelo pretendente, e lá se vai embora um destino. Em vez de mãe de família, ficará viúva solitária, porque a amiga velha há de morrer, e a amiga moça acabará de morrer um dia, depois de muitos dias...

A reflexão é verdadeira, por mais que se lhe possa dizer em contrário. Não afirmo que as coisas se passem exatamente assim, e que os três — os quatro, contando o velho Aguiar, — os cinco e seis, juntando o tio e o primo, — não façam com o noivo adventício, uma só família de afeição e de sangue; mas a reflexão é verdadeira. A afeição, o costume, o feitiço crescente, e por fim o tempo, cúmplice de atentados, negarão a bela viúva a qualquer namorado trazido pela natureza e pela sociedade. Assim chegará ela aos trinta anos, depois aos trinta e cinco e quarenta. Quando a esposa Aguiar morrer, não se contentará de a chorar, lembrar-se-á dela, e as saudades irão crescendo com o tempo. O pretendente terá desaparecido ou passado a outras alegrias.

Reli também este dia de hoje, e temo haver-lhe posto (principalmente no fim) alguma nota poética ou romanesca, mas não há disso; antes é tudo prosa, como a realidade possível. Esqueceu-me trazer um elemento para a viuvez definitiva da moça, a própria lembrança do marido. Daqui a cinco anos, ela mandará transferir os ossos do pai para a cova do marido, e os conciliará na terra uma vez que a eternidade os conciliou já. Aqui e ali toda a política se resume em viverem uns com outros, no mesmo que eram, e será para nunca mais.

8 de setembro

Os dois filhos postiços do casal Aguiar não têm ciúmes um do outro, não se sentem diminuídos pela afeição que recebem dos velhos. Ao contrário, parecem achar que a porção de cada um cresce com a que o outro recebe também. Eis aí uma boa divisão de amigos; há casos em que os filhos de verdade não se mostram tão cordatos.

Mana Rita, a quem comuniquei esta impressão, acha também que é assim. Acrescenta, porém, uma reflexão mais fina que essa, e não tenho dúvida em a escrever aqui ao pé da minha, tanto mais que lhe repliquei com outra, não menos fina que a sua. Vá este elogio a nós ambos. Sempre há de haver quem nos desgabe um pouco, e aí fica já a compensação. Nem custa muito elogiar-se a gente a si mesma. Eis o que me disse a mana:

— Esse sentimento há de custar pouco ao Tristão, estando aqui de passagem.

Ao que eu repliquei:

— Também não lhe custará muito a Fidélia, sabendo que ele se vai embora daqui a pouco.

Escritas as palavras de ambos nós, entro a duvidar da finura dela e minha. Por mais rápida que fosse a passagem do rapaz, ele gostaria de se ver exclusivamente querido, e ela também a si. Penso outra vez que a qualidade do afeto filial é que os faz assim generosos e abertos. Repito o que lá disse acima: casos há em que não vivem com tanto acordo filhos verdadeiros.

Rita deu-me outras notícias da casa Aguiar, onde não piso há mais de uma semana, creio. Todas confirmam a comunhão de boa vontade da parte de moços e velhos. Os quatro passam os dias em conversa, e ontem a viúva Noronha tocou piano, um pouquinho, é verdade, mas tocou. Parece que já uma vez jogaram cartas. Rita disse mais:

— Fidélia, que desde que saiu do colégio nunca mais fez trabalhos de agulha, começa agora a imitar a amiga, e já ontem trabalharam juntas. Quando eu lá cheguei às duas horas da tarde e dei com elas, defronte uma da outra, movendo agulhas, você não imagina a alegria com que me receberam; dona Carmo mostrava um pouco de orgulho também, ou coisa parecida. Faziam um par de sapatinhos de criança. O trabalho de Fidélia não tinha a perfeição do da outra, e não estava tão adiantado, mas também o de dona Carmo podia ir mais depressa; talvez fosse intenção dela não deixar a moça muito atrás, e por isso iria demorando os dedos. Quis rir, perguntando a qual delas destinavam tais sapatos, mas não tive tempo; Fidélia disse-me que eram para o filho de uma criada de dona Carmo que fora dar à luz em casa do marido. Dona Carmo ia começar o crochê quando Fidélia lhe apareceu, e quis acompanhá-la. Consentiu para não sair trabalho de velha.

O mais que a mana me disse não vai aqui para não encher papel nem tempo, mas era interessante. Vai só isto, que jantou lá e Fidélia também, a convite de d. Carmo. O velho Aguiar e Tristão tinham saído a passeio, depois do almoço, mas voltaram cedo, às quatro horas. Não viram a parada do dia de ontem (sete), apenas viram passar um batalhão, que não deixou impressão no moço. Todos os batalhões se parecem, disse ele. O hino nacional, sim, é que acordou nele algumas saudades do tempo de criança e de rapaz; assim o confessou, e daí nasceu a conversação musical que levou Fidélia ao piano. A viúva não tocou mais de quatro ou cinco minutos, e fê-lo a pedido de Tristão,

que lhe citou um autor; Rita não se lembra que autor foi, mas achou bonita a música. Também se falou em coisas da Europa, e os dois ajustaram bem os modos de ver.

Ouvi tudo isso em Andaraí, onde fui jantar hoje com Rita. Propus-lhe vir comigo e irmos ao Flamengo, a mana recusou; estava com o sono atrasado, e queria dormir. Voltei só e fui à casa Aguiar, onde os quatro e o desembargador conversaram de festas religiosas, a propósito do dia santo de hoje. Ainda uma vez os dois deram impressões europeias, e realmente ajustaram as reminiscências. As minhas, quando as pediram, ficaram naquele acordo de cabeça, que é útil, quando um assunto cansa ou aborrece, como este a mim.

Quando o tio e a sobrinha se foram, eu fiquei ainda um quarto de hora com a gente Aguiar. O resto amanhã; também eu estou com sono.

9 de setembro

O resto é a notícia de ter chegado Osório, o advogado do Banco do Sul, que foi há tempos ao Recife, onde o pai estava doente e morreu.

— Voltou triste, e o luto ainda o faz mais triste — disse Aguiar.
— Será só a morte do pai? — perguntei.
— Que mais pode ser?
— Não me disseram — ou eu adivinhei que ele andava meio apaixonado por dona Fidélia...?
— Andava, sim, e talvez mais que meio — explicou Aguiar —, mas já lá vai naturalmente.
— Em todo caso, não se lhe declarou?
— Com o gesto, é possível; ela tacitamente recusou, e foi pena; ambos se merecem.

Aguiar louvou as qualidades profissionais do moço, a educação e as virtudes. Acreditei tudo, como era do meu dever, e aliás não tinha razão para duvidar de nada. D. Carmo confirmou as palavras do marido, sem afirmar que era pena não se terem casado. Calou esse ponto, e foi mais discreta que ele. Pode ser que nele falasse também o gerente do banco. Tristão, durante esse tempo, folheava um livro de gravuras.

Digo que eram gravuras, porque me fui despedir dele, que se levantou logo, com grande cortesia; mas de longe pensei que fosse o álbum de retratos. Não era; o álbum estava ao pé, aberto justamente na página em que figuram as duas fotografias de Carmo e do marido. Tristão deixou também aberto o livro das gravuras e veio comigo à porta, acompanhando Aguiar, e ali me despedi de ambos.

9 de setembro, à tarde

Parece que a gente Aguiar me vai pegando o gosto de filhos, ou a saudade deles, que é expressão mais engraçada. Vindo agora pela rua da Glória, dei com sete crianças, meninos e meninas, de vário tamanho, que iam em linha, presas pelas mãos. A idade, o riso e a viveza chamaram-me a atenção, e eu parei na calçada, a fitá-las. Eram tão graciosas todas, e pareciam tão amigas que entrei a rir de gosto. Nisto ficaria a narração, caso chegasse a escrevê-la, se não fosse o dito de uma delas, uma menina, que me viu rir parado, e disse às suas companheiras:

— Olha aquele moço que está rindo para nós.

Esta palavra me mostrou o que são olhos de crianças. A mim, com estes bigodes brancos e cabelos grisalhos, chamaram-me moço! Provavelmente dão este nome à estatura da pessoa, sem lhe pedir certidão de idade.

Deixei andar as crianças e vim fazendo comigo aquela reflexão. Elas foram saltando, parando, puxando-se à direita e à esquerda, rompendo alguma vez a linha e recosendo-a logo. Não sei onde se dispersaram; sei que daí a dez minutos não vi nenhuma delas, mas outras, sós ou em grupos de duas. Algumas destas carregavam trouxas ou cestas, que lhes pesavam à cabeça ou às costas, começando a trabalhar, ao tempo em que as outras não acabavam ainda de rir. Dar-se-á que a não ter carregado nada na meninice devo eu o aspecto de "moço" que as primeiras me acharam agora? Não, não foi isso. A idade dá o mesmo aspecto às coisas; a infância vê naturalmente verde. Também estas, se eu risse, achariam que "aquele moço" ria para elas; mas eu ia sério, pensando, acaso doendo-me de as sentir cansadas; elas, não vendo que os meus cabelos brancos deviam ter-lhes o aspecto de pretos, não diziam coisa nenhuma, foram andando e eu também.

Ao chegar à porta de casa dei com o meu criado José, que disse estar ali à minha espera.

— Para quê?

— Para nada; vim esperar Vossa Excelência cá embaixo.

Era mentira; veio distrair as pernas à rua, ou ver passar criadas vizinhas, também necessitadas de distração; mas, como ele é hábil, engenhoso, cortês, grave, amigo de seu dever — todos os talentos e virtudes —, preferiu mentir nobremente a confessar a verdade. Eu nobremente lho perdoei e fui dormir antes de jantar.

Dormi pouco, uns vinte minutos, apenas o bastante para sonhar que todas as crianças deste mundo, com carga ou sem ela, faziam um grande círculo em volta de mim, e dançavam uma dança tão alegre que quase estourei de riso. Todas falavam "deste moço que ria tanto". Acordei com fome, lavei-me, vesti-me e vim primeiro escrever isto. Agora vou jantar. Depois, irei provavelmente ao Flamengo.

9 de setembro, à noite

Fui ao Flamengo. A viúva não estava lá; estava o Osório, e não o achei triste, como Aguiar havia dito, também não estava alegre; falava pouco. Tristão, que lhe fora apresentado hoje, falava mais que ele, sem falar muito. Noite sem interesse. Voltei cedo e vou dormir.

12 de setembro

Quando cheguei hoje à cidade, eram duas horas, e ia a sair do bonde, chegou-se a ele a bela Fidélia, com o seu gracioso e austero meio-luto de viúva. Vinha de compras, naturalmente. Cumprimentamo-nos, dei-lhe a mão para subir. Perguntou-me pela mana, eu pelo tio, ambos por nós, e ainda houve tempo de trocar esta meia dúzia de palavras. Ela:

— Ainda agora?

— A minha preguiça de aposentado não me permitiu sair mais cedo — disse eu rindo, e afastei-me.

O bonde partiu. Na esquina estava não menos que o dr. Osório sem olhos, porque ela os levava arrastados no bonde em que ia; foi o que concluí da cegueira com que não me viu passar por ele... Ai, requinte de estilo!

Entrei nesta dúvida — se teriam estado juntos na rua ou na loja a que ela veio, ou no banco, ou no inferno, que também é lugar de namorados, é certo que de namorados viciosos, *del mal perverso*. Achei que não, e compreendi que ele, se acaso a cumprimentou na rua, não ousou falar-lhe, apenas a acompanhou de longe, até que a viu meter-se no bonde e partir.

Também achei outra coisa; é que a paixão antiga e recusada não estava morta nele, ou revivia com a vista nova da pessoa. Não era por ser agora a dona rica, já antes era ela herdeira única, e vivia de si mesma. Não, ele é bom, e o próprio Aguiar afirma que os dois se merecem.

Ia nessas conjeturas, em direção à Escola Politécnica, e vi-o passar por mim, cabisbaixo, não sei se triste ou alegre; não pude ver-lhe a cara. Mas parece que a tristeza é que é cabisbaixa, a alegria distribui os olhos felizes à direita e à esquerda; alguma vez ao céu também. É suposição minha, e pode não ser verdade. A verdade certa é que, às duas horas da tarde, aquele advogado andava atrás das moças, em vez de estar no foro; ou mau advogado, ou feliz namorado.

14 de setembro

Nem uma coisa nem outra. Refiro-me ao que escrevi anteontem do Osório, que não é namorado feliz, pelo que me disse Aguiar hoje, nem mau advogado, pelo que li nos jornais. Li que venceu uma demanda do Banco do Sul, e Aguiar não lhe regateou louvores ao zelo com que a pleiteou antes do embarque e depois do desembarque. Eis aí um homem que sabe casar o zelo e a tristeza, e bem pode ser isto um símbolo, se ele é o zelo, e Fidélia a tristeza. Talvez acabem casando. Mas ainda depois da recusa? Tudo é possível debaixo do sol — e a mesma coisa sucederá acima dele —, Deus sabe.

18 de setembro

Venho da gente Aguiar, e não me quero ir deitar sem escrever primeiro o que lá se passou. Cheguei cedo, estavam sós os dois velhos e receberam-me familiarmente.

— Venha o terceiro velho — disse Aguiar —, venha fazer companhia aos dois que aqui ficaram abandonados.

Esta palavra, que podia ser de queixa, foi dita rindo, e percebi pelo tom que era alegre. Foi-me dita quase à porta da sala, onde ele foi ter comigo, ficando ela em uma das duas cadeiras de balanço, unidas e trocadas, em forma de conversadeira, onde costumavam passar as horas solitárias. Respondi que trazia a minha velhice para somar às duas e formar com elas uma só e verde mocidade, das que já não há na terra. Sobre este tema gasto e vulgar disseram também algo de riso, e tais foram os primeiros minutos.

— Talvez não nos encontrasse, se eu não estivesse doente de um joelho — disse d. Carmo.

— Doente?

— Dói-me um pouco este joelho, e o lugar é melindroso para andar. Tristão foi sozinho à casa do desembargador, aonde vão hoje alguns amigos do foro. Aguiar

também queria ir, mas Tristão disse-lhe que era melhor ficar; ele se incumbiria de dar lá todas as desculpas, e foi sozinho.

— Quis que eu ficasse fazendo companhia à madrinha — explicou Aguiar. — Se eu teimo em ir ele era capaz de ficar para a não deixar sozinha.

— Pode ser — disse d. Carmo com os olhos.

Só com os olhos. De boca disse logo depois que talvez ele fosse também, à espera de ver lá moças. É provável que os velhos amigos levem as filhas.

— Mas então é alguma festa? — perguntei.

— Não, conselheiro — acudiu Aguiar —; os amigos são uns três ou quatro que ontem ajustaram entre si lá ir hoje, e avisaram disso o desembargador. Foi o que Fidélia nos contou ontem mesmo, aqui em casa.

E d. Carmo continuou o que ia dizendo antes:

— Alguns levarão as filhas, e é natural a um rapaz o desejo de ver moças. Tristão acha que as suas patrícias são muito graciosas; mais de uma vez o tem dito. Também se não houver lá nenhuma é provável que acabe a visita cedo e torne para casa. Tristão é cada vez mais amigo nosso.

Conhecia este outro tema, e acenei de cabeça que sim. Aguiar disse a mesma coisa. O que ele não disse, nem eu esperei, foi a nota melancólica que a mulher trouxe à conversação, e que eu cuidei de atenuar, como pude.

— Os dias vão correndo — disse ela —, e os últimos correrão mais depressa; brevemente o nosso Tristão volta para Lisboa e nunca mais virá cá, ou só virá para ver as nossas covas.

— Ora, dona Carmo! deixe-se de ideias tristes.

— Carmo tem razão — interveio o marido —; o tempo acabará depressa para que ele se vá, e não ficará às nossas ordens para que fiquemos eternamente na vida.

— Todos nós lá vamos — disse eu. — A morte é outro desembargador, conta muitos amigos que lá passam as noites, e os que têm filhas levam as filhas. Isto é certo, mas o melhor é não pensar nela.

— Não é nela, é nele — emendou d. Carmo —; falo do nosso Tristão, que se irá brevemente.

Sorri e disse:

— *Ele* se irá, creio, mas ficará *ela*.

Acentuei bem os pronomes, e não seria preciso; Carmo entendeu-me logo e bem. O ar de riso que se lhe espraiou do rosto mostrou que entendera a alusão à bela Fidélia. Era uma consolação grande. Não obstante, a consolação só cabe ao que dói, e a dor da perda de um já não seria menor que o prazer da conservação da outra. Logo vi essas duas expressões no rosto da boa senhora, combinadas em uma só e única, espécie de meio luto. Aguiar também sentiria como a mulher, mas o ofício de banqueiro obriga e acostuma a dissimular. E talvez ainda não falassem entre si do próximo regresso do Tristão; felicidade rima com eternidade, e estes eram felizes.

Eram felizes, e foi o marido que primeiro arrolou as qualidades novas de Tristão. A mulher deixou-se ir no mesmo serviço, e eu tive de os ouvir com aquela complacência, que é uma qualidade minha, e não das novas. Quase que a trouxe da escola, se não foi do berço. Contava minha mãe que eu raro chorava por mama; apenas fazia uma cara feia e implorativa. Na escola não briguei com ninguém, ouvia o mestre, ouvia os companheiros, e se alguma vez estes eram extremados e discu-

tiam, eu fazia da minha alma um compasso, que abria as pontas aos dois extremos. Eles acabavam esmurrando-se e amando-me.

Não quero elogiar-me... Onde estava eu? Ah! no ponto em que os dois velhos diziam das qualidades do moço. Não mentiam; quando muito, podiam exagerar alguma, mas as que citavam deviam ser verdadeiras; bom, carinhoso, atento, justo, puro de sentimentos, índole pacífica, maneiras educadas, capaz de sacrifícios, se fosse necessário. Não o tinham achado mau nem falho, quando ele chegou; agora, porém, as qualidades antigas estavam apuradas, e algumas novas apareciam. Ainda que eu discordasse deles não diria nada para os não aborrecer, mas que sabia eu que pudesse contrariar essa opinião de amigos? Nada; concordei com ambos.

D. Carmo entendeu acaso que o assunto podia ser enfadonho a estranhos, e trocou as mãos à conversa. Não totalmente, é verdade; falou da casa do desembargador Campos e do que iria por lá. Eu (habilmente, confesso), querendo saber o estado do coração de Osório, perguntei se ele não estaria lá também, ele, que também é do foro. Aguiar disse logo que podia ser que sim; conforme. Sobre isto falamos um pouco, e as qualidades do advogado foram ainda honradas, mas não eram tantas, nem tamanhas como as de Tristão. Falavam com simpatia. Aguiar mais que d. Carmo; eram relações propriamente do banco e do foro.

— Mas não haverá ainda nele alguma faísca antiga? — perguntei.

— Pode ser, e será mais uma razão para fugir — concluiu ele.

Não quis dizer o que vira na rua, e aliás a conclusão dele não era errada. D. Carmo escutava agora sem falar, embora com interesse. A discrição daquela senhora é das mais completas que tenho achado na vida. Não quis ela entrar em tal assunto, e o marido não tardou muito que o deixasse. Eu não retive a um nem a outro.

Assim é o destino dos namorados sem ventura; os próprios amigos, como Aguiar parece que é de Osório, tratam logo de outra coisa. Eles que se fiquem consigo. Nós passamos a tratar de algumas notícias de sociedade e das últimas notícias novelescas de Paris. Neste capítulo d. Carmo sabe mais que eu, e muito mais que o marido, que não sabe nada; mas Aguiar acompanhou a conversação como se soubesse alguma coisa. Ele compra-lhe os livros, que ela lê e resume para ele ouvir. Como a memória dele é grande, cita também as narrações escritas, com a diferença que ela, tendo impressão direta, a análise que faz é mais viva e interessante. Ouvi-lhe dizer de alguns nomes contemporâneos muita coisa fina e própria. É claro que, se o marido escrevesse também, achá-lo-ia melhor que ninguém, porque ela o ama deveras, tanto ou mais que no primeiro dia; é a impressão que ainda hoje me deixou.

Eu, para lhes ser agradável — e um pouco a mim mesmo, porque os queria gozar também —, voltei ao assunto principal para ambos, que não seria Fidélia só, nem só Tristão, mas os dois juntos.

— Digam-me, se eles fossem irmãos e seus filhos, não seria melhor que apenas amigos e estranhos um ao outro?

Era a primeira vez que lhes dizia uma coisa destas, e o interesse foi tamanho que eles pegaram do assunto para dizer coisas interessantíssimas. Não as escrevo por ser tarde, mas cá me ficam de memória. Digo só que, quando saí, d. Carmo, apesar do joelho doente, e por mais que eu quisesse detê-la veio comigo à porta da sala. Aguiar acompanhou-me até à porta do jardim, enquanto ela veio à janela, donde se despedia ainda uma vez.

— Olhe o sereno, boa noite — disse-lhe eu cá de baixo.

— Boa noite.

D. Carmo entrou. Aguiar e eu apertamos a mão um do outro. Indo a sair, lembrou-me falar do cão ali sepultado. Não lhe falei logo, dei três ou quatro investidas, mas tão rápidas que, se gastei um minuto, foi o mais; nem tanto. Aguiar ouviu-me espantado e constrangido.

— Quem lhe contou isso?

— O doutor Tristão.

Não lhe quis citar o Campos, que também me falou do animal. Aguiar confessou calando, depois falando, mas não falou muito. Confirmou que tiveram muita amizade ao bicho, e referiu-me os padecimentos que a doença e a morte deste produziram na mulher. Não disse os seus, mas também os tivera; olhou uma vez para o lado da parede, e depois de uma pausa:

— Tristão riu-se naturalmente do nosso carinho?

— Ao contrário, falou-me com muito louvor; tem bom coração aquele rapaz.

— Muito bom.

Apesar de não ser dado a melancolias, nem achar que o ofício de banqueiro vá com tais lástimas, separei-me dele com simpatia. Vim pela rua da Princesa, pensando nele e nela, sem me dar de um cão que, ouvindo os meus passos na rua, latia de dentro de uma chácara. Não faltam cães atrás da gente, uns feios, outros bonitos, e todos impertinentes. Perto da rua do Catete, o latido ia diminuindo, e então pareceu-me que me mandava este recado: "Meu amigo, não lhe importe saber o motivo que me inspira este discurso; late-se como se morre, tudo é ofício de cães, e o cão do casal Aguiar latia também outrora; agora esquece, que é ofício de defunto".

Pareceu-me este dizer tão sutil e tão espevitado que preferi atribuí-lo a algum cão que latisse dentro do meu próprio cérebro. Quando eu era moço e andava pela Europa ouvi dizer de certa cantora que era um elefante que engolira um rouxinol. Creio que falavam da Alboni, grande e grossa de corpo, e voz deliciosa. Pois eu terei engolido um cão filósofo, e o mérito do discurso será todo dele. Quem sabe lá o que me haverá dado algum dia o meu cozinheiro? Nem era novo para mim este comparar de vozes vivas com vozes defuntas.

20 de setembro

Aquele dia 18 de setembro (anteontem) há de ficar-me na memória, mais fixo e mais claro que outros, por causa da noite que passamos os três velhos. Talvez não escrevesse tudo nem tão bem; mas bastou-me relê-lo ontem e hoje para sentir que o escrito me acordou lembranças vivas e interessantes, a boa velha, o bom velho, a lembrança dos dois filhos postiços... Continuo a dar-lhes este nome, por não achar melhor... Principalmente aquela felicidade média ou turva de pessoas que vão perder um de dois bens do céu, essa expressão que vi em d. Carmo mais forte ainda que no Aguiar...

21 de setembro

Ao sair hoje de casa, vi passar na rua, do lado oposto, a irmã do corretor Miranda, d. Cesária, tão risonha que parecia falar mal de mim, mas não falava, ia só — ou falava de mim consigo; mas só consigo não teria tanto prazer. Cumprimentamo-nos e seguimos.

22 de setembro

... encantadora Fidélia! Não escrevo isto porque a deseje, mas porque é assim mesmo: encantadora! Pois não é que esta criatura de Deus, encontrando-se comigo de manhã, veio agradecer-me a companhia que fiz aos seus amigos do Flamengo, na noite de 18?

— Não tive merecimento nisso; fui lá, achei-os sós, passei a noite.

— Isso mesmo. Dona Carmo disse-me que, se não foi uma noite cheia, foi só por lhe faltarmos o doutor Tristão e eu, mas que, ainda assim, o senhor teve o dom de nos fazer esquecer.

Sorri incredulamente, depois expliquei o caso, dizendo que, se os fiz esquecer, foi por serem eles o próprio assunto da conversação...

— Isso é que ela não me disse — interrompeu Fidélia espantada.

— Nem dirá; nem lho pergunte. O melhor é crer que eu, com os meus cabelos brancos, ajudei a encher o tempo. A senhora não sabe o que podem dizer três velhos juntos, se alguma vez sentiram e pensaram alguma coisa.

— Sei, sei, já tenho visto e ouvido os três.

— Mas nessas ocasiões a senhora dá outra nota recente e viva à conversação.

Era verdade e era cumprimento; Fidélia sorriu agradecida e despediu-se. Eu — aqui o digo ante Deus e o Diabo, se também este senhor me vê a encher o meu caderno de lembranças —, eu deixei-me ir atrás dela. Não era curiosidade, menos ainda outra coisa, era puro gosto estético. Tinha graça andando; era o que lá disse acima: encantadora. Não fazia crer que o sabia, mas devia sabê-lo. Ainda não encontrei encantadora que o não soubesse. A simples suposição de o ser tenta persuadir que o é.

No largo de São Francisco estava um carro dela, perto da igreja. Íamos da rua do Ouvidor, a dez passos de distância ou pouco mais. Parei na esquina, vi-a caminhar, parar, falar ao cocheiro, entrar no carro, que partiu logo pela travessa, naturalmente para os lados de Botafogo. Quando ia a voltar, dei com o moço Tristão, que ainda olhava para o carro, no meio do largo, como se a tivesse visto entrar. Ele vinha agora para a rua do Ouvidor, e também me viu; detive-me à espera. Tristão trazia os olhos deslumbrados, e esta palavra na boca:

— Grande talento!

Percebi que se referia ao talento musical, e nem por isso fiquei menos espantado; quase me esqueceu concordar com ele. Concordei de gesto e de palavra, sem entender nada. Também eu gosto de música, e sinto não tocar alguma coisa para me aliviar da solidão; entretanto, se fosse ele, e apesar de todos os Schumanns e seus êmulos, ao vê-la parar no largo de São Francisco e entrar no carro, não soltaria a mesma exclamação, antes outra, igualmente estética, é verdade, mas de uma estética visual, não auditiva. Não entendi logo.

Depois, quando nos separamos na esquina da rua da Quitanda, entrei a cogitar se ele, ao dar comigo, compôs aquela palavra para o fim de mostrar que, mais que tudo, admira nela a arte musical. Pode ser isto; há nele muita compostura e alguma dissimulação. Não quis parecer admirador de pés bonitos; referiu-se aos dedos hábeis. Tudo vinha a dar na mesma pessoa.

30 de setembro

Se eu estivesse a escrever uma novela, riscaria as páginas do dia 12 e do dia 22 deste mês. Uma novela não permitiria aquela paridade de sucessos. Em ambos esses dias — que então chamaria capítulos — encontrei na rua a viúva Noronha, trocamos algumas palavras, vi-a entrar no bonde ou no carro, e partir; logo dei com dois sujeitos que pareciam admirá-la. Riscaria os dois capítulos, ou os faria muito diversos um de outro; em todo caso diminuiria a verdade exata, que aqui me parece mais útil que na obra de imaginação.

Já lá vão muitas páginas falei das simetrias que há na vida, citando os casos de Osório e de Fidélia, ambos com os pais doentes fora daqui, e daqui saindo para eles, cada um por sua parte. Tudo isso repugna às composições imaginadas, que pedem variedade e até contradição nos termos. A vida, entretanto, é assim mesmo, uma repetição de atos e meneios, como nas recepções, comidas, visitas e outros folgares; nos trabalhos é a mesma coisa. Os sucessos, por mais que o acaso os teça e devolva, saem muita vez iguais no tempo e nas circunstâncias; assim a história, assim o resto.

Dou estas satisfações a mim mesmo, a fim de mencionar o meu joelho doente, tal qual o de d. Carmo. Outra paridade de situações... Há duas diferenças. A primeira é que nela o mal é puro e confessado reumatismo. Em mim também, mas o meu criado José chama-lhe nevralgia, ou por mais elegante ou por menos doloroso; é um dos seus modos de amar o patrão. A segunda diferença...

A segunda diferença — ai, Deus! a segunda diferença é que, ainda que lhe doa muito o joelho, d. Carmo lá tem o marido e os dois filhos postiços. Eu tenho a mulher embaixo do chão de Viena e nenhum dos meus filhos saiu do berço do Nada. Estou só, totalmente só. Os rumores de fora, carros, bestas, gentes, campainhas e assobios, nada disto vive para mim. Quando muito o meu relógio de parede, batendo as horas, parece falar alguma coisa — mas fala tarde, pouco e fúnebre. Eu mesmo, relendo estas últimas linhas, pareço-me um coveiro.

Mana Rita não me veio visitar, porque não sabe nada, e provavelmente não tem saído; sei que está boa. O meu mal começou há sete dias. Durmo bem às noites, mas não me faz bem andar, dói-me. Amanhã, se não acordar pior, saio.

2 de outubro

Estou melhor, mas choveu e não saí.

3 de outubro

— Foi um duelo entre mim e a velhice, que me disparou esta bala no joelho; uma dor reumática. Já sei que vem jantar comigo?

O desembargador respondeu que não; disseram-lhe que eu estava doente e vinha saber o que era. D. Carmo também está melhor do joelho, disse-me. Já sai, mas pouco, pela praia do Flamengo, até à do Russel.

— Sempre com a amiguinha, não?

— Nem sempre; lá tem o seu Tristão que a acompanha de manhã. Fidélia manda-lhe visitas, e pode ser que Aguiar venha cá hoje; souberam ontem, à noite, como eu.

Logo depois contou-me Campos que a sobrinha queria ir passar algum tempo à fazenda.

— Os libertos, apesar da amizade que lhe têm ou dizem ter, começaram a deixar o trabalho, e ela quer ver como está aquilo antes de concluir a venda de tudo.

Não entendi bem, mas não me cabia pedir explicação. Campos incumbiu-se de me dizer que também ele não entendia bem a ideia da sobrinha, e acrescentou que, por gosto, ela partiria já. A doença de d. Carmo é que a fez aceitar o que lhe propôs o tio, a saber, que adiassem a viagem para as férias.

— Iremos pelas férias — concluiu ele —; provavelmente já o trabalho estará parado de todo; o administrador, que não tem tido força para deter a saída dos libertos até hoje, não a terá até então. Fidélia cuida que a presença dela bastará para suspender o abandono.

— Logo, se for mais depressa... — aventurei eu, querendo sorrir.

— Foi o argumento dela; eu creio que não será tanto assim, e, como tenho de a acompanhar, prefiro dezembro a outubro. Quer-me parecer que ela teme menos a fuga dos libertos que outra coisa...

Não acabou; levantou-se para consertar um laço da cortina, e voltou coçando o queixo e olhando para o teto. Sentou-se e cruzou as pernas. Eu, para me não deixar ir a perguntas, peguei do gesto do desembargador, dizendo-lhe que ele acabava de fazer com as pernas o que ainda me custaria um pouco; mas foi como se falasse à cortina, ao laço ou à palhinha do chão. Campos não me respondeu nem provavelmente me ouviu. Ergueu-se, disse que estimava as minhas melhoras e despediu-se até breve. Teimei que jantasse.

— Não posso; tenho gente de fora; o Tristão janta comigo.

Para lhe mostrar que convalescia, fui ao patamar pisando rijo. Agradeci-lhe o obséquio da visita, e tornei à sala, com a viúva diante dos olhos, caminho da fazenda. Mas que terá que a faça ir meter-se na fazenda, com meia dúzia de libertos, se ainda achar alguns? Pouco depois, outra visita, o Aguiar, que me trazia lembranças da mulher. Estimou ver-me de pé, no meio da sala.

— Não valia a pena — disse-lhe —; foi uma coisa de nada, estou quase bom, e hoje mesmo, se a chuva parar, como está querendo, lá vou levá-lo à casa, depois do jantar. Janta comigo?

— Não posso; tenho gente de fora. Uma das pessoas não me impediria, é a Fidélia, que lá janta conosco, e é quase da família. Mas vai também um colega do banco.

— Pois irei tomar chá.

— Vá, se quer, mas não faça isso, é o meu conselho. Ainda que não chova, sempre haverá umidade, e para reumatismo...

— Mas dona Carmo tem saído, creio.

— Tem, e pode-se dizer que está boa. Apesar disso, já hoje não saiu, por causa do tempo. Vá, se quer; eu no seu caso não saía.

Aguiar não disse mais nada, e despediu-se. Pareceu-me (ou foi ilusão) que ele queria acrescentar alguma coisa e não acabou de querer. Não sei que seria. Não sentisse eu mesmo algum medo da umidade e iria vê-los à noite, mas a umidade é certa, e creio que a chuva também. Fico em casa. Se aparecer algum enxadrista, jogarei xadrez; se apenas jogar cartas, cartas. Se não vier ninguém, atiro-me a compor um poema de cabeça.

6 de outubro

Mana Rita, mana Rita
Foi a última visita,

e o resto do poema em prosa, que a minha musa não dá para mais. Foi assim que o compus, não na outra noite, a de 3, mas na de hoje, 6, depois de levar a mana a Andaraí. Apareceu-me aqui de manhã. Já outros, amigos e até indiferentes, me tinham visitado, como aquele dr. Faria, que me deixou lembranças da mulher, e o corretor Miranda, que também mas trouxe da sua. Tristão esteve cá anteontem, eu saí à tarde e ontem de manhã. Estou bom, nem por isso deixei de lhe chamar ingrata. Rita confessou-me que há mais de três semanas não sai de casa para ver se tinha um irmão que se lembrasse dela.

— Tinha e tem — retorqui-lhe —, mas um irmão que só agora convalesceu de todo.

Contei-lhe a dor e a reclusão. Rita, que a princípio não queria crer e ria, acabou convencida e contristada. Censurou-me naturalmente; eu disse-lhe que continuava a guardá-la para a doença mortal e última. Assim trocamos muitas palavras amigas e doces, algumas alegres. Como lhe perguntasse se estivera com a gente Aguiar ou com a família Campos, respondeu-me que não. Se fosse a uma daquelas casas teria sabido do meu incômodo, e não receberia a notícia aqui, acrescentou.

— Então você não sabe nada do projeto de ir à fazenda? — perguntei-lhe.

— Projeto de quem?

— Da viúva Noronha.

— Ir à fazenda?

— Sim, ir a Santa-Pia, para ver como andam lá as coisas; parece que os libertos estão abandonando a roça. Foi o que me disse o tio da viúva.

— Não ouvi dizer nada. Há perto de um mês que não saio de casa. Mas o tio por que não vai?

— O tio vai, mas é com ela; a sobrinha quer a companhia dele, mas só a companhia, parece, não quererá também a colaboração. Vão pelas férias. Eu não compreendo essa necessidade de ir ela mesma, quando era melhor um homem.

Rita quis ir saber da própria Fidélia. Ponderei-lhe que era indiscreto, e faria crer da nossa parte alguma curiosidade. Saiu a voltas, e tornou. Confesso uma coisa;

depois que a vi sair, imaginei se teria ido saber da viúva ou dos amigos a verdadeira causa da viagem, e disse-lho ao jantar. Ela ficou séria e abanou a cabeça. Se me tem jurado que não, é provável que me enterrasse o espinho da dúvida, mas falou com simplicidade, e nomeou as visitas que fez. Uma delas foi a d. Carmo:

— Carmo está sã como um pero — disse-me —; recebeu-me rindo como só ela sabe rir, um rir de dentro, tão simples, tão franco... Falamos de Fidélia, falamos de Tristão, ela com a ternura e amizade que você já lhe tem visto.

— Ainda não sabe da viagem à fazenda?

— Sabe, e parece que nem esperam as férias; é daqui a dias. Sabe da viagem e do motivo, e aprova; diz que a viúva tem muito prestígio entre os libertos. Se pudesse iria também, mas Aguiar não ficaria só, e ele não pode deixar agora o banco.

— Mas ele não ficaria só; o Tristão aí está.

— Não, por duas razões; a primeira é que Tristão nem ninguém supre a boa Carmo. A viagem que ela fez este ano a Nova Friburgo custou muito ao marido. Não foi ela que me disse isto; eu é que soube, e percebe-se, todos sabem; Aguiar sem Carmo é nada. A segunda razão é que o próprio Tristão está com vontade de acompanhar o desembargador e Fidélia; nunca viu uma fazenda, e tem vontade, antes de voltar para Lisboa...

— E a nossa amiga, diante desse eclipse dos dois, não está aborrecida?

— Foi o que lhe perguntei; disse-me que é por poucos dias, e espera; em todo caso, se houver demora dos outros, Tristão virá embora. Quer passar com ela e o marido o mais tempo que puder.

Mana Rita (percebe-se) está com vontade de achar algum defeito grande no afilhado do Aguiar, mas não acha nenhum, grande ou pequeno, e pesa-lho. O bem que diz dele é repetição confessada do que ouviu. Eu não penso mal, antes bem, creio que já o escrevi em algumas destas páginas; mas não disse bem nem mal. Deixei-me ficar a condenar o meu pobre jantar, que foi ruim, só o frango prestou e a fruta, menos as peras...

Ao café, mana Rita contou-me algumas anedotas de Andaraí, aonde a fui levar, seriam dez horas e donde voltei para escrever isto, acabar e repetir como principiei:

Mana Rita, mana Rita
Foi a última visita.

10 de outubro

Entendam lá mulheres! Tanta necessidade de ir à fazenda e já. Campos alcança uma licença de alguns dias, Tristão apronta a mala, e, tudo feito, cessa a necessidade de partir. Foram só o Campos e o Tristão. Tal a notícia que me deram as duas (Carmo e Fidélia) hoje, à tarde, quando eu ia a entrar no jardim da casa do Flamengo. As duas vinham chegando ao portão.

— Não fui — confirmou Fidélia as primeiras palavras de d. Carmo. — Um homem basta e sobra, e acaba depressa todas as dúvidas. Também as notícias agora são melhores.

— Lucram os seus amigos — retorqui.

D. Carmo disse o mesmo que eu, mas sem palavras, com os olhos apenas, grandes e derramados. Como iam a passeio, dispus-me a acompanhá-las, depois de algumas notícias que trocamos, d. Carmo e eu, sobre os nossos reumatismos; estamos bons. As duas iam de braço, eu ao lado, entre elas e o mar, que não batia com força. A conversação não foi constante, porque a viúva levava os olhos no chão. A amiga falava-me, mas olhava de quando em quando para ela, e eu também. Fidélia falava pouco, e só então olhava para a outra.

O passeio foi curto; tornei com elas ao jardim, aonde pouco depois chegou Aguiar trazendo cartas de Lisboa para Tristão, três ou quatro. Conhecia a letra de uma, era do pai, e provavelmente havia dentro outra da mãe, tão volumosa era. A ideia de as mandar para Santa-Pia passara-lhe pela cabeça, mas recuou por não saber se o rapaz voltará amanhã ou depois, ou se ficará mais tempo. Se voltar já, espera; se ficar, manda-lhas. Queria consultar a mulher.

D. Carmo achou mais prático escrever-lhe um bilhete perguntando quando conta vir, para lhe mandar ou não a correspondência. Fidélia não sabia nada da volta do tio. Acha provável que fique alguns dias mais para dar as últimas providências e coligir as notas necessárias à venda da casa e das terras; ia vendê-las, por intermédio do Banco do Sul, mas nem ela nem Aguiar sabiam nada positivamente.

Eu, convidado a opinar, disse que o rapaz, sabendo de correspondência numerosa e presumindo alguma dela política, pediria logo a remessa, se não viesse abri-la em pessoa. A segunda hipótese não foi mal acolhida pela madrinha; pareceu-lhe certa. Ao cabo, que faria ele lá depois de ver a fazenda? A fazenda naturalmente via-se depressa, não tendo ele nenhuma coisa de recordação pessoal, ou costume velho que reviver. Assim disse eu, ou por outras palavras, e os dois concordaram comigo. Como perguntasse a Fidélia se não sentiria saudades da casa em que nasceu e se criou, respondeu-me que sim, mas já não terá gosto em lá viver.

— Aquilo agora é para mãos de homem — concluiu.

Estas palavras foram ouvidas por d. Carmo, com vivo prazer. Aguiar provavelmente teria a mesma sensação, mas saíra à calçada para falar a um vizinho, e não as ouviu. Quando voltou, achou que me despedia das duas senhoras, e nem por isso deixou de me pedir que ficasse e jantasse. Recusei, e saí. Andando, ouvi que ele dizia à mulher e à amiga:

— Quem sabe o que trarão essas cartas?

Em caminho, arrependi-me de não ter ficado para jantar. Ouviria o *grande talento* que arrancou a voz exclamativa ao Tristão. Não seria novo para mim, mas seria mais uma vez, conquanto pareça que ela anda a recusar-se agora ao piano. É verdade que talvez os dois a vão levar à noite a Botafogo. Também pode ser que ela durma ali hoje, em casa dos pais postiços.

12 de outubro

Aguiar e d. Carmo foram ontem levar a amiga a Botafogo, e voltaram cedo. Assim o soube hoje por ele, à porta do Banco, onde me achava a conversar com o corretor Miranda. Nenhuma notícia de Tristão, mas o bilhete do padrinho já está no correio, e segue hoje mesmo para Santa-Pia.

Que as asas postais o levem, digo eu aqui neste cantinho de papel, sem advertir no rebuscado da imagem. Advirto agora, e não a risco nem substituo; asas

postais servem, uma vez que vão ter à fazenda e não percam o bilhete em caminho. Quer-me parecer que também eu estou curioso de saber o que trazem as tais cartas de Lisboa, curioso apenas, e aliás não admira que desta vez são numerosas e bastas; escrevem-se geralmente pouco. Seja o que for, os dois velhos estão ansiosos de saber se o mandam voltar de cá. Não o dizem, mas vê-se.

Miranda continuou a dizer das saudades que a mulher, a cunhada Cesária, o cunhado Faria, toda a casa dele tem de mim — coisas que ouvi agradecido, prometendo ir devolvê-las em pessoa um dia destes. Em suma, o corretor não é mau homem, e já me serviu uma vez em negócio do seu ofício. Usa a nota alegre, sem juvenilidade, e acha grande interesse em coisas que nenhum têm.

13 de outubro

Campos escreveu à sobrinha, referindo-lhe o estado da fazenda, e contando os passeios que deu por ela com o moço Tristão. Este é curioso e discreto no exame das coisas que vê e nas notícias que pede. Lá está o capelão, e mais o juiz municipal. A carta é anterior ao bilhete do Aguiar, não fala nele, mas diz que Tristão não se demorará muito; conta vir daqui a dias.

D. Carmo espera que os dias serão abreviados logo que ele receba o bilhete do marido. Não mo disse a mim, quando lá estive ontem, à noite, nem o ouvi a ninguém; eu é que pensei haver-lho lido no rosto. A carta do desembargador foi-lhe levada pela própria Fidélia, que lá estava ontem, e desta vez tocou piano, não sei se tão bem como Tristão, mas bem; os dois podiam tocar juntos. Éramos apenas cinco; o estudante primo de Fidélia viera trazê-la e tornou com ela para Botafogo, às dez horas.

17 de outubro

Chegou Tristão. Ignoro o que terá lido nas cartas de Lisboa, não falei a nenhuma das pessoas que poderiam sabê-lo. Irei ao Flamengo um dia destes, amanhã.

Hoje conto não sair de casa, que faço anos. Chego aos meus sessenta e... Não escrevas todo o algarismo, querido velho; basta que o saiba teu coração e vá sendo contado pelo Tempo no livro de lucros e perdas. Não escrevas tudo, querido amigo.

Não saio de casa. Se a mana Rita vier jantar, como fez o ano passado, irei levá-la à noite a Andaraí. Se não vier, deixo-me ficar sozinho.

Vou ocupar o tempo em reler uns papéis velhos que o meu criado José achou dentro de uma velha mala e me trouxe agora. A cara dele tinha a expressão de prazer que dá o serviço inesperado; aquele gosto de descobrir papéis que podem ser importantes fazia-o risonho, olhos escancarados, quase comovido.

— Vossa Excelência talvez os procure há muito tempo.

Eram cartas, apontamentos, minutas, contas, um inferno de lembranças que era melhor não se terem achado. Que perdia eu sem elas? Já não curava delas; provavelmente não me fariam falta. Agora estou entre estes dois extremos — ou lê-las primeiro, ou queimá-las já. Inclino-me ao segundo. Ante mim continuava o meu José com a mesma expressão de gosto que lhe deu o achado. Naturalmente agradecia à sua boa Fortuna que lho deparou; contará que é mais um elo que nos prenda. Talvez a ideia que o levou à mala fosse a esperança de algum valor extraviado, uma

joia, por exemplo, ou ainda menos, uma camisa, um colete, um lenço, e sendo assim o silêncio era muito possível. Achou papéis velhos, veio fielmente entregar-mos.

Não lhe quero mal por isso. Não lho quis no dia em que descobri que ele me levava dos coletes, ao escová-los, dois ou três tostões por dia. Foi há dois meses, e possivelmente já o faria antes, desde que entrou cá em casa. Não me zanguei com ele; tratei de acautelar os níqueis, isso sim; mas, para que não se creia descoberto, lá deixo alguns, uma vez ou outra, que ele pontualmente diminui; não me vendo zangar é provável que me chame nomes feios, descuidado, tonto, papalvo que seja... Não lhe quero mal do furto nem dos nomes. Ele serve bem e gosta de mim; podia levar mais e chamar-me pior.

Resolvo mandar queimar os papéis, ainda que dê grande mágoa ao José que imaginou haver achado recordações grandes e saudades. Poderia dizer-lhe que a gente traz na cabeça outros papéis velhos que não ardem nunca, nem se perdem por malas antigas; não me entenderia.

17 de outubro, duas horas

Começo a receber cartões de visita pelo dia de hoje, entre eles os do casal Aguiar e do Tristão, e um de Fidélia. A viúva escreveu estas palavras: *cumprimentos de boa amizade*. Agora me lembra que no dia 12, quando a encontrei no Flamengo, em casa do Aguiar, usei desta expressão "boa amizade", como a mais doce que podia desejar dela; foi um modo de concluir o elogio discreto que lhe fazia, apoiando a outro que d. Carmo lhe fazia também. Daí este cumprimento de hoje. O bilhete de Tristão traz a fórmula admirativa, os dos Aguiares afeto e apreço. Rita não me escreveu; certamente virá jantar.

Meia-noite

Veio, veio, Rita veio jantar com a alegria do costume, e examinou todas as cartas e cartões de cumprimentos. Explicou-me que estivera ontem no Flamengo, onde dera notícia do meu aniversário; daí as cortesias de hoje.

Ouvindo isto, não me pude ter que lhe não falasse das cartas que aguardavam o Tristão. Disse-me que sabia delas; eram dos pais e de amigos políticos. Entre as primeiras vinha uma para d. Carmo, com um *post-scriptum* para o marido. Depois de alguma hesitação, perguntei-lhe se instavam pela volta dele.

Os pais não, respondeu-me Rita; os amigos não sei, apenas ouvi de d. Carmo que eles falam muito da política de lá. E dizia-me isto um pouco aborrecida, como receosa, e ela teme já a separação; entretanto, é a coisa mais natural do mundo.

— Tristão não disse nada?

— Que eu ouvisse, nada. Passei lá uma boa meia hora de conversa, e o principal assunto foi a visita de Tristão a Santa-Pia, que ele achou interessante como documento de costumes. Gostou de ver a varanda, a senzala antiga, a cisterna, a plantação, o sino. Chegou a desenhar algumas coisas. Fidélia ouvia tudo com muito interesse, e perguntava também, e ele lhe respondia.

— Ela vai sempre vender a fazenda?

— Não ouvi falar disso.

— Vai, vai vendê-la. Ao menos, era plano há tempos, e o desembargador lá ficou para cuidar de apontamentos. Ele quando vem?

— Ouvi dizer que daqui a oito ou sete dias; duas semanas, quando muito.

— Fidélia jantou com eles, naturalmente?

— Não. Quando eu saí às quatro horas, Carmo pediu-me que ficasse. Tendo de fazer outra visita, recusei. Fidélia disse então que aproveitava a minha companhia. A outra instou com ela que jantasse, mas a amiga alegou que era esperada em casa e não podia; voltaria hoje ou amanhã. Carmo e Tristão acompanharam-nos à porta do jardim. Eu e Fidélia viemos andando, e, ao chegar à esquina da rua da Princesa, não me lembrou logo voltar a cabeça. Fidélia lembrou-se, eu imitei-a, e os dois parados na calçada diziam-nos adeus com a mão.

Rita contou-me que foi até Botafogo com a viúva Noronha. De caminho falaram pouco, ou antes Fidélia é que não falou muito; ia preocupada. Apesar disso, mostrou-se o que sempre foi, afável, quase meiga; pareceu interessar-se pela vida de Rita, confessou saudades, sentia que se não vissem mais vezes, e pediu desculpa de não ir, há muito, a Andaraí. Se as palavras eram poucas, não eram secas, ao contrário.

Naturalmente falaram de d. Carmo e de Aguiar; também disseram alguma coisa de Tristão, concordaram que parecia amigo dos padrinhos.

Perto da casa do tio, Fidélia entrou em uma fábrica de flores para encomendar as que levará no dia 2 de novembro à sepultura do marido. Rita, que aliás não pensara ainda nisso, deixou de encomendar as suas; fá-lo-á quando o dia dos mortos estiver mais próximo, e trá-las-á consigo da cidade. Referiu-me as encomendas da viúva, a escolha, as exigências, o número de grinaldas, três, e a composição das cores que teriam; não quis deixar nada ao fabricante.

Ouvi todas essas minúcias e ainda outras com interesse. Sempre me sucedeu apreciar a maneira por que os caracteres se exprimem e se compõem, e muita vez não me desgosta o arranjo dos próprios fatos. Gosto de ver e antever, e também de concluir. Esta Fidélia foge a alguma coisa, se não foge a si mesma. Querendo dizer isto a Rita, usei do conselho antigo, dei sete voltas à língua, primeiro que falasse, e não falei nada; a mana podia entornar o caldo. Também pode ser que me engane.

Não escrevo o resto. Quando ela acabou e contou o regresso, perguntei-lhe por que não viera ontem jantar comigo. Respondeu-me que, tendo de vir hoje, não queria ser convidada de véspera. Ri-me e fomos para a mesa, que estava posta. Ao centro um ramo de flores, ideia dela, que o mandou trazer às escondidas, e, como eu lhe perguntasse se eram das que Fidélia encomendara, riu-se também. Agradeci-lhe a lembrança, exprimindo-lhe todo o meu afeto, comemos alegremente, recordando anedotas da infância e da família.

18 de outubro

Ao levantar da cama, a primeira ideia que me acudiu foi aquela que escrevi ontem, à meia-noite: "Esta moça (Fidélia) foge a alguma coisa, se não foge a si mesma".

22 de outubro

Fidélia não voltou ao Flamengo, apesar da promessa que d. Carmo lhe fez fazer. D. Carmo fora achá-la a pintar; Fidélia lembrara-se de haver pintado em menina, e começara um trecho do jardim da própria casa. Prometeu voltar ao Flamengo no dia seguinte, e não foi.

Tristão, ao saber do motivo da ausência, advertiu que a viúva Noronha podia ter em pintura talento igual ao da música, e não sei se lho chamou grande; não mo disse. Que ele mesmo é que me referiu o que aí fica, e mais o que vou incluir nesta página antes que me esqueça. Tinha vindo almoçar comigo.

— Venho almoçar, conselheiro; voltando agora do meu passeio, lembrou-me subir e perguntar por Vossa Excelência. O seu criado disse-me que ia almoçar; ouso pedir-lhe um lugar à mesa.

— Um, dois, três, doutor — acudi eu —, quantos a sua amizade pedir para o seu apetite.

Deu-me notícias da gente Aguiar; estão bons; falou-me dos seus e das cartas políticas de Lisboa. Já as leu ao padrinho e à madrinha. Uma só delas alude ao desejo de o ver tornar breve: "esperamos que não se demorará muito no Rio de Janeiro".

— E demora-se muito? — perguntei-lhe.

— Não sei, mas é natural que pouco; a política chama-me.

Ao almoço é que Tristão me contou a história da tela que a viúva está pintando, da promessa que fez à amiga e não cumpriu. E disse-me depois:

— Se ela sabe pintar pareceu-me que, melhor quadro que o seu jardim, é um trecho marinho do Flamengo, por exemplo, com a serra ao longe, a entrada da barra, alguma das ilhas, uma lancha etc. A madrinha concordou logo, e foi propor à amiga a troca do quadro. Agradou-lhe este outro, prometeu vir ao Flamengo desenhá-lo, e não veio.

— É que está namorada do seu jardim. Geralmente os artistas sentem melhor as próprias imaginações. Ela ainda saberá pintar, como diz que pintou em menina?

— A madrinha viu-lhe apenas algumas linhas de desenho, e pareceram-lhe boas.

Concordamos que deviam ser boas. Uma coisa traz outra, falamos das graças da viúva, da compostura, da discrição, da memória das viagens, do gosto, dos gestos e creio que dos olhos também. Eu, com certeza, falei dos olhos, e agora me lembra que ele disse serem juntamente lindos e graves. Opinião ou diversão, acrescentou que os olhos das suas antigas patrícias eram em geral belos, e falou compridamente de outras damas; assim não parecia louvar somente a viúva Noronha. Achei isto bem, como equidade e como estética. No meio da conversação tive uma ideia; disse-lhe que d. Carmo, que lhes queria tanto, em vez de propor à amiga a simples tela da praia, devia propor-lha com alguma figura humana. A dele ficaria bem para lhe lembrar, quando ele partisse, a pessoa do filho pintada pela filha. Tristão ouviu sorrindo isto que lhe disse; depois repetiu, como quem pensava:

— A pessoa do filho pintada pela filha...

Não ponho aqui o sorriso porque foi uma mistura de desejo, de esperança e de saudade, e eu não sei descrever nem pintar. Mas foi, foi isso mesmo que aí digo, se as três palavras podem dar ideia da mistura, ou se a mistura não era ainda maior. Daí

saltamos às galerias de arte da Europa, e falamos do que sabíamos. Quando demos por nós, tínhamos acabado de almoçar. Ofereci-lhe charutos e o meu coração. Quero dizer que lhe pedi viesse muitas vezes dar-me aquela hora deliciosa. Retorquiu-me que dá-la não, mas tomá-la para si. Era a volta do cumprimento, e com graça.

Despediu-se e saiu. Quis sair logo, mas vim primeiro escrever isto, para que me não esqueça, como lá digo atrás. E agora que o escrevi confirmo a impressão que me deixou o rapaz, e foi boa, como a princípio. Talvez ele tenha alguma dissimulação, além de outros defeitos de sociedade, mas neste mundo a imperfeição é coisa precisa. Pronto; vou sair, e amanhã ou depois irei saber da paisagem ou da marinha da bela Fidélia.

28 de outubro

Nem marinha nem paisagem, não soube de nada. Fidélia não tem aparecido no Flamengo, e escreveu hoje à velha amiga um bilhete de desculpas; está tomando as contas ao tio, que voltou ontem da fazenda. Não me lembra se já escrevi que o Banco do Sul é que fará a transferência de Santa-Pia.

D. Carmo, a pretexto do estilo, deu-me o bilhete a ler. Tem graça, decerto, mas o verdadeiro motivo é a ternura que ela sente em ler a amiga e fazê-la ler aos outros. Depois que lho restituí, leu-o outra vez para si. Já devia trazê-lo de cor. Em meio disto achou modo de aprovar a minha ideia do filho pintado pela filha, ouvida ao Tristão.

— Hei de dizê-la a Fidélia.

Tristão não estava presente; fora jantar com o seu ministro. Francamente, era mais fácil à moça prometer que pintar a marinha. O que a boa Carmo disse que faria penso que o não fará; não irá propor à viúva que venha copiar a figura do afilhado na marinha do Flamengo. A familiaridade que haja porventura entre eles não se ajustará muito a esta ação de arte, incômoda ou não sei que diga...

Suspendo aqui a pena para ir dormir, e escreverei amanhã o resto da noite.

29 de outubro

O resto da noite foi passado em casa do Faria. Eram anos dele e estive lá mais tempo do que contava. Havia gente e alegria, algum canto e piano, e também conversa.

Faria, apesar do dia e da festa, ria mal, ria sério, ria aborrecido, não acho forma de dizer que exprima com exação a verdade. É um desses homens nascidos para enfadar, todo arestas, todo secura. A mulher, d. Cesária, estava alegre e tinha a pilhéria do costume. Não disse mal de ninguém por falta de tempo, não de matéria, creio; tudo é matéria a línguas agudas. A maneira por que aprovava alguma coisa era quase sarcástica, e difícil de entender a quem não tivesse a prática e o gosto destas criaturas, como eu, velho maldizente que sou também. Ou serei o contrário, quem sabe? No primeiro dia de chuva implicante hei de fazer a análise de mim mesmo.

Quando saí de lá, Faria agradeceu-me, com o seu prazer nasal e surdo — assim defino as palavras que lhe ouvi, acompanhadas de um fugaz sorriso de cárcere.

1º de novembro

Este é o dia de todos os santos; amanhã é o de todos os mortos. A Igreja andou bem marcando uma data para comemorar os que se foram. No tumulto da vida e suas seduções, fique um dia para eles... A reticência que aí deixo exprime o esforço que fiz para acabar esta página em melancolia; não posso, nunca pude. Tristezas não são comigo. Entretanto, em rapaz — quando fiz versos, nunca os fiz senão tristíssimos. As lágrimas que verti então — pretas, porque a tinta era preta — podiam encher este mundo, vale delas.

2 de novembro

Mana Rita foi hoje ao cemitério levar flores aos nossos.

— Você não imagina; acordei às cinco e meia para me vestir e estar cedo em São João Batista. Cheguei às oito e pouco; achei muita gente, não tanta, porém, como há de ser logo à tarde. Não vim buscar você, porque sei que não iria.

— Pois eu fui à missa na Glória.

— A igreja é perto.

— Talvez fosse ao cemitério. Muitas sepulturas bonitas?

— Bastantes; entre elas a do marido de Fidélia. As coroas e flores que ela encomendou há dias lá estavam bem dispostas e faziam grande efeito; parece que o desembargador mandou também o seu ramo; estava escrito numa fita.

— Vocês falaram-se?

— Não; ela já tinha saído.

— Como sabe você que ela é que foi levar as flores e coroas?

— Adivinha-se pela disposição.

— Sim?

— Decerto, mano. A disposição, o arranjo, a combinação, tudo era de mulher. Há dessas coisas que mão de homem não faz; mão de homem é pesada ou trapalhona, e mais se é de desembargador, como ele. Por exemplo, o nome do marido, o nome próprio só, não todo, estava cercado de perpétuas; isto é coisa que só uma senhora inventa e faz. As outras flores, rosas e papoulas, distribuíam-se com tal simetria que pediu tempo e gosto. Um homem chegava ali, pegava das flores e espalhava-as à toa.

— Admira que você a não visse.

— É que foi muito cedo.

— Mas num dia como o de hoje, tendo tanta coisa que arranjar. Daquela vez que a encontramos era mais tarde.

— Era, mas o dia era outro; hoje havia muita gente, não quis que a vissem, é o que foi.

Mana Rita desenvolveu esta ideia, que achei aceitável; depois falou de outros jazigos. Como dos jazigos passamos ao ministério e a d. Cesária não me lembra, mas falamos dele e dela com interesse, e a mana com graça. Tinham estado juntas as duas, ontem à tarde; Rita desculpara-se de não ter ido lá no dia 28. Contou-me parte do que lhe ouviu acerca de duas pessoas que lá estiveram...

— Que lá estiveram?

— Parece que sim.

E entrou a repetir uma série de anedotas e ditos, que ouvi durante uns dez minutos, com atenção. A maledicência não é tão mau costume como parece. Um espírito vadio ou vazio, ou ambas estas coisas acha nela útil emprego. E depois, a intenção de mostrar que outros não prestam para nada, se nem sempre é fundada, muita vez o é, e basta que o seja alguma vez para justificar as outras. Disse isto a Rita por palavras graciosas, que ela reprovou e deitou à conta do meu sarcasmo.

9 de novembro

A marinha interrompeu a paisagem, ou de todo a pôs de lado. Fidélia consentiu em ir pintar um trecho da praia do Flamengo, não sei se com Tristão ou sem ele. Aguiar, que me deu a notícia, limitou-se a dizer que ela já começou a tela com muito gosto.

— Vá lá amanhã, conselheiro, entre uma e duas horas.

11 de novembro

Não fui ontem, fui hoje ver a marinha. Achei Fidélia no jardim, junto da casa, com o pincel e a palheta nas mãos, os olhos no mar e na tela, em pé. Ao lado, sentada, estava d. Carmo, com o seu riso bom e maternal. Viu-me à porta do jardim, e fez um gesto convidando-me a entrar; entrei.

— Venha — disse ela —, ande ver a minha artista.

Fidélia pareceu vexada com estas palavras, e estendeu-me a mão, já livre do pincel, dizendo:

— Não olhe, não olhe que não presta.

Olhei, prestava. Está ainda em começo, e não será obra-prima; a polidez obrigava-me a achá-la excelente, e disse-lho, com um gesto de admiração; mas, em verdade, presta. O fundo, serra e céu, faz bom efeito; a água creio que terá movimento e boa cor. Faltava Tristão; não vi nem sombra do "filho pintado pela filha". Posto não estranhasse a ausência, lembrou-me insinuá-la. Disse-lhe que podia pôr na praia a figura da boa amiga, que ali estava a acompanhá-la com os seus dois olhos amigos. Esta ia a dizer alguma coisa, mas Fidélia replicou:

— Não me atrevi, por não conhecer bem a arte de figura; no colégio pintava flores e paisagens, algum pedaço de mar ou de céu. Se não fosse isso, tirava o retrato de dona Carmo.

D. Carmo confirmou:

— Eu pedi-lhe que pintasse Tristão neste quadro, e ela respondeu-me a mesma coisa.

Aceitei a razão, aceitei uma cadeira vaga que ali estava, e pedi à viúva que continuasse a obra. Queria vê-la pintar. Na Europa tinha assistido ao trabalho de alguns artistas homens; era a primeira vez que uma senhora pintava diante de mim. Fidélia dispôs-se e continuou. Após alguns minutos os três falávamos de várias coisas. A viúva estava em toda a graça do costume, sem nenhum ar petulante que porventura pudesse tirar do exercício; pintava modestamente. Alguma vez interrompia o trabalho, ou para ouvir melhor, ou para dizer mais longo — e logo tornava ao pincel e à tela.

Ao cabo de alguns minutos cuidava eu de sair, quando vi aparecer à porta da casa nada menos que Tristão. A porta é larga, dá para um saguão, donde se comu-

nica para cima por dois pequenos lanços de degraus, teto baixo. Tristão vinha de concluir a correspondência que vai mandar para o correio, segundo soube logo depois, e tornava ao lugar em que estivera, ao pé das duas. Mandou vir cadeira; a que eu ocupava era a que ele ocupava antes, e não havia outra. Talvez estes pormenores não tenham valor, mas cabem aqui para o fim de acentuar bem que Tristão estava com elas antes da minha chegada, e para lembrar que antes de vir a cadeira me consultou acerca da pintura; respondi o que cumpria.

— Não é? — disse ele, contente do meu apoio.

E acrescentou algumas palavras de louvor, cálidas, sinceras decerto, que a viúva apreciou consigo naturalmente; não as contestou, também não sorriu como sucede quando a gente aprova interiormente uma coisa que lhe vai bem com a alma. Ouviu pintando, recuando ou chegando, e deitando os olhos para longe. Quando os encaminhou para ele (já então sentado) não esperou que Tristão afastasse os seus; encontrou-os e deixou-os ficar onde estavam, indo continuar a marinha com tanta atenção que era como se nós outros não falássemos de nada, e nós falávamos de muita coisa, ele acaso menos, para ver melhor a pintura.

Aquele silêncio de Fidélia, em contraste com a palestra de pouco antes, pareceu-me indicar que ela considerava a obra em atraso. Também podia ser que o amor da arte a retivesse agora mais que a princípio, e a convidasse a pintar exclusivamente. A causa secreta de um ato escapa muita vez a olhos agudos, e muito mais aos meus que perderam com a idade a natural agudeza; mas creio que seria uma daquelas, e não há razão para descrer que fossem ambas sucessivamente.

Quem parecia contente de tudo, palavras e silêncios, era a dona da casa. Posto me desse a principal atenção, não o fazia em maneira que esquecesse a tela e os filhos. Mirava a tela e falava aos filhos com a ternura velha que já estou cansado de notar, e talvez a ternura fosse agora maior que de outras vezes; pelo menos, trazia certo alvoroço como de alma que soletra uma felicidade nova ou inesperada; não digo tudo para me não arriscar a engano.

A verdade é que eu, que pensara em sair, fui ficando, ficando, até que a viúva Noronha suspendeu o trabalho; tinha passado quase uma hora. Confessou que estava cansada, e cuidou de recolher os pincéis e cobrir a pintura, ajudada nisso pelo moço Tristão, que o fazia com a mesma graça que ela, e um desejo de bem servir, que é a alma da polidez. Eu, além de velho, não podia deixar a boa Carmo, que só os ajudou com os olhos, e ajudou-os bem; iam de um para outro, não só alegres, mas ainda interrogativos. Eles acabaram tudo e vieram sentar-se diante de nós, um cheio de riso, outra não cheia, mas tocada apenas do seu, que era igualmente agradecido e bom.

A minha presença era já longa, e, apesar das relações que há entre nós, começaria a parecer indiscreta. Era tempo de sair; quis sair e ficar a um tempo, coisa impossível; vivi assim alguns instantes de impulsos contrários. Tristão podia resolver esta minha luta interior cantando alguma coisa que me obrigasse a ouvi-lo, mas estava então ocupado em dizer finezas à artista, à viúva, à irmã, a todas aquelas três pessoas consubstanciadas na mesma dama encantadora. Fidélia sorria com recato e atenção, e respondia também. Despedi-me, e achei (se não foi engano) que d. Carmo estimou a minha saída para se dar inteiramente aos dois filhos. Certo é, porém, que os três me falaram com apreço e cortesia. Vim por aí fora pensando neles.

12 de novembro

Fiz mal em não pôr aqui ontem o que trouxe de lá comigo. Creio que Tristão anda namorado de Fidélia. No meu tempo de rapaz dizia-se *mordido*; era mais enérgico, mas menos gracioso, e não tinha a espiritualidade da outra expressão, que é clássica. Namoro é banal, dá ideia de uma ocupação de vadios ou sensuais, mas namorado é bonito. "Ala de namorados" era a daqueles cavaleiros antigos que se bateram por amor das damas... Ó tempos!

A minha impressão é que ele anda ou começa a andar namorado da viúva. Outra impressão que também não escrevi é que a madrinha parece perceber o mesmo, e tira daí certo alvoroço. Quando lá for agora hei de abrir todas as velas à minha sagacidade, a ver se confirmo ou desminto estas duas impressões. Pode ser engano, mas pode ser verdade.

Hoje, que não saio, vou glosar este mote. Acudo assim à necessidade de falar comigo, já que o não posso fazer com outros; é o meu mal. A índole e a vida me deram o gosto e o costume de conversar. A diplomacia me ensinou a aturar com paciência uma infinidade de sujeitos intoleráveis que este mundo nutre para os seus propósitos secretos. A aposentação me restituiu a mim mesmo; mas lá vem dia em que, não saindo de casa e cansado de ler, sou obrigado a falar, e, não podendo falar só, escrevo...

13 de novembro

Aguiar veio a mim, e disse:
— Já sei que gostou da marinha.
— Gostei muito. Está adiantada?
— Está.
— A artista não tem parado?
— Não; vai lá todos os dias e pinta com amor.
— Com amor? Essa é a corda principal dela. Não sei se já lhe disse que o que me encanta na afeição que ela tem aos senhores, e particularmente a dona Carmo, é o toque de subordinação graciosa, que lhe dá totalmente um ar de filha. É isso, é a obediência discreta e pontual com que ela acode aos desejos dos seus pais de coração.
— Diz bem, conselheiro.

Estávamos no Tesouro, aonde fomos por negócios, e saímos dali a pé, caminho do Rossio, a pegar um bonde, mas não pegamos nada. A conversação foi o melhor veículo; é desses que têm as rodas surdas e rápidas, e fazem andar sem solavancos. Viemos descendo, a continuar o assunto, e a dizer coisas interessantes; eu, pelo menos, porque ele vivia mais nos olhos e nos ouvidos que na boca. Ouvia com atenção, e alguma vez com desatenção; no segundo caso, era todo olhos, mas tão alongados, que esqueciam a rua e o companheiro.

Uma das confidências que me fez merece ser posta aqui. Para me dar razão no que lhe disse da subordinação graciosa da viúva, referiu-me que as duas costumavam ir à missa, ao domingo, na matriz da Glória; a viúva vinha sempre acompanhar d. Carmo ao Flamengo, donde tornava logo para Botafogo, se não almoçava com eles.
— Carmo, para a não obrigar a vir tão longe, ia algum domingo ouvir missa a Botafogo, mas Fidélia vinha quase sempre à Glória.

— E agora já não vem?

— Agora Carmo é que não vai a uma nem a outra parte, ou só raro. A minha pobre mulher anda cansada; lá tem o seu livro, com as suas rezas marcadas. Ao domingo, à mesma hora, antes de catar notícias nas gazetas, pega em si e no livro, e acompanha a missa toda. Eu, que já sei a hora, não a perturbo nunca; se me acontece por acaso entrar no gabinete onde ela tem o seu altarzinho e o seu Cristo, recuo a tempo, mas não lhe arranco os olhos da página; é como se não entrasse ninguém. Acaba, beija a imagem e torna ao mundo. Não sai de casa sem a beijar primeiro, como um pedido de proteção, nem volta sem fazer o mesmo, ainda vestida e de chapéu, como a dar graças. O mesmo ao deitar e ao levantar.

Como esses, referiu Aguiar outros hábitos caseiros da consorte, que ouvi com agrado. Não seriam grandemente interessantes, mas eu tenho a alma feita em maneira que dou apreço ao mínimo, uma vez que seja sincero. Não diria isto a ninguém cara a cara, mas a ti, papel, a ti que me recebes com paciência, e alguma vez com satisfação, a ti, amigo velho, a ti digo e direi, ainda que me custe, e não me custa nada. Creio que outras damas leiam também a missa em casa, ou por fadiga, ou por doença, ou por estar chovendo, e há sempre que louvar em pessoa que respeita os seus elos espirituais. Só me aborrece a que os enfia ao modo de colar para dar melhor vista ao pescoço. Tal não é aquela boa senhora do Flamengo. A piedade dessa estende-se à memória da mãe e do pai, à saudade das amigas, e (ainda que me canse repeti-lo) à amizade dos seus dois filhos de empréstimo.

20 de novembro

Já lá voltei três vezes. Achei sempre d. Carmo, Fidélia e Tristão. Da terceira vez Aguiar chegou mais cedo, e assistiu às últimas pinceladas.

Creio que sim; creio que o moço admira menos a tela que a pintora, ou mais a pintora que a tela, à escolha. Uma ou outra hipótese, é já certo que está namorado. Chegou ao ponto de esquecer-nos e ficar preso dela, embebido nela, levado por ela. Eu, com a arte que o Diabo me deu, divido a atenção entre a mãe e os dois filhos para concertar a cortesia e a curiosidade, e ambas saem satisfeitas do meu gesto.

Quando escrevi há dias (duas ou três vezes) que "a moça Fidélia foge a alguma coisa, se não foge a si mesma", tinha em mira o afastamento em que ela vinha estando da casa da amiga. Ei-la que continua a lá ir, e a se deixar ver do irmão que a amiga lhe deu. Ou não lhe quer fugir — ou (coisa mais grave) não quer fugir a si mesma. Mas ainda não vi nada claro; parece antes perdoar.

30 de novembro

Tristão convidou-me a subir às Paineiras, amanhã; aceitei e vou.

Há dez dias não escrevo nada. Não é doença ou achaque de qualquer espécie, nem preguiça. Também não é falta de matéria, ao contrário. Nestes dez dias soube que novas cartas chamam Tristão à Europa, agora formalmente, ainda que sem instância; há eleições próximas. Tristão resolveu não ir já, antes do princípio do ano, mas não pode deixar de ir. Tais foram as novidades que me deram no Flamengo e fora dali. Fora ouvi-as da boca da graciosa Cesária, que me disse com melancolia:

— Ele gosta da Fidélia, mas é claro que lhe prefere a política.

Era a melancolia do prazer recôndito, ou como se deva dizer para explicar um achado gostoso que a gente precisa disfarçar em tristeza. Havia naquela palavra tal ou qual condenação do moço, mas só aparente; o sentido verdadeiro era o gosto de ver a dama preterida. Para encobri-lo bem, d. Cesária disse todo o mal que pensa do rapaz, e não é pouco. A graça foi a mesma de seu uso, as lembranças agudas, as maneiras elegantes. Ri-me naturalmente, negando ou calando. Dentro de mim achei que a opinião era injusta, mas talvez este meu conceito seja filho da afeição que vou tendo ao moço. Ela cresce-me, com a vista e a prática dos seus dotes, e naturalmente com a afeição e a confiança que me tem, ou parece ter. Seja o que for, a verdade é que não o defendi de todo, mas só em parte, e a graciosa dama apelou para o meu gosto, o equilíbrio do meu espírito, o longo conhecimento que tenho dos homens... Todas as grandes qualidades deste mundo.

1º de dezembro

Volto espantado das Paineiras. Lá fui hoje com Tristão. No fim do almoço, acima da cidade e do mar, ouvi-lhe nem mais nem menos que a confissão do amor que dedica à formosa Fidélia. Uso os seus próprios termos: dedica à formosa Fidélia. O verbo não é vivo, mas pode ser elegante, e em todo caso, exprime a unidade do destino. As teses escolares dedicam-se a pais, a parentes, a amigos; o amor é tese para uma só pessoa.

Novidade não era, a confissão é que me espantou, e provavelmente ele leu esse efeito em mim. Não lhe respondi logo, salvo por um gesto de aquiescência, preciso em tais casos, não se devendo duvidar nunca da boa escolha, ao contrário.

— Não disse isto a ninguém, conselheiro, nem à madrinha nem ao padrinho. Se lho faço aqui é que não ouso fazê-lo àqueles dois, e não tenho terceira pessoa a quem o diga. Di-lo-ia a sua irmã, se me atrevesse a tanto; mas apesar do bom trato, não lhe acho franqueza igual à sua. Parece-lhe que o meu coração escolhe bem?

— Pergunta ociosa, doutor; basta amar para escolher bem. Ao Diabo que fosse era sempre boa escolha.

— Essa é a regra, sei; mas no caso particular daquela senhora não acha que é admirável?

— Acho.

— Também assim penso; independentemente da cegueira que me daria a paixão, vejo claro que a escolha é perfeita. Já tivemos ocasião de falar nela, e combinamos no parecer. Digo-lhe até que foi esse o motivo que me levou a confessar-me hoje. Lembra-se que há algum tempo, em sua casa, almoçando...? Concordamos em achar-lhe todas as prendas morais e físicas. Compreendi que me aprovaria, e resolvi falar-lhe acerca deste sentimento e seus efeitos.

— A resposta estava dada, como diz; não há consulta nova.

— Há; ainda lhe não disse tudo.

— Pois diga o resto. Disponho-me a ouvi-lo, como se eu mesmo fosse rapaz. Gosta dela há muito tempo?

— Logo que cheguei comecei a gostar dela.

— Não reparei.

— Nem ela, nem eu também. Senti que lhe achava alguma coisa, mas a austeridade de viúva e a minha próxima volta não deixavam entender bem o que era.

Poderia ser dessas preferências que se dão a mulheres, não havendo plano nem possibilidade de as receber na vida. Além dessa *coisa*, gostava de a ouvir falar, de lhe comunicar ideias e observações, e todas as nossas conversas eram interessantes. Os seus modos, aquele gesto de acordo manso e calado, tudo me prendia. Um dia entrei a pensar nela com tal insistência que desconfiei. Recorda-se quando resolvi ir à fazenda de Santa-Pia com ela e o tio?

— Recordo-me.

— Era já a dificuldade de ficar aqui sem ela, não sabia por quanto tempo; e depois contava que na roça, mais a sós, chegaria a fazer-lhe sentir tudo o que me pesava e dispô-la a ouvir-me. Resolução perdida; ela não foi e eu tive de acompanhar o desembargador sozinho; pouco depois voltei...

— Lembra-me.

Tristão deteve-se naquele ponto e estendeu os olhos abaixo e ao longo. Um criado veio servir-nos café, enquanto dois grandes pássaros negros cortavam o ar, um atrás do outro. Podia ser um casal, ele que a perseguia, ela que negava. Então eu, para sorrir da confidência, sugeri a ideia de que a bela Fidélia estivesse a fazer o mesmo gesto da ave fugitiva; talvez já gostasse dele. Não me retrucou sim, nem não, mas a expressão do rosto era negativa, e eu, para não perder o resto, perguntei-lhe:

— Quem lhe diz que não, doutor?

A curiosidade ia-me fazendo deslizar da discrição, e acaso da compostura; nem só a curiosidade, um pouco de temperamento também. Tem-se visto muito rapaz falar de damas amadas, e muita viúva sair da viuvez ou ficar nela. Naquele caso os dois personagens davam interesse especial à aventura. Cá me acordava a afirmação de mana Rita. Que Fidélia não casa. Que não casará nunca. A situação de ambos, a vida que chama Tristão para fora daqui, a morte que prende a viúva à terra e às saudades, tudo somava o interesse da aventura, não contando que a esses motivos de separação, eu próprio ia-me a outros de união possível dos dois.

Tristão não se deixou rogar muito; desfiou vários dos seus enganos e desenganos. Custou-lhe a princípio, mas, dito um caso, vieram outros, e com pouco sabia eu que aparências iludiram as suas esperanças, e que desilusões as mataram. Agora crê deveras o pior.

Não lhe dei as minhas razões contrárias; podiam não ser mais que aparências. Também não aludi às suspeitas que atribuo à madrinha e ao padrinho; eles podem enganar-se como eu. Ao demais — e é o principal —, isso viria dando ao meu papel aspecto menos grave do que convinha. Basta que já aquela conversação lhe fosse deitando as manguinhas de fora — e a mim também; no fim dos charutos, estávamos quase como dois estudantes do primeiro ano e do primeiro namoro, ainda que com outro estilo.

Creio que, ao descer, vinha arrependido ou vexado da confissão; trocou de assunto, conversamos de coisas alheias, do trem e da estrada, do mato e do morro, e cá embaixo um pouco da política de ambos os países.

2 de dezembro

Uma observação. Como é que Tristão foi tão franco ontem nas Paineiras, e tão cauteloso naquele dia do largo de São Francisco, onde dei com ele embebido a ver en-

trar a moça no carro? "Grande talento!", exclamou então, o talento de pianista, que ela não levava nas saias. E já então gostava dela, pelo que lhe ouvi ontem, visto que começou a querer-lhe pouco depois de chegado. A razão é que só agora a paixão subiu tão alto; isso, e a confiança que lhe inspiro. Não se pôde conter, é o que foi.

3 de dezembro

Aires amigo, confessa que ouvindo ao moço Tristão a dor de não ser amado, sentiste tal ou qual prazer, que aliás não foi longo nem se repetiu. Tu não a queres para ti, mas terias algum desgosto em a saber apaixonada dele; explica-te se podes; não podes. Logo depois entraste em ti mesmo, e viste que nenhuma lei divina impede a felicidade de ambos, se ambos a quiserem ter juntos. A questão é querê-lo, e ela parece que o não quer.

5 de dezembro

A marinha está quase pronta. Mana Rita veio encantada da tela, da autora e da dona, porque Fidélia destina a obra a d. Carmo. Esteve só com as duas amigas; não achou lá Tristão nem Aguiar, e conversaram as três longamente, até que a viúva se despediu e tornou para Botafogo, apesar de instada para jantar no Flamengo; não podia e partiu antes de cair a tarde.

Rita ficou e ainda bem que ficou, porque ouviu a d. Carmo a notícia do amor de Tristão, com um acréscimo que aqui vai para ligar ao que escrevi nestes últimos dias. Esse acréscimo é nada menos que o desejo de d. Carmo é de os ver casados.

— Digo isto só à senhora e peço-lhe que não conte a ninguém — acabou d. Carmo —, eu gostaria de os ver casados, não só porque se merecem, como pela amizade que lhes tenho e que eles me pagam do mesmo modo.

Rita achou que d. Carmo dizia verdade, e achou mais que, casando-os, teria assim um meio de prender o filho aqui. A mana é dessas pessoas que não podem reter o que pensam e confiou logo o achado à amiga. D. Carmo sorriu com expressão de acordo; e foi o que pensou e me disse a própria Rita. Também assim me pareceu, mas eu quis deitar a minha gota de fel do costume, e disse:

— Talvez a terceira razão seja a principal, se não foi única.

Rita acudiu que não. Única não era, não podia ser. Eu, por maldade e riso, teimei que sim, mas dentro de mim acabei concordando com ela. As três razões podiam combinar-se bem naquela senhora. A última, quando muito, daria maior alma às duas primeiras: era natural. Não tardaria a perder o filho postiço, que se vai embora, e a filha de empréstimo pode vir a amar outro e casar, e ainda que não saia daqui, seguirá outra família. Unidos os dois aqui, amados aqui, tê-los-ia ela abraçados ao próprio peito, e eles a ajudariam a morrer. Resumo assim o que pensei e agora confirmo, acrescentando que o confiei também à mana.

— O que eu disse há pouco foi por gracejo; acho que você tem razão. E parece-lhe que ela alcance o que deseja?

— Não afirmo nem nego, mas já me parece difícil; aqui está por quê. Tristão e Aguiar chegaram pouco antes da hora de jantar, e jantamos. Aguiar indagou da pintura, d. Carmo respondeu-lhe, ele ouviu com interesse, e creio que ele e ela olharam

alguma vez para o afilhado; Tristão não dizia nada; parecia até não atender ao que eles diziam.

— Talvez fingisse.

— No fim do jantar, antes do café, Tristão declarou aos padrinhos que talvez parta antes do fim do ano...

— Antes?

— Antes.

— E eles não sabiam?

— Parece que não, porque ficaram desconsolados, e o jantar acabou triste.

— Mas como é que ele não dissera isso ao padrinho, vindo com ele de fora?

— Não vieram juntos; Tristão chegou depois do Aguiar. Pensávamos até que jantasse fora de casa. Foi assim; no fim deu notícia da partida. Contou que uma carta atrasada... mas não mostrou a carta; terá mostrado depois que saí de lá.

Pensei comigo, e expliquei:

— Mana, pode ser até que não haja carta nenhuma; ele foge-lhe, não tem esperanças, quer ir quanto antes. Já isso de chegar tarde a casa prova que não quer encontrar a viúva; é o que é. Os dois velhos não procuraram dissuadi-lo da resolução?

— A princípio não disseram nada; ficaram acabrunhados. Depois o Aguiar entrou a dizer alguma coisa, que dona Carmo ouviu e apoiou apenas com os olhos; estava triste, e para me não deixar só, falava comigo; eu respondia apertando-lhe os dedos com piedade sincera. Olhe, mano, até eu cuidei de pedir ao rapaz que se demorasse mais tempo. Ele agradeceu a minha intervenção com um sorriso também triste, mas declarou que não podia; pedem-lhe muito que volte.

— Bem — disse eu rindo —, você mostrou aí que se compadeceu da amiga dona Carmo, mas você esquece agora neste mês de dezembro a aposta que fez comigo no princípio de janeiro. Não se lembra do que me disse no cemitério? Não apostou que a viúva Noronha não tornaria a casar? Como é que pediu hoje ao Tristão que ficasse — com o pensamento íntimo de o ver casar com ela?

Concluí pegando-lhe no queixo e levantando-lhe o rosto para mim, que estava de pé. A mana confessou a contradição e explicou-a. Antes de tudo, o seu pensamento era poupar a tristeza da amiga; seriam alguns dias ou semanas mais que passariam juntos, eles e o afilhado. Mas bem podia ser também que Fidélia, aconselhada por eles, acabasse desposando Tristão; as circunstâncias seriam outras.

— Logo, eu tinha razão naquele dia?

— Inteiramente não; mas tudo pode acontecer neste mundo.

— Neste mundo e no outro.

Quis acabar a conversação notando-lhe que, a despeito do pedido de d. Carmo, quando lhe confiou a intenção recôndita e lhe recomendou segredo, ela acabava de me revelar tudo; mas o coração tolheu-me o remoque, por mais fraternal e inocente que me saísse. Podia ressentir-se, e ela não o merece; ela é boa.

Em resumo, pode ser que Rita tivesse razão no cemitério. Se a viúva Noronha, como lá escrevi há dias, foge a si mesma, é que tem medo de cair e prefere a viuvez ao outro estado.

10 de dezembro

Fidélia sabe já que Tristão resolveu partir no dia 24. Foi ele mesmo que lho disse em casa dela.

15 de dezembro

Se eu estivesse certo de poder casar os dois, casava-os, por mais que me custe confessá-lo a mim mesmo, e, a rigor, não custa muito. Estou só, entre quatro paredes, e os meus sessenta e três anos não rejeitam a ideia do ofício eclesiástico. *Ego conjugo vos...*

A razão de tal sentimento é a tristeza que vejo nos padrinhos, à medida que se aproxima o dia 24. D. Carmo perguntou a Tristão imploratativamente por que é que não adiava para 9 de janeiro a viagem; eram mais quinze dias que lhe dava. Ele respondeu que não pode. Eu, algo incrédulo, perguntei-lhe se já comprara bilhete; disse-nos que vai comprá-lo amanhã. A minha ideia é que ele espera achar todas as passagens tomadas, e adiar a viagem por força maior. Não lho disse, mas tudo se deve esperar dos homens, e particularmente dos namorados.

Foi ontem que falamos disso os três; Aguiar estava presente e não opinou. Pouco depois chegou o desembargador com a sobrinha; tinham saído em visita ao presidente do tribunal, mas apenas na rua, Fidélia propôs ao tio virem passar a noite no Flamengo, e vieram; eram nove horas.

Tudo o que se passou até às dez e meia teria aqui três ou quatro páginas, se eu não sentisse algum cansaço nos dedos. Páginas de conjeturas, porque os dois apenas se falaram, mas conjeturas firmadas na comoção visível de um e de outro, nos silêncios da Fidélia, embora orlados da atenção que dava à amiga. Os quatro homens pouco a pouco nos ligamos. Campos chegou a propor cartas, nenhum de nós três aceitou a ideia. Aguiar ia aceitando, ainda que a meia voz, mas Tristão alegou dor de cabeça ou dor nas costas, e era verdade; tinha passado toda a manhã curvado, a arranjar coisas velhas. O mesmo cansaço dos dedos agora é resto da fadiga de ontem; ficamos a conversar, até que as duas visitas saíram, e eu com elas.

20 de dezembro

Sucedeu como eu cuidava. Tristão achou todas as passagens de 24 vendidas. Vai no dia 9. O pior é que, sendo natural comprar bilhete desde logo, para lhe não acontecer o mesmo, não comprou coisa nenhuma. Sei disto por ele, a quem perguntei se se não aparelhava já; respondeu que não, que há tempo. Agora imagino que, se houver tempo e achar bilhete, ele pode converter a necessidade de amar a moça no desejo de ceder aos velhos, e ficará mais duas ou três semanas. Os velhos não serão a causa verdadeira, mas não há só filhos de empréstimo, há também causas de empréstimo.

22 de dezembro

A verdadeira causa — ou uma delas — estava hoje no Flamengo, acabando a marinha. Tristão lá estava também, e ambos faziam a estética um do outro. Ele admirava menos a tela que a pintora, ela menos o espetáculo que o admirador, e eu via-os com estes olhos que a terra fria há de comer.

D. Carmo dava-me a parte de atenção a que a cortesia a obrigava, mas tão-somente essa. Olhava para os dois a miúdo, a espreitá-los, e, se fosse preciso, a animá-los. Mas já não era preciso. Um e outro esqueciam-se de nós e deixavam-se ir ao som daquela música interior, que não é nova para ela.

Observando a moça e os seus gestos, pensei no que me disseram há uma semana, a ideia que ela teve de ir passar o verão em Santa-Pia, que ainda não vendeu. Não lhe importaria lá ficar com os seus libertos; faltou-lhe pessoa que a acompanhasse. Ultimamente pensou em ir para Petrópolis, mas aí é provável que fosse também Tristão, e a intenção dela era fugir-lhe, creio eu. Creio também que ela foi sincera em ambos os projetos. Fidélia ouviu à porta do coração aquele outro coração que lhe bate, e sentiu tais ou quais veleidades de trancar o seu. Digo veleidades, que não obrigam nem arrastam a pessoa. A pessoa quer coisa diversa e oposta, e o sentimento, se não é já dominante, para lá caminha.

Uma impressão que trago do Flamengo é que d. Carmo despediu-se de mim, quando me levantei, com o mesmo prazer que lhe dei há dias, para ficar a sós com eles. Não lhes terá dito nada com palavras, mas até onde pode ir a alma sem elas, foi decerto. Só a compostura da boa senhora terá impedido que os abrace e lhes diga: Amem-se, meus filhos!

28 de dezembro

Estive hoje com Tristão, e não lhe ouvi nada a não ser que recebeu cartas de Lisboa, cartas políticas; também as recebeu do pai e da mãe. A mãe, se ele se demorar muito, diz que virá ver a sua terra. Deu-me notícias dos seus outros pais de cá, mas não falou da moça.

1889

2 de janeiro

Enfim, amam-se. A viúva fugiu-lhe e fugiu a si mesma, enquanto pôde, mas já não pode. Agora parece dele, ri com ele, e no dia 9 chorará por ele, naturalmente, se ele lhe não estancar a fonte das lágrimas com um gesto. As visitas são agora diárias, os jantares frequentes; d. Carmo acompanha algumas vezes o afilhado a Botafogo, e Aguiar vai buscá-los.

Se já estão formalmente declarados é o que não sei; terá faltado ocasião ou ânimo a ele para confiar à outra o que ela sabe pelos olhos, mas não tardará muito. O que aí digo é o que sei por observações e conjeturas, e principalmente pela felicidade que há no rosto do casal Aguiar. A mana não tem saído de casa; no dia de ano-bom fui jantar com ela, mas não falamos disso.

7 de janeiro

Tristão já não vai a 9, por uma razão que me não deu, nem lha pedi. Só me disse que não vai; escreveu para Lisboa e ia levar as cartas ao correio.

9 de janeiro

Segundo aniversário da minha volta definitiva ao Rio. Não ouvi hoje os pregões do ano passado e do outro. Desta vez lembrou-me a data sem nenhum som exterior; veio de si mesma. Esperei ver a mana entrar-me em casa e convidar-me a ir com ela ao cemitério. Não veio (são quatro horas da tarde) ou porque se não lembrou, ou por lhe não parecer necessário todos os anos.

Quem sabe se não iríamos dar com a viúva Noronha ao pé da sepultura do marido, as mãos cruzadas, rezando, como há um ano? Se eu tivesse ainda agora a impressão que me levou a apostar com Rita o casamento da moça, poderia crer que tal presença e tal atitude me dariam gosto. Acharia nelas o sinal de que não ama a Tristão, e, não podendo eu desposá-la, preferia que amasse o defunto. Mas não, não é isso; é o que vou dizer.

Se eu a visse no mesmo lugar e postura, não duvidaria ainda assim do amor que Tristão lhe inspira. Tudo poderia existir na mesma pessoa, sem hipocrisia da viúva nem infidelidade da próxima esposa. Era o acordo ou o contraste do indivíduo e da espécie. A recordação do finado vive nela, sem embargo da ação do pretendente; vive com todas as doçuras e melancolias antigas, com o segredo das estreias de um coração que aprendeu na escola do morto. Mas o gênio da espécie faz reviver o extinto em outra forma, e aqui lho dá, aqui lho entrega e recomenda. Enquanto pôde fugir, fugiu-lhe, como escrevi há dias, e agora o repito, para me não esquecer nunca.

12 de janeiro

Amanhã (13) faz anos a bela Fidélia. Tal a razão que levou Tristão a transferir a viagem de 9 para outro dia que ainda não fixou. Assim o disse aos padrinhos que o aprovaram naturalmente e alegremente; esta mesma razão me foi confessada por ele hoje, quando o encontrei a buscar uma lembrança para deixar à viúva. Tais foram as suas palavras, mas não traziam alma de convicção. A razão da ficada é outra.

13 de janeiro

Antes de me despir quero escrever o que ouvi agora há pouco (meia-noite) à picante Cesária. Vim com ela e o marido da casa do desembargador onde fomos tomar chá com a graciosa viúva. Os amigos desta lá estiveram, menos Rita, que mandou cartão de cumprimentos; parece que está adoentada.

Não escrevo porque seja verdade o que d. Cesária me disse, mas por ser maligno. Esta senhora se não tivesse fel talvez não prestasse; eu nunca a vejo sem ele, e é uma delícia. Ou já sabia da afeição da viúva ao Tristão, ou reparou nela esta noite. Fosse como fosse, disse-me que Tristão não voltará tão cedo a Lisboa.

— Sim — concordei —, parece que lhe custa muito deixar os padrinhos.

— Os padrinhos? — redarguiu Cesária rindo. — Ora, conselheiro! Certamente chama assim aos dois olhos da viúva, que são bem ruins padrinhos. Mas lá tem consigo a água benta para o batizado.

Não entendendo, perguntei-lhe que água benta era, e que batizado. O marido, com a sua rabugem do costume, respondeu que a água benta era o dinheiro, e esfregou o polegar e o índice; ela riu apoiando, e eu compreendi que atribuíam ao moço uma afeição de interesse.

Quis ponderar à dama que isto que me dizia agora estava em contradição com o que uma vez lhe ouvi. Ouvi-lhe então (e creio que o escrevi neste *Memorial*) que Tristão preferia a política à viúva, e por isso a deixava. Não lho lembrei por duas razões, a primeira é que seria inútil, e até prejudicial às nossas relações; a segunda é que ofenderia a própria natureza. D. Cesária pensa realmente o mal que diz. A contradição é aparente; está toda no ódio que ela tem a Fidélia, e este sentimento é a causa íntima e única das duas opiniões opostas. Preterida pela política ou preferida pelo dinheiro, tudo é diminuir a outra dama. A essas duas razões para ouvi-la calado acresceu a forma. Tudo lhe sai com palavras relativamente doces e honestas, ficando o veneno ou a intenção no fundo. Há ocasiões em que a graça de d. Cesária é tanta que a gente tem pena de que não seja verdade o que ela diz, e facilmente lho perdoa.

Tudo isto considerado, e mais a hora, a viagem curta, e a presença do marido, que diabo ganhava eu em desfazer o que ela dizia? Comigo, sim, logo que eles me deixaram, vim pensando no Tristão, que é também rico, que ama deveras a viúva, é amado por ela, e acabará casando. Vim recordando a noite e os seus episódios, que não escrevo por ser tarde, mas foram interessantes. O desembargador parece que já descobriu a inclinação da sobrinha, e não a desaprova. O casal Aguiar estava feliz; ainda lá ficou para vir com o afilhado.

23 de janeiro

Agora me lembra que amanhã faz um ano das bodas de prata do casal Aguiar. Lá estive naquela festa íntima, que me deu prazer grande. Também lá esteve Fidélia, e fez o seu brinde de filha à boa Carmo, tudo correu na melhor harmonia. Ainda cá não chegara Tristão, nem era esperado. Oxalá me não esqueça de lhes mandar cedo o meu bilhete de felicitações, e pode ser que lá vá de noite. Vou, vou.

... Rita escreveu-me agora (seis da tarde) pedindo que a espere amanhã, à noite, para irmos juntos ao Flamengo. Vou; há seis dias que lá não piso.

25 de janeiro

Não havia muita gente no Flamengo. Os quatro — casal Aguiar, Tristão e Fidélia (não conto o desembargador, que estava jogando), os quatro pareciam viver de uma novidade recente e desejada. Quem sabe se a mão da viúva não foi já pedida e concedida por ela? Comuniquei esta suposição a Rita, que me disse suspeitá-lo também.

29 de janeiro

Tínhamos razão na noite de 24. Os namorados estão declarados. A mão da viúva foi pedida naquele mesmo dia, justamente por ser o 26º aniversário do casamento dos padrinhos de Tristão; foi pedida em Botafogo, na casa do tio, e em presença deste, concedida pela dona, com assentimento do desembargador, que aliás nada tinha que opor a dois corações que se amam. Mas tudo neste negócio devia sair assim, de acordo uns com outros, e todos consigo.

D. Carmo e Aguiar, que haviam abraçado a Tristão com grande ternura antes e depois do pedido, estavam naquela noite em plena aurora de bem-aventurança. Valha-me Deus, pareciam ainda mais felizes que os dois. A viúva punha certa moderação na ventura, necessária à contiguidade dos dois estados, mas esquecia-se algumas vezes, e totalmente no fim. Nada se sabia então da novidade, e agora mesmo creio que só eu a sei (assim mo disse hoje o noivo); alguns poderiam supô-la, como a mana Rita, que já sabia metade dela; os menos sagazes terão dito consigo, ao vê-los, que é bom que Fidélia vá aliviando o luto do coração.

Referindo-me o que se passou há cinco dias, Tristão explicou esta comunicação nova: sentia-se obrigado a contar-me o final de um idílio, cujo princípio me confiara em forma elegíaca. Usou dessas mesmas expressões, e quase me citou Teócrito. Eu apertei-lhe a mão com sincero gosto, e prometi calar.

Em verdade, estimo vê-los unidos. Já escrevi que era um modo de acudir à tristeza do casal Aguiar. Agora acrescento (se já o não disse também) que eles se merecem, são moços, belos, amam-se, têm o direito natural e legítimo de se possuírem.

— Não publicamos oficialmente o nosso casamento próximo — concluiu Tristão —, porque eu escrevi a meus pais, e só nos casaremos depois que me chegar a resposta. A resposta é sabida, e se pudesse ser contrária, nem por isso deixaríamos de casar-nos; todavia, não quero publicar já o acordo, é uma forma de respeito aos velhos.

Em seguida começou a desfiar as excelentes qualidades da moça. Já lhe ouvira algumas e conheci-as todas, mas quando se trata com esta espécie de gente é preciso ter a maior indulgência do mundo. Tristão falava com tal sinceridade e gosto que seria duro não lhe dar ouvidos complacentes e palavras de aprovação; dei-lhos; ele acabou pedindo-me o primeiro abraço de pessoa estranha; dei-lho apertado.

2 de fevereiro

O abraço que lá contei atrás fez-me bem; foi sincero. Podia ser afetado ou apenas de cortesia, mas não foi; gostei de ver feliz aquele rapaz, e com ele a dama, e com eles os dois velhos de cá e os de lá.

Talvez seja engano meu, mas acho a viúva agora mais bonita. A causa disto pode ser a mudança próxima do estado. A melancolia de antes era verdadeira, mas estranha ou hóspede, não sei como diga para significar uma espécie de visita de pêsames, poucos minutos e poucas palavras. Já lá escrevi, há três semanas, a 9 do mês passado, alguma coisa que de certo modo explica e ata os dois estados.

6 de fevereiro

Não há como um grande segredo para ser divulgado depressa. Além de mim, que sei, e de Rita, que desconfia, há já quem afirme que os dois se casam; ou porque o sabem ou porque desconfiam somente, mas afirmam. Osório, que ouviu falar disso, recebeu a notícia como um grande golpe novo e inesperado. Nem faltarão outros que gostem dela ou morram por ela, e façam figas ao Tristão.

Verdade é que Osório estava já desenganado, mas foi isto mesmo que lhe reabriu a ferida. O desengano da parte dela era a fidelidade ao morto; desde que ela vai para outro, podia ir para ele, e é isto que o irrita, como sucede ao parceiro do gamão que dá com o copo no tabuleiro se lhe sai o pior número de dados.

10 de fevereiro

A felicidade é palreira. D. Carmo ainda me não disse que os dois estão para casar, mas já hoje me confiou que escreveu à comadre, mãe de Tristão, a quem não escreve há muito. Justamente pelo mesmo paquete que levou a carta do afilhado. Naturalmente reforçou o pedido e analisou as graças físicas e morais de Fidélia, e se lhe não pediu que os deixe cá, e venha ela também, acabará por aí. Nessa ocasião me dirá o resto, ou antes.

12 de fevereiro

Estava com desejo de ir passar um mês em Petrópolis, mas o gosto de acompanhar aqueles dois namorados me faz hesitar um pouco, e acabará por me prender aqui. Rita tem o mesmo gosto, e já agora os frequenta mais. Ontem disse-me que o casamento é certo.

— Mas quem disse a você que eles se casam?

— Ninguém me disse, eu é que adivinhei. Dona Carmo, a quem falei nisto, ficou um pouco embaraçada; não queria confessar e tinha vergonha de negar, é o que é; mas eu desconversei e falei de outra coisa. Só se eles não lhe disseram ainda nada...

Não sei que escrúpulo me deteve a língua; não lhe contei o que sabia da parte do próprio Tristão, mas não me custou nada; apenas retruquei disfarçando:

— Bem, a viúva não casa comigo, casa com outro, segundo lhe parece: mas então você confessa que perdeu a aposta.

— Não digo que não. Tudo está nas mãos de Deus.

— Lembra-se daquele dia no cemitério?

— Lembra-me; há um ano.

Repito, não me custou ser discreto; é virtude em que não tenho merecimento. Algum dia, quando sentir que vou morrer, hei de ler esta página a mana Rita; e se eu morrer de repente, ela que me leia e me desculpe; não foi por duvidar dela que lhe não contei o que já escrevi atrás.

Leia, e leia também esta outra confissão que faço das suas qualidades de senhora e de parenta. Talvez eu, se vivêssemos juntos, lhe descobrisse algum pequenino defeito, ou ela em mim, mas assim separados é um gosto particular ver-nos. Quando eu lia clássicos lembra-me que achei em João de Barros certa resposta de um rei africano aos navegadores portugueses que o convidaram a dar-lhes ali um

pedaço de terra para um pouso de amigos. Respondeu-lhes o rei que era melhor ficarem amigos de longe; amigos ao pé seriam como aquele penedo contíguo ao mar, que batia nele com violência. A imagem era viva, e se não foi a própria ouvida ao rei de África, era contudo verdadeira.

12 de fevereiro, onze horas da noite

Antes de me deitar, reli o que escrevi hoje ao meio-dia, e achei o final demasiado cético. A mana que me perdoe.

Chego do Flamengo, onde achei Aguiar meio adoentado, na sala, numa cadeira de extensão, as portas fechadas, grande silêncio, os dois sós. Tristão saíra para Botafogo, não que não quisesse ficar, mas padrinho e madrinha disseram-lhe que fosse, que Fidélia podia ficar assustada se ele não aparecesse, que lhe desse lembranças. Tristão cedeu e foi. Eu cederia também, sem teimar muito, como provavelmente este não teimou nada.

Não me disseram as coisas naqueles termos instantes, mas os que empregaram vinham a dar neles. Continuam a calar o negócio do casamento.

A doença do Aguiar parece que é um resfriado, e desaparecerá com um suadouro; nem por isso ele me despediu mais cedo. D. Carmo teimava em fazê-lo recolher, e eu em sair, mas o homem temia que eu viesse meter-me em casa sozinho e aborrecido; foi o que ele mesmo me disse, e reteve-me enquanto pôde. Não saí muito tarde, mas tive tempo de ver a dona da casa ir de um para outro cabo do espírito, entre os cuidados de um e as alegrias de outro. Interrogativa e inquieta, apalpava a testa e o pulso ao marido; logo depois aceitava a ponta da conversação que ele lhe dava, acerca da Fidélia ou do Tristão, e a noite passou assim alternada, entre o bater do mar e do relógio.

13 de fevereiro

Mandei saber do Aguiar; amanheceu bom; não sai para se não arriscar, mas está bom. Escreveu-me que vá jantar com eles. Respondi-lhe que a doença foi um pretexto para passar o dia de hoje ao pé da esposa, e por isso mesmo não me é possível ir contemplar de perto esse quadro de Teócrito.

Realmente, não posso, tenho de ir jantar com o encarregado de negócios da Bélgica. Confesso que preferia os Aguiares, não que o diplomata seja aborrecido, ao contrário; mas os dois velhos vão com a minha velhice, e acho neles um pouco da perdida mocidade. O belga é moço, mas é belga. Quero dizer que, cansado de ouvir e de falar a língua francesa, achei vida nova e original na minha língua, e já agora quero morrer com ela na boca e nas orelhas. Todos os meus dias vão contados, não há recobrar sombra do que se perder.

Quadro de Teócrito, escreveu-me Aguiar em resposta à minha recusa, quer dizer alguma coisa mais particular do que parece. Venha explicar-mo amanhã, entre a sopa e o café, e contar-me-á então os planos secretos da Bélgica. Tristão diz-me que jantará também, se V. Ex.ª vier. Veja a que ponto chegou este ingrato, que só janta conosco, se houver visitas; se não, some-se. Virá, conselheiro?

Respondi que sim, e vou. A frase final do bilhete traz uma afetação de má-

goa, algo parecido com prazer que se encobre; por outras palavras, sabe-lhes aquela ausência do rapaz, uma vez que tudo é amarem-se duas criaturas que os amam, e a quem eles amam também. Hei de ver que, acabado o jantar, os primeiros que o remetem para Botafogo são eles mesmos.

15 de fevereiro

Não, não remeteram Tristão para Botafogo. Creio que o desejassem e o fizessem, mas não tiveram tempo. Tão depressa acabamos de jantar, apareceram Fidélia e o tio. Concluí que os dois namorados houvessem concertado isto mesmo.

Noite boa para todos. Eu próprio achei prazer em observar os dois. Não é que eles não buscassem disfarçar, ela principalmente, mas não há disfarce que baste em tais lances. A agitação interior transtornava os cálculos, e os olhos contavam os segredos. Quando falavam pouco ou nada, o silêncio dizia mais que palavras, e eles davam por si pendentes um do outro, e ambos do céu. Foi o que me pareceu. Não me pareceu menos que o céu os animava e que eles nos mandavam a todos os diabos, a mim e aos três velhos, e aos pais de Tristão, aos paquetes, às malas, às cartas que esperavam, a tudo que não fosse um padre e latim — latim breve e padre brevíssimo, que os aliviasse do celibato e da viuvez. E desta maneira diziam tudo o que sabiam de si.

Sabiam tudo. Parece incrível como duas pessoas que se não viram nunca, ou só alguma vez de passagem e sem maior interesse, parece incrível como agora se conhecem textualmente e de cor. Conheciam-se integralmente. Se alguma célula ou desvão lhes faltava descobrir, eles iam logo e pronto, e penetravam um no outro, com uma luz viva que ninguém acendeu. Isto que digo pode ser obscuro, mas não é fantasia; foi o que vi com estes olhos. E tive-lhes inveja. Não emendo esta frase, tive inveja aos dois, porque naquela transfusão desapareciam os sexos diferentes para só ficar um estado único.

16 de fevereiro

Esqueceu-me notar ontem uma coisa que se passou anteontem, no começo do jantar do Flamengo. Aqui vai ela; talvez me seja precisa amanhã ou depois.

As primeiras colheres de sopa foram tanto ou quanto caladas e atadas. Tinham chegado cartas da Europa (duas) e Tristão as leu à janela, rapidamente, parecendo não haver gostado do assunto. Comeu sem atenção nem prazer, a princípio. Naturalmente os padrinhos desconfiaram alguma coisa, mas não se atreveram a perguntar-lhe nada. Olharam para ele, à socapa; eu, para lhes não perturbar o espírito, não trazia assunto estranho, e comia comigo. Depressa acabou o constrangimento, e o resto do jantar foi alegre. Já lá deixei notado o que foi o resto da noite.

Se eu quisesse saber o que diziam as cartas bastaria ser indiscreto ou descortês; era perguntar-lho em particular. Tristão me confiaria, creio, visto que entro cada vez mais no coração daquele moço. Ouve-me, fala-me, busca-me, quer os meus conselhos e opiniões. Mas a impressão má foi tão breve que provavelmente não foi grande, e ele acabaria referindo tudo aos padrinhos quando ficaram sós, e mais certamente à noiva, ontem. Devem estar já no período dos segredos comuns.

18 de fevereiro

Telegrama dos pais de Tristão, dizendo-lhe que sim, que aprovam, que os abençoam. O estilo telegráfico é mais conciso, mas foi assim que Tristão mo traduziu de cor; contentamento traz derramamento. Apertei-lhe a mão com prazer; ele quis um abraço. Foi aqui em casa, quando eu ia a sair, duas horas da tarde. Saímos juntos, e tive de ouvir três panegíricos, um dos pais, outro dos padrinhos, e o terceiro (aliás vigésimo) da própria dama dos seus pensamentos.

D. Fidélia ficou contentíssima; diz que nunca duvidou da resposta, mas a declaração telegráfica mostra que os velhos não se puderam guardar para o correio, e responderam logo. Agora esperamos cartas, mas a publicação do casamento faz-se já.

Ao sair do bonde ouvi um quarto panegírico, o dos seus chefes políticos que estão ansiosos por vê-lo na Câmara dos deputados e escreveram-lhe. Um deles chegou a confessar-lhe que abandonaria a política, se ele a deixasse também.

— É exagero — concluiu Tristão sorrindo —, mas isto prova que me querem. Também pode ter sido um meio de me chamar depressa; o outro limitou-se a dizer que a minha eleição é certa, e a candidatura vai ser apresentada.

— Sim? Felicito-o.

— Não já, nem publicamente. Não disse nada disto aos padrinhos; a dona Fidélia, sim, contei-lho em particular, e agora a Vossa Excelência, pedindo-lhe a maior reserva.

Provavelmente eram as duas cartas do outro dia. Mas, de fato, partirá ele, ou ainda está incerto se cederá ou não à esposa, caso ela pense em ficar? A reserva que me pediu explicará uma e outra solução...

22 de fevereiro

Está publicado o casamento de Tristão e de Fidélia, não nos jornais, e antes fosse neles também; está só publicado entre as relações das duas famílias...

Eu gosto de ver impressas as notícias particulares, é bom uso, faz da vida de cada um ocupação de todos. Já as tenho visto assim, e não só impressas, mas até gravadas. Tempo há de vir em que a fotografia entrará no quarto dos moribundos para lhes fixar os últimos instantes; e se ocorrer maior intimidade entrará também.

25 de fevereiro

Quando mana Rita veio trazer-me a notícia oficial do casamento mostrei-lhe a minha carta de participação, e fiz um gesto de triunfo, perguntando-lhe quem tinha razão no cemitério, há um ano. Ainda uma vez concordou que era eu, mas emendou em parte, dizendo que a nossa aposta é que ela casaria comigo, e citou a aposta entre Deus e o Diabo a propósito de Fausto, que eu lhe li aqui em casa no texto de Goethe.

— Não, trapalhona, você é que me incitou a tentá-lo, e desculpou a minha idade, com palavras bonitas, lembra-se?

Lembrava-se, sorrimos, e entramos a falar dos noivos. Eu disse bem de ambos, ela não disse mal de nenhum, mas falou sem calor. Talvez não gostasse de ver casar a viúva, como se fosse coisa condenável ou nova. Não tendo casado outra vez,

pareceu-lhe que ninguém deve passar a segundas núpcias. Ou então (releve-me a doce mana, se algum dia ler este papel), ou então padeceu agora tais ou quais remorsos de não havê-lo feito também... Mas, não, seria suspeitar demais de pessoa tão excelente.

Aí fica, mal resumida, a nossa conversação. Não falamos da data do casamento, nem da partida do casal, se partisse. Rita era pouca para referir anedotas, repetir ditos e boatos, nenhum malévolo nem feio, todos interessantes, ouvidos à gente Aguiar.

Seis horas da tarde

Vim agora da rua, onde me confirmaram que o corretor Miranda teve hoje de manhã uma congestão cerebral. Rita só me falou disso ao sair daqui, e esqueceu-me escrevê-lo. Estávamos no patamar da escada quando ela me contou que ouvira a notícia, no bonde, a dois desconhecidos.

— Só agora é que você me dá esta novidade? — disse-lhe eu. — Tem razão; a vida tem os seus direitos imprescritíveis; primeiro os vivos e os seus consórcios; os mortos e os seus enterros que esperem.

Também eu fiz o mesmo; só agora falo do homem.

26 de fevereiro

Miranda morreu ontem às dez horas; enterra-se hoje às quatro. Creio que deixa a família bem. Dávamo-nos sem ser grandes amigos. Eu, se fosse a somar os amigos que tenho perdido por esse mundo, chegaria a algumas dúzias deles. Os jornais dizem que não há convites para o enterro; irei ao enterro sem convite.

Dez horas da noite

Lá fui a enterrar o Miranda. Não valeria a pena contá-lo, se não fosse o que me sucedeu no fim. Muita gente, as tristezas do costume. A própria Cesária parecia abatida; não digo se chorava ou não. Aguiar e Campos também compareceram, e outros conhecidos.

No cemitério, deitada a última pá de terra na cova, lembrou-me ir ao jazigo dos meus. Desviei-me e fui; achei-o lavado como de costume, e depois de alguns minutos, vendo que a gente não acabava de sair, caminhei para o túmulo do Noronha, marido de Fidélia. Sabia onde ficava, mas ainda lá não fora.

Agora que a viúva está prestes a enterrá-lo de novo, pareceu-me interessante mirá-lo também, se é que não levara tal ou qual sabor em atribuir ao defunto o verso de Shelley que já pusera na minha boca, a respeito da mesma bela dama: *I can* etc. Túmulo grave e bonito, bem conservado, com dois vasos de flores naturais, não ali plantadas, mas colhidas e trazidas naquela mesma manhã. Esta circunstância fez-me crer que as flores seriam da própria Fidélia, e um coveiro que vinha chegando respondeu à minha pergunta: "São de uma senhora que aí as traz de vez em quando...".

A pergunta foi feita tão naturalmente que o coveiro não teve dúvida em responder, nem eu em contá-lo aqui. Também não quero calar o que vim pensando comigo. Já não havia ninguém dos que acompanharam o enterro do Miranda. Che-

gava outro, e entre um e outro meti-me no carro e vim para casa. Em caminho pensei que a viúva Noronha, se efetivamente ainda leva flores ao túmulo do marido, é que lhe ficou este costume, se lhe não ficou essa afeição. Escolha quem quiser; eu estudei a questão por ambos os lados, e quando ia a achar terceira solução chegara à porta da casa. Desci, dei ao cocheiro a molhadura de uso, e enfiei pelo corredor. Vinha cansado, despi-me, escrevi esta nota e vou jantar. Ao fim da noite, se puder, direi a terceira solução: se não, amanhã. A terceira solução é a que lá fica atrás, não me lembra o dia... ah! foi no segundo aniversário do meu regresso ao Rio de Janeiro, quando eu imaginei poder encontrá-la diante da pessoa extinta, como se fosse a pessoa futura, fazendo de ambas uma só criatura presente. Não me explico melhor, porque me entendo assim mesmo, ainda que pouco. D. Cesária, se vier a sabê-lo, é capaz de ir dizê-lo ao próprio Tristão, com uma gota amarga ou corrupta, ou ambas as coisas para variar... Já, já, não; está ainda com a morte do cunhado na garganta, mas tudo passa, até os cunhados.

Sem data

Já lá vão dias que não escrevo nada. A princípio foi um pouco de reumatismo no dedo, depois visitas, falta de matéria, enfim preguiça. Sacudo a preguiça.

A noite passada estive em casa da viúva Noronha, quase que a sós com ela; havia a mais o tio, um colega da Relação e uma parenta velha. Tristão fora a Petrópolis, levado pelos padrinhos até à barca da Prainha, e por mim que os vi passar na rua da Quitanda, e subi ao carro convidado por eles. Não lhes ouvi então o motivo da ida a Petrópolis, mas já o sabia de véspera; foi examinar uma casa para o noivado. Concluí, não sei por que, que eles ficavam morando aqui.

Posso dizer que verdadeiramente fiquei a sós com ela. Tendo ouvido ao tio que a sobrinha andava com saudades do velho amigo — que sou eu —, imaginei que era mentira; o tio queria parceiro para cartas. Não fui e acertei; a parenta foi ao voltarete com os dois magistrados.

Eu, relativamente a Fidélia, já cheguei à liberdade de lhe perguntar se não tinha saudades do noivo. A resposta foi afirmativa, mas calada, um sorriso breve e um gesto de sobrancelhas. Tristão foi o assunto mais frequente da conversação, dizendo eu todo o bem que penso dele e francamente é muito, ao que ela retrucava sem vaidade, antes com modéstia e discrição; em si mesma devia estar feliz. Disse-me que ele recebera cartas da família, confirmando por extenso o que já lhe mandara em resumo. A da mãe era toda ternura, citou-me algumas frases da futura sogra, e foi buscar a carta dela para que eu a lesse também.

— Cartas políticas não vieram?
— Parece que vieram.

Li e louvei muito a carta da paulista, que achei efetivamente terna, ainda que derramada, mas ternura de mãe não conhece sobriedade de estilo. Era escrita à própria Fidélia.

Vendo que esta gostava da conversa, não lhe pedi música; ela é que foi de si mesma tocar piano, um trecho não sei de que autor, que se Tristão não ouviu em Petrópolis não foi por falta de expressão da pianista. A eternidade é mais longe, e ela já lá mandou outros pedaços da alma; vantagem grande da música, que fala a mortos e ausentes.

Sábado

Fidélia parece retrair-se agora depois das primeiras confidências que me fez, e é natural. Como eu lhe pedisse notícias de Tristão, respondeu-me que não as tinha, e falou de outra coisa; mas, falando-lhe eu da alegria recente de d. Carmo, referiu-me as tristezas que lhe ouviu uma vez a propósito da volta do afilhado, e do conselho que então lhe deu de ir com ele; ao que a boa senhora retrucou que seria preciso separar-se do marido e não podia.

— Veja o perigo de dividir a alma com duas pessoas; eu, em moço, nunca o fiz, menos o faria agora depois de velho.

Sobre isto (que não tinha sentido claro nem intenção) dissemos coisas que não importa escrever aqui. Ela falou com graça, e provavelmente com verdade, mas não tratamos do assunto principal do coração da moça. Eu deleitava-me em apreciá-la por dentro e por fora, não a achando menos curiosa interna que externamente. Sem perder a discrição que lhe vai tão bem, Fidélia abre a alma sem biocos, cheia de confiança que lhe agradeço daqui.

9 de março

Tristão voltou de Petrópolis. Deixou casa alugada em Vestefália, casa posta pelo comendador Josino, que a vai deixar por algum tempo e segue com a família para o sul; passou-lhe o contrato por três meses. D. Carmo e Fidélia sobem a vê-la esta semana. Andam agora muito mais juntas, em casa ou na rua, naturalmente a confidência é maior. Também eu ando com elas se as encontro, também ouço as palavras de ambas.

— Mana, disse eu a Rita contando-lhe estas coisas em Andaraí, eis aqui em que acaba um velho e grave diplomata aposentado, sem os cansaços do ofício, é certo, mas também sem as esperanças da promoção.

Rita entendeu e quase me puxou o nariz; preferiu dizer com saudade e consolação que não tivesse ideias de cemitério. Esta alusão à visita que fizemos ao jazigo da família, há mais de um ano, levou-me quase a confessar o sentimento paterno que Fidélia acaso acorda em mim, mas recuei a tempo. Era provável que Rita me dissesse, como fez um dia, que eram desculpas de mau pagador. A mana gosta de mofar, sem criar ódio a ninguém, e menos a mim que a outro. Ao cabo, há coisas que apenas se devem escrever e calar, é o que eu faço a esta espécie de afeição nova que acho na viúva.

13 de março

Não há como a paixão do amor para fazer original o que é comum, e novo o que morre de velho. Tais são os dois noivos, a quem não me canso de ouvir por serem interessantes. Aquele drama de amor, que parece haver nascido da perfídia da serpente e da desobediência do homem, ainda não deixou de dar enchentes a este mundo. Uma vez ou outra algum poeta empresta-lhe a sua língua, entre as lágrimas dos espectadores; só isso. O drama é de todos os dias e de todas as formas, e novo como o sol, que também é velho.

20 de março

D. Carmo tomou a si adornar a casa dos noivos. Soube isto pelo desembargador, que chegou de Petrópolis e deixou a casa "uma beleza" com a ordem em que ela dispõe os móveis e os adornos, alguns destes obra já de suas mãos.

— Já? — perguntei.

— Já; dona Carmo trabalha depressa, e neste momento com grande afeição; deu-lhes também muitos trabalhos seus. Converse com o Aguiar, que lhe dirá a mesma coisa, e Tristão também; Fidélia é do mesmo parecer.

Rita, sem nada ver, acredita que seja assim; foi o que me respondeu. Quanto a d. Cesária também não viu nada, mas inclina-se a crer que lhe falte alguma harmonia.

— Pode ser que não — aventurei.

— Não digo que dona Carmo não pudesse fazer alguma coisa capaz, mas com esta pressa, às carreiras, não é provável. Demais ela não possui tanto gosto como se quer; algum tem, mas falta-lhe graça. Aos noivos também; ele parece-me espalhafatoso...

Quis defender os três, mas a certeza de que ela não tem de mim melhor opinião, fez-me recuar, e dizer-lhe que nunca lhe achei tanto espírito. Fui além; gabei-lhe os olhos. Como então passasse os dedos pelas sobrancelhas, gabei-lhe a mão, e iria aos pés, se me mostrasse os pés, mas não me mostrou mais nada.

21 de março

Explico o texto de ontem. Não foi o medo que me levou a admirar o espírito de d. Cesária, os olhos, as mãos, e implicitamente o resto da pessoa. Já confessei alguns dos seus merecimentos. A verdade, porém, é que o gosto de dizer mal não se perde com elogios recebidos, e aquela dama, por mais que eu lhe ache os dentes bonitos, não deixará de mos meter pelas costas, se for oportuno. Não; não a elogiei para desarmá-la, mas para divertir-me, e o resto da noite não passei mal. Estava em casa dela, onde a irmã escurecia tudo com a sua viuvez recente. D. Cesária disse muitas coisas de fel e de mel, trocando-as e completando-as com tal arte que alguma vez uma coisa parecia outra, e ambas pareciam as duas unidas.

22 de março

A reflexão que vou fazer é curta; se tal não fora, melhor seria guardá-la para amanhã, ou logo mais tarde, quando me recolher; mas é curta.

Curta e lúcida. Tristão pode acabar deitando ao mar a candidatura política. Pelo que ouvi e escrevi o ano passado da primeira parte da vida dele, não se fixou logo, logo, em uma só coisa, mudou de afeições, mudou de preferências, a própria carreira ia ser outra, e acabou médico e político; agora mesmo, vindo a negócios e recreios, acaba casando. Nesta parte não há que admirar; o destino trouxe-lhe um feliz encontro, e o homem aceitará algemas, se as houver bonitas, e aqui são lindas.

Já me fala menos de partidos e eleições, e não me conta o que os chefes lhe escrevem. Comigo, ao menos, só me fala da viúva, e não creio que com outros seja mais franco, nem mais extenso, dizendo as suas ambições políticas, próximas e remotas. Não; todo ele é Fidélia, e pode bem mandar a cadeira das Cortes ao diabo, se

a noiva lho pedir. Dir-se-á que é um versátil, cativo do mais recente encanto? Pode ser; tanto melhor para os Aguiares. Se assim acontecer, lerei esta página aos dois velhos, com esta mesma linha última.

25 de março

Era minha ideia hoje, aniversário da Constituição, ir cumprimentar o imperador, mas a visita de Tristão fez-me abrir mão do plano. Deixei-me estar a conversar com ele de mil coisas várias, depois saímos, passeamos e tornamos a casa.

Não aceitou jantar comigo por ter de ir jantar com ela. Naturalmente falamos dela algumas vezes, ele com entusiasmo, eu com simpatia. Talvez eu falasse menos que ele, é verdade; mas eu sou apenas amigo de ambos, e, de costume, prefiro ouvir.

Outro assunto que nos prendeu também, menos que ela, foi a política, não a de cá nem a de lá, mas a de além e de outras línguas. Tristão assistiu à Comuna, em França, e parece ter temperamento conservador fora da Inglaterra; em Inglaterra é liberal; na Itália continua latino. Tudo se pega e se ajusta naquele espírito diverso. O que lhe notei bem é que em qualquer parte gosta da política. Vê-se que nasceu em terra dela e vive em terra dela. Também se vê que não conhece a política do ódio, nem saberá perseguir; em suma, um bom rapaz, não me canso de o escrever, nem o calaria agora que ele vai casar; todos os noivos são bons rapazes.

26 de março

Or bene, marcou-se o dia do casamento de Tristão e Fidélia; é a 15 de maio. Já estava disposto entre eles, secretamente, para que os papéis corressem em Lisboa a tempo. Os de cá vão correr já.

Foi a própria d. Carmo que me deu a notícia hoje, antes que me venha por carta, como se tratasse de pessoas minhas, noivo e noiva, tão frequentes somos os três e os quatro, mas logo reduziu tudo a si mesma.

— Realiza-se um grande sonho meu, conselheiro — disse ela. — Tê-los-ei finalmente comigo. Espero arranjar-lhes casa aqui mesmo no Flamengo. Ela disse-me uma vez que seria minha filha...

— Foi por ocasião das suas bodas de prata, não foi?
— Ouviu?
— Não ouvi; mas vi-lhe um gesto que vinha a dar na mesma. Lembre-se que eu estava a seu lado, e ela ao pé de seu marido; a distância era curta, e eu não esqueço nada.
— Justamente. Senti-me feliz, mas não contei que a felicidade viesse a ser maior.

Eu, para levar a conversa a outro ponto, insisti que não esqueço nada, e referi várias anedotas de lembrança viva, todas verdadeiras, mas da minha mocidade. Agora muita coisa me passa, muitas se confundem, algumas trocam-se. Mas, enfim, mudara o caminho da conversação, que é o que eu queria para não atalhar a felicidade da boa Aguiar com pergunta indiscreta acerca de política. Não contei que ela própria falasse disso, como fez. Tristão já lhe não toca em política, e as cartas escasseiam ou tratam de matéria aborrecida, que ele não comunica a ninguém, guardando-as ou lendo-as por alto e de passagem. A mãe escreveu-lhe ultimamente.

— A comadre mandou-me dizer que eu lhe quero roubar o filho, e ameaçou-me de o vir buscar com uma esquadra; respondi-lhe gracejando também.

D. Cesária, que entrava então na sala, recebeu a notícia do dia do casamento; ouvira falar disso, e vinha saber se era verdade. O alvoroço e doçura com que falou à outra compensou em grande parte o mal que me dissera dela, e por outra maneira confirmou o que lá pensei uma vez (e não sei se escrevi) sobre a propriedade deste mundo. Deus vencia aqui o Diabo, com um sorriso tão manso e terno que faria esquecer a existência do imundo consócio. O marido daquela dama não seria capaz de tamanho contraste, creio eu; falta-lhe disposição, e principalmente maneiras. É sujeito capaz de pagar com um pontapé a notícia que lhe trouxeram da sorte grande. Não sabe ser feliz, posto não lhe custe nada; não sei se me explico bem, mas basta que o sinta comigo. Isto e outras coisas que fui pensando vieram comendo o tempo, e às onze horas estava em casa.

Antes de me meter na cama, refleti que efetivamente Tristão já me não fala em política, nem me cita as cartas que recebe, e pode ser que elas escasseiem deveras. Soubesse eu fazer versos e acabaria com um cântico ao deus do amor; não sabendo, vá mesmo em prosa: "Amor, partido grande entre os partidos, tu és o mais forte partido da terra...". Lerei esta outra página aos dois moços, depois de casados.

4 de abril

Não esperava por esta. Tristão veio pedir-me que lhe sirva de padrinho ao casamento. Não podia negar-lho, e aceitei o convite, ainda que sem grande gosto. Aí tinha ele o Aguiar, ou o Campos, mas enfim, quero ajudar a felicidade de todos. Deu-me outros pormenores; casamento à capucha, entre onze horas e meio-dia, almoço no Flamengo, em família, e os dois serão levados à Prainha modestamente, embarcarão ali para Petrópolis. Minúcias escusadas, mas tudo se deve escutar com interesse a um coração que ama.

8 de abril

— Sabe o que dona Fidélia me escreveu agora? — perguntou-me Aguiar. — Que o Banco tome a si vender Santa-Pia.

— Creio que já ouvi falar nisso...

— Sim, há tempos, mas era ideia que podia passar; vejo agora que não passou.

— Os libertos têm continuado no trabalho?

— Têm, mas dizem que é por ela.

Não me lembra se fiz alguma reflexão acerca da liberdade e da escravidão, mas é possível, não me interessando em nada que Santa-Pia seja ou não vendida. O que me interessa particularmente é a fazendeira — esta fazendeira da cidade, que vai casar na cidade. Já se fala no casamento com alguma insistência, bastante admiração, e provavelmente inveja. Não falta quem pergunte pelo Noronha. Onde está o Noronha? Mas que fim levou o Noronha?

Não são muitos que perguntam, mas as mulheres são mais numerosas, — ou porque as afligiam as lágrimas de Fidélia, — ou porque achem Tristão interessante, — ou porque não neguem beleza à viúva. Também pode ser que as três razões

concorram juntas para tanta curiosidade; mas, enfim, a pergunta faz-se, e a resposta é um gesto parecido com esta ou outra resposta equivalente: — Ah! minha amiga (ou meu amigo), se eu fosse a indagar onde param os mortos, andaria o infinito e acabaria na eternidade.

É engenhoso, mas não é bom, principalmente não é certo. Os mortos param no cemitério, e lá vai ter a afeição dos vivos, com as suas flores e recordações. Tal sucederá à própria Fidélia, quando para lá for; tal sucede ao Noronha, que lá está. A questão é que virtualmente não se quebre este laço, e que a lei da vida não destrua o que foi da vida e da morte. Creio nas afeições de Fidélia; chego a crer que as duas formam uma só, continuada.

Quando eu era do corpo diplomático efetivo não acreditava em tanta coisa junta, era inquieto e desconfiado; mas, se me aposentei foi justamente para crer na sinceridade dos outros. Que os efetivos desconfiem!

15 de abril

Já se não vende Santa-Pia, não por falta de compradores, ao contrário; em cinco dias apareceram logo dois, que conhecem a fazenda, e só o primeiro recusou o preço. Não se vende; é o que me disseram hoje de manhã. Concluí que o casal Tristão iria lá passar o resto dos seus dias. Podia ser, mas é ainda mais inesperado.

O que ouvi depois é que Tristão, sabendo da resolução da viúva, formulou um plano e foi comunicar-lho. Não o fez nos próprios termos claros e diretos, mas por insinuação. Uma vez que os libertos conservam a enxada por amor da sinhá-moça, que impedia que ela pegasse da fazenda e a desse aos seus cativos antigos? Eles que a trabalhem para si. Não foi bem assim que lhe falou; pôs-lhe uma nota voluntariamente seca, em maneira que lhe apagasse a cor generosa da lembrança. Assim o interpretou a própria Fidélia, que o referiu a d. Carmo, que mo contou, acrescentando:

— Tristão é capaz da intenção e do disfarce, mas eu também acho possível que o principal motivo fosse arredar qualquer suspeita de interesse no casamento. Seja o que for, parece que assim se fará.

— E andam críticos a contender sobre romantismos e naturalismos!

Parece que d. Carmo não me achou graça à exclamação, e eu mesmo não lhe acho graça nem sentido. Aplaudi a mudança do plano, e aliás o novo me parece bem. Se eles não têm de ir viver na roça, e não precisam do valor da fazenda, melhor é dá-la aos libertos. Poderão estes fazer a obra comum e corresponder à boa vontade da sinhá-moça? É outra questão, mas não se me dá de a ver ou não resolvida; há muita outra coisa neste mundo mais interessante.

19 de abril

Tristão, a quem falei da doação de Santa-Pia, não me confiou os seus motivos secretos; disse-me só que Fidélia vai assinar o documento amanhã ou depois. Estávamos no Carceler tomando café. Ouvi-lhe também dizer que recebeu cartas de Lisboa, duas políticas; instam por ele. Quis saber se acudiria ao chamado, mas o gesto com que ele via subir o fumo do charuto parecia mirar tão somente a noiva, o altar e a felicidade; não ousei passar adiante.

Saindo do Carceler, ouvi-lhe que ia fazer uma encomenda; talvez algum presente para a noiva, mas não me disse o que era, nem o destino. Falou-me, sim, da madrinha e da amizade que ela lhe tem; ao que redargui, confirmando:

— Posso dizer-lhe que é grande.
— É grande e antiga.

Contou-me então o que eu já sei, anedotas da infância e da adolescência, e nisto me entreteve andando alguns minutos largos; parece-me realmente bom e amigo. A idade em que foi daqui e o tempo que tem vivido lá fora dão a este moço uma pronúncia mesclada do Rio e de Lisboa que lhe não fica mal, ao contrário. Despedimo-nos à porta de um ourives; há de ser alguma joia.

28 de abril

Lá se foi Santa-Pia para os libertos, que a receberão provavelmente com danças e com lágrimas; mas também pode ser que esta responsabilidade nova ou primeira...

6 de maio

A gente Aguiar parece estar sobressaltada. Tristão recebeu novas cartas e alguns jornais de Lisboa, e longamente os leu para si, agora alegre, logo carrancudo. O que leu nos jornais foram trechos marcados a lápis azul e a tinta preta, e nada referiu aos dois velhos. Ao contrário, levou os jornais para o quarto, onde nenhum deles lhos foi pedir nem ver. Também não lhe perguntaram nada, ele ficou a pensar consigo, e assim correu o resto da tarde. Depois de jantar foram para Botafogo.

Lá se desfizeram as sombras, porque o encontro de Tristão e Fidélia era sempre uma aurora para ambos; a preocupação dos Aguiares passou, e a noite acabou com a mesma família de bem-aventurados.

Não estive lá; soube isto por mana Rita, que conversou com d. Carmo, e veio confiar-me tudo "como a um cofre", disse ela. Eu aceitei a confidência e agradeci a definição, e aqui as deixo com esta linha última. Em verdade, Tristão é feito de modo que a política o pode levar sem esforço, e Fidélia retê-lo sem dificuldade.

8 de maio

Tristão quer ser casado pelo padre Bessa e pediu-lho. O padre mal pôde ouvir o pedido, consentiu e agradeceu deslumbrado. Há uma ideia de simetria na bênção do casamento dada pelo mesmo sacerdote que o batizou, que entrará por alguma coisa na resolução do noivo, mas também pode ser que a principal intenção fosse fazê-lo feliz. Aquele sacerdote obscuro e escondido na praia Formosa virá subir a escadaria da matriz da Glória (o casamento é na matriz da Glória) para abençoar o casamento de duas pessoas lustrosas e vistosas. Aguiar disse-me que o padre está que parecia ser ele próprio o noivo.

— Note bem, conselheiro — concluiu ele, dando-me aquela notícia que é já de alguns dias —, note que quando Tristão lhe fez presente de uma batina nova, o padre Bessa recebeu-a vexado, porque então a velhice da sua lhe entrou melhor pelos olhos. Agora a alegria é grande e franca, não imagina. Creio que é do papel espiritual e sacramental que lhe oferecem; ele já não casa ninguém há muitos anos.

15 de maio

Enfim, casados. Venho agora da Prainha, aonde os fui embarcar para Petrópolis. O casamento foi ao meio-dia em ponto, na matriz da Glória, poucas pessoas, muita comoção. Fidélia vestia escuro e afogado, as mangas presas nos pulsos por botões de granada, e o gesto grave. D. Carmo, austeramente posta, é verdade, ia cheia de riso, e o marido também. Tristão estava radiante. Ao subir a escadaria, troquei um olhar com a mana Rita, e creio que sorrimos; não sei se nela, mas em mim era a lembrança daquele dia do cemitério, e do que lhe ouvi sobre a viúva Noronha. Aí vínhamos nós com ela a outras núpcias. Tal era a vontade do Destino. Chamo-lhe assim, para dar um nome a que a leitura antiga me acostumou, e francamente gosto dele. Tem um ar fixo e definitivo. Ao cabo, rima com *divino*, e poupa-me a cogitações filosóficas.

Na igreja havia curiosos do bairro, damas principalmente. Cada uma destas era pouca para apanhar com os olhos as figuras dos noivos, desde a porta até o altar-mor. Movimento, sussurro, cabeças inclinadas, tudo isso encheria este pedaço de papel sem proveito. Mais interessante seria o que alguma boca disse do primeiro casamento e suas alegrias, e da viúva e suas tristezas, e os demais quartos dessa perpétua lua da criação.

Quando acabou a cerimônia e o padre Bessa deixou o altar, a efusão da madrinha foi grande. Vi o abraço que deu aos dois, um depois de outro, e afinal juntos; Tristão beijou-lhe a mão, Fidélia também, ambos comovidos, e ela, ainda mais comovida que eles, selou tudo com dois beijos de mãe. À uma hora da tarde estávamos de volta ao Flamengo, e pouco depois almoçávamos. Venho cansado demais para dizer tudo o que ali se passou antes, durante e depois da comida, até à hora em que fomos levar os recém-casados à Prainha. Passou-se o costume, salvo a nota particular que os quatro me deram e foi profunda. Não citei entre os assistentes o Campos, que não era dos menos satisfeitos, embora Tristão lhe leve a sobrinha, meio esposa e meio filha pela ordem que lhe punha em casa desde que foi viver com ele. Também não falei do filho dele, primo dela. O resto, pessoas íntimas e poucas.

Um incidente, tão ajustado que pareceu de encomenda. Em meio do almoço chegou um telegrama de Lisboa para Tristão com duas palavras, dois nomes e a data: "Deus abençoe". Os pais sabiam pelo correio que o casamento era hoje, e quiseram mandar-lhes a bênção pelo cabo. Tristão leu as palavras para si e depois para todos, e o papel correu a mesa. Naturalmente os recém-casados apertaram as mãos, e d. Carmo adotou o texto da verdadeira mãe com o seu olhar de mãe postiça. Eu deixei-me ir atrás daquela ternura, não que a compartisse, mas fazia-me bem. Já não sou deste mundo, mas não é mau afastar-se a gente da praia com os olhos na gente que fica.

Daí a brindar pelos noivos não me custou nada; fi-lo discretamente, e estendi o brinde à gente Aguiar, que me ficou reconhecida. Rita disse-me, ao voltar da Prainha, que as minhas palavras foram deliciosas. Confessei-lhe que seriam mais adequadas se eu as resumisse em emendar Bernardim Ribeiro: "Viúva e noiva me levaram da casa de meus pais para longes terras...". Mas, além de lembrar o primeiro marido, podia estender as longas terras além de Petrópolis, e viria afligir a festa tão bonita.

Foi melhor ficar nas palavras deliciosas que eu disse, concluí modestamente.

26 de maio

Nestes últimos dias só tenho visitado o casal Aguiar, que parece meter-me cada vez mais no coração. Vivem felizes, recebem e mandam notícias aos dois filhos de empréstimo. Estes descerão na semana próxima para subir no mesmo dia; o único fim é abraçar os velhos.

Em Petrópolis tem chovido, mas também há dias bonitos, e deles e das chuvas Fidélia manda impressões interessantes; talvez a principal causa destas seja o próprio estado conjugal. A alma da gente dá vida às coisas externas, amarga ou doce, conforme ela for ou estiver, e o texto de Fidélia é dulcíssimo. D. Carmo mostrou-me ontem a última carta da moça, escrita nas quatro páginas, letra miúda e cerrada, e linhas estreitas. A ternura não embarga a discrição nem esta diminui aquela. No fim da carta, Fidélia insinua a ideia de irem todos quatro à Europa, ou os três, se Aguiar não puder deixar o Banco. A velha vai dizer que não pode ser por ora.

— Nem por ora, nem jamais — concluiu, dobrando a carta —; estou cansada e fraca, conselheiro, e meio doente. Não dou para folias de viagens.

— Viagens dão saúde e força — opinei.

— Pode ser, mas em outra idade; na minha é já impossível.

Seguiu-se uma pausa, durante a qual Aguiar olhou de soslaio para a mulher, ela para si, e eu para ambos alternadamente. Entrou um vizinho, e falamos de outras coisas.

Quinta-feira

Tristão e Fidélia desceram hoje e Aguiar os foi buscar à Prainha. Dali vieram almoçar ao Flamengo, onde d. Carmo esperava os recém-casados e os abraçou cheia de coração. O velho ficou de ir do Banco à Prainha, quando a barca houvesse de sair à tarde para Petrópolis.

Tudo isso ouvi de noite aos dois velhos, e ouvi mais que a velha e os moços passaram um dia deleitosíssimo. Não foi este o próprio vocábulo empregado por ela; já lá disse algures que d. Carmo não possui o estilo enfático. Mas o total do que me disse vem a dar nele.

Conversaram os três de várias coisas, de Petrópolis, de música e de pintura; os dois tocaram piano, e logo depois saíram à praia, com a velha. Justamente na praia, Fidélia pegou da ideia que propusera em carta de fazerem uma viagem à Europa, à qual d. Carmo se recusou por débil e cansada. Então Fidélia explicou o que seria a viagem; em primeiro lugar curta, a Lisboa, para ver a mãe de Tristão, depois a Paris, e se houvesse tempo, a Itália; partiriam em agosto ou setembro, e em dezembro estariam de volta.

— Não é o tempo, filha — replicou d. Carmo —; pouco ou muito, desde que lá estivesse iria ao fim, mas é este corpo já cansado, e depois, não indo Aguiar, quem há de cuidar dele?

— Pois ele que vá também — acudiu Tristão.

— Este ano não pode.

A conversação foi andando com eles, ao longo da praia, onde o mar, indo e vindo, era como se os convidasse a meterem-se nele até desembarcar "no porto da ínclita Ulisseia", como diz o poeta. D. Carmo ainda se lembrou de lhes perguntar por

que não transferiam a viagem para o ano; Aguiar poderia ir também. Não responderam.

— Recusaria o acordo eu — disse Aguiar à noite —, ao me contarem isto. Assim repliquei aos dois na Prainha, quando ali os fui meter na barca. Também eu não deixaria Carmo.

11 de junho

Hoje apareceram-me os recém-casados pela primeira vez, encontro casual, na rua do Ouvidor, às duas horas da tarde; iam a compras. Gostei de os ouvir, e ainda mais de a ver. A graça com que ela dava o braço ao marido e deslizava na rua era mais completa que a anterior ao casamento; obra do casamento e da felicidade. Iam ouvindo, iam falando, iam parando aos mostradores.

Descem definitivamente no dia 20 deste mês, e partem nos primeiros dias de agosto para Lisboa; irão logo a outras partes.

— Por que não vem daí, conselheiro? — perguntou-me Tristão.

— Depois de tanta viagem? Sou agora pouco para reconciliar-me com a *nossa* terra.

Sublinho este *nossa,* porque disse a palavra meio sublinhada; mas ele creio que não a ouviu de nenhuma espécie. Olhava para a consorte, como avivando o programa da viagem que iam fazer, e seguiram pela rua abaixo com a mesma graça vagarosa.

25 de junho

Campos e Aguiar queriam, à sua vez, que o jovem casal viesse aposentar-se em casa deles, e alegaram a razão de ser por poucos dias, pois que tinham de embarcar. Tristão e Fidélia recusaram e foram para o Hotel dos Estrangeiros. A razão alegada por estes foi a mesma dos poucos dias, e eu creio que era verdadeira, mas principalmente seria a de não dar preferência a um nem a outro.

— Passaremos estes últimos dias nas duas casas, alternadamente — propôs Tristão.

— Não, isso não — acudiu o desembargador —; passaremos todos no Flamengo.

Era natural e cortês, sendo ele só e Aguiar casado. Assim fazem desde o dia 20, em que os dois desceram de Petrópolis; lá os vi ontem, dia de são João.

Não escrevo o que lá se passou para me não demorar a dizer tudo, que é muito. Vi-os felizes a todos quatro. D. Carmo parecia esconder a tristeza da viagem que se aproxima, ou temperá-la com a ideia da volta, a que aludia frequentemente e a propósito de tudo, como a avivar a obrigação. Assim correram as horas depressa. Saí com eles até o hotel; dali seguiu Campos para Botafogo e vim eu para o Catete.

29 de junho

A outra visita foi por noite de São João; hoje, noite de São Pedro, chegarei também ao Flamengo, e, se couber, falaremos também das coisas antigas.

30 de junho

Lá estive na casa Aguiar. Não falamos de coisas velhas nem de coisas novas, mas só das futuras. No fim da noite adverti que falávamos todos, menos o casal recente; esse, depois de algumas palavras mal atadas, entrou a dizer de si mesmo, um dizer calado, espraiado e fundido. De quando em quando os dois davam alguma sílaba à conversação, e logo tornavam ao puro silêncio. Também tocaram piano. Também foram falar entre si ao canto da janela. Sós os quatro velhos — o desembargador com os três — fazíamos planos futuros.

Certo é que d. Carmo alguma vez acompanhou os dois com os seus olhos inquietos, como a perguntar-lhes que parte viriam eles ter no futuro que ela e nós imaginávamos; mas o receio de os interromper na felicidade tapava-lhe a boca, e a santa senhora contentava-se de os mirar e amar. Ao chá a conversação fez-se de todos, e Tristão referiu alguns casos de Lisboa, casos de política e de recreação.

Vindo para casa acudiu-me em caminho uma ideia, indiscreta, decerto, mas felizmente não a disse a ninguém, e mal a deixo nesta folha de papel. A ideia é saber se Fidélia terá voltado ao cemitério depois de casada. Possivelmente sim; possivelmente não. Não a censurarei, se não: a alma de uma pessoa pode ser estreita para duas afeições grandes. Se sim, não lhe ficarei querendo mal, ao contrário. Os mortos podem muito bem combater os vivos, sem os vencer inteiramente.

Sem data

Hoje foi a última recepção dos Aguiares, e eu quis despedir-me dos viajantes que embarcam depois de amanhã. Bastante gente, entre ela o Faria e d. Cesária, e a viúva do corretor Miranda, ainda abatida. A nota geral da noite não era alegre, ao contrário: todos buscavam ir pelo tom da casa, que era tristonha. A própria Fidélia parecia definhar-se ao pé da amiga, e uma vez a mana Rita a foi achar que dizia à outra:

— Dona Carmo, por que não vem conosco? Ainda é tempo de comprar bilhetes, e se os não houver, Tristão adia a viagem, e vamos no outro paquete.

D. Carmo respondia que não; sentia-se cansada e abatida.

— Viagem não cansa, e lá chegando cria alma nova.

Rita juntou o seu voto ao da moça, e ambas teimaram com ela, mas não puderam nada. Como última razão, vinha a separação do marido, razão velha e parece que decisiva. Rita notou que as duas estavam sinceramente desconsoladas, mas d. Carmo buscava fortalecer-se, enquanto que Fidélia não acabava de vencer o desgosto.

— Olhe, mano, eu ainda creio que ela desfaz a viagem...

Era no escuro, à vinda da praia; por isso a mana não me pôde ver o gesto incrédulo, mas certamente o adivinhou e trocou o que disse. "Não, que desfaça não digo, mas daria muito para não ter consentido em partir." Repetiu-me as palavras que Fidélia lhe disse de d. Carmo, chamando-lhe boa e santa, "a santa Aguiar".

Confesso que vim de lá aborrecido; preferia não ter ido, ou quisera ter saído logo. Tristão vem cá almoçar comigo amanhã.

Véspera de embarque

Tristão cumpriu a promessa, veio almoçar comigo, eram onze horas e meia. Vinha triste — triste e calado. Quer dizer que falamos muito pouco. Não havendo melhor assunto de conversa que esse mesmo silêncio, lembrou-me dizer-lhe que compreendia as saudades que ele levava daqui, já da terra, já das pessoas, e particularmente das duas pessoas que lhe queriam tanto. A ocasião era boa para dizer dos dois velhos as melhores coisas — ou repeti-las, pois já mas tinha confiado várias vezes; outrossim, inteirar-me dos seus planos de futuro, até onde ia a viagem, e em que tempo tornaria com a formosa esposa. Não me disse nada; afirmou de cabeça e mergulhou no mesmo grande silêncio do princípio. Creio que não me ouviu metade.

No fim do almoço, como fumássemos, deu-me novamente a indicação da casa em Lisboa, o título da folha política em que colabora, e ia confiar-me alguma coisa mais que calou, pareceu-me. Mergulhou outra vez no silêncio. Eu respeitava aquela melancolia e deixava-me ir atrás do fumo do charuto. Tristão finalmente despediu-se.

— Não nos veremos mais? — perguntou-me.

— Irei ao cais Pharoux, pode ser que a bordo também.

— Até amanhã; vá fazendo as encomendas.

Levei-o até à escada, que ele começou a descer vagarosamente, depois de me apertar a mão com força. A meio caminho deteve-se e subiu outra vez.

— Olhe, conselheiro, Fidélia e eu fizemos tudo para que a velha e o velho vão conosco; não podem, ela diz que está cansada, ele que não se separa dela, e ambos esperam que voltemos.

— Pois voltem depressa — aconselhei.

Tristão fitou-me os olhos cheios de mistérios, e tornou à sala; vim com ele.

— Conselheiro, vou fazer-lhe uma confidência, que não fiz nem faço a ninguém mais; fio do seu silêncio.

Fiz um gesto de assentimento. Tristão meteu a mão na algibeira das calças e tirou de lá um papel de cor; abriu-o e entregou-mo que lesse. Era um telegrama do pai, datado da véspera; anuncia-lhe a eleição para daqui a oito dias.

Ficamos a olhar um para o outro, calados ambos, ele como que a apertar os dentes. Depois de alguns segundos de pausa:

— Eleição certa — disse ele — As cartas já me faziam crer isto, mas não cuidei que fosse tão próxima.

Restituí-lhe o telegrama. Tristão insistiu pelo meu silêncio, e acrescentou:

— Queria que eles viessem conosco; eu lhes diria a bordo o que conviesse, e o resto seria regulado entre as duas — ou entre as três, contando minha mãe. Fidélia mesma é que me lembrou este plano, e trabalhou por ele, mas não alcançamos nada; ficam esperando.

Quis dizer-lhe que era esperarem por sapatos de defunto, mas evitei o dito, e mudei de pensamento. Como ele não dissesse mais, fiquei um tanto acanhado; Tristão, porém, completou a intenção do ato, acrescentando:

— Confesso-lhe isto para que alguém que nos merece a todos dê um dia testemunho do que fiz e tentei para me não separar dos meus velhos pais de estimação; fica sabendo que não alcancei nada. Que quer, conselheiro? A vida é assim cheia de liames e de imprevistos...

Não sei que disse mais; a mim chegava-me outra ideia que também deixei passar, não querendo ser indiscreto. Era indagar se Fidélia sabia já do telegrama; ele

dissera-me que o não mostrara a ninguém, mas é claro que a mulher era ele mesmo, e estava excluída do silêncio que tivera com os outros.

18 de julho

Vim de bordo, aonde fui acompanhar os dois, com o velho Aguiar, o desembargador Campos e outros amigos. D. Carmo foi só até o cais; estava sucumbida, e enxugava os olhos. Ficou parada, a ver a lancha em que íamos, dizendo adeus com o lenço: não tardou que o espaço nos separasse inteiramente da vista.

Fidélia ia realmente triste; o mar não tardaria em espancar as sombras, e depois a outra terra, que a receberia com a outra gente. Eu, no tombadilho do paquete, imaginei o cemitério, o túmulo, a figura, as mãos postas e o resto. Tristão, à despedida, disse palavras amigas a saudosas a Aguiar, mandou outras para a madrinha, e a mim pediu-me que não esquecesse os pais de empréstimo e os fosse ver e consolar. Prometi que sim. Descemos para a lancha e afastamo-nos do paquete.

Tenho embarcado e desembarcado muitas vezes, devia estar gasto. Pois não estou. Não sentia a separação, é verdade; trazia os olhos no velho Aguiar e o pensamento na velha Carmo. Quanto ao desembargador vinha triste com a separação, mas a sobrinha obrigou-o a prometer, à última hora, que iria vê-la no ano próximo, e ele não advertiu que o pedido desdizia da promessa que lhe tinha feito de regressar no fim do ano ao Rio de Janeiro.

Despedimo-nos no cais. Aguiar seguiu para o banco, eu vim para casa, onde escrevo isto. De noite irei ao Flamengo, a cumprir desde já a promessa que fiz a Tristão e a Fidélia.

Não acabarei esta página sem dizer que me passou agora pela frente a figura de Fidélia, tal como a deixei a bordo, mas sem lágrimas. Sentou-se no canapé e ficamos a olhar um para o outro, ela desfeita em graça, eu desmentindo Shelley com todas as forças sexagenárias restantes. Ah! basta! Cuidemos de ir logo aos velhos.

Dez horas da noite

Venho do Flamengo. Quisera ficar mais tempo, mas eles precisavam descansar da separação. Campos também lá foi, e ambos saímos cedo, nove e meia; não se falou dos viajantes.

29 de agosto

Chegou paquete da Europa, trouxe cartas de Lisboa e notícias políticas. As cartas eram saudosas, e as notícias interessantes; aliás só vieram à noite. Na rua tinha-me Aguiar dito o que havia nas cartas de Tristão e de Fidélia e na que a comadre escrevera a d. Carmo; fui vê-las ao Flamengo. A da comadre era cheia de louvores à nora, que achava mais bela que no retrato, e mais terna que ninguém; foram as próprias palavras dela, e para uma sogra não me destoaram muito. Assim o disse a d. Carmo, que sorria complacente, com uma espécie de ternura mórbida. Éramos sós os três, e a saudade grande.

Pouco depois chegou Campos. Vinha aturdido, e ao dar comigo pareceu querer falar-me em particular. Em particular, a um canto, disse-me que Tristão lhe escrevera dizendo achar-se eleito deputado quando desembarcou em Lisboa, e pedindo-lhe que desse a notícia à gente Aguiar como entendesse melhor; não lhes escrevia a eles sobre isso para evitar o sobressalto. Que me parecia?

— Sempre se lhes há de dizer tudo — respondi —; o melhor é que seja logo, e aqui estamos para dizer as coisas cautelosamente.

— Também me parece.

— Eu engenharei uma fábula...

Engenhei o que pude. Falei do golpe que o moço recebeu quando desembarcou deputado, e viu misturadas as alegrias dos pais com as dos amigos políticos; devia dizer também que a primeira ideia de Tristão foi rejeitar o diploma e vir para Santa-Pia; mas que o partido, os chefes, os pais... Não fui tão longe; seria mentir demais. Ao cabo, não teria tempo. Os dois velhos ficaram fulminados, a mulher verteu algumas lágrimas silenciosas, e o marido cuidou de lhas enxugar.

Assim correram as coisas, a mentira e os efeitos. Os dois procuramos levantar-lhes o ânimo. Eu empreguei algumas reflexões e metáforas, afirmando que eles viriam este ano mesmo ou no princípio do outro; bastava saberem a dor que causava aqui a notícia.

D. Carmo não parecia ouvir-me, nem ele; olhavam para lá, para longe, para onde se perde a vida presente, e tudo se esvai depressa. Aguiar ainda pegou na carta que o desembargador lhe mostrava; leu para si as palavras de Tristão, que eram aborrecidas em si mesmas, além da nota que o autor intencionalmente lhes pôs. D. Carmo pediu-lha com o gesto, ele meteu-a na carteira. A boa velha não insistiu. Campos e eu saímos pouco depois.

30 de agosto

Praia fora (esqueceu-me notar isto ontem), praia fora viemos falando daquela orfandade às avessas em que os dois velhos ficavam, e eu acrescentei, lembrando-me do marido defunto:

— Desembargador, se os mortos vão depressa, os velhos ainda vão mais depressa que os mortos... Viva a mocidade!

Campos não me entendeu, nem logo, nem completamente. Tive então de lhe dizer que aludia ao marido defunto, e aos dois velhos deixados pelos dois moços, e concluí que a mocidade tem o direito de viver e amar, e separar-se alegremente do extinto e do caduco. Não concordou — o que mostra que ainda então não me entendeu completamente.

Sem data

Há seis ou sete dias que eu não ia ao Flamengo. Agora à tarde lembrou-me lá passar antes de vir para casa. Fui a pé; achei aberta a porta do jardim, entrei e parei logo.

— Lá estão eles — disse comigo.

Ao fundo, à entrada do saguão, dei com os dois velhos sentados, olhando um para o outro. Aguiar estava encostado ao portal direito, com as mãos sobre os joelhos. D. Carmo, à esquerda, tinha os braços cruzados à cinta. Hesitei entre ir adiante ou desandar o caminho; continuei parado alguns segundos até que recuei pé ante pé. Ao transpor a porta para a rua vi-lhes no rosto e na atitude uma expressão a que não acho nome certo ou claro; digo o que me pareceu. Queriam ser risonhos e mal se podiam consolar. Consolava-os a saudade de si mesmos.

Notas especiais relativas à fixação do texto[1]

Ressurreição

Texto-base: Nova Edição. Rio de Janeiro, Paris, H. Garnier, Livreiro-Editor, [1905]. Outra edição cotejada: Rio de Janeiro, B. L. Garnier, Livreiro-Editor, [1872].

Cap. II: *Félix sorriu lendo ambas as missivas*. Em ambas as edições está: *Meneses sorriu* etc. O contexto, porém, mostra o engano do autor.

Cap. IX: *a pouco e pouco lhe aquietou o desespero*. Em ambas as edições lê-se *a pouco pouco* etc., lapso de revisão que emendamos adotando a forma usual do autor nessa mesma obra.

Cap. XII: *e de mais a mais inexperiente ou cego*. Ambas as edições trazem: *e de mais a inexperiente ou cego*.

A mão e a luva

Texto-base: Rio de Janeiro, H. Garnier, Livreiro-Editor, 1907. Outras publicações cotejadas: Rio de Janeiro, Editores Gomes de Oliveira & C., Tipografia do Globo, 1874; *O Globo*. Rio de Janeiro, 26 de setembro a 3 de novembro de 1874.

Cap. I: *em cima dos compêndios*. Assim se lê nas publicações de 1874. Na edição de 1907 está: *cima dos compêndios*.

Cap. XV: *a repetir a palavra do coração*. Nas três publicações mencionadas está: *a repelir a palavra do coração*.

Helena

Texto-base: Nova Edição. Rio de Janeiro, Paris, H. Garnier, Livreiro-Editor, 1905. Outras publicações cotejadas: Rio de Janeiro, B. L. Garnier, Livreiro-Editor do Instituto Histórico Brasileiro, 1876; *O Globo*. Rio de Janeiro, 6 de agosto a 11 de setembro de 1876.

Cap. V: *O chapelinho de palha, de abas largas, que lhe protegia o rosto dos raios do sol, — eram três horas da tarde, — tornavam* etc. Assim está em todas as publicações cotejadas.

Cap. X: *os acidentes de um jantar de hotel*. Era de esperar *incidentes*, em vez de *acidentes*. Não obstante, esta última palavra figura no texto de todas as publicações cotejadas.

Iaiá Garcia

Texto-base: Nova Edição. Rio de Janeiro, Paris, H. Garnier, Livreiro-Editor, 1899 (traz no cólofon: 321.2.99). Outras publicações cotejadas: Nova Edição. Rio de Janeiro, Paris, H. Garnier, Livreiro-Editor, [1898] (traz no cólofon: 306.2.98); Rio de Janeiro, G. Viana & C., Editores, Tip. do Cruzeiro, 1878; *O Cruzeiro*. Rio de Janeiro, 1º de janeiro a 2 de março de 1878.

Cap. VII: *os recreios de outro tempo*. Assim está nas publicações anteriores a 1899. Nesta lê-se *receios*, em vez de *recreios*.

Cap. VII: *permita que o agradeça*. Em todas as publicações está: *permita que o agradeço*.

Cap. VII: *vencedor de corações fracos*. Em todas as publicações está: *vencedor de corações francos*.

Cap. X: *amor desenganado e impossível*. Em todas as publicações está: *amor desenganado e impassível*.

Cap. XV: *prometido tanto*. Assim está na edição de 1878. Na de 1899 lê-se *permitido tanto*.

[1] Estas notas de José Galante de Souza, incluídas na primeira edição das *Obras completas*, estão reproduzidas nesta edição porque não houve alteração no número dos romances nem em seu texto. (N.E.)

Memórias Póstumas de Brás Cubas

Texto-base: Quarta edição. Rio de Janeiro, Paris, H. Garnier, Livreiro-Editor, [1899] (traz no cólofon: 379.7.99). Outras publicações cotejadas: Terceira Edição. Rio de Janeiro, Paris, H. Garnier, Livreiro-Editor, [1896] (traz no cólofon: 447.7.96); Rio de Janeiro, Tipografia Nacional, 1881 (é a primeira edição, em volume, considerada pelo autor como segunda publicação); *Revista Brasileira*. Rio de Janeiro, 15 de março a 15 de dezembro de 1880 (vols. III-VI).

Cap. LIV: *o da vida e o da morte*. Em todas as publicações mencionadas está: *o da vida e da morte*.

Cap. CXLII: *os cinco contos da Praia de Botafogo*. O autor refere-se aos cinco contos achados naquela praia, conforme a descrição do cap. LII. Na 4ª ed. lê-se: ... *Praia da Gamboa*.

Quincas Borba

Texto-base: Terceira Edição. Rio de Janeiro, Paris, H. Garnier. Livreiro-Editor, [1899] (traz no cólofon: 333.3.99). Outras edições cotejadas: Segunda Edição. Rio de Janeiro, Paris, H. Garnier, Livreiro-Editor, [1896] (traz no cólofon: 420.10.96); Rio de Janeiro, B. L. Garnier, Livreiro-Editor, 1891. A publicação primitiva deste romance foi feita em *A Estação*. Rio de Janeiro, junho de 1886 a setembro de 1891. Infelizmente não nos foi possível cotejar os pontos duvidosos com esta publicação, porque, quando a procuramos, achava-se na seção da laminação da Biblioteca Nacional, única que possui a coleção do periódico.

Cap. LXXX: *dias longos e vazios*. Em todas as edições cotejadas está: *dias longos e varios*.

Cap. XC: *que dava para os fundos*. Nas três edições cotejadas lê-se *que dava os fundos*.

Dom Casmurro

Texto-base: Segunda Edição. Rio de Janeiro, Paris, H. Garnier, Livreiro-Editor, [1900] (traz no cólofon: 319.4.1900). Outra edição cotejada: Rio de Janeiro, Paris, H. Garnier, Livreiro-Editor, [1899] (traz no cólofon: 370.10.99).

Cap. XLII: *Capitu despedia-se de três amigas*. Engano do autor, pois se trata apenas de Paula e Sancha.

Esaú e Jacó

Texto-base: Segunda Edição. Rio de Janeiro, Paris, H. Garnier, Livreiro-Editor, [1904] (traz no cólofon: 375.12.1904). Outra edição cotejada: Rio de Janeiro, Paris, H. Garnier, Livreiro-Editor, 1904 (traz no cólofon: 355.6.1904). Os pontos de dúvida foram objeto de cotejo também com o manuscrito do romance, pertencente à Academia Brasileira.

Cap. III: *nota que almas nunca viram*. Tanto nas edições feitas em vida do autor, como no manuscrito do romance, não há artigo antes da palavra *almas*.

Cap. III: *mil novecentos e noventa e oito réis*. Há aqui evidente engano do autor no cálculo efetuado. Não obstante, é isso mesmo que se lê nas edições mencionadas e no manuscrito do romance.

Cap. XLVIII: *via, ouvia, sorria*. É o que se lê no manuscrito do romance, embora as duas edições mencionadas tragam *corria*, em vez de *sorria*.

Cap. LXIX: *mordia os beiços*. É o que se lê no manuscrito. Há ali, porém, na palavra "beiços", uma emenda que levou o tipógrafo a entender *beições*, tal como se encontra nas edições de 1904.

Cap. CXI: *ou do alto*. Assim está no manuscrito. Nas edições de 1904 lê-se *ou de alto*.

Memorial de Aires

Texto-base: Nova Edição. Rio de Janeiro, Paris, H. Garnier, Livreiro-Editor [1908] (traz no cólofon: 363.12.1908). Outra edição cotejada: Rio de Janeiro, Paris, H. Garnier, Livreiro-Editor, [1908]. Os pontos de dúvida foram objeto de cotejo com o microfilme do manuscrito, pertencente à Biblioteca Nacional.

1888 (segunda-feira): *A viagem por mar e por terra eram* etc. Assim está nas duas edições mencionadas e no microfilme do manuscrito.

— 4 de fevereiro: *Sim, Fidélia, e teve* etc. É essa a pontuação que se lê no microfilme do manuscrito. Nas edições de 1908, não há vírgula depois de *Fidélia*.

— idem: *era o nome do afilhado*. É o que se lê no microfilme do manuscrito. Nas edições de 1908 está: *era o nome de afilhado*.

— idem: *a alegria do restabelecimento*. É o que se encontra no microfilme do manuscrito. Nas edições de 1908 está: *a alegria de restabelecimento*.

— 1º de junho: (*distingamo-nos*). Assim está no manuscrito, embora nas edições de 1908 tenha saído (*distingamos-nos*).

— 11 de agosto: *Nova Friburgo era delicioso*. É o que se lê no microfilme do manuscrito e nas edições de 1908.

— (seis horas da tarde): *do que conjeturei*. Assim se lê no microfilme do manuscrito. As edições de 1908 trazem: *de que conjeturei*.

— 8 de setembro: *8 de setembro*. É a data que se lê no microfilme do manuscrito, e que convém ao contexto. As edições de 1908 trazem *5 de setembro*.

1889 — 8 de abril: *8 de abril*. No microfilme do manuscrito, lê-se *6 de abril*, e não *8 de abril*. Não obstante, mantivemos a data que se encontra nas edições de 1908 por não acharmos motivo razoável para alterá-la.

— idem: *acabaria a eternidade*. É o que se lê no microfilme do manuscrito e nas edições de 1908.

J. G. S.

ROMANCE
ÍNDICE LIVRO A LIVRO

Ressurreição

233	CAPÍTULO PRIMEIRO	
	No dia de ano-bom	
237	II	Liquidação do ano velho
240	III	Ao som da valsa
246	IV	Prelúdio
249	V	Fico
253	VI	Declaração
255	VII	O gavião e a pomba
258	VIII	Queda
260	IX	Luta
265	X	A enferma
268	XI	O passado
271	XII	Um ponto negro
274	XIII	Crise
276	XIV	Ou capítulo do acaso
279	XV	*Enfant terrible*
282	XVI	Raquel
286	XVII	Sacrifício
288	XVIII	Renovação
291	XIX	A porta do céu
293	XX	Uma voz misteriosa
296	XXI	Último golpe
299	XXII	A carta
304	XXIII	Adeus
306	XXIV	Hoje

A mão e a luva

311	CAPÍTULO PRIMEIRO	
	O fim da carta	
315	II	Um roupão
318	III	Ao pé da cerca
322	IV	*Latet Anguis*
325	V	Meninice
328	VI	O *post scriptum*
331	VII	Um rival
334	VIII	Golpe
337	IX	Conspiração
341	X	A revelação
347	XI	Luís Alves
350	XII	A viagem
353	XIII	Explicações
356	XIV	*Ex abrupto*
360	XV	Embargos de terceiro
363	XVI	A confissão
366	XVII	A carta
370	XVIII	A escolha
374	XIX	Conclusão

Helena

380	CAPÍTULO PRIMEIRO
383	II
388	III
391	IV
394	V
397	VI
404	VII
408	VIII
412	IX
416	X
419	XI
421	XII
425	XIII
429	XIV
433	XV
436	XVI
442	XVII
445	XVIII
448	XIX
452	XX
454	XXI
460	XXII
464	XXIII
467	XXIV
472	XXV
476	XXVI
479	XXVII
482	XXVIII

Iaiá Garcia

490	CAPÍTULO PRIMEIRO
495	II
501	III

509	IV
513	V
517	VI
525	VII
531	VIII
537	IX
541	X
548	XI
554	XII
561	XIII
571	XIV
577	XV
584	XVI
592	XVII

Memórias póstumas de Brás Cubas

599	Ao leitor
600	CAPÍTULO PRIMEIRO Óbito do autor
601	II O emplasto
602	III Genealogia
602	IV A ideia fixa
603	V Em que aparece a orelha de uma senhora
604	VI *Chimène, qui l'eût dit?*
606	VII O delírio
609	VIII Razão contra sandice
610	IX Transição
611	X Naquele dia
612	XI O menino é pai do homem
614	XII Um episódio de 1814
616	XIII Um salto
618	XIV O primeiro beijo
619	XV Marcela
621	XVI Uma reflexão imoral
621	XVII Do trapézio e outras coisas
623	XVIII Visão do corredor
624	XIX A bordo
626	XX Bacharelo-me
627	XXI O almocreve
628	XXII Volta ao Rio
629	XXIII Triste, mas curto
630	XXIV Curto, mas alegre
631	XXV Na Tijuca
632	XXVI O autor hesita
634	XXVII Virgília?
635	XXVIII Contanto que...
635	XXIX A visita
636	XXX A flor da moita
637	XXXI A borboleta preta
638	XXXII Coxa de nascença
639	XXXIII Bem-aventurados os que não descem
640	XXXIV A uma alma sensível
641	XXXV O caminho de Damasco
641	XXXVI A propósito de botas
642	XXXVII Enfim!
642	XXXVIII A quarta edição
644	XXXIX O vizinho
645	XL Na sege
645	XLI A alucinação
646	XLII Que escapou a Aristóteles
647	XLIII Marquesa, porque eu serei marquês
647	XLIV Um Cubas!
648	XLV Notas
648	XLVI A herança
650	XLVII O recluso
651	XLVIII Um primo de Virgília
651	XLIX A ponta do nariz
652	L Virgília casada
653	LI É minha!
654	LII O embrulho misterioso
655	LIII ...
656	LIV A pêndula
656	LV O velho diálogo de Adão e Eva
657	LVI O momento oportuno
657	LVII Destino
658	LVIII Confidência
659	LIX Um encontro
661	LX O abraço
661	LXI Um projeto
662	LXII O travesseiro
662	LXIII Fujamos!
665	LXIV A transação
666	LXV Olheiros e escutas
667	LXVI As pernas
668	LXVII A casinha
669	LXVIII O vergalho
669	LXIX Um grão de sandice

670	LXX D. Plácida	705	CXVII O humanitismo
671	LXXI O senão do livro	707	CXVIII A terceira força
671	LXXII O Bibliômano	707	CXIX Parêntesis
672	LXXIII O *Luncheon*	708	CXX *Compelle intrare*
672	LXXIV História de D. Plácida	708	CXXI Morro abaixo
674	LXXV Comigo	710	CXXII Uma intenção mui fina
674	LXXVI O estrume	710	CXXIII O verdadeiro Cotrim
675	LXXVII Entrevista	711	CXXIV Vá de intermédio
676	LXXVIII A presidência	712	CXXV Epitáfio
677	LXXIX Compromisso	712	CXXVI Desconsolação
677	LXXX De secretário	713	CXXVII Formalidade
678	LXXXI A reconciliação	713	CXXVIII Na câmara
679	LXXXII Questão de botânica	714	CXXIX Sem remorsos
680	LXXXIII 13	714	CXXX Para intercalar no capítulo CXXIX
682	LXXXIV O conflito		
683	LXXXV O cimo da montanha	715	CXXXI De uma calúnia
683	LXXXVI O mistério	716	CXXXII Que não é sério
684	LXXXVII Geologia	716	CXXXIII O princípio de Helvetius
685	LXXXVIII O enfermo		
686	LXXXIX *In extremis*	716	CXXXIV Cinquenta anos
687	XC O velho colóquio de Adão e Caim	717	CXXXV *Oblivion*
		717	CXXXVI Inutilidade
688	XCI Uma carta extraordinária	718	CXXXVII A barretina
689	XCII Um homem extraordinário	719	CXXXVIII A um crítico
690	XCIII O jantar	719	CXXXIX De como não fui ministro d'estado
690	XCIV A causa secreta		
691	XCV Flores de antanho	720	CXL Que explica o anterior
691	XCVI A carta anônima	720	CXLI Os cães
692	XCVII Entre a boca e a testa	721	CXLII O pedido secreto
692	XCVIII Suprimido	722	CXLIII Não vou
693	XCIX Na plateia	723	CXLIV Utilidade relativa
694	C O caso provável	723	CXLV Simples repetição
694	CI A revolução dálmata	723	CXLVI O programa
695	CII De repouso	724	CXLVII O desatino
695	CIII Distração	725	CXLVIII O problema insolúvel
697	CIV Era ele	726	CXLIX Teoria do benefício
698	CV Equivalência das janelas	727	CL Rotação e translação
698	CVI Jogo perigoso	727	CLI Filosofia dos epitáfios
699	CVII Bilhete	728	CLII A moeda de Vespasiano
699	CVIII Que se não entende	728	CLIII O alienista
700	CIX O filósofo	729	CLIV Os navios do Pireu
701	CX 31	730	CLV Reflexão cordial
701	CXI O muro	730	CLVI Orgulho da servilidade
702	CXII A opinião	730	CLVII Fase brilhante
703	CXIII A solda	731	CLVIII Dois encontros
703	CXIV Fim de um diálogo	732	CLIX A semidemência
704	CXV O almoço	732	CLX Das negativas
704	CXVI Filosofia das folhas velhas		

Quincas Borba

Página	Capítulo
736	CAPÍTULO PRIMEIRO
736	II
737	III
738	IV
739	V
740	VI
742	VII
742	VIII
743	IX
744	X
746	XI
746	XII
746	XIII
747	XIV
747	XV
748	XVI
749	XVII
750	XVIII
750	XIX
751	XX
751	XXI
753	XXII
754	XXIII
754	XXIV
754	XXV
755	XXVI
755	XXVII
755	XXVIII
757	XXIX
758	XXX
758	XXXI
759	XXXII
761	XXXIII
761	XXXIV
762	XXXV
763	XXXVI
764	XXXVII
765	XXXVIII
765	XXXIX
766	XL
767	XLI
767	XLII
769	XLIII
770	XLIV
771	XLV
772	XLVI
772	XLVII
774	XLVIII
775	XLIX
776	L
780	LI
780	LII
781	LIII
782	LIV
783	LV
783	LVI
784	LVII
785	LVIII
786	LIX
787	LX
788	LXI
790	LXII
790	LXIII
790	LXIV
792	LXV
793	LXVI
793	LXVII
794	LXVIII
796	LXIX
799	LXX
800	LXXI
801	LXXII
802	LXXIII
802	LXXIV
803	LXXV
803	LXXVI
804	LXXVII
805	LXXVIII
806	LXXIX
806	LXXX
807	LXXXI
808	LXXXII
809	LXXXIII
810	LXXXIV
810	LXXXV
811	LXXXVI
812	LXXXVII
813	LXXXVIII
813	LXXXIX
815	XC
815	XCI
816	XCII

817	XCIII	858	CXL
817	XCIV	858	CXLI
818	XCV	859	CXLII
818	XCVI	860	CXLIII
819	XCVII	860	CXLIV
819	XCVIII	861	CXLV
820	XCIX	862	CXLVI
821	C	863	CXLVII
823	CI	863	CXLVIII
824	CII	864	CXLIX
824	CIII	865	CL
825	CIV	865	CLI
826	CV	865	CLII
827	CVI	867	CLIII
828	CVII	869	CLIV
828	CVIII	870	CLV
830	CIX	870	CLVI
831	CX	871	CLVII
833	CXI	871	CLVIII
833	CXII	872	CLIX
834	CXIII	873	CLX
834	CXIV	874	CLXI
834	CXV	875	CLXII
837	CXVI	875	CLXIII
838	CXVII	876	CLXIV
839	CXVIII	877	CLXV
842	CXIX	878	CLXVI
843	CXX	878	CLXVII
846	CXXI	879	CLXVIII
846	CXXII	880	CLXIX
847	CXXIII	881	CLXX
848	CXXIV	882	CLXXI
848	CXXV	883	CLXXII
849	CXXVI	883	CLXXIII
849	CXXVII	884	CLXXIV
849	CXXVIII	885	CLXXV
851	CXXIX	887	CLXXVI
851	CXXX	888	CLXXVII
852	CXXXI	888	CLXXVIII
853	CXXXII	889	CLXXIX
853	CXXXIII	890	CLXXX
855	CXXXIV	891	CLXXXI
855	CXXXV	893	CLXXXII
855	CXXXVI	894	CLXXXIII
856	CXXXVII	895	CLXXXIV
856	CXXXVIII	895	CLXXXV
857	CXXXIX	896	CLXXXVI

896	CLXXXVII	933	XXVII Ao portão
896	CLXXXVIII	934	XXVIII Na rua
898	CLXXXIX	934	XXIX O imperador
898	CXC	935	XXX O santíssimo
899	CXCI	937	XXXI As curiosidades de Capitu
899	CXCII		
899	CXCIII	938	XXXII Olhos de ressaca
900	CXCIV	940	XXXIII O penteado
900	CXCV	941	XXXIV Sou homem!
901	CXCVI	942	XXXV O protonotário apostólico
901	CXCVII	944	XXXVI Ideia sem pernas e ideia sem braços
902	CXCVIII		
902	CXCIX	945	XXXVII A alma é cheia de mistérios
903	CC		
903	CCI	946	XXXVIII Que susto, meu Deus!

Dom Casmurro

946	XXXIX A vocação		
948	XL Uma égua		
906	CAPÍTULO PRIMEIRO Do título		
949	XLI A audiência secreta		
951	XLII Capitu refletindo		
906	II Do livro		
951	XLIII Você tem medo?		
953	XLIV O primeiro filho		
908	III A denúncia		
955	XLV Abane a cabeça, leitor		
909	IV Um dever amaríssimo!		
955	XLVI As pazes		
909	V O agregado		
956	XLVII "A senhora saiu"		
911	VI Tio Cosme		
956	XLVIII Juramento do poço		
912	VII D. Glória		
957	XLIX Uma vela aos sábados		
913	VIII É tempo		
957	L Um meio-termo		
913	IX A ópera		
959	LI Entre luz e fusco		
915	X Aceito a teoria		
959	LII O velho Pádua		
915	XI A promessa		
960	LIII A caminho!		
916	XII Na varanda		
961	LIV Panegírico de Santa Mônica		
918	XIII Capitu		
962	LV Um soneto		
919	XIV A inscrição		
965	LVI Um seminarista		
920	XV Outra voz repentina		
966	LVII De preparação		
921	XVI O administrador interino		
966	LVIII O tratado		
922	XVII Os vermes		
967	LIX Convivas de boa memória		
923	XVIII Um plano		
968	LX Querido opúsculo!		
926	XIX Sem falta		
969	LXI A vaca de Homero		
926	XX Mil padre-nossos e mil ave-marias		
971	LXII Uma ponta de Iago		
972	LXIII Metades de um sonho		
927	XXI Prima Justina		
973	LXIV Uma ideia e um escrúpulo		
929	XXII Sensações alheias		
974	LXV A dissimulação		
929	XXIII Prazo dado		
975	LXVI Intimidade		
930	XXIV De mãe e de servo		
976	LXVII Um pecado		
930	XXV No Passeio Público		
978	LXVIII Adiemos a virtude		
932	XXVI As leis são belas		
978	LXIX A missa		
		979	LXX Depois da missa

980	LXXI Visita de Escobar		1018	CXV Dúvidas sobre dúvidas

980 LXXI Visita de Escobar
981 LXXII Uma reforma dramática
982 LXXIII O contrarregra
982 LXXIV A presilha
983 LXXV O desespero
984 LXXVI Explicação
984 LXXVII Prazer das dores velhas
985 LXXVIII Segredo por segredo
986 LXXIX Vamos ao capítulo
987 LXXX Venhamos ao capítulo
988 LXXXI Uma palavra
989 LXXXII O canapé
990 LXXXIII O retrato
990 LXXXIV Chamado
991 LXXXV O defunto
992 LXXXVI Amai, rapazes!
992 LXXXVII A sege
993 LXXXVIII Um pretexto honesto
994 LXXXIX A recusa
994 XC A polêmica
996 XCI Achado que consola
996 XCII O diabo não é tão feio como se pinta
997 XCIII Um amigo por um defunto
999 XCIV Ideias aritméticas
1000 XCV O papa
1001 XCVI Um substituto
1003 XCVII A saída
1003 XCVIII Cinco anos
1004 XCIX O filho é a cara do pai
1005 C "Tu serás feliz, Bentinho!"
1006 CI No céu
1007 CII De casada
1008 CIII A felicidade tem boa alma
1008 CIV As pirâmides
1009 CV Os braços
1010 CVI Dez libras esterlinas
1011 CVII Ciúme do mar
1012 CVIII Um filho
1013 CIX Um filho único
1014 CX Rasgos da infância
1015 CXI Contado depressa
1016 CXII As imitações de Ezequiel
1017 CXIII Embargos de terceiro
1018 CXIV Em que explica o explicado

1018 CXV Dúvidas sobre dúvidas
1020 CXVI Filho do homem
1021 CXVII Amigos próximos
1022 CXVIII A mão de Sancha
1024 CXIX Não faça isso, querida!
1024 CXX Os autos
1024 CXXI A catástrofe
1025 CXXII O enterro
1025 CXXIII Olhos de ressaca
1026 CXXIV O discurso
1026 CXXV Uma comparação
1027 CXXVI Cismando
1028 CXXVII O barbeiro
1028 CXXVIII Punhado de sucessos
1029 CXXIX A Dona Sancha
1030 CXXX Um dia...
1030 CXXXI Anterior ao anterior
1031 CXXXII O debuxo e o colorido
1032 CXXXIII Uma ideia
1033 CXXXIV O dia de sábado
1033 CXXXV Otelo
1034 CXXXVI A xícara de café
1035 CXXXVII Segundo impulso
1035 CXXXVIII Capitu que entra
1037 CXXXIX A fotografia
1037 CXL Volta da igreja
1038 CXLI A solução
1038 CXLII Uma santa
1039 CXLIII O último superlativo
1040 CXLIV Uma pergunta tardia
1041 CXLV O regresso
1042 CXLVI Não houve lepra
1043 CXLVII A exposição retrospectiva
1043 CXLVIII É bem, e o resto?

Esaú e Jacó

1047 CAPÍTULO PRIMEIRO Coisas futuras!
1050 II Melhor de descer que de subir
1051 III A esmola da felicidade
1052 IV A missa do cupê
1054 V Há contradições explicáveis
1054 VI Maternidade
1056 VII Gestação
1057 VIII Nem casal, nem general

1060	IX Vista de palácio	1113	LII Um segredo
1061	X O juramento	1115	LIII De confidências
1063	XI Um caso único	1118	LIV Enfim, só!
1063	XII Esse Aires	1118	LV "A mulher é a desolação do homem"
1065	XIII A epígrafe		
1066	XIV A lição do discípulo	1119	LVI O golpe
1067	XV Teste *David cum Sibylla*	1120	LVII Das encomendas
1069	XVI Paternalismo	1122	LVIII Matar saudades
1069	XVII Tudo o que restrinjo	1123	LIX Noite de 14
1070	XVIII De como vieram crescendo	1125	LX Manhã de 15
		1126	LXI Lendo Xenofonte
1072	XIX Apenas duas – Quarenta anos – Terceira causa	1127	LXII "Pare no D"
		1128	LXIII Tabuleta nova
1073	XX A joia	1131	LXIV Paz!
1075	XXI Um ponto escuro	1132	LXV Entre os filhos
1075	XXII Agora um salto	1133	LXVI O basto e a espadilha
1076	XXIII Quando tiverem barbas	1134	LXVII A noite inteira
1077	XXIV Robespierre e Luís XVI	1136	LXVIII De manhã!
1079	XXV D. Miguel	1136	LXIX Ao piano
1080	XXVI A luta dos retratos	1137	LXX De uma conclusão errada
1081	XXVII De uma reflexão intempestiva	1139	LXXI A comissão
		1139	LXXII O regresso
1082	XXVIII O resto é certo	1141	LXXIII Um eldorado
1083	XXIX A pessoa mais moça	1143	LXXIV A alusão do texto
1083	XXX A gente Batista	1145	LXXV Provérbio errado
1085	XXXI Flora	1145	LXXVI Talvez fosse a mesma!
1086	XXXII O aposentado	1146	LXXVII Hospedagem
1088	XXXIII A solidão também cansa	1147	LXXVIII Visita ao Marechal
1089	XXXIV Inexplicável	1148	LXXIX Fusão, difusão, confusão
1089	XXXV Em volta da moça	1149	LXXX Transfusão, enfim
1091	XXXVI A discórdia não é tão feia como se pinta	1150	LXXXI Ai, duas almas…
		1151	LXXXII Em São Clemente
1092	XXXVII Desacordo no acordo	1152	LXXXIII A grande noite
1093	XXXVIII Chegada a propósito	1154	LXXXIV O velho segredo
1096	XXXIX Um gatuno	1155	LXXXV Três constituições
1097	XL "Recuerdos"	1156	LXXXVI Antes que me esqueça
1098	XLI Caso do burro	1156	LXXXVII Entre Aires e Flora
1098	XLII Uma hipótese	1158	LXXXVIII Não, não, não
1099	XLIII O discurso	1158	LXXXIX O dragão
1100	XLIV O salmão	1159	XC O ajuste
1102	XLV Musa, canta	1161	XCI Nem só a verdade se deve às mães
1102	XLVI Entre um ato e outro		
1103	XLVII São Mateus, IV, 1-10	1163	XCII Segredo acordado
1106	XLVIII Terpsícore	1164	XCIII Não ata nem desata
1109	XLIX Tabuleta velha	1165	XCIV Gestos opostos
1110	L O tinteiro de Evaristo	1166	XCV O terceiro
1111	LI Aqui presente	1168	XCVI Retraimento

1168	XCVII Um Cristo particular	1212	11 de fevereiro
1169	XCVIII O médico Aires	1212	18 de fevereiro
1170	XCIX A título de ares novos	1212	24 de fevereiro
1171	C Duas cabeças	1212	2 de março
1172	CI O caso embrulhado	1213	10 de março
1173	CII Visão pede meia sombra	1213	20 de março
1174	CIII O quarto	1213	27 de março
1176	CIV A resposta	1213	4 de abril
1177	CV A realidade	1213	7 de abril
1178	CVI Ambos quais?	1214	8 de abril
1180	CVII Estado de sítio	1214	10 de abril
1180	CVIII Velhas cerimônias	1215	11 de abril
1181	CIX Ao pé da cova	1215	12 de abril
1182	CX Que voa	1215	13 de abril
1183	CXI Um resumo de esperanças	1216	19 de abril
1183	CXII O primeiro mês	1216	7 de maio
1185	CXIII Uma Beatriz para dois	1216	13 de maio
1185	CXIV Consultório e banca	1216	14 de maio, meia-noite
1186	CXV Troca de opiniões	1217	16 de maio
1187	CXVI De regresso	1217	17 de maio
1188	CXVII Posse das cadeiras	1218	18 de maio
1190	CXVIII *Coisas* passadas, *coisas* futuras	1218	21 de maio
		1219	22 de maio
1191	CXIX Que anuncia os seguintes	1219	23 de maio
1191	CXX Penúltimo	1219	24 de maio, ao meio-dia
1192	CXXI Último	1220	26 de maio
		1221	29 de maio
		1222	Fim de maio
	Memorial de Aires	1222	9 de junho
		1224	14 de junho
1197	1888	1224	15 de junho
1198	9 de janeiro	1224	16 de junho
1198	10 de janeiro	1225	17 de junho
1200	12 de janeiro	1225	18 de junho
1200	14 de janeiro	1225	20 de junho
1201	16 de janeiro	1226	21 de junho
1201	20 de janeiro	1226	21 de junho, à noite
1201	Seis horas da tarde	1226	23 de junho
1201	Nove horas da noite	1227	24 de junho
1202	25 de janeiro	1227	27 de junho
1205	Sábado	1228	30 de junho
1205	Segunda-feira	1229	1º de julho
1206	4 de fevereiro	1229	2 de julho
1209	5 de fevereiro	1230	5 de julho
1210	6 de fevereiro	1230	13 de julho
1210	6 de fevereiro, à noite	1230	18 de julho
1210	10 de fevereiro	1230	20 de julho

1231	25 de julho	1261	2 de novembro
1231	27 de julho	1262	9 de novembro
1231	28 de julho	1262	11 de novembro
1232	31 de julho	1264	12 de novembro
1233	1º de agosto	1264	13 de novembro
1233	2 de agosto	1265	20 de novembro
1233	3 de agosto	1265	30 de novembro
1234	4 de agosto	1266	1º de dezembro
1235	7 de agosto	1267	2 de dezembro
1235	10 de agosto	1268	3 de dezembro
1236	11 de agosto	1268	5 de dezembro
1236	17 de agosto	1270	10 de dezembro
1236	19 de agosto	1270	15 de dezembro
1237	21 de agosto	1270	20 de dezembro
1238	21 de agosto, 5 horas da tarde	1270	22 de dezembro
1238	24 de agosto	1271	28 de dezembro
1239	27 de agosto		
1239	31 de agosto	1271	1889
1240	Seis horas da tarde	1271	2 de janeiro
1241	2 de setembro	1272	7 de janeiro
1241	3 de setembro	1272	9 de janeiro
1242	4 de setembro	1272	12 de janeiro
1243	8 de setembro	1272	13 de janeiro
1244	9 de setembro	1273	23 de janeiro
1244	9 de setembro, à tarde	1273	25 de janeiro
1245	9 de setembro, à noite	1274	29 de janeiro
1245	12 de setembro	1274	2 de fevereiro
1246	14 de setembro	1275	6 de fevereiro
1246	18 de setembro	1275	10 de fevereiro
1249	20 de setembro	1275	12 de fevereiro
1250	21 de setembro	1276	12 de fevereiro, onze horas da noite
1250	22 de setembro		
1251	30 de setembro	1276	13 de fevereiro
1251	2 de outubro	1277	15 de fevereiro
1252	3 de outubro	1277	16 de fevereiro
1253	6 de outubro	1278	18 de fevereiro
1254	10 de outubro	1278	22 de fevereiro
1255	12 de outubro	1278	25 de fevereiro
1256	13 de outubro	1279	Seis horas da tarde
1256	17 de outubro	1279	26 de fevereiro
1257	17 de outubro, duas horas	1279	Dez horas da noite
1257	Meia-noite	1280	Sem data
1258	18 de outubro	1281	Sábado
1259	22 de outubro	1281	9 de março
1260	28 de outubro	1281	13 de março
1260	29 de outubro	1282	20 de março
1261	1º de novembro	1282	21 de março